U0596283

中國文學研究典籍叢刊

唐詩紀事校箋（增訂本）

第一册

〔宋〕計有功 撰
王仲鏞 校箋
王大厚 補箋

中華書局

圖書在版編目(CIP)數據

唐詩紀事校箋/(宋)計有功撰;王仲鏞校箋;王大厚補箋.—增訂本.—北京:中華書局,2025.1.—(中國文學研究典籍叢刊).—ISBN 978-7-101-16951-5

Ⅰ.I207.227.42

中國國家版本館CIP數據核字第2025L5J652號

責任編輯:田苑菲
封面設計:周　玉
責任印製:陳麗娜

中國文學研究典籍叢刊
唐詩紀事校箋(增訂本)
(全五册)
〔宋〕計有功 撰
王仲鏞 校箋
王大厚 補箋
*
中華書局出版發行
(北京市豐臺區太平橋西里38號　100073)
http://www.zhbc.com.cn
E-mail:zhbc@zhbc.com.cn
大廠回族自治縣彩虹印刷有限公司印刷
*
850×1168毫米 1/32 · 78⅜印張 · 10插頁 · 1681千字
2007年11月第1版　2025年1月第2版
2025年1月第3次印刷
印數:4501-6500册　定價:358.00元

ISBN 978-7-101-16951-5

《中國文學研究典籍叢刊》出版説明

中國古代學者對文學的認識、思考、研究和總結，是以多種形式書寫、流傳並發生影響的，有的是理論性的專著，有的是隨筆式的評論，有的是作品前後的序跋，有的是作品之中的評點。這些典籍數量豐富，種類衆多，涉及各個時期的不同的文學現象和文學思潮，以及不同的作家作品和文體文類。對這些典籍文獻的收集、整理，在近百年來，一直是學術界著力的重點，取得了很大的成績。

爲了進一步推動這一工作的進展，我們組織了《中國文學研究典籍叢刊》，選擇歷代具有代表性的、比較重要的典籍，採用所能得到的善本，進行深入的整理。因各類典籍情況差異較大，整理的方式也因書而異，不求一律，或校勘，或標點，或注釋，或輯佚，詳見各書的前言與凡例。《叢刊》的目的，是系統地爲學術界提供一套承載著中國古代學者文學研究成果的，内容更爲準確、使用更爲方便的基礎資料。我們熱切地期待學術界的同仁們參與這一澤惠學林的工作，並誠摯地歡迎讀者對我們的工作提出批評指正。

中華書局編輯部

二〇〇六年六月

修訂綴言

唐詩紀事校箋成于上世紀八十年代，先父以一人之力撰此巨著，而無任何經費資助。所需文獻可備檢閲者，惟多年家中自備及四川師範大學圖書館館藏而已。僻處西鄙，既無登高一招天下景從之位，又無遠訪珍善廣求秘本之資，故漏校失查，在所難免。當時文網初弛，百廢待興，資料難覓，取索不易，窮輯廣覽，幾更冬夏，抄撮謄録，指胼肘胝，此中甘苦，惟相知者知之。當年是書甫一出版，即爲學界所矚目，著名專家若白敦仁、裴斐、張志烈諸先生，紛紛撰文推許，以爲唐詩紀事經此校理，「爲唐詩研究者提供了一份可以放心使用的可靠資料」。程千帆先生偕其高弟程章燦先生，更借評價此書進而申論「信息開發與反饋處理」相關之義。今校箋面世已三十年，所得所失自在人心。其至今仍爲廣大研究者所常置備用，亦足證此書當可傳世不朽。

然是書雖爲廣大讀者所認同，但先父亦深知，其中有待探討、疑而未决之問題尚存不少，每欲重訂而未及。先父遐昇，一十二年矣。當今文運隆昌，信息通達，創見卓識，日新眼目。當年渺不可求者，而今唾手可得，其增補修訂是書，正當其時。今中華書局再版此書，問責于余。私心自忖：先父初開是役，余即陪侍在側，其後入巴蜀書社復忝爲責任編輯，編、校之事一體任之。今書中所見之排校差誤，自當歸責于余。而于當年不可得見以及後人新出之研究成果，可得而參校者，爲之補苴修訂，以竟先父校箋是書期于「求是」、「盡善」之願，此亦爲子之誼也。惟是自知孤陋寡聞、才疏學淺，身當編外，未能入流，不得竟遂所願，唯在盡心而已。且是書卷帙浩繁，時間所限，全面修訂尚需俟諸來日。今與巴蜀初版相較，校箋增補改動約計數百餘條，兹略綴數語，稍加説明。

此次修訂，一是改正錯字别字、注碼顛倒以及文字標點之誤；二是補充部分當校未校、箋而未盡之文。于時人所指謬誤，皆擇其是者儘量做了修改。近年新出資料以及研究考證成果，足資參校者，亦盡力采録參訂。此次校訂，依倚傅璇琮、徐俊、陳尚君先生主編之唐人選唐詩新編爲多，惜其晚出，先父不得寓目也。如本次修訂最多、改動最大者爲第四十二卷。此卷含王涯、令狐楚、張仲素三人，計氏稱「右王涯、令狐楚、張仲素五言、七言絶句共作一集，號三舍人集，今盡録于此」。後世研究者皆信其説，以謂三舍人集僅賴此書以存。然今經陳尚君先生研究發掘，見復旦大學圖書館館藏明鈔本唐人詩集八種中，元和三舍人集原貌尚存。當初先父校紀事及此，發現全唐詩所載三舍人集中詩，與紀事所載，其主名、標題差異甚大。以全唐詩處理兩見異同之法，一般皆注明「另見」、「一作」，而于此三舍人之作，則逕録而不言紀事之異，誠以爲怪，而不知其所由。又以全唐詩乃後出之書，止自存狐疑而未輕易取校。今得見元和三舍人集，乃知全唐詩編纂時三舍人集或原本尚存，其編者以紀事舛亂差誤過甚，不足取信，竟不注其異也。得陳先生之發現而疑慮盡釋矣。今據中華書局唐人選唐詩新編（增補本）所載元和三舍人集以校紀事，冀可糾其悖謬，明其是非也。其餘修訂更動，不能畢舉，讀之者自能知之。

二〇〇九年，傅璇琮先生撰唐詩紀事校箋掇誤一文，集中指出校箋所存問題，頗具影響。今修訂校箋，深得此文教益，取資極多。今僅于此，敬抒謝忱。然其文于校箋有求之略深之處，先父不能起而應之，大厚不才，兹舉一二事，稍爲辨之。如該文于校箋引據之唐人選唐詩諸書，每責以「僅引明刻本」而失校、漏校。其舉紀事卷二十祖咏蘭峰贈張九皋詩，「孤山出幔城」、「長懷魏闕情」句云：「校箋謂『幔城』原作『草城』，『魏闕』原作『魏國』，即只據明本極玄集等改。而上海圖書館所藏影宋鈔本則作『草』、『國』，與紀事同。即應作異文校，不能徑改，應保存原貌。」今按校箋所據極玄集確爲明汲古閣本（即上海古籍出版社之排校本），然當時上海圖書館所藏影宋鈔本既不知其存於世，無從得見異文而作校，取校明本，亦非無據。且校箋校改所據，並非如先生所舉，僅止于極玄，更有文苑英華及祖詠集爲佐。再看原詩云「遠樹低槍壘，孤山出幔城」，此謂君王出狩，兵衛車仗之盛也。

「幔城」正對「槍疊」，若作「草城」，顯然不合。何焯校此亦云：「細尋詩意，作『幔』者得之。」再看結句「誰念迷方客，長懷魏闕情」，此乃述遠客戀闕之情，若作「魏國」，則失其義。計氏所録二字雖與影宋鈔本同，然宋人鈔本亦未必盡是，而明人刻本亦未必盡非，汲古閣毛氏當初或已取校文苑英華諸書而正之矣。校箋于此，似既得其「是」，更進而得其「善」。再者，此乃校紀事而非極玄，若單校極玄，自當羅列各本異文以作比對，而後辨其正訛。紀事原本雜採衆書而成，今既無善本可據，只能取校他書。若必求先取參校羣籍之各種版本，一一比勘而後行，則恐「不勝其繁」。先生文中又云：「校箋中引及極玄集，又有漠視現代研究成果事」。所「漠視」者，蓋指陳尚君先生「極玄集詩人小傳爲後人所加」之論。按陳先生此説，一九九五年方見于唐才子傳校箋第五卷姚合傳補正，先父于八十年代初撰此稿，無由得見。極玄集小傳，嚮爲研究者所重。四庫提要謂其乃姚合原註，非後人抄撮諸書所增入。並云：「總集之兼具小傳，實自此始，亦足以資考證也。」後世學者皆信而不疑。故校箋用之，與之同時先後出版之唐才子傳校箋（前四册）亦皆採擇引據。即傅先生本人于才子傳劉長卿「開元二十一年及第」之説，亦箋之云：「郡齋讀書志、直齋書録解題所載皆同，或皆據極玄集。」（唐才子傳校箋第一册）不以其「小傳」爲僞也。紀事于唐詩整理頗具重要意義，傅先生于整理紀事期之殷殷，故責之切切。今修訂是書，必欲盡力爲之，殫精竭思，以求上覆先生之望也。

中華書局編輯先生爲本書再版並審讀加工付出巨大辛勞，謹此致謝！

王大厚

二〇一九年十二月五日于成都華陽竹島寓中

前言

一

唐詩紀事八十一卷，宋計有功撰。明人胡震亨以爲「計氏此書，雖詩與事跡評論並載，似乎詩話之流。然所重在録詩，故當是編輯家一巨撰。收採之博，考據之詳，有功于唐詩不細」（見唐音癸籤卷三二）。四庫提要亦云：「采摭繁富，于唐一代詩人或録名篇，或紀本事，兼詳其世系爵里，凡一千一百五十家，唐人詩集不傳于世者，多賴是書以存。其某篇爲某集所取者，如極玄集、主客圖之類，亦一一詳注。今姚合之極玄集猶存，張爲之書，獨藉此篇以見梗概（按函海本主客圖即從此書輯録而成），猶可考其孰爲主，孰爲客，孰爲及門，孰爲升堂，孰爲入室，則其輯録之功，亦不可没也。」這都説明，它在研究唐代詩歌上，是有其重要參考價值的。

「知人論世」，本來是「誦詩、讀書」必不可少的一個方面，在計有功以前，像他這樣綱羅一代，以事繫詩，以詩繫人，以人序時，井然有條的著作，尚未有過。自他創爲此體，在詩文評中，可謂别開生面。自此以後，宋詩紀事（厲鶚）、金詩紀事（陳衍）、元詩紀事（錢大昕，未刊；陳衍）、明詩紀事（陳田），相繼出現。另外，還有了全唐文紀事（陳鴻墀）、詞林紀事（張宗櫹）之類的著作，旁及其他領域。而至今踵其事者，如清詩紀事、元曲紀事之作，還方興未已。已成諸書，除宋詩紀事而外，其重要性，還没有比得上唐詩紀事的。

至于計有功的生平，四庫提要説：「敏夫（有功字）始末未詳」，李心傳繫年要録（即建炎以來繫年要録，下同）載：「紹興五年（一一三五）秋七月戊子，右承議郎新知簡州計有功，提舉兩浙常平茶鹽公事。有功安仁人」云云。對此，清末陸心源曾作了進一步的考證，他説：「愚按有功，臨邛人，祖用章，東都事略附范雍傳。父良輔，慶曆進士，見眉州志。有功，宣和三年進士，自號灌園居士，見宋刊二百家播芳大全目録。紹興六年（一一三六），累官左承議郎，充行都督府書寫機宜文字。十一月，張浚遣來奏事，後二日，加直秘閣，遣還。七年（一一三七），獻所著晉鑑。高宗曰：『朕乙夜觀之，且爲艱難之戒。』又問春秋防微之漸，對曰：『婦笑于齊，六卿分晉，此書之所爲作也。』上首肯。隨以母老求去，陞值徽猷閣，提點潼川府刑獄公事，張浚引親嫌力辭，疏累上，詔仍舊職。二十八年（一一五八），知眉州。逾年，移利州路轉運判官。明年，移嘉州。見繫年要録。」（儀顧堂

題跋卷十三唐詩紀事跋)

除陸氏所舉者外，我們知道：蜀典姓氏類，臨邛計氏，有計用章，天禧三年(一〇一九)進士；計良輔、計有功，皆紹興元年(一一三一)進士。與陸氏所舉眉州志、播芳大全異。又：宋史藝文志有臨邛計用章集十二卷。蜀中著作記卷八載：「迂遺集十三卷，安仁計用章著。用章年十八，登天禧進士第五人。孫有功登慶曆進士，著唐詩紀事，行于世。」其于有功登第之年，記爲慶曆，自嫌過早，當不足據。

蓋計氏爲臨邛大族，安仁乃臨邛屬縣，其地元代併入大邑，故地即今大邑縣東南的安仁鎮。唐詩紀事序自署爲「臨邛灌園居士計敏夫有功」，安仁即當時邛州臨邛郡所屬六縣之一。

據東都事略載：計有功的祖父計用章，因西夏元昊入侵，建議延州(今陝西延安)知州兼安撫使范雍早作戒備，范雍不聽，後果兵臨城下，于是反誣以罪，把他流放到雷州(今廣東海康縣)，直到范仲淹經略延州，才得昭雪。看來是一個很有智謀而性格剛直的人。他有集傳世，説明也很有學問。有功與父、祖三代同中進士，有其家學淵源。張浚是南宋中興名臣，史稱其「學邃于易，有易解及雜説十卷，書、詩、禮、春秋、中庸亦各有解，文集十卷，奏議二十卷」(宋史張浚傳)。其子栻，當時學者稱「南軒先生」，乃著名理學家。史言：當有功「陞直徽猷閣」時，「浚引親嫌力辭」（見繫年要録卷一一一），足見兩家關係密切。朱熹在張浚行狀中説：「舅氏計有功久在幕府，得直徽猷閣，公止，乞就秘閣。人服其公。」（見朱文公文集卷九五）而有功竟以「直秘閣」終。可是，却也有人攻擊張浚「以舅計有功爲成都提刑」是「任用親戚」，而數其「失謀誤國」之罪（見繫年要録卷一一四），足見當時政治鬬爭的複雜。張浚于「（紹興）五年（一一三五）除尚書右僕射，同中書門下平章事兼樞密院事，都督諸路軍馬。」（宋史張浚傳）有功則于紹興六年，充行都督府書寫機宜文字（見繫年要録卷一〇五），蓋以親信而處機要。所以當他向高宗進獻所著晉鑑時，能够得到重視。他獻這部書，其目的正是要用晉室南渡的歷史教訓來警戒南渡以後的宋室君臣。當時張浚居將相之位，衆望所歸，他是很想趁此有所作爲，以圖紓難救國的。後來他追述這段時期的情況，説：「至于國計財用，兵民利害，頃在朝廷，猥以管見蠡測，上干君相之聰明，不啻十數事。世雖不知，事或見從。此在某無愧于心者。」（上陶漕書，見宋代蜀文輯存卷六三）可見他在紹興初年，雖然身在幕府，未得大用，却是意氣風發，躊躇滿志，對于所謂「中興」之業，是暗有所助的。

可是，在此以後，他也因爲張浚之「極論時事」，觸怒秦檜，被貶出朝而見絀。事在紹興十六年（一一四六）（宋史張浚傳）。後來，他在上陶漕書中説：「自艱棘災痛，幾一周星（十二年），蝸藏塊伏，未嘗以尺紙爲身謀。」在上從官啟中也説當時自己：「尚嬰罪謫，敢彈貢禹之冠。」（見宋刊二百家播芳大全卷二四）看來，「浚去國幾二十載」（宋史張浚傳），有功至少退職閑居達十年以上，而唐詩紀事這一卷帙浩繁的著作，就也很有可能是在這種投閑置散的生活當中完成的。所以他在此書的序文中説：「所恨家貧缺簡籍，地僻罕聞見。」今天看來，書中還有一些可引用而没有引用到的材料，恐怕和當時他處在這樣的情況下來著書，是不無關係的。當然，這書並不是一個短時期草草完成的著作，他説：「敏夫閑居，尋訪三百年間文集、雜説、傳記、遺史、碑誌、石刻，下至一聯一句，傳誦口耳，悉搜采繕録。間捧宦牒，周游四方，名山勝地，殘篇遺墨，未嘗棄去。」（同上）用力之勤，實是他取得成果的主要原因。

近人傅增湘宋代蜀文輯存中有計有功文一卷，存文七首。從這些文章中，我們還知道了計有功曾經在石泉軍（今四川北川縣石泉鎮）充當過太守趙元的幕客，文中他自稱「郡士」，而名列在「版曹尹商彦」之上，説明雖任其事，却並未受官（見大禹廟記）。還任過唐安（今四川崇慶縣境）縣令（見上陶漕書），不過，這已經是因張浚被罪而牽連見絀的十年和秦檜死亡（一一五五）以後的事了。在任縣令時，他關心人民疾苦，深入調查研究，舉出「因循」、「登帶」、「虚包」、「重收」四大積弊，向當時的運使陶某力陳：「唐安四邑，土田墝确，頽沙嚙堤，貧下逃亡之外，稼穡之及者十四，水旱固未保也。而一歲挽漕之計，乃爲錦官都會之亞，度長挈大，可謂不相侔。考民之困，職是之由也。噫，此官吏之罪，其來遠矣。」（同上）充分表現了他爲民請命的迫切心情。此後，他「知眉州」（紹興二十八年，見繫年要録卷一七九），「爲利州轉運判官」（紹興三十年，見繫年要録卷一八五），「移知嘉州」（紹興三十一年，見繫年要録卷一九三），看來是一直在四川做地方官，没有再出四川。中間于「紹興乙丑」（一一五七）到過成都，爲昭覺寺寫了一篇昭覺僧堂無盡燈記（見成都文類卷四〇，宋代蜀文輯存卷六）。此外，宋鄧椿畫繼載：「成都僧祖鑑于邛州鳳凰山畫觀音，一日，忽現五方圓相，直閣計敏功爲作瑞像記。」「敏功」當是「有功」之誤。這都説明他晚年是篤信佛教和精于禪學的。其卒年當在孝宗時代了。

他的交游，今日所知者甚少，比較密切的有郭印，成都人，政和中進士，自號「六樂居士」（見宋詩紀事），有雲溪集十二卷。四庫提要説：其交游最密爲計有功、曾慥等，皆一時博雅之士。曾任銅梁、仁壽等地縣令。雲溪集中有送計敏夫赴闕五言古詩一首，和計敏夫題雲溪及計敏夫送酒二壺有詩和之二首，皆絶句。赴闕詩云：「衣冠半知識，喜君天下士。奥學滄溟深，高談風雨駛。胸中富經綸，憂國心屢痞。誓言排閶闔，開口獻天子。」又云：「丞相君之甥，風流酷相似。彤陛看摩肩，笑談銷敵壘。君家有世臣，名實耀國史。

奇謀付子孫，鞭笞餘馬箠。行增前德光，更雪中朝耻。事成豈因人，碌碌焉能比。」著意稱述了有功之爲人。詩當是紹興七年送其赴行在時所作。送酒詩（第二首）云：「何須著意苦吟詩，未動毫端萬景隨。千載騷人還把手，誰云陶謝不同時。」更表示了他對有功詩才之傾佩。可惜有功的詩，今已無存了。

二

兩宋蜀學本來有深厚的基礎，加上計有功的家世薰習，特殊環境，以及個人的努力，所以唐詩紀事一成書後，即爲當時人們所重視。但由于卷帙浩繁，很久未能刻印成書，只在學士大夫之間，以稿本展轉傳録。今傳王象之輿地紀勝，就引用了唐詩紀事十餘條，如卷一八四利州條下，有云：「利州昭化縣之南境，與劍門相接，有鋪曰白衛鋪。唐詩紀事：『明皇登白衛嶺，覽眺良久，又歌是詞（指李嶠汾陰行：山川滿目淚沾衣，富貴榮華能幾時？不見只今汾水上，唯有年年秋雁飛等句）。復曰：嶠誠才子也。』今其名見于此。」據王象之輿地紀勝序，此書成于南宋嘉定十四年（一二二一），尚在王禧校刻唐詩紀事之前三年，説明他所據以引用的乃是計有功的稿本。當然，按照四庫提要的説法，也有可能作序在先而成書在後。但它的確是最早引用唐詩紀事的一部書。

最早把唐詩紀事刻印成書的就是王禧，字慶長，四川眉山人（見魏了翁鶴山集）。據其自述：他在慶元辛酉（一二〇一），從計有功的幼子計次陽那裏，見到此書的稿本，于是，「立命數十吏傳録」。由于人多手雜，時間倉猝，「其間不能無魯魚亥豕之誤」。經過他「翻閲累年，手自讐校，十是正其七八」。直到嘉定甲申（一二二四），他任「懷安假守」（懷安軍今四川金堂縣淮口鎮。假守，代理地方官）時，才得刊印成書（見唐詩紀事卷首王禧識語）。從「慶元辛酉」到「嘉定甲申」，歷時二十三年。説明他校刻此書，也下過很大功夫。他除自己有把握的地方已加校正外，「餘則傳疑，不敢妄加損」（同上），采取的也是一個審慎的態度。

通過明嘉靖間錢塘洪楩翻刻的「懷安初本」唐詩紀事（四部叢刊初編影印），我們可以看到王禧在校刻過程中，除刊正文字外，還做了不少工作。歸納起來，大約有以下幾個方面。

一是注明引書出處。計氏著此書時，採獲甚廣，現在書中有許多條文，注明了所引用的書名，其中一部份，可能是計有功加的，這主要是那些採自前人成書裏面的，如云：「姚合取爲極玄集」、「二詩韋莊取爲又玄集」、「右張爲取作主客圖」，以及「右王涯、令狐楚、張仲素五、七言絶句，共作一集，號三舍人集，今盡採于此」之類。這是見其措語而可知的。另一種情況，則是在每一條文的開頭，作爲正文；或在每一條文的末尾，或用大字，或以小字雙行夾注，綴于文後。作爲正文的，如「段成式曰」、「殷璠曰」、「高仲武曰」之類，分别採自酉陽雜俎、河岳英靈集、中興閒氣集等唐人成書，當出計氏之手。至其採自「詩話」、「雜説」、「傳記」之類者，有的在每條的開頭，有的在每條的末尾，字體大小，也不一致。這些書名，據我們看來，則多爲王禧所加。因爲所稱出處，往往不够確切，特别是所注的往往是一些比較晚出的書。如古今詩話，本是宋人纂録唐人的傳記、雜説諸書而成。這對計有功來説，只算是第二手資料。計氏著書時，主要當採自原書，決不會用上這種第二手資料，還把它作爲出處依據來加注的。試舉二例，如：

一、本書卷六上官儀下「高宗承貞觀之後」條，文云：

> 高宗承貞觀之後，天下無事，儀獨持國政，嘗凌晨入朝，廵洛水堤，步月徐轡，詠詩曰：「脈脈廣川流，驅馬入長州。鵲飛山月曙，蟬噪野風秋。」音韻清亮。群公望之，猶神仙焉。右古今詩話。

各本均同。這段文字，在唐人所寫的傳記、雜説中，分别見于大唐新語卷八、柳氏小説舊聞、劉賓客嘉話録、隋唐嘉話諸書，而文字基本與隋唐嘉話、劉賓客嘉話録相同。計有功恐怕不會偏偏要取這部宋人所纂的古今詩話吧！

二、卷六五鄭綮下「古今詩話曰」條，文云：

古今詩話曰：「相國綮善詩，有題老僧詩云：『日照四山雪，老僧門未開。凍瓶沾柱礎，宿火燼爐灰。童子病歸去，鹿麑寒入來。』嘗言此詩屬對，可以衡秤，言輕重不偏也。或曰：『相國近爲新詩否？』對曰：『詩思在灞橋風雪中驢子上，此處何以得之？』蓋言平生苦心也。」

這段文字，採自北夢瑣言卷七。計氏在撰唐詩紀事中，取北夢瑣言頗多，亦不必于鄭綮一人獨用古今詩話也。

其次，書中還有一部份疏釋性質的注文，其文有的採自各家本集舊注（如李邕、張九齡、鄭虔、嚴武各條引自杜工部集八哀詩注）；有的爲詩人自注（如元稹酬樂天餘思不盡加爲六韻之作、李德裕招隱山觀玉蕊花詩二人自注）。其採自傳記、雜説者，也並録了原書注文（如高退之詩和注均採自摭言），這些可能都是計有功所爲。另外，還有少數釋人、釋地、釋音義的注文，也有對書中所載事實，提出異議的。如本書卷四六劉軻下，有「軻爲僧時，葬遺骸」一條（按此條出雲溪友議卷中，南部新書已亦載之），其末注云：「不知爲僧者，是彭城劉軻否？」疑其與家在「沛上」的劉軻，並非一人。糾正原書之誤，則顯然不出于計氏而爲王禧所加。

此外，還有一部份記載異文，如「一作某」、「一作某某」之類的注文，以及「傳疑」、「未詳」等十餘條，則屬于校記的性質，自當全出于王禧之手。今天看來，這些「傳疑」、「未詳」的問題，有的是有了文字上的錯訛，有的是王氏對于所用典故，不明出處。如本書卷八崔融下，「崔融瓦松賦序」條注云：「烏悲字未詳。」這指的是賦文：「慚魏宮之烏悲，恧漢殿之紅蓮。」按文苑英華卷一四七所載崔融瓦松賦中，這兩句作「慚魏宮之烏韭，恧漢殿之紅蓮」。這裏的「悲」字和「惡」字，是錯字，應當改正。廣雅：「昔邪，烏韭也。」正與本條所採酉陽雜俎釋瓦松所引「博雅云：在屋曰昔邪」相應。瓦松、昔邪、烏韭，實際是一物異名。這樣，其意義就不難理解了。

又，同卷崔融詠劍詩條，末二句「欲知天下貴，持此問風湖（當校改作胡）」下注云：「風湖字未詳。」按吳越春秋卷四：「楚昭王得吳王湛盧之劍于牀，乃召風胡子而問曰：『其直幾何？』風胡子曰：『臣聞此劍在越之時，有酬其直者，有市之鄉三十，駿馬千匹，萬户之都二，是其一也。』」崔詩即用此事。至于其他「傳疑」、「未詳」各條，稍加考索，實際上多數也是可以解决的。

三

王禧本刻于四川，可算是此書最早的「蜀本」。看來流傳也是不廣的。所以，晁公武郡齋讀書志、陳振孫直齋書録解題以及馬端臨文獻通考的經籍考中，都没有著録。終宋之世，也無人加以重刻。歷來認爲作者有疑問的全唐詩話一書，據我們考察，則可能是由此産生出來的一個「節本」。

舊題宋尤袤撰的全唐詩話，清人把它判定爲賈似道假手幕客廖瑩中「剽竊舊文，塗飾塞責」而成的僞書（見四庫全書全唐詩話提要）。其實是不確切的。提要云：「考周密齊東野語載賈似道所著書，此居其一。」（丁氏善本書志亦用此説）今檢野語並無這一記載，而周密所著癸辛雜識中，却説，賈似道「又刻全唐詩話三帙」。一「著」一「刻」，意義是不盡相同的。蓋此書明代諸刻本俱不著撰人。毛晉所刻津逮秘書本，也只卷末有「遂初堂主人跋」一語，並未標明爲尤袤所著。提要所説「毛晉不加考核，刻之津逮秘書中，疏亦甚矣」一語，其責難可謂無的放矢。只因「卷末有遂初堂跋，安維學序遂以爲尤文簡（袤）之書，以文簡有遂初堂之名也」（見傅增湘藏園群書題記續集卷五正德本全唐詩話跋）。除此以外，其直接題爲尤袤所著的，明代以前尚無可考。今按周密武林舊事，賈似道「賜園」中，即有「遂初容堂」之名。跋文自稱：「歲在甲午，奉祠河曲，日與四方勝游，專意吟事，唐人詩尤喜誦習，間有哀話，録之纂記，匯而書之，名曰全唐詩話。其後三十八年爲序」云云。後題「咸淳辛未」，當宋度宗咸淳七年（一二七一），上溯三十八年，當理宗端平元年（一二三四）。此時王禧所刻唐詩紀事，新出而流傳未廣，于是據以删繁擷要，以爲吟詠清談之資。賈于端平元年，方始入仕，任太常丞。太常爲掌祭祀禮樂之官，所以他託言「奉祠」。晚年既貴以後，才以此付之剞劂。這樣出來的一個「節本」，是和有意作成的僞書有所不同的。其書全據唐詩紀事加以要删，也與「剽竊舊文，塗飾塞責」不同。至跋中所云「河曲」，當是「湖曲」之誤。以南宋建都臨安，在西湖上，無由「奉祠河曲」也。

自此以後，明代先後出現了四個刻本，其中兩本刻于嘉靖乙巳（一五四五）。一爲錢塘洪楩本，楩字子美，歷詹事府主簿。見卷首孔天胤重刻唐詩紀事序。天胤，字汝錫，汾陽人，嘉靖壬辰（一五三二）進士，時官浙江提刑按察副使。明史藝文志著録有孔汝錫文集十六卷，詩集十四卷。錢謙益列朝詩集、朱彝尊明詩綜俱載其詩。序稱：「唐詩紀事若干卷。舊叙是臨邛灌園居士計敏夫字有功所集，而爲懷安假守王禧字慶長鋟置郡齋。時記嘉定甲申。年代既遠，印板磨滅，或無再刻之者，故其書罕存。即有傳者，但鈔本爾。

嗜文之士，意恒闕如也。嘉靖乙巳，錢塘洪子美氏，釋宮寀玉綘之班，理家園竹素之業，得笥藏懷安初本，遂爲雕繕，久之成書」云云。洪本既據原刻翻雕，故于字之錯訛，版之殘闕，以至佚文脱簡，皆仍其舊，未加訂正。另一爲張子立本，張字原禮，山東黄縣人，嘉靖丙戌（一五二六）進士。累官僉都御史，巡撫延綏，謫戍固原，亦能詩（見明詩紀事）。序未言所據何本，而自稱曾事校讎。然觀其書，不特錯訛多未得刊正，且臆改妄補之處，比比皆是。姑舉二例，以見一斑，如：本書卷六四陸龜蒙下「龜蒙，三吴人也」條，洪本版面四行殘缺，第一行缺八字，二、三行各七字，四行五字。而張本不缺，第一行缺處有「博雅多文」四字，二行「吴下藏」三字，三行「友唱和若干」五字，四行「卒陳給事」四字。而此文紀事實採自摭言卷一〇「韋莊奏請追贈不及第人近代者」，其中論陸龜蒙一節，原文如下：

> 龜蒙，三吴人也，幼而聰悟。文學之外，尤善談笑，嘗體江、謝賦事，名振江左。居于姑蘇，藏書萬餘卷，詩篇清麗，與皮日休爲唱和之友，有集十卷，號曰松陵集。中和初，遘疾而終，顔蕘給事爲文志其墓。吴子華……

張本文意似通，對照原文，則相去甚遠，實妄補也。于此，亦見張子立所據之本，與洪本所據之「懷安初本」，同出一源，其殘缺處乃相同也。又如，本書卷三五陸暢下「段成式曰」條，記載陸暢事説：

> 初娶董溪女，每旦婢進澡豆（盥洗用品），暢輒沃水服之。或曰：「君爲貴門女婿，幾多樂事？」暢曰：「貴門苦禮法，俾予食辣麪，殆不可過。」

此採自酉陽雜俎續集卷四「貶誤」門，文本不誤，意亦甚明。而張氏望文生義，臆改「俾予」爲「婢子」二字，則竟不可通矣。

萬曆甲午（一五九四）本，又出張本，無善可述。

值得注意的是崇禎壬申（一六三二）毛晉所刻的汲古閣本。他對見到的嘉靖乙巳、萬曆甲午所刻之本不能滿意，于是「參之本集及御覽、英華、文粹、弘秀諸書二百餘種，一一釐正」，並自詡爲「庶幾無遺恨矣」（見汲古閣本唐詩紀事識語）。的確，他的成績很大，但遺留問題也還不少。其中，如本書卷四四王建宮詞中，雜入王昌齡詩一首（「寶仗平明金殿開」）、白居易詩一首（「淚盡羅巾夢不成」）、劉禹錫詩二首（「日晚長秋門外報」、「日映西陵松柏枝」）、張籍詩二首（「新鷹初放兔方肥」、「黄金桿撥紫檀槽」）、杜牧詩一首（「閑吹玉殿昭華管」）、花蕊夫人宮詞一首（「鴛鴦瓦上忽然聲」），俱見諸人本集，宋趙與時賓退録已言之，而毛氏却未加以釐正。又如：本書卷六七王柷下「會昌時有題三鄉者」條：「和者十人，柷和三鄉詩云云。」以下只分載王滌、李縞、高衢、劉谷、李昌鄴、張綺、韋冰等七人的和三鄉詩，據目録，尚列有「王碩」、「陸貞洞」二人，詩闕。王士禎五代詩話引唐詩紀事，于「和者十人」下，即注「其二不傳」。今檢范攄雲溪友議卷中「三鄉略」條，則見和三鄉詩中，陸、王二人之作，赫然俱在。友議是常見的書，毛氏亦未據而校補。此外，錯訛當正而未正，缺脱當補而未補者尚多。亦時有臆改妄補之處。恐怕還不能就以爲是「無遺恨」哩。而且此本最大的缺點是没有校記，看不到他是以何者爲據來釐正的。汲古閣本出來以後，在清代得到廣泛的流傳。全唐詩以及清人論詩時所引用，多據此本。

近代值得注意的有一九一三年崇慶羅元黼校存古書局刻本。他以汲古閣本爲底本，主要依據他所謂的「宋本」，實即張本，參之以全唐詩等書，校正文字，力求「文意俱通」。每卷之末，附以「證誤」若干條，亦即校記，説明去取刊正之由，雖不甚精，這種作法，是應當肯定的。

問題是他誤把張本當成了「宋本」，並于卷首標明此本爲「宋本、汲古閣本合校」。還在卷末附録了「宋本毛本唐詩紀事詩字異同表」。他見其「篇中避宋諱甚多，如『貞』改『正』，避真（仁）宗；『匡』作『厈』，避太祖；『殷』改『商』，避宣祖；『讓』改『遜』，避濮王；『樹』改『植』，避英宗嫌名之類，皆毛本所無」，于是斷言：「知確爲宋刻。」（見羅本唐詩紀事識語）却不知道，張本其實也自王禧本而來，前引卷六四陸龜蒙下「龜蒙，三吳人也」條版面殘缺與洪本相同，可證。僅憑諱字來判定其爲「宋刻」，是靠不住的。他在卷首「唐詩紀事標目」之後，接着也刻上了張子立的識語，明言「余校唐詩紀事已，……張子立再識」云云。看來他所見的本子中，署明「嘉靖乙巳春正月」所作的張子立卷首的序已經缺失，所以造成了極大的誤會。

就這樣，他也承襲了張本一些臆改妄補的失誤，如前舉卷六四陸龜蒙下「龜蒙，三吴人也」條之妄補摭言，卷三五陸暢下「段成式曰」條之臆改酉陽雜俎，如此之類，不一而足。只因他力求「文意俱通」（見識語），所以也易爲人們所接受，自羅本問世以後，一九一六年無錫丁福保在上海文明書局所印的唐詩紀事中，首先襲用了羅本，却不一提羅氏之名。只是去掉了他每卷後所附的證誤和卷末的宋本毛本唐詩紀事詩字異同表而已。其書具在，稍一對勘，是不難看得清楚的。即如前面所舉到的羅氏承襲張本，于陸龜蒙下妄補摭言，陸暢下臆改酉陽雜俎兩條，亦仍襲誤未改。尤其明顯的，是羅氏在唐詩紀事識語中，論四庫提要引建炎以來繫年要録載「有功，安仁人」之語，謂「安仁在宋屬饒州鄱陽郡，與臨邛風馬牛不相及，何能牽合？且要録明作許有功，意當時必因計、許形近而漫指爲一人」云云。丁氏亦云：「安仁在宋屬饒州鄱陽郡，與臨邛相去遼絶」；並云：「今檢要録作『許有功』，不可以『許』『計』字形相似而訛爲一人也。」所論如出一口。按四庫提要所引見繫年要録卷九一，其下尚有「張浚從舅也」一句。如前所論，繫年要録所載計有功事，不下七、八處，其爲張浚從舅，要録而外，既見朱熹張浚行狀，亦見郭印送計敏夫赴闕詩，要録刻本，唯此一處，以「計」「許」形近而誤，其他各卷皆作「計有功」，豈能因其一誤，而遽謂與各卷所載非是一人乎？且宋有三安仁，一屬江南東路饒州鄱陽郡，一屬荆湖南路衡山衡陽郡，一屬成都府路邛州臨邛郡，見元豐九域志及宋史地理志。羅、丁二氏，真可謂「知其一不知其二」了。于此，益見丁本出于羅本，蓋亦步亦趨也。後來通行的萬有文庫本，大抵又從丁本基礎上出來。所以，就近代來説，羅本的影響是比較大的。

現在，張本流傳較少，洪本商務印書館收入四部叢刊初編，影印出版，一九三六年上海雜誌公司亦曾據以排印，收入中國文學珍本叢書。但均未經整理，錯訛依然。

一九六五年，中華書局始出版了新校本。這一整理本，有其值得肯定的地方。首先，是它採用了洪本作爲底本，這就避免了張本以下所造成的混亂，同時，有了洪本，對毛氏汲古閣本校埋失當之處，可以擇善而從。如本書卷十李嶠下「李嶠汾陰行」條注有「利州昭化縣之南境，與劍門相接，有鋪曰白衛鋪，今其名見于此」數句，卷二〇祖詠下「王維有喜祖三至留宿詩」條注有「詠與維最善」五字，卷六一裴廷裕下「廷裕字膺餘」條注有「梁時姚洎爲學士，人號急灘頭下水船」二句，皆爲毛氏所删。其「白衛鋪」云云，曾爲輿地紀勝所徵引，前已論及，毛氏删之，非也。這些注文，在新校本中，都得以保留了下來。其次，它對紀事部份徵引了一些有關資料來進行參校，解决了書中一些問題。更可貴的是每卷之後，都附有「校記」，對于錯字、脱文，有所訂補的，一一作了説明。

所惜的是它所取證的資料，還不够多，特别是詩的部份，絶大多數都是「據汲古閣本及全唐詩校改」，並不曾認真找出有關唐詩總集、别集，或筆記、小説來進行參校。就是紀事部份，這方面遺留的問題也還不少。其不檢原書、標點錯誤和隨意校改之處，亦多。例如該書六六〇頁羊士諤下引順宗實録一條，洪楩本所載「順宗實録云：元年六月，貶宣州巡官羊士諤爲汀州寧化縣尉」，文本不誤，書中却改「宣州巡官」爲「宣、歙巡官」。「宣州巡官」雖也可稱爲「宣、歙巡官」，但韓愈文集具在，明作「宣州巡官」，而後面的校記〔一二〕却説「據順宗實録改」。又，此文引順宗實録，只取其王叔文因羊士諤之故與韋執誼交惡一事，引文至「由是叔文始大惡執誼」而止。其下「士諤受知李吉甫」云云，乃據兩唐書李吉甫、吕温等傳概括記之，其貶資州刺史在元和三年，見舊唐書卷一三七吕渭傳附吕温傳。順宗實録中，怎會記入憲宗時的事呢？而書中却「據順宗實録」改「（羊士諤）嘗爲資州刺史」爲「終資州刺史」（見校箋〔三〕），真不知何所據而云然了。因此，我們認爲，對于這樣一部書，今天還有進一步整理之必要。

四

這次整理，我們初步考慮到的，準備着眼于以下幾個方面：

第一，是本書中存在的問題。計有功曾説自己「所恨家貧缺簡籍，地僻罕聞見」，道出了他著書時條件的限制。加上他除了一段時間的投閑置散以外，常在軍旅游宦之中，欲以個人之力，網羅一代詩事，其搜採不備，抉擇不精，編制不善的情況，自然是難免的。對于如何進一步從事補輯，充實完善，看來今後我們還可作一較爲全面的規劃。在目前，我們首先所要做的，主要則在于整治書的本身。從探討作者搜採資料的來源入手，我們不難發現，書中往往是存在着一些問題的。如：其中有的由于讀書偶不細心，弄錯了史實；有的由于節引過于簡略，差失了原意；或以一人而分爲二人；或以兩事而合爲一事，以至如胡震亨所舉列隋李元操于唐人，訛蔡隱丘爲詩僧等等之類的問題，若不加以澄清，必將疑誤學者。

第二，是原書鈔寫中間發生的錯訛，看來無論錢塘洪楩所據的「懷安初本」也好，張子立所據之本也好，以及後來毛晉汲古閣校刻時所據之本也好，它們都同出一源，即王禧從計有功的幼子計次陽手裏借的那個稿本並「立命數十吏傳録」而來的。人多手雜，時間倉猝，其錯訛之嚴重可以想見。經過了王禧的長期讎校，訂正了許多。但今天看來其中的佚篇、缺句、重文、錯簡，猶隨時可見。至于文字的錯訛，詩句的脱落，就更多了。這些問題，依據毛氏汲古閣及全唐詩等後出之書來進行校正是不行的。即使對了，也不能令人信服而知其所以然。

第三，是王禧讎校中存在的問題。關于鈔寫錯訛，除了王氏讎校所未及的部份之外，還有他發見問題而未能解决注明「傳疑」「未詳」之類，毛氏汲古閣本中這些注文都不見了，但並未真正解决問題，有的甚至造成新的混亂。試舉一例，如本書卷十一徐堅送張説巡邊應制詩中有「累相承開池，深籌協子房」二句，其後注云：「『開池』字疑。」這是王禧所加的。汲古閣本于此改「開池」爲「安世」，而删其注。這兩句詩本是運用張良的故事來贊揚張説的家世與才略。史記留侯世家：「留侯張良者，其先韓人也。大父開地，相韓昭侯、宣惠王、襄哀王，父平，相釐王、悼惠王。」這就是所謂「五世相韓」，也即「累相」二字的確解。同時，檢文苑英華卷一七七和影明刊本張説之文集以及明活字本張説集中所載徐堅奉和聖制送張尚書巡邊詩，此詩上句皆正作「累相承開地」，以知「開池」者，乃「開地」鈔寫之誤。改「池」作「地」，就可以解决王禧之「疑」了。毛氏大概想到「金張承舊業，七葉珥漢貂」（左思詠史），以爲這最適于比擬張説的顯貴家世，殊不知漢書所載的是

「張氏之子孫相繼，自宣元以來，爲侍中、中常侍者凡十餘人」（張湯傳贊）；珥貂，乃侍中、中常侍的服飾，張安世雖爲相，其上代和下代，都無拜相的，怎能説是「累相」呢？毛氏其實是臆改。而全唐詩亦從之。由此一例，也可證明，不能只據汲古閣本和全唐詩來校正文字，解决問題了。此外，王禧所注的引書出處，多有未確，前已論及。對其疏釋性的注文，亦當逐一審查，糾其失誤。

第四，是明、清以來各家校本所造成的新問題。除翻刻本可以不論外，其中影響最大的，爲毛氏汲古閣本和羅本，前已論及。所以，在這次整理中，對于毛本和羅本中所造成的新問題，如前舉徐堅詩中的「累相承安世」，陸龜蒙下妄補文字以及陸暢事中的「婢子食辣麨」等，亦當旁及，寫入校記。當然，這只是對一些有關係、有影響者言之，不可能一一究其異同得失。

我們的目的，是要在一九六五年中華新校本的基礎上，把工作做得更深更細一些，一方面，在紀事部份，盡可能找到計氏搜採資料的來源出處。箋證史實，從而校正文字。一方面，對于所舉詩篇，這部份是新校本的薄弱環節，而此書「所重在録詩」（胡震亨語）；我們盡可能根據文苑英華、唐文粹、唐百家詩選、萬首唐人絶句、樂府詩集及河岳英靈集、中興閒氣集、極玄集、又玄集等諸唐人選集，以及現存唐人各家别集、近代新發現的唐人寫本等，加以讎校，訛者正之，缺者補之。一般來説，除了許氏在書中標注「姚合取爲極玄集」、「韋莊取爲又玄集」者外，絶大多數從文字異同中，也是可以看出他選録的詩是採自何書的。斟酌去取，我們不僅如前人那樣，只求其「文意俱通」，而要務求其「是」，進而力求其「善」。我們主要用許氏以前的書來作校讎的依據，但年代久遠，書籍散亡，有些資料今天我們已經看不到了。甚至于比之三百五十年前的毛晉，視野所及，也遠遠不逮。因此，在個别地方，必要時還要利用汲古閣本。自此以下，一般就不用作校讎依據了。

近人研究唐詩，取得了很大的成果。校讀全唐詩的，已有若干家。其實，全唐詩中有不少問題都是由唐詩紀事帶給它的。也舉兩個例子：其一，全唐詩卷六三董思恭下載有感懷一詩，云：「野郊愴新别，河橋非舊餞。慘日映峰沉，愁雲隨蓋轉。哀笳時斷續，悲旌乍舒卷。望望情何極，浪浪淚空泫。無復昔時人，芳春共誰遣。」這首詩，是從唐詩紀事（卷三）轉録而來的。但明嘉靖間所刻的洪本和張本以及毛本都無感懷這一詩題，詩題乃是全唐詩的編纂者所妄加。其後羅本及中華本又據之校補了「感懷曰」三字。實際上，這乃是唐太宗所作的詩，詩題是望送魏徵葬。初學記卷一四和文苑英華卷三〇五，以及明銅活字唐五十家詩集本唐太宗皇帝集卷下都收載了這首詩，只是唐詩紀事這裏脱掉了詩題和詩的起首「閶闔總金鞍，上林移玉輦」兩句，其餘十句，全部相同。就是全唐詩本書，在卷一的太宗皇帝下，也同樣載了這首詩。這恐怕不是計有功之過，因爲在紀事卷四的魏徵下面，他就引到了這首詩的末四句，説：「徵亡，帝賦詩曰：『望望情何極，浪浪淚空泫。無復昔時人，芳春共誰遣。』」很清楚，他決不會認爲這首詩是董思恭所作的。同時，本卷中董思恭的詩，還有以下幾首：守歲二首、詠桃、詠李、詠弓、詠琵琶，在詩題下面，都有注云：「一作太宗詩。」相應地，在卷一的「太宗皇帝」下，同樣這幾首詩，題下又注云：「一作董思恭詩」或「紀事作董思恭詩」。到底誰是真正的作者呢？全唐詩的編纂者却不知何去何從。其實，在初學記和文苑英華裏面，這幾首都被收入，標明是唐太宗的詩，而董思恭則並無其中的任何一首。明銅活字唐五十家詩集本唐太宗皇帝集也只詠弓一首未收，其餘都有。由此可知，這些詩皆是太宗所作無疑。何以會産生這一分歧？問題就出在唐詩紀事裏面。原來，在那裏，這幾首詩，並不像在全唐詩中那樣，分散地收載于各詩之間，而是完全集中在一起，緊接于那首所謂感懷詩之後。這就可以説明，它們和所謂感懷，即太宗的望送魏徵葬一詩，本爲太宗所作，其在董思恭之下，乃是誤植于此的錯簡。其二，全唐詩卷三唐玄宗下載幸蜀西至劍門一詩，據今所見，這首詩始見于開天傳信記，説：「上幸蜀回，車駕次劍門，門左右巖壁峭絶。上謂侍臣曰：『劍門天險若此，自古及今，敗亡相繼，豈非在德不在險耶？』因駐蹕題曰：『劍閣横空峻，鑾輿出狩回。翠屏千仞合，丹嶂五丁開。灌木縈旗轉，仙雲拂馬來。乘時方在德，嗟爾勒銘才。』其詩至德二年普安郡太守賈深勒于石壁，今存焉。」全唐詩的編者在纂録此詩時，看來並不曾檢閲開天傳信記，却直接從唐詩紀事轉鈔過來，唐詩紀事本也是出于傳信記的，偏偏在傳鈔中又出了錯訛，把一個「回」字，誤爲「西」字，于是，這段文字的首句「帝幸蜀西至劍門」，便成了全唐詩的詩題了。那句話原來是「帝幸蜀回，至劍門」，因爲是在從成都返回長安的途中，所以説「鑾輿出狩回」，本來很好理解，一錯成「西」字，就好像是他初從長安幸蜀道經劍門時的詩了。所以，沈德潛在唐詩别裁集（卷九）裏選録這首詩時，竟在詩題下面批道：「至劍門而云出狩回，未解。」這正是從唐詩紀事文字錯訛中所帶來的混亂。在一部全唐詩中，類此者尚不一而足。切實地説，整理全唐詩，恐怕首先應當從唐詩紀事着手。不僅是詩，乃至于那些詩人的小傳，如果不把唐詩紀事中的問題搞清楚，那是不容易徹底解決問題的。由此，也可見得，我們當前進一步整理這部書，確是很有必要了。

王仲鏞

一九八八年五月于四川師範大學古代文學研究所

凡例

一、我們這次整理，仍然採用明嘉靖錢塘洪楩本作爲底本，以明、清以下刻印諸本及全唐詩話參校，同時儘可能探討本書資料來源，力求徵引原書，以作刊正文字、校補缺脱之依據；寓校讎于箋證之中。引書時，適當照顧資料的完整性，以補計氏節録過簡之失。

二、凡詩中脱字、脱句、脱段，當一一找出依據，予以補齊。其異文有參考價值者，亦酌加甄採，取便研讀。

三、唐人筆記、小説中所載詩人事跡，往往出于傳聞，事或不實，人所艶稱，而新唐書尤喜採入，計氏因之。若無關宏旨，則存而不論。其有與史實顯相違異、關係較大者，則略加辨證，疏于校箋。

四、計氏著述中偶有疏忽，王禧校讎，亦時或失誤，皆于校箋中辨明，對于原文，不加改削。至其所加「傳疑」「未詳」之類注語，若重經校訂，不復可疑，則予删除，並于校箋中説明之。

五、書中重出錯簡，乃是傳録中造成，凡有發見，皆予刊正。或删除，或移併，俱于校箋中說明之。其事有相關，一詩重載者，不在此列。

六、書中避宋諱，如：「貞」作「正」，「殷」作「商」，「讓」作「遜」，「恒」作「常」，以及「匡」「胤」等字缺筆之類，凡有發見，皆逕行改正，不出校語。其筆畫刊刻有誤，或常用詞、聯綿字中一望可知的錯别字、異體字等，亦然。

七、校箋以一人爲一單元，依次編號，置于每人之下。

八、輯録本書及歷來校印諸本序跋，及四庫提要與余嘉錫辨證，附于編末，以供參考。

九、書後附人名索引，以便檢閱。

目録

第一册

唐詩紀事校箋卷第四

唐詩紀事校箋卷第五

唐詩紀事校箋卷第六

唐詩紀事校箋卷第七

唐詩紀事校箋卷第八

唐詩紀事校箋卷第九

唐詩紀事校箋卷第十

唐詩紀事校箋卷第十一

唐詩紀事校箋卷第十二

唐詩紀事校箋卷第十三

唐詩紀事校箋卷第十四

第二册

唐詩紀事校箋卷第十五

唐詩紀事校箋卷第十六

唐詩紀事校箋卷第十七

唐詩紀事校箋卷第十八

唐詩紀事校箋卷第十九

唐詩紀事校箋卷第二十

唐詩紀事校箋卷第二十一

唐詩紀事校箋卷第二十二

唐詩紀事校箋卷第二十三

唐詩紀事校箋卷第二十四

唐詩紀事校箋卷第二十五

唐詩紀事校箋卷第二十六

唐詩紀事校箋卷第二十七

唐詩紀事校箋卷第二十八

唐詩紀事校箋卷第二十九

第三册

唐詩紀事校箋卷第三十

唐詩紀事校箋卷第三十一

唐詩紀事校箋卷第三十二

唐詩紀事校箋卷第三十六

唐詩紀事校箋卷第三十七

唐詩紀事校箋卷第三十八

唐詩紀事校箋卷第三十九

唐詩紀事校箋卷第四十

唐詩紀事校箋卷第四十一

唐詩紀事校箋卷第四十二

唐詩紀事校箋卷第四十三

第四册

唐詩紀事校箋卷第四十七

唐詩紀事校箋卷第四十八

唐詩紀事校箋卷第四十九

唐詩紀事校箋卷第五十

唐詩紀事校箋卷第五十一

唐詩紀事校箋卷第五十二

唐詩紀事校箋卷第五十三

唐詩紀事校箋卷第五十四

唐詩紀事校箋卷第五十五

唐詩紀事校箋卷第五十六

唐詩紀事校箋卷第五十七

唐詩紀事校箋卷第五十八

唐詩紀事校箋卷第五十九

唐詩紀事校箋卷第六十

第五册

唐詩紀事校箋卷第六十一

唐詩紀事校箋卷第六十二

唐詩紀事校箋卷第六十三

唐詩紀事校箋卷第六十四

唐詩紀事校箋卷第六十五

唐詩紀事校箋卷第六十六

唐詩紀事校箋卷第六十七

唐詩紀事校箋卷第六十八

唐詩紀事校箋卷第六十九

唐詩紀事校箋卷第七十

唐詩紀事校箋卷第七十一

唐詩紀事校箋卷第七十二

唐詩紀事校箋卷第七十三

唐詩紀事校箋卷第七十四

唐詩紀事校箋卷第七十五

唐詩紀事校箋卷第七十六

唐詩紀事校箋卷第七十七

唐詩紀事校箋卷第七十八

唐詩紀事校箋卷第七十九

唐詩紀事校箋卷第八十

唐詩紀事校箋卷第八十一

人名索引

唐詩紀事序

唐人以詩名家，姓氏著于後世，殆不滿百，其餘僅有聞焉，一時名輩，滅没失傳，蓋不可勝數。敏夫閑居，尋訪三百年間文集、雜説、傳記、遺史、碑誌、石刻，下至一聯一句，傳誦口耳，悉搜採繕録；間捧宦牒，周遊四方，名山勝地，殘篇遺墨，未嘗棄去。老矣無所用心，取自唐初，首尾編次，姓氏可紀，近一千一百五十家；篇什之外，其人可考，即略紀大節，庶讀其詩，知其人。所恨家貧缺簡籍，地僻罕聞見，聊據所得，先成八十一卷，目曰唐詩紀事云。灌園居士臨邛計敏夫有功叙。

唐詩紀事校箋卷第一

太宗　高宗　中宗

太宗

帝京篇序云：「余以萬機之暇，游息藝文，觀列代之皇王，考當時之行事。軒、昊、舜、禹之上，信無間然矣。至于秦皇、周穆、漢武、魏明，峻宇雕墻，窮侈極麗，征税殫于宇宙，轍跡徧于天下，九域無以稱其求，江海不能贍其欲，覆亡顛沛，不亦宜乎。余追蹤百王之末，馳心千載之下，慷慨懷古，想彼哲人，庶以堯舜之風，蕩秦漢之弊，用咸英之曲，變爛漫之音，求之人情，不爲難矣。故觀文教于六經，閱武功于七德，臺榭取其避燥濕，金石尚其諧人神，皆節之于中和，不係之于淫放。故溝洫可悦，何必江海之濱乎；麟閣可玩，何必山陵之間乎；忠良可接，何必海上神仙乎；豐鎬可游，何必瑶池之上乎！釋實求華，以人從欲，亂于大道，君子耻之。故述帝京篇，以明雅志云爾。」

秦川雄帝宅〔一〕，函谷壯皇居。綺殿千尋起，離宫百雉餘。連甍遥接漢，飛觀迴凌虚。

雲日隱層闕〔二〕，風烟出綺疏。其一　巖廊罷機務，崇文聊駐輦。玉匣啟龍圖，金繩披鳳篆〔三〕。韋編斷仍續〔四〕，縹帙舒還卷。對此乃淹留〔五〕，欹案觀墳典〔六〕。其二　移步出詞林，停輿欣武宴〔七〕。琱弓寫明月，駿馬疑流電。驚雁落虛弦，啼猿悲急箭。閲賞誠多美〔八〕，于兹乃忘倦。其三　鳴笳臨樂館，眺聽歡芳節。急管韻朱絃，清歌凝白雪〔九〕。威鳳肅來儀〔一〇〕，玄鶴紛成列〔一一〕。去兹鄭衛聲，雅音方可悦。其四　芳辰追逸趣〔一二〕，禁苑信多奇。橋形通漢上，峰勢接雲危。煙霞交隱映，花鳥自參差。何如肆轍跡，萬里賞瑶池。其五　飛蓋去芳園，蘭橈游翠渚。萍間日彩亂〔一三〕，荷處香風舉。桂楫滿中川，絃歌振長嶼。豈獨汾河曲，方爲歡宴所。其六　日落雙闕昏〔一四〕，迴輿九重暮。長煙散初碧〔一五〕，皎月澄輕素。褰幌玩琴書，開軒引雲霧。銀漢耿層閣〔一六〕，清風摇玉樹。其七　歡樂難再遇，芳晨良可惜〔一七〕。玉酒溢雲罍〔一八〕，蘭肴陳綺席。千鐘合堯禹，百獸諧金石。得志重寸陰，忘懷輕尺璧。其八　建章歡賞夕，二八盡妖妍。羅綺昭陽殿，芬芳玳瑁筵。珮移星正動，扇掩月初圓。無勞上玄圃，即此對神仙。其九　以兹游觀極，悠然獨長想。披卷覽前蹤，撫躬尋既往。望古茅茨約，瞻今蘭殿廣〔一九〕。人道慮高危〔二〇〕，虛心誠盈蕩。奉天竭誠敬，臨民思惠養。納善察忠諫，明科慎刑賞。六五誠難繼，四三非易仰。廣待淳化敷〔二一〕，方嗣云亭響。其十　帝製帝京篇，命李百藥並作。既上，詔曰：卿何身老而才之壯，齒宿而意之新乎〔二二〕？

正日臨朝云〔二三〕：條風開獻節，灰律動初陽。百蠻奉遐賮〔二四〕，萬國朝未央。雖無舜禹跡，幸欣天地康。車軌同八表〔二五〕，書文混四方。赫奕儼冠蓋，紛綸盛服章。羽旄飛馳道〔二六〕，鐘鼓震巖廊〔二七〕。組練輝霞色〔二八〕，霜戟照朝光。晨宵懷至理，終愧撫遐荒。

秋日懸清光賜房玄齡詩曰〔二九〕：秋露凝高掌〔三〇〕，朝光上翠微。參差麗雙闕，照耀滿重闈。仙馭隨輪轉，靈烏帶影飛。臨波無定彩，入隙有圓暉。還當葵藿志，傾葉自相依。

賦得白日傍西山詩曰：紅輪不暫駐，烏飛豈復停。岑霞漸漸落，溪陰寸寸生。藿葉隨光轉，葵心逐照傾。晚煙含樹色，棲鳥雜流聲。

賦得花庭霧詩云：蘭氣已薰宮，新蕊半粧叢。色含輕重霧，香引去來風。拂樹濃舒碧，縈花薄蔽紅〔三一〕。還當雜行雨，髣髴隱遥空。

詠小山詩云：近谷交縈蕊〔三二〕，遥峰對出蓮。徑細無全磴，松小未含煙。

弱柳鳴秋蟬詩云：散影玉階柳，含翠隱鳴蟬。微形藏葉裏，亂響出風前。

早雁出雲鳴詩云：初秋玉露清，早雁出空鳴〔三三〕。隔雲時亂影，因風乍含聲。

秋日翠微宫詩曰：秋光凝翠嶺，涼吹肅離宫。荷疎一蓋缺，樹冷半帷空〔三四〕。側陣移鴻影，圓花釘菊叢。攄懷俗塵外，高眺白雲中。

春日望海詩云：披襟眺滄海，憑軾玩春芳。積流横地紀〔三五〕，疏派引天潢。仙氣凝三嶺，和風散八荒。拂潮雲布色〔三六〕，穿浪日舒光。照岸花分彩，迷雲雁斷行。懷卑運深廣，持滿守靈長。有形非易測，無源詎可量？洪濤經變野，翠島屢成桑。之罘思漢帝，碣石想秦皇。霓裳非本意，端拱且圖王。

召侍臣賜宴守歲云：四時運灰琯，一夕變冬春。送寒餘雪盡，迎歲早梅新。

洛水云：春蒐馳駿骨，總轡俯長河。霞處流縈錦〔三七〕，風前漾卷羅。水花翻照樹，隄蘭倒插波。豈必汾陰曲，秋雲發棹歌。

冬日臨昆明池詩云：石鯨分玉溜，劫燼隱平沙。柳影冰無葉，梅心凍有花。寒野凝朝霧〔三八〕，霜天散夕霞。歡情猶未極，落景遽西斜。

賦得浮橋詩云：岸曲非千里，橋斜異七星〔三九〕。暫低逢輦度，還高值浪驚。水摇文鷁動，纜轉錦花縈。遠近隨輪影，輕重應人行。

入潼關詩云：崤函稱地險，襟帶壯兩京。霜峰直臨道，冰河曲遶城。古木參差影，寒猿斷續聲。冠蓋往來合，風塵朝夕驚。高談先馬渡，僞曉預鷄鳴。棄繻懷遠志，封泥負壯情。别有真人氣〔四〇〕，安知名不名。

春日玄武門宴群臣詩云：韶光開令序，淑氣動芳年。駐輦華林側，高宴柏梁前。紫庭文樹滿〔四一〕，丹墀袞紱連。九夷簉瑶席，五狄列瓊筵。娱賓歌湛露，廣樂奏鈞天。盈樽浮緑醑，雅曲韻朱絃。粤余君萬國，還慚撫八埏。庶幾保正固，虛己厲求賢。

又置酒坐飛閣詩云：高軒臨碧渚，飛簷迴駕空。餘花攢漏檻，殘柳散雕櫳。岸菊初含蕊，園梨始帶紅。莫慮崑山暗〔四二〕，還共盡杯中〔四三〕。

冬宵各爲四韻詩云：雕宫静龍漏，綺閣宴公侯。珠簾燭燄動，繡柱月光浮。塵起將歌發，風停與管遒〔四四〕。瑣池任多士〔四五〕，端扆竟何憂。

尚書詩云：崇文時駐步，東觀還停輦。輟膳玩三墳，輝燈披五典〔四六〕。寒心覩肉林，飛魄看沉湎〔四七〕。縱情昏主多，克己明君鮮。滅身資累惡，成名由積善〔四八〕。既承百王末，戰兢隨歲轉。

詠司馬彪續漢志詩云：二儀初創象〔四九〕，三才乃分位。非惟樹司牧，固亦垂文字。綿代更膺期，芳圖無輟記。炎漢承君道，英謨纂神器。潛龍既可躍，術兔奚難致。前史殫妙詞，後昆沉雅思。書言揚盛跡，補闕興洪志。川谷猶舊涂，郡國開新意。梅山未覺朽，轂水誰云異。車服隨名表，文物因時置。鳳戟翼康衢，鑾輿總柔轡〔五〇〕。清濁必能澄，洪纖幸無棄。觀儀不失序，遵禮方由事。政宣竹律和，時平玉條備。文囿雕奇彩，藝門蘊深致。雲飛星共流〔五一〕，風揚月兼至。類禋遵令典〔五二〕，壇壝資良地。五勝竟無違，百司誠有庇。我皇承暇景，談叢引衆祕。討論窮義府，看覈披經笥。大辯良難仰，小學終先匱。聞道諒知榮，含毫孰忘愧。

出獵詩云：楚王雲夢澤，漢帝長楊宫。豈若因農暇〔五三〕，閲武出轘嵩。三驅陳鋭卒，七萃列材雄。寒野霜氛白〔五四〕，平原燒火紅。琱戈夏服箭，羽騎緑沉弓。怖獸潛幽壑〔五五〕，驚禽散翠空。長煙晦落景，灌木偃巖風〔五六〕。所爲除民瘼〔五七〕，非是悦林叢。

冬狩詩云：烈烈寒風起，慘慘飛雲浮。霜濃凝廣隰，冰厚結清流。金鞍移上苑〔五八〕，玉勒騁平疇。旌旗四望合〔五九〕，罝羅一面求。楚壇爭兕殪，秦巴解鹿愁〔六〇〕。獸忙投密樹，鴻驚起礫洲。騎斂原塵靜，戈迴嶺日收。心非洛汭逸，意在渭濱游。禽荒非所樂，撫轡更招憂。

望送魏徵葬云〔六一〕：閶闔總金鞍，上林移玉輦。野郊愴新别，河橋非舊餞。慘日映峰沉，愁雲隨蓋轉。哀笳時斷續，悲旌乍舒卷。望望情何極，浪浪淚空泫。無復昔時人，芳春共誰遣。

詠琵琶云〔六二〕：半月無雙影，金花有四時。摧藏千里態〔六三〕，掩抑幾重悲。促節縈紅袖〔六四〕，清音滿翠帷。駛彈風響急，緩曲釧聲遲。空餘關隴恨，因此代相思。

詠弓詩云〔六五〕：上弦明月半，激箭流星遠。落雁帶書驚，啼猿映枝轉。

詠桃詩云〔六六〕：禁苑春光麗，花蹊幾樹裝。綴條深淺色，點露參差光。向日分千笑，迎風共一香。如何仙嶺側，獨秀隱遥芳。

探得李詩云〔六七〕：盤根植瀛渚，交榦横倚天。舒華光四海，卷葉蔭三川。

守歲詩云〔六八〕：暮景斜芳殿，年華麗綺宫。寒辭去冬雪〔六九〕，暖帶入春風。階馥舒梅素，盤花卷燭紅。共歡新故歲，迎送一宵中。又云：歲陰窮暮紀，獻節啟新芳。冬盡今宵促，年開明日長。冰銷出鏡水，梅散入風香。對此歡終宴，傾壺待曙光〔七〇〕。

李詩云：玉衡流桂圃，成蹊正可尋。鶯啼密葉外〔七一〕，蝶戲脆花心〔七二〕。麗景光朝彩，輕煙散夕陰。暫顧暉章側〔七三〕，還眺靈山林。

賦得櫻桃詩春字韻云〔七四〕：華林滿芳景，洛陽徧陽春〔七五〕。朱顏含遠日，翠色影長津。喬柯囀嬌鳥，低枝映美人。昔作園中實，今來席上珍。

春池柳詩：年柳變池臺，隋堤曲直迴。逐浪絲陰去，迎風帶影來。疎黄一鳥哢〔七六〕，半翠幾眉開。縈雪臨春岸〔七七〕，參差間早梅。

臨池柳詩云：岸曲絲陰聚，波移帶影疎。還將眉裏翠，來就鏡中舒。

竹詩云：貞條障曲砌〔七八〕，翠葉負寒霜。拂牖分龍影〔七九〕，臨池待鳳翔。

詠飲馬詩云：駿骨飲長涇，奔流灑絡纓。細紋連噴聚，亂荇遶蹄縈。水光鞍上側，馬影溜中横。翻似天池裏，騰波龍種生。

帝嘗作宫體詩，使虞世南賡和。世南曰：聖作誠工，然體非雅正，上有所好，下必有甚；臣恐此詩一傳，天下風靡，不敢奉詔。帝曰：朕試卿爾！後帝爲詩一篇，述古興亡，既而嘆曰：鍾子期死，伯牙不復鼓琴，朕此詩何所示耶！敕褚遂良即世南靈坐焚之〔八〇〕。

貞觀六年九月，帝幸慶善宫，帝生時故宅也。因與貴臣宴，賦詩。起居郎請平宫商，被之管絃，命曰功成慶善樂，使童子八佾爲九功之舞，大宴會，與破陣舞偕奏于庭〔八一〕。

貞觀二十年秋，帝幸靈州，破薛延陀。時迴紇諸部遣使入貢，乞置官司。上爲詩序其事曰：雪恥酬百王，除凶報千古。公卿請勒石于靈州，從之〔八二〕。

【校箋】

〔一〕「雄」原作「惟」，據《文苑英華》卷一九二改。明活字本（下同）《唐太宗皇帝集》亦作「惟」。

〔二〕「雲日」，《太宗集》同。《文苑英華》作「日月」。

〔三〕「鳳篆」，《文苑英華》作「鳥篆」，注云：「一作『鳳』。」《太宗集》作「鳥篆」。

〔四〕「仍」，《文苑英華》、《太宗集》作「方」。

〔五〕「淹留」，《文苑英華》作「忘憂」，注云：「一作『淹留』。」《太宗集》作「忘憂」。

〔六〕「欹案」，《太宗集》同，《文苑英華》作「欹枕」。

〔七〕「武宴」原作「載宴」，據《文苑英華》、《太宗集》改。

〔八〕「美」原作「矣」，據《文苑英華》、《太宗集》改。

〔九〕「清歌」原作「長歌」，據《文苑英華》、《太宗集》改。

〔一〇〕「威鳳」，《文苑英華》同。《太宗集》作「彩鳳」。「儀」原作「下」，據二書改。

〔一一〕「紛」原作「分」，據《文苑英華》、《太宗集》改。

〔一二〕「追」，《文苑英華》作「開」，注云：「一作『追』。」《太宗集》作「追」。

〔一三〕「萍」，《文苑英華》作「梁」，注云：「一作『萍』。」《太宗集》作「梁」。「日彩」，《文苑英華》作「日影」。《太宗集》作「日彩」。

〔一四〕「日落」，《文苑英華》作「落日」，注云：「一作『日落』。」《太宗集》作「落日」。

〔一五〕「散」，《文苑英華》作「引」，注云：「一作『散』。」《太宗集》作「引」。

〔一六〕「銀漢」，《文苑英華》、《太宗集》作「斜漢」。

〔一七〕「良」，《文苑英華》作「真」，注云：「一作『良』。」《太宗集》作「良」。

〔一八〕「溢」，《文苑英華》作「泛」，注云：「一作『溢』。」《太宗集》作「泛」。

〔一九〕「瞻今」原作「曠今」，據《文苑英華》、《太宗集》改。

〔二〇〕「人道」原作「入道」，據《文苑英華》、《太宗集》改。

〔二一〕「廣」原作「庶」，據《文苑英華》、《太宗集》改。

〔二二〕《舊唐書》卷七二《李百藥傳》：「太宗嘗製《帝京篇》，命百藥並作。上，歎其工，手詔曰：『卿何身之老而才之壯，何齒之宿而意之新乎！』」

〔二三〕「正日」原作「正月」，據《文苑英華》卷一九〇及《歲時雜詠》改。《初學記》卷一四作「正月」，而同卷魏徵、顏師古、岑文本、楊師道、李百藥和詩，皆題《正日臨朝應詔》，是「月」字爲誤。

〔二四〕「遐賮」原作「遐書」，據《文苑英華》改。《初學記》作「選班」。《太宗集》作「遐□」。

〔二五〕「車軌」，《文苑英華》、《太宗集》同。《初學記》作「車輿」。

〔二六〕「羽旄」原作「羽旌」，據《初學記》、《文苑英華》、《太宗集》改。

〔二七〕「巖廊」原作「脩廊」，據《初學記》、《文苑英華》、《歲時雜詠》及《太宗集》改。

〔二八〕「組練」，《文苑英華》、《太宗集》同。《初學記》作「紺練」。「輝」原作「暉」，據《歲時雜詠》及《太宗集》改。《初學記》、《文苑英華》亦誤作「暉」。

〔二九〕「懸」原作「垂」，據《初學記》卷一、《文苑英華》卷一五一及《太宗集》改。

〔三〇〕「高掌」原作「高堂」，據《初學記》及《文苑英華》改。

〔三一〕「縈花」原作「蘩花」，據《初學記》卷二改。

〔三二〕「交」原作「文」，據《初學記》卷五改。

〔三三〕「出空」原作「出雲」，據《初學記》卷三〇改。

〔三四〕「荷疎」二句，《初學記》卷三、《太宗集》同。《文苑英華》卷一五八作「荷葉疎一蓋，缺樹冷半空」。

〔三五〕「地紀」原作「地軸」，據《初學記》卷六、《文苑英華》卷一七〇及《太宗集》改。

〔三六〕「拂潮」原作「拂曉」，據《初學記》、《文苑英華》及《太宗集》改。

〔三七〕「縈錦」，《初學記》卷六、《太宗集》同。《文苑英華》卷一七〇作「雲」，誤。

〔三八〕「霧」原作「露」，據《初學記》卷七改。

〔三九〕「七星」原作「九星」，據《初學記》卷七改。

〔四〇〕「别」，《太宗集》同。《初學記》卷七作「向」，《文苑英華》卷一七〇作「尚」。

〔四一〕「文樹」原作「文珮」，據《初學記》卷一四、《文苑英華》卷一六八及《太宗集》改。

〔四二〕「莫慮」原作「却慮」，據《初學記》卷一四改。

〔四三〕「還共」原作「不共」，據《初學記》改。

〔四四〕「遒」，《初學記》卷一四作「逌」。《玉篇》：「氣行貌。」疑作「逌」是。

〔四五〕「瑣池」，《初學記》作「瓊池」。

〔四六〕「輝燈」，《初學記》卷二一作「留燈」，《大唐新語》卷八、《舊唐書》卷七一《魏徵傳》作「臨燈」。

〔四七〕「飛魄」原作「飛目」，據《初學記》改。

〔四八〕「由」原作「猶」，據《大唐新語》、《舊唐書·魏徵傳》改。《初學記》亦作「猶」。

〔四九〕「創象」，《初學記》卷二一作「構象」。

〔五〇〕「鑾輿」，《初學記》作「鑾衡」。

〔五一〕「共流」，《初學記》作「且流」。

〔五二〕「類禋」，《初學記》作「禋類」。

〔五三〕「豈若」原作「若時」，據《初學記》卷二二改。

〔五四〕「霜氛」，《初學記》作「霜氣」。

〔五五〕「怖獸」原作「佈獸」，據《初學記》改。

〔五六〕「偃」，《初學記》作「振」。

〔五七〕「所爲」，《初學記》作「所謂」，誤。

〔五八〕「移」原作「多」，《初學記》卷二二同，據毛本改。

〔五九〕「合」原作「吞」，據《初學記》改。

〔六〇〕「楚壇爭兕殪，秦巴解鹿愁」二句原作「楚踣爭兕殪，秦亡解鹿愁」，據《初學記》卷二二改。《初學記》今本作「楚培」，乃「楚壇」之誤。蓋用《戰國策·楚策一》楚宣王獵于雲夢，抽矢射兕，一發而殪，王心大快，安陵君（名壇）趁機邀寵事。下句用《韓非子·説林上》孟孫獵得麑，秦西巴見鹿隨子而啼，因而放麑事。張本改「秦亡」爲「秦王」，尤誤。

〔六一〕本詩原載本書卷三董思恭下，失題，各本並同，《全唐詩》妄題作《感懷》。按此乃唐太宗《望送魏徵葬》詩，遺其詩題及首二句，今據唐王方慶《魏鄭公諫録》卷五、《初學記》卷一四、《文苑英華》卷三〇五補詩題及首二句，並移載于此。本書卷四魏徵下引其末四句，即作唐太宗詩。

〔六二〕本詩原載本書卷三董思恭下，今據《初學記》卷一六、《文苑英華》卷二一二移載于此。

〔六三〕「摧藏」原作「權藏」，據《初學記》、《文苑英華》改。

〔六四〕「縈紅袖」，《初學記》作「迎紅袖」。《文苑英華》作「營紅袖」，誤。

〔六五〕本詩原載本書卷三董思恭下，今據《初學記》卷二二移載于此。

〔六六〕本詩原載本書卷三董思恭下，今據《初學記》卷二八、《文苑英華》卷三二一移載于此。二書首二句並作「禁苑春暉麗，花蹊綺樹裝」。

〔六七〕本詩原載本書卷三董思恭下，題作《詠李》，今據《初學記》卷二八改題並移載于此。

〔六八〕此二詩原載本書卷三董思恭下，今據《初學記》卷四、《文苑英華》卷一五九移載于此。

〔六九〕「寒辭」，《初學記》作「寒鈎」；《文苑英華》與此同。

〔七〇〕「待曙光」原作「侍曙光」，據《初學記》、《文苑英華》改。

按：以上《望送魏徵葬》、《詠琵琶》、《詠弓》、《詠桃》、《探得李》及《守歲》二詩皆唐太宗所作，書吏傳録，原有錯簡。《全唐詩》本《唐詩紀事》重收入董思恭卷，非是。

〔七一〕「密葉」原作「緑葉」，據《初學記》卷二八、《文苑英華》及《太宗集》改。

〔七二〕「脆花」原作「晚花」，據《初學記》、《文苑英華》改。《太宗集》誤作「翠花」。

〔七三〕「顧」原作「賴」，據《初學記》、《文苑英華》及《太宗集》改。

〔七四〕「字」原作「爲」，據《文苑英華》卷三二六及《太宗集》改。《初學記》卷二八作「爲」。

〔七五〕「偏陽春」，《初學記》同，《文苑英華》、《太宗集》作「偏宜春」。

〔七六〕「踈黄」原作「踈枝」，據《初學記》卷二八、《文苑英華》卷三二三及《太宗集》改。

〔七七〕「縈雪」原作「瑩雪」，據《初學記》、《太宗集》改。《文苑英華》作「榮雪」，誤。

〔七八〕「障」原作「彰」，據《初學記》卷二八改。

〔七九〕「龍影」原作「寒影」，據《初學記》改。

〔八〇〕《新唐書》卷一〇二《虞世南傳》：「帝嘗作宫體詩，使賡和。世南曰：『聖作誠工，然體非雅正。上之所好，下必有甚者。臣恐此詩一傳，天下風靡，不敢奉詔。』帝曰：『朕試卿耳。』賜帛五十匹。……後帝爲詩一篇，述古興亡，既而歎曰：『鍾子期死，伯牙不復鼓琴。朕此詩將何所示邪？』敕起居郎褚遂良即其靈坐焚之。」

〔八一〕《資治通鑑》卷一九四《唐紀》太宗貞觀六年：「九月，己酉，幸興慶宫，上生時故宅也。因與貴人宴，賦詩。起居郎清平吕才被之管絃，命曰《功成慶善樂》，使童子八佾爲九功之舞，大宴會，與《破陣樂》偕奏于庭。」按《紀事》用此文，而以「清平」作「請平」，誤。蓋吕才爲清平人，《舊唐書·音樂志》、《新唐書·禮樂志》載此事，皆言「起居郎吕才被之管絃」，不言其「請平宫商」也。

〔八二〕《舊唐書》卷三《太宗本紀》：貞觀二十年秋八月，「己巳，幸靈州。庚午，次涇陽頓。鐵勒迴紇、拔野古、同羅、僕骨、多濫葛、思結、阿跌、契苾、跌結、渾、斛薛等十一姓各遣使朝貢，奏稱：

『延陀可汗不事大國，部落鳥散，不知所之。奴等各有分地，不能逐延陀去，歸命天子，乞置漢官。』詔遣會靈州。九月甲辰，鐵勒諸部落俟斤、頡利發等遣使而至靈州者數千人，來貢方物，因請置吏，咸請至尊爲可汗。于是北荒悉平，爲五言詩勒石以序其事。」即此詩。此中古時期一大事件，惜全詩已佚。

高宗

九月九日云：端居臨玉扆，初律啟金商。鳳闕澄秋色，龍闈引夕涼。野淨山氣斂〔一〕，林疎風露長。砌蘭虧半影，巖桂發全香。滿蓋荷彫翠，圓花菊散黃。揮鞭爭電烈，飛羽亂星光。柳空穿石碎，弓虛側月張。怯猿啼落岫，驚雁斷分行。斜輪低夕影，歸旆擁通莊。

七夕宴玄圃云：羽蓋飛天漢，鳳駕越層巒。俱歎三秋阻，共叙一宵歡。璜虧夜月落，靨碎曉星殘。誰能重操杼，纖手濯清瀾。又云：霓裳轉雲路，鳳駕儼天潢。虧星凋夜靨，殘月落朝璜。促歡今夕促〔二〕，長離別後長。輕梭聊駐織，掩淚獨悲傷。

過温湯詩〔三〕：温渚停仙蹕，豐郊駐曉旌。路曲回輪影，巖虛傳漏聲。暖溜驚湍駛，寒空碧霧輕。林黃疎葉下，野白曙霜明。眺聽良無已，煙霞斷續生。

太子納妃太平公主出降詩云：龍樓光曙景，魯館啟朝扉。豔日濃粧影，低星降婺輝。玉庭浮瑞色，銀榜藻祥徽。雲轉花縈蓋，霞飄葉綴旗。雕軒回翠陌，寶駕歸丹殿。鳴珠珮曉衣，鏤璧輪初扇。華冠列綺筵，蘭醑申芳宴。環階鳳樂陳，玳席珍羞薦。蝶舞袖香新，歌分落素塵。歡凝歡懿戚，慶叶慶初姻。暑闌炎氣息，涼早吹華辰〔四〕。方期六合泰，共賞萬年春。

太平公主，武后所生，后愛之傾諸女。帝擇薛紹尚之，假萬年縣爲婚館，門隘不能容翟車，有司毀垣以入，自興安門設燎相屬，道樾爲枯〔五〕。當時群臣劉禕之詩云：夢梓光青陛，穠桃藹紫宮。元萬頃云：離元應春夕，帝子降秋期。任知古云〔六〕：帝子升青陛，王姬降紫宸。郭正一云：桂宮初服冕，蘭掖早升笄。皆納妃出降之意也〔七〕。

【校箋】

〔一〕「野淨」原作「野靜」，據《歲時雜詠》改。

〔二〕「促歡」原作「促歎」，據《歲時雜詠》改。

〔三〕《初學記》卷七載此，作「唐高宗《過温湯》」，並載越王貞（見本書卷三）、王德真、楊思玄、鄭義真（均見本書卷五）四人和作。此皆高宗時人，事在永徽四年十月，見《舊唐書》卷五《高宗本紀》。《文苑英華》卷一七〇載此詩於唐太宗《重幸武功》詩後，題下署「前人」二字，蓋蒙上而誤。《文苑英華》中多有類似情況。明活字本《太宗集》因此亦收入此詩。《唐詩紀事》同《初學記》，不誤。

〔四〕「華辰」原作「疏蘋」，據《初學記》卷一四改。

〔五〕《新唐書》卷八三《諸帝公主傳》：「太平公主，則天皇后所生，后愛之傾諸女。榮國夫人死，后丐主爲道士，以幸冥福。……久之，主衣紫袍玉帶，折上巾，具紛礪，歌舞帝前。帝及后大笑，曰：『兒不爲武官，何遽尔？』主曰：『以賜駙馬可乎？』帝識其意，擇薛紹尚之。假萬年縣爲婚館，門隘不能容翟車，有司毀垣以入，自興安門設燎相屬，道樾爲枯。」據《舊唐書》卷五《高宗本紀》載：永隆二年「七月，太平公主出降薛紹，赦京師繫囚。」

〔六〕劉禕之、元萬頃、任知古、郭正一皆有《奉賀太子納妃公主出降》詩，載《初學記》卷一四，此取其首二句。「知古」本書原誤作「奉古」，據《初學記》改。任知古以武后天授二年六月拜相，見《新唐書》卷六一《宰相表上》。《紀事》卷六又收此入任希古詩，遂誤併爲一人。希古，任敬臣字。《新唐書》卷一九五有《任敬臣傳》，乃太宗時弘文館學士，終太子舍人。

〔七〕此太子納妃，指英王哲，永隆元年八月，立爲皇太子。見《高宗本紀》。《全唐詩》以爲太子弘，誤。

中宗

立春日游苑迎春云〔一〕：神皋福地三秦邑，玉臺金闕九仙家。寒冰猶戀甘泉樹〔二〕，淑景催臨建始花〔三〕。綵蝶黄鶯未歌舞，梅香柳色已矜誇。迎春正啟流霞席，暫囑曦輪勿遽斜。

九月九日幸臨渭亭登高作云：九日正乘秋，三杯興已周。泛桂迎樽滿，吹花向酒浮。長房萸早熟，彭澤菊初收。何藉龍沙上，方得恣淹留。得秋字。時景龍三年也〔四〕。

御製序云〔五〕：陶潛盈把，既浮九醖之歡〔六〕；畢卓持螯，須盡一生之興。人題四韻，同賦五言，其最後成，罰之引滿。韋安石得枝字云：金風飄菊蕊，玉露泫萸枝。蘇瓌得暉字云：恩深答效淺，留醉奉宸暉。李嶠得歡字云：令節三秋晚，重陽九日歡。蕭至忠得餘字云：寵極萸房遍，恩深菊酎餘。竇希玠得明字云：九晨陪聖膳，萬歲奉承明。韋嗣立得深字云：願陪歡樂事，長與歲時深。李迥秀得風字云：霽雲開晚日，仙藻麗秋風。趙彦伯得花字云：簪挂丹萸蕊，杯涵紫菊花。楊廉得亭字云：遠日瞰秦坰，重陽坐灞亭。岑羲得涘字云：爰豫矚秦坰，昇高臨灞涘。盧藏用得開字云：萸依珮裏發，菊向酒邊開。李咸得直字云：菊黄迎酒泛，松翠凌霜直。閻朝隱得筵字云：簪紱趨皇極，笙歌接御筵。

沈佺期得長字云：臣歡重九慶，日月奉天長。薛稷得曆字云：願陪九九辰，長奉千千曆。蘇頲得時字云：年數登高日，延齡命賞時。李乂得濃字云：捧篋萸香遍，稱觴菊氣濃。馬懷素得酒字云：蘭將葉布席，菊用香浮酒。陸景初得臣字云：登高識漢苑，問道侍軒臣。韋元旦得月字云：雲物開千里，天行乘九月。李適得高字云：禁苑秋光入，宸游霽色高。鄭南金得日字云：風起韻虞絃，雲開吐堯日。于經野得樽字云：桂筵羅玉俎，菊醴溢芳樽。盧懷慎得還字云：鶴似聞琴至，人疑宴鎬還。是宴也，韋安石、蘇瓌詩先成，于經野、盧懷慎最後成，罰酒〔七〕。

幸秦始皇陵賦詩云〔八〕：眷言君失德，驪邑想秦餘。政煩方改篆，愚俗乃焚書。阿房久已滅，閣道遂成墟。欲厭東南氣，翻傷掩鮑車。

十一月帝誕辰〔九〕，內殿宴群臣，聯句云：潤色鴻業寄賢才。帝云。叨居右弼愧鹽梅〔一〇〕。李嶠。運籌帷幄荷時來。宗楚客。職掌圖籍濫蓬萊。劉憲。兩司謬忝謝鍾裴。崔湜。禮樂銓管効涓埃〔一一〕。鄭愔。陳師振旅清九垓〔一二〕。趙彥昭。忻承顧問侍天杯。李適。銜恩獻壽柏梁臺。蘇頲。黃縑青簡奉康哉。盧藏用。鯫生侍從忝王枚。李乂。右掖司言實不才。馬懷素。宗伯秩禮天地開。薛稷。帝歌難續仰昭回〔一三〕。宋之問。微臣捧日變寒灰。陸景初〔一四〕。遠慚班左愧游陪。婕妤上官。帝謂侍臣曰：今天下無事，朝野多歡，欲與卿等詞人，時賦詩宴樂，可識朕意，不須惜醉。大學士李嶠、宗楚客等跪奏曰：臣等多幸，同遇昌期。謬以不才，策名文館。思勵駑朽，庶裨河嶽。既陪天歡，不敢不醉。此後每游別殿，幸離宮，駐蹕芳苑，鳴笳仙禁，或戚里宸筵，王門晉席，無不畢從。

長寧公主，韋庶人所生，下嫁楊慎交。制曰：駙馬都尉楊慎交，分榮戚里，藉寵公門。恭肅著于立身，恪勤効于從政。鳳凰樓上，宛符琴瑟之歡；烏鵲橋前，載協松蘿之契。宜分覃茅土，式廣山河。造第東都，府財幾竭。又取西京高士廉第，左金吾衛廢營，合爲宅，作三重樓，築山浚池。帝及后數臨幸，置酒賦詩，群臣屬和〔一五〕。故李嶠長寧公主東莊侍宴詩，其末云：承恩咸已醉，戀賞未還鑣。崔湜云：席臨天女貴，杯接近臣歡。李適云：願奉瑤池駕，千春侍德音。李乂云：地出東郊迴日馭，城臨南斗度雲車。徐彦伯云：鳳扆憐簫曲，鸞閨念掌珍〔一六〕。

公主之生也，帝誕日而公主滿月。李嶠詩云〔一七〕：神龍見象日，仙鳳養雛年。大火乘天正〔一八〕，明珠對日圓〔一九〕。祚延金篋裏，歌奏玉筐前〔二〇〕。今日宜孫慶，還參祝壽篇〔二一〕。

登驪山高頂詩云〔二二〕：四郊秦漢國，八水帝王都。閶闔雄里開，城闕壯規模。貫渭稱天邑，含岐實奥區。金門披玉館，因此識黄圖。帝自題序，末云：人題四韻，後罰三盃。日暮，成者五六人，餘皆罰酒。劉憲詩云：驪阜鎮皇都〔二三〕，鑾游眺八區。原隰旌門裏，風雲扆坐隅〔二四〕。直城如斗柄，宫樹似星榆〔二五〕。從臣詞賦末，濫得上天衢。蘇頲云：仙蹕御層氛〔二六〕，高高積翠分。巖聲中谷應，天語半空聞。豐樹連黄葉〔二七〕，函關入紫雲〔二八〕。聖圖恢寓縣，歌賦小横汾。武平一云：鑾輿上碧天，翠帟拖晴煙。絶崿紆仙逕，層巒敞御筵。雲披丹鳳闕，日下黑龍川。更覩南薰奏，流聲入管絃。

景龍四年正月五日，移仗蓬萊宫，御大明殿，會吐蕃騎馬之戲，因重爲柏梁體連句〔二九〕。帝曰：大明御寓臨萬方。皇后曰：顧慚内政翊陶唐。長寧公主曰：鸞鳴鳳舞向平陽。安樂公主曰：秦樓魯館沐恩光。太平公主曰：無心爲子輙求郎。温王重茂曰：雄才七步謝陳王。昭容上官曰：當熊讓輦愧前芳。吏部侍郎崔湜曰：再司銓管恩可忘？著作郎鄭愔曰：文江學海思濟航〔三〇〕。考功員外郎武平一曰：萬邦考績臣所詳。著作郎閻朝隱曰：著作不休出中腸。時上疑御史大夫竇從一、將作大匠宗晉卿素不屬文，未即令續。二人固請，許之。從一曰：權豪屏跡肅嚴霜。晉卿曰：鑄鼎開嶽造明堂。此外遺忘。時吐蕃舍人明悉獵請，令授筆與之，曰：玉醴由來獻壽觴。上大悦，賜與衣服。

【校箋】

〔一〕時在景龍二年十二月，見本書卷九李適下所載。

〔二〕「寒冰」，《歲時雜詠》作「寒光」。

〔三〕「催臨」，《歲時雜詠》作「偏臨」。

〔四〕中宗于景龍二年置修文館學士，數年之間，多次行幸，游宴賦詩。其修文館學士及侍從群臣姓名與游幸先後次第，均見本書李適下；其唱酬詩章，或摘句，或全篇，除本條外，皆分載於本書第九、十、十一、十二卷中，可一一檢索而得也。《新唐書·藝文志》著録武平一撰《景龍文館記》十卷，今佚。諸所載皆當出此。

〔五〕即中宗《九日登高詩序》，載《全唐文》卷一七〇。

〔六〕「歡」原作「觀」，《全唐詩話》作「歡」，今據改。

〔七〕以上二十四人詩中，本書韋安石（卷一二）、蘇瓌（卷一〇）、李嶠（卷一〇）、蕭至忠（卷九）、竇希玠（卷一二）、韋嗣立（卷一一）、趙彦伯（卷一一）、楊廉（卷一二）、李咸（卷一二）、閻朝隱（卷一一）、蘇頲（卷一〇）、陸景初（卷一二）、鄭南金（卷一二）、于經野（卷一二）、盧懷慎（卷一一）下皆載其全篇。按「趙彦伯」乃「趙彦昭」之誤，説詳本書卷一一趙彦伯下校箋〔一〕。

〔八〕事在景龍三年十二月十八日，見本書李適下。

〔九〕事在景龍二年十一月十五日，見本書李適下。《舊唐書》卷四《中宗本紀》：「顯慶元年十一月乙丑（十五日），生於長安。」此次慶宴在景龍二年十一月十五日，見本書李適下。「十一月」原作「十月」，據史文改。

〔一〇〕「愧」原作「貴」，據《全唐詩話》改。

〔一二〕「涓埃」原作「塵埃」，據《全唐詩話》改。

〔一三〕「清」原作「青」，據《全唐詩話》改。

〔一四〕《全唐詩》此句下注云：「《景龍文館記》作『謬司考能宸綱該』。」宋之問時爲考功員外郎，故云。

〔一五〕「陸景初」三字原脱，據《全唐詩》補。蓋當時曾見《景龍文館記》也。

〔一六〕《新唐書》卷八三《諸帝公主傳》：「長寧公主，韋庶人所生，下嫁楊慎交。造第東都，使楊務廉營總，第成，府財幾竭。乃擢務廉將作大匠。又取西京高士廉第、左金吾衛故營合爲宅，右屬都城，左頫大道，作三重樓以馮觀，築山浚池。帝及后數臨幸，置酒賦詩。」

〔一七〕按此乃徐彦伯《奉和送金城公主適西蕃應制》詩，見《文苑英華》卷一七六、《搜玉小集》及本書卷九徐彦伯下俱載之，並非《和長寧公主東莊》之作，《唐詩紀事》誤。「徐彦伯」原作「徐元伯」，據諸書改。

〔一八〕此景龍二年十一月十五日事，見本書李適下。《文苑英華》卷一六九載此詩，題作《中宗降誕日長寧公主滿月侍宴應制》。

〔一九〕「大火乘」原作「大寶來」，據《文苑英華》及明活字本（下同）《李嶠集》改。

〔二〇〕「日」原作「月」，據《文苑英華》及《李嶠集》改。

〔二一〕「玉筐」原作「玉箱」，據《文苑英華》及《李嶠集》改。

〔二一〕「祝壽」原作「祝聖」，據《文苑英華》及《李嶠集》改。

〔二二〕《文苑英華》卷一七〇載此詩，題唐太宗作，誤。此詩之後，所載爲李嶠、劉憲、趙彦昭、蘇頲、崔湜、李乂、武平一諸從臣奉和詩，皆景龍脩文館學士也。李乂一首，《文苑英華》原失載姓名，本書卷一〇李乂下收載此詩，當補。

〔二三〕「皇都」，《文苑英華》作「皇圖」。

〔二四〕「宸」，《文苑英華》作「入」。

〔二五〕「宫樹」原作「官樹」，據《文苑英華》改。

〔二六〕「氛」，《文苑英華》作「氲」。

〔二七〕「黄葉」原作「黄道」，據《文苑英華》改。

〔二八〕「函關」原作「秦關」，據《文苑英華》改。

〔二九〕此事本書李適下亦載之。

〔三〇〕「思」原作「恩」，據《全唐詩話》改。

唐詩紀事校箋卷第二

明皇　德宗　文宗　宣宗　昭宗

明皇

軒游宫十五夜云：行邁離秦國，巡方赴洛師。路逢三五夜，春色暗中期。關外長河轉，宫前淑氣遲〔一〕。歌鐘對明月，不減舊游時。

初入秦川路逢寒食詩云：洛川芳樹映天津，灞岸垂楊窣地新，直爲經過行處樂〔二〕，不知虚度兩京春。去年有閏今春早，曙色和風着花草，可憐寒食與清明，光輝併在長安道。自從關路入秦川，爭道何人不戲鞭〔三〕。公子途中妨蹴踘〔四〕，佳人馬上廢鞦韆〔五〕。渭水長橋今欲渡，葱葱漸見新豐樹〔六〕，遠看驪岫入雲霄，預想湯池起煙霧〔七〕。煙霧氛氲水殿開，暫拂香泉歸去來〔八〕，今歲清明行已晚，明年寒食更相陪。

早渡蒲津關云〔九〕：鐘鼓嚴更曙，山河野望通。鳴鑾下蒲坂，飛旆入秦中。地險關逾壯，天平鎮尚雄。春深津樹合〔一〇〕，月落戍樓空。馬色分朝景，鷄聲逐曉風。所希常道泰，非復俟繻同。

帝幸蜀回，至劍門，題詩曰：劍閣横空峻，鑾輿出狩回。翠屏千仞合，丹嶂五丁開。灌木縈旗轉，仙雲拂馬來。乘時方在德，嗟爾勒銘材。至德二年，普安郡守賈深勒石〔一一〕。開元間，河南參軍鄭銑、朱陽丞郭仙舟投匭獻詩，敕曰：觀其文理，乃崇道法，至于今時，不切事情，宜各從所好，並罷官，度爲道士〔一二〕。

裴寬除太原尹，帝賦詩餞之曰：德比岱雲布，心如晉水清〔一三〕。早登太行山中言志云：清蹕渡河陽，凝笳上太行。火龍明鳥道，鐵騎遶羊腸。白露霾陰壑，丹霞助曉光。澗泉含宿凍，山草帶餘霜。野老茅爲室，樵人薜作裳。宣風問耆艾，敦俗勸耕桑。涼德慚先哲，徽猷慕昔皇。不因今展義，何必冒垂堂〔一四〕。

帝巡省，塗次上黨舊宫，賦詩〔一五〕。序曰：朕昔在初九，佐貳此州，未遇扶摇之力，空俟海沂之詠。洎大横入兆，出處斯易，一揮寶劍，遽履瑶圖，承曆數而順謳謡，着天衣而御區夏。嗟乎！向時沈默，駕四馬而朝京師；今日逍遥，乘六龍而問風俗。爰因巡省，途次舊居，山川宛然，人事無間，忽其鼎革〔一六〕，周游館宇，觸目依然。雖跡異漢皇，而地如豐邑，擊筑慷慨，酌杯留連，空想大風，題兹短什。詩云：三千初擊浪，九萬欲搏空。天地猶驚否，陰陽始遇蒙。存身斯歷試〔一七〕，佐貳佇昭融。多謝時康理，良慚寶劍功。長懷問鼎氣，夙負拔山雄。不學劉琨舞〔一八〕，先歌漢祖風。英髦既包括，豪傑自牢籠。人事一朝異，謳謡四海同。如何昔朱邸，今此作離宫。雁沼澄瀾翠，猿巖落照紅。小山餘桂馥〔一九〕，長坂舊蘭叢。即是淹留處，乘歡樂未窮。

答張説南出雀鼠谷〔二〇〕：雷出膺乾象，風行順國人。川途猶在晉，車馬漸歸秦。背陝關山險，横汾鼓吹頻。草依陽谷變，花待北巖春。聞有鵷鸞客，清詞雅調新。求音思欲報，心跡竟難陳。

送張説巡邊云〔二一〕：端拱復垂裳，長懷御遠方。股肱申教義，戈劍靜要荒。命將綏邊服，雄圖出廟堂。三台入武帳，八座起文昌。寶胄匡韓主，華宗輔漢王。茂先慚博物，平子謝文章。盡節恢時佐，輸誠禦寇場。三軍臨朔野，駟馬即戎行。鼓吹威夷狄，旌軒溢洛陽。雲臺先著美，今日更貽芳。

送張説集賢上學士云〔二二〕：廣學開書殿，崇儒引席珍。集賢昭衮職〔二三〕，論道命台臣。禮樂沿今古，文章革舊新。獻酬樽俎列，賓主位班陳。節變雲初夏，時移氣尚春。所希光史策，千載仰兹晨。

左丞相説右丞相璟太子少傅乾曜同上官命讌東堂賜詩云〔二四〕：赤帝收三傑，黄軒舉二臣。由來丞相重，分掌國之鈞。我有握中璧，雙飛席上珍。子房推要道，仲子訝風神。

復輟台衡老〔二五〕，將爲調護人。鵷鸞同拜日，車騎擁行塵。樂聚南宫宴，觴連北斗醇。俾予成百揆〔二六〕，垂拱問彝倫。

同二相已下群臣宴樂游園賜詩云〔二七〕：撰日巖廊暇〔二八〕，需雲宴樂初。萬方朝玉帛，千品會簪裾。地入南山近〔二九〕，城分北斗餘。林塘垂柳密，原隰野花疎〔三〇〕。帟幕看逾暗，歌鐘聽自虚。興闌歸騎轉，還奏弼違書。二相，謂張、宋也。

千秋節賜群臣鏡詩云〔三一〕：臺上冰花澈，窗中月影臨。更銜長壽帶，留意感人深。是日賜宴詩云：月銜花綬鏡，露綴綵絲囊。張説應制云：珠囊含瑞露，金鏡抱僊輪。

開元十三年，帝自擇廷臣爲諸州刺史，許景先治虢州，源光裕鄭州，寇泚宋州，鄭温琦邠州，袁仁敬杭州，崔志廉襄州，李昇期邢州，鄭放定州，蔣挺湖州，裴觀滄州，崔誠遂州，凡十一人。行，詔宰相、諸王、御史以上祖道洛濱，盛具，奏太常樂，帛舫水嬉。命高力士賜詩，令題座右。帝親書，且給筆紙令自賦，賚絹三千遣之〔三二〕。帝詩云：眷言思共理，鑑夢想惟良〔三三〕。猗歟此推擇，聲績著周行。賢能既俟進，黎獻實佇康。視人當如子，愛人亦如傷。講學試誦論，阡陌勸耕桑。虚譽不可飾，清知不可忘。求名跡易見，安直德自彰。獄訟必以情，教民貴有常。恤惸且存老，撫弱復綏强。勉哉各祇命，知予眷萬方。

帝爲趙法師別造精院，過院賦詩，并序云：秋九月，聽政觀風，存乎游息。退朝之後，歷西上陽，入清虛院，則法師所居之地也。法師得玄元之法，養浩然之氣，故法此僊家，特建真宇。紫房對聳，緑竹羅生，既親重其人，每經過其地，以怡神洗雪，進德脩業，何必齋心累月，遠在順風。因而賦詩，用適真意云爾。詩云：宗師心物外，爲道運虛舟。不戀巖泉賞，來從宮禁游。探玄知幾歲，習静更宜秋。煙樹辨朝色，風湍聞夜流。坐朝繁聽覽，尋勝在清幽。欲廣無爲化，因兹庶可求。

又送趙法師還蜀因名山奠簡詩云[三四]：道家奠靈簡，自昔仰神仙。真子今將命，蒼生福可傳。江山尋故國，城郭信依然。二室遥相望，雲迴洞裏天。法師觀宇在今蜀州新津縣也。

又送忠州太守康昭遠等詩云[三五]：端拱臨中樞，緬懷共予理。不惟臺閣英，孰振循良美？分符侯甸内，拜首明庭裏。誓節期飲冰，調人方導水。嘉聲馳九牧，惠化光千祀。時雨侔昔賢，芳猷貫前史。佇爾頌中和，吾將令卿士。

【校箋】

〔一〕「宮前」原作「宮中」，據《歲時雜詠》改。

〔二〕「直爲」原作「宜爲」，據《四部叢刊》影明本（下同）《張説之文集》卷三附載御製詩及《文苑英華》卷一七二改。

〔三〕「爭道」原作「爭到」，據《文苑英華》改。《張説之文集》亦作「爭到」。

〔四〕「妨」原作「方」，據《文苑英華》改。《張説之文集》亦作「方」。

〔五〕「廢」原作「戲」，據《文苑英華》及《張説之文集》改。

〔六〕「葱葱」原作「怱怱」，據《文苑英華》改。《張説之文集》亦作「怱怱」。

〔七〕「湯池」原作「陽池」，據《文苑英華》及《張説之文集》改。

〔八〕「香泉」原作「香輪」，據《文苑英華》及《張説之文集》改。

〔九〕「蒲津關」原作「蒲關」，據《文苑英華》卷一七〇補。《張説之文集》亦脱「津」字。按：《元和郡縣圖志》卷一二河中府河東縣有蒲坂關云：「一名蒲津關，在縣西四里。《魏志》曰：『太祖西征馬超、韓遂，夜渡蒲津關。』即謂此也。」

〔一〇〕「春深」，《文苑英華》、《張説之文集》俱作「春來」。

〔一一〕《開天傳信記》：「上幸蜀回，車駕次劍門，門左右巖壁峭絶。上謂侍臣曰：『劍門天險若此，自古及今，敗亡相繼，豈非在德不在險耶？』因駐蹕題詩曰：『劍閣横空峻，鑾輿出狩回。翠屏千仞合，丹嶂五丁開。灌木縈旗轉，仙雲拂馬來。乘時方在德，嗟爾勒銘才。』其詩至德二年普安郡太守賈深勒于石壁，今存焉。」「帝幸蜀回」之「回」，原作「西」；「横空」原作「横雲」，據《開天傳信記》改。

〔一二〕《通鑑》卷二一二《唐紀》玄宗開元六年：「夏，四月，戊子，河南參軍鄭銑、朱陽丞郭仙舟投匭獻詩，敕曰：『觀其文理，乃崇道法；至於時用，不切事情。宜各從所好。』並罷官，度爲道士。」

〔一三〕《舊唐書》卷一〇〇《裴漼傳》附《裴寬傳》：「漼從祖弟寬……除太原尹，賜紫金魚袋。玄宗賦詩而餞之，曰：『德比岱雲布，心如晉水清。』」

〔一四〕「垂堂」原作「垂裳」，此用《漢書·司馬相如傳》引鄙諺曰「家累千金，坐不垂堂」語。據《文苑英華》卷一七一及《張説之文集》改。

〔一五〕《新唐書》卷三《玄宗本紀》：「（開元）十一年正月，己巳，如并州，……以故第爲飛龍宫。」詩即此時作。

〔一六〕「鼎革」原作「昇華」，據《張説之文集》改。

〔一七〕「存身」原作「存貞」，據《文苑英華》卷一七四及《張説之文集》改。

〔一八〕「劉琨」原作「劉崐」，據《文苑英華》及《張説之文集》改。

〔一九〕「餘」原作「秋」，據《文苑英華》及《張説之文集》改。

〔二〇〕詩題原作《答張説出雀鼠谷》，按《文苑英華》卷一七一及《張説之文集》均作《答張説南出雀鼠谷》，今據增「南」字。而毛本妄改此文爲「帝登泰山，南出雀鼠谷，張説獻詩，御答云」等十餘字，《全唐詩》取之。殊不知雀鼠谷並不在泰山，《元和郡縣圖志》卷一三太原府汾州介休縣下云「雀鼠谷，在縣西十二里」是也。此蓋與開元十一年正月「如并州」爲一時事。張説原唱題爲《扈從南出雀鼠谷》，屬和群臣有宋璟、蘇頲、王丘、袁暉、崔翹、張九齡、王光庭、席豫、梁昇卿、趙冬曦等十人，詩見《文苑英華》卷一七一，並附載於《張説之文集》。

〔二一〕事在開元十年閏五月，見新、舊《唐書》之《玄宗本紀》。同賦群臣，除張説《將赴朔方軍應制》一首外，尚有源乾曜、張嘉貞、宋璟、盧從愿、許景先、韓休、徐知仁、崔禹錫、胡皓、王翰、崔泰之、王丘、蘇晉、王光庭、袁暉、席豫、張九齡、徐堅、崔日用、賀知章等二十人。詩見《文苑英華》卷一七七，除胡皓、崔泰之、王丘外，亦並附載于《張説之文集》。《張集》中諸人詩前另附有賈曾奉敕撰《餞張尚書赴朔方序》一首。

〔二二〕《舊唐書》卷九七《張説傳》：「（開元）十三年……下制改麗正書院爲集賢殿書院，授説集賢院學士，知院事。」詩當爲此時所作。群臣屬和者，有張説、源乾曜、裴漼、蘇頲、韋抗、程行諶、徐堅、李暠、蕭嵩、李元紘、賀知章、陸堅、劉昇、褚琇、王翰、趙冬曦、韋述十七人，詩見《文苑英華》卷一六八。除褚琇外，餘並附載《張説之文集》。詩前《張集》中並載中書舍人張九齡《集賢殿書院奉敕送學士張説上賜燕序》一首。詩題《送張説集賢上學士》，《張説之文集》同。

〔二三〕「昭」原作「招」，《張説之文集》同。據《文苑英華》改。

〔二四〕《舊唐書》卷九六《宋璟傳》：「（開元）十七年，遷尚書右丞相，與張説、源乾曜同日拜官。敕太官設饌，太常奏樂，於尚書都省大會百僚，玄宗賦詩褒述，自寫與之。」即此詩。群臣屬和者，除張説、宋璟、源乾曜外，尚有蕭嵩、裴光庭、宇文融之作，並見《文苑英華》卷一六八及《張説之文集》。另有蘇晉《丞相少傅拜職天子作三傑之詩以命宴序》一首，附載《張集》。「東堂」，

《張説之文集》同。《文苑英華》作「都堂」。按王翰和《送張説集覽上學士》詩有「東堂起集賢」之語，作「東堂」是。

〔二五〕「輟」，諸本並同，疑當作「綴」。

〔二六〕「予」原作「子」，據《文苑英華》、《張説之文集》改。

〔二七〕此詩屬和者有張説、宋璟、崔沔、張九齡、胡皓、王翰、崔尚、趙冬曦等人，詩見《張説之文集》。《文苑英華》將宋璟「侍飲終酺會」一首，誤題爲蘇頲作；另載蘇頲「樂游光地選」一首，餘與《張集》同。

〔二八〕「撰」，《張説之文集》同，《文苑英華》卷一七五作「選」，二字義同。「暇」原作「暖」，據二書改。

〔二九〕「近」原作「遠」，據《文苑英華》、《張説之文集》改。

〔三〇〕「林塘」二句，《張説之文集》同。《文苑英華》作「池塘隨柳密，原野雜花疎」。

〔三一〕《舊唐書》卷八《玄宗本紀上》：「（開元十八年）八月丁亥，上御花蕚樓，以千秋節百官獻賀，賜四品以上金鏡、珠囊、縑綵，賜五品以下束帛有差。上賦八韻詩。」即此。其《千秋節賜群臣鏡》、《千秋節宴》二詩及張説《應制和千秋節》、《奉和賜王公千秋鏡》詩全篇，俱載《張説之文集》。《文苑英華》卷一六八唯載明皇《千秋節宴》詩及張説和詩。

〔三二〕「十三年」原作「十六年」，按《新唐書》卷一二八《許景先傳》：「十三年，帝自擇刺史，景先由吏部侍郎爲刺史治虢州，大理卿源光裕鄭州，兵部侍郎寇泚宋州，禮部侍郎鄭温琦汾州，大理少卿袁仁敬（《紀事》避宋諱改「恭」）杭州，鴻臚少卿崔志廉襄州，衛尉少卿李昇期邢州，太僕少卿鄭放定州，國子司業蔣挺湖州，左衛將軍裴觀滄州，衛率崔誠遂州，凡十一人。治行，詔宰相、諸王、御史以上祖道洛濱，盛具，奏太常樂，帛舫水嬉。命高力士賜詩，帝親書。且給紙筆令自賦。賚絹三千遣之。」則此乃開元十三年事，今據改。又，本書于「命高力士賜詩」句下，增「令題座右」四字，實非，蓋所賜即「帝親書」者也。當删。《全唐詩》迻載此文，于「盛具」句中多一「供」字。亦臆增，《全唐詩話》即無「供」字。

〔三三〕「鑒夢」原作「鑒寢」，據《全唐詩話》改。毛本作「鑒寐」。此用《史記·殷本紀》殷高宗因夢求賢得傅説事，作「鑒夢」是。

〔三四〕曹學佺《蜀中名勝記》卷七成都府新津縣下載：「碑目云：唐開元皇帝送趙仙甫尊師歸蜀詩碑，現在新津縣寶真觀。」

〔三五〕「又」前原有「天寶十六年」五字，按天寶無十六年，此必有誤。《全唐詩》删之，是。今據删。

德　宗

元日退朝觀軍仗歸營云〔一〕：獻歲視元朔，萬方咸在庭。端旒揖群后，迴輦閲師貞。綵仗宿華殿，退朝歸禁營。分行左右出，轉旆風雲生。歷歷趨複道，容容映層城。勇餘矜捷技，令肅無喧聲。眷此戎旅節，載嘉良士誠〔二〕。順時頒宴賞〔三〕，亦以助文經。

中和節日宴百寮賜詩云〔四〕：韶華啟仲序，初吉諧良辰。肇兹中和節，式慶天地春。歡酣朝野同，生德區宇均。雲開灑膏露，草疏芳河津。歲華今載陽〔五〕，東作方肆勤。慚非薰風唱，曷用慰吾人。

中和節賜百官讌集因示所懷云：至化常在宥，保和兹息人。推誠撫諸夏，與物長爲春。仲月風景暖，禁城花柳新。芳時協金奏，錫燕周群臣。絲竹豈云樂，忠賢唯所親。庶洽朝野意，曠然天下均。

帝移晦日爲中和節〔六〕，故呂渭詩云：皇心不向晦，改節號中和。淑氣同風景，佳名自詠歌。湔裙移舊俗，賜尺下新科。曆象千年正，酺醵四海多〔七〕。貞元八年試宏詞詩，以中和節尺應詔〔八〕。

重陽日即事云〔九〕：令節曉澄霽，四郊煙靄空。天青白露潔，菊散黄金叢。寡德荷天貺〔一〇〕，順時休百工。豈懷歌鐘樂，思與君臣同〔一一〕。至化在亭育，相成資始終。未知康衢詠，所仰惟年豐。

豐年多慶九日示懷云〔一二〕：爽氣肅時令，早衣聞朔鴻。重陽有佳節，具物欣年豐。皎潔暮潭色，芬敷新菊叢。芳樽滿衢室，繁吹凝煙空。惠洽信吾道〔一三〕，保和惟爾同。推誠至玄化〔一四〕，天下期爲公。

九日絶句云〔一五〕：禁苑秋來爽氣多，昆明風動起滄波。中流簫鼓誠堪賞，詎假横汾發棹歌。

重陽中外同歡，餘字韻，群臣亦以其韻奉和〔一六〕。故權德輿云：宸衷在化成，藻思焕瓊琚。微臣侍竊抃，豈足歌唐虞。

又重陽即事、豐年多慶二詩，以同字韻，亦依以奉和。故德輿前章云：天道光下濟，睿詞敷大中。後章云：澤均行葦厚，年慶華黍豐。武元衡前章云：重陽德澤振，萬國歡娱同。後章云：賡歌禹功盛，擊壤堯年豐。九奏碧霄裏，千官皇澤中。

重陽日中外同歡以詩言志因示群官云：爽節在重九，物華新雨餘。清秋黄葉下，菊散金潭初。萬寶行就稔〔一七〕，百工欣所如。歡心暢遐邇，殊俗同車書。至化自敦睦，佳辰宜宴胥。鏘鏘間絲竹，濟濟羅簪裾。此樂匪足耽，此誠期永孚。

七月十五日題章敬寺云〔一八〕：招提邇皇邑，複道連重城。法筵會早秋，駕言訪禪扃。嘗聞大仙教，清淨宗無生。七物匪吾寶，萬行先求成。名相既雙寂，繁華奚所榮？金風扇微涼，遠煙凝翠晶。松院静苔色，竹房深磬聲。境幽真慮恬，道勝外物輕。意適本非説，含毫空復情。貞元七年。

貞元五年，初置中和節，帝製詩，寫本賜戴叔倫於容州〔一九〕。詩云：東風變梅柳，萬彙生春光。中和紀月令，方與天地長。耽樂豈予尚，懿兹時景良。庶遂亭育恩，同致寰海康。君臣永終始，交泰符陰陽。曲沼水新碧，華林桃稍芳。勝賞信多歡，戒之在無荒。

送徐州張建封還鎮云〔二〇〕：牧守寄所重，才賢生爲時。宣風自淮甸，授鉞膺藩維。入覲展遐戀，臨軒慰來思。忠誠在方寸，感激陳清詞〔二一〕。報國爾所尚，恤人予是資。歡宴不盡懷，車馬當還期。穀雨將應候，行春猶未遲。勿以千里遥，而云無已知。貞元後藩帥入朝，獨建封獲賜詩。

帝善爲文，尤長於篇什，每與學士言詩於浴堂殿，夜分不寐。貞元中，昭義節度李抱真薦貝州宋廷芬之女若昭，召入禁中試文，帝咨美。帝每與侍臣賡和，若昭姊若莘等五人皆預，呼學士〔二二〕。

貞元四年九月，賜宴曲江亭，帝爲詩，序曰：朕在位僅將十載，實賴忠賢左右，克致小康，是以擇三令節，錫兹宴賞，俾大夫卿士，得同歡洽也。夫共其戚者同其休，有其初者貴其終。咨爾群寮，頒朕不暇，樂而能節，職思其憂，咸若時則，庶乎理矣。因重陽之會，聊示所懷。詩云：早衣對庭燎，躬化勤意誠。時此萬機暇，適與佳節并。曲池潔寒流，芳菊舒金英。乾坤爽氣澄，臺殿秋光清。朝野慶年豐，高會多歡聲。永懷無荒誡，良士同斯情。因詔曰：卿等重陽會宴，朕想歡洽，欣慰良多，情發于中，因製詩序，今賜卿等一本，可中書門下簡定文詞士三五十人應制，同用清字，明日内于延英門進來。宰臣李泌等雖奉詔簡擇，難于取捨，由是百寮皆和。上自考其詩，以劉太真及李紓等四人爲上等，鮑防、于邵等四人爲次等，張濛、殷亮等二十三人爲下等，而李晟、馬燧、李泌三宰相之詩，不加考第〔二三〕。

帝章敬寺詩：松院淨苔色，竹房深磬聲。時人傳誦。帝晚年工詩句，臣下莫及，每御製奉和，退而笑曰排公在。俗有投石之戲，兩頭置標，號曰排公，以中不中爲勝負也。杜太保在淮南，進崔叔清詩一百篇。帝曰：此惡詩，何用進！時云准敕惡詩〔二四〕。韋綬以内相感心疾，罷還第。帝九日作黄菊歌，顧左右曰：安可不示韋綬？遣使持往。綬遽奉和，附使進。帝曰：爲文不已，豈頤養耶！敕曰：自今勿復爾。

【校箋】

〔一〕貞元九年元旦作。《舊唐書》卷十三《德宗本紀》：「九年春正月庚辰朔，朝賀畢，上賦《退朝觀仗歸營》詩。」即此。

〔二〕「良士」原作「良工」，據《歲時雜詠》改。

〔三〕「頒」原作「傾」，據《歲時雜詠》改。

〔四〕貞元十七年二月作。《舊唐書》卷十三《德宗本紀》：「二月癸巳朔，賜群臣宴於曲江亭，上賦

《中和節賜宴曲江詩》六韻賜之。」即此詩。

〔五〕「今」原作「方」，據《歲時雜詠》改。

〔六〕此貞元五年事。《舊唐書·德宗本紀》：「五年春正月壬辰朔。乙卯，詔：『……自今宜以二月一日爲中和節，以代正月晦日，備三令節數，内外官司休假一日。』」按：「三令節」指正月晦日、三月三日、九月九日，見《德宗本紀》貞元四年九月詔。又，《類説》卷二録《鄴侯家傳》「中和節」條記唐德宗「欲於二月創置一節」，李泌因上書云：「二月一日正是桃李開時，請以二月一日爲中和節，其日賜大臣方鎮勳戚尺，謂之裁度。」「德宗大悦，即令行之，并與上巳、重陽謂之三令節。」

〔七〕此詩《歲時雜詠》卷十載之，題作《皇帝移晦日爲中和節》，其後尚有四句云：「花隨春令發，鴻度歲陽過。天地齊休慶，歡聲欲盪波。」宋朱翌《猗覺寮雜記》卷上亦載此詩。詩爲貞元五年之作，參前條注。《文苑英華》卷一八〇又載此詩爲王季友作。按《登科記考》，季友乃貞元十四年進士，或難預此事也。詩爲吕渭之作無疑。

〔八〕《玉海》卷八「唐中和節賜尺」條云：「貞元八年宏詞以此命題，李觀、裴度有詩。」同作者尚有陸復禮。三人詩並見《文苑英華》卷一八〇，題《中和節詔賜公卿尺》，今據補「尺」字。

〔九〕《册府元龜》卷四〇載：「（貞元）十七年，九月重陽節，賜群臣宴于曲江，命中使劉希昂宣慰，帝賜詩。」《舊唐書·德宗本紀》亦記此事。

〔一〇〕「天貺」，《歲時雜詠》作「玄貺」。

〔一一〕「與」原作「爲」，據《歲時雜詠》改。

〔一二〕《册府元龜》卷四〇載：「（貞元）十八年，九月重陽節，御製《豐年多慶九日示懷》詩以賜群臣。」《舊唐書·德宗本紀》亦記此事。

〔一三〕「惠洽」原作「惠合」，據《歲時雜詠》改。

〔一四〕「至」，《歲時雜詠》作「文」。

〔一五〕《册府元龜》卷四〇載：「（貞元）十三年九月重陽節，賜宰臣及兩省供奉官宴於曲江，賜中書門下及百僚詩。」《舊唐書·德宗本紀》亦記此事。

〔一六〕《册府元龜》卷四〇載：「（貞元）十一年九月癸卯，賜中書門下及兩省供奉官宴於曲江，帝作詩賜百僚，百僚畢和。辛亥退朝，召百僚詣延英，令中使宣喻曰：昨九日聊示所懷，文非工也，卿等屬和雅麗，深所加之。」《舊唐書·德宗本紀》亦記此事。

〔一七〕「萬寶」原作「萬實」，據《歲時雜詠》改。

〔一八〕《舊唐書·德宗本紀》：「貞元七年，七月癸酉，上幸章敬寺，賦詩九韻，皇太子與群臣畢和，題之寺壁。」即此。

〔一九〕《唐國史補》卷下：「貞元五年，初置中和節。御製詩，朝臣奉和。詔寫本賜戴叔倫于容州，天下榮之。」《新唐書》卷一四三《戴叔倫傳》亦載此事，時戴爲容管經略使。

〔二〇〕事在貞元十四年。《舊唐書》卷一四〇《張建封傳》：「十三年冬，入覲京師。……十四年春上巳，賜宰臣百僚宴於曲江亭，特命建封與宰相同座而食。貞元已後，藩帥入朝及還鎮，如馬燧、渾瑊、劉玄佐、李抱真、曲環之崇秩鴻勳，未有獲御製詩以送者。建封將還鎮，特賜詩曰云云。」

〔二一〕「清詞」原誤作「情詞」，據史文改。

〔二二〕《舊唐書》卷五二《后妃傳》：「女學士、尚宫宋氏者，名若昭，貝州清陽人。父庭芬……生五女，皆聰惠。……若莘、若昭文尤淡麗，性復貞素閑雅，不尚紛華之飾。……貞元四年，昭義節度使李抱真表薦以聞。德宗俱召入宫。……德宗能詩，與侍臣唱和相屬，亦令若莘姊妹應制。每進御，無不稱善，嘉其節概不群，不以宫妾遇之，呼爲學士先生。」

〔二三〕此全用《舊唐書》卷一三七《劉太真傳》文。其中序文「頒朕不暇」句，「頒」原作「順」，此用《尚書·洛誥》「乃惟孺子頒朕不暇」語，今據改。詩「良士同斯情」句，原作「良事同期情」；詔文「今賜卿等一本」句，「今」原作「令」；「張濛」原作「張蒙」，今並據史文改。

〔二四〕《唐國史補》卷中：「德宗晚年絶嗜慾，尤工詩句，臣下莫可及。每御製奉和，退而笑曰：『排公在。』俗有投石之戲，兩頭置標，號曰排公，以中不中爲勝負也。」同卷又云：「杜太保在淮南，進崔叔清詩百篇。德宗謂使者曰：『此惡詩，焉用進？』時呼爲准敕惡詩。」「排公在」原作「排工」；「崔叔清」原作「崔叔靖」；「准敕惡詩」原作「奉敕惡詩」，今據《國史補》改。《唐語林》卷三所載，亦同《國史補》。

文宗

上元日詩云：上元高會集群仙，心齋何事欲祈年。丹誠儻徹玉帝座，且共吾人慶大田。

又云：蓂生三五葉初齊，上元羽客出桃蹊。不愛仙家登真訣，願蒙四海福黔黎。

裴度拜中書令，以疾未任朝謝。上巳曲江賜宴，群臣賦詩，帝遣中使賜度詩曰：注想待元老，識君恨不早。我家柱石衰，憂來學丘禱。仍賜御札曰：朕詩集中欲得見卿唱和詩，故令示此。卿疾未差，可異日進來。御札及門而度薨〔一〕。

常謂左右曰：若不甲夜視事，乙夜觀書，則何以爲人君耶！每試進士，多自出題目；及所司進所試，披覽吟詠，終日忘倦。常延學士於内庭，討論經義，較量古今，令宫女以下侍茶湯飲饌。李訓講周易，時方盛夏，遂命取水玉腰帶、辟暑犀如意以賜訓，曰：如意足以與卿爲談柄也。讀高郢無聲樂賦、白居易求玄珠賦，謂之玄祖〔二〕。

帝聽政暇，博覽群書。一日，延英顧問宰臣：詩云：呦呦鹿鳴，食野之苹。苹是何草？時宰相李珏、楊嗣復、陳夷行相顧未對。珏曰：臣按爾雅，苹是蘋蕭。上曰：朕看毛詩疏，葉圓而花白，叢生野中，似非蘋蕭。又一日，問宰臣：古詩云：輕衫襯跳脱。跳脱是何物？宰臣未對。上曰：即今之腕釧也。真誥言：安妃有斵粟金跳脱，是臂飾〔三〕。

帝好五言，自制品格多同肅、代，而古調清峻。嘗欲置詩博士，貞穆李公曰：陛下遠慕堯、舜而置詩博士，況詩人多輕昧於識理，今翰林學士皆能文詞，而古今篇什，足可怡悦聖情。帝乃止〔四〕。李公，珏也。

甘露事後，帝不樂，往往瞠目獨語云：須殺此輩，令我君臣間絶。後賦詩曰：輦路生春草，上林花滿枝。憑高無限意，無復侍臣知。翌日，觀牡丹，誦賦吟罷，始憶舒元輿之詞，歎息泣下。因命作樂，聊自適。宫人沈翹翹者，歌河滿子，有浮雲蔽白日之句，其聲宛轉。上因欷歔，問曰：汝知之耶？此文選古詩第一首，蓋忠臣爲姦邪所蔽也。乃賜金臂環。問其從來，則吴元濟女也。自陷掖廷，易姓沈氏，配樂籍。又奏曰：妾本藝方響，迺白玉也，槌則響犀爲之，願賜臣妾。帝命賜之。既至，命奏涼州之曲，音韻清越，聽者無不淒然〔五〕。嘗詔開元霓裳羽衣舞，參以雲韶，肄于廷。太常少卿馮定，部諸工立簾間，端凝若植。問李珏，珏以定對。帝喜曰：豈非能古章句者耶？親誦定送客西江詩。召升殿，賜禁中瑞錦，詔悉所著以上〔六〕。嘗與宰相論詩之工拙，鄭覃曰：詩之工者，無若三百篇，皆國人作之以刺美時政，王者采之以觀風俗耳，不聞王者爲詩也。後代辭人之詩，華而不實，無補於事。陳後主、隋煬帝皆工于詩，不免亡國，陛下何取焉！覃篤于經術，上甚重之〔七〕。

常吟杜甫曲江篇云：江頭宫殿鎖千門，細柳新蒲爲誰緑？乃知天寶以前樓臺之盛。鄭注乃命神策軍淘曲江、昆明二池，許公卿立亭館，兩軍造紫雲樓、彩霞亭，内出樓額賜之〔八〕。

【校箋】

〔一〕《舊唐書》卷一七〇《裴度傳》：「（開成）四年正月，詔許還京，拜中書令，以疾未任朝謝。……屬上巳曲江賜宴，群臣賦詩，度以疾不能赴。文宗遣中使賜度詩曰：『注想待元老，識君恨不早。我家柱石衰，憂來學丘禱。』仍賜御札曰：『朕詩集中欲得見卿唱和詩，故令示此。卿疾恙未痊，固無心力，但異日進來。春時俗説難於將攝，勉强調護，速就和平。千百胸懷，不其一二。藥物所須，無憚奏請之煩也。』御札及門，而度已薨，四年三月四日也。」

〔二〕《杜陽雜編》中：「文宗皇帝尚賢樂善，罕有倫比。每與宰臣學士論政事之暇，未嘗不話才術文學之士，故當時以文進者，無不謌謌焉。於是上每視朝後，即閲群書。……謂左右曰：『若不甲夜視事，乙夜觀書，何以爲人君邪？』每試進士及諸科舉人，上多自出題目；及所司進所試，而披覽吟誦，終日忘倦。常延學士于内庭，討論經義，較量文章，令宫女以下侍茶湯飲饌。而李訓講《周易》微義，頗叶于上意。時方盛夏，遂命取水玉腰帶及辟暑犀如意以賜訓，訓謝之。上曰：『如意足以與卿爲談柄也。』上讀高郢《無聲樂賦》、白居易《求玄珠賦》，謂之玄祖。」

〔三〕《太平廣記》卷一九七引《盧氏雜説》：「唐文宗皇帝聽政暇，博覽群書。一日，延英顧問宰臣：『《毛詩》云：呦呦鹿鳴，食野之苹。苹是何草？』時宰相李珏、楊嗣復、陳夷行相顧未對。珏曰：『臣按《爾雅》，苹是藾蕭。』上曰：『朕看《毛詩疏》：苹葉圓而花白，叢生野中。似非藾蕭。』又一日，問宰臣：『古詩云：輕衫襯跳脱。跳脱是何物？』宰臣未對。上曰：『即今之腕釧也。《真誥》言：安妃有斲粟金跳脱，是臂飾。』」此全用其文。「李珏」原作「楊珏」，各本並誤，今據改。又「輕衫襯跳脱」，按《玉臺新詠》卷一，繁欽《定情詩》有「何以致契闊，繞腕雙跳脱」之句，疑此當是引其詩而文字有異。

〔四〕《唐語林》卷二《文學》：「水部員外郎賈嵩説云：『文宗好五言詩，品格與肅、代、憲宗同，而古調尤清峻。』嘗欲置詩學士七十二員，……李珏奏曰：『當今起置詩學士，名稍不嘉。況詩人多窮薄之士，昧於職理。今翰林學士皆有文詞，陛下得以覽古今作者，可怡悦其間，有疑顧問學士可也。』」

〔五〕《杜陽雜編》卷中：「大和九年，誅王涯、鄭注後，仇士良專權恣意，上惡之。或登臨游幸，雖百戲駢羅，未嘗爲樂。往往瞠目獨語，左右莫敢進問。因題詩曰：『輦路生春草，上林花滿枝。憑高何限意，無復侍臣知。』上於内殿前看牡丹，翹足憑欄，忽吟舒元輿《牡丹賦》云：『俯者如愁，仰者如語，合者如咽。』吟罷方省元輿詞，不覺歎息良久，泣下沾臆。適有宫人沈阿翹，爲上舞《何滿子》，調聲風態，率皆宛暢。曲罷，上賜金臂環，即問其從來，阿翹曰：『妾本吳元濟之妓女，濟敗，因以聲得爲宮人。』俄進白玉方響，云本吳元濟所與也。光明皎潔，可照十數步，言其犀槌即響犀也，凡物有聲乃響應其中焉。架則雲檀香也，而文彩若雲霞之狀，芬馥着人，則彌月不散，制度精妙，固非中國所有。上因令阿翹奏《涼州曲》，音韻清越，聽者無不凄然。」《唐詩紀事》本此而所述略異，當以蘇鶚此記爲近實。

〔六〕《新唐書》卷一七七《馮定傳》：「再遷太常少卿。文宗嘗詔開元《霓裳羽衣舞》，參以《雲韶》，肄于廷。定部諸工立縣間，端凝若植。帝異之，問學士李玨，玨以定對。帝喜曰：『豈非能古章句者耶？』親誦定《送客西江詩》，召升殿，賜禁中瑞錦，詔悉所著以上。」《唐詩紀事》出此。毛本於末句「所著」二字上，增一「以」字，非是。

〔七〕《舊唐書》卷一七三《鄭覃傳》：「上嘗於延英論古今詩句工拙，覃曰：『孔子所删三百篇是也。降此五言七言，辭非雅正，不足帝王賞詠。夫詩之雅頌，皆下刺上所爲，非上化下而作。王者采詩，以考風俗得失。仲尼删定，以爲世規。近代陳後主、隋煬帝皆能章句，不知王者大端，終有季年之失。章句小道，願陛下不取也。』」

〔八〕《舊唐書》卷一七下《文宗本紀》：太和九年，二月丁亥，「發神策軍一千五百人修淘曲江。如諸司有力，要于曲江置亭館者，宜給與閒地。……冬十月癸酉朔，乙亥，……内出曲江新造紫雲樓、彩霞亭額，左軍中尉仇士良以百戲于銀臺門迎之。時鄭注言：秦中有災，宜興土功厭之，乃濬昆明、曲江二池。上好爲詩，每誦杜甫《曲江行》云：『江頭宫殿鎖千門，細柳新蒲爲誰緑。』乃知天寶以前，曲江四岸皆有行宫臺殿、百司廨署，思復昇平故事，故爲樓殿以壯之。」

宣宗

宣宗十二年，前進士陳玩等三人應博學宏辭選。所司考定名第，及詩賦論進訖，上於延英殿詔中書舍人李藩等對。上曰：凡考試之中，重用字如何？中書對曰：賦即偏枯駮雜，論即褒貶是非，詩即緣題落韻。只如白雲起封中，詩云封中白雲起是也。其間重用文字，乃是庶幾，亦非常有例也。又曰：孰詩重用字？對曰：錢起湘靈鼓瑟詩有二不字。詩曰：善撫雲和瑟，常聞帝子靈。馮夷空自舞，楚客不堪聽。逸韻諧金石，清音發杳冥。蒼梧來怨慕，白芷動芳馨。流水傳湘浦，悲風過洞庭。曲終人不見，江上數峰青。上鑒錢公此年宏詞詩，曰：且一種重用文字，此詩似不及起。起則今之協律文字也，合於匏革宫商，即變鄭衛之奏。雖謝朓云：洞庭張樂地，瀟湘帝子游。雲去蒼梧野，水還江漢流。未若此鼓瑟一篇，摛藻妍華，無以加。其前進士宏詞詩重字者，登科更待明年考校，起詩便付吏選〔一〕。

帝好進士及第，每對朝臣問及第，苟有科名對者，必大喜，便問所試詩賦題目并主司姓名；或佳人物偶不中第，必歎惜移時。嘗於内自題鄉貢進士李道龍〔二〕。白居易之死，帝以詩弔之曰：綴玉聯珠六十年，誰教冥路作詩仙。浮雲不繫名居易，造化無爲字樂天。童子解吟長恨曲，胡兒能唱琵琶篇。文章已滿行人耳，一度思卿一愴然〔三〕。帝製泰邊陲曲，其詞云：海岳晏咸通。及帝垂拱，而年號咸通焉〔四〕。庶子裴惲進詩賀聖政，有太康字。帝怒曰：太康失邦，乃以比我！户部韋澳奏云：晉平吴寇，改號太康，雖有失邦之言，乃見歸美之文。上曰：天子大須博覽，不然幾錯罪惲。

舊制：盛春内殿賜宴三日。帝妙音律，每先裁製新曲，俾禁中女伶迭相教授，至是出宫女數百，分行連袂而歌。其曲有曰播皇猷者，率高冠方履，褒衣博帶，趨走俯仰，皆合規矩，于于然有唐堯之風焉。有曰葱女踏歌隊者，率言葱嶺之士，樂河湟故地，歸國復爲唐民也。若霓裳曲者，皆執節幡，被羽服，態度凝澹，飄飄然有翔雲舞鶴見左右。如是數十曲，流傳民間。出令狐澄貞陵遺事〔五〕。

【校箋】

〔一〕按此段全用《雲溪友議》中《賢君鑒》條。其間「詩曰」原作「上曰」；「上鑒錢公此年宏詞詩」句，「鑒」原作「覽」；「且一種重用文字，此詩似不及起」句，原脱「重」字；謝朓「洞庭張樂地」句，「地」原誤作「夜」，據《雲溪友議》改。又按：《册府元龜》卷六四一載：「（大中）十二年三月，中書舍人李藩知舉，放博學宏詞科陳琬等三人。及進詩、賦、論等，召謂藩曰：『所賦詩中重用字，何如？』藩曰：『錢起《湘靈鼓瑟詩》有重用字。乃是庶幾。』上曰：『此詩似不及起。』乃落下。」其文意更明。而「陳玩」作「陳琬」，《唐會要》亦作「陳琬」，疑「琬」字是。

〔二〕《唐語林》卷四《企羨》：「宣宗愛羡進士，每對朝臣問：『登第否？』有以科名對者，必有喜，便問所賦詩賦題，並主司姓名。或有人物優而不中第者，必歎息久之。嘗于禁中題『鄉貢進士李道龍』。」

〔三〕《唐摭言》卷一五：「白樂天去世，大中皇帝以詩弔之曰：『綴玉聯珠六十年，誰教冥路作詩仙。浮雲不繫名居易，造化無爲字樂天。童子解吟《長恨曲》，胡兒能唱《琵琶篇》。文章已滿行人耳，一度思卿一愴然。』」

〔四〕《杜陽雜編》卷下：「宣宗製《泰邊陲》曲，其詞曰：『海岱晏咸通。』及上垂拱，而年號『咸通』焉。」本書曲名原作「《秦邊陲》」，詞作「海岳咸通」，脱一「晏」字，據改補。《唐語林》卷七所載同，唯「海岱」作「海岳」，與《唐詩紀事》同。「上」，指懿宗。

〔五〕《新唐書》卷五八《藝文志》二：「令狐澄《貞陵遺事》二卷。」注云：「綯子也，乾符中書舍人。」其書今佚。宋王讜《唐語林》采有此文，録備參證：「舊制：三二歲，必于春時，内殿賜宴宰輔及百官，備太常諸樂，設魚龍曼衍之戲，連三日，抵暮方罷。宣宗妙于音律，每賜宴前，必製新曲，俾宫婢習之。至日，出數百人，衣以珠翠緹繡，分行列隊，連袂而歌。其聲清怨，殆不類人間。其曲有《播皇猷》者，率高冠方履，褒衣博帶，趨赴俯仰，皆合規矩。有曰《葱嶺西》者，士女踏歌爲隊，其詞大率言葱嶺之士，樂河湟故地歸國而復爲唐民也。有《霓裳曲》者，率皆執幡節，被羽服，飄然有翔雲飛鶴之勢。如是者數十曲。教坊樂工，遂寫其曲，奏于外，往往傳于人間。」視此，知本書「有曰葱女踏歌隊」句，顯有脱誤。

昭　宗

陝府唐昭宗有詩云：安得有英雄，迎歸大内中。或曰：逍遥樓有太宗詩云：昔乘匹馬去，今驅萬乘來。志意不侔矣〔一〕！乾寧三年，李茂貞犯闕，帝次華州，韓建迎歸郡中。帝鬱鬱不樂，每登城西齊雲樓遠望。明年秋，製菩薩蠻二首云：登樓遥憶秦宫殿，茫茫只見雙飛燕。渭水一條流，千山與萬丘。遠煙籠碧樹，陌上行人去。何處是英雄，迎奴歸故宫。又一曰：飄飄且在三峰下，秋風往往堪霑灑。腸斷憶仙宫，朦朧煙霧中。思夢時時睡，不語長如醉。早晚是歸期，蒼穹知不知〔二〕？

帝戊午年還京，庚申歲，劉季述爲變，册德王。帝明年正月一日返正，改元天復。十一月，朱全忠領兵入河中。四日冬節，帝又爲鳳翔兵士擁幸岐城〔三〕。帝在城中，忽一旦大雷雨，牛馬震死，街西古槐、殿東鴟吻立碎。帝爲詩曰：只解劈牛兼劈樹，不能誅惡復誅兇〔四〕。朱全忠迎駕圍逼，首涉三載，癸亥正月，駕幸全忠軍，乃還京。甲子歲，全忠遣寇彦卿逼幸洛。四月，改元天祐。帝在洛嘗曰：紇干山頭凍死雀，何不飛去生處樂〔五〕？

【校箋】

〔一〕《江鄰幾雜志》：「陝府昭宗御詩云：『何處有英雄，迎歸大内中。』河中府逍遥樓有太宗詩：『昔乘匹馬去，今驅萬乘來。』氣象不侔矣。」

〔二〕《新五代史》卷四〇《韓建傳》：「乾寧三年，李茂貞復犯京師，昭宗將奔太原，次渭北，建遣子允請幸華州。……遂幸華州。是時天子孤弱，獨有殿後軍及定州三都將李筠等兵千餘人爲衛，以諸王將之。建已得昭宗幸其鎮，遂欲制之。因請罷諸王將兵，散去殿後諸軍。累表不報。昭宗登齊雲樓，西北顧望京師，作《菩薩蠻》詞三章以思歸，其卒章曰：『野煙生碧樹，陌上行人去。安得有英雄，迎歸大内中。』酒酣，與從臣悲歌泣下。」詞前首末二句原作「何處是英雄，迎奴歸故宮」，據《江鄰幾雜志》及史文改。

〔三〕《舊唐書》卷二〇《昭宗本紀》：「（乾寧五年戊午）八月戊戌朔。己未，車駕自華還京師。甲子，御端門，大赦，改元光化。……（光化三年庚申）十一月乙酉朔。庚寅，左右軍中尉劉季述、王仲先廢昭宗，幽於東内問安宮，請皇太子裕監國。……天復元年春正月甲申朔，昭宗反正，登長樂門樓，受朝賀。……制皇太子裕降爲德王，改名祐。……十一月乙酉朔。壬子，中尉韓全誨與鳳翔護駕都將李繼誨奉車駕出幸鳳翔（岐州）。」以上即昭宗自乾寧三年以來播遷經過。

〔四〕《鑒誡録》卷一《走車駕》：「（天復）二年，岐州天雨蕎麥，人收食之，悉遭疫癘。是歲，雷劈牛馬，頻擾宫城，拔出街西古槐，揚下殿東鴟吻。故昭宗御製詩曰：『只解劈牛兼劈樹，不能誅惡復誅兇。』」

〔五〕《新五代史》卷二二《寇彦卿傳》：「初，太祖（朱全忠）與崔胤謀，欲遷都洛陽，而昭宗不許。其後，昭宗奔于鳳翔，太祖以兵圍之。昭宗既出，明年，太祖以兵至河中，遣彦卿奉表迫請遷都。彦卿因悉驅長安居人以東，人皆拆屋爲筏，浮渭而下，道路號哭，仰天大駡曰：『國賊崔胤朱温，使我至此。』昭宗亦顧瞻陵廟，彷徨不忍去，謂其左右爲俚語云：『紇干山頭凍死雀，何不飛去生處樂。』相與泣下沾襟。」

唐詩紀事校箋卷第三

武　后　徐賢妃　上官昭容　越王貞　韓王元嘉
孔紹安　鄭世冀　董思恭　何仲誼　沈叔安
凌　敬　袁　朗　牛鳳及　朱子奢　庾　抱
張文恭　陳叔達　薛　收

武　后

天授二年臘，卿相欲詐稱花發，請幸上苑，有所謀也。許之。尋疑有異圖，乃遣使宣詔曰：「明朝游上苑，火急報春知：花須連夜發，莫待曉風吹！」于是凌晨名花布苑，群臣咸服其異。后託術以移唐祚，此皆妖妄，不足信也。大凡后之詩文，皆元萬頃、崔融輩爲之〔一〕。

同太平公主游九龍潭，則天御製云：「山窗游玉女，澗户對瓊峰。巖頂翔雙鳳〔二〕，潭心倒九龍。酒中浮竹葉，杯上寫芙蓉。故驗山家賞，唯有入松風〔三〕。」

萬歲通天二年〔四〕，鑄九鼎成，置于東都明堂之庭，后自製曳鼎歌，令曳者唱和焉。開元二年，太子賓客薛謙光獻東都九鼎銘，其豫州鼎銘〔五〕，武后所製。文曰：羲農首出，軒昊應期〔六〕。唐虞繼踵，湯禹乘時。天下光宅，域内雍熙。上玄降鑒，方建隆基。紫微令姚元崇奏曰：聖人啟運，休兆必彰，請宣付史館。明皇御名，已兆于此。

【校箋】

〔一〕《廣卓異記》卷二：「則天天授二年臘月，卿相耻輔女君，欲謀弑則天：詐稱花發，請幸上苑。許之，尋疑有異圖，乃遣使宣詔曰：『明朝游上苑，火急報春知：花須連夜發，莫待曉風吹。』于是淩晨名花瑞草布苑而開。群臣咸服其異焉。」

〔二〕《文苑英華》卷一七六載此詩，「巖頂翔雙鳳」句，「翔」作「翻」。

〔三〕《文苑英華》所載末二句作「故念山家賞，唯有入風松」。張本「故驗」作「欲驗」。

〔四〕「二年」原作「元年」，按《舊唐書》卷六《則天皇后紀》：「二年……夏四月，鑄九鼎成，置于明堂之庭」。《新唐書·則天皇后紀》則系此事于神功元年。《通鑑》同。蓋則天于萬歲通天二年九月改元爲神功元年，四月猶未改元也。當以作「二年」爲是。今據改。

〔五〕「豫州」原作「蔡州」，按《通鑑》卷二一一玄宗開元二年：「八月，乙酉，太子賓客薛謙光獻武后所製《豫州鼎銘》，其末云：「上玄降鑒，方建隆基。」以爲上受命之符。姚崇表賀，且請宣示史館，頒示中外。」《册府元龜》卷二四載此事甚詳，亦作「豫州」。按帝王鑄鼎，以象禹域九州，自當以作「豫州」爲是，即以唐州郡言，據《元和郡縣圖志》，「豫州」至寶應初避代宗諱始改爲「蔡州」，此時亦不得稱「《蔡州鼎銘》」也。今據改。《全唐詩》以《鼎銘》爲《曳鼎歌》，尤誤。

〔六〕「應期」原作「膺期」，據《册府元龜》及《通鑑》上文胡注引《通典》所載《豫州鼎銘》文改。

徐賢妃

秋風函谷應詔云：秋風起函谷，勁氣動河山〔一〕。偃松千嶺上，雜雨二陵間〔二〕。低雲愁廣隰，落日慘潼關。此時飄紫氣，應驗真人還。

長安崇聖寺有賢妃粧殿，太宗曾召妃，久不至，怒之，因進詩曰：朝來臨鏡臺，粧罷暫徘徊。千金始一笑，一召詎能來〔三〕。

貞觀二十三年，上疏諫太宗息兵罷役，其略曰：業大者易驕〔四〕，願陛下難之；善始者難終，願陛下易之。又曰：漆器非延叛之方，桀造之而人叛；玉杯豈招亡之術，紂用之而國亡。侈麗之源，不可不遏。作法于儉，猶恐其奢，作法于奢，何以制後。

賢妃名惠，湖州人。生五月能言，四歲通論語，八歲曉屬文。父孝德，嘗試使擬離騷爲小山篇，曰：仰幽巖而流盼，撫桂枝以凝想。將千齡兮此遇，荃何爲兮獨往。孝德大驚，知不可掩，於是所論著遂傳。太宗知之，召爲才人，遷充容。永徽元年卒，贈賢妃。弟齊聃，齊聃子堅，皆以學名〔五〕。

【校箋】

〔一〕《初學記》卷七及《文苑英華》卷一七〇載此詩，「勁氣」俱作「朔氣」。

〔二〕「雜雨」原作「離雨」，據《初學記》及《文苑英華》改。

〔三〕《唐語林》卷四《賢媛》：「上都崇勝寺有徐賢妃粧殿，太宗召妃，久不至，怒之。因進詩曰：『朝來臨鏡臺，粧罷且徘徊。千金始一笑，一召詎能來。』」「上都」，指長安。「崇勝」乃「崇聖」之誤，許渾有《崇聖寺》詩，自注：「寺即故行宫。」可證。

〔四〕《舊唐書》卷五一《后妃傳》上載此疏文，「業大者易驕」句「業大」原作「大業」，今據史文改。

〔五〕《新唐書》卷七六《后妃傳》上：「太宗賢妃徐惠，湖州長城人。生五月能言，四歲通《論語》、《詩》，八歲曉屬文。父孝德，嘗試使擬《離騷》爲《小山篇》，曰：『仰幽巖而流盼，撫桂枝以凝想。將千齡兮此遇，荃何爲兮獨往。』孝德大驚，知不可掩，於是所論著遂盛傳。太宗聞之，召爲才人。……惠再遷充容……永徽元年卒，年二十四，贈賢妃，陪葬昭陵石室。惠之弟齊聃，齊聃子堅，皆以學聞。」本書「子堅」上原未重出「齊聃」二字，據史文補。

上官昭容

綵書怨云：葉下洞庭初，思君萬里餘。露濃香被冷，月落錦屏虚。欲奏江南曲，貪封薊北書。書中無别意，唯悵久離居。

九月九日，上幸慈恩寺，登浮圖，群臣上菊花壽酒賦詩，婕妤獻詩云：帝里重陽節，香園萬乘來。却邪萸入佩，獻壽菊傳杯。塔類承天湧，門疑待佛開。睿詞懸日月，長得御昭回〔一〕。

十月，駕幸三會寺，婕妤獻詩云：釋子談經處，軒臣刻字留。故臺遺老識〔二〕，殘簡聖皇求。駐蹕懷千古，開襟望九州。四山緣塞合，二水夾城流。宸翰陪瞻仰，天杯接獻酬。太平詞藻盛，長願託鴻休〔三〕。

中宗立春日游苑迎春，昭容應制云〔四〕：密葉因裁吐，新花逐剪舒。攀條雖不謬，摘蕊詎知虚。春至由來發，秋還未肯疎。借問桃將李，相亂欲何如？

長寧公主流杯池六首〔五〕：玉環騰遠構〔六〕，金埒荷殊榮。弗玩珠璣飾，仍留仁智情。鑿山便作室，憑樹即爲楹。公輸與班爾，從此遂韜聲。其一　登山一長望，正遇九春初。結駟填街術〔七〕，閭閻滿邑居。鬭雪梅先吐，驚風柳未舒。直愁斜日落，不畏酒樽虚。其二　除霽曉氣清和，披襟賞薜蘿。玳瑁疑雲色〔八〕，琉璃漾水波。跂石聊長嘯，攀松乍短歌。除非物外者，誰就此經過。其三　暫爾游山第，淹留惜未歸。霞窗明月滿，澗户白雲飛。書引藤爲架，人將薜作衣。此真攀桂所〔九〕。臨睨賞光輝〔一〇〕。其四　放曠出煙雲，蕭條自不群。

漱流清意府，隱几避囂氛。石畫裝苔色，風梭織水文〔一一〕。山室何爲貴？唯餘蘭桂薰。其五 策杖臨霞岫，危步下霜蹊。志逐深山靜，途隨曲澗迷。漸覺心神逸，俄看雲霧低。莫怪人題樹，祇爲賞幽棲。其六 七言三首：沁水田園先自多，齊城樓觀更無過。倩語張騫莫辛苦，人今從此識天河。其一 參差碧岫聳蓮花，潺湲緑水瑩金沙。何須遠訪三山路，人今已到九仙家。其二 憑高瞰迥足怡心，菌閣桃源不暇尋。餘雪依林成玉樹，殘霙點岫即瑶岑。其三 五言九首：攀藤招逸客，偃桂叶幽情。水中看樹影，風裏聽松聲。其一 攜琴待叔夜，負局訪安期。不應題石壁，爲記賞山時。其二 泉石多仙趣，巖壑寫奇形。欲知堪悦耳，唯聽水泠泠。其三 巖壑恣登臨，瑩目復怡心。風篁類長笛，流水當鳴琴。其四 懶步天台路，惟登地肺山。幽巖仙桂滿，今日恣情攀。其五 暫游仁智所，蕭然松桂情。寄言棲遁客，勿復訪蓬瀛。其六 瀑溜晴疑雨，叢篁晝似昏。山中真可玩，暫請報王孫。其七 傍池聊試筆，倚石旋題詩。預彈山水調，終擬從鍾期。其八 横鋪豹皮褥，側戴鹿胎巾。借問何爲者，山中有逸人。其九 四言五首：檀欒竹影，飈颸松聲。不煩歌吹，自足娱情。其一 仰循茅宇，俯眄喬枝。煙霞問訊，風月相知。其二 枝條鬱鬱，文質彬彬。山林作伴，松桂爲隣。其三 清波洶湧，碧樹冥蒙。莫怪留步，因攀桂叢。其四 莫論圓嶠，休説方壺。何如魯館，即是仙都。其五 三言二首：逐仙賞，展幽情。踰崑閬，邁蓬瀛。其一 游魯館，

陟秦臺。汙山壁，愧瓊瓌。其二

張說作昭容文集序云：古者有女史記功書過，有女尚書決事宮閤〔一二〕。昭容兩朝專美，一日萬機，顧問不遺，應接如響。雖漢稱班媛，晉譽左嬪，文章之道不殊，輔佐之功則異。跡祕九天之上，身没重泉之下，嘉猷令範，代罕得聞，庶姬後學〔一三〕，嗚呼何仰！然則大君據四海之圖，懸百靈之命，喜則九圍挾纊，怒則千里流血；静則黔黎乂安，動則蒼甿罷弊。入耳之語，諒其難乎！貴而勢大者疑，賤而禮絶者隔；近而言輕者忽，遠而意忠者忤。惟窈窕柔曼，誘掖善心，忘味九德之衢，傾情六藝之圃。故登崑巡海之意寢，剪胡刈越之威息；璿臺珍服之態消，從禽嗜樂之端廢。獨使温柔之教，漸于生人；風雅之聲，流于來葉。非夫玄黄毓粹，貞明助思，衆妙扶識，群靈挾志，誕異人之寶，授興王之瑞，其孰能臻斯懿乎？鎮國太平公主，道高帝妹，才重天人。昔嘗共游東壁〔一四〕，同宴北渚，倏來忽往，物在人亡，憫雕琯之殘言，悲素扇之空曲。上聞天子，求椒掖之故事〔一五〕；有命史臣，叙蘭臺之新集〔一六〕。

中宗正月晦日幸昆明池賦詩，群臣應制百餘篇。帳殿前結綵樓，命昭容選一首爲新翻御製曲。從臣悉集其下，須臾紙落如飛，各認其名而懷之。既進，唯沈、宋二詩不下。又移時，一紙飛墜，競取而觀，乃沈詩也。及聞其評曰：二詩工力悉敵，沈詩落句云：微臣彫朽質，羞覩豫章材，蓋詞氣已竭。宋詩云：不愁明月盡，自有夜珠來，猶陟健舉〔一七〕。沈乃伏，不敢復爭。宋之問詩曰：春豫靈池近，滄波帳殿開。舟凌石鯨動，查拂斗牛迴。節晦蓂全落，春遲柳暗催。象溟看浴景，燒劫辨沉灰。鎬飲周文樂，汾歌漢武才。不愁明月盡，自有夜珠來。

昭容名婉兒，西臺侍郎儀之孫。父廷芝，與儀死武后時。母鄭，方妊，夢巨人畀大秤曰：持此稱量天下。昭容生踰月，母戲曰：稱量者豈爾耶！輒啞然應。後内秉機政，符其夢云。自通天以來，内掌詔命。中宗立，進拜昭容。帝引名儒，賜宴賦詩，婉兒常代帝及后、長寧、安樂二公主，衆篇並作，而采麗益新。又差第群臣所賦，賜金爵，故朝廷靡然成風。當時屬辭大抵浮靡，然皆有可觀，昭容力也。韋后之敗，斬闕下〔一八〕。

中宗幸温湯，獻三絶句云：三冬季月景龍年，萬乘觀風出灞川。遥看電躍龍爲馬，迴矚霜原玉作田。其一　鑾旗掣曳拂雲迴，羽騎驂驔躡景來。隱隱驪山雲外聳，迢迢御帳日邊開。其二　翠幕朱帷敞月營，金罍玉斝泛蘭英。歲歲年年常扈蹕，長長久久樂承平。其三

貞元十四年，崔仁亮于東都買得研神記一卷，有昭容列名書縫處。吕温感歎，因賦上官昭容書樓歌云：漢家婕妤唐昭容，工詩能賦千載同。自言才藝是天真，不服丈夫勝婦人。歌闌舞罷閑無事，縱恣優游弄文字。玉樓寳架中天居，緘奇祕異萬卷餘。水精編帙

緑鈿軸，雲母擣紙黄金書。風飄花露清旭時，綺窗高挂紅綃帷。香囊盛煙繡結絡，翠羽拂案青琉璃。吟披嘯卷紛無已，皎皎淵機破研理。詞縈緑翰紫鸞迴，思耿寥天碧雲起。碧雲起，心悠哉，境深轉苦坐自催。金梯珠履聲一斷，瑶堦日夜生青苔。青苔祕仙關，曾比群玉山，神仙杳何許，遺逸滿人間。君不見洛陽南市賣書肆，有人買得研神記。紙上香多蠹不成，昭容題處猶分明，令人惆悵難爲情〔一九〕。

高宗後苑雙頭牡丹，昭容詩云：勢如連璧友，心似臭蘭人〔二〇〕。

【校箋】

〔一〕《文苑英華》卷一七八載此詩，注云：「《雜詠》作崔湜。」本書卷九崔湜下重出。《英華》並載同詠諸作，疑是。其「却邪萸入佩」句，《雜詠》「入」作「結」；「塔類承天湧」句，「湧」作「藻」。末句「長得御昭回」「御」字下注云：「《雜詠》作『仰』。」《雜詠》，即《歲時雜詠》，宋宋綬編。後蒲積中增廣其書，成《古今歲時雜詠》四十六卷。今存。

〔二〕「遺老」原作「宜老」，據《文苑英華》卷一七八改。

〔三〕「長願託鴻休」句，「託」《文苑英華》作「紀」，張本亦作「託」，並可通。

〔四〕《文苑英華》卷一六九載此詩，題作《立春日侍宴内出剪綵花應制》，是。當據改。同賦者尚有李嶠、趙彦昭、沈佺期、宋之問、劉憲、蘇頲。

〔五〕《文苑英華》卷一七六載此詩，題作《游長寧公主林亭應制六首》，注云：「有序不録。」序今已佚。

〔六〕「遠構」原作「遠創」，當是避宋高宗諱，今據《文苑英華》改。

〔七〕「街術」，《文苑英華》作「街衢」，誤。

〔八〕「疑雲色」原作「凝春色」，據《文苑英華》改。

〔九〕「攀桂所」原作「攀玩所」，據《文苑英華》改。

〔一〇〕「光輝」原作「光暉」，據《文苑英華》改。

〔一一〕「水文」原作「木文」，據《文苑英華》改。

〔一二〕「宫閤」，《文苑英華》卷七〇〇、《唐文粹》卷九一所載同，毛本改作「宫闈」，誤。

〔一三〕「庶姬」原作「庶幾」，據《文苑英華》、《唐文粹》改。

〔一四〕「東壁」原作「東辟」，據《文苑英華》、《唐文粹》改。

〔一五〕「椒掖」原作「椒房」，據《文苑英華》、《唐文粹》改。

〔一六〕「蘭臺」原作「蘭亭」，據《文苑英華》、《唐文粹》改。

〔一七〕「猶陟健舉」，《全唐詩話》作「猶陟健豪舉」。

〔一八〕《新唐書》卷七六《后妃傳》上：「上官昭容者，名婉兒，西臺侍郎儀之孫。父廷芝，與儀死武后時。母鄭，太常少卿休遠之姊。婉兒始生，與母配掖廷。天性韶警，善文章，年十四，武后召見，有所制作，若素構。自通天以來，內掌詔命，掞麗可觀。……帝即位，大被信任，進拜昭容。……勸帝侈大書館，增學士員，引大臣名儒充選，數賜宴賦詩，君臣賡和。婉兒常代帝及后、長寧、安樂二主，衆篇並作，而采麗益新。又差第群臣所賦，賜金爵。故朝廷靡然成風。當時屬辭者，大抵雖浮靡，然所得皆有可觀，婉兒力也。……韋后之敗，斬闕下。初，鄭方妊，夢巨人畀大秤，曰：『持此稱量天下。』婉兒生踰月，母戲曰：『稱量者豈爾耶！』輒啞然應。後内秉機政，符其夢云。」「母戲曰」原作「每戲曰」，據史文改。

〔一九〕《吕衡州文集》卷二《上官昭容書樓歌》題下自注：「貞元十四年，友人崔仁亮於東都買得《研神記》一卷，有昭容列名書縫處，因用感歎而作是歌。」「工詩」原作「上詩」，據《吕衡州文集》改。

〔二〇〕《龍城録》：「高皇帝御群臣，賦《宴賞雙頭牡丹》詩，惟上官昭容一聯爲絶麗，所謂『勢如連璧友，心若臭蘭人』者。……有《文集》百卷行于世。」《彦周詩話》引此作「情若臭蘭人」。

越王貞

奉和過温湯詩〔一〕：鳳輦騰宸駕，驪鑾次乾游。坎德疎温液，山隈派暖流。寒氛空外擁，蒸氣沼中浮。林凋帷影散，雲斂蓋陰收。霜郊暢玄覽，參差落景遒。

貞善騎射，涉文史，有吏幹，爲宗室材王。中宗廢居房陵，貞爲豫州刺史。垂拱四年八月，起兵圖反正事，兵敗及禍〔二〕。

【校箋】

〔一〕《初學記》卷七載唐高宗《過温湯》詩，並載越王貞、王德真、楊思玄、鄭義真《奉和過温湯》詩，而《文苑英華》卷一七〇載《過温湯》詩于唐太宗《重幸武功》詩後，題下注「前人」二字，實誤。《文苑英華》亦載越王貞此詩，文字並同。詩原題作《和過温湯》，據二書增「奉」字。

〔二〕《新唐書》卷八〇《太宗諸子傳》：「越王貞……善騎射，涉文史，有吏幹，爲宗室材王。武后初，遷累太子太傅、豫州刺史。中宗廢居房陵，貞乃與韓王元嘉及王子黄公譔、魯王靈夔、王子範陽王藹、霍王元軌、王子江都王緒，及子琅邪王沖計議反正。垂拱四年……八月，沖先發，諸王莫有應者，獨貞將兵攻上蔡，破之，而沖已敗。……兵潰……仰藥死。」

韓王元嘉

奉和同太子監守違戀詩云：乾象開層構〔一〕，離明啟少陽。卜征從獻吉，守器屬元良。逖矣淩周誦〔二〕，遥哉掩漢莊。好士傾南洛，多才盛北場〔三〕。地分丹鷰嶺，途間白雲鄉。儲誠虔曉夕〔四〕，宸愛積炎涼。珠璧連霄漢，萬物仰重光。高宗爲太子也。

元嘉，高祖子，垂拱中刺絳州。與越王子沖圖舉兵，沖敗，元嘉至京師，謀泄，后逼令自殺。孟利貞嘗稱其文曰：劉隣之、周思茂不過也〔五〕。

【校箋】

〔一〕「構」原作「屋」，據《初學記》卷十、《文苑英華》卷一七九改。

〔二〕「周誦」，《初學記》同，《文苑英華》作「周頌」，誤。周誦，謂周成王名誦也。

〔三〕「北埸」，《初學記》同，《文苑英華》作「北陽」。

〔四〕「虔曉夕」原作「爰曉夕」，據《初學記》、《文苑英華》改。

〔五〕《新唐書》卷七九《高祖諸子傳》：「垂拱中，元嘉徙絳州刺史，與子譔及越王子沖糾合宗室，同舉兵，未發……元嘉至京師，謀泄，后逼令自殺，年七十。……譔，黄公。工爲辭章，孟利貞常稱其文曰：『劉隣之、周思茂不過也。』」《唐詩紀事》用史文，以孟利貞稱譔語屬之元嘉，誤。

孔紹安

石榴詩：可惜庭中樹，移根逐漢臣。祇爲來時晚〔一〕，開花不及春。

詠夭桃云〔二〕：結葉還臨影，飛香欲徧空。不意餘花落，翻沉露井中。

紹安，大業末爲監察御史，高祖爲隋討賊河東，紹安監其軍，深見接遇。高祖受禪，紹安自洛陽間行來奔，高祖大悦，拜内史舍人。時夏侯端亦嘗爲御史，先來歸，授祕書監。紹安因侍宴，詠石榴，有祇爲時來晚，開花不及春之句〔三〕。武德中，令狐德棻欲補正歷代史記，各差官主修一代。紹安以中書舍人與崔善爲、蕭德言主梁，多歷年不能就，皆罷之〔四〕。紹安在隋時與孫萬壽以文辭稱，時謂孫孔〔五〕。

紹安贈蔡君詩云：疇昔同幽谷，伊爾遷喬木。赫奕盛青紫，討論窮簡牘。賦結客少年場云：結客佩吴鉤，横行度隴頭。雁在弓前落，雲從陣後浮。吴師驚燧象，燕將警奔牛。轉蓬飛不息，冰河結未流。若使三邊定，當封萬户侯〔六〕。

【校箋】

〔一〕「來時」原作「時來」，據《初學記》卷二八、《文苑英華》卷三二二及《萬首唐人絶句》改。

〔二〕《初學記》卷二八載此詩，題作《應詔詠夭桃詩》。

〔三〕《舊唐書》卷一九〇《文苑》上《孔紹安傳》：「紹安大業末爲監察御史，時高祖爲隋討賊于河東，詔紹安監高祖之軍，深見接遇。及高祖受禪，紹安自洛陽間行來奔。高祖見之甚悦，拜内史舍人。……時夏侯端亦嘗爲御史監高祖軍，先紹安歸朝，授秘書監。紹安因侍宴，應詔詠《石榴》詩曰：『祇爲時來（當作「來時」）晚，開花不及春。』時人稱之。」「紹安因侍宴」句，「紹安」二字，原在「授秘書監」句上，今據《孔紹安傳》改。

〔四〕《新唐書》卷一〇二《令狐德棻傳》：「……大理卿崔善爲、中書舍人孔紹安、太子洗馬蕭德言主梁。……多歷年不能就，罷之。」

〔五〕《新唐書》卷一九九《孔若思傳》：「紹安與孫萬壽皆以文辭稱，時謂『孫、孔』。」

〔六〕《文苑英華》卷一九五及《樂府詩集》載此詩，「萬户侯」作「萬里侯」。

鄭世翼

過嚴君平古井詩云：嚴平本高尚，遠蹈古人風。賣卜成都市，流名大漢中。舊井改人世，寒泉久不通。年多既罷汲，無禽乃遂空。如何屬秋氣，唯有雙井桐〔一〕。

看新婚詩云：初筓夢桃李，新粧應摽梅〔二〕。疑逐朝雲去，翻隨暮雨來。雜珮含風響，叢花隔扇開。姮娥對此夕，何用久徘徊？

登北邙還至京洛詩云：步登北邙阪，踟躕聊屬望〔三〕。宛洛盛皇居，規模窮大壯。三河分設險〔四〕，兩崤資巨防。飛觀紫煙中，層臺碧雲上。青槐夾馳道，迢迢脩且曠。左右多第宅，參差居將相。清晨謁帝返，車馬相追訪。胥徒各異流，文物分殊狀〔五〕。囂塵暗天起，簫管從風颺。伊余孤且直〔六〕，生平獨淪喪。山幽有桂叢，何爲坐惆悵？

世翼，滎陽人。武德時爲揚州録事參軍，數以言忤物。有崔信明者，嘗矜其文，謂過李百藥。世翼遇之江中，謂曰：聞公有楓落吴江冷，願見其餘。信明欣然，多出衆篇。世翼覽未終曰：所見不逮所聞。投諸水，引舟去。貞觀時，坐怨謗流死嶲州〔七〕。

世翼巫山高云：巫山淩太清，岧嶢類削成。霏霏暮雨合，靄靄朝雲生。危峰入鳥道，深谷寫猿聲。别有幽棲客，淹留攀桂情。

【校箋】

〔一〕「唯有雙井桐」，毛本作「唯見落雙桐」，當以此本爲勝。

〔二〕「摽梅」原作「標梅」，據《初學記》卷一四改。

〔三〕「屬望」原作「寫望」，據《初學記》卷二四改。

〔四〕「設險」原作「設儉」，據《初學記》改。

〔五〕「分殊狀」原作「紛殊狀」，據《初學記》改。

〔六〕「孤且直」原作「忠且直」，據《初學記》改。

〔七〕《新唐書》卷二〇一《崔信明傳》：「信明蹇亢，以門望自負，嘗矜其文，謂過李百藥，議者不許。有揚州録事參軍鄭世翼者，亦驁倨，數恌輕忤物，遇信明江中，謂曰：『聞公有楓落吴江冷，願見其餘。』信明欣然多出衆篇。世翼覽未終，曰：『所見不逮所聞！』投諸水，引舟去。世翼，鄭州滎陽人，周儀同大將軍敬德孫。貞觀時，坐怨謗流死巂州。」

董思恭

星詩云：歷歷東井舍，昭昭右掖垣。雲際龍文出，池中鳥色翻。流暉下月路，墜影入河源〔一〕。方知潁川集，别有太丘門。

雪詩云：天山飛雪度，言是落花朝。惜哉不我與，蕭索從風飄〔二〕。鮮潔凌紈素，紛糅下枝條。良書竟何在〔三〕，坐見容華銷。

虹詩云：春暮萍生早，日落雨飛餘。橫彩分長漢，倒色媚清渠。梁前朝影出，橋上晚光舒。願逐旌旗轉，飄飄侍直廬。

霧詩云：蒼山寂已暮，翠觀黯將沉。終南晨豹隱，巫峽夜猿吟。天寒氣不歇，景晦色方深。待訪公超市〔四〕，將予赴華陰。

詠日云：滄海十枝暉〔五〕，玄圃重輪慶。蕣華發晨檻，菱彩翻朝鏡〔六〕。忽遇驚風飄，自有浮雲映。更也人皆仰，無待揮戈正。

昭君怨云：琵琶馬上彈，行路曲中難。漢月正南遠，燕山直北寒〔七〕。髻環風拂破〔八〕，眉黛雪沾殘。斟酌紅顏改〔九〕，徒勞握鏡看。

詠月云：北堂未安寢，西園聊騁望。玉户照羅幃，珠軒月綺幛。別客長安道，思婦高樓上。所願君莫遺〔一〇〕，清風時可訪。

思恭，高宗時中書舍人，同撰搖山玉彩〔一一〕。

【校箋】

〔一〕「墜影」原作「墮影」，據《初學記》卷一、《文苑英華》卷一五三改。

〔二〕「從風」原作「健風」，據《初學記》卷二、《文苑英華》卷一五四改。

〔三〕「良書」，《初學記》、《文苑英華》同，《全唐詩》改作「良時」，不知何據。

〔四〕「待訪」原作「侍訪」，據《初學記》卷二、《文苑英華》卷一五六改。

〔五〕《文苑英華》卷一五一此句下注云：「《山海經》：『扶桑，九日居下枝，一日居上枝。』或作『滄波十丈暉』，非。」

〔六〕「菱彩」原作「凌彩」，據《初學記》卷一、《文苑英華》改。

〔七〕「直北」，《文苑英華》卷二〇四同，《國秀集》卷上作「極北」。題作《奉試昭君》。

〔八〕「拂破」，《文苑英華》作「拂亂」，注云：「一作散。」《國秀集》亦作「拂亂」。

〔九〕「紅顏改」，《文苑英華》同，注云：「一作盡。」《國秀集》作「紅顏趣」。

〔一〇〕「莫遺」，《文苑英華》卷一同，《初學記》卷一作「莫違」。

〔一一〕「摇山」原作「瑶山」，按《新唐書》卷五九《藝文志》三：「許敬宗《摇山玉彩》五百卷，孝敬皇帝令太子少師許敬宗、司儀郎孟利貞、崇賢館學士郭瑜、顧胤、右史董思恭等撰。」今據《唐志》改。《舊唐書》卷一九〇《董思恭傳》不言爲中書舍人，唯《國秀集》目録題「中書舍人董思恭一首」，《唐詩紀事》殆出于此。按：《詠月》詩後原有唐太宗《望送魏徵葬》、《詠琵琶》、《詠弓》、《詠桃》、《詠李》及《守歲》詩二首，皆書吏傳録錯簡，今并移入卷一太宗下。

何仲諠〔一〕

七夕賦詠成篇云：日日思歸勤理鬢，朝朝佇望懶調梭。凌風寶扇遥臨月，映水仙車遠渡河。歷歷珠星疑拖珮，冉冉雲衣似曳羅。通宵道意終無盡，向曉離愁已復多。

仲諠，武德、貞觀間人也。

【校箋】

〔一〕「諠」，毛云：「或作『宣』作『諠』。」《全唐詩》卷三三作「宣」。

沈叔安

七夕賦詠成篇云：皎皎宵月麗秋光〔一〕，耿耿天津橫復長。停梭且復留殘緯，拂鏡及早更新粧。彩鳳齊駕初成輦，雕鵲填河已作梁〔二〕。雖喜得同今夜枕，還愁重空明日牀。

南部新書云：武德七年，遣刑部尚書沈叔安攜天尊像賜高麗〔三〕。後爲潭州都督，圖形淩煙閣〔四〕。

【校箋】

〔一〕「宵月」原作「霄月」，據張本改。

〔二〕「雕鵲」原作「凋鵲」，據張本改。

〔三〕《南部新書》甲云：「武德七年，遣刑部尚書沈叔安攜天尊像賜高麗，仍令道士往彼講《道德經》。」蓋唐人佛道並重也。

〔四〕按《舊唐書》卷六五《長孫無忌傳》載貞觀十七年詔令圖畫功臣二十四人于凌煙閣，其中未列沈叔安，此當別有所據。

凌　敬〔一〕

七夕詩云：夙駕鳴鑾啟閶闔，霓裳遥裔儼天津。五明霜紈開羽扇，百和香車動畫輪。婉孌夜分能幾許，靚粧冶服爲誰新？片時歡娛自有極，已復長望隔年人。

敬有集十四卷〔二〕，高祖時人也。初爲竇建德國子祭酒。秦王軍武牢，建德軍迫於武牢，不得進。敬説令取懷州，踰太行，入上黨，趍壺口，駭蒲津，乘唐國之虚，以取山北。建德不從，以及於敗，其僞官屬皆降唐〔三〕。

【校箋】

〔一〕「凌敬」原作「陵敬」，本書目録作「陸敬」。按《舊唐書》卷五四、《新唐書》卷八五《竇建德傳》均作「凌敬」，今據改。

〔二〕《凌敬集》十四卷，見《舊唐書》卷四七《經籍志》及《新唐書》卷六〇《藝文志》。

〔三〕《舊唐書》卷五四《竇建德傳》：武德「四年二月，建德……悉發海公及徐圓朗之衆來救世充。……屯于滎陽。三月，秦王入武牢，進薄其營……經二月，迫于武牢，不得進。……凌敬進説曰：『宜悉兵濟河，攻取懷州河陽，使重將居守。更率衆鳴鼓建旗，踰太行，入上黨，先聲後實，傳檄而定。漸趨壺口，稍駭蒲津，收河東之地，此策之上也。』……其妻曹氏又言於建德曰：『祭酒之言可從，大王何不納也？請自滏口之道，乘唐國之虛，連營漸進，以取山北。……』建德曰：『此非女子所知也。』……七月，秦王俘建德至京師，斬于長安市。」同傳又云：「（左僕射齊）善行乃與建德右僕射裴矩、行臺曹旦及建德妻率僞官屬舉山東之地，奉傳國等八璽來降。」

袁朗

秋日應詔詩云：玉樹涼風舉，金塘細草萎。葉落商飇觀〔一〕，鴻歸明月池。迎寒桂酒熟，含露菊花垂〔二〕。一奉章臺宴，千秋長願斯。

朗父樞，仕陳爲德教殿學士，陳亡入隋。唐初，朗爲秦王府文學。太宗時爲給事中。卒，帝曰：朗任淺而性謹厚，使人悼惜〔三〕。

賦飲馬長城窟云：朔風動秋草，清蹕長安道。長城連不窮〔四〕，所以隔華戎。規模唯聖作，荷負曉成功。鳥庭已向内，龍荒更鑿空。玉關塵卷靜，金微路已通〔五〕。湯征隨北怨，舜詠起南風。畫野功初立〔六〕，綏邊事云集。朝服踐狼居，凱歌旋馬邑。山響傳鳳吹，霜華藻瓊鈒。屬國擁節歸，單于款關入。日落寒雲起〔七〕，驚沙被原隰〔八〕。零落葉已寒，河流清且急。四時徭役靜〔九〕，千載干戈戢。太平今若斯，汗馬竟無施〔一〇〕。唯當事筆硯，歸去草封禪。

【校箋】

〔一〕「商飈」，《初學記》卷三同，《文苑英華》卷一七二誤作「空飈」。

〔二〕「含露」原作「含霧」，《初學記》同，據《文苑英華》改。

〔三〕《新唐書》卷二〇一《袁朗傳》：「袁朗，其先雍州長安人。父樞，仕陳爲尚書左僕射。朗在陳爲秘書郎，……累遷太子洗馬、德教殿學士。陳亡入隋，歷尚書儀曹郎。武德初，……朗爲文學。……再轉給事中。卒，太宗爲廢朝一日，謂高士廉曰：『朗任淺而性謹厚，使人悼惜。』詔給喪費，存問其家。」按：據史文「仕陳爲德教殿學士，陳亡入隋」者，乃袁朗，非其父。此摘引有誤。

〔四〕「長城連不窮」句，原作「長安運不窮」，《文苑英華》卷二〇九作「長安道不窮」，注云：「一作『城連』。」《樂府詩集》卷三八作「城連」，今據改。

〔五〕「金微」原作「金徽」，據《文苑英華》、《樂府詩集》改。

〔六〕「晝野」原作「盡野」，《文苑英華》作「晝野」，「野」下注云：「一作『地』。」《樂府詩集》亦作「晝野」，今據改。

〔七〕「寒雲」原作「寒風」，據《文苑英華》、《樂府詩集》改。

〔八〕「鶩沙」原作「鶩河」，《文苑英華》、《樂府詩集》同。《全唐詩》作「鶩沙」，于義爲長，今據改。

〔九〕「徭役靜」，《文苑英華》同。《樂府詩集》作「徭役盡」。

〔一〇〕「竟」原作「意」，《文苑英華》同。「意」下有注云：「一作『竟』。」《樂府詩集》作「竟」。今據改。

牛鳳及

奉和受圖温洛詩云：八神承玉輦〔一〕，六羽警瑶溪。戒道伊川北，通旌澗水西。御圖開洛匱，刻石與天齊。瑞日波中上，仙禽霧裏低。微臣矯弱翮，抃舞接鸞鷖。

劉軻與馬植論史官書云：文皇帝受命，有若魏鄭公、楊仁卿、牛鳳及。

【校箋】

〔一〕「承玉輦」原作「文玉輦」，據《文苑英華》卷一七〇改，《初學記》作「扶玉輦」，亦可通。

〔二〕《唐文粹》載劉軻《與馬植書》歷叙自《史記》《漢書》以來秉史筆者，至周、隋下云：「言皇家受命，有若温大雅、魏鄭公、房梁公、長孫趙公、許敬宗、劉胤之、楊（當作「陽」）仁卿、顧胤、牛鳳及、劉子玄、朱敬則、徐堅、吴兢。次而修者，亦近在耳目」云云。此節引之，皆言修唐史諸家也。《新唐書》卷七五上《宰相世系表》：「鳳及，春官侍郎。」

朱子奢

文德皇后挽歌云：神京背紫陌，縞驷結行輈〔一〕。北去横橋道〔二〕，西分清渭流。寒光向壟没，霜氣入松楸。今日泉臺路，非是濯龍游。

子奢，蘇州人。貞觀時爲諫議大夫。善文辭，爲人樂易，能劇談，以經誼緣飾，每侍宴，帝令論難群臣〔三〕。

【校箋】

〔一〕「縞驷」原作「騩驷」，據《初學記》卷一四改。

〔二〕「北去」原作「北失」，據《初學記》改。

〔三〕《新唐書》卷一九八《朱子奢傳》：「朱子奢，蘇州吴人，少從鄉人顧彪授《左氏春秋》，善文辭。……太宗貞觀初，高麗、百濟同伐新羅，連年兵不解。新羅告急，帝假子奢員外散騎侍郎，持節諭旨，平三國之憾。……累轉諫議大夫、弘文館學士。……子奢爲人樂易，能劇談，以經誼緣飾。每侍宴，帝令論難群臣，恩禮甚篤。卒于官。」

庾抱

賦得胥臺露詩云：胥臺既落構〔一〕，荆棘稍侵扉。棟折連雲影〔二〕，梁摧照日暉。翔鶺逐不及〔三〕，巢燕反無歸。唯有團階露，承睫共霑衣〔四〕。

抱仕隋爲元德太子學士，高祖起兵，太子封隴西公，以抱爲記室，文檄皆出其手。俄爲東宮學士。貞觀初，徙趙王友，卒〔五〕。

【校箋】

〔一〕「落構」原作「落室」，據《初學記》卷二、《文苑英華》卷一五六改。

〔二〕「雲影」，《初學記》同，《文苑英華》作「霞影」。

〔三〕「翔鶺逐不及」原作「翔鶴遂不反」，據《初學記》、《文苑英華》改。

〔四〕「承睫」原作「承曉」，據《初學記》、《文苑英華》改。

〔五〕《新唐書》卷二〇一《賀德仁傳》：「賀德仁，越州山陰人。……素與隱太子善。高祖起兵，太子封隴西公，以德仁爲友，庾抱爲記室。俄並遷中舍人。以年耆不更吏職，徙洗馬，與蕭德言、陳子良皆爲東宮學士。貞觀初，遷趙王友，卒。……抱者，陳御史中丞衆孫。開皇中，爲延州參軍。入調吏部，尚書牛弘給筆札令自序，援筆而成，爲元德太子學士。會嫡皇孫生，大宴，坐中獻頌，太子嗟賞。及在隴西府，文檄皆出其手。」按：詳史文，「爲東宮學士」「徙趙王友」而「卒」者，當是賀德仁事。《紀事》誤。

張文恭

七夕詩云：鳳律驚秋氣，龍梭靜夜機。星橋百枝動，雲路七香飛。映月迴雕扇，凌霞曳綺衣。含情向華幄，流態入重闈。歡餘夕漏盡，怨結曉驂歸。誰念分河漢[一]，還憶兩心違。

文恭，貞觀時人，與房玄齡、辛丘馭、李懷儼、趙弘智、劉胤之、陽仁卿、上官儀、李淳風等同修晉書，名爲御撰[二]。

【校箋】

[一]「誰念」，《藝文類聚》卷四、《初學記》卷四同，《文苑英華》卷一五八作「誰言」。

[二]《新唐書》卷五八《藝文志》：「《晉書》一百三十卷。房玄齡、褚遂良、許敬宗、來濟、陸元仕、劉子翼、令狐德棻、李義府、薛元超、上官儀、崔行功、李淳風、辛丘馭、劉引之、陽仁卿、李延壽、張文恭、敬播、李安期、李懷儼、趙弘智等修，而名爲御撰。」按，「劉引之」《唐會要》卷六三作「劉允之」，皆當作「胤之」，乃避宋諱改字。本書「胤之」原誤作「禕之」，乃武后時人，今據《唐會要》改。又，「趙弘智」原作「趙洪智」；「陽仁卿」原作「陽仁鄉」，據《新唐書·藝文志》改。

陳叔達

字子聰，陳宣帝子。武德初判納言，太宗時拜禮部尚書。明辯，善爲容〔一〕。

初年詩云：和風起天路〔二〕，嚴氣銷冰井。索索枝未柔，厭厭漏猶永。

春首詩曰：雪花聯玉樹，冰彩散瑶池。翔禽遥出没，積翠遠參差。

又早春桂林殿應詔詩曰：金鋪照春苑〔三〕，玉律動年華。朱樓雲似蓋，丹桂雪如花。冰岸銜堦轉〔四〕，風條出柳斜。輕輿臨太液，仙露酌流霞〔五〕。

聽隣人琵琶詩云：本自龍門桐，因妍入漢宫〔六〕。香由羅袖裏，聲逐朱絃中。雖有相思韻〔七〕，翻將入塞同。關山臨却月，花蕊散迴風。爲將金谷引，添令曲未終。

【校箋】

〔一〕《新唐書》卷一〇〇《陳叔達傳》：「陳叔達，字子聰，陳宣帝子也。……武德初，授黄門侍郎，判納言，封江國公。叔達明辯，善爲容。……貞觀初，……爲遂州都督，病不拜。頃之，擢禮部尚書。」

〔二〕「天路」，《初學記》卷四同，張本改作「天霧」，誤。

〔三〕「春苑」，《初學記》卷四作「春色」。

〔四〕「冰岸」，《初學記》作「水岸」。

〔五〕「仙露」，《初學記》作「湛露」。

〔六〕「漢宫」原作「漢中」，據《初學記》卷一六、《文苑英華》卷二一二改。

〔七〕「雖有」原作「離有」，據《文苑英華》改。

薛收

琵琶賦云：惟兹器之爲宗，總群樂而居妙。應清角之高節，發號鐘之雅調。處躁静之中權，執疎密之機要。遏浮雲而散彩，揚白日以垂耀。爾其狀也，龜腹鳳頸〔一〕，熊據龍旋。戴曲履直，破觚成圓。虚心内受，勁質外宣。磅礴象地，穹崇法天。候八風而運軸，感四氣而鳴絃。金華徘徊而月照，玉柱的歷以星懸〔二〕。

收，字伯褒，蒲州人。善屬文，爲秦王府主簿，陝東大行臺金部郎中。武德七年卒。太宗即位，語玄齡曰：收若在，朕當以中書令處之。收與弟德音、元敬齊名，號河東三鳳。收爲長離，德音爲鸑鷟，元敬年最少，爲鵷雛〔三〕。

【校箋】

〔一〕「龜腹鳳頸」原作「龍腹鳳頭」，據《初學記》卷一六改。張本同《初學記》。

〔二〕「玉柱」原作「玉桂」，據《初學記》改。

〔三〕《舊唐書》卷七三《薛收傳》：「薛收，字伯褒，蒲州汾陰人。隋内史侍郎道衡子也。……年十二，解屬文。……授秦府主簿，判陝東道大行臺金部郎中。……（武德）七年，寢疾……尋卒，年三十三。太宗親自臨哭，哀慟左右。……及登極，顧謂房玄齡曰：『薛收若在，朕當以中書令處之。』……元敬，隋選部侍郎邁子也。有文學，少與收及收族兄德音齊名，時人謂之『河東三鳳』。收爲長離，德音爲鸑鷟，元敬以年最小，爲鵷雛。」「元敬」原作「元欽」，「長離」原作「長雛」，據《舊唐書》改，《新唐書》「長離」亦誤作「長雛」。

唐詩紀事校箋卷第四

王　珪

詠漢高祖云：漢祖起豐沛，乘運以躍鱗，手奮三尺劍，西滅無道秦。十月五星聚，七年四海賓，高抗威宇宙，貴有天下人。憶昔與項王，契闊時未伸，鴻門既薄蝕，滎陽亦蒙塵。蟣蝨生介胄，將卒多苦辛。爪牙驅信越，腹心謀張陳。赫赫西楚國，化爲丘與榛。詠淮陰侯韓信云：秦王日凶慝，豪傑爭共亡，信亦胡爲者，劍歌從項梁。項羽不能用，脱身歸漢王。道契君臣合，時來名位彰。北討燕承命，東驅楚絶糧。斬龍堰濰水〔一〕，擒豹濳夏陽。功成享天禄，建旗還南昌。金千答漂母，錢百酬下鄉〔二〕。吉凶成糾纏，倚伏難預詳。弓藏狡免盡，慷慨令心傷〔三〕。

珪字叔玠，相太宗。母李，最賢。老杜詩有我之曾老姑，爾之高祖母，謂李也〔四〕。

【校箋】

〔一〕「濰水」原作「濉水」，張本作「濰水」，按《史記》卷九二《淮陰侯列傳》：「（龍且）與信夾濰水陳，韓信乃夜令人爲萬餘囊，滿盛沙，壅水上流，引軍半渡，擊龍且，佯且不勝，還走。龍且果喜曰：『固知信怯也。』遂追，渡水。信使人決壅囊，水大至，龍且軍大半不得渡，即急擊，殺龍且。」此詠其事。作「濰」是，今據改。

〔二〕「金千」、「錢百」，張本作「千金」、「百錢」。

〔三〕「令心傷」原作「念心傷」，據張本改。

〔四〕《新唐書》卷九八《王珪傳》：「王珪，字叔玠。……與玄齡、李靖、温彦博、戴胄、魏徵同輔政。……始，隱居時，與房玄齡、杜如晦善。母李嘗曰：『而必貴，然未知所與游者何如人，而試與偕來。』會玄齡等過其家，李窺大驚，敕具酒食，歡盡日。喜曰：『二客公輔才，汝貴不疑。』」「我之曾老姑，爾之高祖母。」二句見杜甫《送重表姪王砯録事使南海》詩。詩中所叙，略與《新唐書》同，而有「秦王時在座，真氣驚户牖」之語。則在座爲李所窺見者，尚有太宗也。宋人《西清詩話》、《韻語陽秋》據杜詩皆辨窺房、杜及太宗者，乃王珪之妻杜，而非其母李，以史爲誤。當可信。

褚亮

字希明，錢塘人。警敏，工爲詩。貞觀中爲散騎常侍。武德四年，太宗爲天策上將軍，宫城西開文館下教：以杜如晦、房玄齡、于志寧、蘇世長、薛收、褚亮、姚思廉、陸德明、孔穎達、李玄道、李守素、虞世南、蔡允恭、顔相時、許敬宗、薛元敬、蓋文達、蘇勖並以本官爲學士。收卒，以劉孝孫補之，使亮爲贊〔一〕。

奉和詠日午詩云：曦車且亭午〔二〕，浮箭未移暉。日光無落照，樹影正中圍。草萎看稍靡〔三〕，葉燥望疑稀。晝寢慚經笥，暫解入朝衣。

花燭詩云〔四〕：蘭徑香風滿，梅梁暖日斜。言是東方騎，來尋南陌車。靨星臨夜燭，眉月隱輕紗。莫言春稍晚，自有鎮開花。

賦得蜀都詩云：列宿光輿井，分土跨梁岷〔五〕。沉犀對江浦，駟馬入城闉。英圖多霸跡，歷選有名臣。連騎簪纓滿，含章詞賦新。得上仙槎路，無待訪嚴遵。

秋雁云：日暮霜風急，羽翮轉難任。爲有傳書意，翩翩入上林。

秋享送文舞用舒和歌云：御扆合宫承寶曆，帝圖重館奉明靈。偃武修文九圍泰，沉烽靜柝八荒寧。

祀五方用舒和歌云：笙歌籥舞屬年韶〔六〕，鷺鼓鳧鐘展時豫。調露初迎綺春節，承雲遽踐蒼霄馭。

臨高臺云〔七〕：高臺暫俯臨，飛翼聳輕音。浮光隨日度，漾影逐波深。迴瞰周平野，開懷暢遠襟。獨此三休上，還傷千里心。

奉和禁苑餞別應令詩云：大蕃初錫瑞，出牧邇皇京。暫以緑車重〔八〕，言承朱邸榮〔九〕。舒桃臨遠騎，垂柳映軍營。惠化宣千里，威風動百城。禁籞芳嘉節〔一〇〕，神襟餞送情。金笳催別景〔一一〕，玉管切離聲。野花開且落，山鳥哢還驚。微臣夙多幸，薄宦奉儲明〔一二〕。釣臺慚作賦，伊水濫聞笙。懷德良知久，酬恩識命輕。

和望月應魏王教詩云：層軒澄皎月〔一三〕，流照滿中天。色共梁珠遠，光隨趙璧圓。落影臨秋扇，虛輪入夜筵〔一四〕。所欣東館裏，預奉西園篇。

【校箋】

〔一〕《新唐書》卷一〇二《褚亮傳》：「褚亮，字希明，杭州錢塘人。……亮少警敏。……年十八，詣陳僕射徐陵，陵與語異之。後主召見，使賦詩，江總諸詞人在席，皆服其工。……貞觀中，累遷散騎常侍。……初，武德四年，太宗爲天策上將軍，寇亂稍平，乃鄉儒，宮城西，作文學館，收聘賢才，于是下教，以大行臺司勳郎中杜如晦、記室考功郎中房玄齡及于志寧、軍諮祭酒蘇世長、天策府記室薛收、文學褚亮、姚思廉、太學博士陸德明、孔穎達、主簿李玄道、天策倉曹參軍事李守素、王府記室參軍事虞世南、參軍事蔡允恭、顔相時、著作郎攝記室許敬宗、薛元敬、太學助教蓋文達、軍諮典簽蘇勖，並以本官爲學士。七年，收卒，復召東虞州録事參軍劉孝孫補之。……命閻立本圖象，使亮爲之贊。題名字爵里，號十八學士。藏之書府，以章禮賢之重。方是時，在選中者，天下所慕向，謂之登瀛洲。」

〔二〕「且亭午」原作「日亭午」，據《初學記》卷一改。

〔三〕「看稍靡」原作「看靡稱」，據《初學記》及《文苑英華》卷一五一改。

〔四〕「花燭詩」原作「燭花詩」，據《初學記》卷一四改。

〔五〕「分土」，《初學記》卷二四作「分芒」。

〔六〕「屬年韶」原作「蜀年韶」，據《舊唐書·音樂志》改。

〔七〕「臨高臺」原作「樂府詞」，據《文苑英華》卷二一〇改。

〔八〕「暫以」，《初學記》卷一〇同。《文苑英華》卷一七九作「暫似」。

〔九〕「朱邸」，《初學記》、《文苑英華》均作「朱傳」。

〔一〇〕「芳嘉」，《初學記》同，《文苑英華》作「芳春」。

〔一一〕「金箶」，《初學記》作「金輅」，《文苑英華》作「金徒」。

〔一三〕「薄宦」原作「薄官」，據《初學記》、《文苑英華》改。

〔一三〕「澄皎月」,《初學記》卷一〇作「登皎月」。

〔一四〕「夜筵」原作「夜僊」,據《初學記》改。

虞世南

追從鑾輿夕頓戲下應令詩云〔一〕: 重輪依紫極,前耀奉丹霄。天經巒宸扆,帝命扈仙鑣。乘星開鶴禁,帶月下虹橋〔二〕。銀書含曉色,金輅轉晨飈。霧澈軒營近,塵暗苑城遥〔三〕。蓮花分秀萼,竹箭下驚潮。撫己慚龍幹,承恩集鳳條。瑶山盛風樂〔四〕,抽簡薦徒謡。

侍宴應詔詩云〔五〕: 芬芳禁林晚,容與桂舟前。横空一鳥度,照水百花燃。緑野明斜日,青山澹晚煙。濫得陪終宴〔六〕,握管類窺天。

奉和詠日午詩曰: 高天淨秋色,長漢轉曦車。玉樹陰初正,桐圭影未斜。翠蓋飛圓影,明鏡發輕花。再中良表瑞,共仰璧暉賒〔七〕。

奉和月夜觀星應令詩曰: 早秋炎景暮,初弦月彩新。清風滌暑氣,文露淨囂塵〔八〕。薄霧銷輕縠,鮮雲卷夕鱗。休光灼前曜,瑞彩接重輪。緣情摘聖藻,並作命徐陳。宿草誠渝濫,吹噓偶搢紳。天文豈易述,徒知仰北辰。

又春夜詩云：春苑月徘徊，竹堂侵夜開。驚鳥排林度，風花隔水來。

凌晨早朝云：萬户宵光曙〔九〕，重簷夕霧收。玉花停夜燭，金壺送曉籌。日暉青鎖殿，霞生結綺樓。重門啟應路〔一〇〕，通籍引王侯。

詠舞詩云：繁絃奏渌水，長袖轉迴鸞。一雙俱應節，還似鏡中看。

賦得吴都詩云：書野通淮泗，星躔應斗牛。玉牒宏圖表，黄旗美氣浮。三分開霸業，萬里宅神州。高臺臨茂苑，飛閣跨澄流〔一一〕。江濤如素蓋，海氣似珠樓〔一二〕。吴趨自有樂〔一三〕，還似鏡中游。

賦飲馬長城窟云：馳馬渡河干，流深馬渡難。前逢錦車使，都護在樓蘭。輕騎猶銜勒，疑兵尚解鞍。温池下絶澗〔一四〕，棧道接危巒〔一五〕。拓地勳未賞，亡城律詎寬。有月關猶暗，經春隴尚寒。雲昏無復影，冰合不聞湍。懷君不可遇，聊持報一飡〔一六〕。

賦鶴云〔一七〕：飛來雙白鶴，奮翼遠淩煙〔一八〕。俱棲集紫蓋，一舉背青田。颺影過伊洛，流聲入管絃。鳴儔倒景外，刷羽閬風前。映海疑浮雪，拂澗瀉飛泉。燕雀寧知去，蜉蝣不識還。何言別儔侶，從此間山川〔一九〕。顧步已相失，徘徊各自憐〔二〇〕。危心猶警露，哀響詎聞天。無因振六翮，輕舉復隨仙。

賦結客少年場云：韓魏多奇節〔二一〕，倜儻遺名利。共矜然諾心〔二二〕，各負縱横意〔二三〕。

結友一言重〔二四〕，相思千里至〔二五〕。緑沈明月絃〔二六〕，金絡浮雲轡。吹簫入吴市，擊筑游燕肆。尋源博望侯，結客遠相求。少年垂一顧〔二七〕，長驅背隴頭。啖啖戈霜動，耿耿劍虹浮〔二八〕。天山冬夏雪，交河南北流。雲起龍沙暗，木落雁門秋〔二九〕。輕生徇知己，非是爲身謀。

怨歌行云：紫殿秋風冷，彫甍白日沉〔三〇〕。裁紈悽斷曲，織素別離心〔三一〕。掖庭若改畫〔三二〕，長門不惜金。寵移恩稍薄，情疎恨轉深。香銷翠羽帳，絃斷鳳凰琴。鏡前紅粉歇，階上緑苔侵〔三三〕。誰言掩歌扇，翻作白頭吟。

門有車馬客云：陳遵重交結，田蚡擅豪華〔三四〕。曲臺臨上路，高門抵狹斜〔三五〕。赭汗千金馬〔三六〕，繡轂五香車〔三七〕。白鶴隨飛蓋，朱鷺入鳴笳〔三八〕。夏蓮開劍水，春桃發綬花〔三九〕。輕裙染回雪，浮蟻泛流霞〔四〇〕。逢恩借羽翼〔四一〕，失路委泥沙。曖曖風煙晚，路長歸騎遠。日斜青瑣第，塵飛金谷苑。危絃促柱奏巴渝，遺簪墮珥解羅襦。如何守直道，翻使谷名愚〔四二〕。

從軍行云〔四三〕：塗山烽候驚〔四四〕，弭節度龍城。冀馬樓蘭將，燕犀上谷兵。劍寒花不落，弓曉月逾明。凛凛嚴霜節，冰壯黄河絶。蔽日卷征蓬，浮天散飛雪。全兵值月滿，精騎乘膠折。結髮早驅馳，辛苦事旌麾。馬凍重關冷，輪摧九折危。獨有西山將〔四五〕，年年屬數奇。其一 爟火發金徽〔四六〕，連營出武威。孤城寒雲起〔四七〕，絶陣虜塵飛。俠客吸龍劍，惡少縵胡衣。朝摩骨都壘，夜解谷蠡圍。蕭關遠無極，蒲海廣難依。沙磴離旌斷〔四八〕，晴川候馬歸。交河梁已畢，燕山旆欲揮。方知萬里相，侯服有光輝。其二

顔師古隋朝遺事載〔四九〕：洛陽獻合蔕迎輦花，煬帝令袁寶兒持之，號司花女。時詔世南草征遼指揮德音敕於帝側，寶兒注視久之。帝曰：昔傳飛燕可掌上舞，今得寶兒，方昭前事。然多憨態，今注目于卿，卿才人，可便嘲之。世南爲絶句曰：學畫鴉黃半未成，垂肩嚲袖太憨生。緣憨却得君王惜，長把花枝傍輦行。

世南，越州人。仕太宗，帝每稱其有五絶：德行、忠直、博學、文詞、書翰也。既卒，帝曰：世南于我猶一體，拾遺補闕，無日忘之，蓋當代名臣，人倫準的。今其云亡，石渠、東觀中無復人矣〔五〇〕！

【校箋】

〔一〕詩題原作《和鑾輿頓戲下》，據《初學記》卷一〇、《文苑英華》卷一七九及明活字本（下同）《虞世南集》改。

〔二〕「帶月」原作「帶日」，據《初學記》、《文苑英華》及《虞集》改。

〔三〕「苑城」，《初學記》、《文苑英華》及《虞集》均作「斗城」。

〔四〕「榣山」原作「瑶山」，《文苑英華》及《虞集》同。《初學記》作「摇山」。按：《山海經・大荒西經》：「祝融生太子長琴，是處榣山，始作樂風。」此用其事，則當作「榣山」。今據改。

〔五〕《初學記》卷一四、《文苑英華》卷一六九載此詩，題作《侍宴賦韻得前應詔》，《虞集》作《侍宴應詔得前字》。

〔六〕「濫得陪終宴」，《初學記》、《文苑英華》同。《虞集》、毛本作「濫陪終宴賞」，《全唐詩》同。

〔七〕「璧暉」原作「璧輝」，據《初學記》卷一、《文苑英華》卷一五一及《虞集》改。

〔八〕「文露」原作「零露」，據《初學記》、《文苑英華》改。

〔九〕「萬户宵光」原作「萬瓦霄光」，據《初學記》卷一四、《文苑英華》卷一九〇改。

〔一〇〕「重門啟應路」，《初學記》、《文苑英華》同。毛本作「重門應啟路」，《全唐詩》同。

〔一一〕「澄流」原作「沉流」，據《初學記》卷二四改。

〔一二〕「珠樓」原作「朱樓」，據《初學記》改。

〔一三〕「吴趨」原作「吴越」，據《初學記》改。

〔一四〕「絶澗」原作「絶棧」，據《文苑英華》卷二〇九改。

〔一五〕「棧道」原作「澗道」，據《文苑英華》改。

〔一六〕「聊持」原作「聊待」，據《文苑英華》改。

〔一七〕《文苑英華》卷二〇六、《樂府詩集》卷三九載此詩，題作《飛來雙白鶴》，蓋以首句爲題也。

〔一八〕「遠」原作「達」，據《文苑英華》、《樂府詩集》改。

〔一九〕「從此間山川」以上六句原缺，據《文苑英華》及《樂府詩集》補。

〔二〇〕「各」，《文苑英華》、《樂府詩集》作「反」。

〔二一〕「多」原作「各」，據《文苑英華》卷一九五、《樂府詩集》卷六六改。

〔二二〕「心」，《樂府詩集》同。《文苑英華》作「情」。

〔二三〕「意」，《文苑英華》同。《樂府詩集》作「志」。

〔二四〕「友」，《樂府詩集》同。《文苑英華》作「交」。

〔二五〕「思」，《樂府詩集》同。《文苑英華》作「期」。

〔二六〕「緑沉」原作「渌沉」，據《文苑英華》、《樂府詩集》改。

〔二七〕「垂」，《文苑英華》作「懷」。《樂府詩集》作「重」。

〔二八〕「戈霜」、「劍虹」，《文苑英華》作「霜戈」、「虹劍」。《樂府詩集》作「霜戈」、「劍虹」，失對，誤。

〔二九〕「天山冬夏雪」二句，《文苑英華》在「雲起龍沙暗」二句之下，《樂府詩集》與此同。「雲起」，《文苑英華》作「風起」。「雁門」原作「雁行」，《樂府詩集》同。此據《文苑英華》改。

〔三〇〕「白日」原作「落日」，《文苑英華》卷二一一同。此據《樂府詩集》卷四二改。

〔三一〕「别」，《樂府詩集》同。《文苑英華》作「引」。

〔三二〕「若改晝」原作「若改畫」，據《文苑英華》改。《樂府詩集》作「羞改晝」。

〔三三〕「階上」，《樂府詩集》同。《文苑英華》作「陌上」。

〔三四〕「陳遵」、「田蚡」，《文苑英華》卷一九五、《樂府詩集》卷四〇作「財雄」、「戚里」。《文苑英華》注云：一作「陳遵」、「田蚡」。

〔三五〕「高門」，《樂府詩集》同。《文苑英華》作「高軒」。

〔三六〕「千金」原作「千里」，據《文苑英華》、《樂府詩集》改。

〔三七〕「繡轂」，《樂府詩集》同。《文苑英華》作「繡軸」。

〔三八〕「朱鷺」，《文苑英華》同。《樂府詩集》作「朱路」，誤。

〔三九〕「發綬」，《文苑英華》同。《樂府詩集》作「發露」，誤。

〔四〇〕「輕裙染回雪」二句，《文苑英華》無。《樂府詩集》與此同。

〔四一〕「借羽翼」，《樂府詩集》同。《文苑英華》作「出毛羽」。

〔四二〕末八句原缺，據《文苑英華》、《樂府詩集》補。

〔四三〕《從軍行》原作《擬古》，據《文苑英華》卷一九九、《樂府詩集》卷三三改。

〔四四〕「驚」，《文苑英華》、《樂府詩集》作「警」。

〔四五〕「獨有西山將」原作「漢有山西將」，據《樂府詩集》改。《文苑英華》作「獨有山西將」。

〔四六〕「金徽」，《文苑英華》同。《樂府詩集》作「金微」。

〔四七〕「寒雲」，《樂府詩集》同。《文苑英華》作「塞雪」。

〔四八〕「沙磴」原作「沙鐙」，《文苑英華》、《樂府詩集》同。此據毛本改。

〔四九〕《隋遺録》，一名《南部煙花録》，舊題顔師古撰，即此書。《隋遺録》卷上：「洛陽進合蒂迎輦花，云得之嵩山隖中，人不知名，採者異而貢之，會帝駕適至，因以『迎輦』名之。……帝命寶兒持之，號曰『司花女』。時詔虞世南草《征遼指揮德音敕》于帝前，寶兒注視久之。帝謂世南曰：『昔傳飛燕可掌上舞，朕常謂儒生飾于文字。豈人能若是乎？及今得寶兒，方昭前事。然多憨態，今注目於卿，卿才人，可便嘲之。』世南應詔爲絶句曰：『學畫鴉黄半未成，垂肩嚲袖太憨生。緣憨却得君王惜，長把花枝傍輦行。』上大悦。」

〔五〇〕《新唐書》卷一〇二《虞世南傳》：「虞世南，越州餘姚人。……秦王滅建德，引爲府參軍，轉記室，遷太子中舍人。王踐祚，拜員外散騎侍郎、弘文館學士。……改秘書監，封永興縣子。……帝每稱其五絶：一曰德行，二曰忠直，三曰博學，四曰文詞，五曰書翰。……卒，年八十一。……帝手詔魏王泰曰：『世南於我猶一體，拾遺補闕，無日忘之，蓋當代名臣，人倫準的。今其云亡，石渠、東觀中無復人矣。』」

蔡允恭

允恭在隋時，奉和出潁至淮詩云〔一〕：久倦川涂曲，忽此望淮圻。波長泛淼淼，眺迥情依依〔二〕。稍覺金烏轉，漸見錦帆稀。欲知仁化洽，謳歌滿路歸〔三〕。

允恭，荆州江陵人，工爲詩。在隋時，煬帝有所賦，必令諷誦，遣教宫人，允恭恥之。授内史舍人，固辭，繇是疎斥。隋亡，歸唐。貞觀初，除太子洗馬，卒〔四〕。

【校箋】

〔一〕此詩在隋時從煬帝出潁至淮時所作。煬帝有《早渡淮》詩。同作者尚有虞世南、諸葛潁、弘執恭諸人，詩均載《初學記》卷六及《文苑英華》卷一七〇。

〔二〕「眺逈」原作「晚逈」，據《初學記》卷六、《文苑英華》卷一七〇改。

〔三〕「滿路」原作「遠路」，據《初學記》、《文苑英華》改。

〔四〕《新唐書》卷二〇一《蔡允恭傳》：「蔡允恭，荆州江陵人。……美姿容，工爲詩。仕隋，歷起居舍人。煬帝有所賦，必令諷誦，遣教宫人，允恭恥之，數稱疾。授内史舍人，俾入宫，固辭，繇是疎斥。帝遇弑，經事宇文化及、竇建德，歸國爲秦王府參軍、文學館學士。貞觀初，除太子洗馬，卒。」

許敬宗

奉和正日臨朝云〔一〕：天正初開節〔二〕，日觀上重輪。百靈滋景祚，萬土慶惟新〔三〕。待旦敷玄造，韜旒御紫宸。武帳臨光宅，文衛象鈎陳。廣庭揚九奏，大帛麗三辰。發生同化育，播物體陶鈞。霜空澄曉氣，霞景瑩芳春〔四〕。德暉覃率土，相賀奉還淳。

奉和七夕應制云：牛閨臨淺漢，鸞駟涉秋河。兩河縈別緒，一宿慶停梭。星模鉛裏靨，月寫黛中蛾。奈許今宵度，長嬰離恨多。又應制：婺閨期今夕，蛾輪泛淺潢。迎秋伴暮雨，待暝合神光。薦寢低雲鬢[五]，呈態解霓裳[六]。喜中愁漏促[七]，別後怨天長。七夕賦詠云：一年抱怨嗟長別[八]，七夕含態始言歸[九]。飄飄羅襪光天步，灼灼新粧鑒月輝。情催巧笑開星靨[一〇]，不惜呈露解雲衣。所歎却隨更漏盡，掩泣還弄昨宵機[一一]。

敬宗，字延族，杭州人。太宗時檢校黃門侍郎，高宗時中書令。在唐史姦臣傳[一二]。

【校箋】

[一]《文苑英華》卷一七二載此詩，題作《奉和元日應制》。

[二]「天正初開節」原作「天上開初節」，據《文苑英華》改。《歲時雜詠》卷一所載作「天正開初節」。

[三]「萬土」，《文苑英華》作「萬玉」，《歲時雜詠》作「萬土」。

[四]「霞景」原作「靄景」，據《文苑英華》及《歲時雜詠》改。

[五]「低雲鬢」，《歲時雜詠》同。張本作「銜雲髮」。

[六]「呈態」原作「程態」，據《歲時雜詠》改。

[七]「愁」原作「怨」，據《歲時雜詠》改。

〔八〕「抱怨」，《歲時雜詠》作「愁緒」。

〔九〕「含態始言歸」原作「含言始能歸」，據《歲時雜詠》改。

〔一〇〕「開」原作「聞」，據《歲時雜詠》改。

〔一一〕貴陽陳氏《靈峰草堂叢書》影刊唐寫卷子本《翰林學士集》殘帙中載五言律詩一首，題作《七夕侍宴賦得歸衣飛機應詔》，云：「一年銜怨別，七夕始言歸。破涕開星靨，微步動雲衣。天迴兔漸没，河曠鵲停飛。那堪盡今夜，復往弄殘機。」當爲同詩改定。

〔一二〕《新唐書》卷二二三上《許敬宗傳》：「許敬宗字延族，杭州新城人。……貞觀中，除著作郎，兼修國史。……累轉給事中，復修史，以勞封高陽縣男，檢校黄門侍郎。……高宗即位，遷禮部尚書。……進中書令。……咸亨初，以特進致仕，仍朝朔望，續其俸禄。卒，年八十一。」

劉孝孫

詠笛詩云：涼秋夜笛鳴〔一〕，流風韻九成〔二〕。調高時慷慨，曲變或淒清。征客懷離緒，鄰人思舊情。幸以知音顧〔三〕，千載有奇聲〔四〕。

早發成皋望河詩云：清晨發巖邑，驅馬走轘轅〔五〕。迴瞰黄河上，倘恍屢飛魂。鴻流導積石，驚浪下龍門。仙槎不辨處，沉璧想猶存。遠近洲渚出，颯沓鳧雁喧。懷古空延佇，歎逝將何言。

孝孫，荆州人。貞觀六年，遷太子洗馬，未拜，卒〔六〕。

【校箋】

〔一〕「夜笛鳴」原作「夜鳴笛」，據《初學記》卷十六、《文苑英華》卷二一二改。

〔二〕「韻」原作「詠」，據《初學記》、《文苑英華》改。

〔三〕「顧」，《初學記》同。《文苑英華》作「故」。

〔四〕「奇聲」原作「高聲」，據《初學記》、《文苑英華》改。

〔五〕「驅馬」原作「車馬」，據《初學記》卷六改。

〔六〕《新唐書》一〇二《劉孝孫傳》：「劉孝孫者，荆州人。……貞觀六年，遷著作佐郎、吴王友。歷諮議參軍。遷太子洗馬，未拜，卒。」

魏　徵

正日臨朝應詔詩曰：百靈侍軒后，萬國會塗山。豈如今睿哲，邁古獨光前。聲教溢四海，朝宗引百川〔一〕。鏘洋鳴玉珮，灼爍耀金蟬。淑景輝雕輦，高旌揚翠煙。庭實超王會，廣樂盛鈞天。既欣東户日〔二〕，復詠南風篇〔三〕。願奉光華慶，從斯萬億年。

出關作云〔四〕：中原初逐鹿，投筆事戎軒。縱横計不就，慷慨志猶存。杖策謁天子，驅馬出關門。請纓繫南越，憑軾下東蕃。鬱紆陟高岫〔五〕，出没望平原。古木吟寒鳥〔六〕，空山啼夜猿。既傷千里目，還驚九逝魂〔七〕。豈不憚艱險，深懷國士恩。季布無二諾，侯嬴重一言。人生感意氣，功名誰復論？

徵，字玄成，魏州人。相太宗，致太平。天下既治，懼帝喜武功，嘗賦詩曰：終藉叔孫禮，方知皇帝尊。帝曰：徵言未嘗不約我以禮〔八〕。徵亡，帝賦詩曰：望望情何極，浪浪淚空泫。無復昔時人，芳春共誰遣〔九〕。

太宗在洛陽宫，幸積翠池，宴酣各賦一事。帝賦尚書曰：日昃玩百篇，臨燈披五典。夏康既逸豫，商辛亦流湎。恣情昏主多，克己明君鮮。滅身資累惡，成名由積善。徵賦西漢曰：受降臨軹道，爭長趣鴻門。驅傳渭橋上，觀兵細柳屯。夜宴經柏谷，朝游出杜原。終藉叔孫禮，方知皇帝尊。帝曰：徵言未嘗不約我以禮〔一〇〕。

【校箋】

〔一〕「引」原作「别」，《初學記》卷十四同，據《文苑英華》卷一九〇及《歲時雜詠》改。

〔二〕「既欣東户日」原作「既傾東日户」，據《初學記》、《文苑英華》及《歲時雜詠》改。

〔三〕「詠」原作「泳」，據《初學記》、《文苑英華》及《歲時雜詠》改。

〔四〕《搜玉小集》載此詩，題作「述懷」。

〔五〕「鬱紆」，《搜玉小集》作「鬱緑」。

〔六〕「寒鳥」，《搜玉小集》作「寒雁」。

〔七〕「九逝」原作「久逝」，《搜玉小集》作「九死」，據改。

〔八〕《新唐書》卷九七《魏徵傳》：「魏徵，字玄成，魏州曲城人。……帝宴群臣積翠池，酣樂賦詩。徵賦《西漢》，其卒章曰：『終藉叔孫禮，方知皇帝尊。』帝曰：『徵言未嘗不約我以禮。』」

〔九〕太宗詩見《初學記》卷一四、《文苑英華》卷三〇五，題作《望送魏徵葬》，全首本書原載卷三董思恭下，乃錯簡也，已移載卷一太宗下。

〔一〇〕此用《舊唐書》卷七一《魏徵傳》文，皆出《大唐新語》卷八《文章》篇。其所載太宗詩「逸豫」作「逸怠」；「流湎」作「沉湎」。魏徵詩「皇帝」作「天子」，與《舊唐書》及本書略異。又，《初學記》卷二一所載唐太宗《尚書》詩，文字又有不同：「崇文時駐步，東觀還停輦，輟膳玩三墳，留燈觀五典。寒心覩肉林，飛魄看沉湎，縱情昏主多，克己明君鮮。滅身資累惡，成名由積善。既承百王末，戰兢隨歲轉。」並録以備考。

楊師道

字景猷，清警有才思。貞觀十年，拜侍中，參預朝政。後爲太常卿。每與文士宴，歌詠自適。帝見其詩，爲擿諷嗟賞。後賜宴，帝曰：聞公每酣賞，捉筆賦詩如宿成，試爲朕爲之。師道再拜。少選輒成，無所竄定，一坐嗟伏〔一〕。

春朝閑步詩云：偃沐乘閑豫〔二〕，清晨步北林〔三〕。池塘藉芳草，蘭芷襲幽衿。霧中分曉日，花裏哢春禽。野徑香常滿〔四〕，山階筍屢侵。何須命輕蓋〔五〕，桃李自成陰。

又初秋夜坐應詔詩云：玉琯涼初應，金壺夜漸闌。蒼池流稍潔〔六〕，仙掌露方團。雁聲風處斷，樹影月中寒。爽氣長空淨，高吟覺思寬〔七〕。

賦終南山用風字韻應詔詩云：眷言懷隱逸，輟駕踐幽叢。白雲飛夏雨，碧嶺冠春虹〔八〕。草綠長楊路，花疎五柞宫〔九〕。登臨日將晚，蘭桂起香風。

詠硯云：圓池類璧水，輕翰染煙華。將軍欲定遠〔一〇〕，見棄不應賒。

詠馬詩云〔一一〕：寶馬權奇出未央，雕鞍照耀紫金裝。春草初生馳上苑，秋風欲動戲長楊〔一二〕。鳴珂屢度章臺側，細蹀經向濯龍傍。徒令漢將連年去，宛城今已獻名王〔一三〕。

詠弓詩云：霜重麟膠勁，風高月影圓。烏飛隨帝輦〔一四〕，雁落逐鳴弦。

還山宅詩云：暮春還舊嶺，徙倚玩年華。芳草無行徑〔一五〕，空山正落花。垂藤掃幽石，卧柳礙浮槎。鳥散茅簷靜，雲披澗户斜。依然此泉路〔一六〕，猶是昔煙霞。

彈鳴琴詩云：北林鵲夜飛，南軒月馭進〔一七〕。調弦發清徽〔一八〕，蕩心祛褊悋。變作離鴻聲，還入思歸引。長歎未終極，秋風飄素鬢。

又詠琴詩云：久擅龍門質，孤竦嶧陽名。齊娥初發弄，趙女正調聲。嘉客勿遽反，繁弦曲未成。

詠笙詩云：短長插鳳翼，洪細摹鸞音。能令楚妃歎，復使荆王吟。切切孤竹管，來應雲和琴。

詠舞云：二八如回雪，三春類早花。分行向燭轉，一種逐風斜。

又詠飲馬應詔曰：清晨控龍馬，弄影出花林。躞蹀依春澗，聯翩度碧潯。苔流染絲絡，水潔寫雕簪〔一九〕。一御瑶池駕，詎憶長城陰。

賦隴頭水云：隴頭秋月明，隴水帶關城。笳添離别曲，風送斷腸聲。映雪峰猶暗，乘冰馬屢驚。霧中寒雁至，沙上轉蓬輕。天山傳羽檄〔二〇〕，漢地急徵兵。陣開都護道〔二一〕，劍聚伏波營。於兹覺無度〔二二〕，方共濯胡纓〔二三〕。

正日臨朝應詔云：皇猷被寰宇，端扆屬元辰。九重麗天色，千門臨上春〔二四〕。

【校箋】

〔一〕《新唐書》卷一〇〇《楊恭仁傳》附《師道傳》：「師道，字景猷，恭仁弟，清警有才思。……貞觀十年，拜侍中，參豫朝政。……攝中書令。……改工部尚書，復爲太常卿。師道善草隸，工詩，每與有名士燕集，歌詠自適。帝見其詩，爲擿諷嗟賞。後賜宴，帝曰：『聞公每酣賞，捉筆賦詩如宿構者，試爲朕爲之。』師道再拜，少選輒成，無所竄定，一坐嗟伏。」

〔二〕「偃沐」，《文苑英華》卷一五七同。《初學記》卷三作「休沐」。

〔三〕「北林」原作「出林」，據《初學記》、《文苑英華》改。

〔四〕「常滿」，《初學記》、《文苑英華》作「恒滿」。

〔五〕「輕蓋」，《初學記》同。《文苑英華》作「傾蓋」。

〔六〕「蒼池」，《文苑英華》卷一七二作「滄池」。

〔七〕「思寬」原作「思寒」，據《初學記》卷三及《文苑英華》改。

〔八〕「冠」，《初學記》卷五作「横」。

〔九〕「五柞」原作「五祚」，據《初學記》改。

〔一〇〕「定遠」原作「見遠」，據《初學記》卷二一改。

〔一一〕詩題原作《詠飲馬應詔》，按《初學記》卷二九、《文苑英華》卷三三〇載楊師道《詠馬》、《詠飲馬應詔》各一首，此首題皆作《詠馬》。《詠飲馬應詔》爲五言律詩，見後。今據二書改。

〔一二〕「戲」原作「醉」，據《初學記》、《文苑英華》改。

〔一三〕「獻」，《初學記》同。《文苑英華》作「馘」。

〔一四〕「烏」，《初學記》卷二三作「鳥」。

〔一五〕「行徑」原作「遥徑」，據《初學記》卷二四改。

〔一六〕「此泉」原作「北泉」，據《初學記》改。

〔一七〕「月馭」，《初學記》卷一六作「日斜」。
〔一八〕「清徽」原作「清徽」，據《初學記》改。
〔一九〕「雕簪」原作「調音」，據《初學記》卷二九、《文苑英華》卷三三〇改。
〔二〇〕「天山」原作「天上」，據《文苑英華》卷一九八、《樂府詩集》卷二一改。
〔二一〕「陣開」原作「陣門」，據《文苑英華》、《樂府詩集》改。
〔二二〕「無度」原作「無渡」，據《文苑英華》、《樂府詩集》改。
〔二三〕「胡纓」原作「朝纓」，據《文苑英華》、《樂府詩集》改。
〔二四〕《初學記》卷一四載此四句，疑非全篇。

岑文本

字景仁，鄧州人。中書侍郎顏師古以譴罷，太宗曰：朕自舉一人。乃授文本侍郎，專典機要〔一〕。

奉和元日臨朝云：時雍表昌運，日正叶靈符。德兼三代禮，功包四海圖。踰沙紛在列，執玉儼相趨。清蹕喧輦道，張樂駭天衢。拂蜺九旗映〔二〕，儀鳳八音殊。佳氣浮仙掌〔三〕，薰風繞帝梧〔四〕。天文光七政，皇恩被九區。方陪瘞玉禮，珥筆岱山隅。

奉述飛白書勢詩云：六文開玉篆，八體曜銀書。飛毫列錦繡，拂素起龍魚。鳳舉崩雲絶，鸞鷩游霧疎。别有臨池草，恩霑垂露餘。

【校箋】

〔一〕《新唐書》卷一〇二《岑文本傳》：「岑文本，字景仁，鄧州棘陽人。……貞觀元年，除秘書郎，兼直中書省。……師古以譴罷，温彦博爲請帝曰：『師古練時事，長于文誥，人少逮者，幸得復用。』帝曰：『朕自舉一人，公毋憂。』乃授文本侍郎，專典機要。」

〔二〕「映」，《文苑英華》卷一九〇同。《初學記》卷一四作「法」。

〔三〕「佳氣」，《文苑英華》同。《初學記》作「溎氣」。

〔四〕「帝梧」，《初學記》同。《文苑英華》作「帝裾」。

李百藥

字重規，定州人，隋内史令德林子也。翰藻沈鬱，詩尤其所長，樵廝皆能諷之〔一〕。正日臨朝應詔詩云〔二〕：化曆昭唐典，承天順夏正。百靈警軒禁〔三〕，三辰揚旆旌。充庭富禮樂，高讌齒簪纓。獻壽符萬歲，移風韻九成。

少年詞云〔四〕：少年飛翠蓋，上路動金鑣〔五〕。始酌文君酒，新吹弄玉簫。少年不歡樂，何以盡芳朝？千金笑裏面，一搦掌中腰〔六〕。掛冠豈憚宿，迎拜不勝嬌〔七〕。寄語少年子，無辭歸路遥。

郢城懷古云：客心悲暮序，登墉瞰平陸。林澤窅芊緜，山川鬱重複。王公資設險〔八〕，名都拒江隩。方城次北門〔九〕，溟海窮南服。長策挫吴豕〔一〇〕，雄圖競周鹿，萬乘重沮漳，九鼎輕伊穀〔一一〕。大蒐雲夢掩，壯觀章華築。人世更盛衰，吉凶良倚伏。遽見鄰交斷，仍覩賢臣逐。南風忽不競〔一二〕，西師日侵蹙。運圮屬驅馳〔一三〕，時屯恣敲朴。莫救夷陵火，無復秦庭哭。鄢郢遂丘墟，風塵俄慘黷。狐兔時游踐〔一四〕，霜露日霑沐。釣渚故池平〔一五〕，神臺層宇覆。陣雲埋夏首，窮陰慘荒谷。悵矣舟壑遷〔一六〕，悲哉年祀倏〔一七〕。雖異三春望，終傷千里目。

百藥七歲能屬文，齊中書舍人陸乂〔一八〕，嘗過其父德林，有説徐陵文者，云刈瑯琊之稻，坐客並不識其事。百藥進曰：傳稱鄅人藉稻。注云：鄅國在瑯琊開陽縣。人皆驚喜，云此兒即神童。百藥幼多疾，祖母以百藥爲名〔一九〕。名臣之子，才行相繼，四海名流，莫不宗仰。藻思沉鬱，尤長五言，雖樵童牧子，亦皆吟諷。及懸車告老，怡然自得，穿池築山，文酒譚賓〔二〇〕，以盡平生之志。年八十五。先是和太宗帝京篇，手詔曰：卿何身之老而才之壯，齒之宿而意之新乎？子安期，永徽末遷中書舍人。自德林至安期，三代掌制誥。安期孫羲仲，又爲中書舍人〔二一〕。出譚賓録。

【校箋】

〔一〕《新唐書》卷一〇二《李百藥傳》：「李百藥，字重規，定州安平人，隋内史令德林子也。……翰藻沈鬱，詩尤其所長，樵厮皆能諷之。所撰《齊史》行于時。」《齊史》，即《北齊書》。

〔二〕「正日」原作「正月」，據《初學記》卷一四、《文苑英華》卷一九〇改。

〔三〕「百靈」原作「百樂」，據《初學記》、《文苑英華》改。「軒禁」，《初學記》同，《文苑英華》作「朝禁」。

〔四〕詩題《文苑英華》卷一九四作《少年行》，《樂府詩集》卷六六作《少年子》，《唐文粹》卷一三與此同。

〔五〕「少年」二句原脱，據《文苑英華》、《唐文粹》、《樂府詩集》補。「動」，《文苑英華》作「勒」。

〔六〕「掌中」，《文苑英華》、《唐文粹》同。《樂府詩集》作「抱中」。

〔七〕「掛冠」二句，《唐文粹》、《樂府詩集》同。《文苑英華》作「掛纓誰憚宿，落珥不勝嬌」。

〔八〕「王公」，《唐文粹》卷一五上同。《文苑英華》卷三〇八作「霸功」。

〔九〕「次」原作「疑」，據《唐文粹》、《文苑英華》改。

〔一〇〕「吴豕」原作「其豕」，據《唐文粹》、《文苑英華》改。

〔一一〕「萬乘」二句原脱，據《唐文粹》、《文苑英華》補。

〔一二〕「盛衰吉凶良倚伏遽見鄰交斷仍覩賢臣逐南風忽」二十字原脱，據《唐文粹》、《文苑英華》補。

〔一三〕「驅馳」，《唐文粹》作「馳驅」，《文苑英華》作「驅除」。

〔一四〕「時」，《唐文粹》同。《文苑英華》作「竟」。

〔一五〕「釣渚」原作「釣渚」，據《唐文粹》、《文苑英華》改。又，「故池」，《唐文粹》同，《文苑英華》作「曲池」。

〔一六〕「悵」原作「帳」、「舟」原作「洲」，據《唐文粹》、《文苑英華》改。

〔一七〕「年祀」，《唐文粹》同，《文苑英華》作「年代」。

〔一八〕「齊」原作「聞」，據《太平廣記》卷一七五引《譚賓録》改。

〔一九〕「祖母」原作「父母」，《全唐詩話》卷一李百藥下載此文作「祖母」，按《新唐書》卷一〇二《李百藥傳》：「幼多病，祖母趙以百藥名之。」《太平廣記》引文即作「祖母」，今據改。

〔二〇〕「譚賓」，《太平廣記》引文同，《全唐詩話》載此文，作「譚詠」。

〔二一〕按《新唐書》卷一〇二《李百藥傳》：「子安期，……高宗即位，遷中書舍人。……自德林至安期，三世掌制誥，孫羲仲，又爲中書舍人。」永徽凡六年，則安期遷中書舍人，當在永徽初。又：「自德林至安期」句六字及「又爲中書舍人」句「舍人」二字，《太平廣記》引文原無，本書蓋據《新唐書》所加。

來濟

揚州人，父護兒。貞觀十八年，初置太子司議郎，高其選，以濟爲之。永徽中爲相，世謂護兒兒作相，世南男作匠是也〔一〕。

濟出玉關絶句云：斂轡遵龍漢，銜悽渡玉關。今日流沙外，垂涕念生還。

太宗餞中書侍郎來濟詩云：曖曖去塵昏灞岸〔二〕，飛飛輕蓋指河梁。雲峰衣結千重葉，雪岫花開幾樹粧〔三〕。深悲黄鶴孤舟遠，獨歎青山别路長。聊將分袂霑襟淚〔四〕，還用持添離席觴〔五〕。

【校箋】

〔一〕《新唐書》卷一〇五《來濟傳》：「來濟，揚州江都人。父護兒，隋左翊衛大將軍。宇文化及難，闔門死之。濟幼得免，轉側流離而篤志爲文章，善議論，曉暢時務，擢進士。貞觀中，累遷通事舍人。……十八年，初置太子司議郎，高其選，而以濟爲之。兼崇文館直學士。遷中書舍人。永徽二年，拜中書侍郎，兼弘文館學士，監修國史。俄同中書門下三品，封南陽縣男，遷中書令，檢校吏部尚書。……濟異母兄恒，上元中，爲黄門侍郎、同中書門下三品。父本驍將，而恒、濟俱以學行稱，相次知政事。時虞世南子昶無才術，歷將作少匠、工部侍郎，主工作。許敬宗曰：『護兒兒作相，世南男作匠，文武豈有種耶！』」。「貞觀十八年」前原衍一「濟」字，據删。

〔二〕「曖曖」原作「暖暖」，據《初學記》卷一一、《文苑英華》卷一七七改。

〔三〕「粧」，《文苑英華》同。《初學記》作「芳」。

〔四〕「聊將」，《文苑英華》同。《初學記》作「聊制」。

〔五〕按：據前引《新唐書·來濟傳》：濟以高宗永徽二年拜中書侍郎，太宗時止爲中書舍人。而許敬宗亦有《餞中書侍郎來濟應制》詩，疑此詩爲高宗所作，俟考。

長孫無忌

無忌嘲歐陽詢形狀猥陋云：聳膊成山字，埋肩畏出頭。誰言麟閣上，畫此一獮猴？詢應聲曰：索頭連背暖，漫襠畏肚寒。祇緣心渾渾，所以面團團。太宗笑曰：詢殊不畏皇后耶〔一〕？

太宗嘗謂唐儉酒杯流行，發言可喜。是時天下初定，君臣俱欲無爲，酒杯善謔，理亦有之。高宗雖不君，然亦深察事機，當時諸王鬭鷄，王勃在沛王府，戲爲文檄英王鷄，帝見之，大怒曰：此殆交結之漸。即日竄勃。以太宗之賢，杯酒一時之樂，何足爲後世戒。及其弊也，中宗詔群臣曰：天下無事，欲與群臣共樂。于是迴波艷辭，妖冶之舞，作于文字之臣，而綱紀蕩然矣。創業之難也，一觴一詠，足以肇亂，況其甚焉者哉〔二〕！

【校箋】

〔一〕「誰言」原作「誰家」，據《本事詩》改。《唐語林》卷五作「誰教」；《全唐詩話》卷一作「誰令」，義俱相近。此事《大唐新語》卷一三、《隋唐嘉話》卷上、《太平廣記》卷二四八引《國朝雜記》俱記之。

〔三〕《全唐詩話》卷一王勃下載此文，「此殆交結之漸」句，「交結」作「交鬭」，按《舊唐書》一九〇上《王勃傳》載高宗語爲「據此是交搆之漸」，《新唐書》卷二〇一《王勃傳》亦作「交搆」，疑當作「交搆」，「鬭」字義亦近。

杜正倫

相州人，工屬文。嘗與中書舍人董思恭夜直論文。思恭歸，謂人曰：與杜公評文，今日覺吾頓進。顯慶初爲相〔一〕。

侍宴北門詩云：大君端扆暇，睿賞狎林泉。開軒臨禁籞，藉野列芳筵。參差歌管颺，容裔羽旗懸〔二〕。玉池流若醴〔三〕，雲閣聚非煙。湛露晞堯日，薰風入舜絃。大德侔玄造，微物荷陶甄。謬陪瑶水宴，仍廁柏梁篇。闞名徒上月〔四〕，鄒辯詎談天。既喜光華旦，還傷遲暮年。猶冀升中日，簪裾奉肅然。

【校箋】

〔一〕《新唐書》卷一〇六《杜正倫傳》：「杜正倫，相州洹水人。……顯慶元年，擢黄門侍郎，兼崇賢館學士，進同中書門下三品。又兼度支尚書，仍知政事，遷中書令。……正倫工屬文，嘗與中書舍人董思恭夜直，論文章。思恭歸，謂人曰：『與杜公評文，今日覺吾文頓進。』」

〔二〕「容裔」原作「溶洩」，據《初學記》卷一四、《文苑英華》一六九改。

〔三〕「醴」原作「釀」，據《初學記》、《文苑英華》改。

〔四〕「上月」原作「十月」，據《初學記》、《文苑英華》改。本詩末洪本有注云：「闞名徒十月，疑以傳疑。」今删去。按《太平御覽》卷四引謝承《會稽先賢傳》：「闞澤年十三，夢見名字炳然在月中。」此用其事。今本《初學記》「闞」作「闕」、《文苑英華》「闞」作「關」，皆誤。

馬周

凌朝浮江旅思詩云〔一〕：太清上初日〔二〕，春水送孤舟。山遠疑無樹，潮平似不流。岸花開且落〔三〕，江鳥没還浮。羈望傷千里，長歌遺四愁。

周，字賓王，博州人。嗜學，善詩、春秋，天資曠邁。武德中，補州助教，不治事，刺史達奚怒，數咎責，周乃去，客密州。趙仁本高其才，厚以資使入關。留客汴，爲浚儀令崔賢所辱，遂感激而西。至長安，客常何家。貞觀五年，太宗召之。後爲中書令〔四〕。

【校箋】

〔一〕《文苑英華》卷一六二載此爲韋承慶詩。

〔二〕「太清」，《文苑英華》作「天晴」。

〔三〕「開」，《文苑英華》作「榮」。

〔四〕《新唐書》卷九八《馬周傳》：「馬周，字賓王，博州茌平人。少孤，家窶狹。嗜學，善《詩》、《春秋》。資曠邁，鄉人以無細謹薄之。武德中，補州助教，不治事。刺史達奚恕數咎讓，周乃去，客密州。趙仁本高其才，厚以裝使入關，留客汴，爲浚儀令崔賢所辱，遂感激而西。舍新豐，逆旅主人不之顧，周命酒一斗八升，悠然獨酌，衆異之。至長安，舍中郎將常何家。貞觀五年，詔百官言得失。何，武人，不涉學，周爲條二十餘事，皆當世所切。太宗怪問何，何曰：『此非臣所能，家客馬周教臣言之。客，忠孝人也。』帝即召之。間未至，遣使者四輩敦趣。及謁見，與語，帝大悅，詔直門下省。明年，拜監察御史。……十八年，遷中書令。」

李義府

在嶲州遥叙封禪詩云〔一〕：天齊標巨鎮〔二〕，日觀啓崇祠。岧嶢臨渤澥，隱嶙控河沂〔三〕。建岳誠爲長，升功亮在兹。帝猷符廣運，玄範暢文思〔四〕。飛聲總地絡，載化撫乾維〔五〕。瑞策開珍鳳〔六〕，禎圖薦寶龜。創封超昔夏，脩禪掩前姬〔七〕。東后方肆覲，西都導六師〔八〕。肅駕移星苑，揚罕馭風司。沸鼓喧平陸，凝蹕静通逵。汶陽馳月羽，蒙陰警電輜〔九〕。巖花飄曙輦，峰葉蕩春旗。石閭環藻衛〔一〇〕，金壇映黼帷。仙階溢秘秬，靈檢耀祥芝〔一一〕。三始貽遐貺，萬歲受重釐。菲質陶恩獎，趨跡奉軒墀。觸網淪幽裔，乘徼限明時〔一二〕。周南昔已歎，邛西今復悲。詠鸜鵒詩云：牽弋辭重海，觸網去層巒。戢翼雕籠際〔一三〕，延思彩霞端〔一四〕。慕侶朝聲切，離群夜影寒。能言殊可貴〔一五〕，相助憶長安。

高宗朝，義府嘗賦詩曰：鏤月爲歌扇，裁雲作舞衣。自憐迴雪影，好取洛川歸。有棗强尉張懷慶，好偷竊名士文章，乃爲詩曰：生情鏤月爲歌扇，出性裁雲作舞衣。照鑑自憐迴雪影，來時好取洛川歸。時人爲之語曰：活剥張昌齡，生吞郭正一〔一六〕。

義府初遇，以李大亮、劉洎之薦〔一七〕。太宗召令詠烏，義府曰：日裏颺朝彩，琴中聞夜啼。上林如許樹，不借一枝棲。帝曰：與卿全樹，何止一枝〔一八〕！

義府擅殺寺丞畢正義，王義方彈義府疏云：臣聞履霜堅冰，積小成大。請乞重勘審畢正義致死之由〔一九〕，雪冤氣于幽泉〔二〇〕，誅姦臣于白日。對仗叱義府〔二一〕，不退。義方三叱，上既無言，義府趨出。義方乃讀彈文：義府善柔成性，佞媚爲心。昔事馬周，分桃見寵；後交劉洎，割袖承恩。生其羽翼，長其光價，因緣際會，遂階通顯〔二二〕。不能盡忠端節，對敭王休，策蹇勵駑，祇奉皇眷。而反憑附城社，蔽虧日月，請託公行，交游群小。貪冶容之好，原有罪之淳于；恐漏洩其謀，殞無辜之正義。雖挾山超海之力，望此猶輕；迴天轉日之威，方斯更劣。此如可恕，孰不可容！金風戒節，玉露啟途，霜簡與秋典共清，忠臣將鷹鸇並擊。請除君側，少答鴻私〔二三〕。碎首玉階，庶明臣節。伏請付法推斷，以申典憲。

義府，其先瀛州人。與來濟俱以文翰顯，時稱來、李。永徽六年爲相，王義方庭劾之，帝陰德義府，故貸不問，爲抑義方，逐之。俄進中書令。後以罪流振州，朝野相賀〔二四〕。

【校箋】

〔一〕詩題原無「在巂州」三字，據《初學記》卷五、《文苑英華》卷一六七補。

〔二〕「標」原作「摽」，據《初學記》、《文苑英華》改。

〔三〕《全唐詩》卷二七載本詩，此下有「眺迥分吴乘，凌高屬漢祠」二句。《初學記》、《文苑英華》俱無，俟考。

〔四〕「玄範」，《文苑英華》同。《初學記》作「玄言」。

〔五〕「載化」，《初學記》同。《文苑英華》作「裁化」。

〔六〕「珍鳳」原作「真鳳」，據《初學記》、《文苑英華》改。

〔七〕「創封超昔夏，脩禪掩前姬」二句原缺，據《文苑英華》補。《全唐詩》同。《初學記》缺此二句。

〔八〕「導」原作「道」，據《初學記》改。《文苑英華》作「尊」。

〔九〕「警」原作「驚」，據《初學記》、《文苑英華》改。「輜」，《初學記》同。《文苑英華》作「麾」。

〔一〇〕「石間」原作「石問」，據《初學記》、《文苑英華》改。

〔一一〕「靈檢」原作「靈險」，據《初學記》、《文苑英華》改。《全唐詩》卷三七載本詩，此下有「張樂分韶濩，觀禮縱華夷。佳氣浮丹谷，榮光泛綠坻」四句，《初學記》、《文苑英華》亦無。

〔一二〕「觸網淪幽裔，乘徽限明時」二句，《初學記》同。《文苑英華》「觸」作「解」，「徽」作「微」，「明」作「濟」。

〔一三〕「戢翼」，《初學記》卷三〇、《文苑英華》卷三二九均作「戢羽」。

〔一四〕「彩霞」，《初學記》同。《文苑英華》作「彩霧」。

〔一五〕「可貴」原作「可賞」，據《初學記》、《文苑英華》改。

〔一六〕《大唐新語》卷一三《諧謔》：「李義府嘗賦詩曰：『鏤月成歌扇，裁雲作舞衣。自憐迴雪影，好取洛川歸。』有棗强尉張懷慶，好偷名士文章，乃爲詩曰：『生情鏤月成歌扇，出意裁雲作舞衣。照鏡自憐迴雪影，時來好取洛川歸。』時人爲之語曰：『活剥王昌齡，生吞郭正一。』」本書「嘗」原作「常」，「生吞」原作「坐吞」，據改。王昌齡乃玄宗時人，當以《唐詩紀事》作「張昌齡」爲是。

〔一七〕《舊唐書》卷八二《李義府傳》：「貞觀八年，劍南道巡察大使李大亮以義府善屬文，表薦之。對策擢第，補門下省典儀。黄門侍郎劉洎、持書御史馬周皆稱薦之，尋除監察御史。」

〔一八〕《隋唐嘉話》卷中：「李義府始召見，太宗試令詠烏，其末句云：『上林多許樹，不借一枝棲。』帝曰：『與卿全樹，何止一枝。』」《唐語林》卷三《賞鑒》載此事，詩全篇作「日裏颺朝彩，琴中伴夜啼。上林多許樹，不借一枝棲。」

〔一九〕「審」原作「當」，據《全唐文》卷一六一載此文改。

〔二〇〕「寃氣」原作「寃象」，據《舊唐書》卷一八七上《王義方傳》改。

〔二一〕「仗」原作「伏」，據《新唐書》卷一一二《王義方傳》改。

〔二二〕「通顯」原作「通達」，據《舊唐書》改。《大唐新語》卷二《剛正》作「通職」。

〔二三〕「答」原作「益」，據《大唐新語》、《舊唐書》改。

〔二四〕《新唐書》卷二二三上《李義府傳》：「李義府，瀛州饒陽人，其祖嘗爲射洪丞，因客永泰。……與司議郎來濟俱以文翰顯，時稱『來、李』。……永徽六年，拜中書侍郎、同中書門下三品，封廣平縣男，又兼太子右庶子，爵爲侯。洛州女子淳于以奸繫大理，義府聞其美，屬丞畢正義出之，納以爲妾。卿段寶玄以狀聞。詔給事中劉仁軌、侍御史張倫鞫治。義府且窮，逼正義縊獄中以絶始謀。侍御史王義方廷劾，義府不引咎，三叱之，然後趨出。義方極陳其惡，帝陰德義府，故貸不問，爲抑義方，逐之。未幾，進中書令。……右金吾倉曹參軍楊行穎白其贜，詔司刑太常伯劉祥道與三司雜訊，李勣監按，有狀。詔除名，流巂州。子率府長史洽、千牛備身洋及壻少府主簿柳元貞並流廷州，司議郎津流振州。朝野至相賀。三子及壻尤凶肆，既敗，人以爲誅四凶。」《舊唐書》所載同。則李義府乃流巂州，流振州者，是其子李津也。

陳子良

詠雪云〔一〕：光映粧樓月，花承歌扇風。欲妬梅將柳，故落早春中。

七夕看新婦隔巷停車詩云：隔巷遥停幰，非復爲來遲。只言更尚淺，未是渡河時。

得妓詩云〔二〕：微雨散芳菲，中園照落暉。紅樹摇歌扇〔三〕，綠珠飄舞衣。繁絃調對酒，雜引動思歸。愁人當此夕，羞見落花飛。

新城安樂宫云〔四〕：春色照蘭宫，秦女日窗中〔五〕。柳葉來眉上，桃花落臉紅〔六〕。拂塵開扇匣，卷帳却熏籠。衫薄偏憎日，裙輕更畏風。

子良，吴人。與蕭德言、庾抱同爲太子學士。貞觀六年卒〔七〕。

【校箋】

〔一〕《初學記》卷二載此詩，題作《詠春雪》。

〔二〕《初學記》卷一五載此詩，爲陳李元操《酬蕭侍中春園聽妓》詩，《文苑英華》卷二一三同。《初學記》同卷别載陳子良《賦得妓》詩一首：「金谷多歡宴，佳麗盡芳菲。流雲席上轉，迴雪掌中飛。明月臨歌扇，行雲接舞衣。何必桃將李，别有代春暉。」《文苑英華》同卷亦載陳子良此詩，題作《詠妓》，二句「盡」作「正」，末句「代」作「待」。

〔三〕「摇」原作「遥」，據《初學記》、《文苑英華》改。
〔四〕詩題原作《新宫詞》，據《文苑英華》卷一九二所載此詩改。
〔五〕「旦」，《文苑英華》同。謂清晨也。作「旦」是。《全唐詩》作「坐」，殆臆改。
〔六〕「紅」原作「中」，據《文苑英華》改。
〔七〕見本書卷三庾抱下校箋〔五〕所引《新唐書·賀德仁傳》。

杜之松

敬和衛尉于卿柳詩云〔一〕：漢將本屯營，遼河有戍城。大夫曾取姓，先生曾得名〔二〕。高枝拂遠雁，疎影度遥星。不辭攀折苦，爲入管絃聲。

之松，貞觀中爲河中刺史〔三〕。答王績書云：辱書，知不降顧，歎恨何已〔四〕。僕幸恃故情，庶迴高躅。豈意康成道重，不許太守稱官；老萊家居，羞與諸侯爲友。延佇不獲，如何如何〔五〕；奇跡獨全，幸甚幸甚。敬想結廬人境，植杖山阿〔六〕，林壑地之所豐，煙霞性之所適，蔭丹桂，藉白茅，濁酒一杯，清琴數弄，誠足樂也。此真高士，何謂狂生。僕憑藉國恩，濫尸貴部，官守有限，就學無因，延頸下風，我勞何極。前因行縣，實欲祗尋，誠恐燉煌孝廉，守琴書而不出；酒泉太守，列鐘鼓而空還。所以遲迴，遂攬轡也。僕雖不敏，頗識前言，道既知尊，榮何足恃。豈不能正平公之坐，敬養亥唐；屈文侯之膝，恭師子夏。雖齊桓德薄，五行無疑；眭夸故人〔七〕，一來何損。蒙借家禮，今見披尋，微而精，簡而備，誠經傳之典略，閨庭之要訓也。

【校箋】

〔一〕詩題《敬和衛尉于卿柳》原作《和衛尉寺柳》，據《初學記》卷二八、《文苑英華》卷三二三所載改。

〔二〕「曾」，《初學記》、《文苑英華》俱同，毛本作「亦」。

〔三〕《新唐書》卷一九六《王績傳》：「杜之松，故人也，爲刺史，請績講禮。答曰：『吾不能揖讓邦君門，談糟粕，棄醇醪也。』之松歲時贈以酒脯。」

〔四〕「歎恨」原作「艱恨」，據《唐文粹》卷八一改。

〔五〕「如何」二字原不重出，據《唐文粹》補。

〔六〕「山阿」原作「山河」，據《唐文粹》改。

〔七〕「眭夸故人」原作「睢□夸人」，據《唐文粹》改。毛本改爲「范睢故人」，誤。《北史》卷八八《隱逸傳》：「眭夸……少與崔浩爲莫逆之交，浩爲司徒，奏徵爲中郎，辭疾不赴，州郡逼遣，不得已入京師。與浩相見，經留數日，唯飲酒談叙平生，不及世利。」此用其事。本文末原有「睢夸人疑以傳疑」七字，今刪。

崔善爲

吕才序王無功文集云：君河汾中有渚田十數頃，又有隱士仲長子光，服食養性，君遂結廬河渚。貞觀中，京兆杜之松、清河崔善爲繼爲州刺史，皆召之，君曰：奈何坐召君平耶〔一〕！

答無功冬夜載酒鄉館詩云：頒條忝貴郡，懸榻久相望。處士同楊鄭，邦君謝李彊。詎知方擁篲，逢子敬惟桑。明朝蓬户側，會自謁任棠。

答無功九日詩〔二〕：秋來菊花氣，深山客重尋。露葉疑涵玉，風花似散金。摘來還汎酒，獨坐即徐斟。王弘貪自醉，無復覓楊林。

善爲，貝州人。武德中歷尚書左丞，諸曹吏惡其聰察，嘲其短傴，曰：崔子曲如鈎，隨例得封侯。髆上全無項，腦前别有頭。高祖勞之曰：齊末姦吏歌斛律明月，高緯昏不察，至滅其家。朕雖不德，幸免是。下令求謗者，謗遂止。卒于秦州刺史〔三〕。

【校箋】

〔一〕《王無功文集》（大興朱氏鈔本）吕才《序》：「君河中先有渚田十數頃，頗稱良沃，鄰渚又有隱士仲長子光，服食養性，君重其貞潔，顧與相近，遂結廬河渚，縱意琴酒，慶弔禮絶，十有餘年。……貞觀中，京兆杜松之、清河崔公善繼爲本州刺史，皆請與君相見。君曰：『奈何悉欲坐召嚴君平耶？』竟不見。」《唐文粹》卷九三同，惟「河中」作「河汾中」，是，今據補。《序》文，「杜松之」當是「杜之松」之誤，《集》中别有《答刺史杜之松書》，可證。案：「崔公善」與「崔善爲」恐非一人，參閲本卷王績下校箋〔一二〕。

〔二〕《王無功文集》及《歲時雜詠》載績《九月九日贈崔使君善爲》詩，並載崔善爲和作，即此。然《四部叢刊》續編影明鈔本《東皋子集》及《文獻通考·經籍考》引《周氏涉筆》載王績詩，題俱作《九月九日》，不言贈崔也。

〔三〕《舊唐書》卷一九一《崔善爲傳》：「崔善爲，貝州武城人也。……武德中，歷内史舍人、尚書左丞，甚得譽。諸曹令史惡其聰察，因其身短而傴，嘲之曰：『崔子曲如鈎，隨例得封侯。髆上全無項，胸前别有頭。』高祖聞之，勞勉之曰：『澆薄之人，醜正惡直。昔齊末姦吏歌斛律明月，而高緯愚暗，遂滅其家。朕雖不德，幸免斯事。』因購流言者，使加其罪。」《新唐書》卷九一記此事，末數語云：「帝聞，勉之曰：『昔齊末姦吏歌斛律明月，而高緯闇不察，至滅其家。朕雖不德，幸免是。』下令購謗者，謗乃止。……出爲秦州刺史，卒。」此用其語。「聰察」原作「聽察」；「項」作「頂」，據史文改。

王績

晚年叙志示翟處士正師云：弱齡慕奇調，無事不兼修。望氣登重閣，占星上小樓。

明經思待詔，學劍覓封侯。棄繻頻北上，懷刺幾西游。中年逢喪亂，非復昔追求。失路青門隱，藏名白社游。風雲私所愛，屠博暗爲儔。解紛曾霸越，釋難頗存周。晚歲聊長想，生涯太若浮。歸來南畝上，更坐北溪頭。古岸多磐石，春泉足細流。東隅誠已謝，西景懼難收。無謂退耕近，伏念已經秋。庾袞逢桑跪[一]，陶潛見吏羞[二]。三晨寧舉火，五月鎮披裘。自有居常樂，誰知身世憂。

建德破後入長安詠秋蓬示辛學士云：遇坎聊知止，逢風忽未歸[三]。孤根何處斷，輕葉强能飛。辛答云：託根雖異所，飄葉早相依。因風若有便，更共入雲飛。不知辛氏之名，今録于此。

古意云：幽人在何所，紫巖有仙躅。月夜横寶琴，此外將安欲。材抽嶧山幹，徽點崑丘玉。漆抱蛟龍唇，絲纏鳳凰足。前彈廣陵罷，後以明光續。百金買一聲，千金傳一曲。世無鍾子期，誰知心所屬！其一　竹生大夏溪，蒼蒼富奇質。緑葉吟風勁，翠莖犯霄密。霜霰封其柯[四]，鴛鸞食其實。寧知軒轅後，更有伶倫出。刀斧俄見尋，根株坐相失。裁爲十二管，吹作雄雌律。有用雖自傷，無心復招疾。不如山上草，離離保終吉。其二　寶龜尺二寸，由來宅深水。浮游五湖内，宛轉三江裏。何不深復深，輕然至溱洧。溱洧源流狹，春秋不濡軌。漁人遞往還，網罟相縈藟。一朝失運會，刳腸血流死。豐骨輸廟堂，鮮腴籍籧篨。棄置誰怨尤，自我招此否。餘靈寄明卜，復來欽所履。其三　松生北巖下，由來人徑絶。布葉捎雲煙〔五〕，插根擁巖穴。自言生得地，獨負淩雲潔。何時畏斤斧，幾度經霜雪。風驚西北枝，雹隕東南節。不知歲月久，稍覺枝條坼〔六〕。藤蘿上下碎，枝榦縱横裂。行當糜爛盡，坐共灰塵滅。寧關匠石顧，豈爲王孫折。盛衰自有時，聖賢未嘗屑。寄言悠悠者，無爲嗟大耋。其四　桂樹何蒼蒼，秋來花更芳。自言歲寒性，不知露與霜。幽人重其德，徙植臨前堂。連拳八九樹，偃蹇二三行。枝枝自相糾，葉葉還相當。去來雙鴻鵠，栖息兩鴛鴦。榮蔭誠不厚，斤斧亦勿傷。赤心許君時，此意那可忘。其五　彩鳳欲將歸〔七〕，提羅出郊訪。羅張大澤已，鳳入重雲颺。朝栖崑閬木，夕飲蓬壺漲。問鳳那遠飛，賢君坐相望。鳳言荷深德〔八〕，微禽安足尚。但使雛卵全，無令矰繳放。皇臣力牧舉，帝樂簫韶暢。自有來巢時，明年阿閣上。

春日詩云〔九〕：前旦出園游，林華都未有。今朝下堂望〔一〇〕，池冰開已久〔一一〕。雪被南軒梅，風催北庭柳。遥呼竈前妾，却報機中婦：年光恰恰來，滿甕營春酒。

績，字無功，絳州人。兄通，大儒也。績誕縱，與李播、吕才善。大業末，仕爲六合丞，嗜酒不任事，因解去。居河渚間，與仲長子光友。以周易、老子置牀頭，他書罕讀也。著五斗先生傳、醉鄉記、無心子傳。豫知終日，自誌其墓。自號東皋子〔一二〕。

【校箋】

〔一〕「庾袞逢桑跪」原作「庾桑逢處跪」，據《四部叢刊》續編影明鈔本（下同）《東皋子集》改。

〔二〕「吏羞」原作「人羞」，據《東皋子集》改。

〔三〕「忽」，《東皋子集》作「或」，似勝。

〔四〕「霜霰」原作「霜霞」，據《東皋子集》改。

〔五〕「揹」原作「稍」，據《東皋子集》改。

〔六〕「枝條拆」原作「枝幹折」，據《東皋子集》改。

〔七〕「彩鳳」原作「采鳳」，據《唐文粹》卷一四上及《東皋子集》改。

〔八〕「荷」原作「何」，據《東皋子集》改。

〔九〕詩題「春日」，《東皋子集》作「初春」。

〔一〇〕「望」原作「來」，據《東皋子集》改。

〔一一〕「池冰」原作「池水」，據《東皋子集》改。

〔一二〕《新唐書》卷一九六《王績傳》：「王績，字無功，絳州龍門人。性簡放，不喜拜揖。兄通，隋末大儒也。……通知績誕縱，不嬰以家事，鄉族慶弔冠婚，不與也。與李播、吕才善。大業中，舉孝悌廉絜，授秘書省正字，不樂在朝，求爲六合丞，以嗜酒不任事，時天下亦亂，因劾，遂解去。……有田十六頃在河渚間。仲長子光者，亦隱者也，無妻子，結廬北渚，凡三十年，非其力不食。績愛其真，徙與相近。……以《周易》、《老子》、《莊子》置牀頭，他書罕讀也。……著《醉鄉記》以次劉伶《酒德頌》。……著《五斗先生傳》。刺史崔喜悦之，請相見，答曰：『奈何坐召嚴君平邪？』卒不詣。……豫知終日，命薄葬，自誌其墓。績之仕，以醉失職，鄉人靳之，託無心子以見趣」云云。按此言請與相見之刺史名「崔喜」，與吕才《王無功文集序》中所稱之「崔公善」殆爲一人，「喜」「善」形近，必有一是，而「崔公善」者，其尊稱也。作「崔善爲」者，乃因《集序》下文「繼爲州刺史」而誤衍。蓋新、舊《唐書》之《崔善爲傳》，俱不言其嘗爲絳州刺史也。又按，《舊唐書·地理志》：「龍門：漢艾氏縣，後魏改爲龍門。武德元年於縣置泰州，領龍門、萬泉、汾陰四縣。貞觀十七年廢泰州及芮縣，以龍門、萬泉屬絳州。」若以「崔善爲」爲是，則兩《唐書》言其「出爲秦州刺史」，其「秦州」乃「泰州」之訛邪？俟考。

唐詩紀事校箋卷第五

蕭德言

詠舞詩云：低身鏘玉珮，舉袖拂羅衣。對簷疑燕起〔一〕，映雪似花飛。

德言，字文行〔二〕。貞觀中，爲弘文館學士，兼侍讀，以年老致仕，太宗不許。詔曰：天下無事，方欲建禮作樂，偃武修文。卿年齒已衰，教將何恃？所冀才德猶茂，卧振高風，使濟南伏生，猶在兹日。拜秘書少監〔三〕。

【校箋】

〔一〕「起」原作「語」，據《初學記》卷一五及《歲時雜詠》改。

〔二〕《新唐書》卷一九八《蕭德言傳》：「蕭德言，字文行，陳吏部郎引子也，系出蘭陵。明《左氏春秋》。」

〔三〕《舊唐書》卷一八九上《蕭德言傳》：「貞觀中，除著作郎，兼弘文館學士。……時高宗爲晉王，詔德言授經講業。及升春宫，仍兼侍讀。尋以年老，請致仕，太宗不許。又遺之書曰：『……頃年已來，天下無事，方欲建禮作樂，偃武修文。卿年齒已衰，教將何恃！所冀才德猶茂，卧振高風，使濟南伏生，重在於兹日；關西孔子，故顯於當今。令問令望，何其美也……』尋屬爵封陽縣侯。十七年，拜秘書少監。」

顔師古

奉和正日臨朝云：七政璿衡始，三元寶曆新〔一〕。負扆延百辟，垂旒御九賓。肅肅皆鴛鷺，濟濟盛纓紳〔二〕。天涯致重譯〔三〕，西域獻奇珍〔四〕。

師古，字籀。自之推以來，居關中。性簡峭，自負其才，意望甚高，終于祕書監〔五〕。諫議大夫相時，其弟也。師古叔父游秦，武德初刺廉州，州人歌曰：廉州顔有道，性行同莊老。愛人如赤子，不煞非時草。高祖璽書勞勉之〔六〕。

【校箋】

〔一〕「寶曆」原作「寶律」，據《初學記》卷一四改。

〔二〕「纓紳」原作「簪紳」，據《初學記》改。

〔三〕「致重譯」原作「重致譯」，據《初學記》改。

〔四〕「西域」原作「日域」，據《初學記》改。

〔五〕《新唐書》卷一九八《顔師古傳》：「顔師古字籀，其先琅邪臨沂人。祖之推，自高齊入周，終隋黄門侍郎，遂居關中。……師古少博覽，精故訓學，善屬文。……帝嘗歎五經去聖遠，傳習寖訛，詔師古于秘書省考定，多所釐正。既成，……帝因頒所定書于天下，學者賴之。……師古性簡峭，視輩行傲然，罕所推接。既負其才，早見驅策，意望甚高。……又爲太子承乾注班固《漢書》上之，賜物二百段，良馬一，時人謂杜征南、顔秘書爲左丘明、班孟堅功臣。……遷秘書監、弘文館學士。（貞觀）十九年，從征遼，道病卒，年六十五，謚曰戴。」

〔六〕《舊唐書》卷七三《顔師古傳》：「師古弟相時，亦有學業。武德中，與房玄齡等爲秦府學士。貞觀中，累遷諫議大夫。……師古叔父游秦，武德初，累遷廉州刺史，……撫恤境内，敬讓大行。邑里歌曰：『廉州顔有道，性行同莊老。愛人如赤子，不殺非時草。』高祖璽書勞勉之。」

杜淹

杜淹始見袁天綱於洛，天綱謂曰：「蘭臺成就，學堂寬廣。」又語曰：「二十年外，終恐責黜，暫去即還。」武德六年，以善隱太子，配流嶲州。淹至益州，見天綱，曰：「洛邑之言，何其神也！天綱曰：不久即回。至九年六月，召入。天綱曰：杜公至京，即得三品要職。淹至京，拜御史大夫、檢校吏部尚書〔一〕。贈天綱詩曰：伊吕深可慕，松喬定是虚。繫風終不得，脱屣欲安如！且珍紈素美，當與薛蘿疎。既逢楊得意，非復久閑居。

淹，字執禮。隋時隱太白山。文帝惡之，謫戍江表。秦王引入爲天策府曹參軍，賦詩尤工，賜銀鐘。楊文幹反，辭連太子，歸罪淹，流巂州。太宗踐阼，召爲御史大夫。後檢校吏部尚書，參預朝政，卒〔二〕。

【校箋】

〔一〕《舊唐書》卷一九一《方伎傳》：「袁天綱，益州成都人也。尤工相術。……初，天綱以大業元年至洛陽，時杜淹、王珪、韋挺就之相。天綱謂淹曰：『公蘭臺成就，學堂寬博，必得親糾察之官，以文藻見知。（謂王、韋略）』復謂淹等『二十年外，終恐三賢同被責黜，暫去即還。』淹尋遷侍御史，武德中爲天策府兵曹、文學館學士（王、韋略），至武德六年，俱配流巂州。淹等至益州，見天綱曰：『袁公洛邑之言，則信矣。未知今日之後何如？』天綱曰：『公等骨法，大勝往時，終當俱受榮貴。』至九年，被召入京，共造天綱，天綱謂杜公曰：『卿當得三品要職，年壽非天綱所知。（王、韋略）』淹至京，拜御史大夫，檢校吏部尚書。（王、韋略）皆如天綱之言。」《紀事》用史文，其中「配流巂州」句，原作「俱配流巂州」，既只述杜淹一人事，「俱」字無着，今删；又，「巂州」原作「嶲州」，乃「巂州」之誤，據史文改。

〔二〕《新唐書》卷九六《杜淹傳》：「淹字執禮，材辯多聞，有美名。隋開皇中，與其友韋福嗣謀曰：『上好用隱民，蘇威以隱者召，得美官。』乃共入太白爲不仕者，文帝惡之，謫戍嶺表。赦還……秦王引爲天策府兵曹參軍、文學館學士。嘗侍宴，賦詩尤工，賜銀鐘。慶州總管楊文幹反，辭連太子，歸罪淹及王珪、韋挺，並流越巂。王知其誣，餉黄金三百兩。及踐祚，召爲御史大夫。……俄檢校吏部尚書，參豫朝政。……貞觀二年，疾，帝爲臨問。卒，贈尚書右僕射，謚曰襄。」

裴守真

和太子納妃詩曰：瑜珮升青殿，穠華降紫微。還如桃李發，更似鳳凰飛。金屋貞離象，瑶臺起婺徽。綵纓紛碧座，績羽泛褕衣。其一　雲路移彤輦〔一〕，天津轉明鏡。仙珠照乘歸，寶月重輪映。望園嘉宴洽〔二〕，主第懽娱盛。絲竹揚帝薰，簪裾奉宸慶。其二　叢雲藹曉光，湛露晞朝陽。天文天景麗，睿藻睿詞芳〔三〕。玉庭散秋色，銀宫生夕涼。太平超邃古〔四〕，萬壽樂無疆。其三

守真，絳州人。高宗時太常博士。天授中爲司憲府丞，覈詔獄多裁恕，不合武后旨，出刺成州，徙寧州，卒〔五〕。

【校箋】

〔一〕「彤輦」原作「凋輦」，據《初學記》卷一〇改。

〔二〕「嘉宴」原作「喜宴」，據《初學記》改。

〔三〕「天文天景麗，睿藻睿詞芳」原作「天文大景麗，容藻睿詞芳」，據《初學記》改。

〔四〕「超遂古」原作「起遂古」，據《初學記》改。

〔五〕《新唐書》卷一二九《裴守真傳》：「裴守真，絳州稷山人。……永淳初……授太常博士。……天授中，爲司府丞，推覈詔獄，多裁恕，全免數十姓，不合武后旨，出爲汴州司馬。遷累成州刺史……徙寧州。……長安中卒。」

胡元範

奉和太子納妃詩云〔一〕：帝子威儀絶，儲妃禮慶優〔二〕。疊鼓陪山觀，凝笳翼畫輈。鬱鬱神香澮，奕奕彩雲浮。排空列錦罽，勝觀溢皇州。其一　金閨未息火，玉樹鍾天愛。月路飾還裝，星津動歸珮。紫極流宸眷，清規佇慈誨。恩波洽九流，光輝軼千載。其二　側席詔親賢，式宴坐神仙。聖文飛聖筆，天樂奏鈞天。曲池涵瑞景〔三〕，文宇孕祥煙〔四〕。小臣同百獸，率舞悦堯年。其三

高宗子弘爲太子，納妃，有司奏贄用白雁，適苑中獲之。帝喜曰：漢獲朱雁爲樂府

歌，今得白雁爲婚贄，婚乃人倫首，我則無慚〔五〕。太子後謚孝敬皇帝〔六〕。

裴炎請武后歸政，后以炎有異圖，捕送詔獄。元範爲鳳閣侍郎，曰：炎有功于國，臣明其不反。后曰：炎有反端，顧卿未知耳。元範曰：若炎反，臣輩亦反矣。后曰：朕知炎反，卿輩不反。遂斬炎。

元範，申州義陽人，介廉有才，以炎故流死嶲州〔七〕。

【校箋】

〔一〕此録三首及前裴守真和詩乃一時作，《舊唐書》卷五《高宗本紀》「（咸亨）四年，冬十月，乙未，皇太子弘納妃畢，曲赦岐州，大酺三日」是也。毛本于詩題增「太平公主出降」六字，而《全唐詩》從之。不知「太平公主出降薛紹」，乃永隆二年七月事。「皇太子弘薨于合璧宫之綺雲殿」，在上元二年四月。是年「六月戊寅，以雍王賢爲皇太子」。永隆元年「八月，甲子，廢皇太子賢爲庶人，幽于别所。乙丑，立英王哲爲皇太子。」是與太平公主出降同時納妃之太子，乃李哲而非李弘矣。此俱見《高宗本紀》，毛氏之誤顯然。《初學記》卷一〇載此及裴守真三首，詩題俱作《奉和太子納妃》，是。

〔二〕「儲妃」原作「宫妃」，據《初學記》改。

〔三〕「瑞景」原作「雅景」，據《初學記》改。

〔四〕「文宇」原作「文字」，據《初學記》改。

〔五〕《新唐書》卷八一《三宗諸子傳》：「孝敬皇帝弘……顯慶元年，立爲皇太子。……會納妃裴，而有司奏贄用白雁，適苑中獲之，帝喜曰：『漢獲朱雁，爲樂府歌，今得白雁爲婚贄，婚乃人倫首，我則無慚。』」「高宗子弘」原作「高宗子洪」，據史文改。

〔六〕「敬」原作「欽」，據史文改。

〔七〕《新唐書》卷一一七《裴炎傳》：「徐敬業兵興，后議討之，炎曰：『天子年長矣，不豫政，故豎子有辭。今若復子明辟，賊不討而解。』御史崔詧曰：『炎受顧託，身總大權，聞亂不討，乃請太后歸政，此必有異圖。』后乃捕炎送詔獄。……鳳閣侍郎胡元範曰：『炎社稷臣，有功于國，悉心事上，天下所知，臣明其不反。』……后曰：『炎反有端，顧卿未知耳。』元範曰：『若炎反，臣輩亦反矣。』后曰：『朕知炎反，卿輩不反。』遂斬于都亭驛。……元範者，中州義陽人，介廉有才，以炎故，流死嶲州。」

元萬頃

春日池臺詩云：日影飛花殿，風文積翠池〔一〕。鳳樓通夜敞，虬輦望春移。

春日詩云〔二〕：花輕蝶亂仙人杏〔三〕，葉密鶯喧帝女桑。飛雲閣上春應至，明月樓中夜未央。又曰：鳳輦迎風乘紫閣，鸞車避日轉彤闈。中堂促管淹春望〔四〕，後殿清歌開夜扉。

奉和太子納妃公主出降詩云：象輅初乘雁，璇宮早結禖〔五〕。離元應春夕，帝子降秋期。嗚瑜合清響〔六〕，冠玉麗濃輝〔七〕。和聲躋鳳掖，交影步鸞墀〔八〕。

從李勣征高麗，爲遼東道管記。勣令别將赴平壤，糧不及期，萬頃作離合詩密報勣。勣曰：軍機切遽，何以詩爲！欲斬之，言狀乃免。勣令作文檄高麗，其語有不知守鴨渌之險。莫離支報云：謹聞命矣。遂移兵鴨緑，軍不得入。萬頃坐是流嶺外。遇赦還，爲北門學士，累遷鳳閣侍郎，坐事誅〔九〕。

【校箋】

〔一〕「風文」原作「風紋」，據《初學記》卷三改。

〔二〕《初學記》卷三載此詩，題作《奉和春日詩》。

〔三〕「蝶亂」原作「葉亂」，「杏」原作「店」，據《初學記》改。毛本改「葉亂」作「蕊亂」，非。

〔四〕「中堂」原作「中塘」，據毛本改。《初學記》亦作「中塘」。

〔五〕「象輅初乘雁，璇宫早結褵」二句原缺，據毛本補。

〔六〕「清響」，《初學記》卷一四作「薦響」。

〔七〕「冠玉」，《初學記》作「比玉」；「濃輝」作「穠姿」。

〔八〕「交影」原作「清影」，據《初學記》改。

〔九〕《新唐書》卷二〇一《元萬頃傳》：「萬頃起家爲通事舍人。從李勣征高麗，管書記。勣命别將郭待封以舟師赴平壤，馮師本載糧繼之，不及期。欲報勣，而恐爲諜所得，萬頃爲作離合詩遺勣。勣怒曰：『軍機切遽，何用詩爲？』欲斬待封，萬頃言狀，乃免。又使萬頃草檄讓高麗，而譏其不知守鴨绿之險。莫離支報曰：『謹聞命。』徙兵固守，軍不得入。高宗聞之，投萬頃嶺外。會赦還，爲著作郎。武后諷帝召諸儒論譔禁中，萬頃……與選。至朝廷疑議表疏皆密使參處，以分宰相權，故時謂『北門學士』。……武后時，累遷鳳閣侍郎，坐誅。」

李敬玄

奉和別魯王詩云：绿車旋楚服，丹蹕佇秦川。珠皋轉歸騎，金岸引行旃。一朝限原隰，千里間風煙。鶯喧上林右〔一〕，凫響御溝前。斷雲移魯蓋，離歌動舜絃。別念凝神扆，崇恩洽玳筵。顧惟慚叩寂，徒自仰鈞天。

又奉和別越王詩云：飛蓋迴蘭坂，宸襟佇柏梁。別館分涇渭，歸路指衡漳。關山通曉色〔二〕，林籞徧春光。帝念紆千里，詞波照五潢〔三〕。

敬玄，亳州人，該覽群籍，尤善於禮。高宗在東宮，馬周薦其材，召入崇賢館侍讀。後相高宗。儀鳳中，劉仁軌奏：河西鎮守非敬玄不可。帝强遣之，由是大敗于湟川〔四〕。魯王靈夔，高祖子也，歷五州刺史。越王貞，太宗子，武后時爲豫州刺史〔五〕。

【校箋】

〔一〕「上林右」，《初學記》卷一〇作「上林谷」。

〔二〕「曉色」，《初學記》作「曙色」。

〔三〕「五潢」原作「玉潢」，據《初學記》改。「五潢」見《史記·天官書》。

〔四〕《新唐書》卷一〇六《李敬玄傳》：「李敬玄，亳州譙人。該覽群籍，尤善于禮。高宗在東宫，馬周薦其材，召入崇賢館侍讀。……儀鳳元年，拜中書令，封趙國公。劉仁軌西討吐蕃，有所建請，敬玄數持異，由是有隙，因奏河西鎮守非敬玄不可。敬玄辭……帝厭之，因曰：『仁軌若須朕，朕且行，卿安得辭？』乃拜洮河道大總管兼鎮撫大使，檢校鄯州都督，統兵十八萬，代仁軌。與吐蕃將論欽陵戰青海……又戰湟川，遂大敗。」

〔五〕魯王事見《新唐書》卷七九《高祖諸子傳》，越王事見《新唐書》卷八〇《太宗諸子傳》，二人後皆以謀起兵反武后，事敗自殺。

張文琮

水詩云：標名資上善，流派表靈長。地圖羅四瀆，天文載五潢。方流涵玉潤，圓折動珠光。獨有蒙園吏，棲偃玩濠梁〔一〕。

賦橋詩云：造舟浮渭日，鞭石表秦初。星文遥瀉漢，虹勢尚凌虚。已授文成履，空題武騎書。别有臨濠上，棲偃獨觀魚。

和楊舍人詠中書省花樹詩云〔二〕：初蕊映春叢〔三〕，參差間早紅。因風時落砌，雜雨乍浮空。影照鳳池水〔四〕，香飄鷄樹風。豈不愛攀折，希君懷袖中。

文琮同潘屯田冬日早朝云：假寐懷古人，夙興瞻曉月。通晨禁門啟〔五〕，冠蓋趨朝謁。霜靄清九衢，霞光照雙闕。紛綸文物紀〔六〕，焕爛聲明發。腰劍動陸離，鳴玉和清越。

文琮，高宗宰相文瓘弟也〔七〕，貝州人。好自寫書，貞觀中，爲治書侍御史。永徽中，拜户部侍郎，出爲建州刺史，卒〔八〕。

文琮賦蜀道難云：梁山鎮地險，積石阻雲端。深谷下寥廓，層巖上鬱盤。飛梁架絶嶺，棧道接危巒〔九〕。攬轡猶長息〔一〇〕，方知斯路難。

【校箋】

〔一〕「玩」，《初學記》卷六、《文苑英華》卷一六三同。張本作「觀」。

〔二〕「楊」原誤作「陽」、「省」原誤作「有」，據《初學記》卷一一、《文苑英華》卷一九〇改。

〔三〕《初學記》作「華萼映芳叢」，《文苑英華》與此同。

〔四〕「影照」，《文苑英華》作「影煦」，《初學記》與此同。

〔五〕「通晨」原作「通辰」，據《初學記》卷一四、《文苑英華》卷一九〇改。毛本作「通宸」。

〔六〕「文物」原作「人物」，據《初學記》、《文苑英華》改。

〔七〕《新唐書》卷一一三《張文瓘傳》：「張文瓘，字稚珪，貝州武城人。……貞觀初，第明經，補并州參軍。……再遷水部員外郎，時兄文琮爲户部侍郎，于制：兄弟不並臺閣，出爲雲陽令。」據此，則文琮乃文璀之兄，作「弟」誤。

〔八〕《新唐書·張文瓘傳》又云：「文琮好自寫書，筆不釋手，子弟諫止，曰：『吾好此，不爲倦。』貞觀中，爲治書侍御史，遷亳州刺史。永徽初，獻《文皇帝頌》，優制褒美，拜户部侍郎。坐房遺愛從母弟，出爲建州刺史。……卒于官。」

〔九〕「接」原作「絶」，據《樂府詩集》卷四〇改。

〔一〇〕「攬轡」原作「攬境」，據《樂府詩集》改。

薛眘惑

進船于洛水詩云〔一〕：禁園紆睿覽，仙棹叶宸游〔二〕。洛北風花樹，江南彩畫舟。榮生蘭蕙草，春入鳳凰樓。興盡離宫暮〔三〕，煙光起夕流。

世傳眘惑善投壺，背後執矢投之，龍躍隼飛，百發百中〔四〕。

【校箋】

〔一〕「于」，《初學記》卷六同，《文苑英華》卷一六四作「泛」。

〔二〕「宸游」，《初學記》、《文苑英華》作「時游」。

〔三〕「離宫」，《文苑英華》同，《初學記》作「離懷」。

〔四〕《朝野僉載》：「薛眘惑者，善投壺，龍躍隼飛，矯無遺箭。置壺于背後，却反矢以投之，百發百中。」

張大安

奉和別越王詩云〔一〕：盛藩資右戚，連蕚重皇情。離襟愴睢苑，分途指鄴城。麗日開芳甸，佳氣積神京。何時驂駕入，還見謁承明。越王，太宗子，武后時爲豫州刺史。

大安，公謹之子，上元中，同中書門下三品。章懷太子令與劉訥言等共注范曄漢書。太子廢，故貶普州刺史，終橫州司馬〔二〕。

【校箋】

〔一〕《初學記》卷一〇載此詩，題作《奉和別越王詩》，原脱「和」字，據補。

〔二〕《新唐書》卷八九《張公謹傳》：「次子大安，上元中，同中書門下三品。章懷太子令與劉訥言等共注范曄《漢書》，太子廢，故貶爲普州刺史，終橫州司馬。」

薛元超

和同太子監守違戀詩云：儲禁銅扉啟，宸行玉軑遥〔一〕。空懷壽街吏，尚隔寢門朝。地首瞻龍戟〔二〕，塵外想鸞鑣。飛文映仙榜〔三〕，瀝思叶神飈〔四〕。帝念紆蒼陸，乾文焕紫霄。歸塘橫筆海〔五〕，平圃振詞條。欲應重輪曲，鏘洋韻九韶。

元超，收之子也，高宗時爲給事中，轉中書舍人，薦士若任希古、郭正一、崔融等，皆以才自名。上元初，同中書門下三品，政出武后，因陽暗乞骸骨，卒〔六〕。高宗爲太子也，元超爲舍人。太宗親征時，元超、韓王元嘉同太子監守，賦違戀詩〔七〕。

【校箋】

〔一〕「玉軑」原作「玉軷」，據《文苑英華》卷一七九改。《初學記》亦作「玉軷」，乃形近之誤。毛本改作「玉輅」，非。

〔二〕「地首」原作「北首」，據《初學記》、《文苑英華》改。

〔三〕「仙榜」原作「仙誥」，據《初學記》、《文苑英華》改。

〔四〕「瀝思」原作「濟惠」，據《初學記》、《文苑英華》改。

〔五〕「歸塘」，《初學記》同。《文苑英華》作「雲塘」。

〔六〕《新唐書》卷九八《薛收傳》：「子元超，九歲襲爵，及長，好學，善屬文。尚巢王女和靜縣主，累授太子舍人。高宗即位，遷給事中，數上書陳當世得失，帝嘉納。轉中書舍人、弘文館學士。……所薦豪俊士若任希古、高智周、郭正一、王義方、孟利貞、鄭祖玄、鄧玄挺、崔融等，皆以才自名于時。……坐與上官儀文章欵密，流巂州。上元初，赦還，拜正諫大夫。三年，遷中書侍郎，同中書門下三品。……帝疾劇，政出武后，因陽暗，乞骸骨。加金紫光禄大夫，卒，年六十一。」

〔七〕見本書卷三韓王元嘉下。

鄭蜀賓

蜀賓，滎陽人。善五言，年老爲江左一尉，親朋餞于上東門，蜀賓賦詩曰：畏途方萬里，生涯近百年。不知將白首，何處入黄泉？酒酣詠歌，聲調哀戚，竟卒于官。時長壽中也〔一〕。

【校箋】

〔一〕《大唐新語》卷八《文章》：「長壽中，有滎陽鄭蜀賓頗善五言，竟不聞達，年老方授江左一尉，親朋餞别于上東門，蜀賓賦詩留别曰：『畏途方萬里，生涯近百年。不知將白首，何處入黄泉？』酒酣自詠，聲調哀感，滿座爲之流涕。竟卒于官。」

王德真

奉和過温湯詩云〔一〕：握圖開萬寓，屬聖啟千年。驪阜疎緹騎，鶩鴻映彩旃。玉霜明鳳野，金陣藻龍川。祥煙聚危岫，慶水溢飛泉〔二〕。停輿興睿覽，還舉大風篇。

德真，武后時爲納言，房先敏以罪貶，訴于相府。内史騫味道曰：太后旨。劉禕之曰：乃上從有司所奏云。后聞，貶味道，而以禕之爲忠臣。德真推順曰：戴至德無異才，惟能歸善于君，爲時所服。后曰：善〔三〕。

【校箋】

〔一〕詩題原作《和過温湯》，據《初學記》卷七、《文苑英華》卷一七〇增「奉」字。

〔二〕「慶水」，《初學記》、《文苑英華》俱作「態水」。

〔三〕《新唐書》卷一一七《劉禕之傳》：「司門員外郎房先敏坐累貶衛州司馬，訴于相府。内史騫味道謂曰：『太后旨。』禕之曰：『乃上從有司所奏云。』后聞，以味道歸非于上，貶青州刺史，加禕之太中大夫，賜物百段。后因曰：『君爲元首，臣爲股肱，以手足疾移于腹背，尚爲一體乎？禕之引咎于己，忠臣也。』納言王德真推順曰：『戴至德無異才，惟能歸善于君，爲時所服。』后曰：『善。』」

楊思玄

奉和過温湯詩云〔一〕：豐城觀漢跡，温谷幸秦餘。地接幽王壘，流分鄭國渠〔二〕。風威肅文衛，日彩鏡雕輿〔三〕。遠岫凝氛重，寒叢樹影疎〔四〕。迴瞻建章闕〔五〕，佳氣滿宸居。

奉和别魯王詩云：元王詩傳博〔六〕，文后寵靈優。鶴蓋動宸眷〔七〕，龍章送遠游。函關疎別道〔八〕，灞岸引行舟。北林分苑樹，東流溢御溝。鳥聲含羽碎〔九〕，騎影曳花浮。聖澤九垓遍〔一〇〕，天文七曜周。方翹獻雅樂〔一一〕，簪帶奉鳴球。

高宗時人〔一二〕。

【校箋】

〔一〕詩題原作《湯泉》，據《初學記》卷七、《文苑英華》卷一七〇改。與越王貞（卷三）及王德真、楊思玄同時皆和高宗作也。

〔二〕「流分」原作「塗分」，據《初學記》改。《文苑英華》亦作「塗分」。

〔三〕「日彩」，《初學記》同。《文苑英華》作「月彩」。

〔四〕「寒叢樹影疎」，《初學記》同。《文苑英華》作「寒松樹影疎」。

〔五〕「建章闕」，《初學記》、《文苑英華》作「漢章闕」。

〔六〕「博」原作「奏」，據《初學記》卷一〇改。

〔七〕「鶴蓋」原作「未若」，據《初學記》改。

〔八〕「函關」原作「潼關」，據《初學記》改。

〔九〕「羽碎」原作「吹咽」，據《初學記》改。

〔一〇〕「遍」，《初學記》作「普」。

〔一一〕「翹」，《初學記》作「徒」。

〔三〕《舊唐書》卷六二《楊慕仁傳》：「師道兄子思玄，高宗時爲吏部侍郎、國子祭酒。」

鄭義真

奉和過温湯詩云〔一〕：洛川方佇蹕〔二〕，豐野暫停鑾。湯泉常獨涌〔三〕，温谷豈知寒。漏鼓依巖畔，相風出樹端。嶺煙遥聚草，山月迥臨鞍。日用誠多幸，天文遂仰觀。

高宗時人。

【校箋】

〔一〕詩題原作《温湯》，據《初學記》卷七、《文苑英華》卷一七〇改。

〔二〕「佇蹕」，《初學記》同。《文苑英華》作「駐蹕」。

〔三〕「常」，《初學記》、《文苑英華》俱作「恒」。

徐珩

日暮望涇水詩云：導源經隴阪，屬汭貫嬴都。下瀨波常急〔一〕，迴圻溜亦紆〔二〕。毒流秦卒斃，泥糞漢田腴。獨有迷津客，懷歸軫暮途。

高宗時人。

【校箋】

〔一〕「常」，《初學記》卷六、《文苑英華》卷一六三作「恒」。

〔二〕「迴圻」，《初學記》同。《文苑英華》作「迴漸」。

蕭翼

太宗以翼爲監察御史，充使取羲之蘭亭序真蹟于越僧辯才。翼初作北人南游，一見款密，留宿，設缸面酒。江東缸面，猶河北曰甕頭，蓋初熟酒也。酣樂之後，探韻賦詩。才探來字，詩云：初醖一缸開，新知萬里來。披雲同落莫，步月共徘徊。夜久孤琴思，風長旅雁哀。非君有祕術，誰照不燃灰。翼探招字，詩云：邂逅款良宵，慇懃荷勝招。彌天俄若舊，初地豈成遥。酒蟻傾還泛，心猿躁似調。誰憐失群翼，長苦業風飄。既而以術取其書以歸〔一〕。本名世翼。

南部新書曰：蘭亭序，武德四年，歐陽詢就越訪求之，始入秦王府。麻道嵩奉教搨兩本，一送辯才，一王自收。道嵩私搨一本。貞觀二十三年，褚遂良請入昭陵〔二〕。

【校箋】

〔一〕此摘引唐張彦遠《法書要録》載唐何延之《蘭亭記》。「河北」原作「何北」，據《法書要録》改。

〔二〕《南部新書》丁：「《蘭亭》者，武德四年，歐陽詢就越訪求得之。始入秦王府，麻道嵩奉教拓兩本，一送辨才，一王自收。嵩私拓一本。于時天下草創，秦王雖親總戎，《蘭亭》不離肘腋。及即位，學之不倦。至貞觀二十三年，褚遂良請入昭陵，後但得其摹本耳。」「訪求」原作「詐求」，據《南部新書》改。此太宗求《蘭亭》又一説。然按《隋唐嘉話》云：「王右軍《蘭亭序》，梁亂出在外，陳天嘉中，爲僧永所得，至太建中，獻之宣帝。隋平陳日，或以獻晉王，王不之寶。後僧果從帝借拓，及登極，竟未從索。果師死後，弟子僧辯得之。太宗爲秦王日，見拓本驚喜，乃貴價市大王書，《蘭亭》終不至焉。及知在辯師處，使蕭翊就越州求得之。以武德四年入秦府。貞觀十年，乃拓十本以賜近臣。帝崩，中書令褚遂良奏：《蘭亭》先帝所重，不可留。遂秘于昭陵。」劉餗爲劉知幾之子，時代既近，所記《蘭亭》流傳經過甚明，或爲可信。

弘執恭

和平涼公觀趙郡王妓詩云〔一〕：小堂羅薦陳，妙妓命燕秦。翠眉疑假黛〔二〕，紅臉自含春。合舞俱迴雪，分歌共落塵。齊竽不可廁，空願上龍津。

賦劉生云〔三〕：英名振關右，雄氣逸江東。斿俠五都内，來去三秦中。劍照七星影，馬控千金驄。縱橫方未息，因兹定武功〔四〕。劉生不知何代人，齊梁以來，歌爲三秦游〔五〕。

【校箋】

〔一〕此詩爲弘執恭在北周時所作。《隋書》卷五四《元亨傳》：「改封平涼王，周閔帝受禪，例降爲公」，即所謂「平涼公」也。趙王，即宇文招。《周書》卷一三《文閔明武宣諸子傳》言：趙王招「博涉群書，好屬文，學庾信體，詞多輕豔」。庾信集中亦有《和趙王看妓詩》，或即同時之作也。

〔二〕「疑」原作「凝」，據《初學記》卷一五改。

〔三〕《樂府詩集》卷二四載此詩，作者題「隋弘執恭」，則執恭乃自周入隋，並與虞世南、蔡允恭、諸葛穎諸人和煬帝《早渡淮》詩。虞、蔡入唐而執恭前卒，近人輯隋詩，定執恭爲隋人，是也。

〔四〕「武」，《樂府詩集》同。《文苑英華》作「主」，注云：「一作武」。

〔五〕《樂府詩集》《劉生》題下引《樂府解題》曰：「劉生，不知何代人。齊梁以來爲《劉生》辭者，皆稱其任俠豪放，周游五陵、三秦之地」云云。詩末小注當本此。「歌爲三秦游」句，文有脱誤。

鄭軏

觀兄弟同夜成婚詩云〔一〕：棠棣開雙萼，夭桃照兩花。分庭合珮響〔二〕，隔扇偶粧華〔三〕。迎風俱似雪，映綺共如霞。今宵二神女，併在一仙家。

【校箋】

〔一〕此詩采自《初學記》卷一四，《全唐詩》收入爵里世次失考詩人之作中。按《初學記》載此詩于李百藥《戲贈潘徐城門迎兩新婦詩》之後，及高宗朝應制諸臣詩之前，則當爲太宗時人，所作亦當時宮體輕艷之辭也。《靈峰草堂叢書》影刊唐寫卷子本《翰林學士集》殘帙中有鄭仁軌詩，銜題「左宗衛率府長史弘文館直學士」，或即此人。

〔二〕「合」原作「含」，據《初學記》改。

〔三〕「偶」，《初學記》作「護」。

王勣

詠妓詩云〔一〕：妖姬飾淨粧，窈窕出蘭房。日照當軒影，風吹滿路香。早時歌扇薄，今日舞衫長。不應令曲誤，持此試周郎。

勣，武德、貞觀間人。有集五卷。

【校箋】

〔一〕此詩《初學記》卷一五、《文苑英華》卷二一三作者俱題「王勣」，實即「王績」之作。「勣」「績」字通，《初學記》無「王績」。自《文苑英華》誤分王績、王勣爲二人，而《唐詩紀事》沿之，胡震亨《唐音癸籤》卷二九云：「唐人名誤者，王績，《藝文志》誤作『勣』，《紀事》又誤以爲有此兩人,皆非是。」其實《新唐書·藝文志》、《舊唐書·經籍志》皆載「《王績集》五卷」,不誤。《初學記》亦不能言誤。《文苑英華》以《醉鄉記》、屬之王績,以《五斗先生傳》、《無心子傳》及《詠妓》等屬之王勣,以一人而强分爲二人之作,乃爲誤也。《詠妓詩》即在明鈔本《東皋子集》中。

竇威

出塞曲云〔一〕:匈奴屢不平,漢將欲縱横〔二〕。看雲方結陣,却月始連營。潛軍渡馬邑,揚旆掩龍城。會勒燕然石,方傳車騎名。

威,字文蔚,沈邃有器局,貫覽群言,諸兄詆爲書癡。武德初爲内史令〔三〕。

【校箋】

〔一〕此詩采自《文苑英華》卷一九七,亦收入《樂府詩集》卷二一,文字並同。

〔二〕「縱横」,張本作「横行」。

〔三〕《新唐書》卷九五《竇威傳》:「竇威,字文蔚,岐州平陸人。……沈邃有器局,貫覽群言。家世貴,子弟皆喜武力,獨威尚文,諸兄詆爲『書癡』。……武德元年,授内史令。」

唐詩紀事校箋卷第六

上官儀　郭正一　喬知之　喬侃　員半千
任希古　蘇味道　杜審言　郭利貞　吴少微
富嘉謨　李福業　王適　李崇嗣

上官儀

字游韶，陝州人。工詩，其詞綺錯婉媚，及貴人效之，曰上官體〔一〕。

詠雪詩云〔二〕：禁園凝朔氣，瑞雪掩晨曦。花明棲鳳閣，珠散影娥池。飄素迎歌上，翻花向舞移。幸因千里映，還繞萬年枝。

又奉和山夜臨秋詩云〔三〕：殿帳清炎氣〔四〕，輦道含秋陰〔五〕。淒風移漢筑〔六〕，流水入虞琴。雲飛送斷雁，月上淨疏林〔七〕。滴瀝露枝響，空濛烟壑深。

又和潁川公秋夜詩云〔八〕：泬寥空色遠，葉黄淒序變。洞浦落遵鴻，長飈送巢燕。千秋流夕景，萬籟含宵囀〔九〕。峻雉聆金柝〔一〇〕，層臺切銀箭。

王昭君云：玉關春色晚，金河路幾千。琴悲桂條上，笛怨柳花前。霧掩臨粧月〔一一〕，風驚入鬢蟬。裁書待迴使〔一二〕，淚盡白雲天〔一三〕。

高宗承貞觀之後，天下無事。儀獨持國政，嘗凌晨入朝，廵洛水堤，步月徐轡，詠詩曰：脉脉廣川流，驅馬入長洲。鵲飛山月曙，蟬噪野風秋。音韻清亮，群公望之，猶神仙焉。右古今詩話〔一四〕。

高宗即位，儀爲相。麟德元年，坐梁王忠事下獄死，武后惡之也。儀應詔詩中用影娥池〔一五〕，學士時無解其事。祭酒令狐德棻召張柬之等十餘人示此詩，柬之對云：洞冥記：漢武帝于望鶴臺西起俯月臺，臺下穿影娥池，每登臺眺月，影入池中，使宮人乘舟笑弄月影，因名影娥池，亦曰眺蟾臺。令狐德棻嘆其博識〔一六〕。

【校箋】

〔一〕《新唐書》卷一〇六《上官儀傳》：「上官儀，字游韶，陝州陝人。……高宗即位，爲秘書少監，進西臺侍郎，同東西臺三品。……工詩，其詞綺錯婉媚。及貴顯，人多效之，謂之『上官體』。麟德元年，坐梁王忠事下獄死，籍其家。初，武后得志，遂牽制帝，專威福，帝不能堪；又引道士行厭勝，中人王伏勝發之。帝因大怒，將廢爲庶人，召儀與議，儀曰：『皇后專恣，海内失望，宜廢之以順人心。』帝使草詔。左右奔告后，后自申訴，帝乃悔，又恐后怨恚，乃曰：『上官儀教我。』后由是深惡儀。」

〔二〕此詩采自《初學記》卷二，文字悉同。

〔三〕此詩采自《初學記》卷三，《文苑英華》卷一七二，亦載之。詩乃隨太宗征遼時所作。太宗原唱十韻二十句，《初學記》卷三只摘載四句：「煙生遥岸隱，月落半崖陰。連山驚鳥亂，隔岫數猿吟。」題爲《遼東山夜臨秋》，《全唐詩》載之。其實，當時和者，尚有褚遂良、許敬宗，與上官儀詩，亦同爲十韻二十句，《全唐詩》俱失載。太宗原唱及諸人和作俱存貴陽陳氏《靈峰草堂叢書》影刊唐寫卷子本（下同）《翰林學士集》殘帙中。今輯《全唐詩外編》，除褚遂良和詩一首外，其餘亦尚未收入。上官儀此詩，《初學記》、《文苑英華》所載亦非全篇，其前四韻及收二韻俱不載。

〔四〕「殿帳」，《初學記》、《文苑英華》同。《翰林學士集》作「帷殿」。

〔五〕「含」原作「合」，據《初學記》、《文苑英華》及《翰林學士集》改。

〔六〕「漢筑」，《初學記》、《翰林學士集》同，《文苑英華》作「漢苑」，誤。

〔七〕「月上」原作「日上」；「林」原作「秋」，據《初學記》、《文苑英華》及《翰林學士集》改。

〔八〕此詩《初學記》卷三以爲上官儀作。而《文苑英華》卷一五八載于庾信詩中。《庾子山集》及馮惟訥《詩紀》均收爲庾信作，俟考。

〔九〕「萬籟」，《初學記》卷三、《文苑英華》卷一五八及《庾子山集》作「百籟」。「宵囀」原作「霄轉」，據《文苑英華》及《庾子山集》改。《初學記》作「宵喚」。

〔一〇〕「金柝」原作「金柢」，據《初學記》、《文苑英華》及《庾子山集》改。洪本于詩末注云：「金柢未詳」，今刪。

〔一一〕「月」，《樂府詩集》卷二九同。《文苑英華》卷二〇四作「鳳」。

〔一二〕此句《文苑英華》、《樂府詩集》俱作「緘書待還使」。

〔一三〕「白雲」原作「白日」，據《樂府詩集》改。《文苑英華》作「白高」，注云：「一作雲，又作日」。洪本詩末注云：「日字未詳」，今刪。

〔一四〕按「右《古今詩話》」五字，疑校者所加。《隋唐嘉話》：「高宗承貞觀之後，天下無事，上官侍郎儀獨持國政。嘗凌晨入朝，巡洛水堤，步月徐轡，詠詩云：『脉脉廣川流，驅馬歷長洲。鵲飛山月曉，蟬噪野風秋。』音韻清亮，群公望之，猶神仙焉。」《大唐新語》卷八載此事，文字亦大體不異。皆當爲計氏所本。

〔一五〕「應詔詩」，即指前《詠雪詩》中「花明棲鳳閣，珠散影娥池。」之句。

〔一六〕影娥池事，除《洞冥記》外，亦見《三輔黃圖》四《池沼》。「望鶴臺」，二書皆作「望鵠臺」。

郭正一

定州人，永隆中平章事。武后專國，出刺陜州，與張楚金、元萬頃皆爲周興誣殺之〔一〕。和太子納妃公主出降詩云：桂宫初服冕，蘭掖早升笄。禮盛親迎晉，聲芳出降齊〔二〕。金龜開瑞鈕〔三〕，寶翟上仙袿〔四〕。轉扇承宵月，揚旌照夕蜺。

【校箋】

〔一〕《新唐書》卷一〇六《郭正一傳》：「郭正一，定州鼓城人。……永隆中，遷秘書少監，檢校中書侍郎。詔與郭待舉、岑長倩、魏玄同並同中書門下承受進止平章事。……武后專國，罷爲國子祭酒，出，檢校陜州刺史。與張楚金、元萬頃皆爲周興所誣構，殺之。」

〔二〕「芳」，《初學記》卷一四作「芬」。

〔三〕「瑞鈕」原作「瑞鈿」，據《初學記》改。

〔四〕「仙袿」，《初學記》作「仙枝」。

喬知之

知之，馮翊人。武后時爲補闕〔一〕。有緑珠篇云：石家金谷重新聲，明珠十斛買娉婷〔二〕；昔日可憐君自許〔三〕，此時歌舞得人情。君家閨閣不曾難〔四〕，好將歌舞借人看；富貴雄豪非分理〔五〕，驕奢勢力横相干。别君去君終不忍〔六〕，徒勞掩淚傷紅粉〔七〕；百年離别在高樓，一旦紅顔爲君盡〔八〕。

蓋知之有寵婢曰碧玉，知之爲之不婚，爲武承嗣所奪，知之以此歌寄之。而末句云：百年離别在高樓，一旦紅顔爲君盡。寵者結于衣帶，投井而死。承嗣見詩，大恨，知之坐此陷亡。

沈佺期贈知之古意云〔九〕：盧家小婦鬱金堂〔一〇〕，海燕雙棲玳瑁梁。九月寒砧催下葉〔一一〕，十年征戍憶遼陽。白狼河北音書斷，丹鳳城南秋夜長。誰知含愁獨不見〔一二〕，使妾明月照流黄〔一三〕。

通鑑考異云：唐曆及本紀，殺知之在天授元年。據陳子昂别傳云：武攸宜討契丹，子昂、知之爲參謀。尚在萬歲通天元年。子昂有西還至散關答知之詩云：昔君事胡馬，余得奉戎旃。攜手同沙塞，關河緬幽燕。歎此南歸日，猶聞北戍邊。是時未罷也。疑知之死在神功年後或天授初，承嗣銜之，至是乃殺之耳〔一四〕。

【校箋】

〔一〕《舊唐書》卷一九〇中《喬知之傳》：「喬知之，同州馮翊人也。……與弟侃、備，並以文詞知名。知之尤稱俊才，所作篇詠，時人多諷誦之。則天時，累除右補闕，遷左司郎中。知之有侍婢曰窈娘，美麗善歌舞，爲武承嗣所奪。知之怨惜，因作《緑珠篇》以寄情，密送與婢，婢感憤自殺。承嗣大怒，因諷酷吏羅織誅之。」此事及詩，張鷟《朝野僉載》及孟棨《本事詩》俱載之。唯

〔二〕《朝野僉載》以婢名「碧玉」，《通鑑》從之，與《紀事》同。
〔三〕「娉婷」原作「婷娉」，據《文苑英華》卷三四六及《朝野僉載》、《本事詩》所載改。
〔四〕「昔日」，《朝野僉載》作「此日」，《文苑英華》同。《本事詩》亦作「昔日」。
〔五〕「難」原作「關」，據《文苑英華》、《朝野僉載》、《本事詩》改。
〔六〕「雄豪」原作「英雄」，據《文苑英華》、《朝野僉載》、《本事詩》改。
〔七〕「去君」原作「此去」，據《朝野僉載》、《本事詩》改。《文苑英華》作「去去」。
〔八〕「紅粉」，《本事詩》同。《文苑英華》、《朝野僉載》作「鉛粉」。
〔九〕「一旦」，《朝野僉載》、《本事詩》同。《文苑英華》作「一代」。
〔一〇〕《才調集》卷三載此詩，題作《古意呈喬補闕知之》，即本書所據。殘本《珠英集》、《搜玉小集》但題作《古意》，《文苑英華》卷二〇五同。《樂府詩集》卷七五則題作《獨不見》。
〔一一〕「小」，《珠英集》、《樂府詩集》同，餘本皆作「少」。「鬱金堂」，《才調集》、《珠英集》、《搜玉小集》、《文苑英華》、《樂府詩集》並同。《唐詩品彙》、《全唐詩》亦作「堂」，並注云：一作「香」。明活字本（下同）《沈佺期集》作「香」。
〔一二〕「下葉」，《珠英集》、《文苑英華》、《樂府詩集》同。《才調集》、《搜玉小集》及《沈佺期集》作「木葉」，毛本、《唐詩品彙》、《全唐詩》同。
〔一三〕「誰知」，《才調集》、《文苑英華》、《樂府詩集》同。《珠英集》作「誰忍」。《搜玉小集》、《樂府詩集》、《唐詩品彙》及《沈佺期集》作「誰爲」，毛本同。《全唐詩》作「誰謂」。

〔三〕「使妾」，《珠英集》、《才調集》、《文苑英華》、《樂府詩集》並同。《搜玉小集》、《唐詩品彙》及《沈佺期集》作「更教」，毛本、《全唐詩》同。「照」，《珠英集》、《文苑英華》作「對」，《英華》注云：「一作照。」

〔四〕《通鑑》卷二〇六系喬知之被殺事于則天神功元年，並考異如此。胡三省注引之。《本事詩》言碧玉死時爲載初元年三月，知之四月下獄，八月死。即《唐曆》、《新唐書·武后本紀》所本。小說家言，固不必盡實。今按《沈下賢文集》中有《上九江鄭使君書》，謂「喬死于讒」，又言「奪其妓妾以加憾」，可見二事非在一時。《考異》辨之是也。

喬侃

人日登高云〔一〕：僕本多悲者，年來不悟春。登高一游目，始覺柳條新。杜陵猶識漢，桃源不辨秦。暫若昇雲霧，還似出囂塵。賴得煙霞氣，淹留攀桂人。

沈佺期送喬隨州侃云：結交三十載，同游一萬里。情爲契闊生，心由離別死。拜恩前後人，從宦差池起〔二〕，今爾歸漢東，明珠報知己。

侃，武后時學士，預修三教珠英，知之之弟也。開元初爲兗州都督，長安中卒于襄陽。以文詞知名〔三〕。

【校箋】

〔一〕此詩見《文苑英華》卷一五七，注云：「見《（歲時）雜詠》。」

〔二〕「從宦」原作「從官」，據明活字本《沈佺期集》及毛本改。

〔三〕按此文有誤。《舊唐書》卷一九〇中《喬知之傳》云：「侃，開元初爲兗州都督。備，預修《三教珠英》，長安中，卒于襄陽令。」而《新唐書》卷五九《藝文志》則列喬侃于預修《三教珠英》諸人姓名中。疑《新志》爲誤。與修《三教珠英》者，乃喬備也。《新志》及《舊唐書》卷四七《經籍志》「別集類」中，皆有「《喬備集》六卷」，是「以文詞知名」者，亦當屬之喬備也。《紀事》則誤合二人之事于一人矣。

員半千

隴右途中遭非語云〔一〕：趙有兩毛遂，魯聞二曾參。慈母猶且惑，況在行路心。冠冕無醜士，賄賂成知己。名利我所無，清濁誰見理？弊服空庭春〔二〕，緩帶不着身。出游非懷璧，何憂乎忌人？正須自保愛，振衣出世塵〔三〕。

半千，字榮期，齊州人。嘗事王義方，義方曰：五百歲一賢者生，子宜當之。因改今名。始名餘慶。舉八科皆中，累爲弘文館學士。睿宗立，召爲太子右諭德。表丐骸骨。事五君有清白節〔四〕。與王勮、路敬淳、石抱忠武后時同爲弘文館學士。

【校箋】

〔一〕此詩見《唐文粹》卷一八。

〔二〕「空庭」原作「空廷」，據《唐文粹》改。毛本、《全唐詩》作「空逢」，非。

〔三〕「出世塵」，《唐文粹》作「在生塵」，疑是。用屈原「新浴者必振衣，安能以身之察察，受物之汶汶者乎」語，「出世」則意泛矣。

〔四〕《新唐書》卷一一二《員半千傳》：「員半千，字榮期，齊州全節人。……半千始名餘慶……王義方以邁秀見賞。義方嘗曰：『五百歲一賢者生，子宜當之。』因改今名。凡舉八科皆中。……稍與丘悅、王劇、石抱忠同爲弘文館直學士，又與路敬淳分日待制顯福門下。……忤旨下遷水部郎中。會詔擇牧守，除棣州刺史，復入弘文館爲學士。……睿宗初，召爲太子右諭德，仍學士職，累封平原郡公。表丐骸骨，有詔聽朝朔望。半千事五君，有清白節，年老不衰，樂山水自放。開元九年，游堯山沮水間，愛其地，遂定居。卒，年九十四。」本文末「石抱忠」原作「石抱中」，據史文改。

任希古

字敬臣，棣州人。五歲喪母，七歲問父何以報母？父曰：揚名顯親可也。乃刻志從學。年十六，刺史崔樞欲舉秀才，自以學未廣，遯去。後舉孝廉。虞世南器其人。爲弘文學士，終太子舍人〔一〕。

奉和太子納妃公主出降詩云〔二〕：帝子陞青陛，王姬降紫宸。星光移雜珮，月彩薦重輪。龍旌翻地杪，鳳管颺天濱。槐陰浮淺瀨，葆吹翼輕塵。

和長孫祕監伏日苦熱云：玉署三時曉，金羈五日歸。北林開晚徑，東閣敞閑扉。池鏡分天色，雲峰減日輝。游鱗映荷聚，驚翰遶林飛。披襟揚子宅，舒嘯仰重闈。

和東觀群賢七夕臨泛昆明云〔三〕：秋風始搖落，秋水正澄鮮。飛眺牽牛渚，激賞鏤鯨川。岸珠淪曉魄，池灰斂曙煙。泛查分寫漢，儀星別搆天〔四〕。雲光波處動，月影浪中懸。驚鴻絓蒲弋，游鯉入莊筌。萍葉疑江上〔五〕，菱花似鏡前。長林代輕幄，細草即芳筵。文華開翠滌〔六〕，筆海控清漣。不挹蘭樽聖，空仰桂舟仙。

薛元超永徽初爲中書舍人，薦希古、郭正一、王義方、孟利貞、崔融十餘人，時論美之〔七〕。

【校箋】

〔一〕《新唐書》卷一九五《任敬臣傳》：「任敬臣，字希古，棣州人。五歲喪母，哀毀天至。七歲，問父英曰：『若何可以報母？』英曰：『揚名顯親可也。』乃刻志從學。……十六，刺史崔樞欲舉秀才，自以學未廣，遁去。又三年卒業，舉孝廉，授著作局正字。……遷秘書郎。休沐，闔門誦書。監虞世南器其人，歲終，書上考，固辭。召爲弘文館學士……終太子舍人。」

〔二〕此詩據《初學記》卷一四乃任知古所作，説見本書卷一高宗下校箋〔六〕。

〔三〕《初學記》卷七、《文苑英華》卷一六四載此詩，題作《和七月七日游(《文苑英華》作「臨」)昆明池》。

〔四〕「搆天」原作「架天」，據《初學記》、《文苑英華》改。

〔五〕「疑」原作「凝」，據《初學記》、《文苑英華》改。

〔六〕「文華」，《初學記》、《文苑英華》同。《全唐詩》作「文峰」，非。

〔七〕《舊唐書》卷七三《薛收傳》：「收子元超。……高宗即位，擢拜給事中，時年二十六。數上書陳君臣政禮及時事得失，高宗皆嘉納之。俄轉中書舍人，加弘文館學士，兼修國史。……元超既擅文辭，兼好引寒俊，常表薦任希古、高智周、郭正一、王義方、孟利貞等十餘人，由是時論稱美。」按：疑元超薦者與任敬臣非一人，敬臣爲虞世南所重，時代似較早。

蘇味道

趙州人，與里人李嶠號蘇、李。武后時爲相，世號摸稜手〔一〕。

上元云〔二〕：火樹銀花合，星橋鐵鎖開。暗塵隨馬去，明月逐人來。游妓皆穠李〔三〕，行歌盡落梅。金吾不禁夜〔四〕，玉漏莫相催。

詠霧詩曰：氤氳起洞壑〔五〕，遥裔匝平疇。乍似含龍劍，還疑映蜃樓。拂林隨雨密，度逈帶煙浮〔六〕。方謝公超步，終從彦輔游。

又詠虹詩曰：紆餘帶星渚，窈窕架天潯〔七〕。空因壯士見，還共美人沉。逸勢含良玉〔八〕，神光藻瑞金。獨留長劍彩，終負昔賢心。

贈封御史入臺詩云：故事推三獨〔九〕，兹辰對兩闈。夕鴉共鳴舞，屈草接芳菲〔一〇〕，盛府題清槖，殊章動繡衣。風連臺閣起，霜就簡書飛。凛凛當朝色，行行滿路威。唯當擊隼去，復覩落鵰歸〔一一〕。

又始背洛城秋郊矚目奉懷臺中諸侍御詩云：薄游忝霜署，直指戒冰心。荔浦方南紀，蘅皋暫北臨。山晴關塞斷，川暮廣成陰〔一二〕。場圃通圭甸，溝塍礙石林。野童來捃拾〔一三〕，田叟去謳吟。蟋蟀秋風起，蒹葭晚露深。帝城猶鬱鬱，征傳幾駸駸。迴憶披書地，勞歌謝所欽。

【校箋】

〔一〕《新唐書》卷一一四《蘇味道傳》：「蘇味道，趙州欒城人。九歲能屬辭，與里人李嶠俱以文翰顯，時號『蘇、李』。……延載中，以鳳閣舍人檢校侍郎、同鳳閣鸞臺平章事，歲餘爲真。……然其爲相，未嘗有所發明，脂韋自營而已。常謂人曰：『決事不欲明白，誤則有悔，摸稜持兩端可也。』故世號『摸稜手』。」「摸」原作「模」，據史文改。

〔二〕《初學記》卷四、《文苑英華》卷一五七載此詩，題作《正月十五夜》，《搜玉小集》作《觀燈》。《大唐新語》卷八《文章》記此詩及事，蓋神龍之際也。

〔三〕「妓」，《初學記》作「騎」。《文苑英華》同，注云：《（歲時）雜詠》作「妓」。《搜玉小集》亦作「妓」。「穠」原作「濃」，據三書改。《大唐新語》亦作「游妓皆穠李」。

〔四〕「禁」原作「惜」，據《初學記》、《搜玉小集》、《文苑英華》改。《大唐新語》亦作「禁」。

〔五〕「起」原作「超」，據《初學記》卷二、《文苑英華》卷一五六改。

〔六〕「迥」原作「逕」，據《初學記》、《文苑英華》改。

〔七〕「架」，《文苑英華》卷一五六同。《初學記》卷二作「戾」。

〔八〕「逸勢」原作「逸照」，據《初學記》、《文苑英華》改。

〔九〕「推」原作「惟」，據《初學記》卷一二、《文苑英華》卷二四八改。

〔一〇〕「夕鴉」二句，原作「夕林鳴舞屈，春草接芳菲」，據《初學記》、《文苑英華》改。《初學記》亦誤「夕鴉」爲「夕林」，此用《漢書》卷八三《朱博傳》：「（御史）府中列柏樹，常有野烏數千，棲宿其上，晨去暮來，號爲『朝夕烏』。」「夕鴉」即「夕烏」也。「屈草」，用《帝王世紀》：「黄帝時，有草生于庭，佞人入則指之，名曰『屈軼』。」「屈草」即「屈軼草」也。以與御史糾彈奸佞有關，故用其事。

〔一一〕「落雕」，《初學記》同。《文苑英華》作「落鴻」，注云：「《集》作『路鵬』。」洪本詩末有注云：「舞屈字未詳。」此五字殆王禧校刻時所加，今删。

〔一二〕「廣成」原作「廣城」，據《初學記》卷一二改。

〔一三〕「來」原作「求」，據《初學記》改。

杜審言

和李大夫嗣真奉使存撫河東〔一〕：六位乾坤動，三微歷數遷。謳歌移火德〔二〕，圖識在金天。子月開階統，房星受命年。禎符龍馬出，寶籙鳳凰傳。地即交風雨，都仍卜澗瀍。明堂惟御極，清廟乃尊先。不宰神功運，無爲大象懸〔三〕。八荒平物土，四海接人煙。已屬群生泰，猶言至道偏。璽書傍問俗，旌節近推賢。秩比司空位，官臨御史員。雄詞執刀筆〔四〕，直諫下樓船。國有大臣器，朝加小會筵。將行備禮樂，送別仰神仙。城闕周京轉，關河陝服連。稍觀汾水曲，俄指絳臺前。姑射聊長望，平陽遂宛然。舜耕餘草木，禹鑿舊山川。昔出諸侯爭〔五〕，無何霸業全。中軍掃戰敵，外府絶兵權。隱隱帝鄉遠，瞻瞻肅命虔。西河偃風俗，東壁挂星躔。井邑枌榆社，陵園松柏田。榮光朝掩代，佳氣晚侵燕〔六〕。雨霈鴻私滌，風行睿旨宣。惸嫠訪疾苦，屠釣採貞堅。人樂逢刑措，時康洽賞延。

賜踰秦氏級〔七〕，恩倍漢家錢。擁傳咸翹首，稱觴競比肩。拜迎彌道路，舞詠溢郊鄽。殺氣西衝白〔八〕，窮陰北土玄〔九〕。飛霜遥度海，殘月迥臨邊。緬邈朝廷問，周流朔塞旋。興來探馬策〔一〇〕，俊發抱龍泉。學總八千卷〔一一〕，文傾三百篇。澄清得使者，作頌有人焉。未以崇班閡〔一二〕，而云勝託捐。偉材何磊落，陋質幾翩翾。江海寧爲讓，巴渝轉自牽〔一三〕。一聞歌聖道，助曲荷陶甄〔一四〕。

和韋承慶過義陽公主山池五首〔一五〕：野興城中發，朝英物外求。情懸朱紱望，契動赤城游。海燕巢書閣，山鷄舞畫樓。雨餘清晚夏，共坐北巖幽。其一　逕轉危峰逼，橋斜缺岸妨〔一六〕。玉泉移酒味，石髓换粳香〔一七〕。綃霧青條弱〔一八〕，牽風紫蔓長。猶言行樂少〔一九〕，别向後池塘。其二　攜琴遶碧沙，摇筆弄青霞。杜若幽庭草，芙蓉曲沼花。宴游成野客〔二〇〕，形勝得山家〔二一〕。往往留仙步，登攀日易斜。其三　攢石當軒倚，懸泉度牖飛。鹿麛銜妓席〔二二〕，鶴子曳童衣。園菓嘗難遍，池蓮摘未稀。卷簾唯待月〔二三〕，應在醉中歸。其四　賞玩期他日〔二四〕，高深愛此時。池爲八水背〔二五〕，峰作九山疑。池静魚偏逸〔二六〕，人閑鳥欲欺。青溪留别興，更與白雲期〔二七〕。其五

贈崔融詩云〔二八〕：十年俱薄宦，萬里各他方。雲天斷書札，風土異炎凉。太息幽蘭紫，勞歌奇樹黄。日疑懷叔度，夜似憶真長。北使從江表，東歸在洛陽。相逢慰疇昔，相

對叙存亡。草深窮巷毁〔二九〕，竹盡故園荒。雅節君彌固，衰顔余自傷。人事盈虚改〔三〇〕，交游寵辱妨。雀羅争去翟，鶴氅更尋王。思極歡娱至，朋情詎可忘〔三一〕。連騎追佳賞〔三二〕，城中及路傍。琴樽横宴席，巖沼卧詞場〔三三〕。三川宿雨霽，四月晚花芳。復此開懸榻，寧唯入後堂。興酣鴝鵒舞，言洽鳳凰翔〔三四〕。高選俄遷職，嚴程已飭裝。撫躬銜道義，攜手戀輝光。玉振先推美，金銘舊所防。勿嗟離别易，行役共時康。

贈蘇味道詩云：北地寒應苦，南庭戍不歸。邊聲亂羌笛，朔氣卷戎衣。雨雪關山暗，風霜草木稀。胡兵戰欲盡，漢卒尚重圍〔三五〕。雲淨妖星落，秋深塞馬肥〔三六〕。據鞍雄劍動，插筆羽書飛〔三七〕。輿駕還京邑，朋游滿帝畿。方期來獻凱〔三八〕，歌舞共春輝。

蓬萊三殿侍宴奉敕詠終南山應制詩云：北斗掛城邊，南山倚殿前。雲標金闕迴，樹杪玉堂懸。半嶺通佳氣，中峰繞瑞煙。小臣持獻壽，長此戴高天〔三九〕。

子美贈閭丘師詩云〔四〇〕：吾祖詩冠古，同年蒙主恩。謂審言以詩，閭丘均以字，同侍武后也〔四一〕。

審言，字必簡，襄州人。初貶吉州司户，與同僚不叶，司馬周季重、司户郭若訥誣以罪，繫獄。審言子并，年十三，因季重酬讌，懷刃刺之。季重臨死曰：吾不知審言有孝子，若訥誤我，亦焉避害。審言因此免官，還東都。則天召，將用之，問曰：卿喜否？審言舞蹈謝恩，因作懽喜詩，授著作郎。神龍初，坐交通張易之，流峰州。入爲修文館學士卒。將死，謂宋之問、武平一曰：吾在，久壓公等；今且死，固大慰，但恨不見替人云。與李嶠、崔融、蘇味道爲文章四友〔四二〕。審言卒，李嶠已下請加命，時武平一爲表云：審言譽鬱中朝，文高前列，是以升榮粉署，擢秀蘭臺。往以微瑕，久從遠謫。陛下膺圖玉扆，下制金門，收賈誼于長沙，返蔡邕于左校。審言獲登文館，預奉屬車，未獻長卿之辭，遽啟元瑜之悼。臣等積薪增愧，焚芝盈感，伏乞恩加朱紱，寵及幽泉，假飾終之儀，舉哀榮之典，庶弊帷莫棄，墜履無遺。乃贈著作郎。制曰：漢覃恩祐，方慶于同時；漳浦沉痾，忽歸于厚夜。蒿里修文之地，永閟音徽；蓬山著作之曹，宜加寵數〔四三〕。

【校箋】

〔一〕《新唐書》卷九一《李嗣真傳》：「永昌初，以右御史中丞知大夫事，請周、漢爲二王後，詔可。命巡撫河東。」又，《南部新書》丙：「天授中，中丞李嗣真等爲十道存撫使，合朝有詩送之，名曰《存撫集》，凡十卷。」《存撫集》今佚，此詩獨存。

〔二〕「移」，明活字本（下同）《杜審言集》同。《文苑英華》卷二九六作「稱」。

〔三〕「無爲」原作「無私」，據《文苑英華》及《杜審言集》改。

〔四〕「雄詞」原作「推詞」，據《文苑英華》及《杜審言集》改。

〔五〕「諸侯爭」，《文苑英華》及《杜審言集》並同，謂高祖、太宗昔日自晉陽起兵，群雄競逐也。爭，讀去聲。

〔六〕「晚」原作「曉」，據《文苑英華》及《杜審言集》改。

〔七〕「級」原作「給」，據《文苑英華》及《杜審言集》改。

〔八〕「西衢」原作「西衡」，據《文苑英華》及《杜審言集》改。

〔九〕「北土」，《文苑英華》及《杜審言集》作「北暝」。

〔一〇〕「馬策」原作「鳥策」，據《文苑英華》及《杜審言集》改。

〔一一〕「八」原作「三」，據《文苑英華》及《杜審言集》改。

〔一二〕「未以」，《杜審言集》作「莫以」。《文苑英華》作「夫以」，乃「未以」之訛。

〔一三〕「轉」原作「輒」，據《文苑英華》及《杜審言集》改。

〔一四〕詩末有注云：「諸侯爭，勝託捐，未詳。」按：「諸侯爭」，説已見前。「勝託」者，猶云知契。上官儀《酬薛舍人萬年宫晚景寓直懷友》「留連窮勝託」；綦毋潛《若耶溪逢孔九》「相逢此溪曲，勝託在煙霞」，皆此意，殆唐人常語。二句意謂：李之于己，並未以官班之懸隔，而棄捐相與之知契也。此八字當亦校刻者所加，今删。

〔一五〕詩題「公主山池」原誤作「公山莊池」，據《文苑英華》卷一六五及《杜審言集》改。義陽公主，高宗女，見《新唐書》卷八三《諸公主傳》。

〔一六〕「橋斜」，《文苑英華》同。《杜審言集》作「橋危」。

〔一七〕「粳」原作「花」，據《文英苑華》、《杜審言集》改。
〔一八〕「青條」，《文英苑華》同。《杜審言集》作「青絲」。
〔一九〕「行樂」，《文英苑華》、《杜審言集》作「宴樂」。
〔二〇〕「野」原作「點」，據《文苑英華》、《杜審言集》改。
〔二一〕「山家」原作「仙家」，據《文苑英華》、《杜審言集》改。
〔二二〕「銜」原作「衡」，據《文苑英華》、《杜審言集》改。
〔二三〕「唯」原作「先」，據《文苑英華》、《杜審言集》改。
〔二四〕「期」原作「奇」，據《文苑英華》、《杜審言集》改。
〔二五〕「爲」，《文苑英華》同。《杜審言集》作「分」。
〔二六〕「偏」，《杜審言集》同。《文苑英華》作「常」。
〔二七〕「更與」原作「別與」，據《文苑英華》、《杜審言集》改。
〔二八〕詩題《文苑英華》卷二四九同。《杜審言集》作《贈崔融二十韻》。
〔二九〕「毀」，《文苑英華》、《杜審言集》作「敗」。
〔三〇〕「改」原作「故」，據《文苑英華》、《杜審言集》改。
〔三一〕「朋情」原作「明情」，《文苑英華》、《杜審言集》同。毛本作「朋情」，是。蓋形近之誤。據改。
〔三二〕「連」原作「速」，據《文苑英華》、《杜審言集》改。

〔三三〕「沼」原作「治」，據《文苑英華》、《杜審言集》改。

〔三四〕「洽」原作「念」，據《文苑英華》、《杜審言集》改。

〔三五〕「圍」原作「闈」，據《文苑英華》卷二四九、《杜審言集》改。

〔三六〕「雲」原作「雪」，據《文苑英華》、《杜審言集》改。此詩《搜玉小集》題作《贈蘇書記》，此上四句作「朔兵戰欲盡，虜騎獵猶肥。雁塞何時入，龍城幾度圍」，文字小異。

〔三七〕「插」原作「掙」，據《文苑英華》、《杜審言集》改。

〔三八〕「來」，《杜審言集》同。《文苑英華》作「乘」。

〔三九〕「高天」，《文苑英華》卷一六九、《杜審言集》同。《全唐詩》作「堯天」。

〔四〇〕詩見《杜工部集》卷四，題作《贈蜀僧閭丘師兄》，並自注云：「太常博士均之孫。」上元元年秋在成都所作。杜詩中稱閭邱均之文云：「世傳閭邱筆，峻極逾崑崙。鳳藏丹霄暮，龍去白水渾。」《升庵詩話》卷十《閭邱均》條：「成都閭丘均，在唐初與杜審言齊名。杜子美贈其孫閭丘師詩云：『鳳藏丹霄暮，龍去白水渾。』蓋稱均之文也。均亦曾至雲南，有《刺史王仁求碑文》、《爨王墓碑文》，皆均筆也。《爨墓碑》，洛陽賈余絢書。」錢謙益《杜工部集箋注》云：「六朝以有韻者爲文，無韻者爲筆，所謂『閭丘筆』也。《紀事》以『筆』爲『字』，誤矣。」錢説是也，當據改。

〔四一〕《舊唐書》卷一九〇中《陳子昂傳》：「子昂卒後，益州成都人閭丘均，亦以文章著稱。景龍中，爲安樂公主所薦，起家拜太常博士。而公主被誅，均坐貶爲循州司倉，卒。有集十卷。」

〔四二〕《新唐書》卷二〇一《杜審言傳》：「杜審言，字必簡，襄州襄陽人。……累遷洛陽丞，坐事貶吉州司户參軍。司馬周季重、司户郭若訥構其罪，繫獄，將殺之。季重等酒酣，審言子并，年十三，抽刃刺季重于坐，左右殺并，季重將死，曰：『審言有孝子，吾不知，若訥故誤我。』審言免官，還東都。蘇頲傷并孝烈，誌其墓，劉允濟祭以文。後武后召審言，將用之，問曰：『卿喜否？』審言舞蹈謝，后令賦《歡喜詩》，歎重其文，授著作郎，遷膳部員外郎。神龍初，坐交通張易之，流峰州。入爲國子監主簿、修文館直學士，卒。大學士李嶠等奏請加贈，詔贈著作郎。初，審言病甚，宋之問、武平一等省候何如，答曰：『甚爲造化小兒相苦，尚何言！然吾在，久壓公等，今且死，固大慰，但恨不見替人』云。少與李嶠、崔融、蘇味道爲文章四友，世號『崔、李、蘇、杜』。融之亡，審言爲服緦云。」杜并事，始見于《大唐新語》卷五《孝友》，《舊唐書》卷一九〇上《杜審言傳》亦載之。本書中「因季重酬讌」句，「酬」原作「酢」，據《大唐新語》改。「吾不知審言有孝子」句，「知」原作「如」；「還東都」句，「都」原作「郭」；「因作《歡喜詩》」句，「詩」原作「笑」；與「李嶠、崔融、蘇味道爲文章四友」句，「嶠」原作「喬」，據《新唐書》改。

〔四三〕武平一《請追贈杜審言官表》見《全唐文》卷二六八。洪本文末有注云：「『開階統』、『漢覃』字俱未詳。」「開階統」指《和李大夫嗣真奉使存撫河東》詩中「子月開階統」句。據《舊唐書》卷六《則天皇后紀》載：「載初元年春正月，神皇親享明堂，大赦天下。依周制建子月爲正月，改永昌元年十一月爲載初元年正月。」是年，「九月九日壬午，革唐命，改國號爲周。」陛，泰階，古代以泰階平爲天下太平之象（見《文選》左思《魏都賦》注）。詩意言：改子月爲歲首，新朝建立，太平統緒，由此而開。「漢覃恩祐」一聯，乃借漢武帝之于司馬相如以喻杜審言。覃，推及。《史記·司馬相如傳》：「上讀《子虛賦》，歎曰：『朕獨不得與此人同時哉！』」漢武帝方喜能得相如同時而推及其恩祐。文意蓋如此。注文「九字」乃校刻者所加。今删。「漳浦沉痾」，用劉楨詩「余嬰沉痼疾，竄身清漳濱」語。

郭利貞

上元云〔一〕：九陌連燈影，千門度月華〔二〕。傾城出寶騎，匝路轉香車。爛漫唯愁曉，周旋不問家〔三〕。更逢清管發，處處落梅花。

【校箋】

〔一〕《大唐新語》卷八《文章》：「神龍之際，京城正月望日，盛飾燈影之會。金吾弛禁，特許夜行。貴游戚屬，乃下隸工賈，無不夜游。車馬駢闐，人不得顧。王主之家，馬上作樂以相詩競。文士皆賦詩一章，以紀其事。作者數百人，惟中書侍郎蘇味道、吏部員外郭利貞、殿中侍御史崔液三人爲絶唱。味道詩曰云云（已見前）。利貞曰云云（即此詩）。液曰云云（見本書卷一三崔液《上元詩六首》第二首）。文多不盡載。」據此，則知郭利貞爲中宗時吏部侍郎。又據《新唐書》卷一一二《蔣欽緒傳》：「性孤潔自守，唯與賈曾、郭利貞相友云。」略得見其交游如此。

〔二〕「度」原作「慶」，據《大唐新語》改。

〔三〕「周旋」原作「周游」，據《大唐新語》改。

吴少微

少微和崔日用游開化寺詩云〔一〕：左憲多材雄，故人尤鷙鶚。護贈單于使，休軺太原郭。館次厭煩歊，清懷尋寂寞。西緣十里餘，北上開化閣〔二〕。初入雲樹間，冥蒙未昭廓。漸出欄楯外，萬里秋景焯。歲晏風落山，天寒水歸壑。覽物頌幽景，至乘動玄鑰〔三〕。但敷利解言，永用忘昏著。

少微，新安人，與富嘉謨齊名友善。進士擢第，累授晉陽尉，與富嘉謨並拜監察御史。時卧疾，聞嘉謨亡，號哭賦詩〔四〕。曰：維三月癸丑，河南富嘉謨卒。予時寢疾于洛陽北里，聞之，投枕而起，淚霑乎衽席，匍匐于寢門之外。病不能哭，仰天而呼曰：天乎天乎！俾予曷所朋，曷可得而見乎？賦詩曰：吾友適不死，於戲社稷臣。直禄非造利，長懷大庇人。乃通承明籍，遇此敦牂春。藥厲其可畏，皇穹故匪仁。疇昔與夫子，孰云異天倫。同病一相失，茫茫不重陳。子之文章在，其殆尼父新。鼓興斡河岳，貞詞毒鬼神。可悲不可朽，車轄没荒榛。聖主賢爲寶，吁兹大國貧。詞人莫不歎美。既而病亟，歎曰：生死人之大分，何恨焉！然官職十分，未作其一，乃至是耶！慷慨而終〔五〕。

少微爲并州長史，張仁亶進九鼎銘表，其略曰：鼎者夏后氏作，群牧貢金，遠方圖物，備諸山澤，以禦魑魅。厥後嗣德昏亂，鼎遷于商。夏之寶也，杞不足徵。殷既有之，又患失之。周德休明，神寶不墜，百代可繼。伏惟陛下光大而當之。若乃崇貴之器，金玉之鼎，鎔首山，發脽上，列太廟，序明堂，克明靈命，以奉上帝，非愚臣所敢議也〔六〕。

【校箋】

〔一〕詩題《文苑英華》卷三一四作《和崔侍郎日用游開化寺閣》。本書「開化寺」原作「開元寺」，據改。

〔二〕「化」原作「花」，據《文苑英華》改。

〔三〕「至乘」原作「三乘」，據《文苑英華》改。

〔四〕《舊唐書》卷一九〇中《富嘉謨傳》：「富嘉謨，雍州武功人也，舉進士。長安中，累轉晉陽尉，與新安吴少微友善。……中興初，爲左臺監察御史，卒，有文集五卷。少微亦舉進士，累至晉陽尉。中興初，調于吏部，侍郎韋嗣立稱薦，拜左臺監察御史。卧病，聞嘉謨死，哭而賦詩，尋亦卒。有集五卷。」

〔五〕「維三月癸丑」以下采自《太平廣記》二二三五引《御史臺記》。「天乎天乎」以下，《御史臺記》作

「予曷所朋，曷有律，曷可得而見？抑斯文也，以存乎哀。太常少卿徐公，鄜州刺史尹公，中書徐、元二舍人，兵部張郎中説，未嘗值我不歎于朝。夫情悼之，賦詩以寵亡也。其詞曰云云。」餘與本書同。

〔六〕此文見《文苑英華》卷六一三，《全唐文》收入卷二三五。本書摘載首段。其中「夏之寶也」句，二書並同，唯毛本「寶」作「衰」，此就鼎言，作「寶」是。「發脽上」句，「脽」原作「睢」，據《文苑英華》、《全唐文》改。脽，音誰。漢武帝元鼎四年，得寶鼎于汾陰后土祠旁，祠在脽上，見《漢書·武帝紀》。

富嘉謨

明冰篇云：北陸蒼茫河海凝，南山闌干晝夜冰，素彩峨峨明月升。深山窮谷不自見，安知採斵備嘉薦，陰房涸沍掩寒扇〔一〕。陽春二月朝始暾，春光潭沱度千門，明冰時出御至尊。彤庭赫赫九儀備，腰玉煌煌千官事，明冰畢歲周在位。憶昔沙朔寒風漲，崑崙長河冰始壯，漫汗崚嶒積亭障。嗈嗈鳴雁江上來，禁苑池臺冰復開，搖青涵緑映樓臺。豳歌七月王風始，鑿冰藏用昭物軌，四時不忒千萬祀。

嘉謨，武功人。長安中爲晉陽尉。吴少微者，亦尉晉陽。有魏倚谷者，爲太原主簿。時稱北京三傑。時天下文章尚徐、庾，浮俚不競。嘉謨、少微本經術，雅厚雄邁，人爭慕之，號吳富體。嘉謨終于右臺監察御史〔二〕。張説論其文曰：如孤峰絶岸，壁立萬仞，濃雲鬱興，震雷俱發，誠可畏也。若施于廊廟，駭矣〔三〕。

【校箋】

〔一〕「沍」原作「泫」，據《唐文粹》卷一七改。

〔二〕《新唐書》卷二〇二《富嘉謨傳》：「富嘉謨，武功人，舉進士，長安中，累轉晉陽尉；少微，新安人，亦尉晉陽，尤相友善。有魏倚谷者，爲太原主簿，並負文辭，時稱『北京三傑』。天下文章尚徐、庾，浮俚不競，獨嘉謨、少微本經術，雅厚雄邁，人爭慕之，號『富吳體』。豫修《三教珠英》。韋嗣立薦嘉謨、少微並爲左臺監察御史。已而嘉謨死，少微方病，聞之爲慟，亦卒。」

〔三〕《大唐新語》卷八《文章》：「張説、徐堅同爲集賢學士十餘年，好尚頗同，情契相得。時諸學士凋落者衆，唯説、堅二人存焉。説手疏諸人名，與堅同觀之。堅謂説曰：『諸公昔年皆擅一時之美，敢問孰爲先後？』説曰云云。」以下歷評諸家，中有云：「富嘉謨之文，如孤峰絶岸，壁下萬仞，叢雲鬱興，震雷俱發，誠可畏乎！若施于廊廟，則爲駭矣。」《紀事》出此。

李福業

嶺外守歲詩云：冬共更籌盡〔一〕，春隨斗柄迴。寒暄一夜隔，客鬢兩年催。

福業，調露二年登第，後爲御史。五王誅二張，亦與謀及，誅〔二〕。

【校箋】

〔一〕「共」原作「去」，據《文苑英華》卷一五八改。

〔二〕《新唐書》卷一二〇《桓彦範傳》：「御史李福業者，嘗與彦範謀，及被殺，福業亦流番禺。後亡匿吉州參軍敬元禮家，吏捕得，元禮俱坐死。」「五王誅二張」，指神龍元年桓彦範等率兵誅張易之、昌宗兄弟事。

王適

幽州人，終雍州司功參軍〔一〕。

詠江濱梅云：忽見寒梅樹，開花漢水濱。不知春色早，疑是弄珠人。

陳子昂别傳云：幽人王適見感遇詩曰：是必爲海内文宗矣〔二〕！

蜀中言懷云：獨坐年將暮，常懷志不通。有時須問影，無事則書空。棄置如天外，平生似夢中。蓬心猶是客〔三〕，華髮欲成翁。跡滯魂逾窘，情乖路轉窮。别離同夜月，愁畏隔秋風。老少悲顔叟，盈虚悟翟公。時來不可問，何用求童蒙。

【校箋】

〔一〕《新唐書》卷二〇二《劉憲傳》：「武后時，敕吏部糊名考判，求高才，惟憲與王適、司馬鍠、梁載言入第二等。適，幽州人，終雍州司功參軍。」

〔二〕按盧藏用《陳氏别傳》云：「初爲詩，幽人王適見而驚曰：『此子必爲文宗矣』。」而《舊唐書》卷一九〇中《陳子昂傳》則云：「初爲《感遇詩》三十首，京兆司功王適見而驚曰：『此子必爲天下文宗矣。』」《新唐書》卷一〇七《陳子昂傳》亦云：「初爲《感遇詩》三十八章，王適曰：『是必爲海内文宗。』」皆言王適所見爲《感遇詩》。實則《感遇》三十八首非成于一時，適之所見，乃其少作。盧藏用爲子昂至交，所撰《别傳》，應爲可信。《紀事》又涉兩《唐書》而誤。

〔三〕「蓬心」，張本、毛本俱作「蓬踪」。

李崇嗣

寒食絶句云：普天皆滅焰，匝地盡藏煙。不知何處火，來向客心燃〔一〕。

覽鏡云：歲去紅顔盡，愁來髪白新。今朝開鏡匣，疑是别逢人〔二〕。

獨愁云：聞道成都酒，無錢亦可求。不知將幾許〔三〕，銷得此來愁〔四〕。

陳子昂題李三書齋云〔五〕：灼灼青春仲，悠悠白日昇。聲容何足恃，榮吝坐相矜。願與金庭會，將待玉書徵。還丹應有術，煙駕共君乘。

又别李參軍詩云〔六〕：弦望如朝夕，寧嗟蜀道行。

又酬李參軍旅館見贈云〔七〕：昨夜銀河畔〔八〕，星文犯遥漢。今朝紫氣新，物色果逢真。言從天上落〔九〕，乃是地僊人。白璧疑冤楚，烏裘似入秦。摧藏多古意，歷覽備艱辛。樂廣雲雖覩，夷吾風未春。鳳歌空有問，龍性詎能馴。寶劍終應出，驪珠會見珍。未及馮公老，何驚孺子貧。青雲儻可致，北海憶孫賓，皆與崇嗣酬唱也〔一〇〕。

沈佺期黄口讚序云〔一一〕：聖曆中，有敕東觀修書，黄口飛落鉛槧間，奉宸主簿李崇嗣命采花哺之，河東薛曜邀余爲讚。

【校箋】

〔一〕「向」，《文苑英華》卷一五七作「至」，注云：「《集》作『就』。」《歲時雜詠》作「促」，《萬首唐人絶句》及明活字本《沈佺期集》亦作「就」。「就」字勝。

〔二〕「別逢人」原作「逢故人」，據《萬首唐人絶句》改。

〔三〕「幾許」，《萬首唐人絶句》作「幾斗」。

〔四〕「此來」原作「北來」，據《萬首唐人絶句》改。

〔五〕《四部叢刊》影明刊本（下同）《陳伯玉文集》題下注「崇嗣」二字。

〔六〕《陳伯玉文集》此詩題下亦注「崇嗣」二字，詩凡十二韻，此其結句。

〔七〕《陳伯玉文集》詩題作《酬李參軍崇嗣旅館見贈》。

〔八〕「畔」原作「半」；據《陳伯玉文集》改。

〔九〕「言」原作「君」，據《陳伯玉文集》改。

〔一〇〕「崇嗣」原作「福業」，誤，今改。

〔一一〕此文《文苑英華》、《全唐文》未收，已佚。

唐詩紀事校箋卷第七

高正臣

晦日置酒林亭詩云：正月符嘉節，三春玩物華。忘懷寄樽酒，陶性狎山家。柳翠含煙葉，梅芳帶雪花。光陰不相借，遲遲落景斜。

晦日重宴云：芳辰重游衍，乘景共追隨。班荆陪舊識，傾蓋得新知。水葉分蓮沼，風花落柳枝。自符河朔趣，寧羨山陽池。

正臣，廣平人，官至衛尉卿。習右軍書法，睿宗最愛其筆〔一〕。

晦日宴高氏林亭，凡二十一人，皆以華字爲韻。子昂爲之序曰：有渤海之宗英，是平陽之貴戚。發揮鳳臺而嘯侶，幽贊鷄川而留宴。又曰：冠纓濟濟，多延戚里之賓；鸞鳳鏘鏘，自有文雅之客〔二〕。晦日重宴，八人，皆以池字爲韻，周彦暉爲之序〔三〕。上元夜宴效小庾體詩〔四〕，六人，以春字爲韻，長孫正隱爲之序。

【校箋】

〔一〕《四庫全書》本《高氏三宴詩集》：「高正臣，廣平人。連姻帝室，官至衛尉卿。寓居洛陽，善詠愛客，一時名士，多所交接。習右軍書法，睿宗愛其筆。金陵棲霞寺有其所書碑。」按：《新唐書》卷七一下《宰相世系表》「正臣，襄州刺史。」唐張懷瓘《書斷》：「高正臣習右軍法，玄宗甚愛其書。自任潤州、湖州，筋骨漸備；任申、邵等州，體法又變。」是其歷任諸州刺史，書爲玄宗所愛，與《三宴集》《紀事》所載略異。

〔二〕《四庫全書總目》卷一八六《總集類》著録《高氏三宴詩集》三卷，《提要》云：「唐高正臣編。三所載皆同人會宴之詩，以一會爲一卷，各冠以序，一爲陳子昂，一爲周彦暉，一爲長孫正隱。三會正臣皆預，故彙而編之。與宴者凡二十一人云云。」晦日，正月晦日也。按：陳子昂三宴皆預，有詩，見《歲時雜詠》，而《高氏三宴詩集》不載，本集亦失收。其《序》亦載《雜詠》，本集失收，《三宴集》所載爲節録，此取之。

〔三〕按晦日重宴《三宴集》所載爲高正臣、周思鈞、高瑾、陳嘉言、韓仲宣、弓嗣初、高嶠、周彦暉八人，加《歲時雜詠》所載陳子昂詩，則預宴者當爲九人。周彦暉所爲《序》，今亡。

〔四〕詩題「宴」字原脱，據《高氏三宴詩集》補。

崔知賢

晦日林亭云：上月河陽地，芳辰景望華。綿蠻變時鳥，昭曜起春霞。柳摇風處色，梅散日前花。淹留洛城晚，歌吹石崇家。

上元夜宴效小庾體詩云〔一〕：今夜啟城闉，結伴戲芳春。鼓聲撩亂動，風光觸處新。月下多游騎，燈前饒看人。歡樂無窮已，歌舞達明晨。

【校箋】

〔一〕詩題原脱「宴」字、「體」字，據《高氏三宴詩集》補。

韓仲宣〔一〕

晦日林亭云：欲知行有樂，芳樽對物華。地接安仁縣，園是季倫家。柳處雲疑葉，梅間雪似花。日落歸途遠，留與伴煙霞。

晦日重宴詩云：鳳苑仙吹晚〔二〕，龍樓夕照披。陳遵已投轄，山公正坐池。落日催金奏，飛霞送玉巵。此時陪綺席，不醉欲何爲！

上元夜宴效小庾體云〔三〕：他鄉月下人〔四〕，相伴看燈輪。光隨九華出，影共百枝新。歌鍾盛北里，車馬沸南隣。今宵何處好？惟有洛城春。

【校箋】

〔一〕「仲宣」，《歲時雜詠》同。《高氏三宴詩集》作「重宣」。

〔二〕「仙吹」原作「先吹」，據《高氏三宴詩集》改。

〔三〕詩題「宴」字原脱，據《高氏三宴詩集》補。

〔四〕「月下」原作「月夜」，據《高氏三宴詩集》改。

周彦昭

晦日林亭云：勝地臨鷄浦，高會偶龍沙。御柳驚春色，仙竾掩月華。門邀千里馭，杯泛九光霞。日落山亭晚，雷送七香車。

高　球

晦日林亭云：温洛年光早，皇州景望華。連鑣尋上路，乘興入山家。輕苔網危石，春水架平沙。賞極林塘暮，處處起煙霞。

弓嗣初

晦日林亭云：上序春暉麗〔一〕，中園物候華。高才盛文雅，逸興滿煙霞。參差金谷樹，皎鏡碧塘沙。蕭散林亭晚，倒載欲還家〔二〕。

晦日重宴云：年華藹芳隰，春溜滿新池。促賞依三友，延歡寄一巵。鳥聲隨管變，花影逐風移。行樂方無極，淹留惜晚曦。

嗣初，咸亨二年第一人登第。

【校箋】

〔一〕「暉」原作「輝」，據《高氏三宴詩集》及《歲時雜詠》改。

〔二〕「載」原作「戴」，據《高氏三宴詩集》及《歲時雜詠》改。

高瑾

晦日林亭云：試入山亭望，言是石崇家。二月風光起，三春桃李華。鶯吟上喬木，雁往息平沙。相看會取醉，寧知還路賒。

晦日重宴云：忽聞鶯響谷，于此命相知。正開彭澤酒，來向高陽池。柳葉風前弱，梅花影處危。賞洽林亭晚，落照下參差。

上元夜宴效小庾體云〔一〕：初年三五夜，相知一兩人。連鑣出巷口，飛轂下池濱。燈光恰似月〔二〕，人面併如春。遨游終未已，相歡待日輪。

瑾，士廉之孫，登咸亨元年進士第。

【校箋】

〔一〕詩題「宴」字原脱，據《高氏三宴詩集》補。

〔二〕「光」原作「下」，據《高氏三宴詩集》改。

王茂時

晦日林亭云：勝踐尋良會，乘春玩物華。還隨張放友，來向石崇家。止水分巖鏡，開庭枕浦沙〔一〕。未極林泉賞〔二〕，參差落照斜。

【校箋】

〔一〕「開」，《高氏三宴詩集》、《歲時雜詠》同。毛本作「閒」，非。

〔二〕「林泉」原作「清泉」，《高氏宴三詩集》同，據《歲時雜詠》改。

徐　皓

晦日林亭云：綺筵乘暇景，瓊醑對年華。門多金埒騎，路引璧人車。蘋早猶藏葉，梅殘正落花。靄靄林亭晚〔一〕，餘興促流霞。

【校箋】

〔一〕「靄靄」原作「藹藹」，據《高氏三宴詩集》改。

長孫正隱

晦日林亭云：晦晚屬煙霞〔一〕，遨游重歲華。歌鍾雖戚里，林藪是山家。細雨猶開日，深池不漲沙。淹留迷處所，巖岫幾重花。

上元夜宴效小庾體詩云〔二〕：薄晚嘯游人，車馬亂驅塵。月光三五夜，燈焰一重春。煙雲迷北闕，簫管識南隣。洛城終不閉，更出小平津。

正隱序上元之游云：九谷帝畿，三川奥域。交風均露，上分朱鳥之躔；泝洛背河，下鎖蒼龍之闕〔三〕。多近臣之第宅，即瞰銅街；有貴戚之樓臺，自連金苑〔四〕。美人競出，錦幛如霞；公子交馳，雕鞍似月。同游洛浦，疑尋税馬之津；爭渡河橋，似向牽牛之渚。實昌年之樂事，令節之佳游者焉〔五〕。

【校箋】

〔一〕「晦」原作「梅」，據《高氏三宴詩集》及《歲時雜詠》改。

〔二〕詩題「宴」字原脱，據《高氏三宴詩集》補。

〔三〕「鎖」原作「鎮」，據《高氏三宴詩集》改。

〔四〕「金苑」原作「金穴」，據《高氏三宴詩集》改。

〔五〕詩序全文見《歲時雜詠》，《高氏三宴詩集》乃是節録，此取之。

高紹

晦日林亭云：嘯侶入山家，臨春玩物華。葛絲調緑水〔一〕，桂醑酌丹霞。岸柳開新葉，庭梅落早花。興洽林亭晚，方還倒載車〔二〕。

紹，爲考功郎中。

【校箋】

〔一〕「緑」原作「綵」，據《高氏三宴詩集》及《歲時雜詠》改。

〔二〕「載」原作「戴」，據《高氏三宴詩集》及《歲時雜詠》改。

郎餘令

晦日林亭云：三春休晦節，九谷泛年華。半晴餘細雨，全晚澹殘霞。樽開疎竹葉，管應落梅花。興闌相顧起，流水送香車。

餘令，定州人。博學擢第，授霍王元軌府參軍事。從父知年，亦爲王友。元軌每曰：郎家二賢皆入府，不意培塿而松柏爲林也。改著作郎，卒〔一〕。

餘令善畫，唐祕書省内落星石，薛稷畫鶴，賀知章草書，餘令畫鳳，相傳爲四絶。元和中，韓公武爲校書郎，挾彈中鶴一眼，乃謂之五絶〔二〕。

【校箋】

〔一〕《新唐書》卷一九九《儒學》中《郎餘令傳》：「郎餘令，定州新樂人。……博于學，擢進士第，授霍王元軌府參軍事。從父知年亦爲王友。元軌每曰：『郎家二賢皆入府，不意培塿而松柏爲林也。』……改著作佐郎，卒。」

〔二〕《因話録》卷五：「秘書省内有落星石，薛少保畫鶴，賀監草書，郎餘令畫鳳，相傳號爲四絶。元和中，韓公武爲秘書郎，挾彈中鶴一眼，時謂之五絶。」

陳嘉言

晦日林亭云：公子申敬愛，攜朋玩物華。人是平陽客，地即石崇家。水文生舊圃，風色滿新花。日暮連歸騎，長川照落霞。

晦日重宴云：高門引冠蓋，下客抱支離。綺席珍羞滿，文場藻翰摛。蓂華彫上月，柳色藹春池。日斜歸戚里，連騎勒金羈。

上元夜宴效小庾體云〔一〕：今夜可憐春，河橋多麗人。寶馬金爲絡，香車玉作輪。連手窺潘掾〔二〕，分頭看洛神。重城自不掩，出向小平津。

武后時酷吏也。中宗神龍中詔：酷吏陳嘉言等，其身已死，自垂拱已來，枉濫殺人，有官者並令削奪。開元中，御史程行諶奏：酷吏來子珣等二十三人，情狀尤重，子孫不許與官。陳嘉言、魚承曄、皇甫文備、傅游藝四人，情狀稍輕，子孫不許近任〔三〕。

【校箋】

〔一〕詩題「宴」字原脱，據《高氏三宴詩集》補。

〔二〕「窺」，《高氏三宴詩集》、《歲時雜詠》同。《全唐詩》作「縈」，殆臆改。

〔三〕《舊唐書》卷一八六上《來俊臣傳》：「中宗神龍元年三月八日，詔曰：『如……酷吏……陳嘉言等，其身已死，並遣除名。自垂拱以來，枉濫殺人，有官者並令削奪。』……開元十三年三月十二日，御史大夫程行諶奏：『周朝酷吏來子珣……二十三人，殘害宗枝，毒陷良善，情狀尤重，子孫不許與官。陳嘉言、魚承曄、皇甫文備、傅游藝四人，情狀稍輕，子孫不許近任。』」陳子昂有《爲宗舍人謝贈物表》、《爲陳御史上奉和秋景觀競渡詩表》、《爲陳舍人讓官表》，皆指嘉言；又有《中宗人冤獄書》，見《陳伯玉集》。

周彦暉〔一〕

晦日林亭云：砌蓂收晦魄，津柳競年華。既狎忘筌友，方淹投轄車。綺筵迴舞雪，瓊醑泛流霞。雲低上天晚，絲雨帶風斜〔二〕。

晦日重宴云：春華歸柳岸，晦景落蓂枝。置驛銅街右，開筵玉浦陲。林煙含障密，竹雨帶珠危。興闌巾倒戴，山公下習池。

彦暉，登咸亨五年進士第。

【校箋】

〔一〕「暉」原作「輝」，據《高氏三宴詩集》及《歲時雜詠》改。下同。

〔二〕「絲雨」原作「絲竹」，《高氏三宴詩集》同，據《歲時雜詠》改。

高嶠

晦日林亭云：飛觀寫春望〔一〕，開宴坐汀沙。積溜含苔色，晴空蕩日華。歌入平陽第，舞對石崇家。莫慮能騎馬，投轄自停車。

晦日重宴云：駕言尋鳳侶，乘歡俯雁池。班荆逢舊識，斟桂喜深知。紫蘭方出逕，黄鶯未囀枝。别有陶春日，青天雲霧披〔二〕。

嶠，爲司門郎中〔三〕。

【校箋】

〔一〕「飛觀」原作「飛歡」，據《歲時雜詠》改。

〔二〕「雲霧」原作「雪霧」，據《高氏三宴詩集》及《歲時雜詠》改。

〔三〕《新唐書》卷七一下《宰相世系表》：「嶠，司門郎中。」與此同。《高氏三宴詩集》作「司府郎中」，誤。

周思鈞

北門學士思茂之弟也〔一〕，武后時爲太子文學。劉褘之賜死，在獄上疏自陳，臨誅洗沐，神色自若，自捉筆爲表，詞懇哀到。思鈞悵嘆其文，后惡之，貶播州司倉參軍〔二〕。

和高氏林亭晦日文宴云：早春驚柳穟〔三〕，初晦掩蓂華。騎出平陽里，筵開衛尉家。竹影含雲密，池紋帶雨斜。重惜林亭晚，上路滿煙霞。

重宴又云：綺筵乘晦景，高宴下陽池。濯雨梅香散，含風柳色移。輕塵依扇落，流水入絃危。勿顧林亭晚，方歡雲霧披。

思鈞以中書舍人卒。子瑛，爲單父令。瑛以女適武就，生靖安丞相元衡〔四〕。

【校箋】

〔一〕《新唐書》卷二〇一《元萬頃傳》：「思茂，漳南人，與弟思鈞早知名。」

〔二〕《新唐書》卷一一七《劉禕之傳》：「在獄上疏自陳，臨誅洗沐，神色自若，命其子執筆占爲表，子號塞不通書，禕之乃自捉筆，得數紙，詞懇哀到，人皆傷之。麟臺郎郭翰、太子文學周思鈞悵歎其文，后惡之，貶翰巫州司法參軍，思鈞播州司倉參軍。」《紀事》出此。「悵歎其文」句，「悵」原作「帳」；「貶播州司倉參軍」句，「播」原作「揚」，今據史文改。《高氏三宴詩集》亦誤「播州」爲「揚州」。

〔三〕「柳穟」原作「柳襚」，據《高氏三宴詩集》及《歲時雜詠》改。

〔四〕《舊唐書》卷一五八《武元衡傳》：「父就，殿中侍御史。」

劉友賢

晦日林亭云：春來日漸賒，琴酒逐年華。欲向文通徑，先游武子家。池碧新泉滿〔一〕，巖紅落照斜。興闌情未極，步步惜風花。

已上並高氏林亭之客。外陳子昂、張錫、王勔、解琬，各載其門〔二〕。

【校箋】

〔一〕「新泉」原作「新流」，據《高氏三宴詩集》及《歲時雜詠》改。

〔二〕按張錫詩見本書卷九、王勔見卷七、解琬見卷一二，唯陳子昂門不載其詩，蓋《紀事》采之《高氏三宴詩集》，而此《三宴集》亦非正臣所編原本也。

于季子

漢高祖云：百戰方夷項，三章且代秦。功歸蕭相國，氣盡戚夫人。

詠雲詩云：瑞雲千里映，祥輝四望新。隨風亂鳥足，汎水結魚鱗。布葉疑臨夏，開花詎待春。願得承嘉景，無令掩桂輪。

季子，登咸亨進士第〔一〕。

【校箋】

〔一〕《國秀集》卷下載其《南行别弟》五絶一首，目録題「侍御史于季子」。然詩實韋承慶作。本書卷五韋承慶下題《南行詠雁》一詩，《萬首唐人絶句》即作《南行别弟》。《國秀集》殆因傳本脱漏而致誤。

東方虬

詠春雪云：春雪滿空來，觸處似花開。不知園裏樹，若箇是真梅？

陳子昂寄東方左史脩竹篇序云：文章道弊，五百年矣！漢魏風骨，晉宋莫傳，然而文獻有可徵者〔一〕。常觀齊梁詩，彩麗競繁，而興寄都絶，每以永嘆。昨見明公孤桐篇，骨氣端翔，音韻頓挫，光英朗練〔二〕，有金石聲。遂用洗心收視，發揮幽鬱。不圖正始之音〔三〕，復覩於兹。

虬，武后時爲左史。嘗曰：百年後可與西門豹作對〔四〕。

【校箋】

〔一〕「徵」原作「證」，乃避宋諱，今據《四部叢刊》影明本（下同）《陳伯玉文集》改。

〔二〕「朗練」原作「明韻」，據《陳伯玉文集》改。

〔三〕「始」原作「治」，據《陳伯玉文集》改。

〔四〕《劉賓客嘉話録》：「左史東方虬每云：『二百年後，乞你與西門豹作對。』」

駱賓王

帝京篇云：山河千里國，城闕九重門。不覩皇居壯，安知天子尊。皇居帝里崤函谷〔一〕，鶉野龍山侯甸服。五緯連影集星躔，八水分流横地軸。秦塞重關一百二，漢家離宫三十六。桂殿嶔岑對玉樓〔二〕，椒房窈窕連金屋。三條九陌麗城隈，萬户千門平旦開。複道斜通鳷鵲觀，交衢直指鳳凰臺。劍履南宫入，簪纓北闕來。聲名冠寰宇，文物象昭回。鈎陳肅蘭戺，璧沼浮槐市。銅羽應風迴，金莖承露起。校文天禄閣，習戰昆明水。朱邸抗平臺，黄扉通戚里。平臺戚里帶崇墉，炊金饌玉待鳴鐘〔三〕。小堂綺帳三千户〔四〕，大道青樓十二重。寶蓋彫鞍金絡馬，蘭窗繡柱玉盤龍。綺柱璇題粉壁映，鏘金鳴玉王侯盛。王侯貴人多近臣，朝游北里暮南鄰。陸賈分金將讌喜，陳遵投轄尚留賓。趙李經過密，蕭朱交結親。丹鳳朱城白日暮，青牛紺幰紅塵度〔五〕。俠客珠彈垂楊道，倡婦銀鈎采桑路〔六〕。倡家桃李自芳菲，京華游俠盛輕肥。延年女弟雙飛入，羅敷使君千騎歸。同心結縷帶，連理織羅衣。春朝桂樽樽百味，秋夜蘭燈燈九微。翠幌珠簾不獨映，清歌寶瑟自相依。且論三萬六千是〔七〕，寧知四十九年非！古來榮利若浮雲，人生倚伏信難分。始見田竇相移奪，俄聞衛霍有功勳。未厭金陵氣，先開石槨文。朱門無復張公子，灞亭誰畏李將軍。相顧百齡皆有待，居然萬物咸應改〔八〕。桂枝芳氣已銷亡，柏梁高宴今何在？春去春來苦自馳，爭名爭利徒爾爲！久留郎署終難遇，空掃相門誰見知〔九〕。莫矜一旦擅豪華，自言千載長驕奢。倏忽搏風生羽翼，須臾失浪委泥沙。黄雀徒巢桂，青門遂種瓜。黄金銷鑠素絲變，一貴一賤交情見。紅顔宿昔白頭新，脱粟布衣輕故人。故人有湮淪，新知無意氣。灰死韓安國，羅傷翟廷尉〔一〇〕。已矣哉，歸去來！馬卿辭蜀多文藻，揚雄仕漢乏良媒。三冬自矜成足用，十年不調幾邅迴〔一一〕。汲黯薪逾積，孫弘閣未開。誰惜長沙傅，獨負洛陽才。

世稱王、楊、盧、駱。楊盈川之爲文，好以古人姓名連用，如：張平子之略談，陸士衡之所記。潘安仁宜其陋矣，仲長統何足知之。號爲點鬼簿。賓王文好以數對，如：秦地重關一百二，漢家離宫三十六。人號爲算博士〔一二〕。

帝京篇曰：倏忽搏風生羽翼，須臾失浪委泥沙。賓王後與徐敬業興兵揚州，大敗逃死，此其讖也〔一三〕。

宋之問貶黜，放還至江南，游靈隱寺。夜月極明，長廊行吟曰：鷲嶺鬱岧嶢，龍宫鎖寂寥。句未屬。有老僧點長明燈，問曰：少年夜久不寐，何耶？之問曰：適偶欲題此寺，而興思不屬。僧請吟上聯，即曰：何不云樓觀滄海日，門對浙江潮。之問愕然，訝其遒麗。又續終篇曰：桂子月中落，天香雲外飄。捫蘿登塔遠，刳木取泉遥。霜薄花更發，冰輕葉未凋。待入天台路，看余渡石橋。遲明更訪之，則不復見矣。寺僧有知者曰：此賓王也〔一四〕。

詠月云：忌滿光先缺，乘昏影暫流。既能明似鏡，何用曲如鈎？

賓王，義烏人。七歲能賦詩。武后時，數上疏言事，除臨海丞，鞅鞅不得志，棄官去。徐敬業亂，以爲府屬，爲敬業檄武后罪。后讀但嘻笑，至一抔之土未乾，六尺之孤安在，矍然曰：誰爲之？或以賓王對。后曰：宰相安得失此人！敬業敗，亡命，不知所之。中宗時詔求其文，得數百篇〔一五〕。

賓王七歲詠鵝云：鵝鵝，曲項向天歌。白毛浮淥水，紅掌撥清波。

【校箋】

〔一〕「帝里」原作「地里」，據《文苑英華》卷一九二及明活字本（下同）《駱賓王集》改。

〔二〕「嶔岑」原作「陰岑」，據《全唐詩》改。《文苑英華》及《駱賓王集》俱作「陰岑」。

〔三〕「炊」原作「灼」，據《文苑英華》及《駱賓王集》改。

〔四〕「户」原作「萬」，據《文苑英華》及《駱賓王集》改。

〔五〕「青牛紺幰」原作「青巾繡幰」，據《文苑英華》及《駱賓王集》改。

〔六〕「桑」原作「薪」，據《文苑英華》改。

〔七〕「三萬六千」原作「二八千金」，據《文苑英華》改。

〔八〕「物」原作「化」，據《文苑英華》改。

〔九〕此四句原脱，據《文苑英華》補。 明覆元刊本及活字本《駱賓王集》均與此同，無四句。

〔一〇〕「廷」原作「庭」，據《文苑英華》及《駱賓王集》改。

〔一一〕「邅迴」原作「遭迴」，據《文苑英華》及《駱賓王集》改。

〔一二〕《朝野僉載》：「世稱王楊盧駱，……時楊之爲文，好以古人姓名連用，如『張平子之略談，陸士衡之所記。』『潘安仁宜其陋矣，仲長統何足知之。』號爲點鬼簿。 駱賓王好以數對，如『秦地重關一百二，漢家離宫三十六。』時號爲算博士。」

〔一三〕《朝野僉載》：「唐明堂主簿駱賓王《帝京篇》曰：『倏忽搏風生羽翼，須臾失浪委泥沙。』賓王後與徐敬業興兵揚州，大敗，投江水而死。 此其讖也。」

〔一四〕《本事詩》：「宋考功以事累貶黜，後放還。 至江南，游靈隱寺，夜月極明，長廊吟行，且爲詩曰：『鷲嶺鬱岧嶢，龍宫隱寂寥。』第二聯搜奇思，終不如意。 有老僧點長明燈，坐大禪牀，問曰：『少年夜夕久不寐而吟諷甚苦，何邪？』之問答曰：『弟子業詩，適偶欲題此詩，而興思不屬。』僧曰：『試吟上聯。』即吟與聽之，再三吟諷，因曰：『何不云「樓觀滄海日，門對浙江潮」？』之問愕然，訝其遒麗。又續終篇曰：『桂子月中落，天香雲外飄，捫蘿登塔遠，刳木取泉遥。霜落花更發，冰輕葉未凋。待入天台路，看余度石橋。』僧所贈句，乃爲一篇之警策。遲明更訪之，則不復見矣。寺僧有知者，曰：『此駱賓王也。』」《紀事》出此。「冰輕葉未凋」句，「未」原作「互」，據《本事詩》改。又，此詩《四部叢刊》影明刊本《宋之問集》不載，《文苑英華》卷二三三載此詩作宋之問《題杭州天竺寺》。其詩於「冰輕葉未凋」下有「夙齡尚遐異，披對滌煩囂」二句，明覆元刊本《駱賓王文集》卷四則收入此詩，題作《靈隱寺》，亦有此二句。

〔一五〕《新唐書》卷二〇一《駱賓王傳》：「賓王，義烏人，七歲能賦詩。……武后時，數上疏言事，下除臨海丞，鞅鞅不得志，棄官去。徐敬業亂，署賓王爲府屬，爲敬業傳檄天下，斥武后罪。后讀，但嘻笑，至『一抔之土未乾，六尺之孤安在』，矍然曰：『誰爲之？』或以賓王對。后曰：『宰相安得失此人！』敬業敗，賓王亡命，不知所之。中宗時，詔求其文，得數百篇。」「爲敬業檄武后罪」句，原作「敬業爲檄武后罪」，據史文乙改。

盧照隣

結客少年場云〔一〕：長安重游俠，洛陽富才雄。玉劍浮雲騎，金鞭明月弓〔二〕。鬬鷄過渭北〔三〕，走馬向關東。孫賓遥見待，郭解暗相通。不受千金爵，誰論萬里功。將軍下天上，虜騎入雲中。烽火夜似月，兵氣曉成虹。橫行徇知己，負羽遠從戎〔四〕。龍旌昏朔霧，鳥陣卷胡風〔五〕。追奔瀚海咽，戰罷陰山空。歸來謝天子，何如馬上翁。

詠史云：昔有平陵男，姓朱名阿游。直髮上衝冠，壯氣橫三秋。願請斬馬劍，先斷佞臣頭。天子玉檻折，將軍丹血流。捐生不肯拜，視死其若休。歸來教鄉里，童蒙遠相求。弟子數百人，散在十二州。三公不敢吏，五鹿何能酬。名與日月懸，義與天壤儔。何必疲執戟，區區在封侯。其一　季生昔未達，身辱功不成。髡鉗爲臺隸，灌園變姓名。幸逢滕將軍，兼遇曹丘生。漢祖廣招納，一朝拜公卿。百金孰爲重，一諾良匪輕。廷議斬樊噲，群公寂無聲。處身孤且直，遭時坦而平。丈夫當如此，唯唯何足榮！其二　大漢昔云季，小人道遂振。玉帛委閹尹，斧鑕嬰搢紳。邈哉郭先生，卷舒得其真。雍容謝朝廷，譚笑獎人倫。在晦不絕俗，處亂不爲親。諸侯不得友，天子不得臣。冲情甄負甑〔六〕，重價折角巾。悠悠天下士，相送洛橋津。誰知仙舟上，寂寂無四隣。其三　公業負奇志，交結盡才雄。良田四百頃，所食常不充。一爲侍御史，慷慨說何公。何公何爲敗？吾謀適不同。仲穎恣殘忍，廢興良在躬〔七〕。死人如亂麻，天子如轉蓬。干戈及黃屋，荆棘生紫宮。鄭生運其謀，將以清國戎。時來命不遂，脱身歸山東。凜凜千載下，穆如懷清風。其四元日述懷云：筮仕無中秩，歸耕有外臣。人歌小歲酒，花舞大唐春〔八〕。草色薰三徑，風光動四隣。願得長如此，年年物候新。

七夕泛舟云：汀葭肅暮暑〔九〕，江樹起初涼。水疑通織室，舟似泛仙潢。連橈渡急響，鳴棹下浮光。日晚菱歌唱，風煙滿夕陽。其一　鳳杼秋期至，鳧舟野望開。微吟翠塘側，延想白雲隈。石似支機罷，查疑犯宿來。天潢殊漫漫，日暮獨悠哉！其二

照隣，字昇之，范陽人。調新都尉，病去官。足攣，一手又廢，乃居具茨山下。自以爲高宗尚吏，己獨儒；武后尚法，己獨黄老；后封嵩山，屢聘賢士，己獨廢，著五悲文以自明。病既久，與親屬訣，自沉潁水〔一〇〕。

【校箋】

〔一〕詩題「結客」原作「結交」，據《文苑英華》卷一九五、《唐文粹》卷一三、《樂府詩集》卷六六、《四部叢刊》影明刊本（下同）《幽憂子集》卷一及明活字本（下同）《盧照隣集》卷上改。

〔二〕「金鞭」，各本並同，唯《樂府詩集》作「金鞍」。

〔三〕「過」原作「通」，據《文苑英華》、《唐文粹》、《樂府詩集》及兩明本《盧集》改。

〔四〕「從戎」原作「征戎」，據《文苑英華》及兩明本《盧集》改。《唐文粹》、《樂府詩集》亦作「征戎」。

〔五〕「胡風」原作「寒風」，據《文苑英華》及兩明本《盧集》改。《唐文粹》、《樂府詩集》亦作「寒

風」。

〔六〕「負甑」，兩明本《盧集》同，《唐文粹》作「墮甑」。

〔七〕「廢興」原作「廢誠」，據《幽憂子集》改。《唐文粹》及《盧照隣集》亦作「廢誠」。

〔八〕「花舞」，《歲時雜詠》作「花發」。

〔九〕「暮」原作「徂」，據《歲時雜詠》改。

〔一〇〕《新唐書》卷二〇一《盧照隣傳》：「照隣，字昇之，范陽人。十歲從曹憲、王義方授《蒼》、《雅》，調鄧王府典籤，王愛重，謂人曰：『此吾之相如。』調新都尉，病去官。……疾甚，足攣，一手又廢，乃去具茨山下，買園數十畝，疏潁水周舍，復豫爲墓，偃卧其中。照隣自以當高宗時尚吏，己獨儒；武后尚法，己獨黄老；后封嵩山，屢聘賢士，己已廢。著《五悲文》以自明。病既久，與親屬訣，自沈潁水。」

王勃 勔、勮。

裴行儉在吏部，見蘇味道、王勮曰：「二君後皆掌銓衡。」李敬玄盛稱王勃、楊炯、盧照隣、駱賓王，行儉曰：「勃等雖有才，然浮躁衒露，豈享爵禄者；炯頗沉默，可至令長，餘皆不得其死〔一〕。」

勔晦日宴高氏林亭詩云〔二〕：上序披林館，中京視物華。竹窗低露葉，梅逕起風花。

景落春臺霧，池侵舊渚沙。綺筵歌吹晚，暮雨泛香車。

勃爲文先磨墨數升，引被覆面而卧，忽起書之，初不加點，時謂腹藁〔三〕。滕王閣記落霞、孤鶩之語，至今稱之。其詩甚多，如畫棟朝飛南浦雲，珠簾暮捲西山雨。上巳云：緑齊山葉滿，紅洩岸花銷〔四〕。九日云：蘭氣添新酌，花香染别衣。又詠風云：肅肅涼景生，加我林壑清。驅煙入澗户〔五〕，卷霧出山楹。去來固無跡，動息如有情。日落山水静，爲君起松聲。最有餘味，真天才也。

勮，開耀中任中書舍人。先是五王出閤，同日受册，有司忘載册文，百官在列，方知闕禮。勮召五吏執管授，一時俱畢〔六〕。

勃爲沛王府修撰，時諸王鬬鷄，勃戲爲文檄英王鷄。高宗曰：是且交構。斥出府。勃既廢，客劍南，嘗登葛憒山曠望，慨然思諸葛之功，賦詩見情。爲虢州參軍，坐罪除名。父福時，以左遷交趾令，勃往省，度海溺水，痵而卒，年二十九〔七〕。勮、勔以事坐誅〔八〕。

【校箋】

〔一〕《大唐新語》卷七《知微》：「裴行儉……爲吏部侍郎，賞拔蘇味道、王勮，曰：『二公後當相次掌鈞衡之任。』勮，勃之兄也。時李敬玄盛稱王勃、楊炯等四人，以示行儉。曰：『士之致遠，先器識而後文藝也。勃等雖有才名，而浮躁淺露，豈享爵禄者！楊稍似沉静，應至令長，並鮮克令終。』卒如其言。」「可至令長」句，「令」原作「今」，據改。

〔二〕此詩采自《高氏三宴詩集》，參閱本卷高正臣下校箋〔二〕。

〔三〕《酉陽雜俎》前集卷一二《語資》：「王勃每爲碑頌，先磨墨數升，引被覆面而卧，忽起，一筆書之，初不竄點，時人謂之腹稿。」

〔四〕「洩岸花」原作「曳片芝」，據明活字本（下同）《王勃集》、明張燮纂《王子安集》及項家達本《初唐四傑集》改。《文苑英華》卷二一四「岸」作「片」，亦誤。

〔五〕「澗户」原作「洞户」，據《文苑英華》卷一五六及《王勃集》改。

〔六〕《摭言》卷一三《敏捷》：「王勮，絳州人。開耀中，任中書舍人，先是五王同日出閤受册，有司忘載册文，百寮在列，方知闕禮。勮召小吏五人各執筆，口授分寫，一時俱畢。」「開耀」原誤作「開元」，據改。

〔七〕《新唐書》卷二〇一《王勃傳》：「沛王聞其名，召署府修撰。……是時，諸王鬬雞，勃戲爲文檄英王雞，高宗怒曰：『是且交構。』斥出府。勃既廢，客劍南。嘗登葛憒山曠望，慨然思諸葛亮之功，賦詩見情。聞虢多藥草，求補參軍。倚才陵藉，爲僚吏共嫉。官奴曹達抵罪，匿勃所，懼事洩，輒殺之。事覺當誅，會赦除名。父福畤，繇雍州司功參軍坐勃故左遷交阯令。勃往省，度海溺水，痵而卒，年二十九。」「客劍南」句，「客」原作「官」，據改。又，「葛憒山」，毛本改作「葛情山」誤。山在綿州，見《元豐九域志》。

〔八〕《舊唐書》卷一九〇上《王勃傳》：「勃六歲解屬文，構思無滯，詞情英邁，與兄劻、勮才藻相類。父友杜易簡常稱之曰：『此王氏三珠樹也。』……萬歲通天二年，綦連耀謀逆事洩，勮坐與耀善，并弟勔並伏誅。」

楊炯

夜送趙縱云：趙氏連城璧，由來天下傳。送君還舊府，明月滿秦川〔一〕。

張燕公贈別盈川箴云：杳杳深谷，森森喬木，天與之才，或鮮其禄〔二〕。君服六藝，道德爲尊；君居百里，風化之源。才勿驕恡，政勿苛煩，明神是福，而小人不冤。畏其不畏，存其不存，作誥兹酒，成敗之根。勒銘其口，禍福之門。雖有韶夏，勿棄擊轅，豈無車馬，敢贈一言。

炯，華陰人。永隆二年，皇太子已釋奠，求豪俊，充崇文館學士。後爲盈川令，説以箴贈行，戒其苛。至官，果以嚴酷稱，不爲人所多。卒官。中宗時，贈著作郎〔三〕。

【校箋】

〔一〕「滿」，《文苑英華》同，注云：集作「照」。《四部叢刊》影明童氏刊本《楊盈川集》及明活字本《楊炯集》亦作「滿」。

〔二〕「鮮」原作「解」，據影明刊本《張説之文集》改。

〔三〕《新唐書》卷二〇一《楊炯傳》：「炯，華陰人。舉神童，授校書郎。永隆二年，皇太子已釋奠，表豪俊充崇文館學士，中書侍郎薛元超薦炯及鄭祖玄、鄧玄挺、崔融等，詔可。……遷盈川令，張説以箴贈行，戒其苛。至官，果以嚴酷稱，吏稍忤意，搒殺之，不爲人所多。卒官下。中宗時，贈著作郎。」

田游巖

游巖云：弘農清巖曲有磐石可坐〔一〕，宋十一每拂拭待余，寄詩贈之云：信彼稱靈石，居然狎遁棲。徘徊承翠巘，斌駁帶深溪。夕陰起層岫，清景半虹蜺。風來應嘯阮，波渡可琴嵇。僕也潁陽客，望彼空思齊。儻見山人至，簪蒿且杖藜。宋之問答云〔二〕：家臨清溪水，溪水繞磐石。緑羅四面垂，褭褭百餘尺。風泉度絲管，苔蘚鋪茵蓆。傳聞潁陽人，霞外漱靈液。忽枉巖中翰，吟卧朝復夕〔三〕。何當遂遠游，物色候逋客〔四〕。

游巖，京兆人，隱箕山。高宗幸嵩山，遣薛元超就問其母。帝親至其門，帝曰：先生比佳否？答曰：臣所謂泉石膏肓，煙霞痼疾者。敕赴都，拜崇文館學士，進太子洗馬。裴炎死，坐素厚善，放還山〔五〕。

【校箋】

〔一〕「弘農」原作「洪農」，據《唐文粹》卷一六改。

〔二〕《唐文粹》卷一六、《四部叢刊》影明刊本（下同）《宋之問集》詩題作《敬答田徵君》。

〔三〕「朝復夕」原作「復朝夕」，據《唐文粹》及《宋之問集》改。

〔四〕「物色」原作「物外」，據《唐文粹》及《宋之問集》改。

〔五〕《新唐書》卷一九六《田游巖傳》：「田游巖，京兆三原人。永徽時，……長史李安期表其才，召赴京師，行及汝，辭疾入箕山。……高宗幸嵩山，遣中書侍郎薛元超就問其母，賜物藥絮帛。帝親至其門，游巖野服出拜，儀止謹樸。帝令左右扶止，謂曰：『先生比佳否？』答曰：『臣所謂泉石膏肓，煙霞痼疾者。』……帝悅，因敕游巖將家屬乘傳赴都，拜崇文館學士。……進太子洗馬。裴炎死，坐素厚善，放還山。」

唐詩紀事校箋卷第八

陳子昂　邵大震　李日知　李景伯　劉禕之
王無競　袁恕己　郭元振　崔　融　張昌齡

陳子昂

字伯玉，梓州人。資褊躁，然好施予，篤朋友，與陸餘慶、王無競、房融、崔泰之、盧藏用、趙元最厚。唐興，文章承徐、庾餘風，子昂始變雅正，爲感遇詩三十八篇。王適曰：是必爲海内文宗〔一〕。

子昂、趙貞固、盧藏用、杜審言、宋之問、畢隆擇、郭襲微、司馬承禎、釋懷一、陸餘慶，號方外十友〔二〕。

盧黄門藏用曰：道喪五百歲而得陳君〔三〕。顏真卿曰：若激昂頽俗，雖無害于過正，權其中論，不亦傷于厚誣。與沈隱侯論謝康樂，靈均以來，此祕未覩同也〔四〕。開寳中，梓州刺史郭廷謂以詩哭之，略曰：魄逐東流水，墳依獨坐山〔五〕。

退之薦士詩曰：國朝盛文章，子昂始高蹈。黄門侍郎盧藏用祭文曰：子之生也〔六〕，珠圓流兮玉方潔。子之殁也，太山頽兮良木折〔七〕。士林閴寂兮人物疎，門館蕭條兮賓侶絶。嘆佳城之不返，辭玉階而長別。嗚呼！置酒祭子子不顧，亢聲哭子子不迴。唯天道而無託，但撫心而已摧〔八〕！

獨異記載：子昂初入京，不爲人知。有賣胡琴者，價百萬，豪貴傳視無辨者。子昂突出，謂左右曰：輦千緡市之。衆驚問，答曰：余善此樂。皆曰：可得聞乎？曰：明日可集宣陽里。如期偕往，則酒肴畢具，置胡琴于前。食畢，捧琴語曰：蜀人陳子昂有文百軸，馳走京轂，碌碌塵土，不爲人知。此樂賤工之役，豈宜留心。舉而碎之，以其文軸遍贈會者。一日之内，聲華溢郡。時武攸宜爲建安王，辟爲書記〔九〕。

感遇詩云：微月生西海，幽陽始化昇〔一〇〕。圓光正東滿，陰魄已朝凝。太極生天地，三元更廢興。至精諒斯在，三五誰能徵。其一　蘭若生春夏，芊蔚何青青。幽獨空林色，朱蕤冒紫莖。遲遲白日晚，嫋嫋秋風生。歲華盡搖落，芳意竟何成。其二　蒼蒼丁零塞，今古緬荒途。亭候何摧兀，暴骨無全軀。黄沙漠南起〔一一〕，白日隱西隅。漢甲三十萬，曾以事匈奴。但見沙場死，誰憐塞上孤。其三　樂羊爲魏將，食子殉軍功。骨肉且相薄，他人安得忠。吾聞中山相〔一二〕，乃屬放麑翁。孤獸猶不忍，況以奉君終。其四　市人矜巧智，于道若童蒙。傾奪相夸侈，不知身所終。曷見玄真子，觀世玉壺中。杳然遺天地，乘化入無窮。其五　吾觀龍變化，乃知至陽精。石林何冥密，幽洞無留行。古之得仙道，信與元化并。玄感非象識，誰能測淪冥。世人拘目見，酣酒笑丹經。崑崙有瑶樹，安得采其英？其六　白日每不歸，青陽時暮矣。茫茫吾何思，林卧觀無始。衆芳委時晦，鶗鴂鳴悲耳〔一三〕。鴻荒古已頽，誰識巢居子？其七　吾觀崑崙化，日月淪洞冥。精魄相交會，天壤以羅生。仲尼推太極，老聃貴窈冥。西方金仙子，崇議乃無明〔一四〕。空色皆寂滅，業緣定何成。名教信紛藉，死生俱未停。其八　聖人祕元命，懼世亂其真。如何嵩公輩，詼譎誤時人。先天誠爲美，階亂禍誰因。長城備胡寇，嬴禍發其親。赤精既迷漢，子年何救秦？去去桃李花，多言死如麻。其九　深居觀群動〔一五〕，悱然爭朵頤。讒説相啖食〔一六〕，利害紛嶷嶷〔一七〕。便便夸毗子，榮耀更相持。務光讓天下，商賈競刀錐。已矣行采芝，萬世同一時。其十　吾愛鬼谷子，青谿無垢氛。囊括經世道，遺身在白雲。七雄方龍鬭，天下亂無君。浮榮不足貴，遵養晦時文〔一八〕。舒可彌宇宙，卷之不盈分。豈徒山木壽，空與麋鹿群。十一　呦呦南山鹿，離罟以媒和〔一九〕。招摇青桂樹，幽蠹亦成科。世情甘近習，榮耀紛如何！怨憎未相復，親愛生禍羅。瑶臺傾巧笑，玉杯殞雙蛾。誰見枯城蘖，青青成斧柯。十二　林居病時久，水木澹孤清。閑卧觀物化，悠悠念無生。青春始萌達，朱火已滿盈〔二〇〕。殂落方自此，感歎何時平。十三 臨岐泣世道，天命良悠悠。昔日殷壬子，玉馬遂朝周。寶鼎淪伊穀，瑤臺成古丘。西山傷遺老，東陵有故侯。十四 貴人難得意，賞愛在須臾。莫以心如玉，探他明月珠。昔稱夭桃子，今爲舂市徒。鴟鴞悲東國，麋鹿泣姑蘇。誰見鴟夷子，扁舟去五湖。十五 聖人去已久，公道緬良難。蚩蚩夸毗子，堯禹以爲謾。驕榮貴工巧，勢利迭相干。燕王尊樂毅，分國願同歡。魯連讓齊爵，遺組去邯鄲。伊人信往矣，感激爲誰歎？十六 幽居觀大運，悠悠念群生。終古代興没，豪聖莫能爭。三季淪周赧，七雄滅秦嬴。復聞赤精子，提劍入咸京。炎光既無象，晉虜紛縱横。堯禹道已昧，昏虐勢方行。豈無當世雄，天道與胡兵。咄咄安可言，時醉而未醒。仲尼溺東魯〔二一〕，伯陽遁西溟。大運自古來，旅人胡歎哉！十七 逶迤世已久，骨鯁道斯窮。豈無感激者，時俗頹此風。灌園何其鄙，皎皎於陵子〔二二〕。世道不相容，嗟嗟張長公。十八 聖人不利己，憂濟在元元。黄屋非堯意，瑤臺安可論！吾聞西方化，清淨道彌敦。奈何窮金玉，雕刻以爲尊！雲構山林盡〔二三〕，瑤圖珠翠煩。鬼功尚未可，人力安能存！夸愚適增累，矜智道逾昏。十九 玄天幽且默，群議曷嗤嗤。聖人教猶在，世運久陵夷〔二四〕。一繩將何繫，憂醉不能持。去去行采芝，勿爲塵所欺。二十 蜻蛉游天地〔二五〕，與世本無患。飛飛未能止，黄雀來相干。穰侯富秦寵，金石比交歡。出入咸陽裏，諸侯莫敢言。寧知山東客，激怒秦王肝。布衣取丞相，千載爲辛酸。

二十一　微霜知歲晏，斧柯始青青。況乃金天夕〔二六〕，浩露霑群英。登山望宇宙，白日已西溟。雲海方蕩潏，孤鱗安得寧。二十二　翡翠巢南海，雄雌珠樹林。何知美人意，驕愛比黄金。殺身炎洲裏，委羽玉堂陰。旖旎光首飾，葳蕤爛錦衾。豈不在遐遠，虞羅忽見尋。多材信爲累，歎息此珍禽。二十三　挈瓶者誰子，姣服當青春。三五明月滿，盈盈不自珍〔二七〕。高堂委金玉〔二八〕，微縷懸千鈞。如何負公鼎，被敚笑時人。二十四　玄蟬號白露〔二九〕，兹歲已蹉跎。群物從大化，孤英將奈何！瑶臺有青鳥，遠食玉山禾。崑崙見玄鳳，豈復虞雲羅〔三〇〕。二十五　荒哉穆天子，好與白雲期〔三一〕。宮女多怨曠，層城閉蛾眉。日耽瑶臺樂〔三二〕，豈傷桃李時。青苔空萎絶，白髮生羅帷。二十六　朝發宜都渚，浩然思故鄉。故鄉不可見，路隔巫山陽〔三三〕。巫山彩雲没，高丘正微茫。佇立望已久，涕淚霑衣裳。豈兹越鄉感，憶昔楚襄王。朝雲無處所，荆國亦淪亡。二十七　昔日章華宴，荆王樂荒淫。霓旌翠羽蓋，射兕雲夢林。朅來高堂觀，悵望陽雲岑〔三四〕。雄圖今何在，黄雀空哀吟。二十八　丁亥歲云暮，西山事甲兵。贏糧匝邛道，荷戟爭羌城。嚴冬陰風勁，窮岫油雲生。昏曀無晝夜，羽檄復相驚。拳跼競萬仞，崩危走九冥。籍籍峰壑裏，哀哀冰雪行。聖人御宇宙，聞道太階平。肉食謀何失，藜藿緬縱横。二十九　可惜瑶臺樹，灼灼佳人姿。碧華映朱實，攀折青春時。豈不盛光寵，榮君白玉墀。但恨紅芳歇，凋傷感所思。三十　朅來豪游子，勢利禍之門。如何蘭膏歎，感激自生冤〔三五〕。衆趨明所避，時棄道猶存。雲泉既已失，羅網與誰論？箕山有高節，湘水有清源。唯應白鷗鳥，可爲洗心言。三十一　索居猶幾日，炎夏忽然衰。陽彩皆陰翳，親友盡睽違。登山望不見，涕泣久漣洏。宿昔感顔色，若與白雲期。世間驕豪子〔三六〕，驅逐正蚩蚩〔三七〕。蜀山與楚水，攜手在何時？三十二　金鼎合神丹，世人將見欺。飛飛騎羊子，胡乃在峨眉。變化固幽類，芳菲能幾時？疲痾苦淪世，憂痗日侵淄。眷然顧幽褐，白雲空涕洟。三十三　朔風吹海樹，蕭條邊已秋。亭上誰家子，哀哀明月樓。自言幽燕客〔三八〕，結髮事遠游。赤丸殺公吏，白刃報私讎。避仇至海上，被役此邊州。故鄉三千里，遼水復悠悠。每憤胡兵入，常爲漢國羞。何知七十戰〔三九〕，白首未封侯！三十四　本爲貴公子，平生實愛才〔四〇〕。感時思報國，拔劍起蒿萊。西馳丁令塞，北上單于臺。登山見千里，懷古心悠哉。誰言未忘禍，磨滅成塵埃〔四一〕。三十五　浩然坐何慕，吾蜀有峨眉。念與楚狂子，悠悠白雲期。時哉悲不會，涕泣久漣洏。夢登綏山穴〔四二〕，南采巫江芝。探元觀群化〔四三〕，遺世從雲螭〔四四〕。婉孌時永矣〔四五〕，感悟不見之。三十六　朝入雲中郡，北望單于臺。胡秦何密邇，沙朔氣雄哉！藉藉天驕子，猖狂已復來。塞垣無名將，亭堠空崔嵬。咄嗟吾何歎，邊人塗草萊！三十七　仲尼探元化，幽鴻順陽和。大運自盈縮，春秋遞來過。盲飇忽號怒〔四六〕，萬物相紛劘。溟海皆震蕩，孤鳳其如何！三十八

【校箋】

〔一〕《新唐書》卷一〇七《陳子昂傳》：「陳子昂，字伯玉，梓州射洪人。……父元敬，世高資，歲饑，出粟萬石賑鄉里。……子昂資褊躁，然輕財好施，篤朋友，與陸餘慶、王無競、房融、崔泰之、盧藏用、趙元最厚。唐興，文章承徐、庾餘風，天下祖尚，子昂始變雅正。初，爲《感遇詩》三十八章，王適曰：『是必爲海内文宗。』乃請交。子昂所論著，當世以爲法。」按王適所見，乃子昂少作，非《感遇詩》，參閲本書卷六王適下校箋〔二〕。

〔二〕《新唐書》卷一一六《陸餘慶傳》：「雅善趙貞固、盧藏用、陳子昂、杜審言、宋之問、畢構、郭襲微、司馬承禎、釋懷一，時號方外十友。」此《紀事》所出。因避宋高宗諱，畢構改稱其字。「隆擇」原作「隆澤」，據《舊唐書》卷一〇〇、《新唐書》卷一二八《畢構傳》改。按盧藏用《陳氏别傳》叙子昂友人中，無杜審言、宋之問而有房融、崔泰之。又，「郭襲微」作「郭襲徵」；「釋懷一」作「史懷一」。《元和姓纂》卷二有「郭襲徵」，疑作「襲徵」是；「釋懷一」疑亦當作「史懷一」。

〔三〕見盧藏用《陳伯玉文集序》。

〔四〕顔真卿語，見《顔魯公文集》卷一二《孫逖文公集序》。本書「激昂頹俗」句，《顔集》作「激昂頹波」。

〔五〕唐趙儋《故右拾遺陳公旌德之碑》：「葬于射洪獨坐山。」郭廷謂，南唐名將，入宋，知梓州，代歸，開寶五年卒。見陸游《南唐書》卷一四及《十國春秋》卷三〇《郭廷謂傳》。其詩僅存此二句。

〔六〕「子」原作「天」，據《四部叢刊》影明刊本（下同）《陳伯玉文集》附録盧藏用《祭陳公文》改。

〔七〕「良木」原作「良玉」，據《陳伯玉文集》附録改。

〔八〕「撫心」原作「無心」，據《陳伯玉文集》附録改。

〔九〕出《太平廣記》卷一七九引《獨異志》。本書「豪貴傳視無辨者」句，「辨」原作「辯」；「宣陽里」原作「宣楊里」，據《太平廣記》改。首句「子昂初入京，不爲人知」二句，《太平廣記》作「十年居京師，不爲人知」。當以「初入京」爲近實。

〔一〇〕「化」原作「代」，據《唐文粹》及《陳伯玉文集》改。

〔一一〕「漠」原作「暮」，據《唐文粹》及《陳伯玉文集》改。

〔一二〕「中山」原作「山中」，據《唐文粹》及《陳伯玉文集》改。

〔一三〕「鳴悲」原作「悲鳴」，據《唐文粹》及《陳伯玉文集》改。

〔一四〕「崇議」，《唐文粹》同，《陳伯玉文集》作「崇義」。

〔一五〕「群動」，《唐文粹》作「元化」，《陳伯玉文集》作「群動」，注云：「一作『元化』。」

〔一六〕「讒説」原作「群動」，據《唐文粹》及《陳伯玉文集》改。

〔一七〕「嶷嶷」原作「疑疑」，據《唐文粹》及《陳伯玉文集》改。

〔一八〕「遵」原作「導」，據《唐文粹》及《陳伯玉文集》改。

〔一九〕「離」，《唐文粹》同，《陳伯玉文集》作「罹」，字通。

〔二〇〕「朱火」原作「朱玉」，據《唐文粹》及《陳伯玉文集》改。

〔二一〕「東魯」原作「東夏」，據《唐文粹》及《陳伯玉文集》改。

〔二二〕「子」，明以前各本並同，《全唐詩》改「中」以叶韻，其實「鄙、子」爲韻，可不必改。

〔二三〕「構」原作「架」，據《唐文粹》及《陳伯玉文集》改。

〔二四〕「陵夷」原作「陵遲」，據《陳伯玉文集》改。《唐文粹》亦作「陵遲」，此聯綿字，義通。

〔二五〕「天地」原作「天下」，據《唐文粹》及《陳伯玉文集》改。

〔二六〕「夕」原作「久」，據《唐文粹》及《陳伯玉文集》改。

〔二七〕「盈盈」原作「盈華」，據《唐文粹》改。張本及《全唐詩》亦作「盈盈」。

〔二八〕「高堂」原作「高坐」，據《唐文粹》及《陳伯玉文集》改。

〔二九〕「玄」原作「寒」，據《唐文粹》及《陳伯玉文集》改。

〔三〇〕「虞雲羅」原作「羅雲龍」，據《唐文粹》改，《陳伯玉文集》作「歎雲羅」。

〔三一〕「好」原作「始」，據《唐文粹》及《陳伯玉文集》改。

〔三二〕「耽」原作「晚」，據《唐文粹》及《陳伯玉文集》改。

〔三三〕「路隔」原作「但見」，據《唐文粹》及《陳伯玉文集》改。

〔三四〕「陽雲」，《唐文粹》同。《文選》司馬相如《子虛賦》：「于是楚王乃登陽雲之臺。」（六臣本）五臣注：「翰曰：陽雲臺即高唐觀，言高出雲之陽，故以名焉。」此乃楚王大獵雲夢以後之事。《新定九域志》：陽雲臺在江陵府。《陳伯玉文集》作「雲陽」，毛本亦作「雲陽」，誤。

〔三五〕「冤」原作「怨」，據《唐文粹》及《陳伯玉文集》改。

〔三六〕「世間」，原作「世中」，據《唐文粹》改。《陳伯玉文集》作「馬上」。

〔三七〕「蚩蚩」原作「嗤嗤」，據《唐文粹》及《陳伯玉文集》改。

〔三八〕「幽」原作「陰」，據《唐文粹》及《陳伯玉文集》改。

〔三九〕「戰」原作「載」，據《唐文粹》及《陳伯玉文集》改。

〔四〇〕「愛」原作「憂」，據《唐文粹》及《陳伯玉文集》改。

〔四一〕「滅」原作「没」，據《唐文粹》及《陳伯玉文集》改。

〔四二〕「綏山」原作「西山」，據《唐文粹》及《陳伯玉文集》改。

〔四三〕「群化」原作「造化」，據《唐文粹》及《陳伯玉文集》改。

〔四四〕「遺世」原作「遺出」，據《唐文粹》及《陳伯玉文集》改。

〔四五〕「時」原作「將」，據《唐文粹》改。《陳伯玉文集》亦作「將」。

〔四六〕「盲飈」原作「首飈」，據《唐文粹》及《陳伯玉文集》改。

按：本書卷七劉友賢下云：「已上並高氏林亭之客。外陳子昂、張錫、王勔、解琬，各載其門。」今書中張、王、解三人下均載其詩，而子昂三宴皆預，此獨不載其詩，且《四庫全書》本《高氏三宴詩集》亦無子昂之作，疑計氏所見亦非完本也。兹據《歲時雜詠》所載子昂三宴詩補録于後：

《晦日宴高氏林亭》序云：夫天下良辰美景，園林池觀，古來游宴歡娱衆矣。然而地或幽偏，未睹皇居之盛；時終交喪，多阻升平之道。豈如光華啟旦，朝野資歡。有渤海之宗英，是平陽之貴戚。發揮形勝，出鳳臺而嘯侣；幽贊芳辰，指雞川而留宴。列珍羞于綺席，珠翠琅玕；奏絲管于芳園，秦箏趙瑟。冠纓濟濟，多延戚里之賓；鸞鳳鏘鏘，自有文雄之客。總都畿而寫望，通漢苑之樓臺；控伊洛而斜（趨），臨神仙之浦漵。則有都人士女，俠客游童，出金市而連鑣，入銅街而結駟。香車繡轂，羅綺生風，寶蓋琱鞍，珠璣耀日。于時律窮太簇，氣淑中京，山河春而霽景華，城闕麗而年光滿。淹留自樂，玩花鳥以忘歸；歡賞不疲，對林泉而獨得。偉矣！信皇州之盛觀也。豈可使晉京才子，孤標洛下之游；魏室群公，獨擅鄴中之會。盍各言志，以記芳游。同探一字，以華爲韻。詩云：尋春游上路，追宴入山家。主第簪纓滿，皇州景望華。玉池初吐溜，珠樹始開花。歡娱方未極，林閣散餘霞。

《晦日重宴高氏林亭》詩云：公子好追隨，愛客不知疲。象筵開玉饌，翠羽飾金巵。此時高宴所，詎減習家池。循涯倦短翮，何處儷長離。

《上元夜宴效小庾體》詩云：三五月華新，遨游逐上春。相邀洛城曲，追宴小平津。樓上看珠妓，車中見玉人。芳宵殊未極，隨意守燈輪。

邵大震

九日登玄武山旅眺云：九月九日望遥空，秋水秋天生夕風。寒雁一向南飛遠，游人幾度菊花叢。盧照隣和云：九月九日眺山川，歸心歸望積風煙。他鄉共酌金花酒，萬里同悲鴻雁天。玄武山在今東蜀〔一〕。高宗時，王勃以檄鷄文，斥出沛王府，既廢，客劍南，有游玄武山賦詩。照隣爲新都尉，大震其同時人也〔二〕。勃詩云：九月九日望鄉臺，他席他鄉送客杯。人今已厭南中苦，鴻雁那從北地來？

【校箋】

〔一〕《元和郡縣圖志》梓州玄武縣（今四川中江縣）：「玄武山，在縣東二里。」

〔二〕影明刊本《幽憂子集》卷三，載盧照隣《九月九日登玄武旅眺》七絶一首，附載王勃、邵大震同題和作。時盧爲新都尉，邵當亦是同客劍南者。

李日知

鄭州人，景龍初爲相。初，安樂公主館第成，中宗臨幸，燕從官，賦詩。日知卒章曰：所願但知居者樂，無使時稱作者勞。獨以規諷。睿宗他日謂曰：嚮時雖朕亦不敢諫，非卿亮直，何能爾！即拜侍郎〔一〕。亮直，唐書本傳作挺直。

【校箋】

〔一〕《新唐書》卷一一六《李日知傳》：「李日知，鄭州滎陽人。……景龍初，同中書門下平章事，轉御史大夫，仍知政事。初，安樂公主館第成，中宗臨幸，燕從官，賦詩。日知卒章，獨以規誡。睿宗他日謂曰：『嚮時雖朕亦不敢諫，非卿挺直，何能爾！』即拜侍中。」此事《隋唐嘉話》卷下、《大唐新語》卷三《公直》俱載之，即《新唐書》所本。二書有日知所賦詩兩句，《唐詩紀事》一併纂入。復易「挺直」二字爲「亮直」，以二書原作「非卿忠正」，「忠」與「亮」近也。文末小注「亮直，《唐書》本傳作挺直」九字，當是王禧校刻此書時所加。

李景伯

中宗宰相懷遠之子。景龍初，爲諫議大夫。中宗宴侍臣，酒酣，各命爲迴波辭，景伯獨爲箴規語，帝不悦。蕭至忠曰：真諫官也〔一〕。迴波辭曰：迴波爾持酒卮，微臣職在箴規。侍宴既過三爵，喧譁竊恐非儀〔二〕。

【校箋】

〔一〕《新唐書》卷一一六《李懷遠傳》：「子景伯，景龍中爲諫議大夫。中宗宴侍臣及朝集，使酒酣，各命爲《迴波辭》，或以諂言媚上，或要丐謬寵，至景伯，獨爲箴規語以諷帝，帝不悦。中書令蕭至忠曰：『真諫官也。』」

〔二〕《大唐新語》卷三《公直》：「景龍中，中宗嘗游興慶池，侍宴者遞起歌舞，並唱《迴波詞》，方便以求官爵。給事中李景伯亦起舞歌曰：『迴波爾持酒卮，微臣職在箴規，侍宴既過三爵，喧譁竊恐非儀。』于是罷宴。」「竊」原作「切」，據改。

劉禕之

字希美，常州人，與孟利貞、高智周、郭正一俱有名，號劉、孟、高、郭。上元中，與元萬頃等偕召入禁中，論次新書，高宗又密與參決時政，以分宰相權，時謂北門學士。武后時，以罪賜死〔一〕。

九成宮秋初應制詩云：帝圃疏金闕〔二〕，鳴臺駐玉鑾〔三〕。野分仙鷺岫，路接寶鷄壇。林樹千霜積，山宮四序寒。蟬急知秋早，鶯疏覺夏闌。怡神紫氣外，凝睇白雲端〔四〕。舜海詞波發，空驚游聖難。

和太子納妃公主出降詩曰〔五〕：夢梓光青陛〔六〕，穠桃藹紫宮。德優宸念遠，禮備國姻崇。萬户聲明發，三條騎吹通〔七〕。香輪送重景，綵旆引仙虹。

奉和別越王詩云：周屏辭金殿，梁驂整玉珂。管聲依折柳，琴韻動流波。鶴蓋分陰促，龍軒別念多。延襟小山路，還起大風歌。

【校箋】

〔一〕《新唐書》卷一一七《劉禕之傳》：「劉禕之，字希美，常州晉陵人。……少與孟利貞、高智周、郭正一俱以文辭稱，號劉、孟、高、郭，並直昭文館。俄遷右史，弘文館直學士。上元中，與元萬頃等偕召入禁中，論次新書凡千餘篇。高宗又密與參決時政，以分宰相權，時謂『北門學士』。……垂拱中，或告禕之受歸誠州都督孫萬榮金，與許敬宗妾私通，太后使肅州刺史王本立鞫治，以敕示禕之。禕之曰：『不經鳳閣鸞臺，何謂之敕？』后以爲拒制，使賜死于家。」

〔二〕「帝」原作「玄」，據《初學記》卷三、《文苑英華》卷一七二改。

〔三〕「嗚」原作「仙」，據《初學記》、《文苑英華》改。

〔四〕「睇」原作「涕」，據《初學記》、《文苑英華》改。

〔五〕此高宗永隆二年太子哲納妃及太平公主出降薛紹時作，見本書卷一高宗下校箋〔六〕、〔七〕。

〔六〕「光青陛」原作「青光陛」，據《初學記》卷七改。

〔七〕「騎吹」，《初學記》作「寶吹」。

王無競

字仲列，宋太尉弘之裔。氣豪縱，下筆成章，爲殿中侍御史。張易之等誅，坐嘗交，貶廣州，仇家矯制榜殺之〔一〕。

巫山詩云〔二〕：神女向高唐，巫山下夕陽。徘徊作行雨，婉孌逐荆王。電影江前落，雷聲峽外長。朝雲無處所，臺館曉蒼蒼。

宋之問下嵩山歌云〔三〕：下嵩丘兮懷所思，攜佳人兮步遲遲〔四〕。松間明月長如此，君再游兮復何時？無競和云：日云暮兮下嵩山〔五〕，路連綿兮樹石間。出谷口兮見明月〔六〕，心徘徊兮不能還。

【校箋】

〔一〕《新唐書》卷一〇七《王無競傳》：「王無競者，字仲列，世徙東萊，宋太尉弘之遠裔。家足于財，頗負氣豪縱，擢下筆成章科，調欒城尉，三遷監察御史，改殿中。……張易之等誅，坐嘗交往，貶廣州，仇家矯制榜殺之。」

〔二〕此詩《樂府詩集》卷一七載爲《巫山高》二首之一，題沈佺期作，而《雲溪友議》卷上「巫詠難」條以爲王無競詩，《唐詩紀事》殆取于此。「朝雲」原作「霽雲」，據改。

〔三〕詩題原作《下山歌》，據影明刊本（下同）《宋之問集》補「嵩」字。

〔四〕首二句原爲六言：「懷嵩丘兮所思，攜佳人兮步遲。」據《宋之問集》改。

〔五〕「下」字，據毛本補。

〔六〕「出」字，據毛本補。

袁恕己

詠屏風云：綺閣雲霞滿，芳林草樹新。鳥驚疑欲曙，花笑不關春。山對彈琴客，溪流垂釣人。請看車馬客，行處有風塵。

恕己，滄州人。與誅二張，相中宗；及貶，周利貞逼殺之〔一〕。

【校箋】

〔一〕《新唐書》卷一二〇《袁恕己傳》：「袁恕己，滄州東光人。……與誅二張，又從相王統南衙兵備非常，以功加銀青光禄大夫、中書侍郎、同中書門下三品，封南陽郡公。……未幾，拜中書令、特進南陽郡王。罷政事。例及貶，又流環州，爲周利貞所逼，恕己素餌黄金，至是飲野葛數升，不死，憤懣，抔土以食，爪甲盡，不能絶，乃擊殺之。」

郭元振

古劍歌云：君不見昆吾鐵冶飛炎煙，紅光紫氣俱赫然。良工鍛鍊凡幾年，鑄得寶劍名龍泉。龍泉顔色如霜雪，良工嗟咨歎奇絶。瑠璃玉匣吐蓮花，錯鏤金環映明月〔一〕。正逢天下無風塵，幸得周防君子身〔二〕。精光黯黯青蛇色，文章片片緑龜鱗。非直結交游俠子，亦曾親近英雄人。何言中路遭棄捐，零落飄淪古獄邊。雖復沉埋無所用，猶能夜夜氣衝天。子美過代公故宅詩云：壯公臨事斷，顧步涕橫落。高詠寶劍篇，神交付冥漠〔三〕。

元振尉通泉，任俠使氣，撥去小節。武后知所爲，召欲詰；既與語，奇之，索所爲文章，上寶劍篇。后覽嘉嘆，詔示學士李嶠等〔四〕。

久戍人偏老，長征馬不肥。元振警句也。元振嘗山居，夜有人面如盤出燈下，元振以此詩題其頰，遂滅。明日出行，巨木上有白耳，此句在焉〔五〕。

元振，魏州人。年十六，與薛稷、趙彦昭同爲太學生，資雄邁。景雲中位宰相。

【校箋】

〔一〕「映」原作「生」，據《初學記》卷二二、《唐文粹》卷一七改。

〔二〕「周防」原作「用防」，據《初學記》、《唐文粹》改。

〔三〕「冥」原作「溟」，據《杜工部集》卷五《過郭代公故宅》改。

〔四〕《新唐書》卷一二二《郭元振傳》：「郭震，字元振，魏州貴鄉人，以字顯。長七尺，美鬚髯，少有大志。十六，與薛稷、趙彦昭同爲太學生。……十八，學進士，爲通泉尉，任俠使氣，撥去小節。嘗盜鑄及掠賣部中口千餘，以餉遺賓客，百姓厭苦。武后知所爲，召欲詰，既與語，奇之。索所爲文章，上《寶劍篇》，后覽嘉歎，詔示學士李嶠等。即授右武衛鎧曹參軍，進奉宸監丞。……景雲二年，進同中書門下三品。……元振雖少雄邁，及貴，居處乃儉約，手不置書，人莫見其喜慍。建宅宣陽里，未嘗一至諸院廄。自朝還，對親欣欣，退就室，儼如也。距國初仕至宰相而親具者，唯元振云。」本書「任俠使氣」句，「俠」原作「挾」，據史文改。

〔五〕《酉陽雜俎》前集卷一四《諾皋記》上：「郭代公嘗山居，中夜有人面如盤，瞋目出于燈下。公了無懼色，徐染翰題其頰曰：『久戍人偏老，長征馬不肥。』公之警句也。題畢吟之，其物遂滅。數日，公隨樵閒步，見巨木上有白耳，大如數斗，所題句在焉。」「長征馬不肥」句，「不」原作「少」，據《酉陽雜俎》改。

崔融

融，字安成，齊州人。擢八科高第，與李嶠、蘇味道、王紹宗附易之兄弟。杜審言爲融所獎引，爲服緦麻。子禹錫、翹知名。孫巨，曾孫從〔一〕。

和宋之問寒食題黄梅臨江驛云：春分自淮北，寒食渡江南。忽見潯陽水，疑是宋家潭。明主閽難叫，孤臣逐未堪。遥思故園陌，桃李正酣酣。宋之問詩云：馬上逢寒食，愁中屬暮春。可憐江浦望，不見洛橋人。北極懷明主，南溟作逐臣。故園腸斷處，日夜柳條新。

户部尚書崔公挽歌云：八座圖書委，三臺章奏盈。舉杯常有勸，曳履忽無聲。市若荆州罷，池如薛縣平。空餘南斗劍〔二〕，天子署高名。

詠劍詩云：寶劍出昆吾，龜龍夾采珠。五精初獻術，千户競論都。匣氣衝牛斗，山形轉鹿盧。欲知天下貴，持此問風胡〔三〕。

則天皇后挽歌云：前殿臨朝罷，長陵合葬歸。山川不可望，文物盡成非。陰月霾中道，軒星落太微。空餘天子孝，松上景雲飛。

韋長史挽詞云：日落桑榆下〔四〕，寒生松柏中。冥冥多苦霧〔五〕，切切有悲風。京兆新阡闢〔六〕，扶陽甲第空。郭門從此送〔七〕，荆棘漸蒙籠。

崔融瓦松賦序曰：崇文館瓦松者，産于屋霤之上〔八〕，謂之木也，訪山客而未詳；謂之草也，驗神農而罕記〔九〕。賦云：煌煌特秀，狀金芝之産霤；歷歷虚懸，若星榆之種天。葩條郁毓，根柢連卷〔一〇〕。間紫苔而裛露，凌碧瓦而含煙。又曰：慙魏宫之烏韭〔一一〕，恧漢殿之紅蓮〔一二〕。崔公博學，莫不該悉，豈不知瓦松已有著説乎〔一三〕？博雅云：在屋曰昔邪，在牆曰垣衣。廣志謂之蘭香〔一四〕，生于久屋之瓦。魏明帝好之，命長安西載其瓦于洛陽以覆屋。前代詞人詩中多用昔邪，梁簡文詠薔薇曰：緣堦覆碧綺〔一五〕，依簷映昔邪。或言構木上多松栽〔一六〕，土木氣泄則瓦生松〔一七〕。出酉陽雜俎〔一八〕。

久視元年，改控鶴府爲奉宸府，張易之爲奉宸令，引詞人爲供奉。佞者奏云：昌宗，王子晉後身，令被羽衣，吹簫乘木鶴，奏樂于庭。融賦詩爲絶唱，有昔遇浮丘伯，今同丁令威，中郎才貌是，藏史姓名非之句〔一九〕。後與宰相蘇味道相誚，云：某詩所以不及相公，無銀花合也。蘇有詩云火樹銀花合。味道云：子詩雖無銀花合，還有金銅丁。取令威之句也〔二〇〕。

融爲文華婉，當時未有輩者，朝廷大筆，多手敕委之。譔武后哀册最高麗，絶筆而死，時謂思苦神竭云〔二一〕。

【校箋】

〔一〕《新唐書》卷一一四《崔融傳》：「崔融字安成，齊州全節人。擢八科高第，累補宫門丞、崇文館學士。……張易之兄弟頗延文學士，融與李嶠、蘇味道、麟台少監王紹宗降節佞附。……融爲文華婉，當時未有輩者。朝廷大手筆，多手敕委之。其《洛出寶圖頌》尤工。撰《武后哀册》最高麗，絶筆而死，時謂思苦神竭云。……膳部員外郎杜審言爲融所獎引，爲服緦麻。六子，其聞者禹錫、翹。……孫巨，右補闕，亦有文。曾孫從。」「安成」原作「成安」，據史文改。

〔二〕「南斗」原作「濟南」，據《文苑英華》卷三〇一改。

〔三〕「風胡」原作「風湖」，據《初學記》卷二二及《搜玉小集》改。詩下原注「風湖字未詳」五字，乃校刻者所加，今删。《吴越春秋》：「湛盧之劍如楚，昭王寐而得之，召風胡子問之：『此劍直幾何？』對曰：『赤堇之山已合，若耶之溪，深而不測，群神上天，歐冶子已死，雖有傾城量金珠玉，猶不可與，況駿馬萬户之都乎？』」此用其事。

〔四〕「日落」,《文苑英華》卷三一〇同。《搜玉小集》作「日暮」。
〔五〕「苦」原作「若」,據《搜玉小集》、《文苑英華》改。
〔六〕「闢」,《搜玉小集》作「合」,《文苑英華》作「闊」。
〔七〕「送」,《文苑英華》同,《搜玉小集》作「去」。
〔八〕「上」原作「下」,據《文苑英華》卷一四七改。《四部叢刊》影明刊本(下同)《酉陽雜俎》前集卷一九亦作「下」。
〔九〕「神農」,《文苑英華》、《酉陽雜俎》作「農皇」。
〔一〇〕「柢」原作「抵」,據《酉陽雜俎》、《文苑英華》改。
〔一一〕「烏韭」原作「烏悲」,據《文苑英華》改。《酉陽雜俎》亦作「烏悲」。
〔一二〕「恧」原作「惡」,據《酉陽雜俎》、《文苑英華》改。
〔一三〕「著」原作「舊」,據《酉陽雜俎》改。
〔一四〕「蘭香」原脱「蘭」字,據《酉陽雜俎》補。
〔一五〕「綺」原作「倚」,據《酉陽雜俎》改。
〔一六〕「構木上」原作「屋上木」,據《酉陽雜俎》改。
〔一七〕「則瓦生松」原作「則瓦松生」,據《酉陽雜俎》改。
〔一八〕此下原有「烏悲字未詳」五字,爲校刻者所加。今删。《廣雅》:「昔邪,烏韭也。」

〔一九〕《舊唐書》卷七八《張行成傳》：「久視元年，改控鶴府爲奉宸府，又以易之爲奉宸令，引辭人閻朝隱、薛稷、員半千並爲奉宸供奉。……時諛佞者奏云：昌宗是王子晉後身。乃令被羽衣，吹簫，乘木鶴，奏樂于庭，如子晉乘空。辭人皆賦詩以美之，崔融爲其絶唱，其句有『昔遇浮丘伯，今同丁令威。中郎才貌是，藏史姓名非』。」

〔二〇〕《唐語林》卷五：「蘇味道詞亞于李嶠，時稱蘇、李。崔融嘗戲蘇曰：我詞不如公有『銀花合』也。蘇即答：猶不及公『金銅釘』。謂『今同丁令威』也。」又，《本事詩》亦載此事云：「開元中，宰相蘇味道與張昌齡俱有名，暇日相過，互相誇誚。昌齡曰：某詩所以不及相公者，爲無『銀花合』故也。蘇有《觀燈》詩曰：『火樹銀花合，星橋鐵鎖開。暗塵隨馬去，明月逐人來。』味道云：子詩雖無『銀花合』，還有『金銅釘』。昌齡贈張昌宗詩曰：『昔日浮丘伯，今同丁令威』。遂相與拊掌大笑。」按《舊唐書》卷九四《蘇味道傳》：「神龍初，以親附張易之、昌宗貶授郿州刺史。俄而復爲益州大都督長史，未行而卒。」並無開元中爲宰相事，《本事詩》誤。詩亦崔融作贈易之者，《舊唐書·張行成傳》記載甚明，非張昌齡贈昌宗詩也。

〔二一〕此用《新唐書·崔融傳》文。《隋唐嘉話》卷下：「崔融司業作《武后哀策文》，因發病而卒。時人以爲三二百年來無此文。」

張昌齡

冀州人，與兄昌宗皆能文〔一〕。昌齡舉進士，與王公治齊名，皆爲考功王師旦所絀。

太宗問之，答曰：昌齡等華而少實，其文浮靡，非令器也。取之則後生勸慕，亂陛下風雅。帝然之〔二〕。後獻翠微宮頌，敕于通事舍人裏供奉。賀蘭敏之奏豫北門修撰，卒〔三〕。南部新書云：昌齡與文皇作息兵詔草，嘆曰：禰衡、潘岳之儔也〔四〕。

【校箋】

〔一〕《舊唐書》卷一九〇上《張昌齡傳》：「張昌齡，冀州南宮人，弱冠以文詞知名。……兄昌宗，亦有學業，官至太子舍人、修文館學士。」

〔二〕《封氏聞見記》卷三：「貞觀二十年，王師旦爲員外郎，冀州進士張昌齡、王公瑾並文詞俊雅，聲振京邑，師旦考其文，第爲下等，舉朝不知所以。及奏第，太宗怪無昌齡等名，問師旦，師旦曰：『此輩誠有詞華，然其體輕薄，文章浮艷，必不成令器，臣擢之，恐後生仿效，有變陛下風俗。』上深然之。」徐松曰：「王公瑾即王公治，治避諱爲理，理訛爲瑾耳。」（《登科記考》卷一）

〔三〕《舊唐書·張昌齡傳》：「貞觀二十一年，翠微宮成，詣闕獻頌。太宗召見，試作《息兵詔》草，俄頃而就。太宗甚悅，因謂之曰：『昔禰衡、潘岳，皆恃才傲物，以至非命。汝才不減二賢，宜追鑒前軌，以副吾所取也。』乃敕于通事舍人裏供奉。……後賀蘭敏之奏引于北門修撰，尋又罷去。乾封元年卒。」

〔四〕見《南部新書》丙。原無「草」字，據補。

唐詩紀事校箋卷第九

李　適　張　錫　徐彦伯　宗楚客　韋承慶
蕭至忠　李迥秀　劉　憲　崔　湜　岑　羲

李　適

適，字子至，京兆人。武后修三教珠英，以李嶠、張昌宗爲使，取文學士綴集，適與王無競、尹元凱等在選。睿宗時，以工部侍郎卒〔一〕。

九日登慈恩應制云〔二〕：鳳輦乘朝霽，鶚林對晚秋。天文貝葉寫，聖澤菊花浮。塔似神功造，龕疑佛影留。幸陪清漢蹕，欣奉浄居游。

答宋十一崖口五渡見贈云〔三〕：聞君訪遠山，躋險造幽絶。眇然青雲境，觀奇彌年月。登嶺亦泝溪，孤舟事沿越。寧嶂傳彩翠，崕蹬互欹缺。石林上攢叢〔四〕，金澗下明滅。捫壁窺丹井，梯苔瞰乳穴。忽枉巖中贈，對玩未嘗輟。殷勤獨往事，委曲鍊藥説。邀余名山期〔五〕，從爾泛海澨。歲晏秉宿心，斯言匪徒設〔六〕。

初，中宗景龍二年，始于修文館置大學士四員，學士八員，直學士十二員，象四時、八節、十二月。于是李嶠、宗楚客、趙彦昭、韋嗣立爲大學士，適、劉憲、崔湜、鄭愔、盧藏用、李乂、岑羲、劉子玄爲學士，薛稷、馬懷素、宋之問、武平一、杜審言、沈佺期、閻朝隱爲直學士，又召徐堅、韋元旦、徐彦伯、劉允濟等滿員。其後被選者不一。凡天子饗會游豫，唯宰相及學士得從，春幸梨園並渭水祓除，則賜柳圈辟癘；夏宴蒲萄園，賜朱櫻；秋登慈恩浮圖，獻菊花酒稱壽；冬幸新豐，歷白鹿觀，上驪山，賜浴湯池，給香粉蘭澤。從行給翔麟馬，品官黄衣各一。帝有所感，即賦詩，學士皆屬和，當時人所欽慕。然皆狎猥佻佞，忘君臣禮法，惟以文華取幸。若韋元旦、劉允濟、沈佺期、宋之問、閻朝隱等，無它稱〔七〕。景龍二年七夕，御兩儀殿賦詩，李嶠獻詩云：誰言七襄詠，重入五絃歌〔八〕。是日李行言唱步虚歌。九月，幸慈恩寺塔〔九〕，上官氏獻詩，群臣並賦。閏九月，幸總持寺〔一〇〕，登浮圖，李嶠等獻詩。十月三日，幸三會寺。十一月十五日，中宗誕辰，内殿聯句爲柏梁體〔一一〕。二十一日，安樂公主出降武延秀。是月以婕妤上官爲昭容。十二月六日，上幸薦福寺，鄭愔詩先成〔一二〕，舊邸三乘闕是也。宋之問後進。駕象法王歸是也。立春侍宴賦詩。二十一日，幸臨渭亭，李嶠等應制。三十日，幸長安故城。十二月晦，諸學士入閣守歲，以皇后乳母戲適御史大夫竇從一。往來其家，遂有國爹之號。三年人日，清暉閣登高遇雪，宗楚客詩云：蓬萊雪作山是也〔一三〕，因賜金綵人勝。李嶠等七言詩。千鍾聖酒御筵披是也〔一四〕。是日甚懽，上令學士遞起屢舞，至沈佺期賦迴波，有齒録牙緋之語〔一五〕。晦日，幸昆明池，宋之問詩自有夜珠來之句〔一六〕，至今傳之。二月八日，送沙門玄奘等歸荆州，李嶠等賦詩〔一七〕。十一日，幸太平公主南莊。七月，幸望春宫，送朔方節度使張仁亶赴軍〔一八〕。八月三日，幸安樂公主西莊〔一九〕。九月九日，幸臨渭亭，分韻賦詩。韋安石先成〔二〇〕。十一月一日，安樂公主入新宅，賦詩。十五日，中宗誕辰，長寧公主滿月，李嶠詩龍神見像日，仙鳳養雛年是也〔二一〕。二十三日，南郊，徐彦伯上南郊賦。十二月十二日，幸温泉宫。敕蒲州刺史徐彦伯入仗，同學士例，因與武平一等五人獻詩。上官昭容獻七言絶句三首〔二二〕。十四日，幸韋嗣立莊，拜嗣立逍遥公，名其居曰清虚原、幽棲谷〔二三〕。十五日，幸白鹿觀。十八日，幸秦始皇陵〔二四〕。四年正月朔，賜群臣柏樹〔二五〕。五日，蓬萊宫宴吐蕃使，因爲柏梁體〔二六〕。吐蕃舍人亦賦。七日，重宴大明殿，賜綵鏤人勝，又觀打毬〔二七〕。八日立春，賜綵花〔二八〕。二十九日晦，幸滻水〔二九〕。二月一日，送金城公主〔三〇〕。三日，幸司農少卿王光輔莊。是夕岑羲設茗飲，討論經史，武平一論春秋，崔日用請北面，日用贈平一歌曰：彼名流兮左氏癖，意玄遠兮冠今夕〔三一〕。二十一日，張仁亶至自朔方，宴于桃花園，賦七言詩。明日，宴承慶殿，李嶠桃花園詞，因號桃花行〔三二〕。三月一日清明，幸梨園，命侍臣爲拔河之戲〔三三〕。三日上巳，祓禊于渭濱，賦七言詩，賜細柳圈〔三四〕。八日，令學士尋勝，同宴于禮部尚書竇希玠亭，賦詩，張説爲之序〔三五〕。十一日，宴于昭容之别院。二十七日，李嶠入都祔廟，徐彦伯等餞之，賦詩〔三六〕。四月一日，幸長寧公主莊〔三七〕。六日，幸興慶池觀競渡之戲〔三八〕。其日過希玠宅，學士賦詩〔三九〕。二十九日，御宴，祝欽明爲八風舞，諸學士曰：祝公斯舉，五經掃地盡矣〔四〇〕！睿宗時，道士司馬承禎還天台，適贈詩，詞甚美，朝士屬和三百餘人，徐彦伯編爲白雲記〔四一〕。

中宗幸興慶池戲競渡應制云〔四二〕：拂霧金輿丹旆轉，凌晨黼帳碧池開。南山倒影從雲落，北澗摇花寫溜迴〔四三〕。急舸爭標排荇度，輕帆截浦觸荷來。横汾宴鎬歡無極，歌舞年年聖壽盃。

陪幸臨渭亭遇雪詩云〔四四〕：長樂喜春歸，披香瑞雪霏〔四五〕。花從銀閣度，絮繞玉窗飛。寫曜銜天藻，呈祥拂御衣。上林紛可望，無處不光輝。

安樂公主山莊云：平陽金牓鳳凰樓，沁水銀河鸚鵡洲。綵仗遥尋丹壑裏，仙輿暫幸緑亭幽。前池錦石蓮花豔〔四六〕，後嶺香爐桂蕊秋。貴主稱觴萬年壽，還輕漢武濟汾游。

人日大明宫應制云：朱城待鳳韶年至〔四七〕，碧殿乘龍淑氣來〔四八〕。寳帳金屏人已帖，圖花學鳥勝初裁。林香近接宜春苑，山翠遥添獻壽杯。向夕憑高風景麗〔四九〕，天文垂曜象昭回。

望春宫迎春應制云：玉輦金輿天上來，花園四望錦屏開。輕絲半拂朱城柳〔五〇〕，細繾全披畫閣梅。舞蝶分行飄御席〔五一〕，歌鶯度曲繞仙盃。聖詞今日光輝滿〔五二〕，漢主秋風莫道才。

送金城公主云：絳河從遠娉〔五三〕，青海赴和親。月作臨邊曉，花爲度隴春。主歌悲顧鶴，帝策重安人。獨有瓊簫去〔五四〕，悠悠思錦輪。

宴安樂公主新宅云：銀河半倚鳳凰臺，玉酒相傳鸚鵡杯。若見君平須借問：仙槎一去幾時來？

餞唐永昌赴任東都云：聞道飛鳧向洛陽，翩翩矯翮度文昌。自尚書郎爲令。因聲寄意三花樹，少室巖前幾過香。適云：有田在少室，不見十年矣。

徐彦伯題適碑陰序曰〔五五〕：噫譆李公〔五六〕，生自號東山子，死葬東山，豈其讖哉！神交者歌薤露以送子歸東山焉〔五七〕。歌曰：隴障縈紫氣，金光赫氛氲。美人含遥靄，桃李芳自薰〔五八〕。圖高黄鶴羽，寶奪驪龍群。忽驚薤上曲，掩噎東山雲。其一　回也實夭折〔五九〕，賈生亦脆促〔六〇〕。今復哀若人，危光風前燭〔六一〕。夜臺淪清鏡，窮塵掩結緑〔六二〕。何以贈下泉，生芻唯一束。其二

【校箋】

〔一〕《新唐書》卷二〇二《李適傳》：「李適，字子至，京兆萬年人。舉進士，再調猗氏尉。武后修《三教珠英》書，以李嶠、張昌宗爲使，取文學士綴集，于是適與王無競、尹元凱、富嘉謨、宋之問、沈佺期、閻朝隱、劉允濟在選。書成，遷户部員外郎，俄兼脩書學士。景龍初，又擢脩文館學士。睿宗時，待詔宣光閣，再遷工部侍郎。卒，年四十九。」

〔二〕景龍二年九月九日作。《文苑英華》卷一七六載李嶠、趙彦昭、鄭愔、劉憲、李乂、宋之問、上官氏《和九月九日登慈恩寺浮圖應制》詩，失載李適之作。

〔三〕此詩殘本《珠英集》題作《答宋之問入崖口五渡》。《宋之問集》有《入崖口五渡贈李適》詩，亦載于《唐文粹》卷一六及《文苑英華》卷二四九。

〔四〕「叢」，《珠英集》、《唐文粹》同。《文苑英華》作「聚」。

〔五〕「邀」，《唐文粹》同。《珠英集》、《文苑英華》作「追」。

〔六〕「設」原作「説」，據《唐文粹》、《珠英集》、《文苑英華》改。

〔七〕《新唐書》卷二〇二《李適傳》：「初，中宗景龍二年，始于脩文館置大學士四員、學士八員、直學士十二員，象四時、八節、十二月。于是李嶠、宗楚客、趙彦昭、韋嗣立爲大學士，適、劉憲、崔湜、鄭愔、盧藏用、李乂、岑羲、劉子玄爲學士，薛稷、馬懷素、宋之問、武平一、杜審言、沈佺期、閻朝隱爲直學士，又召徐堅、韋元旦、徐彦伯、劉允濟等滿員。其後被選者不一。凡天子饗會游豫，唯宰相及學士得從。春幸梨園，並渭水祓除，則賜細柳圈辟癘；夏宴蒲萄園，賜朱櫻；秋登慈恩浮圖，獻菊花酒稱壽；冬幸新豐，歷白鹿觀，上驪山，賜俗湯池，給香粉蘭澤，從行給翔麟馬，品官黄衣各一。帝有所感，即賦詩，學士皆屬和。當時人所歆慕。然皆狎猥佻佞，忘君臣禮法，惟以文華取幸。若韋元旦、劉允濟、沈佺期、宋之問、閻朝隱等無它稱。」此全用其文。胡震亨《唐音癸籤》卷二八補入「韋安石」以足直學士十二員之數，實不足據。安石，新、舊《唐書》有傳，皆不言嘗爲直學士，且其于神龍初，已代張柬之爲中書令，此時乃以宰相而從游幸賦詩，非厠身于文學侍從之列也。《全唐詩話》亦無「韋安名」之名。「唯宰相及學士得從」句，「及」原作「直」，據史文改。

〔八〕本書卷一〇李嶠《七夕應制》末二句作「誰言七襄詠，重入五絃歌。」《文苑英華》卷一七三所載同，詩題作《奉和七夕兩儀殿會宴應制》。此引二句「誰言」原作「唯言」，「重入」原作「流入」，據改。

〔九〕「恩」字原脱，據《文苑英華》卷一七八載婕妤上官氏《和九月九日登慈恩寺浮圖應制》詩補。

〔一〇〕詩見《文苑英華》卷一七八，題作《閏九月九日幸總持寺登浮圖應制》。此原脱「寺」字，據補。

〔一一〕「聯」原作「連」，本書卷一中宗下云：「十一月帝誕辰，内殿宴群臣聯句」，即此事。據改。

〔一二〕詩見本書卷一一鄭愔下及《文苑英華》卷一七八。《文苑英華》並載宋之問、趙彦昭、劉憲、李乂同時之作。

〔一三〕句見本書同卷宗楚客《人日清暉閣遇雪應制》。上文「三年人日」原作「三年七日」，據改。《文苑英華》卷一七三亦載宗楚客詩及同時諸人和作。

〔一四〕李嶠《上清暉閣遇雪》：「千鍾聖酒御筵披，六出祥英亂繞枝，即此神仙對瓊圃，何須轍跡向瑶池。」

〔一五〕見本書卷一一沈佺期下。「齒録」原作「齒緑」，據《全唐詩話》改，本書卷一一亦作「齒録」。

〔一六〕此宋之問《奉和晦日幸昆明池應制》詩末句。見《宋之問集》及《文苑英華》卷一七六。

〔一七〕李嶠《送沙門弘景、道俊、玄奘還荆州應制》及李乂同作，見《文苑英華》卷一七七。本書卷一〇李嶠、李乂二人下亦載其詩。

〔一八〕《舊唐書》卷七《中宗本紀》：「景龍三年八月，乙未（十一日），親送朔方軍總管、韓國公張仁亶于通化門外，上製序賦詩。」李嶠、劉憲、李乂、蘇頲、鄭愔、李適皆有《奉和幸望春宫送朔方軍大總管張仁亶》詩，載《文苑英華》卷一七七。本書卷九劉憲、卷一一李嶠下亦載其詩。「張仁亶」原作「張亶」，據史文補。《全唐詩話》作「張仁亶」。按本書「張仁亶」原均脱「仁」字，以下徑補，不出校。

〔一九〕李適等十五人《侍宴安樂公主莊應制》詩，並載《文苑英華》卷一七六。本書卷九蕭至忠、李迥秀、劉憲、岑羲，卷一〇李乂、盧藏用、馬懷素、薛稷、李嶠，卷一一沈佺期、韋元旦下亦載其詩。

〔二〇〕韋安石詩見本書卷一一。本書卷九蕭至忠，卷一〇李嶠、蘇頲，卷一一韋嗣立、趙彦伯、閻朝隱、盧懷慎，卷一二竇希玠、李成、陸景初、鄭南金、于經野、楊廉下皆載有同時應制之作。

〔二一〕李嶠《中宗降誕日長寧公主滿月侍宴應制》詩，載《文苑英華》卷一六九。同卷並載鄭愔一首。

〔二二〕上官昭容獻七言絶句三首，見本書卷三上官昭容下。

〔二三〕《文苑英華》卷一七五載李嶠、李乂、沈佺期、武平一、趙彦昭、徐彦伯、劉憲等七人《奉和幸韋嗣立山莊侍宴應制》五言長律各一首及同題李嶠、劉憲、趙彦昭、武平一、崔湜、沈佺期、李乂、張説、蘇頲等九人七言絶句各一首。

〔二四〕中宗幸秦始皇陵賦詩一首，見本書卷一中宗下。

〔二五〕《文苑英華》卷一七二載有趙彦昭、武平一、李乂等三人《元日恩賜柏葉應制》詩。

〔二六〕詩見本書卷一中宗下。

〔二七〕《文苑英華》卷一七二載有李嶠、趙彦昭、劉憲、崔日用、韋元旦、馬懷素、蘇頲、李乂、鄭愔、李適、閻朝隱、沈佺期等十二人《人日重宴大明宮恩賜綵縷人勝應制》詩。

〔二八〕《文苑英華》卷一八九載有李嶠、趙彦昭、沈佺期、宋之問、劉憲、上官昭容、蘇頲等七人《立春日侍宴内出剪綵花應制》詩。

〔二九〕本卷宗楚客下載有《正月晦日侍宴滻水應制》詩一首。

〔三〇〕《文苑英華》卷一七六載有李嶠、崔湜、劉憲、張説、薛稷、閻朝隱、蘇頲、韋元旦、徐堅、崔日用、鄭愔、李適、馬懷素、武平一、徐彦伯、唐遠悊、沈佺期等十七人《奉和送金城公主適西蕃應制》詩。

〔三一〕武平一論春秋，崔日用請北面事，見《新唐書》卷一一九《武平一傳》。「今夕」原作「今昔」，據《全唐詩話》改。

〔三二〕《文苑英華》卷一六九載有李嶠、趙彦昭、徐彦伯、李乂、蘇頲等五人《七言侍宴桃花園詠桃花應制》詩。

〔三三〕《文苑英華》卷一七五載有武平一、沈佺期、崔湜等三人《幸梨園觀打毬應制》詩。

〔三四〕《文苑英華》卷一七二載有韋嗣立、徐彦伯、劉憲、沈佺期、李乂、張説等六人《奉和三日祓禊渭濱》詩。

〔三五〕張説《南省就竇尚書山池尋花柳宴序》，載《文苑英華》卷七〇九。

〔三六〕徐彦伯《送特進李嶠入都祔廟》詩，見《文苑英華》卷三二〇。

〔三七〕《文苑英華》卷一七六載有李嶠、崔湜、李適、鄭愔、劉憲、李乂等六人《侍宴長寧公主東莊應制》詩。

〔三八〕《文苑英華》卷一七六載有徐彦伯、武平一、劉憲、蘇頲、沈佺期、韋元旦、李適等人《中宗幸興慶池戲競渡應制》詩。

〔三九〕《文苑英華》卷一七五載有劉憲、李乂、沈佺期、蘇頲等四人《奉和幸禮部尚書竇希玠宅應制》詩。

〔四〇〕《新唐書》卷一〇九《祝欽明傳》：「帝與群臣宴，欽明自言能八風舞，帝許之。欽明體肥醜，據地摇頭睆目，左右顧眄，帝大笑。吏部侍郎盧藏用歎曰：『是舉，五經掃地盡矣。』」

〔四一〕《舊唐書》卷一九〇中《李適傳》：「睿宗時，天台道士司馬承禎被徵至京師，及還，適贈詩，序其高尚之致，其詞甚美，當時朝廷之士，無不屬和，凡三百餘人。徐彦伯編而叙之，謂之《白雲記》，頗傳于代。」按《大唐新語》卷一〇《隱逸》言：司馬承禎歸天台，「工部侍郎李適賦詩以贈焉。當時文士，無不屬和。散騎常侍徐彦伯撮其美者三十一首，爲製序，名曰《白雲記》，見傳于代。」乃《舊唐書》所本，則和者「三百餘人」，亦夸辭也。

〔四二〕詩題原脱「池」，據《文苑英華》卷一七六補。《英華》此詩失載作者姓名。

〔四三〕「北澗摇花寫溜迴」原作「北澗摇光寫浪迴」，據《文苑英華》卷一七六改。

〔四四〕《文苑英華》卷一七三載此詩，未載作者姓名，題作《游禁苑幸臨渭亭遇雪應制》，並載李嶠、徐彦伯、李乂同時之作，時景龍四年十二月二十一日也。詩題據《英華》增「遇雪」二字。

〔四五〕「瑞」原作「愛」，據《文苑英華》卷一七三改。

〔四六〕「石」原作「萬」，據《文苑英華》卷一七六改。

〔四七〕「韶年」原作「韶華」，據《文苑英華》卷一七二及《歲時雜詠》改。

〔四八〕「乘」，《文苑英華》作「蟠」。

〔四九〕「景」原作「日」，據《文苑英華》及《歲時雜詠》改。

〔五〇〕「城」，《文苑英華》卷一七四作「門」。
〔五一〕「分」，《文苑英華》作「飛」。
〔五二〕「今日」原作「春日」，據《文苑英華》改。
〔五三〕「絳」原作「降」，據《文苑英華》卷一七六改。
〔五四〕「去」，《文苑英華》作「曲」。
〔五五〕《文苑英華》卷三〇六載有徐彦伯《題東山子李適碑陰並序》，即此。「徐彦伯」原作「徐元伯」，據改。
〔五六〕「噫譆」原作「譆譆」，據《文苑英華》改。
〔五七〕《文苑英華》此下尚有「人三章，章八句，合一十五章，鐫于碑陰云」數句，編者注云：「序云『人三章，合十五章』，則當有五人姓名，今止存徐詩，又止二章。」《紀事》蓋采自《英華》，亦止二章也。
〔五八〕「芳」原作「方」，據《文苑英華》改。
〔五九〕「折」原作「枉」，據《文苑英華》改。
〔六〇〕「朧」原作「晚」，據《文苑英華》改。
〔六一〕「光」原作「迅」，據《文苑英華》改。
〔六二〕「掩」原作「埋」，據《文苑英華》改。

張錫

慈恩寺九月九日登浮圖應制云：九秋霜景淨〔一〕，千門曉望通。仙游光御路，瑞塔迥凌空。菊彩揚堯日，萸香遶舜風。天文麗辰象，竊抃仰層穹。

晦日宴高文學林亭云〔二〕：雪盡銅駞路，花照石崇家。年光開柳色，池影汎雲華。賞洽情方遠，春歸景未賒。欲知多暇日，樽酒漬澄霞。

錫，文琮之子也。久視初，代其甥李嶠爲宰相，請還廬陵王，不爲張易之所右。俄知選坐贓，論流循州。韋后臨朝，爲相，旬日，出刺絳州，卒〔三〕。

【校箋】

〔一〕「九秋」原作「九州」，據《歲時雜詠》改。

〔二〕詩載《高氏三宴詩集》，見本書卷七高正臣下校箋〔二〕。

〔三〕《新唐書》卷一一三《張文琮傳》：「子錫，久視初，爲鳳閣侍郎、同鳳閣鸞臺平章事，代其甥李嶠爲宰相。請還廬陵王，不爲張易之所右。與鄭杲俱知選，坐洩禁中語，又賕謝鉅萬，……既而流循州。神龍中，累遷工部尚書，兼脩國史，東都留守。韋后臨朝，詔同中書門下三品，旬日，出爲絳州刺史。累封平原郡公，卒。」

徐彥伯

兗州人，爲蒲州司兵參軍。時司户韋暠善判，司士李亘工書，彥伯屬辭，號河東三絶。武后撰三教珠英，取文辭士皆天下選，彥伯、李嶠居首〔一〕。

和宋之問崖口五渡云〔二〕：聞有獨往客，拂衣捐世心。結忻薄枉渚，撰念縈舊林〔三〕。經亘去崖合，冥綿歸壑深。琪樹環碧彩，金潭生翠陰。洄沿弄沙榜〔四〕，危仄眺明岑〔五〕。夕聞桂裹猿，曉玩松上禽。雜珮蘊孤袖，瓊敷綴雙衿。我懷滄洲想，懿爾白雪吟。秉願理方叶，存期跡易尋。兹言庶不負，爲報巖中琴。

贈劉舍人古意云：女牀閟靈鳥〔六〕，文章世所希。巢君碧梧樹〔七〕，舞君青瑣闈。或言鳳池樂，撫翼更西飛。鳳池環禁林，仙閣霧沉沉。璇題激流日，珠綴綿清陰。郁穆絲言重〔八〕，熒煌台座深。風張丹戺翮，月弄紫庭音。衆彩結不散〔九〕，孤英歧莫尋。浩歌向蘭渚，婉孌故儔心〔一〇〕。

和韋元旦早朝云〔一一〕：夕轉清壺漏，晨驚長樂鐘。逶迤綸禁客，假寐守銅龍。予亦趨三殿，肩隨謁九重。繁珂接曙響，華劍比春容〔一二〕。相問韶光歇〔一三〕，彌憐芳意濃。願言乘日旰，攜手即雲峰。

祓禊渭濱侍宴應制云〔一四〕：晴風麗日滿芳洲，御幕春筵祓錦流。皆言侍蹕璜溪宴〔一五〕，暫似乘槎天漢游〔一六〕。

侍宴韋嗣立莊云〔一七〕：鼎臣休澣隙，方外結遐心〔一八〕。別業青霞境〔一九〕，孤潭碧樹林。每持東野策〔二〇〕，遥弄北溪琴。帝眷紆時豫，台園賞歲陰。移鑾明月沼，張組白雪岑〔二一〕。御酒瑶觴落，仙壇竹徑深。三光懸聖藻，五等冠朝簪。自愧承恩感，咸言獨在今〔二二〕。

送金城公主云〔二三〕：鳳扆憐簫曲，鸞閨念掌珍。羌庭遥築館，漢策重和親〔二四〕。星轉銀河夕，花移玉樹春。聖心悽遠送，留蹕望征塵〔二五〕。

駕幸温泉云〔二六〕：姬典歌時邁，虞編記省方。何如黑帝月，玄覽白雲鄉〔二七〕。翠仗縈船庫〔二八〕，明旂應蕢音負，王蕢也。陽〔二九〕。風摇花眊彩，雪豔寶戈芒。御陌開油次，離宮夾樹行。桂枝籠騕褭，松葉蔭堂皇〔三〇〕。仙女含珠液，温池孕璧房。湧疑神瀵浡〔三一〕，澄若帝臺漿〔三二〕。獨沸流常熱，潛蒸氣轉香〔三三〕。青坻環玉甃〔三四〕，紅淀鑠金光。藻耀凝芳潔〔三五〕，葳蕤獻淑祥。五龍歸寶算，九鴈叶時康〔三六〕。同預華封老，中衢祝聖皇。

安樂公主新宅云：鳳樓開闔引明光，花酹連添醉益香。欲知帝女薰天貴，金歌玉柱夜成行。或云金珂玉柱，或云金歃玉柱。

餞唐永昌云：金谿碧水玉潭砂，鳧鳥翩翩弄日華。鬬鷄香陌行春倦，爲摘東園桃李花。

餞唐州高使君云〔三七〕：香萼媚紅滋，垂條縈緑絲。情人拂瑶袂，共惜此芳時。驌驦已躑躅。烏隼方葳蕤。跂聞望太守，流潤及京師。

中宗幸興慶池戲競渡獻詩曰〔三八〕：夾道傳呼翊翠虬，天迴日轉御芳洲。青潭曉靄籠仙蹕，紅嶼晴花隔綵旒。香溢金杯環廣坐〔三九〕，聲摇妓舸匝中流。群臣相慶嘉魚樂，共哂横汾歌吹秋。

中宗與修文館學士宴樂賦詩，每命彦伯爲之序，文彩華縟。夜宴安樂公主新第序云：言容有典，緝似幄之柔規；湯沐增榮，結風庭之藻涣。又曰：鳴璜節珮，登繡軸之瑚軒；花綬香纓，帶澤壺之青鏁。此言駙馬。送鄭惟忠序云：卷蘆葉而横吹，聲愁隴月；撫劍鐔而直視，目斷吴洲〔四〇〕。

彦伯爲文，多變易求新，以鳳閣爲鵷閣〔四一〕，龍門爲虬户，金谷爲銑溪，玉山爲瓊岳，竹馬爲篠驂，月兔爲魄兔，進士效之，謂之澀體〔四二〕。

【校箋】

〔一〕《新唐書》卷一一四《徐彦伯傳》：「徐彦伯，兖州瑕丘人，名洪，以字顯。七歲能爲文，結廬太行山下。薛元超安撫河北，表其賢，對策高第，調永壽尉、蒲州司兵參軍。時司户韋暠善判，司士李亘工書，而彥伯屬辭，時稱河東三絶。遷職方員外郎，奉迎中宗房州，進給事中。武后撰《三教珠英》，取文學士皆天下選，而彥伯、李嶠居首。……開元二年卒。」此用史文。「司兵參軍」原誤作「司軍兵參」，今改正。「李嶠」原脱「李」字，據補。

〔二〕此乃和宋之問《入崖口五渡寄李適》詩，《文苑英華》卷二四九所載詩題作《和李適答宋之問》。

〔三〕「縈」原作「榮」，據《文苑英華》改。

〔四〕「榜」原作「傍」，據《文苑英華》改。

〔五〕「危仄」原脱「仄」字，據《文苑英華》補。

〔六〕「女牀」原作「深林」，據《初學記》卷一一、《文苑英華》卷二四九改。

〔七〕「君」原作「居」，據《初學記》、《文苑英華》改。

〔八〕「綵言」，《初學記》、《文苑英華》作「帝言」。

〔九〕「衆」原作「還」，據《文苑英華》改。《初學記》作「雙」。

〔一〇〕「變」原作「戀」，據《文苑英華》改。《初學記》作「浩歌在西省，經傳恣潛心」。

〔一一〕韋元旦《早朝》詩及徐彥伯與鄭愔、沈佺期和作，並載《文苑英華》卷一九〇。

〔一二〕「春容」原作「舂容」，據《文苑英華》改。

〔一三〕「相問韶光歇」原作「相間苔光歇」，據《文苑英華》改。

〔一四〕景龍四年三月三日作。《文苑英華》卷一七二載此詩，題作《奉和三日祓禊渭濱》，並載同時和者韋嗣立、劉憲、沈佺期、李乂、張説詩。

〔一五〕「侍蹕」原作「曲侍」，據《初學記》卷六、《文苑英華》卷一七二改。

〔一六〕「乘槎」原作「輕飛」，據《初學記》、《文苑英華》改。

〔一七〕景龍三年十二月十四日作。《文苑英華》卷一七五載此詩，題作《奉和幸韋嗣立山莊侍宴應制》，並載同時和者李嶠、李乂、沈佺期、武平一、趙彦昭、劉憲、崔湜、張説、蘇頲詩。

〔一八〕「遐」原作「遥」，據《文苑英華》改。

〔一九〕「境」，《文苑英華》作「逕」。

〔二〇〕「持」原作「馳」，據《文苑英華》改。

〔二一〕「張俎白雲岑」原作「張組白雪岑」，據《文苑英華》改。

〔二二〕二句原作「自昔皇恩感，咸言獨自今」，據《文苑英華》改。

〔二三〕景龍四年作，《舊唐書》卷七《中宗本紀》：「正月己卯（二十七日），送金城公主歸吐蕃」是也。《搜玉小集》題作《送公主和戎》。

〔二四〕「漢」原作「廟」，據《搜玉小集》、《文苑英華》改。

〔二五〕《搜玉小集》末二句作「聖情淒割愛，駐蹕望征塵」。

〔二六〕《舊唐書》卷七《中宗本紀》：景龍三年「十二月甲子。上幸新豐之温湯，……乙巳，至自温湯」，詩即此時作。《文苑英華》卷一七〇載此詩，題作《幸新豐温泉宮應制》，並載武平一同作一首。

〔二七〕「覽」字原脱，據《文苑英華》補。

〔二八〕「庫」原作「岸」，據《文苑英華》改。

〔二九〕小注「王蒷也」原作「王草也」，據《説文》改。

〔三〇〕「蔭」，《文苑英華》作「覆」。

〔三一〕「涛」原作「溢」，據《文苑英華》改。《説文》「涛，水暫益且未止也，直里切。」

〔三二〕「澄」原作「泛」，據《文苑英華》改。

〔三三〕「氣」原作「氛」，據《文苑英華》改。

〔三四〕「坻」原作「玹」，據《文苑英華》改。

〔三五〕「耀」原作「曜」，據《文苑英華》改。

〔三六〕「九鳸」原作「九鴈」，據《文苑英華》改。

〔三七〕明活字本《沈佺期集》有《送高唐州詢》詩，知高名詢，爲唐州刺史也。《文苑英華》卷二六七載《餞唐州高使君赴任》詩，彦伯此首以外，尚有岑羲、崔湜、盧藏用、張説、馬懷素等人詩八首。

〔三八〕景龍四年四月六日作。

〔三九〕此句原作「香溢金環盈廣坐」，據《文苑英華》卷一七六改。

〔四〇〕「吴」字原脱，據毛本改。

〔四一〕「鵷」原作「鶵」，據《全唐詩話》改。

〔四二〕《舊唐書》卷九四《徐彦伯傳》：「自晚年爲文，好爲强澀之體，頗爲後進所效焉。」「澀體」上原有「徐」字，張本及《全唐詩話》俱無，今删。

宗楚客

正月晦日侍宴滻水應制詩云〔一〕：御輦出明光，乘流泛羽觴。珠胎隨月減，玉漏與年長。寒盡梅猶白，風遲柳未黄。日斜旌旆轉〔二〕，休氣滿林塘。

人日清暉閣遇雪應制云〔三〕：窈窕神仙閣，參差雲漢間。九重中禁啟，七日早春還〔四〕。太液天爲水，蓬萊雪作山。今朝上林樹，無處不堪攀。

侍宴安樂公主莊應制詩〔五〕：玉樓銀牓枕嚴城，翠蓋虹旗列禁營〔六〕。日映層巖圖畫色，風摇雜樹管絃聲。水邊重閣含飛動，雲裏孤峰似削成。幸陪七聖游崑閬，無勞萬里訪蓬瀛。

又安樂公主入新宅詩云〔七〕：星橋他日構〔八〕，仙榜此時開。馬向鋪錢埒，簫聞弄玉臺。人疑衛叔美，客似長卿才。借問游天漢，誰能取石迴〔九〕？

楚客，字叔敖，河東人。節愍太子之敗也，楚客請殊其首祭三思。俄爲相，與紀處訥締交，世號宗、紀。御史崔琬劾之，帝詔琬與宗、紀爲兄弟，兩解之，世謂帝爲和事天子。韋氏敗，被誅〔一〇〕。

【校箋】

〔一〕景龍四年正月二十九日作。詩題原作《正月晦中宗幸滻水詩》，據《歲時雜詠》改。

〔二〕「旌旆」原作「旌騎」，據《歲時雜詠》改。

〔三〕景龍三年正月七日作，詩題原無「遇雪」二字，據《文苑英華》卷一七三補。

〔四〕「七日」原作「七夕」，據《文苑英華》及《歲時雜詠》改。「還」，《雜詠》同，《英華》作「寒」。

〔五〕景龍三年八月三日作，詩題原作《幸安樂公主西園應制》，據《文苑英華》卷一七六改。

〔六〕「營」原作「庭」，據《文苑英華》改。

〔七〕景龍三年十一月一日作。

〔八〕「構」原作「創」，據《文苑英華》卷一七六改。

〔九〕「取」，《文苑英華》作「帶」。

〔一〇〕《新唐書》卷一〇九《宗楚客傳》：「宗楚客，字叔敖，其先南陽人。曾祖丕後梁南弘農太守，梁亡入隋，居河東之汾陰，故爲蒲州人。……神龍初，爲太僕卿、郢國公。武三思引爲兵部尚書，以晉卿爲將作大匠。節愍太子敗，逃于鄠，被殺，殊其首祭三思等柩，楚客請之也。俄同中書門下三品。韋后、安樂公主親賴之。與紀處訥爲黨，世號宗、紀。……監察御史崔琬廷奏楚客、處訥專威福，有無君心，納境外交，爲國取怨。……並請收付獄，三司推鞫。……詔琬與楚客、處訥約兄弟，兩解之。故世謂帝爲和事天子。尋遷中書令。韋氏敗，與晉卿同誅。」本條用史文。「紀處訥」原誤「訥」爲「納」，「詔琬與宗、紀爲兄弟」原脱「爲」字，據改補。「晉卿」，楚客弟也。

韋承慶

字延休，性謹畏。長安中爲相，附張易之，時與異母弟嗣立並爲宰相〔一〕。韋氏孝友、詞學則承慶、嗣立，邃音樂有萬石，達禮儀則叔夏，史才、博識有述。時趙冬曦兄弟亦各有名。張説曰：韋、趙兄弟，人之杞梓〔二〕。

寒食應制詩云：鳳條春色滿〔三〕，龍禁早輝通。舊火收槐燧，餘寒入桂宫。鶯啼正隱葉，鷄鬭始開籠。藹藹槅山滿〔四〕，仙歌始樂風。

直中書省詩：清切鳳凰池，扶疎鷄樹枝。惟應集鸞鷺，何爲宿羈雌。大造乾坤闢，深恩雨露垂。昆蚑既含養，駑駘亦驅馳。木偶翻爲用，芝泥忽濫窺。九思空自勉，五字本無施。徒喜逢千載，何階答二儀。螢光向日盡，蚊力負山疲。禁宇庭除闊，閑宵鐘箭移。暗花臨户發，殘月下簾欹。白髮隨身改，丹心爲主披。命將時並泰，言與行俱危。寄謝登巢客〔五〕，堯年復在斯〔六〕。

南中詠雁云：萬里人南去，三春雁北飛〔七〕。不知何歲月，得與爾同歸？

凌朝浮江旅思云：天晴上初日，春水送孤舟。山遠疑無樹，潮平似不流。岸花縈且落，江鳥没還浮。羈望傷千里，長歌遣四愁〔八〕。

【校箋】

〔一〕《新唐書》卷一一六《韋思謙傳》：「子承慶、嗣立。承慶字延休，性謹畏。……長安中，拜鳳閣侍郎、同鳳閣鸞臺平章事。張易之誅，承慶以素附離……流嶺表。……嗣立字延構，與承慶異母，少友悌。……中宗景龍中，拜兵部尚書，同中書門下三品。……唐隆初，拜中書令。」

〔二〕《新唐書》卷一三二《韋述傳》：「韋氏之顯者：孝友、詞學則承慶、嗣立，邃音樂有萬石，達禮儀有叔夏，史才、博識有述。所著書二百餘篇行于時。弟逌、迪，學業亦亞。述與逌對爲學士，與迪並禮官，搢紳高之。時趙冬曦兄弟亦各有名。張説嘗曰：『韋、趙兄弟，人之杞梓』云。」

〔三〕「滿」原作「晚」，據《文苑英華》卷一七二改。

〔四〕「榣山」原作「瑶山」，《文苑英華》作「搖山」，乃「榣山」形近而誤。「榣山」，出《山海經·大荒西經》，見本書卷四虞世南下校箋〔四〕引。今據改。

〔五〕「登巢客」原作「巢由客」，據《文苑英華》卷一九一改。

〔六〕「復」原作「正」，據《文苑英華》改。

〔七〕「春」原作「秋」，據《國秀集》卷下及《文苑英華》卷三二八改。

〔八〕「四愁」原作「客愁」，據《文苑英華》卷一六二改。按本書卷四馬周下亦載此詩，當是韋作。

蕭至忠

安樂公主山莊云〔一〕：西郊窈窕鳳凰臺，北渚平明法駕來。匝地金聲初度曲，周堂玉溜好傳杯〔二〕。灣路分游畫舟轉，巖門相向碧亭開。微臣此時承宴樂，髣髴疑尋星漢迴〔三〕。

九日侍宴應制云〔四〕：望幸三秋暮，登高九日初。朱旗巡漢苑，翠帟俯秦墟。寵極萸香遍，恩深菊酎餘。承懽何以答，萬億俯宸居。得餘字。

慈恩寺九日登塔應制云〔五〕：天蹕三乘啟，星輿六轡行。登高臨寶塔，極目遍王城。神衛虛中邃，仙歌雲外清。重陽千萬壽，率舞頌昇平。

至忠，德言曾孫〔六〕，相中宗。後從太平公主逆謀，誅。明皇曰：至忠誠國器，但晚謬耳〔七〕！

【校箋】

〔一〕景龍三年八月三日作。詩題《文苑英華》卷一七六作《侍宴安樂公主莊應制》。

〔二〕「好」原作「始」，據《文苑英華》改。

〔三〕「尋」原作「從」，據《文苑英華》改。

〔四〕景龍三年九月九日作，《舊唐書》卷七《中宗本紀》：「景龍三年，九月壬戌（九日），幸九曲亭子，宴侍臣學士」是也。

〔五〕景龍二年九月九日作。

〔六〕「德言曾孫」原作「德言孫」，按《舊唐書》卷九二《蕭至忠傳》：「蕭至忠，秘書少監德言曾孫也。」又《新唐書》卷七一《宰相世系表》：德言子沈，沈子安節，安節子至忠。則作曾孫爲是，據改。《新唐書》卷一二三《蕭至忠傳》稱「祖德言爲秘書少監」，是《紀事》乃從之而誤。

〔七〕《新唐書·蕭至忠傳》：「中宗神龍初，爲御史中丞。……尋授中書侍郎、同中書門下平章事。……俄爲侍中、中書令。……景隆元年，……出爲晉州刺史。……太平寖用事，至忠乃自附納。……請于帝，拜刑部尚書，復爲中書令，封酇國公。乃參主逆謀，先天二年，主敗，至忠遁入南山，數日，捕誅之。……玄宗賢其爲人，後得源乾曜，亟用之，謂高力士曰：『若知吾進乾曜遽乎？吾以其貌言似蕭至忠。』力士曰：『彼不嘗負陛下乎？』帝曰：『至忠誠國器，但晚謬爾，其始不謂之賢哉！』」

李迥秀

慈恩寺九日應制云〔一〕：沙界人王塔，金繩梵帝游。言從祇樹賞，行玩菊叢秋。御酒調甘露，天花亂綵旒。堯年持佛日，同此慶時休。莫驚側弁還歸路，祇爲平陽歌舞催。

和主第賜宴云：金牓岧嶢雲裏開，玉簫參差天際迴。

安樂公主山莊云：詰旦重門聞警蹕，傳言太主奏山林。是日迴輿羅萬騎〔二〕，此時歡喜賜千金〔三〕。鷺羽鳳簫參樂曲，萩園竹徑接帷陰〔四〕。手舞足蹈方無已〔五〕，萬年千歲奉薰琴〔六〕。

迥秀、崔湜、鄭愔在武后、中宗時，以姦淫汙名位，然皆有文。迥秀嘗以鴛鴦盞一雙與張易之母共飲，取其常相逐也〔七〕。

迥秀爲兵部尚書，有疾，謂問者曰：僕自知當作侍中，有命，固不憂也。問者出門而終，詔贈侍中〔八〕。

【校箋】

〔一〕景龍二年九月九日作。詩題《文苑英華》卷一七六作《侍宴安樂公主莊應制》。

〔二〕「騎」原作「綺」，《文苑英華》同，據毛本改。

〔三〕「喜」原作「甚」，《文苑英華》同，據毛本改。

〔四〕「萩園」原作「荻薗」，彭叔夏《文苑英華辨證》卷八云：「李迥秀《和侍宴安樂公主山莊》詩『荻園竹徑接帷陰』（見《文苑英華》卷一七六）……按《東方朔傳》『萩竹籍田』，是竇太主園。《貨殖傳》『河濟之間千樹萩，渭川千畝竹』，師古曰：『萩，即楸字。』《集韻》：『萩，楸通用。』荻字恐非。」按，彭説是。據改。

〔五〕「無已」，《文苑英華》作「無極」。

〔六〕「萬年千歲」《文苑英華》作「年年歲歲」。

〔七〕《朝野僉載》卷三：「（張易之母）阿臧與鳳閣侍郎李迥秀私通，逼之也。以鴛鴦盞一雙共飯，取其常相逐。」本條「盞」「母」二字原脱，據補。

〔八〕《太平廣記》卷一四六引《定命録》：「李迥秀爲兵部尚書，有疾，朝士問之，秀曰：『僕自知當得侍中，有命，固不憂也。』朝士退，未出巷而薨。有司奏，有詔贈侍中。」

劉憲

送張仁亶赴朔方應制云[一]：命將擇耆年，圖功勝必全[二]。光輝萬乘餞，威武二庭宣。中衢横鼓角，曠野蔽旌旃。推食天廚至，投醪御酒傳。涼風過雁苑，殺氣下鷄田。分閫恩何極，臨岐動睿篇。

陪幸長寧公主東莊云[三]：公主林亭地[四]，清晨降玉輿。畫橋飛渡水，仙閣涌臨虛。晴新看蛺蝶，夏早摘芙蕖。文酒娱游盛，忻叨侍從餘。

陪幸五王宅云〔五〕：北斗樞機任，西京肺腑親。疇昔王門下，今兹制幸晨。恩光山水被，聖作管絃新。遶座薰紅藥，當軒暗緑筠。摘荷纔早夏，聽鳥尚餘春。行漏金徒晚，風煙起觀津。

三會寺應制云〔六〕：岧嶤蒼史臺，敞朗紺園開。戒旦壺人警，翻霜羽騎來。下輦登三襲，褰旒望九垓。林披館陶榜，水浸昆明灰。網户飛花綴，幡竿度鳥迴。豫游仙唱動，蕭灑出塵埃。

薦福寺應制云〔七〕：地靈傳景福，天駕儼鈎陳。佳哉藩邸舊，赫矣梵宫新。香塔魚山下，禪堂雁水濱。珠幡映白日，鏡殿寫青春。甚懽延故吏，大覺拯生人。幸承歌頌末，長奉屬車塵。

陪游上苑遇雪云：龍驂曉入望春宫〔八〕，正逢春雪舞東風〔九〕。花光併載天文上〔一〇〕，寒氣行銷御酒中。

賜剪綵花應制云：上林宫館妓〔一一〕，春心獨早知。剪花疑始發，刻燕似新窺。色濃輕雪點，香淺嫩風吹。此日叨陪侍，恩榮慚數枝。

人日清暉閣遇雪應制云〔一二〕：輿輦乘人日，登臨上鳳京。風尋歌曲颺，雪向舞行縈。千官隨興合，百福與時并〔一三〕。承恩長若此，微賤幸昇平〔一四〕。

安樂公主山莊云〔一五〕：主家别墅帝城隈，無勞海上覓蓬萊。沓嶂懸流平地起，危樓曲閣半天開。庭莎作薦舞行出，浦樹相障歌棹迴〔一六〕。此日風光與形勝，祇言併伴聖詞來。

侍宴韋嗣立莊云〔一七〕：東山有謝安，枉道降鳴鑾〔一八〕。緹騎分初日，霓旌度曉寒。雲蹕巖間下，虹橋澗底盤。幽棲俄以届〔一九〕，聖矚宛餘歡〔二〇〕。崖懸飛溜直，岸轉緑潭寛。桂華堯酒泛〔二一〕，松響舜絃彈。明主恩斯極，賢臣節更殫。不才叨侍從，詠德以濡翰〔二二〕。

白鹿觀應制云〔二三〕：玄游乘落暉，仙宇曖霏微。石梁縈澗轉，珠旆掃壇飛。芝童薦膏液，松鶴舞驂騑。還似瑶池上，歌成周馭歸。

人日玩雪應制云〔二四〕：勝日登臨雲葉起，芳風摇蕩雪花飛。星暉幸得承金鏡，飀影還將奉玉衣。

送金城公主云〔二五〕：外館踰河右，行營指路岐。和親悲遠嫁，忍愛泣將離。旌旆羌風引，軒車漢水隨。那堪馬上曲，時向管中吹。

興慶池應制云：蒼龍闕下天泉池，軒駕來游簫管吹。緣堤夏篠縈不散〔二六〕，冒水新荷卷復披。帳殿疑從畫裏出，樓船直在鏡中移。自然東海神仙處，何用西崑轍跡疲。

宴安樂公主新宅云〔二七〕：層軒洞户旦新披，度曲飛觴夜不疲。綺綴玲瓏河色曉，珠簾隱映月華窺。

餞唐永昌云：始見郎官拜洛陽，旋聞近侍發雕章。緒言已昜期年政，綺字當生滿路光。

七夕應制云〔二八〕：秋吹過雙闕，星仙動二靈。更深移月鏡，河淺度雲軿。殿上呼方朔〔二九〕，人間失武丁。天文茲夜裏，光映紫微庭。

慈恩寺九日應制云〔三〇〕：香塔曾霄半，仙鑣淨境游〔三一〕。登臨憑季月〔三二〕，寥廓見中州〔三三〕。御酒新寒退，天文寶氣浮〔三四〕。却邪將獻壽〔三五〕，茲日奉千秋。

人日侍宴大明宮應制云〔三六〕：禁苑韶華此日歸，東郊道上轉青旂。柳色梅芳何處所，風前雪裏覓芳菲。開冰池内魚新躍，剪綵花間燕始飛。欲識王游達陽氣〔三七〕，爲觀天藻競春輝。

奉和三日祓禊渭濱云〔三八〕：桃花欲落柳條長，沙頭水上足風光。此時御蹕來游處，願奉年年祓禊觴。

奉和春幸望春宮應制云：暮春春色最便妍，苑裏花開列御筵〔三九〕。商山積翠臨城起〔四〇〕，滻水浮光共幕連。鶯藏嫩葉歌相喚，蝶礙芳叢舞不前。歡娱節物今如此，願奉宸游億萬年。

憲，字元度，宋州人。爲中書舍人，坐善張易之，出刺渝州。召爲太僕少卿，兼修文館學士，卒。天授中，治來俊臣獄，疾其酷，欲痛繩之，反爲所陷。明皇在東宮，憲啟曰：諸無量經明行修，耆年宿望，宜數召問，以察其言。太子順納[四二]。

【校箋】

〔一〕《舊唐書》卷七《中宗本紀》：「景龍三年八月，乙未（十一日），親送朔方軍總管、韓國公張仁亶于通化門外，上製序賦詩。」本詩即此時應制作。

〔二〕「功」，《文苑英華》卷一七七作「全」。

〔三〕「東莊」原作「林亭莊」，按本書同卷李適下云：「景龍四年四月一日，幸長寧公主莊。」《文苑英華》卷一七六載此詩，題爲《侍宴長寧公主東莊應制》，今據改。

〔四〕「林亭」，《文苑英華》作「林園」。

〔五〕按《文苑英華》卷一七五載此詩，題作「《奉和幸禮部尚書竇希玠宅應制》」，並載李乂、沈佺期、蘇頲同時之作。乃景龍四年四月六日事，蓋是日中宗先幸五王宅，再過竇宅也。

〔六〕事在景龍二年十月三日，見本書同卷李適下。

〔七〕事在景龍二年十二月六日，見本書同卷李適下。

〔八〕「曉入」原作「曉日」，據《文苑英華》卷一七三改。

〔九〕「東風」原作「春風」，據《文苑英華》改。

〔一〇〕「載」原作「在」，據《文苑英華》改。

〔一一〕《文苑英華》卷一六九載此詩，題作《立春日侍宴内出剪綵花應制》，蓋景龍四年正月八日事也。首句《英華》作「上林春館披」，「披」乃「妓」字之誤。李白《宫中行樂詞》「選妓隨雕輦，徵歌出洞房」，宫妓是也。毛本改「妓」爲「好」字，非。

〔一二〕景龍三年正月七日作。詩題原脱「遇雪」二字，據《文苑英華》卷一七三補。

〔一三〕「時」，《歲時雜詠》同。《文苑英華》作「春」。

〔一四〕「昇平」，《歲時雜詠》同。《文苑英華》作「輕生」。

〔一五〕景龍三年八月三日作。詩題《文苑英華》卷一七六作《侍宴安樂公主莊應制》。

〔一六〕「障」原作「將」，據《文苑英華》改。

〔一七〕景龍三年十二月十四日作。

〔一八〕「降鳴鑾」原作「鳴和鑾」，據《文苑英華》卷一七五改。

〔一九〕「以」原作「似」，據《文苑英華》改。

〔二〇〕「歡」原作「觀」，據《文苑英華》改。

〔二一〕「泛」原作「泠」，據《文苑英華》改。

〔二二〕「德」原作「聽」，據《文苑英華》改。

〔二三〕景龍三年十二月十五日作。

〔二四〕景龍四年二月一日作。

〔二五〕景龍四年四月六日作。

〔二六〕「縈」，《文苑英華》卷一七六作「嬰」。

〔二七〕景龍三年十一月一日作。

〔二八〕景龍二年七月七日兩儀殿會宴應制作。

〔二九〕「呼」，《文苑英華》卷一七三及《歲時雜詠》作「徵」。

〔三〇〕景龍二年九月九日作。

〔三一〕首二句《文苑英華》卷一七八作「飛塔雲霄半，清晨羽旆游。」「境」原作「鏡」，據毛本改。

〔三二〕「登臨」，《文苑英華》作「登高」。

〔三三〕「寥廓」，《文苑英華》作「遠近」。

〔三四〕「寶氣浮」，《文苑英華》作「瑞景流」。

〔三五〕「獻壽」，《文苑英華》作「介福」。

〔三六〕景龍四年正月七日作。

〔三七〕「欲識王游達陽氣」句，《文苑英華》卷一七二作「欲識君王行幸氣」。

〔三八〕景龍四年三月三日作。

〔三九〕「花開」，《初學記》卷一四同。《文苑英華》卷一七四作「花間」。

〔四〇〕「商山」，《初學記》同。《文苑英華》作「南山」。

〔四二〕《新唐書》卷二〇二《劉憲傳》：「劉憲字元度，宋州寧陵人。……憲擢進士，調河南尉，累進左臺監察御史。天授中，奉詔按來俊臣罪，憲疾其酷，欲痛繩之，反爲所構，貶瀎水令。俊臣死，召爲給事中，轉中書舍人。坐善張易之，出爲渝州刺史。除太僕少卿，脩國史，兼脩文館學士，遷太子詹事。時玄宗在東宫，雅意墳史，憲啟曰：『殿下位副君，有絶人之才，非以尋摘章句，要通大意而已。侍讀褚無量經明行脩，耆年宿望，宜數召問，以察其言。』太子順納。會卒，贈兖州都督。」

崔湜

白鹿觀應制云：御旗探紫籙，仙仗闢丹丘。捧藥芝童下，焚香桂女留。鸞歌無歲月，鶴語記春秋。

送金城公主云：臣朔何其幸〔一〕，常陪漢武游。懷戎前策備〔二〕，降女舊姻修。簫鼓辭家怨，旌旆出塞愁。尚孩中念切，方遠御慈流〔三〕。顧乏謀臣用，仍勞聖主憂。

餞唐州高使君云：芳春桃李時，京都物華好。爲岳豈不貴，所悲陟遠道。遠道不可思，宿昔夢見之。贈君雙佩刀，日夕有親期〔四〕。

慈恩寺九日應制云〔五〕：帝里重陽節，香園萬乘來。却邪萸結珮，獻壽菊傳杯。塔類承天湧，門疑待佛開。睿詞懸日月，長得仰昭回。

奉和春日望春宫應制云〔六〕：澹蕩春光滿曉空，逍遥御輦入離宫。山河眺望雲天外〔七〕，臺樹參差煙霧中。庭際花飛錦繡合，枝間鳥囀管絃同。即此歡娱齊鎬宴，唯應率舞樂薰風。

婕好怨云：不分君恩斷，新粧視鏡中。容華尚春日〔八〕，嬌愛已秋風〔九〕。枕席臨燈曉〔一〇〕，屏幃向月空。年年後庭樹，榮落在深宫。

秦州薛都督挽詞云：十里絳山幽，千年汾水流。碑傳門客建，劍是故人留。壠樹煙含夕，山門月對秋〔一一〕。古來鐘鼎盛，共盡一蒿丘。

湜，仁師之孫〔一二〕。弟液、滌，從兄涖，並有文翰，列居清要，每私宴，自比王、謝之家。謂人曰：吾門户及出身、歷官，未嘗不爲第一。丈夫當先據要路以制人，豈能默默受制于人。故進取不已，而不以令終〔一三〕。

湜執政時年三十六，嘗暮出端門，下天津橋，馬上賦詩曰：春還上林苑，花滿洛陽城。張説見之，嘆曰：文與位固可致，其年不可及也〔一四〕。

湜，字澄瀾，以文詞稱。附韋后作相，又附太平公主，門下客獻海鷗賦以諷，湜稱善而不自悛。帝誅蕭至忠，湜流嶺外。後知本湜謀，賜死荆州〔一五〕。

【校箋】

〔一〕「何其」原作「其何」，據《搜玉小集》改。

〔二〕「策」原作「册」，據《文苑英華》卷一七六改。

〔三〕「流」原作「留」，據《文苑英華》改。

〔四〕「有親期」原作「視來期」，據《文苑英華》卷二六七改。

〔五〕此詩已載本書卷三上官昭容下，疑此重出。參閲上官昭容下校箋〔一〕。

〔六〕詩題原作《立春内出綵花應制》。按立春内殿賜綵花，乃景龍四年正月八日事，侍宴群臣李嶠、趙彦昭、沈佺期、宋之問、劉憲、上官昭容、蘇頲等所作《立春日侍宴内出剪綵花應制》詩，皆載《文苑英華》卷一六九，乃五言律詩，詩意多切綵花。此詩乃景龍三年春從幸望春宫所作，詩題爲《奉和春日望春宫應制》，同作者尚有岑羲、張説、武平一、劉憲、蘇頲、鄭愔、薛稷、韋元旦、崔日用、馬懷素、李適、李乂、沈佺期等十餘入，皆爲七言律詩，連同此詩並載《文苑英華》卷一七四。可知原題爲誤，今改正。

〔七〕「眺望」原作「降望」，據《歲時雜詠》改。

〔八〕「尚」原作「向」，據殘本《珠英集》、《文苑英華》卷二〇四、《樂府詩集》卷四三改。

〔九〕「已」原作「似」，據《珠英集》、《文苑英華》、《樂府詩集》改。

〔一〇〕「燈」，《珠英集》、《文苑英華》同。《樂府詩集》作「窗」。

〔一二〕「對」原作「照」，據《文苑英華》卷三一〇改。《英華》此詩次沈佺期後，作者題「前人」二字，但《沈佺期集》未收。

〔一三〕「孫」原作「子」，按《舊唐書》卷七四《崔仁師傳》：「神龍初，以子挹爲國子祭酒，恩例贈同州刺史。挹子湜。」是崔湜乃仁師之孫，作「子」誤。今改正。

〔一三〕《朝野僉載》：「湜美容貌，早有才名。弟液、滌及從兄涖並有文翰，列居清要，每私宴之際，自比王、謝之家，謂人曰：『吾之門第及出身、歷官，未嘗不爲第一。丈夫當先據要路以制人，豈能默默受制于人。』故進取不已，而不以令終。」此用其文，「弟液、滌」原作「弟澄、液」，「澄本名滌，玄宗改」，乃液之弟，見《新唐書》卷九九。據改。

〔一四〕《太平廣記》卷四九四引《翰林盛事》載：崔湜「三登宰輔，年始三十六。崔之初執政也，方二十七，容止端雅，文詞清麗，嘗暮出端門，下天津橋，馬上自吟：『春還上林苑，花滿洛陽城。』張說時爲工部侍郎，望之杳然而歎曰：『此句可效，此位可得，其年不可及也。』」本書「下天津橋」句，原脱「橋」字，據補。

〔一五〕《新唐書》卷九九《崔湜傳》：「湜字澄瀾，少以文詞稱。……景龍二年，遷兵部侍郎，……俄拜中書侍郎、檢校吏部侍郎、同中書門下平章事。……韋氏稱制，復以吏部侍郎同中書門下三品。睿宗立，出爲華州刺史。……景雲中，太平公主引爲同中書門下三品，進拜中書令。……玄宗在東宫，數至其第，申款密。湜陰附主，時人危之，爲寒毛。門下客獻《海鷗賦》以諷，湜稱善而不自悛。帝將誅蕭至忠等，召湜示腹心，弟澄諫曰：『上有所問，慎無隱。』湜不從。及見，對問失旨。至忠等誅，湜徙嶺外。時雍州刺史李晉亦坐誅，歎曰：『此本湜謀，今我死而湜生，何也？』……追及荆州，賜死，年四十三。」本書「知本湜謀」原作「知湜本謀」，據史文改。

岑　羲

安樂公主山莊云〔一〕：銀牓重樓出霧開，金輿步輦向天來。泉聲迴入吹簫曲，山勢遥臨獻壽杯〔二〕。帝女含笑流飛電，乾文動色象昭回。誠願北極拱堯日，微臣抃舞詠康哉。

宴安樂公主新宅云：金牓重樓開夜扉，瓊筵愛客未言歸。銜歡不覺銀河曙〔三〕，盡醉那知玉露晞。

餞唐州高使君云：蒼茫南塞地，明媚上春時。目極傷千里，懷君不自持〔四〕。征車别岐路，斜日下崦嵫。一歎軺軒阻，悠悠即所思。

慈恩寺九日應制云：寶臺聳天外，玉輦步雲端。日麗重陽景，風摇季月寒。梵堂遥集雁，帝樂近翔鸞。願獻延齡酒，長承湛露歡。

奉和春日望春宫應制云〔五〕：和風助律應韶年，清蹕乘高入望仙〔六〕。花笑鶯歌迎帝輦，雲披日霽俯皇川。南山近獻仙杯上，北斗平臨御座前〔七〕。一奉恩榮歡在鎬〔八〕，空知率舞聽薰絃。

羲，字伯華，初爲金壇令，弟仲翔長洲令，仲休溧水令。宗楚客語本道巡察御史曰：毋遺江東三岑。後相中宗、睿宗，坐預太平公主謀，誅。始岑氏在清要者數十人，羲曰：物極則反，可以懼矣。然不能抑退，以及禍〔九〕。

【校箋】

〔一〕「詩題」《文苑英華》卷一七六作《侍宴安樂公主莊應制》。

〔二〕「獻壽」，《文苑英華》作「萬歲」。

〔三〕「銜」原作「御」，據毛本改。

〔四〕「君」原作「居」，據《文苑英華》卷二六七改。

〔五〕此詩題原亦誤作《立春内出綵花應制》，今改正。説見崔湜下校箋〔六〕。

〔六〕「仙」原作「先」，據《文苑英華》卷一七四改。

〔七〕「座」，《文苑英華》作「扆」。

〔八〕「歡」，《文苑英華》作「欣」。

〔九〕《新唐書》卷一〇二《岑文本傳》：「（孫）羲，字伯華，第進士，累遷太常博士。坐伯父長倩貶郴州司法參軍，遷金壇令。時弟仲翔爲長洲令，仲休爲溧水令，皆有治績。宰相宗楚客語本道巡察御史：毋遺江東三岑。……中宗時，……勁廉爲時議嘉仰。帝崩，詔擢右散騎常侍同中書門下三品。睿宗立，罷爲陝州刺史，再遷户部尚書。景雲初，復召同三品。……羲兄獻爲國子司業，仲翔陝州刺史，仲休商州刺史，兄弟子姓在清要者數十人。羲歎曰：『物極必反，可以懼矣。』然不能抑退。坐豫太平公主謀誅，籍其家。」本條用史文，「物極必反」句下，原衍「一」字，今删。

唐詩紀事校箋卷第十

趙彦昭　崔日用　李乂　盧藏用　馬懷素
薛稷　劉允濟　李元紘　李嶠　蘇瓌
蘇頲

趙彦昭

上幸薦福寺，令賦詩云〔一〕：初地龍飛後〔二〕，金身佛現時。千花開國界，萬善累皇基〔三〕。北闕承行幸，西園屬住持。天衣拂舊石，王舍起新祠〔四〕。刹鳳迎琱輦，幡虹駐綵旗。同霑小雨潤，竊仰大風詩〔五〕。

九日臨渭亭云〔六〕：秋豫凝仙覽，宸游轉翠華。呼鷹下鳥路，戲馬出龍沙。紫菊宜新壽，丹萸辟舊邪。須陪長久宴，歲歲奉吹花。

安樂公主入新宅詩云：雲物中京曉，天人外館開。飛橋像河漢，懸牓學蓬萊。北闕臨仙檻，南山送壽杯。一窺輪奂畢，慙忝棟梁材〔七〕。

人日清暉閣應制云：出震乘東陸，憑高御北辰。祥雲應早歲，瑞雪候初旬。庭樹千花發〔八〕，堦蓂七葉新。幸承今日宴〔九〕，長奉萬年春。

侍宴韋嗣立莊云：賢族唯題里，儒門但署鄉。何如表巖洞，宸翰發輝光。地在兹山曲，家鄰郃水陽〔一〇〕。六龍駐旌罕，四牡耀旂常〔一一〕。北斗臨台坐，東山入廟堂〔一二〕。天高羽翼近，主聖股肱良。野竹池亭氣，村花澗谷香。縱然懷豹隱，空愧躡鵷行。

薦福寺應制云〔一三〕：雲驂驅半景，星蹕坐中天。國誕玄元聖〔一四〕，家尋碧落仙。玉杯鸞薦壽，寶算鶴知年。一覩光華旦〔一五〕，忻承道德篇。

登驪山寓目應制云：皇情遍九垓〔一六〕，御輦駐昭回。路若隨天轉，人疑近日來。河看大禹鑿，山見巨靈開。願扈封鑾駕，常持薦壽杯。

人日玩雪應制云：始見青雲干律吕，俄逢瑞雪應陽春。今日迴看上林樹，梅花柳絮一時新。

七夕應制云：青女三秋節，黄姑七日期。星橋度玉珮，雲閣掩羅帷。河氣通仙掖，天文入睿詞〔一七〕。今宵望雲漢，應得見蛾眉。

慈恩寺九日應制云：出豫乘嘉節〔一八〕，登高出梵宫〔一九〕。皇心滿塵界，佛跡現虚空。日月宜長壽，人天得大通。喜聞題寶偈〔二〇〕，受記莫由同。

立春日侍宴別殿内出綵花應制云：剪綵迎初候，攀條故寫真〔二一〕。花隨紅意發，葉就緑情新。嫩色驚銜燕，輕香誤採人。應爲薰風拂，能令芳樹春。

人日侍宴大明宮應制云：寶契無爲屬聖人，琱輿出幸玩芳辰。平樓半入南山霧，飛閣旁臨東野春。夾路穠花千樹發〔二二〕，垂軒弱柳萬條新。處處風光今日好，年年願奉屬車塵。

悼右僕射楊再思詩云：兩揆光天秩，三朝奉帝熙。何言集大鳥，忽此喪元龜。坐歎公槐落，行聞宰樹悲〔二三〕。壑舟今已去，寧有濟川期〔二四〕。

彦昭，字奂然，甘州人。少豪邁，風骨秀爽。景龍中爲相，以權幸進。後御史郭震非元振也。劾暴舊惡，姚崇惡之，貶江州別駕卒〔二五〕。

【校箋】

〔一〕景龍二年十二月十六日作，《文苑英華》卷一七八載此詩，題作《奉和幸大薦福寺》，題下注云：「寺即中宗舊宅。」並載李嶠、宋之問、鄭愔、李乂、劉憲等同時和作。

〔二〕「初地」，《文苑英華》作「瑶池」。

〔三〕「皇基」原作「重基」，據《文苑英華》改。

〔四〕「新祠」原作「前祠」，據《文苑英華》改。

〔五〕「竊仰」原作「仰詠」，據《文苑英華》改。
〔六〕此詩即《九日應制》，參閱本書卷一一趙彦伯下校箋〔一〕。
〔七〕「慚恧」，《文苑英華》卷一七六作「更思」。
〔八〕「庭樹」，《文苑英華》卷一七三作「宮樹」。
〔九〕「承」，《歲時雜詠》同。《文苑英華》作「逢」。
〔一〇〕「鄰」原作「憐」，據《文苑英華》卷一七五改。
〔一一〕「牡」原作「壯」，據《文苑英華》改。
〔一二〕「東山」，《文苑英華》作「東風」。
〔一三〕詩題原作《白鹿觀應制》，按《文苑英華》卷一七八載此詩，作《薦福寺應制》，與張本同，今據改。
〔一四〕「玄元」原作「玄宗」，據《文苑英華》改。
〔一五〕「光華旦」，《文苑英華》作「雲華唱」。
〔一六〕「皇情」，《文苑英華》卷一七〇作「皇精」。
〔一七〕「入」原作「下」，據《歲時雜詠》改。
〔一八〕「出豫」二字原脱，「嘉節」原作「秋節」，據《文苑英華》卷一七八補、改。
〔一九〕此句《文苑英華》作「憑高陟梵宮」。

〔二〇〕「寶偈」原作「寶唱」，據《文苑英華》改。

〔二一〕「故寫」原作「寫故」，據《文苑英華》卷一六九改。

〔二二〕「穠花」，《文苑英華》卷一七二作「桃花」。

〔二三〕「悲」，《初學記》卷一一同。《文苑英華》卷三〇二作「萎」。

〔二四〕「期」，《初學記》、《文苑英華》作「時」。

〔二五〕《新唐書》卷一二三《趙彦昭傳》：「趙彦昭，字奂然，甘州張掖人。……少豪邁，風骨秀爽。……景龍中，累遷中書侍郎、同中書門下平章事。……彦昭本以權幸進，中宗時，有巫趙挾鬼道出入禁掖，彦昭以姑事之，嘗衣婦服，乘車與妻偕謁，其得宰相，巫力也。于是殿中侍御史郭震劾暴舊惡，會姚崇執政，惡其爲人，貶江州别駕，卒。」按新、舊《唐書》皆先言彦昭與郭元振友善，繼言郭震劾奏，故知二郭不是一人。注文「非元振也」四字，當爲計氏所加。

崔日用

正月七日宴大明殿詩云〔一〕：新年宴樂坐東朝，鐘鼓鏗鍠大樂調。金屋瑶筐開寶勝，花牋彩筆頌春椒。曲江苔色冰前液，上苑梅香雪裏嬌。宸極此時飛聖藻，微臣竊抃預聞韶。

望春宫迎春應制云：東郊芳物正薰馨〔二〕，素滻鳧鷖戲緑汀。鳳閣斜通平樂觀〔三〕，龍旂直逼望春亭。光風摇動蘭英紫〔四〕，淑景依遲柳色青。渭浦明晨修禊事，群公傾賀水心銘。

送金城公主云〔五〕：聖后經綸遠，謀臣計畫多。受降追漢策，築館許戎和。俗化烏孫壘，春生積石河。六龍今出餞，雙鶴願爲歌。

宴安樂公主新宅云〔六〕：銀燭金屏坐碧堂，只言河漢動神光。主家盛明歡不極，才子能歌夜未央。

餞唐永昌云：洛陽桴鼓今不鳴，朝野咸推重太平。冬至冰霜俱怨别，春來花鳥若爲情。

慈恩寺九日應制云：紫宸歡每洽，紺殿法初隆。菊泛延齡酒，蘭吹解愠風。咸英調正樂，香梵遍秋空。臨幸符天瑞，重陽日再中。

日用爲御史中丞，賜紫，是時佩魚須有特恩，亦因宴命群臣撰詞。日用曰：臺中鼠子直須諳，信足跳梁上壁龕。倚翻燈脂污張五，還來嚙帶報韓三。莫浪語，直王相，大家必若賜金龜，賣却貓兒相報賞。中宗亦以金魚賜之〔七〕。

立春游苑應制云：乘時迎氣正璿衡，灞滻煙氛向曉清。剪綺裁紅妙春色，宮梅殿柳識天情。瑶筐綵燕先呈瑞，金縷晨鷄未學鳴。聖澤陽和宜宴樂，年年捧日向東城。

上宴日，日用起舞，自歌云：東館總是鵷鸞，南臺自多杞梓。日用讀書萬卷，何忍不蒙學士？墨制簾下出來，微臣眼看喜死。其日以日用兼修文館學士，制曰：日用書窮萬卷，學富三冬。日用舞蹈拜謝。日用，滑州人。中宗時，武三思、宗楚客權寵交煽，日用多所結納。才辯絶人，能乘機反禍取富貴。韋氏平，遂爲相。嘗謂人曰：吾平生所事，皆適時制變，不專始謀。然每一反思，若芒刺在背云〔八〕。明皇時，日用猶被寵眷，帝賦詩宴游，多預酬唱。送張説巡邊應制云〔九〕：吉日四黄馬，宣王六月兵。擬清鷄鹿塞，先指朔方城。日用有才辯，惟是姦佞耳。中宗時，七日應制云〔一〇〕：曲江苔色冰前液，上苑梅香雪裏嬌。亦佳語也。

【校箋】

〔一〕《文苑英華》卷一七二載此詩，題爲《人日重宴大明宫，恩賜綵縷人勝應制》，《歲時雜詠》同。景龍四年作。

〔二〕「芳物」原作「草物」，「馨」原作「聲」，據《文苑英華》卷一七四改。

〔三〕「鳳閣」原作「鳳闕」，「平樂」原作「長樂」，據《文苑英華》改。

〔四〕「摇動」原作「遥艷」，據《文苑英華》改。

〔五〕《文苑英華》卷一七六作《奉和送金城公主適西蕃應制》。景龍四年二月一日作。

〔六〕詩題「安樂公主」原作「長樂公主」，本書李適、岑羲、馬懷素、薛稷、蘇頲、閻朝隱、武平一下皆載《宴安樂公主新宅》詩，據改。當日無長樂公主也。

〔七〕《本事詩》：「崔日用爲御史中丞，賜紫。是時佩魚須有特恩，亦因内宴，中宗命群臣撰詞。日用曰：『臺中鼠子直須諳，信足跳梁上壁龕。倚翻燈脂污張五，還來齧帶報劉三。莫浪語，直王相，大家必若賜金龜，賣却貓兒相報賞。』中宗亦以緋魚賜之。」「特恩」原作「時恩」，據改。「報賞」，即報償。

〔八〕《新唐書》卷一二一《崔日用傳》：「崔日用，滑州靈昌人。……中宗時，諸武若三思、延秀及（宗）楚客等權寵交煽，日用多所結納，驟拜兵部侍郎。宴内殿，酒酣，起爲《回波舞》求學士，即詔兼修文館學士。……及韋氏平，夜詔權雍州長史，以功授黄門侍郎，參知機務。……坐與薛稷相忿競，罷政事。……日用才辯絶人而敏于事，能乘機反禍取富貴。先天後，求復相，然亦不獲也。嘗謂人曰：『吾平生所事，皆適時制變，不專始謀。然每一反思，若芒刺在背』云。」「能乘機反禍取富貴」句，謂「轉禍爲福，以取富貴」也。見《舊唐書·崔日用傳》。毛本改「禍」爲「覆」，非。

〔九〕事在開元十年閏五月，見兩《唐書·玄宗本紀》。詩見《文苑英華》卷一七七，並附載《張説之文集》。

〔一〇〕見前《正月七日宴大明殿》詩。

李乂

陪幸臨渭亭遇雪應制詩云〔一〕：青陽御紫微，白雪下彤闈。浹壤流天霈，綿區灑帝輝。水如銀度燭，雲似玉披衣。爲得因風起，還來就日飛。

送沙門玄奘等還荊州云〔二〕：初日承歸旨，秋風起贈言。漢珠留道味，江璧返真源〔三〕。地出南關遠，天迴北斗尊。寧知一柱觀，却啟四禪門。

芙蓉園應制云：水殿臨丹籞，山樓迺翠微。昔游人託乘，今幸帝垂衣。澗篠緣峰合，巖花逗浦飛。朝來江曲地〔四〕，無處不光輝。

陪幸韋嗣立莊云：樞掖調梅暇，林園藝槿初〔五〕。入朝榮劍履，退食偶琴書。地隱東巖室，天迴北斗車。旌門臨窅窱，輦道屬扶疎。雲罕明丹谷，霜笳徹紫虛。水疑投石處，溪似釣璜餘。帝澤頒卮酒，人歡頌里閭。一承黃竹咏，長奉白茅居。

景龍四年正旦賦柏樹詩云：勁節凌冬勁〔六〕，芳心待歲芳。能令人益壽，非止麝含香。

陪幸長寧公主莊云：紫禁乘雷動〔七〕，青門訪水嬉。上台鱣序集〔八〕，仙女鳳樓期。合宴簪紳滿，承恩雨露滋。北辰還捧日，東館幸逢時。

陪幸五王宅云〔九〕：家住千門側，亭臨二水傍。貴游開北第，宸眷幸西鄉。曳履迎中谷，鳴絲出後堂。浦疑觀萬象，峰似駐三光。草向瓊筵樂，花承繡扆香。聖情思舊重，留飲賦雕章。

三會寺應制云：睿德總無邊，神皋擇勝緣。二儀齊法駕，三會禮香筵。漢闕中黄近，秦山太白連。臺疑觀鳥日〔一〇〕，池似刻鯨年。滿月臨真鏡，秋風入御絃。小臣叨下列，持管謬窺天。

薦福寺應制云：象設隆新宇，龍潛想舊居。碧樓披玉額，丹枕導金輿。代日興光近，周星掩曜初。空歌清沛築，梵樂美河書〔一一〕。帝造環三界〔一二〕，天文賁六虚。康哉孝理日，崇德在真如。

人日清暉閣應制云：上日登臺賞，中天御輦飛。後庭聯舞唱，前席仰恩輝。睿作風雲起，農祥雨雪霏。幸陪人勝節，長願奉垂衣。

安樂公主山莊云：金輿玉輦背三條，水閣山樓望九霄。野外初迷七聖道，河邊忽覩二靈橋。懸泉滴滴依虯箭〔一三〕，清吹泠泠雜鳳簫。向晚平陽歌舞合，前溪更轉木蘭橈。

白鹿觀應制云：制蹕乘驪阜，迴輿指鳳京。南山四皓謁，西岳兩童迎〔一四〕。雲幄臨玄圃，霞杯薦赤城。神明近兹地〔一五〕，何必往蓬瀛。

登驪山寓目應制云：崖巘萬尋懸，居高敞御筵。行戈疑駐日，步輦若昇天。城闕霧中近，關河雲外連。謬陪登岱駕〔一六〕，忻奉濟汾篇。

望春宫迎春應制云：東城結宇瞰千尋〔一七〕，北闕迴輿具四臨〔一八〕。麗日祥煙承罕畢，輕荑弱草藉衣簪。秦商重沓雲巖近〔一九〕，河渭縈紆霧壑深。謬接鵷鴻陪賞樂，還欣魚鳥逐飛沉〔二〇〕。

春日游苑喜雨云：仙蹕九成臺，香筵萬壽杯。一旬初降雨，二月早聞雷。葉向朝隮密〔二一〕，花含宿潤開。幸承天澤豫〔二二〕，無使日光催。

興慶池應制云〔二三〕：神池汎灩水盈科，仙蹕紆餘步輦過。縱棹洄沿萍溜合，開軒眺賞麥風和〔二四〕。潭魚在藻欣游泳〔二五〕，谷鳥含櫻入賦歌。寄語乘査溟海客〔二六〕，回頭來此問天河〔二七〕。

宴安樂公主新宅云：牽牛南度象昭回，學鳳樓成帝女來。平旦鵷鸞歌席上，方宵鸚鵡獻酬杯。

餞唐永昌云：田郎才貌出咸京，潘子文華向洛城。願以深心留善政，當令强項謝高名。

餞唐州高使君云〔二八〕：淮源之水清，可以濯君纓〔二九〕。彼美稱才傑，親人佇政聲。歲寒疇曩意，春晚别離情。終歎臨岐遠，行看擁傳榮。

餞許州宋司馬云〔三〇〕：展驥旌時傑，談鷄美代賢。暫離仙掖務〔三一〕，追送近郊筵。地惨金商節，人康璧假田。從來昆友事，咸以佩刀傳。

慈恩寺九日應制云：湧塔臨玄地〔三二〕，高層瞰紫微。鳴鑾陪帝出，攀橑翊天飛。慶洽重陽壽，文含列象輝。小臣叨載筆，欣此頌巍巍〔三三〕。

和晦日駕幸昆明池云：玉輅尋春賞，金堤重晦游。川通黑水浸，池派紫泉流〔三四〕。晃朗扶桑出，綿聯樹杞周，鳥疑堙海處〔三五〕，人似隔河秋。劫盡灰猶識，年移石故留。汀洲歸棹晚，簫鼓雜汾謳。

人日侍宴大明宫應制云：詰旦行春上苑中，憑高却下大明宫〔三六〕。千年執象寰瀛泰，七日爲人慶賞隆。鐵鳳曾騫摇瑞雪，銅烏細轉入祥風。此時朝野歡無算，此歲雲天樂未窮。

奉和三日祓禊渭濱云：上林花鳥暮春時，上巳陪游樂在兹。此日欣逢臨渭賞，昔年空道濟汾詞。

乂爲紫微侍郎，與蘇頲對掌綸誥，明皇曰：前有味道、嶠，朕今有頲、乂，皆號蘇、李〔三七〕。時宰輔子將授太廟，頲草詞久不就，曰：以遵仲尼之問，而未能續。乂曰：何不云宜採方山之能。頲伏其敏。

乂，字尚真，趙州人。年十二，工屬文，薛元超曰：是子且有海內名。沈正方雅，識治體，時稱有宰相器。初爲黄門侍郎，開元初，姚崇爲紫微令，乃薦爲侍郎，外託引重，實去其糾駁權，畏乂明切也。未幾卒于刑部尚書。兄尚一、尚貞，俱有名，同爲一集，號李氏花萼集。尚一終清源尉，尚貞博州刺史〔三八〕。

【校箋】

〔一〕詩題原作《陪幸臨渭亭》，《文苑英華》卷一七三作《游禁苑幸臨渭亭遇雪應制》，據增「遇雪應制」四字。

〔二〕景龍三年二月八日作。見本書卷九李適下。

〔三〕「璧」原作「壁」，據《文苑英華》卷一七七改。

〔四〕此句原作「朝迴曲池地」，據《文苑英華》卷一六九改。

〔五〕「藝」原作「種」，據《文苑英華》卷一七五改。

〔六〕「冬」，《文苑英華》卷一七二同，《歲時雜詠》作「霜」。

〔七〕「雷」原作「宵」，據《初學記》卷一〇、《文苑英華》卷一七六改。「雷動」，車聲也。

〔八〕「上台」原作「貴游」，據《初學記》改，《文苑英華》作「貴台」。「集」，《文苑英華》同，《初學記》作「慶」。

〔九〕《文苑英華》卷一七五載此詩，題作「《奉和幸禮部尚書竇希玠宅應制》」，並載劉憲、沈佺期、蘇頲同時之作，乃景龍四年四月六日事。

〔一〇〕「觀」原作「憲」，據《文苑英華》卷一七八改。

〔一一〕「河」原作「何」，據《文苑英華》卷一七八改。

〔一二〕「環」，《文苑英華》作「還」。

〔一三〕「虯箭」原作「虹箭」，據《文苑英華》卷一七六改。

〔一四〕「兩童」原作「兩重」，據《文苑英華》卷一七八改。《英華》載此詩，失載李乂姓名。

〔一五〕「玆地」原作「福地」，據《文苑英華》改。

〔一六〕「登岱」，《文苑英華》卷一七〇作「登弁」，《英華》載此詩，佚作者姓名。

〔一七〕「瞰」原作「敞」，據《文苑英華》卷一七四改。

〔一八〕「具」原作「且」，《文苑英華》作「且」，注云：「集作具，」張本亦作「具」，據改。

〔一九〕「秦商」原作「春商」，據《文苑英華》改。此詩下有注云：「『春商』恐是『春』字誤。」乃校刻者所加，此言秦嶺、商山也。今刪。

〔二〇〕「逐」原作「遂」，據《文苑英華》改。

〔二一〕「朝隮」原作「朝躋」，據毛本改。《詩經·候人》：「南山朝隮」，《毛傳》：「隮，升雲也。」

〔二二〕此句原作「幸天承澤遍」，據《文苑英華》卷一七三改。

〔二三〕《文苑英華》卷一七六此題下相次有韋元旦詩二首，而佚李乂之名，蓋訛誤也。

〔二四〕「開軒」原作「門軒」，據《文苑英華》改。

〔二五〕「欣游泳」原作「供游詠」，據《文苑英華》改。

〔二六〕「寄語」，《文苑英華》作「寄謝」。

〔二七〕「回頭」原作「匝頭」，據毛本改。《文苑英華》亦作「匝」，注云：「疑。」

〔二八〕《文苑英華》卷二六七載此詩，佚作者姓名。

〔二九〕「君」，《文苑英華》作「我」。

〔三〇〕《文苑英華》卷二七六載此詩，佚作者姓名。

〔三一〕「離」，《文苑英華》作「留」。

〔三二〕「臨」，《文苑英華》卷一七八作「開」。

〔三三〕「欣此」，《文苑英華》作「無以」。

〔三四〕「池」原作「地」，據《文苑英華》卷一七六改。

〔三五〕此句原作「烏疑埋海處」，《文苑英華》作「烏疑煙海處」，此用精衛銜石填海事，「埋」、「煙」均當是「堙」字之訛。今改定。

〔三六〕「却下」原作「御下」，據《歲時雜詠》改。

〔三七〕《舊唐書》卷八八《蘇頲傳》：「時李乂爲紫微侍郎，與蘇頲對掌文誥。他日，上謂頲曰：『前朝有李嶠、蘇味道，謂之蘇、李；今有卿及李乂，亦不讓之。』」

〔三八〕《新唐書》卷一一九《李乂傳》：「李乂，字尚真，趙州房子人。少孤，年十二，工屬文，中書令薛元超曰：『是子且有海内名。』……景龍初，遷中書舍人，修文館學士。……改黄門侍郎，封中山郡公，制敕不正，輒駁正。……開元初，姚崇爲紫微令，薦爲侍郎，外託引重，實去其糾駁權，畏乂明切也。未幾，除刑部尚書。卒。……乂沈正方雅，識治體，時稱有宰相器。葬日，蘇頲、畢構、馬懷素往祖之，哭曰：『非公爲慟，而誰慟歟？』乂事兄尚一、尚貞孝謹甚，又俱以文章自名，兄弟同爲一集，號《李氏花萼集》。乂所著甚多。尚一終清源尉，尚貞博州刺史。」

盧藏用

幸安樂公主西莊應制云：皇女瓊臺天漢潯，星橋月宇構山林〔一〕。飛藿半拂銀題影，瀑布環流玉砌陰。菊酒香隨鸚鵡泛，簫笙韻逐鳳凰吟〔二〕。瑶池駐蹕思方久〔三〕，璧月無聞興轉深〔四〕。

餞唐州高使君云：餞酒臨豐樹，褰帷出魯陽。蕙蘭春已晚〔五〕，桐柏路猶長。祖遜方城鎮，安期外氏鄉。從來二千石，天子命惟良。

餞許州宋司馬云〔六〕：國爲休徵選，輿因仲舉題。山川襄野隔，朋酒灞亭暌。零雨征軒騖〔七〕，秋風别驥嘶。驪歌一曲罷，愁望正淒淒〔八〕。

慈恩寺九日應制云：化塔龍山起，中天鳳輦迂。綵旒牽畫刹，雜珮冒香萸。寶葉擎千座，金英漬百盂。秋雲飄聖藻，霄極捧連珠。

主第夜宴云：侯家主第一時新，上席華年不惜春〔九〕。珠缸綴月那知夜，玉斝流霞畏底晨。

宋主簿鳴臯夢趙六予未及報而陳子云亡追爲此詩答宋兼貽平昔游舊云〔一〇〕：暮川罕停波，朝雲無留色。故人琴與詩，可存不可識。識心尚可親，琴詩非故人。鳴臯初夢趙，蜀國已悲陳。感化傷淪滅，魂交昔未申。冥期失幽報，兹理復今晨。前嗟成後泣，已矣將何及。舊感與新悲，虛懷疇昔時。趙侯鴻寶氣，獨負青雲姿。群有含妙識，衆象懸清機。雄談盡物變，精義解人頤。在陰既獨善，幽躍自爲疑。踠彼千里足，傷哉一尉欺。陳生富清理，卓犖兼文史。思縟巫山雲，調逸岷江水。鏗鏘哀忠義，感激懷知己。負劍登薊門，孤游入燕市。浩歌去京國，歸守西山趾〔一一〕。幽居探元化，立言見千祀。埋没經濟情，良圖竟云已。坐憶平生游，十載懷嵩丘。題書滿古壁，採藥遍巖幽。子微化金鼎，僊笙不可求。榮哉宋與陸，名宦美中州〔一二〕。存亡一暌阻〔一三〕，歧路方悠悠。自余事山海，及兹人世改。傳聞當世榮，皆是古人名〔一四〕。無復平原賦，空餘隣笛聲。泣對西州使，悲訪北邙塋。新墳蔓宿草，舊闕毁殘銘。爲君成此曲，因言寄友生。默語無窮事，凋傷共此情。

藏用，字子潛，幽州人。初隱終南、少室二山中時，有意當世，人目爲隨駕隱士。晚乃徇權利。司馬承禎將還山，藏用指終南曰：此中大有佳處。承禎徐曰：以僕視之，仕宦之捷徑耳。藏用終黄門侍郎〔一五〕。

【校箋】

〔一〕「構」原作「創」，據《文苑英華》卷一七六改。

〔二〕「笙」原作「樓」，據《文苑英華》改。

〔三〕此句原作「瑶池蹕駐思方久」，據《文苑英華》改。

〔四〕「璧月無聞」原作「壁月無文」，據《文苑英華》改。陳後主《玉樹後庭花》：「璧月夜夜滿，瓊樹朝朝新。」「無聞」，謂不聞此荒淫之辭也。

〔五〕「晚」原作「曉」，據《文苑英華》卷二六七改。

〔六〕《文苑英華》卷二六七載此詩，佚作者姓名。

〔七〕「軒鶩」，《文苑英華》作「車警」。

〔八〕「愁望」，《文苑英華》作「愁向」。

〔九〕「華年」原作「花年」，據張本改。

〔一〇〕《唐文粹》卷一五下載此詩，題作《宋侯鳴臯夢趙六，予未及報，而陳子云亡，今追爲此詩，答宋主簿兼貽平昔知舊》。趙六，趙貞固；陳子，陳子昂也。宋詩今佚。詩題「予未及報」句，原脱

「予」字，據《唐文粹》補。

〔一一〕「趾」原作「跂」，據《唐文粹》改。

〔一二〕「宧」原作「官」，據《唐文粹》改。

〔一三〕「存亡」原作「在亡」，據《唐文粹》改。

〔一四〕「皆是」原作「皆入」，據《唐文粹》改。

〔一五〕《新唐書》卷一二三《盧藏用傳》：「盧藏用，字子潛，幽州范陽人。……能屬文，舉進士，不得調，與兄徵明偕隱終南、少室二山。……神龍中，累擢中書舍人，數糾駮僞官，歷吏部、黄門侍郎、修文館學士。……卒于始興。……始隱山中時，有意當世，人目爲隨駕隱士。晚乃徇權利，務爲驕縱，素節盡矣。司馬承禎嘗召至闕下，將還山，藏用指終南曰：『此中大有嘉處。』承禎徐曰：『以僕視之，仕宧之捷徑耳。』藏用慚。」

馬懷素

慈恩寺九日應制云：季月啟重陽，金輿陟寶坊。御旗横日道，仙塔儼雲莊。帝蹕千官從，乾詞七耀光。顧慙文墨職，無以頌時康。

中宗立春游苑應制云：玄籥飛灰出洞房，青郊迎氣肇初陽。仙輿暫下宜春苑，御醴行開薦壽觴。映水輕苔猶隱緑，緣堤弱柳未舒黄。唯有裁花飾簪鬢，相隨聖藻狎年光。

中塘間綵旌。賞洽猶聞簫管沸，歡留更睹木蘭輕。無勞海上尋仙客，即此蓬萊在帝京。

興慶池侍宴應制云：積水逶迤繞直城，含虛皎鏡有餘清。圖雲曲榭連緹幕〔一〕，映日

正月七日宴大明殿云：萬宇千門平旦開〔二〕，天容辰象列昭回〔三〕。三陽候節金爲勝，百福延祥玉作盃。就暖風光偏着柳，辭寒雪影半藏梅。何幸得參詞賦職，自憐終乏馬卿才。

安樂公主山莊云：主家臺沼勝平陽，帝幸歡娛樂未央。掩映瑚窗交極浦，參差繡户遶迴塘。泉聲百處歌傳曲，樹影千重舞對行。聖酒一霑何以報，唯忻頌德奉時康〔四〕。

望春宮迎春應制云：綵旄瑚輿俯碧潯〔五〕，行春御氣發皇心。摇風細柳縈馳道，映日輕花出禁林。遍野園亭開帟幕，連堤草樹狎衣簪。謬參西掖霑堯酒，願沐南薰解舜琴。

送金城公主云：帝子今何去〔六〕，重姻適異方。離情愴宸掖，别路遶關梁〔七〕。望絶園中柳，悲纏陌上桑。空餘願黄鶴〔八〕，東顧憶迴翔。

宴安樂公主新宅云：鳳樓窈窱凌三襲，翠幌玲瓏瞰九衢。複道中宵留宴衎，彌令上客想踟蹰。

餞唐永昌云：聞君出宰洛陽隅，賓友稱觴餞路衢。别後相思在何處？祇應闕下望仙鳬。

餞唐州高使君云：外牧資賢守，斯人奉帝俞。淮南應建隼〔九〕，渭北暫分符〔一〇〕。坐歎煙波隔，行嗟物候殊。何年昇美課〔一一〕，迴看此城隅〔一二〕。

餞許州宋司馬云：潁川開郡邑，角宿分躔野。非君仲舉才〔一三〕，誰是題輿者〔一四〕。憫憫琴上鶴，蕭蕭路傍馬。嚴程若可留，別袂希再把。

懷素，字惟白，潤州人。師李善。武后時爲監察御史，李迴秀斂賕誣法，懷素劾罷之。轉禮部員外郎。開元初爲昭文館學士〔一五〕。

【校箋】

〔一〕「曲榭」原作「曲樹」，據毛本改。

〔二〕「萬宇」原作「日宇」，據《文苑英華》卷一七二及《歲時雜詠》改。

〔三〕「辰象」原作「萬象」，據《文苑英華》及《歲時雜詠》改。

〔四〕「忻」，《文苑英華》卷一七六作「期」。

〔五〕「彩毦」原作「彩眊」，《説文》：「毦，羽毛飾也，從毛耳聲。」《文苑英華》卷一七四亦作「綵眊」，皆「毦」字之訛，今改正。《英華》「眊」下注云：「一作『仗』。」亦通。

〔六〕「去」原作「在」，據《文苑英華》卷一七六改。

〔七〕「別路」原作「引路」，據《文苑英華》改。

〔八〕「願」，《文苑英華》作「怨」，注云：「一作『願』。」又：（《漢書》）《西域傳》「公主歌曰：『願爲黄鶴兮歸故鄉。』」則作「願」是，毛本亦作「怨」。

〔九〕「應」原作「膺」，據《文苑英華》卷二六七改。

〔一〇〕「暫」原作「斬」，蓋「暫」之缺字，毛本作「暫」，據改。

〔一一〕「課」字原脱，據《文苑英華》補。毛本作「政」，非。

〔一二〕「此」原作「北」，據《文苑英華》改。

〔一三〕「非君」原作「君非」，據《文苑英華》卷二六七改。

〔一四〕「是」原作「應」，據《文苑英華》改。

〔一五〕《新唐書》卷一九九《馬懷素傳》：「馬懷素，字惟白，潤州丹徒人。客江都，師事李善，貧無資，晝樵，夜輒然以讀書，遂博通經史。擢進士第，又中文學優贍科，補郿尉。積勞，遷左臺監察御史。長安中……宰相李迥秀藉易之勢，斂賕誘法，懷素劾罷之。轉禮部員外郎。……擢中書舍人内供奉，爲脩文館直學士。開元初，爲吏部侍郎，封常山縣公，進兼昭文館學士。」本條出此。「轉禮部員外郎」句，原脱「員」字，據史文補。毛本改「外郎」爲「侍郎」，非。

薛稷

送金城公主云：天道寧殊俗〔一〕，慈仁乃戢兵。懷荒寄赤子，忍愛鞠蒼生。月下瓊娥去，星分寶婺行。關山馬上曲，相送不勝情。

安樂公主山莊云：主家園囿極新規〔二〕，帝郊游豫奉天儀。歡宴瑶臺鎬京集，賞賜銅山蜀道移。曲閣交映金精板，飛花亂下珊瑚枝。借問今朝八龍駕，何如昔日指仙池。

望春宫迎春應制云：九春風景足林泉，四面雲霞敞御筵〔三〕。花鏤黄山繡作苑，草圖玄灞錦爲川。飛觴競醉心迴日〔四〕，走馬争看眼着鞭〔五〕。喜奉仙游歸路遠，直論行樂不言旋〔六〕。

宴安樂公主新宅云：秦樓宴喜月徘徊，妓筵銀燭滿庭開。坐中香氣排花出，扇後歌聲逐酒來。

餞唐永昌云：河洛風烟壯市朝，送君飛鳧去漸遥。更思明年桃李月，花紅柳緑宴浮橋。

餞許州宋司馬云：令弟與名兄，高才振兩京。别序聞鴻鴈，離章動鶺鴒。遠朋馳翰墨〔七〕，勝地寫丹青。風月相思夜，勞望潁川星。

慈恩寺九日應制云：寶宫星宿劫，香塔鬼神功。王游盛塵外，眷覽出區中。日宇開初景，天詞掩大風。微臣謝時菊，薄綵入芳叢。

秋日還京陝西十里作云：驅車越陝郊，北顧臨大河。隔河見鄉邑，秋風水增波。西登咸陽途〔八〕，日暮憂思多。傅巖既紆鬱，首山亦嵯峨。操築無昔老，採薇有遺歌。客游既回換〔九〕，人生能幾何。杜子美云：少保有古風，得之陝郊篇。謂此作也。

稷善書畫，畫蹤閻立本，書師褚河南，時稱買褚得薛不落節〔一〇〕。

稷，字嗣通，母魏鄭公女也。爲中書舍人，與從祖兄曜更踐兩省，俱以辭章自名。睿宗立，自少常數日拜中書侍郎，參知機務，歷太子少保，以翊贊功，恩絶群臣。竇懷貞誅，稷以知本謀，賜死萬年獄〔一一〕。

【校箋】

〔一〕「寧」，《文苑英華》卷一七六作「能」。

〔二〕「囿」，《文苑英華》卷一七六作「宇」，注云：「一作『援』。」

〔三〕「四面」原作「四野」，據《文苑英華》卷一七四改。

〔四〕「競」原作「趁」，據《文苑英華》改。

〔五〕「看」原作「先」，據《文苑英華》改。

〔六〕「論」原作「言」，據《文苑英華》改。

〔七〕「朋馳」原作「鵬追」，據《文苑英華》卷二六七改。《英華》載此詩，佚作者姓名。

〔八〕「登」原作「城」，據《文苑英華》卷二九〇改。

〔九〕「既」，《唐百家詩選》同。《文苑英華》作「節」。

〔一〇〕《唐朝名畫録》：「薛稷畫蹤閻立本，書師褚河南，時稱買褚得薛，不失其節。」

〔一〕《新唐書》卷九八《薛收傳》：「稷，字嗣通，道衡曾孫。擢進士第，累遷禮部郎中、中書舍人。與從祖兄曜更踐兩省，俱以辭章自名。……外祖魏徵家多藏虞、褚書，故鋭精臨倣，結體遒麗，遂以書名天下。畫又絶品。睿宗在藩喜之，以其子伯陽尚仙源公主。及踐祚，遷太常少卿。……會鍾紹京爲中書令，稷諷使讓。……翌日，遷稷黄門侍郎，參知機務。……歷太子少保、禮部尚書。帝以翊贊功，每召入宫中與决事，恩絶群臣。竇懷貞誅，稷以知本謀，賜死萬年獄。」

劉允濟

詠琴詩云：昔在龍門側，誰想鳴鳳時。雕琢今爲器，宫商不自持。巴人緩疏節，楚客弄繁絲。欲作高張引，翻成下調悲。

允濟，字允濟，河南人。少與王勃齊名。垂拱四年，明堂成，奏賦述功德，除著作郎，遷鳳閣舍人。坐二張昵狎，除青州長史，以内憂去官。服除，召爲修文館學士。既久斥，喜甚，與家人樂飲數日，卒〔一〕。

經廬岳迴望江州想洛川有作云〔二〕：龜山帝始營，龍門禹初鑿。出入經變化，俯仰憑寥廓〔三〕。未若兹山功，連延並巫霍。東北疏艮象，西南距坤絡。宏阜自鬱盤，高標復迴薄。勢入柴桑渚，陰開彭蠡壑。九江杳無際，七澤紛相錯。雲雨散吴會，風波騰鄢鄂。跡隨造化久，利與乾坤博。肹蠁精氣通，紛綸潛怪作〔四〕。石渠忽見踐，金房安可託。地入天子都，巖有仙人藥。二門幾迢遞，三宫何儵爚。咫尺窮杳冥，跬步皆恬漠。才驚羽翰幽，居靜龍蛇蠖。明牧振雄詞，棣華殊灼灼〔五〕。盛業匡西夏，深謀贊禹亳。黄雲拂鼎飛〔六〕，絳氣横川躍。佐曆符賢運，人期茂天爵〔七〕。禮樂富垂髫，詩書成舞勺。清輝靖巖電，利器騰霜鍔。游聖挹衢樽，隣幾恭木鐸。牆仞包武侯，波瀾控文若。旋聞刈薪楚，遽覩升葵藿〔八〕。稷卨序揆圖〔九〕，良平公輔略。重臣資出守〔一〇〕，英藩諒求瘼。豫章觀偉材，江州訪靈崿。陽岫曉氛氲，陰崖暮蕭索。潛伏屢鯨奔，雄飛更鷙搏。驚獵透煙霞，騰猿亂枝格。故園有歸夢，他山非行樂〔一一〕。帝鄉徒可游，湟澗終旋泊〔一二〕。景物觀淮海，雲霄望河洛。城闕紫微星，圖書玄扈閣。神功多粉續，元氣猶斟酌。丞相下南宫，將軍趨北落。横簪並附蟬〔一三〕，烈鼎俱調鶴。四郊時迷路，五月先投籥。池榭喧瓊管，風花亂珠箔。舊游勞夢寐，新知無悦樂。天寒欲贈言，歲暮期交約。夜琴清玉柱，秋灰變緹幕。風雲動翰林，宫徵調文篇。言泉激爲浪，思緒飛成繳。千里輝珠璣，五采含丹雘。鐘鼓旋驚鶢，瑾瑜俄抵鵲。竊價慚庸怠，叨聲逾寂寞。長望限南溟，居然翳東郭。此詩爲當時推最。

【校箋】

〔一〕《新唐書》卷二〇二《劉允濟傳》：「劉允濟，字允濟，河南鞏人。……少孤，事母尤孝。工文辭，與王勃齊名。舉進士，補下邽尉，遷累著作佐郎。……武后明堂成，奏賦述功德，手詔褒咨，除著作郎。……遷鳳閣舍人，坐二張昵狎，除青州長史，有清白稱，巡察使路敬潛言狀。以内憂去官。服除，召爲脩文館學士，既久斥，喜甚，與家人樂飲數日，卒。」「二張」，謂張易之、昌宗兄弟。毛本作「與張易之昵狎」，非。

〔二〕楊慎《升菴外集》卷七六據《廬山舊志》録載此詩，題爲《經廬岳迴望江州想洛陽有作》。此詩題「江州」原作「江山」，據改。

〔三〕「廓」原作「郭」，據《廬山舊志》改，毛本同。

〔四〕「作」原作「錯」，據《廬山舊志》改。

〔五〕「棣」原作「地」，據《廬山舊志》改，毛本同。

〔六〕「拂」原作「覆」，據《廬山舊志》改。

〔七〕「期」原作「其」，據《廬山舊志》改，毛本同。

〔八〕「覩」原作「都」，據《廬山舊志》改，毛本同。

〔九〕「序揆」原作「郭□」，據《廬山舊志》改。此用《尚書・舜典》：「百揆時序」語，毛本作「郛郭」，非。

〔一〇〕「重臣」，《廬山舊志》同，毛本作「重地」。

〔一一〕「非行樂」原作「飛賞樂」，據《廬山舊志》改。

〔二〕此句原作「皇溪終旅泊」，據《廬山舊志》改。

〔三〕「附」原作「輝」，據《廬山舊志》改。

李元紘

緑墀怨云：征馬噪金珂，嫖姚向北河。緑苔行跡少，紅粉淚痕多。寶屋粘花絮，銀箏覆網羅。别君如昨日，青海雁頻過。

相思怨云：望月思氛氲，朱衾懶更薰。春生翡翠帳，花點石榴裙。燕語時驚妾，鶯啼轉憶君。交河一萬里，仍隔數重雲。

元紘，字大綱，京兆人。開元中爲相，務峻崖，檢抑奔競，夸進者憚之。宋璟曰：李公引宋遥之美，黜劉晃之貪，爲國相，家無留儲，雖季文子之德，何以加之〔一〕！

送張説上集賢學士，元紘應制得私字云〔二〕：碩儒延鳳詔，金馬被鴻私。饌玉還丹禁〔三〕，餞花降紫墀。銜恩傾旨酒〔四〕，鼓舞詠康時。暫覩群書緝〔五〕，逾昭盛業丕。接筵欣有命，搦管愧無詞。自驚一何幸，太陽還及葵。

【校箋】

〔一〕《新唐書》卷一二六《李元紘傳》：「李元紘，字大綱，其先滑州人，後世占京兆萬年。……開元初，爲萬年令，賦役稱平，擢京兆少尹。詔決三輔渠，時王主權家，皆傍渠立磑，潴堨爭利，元紘敕吏盡毀之，分溉渠下田，民賴其恩。……明年，遂拜中書侍郎、同中書門下平章事，封清水縣男。元紘當國，務峻崖檢，抑奔競，夸進者憚之。……元紘再世宰相，有清節，其當國累年，未嘗改治第宅，僮馬敝弱，得封物賙給親族。宋璟嘗歎曰：『李公引宋遥之美，黜劉晃之貪，爲國相，家無留儲，雖季文子之德，何以加之！』」本條「雖季文子之德」句，原脱「子」字，據史文補。

〔二〕開元十三年作，見本書卷二明皇下校箋〔二二〕。

〔三〕「還」，《四部叢刊》影明刊本(下同)《張説之文集》同，《文苑英華》卷一六八作「迴」。

〔四〕「銜」原作「御」，據《文苑英華》及《張説之文集》改。

〔五〕「覯」原作「纂」，據《文苑英華》改。《張説之文集》作「構」。

李嶠

三會寺應制云〔一〕：故臺蒼頡里，新邑紫泉居。歲在開金寺，時來降玉輿。龍形雖起刹，鳥跡尚留書。竹是蒸青外，池仍點墨餘〔二〕。天文光聖草，竇思合真如。謬奉千齡旦，忻陪十地初。

陪幸臨渭亭遇雪詩曰〔三〕：同雲接野煙，飛雪暗長天。拂樹添梅色，過樓助粉妍。光含班女扇，韻入楚王絃。六出迎仙藻，千箱荅瑞年。

送沙門玄奘等還荆州詩云〔四〕：三乘歸淨域，萬騎餞通莊。就日離亭近，彌天別路長。荆南旋杖鉢，渭北限津梁。何日紆真果〔五〕，還來入帝鄉。

幸太平公主南莊詩云：主家山第接雲開，天子春游動地來。羽騎參差花外轉，霓旌遥飏日邊迴〔六〕。還將石溜調琴曲，更取峰霞入酒杯。鑾輅已辭烏鵲渚，簫聲猶繞鳳凰臺。

送張仁亶赴朔方應制云：玉塞征驕子〔七〕，金符命老臣。三軍張戍旆〔八〕，萬乘餞行輪〔九〕。猛氣凌玄朔，崇恩降紫宸。投醪還約士〔一〇〕，辭第本忘身。露下鷹初擊，風高雁欲賓。方銷塞北祲，還靜漠南塵〔一一〕。

薦福寺應制云：雁沼開香域〔一二〕，鶖林降綵斿〔一三〕。還窺圖鳳宇，更坐躍龍川。桂輿朝群辟，蘭宮列四禪。半空銀閣斷，分砌寶繩連。甘雨蘇燋澤〔一四〕，慈雲動沛篇。獨慚賢作礪，空喜福成田。

陪游苑遇雪云〔一五〕：散漫祥雲逐聖迴，飄飄瑞雪遶天來〔一六〕。不能落後爭飛絮，故欲迎前定早梅〔一七〕。

剪綵花應制云〔一八〕：幸聞年欲至，剪綵學芳辰。綴緑奇能似〔一九〕，裁紅巧逼真。花從篋裏發，葉向手中春。不與韶光競〔二〇〕，何名天上人。

人日清暉閣應制云：三陽偏勝節，七日最靈辰。行慶傳芳蟻〔二一〕，升高綴綵人。階前蓂候月，樓上雪驚春。今日銜天造，還疑上漢津。

安樂公主山莊云〔二二〕：黄金瑞牓絳河隈，白玉仙輿紫禁來〔二三〕。碧樹青岑雲外聳，朱樓畫閣水前開〔二四〕。龍舟下瞰鮫人室，羽節高臨鳳女臺。遽惜歡娛歌吹晚，揮戈却使耀靈迴〔二五〕。

人日大明宫應制云：鳳城景色已含韶，人日風光倍覺饒。桂吐半輪迎此夜，蓂開七葉應今朝。魚猜水凍行猶澀〔二六〕，鶯喜春熙弄欲嬌〔二七〕。愧奉登高摇采翰，欣逢御氣上丹霄。

春日游苑喜雨詩：園林春正歸，入苑弄芳菲。密雨迎仙步，低雲拂御衣。危花霑易落，度鳥濕難飛。膏澤登千庾，歡情遍九圍。

送金城公主云：漢帝撫戎臣，絲言命錦輪。還將弄機女，遠嫁織皮人。曲怨關山月〔二八〕，粧消道路塵。所嗟穠李樹，空對小榆春。

九日應制云：令節三秋晚，重陽九日歡。仙杯還泛菊，寶饌且調蘭。御氣雲霄近，乘高宇宙寬。今朝萬壽引，宜向曲中彈。得歡字。

正月中宗上清暉閣遇雪，嶠賦詩云：千鍾聖酒御筵披，六出祥英亂繞枝。即此神仙對瓊圃，何須轍跡向瑶池！

七夕應制云：靈匹三秋會，仙期七夕過。查來人泛海，橋渡鵲填河。帝縷昇銀闕，天機罷玉梭。誰言七襄詠，重入五絃歌。

嶠，字巨山，爲兒時，夢人遺雙筆，自是有文詞。十五通五經，二十擢進士第，與駱賓王、劉光業齊名，相中宗。其仕也，初與王勃、楊盈川接，中與崔融、蘇味道齊名，晚諸人没，獨爲文章宿老，一時學者取法焉〔二九〕。

嶠汾陰行云：君不見昔日西京全盛時，汾陰后土親祭祠〔三〇〕，齋宫宿寢設廚供〔三一〕，撞鐘鳴鼓樹羽旗。漢家四葉才且雄，賓延萬靈服九戎〔三二〕，柏梁賦詩高宴罷，詔書法駕幸河東。河東太守親掃除，奉迎至尊導鑾輿，五營夾道列容衛〔三三〕，三河縱觀空里閭。回旌駐蹕降靈場，焚香奠醑邀百祥〔三四〕，金鼎發色正焜煌〔三五〕，靈祇煒爗攄景光。埋玉陳牲禮神畢，舉麾上馬乘輿出。彼汾之曲嘉可游，木蘭爲楫桂爲舟，櫂歌微吟綵鷁浮，簫鼓哀鳴白雲秋。歡娱宴賜洽群后〔三六〕，家家復除户牛酒，聲明動天樂無有，千秋萬歲南山壽。自從天子向秦關，玉輦金車不復還，珠簾羽蓋長寂寞〔三七〕，鼎湖龍髯安可攀！千齡人事一朝空，四海爲家此路窮，雄豪意氣今何在？壇場宫館盡蒿蓬〔三八〕。路逢故老長歎息，世事回環不可測。昔時青樓對歌舞，今日黄埃聚荆棘。山川滿目淚沾衣，富貴榮華能幾時？不見只今汾水上〔三九〕，惟有年年秋雁飛。天寶末，明皇乘春登勤政樓，命梨園弟子歌數闋，有唱歌至富貴榮華能幾時以下四句，帝春秋衰邁，問誰詩？或對李嶠，因淒然涕下，遽起曰：嶠真才子也。及其年幸蜀，登白衛嶺，覽眺良久，又歌是詞，復曰：嶠誠才子也。高力士以下揮涕久之〔四〇〕。利州昭化縣之南境，與劍門相接，有鋪曰白衛鋪，今其名見于此〔四一〕。

嶠有三戾：性好榮遷，憎人陞進；性好文章，憎人才華；性貪濁，憎人受賂〔四二〕。

張仁亶自朔方入朝，中宗于西苑迎之，從臣宴于桃花園〔四三〕。嶠歌曰：歲去無言忽顦顇，時來含笑吐氛氲。不能擁路迷仙客，故欲開蹊待聖君。趙彦昭曰〔四四〕：紅蕚競燃春苑曉〔四五〕，茸茸新吐御筵開〔四六〕。長年願奉西王讌，近侍慚無東朔才。又一從臣歌曰〔四七〕：源水叢花無數開，丹跗紅蕚間青梅。從今結子三千歲，預喜仙游復摘來〔四八〕。明日宴承慶殿，上令宮女善謳者唱之。詞既婉麗〔四九〕，歌仍妙絶，樂府號桃花行。

皮日休松窗録云：中宗嘗召宰相蘇瓌、李嶠之子進見，時皆童年，帝謂曰：汝等各以所通書，取宜奏吾者言之。頲應曰：木從繩則正，后從諫則聖。嶠之子亡其名，亦奏曰：斮朝涉之脛，剖賢人之心。帝曰：蘇瓌有子，李嶠無兒〔五〇〕。

【校箋】

〔一〕《文苑英華》卷一七八載此詩，題作《奉和幸三會寺應制》題下注云：「寺傳云蒼頡造書臺。」

〔二〕「池」原作「地」，據《文苑英華》改。

〔三〕詩題原無「遇雪」二字，據《文苑英華》卷一七三增。

〔四〕此詩毛本注云：「或刻宋之問。」今按《文苑英華》卷一七七載此詩，題「李嶠」作；明活字本（下同）《李嶠集》不載此詩，而影明本（下同）《宋之問集》則有之。俟考。

〔五〕「真果」原作「真乘」，據《文苑英華》及《宋之問集》改。

〔六〕「霓旌」，《文苑英華》卷一七六作「電旗」。

〔七〕「征」原作「徵」，據《李嶠集》改。

〔八〕「戍旆」，《文苑英華》及《李嶠集》作「武旆」。

〔九〕「餞」原作「飾」，據《文苑英華》及《李嶠集》改。

〔一〇〕「約士」原作「得士」，據《文苑英華》及《李嶠集》改。

〔一一〕「還」原作「遂」，據《文苑英華》及《李嶠集》改。

〔一二〕「雁沼」原作「應詔」，據《文苑英華》卷一七八及《李嶠集》改。

〔一三〕「鸚」原作「嬰」，據《文苑英華》及《李嶠集》改。

〔一四〕「蘇燋澤」，《文苑英華》作「申譙澤」，《李嶠集》作「樵蘇澤」，毛本同。

〔一五〕詩題《文苑英華》卷一七三作《奉和游苑遇雪應制》。

〔一六〕「遶」，《李嶠集》同，《文苑英華》卷一七三作「遠」。

〔一七〕「故欲」原作「故故」，據《文苑英華》及《李嶠集》改。

〔一八〕詩題《文苑英華》卷一六九、《李嶠集》俱作《立春日侍宴内出剪綵花應制》，景龍四年一月八日作。

〔一九〕「綴緑」，《文苑英華》、《李嶠集》作「綴綺」。

〔二〇〕「韶光」原作「時光」，據《文苑英華》、《李嶠集》改。

〔二一〕「行慶」原作「行變」，據《文苑英華》卷一七三改。

〔二二〕《搜玉小集》載此詩，題作《太平公主山亭應制》，《李嶠集》同。《文苑英華》卷一七六作《侍宴安樂公主莊應制》，與《紀事》同。《英華》並載同時和作十餘首。當以作「安樂公主」爲是。

〔二三〕「紫禁」，《李嶠集》同，《文苑英華》作「紫府」。

〔二四〕「水前」，《文苑英華》同，《李嶠集》作「水中」。

〔二五〕「却使」，《文苑英華》同，《李嶠集》作「更却」。

〔二六〕「水凍」原作「冰凍」，據《文苑英華》卷一七二改。

〔二七〕「春熙」原作「春驚」，據《文苑英華》卷一七二改。

〔二八〕「關」原作「江」，據《文苑英華》卷一七六改。

〔二九〕《新唐書》卷一二三《李嶠傳》：「李嶠，字巨山，趙州贊皇人。早孤，事母孝。爲兒時，夢人遺雙筆，自是有文辭。十五通五經，薛元超稱之，二十擢進士第，始調安定尉，舉制策甲科，遷長安。時畿尉名文章者，駱賓王、劉光業，嶠最少，與等夷。……神龍二年，代韋安石爲中書令。……睿宗立，罷政事。下除懷州刺史，致仕。……卒年七十。嶠富才思，有所屬綴，人多傳諷。武后時，汜水獲瑞石，爲御史，上《皇符》一篇，爲世譏薄。然其仕前與王勃、楊盈川接，中與崔融、蘇味道齊名，晚諸人没，而爲文章宿老，一時學者取法焉。」

〔三〇〕「親祭祠」原作「帝親祠」，據《搜玉小集》、《文苑英華》卷三四八、《唐文粹》卷一四下、《李嶠集》改。

〔三一〕「廚供」，《唐文粹》同，《搜玉小集》、《文苑英華》、《李嶠集》俱作「儲供」。

〔三二〕「服九戎」原作「朝九戎」，據《搜玉小集》、《文苑英華》、《李嶠集》改。《唐文粹》亦作「朝九戎」。

〔三三〕「夾道」原作「將校」，據《搜玉小集》、《唐文粹》、《文苑英華》、《李嶠集》改。

〔三四〕「焚香奠醑」，《唐文粹》、《李嶠集》同，《搜玉小集》、《文苑英華》作「懷椒奠桂」。

〔三五〕「發色」原作「發食」，據《搜玉小集》、《文苑英華》、《唐文粹》改。《李嶠集》亦作「發食」。

〔三六〕此句原作「歡娱宴洽賜群后」，《唐文粹》、《李嶠集》同，據《搜玉小集》、《文苑英華》改。

〔三七〕「羽蓋」，《文苑英華》、《唐文粹》、《李嶠集》作「羽帳」，《搜玉小集》作「翠羽」。

〔三八〕「宫館」，《唐文粹》、《李嶠集》同，《搜玉小集》、《文苑英華》作「宫觀」。

〔三九〕「只今」，《唐文粹》、《李嶠集》同，《搜玉小集》、《文苑英華》作「即今」。

〔四〇〕《本事詩·事感第二》：「天寶末，玄宗嘗乘月登勤政樓，命梨園弟子歌數闋。有唱李嶠詩者云：『富貴榮華能幾時，山川滿目淚沾衣，不見只今汾水上，惟有年年秋雁飛。』時上春秋已高，問是誰詩，或對曰李嶠，因淒然泣下，不終曲而起，曰：『李嶠真才子也。』又明年，幸蜀，登白衛嶺，覽眺久之，又歌是詞，復言『李嶠真才子』，不勝感歎。時高力士在側，亦揮淚久之。」《紀事》采此文，「乘月登勤政樓」作「乘春」，按鄭處誨《明皇雜録》亦記此事，云在「禄山犯順，議欲遷幸」時，則在天寶十五載十月左右，不得言「春」，當以作「乘月」爲是。又「或對李嶠」句，原誤「對」爲「附」字，今據《本事詩》改。

〔四一〕《輿地紀勝》卷一八四利州下引此文，毛本删之，非也。

〔四二〕《朝野僉載》：「又問：『中書令李嶠何如？』答曰：『李公有三戾：性好榮遷，憎人陞進；性好文章，憎人才華；性貪濁，憎人受賂。』」

〔四三〕事見《舊唐書》卷七《中宗本紀》及本書卷九李適下，時在景龍四年二、三月間。以下李嶠等詩三首，俱載《文苑英華》卷一六九，所載尚有李乂、蘇頲七言絶句各一首。

〔四四〕「趙彦昭」原作「趙彦伯」，據《文苑英華》改。

〔四五〕「紅蕚競然春苑曉」，《文苑英華》作「紅蕚競妍春苑曙」。

〔四六〕「茸茸新吐」，《文苑英華》作「粉茸新向」。

〔四七〕「從臣歌」，《文苑英華》、《萬首唐人絶句》俱題爲徐彦伯作，是。

〔四八〕「摘來」，《文苑英華》作「再來」。

〔四九〕原無「麗」字，據毛本補。

〔五〇〕《松窗雜録》（《顧氏文房小説》本）：「中宗嘗召宰相蘇瓌、李嶠子進見，二丞相子皆童年，上近撫于赭袍前，賜與甚厚。因語二兒曰：『爾日憶所通書可奏爲吾者言之！』頲應曰：『木從繩則正，后從諫則聖。』嶠子（原注：失其名）亦進曰：『斮朝涉之脛，剖賢人之心。』上曰：『蘇瓌有子，李嶠無兒。』」此《紀事》所采，然此書作者自宋《崇文總目》以來皆題李濬，《郡齋讀書志》題韋濬，當亦李濬之誤，未見著録爲皮日休作者。計氏當别有據，俟考。又，本文「嶠之子亡其名」句，「之」字原誤作「二」，今據《松窗雜録》改。

蘇　瓌

九日應制云〔一〕：重陽早露晞，睿賞瞰秋磯。菊氣先薰酒，萸香更襲衣。清切絲桐會，縱横文雅飛。恩深答效淺，留醉奉宸暉〔二〕。得暉字。

興慶池侍宴應制云：金闕平明宿霧收，瑶池式宴俯清流。瑞鳳飛來隨帝輦，祥魚出戲躍王舟。帷齊緑樹當筵密，蓋轉緗荷接岸浮〔三〕。如臨竊比微臣懼，若濟叨陪聖主游。

瓌，字昌容，武功人。以正立朝，相中宗、睿宗，陳當世利病甚多〔四〕。

【校箋】

〔一〕按此亦景龍三年「九月九日幸臨渭亭，分韻賦詩」之作。本書卷一二于經野下云：「中宗九日登高應制二十四人，韋安石、蘇瓌詩先成，于經野及盧懷慎詩後成，時景龍三年也。」亦記此事。此次乃「分韻賦詩」，故韋安石以下諸人詩皆注明「得某字」，此詩末原脱「得暉字」三字，據本書卷一中宗下蘇瓌詩摘句補。

〔二〕「奉」原作「未」，據毛本改。

〔三〕「荷」原作「河」，據《文苑英華》卷一六九改。

〔四〕《新唐書》卷一二五《蘇瓌傳》：「蘇瓌，字昌容，雍州武功人。……中宗復政……累拜尚書右僕射、同中書門下三品。……睿宗即位，進左僕射。景雲元年，老病，罷爲太子少傅。卒，年七十二。……爲宰相，陳當世利病甚多。」

蘇　頲

送金城公主云：帝女出天津，和戎轉罽輪。川經斷腸望，地與析支隣。奏曲風嘶馬，銜悲月伴人。旋知偃兵革，長是漢家親。

興慶池應制云〔一〕：降鶴池前迴步輦，棲鸞樹杪出行宫。山光積翠遥相逼〔二〕，水態含青近若空〔三〕。直視天河垂象外，俯窺京室畫圖中。皇歡未使恩波極，日暮樓舡更起風。

宴安樂公主新宅云：車如流水馬如龍〔四〕，仙史高樓十二重。天上初移衡漢匹，可憐歌舞夜相從〔五〕。

餞唐州高使君云〔六〕：永日奏對時〔七〕，東風摇蕩夕。浩然思樂事，翻復餞征客。淮水春流清，楚山暮雲白。勿言行路遠，所貴專城伯。

九日應制云〔八〕：并數登高日，延齡命賞時。宸游天上轉，秋物雨來滋。降鶴承仙馭〔九〕，吹花入睿詞。微臣復何幸，長得奉恩私〔一〇〕。得時字。

頲，字廷碩，幼敏悟，一覽至千言。初除左司禦率府曹參軍，吏侍馬載曰：古稱一日千里，蘇生是矣。長安中爲中書舍人，時瓌同三品，父子同在禁篼，朝廷榮之。開元中爲相〔一一〕。綽、威、瓌、頲，四世爲名宰相。

寒食宴于中舍兄弟宅云〔一二〕：子推山上歌龍罷，定國門前納駟來〔一三〕。始覩元昆鏘玉至，旋聞季子佩刀迴。晴花處處因風起，御柳條條向日開。自有長筵歡不極，還將綵服詠南陔〔一四〕。

和晦日駕幸昆明池云：炎曆事邊陲，昆明始鑿池〔一五〕。豫游光後聖，征戰罷前規。霽色清珍宇〔一六〕，年芳入錦陂〔一七〕。御杯蘭薦葉，仙仗柳交枝。二石分河寫，雙珠代月移。微臣比翔泳〔一八〕，恩廣自無涯。

瓌初未知頲，一日有客詣瓌，候于客次，頲擁篲庭廡間，遺落一文字，客取視之，乃詠崑崙奴詩，云：指如十挺墨，耳似兩張匙，異之。良久瓌出，與客淹留言詠，以其詩問瓌何人，豈非足下宗庶之孽也。瓌備言其事。客驚訝之，請瓌加禮收舉，必蘇氏之令子也。瓌稍稍親之。有人獻兔，懸于廊廡，瓌召令詠之。曰：兔子死闌殫，將來掛竹竿。試將明鏡照，無異月中看。瓌覽詩異之。由是學問日新，文章蓋代。及帝平内難，日夕制詔絡繹，無非頲之所作，時稱小許公〔一九〕。

人日侍宴大明宮應制云：疏龍磴道切昭回，建鳳旗門繞帝臺。七葉仙蓂承月吐〔二〇〕，千株御柳拂煙開。初年競帖宜春勝，長命先浮獻壽杯。是日最靈知竊幸，群心就捧大明來。

頲幼年，有京兆尹過瓌，命詠尹字，曰：丑雖有足，甲不全身，見君無口，知伊少人。

韋嗣立拜中書令，瓌署官告，頲爲之詞，薛稷書，時謂三絶。

東明觀道士周彦雲，欲爲其師立碑，謂瓌曰：成某志不過煩相君諸子：五郎文，頲也。六郎書，詵善八分。七郎致石。瓌大笑，口不言而心服其公〔二一〕。

長安盛春游，頲製詩云：飛埃結紅霧，游蓋飄青雲。明皇嘉賞，以御花親插其巾上，時榮之〔二二〕。

望春宮應制云：東望春光正可憐〔二三〕，更逢晴日柳含煙。宮中不見南山盡〔二四〕，城上平臨北斗懸。細草偏承迴輦處〔二五〕，輕花微落奉觴前〔二六〕。宸游對此歡無極，鳥哢聲聲入管絃。

扈從明皇出雀鼠谷應制云：雨施巡方罷，雲從訓俗迴〔二七〕。密途汾水衛，清蹕晉郊陪。寒着山邊靜〔二八〕，春當日下來。御祠玄鳥應，仙仗緑楊開。作頌音傳雅，觀文色動台。更知西向樂，宸藻協鹽梅。題詩盡是中宗時作，惟此一篇明皇時作。

【校箋】

〔一〕此詩《文苑英華》卷一七六所載，題下有「集作隆慶池侍宴」七字，詩是中宗時作，同作尚有徐彦伯、武平一、劉憲、韋元旦、沈佺期、李乂諸人，詩並載同卷中，當以作「興慶池」爲是。

〔二〕「相逼」，《文苑英華》同，注云：「集作『疑』。」

〔三〕「含青」，《文苑英華》作「含情」，注云：「集作『清』。」又云：「初云『山光逼嶼疑無地，水態迎帆若有風』，特爲趙郡李乂、范陽盧從願所賞，惜(不)存焉。但末句又押『起風』，故此用『近若空』。」

〔四〕「龍」原作「風」，據《萬首唐人絶句》改。

〔五〕「可憐」原作「中憐」、「相從」原作「相逢」，據《萬首唐人絶句》改。

〔六〕《文苑英華》卷二六七載此詩，佚作者姓名。

〔七〕「永日」原作「春日」，據《文苑英華》改。

〔八〕《文苑英華》卷一六九載蘇頲《奉和九日侍宴應制得時字》詩云：「嘉會宜長日，高游順動時。曉光雲半洗，晴色雨餘滋。降鶴因韶德，吹花入御詞。願陪陽數節，億萬九秋期。」與此詩意同而字句異。宋周必大《二老堂詩話》云：「余編校《文苑英華》，如詩中數字異同，固不足怪。至蘇頲《九日侍宴應制得時字韻》詩，《頲集》與《英華》略同，首句『嘉會宜長日』，而《歲時雜詠》作『並數登高日』。第二句『高游順動時』，《雜詠》作『延齡命賞時』。第三句『曉光雲半洗』，《雜詠》作『宸游天上轉』。第四句『晴色雨餘滋』，《雜詠》作『秋物雨來滋』。第五句『降鶴因韶德』，《雜詠》作『承仙馭』。第六句『吹花入御詞』，《雜詠》作『睿詞』。後一聯云：『願陪陽數節，億萬九秋期』，《雜詠》作『微臣復何幸，長得奉恩私』。竊意《雜詠》乃傳書録當時之本，其後編集，八句皆有改定，《文苑》因從之耳。」其説是也。

〔九〕「仙馭」原作「仙取」，據《二老堂詩話》所引改。毛本同。

〔一〇〕「奉」原作「饒」，據《二老堂詩話》所引改。毛本同。

〔一一〕《新唐書》卷一二五《蘇頲傳》：「頲字廷碩，弱敏悟，一覽至千言，輒覆誦。第進士，調烏程尉，武后封嵩高，舉賢良方正異等，除左司禦率府胄曹參軍，吏部侍郎馬載曰：『古稱一日千里，蘇生是已。』再遷監察御史。長安中，詔覆來俊臣等冤獄，頲驗發其誣，多從洗宥，遷給事中，脩文館學士，拜中書舍人。時瓌同中書門下三品，父子同在禁筦，朝廷榮之。……開元四年，進同紫微黄門平章事。修國史，與宋璟同當國。……璟嘗曰：『吾與蘇氏父子同爲宰相，僕射長厚，自是國器；若獻可替否，事至即斷，盡公不顧私，則今丞相爲過之。』……頲自景龍後，與張説以文章顯，稱望略等，故時號燕許大手筆。……其後李德裕著論曰：『近世詔誥，惟頲叙事外，自爲文章』云。」本條「字廷碩」，原作「廷石」，據史文改；「朝廷榮之」句，原脱「朝廷」二字，據史文補。毛本作「時人榮之」。

〔一二〕《文苑英華》卷二一四載此詩，題作《寒食宴于中舍别駕兄弟宅》。「中舍」，中書舍人也。

〔一三〕「納駟」原作「細駟」，據《文苑英華》改。毛本作「結駟」。

〔一四〕「還將綵服」原作「還持綵勝」，據《文苑英華》改。

〔一五〕「始」原作「如」，據《文苑英華》卷一七六改。

〔一六〕「珍」原作「彌」，據《文苑英華》改。

〔一七〕「錦陂」原作「錦披」，據《文苑英華》改。

〔一八〕「比翔泳」原作「此翔詠」，據《文苑英華》改。

〔一九〕《開天傳信記》：「蘇瓌初未知頲，常處頲于馬厩中，與傭僕雜作。一日，有客詣瓌，候于厩所。頲擁篲趨庭，遺墜文書，客取視之，乃詠崑崙奴詩也。其詞曰：『指頭十挺墨，耳朵兩張匙。』客心異之。久而瓌出，與客淹留。客笑語之餘，因詠其詩，並言形貌，問：『何人？非足下宗族庶孽耶？若加禮收學，必蘇氏之令子也。』瓌自是稍稍親之。適有人獻瓌兔，懸于廊廡間。瓌乃召頲詠之，立呈詩曰：『兔子死闌殫，持來挂竹竿。試將明鏡照，何異月中看。』瓌大驚奇，驟加禮敬。頲由是學問日新，文章蓋代。及上平内難，一夕間制詔絡繹，無非頲出，代稱小許公也。」本條出此，其「兔子死闌殫」句，「闌殫」原作「蘭彈」，據改。《唐語林》卷三記此事作「闌單」，音義同，疲乏力盡之貌。又，「制詔絡繹」原作「制詔駱驛」，並據改。

〔二〇〕「承」，《文苑英華》卷一七二同，《歲時雜詠》作「依」。

〔二一〕《明皇雜録》：「韋嗣立拜中書令，瓌署官告，頲爲之辭，薛稷書，時人謂之三絶。頲纔能言，有京兆尹過瓌，命頲賦『尹』字，乃曰：『丑雖有足，甲不全身，見君無口，知伊少人。』瓌與東明觀道士周彦雲素相往來，周時欲爲師建立碑碣，謂瓌曰：『成某志不過煩相君諸子：五郎文，六郎書，七郎改石。』瓌大笑，口不言而心服其公。瓌子頲第五，詵第六，冰第七，詵善八分書。」

〔二二〕《唐語林》卷二《文學》：「長安春時，盛于游賞。蘇頲應制詩云：『飛埃結紅霧，游蓋飄青雲。』玄宗覽之嘉賞，遂以御花親插頲巾上。」

〔二三〕此句《文苑英華》卷一七四作「東望望春春可憐」。

〔二四〕「不見」，《文苑英華》作「下見」。

〔二五〕「迴輦」原作「新輦」，據《文苑英華》改。

〔二六〕此句《文苑英華》作「輕花故落捧觴前」。

〔二七〕「俗」原作「谷」，據《文苑英華》卷一七一改。

〔二八〕「着」，《文苑英華》作「看」，注云：「集作『着』。」「静」，《文苑英華》同，注云：「集作『盡』。」

唐詩紀事校箋卷第十一

韋嗣立　趙彥伯　閻朝隱　鄭愔　沈佺期
宋之問　徐堅　盧懷慎　武平一　李行言
韋元旦

韋嗣立

九日應制云：層觀遠沉沉，鑾旗九日臨。帷宫壓水岸，步輦入煙岑。枝上萸新採，樽中菊始斟。願陪歡樂事，長與歲時深。得深字。

嗣立在省閣，與岳州張使君説、潭州王都督熊聯事。後承朝譴，各東西，相别詩云〔一〕：茂先王佐才，作牧楚江隈。登樓正欲賦，復遇仲宣來。黄鵠飛將遠，雕龍文爲開。寧知昔聯事，聽曲有餘哀。其一　昔時陪二賢，纓冕會神仙。一去馳江海，相逢共播遷。無因千里駕，忽覩四愁篇。覽諷歡何已，歡終徒愴然〔二〕。其二

嗣立中宗時爲大學士，制云：詞林佇秀，學海資英，苟非鴻儒，孰副推擇。守太府卿

韋嗣立，金籯襲慶〔三〕，玉鼎生才；浴德澡身，居忠履孝。保淳懿之道，綜虛明之識。前言往行，獨運襟靈；健筆通文，孤標望實。早升臺閣〔四〕，常典樞機；誠亮險夷，政敷匡益。自出入中外，周旋宦游，夕郎歸其峻寵，冬卿美其成務。官曹内殿，朝野旁求，宜參右署之榮，俾接金閨之彦。可修文館大學士。兄承慶，長壽中，與嗣立相代爲鳳閣舍人；長安三年，承慶代嗣立爲鳳閣侍郎，頃之，又代爲黄門侍郎，四職相代，時謂大郎罷相，二郎拜相。中宗授嗣立黄門侍郎，制曰：芝蘭並秀，見謝石之階庭；騏驥齊驅，有劉山之昆季。又曰：近者命兹鸞署，已擢雁行；纔出芸扃，奄歸蒿里。永言荆樹，坐折連枝；眷彼常山，空餘一鳥。俾遷榮於皂蓋，宜襲寵于黄樞〔五〕。

嗣立莊在驪山鸚鵡谷，中宗幸之。嗣立獻食百轝，及木器藤盤等物。上封爲逍遥公，谷爲逍遥谷，原爲逍遥原。中宗留詩，從臣屬和，嗣立並鐫于石，請張説爲之序，薛稷書之〔六〕。李乂詩略云：樞掖調梅暇，林園藝槿初。入朝榮劍履，退食偶琴書。地隱東巖室，天迴北斗車。旌門臨窅窱，輦道屬扶疎〔七〕。沈佺期詩略云：水堂開禹膳，山閣獻堯鐘。皇鑒清居遠，天文睿奬濃〔八〕。武平一云：三光迴斗極，萬騎肅鈎陳。地若游汾水，畋疑歷渭濱〔九〕。趙彦昭云：廊廟心存巖壑中，鑾輿矚在灞城東。逍遥自有蒙莊子，漢主徒言河上公〔一〇〕。張説序亦云：嵐氣入野，榛煙出谷〔一一〕。魚潭竹岸〔一二〕，松齋藥畹。虹泉電射，雲木虛吟。恍惚疑夢，間關忘術。兹所謂丘壑夔、龍〔一三〕，衣冠巢、許也。

開元中，嗣立自湯井還都，經其龍門北溪别業，忽懷驪山之勝，嘗有詩云〔一四〕：幽谷杜陵邊，風煙别幾年。偶來伊水曲，溪嶂覺依然。傍浦憐芳樹〔一五〕，尋崖愛渌泉。嶺雲隨馬足，山鳥向人前。地合心俱靜，言因理自玄。短才叨重寄，尸禄媿妨賢。每揖掛冠侣，思從初服旋。稻粱仍欲報，歲月坐空捐。助岳無纖芥〔一六〕，輸溟謝末涓。還悟北轅失〔一七〕，方求南澗田〔一八〕。時張説、崔泰之、崔日知在東都，皆和焉〔一九〕。先一日太平公主、上官昭容題詩數篇，故張説詩云：舞鳳迎公主，雕龍賦婕妤〔二〇〕。

【校箋】

〔一〕《唐文粹》卷一五下載韋嗣立此詩，題序云：「予昔忝省閣，與岳州張使君、潭州王都督同官聯事，後承朝譴，各自東西，張公與王都督别詩二首，情頗殷切，予覽以歎，因遥申賀云。」張説《岳州宴别潭州王熊二首》及王熊《奉答張岳州》並韋嗣立此二詩，俱收載影明刊本（下同）《張説之文集》卷六中。此采韋詩題序語，意不甚明。

〔二〕末二句兩「歡」字，影明刊本《張説之文集》同，《唐文粹》作「歎」。作「歡」是。

〔三〕「籯」原作「贏」，據毛本改。

〔四〕「早」原作「果」，據毛本改。

〔五〕《廣卓異記》卷一五《兄弟四職相代》：「韋承慶長壽中，與弟嗣立相代爲鳳閣舍人。長安三年，承慶又代嗣立爲天官侍郎，頃之，又代爲黄門侍郎，四職相代。時人曰：『大郎罷相，二郎拜相。』中宗授韋嗣立黄門侍郎，制曰：『芝蘭並秀，見謝、石之階庭；騏驥齊驅，有劉、山之昆季。』又曰：『近者命兹鸞署，已擢雁行；纔出芸扃，奄歸蒿里。永言荆樹，坐折連枝；眷彼常山，空餘一鳥。俾遷榮于皂蓋，宜襲寵于黄樞。』」本條出此。「騏驥齊驅」原作「騏驥並驅」，「命兹鸞署」原作「命于鸞渚」，「芸扃」原作「芝扃」，據改。

〔六〕《新唐書》卷一一六《韋嗣立傳》：「嗣立與韋后屬疏，帝特詔附屬籍，顧待甚渥。嘗別第驪山鸚鵡谷，帝臨幸，命從官賦詩，製序冠篇。賜況優備，因封嗣立逍遥公，名所居曰清虚原、幽棲谷。嗣立獻木杯藤盤數十物。」按此與張説《東山記》及《舊唐書》卷八八《韋嗣立傳》、《隋唐嘉話》卷下、《唐語林》卷五所載，皆言「名所居曰清虚原、幽棲谷」，此言「逍遥原」、「逍遥谷」，或當有誤。《東山記》見《張説之文集》卷一三及《全唐文》卷二二六，文末有「篆之玄石，貽代厥後」語，即此所謂「鎸于石，請張説爲之序」也。

〔七〕李乂詩見本書卷一〇李乂下及《文苑英華》卷一七五，此摘引前八句。其中「藝槿」原作「種槿」，「偶琴書」原作「樂琴書」，「東巖室」原作「東巖石」，「輦道」原作「輦路」，據本書卷一〇李乂下及《文苑英華》所載全詩改。

〔八〕沈佺期詩見本書同卷沈佺期下及《文苑英華》卷一七五，此摘引中間四句。

〔九〕武平一詩見《文苑英華》卷一七五，此摘引首四句。其中「歷渭濱」原作「獵渭濱」，據《文苑英華》改。

〔一〇〕趙彦昭詩見《文苑英華》卷一七五，題云《上又製七言絶句，侍臣皆和》。《英華》並載同和者李嶠等八人詩。

〔一一〕「出谷」，《東山記》作「出俗」。

〔一二〕「魚潭」，《東山記》作「石潭」。

〔一三〕「丘壑夔龍」原作「丘壑道政龍」，據《東山記》改。

〔一四〕《文苑英華》卷一六六載此詩，題云《偶游龍門北溪，忽懷驪山別業，固以言志，示弟淑，奉呈諸大寮》。又，卷三一九復載一詩，題云《僕自湯還都，經龍門北溪莊宿，張左丞、崔禮部、崔光禄並枉垂光顧。數公夙敦道義，雅尚林壑，謂急于幽尋，故此命駕，遂不知別有勝賞。偶然相過，寒暄未周，神氣已往，雲霞之致，蔑而不存，逸轡放驅，清塵徒企。耿歎不已，而贈是詩》云云。二詩殆同時所作，故計氏合併述之。張即張説，二崔：泰之、日知。

〔一五〕「芳樹」原作「芳木」，據《文苑英華》及《張説之文集》改。

〔一六〕「纖芥」，《張説之文集》同，《文苑英華》作「纖塊」。

〔一七〕「悟」原作「晤」，據毛本改。

〔一八〕「求」原作「玆」，據《文苑英華》及《張説之文集》改。

〔一九〕張説、崔泰之、崔日知詩及魏奉古一首並載《文苑英華》卷一六六及《張説之文集》卷七。

〔二〇〕張説《奉和幸韋嗣立山莊應制》詩中此二句作「舞鳳隨公主，雕龍起婕妤」，見《文苑英華》卷一七五。

趙彦伯〔一〕

九日應制云：九日報仙家，三秋轉翠華。呼鷹下鳥路，戲馬出龍沙。簪挂丹萸蕊，杯涵紫菊花。所願同微物，年年共辟邪。得花字。

張仁亶來自朔方軍，中宗迓之，宴于桃花園，應制曰：紅蕚競燃春苑曙，茸茸新吐御筵開〔二〕。長年願奉西王讌，近侍慚無東朔才。

彦伯，爲弘文館學士。

【校箋】

〔一〕按趙彦伯史無其人，乃趙彦昭之誤。其所以致誤，即由于本書卷一中宗下摘引群臣九日應制詩句中，引趙彦昭「簪挂丹萸蕊，杯涵紫菊花」二句誤題爲「趙彦伯」。其事在景龍三年，當時只有修文館而無弘文館，此言「彦伯爲弘文館學士」，已屬不倫，而趙彦昭乃修文館學士，應制之作，安得不與？其詩實爲彦昭所作無疑。今檢《全唐詩》所收「趙彦伯」之作：卷一〇四詩三首，卷八八二詩一首，共凡四首，細按之皆不足信：其一，《奉和九日幸臨渭亭登高應制得花字》，即《九日應制》，本書卷一中宗下所引，亦即此詩。此詩與蘇頲《九日應制》同例，亦爲一詩二稿（見本書卷一〇蘇頲下校箋〔八〕），本書卷一〇趙彦昭下所載《九日臨渭亭詩》，即其收入《歲時雜詠》之改定稿也，詩中三、四兩句與此全同，乃全章警語，其餘遺詞命意，亦復相近，顯爲一詩可知。其二，《從宴桃花園詠桃花應制》：「紅萼競燃春苑曙」一首，即所謂《桃花行》，本書卷一〇李嶠下亦誤作「趙彦伯」，而《文苑英華》卷一六九即題爲趙彦昭作。其三，《苑中遇雪應制》「千鍾聖酒御筵披」一首，乃李嶠之作，見本書卷九李適下。此其卷一〇四中所載詩三首，皆各有主名。至其卷八八二中所載《和九月九日登慈恩寺浮圖應制》「出豫乘佳節」一首，《文苑英華》卷一七八載之，亦題趙彦昭作。本書卷一〇趙彦昭下亦載此詩，蓋計氏妄立趙彦伯一目，《全唐詩》更沿其誤也。

〔二〕「芊茸新吐」原作「芊茸新色」，據本書卷一〇李嶠下所載改。《文苑英華》卷一六九作「粉茸新向」。

閻朝隱

送金城公主：甥舅重親地〔一〕，君臣厚義鄉。還將貴公主，嫁與褥檀王。鹵簿山川闊〔二〕，琵琶道路長〔三〕。迴瞻父母國〔四〕，日出在東方。

人日大明宮應制云：勾芒人面乘兩龍，道是春神衛九重。綵勝年年逢七日，酴醾歲歲滿千鍾〔五〕。宮梅間雪祥光徧，城柳含煙瑞氣濃。醉倒君前情未盡，願因歌舞自爲容。

宴安樂公主新宅云：鳳凰鳴舞樂昌年，蠟燭開花夜管絃。半醉徐擊珊瑚樹，已聞鐘漏曉聲傳。

鸚鵡貓兒篇云〔六〕：鸚鵡，慧鳥也。貓，不仁獸也。飛翔其背焉，噬啄其頭焉，攀之緣之，蹈之履之，弄之藉之，蹌蹌然此爲自得，彼亦以爲自得。畏者無所起其畏，忍者無所行其忍，抑血屬舊故之不若。臣叨踐太子舍人，朝暮侍從，預見其事。聖上方以禮樂文章爲功業，朝野歡娱，强梁充斥之輩，願爲臣妾，稽顙闕下者日萬計。尋而天下一統，實以爲惠可以伏不惠，仁可以伏不仁，亦太平非常之明證。事恐久遠，風雅所缺，再拜稽首，爲之篇：霹靂引，豐隆鳴，猛獸噫氣蛇吼聲。鸚鵡鳥，同資造化兮殊粹精。鷫鸘毛，翡翠翼，鵷雛延頸，鶡鷄弄色。鸚鵡鳥，同稟陰陽兮異埏埴。彼何爲兮隱隱振振，此何爲兮緑衣翠襟。彼何爲兮窘窘蠢蠢，此何爲兮好貌好音。彷彷兮徉徉，似妖姬躧步兮動羅裳；趨趨兮蹌蹌，若處子迴眸兮登玉堂。爰有獸也，安其忍〔七〕，觜其脇，距其胸，與之放曠浪浪兮，從從容容。鉤爪踞牙也，宵行晝伏無以當，遇之兮忘味。搏擊騰擲也，朝飛暮噪無以拒，逢之兮屏氣。由是言之，貪殘薄則智慧作，貪殘臨之兮不復攫。由是言之，智慧周則貪殘囚，智慧犯之兮不復憂。菲形陋質雖賤微，皇王顧遇長光輝。離宮别館臨朝市，妙舞繁絃雜宮徵，嘉喜堂前景福内，和歡殿上明光裏，雲母屏風文彩合，流蘇斗帳香煙起。承恩宴兮接宴喜〔八〕，高視七頭金駱駝，平懷五尺銅師子。國有君兮國有臣，君爲主兮臣爲賓，朝有賢兮朝有德，賢爲君兮德爲飾，千年萬歲兮心轉憶。

九日應制云：九九侍神仙，高高坐半天。文章二曜動，氣色五星連。簪紱趨皇極，笙歌接御筵。願因吹菊酒〔九〕，相守百千年。得筵字。

中宗立春游苑應制云：管籥周移寰極裏，乘輿倚望斗城闉〔一〇〕。草根未結青絲縷，蘿蔦猶垂緑帔巾。鵲入巢中言改歲，燕銜書上道宜新。願得長繩繫取日〔一一〕，光臨天子萬年春。

送唐永昌赴東都詩云：洛陽難理若棼絲，椎破連環定不疑。鸜鵒烏道長安樂，回首一顧一相思。

授著作郎直學士，制云：朝隱夜光成寶，朝陽擢秀，文高一變，藝總三端。承顧問于鑾掖，掌圖書于麟府〔一二〕。頃屬播遷，獲返班序。方來石室分曹，已參于著述；金門直事，俾崇于伸獎。可修文館直學士。

朝隱，字友倩，趙州欒城人。性滑稽，屬辭奇詭，爲武后所賞。景龍時爲著作郎。先天中爲祕書少監，坐事貶通州别駕，卒〔一三〕。

【校箋】

〔一〕「甥舅」原作「生舅」，據《初學記》卷一〇、《文苑英華》卷一七六改。

〔二〕「闊」，《初學記》作「闇」，《文苑英華》作「閒」。

〔三〕「琵琶」原作「胡琴」，據《初學記》、《文苑英華》改。

〔四〕「迴瞻」原作「迥瞻」，據《初學記》、《文苑英華》改。

〔五〕「醾」原作「蘼」，據《文苑英華》卷一七二改。

〔六〕《朝野僉載》：「則天時，調貓兒與鸚鵡同器食，命御史彭先覺監，遍示百官及天下考使，傳看未遍，貓兒饑，遂咬殺鸚鵡以餐之。則天甚愧。」此詩即當時所作。詩題原無「篇」字，據毛本補。

〔七〕「安」下原有「其獸也」三字，乃涉上而衍，據毛本刪。

〔八〕「兮」原作「盼」，據張本、毛本改。

〔九〕「吹菊酒」，毛本作「茱菊酒」，按九日登高，佩茱萸囊，飲菊酒，見《續齊諧記》，非飲「茱菊酒」也。趙彥昭《九日應制》：「須陪長久宴，歲歲奉吹花。」蘇頲《九日應制》：「吹花入睿詞。」皆用「吹花」字。是作「吹菊酒」不誤。

〔一〇〕「倚望」原作「望幸」，據《歲時雜詠》改。

〔一一〕「取」，《歲時雜詠》作「去」。

〔二〕「掌」原作「賞」，據毛本改。

〔三〕《新唐書》卷二〇二《閻朝隱傳》：「閻朝隱，字友倩，趙州欒城人。……性滑稽，屬辭奇詭，爲武后所賞。……后有疾，令往禱少室山，乃沐浴，伏身俎盤爲犧，請代后疾。還奏，會后亦愈，大見褒賜。其資佞諂如此。景龍初，自崖州遇赦還，累遷著作郎。先天中，爲秘書少監，坐事貶通州別駕，卒。」

鄭愔

上幸薦福寺，令賦詩，云：舊邸三乘闢，佳辰萬騎留。蘭圖奉葉偈〔一〕，芝蓋拂花樓。國會人王法，宮還天帝游。紫雲成寶界，白水作禪流。雁塔昌基遠，鷃林睿藻抽〔二〕。忻承大風曲，竊預小童謳。

三會寺應制詩云：鳥籀遺新閣，龍旗訪古臺。造書臣頡往，觀跡帝羲來。睿覽山川匝，宸心宇宙該。梵音隨駐輦，天步接承杯〔三〕。舊苑經寒露，殘池問劫灰。散花將捧日，俱喜聖詞開。

陪幸昭容院獻詩四首：地軸樓居遠，天台闕路賒。何如游帝宅，即此對儒家。座拂金壺電〔四〕，池搖玉酒霞。無云秦漢隔，別訪武陵花。其一 堯茨姑射近〔五〕，漢苑建章連。

十五蓂知月，三千桃記年〔六〕。鶯歌隨鳳吹，鶴舞向鵾絃。更覓瓊妃伴，來過玉女泉。其二 宮掖賢才重，山林高士難。不言辭輦地，更有結廬歡。池楝清溫燠，巖窗起沍寒。幽亭有仙桂，聖主萬春看。其三 槎流天上轉，茅宇禁中開。河鵲填橋至，山熊避檻來。庭花採菉蓐，巖石步莓苔。願奉蘿圖泰〔七〕，長聞錦翰裁。其四

陪幸長寧公主莊云：公門襲漢皇〔八〕，主第稱秦玉。池架祥鱣序〔九〕，山吹鳴鳳曲。拂席蘚蘿垂，迴舟芰荷觸。平陽妙舞處，日暮清歌續。

望春宮迎春應制云：晨蹕凌高轉翠旌，春樓望遠背朱城。忽排花上游天苑，却坐雲邊看帝京。百草香心初罥蝶，千林嫩葉始藏鶯。幸同葵藿傾陽早〔一〇〕，願比盤根應候榮〔一一〕。

送金城公主云：下嫁戎庭遠，和親漢禮優。笳聲出虜塞，簫曲背秦樓〔一二〕。貴主悲黃鶴，征人怨紫騮。皇情眷億兆，割念俯懷柔。

和韋元旦早朝云〔一三〕：瑞闕龍居峻，宸庭鳳掖深。才良寄天綍，趨拜侶朝簪。飛舄看來影〔一四〕，喧車識駐音。重軒輕霧入，洞户落花侵。聞有題新翰，依然想舊林。同聲慚卞玉，謬比託韋金。

塞外三篇：塞外蕭條望，征人此路賒〔一五〕。邊聲亂朔馬，秋引動胡笳〔一六〕。遙鄣侵歸

日，長城帶晚霞。斷蓬飛古戍，連雁聚寒沙。海暗雲無葉，山春雪作花。丈夫期報主，萬里獨辭家。其一 荒壘三秋夕，窮郊萬里平。海陰凝獨樹，日氣下連營。戎旆霜疑重，邊裘夜更輕。將軍猶轉戰，都尉不成名。折柳悲春曲，吹笳斷夜聲。明年漢使返，須築受降城。其二 陽鳥南飛夜，陰山北地寒。漢家征戍客，年歲在樓蘭。玉關朔風起，金河秋月團。邊聲入鼓吹，霜氣下旌干。海外歸書斷，天涯旅鬢殘。子卿猶奉使，常向節旄看（一七）。其三

愔，字文靖，年十七，進士擢第。神龍中爲中書舍人，與崔日用、趙履温、李㥔等託武三思，權熏炙中外，天下語曰：崔、冉、鄭，亂時政（一八）。冉，祖雍也。或曰：初附來俊臣，俊臣誅，附易之，易之誅，託韋庶人，後附譙王，卒被戮（一九）。

人日侍宴大明宫云：瓊殿含光映早輪，玉鑾初蹕望初晨。池開凍水仙宫麗，樹發寒花禁苑新。佳氣徘徊籠細網，殘霙淅瀝染輕塵。良時荷澤皆迎勝，窮谷晞陽猶未春（二〇）。

哭郎著作云：詩禮康成學，文章賈誼才。巳年人得夢，庚日鳥爲災。書草藏天閣，琴聲入夜臺。荒階羅駁蘚，虚座網浮埃（二一）。白馬賓從散，青烏隴隧開。悲涼門館下（二二），懷舊幾遲迴。

秋閨詩云：征客向輪臺，幽閨寂不開。音書秋雁斷，機杼夜蛩催。虚幌風吹葉，閑堦

露染苔〔二三〕。自憐愁思影，常共月徘徊〔二四〕。

唐永徽以來唱桑條歌云：桑條韋也女韋也。神龍時逆韋應之。愔作桑條樂詞十首以進，擢吏侍〔二五〕。愔樂府採蓮曲云：錦楫沙棠艦〔二六〕，羅帶石榴裙。綠潭採荷芰，清香日稍𦤨〔二七〕。魚鳥爭唼喋，花葉相芬氳。不覺芳洲暮〔二八〕，菱歌處處聞。

胡笳曲云：漢將留邊朔，遥遥歲序深。誰堪牧馬思，正是胡笳吟。曲斷關山月〔二九〕，聲悲雨雪陰。傳書向蘇武〔三〇〕，陵也獨何心！

折楊柳云：青柳映紅顔，黄雲蔽紫闕。忽聞邊使出〔三一〕，枝葉爲君攀。舞腰愁欲斷，春心望不還。風花亂成雪〔三二〕，羅綺淚班班〔三三〕。

夜游曲云：漢室歡娱盛，魏國文雅遒。許史多暮宿，應陳從夜游。西園燕公子，北里召王侯。詎似將軍獵〔三四〕，空嗟亭尉留。

少年行云〔三五〕：潁川豪横客，咸陽輕薄兒。田竇方貴幸，趙李新相知。軒蓋終朝集，笙竽此夜吹。黄金盈篋笥，白日忽西馳。

【校箋】

〔一〕「蘭圖」原作「攔圖」，據《文苑英華》卷一七八改。

〔二〕「鸚林」原作「鸚杯」，據《文苑英華》改。

〔三〕「承杯」原作「乘杯」，據《文苑英華》卷一七八改。

〔四〕「座拂」原作「拂座」，據《文苑英華》卷一七五改。

〔五〕「堯茨」原作「堯詞」，據《文苑英華》改。

〔六〕「記」原作「幾」，據《文苑英華》改。

〔七〕「蘿圖」，毛本作「輿圖」，按《淮南子·覽冥》「援絶瑞，席蘿圖」，高注：「羅列圖籍，以爲席蓐。」詩即用此，不當改字也。

〔八〕「皇」原作「璟」，據《文苑英華》卷一七六改。毛本作「環」。

〔九〕「序」原作「宇」，據《文苑英華》改。

〔一〇〕「葵藿傾陽」原作「微藿傾誠」，據《文苑英華》卷一七四改。

〔一一〕「盤根」原作「盤相」，據《文苑英華》改。

〔一二〕「背」原作「比」，據《文苑英華》卷一七六改。

〔一三〕詩題原作《早朝》。此和韋元旦詩，與徐彦伯同作，徐詩題作《和韋元旦早朝》，今據改。

〔一四〕「飛舃」原作「飛鳥」，據《文苑英華》卷一九〇改。

〔一五〕「此路」原作「北路」，據《文苑英華》卷二九九改。

〔一六〕「秋引動」原作「秋色引」，據《文苑英華》改。

〔一七〕「節旄」原作「節旌」，據《文苑英華》改。

〔一八〕《新唐書》卷二〇六《武三思傳》：「司農少卿趙履温、中書舍人鄭愔、長安令馬構、司勳郎中崔日用、監察御史李悛，託其權，熏炙中外，其尤干政事者。天下語曰：『崔冉鄭，亂時政。』」同傳又記冉祖雍爲「三思五狗」之一。

〔一九〕《大唐新語》卷九《諛佞》：「鄭愔者，滄州人，來俊臣羅織文狀，皆愔草定。張易之兄弟薦爲殿中侍御史。易之敗，黜爲宣州司户。既而歸。武三思用事，將害桓、敬等，愔揣知其情，求謁三思，……三思大悦，引與登樓，謀陷五王而殺之，皆崔湜、鄭愔之謀也。累遷吏部侍郎，賣官爲務，後與譙王重福構逆而死。」

〔二〇〕「晞陽」原作「稀陽」，據《文苑英華》卷一七二改。

〔二一〕此句原作「雲座滿塵埃」，據《文苑英華》卷三〇二改。

〔二二〕「悲涼門館下」，《文苑英華》作「空憐門下客」。

〔二三〕「染苔」，《搜玉小集》作「濕苔」。

〔二四〕「常共」，《搜玉小集》作「共作」。

〔二五〕《朝野僉載》：「永徽年以後，人唱《桑條歌》云：『桑條苇女韋也樂。』至神龍年中，逆韋應之，諂佞者鄭愔作《桑條樂詞》十餘首進之，逆韋大喜，擢之爲吏部侍郎，賞縑百疋。」本條歌詞作「桑條韋也女韋也」，《僉載》「苇」字乃「韋」之誤。

〔二六〕「錦楫」，《文苑英華》卷二〇八「綿綷」。

〔二七〕「清香」，《文苑英華》作「清江」。

〔二八〕「芳洲」原作「湘州」，據《文苑英華》改。

〔二九〕「關山月」原作「江山月」，據《文苑英華》卷二一一改。

〔三〇〕「向」，《文苑英華》作「問」。

〔三一〕此句《文苑英華》卷二〇八作「傳聞邊信出」。

〔三二〕「亂」原作「衮」，據《文苑英華》改。

〔三三〕「淚」原作「亂」，據《文苑英華》改。

〔三四〕「似」原作「以」，據毛本改。

〔三五〕詩題「少年行」原誤作「年少行」，據《文苑英華》卷一九四改。

沈佺期

陪幸太平公主南莊詩云〔一〕：主第山門起灞川，宸游風景入初年。鳳凰樓下交天仗〔二〕，烏鵲橋頭敞御筵。往往花間逢綵石，時時竹裏見虹泉。今朝扈蹕平陽館，不羡乘槎雲漢邊。

九日臨渭亭云〔三〕：御氣幸金方，憑高薦羽觴。魏文頒菊蕊〔四〕，漢武賜萸房。秋變銅池色〔五〕，晴添銀樹光〔六〕。年年重九慶〔七〕，日月奉天長。

陪幸韋嗣立莊云：台階好赤松，別業對青峰。茆室承三顧，花源接九重。虹旗縈秀木〔八〕，鳳輦拂疎筇。逕直千官擁〔九〕，溪長萬騎容。水堂開禹膳，山閣獻堯鐘。皇鑑清居遠，天文睿奬濃。巖泉他夕夢，漁釣往年逢。共榮丞相府，偏降逸人封。

白鹿觀應制云：紫鳳真人劫〔一〇〕，班龍太上家。天流芝蓋下，山轉桂旌斜。聖藻垂寒露，仙杯落晚霞。唯應問王母，桃作幾時花？

上巳陪駕渭濱云：寶馬香車清渭濱，紅桃碧柳禊堂春。皇情尚憶垂竿佐〔一一〕，天祚先呈捧劍人〔一二〕。

陪幸五王宅云〔一三〕：北闕垂旒暇，南宮聽履迴。天臨翔鳳轉，恩向濯龍開〔一四〕。蘭氣承僊帳〔一五〕，榴花引御盃。水從金穴吐〔一六〕，雲是玉衣來。池影搖歌席，林香散舞臺。不知行漏晚，清蹕尚徘徊。

安樂公主莊云：皇家貴主好神仙〔一七〕，別業初開雲漢邊。山出盡如鳴鳳嶺，池成不讓飲龍川。粧樓翠幌教春住，舞閣金鋪借日懸。敬從乘輿來此地〔一八〕，稱觴獻壽樂鈞天。

人日大明宮應制云：拂旦鷄鳴仙衛陳，憑高龍首帝庭春〔一九〕。千官黼帳杯前壽，百福香奩勝裏人。山鳥初來猶怯囀，林花未發已偷新。天文正應韶光轉，設報懸知用此辰。

望春宮迎春應制云：芳郊緑野散春晴，複道離宮煙霧生。楊柳千條花欲綻，蒲桃百丈蔓初縈。林香酒氣元相入，鳥囀歌聲各自成。定是風光牽宿醉，來晨復得幸昆明。

晦日滻水應制云：素滻接宸居，青門盛祓除。摘蘭諠鳳野，浮棗溢龍渠。苑蝶飛殊懶，宮鶯囀不疎〔二〇〕。景移天仗入〔二一〕，歌舞向儲胥。

送金城公主云：金榜扶丹掖，銀河屬紫闈。那堪將鳳女，還以嫁烏孫〔二二〕。玉就歌中怨，珠辭掌上恩。西戎非我匹，明主至公存〔二三〕。

餞唐永昌云〔二四〕：洛陽舊有神明宰〔二五〕，輦轂由來天地中。餘邑政成何足貴，因君取則四方同。

和韋元旦早朝云〔二六〕：閶闔連雲起，巖廊拂霧開。玉珂龍影度，珠履雁行來。長樂宵鐘盡，明光曉奏催。一經推舊德，五字擢英才。儼若神仙去，紛從霄漢迴。千春奉休歷〔二七〕，分禁喜趨陪。

曝衣篇云〔二八〕：君不見昔日宜春太液邊，披香畫閣與天連。燈華灼爍九微映，香氣氤氳百和燃。此夜星繁河正白，人傳織女牽牛客。宮中擾擾曝衣樓，天上娥娥紅粉席。曝衣何許曛半黄，宮中綵女提玉箱，珠履奔騰上蘭砌，金梯宛轉出梅梁〔二九〕。絳河裏，碧煙上，雙花伏兔畫屏風〔三〇〕，四子盤龍擎斗帳〔三一〕。舒羅散縠雲霧開，綴玉垂珠星漢迴。朝霞散綵羞衣架，曉月分光劣鏡臺。上有仙人長命綹〔三二〕，中有玉女迎歡繡。玳瑁筵中別作春，珊瑚窗裏翻成畫。椒房金屋寵新流，意氣嬌奢不自由。漢文宜惜露臺費〔三三〕，晉武須燒前殿裘〔三四〕。

和晦日駕幸昆明池云：法駕乘春轉，神池象漢迴。雙星移舊石，孤月隱殘灰。戰鷁逢時去，恩魚望幸來。岸花緹騎遶，堤柳幔城開。思逸橫汾唱，歡流宴鎬杯。微臣凋朽質，羞覩豫章材。

白鹿觀應制云〔三五〕：四郊秦漢國，八水帝王都。閶闔雄里閈，宮闕壯規模。貫渭稱天邑，含岐實奧區。金門披玉館，因此識皇圖。

主第夜宴云：濯龍門外主家親，鳴鳳樓中天上人。自有金杯迎甲夜，還將綺席發陽春。

張燕公説嘗謂佺期曰：沈三兄詩須還他第一〔三六〕。佺期，字雲卿，相州人。除給事中、考功郎，受賕，劾，未究，會張易之敗，遂長流驩州。稍遷台州録事參軍，入計召見，拜起居郎，兼修文直學士。侍宴，爲弄辭悦帝，賜牙緋。尋爲太子詹事。開元初卒〔三七〕。佺期迴波樂詞云：迴波爾時佺期，流向嶺外生歸。身名已蒙齒録，袍笏未復牙緋〔三八〕。

魏建安後訖江左，詩律屢變，至沈約、庾信，以音韻相婉附，屬對精密。及之問、沈佺期，又加靡麗，回忌聲病，約句準篇，如錦繡成文，學者宗之，號爲沈、宋。語曰：蘇、李居前，沈、宋比肩。謂蘇武、李陵也〔三九〕。

酬蘇味玄夏晚寓直省中云〔四〇〕：並命登仙閣，分宵直禮闈。大官供宿膳，侍史護朝衣。卷幔天河入，開窗月露微〔四一〕。小池殘暑退，高樹早涼歸。冠劍無時釋，軒車待漏飛。明朝題漢柱，三署有光輝。

和楊再思春夜宿直云〔四二〕：西禁青春滿，南端皓月微。千廬宵駕合，五夜曉鐘稀〔四三〕。星斗横綸閣，天河渡瑣闈。煙花章奏裏，紛向夕郎飛。

和崔正諫登秋日早朝云：鷄鳴朝謁滿，露白禁門秋。爽氣臨旌戟，朝光映冕旒。河宗來獻寶，天子命焚裘。獨負津陽議〔四四〕，言從建禮游〔四五〕。

巫山高云〔四六〕：巫山高不極，合沓奇狀新〔四七〕。暗谷疑風雨，陰崖若鬼神。月明三峽曙，潮滿九江春〔四八〕。爲問陽臺客，應知入夢人。此詩范攄以爲佺期之作，而顧陶以爲張循。今記于此〔四九〕。

【校箋】

〔一〕《文苑英華》卷一七六詩題作《奉和初春幸太平公主南莊應制》，景龍三年二月十一日作。本詩題上原無「陪」字，據毛本增，明活字本（下同）《沈佺期集》卷四，此題下誤載蘇頲之作。

〔二〕「交天仗」，《文苑英華》作「歌天仗」。

〔三〕此亦景龍三年九月九日中宗幸臨渭亭分韻賦詩之作，見本書卷一中宗下，在本書中同時賦詠者，詩題皆作《九日應制》，詩末注「得某字」，此詩則「得長字」也。《沈佺期集》即題《九日侍宴應制》，所載乃《歲時雜詠》之本，蓋詩成後有改定，如周必大所言。參閱本書卷一〇蘇頲下校箋〔八〕。

〔四〕「頒」原作「班」，據《文苑英華》卷一七三改。

〔五〕「變」原作「美」，據《文苑英華》改。

〔六〕此二句下《文苑英華》有注云：「《雜詠》作『去鶴留笙吹，歸鴻識舞行。』」《沈佺期集》同《雜詠》。

〔七〕「年年」，《文苑英華》同，注云：「《雜詠》作『臣歡』。」與本書卷一中宗下摘句同。《沈佺期集》亦作「年年」。

〔八〕「虹旗」，《文苑英華》卷一七五作「龍旗」。

〔九〕「逕直」，《文苑英華》作「逕狹」。《沈佺期集》此題下誤載趙彦昭詩。

〔一〇〕「真人劫」原作「真人府」，據《文苑英華》卷一七八及《沈佺期集》改。

〔一一〕「尚憶」原作「尚隱」，據《文苑英華》卷一七二及《歲時雜詠》、《沈佺期集》改。

〔一二〕「天祚」原作「天瑞」，據《文苑英華》、《歲時雜詠》及《沈佺期集》改。

〔一三〕《文苑英華》卷一七六及《沈佺期集》詩題作《奉和聖製幸禮部尚書竇希玠宅》。

〔一四〕「翔鳳」「濯龍」，《文苑英華》作「祥鳳」「耀龍」。

〔一五〕「承」，《文苑英華》同。《沈佺期集》作「熏」，毛本同。

〔一六〕「水」原作「日」，據《文苑英華》及《沈佺期集》改。

〔一七〕「好」原作「學」，據《文苑英華》卷一七六及《沈佺期集》改。

〔一八〕「敬從」原作「景從」，據《文苑英華》及《沈佺期集》改。

〔一九〕「帝庭」，《文苑英華》卷一七二及《歲時雜詠》同。《沈佺期集》作「帝城」，毛本同。

〔二〇〕「不疎」，《歲時雜詠》作「未疎」。

〔二一〕「天仗」原作「天上」，據《歲時雜詠》改。

〔二二〕「以」原作「似」，據《沈佺期集》改。

〔二三〕「至公」原作「爲公」，據《文苑英華》卷一七六及《沈佺期集》改。

〔二四〕《沈佺期集》詩題作《餞唐郎中洛陽令》。

〔二五〕「有」，《沈佺期集》作「出」。

〔二六〕《文苑英華》卷一九〇載韋元旦《早朝》詩，並載鄭愔、徐彦伯、沈佺期三人和作。徐彦伯詩見本書卷九，題作《和韋元旦早朝》，鄭、沈、韋三詩均載本卷。除韋元旦原唱外，准徐彦伯例，鄭、沈二詩均當題作《和韋元旦早朝》，鄭詩在前，原題《早朝》，已據增，此首原題《早朝》，亦據增。

〔二七〕此句《沈佺期集》同。《文苑英華》作「客人朝與夕」。

〔二八〕《歲時雜詠》載此詩，有序云：「按王子陽《園苑疏》：太液池邊有武帝曝衣閣，帝王七月七日夜宫女出后衣登樓曝之。因賦《曝衣篇》。」各本俱無，録以備考。

〔二九〕「宫中綵女提玉箱，珠履奔騰上蘭砌，金閨宛轉出梅梁」三句，原脱「綵女」以下十八字，唯餘「宫中梁」三字，據《歲時雜詠》補。此詩末有注云：「中間疑有脱字。」乃校刻者所加，今删。

〔三〇〕「晝」，《歲時雜詠》作「斂」。

〔三一〕「四子」，《歲時雜詠》作「七子」。

〔三二〕「綹」原作「錦」，據《歲時雜詠》改。

〔三三〕「費」原作「産」，據《歲時雜詠》改。

〔三四〕「燒」，《歲時雜詠》作「焚」。又此下原有《九日應制》一首，詩云：「御氣幸金方，憑高薦羽觴。魏文頒菊蕊，漢武賜萸房。去鶴留歌吹，歸鴻識舞行。臣歡重九慶，日月奉天長。」下注「得長字」。即《九日臨渭亭》另一稿，參閲前校箋〔三〕。毛本删，從之。

〔三五〕此中宗《登驪山高頂》詩，見本書卷一中宗下。沈作《白鹿觀應制》「紫鳳真人劫」一首，已見前。應爲傳録之誤，當删。

〔三六〕《隋唐嘉話》卷下：「沈佺期以工詩著名，燕公張説嘗謂之曰：『沈三兄詩，直須還他第一。』」

〔三七〕《新唐書》卷二〇二《沈佺期傳》：「沈佺期，字雲卿，相州内黄人。及進士第，由協律郎累除給事中，考功受賕，劾，未究，會張易之敗，遂長流驩州。稍遷台州録事參軍事。入計，得召見，拜起居郎兼修文館直學士。既侍宴，帝召學士等舞《迴波》，佺期爲弄辭悅帝，還賜牙、緋。尋歷中書舍人、太子少詹事。開元初卒。」

〔三八〕沈佺期《迴波樂詞》，見《本事詩·嘲戲第七》。

〔三九〕《新唐書》卷二〇二《宋之問傳》：「魏建安後訖江左，詩律屢變，至沈約、庾信，以音韻相婉附，屬對精密。及之問、沈佺期，又加靡麗，回忌聲病，約句準篇，如錦繡成文。學者宗之，號曰『沈、宋』，語曰：『蘇、李居前，沈、宋比肩。』謂蘇武、李陵也。」此用其文。當時蘇味道、李嶠最有名，號曰：「蘇、李」，（見本書卷一〇李乂下載明皇語）疑《新唐書》釋爲「蘇武、李陵」，未諦。

〔四〇〕詩題原作《酬蘇味道夏晚省中》，而此詩《初學記》卷一一所載，題作《酬蘇味道玄夏晚寓直省中詩》；《國秀集》卷上所載，題作《酬蘇員外夏晚寓直省中見贈》，無其名。《文苑英華》卷一九〇所載，則作《同蘇員外味玄夏晚寓直省中》；《沈佺期集》作《酬蘇員外味玄夏晚寓直省中見贈》。今按《初學記》實誤衍一「道」字，當以《英華》及《集》本爲是。蓋味道武后開歷初爲相，佺期晚達，不得與其同省寓直也。味玄乃味道之弟，見《舊唐書》卷九四《蘇味道傳》，與佺期酬和者，殆即其人。今據《英華》及《集》本改。

〔四一〕「開窗」，《國秀集》及《沈佺期集》同。《初學記》作「披庭」，《文苑英華》作「當階」。

〔四二〕詩題《沈佺期集》所載作《和中書侍郎楊再思春夜宿直》。

〔四三〕「稀」原作「晞」，據《沈佺期集》改。

〔四四〕「津陽」，《文苑英華》卷一九〇及《沈佺期集》作「池陽」，《英華》「池」下注云：「集作『津』。」按作「津陽」是，《水經注》卷一六《穀水》：「昔洛水泛泆，漂落害者衆，津陽城門校尉將築以遏水，諫議大夫陳宣止之曰：『王尊臣也，水絶其足，朝廷中興，必不入矣。』水乃造門而退。」此用其事。毛本亦作「池陽」，張本作「平津」，尤誤。

〔四五〕「建禮」原作「逮禮」，據《文苑英華》及《沈佺期集》改。

〔四六〕見《雲溪友議》卷上《巫詠難》條。

〔四七〕「奇狀」，影明刊本《雲溪友議》及《文苑英華》卷二〇一、《樂府詩集》卷一七同。《沈佺期集》作「狀奇」。

〔四八〕「九江」，影明刊本《雲溪友議》及《沈佺期集》同，《文苑英華》、《樂府詩集》作「二江」。

〔四九〕顧陶，大中校書郎，有《唐詩類選》二十卷，見《新唐書》卷六〇《藝文志》總集類。其書今佚，但《文苑英華》卷二〇一、《樂府詩集》卷一七載此詩，亦題張循之作。當以屬張作爲是。《英華》、《樂府》所載沈佺期《巫山高》「巫山峰十二」一首，乃真屬沈作也。

宋之問

芙蓉園應制云：芙蓉秦地沼，盧橘漢家園。谷轉斜盤徑，江迴曲抱源〔一〕。風來花自舞，春入鳥能言。侍宴瑶池夕，歸途笳吹繁。

三會寺應制云：六飛迴玉輦，雙樹謁金仙。瑞鳥呈書字〔二〕，神龍吐玉泉〔三〕。淨心遥證果，睿想獨超禪。塔湧香花地〔四〕，山圍日月天。梵音迎雨徹，空樂倚雲懸。今日登仁壽，長看法鏡圓。

薦福寺應制云：梵筵光聖邸，仙豫覽宏規〔五〕。不改靈光殿，因開功德池。蓮生新步葉，桂長昔攀枝。湧塔庭中見〔六〕，飛樓海上移。聞韶三月幸，觀象七星危。欲識龍歸處，朝來雲氣隨。

陪游苑遇雪云〔七〕：紫禁仙輿詰旦來，青旗遥倚望春臺。不知庭霰今朝落，疑是林花昨夜開。

餞許州宋司馬云：潁郡水東流，荀陳兄弟游。偏傷兹日遠，獨向聚星州。河潤在明德，人康非外求。當聞力爲政，遥慰我心愁。

謁禹廟云：夏王乘四載，兹地發金符。峻命終不易〔八〕，報功疇敢渝。先驅總昌會，後至伏靈誅。玉帛空天下，衣冠照海隅。旋聞厭黄屋，便道出蒼梧〔九〕。林表祠轉茂〔一〇〕，山阿井詎枯？舟遷龍負壑，田變鳥耘蕪〔一一〕。舊物森如在，天威肅未殊。玄夷届瑶席，玉女侍清都〔一二〕。奕奕扃闈邃，軒軒仗衛趨〔一三〕。氣青連曙海，雲白洗春湖。猿嘯有時答〔一四〕，禽言長自呼。靈歆異蒸糈，至樂匪笙竽。茅殿今不襲〔一五〕，梅梁古製無。運逢日崇麗〔一六〕，業盛答昭蘇。伊昔力云盡，而今功尚敷。揆才非美箭，精享愧生芻。郡職昧爲理〔一七〕，邦空寧自誣。下車霰已積，攝事露行濡。人隱冀多祐，曷惟霑薄軀〔一八〕。

祠海云〔一九〕：肅事祠春溟，宵齋洗蒙慮。雞鳴見日出，鷺下觀濤翥〔二〇〕。地闊八荒近，天迴百川澍。筵端接空曲〔二一〕，目外唯雰霧。暖氣物象來，周游晦明互。致腥匪玄享〔二二〕，禋滌期靈煦〔二三〕。的的波際禽，沄沄島間樹〔二四〕。安期今何在，方丈蔑尋路。仙事與世隔，冥搜徒已屢。四明背群山，遺老莫辨處。内撫良自慨，弱齡忝恩遇。三入文史林，兩拜神仙署。雖歎出關遠，始知臨海趣。賞來空自多，理勝孰能喻？留楫竟何待〔二五〕，徙倚歲云暮。

浣紗篇贈陸上人云：越女顔如花，越王聞浣紗。國微不自寵，獻作吴宫娃。山藪半潛匿，苧羅更蒙遮。一行霸勾踐，再顧傾夫差〔二六〕。豔色奪常人〔二七〕，效嚬亦相誇。一朝還舊都，靚粧尋若耶。林鳥驚入松，網魚畏沈花。始覺冶容妄，方悟君心邪。欽子秉幽意，世人共稱嗟。願言託君懷，儻類蓬生麻。家住雷門曲，高閣陵飛霞〔二八〕。淋漓翠羽帳，旖旎綵雲車〔二九〕。春風豔楚舞，秋月綿胡笳。自昔專嬌愛，襲玩惟矜奢〔三〇〕。達本知空寂，棄彼猶泥沙。永割偏執性，自長薰修芽。攜妾不障道，願止妾西家〔三一〕。

中宗幸薦福寺獻詩云：香剎中天起，宸游滿路輝。乘龍太子去，駕象法王歸。殿飾金人影，牕摇玉女扉。稍迷新草木，遍識舊庭闈。水入禪心定，雲從寶思飛。欲知皇劫遠〔三二〕，初拂六銖衣。

立春日侍宴内殿出剪綵花詩云：金閣裝新杏〔三三〕，瓊筵弄綺梅。人間都未識，天上忽先開。蝶繞香絲住，蜂憐豔粉回。今年春色早，應爲剪刀催。

陪幸公主南莊詩云：青門路接鳳凰臺，素滻宸游龍騎來。澗草自迎香輦合，巖花應待御筵開〔三四〕。文移北斗成天象，酒近南山作壽盃。此日侍臣將石去，共歡明主賜金迴〔三五〕。之問薦福寺、昆明池及此作，都爲冠首。

明河篇云：八月涼風天氣晶，萬里無雲河漢明。昏見南樓清且淺，曉落西山縱復横。洛陽城闕天中起，長河夜夜千門裏。複道連甍共蔽虧，畫堂瓊户特相宜。雲母帳前初汎灩，水精簾外轉逶迆。倬彼昭回如練白，復出東城接南陌。南陌征人去不歸，誰家今夜擣寒衣。鴛鴦機上疎螢度，烏鵲橋邊一雁飛。雁飛螢度愁難歇，坐見明河漸微没。已能舒卷任浮雲，不惜光輝讓流月。明河可望不可親，願得乘槎一問津。更將織女支機石，還訪成都賣卜人。蓋之問求爲北門學士，天后不許，故此篇有乘槎訪卜之語。后見其詩，謂崔融曰：吾非不知其才，但以其有口過爾。之問終身耻之〔三六〕。口過，齒疾。

武后游龍門，命群官賦詩，先成者賜以錦袍。左史東方虬詩成，拜賜。坐未安，之問詩後成，文理兼美，左右莫不稱善，乃就奪錦袍衣之〔三七〕。其詞曰：宿雨霽氛埃，流雲度城闕。河堤柳新翠〔三八〕，苑樹花初發。洛陽花柳此時濃，山水樓臺映幾重。群公拂霧朝翔鳳，天子乘春幸鑿龍。鑿龍近出王城外〔三九〕，羽從淋漓擁軒蓋〔四〇〕。雲蹕纔臨御水橋〔四一〕，天衣已入香山會。山壁嶄巖斷復連，清流澄澈俯伊川。塔影遥遥緑波上，星龕奕奕翠微邊〔四二〕。層巒舊長千尋木，遠壑初飛百丈泉〔四三〕。綵仗蜺旌遶香閣，下輦登高望河洛。東城宫闕擬昭回，南陌溝塍殊綺錯。林下天香七寶臺，山中春酒萬年盃。微風一起祥花落，仙樂初鳴瑞鳥來。鳥來花落紛無已，稱觴獻壽煙霞裏。歌舞淹留景欲斜，石間猶駐五雲車。鳥旗翼翼留芳草，龍騎騤騤映晚花。千乘萬騎鑾輿出，水靜山空嚴警蹕。郊外喧喧引看人，傾都南望屬車塵〔四四〕。囂聲引颺聞黄道，王氣周迴入紫宸。先王定鼎三河固，寶命乘周萬物新。吾皇不事瑶池樂，時雨來觀農扈春。

詠省壁畫鶴詩云：粉壁圖仙鶴，昂藏真氣多。騫飛竟不去，當是戀恩波。

韋善心爲郎中，善剖決，之問善詩，時謂户部二妙〔四五〕。之問，字延清，汾州人。與佺期、允濟媚附易之，及敗，貶瀧州參軍事。逃歸，復附三思。景龍中，諂事太平公主；安樂公主權盛，復往諧結，太平深嫉之。中宗將用爲中書舍人，太平發其贓，下遷越州長史，賦詩流傳京師。睿宗立，以獪險盈惡，詔流欽州，賜死〔四六〕。

【校箋】

〔一〕「抱」，《文苑英華》卷一六九作「繞」。

〔二〕「書字」原作「真宇」，據毛本及影明刊本（下同）《宋之問集》改。《文苑英華》卷一七八亦作「真宇」，寺有蒼頡造書臺，作「書字」是。

〔三〕「玉泉」原作「浴泉」，據《文苑英華》及《宋之問集》改。

〔四〕「湧」原作「踴」，據《文苑英華》及《宋之問集》改。

〔五〕「仙豫」原作「游豫」，據《宋之問集》改，《文苑英華》卷一七八作「仙象」。

〔六〕此句「湧」原誤作「踴」、「庭」原誤作「夜」，據《文苑英華》及《宋之問集》改。

〔七〕《文苑英華》卷一七三載此，題作《奉和游苑遇雪應制》。

〔八〕「峻命」原作「駿命」，《宋之問集》作「峻命」，《文苑英華》卷三二〇作「駿命」。按此用《禮記·大學》「峻命不易」語，作「峻命」是，據改。

〔九〕「便道」原作「更道」，據《文苑英華》及《宋之問集》改。

〔一〇〕「祠」原作「詞」，據《文苑英華》及《宋之問集》改。

〔一一〕「耘」原作「芸」，據《宋之問集》改。

〔一二〕「清都」原作「青都」，據《文苑英華》及《宋之問集》改。

〔一三〕「仗」原作「文」，據《文苑英華》改。《宋之問集》作「伏」，誤。

〔一四〕「答」原作「合」，據《宋之問集》改。《文苑英華》作「合」。
〔一五〕「不襲」原作「文襲」，據《文苑英華》及《宋之問集》改。
〔一六〕「逢」原作「遥」，據《文苑英華》及《宋之問集》改。
〔一七〕「理」原作「美」，據《文苑英華》及《宋之問集》改。
〔一八〕「軀」原作「驅」，據《文苑英華》及《宋之問集》改。
〔一九〕詩題原作《詠海》，《文苑英華》卷一六二所載，題作《海》。《宋之問集》作《景龍四年春祠海》，毛本亦作「祠海」，蓋首言祠祭，則作《祠海》是，據改。
〔二〇〕「覿」，《文苑英華》同，《宋之問集》作「鶩」。
〔二一〕「接」原作「濟」，據《文苑英華》及《宋之問集》改。
〔二二〕「腥」，《文苑英華》誤作「醒」，《宋之問集》作「牲」。
〔二三〕「禋」原作「裀」，據《文苑英華》及《宋之問集》改。
〔二四〕「浤浤」原作「泫泫」，據《文苑英華》及《宋之問集》改。
〔二五〕「何」下原衍「時」字，據《文苑英華》及《宋之問集》删。
〔二六〕「再顧」原作「再笑」，據《文苑英華》卷二一九及《宋之問集》改。
〔二七〕「常人」原作「人目」，據《文苑英華》及《宋之問集》改。
〔二八〕「高閣」原作「閣高」，據《文苑英華》及《宋之問集》改。

〔二九〕「綵雲」原作「緑雲」，據《文苑英華》及《宋之問集》改。
〔三〇〕「襲玩」原作「玩襲」，據《文苑英華》及《宋之問集》改。
〔三一〕「願止」，《文苑英華》、《宋之問集》作「來止」。
〔三二〕「皇劫」原作「星劫」，據《文苑英華》卷一七八及《宋之問集》改。
〔三三〕「新杏」原作「新店」，據《文苑英華》改。《宋之問集》作「仙杏」。
〔三四〕「待」原作「對」，據《文苑英華》卷一七六及《宋之問集》改。
〔三五〕「賜」原作「錫」，據《文苑英華》及《宋之問集》改。
〔三六〕《本事詩·怨憤第四》：「宋考功，天后朝求爲北門學士，不許，作《明河篇》以見其意，末云：『明河可望不可親，願得乘槎一問津。更將織女支機石，還訪成都賣卜人。』則天見其詩，謂崔融曰：『吾非不知之問有才調，但以其有口過。』蓋以之問患齒疾，口常臭故也。之問終身慚憤。」
〔三七〕《廣卓異記》卷三《奪錦袍》：「武后游龍門，命群官賦詩，先成者賞以錦袍。左史東方虬詩成，設拜賜，坐未安，宋之問詩後成，文理兼美，左右莫不稱善，乃就奪錦袍衣之。其詞曰云云（略）。」《文苑英華》卷一七八及《宋之問集》載此詩，題作《駕幸龍門應制》。
〔三八〕「河堤」原作「河湜」，據《文苑英華》、《宋之問集》及《廣卓異記》改。
〔三九〕「鑿龍」原作「龍門」，據《文苑英華》、《宋之問集》及《廣卓異記》改。

〔四〇〕「淋漓」，《宋之問集》同。《文苑英華》、《廣卓異記》作「琳瑯」。

〔四一〕「雲躔」，《宋之問集》同。《文苑英華》、《宋之問集》、《廣卓異記》作「雲罕」。

〔四二〕「星」原作「皇」，據《文苑英華》、《宋之問集》及《廣卓異記》改。

〔四三〕「遠」原作「春」，據《宋之問集》改。毛本亦作「遠」。

〔四四〕「傾都」原作「傾城」，據《文苑英華》、《宋之問集》及《廣卓異記》改。

〔四五〕按《舊唐書》卷一〇一《韋湊傳》：「湊從子虚心。虚心父維，少習儒業，博涉文史，舉進士。自大理丞累至户部郎中，善于剖判，時員外郎宋之問工于詩，時人以爲户部有二妙。」此《紀事》所出。然史言與之問同在户部並稱「二妙」者，乃其父韋維，而非虚心也。其爲疏失，甚明。此文作「韋善心」，亦誤。

〔四六〕《新唐書》卷二〇二《宋之問傳》：「宋之問，字延清，一名少連，汾州人。……甫冠，武后召與楊炯分直習藝館。累轉尚方監丞、左奉宸内供奉。……于時張易之等烝昵寵甚，之問與閻朝隱、沈佺期、劉允濟傾心媚附。……及敗，貶瀧州，朝隱崖州，並參軍事。之問逃歸洛陽，匿張仲之家。會武三思復用事，仲之與王同晈謀殺三思安王室，之問得其實，令兄子曇與冉祖雍上急變，因丐贖罪，由是擢鴻臚主簿，天下醜其行。景龍中，遷考功員外郎，諂事太平公主，故見用，及安樂公主權盛，復往諧結，故太平深疾之。中宗將用爲中書舍人，太平發其知貢舉時賕餉狼藉，下遷汴州長史，未行，改越州長史。頗自力爲政。窮歷剡溪山，置酒賦詩，流布京師，人人傳諷。睿宗立，以猾險盈惡詔流欽州。……賜死桂州。」

徐堅

送金城公主云：星漢下天孫，車服降殊蕃〔一〕。匣中詞易切，馬上曲虛繁。關塞移朱帳〔二〕，風塵暗錦軒〔三〕。簫聲去日遠，萬里望河源。

餞許州宋司馬云：舊許星車轉，神京祖帳開。斷煙傷別望，零雨送離盃。辭燕依空遠〔四〕，賓鴻入聽哀。分攜與秋氣〔五〕，日夕共悲哉〔六〕。

餞唐永昌赴任東都云：郎官出宰赴伊瀍，征傳騑騑灞水前〔七〕。此時長望新豐道，攜手相看共黯然。

餞考功武員外學士使嵩山置舍利塔歌云：伊川別騎，灞岸分筵。對三春之花月，覽千里之風煙。望青山兮分地，見白雲兮在天。寄愁心于樽酒，愴離緒于清絃。共握手而相顧，各銜悽而黯然。已上中宗時作。

堅，字元固，西臺舍人齊聃之子。屬文典厚，楊再思每目爲鳳閣舍人樣。中宗時，爲給事中。明皇改麗正書院爲集賢院，以堅充學士。不爲章句之學，而窮覽洽聞，綿歷四朝，以謹厚稱〔八〕。

送張説巡邊應制云〔九〕：至德撫遐荒，神兵赴朔方。帝思元帥重，爰擇股肱良〔一〇〕。累相承開地〔一一〕，深籌協子房。寄崇專斧鉞，禮備設壇場。鼙鼓喧雷電，戈劍凜風霜。四騏將戒道，十乘啟先行。聖錫加常錫，天光曜寵光。出郊開帳飲，寅餞盛離章。雨濯梅林潤，風秋麥野涼。燕山應勒頌，麟閣佇名揚。

堅卒，張説挽歌云〔一二〕：才美臨淄北，名高淮海東。羽儀三省遍，漁獵五車通〔一三〕。玉殿孤新榜，珠英落舊叢。徒懸一寶劍〔一四〕，何處訪徐公。

【校箋】

〔一〕「蕃」原作「藩」，據《文苑英華》卷一六七改。

〔二〕「朱帳」，《文苑英華》作「朱額」。

〔三〕「暗」原作「照」，據《文苑英華》改。

〔四〕「遠」原作「遶」，據《文苑英華》卷二六七改。

〔五〕「分攜」，《文苑英華》作「分襟」。

〔六〕「悲哉」原作「徘徊」，據《文苑英華》改。

〔七〕「傳」原作「轉」，據張本改。

〔八〕《新唐書》卷一九九《徐齊聃傳》：「子堅。堅字元固……屬文典厚，（楊）再思每目爲鳳閣舍人樣。……累遷給事中。……俄以禮部侍郎爲修文館學士。睿宗即位，授太子左庶子兼崇文館學士。……玄宗改麗正書院爲集賢院，以堅充學士，副張説知院事。」《傳》又稱：堅「寬厚長者」，「于典故多所諳識，凡七當譔次高選。」此云「綿歷四朝」，謂高宗與武后、中宗、睿宗、玄宗也。又本條中「楊再思每目爲鳳閣舍人樣」句，「目」原作「日」，據史文改。

〔九〕事在開元十年閏五月，參閱本書卷二明皇下校箋〔二一〕。

〔一〇〕「擇」原作「釋」，據《文苑英華》卷一七七改。

〔一一〕「開地」原作「開池」，據《文苑英華》改。此用《史記·留侯世家》「大父開地，相韓昭侯、宣惠王、襄哀王；父平，相釐王、悼惠王」所謂「五世相韓」事。毛本作「安世」，實臆改。詩末原注有「開池字疑」四字，乃校刻者所加，今删。

〔一二〕影明刊本（下同）《張説之文集》卷九載《右常侍集賢院學士徐公挽歌二首》，此其第一首。

〔一三〕「通」，《張説之文集》作「同」。

〔一四〕「懸」原作「存」，據《張説之文集》改。

盧懷慎

九日應制云：時和素秋節，宸豫紫機閑。鶴似聞琴至，人疑宴鎬還。曠望臨平野〔一〕，潺湲俯暝灣。無因酬大德，空此愧崇班。得還字。

懷慎，靈昌人。開元初與姚崇同相，時譏爲伴食。然能清儉，以直道始終〔二〕。

【校箋】

〔一〕「臨」原作「對」，據毛本改。

〔二〕《新唐書》卷一二六《盧懷慎傳》：「盧懷慎，滑州人，蓋范陽著姓。祖悊，仕爲靈昌令，遂爲縣人。……開元元年，進同紫微黄門平章事。三年，改黄門監。……懷慎自以才不及（姚）崇，故事皆推而不專，時譏爲伴食宰相。又兼吏部尚書，以疾乞骸骨，許之。卒。……懷慎清儉不營産……及治喪，家無留儲。……四門博士張晏上言：『懷慎忠清，以直道始終，不加優錫，無以勸善。』乃下制賜其家物百段，米粟二百斛。」

武平一

駕幸温泉詩云：秦王登碣石，周后襲崑崙。何必在遐遠，方稱萬寓尊。我皇順時豫，星駕動軒轅。雄騎交馳道，清笳度國門。迴輿長樂觀，校獵上林園。行漏移三象，連營總八屯。旌摇鸜鵒谷，騎轉鳳凰原。絶壁蒼苔古，靈泉碧溜温。參差開水殿，窈窱敞巖垣。豐邑蹤猶在，驪宫跡尚存。煙松銜翠幄，雪逕遶花源。侍從推玄草，文章負武賁〔一〕。深仁浹夷夏，洪造溢乾坤。謬忝王枚列，多慚雨露恩。

景龍四年正旦賦柏樹詩云：緑葉迎春緑，寒枝歷歲寒。願將栢葉壽〔二〕。長奉萬年歡。

興慶池侍宴應制云〔三〕：鑾輿羽駕直城隈，帳殿旌門此地開。皎潔靈潭圖日月，參差畫舸結樓臺。波摇岸影隨橈轉，風送荷香逐酒來。願奉皇歡常不極，長游雲漢幾昭回。

白鹿觀應制云〔四〕：玉府淩三曜〔五〕，金壇駐六龍。綵旒懸倒景〔六〕，羽蓋偃喬松。玄圃靈芝秀，華池瑞液濃〔七〕。謬因霑舜渥，長願奉堯封。

送金城公主云：廣化三邊靜，通姻四海安。還將膝下愛，持副域中歡〔八〕。聖念飛玄藻，仙儀下白蘭。日斜征蓋没，歸騎動鳴鑾。

宴安樂公主新宅云：王孫帝女下仙臺，金榜珠簾日夜開。遽惜瓊筵歡正洽，唯愁銀箭曉相催。

餞唐永昌云：聞君墨綬出丹墀，雙舄飛來佇有期。寄謝銅街攀柳日，無忘粉署握蘭時。

正月八日立春，内出綵花賜近臣，應制云：鑾輅青旂下帝臺，東郊上苑望春來。黄鶯未解林間囀，紅蕊先從殿裏開。畫閣條風初變柳，銀塘曲水半含苔。欣逢睿藻光韶律〔九〕，更促霞觴畏景催。是日中宗手敕批云：平一年雖最少，文甚警新，悦紅蕊之先開，訝黄鶯之未囀，循環吟咀，賞歎兼懷。今更賜花一枝，以彰其美。所賜學士花，並令插在頭上，後所賜者，平一左右交插。因舞蹈拜謝。時崔日用乘酣飲，欲奪平一所賜花。上于簾下見之，謂平一曰：日用何爲奪卿花？平一跪奏曰：讀書萬卷，從日用滿口虛張；賜花一枝，學平一終身不獲。上及侍臣大笑，因更賜酒一盃，當時嘆美。

中宗宴安樂公主新宅應制云：紫漢秦樓敞，黄山魯館開。簪裾分上席〔一〇〕，歌舞列平臺。馬既如龍至，人疑學鳳來。幸忻聯棣萼，何以接鄒枚？

人日西臺觀打毬應制云：令節重遨游，分鑣戲綵毬。驂驔迴上苑，躞蹀繞通溝。影就紅塵没，光隨赭汗流。賞闌清景暮，歌舞樂時休。

平一，名甄，以字行。武后時，畏禍隱嵩山。中宗雖宴豫，嘗因詩規誡，然不能卓然自引去。明皇時，終亦被謫，雖謫而名不衰〔一一〕。

【校箋】

〔一〕「負」原作「召」，據《文苑英華》卷一七〇改。

〔二〕「栢」原作「百」，據《文苑英華》卷一七二改。

〔三〕詩題原作《興慶池》，按《文苑英華》卷一七六載此詩，題作《興慶池侍宴應制》，據增四字。

〔四〕《文苑英華》卷一七八載此詩，佚作者姓名。

〔五〕「三」原作「二」，據《文苑英華》改。

〔六〕「綵」原作「緑」，據《文苑英華》改。

〔七〕「液」原作「掖」，據《文苑英華》改。

〔八〕「持」原作「特」，據《文苑英華》卷一七六改。

〔九〕「光」原作「先」，據《歲時雜詠》改。

〔一〇〕「裾」原作「裙」，據《文苑英華》卷一七六改。

〔一一〕《新唐書》卷一一九《武平一傳》：「武平一，名甄，以字行。……武后時，畏禍不敢與事，隱嵩山。……中宗復位，平一居母喪，迫召爲起居舍人，丐終制，不見聽。景龍二年，兼修文館直學士。……玄宗立，貶蘇州參軍，徙金壇令。平一見寵中宗時，雖宴豫，嘗因詩頌規誡，然不能卓然自引去，故被謫。既謫而名不衰。開元末，卒。」

李行言

秋晚度廢關云：秦郊平舊險，周德眷遺黎。始聞清夜柝〔一〕，俄見落封泥〔二〕。物色來無限，津途去不迷。空亭誰問馬，閑戍但鳴鷄。山月寒彌淨，河風曉更淒。贈言楊伯起，非復是關西。

景龍中，中宗引近臣宴集，令各獻伎爲樂。張錫爲談容娘舞，宗晉卿舞渾脱，張洽舞黃麞，杜元琰誦婆羅門咒，行言唱駕車西河，盧藏用效道士上章，國子司業郭山惲請誦古詩兩篇，誦鹿鳴、蟋蟀未畢，李嶠以詩有好樂無荒之語，止之〔三〕。

行言，隴西人。兼文學幹事，函谷關詩爲時所許。中宗時，爲給事中。能唱步虛歌，帝七月七日御兩儀殿會宴，帝命爲之。行言于御前長跪，作三洞道士音詞歌數曲，貌偉聲暢，上頻嘆美。

【校箋】

〔一〕「析」原作「柳」，據《初學記》卷八改。

〔二〕「封」原作「風」，據《初學記》改。

〔三〕《舊唐書》卷一八九下《郭山惲傳》：「郭山惲，蒲州河東人。少通三禮。景龍中，累遷國子司業。時中宗數引近臣及修文學士，與之宴集，嘗令各効伎藝，以爲笑樂。工部尚書張錫爲《談容娘舞》，將作大匠宗晉卿舞《渾脱》，左衛將軍張洽舞《黄麞》，左金吾衛將軍杜元琰誦《婆羅門咒》，給事中李行言唱《駕車西河》，中書舍人盧藏用効道士上章。山惲獨奏曰：『臣無所解，請誦古詩兩篇。』帝從之，于是誦《鹿鳴》、《蟋蟀》之詩。奏未畢，中書令李嶠以其詞有『好樂無荒』之語，頗涉規諷，怒爲忤旨，遽止之。」本條「談容娘舞」原作「談客娘舞」，「郭山惲」原作「郭山煇」，據改。

韋元旦

正月七日宴大明殿詩云〔一〕：鸞鳳旌旆拂曉陳，魚龍角觝大明辰。青韶既肇人爲日，綺勝初成日作人。聖藻淩雲裁柏賦，仙歌促宴摘梅春〔二〕。垂旒一慶宜年酒，朝野俱歡薦壽新〔三〕。

安樂公主山莊云：銀河南渚帝城隅，帝輦平明出九衢。刻鳳蟠螭陵桂邸，穿池疊石寫蓬壺〔四〕。瓊簫暫下鈞天樂，綺綴長懸明月珠。仙榜承恩爭既醉，方知朝野更歡娱。

望春宮迎春應制云：九重樓閣半山霞，四望韶陽春未賒。侍蹕妍歌臨灞涘〔五〕，留觴艷舞出京華〔六〕。危竿競捧中街日〔七〕，戲鳥爭銜上苑花〔八〕。景色歡娱長若此，承恩不醉不還家。

送金城公主云：柔遠安夷俗，和親重漢年。軍容旌節送，國命錦車傳。琴曲悲千里，簫聲戀九天。唯應西海月〔九〕，來就掌中圓〔一〇〕。

餞唐州高使君云〔一一〕：桐柏膺新命，芝蘭惜舊游。鳴皋夜鶴在，遷木早鶯求。傳擁淮源路，樽空灞水流。落花分送遠，春色別離憂。

早朝云：震維芳月季〔一二〕，宸極衆星尊。佩玉朝三陛，鳴珂過九門。挈壺分早漏，伏檻耀初暾。北倚蒼龍闕，西臨紫鳳垣。詞庭草雖視〔一三〕，温室樹無言。鱗翰空爲忝，長懷聖主恩。

中宗立春游苑應制云：灞涘長安常近日，殷正臘月早迎新。池魚戲葉仍含凍，宫女裁花已作春。向苑雲疑承翠幄〔一四〕，入林風若起青蘋。年年斗柄東無限，願把瓊觴壽北辰。

中宗時，興慶池侍宴應制云：滄池漭沆帝城邊，殊勝昆明鑿漢年。夾岸旌旗疏輦道〔一五〕，中流簫鼓振樓船〔一六〕。雲峰四起迎宸幄，寶樹千重入御筵。宴樂已深魚藻詠〔一七〕，承恩更欲奏甘泉。

主第夜宴云：主第新成銀作榜，賓筵廣宴玉爲樓。壺觴既卜仙人夜，歌舞疑停織女秋。

元旦，京兆萬年人。與張易之姻屬，易之敗，貶感義尉。舅陸頌妻，韋后弟也，元旦憑以復進，終中書舍人〔一八〕。

【校箋】

〔一〕詩題《文苑英華》卷一七二作《人日重宴大明宮恩賜綵縷人勝應制》，《歲時雜詠》作《人日賜王公以下綵縷人勝》。

〔二〕「促宴」原作「從宴」，據《文苑英華》卷一七二及《歲時雜詠》改。

〔三〕「薦壽」，《歲時雜詠》同。《文苑英華》作「獻壽」。

〔四〕「疊石」，《文苑英華》卷一七六作「構石」。

〔五〕「臨」原作「游」，據《文苑英華》卷一七四改。

〔六〕「艷舞」原作「罷舞」，據《文苑英華》改。

〔七〕「危竿」原作「危萍」，據毛本改。

〔八〕「戲鳥」原作「戲馬」，據毛本改。

〔九〕「西海」原作「西漢」，據《文苑英華》卷一七六改。

〔一〇〕「掌中」原作「掌珠」，據《文苑英華》改。

〔一一〕《文苑英華》卷二一六七載此詩，佚作者姓名。

〔一二〕「震維」原作「霞維」，據《文苑英華》卷一九〇改。

〔一三〕「草雖視」，《文苑英華》作「草欲奏」。

〔一四〕「翠幄」原作「翠帷」，據毛本改。

〔一五〕「輦道」原作「遠道」，據《文苑英華》卷一七六改。

〔一六〕「中流」原作「中塘」，據《文苑英華》改。

〔一七〕「魚藻」原作「魚鳥」，據《文苑英華》改。

〔一八〕《新唐書》卷二〇二《韋元旦傳》：「韋元旦，京兆萬年人。……擢進士第，補東阿尉，遷左臺監察御史。與張易之有姻屬，易之敗，貶感義尉。俄召爲主客員外郎，遷中書舍人。舅陸頌妻，韋后弟也，故元旦憑以復進云。」本條「易之敗」句，「敗」原作「罷」，據史文改。

唐詩紀事校箋卷第十二

畢乾泰

慈恩寺九日應制云〔一〕：鷲林化塔啟，鳳輦順時游。重九昭皇慶，大千揚帝休。耆闍妙法闡，王舍睿文流。至德覃無極，小臣歌詎酬。

【校箋】

〔一〕九日幸慈恩寺塔，中宗景龍二年事。下同。

辛替否

慈恩寺九日應制云：洪慈均動植，至德俯深玄。出豫從初地，登高適梵天。白雲飛御藻，慧日暖皇編。別有秋原藿，長傾雨露緣。

替否，字協時，京兆人。景龍中爲左拾遺，以直諫遷右臺殿中侍御史。爲憲司，彈擊不避强禦，累遷潁王府長史，卒〔一〕。

【校箋】

〔一〕《新唐書》卷一一八《辛替否傳》：「辛替否，字協時，京兆萬年人。景龍中，爲左拾遺。時置公主府官屬，而安樂府補授尤濫；武崇訓死，主棄故宅，别築第，侈費過度；又盛興佛寺，公私疲匱。替否上疏曰云云。帝不省。睿宗立……方營金仙、玉真觀。替否以左補闕上疏曰云云。疏奏，帝不能用，然嘉切直。稍遷右臺殿中侍御史。雍令劉少微恃權貪贓，替否按之，岑羲屢以爲請，替否曰：『我爲憲司，懼勢以縱罪，謂王法何！』少微坐死。遷累潁王府長史。卒，年八十。」

王　景

慈恩寺九日應制云：玉輦移中禁，珠梯覽四禪。重階清漢接，飛竇紫霄懸。綴葉披天藻，吹花飲御筵。無因鑾蹕暇，俱舞鶴林前。

景，太原人。爲司門員外郎、萊州刺史。子之咸，爲長安尉，昆弟之賁、之涣，皆善屬文。之咸之子緯，有傳〔一〕。

【校箋】

〔一〕《舊唐書》卷一四六《王緯傳》：「王緯，字文卿，太原人也。祖景，司門員外，萊州刺史。父之咸，長安尉，與昆弟之賁、之涣皆善屬文。」

韋安石

九日侍宴應制云〔一〕：重九開秋節，得一動宸儀。金風飄菊蕊，玉露泫萸枝。睿覽八紘外，天文七曜披。臨深應在即，居高豈慮危。得枝字。

安石，京兆人。久視中爲相，二張、三思横寵，安石數折辱之。復相中宗，不附太平公主。睿宗時，爲姜晦所劾貶黜，發憤卒〔二〕。

【校箋】

〔一〕此景龍三年事。他人所作，多題《九日應制》，亦有題爲《陪幸臨渭亭》者。此日「分韻賦詩」，故皆注明「得某字」。

〔二〕《新唐書》卷一二二《韋安石傳》：「韋安石，京兆萬年人。……久視中，遷文昌右丞，以鸞臺侍郎同鳳閣鸞臺平章事。……時二張及武三思寵横，安石數折辱之。……長安二年，同鳳閣鸞臺三品，俄又知納言、檢校揚州大都督府長史。神龍元年，罷政事。俄復同三品，遷中書令。……太平公主有異謀，欲引安石，數因其壻唐晙邀之，拒不往。……俄罷政事。……下遷蒲州刺史，徙青州。安石在蒲，太常卿姜晈有所請，拒之。晈弟晦爲中丞，以安石昔相中宗，受遺制，而宗楚客、韋温擅削相王輔政語，安石無所建正，……監察御史郭震奏之，有詔與韋嗣立、趙彦昭等皆貶，安石爲沔州别駕，晈又奏安石護作定陵，有所盜没，詔籍其贜。安石歎曰：『祇須我死乃已。』發憤卒。」

竇希玠

九日應制云：鑾輿巡上苑，鳳駕瞰層城。御座丹烏麗，宸居白鶴驚。玉旗縈桂葉，金杯汎菊英。九晨陪聖膳，萬歲奉承明。得明字。

八日，中宗令學士尋勝，同宴于禮部尚書竇希玠林亭〔一〕。張説製序云〔二〕：召絲竹于伶官，借池亭于貴里〔三〕。雕俎在席，金羈駐門。遠山片雲，隔層城而助興〔四〕；繁鶯芳樹，遶高臺而共樂。

夏日，帝幸五王第，乃過希玠宅〔五〕。劉憲詩云：北斗樞機任，西京肺腑親。李乂詩云：貴游開北第，宸眷幸西鄉。

按希玠，武德時内史令威之後，中宗時爲禮部尚書，以恩澤賜實封，開元爲太子少傅，世爲外戚，唐世貴盛，莫與爲比〔六〕。

【校箋】

〔一〕此景龍四年三月八日事，見本書卷九李適下。本條「八日」原作「八月」，據改。

〔二〕張説《南省就竇尚書山亭尋花柳宴序》載《文苑英華》卷七〇九，影明刊本《張説之文集》失收。

〔三〕「貴里」原作「貴族」，據《文苑英華》改。

〔四〕「助興」原作「即興」，據《文苑英華》改。

〔五〕此景龍四年四月六日事，見《舊唐書》卷七《中宗本紀》及本書卷九李適下。本書卷九劉憲、卷一〇李乂、卷一一沈佺期下並載其《陪幸五王宅》詩。

〔六〕《舊唐書》卷六一《竇威傳》：「武德元年，拜内史令。……從兄子抗，文穆皇后（高祖竇后）之從兄也。……誕，抗第三子。……子孝慈，……孝慈子希玠……中宗時爲禮部尚書，以恩澤賜實封二千五百户。開元初，爲太子少傅、開府儀同三司。……竇氏自武德至今，再爲外戚，一品三人，三品以上三十餘人，尚主者八人，女爲王妃六人，唐世貴盛，莫與爲比。」本條「中宗時爲禮部尚書」句，原脱「部尚」二字；「莫與爲比」句，原誤「比」爲「此」，據史文補改。

李咸〔一〕

九日應制云：重陽乘令序，四野開晴色。日月數初并，乾坤聖登極。菊黄迎酒泛，松翠凌霜直。游海難爲深，負山徒倦力。得直字。

【校箋】

〔一〕《新唐書》卷七二上《宰相世系表》：「咸，工部郎中。」

陸景初

九日應制云：九秋光順豫，重節霽良宸。登高識漢苑，問道侍軒臣。菊花浮秬鬯，萸房插縉紳。聖化邊陲謐〔一〕，長洲鴻雁賓。得臣字。

景初，元方之子。恬靜寡欲，議論高簡。景雲中，與崔湜同知政事。睿宗曰：子能紹先業，是謂象賢。乃賜名象先〔二〕。

【校箋】

〔一〕「邊陲謐」原作「謐邊陲」，據毛本改。

〔二〕《新唐書》卷一一六《陸元方傳》：「諸子皆美才，而象先、景倩、景融尤知名。象先器識沈邃，……景雲中，進同中書門下平章事，監修國史。初，太平公主謀引崔湜爲宰相，湜曰：『象先人望，宜幹樞近，若不者，湜敢辭。』主不得已，爲言之，遂並知政事。然其性恬靜寡欲，議論高簡，爲時推向。湜嘗曰：『陸公加于人一等。』……始，象先名景初，睿宗曰：『子能紹先構，是爲象賢者。』乃賜名焉。」本條「元方」原作「元初」，「紹先業」原誤「紹」爲「召」，據史文改。

鄭南金

九日應制云：重陽玉律應，萬乘金輿出。風起韻虞絃，雲開吐堯日。菊花浮聖酒，茱香挂衰質。欲知恩煦多，順動觀秋實。得日字。

于經野

九日應制云：御氣三秋節，登高九曲門。桂筵羅玉俎，菊醴溢芳樽〔一〕。遵渚歸鴻度，承雲舞鶴鶱。微臣濫陪賞，空荷聖明恩。得樽字。

經野，中宗時爲户部侍郎〔二〕。

中宗九日登高，應制二十四人，韋安石、蘇瓌詩先成，于經野及盧懷慎詩後成，時景龍三年也。

【校箋】

〔一〕「醴」原作「體」，據本書卷一中宗下引摘句改，毛本同。

〔二〕《新唐書》卷七二《宰相世系表》：「經野，户部侍郎。」本條原作「户部尚書」，據改。

解琬

慈恩寺九日登塔應制云：瑞塔臨初地，金輿幸上方〔一〕。空邊有清淨，覺處無馨香。雨霽微塵斂，風秋定水涼。兹辰采仙菊，薦壽慶重陽。

晦日宴高氏林亭云〔二〕：主第簪裾出，王畿春照華。山亭一已眺，城闕帶煙霞。横堤列錦帳，傍浦駐香車。歡娱屬晦節，酩酊未還家。

琬，魏州元城人。與郭元振善。習邊事，守邊積二十年。開元中，終同州刺史〔三〕。

【校箋】

〔一〕「上方」原作「上坊」，據《歲時雜詠》改。

〔二〕詩載《高氏三宴詩集》及《歲時雜詠》。參閱本書卷七劉友賢下識語及校箋〔一〕。

〔三〕《新唐書》卷一三〇《解琬傳》：「解琬，解州元城人。……與郭元振善。……景龍中，遷御史大夫兼朔方行軍大總管，前後乘邊積二十年，大抵務農習戰，多爲長利，華虜安之。……開元五年，終同州刺史。」

麴瞻

慈恩寺九日應制云：扈蹕游玄地，陪仙瞰紫微。似邁銖衣劫，將同羽化飛。雕戈秋日麗，寶劍曉霜霏。獻觴乘菊序，長願奉天暉。

樊忱[一]

慈恩寺九日應制云：淨境重陽節，仙游萬乘來。插萸登鷲嶺，把菊坐蜂臺。十地祥煙合，三天瑞景開。秋風詞更遠，竊抃樂康哉。

【校箋】

〔一〕《舊唐書》卷七《中宗本紀》：神龍元年，正月「甲辰，地官侍郎樊忱往京師告廟陵。」《新唐書》卷三七《地理志》華州華陰縣：「西二十四里有敷水渠，開元二年，姜師度鑿，以洩水害。五年，刺史樊忱復鑿之，以通渭漕。」《元和姓纂》卷四，樊姓「廬江樊弘之後……忱，户部尚書。」此忱事之可考者。

孫佺

慈恩寺九日應制云：應節萸香滿，初寒菊浦新。龍旗焕辰極，鳳駕儼香闉。蓮井偏疑夏[一]。梅梁更若春。一忻陪雁塔[二]，還似得天身。

佺，麟德宰相處約之子。延和初爲幽州都督，爲奚所敗，同周以悌見獲，送默啜所，殺之〔三〕。佺不知兵，始裴懷古爲都督，馭士有方，朝廷以佺代之，遂及敗〔四〕。

【校箋】

〔一〕「疑」，毛本作「宜」。

〔二〕「雁」原作「應」，據毛本改。

〔三〕《新唐書》卷一〇六《孫處約傳》：「麟德元年，以西臺侍郎同東西臺三品。爲少司成，以老致仕，卒。子佺，延和初，爲羽林將軍、幽州都督，率兵十二萬討奚，……大敗，死者數萬。佺、（周）以悌同見獲，送默啜所，殺之。」按，毛本于「佺」下增「字」字，以「麟德」爲「佺」之字，大誤。又，「周以悌」原誤「悌」爲「弟」，據史文改。

〔四〕《新唐書》卷一九七《裴懷古傳》：「俄轉幽州都督，綏懷兩蕃，將舉落内屬，會以左威衛大將軍召，而孫佺代之。佺不知兵，遂敗其師。」

李從遠〔一〕

慈恩寺九日應制云：九月從時豫，三乘爲法開。中霄日天子，半座寶如來。摘果珠盤獻，攀萸玉輦迴。願將塵露點，遥奉光明臺。

【校箋】

〔一〕《新唐書》卷一九七《李素立傳》：「孫從遠，清密有學，神龍初，歷中書令、太府卿，累封趙郡公，謚曰懿。」

周利用

慈恩寺九日應制云：出豫乘金節〔一〕，飛文焕日宫。萸房開聖酒，杏苑被玄功。塔向三天迴，禪收八解空。叨恩奉蘭籍，終愧洽薰風。

金城公主和蕃，中宗送至馬嵬，群臣賦詩。帝令御史大夫鄭惟忠及利用護送入蕃，學士賦詩以餞，徐彦伯爲之序云〔二〕。

【校箋】

〔一〕「出豫」原作「出輿」，據毛本改。

〔二〕事在景龍四年正月末二月初，見《舊唐書》卷七《中宗本紀》及本書卷九李適下，唯新、舊《唐書》中《鄭惟忠傳》皆不載此事。

楊廉

九日侍宴應制云：遠目瞰秦坰，重陽坐灞亭。既開黄菊酒，還降紫微星。簫鼓諳仙曲，山河入畫屏。幸茲陪宴喜，無以效丹青。得亭字。

慈恩寺九日應制云：萬乘臨真境，重陽眺遠空。慈雲浮雁塔，定水映龍宫。寶鐸含飈響，仙輪帶日紅。天文將瑞色，輝焕滿寰中。

沈佺期酬楊給事中廉見贈臺中詩云：子雲推辯博〔一〕，公理擅詞雄。始自尚書省，旋聞給事中。言從温室祕，籍向鎖闈通。顧我叨郎署，暫無草奏功。分曹八舍斷，解袂五時空。宿昔陪餘論，平生賴擊蒙。神仙應東掖，雲霧限南宫。忽枉瓊瑶贈，長歌蘭渚風〔二〕。

【校箋】

〔一〕「推」原作「惟」，據《文苑英華》卷一九〇及明活字本（下同）《沈佺期集》改。

〔二〕「顧我叨郎署」以下十句原缺，據《文苑英華》及《沈佺期集》補。

張景源

慈恩寺九日應制云：飛塔凌霄起，宸游一届焉。金壺新泛菊，寶座即披蓮。就日摇香輦，憑雲出梵天。祥氛與佳色，相伴雜鑪煙。

李　恒

慈恩寺九日應制云：寶地隣丹掖，香臺瞰碧雲。關山江外出〔一〕，城闕樹中分。睿藻蘭英秀，仙杯菊蕊薰。願將今日樂，長奉聖明君。

【校箋】

〔一〕「江外」原作「江水」，據毛本改。

唐詩紀事校箋卷第十三

崔液　張元一　劉希夷　鄭遂初　王熊
房融　張敬忠　崔珪　沈祖仙　盧崇道
徐安期　張泫　薛曜　袁暉　李休烈
邵士彦　吴大江　劉幽求　賈曾　楊齊哲
魏元忠　李夔　司馬承禎

崔液

上元詩六首云：玉漏銅壺且莫催，鐵關金鎖徹明開。誰家見月能閑坐，何處聞燈不看來？其一　今年春色勝常年，此夜風光最可憐〔一〕。鳷鵲樓前新月滿，鳳凰臺上寶燈燃。其二　神燈佛火百輪張，刻象圖容七寶裝〔二〕。影裏如聞金口説，空中似放玉毫光〔三〕。其三　金勒銀鞍控紫騮，玉輪朱幰駕青牛〔四〕。驂驔始散東城曲，倏忽還來南陌頭〔五〕。其四　公子王孫意氣驕，不論相識也相邀。最憐長袖風前弱，更賞新絃暗裏調。其五　星移漢轉月將微，露灑煙飄燈漸稀。猶惜道傍歌舞處，踟躕相顧不能歸。其六液，字潤甫，仁師之孫，湜之弟也。工五言，舉進士第一人。湜嘗曰：「海子，我家龜龍也。」官至殿中侍御史。坐湜故，亡命郢州，作幽征賦以見意。遇赦還，卒〔六〕。

【校箋】

〔一〕「最」，《大唐新語》卷八《文章》作「正」。

〔二〕「容」，《初學記》卷四作「形」。

〔三〕「放」，《初學記》作「散」。

〔四〕「朱幰」原作「珠𢹂」，據《初學記》改。

〔五〕「來」，《初學記》作「逢」。

〔六〕《新唐書》卷九九《崔仁師傳》：「子挹，挹子湜。……與弟液、滌、從兄涖並以文翰居要官。……液字潤甫，尤工五言詩，湜歎，因字呼曰：『海子，我家龜龍也。』官至殿中侍御史，坐湜當流，亡命郢州，作《幽征賦》以見意，詞甚典麗。遇赦還，卒。」據此，則液乃仁師之孫，本條原誤作「仁師之子」，又誤「海子」爲「液子」，今改正。

張元一

武后朝，左司郎中張元一，善滑稽。時西戎犯邊，武懿宗統兵禦之，至邠畏懦而遯。懿宗短陋，元一嘲曰：「長弓短度箭，蜀馬臨高蹁。去賊七百里，隈牆獨自戰。忽然逢着賊，騎豬向南竄。則天未曉，曰：懿宗無馬耶？元一曰：騎豬，夾豕也。則天大笑〔一〕。后嘗問元一，外有何事？曰：有三慶：旱而雨，洛橋成，郭弘霸死〔二〕。弘霸，酷吏也。

【校箋】

〔一〕《本事詩·嘲戲第七》：「則天朝，左司郎中張元一，滑稽善謔。時西戎犯邊，則天欲諸武立功，因行封爵，命武懿宗統兵以禦之。寇未入塞，懿宗始逾邠郊，畏懦而遁。懿宗短陋，元一嘲之曰：『長弓短度箭，蜀馬臨高蹁。去城七百里，隈牆獨自戰。忽然逢着賊，騎豬向南竄。』則天聞之，初未悟，曰：『懿宗無馬耶？何故騎豬？』元一解之曰：『騎豬者，是夾豕走也。』則天乃大笑。」

〔二〕《南部新書》戊：「天后問張元一曰：『在外有何事？』元一曰：『外有三慶：旱降雨，一慶；洛中橋新成，萬代之利，二慶；郭弘霸死，百姓皆歡，三慶也。』弘霸，酷吏也，爲侍御史。」《新唐書》卷二〇九《酷吏傳》載張元一語，逕作：「比有三慶：旱而雨，洛橋成，弘霸死。」此條本之。「弘」原作「洪」，據改。

劉希夷

將軍行云：將軍闢轅門，耿介當風立。諸將欲言事，逡巡不敢入。劍氣射雲天，鼓聲破原隰。黃塵塞路起，走馬追兵急。彎弓從此去，飛箭如雨集。截圍一百重〔一〕，斬首五千級。代馬流血死，胡人抱鞍泣。古來養甲兵，有事常討襲。乘我廟堂運，坐使干戈戢。獻凱歸帝京〔二〕，軍容何翕習。

代悲白頭翁云〔三〕：洛陽城東桃李花，飛來飛去落誰家？洛陽女兒惜顔色〔四〕，行逢落花長歎息。今年花落顔色改，明年花開誰復在？已見松柏摧爲薪，更聞桑田變成海〔五〕。古人無復洛城東，今人還對落花風。年年歲歲花相似，歲歲年年人不同。寄言全盛紅顔子，須憐半死白頭翁〔六〕。此翁白頭真可憐，伊昔紅顔美少年。公子王孫芳樹下，清歌妙舞落花前〔七〕。光禄池臺文錦繡〔八〕，將軍樓閣畫神仙〔九〕。一朝卧病無人識，三春行樂在誰邊？宛轉娥眉能幾時？須臾鶴髮亂如絲。但看古來歌舞地〔一〇〕，唯有黄昏鳥雀悲〔一一〕！

唐新語云：希夷一名庭芝，汝州人。少有文華，好爲宫體詩，詞旨悲苦，不爲時人所重。善彈琵琶。嘗爲白頭翁詠云：今年花落顔色改，明年花開復誰在？既而自悔曰：我此詩似讖，與石崇白首同所歸何異？乃更作一聯云：年年歲歲花相似，歲歲年年人不同。既而歎曰：此句復似向讖矣。然死生有命，豈復由此！乃兩存之。詩成未周歲，爲奸人所殺。或云宋之問害之。後孫翌撰正聲集，以希夷詩爲集中之最，由是大爲人所稱〔一二〕。或云：之問害希夷，而以洛陽之篇爲己作，至今載此篇在之問集中〔一三〕。

晚憩南陽旅館云：旅館何年廢？征夫此日過。途窮人自哭，春至鳥還歌。行路新知少，荒田古路多。池篁覆丹谷，墳樹遶清波。日照蓬陰轉，風微野氣和。傷心不可去，回首怨如何！

秋日題汝陽潭壁云〔一四〕：獨坐秋陰生〔一五〕，悲來從所適。行見汝陽潭，飛蘿蒙水石。懸瓢木葉上，風吹何歷歷。幽人不耐煩，振衣步閑寂〔一六〕。回流清見底，金沙覆銀礫。錯落非一丈〔一七〕，空朧幾千尺。魚鱗可憐紫，鴨毛自然碧。吟詠秋水篇〔一八〕，渺然忘損益〔一九〕。秋水隨形影〔二〇〕，清濁混心跡。歲暮歸去來，東山余宿昔〔二一〕。遨游。

故園置酒云：酒熟人須飲，春還鬢已秋。願逢千日醉，得緩百年憂。舊里多青草，新知盡白頭。風前燈易滅，川上月難留。卒卒周姬旦，棲棲魯孔丘。平生能幾日，不及且

夜集張諲所居云：江南成久客，門館日蕭條。唯有圖書在，多傷鬢髮凋。諸生陪講誦，稚子給漁樵。隱室寒燈淨，空階落葉飄。滄洲自有趣，誰道隱須招。

巫山懷古云：巫山幽陰地，神女豔陽年。襄王伺容色，落日望悠然。歸來高堂夜，金釭焰青煙。頹想臥瑶席，夢魂何翩翩。摇落殊未已，榮華倏徂遷。愁思瀟湘浦，悲涼雲夢田。猿啼秋風夜，雁飛明月天。巴歌不可聽，聽此益潺湲。

孤松篇云：蠶月桑葉青，鶯時柳花白。澹豔煙雨滋，敷芬陽春陌。如何秋風起，零落從此始。獨有南澗松，不歎東流水。玄陰天地冥，皓雪朝夜零。豈不羅寒暑，爲君留青青。青青好顏色，落落任孤直〔三〕。群樹遥相望，衆草不敢逼。靈龜卜真隱，仙鳥宜棲息。恥受秦帝封，願言唐侯食。寒山夜月明，山冷氣清清。淒兮歸風集，吹之作琴聲。松子卧仙岑，寂聽凝野心。清泠有真曲，樵採無知音。美人何時來？幽逕委緑苔。吁嗟深澗底，棄捐廣廈材。

【校箋】

〔一〕「重」原作「里」，據《搜玉小集》、《唐文粹》卷一二、《文苑英華》卷一九六、《樂府詩集》卷九〇改。

〔二〕「歸帝京」，《搜玉小集》作「還帝京」，《文苑英華》作「帝來勞」，《唐文粹》、《樂府詩集》作「歸京都」。

〔三〕詩題《唐百家詩選》與此同。《搜玉小集》作《代白頭吟》，《文苑英華》卷二〇七、《樂府詩集》卷四一作《白頭吟》，俱題劉希夷作。《唐文粹》及影明刊本（下同）《宋之問集》作《有所思》，則以爲宋之問作。當以屬劉作爲是。本條詩題原作《悲代白頭翁》，據《唐百家詩選》改。

〔四〕「女兒」原作「兒女」，據上舉各本改。「惜」，《搜玉小集》、《樂府詩集》、影明刊本《宋之問集》同。《唐文粹》、《文苑英華》作「好」。

〔五〕「成」原作「爲」，據上舉各本改。

〔六〕「死」原作「謝」，據上舉各本改。

〔七〕《文苑英華》此二句在「光禄」二句之下，其他各本與此同，是。

〔八〕「池臺」原作「臺前」，據上舉各本改。「文」原作「開」，《唐百家詩選》同，據《搜玉小集》、《唐文粹》、《文苑英華》、《樂府詩集》諸本改。

〔九〕「畫」原作「盡」，據上舉各本改。

〔一〇〕「古來」原作「舊來」，據《搜玉小集》、《唐文粹》、《文苑英華》及《宋之問集》改，《唐百家詩選》、《樂府詩集》亦作「舊來」。

〔一一〕「悲」，《搜玉小集》、《唐文粹》、《樂府詩集》、《宋之問集》同，《文苑英華》作「飛」，注云：「一作『悲』。」

〔一二〕見《大唐新語》卷八《文章》。「一名庭芝」，《新語》作「挺之」，按《太平廣記》卷一四二引此文，亦作「庭芝」，與《紀事》同，是宋人所見本如此，作「庭芝」是。又「我此詩似讖」句，原脱「似」字，據《新語》補。孫翌《正聲集》，今佚。《新唐書》卷六〇總集類「孫季良《正聲集》三卷」，即此書。

〔一三〕《劉賓客嘉話録》：「劉希夷曰：『年年歲歲花相似，歲歲年年人不同。』其舅宋之問苦愛此兩句，懇乞，許而不與。之問怒，以土囊壓殺之。」《唐語林》亦載此事，殆小説家言也。

〔一四〕《文苑英華》卷一六三載此詩，佚作者姓名，詩題作《秋日題南陽潭壁》，省詩中有「行見汝陽潭」句，則以此作「汝陽潭壁」爲是。《唐百家詩選》即作《秋日題汝陽潭壁》。

〔一五〕「生」原作「至」，《唐百家詩選》同，據《文苑英華》改。

〔一六〕「振衣」，《唐百家詩選》同。《文苑英華》作「振杖」。

〔一七〕「錯落」原作「洛水」，《唐百家詩選》同，據《文苑英華》改。

〔一八〕「吟詠《秋水篇》」原作「秋水弄清光」，《唐百家詩選》同，據《文苑英華》改。

〔一九〕「渺然」原作「渺焉」，《唐百家詩選》同，據《文苑英華》改。

〔二〇〕「秋水」原作「游山」，《唐百家詩選》同，據《文苑英華》改。

〔二一〕「余」原作「餘」，據《文苑英華》、《唐百家詩選》改。

〔二二〕「任」原作「在」，據《唐百家詩選》改。

鄭遂初

別離怨云：蕩子戍遼東，連年信不通。塵生錦步障，花送玉屏風。只怨紅顏改，寧辭玉簟空。繫書春雁足，早晚到雲中。

萬歲通天元年，李迥秀下登第〔一〕。

【校箋】

〔一〕按史載武后以萬歲登封元年「三月，丁巳，新明堂成，改元萬歲通天。」（《通鑑》卷二〇五），明年，「九月，壬辰，大享通天宮，大赦，改元。」（同書卷二〇六）則萬歲通天僅一年零七個月。李迥秀以考功員外郎知貢舉，止于萬歲通天元年七月以前，是歲七月，即隨武三思東征（見陳子昂《送著作郎崔融等從梁王東征詩序》），則鄭遂初登第，當在萬歲通天元年春矣。本條原作「萬歲通天年」，據補「元」字。

王熊

熊自潭州至岳陽，張燕公宴別，贈詩二章云：絲管清且哀，一曲傾一盃。氣將然諾重，心向友朋開。古木無生意，寒雲若死灰。贈君芳杜草，爲植建章臺。其一　縉紳連省閣，溝水遽西東。然諾心猶在，容華歲不同。孤城臨楚塞，遠樹入秦宮。誰念三千里，江潭一老翁？其二　熊答云：長沙辭舊國，洞庭逢故人。薰蘭敦久要，披霧轉相親。歲月方嗟老，江山不惜春。忽聞黃鶴曲，更作白頭新。其一　平生共風月，倏忽間山川。不期交淡水，暫得款忘年。興逸方罷釣，帆開欲解船。離心若危旆，朝夕爲君懸〔一〕。其二

韋嗣立嘗和前作，并序云：余昔忝省闥，與岳州張使君、潭州王都督同官聯事，後承

朝譴，各自東西。張公與王都督别詩二首，情頗感切，余覽以耿歎，因追和焉〔二〕。詩見嗣立門。

【校箋】

〔一〕《歷代名畫記》：「王熊，官至潭州都督，嘗與張燕公唱和詩句，善湘中山水，似李將軍。」其詩僅存此二首。《四部叢刊》影明刊本《張説之文集》並載二人詩，張説詩題作《岳州宴别潭州王熊二首》，王熊詩題作《奉答張岳州二首》。

〔二〕韋嗣立和詩並序亦附載《張集》中，此載其序，詩見本書卷一一韋嗣立下。

房融

游始興廣勝寺果上人房云〔一〕：零落嗟殘命，蕭條託勝因。方燒三界火，遽洗六情塵。隔嶺天花發，凌空月殿新。誰令鄉國思〔二〕，從此學分身。

融，河南人。武后時爲宰相。神龍元年，貶死高州〔三〕。

【校箋】

〔一〕詩題原作《游始興廣果寺山房》，據《文苑英華》卷二三六改。

〔二〕《文苑英華》作「誰令故鄉思」，注云：「一作『誰憐鄉國思』。」

〔三〕《新唐書》卷一三九《房琯傳》：「房琯，字次律，河南人。父融，武后時以正諫大夫同鳳閣鸞臺平章事。神龍元年，貶死高州。」

張敬忠

先天中，王上客爲侍御史，自以才望華妙，當入省望前行，忽除膳部員外，微有悵惋。吏部郎中張敬忠戲詠曰：有意嫌兵部，專心望考功。誰知腳蹭蹬，幾落省牆東。蓋膳部在省最東北隅也〔一〕。

張仁愿在朔方，奏用御史張敬忠、何鸞等分總軍事，太子文學柳彦昭爲管記，義烏尉晁良貞爲隨機，皆著稱〔二〕。敬忠自監察御史累遷吏部郎中，開元七年，拜平盧節度使〔三〕。

【校箋】

〔一〕按此事《大唐新語》卷一三《諧謔》、《兩京新記》（《太平廣記》卷二五〇引）、《唐語林》俱載之，而《紀事》本條則采自《南部新書》丁，文字全同。唯「王上客」今本《新書》作「王主敬」，以《紀事》證之，則當時所見之本亦作「上客」也。若《大唐新語》、《兩京新記》、《唐語林》諸書，則俱作「王上客」。自本條末校刻者注云：「上客字未詳」，毛本遂改「王上客」爲「王主敬」，實誤。《郎官石柱記》主客員外郎有王上客。《劉夢得外集》卷九《唐故監察御史贈尚書右僕射王公俊神道碑》：「大父上客，歷侍御史，兵部、主客員外郎」，即其人也。今删注文「上客字未詳」

五字。

〔二〕《舊唐書》卷九三《張仁愿傳》：「仁愿在朔方，奏用監察御史張敬忠、何鸞、長安尉寇泚、鄠尉王易從、始平主簿劉體微分判軍事，太子文學柳彦昭爲管記，義烏尉晁良貞爲隨機。敬忠等皆以文史著稱，多至大官，時稱仁愿有知人之鑒。」本條用此。「何鸞」原作「何長鸞」，「晁良貞」原作「昆良貞」，據史文改。

〔三〕《新唐書》卷一一一《張仁愿傳》：「張敬忠自監察御史累遷吏部郎中，開元七年，拜平盧節度使。」

崔珪

孤寢怨云：征戍動經年，含情拂玳筵。花飛織錦處，月落擣衣邊。燈暗愁孤坐，牀空怨獨眠。自君遼海去，玉匣閉春絃〔一〕。

珪，開元中爲太子詹事，與兄中書舍人琳、弟光禄卿瑶俱列棨戟，世號三戟崔家〔二〕。

【校箋】

〔一〕「閉」原作「閑」，據張本改。

〔二〕《舊唐書》卷七七《崔義玄傳》附子《神慶傳》：「開元中，神慶子琳等皆至大官。……東都私第門，琳與弟太子詹事珪、光禄卿瑶俱列棨戟，時號三戟崔家。」

沈祖仙

秋闈詩云：白馬三軍客，青娥十載思。王庭霜落夜〔一〕，羅幌月明時。爐冷蜘蛛喜，燈寒熠燿期。愁多不可曙，流涕坐空幃。

【校箋】

〔一〕「王庭」，毛本作「玉庭」。此當用司馬遷《報任安書》「深踐戎馬之地，足歷王庭」語，代指邊外，不誤。

盧崇道

新都南亭別郭大元振詩云：竹徑女蘿蹊，蓮洲文石隄。靜深人俗斷，尋玩往還迷。碧潭秀初月，素林驚夕棲。褰幌納鳥侶，罷琴聽猿啼。佳辰改宿昔，勝寄坐睽攜。長懷賞心愛，如玉復如珪。

崇道爲太常卿，坐其婿崔湜反，俱流嶺南。還歸至都，爲其子娶崔氏女，有内給使取充貴人，崇道賂之，令别娶一崔氏女入内。事敗，并男三人皆敕杖至殞〔二〕。蓋睿宗時也。

【校箋】

〔一〕《朝野僉載》：「唐太常盧崇道，坐女婿中書令崔湜反，羽林郎將張仙坐與薛介然口陳欲反之狀，俱流嶺南。經年，無日不悲號，兩目皆腫。不勝悽戀，遂並逃歸。崇道至都宅藏隱，爲男娶崔氏女，未成，有内給使來，取充貴人，崇道乃賂給使，別取一崔家女去。入内事敗，給使具承，掩崇道，並男三人，亦被糾捉。敕杖各决一百，俱至喪命。」

徐安期

催粧云〔一〕：傳聞燈下調紅粉〔二〕，明鏡臺前作好春〔三〕。不須滿面渾粧却〔四〕，留着雙眉待畫人。

【校箋】

〔一〕《搜玉小集》及《萬首唐人絶句》載此詩，均題徐璧作。

〔二〕「燈下」，《搜玉小集》、《萬首唐人絶句》作「燭下」。

〔三〕「作好春」，《搜玉小集》、《萬首唐人絶句》作「别作春」。

〔四〕「滿面」原作「面上」，據《搜玉小集》、《萬首唐人絶句》改。

張　浤[一]

閨怨詩云[二]：去年離別雁初歸，今夜裁縫螢已飛。征客近來音信斷，不知何處寄寒衣？

浤，登久視元年進士第[三]。

【校箋】

〔一〕「張浤」原作「張紘」，《搜玉小集》、《萬首唐人絶句》載此，作者均題「張浤」，據改。

〔二〕詩題《搜玉小集》作《怨辭》，《萬首唐人絶句》作《怨詩》。

〔三〕「久視元年」原作「久視六年」。徐松《登科記考》卷四：「按久視無六年，『六』爲『元』之訛。獨孤及《張從師墓表》：『烈祖浤，以碩學麗藻，名動京師，亦舉進士。自監察御史爲會稽令。』疑『浤』即『紘』之訛。」按徐説是，唯「浤」乃「汯」之異體，非「紘」之訛也。據改。《大唐新語》卷一二《勸勵》亦載有張浤自左拾遺左授許州司户，以禮止毆競事。

薛　曜

正夜侍宴應制云：重闗鐘漏通，夕敞鳳凰宫。雙闕祥煙裹[一]，千門明月中。酒杯浮湛露，歌曲唱流風。侍臣咸醉止，常慚恩遇崇。

曜尚城陽公主，子紹，尚太平公主。紹兄顗，懼太盛，以問從兄克構。克構曰：「帝甥尚主，由來故事，但以恭慎行之，何懼也！」曜堂姪儆，子鏽，自曜至鏽，一門四公主〔二〕。曜，元超之子也。聖曆中，附張易之，官正諫大夫〔三〕。

【校箋】

〔一〕「雙闕」原作「雙日」，據《文苑英華》卷一六九改。

〔二〕《廣卓異記》卷二：「薛曜尚城陽公主，曜之子紹尚太平公主。紹兄顗，爲黄門侍郎，懼其公主寵盛，問于克構，克構曰：『帝甥尚主，由來故事，若以恭慎行之，何懼也？然室有傲婦，善士所惡。故鄙諺曰：娶婦得公主，平地買官府。遠則平陽公主，妖孽致亂，近則新然晉安，爲時所誡，欲求無患，難矣。』曜之堂姪儆，儆之子鏽，自曜至鏽，一門四尚公主。」此用其文。按《廣卓異記》「薛曜」乃「薛瓘」之誤。《新唐書》卷八三《諸公主傳》「城陽公主下嫁杜荷生，坐太子承乾事誅，又嫁薛瓘」是也。同書卷七三下《宰相世系表》亦載：「瓘，光禄卿，駙馬都尉。」並載「儆，鄧州刺史，駙馬都尉」、「鏽，光禄卿，駙馬都尉」、「紹，左散騎常侍，駙馬都尉」，所謂「一門四尚主」也。薛曜，字昇華，襲汾陰男，亦見《新表》，實無尚主事。本條三「曜」字俱「瓘」之誤；「鏽」當作「鏽」。紹兄顗懼太盛事，亦載《新唐書》卷一九七《薛大鼎傳》附子《克構傳》，《紀事》避宋高宗諱，故省「構」字，今補。

〔三〕《舊唐書》卷九八《薛收傳》附子《元超傳》：「子曜，聖曆中，附會張易之，官正諫大夫。」

袁暉

正月閨情云：正月金閨裏，微風繡户間〔一〕。曉魂憐别夢，春思逼啼顔。遶砌梅堪折，當軒樹未攀。歲華庭北上，何日度陽關？

二月閨情云〔二〕：二月韶光好，春風香氣多。園中花巧笑，林裏鳥能歌。有恨離琴瑟，無情着綺羅。更聽春燕語，妾亦不如他。

三月閨情云〔三〕：三春時將盡，空房妾獨居〔四〕。娥眉愁自結，鬢髮没情梳。

七月閨情云：七月坐涼宵，金波滿麗譙。容華芳意改，枕席怨情饒。錦字沾愁淚，羅裙緩細腰。不如銀漢女，歲歲鵲成橋。

魏知古薦爲左補闕〔五〕。開元中，馬懷素欲校正群籍，暉自邢州司户參軍預焉〔六〕。明皇東巡，回出雀鼠谷，暉應制云〔七〕：魏國山河險，周王警蹕迴。九旗雲際出，萬騎谷中來。石岸行將盡，煙郊望忽開。賞矜垂柳拂，春畏落花催。興逸横汾體，恩褒作頌才。小臣瞻日月，延首詠康哉。

【校箋】

〔一〕「間」原作「聞」，據毛本改。

〔二〕「情」原作「怨」，據《全唐詩》改。

〔三〕「情」原作「怨」，據《全唐詩》改。《萬首唐人絶句》亦作「怨」。

〔四〕「妾獨居」原作「獨妾居」，據《萬首唐人絶句》改。

〔五〕《新唐書》卷一二六《魏知古傳》：「所薦洹水令吕太一……左補闕袁暉……後皆有聞于時。」

〔六〕《新唐書》卷一九九《馬懷素傳》：「有詔句校秘書。是時，文籍盈漫，皆炱朽蟫斷，籤牓紛舛，懷素建白：『願下紫微、黄門，召宿學巨儒就校繆缺。』又言：『自齊以前舊籍，王儉《七志》已詳。請採近書篇目及前志遺者，續儉《志》以藏秘府。』詔可。即拜懷素秘書監。乃召國子博士尹知章、……邢州司户參軍袁暉……等分部撰次。」

〔七〕事在開元十一年春，參閲本書卷二明皇下校箋〔二〇〕。《文苑英華》卷一七一及影明本《張説之文集》載此詩，題作《奉和答張説南出雀鼠谷》。

李休烈〔一〕

長壽三年，則天徵天下銅五十餘萬斤，鐵三百三十餘萬斤，錢兩萬七千貫，于定鼎門内，鑄八稜銅柱，高九十尺，徑一丈二尺，題曰大周萬國述德天樞，紀革命之功，貶唐家之德。天樞下置鐵山，銅龍負載，獅子麒麟圍遶。上有雲蓋，蓋上施盤龍以托火珠，珠高一丈，圍三丈，金彩熒煌，光侔日月。武三思爲其文，朝士獻詩者不可勝紀，惟李嶠詩冠絶當時。曰：轍跡光西嶂，勳名紀北燕。何如萬國會，諷德九門前。灼灼臨黃道，迢迢入紫烟。仙盤正下露，高柱欲承天。山類叢雲起，珠疑大火懸。聲流塵作劫，業固海成田。聖澤傾堯酒，薰風入舜絃。忻逢下生日，還偶上皇年。後憲司發嶠附會韋庶人，左授滁州別駕而終。開元初，詔毀天樞，發卒鎔鑠，彌月不盡。洛陽尉李休烈賦詩以詠之曰：天門街裏倒天樞，火急先須卸火珠。計合一條絲線挽，何勞兩縣索人夫？先有訛言云：一條線挽天樞。言其不經久也，故休烈詩及之。士庶莫不諷詠。天樞之北，韋庶人繼造一臺，先此毀拆〔二〕。出大唐新語。

【校箋】

〔一〕《新唐書》卷一九七《李素立傳》附孫《至遠傳》：「至遠父休烈，亦有文，終鄭令，年四十九。世歎其父子材不盡云。」

〔二〕此用《大唐新語》卷八《文章》文。其中「鐵三百三十餘萬斤」句，原誤「三」爲「一」，此句下脱「錢兩萬七千貫」一句；「蓋上施盤龍以托火珠」句，原脱「蓋」字、「火」字；「珠高一丈」句，原脱「珠」字；「不可勝紀」句，原脱「勝」字；李嶠詩「勳名紀北燕」句，「名」原作「庸」；「開元初」原作「開元中」，據《大唐新語》補改。

邵士彦

秋閨詩云：斜日空庭暮，幽閨積恨盈。細風吹帳冷，微月度窗明。怨坐啼相續，愁眠夢不成。調琴欲有弄，畏作斷腸聲。

吴大江

擣衣詩云〔一〕：沙塞秋應晚，金閨恨已空。那堪裂紈素，時許出房櫳。杵影弄寒月，砧聲調夜風。裁縫雙淚盡，萬里寄雲中。

【校箋】

〔一〕大江僅存此詩及《棋賦》一首，《賦》見《文苑英華》卷一〇〇及《全唐文》卷九四六。

劉幽求

幽求書懷云：心爲明時盡，君門尚不容。田園迷徑路，歸去路何從〔一〕？

幽求，冀州人。臨淄王入誅韋庶人，預參大策。先天中爲相，在同列下，意望未滿。已而竇懷貞、崔湜附太平公主，有逆謀，幽求説明皇圖之，謀洩，睿宗流之于封州。明年公主誅，召復舊官。開元初，進左丞相，以太子少保罷。姚崇忌之，奏幽求鬱鬱散職，有怨言。詔有司鞫治。盧懷慎等奏：幽求輕肆不恭，失大臣體。貶睦州刺史，遷杭、郴二州，恚憤卒于道〔二〕。

【校箋】

〔一〕「路」原作「欲」，據《搜玉小集》改。《萬首唐人絶句》亦作「欲」。

〔二〕《新唐書》卷一二一《劉幽求傳》：「劉幽求，冀州武强人。……臨淄王入誅韋庶人，預參大謀。……先天元年，爲尚書右僕射、同中書門下三品，監修國史。幽求自謂有勞于國，在諸臣右，意望未滿。而竇懷貞爲左僕射，崔湜爲中書令，殊不平，見于言面。而湜等附太平公主有逆計，幽求與右羽林將軍張暐定計，使暐説玄宗曰：『湜等皆太平黨與，日夜陰計，若不早圖，且産大害，太上不得高枕矣。臣請督羽林兵除之。』帝許之，未發也。而暐漏言于侍御史鄧光賓，帝懼，即列其狀。睿宗以幽求等屬吏劾奏，以疏間親，應死，帝密申右之，乃流幽求于封州，暐于峰州，光賓于繡州。明年，太平公主誅，即日召復舊官，知軍國事，還封户，賜錦衣一襲。開元初，進尚書左丞相，兼黄門監，俄以太子少保罷。姚崇素忌之，奏幽求鬱怏散職，有怨言。召有司鞫治，宰相盧懷慎等奏言：幽求輕肆不恭，失大臣體，乖崖分之節。翌日，貶睦州刺史，削實封户六百，遷杭、郴二州，恚憤卒于道。」

賈曾

洛陽人，以孝聞。開元初爲中書舍人，與蘇晉同掌制誥，時號蘇、賈〔一〕。曾孝和皇帝挽詞云：新命千齡啟，鴻圖累聖餘。天行應潛躍〔二〕，帝出受圖書。禮若傳堯舊，功疑復夏初。夢游長不返，何國是華胥？

曾和宋之問下山歌云：良游晼晚兮月呈光〔三〕，錦路逶迤兮山路長。王孫不留兮歲將晏，嵩巖仙草兮爲誰芳。之問詩見王无競門。

奉和春日出苑游矚云：彤闈曉闢問安迴〔四〕，金輅春游博望開〔五〕。渭水晴光摇草樹〔六〕，終南佳氣入樓臺。招賢已得商山客〔七〕，託乘還招鄴下才〔八〕。臣在東周獨留滯，欣承睿藻日邊來〔九〕。時爲太子舍人，使在東都〔一〇〕。

【校箋】

〔一〕《新唐書》卷一一九《賈曾傳》：「賈曾，河南洛陽人。父言忠，貌魁梧。事母以孝聞。……曾少有名，景雲中，爲吏部員外郎。……開元初，復拜中書舍人，曾固辭，議者謂中書乃曹司，非官稱，嫌名在禮不諱，乃就職。與蘇晉同掌制誥，皆以文辭稱，時號『蘇、賈』。」按《傳》言「事母以孝聞」者，乃其父言忠，非曾事。此誤。

〔二〕「潛躍」，毛本作「潛曜」，按此用《周易·乾文言》「潛龍勿用」「或躍在淵」語，「潛躍」不誤，毛本非。

〔三〕「呈光」原作「成紅」，據毛本改。詩末原注云：「紅字未詳。」乃校刻者所加，今删。

〔四〕「曉」原作「晚」，據《文苑英華》卷一七九改。

〔五〕「春游」原作「游春」，據《文苑英華》改。

〔六〕「渭水」原作「渭北」，據《文苑英華》改。

〔七〕「得」，《文苑英華》作「從」。

〔八〕「招」，《文苑英華》作「徵」。

〔九〕「欣承」，《文苑英華》作「欣逢」。

〔一〇〕《舊唐書》卷一九〇中《賈曾傳》：「景雲中，玄宗在東宮，盛擇宮僚，拜曾爲太子舍人。」是知此詩乃睿宗時所作。《文苑英華》卷一七九載有玄宗《春日出苑游》詩及張説同時應令之作。

楊齊哲

過函谷關云〔一〕：地險崤函北〔二〕，途經分陝東。逶迤衆山盡〔三〕，荒涼古塞空。河光流曉日〔四〕，樹影散朝風〔五〕。聖德今無外，何處是關中？

【校箋】

〔一〕敦煌殘本《珠英集》（伯三七七一）存楊齊哲詩二首，此詩題作《曉過古函谷關》，另一首題《秋夜宴徐四山亭》，署「洛陽縣尉楊齊悊」。《唐會要》卷二七另存其《諫幸西京疏》云：「陛下以大足元年冬乃睠咸京，長安三年冬還洛邑，四年又將西幸，聖躬得無窮于車輿乎？」乃武后時人也。又《唐會要》卷三六：「大足元年十一月十一日，麟臺監張昌宗撰《三教珠英》一千三百卷成，上之。初聖曆中以上《御覽》及《文思博要》等書聚事多未周備，遂令張昌宗召李嶠等二十六人同撰。」齊哲爲二十六人之一。

〔二〕「崤函」，《珠英集》、《初學記》卷八作「崤陵」。

〔三〕「衆山」，《珠英集》同，《初學記》作「泉石」。

〔四〕「河光」，《珠英集》、《初學記》作「川光」。「日」，《珠英集》作「月」。

〔五〕「朝風」，《珠英集》作「晴風」。

魏元忠

侍宴銀潢宮應制云：別殿秋雲上，離宮夏景移。寒風生玉樹，涼氣下瑶池。塹花仍吐葉，巖菌尚抽枝〔一〕。願奉南山壽，千秋長若斯。元忠，唐史有傳〔二〕。

【校箋】

〔一〕「巖菌」，《文苑英華》卷一六九作「巖木」。

〔二〕魏元忠，宋州宋城人，相武后、中宗，節愍太子起兵誅武三思，元忠潛預其事。後爲三思之黨宗楚客、紀處訥所構陷，累貶思州務川尉，道卒。《舊唐書》卷九二、《新唐書》卷一二二皆有傳。

李夔

夔爲汴州司户，使至汴州喜逢宋之問詩云：阮籍蓬池上，孤韻竹林才。巨源從吏道，正擁使車來。相逢且交臂，相命且銜盃。醉後長歌畢，餘聲繞吹臺。之問答曰〔一〕：遠方來下客，輶軒攝使臣〔二〕。弄琴宜在夜，傾酒貴逢春。駟馬留孤館，雙魚贈故人。明朝雲雨散〔三〕，遥仰德爲鄰。

【校箋】

〔一〕影明刊本（下同）《宋之問集》載此詩，題作《答李司户》。

〔二〕「攝」原作「揖」，據《宋之問集》改。

〔三〕「雲雨散」，《宋之問集》作「散雲雨」。

司馬承禎

宋之問吟冬宵引贈承禎云：河有冰兮山有雪，北户墐兮行人絶。獨坐山中兮對松月〔一〕，懷美人兮屢盈缺。明月的的寒潭中〔二〕，青松幽幽吟勁風。此情不向俗人説，愛而不見恨無窮。承禎答云：時既暮兮節欲春，山林寂兮懷幽人。登奇峰兮望白雲，悵緬邈兮象郁紛。白雲悠悠去不返，寒風颼颼吹日晚。不見其人誰與言，歸坐彈琴思逾遠。

承禎，字子微，事潘師正，傳辟穀導引術，無不通。睿宗、明皇累召至京師，問其術。卒，贈貞一先生〔三〕。沈佺期贈詩云〔四〕：紫微降天仙，丹地授雲藻。上言華頂事，中問長生道。華頂居最高，大壑朝陽早。長生術何妙，童顔後天老。清晨朝鳳京，靜夜思鴻寶。李白云：余昔于江陵，見司馬子微，謂余有仙風道骨，可以神游八極之表，因著大鵬賦以見志焉〔五〕。

【校箋】

〔一〕「獨坐山中兮對松月」原作「獨山中兮對明月」，據影明刊本（下同）《宋之問集》改。

〔二〕「的的」，《宋之問集》同。毛本作「灼灼」。

〔三〕《新唐書》卷一九六《司馬承禎傳》：「司馬承禎，字子微，事潘師正，傳辟穀道引術，無不通。……武后嘗召之，未幾去。睿宗復命其兄承禕就起之，既至，引入中掖庭問其術。……開元中，再被召京師。玄宗詔於王屋山置壇室以居。……卒，年八十九，贈銀青光禄大夫，謚貞一先生，親文其碑。」

〔四〕此沈佺期《同工部李侍郎適訪司馬子微》詩。見明活字本《沈佺期集》，其「鴻寶」以下尚有「憑崖飲蕙氣」二十二句。「丹地授雲藻」句，「授」，《沈集》作「投」。

〔五〕此李白《大鵬賦》序語，見《李太白文集》卷一。《集》云：「余昔于江陵，見天台司馬子微，謂余有仙風道骨，因著《大鵬遇希有鳥賦》以自廣云云。」「余昔于江陵」句，原誤「昔」爲「音」、「江陵」爲「金陵」，據改。

唐詩紀事校箋卷第十四

張　説　宋　璟　王　丘　崔　翹　王光庭
席　豫　梁昇卿　源乾曜　張嘉貞　盧從愿
韓　休　徐知仁　崔禹錫　裴　漼　韋　抗
程行諶　李　暠　蕭　嵩　劉　昇　裴光庭
宇文融　崔　沔　崔　尚　陸　堅　崔泰之
崔日知　魏奉古

張　説

奉和春日幸望春宫詩云〔一〕：別館芳菲上苑東，飛花澹淹御筵紅。城臨渭水天河近，闕對南山雲霧通〔二〕。繞殿流鶯凡幾樹，當蹊亂蝶許多叢。春園既醉心和樂〔三〕，共識皇恩造化同。

送金城公主云：青海和親日，潢星出降時〔四〕。戎王子婿寵，漢國舅家慈〔五〕。春野開離宴，雲天起別詞。空彈馬上曲，詎減鳳樓悲〔六〕。

晦日滻水應制云：千行發御柳，一葉下仙筇。青浦宸游至，朱城佳氣濃。雲霞交暮色，草樹喜春容。藹藹天旂轉，清笳入九重。

餞唐州高使君云〔七〕：常時好閑燕〔八〕，朋舊少相過〔九〕。及爾宣風去，方嗟離別多〔一〇〕。淮流春晼晚，汝海路蹉跎〔一一〕。百歲屢分散〔一二〕，歡言復幾何〔一三〕。已上四首中宗時作。

説，字道濟，洛陽人。相明皇。爲文屬思精壯，長于碑誌。謫岳州後，詩益悽婉，人謂得江山助云〔一四〕。

夜坐詩云：懷哉四壁時，未有五都價。百金誰見許，斗酒難爲貰。落花生芳春，孤月皎清夜。復逢利交客，題户遥相謝。

岳陽早霽南樓云：山水佳新霽，南樓玩初旭。夜來枝半紅，雨後洲全緑。四運相終始，萬形紛代續。適臨青草湖，再變黄鶯曲。地穴穿東武，江流下西蜀。歌聞枉渚邅，舞見長沙促。心遠居無陋〔一五〕，神和生自足。白髮悲上春，知常謝無欲。

岳陽石門墨山二山相連有禪堂道觀天下絶境詩云〔一六〕：困輪江上山，近在華容縣。常陟巴丘首，天晴遥可見。佳游屢前諾〔一七〕，芳月愆幽眷。及此符守移，歡言臨道便。既攜賞心客，復有送行掾〔一八〕。竹徑入陰窅，松崖上空蒨。草共林一色，雲與峰萬變。探窺石門斷。緣越沙澗轉。兩山勢爭雄，峰巘相顧盼。藥妙靈仙寶，境華巖壑選。清都西淵絶，金地東敞宴。池果接園畦，風煙邇臺殿。高尋去石頂，矌覽天宇徧。千山紛滿目，百川豁對面。騎來雲氣迎，人去鳥聲戀。長揖桃源士，舉世同企羡。

岳州山城云：山城豐日暇[一九]，閉户見天心。東矌迎朝色，西樓引夕陰。觀書千載近，學靜一毛深。忽有南風至，吹君堂上琴。

岳州行郡竹籬云：山郡不溝郭，荒居無翳壅[二〇]。愛人忠主利，善守閉爲勇[二一]。苟非小勤瘁，安得期逸寵。板築恐土疎，襄城嫌役重[二二]。藩栅聊可固，笱篁近易奉。差池截浦沙，繚繞緣隈隴。矗似長雲亘，森如高戟聳。預絶豺狼憂，知免牛羊恐。閭里寛矯步，榛叢恣踏踵。始果游處心，終日成閑拱。

出湖寄趙冬曦云：西泛平湖盡，參差入斷山[二三]。東瞻岳陽郡，汗漫太虚間。宭步同行樂，遒文互屢看[二四]。山戍上雲桂，江亭臨水關。川途倏忽間[二五]，風景依如昨。湘浦未賜環，荆門猶主諾。何時得余美，載酒游宛洛。

説謫岳州，常鬱鬱不樂。時宰以説機辨才略，互相排擯。蘇頲方大用，説與瓌善，説因爲五君詠，致書封其詩以貽頲，誡其使曰：當候忌日近暮送之。使者既至，因忌日齎書至頲門下。近暮，弔客至，多説先公僚舊，頲覽詩，嗚咽流涕。翌日上對，大陳説忠貞謇諤，人望所屬，不宜淪滯遐方。上因降璽書勞問，俄遷荆州長史。由是陸象先、韋嗣立、張庭珪、賈曾，皆以讜逐歲久，因加甄叙。頲以説父之執友，事之甚謹〔二六〕。

王泠然上燕公書云：詩曰：投我以木瓜，報之以瓊琚。此言雖小，可以喻大。相公五君詠曰：淒涼丞相府，餘慶在玄成。蘇公一聞此詩，移公于荆府，積漸至相，由蘇得也。今蘇屈居益部，公坐廟堂，投木報瓊，義將安在！亦可舉蘇以自代，然後爲朔方之行。泠然書又曰：相公岳陽送別詩云：誰念三千里，江潭一老翁。今日忘往日之棲遲，貪暮年之富貴乎〔二七〕！

明皇封太山迴，過金橋，御路縈轉，一望旌纛綿數十里。上曰：張説言我勒兵三十萬，旌旗徑五百里，挾右上黨，至于太原。見后土碑。真才子也。召吴道子、韋無忝、陳閎同製金橋圖〔二八〕。

扈從南出雀鼠谷云〔二九〕：豫動三靈贊，時巡四海威。硤關凌曙出，平路半春歸。霍鎮迎雲罕，汾河送羽旂。山南柳半密，谷北草全稀〔三〇〕。遲日宜華蓋，和風入夾衣。上林千里近，應見百花飛。

將赴朔方軍應制云〔三一〕：禮樂逢明主，韜鈐用老臣。恭憑神武策，遠御鬼方人。供帳榮恩餞，山川喜詔巡。天文日月送〔三二〕，朝賦管弦新。幼志傳三略，衰材謝六鈞。膽猶忠作伴，心故道爲鄰。漢保河南地，胡清塞北塵。連年大軍後，不日小康辰。劍舞輕離別，歌酣忘苦辛。從來思博望，許國不謀身。

説赴集賢院學士上賜讌應制得輝字韻云〔三三〕：侍帝金華講，千齡道固稀。位將賢士設〔三四〕，書共學徒歸。首命深燕隗，通經淺漢韋。列筵榮賜食，送客愧儒衣。賀燕窺簷下，遷鶯入殿飛。欲知朝野慶〔三五〕，文教日光輝。

三相同日拜官奉和御制云〔三六〕：大塊鎔群品，輕生偶聖時〔三七〕。猥承三事命〔三八〕，虛忝百僚師。右揆謀華碩〔三九〕，前星轉重資〔四〇〕。連騫求舊禮〔四一〕，濫點樂賢詩〔四二〕。賜釜同榮拜，摐金宴宰司。菊花吹御酒，蘭葉捧天詞。寶曆休明盛，頽年晷漏衰。少留青史筆，未敢赤松期。

恩賜樂游園宴云〔四三〕：漢苑佳游地，軒庭近侍臣。共持榮幸日，來賞豔陽春。饌玉頒王篚。摐金下帝鈞。池臺草色徧，宮觀柳條新。花綬光連榻，朱顏暢飲醇。聖朝多樂事，天意每隨人。

醉中作云：醉後方知樂，彌勝未醉時。動容皆是舞，出語總成詩。

雜詩云：抱薰心常焦，舉旆心常搖。天長地自久，歡樂能幾朝。君看西陵樹，歌舞爲誰嬌？

五君詠：達志、美類、刺異、感義，哀事，顔氏之心也〔四四〕。擬焉。齊公生人表，迴天聞鶴唳〔四五〕。清論早揣摩，玄心晚超詣。入相廊廟靜，出軍沙漠霽。見深呂祿憂，舉後陳平計。甘心除君惡，足以報先帝。齊公魏元忠。許公信國禎，克美具瞻情〔四六〕。百事資朝問，三章廣世程。處高心不有，臨節自爲名。朱户傳新戟，青松拱舊塋。淒涼丞相府，餘慶在玄成。許公蘇瓌。李公實神敏，才華乃天授。睦親何用心，處貴不忘舊。故事遵臺閣〔四七〕，新詩冠宇宙。在人忠所奉，惡我誠將宥。南浦去莫歸，嗟嗟蔑孫秀。趙公李嶠。代公舉鵬翼，翻飛磨海霧。志康天地屯，適與雲雷遇。興喪一言決，安危萬心注。大勳書王府，舛命淪江路〔四八〕。勢傾北夏門，哀靡東平樹。代公郭元振。耿公山岳靈，才傑心亦妙〔四九〕。鷙鳥峻標立〔五〇〕，哀玉扣清調〔五一〕。協贊休明啟，思華日月照〔五二〕。何意瑶臺雲，風吹落江徼。湘流下潯陽，洒淚一段弔。耿公趙彦昭〔五三〕。

【校箋】

〔一〕詩題原作《八日迎春賜綵花》，誤。據《文苑英華》卷一七四及《四部叢刊》影明刊本（下同）《張説之文集》改。

〔二〕「雲霧」，《文苑英華》同。《張説之文集》作「雨露」。

〔三〕「和」，《文苑英華》同。《張説之文集》作「知」。

〔四〕「潢星」原作「星潢」，據《文苑英華》卷一七六及《張説之文集》改。

〔五〕「舅家」原作「舊家」，據《張説之文集》改，《文苑英華》作「舊家」。

〔六〕「悲」，《張説之文集》同。《文苑英華》作「思」。

〔七〕詩題原作《餞唐州管使君》，據《文苑英華》卷二六七及《張説之文集》改。

〔八〕「燕」，《文苑英華》同。《張説之文集》作「獨」，毛本同。

〔九〕「少」原作「好」，據《文苑英華》、《張説之文集》改。

〔一〇〕「離别」，《文苑英華》同。《張説之文集》作「别日」。

〔一一〕「汝海」原作「江海」，據《文苑英華》、《張説之文集》改。

〔一二〕「百歲」原作「百年」，據《張説之文集》改。

〔一三〕「歡言」原作「言歡」，據《文苑英華》、《張説之文集》改。

〔一四〕《新唐書》卷一二五《張説傳》：「張説，字道濟，或字説之，其先自范陽徙河南，更爲洛陽人。……玄宗爲太子，説與褚无量侍讀，尤見親禮，踰年進同中書門下平章事，監修國史。……明年，皇太子即皇帝位，……召爲中書令。封燕國公。……爲文屬思精壯，長于碑誌，世所不逮。既謫岳州，而詩益悽婉，人謂得江山助云。」

〔一五〕「陋」原作「漏」，據《唐文粹》卷一六上改。

〔一六〕詩題原脱「堂」字，據《唐文粹》卷一七上補。

〔一七〕「佳游」原作「佳邀」，據《唐文粹》及《張説之文集》改。

〔一八〕「有」原作「見」，據《唐文粹》及《張説之文集》改。

〔一九〕「山城」原作「岳城」，據《張説之文集》改。

〔二〇〕「荒居」原作「荒城」，據《張説之文集》改。

〔二一〕「善守」原作「義守」，據《張説之文集》改。

〔二二〕「襄城」原作「蘘城」，據毛本改。

〔二三〕「斷山」原作「亂山」，據《張説之文集》改。

〔二四〕「互」原作「亦」，據《張説之文集》改。

〔二五〕「川途倏忽間」以下六句，《張説之文集》别爲第二首。「得余美」《張集》作「餘美人」。

〔二六〕鄭處誨《明皇雜録》：「張説之謫岳州也，常鬱鬱不樂。時宰以説機辯才略，互相排擯。蘇頲方當大用，而張説與瓌相善，張因爲《五君詠》，致書封其詩以遺頲，誡其使曰：『候忌日，近日暮送之。』使者既至，因忌日，齋書至頲門下。會積陰累旬，近暮，弔客至，多説先公僚舊，頲因覽詩，嗚咽流涕，悲不自勝。翌日，乃上封事，陳説忠貞謇諤，嘗勤勞王室，亦人望所屬，不宜淪滯于遐方。上乃降璽書勞問，俄而遷荆州長史。陸象先、韋嗣立、張廷珪、賈曾，皆以謫逐歲久，因加甄收。頲常以説父之執友，事之甚謹。而説重其才器，深加敬慕焉。」此本條所出。「使者既至，因忌日齋書至頲門下」句，原脱「既至」以下十一字；「頲以説父之執友」句，原脱「説」字，據補。

〔二七〕此泠然上張説《論薦書》，《摭言》卷六《公薦》載之，收入《全唐文》卷二九四。「然後爲朔方之行」句，原作「方朔之行」，據改。

〔二八〕《開天傳信記》：「上封泰山回，車駕次上黨，潞之父老，負擔壺漿，遠近迎謁。……及車駕過金橋，御路縈轉，上見數十里間，旗纛鮮潔，羽衛齊肅，顧謂左右曰：張説言『勒兵三十萬，旌旗千里間，挾右上黨，至于太原』，（原注：「見《后土碑》」）真才子也。左右皆稱萬歲。上遂召吴道玄、韋無忝、陳閎，令同製《金橋圖》。」按史載明皇幸并州，次上黨在開元十一年春，而東封泰山在開元十三年十一月，歸途歷宋州逕返東都，未至上黨，（見兩《唐書·玄宗本紀》）小説家言，不足信也。又，本條「挾右上黨」句，原誤「挾」爲「陜」，「陳閎」誤作「陳闔」，據改。

〔二九〕詩題《扈從南出雀鼠谷》原誤「南出」爲「南山」，據《文苑英華》卷一七一及《張説之文集》改。參閲本書卷二明皇下校箋〔二〇〕。

〔三〇〕「谷北」原作「北谷」，據《文苑英華》及《張説之文集》改。

〔三一〕此開元十年閏五月事，參閲本書卷二明皇下校箋〔二一〕。

〔三二〕「天文日月送」，《文苑英華》卷一七七及《張説之文集》同，毛本「送」作「麗」，按，古以君象日月，此云明皇親餞，將見諸天文也，作「送」是。

〔三三〕此開元十三年四月事，參閲本書卷二明皇下校箋〔二二〕。

〔三四〕「位」原作「任」，據《文苑英華》卷一六八改。《張説之文集》與此同。

〔三五〕「慶」原作「處」，據《文苑英華》卷一六八改。《張説之文集》與此同。

〔三六〕此開元十七年八月事，參閲本書卷二明皇下校箋〔二四〕。

〔三七〕「輕生」，《文苑英華》卷一六八、《張説之文集》同。毛本作「經生」。按「輕生」猶言「微生」也，不誤。

〔三八〕「三事」原作「三仕」，據《文苑英華》改，《張説之文集》亦作「三仕」。

〔三九〕「碩」原作「實」，據《文苑英華》及《張説之文集》改。

〔四〇〕「轉」原作「傳」，據《文苑英華》改，《張説之文集》亦作「傳」，毛本作「傳」。

〔四一〕「連」原作「逵」，據《文苑英華》及《張説之文集》改。

〔四二〕「點」，《張説之文集》同。《文苑英華》作「玷」，毛本同。二字義通。

〔四三〕詩題原作《恩賜宴樂游園》，據《文苑英華》卷一七五及《張説之文集》改。

〔四四〕顔延之《五君詠》見《文選》卷二一。所詠阮籍、嵇康、劉伶、阮咸、向秀五人，張説各以二字概其詩旨。「刺異、感義」，《文苑英華》卷三〇一作「刺義、感異」，《張説之文集》與此同，此當不誤。

〔四五〕「迴天」原作「向天」，據毛本改。《文苑英華》作「迴天」。「向」「迴」當爲「迴」字之訛。

〔四六〕「克美具瞻情」原作「堯美且瞻情」，據《文苑英華》改。《張説之文集》「克」亦誤作「堯」。

〔四七〕「遵」原作「尊」，據《文苑英華》、《張説之文集》改。

〔四八〕「舛命」原作「窄命」，據《文苑英華》改。《張説之文集》亦作「窄命」。

〔四九〕「才傑心亦妙」句，《大唐新語》卷一二《勸勵》作「思遠神亦妙」。《文苑英華》、《張説之文集》與此同。

〔五〇〕「峻標」原作「峻摽」，據《文苑英華》、《張説之文集》改。《大唐新語》作「峻操」。

〔五一〕「哀」原作「辰」，據《文苑英華》、《張説之文集》及《大唐新語》改。

〔五二〕「思」，《文苑英華》、《張説之文集》同。《大唐新語》作「恩」。

〔五三〕《文苑英華》于五詩前，分注：「齊公魏元忠」、「許公蘇瓌」、「趙公李嶠」、「代公郭元振」、「耿公趙彦昭」，《紀事》各詩原未標主名，今據增。

宋璟

奉和明皇答張説南出雀鼠谷詩云：秦地雄西夏，并州近北胡。禹行山啟路，舜在邑爲都〔一〕。忽視寒暄隔，深思險易殊。四時宗伯叙，六義宰臣鋪。徵作宫常應，星環日每紆。盛哉逢合道，良以致亨衢。

奉和聖製送張尚書巡邊云：帝道薄存兵，王師尚有征。是關司馬法〔二〕，爰命總戎行。晝閫崇威信，分麾盛寵榮。聚觀方結轍，出祖遂傾城。聖酒江河潤〔三〕，天詞象緯明。德風邊草偃〔四〕，勝氣朔雲平。宰國推良器，爲軍挹壯聲。至和常得體，不戰即亡精〔五〕。

以智泉寧竭，其徐海自清。遲還廟堂坐〔六〕，贈別故人情。奉和御製三相同日上官詩云：丞相邦之重，非賢諒不居。老臣庸且憊，何德以當諸！厚秩先爲忝，崇班復此除。太常陳禮樂，中掖降簪裾〔七〕。聖酒江河潤〔八〕，仙文象緯舒。冒恩懷寵禄〔九〕，陳力省空虚。郭隗慙無駿，馮諼媿有魚。不知周勃者，榮幸定何如？恩賜樂游園宴詩云〔一〇〕：侍飲終酺會，承恩續勝游。戴天惟慶幸，選地即殊尤。北向祇雙闕，南臨賞一丘。曲江新溜暖，上苑雜花稠。亹亹韶絃屢，戔戔賁帛周。醉歸填畛陌，榮耀接軒裘。

右開元天子登封泰山，南出雀鼠谷，張説獻詩，明皇御答，群臣應制，故明皇詩有川途猶在晉，車馬漸歸秦之句。餞張尚書朔方者，燕公説也。明皇詩有三台入武帳，八座起文昌之句。左丞相張説、右丞相宋璟、太子少傅源乾曜，同日上官，錫宴東堂，明皇賜詩，有赤帝收三傑之句〔一一〕，故蘇晉序云〔一二〕：天子作三傑之詩，以命宴樂，蓋爲此也。劉禹錫獻權舍人書曰：昔宋廣平之沉下僚也，蘇公味道時爲繡衣直指使者，廣平投以梅花賦，蘇盛稱之，自是方列于聞人之目。是知英賢卓犖，可外文字，然猶用片言借説于先達之口，席其勢而後驤首當時，矧碌碌者，疇能自異〔一三〕？

皮日休桃花賦序曰：余常慕宋廣平之爲相，貞姿勁質，剛態毅狀，疑其鐵腸石心，不能吐婉媚辭。然覩其文而有梅花賦，清便富豔，得南朝徐、庾之體〔一四〕。

【校箋】

〔一〕「舜」原作「王」，《文苑英華》卷一七一、《四部叢刊》影明刊本（下同）《張説之文集》同。毛本作「舜」，按《尸子》「舜一徙成邑，二徙成都，三徙成國」，作「舜」是，據改。

〔二〕「闢」原作「開」，據《文苑英華》卷一七七改。

〔三〕「江河」原作「山河」，據《文苑英華》改。

〔四〕「邊草」原作「邊地」，據《文苑英華》改。

〔五〕「亡精」原作「雲精」，據《文苑英華》及《張説之文集》改。

〔六〕「遲還」原作「遲遲」，據《文苑英華》及《張説之文集》改。

〔七〕「簪裾」原作「簪据」，據《文苑英華》卷一六八及《張説之文集》改。

〔八〕「江河」原作「山河」，據《文苑英華》改。

〔九〕「寵禄」，《文苑英華》作「寵錫」。

〔一〇〕《文苑英華》卷一七五載此詩，題蘇頲作，其下復載蘇頲又一首。此當是宋璟作，《張説之文集》即題宋璟。

〔一一〕此計氏總以上數詩言之。所謂「登封泰山，南出雀鼠谷」實非一時事，乃沿《開天傳信記》述

《金橋圖》事而誤。參閱本書卷二明皇下校箋〔二〇〕及本卷張説下校箋〔二八〕。

〔三〕蘇晉《丞相、少傅拜職，天子作「三傑」之詩以命宴序》，附載《張説之文集》卷四，並收入《全唐文》卷三〇〇。

〔三〕劉禹錫《獻權舍人書》，見董氏影宋本《劉夢得文集》卷一四，其中「自是方列于聞人之目」下原有「名遂振」至「然後爲是文耶」八句，乃皮日休《桃花賦序》語羼入，今删。權謂權德輿也。

〔四〕皮日休《桃花賦》見《皮子文藪》卷一。其序「得南朝徐、庾體」以下云：「殊不類其爲人也。後蘇相公味道得而稱之，廣平之名遂振。嗚呼！以廣平之才，未爲是賦，則蘇公果暇知其人哉？將廣平困于窮，厄于躓，然後爲是文耶？日休于文，尚矣。狀花卉，體風物，非有所諷，輒抑而不發。因感廣平之所作，復爲《桃花賦》。其辭曰云云。」

王　丘

奉和明皇答張説南出雀鼠谷詩云：襟帶三秦接，旂常萬乘過〔一〕。陽源淑氣早，陰谷沍寒多。花縟前茅仗〔二〕，霜嚴後殿戈〔三〕。代雲開晉嶺〔四〕，江雁入汾河。北土分堯俗，南風動舜歌。一聞天樂唱，恭逐萬人和。

丘，字仲山，擢童子科，能屬文。爲吏部侍郎典選，其獎用如孫逖、張晉明、王泠然，皆一時茂秀。蕭嵩引與當國，丘盛推韓休。休秉政，薦爲御史大夫〔五〕。

摭言：蕭穎士恃才傲物，嘗攜壺逐勝，憩于逆旅。會風雨暴至，有紫衣翁領二僮避雨于此，穎士頗侮之。雨止，老人上馬呵殿而去，穎士始知爲丘也。明日，造門謝罪。丘引至廡下，坐而責之。復曰：子負名傲忽，其止于一第乎？果終于揚州功曹〔六〕。

【校箋】

〔一〕「旂常」原作「旂裳」，據《文苑英華》卷一七一及《四部叢刊》影明刊本（下同）《張説之文集》改。

〔二〕「花縟」原作「花褥」，據《文苑英華》及《張説之文集》改。

〔三〕「後殿」原作「後乘」，據《文苑英華》及《張説之文集》改。

〔四〕「代雲」原作「戍雲」，據《文苑英華》改。

〔五〕《新唐書》卷一二九《王丘傳》：「王丘，字仲山，同晈從子也。……丘十一擢童子科，它童皆專經，而獨屬文，由是知名。……遷紫微舍人、吏部侍郎，典選，復號平允。其獎用如山陰尉孫逖、桃林尉張鏡微、湖城尉張晉明、進士王泠然，皆一時茂秀。……蕭嵩與丘善，將引與當國，丘固辭，盛推韓休行能。及休秉政，薦爲御史大夫。……天寶二載，卒。」

〔六〕《摭言》卷三：「蕭穎士開元二十三年及第，恃才傲物，敻無與比。嘗自攜一壺，逐勝郊野，偶憩于逆旅，獨酌獨吟。會風雨暴至，有紫衣老父領一小僮，避雨于此，穎士見其散冗，頗肆陵侮，逡巡，風定雨霽，車馬卒至，老父上馬呵殿而去。穎士倉忙覘之，左右曰：『吏部王尚書也。』穎士嘗造門，未之面，極所驚愕。明日，具長牋造門謝，尚書命引至廡下，坐而責之，且曰：『所恨與子非親屬，當庭訓之耳。』復曰：『子負文學之名，倨忽如此，止于一第乎！』後穎士終于揚州功曹。」「會風雨暴至」句，原脱「會」字，據補。「終于揚州功曹」句，「功」原作「工」，據改。《摭言》未言尚書之名，檢鄭處誨《明皇雜録》載此條，于「吏部王尚書」下明言「尚書名丘」，計氏或嘗見之也。

崔翹

奉和明皇答張説南出雀鼠谷詩云：硤路繞河汾，晴光掃曙氛。笳吟中嶺樹，仗入半峰雲。頓覺山原盡，平看邑里分。早行芳草遠〔一〕，晚憩好風薰〔二〕。嘉頌推英宰，春游扈聖君。共欣承睿渥，日月照天文。

翹，官至禮部尚書，清河公〔三〕。

【校箋】

〔一〕「遠」原作「末」，據《文苑英華》卷一七一改。毛本作「迴」。

〔二〕「憩」原作「想」，據《文苑英華》及《四部叢刊》影明刊本《張説之文集》改。

〔三〕《新唐書》卷一一四《崔融傳》：「六子，其聞者：禹錫、翹。禹錫，開元中，中書舍人，贈定州刺史，謚曰貞。翹，禮部尚書，贈荊州大都督，謚曰成。」又，《新唐書》卷七二下《宰相世系表》：

「翹，清河成公。」

王光庭

奉和明皇答張説南出雀鼠谷詩云：省俗恩將遍〔一〕，廵方路稍迴。寒隨汾谷盡，春逐晉郊來。雲騎傳行徧，烟旍引從臺。惠風初應律，和氣正調梅。雅頌通宸禁〔二〕，天文接曙台。灞陵桃李色〔三〕，應待日華開。

奉和御製送張尚書廵邊詩云：賢相德符充，朝推文武雄。海波先若鏡，關草預從風。鉞助將軍勇，威成天子功。瓊章九霄發，錫宴五衢通。玉輾龍盤帶，金裝鳳頸驄。虎貔紛儗儗〔四〕，河洛震熊熊。戈劍千霜白〔五〕，旍旗萬火紅。示刑夷夏變〔六〕，流惠鬼神同。寇息軍容偃，塵銷朔野空。用師敷禮樂，非是爲獯戎〔七〕。

張説送光庭詩云：同居洛陽陌，經日懶相求〔八〕。及爾江湖去，言別悵悠悠。楚雲眇羈翼，海月倦行舟。愛而不可見，徒嗟芳歲流。光庭與燕公最善，故云。

【校箋】

〔一〕「將」原作「時」，據《文苑英華》卷一七一改。

〔二〕「宸禁」原作「晨禁」，據《文苑英華》改。

〔三〕「灞陵」原作「霸城」，據《文苑英華》改。

〔四〕「紛」原作「分」，據《四部叢刊》影明刊本（下同）《張説之文集》改。

〔五〕「戈劍」原作「戈刃」，據《文苑英華》卷一七七及《張説之文集》改。

〔六〕「夷夏」，《張説之文集》同，《文苑英華》作「夷狄」。

〔七〕「寇息軍容偃」以下四句原脱，據《文苑英華》及《張説之文集》補。

〔八〕「經日」原作「輕日」，《張説之文集》同，據毛本改。

席豫

奉和明皇答張説南出雀鼠谷詩云：鳴鑾初幸代，旋蓋欲横汾。山盡千旗出〔一〕，郊平五校分。前林已暄景，後壑尚寒氛。風送簫韶曲，花鋪黼黻文〔二〕。鹽梅推上宰，禮樂統中軍。獻賦紆天札，飄飄飛白雲。

奉和聖製送張尚書巡邊詩云：聖帝重兵權，分麾屬大賢〔三〕。中軍仍執政〔四〕，丞相復巡邊。翕習戎裝動，張皇廟略宣。朝榮承睿札，野餞轉行旃。亭障東緣海，沙場北際天。春冬見巖雪〔五〕，朝夕候烽烟。已勒燕山頌，猶聞遺戍篇。五營將月合，八陣與雲連。經略圖方遠，懷柔道更全。歸來畫麟閣，藹藹武功傳。

豫，字建侯。年十六，舉手筆俊拔科，中之。後爲中書舍人，與韓休、許景先、徐安貞、孫逖名相甲乙，當時號爲席公。帝嘗登朝元閣賦詩，群臣屬和，帝以豫詩最工，詔曰：詩人之冠冕也〔六〕。

【校箋】

〔一〕「出」原作「直」，據《文苑英華》卷一七一改。

〔二〕「鋪」，《四部叢刊》影明刊本（下同）《張説之文集》同，《文苑英華》作「迎」。

〔三〕「分麾」原作「分飛」，據《文苑英華》卷一七七及《張説之文集》改。

〔四〕「仍執政」，原作「人執政」，據《張説之文集》改。《文苑英華》作「仍執節」。

〔五〕「巖雪」原作「嚴雪」，據《文苑英華》改。

〔六〕《新唐書》卷一二八《席豫傳》：「席豫，字建侯，襄州襄陽人。……長安中，舉學兼流略詞擅文場科，擢上第，時年十六，以父喪罷。復舉手筆俊拔科，中之。……爲中書舍人，與韓休、許景先、徐安貞、孫逖名相甲乙。出鄭州刺史。韓休輔政，舉代己，入拜吏部侍郎。玄宗曰：『卿前日考功，職詳事允，故有今授。』豫典選六年，拔寒遠士多至臺閣，當時推知人，號席公云。……帝嘗登朝元閣賦詩，群臣屬和，帝以豫詩最工，詔曰：『詩人之冠冕也。』」按：玄宗登朝元閣詩及席豫和詩，今佚。本條「孫逖」原作「孫狄」，據改。

梁昇卿

奉和明皇答張説南出雀鼠谷詩云：何忽重關道〔一〕，千年遇聖皇。幽林承惠澤，閑谷見清光〔二〕。日御仙途遠，山靈壽域長〔三〕。寒雲入晉薄，春樹隔汾香。國佐同時雨，天文屬歲陽。從來漢家盛，未若此巡方。

昇卿與張九齡善〔四〕，涉學工書，于八分尤工。歷廣州都督，書東封朝覲碑，爲時絶筆〔五〕。

【校箋】

〔一〕「何忽」，《文苑英華》卷一七一及《四部叢刊》影明刊本（下同）《張説之文集》同。毛本作「何意」。

〔二〕「閑谷」原作「閑客」，據《文苑英華》及《張説之文集》改。

〔三〕「日御」二句，《文苑英華》及《張説之文集》作「日御先途遠，山靈獻壽長」。

〔四〕《舊唐書》卷九九《張九齡傳》：「又與中書侍郎嚴挺之、尚書左丞袁仁敬、右庶子梁昇卿、御史中丞盧怡結交友善。」

〔五〕《新唐書》卷一二二《韋安石傳》：「昇卿涉學工書，于八分尤工，歷廣州都督，書《東封朝覲碑》，爲時絶筆。」

源乾曜

奉和御製送張尚書巡邊云：匈奴邇河朔，漢地復戎旅。天子擇英才，朝端出監撫。

流星下閶闔，寶鉞專公輔。禮物生光輝，宸章備恩詡[一]。有征示矛戟，制勝惟樽俎。彼美何壯哉，桓桓擅斯舉。聲華振臺閣，功德標文武。奉國知命輕，忘家以身許。安人在勤恤，保大殫襟腑。此外無異言，同情報明主。

送張說上集賢學士賜讌賦詩得迎字云：盛業光書府，徵人盡國英。絲綸賢相稱[二]，群俊學爲名。寵命垂天賜，崇恩發睿情。薰風清禁籞，文殿述皇明。日霽庭陰出，池曛水氣生[三]。歡娱此無限，詩酒自相迎。

奉和御製賜三相同日上官云：睿作超千古，湛恩育萬人[四]。遞遷俱荷澤，同拜忽爲隣。道洽音徽暢[五]，芳馳景命新。鼓鐘崇享禮，鵷鷺集朝倫。竊位思官謗，彫容謝木春。慙多無以叙，拙備實難陳。進級懷三少，承光盡百身。自當歸第日，何幸列宫臣。

乾曜，開元初，姜皎薦于帝。召見，神氣爽澈，占對有序，帝悦之。性謹重，與張嘉貞、張說、李元紘同秉政，居中，未嘗廷議可否事。皎爲嘉貞所排，得罪，迄不申救，君子譏焉[六]。

【校箋】

[一]「宸章備恩詡」原作「宸意備思詡」，據《文苑英華》卷一七七及《四部叢刊》影明刊本（下同）《張說之文集》改。

〔二〕「絲綸」句，《文苑英華》卷一六八作「司綸賢得相」。

〔三〕「池曛」原作「池新」，據《文苑英華》改。

〔四〕「湛恩」原作「湛思」，據《文苑英華》卷一六八及《張説之文集》改。

〔五〕「道洽」原作「道合」，據《文苑英華》及《張説之文集》改。

〔六〕《新唐書》卷一二七《源乾曜傳》：「開元初，邠王府吏犯法，玄宗敕左右爲王求才，長史太常卿姜晈薦乾曜，自梁州都督召見，神氣爽澈，占對有序，帝悦之。……乾曜性謹重，其始仕已四十餘，歷官皆以清慎恪敏得名。爲相十年，與張嘉貞、張説、李元紘、杜暹同秉政，居中，未嘗廷議可否事。晚節唯唯聯署，務爲寬平惇大，故鮮咎悔。姜晈爲嘉貞所排，雖得罪，訖不申救，君子譏焉。」本條「居中，未嘗廷議可否事」句，原作「居中書，未嘗廷議可否」，「姜晈」原作「姜皎」，據史文改。

張嘉貞

奉和御製送張尚書巡邊云：天錫我宗盟，元戎付夏卿。多才兼將相〔一〕，必勇獨横行。經緯稱人傑，文章作代英。山川看是陣，草木想爲兵。不待河冰合，猶防塞月明〔二〕。有謀當繫醜〔三〕，無戰且綏氓〔四〕。閫外專三略，雲中冀一平。感恩心共盡〔五〕，悵别屢魂驚。直視前旌掣，遥聞後騎鳴。還期方定日，復此出郊迎。

嘉貞性簡疏，與人不疑。所薦中書舍人苗延嗣、吕太一，考功員嘉靖，侍御史崔訓，時語曰：「令君四俊，苗、吕、崔、員。」始爲中書舍人，崔湜輕之，後與議事，正出其上。湜驚曰：「此終其坐。」後十年而爲中書令〔六〕。

【校箋】

〔一〕「兼將相」原作「思命將」，據《文苑英華》卷一七七改。《四部叢刊》影明刊本（下同）《張説之文集》作「思將相」。

〔二〕「塞月」原作「漢月」，據《文苑英華》改。

〔三〕「醜」原作「魄」，據《文苑英華》及《張説之文集》改。

〔四〕「且」原作「是」，據《文苑英華》及《張説之文集》改。

〔五〕「心共盡」原作「共心盡」，據《文苑英華》改。

〔六〕《新唐書》卷一二七《張嘉貞傳》：「嘉貞性簡疏，與人不疑，内曠如也。……所薦中書舍人苗延嗣，吕太一，考功員外郎員嘉靜，殿中侍御史崔訓，皆位清要，日與議政事。故當時語曰：『令君四俊：苗、吕、崔、員。』其始爲中書舍人，崔湜輕之，後與議事，正出其上。湜驚曰：『此終其坐。』後十年而爲中書令。」

盧從愿

奉和御製送張説巡邊云：上將發文昌，中軍靖朔方。占星引旌節，擇日拜壇場。禮樂臨軒送，威聲出塞揚。安邊俟帷幄，制勝在巖廊。作鼓將軍氣，投醪壯士觴〔一〕。戎途遵六月，離贈動三光。槐路清梅暑，蘅皋赴麥涼。時文仰雄伯，耀武震遐荒。衽席知無戰，兵戈示不忘。佇聞歌杕杜，凱入繫名王。

從愿，字子龔，舉制科高第，爲刑部尚書，數充校考使，御史中丞宇文融將以括田户功爲上下考，從愿不許；乃密白從愿盛殖産，占良田數百頃。帝自此薄之，目爲多田翁。從欲用爲相屢矣，卒以是止〔二〕。

【校箋】

〔一〕「壯士」原作「將士」，據《文苑英華》卷一七七改。

〔二〕《新唐書》卷一二九《盧從愿傳》：「盧從愿，字子龔……擢明經，爲夏尉。又舉制科高第，拜右拾遺。……代韋抗爲刑部尚書，數充校考使，升退詳確。御史中丞宇文融方用事，將以括田户功爲上、下考，從愿不許，融恨之。乃密白從愿盛殖産，占良田數百頃。帝自此薄之，目爲『多田翁』。後欲用爲相屢矣，卒以是止。」本條出此。「子龔」原作「子襲」，「爲刑部尚書」原作「爲兵部尚書」，「殖産」原作「植産」，據史文改。

韓　休

奉和御製送張尚書巡邊云：一德光台象，三軍掌夏卿。來威申廟略，出總協師貞。

受鉞辭金殿，憑軒去鼎城。曉光摇組甲，疎吹繞雲旌。左律方先凱，中鼙即訓兵。定功彰武事，陳頌紀天聲。祖宴初留賞，宸章更寵行。車徒零雨送，林野夕陰生。路極河流遠，川長朔氣平。南轅遲反旆，歸奏謁承明。

【校箋】

休知制誥，蕭嵩薦與同秉政，帝重之〔一〕。

〔一〕《新唐書》卷一二六《韓休傳》：「爲工部侍郎、知制誥。遷尚書右丞。侍中裴光庭卒，帝敕蕭嵩舉所以代者，嵩稱休志行，遂拜黄門侍郎、同中書門下平章事。……初，嵩以休柔易，故薦之。休臨事或折正嵩，嵩不能平。宋璟聞之曰：『不意休能爾，仁者之勇也。』……帝嘗獵苑中，或大張樂，稍過差，必視左右曰：『韓休知否？』已而疏輒至。嘗引鑑默不樂，左右曰：『自韓休入朝，陛下無一日歡，何自戚戚，不逐去之？』帝曰：『吾雖瘠，天下肥矣。』」

徐知仁〔一〕

奉和御製送張尚書巡邊云：聖德膺三統，皇威被八埏〔二〕。大明均照物，小醜未寧邊。國相台衡重，元戎廟略宣。紫泥方受命，黄石乃推賢。問罪陰山下，安人屬國前。度關行照月，乘障坐銷烟。北闕紆宸藻，南橋列祖筵。耀威當夏日，殺氣指秋天。鼙鼓黿鼉振，旌旗鳥獸懸。由來詞翰首，今見勒燕然。

【校箋】

〔一〕玄宗時户部侍郎。見《顔魯公文集》卷八《朝議大夫贈梁州都督上柱國徐府君（秀）神道碑銘》：「户部侍郎徐知仁請爲招慰南蠻判官。」

〔二〕「被」，《文苑英華》卷一七七作「備」，注云：「《集》作『被』。」《四部叢刊》影明刊本《張説之文集》即作「被」。

崔禹錫

奉和御製送張尚書巡邊云：供帳何煌煌，公其撫朔方。群寮銜餞酌〔一〕，明主降離章。關塞重門下，郊歧禁苑傍。陳兵宜雨洗〔二〕，卧鼓候風涼。炎景寧云憚，神謀肅所將。旌摇天月迴，騎入塞雲長。赫赫皇威振，油油聖澤滂。非惟按車甲，兼以正封疆。叱咤陰山道〔三〕，澄清瀚海陽〔四〕。虜垣行决勝，台座佇爲光。

禹錫〔五〕，字洪範，登顯慶三年進士第，爲中書舍人。

【校箋】

〔一〕「銜」原作「咸」，據《四部叢刊》影明刊本（下同）《張説之文集》改。《文苑英華》卷一七七作

「御」，乃「銜」之訛。

〔二〕「陳兵」原作「練兵」，據《文苑英華》改。

〔三〕「叱咤」原作「叱叱」，據《文苑英華》及《張説之文集》改。

〔四〕「瀚海」原作「潮海」，據《文苑英華》改。

〔五〕崔融子，參閲本卷崔翹下校箋〔三〕。

裴漼

送張説上集賢學士賜讌賦得昇字云：問道圖書盛，尊儒禮教興。石渠因學廣，金殿爲賢昇。日月恩光照，淵雲寵命膺〔一〕。謀謨言可範〔二〕，舟楫事斯憑。宴喜明時洽，光輝湛露凝。大哉堯作主，天下頌歌稱。

漼與張説善，説爲相，數薦之。漼長于敷奏，天子亦自重焉〔三〕。

【校箋】

〔一〕「淵雲」原作「風雲」，據《文苑英華》卷一六八改。

〔二〕「謀謨」，《文苑英華》及《四部叢刊》影明刊本《張説之文集》作「謀猷」。

〔三〕《新唐書》卷一三〇《裴漼傳》：「開元五年，爲吏部侍郎，甄拔士爲多，拜御史大夫。漼雅與張説善，説方宰相，數薦之。漼長于敷奏，天子亦自重焉。」

韋抗

送集賢學士張説上官賜讌賦得西字云：廣庭臨璧沼，多士侍金閨。英宰文儒協，明君日月齊。集賢光首拜，改殿發新題。早夏初移律，餘花尚拂蹊〔一〕。壺觴接雲上，經術引關西。聖德鴻名遠，將陪玉檢泥。

抗終于刑部尚書，所薦如梁昇卿、王倕、王燾，後皆爲顯人，唐史稱之〔二〕。

【校箋】

〔一〕「蹊」原作「溪」，據《文苑英華》卷一六八改。

〔二〕《新唐書》卷一二二《韋安石傳》：「入爲大理卿，進刑部尚書，分掌吏部選，卒。抗歷職以清儉，不治產，及終，無以葬。玄宗聞之，特給槥車。贈太子少傅，謚曰『貞』。所表奉天尉梁昇卿、新豐尉王倕、華原尉王燾爲僚屬，後皆爲顯人。」本條「王燾」原作「王壽」，據史文改。

程行諶

送張説上集賢學士賜讌賦得迴字：聖主崇文化，鏘鏘得盛才。相因歸夢立，殿以集賢開。象繫微言闡，詩書至道該。堯樽承帝澤，禹膳自天來。禮洽歡逾長，風恬暑更迴〔一〕。國朝將舜頌，同是一康哉。

裴子餘補鄠尉，行諶與之同舍，行諶以文法稱，而子餘以儒顯。長史陳崇業曰：蘭菊異芬，無可廢者。二子卒，子餘謚孝，行諶謚正。張説嘆曰：二謚可無愧矣〔二〕！

【校箋】

〔一〕「風恬」原作「風怡」，據《文苑英華》卷一六八及《四部叢刊》影明刊本《張説之文集》改。

〔二〕《新唐書》卷一二九《裴守真傳》：「子子餘……中明經，補鄠尉，時同舍李朝隱、程行諶以文法稱，而子餘以儒顯。或問優劣于長史陳崇業，答曰：『蘭菊異芬，胡有廢者？』……入爲岐王府長史，卒。謚曰『孝』，時程行諶謚『貞』，中書令張説歎曰：『二謚可無愧矣。』」本條出此。

李　暠〔一〕

送張説上集賢學士賜讌得催字：偃武堯風接，崇文漢道恢。集賢更内殿，清選自中台。佐命留侯業，詞華博物才。天廚千品降〔二〕，夏旨百壺催〔三〕。鵷鷺方成列，神仙喜暫陪。復欣同拜首，叨此頌良哉。

【校箋】

〔一〕《舊唐書》卷一一二《李暠傳》：「李暠，淮安王神通玄孫，清河王孝節孫也。……開元初，授汝州刺史。……俄入授太常少卿，三遷黄門侍郎、兼太平尹……久之轉太常卿，旬日，拜工部尚書，東都留守。……暠風儀秀整，所歷皆以威重見稱，朝廷稱其有宰相之望。累封武都縣伯，俄爲太子少傅，病卒。」孫逖有《太子少傅李公墓誌銘》，載《文苑英華》卷九四〇。

〔二〕「天廚」，《文苑英華》卷一六八作「昊天」。

〔三〕「夏旨」，《文苑英華》、《四部叢刊》影明刊本《張説之文集》作「夏日」。

蕭　嵩

送張説上集賢學士賜讌得登字云：帝曰簡才能，旌賢在股肱。文章體一變，禮樂道逾弘〔一〕。芸閣英華入，賓門鵷鷺登。恩延過所望，聖澤實超恒。夏葉開紅蕊，餘花發紫藤。微臣亦何幸，叨此預文明。

奉和御製三相同日上官詩云：審官思共理，多士屬惟唐。歷選台庭舊，來熙帝業昌。入朝師百辟，論道協三光。垂拱資元老。親賢輔少陽。登榮崇禮送，寵德耀宸章。御酒飛觴洽〔二〕，仙闈雅樂張。荷恩思有報，陳力愧無良。願罄公忠節，同心奉我皇。

嵩，開元初擢中書舍人，崔琳、王丘、齊澣以嵩少學術，不以輩行許也，獨姚崇稱其遠到〔三〕。帝欲相蘇頲，嘗夜密召嵩草詔，其詞曰：國之瓌寶。帝曰：朕不斥其父名，卿當爲刊削。沉思久之，乃曰：國之珍寶。嵩出，帝曰：虛有其表。嵩頣大多髭，故帝有是言〔四〕。

【校箋】

〔一〕「弘」原作「引」，據《文苑英華》卷一六八及《四部叢刊》影明刊本(下同)《張説之文集》改。

〔二〕「御酒」原作「卿酒」，據《文苑英華》及《張説之文集》改。

〔三〕《新唐書》卷一〇一《蕭嵩傳》：「開元初，擢中書舍人，時崔琳、王丘、齊澣皆有名，以嵩少術學，不以輩行許也。獨姚崇稱其遠到。」「擢」原作「權」，據改。

〔四〕《明皇雜録》：「玄宗嘗器重蘇頲，欲待以爲相，禮遇顧問，與群臣特異，欲命相前一日，上秘密不欲左右知，迨夜將艾，乃令草詔，訪于侍臣曰：『外庭直宿誰？』遂命秉燭召來，至則中書舍人蕭嵩。上即以頲姓名授嵩，令草制書。既成，其詞曰：『國之瓌寶。』上尋讀三四，謂嵩曰：『頲，瓌之子，朕不欲斥其父名，卿爲刊削之。』上仍命撤帳中屏風與嵩，嵩慚懼流汗，筆不能下者久之。上以嵩抒思移時，必當精密，不覺前席以觀。唯改曰『國之珍寶。』他無更易。嵩既退，上擲其草于地曰：『虛有其表耳。』嵩長大多髯，上故有是言。」

劉昇

送張説上集賢學士賜讌得賓字云：圖書應明主，策府宴嘉賓。台曜臨東壁，乾光自北辰。網羅窮象繫，述作究天人。聖酒千鍾洽，仙廚百味陳〔一〕。成山徒可仰，涉海詎知津。幸逢文教盛〔二〕，還覩頌聲新。昇能文，善草隸，德威之後也。開元中，累遷中書舍人〔三〕。

【校箋】

〔一〕「百味」，《文苑英華》卷一六八作「百品」。

〔二〕「文教」，《文苑英華》作「文雅」。

〔三〕《新唐書》卷一〇六《劉德威傳》：「（德威孫易從）子昇……開元中，累遷中書舍人、太子右庶子。昇能文，善草隸。」

裴光庭

奉和御製三相同日上官詩云：樂賢聞往誥，褒德偶兹辰。端揆升元老，師謀擇累仁。雜還陳簫鼓，歡娱洽縉紳。掖垣招近侍，虚薄廁清塵。共保堅貞節〔二〕，常期雨露均〔三〕。紫庭崇讓畢，粉署禮容陳〔一〕。既荷恩榮舊，俱承寵命新。天文懸瑞色，聖酒汎華茵。

光庭，字連城，時爲兵部侍郎。後爲相，譔《摇山往則》、《維城前軌》二篇獻之。手制褒美，詔皇太子諸王于光順門見光庭，謝所以規諷意〔四〕。

【校箋】

〔一〕「陳」，《文苑英華》卷一六八作「喧」。

〔二〕「貞」原作「身」，據《文苑英華》及《四部叢刊》影明刊本（下同）《張説之文集》改。

〔三〕「常」原作「當」，據《文苑英華》及《張説之文集》改。

〔四〕《新唐書》卷一〇八《裴行儉傳》：「（子）光庭，字連城，……東封還，遷兵部侍郎。久之，拜中書侍郎、同中書門下平章事、兼御史大夫。遷黄門侍郎，拜侍中兼吏部尚書、弘文館學士。撰《搖山往則》、《維城前軌》二篇獻之，手制褒美，詔皇太子、諸王于光順門見光庭，謝所以規誡意。」「搖山」原作「瑶山」，據改。

宇文融

奉和御製三相同日上官詩云：申甫生周日，宣慈舉舜年。何如偶昌運，比德邁前賢。寵護元良密〔一〕，榮瞻端揆遷。職優三事老〔二〕，位極百僚先。北極迴宸渥，南宫飾御筵〔三〕。飛文瑶札降，賜酒玉杯傳。謬列台衡重，俱承雨露偏。誓將同竭力，相與効塵涓。融爲張説所惡，欲先事中傷説。張九齡謂説曰：融辯給多詐，公不可忽。説曰：狗鼠何能！其後乃與崔隱甫廷劾説受賕事，帝詔説致仕而出融〔四〕。詩有誓將同竭力，相與効塵涓之語，欣附説之辭也。融安輯户口，明皇賜詩，張説奉和云〔五〕：聖德臨天下〔六〕，勞情遍九圍。念兹人去本，蓬轉將何依。外避征戍數，内傷親黨稀。嗟不逢明盛，胡能照隱微。柏臺簡行李，蘭殿錫朝衣。别曲動秋風，恩令生春輝。使出四海安，詔下萬心歸。作無夔龍佐，徒歌鴻雁飛。

【校箋】

〔一〕「護」原作「獲」，據《文苑英華》卷一六八及《四部叢刊》影明刊本（下同）《張説之文集》改。

〔二〕「三事」原作「三仕」，據《文苑英華》改。

〔三〕「御筵」原作「宴筵」，據《文苑英華》改。

〔四〕《新唐書》卷一三四《宇文融傳》：「中書令張説素惡融，融每建白，説輒引大體廷爭。融揣説不善，欲先事中傷之。張九齡謂説曰：『融新用事，辯給多詐，公不可以忽。』説曰：『狗鼠何能爲！』……融奏選事，説屢却之，融怒，乃與御史大夫崔隱甫等廷劾説引術士解禱，又受賕，説由是罷宰相。融畏説且復用，訾詆不已。帝疾其黨，詔説致仕，放隱甫于家，出融爲魏州刺史。」「融辯給多詐」句，「給」原作「洽」，據史文改。

〔五〕《張説之文集》載此，詩題作《奉和送宇文融安輯户口應制》。

〔六〕「聖德」，《張説之文集》作「至德」。

崔沔

恩賜樂游園宴云：五日酺初畢，千年樂未央。復承天所賜，終宴國之陽〔一〕。地勝春逾好，恩深樂更張。落花飛廣座，垂柳拂行觴。庶尹陪三吏，諸侯具萬方。酒酣同抃躍，歌舞詠時康。

沔，字善冲，有才章，舉賢良方正第一，最受知于張説。儉約自持，嘗作陋室銘以見志云〔二〕。

【校箋】

〔一〕「國」原作「園」，據《文苑英華》卷一七五及《四部叢刊》影明刊本《張説之文集》改。

〔二〕《新唐書》卷一二九《崔沔傳》：「崔沔，字善冲，京兆長安人。……有才章，擢進士。舉賢良方正高第，不中者誦訾之。武后敕有司覆試，對益工，遂爲第一。……中書令張説數稱之。……以左散騎常侍爲集賢修撰，歷秘書監、太子賓客。……卒，年六十七。……沔儉約自持，禄禀隨散宗族，不治居宅，嘗作《陋室銘》以見志。」

崔　尚

恩賜樂游園宴云：春日照長安，皇恩寵庶官。合錢承罷宴，賜帛復追歡〔一〕。供帳憑高列，城池入迴寬。花催相國飲，鳥和樂人彈。北闕雲中見，南山樹杪看。樂游宜締賞，舞詠惜將闌。

尚，登久視元年進士第，官至祠部郎中〔二〕。

【校箋】

〔一〕此二句原作「合簪承罷飲，宴帛賜追歡」，據《文苑英華》卷一七五改。《英華》同卷載趙冬曦和此詩，有「酺承奠璧罷，宴是合錢餘」之句，蓋方罷酺宴，合錢餘爲樂游園之游也。作「合錢」是。《四部叢刊》影明刊本《張説之文集》亦作「合錢」。

〔二〕「元年」原作「六年」，久視無六年，《登科記考》即定尚爲元年登第，今據改。《新唐書》卷七二下《宰相世系表》：「尚，祠部郎中。」杜甫《壯游》：「斯文崔魏徒，以我似班揚。」自注：「崔鄭州尚，魏豫州啟心。」則尚曾爲鄭州刺史，有文名于開元間。又：錢謙益注引《唐科名記》：「崔尚，擢久視二年進士。」蓋則天聖歷三年五月改爲久視，是時以十一月爲歲首，十月復舊正朔，明年一月又改元大足，久視雖跨兩年，實不足一歲也。

陸　堅

送張説上集賢學士應制得今字云：聖主崇文教，層霄降德音。尊賢澤既厚，式宴寵逾深。復有夔龍相，良哉簡帝心。得人惟邁昔，多士諒推今。書殿榮光滿，儒門喜氣臨。顧惟誠濫吹〔一〕，徒此接衣簪。

堅爲中書舍人，以集賢學士或非其人，而供擬太厚，議白罷之。張説曰：麗正乃天子禮樂之司，所費細而所益者大，陸生之言，蓋未達耶！帝知，遂薄堅〔二〕。

【校箋】

〔一〕「誠」原作「成」，據《文苑英華》卷一六八改。

〔二〕《大唐新語》卷一《匡贊》：「開元中，陸堅爲中書舍人，以麗正學士，或非其人，而所司供擬過爲豐贍，謂朝列曰：『此亦何益國家，空致如此費損。』將議罷之。張說聞之，謂諸宰相曰：『說聞自古帝王，功成則有奢縱之失，或興造池臺，或躭玩聲色。聖上崇儒重德，親自講論，刊校圖書，詳延學者。今之麗正，即是聖主禮樂之司，永代規模不易之道。所費者細，所益者大。陸子之言，未爲達也。』玄宗後聞其言，堅之恩眄，從此而減。」本條「或非其人」句，原作「或其非人」，據改。

崔泰之

酬韋嗣立龍門北溪作云〔一〕：闕塞臨伊水，驪山枕灞川。俱臨隱路側，同在帝城邊。謝公兼出處，攜妓玩林泉。鳴騶噴梅雪，飛蓋曳松煙。聞琴幽谷裏，看弈古巖前。落月低幃帳，歸雲繞管絃。叨榮慚北闕，微尚愛東田。寂寞灰心盡，蕭條塵事捐。朝思登嶄絶〔二〕，夜夢弄潺湲。宿懷南澗意，況覩北溪篇〔三〕。

同光禄弟冬日述懷序云：韋祭酒、張左丞二公，並廊廟偉才，朝廷舊相。咸光首和，殊爲佳作，輒繼陽春，深增媿悚。詩云：吾族白眉良，才華動洛陽。觀光初入仕，應宿始爲郎。飛螢玩書籍，白鳳吐文章。海卿逾往雅，河尹冠前張。擇才綏鄢郢，殊化被江湘。高樓臨廣陌，甲第敞通莊。别館邙山下，疏亭洛水傍。昌年賞豐陌，暇日悦林塘。衣冠皆秀茂，羅綺盡名倡。隔岸聞歌度，臨池見舞行。門庭寒變色，棨戟自生光。窮陰方霿靆，殺氣正蒼茫。感時興盛作〔四〕，晚歲共多傷。積德韋丞相，通神張子房。吟草編簪紱，逸韻合宫商。功名守留省，濫跡在文昌。家園遥可見，臺寺近相望。無庸乘侍謁，有暇共翺翔。棣華依雁序，竹葉拂鸞觴。水坐憐秋月，山行弄晚芳。恩榮慚服冕，友愛勖垂堂〔五〕。無由報天德，相顧詠時康。韋祭酒，嗣立。張左丞，説。光禄，日知也。

泰之時以禮部居洛，故與嗣立、説、日知數有酬唱。泰之，知温之子。初以職方郎中預平二張，終于工部尚書〔六〕。

【校箋】

〔一〕參閲本書卷一一韋嗣立下校箋〔一四〕。

〔二〕「嶄絶」原作「絶塹」，據《文苑英華》卷一六六改。

〔三〕「北溪篇」原作「北巖邊」，據《文苑英華》改。

〔四〕「感時」原作「咸時」，據《四部叢刊》影明刊本（下同）《張説之文集》改。

〔五〕「勖」原作「篤」，據《張説之文集》改。

〔六〕泰之爲禮部，見韋嗣立原作序。按：《新唐書》卷一〇六《崔知温傳》：「子泰之，開元時爲工部尚書。謼之，爲將作少匠，與誅二張功，封博陵縣侯。」《舊唐書》一八五上《崔知温傳》同。是與誅二張者，乃知温少子謼之也。此引史有誤。《千唐誌齋藏誌》有《大唐故銀青光禄大夫守工部尚書贈荆州大都督清河郡開國公上柱國崔公（泰之）墓誌銘》，叙其與桓彦範等擁立中宗，復爲武三思所忌，出爲諸州刺史、資州司馬，玄宗朝始見賞重事。

崔日知

和韋嗣立龍門北溪作云：夙齡秉微尚，中年忽有隣。以兹山水僻，遂得狎通人〔一〕。迨我咸京道〔二〕，聞君别業新〔三〕。巖前窺石鏡，河畔踏芳茵。既憐伊浦緑，復憶灞池春。連詞謝家子，同歡冀野賓〔四〕。趣閑魚共樂，情洽鳥來馴。詎念昔游者〔五〕，祇命獨留秦。蕭條潁陽戀，冲漠漢陰真。無由陪勝躅，空此玩書筠。

冬日述懷奉呈韋祭酒張左丞蘭臺名賢云：弱齡好經籍，披卷即怡然。覃精四十載，馳騁數千言。孔壁採遺篆，周韋考絶編。袁公論劍術，孫子叙兵篇。魯史君臣道，姬書日月懸。從師改炎燠，負笈遍山川。上巽西河夏〔六〕，中非北海玄。光榮拾青紫，名價接通賢。既重萬鍾樂，寧思二頃田？長戟同分虎，高冠亞附蟬。晚懷重虚曠，養志息雕鐫。登高慚思拙，匠物謝情妍。不慕張平子，寧希王仲宣？誰謂登龍日〔七〕，翻成刻鵠年。循循勞善誘，軋軋思微牽。琢磨才既竭，鑽仰德彌堅。朽木誠爲諭，捫心徒自憐。終期吞鳥夢，振翼上雲煙。賦成先擲地，詞高直掞天。更執摳衣禮，仍開函丈筵。霧披槐市藹〔八〕，水靜璧池圓。願逐從風葉，飛舞翰林前。

日知，字子駿，日用從父兄。與張説同爲魏元忠朔方判官，再遷洛州司馬。譙王重福之變，以功加銀青光禄大夫，遷殿中少監。日知在洛，日與韋嗣立、張説酬唱。故説和冬日述懷詩序云：太極殿衆君子，分司洛城，自春涉秋，日有游訪。崔光禄述志論文，首貽雅唱，諸公嘉德序事，咸有報章。若夫盛時、榮位、華景、勝會，此四者古難一遇，而我輩實兼之。嗣立亦序云：儀忝臺閣，早經聯事，崔公以雅道自居，未嘗至偃之室；僕羸疾收退，門堪羅雀，公存訪不避風雨，方知向時跡也，今晨情也。蘭菊春秋自芳，竹柏歲寒無變。故嗣立詩有昌年雖共偶，歡會此難并。爲憐漳浦曲，沉痼有劉楨之句。説詩云：夫君邁前侶，觀國騁奇姿。山似鳴威鳳，泉如出寶龜。又曰：紫綬拂三寺，朱門臨九逵。其貴盛如此。後爲太常卿，自以處朝廷久，每入謁必與尚書齒，時謂尚書裏行。後爲潞州長史，卒〔九〕。初赴潞州，明皇賜詩云：潞國開新府，壺關寵舊臨。妙旌循吏德，持悅庶民心。蓋潞爲明皇舊鎮故也〔一〇〕。張説和云：聖情垂曩鎮〔一一〕，佳氣翊興王。增戟雄都府，高車轉太常。川横八諫闊[一二]，山帶五龍長。連帥初恩命，天人舊紀綱。餞塗飛御藻，闔境自輝光。明主徵循吏[一三]，何年下鳳凰？

【校箋】

〔一〕「狎」原作「學」，據《文苑英華》卷一六六及《四部叢刊》影明刊本（下同）《張説之文集》改。

〔二〕「咸京」原作「南京」，據《文苑英華》改。

〔三〕「别業」原作「北業」，據《文苑英華》改。

〔四〕「冀野」原作「寄野」，據《文苑英華》及《張説之文集》改。

〔五〕「詎念」原作「誰念」，據《文苑英華》改。

〔六〕「夏」原作「道」，據《張説之文集》及毛本改。

〔七〕「誰謂」原作「誰爲」，據張本、毛本改。

〔八〕「霧」原作「露」，據張本改。

〔九〕《新唐書》卷一二一《崔日用傳》：「日用從父兄日知，字子駿，少孤貧，力學，以明經進至兵部員外郎。與張説同爲魏元忠朔方判官，以健吏稱。遷洛州司馬，會譙王重福之變，官司逃，日知獨率吏卒助屯營擊賊，以功加銀青光禄大夫。遷殿中少監。……俄授太常卿。自以處朝廷久，每入謁必與尚書齒，時謂尚書裏行。終潞州長史。」張説、韋嗣立《和冬日述懷》詩並序，載《張説之文集》及孫毓修《張説之集補》（《四部叢刊初編》）。

〔一〇〕明皇《賜崔日知往潞州》及張説《奉和賜崔日知往潞州應制》詩，載《文苑英華》卷一七八及《張説之文集》，此引明皇詩起四句。

〔一一〕「垂」，《文苑英華》、《張説之文集》作「留」。

〔一二〕「八諫」原作「八澗」，據《文苑英華》及《張説之文集》改。八諫水在潞安府長治縣南，見《大明一統志》。

〔一三〕「徵」原作「招」，據《文苑英華》及《張説之文集》改。

魏奉古〔一〕

和韋嗣立龍門北溪作云：有美朝爲貴，幽尋地自偏。踐臨伊水汭，想望灞池邊。是遇皆新賞，兹游若舊年。藤蘿隱路接，楊柳御溝聯。道愜神情王，機忘俗理捐。遂初誠已重，兼濟實爲賢。跡是東山戀〔二〕，心唯北闕前。顧慚經拾紫，多謝賦思玄。未躡中林步，空乘麗藻傳。陽春和已寡，扣寂竟徒然。龍門北溪，韋嗣立山居在焉，諸公賦詩，奉古時預酬唱之末〔三〕。張説序崔、韋贈答詩云：二公述志論文，首貽雅唱。其餘尋聲響答，望形影赴，故亦峻碧池之漣漪〔四〕，增瑶林之沃若。蓋奉古之徒是也。

【校箋】

〔一〕《大唐新語》卷八《聰敏》：「魏奉古制舉擢第，授雍丘尉。嘗日公讌，有客草序五百言。奉古覽之曰：『皆舊文。』援筆倒疏之。草序者默然自失，列座撫掌。奉古徐笑曰：『適覽記之，非舊習也。』由是知名。時姚珽涖汴州，群寮畢謁。珽召奉古前，曰：『此聰明尉耶？』他日，持㢑目令示奉古。奉古一覽便諷千餘言。珽驚起曰：『仕宦四十年，未嘗見此。』終兵部侍郎。」

〔二〕「東山」原作「山東」，據《文苑英華》卷一六六及《四部叢刊》影明刊本《張説之文集》改。《英華》此詩作者，誤題爲「魏知古」。

〔三〕「時」原作「詩」，據毛本改。

〔四〕「漣漪」原作「連漪」，據毛本改。

中國文學研究典籍叢刊

唐詩紀事校箋（增訂本）

第二册

〔宋〕計有功 撰
王仲鏞 校箋
王大厚 補箋

中華書局

唐詩紀事校箋卷第十五

王　灣　魏知古　許景先　姚　崇　姜　晈
姜　晞　王岳靈　楊　顔　鄭　繇　張　諤
趙仁獎　張　暈　金昌緒　蘇　晉　張九齡
崔國輔

王　灣

奉使登終南山詩云：常愛南山游，因而盡原隰。數朝至林嶺，百仞登嵬岌。石壯馬徑窮，苔色步緣入。物奇春狀改，氣遠天香集。虚洞策杖鳴，低雲拂衣濕。倚巖見廬舍，入户欣拜揖。問性矜勤勞，示心教澄習。玉英時共飯，芝草爲余拾〔一〕。境絶人不行，潭深鳥空立。一乘從此受，九轉兼是給。辭處若輕飛，憩來唯吐吸。閑襟超已勝，迴路倏而及。煙色松上深，水流山下急。漸平逢車騎，向晚睨城邑。峰在野趣繁，塵飄宦情緝。辛苦久爲吏，勞生何妄執。日暮懷此山，悠然賦斯什。

閏月七日織女云：耿耿曙河微，神仙此會稀〔二〕。今年七月閏，應得兩回歸。

灣，登先天進士第〔三〕，開元初，爲滎陽主簿。馬懷素欲校正群籍，灣在選中，分部撰次〔四〕。後爲洛陽尉〔五〕。

殷璠云：灣詞翰早著，爲天下所稱最者，不過一二。游吴中，江南意云：海月生殘夜，江春入舊年。詩人以來，無聞此句。張公居相府，手題于政事堂，每示能文，令爲楷式。又擣衣篇云：月華照杵空隨妾〔六〕，風響傳砧不見君。所有衆製，咸類若斯〔七〕。非張、蔡之輩未見，覺顔、謝之彌遠乎！

江南意云〔八〕：南國多新意，東行伺早天。潮平兩岸失，風正數帆懸。海日生殘夜，江春入舊年。從來觀氣象，惟向此中偏。

麗正殿賜宴同用天前煙年四韻應制云〔九〕：金殿忝陪賢，瓊羞忽降天。鼎羅仙掖裏，觴拜鎖闈前。院逼青霄路，廚和紫禁煙〔一〇〕。酒酣空抃舞〔一一〕，何以答昌年。

秋夜寓直即事懷贈蕭令公裴侍郎兼通簡南省諸友人云：聖主萬年興，賢臣數載升。古靈傳岳秀，宏量稟川澄。畿甸舉長策，風霜秉直繩。出車遥俗震，登閣滿朝稱。賦簡流亡輯，農安政理憑。還家新長幼，巡隴舊溝塍。忠梗大勳立，寰瀛墮業徵。焚香兼御史，懸鏡委中丞。旗隼當朝立，臺驄發郡乘。司徒漢家重，國典潁川徵。雲路俄平入，台階忽上陵。秉鈞調造化，宣綍慰黎蒸。金省方秋作，瑶軒直夜憑。中書贈陳準，右相簡王陵。三傑賢更穆，百僚歡且兢。摇懷及賓友，計曲辨淄澠。閶闔暝陰散，鈞陳爽氣凝。月深宫樹轉，河近禁樓冰。卑吏夙驅策，微涓効斗升。望麾宵繼火，書板曙懷蒸。彼此雖流盼，規模轉伏膺。惠將霄漢隔，勞或歲時矜。位重恩寧濫，才輕懾不勝〔一二〕。林巒甘獨往，疵賤苦相仍。敢忘銜花雀，思同附驥蠅。平生逐烏雀，何日似蒼鷹？

晚春詣蘇州贈武員外云：蘇臺憶季常，飛棹歷江鄉。持此功曹掾〔一三〕，初離華省郎。貴門生禮樂，明代秉文章。嘉郡位先進〔一四〕，洪儒名重揚。爰從姻戚貶〔一五〕，豈失忠信防〔一六〕。萬里行驥足〔一七〕，十年暌鳳翔。迴遷翊元聖，入拜佇惟良〔一八〕。別業對南浦，群書滿北堂。意深投轄盛，才重接筵光。陋學叨鉛簡，弱齡許翰場。神馳勞舊國，顏展利殊方〔一九〕。際曉雜氛散〔二〇〕，殘春衆物芳。煙和疎樹滿，雨續小溪長。旅拙感成慰，通賢顧不忘。從來琴曲罷，開匣爲君張〔二一〕。

晚夏馬升卿池亭即事寄京中一二三知己云〔二二〕：忝職畿甸淹，濫陪時英後。才輕策疲劣，勢薄常驅走。牽役勞風塵，秉心在巖藪。宗賢開別業，形勝代稀偶。竹繞清渭湄〔二三〕，泉流白渠口。逡巡期賞會，揮忽變星斗。逮此乘務餘〔二四〕，因而訪幽叟。入來殊景物，行復洗紛垢。林淨秋色多，潭深月光厚。盛香蓮近拆〔二五〕，新味瓜初剖。滯拙懷隱淪，書之寄良友。

奉同賀監林月清酌云：華月當秋滿，朝英假興同〔二六〕。淨林新霽入，規院早涼通〔二七〕。碎影行筵裏，摇花落酒中。清宵凝爽意，併此助文雄。

觀搊箏云〔二八〕：虚室有秦箏，箏新月復清。絃多弄委曲，柱促語分明。曉怨凝繁手，春嬌入慢聲。近來唯此樂，傳得美人情。

【校箋】

〔一〕「玉英」二句「飯」原作「飲」，「余」原作「餘」，此用張衡《思玄賦》：「羞玉芝以療飢」意，作「飲」非。並據《河岳英靈集》改。

〔二〕「此會」，《河岳英靈集》作「此夜」。

〔三〕按徐松《登科記考》據《唐才子傳》：「王灣，常無名榜進士」之語，系王灣登進士第于景雲三年，蓋是年以八月甲辰（初七日）改元，（見《舊唐書·玄宗本紀》）即先天元年也。

〔四〕《新唐書》卷一九九《馬懷素傳》：「是時文籍盈漫，皆炱朽蟫斷，籤牓紛舛，懷素建白：『願下紫薇、黄門，召宿學巨儒就校繆缺。』又言：『自齊以前舊籍，王儉《七志》已詳。請採近書篇目及前志遺者，續儉《志》以藏秘府。』詔可。即拜懷素秘書監，乃召國子博士尹知章、……滎陽主簿王灣、太常寺太祝鄭良金等分部撰次。」「分部」原作「各部」，據史文改。

〔五〕按此據《國秀集》卷下題「洛陽尉王灣」，而《新唐書》卷七二中《宰相世系表》則云：「灣，長安尉。」疑《新表》爲誤。

〔六〕「隨妄」原作「悲妄」，據《河岳英靈集》改。

〔七〕「咸類」原作「類咸」，據《河岳英靈集》改。

〔八〕此據《河岳英靈集》。《國秀集》載此詩，題作《次北固山下作》，且文字有異，當爲後來定本，流傳較廣。詩云：「客路青山外，行舟緑水前。潮平兩岸闊，風正一帆懸。海日生殘夜，江春入舊年。鄉書何處達，歸雁洛陽邊。」

〔九〕詩題原作《麗正殿賜同宴用天前煙年四韻應制》，據《文苑英華》卷一六八乙改。

〔一〇〕「和」原作「知」，據《文苑英華》改。

〔一一〕此句《文苑英華》作「酒空歡抃舞」。

〔一二〕「懾」原作「攝」，據毛本改。

〔一三〕「持此」原作「□恃」，據《河岳英靈集》改。

〔一四〕「嘉郡」原作「嘉璧」，據《河岳英靈集》改。

〔一五〕「爰」原作「援」，據《河岳英集靈》改。

〔一六〕「防」原作「妨」，據《河岳英靈集》改。

〔一七〕「行驥足」，《河岳英靈集》作「汗馬足」。

〔一八〕「惟良」原作「爲良」，據《河岳英靈集》改。

〔一九〕「利」原作「别」，據《河岳英靈集》改。

〔二〇〕「雜氛」原作「雜紛」，據《河岳英靈集》改。

〔二一〕「君張」原作「君王」，據《河岳英靈集》改。

〔二二〕詩題《河岳英靈集》作《晚夏馬嵬卿叔池亭即事寄京都一二知己》，與此異。按詩中有「宗賢開别業」之句，則非馬氏池亭也，疑作「馬嵬卿叔」是。

〔二三〕「竹繞」原作「竹澆」，據《河岳英靈集》改。

〔二四〕「餘」，《河岳英靈集》作「閑」。

〔二五〕「坼」原作「折」，據《河岳英靈集》改。

〔二六〕「朝英」，《河岳英靈集》作「朝軒」。

〔二七〕「規院」原作「窺院」，據《河岳英靈集》改。

〔二八〕「搊」原作「插」，據毛本改。

魏知古

知古，深州人。相睿宗，薦洹水令吕太一、蒲州司功參軍齊澣、内率騎曹參軍柳澤、密尉宋遥、左補闕袁暉、右補闕封希顔、伊闕尉陳希烈，後皆爲聞人〔一〕。

玄元觀尋李先生不遇詩云：羽客今何在，空尋伊洛間〔二〕。忽聞歸苦縣，復想入函闕[三]。未作十年别，猶應七日還。神仙不可見，寂寞返蓬山。

奉和春日途中喜雨應詔詩曰[四]：豫游欣勝地，皇澤乃先天。油雲陰御道，膏雨潤公田。隴麥霑逾翠，山花濕更燃。稼穡良所重，方復悦豐年。

春夜寓直鳳閣懷群公詩云：拜門傳漏晚，寓省索居時。昔重安仁賦，今稱伯玉詩。鴛池滿不溢，鷄樹久逾滋。夙夜懷山甫，清風詠所思。

先天初爲侍中，從獵渭川，獻詩曰：嘗聞夏太康，五弟訓禽荒。我后來冬狩，三驅盛禮張。順時鷹隼擊，講事武功揚。奔走未及去，翾飛豈暇翔。非熊從渭水，瑞翟想陳倉。此欲誠難縱，兹游不可常。子雲陳羽獵，僖伯諫漁棠。得失鑒齊楚，仁恩念禹湯。邕熙諒在宥，亭毒匪多傷。辛甲今爲史，虞箴遂孔彰。手詔褒之[五]。

知古卒，宋璟歎曰：叔向古遺直，子産古遺愛，兼之者其魏公乎[六]！

【校箋】

[一]《新唐書》卷一二六《魏知古傳》：「魏知古，深州陸澤人。方直有雅才，擢進士第，以著作郎修國史。累遷衛尉少卿、檢校相王府司馬。……睿宗立，以故屬拜黄門侍郎，兼修國史。會造金仙、玉真觀，雖盛夏，工程嚴促，知古諫曰云云。帝嘉其直，以左散騎常侍同中書門下三品。……所薦洹水令吕太一、蒲州司功參軍齊澣、右内率騎曹參軍柳澤、密尉宋遥、左補闕袁

暉、右補闕封希顔、伊闕尉陳希烈，後皆有聞于時。」

〔二〕「空尋」，《初學記》卷二三同，《文苑英華》卷二二七作「空傳」。

〔三〕「復想」原作「應想」，據《初學記》及《文苑英華》改。

〔四〕按《文苑英華》卷一七三載此爲虞世南詩，題作《發營逢雨應詔》，其下緊接魏知古《奉和春日途中喜雨應詔》詩云：「皇游向洛城，時雨應天行。麗日登巖送，陰雲出野迎。濯枝林杏發，潤葉渚蒲生。絲入綸言喜，花依錦字明。微臣忝東觀，載筆佇西城。」明活字本《虞世南集》亦載此詩，題作《發營逢雨應詔》，此當屬誤載。

〔五〕「舊唐書》卷九八《魏知古傳》：「明年（景雲三年），擢拜侍中。先天元年冬，從上畋獵于渭川，因獻詩諷曰云云。手制褒之曰云云。」「奔走未及去」句，原作「奔走未來去」，據史文改。

〔六〕《大唐新語》卷一二《勸勵》：「開元初，工部尚書魏知古卒。宋璟聞之，歎曰：『叔向古之遺直，子産古之遺愛，能兼之者，其魏公乎？』」

許景先

常州人。先獻賦，李迥秀見之，歎曰：是宜付太史。後與齊澣、王丘、韓休更知制誥，張説曰：許舍人之文，雖乏峻峰激流，然詞旨豐美，得中和之氣。天寶間以吏侍卒〔一〕。

陽春怨云：紅樹曉鶯啼，春風暖翠閨。雕籠薫繡被，珠履踏金堤。芍藥花如吐，菖蒲葉正齊。藁砧當此日，行役向遼西。

送張説巡朔方應制云：文武承邦式，風云感國禎。王師親賦政，廟略久論兵。漢主知三傑，周官統六卿。四方分閫受，千里坐謀成。介冑辭前殿，壺觴宿左營。賞延頒賜重，宸贈出車榮〔二〕。龍武三軍氣，魚鈐五校名。郊雲駐旌羽，邊吹引金鉦。振旅方稱德，安人更克貞〔三〕。佇觀銘石罷，同聽凱歌聲。

【校箋】

〔一〕《新唐書》卷一二八《許景先傳》：「許景先，常州義興人。……神龍初，東都造服慈閣，景先獻賦，李迥秀見其文，畏歎曰：『是宜付太史。』……與齊澣、王丘、韓休、張九齡更知制誥，以雅厚稱。張説曰：『許舍人之文，雖乏峻峰激流，然詞旨豐美，得中和之氣。』……（開元）十三年，帝自擇刺史，景先由吏部侍郎爲刺史，治虢州，……後徙岐州，入爲吏部侍郎，卒。」

〔二〕「宸贈」原作「宸賜」，據《文苑英華》卷一七七及《張説之文集》改。

〔三〕此句原作「安仁更克身」，據《文苑英華》及《張説之文集》改。

姚崇

享龍池樂章云〔一〕：恭聞帝里生靈沼〔二〕，應報明君鼎業新。既叶翠泉光寶命，還符白水出真人。此日舜海潛龍躍〔三〕，此地堯河帶馬巡〔四〕。獨有前池一小雁，叨承舊惠入天津。又云：帝宅王家大道邊，神馬龍龜涌聖泉〔五〕。昔日昔時經此地，看來看去漸成川。歌臺舞榭宜正月，柳岸梅洲勝往年。莫疑波上春雲少〔六〕，祇爲龍飛直上天。龍池，興慶宫池也，明皇潛龍之地。張九齡撰龍池頌，刊石興慶宫，玄宗以爲不稱，更命嗣澤王璆爲頌，建花蕚樓北〔七〕。初，睿宗五子，賜第隆慶坊，號五王宅。明皇爲太子，製大衾長枕，將與諸王共之。睿宗喜甚。明皇先天後，盡以隆慶舊邸爲興慶宫，而賜憲、薛第于勝業，申、岐第于安興，環列宫側。天子于宫西南置樓，西曰花蕚相輝，南曰勤政務本〔八〕。

張曲江有和姚令公哭李尚書詩，姚亦時有述作，然少見于世〔九〕。口箴云：君子欲訥，吉人寡辭。利口作戒，長舌爲詩。斯言不善，千里違之。勿謂可復，駟馬難追。惟静惟默，澄神之極。去甚去泰，居物之外。多言多失，多事多害。聲繁則淫，音希則大。室本無暗，垣亦有耳。何言者天，成蹊者李。似不能言，爲世所尊。言不出口，冠時之首。無掉爾舌，以速爾咎。無易爾言，亦孔之醜。敬之慎之〔一〇〕，可大可久。敬之伊何，三命而走。慎之伊何，三緘其口。勗哉夫子〔一一〕，行矣勉旃。書之屋壁，以代韋弦〔一二〕。

李德裕舌箴序云：余宿于洞庭西，夢與中書令姚公偶坐，如舊相識。問余曰：君見僕所作口箴乎？余對曰：去歲居守東周，于公曾孫諫議郃處覩金石之刻。遂莞爾而笑曰：孫子猶能藏之。又曰：余感姚公之夢，乃爲舌箴云〔一三〕。

【校箋】

〔一〕《享龍池樂章》十首，載《舊唐書》卷三〇《音樂志》、亦載《樂府詩集》卷七，各具作者姓名，其第一章爲「紫微令姚崇作」，第二章爲「左拾遺蔡孚作」，即此所載二章也。「又云」以下乃蔡孚之作。《唐文粹》卷一〇所載，其第二、第四、第六、第十各章，並失載作者姓名，《紀事》殆據之而誤。

〔二〕「靈沼」原作「靈祉」，據《舊唐書·音樂志》、《唐文粹》及《樂府詩集》改。

〔三〕「此日」原作「當時」，《唐文粹》同，據《舊唐書·音樂志》及《樂府詩集》改。

〔四〕「此地」原作「此日」，《唐文粹》同，據《舊唐書·音樂志》及《樂府詩集》改。

〔五〕「龍龜」原作「潛龍」，《唐文粹》同，據《舊唐書·音樂志》及《樂府詩集》改。

〔六〕「波上」原作「沙上」，據《舊唐書·音樂志》、《唐文粹》及《樂府詩集》改。

〔七〕《新唐書》卷八一《許王素節傳》：「（許王素節）子璆，初封嗣澤王，……初張九齡撰《龍池頌》，刊石興慶宮，宗子以爲不稱盛德，更命璆爲頌，建花萼樓北。」

〔八〕《新唐書》卷八一《讓皇帝憲傳》：「初，帝五子列第東都積善坊，號五王子宅。及賜第上都隆慶坊，亦號五王宅。玄宗爲太子，嘗製大衾長枕，將與諸王共之。睿宗知，喜甚。及先天後，盡以隆慶舊邸爲興慶宮，而賜憲及薛王第于勝業坊，申、岐二王居安興坊，環列宮側。天子於宮西、南置樓，其西署曰花萼相輝之樓，南曰勤政務本之樓。」

〔九〕張九齡《和姚令公哭李尚書乂》詩見《張曲江集》卷二及《文苑英華》卷三〇二。《張曲江集》卷二及《文苑英華》卷一七一尚有《和姚令公從幸温湯喜雪》一首，惟姚原詩已佚。今《文苑英華》中猶存姚詩四首。

〔一〇〕此句及下「敬之」原並作「欽之」，據《唐文粹》卷七八改。

〔一一〕「勗哉」原作「勉哉」，據《唐文粹》改。

〔一二〕「韋弦」原作「韋絃」，據《唐文粹》改。

〔一三〕《舌箴》及序見《李衛公別集》卷八，同集卷六有《與姚諫議郃書》三首，其《第三書》云：「伏蒙又賜《口箴》，不任感戴。東都所惠本，留洛中，無人檢得。」即謂此，姚郃即姚合也，合官諫議，見《郡齋讀書志》。《極玄集》題「唐諫議大夫姚合纂」。

姜皎

享龍池樂章云〔一〕：龍池初此出龍山，常經此地謁龍顏。日日芙蓉生夏水，年年楊柳變春灣。堯壇寶匣餘煙霧，舜海漁舟尚往還〔二〕。願以飄颻五色影〔三〕，從來從去九天間。

又云：龍興白水漢興符，聖主時乘運斗樞。岸上苹茸五花樹，波中的皪千金珠。操環昔聞迎夏啟〔四〕，發匣先來瑞有虞。風色雲光隨隱見，赤雲神化象江湖。

晈，長安中爲尚衣奉御，明皇在藩邸，識其有非常度，委心焉。及即位，授殿中少監，出入卧内。開元十年，爲祕書監，坐洩禁中語，流欽州，道死〔五〕。

【校箋】

〔一〕此載二詩乃《享龍池樂章》第五、第六章。第五章爲殿中監姜晈作，第六章爲吏部尚書崔日用作，見《舊唐書·音樂志》及《樂府詩集》，參閱本卷姚崇下校箋〔一〕。

〔二〕「漁舟」原作「魚舟」，據《舊唐書·音樂志》、《樂府詩集》及《唐文粹》改。

〔三〕「飄颻」原作「飄飄」，據《舊唐書·音樂志》、《樂府詩集》及《唐文粹》改。

〔四〕「操環」原作「慘環」，據《舊唐書·音樂志》、《樂府詩集》及《唐文粹》改。

〔五〕《新唐書》卷九一《姜謨傳》：「晈，長安中爲尚衣奉御，玄宗在藩邸，晈識其有非常度，委心焉。及即位，自潤州長史召授殿中少監，出入卧内。……以功進殿中監。……開元五年，下詔放歸田里，使自娱。久之復爲秘書監。十年，坐洩禁中語，爲嗣濮王嶠所劾……流欽州，道病死，年五十。」本條「晈」原作「皎」，《舊唐書》卷五九《姜謨傳》同，按晈與晞皆謨之孫，當以作「晈」爲是，據改。

姜晞

龍池樂章云〔一〕：靈沼縈迴邸第前〔二〕，浴日涵春寫曙天。始見龍臺昇鳳闕，應如霄漢起神泉。石匱渚傍還啟聖，桃李初生更有仙。欲化帝圖從此受，正同河變一千年。又云：乾坤啟聖吐龍泉，泉水年年勝一年。始看魚躍方成海，即覩龍飛利在天。洲渚遥將銀漢接，樓臺直與紫微連。休氣榮光常不散〔三〕，懸知此地是神仙。

晞，登永隆二年進士第〔四〕。

【校箋】

〔一〕此載二詩乃《享龍池樂章》第九、第十章。第九章爲工部侍郎姜晞作，第十章爲兵部郎中裴璀作，見《舊唐書·音樂志》及《樂府詩集》。參閲本卷姚崇下校箋〔一〕。

〔二〕「靈沼」原作「靈池」，據《舊唐書·音樂志》、《唐文粹》及《樂府詩集》改。

〔三〕「榮光」，《舊唐書·音樂志》、《樂府詩集》、《唐文粹》並同。毛本作「雲光」，非。

〔四〕《舊唐書》卷五九《姜謨傳》載：晞，開元初左散騎常侍。

王岳靈

聞漏詩云：建禮含香處，重城待漏晨〔一〕。徐聞傳鳳詔〔二〕，曉唱辨鷄人。銀箭殘將盡，銅壺漏更新。催籌當午夜〔三〕，移刻及三辰。杳杳從天遠，泠泠出禁頻。直宜殘漏曙，肅肅對鈎陳。

岳靈，登開元進士第。天寶十年，爲監察御史，撰張惡子廟碑〔四〕。

【校箋】

〔一〕「晨」原作「臣」，據毛本改。

〔二〕「徐」原作「余」，據毛本改。

〔三〕「篝」原作「篇」，據《全唐詩》改。

〔四〕王岳靈《張惡子廟碑》未收入《全唐文》，俟考。

楊顔

田家云：小園足生事，尋勝日傾壺。蒔蔬利于鬻，纔青摘已無〔一〕。四隣依野竹〔二〕，日夕採其枯〔三〕。田家心適時，春色遍桑榆。

顔，登開元進士第。

【校箋】

〔一〕「摘」原作「闃」，據《文苑英華》卷三一九改。《英華》「纔青」作「茶青」誤。

〔二〕「依」原作「因」，據《文苑英華》改。

〔三〕「採其枯」，《文苑英華》作「共樵枯」。

鄭繇

失白鷹詩云〔一〕：白錦文章亂，丹霄羽翮齊。雲中呼暫下，雪裹放還迷。梁苑驚池鶩，陳倉拂野鷄。不知寥廓外，何處獨飛棲〔二〕。

開元初，經慈恩澗題詩云：岸與恩同廣，波將慈共深。涓涓勞日夜，長似下流心〔三〕。

繇，鄭州人，登嗣聖元年進士第。開元時，岐王範愛儒士，繇與劉廷琦、閻朝隱、張諤皆游其門，飲酒賦詩相娱樂。子審，有詩名，終於袁州刺史〔四〕。與杜子美善〔五〕。

【校箋】

〔一〕《大唐新語》卷八《文章》：「鄭繇少工五言，開元初，山範（按：當作「岐王範」）爲岐州刺史，繇爲長史，範失白鷹，深所愛惜，因爲《失白鷹詩》以致意焉。其詩曰云云。甚爲時所諷詠。子審，亦以文章知名。」

〔二〕「獨飛棲」，《大唐新語》作「別依棲」，《文苑英華》卷三二八同。

〔三〕《南部新書》戊：「開元初，鄭瑶（當作「繇」）慈恩澗題詩云：『岸與恩同廣，波將慈共深。涓涓勞日夜，長似下流心。』」《紀事》出此。「經慈恩澗」原脱「恩」字，據《南部新書》補。

〔四〕《新唐書》卷八一《惠文太子範傳》：「範好學工書，愛儒士，無貴賤爲盡禮。與閻朝隱、劉廷琦、張諤、鄭繇等善，常飲酒賦詩相娱樂。」《舊唐書》卷九五《惠文太子範傳》：「鄭繇者，鄭州滎陽人。……後爲湖州刺史。子審亦善詩詠，乾元中任袁州刺史。」

〔五〕《杜工部集》卷一七《宴胡侍御書堂》詩題下自注：「李尚書之芳，鄭秘監審同集，歸字韻。」又，卷一五《解悶十二首》之三：「今日南湖採薇蕨，何人爲覓鄭瓜州」，自注：「今鄭秘監審。」「瓜州」一本作「袁州」，錢謙益云：「鄭審大歷中爲袁州刺史，『瓜州』必『袁州』之譌也。」又，卷七《八哀詩》中《故著作郎貶台州司户滎陽鄭公虔》一首篇末自注：「著作與今秘書監鄭君審篇翰齊價，謫江陵，故有『阮咸』『江樓』之句。」皆鄭審與少陵平生相善之證。《國秀集》卷中選入司勳員外鄭審《酒席賦得匏瓢》詩一首。

張諤

九日詩云：秋來林下不知春〔一〕，一種佳游事也均。絳草從朝飛盡夜〔二〕，黄花開日未成旬。將軍柏樹頻驚馬〔三〕，半醉歸途數問人。城外登高併九日〔四〕，茱萸凡作幾年新。

諤，登景龍進士第。岐王範好儒士，與閻朝隱、劉廷琦、鄭繇等飲酒賦詩。駙馬都尉裴虚己善讖緯，坐私與範游，徙嶺南，廷琦貶雅州司户，諤山茌丞，然明皇于範無間也〔五〕。

【校箋】

〔一〕「秋來」原作「秋天」，據《文苑英華》卷一五八改。

〔二〕「盡」原作「着」，據《文苑英華》改。

〔三〕「將曛」原作「將衡」，據《文苑英華》改。「陌樹」原作「栢樹」，據《全唐詩》改。

〔四〕「城外」原作「城遠」，據《文苑英華》改。

〔五〕《新唐書》卷八一《惠文太子範傳》：「駙馬都尉裴虚己善讖緯，坐私與範游，徙嶺南。廷琦貶雅州司户，諤爲山茌丞，然帝于範無少間也。」

趙仁獎

令乘驄馬去，丞脱繡衣來。仁獎送上蔡令潘好禮拜御史詩也。或訝其假手。蓋仁獎住王戎墓側，善歌黄麞。景龍中負薪詣闕云：助國調鼎。即除臺官。中書令姚崇曰：此是黄麞漢耶！授以當州一尉。惟以黄麞自衒，宋務光嘲之曰：趙仁獎出王戎墓下，入朱博臺中。捨彼負薪，登兹列柏。行人不避驄馬，坐客惟聽黄麞。忽一夫負兩束薪，曰：此合拜殿中。人問其由，曰：趙以一束拜監察，此兩束合授殿中〔一〕。

【校箋】

〔一〕《説郛》本《御史臺記》：「唐趙仁獎，河南人也，得販于殖業坊王戎墓北，善歌《黄麞》。與宦官有舊，因所托付，景龍中，乃負薪詣闕，因得召見，云『負薪助國家調鼎』，即日臺拜焉。睿宗朝，左授上蔡丞，使于京，訪尋臺中舊列，妄事歡洽。御史倪若水謂楊茂直曰：『此庸漢，妄爲傝茸。』乃奏之。中書令姚崇曰：『此是《黄麞》漢耶？』授當州悉唐尉，馳驛發遣。仁獎在臺，既無餘能，唯以《黄麞》自衒。宋務光題之曰：『趙仁獎出王戎墓下，入朱博臺中，捨彼負薪，登茲列柏。行人不避驄馬，坐客唯聽《黄麞》。』時崔宣一使于都，仁獎附書于家，題云：『西京趙御史書，附到洛州殖業坊王戎墓北第一舖，付妻一娘。』宣一以示朝士。初，其左授上蔡，潘好禮自上蔡令拜御史，仁獎贈詩曰：『令乘驄馬去，丞脱繡衣來。』當時訝之，或以爲假手。仁獎初拜監察，謝朝貴，但云：『有幸把公馬足。』時朝士相隨，遇一胡負兩束柴，曰：『此胡合拜殿中。』或問其由，答曰：『趙仁獎負一束而拜監察，此負兩束，固合授殿中。』」《紀事》出此。姚崇「此是《黄麞》漢耶」語，原脱「漢」字，據補。「一胡負兩束柴」及下「此胡」字，《紀事》作「夫」，亦可通。

張暈〔一〕

游棲霞寺云：躋險入幽林〔二〕，翠微含竹殿。泉聲無休歇，山色時隱見。潮來雜風雨，梅落成霜霰。一從方外游，頓覺塵心變。

潤州延陵有包融、儲光羲，曲阿有丁仙芝、繚氏主簿蔡隱丘、監察御史蔡希周、渭南尉蔡希寂、處士張彦雄、張潮、校書郎張暈、吏部常選周瑀、長洲尉談戭，句容有殷遥、硤石主簿樊光、横陽主簿沈如筠，江寧有右拾遺孫處玄、徐延壽，丹徒有江都主簿馬挺、武進尉申堂構，十八人皆有詩名，殷璠次爲丹陽集〔三〕。

暈，開元進士，蕭穎士同年生也〔四〕。蕭穎士有張暈下第歸江東詩云：俱飛仍失路，綵服遡清波。地積東南美，朝遺甲乙科。客愁千里別，春色五湖多。明日舊山去，其如相望何！

【校箋】

〔一〕「張暈」，毛本及《全唐詩》俱作「張翬」。

〔二〕「幽林」原作「幽深」，據《文苑英華》卷二三六改。

〔三〕《新唐書》卷六〇《藝文志》：「《包融詩》一卷。」原注：「融與儲光羲皆延陵人；曲阿有餘杭尉丁仙芝、緱氏主簿蔡隱丘、監察御史蔡希周、渭南尉蔡希寂、處士張彥雄、張潮、校書郎張暈、吏部常選周瑀、長洲尉談戭，句容有忠王府倉曹參軍殷遥、硤石主簿樊光、橫陽主簿沈如筠，江寧有右拾遺孫處玄、處士徐延壽，丹徒有江都主簿馬挺、武進尉申堂構，十八人皆有詩名。殷璠彙次其詩，爲《丹陽集》者。」《紀事》出此，則作「張暈」不誤。《文苑英華》卷二三六亦作「張暈」，毛本及《全唐詩》作「張翬」，非。又「張潮」原作「張朝」；「孫處玄」原作「孫處士」；「馬挺」原作「馬侹」；「申堂構」原作「申堂溝」，據史文及毛本改。

〔四〕按《舊唐書》卷一〇二《韋述傳》，蕭穎士以「開元二十三年登進士第」，暈與同年，則亦于是年登第也。

金昌緒

春怨詩云：打却黄鶯兒〔一〕，莫教枝上啼。幾迴驚妾夢，不得到遼西。顧陶取此詩爲唐詩類選〔二〕。

昌緒，餘杭人。

【校箋】

〔一〕「打却」，《萬首唐人絶句》作「打起」。

〔二〕《新唐書》卷六〇《藝文志》：「顧陶《唐詩類選》二十卷。」原注：「大中校書郎。」此書今佚。本條原作「唐類詩」，據改。後同。

蘇　晉

晉，中宗户部尚書珦之子，數歲知爲文，吏侍房穎叔、祕書少監王紹宗曰：後來之王粲也。先天中，爲中書舍人〔一〕。杜暹當國，表宋璟爲吏書，晉、齊澣爲侍郎，世謂臺選〔二〕。

過賈六詩云〔三〕：主人病且閑，客來情彌適。一酌復一笑，不知日將夕。昨來屬歡游，于今盡成昔。努力持所趣，空名定何益。

丞相少傅拜職，天子作三傑之詩以宴，命晉序云：惟聖寶賢，以齊皇極。有若左丞相燕國公、右丞相廣平公、太子少傅安陽侯，皆生人碩德，皇國元老，道著廊廟，績宣華戎。由是懋其成功，錫以元圭。洎日于朔，擇時于秋〔四〕，俾對命王庭，受職公府，見群屬，揖庶寮。禮官辨章，掌舍陳次；瞽工備樂，佾饔獻蒸；六卿拜下以成儀，三事自天而來賀。秩秩賓序，暉暉旅醻。玉緯垂文，南風和雅頌之變；金漿降醴〔五〕，雲天光飫酌之宜。宰德貴和，盡莊敬具瞻之範；群情尚洽，預周旋宴語之歡。方將一心天工，戮力帝載，寢黑山之柝，包青海之戈。雲雨賢才，水火菽粟。日詠魚藻，歲陳由庚〔六〕。頤殷趙之年，留魯陽之景。爰命在宴，乃賡載歌。時左相張説、右相宋璟、太子少傅源乾曜同日上官，命宴于東堂，明皇賜詩曰：赤帝收三傑，黄軒舉二臣。故序及之〔七〕。

送張説巡邊應制云：方漢比周年，興王今在宣〔八〕。亟聞降虜拜，復覩出師篇。祈父萬邦式〔九〕，英猷三略傳。算車申夏政，茇舍啟戎田。嚴問盈胡苑〔一〇〕，軍容濟洛川。皇情悵關旆，詔餞列郊筵。路接禁園草，池分御井蓮。離聲軫去角，居念斷歸蟬。三捷豈云永〔一一〕，七擒良信然。具寮誠寄望，奏凱秋風前。

【校箋】

〔一〕《新唐書》卷一二八《蘇珦傳》：「中宗將斬韋月將，珦執據時令不可以大戮，忤三思意，改右臺，俄出爲岐州刺史。復爲右臺大夫。……擢户部尚書，封河内郡公。以檢校太子詹事致仕，卒。……子晉，數歲知爲文，作《八卦論》，吏部侍郎房穎叔、秘書少監王紹宗歎曰：『後來之王粲也。』舉進士及大禮科，皆上第。先天中，爲中書舍人。玄宗監國，所下制命，多晉及賈曾稿定。」

〔二〕《新唐書》卷一二八《齊澣傳》：「李元紘、杜暹當國，表宋璟爲吏部尚書，澣及蘇晉爲侍郎，世謂臺選。」

〔三〕賈六，謂賈曾也。

〔四〕「于秋」原作「千秋」，據《四部叢刊》影明刊本（下同）《張説之文集》改。

〔五〕「降醴」原作「降醻」，據《張説之文集》改。

〔六〕「由庚」原作「由庾」，據毛本及《全唐文》卷三〇〇改。

〔七〕事在開元十七年，參閲本書卷二明皇下校箋〔二四〕。

〔八〕「今」原作「合」，據《文苑英華》卷一七七及《張説之文集》改。

〔九〕「祈父萬邦式」原作「圻父萬邦貳」，據《文苑英華》卷一七七及《張説之文集》改。

〔一〇〕「盈」原作「盟」，據《文苑英華》改。

〔一二〕「永」，《文苑英華》及《張説之文集》同。毛本作「爾」，《全唐詩》從之。按：《爾雅·釋詁》：「永，遠也。」謂「三捷」非遠也。作「永」是。

張九齡

在郡秋懷二首：秋風入前林，蕭瑟鳴寒枝。寂寞游子思，寤歎何人知。宦成名不立〔一〕，志存歲已馳。五十而無聞，古人深所疵。平生去外飾，直道如不羈。未得操割效，忽復寒暑移。物情有固然，身退毁亦隨。悠悠滄海渚，望望白雲涯。露下霜且降，澤中草披離。蘭艾若不分，安用馨香爲！其一　庭蕪生白露，歲候感遐心。策蹇慙遠塗，巢枝思故林。小人恐致寇，終日如臨深。魚鳥好自逸，池籠安所欽〔二〕。掛冠東都門，採蕨南山岑。議道誠愧昔，覽分還愜今。憮然憂成老，空爾白頭吟。其二

感遇云〔三〕：蘭葉春葳蕤，桂華秋皎潔。欣欣此生意，自爾爲佳節。誰知林棲者，聞風坐相悦。草木有本心〔四〕，何求美人折。段成式云：桂花三月生，黄而不白。曲江云桂華秋皎潔，妄矣。其一　幽林歸獨卧，滯慮洗孤清。持此謝高鳥〔五〕，因之傳遠情。日夕懷空意，人誰感至精？飛沉理自隔，何所慰吾誠。其二　魚游樂深池，鳥棲欲高枝。嗟爾蜉蝣羽，薨薨亦何爲！有生豈不化，所感奚若斯。神理日微滅，吾心安得知？浩歎楊朱子，徒然泣路岐。其

三　孤鴻海上來，池潢不敢顧。側見雙翠鳥〔六〕。巢在三珠樹。矯矯珍木巔〔七〕，得無金丸懼。美服患人指，高明逼神惡。今我游冥冥，弋者何所慕。其四　吴越數千里，夢寐今夕見〔八〕。形骸非我親，衾枕即鄉縣。化蝶猶不識，川魚安可羨。海上有仙山，歸期覺神變〔九〕。其五　抱影吟中夜，誰聞此歎息。美人適異方，庭樹銜幽色。白雲愁不見，滄海飛無翼。鳳凰一朝來，竹花斯可食〔一〇〕。其六　漢上有游女，求思安可得。袖中一札書〔一一〕，欲寄雙飛翼。冥冥獨不見，耿耿徒緘憶。紫蘭秀空蹊，皓露奪幽色。馨香歲欲晚，感歎情何極。白雲在南山，日暮長太息。其七

九齡在相位，有謇諤匪躬之誠，明皇既在位久，稍怠庶政，每見帝，極言得失。林甫時方同列，陰欲中之。將加朔方節度使牛仙客實封，九齡稱其不可，甚不叶帝旨。他日，林甫請見，屢陳九齡頗懷誹謗。于時方秋，帝命高力士持白羽扇以賜，將寄意焉。九齡惶恐，因作賦以獻。又爲燕詩以貽林甫曰：海燕何微眇，乘春亦蹔來。豈知泥滓賤，只見玉堂開。繡户時雙入，華軒日幾迴。無心與物競，鷹隼莫相猜！林甫覽之，知其必退，恚怒稍解。

九齡洎裴耀卿罷免之日，自中書至月華門，將就班列，二人鞠躬卑遜，林甫處其中，揚揚自得，觀者竊謂一鵰挾兩兔。俄而詔張、裴爲左右僕射。罷知政事。林甫視其詔，大怒

曰：猶爲左右丞相耶！二人趨就本班，林甫目送之，公卿不覺股慄〔一二〕。子美八哀詩，有故右僕射相國張公九齡詩云〔一三〕：相國生南紀，金璞無留礦。仙鶴下人間，獨立霜毛整。矯然江海思，復與雲路永〔一四〕。寂寞想土階，未遑等箕潁。上君白玉堂，倚君金華省。九齡登進士第，應拔萃，登乙科，拜校書郎。玄宗在東宮，舉天下文章之士，親加策問，九齡對策高第〔一五〕。碣石歲崢嶸，天地日蛙黽。退食吟大庭，何心託榛梗。骨驚畏曩哲，鬒變負人境。雖蒙換蟬冠，右地恧多幸。侍中冠加貂蟬。九齡爲相，以文雅爲上知，右相李林甫惡之，引牛仙客以傾之，遂罷。敢忘二疏歸，痛迫蘇耽井。紫綬映暮年，荆州謝所領。初，九齡爲相，薦長安尉周子諒爲監察御史〔一六〕，至是子諒以妄陳休咎，上親加詰問，令于朝堂決殺之。九齡坐引非其人，左遷荆州大都督府長史者久之〔一七〕。庾公興不淺，黄霸鎮每靜。賓客引調同〔一八〕，諷詠在務屏。詩罷地有餘，篇終語清省。一陽發陰管，淑氣含公鼎。乃知君子心，用才文章境。九齡善屬文，有集二十卷。散帙起翠螭，倚薄巫廬並。綺麗玄暉擁，牋誄任昉騁。自我一家則，未缺隻字警。千秋滄海南，名繫朱鳥影。歸老守故林，戀闕悄延頸。波濤良史筆，蕪絶大庾嶺。向時禮數隔，制作難上請。再讀徐孺碑，猶思理煙艇。

九齡，字子壽，曲江人。輔明皇爲賢宰相，既卒，明皇每用人，必曰：風度能若九齡乎〔一九〕？張説論其文曰：如輕縑素練，實濟時用，而窘邊幅〔二〇〕。

柳子厚叙楊評事文集云：文有二道，辭令褒貶，本乎著述者也。導揚諷諭，本乎比興者也〔二一〕。著作者流，蓋出于書之謨訓〔二二〕，易之象繫〔二三〕，春秋之筆削，其要在于高壯廣厚，詞正而理備，謂宜藏于簡册也。比興者流，蓋出乎虞夏之詠歌，殷周之雅頌〔二四〕，其要在乎麗則清越，言暢意美，謂宜流于謡誦也〔二五〕。唐興以來，稱是選而不怍者，梓潼陳拾遺。其後燕文貞以著述之餘〔二六〕，攻比興而莫能極；張曲江以比興之隙，窮著作而不克備。其餘各探一隅〔二七〕，相與背馳于道者〔二八〕，其去彌遠。文之難兼，斯亦甚矣〔二九〕。

中書舍人姚子顔狀其行曰〔三〇〕：公所得俸禄，悉歸鄉園，先得賜物，上表進納，其清約如此。常賦詩曰：清節往來苦，壯容離别哀。有以見公之情也。公以風雅之道，興寄爲主，一句一詠，莫非興寄，時皆諷誦焉。

明皇送張説巡朔方，賜詩云：命將綏邊服，雄圖出廟堂。説應制詩，有從來思博望，許國不謀身之句。張嘉貞云：山川看是陣，草木想爲兵。盧從愿云：佇聞歌杕杜，凱入繫名王。徐知仁云：由來詞翰首，今見勒燕然。皆取制勝之義。獨九齡詩云：宗臣事有征，廟算在休兵。天與三台座，人當萬里城。朔南方偃革，河右誓揚旌。又曰：威風六郡勇，計日五戎平。山甫歸應疾，留侯功復成。大抵取旋師偃武之義。宋璟詩云：以智泉寧竭，其徐海自清。亦有深意也。

釋皎然讀曲江集詩云：相公乃天啟，人文佐王成〔三一〕。立程正頹靡，繹思何縱横。春杼弄緗綺，陽林敷玉英。飄然飛動姿，邈矣高簡情。後輩驚失步，前脩敢爭衡。始欣耳目遠，再使幾慮清。體正力已全，理精識何妙。昔年歌陽春，徒推郢中調。今朝聽鸞鳳，豈獨蘇門嘯。帝命鎮雄州，詩流據上游。才兼荆衡秀，氣助瀟湘秋。逸蕩子山匹，經奇文暢儔〔三二〕。沈吟未終卷，變態紛難數。耀耳代明璫，襲衣比芳杜。愔愔聞玉聲，寤寐在靈府。

【校箋】

〔一〕「宦」原作「官」，據《唐文粹》卷一八及《廣東叢書》本(下同)《張曲江集》改。

〔二〕「池籠」原作「池龍」，據《唐文粹》卷一八及《張曲江集》改。

〔三〕《感遇》，原作《感寓》，《張曲江集》作《感遇》，詩凡十二首。《唐文粹》卷一八選其第一、二、三、四、五、九、十等七首，題作《感寓》，與《紀事》同。今據《張曲江集》改爲《感遇》。

〔四〕「有本心」，《張曲江集》同，《唐文粹》作「本無心」。

〔五〕「高鳥」原作「高鳴」，據《唐文粹》及《張曲江集》改。

〔六〕「翠鳥」原作「飛鳥」，據《唐文粹》及《張曲江集》改。

〔七〕「珍木」原作「玲本」，據《唐文粹》及《張曲江集》改。

〔八〕「夢寐」原作「夢寢」，據《唐文粹》及《張曲江集》改。

〔九〕「覺」原作「覽」，據《唐文粹》及《張曲江集》改。

〔一〇〕「斯」原作「此」，據《唐文粹》及《張曲江集》改。

〔一一〕「札書」原作「書札」，據《唐文粹》及《張曲江集》改。

〔一二〕以上俱出鄭處誨《明皇雜録》。《燕》詩，《雜録》作《歸燕》詩，其第三句「泥滓」原作「泥濘」，據改。「猶爲左右丞相耶」句，原脱「相」字，據增。又，按《通鑑》卷二一四玄宗開元二十四年十月《考異》曰：「《明皇雜録》云：『林甫請見，屢陳仙客實封，九齡頗懷誹謗。于時方秋，上命高力士以白羽扇賜之。九齡惶恐，作賦以獻。』《新傳》亦云然。按《實録》，仙客加實封在十月。而《九齡集》《白羽扇賦》序云：『開元二十四年夏盛暑，奉敕使大將軍高力士賜宰相白羽扇，九齡與焉。竊有所感，立獻賦』云云。敕報曰：『朕頃賜羽扇，聊以滌暑，佳彼勁翮，方資利用，與夫棄捐篋笥，義不同也。』然則上以盛夏遍賜宰臣扇，非以秋日獨賜九齡，但九齡因此獻賦，自寄意耳。」

〔一三〕「有《故右僕射相國張公九齡》詩」十二字原脱；「云」原作「曰」，據《杜工部集》補、改。

〔一四〕「雲路」原作「雲露」，據《杜工部集》卷七改。

〔一五〕此用王洙《杜詩注》文，今見《九家集注杜詩》卷一四，下同。本書所載杜甫《八哀詩》注文均出此。

〔一六〕「尉」下原衍「周安」二字，據《九家集注杜詩》引王注改。

〔一七〕「遷」原作「選」，據《九家集注杜詩》引王注改。

〔一八〕「賓客」原作「賓官」，據《杜工部集》改。

〔一九〕《新唐書》卷一二六《張九齡傳》：「張九齡，字子壽，韶州曲江人。……後帝每用人，必曰：『風度能如九齡乎？』」

〔二〇〕《新唐書》卷二〇一《文藝》上載張説與徐堅論「今世文章」，説曰：「張九齡如輕縑素練，實濟時用，而窘邊幅」云云。蓋本于《大唐新語》卷八《文章》。

〔二一〕「本乎」以下十四字，據明蔣之翹注（下同）《柳河東集》補。

〔二二〕「出」原作「述」，據《柳河東集》改。

〔二三〕「易之象繫」四字原脱，據《柳河東集》補。

〔二四〕「殷」字原脱，據《柳河東集》補。

〔二五〕「謠」原作「淫」，據《柳河東集》改。

〔二六〕「燕文貞」原作「燕公文」，據《柳河東集》改。

〔二七〕「隅」原作「偶」，據《柳河東集》改。

〔二八〕「背」原作「皆」，據《柳河東集》改。

〔二九〕「亦」字原脱，據《柳河東集》補。

〔三〇〕按「姚子顔」乃「姚子彦」之誤。獨孤及《唐故秘書監贈禮部尚書姚公墓誌銘》稱「子彦，字伯英……遷殿中侍御史、禮部員外郎、知制誥、中書舍人、太常少卿」是也。此引所撰《張九齡行狀》，原附集後，今佚。

〔三〕「王成」原作「生成」，據《皎然集》改。

〔三〕「經奇」原作「怪奇」，據《皎然集》改。

崔國輔

少年行云：「遺却珊瑚鞭，白馬驕不行。章臺折楊柳，春日路傍情〔一〕。」

魏宮詞云：「朝日點紅粧〔二〕，擬上銅雀臺。畫眉猶未竟，魏帝使人催。」

長信宮云〔三〕：「長信宮中草，年年愁處生。時侵珠履跡〔四〕，不使玉階行。」

怨詞云：「妾有羅衣裳，秦王在時作。爲舞春風多，秋來不堪着。」

古意云〔五〕：「歸來日尚早，却欲向芳洲〔六〕。渡口水流急，回舟不自由。」

子美獻三賦，國輔、于休烈每稱述焉。子美有留贈集賢院崔于二學士詩云：「欲整還鄉旆，長懷禁掖垣。謬稱三賦在，難述二公恩〔七〕。」太白有送崔度自幽燕還吴詩，云故人禮部員外國輔之子也〔八〕。

國輔，明皇時應縣令舉，授許昌令，集賢直學士、禮部員外郎。坐王鉷近親，貶竟陵郡司馬〔九〕。

〔一三〕「去」，《河岳英靈集》、《萬首唐人絶句》同。《文苑英華》卷二〇五作「别」，「送」作「與」。

〔一四〕「送」，《河岳英靈集》同，《文苑英華》（題作《古意》）、《萬首唐人絶句》作「憶」。

〔一五〕詩題《香風詞》，《河岳英靈集》同，《樂府詩集》卷五五及《萬首唐人絶句》作《白苧辭》。

〔一六〕「落」原作「白」，據《河岳英靈集》、《樂詩府集》及《萬首唐人絶句》改。

〔一七〕「坐惜」，《河岳英靈集》作「坐怨」，《樂府詩集》及《萬首唐人絶句》作「坐恐」。

〔一八〕「吟」，《河岳英靈集》、《才調集》同，《文苑英華》卷一九五、《唐百家詩選》、《樂府詩集》卷二七作「飛」。

〔一九〕「喫」原作「聲」，據《河岳英靈集》、《才調集》、《文苑英華》、《唐百家詩選》、《樂府詩集》改。「屢唱」，《才調集》作「屢勸」，餘本同。

〔二〇〕「傳」，《河岳英靈集》、《才調集》、《唐百家詩選》、《樂府詩集》同。《文苑英華》作「成」。

〔二一〕「世上」《河岳英靈集》、《文苑英華》、《唐百家詩選》同。《才調集》、《樂府詩集》作「當代」。

〔二二〕「且盡」，《河岳英靈集》、《才調集》、《唐百家詩選》、《樂府詩集》同。《文苑英華》作「須盡」。

唐詩紀事校箋卷第十六

王維　王縉　裴迪　崔興宗

王維

集異記載：維未冠，文章得名，妙能琵琶。春試之日，岐王引至公主第，使爲伶人，進主前，維進新曲，號鬱輪袍，并出所爲文。主大奇之，令宮婢傳教，遂召試官至第，諭之作解頭登第〔一〕。

禄山之亂，李龜年奔于江潭，曾于湘中採訪使筵上唱云：紅豆生南國，秋來發幾枝。願君多採擷，此物最相思。又清風明月苦相思，蕩子從戎十載餘。征人去日慇懃囑，歸雁來時數附書。此皆維所製，而梨園唱焉〔二〕。

維年十七時，九日憶山東弟兄云〔三〕：獨在異鄉爲異客，每逢佳節倍思親。遥知兄弟登高處，遍插茱萸少一人。

禄山大會凝碧池，梨園弟子欷歔泣下。樂工雷海清擲樂器西向大慟，賊支解于戲馬殿。維時拘于菩提寺，有詩曰：萬户傷心生野煙，百官何日更朝天？秋槐葉落空宫裏，凝碧池頭奏管絃〔四〕。後有罪，以此詩獲免〔五〕。

寧王憲貴盛。寵妓數十人。有賣餅之妻，纖白明媚，王一見屬意，因厚遺其夫取之，寵愛逾等。歲餘因問曰：汝復憶餅師否？使見之，其妻注視，雙淚垂頰，若不勝情。時王座客十餘人，皆當時文士，無不悽異。王命賦詩。維先成云：莫以今時寵，難忘異日恩。看花滿眼淚，不共楚王言。座客無敢繼者。王乃歸餅師，以終其志〔六〕。出本事詩。

或説維詠終南山詩，譏時也。詩曰：太一近天都，連山接海隅。言勢焰盤據朝野也。白雲回望合，青靄入看無。言徒有其表也。分野中峰變，晴陰衆壑殊。言恩澤偏也。欲投何處宿，隔水問樵夫。畏禍深也〔七〕。

維善畫破墨山水，嘗自製詩曰：當代謬詞客，前身應畫師，不能捨餘習，偶被時人知〔八〕。

維，字摩詰。爲給事中，遇禄山反，賊平，下遷太子中允，三遷尚書右丞。喪妻不娶，孤居三十年。母亡，表輞川第爲寺。終葬其西。寶應中，代宗語王縉曰：朕嘗于諸王座，聞維樂章，今傳幾何？遣中人往取。縉裒集數百篇上之〔九〕。表曰：臣兄文辭立身，行之餘力，當官堅正，秉操孤直，縱居要劇，不忘清淨，實見時輩，許以高流。至于晚年，彌加進道，端坐虛室，念兹無生，乘興爲文，未嘗廢業。詔答云：卿之伯氏，天下文宗，位歷先朝，名高希代。抗行周雅，長揖楚詞。調六氣于終篇，正五音于逸韻。泉飛藻思，雲散襟情。詩家者流，時論歸美。誦于人口，久鬱文房；謌以國風，宜登樂府。視朝之後，乙夜將觀；石室所藏，殁而不朽。柏梁之會，今也則亡；乃眷棣華，克成編録。聲猷益茂，歎息良深〔一〇〕。

殷璠云：維詩辭秀調雅，意新理愜，在泉爲珠，着壁成繪〔一一〕，一字一句，皆出常境。至如落日山水好，漾舟信歸風；又澗芳襲人衣，山月映石壁；又天寒遠山靜，日暮長河急；又賤日豈殊衆，貴來方悟稀；又日暮沙漠陲，戰聲煙塵裏，詎肯慚于古人也〔一二〕。

送晁監歸日本國云〔一三〕：積水不可極，安知滄海東。九州何處所〔一四〕，萬里若乘空。向國唯看日，歸帆但信風。鼇身映天黑，魚眼射波紅。鄉樹扶桑外，主人孤島中。别離方異域，音信若爲通？

送丘爲云〔一五〕：憐君不得意，況復柳條春。爲客黄金盡，還家白髮新。五湖三畝宅，萬里一歸人。知禰不能薦〔一六〕，羞稱獻納臣。

觀獵云〔一七〕：風勁角弓鳴，將軍獵渭城。草枯鷹眼疾，雪盡馬蹄輕。忽過新豐市，還歸細柳營。回看射雕處，千里暮雲平。自送晁監以後三詩，姚合極玄集云：此詩家射鵰之手也，更擇其極玄者〔一八〕。

藍田山石門精舍云〔一九〕：落日山水好，漾舟信歸風。玩奇不覺遠，因以尋源窮〔二〇〕。遥愛雲木翠，初疑路不同。安知清流轉，偶與前山通。捨舟理輕策，果然愜所適。老僧四五人，逍遥蔭松柏。朝梵林方曙〔二一〕，夜禪山更寂。道心及牧童〔二二〕，世事問樵客。暝宿長林下，焚香卧瑶席。澗芳襲人衣，山月映石壁。再尋畏迷誤，明發更登歷。笑謝桃源人，花紅復來覿。

西施篇云〔二三〕：豔色天下重，西施寧久微〔二四〕。朝仍越溪女，暮作吴宫妃。賤日豈殊衆，貴來方悟稀。要人傅脂粉〔二五〕，不自着羅衣。君寵益嬌態，君憐無是非。常時浣紗伴，莫得同車歸。寄言鄰家子〔二六〕，效顰安可希！

淇上别趙仙舟云〔二七〕：相逢方一笑，相送還成泣。祖席忽傷離〔二八〕，荒城復愁入。天寒遠山淨〔二九〕，日暮長河急。解纜君已遥，望君猶佇立。

李陵詠時年十九云〔三〇〕：漢家李將軍，三代將門子。結髮有奇策，少年成壯士。長驅塞上兒，深入單于壘。旌旗列相向，簫鼓悲何已。日暮沙漠陲，戰聲煙塵裏。將令驕虜滅，豈獨名王侍。既失大軍援，遂嬰穹廬恥。少小蒙漢恩，何堪坐思此！深衷欲有報〔三一〕，投軀未能死。引領望子卿，非君誰相理。

渭城朝雨裛輕塵，客舍青青柳色新。勸君更盡一杯酒，西出陽關無故人。維送客詩也〔三〕。

【校箋】

〔一〕薛用弱《集異記》所載甚詳，此節引其文。「春試之日」句原作「春之一日」；「維進新曲」句原作「一進新曲」，據《全唐詩話》改。

〔二〕《雲溪友議》卷中《雲中命》條：「明皇幸岷山，百官皆竄辱，積屍滿中原，士族隨車駕也。……唯李龜年奔迫江潭，杜甫以詩贈之曰：『岐王宅裏尋常見，崔九堂前幾度聞。正值江南好風景，落花時節又逢君。』龜年曾于湘中採訪使筵上唱：『紅豆生南國，秋來發幾枝。願君多採擷，此物最相思。』又：『清風朗月苦相思，蕩子從戎十載餘。征人去日殷勤囑，歸雁來時數附書。』此詞皆王右丞所製，至今梨園唱焉。」「願君」原作「贈君」，據改。

〔三〕《四部叢刊》影元刊本（下同）《王右丞集》卷三《九月九日憶山東兄弟》詩，題下原注：「時年十七」。

〔四〕鄭處誨《明皇雜録》：「群賊因相與大會于凝碧池……樂既作，梨園舊人不覺歔欷，相對泣下。……有樂工雷海清者，投樂器于地，西向慟哭。逆黨乃縛海清于戲馬殿，支解以示衆。王維時爲賊拘于菩提寺中，聞之賦詩曰云云。」此本之。「戲馬殿」原作「試馬殿」，「百官」原作「百僚」，「葉落空宮」原作「落葉深宮」，據改。

〔五〕《舊唐書》卷一九〇下《王維傳》：「賊平，陷賊官三等定罪。維以《凝碧詩》聞于行在，肅宗嘉之，會縉請削己刑部侍郎以贖兄罪，特宥之。」

〔六〕此出《本事詩·情感第一》。「厚遺其夫取之」句，「取」原作「求」，據改。維詩「難忘異日恩」句，《河岳英靈集》及《王右丞集》作「能忘舊日恩」。

〔七〕《詩話總龜》前集卷六引《古今詩話》：「説者謂王右丞《終南詩》皆譏時宰，詩云：『太乙近天都，連山接海隅』，言勢位盤據朝野也。『白雲迴望合，青靄入看無』，言徒有表而無内也。『分野中峰變，晴陰衆壑殊』，言恩澤偏也。『欲投何處宿，隔水問樵夫』，言畏禍深也。」即此所出。「欲投何處宿」句，原作「故人投處宿」，據改。

〔八〕張彦遠《歷代名畫記》：「王維……工畫山水……常自製詩曰：『當代謬詞客，前身應畫師。不能捨餘習，偶被時人知。』誠者是言也。余曾見破墨山水，筆跡勁爽。」「常自製詩」句，原脱「詩」字，據補。

〔九〕《新唐書》卷二〇二《王維傳》：「王維，字摩詰……開元初，擢進士……累遷給事中。安禄山反，玄宗西狩，維爲賊得，以藥下利，陽瘖。禄山素知其才，迎置洛陽，迫爲給事中。禄山大宴凝碧池，悉召梨園諸工合樂，諸工皆泣，維聞悲甚，賦詩悼痛。賊平，皆下獄。或以詩聞行在，時縉位已顯，請削官贖維罪，肅宗亦自憐之，下遷太子中允，久之，遷中庶子，三遷尚書右丞。……喪妻不娶，孤居三十年。母亡，表輞川第爲寺，終葬其西。寶應中，代宗語縉曰：『朕嘗于諸王座間聞維樂章，今傳幾何？』遣中人王承華往取，縉裒集數十百篇上之。」

〔一〇〕王縉《進王右丞集表》及代宗批答手敕，並載宋蜀本《王摩詰集》卷首及《全唐文》。敕文「乃眷棣華」句，「眷」原作「春」，據改。

〔一一〕「着壁」原作「看壁」，據《河岳英靈集》改。

〔一二〕《四部叢刊》影印明刊本《河岳英靈集》無「賤日豈殊衆」二句及末句。《全唐詩話》與此同。

〔一三〕此詩采自《極玄集》。詩題《極玄集》同。《文苑英華》卷二六八及《王右丞集》作《送秘書晁監還日本國》。

〔一四〕「何處所」原作「何重去」，據《極玄集》、《文苑英華》改。《王右丞集》作「何處遠」。

〔一五〕詩題《極玄集》同。《文苑英華》卷二六八及《王右丞集》作《送丘爲落第歸江東》。

〔一六〕「知禰」，《王右丞集》同。《極玄集》、《文苑英華》作「知爾」。

〔一七〕詩題原作《獵騎》，《極玄集》、《王右丞集》俱作《觀獵》，據改。

〔一八〕姚合《極玄集》卷首題云：「此皆詩家射雕之手也。合于衆集中更選其極玄者，庶免後來之非。凡二十一人，共百首。」非獨爲右丞而發。

〔一九〕詩題原作《藍田精舍》，據《文苑英華》卷二三四及《王右丞集》改。

〔二〇〕「尋源」，《文苑英華》、《王右丞集》作「緣源」。

〔二一〕「方曙」，《文苑英華》、《王右丞集》作「未曙」。

〔二三〕「及」原作「友」，據《文苑英華》、《王右丞集》改。

〔二三〕詩題《河岳英靈集》同。《唐文粹》卷一七、《王右丞集》作《西施詠》。

〔二四〕「久」原作「又」，據《河岳英靈集》、《唐文粹》改。詩末原有注云：「又字未詳」，乃校刻者所加，今删。

〔二五〕「脂粉」，《王右丞集》同。《河岳英靈集》、《唐文粹》作「香粉」。

〔二六〕「子」，《唐文粹》、《王右丞集》同。《河岳英靈集》作「女」。

〔二七〕詩題《河岳英靈集》、《文苑英華》卷二六八同。《國秀集》卷中作《河上送趙仙舟》。唯《王右丞集》作《齊州送祖三》，謂祖詠也。維有《贈祖三詠》詩。

〔二八〕「忽傷離」，《河岳英靈集》、《國秀集》、《文苑英華》及《王右丞集》並作「已傷離」。《英華》及《王右丞集》「祖席」作「祖帳」。

〔二九〕「淨」原作「靜」，據《河岳英靈集》、《文苑英華》、《王右丞集》改。《國秀集》亦作「靜」。

〔三〇〕《王右丞集》中《李陵詠》下原注：「時年十九。」開元七年也。

〔三一〕「深衷」原作「深哀」，據《王右丞集》改。

〔三二〕詩題《才調集》、《王右丞集》作《送元二使安西》，《樂府詩集》卷八〇稱爲《渭城曲》。

王縉

縉，字夏卿，河中人。與兄維俱以名聞。舉草澤文辭清麗科上第，相肅宗〔一〕。

縉九月九日作云：莫將邊地比京都，八月嚴霜草已枯。今日登高樽酒裏，不知能有菊花無？

別輞川云：山月曉仍在，林風涼不絶。殷懃如有情，惆悵令人别。

贈曇壁上人云：林中空寂舍，階下終南山。高卧一床地，回看六合間。浮雲幾處滅，飛鳥何時還？問義天人接，無心世界閑。誰知大隱客，兄弟自追攀。

游悟真寺云〔二〕：聞道黄金地，仍依白玉田〔三〕。擲山移巨石，呪嶺出飛泉。猛虎同三逕，愁猿學四禪。買香燃緑桂，乞火踏青蓮〔四〕。草色摇霞上，松聲泛月邊。山河窮百二，世界滿三千。梵宇聊憑覽，王城遂眇然。灞陵纔出樹，渭水欲連天。遠縣分朱郭，孤村起白煙〔五〕。望雲思聖主，披霧憶群賢。薄宦慚尸禄，終身擬尚玄。誰言草庵客，曾和柏梁篇。

送孫秀才云：帝城風日好，況復建平家。玉枕雙紋簟，金盤五色瓜。山中無魯酒，松下飯胡麻〔六〕。莫厭田家苦，歸期遠復賒。

【校箋】

〔一〕《新唐書》卷一四五《王縉傳》：「王縉，字夏卿，本太原祁人，後客河中。少好學，與兄維俱以名聞。舉草澤文辭清麗科上第。……禄山亂，擢太原少尹。佐李光弼，以功加憲部侍郎，遷兵部。史朝義平，詔宣慰河北，使還有指，俄拜黄門侍郎、同中書門下平章事。」

〔二〕此首及下一首俱采自《又玄集》，《文苑英華》卷二三四題此詩爲王維作，非是。

〔三〕「依」原作「成」，據《又玄集》及《文苑英華》改。

〔四〕「青蓮」，《又玄集》同。《文苑英華》作「紅蓮」。

〔五〕「孤村」，《又玄集》同。《文苑英華》作「孤城」。

〔六〕「飯」原作「飲」，據《又玄集》改。

裴迪

過曇興上人山院云：不遠灞陵邊，安居向十年。入門穿竹徑，留客聽山泉〔一〕。鳥囀深林裏，心閑落照前。浮名竟何益〔二〕，從此願棲禪。

迪初與王維、興宗俱居終南〔三〕。天寶後，爲蜀州刺史，與杜甫友善〔四〕。興宗姓崔。迪與王維訪逸人不遇，賦詩云：恨不逢君出荷蓑，青松白屋更無他。陶令五男曾不有，蔣生三逕任相過。芙蓉曲沼春流滿，薜荔成帷晚靄多。聞説桃源好迷客，不如高卧眄庭柯。維詩云〔五〕：桃源一向絶風塵，柳市南頭訪隱淪。到門不敢題凡鳥，看竹何須問主人。城外青山如屋裏，東家流水入西隣。閉户著書多歲月，種松皆老作龍鱗〔六〕。

王維輞川集云：余别業在輞川山谷，其游止有孟城坳、華子岡、文杏館、斤竹嶺、鹿柴、去聲。木蘭柴、茱萸沜、潘上去，音匹半切。水流也。宮槐陌、臨湖亭、南垞、音茶。欹湖、柳浪、欒家瀨、金屑泉、白石灘、北垞、竹里館、辛夷塢、漆園、椒園等〔七〕，與裴迪閑暇各賦絶句云。

維孟城坳云：新家孟城口，古木餘衰柳。來者復爲誰，空悲昔人有。迪和云：結廬古城下，時登古城上。古城非疇昔，今人自來往。

維華子岡云：飛鳥去不窮。連山復秋色。上下華子岡，惆悵情何極。迪和云：落日松風起，還家草露晞。雲光侵履跡，山翠拂人衣。

維文杏館云：文杏裁爲梁，香茅結爲宇。不知棟裏雲，去作人間雨。迪和云：迢迢文杏館，躋攀日已屢。南嶺與北湖，前看復迴顧。

斤竹嶺云：檀欒映空曲，青翠漾漣漪。暗入商山路，樵人不可知。維 明流紆且直，緑篠密復深。一逕通山路，行歌望舊岑。迪

鹿柴云：空山不見人，但聞人語響。返景入深林，復照青苔上。維 日夕見寒山，便爲獨往客。不知深林事，但有麏麚跡。迪

木蘭柴云：秋山斂餘照，飛鳥逐前侶。彩翠時分明〔八〕，夕嵐無處所。維 蒼蒼落日時，鳥聲亂溪水。緣溪路轉深，幽興何時已。迪

茱萸沜云：結實紅且緑，復如花更開。山中儻留客，置此芙蓉盃〔九〕。維 飄香亂椒

桂，布葉間檀欒。雲日雖迴照，森沉猶自寒。迪

宮槐陌云：仄逕蔭宮槐〔一〇〕，幽陰多緑苔。應門但迎掃，畏有山僧來。維　門前宮槐陌，是向欹湖道。秋來山雨多，落葉無人掃。迪

臨湖亭云：輕舸迎上客，悠悠湖上來。當軒對樽酒，四面芙蓉開。維　當軒彌滉漾，孤月正徘徊。谷口猿聲發，風傳入户來。迪

南垞云：輕舟南垞去，北垞淼難即。隔浦望人家，遥遥不相識。維　孤舟信一泊，南垞湖水岸。落日下崦嵫，清波殊淼漫。迪

欹湖云：吹簫凌極浦，日暮送夫君。湖上一迴首，青山卷白雲。維　空闊湖水廣，青熒天色同。艤舟一長嘯，四面來清風。迪

柳浪云：分行接綺樹，倒影入清漪。不學御溝上，春風傷別離。維　映池同一色，逐吹散如絲。結陰既得地，何謝陶家時〔一一〕。迪

欒家瀨云：颯颯秋雨中，淺淺石溜瀉。跳波自相濺，白鷺驚復下。維　瀨聲喧極浦，沿涉向南津。汎汎鷗鳬渡，時時欲近人。迪

金屑泉云：日飲金屑泉，少當千餘歲。翠鳳翊文螭，羽節朝玉帝。維　縈渟澹不流，金碧如可拾。迎晨含素華，獨往事朝汲。迪

白石灘云：清淺白石灘，緑蒲向堪把〔一二〕。家住水東西，浣沙明月下。維　跂石復臨水，弄波情未極。日下川上寒，浮雲澹無色。迪

北垞云：北垞湖水北，雜樹映朱欄。逶迤南川水，明滅青林端。維　南山北垞下，結宇臨欹湖。每欲採樵去，扁舟出菰蒲。迪

竹里館云：獨坐幽篁裏，彈琴復長嘯。深林人不知，明月來相照。維　來過竹里館，日與道相親。出入唯山鳥，幽深無世人。迪

辛夷塢云：木末芙蓉花，山中發紅萼。澗户寂無人，紛紛開且落。維　緑堤春草合，王孫自留玩。況有辛夷花，色與芙蓉亂。迪

漆園云：古人非傲吏，自闕經世務〔一三〕。偶寄一微官，婆娑數株樹。維　好閑早成性，果此諧宿諾。今日漆園游，還同莊叟樂。迪

椒園云：桂樽迎帝子，杜若贈佳人。椒漿奠瑶席，欲下雲中君。維　丹刺罥人衣〔一四〕，芳香留過客。幸堪調鼎用〔一五〕，願君垂採摘。迪

李頎聖善閣送迪入京云：雪華斂高閣〔一六〕，苔色上鈎欄。藥草空階靜，梧桐返照寒。清吟可愈疾，攜手暫同歡。墜葉和金磬，飢烏鳴露盤。伊川惜東别，灞水向西看。舊託含香署，雲霄何足難！

【校箋】

〔一〕「聽」原作「畎」（原脱，據張本），據毛本改。詩末原有注云：「畎字未詳。」今删。

〔二〕「竟何益」原作「意何憶」，據《全唐詩》改。

〔三〕《四部叢刊》影元刊本（下同）《王右丞集》中有《崔九弟欲往南山馬上口號與别》及裴迪和詩與崔興宗《留别》詩，並載有裴迪《輞口遇雨憶終南山因獻絶句》及王維和詩。

〔四〕《杜工部集》卷一一有《和裴迪登新津寺寄王侍郎》、《和裴迪登蜀州東亭送客逢早梅相憶見寄》及《暮登四安寺鐘樓寄裴十迪》等詩。 迪爲蜀州刺史，於史無徵。

〔五〕《王右丞集》詩題作《春日與裴迪過新昌里訪吕逸人不遇》，《文苑英華》卷二二三同。

〔六〕「老作」原作「作老」，據《文苑英華》改，宋蜀本《王摩詰集》亦作「種松皆老作龍鱗」。

〔七〕「椒園」二字原脱，據《王右丞集》補。

〔八〕「彩翠」原作「彩峰」，據《王右丞集》改。

〔九〕「芙蓉」，《王右丞集》作「茱萸」。

〔一〇〕「仄」原作「返」，據《王右丞集》改。

〔一一〕「時」原作「詩」，據《王右丞集》改。

〔一二〕「向」原作「尚」，據《王右丞集》改。

〔一三〕「經」原作「淫」，據《王右丞集》改。

〔一四〕「罥人衣」原作「刺人衣」，據《王右丞集》改。

〔一五〕「堪」原作「填」，據《王右丞集》改。

〔一六〕「斂」，明活字本《李頎集》作「滿」。

崔興宗

興宗爲右補闕時，和王維勑賜百官櫻桃詩云〔一〕：未央朝謁正逶迤，天上櫻桃錫此時。朱實初傳九華殿，繁花舊雜萬年枝。全勝晏子江南橘，莫比潘家大谷梨。聞道令人好顏色〔二〕，神農本草自應知。喜群公訪林亭云〔三〕：窮巷深林常閉關〔四〕，悠然獨卧對前山。今朝忽枉嵇生駕，倒屣開門遥解顏。王維詩云：緑樹重陰蓋四隣，青苔日厚自無塵。科頭箕踞長松下，白眼看君是甚人〔五〕。盧象云：映竹時聞轉轆轤，當窗只見網蜘蛛〔六〕。主人非病常高卧，環堵蒙籠一老儒。王縉云：聲名不問十年餘，老大誰能更讀書。林中獨酌隣家酒，門外時聞長者車。裴迪云：喬柯門裏自成陰，散髮窗中曾不簪。逍遥且喜從吾事，榮寵從來非我心。時號興宗爲處士。

又王維有崔九往南山馬上口號與别云：城隅一分首，幾日還相見？山中有桂花，莫待花如霰。裴迪云：歸山深淺去，須盡丘壑美。莫學武陵人，暫游桃源裏。興宗留别云：駐馬欲分襟，清寒御溝上。前山景氣佳〔七〕，獨往還惆悵。

王維與興宗寫真詠云：畫君年少時，如今君已老。今時新識人，知君舊時好。

王維送興宗游蜀云：送君從此去，轉覺故人稀〔八〕。徒御猶回首，田園方掩扉。出門當旅食，中路授寒衣。江漢風流地，游人何歲歸〔九〕？

【校箋】

〔一〕崔興宗和王維《敕賜百官櫻桃》詩。附載影元刊本（下同）《王右丞集》，作者即署「右補闕崔興宗」。「王維」原作「王譙」，詩題原脱「百官」二字，據改補。

〔二〕「好顔色」原作「顔色好」，據《王右丞集》改。

〔三〕《王右丞集》有《與盧員外象過崔處士興宗林亭》詩，並附載盧象、王縉、裴迪同詠之作，及崔興宗《酬前》詩，即此首。

〔四〕「深林」，《王右丞集》作「空林」。

〔五〕「看君是甚人」，《王右丞集》及《文苑英華》卷三一五並作「看他世上人」。

〔六〕「只見」原作「只是」，據《王右丞集》改。

〔七〕「景氣」原作「氣景」，據《王右丞集》改。

〔八〕「故人」原作「古人」，據《王右丞集》改。

〔九〕「何歲歸」，《王右丞集》作「何處歸」。

唐詩紀事校箋卷第十七

賀知章　賀蘭進明　李邕　陰行先　李伯魚
趙冬曦　尹忞　崔成甫　李昂　殷遥
徐延壽　苑咸　丘爲

賀知章

詠柳云：碧玉粧成一樹高，萬條垂下緑絲縧。不知細葉誰裁出，二月春風似剪刀。曉發詩云：故鄉杳無際，江皋聞曙鐘。始見沙上鳥，猶埋雲外峰〔一〕。

知章年八十六，卧病，冥然無知。疾損，上表乞爲道士還鄉，明皇許之。捨宅爲觀，賜名千秋，命其男曾子會稽郡司馬，賜鑑湖剡川一曲。元乞官湖數頃爲放生池，因賜剡川一曲。詔令供帳東門，百寮祖餞。御製送詩，并序云：天寶三年，太子賓客賀知章，鑒止足之分，抗歸老之疏，解組辭榮，志期入道。朕以其夙存微尚，年在遲暮，用循挂冠之事，俾遂赤松之游。正月五日，將歸會稽，遂餞東路，乃命六卿庶尹，三事大夫，供帳青門，寵行邁也。豈惟崇德尚齒，抑亦勵俗勸人，無令二疏獨光漢册。乃賦詩贈行〔二〕。詩云：遺榮期入道，辭老竟抽簪〔三〕。豈不惜賢達，其如高尚心！寰中得祕要，方外散幽襟。獨有青門餞，群英悵别深。李適之詩云〔四〕：聖代全高尚，玄風闡道微。筵開百壺餞，詔許二疏歸。仙記題金籙，朝章披羽衣〔五〕。悄然承睿藻，行路滿光輝。李林甫詩云：挂冠知止足，豈獨漢疏賢。入道求真侣，辭榮訪列仙。睿文含日月，宸翰動雲煙。鶴駕吴鄉遠，遥遥南斗邊。

知章采蓮詩云：稽山罷霧鬱嵯峨〔六〕，鏡水無風也自波。莫言春度芳菲盡，别有中流採芰荷。

朝士以知章吴越人，戲云：南金復生中土。知章賦詩云：鈒鏤銀盤盛蛤蜊，鏡湖蓴菜亂如絲。鄉曲近來佳此味，遮渠不道是吴兒〔七〕。

神龍中，知章與越州賀朝、萬齊融，揚州張若虚、邢巨、湖州包融，俱以吴越文詞俊秀，名聞上京。朝止山陰尉，齊融崑山令，若虚兖州兵曹，巨監察御史，融遇張九齡，引爲懷州司户、集賢直學士，知章最貴。神龍中，又有尉氏李登之，善五言詩，終宋州參軍〔八〕。

知章送張説巡朔方應制云：荒境盡懷忠〔九〕，梯航已自通。九攻雖不戰，五月尚持戎。遣戍徵周牒，恢邊垂漢功〔一〇〕。選車命元宰，授律取文雄。胄出天弧上，謀成帝幄中。詔旂分夏物，專討錫唐弓〔一一〕。帳宿伊川右〔一二〕，鉦吹晉苑東〔一三〕。賚人藉蕡實，樂正理絲桐，岐陌涵餘雨，離川照曉虹〔一四〕。恭聞詠方叔，千載舞皇風。

又送張説上集賢學士應制云：西學垂玄覽，東堂發聖謨。天光燭武殿，時宰集鴻都。枯朽霑皇澤，翾飛舞帝梧〔一五〕。跡同游汗漫，榮是拔泥塗。三歎承湯鼎，千歡接舜壺。微軀不可答〔一六〕，空欲詠依蒲。

【校箋】

〔一〕此采自《唐文粹》。按《文苑英華》卷二九一載同題詩，爲五律一首。詩云：「江皋聞曙鐘，輕枻理郇還。海潮夜約約，川霧晨溶溶。始見沙上鳥，猶霾雲外峰。故鄉眇無際，明發懷朋從。」或改定本如此。然《萬首唐人絶句》亦未收此詩。

〔二〕《廣卓異記》卷三「御製詩送賀賓客爲道士還鄉並宰相以下應制詩」條云：「太子賓客集賢院學士賀知章，年八十六，臥病五日，冥冥不知，男曾子哀號訴天，請以身代，遂疾損。乃上表乞爲道士還鄉，玄宗許之。乃捨宅爲觀，賜名千秋，並與男曾子會稽郡司馬，賜緋；小子田，亦度爲道士。兼賜帛一百疋，道衣兩對，又賜鑑湖剡川一曲。（原注：「元乞官湖數頃爲放生池，因賜剡川一曲。」）詔令供帳東門，百寮祖餞，御製送詩并序云云。應制左丞相李適之云云。應制右丞相李林甫云云。應制門下侍郎王鉷云云。其餘應制者，此不備録。」《紀事》出此。明皇詩序「朕以其」下原脱「夙存微尚」四字，「六卿庶尹」下原脱「三事」二字，據補。

〔三〕「竟」原作「競」，據明活字本《唐玄宗皇帝集》及毛本改。

〔四〕「李適之詩云」原作「又云」，其下原脱「聖代全高尚」二句，據《廣卓異記》改補。

〔五〕「拔」原作「拔」，據《廣卓異記》改。

〔六〕「罷霧」原作「雲霧」，據《文苑英華》卷二〇八及《萬首唐人絶句》改。

〔七〕此賀知章《答朝士》詩，見《萬首唐人絶句》。

〔八〕《舊唐書》卷一九〇中《賀知章傳》：「先是神龍中，知章與越州賀朝、萬齊融，揚州張若虚、邢巨，湖州包融，俱以吴越之士，文詞俊秀，名揚于上京。朝止山陰尉，齊融崑山令，若虚兖州兵曹，巨監察御史。融遇張九齡，引爲懷州司户、集賢直學士。數子人間往往傳其文，獨知章最貴。神龍中，有尉氏李登之，善五言詩，蹉跌不偶，六十餘，爲宋州參軍卒。」「萬齊融」此原作「方齊融」，「李登之」原作「李澄之」，據改。

〔九〕「荒境」，《文苑英華》卷一七七及《四部叢刊》影明刊本（下同）《張説之文集》作「荒景」。

〔一〇〕「恢邊垂漢功」原作「臨邊重漢攻」，據《文苑英華》及《張説之文集》改。

〔一一〕「專討」原作「專射」，據《文苑英華》改。

〔一二〕「伊川」原作「伊生」，據《文苑英華》改。

〔一三〕「吹」，《文苑英華》作「傳」。

〔一四〕「曉」，《文苑英華》作「晚」。

〔一五〕「帝梧」，《張説之文集》同。《文苑英華》作「碧梧」。

〔一六〕「不可」原作「可不」，據《文苑英華》改。

賀蘭進明

古意云：秦庭初指鹿，群盜滿山東。忤意皆誅死，所言誰肯忠。武關猶未啟，兵入望夷宮。爲祟非涇水〔一〕，人君道自窮。又云：祟蘭生澗底，香氣滿幽林。采采欲爲贈，何人是同心。日暮徒盈把〔二〕，徘徊憂思深。慨然紉雜佩，重奏丘中琴。

禄山亂，進明守臨淮，以御史大夫爲節度使。張廵睢陽之圍，遣南霽雲乞師，不應。霽雲去，抽矢回射佛寺浮圖，曰：吾破賊，必滅賀蘭，此矢所以志也〔三〕。

行路難云：君不見巖下井，百尺不及泉。君不見山上苗，數寸凌雲煙〔四〕。人生相命亦如此，何苦太息自憂煎。但願親友長含笑，相逢莫乏杖頭錢。寒夜邀歡須秉燭，豈得容思花柳年〔五〕！其一　君不見門前柳，榮耀暫時蕭條久。君不見陌上花，狂風吹去落誰家。誰家思婦見之歎〔六〕，蓬首不梳心歷亂。盛年夫婿長離别〔七〕，歲暮見之色凋換〔八〕。其二　君不見芳樹枝，春花落盡蜂不窺。君不見梁上泥，秋風始高燕不棲。蕩子從軍事征戰，蛾眉嬋娟守空閨。獨宿自然堪下淚，況復更聞烏夜啼。其三　君不見雲間月，蹔盈還復缺。君不見林下風，聲遠意難窮。親故平生或聚散，懽娱未盡樽中空〔九〕。歎息青青陵上柏，歲寒能與幾人同〔一〇〕！其四　君不見東流水，水去無窮已。君不見西郊雲，日夕空氛氳。群雁徘徊不能去，一雁驚鳴復失群。人生結交在終始，莫以升沉中路分〔一一〕。其五。　右行路難，殷璠取爲河岳英靈集〔一二〕。

進明，登開元十六年進士第。肅宗時，進明爲北海太守，詣行在。上命房琯以進明爲南海太守兼御史大夫、嶺南節度使，琯以爲攝御史大夫。進明入謝，遂譖之，上由是疏琯〔一三〕。

【校箋】

〔一〕「祟」原作「崇」，據《河岳英靈集》改。

〔二〕「把」，《河岳英靈集》作「抱」。

〔三〕《新唐書》卷一九二《張巡傳》：「御史大夫賀蘭進明代巨節度，屯臨淮。……巡復遣（南霽雲）如臨淮告急……進明懼師出且見襲，又忌巡聲威，恐成功，初無出師意。……（霽雲）去，抽矢回射佛寺浮圖，矢著磚，曰：『吾破賊還，必滅賀蘭，此矢所以志也。』」按史文本韓愈《張中丞傳後叙》。

〔四〕「淩」原作「臨」，據《河岳英靈集》改。

〔五〕「豈得容思」，《河岳英靈集》作「豈不長思」。

〔六〕「歎」原作「歡」，據《河岳英靈集》改。

〔七〕「離別」，《河岳英靈集》作「別離」。
〔八〕「見之」，《河岳英靈集》作「相逢」。
〔九〕「樽中」，《河岳英靈集》作「樽酒」。
〔一〇〕「能與」，《河岳英靈集》「能有」。
〔一一〕「升沉」原作「深沉」，據《河岳英靈集》改。
〔一二〕按《河岳英靈集》選賀蘭進明詩七首，此全載之，獨不取殷璠評語，殊乖本書常例，疑有脱誤。茲附載于後：「殷璠曰：員外好古博達，經籍滿腹，其所著述一百餘篇，頗究天人之際。又有古詩八十首，大體符于阮公。又《行路難》五首，並多新興。」
〔一三〕《舊唐書》卷一一一《房琯傳》：「會北海太守賀蘭進明自河南至，詔授南海太守，攝御史大夫，充嶺南節度使。中謝，肅宗謂之曰：『朕處分房琯與卿正大夫，何爲攝也？』進明對曰：『琯與臣有隙。』上以爲然。進明因奏曰云云。上由是惡琯。」

李嶷

李之芳自尚書郎出爲齊州司馬，製新亭〔一〕。嶷有登歷下古城員外孫新亭詩云：吾宗固神秀，體物寫謀長。形制開古跡，曾冰延樂方。太山雄地里，巨壑眇雲莊。高興泊煩促，永懷清典常。含弘知四大〔二〕，出入見三光。負郭喜粳稻，安時歌吉祥。之芳，太宗子蔣王惲之後，善五言詩。初爲禄山范陽司馬，禄山叛，自拔歸〔三〕。

子美八哀詩，有贈祕書監江夏李公邕詩云〔四〕：長嘯宇宙間，高才日陵替。古人不可見，前輩復誰繼？憶昔李公存，詞林有根抵。唐文苑傳：李邕，廣陵江都人。父善。嘗注文選六十卷，行于時。邕少知名，長安初，李嶠〔五〕、張廷珪并薦邕詞高行直，堪爲諫諍。聲華當健筆，灑落富清製。風流散金石，追琢山岳鋭。邕早擅才名，尤長碑頌，中朝衣冠，天下寺觀，多出其手。情窮造化理，學貫天人際。干謁走其門，碑板照四裔。各滿深望還，森然起凡例。蕭蕭白楊路，洞徹寶珠惠。龍宮塔廟湧，浩劫浮雲衛。宗儒俎豆事，故吏去思計。眄睞已皆虚〔六〕，跋涉曾不泥。向來映當時，豈獨勸後世〔七〕。豐屋珊瑚鈎，騏驎織成罽。紫騮隨劍几，義取無虚歲。分宅脱驂間，感激懷未濟。衆歸賙給美，擺落多藏穢。邕素負美名，頻被貶斥，皆以邕能文養士，而賈生、信陵之流，執事忌勝，剥落在外。獨步四十年，風聽九臯唳。邕知名長安中，死天寶初，四十年間〔八〕，可謂獨步矣。累獻詞賦，甚稱玄宗旨。後因上計，中使臨索其新文，以文章徹天聽，故有九臯唳之句。嗚呼江夏姿，竟掩宣尼袂。往者武后朝，引用多寵嬖。否臧太常議，邕有批韋巨源謚議〔九〕，文士推重之。面折二張勢。初〔一〇〕邕爲左拾遺，俄而御史中丞宋璟奏侍臣張昌宗兄弟有不順之言〔一一〕，請付法斷。則天初不應。邕在陛下進曰：璟言事關社稷，望陛下可其奏。則天色解，始允。宋璟既出，或謂邕曰：子名位尚卑，若不稱旨，禍福將不測，何爲造次如是？邕曰：不顛不狂，其名不章。衰俗凜生風，排蕩秋旻霽。忠貞負冤恨，宮闕深旒綴。

放逐早聯翩，低垂因炎厲。邕始以與張柬之善，貶雷州。玄宗初，又貶。後召還，爲姚崇所嫉，貶括州〔一二〕。徵爲陳州，玄宗東封回，邕謁見于汴，獻詞賦〔一三〕，稱旨，頗自矜衒。爲張説所惡，發陳州贓事，抵死。許州人孔璋上疏救之，會赦免〔一四〕，貶欽州。後于嶺南從中官楊思勗討賊有功，轉括、淄〔一五〕、滑三州刺史。上計京師。邕少有名，累被貶逐，後進不識，京洛阡陌聚觀，以爲古人。或傳眉目有異，衣冠望風，尋訪門巷。又中使臨問，索其新文。復爲人陰中，竟不得進用也。日斜鵩鳥入，魂斷倉梧帝。榮枯走不暇，星駕無安稅。幾分漢庭竹，漢制：以竹使符分給郡守。邕累爲刺史，故曰幾分。夙擁文侯篲。終悲洛陽獄，事近小臣敝。禍階初負謗，易力何深嚌。邕與柳勣馬一匹，及勣下獄，吉温令勣引邕議及休咎事，遂誅。伊昔臨淄亭，酒酣託末契。甫有陪李北海宴歷下亭詩是也。重叙東都別，朝陰改軒砌。論文到崔蘇，崔信明、蘇源明二人，以文章擅世〔一六〕。指盡流水逝。近伏盈川雄，唐文苑傳：楊炯爲盈川令，卒。張説曰〔一七〕：楊盈川文思如懸河，注酌之不竭，既優于盧照隣，亦不減王勃也。未甘特進麗〔一八〕，張説曰：李嶠之文，如良金美玉，無施不可〔一九〕。特進，李嶠爲特進故也。是非張相國，相扼一危脆。玄宗東封回，邕于汴州謁見，累獻詞賦，甚稱上旨〔二〇〕。由是頗自矜衒，自云當居相位。又素輕張説，時説爲中書令〔二一〕，甚惡之。爭名古豈然〔二二〕，鍵捷歘不閉。例及吾家詩，曠懷掃氛翳。慷慨嗣真作，咨嗟玉山桂。鍾律儼高懸，鯤鯨噴迢遰。坡陁青州血，蕪没汶陽瘞。邕葬所也。哀贈竟蕭條，恩波延揭厲。代宗時，國恩例贈祕書監。子孫在如綫〔二三〕，舊客舟凝滯。君臣尚論兵，將帥接燕薊。朗詠六公篇，邕有張、桓等五王洎狄相六公詩〔二四〕。憂來豁蒙蔽。盧藏用嘗謂邕如干將、莫耶，難與爭鋒，但虞傷缺耳。後卒如其言。

邕，字太和，揚州人。既冠，見李嶠，願一見祕書，乃假直祕閣。累以罪譴，開元末，歷淄、滑二州刺史，上計京師，阡陌聚觀。出爲北郡太守，李林甫忌之，天寶末，以柳勣事，遣御史就郡杖殺之〔二五〕。先是邕、王弼、王琚皆耆艾，補外久，書疏尺題有譴謫留落之句，林甫故陰議除之〔二六〕。

【校箋】

〔一〕《杜工部集》卷一附載李邕《登歷下古城員外孫新亭》詩及杜同作一首。吴若本及《九家集注杜詩》題下並有注云：「《本傳》云：天寶初，爲汲郡、北海二太守，時李之芳自尚書郎出爲齊州司馬，作此亭。」蓋北宋以來舊注也，此本之。

〔二〕「含弘」原作「含引」，據《杜工部集》改。

〔三〕《舊唐書》卷七六《蔣王惲傳》：「惲子煒，蔡國公。煒孫之芳，幼有令譽，頗善五言詩，宗室推之。開元末爲駕部員外郎。天寶十三載，安禄山奏爲范陽司馬。及禄山起逆，自拔歸西京。」此「蔣王惲」原誤作「蔣王揮」，據改。

〔四〕此《八哀詩》副題，其中原脱「贈」、「公」二字，據《杜工部集》補。

〔五〕「李嶠」原作「李矯」，據《九家集注杜詩》卷一四引王注改。

〔六〕「眄睞」原作「眄膝」，據《文苑英華》卷三〇一、《杜工部集》及《九家集注杜詩》改。

〔七〕「勸」原作「勤」，據《文苑英華》、《杜工部集》及《九家集注杜詩》改。
〔八〕「四十」原作「十四」，據《文苑英華》、《杜工部集》及《九家集注杜詩》引王注改。
〔九〕「批」原作「戒」，據《九家集注杜詩》引王注改。
〔一〇〕「初」原作「祁」，據《九家集注杜詩》引王注改。
〔一一〕「兄弟」原作「兄事」，據《九家集注杜詩》引王注改。
〔一二〕「括」字原脱，據《九家集注杜詩》引王注補。
〔一三〕「詞賦」原作「詞慰」，據《九家集注杜詩》引王注改。
〔一四〕「赦」字原脱，據《九家集注杜詩》引王注補。
〔一五〕「淄」原作「溜」，據《九家集注杜詩》引王注改。
〔一六〕「擅世」原作「擅也」，據《九家集注杜詩》引王注改。
〔一七〕「張説」原作「張沈」，據《九家集注杜詩》引王注改。
〔一八〕「末甘」原作「末甘」，據《文苑英華》、《杜工部集》及《九家集注杜詩》改。
〔一九〕「施」原作「疵」，據《九家集注杜詩》引王注改。
〔二〇〕「旨」字原脱，據《九家集注杜詩》引王注補。
〔二一〕「時」原作「與相惡」，據《九家集注杜詩》引王注改。
〔二二〕「古豈」原作「豈古」，據《文苑英華》、《杜工部集》及《九家集注杜詩》改。

〔二三〕「在如」原作「如在」，據《文苑英華》及《九家集注杜詩》改。

〔二四〕「五王」原作「五公」，「狄相」原作「伏相」，據《文苑英華》、《杜工部集》及《九家集注杜詩》引王注改。此杜公自注也。

〔二五〕《新唐書》卷二〇二《李邕傳》：「李邕字泰和，揚州江都人。……既冠。見特進李嶠，自言『讀書未遍，願一見秘書』。嶠曰：『秘閣萬卷，豈時日能習耶？』邕固請，乃假直秘書。……五王誅，坐善張柬之，出爲南和令，貶富州司户參軍事。……貶邕舍城丞。……左遷括州司馬。……貶遵化尉。……開元二十三年，起爲括州刺史，喜興利除害。復坐誣枉，且得罪，天子識其名，詔勿劾。後歷淄、滑二州刺史，上計京師。始，邕早有名，重義愛士，久斥外，不與士大夫接。既入朝，人間傳其眉目瓌異，至阡陌聚觀，後生望風内謁，門巷填隘。……以讒媢不得留，出爲汲郡、北海太守。天寶中，左驍衛兵曹參軍柳勣有罪下獄，……宰相李林甫素忌邕，因傳以罪。詔刑部員外郎祁順之、監察御史羅希奭就郡杖殺之，時年七十。」

〔二六〕《舊唐書》卷一〇六《王琚傳》：「時李邕、王弼與琚皆年齒尊高，久在外郡，書疏尺題來往，有『譴謫留落』之句。右相林甫以琚等負材使氣，陰議除之。」《千唐誌齋藏誌》有《唐故北海郡守贈祕書監江夏李公（邕）墓誌銘》，記邕「又遭所佞謬旨，陰中以東宮之姻，妄詞連之，千里獄訊，不得讞報，年七十三，卒於强死」云云，可補史闕。

陰行先

張燕公說至湘，有九日登高詩云〔一〕：西楚茱萸節，南淮戲馬臺。寧知洹水上，復有菊花盃。亭帳憑高出，親游自遠來。短歌將急景，同使興情催。行先和云〔二〕：重陽初啟節，無射正飛灰。寂寞風蟬至，連翩雙雁來。山棠紅葉下，岸菊紫花開。今日桓公座，多愧孟嘉才。

行先，開元間爲岳州從事〔三〕。

【校箋】

〔一〕《四部叢刊》影明刊本（下同）《張說之文集》載此詩，題作《湘中九日城北亭子》。

〔二〕《張說之文集》附載，題作《九日陪登高》，失題作者姓名。

〔三〕「岳州」原作「湘州」。按唐無湘州，本卷尹悉下云：「悉，開元時張燕公岳州從事也。」張說時爲岳州刺史，作「岳州」是。據改。又，說子張均有《邠王府長史陰府君碑》，載《全唐文》卷四〇八，稱「夫人范陽縣君張氏，丞相燕公之妹」。則行先乃張說妹壻也。

李伯魚

伯魚桐竹詩云：北竹青桐北，南家緑竹南。竹林君早愛，桐樹我初貪。鳳栖桐不媿，鳳食竹何慚。棲食更如此，餘非鳳所堪。張燕公説和云〔一〕：結廬桐竹下，室邇人相深。接垣分竹徑，隔户共桐陰。落花朝滿岸，明月夜披林。竹有龍鳴管，桐留鳳舞琴〔二〕。奇聲與高節，非君誰賞心〔三〕。

伯魚，臨淄人。登開元六年進士第，善爲文，擢校書郎，出爲青州司功而卒。其妻范陽張氏女，燕公之姊也。燕公銘張氏墓云：送我伯姊，萬安之墳。精靈何處，爲雨爲雲。彼臨淄兮千里，望倏忽兮夫君〔四〕。

【校箋】

〔一〕《四部叢刊》影明刊本（下同）《張説之文集》載此詩，題爲《答李伯魚桐竹》。並附載李原作。

〔二〕「琴」原作「陰」，據《張説之文集》改。

〔三〕二句原脱，據《張説之文集》補。

〔四〕《文苑英華》卷九六五載張説《李氏張夫人墓誌銘》云：「臨淄李伯魚妻者，范陽張氏女。……伯魚天下善爲文，擢校書郎，出爲青州司功而卒。夫人……長安二年，四十有八，頃逝于康俗里。……冬十月，安厝伯姊于萬安山陽。……銘曰：『送送伯姊，萬安之墳』云云」。據此，則伯魚妻乃張説之姊。文中兩「姊」原俱作「妹」，誤，今改。又，據《墓誌》，伯魚卒於長安二年以前，此云「登開元六年進士第」，顯然有誤。《登科記考》亦因《紀事》之誤而誤。

趙冬曦

和張燕公説早霽南樓詩云：方曙躋南樓，憑軒肆遐矚〔一〕。物華蕩暄氣〔二〕，春景媚晴旭。川霽湘山孤，林芳楚郊縟。列巘重疊翠，遠岸逶迤緑。風帆摩天垠，漁艇散灣曲。鴻歸鶴舞送〔三〕，猿叫鶯聲續〔四〕。群動皆熙熙，噫予獨羈束。常欽才子義，忌鵩傷跼〔五〕。雅尚騷人文，懷沙何迫促。未知二賢意，去矣從所欲。

和張説耗磨日飲云：春來半月度，俗忌一朝閑。不酌他鄉酒，無堪對楚山〔六〕。

冬曦，定州人。開元初爲監察御史，坐事流岳州，召還復官〔七〕。

酬燕公歸田賦之作云：窮鳥嬰籠綴，孤飛任播遷。鷦鷯王佐用，復此挫冲天。楚雲何掩鬱，湘水亦迴邅。懷哉愧木雁，忽爾枉蘭荃。愈疾同枚叔〔八〕，銷憂比仲宣。歸途書可畏，弱操石猶堅〔九〕。覆載雖云廣，涔陽直塊然。

乾湖作云〔一〇〕：三湖返入兩山間，畜作滍湖彎復彎。暑雨奔流湘正滿，微霜及潦水初還。水還波卷溪潭涸，緑草芊芊岸嶄峼。適方飛棹共回旋，已復揚鞭恣行樂。道傍耆老步躩躩，楚言兹事不知年。試就湖邊披草徑，莫疑東海變桑田。君訝今時盡陵陸，我看明歲更淪漣。來今自昔無終始，人事迴環常若是。應思闕下聲華日，誰謂江潭旅游子。初貞正喜固當然，往蹇來譽宜可俟。盈虛用捨輪輿旋，勿學靈均遠問天。序云：巴丘南㴩湖者〔一一〕，蓋沅湘澧汨之餘波〔一二〕，淪匯洞庭，澹澹千里，夏潦成湖，冬涸爲野。爾雅云：水返入爲㴩，斯名之作，有由焉爾〔一三〕。

和燕公岳州山城云：爲吏恩猶舊，投沙惠此蒙。江邊悠爾處，泗上宛然同。訪道精言合，論經大義通。鳴琴有真氣，況已沐清風。

陪燕公行郡竹籬云：良臣乃國寶，麾守去承明。外户人無閉，浮江獸已行。隨來晉盜逸，民化蜀風清。郛郭從彝典，州閭荷德聲，小人被天渥〔一四〕，流落巴丘城。所賴中和作，優游鑿與耕。

酬燕公出湖見寄云：綸紱有成命，旌麾不可攀。湘川朝目斷，荆闕夕波還。果枉東瞻唱，興言夕放閑。攜琴仙洞中，置酒㴩湖上。芳景恣行樂，謫居忽如忘。聚散本相因，離情自悲悵。鸞翮非常戢，鵬天會昭曠。永懷宛洛游，曾是彈冠望。

和燕公游㴩湖上寺云：江外多山水，招要步馬來。琴將天籟合，酒共鳥聲催〔一五〕。巖坐攀紅藥，溪行愛緑苔。所懷非此地，游望亦徘徊。

和燕公別㴩湖云：南湖美泉石，君子玩幽奇。灣澳陪臨泛，巖峿共踐窺。秋風頳桂涑，春景緑楊垂。郢路委分竹，湘濱擁去麾。枉帆懷勝賞，留景惜差池。水木且不棄，情游良可知。

【校箋】

〔一〕「肆」原作「四」，據《唐文粹》卷一六改。

〔二〕「蕩暄氣」原作「暄淑氣」，據《唐文粹》改。

〔三〕「送」原作「遠」，據《唐文粹》改。

〔四〕「鶯聲」原作「鶯斷」，據《唐文粹》改。

〔五〕「鵬」原作「鵬」，據《唐文粹》改。

〔六〕《四部叢刊》影明刊本（下同）《張説之文集》附載此詩，未題作者姓名，其前有《耗磨日飲》二首，題趙冬曦作。而《萬首唐人絶句》則以前第一首及此首屬張説，以前第二首屬趙冬曦，疑皆有誤，當以《紀事》爲是。其前二首乃張説作，此首實冬曦作也。唐人以正月十六日爲耗磨日，見宋袁文《甕牖閒評》卷三。

〔七〕《新唐書》卷二〇〇《趙冬曦傳》：「趙冬曦，定州鼓城人。進士擢第，歷左拾遺。……開元初，遷監察御史，坐事流岳州，召還復官，與秘書少監賀知章、校書郎孫季良、大理評事咸廙業入集賢院修撰。……以國子祭酒卒。」

〔八〕「枚叔」，《張説之文集》作「救叔」，此用枚乘《七發》事，作「救叔」非。本條末原有「救叔未詳」四字，乃校刻者所加，今删。

〔九〕「弱操」原作「弱藻」，據《張説之文集》改。

〔一〇〕此詩並序附載《張説之文集》，題爲《乾湖作》，蓋詠㴩湖「冬涸爲野」時詩也。作「乾湖」是。據改。

〔一一〕「巴丘」原作「巴江」，據《張説之文集》改。

〔一二〕「蓋沅湘澧汨之餘波」句，「沅」原作「玩」，「澧」字原脱，「餘」原作「際」，據《張説之文集》改。

〔一三〕《張説之文集》此下尚有「而此鄉炎暑，子月草生，彌望青青，相與游藉。豈盈虚之可歎，亦風景之多傷。感物增懷，因書其事」數語。其後即載張説《同趙侍御乾湖作》。

〔一四〕「天渥」原作「天涯」，據《張説之文集》改。毛本同。《全唐詩》作「投天涯」。

〔一五〕「鳥聲」，《張説之文集》作「鳥歌」。

尹　悉

陪燕公登南樓詩云：君子每垂眷，江山共流眄。水遠林外明，巖近霧中見。終日西北望，何處是京縣？屢登高春臺，徒使淚如霰。燕公和云：危樓瀉洞湖，積水照城隅。命駕邀漁父，通家引鳳鶵。山晴紅蕊匝，洲曉緑苗鋪。舉目思鄉縣，春光定不殊。趙冬曦云：寬慰何以歡，陰氣亦登望。孤島輕霧裏，行舟白波上，目熒西北雲〔一〕，心醉東南障。昔日青溪子，胡然此無狀。

秋夜游澧湖詩云：熊軾巴陵地，鷁舟湘水潯。江山與勢遠，泉石自幽深。杳靄入天壑，冥茫見道心。超然無俗事，清宴有深林。又云：江上饒奇山，巑羅雲水間。風秋樹色雜，苔古石文斑〔二〕。巴俗將千涘〔三〕，澧湖凡幾灣。嬉游竟不盡，乘月汎舟還。悉序云：燕公以董司馬初到，趙侍御客焉，聿理方舟，嬉游澧壑。覽山川之異，探泉石之奇。騁望崇朝〔四〕，留樽待月，一時之樂豈不盛歟〔五〕！燕公和云：澧湖佳可游，既近復能幽。林裏棲精舍，山間轉去舟。雁飛江月冷，猿嘯野風秋。不是迷鄉路，尋奇處處留。又云：坐嘯人事閑，佳游野情發。山門送落照，湖口望昇月。林尋猿狖居，水戲黿鼉穴。朔風吹飛雁，芳草亦云歇。趙冬曦云：政理常多暇，方舟此泝洄。吹笙虛洞答，舉楫便風催。山暗雲猶辨，潭幽月稍來。清溪無數曲，未盡莫先回。又云：煙靄夕微蒙，幽灣賞未窮。艤舟待初月，褰幌招遠風。鶴聲聒前浦，人火明暗叢〔六〕。又云：東山雲壑意，不謂爾來同。張均云：遠水沉西日，寒沙聚夜鷗。平湖乘月滿，飛棹接星流。黃葉鳴淒吹，蒼葭掃暗洲。願移滄浦賞，歸侍潁川游。又云：灣潭幽意深，杳靄涌寒岑。石痕秋水落，嵐聚夕陽沉。澄澈天爲底，淵玄月作心。青溪非大隱，歸棄白雲潯。

汎洞庭云：風光淅淅草中飄，日采熒熒水上搖。幸奉瀟湘雲壑意，山傍欲與動仙橈。燕公和云：平湖一望水連天，秋景千尋下洞泉〔七〕。忽驚水上光華滿，疑是乘舟到日邊。

忝，開元時張燕公岳州從事也。官補闕。

【校箋】

〔一〕「目熒」，《四部叢刊》影明刊本（下同）《張説之文集》同。毛本作「目勞」。

〔二〕「石文斑」原作「色文斑」，《張説之文集》同，據毛本改。

〔三〕「巴俗」原作「巴浴」，據《張説之文集》改。

〔四〕「騁望」原作「聆望」，據《張説之文集》改。

〔五〕以下張説、趙冬曦、張均和詩各二首，《張説之文集》均失載作者姓名。

〔六〕「人火」，《張説之文集》同。毛本作「漁火」。

〔七〕「千尋」原作「千潯」，據《張説之文集》改。

崔成甫

李白詩崔侍御是也。

贈李白云〔一〕：我是瀟湘放逐臣，君辭明主漢江濱。天外常求太白老〔二〕，金陵捉得酒仙人。白和云：嚴陵不從萬乘游，歸卧空山釣碧流〔三〕。自是客星辭帝座，元非太白醉揚州。

李白澤畔吟序云：澤畔吟者，逐臣崔公所作也。代業文宗，早茂才秀，起家校書蓬山，再尉關輔，中佐于憲車，因貶湘陰。流離沅湘，摧頽草莽，忠憤義烈，形于清辭，其怨者之流乎〔四〕！

開元末，長安令韋堅兼水陸轉運使，鑿潭望春樓下。先時，民間唱俚歌曰：得体紇那邪。其後得寶符于桃林，時成甫爲陝縣尉，更得体歌爲得寶弘農野，堅命舟人歌之。成甫又廣之爲歌辭十闋，自衣缺後緑衣，錦半臂，紅抹額，立第一船，爲號頭以唱；集兩縣婦女百人，鮮服靚粧，鳴鼓吹笛以和之。先是，人間戲唱歌詞云：得丁紇反。体都董反。紇那耶，紇囊得體耶。潭裏船車鬧，揚州銅器多。三郎當殿坐，看唱得体歌。至開元二十九年，田同秀上言，見玄元皇帝，云有寶符在陝州桃林縣古關令尹喜宅。發中使求而得之。以爲殊祥，改桃林爲靈寶縣，以韋堅爲陝郡太守，鑿新潭。潭成，又致揚州銅器，翻出此詞，廣集兩縣官，使婦人唱之。言：得寶弘農野，弘農得寶耶。潭裏船車鬧，揚州銅器多。三郎當殿坐，看唱得寶歌。成甫又作歌詞十首〔五〕。

【校箋】

〔一〕影宋蜀本（下同）《李太白文集》卷一七附載此詩，題作《贈李十二》，作者署「攝監察御史崔成甫」，其後載李白和詩，題爲《酬崔侍御》。

〔二〕「太白老」原作「李白老」，據《李太白文集》改。

〔三〕「碧流」原作「北流」，據《李太白文集》改。

〔四〕《李太白文集》卷二七載《澤畔吟序》云：「《澤畔吟》者，逐臣崔公之所作也。公代業文宗，早茂才秀，起家校書蓬山，再尉關輔，中佐于憲車，因貶湘陰。從宦二十有八載，而官未登于郎署，何遇時而不偶耶！所謂大名難居，碩果不食。流離乎沅湘，摧頽于草莽。同時得罪者數十人，或才長命夭，覆巢蕩室。崔公忠憤義烈，形于清辭，慟哭澤畔，哀形筆墨，猶風雅之什，聞之者無罪，覩之者作鏡。書所感遇，總二十章，名之曰《澤畔吟》。懼奸臣之猜，嘗韜之于竹簡，酷吏將至，則藏之于名山。前後數四，蠹傷卷軸。觀其逸氣頓挫，英風激揚，横波遺流，騰薄千古，至于微而彰，婉而麗，悲不自我，興成他人，豈不云怨者之流乎？余覽之愴然，掩卷揮涕爲之序云。」此節引其文。「逐臣崔公所作也」句，「也」原作「云」，據改。「中佐于憲車」句，謂成甫嘗攝監察御史也。毛本改「憲車」作「憲軍」，非。

〔五〕《舊唐書》卷一〇五《韋堅傳》：「二十五年，爲長安令。……天寶元年三月，擢爲陝郡太守、水陸轉運使。……于長安城東九里長樂坡下，滻水之上架苑墻，東面有望春樓，樓下穿廣運潭以通舟楫，二年而成。……先是，人間戲唱歌詞云：『得（原注：丁紇反）体（原注：都董反）紇那也，紇囊得体耶？潭裏船車鬧，揚州銅器多，三郎當殿坐，看唱《得体歌》。』至開元二十九年，田同秀上言『見玄元皇帝，云有寶符在陜州桃林縣古關令尹喜宅』。發中使求而得之，以爲殊祥，改桃林爲靈寶縣。及此潭成，陜縣尉崔成甫以堅爲陜郡太守鑿成新潭，又致揚州銅器，翻出此詞，廣集兩縣官，使婦人唱之，言『得寶弘農野，弘農得寶耶？潭裏船車鬧，揚州銅器多。

三郎當殿坐，看唱得寶歌。』成甫又作歌詞十首，自衣缺胯緑衫，錦半臂，偏袒膊，紅羅抹額，于第一船作號頭唱之。和者婦人一百人，皆鮮服靚粧，鼓笛胡部以應之。餘船洽進，至樓下，連檣彌亘數里，觀者山積。」本條出此。其中「人間戲唱歌詞」句，「戲唱」原作「獻唱」；「又致揚州銅器」句，「揚州」原作「楊林」，據史文改。又按，此乃玄宗天寶二年事，其後，天寶五載，韋堅爲李林甫所構陷，下獄貶死。《通鑑》載「凡堅親黨坐流貶者數十人」，成甫當亦在其中，《澤畔吟》即是時作也。

李昂

雋秀等科，初皆考功主之〔一〕。開元二十四年，李昂員外性剛急，不容物，以舉人皆飾名求稱，摇蕩主司，談毁失實，竊病之而將革焉。集貢士與之約曰：文之美惡，悉知之矣，考校取捨，存乎至公，如有請託于時，求聲于人者，當首落之。既而昂外舅常與進士李權隣居相善，乃舉權于昂。昂怒，集貢人召權，庭數之。權謝曰：人或猥知〔二〕，竊聞於左右，非敢求也。昂因曰：觀衆君子之文，信美矣。然古人云：瑜不掩瑕，忠也。其有詞或不典，將與衆評之，若何？皆曰：唯公之命。既出，權謂衆曰：向之言，其意屬吾也。吾誠不第決矣，又何藉焉〔三〕！乃陰求昂瑕以待之。異日會論，果斥權章句之疵以辱之。權拱而前曰：夫禮尚往來，來而不往，非禮也。鄙文不臧，既得而聞矣，而執事昔有雅什，嘗聞于道路，愚將切磋可乎？昂怒而嬉笑曰：有何不可。權曰：耳臨清渭洗，心向白雲閑，豈執事之詞乎？昂曰：然。權曰：昔唐堯衰耄，厭倦天下，將禪于許由，由惡聞，故洗耳。今天子春秋鼎盛〔四〕，不揖讓于足下，而洗耳，何哉？是時國家寧謐，百寮畏法令，兢兢然莫敢蹉跌〔五〕。昂聞，惶駭蹶起，不知所酬。乃訴于執政，謂權風狂不遜，遂下權吏。初，昂強愎不受囑請〔六〕，及有吏議，求者莫不允從〔七〕。由是庭議以省郎位輕，不足以臨多士，乃以禮部侍郎專之。

昂賦戚夫人楚舞歌云：定陶城中是妾家，妾年二八顏如花。閨中歌舞未終曲，天下死人如亂麻。漢王此地因征戰，未出簾櫳人已薦。風花菡萏落轅門，雲雨徘徊入行殿。日夕悠悠非舊鄉，飄飄處處逐君王〔八〕。閨門向裏通歸夢，銀燭迎來在戰場。相從顧恩不顧己，何異浮萍寄深水。逐戰曾迷隻輪下，隨君幾陷重圍裏。此時平楚復平齊，咸陽宮闕到關西。珠簾夕殿聞鐘漏〔九〕，白日秋天憶鼓鼙。且矜容色長自知，早晚乘輿恩幸時。香羅侍寢雙龍殿，玉輦看花百子池〔一〇〕。君王縱恣翻成誤，呂后由來有深妬。不奈君王容髮衰〔一一〕，相矜相顧能幾時〔一二〕。黃泉白骨不可報，雀釵翠羽從此辭。君楚歌兮妾楚舞，脉脉相看兩心苦。曲未終兮袂更揚，君流涕兮妾斷腸。已見謀臣歸惠帝〔一三〕，徒留愛子付周昌。

【校箋】

〔一〕《大唐新語》卷一〇《釐革》、《封氏聞見記》卷三及《國史補》卷下俱記此事。本文則采自《摭言》卷二「進士歸禮部」條。而《摭言》文字，據《大唐新語》爲多。

〔二〕「猥知」原作「相知」，據《大唐新語》及《摭言》改。

〔三〕「吾誠不第決矣，又何藉焉」二句，《摭言》同。《大唐新語》作「昂與此任，吾必不第矣，文何籍爲？」

〔四〕「今」下原衍「于」字，據《大唐新語》及《摭言》删。

〔五〕「兢兢然」原作「兢然」，「蹉」字原脱，據《摭言》補。

〔六〕「强愎」原作「强復」，據《大唐新語》及《摭言》改。

〔七〕「及有吏議」二句，本于《大唐新語》，《摭言》作「及是有請求者，莫不先從」。

〔八〕「飄颻」原作「飄飄」，據毛本改。

〔九〕「鐘漏」原作「鏡鼓」，據敦煌唐寫本改。毛本作「鐘磬」，《全唐詩》從之，非。

〔一〇〕「且矜容色長自知」四句原脱，據敦煌唐寫本補。

〔一一〕「容鬢」原作「容鬢」，據敦煌唐寫本改。

〔一二〕「相矜」原作「相存」。據敦煌唐寫本改。

〔一三〕「謀臣」原作「儲君」，據敦煌唐寫本改。

殷遥

題友人亭云〔一〕：故人雖薄宦〔二〕，往往涉清溪。鑿牖對山月，褰裳拂澗霓〔三〕。游魚逆水上，宿鳥向風棲。一見桃花發，能令秦漢迷。

山行云〔四〕：寂歷青山曉〔五〕，山行趣不稀。野花成子落〔六〕，江燕引雛飛。暗草薰苔徑〔七〕，晴楊掃石磯〔八〕。俗人猶語此〔九〕，余亦轉忘歸〔一〇〕。

王維哭遥云〔一一〕：人生能幾何，畢竟歸無形。念君等爲死，萬事傷人情。慈母未及葬，一女纔十齡。泱漭寒郊外〔一二〕，蕭條聞哭聲。浮雲爲蒼茫〔一三〕，飛鳥不能鳴。行人何寂寞〔一四〕，白日自悽清，憶昔君在時，問我學無生。勸君苦不早，令君無所成。故人各有贈，又不及生平〔一五〕。負爾非一途，慟哭返柴荆。又曰〔一六〕：送君返葬石樓山，松柏蒼蒼賓馭還。埋骨白雲長已矣，空餘流水向人間！

遥，丹陽人。天寶間終于忠王府倉曹參軍〔一七〕。

【校箋】

〔一〕《文苑英華》卷三一五及《唐百家詩選》載此詩，題作《友人山亭》。

〔二〕「雖」，《唐百家詩選》同。《文苑英華》作「從」。

〔三〕「拂」，《唐百家詩選》同。《文苑英華》作「掃」。

〔四〕《文苑英華》卷一六一載此詩，題作《春晚山行》，《唐百家詩選》作《山行》。

〔五〕「曉」，《唐百家詩選》同。《文苑英華》作「晚」。

〔六〕「成」，《唐百家詩選》同。《文苑英華》作「垂」。

〔七〕「苔徑」，《唐百家詩選》同。《文苑英華》作「苔渚」。

〔八〕「掃」，《唐百家詩選》同。《文苑英華》作「拂」。

〔九〕「猶語此」，《唐百家詩選》同。《文苑英華》作「語話此」。

〔一〇〕「余亦」原作「餘立」，據《文苑英華》、《唐百家詩選》改。

〔一一〕《文苑英華》卷三〇二載王維《哭殷遥二首》，即此首及下一首。影元刊本（下同）《王右丞集》同。「哭遥」原作「哭之」，據改。

〔一二〕「泱漭」，原作「漭漭」，據《王右丞集》改。《文苑英華》作「訣别」。

〔一三〕「蒼茫」原作「蒼忙」，據《王右丞集》改。《文苑英華》作「蒼莽」。

〔一四〕「何」原作「同」，據《文苑英華》及《王右丞集》改。

〔一五〕「生平」原作「半生」，據《文苑英華》及《王右丞集》改。

〔一六〕《國秀集》卷中載此詩，題爲《送殷四葬》。

〔一七〕按《新唐書》卷六〇《藝文志》：「《包融詩》一卷」下注：「句容有忠王府倉曹參軍殷遥。」《唐百家詩選》「殷遥」下注：「潤州人，忠王府倉曹參軍。」唐潤州即丹陽，句容乃其屬縣也。又，據《舊唐書》卷一〇《肅宗本紀》：「開元十五年正月，封忠王。……二十六年六月庚子，立上爲皇太子。」是則殷遥爲忠王府官當在開元二十六年以前，此言「天寶間爲忠王府倉曹參軍」，非也。應改作「開元間」方合。本條「倉」字原脱，今補。

徐延壽〔一〕

人日剪綵詩云：閨婦持刀坐，自憐裁剪新。葉催情綴色，花寄手成春。帖燕留粧户，黏鷄待餉人〔二〕。擎來問夫婿〔三〕，何處不如真？

延壽，開元間江寧人，處士也。

【校箋】

〔一〕《搜玉小集》載此詩，作者題「余延壽」。《文苑英華》卷二九三載《南州行》，《樂府詩集》卷二二載《折楊柳》，作者並題「余延壽」，唯《新唐書·藝文志》于《包融詩》下注作「江寧處士徐延壽」。疑作「余」是。據《新唐書·藝文志》，殷璠所編《丹陽集》，收包融、儲光羲、徐延壽等十八人。今《儲光羲詩集》卷四有《貽余處士》詩一首，或即其人也。

〔二〕「待餉」原作「欲向」，據《搜玉小集》改。

〔三〕「擎來」原作「驚來」，據《搜玉小集》改。

苑咸

王維贈咸詩序云：苑舍人能書梵字，兼達梵音，曲盡其妙，戲爲之贈。詩曰，名儒待制滿公車，才子爲郎典石渠。蓮花法藏心懸悟，貝葉經文手自書。楚詞共許勝楊馬，梵字何人辯魯魚。故舊相望在三事，願君莫厭承明廬。咸答詩曰：蓮花梵字本從天，華省仙郎早悟禪。三點成伊猶有想，一觀如幻自忘筌。爲文已變當時體，入用還推間氣賢。應同羅漢無名欲，故作馮唐老歲年。王爲庫部員外郎，久不遷，故咸末句及之。王答云：仙郎有意憐同舍，丞相無私斷掃門〔一〕。

咸，成都人。開元末上書，拜司經校書、中書舍人〔二〕。顔真卿序孫逖文集曰〔三〕：公之除庶子也，苑咸草詔曰：西掖掌綸，朝推無對。議者以爲知言。唐人推咸爲文誥之最。後貶漢東郡司户參軍，復起爲舍人，終永陽太守。始，咸舉進士在京，仲夏忽染疾而卒，三日復蘇。云見人追至陰司，見劉敬則爲冥官，乃同舉進士也。問其故，乃曰：追堿，乃誤召公。速遣押還。咸曰：數上京不捷，家遠且貧，試閲籍，若有科第官職，即願生還。劉謂曰：君來春登第，歷臺省，至中書舍人。

【校箋】

〔一〕影元刊本(下同)《王右丞集》載王維與苑咸贈答詩三首。其一，王維作，題云：《苑舍人能書梵字，兼達梵音，皆曲盡其妙，戲爲之贈》。其二，苑咸答詩，序云：「王員外兄以予嘗學天竺書，有戲題見贈。然王兄當代詩匠，又精禪理，枉採知音，形于雅作，輒走筆以酬焉。且久未遷，因而嘲及。」。其三，王維《重酬苑郎中》，題下原注：「時爲庫部員外。」有序云：「頃輒奉贈，忽枉見酬，《序》末云：『且久不遷，因而嘲及。』詩落句云：『應同羅漢無名欲，故作馮唐老歲年。』亦解嘲之類也。」此録其五、六兩句。「有意」原作「真意」，據改。

〔二〕《新唐書》卷六〇《藝文志》：《苑咸集》下注云：「卷亡。京兆人。開元末上書，拜司經校書，中書舍人。貶漢東司户參軍，復起爲舍人、永陽太守。」《大唐新語》卷九《著述》記其嘗爲李林甫委與陸善經等纂修《唐六典》，于開元二十六年成書。計氏生蜀中，故知咸實成都人，京兆殆其郡望也。

〔三〕顔真卿《尚書刑部侍郎尚書右僕射孫逖文公集序》見《顔魯公文集》卷一二。「孫」原作「遜」，據改。

丘爲

爲，蘇州嘉興人。事繼母孝，嘗有靈芝生堂下。累官太子右庶子，時年八十餘，而母無恙，給俸禄之半。及居憂，觀察使韓滉以致仕官給禄，所以惠養老臣，不可在喪爲異，唯罷春秋羊酒。初還鄉，縣令謁之，爲候門磬折，令坐，乃拜，里胥立庭下，既出，乃敢坐。經縣宇，降馬而趨。卒年九十六〔一〕。與劉長卿善，長卿送爲赴上都詩云：帝鄉何處是，岐路空垂泣。楚思愁暮多，川程帶潮急。潮歸人不歸，獨向回塘立〔二〕。王摩詰送爲往唐州詩云：四愁連漢水，百口寄隨人〔三〕。

爲尋西山隱者不遇詩云〔四〕：絶頂一茅茨，直上三十里。扣關無僮僕，窺室唯案几。若非巾柴車〔五〕，應是釣秋水。差池不相見，黽俛空仰止。草色新雨中，松聲晚窗裏〔六〕。及兹契幽絶〔七〕，自足盪心耳。雖無賓主意，頗得清淨理。興盡方下山，何必待之子〔八〕。

摩詰賦左掖梨花詩云〔九〕：閑灑階邊草，輕隨箔外風。黄鶯弄不足，銜入未央宫〔一〇〕。爲和云：冷豔全欺雪，餘香乍入衣。春風且莫定，吹向玉階飛。皇甫冉詩云：巧解迎人笑，偏能亂蝶飛。春風時入户，幾片落朝衣〔一一〕。

【校箋】

〔一〕《新唐書》卷六〇《藝文志》：《丘爲集》下注云：「卷亡。蘇州嘉興人，事繼母孝，嘗有靈芝生堂下。累官太子右庶子，時年八十餘，而母無恙，給俸禄之半。及居憂，觀察使韓滉以致仕官給禄，所以惠養老臣，不可在喪爲異，唯罷春秋羊酒。初還鄉，縣令謁之，爲候門磬折，令坐，乃拜，里胥立庭下，既出，乃敢坐。經縣署，降馬而趨，卒年九十六。」此用其文。

〔二〕「回塘」，《劉隨州詩集》作「空塘」。

〔三〕此王維《送邱爲往唐州》（五律）第三、四句。見影元刊本（下同）《王右丞集》。

〔四〕詩題同《又玄集》。《國秀集》卷下及《文苑英華》卷二三三作《山行尋隱者不遇》。

〔五〕「若」，《又玄集》同。《國秀集》、《文苑英華》作「既」。

〔六〕「晚窗」原作「晚秋」，據《國秀集》、《又玄集》及《文苑英華》改。

〔七〕「契」原作「繼」，據《又玄集》、《文苑英華》改。《國秀集》脱「及兹契幽絶」二句。

〔八〕「待之子」，《又玄集》同。《國秀集》、《文苑英華》作「見夫子」。

〔九〕詩題《王右丞集》同。《文苑英華》卷三二二作《左掖海棠花》。

〔一〇〕「入」，《王右丞集》同。《文苑英華》作「向」。

〔一一〕爲詩及皇甫冉同詠一首，並附載《王右丞集》。

唐詩紀事校箋卷第十八

杜甫　李白

杜甫

元稹作子美墓銘，敘曰：予讀詩至杜子美〔一〕，而知古人之才有所總萃焉。始堯、舜時〔二〕，君臣以賡歌相和，是後詩人繼作，歷夏、殷、周千餘年，仲尼緝拾選練，取其干預教化之尤者三百篇，其後無聞焉。騷人作而怨憤之態繁，然猶去風雅日近，尚相比擬。秦、漢已還，采詩之官既廢，天下俗謡、民謳、歌頌、諷賦、曲度、嬉戲之詞，亦隨時間作。至武帝賦柏梁詩，而七言之體具。蘇子卿、李少卿之徒，尤工爲五言。雖句讀文律各異，雅鄭之音亦雜〔三〕，而詞意簡遠〔四〕，指事言情，自非有爲而爲，則文不妄作。建安之後，天下文士遭罹兵戰〔五〕，曹氏父子鞍馬間爲文，往往横槊賦詩，故其遒文壯節，抑揚怨哀悲離之作，尤極于古。晉世風槩稍存。宋、齊之間，教失根本，士以簡慢矯飾、歙習舒徐相尚〔六〕，文章以風容色澤放曠精清爲高，蓋吟寫性靈流連光景之文也，意義格力無取焉。陵遲至梁、陳，淫豔刻飾、佻巧小碎之詞劇〔七〕，又宋、齊之所不取也〔八〕。唐興，學官大振，歷世之文，能者互出〔九〕。而又沈、宋之流，研練精切，穩順聲勢，謂之爲律詩。由是而後，文變之體極焉。然而又好古者遺近〔一〇〕，務華者去實。效齊、梁則不逮于魏、晉〔一一〕，工樂府則力屈于五言，律切則骨格不存，閑暇則纖穠莫備。至于子美，蓋所謂上薄風雅〔一二〕，下該沈、宋，言奪蘇、李，氣吞曹、劉，掩顏、謝之孤高，雜徐、庾之流麗，盡得古今之體勢，而兼昔人之所獨專矣。如使仲尼考鍛其旨要，尚不知貴其多乎哉！苟以爲能所不能，無可無不可，則詩人以來未有如子美者。是時山東人李白，亦以奇文取稱，時人謂之李、杜。余觀其壯浪縱恣，擺去拘束，模寫物象，及樂府歌詩，誠亦差肩于子美矣〔一三〕。至若鋪陳終始，排比聲韻，大或千言，次猶數百，詞氣豪邁而風調清深，屬對律切而脱棄凡近，則李尚不能歷其藩翰，況堂奥乎？余嘗欲條析其文，體別相附，與來者爲之準，特病懶未就爾〔一四〕。適子美之孫嗣業，啟子美之柩，襄祔事于偃師，途次于荆楚，雅知余愛言其大父之爲文，祈余爲誌。辭不可絶，余因系其官閥而銘其卒葬云。系曰：晉當陽成侯姓杜氏〔一五〕，下十世而生依藝，令于鞏。依藝生審言〔一六〕，善詩，官至膳部員外郎。審言生閑，閑生甫。閑爲奉天令〔一七〕。甫，字子美。天寶中，獻三大禮賦，明皇奇之，命宰相試文，文善，授右衛率府胄曹〔一八〕。屬京師亂，步謁行在，授左拾遺。歲餘以直言失官〔一九〕，出爲華州司功，尋遷京兆功曹。劍南節度使嚴武狀爲工部員外參謀軍事〔二〇〕。旋又棄其官，扁舟下荆楚間，竟以寓卒。旅殯岳陽，享年五十九。夫人弘農楊氏女，父曰司農少卿怡，四十九年終。嗣子曰宗武；病不克葬；殁，命其子嗣業。嗣業以家貧〔二一〕，無以給喪，收拾乞丐，焦勞晝夜，去子美没後餘四十年〔二二〕，然後卒先人之志，亦足爲難矣。銘曰：惟元和之癸巳，粤某月某日之佳辰，合窆我杜子美于首陽之山前。嗚呼！千載而下〔二三〕，曰：此文先生之古墳。

樂天曰：杜詩最多，至于貫穿今古，覼縷格律，盡工盡善，又過于李。然撮其新安、石壕、潼關吏、蘆子關、留花門之章〔二四〕，朱門酒肉臭，路有凍死骨之句，亦不過三四十。杜尚如此，况不逮者乎！

睿宗先天元年癸丑，是歲甫生。明皇開元三年丙辰，于郾城觀公孫大娘舞劍器。是年才四歲，必有誤。天寶元年癸未，有南曹小司寇爲山之作，時年三十一。天寶十一年癸巳，上韋相詩，有龍飛四十春，帝即位四十年。時有兵車行、麗人行。十三年乙未，上三大禮賦，甫年四十三。召試文章，授河西尉，不行，改右衛率府胄曹。十四年丙申，是年十一月，初自京赴奉先，有詠懷詩。是月禄山亂。以家避亂鄜州，獨陷賊中。天寶十五載丁酉六月，帝西狩，有哀王孫詩。七月，肅宗即位，改元至德。是年避寇馮翊，有白水高齋三州觀漲詩。至德二年，自賊中竄歸鳳翔，拜左拾遺。八月，墨制放往鄜州迎家，有北征詩。明年乾元元年，收京，扈從還長安。上疏論救房琯，帝怒，黜甫華州司功，有新安吏、石壕吏、新婚别、垂老别、留花門、洗兵馬詩。明年，關輔飢亂，棄官之秦州，乃適同谷，乃入蜀，有遺興三百首。上元元年辛丑，在蜀。二年，嚴武鎮蜀，甫自閬往依焉。明年寶應元年癸巳，有元年建巳月詩。永代宗廣德元年甲辰，有祭房相國文。武再鎮蜀，表甫參謀檢校工部員外，作傷春五首。永泰元年丙午，武卒，崔旰殺郭英乂，楊子琳、柏正節舉兵攻旰，蜀亂，甫游東川。除京兆功曹，不赴。大曆元年丁未，移居夔州。三年，出峽之荆渚，至湘潭，寓居耒陽。五年辛亥，有追高適人日作。夏，甫還襄漢。卒于岳陽〔二五〕。

段成式酉陽雜俎云：李白集有堯祠亭上宴别杜補闕者，老杜也。今録首尾曰：我覺秋興逸，誰言秋興悲，山將落日去，水共晴空宜。烟歸碧海夕，鴈度青天時。相失各萬里，茫然空爾思。不獨飯顆山頭之句也〔二六〕。

國朝盛文肅，嘗夢朝上帝，見殿上題扇云：夜闌更秉燭，相對如夢寐。初謂天人之作，已而知子美詩也〔二七〕。

禰衡撾漁陽摻，其聲悲壯。漢武時，星辰影動摇，東方朔謂民勞之應。子美詩云：五更鼓角聲悲壯，三峽星河影動摇。乃用故事也。先儒云：不行一萬里，不讀萬卷書，不知老杜詩。信然〔二八〕。

詩話云：有病瘧者，子美曰：吾詩可以療之。病者曰：云何？曰：夜闌更秉燭，相對如夢寐。其人誦之，瘧猶是也。杜曰：更誦吾詩云：子章髑髏血模糊，手提擲還崔大夫。其人誦之，果愈〔二九〕。子美傲誕，不冠見嚴武。故詩云：莫倚善題鸚鵡賦，何須不着鵕鸃冠。子美奉酬云：謝安不倦登臨興，阮籍焉知禮法疏〔三〇〕。傳叙子美傲放，武積不平，欲殺之，冠鈎于簾者三，遂止〔三一〕。

寄韋有夏郎中詩云：省郎憂病士，書信有柴胡。飲子頻通汗，懷君想報珠。飲子對懷君，或云沈佺期齒録對牙緋，孟浩然鷄黍對楊梅之類也〔三二〕。

子美題李尊師松障詩云：已知仙客意相親，更覺良工心獨苦。用意之妙，有舉世莫知者。此唐人所以名家也〔三三〕。

【校箋】

〔一〕「予」原作「餘」，據影宋鈔本（下同）《元氏長慶集》卷五六《唐故工部員外郎杜君墓係銘》改。

〔二〕「時」原作「之」，據《元氏長慶集》改。

〔三〕「亦雜」二字原脱，據《元氏長慶集》補。

〔四〕「簡」原作「闊」，據《元氏長慶集》改。

〔五〕「文」原作「之」，據《元氏長慶集》改。

〔六〕「歙習舒徐」四字原脱，據《元氏長慶集》補。

〔七〕「劇」字原脱，據《元氏長慶集》補。

〔八〕「也」字原脱，據《元氏長慶集》補。

〔九〕「出」原作「書」，據《元氏長慶集》改。

〔一〇〕「然」字原脱，據《元氏長慶集》補。

〔一一〕「魏晉」原作「晉魏」，據《元氏長慶集》改。

〔一二〕「蓋」字原脱，據《元氏長慶集》補。

〔一三〕「矣」字原脱，據《元氏長慶集》補。

〔一四〕「特」字原脱，據《元氏長慶集》補。

〔一五〕「成」「姓」二字原脱，據《元氏長慶集》補。

〔一六〕「令于聳。依藝」五字原脱，據《元氏長慶集》補。

〔一七〕「閑」字原脱，據《元氏長慶集》補。

〔一八〕「授右衛率府胄曹」原作「授率州曹」，據《元氏長慶集》補改。

〔一九〕「歲餘」二字原脱，據《元氏長慶集》補。

〔二〇〕「狀」原作「拔」，據《元氏長慶集》改。

〔二一〕「嗣業」二字原脱，據《元氏長慶集》補。

〔二二〕「餘」字原脱，據《元氏長慶集》補。

〔二三〕「載」原作「歲」，據《元氏長慶集》改。

〔二四〕「留」字原脱，據影宋紹興本（下同）《白氏長慶集》卷四五《與元九書》補。

〔二五〕此文乃節引吕大防《杜少陵年譜》（見《四部叢刊》影宋刊本《分類集注杜工部集》卷首）。《吕譜》于每歲干支向後誤推一年，與諸家《年譜》不合。文中「癸丑」當作「壬子」，「丙辰」當作「乙卯」，以下類推。《吕譜》云：「睿宗先天元年癸丑，甫生于是年。按《甫誌》及《傳》皆云年五十九，卒于大曆五年辛亥故也。」先天元年，歲在壬子，大曆五年，亦當是庚戌也。以後蔡興宗、魯訔以下諸家所爲《年譜》俱不誤。古人以出生之年爲一歲，至開元三年丙辰（當作乙卯），四歲。于此《吕譜》又云：「是年才四歲，必有誤。」然少陵《觀公孫大娘弟子舞劍器歌序》自稱「開元三載，余尚童稚，記于郾城觀公孫氏舞劍器渾脱」，故黄鶴云：「公七歲能詩，則四歲記事，非不能矣。《吕譜》疑其年必有誤，非也。」後來《年譜》諸家，亦多不從吕説。又「遺興三百首」，當是統指少陵居蜀詩而言，所謂「遺興莫過詩」（《可惜》）是也。《杜集》以「遺興」爲題者近二十首，或以爲《集》中有《遺興三首》，即謂此「三百首」乃「三首」之訛，實則此三首亦秦中之作也。

〔二六〕《酉陽雜俎》前集卷一二：「衆言李白唯戲杜考功《飯顆山頭》之句，成式偶見李白《堯祠亭上宴别杜考功》詩，今録首尾曰：『我覺秋興逸，誰云秋興悲！山將落日去，水共晴空宜。』『烟歸碧海夕，雁度青天時。相失各萬里，茫然空爾思』。」《紀事》此出《洪駒父詩話》，文字悉同。

（《苕溪漁隱叢話》前集卷五引）今按影宋蜀本《李太白集》卷一三此詩題作《秋日魯郡堯祠亭上宴别杜補闕、范侍御》。宋洪邁《容齋四筆》已疑杜但爲考功，不曾任補闕之非。仇兆鰲注此詩，更言「公遇李時尚爲布衣，其授拾遺在至德、乾元間。」知段説不足信也。詩題原作「堯祠贈杜補闕」，「今録首尾」作「詩」，「共晴空」作「與晴相」，「碧海夕」作「北海少」，「青天時」作「青天遲」，據《酉陽雜俎》改。

〔二七〕《苕溪漁隱叢話》前集卷六引畢仲詢《幕府燕閒録》：「盛文肅夢朝天帝，見殿上執扇，有題詩云：『夜闌更秉燭，相對如夢寐。』意天人詩，識之。既寤，以語客，乃杜甫詩也。」「天人」原作「天上」，據改。

〔二八〕《苕溪漁隱叢話》前集卷一〇引《西清詩話》：「《禰衡傳》：撾漁陽操，聲悲壯。《漢武故事》：星辰動摇，東方朔謂民勞之應。則善用事者，如係風捕影，豈有跡耶？」「老杜詩」原作「老杜書」，據毛本改。

〔二九〕《詩話總龜》前集卷四八引《古今詩話》：「杜少陵因見病瘧者，謂之曰：『誦吾詩可療。』病者曰：『何？』杜曰：『夜闌更秉燭，相對如夢寐。』瘧猶是也。又曰：誦吾『子章髑髏血模糊，手提擲還崔大夫。』其人如其言誦之，果愈。」按此唐末俗士夸誕之説，宋人詩話已辨其妄。

〔三〇〕孔平仲《續世説》：「武過草堂，公有時不冠，故嚴詩云：『莫倚善題《鸚鵡賦》，何須不着鵕鸃冠。』而公答曰：『謝公不倦登臨興，阮籍焉知禮法疏。』以解嘲也。」「登臨興」原作「登臨費」，據改。

〔三一〕《新唐書》卷二〇一《杜甫傳》「武再帥劍南，表爲參謀，檢校工部員外郎。武以世舊，待甫甚善，親至其家。甫見之，或時不巾，而性褊躁傲誕，嘗醉登武牀，瞪視曰：『嚴挺之乃有此兒！』武亦暴猛，外若不爲忤，中銜之。一日，欲殺甫及梓州刺史章彝，集吏於門。武將出，冠鉤于簾三。左右白其母，奔救，得止，獨殺彝。」此事唐人雜記小説多載之，故《新唐書》嚴武、杜甫兩《傳》俱采入，然按洪邁《容齋續筆》云：「子美集中詩，凡爲武者幾三十篇。……若果有欲殺之怨，不應眷眷如此。好事者但以武詩有『莫倚善題《鸚鵡賦》』之句，故用證前説，引黄祖殺禰衡爲喻，是殆痴人面前，不得説夢也。武肯以黄祖自比乎？」其説是也。

〔三二〕《東坡題跋》卷二《書杜子美詩》：「『省郎愛病士，書信有柴胡。飲子頻通汗，懷君想報珠。……』此杜子美詩也。沈佺期《回波詞》云：『姓名雖蒙齒録，袍笏未易牙緋。』子美用『飲子』對『懷君』，亦『齒録』『牙緋』之比也。」詩題「郎中」原作「都中」，據《杜工部集》卷一六改。「厨人具雞黍，稚子摘楊梅」，孟浩然《裴司士見訪》詩句。

〔三三〕《九家集注杜詩》卷七《題李尊師松樹障子歌》注引《杜補遺古今詩話》云：「唐人爲詩，皆量己之力以致功，常積精思數十年，始各自名家。……杜工部詩云：『更覺良工心獨苦。』用意之妙，有舉世莫之知者。此其所以爲獨苦歟？」

李白

烏棲曲云〔一〕：姑蘇臺上烏棲時，吴王宫裏醉西施。吴歌楚舞歡未畢，青山猶銜半邊日〔二〕。銀箭金壺一作金壺丁丁〔三〕。漏水多，起看秋月墜江波〔四〕。東方漸高奈樂何。一作爾何。天寶初，賀知章見之，曰：此詩可以泣鬼神矣〔五〕！

蜀道難云：噫吁嚱，危乎高哉！蜀道之難難于上青天。蠶叢及魚鳧，開國何茫然！爾來四萬八千歲，乃與秦塞通人煙。西當太白有鳥道，可以橫絶峨眉巔。地崩山摧壯士死，然後天梯石棧方一作相。鈎連。上有六龍迴日之高標，一作橫河斷海之浮雲〔六〕。下有衝波逆折之回川。黄鶴之飛尚不得，一作過。猿猱欲度愁攀緣。一作牽〔七〕。青泥何盤盤，百步九折縈巖巒。捫參歷井仰脅息，以手撫膺坐長嘆。問君西游何時還？畏途巉巖不可攀。但見悲鳥號古木，雄飛雌從遶林間。又聞子規啼夜月，愁空山。蜀道之難難于上青天，使人聽此凋朱顔。連峰去天不盈尺，一作入烟幾千尺〔八〕。枯松倒挂倚絶壁。飛湍瀑流爭喧豗，砯崖轉石萬壑雷。其險也若此，嗟爾遠道之人胡爲乎來哉！劍閣崢嶸而崔嵬，一夫當關，萬人一作夫〔九〕。莫開。所守或匪親，一作人〔一〇〕。化爲狼與豺。朝避猛虎，夕避長蛇，磨牙吮血，殺人如麻。錦城雖云樂，不如早還家。蜀道之難難于上青天，側身西望長咨嗟！一作令人嗟〔一一〕。蜀道難，或曰譏章仇兼瓊〔一二〕；或曰譏嚴武之暴，爲房相、杜甫危之也〔一三〕。

宫中行樂詞云〔一四〕：小小生金屋，盈盈在紫微〔一五〕。山花插寶髻，石竹繡羅衣。每出深宫裏，常隨步輦歸。只愁歌舞散，化作綵雲飛。其一 柳色黄金嫩〔一六〕，梨花白雪香。玉樓巢一作開。翡翠〔一七〕，珠一作金。殿鎖鴛鴦。選妓隨雕一作朝。輦，徵歌出洞房。宮中誰第一，飛燕在昭陽。其二　盧橘爲秦樹，蒲桃出一作是。漢宮〔一八〕。煙花宜落日，絲管醉春風。笛奏龍鳴一作吟。水，簫吟一作鳴。鳳下空。君王多樂事，何必向一作在。回中。一作還與萬方同〔一九〕。其三　玉樹一作殿。春歸日，一作好。金宮樂事多。後庭朝未入，輕輦夜相過。笑出花間語〔二〇〕，嬌來燭下歌。莫教明月去，留著醉姮娥。其四　繡户香風暖，紗窗曙色新。宮花爭笑日，池草暗生春。緑樹聞歌鳥，青樓見舞人。昭陽桃李月，羅綺自一作坐。相親。其五　今日明光裏，還須結伴游。春風開紫殿，天樂下珠樓〔二一〕。豔舞全知巧，嬌歌半欲羞。更憐花月夜，宮女笑藏鉤。其六　寒雪梅中盡，春風柳上歸。宮鶯嬌欲醉，簷燕語還飛。遲日明歌席，新花豔舞衣。晚來移綵仗，行樂好光輝。其七　水緑南薰殿，花紅北闕樓。鶯歌聞太液，鳳吹遶瀛州。素女鳴珠佩，天人弄綵毬。今朝風日好，宜入未央游。其八　明皇坐沉香亭，意有所感，欲得白爲樂章。召入。而白已醉，左右以水頮面，稍解，授筆成文，婉轉精切無留思〔二二〕。

清平調詞云：雲想衣裳花想容，春風拂檻露華濃。若非群玉山頭見，會向瑤臺月下逢。其一　一枝紅豔露凝香〔二三〕，雲雨巫山枉斷腸。借問漢宮誰得似，可憐飛燕倚新粧。其二　名花傾國兩相歡，長得君王帶笑看。解釋春風無限恨，沉香亭北倚欄干。其三　禁中木芍藥開，上賞之，妃子從。帝曰：賞名花，對妃子，焉用舊樂詞爲！命李龜年持金花牋賜白，爲清平樂詞三章。梨園弟子撫絲竹，李龜年歌之。上親調玉笛以倚曲，每曲遍將换，則遲其聲以媚之。太真以頗梨七寶盃，酌西涼蒲萄酒笑領〔二四〕。

翰林讀書言懷呈集賢院内諸學士云：晨趨紫禁中，夕待金門詔。觀書散遺帙〔二五〕，探古窮至妙。片言苟會心〔二六〕，掩卷忽而笑。青蠅易相點，白雪難同調。本是疎散人〔二七〕，屢貽褊促誚。雲天屬清朗，林壑憶游眺。或時清風來，閑倚欄一作簷。下嘯。嚴光桐廬溪，謝客臨海嶠。功成謝人君，一作間。從此一投釣〔二八〕。高力士以脱靴之耻，譖白于貴妃曰：以飛燕指妃子，是賤之甚也〔二九〕。不爲親近所容，乃益放驁，爲酒八仙人，懇求還山〔三〇〕。

潯陽紫極宫感秋作云：何處聞秋聲，翛翛北牕竹。迴薄萬古心，攬之不盈掬。静坐觀衆妙，浩然媚幽獨。白雲南山來，就我簷下宿。嬾從唐生决，羞訪季主卜。四十九年非，一往不可復。野情轉蕭散，世道有翻覆。陶令歸去來，田家酒應熟。是時自有歸山之意矣〔三一〕。

胡無人云：嚴風吹霜海草凋，筋簳精堅胡馬驕。漢家戰士三十萬〔三二〕，將軍兼領一作誰者。霍嫖姚〔三三〕。流星白羽腰間插，劍花秋蓮光出匣。天兵照雪下玉關，虜箭如沙射金甲。雲龍風虎盡一作畫。交回〔三四〕，太白入月敵可摧。敵可摧〔三五〕，旄頭滅，履胡之腸涉胡血〔三六〕。

懸胡青天上，埋胡紫塞旁。胡無人，漢道昌。陛下之壽三千霜，但歌大風雲飛揚，安用猛士兮守四方〔三七〕。此詩禄山反時作。禄山死，太白蝕月云〔三八〕。

東武吟云：好古笑流俗，素聞賢達風。方希佐明主，長揖辭成功。白日在高天，回光燭微躬。恭承鳳凰詔，欻起雲蘿中。清切紫霄迥，優游丹禁通。君王賜顔色，聲價凌烟虹。乘輿擁翠蓋，扈從金城東。寶馬麗絶景，錦衣入新豐。倚巖望松雪，對酒鳴絲桐。因學楊子雲，獻賦甘泉宫。天書美片善，清芬播無窮。歸來入咸陽，談笑皆王公。一朝去金馬，飄落成飛蓬。賓友日疎散，玉樽亦已空〔三九〕。才力猶可倚，一作恃。不慙世上雄。閑作東武吟，曲盡情未終。書此謝知己，吾尋黄綺翁。一作扁舟尋釣翁。或曰：白以是詩留別翰苑，遂放游江湖矣〔四〇〕。

對酒憶賀監序云：太子賓客賀公，于長安紫極宫一見余，呼余爲謫仙人。因解金龜換酒爲樂。没後，對酒悵然有懷，而作是詩〔四一〕。曰：四明有狂客，風流一作霞衣〔四二〕。賀季真。長安一相見，呼我謫仙人。昔好盃中物，翻一作今。爲松下塵〔四三〕。金龜換酒處，却憶淚沾巾。又，狂客歸四明，山陰道士迎。勑賜鏡湖水，爲君臺沼榮。人亡餘故宅〔四四〕，空有荷花生。念此杳如夢，淒然傷我情。又曰：欲向江東去，定將誰舉盃。稽山無賀老，却棹酒船迴〔四五〕。

飯顆山頭逢杜甫，頂戴笠子日卓午。借問因何太瘦生？總爲從前作詩苦。此詩載于唐舊史〔四六〕。

近世傳白詩云：斷崖如削瓜，嵐光破崖緑。天河從中來，白雲漲川谷。玉案勑文字，世眼不可讀。攝身凌清霄，松風拂我足。又云：舉袖露條脱，招我飯胡麻〔四七〕。

白本末，傳記所載不同。唐史稱白興聖皇帝九世孫，隋末以罪徙西域，神龍初遁還，客巴西。既長，隱岷山，蘇頲爲益州長史，見白異之。更客任城，與孔巢父、韓準、裴政、張叔明、陶沔居徂徠山，日沉飲，號竹溪六逸。天寶初，南入會稽，與吴筠善；筠被召，故白亦至長安。往見賀知章，賀知章見其文，歎曰：子謫仙人也〔四八〕！

嚴武傳：武爲劍南節度使，房琯以故相爲部内刺史，武慢倨不爲禮。最厚杜甫，然欲殺甫數矣。李白爲蜀道難者，乃爲房、杜危之也〔四九〕。

韋臯傳：天寶時，李白爲蜀道難斥嚴武。陸暢更爲蜀道易以美韋臯〔五〇〕。摭言云：太白自蜀至京，以所業贄謁賀知章。知章覽蜀道難一篇，揚眉謂之曰：公非人世人，豈非太白星精耶？然則蜀道難之作久矣，非爲房、杜也〔五一〕。

又南部新書云：李白，山東人，父爲任城尉，因家焉。少與魯人隱徂徠山，號竹溪六逸。天寶初，游會稽，與吴筠隱剡中。俗稱蜀人，非也。今任城令廳有白之詞尚存〔五二〕。

唐范傳正誌其墓曰：白，涼武昭王九世孫。昭王隴西人，隋末，子孫以罪徙碎葉。神龍時，白父客，自西域逃居綿之巴西，而白生焉。唐魏顥、李陽冰序其文，劉全白撰其墓碣，皆曰廣漢人。故論白者，或曰隴西，或曰山東，或曰蜀。陽冰云：出翰林，浪跡縱酒，以自昏穢，詠歌之際，屢稱東山李白。魏顥亦云以張垍讒逐，游海岱間。子美所謂汝與山東李白好，蓋白自號也〔五三〕。蜀道難，或曰作于天寶初，或曰作于天寶末，二說皆出于後世，以意逆之，曰此爲房、杜危之也。陸暢去白未遠，作蜀道易以美韋皋，傳之當時。而蜀道難之詞曰：錦城雖云樂，不如早還家。其意必有所屬，房、杜之説，蓋近之矣〔五四〕。白之父客于巴西，故以客呼之。

東蜀楊天惠彰明逸事云〔五五〕：元符二年春正月，天惠補令于此，竊從學士大夫求問逸事。聞唐李太白本邑人，微時募縣小吏，入令臥内，嘗驅牛經堂下，令妻怒，將加詰責。太白亟以詩謝云：素面倚欄鈎，嬌聲出外頭。若非是織女，何必問牽牛〔五六〕。令驚異，不問。稍親，招引侍研席。令一日賦山火詩，思軋不屬，太白從傍綴其下句。令詩云：野火燒山去，人歸火不歸。太白繼云：焰隨紅日去，煙逐暮雲飛。令慙止。頃之，從令觀漲，有女子溺死江上，令復苦吟，太白輒應聲繼之。令詩云：二八誰家女，漂來倚岸蘆。鳥窺眉上翠，魚弄口傍珠。太白繼云：緑鬢隨波散，紅顏逐浪無。因何逢伍相〔五七〕，應是想秋胡。

令慍不悦。太白恐，棄去，隱居戴天大匡山，往來旁郡，依潼江趙徵君蕤。蕤亦節士〔五八〕，任俠有氣，善爲縱横學，著書號長短經。太白從學歲餘，去游成都，賦春感詩云：茫茫南與北，道直事難諧。榆莢錢生樹，楊花玉糝街〔五九〕。塵縈游子面，蝶弄美人釵。却憶青山上，雲門掩竹齋。益州刺史蘇頲見而奇之。時太白齒方少，英氣溢發，諸爲詩文甚多，微類宫中行樂詞體。今邑人所藏百篇，大抵皆格律也。雖頗體弱，然短羽褷褷，已有雛鳳態。淳化中，縣令楊遂爲之引，謂爲少作是也。遂，江南人，自名能詩，累謫爲令云。始太白與杜甫相遇梁宋間，結交歡甚，久乃去，客居魯徂徠山。甫從嚴武成都，太白益流落不能歸，故甫詩又云：匡山讀書處，頭白好歸來。然學者多疑太白爲山東人，又以匡山爲匡廬，皆非也。今大匡山猶有讀書臺，而清廉鄉故居，遺地尚在，廢爲寺，名隴西院，有唐梓州刺史碑，失其名。及綿州刺史高祝記。太白有子曰伯禽，女平陽，皆生太白去蜀後。有妹月圓，前嫁邑子，留不去，以故葬邑下，墓今在隴西院旁百步外。或傳院乃其所捨云。白詩云：昔作芙蓉花，今爲斷腸草。以色事他人，能得幾時好？陶弘景仙方云：斷腸草不可食，其花美好，名芙蓉。乃知詩人無一字閑語〔六〇〕。

【校箋】

〔一〕詩題《文苑英華》卷二〇六作《烏夜啼》。

〔二〕「日」原作「月」，據影宋蜀本（下同）《李太白文集》卷三及敦煌唐寫本改。

〔三〕「銀箭金壺」，敦煌唐寫本同。《河岳英靈集》、《樂府詩集》、《本事詩》俱作「金壺丁丁」。此注原爲「一作金丁」，據補。

〔四〕「墜」，《文苑英華》作「墮」，敦煌唐寫本同。

〔五〕《本事詩·高逸第三》：「李太白初自蜀至京師，舍于逆旅，賀監知章聞其名，首訪之。既奇其姿，復請所爲文，出《蜀道難》以示之。讀未竟，稱歎者數四，號爲『謫仙』，解金龜换酒，與傾盡醉。期不間日。由是稱譽光赫。賀又見其《烏棲曲》，歎賞苦吟曰：『此詩可以泣鬼神矣。』故杜子美贈詩及焉。」

〔六〕敦煌唐寫本及《河岳英靈集》、《又玄集》、《唐文粹》俱作「上有横河斷海之浮雲」。

〔七〕敦煌唐寫本、《又玄集》、《樂府詩集》俱作「攀牽」。

〔八〕敦煌唐寫本作「入烟幾千尺」，《又玄集》作「入雲幾千尺」。

〔九〕敦煌唐寫本作「萬夫」。

〔一〇〕《河岳英靈集》、《唐文粹》作「匪人」。

〔一一〕敦煌唐寫本作「令人嗟」。

〔一二〕《李太白文集》卷三題下注云：「諷章仇兼瓊也。」

〔一三〕《雲溪友議》卷上《嚴黄門》條：「武年二十三，爲給事黄門侍郎，明年，擁旄西蜀，累于飲筵騁其筆札，杜甫拾遺乘醉而言曰：『不謂嚴挺之有此兒也。』武恚目久之，曰：『杜審言孫子擬捋虎鬚？』合座皆笑，以彌縫之。武曰：『與公等飲饌謀歡，何至于祖考矣。』房太尉琯亦微有所誤，憂怖成疾。武母恐害賢良，遂以小舟送甫下峽。母則可謂賢矣，然二公幾不免于虎口乎！李太白爲《蜀道難》，乃爲房、杜危之也。」

〔一四〕《宫中行樂詞》共八首，《文苑英華》卷一六九載第二首題作《醉中侍宴應制》，《才調集》卷六載《宫中行樂》三首，即第三、第七、第八首，另載《紫宫樂》五首，即第一、第二、第四、第五、第六首。敦煌唐寫本題《宫中三章》，即第一、二、三首。

〔一五〕「在」，敦煌唐寫本作「入」。

〔一六〕「嫩」，敦煌唐寫本作「暖」。

〔一七〕「巢」，《文苑英華》同。敦煌唐寫本作「開」。

〔一八〕「出」，敦煌唐寫本作「是」。

〔一九〕末句敦煌唐寫本同。注文「還」原作「選」，據《李太白文集》改。

〔二〇〕「笑出」原作「笑步」，據《才調集》及《李太白文集》卷五改。

〔二一〕「珠樓」，《才調集》及《李太白文集》同。毛本作「朱樓」。

〔二二〕《新唐書》卷二〇二《李白傳》：「帝坐沈香亭子，意有所感，欲得白爲樂章，召入，而白已醉，左右以水頮面，稍解，援筆成文，婉麗精切，無留思。」《紀事》出此。《新唐書》則本于《本事詩》

也。《本事詩》言「命爲宮中行樂五言律詩十首」，又云：「白取筆抒思，畧不停輟，十篇立就。」則此詞本十首，佚其二首。

〔二三〕「紅艷」，《李太白文集》同。影元刊本《分類補注李太白集》作「穠艷」。

〔二四〕《松牕雜録》：「開元中，禁中初重木芍藥，即今牡丹也。得四本，紅、紫、淺紅、通白者，上移植于興慶池東沈香亭前。會花方繁開，上乘照夜白，太真妃以步輦從。……上曰：『賞名花，對妃子，焉用舊樂詞爲。』遽命龜年持金花牋，宣賜翰林供奉李白立進《清平樂辭》三章。白欣然承旨，猶苦宿酲未解，因援筆賦之。其辭曰云云。龜年遽以辭進，上命梨園弟子略約詞調，撫絲竹，遂促龜年以歌。太真妃持頗梨七寶盞，酌西涼州蒲萄酒，笑領歌意甚厚。上因調玉笛以倚曲，每曲遍將换，則遲其聲以媚之。」樂史《李翰林别集序》及《楊太真外傳》所載同。「笑領」原作「笑飲」，據改。

〔二五〕「帙」原作「秩」，據《李太白文集》卷二二及《文苑英華》卷一九一改。

〔二六〕「片言」原作「片日」，據《李太白文集》及《文苑英華》改。

〔二七〕「踈散」原作「散疏」，據《李太白文集》及《文苑英華》改。

〔二八〕「此」原作「比」，據《李太白文集》及《文苑英華》改。

〔二九〕《松牕雜録》：「會力士終以脱靴爲深耻，異日，太真妃重吟前詞，力士戲曰：『比以妃子怨李白深入骨髓，何反拳拳如是？』太真妃驚曰：『何翰林學士能辱人如斯？』力士曰：『以飛燕指妃子，是賤之甚矣。』太真妃深然之。上嘗三欲命李白官，卒爲宮中所捍而止。」樂史《李翰林別集序》及《楊太真外傳》所載同。

〔三〇〕《新唐書》卷二〇二《李白傳》：「白自知不爲親近所容，益驁放不自脩，與（賀）知章、李適之、汝陽王璡、崔宗之、蘇晉、張旭、焦遂爲『酒八仙人』。懇求還山，帝賜金放還。」

〔三一〕《舊唐書》卷九《玄宗本紀》：「天寶二年，三月壬子，親祀玄元廟以册尊號。……改西京玄元廟爲上清宮，東京爲太微宮，天下諸郡爲紫極宮。」太白以天寶三載賜金放還，故計氏言如此。

〔三二〕「三十」原作「三千」，據《文苑英華》卷一九六、《唐文粹》卷一二、《樂府詩集》卷四〇及《李太白文集》卷三改。

〔三三〕「兼領」，敦煌唐寫本作「誰者」。

〔三四〕敦煌唐寫本作「龍風虎雲盡交回」。《唐文粹》、《樂府詩集》及《李太白文集》與此同，《文苑英華》「盡」作「晝」。

〔三五〕「敵可摧」三字原脱，據敦煌唐寫本、《文苑英華》、《唐文粹》、《樂府詩集》及《李太白文集》補。

〔三六〕「履」原作「覆」，據敦煌唐寫本、《文苑英華》、《唐文粹》、《樂府詩集》及《李太白文集》改。

〔三七〕「陛下之壽三千霜」三句，敦煌唐寫本、《唐文粹》無。《文苑英華》、《樂府詩集》及《李太白文集》與此同。

〔三八〕《酉陽雜俎》前集卷十二《語資》：「及禄山反，製《胡無人》，言『太白入月敵可摧』。及禄山死，太白蝕月。」此本之。「蝕」原作「食」，據改。

〔三九〕「亦已空」原作「日成空」，據《文苑英華》、《樂府詩集》及《李太白文集》卷五改。

〔四〇〕《文苑英華》卷二八六重出此詩，題作《出金門後書懷留别翰苑諸公》，計氏即據此爲説也。

〔四一〕《李太白文集》卷二一載此詩並序，《序》文與此全同。《唐文粹》卷一五下載此詩，《序》文中無「紫極宫」三字，疑是。長安玄元廟改名太清宫，已見前引《舊唐書·玄宗本紀》，别無紫極宫也。

〔四二〕「霞衣」原作「霞杯」，《李太白文集》爲「霞衣」，謂賀爲神仙中人也。作「衣」是，據改。

〔四三〕「翻」，《唐文粹》作「今」。

〔四四〕「餘故宅」原作「余湖宅」，據《唐文粹》及《李太白文集》改。

〔四五〕此首《唐文粹》及《李太白文集》題《重憶一首》，《萬首唐人絶句》題《重憶賀監》。

〔四六〕《本事詩·高逸第三》：「白才逸氣高……故戲杜曰：『飯顆山頭逢杜甫，頭戴笠子日卓午，借問何來太瘦生，總爲從前作詩苦。』蓋譏其拘束也。」《舊唐書》卷一九〇《杜甫傳》云：「天寶末詩人，甫與李白齊名，而白自負文格放達，譏甫齷齪，而有『飯顆山』之嘲誚。」《唐舊史》指此。「卓午」原作「草午」，據改。

〔四七〕《苕溪漁隱叢話》前集卷五引《西清詩話》：「太白仙去後，人有見其詩，略云：『斷崖如削瓜，嵐光破崖緑。天河從中來，白雲漲川谷。玉案敕文字，世眼不可讀。攝身凌青霄，松風吹我足。』又云：『舉袖露條脱，招我飯胡麻。』真雲烟中語也。」此太白佚詩，周必大《二老堂詩話》記其始見于舒州司空山中。

〔四八〕《新唐書》卷二〇二《李白傳》：「李白，字太白，興聖皇帝九世孫。其先隋末以罪徙西域，神龍初，遁還，客巴西。白之生，母夢長庚星，因以命之。十歲通詩書，既長，隱岷山。州舉有道，不應。蘇頲爲益州長史，見白異之，曰：『是子天才英特，少益以學，可比相如。』然喜縱横術，擊劍爲任俠，輕財重施。更客任城，與孔巢父、韓準、裴政、張叔明、陶沔居徂徠山，日沈飲，號『竹溪六逸』。天寶初，南入會稽，與吴筠善，筠被召，故白亦至長安。往見賀知章，知章見其文，歎曰：『子，謫仙人也。』」《唐史》指此。

〔四九〕《新唐書》卷一二九《嚴武傳》：「上皇合劍南爲一道，擢武成都尹、劍南節度使。……琯以故宰相爲巡内刺史，武慢倨不爲禮。最厚杜甫，然欲殺甫數矣。李白爲《蜀道難》者，乃爲房與杜危之也。」此采《雲溪友議》之説，不盡可信。參閲本卷杜甫下校箋〔三一〕。

〔五〇〕《新唐書》卷一五八《韋臯傳》：「暢，字達夫，臯雅所厚禮。始，天寶時，李白爲《蜀道難》篇以斥嚴武，暢更爲《蜀道易》以美臯焉。」

〔五一〕《摭言》卷七《知己》：「李太白始自西蜀至京，名未甚振，因以所業贄謁賀知章，知章覽《蜀道難》一篇，揚眉謂之曰：『公非人世之人，可不是太白星精耶？』」太白至京在天寶初，嚴氏爲劍南節度使在上元二年，相去近二十年。「所業」原作「新業」，據《摭言》改。

〔五二〕《南部新書》甲：「李白，山東人。父任城尉，因家焉。少與諸生隱徂徠，號『竹溪六逸』。天寶中，游會稽，與吴筠隱剡中。筠徵赴闕，薦之于朝，與筠俱待詔翰林。俗稱蜀人，非也。今《任城令廳石記》，白之詞也，尚在焉。」「與吴筠隱剡中」句「與」字原缺，據《南部新書》補。

〔五三〕范傳正《唐左拾遺翰林學士李公新墓碑》、魏顥《李翰林集序》、李陽冰《草堂集序》、劉全白《唐故翰林學士李君碣記》並載《李太白文集》卷首。「魏顥」原作「魏顆」，「屢稱東山李白」句，「李白」原誤作「林白」，據改。「以張垍讒逐，游海岱間」二語，出魏顥《李翰林集序》，據增「魏顥」二字，文意始明。按計氏引李陽冰、魏顥《集序》及杜甫《送孔巢父謝病歸游江東兼呈李白》詩中「汝與山東李白好」之句，意在證成李白爲山東人之説，實不足信。陽冰「詠歌之際，屢稱東山」之意，魏顥釋之甚明：所謂「閒攜昭陽、金陵之妓，跡類謝康樂，世號李東山」是也。至于杜句，蓋指太白此時正居山東而言，非謂其爲山東人也。太白籍里，自以作「蜀人」爲是，李陽冰、魏顥、范傳正、劉全白諸人皆無異辭，《集》中詩文，亦彰彰可考也。

〔五四〕按計氏前引《摭言》（實出《本事詩》）以明《蜀道難》爲危房、杜而作之非，此又據《韋皋傳》以證「房、杜之説」，近乎事實，可謂自相矛盾矣。

〔五五〕《宋詩紀事》卷二八：「楊天惠，字佑父，郫縣人。元豐進士，攝邛州學官。徽宗朝，上書言事，入黨籍卒。左丞馮澥志其墓，號西州文伯。」按此文多載民間傳説，未必盡實，然太白早年事跡，舊記可見者甚少，由此鄉里傳聞，亦得略窺一二，有助于後人之想慕風采，加以探尋也。其記故里遺跡，尤爲可貴。

〔五六〕「必」原作「得」，據毛本改。

〔五七〕「伍相」原作「五伯」，據毛本改。

〔五八〕「蕤」字原脱，據毛本補。

〔五九〕「糁」原作「慘」，據毛本改。

〔六〇〕《冷齋夜話》：「陶弘景《仙方》注：『斷腸草不可食，其花美好，名芙蓉。』乃知詩人無一字閒語。」「弘」原作「洪」，「花」原作「名」，據改。《仙方》，指葛洪《肘後備急方》。

唐詩紀事校箋卷第十九

崔宗之　敬括　房琯　蘇源明

崔宗之

宗之，襲父日用齊國之封，好學，寬博有風檢，與李、杜以文相知〔一〕。贈李白云〔二〕：涼秋八九月，白露空園庭。耿耿意不暢，捎捎一作悄悄〔三〕。風葉聲。思見雄俊士，共話今古情。李侯忽來儀，把袂苦不早。清論既抵掌，玄談多絶倒〔四〕。分明楚漢事，歷歷王霸道。擔囊無俗物，訪古千里餘。袖有匕首劍，懷中茂陵書。雙眸光照人，詞賦凌子虛。酌酒絃素琴〔五〕，霜風氣凝潔〔六〕。平生心中事〔七〕，今日爲君説。我家有別業，寄在嵩之陽。明月出高岑，清溪澄素光。雲散牕户静，風吹松桂香。子若同斯游，千載不相忘。白和云〔八〕：朔雲横高天〔九〕，萬里起秋色。壯士心飛揚，落日空嘆息。長嘯出原野，凛然寒風生。幸遭聖明時，功業猶未成。奈何懷良圖，鬱悒獨愁坐。一作空獨坐。杖策尋英豪，立談乃知我。崔公生人秀，緬邈青雲姿。制作參造化，託諷含神祇。海岳尚可傾，吐諾終不移。是時霜飈寒，逸興臨華池。起舞拂長劍，四座皆揚眉。因得窮歡情，贈我以新詩。又結汗漫期，九垓遠相待。舉身憩蓬壺，濯足弄滄海。從此凌倒景，一去無時還。朝游明光宫，暮入閶闔關〔一〇〕。但得長把袂，何必嵩丘山。

宗之爲侍御史，謫官金陵，與白詩酒唱和，月夜乘舟，自采石達金陵〔一一〕。

【校箋】

〔一〕《新唐書》卷一二一《崔日用傳》：「崔日用，滑州靈昌人。擢進士第，……以功授黄門侍郎，參知機務，封齊國公。……子宗之，襲封。亦好學，寬博有風檢，與李白、杜甫以文相知者。」「齊國」原作「齊家」，「風檢」原作「風舉」，據改。

〔二〕此詩附載影宋蜀本（下同）《李太白文集》卷一六，題作《贈李十二》，作者署「左司郎中崔宗之」。

〔三〕「捎捎」，《李太白文集》同。影宋咸淳本《李翰林集》作「悄悄」。

〔四〕「多」，《李太白文集》作「又」。

〔五〕「絃」原作「竝」，據《李太白文集》改。

〔六〕此句《李太白文集》作「霜氣正凝潔」。

〔七〕「心中事」原作「心事中」，據影宋咸淳本《李翰林集》改。

〔八〕白和作載《李太白文集》同卷崔詩之後，題作《酬崔五郎中》。

〔九〕「雲」原作「風」，據《李太白文集》改。

〔一〇〕「入」原作「日」，據《李太白文集》改。

〔一一〕《舊唐書》卷一九〇《李白傳》：「乃浪跡江湖，終日沈飲。時侍御崔宗之謫官金陵，與白詩酒唱和，嘗月夜乘舟自采石達金陵，白衣宫錦袍于舟中顧瞻笑傲，旁若無人。」

敬括 孫晦、昕、皞〔一〕。

括，字叔弓，河中人。爲殿中侍御史，不諧附楊國忠，出知果州。入爲兵侍，志簡淡，不求名。後刺同州，隱然持重。大曆中卒〔二〕。

括試七月流火云：前庭一葉下〔三〕，言念忽悲秋。變節金初至，分寒火正流。氣含涼夜早〔四〕，光拂夏雲收。助月微明散，沿河麗景浮。禮標時令爽〔五〕，詩興國風幽。自此觀邪正，深知王業休〔六〕。

【校箋】

〔一〕「皞」原作「睟」，據史文改，見下條。

〔二〕《新唐書》卷一七七《封敖傳》附《敬晦傳》：「敬晦，字日彰，河中河東人。祖括，字叔弓，進士及第，遷殿中侍御史，楊國忠惡不諧己，外出果州刺史，進累兵部侍郎。志簡淡，在職不求名。周智光已誅，議者健括才，選爲同州刺史，拜御史大夫。隱然持重，弗以私害公，大曆中卒。

晦，進士及第。……大中中，歷御史中丞、刑部侍郎、諸道鹽鐵轉運使、浙西觀察使。……徙兗海節度使，以太子賓客分司卒。……晦兄昕、暤，弟昈、煦，俱第進士籍。昕爲河陽節度使，暤右散騎常侍，世寵其家。」《國秀集》卷下目有「校書郎敬括二首」，正文缺。《文苑英華》卷四九載有敬括《花萼樓賦》，徐松《登科記考》由以推定括爲開元二十五年進士。

〔三〕「庭」原作「逢」，據《文苑英華》卷一八一改。

〔四〕「涼夜」原作「良夜」，據《文苑英華》改。

〔五〕「禮」原作「秋」，「爽」原作「美」，據《文苑英華》改。《夏小正》：「七月，爽死。爽也者，猶疏也。」詩用此。

〔六〕「王業」原作「玉葉」，《文苑英華》同，據《歲時雜詠》改。按此用《詩經·豳風·七月》小序：「七月，陳王業也。」作「王業」是。休，美也。

房琯

琯宰盧氏，王維贈詩云〔一〕：達人無不可，忘己愛蒼生。豈復小千室〔二〕，絃歌在兩楹。又云：視事兼偃卧，對書不簪纓。蕭條人吏疎，鳥雀下空庭。是時琯之清名，已重于縉紳矣〔三〕。

琯題漢州西湖云：高流纏峻隅，城下緬丘墟。決渠信浩蕩，潭島成江湖。結宇依回渚，水中信可居。三伏氣不蒸，四達暑自徂。同人千里駕，鄰國五馬車。月出共登舟，風生隨所如。舉麾指極浦，欲極更盤紆。繚繞各殊致，夜盡情有餘。遭亂意不開，既理還暫祛。安得長晤語，使我憂更除。

琯，字次律，融之子也。相肅宗，有遠器，好談老子、浮屠法，高談有餘，而不切事〔四〕。

【校箋】

〔一〕影元刊本（下同）《王右丞集》載此詩，題作《贈房盧氏琯》，詩凡十韻。

〔二〕「豈復」原作「不復」，據《王右丞集》改。

〔三〕《舊唐書》卷一一一《房琯傳》：「應堪任縣令舉，授虢州盧氏令，政多惠愛，人稱美之。」

〔四〕《新唐書》卷一三九《房琯傳》：「房琯，字次律，河南河南人。父融，武后時，以正諫大夫同鳳閣鸞臺平章事。……琯有遠器，好談老子、浮屠法，喜賓客，高談有餘，而不切事。時天下多故，急于謀略攻取，帝以吏事繩下，而琯爲相，遽欲從容鎮靜以撫治之。又知人不明，以取敗橈，故功名隳損云。」「字」原作「之」，據史文改。

蘇源明

天寶十二載，源明守東平，宴濮陽守崔季重、魯郡李蘭、濟南田琦、濟陽李倰于回源亭，爲小洞庭五太守讌〔一〕。集載其歌曰〔二〕：小洞庭兮寓方舟，風嫋嫋兮離平流。寓方舟兮小洞庭〔三〕，雲微微兮連絶陘。仍瀾壯兮緬以没〔四〕，重巖轉兮超以忽。馮夷娎兮護輕橈〔五〕，蛟龍伃兮落增潮〔六〕。泊中潮兮澹而閑，並曲溆兮悵而還。適予手兮非予期，將解袂兮叢予思〔七〕。尚君子兮壽厥身，承明主兮憂斯人。其後以國子司業召，須昌外尉袁廣餞于小洞庭〔八〕，復歌曰：浮漲湖兮莽迢遥〔九〕，川后禮兮扈予橈。横增沃兮蓬僊延，川后福兮易予船。月澄凝兮明空波，星磊落兮耿秋河。夜既良兮酒且多，樂方作兮奈别何！

子美八哀詩有故祕書少監武功蘇公源明詩云〔一〇〕：武功少也孤，徒步客徐兖。讀書東嶽中，十載考墳典。時下萊蕪郭，忍飢浮雲巘。負米晚爲身，每食臉必泫。夜字照爇薪，垢衣生碧蘚。庶以勤苦志，報兹劬勞願。學蔚醇儒姿，文包舊史善。灑落辭幽人，歸來潛京輦。射策君東堂，宗匠集精選。制可題未乾，乙科已大闡。文章日自負，吏禄亦累踐。晨趨閶闔内，足踏宿昔趼〔一一〕。一麾出守還，源明累遷太子諭德，爲東平太守，故召爲國子司業也。黄屋朔風卷。不暇陪八駿，虜庭悲所遺。平生滿罇酒，斷此朋知展，憂憤病二秋，有恨石可轉。安禄山陷京師。源明以病不受僞官。黄屋，車蓋也。肅宗復社稷，得無逆順辨。肅宗復兩京，擢考功郎中〔一二〕、知制誥。范曄顧其兒，李斯憶黄犬。祕書茂松意，再扈祠壇墠。前後百卷文，枕藉皆禁臠。篆刻揚雄流，溟漲本末淺。青熒芙蓉劍，犀兕豈獨剸。反爲後輩褻，予實苦懷緬，煌煌齋房芝，事絶萬手搴。垂之俟來者，正始徵勸勉〔一三〕。不要懸黄金，胡爲投乳贙〔一四〕。結交三十載，吾與誰游衍。滎陽復冥莫，罪罟已横罥。嗚呼子逝日，始泰則終蹇。長安米萬錢，凋喪盡餘喘。戰伐何當解，歸帆阻清沔。尚纏漳水疾，永負蒿里餞！詩中滎陽，謂鄭虔也。

【校箋】

〔一〕《新唐書》卷二〇二《蘇源明傳》：「出爲東平太守。是時，濟陽郡太守李倰以郡瀕河，請增領宿城、中都二縣以紓民力。二縣，隸東平、魯郡者也。于是源明議廢濟陽，析五縣分隸濟南、東平、濮陽。詔河南採訪使會濮陽太守崔季重、魯郡太守李蘭、濟南太守田畸及源明、倰五太守議于東平，不能決。既而卒廢濟陽，以縣皆隸東平。召源明爲國子司業。」「李倰」原作「李陵」，據史文改。

〔二〕《唐文粹》卷九六載源明此二詩序並詩，題作《小洞庭五太守讌籍》及《秋夜小洞庭離讌序》。《全唐詩》卷二五五載此二詩，題作《小洞庭洄源亭讌四郡太守詩》及《秋夜小洞庭離讌詩》，並各有序，末注云：「右二詩，太和中，天平節度使令狐楚立石，有文，題云：自源明迄楚，時僅八十年，洄源亭渦泊，已迷其處矣，文見《楚集》。」可參閲。趙明誠《金石録》卷十著録云：「《唐小洞庭五太守讌籍記》，蘇源明撰，《後序》令狐楚撰。大和五年七月。」

〔三〕此詩一、三兩句「寓」字，《唐文粹》並作「牢」，《全唐詩》並作「牽」。

〔四〕「仍」，《唐文粹》同，連續也，毛本及《全唐詩》作「層」。

〔五〕「娎」，《唐文粹》同，喜也，毛本及《全唐詩》作「逝」。

〔六〕「伃」，《唐文粹》同，大也，毛本及《全唐詩》作「行」。「潮」原作「湖」，《唐文粹》同，據毛本及《全唐詩》改。

〔七〕「思」原作「曲」，毛本同，據《唐文粹》、《全唐詩》改。

〔八〕「昌外」二字原脱，據《唐文粹》、《全唐詩》補。毛本作「昌」，無「外」字。「外尉」，員外尉之省也。

〔九〕「迢」原作「條」，《唐文粹》同，據毛本改。

〔一〇〕「有《故秘書少監武功蘇公源明》詩」十三字原脱，「云」原作「曰」，據《杜工部集》改補。

〔一一〕「趼」原作「研」，據《文苑英華》卷三〇一、《杜工部集》及《九家集注杜詩》改。

〔一二〕「擢」原作「權」，《九家集注杜詩》引王注同，據《新唐書·蘇源明傳》改。

〔一三〕「徵」原作「真」，蓋避宋諱，《文苑英華》、《九家集注杜詩》作「貞」，據毛本改。

〔一四〕「乳贙」原作「亂贙」，據《文苑英華》、《杜工部集》及《九家集注杜詩》改。

唐詩紀事校箋卷第二十

鄭虔

虔閨情云〔一〕：銀鑰開香閣，金臺點夜燈，長征君自慣，獨卧妾何曾。

子美八哀詩，有故著作郎貶台州司户滎陽鄭公虔詩云〔二〕：鶢鶋至魯門，不識鐘鼓饗。孔翠望赤霄〔三〕，愁思彫籠養。滎陽冠衆儒，早聞名公賞。地崇士大夫，況乃氣精爽〔四〕。天然生知姿，學立游夏上。神農或闕漏，黄石愧師長。藥纂西極名，兵流指諸掌〔五〕。貫穿無遺恨，薈蕞何技癢？圭臬星經奥，蟲篆丹青廣。按新史：虔集掇當世事，著書八十餘篇，有窺其稿者，上書告虔私撰國史，虔蒼黄焚之，坐謫十年〔六〕。命其書爲會粹。孔子作春秋，游夏不能贊皇猷。虔私撰國史，出其上也。神農、黄石、藥纂、兵流者，古書也。言虔無不貫穿，復通游藝、星經、丹青之類〔七〕。子雲窺未遍，方朔諧太枉。神翰顧不一，體變鍾兼兩。虔好書及畫，恨無紙，慈恩寺貯柿葉數屋，虔取葉書，歲久皆遍矣〔八〕。文傳天下口，大字猶在牓。昔獻書畫圖，新詩亦俱往。滄洲動玉陛，宫鶴誤一響〔九〕。三絶自御題，四方尤所仰。虔自寫其詩并畫以獻，帝大署其尾曰鄭虔三絶〔一〇〕。嗜酒益疎放，虔嗜酒疎放，故杜甫贈詩云：賴得蘇司業，時時與酒錢。蘇司業，源明也。彈琴視天壤。形骸實土木，親近唯几杖。未曾寄官曹，突兀倚書幌。虔初坐謫還京師，上愛其材，欲置左右，以不事事，更爲置廣文館，以虔爲博士。虔聞命，不知廣文曹司何在，訴宰相，宰相曰：上增國學，置廣文館以居賢者，令後世言廣文博士自君始，不亦美乎〔一一〕。晚就芸香閣，胡塵昏坱莽。反覆歸聖朝，點染無滌蕩。老蒙台州掾，泛泛浙江槳。安禄山反，遣張通儒劫百官置東都，僞授虔水部郎中，因稱風緩求攝市令，潛以密章達靈武。賊平免死，貶台州司户參軍〔一二〕。履穿四明雪，飢拾楢溪橡。空聞紫芝歌，不見杏壇丈。天長眺東南，秋色餘魍魎。别離慘至今，班白徒懷曩。春深秦山秀，葉墜清渭朗。劇談王侯門，野税林下鞅。操紙終夕酣，時物集遐想。詞場竟疎闊，平昔濫吹獎。百年見存没，牢落吾安放。蕭條阮咸在，出處同世綱。他日傍江樓，含悽述飄蕩〔一三〕。

虔，滎陽人。天寶初爲協律郎。或告其私撰國史，坐謫，十年還京，爲廣文博士。自寫其詩畫以獻，帝書曰鄭虔三絶。禄山反，劫爲水部郎中，乃託風緩求攝市令，而以密草達靈武。賊平，坐王維下遷，而虔貶台州司户參軍。後數年卒〔一四〕。子美云：虔與今祕書監鄭審篇翰齊價。謫江陵，故有阮咸江樓之句〔一五〕。

虔著薈蕞等諸書之外，又撰胡本草七卷，詩中及之。

【校箋】

〔一〕鄭虔存詩僅此一首，見《萬首唐人絶句》。

〔二〕詩題《八哀詩》以下十六字原闕，準前張九齡、李邕、蘇源明等例，據《杜工部集》補。

〔三〕「赤」原作「青」，據《文苑英華》及《杜工部集》改。

〔四〕「氣精爽」原作「清氣爽」，據《文苑英華》卷三〇一及《杜工部集》改。《英華》此句下有杜公自注云：「往者公初在疾，蘇許公頲位尊望重，素未相識，早愛才名，躬自哀問，後結忘年之契，遠邇嘉之。」《杜工部集》同。《九家集注杜詩》自注無末二句。

〔五〕此句下《文苑英華》、《杜工部集》及《九家集注杜詩》均有杜公自注云：「公所著《薈蕞》等諸書之外，又撰《胡本草》七卷。」

〔六〕《新唐書》卷二〇二《鄭虔傳》：「集掇當世事，著書八十餘篇。有窺其稿者，上書告虔私撰國史，虔蒼黄焚之，坐謫十年。」《九家集注杜詩》引之。本條「當世事」原作「當世」，「集掇」原作

「集撰」，據史文改。

〔七〕《新唐書·鄭虔傳》：「初，虔追紬故書可誌者得四十餘篇，國子司業蘇源明名其書爲《會粹》。」「會粹」原作「會猝」，本詩及公自注稱《薈蕞》，亦稱《會萃》。《封氏聞見記》：「天寶中，協律郎鄭虔，採集異聞，著書八十餘卷，人有竊窺其草稿，告虔私修國史，虔聞而遽焚之。由是貶謫十年，方從調選，授廣文館博士。虔所著書，既無别本，後更纂録，率多遺忘，猶成四十餘卷，書未有名，詢于國子司業蘇源明，源明請名《會萃》，取《爾雅序》『會萃舊説』也。」是則與前所著，本爲一書也。

〔八〕《新唐書·鄭虔傳》：「虔善圖山水，好書，常苦無紙，于是慈恩寺貯柿葉數屋，遂往日取葉肄書，歲久殆遍。」「取葉」原作「取筆」，據改。

〔九〕「宫鶴」原作「宣鶴」，據《文苑英華》改。此句言所獻山水圖，展觀時，仿佛滄洲動蕩於玉陛之間，宫樹棲鶴，亦將誤以爲真而一鳴也。一本「宣」作「寡」，「寡鶴」，即獨鶴，義亦可通。

〔一〇〕此與前書柿葉事均采自《新唐書·鄭虔傳》，原出李綽《尚書故實》。

〔一一〕此亦采自《新唐書·鄭虔傳》，原本「宰相」二字未重出，據史文補。

〔一二〕此亦采自《新唐書·鄭虔傳》。「僞授虔水部郎中」句，「授」原作「受」，脱「虔」字；「潛以密章達靈武」句，「章」原作「達」，據史文及《九家集注杜詩》改補。

〔一三〕篇末《文苑英華》、《杜工部集》及《九家集注杜詩》皆有杜公自注云：「著作與今秘書監鄭君審篇翰齊價，謫居江陵，故有『阮咸』『江樓』之句。」

〔一四〕此節録《新唐書·鄭虔傳》，已見前《八哀詩》注。「水部郎中」原作「攝部郎中」，「求攝市令」原作「求水市令」，據史文改。

〔一五〕此二事皆杜《八哀詩》自注，已見前引。「篇翰」原作「編翰」，據改。

嚴武

巴嶺答子美見憶〔一〕：卧向巴山落月時，兩鄉千里夢相思。可但步兵偏愛酒，也知光禄最能詩。阮籍、謝莊。江頭赤葉楓愁客，籬外黄花菊對誰〔二〕。跂馬望君非一度，冷猿秋雁不勝悲。子美詩云：遥知簇鞍馬，回首白雲間。

寄題杜二錦江野亭：漫向江頭把釣竿，懶眠沙草愛風湍。莫倚善題鸚鵡賦，何須不着鵕鸃冠。侍中。腹中書籍幽時曬，肘後醫方静處看。興發會能馳駿馬，終須重到使君灘。

子美八哀詩，有贈左僕射鄭國公嚴公武詩云〔三〕：鄭公瑚璉器，華岳金天晶。昔在童子日，已聞老成名。嶷然大賢後，復見秀骨清。嚴武傳：武，中書侍郎挺之子。神氣雋爽，敏于聞見，幼有成人風。讀書不究精義，涉獵而已。大賢謂嚴子陵歟〔四〕。開口取將相，小心事友生。甫與武世契也。嘗醉登武牀，呼斥其父名，而武不忤〔五〕。閲書百紙盡，落筆四座驚。歷職匪父任，嫉邪常力爭。武弱冠，以門蔭策名，哥舒翰奏充判官。至德初，肅宗初靖難，大收才傑，武杖節赴行在，宰相房琯素重之，及是首薦才略可稱，累遷給事中〔六〕。漢儀尚整肅，時武爲侍御史〔七〕。胡騎忽縱横。禄山之亂也。飛傳自河隴，逢人問公卿。不知萬乘出，雪涕風悲鳴〔八〕。受詞劍閣道，謁帝蕭關城。河隴、劍閣、蕭關城事，新、舊二史皆不載〔九〕。寂寞雲臺仗，飄颻沙塞旌。江山少使者，笳鼓凝皇情。壯士血相視，忠臣氣不平。密論貞觀體，揮發岐陽征。時肅宗兵鳳翔。感激動四極，聯翩收二京。二京，長安、東都也。二史皆不載武收復功〔一〇〕。西郊牛酒再，原廟丹青明。匡汲俄寵辱，衛霍竟哀榮。四登會府地，既收長安，以武爲京兆少尹，兼御史中丞。時年三十二。後又還京兆尹，兼御史大夫〔一一〕。三掌華陽兵。華陽，成都也。武以史思明阻兵，不之官，優游京師，頗自矜大。出爲綿州刺史，遷劍南東川節度使。登發，上皇誥，以劍南兩川合爲一道，拜武成都尹，充劍南節度使。入復求爲方面，拜成都尹。在蜀累年，肆志逞慾，恣行猛政，威震一方〔一二〕。京兆空柳色，尚書無履聲。群烏自朝夕〔一三〕，白馬休横行。諸葛蜀人愛，文翁儒化成。公來雪山重，公去雪山輕。記室得何遜，韜鈐延子荆。四郊失壁壘，失壁壘，言無出戍也。此美武能鎮靜也〔一四〕。虚館開逢迎。堂上指畫圖，軍中吹玉笙。豈無成都酒，憂國只細傾。時觀錦水釣，問俗終相并。意待犬戎滅，人藏紅粟盈。以兹報主願，庶或裨世程。炯炯一心在，沉沉二豎嬰。顔回竟短折，賈誼徒忠貞。飛旐出江漢，孤舟轉荆衡。虚無馬融笛，悵望龍驤塋。空餘老賓客，身上媿簪纓。

武年二十三，爲給事黄門侍郎。明年，擁旄西蜀。杜甫乘醉言：不謂嚴挺之乃有此子也！武恚目久之，曰：杜審言孫子，擬捋虎鬚。合坐皆笑，以彌縫之。房太尉琯微有所誤，憂怖成疾。李太白作蜀道難，爲房、杜危之也〔一五〕。

武，字季鷹。永泰初卒，母哭且曰：而今而後，吾知免爲官婢矣〔一六〕。

子美送武入朝，有鼎湖瞻望遠，象闕憲章新之作〔一七〕。武酬別云：獨逢堯典日，再覩漢官時〔一八〕。未効風霜勁，空慙雨露私。夜鐘清萬户，曉漏拂千旗。並向殊庭謁〔一九〕，俱承別館追。斗城憐舊路，渦水惜歸期。峰樹還相伴，江雲更對誰〔二〇〕。試迴滄海棹，更和敬亭詩〔二一〕。衹是書應寄，無忘酒共持。但令心事在，未肯鬢毛衰。最悵巴山裏，清猿惱夢思！

武題巴州光福寺楠木云：楚江長流對楚寺〔二二〕，楠木幽生赤崖背。臨溪插石盤老根，苔色青蒼山雨痕。高枝鬧葉鳥不度，半掩白雲朝與暮。香殿蕭條轉密陰，花龕滴瀝垂清露。聞道偏多越水頭，烟生霧斂使人愁。月明忽憶湘川夜，猿叫還思鄂渚秋。看君幽靄幾千丈，寂寞窮山今遇賞。亦知鐘梵報黄昏，猶卧禪床戀奇響。

【校箋】

〔一〕詩題《杜工部集》作《巴嶺答杜二見憶》。杜甫原作題爲《九日奉寄嚴大夫》，五律一首。

〔二〕「菊」原作「籬」，據《杜工部集》改。

〔三〕「有贈左僕射鄭國公嚴公武詩」十二字原脱，據《杜工部集》補。

〔四〕此王注引《舊唐書》卷一一七《嚴武傳》文。「大賢謂嚴子陵」，亦王注。見《九家集注杜詩》。同書又載趙次公以爲「大賢」指嚴挺之，當是。

〔五〕此亦王注，見《九家集注杜詩》。

〔六〕此亦王注引《舊唐書·嚴武傳》文。「杖節」原作「挺節」，據史文及《九家集注杜詩》改。

〔七〕此亦王注，見《九家集注杜詩》。

〔八〕「悲鳴」原作「悲武」，據《杜工部集》改。

〔九〕此亦王注，見《九家集注杜詩》。

〔一〇〕此亦王注，見《九家集注杜詩》。

〔一一〕此王注引《舊唐書·嚴武傳》文，「三十二」原作「二十三」，「後又遷京兆尹」句，「遷」原作「還」，據史文及《九家集注杜詩》改。

〔一二〕「華陽，成都也」，亦王注。「武以史思明阻兵不之官」以下爲王注引《舊唐書·嚴武傳》文。「遷劍南東川節度使」句下「登發」二字，爲史文所無，故毛本删之，而《九家集注杜詩》有此二字，疑王洙所加，謂臨發時玄宗下詔合東西川也。今仍存之。「肆志逞慾」句原脱「慾」字，據史文補。

〔一三〕「自」原作「日」，據《杜工部集》改。

〔一四〕此注及前「胡騎忽縱横」句下注文「禄山之亂也」五字，疑亦王注，而《九家集注杜詩》失載，俟考。

〔一五〕此出《雲溪友議》卷上《嚴黄門》條，見本書卷一八李白下校箋〔一三〕引。「武年二十三，爲給事黄門侍郎」句，「二十三」原作「二十二」，又脱「侍」字，據《雲溪友議》補改。按《新唐書·嚴武傳》叙爲給事中在拜京兆少尹之前，遷黄門侍郎在拜京兆尹、封鄭國公之後，《雲溪友議》年二十三爲給事黄門侍郎之説，殆不足據。

〔一六〕《新唐書》卷一二九《嚴武傳》：「武，字季鷹。……永泰初卒。母哭且曰：『而今而後，吾知免爲官婢矣。』年四十，贈尚書左僕射。」

〔一七〕此杜甫《奉送嚴公入朝十韻》起句。嚴武《酬别杜二》即載其後，見《杜工部集》卷一二。

〔一八〕「官」原作「宫」，據《杜工部集》改。

〔一九〕「殊庭」原作「斜亭」，據《杜工部集》改。《九家集注杜詩》亦作「斜亭」。

〔二〇〕「誰」，《杜工部集》、《九家集注杜詩》作「垂」。

〔二一〕「和」，《杜工部集》、《九家集注杜詩》作「妬」。

〔三〕「楚江長流對楚寺」原作「楚江長楚寺對」，據《輿地紀勝》卷一八七巴州下載此詩改。

史俊

題巴州光福寺楠木云〔一〕：近郭城南山寺深，亭亭奇樹出禪林。結根幽壑不知歲，聳幹摩天凡幾尋。翠色晚將嵐氣合，月光時有夜猿吟。經行綠葉望成蓋，宴坐黄花長滿襟。此木嘗聞生豫章，今朝獨秀在巴鄉。凌霜不肯讓松柏，作宇猶來稱棟梁。會待良工時一盼〔二〕，應歸法水作慈航。嚴武作巴州，賦楠木歌〔三〕，俊後以監察御史來臨是邦，亦賦焉。

【校箋】

〔一〕此詩載《輿地紀勝》卷一八七。

〔二〕「盼」，毛本作「顧」。

〔三〕《新唐書》卷一二九《嚴武傳》：「已收長安，拜京兆少尹。坐（房）琯事貶巴州刺史。久之，遷東川節度使。」此詩乃武刺巴州時所作。「巴州」原作「巴山」，據毛本改。

李適之

常山愍王孫，天寶初，代牛仙客爲左相〔一〕。適之末罷相也，朝退，每邀賓戚談諧賦詩，曾賦云：朱門長不閉，親友恣相過。年今將半百，不樂復如何？後爲林甫所譖罷，乃爲詩曰：避賢初罷相，樂聖且銜盃。爲問門前客，今朝幾個來〔二〕？適之入仕，不歷丞簿，便爲別駕；不歷兩畿官，便爲京兆尹；不歷御史及中丞，便爲大夫；不歷兩省給舍，便爲宰相；不歷刺史，便爲節度使；然不得其死〔三〕。

【校箋】

〔一〕《新唐書》卷一三一《李適之傳》：「李適之，恒山愍王孫也。……天寶元年，代牛仙客爲左相。……與李林甫爭權不協……坐韋堅累，貶宜春太守。會御史羅希奭陰被詔殺堅等貶所，州縣震恐，及過宜春，適之懼，仰藥自殺。」

〔二〕《明皇雜録》：「適之好飲，退朝後，即速賓朋親戚談諧賦詩，曾不偏于林甫。初，適之在相位日，曾賦詩曰：『朱門長不閉，親友恣相過，今日過五十，不樂復如何？』及罷相，作詩曰：『避賢初罷相，樂聖且銜盃。借問門前客，今朝幾個來？』及死非其罪，時人冤歎之。」「借問」，《大唐新語》、《本事詩》及《舊唐書》卷九九《李適之傳》俱作「爲問」。

〔三〕《南部新書》己：「李適之入仕不歷丞簿，便爲別駕；不歷兩畿官，便爲京兆尹；不歷御史及中丞，便爲大夫；不歷兩省給舍，便爲宰相；不歷刺史，便爲節度使；然不得其死。」

祖詠

古意二首：楚王竟何去〔一〕，獨自留巫山。偏使世人見，迢遥江水間。駐舟春潭裏，誓願拜靈顔。夢寐覩神女，金沙鳴珮環。閑豔絶世姿，令人氣力微。含笑默不語，化作朝雲飛〔二〕。其一　夫差日淫放，舉國求妃嬪。自謂得王寵，代間無美人。碧羅象天閣〔三〕，坐輦乘芳春。宮女數千騎，常游江水濱。年深玉顔老，時薄花粧新，拭淚下金殿，嬌多不顧身。生前妬歌舞，死後同灰塵。塚墓令人哀，哀于銅雀臺。其二

有司試終南山望餘雪詩，詠賦云：終南陰嶺秀，積雪浮雲端。林表明霽色，城中增暮寒。四句即納于有司。或詰之，詠曰：意盡〔四〕。

陸渾水亭云〔五〕：晝眺伊川曲〔六〕，巖開霽色明〔七〕。淺沙平有路，流水漫無聲。浴鳥沿波聚，潛鱗觸釣驚。更尋春岸上，幽意滿山楹。

王維有喜祖三至留宿詩，詠云：四年不相見，相見復何爲？握手言未畢，却令傷別離！升堂還駐馬，酌醴便呼兒。語默自相對，安用旁人知〔八〕。詠與維最善。

詠，登開元進士第〔九〕。

殷璠云：詠詩剪刻省淨，用思尤苦。氣雖不高，調頗凌俗。至如霽日園林好，清明煙火新。亦可稱爲才子也。

張説在并州，厚遇王翰，既相，引爲駕部員外郎。説罷相，出翰仙州別駕。至郡日，聚英豪，從禽擊鼓，恣爲歡賞，詠與杜華嘗在座。翰坐是貶道州司馬〔一〇〕。

開元中，進士唱第尚書省，落第者至省門散去。詠吟曰：落去他兩兩三三戴帽子，日暮祖侯吟一聲，長安竹柏皆枯死。

留別盧象云〔一一〕：朝來已握手，宿別更傷心。灞水行人渡，商山驛路深。故情君且足，謫宦我難任。直道皆如此，誰能淚滿襟！

蘭峰贈張九皋云〔一二〕：君王既巡狩，輦路入秦京。遠樹低槍壘〔一三〕，孤山出幔城〔一四〕。寒疎清禁漏，夜警羽林兵。誰念迷方客，長懷魏闕情〔一五〕。

蘇氏別業云〔一六〕：別業居幽處，到來生隱心。南山當户牖，灃水映園林〔一七〕。竹覆經冬雪〔一八〕，庭昏未夕陰。寥寥人境外，閑坐聽春禽。

夕次圃田店云〔一九〕：前路入鄭郊，向經百餘里〔二〇〕。馬煩時欲歇，客歸程未已〔二一〕。落日桑柘陰，遥村烟火起〔二二〕。西還不遑宿，中夜渡京水〔二三〕。

題韓少府水亭云〔二四〕：梅福幽棲處，佳期不忘還〔二五〕。鳥啼當户竹，花遶傍池山。水氣侵堦冷，藤陰覆坐閑〔二六〕。寧知武陵趣，宛在市朝間。自留別盧象以下五篇，姚合以爲極玄集。

清明宴劉司勳別業云〔二七〕：田家復近臣，行樂不遺親。霽日園林好，清明煙火新。以文常會友，唯德自成隣。池照窗陰晚，杯觴藥味春〔二八〕。簷前花覆地，竹外鳥窺人，何似桃源裏，深居作隱淪。

【校箋】

〔一〕「竟」原作「意」，據《河岳英靈集》改。

〔二〕「朝雲」原作「雲朝」，據《河岳英靈集》改。

〔三〕「象」原作「蒙」，據《河岳英靈集》改。

〔四〕《南部新書》乙：「祖詠試《雪霽望終南》詩，限六十字成，至四句，納主司。詰之，對曰：『意盡』。」《河岳英靈集》此詩題作《終南望餘雪作》，與《紀事》同。

〔五〕《文苑英華》卷三一五載此詩，題作《陸渾山莊即事》。

〔六〕「曲」原作「水」，據《文苑英華》改。

〔七〕「開」原作「間」，據《文苑英華》改。

〔八〕此詩附載影元刊本《王右丞集》維詩之後。《王集》中尚有《贈祖三詠》、《齊州送祖三》等詩。

〔九〕《極玄集》：「祖詠，開元十三年進士。」《直齋書録解題》作「開元十二年進士」，與《唐才子傳》同。徐松《登科記考》定爲「十二年」。

〔一〇〕《舊唐書》卷一九〇中《王翰傳》：「王翰，并州晉陽人。……并州長史張嘉貞奇其才，禮接甚厚。……張説鎮并州，禮翰益至。……會説復知政事，以翰爲秘書正字，擢拜通事舍人，遷駕部員外郎。……説既罷相，出翰爲汝州長史，改仙州别駕。至郡，日聚英豪，從禽擊鼓，恣爲歡賞，文士祖詠、杜華常在座，于是貶道州司馬，卒。」

〔一一〕此據《極玄集》。《文苑英華》卷二八七載此，詩題作《留別裴聰盧象》。

〔一二〕此據《極玄集》。《文苑英華》卷二五〇載此，詩題作《蘭峰贈張中丞九臯》，明活字本（下同）《祖詠集》作《扈從御宿池》。

〔一三〕「槍壘」原作「蒼壘」，《極玄集》同。《文苑英華》、《祖詠集》作「槍壘」，據改。

〔一四〕「幔城」原作「草城」，據《極玄集》、《文苑英華》及《祖詠集》改。

〔一五〕「魏闕」原作「魏國」，據《極玄集》、《文苑英華》及《祖詠集》改。

〔一六〕詩題《河岳英靈集》作《游蘇氏別業》，《國秀集》卷下作《薊門別業》，疑誤。《極玄集》、《又玄集》、《文苑英華》卷三一八及《祖詠集》俱作《蘇氏別業》。

〔一七〕「灃水映」原作「豐水在」，據《河岳英靈集》、《極玄集》、《又玄集》及《祖詠集》改。《文苑英華》、《國秀集》作「灃水在」。灃，音豐。《漢書·地理志》：「灃水出扶風鄠縣東南。」，或作「灃水」，非。

〔一八〕「竹覆」原作「屋覆」，據《河岳英靈集》、《國秀集》、《極玄集》、《又玄集》、《文苑英華》及《祖詠集》改。

〔一九〕詩題《極玄集》、《文苑英華》卷二九二作《次圃田居》，《祖詠集》作《夕次田居》。

〔二〇〕「向」，《文苑英華》同。《極玄集》及《祖詠集》作「尚」。

〔二一〕「客歸程未已」句，《極玄集》及《祖詠集》同，《文苑英華》作「客程去未已」。

〔二二〕「遥村」,《極玄集》、《文苑英華》同,《祖詠集》作「遥林」。

〔二三〕「京水」原作「涇水」,《極玄集》同。《文苑英華》作「京水」。按:當以作「京水」爲是。涇水經甘陝入渭,與祖詠旅次無涉。圃田店,在河南滎陽,古京水經滎入汴,爲祖詠所經行。據《英華》改。

〔二四〕詩題「水亭」原作「山亭」,據《極玄集》、《文苑英華》卷三一五及《祖詠集》改。

〔二五〕「忘」,《極玄集》、《祖詠集》同。《文苑英華》作「可」。

〔二六〕「藤陰」,《極玄集》、《文苑英華》同。《祖詠集》作「松陰」。

〔二七〕詩題《祖詠集》作《清明宴司勳劉郎中别業》。

〔二八〕「杯觴」原作「杯看」,據《祖詠集》改。觴,以酒飲人也。毛本作「杯香」。

李　頎

緩歌行云:小來託身攀貴游,傾財破産無所憂。暮擬經過石渠署〔一〕,朝將出入銅龍樓。結交杜陵輕薄子,謂言可生復可死〔二〕。一沉一浮會有時,棄我翻然如脱屣。男兒立身須自强,十年閉户潁水陽。業就功成見明主,擊鐘鼎食坐華堂。二八蛾眉梳墮馬,美酒清歌曲房下。文昌宫中賜錦衣,長安陌上退朝歸。五陵賓從莫敢視〔三〕,三省官僚揖者稀。早知今日讀書是,悔作從來狂俠兒〔四〕。

聽董大彈胡笳聲兼語弄寄房給事云〔五〕:蔡女昔造胡笳聲,一彈一十有八拍。胡人落淚向邊草〔六〕，漢使斷腸對歸客。古戍蒼蒼烽火寒，大荒陰沉飛雪白。先拂商弦後角羽，四郊秋葉驚摵摵。董夫子，通神明，深山竊聽來妖精〔七〕。言遲更速皆應手，將往復旋如有情。空山百鳥散還合，萬里浮雲陰且晴〔八〕。嘶酸雛雁失群夜〔九〕，斷絶胡兒戀母聲。川爲静其波，鳥亦罷其鳴。烏珠部落家鄉遠〔一〇〕，邏逤沙塵哀怨生。幽音變調忽飄灑〔一一〕，長風吹林雨墮瓦。迸泉颯颯飛木末，野鹿呦呦走堂下。長安城連東掖垣，鳳凰池對青瑣門。高才脱略名與利，日夕望君抱琴至。

漁父歌云：白頭何老人，簑笠蔽其身。避世常不仕〔一二〕，釣魚清江濱。浦沙明濯足，山月静垂綸。寓宿湍與瀨，行歌秋復春。持竿湘岸竹〔一三〕，爇火蘆洲薪〔一四〕。緑水飯香稻，青荷包紫鱗。于中還自樂，所欲全吾真。而笑獨醒者，臨流多苦辛。

送暨道士還玉清觀詩云〔一五〕：仙官有名籍，度世吴江濆〔一六〕。大道本無我，青春長與君，中州俄已到，至理得而聞。明主降黄屋，時人看白雲。空山何窈窕，三秀日氛氲。遂此留書客〔一七〕，超遥煙駕分。

樂天放言詩序云：元九在江陵，有放言長句詩五韻，韻高而體律，意古而詞新，雖前輩深于詩者，未有此作。唯李頎有云：濟水至清河自濁，周公大聖接輿狂。斯句近之矣〔一八〕。

聖善閣送裴迪入京云：雲華斂高閣〔一九〕，苔色上鉤欄。藥草空階靜，梧桐返照寒。清吟可愈疾，攜手暫同歡。墜葉和金磬〔二〇〕，飢烏鳴露盤。伊川惜東別〔二一〕，灞水向西看。舊託含香署，雲霄何足難。

題璿公山池云〔二二〕：遠公遁跡廬山岑，開山幽居祇樹林〔二三〕。片石孤峰窺色相，清池白月照禪心〔二四〕，指揮如意天花落，坐臥閑房春草深。此外俗塵都不染，唯餘玄度得相尋。

王摩詰贈頎詩云：聞君餌丹砂，甚有好顔色。不知從今去，幾時生羽翼？王母翳華芝，望爾崑崙側。文螭從赤豹，萬里方一息〔二五〕。悲哉世上人，甘此羶腥食。

頎，開元進士也〔二六〕。

殷璠云：頎詩發調既清，修詞亦麗。雜歌咸善，玄理最長，故其論道家，往往高于衆作〔二七〕。

頎東郊寄萬楚云：濩落久無用，隱身甘采薇。仍聞薄宦者，還事田家衣。潁水日夜流，故人相見稀。春山不可望，黄鳥東南飛。濯足豈長往，一樽聊可依〔二八〕。了然潭上月，適我胸中機。在昔同門友，如今出處非。優游白虎殿，出入青瑣闈〔二九〕。且有薦君表，當看攜手歸。寄書不代面，蘭茝空芳菲。此詩取于河岳英靈。

王母歌云：武皇齋戒承華殿，端拱須臾王母見。霓旌照曜麒麟車，羽蓋淋漓孔雀扇。

手指玄梨遺帝食〔三〇〕，可以長生臨寓縣。頭上復戴九星冠〔三一〕，總領玉童坐南面〔三二〕。欲聞要言今告汝〔三三〕，帝乃焚香請此語。若能鍊魄去三尸〔三四〕，後當見我天皇所。顧謂侍女董雙成，酒闌可奏雲和笙。紅霞白日儼不動，七龍五鳳紛相迎〔三五〕。惜哉志驕神不悅，歎息馬蹄與車轍。複道歌鐘杳將暮〔三六〕，深宮桃李花成雪。爲看青玉五枝燈，蟠螭吐火光已絶。

【校箋】

〔一〕「暮擬」原作「暮夜」，據《河岳英靈集》及明活字本（下同）《李頎集》改。

〔二〕「謂言」原作「誰言」，據《河岳英靈集》及《李頎集》改。

〔三〕「莫敢」原作「莫相」，據《河岳英靈集》及《李頎集》改。

〔四〕「從來狂俠兒」，《河岳英靈集》作「從前狂俠兒」，《李頎集》作「從來狂俠非」。

〔五〕詩題此與《河岳英靈集》及《唐文粹》同。《文苑英華》卷三三四作《聽董庭蘭彈琴兼寄房給事》。《李頎集》作《聽董大彈胡笳聲兼寄語弄房給事》，《全唐詩》從之，實非。弄，乃琴曲之名，劉商《胡笳十八拍自序》即稱：「擬董庭蘭《胡笳弄》作。」（轉引自《唐音癸籤》卷一四）當以原題爲是。給事，謂房琯也。

〔六〕「向」，《河岳英靈集》、《文苑英華》同。《唐文粹》、《李頎集》作「沾」。

〔七〕「深山」，《河岳英靈集》、《唐文粹》同。《李頎集》作「深松」。

〔八〕「晴」原作「明」，據《河岳英靈集》、《唐文粹》改。《文苑英華》作「萬里孤雲閑且清」，《李頎集》亦作「明」。

〔九〕「雁」原作「鷹」，據《河岳英靈集》、《文苑英華》、《唐文粹》及《李頎集》改。

〔一〇〕「烏珠」，《河岳英靈集》、《文苑英華》、《李頎集》同。《唐文粹》作「烏孫」。

〔一一〕「幽」原作「出」，據《河岳英靈集》、《文苑英華》、《唐文粹》及《李頎集》改。

〔一二〕「仕」原作「任」，據《河岳英靈集》、《又玄集》、《唐文粹》及《李頎集》改。

〔一三〕「竿」，《唐文粹》同。《河岳英靈集》、《又玄集》及《李頎集》作「橈」。

〔一四〕「洲」原作「州」，據《河岳英靈集》、《又玄集》、《唐文粹》及《李頎集》改。

〔一五〕詩題原脱「觀」字，據《河岳英靈集》、《文苑英華》卷二一八及《李頎集》補。

〔一六〕「濆」原作「濱」，據《河岳英靈集》、《文苑英華》改。《唐文粹》亦作「濆」。

〔一七〕「遂此」，《文苑英華》、《唐文粹》、《李頎集》同。《河岳英靈集》作「此道」。

〔一八〕《白香山詩集》卷一五《放言五首》，序云：「元九在江陵時，有《放言》長句詩五首，韻高而體律，意古而調新，予每詠之，甚覺有味，雖前輩深于詩者，未有此作，唯李頎有云：『濟水至清河自濁，周公大聖接輿狂』，斯句近之矣。」

〔一九〕「斂」，《唐百家詩選》同。《李頎集》作「滿」。

〔二〇〕「和」原作「如」，據《唐百家詩選》、《李頎集》改。

〔二一〕「川」，《唐百家詩選》同。《李頎集》作「流」。

〔二二〕「璿公」原作「濬公」，據《唐百家詩選》、《李頎集》改。王維有《謁璿上人》詩並序。《續高僧傳》二集卷一七《唐金陵鍾山元崇傳》附載璿禪師事，蓋開元間瓦官寺僧也。

〔二三〕「開山」，《唐百家詩選》、《李頎集》同。《全唐詩》據元人郝天挺《唐詩鼓吹》注及明人王世貞、世懋兄弟之説，改爲「開士」（見《藝苑卮言》及《藝圃擷餘》），實不足信。「幽居」原作「出居」，據《唐百家詩選》及《李頎集》改。

〔二四〕「照」原作「點」，《唐百家詩選》同。《李頎集》作「照」，于義爲長，據改。

〔二五〕「一息」原作「走息」，據《王右丞集》改。

〔二六〕《新唐書》卷六〇《藝文志》：「《李頎詩》一卷」，注云：「開元進士第。」按《直齋書録解題》及《唐才子傳》並云：「開元二十三年進士」，徐松《登科記考》從之，是也。自《唐詩品彙》訛爲「十三年」，《全唐詩》從之，近人論唐詩，猶每沿其誤。

〔二七〕《河岳英靈集》論李頎云：「頎詩發調既清，修辭亦秀，雜歌咸善，玄理最長。至如《送暨道士》云：『大道本無我，青春長與君。』又《聽彈胡笳聲》云：『幽音變調忽飄洒，長風吹林雨墮瓦。迸泉颯颯飛木末，野鹿呦呦走堂下。』足可歔歔，震蕩心神。惜其偉才，只到黄綬。故論其數家，往往高于衆作。」此節引之。「雜歌」原作「漁父歌」，據改。「故論其數家」句，此作「故其論道家」，何義門、毛斧季兩家《河岳英靈集》校本俱作「故其論家」，與宋本《河岳英靈集》同，似可從。

〔二八〕「依」《河岳英靈集》、《李頎集》同。《文苑英華》卷二五二作「持」。

〔二九〕「出入」，《河岳英靈集》、《文苑英華》及《李頎集》俱作「偃息」。

〔三〇〕「玄梨」原作「交梨」，據《文苑英華》卷三三二、《唐百家詩選》及《李頎集》改。

〔三一〕「戴」原作「帶」，據《文苑英華》、《唐百家詩選》及《李頎集》改。

〔三二〕「童」原作「皇」，據《文苑英華》、《唐百家詩選》及《李頎集》改。

〔三三〕「欲」原作「歌」，據《文苑英華》、《唐百家詩選》及《李頎集》改。

〔三四〕「魄」原作「魂」，據《文苑英華》、《唐百家詩選》及《李頎集》改。

〔三五〕「紛」，《唐百家詩選》、《李頎集》同。《文苑英華》作「來」。

〔三六〕「杳」原作「查」，據《文苑英華》、《唐百家詩選》及《李頎集》改。

綦毋潛

字孝通。開元中，繇宜壽尉入集賢院待制，遷右拾遺，終著作郎〔一〕。

早發上東門云：十五能行西入秦，三十無家作路人。時命不將明主合，素衣空染洛陽塵〔二〕。顧陶取爲唐詩類選。

春泛若耶詩云：幽意無斷絶，此去隨所偶。晚風吹行舟〔三〕，花路入溪口〔四〕。際夜轉西壑，隔山望南斗。潭煙飛溶溶，林月低向後。生事且瀰漫，願爲持竿叟。

王摩詰别潛詩云：端笏明光宫，歷稔朝雲陛。詔刊延閣書，高議平津邸〔五〕。適意偶輕人，虚心削繁禮〔六〕。盛得江左風，彌工建安體。高張多絶絃，截河有清濟。嚴冬爽群木，伊洛方清泚。渭水冰下流，潼關雪中啟〔七〕。荷篠幾時還，塵纓待君洗。

韋蘇州寄淮上綦毋三詩云：滿城憐傲吏，終日賦新詩。請報淮陰客，春帆浪作期。

殷璠云：拾遺詩舉體清秀，蕭蕭跨俗，桑門之説，于己獨能。至如松覆山殿冷，不可多得。又鐘聲和白雲，歷代少有。借使若人加氣質，減彫飾，則高視三百年之外也〔八〕。

題靈隱寺山頂禪院云〔九〕：招提此山頂，下界不相聞。塔影挂清漢，鐘聲和白雲〔一〇〕。觀空淨室掩，行道衆香焚。且駐西來駕，人天日未曛。

若耶溪逢孔九云：相逢此溪曲，勝託在烟霞。潭影竹裹動，巖陰簷際斜〔一一〕。人言上皇代〔一二〕，犬吠武陵家。借問淹留日，春風滿若耶〔一三〕。

冬夜寓居贈儲太祝云〔一四〕：自爲洛陽客，夫子吾知音。盡義能下士〔一五〕，時人無此心。奈何離居夜，巢鳥空悲林〔一六〕。愁坐至月上，復聞南隣砧。

過禪居云〔一七〕：山頭禪室挂僧衣，牕外無人溪鳥飛〔一八〕。黄昏半在下山路，却聽松聲連翠微〔一九〕。

題鶴林寺云〔二〇〕：道門隱形勝，向背臨法橋〔二一〕。松覆山殿冷，花藏溪路遥。珊珊寶幡挂，焰焰明燈燒。遲日半空谷，春風連上潮〔二二〕。少憑水木興，暫忝身心調。願謝攜手客，兹山禪侶饒〔二三〕。

李頎送綦毋三謁房給事云：夫子大名下，家無鍾石儲。惜哉湖海上，曾校蓬萊書。外物非本意，此生空澹如。所思但乘興，遠適唯單車。高道時坎坷，舊交願吹噓。徒言青瑣闥，不愛承明廬。百里人户滿，片言諍訟疏。手持蓮花經，目送飛鳥餘。晚景南路別，炎雲中伏初。此行儻不遂，歸食蘆洲魚〔二四〕。

【校箋】

〔一〕《新唐書》卷六〇《藝文志》：「《綦毋潛詩》一卷」，注云：「字孝通。開元中，繇宜壽尉入集賢院待制，遷右拾遺，終著作郎。」

〔二〕「素衣」原作「紫衣」，據《文苑英華》卷二九一改。《萬首唐人絶句》題薛據作，末句亦作「素衣」。

〔三〕「晚風」，《河岳英靈集》、《又玄集》、《唐文粹》同。《文苑英華》卷一六六作「好風」。

〔四〕「花路」，《河岳英靈集》、《又玄集》、《唐文粹》同。《文苑英華》作「落花」。

〔五〕「高議」原作「高義」，據影元刊本（下同）《王右丞集》卷五《别綦毋潛》改。

〔六〕「偶輕人」原作「輕偶人」，據影宋本《王摩詰集》改。《文苑英華》卷二六八此二句作「適意輕微禄，遇人削繁禮」。

〔七〕「啟」，《王右丞集》同。《文苑英華》作「閉」。

〔八〕《河岳英靈集》論綦毋潛云：「潛詩屹崒峭倩，足佳句，善寫方外之情，至如『松覆山殿冷』，不可多得。又，『塔影挂清漢，鐘聲和白雲』，歷代未有。荆南分野，數百年來，獨秀斯人。」與此文異。何義門、毛斧季校本，亦未及此。

〔九〕詩題《河岳英靈集》同。《文苑英華》卷二三四作《題淨林寺山頂禪院》，並注云：「《集》作『招隱』。」

〔一〇〕「和」，《河岳英靈集》同。《文苑英華》作「扣」。

〔一一〕二句原作「潭裏竹影動，巖陰簷竹斜」，據《河岳英靈集》、《文苑英華》卷一六六改。

〔一二〕「人言」原作「人生」，據《河岳英靈集》、《文苑英華》改。

〔一三〕此句原作「春深歸若耶」，據《河岳英靈集》、《文苑英華》改。

〔一四〕此詩見《河岳英靈集》卷下，作薛據詩。是。

〔一五〕「盡」，《河岳英靈集》作「愛」。

〔一六〕「空悲」，《河岳英靈集》作「飛空」。

〔一七〕詩題，《河岳英靈集》、《文苑英華》卷二三四及《萬首唐人絶句》俱作《過上人蘭若》。

〔一八〕「飛」原作「啼」，據《河岳英靈集》、《文苑英華》及《萬首唐人絶句》改。

〔一九〕「松聲連」，《河岳英靈集》同。《文苑英華》卷二三四及《萬首唐人絶句》作「鐘聲連」。毛本「連」作「戀」。

〔二〇〕此詩《河岳英靈集》及《文苑英華》卷二三四同作綦毋潛詩，唯《唐文粹》所載，題薛據作。

〔二一〕「法橋」，《唐文粹》同。《河岳英靈集》、《文苑英華》作「層霄」。

〔二二〕「上潮」原作「上朝」，據《河岳英靈集》、《文苑英華》及《唐文粹》改。

〔二三〕「禪侣」，《唐文粹》同。《河岳英靈集》、《文苑英華》作「禪誦」。

〔二四〕「蘆洲」原作「瀘洲」，據明活字本《李頎集》改。

趙謙光

唐諸郎中，不自員外郎拜者，謂之土山頭果毅。言便拜崇品，有似長征兵士，便授邊遠果毅。謙光自彭州司馬入爲大理正，遷户部郎中。户部員外賀遂涉詠曰：員外由來美，郎中望不優。寧知粉署裏，翻作土山頭。謙光答詩曰：錦帳隨情設，金爐任意薰。唯愁員外署，不應列星文〔一〕。

謙光，登咸亨進士第。

【校箋】

〔一〕此文采自《譚賓録》（見《太平廣記》卷二四九引），而《譚賓録》又出《大唐新語》卷一三《諧謔》

門。其文敘述較明，録之：「晉宋以還，尚書始置員外郎，分判曹事。國朝彌重其選。舊例：郎中不歷員外郎拜者，謂之『土山頭果毅』。言其不歷清資，便拜高品，有似長征兵士，便得邊遠果毅也。景龍中，趙謙光自彭州司馬入爲大理正，遷户部郎中。賀遂涉時爲員外，戲詠之曰：『員外由來美，郎中望不優。誰言粉署裏，翻作土山頭。』謙光酬之曰：『錦帳隨情設，金爐任意薫。唯愁員外署，不應列星文。』」本條「言便拜崇品」句，原作「便拜宗品」；「郎中望不優」句，「不」原作「亦」，據《譚賓録》補改。又，「唯愁員外置」句，《譚賓録》同，《大唐新語》「置」作「署」，是，並據改。

李元操〔一〕

和從叔光禄愔元日早朝云〔二〕：銅渾變秋節，玉律動年灰。曖曖城霞旦，隱隱禁門開。衆靈湊仙府，百神朝帝臺。葉令雙鳧至，梁王駟馬來。戈鋋映林闕，歌管沸塵埃〔三〕。保章望瑞氣，尚書滅火災〔四〕。冠冕多秀士，簪裾饒上才。誰憐張仲蔚，日暮反蒿萊。元操，開元初詩人也。

【校箋】

〔一〕《隋書》卷五七《李孝貞傳》：「李孝貞，字元操，趙郡柏人人也。……開皇初，拜馮翊太守，爲犯廟諱，于是稱字。……徵拜内史侍郎，出爲全州刺史，卒官。所著文集二十卷，行于世。」是元操乃隋人也。

〔二〕《文苑英華》卷一九〇載此詩，題作《奉和從叔光禄愔元旦早朝》，此原脱「光」字，據補。近人丁福保、逯欽立所輯《隋詩》，均載入李孝貞詩，此題「開元初詩人」，誤。胡震亨《唐音癸籤》已言之。

〔三〕「沸」原作「拂」，據《文苑英華》改。

〔四〕「滅」原作「免」，據《文苑英華》改。

薛令之

令之，閩之長溪人。及第，遷左庶子。開元中，東宫官僚清淡，令之題詩自悼曰：朝日上團團，照見先生盤。盤中何所有，苜蓿長闌干。飯澀匙難綰，羹稀筯易寬。無以謀朝夕，何由保歲寒？上幸東宫，覽之，索筆題其傍曰：啄木口嘴長，鳳凰羽毛短。若嫌松桂寒，任逐桑榆暖。令之遂謝病歸〔一〕。

肅宗爲太子，賀知章自右庶子遷賓客，授祕書監。令之以左補闕兼侍讀，積歲不遷，故令之棄官，徒步歸鄉里。而知章自號祕書外監，晚節尤誕放。肅宗乾元初，以雅舊贈知章禮部尚書，亦以舊恩召令之，而令之已前卒〔二〕。

【校箋】

〔一〕《摭言》卷一五：「薛令之，閩中長溪人，神龍二年及第，累遷左庶子。時開元東宫官僚清淡，令之以詩自悼，復紀于公署曰：『朝旭上團團，照見先生盤。盤中何所有，苜蓿長闌干。飯澀匙難綰，羹稀筯易寬。何以謀朝夕，何由保歲寒。』上因幸東宫，覽之，索筆判之曰：『啄木嘴距長，鳳凰羽毛短。若嫌松桂寒，任逐桑榆暖。』令之因此謝病東歸。」此事《閩川名士傳》（《太平廣記》卷四九四引），《唐語林》亦載之，文字略異。本條「左庶子」原作「右庶子」；「飯澀匙難綰」句，「匙」原作「時」，據《摭言》改。

〔二〕《新唐書》卷一九六《賀知章傳》：「遷太子右庶子，充侍讀。……肅宗爲太子，知章遷賓客，授秘書監，而左補闕薛令之兼侍讀。時東宫官積年不遷，令之書壁，望禮之薄，帝見，復題『聽自安者』。令之即棄，徒步歸鄉里。知章晚節尤誕放，遨嬉里巷，自號『四明狂客』及『秘書外監』。……肅宗乾元初，以雅舊贈禮部尚書。令之，長溪人。肅宗亦以舊恩召，而令之已前卒。」「左補闕」原作「右補闕」，據改。

張諲

諲官至刑部員外郎。善草隸，工丹青，與王維、李頎等爲詩酒丹青之友，尤善畫山水。王維答詩曰：屏風誤點惑孫郎，團扇草書輕内史。李頎詩曰：小王破體閑支策，落日梨花照空壁。詩堪記室妬風流，畫與將軍作勍敵〔一〕。

【校箋】

〔一〕張彦遠《歷代名畫記》卷一〇：「張諲，官至刑部員外郎。明易象，善草隸，工丹青，與王維、李頎等爲詩酒丹青之友，尤善畫山水。王維答詩曰：『屏風誤點惑孫郎，團扇草書輕内史。』李頎詩曰：『小王破體閑支策，落日梨花照空壁。詩堪記室妬風流，畫與將軍成勁敵。』」「惑」原作「感」，「小王」原作「小玉」，「畫與將軍」原作「盡與將軍」，據改。王維答詩題爲《故人張諲，工詩，善易卜，兼能丹青、草隸，頃以詩見贈，聊獲酬之》，李頎詩題爲《贈張諲》。

陶翰

塞下曲云〔一〕：進軍飛狐北，窮寇勢將變〔二〕。日落沙塵昏，背河更一戰。駿馬黄金勒〔三〕，彫弓白羽箭。射殺左賢王，歸奏未央殿。欲言塞下事，天子不召見。東出咸陽門，哀哀淚如霰〔四〕。

翰，潤州人。開元中，爲禮部員外郎，以冰壺賦得名〔五〕。

殷璠云：歷代辭人，詩筆雙美者鮮矣。今陶生實謂兼之，既多興象，復備風骨，三百年以前，方可論其體裁〔六〕。

燕歌行云：請君留楚調，聽我吟燕歌。家在遼水頭〔七〕，邊風意氣多。出身爲漢將，正值戎未和。雪中凌天山，冰上渡交河。大小百餘戰，封侯竟蹉跎。歸來霸陵下，故舊無相過。雄劍委塵匣，空門唯雀羅。玉簪還趙女〔八〕，瑶瑟付齊娥〔九〕。昔日不爲樂，時哉今奈何！

出蕭關懷古云：驅馬擊長劍〔一〇〕，行役至蕭關〔一一〕。悠然五原上，永眺關河前〔一二〕。北虜三十萬，此中常控弦。秦城亘宇宙，漢帝理旌旃〔一三〕。刁斗鳴不歇〔一四〕，羽書日夜傳。五軍計莫就，三策議空全。大漠横萬里，蕭條絶人烟。孤山當瀚海，落日照祁連。愴然苦寒奏〔一五〕，懷哉式微篇。更悲秦樓月〔一六〕，夜夜出胡天。

贈鄭員外云：驄馬拂綉裳，按兵遼水陽。西分雁門騎，北逐樓煩王。聞道五軍集，相邀百戰場。風沙暗天起，虜陣森已行〔一七〕。儒服揖諸將〔一八〕，雄謀吞大荒。金門來見謁，朱紱生輝光。數載侍御史，稍遷尚書郎。人生志氣立，所貴功業昌。何必守章句，終年事鉛黄〔一九〕。同時獻賦客，尚在東陵傍。

贈房侍御云：房在新安〔二〇〕。志士固不羈〔二一〕，與道同周旋〔二二〕。進則天下仰，已之能晏然。褐衣東府召，執簡南臺先。雄義每特立〔二三〕，犯顔豈圖全。謫居東南遠，逸氣吟芳荃〔二四〕。適會寥廓趣，清波更夤緣。扁舟入五湖，發纜洞庭前。浩蕩臨海曲，迢遥濟江壖〔二五〕。徵奇忽忘反〔二六〕，遇興將彌年。乃悟范生智，足明漁父賢。郡臨新安渚，佳賞此城偏。日夕對層岫，雲霞映晴川。閑居戀秋色〔二七〕，偃臥含貞堅〔二八〕。倚伏自相化〔二九〕，行藏互推遷。君其振羽翮〔三〇〕，歲晏欲冲天。

望太華贈盧司倉云：作吏至西華，乃觀三峰壯。削成元氣中，傑出天河上〔三一〕。如有飛動色，不知青冥狀。巨靈安在哉，厥跡猶可望。方此歎行旅，末由飾仙裝〔三二〕。葱蘢記星壇，明滅數雲嶂。良友垂真契〔三三〕，宿心所微尚。敢投歸山吟，霞徑一相訪。

晚出伊闕寄河南裴中丞云〔三四〕：退無燕息資，進無當代策。冉冉時歲暮，坐爲周南客。前登闕塞門〔三五〕，永眺伊城陌。長川暗已空，千里寒氣白。家本渭水西〔三六〕，異日何所適〔三七〕。秉志師禽尚，微言祖莊易。一辭林壑間〔三八〕，共繫風塵役。才名忽先進〔三九〕，天邑多紛劇〔四〇〕。豈念嘉遁時，依依偶沮溺〔四一〕。

乘潮至漁浦作云：艤舟乘早潮，潮來如風雨。樟亭忽已隱，界峰莫及覩〔四二〕。崩騰心爲失，浩蕩目無主。風停浪始開〔四三〕，漾漾入漁浦。雲景共澄霽，江山相吞吐。偉哉造化靈〔四四〕，此事已終古。流沫誠足誡，高歌調易苦。頗因忠信全，客念猶栩栩。

宿天竺寺云：松柏亂巖口〔四五〕，西山微徑通。天開一峰見，宫闕生虛空。正殿倚霞壁，千樓標石叢。夜來猿鳥靜，鐘梵寒雲中〔四六〕。峰翠映湖月〔四七〕，泉聲亂溪風。心超諸境外，了與懸解同。明發氣候改，起視長崖東〔四八〕。湖色濃蕩漾，海光漸曈曨。葛仙跡尚在〔四九〕，許氏道猶崇。獨往古來事，幽懷期二公。

早過臨淮云：夜來三渚風〔五〇〕，晨過臨淮島。潮中海氣白，城上楚雲早。鱗鱗漁浦帆，漭漭蘆洲草〔五一〕。川路日浩蕩，惄焉心如擣。但言任倚伏〔五二〕，何暇念枯槁。范子名屢移，蘧公志常保。古人去已久，此理誰足道〔五三〕。

【校箋】

〔一〕《河岳英靈集》、《又玄集》載此，詩題作《古塞下曲》。《文苑英華》卷一九七、《唐百家詩選》、《樂府詩集》與此同。

〔二〕「勢將」，《河岳英靈集》、《又玄集》、《唐百家詩選》、《樂府詩集》同。《文苑英華》作「兵勢」。

〔三〕「駿馬」，《又玄集》、《唐百家詩選》、《文苑英華》同。《河岳英靈集》、《樂府詩集》作「騂馬」。

〔四〕末句《文苑英華》作「哀淚如霰綫」。其餘各本並與此同。

〔五〕《新唐書》卷六〇《藝文志》：《陶翰集》，注云：「卷亡。潤州人。開元禮部員外郎。」按《文苑英華》卷七〇二顧況《禮部員外郎陶公集序》：「君開元十八年進士上第。」是年試《冰壺賦》，以「清如玉壺冰，何慚宿昔意」爲韻。《陶賦》今存，見《文苑英華》卷三九〇。

〔六〕此《河岳英靈集》論陶翰語，「今陶生實謂兼之」句「實謂」下原衍「兩全」二字；「既多興象，復備風骨」二句原作「既多興義，復備別有風骨」，據《河岳英靈集》刪改。

〔七〕「遼」原作「潦」，據《河岳英靈集》、《文苑英華》卷一九六及《樂府詩集》改。

〔八〕「趙女」原作「趙姝」，據《文苑英華》、《樂府詩集》改。《河岳英靈集》作「趙妹」。

〔九〕「瑶瑟」，《河岳英靈集》作「瑶琴」，《文苑英華》、《樂府詩集》作「寶瑟」。

〔一〇〕「擊」原作「繫」，據《河岳英靈集》及《文苑英華》卷三〇八改。

〔一一〕「行役」，《河岳英靈集》同，《文苑英華》作「行旅」。

〔一二〕「關河」原作「蕭河」，據《河岳英靈集》、《文苑英華》改。

〔一三〕「理」原作「埋」，據《河岳英靈集》、《文苑英華》改。《英華》作「理戎旃」。

〔一四〕「歇」，《河岳英靈集》、《文苑英華》作「息」。

〔一五〕「愴然苦寒奏」原作「蒼梧苦寒客」，據《河岳英靈集》改。《文苑英華》作「愴矣苦寒奏」。謂曹操《苦寒行》也。

〔一六〕「秦樓月」，《河岳英靈集》同。《文苑英華》作「秦城月」。

〔一七〕「虜陣」原作「虜騎」，據《河岳英靈集》及《文苑英華》卷二五二改。

〔一八〕「揖」原作「護」，據《河岳英靈集》、《文苑英華》改。

〔一九〕「鉛黄」原作「蒼皇」，《河岳英靈集》作「蒼黄」，《文苑英華》同，注云：「《集》作『鉛』。」是，今據改。

〔二〇〕此注《河岳英靈集》、《文苑英華》卷二五二所載並同，蓋其原注。

〔二二〕「志士」原作「志人」，據《文苑英華》卷二五二改。

〔二三〕「同」，《河岳英靈集》、《文苑英華》作「常」。

〔二三〕「每」原作「乃」，據《河岳英靈集》、《文苑英華》改。

〔二四〕「逸氣」，《河岳英靈集》同，《文苑英華》作「逸意」。

〔二五〕「迢遥」原作「超遥」，據《河岳英靈集》改。

〔二六〕「徵奇」原作「微寄」，據《河岳英靈集》、《文苑英華》改。

〔二七〕「戀」原作「變」，據《河岳英靈集》改。

〔二八〕「貞堅」原作「身堅」，據《河岳英靈集》、《文苑英華》改。

〔二九〕「自相化」，《文苑英華》作「聊自化」。

〔三〇〕「其振」原作「期倦」，據《河岳英靈集》改。

〔三一〕「天河」原作「大河」，據《河岳英靈集》及《文苑英華》卷二五二改。

〔三二〕「飾」原作「訪」，據《河岳英靈集》、《文苑英華》改。

〔三三〕「真契」原作「此契」，據《河岳英靈集》、《文苑英華》改。

〔三四〕詩題「伊闕」原作「伊蘭」，據《河岳英靈集》、《文苑英華》卷二五二改。「裴中丞」二書作「裴丞」。

〔三五〕「闕」原作「關」，據《文苑英華》改。

〔三六〕「本」原作「在」，據《河岳英靈集》、《文苑英華》改。

〔三七〕「何」原作「同」，據《河岳英靈集》、《文苑英華》改。

〔三八〕「一辭」原作「一一」，據《河岳英靈集》、《文苑英華》改。

〔三九〕「才名」原作「交朋」，據《河岳英靈集》、《文苑英華》改。

〔四〇〕「天邑多」原作「天道何」，據《河岳英靈集》、《文苑英華》改。

〔四一〕「偶」原作「遇」，據《河岳英靈集》、《文苑英華》改。

〔四二〕二句原作「障高忽已界，峰暗莫及覩」，據《河岳英靈集》及《文苑英華》卷一六二改。

〔四三〕「風停」，《河岳英靈集》、《文苑英華》作「飈燼」。

〔四四〕「偉哉造化靈」原作「倬哉造化工」，據《河岳英靈集》、《文苑英華》改。

〔四五〕「亂」原作「辭」，據《河岳英靈集》、《文苑英華》卷二三四改。

〔四六〕「寒雲」，《河岳英靈集》同。《文苑英華》作「響雲」。

〔四七〕「湖月」原作「明月」，據《河岳英靈集》、《文苑英華》改。

〔四八〕此二句原作「明發唯改視，朝日長崖東」，據《河岳英靈集》、《文苑英華》改。

〔四九〕「葛仙跡」原作「葛山心」，據《河岳英靈集》、《文苑英華》改。

〔五〇〕「夜來三渚風」原作「夜泊三風渚」，據《河岳英靈集》改。《文苑英華》卷二九二作「夜得三渚風」。

〔五一〕「蘆洲」原作「盧州」，據《河岳英靈集》、《文苑英華》改。

〔五二〕「但言」原作「且言」，據《河岳英靈集》、《文苑英華》改。

〔五三〕「誰」原作「難」，據《文苑英華》改。《河岳英靈集》末三字作「今難道」。

顔舒〔一〕

鳳樓怨云：佳人名莫愁，珠箔上花鈎。清鏡鴛鴦匣，新粧翡翠樓。擣衣明月夜，吹管白雲秋。唯恨金吾子，年年向隴頭。顧陶取爲唐詩類選。

【校箋】

〔一〕《全唐文》卷三三九顔真卿《晉顔含碑》：「十四代孫：舒，高才，制舉，長安尉。」《文苑英華》卷二四載有顔舒《刻漏賦》，其應制舉時作也。蓋天寶間人。

王琚

琚自荆湖入朝，至岳陽，張説有送王十一及趙公入朝之作云：昔濫貂蟬長，同承雨露霏。今參魚鼈守，望美洞庭歸。浦樹懸秋影，江雲繞落暉。離魂似征帆，常往帝鄉飛。琚以詩奉别云：五載朝天子，三湘逢舊寮。扁舟方輟棹，清論遂終朝。遠樹煙間没〔一〕，長江地際遥。帝城馳夢想，歸帆滿風飈。趙公，冬曦也。

琚游灉湖上寺詩云：春山臨遠壑，水木自幽清。夙志懷微尚〔二〕，兹焉一放情。雲間聽弄鳥，烟上摘初英。地僻方無悶，逾知道思精〔三〕。

奉答燕公云：郡遠途且艱，宜悲良自得。胡爲心獨爾，惠好在南國。亦既清顏披，冏然良願克。與君蘭時會，群物如藻飾。烟景惜歡賞，雲山起翰墨。接藝奇思微，偶談玄言直。永日不知倦，逾旬猶謂亟。如何酌離樽，移棹巴城側。浦口勞長望，舟中獨太息。疾風吹飛帆，倏忽南與北。目盡不復見，懷哉無終極。唯當衡峰上，遥辨湖水色。

琚以預誅太平公主之功，眷委特異，進户部尚書，豫大政事，時號内宰相。群臣不能無望，遂讒于帝，帝疏之。歷九刺史，故詩多感激之詞〔四〕。時燕公亦以罪謫守岳陽，故送琚賦詩，亦有湘東股肱守，心與帝鄉期；舟楫中路蹇，風波復來思之語〔五〕。

【校箋】

〔一〕「烟間」原作「烟門」，據《四部叢刊》影明刊本（下同）《張説之文集》改。

〔二〕「夙志」原作「夙息」，據《張説之文集》改。

〔三〕「精」原作「生」，據《張説之文集》改。

〔四〕《新唐書》卷一二一《王琚傳》：「事平（指誅太平公主），琚進户部尚書、封趙國公。……帝于琚眷委特異，豫大政事，時號『内宰相』。……群臣不能無望，或説帝曰：『王琚、麻嗣宗皆譎詭縱横，可與履危，不可與共安，方天下已定，宜益求純樸經術士以自輔。』帝悟，稍疏之。……歷九刺史。……以譴謫留落爲慊。」

〔五〕此張説《贈趙公》詩首四句，琚封趙國公也。其下附載琚《奉答燕公》二詩，而前載「郡遠途且艱」一首，不見《集》中，不知何故，俟考。

薛維翰〔一〕

閨怨云〔二〕：美人怨何深，含情倚金閣。不笑復不語，珠淚紛紛落〔三〕。

春夜裁縫云：珠箔因風起，飛蛾入最能。不教人夜作，方便殺明燈。

春女怨云：白玉堂前一樹梅，今朝忽見數花開。兒家門户尋常閉，春色因何入得來？

維翰，登開元進士第。

【校箋】

〔一〕此前原有「王熊」一門，載其與張説唱酬詩四首，已見本書卷一三，此乃重出。毛本删去，今從之。

〔二〕《萬首唐人絶句》題爲《古意二首》，此其一。

〔三〕二句,《樂府詩集》卷八六及《萬首唐人絶句》作「不顰復不語,紅淚雙雙落」。

崔亘

春怨云:夜盡夢初驚,紗窗早霧明。曉粧脂粉薄,春服綺羅輕。妾有今朝恨,君無舊日情。愁來理絃管,皆是斷腸聲。

亘,開元二十四年登進士第。

朱琳

開緘怨云:夫婿邊庭久,幽閨恨幾重。玉琴知別日,金鏡識愁容。懶寄雲中服,慵開海外封。年年得衣慣,且試莫裁縫。

王泠然

王丘傳云:開元初,爲吏部典選,獎用孫逖、張鏡微、張晉明、進士王泠然,皆一時茂秀〔一〕。

泠然上相國燕公書曰:相公必欲選良宰,莫若舉前倉部員外郎吴太玄爲洛陽令;必欲舉御史中丞，莫若舉襄州刺史靳能。清輦轂之路，非太玄不可；生臺閣之風，非靳能不可。僕非吴、靳親友，但以知其賢明；相公有而不知，知而不用，亦過深矣。抑又聞之，昔閔子騫爲政曰：仍舊貫，如之何？何必改作？凡校書正字，一例不得入畿。相公曾爲此職，見貞觀已來故事。今吏部侍郎楊滔，眼不識字，心不好賢，蕪穢我清司，改張我舊貫。去年冬奏請，自今已後，官無内外，一例不得入畿。即知正字校書不如十鄉縣尉，明經進士不如三衛出身。相公復此改張，甄别安在？古人有坐釣登相，立籌封侯。今僕無尚父之謀，薛公之策，徒以仕于書苑，生于學門，小道逢時，大言祈相。僕也幸甚幸甚。去冬有詩贈公愛子協律云：官微思倚玉，文淺怯投珠。吕氏春秋云：嘗一臠之肉，知一鼎之味。請公看此十字，則知僕曾吟五言，亦更有舊文，願呈作者。如公之用人，蓋已多矣；僕之思用，其來久矣。拾遺補闕，寧有種乎！僕雖不佞，亦相公一株桃李也〔二〕。

泠然吟汴堤柳云〔三〕：隋家天子憶揚州，厭坐深宫傍海游〔四〕。穿地鑿山開御路，鳴笳疊鼓泛春流〔五〕。流從鞏北河分口〔六〕，直到淮南種官柳。功成力盡人旋亡，運謝年移樹空有〔七〕。當時綵女侍君王，帳殿旌門對柳行〔八〕。青葉交垂連幔色，白花飛散染衣香〔九〕。今日摧殘何用道，數里曾無一株好〔一〇〕。驛騎江帆損更多〔一一〕，山精野魅藏應老。深秋九月露爲霜〔一二〕，日夜孤舟入帝鄉〔一三〕。河畔時時聞落葉〔一四〕，客中無個不沾裳〔一五〕。

【校箋】

〔一〕《舊唐書》卷一〇〇《王丘傳》：「開元初，累遷考功員外郎。……再轉吏部侍郎，典選累年，甚稱平允。擢用山陰尉孫逖、桃林尉張鏡微、湖城尉張晉明、進士王泠然，皆稱一時之秀。」《千唐誌齋藏誌》有《故右威衛兵曹參軍王府君（泠然）墓誌銘》，稱其「學爲儒宗，文爲詞伯……以秀才擢第，授東宮校書郎。滿秩移右威衛兵曹參軍。……所著篇什，到今稱之，洛陽猶爲之紙貴。……以開元十二年十二月十六日不禄於位。享年三十有三」云云。

〔二〕此節引王泠然上張説《論薦書》，載《全唐文》卷二九四。本文「凡校書正字一例不得入畿」句，「例」原作「政」；「明經進士不如三衛出身」句，「明經」原作「經明」，據《全唐文》改。

〔三〕《搜玉小集》及《文苑英華》卷三二三載此詩，題俱作《題河邊枯柳》。

〔四〕「游」，《文苑英華》同。《搜玉小集》作「陬」。

〔五〕「春流」原作「清流」，據《搜玉小集》、《文苑英華》改。

〔六〕「河分」原作「分河」，據《搜玉小集》、《文苑英華》改。

〔七〕「運謝」原作「代謝」，據《搜玉小集》、《文苑英華》改。

〔八〕「帳殿」原作「繡帳」，據《搜玉小集》、《文苑英華》改。

〔九〕「散」原作「度」，據《搜玉小集》、《文苑英華》改。

〔一〇〕「一株」原作「一枝」，據《搜玉小集》、《文苑英華》改。

〔一〕「江帆」原作「征帆」，據《搜玉小集》、《文苑英華》改。
〔二〕「深秋九月」原作「涼風八月」，據《搜玉小集》改。《文苑英華》作「涼秋九月」。
〔三〕「孤舟」原作「孤帆」，據《搜玉小集》、《文苑英華》改。
〔四〕「落葉」原作「木落」，據《搜玉小集》改。《文苑英華》作「落木」。
〔五〕「客中無箇不沾裳」原作「客中無不淚沾衣」，據《搜玉小集》、《文苑英華》改。

萬楚

五月五日觀妓云：西施漫道浣春紗，碧玉今時鬭麗華。眉黛奪將萱草色，紅裙妒殺石榴花。新歌一曲令人豔，醉舞雙眸斂鬢斜〔一〕。誰道五絲能續命〔二〕，却令今日死君家〔三〕。

李頎東郊寄楚云〔四〕：濩落久無用，隱身甘采薇。仍聞薄宦者，還事田家衣。潁水日夜流，故人相見稀。春山不可望，黄鳥東南飛。濯足豈長往，一樽聊可依。了然潭上月，適我胸中機。在昔同門友，如今出處非。優游白虎殿，出入青瑣闈。且有薦君表，當看攜手歸。寄書不代面，蘭茝空芳菲。

楚，登開元進士第〔五〕。

【校箋】

〔一〕「斂」原作「欲」，據《文苑英華》卷二一三及《歲時雜詠》改。

〔二〕「五絲」原作「五綵」，據《文苑英華》及《歲時雜詠》改。

〔三〕「令」，《文苑英華》及《歲時雜詠》作「知」。

〔四〕李頎《東郊寄萬楚》詩，已見本卷李頎下，張本删去，今仍存之。

〔五〕《國秀集》卷下選萬楚詩三首，題「進士萬楚」。

胡皓

和宋之問寒食題臨江驛云：聞道山陰會，仍爲火忌辰。途中甘棄日，江上苦傷春。流水翻催淚，寒灰更伴人。丹心終不改，白髮爲誰新？

開元中，張孝嵩出塞，張九齡、韓休、崔沔、王翰、皓、賀知章所撰送行詩，號朝英集〔一〕。

明皇錫宴樂游園，皓應制詩云：五醻終宴集，三錫又歡娛。仙皁崇高異〔二〕，神州眺覽殊。南山臨皓雪，北闕對明珠。宰座鵷鴻滿〔三〕，昌庭駟馬趨〔四〕。綺羅含草樹〔五〕，絲竹吐郊衢。銜盃不能罷，歌舞恣唐虞〔六〕。

【校箋】

〔一〕《新唐書》卷六〇《藝文志》：「《朝英集》三卷」，注云：「開元中，張孝嵩出塞，張九齡、韓休、崔沔、王翰、胡皓、賀知章所選送行歌詩。」

〔二〕「崇」原作「嵩」，據《文苑英華》卷一七五及《四部叢刊》影明刊本（下同）《張説之文集》改。

〔三〕「宰座」原作「廣座」，據《文苑英華》及《張説之文集》改。

〔四〕「駟馬」原作「賜馬」，據《文苑英華》及《張説之文集》改。

〔五〕「草樹」原作「草木」，據《文苑英華》及《張説之文集》改。

〔六〕「恣」原作「樂」，據《文苑英華》及《張説之文集》改。

袁瓘

惠文太子挽詞云：寒仗丹旐引，陰堂白日違。暗燈明象物，畫水溼靈衣。羽化淮王去，仙迎太子歸。惟餘燕銜土〔一〕，朝夕向陵飛。惠文太子，睿宗之子，岐王範也。

瓘，明皇時人。

【校箋】

〔一〕「惟」原作「宜」，據毛本改。

柳識

許由先生潁陽祠庭獻酹文序云：識壬辰歲夏四月，自洛東游，至先生遺廟，而潁水古風，舊山巋然，追懷古蹤，慕羨至道〔一〕，以時酒敬酹于靈。既酌既拜，獻乎言曰〔二〕：天清既能久，地靜不能朽。先生清靜，天地全性。出于胚渾，入于鴻蒙。雲游鳥還，蓊鬱和風。當時帝道已半，滋章欲深，大樸散于人，未散于山林，乃有巢父，杳冥同心。堯齎公器，退然見推，遇聖相感，不得不知，耳雖濯于清流，道終播于無爲，所謂春膏時蒸，朽葉自滋。先生含德，唐堯發之，潁陽之仁德日大，天下之祿利日卑。且聖王所重者名器，至人所重者感通，推以大名，義同讓終，廉能感俗，道自爲功，任應會之偶然，生垂後之清風。人登雲嶺，多憶箕潁。猗歟先生，山水齊名，茲焉遺廟，萬古芬馨。

識弔夷齊文曰：洪河之東兮首陽穹崇，側聞孤竹二子，昔也餒在其中。偕隱胡爲，得仁而死。青苔古木，蒼雲秋水〔三〕。魂兮來何依兮去何止〔四〕？掇澗磎之毛，薦精誠而已。初先生鴻逸中州，鸞伏西山，顧薇蕨之離離，歌唐虞之不還。謂易暴兮文武〔五〕，謂墨縗兮胡顏。時一叱兮忘飢〔六〕，若有誚兮千巖之間〔七〕。豈不以冠弊在于上，履新處于下。且曰一人之正位，孰知三聖之純嘏。讓周之意，不其然乎？是以知先生所恤者偏矣。當昔夷羊在牧，殷綱解結，乾道息，坤維絶，鯨吞噬兮鬼妖孽[八]。王奮厥武，天意若曰：覆昏暴，資濬哲。于是三老歸而八百會[九]，一戎衣而九有截。況乎旗錫黄鳥，珪命赤烏，俾荷鉅橋之施，俾申羑里之辜。故能山立雨集，電掃風驅。及下車也，五刃不礪于武庫，九駿伏轅于文途。雖二士不食，而兆人其蘇。既而溥天周土，率土周人。吁嗟先生，逃將奚臻！萬姓歸仰兮獨鬱乎方寸[一〇]，六合莽蕩兮終跼乎一身。雖忤時而過周，固嘔心而惻殷[一一]。所以不食其食，求仁得仁。然非一端，事各其志。若皆旁通以阜厥躬[一二]，應物以濟其利，則焉有貞節之規，君親之事。靈乎靈乎！雖非與道而保生，乃勗爲臣之不二。

識，字方明。工文章，最爲李華所知[一三]。其文與蕭穎士、元德秀、劉迅相上下，而識練理創端，往往詣極，雖趣向非博，然當時作者，伏其簡拔[一四]。

【校箋】

〔一〕「羨」原作「美」，據《全唐文》卷三七七改。

〔二〕「既酌既拜，獻乎言曰」原作「既酌拜，獻言曰」，據《全唐文》補二字。

〔三〕二句原作「青苔草木兮雲秋水」，據《文苑英華》卷一〇〇〇、《全唐文》卷三七七改。

〔四〕「何依」原作「可依」，據《文苑英華》、《全唐文》改。

〔五〕「文武」原作「又武」，據《文苑英華》、《全唐文》改。

〔六〕「時」字原脱，據《文苑英華》、《全唐文》補。

〔七〕「間」原作「闕」，據《文苑英華》、《全唐文》改。

〔八〕「妖」字原脱，據《文苑英華》、《全唐文》補。

〔九〕「三老」原作「二老」，據《文苑英華》、《全唐文》改。

〔一〇〕「仰」原作「飾」，據《全唐文》改。

〔一一〕「固嘔」原作「終臣」，據《全唐文》改。

〔一二〕「皆」字原脱，據《文苑英華》、《全唐文》補。

〔一三〕《新唐書》卷二〇三《李華傳》：「華愛奬士類，名隨以重，若獨孤及、韓雲卿、韓會、李紓、柳識、崔祐甫、皇甫冉、謝良弼、朱巨川，後至執政顯官。」「所知」原作「知所」，據毛本改。

〔一四〕《新唐書》卷一四二《柳渾傳》：「渾母兄識，字方明，知名士也。工文章，與蕭穎士、元德秀、劉迅相上下，而識練理創端，往往詣極。雖趣尚非博，然當時作者，伏其簡拔。」

高力士

力士謫巫州，山多薺，不食，因感之作詩寄意曰：「兩京作斤賣，五溪無人採。夷夏雖有殊，氣味都不改。」其後會赦，因至武陵，遇開元中羽林軍士坐事謫嶺南，停車話舊，方知明皇厭世。北望號慟，嘔血而卒〔一〕。

段柯古高力士事徵云〔二〕：呼二兄，柯古。呼阿翁，張善繼〔三〕。呼將軍，鄭夢復。呼火老〔四〕，柯。五輪磑，繼。初施棨戟，夢。常卧鹿牀〔五〕，柯。長六尺五寸，繼。陪葬泰陵，夢。詠薺，柯。齒成印，繼。上國下國，夢。夢鞭，柯。呂氏生髭。繼。

【校箋】

〔一〕《舊唐書》卷一八四《宦官傳》：「上元元年八月，……爲李輔國所構，配流黔中道。力士至巫州，地多薺而不食，因感傷而詠之曰：『兩京作斤賣，五溪無人採。夷夏雖有殊，氣味終不改。』寶應元年三月，會赦，歸至朗州，遇流人言京國事，始知上皇厭世。力士北望號慟，嘔血而卒。」「巫州」原作「承州」，據史文改。按此事唐郭湜《高力士外傳》記載甚詳，爲《傳》文所本。朗州即武陵。

〔二〕此摘引《酉陽雜俎》續集卷六《寺塔記》下之文。蓋長安翊善坊保壽寺，本高力士宅，天寶九載捨爲寺。段成式因與友人張善繼、鄭夢復偕游其地而同徵其生平事跡也。本條所題「高力士事徵」原作「叙力士事證」，據《酉陽雜俎》改。

〔三〕「張善繼」原作「張繼善」，據《酉陽雜俎》改。

〔四〕「呼火老」原作「呼父老」，據《酉陽雜俎》改。

〔五〕「鹿牀」原作「篦林」，據《酉陽雜俎》改。

高霽

池州青陽九子山，太白易以九華之目，因與二三子聯句，傳之將來[一]。妙有分二氣，靈山開九華。太白。層標遏遲日[二]，半壁明朝霞[三]。高霽。積雪曜陰壑，飛流歎陽崖。韋瓘輿[四]。青熒玉樹色，縹緲羽人家。太白[五]。

【校箋】

〔一〕影宋蜀本（下同）《李太白文集》卷二三載《改九子山爲九華山聯句》，序曰：「青陽縣南有九子山，山高數十丈，上有九峰如蓮華。按圖徵名，無所依據。太史公南游，略而不書，事絶古老之口，復闕名賢之紀。雖靈仙往復，而賦詠罕聞。予乃削其舊號，加以九華之目。時訪道江漢，憩於夏侯迴之堂，開簷岸幘，坐眺松雪，因與二三子聯句，傳之將來。」「池州青陽」原作「池陽」，按《舊唐書》卷四〇《地理志》：「江南西道：池州青陽：天寶元年分涇、南陵、秋浦三縣置。」據改。

〔二〕「日」原作「妙」，據《李太白文集》改。

〔三〕「半壁」原作「有分」，據《李太白文集》改。

〔四〕「輿」原作「興」，據《李太白文集》改。

〔五〕「太白」二字原脱，據《李太白文集》補。

息夫牧

冬夜宴蕭十丈因餞殷郭二子西上詩序云〔一〕：冬十有二月〔二〕，家君宰邑許下，夫子問津潁上，二賢將馳會府，皆適兹土。夜處狹室，列座有位，尊卑儼如，或捧觴上壽，或摳衣請益。始敦詩以閱禮〔三〕，終講信而脩睦，然後文飽于道〔四〕，義潤其身。頃夫子升堂之後，若盧、賈、劉、尹之徒，半紀間接武鳴躍，實夫子訓之導之斯至也。今殷、郭二子，天資才幹，而加之鏃羽，觀光王庭，俯拾地芥，其誰曰不然。飛霜靄林，寒氣總至，月落西户〔五〕，夜將向晨，座隅謙謙〔六〕，畢醉温克。則知孔門宴餞，異于他日，二三子終身識之。夫子以家君政事，百里無事，命門弟子賦詩鳴琴，亦以釋仳離之怨焉。小子不敏，忝居門人之末，敢不敬書其事。詩曰：有琴斯鳴，于宰之庭。君子莅止，其心孔平〔七〕。政既告成，德以永貞。鳴琴有衎〔八〕，于潁之畔。彼之才髦，其年未冠。聞詩聞禮，斐兮璨璨〔九〕。鳴琴其怡，于潁之湄。二子翰飛，言戾京師。有鬱者桂，載攀其枝。琴既鳴矣，宵既清矣。烘煁有煒，酒醴惟旨。喟我寤歎，吁其別矣！

【校箋】

〔一〕《唐文粹》卷九六載此，題作《冬夜讌蕭十丈因餞殷郭二子西上詩序》。本文節録，去其首段七十餘字。「序」字原脱，據補。

〔二〕「冬十有二月」原作「冬有十二月」，據《唐文粹》改。

〔三〕「敦詩」原作「崇詩」，據《唐文粹》改。

〔四〕「道」原作「德」，據《唐文粹》改。

〔五〕「西户」原作「匝户」，據《唐文粹》改。

〔六〕「座隅」原作「座偶」，據《唐文粹》改。

〔七〕「孔平」原作「孔子」，據《唐文粹》改。

〔八〕「衎」原作「術」，據毛本改。《爾雅·釋詁》：「衎，樂也。」音看，與「畔」叶韻。

〔九〕「斐」原作「裴」，據《唐文粹》改。

崔曙

曙潁陽東溪懷古云：靈谿氛霧歇，皎鏡清心顔。空色下映水〔一〕，秋聲多在山。世人久疎曠，萬物皆自閑。白鷺寒更浴，孤雲晴未還。昔時讓王者，此地閉玄關〔二〕。無以躡高步，淒涼岑壑間〔三〕。

試明堂火珠詩云：正位開重屋，中天出火珠〔四〕。夜來雙月滿〔五〕，曙後一星孤。天淨光難滅，雲生望欲無。還將聖明代，國寶在京都〔六〕。曙以是詩得名，明年卒，惟一女名星星，始悟其讖也〔七〕。

曙，開元二十六年登進士第〔八〕。

殷璠云：曙詩言辭款要，情興悲涼，送別登樓，俱堪下淚〔九〕。

途中晚發云〔一〇〕：晚霽長風裏，勞歌赴遠期。雲輕歸海疾，月滿下山遲。旅望因高盡，鄉心遇物悲。故林遥不見，況在落花時。

送薛據之宋州云〔一一〕：無媒嗟失路，有道亦乘流。客處不堪別，異鄉應共愁。我生早孤賤，淪落居此州。風土至今憶，山河皆昔游〔一二〕。一從文章事，兩京春復秋。君去問相識，幾人成白頭？

早發交崖山還太室云：東林氣微白，寒鳥忽高翔〔一三〕。吾亦自兹去，北山歸草堂。仲冬正三五，日月遥相望。蕭蕭過潁上，曨曨辨少陽。川冰生積雪，野火出枯桑。獨往路難盡，窮陰人易傷。傷此無衣客〔一四〕，如何蒙雪霜〔一五〕。

【校箋】

〔一〕「下」原作「不」，據《文苑英華》卷一六六改。

〔二〕「玄關」，《河岳英靈集》同。《文苑英華》作「柴關」。

〔三〕「岑壑」原作「林壑」，據《河岳英靈集》、《文苑英華》改。

〔四〕「中天」，《又玄集》同。《國秀集》卷下及《文苑英華》卷一八六作「凌空」。

〔五〕「滿」原作「合」，據《國秀集》、《又玄集》及《文苑英華》改。

〔六〕上二句，《國秀集》作「遥知太平代，國寶枉名都」；《又玄集》與此同；《文苑英華》作「還知聖明代，國寶在名都」。

〔七〕《本事詩·徵咎第六》：「崔曙進士作《明堂火珠》詩試帖，曰：『夜來雙月滿，曙後一星孤。』當時以爲警句。及來年，曙卒，唯一女名星星，人始悟其自讖也。」

〔八〕《直齋書録解題》：「開元二十六年進士狀頭。」《國秀集》目録題「河内尉崔曙」。蓋進士及第後，終于此官也。

〔九〕影明刊本《河岳英靈集》作「署詩多歎詞要妙，情意悲涼，送別登樓，俱堪淚下。」疑有誤，當以此文爲是。

〔一〇〕《文苑英華》卷二九二載此詩，題作《途中曉發》，起句「晚霽」亦作「曉霽」，非。《河岳英靈集》與此同。

〔一一〕《河岳英靈集》、《文苑英華》卷二七一載此詩，題俱作《送薛據之宋州》。「之宋州」三字原脱，據補。

〔一二〕「昔游」原作「共游」，據《河岳英靈集》、《文苑英華》改。

〔一三〕「忽高」，《河岳英靈集》作「急高」，《文苑英華》卷二九二作「高高」。

〔一四〕「無衣」原作「無依」，據《河岳英靈集》、《文苑英華》改。

〔一五〕「蒙」，《河岳英靈集》同。《文苑英華》作「度」。

唐詩紀事校箋卷第二十一

蕭穎士　李　華　崔　顥　李嘉祐　王　翰

蕭穎士

穎士重陽陪元魯山登北城贈别時元有掛冠之意詩云〔一〕：山縣遶古堞，悠悠快登望。雨餘秋天高，目盡無隱狀。綿連滍川迴，杳渺鴉路深。彭澤興不淺，臨風動歸心。賴兹琴堂暇，傲睨傾菊酒。人和歲已登，從政復何有。遠山十里並〔二〕，一道銜長雲。青霞半落日，混合疑晴曛。漸聞棲林羽，坐歎清夜月。中歡愴有違，行子念明發。僅能泯寵辱，未免傷别離。江湖不可忘，風雨勞相思。明時當盛才，短伎安所設。何日謝百里，從君漢之澨。

又仰答韋司業垂訪云〔三〕：呦呦食蘋鹿，常飲清泠川。但悦豐草美，寧知牢饌鮮。主人有幽意，將以充林泉。羅網幸免傷〔四〕，蒙君復羈牽。高堂列衆賓，廣坐鳴清絃。俯仰轉傷惕，徘徊獨憂煎。緬懷雲巖路，欲往無由緣。物各有所好，違之傷自然。其一　神龜在南國，緬邈湘川陰。游止蓮葉上，歲時嘉樹林。毒蟲且不近，斤斧何由尋。錯落負奇文，熒煌燿丹金。江山萬里餘，淮海阻且深。獨保貞素質，不爲寒暑侵。一逢聖明代，應見通靈心。其二　晉代有儒臣，當年富辭藻。立言寄青史，將以贊王道。遼落緬歲時，辛勤歷江島。且言風波倦，探涉豈爲寶。不遇庾征西，云誰展懷抱。士貧乏知己，安得成所好！其三　彭陽昔游説，願謁南郢都。王果尚未達，況從夷節謨。豈知晉叔向〔五〕，無罪嬰囚拘。臨難俟解紛，獨知祁大夫。舉讎且不棄，何必論親疎。夫子覺者也，其能遺我乎？其四　詞賦豈關西一公子，年貌獨青春。披褐來上京，翳然聲未振。中郎何爲者，倒屣驚座賓。不佳，盛名亦相因。爲君奏此曲，此曲多苦辛。千載不可誣，孰言今無人？其五

李華序其文曰：開元、天寶間，以文學著于時者，曰蘭陵蕭穎士，字茂挺。年十九，進士擢第。淮南連帥表君爲揚州功曹，歿于汝南旅次。君謂六經之後，有屈原、宋玉，文甚雄壯，而不能經。厥後有賈誼，文詞詳正，近于理體。枚乘、司馬相如，亦瓌麗才士，然而不近風雅。揚雄用意頗深，班彪識理，張衡宏曠，曹植豐贍，王粲超逸，嵇康標舉，此外皆金相玉質，所尚或殊，不能備舉。左思詩賦，有雅頌遺風，干寶著論，近乎王化根源，此外皆敻絶無聞。近日陳拾遺文體最正。以此而言，見君述作。君以文章制度爲己任，時人咸以此許之〔六〕。

穎士卒，門人贈文元先生。惟一子存，字伯誠，爲金部員外郎，有功曹之風。惡裴延齡，棄官歸廬山。存子東，從事邕南，以女妻柳淡，字中庸。韓文公少時，受存之知，自袁州入爲祭酒，經廬山，過其山居，知諸子凋謝，唯二女在，乃爲詩曰：中郎有女能傳業，伯道無兒可保家。今日匡山過舊隱，空將衰淚對烟霞〔七〕。

穎士以推獎後進爲任，如李陽、李幼卿、皇甫冉、陸渭等數十人，由獎目皆爲名士，天下推知人，稱蕭功曹。嘗兄事元德秀，而友殷寅、顔真卿、柳芳、陸據、李華、邵軫、趙驊，時人語曰：殷、顔、柳、陸，李、蕭、邵、趙。以能全其交也。李華與齊名，世號蕭、李〔八〕。

【校箋】

〔一〕詩題「重陽陪元魯山」原脱「元」字，據毛本補。

〔二〕「並」，毛本作「碧」，《全唐詩》從之。疑作「並」爲勝。

〔三〕詩題原脱「仰」字，據《唐文粹》卷一六上補。《唐詩品彙》亦有「仰」字。

〔四〕「羅網」，《唐文粹》作「罘網」。

〔五〕「叔向」，《唐文粹》作「叔譽」。按：作「叔向」是，事見《左傳》襄公二十一年。

〔六〕李華《唐揚州功曹蕭穎士文集序》見《文苑英華》卷七〇一，《唐文粹》卷九三亦載之，此節引其文。「揚州功曹」原誤作「工曹」，據改。

〔七〕唐趙璘《因話録》卷三：「揚府功曹諱穎士，字茂挺，門人謚曰文元先生。先生一子存，字伯誠，爲金部員外郎，諒直有功曹之風。時裴延齡爲户部尚書，恃恩奸佞，與張滂不叶。金部惡延齡之爲人，棄官歸廬山，以山水自娱，識者甚高之。終于檢校倉部郎中。生三子，皆無禄早世，無後。惟次子柬，從事邕南，有二子，今皆流落江湖，假吏州縣。功曹以其子妻門人柳君諱澹，字中庸，即余之外王父也。韓文公少時，常受蕭金部知賞。及自袁州入爲國子祭酒，途經江州，因游廬山，過金部山居，訪知諸子凋謝，惟二女在。因賦詩曰：『中郎有女能傳業，伯道無兒可主家。今日匡山過舊隱，空將衰淚對煙霞。』留百縑以拯之。」《紀事》本此。「有功曹之風」句，「之」誤作「文」，據《因話録》改。《新唐書》卷二〇二《蕭穎士傳》附《蕭存傳》作「亮直有父風」。

〔八〕《新唐書·蕭穎士傳》：「穎士樂聞人善，以推引後進爲己任，如李陽、李幼卿、皇甫冉、陸渭等數十人，由獎目，皆爲名士。天下推知人，稱蕭功曹。嘗兄事元德秀，而友殷寅、顔真卿、柳芳、陸據、李華、邵軫、趙驊，時人語曰：『殷、顔、柳、陸，李、蕭、邵、趙』，以能全其交也。所與游者，孔至、賈至、源行恭、張有略、族弟季遐、劉穎、韓拯、陳晉、孫益、韋建、韋收。獨華與齊名，世號『蕭、李』。」《紀事》本此。「李幼卿」原脱「卿」字，據補。

李　華

華，字遐叔。舉開元二十三年進士。天寶二年博學宏詞，皆爲科首。天寶十一年，拜監察御史，除右補闕。禄山亂，欲輦母而逃，爲盗所得。二京復，坐謫杭州司功參軍。召加司封員外郎，將以司言處之。華曰：焉有隳節奪志者，可以荷君之寵乎？移病請告。李峴領選江南，表爲從事，以風痺廢居楚〔一〕。

詠史詩云：日照崑崙山，羽人披羽衣。乘龍駕雲霧，欲往心無違。此山在西北，乃是神仙國。靈氣皆自然，求之不可得。何爲漢武帝，精意偏群山。糜費巨萬計，宫車終不還。蒼蒼茂陵樹，足以戒人間。其一 天生忠與義，本以佐雍熙。何意李司隸，而當昏亂時。古墳襄城野，斜徑横秋陂。況不禁樵採，茅莎無孑遺。高標尚可仰，精爽今何之？一忤中常侍，銜冤誰見知！常觀黨錮傳，撫卷不勝悲。其二 文侯耽鄭衛，一聽一忘飧。白雪燕姬舞，朱絃趙女彈。淫聲流不返，慆蕩日無端。獻歲受朝時，鳴鍾讌百官。兩牀陳管磬，九奏殊未闌。對此唯恐卧，更能整衣冠。其三 漢皇修雅樂，乘輿臨太學〔二〕。三老與五更，天王親割牲。一人調風俗，萬國和且平。單于驟款塞，武庫欲銷兵。文物此朝盛，君臣何穆清。至今壝壇下，如有簫韶聲。其四 蜀主相諸葛，功高名亦尊。驅馳十萬衆〔三〕，怒目瞰中原。曹伯任公孫，國亡身不存。社宫久蕪没，白鴈猶飛翻。勿言君臣合，可以濟黎元。爲蜀諒不易，如曹難復論。其五 秦滅漢帝興，南山有遺老。危冠揖萬乘，幸得厭征討。當君逐鹿時，臣等已枯槁。寧知市朝變，但覺泉石好〔四〕。高卧三十年〔五〕，相看成四皓。帝言翁甚善，見顧何不早。咸稱太子仁，重義亦尊道。側聞驪姬事，中生不自保。蹔出商山雲，朅來趨灑掃。東宮成羽翼，楚舞傷懷抱。後代無其人，戾園滿秋草。其六　六國韓最弱，末年尤畏秦。鄭生爲韓計，且欲疲秦人。利物可分社，原情堪滅身。咸陽古城下，萬頃稻苗新。其七　昂藏獬豸獸，出自太平年。亂代乃潛伏，縱人爲禍愆。常聞斷馬劍，每壯朱雲賢。身死名不滅，寒風吹墓田。精靈如有在，幽憤滿松烟。其八　沂水春可涉，泮宮映楊葉。麗色異人間，珊珊摇珮環。展禽常獨處，深巷生禾黍。城上飛海雲，城中暗春雨。適來鳴珮者，復是誰家女。泥沾珠綴履，雨濕翠毛簪。電影開蓮臉〔六〕，雷聲飛蕙心。自言沂水曲，采蘋兼采菉。歸逕雖可尋，天陰光景促。憐君貞且獨，願許君家宿。徒勞惜衾枕，了不顧雙蛾〔七〕。豔質誠可重，淫風如禮何！周王惑褒姒，城闕成陂陁。其九　巢許在嵩潁，陶唐不得臣。九州尚洗耳〔八〕，一命安能親。綿邈數千祀，丘中誰隱淪？朝游公卿府〔九〕，夕是山林人。蒲帛揚仄陋，薜蘿爲縉紳。九重念入夢，三事思降神。且設庭中燎，寧窺泉下鱗。其十　漢時征百越，楊僕將樓船。幕府功未立，江湖已騷然。島夷非敢亂，政暴地仍偏。得罪因懷璧，防身輒控弦。三軍求裂土，萬里詎聞天。魏闕心猶在，旗門首已懸。如何得良吏，一爲制方圓。其十一

寄趙七侍御：自餘干溪行，經弋陽至上饒，山川幽麗，思與雲卿同游，邈不可得。因

叙疇年之素，寄懷于篇云：摇槳曙江流，江清山復重。心愜賞未足，川迴失前峰。淩灘出極浦，曠若天池通。君陽青嵯峨，開坼混元中。九潭魚龍窟，仙成羽人宮。陰奥潛鬼物，精光動烟空。玄猿啼深艷〔一〇〕，千定反。楚越謂竹樹深者爲艷。白鳥戲葱蒙〔一一〕。飛湍鳴金石，激溜鼓雷風。雨濯萬木鮮，霞照千山濃。草閑長餘緑，花淨落幽紅。渚烟見晨釣，山月聞夜春。覆谿窈窕波，涵石洶溶溶〔一二〕。丹丘忽聚散，素壁相奔衝。白日破昏靄，靈山出其東。勢排昊蒼上，氣壓吴越雄。迴頸望雲卿〔一三〕，此恨發吾衷。昔日蕭邵游〔一四〕，四人纔成童。華與趙七侍御驊、故蕭十功曹穎士、故邵十六軫，未冠進太學，皆苦貧共弊。同年三人登科，相次典校。邵後三人及第也〔一五〕。屬詞慕孔門，入仕希上公。緯卿陷非罪，折我昆吾鋒。邵字緯卿〔一六〕，以冤横貶卒南中。茂挺獨先覺，拔身渡京虹。斯人謝明代，百代墜鵷鴻。蕭天寶末知亂，棄官往江東殯葬先人，逝于汝南〔一七〕。世故墜横流，與君哀路窮。逆胡陷兩京，華與趙受辱賊中〔一八〕。相顧無死節，蒙恩逐殊封。華貶杭州司功，趙貶泉州晉江尉。天波洗其瑕，朱衣備朝容。華承恩累遷尚書郎。趙拜補闕御史〔一九〕。一别凡十年，豈期復相從。餘生得攜手，遺此兩孱翁。群遷失鶯羽，後凋惜長松。衰旅難重别，悽悽滿心胸。遇勝悲獨游，貪奇悵孤逢。禽尚彼何人，胡爲束樊籠？吾師度門教，投弁躡遐蹤。

【校箋】

〔一〕《文苑英華》卷七〇二獨孤及《趙郡李公中集序》(《唐文粹》卷九二題作《唐司封員外郎李華中集序》)：「公名華，字遐叔，趙郡人。……開元二十三年舉進士。天寶二年，舉博學宏詞，皆爲科首。……十一年，拜監察御史……除右補闕。禄山之難……時繼太夫人在鄴，初，潼關敗書聞，或勸公走蜀，詣行在所，公曰：『奈方寸何！不若間行問安否，然後輦母安輿而逃。』謀未果，爲盜所獲。二京既復，坐謫杭州司功參軍。……無何，詔復授左補闕，又加尚書司封員外郎。璽書連徵，公卿以下傾首延佇，至止之日，將以司言處公，公曰：『焉有隳節辱志者，可以荷君之寵乎？』遂稱疾請告。故相國梁公峴之領選江南也，表爲從事，加檢校吏部郎中。明年，遇風痺，徙家于楚州山陽縣。」《紀事》本此。「欲輦母而逃」句原脱「欲」字，《新唐書》卷二〇三《李華傳》作「欲間行輦母而逃」，與獨孤及《序》合，今據補。

〔二〕「乘輿臨太學」句「輿」字與「三老與五更」句「與」字原誤倒，據《唐文粹》卷一八改。

〔三〕「十萬」原作「千萬」，據《唐文粹》改。

〔四〕「泉石」，《唐文粹》作「林泉」，《唐詩品彙》同。

〔五〕「三十年」原作「五十年」，據《唐文粹》、《唐詩品彙》改。

〔六〕「開」原作「閉」，據《全唐詩》改。

〔七〕「了」原作「子」，據《全唐詩》改。

〔八〕「尚」原作「上」，據《唐詩品彙》及毛本改。

〔九〕「公卿」原作「八卿」，據《唐文粹》、《唐詩品彙》改。

〔一〇〕「深艶」原作「深蘢」，其下注云「千定反。楚越謂竹樹深者爲艶」原作「千宗反，楚越謂竹樹深者爲蘢」，據《唐文粹》改。

〔一二〕「白鳥」，《唐文粹》作「白鷴」。

〔一三〕「涵石」原作「滔石」，據《唐文粹》改。

〔一三〕「迴頸」原作「迵頸」，據《唐文粹》改。

〔一四〕「蕭邵」原作「蕭郊」，據《唐文粹》改。

〔一五〕此注原作「華與趙七侍御驊、故蕭十功曹皆苦貧幫弊，同年三人登科，穎士、故邵十六軫未冠進太學，相次與校，邵後三人及第也」，據《唐文粹》乙改。

〔一六〕此注原作「郡字緯卿」，據《唐文粹》改。

〔一七〕此注「汝南」原作「江南」，據《唐文粹》改。《新唐書·蕭穎士傳》作「後客死汝南逆旅」。

〔一八〕此注「賊中」原作「見中」，據《唐文粹》改。

〔一九〕此注「補闕」原作「補聞」，據《唐文粹》改。

崔顥

擢進士第，有文無行，終司勳員外郎。初，李邕聞其名，虚舍待之。顥至獻詩，首章云：十五嫁王昌。邕叱曰：小兒無禮。不與接而去〔一〕。

孟門行云：黄雀銜黄花，翩翩傍簷隙。本擬報君恩，如何反彈射？金壘美酒滿座春，平原愛才多衆賓〔二〕。滿堂盡是忠義士，何意得有讒諛人〔三〕。諛人翻覆那可道，能令君心不自保。北園新栽桃李枝，根株未固何轉移。成陰結子君自取〔四〕，若問傍人那得知。

霍將軍云：長安甲第高入雲，誰家居住霍將軍。日晚朝迴擁賓從，路旁揖拜何紛紛。莫言炙手手可熱，須臾火盡灰亦滅。莫言貧賤即可欺，人生富貴自有時。一朝天子賜顔色，世上悠悠應始知〔五〕。

黄鶴樓詩：昔人已乘白雲去〔六〕，此地空餘黄鶴樓〔七〕。黄鶴一去不復返，白雲千載空悠悠。晴川歷歷漢陽樹，春草淒淒鸚鵡洲〔八〕。日暮鄉關何處是，煙波江上使人愁。世傳太白云：眼前有景道不得，崔顥題詩在上頭。遂作鳳凰臺詩以較勝負〔九〕。恐不然。

王家少婦詩云〔一〇〕：十五嫁王昌，盈盈出畫堂〔一一〕。自憐年最小〔一二〕，復倚婿爲郎。舞愛前溪緑，歌憐子夜長。閑來鬭百草〔一三〕，度日不成粧。

殷璠云：顥少年爲詩，屬意浮豔，多陷輕薄，晚歲忽變常體，風骨凛然。一窺塞垣，説盡戎旅。如殺人遼水上，走馬漁陽歸。錯落金鎖甲，蒙茸貂鼠衣。又秋風吹淺草，獵騎何翩翩。插羽兩相顧，鳴弓新上弦。鮑昭、江淹，須有慙色〔一四〕。

古游俠呈軍中諸將云〔一五〕：少年負膽氣，好勇復知機。仗劍出門去，孤城逢合圍。殺人遼水上，走馬漁陽歸。錯落金鎖甲，蒙茸貂鼠衣。還家行且獵，弓矢速如飛。地迥鷹狗疾，草深狐兔肥。腰間帶兩綬〔一六〕，轉盼生光輝。顧謂今日戰，何如隨建威？

贈王威古云：三十羽林將，出身常事邊。秋風吹淺草，獵騎何翩翩。插羽兩相顧，鳴弓新上弦。射麋入深谷，飲馬向寒泉〔一七〕。馬上共傾酒，野中聊割鮮。相看未及飲〔一八〕，雜虜寇幽燕〔一九〕。烽火去不息，〔二〇〕，胡塵高際天〔二一〕。長驅救東北，戰解城亦全。報國行赴難，古來皆共然。

送單于裴都護云〔二二〕：征馬出翩翩，秋城月正圓。單于莫近塞，都護欲臨邊〔二三〕。漢驛通烟火，胡沙乏井泉〔二四〕。功成須獻捷，未必去經年。

題隱侯八詠樓云：梁日東陽守〔二五〕，爲樓望越中。緑牕明月在，青史古人空。江靜聞山狖，川長數塞鴻〔二六〕。登臨白雲晚，流恨此遺風。

遼西云：燕郊芳歲晚，殘雪凍邊城。四月青草合，遼陽春水生。胡人正牧馬，漢將日徵兵。露重寶刀濕，沙虛金鼓鳴〔二七〕。寒衣着已盡，春服誰與成？寄語洛陽使〔二八〕，爲傳邊戍情。

渭城少年行云：洛陽二月梨花飛，秦地行人春憶歸。揚鞭走馬城南陌，朝逢驛使秦川客。驛使前日發章臺，傳道長安春早來。棠梨宫中燕初至，蒲萄館裏花正開。念此使人歸更早〔二九〕，三月便達長安道。長安道上春可憐，摇風蕩日曲江邊。萬户樓臺臨渭水，五陵花柳滿秦川。秦川寒食盛繁華，游子春來不見家。鬭鷄下社春初合，走馬章臺日半斜。章臺帝城稱貴里，青樓日晚歌鍾起。貴里豪家白馬驕。五陵年少不相饒，雙雙挾彈來金市，兩兩鳴鞭上渭橋。渭城橋頭酒新熟，金鞍白馬誰家宿？可憐錦瑟箏琵琶，玉壺清酒就君家。小婦春來不解羞，嬌歌一曲楊柳花〔三〇〕。

【校箋】

〔一〕《新唐書》卷二〇三《孟浩然傳》附《崔顥傳》：「崔顥者，亦擢進士第，有文無行。好蒱博，嗜酒。娶妻惟擇美者，俄又棄之，凡四五娶。終司勳員外郎。初李邕聞其名，虛舍邀之，顥至獻詩，首章曰：『十五嫁王昌。』邕叱曰：『小兒無禮！』不與接而去。」顥見李邕事出《唐國史補》卷上。《國秀集》卷中目録題曰「太僕寺丞崔顥」。

〔二〕「愛才」原作「愛財」，據《河岳英靈集》改。

〔三〕「諛人」，《樂府詩集》卷九一同，《河岳英靈集》作「諛言」。

〔四〕「結子」，《河岳英靈集》同，《唐文粹》作「結實」。

〔五〕「始知」，《河岳英靈集》、《樂府詩集》卷六〇作「自知」。

〔六〕「白雲」，《國秀集》卷中、《又玄集》、《才調集》及《文苑英華》卷三三三並同。唯《唐百家詩選》作「黄鶴」，《全唐詩》從之。

〔七〕「此地空餘」，《河岳英靈集》同，《文苑英華》作「兹地空遺」。

〔八〕「淒淒」，《河岳英靈集》作「萋萋」，《文苑英華》作「青青」。

〔九〕《後村詩話》：「古人服善，太白過黄鶴樓有『眼前有景道不得，崔顥題詩在上頭』之句，至金陵，遂爲《鳳皇臺》詩以擬之。」《苕溪漁隱叢話》前集卷五録李畋《該聞録》亦記其事云：「太白負大名，尚曰『眼前有景道不得，崔顥題詩在上頭』，欲擬之較勝負，乃作《金陵登鳳皇臺》詩。」

〔一〇〕詩題《搜玉小集》及《文苑英華》卷二〇五並作《古意》。

〔一一〕「出」原作「入」，據《搜玉小集》、《文苑英華》改。

〔一二〕「自憐年最小」，《搜玉小集》作「自矜年正少」，《文苑英華》作「自矜年正小」。

〔一三〕「閑來」，《搜玉小集》、《文苑英華》作「閑時」。

〔一四〕此《河岳英靈集》評崔顥語，「一窺塞垣，説盡戎旅」八字原脱，據補。

〔一五〕詩題《國秀集》、《又玄集》作《古游俠》，《樂府詩集》卷六七作《游俠篇》。

〔一六〕「帶」，《唐文粹》、《文苑英華》、《又玄集》作「懸」。

〔一七〕「向寒泉」，《河岳英靈集》、《文苑英華》卷二五〇作「投荒泉」。

〔一八〕「飲」原作「醉」，據《河岳英靈集》及《文苑英華》改。

〔一九〕「寇」原作「叩」，據《河岳英靈集》及《文苑英華》改。

〔二〇〕「去」原作「知」，據《河岳英靈集》及《文苑英華》改。

〔二一〕「胡塵」，《河岳英靈集》、《文苑英華》作「胡山」。

〔二二〕詩題《河岳英靈集》同，《文苑英華》卷三〇〇作《送單于裴都護赴西河》。

〔二三〕「臨邊」，《文苑英華》同，《河岳英靈集》作「回邊」。

〔二四〕「井泉」，《文苑英華》同，《河岳英靈集》作「水泉」。

〔二五〕「梁日」，沈約爲東陽太守在齊鬱林王隆昌元年，尚未入梁（見《梁書》卷一三《沈約傳》），但《國秀集》、《文苑英華》卷三一二俱同，疑作者之誤。

〔二六〕「鴻」原作「鳴」，據《國秀集》、《文苑英華》改。

〔二七〕「金鼓」，《唐文粹》、《文苑英華》卷二九九同，《河岳英靈集》作「金甲」。

〔二八〕「寄語」原作「寄言」，據《河岳英靈集》、《唐文粹》及《文苑英華》改。

〔二九〕「念此」原作「問念」，據《文苑英華》卷一九四、《樂府詩集》卷六六及《唐百家詩選》改。

〔三〇〕「秦川寒食盛繁華」以下十六句原無，據《文苑英華》、《樂府詩集》補。《唐百家詩選》題作「《渭城少年行》二首」，分「秦川寒食盛繁華」以下爲第二首。審詩意，當作一首爲是。

李嘉祐

字從一。上元中嘗爲台州刺史，大曆間刺袁州〔一〕。李肇記漠漠水田飛白鷺，陰陰夏木囀黄鸝之句，本嘉祐詩，而集中不見〔二〕。與嚴維、劉長卿、冷朝陽友善。嘗有詩：四年謫宦滯江城，未厭門前鄱水清。誰言宰邑化黎庶，欲别雲山如弟兄。雙鷗爲底無心狎，白髮從他繞鬢生。惆悵閑眠臨極浦，夕陽秋草不勝情〔三〕。嘉祐蓋嘗謫宦〔四〕，但不知其故。嘉祐有然有元日無衣冠入朝云〔五〕：白髭空换歲，丹陛不朝天。其坎坷之狀，可少見矣。

送從叔陽冰寄從弟紓及姪端詩，蓋三子之族也。

游鶴林寺云〔六〕：野寺江城近，雙旌五馬過。禪心超忍辱，梵語問多羅。松竹閑僧老，雲霞晚日和〔七〕。寒塘歸路轉，清磬隔微波。

送王牧往吉州謁王使君叔云〔八〕：細草緑汀洲，王孫耐薄游。年華初冠帶，文體舊弓裘。野渡花爭發，春塘水亂流。使君憐小阮〔九〕，應念倚門愁。

仲夏江陰官舍寄裴明府云：萬室邊江次〔一〇〕，孤城對海安。朝霞晴作雨，濕氣晚生寒〔一一〕。苔色侵衣桁，潮痕上井欄。題書招茂宰〔一二〕，思爾欲辭官〔一三〕。

潤州陽别駕宅送蔣侍御收兵歸揚州云〔一四〕：沴氣清金虎〔一五〕，兵威壯鐵冠。揚旌川色暝，吹角水風寒。人對輜軿醉，花看睥睨殘。羨歸丞相府，空望舊門欄。

高仲武云：袁州自振藻天朝〔一六〕，大收芳譽，中興高流也。與錢郎別爲一體，往往涉于齊梁，綺靡婉麗〔一七〕，蓋吴均〔一八〕、何遜之敵也。至于野渡花爭發，春塘水亂流；朝霞晴作雨，濕氣晚生寒〔一九〕，文華之冠冕也。又禪心超忍辱，梵語問多羅，設使許詢更出，孫綽復生〔二〇〕，窮思極筆，未到此境。

和苗員外發秋夜宿直云：久雨南宮夜，仙郎寓直時。漏長丹鳳闕，秋老白雲司〔二一〕。螢影侵堦亂，鴻聲出苑遲。蕭條人吏散，小謝有新詩。姚合取爲極玄集。

戴叔倫夜發袁州寄李潁川詩，即嘉祐也。詩云：半夜迴舟入楚鄉〔二二〕，月明山水共蒼蒼。孤猿更叫秋風裏〔二三〕，不是愁人亦斷腸。時李貶于此。

【校箋】

〔一〕席刻《唐百家詩》載宋謝克家《李嘉祐詩集序》：「按嘉祐上元中嘗爲台州刺史。大曆間，又刺袁州。」按《極玄集》云：「李嘉祐，字從一，袁州人。天寶七載進士，大曆中，泉州刺史。」而《郡齋讀書志》、《唐才子傳》皆云嘉祐爲趙州人。當以作趙州人爲是，所官則袁州而非泉州。《中興間氣集》稱「袁州自振藻天朝」，《唐百家詩選》稱：「李嘉祐，字從一，大曆中，爲袁州刺史。」《新唐書·藝文志》注：「別名從一，袁州、台州二刺史。」皆與謝克家《序》合，可證。

〔二〕謝克家《序》又云：「李肇記王維『漠漠水田飛白鷺，陰陰夏水轉黃鸝』之句，本于嘉祐，而卷中亦不復見。」李肇所記見《唐國史補》卷上。

〔三〕明銅活字本（下同）《李嘉祐集》載此詩，題作《承恩量移宰江邑臨鄱江悵然之作》。詩中「謫宦」原作「謫官」，「弟兄」原作「兄弟」，據改。

〔四〕「謫宦」原作「謫官」，據毛本改。

〔五〕「有」原作「見」，據毛本改。

〔六〕詩題《文苑英華》卷二三五作《奉陪韋潤州游鶴林寺》，《李嘉祐集》同。

〔七〕「雲霞晚日和」，《文苑英華》作「雲烟晚日多」。

〔八〕詩題「牧」原作「收」，脱「叔」字，據《文苑英華》卷二七一及《李嘉祐集》改補。

〔九〕「憐」原作「矜」，據《文苑英華》、《唐百家詩選》及《李嘉祐集》改。

〔一〇〕「萬室」原作「萬里」，據《文苑英華》卷二五三及《李嘉祐集》改。

〔一一〕「晚」原作「曉」，據《中興閒氣集》及《李嘉祐集》改。《文苑英華》作「夜」。

〔一二〕「招」，《李嘉祐集》同，《文苑英華》作「寄」。

〔一三〕「思」原作「畏」，據《文苑英華》及《李嘉祐集》改。

〔一四〕詩題原脱「陽别駕宅」、「州」五字，據《文苑英華》卷二七一補。《李嘉祐集》與《英華》同。《中興閒氣集》「陽」作「王」，「蔣侍御」作「蔣九侍御」。

〔一五〕「沴氣」原作「冷氣」，據《中興閒氣集》、《文苑英華》、《李嘉祐集》改。

〔一六〕「袁州自振藻天朝」原作「嘉祐袁州人，振藻天朝」，據《中興閒氣集》改，説見校箋〔一〕。《中興閒氣集》諸家評語，例稱官名，無舉其籍里者，「袁州」，即袁州刺史，猶稱柳宗元爲「柳州」也。

〔一七〕「靡」原作「美」，據《中興閒氣集》改。

〔一八〕「吴均」原作「吴筠」，據《中興閒氣集》改。

〔一九〕「晚」原作「曉」，據《中興閒氣集》改。

〔二〇〕「許詢更出，孫綽復生」原作「許珣更生，孫綽復在」，據《中興閒氣集》改。

〔二一〕「秋老」原作「秋冷」，據《中興閒氣集》、《極玄集》改。

〔二二〕「楚鄉」原作「禁鄉」，據《萬首唐人絶句》改。

〔二三〕「更叫」原作「更發」，據《萬首唐人絶句》改。

王翰

古長城吟云〔一〕：長安少年無遠圖〔二〕，一生唯羡執金吾，麒麟前殿拜天子，走馬西擊長城胡〔三〕。胡沙獵獵吹人面，漢虜相逢不相見，遥聞鼙鼓動地來〔四〕，傳道單于夜猶戰。此時顧恩寧顧身，爲君一行摧萬人，壯士揮戈迴白日，單于濺血染朱輪。迴來飲馬長城窟〔五〕，長城道傍多白骨，問之耆老何代人？云是秦王築城卒。黄昏塞北無人烟，鬼哭啾啾聲沸天，無罪見誅功不賞，孤魂流落此城邊。當昔秦王按劍起，諸侯膝行不敢視，富國强兵二十年，築怨興徭九千里。秦王築城何太愚，天實亡秦非北胡，一朝禍起蕭牆内，渭水咸陽不復都。

翰，字子羽，晉陽人。少豪健恃才。張嘉貞、張説爲并州長史，厚禮之。爲駕部員外郎，坐事貶道州司馬，卒〔六〕。

明皇送張説巡邊應制云：紫綬尚書印〔七〕，朱軿丞相車。登朝身許國，出閫將辭家。不憚炎蒸苦，親嘗走馬賒。選徒軍有令，誓卒爾無譁。帝樂風初起，王城日半斜。寵行流聖作，寅餞照台華〔八〕。騎歷河南樹，旌摇天北沙。榮懷應盡服，嚴殺已先加。業峻靈祇保，功成道路嗟。寧如鑿空使〔九〕，遠致石榴花。

送張説赴集賢院上賜讌賦得筵字云：東堂起集賢，貴得俊神仙〔一〇〕。首命台階老，將崇御府員〔一一〕。送人將玉珮，中使拂瓊筵。和樂薰風解〔一二〕，湛恩時雨連。長材咸磊落〔一三〕，短翮强翩翾〔一四〕。徒仰蓬萊地，何階不讓緣。

恩賜樂游園宴應制云：未極人心暢，何如帝道明。仍嫌酺宴促，復寵樂游行。陸海披珍藏，天河直斗城〔一五〕。四關青靄合〔一六〕，數處白雲生。飪餗調元氣，歌鐘溢雅聲。空慚堯舜力，至德杳難名〔一七〕。

【校箋】

〔一〕詩題《唐文粹》卷一二同。《樂府詩集》卷三八作《飲馬長城窟行》。

〔二〕「長安」原作「長沙」，據《唐文粹》、《樂府詩集》改。

〔三〕此句《唐文粹》作「走馬長城西擊胡」，《樂府詩集》作「走馬爲君西擊胡」。

〔四〕「鼙鼓」原作「鐘鼓」，據《唐文粹》、《樂府詩集》改。

〔五〕「迴來」，《樂府詩集》同，《唐文粹》作「歸來」。

〔六〕《新唐書》卷二〇二《王翰傳》：「王翰，字子羽，并州晉陽人。少豪健恃才，及進士第，然喜蒱酒。張嘉貞爲本州長史，偉其人，厚遇之。……張説至，禮益加。……方説輔政，故召爲秘書正字，擢通事舍人，駕部員外郎。……説罷宰相，翰出爲汝州長史，徙仙州别駕。日與才士豪俠樂游畋，伐鼓窮歡，坐貶道州司馬，卒。」

〔七〕「紫綬」原作「紫盭」，據《文苑英華》卷一七七改。

〔八〕「照」原作「至」，據《文苑英華》及《四部叢刊》影明刊本（下同）《張説之文集》附載此詩改。

〔九〕「如」原作「知」，據《文苑英華》及《張説之文集》附載此詩改。

〔一〇〕「俊」，《文苑英華》卷一六八作「從」。

〔一一〕「員」原作「圓」，據《文苑英華》及《張説之文集》附載此詩改。

〔一二〕「薰風」，《文苑英華》作「春風」。
〔一三〕「咸」原作「成」，據《文苑英華》改。
〔一四〕「翩翾」原作「翩翩」，據《文苑英華》及《張説之文集》附載此詩改。
〔一五〕「直」，《文苑英華》卷一七五作「望」。《張説之文集》附載此詩作「閶」。
〔一六〕「青」原作「清」，據毛本改。《文苑英華》及《張説之文集》附載此詩亦作「清」。
〔一七〕「沓」原作「沓」，據《文苑英華》改。

唐詩紀事校箋卷第二十二

任　華　鄒象先　賈　至　韋　述　裴耀卿
解彥融　儲光羲　孫　翃　梁知微　沈千運
魏　萬　元　結　張　均　李　嶷　萬齊融
宋　鼎　崔　頌

任　華

雜言寄李白：古來文章有能奔逸氣，聳高格，清人心神，驚人魂魄。我聞當今有李白，大獵賦〔一〕，鴻猷文，嗤長卿，笑子雲。班張所作瑣細不入耳，未知卿雲得在嗤笑限否〔二〕。登廬山，觀瀑布，海風吹不斷，江月照還明，余愛此兩句。登天台，望渤海，雲垂大鵬飛〔三〕，山壓巨鼇背，斯言亦好在〔四〕。至于他作多不拘常律，振擺超騰，既俊且逸。或醉中操紙，或興來走筆。手下忽然片雲飛，眼前劃見孤峰出。而我有時白日忽欲睡，睡覺欻然起攘臂〔五〕。任生知有君，君也知有任生未？中間聞道在長安，及余戾止，君已江東訪元丹。邂逅不得見君面，每常把酒向東望良久〔六〕。見說往年在翰林，胸中矛戟何森森，新詩傳在宫人口，佳句不離明主心。身騎天馬多意氣，目送飛鴻對豪貴，承恩召入凡幾迴，待詔歸來仍半醉。權臣妬盛名，群犬多吠聲。有勑放却君歸隱淪處〔七〕，高歌大笑出關去。且向東山爲外臣，諸侯交迓馳朱輪，白璧一雙買交者，黄金百鎰相知人。平生傲岸其志不可測，數十年爲客未嘗一日低顔色。八詠樓中坦腹眠，五侯門下無心憶，繁花越臺上，細柳吴宫側，緑水青山知有君，白雲明月偏相識。養高兼養閑〔八〕，可見不可攀，莊周萬物外，范蠡五湖間。又聞訪道滄海上，丁令王喬時還往，蓬萊經是曾到來，方丈豈唯方一丈。伊余每欲乘興遠相尋，江湖擁隔勞寸心。今朝忽遇東飛翼，寄此一章表胸臆，儻能報我一片言，但訪任華有人識。

雜言寄杜拾遺云：杜拾遺，名甫第二才甚奇。任生與君别來已多時，何嘗一日不相思！杜拾遺，知不知？昨日有人誦得數篇黄絹詞，吾怪異奇特借問，果然稱是杜二之所爲。勢攫虎豹，氣騰蛟螭，滄海無風似鼓蕩，華嶽平地欲奔馳。曹劉俯仰慙大敵，沈謝逡巡稱小兒。昔在帝城中，盛名君一箇，諸人見所作，無不心膽破。郎官叢裏作狂歌，丞相閣中常醉卧。前年皇帝歸長安，承恩闊步青雲端，積翠扈游花匼匝，披香寓直月團欒。英才特達承天睠，公卿誰不相欽羡〔九〕。只緣汲黯好直言，遂使安仁却爲掾。如今避地錦城隅，幕下英寮每日相就提玉壺，半醉起舞捋髭鬚，乍低乍昂傍若無。古人制禮但爲防俗士，豈得爲君設之乎！而我不飛不鳴亦何以，只待朝廷有知己。亦曾讀却無限書〔一〇〕，拙詩一句兩句在人耳。如今看之總無益，又不能崎嶇倚朝市，且當事耕稼，豈得便徒爾。南陽葛亮爲朋友，東山謝安作隣里。閑常把琴弄，悶即攜樽起。鶯啼二月三月時，花發千山萬山裏，此中幽曠無人知。火急將書憑驛使〔一一〕，爲報杜拾遺。

高適贈任華云：丈夫結交須結貧，貧者結交交始親。世人不解結交者，唯重黄金不重人。黄金雖多有盡時，結交一成無竭期。君不見管仲與鮑叔，至今留名名不移。

摭言載〔一二〕：華告辭京尹賈大夫書，責其恃才傲物。又與京兆杜中丞書，責其始以文章見知，而終不相顧。上御史嚴大夫牋，以爲失在于倨，闕在于恕，欲其遇士誠于倨，撫下弘以恕，可以長守富貴。與庾中丞書云：公幸以文章見許，以補袞相期。公頃謂李太僕曰：任子文詞，可謂卓絶，負寃以久，何不奏與太僕丞？然公之相待，何前緊而後慢耶〔一三〕！華本野人，常思漁釣，尋當杖策〔一四〕，歸乎舊山，非有機心，致斯扣擊〔一五〕。但以今之後進，皆屬望于公，公其留意焉。

【校箋】

〔一〕「大獵賦」，《又玄集》同，《文苑英華》卷三四〇作「大鵬賦」，兩《賦》均見《李太白文集》中。

〔二〕「否」字原脱，據《文苑英華》補。

〔三〕「大」原作「天」，據《又玄集》、《文苑英華》改。
〔四〕「在」字原脱，據《又玄集》、《文苑英華》補。
〔五〕「睡覺欻然起攘臂」，《又玄集》、《文苑英華》作「覺之不覺欻然起攘臂」。毛本與此同。
〔六〕「向」原作「背」，據《又玄集》、《文苑英華》改。
〔七〕「却」、「處」原脱，據《又玄集》、《文苑英華》補。
〔八〕「兼養閑」原作「簾卷閑」，據《又玄集》、《文苑英華》改。
〔九〕「誰不」原作「無不」，據《又玄集》、《文苑英華》改。
〔一〇〕「亦」原作「已」，據《文苑英華》改。
〔一一〕「驛使」原作「驛吏」，據毛本改。《又玄集》、《文苑英華》亦作「驛吏」。
〔一二〕此下所引任華四書全文均見《摭言》卷一一，並收入《全唐文》卷三七六。
〔一三〕《摭言》此數句原作「『……何不奏與太僕丞！』華也不才，皆非所望，然公之相待，何前緊而後慢耶？」文意甚明。毛本改「丞」字爲「亟」字，又以「然」字屬上，增「之」字，實誤，今不從。
〔一四〕「尋當」原作「尋常」，據《摭言》及《全唐文》改。
〔一五〕「扣擊」原作「扣繫」，據《摭言》及《全唐文》改。

鄒象先

象先尉臨涣〔一〕，蕭穎士自京邑無成東歸，以象先同年生也，作詩贈之。來年，蕭補正字，象先寄詩重述前事云：六月度關雲，三峰玩山翠。爾時黄綬屈，別後青雲致。蕭答云：桂枝常共擢，茅茨冀同薦。一命何阻脩，載馳各州縣。壯圖悲歲月，明代恥貧賤。回首無津梁，祇令二毛變。

【校箋】

〔一〕「臨涣」原作「臨漁」，據毛本改。

賈至

岳陽樓宴王員外貶長沙云：極浦三春草，高樓萬里心。楚山晴靄碧，湘水暮流深。忽與朝中舊〔一〕，同爲澤畔吟。停盃試北望，還欲淚沾襟。

侍讌曲云：雲陛褰珠扆〔二〕，丹墀覆緑楊。隔簾粧掩映，向席舞低昂。鳴珮長廊静，開冰廣殿涼〔三〕。歡餘劍履散〔四〕，同輦入昭陽。

馮昭儀當熊云：白羽插彫弓，蜺旌動朔風。平明出金屋，扈輦上林中。逐獸長廊静，呼鷹御苑空。王孫莫諫獵，賤妾解當熊。

早朝大明宫云：銀燭朝天紫陌長〔五〕，禁城春色曉蒼蒼。千條弱柳垂青瑣，百囀流鶯繞建章〔六〕。劍珮聲隨玉墀步，衣冠身惹御爐香〔七〕。共沐恩波鳳池裏，終朝默默侍君王〔八〕。王維、杜甫、岑參同和。

自蜀奉册命往朔方途中作云〔九〕：胡羯亂中夏，鑾輿忽南巡〔一〇〕。衣冠陷戎寇〔一一〕，狼狽隨風塵。豳公秉大節，臨難不顧身。激昂白刃前，濺血下沾巾。尚書抱忠義，歷險披荆榛〔一二〕。扈從出劍門，登翼岷江濱。時望挹侍郎〔一三〕，公才標縉紳。亭亭崑山玉，皎皎無緇磷。顧惟乏經濟，扞牧陪從臣。永願雪會稽，仗劍清咸秦〔一四〕。太皇時内禪，神器付嗣君〔一五〕。新命集舊邦，至德被遠人。捧册自南服，奉詔趨北軍〔一六〕。覲謁心載馳，違離難重陳。策馬出蜀山，畏途上緣雲。飲啄叢菁間，棲息虎豹群。崎嶇凌危棧，惴慄驚心神〔一七〕。峭壁上嶔岑，大江下沄沄。皇風扇八極，異類懷深仁。元兇誘黠虜〔一八〕，肘腋生妖氛〔一九〕。明主信英武，威聲赫殊鄰〔二〇〕。誓師自朔方，旗幟何繽紛？鐵騎照白日，旄頭拂秋旻。將來盪滄溟，寧止蹴崑崙。古來有迍難，否泰長相因。夏康纘禹績，代祖復漢勳。于役各勤王〔二一〕，驅馳拱紫宸。豈惟太公望，往昔逢周文。誰謂三傑才〔二二〕，功業獨殊倫〔二三〕。感此慰行邁，無爲歌苦辛。帝傳位，至撰册進稿，帝曰：先天誥命，乃父爲之辭，今兹命又爾爲之，兩朝盛典，出卿父子之手，可謂繼美矣〔二四〕！

至，字幼鄰，曾之子也。肅宗時爲中書舍人，坐小法貶岳州司馬。在巴陵有詩寄朝中友人云：江南春草初冪冪，愁殺江南獨愁客。秦中楊柳也應新，轉憶秦中相憶人。萬里鶯花不相見，登高一望淚沾巾。寶應初，召復故官。大曆中，位右散騎常侍，卒〔二五〕。

李白寄至詩云〔二六〕：賈生西望憶京華，湘浦南遷莫怨嗟。聖主恩深漢文帝，憐君不遣到長沙。

【校箋】

〔一〕「忽與」原作「或謂」，據毛本改。

〔二〕「珠扆」原作「衣裳」，據《文苑英華》卷一六九改。

〔三〕「開冰」原作「如冰」，據《文苑英華》改。

〔四〕「歡餘」原作「餘歡」，據《文苑英華》改。

〔五〕「朝天」原作「薰天」，據《文苑英華》卷一九〇及《杜工部集》附載此詩改。

〔六〕「繞」，《文苑英華》同，《杜集》附載此詩作「滿」。

〔七〕「身惹」原作「氣接」，《文苑英華》作「氣染」，《杜集》附載此詩作「身染」，此據毛本改。

〔八〕「終朝默默」，《文苑英華》同，《杜集》附載此詩作「朝朝染翰」。王維、岑參和作並附載《杜集》。

〔九〕詩題《文苑英華》卷二五三「途中」下尚有「呈韋左相文部房尚書門下崔侍郎」十四字。

〔一〇〕「忽」原作「或」，據《文苑英華》改。

〔一一〕「戎寇」原作「寇戎」，據《文苑英華》改。

〔一二〕「荆」原作「蒼」，據《文苑英華》改。

〔一三〕「挹」原作「揖」，據《文苑英華》改。

〔一四〕「仗」原作「一」，據《文苑英華》改。

〔一五〕「君」原作「孫」，據《文苑英華》改。

〔一六〕「誥」原作「詔」，據《文苑英華》改。

〔一七〕二句原作「嶇崎凌棧危，惴惴慄心神」，據《文苑英華》改。

〔一八〕「黠」原作「熟」，《文苑英華》亦作「熟」，注云：「一作黠」，「黠」字義勝，據改。毛本作「黠」。

〔一九〕「腋」原作「腕」，據《文苑英華》改。

〔二〇〕「赫殊鄰」原作「嚇四鄰」，據《文苑英華》改。

〔二一〕「于役」原作「干後」，據《文苑英華》改。

〔二二〕「誰」原作「語」，據《文苑英華》改。

〔二三〕「功」原作「公」，據《文苑英華》改。

〔二四〕《新唐書》卷一一九《賈曾傳》附《賈至傳》：「從玄宗幸蜀，拜起居舍人，知制誥。帝傳位，至當撰册，既進稿，帝曰：『昔先天誥命，乃父爲之辭，今兹命册，又爾爲之，兩朝盛典，出卿家父子手，可謂繼美矣。』」

〔二五〕《新唐書·賈曾傳》附《賈至傳》：「歷中書舍人……坐小法貶岳州司馬。……寶應初，召復故官。……大曆初，徙兵部。累封信都縣伯，進京兆尹。七年，以右散騎常侍卒。」《文苑英華》卷二五三載此詩，題作《巴陵寄李二户部張十四禮部》。詩中「春草」作「芳草」，「應新」作「應春」。

〔二六〕影宋蜀本《李太白文集》載此詩，題作《巴陵贈賈舍人》。

韋述

晚度伊水詩云：悠悠涉伊水，伊水清見石。是時春向深，兩岸草如積。迢遞望洲嶼〔一〕，逶迤亘津陌。新樹落疎紅，遥原上新碧。回瞻洛陽遠〔二〕，遽有長山隔〔三〕。烟霧猶辨家〔四〕，風塵已爲客。登涉多異趨〔五〕，往來見行役。雲起早已昏，鳥飛日將夕。光陰逝不借，超然慕疇昔。遠游亦何爲〔六〕？歸來存竹帛。

送張説上集賢學士應制云〔七〕：修文中禁啟，改字令名加〔八〕。台座徵人傑，書坊應國華。賦詩開廣宴，賜酒酌流霞。雲散明金闕，池開照玉沙。掖垣留宿鳥，温樹落餘花。謬此天光及，銜恩醉日斜。

述，純厚長者，澹榮利，任史官二十年，典掌圖書餘四十年。天寶間，爲國子司業，充集賢學士。禄山亂，抱國史藏南山。陷賊，授僞官。賊平，流渝州，爲刺史薛舒所困，不食死〔九〕。

【校箋】

〔一〕「洲」原作「州」，據《文苑英華》卷二九〇及《唐百家詩選》改。

〔二〕此句原作「回首瞻洛陽」，據《文苑英華》改。《唐百家詩選》作「回瞻洛陽苑」。

〔三〕「長山」，《唐百家詩選》同，《文苑英華》作「長江」。

〔四〕「辨」原作「隔」，據《文苑英華》、《唐百家詩選》改。

〔五〕「登涉多異趨」，《唐百家詩選》同，《文苑英華》作「登陟多異趣」。

〔六〕「游」原作「近」，據《文苑英華》、《唐百家詩選》改。

〔七〕《文苑英華》卷一六八載此詩，題作《奉和聖製送張説赴集賢院賦得筆字》。

〔八〕「改字」，影明刊本《張説之文集》附載此詩同，《文苑英華》作「改物」。

〔九〕《新唐書》卷一三二《韋述傳》：「改國子司業，充集賢學士。……述典掌圖書，餘四十年，任史官二十年，澹榮利，爲人純厚長者，當世宗之。……安禄山亂，剽失皆盡，述獨抱國史藏南山，身陷賊，污僞官。賊平，流渝州，爲刺史薛舒所困，不食死。」《紀事》本此，「陷賊授僞官」原作「臣賊」，據史文改。

裴耀卿

耀卿爲宣州刺史日〔一〕，張九齡經當塗界，以詩寄之〔二〕。又有江上使風詩寄耀卿云〔三〕：江路與天連，風帆何淼然。遥林浪出没，孤舫鳥聯翩。常自千鈞重，深思萬事捐。報恩非徇禄，還逐賈人船。耀卿和當塗詩云：茂先實王佐，仲舉信時英。氣覩衝天發，人將下榻迎。珪符肅有命〔四〕，江國遠徂征。九派期方越，千鈞或可輕〔五〕。高帆出風迴，孤嶼入雲平。湍邁嗟于役，離憂空自情。飾簪陪早歲〔六〕，接壤廁專城。曠别心彌軫，宏規義轉傾。徒然恨飢渴〔七〕，況乃諷瑶瓊。再酬使風見示云：兹地五湖隣，艱哉萬里人〔八〕！驚飈翻是託，危浪亦相因。宣室才華子，金閨諷議臣。承明有三入，去去速歸輪。

【校箋】

〔一〕《新唐書》卷一二七《裴耀卿傳》：「爲濟州刺史……俄徙宣州。」

〔二〕《曲江集》卷二有《當塗界寄裴宣州》詩，亦載《文苑英華》卷二五〇。

〔三〕《江上使風呈裴宣州》見《曲江集》卷三。

〔四〕「珪」原作「桂」，據《曲江集》卷二及《文苑英華》卷二五〇改。

〔五〕「可」，《曲江集》同，《文苑英華》作「所」。

〔六〕「陪」原作「倍」，據《曲江集》、《文苑英華》改。

〔七〕「恨」原作「限」，據《曲江集》改。《文苑英華》亦作「限」。

〔八〕「艱」原作「難」，據《曲江集》卷二改。

解彦融

雁塔詩云：峥嶸徹倒景，刻峭俯無地。勇進攀有緣，即嶮恐迷墜。窅然喪五藴，蠢爾懷萬類。實際罔它尋，波羅必可致。南山繚上苑，祇樹連巖翠。北斗臨帝城，扶宫切太清。飡和禪日用，味道懿天明。緑野泠風浹〔一〕，紫薇佳氣晶。馴禽演法要，忍草藉經行。本願從兹適，方知物世輕。此詩開元八年清河傅巖題于雁塔。

【校箋】

〔一〕「緑野泠風浹」原作「緣野泠風浹」，據毛本改。

儲光羲

古意云〔一〕：秋氣肅天地〔二〕，太行高崔嵬。猿狖清夜吟，其聲一何哀。寂寥掩圭蓽，夢寐游蓬萊。琪樹遠亭亭，玉堂雲中開。洪崖吹簫管，素女飄颻來。雨師既先後，道路無纖埃。鄙哉楚襄王，獨好雲陽臺。其一　胚渾本無象〔三〕，末路多是非。達士志寥廓，所在能忘機。耕鑿時未至，還山聊採薇。虎豹對我蹲，鸑鷟傍我飛。仙人空中來，謂我勿復歸〔四〕。格澤爲君駕〔五〕，雲霓爲君衣。西近崑崙墟，可與世人違。其二王維待光羲不至詩云：重門朝已啟，起坐聽車聲。要欲聞清佩〔六〕，方將出户迎。晚鐘鳴上苑，疎雨過春城。了自不相顧，臨堂空復情。

光羲，兖州人。登開元進士第，又詔中書試文章，歷監察御史。禄山亂，陷焉，賊平貶死〔七〕。

殷璠云：儲公詩格高調逸，趣遠情深〔八〕，削盡常言，挾風雅之道，得浩然之氣。述華清宫詩云：山開鴻蒙色，天轉招摇星。又游茅山詩云：山門入松柏，天路涵空虚。此例數百句，略見荆陽集，不復廣引〔九〕。璠嘗覩儲公正論十五卷〔一〇〕，九經分義疏二十卷〔一一〕，言博理當，實可謂經國之才。

新豐道中作云：西下長樂坂，東入新豐道。雨多車馬稀，道上生秋草。太陰蔽臯陸，莫知晚與早。雲雷杳冥冥，川谷漫浩浩。詔書植嘉木〔一二〕，二十八年有詔種果〔一三〕。衆言桃李好〔一四〕。自顧無此容，歸從漢陰老。

泊舟貽潘少府云：行子苦風潮，維舟未能發。宵分卷前幔，卧視清秋月。四澤葭葦深，中洲烟火絶〔一五〕。蒼蒼水霧起，落落疎星没。所遇盡漁商，與言多楚越。其如念極浦，又以思明哲。時潘在後浦。常若千里餘，况之異鄉别。

田家即事云：蒲葉日已長，杏花日已滋，老農要看此，貴不違天時。迎晨起飯牛，雙駕耕東菑，蚯蝢土中出，田烏隨我飛。群合亂啄噪，嗷嗷如道飢，我心多惻隱，顧此兩傷悲〔一六〕。撥食與田烏，日暮空筐歸，親戚更相誚〔一七〕，我心終不移。

田家雜興三首云：春至鶬鶊鳴，薄言向田墅。不能自力作，黽勉娶鄰女。既念生子孫，方思廣園圃。閑時相顧笑，喜悦好禾黍。夜夜登嘯臺，南望洞庭渚。白草被霜露，秋山響砧杵。却羨故年時，中情無所取。其一　梧桐蔭我門，薜荔網我屋。超超兩夫婦，朝出暮還宿。稼穡既自種〔一八〕，牛羊還自牧。日旰懶耕鋤〔一九〕，登高望川陸。空山足禽獸，墟落多喬木。白馬誰家兒，聯翩相馳逐。其二　楚山有高士，梁國有遺老。築室既相鄰，向田復同道。糧糒常共飯，兒孫每更抱〔二〇〕。忘此耕耨勞，媿彼風雨好。蟪蛄鳴空澤，鶗鴂傷秋草。日夕寒風來，衣裳苦不早。其三

同王十三維偶然作四首云：野老本貧賤，冒暑鋤瓜田。一畦未及終，樹下高枕眠。荷蓧者誰子，皤皤來息肩。不復問鄉墟，相見但依然。腹中無一物，高話羲皇年。落日臨層隅，逍遥望晴川。使婦提蠶筐，呼兒傍漁船。悠悠泛緑水，去摘浦中蓮。蓮花豔且美，使我不能還。其一　仲夏日中時，草木看欲焦。田家惜功力，把鋤來東皋。顧望浮雲陰，往往誤傷苗。歸來悲困極，兄嫂相共饒。無錢可沽酒，何以解劬勞。夜深星漢明，庭宇虛寥寥。高柳三五株，可以獨逍遥。其二　浮雲在虛空，隨風復卷舒〔二一〕。我心方處順，動作何

憂虞。但言嬰世網，不復得閑居。迢遞别東國，超遥來西都。見人乃恭敬，曾不問賢愚。雖若不能言，中心亦難誣。故鄉滿親戚，道遠情日疏。偶欲陳此意，復無南飛鳧。其三 北山種松柏，南山種蒺藜。出入雖同趣，所尚各有宜〔三〕。孔丘貴仁義，老氏好無爲。我心若虚空，此道將安施？暫過伊闕間，晼晚三伏時。高閣入雲中，芙蓉滿清池。要自非我室，還望南山陲。其四

【校箋】

〔一〕詩題《河岳英靈集》作《雜詩二章》。

〔二〕「秋氣」原作「秋風」，據《河岳英靈集》改。

〔三〕「胚渾」，《河岳英靈集》作「渾胚」，《唐文粹》亦作「胚渾」，注云：「一作混沌」。

〔四〕「謂」原作「謁」，據《河岳英靈集》、《唐文粹》改。

〔五〕「格澤」原作「格擇」，據《唐文粹》改，《河岳英靈集》亦作「格擇」。格澤，星名。《晉書·天文志》：「格澤見則不種而獲，有土功。」

〔六〕「佩」原作「風」，據影元刊本《王右丞集》改。

〔七〕《新唐書》卷五九《藝文志》：「儲光羲《正論》十五卷」，注云：「兖州人，開元進士第，又詔中書試文章，歷監察御史，安禄山反，陷賊自歸。」又，《唐百家詩選》卷四儲光羲詩下注云：「魯人，天寶末，爲監察御史，安禄山亂，任僞官，賊平貶死。」按殷璠以儲光羲收入《丹陽集》。《新

唐書》卷六〇《藝文志》「包融詩一卷」，注云：「融與儲光羲皆延陵人」，則稱「兖州人」、「魯人」，乃其郡望也。

〔八〕「趣遠情深」原在「削盡常言」句下，據《河岳英靈集》改。

〔九〕「引」字原脱，據《河岳英靈集》補。

〔一〇〕「播」原作「播」，「正論」原作「政論」，據《河岳英靈集》改。《新唐書·藝文志》作「正論」。

〔一一〕「分」，《河岳英靈集》作「外」。

〔一二〕「嘉木」原作「佳木」，據《唐百家詩選》改。

〔一三〕「種果」原作「重果」，據《唐百家詩選》改。

〔一四〕「衆言」原作「無言」，據《唐百家詩選》改。

〔一五〕「中洲」原作「中州」，據《唐百家詩選》改。

〔一六〕「傷悲」原作「復非」，據《河岳英靈集》、《文苑英華》卷三一九及《唐百家詩選》改。

〔一七〕「相誚」，《唐百家詩選》同，《河岳英靈集》、《文苑英華》作「相笑」。

〔一八〕「自種」，《唐百家詩選》同，《文苑英華》卷三一九作「自務」。

〔一九〕「日旰」原作「日時」，據《文苑英華》、《唐百家詩選》改。

〔二〇〕「每」原作「日」，據《文苑英華》、《唐百家詩選》改。

〔二一〕「復」原作「傷」，據《唐百家詩選》改。

〔三〕「尚」原作「向」，據《唐百家詩選》改。

孫翊〔一〕

張曲江在洪州，有郡南江上別孫侍御詩云：雲障天涯盡，川途海縣窮。何言此地僻，忽與故人同。身負邦君弩，情紆御史驄。王程不我駐〔二〕，離思逐秋風。翊時以監察御史奉使洪州，酬云：受命讞封疆〔三〕，逢君牧豫章。于焉審虞芮，復爾共舟舫〔四〕。悵別秋陰盡，懷歸客思長。江皋枉離贈，持此慰他鄉。

【校箋】

〔一〕「孫翊」原作「孫翃」，據《曲江集》卷三改。

〔二〕「不我駐」原作「我安駐」，據《曲江集》改。

〔三〕「讞」原作「議」，據《曲江集》改。

〔四〕「舫」原作「航」，據《曲江集》改。

梁知微

知微自潭州入朝，張説宴別于岳陽，以詩送之云〔一〕：遠蒞長沙渚，欣逢賈誼才。江山疲應接，風日復晴開。又云：月餘偏地賞，心盡故人杯。其末云：夢見長安陌，朝宗實盛哉。知微奉別燕公詩云：華容佳山水，之子厭承明。符竹紆小郡〔二〕，江湖被德聲。三年計吏入，路指巴丘城。鳧舟纔結纜，騶駕已相迎。別離他鄉酒，委曲故人情。孤嶼早烟薄〔三〕，長波晚氣清。辛勤方遠鶩，勝賞屢難并。迴瞻洞庭浦，日暮愁雲生。燕公有送知微渡海東詩云〔四〕：今日此相送，明年此相待。天上客星迴，知君渡東海。暨送入朝，至洞庭山又作云：巴陵一望洞庭秋，日見孤峰水上浮。聞道神仙不可接，心隨湖水共悠悠〔五〕。蓋心存魏闕之意也。

知微，嗣聖初登進士第。

【校箋】

〔一〕《四部叢刊》影明刊本（下同）《張説之文集》卷六載此詩，題作《岳州別梁六入朝》，全詩九韻。梁知微和詩，亦附載其中。

〔二〕「紆」原作「迂」，據毛本改。

〔三〕「薄」原作「泊」，據毛本改。

〔四〕詩題「海東」原作「東海」，據《張説之文集》改。

〔五〕「共」原作「去」，據《張説之文集》改。

沈千運

山中作詩云：棲隱非别事〔一〕，所願離風塵〔二〕。不辭城邑游，禮樂拘束人。邇來歸山林，庶事皆吾身。何者爲形骸，誰是智與仁〔三〕？寂寞了閑事〔四〕，而後知天真〔五〕。咳唾矜榮華〔六〕，迂俯相屈伸。如何巢與由〔七〕，天子不得臣。

贈史修文云：故人阻千里，會面非前期〔八〕。握手于此地，當歡反成悲〔九〕。念離宛猶昨，俄已經數期〔一〇〕。疇昔皆少年，别來髮如絲。不道舊姓名，相逢知是誰？曩游盡騫翥，與君仍布衣。豈曰無其才，命理應有時。前路漸欲少〔一一〕，不覺生涕洟。

感懷弟妹詩云：今日春氣暖〔一二〕，東風杏花拆。筋力又不如，却羨澗中石〔一三〕。神仙杳難準，中壽稀滿百〔一四〕。近世多夭傷，喜見鬢鬚白〔一五〕。杖藜竹樹間〔一六〕，宛宛舊行跡。豈知林園主，却是林園客〔一七〕。兄弟所存半〔一八〕，空爲亡者惜。冥冥無再期〔一九〕，哀哀望松柏。骨肉能幾人，年老漸疎隔〔二〇〕。性情誰免此，而我何不易〔二一〕。唯念得爾輩〔二二〕，相看慰朝夕。平生兹已矣〔二三〕，此外盡非適〔二四〕。

濮中言懷云〔二五〕：聖朝優賢良〔二六〕，草澤無遺匿。人生各有志，在予胡不激〔二七〕。一生但區區，五十無寸禄。衰退當棄捐，貧賤招毁讟〔二八〕。栖栖去人世〔二九〕，迍蹎日窮迫〔三〇〕。

不如守田園，歲晏望豐熟。壯年失宜盡，老大無筋力。始慚前計非〔三一〕，方貽後生福〔三二〕。兒童新學稼〔三三〕，小女未能織。顧此煩知己〔三四〕，終日求衣食。

元結篋中集序云：風雅不作，幾及千年，近世作者，更相沿襲，拘限聲病，喜尚形似，且以流易爲辭，不知喪于雅正。吳興沈千運，獨挺于流俗之中，强攘于已溺之後，窮老不惑，五十餘年，凡所爲文，皆與時異。故朋友後生〔三五〕，稍見師效，能似類者有五六人。於戲！自沈公及二三子，皆以正直而無禄位，皆以忠信而久貧賤，皆以仁讓而至喪亡〔三六〕。兵興于今六歲，已長逝者遺文散失，方阻絶者不見近作，故編于篋中者凡二十四首云〔三七〕。

王季友代人贈千運云〔三八〕：相逢問姓名復存〔三九〕，別時無子今有孫〔四〇〕。山上雙峰長不改，百姓唯有三家村〔四一〕。村南東西車馬道，一宿通舟水浩浩。河中磊磊十里石〔四二〕，河上淤泥種桑麥〔四三〕。平坡古塚皆我親〔四四〕，滿田主人舊是客〔四五〕。舉聲酸鼻問同年〔四六〕，十人六七歸下泉〔四七〕。分手如何更此地，迴頭不語淚潸然〔四八〕！

張籍過千運舊居詩云：汝北君子宅，我來見頽墉。亂離子孫盡，地屬隣里翁。古木被丘墟，蹊路不相通。舊井蔓草合，牛羊墜其中。君辭天子書〔四九〕，放意任體躬〔五〇〕。一生不自力，家與逆旅同。高議切星辰，餘聲激瘖聾〔五一〕。方將旌舊閭，百世可封崇〔五二〕。嗟其未積來，已爲荒林叢。時豈無知者〔五三〕，莫能敦此風。浩蕩竟無覿〔五四〕，我將安所從？

【校箋】

〔一〕「非別事」原作「别無事」，據《篋中集》、《唐百家詩選》改。《唐文粹》、《文苑英華》卷一六〇亦作「别無事」。

〔二〕「離風塵」原作「早離塵」，據《篋中集》、《唐百家詩選》改。《唐文粹》、《文苑英華》亦作「早離塵」。

〔三〕「是」，《篋中集》、《唐文粹》同，《文苑英華》作「辨」。《唐百家詩選》此句作「辨智與諸仁」。

〔四〕「了」原作「于」，據《篋中集》、《唐文粹》、《文苑英華》、《唐百家詩選》改。

〔五〕「而後」原作「然後」，據《篋中集》、《唐百家詩選》改。《唐文粹》、《文苑英華》亦作「然後」。

〔六〕「矜」原作「驚」，據《篋中集》、《唐百家詩選》、《文苑英華》改。《唐文粹》亦作「驚」。

〔七〕「如何」，《篋中集》、《唐文粹》、《唐百家詩選》同。《文苑英華》作「何如」。

〔八〕「前期」原作「别期」，據《文苑英華》卷二五二及《唐百家詩選》改。《篋中集》亦作「别期」，誤。

〔九〕「歡反」原作「歎返」，據《篋中集》、《文苑英華》、《唐百家詩選》改。

〔一〇〕「俄已經數期」，《篋中集》同。《文苑英華》作「倏已二十期」。

〔一一〕「前路」原作「别路」，據《文苑英華》、《唐百家詩選》改。《篋中集》亦作「别路」。

〔一二〕「春氣」原作「喜氣」，據《唐百家詩選》改。《篋中集》作「春風」。

〔一三〕「却羨」原作「慚歎」，據《篋中集》、《唐百家詩選》改。

〔一四〕「稀」原作「纔」，據《篋中集》、《唐百家詩選》改。

〔一五〕「髭鬢」，《篋中集》、《唐百家詩選》作「鬢髮」。

〔一六〕「杖藜」原作「藜杖」，據《篋中集》、《唐百家詩選》改。

〔一七〕此兩句「林園」原均作「園中」，據《篋中集》、《唐百家詩選》改。「豈知」，《唐百家詩選》作「豈非」。

〔一八〕「所存半」，《篋中集》作「可爲伴」，《唐百家詩選》作「可存半」。作「所存半」是。

〔一九〕「冥冥」原作「冥寞」，據《篋中集》、《唐百家詩選》改。

〔二〇〕「年老漸疎隔」，《篋中集》、《唐百家詩選》作「年大自疎隔」。

〔二一〕「而我何不易」，《篋中集》、《唐百家詩選》作「與我不相易」。

〔二二〕「念」原作「願」，據《篋中集》、《唐百家詩選》改。

〔二三〕「兹」原作「只」，據《篋中集》、《唐百家詩選》改。

〔二四〕「適」原作「逸」，據《篋中集》、《唐百家詩選》改。

〔二五〕詩題「濮中」原作「濮上」，據《篋中集》、《唐百家詩選》改。

〔二六〕「聖朝」原作「聖澤」，據《篋中集》、《唐百家詩選》改。

〔二七〕「激」原作「淑」，據《篋中集》改。《唐百家詩選》亦作「淑」。

〔二八〕「招毀」原作「遭時」，據《篋中集》改。《唐百家詩選》作「招禍」。

〔二九〕「栖栖」原作「恓恓」，據《篋中集》、《唐百家詩選》改。
〔三〇〕「迍躓日窮迫」原作「迍質日窮逼」，據《篋中集》、《唐百家詩選》改。
〔三一〕「愴」，《唐百家詩選》同，《篋中集》作「覺」。
〔三二〕「方」，《篋中集》、《唐百家詩選》俱作「將」。
〔三三〕「兒童新學稼」，《篋中集》作「童兒斯學稼」，《唐百家詩選》作「童兒新學稼」。
〔三四〕「煩」，《唐百家詩選》同。《篋中集》作「忘」。
〔三五〕「後生」原作「後世」，據《篋中集》改。
〔三六〕「仁讓」原作「仁謙」，據《篋中集》改。
〔三七〕「二十四首」原作「二十二首」，據《篋中集》改。
〔三八〕《文苑英華》卷二五二載此詩，題作《代賀若令譽贈沈千運》。
〔三九〕「復」，《文苑英華》作「亦」。
〔四〇〕「别時」原作「别來」，據《文苑英華》改。
〔四一〕「百姓」，《文苑英華》作「百年」，注云：「一作『家』」。
〔四二〕「河中」，《文苑英華》作「澗中」。
〔四三〕此句原作「河上游游汎種稻」，據《文苑英華》改。
〔四四〕「皆我親」原作「背我拆」，據《文苑英華》改。

〔四五〕「舊是客」，《文苑英華》作「是舊客」。

〔四六〕「酸鼻」原作「酸辛」，據《文苑英華》改。

〔四七〕「六七」原作「七人」，據《文苑英華》改。「下泉」，《文苑英華》作「黄泉」。

〔四八〕「不語」原作「不去」，據《文苑英華》改。

〔四九〕「君」原作「居」，據《張司業集》改。

〔五〇〕「體」原作「禮」，據《張司業集》改。

〔五一〕二句原作「我如星辰餘，生於繳瘖聾」，據《張司業集》改。

〔五二〕「百世可封崇」原作「百歲不可封」，據《張司業集》改。

〔五三〕「豈」原作「當」，據《張司業集》改。

〔五四〕「竟」原作「意」，據《張司業集》改。

魏萬

君抱碧海珠，我懷藍田玉，各稱希代寶，萬里遥相燭。長卿慕藺久，子猷意已深，平生風雅人，暗合江海心。去秋忽乘興，命駕來東土，謫仙游梁園，愛子在鄒魯。二處一不見，拂衣向江東，五兩挂淮月，扁舟隨海風。南游吴越徧，高揖二千石，雪上天台山〔一〕，春逢翰林伯。宣父敬項橐〔二〕，林宗重黄生〔三〕，一長復一少，相看如弟兄。惕然意不盡，更逐西南去，同舟入秦淮，建業龍盤處。楚歌醉吴酒，借問承恩初，宫買長門賦，天迎駟馬車。才高世難容，道廢可推命，安石重攜妓，子房空謝病。金陵百萬户，六代帝王都，虎石踞西江〔四〕，鍾山臨北湖。湖山信爲美，王屋人相待，應爲岐路多，不知歲寒在。君游早晚還，勿久風塵間，此别未遠别，秋期到仙山。右魏萬贈太白詩也。

太白送萬還王屋序云：王屋山人魏萬，自嵩宋沿吴相訪〔五〕，數千里不遇。乘興游台越，經永嘉，觀謝公石門。後于廣陵相見，美其愛文好古，浪跡方外，因述其行而贈以詩云。

萬後名顥，上元初登第。始見白于廣陵，白曰：爾後必著大名于天下，無忘老夫與明月奴。因盡出其文，命顥集之〔六〕。

【校箋】

〔一〕「雪」原作「雲」，據影宋蜀本（下同）《李太白文集》附載此詩改。

〔二〕「橐」原作「託」，據《李太白文集》附載此詩改。毛本亦作「託」。

〔三〕「黄」原作「王」，據《李太白文集》附載此詩改。謂黄憲也。

〔四〕「虎石」原作「虎丘」，據《李太白文集》附載此詩改。

〔五〕「訪」原作「送」，據《李太白文集》載《送王屋山人魏萬還王屋詩序》改。毛本亦作「送」。

〔六〕《李太白文集》附録魏顥《李翰林集序》：「顥始名萬，次名炎，萬之日不遠命駕江東訪白，游天台，還廣陵見之。……白相見泯合，有贈之作，謂余爾後必著大名于天下，無忘老夫與明月奴。因盡出其文，命顥爲集。」

元結

春陵行序云：癸卯歲，漫叟授道州刺史。道州舊四萬餘户，經賊已來，不滿四千，大半不勝賦税。到官未五十日，承諸使徵求符牒二百餘封。皆曰：失其限者，罪至貶削。於戲！若悉應其命，則州縣破亂，刺史欲焉逃罪？不應命，又即獲罪戾，必不免也。吾將守官，静以安人〔一〕，待罪而已。此州是春陵故地〔二〕，故作春陵行以達下情。詩曰：軍國多所須，切責在有司。有司臨郡縣，刑法競欲施。供給豈不憂，徵斂又可悲。州小經亂亡，遺人實困疲。大鄉無十家，大族命單羸。朝餐是草根〔三〕，暮食乃木皮。出言氣欲絶，意速行步遲。追呼尚不忍，況乃鞭撲之。郵亭傳急符，來往跡相追，更無寬大恩，但有迫促期。欲令鬻兒女，言發恐亂隨。悉使索其家，而又無生資。聽彼道路言，怨傷誰復知〔四〕？去冬山賊來，殺奪幾無遺。所願見王官，撫養以惠慈，奈何重驅逐，不使存活爲？安人天子命，符節我所持。州縣忽亂亡，得罪復是誰〔五〕？逋緩違詔令，蒙責固所宜。前賢重守分，惡以禍福移！亦云貴守官，不愛能適時。顧惟孱弱者，正直當不虧。何人采國風？吾欲獻此辭。

賊退示官吏詩序云：癸卯歲，西原賊入道州，殺掠幾盡而去。明年，賊又攻永州，破邵，不犯此州邊鄙而退。豈力能制敵歟？蓋蒙其傷憐而已。諸使何爲忍苦徵斂〔六〕？故作詩一篇以示官吏。詩云：昔年逢太平，山林二十年。泉源在庭户，洞壑當門前。井税有常期，日晏猶得眠。忽然遭世變，數歲親戎旃〔七〕。今來典斯郡，山夷又紛然。城小賊不屠，人貧傷可憐。是以陷鄰境，此州獨見全。使臣將王命，豈不如賊焉？今彼徵斂者，迫之如火煎。誰能絶人命，以作時世賢？思欲委符節，引竿自刺船。將家就魚麥，歸老江海邊。

杜子美和元使君舂陵行序云：覽道州元使君舂陵行兼賊退後示官吏作二首，志之曰：當天子分憂之地，效漢官良吏之目〔八〕。今盜賊未息，知民疾苦。得結輩十數公，落落然參錯天下爲邦伯〔九〕，萬物吐氣，天下少安可待矣〔一〇〕。不意復見比興體制，微婉頓挫之詞，感而有詩，增諸卷軸，簡知我者，不必寄元也。詩曰：遭亂髮盡白，轉衰病相嬰。沉緜盜賊際，狼狽江漢行。歎時藥力薄，爲客羸瘵成。吾人詩家秀，博采世上名。粲粲元道州，前聖畏後生。觀乎舂陵作，欻見俊哲情。復覽賊退篇，結也實國楨〔一一〕。賈誼昔流慟，匡衡常引經。道州憂黎庶，詞氣浩縱横。兩章對秋月，一字偕華星〔一二〕。致君唐虞際，純朴憶大庭。何時降璽書，用爾爲丹青〔一三〕。獄訟永衰息〔一四〕，豈唯偃甲兵。悽惻念誅求，薄斂近休明。乃知正人意，不苟飛長纓。涼飈振南岳，之子寵若驚。色阻金印大，興含滄浪清〔一五〕。我多長卿病，日夕思朝廷〔一六〕。肺枯渴太甚，漂泊公孫城。呼兒具紙筆，隱几臨軒楹。作詩呻吟内，墨淡字欹傾。感彼危苦詞，庶幾知者聽。

蘇源明薦結于肅宗，時思明攻河陽，帝將幸河東，召結詣京師，結上時議三篇，乃攝監察御史。發宛葉軍屯泌陽，全十五城。帝善之。代宗時，侍親歸樊上。後拜道州刺史，民樂其教。還京師卒。始號猗玗子，後稱浪士，又曰漫郎，更曰聱叟〔一七〕。

【校箋】

〔一〕「人」原作「又」，據《元次山文集》及《杜工部集》附載此詩改。

〔二〕「故地」二字原脱，據《元次山文集》及《杜工部集》附載此詩補。

〔三〕「朝餐」原作「朝食」，據《元次山文集》及《杜工部集》附載此詩補。

〔四〕「怨」原作「恐」，據《元次山文集》及《杜工部集》附載此詩改。

〔五〕「罪」原作「澤」，據《元次山文集》及《杜工部集》附載此詩改。

〔六〕「斂」字原脱，據《元次山文集》及《杜工部集》附載此詩補。

〔七〕「戎」原作「茂」，據《元次山文集》及《杜工部集》附載此詩改。

〔八〕「目」原作「日」，據《杜工部集》改。

〔九〕「然」字原脱，據《杜工部集》補。

〔一〇〕「待」，《杜工部集》作「得」。

〔一一〕「楨」原作「禎」，據《杜工部集》改。

〔一二〕「偕」原作「皆」，據《杜工部集》改。

〔一三〕「丹」原作「舟」，據《杜工部集》改。

〔一四〕「永」原作「久」，據《杜工部集》改。

〔一五〕「浪」原作「溟」，據《杜工部集》改。

〔一六〕「日夕」原作「日久」，據《杜工部集》改。

〔一七〕《新唐書》卷一四三《元結傳》：「國子司業蘇源明見肅宗，問天下士，薦結可用。時史思明攻河陽，帝將幸河東，召結詣京師，問所欲言……乃上《時議》三篇。……擢右金吾兵曹參軍，攝監察御史。……史思明亂，帝將親征，結建言：『賊鋭不可與爭，宜折之以謀。』帝善之，因命發宛、華軍挫賊南鋒，結屯泌陽守險，全十五城。……會代宗立……丐侍親歸樊上。……作《自釋》曰：……始稱猗玗子，後家瀼濵，乃自稱浪士，及有官，人以爲浪者亦漫爲官乎？呼爲漫郎。既客樊上，漫遂顯。樊左右皆漁者，少長相戲，更曰聱叟。……久之，拜道州刺史。……民樂其教，至立石頌德。罷，還京師，卒。」

張均

九日巴丘登高云：客心驚暮序，賓鴈下滄洲〔一〕。共賞重陽節，言尋戲馬游。湖風愁戍柳〔二〕，江雨暗山樓。且酌東籬菊，聊祛南國憂。

岳州西城云〔三〕：水國何遼曠，風波遂極天。西江三汜合，南浦二湖連。危堞臨清境，煩憂暫豁然。九圍觀掌内，萬像閲眸前。日去長沙浦，山横雲夢田。汀葭變秋色，津樹入寒烟。潛穴探靈詭，浮山揖聖仙。至人今不見，跡滅事空傳。

巴丘春作云：日出洞庭水，春山挂斷霞。江涔相映發，卉木共紛華〔四〕。湘戍南浮闊，荆關北望賒。湖陰窺魍魎，丘勢辨巴蛇。島户巢爲館，漁人艇作家。自憐心問景，三歲客長沙。

岳州觀競渡云：畫作飛鳧艇，雙雙競拂流。袨裳川色變〔五〕，急棹水華浮〔六〕。土尚三閭俗，江傳二女游。齊歌迎孟姥，蜀舞送陽侯〔七〕。鼓發南湖汊，標爭西驛樓。並驅常詫速，非畏日光遒。

岳州晚景云：晚景寒鴉集，秋聲海鴈歸。水光浮日去，霞彩映江飛。洲白蘆花吐，園紅柿葉稀。長沙卑濕地〔八〕，九月未成衣。

送梁六自洞庭山作云：巴陵一望洞庭秋，日見孤峰水上浮〔九〕。聞道神仙不可接，心隨湖水共悠悠〔一〇〕。

奉和燕公岳州山城云〔一一〕：郡館臨清賞，開扃坐白雲。訟虚棠户曉，觀静竹簷曛。懸榻迎賓下，趨庭學禮聞。風傳琴上意，遥向日華紛。

燕公岳州别均云：離筵非讌喜，别酒正消魂。念汝猶童孺，嗟予隔遠藩。津亭拔心草，江路斷腸猿。他日將何見，愁來獨倚門。

均，丞相説之子也，説最鍾愛〔一二〕，其情見于岳州别均之作。説爲左相，知官考，均時任中書舍人，特注之曰：父教子忠，古之善訓。祁奚舉子，義不務私。至于潤色王言，彰施帝載，道參墳典，例絶功常，恭聞前烈，尤難其任。豈以嫌疑，敢撓綱紀，考上下。均能文，爲大理卿。禄山盜國，爲僞中書令，免死，流合浦〔一三〕。

流合浦嶺外作云：瘴江西去火爲山，炎徼南窮鬼作關。從此更投人境外，生涯應在有無間。

杜子美贈太常張卿云〔一四〕：方丈三韓外，崑崙萬國西。建標天地闊，詣絶古今迷。氣得神仙迥，恩承雨露低。相門清議衆，儒術大名齊。軒冕羅天闕，琳琅識介珪。伶官詩必誦，夔樂典猶稽。健筆凌鸚鵡，銛鋒瑩鸊鵜。友于皆挺拔，公望各端倪。通籍踰青瑣，亭衢照紫泥。靈虬傳夕箭，歸馬散霜蹄。能事聞重譯，嘉謨及遠黎。弼諧方一展，班序更何躋。適越何顛躓。游梁竟慘悽。謬知終畫虎，微分是醯雞。萍泛無休日，桃陰想舊蹊。吹噓人所羡，騰躍事仍睽。碧海真難涉，青雲不可梯。顧深慙鍛鍊，才小辱提攜〔一五〕。檻束哀猿叫，林驚夜鵲棲。幾時陪羽獵，應指釣璜溪。或疑此詩乃贈張垍〔一六〕。

【校箋】

〔一〕「滄洲」原作「襄州」，據毛本改。

〔二〕「戍」原作「代」，據毛本改。

〔三〕此詩載《四部叢刊》影明刊本（下同）《張説之文集》卷八，未題爲張均作。以下五首並同。

〔四〕「共」原作「其」，《張説之文集》卷八所載作「共」，據改。

〔五〕「袨裳山色變」原作「俄裝出色變」，據《張説之文集》卷九改。詩末注「俄裝字傳疑」五字，今删。

〔六〕「棹」原作「掉」，據《張説之文集》改。

〔七〕「蜀」原作「獨」，據《張説之文集》改。

〔八〕「濕地」原作「暑濕」，據毛本改，《張説之文集》卷八作「暑地」。

〔九〕「日」原作「目」，據《張説之文集》卷六改。

〔一〇〕按以上五首皆張説詩。非張均之作，《送梁六自洞庭山作》一首，已見本卷前梁知微下，疑爲誤植或錯簡。

〔一二〕詩題原無「岳州」二字，《張説之文集》卷八有《岳州山城》詩，附載張均此作，據補。

〔一三〕「鍾」原作「衷」，據毛本改。

〔一三〕《南部新書》戊：「張説爲左丞相，知京官考，其子均任中書舍人，特注之曰：『父教子忠，古之善訓。祁奚舉午，義不務私。至如潤色王言，彰施帝載，道參墳典，例絶功常，恭聞前烈，尤難其任。豈以嫌疑，敢撓綱紀，考上下。』」此事亦載《新唐書》卷一二五《張説傳》附《張均傳》。《均傳》又云：「均亦能文。……後襲燕國公，累遷兵部侍郎。……爲刑部尚書……坐垍，貶建安太守。還授大理卿，居常觖望不平。禄山盗國，爲僞中書令。肅宗反正，兄弟皆論死。……詔免死，流合浦。」「例絶功常」毛本作「例紀旂常」。

〔一四〕詩題《杜工部集》卷九作《奉贈太常張卿二十韻》，題下注云：「均」。

〔一五〕「才」原作「方」，據《杜工部集》改。

〔一六〕按，宋黄鶴謂此詩乃贈張垍作，朱鶴齡以下注杜諸家多從之，唯錢謙益不以爲然，以爲張均自建安召還後，自大理卿再遷爲太常卿（見《錢注杜詩》）。考兩《唐書·張説傳》所附二子傳，張均實未嘗爲太常卿，《舊傳》所謂「再遷爲太常卿」乃張垍自盧溪郡司馬召還以後之事，張均召還後，則只授大理卿，未嘗再遷也。俟考。

李　嶷

淮南秋夜呈周侃詩云〔一〕：天淨河漢高，夜閑砧杵發。清秋忽如此〔二〕，離恨應難歇。風亂池上螢〔三〕，露光竹間月〔四〕。與君共游處〔五〕，勿作他鄉別。

殷璠云：嶷詩鮮淨有規矩。其少年行三章，辭雖不多，翩翩然俠氣在目也〔六〕。

少年行云：十八羽林郎〔七〕，戎衣從漢王〔八〕。臂鷹金殿側，挾彈玉輿傍。馳道春風起〔九〕，陪游出建章。其一　侍獵長楊下，承恩更射飛。塵生馬影滅，箭落鴈行稀。薄暮隨天仗〔一〇〕，聯翩入瑣闈。其二　玉劍膝邊横，金盃馬上傾。朝游茂陵道，暮宿鳳凰城〔一一〕。豪吏多猜忌，無勞問姓名。其三

【校箋】

〔一〕詩題「呈周侃」三字原脱，據《唐文粹》補。《河岳英靈集》作「呈同僚」。

〔二〕「忽」原作「急」，據《河岳英靈集》及《唐文粹》改。

〔三〕「螢」，《唐文粹》同，《河岳英靈集》作「萍」。

〔四〕「竹間」原作「竹門」，據《河岳英靈集》及《唐文粹》改。

〔五〕「與君」原作「君與」，據《河岳英靈集》及《唐文粹》改。

〔六〕「俠氣」，《河岳英靈集》作「佚氣」。

〔七〕「羽」原作「拜」，據《河岳英靈集》、《樂府詩集》改。

〔八〕「從」，《河岳英靈集》作「侍」，《樂府詩集》作「事」。

〔九〕「風」原作「冰」，據《河岳英靈集》、《樂府詩集》改。

〔一〇〕「隨天仗」，《樂府詩集》作「歸隨仗」。

〔一一〕「暮」，《河岳英靈集》、《國秀集》卷中俱作「夜」。《國秀集》目録署「右武衛録事李嶷」。

萬齊融

上巳緑潭篇云：春潭滉漾接隋宮，宮闕連延潭水東。蘋苔嫩色涵波緑，桃李新花照底紅。垂菱布藻如妝鏡〔一〕，麗日晴天相皎映。素影顥顥對蝶飛〔二〕，金沙礫礫窺魚泳。佳人祓禊賞韶年，傾國傾城併可憐。拾翠總來芳樹下，蹋青爭遶渌潭邊。公子王孫恣游玩，沙場水曲情無厭。禽浮似挹羽觴杯〔三〕，鱗躍疑投水心劍。金鞭玉勒騁輕肥，落絮紅塵擁路飛。渌水殘霞催席散，畫樓初月待人歸。

梁肅作越州開元寺僧曇一碑銘云：師與賀賓客知章、李北海邕、褚諫議庭誨、涇陽令萬齊融爲儒釋之游，莫逆之友。李華爲潤州鶴林寺徑山大師碑銘云：菩薩戒弟子故吏部侍郎齊澣、故刑部尚書張均、故潤州刺史徐嶠、故涇陽令萬齊融，道流人望，莫盛于此，以二銘觀之，齊融蓋開元以來江南樂道之士也。于休烈傳云：與會稽賀朝、萬齊融，延陵包融齊名。齊融止于崑山令，越州人也〔四〕。

【校箋】

〔一〕「如妝鏡」原作「如□鏡」，據《歲時雜詠》改。毛本同。

〔二〕「顒顒」，《歲時雜詠》同。張本作「沈沈」。

〔三〕「挹」原作「揖」，據張本、毛本改。

〔四〕梁肅文載《唐文粹》卷六二，題作《越州開元寺律和尚塔碑銘》，李華文載《唐文粹》卷六四，《于休烈傳》見《新唐書》卷一〇四。《國秀集》卷中收入萬齊融詩二首，署「崑山令萬齊融」。

宋鼎

鼎，明皇時刺襄州。

云：張丞相九齡。與余有孝廉校理之舊，又代余爲荆州。余改漢陽，仍兼按使，巡至荆州，故贈之。詩曰：漢上登飛幰，荆南歷舊居。已嘗臨砌橘，更覩躍池魚。盛德繼微眇，深衷能卷舒。義申蓬閣際，情坦廟堂初。郡挹文章美，人懷燮理餘。皇恩儻昭亮，豈厭承明廬。九齡有酬宋使君詩云：時來不自意〔一〕，宿昔謬樞衡。翊聖負明主，妨賢媿友生。罷歸猶右職，待罪尚南荆〔二〕。政有留棠舊，風因繼組成〔三〕。高軒問疾苦，蒸庶荷仁明。衰廢時所薄，祇言僚故情〔四〕。

【校箋】

〔一〕「自」原作「息」，據《曲江集》卷二及《文苑英華》卷二四一改。

〔二〕「待」原作「侍」，據《曲江集》、《文苑英華》改。

〔三〕「組」原作「祖」，據《曲江集》、《文苑英華》改。

〔四〕《曲江集》卷二附載此詩，題作《張丞相與余有孝廉校理之舊，又代余爲荆州，故有此贈》，署「襄州刺史宋鼎」。

崔頌

張曲江在荆州，有晨出郡舍林下詩云：晨興步北林，蕭散一開襟。復見林上月，娟娟猶未沉。片雲自孤遠，叢篠亦清深〔一〕。無事由來貴，方知物外心。時頌爲郡司馬，和云：優閑表政清，林薄賞秋成。江上懸曉月，往來虧復盈。天雲抗真意，郡閣晦高名。坐嘯應無欲，寧辜濟物情〔二〕。

【校箋】

〔一〕「篠」原作「蓧」，據《曲江集》卷三改。

〔二〕《曲江集》附載此詩，題「司馬崔頌和」。「辜」原作「牽」，據改。

唐詩紀事校箋卷第二十三

司馬退之　吴筠　蘇廣文　尉遲匡　王譔
陳希烈　高適　張彪　張子容　李之芳
孟浩然　岑參

司馬退之

洗心詩云：不踐名利道，始覺塵土腥。不味稻粱食，始覺神骨清。羅浮奔走外，日月無短明。山瘦松亦勁，鶴老飛更輕。逍遥此中客，翠髮皆長生。草木多古色，鷄犬無新聲。君有出俗志，不貪英雄名。傲然脱冠帶，改换人間情。去矣丹霄路〔一〕，向曉雲冥冥。

退之，道士。

【校箋】

〔一〕「路」原作「步」，據《唐文粹》改。

吴筠

筠，字貞節，華陰人。舉進士不第。天寶初，請隸道士籍，玄宗命待詔翰林。高力士善浮屠，乃短筠于帝，筠懇還嵩山。大曆中死會稽剡中，弟子私謚宗玄先生。筠見惡于力士而斥，故文章深詆釋氏。所善孔巢父、李白，歌詩略相甲乙〔一〕。事潘師正學鍊養術。天寶初，游會稽，與李白隱剡中。赴闕薦白，俱待詔翰林〔二〕。

覽古十四首云〔三〕：聖人重周濟〔四〕，明道欲救時。孔席不暇暖，墨突何嘗緇。興言振頹綱，將以有所維。君臣恣淫惑，風俗日凋衰。三代業遽隕，七雄遂交馳。庶物墜塗炭，區中若棼絲。秦皇燎儒術，方册靡孑遺。大漢歷五葉，斯文復崇推。乃驗經籍道，與世同屯夷〔五〕。弛張固天意，設教安能持。其一　棟宇代巢穴，其來自三皇。跡生固爲累，經始增百王。瑶臺既滅夏，瓊室復殞商。覆車世不悟，秦氏興阿房。繼踵迷反正，漢家崇建章。力役弊萬人，瓌奇殫八方。徇志仍未極，促齡已云亡。侈靡竟何在，荆榛生廟堂。其二　吾觀采苓什，復感青蠅詩。讒佞亂忠孝，古今同所悲。姦邪起譖猾〔六〕，骨肉相殘夷。漢儲殞江充，晉嗣滅驪姬。天性猶可間，君臣固其宜。子胥烹吴鼎，文種斷越鈹。屈原沉湘流，厥戚咸自貽。何不若范蠡，扁舟無還期。其三　魯侯祈正術，尼父從棄捐。漢主思英雄，賈生被排遷。始皇重韓子，及覩乃不全〔七〕。漢武喜相如，既徵復忘賢。貴遠世咸爾〔八〕，賤今理共然。方知古來主，難以效當年。其四

食其昔未偶，落魄爲狂生。一朝君臣契，雄辯何縱横。運籌康漢業，憑軾下齊城。既以智所達，還爲智所烹。豈若終貧賤〔九〕，酣歌本無營。其五

晁錯抱遠策，爲君納良規。削彼諸侯權，永用得所宜。姦臣負舊隙，乘釁謀相危。世主竟不辨，身戮宗且夷。漢景稱欽明，濫罰猶如斯。比干與龍逢，殘害何足悲！其六

絳侯成大績，賞厚位仍尊〔一〇〕，一朝對獄吏，榮辱安可論？蘇生佩六印，奕奕爲殃源。主父食五鼎，昭昭成禍根。李斯佐二辟，巨釁鍾其門。霍孟翼三后，伊戚及後昆。天人忌盈滿，兹理固永存。方知得意者，何必乘朱輪〔一一〕。滅景棲遠壑，絃歌對清樽。二疏返濱海〔一二〕，蔣翊歸林園。蕭灑去物累，此謀誠足敦。其七

聖人垂大訓，奥義不苟設。天道殃頑兇，神明佑懿哲。斯言猶影響，安得復回穴。鯀瞍誕英睿，唐虞育昏孽。盜跖何延期，顔生乃短折。魯隱全克讓，禍機遂潛結。楚穆肆巨逆，福柄奚赫烈。田常弑其主，祚國久罔缺。管仲存霸功，世祀成詭説。漢氏方版蕩，群閹恣邪譎。謇謇陳蕃徒，孜孜抗忠節。誓期區宇靜，爰使兇醜絶。謀協事靡從，俄而返誅滅。古來若兹類，紛擾難盡列。道遐理微茫，誰爲我昭晰？吾將詢上帝，寥廓詎躋徹〔一三〕。已矣勿用言，忘懷庶自悦〔一四〕。其八

【校箋】

〔一〕《新唐書》卷一九六《吴筠傳》：「吴筠，字貞節，華州華陰人。通經誼，美文辭，舉進士不中。……天寶初，召至京師，請隸道士籍，乃入嵩山依潘師正，究其術。……玄宗遣使召見大同殿，與語甚悦，敕待詔翰林。……群沙門嫉其見遇，而高力士素事浮屠，共短筠于帝，筠亦知天下將亂，懇求還嵩山。……兩京陷，江、淮盜賊起，因東入會稽剡中。大曆十三年卒，弟子私謚爲宗玄先生。始，筠見惡于力士而斥，故文章深詆釋氏。筠所善孔巢父、李白，歌詩略相甲乙云。」「華陰」原作「華陽」，據史文改。

〔二〕《舊唐書》卷一九〇下《李白傳》：「天寶初，客游會稽，與道士吴筠隱于剡中。既而玄宗詔筠赴京師，筠薦之于朝，遣使召之，與筠俱待詔翰林。」

〔三〕《唐文粹》載《覽古十四首》，此選録其第一、第三、第五、第七、第八、第九、第十、第十四凡八首。張本改詩題爲《覽古八首》，並于每首下加「其一、其二、其三、其四、其五、其六、其七、其八」，實誤。

〔四〕「周」原作「開」，據《唐文粹》改。

〔五〕「同屯夷」原作「屯同夷」，據《唐文粹》改。

〔六〕「猾」原作「害」，據《唐文粹》改。

〔七〕「全」原作「然」，據《唐文粹》改。

〔八〕「貴」原作「遺」，據《唐文粹》改。

〔九〕「貧賤」原作「賤貧」，據毛本改。《唐文粹》亦作「賤貧」。

〔一〇〕「仍」原作「乃」，據《唐文粹》改。

〔一一〕「朱輪」原作「朱幡」，據《唐文粹》改。

〔一二〕「濱海」原作「海濱」，據《唐文粹》改。

〔一三〕「廓」原作「廊」，據《唐文粹》改。

〔一四〕詩末原注「古意」二字，衍文，删。

蘇廣文〔一〕

自商山宿陶令隱居云：聞道花源堪避秦〔二〕，尋幽數日不逢人。烟霞洞裏無雞犬，風雨林中有鬼神。黄公庭下三芝秀〔三〕，陶令門前五柳春。醉卧白雲閑入夢，不知何物是吾身？

夜歸華川因寄幕府云：山村寥落野人稀〔四〕，竹裏衡門掩翠微。溪路夜隨明月入，亭皋春伴白雲歸。嵇康懶慢仍躭酒，范蠡逋逃又拂衣。汀畔數鷗閑不起，只應知我已忘機。

春日過田明府遇焦山人云〔五〕：陶公歸隱白雲溪，買得春泉溉藥畦。夜静竹間風虎嘯〔六〕，月明枝上露禽棲〔七〕。陳倉邑吏驚烽火，太白山人訝鼓鼙。相見只言秦漢事，武陵溪裏草萋萋。

【校箋】

〔一〕《千唐誌齋藏誌》有《唐故壯武將軍判左威衛將軍上柱國平陵縣開國男留守蘇公(咸)墓誌銘》，末題「猶子前弘文館學士廣文書」。據《墓誌》，咸爲蘇珦之子，卒於開元二十九年六月二十四日。蘇珦，玄宗朝户部尚書、太子賓客，兩《唐書》有傳。《全唐詩》卷七八三以「蘇廣文」之「廣文」爲官稱，誤。

〔二〕「聞道」，《又玄集》作「聞是」。

〔三〕「庭下」，《又玄集》作「山下」。

〔四〕「山村」，《又玄集》作「山林」，誤。

〔五〕「遇」，《又玄集》作「買」，誤。

〔六〕「竹間」，《又玄集》同，毛本作「林間」。

〔七〕「枝上」，《又玄集》作「花上」。

尉遲匡

李林甫當開元末，權等人主。幽并人尉遲匡，耿概士也，以頻年不第，投書林甫，皆擊刺之説。匡有暮行潼關之作云：明月飛出海，黄河流上天。又觀内人樓上踏歌曰：芙蓉初出水，桃李忽無言。又塞上曲云：夜夜月爲青塚鏡，年年雪作黑山花。林甫曰：蕭穎士嘗忤吏部王尚書，幾至鞭撲，子詩未方穎士，吾名復異于王，重欲相干，三思可矣。匡知見怒，惶怖趨出，棲屑無依，退歸林墅〔一〕。

【校箋】

〔一〕《雲溪友議》卷中《李右座》：「李林甫相公當開元之際，與巷陌交通，權等人主。……舉子尉遲匡，幽并耿介之士。以頻年不第，投書于右座，皆擊刺之説。匡有《暮行潼關之作》云：『明月飛出海，黄河流上天。』又《觀内人樓上踏歌》云：『芙蓉初出水，桃李忽無言。』又《塞上曲》云：『夜夜月爲青塚鏡，年年雪作黑山花。』……及得相見，右座曰：『有一蕭穎士……嘗忤吏部王尚書丘……幾至鞭樸。子之詩篇，幸未方于穎士，且吾之名，復異于王公，重欲相干，三思可矣。』匡知右座見怒，惶怖而趨出，恓屑無依，退歸林墅。」《紀事》出此。「擊刺」原作「繫刺」，「忤吏部王尚書」原作「悮吏部王尚書」，據改。

王諲

除夜云：今歲今宵盡〔一〕，明年明日催。寒隨一夜去，春逐五更來。氣色空中改，容顔暗裏回。風光人不覺，已着後園梅。

元夕觀燈云：暫得金吾夜，通看火樹春。停車傍明月，走馬入紅塵。妓雜歌偏勝，場移舞更新〔二〕。應須盡記取，説向不來人〔三〕。

諲，登開元進士第。

【校箋】

〔一〕「宵」原作「霄」，據《文苑英華》卷一五九及《歲時雜詠》改。

〔二〕「場」，《搜玉小集》同，《歲時雜詠》作「觴」。

〔三〕「不來人」原作「北來人」，據《搜玉小集》及《歲時雜詠》改。

陳希烈

奉和聖製三日詩云：上巳迂龍駕〔一〕，中流泛羽觴。酒因朝太子，詩爲樂賢王〔二〕。錦纜方舟渡，瓊筵大樂張。風摇垂柳色，花發異林香。野老歌無事〔三〕，朝臣飲歲芳。皇情被群物，中外洽恩光。

雲生棟梁間云：一片蒼梧意，氛氲生棟梁。下簾山足暗，開户日添光。偏使衣裘潤，能令枕簟涼。無心伴行雨，何必夢荆王。

希烈，宋州人。工文章。開元中，褚無量、元行冲卒，希烈與康子元進講禁中。天寶中爲相，國忠忌之，即薦韋見素代相，罷爲太子太師，失職無賴。禄山盜京師，遂相之。肅宗時，賜死于家〔四〕。

【校箋】

〔一〕「迂」，《歲時雜詠》同。《文苑英華》卷一七二作「遷」。

〔二〕「賢王」原作「賓王」，據《文苑英華》及《歲時雜詠》改。

〔三〕「歌無事」原作「無公事」，據《歲時雜詠》改。

〔四〕《新唐書》卷二二三上《陳希烈傳》：「陳希烈者，宋州人。博學，尤深黄老，工文章。開元中，帝儲思經義，自褚无量、元行冲卒，而希烈與康子元、馮朝隱進講禁中。……（天寶）五載，進同中書門下平章事。……楊國忠執政，素忌之，希烈引避，國忠即薦韋見素代相，罷爲太子太師。希烈失職，内忽忽無所賴。及禄山盜京師，遂與達奚珣等皆相賊。後論罪當斬，肅宗以上皇素所遇，賜死于家。」

高適

同顏六少府旅居秋中之作云〔一〕：傳君昨夜悵然悲〔二〕，獨坐深齋落木時〔三〕。逸氣舊來凌燕雀，高才何得混妍蚩。跡勞黄綬人多嘆〔四〕，心在青雲世莫知。不是鬼神無正直〔五〕，從來州縣有瑕疵。

封丘作云：我本漁樵孟諸野，一生自是悠悠者。乍可狂歌草澤中，寧堪作吏風塵下。

衹言小邑無所爲，公門百事皆有期。拜迎官長心欲碎〔六〕，鞭撻黎庶令人悲。悲來向家問妻子，舉家盡笑今如此。生事應須南畝田，世情付與東流水〔七〕。夢想舊山安在哉？爲銜君命日遲迴。乃知梅福徒爲爾〔八〕，轉憶陶潛歸去來。

開元二十六年，有從元戎出塞而還者，作燕歌行示予，適感征戍之事，作燕歌行云〔九〕：漢家烟塵在東北，漢將辭家破殘賊。男兒本自重横行，天子非常賜顔色。摐金伐鼓下榆關，旌旆逶迤碣石間。校尉羽書飛瀚海，單于獵火照狼山。山川蕭條極邊土，胡騎憑陵雜風雨。戰士軍前半死生，美人帳下猶歌舞。大漠窮秋草木腓〔一〇〕，孤城落日鬭兵稀。身當恩遇常輕敵，力盡關山未解圍。鐵衣遠戍辛勤久，玉筯應啼别離後。少婦城南欲斷腸，征人塞北空回首〔一一〕。邊庭飄飖那可度〔一二〕，絶域蒼茫何所有！殺氣三時作陣雲，寒聲一夜傳刁斗。相看白刃血紛紛，死節從來豈顧勳？君不見沙場征戰苦，至今猶憶李將軍！

適，字達夫，滄州人，客梁宋間。舉有道科，哥舒翰表爲河西從事，佐翰守潼關。天子西幸，適間道及帝河池，遷侍御史。後代崔光遠爲西川節度使。廣德中召還，爲左散騎常侍。永泰初卒。適以功名自許，而言浮其術。年五十，始爲詩，即工，以氣質自高，每一篇出，好事者輒傳布〔一三〕。

殷璠云：適性落拓不拘小節，恥預常科，隱跡博徒，才名自遠。然適詩多胸臆語〔一四〕，兼有氣骨，故朝野通賞其文。至如燕歌行等篇，甚多佳句〔一五〕。且余所愛者〔一六〕：未知肝膽向誰是，令人却憶平原君，吟諷不厭矣。

古大梁行云〔一七〕：古城蒼茫多荆榛〔一八〕，驅馬荒城愁殺人。魏王宫館盡禾黍，信陵賓客隨灰塵。憶昔雄都舊朝市，軒車照耀歌鐘起。軍容帶甲三十萬，國步連營一千里〔一九〕。全盛須臾那可論，高臺曲池無復存。遺墟但有狐狸窟，古地空餘草木根。暮天摇落傷懷抱，倚劍悲歌對秋草〔二〇〕。俠客猶傳朱亥名，行人尚識夷門道。白璧黄金萬户侯，寶刀駿馬填山丘。年代淒涼不可問，往來唯有水東流。

行路難云：君不見富家翁，舊時貧賤誰比數。一朝金多結豪貴〔二一〕，萬事勝人健如虎。子孫成長滿眼前，妻能管絃妾歌舞，自矜一身忽如此，却笑旁人獨愁苦。東鄰少年安所如，席門窮巷出無車。有才不肯學干謁，何用年年空讀書！

邯鄲少年行云：邯鄲城南游俠子，自矜生長邯鄲裏。千場縱博家仍富，幾處報讎身不死〔二二〕。宅中歌笑日紛紛，門外車馬長如雲〔二三〕。未知肝膽向誰是，令人却憶平原君。君不見即今交態薄〔二四〕，黄金用盡還疎索。以兹感歎辭舊游，更于時事無所求。且與少年飲美酒，往來射獵西山頭。

【校箋】

〔一〕《四部叢刊》影明活字本（下同）《高常侍集》卷八載此詩，題作《同顏少府旅宦秋中》。《唐百家詩選》與此同，當是。

〔二〕此句原作「人傳君昨悵然時」，據《高常侍集》、《唐百家詩選》改。

〔三〕「深齋」，《唐百家詩選》同，《高常侍集》作「新齋」。

〔四〕「跡勞」，《唐百家詩選》同，《高常侍集》作「跡留」。

〔五〕「不是」原作「不見」，據《高常侍集》、《唐百家詩選》改。

〔六〕「碎」原作「破」，據《河岳英靈集》、《高常侍集》改，《唐百家詩選》亦作「破」。

〔七〕「付與」，《高常侍集》、《唐百家詩選》同，《河岳英靈集》作「分付」。

〔八〕「乃知」，《高常侍集》、《唐百家詩選》同，《河岳英靈集》作「早知」。

〔九〕詩序同《唐百家詩選》。《高常侍集》作「開元二十六年，客有從元戎出塞而還者，作《燕歌行》以示適，感征戍之事，因而和焉。」文字略異，皆作「開元二十六年」。除此以外，《河岳英靈集》作「開元十六年」，《才調集》、《文苑英華》卷一九六同；《又玄集》作「開元十年」，《唐文粹》同。又，「從元戎出塞」，《河岳英靈集》作「從御史張公出塞」，《又玄集》、《才調集》、《唐文粹》、《文苑英華》皆作「從御史大夫張公出塞」。按何焯校《河岳英靈集》，以爲「開元十六年」乃「開元二十六年」之誤，疑《又玄集》以下諸書之作「十年」、「十六年」者，亦復如此。「御史張公」，據清代以來諸家考定，謂張守珪（兩《唐書》有《傳》）也。

〔一〇〕「腓」，《河岳英靈集》、《唐文粹》、《唐百家詩選》同，《又玄集》、《才調集》、《文苑英華》作「衰」。

〔一一〕「塞北」，《唐百家詩選》同，《河岳英靈集》、《又玄集》、《才調集》、《唐文粹》、《文苑英華》作「薊北」。

〔一二〕「邊庭」，《河岳英靈集》、《才調集》、《唐文粹》、《唐百家詩選》同，《又玄集》、《文苑英華》作「邊風」。

〔一三〕《新唐書》卷一四三《高適傳》：「高適字達夫，滄州渤海人。……客梁宋間，宋州刺史張九皋奇之，舉有道科中第，調封丘尉，不得志，去。客河西，河西節度使哥舒翰表爲左驍衛兵曹參軍，掌書記。禄山亂，……佐翰守潼關。……天子西幸，適走間道及帝于河池。……俄遷侍御史。……未幾蜀亂，出爲蜀、彭二州刺史。……梓屯將段子璋反，適從崔光遠討斬之，而光遠兵不戢，遂大掠，天子怒，罷光遠，以適代爲西川節度使。廣德元年，……召還爲刑部侍郎，左散騎常侍，封渤海縣侯，永泰元年，卒。……適尚節義，語王霸衮衮不厭。遭時多艱，以功名自許，而言浮其術，不爲搢紳所推。然政寬簡，所涖，人便之。年五十始爲詩，即工，以氣質自高。每一篇已，好事者輒傳布。」《紀事》出此，「河西從事」原作「西河從事」，「左散騎常侍」原作「右散騎常侍」，據史文改。

〔一四〕「語」字原脱，據《河岳英靈集》補。

〔一五〕「甚多佳句」，《河岳英靈集》作「甚有奇句」。

〔一六〕「且」原作「日」，據《河岳英靈集》改。

〔一七〕詩題《樂府詩集》卷九三所載無「古」字。《高常侍集》、《唐百家詩選》與此同。

〔一八〕「蒼茫多」，《唐百家詩選》同，《高常侍集》、《樂府詩集》作「莽蒼饒」。

〔一九〕「連營」，《高常侍集》、《唐百家詩選》同，《樂府詩集》作「連衡」。

〔二〇〕「倚劍」，《唐百家詩選》同，《高常侍集》、《樂府詩集》作「撫劍」。

〔二一〕「貴」原作「富」，據《高常侍集》、《河岳英靈集》、《唐百家詩選》、《樂府詩集》改。

〔二二〕「幾處」，《高常侍集》、《河岳英靈集》、《唐百家詩選》同，《唐文粹》、《樂府詩集》作「幾度」。

〔二三〕「長如雲」，《唐文粹》、《唐百家詩選》同，《河岳英靈集》作「屯如雲」。《高常侍集》、《樂府詩集》作「如雲屯」。

〔二四〕「即今」，《河岳英靈集》、《唐百家詩選》同，《高常侍集》、《唐文粹》、《樂府詩集》作「今人」。

張彪

北游還酬孟雲卿云〔一〕：忽忽望前事〔二〕，志願能相乖。衣馬久羸弊，誰信文與才〔三〕？善道居貧賤，潔服蒙塵埃。行行無定心，壈坎難歸來。慈母憂疾疹，家室念栖棲〔四〕。與君宿姻親，深見中外懷。俟余惜時節，悵望臨高臺。

古別離云：別離無遠近，事歡情亦悲。不聞車輪聲，後會將何時？去日忘寄書，來日乖前期。縱知明當返，一息千萬思。

杜子美寄張十二山人彪詩云〔五〕：獨卧嵩陽客，三違潁水春。艱難隨老母，慘淡向時人。謝氏登山屐，陶公漉酒巾。群兇彌宇宙，此物在風塵。歷下辭姜被，關西得孟鄰。早通交契密〔七〕，晚接道流新。静者心多妙，先生藝絶倫。草書何太古，詩興不無神。曹植休前輩，張芝更後身。數篇吟可老，一字買堪貧。讀子美詩，則彪蓋潁洛間静者，天寶末，將母避亂。故子美以詩寄云。

彪雜詩云：富貴多勝事，貧賤無良圖。上德兼濟心，中才不如愚。商者多巧智，農者争膏腴〔八〕。儒生未遇時，衣食不自如。久與故交别，他榮我窮居。到門懶入門，何況千里餘。君子有褊性，矧乃尋常徒。行行任天地，無爲强親疎。

神仙云：神仙可學無，百歲名大約。天地何茫茫〔九〕，人間半哀樂。浮生亮多惑〔一〇〕，善事翻爲惡。争先等馳驅〔一二〕，中路苦瘦弱。長老思養壽，後生笑寂寞。五穀非長年，四氣乃靈藥。列子何必待，吾心滿寥廓。

【校箋】

〔一〕「還」原作「遠」，據《篋中集》、《文苑英華》卷二四四改，《唐百家詩選》亦作「遠」。

〔二〕「望」，《篋中集》、《唐百家詩選》同，《文苑英華》作「忘」。

〔三〕「誰信」原作「誰能」，據《篋中集》、《唐百家詩選》改。《文苑英華》此句作「誰辨才不才」。

〔四〕「念栖栖」，《篋中集》、《唐百家詩選》同，《文苑英華》作「念低摧」。毛本「栖栖」作「栖哀」。

〔五〕此詩見《杜工部集》卷一〇，題作《寄張十二山人彪三十韻》，此録其前十韻。

〔六〕「登山屐」，《杜工部集》作「尋山屐」。

〔七〕「早」原作「且」，據《杜工部集》改。

〔八〕「爭」原作「多」，據《篋中集》、《唐百家詩選》改。

〔九〕「茫茫」原作「蒼茫」，據《篋中集》、《唐百家詩選》改。

〔一〇〕「惑」原作「感」，據《篋中集》改。《唐百家詩選》亦作「感」。

〔一一〕「馳驅」原作「驅逐」，據《篋中集》改。《唐百家詩選》亦作「驅逐」。

張子容

長安早春詩云：開國維東井〔一〕，城池起北辰〔二〕。咸歌太平日，共樂建寅春。雲靜青山樹〔三〕，冰開黑水濱〔四〕。草迎金埒馬，花伴玉樓人。鴻漸看無數，鶯聲聽欲頻〔五〕。

何當桂枝擢，歸及柳條新〔六〕。

九日陪潤州邵使君登北固山云：五馬向山椒，重陽出麗譙。徐州帶緑水，楚國在青霄。張幕連江樹，開筵接海潮。凌雲詞客語，迴雪舞人嬌。梅福慙仙吏，羊公賞下僚。新豐酒舊美，況是菊花朝。

送孟浩然歸襄陽詩云：東越相逢地，西亭送別津。風濤開解纜〔七〕，雲海去愁人〔八〕。鄉在桃林岸，山連楓樹春〔九〕。長懷故園意〔一〇〕，歸與孟家隣。

孟浩然送張子容赴進士舉詩云：夕曛山照滅，送客出柴門。惆悵野中別，殷勤歧路言〔一一〕。茂林余偃息，喬木爾飛翻。無使谷風誚，須令友道存。

除夜樂城逢孟浩然云〔一二〕：遠客襄陽郡，來過海畔家。樽開柏葉酒〔一三〕，燈發九枝花。妙曲逢盧女，高才得孟嘉〔一四〕。東山行樂意，非是競繁華〔一五〕。

浩然歲除夜樂城張少府宅云：雲海訪甌閩，風濤泊島濱。何知歲除夕〔一六〕，得見故鄉親。予是乘桴客，君爲失路人。平生復能幾，一別十餘春。

巫山詩云：巫嶺岧嶤天際重，佳期宿昔願相從。朝雲暮雨連天暗，神女知來第幾峰？

子容乃先天二年進士〔一七〕，曾爲樂城尉，與孟浩然友善。

貶樂城尉日作云：竄謫邊窮海，川原近惡溪。有時聞虎嘯，無夜不猿啼。地暖花常發，巖高日易低。故鄉可憶處，遥指斗牛西。

【校箋】

〔一〕「維」，《文苑英華》卷一八一作「移」。

〔二〕「起」，《文苑英華》作「對」。

〔三〕「雲靜青山樹」，《文苑英華》作「雪盡黄山樹」。

〔四〕「濱」，《文苑英華》作「津」。

〔五〕「聲」，《文苑英華》作「遷」。

〔六〕「歸」，《文苑英華》作「還」。

〔七〕「風濤」，《文苑英華》卷一六八作「風潮」。

〔八〕「雲海」原作「雪海」，據《文苑英華》改。

〔九〕「山」，《文苑英華》作「江」。

〔一〇〕「長懷」原作「因懷」，據《文苑英華》改。

〔一一〕「岐路言」，《孟浩然集》作「醉後言」。

〔一二〕詩題「逢」原作「簡」，據《文苑英華》卷二一八及《歲時雜詠》改。

〔一三〕「樽開」原作「樽前」，據《文苑英華》及《歲時雜詠》改。

〔一四〕「孟嘉」原作「孟家」，《歲時雜詠》同。據《文苑英華》改。

〔一五〕「繁華」，《文苑英華》同。《歲時雜詠》作「豪華」。

〔一六〕「何知歲除夕」，《歲時雜詠》同。《孟浩然集》作「如何歲除夜」。

〔一七〕《唐才子傳》：「子容，襄陽人。開元元年常無名榜進士。」按，玄宗以先天二年十二月改元，先天二年即開元元年。

李之芳

大曆中，子美有夏夜李尚書筵送宇文石首赴縣聯句云〔一〕：愛客尚書貴，之官宅相賢。子美。酒香傾坐側，帆影駐江邊。之芳。翟表郎官瑞，鳧看令宰仙。彧。雨稀雲葉斷，夜久燭花偏。子美。數語欹紗帽，高文擲彩牋。之芳。興饒行處樂，離惜醉中眠。彧。單父長多暇，河陽實少年。子美。客居逢自出，爲别幾悽然。之芳。宇文晁，尚書之甥。崔彧，司業之孫也〔二〕。

之芳，太宗子蔣王惲之曾孫，有令譽。安禄山奏爲范陽司馬，禄山反，自拔歸京師。廣德初，使吐蕃，被留二歲乃得歸，拜禮部尚書，改太子賓客，薨〔三〕。子美哭之芳詩云：江雨銘旌濕，湖風井逕秋。又曰：復魄昭丘遠，歸魂素滻偏。蓋死于江湖也。

【校箋】

〔一〕詩載《杜工部集》卷一七，大曆三年夏在江陵作。

〔二〕《杜工部集》同卷此詩後有《宇文晁尚書之甥、崔彧司業之孫，尚書之子重泛鄭監南湖》一首。

〔三〕《新唐書》卷八〇《蔣王惲傳》：「（子）煒，封蔡國公。孫之芳，有令譽，安禄山奏爲范陽司馬。禄山反，自拔歸京師。歷工部侍郎、太子右庶子。廣德初，詔兼御史大夫，使吐蕃，被留二歲，乃得歸。拜禮部尚書，改太子賓客。」《紀事》出此。「乃得歸」句原脱「歸」字，據補。

〔四〕二詩亦載《杜工部集》卷一七，詩題爲《哭李尚書之芳》、《重題》，是年秋，在荆南作。

孟浩然

孟浩然，襄陽人也。骨貌淑清，風神散朗。救患釋紛以立義，灌園藝圃以全高〔一〕。交游之中，通脱傾蓋，機警無匿。學不攻儒，務掇菁華；文不按古，匠心獨妙。五言詩天下稱其盡善。閑游祕省，秋月新霽，諸英聯詩，次當浩然，句曰：微雲淡河漢，疎雨滴梧桐。舉座嗟其清絶，咸以之閣筆〔二〕，不復爲綴。丞相范陽張九齡、侍御史京兆王維、尚書侍郎河東裴胐、范陽盧僎〔三〕、大理評事河東裴總、華陰太守滎陽鄭倩之〔四〕、太守河南獨孤策〔五〕，率與浩然爲忘形交。山南採訪使太守昌黎韓朝宗〔六〕，謂浩然閒代詩律〔七〕，寘諸周行，必詠穆如之頌。因入奏與偕行，先揚于朝，約日引謁，後期，浩然叱曰：業已飲矣，身行樂耳，遑恤其他！遂畢飲不赴，由是間罷〔八〕，浩然不之悔也。其好學忘名如此。王士源他時嘗筆讚之曰：導漾炳靈，實生楚英。浩然清發，亦自其名。開元二十八年，王昌齡游襄陽，時浩然疾發背且愈，相得歡甚，浪情宴謔〔九〕，食鮮疾動，終于南園〔一〇〕。年五十有二〔一一〕。子儀甫。浩然文不爲仕，佇興而作，故或遲〔一二〕。行不爲飾，動以求真，故似誕〔一三〕。游不爲利，期以放性〔一四〕，故常貧。名不繫于選部〔一五〕，聚不盈于擔石〔一六〕，雖屢空不給，自若也〔一七〕。王士源序。

傳曰：張九齡爲荆州，辟置于府，罷。開元末，病疽背卒。後樊澤爲節度使，時浩然墓碑壞，符載以牋叩澤曰：故處士孟浩然，文質傑美，殞落歲久，門裔陵遲，丘隴頽没，永懷若人，行路慨然。前公欲更築大墓，闔州搢紳，聞風竦動，而今外迫軍旅，内勞賓客，牽耗歲時，或有未遑。誠令好事者乘而有之，負公夙志矣。澤乃更爲刻碑鳳林山南，封寵其墓。初，王維過郢州，畫浩然像于刺史亭，因曰浩然亭，咸通中，刺史鄭諴謂賢者不可斥其名，更曰孟亭〔一八〕。

王維憶孟詩曰：故人今不見，日夕漢江流。借問襄陽老，江山空蔡洲。

皮日休孟亭記云：明皇世，章句之風，大得建安體，論者推李翰林、杜工部爲尤。介其間能不愧者，惟吾鄉之孟先生也。先生之作，遇景入詠，不鉤奇抉異，令齷齪束人口者，涵涵然有干霄之興，若公輸氏當巧而不巧者也。北齊美蕭慤芙蓉露下落，楊柳月中疎，先生則有微雲澹河漢，疎雨滴梧桐。樂府美王融日霽沙嶼明，風動甘泉濁，先生則有氣蒸雲夢澤，波動岳陽城。謝脁之詩句精者，有露濕寒塘草，月映清淮流，先生則有荷風送香氣，竹露滴清響。此與古人爭勝于毫釐也〔一九〕。

明皇以張説之薦召浩然，令誦所作。乃誦北闕休上書，南山歸弊廬。不才明主棄，多病故人疎。白髮催年老，青陽逼歲除。永懷愁不寐，松月夜牕虚。帝曰：卿不求朕，豈朕棄卿？何不云氣蒸雲夢澤，波動岳陽城！因是故棄〔二〇〕。

殷璠云：余嘗謂禰衡不遇，趙壹無禄，其過在人。及觀襄陽孟浩然，罄折謙退，才名日高，天下籍甚。竟淪落明代，終于布衣，悲夫！予方知命矣！且浩然詩文采丰茸〔二一〕，經縷綿密，半遵雅調〔二二〕，全削凡體。至如衆山遥對酒，孤嶼共題詩，無論興象，復兼故實。又氣蒸雲夢澤〔二三〕，波動岳陽城，亦爲高唱也。

建德江宿云：移舟泊煙渚〔二四〕，日暮客愁新。野曠天低樹，江清月近人。

裴司士見尋云〔二五〕：府寮能枉顧〔二六〕，嘉醖復新開〔二七〕。落日池上酌，清風松下來。廚人具鷄黍，稚子摘楊梅。誰道山公醉，猶能騎馬迴。

早寒江上有懷云：木落鴈初度，北風江上寒。我家湘水曲〔二八〕，遥隔楚雲端。鄉淚客中盡，孤帆天際看〔二九〕。迷津欲有問，平海夕漫漫。

永嘉上浦館逢張八子容云〔三〇〕：逆旅相逢處，江村日暮時。衆山遥對酒，孤嶼共題詩。廨宇隣蛟室〔三一〕，人煙接島夷。鄉關萬餘里，失路一相悲。

湖上作云〔三二〕：八月湖水平，涵虚混太清〔三三〕。氣蒸雲夢澤，波動岳陽城〔三四〕。欲濟無舟楫，端居恥聖明。徒憐垂鈎叟〔三五〕，空有羨魚情〔三六〕。

峴潭作云〔三七〕：石潭傍隈隩，沙榜曉夤緣〔三八〕。試垂竹竿釣，果得查頭鯿。又冬至過友人云〔三九〕：鳥泊隨陽鴈，魚藏縮項鯿。故杜子美憶襄陽云：吾友襄陽孟浩然，新詩句句盡堪傳。至今耆舊無他語，謾釣查頭縮項鯿〔四〇〕。

題鹿門山云〔四一〕：清曉因興來，乘流越江峴。沙禽近方識〔四二〕，浦樹遥莫辨。漸到鹿門山，山明翠微淺。巖潭多屈曲，舟楫屢回轉。昔聞龐德公，採藥遂不返。金澗餌芝朮，石牀卧苔蘚〔四三〕。紛吾感耆舊，結纜事攀踐。隱跡今尚存，高風邈已遠。白雲何時去，丹桂何偃蹇。探討意未窮，迴艫夕陽晚〔四四〕。

張祜題浩然宅云：高才何必貴，下位不妨賢。孟簡雖持節，襄陽屬浩然。

【校箋】

〔一〕「藝」字原脱，據影宋本（下同）《孟浩然集》所載王士源序補。

〔二〕「閣筆」原作「筵筆」，據《孟浩然集》改。

〔三〕「盧僎」原作「盧溪」，據《孟浩然集》改。

〔四〕「華陰」原作「華陽」，據《孟浩然集》改。

〔五〕「河南」原作「河東」，據《孟浩然集》改。

〔六〕「韓」字原脱，據《孟浩然集》補。

〔七〕「閒代」原作「閑深」，據《孟浩然集》改。毛本作「閔深」。

〔八〕「間罷」原作「聞罷」，據《孟浩然集》改。

〔九〕「相得歡甚，浪情宴謔」原作「相得歡飲，浩然宴謔」，據《孟浩然集》改。

〔一〇〕「南園」原作「南國」，據《孟浩然集》改。

〔一一〕「二」字原脱，據《孟浩然集》補。

〔一二〕「浩然文不爲仕，佇興而作，故或遲」原作「浩然每爲詩佇興而故作或遲成」，據《孟浩然集》改。

〔一三〕「動以求真，故似誕」原作「動求真適故以誕」。

〔一四〕「游不爲利，期以放性」原作「游不利期以放情」，據《孟浩然集》改。

〔一五〕「不」原作「劣」，據《孟浩然集》改。

〔一六〕「聚不盈于擔石」原作「聚不盈甑室」，據《孟浩然集》改。

〔一七〕按，此序與《集》本字句尚有數處小異，文義可通，未改。

〔一八〕此《新唐書》卷二〇三《孟浩然傳》文。「夙志」原作「夙忘」，「刺史鄭誠」原作「刻史鄭誠」，據史文改。

〔一九〕《皮子文藪》卷七載此文，題爲《郢州孟亭記》。文中「不鈎奇抉異」句，「鈎」原作「拘」；「風動甘泉濁」句，「濁」原作「燭」；「竹露滴清響」句，「響」原作「聲」，據《文藪》改。按《樂府詩集》載王融《淥水曲》作「日霽沙溆明，風動華泉燭」，疑「燭」字不誤。

〔二〇〕按此事不足信。浩然曾與張九齡交往而未及見張説，《摭言》卷一一記浩然爲王維召入殿中，遇玄宗，誦「北闕休上書，南山歸敝廬。不才明王棄，多府故人踈」之句，因而受黜。《新唐書·孟浩然傳》亦采之。而《北夢瑣言》卷七，又記浩然因李白之薦，玄宗召對，亦誦此詩，則知附會一詩而有種種傳説，皆屬子虛烏有也。

〔二一〕「且浩然詩文彩芊茸」原作「且浩然詩文華彩芊茸」，「華」字衍，據《河岳英靈集》删。

〔二二〕「遵」原作「好」，據《河岳英靈集》改。

〔二三〕「氣蒸雲夢澤」五字原脱，據《河岳英靈集》補。

〔二四〕「煙渚」，《孟浩然集》同。《文苑英華》卷二九一作「幽渚」，《唐百家詩選》作「滄渚」。

〔二五〕詩題《孟浩然集》作《裴司士見訪》，《又玄集》作《喜裴士曾見尋》，《唐百家詩選》作《裴司功員司士見尋》。

〔二六〕「枉顧」，《孟浩然集》、《又玄集》、《唐百家詩選》俱作「枉駕」。

〔二七〕「嘉醖」，《孟浩然集》、《又玄集》、《唐百家詩選》俱作「家醸」。

〔二八〕「湘水曲」原作「江水上」，據《孟浩然集》改。

〔二九〕「孤帆」，《孟浩然集》作「歸帆」。疑當作「歸帆」，謝脁詩有「天際識歸舟」之句，爲孟所本。

〔三〇〕詩題「八」字原脱，據《孟浩然集》、《唐百家詩選》補。《文苑英華》卷二九七作「永嘉上浦館逢張客卿》。

〔三一〕「廨宇」，《孟浩然集》、《唐百家詩選》同，《文苑英華》作「廨院」。

〔三二〕詩題《孟浩然集》作《臨洞庭》，《文苑英華》卷二五〇作《望洞庭湖上張丞相》。

〔三三〕「涵虚」原作「含虚」，據《孟浩然集》及《文苑英華》改。

〔三四〕「波動」，《文苑英華》同，《孟浩然集》作「波撼」。

〔三五〕「徒憐」，《孟浩然集》作「坐觀」，《文苑英華》作「坐憐」。「叟」，《文苑英華》同，《孟集》作「者」。

〔三六〕「空有」，《孟浩然集》、《文苑英華》作「徒有」。

〔三七〕詩題「峴潭」原作「峴山」，據《孟浩然集》改。

〔三八〕「沙榜」，《孟浩然集》作「沙岸」。

〔三九〕詩題《孟浩然集》及《文苑英華》卷三一八作《冬至後過吴張二子檀溪别業》。

〔四〇〕此杜甫《解悶十二首》之六。詩中《杜工部集》所載「吾友」作「復憶」，「新詩」作「清詩」，「他語」作「新語」。

〔四一〕詩題《孟浩然集》及《唐百家詩選》作《登鹿門山懷古》。

〔四二〕「方識」原作「相識」，據《孟浩然集》改，《唐百家詩選》作「初識」。

〔四三〕「薢」原作「鮮」，據《孟浩然集》、《唐百家詩選》改。

〔四四〕「艫」原作「艇」，據《孟浩然集》、《唐百家詩選》改。

岑參

送王大昌齡赴江寧詩云：對酒寂不語，悵然悲一作愁。送君〔一〕。明時未得用，未字一作不。白首徒工文〔二〕。澤國從一官，滄波幾千里。群公滿天闕〔三〕，獨去過淮水。舊家富春渚，嘗憶卧江樓。自聞君欲行，頻望南徐州〔四〕。窮巷獨閉門，寒燈靜深屋。北風吹微雪，抱被肯同宿。君行到京口，正是桃花時。舟中饒孤興，湖上多新詩。潛虬且深蟠，黄鶴一作鵠。飛未晚〔五〕。惜君青雲器，努力加飧飯。

奉送李太保兼御史大夫充渭北節度使即太尉光弼之弟也詩云：詔出未央宫，登壇近總戎。上公周太保，副相漢司空。弓抱關西月，旗飛渭北風〔六〕。弟兄皆許國，天地荷成功。

宿華陰東郭客舍憶閻防詩云：次舍山郭近，解鞍鳴鐘時。主人炊新粒，行子充夜飢。關月生首陽〔七〕，照見華陰祠。蒼茫秋山晦〔八〕，蕭瑟寒松悲。久從園廬別，遂與朋知辭。一作相知。舊壑蘭杜晚，歸軒今已遲。

春夢詩云〔九〕：洞庭一作洞房。昨夜春風起〔一〇〕，故人尚隔一作遥憶美人。湘江水〔一一〕。枕上片時春夢中，行盡江南數千里。

參，南陽人，文本之後。登天寶進士第，累爲安西、關西節度判官。入爲祠功二外郎，虞庫二正郎。出爲嘉州刺史，副元帥杜鴻漸表公兼侍御史，列于幕府。使罷，寓于蜀，中原多故，卒死于蜀〔一二〕。

殷璠云：參詩語奇體峻，意亦新遠〔一三〕。至如長風吹白茅，野火燒枯桑，可謂逸矣〔一四〕。又山風吹空林，颯颯如有人，宜稱幽致也〔一五〕。

暮秋山行云：疲馬卧長坂，夕陽下通津。山風吹空林〔一六〕，颯颯如有人。蒼旻霽涼雨〔一七〕，石路無飛塵。千念集暮節，萬籟悲蕭辰。鶗鴂昨夜鳴，蕙草色已陳。況在遠行客，自然多苦辛。

至大梁却寄匡城主人云〔一八〕：一從棄魚釣，十載干明王。無由謁天階，却欲歸滄浪。仲秋至東郡，遂見天雨霜。昨夜夢故山，蕙草色已黄〔一九〕。平明辭鐵丘〔二〇〕，薄暮游大梁。

仲秋蕭條景，拔刺飛鵝鶬。四郊陰氣閉，萬里無晶光。長風吹白茅，野火燒枯桑。故人南燕吏，籍籍名皆香〔二一〕。聊以玉壺贈〔二二〕，置之君子堂。

衛尚書赤驃馬歌云〔二三〕：君家赤驃畫不得，一團旋風桃花色〔二四〕。紅纓紫鞚珊瑚鞭，玉鞍錦韉黄金勒。請君鞁出看君騎，尾長窣地如紅絲。自矜諸馬皆不及，却憶百金新買時。香街紫陌鳳城内，行人見者誰不愛。揚鞭驟急白汗流，弄影行驕碧蹄碎。紫髯胡雛金剪刀，平明剪出三騣高。櫪上看時獨意氣，衆中牽出偏雄豪。騎將獵向南山口，城南狐兔不復有。草頭一點疾如飛，却使蒼鷹翻向後。憶昨看君朝未央，鳴珂擁蓋滿路香。始知邊將真富貴，可憐人馬相輝光。男兒意氣得如此〔二五〕，駿馬長鳴北風起〔二六〕。待君東去掃胡塵，爲君一日行千里。

北庭北樓呈幕中諸公云：嘗讀西域傳，漢家得輪臺。古塞千年空，陰山獨崔嵬。二庭近西海，六月秋風來。日暮上北樓，殺氣凝不開。大荒無鳥飛，但見白龍塠。舊國眇天末，歸心日悠哉。上將新破胡，西郊絶煙埃。邊城寂無事，撫劍空徘徊。幸得趨幕中，託身廁群才。早知安邊計，未盡平生懷。

玉門關蓋將軍歌云：蓋將軍，真丈夫，行年三十執金吾，身長七尺頗有鬚〔二七〕。玉門關城迥且孤，黄沙萬里百草枯。南隣犬戎北接胡，將軍到來備不虞。五千甲士膽力麤，軍中無事但歡娛。暖屋繡簾紅地爐，織成壁衣花氍毹。燈前侍婢瀉玉壺，金鐺亂點野駝酥〔二八〕。紫紱金章左右趨，問著即是蒼頭奴。美人一雙閑且都，朱脣翠眉映明眸〔二九〕。清歌一曲世所無，今日喜聞鳳將雛。可憐絶勝秦羅敷，使君五馬謾踟躕。野草繡窠紫羅襦，紅牙鏤馬對樗蒲。玉盤纖手撒作盧〔三〇〕，衆中誇道不曾輸。櫪上昂昂皆駿駒，桃花叱撥價最殊。騎將獵向城南隅，臘日射殺千年狐。我來塞外按邊儲，爲君取醉酒剩酤。醉爭酒盞相諠呼，却憶咸陽舊酒徒。

武威送劉單判官赴安西行營便呈高開府云〔三一〕：熱海亘鐵門，火山赫金方。白草磨天涯，湖沙莽茫茫。夫子佐戎幕，其鋒利如霜。中歲學兵符，不能守文章。功業須及時，立身有行藏。男兒感忠義，萬里忘越鄉。孟夏邊候遲，胡國草未長〔三二〕。馬疾過飛鳥，天窮超夕陽。都護新出師，五月發軍裝。甲兵二百萬，錯落金光揚。揭旗拂崑崙，伐鼓震蒲昌。大白引官軍，天威臨大荒。西望雲似蛇，戎夷知喪亡。渾驅大宛馬，繫取樓蘭王。曾到交河城，風土斷人腸。塞驛遠如點，邊烽互相望。赤亭多飄風，鼓怒不可當。有時無人行，沙石亂飄颺，夜靜天蕭條，鬼哭夾道傍。地上多髑髏，皆是古戰場。置酒高館夕，邊城月蒼蒼。軍中宰肥牛，堂上羅羽觴。紅淚金燭盤，嬌歌艷新粧〔三三〕。望君仰青冥〔三四〕，短翮難可翔。蒼然西郊道，握手何慨慷。

天山雪送蕭沼歸京云〔三五〕：天山雪雲常不開〔三六〕，千峰萬嶺雪崔嵬。北風夜捲赤亭口，一夜天山雪更厚。能兼漢月照銀山，復逐胡風過鐵關。交河城邊飛鳥絶，輪臺路上馬蹄滑。晻澹寒氛萬里凝〔三七〕，闌干陰崖千丈冰。將軍狐裘卧不暖，都護寶刀凍欲斷。正是天山雪下時，送君走馬歸京師。客中何以贈君別，唯有青青松樹枝。

走馬川行奉送出師西行云：君不見走馬滄海邊〔三八〕，平沙莽莽黄入天。輪臺九月風夜吼，一川碎石大如斗，隨風滿地石亂走。匈奴草黄馬正肥，金山西見烟塵飛，漢家大將西出師。將軍金甲夜不脱，半夜軍行戈相撥，風頭如刀面如割。馬毛帶雪汗氣蒸，五花連錢旋作冰，幕中草檄硯水凝。虜騎聞之應膽懾，料知短兵不敢接，車師西門佇獻捷。

輪臺歌奉送封大夫出師西征云：輪臺城頭夜吹角，輪臺城北旄頭落。羽書昨夜過渠黎〔三九〕，單于已在金山西。戍樓西望烟塵黑，漢兵屯在輪臺北。上將擁旄西出征，平明吹笛大軍行〔四〇〕。四邊伐鼓雪海湧〔四一〕，三軍大呼陰山動。虜塞兵氣連雲屯，戰場白骨纏草根。劍河風急雪片闊，沙口石凍馬蹄脱。亞相勤王甘苦辛〔四二〕，誓將報主静邊塵。古來青史誰不見，今見功名勝古人。

白雪歌送武判官云：北風卷地白草折，胡天八月即飛雪。忽如一夜春風來〔四三〕，千樹萬樹梨花開。散入珠簾濕羅幕，狐裘不暖錦衾薄。將軍雕弓不得控，都護鐵衣冷難著。

瀚海闌干千尺冰〔四四〕，愁雲黲澹萬里凝。中軍置酒飲歸客，胡兒琵琶與羌笛〔四五〕。紛紛暮雪下轅門，風掣紅旗凍不翻。輪臺東門送君去，去時雪滿天山路。山回路轉不見君，雪上空留馬行處。

田使君美人如蓮花舞北鋋歌此曲本出北同城。云〔四六〕：如蓮花，舞北鋋〔四七〕，世人有眼應未見。高臺滿地鋪氍毹，試舞一曲天下無。此曲胡人傳入漢，諸客見之驚且歎。慢臉嬌蛾纖復穠〔四八〕，輕羅金縷花蔥蘢。回裾轉袖若飛雪〔四九〕，左鋋右鋋生旋風〔五〇〕。琵琶橫笛和未匝，花門一作開。山頭黄雲合〔五一〕。忽作出塞入塞聲，白草胡沙寒颯颯。翻身入破如有神，前見後見回回新。始知諸曲不可比〔五二〕，採蓮落梅徒聒人〔五三〕。世人學舞祇是舞，姿態豈能得如此。

參，至德中任宣議郎，試大理評事，攝監察御史。左拾遺裴薦、杜甫等，嘗薦參識度清遠，議論雅正，佳名早立，時輩所仰，可備獻替之官云〔五四〕。

【校箋】

〔一〕「悲」，《文苑英華》卷二七一及《唐百家詩選》作「愁」。

〔二〕「工」原作「攻」，據《文苑英華》、《唐百家詩選》改。《四部叢刊》影明蜀本（下同）《岑嘉州詩》亦作「攻」。

〔三〕「天闕」原作「闕下」，據《岑嘉州詩》、《文苑英華》、《唐百家詩選》改。

〔四〕「望」，《岑嘉州詩》同，《文苑英華》、《唐百家詩選》作「夢」。

〔五〕「飛」，《岑嘉州詩》、《文苑英華》、《唐百家詩選》作「舉」。

〔六〕「旗飛」，《岑嘉州詩》、《文苑英華》卷二七一及《唐百家詩選》作「旗翻」。

〔七〕「關月」原作「閨月」，據《岑嘉州詩》及《唐百家詩選》改。

〔八〕「蒼茫」原作「茫蒼」，據《岑嘉州詩》及《唐百家詩選》改。

〔九〕詩題《河岳英靈集》、《岑嘉州詩》同，《文苑英華》作《春夜所思》。

〔一〇〕「洞庭」，《岑嘉州詩》、《河岳英靈集》、《萬首唐人絶句》作「洞房」。

〔一一〕「故人尚隔」，《岑嘉州詩》、《河岳英靈集》、《萬首唐人絶句》作「遥憶美人」。

〔一二〕杜確《岑嘉州詩序》：「南陽岑公……諱參，曾大父文本。……天寶三載，進士高第，解褐右内率府兵曹參軍。轉右威衛録事參軍，又遷大理評事兼監察御史，充安西節度判官。……又改太子中允，兼殿中侍御史，充關西節度判官。入爲祠部、考功二員外郎，轉虞部、庫部二正郎。又出爲嘉州刺史，副元帥、相國杜公鴻漸表公職方郎中兼侍御史，列于幕府。無幾使罷，寓居于蜀。……中原多故，劍外少康……吉往凶歸，嗚呼不禄！」《紀事》本此。

〔一三〕「新遠」，《河岳英靈集》作「造奇」。

〔一四〕「逸矣」，《河岳英靈集》作「逸才」。

〔一五〕「宜」原作「須」，據《河岳英靈集》改。
〔一六〕「空林」原作「長林」，據《岑嘉州詩》、《唐百家詩選》改。
〔一七〕「蒼旻」原作「蒼梧」，據《岑嘉州詩》、《唐百家詩選》改。
〔一八〕「匡城」原作「康城」，據《岑嘉州詩》改。匡城，唐滑州縣名。
〔一九〕「蕙草」原作「芳蕙」，據《岑嘉州詩》改。
〔二〇〕「鐵丘」原作「鐵兵」，據《岑嘉州詩》改。
〔二一〕「皆」，《岑嘉州詩》作「更」。
〔二二〕「以」原作「似」，據《岑嘉州詩》改。
〔二三〕詩題《岑嘉州詩》作《衛節度赤驃馬歌》，《唐百家詩選》與此同。
〔二四〕「桃」原作「柳」，據《岑嘉州詩》、《唐百家詩選》改。
〔二五〕「意氣」，《岑嘉州詩》、《唐百家詩選》作「稱意」。
〔二六〕「駿馬」原作「駿馬」據《岑嘉州詩》、《唐百家詩選》改。
〔二七〕「鬛」原作「鬢」，據《岑嘉州詩》、《唐百家詩選》改。
〔二八〕「野駝」原作「野酡」，據《唐百家詩選》改。
〔二九〕「明眸」原作「月眸」，據《唐百家詩選》改。《岑嘉州詩》作「明矑」。
〔三〇〕「撥」，《唐百家詩選》同。《岑嘉州詩》作「撤」，義同。

〔三一〕詩題原脱「安」字，「便」誤作「使」，據《岑嘉州詩》及《唐百家詩選》補改。

〔三二〕「草未長」，《唐百家詩選》同。《岑嘉州詩》作「草木長」，誤。

〔三三〕「嬌歌」原作「嬌記」，據《岑嘉州詩》、《唐百家詩選》改。

〔三四〕「望君」原作「望若」，據《岑嘉州詩》、《唐百家詩選》改。

〔三五〕「蕭沼」，《唐百家詩選》同。《岑嘉州詩》作「蕭治」，誤。

〔三六〕「雪雲」原作「有雪」，《唐百家詩選》同，此據《岑嘉州詩》改。

〔三七〕「晻澹」，《唐百家詩選》同。《岑嘉州詩》作「腌靄」。

〔三八〕「走馬滄海邊」，《唐百家詩選》同。《岑嘉州詩》作「走馬川行雪海邊」。

〔三九〕「渠」原作「梁」，據《岑嘉州詩》、《唐百家詩選》改。

〔四〇〕「平明」原作「小胡」，《唐百家詩選》同，據《岑嘉州詩》改。

〔四一〕「伐鼓」原作「戍鼓」，據《岑嘉州詩》、《唐百家詩選》改。

〔四二〕「甘」原作「甚」，據《岑嘉州詩》、《唐百家詩選》改。

〔四三〕「忽如」原作「忽然」，據《岑嘉州詩》、《唐百家詩選》改。

〔四四〕「千尺」，《唐百家詩選》同，《岑嘉州詩》作「百丈」。

〔四五〕「胡兒」，《唐百家詩選》同，《岑嘉州詩》作「胡琴」。

〔四六〕「北錠」原作「北旋」，據《唐百家詩選》改。《岑嘉州詩》作「北鋌」，「錠」、「鋌」通。「北錠」，舞曲名。詩題之下，《岑嘉州詩》、《唐百家詩選》均有「此曲本出北同城」七字，當是作者自注。今據補。

〔四七〕「北鋋」原作「北旋」，據《唐百家詩選》改。起二句，《唐百家詩選》同，《岑嘉州詩》作「美人舞如蓮花鋋」，疑有誤，如蓮花，當是美人名。「鋋」音電，與「見」爲韻。

〔四八〕「嬌蛾」原作「嬌娥」，「穠」原作「濃」，據《唐百家詩選》改。

〔四九〕「回裾」原作「回裙」，據《唐百家詩選》改。

〔五〇〕「左鋋右鋋」原作「左旋右旋」，據《唐百家詩選》改。

〔五一〕「花門」，《岑嘉州詩》同，《唐百家詩選》作「花開」。

〔五二〕「比」原作「能」，據《岑嘉州詩》、《唐百家詩選》改。

〔五三〕「聒人」，《岑嘉州詩》、《唐百家詩選》作「聒耳」。按，此詩中間寫舞一段，皆兩韻一轉，于調爲諧，此作「聒人」是。

〔五四〕《杜工部集》卷二〇《爲補遺薦岑參狀》：「宣議郎、試大理評事、攝監察御史賜緋魚袋岑參，右臣等竊見岑參識度清遠，議論雅正，佳名早立，時輩所仰，今諫諍之路大開，獻替之官未備，恭維近侍，實藉茂材。」云云，後署：「至德二載六月十二日左拾遺内供奉臣裴薦謹狀。」及杜甫等名。

唐詩紀事校箋卷第二十四

元　傑　韋　迢　孟彥深　郭　受　陶　峴

張　偁　王昌齡　周　萬　包　融　顏真卿

丁仙芝　李　清　韓　滉　齊　澣　顧朝陽

韋　建

元　傑

元傑有湞陽果業寺開東嶺洞谷銘并序云：陰陽精氣，結爲山嶽者，則爲勝爲異，爲奥爲閟。故萬嶺交峙而嵩華辨其方，群岳敷靈而瀛壺拔其類。是知仙居靈宅，其必有黨乎。鳴弦之北趾，果業之東阜，高不百仞，廣纔千畝。層巖石室，幽谷靈洞，殊景異觀，秀絶奇偉。雖瀑流之下鑪峰，懸蹬之躋丹嶠，路遠莫覿，余不知其倫擬焉〔一〕。按寺記云：昔有方士，于是山鍊金變形〔二〕，羽服登仙，故石座丹竈，至今存焉。觀其東嶺削成，石瑩如玉，岡巒峭竦，巖壁重複。捫藟而升，如造雲根。縹緲嬋娟，似霞衣可攀。真氣勝而塵累捐，五蓋破而清機閑。蕩然放懷，如羽翼之已生，赤城之可接。噫！境變志遷，若符契之協從也。下臨長川，澄波吐瀾，烟霞夕收，飛鳥不喧，杳渺透迤〔三〕，流注無間。西直巨壑，連嶂如屏，林靄朝翠，巖光晝清，篠簜藏輝〔四〕，杉松下冥，虛豁寂寥，涵風有聲。緣嶺末極〔五〕，劃開洞門，黛容峥嶸，詭狀輪囷，疑伏龍怪，鎮含煙雲。又有古木，倒傍絶壁，盤根網結，掛絡空碧。崩崖傍傾，猨逕下仄〔六〕，羽人幽會，此焉瑶席。摶翠壁而直上，軋崎嶇于紫氛，雙巖屹以中斷，奔屏蹙而成室，涵孕精爽，澄凝氣源，信列仙之攸居，豈塵俗之所止哉。嗚呼！鶴駕一去，鳳簫響絶，荆榛蔽路，危磴敗滅。跡留人境，而舉世莫知；地聯精刹，而群游莫至。吁！可怪乎！其晦藏也。元和丙申歲秋八月，余以膠鬲之困，寓居精舍。再從兄昭肅，時假兹邑，政便于人。務簡多暇，與當寺僧知捷，日探道源。捷亦好古饕奇之士也。因語故實，緬思羽客之玄風，以爲靈跡神蹤，精誠必復，乃操刃持畚，履險道幽，梯絶棧而歷巉巖，排蒙籠而登杳藹。時更不稔〔七〕，而神居祕躅，粲然皆睹。嗟乎！芝田玄圃，豈遠乎哉！天之與人，氣通則合。客有顧咨而諗予者，或應之曰：天之運否泰相濟，故善利稱德，下民昏墊。人之道行藏有數，故棘津蓬累，時惟鷹揚。靈物必通，道在斯著。不然，何荒阻千祀，勃焉而興歟？乃爲銘曰：鑿石通道兮援木枝，仰攀洞口兮踐攲危〔八〕。奔龍伏虎兮勢狀奇，林攢峰倚兮蟠雲螭。下臨陰谷兮神以慄，嵌巖巖兮洞無極〔九〕。老松蕭瑟兮生遠風，興雲霈霈兮煙霧黑〔一〇〕。懸巖排空兮色噴黛，堅根網絡兮層霄外。披霓解帶兮羽翼生，下眺遥江兮入青靄。世道紛綸兮何足謂，朝爲榮華兮夕顚顇。不如幽谷兮閲仙經，冀接浮丘兮整烟轡。我窺丹竈兮坐山腹，衆峰參差兮隱雲族。鑿仙嶺兮望瑶臺，朝霞照海兮錦綺開。信赤松之所昇降，王喬之所往來。道或用晦兮靈物斯潛，殷道未昌兮説築傅巖。紛予感此兮勒銘雲根，山既不朽兮與名長存。

【校箋】

〔一〕「余」原作「餘」，據《唐文粹》卷六六改。

〔二〕上二句中「方士于是」四字原作「方七千是」，據《唐文粹》改。

〔三〕「杳渺」原作「青渺」，據《唐文粹》改。

〔四〕「篠簜」原作「篠湯」，據《唐文粹》改。

〔五〕「緣嶺」原作「緑嶺」，據《唐文粹》改。

〔六〕「猨逕」原作「援逕」，據《唐文粹》改。

〔七〕「不稔」原作「一稔」，據《唐文粹》改。

〔八〕「攲危」原作「奇危」，據《唐文粹》改。

〔九〕「巉巉」原脱一「巉」字，據《唐文粹》補。

〔一〇〕「霈霈」原脱一「霈」字，據《唐文粹》補。

韋　迢

杜子美在長沙，送韋員外迢牧韶州詩云〔一〕：炎海韶州牧，風流漢署郎。分符先令望，同舍有輝光。白首多年疾，秋天昨夜涼。洞庭無過雁，書疏莫相忘。迢留别杜員外院長詩云〔二〕：江畔長沙驛，相逢纜客船。大名詩獨步，小郡海西偏。地濕愁飛鵩，天炎畏跕鳶。去留俱失意，把臂共潸然。

迢早發湘潭寄子美云〔三〕：北風昨夜雨，江上早來涼。楚岫千峰翠，湘潭一葉黄。故人湖外客，白首尚爲郎。相憶無南雁，何時有報章？子美酬云〔四〕：養拙江湖外，朝廷記憶疎。深慚長者轍，重得故人書。白髮絲難理，新詩錦不如。雖無南過雁，看取北來魚。

子美後送魏司直掌選嶺南兼寄迢云〔五〕：故人湖外少，春日嶺南長。憑報韶州牧，新詩昨寄將。

【校箋】

〔一〕詩題《杜工部集》卷一八作《潭州送韋員外牧韶州》。

〔二〕詩附載《杜工部集》，題作《潭州留别杜員外院長》，署「韶州刺史韋迢」。

〔三〕《杜工部集》同卷附載此詩，題作《早發湘潭寄杜員外院長》，首句「昨夜雨」原作「吹夜雨」，據改。

〔四〕《杜工部集》同卷韋詩後載此詩，題作《酬韋韶州見寄》。「南過雁」原作「南去雁」，據改。

〔五〕《杜工部集》同卷載此詩，題作《送魏二十四司直充嶺南掌選崔郎中判官兼寄韋韶州》，詩凡十二句，此其末四句。按，據《杜集》掌選是崔郎中，魏乃充崔判官，《紀事》節引有誤。

孟彦深

字士源，天寶末爲武昌令。元次山居武昌之樊山，新春大雪，彦深以詩問之曰：江山十日雪，雪深江霧濃。起來望樊山，但見群玉峰。林鶯却不語，野獸翻有蹤。山中應大寒，短褐何以安？皓氣凝書帳，清着釣魚竿。懷君欲進謁，溪滑渡舟難。次山酬云：積雪閉山路，有人到庭前。云是孟武昌，令獻苦雪篇。長吟未及終，不覺爲悽然。古之賢達者，與世竟何異。不能救時患，諷諭以全意〔一〕。知公惜春物，豈非愛時和。知公苦陰雪，傷彼災患多。姦凶正驅馳，不合問君子。林鶯與野獸，無乃怨于此〔二〕。兵興向九歲，稼穡誰能憂？何時不發卒，何日不殺牛？耕者日已少，耕牛日已希。皇天復何忍，更又恐斃之〔三〕。自經危亂來，觸物堪傷嘆。見君問我意〔四〕，只益胸中亂。山禽飢不飛，山木凍皆折。懸泉化爲冰，寒爐近不熱。出門望天地，天地皆昏昏。時見雙峰下，雪中生白雲。

次山又有雪中懷孟武昌云：冬來三度雪，農者歡歲稔。我麥根已濡，各得在倉廩。天寒未能起，孺子驚人寢。云有山客來，籃中見冬簟。生木上。燒柴爲温酒，煮鱖爲作瀋。尺甚反。羹汁。客亦愛杯樽，思君共杯飲。所嗟山路閑〔五〕，時節寒又甚。不能苦相邀，興盡還就枕。

次山作退谷銘曰：干進之客，不得游之。作杯湖銘曰：爲人厭者，勿泛焉。乃曰孟士源嘗黜官，無情干進，在武昌，不爲人厭，可游退谷，可泛杯湖。故有招孟武昌詩云〔六〕：武昌不干進〔七〕，武昌人不厭。退谷正可游〔八〕，杯湖任來泛。湖上有水鳥，見人不飛鳴。谷中有山獸，往往隨人行。莫將車馬來，令我鳥獸驚。

彦深，登天寶二年第。

【校箋】

〔一〕「諷諭」原作「諷論」，據《元次山文集》改。

〔二〕「于此」原作「如此」，據《元次山文集》改。

〔三〕「⿱兟夗」原作「鼊」，據《元次山文集》改。

〔四〕「我意」原作「何意」，據《元次山文集》改。

〔五〕「閑」原作「開」，據《元次山文集》改。

〔六〕《元次山文集》載《招孟武昌》詩，序云：「漫叟作《退谷銘》，指曰：『干進之客，不得游之。』作《杯詩銘》，指曰：『爲人厭者，勿泛杯湖。』孟士源嘗黜官，無情干進，在武昌，不爲人厭，可游退谷，可泛杯湖，故作詩招之。」

〔七〕「不干進」原作「不仕進」，據《元次山文集》改。

〔八〕「正可游」原作「可正游」，據《元次山文集》改。

郭受

受寄子美詩云〔一〕：新詩海内流傳遍〔二〕，舊德朝中屬望勞。郡邑地卑饒霧雨，江湖天闊足風濤。松醪酒熟傍看醉〔三〕，蓮葉舟輕自學操。春興不知凡幾首，衡陽紙價頓能高。衡陽出五家紙，又云出五里紙〔四〕。子美酬郭十五判官云：才微歲老尚虚名，卧病江湖春復生。藥裹關心詩總廢，花枝照眼句還成。只同燕石能星隕，自得隋珠覺夜明〔五〕。喬口橘洲風浪促，繫帆何惜片時程。受，大曆間衡陽判官也。

【校箋】

〔一〕《杜工部集》卷一八附載此詩，題作《杜員外兄垂示詩因作此寄上》。

〔二〕「遍」原作「困」，據《杜工部集》改。

〔三〕「松醪」原作「杜醪」，據《杜工部集》改。

〔四〕此見《杜工部集》吴若本注。

〔五〕「隋」原作「隨」，據《杜工部集》改。

陶峴〔一〕

峴，彭澤之子孫也〔二〕。開元末，家崑山，泛游江湖，自製三舟，與孟彦深、孟雲卿、焦遂共載。吴越之士，號爲水仙。省親南海，獲崑崙奴名摩訶，善游水。至西塞山下，泊舟吉祥佛舍，見江水深黑，謂必有怪物，投劍命摩訶下取。久之，支體磔裂〔三〕，浮于水上。峴流涕迴棹，賦詩自叙，不復游江湖矣。詩云：匡廬舊業誰是主〔四〕，吴越新居安此生。白髮數莖歸未得，青山一望計還成。鴉翻楓葉夕陽動，鷺立蘆花秋水明。從此捨舟何所詣，酒旗歌扇正相迎。

【校箋】

〔一〕此節録袁郊《甘澤謡》之文。「陶峴」原作「陶現」，據《説郛》本《甘澤謡》改。下同。

〔二〕「子孫」原作「孫」，據《甘澤謡》改。

〔三〕「磔裂」原作「傑裂」，據《甘澤謡》改。

〔四〕「誰是主」原作「是誰主」，據《甘澤謡》改。

張偁

辭房相公云：秋風颯颯雨霏霏，愁絶恓惶一布衣〔一〕。辭君且作隨陽雁，海内無家何處歸？

偁，天寶、至德間人。

【校箋】

〔一〕「愁絶恓惶」之「愁」字，原作「秋」，據《文苑英華》卷二五二改。《英華》作「愁殺恓遑」。題中房相公，謂房琯也。

王昌齡

昌齡，字少伯，江寧人。中第，補校書郎。又中博學宏辭科，遷汜水尉。不護細行，世亂還鄉里，爲刺史閭丘曉所殺。工詩，緒密而思清，時謂王江寧〔一〕。

獨游詩云：林卧情每閑〔二〕，獨游景常晏。時從灞陵下，垂釣往南澗。手攜雙白魚〔三〕，目送千里雁。悟彼飛有適，知此罹憂患。放之清泠泉，因得省疎慢。永惟青岑客，迴首白雲間。神超物無違，豈繫名與宦。

齋心詩云：女蘿覆石壁，溪水幽濛朧〔四〕。紫葛蔓黃花，娟娟寒露中。朝飲花上露，夜卧松下風。雲英化爲水，光彩與我同。日月蕩精魄，寥寥天府空。

箜篌引云：盧谿郡南夜泊舟〔五〕，夜聞南岸羌戎謳〔六〕。其時月黑猿啾啾，微雨霑衣令人愁。有一遷客登高樓，不言不寐彈箜篌。彈作薊門桑葉秋，風沙颯颯青塚頭。將軍鐵驄汗血流，深入匈奴戰未休。黃旗一點兵馬收，亂殺胡人積如丘。瘡病驅來配邊州〔七〕，仍披漠北羊羔裘〔八〕。顏色飢枯掩面羞〔九〕，眼眶淚滴深兩眸〔一〇〕。思還本鄉食犛牛〔一一〕，欲語不得指咽喉。或有强壯能咿嚘，意説被他邊將讎。五世屬蕃漢主留，碧毛氈帳河曲游，槖駝五萬部落稠。勑賜飛鳳金兜鍪，爲君百戰如過籌，靜掃陰山無鳥投。家藏鐵券特承優，黃金千斤不稱求，九族分離作楚囚。深谿寂寞絃苦幽，草木悲感聲飀飀。僕本山東爲國憂〔一二〕，明光殿前論九疇〔一三〕。簏讀兵書盡冥搜〔一四〕，爲君掌上施權謀，洞曉山川無與儔。紫宸發詔遠懷柔〔一五〕，摇筆飛霜如奪鉤〔一六〕，鬼神不得知其由。憐愛蒼生比蚍蜉〔一七〕，緣河屯兵須漸抽〔一八〕。盡遣降來拜御溝，便令海内休戈矛，何用班超定遠侯。史臣書之得已不？

長信秋詞云〔一九〕：金井梧桐秋葉黃，珠簾不倦夜來霜。熏籠玉枕無顏色〔二〇〕，卧聽南宮清漏長〔二一〕。其一 奉帚平明秋殿開〔二二〕，且將團扇共徘徊〔二三〕。玉顏不及寒鴉色，猶帶昭陽

日影來。其二

西宮秋怨云：芙蓉不及美人粧，水殿風來珠翠香。誰分含啼掩秋扇〔二四〕，空懸明月待君王〔二五〕。啼一作情。

西宮春怨云：西宮夜靜百花香，欲落珠簾春恨長〔二六〕。斜抱雲和深見月，朦朧樹色隱昭陽〔二七〕。

青樓怨云：香幃風動花入樓，高調鳴箏緩夜愁。腸斷關山不解説，依依殘月下簾鈎。

送李濯游江東詩云〔二八〕：清洛日夜漲，微風引孤舟。離腸便千里〔二九〕，遠夢生江樓。楚國橙橘暗，吴門烟雨愁。東南具今古〔三〇〕，歸望山雲秋。

殷璠云〔三一〕：元嘉已還，四百年内，曹、劉、陸、謝，風骨頓盡，今昌齡克嗣厥跡。至如明堂坐天子，月朔朝諸侯。清樂動千門，皇風被九州。慶雲從東來〔三二〕，泱漭抱日流。又獨飲灞上亭，寒山青門外。長雲驟落日，東來寂已晦。又蘆荻寒滄江〔三三〕，石頭岸邊飲。又長亭酒未酣〔三四〕，千里風動地。又京門望西岳，百里見郊樹。飛雨祠上來〔三五〕，靄然關中暮。又奸雄乃得志，遂使群心摇。赤風蕩中原，烈火無遺巢。一人計不用，萬里空蕭條。又百泉勢相蕩，巨石皆却立。昏爲蛟龍怒〔三六〕，清見雲雨入〔三七〕。又去時三十萬，獨自還長安。不信沙場苦，君看刀箭瘢。又雲起太華山，雲山互明滅〔三八〕。東峰始含景，了了見松雪。又櫧柟無冬春，柯葉連峰稠。陰壁下蒼黑〔三九〕，煙含清江樓。疊沙積爲岡。崩剥雨露幽。石脈盡横亘，潛潭何時流。斯並驚耳駭目，略舉其數十句〔四〇〕，則中興高作可知矣。予常覩昌齡齋心詩、弔軹道賦，謂其人孤潔恬澹，與物無傷。晚節謗議沸騰，言行相背，及淪落竄謫，竟未减才名，固知善毁者不能掩西施之美也。

放歌行云：南渡洛陽津〔四一〕，西望十二樓。明堂坐天子，月朔朝諸侯。清樂動千門，皇風被九州。慶雲從東來，泱漭抱日流。昇平貴論道，文墨將何求？有詔徵草澤，微誠將獻謀〔四二〕。冠冕如星羅，拜揖曹與周。望塵非吾事，入賦且遲留〔四三〕。幸蒙國士識，因脱負薪裘〔四四〕。今者放歌行，以慰梁甫愁。位榮數斗禄〔四五〕，奉養每豐羞〔四六〕。願得金膏遂〔四七〕，飛雲亦可儔〔四八〕。

代扶風主人答云：煞氣凝不流，風悲日彩寒。浮塵起四遠〔四九〕，游子彌不歡〔五〇〕。依然宿扶風，沽酒聊自寬。寸心亦未理，長鋏誰能彈？主人就我飲，對我還慨歎〔五一〕。便泣數行淚，因歌行路難。十五役邊城，三迴討樓蘭。連年不解甲，積日無所飡。將軍降匈奴，國使没桑乾。去時三十萬，獨自還長安。不信沙場苦，君看刀箭瘢。鄉親悉零落，塚墓亦摧殘。仰攀青松枝，慟哭傷心肝。禽獸悲不去，路旁誰忍看。幸逢休明代，寰宇静波瀾。老馬思伏櫪，長鳴力已殫。少年與君會〔五二〕，何事發悲端？天子初封禪，賢良刷羽翰。

三邊悉如此，否泰亦須觀。

鄭縣宿陶太公館中贈馮六元二云：儒有輕王侯，脱略當世譽。本家藍溪下，非爲漁弋故。無何困躬耕，且欲馳永路。幽居與君近，出谷同所務。昨日辭石門，五年變秋露。雲龍未相感，干謁亦以屢。子爲黄綬羈，予忝蓬山顧。京門望西岳，百里見郊樹。飛雨祠上來，靄然關中暮。驅車鄭城宿〔五三〕，秉燭論往素〔五四〕。山月出華陰，開此河渚霧。清光比故人，豁達展心晤。馮公尚戢翼，元子仍跼步。拂衣易爲高，論跡難有趣〔五五〕。張范善始終，吾等豈不慕。罷酒當涼風，屈伸備冥數。

小敷谷龍潭祠作詩云：崖谷歕疾流，地中有雷集。百泉勢相蕩，巨石皆却立。跳波沸峥嶸，深處不可挹。昏爲蛟龍怒，清見雲雨入。靈怪崇偏祠，廢興自兹邑。沉淫頃多昧，簷宇遂不葺。吾聞被明典，盛德惟世及。生人載山川，血食報原隰。豈伊駭微險，將以循甿揖。奔飛振吕梁〔五六〕，忠信亦我習。波流浸已廣〔五七〕，悔吝在所汲。溪水有清源，褰裳靡沾濕。

過華陰詩云：雲起太華山，雲山互明滅〔五八〕。東峰始含景，了了見松雪。羈人感幽棲，窅映轉奇絶〔五九〕。欣然忘所疲，永望吟不輟。信宿百餘里〔六〇〕，出關玩新月〔六一〕。何意昨來心〔六二〕，遇物遂遷别。人生屢如此，何以肆愉悦。

出郴山口至疊石灣野人室中寄張十一詩云：櫧柟無冬春，柯葉連峰稠。陰壁下蒼黑，烟含清江樓。景開獨沿曳，響答隨興酬。旦夕望吾友，如何迅孤舟。疊沙積爲岡，崩剥雨露幽。石脈盡横亘，潛潭何時流？既見萬古色，頗盡一物由。水與世人遠，氣還草木收。盈縮理無餘，今往何必憂。郴土群山高，耆老如中州。孰云議外降，豈是娛宦游。陰火昔所服，丹砂將爾謀。昨臨蘇躭井，復向衡陽求。同疢來相依，脱身當有籌。數月乃離居，風湍成阻脩。野人善竹器，童子能溪謳。寒月波蕩漾，羈鴻去悠悠。同疢一作問疢。

九江口作詩云：漭漭江勢闊，雨開潯陽秋。驛門是高岸，望盡黄蘆洲。水與五溪合，心期萬里游。明時無棄才，謫去隨孤舟。鷙鳥立寒木，丈夫佩吴鈎。何當報君恩，却繫風霜頭〔六三〕。

從軍行二首云〔六四〕：向夕臨大荒，朔風軫歸慮。平沙萬里餘，飛鳥宿何處。虜騎獵長原，翩翩傍河去。邊聲摇白草，海氣生黄霧。百戰苦風塵〔六五〕，十年履霜露。雖投定遠筆，未坐將軍樹。早知行路難，悔不理章句。其一　秋草馬蹄輕〔六六〕，角弓持絃急。去爲龍城候〔六七〕，正值胡兵襲。軍氣横大荒，戰酣日將入。長風金鼓動，白露鐵衣濕。四起愁邊聲，南轅時竚立〔六八〕。斷蓬孤自轉，寒雁飛相及。萬里雲沙漲，平原冰霰澀〔六九〕。惟聞漢州遥〔七〇〕，獨向刀環泣。其二

【校箋】

〔一〕《新唐書》卷二〇三《孟浩然傳》附《王昌齡傳》：「昌齡字少伯，江寧人。第進士，補秘書郎。又中宏辭，遷汜水尉。不護細行，貶龍標尉。以世亂還鄉里，爲刺史閭丘曉所殺。……昌齡工詩，緒密而思清，時謂王江寧云」。

〔二〕「每」，《唐文粹》作「自」。

〔三〕「白魚」，《唐文粹》作「鯉魚」。

〔四〕「濛朧」原作「濛瀧」，據《河岳英靈集》、《唐文粹》改。

〔五〕「盧谿」原作「瀘谿」，據《唐文粹》、《唐百家詩選》改。

〔六〕「南岸」，《唐百家詩選》同，《唐文粹》作「兩岸」。

〔七〕「配」，《唐文粹》同，《唐百家詩選》作「役」。

〔八〕「羊羔裘」，《唐百家詩選》同，《唐文粹》作「羔羊裘」。

〔九〕「飢枯」原作「机枯」，據《唐文粹》、《唐百家詩選》改。

〔一〇〕「淚滴」原作「滴淚」，據《唐文粹》、《唐百家詩選》改。

〔一一〕「思還」原作「還思」，《唐百家詩選》同，據《唐文粹》改。

〔一二〕「山東」，《唐文粹》同，《唐百家詩選》作「東山」。

〔一三〕「明光」原作「光明」，據《唐文粹》、《唐百家詩選》改。

〔一四〕「冥搜」原作「宜搜」，據《唐文粹》、《唐百家詩選》改。

〔一五〕「遠懷」原作「懷遠」，據《唐文粹》、《唐百家詩選》改。

〔一六〕「飛霜」原作「飛箱」。《唐百家詩選》同，據《唐文粹》改。

〔一七〕「比」原作「北」，據《唐文粹》、《唐百家詩選》改。

〔一八〕「緣河」，《唐文粹》、《唐百家詩選》作「朔河」。

〔一九〕詩題《河岳英靈集》作《長信宫》（何焯校作《長信秋》），《文苑英華》卷二〇四同。《又玄集》作《長信宫秋詞》，《才調集》、《唐百家詩選》作《長信愁》，《樂府詩集》作《長信怨》，《萬首唐人絶句》作《長信秋詞》。此原作「長信秋」，據《萬首唐人絶句》補「詞」字。

〔二〇〕「熏籠」，《文苑英華》、《樂府詩集》作「金爐」。

〔二一〕「南宫」，《文苑英華》、《樂府詩集》作「宫中」。

〔二二〕「秋殿」，《河岳英靈集》、《才調集》、《文苑英華》、《唐百家詩選》同，《又玄集》、《樂府詩集》、《萬首唐人絶句》作「金殿」。

〔二三〕「且」，《才調集》、《唐百家詩選》、《文苑英華》、《萬首唐人絶句》同，《河岳英靈集》、《又玄集》、《樂府詩集》作「暫」。

〔二四〕「誰分」，《文苑英華》卷二〇四作「誰問」，《萬首唐人絶句》作「却恨」。「含啼」，《文苑英華》同，《萬首唐人絶句》作「含情」。

〔二五〕「待」原作「侍」，據《文苑英華》、《萬首唐人絶句》改。

〔二六〕「欲落」，《文苑英華》、《萬首唐人絶句》作「欲卷」。

〔二七〕「隱昭陽」原作「隔朝陽」，據《文苑英華》、《萬首唐人絶句》改。

〔二八〕「李濯」，《文苑英華》卷二七〇同，毛本改作「李灌」誤。

〔二九〕「離腸」原作「離觴」，《文苑英華》作「離傷」，據明活字本（下同）《王昌齡集》改。

〔三〇〕「具今古」原作「且今古」，據《王昌齡集》改。《文苑英華》作「具古今」。

〔三一〕此出《河岳英靈集》，而與今本文字，頗有異同，如：「今昌齡克嗣厥跡」七字，今本作「頃有太原王昌齡、魯國儲光羲頗從厥跡，且兩賢氣同體別，而王稍聲峻。」又，「至如」以下引詩，前後次序既有不同，今本多出「天仗森森練雪擬（《全唐詩》作「凝」），身騎駿馬白鷹臂（《全唐詩》作「鐵驄自臂鷹」）」二句，而此亦有「獨飲灞陵亭，寒山青門外，長雲驟落日，桑棗（原作「東來」此據《文苑英華》）寂已晦」四句，爲今本所無。又，「斯並驚耳駭目」以下，今本作「今略舉其數十句，則中興高作可知矣。余常覩王公《長平伏冤文》、《弔軹道賦》，仁有餘也，奈何晚節不矜細行，謗議沸騰，再歷遐荒，使知者歎惜。」略記于此，餘見後校。

〔三二〕「東來」原作「東出」，據《河岳英靈集》改。

〔三三〕「蘆荻」原作「蒼荻」，據《河岳英靈集》改。

〔三四〕「酣」，《河岳英靈集》作「醒」。

〔三五〕「祠上」原作「祠下」，據《河岳英靈集》改。

〔三六〕「怒」，《河岳英靈集》何焯校本同，明本作「窟」。

〔三七〕「清」，《河岳英靈集》何焯校本同，明本作「時」。

〔三八〕「雲山互明滅」原作「雲水玄明滅」，據《河岳英靈集》改。

〔三九〕「陰壁」原作「險壁」，據《河岳英靈集》改。

〔四〇〕「略舉其數十句」原脱「其數」二字，據《河岳英靈集》補。

〔四一〕「南渡」，《王昌齡集》、《唐百家詩選》、《樂府詩集》同。《文苑英華》卷二〇三作「南望」。

〔四二〕「將獻謀」，《文苑英華》、《唐百家詩選》同。《王昌齡集》、《樂府詩集》作「獻謀猷」。

〔四三〕「入賦」，《王昌齡集》、《唐百家詩選、《樂府詩集》同。《文苑英華》作「入職」。

〔四四〕「因脱」，《王昌齡集》、《唐百家詩選》、《樂府詩集》同，《文苑英華》作「自脱」。

〔四五〕「位榮」，《文苑英華》同，《王昌齡集》、《唐百家詩選》、《樂府詩集》作「但營」。「斗」原作「計」，據以上諸書改。

〔四六〕「奉養每豐羞」，《王昌齡集》、《唐百家詩選》、《樂府詩集》同。《文苑英華》作「奉義本豐羞」。

〔四七〕「願得」，《文苑英華》、《唐百家詩選》同。《王昌齡集》、《樂府詩集》作「若得」。

〔四八〕「儔」原作「籌」，《文苑英華》同。此據《唐百家詩選》、《樂府詩集》改。《王昌齡集》作「求」。

〔四九〕「塵」，《王昌齡集》作「埃」。

〔五〇〕「彌」，《王昌齡集》作「迷」。

〔五一〕「歎」，《王昌齡集》作「然」。

〔五二〕「君」，《王昌齡集》作「運」。

〔五三〕「驅車」原作「馳車」，據《王昌齡集》、《河岳英靈集》、《唐百家詩選》改。

〔五四〕「往素」原作「永素」，據《王昌齡集》、《河岳英靈集》、《唐百家詩選》改。

〔五五〕「論跡」原作「淪跡」，據《王昌齡集》、《河岳英靈集》、《唐百家詩選》改。

〔五六〕「奔」字原缺，據毛本補。

〔五七〕「浸」原作「侵」，據毛本改。

〔五八〕「雲山互明滅」原作「山色玄明滅」，據《王昌齡集》及《唐文粹》改。詩末原注：「山色一作雲山。」爲校刻者所加，今删。

〔五九〕「窅」原作「窗」，據《王昌齡集》及《唐文粹》改。

〔六〇〕「百餘里」原作「百里餘」，據《王昌齡集》及《唐文粹》改。

〔六一〕「出關」原作「山開」，據《王昌齡集》及《唐文粹》改。

〔六二〕「昨來心」，《唐文粹》同。《王昌齡集》作「乍溟溟」。

〔六三〕「風霜」，《文苑英華》卷二九二、《王昌齡集》同。毛本作「單于」。

〔六四〕《王昌齡集》、《唐百家詩選》、《樂府詩集》所載王昌齡《從軍行》皆爲一首，即第一首，其第二首據《文苑英華》卷一九九及《樂府詩集》卷三三載，均爲杜頠作。《唐詩紀事》當有誤。

〔六五〕「苦」原作「起」，據《王昌齡集》、《唐百家詩選》、《樂府詩集》改。

〔六六〕「秋草」原作「秋風」，據《文苑英華》、《樂府詩集》改。

〔六七〕「候」原作「戰」，據《文苑英華》、《樂府詩集》改。

〔六八〕「南轅」原作「南庭」，據《文苑英華》、《樂府詩集》改。

〔六九〕「平原」，《文苑英華》作「平川」，《樂府詩集》作「路平」。

〔七〇〕「惟聞漢州遥」，《文苑英華》、《樂府詩集》作「夜聞漢使歸」。

周萬

送沈芳謁李觀察求仕進詩云：往日長安路，歡游不惜年。爲貪盧女曲，用盡沈郎錢。身老方投刺，途窮始着鞭。猶聞有知己，此去不徒然。此君曾浪跡長安，因以詩讓之〔一〕。

萬，開元末登第。

【校箋】

〔一〕此注原有缺文，據《全唐詩》補「安」、「以詩讓」四字。

包融

送國子張主簿詩云：湖岸纜初解，鶯啼别離處。遥見舟中人，時時一回顧。坐悲芳歲晚，花落青軒樹〔一〕。春夢隨我心，摇揚逐君去〔二〕。

融，潤州延陵人。歷大理司直。二子何、佶齊名，世稱二包〔三〕。

孟浩然宴包二融宅詩曰〔四〕：閑居枕清洛，左右接大野。門庭無雜賓，車轍多長者。是時方盛夏，風物自瀟洒。五月休沐歸，相攜竹林下。開襟成歡趣，對酌不能罷〔五〕。烟暝棲鳥還〔六〕，余將歸白社〔七〕。

【校箋】

〔一〕「青軒」原作「清軒」，據《文苑英華》卷二四三改。

〔二〕「摇揚」，《文苑英華》同，《全唐詩》作「悠揚」。

〔三〕《新唐書》卷六〇《藝文志》：「《包融詩》一卷」，注云：「潤州延陵人。歷大理司直，二子何、佶齊名，世稱『二包』。」

〔四〕詩題《孟浩然集》作《宴鮑二宅》，「鮑」乃「包」之誤。

〔五〕「對酌」，《孟浩然集》作「對酒」。

〔六〕「還」原作「迷」，《孟浩然集》同，據毛本改。

〔七〕「余」原作「餘」，據《孟浩然集》改。

顔真卿

吴門有清遠道士同沈恭子游虎丘詩，其辭自商周歷近代，抑二千年來矣。鬼神耶？隱士耶？莫能測也。而辭藻健俊，魯公愛之，刻于巖際，並有繼作。衛公又次而和之〔一〕。清遠道士詩云：我本長殷周，遭罹歷秦漢。四瀆與五岳，名山盡幽竄。及此寰區中，始有近峰玩。近峰何鬱鬱，平湖渺瀰漫。吟挽川之陰，步上山之岸。山川共澄澈，光彩交凌亂。白雲蓊欲歸〔二〕，青松忽消半。客去川島静，人來山鳥散。谷深中見日，崖幽曉非旦。聞子盛游遨，風流足詞翰。嘉兹好松石，一言常累歎。勿謂余鬼神〔三〕，忻君共幽讚。魯公詩云：不到東西寺，于今五十春。揭來從舊賞，林壑宛相親。吴子多藏日，秦皇厭聖辰。劍池穿萬仞，盤石坐千人。金氣騰爲虎，琴臺化若神。登壇仰生一，捨宅歎珣珉。中嶺分雙樹，迴巒絶四鄰。窺臨江海接，崇飾四時新。客有神仙者，于兹雅麗陳。名高清遠峽，文聚斗牛津。跡異心寧問，聲同質豈均。悠然千載後，知我揖光塵。衛公詩云：茂苑有靈峰，嗟余未游觀〔四〕。藏山在平陸，壞谷爲高岸〔五〕。岡繞數仞牆，巖潛千丈幹。乃知造化意，迴斡資奇玩。鏐騰昔虎踞，劍没嘗龍焕。潭黛入海底，崟岑聳霄半。層巒未昇日，哀狖寧知旦。緑篠夏凝陰，碧林秋不換。冥搜既窈窕，迴望何蕭散。川曉嵐氣收〔六〕，江春雜英亂。逸人綴清藻，前哲留篇翰。共扣哀玉音，皆舒文繡段。難追彥回賞，褚彥回曰：凡人所稱，常過其實，唯見虎丘，則逾其所聞〔七〕。徒起興公歎。一夕如再升〔八〕，含毫星斗爛。

真卿與耿湋水亭詠風聯句，有度琴方解愠，臨水已迎秋之句〔九〕。

【校箋】

〔一〕《顏魯公文集》卷一五有《刻清遠道士詩因而繼作》附載《清遠道士同沈恭子游虎丘寺有作》各一首。皮日休《追和虎丘寺清遠道士詩序》：「虎丘山有清遠道士詩一首，其所稱自殷周而歷秦漢，迄于近代，抑二千年，末以鬼神自謂，亦神怪之甚者，格之以清健，飾之以俊麗，一句一字，若奮若搏，顏太師魯公愛之不暇，遂刻于巖際，並有繼作。李太尉衛公欽清遠之高致，慕魯公之素尚，又次而和之。……清遠道士果鬼神乎？抑道家者流乎？抑隱君子乎？詞則已矣，人則吾不知也。」《唐詩紀事》出此，「繼作」原作「鑑作」，據改。

〔二〕「蓊」原作「翁」，據《顏魯公文集》改。

〔三〕「余」原作「餘」，據《顏魯公文集》改。

〔四〕「余」原作「餘」，據《顏魯公文集》改。

〔五〕「爲」原作「有」，據《顏魯公文集》改。

〔六〕「川曉」，《顏魯公文集》作「川晴」。

〔七〕注文「曰」原作「見」，「唯」原作「又」，據《顏魯公文集》改。

〔八〕「一夕」原作「一力」，據《顏魯公文集》改。

〔九〕此詩《顏魯公文集》失載，殘句唯見于此。

丁仙芝

長寧公主舊山池詩云：平陽舊池館，寂寞使人愁。座卷留黃簟〔一〕，簾垂白玉鈎。庭閒花自落，門閉水空流。追想吹簫處，應隨仙騎游。

越裳貢白雉云：聖哲承休運，伊皋列上台。覃恩丹徼遠〔二〕，入貢素翬來。北闕欣初見，南枝顧未迴。斂容殘雪靜，矯翼片霜開。馴擾將無懼，翻飛幸不猜。甘從上林裏，飲啄自徘徊。

仙芝，潤州曲阿人。登開元進士第，爲餘杭尉〔三〕。

【校箋】

〔一〕「留黃」，毛本作「黃流」。

〔二〕「覃恩」原作「尋思」，據毛本改。

〔三〕《新唐書》卷六〇《藝文志》「《包融詩》一卷」注「（潤州）曲阿有餘杭尉丁仙芝。」又，儲光羲《貽丁主簿仙芝別詩》自注：「丁侯前舉，予次年舉。」按《新唐書·藝文志》載「儲光羲《正論》十五卷。」注云：「兗州人，開元進士第〔三〕。」是仙芝亦開元進士也。

李清

詠石季倫云：金谷繁華石季倫，只能謀富不謀身。當時縱與綠珠去，猶有無窮歌舞人〔一〕。

清，登天寶十二年進士第。

【校箋】

〔一〕「有」原作「自」，據《萬首唐人絶句》改。

韓滉

晦日呈諸判官云：晦日新晴春自嬌〔一〕，萬家攀折渡長橋。年年老向江城寺，不覺春風換柳條〔二〕。

聽樂悵然自述云：萬事傷心對管絃〔三〕，一身含淚向春烟。黃金用盡教歌舞，留與他人樂少年。

滉，字太冲。貞元初，加同平章事、江淮轉運使。二年，封晉國公。初有美名，所與游皆天下豪俊〔四〕。其詩與孟浩然酬唱云〔五〕。

【校箋】

〔一〕「春自嬌」原作「春日嬌」，據《歲時雜詠》及《萬首唐人絶句》改。

〔二〕「春風」，《歲時雜詠》作「東風」。

〔三〕「管絃」，《文苑英華》卷三一三同，《萬首唐人絶句》作「管弦」。

〔四〕《新唐書》卷一二六《韓滉傳》：「滉字太冲……貞元元年，加檢校右僕射、同中書門下平章事、江淮轉運使，封鄭國公，……二年，更封晉。……滉幼時已有美名，所與游皆天下豪俊。」

〔五〕按《孟浩然集》有《送韓使君除洪府都督》、《韓大侯東齋會岳上人諸學士》及《送莫氏甥兼諸昆弟從韓司馬入西軍》詩。孟卒于開元二十八年，韓滉時年未弱冠，前二詩當非與其酬唱之作，未知第三首所謂「韓司馬」是滉否。

齊澣

長門怨云：營營孤思通〔一〕，寂寂長門夜〔二〕。妾妬亦知非〔三〕，君恩那不借〔四〕。攜琴就玉堦，調悲聲未諧〔五〕。將心寄明月〔六〕，流影入君懷。

澣，字洗心，定州人〔七〕。開元間，與蘇晉、蘇頲、賈曾、韓休、許景先、孫逖典詔誥，爲代言最〔八〕。杜暹當國，表宋璟爲吏部尚書，澣及蘇晉爲侍郎，世謂臺選。嘗稱陳希烈、苗晉卿之才，後皆大顯〔九〕。

【校箋】

〔一〕此句《文苑英華》卷二〇四所載同，《樂府詩集》卷四二作「煢煢孤思逼」，毛本從之。

〔二〕「夜」，《文苑英華》同，《樂府詩集》作「夕」。

〔三〕「知非」，《文苑英華》同，《樂府詩集》作「非深」。

〔四〕「不借」，《文苑英華》同，《樂府詩集》作「不惜」。

〔五〕「聲」原作「心」，據《文苑英華》、《樂府詩集》改。

〔六〕「寄」，《文苑英華》、《樂府詩集》作「託」。

〔七〕《新唐書》卷一二八《齊澣傳》：「齊澣字洗心，定州義豐人。」

〔八〕《新唐書》卷二〇二《孫逖傳》：「開元間，蘇頲、齊澣、蘇晉、賈曾、韓休、許景先及逖典詔誥，爲代言最。」

〔九〕《新唐書·齊澣傳》「杜暹當國，表宋璟爲吏部尚書，幹及蘇晉爲侍郎，世謂臺選。……澣嘗稱陳希烈、宋遥、苗晉卿、韋述之才，後皆大顯。」

顧朝陽

昭君怨云〔一〕：莫將鉛粉匣，不用鏡花光。一去邊城路，何情更畫粧。影銷胡地月，衣盡漢宮香。妾死非關命，都緣怨斷腸〔二〕。

朝陽，開元間詩人。

【校箋】

〔一〕詩題《文苑英華》卷二〇四同，《樂府詩集》卷二九作《王昭君》。

〔二〕「都緣」，《文苑英華》同，《樂府詩集》作「祇緣」。

韋建

泊舟盱眙云：維舟淮水次，霜降夕流清。夜久潮侵岸〔一〕，天寒月近城。平沙依雁宿，候館聽鷄鳴。鄉國雲霄外，誰堪羈旅情。

建與蕭穎士最善〔二〕。

【校箋】

〔一〕「久」原作「出」，據毛本改。

〔二〕《新唐書》卷二〇二《蕭穎士傳》：「所與游者，孔至、賈至、源行恭、張有略、族弟季遐、劉穎、韓拯、陳晉、孫益、韋建、韋收。」建居其一。《新唐書》卷七四上《宰相世系表》：「建字正封，秘書監。」

唐詩紀事校箋卷第二十五

徐安貞　崔惠童　崔敏童　劉晏　劉灣
薛據　劉昚虛　張巡　張繼　張謂
梁肅　柳渾　孟雲卿

徐安貞

畫襄陽圖云：畫得襄陽郡，依然見昔游。峴山思駐馬，漢水憶迴舟。丹壑常含霽，青林不换秋。圖書空咫尺，千里意悠悠。

安貞，始名楚璧。應制舉，三登甲科。開元中，爲中書舍人、集賢學士。帝屬文，多令視草。終中書侍郎。在中書省久，李林甫用事，或言計議多所參助云〔一〕。或云安貞天寶後，以林甫之故，避罪衡山岳寺。李北海游岳，識之，因戲曰：峴山思駐馬，漢水憶迴舟。暮雨衣猶濕，春風帆正開。抑能記否？因同載北歸。至長沙，謂守者曰：瀟湘逢故人，若幽谷之覩太陽。不然，委頓巖穴矣〔二〕。

【校箋】

〔一〕《新唐書》卷二〇〇《褚無量傳》附《徐安貞傳》：「徐楚璧，初應制舉，三登甲科，開元時爲中書舍人、集賢院學士，帝屬文，多令視草。終中書侍郎，東海縣子。在中書省久，是時李林甫用事，或言計議多所參助。後更名安貞。」

〔二〕《雲溪友議》卷中《衡陽遁》條：「徐侍郎安貞久居中書省，常參李右丞議，恐其罪累，乃逃隱衡山岳寺，爲東林掇蔬行者，而喑啞不言者數年。……時李北海邕游岳過寺，……乃召至，握手而言曰：『朝列于公已息論矣。』……因戲之云：『徐郎曾吟峴山思駐馬，漢水憶迴舟。又暮雨衣猶濕，春風帆正開。』徐曰：『喑啞之日，時亦默而誦之。』（原注：二聯乃安貞佳句也。）因同載北歸，止潭州，察使水亭相迓，徐侍郎指李北海呼曰：『行者瀟湘逢故人，得隨歸客止乎？汀洲之娱，若幽谷之覩太陽者矣，不然，委頓巖谷，卒于寺隸也。』」

崔惠童

宴城東莊云：一月人生笑幾回〔一〕，相逢相識且銜杯〔二〕。眼看春色如流水，今日飛花昨日開〔三〕。

尚明皇晉國公主〔四〕。

【校箋】

〔一〕「人生」，《文苑英華》卷二一五及《萬首唐人絶句》作「生人」。

〔二〕「相識」，《文苑英華》及《萬首唐人絶句》作「相值」。

〔三〕「飛花」，《文苑英華》及《萬首唐人絶句》作「殘花」。

〔四〕《新唐書》卷八三《諸公主傳》：「玄宗二十九女。……晉國公主始封高都，下嫁崔惠童。」

崔敏童

宴城東莊云：一年始有一年春〔一〕，百歲曾無百歲人。能向花中幾回醉，十千沽酒莫辭貧〔二〕。

敏童，惠童昆弟也。

【校箋】

〔一〕「始有」，《文苑英華》卷二一五及《萬首唐人絶句》作「過又」。

〔二〕「貧」，《文苑英華》同，《萬首唐人絶句》作「頻」。

劉晏

明皇御勤政樓，大張樂，羅列百技。時教坊有王大娘者，戴百尺竿，竿上施木山，狀瀛州方丈，令小兒持絳節出入于其間，歌舞不輟。時劉晏以神童爲祕書正字，方十歲。帝召之，貴妃置之膝上，爲施粉黛，與之巾櫛。帝問晏：汝爲正字，正得幾字？晏曰：天下字皆正，唯朋字未正得。貴妃復令詠王大娘戴竿，晏應聲曰：樓前百戲競爭新，唯有長竿妙入神。誰謂綺羅翻有力，猶自嫌輕更着人。因命牙笏及黄紋袍賜之〔一〕。

晏八歲，獻頌泰山行在，帝命張説試之，説曰：國瑞也。即授太子正字。公卿邀請旁午，號神童。

晏，字士安〔二〕。

【校箋】

〔一〕《太平廣記》卷一七五引《明皇雜録》：「玄宗御勤政樓，大張樂，羅列百妓。時教坊有王大娘者，善戴百尺竿，竿上施木山，狀瀛州、方丈，令小兒持絳節出入于其間，歌舞不輟。時劉晏以神童爲秘書正字，年方十歲，形狀獰劣，而聰悟過人。玄宗召于樓中簾下，貴妃置于膝上，爲施粉黛，與之巾櫛。玄宗問晏曰：『卿爲正字，正得幾字？』晏曰：『天下字皆正，唯朋字未正得。』貴妃復令詠王大娘戴竿，晏應聲曰：『樓前百戲競爭新，唯有長竿妙入神。誰謂綺羅翻有力，猶自嫌輕更著人。』玄宗與貴妃及諸嬪御歡笑移時，聲聞于外，因命牙笏及黄紋袍以賜之。」

〔二〕《新唐書》卷一四九《劉晏傳》：「劉晏字士安，曹州南華人。玄宗封泰山，晏始八歲，獻頌行在，帝奇其幼，命宰相張説試之，説曰：『國瑞也。』即授太子正字。公卿邀請旁午，號神童，名震一時。」

劉灣

字靈源，彭城人。天寶進士。天寶之亂，以侍御史居衡陽。元結送王契佐卿入蜀序曰：與佐卿去者有清河崔異，與次山往者有彭城劉灣，相醉相留，幾日江畔〔一〕。

出塞曲云〔二〕：將軍在重圍，音信絶不通。羽書如流星，飛入甘泉宫。倚是并州兒，少年心膽雄。一朝隨召募，百戰爭王公。去年桑乾北，今年桑乾東。死是征人死，功是將軍功。汙馬牧秋月〔三〕，疲人卧霜風。仍聞左賢王，更欲圍雲中〔四〕。

即席賦露中菊云：衆芳春競發，寒菊露偏滋。受氣何曾異，開花獨自遲。晚成猶有分，欲採未過時。勿棄東籬下，看隨秋草衰。

元次山作劉侍御月夜讌會序云：兵興以來，十一年矣，獲與同人歡醉達旦，歌詠取適〔五〕，無一二焉〔六〕。乙巳歲，彭城劉靈源在衡陽，逢故人或有在者，日夕相會，第寬遠游。始與諸公待月而笑語，竟與諸公愛月而歡詠〔七〕。夜久，賦詩言懷。於戲！文章道喪，蓋亦久矣。時之作者，煩雜過多，歌兒舞女，直相喜愛〔八〕，系之風雅，誰道是耶！諸公嘗欲變時俗之淫靡，爲後生之規範，今夕豈不能道達情性，成一時之美乎？次山詩曰：我從蒼梧來，將耕舊山田。踟蹰爲故人，且復停歸船。日夕得相從，轉覺和樂全。愚愛涼風來，明月正滿天。河漢望不見，幾星猶燦然。中夜興欲酣，改坐臨清川。未醉恐天旦，更歌促繁絃。歡娱不可逢，請君莫言旋。

【校箋】

〔一〕《元次山文集》卷七、《文苑英華》卷七三四《別王佐卿序》：「癸卯歲，京兆王契佐卿年四十六，元結次山年四十五，時次山須浪游吴中，佐卿須日去西蜀。……與佐卿去者有清河崔異，與次山往者有彭城劉灣，相醉相留，幾日江畔。」此引其文，「往者」原作「住者」，據改。《文苑英華》亦作「住者」。

〔二〕此詩《中興間氣集》題「西蜀劉灣」作，《唐文粹》、《文苑英華》卷一九七作者亦題「劉灣」。《樂府詩集》卷二二則題爲「劉濟」，據何義門校記引述古堂影宋鈔本《中興間氣集》佚文，「劉灣」評語云：「灣，蜀人也。性多率直，屬文比事，尤得邊塞之思。如『死是征人死，功是將軍功』，悲而且訐。又『舉聲哭蒼天，萬木皆悲風』，□□□□□。又『李陵不愛死，心存歸漢闕』，逆子賊臣聞之，宜乎皆改節矣。」則當以作「劉灣」爲是。「彭城」，殆其郡望也。

〔三〕「牧」原作「敗」，據《中興閒氣集》、《唐文粹》、《文苑英華》、《樂府詩集》改。

〔四〕「圍」，《中興閒氣集》、《文苑英華》同，《唐文粹》、《樂府詩集》作「圖」。

〔五〕「歌詠」原作「詠歌」，據《元次山文集》卷七、《文苑英華》卷七一〇改。

〔六〕「一二」原作「三」，據《元次山文集》及《文苑英華》改。

〔七〕「竟」原作「競」，據《元次山文集》及《文苑英華》改。

〔八〕「直」原作「且」，《元次山文集》同，據《文苑英華》改。

薛據

出青門往南山下別業云：舊居在南山，夙駕自城闕。榛莽相蔽虧，去爾漸超忽。散漫餘雪晴，蒼茫季冬月。寒風吹長林，白日原上没。懷抱曠莫伸，相知阻胡越。弱年好棲隱〔一〕，鍊藥在巖窟。及此離垢氛，興來亦因物。末路期赤松，斯言庶不伐〔二〕。

西陵口觀海云：浙江漫湯湯〔三〕，近海勢彌廣。在昔胚渾凝〔四〕，融爲百川長〔五〕。地形失端倪，天色潛滉瀁〔六〕。東南際萬里〔七〕，極目遠無象〔八〕。山影乍浮沉，潮波忽來往〔九〕。孤帆或不見，棹歌猶想像〔一〇〕。日暮長風起，客心空振蕩。浦口霞未收〔一一〕，潭心月初上〔一二〕。林嶼幾邅迴，亭皋時偃仰。歲晏訪蓬瀛，真游非外獎〔一三〕。

據與王摩詰、杜子美最善，子美有喜薛三據授司議郎詩云：文章開窔奥，遷擢潤朝廷〔一四〕。又有寄薛三郎中詩云〔一五〕：與子俱白頭，役役常苦辛。雖爲尚書郎，不及村野人。天未厭戎馬，我輩本常貧。子尚客荆州，我亦滯江濱。聞子心甚壯，所過信席珍。賦詩賓客間，揮灑動八垠。乃知蓋代手，才力老益神。其略如此。

據自永樂主簿陟縣丞，復選宰涉縣〔一六〕。劉長卿贈詩云：棲鸞往已屈，馴翟今可嗣。此道如不移，雲霄坐應致。縣前漳水緑，郭外晉山翠。日得謝客游，時堪陶令醉。高適淇上寄據云〔一七〕：故交負靈奇，逸氣抱謇諤。隱軫經濟具，縱横建安作。

據開元中自恃才名，于吏部參選，請授萬年録事。諸流外官共見宰執訴之曰：赤縣録事是某等清要官，今被進士奪去，某等色人無措手足矣。遂罷〔一八〕。

殷璠云：據爲人骨鯁，兼有氣魄，其文亦爾〔一九〕。自傷不早達〔二〇〕，故著古興詩云：投珠恐見疑，抱玉但垂泣。道在君不舉，功成歎何及！怨憤頗深。至如寒風吹長林，白日原上没；又窮冬時晷短〔二一〕，日盡西南天，可謂曠代之佳句也。

據，河中寶鼎人，中書舍人文思曾孫。父元暉，什邡令。開元、天寶間，據與弟播，揔相繼登科〔二二〕。終禮部侍郎〔二三〕。

省署開文苑，滄浪學釣翁，據之詩也。子美懷據詩乃云：獨當省署開文苑，兼泛滄浪學釣翁〔二四〕。

據古興云：日中望雙闕，軒蓋揚飛塵。鳴珮初罷朝，自言皆近臣。光華滿道路，意氣安可親。歸來宴高堂，廣筵羅八珍。僕妾盡錦綺〔二五〕，歌舞夜達晨。四時自相代〔二六〕，誰能久要津〔二七〕？已看覆前車，未見改後輪〔二八〕。丈夫須兼濟，豈得樂一身〔二九〕。君今皆得志，肯顧憔悴人？

初去郡書情云：肅徒辭汝潁，懷古獨悽然。尚想文王化，猶思巢父賢。時移多讒巧，大道竟誰傳？況是疾風起，悠悠旌旆懸。征鳥無返翼，歸流不停川。已經霜露下，乃驗松柏堅〔三〇〕。回首望城邑，迢迢間雲烟。志士不傷物，小人皆自妍〔三一〕。感間唯責己，在道非怨天。從此適樂土，東歸知幾年。

【校箋】

〔一〕「好」，《河岳英靈集》、《唐文粹》同，《文苑英華》卷三一八作「多」。

〔二〕「庶」，《河岳英靈集》、《唐文粹》同，《文苑英華》作「決」。

〔三〕「淅江」，《河岳英靈集》、《唐文粹》同，《文苑英華》卷一六二作「漸河」。

〔四〕「胚渾」原作「胚腪」，據《唐文粹》、《文苑英華》改。《河岳英靈集》作「坯混」。

〔五〕「長」，《文苑英華》同，《河岳英靈集》、《唐文粹》作「决」。

〔六〕「滉瀁」，《河岳英靈集》、《唐文粹》同，《文苑英華》作「混瀁」。

〔七〕「萬里」，《河岳英靈集》、《唐文粹》同，《文苑英華》作「萬重」。

〔八〕「遠」，《河岳英靈集》、《唐文粹》同，《文苑英華》作「自」。

〔九〕「潮波忽來往」，《河岳英靈集》同，《唐文粹》作「潮汐忽來往」。《文苑英華》作「湖波或來往」。

〔一〇〕「想像」原作「響像」，據《唐文粹》改。《河岳英靈集》作「嚮像」，《文苑英華》作「響潒」。

〔一一〕「霞」，《河岳英靈集》、《唐文粹》同，《文苑英華》作「雲」。

〔一二〕「潭心」，《河岳英靈集》、《唐文粹》同，《文苑英華》作「潭中」。

〔一三〕「外獎」，《河岳英靈集》、《唐文粹》同，《文苑英華》作「此槳」。

〔一四〕二句見《杜工部集》卷一〇《秦州見敕目薛三據授司議郎、畢四曜除監察，與二子有故，遠喜遷官，兼述索居凡三十韻》詩。

〔一五〕《寄薛三郎中據》見《杜工部集》卷七。此摘引其詩，「苦辛」原作「辛苦」，據改。

〔一六〕《劉隨州文集》卷七《送薛據宰涉縣》詩，題下注云：「自永樂主簿陟狀，尋復遷授此官。」詩凡二十六韻，此下乃摘引其中四韻。「涉」原作「陟」，據改。

〔一七〕《高常侍集》有《淇上酬薛三據兼寄郭少府微》詩，二十韻，此摘引其中二韻。「抱」原作「包」，據改。

〔一八〕《封氏聞見記》卷三：「開元中，河東薛據自恃才名，于吏部參選，請授萬年縣録事，曹吏不敢注，以諮執政，將許之矣。諸流外官共見宰相訴云：『醞署丞等三官，皆流外之職，已被士人奪却。惟有赤縣録事是某等清要，今又被進士欲奪，則某等一色之人無措手足矣。』于是遂罷。」此引其文，「赤縣録事是某等清要官」句，原脱「縣」、「是」二字，據補。

〔一九〕「爾」原作「不」，據《河岳英靈集》改。

〔二〇〕「早達」原作「卑不達」，據《河岳英靈集》改。

〔二一〕「晷短」原作「短晷」，據《河岳英靈集》改。

〔二二〕《舊唐書》卷一四六《薛播傳》：「薛播，河中寶鼎人，中書舍人文思曾孫也。父元暉，什邡令。……播兄據，摠，……開元、天寶二十年間……並舉進士，連中科名，衣冠榮之。」

〔二三〕按韓愈《國子助教河東薛君墓志銘》：「父曰播，尚書禮部侍郎，侍郎命君後兄據，據爲尚書水部郎中，贈給事中。」而《新唐書》卷一五九《薛播傳》亦言其「轉禮部侍郎，遇疾，貞元三年卒」，則此謂據「終禮部侍郎」，實誤。

〔二四〕杜甫《解悶十二首》之四：「沈范早知何水部，曹劉不待薛郎中。獨當省署開文苑，兼泛滄浪學釣翁。」自注：「水部郎中薛據。」陳師道《後山詩話》：「子美《懷薛據》云：『獨當省署開文苑，兼泛滄浪學釣翁。』『省署開文苑，滄浪學釣翁』，據之詩也。」

〔二五〕「錦綺」，《河岳英靈集》作「紈綺」，《文苑英華》卷二〇七作「綺羅」。

〔二六〕「自」，《河岳英靈集》、《文苑英華》作「固」。

〔二七〕「久」原作「分」，《河岳英靈集》同，據《文苑英華》改。
〔二八〕「改」，《河岳英靈集》、《文苑英華》作「易」。
〔二九〕「得」，《文苑英華》、《河岳英靈集》作「能」。
〔三〇〕「乃」，《河岳英靈集》作「仍」。
〔三一〕「自妍」原作「息妍」，據《河岳英靈集》改。

劉昚虚

贈喬林云〔一〕：去年上策不見收，今年寄食仍淹留。羡君有酒能便醉〔二〕，羡君無錢能不憂。如今五侯不待客，羡君不問五侯宅。如今七貴方自尊，羡君不過七貴門。丈夫會應有知己〔三〕，世上悠悠何足論。

寄閻防云：青冥南山口〔四〕，君與緇錫鄰。深路入古寺，亂花隨暮春。紛紛對寂寞，往往落衣巾。松色空照水，經聲時有人。晚心復南望，山遠情獨親。應以脩德業〔五〕，亦唯立此身〔六〕。深林度空夜，煙月資清真〔七〕。莫歎文明日，彌年從隱淪。

九日送人云：海上正摇落，客中還别離。同舟去未已，遠送新相知。流水意何極，滿樽徒爾爲！從來菊花節，早已醉東籬。

江南曲云：美人何蕩漾，湖上風日長。玉手欲有贈，徘徊雙明璫〔八〕。歌聲隨緑水〔九〕，怨色起青陽〔一〇〕。日暮還家望，雲波横洞房〔一一〕。

登廬山峰頂寺云：孤峰臨萬象〔一二〕，秋氣何高清。庭際南郡出〔一三〕，林端西江明〔一四〕。山門二緇叟，振錫閒幽聲。心照有無界，業懸前後生。徒知真機静，尚與愛網并。方首金門路，未遑參道情。

暮秋揚子江寄孟浩然云：木葉紛紛下，東南日煙霜〔一五〕。山林相曉暮〔一六〕，天海深清蒼〔一七〕。暝色空復久〔一八〕，秋聲亦何長。孤舟兼微月，獨夜仍越鄉。寒笛對京口，故人在襄陽。詠思勞今夕〔一九〕，江漢遥相望。

海上云〔二〇〕：日處歸且遠〔二一〕，送君東悠悠。滄溟千萬里，日夜一孤舟〔二二〕。曠望絶國所，微茫天際愁。有時近仙境，不定若夢游。或見青色石〔二三〕，孤山百丈秋〔二四〕。前心方杳眇，此路勞夷猶〔二五〕。離别惜吾道，風波敬皇休〔二六〕。春浮花氣遠〔二七〕，思逐海水流。日暮驪歌後〔二八〕，永懷空滄洲〔二九〕。

鄭處誨明皇雜録云：天寶中，劉希夷、王泠然、王昌齡、祖詠、張若虚、張子容、孟浩然、常建、李白、劉眘虚、崔曙、杜甫，雖有文章盛名，皆流落不偶〔三〇〕。

殷璠云：慎虚詩情幽興遠，思苦詞奇〔三一〕，忽有所得，便驚衆聽。頃東南高唱者十數人，然聲律婉態，無出其右，唯氣骨不逮諸公〔三二〕。自永明以來，可傑立江表。至如松色空照水，經聲時有人。又滄溟千萬里，日夜一孤舟。又歸夢渡江水，悠悠繞故鄉。又駐馬渡江處，望鄉待歸舟〔三三〕。道自白雲靜〔三四〕，春與青溪長。時有落花至，遠隨流水香。開門向溪路，深柳讀書堂〔三五〕。幽映每白日〔三六〕，清輝照衣裳。並方外之言也。惜其不永天年，隕碎國寶。

王昌齡宿京江口期昚虛不至詩云：霜天起長望〔三七〕，殘月生海門。風靜夜潮滿，城高寒氣昏。故人何寂寞，久已乖清言。明發不能寐，徒盈江上罇。又送昚虛歸取宏詞解云：天清聞海鶴，游子引鄉眄。聲隨羽儀遠，勢與歸雲便。青桂春再榮，白雲暮來變。遷飛在禮義，豈復淚如霰。

孟浩然九日于龍沙寄劉大昚虛云〔三八〕：龍沙豫章北，九日挂帆過。風俗因時見，湖山發興多。客中誰送酒，棹裏自成歌。歌竟乘流去〔三九〕，滔滔任夕波。

【校箋】

〔一〕此詩《河岳英靈集》及《文苑英華》卷三四〇俱題「張謂」作。唯《唐文粹》題「劉昚虛」作，即《唐詩紀事》所本。

〔二〕「便醉」原作「共醉」，據《河岳英靈集》、《唐文粹》、《文苑英華》改。

〔三〕「丈夫」原作「大夫」，據《河岳英靈集》、《唐文粹》、《文苑英華》改。

〔四〕「青冥南山口」原作「青暝南山色」，《唐文粹》同，據《河岳英靈集》及《文苑英華》卷二五三改。按三書詩題下俱有「防時在終南山豐德寺讀書」十一字。南山，謂終南也。

〔五〕「德業」原作「往業」，《唐文粹》、《文苑英華》同，據《河岳英靈集》改。

〔六〕「立此身」，《唐文粹》、《文苑英華》同，《河岳英靈集》作「此立身」。

〔七〕「資」，《唐文粹》、《文苑英華》同，《河岳英靈集》作「鎖」。

〔八〕「明璫」原作「鳴璫」，據《河岳英靈集》、《文苑英華》卷二〇一及《樂府詩集》卷二六改。

〔九〕「歌聲」原作「唱歌」，《文苑英華》同，據《河岳英靈集》、《樂府詩集》改。

〔一〇〕「怨色」，《文苑英華》、《樂府詩集》同，《河岳英靈集》作「怨氣」。「青陽」原作「春陽」，據《河岳英靈集》、《文苑英華》改，《樂府詩集》作「朝陽」。

〔一一〕「雲波」原作「煙雲」，《文苑英華》同，據《河岳英靈集》、《樂府詩集》改。

〔一二〕「臨」原作「留」，據《河岳英靈集》、《文苑英華》卷二三四改。

〔一三〕「庭際」原作「天際」，據《河岳英靈集》、《文苑英華》改。

〔一四〕「西江」原作「四湖」，據《河岳英靈集》改，《文苑英華》此二句誤作「高庭際南郡，出林端西明」。

〔一五〕「東南日煙霜」，《河岳英靈集》同，《文苑英華》卷二五三作「東日凝煙霜」。

〔一六〕「曉暮」，《文苑英華》同，《河岳英靈集》作「晚暮」。

〔一七〕「深」原作「空」，據《河岳英靈集》、《文苑英華》改。

〔一八〕「空」，《河岳英靈集》同，《文苑英華》作「況」。

〔一九〕「勢」原作「勢」，據《河岳英靈集》、《文苑英華》改。

〔二〇〕詩題《河岳英靈集》作《海上詩送薛文學歸海東》，《文苑英華》卷二七〇作《海上送薛文學》。

〔二一〕「日處」，《河岳英靈集》、《文苑英華》同，毛本作「何處」。疑「日處」爲是，用「日近長安遠」之語意。

〔二二〕「孤舟」，《河岳英靈集》同，《文苑英華》作「帆舟」。

〔二三〕「青色石」，《河岳英靈集》作「青色古」，《文苑英華》作「青山石」。

〔二四〕「孤山百丈秋」，《河岳英靈集》作「孤舟百里秋」，《文苑英華》作「孤舟百處秋」。

〔二五〕「勞夷猶」原作「勞夷游」，據《河岳英靈集》改，《文苑英華》作「此路獨夷猶」。

〔二六〕「風波」，《河岳英靈集》同，《文苑英華》作「波澤」。

〔二七〕「花氣」，《河岳英靈集》同，《文苑英華》作「溪花」。

〔二八〕「驪歌」原作「離歌」，據《河岳英靈集》、《文苑英華》改。

〔二九〕「滄洲」原作「滄州」，據《河岳英靈集》、《文苑英華》改。

〔三〇〕按今本《明皇雜録》無此文，宋阮閱《詩話總龜》引：「天寶中，劉希夷、王泠然、王昌齡、祖詠、張若虛、孟浩然、常建、李白、杜甫雖有文名，俱流落不偶，恃才浮誕而然也。」一條，中缺三人，無劉眘虛。此文「天寶中」原作「天寶末」，據改。

〔三一〕「詞」，《河岳英靈集》作「語」。

〔三二〕「唯」原作「雖」，據《河岳英靈集》改。

〔三三〕「又歸夢渡江水」以下二十二字原脱，據《河岳英靈集》補。

〔三四〕「道自白雲靜」，《河岳英靈集》作「道由白雲盡」。

〔三五〕「讀」原作「續」，據《河岳英靈集》改。

〔三六〕「白日」原作「落日」，據《河岳英靈集》改。

〔三七〕「起」，毛本作「越」。

〔三八〕詩題《孟浩然集》、《文苑英華》卷二五〇俱作《九日龍沙寄劉大》。

〔三九〕「歌竟」，《河岳英靈集》同，《文苑英華》作「竟自」。

張巡

守睢陽日，嘗賦詩曰：接戰春來苦，孤城日漸危。合圍侔月暈，分守効魚麗。屢厭黄塵起，時將白羽揮。裹瘡猶出陣，飲血更登陴。忠信應難敵，堅貞自不移〔一〕。無人報天子，心計欲何施！

又夜聞笛云：岧嶤試一臨，虜騎俯城陰〔二〕。不辨風塵色，安知天地心。營開星月近，戰苦陣雲深。旦夕更樓上，遥聞横笛吟。巡謝金吾將軍表云：想峨嵋之碧峰，豫游西蜀；追緑耳于玄圃，保壽南山。逆賊禄山〔三〕，殺戮黎獻〔四〕，羶腥闕庭〔五〕。臣被圍四十七日，凡一千八百餘戰〔六〕。主辱臣死，當臣效命之時〔七〕；惡稔罪盈，是賊滅亡之日〔八〕。巡祭纛文曰：太一先鋒，蚩尤後殿，蒼龍持弓，白虎捧箭。祭城隍云：智井鳩翔，危堞龍攫。皆文武雄健，志氣不衰，真忠烈士也〔九〕。

巡，字巡，鄧州人。博通群書，爲文章不立藁〔一〇〕。以忠義死睢陽。

【校箋】

〔一〕「自」，《劉賓客嘉話録》、《唐語林》作「諒」。

〔二〕「俯」，《劉賓客嘉話録》同，《唐語林》作「附」。

〔三〕「逆賊禄山」下，《劉賓客嘉話録》有「迷逆天地」四字，《唐語林》與此同。

〔四〕「殺戮」，《劉賓客嘉話録》、《唐語林》作「戳辱」。

〔五〕「羶腥」，《劉賓客嘉話録》、《唐語林》作「羶臊」。

〔六〕「被圍四十七日，凡一千八百餘戰」，《唐語林》「八百」作「二百」，餘同；《劉賓客嘉話録》作「被圍七旬」，無下句。

〔七〕「效命」，《劉賓客嘉話録》、《唐語林》作「致命」。

〔八〕《劉賓客嘉話録》：「張巡之守睢陽，玄宗已幸蜀，胡羯方熾，城孤勢蹙，人食竭，以絺布切煮而食之，時以茶葉和之，其《謝加金吾表》曰云云。其忠勇如此。又激勵將士賦詩曰云云。又《夜聞笛》詩曰云云。」《唐詩紀事》出此。

〔九〕按《唐語林》載：「又説（指劉禹錫）許遠亦有文，其《祭纛文》：『太一先鋒，蚩尤後殿。蒼龍持弓，白虎捧箭。』又《祭城隍文》云：『眢井鳩翔，危樓龍護。』皆文武雄健，士氣不衰，真忠烈之士也。」則二文乃許遠之作，《唐詩紀事》以爲巡作，實誤。

〔一〇〕《新唐書》卷一九二《張巡傳》：「張巡字巡，鄧州南陽人。博通群書，……爲文章不立藁。」

張繼

閶門即事云：耕夫占募逐樓船〔一〕，春草青青萬頃田。試上吴門看郡郭〔二〕，清明幾處有新烟？

清明日自西午橋至瓜巖村有懷云：晚霽龍門雨，春生汝穴風。鳥啼官路静，花發毁垣空。鳴玉慙時輩，垂絲學老翁。舊游人不見，惆悵洛城東。

洛陽作云：洛陽天子縣，金谷石崇鄉。草色侵官道，花枝出苑牆。書成休逐客，賦罷遂爲郎。貧賤非吾事，西游思自强。

春夜皇甫冉宅對酒云：流落時相見，悲歡共此情。興因樽酒洽，愁爲故人輕。暗滴花垂露，斜暉月過城〔三〕。那知橫吹曲，江外作邊聲。

安公房問法云：流年一日復一日，世事何時是了時。試向東林問禪伯，遣將心地學琉璃。

高仲武云：張繼員外，累代詞伯，積襲弓箕〔四〕。其于爲文，不雕不飾。及爾登第，秀發當時。詩體清迥，有道者風。如女停襄邑杼，農廢汶陽耕。使者乘軒去〔五〕，諸侯擁節迎〔六〕。可謂事理雙切。又火燎原猶熱，波摇海未平〔七〕。比興深矣。

繼，字懿孫，襄州人。登天寶進士第。大曆末，檢校祠部員外郎，分掌財賦於洪州〔八〕。送鄒紹先充河南租庸判官云〔九〕：齊魯傷心地〔一〇〕，頻年此用兵。女停襄邑杼，農廢汶陽耕。使者乘軺去，諸侯擁節迎。深仁佐君子，薄賦卹黎甿。火燎原猶熱，波摇海未平。應將否泰理，一問魯諸生。

感懷云：調與時人背，心將靜者論。經年帝城裏〔一一〕，不識五侯門。伉儷殁于洪州，劉長卿哭張員外云〔一二〕：白簡曾連拜，滄洲每共思〔一三〕。撫存憐稚齒〔一四〕，歎逝顧身衰。自此辭張劭，何由見戴逵？獨聞山吏部，流涕訪孤兒。

楓橋夜泊云〔一五〕：月落烏啼霜滿天，江楓漁火對愁眠〔一六〕。姑蘇城外寒山寺，夜半鐘聲到客船〔一七〕。此地有夜半鐘，謂之無常鐘，繼志其異耳。歐陽以爲語病，非也〔一八〕。

【校箋】

〔一〕「占」，《唐百家詩選》、《萬首唐人絶句》同，《文苑英華》卷二九二作「召」。

〔二〕「看」，《唐百家詩選》、《萬首唐人絶句》同，《文苑英華》作「窺」。

〔三〕「暉」原作「輝」，據《文苑英華》卷二一五改。

〔四〕「積襲弓箕」，《中興閒氣集》作「積習弓裘」。

〔五〕「乘軒」，《中興閒氣集》作「乘軺」。

〔六〕「諸侯」，《中興閒氣集》作「諸藩」。此下「可謂事理雙切又」七字原脱，據《中興閒氣集》補。

〔七〕「波摇」，《中興閒氣集》作「風摇」。此下並有「應將否泰理，一問魯諸生」二句。（據何焯校本）

〔八〕《新唐書》卷六〇《藝文志》：「《張繼詩》一卷」，注云：「字懿孫，襄陽人。大歷末，檢校祠部員外郎，分掌財賦于洪州。」《唐才子傳》載張繼爲「天寶十二年禮部侍郎楊浚下及第」。

〔九〕詩題原作《送郄紹充河南租庸判官》。按：《中興閒氣集》作《送判官往陳留》，何焯校本「送」字下有「鄒」字，《文苑英華》卷二七二、《全唐詩》卷二四二皆作《送鄒判官往陳留》。檢劉長卿有《毗陵送鄒結（原注：一作紹）先赴河南充判官》詩（《劉隨州集》卷五），當即與張繼此詩同時所作。按《元和姓纂》卷四，鄒姓開元中有「象先、紹先、彥先」。本書卷二二有「鄒象先」，所記蕭穎士贈詩有「桂枝常共擢」之語，知二人開元二十三年同登進士第。其人當即紹先之兄。據此，知此題中「郄」乃「鄒」之誤，而復脱「先」字，今據改補。

〔一〇〕「傷心」，《中興閒氣集》作「分巡」。

〔一一〕「經年」，《中興閒氣集》、《萬首唐人絶句》作「終年」。

〔一二〕詩見《劉隨州文集》卷六，題作《哭張員外繼》。（《四部叢刊》影明正德本「繼」誤作「經」。）詩凡十二韻，此節引四韻。

〔一三〕「洲」原作「州」，據毛本改。

〔一四〕「撫存憐稚齒」，《劉隨州文集》作「撫孤憐齒稚」。

〔一五〕詩題《唐百家詩選》、《文苑英華》卷二九二同，《中興閒氣集》作《夜泊松江》。

〔一六〕「江楓」，《唐百家詩選》同，《文苑英華》、《萬首唐人絶句》作「江村」。

〔一七〕「夜半」，《唐百家詩選》、《萬首唐人絶句》同，《文苑英華》作「半夜」。

〔一八〕按：宋彭乘《續墨客揮犀》：「余後過姑蘇，宿一院，夜半偶聞鐘聲，因問寺僧，皆曰：『固有分夜鐘，曷足怪乎？』尋聞他寺皆鳴。」又，歐陽修《六一詩話》：「詩人貪求好句，而理有不通，亦語病也。……唐人有云：『姑蘇臺下寒山寺，半夜鐘聲到客船。』説者亦云：句則佳矣，其如三更不是打鐘時！」注本此。

張謂

代北州老翁答云：負薪老翁住北州，北望鄉關生客愁。自言老翁有三子，兩人已向黄沙死。如今少男新長成〔一〕，明年聞道更徵兵。定知此别必零落，不及相隨同死生。盡將田宅借鄰伍，且復伶俜去鄉土。在生本求多子孫，及有誰知更辛苦。近傳天子尊武臣，强兵直欲靜胡塵。安邊自合有長策，何必流離中國人！

送盧舉使河源詩云：故人行役向邊州，疋馬今朝不少留。長路關山何日盡，滿堂絲管爲君愁〔二〕。

同諸公游雲公禪院云：共許尋鷄足，誰能惜馬蹄。長空淨雲雨，斜日半虹霓。簷下千峰轉，窗前萬木低〔三〕。看花尋逕遠，聽鳥入林迷。地與喧卑隔，人將物我齊。不知樵客意，何事武陵溪？

送青龍一公云：事佛輕金印，勤王度玉關。不知從樹下，還許到人間〔四〕。楚水清蓮淨，吴門白日閑。聖朝須助治〔五〕，切莫愛東山〔六〕。

哭護國上人云：昔喜三身淨〔七〕，今悲萬劫長。不應歸北斗，多是向西方。舍利衆生得，袈裟弟子將。鼠行殘藥椀，蟲網舊繩床。别起千花塔，空留一草堂。支公何處在？神理竟茫茫。

麓山精舍送莫侍御歸寧云：何處堪留客，香林隱翠微。薜蘿通驛騎，松竹掛朝衣。霜引臺烏集，風驚塔雁飛。飲茶勝飲酒，聊以送將歸〔八〕。

乾元中，謂以尚書郎出使夏口，沔州牧杜公觴于江城之南湖。謂命李白標之嘉名，白目爲郎官湖云〔九〕。

謂同王徵君湘中有懷云：八月洞庭秋，瀟湘水北流。還家萬里夢，爲客五更愁。不用開書帙〔一〇〕，偏宜上酒樓。故人京洛滿〔一一〕，何日復同游。

玉清公主挽歌云：學鳳年猶少，乘龍日尚賒。初封千户邑〔一二〕，忽駕五雲車。地接金人岸，山通玉女家〔一三〕。秋風何太早，吹落禁園花〔一四〕。代宗之女。

謂，登天寶二年進士第。奉使長沙，嘗作長沙風土記云：巨唐八葉，元聖六載，正言待罪湘東〔一五〕。

殷璠云：謂代北州老翁答及湖中對酒行，並在物情之外，衆人未曾説耳；亦何必歷遐遠，探古跡，然後始爲冥搜。

謂湖中對酒行云〔一六〕：夜坐不厭湖上月，晝游不厭湖上山。眼前一罇又長滿，心中萬事如等閑。主人有黍百餘石〔一七〕，濁醪數斗應不惜。即今相對不盡歡〔一八〕，別後相思復何益。茱萸灣頭歸路賒，願君且宿黄翁家〔一九〕。風光若此人不醉，參差辜負東園花。

謂，大曆間爲禮部侍郎，典七年、八年、九年貢舉〔二〇〕。

【校箋】

〔一〕「少男」，《唐文粹》作「小男」。

〔二〕「絲管」，《文苑英華》卷二一九六作「絲竹」。

〔三〕「萬木」原作「萬水」，據《文苑英華》卷二一三五改。

〔四〕「還許」，《文苑英華》卷二一一九作「還肯」。

〔五〕「助治」，《文苑英華》作「助理」。

〔六〕「切莫」，《文苑英華》作「絶莫」。

〔七〕「淨」原作「靜」，據《文苑英華》卷三〇五改。

〔八〕「將」原作「相」，據毛本改。

〔九〕影宋蜀本《李太白文集》卷一八《泛沔州城南郎官湖詩序》：「乾元歲秋八月，白遷于夜郎，遇故人尚書郎張謂出使夏口，沔州牧杜公、漢陽宰王公觴于江城之南湖，樂天下之再平也。……張公殊有勝概，四望超然，乃顧白曰：『此湖古來賢豪游者非一，而枉踐佳景，寂寥無聞。夫子可爲我標之嘉名，以傳不朽。』白因舉酒酹水，號之曰郎官湖。」

〔一〇〕「書帙」，《文苑英華》卷二三〇作「書篋」。

〔一一〕「滿」原作「客」，據《文苑英華》改。

〔一二〕「初」原作「幼」，據《文苑英華》卷三一〇改。

〔一三〕「通」，《文苑英華》作「藏」。

〔一四〕「禁園」原作「楚園」，據《文苑英華》改。

〔一五〕此數語見張謂《長沙風土碑銘》，載《全唐文》卷三七五。《直齋書録解題》：「《長沙風土碑》一卷，唐潭州刺史張謂撰。前有碑銘，後有湘中記載事跡七十件。」當即此書。

〔一六〕詩題《中興間氣集》作《湖中對酒作》，《文苑英華》卷一九五作《湘中對酒行》，「湘中」字誤。

〔一七〕「石」原作「碩」，據《中興間氣集》、《文苑英華》改。

〔一八〕「相對」，《中興間氣集》同，《文苑英華》作「相逢」。

〔一九〕此句《中興間氣集》同，《文苑英華》作「願公且宿黄公家」。

〔二〇〕《唐語林》卷八：「神龍元年以來，累爲主司者：……張謂三，大曆六年、七年、八年。」本書卷三六閻濟美下載有濟美《大歷九年春下第將出關獻座主張謂詩六韻》，與此合。徐松《登科記考》從《紀事》。

梁肅

肅，字敬之，世居陸渾。蕭復、杜佑交薦辟，終右補闕〔一〕。崔恭序其文，以肅文雖多，而無適時之用，故以皇甫士安比之〔二〕。

肅贊四皓云〔三〕：秦失其鹿，豪傑並逐。鸞鳳何依，白雲深谷。英英南山，采采紫芝。漢以劍起，吾誰與歸？棲心化元，澹泊無爲。禮物雖至，先生默而。惟彼貞名，確不可轉。儲皇不安，我德用顯。大君是驚，惠位是寧。四公屈身，天下和平。弋者何思，鴻飛冥冥。

【校箋】

〔一〕《新唐書》卷二〇二《蘇源明傳》附《梁肅傳》：「肅字敬之，一字寬中，隋刑部尚書毗五世孫，世居陸渾。……蕭復薦其材，授右拾遺，修史，以母羸老不赴。杜佑辟淮南掌書記，召爲監察御史，轉右補闕、翰林學士、皇太子諸王侍讀，卒。」「敬之」原作「欽之」，蓋避宋諱，今改。

〔二〕《唐文粹》卷九二崔恭《唐右補闕梁肅文集序》：「大約公之習尚，敦古風，閱傳記，硜硜然以此導引于人，以爲其常。米鹽細碎，未嘗挂口。故鮮通人事，亦賢者之一病也。夫子所謂『君子多乎哉？不多也。』故無適時之用，任使之勤。余故以星甫士安比之。」

〔三〕《唐文粹》卷二四載梁肅《四皓贊》，有《序》，文繁，不録。

柳渾

貞元中，牡丹已貴，渾詩云：近來無奈牡丹何，數十千錢買一窠。今朝始得分明見，也共戎葵不校多〔一〕。見酉陽雜俎。

渾，字夷曠。不樂拘檢。爲貞元宰相〔二〕。

【校箋】

〔一〕《酉陽雜俎》續集卷九《支植》上：「（衛公）又言，貞元中牡丹已貴，柳渾善言：『近來無奈牡丹何』云云。」「已貴」原作「多」，據改。「不校多」，《雜俎》作「校幾多」。

〔二〕《新唐書》卷一四二《柳渾傳》：「柳渾，字夷曠，……召拜監察御史，臺僚以儀矩相繩，而渾放曠不樂檢局，乃求外職。宰相惜其才，留爲左補闕。……貞元元年，遷兵部侍郎。……三年，以本官同中書門下平章事。」

孟雲卿

宋郊詩云〔一〕：徘徊宋郊上，不見平生親。獨立正傷心，悲風來孟津。大方載群物，生死有常倫。虎豹不相食，哀哉人食人。豈知逢世運〔二〕，天道亮云云。又云：太虛流素月，三五何皎明〔三〕。光耀侵白日，賢愚迷至精。四時更變化，天道有虧盈。常恐今已没〔四〕，須臾復更生。

雲卿，河南人。元次山送孟校書往南海云：雲卿與次山同州里，以辭學相友，少次山六七歲，聲名滿天下，知已在朝廷，及次山之年，何事不可至？勿愛羅浮，往而不歸也〔五〕。

雲卿鄴城懷古云：朝發淇水南〔六〕，將尋北燕路。魏家舊城闕，寥落無人住。伊昔天地屯，曹公獨中據。群臣將北面，白日忽西暮。三臺竟寂寥〔七〕，萬世難長固。雄豪安在哉？衰草霑霜露。崔嵬長河北，尚見應劉墓〔八〕。古樹藏龍蛇，荒茅伏狐兔。永懷故池館，數子連章句〔九〕。逸興驅山河，雄辭變雲霧。我行覩遺跡，精爽如相遇〔一〇〕。斗酒將酹君，悲風白楊樹。

古挽歌云〔一一〕：草草閭巷喧〔一二〕，塗車儼成位。冥寂何所須〔一三〕，盡我生人意〔一四〕。北邙路非遠〔一五〕，此別終天地。臨穴頻撫棺，至哀反無淚。爾形未衰老，爾息猶童稚〔一六〕。骨肉安可離，皇天若容易。房帷即靈帳〔一七〕，庭宇爲哀吹。薤露歌若斯，人生盡如寄。

今別離云〔一八〕：結髮生別離，相思復相保。何知日已久〔一九〕，五變庭中草。渺渺天海途，悠悠吴江島。但恐不出門〔二〇〕，出門無遠道。遠道行既難，家貧衣服單〔二一〕。嚴風吹積雪，晨起鼻何酸。人生各有戀〔二二〕，豈不懷爾安。分明天上日，生死誓同歡〔二三〕。

傷懷酬故友詩云〔二四〕：稍稍晨鷄翔〔二五〕，淅淅草上霜〔二六〕。人生早艱苦，壽命恐不長。二十學已成，三十名不彰。豈無同門友，貴賤易中腸。驅馬行萬里，悠悠過帝鄉。幸因弦歌末，得上君子堂。衆樂互喧奏，獨余備笙簧〔二七〕。坐中無知音，安得神洋洋〔二八〕。願因高風起，上感白日光。

古別離云〔二九〕：朝日上高臺，離人怨秋草〔三〇〕。但見萬里天〔三一〕，不見萬里道。君行本遥遠，苦樂誠難保〔三二〕。宿昔夢同衾，心憂夢顛倒。含酸欲誰訴〔三三〕，轉轉傷懷抱〔三四〕。結髮年已遲〔三五〕，征行去何早。寒暄有時謝，顦顇難再好〔三六〕。人皆算年壽，死者何曾老。少壯無會期〔三七〕，水深風浩浩。

高仲武云：孟君詩祖述沈千運〔三八〕，漁獵陳拾遺，詞氣傷苦〔三九〕，怨者之流。如虎豹不相食，哀哉人食人，方于七哀：路有飢婦人，抱子棄草間，則雲卿之句深矣〔四〇〕。雖效之于陳、沈，纔能昇堂，猶未入室，然當今古調，無出其右者，一時之英也。余感孟君平生好古〔四一〕，著格律異門論及譜二篇〔四二〕，以攝其體統焉〔四三〕。

雲卿與杜子美、元次山最善〔四四〕。

群物歸大化，六龍頹西荒。感懷句。安知浮雲外，日月不運行。苦雨句。孤兒去慈親，遠客喪主人〔四五〕。莫吟辛苦曲，此曲誰忍聞。可聞不可説〔四六〕，去去無期别〔四七〕。行人念前程，不待參辰没。朝亦常苦飢，暮亦常苦飢，飄飄萬里餘〔四八〕，貧賤多是非。少年莫遠行〔四九〕，遠行多不歸。悲哉行。右張爲取作主客圖，以雲卿爲高古奥逸主。

【校箋】

〔二一〕《中興閒氣集》載此詩，題作《傷時》。《又玄集》載第一首，題同。

〔二〕「豈知」，《中興閒氣集》作「豈伊」。

〔三〕「皎明」，《中興閒氣集》作「明明」。

〔四〕「今已没」，《中興閒氣集》作「今夜没」。

〔五〕《元次山文集》卷七《送孟校書往南海序》：「平昌孟雲卿與元次山同州里，以辭學相友，幾二十年。次山今且未老，雲卿少次山六七歲，雲卿名聲滿天下，知已在朝廷，及次山之年，何事不可至？勿隨長風，乘興蹈海，勿愛羅浮，往而不歸。」此節引其文，「何事不可至」句，原脱「至」字，今據補。

〔六〕「淇水」原作「箕水」，據《唐文粹》改。

〔七〕「寂寥」，《唐文粹》作「寂寞」。

〔八〕「尚見」，《唐文粹》作「尚想」。

〔九〕「連章句」原作「章連句」，據《唐文粹》改。

〔一〇〕「相遇」，《唐文粹》作「可遇」。

〔一一〕詩題《篋中集》、《唐百家詩選》作《古樂府挽歌》，《樂府詩集》卷二七作《挽歌》。

〔一二〕「草草閭巷喧」，《篋中集》作「草莗門巷喧」，《唐百家詩選》、《樂府詩集》俱作「草草門巷喧」。

〔一三〕「冥寂何所須」，《樂府詩集》作「冥寞何所須」。《篋中集》、《唐百家詩選》作「冥冥何得盡」。

〔一四〕「盡」，《樂府詩集》同，《篋中集》、《唐百家詩選》作「戴」。

〔一五〕「北邙」原作「北去」，據《篋中集》、《唐百家詩選》、《樂府詩集》改。毛本作「此去」，非是。「遠」，《唐百家詩選》、《樂府詩集》同，《篋中集》作「遥」。

〔一六〕「息」原作「音」，據《篋中集》、《唐百家詩選》、《樂府詩集》改。

〔一七〕「房帷即靈帳」原作「房帳即虚張」，據《篋中集》、《唐百家詩選》改。《樂府詩集》作「房帷即虚張」。

〔一八〕詩題原作《别離曲》，據《篋中集》、《唐百家詩選》改，《樂府詩集》卷七二作《生别離》。

〔一九〕「何知日已久」，《樂府詩集》同，《篋中集》、《唐百家詩選》作「如何日已遠」。

〔二〇〕「但恐」原作「但懼」，據《篋中集》、《唐百家詩選》、《樂府詩集》改。

〔二一〕「衣服」，《唐百家詩選》、《樂府詩集》同，《篋中集》作「衣裳」。

〔二二〕「各有戀」，《樂府詩集》同，《篋中集》、《唐百家詩選》作「爲有志」。

〔二三〕「同歡」，《唐百家詩選》、《樂府詩集》同，《篋中集》作「同觀」，疑誤。

〔二四〕詩題《篋中集》、《唐百家詩選》作「傷懷贈故人」。

〔二五〕「稍稍」原作「悄悄」，據《篋中集》、《唐百家詩選》改。「雞」，《篋中集》、《唐百家詩選》作「鳥」。

〔二六〕「淅淅」原作「浙浙」，據《篋中集》、《唐百家詩選》改。

〔二七〕「獨余」，《唐百家詩選》作「獨予」，《篋中集》誤作「獨子」。「備笙簧」原作「被笙篁」，據《篋中集》、《唐百家詩選》改。

〔二八〕「洋洋」，《篋中集》、《唐百家詩選》作「揚揚」。

〔二九〕詩題原作「《古離别》」，據《篋中集》、《唐百家詩選》及《樂府詩集》改。

〔三〇〕「怨」，《篋中集》、《唐百家詩選》作「愁」。

〔三一〕「但見萬里天」，《篋中集》作「如見萬里人」，《唐百家詩選》作「如見萬里天」。

〔三二〕「苦樂」原作「昔樂」，據《篋中集》、《唐百家詩選》改。「誠難保」，《篋中集》作「良誰保」、《唐百家詩選》作「良難保」。

〔三三〕「誰訴」原作「謝訴」，據《篋中集》、《唐百家詩選》改。

〔三四〕此上二句，《篋中集》、《唐百家詩選》俱在「君行本遥遠」句上。

〔三五〕「結髪年已遲」原作「白髪年已深」，據《篋中集》、《唐百家詩選》改。

〔三六〕「難再好」，《篋中集》、《唐百家詩選》作「亦難好」。

〔三七〕「會期」，《篋中集》、《唐百家詩選》作「見期」。

〔三八〕「祖述沈千運」下原有「賊中十首又」五字，據《中興間氣集》(何焯校本)孟雲卿下評語删。

〔三九〕「傷苦」原作「傷古」，據《中興間氣集》改。

〔四〇〕「之句」二字原脱，據《中興間氣集》補。此句下原衍一「貇」字，據删。

〔四一〕「孟君」原作「貇君」，據《中興間氣集》改。

〔四二〕「異」字原脱，據《中興間氣集》補。

〔四三〕「焉」字原脱，據《中興間氣集》補。

〔四四〕杜甫《解悶十二首》之五：「李陵蘇武是吾師，孟子論文更不疑。一飯未曾留俗客，數篇今見古人詩。」自注：「校書郎雲卿。」甫又有《湖城東遇孟雲卿復歸劉顥宅宿宴飲散因爲醉歌》。元次山與孟友善，已見前引《送孟校書往南海序》。

〔四五〕「遠客」原作「孤客」，據《篋中集》、《唐百家詩選》改。

〔四六〕「説」，《篋中集》、《唐百家詩選》作「見」。

〔四七〕「期別」，《篋中集》、《唐百家詩選》作「形跡」。

〔四八〕「萬里餘」，《篋中集》、《唐百家詩選》作「萬餘里」。

〔四九〕「遠行」，《篋中集》、《唐百家詩選》作「遠游」。下句同。

唐詩紀事校箋卷第二十六

盧　象　閻　防　王季友　楊　賁　張　陵
王之渙　李陽冰　蘇　渙　劉長卿　章八元
李　穆　韋應物　朱　放　孫　逖　李　紓
畢　燿

盧　象

象題家叔徵君東溪草堂云〔一〕：闕山十餘里〔二〕，青壁森相倚。欲識堯時天〔三〕，東溪白雲是〔四〕。雷聲轉幽壑，雲氣杳流水〔五〕。澗影生蟲蛇，巖端翳梓杞〔六〕。大道終不易，君恩曷能已。鶴羨無老時〔七〕，龜言攝生理。浮年笑六甲，元化潛一指。未暇掃雲梯，空慚阮家子〔八〕。又云：今朝共游者，得性閑未歸。已到仙人家，莫驚鷗鳥飛。水深嚴公釣〔九〕，松挂巢父衣。雲氣轉幽寂，溪流無是非。名理未足羨，腥臊詎所希〔一〇〕。自惟負真意，何歲當食薇？

象自江東止田園移莊慶會未幾歸汶上小弟幼妹尤悲其別賦詩云〔一一〕：謝病始告歸，

依然入桑梓〔一二〕，家人皆佇立，相候衡門裏。疇類皆長年〔一三〕，成人舊童子。上堂家慶畢，顧與親姻邇〔一四〕。論舊或餘悲，思存且相喜〔一五〕。田園轉蕪没，但有寒泉水。衰柳日蕭條，秋光清邑里。入門乍如客，休騎非便止〔一六〕。中飲顧王程，離憂從此始。其一　兩妹日長成〔一七〕，雙鬟將及人。已能持寶瑟，自解掩羅巾。念昔别時小，未知疏與親。今來識離恨，掩淚方殷勤〔一八〕。其二　小弟更孩幼，歸來不相識。同居雖漸慣，見人猶默默〔一九〕。宛作越人言〔二〇〕，殊甘水鄉食〔二一〕。别此最爲難，淚盡有餘憶。其三

劉夢得董侹詩集序云：嘗所與游皆青雲之士〔二二〕，聞名如盧、杜，員外象，工部甫〔二三〕。高韻如包、李，祭酒佶，侍郎紓〔二四〕。迭以章句揚于當時。

殷璠云：象詩雅而不素〔二五〕，有大體，得國士之風。曩在校書，名充祕閣〔二六〕。其如靈越山多秀〔二七〕，新安江甚清，盡東南之數郡也〔二八〕。

竹里館云：江南冰不閉〔二九〕，山澤氣潛通。臘月聞山鳥，寒崖見蟄熊。柳林青半合，荻筍亂無叢。回首金陵岸，依依向北風。

送祖詠云：田家宜伏臘，歲晏子言歸。石路雪初下，荒村鷄共飛〔三〇〕。東原多煙火〔三一〕。北澗隱寒暉。滿酌野人酒，倦聞隣女機。胡爲困樵採〔三二〕，幾日被朝衣〔三三〕？

贈張均員外云〔三四〕：公門世業昌〔三五〕，才子冠裴王。出自平津邸，還爲吏部郎。神仙

餘氣色，列宿動輝光〔三六〕。夜直南宫静〔三七〕，朝趨北禁長。時人窺水鑑〔三八〕，明主賜衣裳。翰苑飛鸚鵡，天池待鳳凰。承欣疇日顧〔三九〕，未記後時傷。去去圖南遠，微才幸不忘。

趙都護宅宴别云〔四〇〕：結髮候旌麾〔四一〕，元戎復在斯。門開都護府〔四二〕，兵動羽林兒。黠虜多翻覆，謀臣有别離。智同天所授，恩共日相隨。漢使開賓幕，胡笳送酒巵。風霜迎馬首，雨雪事魚麗。上策應無戰〔四三〕，深情屬載馳。不應行萬里，明主寄安危。

象，字緯卿。劉夢得紀其文云〔四四〕：公始以章句振起于開元中，與王維、崔顥比肩驤首〔四五〕，鼓行于時。妍詞一發，樂府傳貴。由前進士補祕書省校書郎〔四六〕，轉右衛倉曹掾。丞相曲江公，方執文衡，揣摩後進，得公深器之，擢爲左補闕、河南府司録司勳員外郎。名盛氣高，少所卑下，爲飛語所中，左遷齊、汾、鄭三郡司馬。入爲膳部員外郎。時大盜起幽陵〔四七〕，入洛師，東夏衣冠，不克歸王所，爲虜劫〔四八〕，執公，墮脅從伍中〔四九〕。初謫果州長史〔五〇〕，又貶永州司户，移吉州長史。徵拜主客員外郎〔五一〕，道病留武昌，遂不起。故相崔太傅時爲右史，方在鄂〔五二〕，以文誌其墓。其詞曰：噫！公妙年有聲，振耀當代。翱翔雲路，不虞矰繳。盛名先物，易生疵癘。三至郎署〔五三〕，坐成遺耋。蹭蹬江皋，栖栖没齒。見知者恨之。

【校箋】

〔一〕詩題原脱「家」字，據《河岳英靈集》、《唐文粹》及《文苑英華》卷二三〇補。

〔二〕「關山」，《唐文粹》、《文苑英華》同，《河岳英靈集》作「開山」。

〔三〕「天」，《河岳英靈集》、《唐文粹》同，《文苑英華》作「人」。

〔四〕「白雲」，《河岳英靈集》、《唐文粹》同，《文苑英華》作「白足」。

〔五〕「杳流水」，《河岳英靈集》、《唐文粹》同，《文苑英華》作「相表裏」。

〔六〕「梓杞」，《河岳英靈集》、《唐文粹》及《文苑英華》俱作「檉梓」。

〔七〕「羨」，《河岳英靈集》、《唐文粹》同，《文苑英華》作「蓋」。

〔八〕「阮家」，《河岳英靈集》、《唐文粹》同，《文苑英華》作「阮氏」。

〔九〕「嚴公」，《文苑英華》同，《河岳英靈集》、《唐文粹》作「嚴子」。

〔一〇〕「希」原作「稀」，《河岳英靈集》同，據《唐文粹》、《文苑英華》改。

〔一一〕按此詩又見《王右丞集》：自「謝病始告歸」至「離憂從此始」爲一首，題作《休假還舊業便使》（卷六）；另爲《别弟妹二首》（卷五），自「兩妹自長成」至「掩淚方殷勤」爲第一首，自「小弟更年幼」至末爲第二首。《文苑英華》卷二九六載《休假還舊業便使》一首，亦題王維作。趙殿成云：「考右丞本傳及他書，未有言其寓家于越，浪跡水鄉者。『宛作』二語，合之盧象『江東』之説，乃爲得之。」趙説是也。宋葛立方《韻語陽秋》卷一〇：「唐人與親友别而復歸，謂之『拜家慶』，盧象詩云：『上堂家慶畢，顧與親姻邇。』」亦以爲盧象詩，可證。原作一首，據《王集》分爲三首。

〔一二〕「依然」，《王右丞集》、《文苑英華》作「依依」。

〔一三〕「疇類」，《王右丞集》、《文苑英華》作「時輩」。

〔一四〕「邇」，《王右丞集》、《文苑英華》作「齒」。

〔一五〕「思存」，《王右丞集》作「目存」，《文苑英華》作「自存」。

〔一六〕「休騎」，《王右丞集》同，《文苑英華》作「歸騎」。

〔一七〕「長成」，《王右丞集》作「成長」。

〔一八〕「掩淚」，《王右丞集》作「拭淚」。

〔一九〕「默默」，《王右丞集》作「未覓」。

〔二〇〕「言」，《王右丞集》作「語」。

〔二一〕「殊甘水鄉食」原作「殊鄉甘水食」，據《王右丞集》改。

〔二二〕「與」字原脱，據《劉夢得文集》卷二三《董氏武陵集紀》改。

〔二三〕此注《劉夢得文集》作「盧員外象，杜員外甫」。

〔二四〕注文「佶」原作「吉」，「紓」原作「紵」，據《劉夢得文集》改。

〔二五〕「象詩雅而不素」，《河岳英靈集》各本皆無「詩」字。「不」，《河岳英靈集》宋本、何焯校本同；

汲古閣本、毛扆校本、明刊本作「平」，則「素」字讀屬下。

〔二六〕「充」原作「光」，據《河岳英靈集》改。

〔二七〕「多秀」，《河岳英靈集》作「最秀」。

〔二八〕「盡」原作「蓋」，據《河岳英靈集》改。

〔二九〕「閉」原作「閒」，據《文苑英華》卷二九八改。

〔三〇〕「村」，《河岳英靈集》宋本、何焯校本作「林」。

〔三一〕「東原」原作「東源」，據《河岳英靈集》及《文苑英華》卷二六九改。

〔三二〕「困」，《河岳英靈集》宋本、何焯校本同，汲古閣本、毛扆校本、明刊本及《文苑英華》作「因」。

〔三三〕「被」，《河岳英靈集》宋本、何焯校本同，汲古閣本、毛扆校本、明刊本作「罷」，《文苑英華》作「披」。

〔三四〕「張均」原作「張筠」，據《河岳英靈集》改。

〔三五〕「公門」，《河岳英靈集》同，《文苑英華》卷二五〇作「公家」。

〔三六〕「動」，《文苑英華》同，《河岳英靈集》作「助」。

〔三七〕「夜直」原作「夜出」，《河岳英靈集》同，據《文苑英華》改。

〔三八〕「鑑」，《河岳英靈集》、《文苑英華》均作「鏡」。

〔三九〕「欣」原作「歡」，據《河岳英靈集》、《文苑英華》改。

〔四〇〕詩題原脱「宅」字，「宴」原作「晏」，據《文苑英華》卷二一五補改。
〔四一〕「結髪」，《文苑英華》作「結客」。
〔四二〕「門開」，《文苑英華》作「文開」。
〔四三〕「上策」，《文苑英華》作「在策」。
〔四四〕《劉夢得文集》卷二三《唐故尚書主客員外郎盧公集紀》：「尚書郎盧象，字緯卿，始以章句振起于開元中云云。」即此文。
〔四五〕「顥」原作「顯」，據《劉夢得文集》改。
〔四六〕「省校書」三字原脱，據《劉夢得文集》補。
〔四七〕「時」字原脱，據《劉夢得文集》補。
〔四八〕「東夏衣冠不克歸王所爲虜劫」十二字原脱，據《劉夢得文集》補。
〔四九〕「墮」字原脱，「脅」下衍「之」字，據《劉夢得文集》補删。
〔五〇〕「初」字原脱，據《劉夢得文集》補。
〔五一〕「徵」原作「詔」，據《劉夢得文集》改。
〔五二〕「在」原作「作」，據《劉夢得文集》改。
〔五三〕「郎署」原作「郎省」，據《劉夢得文集》改。

閻防

百丈谿新理茅茨讀書云：浪跡棄人世，還山自幽獨。始傍巢由蹤，吾其獲心曲。荒庭何所有，老樹半空腹。秋蜩鳴北林，暮鳥穿我屋。棲遲樂遵渚，恬曠寡所欲，開卦推盈虛，散帙攻節目〔一〕。養閑廢人事〔二〕，達命知止足。不學東國儒，俟時勞伐輻。

防與薛據在終南山豐德寺讀書〔三〕。韋蘇州有城中臥疾和閻薛二子屢從邑令飲詩云〔四〕：車車一作良。馬日蕭蕭，胡不枉一作在。我廬〔五〕。方來從令飲，臥病獨何如。秋風起漢一作江。臯，開户望平蕪。即此悵一作稀。音素，一作表。焉知中密疏。渴者不思火，寒者不求水。人生羈寓一作旅。時〔六〕，去就當如此。猶希心異跡，一作從利心跡異。眷眷存終始。

防在開元、天寶間有文稱，岑參、孟浩然、韋蘇州有贈章，然不知得罪謫長沙之故也。殷璠云：防爲人好古博雅，其詩警策，語多真素。至如荒庭何所有，老樹半空腹。又若熊桯庭中樹〔七〕，龍蒸棟裏雲。皎然可信也〔八〕。

秋晚石門禮佛云〔九〕：輕策淩絶壁，招提謁金仙。舟車無由徑，崖嶠乃屬天。躑躅淹昊景〔一〇〕，夷猶望新紘。石門變暝色，谷口生人煙。陽雁叫平楚，秋風急寒川〔一一〕。馳暉苦代謝，浮脆塹貞堅。永欲卧丘壑，息心依梵筵。誓將歷劫願，無以外物牽。

宿岸道人精舍云：早歲參道風，放情已寥廓〔一二〕。重息知心侶〔一三〕，遂果巖中諾。斂跡辭人間，杜門守寂寞。秋風剪蘭蕙，霜氣冷淙壑。山牖見燃燈，竹房聞擣藥。願言捨塵事，所趣非龍蠖。

夕次鹿門山云：龐公嘉遁所，浪跡難追攀。浮舟暝始至，抱杖聊自閑。雙巖開鹿門〔一四〕，百谷集珠灣。噴薄湍上水，春容漂裏山。焦原不足險〔一五〕，梁壑未成艱。我行自中春〔一六〕，夏鳥語綿蠻〔一七〕。蕙草色已晚，客心殊未還。遠游非避地，訪道愛童顏。安能徇機巧，爭奪錐刀間。

與永樂諸官夜泛黃河云〔一八〕：煙深載酒入，但覺暮川虛。映水見山火，鳴榔聞夜漁〔一九〕。愛茲川上趣〔二〇〕，忽與世人疏〔二一〕。無假燃官燭〔二二〕，中流有望舒。

孟浩然湘中旅泊寄防云〔二三〕：桂水通百粵，扁舟期曉發〔二四〕。荆雲閉三巴〔二五〕，夕望不見家。襄王夢行雨，才子謫長沙。長沙饒瘴癘，胡爲久留滯？久別思款顏〔二六〕。承歡懷接袂。接袂杳無由，徒增旅泊愁。清猿不可聽，沿月上湘流〔二七〕。

【校箋】

〔一一〕「攻」，《唐文粹》同，《河岳英靈集》作「改」。

〔二〕「廢」，《河岳英靈集》、《唐文粹》作「度」。

〔三〕見卷二十五劉昚虚下校箋〔四〕所引《河岳英靈集》題下自注。「德」原作「得」，據改。

〔四〕見《韋江州集》卷二，題作《城中卧疾知閻薛二子屢從邑令飲因以贈之》。

〔五〕「枉」原作「住」，據《韋江州集》改。

〔六〕「羈寓」，《韋江州集》作「羈旅」。

〔七〕「其詩警策，語多真素」，《河岳英靈集》作「其警策語多真素」。「梐」原作「楷」，據《河岳英靈集》改。

〔八〕「可」字原脱，據《河岳英靈集》補。

〔九〕詩題《河岳英靈集》作《晚秋石門禮拜》。

〔一〇〕「昊」原作「興」，據《河岳英靈集》改。

〔一一〕「秋」原作「湫」，據《河岳英靈集》改。

〔一二〕「寥廓」原作「寥豁」，據《河岳英靈集》改。

〔一三〕「重息知心侶」，《河岳英靈集》作「重經因息侶」。

〔一四〕「雙巖」，《河岳英靈集》作「雙闕」。

〔一五〕「不足險」原作「足險峻」，據《河岳英靈集》改。

〔一六〕「中春」原作「春仲」，據《河岳英靈集》改。

〔一七〕「夏鳥語」,《河岳英靈集》作「仲夏鳥」。

〔一八〕「諸官」,《河岳英靈集》作「諸公」。

〔一九〕「梛」原作「桹」,據《河岳英靈集》改。

〔二〇〕「川上」,《河岳英靈集》作「山水」。

〔二一〕「世人」,《河岳英靈集》作「人世」。

〔二二〕「無假」,《河岳英靈集》作「無暇」。

〔二三〕詩題影明刊本《孟浩然集》作《襄陽旅泊寄閻九司户》,影宋蜀本《孟浩然詩集》作《湖中旅泊寄閻防》。當以此作「湘中旅泊」爲是。孟乃襄陽人,不得言「襄陽旅泊」也。

〔二四〕「曉發」,影明刊本同,影宋蜀本作「晚發」。

〔二五〕「三巴」原作「三邑」,據兩《孟集》改。

〔二六〕「款顏」原作「歡顏」,據兩《孟集》改。

〔二七〕「上」,影宋蜀本同,影明刊本作「下」。

王季友

古塞曲云〔一〕:進軍飛狐北,窮寇勢將變。日落沙塵昏,背河更一戰。騂馬黄金勒,彫弓白羽箭。射殺左賢王,歸奏未央殿。欲言塞下事,天子不召見。東出咸陽門,哀哀淚如霰。

觀于舍人壁畫山水云：野人宿在人家少，朝見此山謂山曉。半壁仍棲嶺上雲，開簾放出湖中鳥。獨坐長松是阿誰？再三招手起來遲。于公大笑向予説〔二〕，小弟丹青能爾爲。

還山留别長安知己云：出山不見家，還山見家在。山前是門前，此去長樵採。青溪誰招隱，白髮自相待。唯伴澗底松，依依色不改。

宿東溪李十五山亭云：上山下山入溪谷，溪中落日留我宿。柏樹依依當主人，主人不在情亦足。花石出地兩重階，絶頂平天一小齋。本意猶來是山水，何用相逢憶舊懷。

寄韋子春云〔三〕：出山秋雲曙，山水已再春。食我山中藥，不憶山中人。山中誰余密？白髮惟相親。雀鼠晝夜無，知我廚廪貧。依依北舍松，不厭吾南隣。有情盡棄捐，土石爲同身。

子美爲季友作可歎行云：近者抉眼去其夫，河東女兒身姓柳。丈夫正色動引經，酆城客子王季友。豫章太守高帝孫，引爲賓客敬頗久。時危可仗真豪傑〔四〕，二人得置君側否？

殷璠云：季友詩放蕩，愛奇務險，遠出常情之外。然而白首短褐，良可悲夫〔五〕！至如觀于舍人西亭壁畫山水云：野人宿在人家少，朝見此山謂山曉。半壁仍棲嶺上雲，開簾放出湖中鳥。甚有新意也。

季友，肅、代間詩人也。錢考功起有贈季友赴洪州幕下詩云〔六〕：列郡皆用武，南征所從誰？諸侯重才略，見子如瓊枝。乃知季友曾游江西之幕。

郎士元酬季友半日村别業兼呈李明府云：村映寒原日已斜，煙生密竹早歸鴉。長溪南路當群岫，半景東鄰照數家。門通小徑連芳草，馬飲春泉踏淺沙〔七〕。欲待主人林上月，還思潘令縣中花。

岑參潼關使院懷王七季友云：王生今才人，時輩咸所仰。何當見顔色，終日勞夢想。驅車到關下，欲往阻河廣。滿目徒春華，思君罷心賞〔八〕。開門見太華，朝日映高掌。忽覺蓮華峰，别來更如長。無心顧微禄，有意在獨往。不負林中期，終當出塵網。

【校箋】

〔一〕按：此詩《唐文粹》載爲王季友《塞下曲》，而《河岳英靈集》、《又玄集》、《文苑英華》卷一九七及《唐百家詩選》、《樂府詩集》所載，皆爲陶翰之作，審其風格與翰爲近，當以屬陶作爲是。《唐詩紀事》卷二〇陶翰下，已載此詩，此當删。

〔二〕「予」原作「子」，據《河岳英靈集》改。

〔三〕按：此詩《篋中集》、《唐百家詩選》題爲《寄韋子春》，文字除「山水」作「山木」外，餘同。而《河岳英靈集》題作《山中贈十四秘書山兄》，《文苑英華》卷二五二則題作《贈山兄韋秘書》，二書文字相同，却與此有異。今據《河岳英靈集》録如下：「出山秘芸署，山色（《英華》作「山水」）已再春。食我山中藥，不憶山中人。山中誰余密，白髮日相（《英華》作「見」）親。雀鼠晝夜無，知我厨廩貧。有情盡捐棄，土石爲周（《英華》作「同」）身。依依舍北松（《英華》作「依舍北松下」），不厭吾南鄰。夫子質千尋，天澤枝葉新。今以不材壽，非智免斧斤。」推其相異之故，殆是次山編集時有所删訂而然。

〔四〕「可仗」原作「可拔」，據《杜工部集》卷一〇改。全詩十七韻，此節引其四韻。

〔五〕「悲夫」原作「悲乎」，據《河岳英靈集》改。

〔六〕詩見《錢考功集》卷一，此引其起四句。《文苑英華》卷七二四載有于邵《送王司議季友赴洪州序》。

〔七〕「春泉」原作「東泉」，據明活字本《郎士元集》改。

〔八〕「心賞」原作「心想」，據影明刊本《岑嘉州詩》改。

楊賁

賁時興詩云：貴人昔未貴，咸願顧寒微。及自登樞要，何曾問布衣。平明登紫閣，日晏下彤闈。擾擾路傍子，無勞歌是非。

賁，登天寶三年第。

張　陵

今日漢家探使回，蟻疊胡兵來未歇。春風渭水不敢流，總作六軍心上血〔一〕。

陵，天寶間詩人也。

【校箋】

〔一〕《萬首唐人絶句》載此詩，題作《虜患》。

王之涣

九日送别云：薊庭蕭索故人稀〔一〕，何處登高且送歸。今日暫同芳菊酒，明朝應作斷蓬飛。

出塞詩云〔二〕：黄沙直上白雲間〔三〕，一片孤城萬仞山。羌笛何須怨楊柳，春光不過玉門關。

登鸛鵲樓云〔四〕：白日依山盡，黄河入海流。欲窮千里目，更上一重樓。

之涣，并州人，與兄之咸、之賁皆有文，天寶間人〔五〕。樂天作滁州刺史鄭昈墓誌云〔六〕：與王昌齡、王之涣、崔國輔聯唱迭和，名動一時。

送别云：楊柳東門樹，青青夾御河。近來攀折苦，應爲别離多。

【校箋】

〔一〕「薊」原作「蒯」，據《萬首唐人絶句》改。

〔二〕詩題《文苑英華》卷一九七及《樂府詩集》卷二二與此同。《國秀集》卷下所載，首二句顛倒，題作《涼州詞》，《文苑英華》卷二九九又據以重載，題作《涼州》。《萬首唐人絶句》亦題《涼州詞》。

〔三〕「黄沙直上」，《文苑英華》兩載及《樂府詩集》、《萬首唐人絶句》同。而《國秀集》作「黄河直上」，世傳薛用弱《集異記》載諸名士旗亭貰酒事，其中雙鬟所唱，則爲「黄河遠上」，《唐詩品彙》、《全唐詩》從之，流傳遂廣。實則其事既不可信，胡應麟《莊嶽委談》已辯之，而曾慥《類説》所引《集異記》之文，亦作「黄沙直上」也。疑《國秀集》「黄河」亦「黄沙」之訛。

〔四〕《文苑英華》卷三一二所載與此同。《國秀集》卷下載此詩爲「處士朱斌」作，題爲《登樓》。

〔五〕《新唐書》卷一五九《王緯傳》：「王緯字文卿，并州太原人。父之咸，爲長安尉，與弟之賁、之奂皆有文。」即此所本。按《曲石精廬藏唐墓誌》有《唐故文安郡文安縣尉太原王府君墓誌銘》云：「公名之涣，字季凌，本家晉陽，宦徙絳郡，即後魏絳州刺史隆之五代孫。」又云：「天不與善，國用喪賢，以天寶元年二月十四遘疾，終于官舍，春秋五十有五。」又云：「堂弟永寧主簿之咸泣奉清徽，託誌幽壤。」云云。據此，則之涣生于絳州，太原乃其郡望。且之咸爲其堂弟而非兄。既以天寶元年二月卒，亦不得稱其爲天寶間人也。

〔六〕見《白居易集》卷四二《故滁州刺史贈刑部尚書滎陽鄭公墓誌銘》。

李陽冰

陽冰阮客舊居詩云：阮客身何在？仙雲洞口横。人間不到處，今日此中行。阮客，縉雲之隱者也〔一〕。

陽冰善篆〔二〕，曾宰當塗，太白依之〔三〕。

【校箋】

〔一〕見歐陽修《集古録》卷七《唐李陽冰阮客舊居詩真跡跋》，此注乃跋中語也。《詩話總龜》卷二九：「羊愔太山人嘗遊阮郎亭，崖下有篆字詩刻石，世傳漢阮肇所書，驗之乃李陽冰爲縉雲令時遊此亭題耳。」《金石録》卷三十《唐題阮客舊居詩》條：「右《題阮客舊居》詩，小篆書。《集古録》以爲陽冰作。今驗其姓名，乃縉雲令李蕚，非陽冰也。其字畫亦不工。蓋陽冰肅宗上元中嘗令縉雲，其篆字石刻尚多有存者，故歐陽公亦誤以此詩爲陽冰作耳。」《苕溪漁隱叢話》後集卷一六引苕溪漁隱曰：「余觀此碑今益漫滅，字畫難辨。明誠以爲歐公之誤，其果然耶？」

檢清鄒柏森《括蒼金石志補遺》著録有《唐建中李藞阮客舊居詩刻》一條，謂刻石：「五行，行七字，字徑三寸六七分不等，篆書。『題阮客舊居』五字前有題名一行，正書，字徑一寸。」所記五字正書題名止四字曰「安平李少」，下注「下泐」二字。今按：李陽冰字少温，趙郡（安平屬趙郡）人，與此之「正書題名」正合。柏森復引《縉雲縣志》云：「《霍志》謂阮客洞有唐令李藞題詩刻石，即此。」並録《縣志》之考證，以爲其人出「漢中李氏」，則與「正書題名」之「安平」不合矣。

〔二〕歐陽修跋文末云：「陽冰篆字，世傳多矣，此磨滅而僅存，尤可惜也。」陽冰善篆，見張彦遠《法書要録》。

〔三〕見李陽冰《李白草堂集序》。

蘇　涣

涣有變律詩云：日月東西行，照在大荒北。其中有燭龍，靈怪人莫測〔一〕。開目爲晨暉〔二〕，閉目爲夜色。一開復一閉，明晦無休息。居然六合内，曠哉天地德〔三〕。天地且不言，世人强喧喧〔四〕。又：毒蜂成一窠，高掛惡木枝。行人百步外，目動魂亦飛〔五〕。長安大道旁〔六〕，挾彈誰家兒？右手持金丸，引滿無所疑〔七〕。一中紛下來，勢若風雨隨〔八〕。身如萬箭攢。宛轉迷所之。徒有疾惡心，奈何不知機。又：養蠶爲素絲，葉盡蠶不老。

傾筐對空林〔九〕，此意向誰道？一女不得織，萬夫受其寒。一夫不得意，四海行路難。禍亦不在大，福亦不在先。世路險孟門，吾徒當勉旃。

杜子美有聽蘇大侍御誦詩之作〔一〇〕。

高仲武云：涣本不平者，善放白弩〔一一〕，巴中號曰白跖〔一二〕，賓人患之，以比莊蹻〔一三〕。後自知非，乃變節從學。鄉賦擢第，累遷至御史〔一四〕，佐湖南使崔中丞瓘幕〔一五〕。崔遇害，涣遂踰嶺扇動哥舒晃，跋扈交廣。此猶蛟龍見血，本質彰矣。三年中〔一六〕，作變律詩十九首，上廣州連帥李公勉〔一七〕。其文意長于諷刺，亦有陳拾遺一鱗半甲，故善之。或曰：此子左右嬖臣，侵敗王略，今著其文，可歟〔一八〕？答曰：漢策紀蒯通説詞，皇史録祖君彦檄書〔一九〕，此大所以容細也〔二〇〕。夫善惡必書，春秋至訓〔二一〕；明言不廢，孟子格言〔二二〕。涣者其殆庶幾乎？豈但不棄彫蟲〔二三〕，亦以深懲戒餘子也〔二四〕。

涣以哥舒叛伏誅〔二五〕。

【校箋】

〔一〕《苕溪漁隱叢話》前集卷八引《蔡寬夫詩話》載此詩，二句「照在」作「不照」，三句「燭龍」作「毒龍」。《中興閒氣集》載此詩，首句同，二、三、四句作「寒暑冬夏易。陰陽無停機，造化渺莫測。」

〔二〕「晨暉」，《中興間氣集》作「晨光」。

〔三〕上二句「六合内」，《中興間氣集》作「六合外」，「曠哉」作「曠我」。

〔四〕「强」，《中興間氣集》作《浪》。

〔五〕「動」，《中興間氣集》作「斷」。

〔六〕「旁」，《中興間氣集》作「邊」。

〔七〕「疑」原作「凝」，據《中興間氣集》改。

〔八〕「風雨」原作「風雲」，據《中興間氣集》改。

〔九〕「空林」，《中興間氣集》作「林樹」。

〔一〇〕《杜工部集》卷八《蘇大侍御訪江浦賦八韻紀異》，有序云：「蘇大侍御涣，靜者也。旅于江側，凡是不交州府之客，人事都絶久矣。肩輿江浦，忽訪老夫，舟楫而已。茶酒内，余請誦近詩，肯吟數首。才力素壯，詞句動人。接對明日，憶其湧思雷出，書篋几杖之外，殷殷留金石聲。賦八韻記異。亦見老夫傾倒于蘇至矣。」詩云：「龐公不浪出，蘇氏今有之。再聞誦新作，突過黄初詩。乾坤幾反覆，揚馬宜同時。今晨清鏡中，勝食齋房芝。余髮喜却變，白間生黑絲。昨夜舟火滅，湘娥簾外悲。百靈未敢散，風破寒江遲。」

〔一二〕「善放白弩」原作「善攻白拏」，據《中興間氣集》改。

〔一三〕「巴中」原作「巴人」，據《中興間氣集》改。

〔一三〕「莊蹻」，《中興閒氣集》作「盜跖」。

〔一四〕「累」「至」二字原脱，據《中興閒氣集》補。

〔一五〕「瓘」原作「權」，據《中興閒氣集》改。

〔一六〕「三年中」原作「五年」，據《中興閒氣集》改補。

〔一七〕「勉」字原脱，據《中興閒氣集》（何焯校本）補。

〔一八〕「其文意長于諷刺，亦有陳拾遺一鱗半甲，故善之。或曰：此子左右嬖臣，侵敗王略，今著其文，可歎」數句原脱，據《中興閒氣集》補，原有殘句「其意可歎」四字，删。

〔一九〕「檄書」原作「書檄」，據《中興閒氣集》改。

〔二〇〕「此大所以容細也」原作「此本所以容納」，據《中興閒氣集》改。

〔二一〕「至訓」原作「顯訓」，據《中興閒氣集》改。

〔二二〕「明言不廢孟子格言」八字原作「名言」二字，「不廢」以下六字原脱，據《中興閒氣集》改補。

〔二三〕「蟲」原作「蠱」，據《中興閒氣集》（何焯校本）改。

〔二四〕末二句今本《中興閒氣集》作「但不可棄其善，亦以深戒君子之意。」

〔二五〕《新唐書》卷六〇《藝文志》：「《蘇渙詩》一卷。」注：「……渙走交廣，與哥舒晃反，伏誅。」

劉長卿

字文房，至德監察御史。以檢校祠部員外郎爲轉運使判官、知淮西鄂岳轉運留後。

鄂岳觀察使吴仲孺誣奏，貶潘州南巴尉。會有爲之辯者，除睦州司馬。終隨州刺史〔一〕。以詩馳聲上元、寶應間。皇甫湜云：詩未有劉長卿一句，已呼阮籍爲老兵矣；筆語未有駱賓王一字，已罵宋玉爲罪人矣。其名重如此〔二〕。

李嘉祐入睦州分水路憶長卿詩云：北闕忤明主，南方隨白雲。沿洄灘草色，應接海鷗群。建德潮已盡，新安江又分。回看嚴子瀨，朗詠謝安文。雨過暮山碧，猿吟秋日曛。吴洲不可到，刷鬢爲思君。高仲武云：長卿員外有吏幹，剛而犯上〔三〕，兩度遷謫，皆自取之。詩體雖不新奇，甚能鍊飾，大抵十首已上〔四〕，語意稍同，于落句尤甚，此其思鋭才窄也〔五〕。然春風吴草緑，古木剡山深。明日滄洲路，歸雲不可尋〔六〕。又沙鷗驚小吏，明月上高枝。又細雨濕衣看不見，閑花落地聽無聲。截長補短〔七〕，蓋絲之微纇歟〔八〕。又得罪風霜苦，全生天地仁。傷而不怨，亦足以發揮風雅矣。

過張明府别業云〔九〕：寥寥東郭外，白首一先生。考滿孤琴在，家移五柳成〔一〇〕。夕陽臨水釣，春雨向田耕。終日空林下，何人識此情？

餘干旅舍云：摇落暮天迥，青楓霜葉稀。孤城向水閉，獨鳥背人飛。渡口月初上，鄰家漁未歸。鄉心正欲絶，何處擣寒衣？

送鄭公歸廬山云〔一一〕：潯陽數畝宅，歸卧掩柴關。谷口何人在〔一二〕，門前秋草閑。忘機賣藥罷〔一三〕，不語杖藜還〔一四〕。舊筍成寒竹，空齋向暮山。水流過舍下〔一五〕，雲去到人間。桂樹花應發，因行寄一攀。自過張明府別業三篇，姚合取爲極玄集。

負譴後題干越亭云〔一六〕：南天愁望絶〔一七〕，亭上柳條新。落日獨歸鳥，孤舟何處人？生涯投嶺徼〔一八〕，世業陷邊塵〔一九〕。江入千峰暮，花連百越春〔二〇〕。秦臺憐白首〔二一〕，楚水怨青蘋〔二二〕。草色無征路〔二三〕，鶯聲傍逐臣。獨醒翻取笑〔二四〕，直道不容身。得罪風霜苦，全生天地仁。青山數行淚，滄海一窮鱗。流落誰相見，空憐鷗鷺親〔二五〕。楊大年最喜此篇。

同郭參謀題崔令公庭竹云〔二六〕：不學媚清瀾，能依上將壇〔二七〕。蒙籠低晃過〔二八〕，青蒨卷簾看〔二九〕。得地移根遠，經霜抱節難。細花成鳳實〔三〇〕，嫩筍長漁竿。藹藹軍容靜〔三一〕，蕭蕭郡宇寬。細音和角暮，疏影上門寒。阮巷何人在，梁園幾處殘〔三二〕？空餘軒屏側〔三三〕，歲晚對任安〔三四〕。

送朱山人越州賊退後歸山陰云〔三五〕：越中初戰罷〔三六〕，江上送歸橈。南渡無來信〔三七〕，西陵自落潮。空城垂故柳〔三八〕，舊業廢春苗〔三九〕。閭里稀相見〔四〇〕，鶯花共寂寥。

送張扈司直歸越中云〔四一〕：時危身赴難〔四二〕，事往任浮沉。萬里三江客，孤城百戰心〔四三〕。春風吴苑緑〔四四〕，古木剡山深。明日滄洲路，歸雲不可尋〔四五〕。

陪鄭中丞園林宴諸姪云〔四六〕：心遠親魚鳥〔四七〕，功成厭鼓鼙〔四八〕。林中阮家醉〔四九〕，池上謝公題。門徑蒼苔合，窗陰緑篠低〔五〇〕。夕陽山向背，秋草水東西〔五一〕。舊架懸藤老，疏籬插槿齊〔五二〕。風塵不可到，誰羨武陵溪〔五三〕？

送駱少府云〔五四〕：汀洲芳草緑，日暮更氛氳〔五五〕。舊國無來信，春江獨送君。五言凌白雪，六翮向青雲。空自無機事，沙鷗已可群〔五六〕。

送李中丞之襄州云：流落征南將，曾驅十萬師。罷歸無舊業，老去戀明時。獨立三朝盛〔五七〕，輕生一劍知。茫茫江漢上，日暮欲何之〔五八〕？

送嚴士元云〔五九〕：春風倚棹闔閭城，水國猶寒陰復晴〔六〇〕。細雨濕衣看不見，閑花落地聽無聲。日斜江上孤帆影，草緑湖南萬里程〔六一〕。東道若逢相識問〔六二〕，青袍今已誤儒生。

【校箋】

〔一〕《新唐書》卷六〇《藝文志》：「《劉長卿集》十卷。」注云：「字文房，至德監察御史。以檢校祠部員外郎爲轉運使判官、知淮西鄂岳轉運留後。鄂岳觀察使吴仲孺誣奏，貶潘州南巴尉。會有爲辨之者，除睦州司馬。終隨州刺史。」此本之。「至德監察御史」句，原脱「德」字，「知淮西鄂岳轉運留後」句，「西」原誤作「南」，據補改。「貶潘州南巴尉」句，毛本「巴」作「邑」，按《舊唐書·地理志》，潘州南巴縣屬嶺南，原本不誤，毛本非。

〔二〕按諸明本《極玄集》、《唐才子傳》並載長卿爲「宣城人，開元二十一年進士。」今人考之，以爲過早。然權德輿序秦系與長卿唱和詩（見《權載之文集》補遺），謂：「（長卿）嘗自以爲五言長城，而公緒用偏伍奇師，攻堅擊衆，雖老益壯。」亦足見其年輩甚早，詩名獨重也。皇甫湜語，見《皇甫持正文集》卷四《答李生第二書》，「阮籍」原作「宋玉」，「筆」字原脱，據改補。

〔三〕「剛」字原脱，據《中興閒氣集》補。

〔四〕「大抵」二字原脱，據《中興閒氣集》補。

〔五〕「此其思鋭才窄也」原作「此奇思鋭穿也」，據《中興閒氣集》改。

〔六〕「然春風吴草緑」四句，《劉隨州詩集》作「春風吴苑緑，古木剡山深。千里滄波上，孤舟不可尋」，而《中興閒氣集》則作「草色加湖緑，松聲小雪寒」二句。

〔七〕「截」原作「裁」，據《中興閒氣集》改。

〔八〕「蓋絲之微纇歟」原作「蓋玉黴之類歟」，據《中興閒氣集》改。

〔九〕詩題《劉隨州詩集》作《過前安宜張明府郊居》。

〔一〇〕「考滿」、「家移」，《極玄集》同，《劉隨州詩集》作「解印」、「移家」。

〔一一〕詩題《極玄集》作《送鄭十二歸廬山》，《文苑英華》卷二三一作《送鄭山人還廬山别業》，《劉隨州詩集》作《送鄭十二還廬山别業》。

〔一二〕「在」，《極玄集》同，《文苑英華》、《劉隨州詩集》作「待」。

〔一三〕「忘機賣藥罷」原作「無機買藥罷」，據《極玄集》、《文苑英華》、《劉隨州詩集》改。

〔一四〕「不語」，《極玄集》同，《劉隨州詩集》作「無語」，《文苑英華》作「揮手」。

〔一五〕「過」，《極玄集》同，《劉隨州詩集》、《文苑英華》作「經」。

〔一六〕詩題《劉隨州詩集》作《負譴後登干越亭作》，《文苑英華》卷三一五作《題干越亭》。「干」原作「于」，據改。《太平寰宇記》卷一〇七載：饒州餘干縣有干越亭。《中興間氣集》亦誤作「于越亭」。

〔一七〕「南天」，《中興間氣集》、《劉隨州詩集》、《文苑英華》作「天南」。

〔一八〕「嶺徼」，《中興間氣集》、《文苑英華》同，《劉隨州詩集》作「越徼」。

〔一九〕「邊塵」，《中興間氣集》、《文苑英華》同，《劉隨州詩集》作「胡塵」。

〔二〇〕「江入」二句，《中興間氣集》、《文苑英華》同，《劉隨州詩集》作「杳杳鍾陵暮，悠悠鄱水春」。

〔二一〕「憐」，《中興間氣集》、《文苑英華》同，《劉隨州詩集》作「悲」。

〔二二〕「楚水」，《中興間氣集》、《文苑英華》同，《劉隨州詩集》作「楚澤」。

〔二三〕「無」，《中興間氣集》、《文苑英華》同，《劉隨州詩集》作「迷」。

〔二四〕「翻」，《中興間氣集》、《文苑英華》同，《劉隨州詩集》作「空」。

〔二五〕「流落」二句，《文苑英華》作「流落誰相識，空將鷗鳥親」，《中興間氣集》、《劉隨州詩集》作「牢落機心盡，惟憐鷗鳥親」。

〔二六〕詩題《中興閒氣集》作《題崔公庭竹》，《文苑英華》卷三二五「庭竹」作「廳前竹」，《劉隨州詩集》作《同郭參謀詠崔僕射淮南節度使廳前竹》。

〔二七〕「不學」二句，《中興閒氣集》、《文苑英華》同，《劉隨州詩集》作「昔種梁王苑，今移漢將壇」。

〔二八〕「蒙籠」，《中興閒氣集》、《文苑英華》、《劉隨州詩集》同，毛本作「朦朧」，非。

〔二九〕「青倩」，《文苑英華》、《中興閒氣集》、《劉隨州詩集》作「青翠」。

〔三〇〕「細花」原作「開花」，據《中興閒氣集》（何焯校本）改。《文苑英華》作「閑花」。

〔三一〕「藹藹」，《中興閒氣集》、《劉隨州詩集》同，《文苑英華》作「肅肅」。

〔三二〕「阮巷」二句，《中興閒氣集》、《文苑英華》同，《劉隨州詩集》作「湘浦何年變，山陰幾處殘」。

〔三三〕「空餘」，《中興閒氣集》、《文苑英華》同，《劉隨州詩集》作「不知」。

〔三四〕「對」，《中興閒氣集》、《劉隨州詩集》同，《文苑英華》作「伴」。

〔三五〕詩題《文苑英華》卷三一八作《越州賊退後送朱放之山陰別業》，《中興閒氣集》、《劉隨州詩集》作《送朱山人越州賊退後歸山陰別業》。此「越州」原作「越中」，脱「陰」字，據改。

〔三六〕「越中初戰罷」，《中興閒氣集》同，《文苑英華》作「越中初罷戰」，《劉隨州詩集》作「越州初罷戰」。

〔三七〕「來信」，《中興閒氣集》、《文苑英華》、《劉隨州詩集》作「來客」。

〔三八〕「故柳」，《中興閒氣集》、《劉隨州詩集》同，《文苑英華》作「細柳」。

〔三九〕「舊業廢春苗」原作「舊葉發春苗」，據《中興閒氣集》、《文苑英華》、《劉隨州詩集》改。
〔四〇〕「稀相見」，《文苑英華》同，《中興閒氣集》作「誰相見」，《劉隨州詩集》作「相逢少」。
〔四一〕詩題《中興閒氣集》作《送張繼司直適越》，《文苑英華》卷二七〇作《送行軍張司馬罷使適越》，《劉隨州詩集》作《送行軍張司馬罷使迴》。
〔四二〕「赴難」，《中興閒氣集》作「適越」，《文苑英華》、《劉隨州詩集》作「赴敵」。
〔四三〕「萬里」二句，《中興閒氣集》作「萬里江山去，孤舟百戰心」，《文苑英華》、《劉隨州詩集》作「末路三江去，當時百戰心」。
〔四四〕「吴苑」原作「吴草」，據《文苑英華》、《劉隨州詩集》改，《中興閒氣集》作「吴渚」。
〔四五〕「明日」二句，《中興閒氣集》作「明月滄洲路，歸雲不可尋」，《文苑英華》、《劉隨州詩集》作「千里滄波上，孤舟不可尋」。「歸雲」原作「歸飛」，據《中興閒氣集》改。
〔四六〕詩題《中興閒氣集》作《陪鄭中丞園林宴》，《劉隨州詩集》及《文苑英華》卷一六六作《奉陪鄭中丞自宣州解印與諸姪宴餘干後溪》。
〔四七〕「心遠」，《中興閒氣集》、《劉隨州詩集》、《文苑英華》作「跡遠」。
〔四八〕「厭」，《中興閒氣集》、《劉隨州詩集》同，《文苑英華》作「怨」。
〔四九〕「阮家醉」，《中興閒氣集》同，《劉隨州詩集》、《文苑英華》作「阮生集」。
〔五〇〕「門徑」二句，《中興閒氣集》同，《劉隨州詩集》、《文苑英華》作「户牖垂藤合，藩籬插槿齊」。

〔五一〕「秋草」，《中興閒氣集》同，《劉隨州詩集》、《文苑英華》作「春草」。

〔五二〕「舊架」二句，《中興閒氣集》同，《劉隨州詩集》作「度雨諸峰出，看花幾路迷」，《文苑英華》作「看竹誰家好，尋花幾路迷」。「插」原作「掙」，據《中興閒氣集》改。

〔五三〕「風塵」二句，《中興閒氣集》作「風烟不可到，誰羨武陵溪」。《劉隨州詩集》、《文苑英華》作「何勞問秦漢，更入武陵溪」。「誰羡」原作「唯羡」，據《中興閒氣集》改。

〔五四〕詩題《中興閒氣集》作《送駱三少府西上應制》，《劉隨州詩集》作《送路（當作「駱」）少府使東京便應制舉》，題下注云：「時梁、宋初失守。」

〔五五〕「汀洲」二句，《中興閒氣集》同，《劉隨州詩集》作「故人西奉使，胡騎正紛紛」。

〔五六〕「空自」二句，《中興閒氣集》「空自」作「自愧」，餘同，《劉隨州詩集》作「誰念滄州吏，忘機鷗鳥群」。

〔五七〕「三朝盛」，《劉隨州詩集》、《文苑英華》卷二七〇作「三朝識」，《中興閒氣集》作「三邊靜」。

〔五八〕「欲」，《中興閒氣集》、《文苑英華》同，《劉隨州詩集》作「復」。

〔五九〕詩題《中興閒氣集》同，《文苑英華》卷二七〇作《送嚴員外》，《劉隨州詩集》作《別嚴士元》。

〔六〇〕「水國」句，「猶寒」《中興閒氣集》作「春深」，《劉隨州詩集》作「春寒」，《文苑英華》作「殊國雲陰暗復晴」。

〔六一〕「程」，《中興閒氣集》同，《劉隨州詩集》、《文苑英華》作「情」。

〔六二〕「東道」，《中興閒氣集》、《劉隨州詩集》同，《文苑英華》作「君去」。

章八元

八元題慈恩塔云〔一〕：七層突兀在虛空，四十門開面面風。却怪鳥飛平地上〔二〕，自驚人語半天中。迴梯暗踏如穿洞，絶頂初攀似出籠。落日鳳城佳氣合，滿城春樹雨濛濛。或云：元、白見其詩云：不謂嚴維出此弟子〔三〕！

八元歸桐廬舊居寄嚴長史云：昨辭夫子棹歸舟，家在桐廬憶舊丘。三月暖時花競發，兩溪分處水爭流。近聞江左傳鄉語〔四〕，遥見家山減旅愁。或在醉中逢夜雪〔五〕，懷賢應向剡川游。

酬劉長卿月夜云〔六〕：夜涼河漢白，卷箔出南軒。過月鴻爭遠，辭枝葉暗翻。獨謡聞麗曲〔七〕，緩步接清言。宣室思前席，行看拜主恩。劉云：貧家唯好月，空愧子猷過。

韋蘇州送八元擢第往上都應制云〔八〕：决勝文場戰已酣，行應辟命復才堪。旅食不辭游闕下，春衣未换報江南。天邊宿鳥生歸思，關外晴山滿夕嵐。立馬欲從何處别？都門楊柳正毿毿。

高仲武云：八元嘗于郵亭偶題數言〔九〕，蓋激楚之音也。會稽嚴維到驛，問八元曰：

爾能從我學詩乎？曰：能。少頃遂發，八元已辭家〔一〇〕。維大異之，遂親指喻，數年詞賦擢第〔一一〕。至如雪晴山脊見，沙淺浪痕交，得山水狀貌也〔一二〕。

八元，睦州人。登大曆進士第。

八元新安江行詩云：江源南去永，野飯暫維梢〔一三〕。古戍懸魚網，空林露鳥巢。雪晴山脊見，沙淺浪痕交。自笑無媒者，逢人作解嘲〔一四〕。

寄苗員外云〔一五〕：舊宅平津邸，槐陰接漢宮。鳴騶馳道上，見月直廬中〔一六〕。白雪歌偏麗，青雲宦早通〔一七〕。悠然一縫掖〔一八〕，千里限清風〔一九〕。

【校箋】

〔一〕詩題《又玄集》作《望慈恩寺浮圖》。

〔二〕首句「七層」原作「十層」，據《全唐詩話》改。「却怪」，《鑒誡録》同，《又玄集》作「却訝」。

〔三〕「或云元白見其詩云云」見《鑒誡録》「四公會」條：「長安慈恩寺浮圖，起開元至大和之歲，舉子前名登游題紀者衆矣。文宗朝……元白因傳香于慈恩寺塔下，忽覩章先輩八元所留之句，命僧拂去埃塵，二公移時吟味，盡日不厭，悉令除去諸家之詩，惟留章公一首而已。樂天曰：『不謂嚴維出此弟子。』由是二公不爲之，詩流自慈恩息筆矣。」按文宗時，元白未嘗同至京師，此乃傳聞之説，不足信。詩雖工切，猶非絶唱，宋人且以爲「乞兒口中語」也。（見張戒《歲寒堂詩話》）

〔四〕「江左」原作「江老」，據《文苑英華》卷二二五四改。

〔五〕「逢夜雪」，《文苑英華》作「愁雪夜」。

〔六〕詩題《文苑英華》卷二四三作《酬别劉員外月下見寄》。《劉隨州詩集》載《月下呈張秀才》，並附此詩。

〔七〕「獨謡」，《劉隨州詩集》同，《文苑英華》作「高謡」。

〔八〕詩題《韋江州集》作《送張八元秀才擢第往上都應制》，劉、韋贈詩「章」俱誤作「張」。

〔九〕「言」原作「句」，據《中興閒氣集》改。

〔一〇〕此上「之音也會稽嚴維到驛問八元曰爾能從我學詩乎曰能少頃遂發八」二十七字原脱，「已」原作「以」，據《中興閒氣集》（何焯校本）補改。

〔一一〕「詞」原作「克」，據《中興閒氣集》（何焯校本）改。

〔一二〕此句《中興閒氣集》（何焯校本）作「此得山水之狀貌矣」。

〔一三〕「野飯暫維梢」，《中興閒氣集》、《文苑英華》卷二九三同，《又玄集》作「野飯暫維橈」。「野飯」原作「野渡」，據改。

〔一四〕「作」原作「即」，據《中興閒氣集》、《又玄集》、《文苑英華》改。

〔一五〕詩題《文苑英華》卷二五四作《寄都官劉員外》，《中興閒氣集》作《寄都官李郎中》（據何焯校本，明本無此詩），詩稱「舊宅平津邸，槐陰接漢宫」，疑作「苗員外」爲是，殆指苗晉卿之子苗

丕，丕曾任户部員外郎、吏部員外郎、吏部郎中等職也。（見《郎官石柱題名考》）

〔一六〕「見月」，《中興閒氣集》（何焯校本）同，《文苑英華》作「寒日」。

〔一七〕「宦」原作「官」，據《中興閒氣集》（何焯校本）、《文苑英華》改。

〔一八〕「悠然一縫掖」原作「悠悠天一縫」，據《中興閒氣集》（何焯校本）、《文苑英華》改。

〔一九〕「限」原作「恨」，《中興閒氣集》（何焯校本）同，《文苑英華》作「快」，注云「一作限」，毛本作「限」。此從之。

李穆

劉長卿之婿也。詩寄劉云〔一〕：處處雲山無盡時，桐廬南望轉參差。舟人莫道新安近，欲上潺湲行自遲。時劉在新安郡。劉答云：孤舟相訪至天涯，萬轉雲山路更賒。欲掃柴門迎遠客〔二〕，青苔黄葉滿貧家。長卿又送穆詩云〔三〕：渡口發梅花，山中動泉脈。蕪城春草生，君作揚州客。其一　雁還空渚在，人去落潮翻〔四〕。臨水獨揮手，殘陽歸掩門。其二　狎鷗攜稚子，釣魚終老身。慇懃囑歸客，莫話桃源人。其三

【校箋】

〔一〕此詩《劉隨州詩集》題作《發桐廬寄劉員外》，爲所附嚴維之作，其後一首即《酬李穆見寄》，《紀事》殆因後詩而誤以爲其前即李穆之詩也。《萬首唐人絶句》亦收此入嚴維詩中。《集》中另

有長卿《送李穆歸淮南》云：「揚州春草新年緑，未去先愁去不歸。淮水問君來早晚，老人偏畏過芳菲。」又，李穆《留辭》：「南楚迢迢通漢口，西江淼淼去揚州。春風已遣歸心促，縱復芳菲不可留。」而《紀事》失收。

〔二〕「遠客」原作「客遠」，據《劉隨州詩集》、《萬首唐人絶句》改。

〔三〕《劉隨州詩集》載《送子壻崔貢甫李穆往揚州》四首，此選録其一、其三、其四。其第二首云：「半邏鶯滿樹，新年人獨還。落花逐流水，共到茱萸灣。」《萬首唐人絶句》四首全録。

〔四〕「潮」原作「湖」，據《劉隨州詩集》、《萬首唐人絶句》改。

韋應物

周逍遥公敻之後〔一〕，待價生令儀，令儀生鑾，鑾生應物。其詩言天寶時扈從游幸事，疑爲三衛。永泰中，任洛陽丞、京兆府功曹。大曆十四年，自鄠縣令制除櫟陽令〔二〕，以疾辭不就。建中二年，由比部員外郎出刺滁州〔三〕，改刺江州，追赴闕，改左司郎中。貞元初，歷蘇州。罷守，寓蘇臺永定精舍。李肇國史補云：開元後位卑而著名者〔四〕，李北海邕、王江寧昌齡、李館陶、鄭廣文虔、元魯山德秀、蕭功曹穎士、張長史旭、獨孤常州及、崔比部元翰〔五〕、梁補闕肅、韋蘇州其一也。應物仕宦本末，似止于蘇。案白傅蘇州答劉禹錫詩云：敢有文章替左司，謂應物也。官稱亦止此。

郡齋雨中與諸文士燕集詩云：兵衛森畫戟，宴寢凝清香。海上風雨至，逍遥池閣涼。煩痾近一作正。消散，嘉賓復滿堂。自慚居處崇，未覩斯民康。理會是非遣，性達形跡忘。鮮肥屬時禁，蔬果幸見嘗。俯飲一杯酒，仰聆金玉章。神歡體自輕，意欲凌風翔。風，一作雲。吴中盛文史，群彦今汪洋。方知大藩地，一作盛。豈曰財賦强。

應物性高潔，所在焚香掃地而坐〔七〕。惟顧況、劉長卿、丘丹、秦系、皎然之儔，得廁賓列，與之酬唱。樂天吴郡詩石記，獨書兵衛森畫戟，宴寢凝清香〔八〕。劉太真與韋書云〔九〕：顧著作來，況也。以足下郡齋燕集相示，是何情致暢茂遒逸如此！宋、齊間沈、謝、吴、何，始精于理意，然緣情體物，備詩人之旨，後之傳者，甚失其源。惟足下制其横流，師摯之始，關雎之亂，于足下之文見之矣。

故人重九日求橘戲贈云〔一〇〕：憐君獨坐思新橘〔一一〕，始摘猶酸亦未黄。書後欲題三百顆，洞庭須待滿林霜。

樂天與元九書云：近歲韋蘇州歌行才麗之外，頗近興諷；其五言詩又高雅閑澹，自成一家之體。今之秉筆者，誰能及之？然當蘇州在時，人亦未甚愛重，必待身後然後貴之。

欲持一瓢酒，遠寄風雨夕〔一二〕。句。萬籟自生聽〔一三〕，大空常寂寥。還從静中起，却向靜中銷。詠聲。山深松子落，幽人應未眠〔一四〕。句。舟泊南池雨，簾捲北樓風〔一五〕。句。右張爲取作主客圖〔一六〕。

應物寄全椒山中道士云：今朝郡齋冷，忽念山中客。澗底束荆薪，歸來煮白石。欲持一瓢酒，遠寄風雨夕〔一七〕。落葉遍空山〔一八〕，何處尋行跡？

應物郡齋雨中燕集，顧況和詩云〔一九〕：好鳥集嘉樹〔二〇〕，飛雨灑高城。況與數君子，列坐分兩楹。文雅一何麗，林堂含餘清〔二一〕。我公未歸朝，游子不待晴〔二二〕。白雲帝鄉遠，滄江楓葉鳴〔二三〕。拜手欲無言，零淚如酒傾。寸心已摧折，别離方骨驚。安得淩風翰，肅肅賓天京。時況左遷饒州司士參軍〔二四〕，故寓意于詩。

【校箋】

〔一〕自此以下至「官稱亦止此」俱節引宋王欽若《嘉祐校定韋蘇州集序》。

〔二〕「鄠縣」原作「扈縣」，據《韋蘇州集序》改。

〔三〕「比部員外郎」原作「北部外郎」，據《韋蘇州集序》改。

〔四〕「者」字原脱，據《韋蘇州集序》補。

〔五〕「崔比部」原作「崔北部」，下闕名，據《韋蘇州集序》、《全唐詩話》改補。

〔六〕「宦」原作「官」，據《韋蘇州集序》改。

〔七〕《國史補》：「韋應物立性高潔，鮮食寡欲，所居焚香掃地而坐。其爲詩馳驟建安以還，各得其風韻。」

〔八〕《吳郡詩石記》見《白氏長慶集》卷六八，乃寶應元年在蘇州刺史任所作。中有云：「韋在此州，歌詩甚多，有《郡宴詩》云：『兵衛森畫戟，燕寢凝清香。』最爲警策，今刻此篇于石，傳貽將來。」

〔九〕劉太真《與韋應物書》見《全唐文》卷三九五。此節引之。

〔一〇〕詩題《韋江州集》作《答鄭騎曹重九日求橘》。

〔一一〕「獨坐」，《韋江州集》、《萬首唐人絶句》作「卧病」。

〔一二〕「欲持」二句，出《寄全椒山中道士》。「寄」，《韋江州集》作「慰」。

〔一三〕「萬籟」，《韋江州集》作「萬物」。

〔一四〕「山深」二句，出《秋夜寄邱二十二員外》。「深」，《韋江州集》作「空」。

〔一五〕「舟泊」二句，出《寄楊協律》。「簾」，《韋江州集》作「簟」。

〔一六〕《函海》本《詩人主客圖》：「高古奧逸主孟雲卿」下「上入室一人：韋應物。」

〔一七〕「遠寄」，《文苑英華》卷二三八同，《韋江州集》作「遠慰」。

〔一八〕「遍」，《文苑英華》同，《韋江州集》作「滿」。

〔一九〕《韋江州集》附録顧況和詩，題作《奉同郎中使君郡齋雨中宴集之什》，下署「州民朝議行饒州司士參軍員外置同正員顧況」。

〔二〇〕「集」，《韋江州集》作「依」。
〔二一〕「林堂」，《韋江州集》同，毛本作「林塘」。
〔二二〕「晴」原作「情」，據《韋江州集》改。
〔二三〕「楓」原作「桃」，據《韋江州集》改。
〔二四〕《舊唐書》卷一三〇《李泌傳》附《顧況傳》：「爲有司所劾，貶饒州司户。」此作「時況左遷饒州司士參軍」，蓋據《韋江州集》附載顧況和詩自署而然，見前校箋〔一九〕。疑「士」爲誤字。

朱　放一作倣

剡溪行寄新别云〔一〕：潺湲寒溪上，自此成離别。回首望歸人，移舟逢暮雪。頻行識草樹，漸老傷年髮。唯有白雲心，爲向東山月。

九日陪劉中丞宴送客云：獨坐三臺妙，重陽百越間。水心觀遠俗，霜氣入秋山。不棄遺簪舊，寧辭落帽還。仍聞西上客，咫尺謁天顔。

九日與楊凝崔淑期登江上山有故不往云〔二〕：欲從攜手登高去，一到門前意已無。那得更將頭上髮，學他年少插茱萸。

山中聽子規云：幽人自愛山中宿，又近葛洪丹井西。窗中有箇長松樹，半夜子規來上啼〔三〕。

亂後經淮陰岸云：荒村古岸誰家在？野水浮雲處處愁〔四〕。唯有河邊衰柳樹，蟬聲相送到揚州。

剡山夜月六言云〔五〕：月在沃州山上，人歸剡縣溪邊。漠漠黄花覆水，時時白鷺驚船。

銅雀妓云：恨唱歌聲咽，愁翻舞袖遲。西陵日欲暮，是妾斷腸時。

經故賀賓客鏡湖道觀云：已得歸鄉里，逍遥一外臣。那隨流水去〔六〕，不待鏡湖春。雪裹登山屐，林間漉酒巾。空餘道士觀，誰是學仙人？

放，字長通，襄州人。隱居剡溪。嗣曹王皋鎮江西，辟節度參謀。貞元中，召爲左拾遺，不就〔七〕。

送張山人云〔八〕：知君住處足風煙，古寺荒村在眼前〔九〕。便欲移家逐君去，唯愁未有買山錢。

送著公歸越云：誰能愁此别，到越會相逢。長憶雲門寺，門前千萬峰。石床埋積雪，山路倒枯松。莫學白道士，無人知去蹤。

戴叔倫早行寄放云〔一〇〕：山曉旅人去，天高秋氣悲〔一一〕。明河川上没，芳草露中滋〔一二〕。此别又萬里，少年能幾時。心知剡溪路，聊且寄前期〔一三〕。

放答陸澧云：松葉堪爲酒，春來釀幾多？不辭山路遠，踏雪也相過。

毗陵留别云：别離非一處，此處最傷情。白髮將春草〔一四〕，相隨日日生。

游石澗寺云：聞道幽深石澗寺，不逢流水亦難知。莫道山僧無伴侣，獼猴長在古松枝。

顧況贈放云：野客歸時無四鄰，黔婁别久按常貧。漁樵舊路不堪入，何處空山猶有人？

嚴維贈放云：昔年居漢水，日醉習家池。道勝跡長在，名高身不知。欲依天目住，新自始寧移。生事曾無長，唯將白接䍦。

【校箋】

〔一〕詩題《唐文粹》、《文苑英華》卷一六六作《剡溪行却寄新别者》。

〔二〕詩題《萬首唐人絶句》作《九月期登山不得往因贈楊凝》。

〔三〕明活字本《顧況集》、《萬首唐人絶句》載此爲顧況詩，首句「幽人」作「野人」，「又近」作「況是」，「窗中」作「庭前」，餘同。

〔四〕「浮雲」，《文苑英華》卷二九三及《萬首唐人絶句》作「溪雲」。

〔五〕詩題《文苑英華》卷一五二同，《萬首唐人絶句》作《剡溪舟行》。

〔六〕「流」原作「游」，《文苑英華》卷二二六作「逝」，注云「《集》作流」，此從之。

〔七〕《極玄集》：「朱放，字長通，襄陽人。隱居剡溪。貞元初，召拜拾遺，不就。」又，《新唐書·藝文志》「《朱放詩》一卷」，注云：「字長通，襄州人，隱居剡溪。嗣曹王皋鎮江西，辟節度參謀，貞元初召爲拾遺，不就。」《紀事》取此。

〔八〕詩題《萬首唐人絶句》同，《極玄集》作《送張山人歸》。

〔九〕「古寺」，《萬首唐人絶句》同，《極玄集》作「古樹」。

〔一〇〕詩題《文苑英華》卷二三二作《早行寄朱山人放》。

〔一一〕「秋」原作「愁」，據《文苑英華》改。

〔一二〕「滋」，《文苑英華》作「衰」。

〔一三〕「心知」二句，《文苑英華》作「青冥剡溪路，心與謝公期」。

〔一四〕「春草」原作「青草」，據《文英苑華》卷二八七改。

孫逖

逖，河南人。年十五，崔齊公日用試土火爐賦，援翰立成。甫冠，三擅甲科。吏侍王丘試竹簾賦，降階約拜，待以殊禮。其典誥也，宰相張九齡掎摭疵瑕，沉吟久之，不能易一字。公除庶子，苑咸草詔曰：西掖掌綸，朝推無對。張説命二子施伯仲之禮。江夏李邕自陳州入計，繕録其集，詣公託知己之分。可謂人文之宗師，國風之哲匠也〔一〕。已上顔真卿序其文。逖終刑部侍郎。

和登會稽山云：稽山碧湖上，勢入東溟盡。煙景晝清明，九峰爭隱嶙。望中厭朱紱，俗内探玄牝。野老聽鳴騶，山童擁竹軫。仙花寒未落，古蔓柔堪引。竹澗入山多，松崖向天近。雲從海天去，日就江村隕。能賦丘嘗聞，和歌參不敏。冥搜信冲漠，多士期標準。願奉濯纓心，長謡反招隱〔二〕。

奉和左司張員外自洛使入京中路先赴長安逢立春日贈韋侍郎等諸公云〔三〕：拜郎登省闥，奉使馳車乘。遥瞻使者星，便是郎官應。臺妙時放言〔四〕，皇華德彌稱。二陝聽風謡，三秦望形勝。此中睽友益〔五〕，是日多詩興。寒盡歲陰催，春歸物華證〔六〕。又云：忽覩雲間數雁迴，更逢山上花正開〔七〕。河邊淑氣迎芳草，林下輕風待落梅。秋憲府中高唱入，春卿署裏和聲來〔八〕。共言東閣招賢地，自有西征作賦才〔九〕。

揚子江樓云：揚子何年邑，雄圖作楚關〔一〇〕。江連二妃渚，雲近八公山。驛道青楓外〔一一〕，人煙緑嶼間。晚來潮正滿，數處落帆還。

【校箋】

〔一〕此節引《顔魯公文集》卷一二《相國刑部侍郎贈尚書右僕射孫逖文公集序》。

〔二〕「反」原作「入」，據毛本改。

〔三〕詩題「張」字原脱，「入」誤作「全」，據《文苑英華》卷二九六改。

〔四〕「放言」，《文苑英華》作「相許」。

〔五〕「友益」，《文苑英華》同，毛本作「益友」，非。

〔六〕「物華」原作「日華」，據《文苑英華》改。

〔七〕「花正開」，《文苑英華》作「一花開」。

〔八〕「和聲」，《文苑英華》作「和歌」，注云：「《雜詠》作詩。」

〔九〕「作賦」原作「謝傅」，據《文苑英華》改。

〔一〇〕「楚」原作「禁」，《文苑英華》卷三一二此字缺，當是「楚」，形近之誤，依《全唐詩》改。

〔一一〕「楓」原作「桃」，據《文苑英華》改。

李紓

字仲舒，大曆初，李季卿薦爲左補闕。德宗時，終吏侍〔一〕。李嘉祐有元日無衣冠入朝詩寄皇甫拾遺冉從弟補闕紓〔二〕。

獨孤及見元載，求正字。元知其所欲，迎謂曰：誰堪制誥？及心知不我與，乃薦紓。時楊炎在閣下，忌及故也〔三〕。

李嘉祐自蘇臺至望亭驛人家盡空春物增思悵然有作寄從弟紓云：南浦菰蔣覆白

蘋〔四〕，東吴黎庶逐黄巾。野棠自發空流水，江燕初歸不見人。遠樹依依如送客，平田渺渺獨傷春。那堪迴首長洲苑〔五〕，烽火年年報虜塵。

戴叔倫寄中書李舍人紓云：萍翻蓬自卷，不共本心期。復入重城裏，頻看百草滋。水流歸思遠，花發長年悲。盡日春風起，無人見此時。

【校箋】

〔一〕《新唐書》卷一六一《李紓傳》：「李紓字仲舒，始仕爲校書郎，大曆初，李季卿薦爲左補闕，遷累中書舍人。德宗居奉天，由禮部侍郎還爲同州刺史……進吏部侍郎。年六十二，卒。」

〔二〕詩見明活字本（下同）《李嘉祐集》，題作《元日無衣冠入朝寄皇甫拾遺冉從弟補闕紓》，此原脱「皇甫拾遺」四字，「冉」誤作「再」，「闕」誤作「闗」，據補改。

〔三〕《唐語林》：「獨孤侍郎（及）求知制誥，試見元相（載），元相知其所欲，迎謂常州曰：『知制誥可難堪。』心知不我與也，乃薦李侍郎紓。時楊炎在閣下，忌常州之來，元阻之，乃二人之力也。」此本之。

〔四〕「菰蔣」，《唐百家詩選》同，《李嘉祐集》作「菰蒲」。

〔五〕「長洲苑」原作「長沙苑」，據《唐百家詩選》、《李嘉祐集》改。

畢　燿

與獨孤常州唱和，嘗贈常州云：洪爐無久停，日月速如飛。忽然銜人身，飲酒不須疑。常州後寄燿云：別時前盟在，寸景莫自擲。心與白日鬭，十無一滿百。寓形薪火内，甘作天地客。與物無疏親，斗酒勝竹帛。

燿與杜子美友善，子美贈畢四燿詩云〔二〕：才大今詩伯，家貧苦宦卑。又喜燿除監察詩云〔三〕：大雅何寥闊，斯人尚典刑。交期余潦倒，材力爾精靈。其推重如此〔四〕。

【校箋】

〔一〕「燿」，兩《唐書》及《杜工部集》均作「曜」，岑仲勉據《授堂金石跋》以爲當作「燿」，與《紀事》合。

〔二〕乾元元年收復京師後在長安作，詩題《贈畢四曜》。

〔三〕乾元二年在秦州作，詩題《秦州見敕目：薛三據授司議郎，畢四曜除監察，與二子有故，遠喜遷官，兼述索居凡三十韻》。

〔四〕《杜工部集》除上舉二詩外，尚有《存没口號》云：「席謙不見近彈棊，畢曜仍傳舊小詩。玉局他年無限笑，白楊今日幾人悲。」皆見杜公與之友善。然畢爲御史，以酷毒稱。見《舊唐書·酷吏傳》。

唐詩紀事校箋卷第二十七

于　邵

獨孤及、李白皆有詩贈之〔一〕，蓋天寶間詩人也。

憶舍弟云〔二〕：衰門鮮兄弟〔三〕，兄弟惟兩人。飢寒各流浪，感念傷我神〔四〕。夏期秋未來，安知無他因。不怨别天長，但願見爾身。茫茫天地間，萬類各有親。安知汝與我，乖隔同胡秦〔五〕。何時對形影，憤懑當共陳。

野外作云〔六〕：老病無樂事，歲秋悲更長〔七〕。窮郊日蕭索，生意已蒼黄。小弟髪亦白，兩男俱不强。有才且未達，況我非賢良。幸以朽鈍姿〔八〕，野外老風霜。寒鴉噪晚景，喬木思故鄉。魏人宅蓬池，結網佇鱣魴。水清魚不來，歲暮空彷徨。

【校箋】

〔一〕獨孤及有《夏中酬于逖畢曜問病見贈》詩，李白有《留別于十一兄逖裴十三游塞垣》詩，並見二人集中。

〔二〕詩題《篋中集》作《憶兄弟》。《唐百家詩選》與此同。按詩云「兄弟惟兩人」，則作「舍弟」是。

〔三〕「鮮」，《篋中集》、《唐百家詩選》俱作「少」。

〔四〕此句原作「傷感念我身」，據《篋中集》、《唐百家詩選》改。

〔五〕「隔」原作「異」，據《篋中集》、《唐百家詩選》改。

〔六〕詩題《篋中集》作《野外行》，《唐百家詩選》與此同。

〔七〕「秋」原作「愁」，據《篋中集》、《唐百家詩選》改。

〔八〕「以」原作「有」，據《篋中集》、《唐百家詩選》改。

姚係

係送周愿判官歸嶺南云：早蟬望秋鳴，夜琴怨離聲〔一〕。眇然多異感，值子江山行。由來重義人，感激事縱横。往復念遐阻，淹留慕平生。晨奔九衢餞〔二〕，暮始萬里程。山驛風月樹，海門煙霧城〔三〕。易綃泉源近，拾翠沙溆明。蘭蕙一爲贈，貧交空復情。

京西遇舊識兼送往隴西詩云〔四〕：蟬鳴一何急，日暮秋風樹。即此不勝愁，隴陰人更去。相逢與相失，共是亡羊路。

韋蘇州送係還河中詩云：上國旅游罷，故園生事微。風塵滿路起，行人何處歸？留意芳樹飲〔五〕，惜別暮春暉。幾日投關郡，河山對掩扉。

送陸渾主簿趙宗儒之任云：山中眇然意，此意乃平生。常日望鳴騶〔六〕，遥對洛陽城。故人吏爲隱，懷此若蓬瀛〔七〕。夕氣冒巖上，晨流瀉岸明。存亡區中事，影響羽人情。溪寂值猿下，雲歸聞鶴聲。及兹春始暮，花葛正相縈〔八〕。會有攜手日，悠悠去無程〔九〕。

楊參軍莊送宇文邈云：秋雲冒原隰，野鳥滿林聲。愛此田舍事，稽君車馬程。離堂慘不喧，脈脈復盈盈。蘭葉一經霜〔一〇〕，香消爲贈輕〔一一〕。燈光耿方寂，蟲思隱逾清〔一二〕。相望忽無際，如含江海情。

五老峰大明觀贈隱者云：雲觀此山北，與君攜手稀。林端涉横水，洞口入斜暉。頗覺鸞鶴邇〔一三〕，忽爲煙霧飛。故人清和客，默會琴心微。丹術幸可授，青龍當未歸。悠悠平生意，此日復相違。

【校箋】

〔一〕「夜琴」原作「夜吟」，據《文苑英華》卷二七六及《唐百家詩選》改。

〔二〕「餞」，《唐百家詩選》同，《文苑英華》作「棧」。

〔三〕「煙霧」原作「煙霞」，據《文苑英華》、《唐百家詩選》改。

〔四〕詩題《文苑英華》卷二一八作《京口遇舊職兼送往隴州》，《唐百家詩選》作《京口遇舊識兼送往隴州》。

〔五〕「芳樹飲」，毛本作「芳樹斂」。

〔六〕「鳴騶」原作「鳥嘷」，據《文苑英華》卷二七六改。毛本作「鳴皋」。

〔七〕「若」，《文苑英華》作「爲」。

〔八〕「相縈」原作「明榮」，據《文苑英華》改。

〔九〕「悠悠」，《文苑英華》作「悠然」。

〔一〇〕「霜」，《文苑英華》卷二六七作「露」。

〔一一〕「消」原作「綃」，據《文苑英華》改。

〔一二〕「逾」原作「餘」，據《文苑英華》改。

〔一三〕「頗覺」，《唐文粹》、《文苑英華》卷二三二作「乍覺」。

趙微明〔一〕

思歸云〔二〕：爲別未幾日，去日如三秋〔三〕。猶疑望可見，日日上高樓。唯見分手處〔四〕，白蘋滿芳洲。寸心寧死別，不忍生離憂。

回軍跛者詩云：既老又不全，始得離邊城。一枝假枯木，步步向南行。去時日一百，來時一月程。常恐道路旁〔五〕，掩棄狐兔塋。所願死鄉里，到日不願生。聞此哀怨詞，念念不忍聽。惜無異人術，倏忽具爾形。

【校箋】

〔一〕「趙微明」，《篋中集》、《唐百家詩選》、《文苑英華》卷二〇二同。《全唐詩》誤作「趙徵明」。

〔二〕詩題《篋中集》、《唐百家詩選》同，《文苑英華》卷二〇二載《古別離二首》，第一首《篋中集》、《唐百家詩選》爲張彪作，題作《古別離》，此其第二首。

〔三〕「去日」，《篋中集》、《唐百家詩選》同，《文苑英華》作「一日」。

〔四〕「唯見」原作「唯是」，據《篋中集》、《唐百家詩選》、《文苑英華》改。

〔五〕「旁」原作「傍」，據《篋中集》改。

李泌

奉和聖製重陽賜會聊示所懷云：大唐造昌運，品物荷時成。乘秋逢令節[一]，錫宴歡群情。俯臨秦山川，高會漢公卿。欠一韻。未追赤松子，且泛黄菊英。賡歌聖人作，海内同休明。

奉和聖製中和節曲江宴百寮云：風俗有時變[二]，中和節惟新。軒車雙闕下，宴會曲江濱。金石何鏗鏘，簪纓亦紛綸。皇恩降自天，品物咸知春[三]。慈惠匝寰瀛[四]，歌詠同君臣。欠一韻[五]。

泌，字長源。相德宗，以上巳、九日皆大宴集，而寒食、上巳多同時，欲以二月名節。泌請廢正月晦，以二月朔爲中和節，因賜大臣戚里尺，謂之裁度。里閭釀宜春酒，百官進農書，以示務本。帝乃著令，與上巳、九日爲三令節，中外皆賜緡錢燕會[六]。

鄴侯家傳云：泌賦詩譏楊國忠曰：青青東門柳，歲晏復憔悴[七]。國忠訴于明皇，上曰：賦柳爲譏卿，則賦李爲譏朕，可乎？

【校箋】

〔一〕「逢」，《歲時雜詠》作「適」。

〔二〕「有時變」原作「時有變」，據《歲時雜詠》改。

〔三〕「咸」原作「感」，據《歲時雜詠》改。

〔四〕「慈惠」原作「慈恩」，據《歲時雜詠》改。

〔五〕「欠一韻」三字，《歲時雜詠》此首無。

〔六〕《新唐書》卷一三九《李泌傳》：「李泌，字長源。……（貞元）三年，拜中書侍郎、同中書門下平章事。……帝以前世上巳、九日皆大宴集，而寒食多與上巳同時，欲以二月名節，自我爲古，若何而可？泌請謂：『廢正月晦，以二月朔爲中和節，因賜大臣戚里尺，謂之裁度。民間以青囊盛百穀瓜果種相問遺，號爲獻生子。里閭釀宜春酒以祭句芒神，祈豐年。百官進農書以示務本。』帝悦，乃著令，與上巳、九日爲三令節，中外皆賜緡錢宴會。」

〔七〕「晏」原作「宴」，據《説郛》本《鄴侯家傳》改。

褚朝陽

五絲詩云：越人傳楚俗，截竹競縈絲。水底深休也〔一〕，日中還賀之。章施文勝質，列匹美于姬。錦綉侔新段，羔羊寢舊詩。但誇端午節，誰薦屈原詞。把酒時伸奠，汨羅空遠而。

朝陽，登天寶進士第〔二〕。

【校箋】

〔一〕「深」，毛本作「更」。

〔二〕《國秀集》卷下選詩二首，署「進士褚朝陽」。

蕭昕

臨風舒錦云：麗錦疋云終，襜襜展向風〔一〕。花開翻覆翠，色亂動摇紅。縷散悠颺裹，文迴照灼中。低垂疑步障，吹起作晴虹。既與丘遲夢，深知卓氏功。還鄉將製服，從此表亨通。

昕，字中明。再中博學宏詞科。初爲哥舒翰掌書記，翰敗，儳道走蜀。肅宗立，奉詰册至行在。代宗狩陝，昕由武關從帝。德宗出奉天，昕時爲工部尚書，年八十餘，步至奉天。後兼禮部尚書，知貢舉，以太子少師致仕〔二〕。

【校箋】

〔一〕「襜襜」，毛本作「當檐」。

〔二〕《新唐書》卷一五九《蕭昕傳》：「蕭昕字中明……再中博學宏辭科。……哥舒翰爲副元帥拒安禄山，辟掌書記，翰敗，儳道走蜀。肅宗立，奉誥册見行在。歷中書舍人、禮部侍郎。代宗狩陝，昕由武關從帝，擢國子祭酒。……轉工部尚書，封晉陵侯。德宗出奉天，昕年八十餘，步出城。賊求之急，獨竄山谷間，僅至奉天。遷太子少傅，爵郡公，兼禮部尚書，知貢舉。久之，以太子少師致仕，卒。年九十三。」

張朝

小長干行云〔一〕：憶昔深閨裏〔二〕，煙塵不曾識。嫁與長干人，沙頭候風色。五月南風興〔三〕，思君下江陵〔四〕。八月秋風起〔五〕，看君發揚子〔六〕。去時悲如何〔七〕，見少別離多。湘潭幾日到〔八〕，妾夢常風波〔九〕。又云：昨夜狂風度，吹折江頭樹〔一〇〕。淼淼暗無邊，行人在何處〔一一〕？好乘浮雲驄〔一二〕，佳期蘭渚東。鴛鴦綠浦上〔一三〕，翡翠錦屏中。自憐十五餘，顏色桃花紅〔一四〕。那作商人婦，愁水復愁風。二詩太白集中有之，未知誰是。

江風行云〔一五〕：壻貧如珠玉，壻富如埃塵。貧時不忘舊，富貴多寵新〔一六〕。妾本富家女，與君爲偶匹。念汝一何深〔一七〕，中門不曾出。妾有綉衣裳，葳蕤金縷光。念君貧且賤〔一八〕，易此從遠方。遠方三千里〔一九〕，發竟悔不已〔二〇〕。日暮情更來，空望去時水。孟夏麥始秀，江上多南風。商賈歸欲盡，君今尚巴東。巴東有巫山，窈窕神女顏。常恐游此方〔二一〕，果然不知還。

朝，丹陽人，大曆時處士〔二〕。

【校箋】

〔一〕此詩據宋曾季貍《艇齋詩話》言：天寶間李康成所編《玉臺新詠後集》及大中間顧陶所編《唐詩類選》皆以爲張潮作。至後蜀韋縠所編《才調集》始與李白《長干行》「妾髮初覆額」一首同載一處，皆以爲李白詩。按宋人所編《李太白文集》二詩亦並收入。《文苑英華》卷二一一、《樂府詩集》卷七二同。然《唐文粹》所載《長干行》只載李白「妾髮初覆額」一首，黄山谷亦言此非李白詩，其以之爲李益作則非是。實當從李康成、顧陶二書定爲張潮之作也。諸書自「昨夜狂風度」以下，俱與前合爲一首，《紀事》斷爲二首，不知何據。詩意前後相貫，當以作一首爲是。

〔二〕「憶昔」，《文苑英華》、《樂府詩集》同，《才調集》、影宋蜀本（下同）《李太白文集》卷四作「憶妾」。

〔三〕「五月」原作「三月」，據《才調集》、《文苑英華》、《樂府詩集》及《李太白文集》改。

〔四〕「江陵」，《文苑英華》同，《才調集》、《樂府詩集》及《李太白文集》作「巴陵」。

〔五〕「秋風」，《文苑英華》同，《才調集》、《樂府詩集》及《李太白文集》作「西風」。

〔六〕「看君」，《文苑英華》、《才調集》、《樂府詩集》及《李太白文集》作「想君」。

〔七〕「時」，《文苑英華》同，注云「一作多」。《才調集》、《樂府詩集》及《李太白文集》作「來」。

〔八〕「幾日」原作「幾人」，《文苑英華》同，據《才調集》、《樂府詩集》及《李太白文集》改。

〔九〕「常」，《文苑英華》同，《才題集》、《樂府詩集》及《李太白文集》作「越」。

〔一〇〕「江頭」，《文苑英華》、《樂府詩集》、《李太白文集》同，《才調集》作「江皋」。

〔一一〕《艇齋詩話》載：顧陶《詩選》此下有「北客真王公，朱衣滿江中。日暮來投宿，數朝不肯東」四句，《樂府詩集》同。《李太白文集》無「好乘浮雲驄」下四句，而有「北客真王公」四句。

〔一二〕「驄」原作「往」，據《才調集》、《文苑英華》、《樂府詩集》改。

〔一三〕「浦」，《樂府詩集》同，《才調集》、《文苑英華》作「蒲」。

〔一四〕「桃花」，《文苑英華》同，《李太白文集》、《才調集》、《樂府詩集》作「桃李」。

〔一五〕詩題原作《江行風》，據《文苑英華》卷二一一改。《英華》題下注云：「一作《長江行》。」《樂府詩集》載于《長干行》之後，題作「同前」。

〔一六〕「富貴」原作「富罷」，據《文苑英華》、《樂府詩集》改。

〔一七〕「念汝」，《文苑英華》、《樂府詩集》作「惠好」。

〔一八〕「且」，《樂府詩集》同，《文苑英華》作「與」。

〔一九〕此句《樂府詩集》同，《文苑英華》作「三千路役思」。

〔二〇〕「發竟」，《文苑英華》同，《樂府詩集》作「發去」。

〔二一〕「此方」，《文苑英華》同，《樂府詩集》作「此山」。

〔三〕《新唐書·藝文志》「《包融詩》一卷」下注中列《丹陽集》諸詩人名有「處士張彦雄、張潮」，即《紀事》所本。按《藝文志》與《文苑英華》、《樂府詩集》以至《艇齋詩話》所載「張朝」俱作「張潮」，當據改。或云：張潮年代稍早，與張朝非一人，似不足信。

暢當

南充謝郡客游澧州留贈宇文中丞云：僕本濩落人，辱當州郡使。量力頗及早，謝歸今即已。蕭蕭若凌虚，衿帶頓銷靡〔一〕。車服率然來，涔陽作游子。鬱鬱寡開顔，默默獨行李。忽逢平生友，一笑方在此。秋情寧風日，楚思浩雲水。爲語弋林者，冥冥鴻遠矣。

韋蘇州寄當詩云：寇賊起東山〔二〕，英俊方未閒。聞君新應募，籍籍動京關。出身文翰場，高步不可攀。青袍未及解，白羽插腰間。昔爲瓊樹枝，今有風霜顔。秋郊細柳道，走馬一夕還。丈夫當爲國，破敵如摧山。何必事州府，坐使鬢毛班。聞以子弟被召從軍〔三〕。

李端贈當詩并序云〔四〕：余少尚神仙，且未能去。友人暢當，以禪門見導，余心知其是而未得其門〔五〕，因寄詩以咨焉：少喜神仙術，年來久蹉跎〔六〕。壯志一爲累〔七〕，浮生事漸多。衰顔不相識。歲暮定相過，請問宗居士，君其奈老何？

當，河東人。貞元初爲太常博士，後以果州刺史卒〔八〕。與弟諸〔九〕，皆有詩名。

宿潭上云〔一〇〕：夜潭有仙舸，與月當水中。嘉賓愛明月，游子驚秋風。又云：青蒲野陂水，白露明月天〔一一〕。中夜秋風起〔一二〕，心事坐潸然〔一三〕。

別盧綸云〔一四〕：故交君獨在，又欲與君離。我有新秋淚，非關宋玉悲〔一五〕。

平阿館赴郡云：晨興平阿館，見月沉江水。溶溶山霧披，肅肅沙鷺起。奉恩謬符竹，伏軾省頑鄙。何當施教化〔一六〕，愧迎小郡吏。寥落火耕俗〔一七〕，征途青冥裏〔一八〕。德綏乃吾民，不德將庶矣〔一九〕。禽奸非性能，多愍會衰齒。恭承共理詔，常懼墜諸地。

山居酬韋蘇州見寄云〔二〇〕：孤茅泄煙處〔二一〕，此中山叟居。親雲寧有事，耽酒詎知餘〔二二〕。水定鶴翻去，松欹峰儼如。猶煩使君問，更欲結深廬〔二三〕。

登鸛鵲樓云〔二四〕：迥臨飛鳥上，高出世塵間〔二五〕。天勢圍平野，河流入斷山。

偶宴西蜀摩訶池云：珍木鬱清池〔二六〕，風荷左右披。淺觴寧及醉，慢舸不知移。蔭竹簟光冷，照流簪影欹〔二七〕。胡爲獨羈者，雲涕向漣漪？

當詩平淡多佳句，如釣渚亭云：花發多遠意，鳧雁有閒情。遲暉耿不暮，平江寂無聲。天柱隱所云：荒徑饒松子，深蘿絶鳥聲。陽崖全帶日，寬嶂偶通耕。山居云：水定鶴翻去，松欹峰儼如。又寒林苞晚橘，風絮露垂楊。湖畔聞漁唱，天邊數雁行。皆有遠意。

【校箋】

〔一〕「頓」原作「領」，據毛本改。

〔二〕「寇賊」，《韋江州集》同，《文苑英華》卷二五五作「寇盜」。

〔三〕此韋應物自注，《韋江州集》、《文苑英華》載題下，此移注篇末。「聞」原作「問」，據改。

〔四〕詩題明活字本（下同）《李端集》作《書志贈暢當》。

〔五〕「其是」，《李端集》作「必是」。

〔六〕「年來久蹉跎」，《李端集》作「未去已蹉跎」。

〔七〕「一爲累」原作「爲一累」，據《李端集》改。

〔八〕《極玄集》：「暢當，河東人，進士及第，貞元初，太常博士，終果州刺史。」《新唐書》卷二〇〇《暢當傳》：「暢當，河東人。父璀，左散騎常侍，代宗時，與裴冕、賈至、王延昌等待制集賢院，終户部侍郎。當進士擢第，貞元初，爲太常博士。……當以果州刺史卒。」岑仲勉以爲李端、司空曙與當唱和皆逕題其名或博士，無稱官刺史者，且戴叔倫弔暢當詩有「萬里江南一布衣，早將佳句動京畿。徒聞子敬人琴在，不見相如駟馬歸」之語，亦不類嘗官刺史，因言《南充謝郡》詩或爲他人詩誤入暢當，而「終果州刺史」爲不足信。（見《讀全唐詩札記》）按當時與暢當唱和者，李端、司空曙之外，盧綸、耿湋、戴叔倫、韋應物唱和尤多，《韋集》中，除《寄暢當》外，尚有《答暢校書當》、《答暢參軍》等作，不盡如岑氏所云「皆逕題其姓名及博士」也。且韋

《寄暢當》詩「何必事州府，坐使鬢毛班」之語，正可與《南充謝郡》及《平阿館赴郡》二詩相印證，且當有《偶宴西蜀摩訶池》詩，可見其曾至蜀中。而姚合時，去貞元不遠，疑所記爲實，「終果州刺史」一事，或當有據也。

〔九〕岑仲勉又據《文苑英華》卷五〇三載暢諸《曆生失度判》以諸爲開元九年拔萃科，與暢當年歲相遠及《元和姓纂》載暢當爲河東人，暢諸爲汝州人，籍望不同，言《紀事》謂暢諸爲暢當之弟爲妄（見同書）。良是。盧綸有《得耿湋司法書因叙長安故友零落，兵部苗員外發，秘書李校書端相次傾逝，潞府崔功曹峒，長林司空丞曙俱謫遠方，余以摇落之時，對書增歎，因呈河中鄭倉曹、暢參軍昆季》詩，知暢當有弟，當時嘗與諸文士往還，《紀事》或因此舉暢諸以實之歟？

〔一〇〕此二詩選入《極玄集》，《文苑英華》卷一六三載之，失作者姓名。

〔一一〕「青蒲」二句，《極玄集》同，《文苑英華》作「青蒲野波白，水露明月天」，誤。

〔一二〕「中夜」原作「夜中」，《文苑英華》同，據《極玄集》改。

〔一三〕「潸然」，《極玄集》同，《文苑英華》作「茫然」。

〔一四〕「盧綸」原作「盧倫」，據《極玄集》改。

〔一五〕「非關宋玉悲」原作「渄關秋氣悲」，據《極玄集》改。

〔一六〕「何當施教化」原作「何得施放山」，據《全唐詩》改。

〔一七〕「火耕俗」原作「耕俗地」，據《全唐詩》改。

〔一八〕「青冥」原作「清冥」，據《全唐詩》改。

〔一九〕「不德」原作「不得」，據張本、毛本改。

〔二〇〕詩題「山居」前原衍一「居」字，據《文苑英華》卷二四三删。

〔二一〕「孤茅」，《文苑英華》作「孤柴」。

〔二二〕「餘」原作「余」，《文苑英華》同，據張本、毛本改。

〔二三〕「深廬」原作「環廬」，據《文苑英華》改。

〔二四〕《文苑英華》卷七一〇李翰《河中鸛鵲樓集序》云：「前輩暢諸題詩上層，名播前後，山川景象，備于一言。」知此詩爲暢諸所作，名重當時。宋人《温公續詩話》、《夢溪筆談》卷一五、《容齋隨筆》卷一五皆舉之，亦言作者爲暢諸。其非暢當作甚明。《文苑英華》卷三一二誤作張當，蓋不足據。近人王重民據敦煌唐寫本補《全唐詩》，其中有暢諸《登鸛鵲樓》（佰三六一九）云：「城樓多峻極，列酌恣登攀。迥林（臨）飛鳥上，高榭（謝）代（世，避唐諱改）人間，天勢圍平野，河流入斷山。今年菊花事，併是送君還。」則知此詩原爲五律，以中四句高朗雄麗，獨得傳誦一時也。

〔二五〕此句《文苑英華》、《温公續詩話》俱作「高謝世人間」，與敦煌唐寫本同。《夢溪筆談》、《墨客揮犀》、《古今詩話》所引，皆作「高謝世塵間」，《文苑英華》「高謝」字下注云「《詩選》作出」，與此同。

〔二六〕「清池」，《文苑英華》卷二一五作「波池」。

〔二七〕「歃」原作「歌」，據《文苑英華》改。此二句《英華》作「蔭簟流光冷，凝簪照影歃」。

暢諸〔一〕

早春詩云：獻歲春猶淺，園林未盡開。雪和新雨落，風帶舊寒來。聽鳥聞歸雁，看花識早梅。生涯知幾日，更被一年催。

【校箋】

〔一〕《元和姓纂》卷九：「詩人暢諸，汝州人，許昌尉。」前暢當下《登鸛鵲樓》詩，應繫於此，說見暢當下校箋〔二四〕。

獨孤及

字至之，洛陽人，時號獨孤常州〔一〕。

夏中酬于逖畢燿問病見贈云：救物智所昧，學仙願未從。行藏兩乖角，蹭蹬風波中。薄宦恥降志〔二〕，卧痾非養蒙。閉關涉兩旬，羈思浩無窮。鸑鷟何處來，雙舞下碧空。離別隔雲雨，惠然此相逢。把手賀疾間，舉杯欣酒濃。新詩見久要，清論激深衷。高館舒夏簟〔三〕，開門延微風。火雲赫嵯峨，日暮千萬峰。遥指故山笑，相看撫號鐘。聲和由心清，事感知氣同〔四〕。出處未易料，且歌緩愁容。願君崇明德，歲暮如青松。

賈員外處見中書賈舍人巴陵詩集覽之懷舊代書寄贈云：海岸望青瑣，雲長天漫漫。十年不一展，知有關山難。適逢阮始平，立馬問平安。取公詠懷詩，示我江海瀾。蹔若窺武庫〔五〕，森然矛戟寒。眼明遺頭風，心悦忘朝餐。大駕今返正，熊羆扈鳴鑾。公游鳳凰沼，獻可慚筆端〔六〕。繫越有長纓，封關祇一丸。冏然翔寥廓，仰望在羽翰。嘉會不我與，相思歲云殫。惟當袖佳句，持比青琅玕。

題思禪寺上方詩云：谿口聞法鼓，停橈登翠屏。攀雲到金界，合掌開禪扃〔七〕。鬱律衆山抱，空濛花雨零。老僧指香樓，云是不死庭〔八〕。眇眇千越路，茫茫春草青。遠山噴百谷，繚繞馳東溟。目極想何在〔九〕，境照心亦冥。砉然諸根空，破結如破瓶。下視三界狹，但聞五濁腥〔一〇〕。山中有良藥，吾欲隳天刑〔一一〕。

觀海詩云：北登渤海島，迴首秦東門。誰尸造物功，鑿此天池源〔一二〕。澒洞吞百谷，周流無四垠。

廓然混茫際，望見天地根。白日自中吐，扶桑如可捫。迢迢蓬萊峰，想像金臺存。秦帝曾經此，登臨冀飛翻〔一三〕。揚旌百神會，望日群仙奔〔一四〕。徐福竟何成，羨門徒空言。唯見石橋足，千年潮水痕〔一五〕。

及與薛華〔一六〕、于逖、畢燿友善。安定梁肅叙其文曰：天寶中，作者數人，頗節之以禮。洎公爲之〔一七〕，于是操道德爲根本，總經籍爲冠帶，以易之精義，詩之雅興，春秋之褒貶，屬之爲辭。故其文寬而簡，直而婉，辯而不華，博厚而高明，論人無虚美，比事爲實録，天下凛然，復覩兩漢之遺風。善乎崔公祐甫之言曰〔一八〕：常州之文，以立憲誡世，褒賢遏惡爲用，故議論最長。其或列于碑頌，流于歌詠，峻如嵩華，盛于江河〔一九〕，若贊堯、舜、禹、湯之命，爲典、爲誥、爲謨、爲訓，人皆許之，而不吾試，論道之位，宜而不陟。惜哉〔二〇〕！

【校箋】

〔一〕《新唐書》卷一六二《獨孤及傳》：「獨孤及字至之，河南洛陽人。……天寶末，以道舉高第，補華陰尉。辟江淮都統李峘府掌書記。代宗立，以左拾遺召。……俄改太常博士。……遷禮部員外郎，歷濠、舒二州刺史。歲饑旱，鄰郡庸亡什四以上，舒人獨安。以治課加檢校司封郎中，賜金紫。徙常州，甘露降其廷。卒，年五十三。」

〔二〕此句《唐文粹》作「淪跡未攄念」。

〔三〕「夏」原作「夜」，《毗陵集》同，據《唐文粹》改。

〔四〕「知」原作「和」，據《毗陵集》、《唐文粹》改。

〔五〕「窺」原作「歸」，據《毗陵集》改。

〔六〕「慚」原作「在」，據《毘陵集》改。

〔七〕「開」原作「問」，據《毘陵集》、《唐文粹》改。

〔八〕「庭」原作「亭」，據《毘陵集》、《唐文粹》改。

〔九〕「想」，《唐文粹》同，《毘陵集》作「道」。

〔一〇〕「五濁」原作「五嶽」，據《毘陵集》、《唐文粹》改。

〔一一〕「天刑」原作「天形」，《毘陵集》、《唐文粹》同，毛本作「天刑」。此用《莊子·德充符》「天刑之，安可解」語，毛本是，據改。

〔一二〕「天池」原作「天地」，據《毘陵集》、《唐文粹》改。

〔一三〕「冀」原作「異」，《唐文粹》同，據《毘陵集》改。

〔一四〕「群仙」，《毘陵集》、《唐文粹》作「群山」。

〔一五〕「千年」原作「千里」，據《毘陵集》、《唐文粹》改。

〔一六〕《毘陵集》中有《三月三日自京到華陰水亭獨酌寄裴六薛八》、《和中書常舍人晚秋集賢院即事寄贈徐薛二侍郎》二詩，又有《燕集詩序》云：「右金吾倉曹薛華，會某某於署之公堂。」疑薛八即薛華。

〔一七〕「洎」原作「泊」，據《唐文粹》、《文苑英華》卷七〇三載梁肅《常州刺史獨孤及集後序》改。

〔一八〕此句《唐文粹》、《文苑英華》作「善乎中書舍人崔公祐甫之言也」。

〔一九〕「盛于」，《文苑英華》卷九二四載崔祐甫《常州刺史獨孤及神道碑》作「盛如」，《唐文粹》、《文苑英華》作「浩如」。

〔二〇〕崔祐甫所撰碑文中「盛於江河」下，尚有「清如秋風遇物邈不可逮公有集二十卷行于代」十九字，此蓋節引。「惜哉」二字，乃梁肅語。《唐文粹》、《文苑英華》皆作「誠哉」。

皇甫冉

字茂政，玄晏先生之後。張曲江深愛之，謂清穎秀拔，有江、徐之風。大曆二年，遷左補闕〔一〕。

題巫山云〔二〕：巫峽見巴東，迢迢出半空。雲藏神女館，雨到楚王宫。朝暮泉聲落，寒暄樹色同。清猿不可聽，偏在九秋中。

冉少室韋鍊師昇仙歌云〔三〕：紅霞紫氣晝氤氳〔四〕，絳節青幢迎少君〔五〕。忽從林下昇天去，空使時人禮白雲〔六〕。

高仲武云〔七〕：皇甫冉補闕，自擢桂禮闈，遂爲高格。往以世遘艱虞〔八〕，避地江外，每文章一到朝廷而作者變色〔九〕。于詞場爲先輩，推錢郎爲伯仲，誰家勝負，或逐鹿中原〔一〇〕。如菓熟任霜封，籬疏從水渡。又裛露收新稼，迎寒葺舊廬。又燕知社日辭巢去，菊爲重陽冒雨開。可以雄視潘、張，平揖沈、謝。又巫山詩終篇皆麗〔一一〕，自晉、宋、齊、梁、陳、周、隋已來，採掇者無數，而補闕獨獲驪珠〔一二〕，使前賢失步，後輩却立，自非天假，何以迨斯。恨長轡未騁，而芳蘭早凋，悲夫！

送韓司直云〔一三〕：游吴還適越，來往任風波。復送王孫去，其如春草何！岸明殘雪在〔一四〕，潮滿夕陽多〔一五〕。季子留遺廟，停舟試一過。

宿嚴維宅云〔一六〕：昔聞玄度宅，門向會稽峰。君住東湖下，清風繼舊蹤。初秋臨水月，半夜隔山鐘〔一七〕。世路多離別〔一八〕，良宵詎可逢？

途中送權曎或作驆。云〔一九〕：淮海風濤起，江關憂思長。同悲鵲遶樹，獨作雁隨陽。山晚雲和雪〔二〇〕，汀寒月照霜〔二一〕。由來濯纓處，漁父愛滄浪。

西陵寄一公云〔二二〕：西陵遇風處〔二三〕，自古是通津。終日空江上，雲山若待人。汀洲寒事早，魚鳥興情新〔二四〕。南望山陰路，吾心有所親。姚合取四詩爲極玄集。

獨孤至之叙其文云：五言詩之源，生于國風，廣于離騷，著于李、蘇，盛于曹、劉，其所自遠矣。當漢、魏之間，雖以朴散爲器，作者猶質有餘而文不足，以今揆昔，則有朱絃疏越、大羹遺味之歎。歷千餘歲，至沈詹事、宋考功，始財成六呂〔二五〕，彰施五色，使言之而中倫，歌之而成聲，緣情綺靡之功，至是乃備。雖去雅浸遠，其麗有過于古者〔二六〕，亦猶路鼗出于土鼓，篆籀生于鳥跡也。沈、宋既没，而崔司勳顥、王右丞維復崛起于開元、天寶之間，得其門而入者，當代不過數人，補闕其人也。

冉題裴固新園云〔二七〕：東郭訪先生，西郊尋隱路〔二八〕。久爲江南客，自有雲陽樹。已得閑園心〔二九〕，不知公府步。開門白日遠〔三〇〕，倚杖青山暮。菓熟任霜封，籬疏從水度。窮年無牽綴〔三一〕，往事惜淪誤〔三二〕。惟見耦耕人〔三三〕，朝朝自來去。

送元晟還於灊山所居云〔三四〕：深山秋事早，君去復何如〔三五〕。裛露收新稼，迎寒葺舊廬〔三六〕。題詩即招隱，作賦是閑居。別後空相憶〔三七〕，嵇康懶寄書。

秋日東郊作云〔三八〕：閑看秋水心無事，卧對寒林手自栽〔三九〕。廬岳高僧留偈別〔四〇〕，茅山道士寄書來。燕知社日辭巢去，菊爲重陽冒雨開。淺薄將何稱獻納，臨岐終日自遲迴〔四一〕。

獨孤中丞筵陪餞韋使君赴昇州云〔四二〕：中司龍節貴，上客虎符新。地控吳襟帶，才高漢縉紳〔四三〕。泛舟應度臘〔四四〕，入境便行春。何處歌來暮，長江建業人。

送李録事赴饒州云：北人南去雪紛紛，雁叫汀洲不可聞〔四五〕。積水長天隨遠客〔四六〕，荒林極浦足寒雲〔四七〕。山從建業千峰起〔四八〕，江至潯陽九派分〔四九〕。借問督郵纔弱冠，府中年少不如君。

【校箋】

〔一〕獨孤及《唐左補闕安定皇甫冉文集序》：「補闕諱冉，字茂政，玄晏先生之後。……右丞相曲江張公深所歎異，謂清穎秀拔，有江、庾之風。……大曆二載，遷左拾遺，轉左補闕。」「左」原作「右」，據《毘陵集》及《唐文粹》載獨孤及《序》文改。

〔二〕詩題《御覽詩》、《中興閒氣集》、《極玄集》、《樂府詩集》作《巫山高》，《二皇甫集》、《唐百家詩選》作《巫山峽》。

〔三〕詩題原無「韋錬師」三字，據《中興閒氣集》、《二甫皇集》及《文苑英華》卷二二五補。

〔四〕「晝」原作「甚」，據《中興閒氣集》、《二皇甫集》及《文苑英華》改。

〔五〕「青幢」原作「青童」，《文苑英華》同，據《中興閒氣集》、《二皇甫集》改。

〔六〕「時人」原作「詩人」，據《中興閒氣集》、《二皇甫集》及《文苑英華》改。

〔七〕《四部叢刊》影明本《中興閒氣集》高仲武評語前半爲「冉詩巧于文字，發調新奇，遠出情外。然而『雲藏神女館，雨到楚王宫』與『閉門白日晚，倚杖青山暮』及『遠山重疊見，芳草淺深生。』『岸草知春晚，沙禽好夜驚』」下接「又『燕知社日辭巢去』云云」。何焯校述古堂影宋鈔本，文字即與此同。《全唐詩話》「皇甫冉」條亦復如此。

〔八〕「遘」原作「道」，據何校本《中興閒氣集》改。

〔九〕「而」字原脱，據何校本《中興閒氣集》補。

〔一〇〕此數語，何焯校本《中興間氣集》作「于詞場爲先後，推錢、郎爲宗伯，詩家勝負，或逐鹿中原」。

〔一一〕「皆」，《中興間氣集》作「奇」。

〔一二〕「獨」字原脱，據《中興間氣集》補。

〔一三〕此詩今見明活字本（下同）《皇甫曾集》，明活字本《郎士元集》及《劉隨州詩集》、《文苑英華》卷二七二亦題皇甫曾作，唯《極玄集》載爲皇甫冉詩，《紀事》取之。《二皇甫集》中亦不戴此詩，疑誤也。

〔一四〕「岸明」，《皇甫曾集》、《文苑英華》同，《極玄集》作「山明」。

〔一五〕「潮滿」原作「湖滿」，據《皇甫曾集》、《文苑英華》改。《全唐詩話》亦作「潮滿」。

〔一六〕詩題《極玄集》同，《二皇甫集》及明活字本（下同）《皇甫冉集》、《文苑英華》卷二一七作《秋夜宿嚴維宅》。

〔一七〕「初秋」「半夜」，《極玄集》同，《二皇甫集》及《皇甫冉集》、《文苑英華》作「秋深」「夜半」。

〔一八〕「世路」，《極玄集》同，《二皇甫集》及《皇甫冉集》、《文苑英華》作「世故」。

〔一九〕詩題《二皇甫集》及《皇甫冉集》作「送權三兄弟」，《極玄集》作《途中送權曙二兄》，《文苑英華》卷二七二作《送權驊》，《皇甫曾集》載之，作《送權曙》。

〔二〇〕「山晚」，《極玄集》、《二皇甫集》及《皇甫冉集》同，《文苑英華》作「山曉」。

〔二一〕「照」原作「滿」，據《極玄集》、《二皇甫集》、《皇甫冉集》、《皇甫曾集》、《文苑英華》改。

〔二二〕詩題《極玄集》同，《文苑英華》卷一六四作《西陵渡寄一公》，《二皇甫集》作《西陵寄靈一上人》。《皇甫曾集》亦載此詩，題作《西陵寄二公》，誤。

〔二三〕「風」，《極玄集》、《二皇甫集》同，《文苑英華》、《皇甫曾集》作「潮」。

〔二四〕「興情」原作「與同」，據《文苑英華》、《二皇甫集》及《皇甫曾集》改。《極玄集》作「興同」。

〔二五〕「六呂」原作「六律」，據《唐文粹》載獨孤及《序》文改。

〔二六〕「麗」原作「利」，據《唐文粹》載獨孤及《序》文改。

〔二七〕詩題「裴固」原作「裴周」，據《中興間氣集》、《文苑英華》卷三一七改。《又玄集》、《二皇甫集》及《皇甫冉集》作《題裴二十一新園》。

〔二八〕「隱路」，《中興間氣集》、《又玄集》、《二皇甫集》及《皇甫冉集》同，《文苑英華》作「舊路」。

〔二九〕「閑園」，《又玄集》、《文苑英華》、《二皇甫集》及《皇甫冉集》同。《中興間氣集》作「丘園」。

〔三〇〕「開門白日遠」，《又玄集》、《文苑英華》、《二皇甫集》及《皇甫冉集》作「開門白日晚」，《中興間氣集》作「閉門白日晚」。

〔三一〕「無」，《中興間氣集》、《文苑英華》同，《又玄集》、《二皇甫集》及《皇甫冉集》作「常」。

〔三二〕「誤」原作「悟」，據《中興間氣集》、《又玄集》、《文苑英華》、《二皇甫集》及《皇甫冉集》改。

〔三三〕「耦耕」，《中興間氣集》、《又玄集》、《二皇甫集》及《皇甫冉集》同，《文苑英華》作「獨耕」。

〔三四〕詩題《中興間氣集》作《送元晟還於潛山所居》，《唐百家詩選》同，此「晟」原作「盛」，脱「於」

「所居」三字，據補改。《極玄集》作《送元晟歸潛山》，《二皇甫集》及《皇甫冉集》作《送元晟歸潛山所居》。

〔三五〕「君去」，《中興閒氣集》同，《二皇甫集》及《皇甫冉集》、《極玄集》、《唐百家詩選》作「歸去」。

〔三六〕「迎寒」，《二皇甫集》及《皇甫冉集》、《極玄集》、《唐百家詩選》同。《中興閒氣集》作「迎霜」。

〔三七〕「空」原作「應」，據《二皇甫集》及《皇甫冉集》、《極玄集》、《中興閒氣集》、《唐百家詩選》改。

〔三八〕詩題原作《秋日東林之作》，據《二皇甫集》、《皇甫冉集》、《中興閒氣集》、《極玄集》及《文苑英華》卷三一九改。

〔三九〕「寒林」，《文苑英華》同，《二皇甫集》及《皇甫冉集》、《中興閒氣集》作「寒松」，《又玄集》作「東林」。

〔四〇〕「廬岳」原作「廬阜」，據《中興閒氣集》、《二皇甫集》及《皇甫冉集》、《又玄集》、《文苑英華》改。

〔四一〕「自」，《二皇甫集》及《皇甫冉集》、《文苑英華》同，《中興閒氣集》、《又玄集》作「獨」。

〔四二〕詩題原有「送」字，脱「獨孤中丞筵陪餞」七字，據《中興閒氣集》、《二皇甫集》、《皇甫冉集》、《文苑英華》卷二七二及《唐百家詩選》删補。

〔四三〕「才高」，《二皇甫集》、《中興閒氣集》同。《皇甫冉集》、《文苑英華》、《唐百家詩選》作「才光」。

〔四四〕「應」原作「因」，據《中興閒氣集》、《二皇甫集》、《皇甫冉集》、《文苑英華》、《唐百家詩選》改。

〔四五〕「汀洲」，《中興閒氣集》、《二皇甫集》及《皇甫冉集》、《唐百家詩選》作「汀沙」，《文苑英華》卷二七二作「河洲」。

〔四六〕「遠客」原作「遠色」，《中興間氣集》作「遠道」，據《二皇甫集》、《文苑英華》、《唐百家詩選》改。《皇甫冉集》作「遠近」，誤。

〔四七〕「荒林」，《中興間氣集》、《二皇甫集》及《皇甫冉集》、《唐百家詩選》作「荒城」，《文苑英華》作「孤舟」。

〔四八〕「起」，《中興間氣集》作「出」，《文苑英華》、《唐百家詩選》、《皇甫冉集》作「遠」，《二皇甫集》作「斷」。作「起」是。

〔四九〕「至」原作「自」，據《中興間氣集》、《二皇甫集》及《皇甫冉集》、《唐百家詩選》改。《文苑英華》作「到」。

皇甫曾

寄中書王舍人詩云：腰金載筆謁承明，至道安禪得此生。西掖幾年綸綍貴，東山遥夜薜蘿情〔一〕。風傳漏刻星河曙，月上梧桐雨露清。聖主好文誰爲薦〔二〕，閉門空賦子虚成。

送孔徵士云〔三〕：谷口山多處〔四〕，君歸不可尋。家貧青史在，身老白雲深。掃雪開松徑，疏泉過竹林。余生負丘壑〔五〕，相送亦何心。

烏程水樓留別云：悠悠千里去〔六〕，惜此一樽同。客散高樓上，帆飛細雨中。川程隨遠水〔七〕，楚思望青楓〔八〕。共説前期易，滄波處處通。

張芬見訪郊居云〔九〕：林中雨散早涼生，已有迎秋促織聲。三徑荒蕪羞對客，十年衰老愧稱兄。愁心自惜江蘺短〔一〇〕，世事方看木槿榮。君若罷官攜手日〔一一〕，尋山莫算白雲程〔一二〕。

雲林邕上人云〔一三〕：春山臨一室〔一四〕，獨坐草萋萋〔一五〕。身寂心成道，花開鳥自啼〔一六〕，細泉松徑裏〔一七〕，反景竹林西。晚與門人別，依依出虎溪。

送杜中丞還京云〔一八〕：羆戰迴龍節，朝天見鳳池〔一九〕。寒生五湖道，春及萬年枝。邵化多遺愛，胡清已畏知〔二〇〕。懷恩偏感別〔二一〕，墮淚向旌麾。

贈霈禪師云：南嶽滿湘沅〔二二〕，吾師經利涉。身歸沃州老，名與支公接〔二三〕。淨教傳荆吴〔二四〕，道緣止漁獵。觀空色不染，對境心自愜。室中人寂寞，門外山重疊〔二五〕。天台積幽夢，早歲歸負笈〔二六〕。

高仲武云：昔孟陽之與景陽，詩德遠慚厥弟〔二七〕，協居上品〔二八〕，載處下流。今侍御之與補闕，文辭亦爾。體制清潔，華不勝文。然寒生五湖道，春及萬年枝，五言之選也。其爲士林所尚，宜哉！

曾，字孝常。爲殿中侍御史。天寶中，兄弟踵登進士第，名相上下，時比張氏景陽、孟陽云〔二九〕。

尋劉處士云〔三〇〕：幾年人不見，林下掩柴關。留客當清夜，逢君話舊山。隔城寒杵急，帶月早鴻還。南陌雖相近，其如隱者閑。

哭陸處士云〔三一〕：從此無期見，柴扉對雪開〔三二〕。一毛逢世難，萬恨掩泉臺。返照空堂夕〔三三〕。孤城吊客回。漢家偏訪道，猶畏鶴書來。

送人作使歸云〔三四〕：上將還專席〔三五〕，雙旌復出秦〔三六〕。關河三晉路，賓從五原人。孤戍雲連海，平沙雪度春〔三七〕。酬恩看玉劍，何處有煙塵？尋劉處士詩以下三篇，姚合取爲極玄集。

曾與劉長卿友善，曾過長卿碧澗別業詩云〔三八〕：謝客開山後，郊扉與水通〔三九〕。江湖十年別〔四〇〕，衰老一樽同。反照寒川滿，平田暮雪空。滄洲自有趣，不復泣途窮〔四一〕。長卿和云〔四二〕：荒村帶晚照，落葉亂紛紛。古路無行客，寒林獨見君〔四三〕。野橋經雨斷，澗水向田分。不爲憐同病，何人到白雲。曾又寄長卿云〔四四〕：南憶新安郡，千山帶夕陽。斷猿知夜久，秋草助江長。鬢髮應成素，青松獨見霜〔四五〕。愛才稱漢主，題柱待田郎〔四六〕。長卿和云〔四七〕：離別江南北，汀洲葦再黃〔四八〕。路遥雲共水，砧迴月如霜。歲儉依仁政〔四九〕，姑臧相國親臨郡。年衰憶故鄉。佇看宣室召〔五〇〕，漢法倚張綱。

盧綸哭曾云[五二]：攀龍與泣麟，哀樂不同塵。九陌霄漢侶，一燈冥寞人。舟沉驚海闊，蘭折怨霜頻。已矣復何見，故山應更春。時同李、包二侍郎哭曾，故云。

【校箋】

〔一〕「情」原作「清」，據《二皇甫集》及明活字本（下同）《皇甫曾集》、《文苑英華》卷二五三改。

〔二〕「薦」原作「鳶」，據《二皇甫集》及《皇甫曾集》、《文苑英華》改。

〔三〕詩題《二皇甫集》及《皇甫曾集》同，《文苑英華》卷二三〇作《送孔徵君》。

〔四〕「山」，《二皇甫集》及《皇甫曾集》同，《文苑英華》作「幽」。

〔五〕「余」原作「餘」，據《二皇甫集》及《皇甫曾集》、《文苑英華》改。

〔六〕「悠悠」，《二皇甫集》同。《皇甫曾集》、《文苑英華》卷三一二作「悠然」。

〔七〕「川程」原作「山程」，據《二皇甫集》及《皇甫曾集》、《文苑英華》改。

〔八〕「望」原作「任」，據《二皇甫集》及《皇甫曾集》、《文苑英華》改。

〔九〕詩題「張芬」原作「張芳」，《二皇甫集》及《皇甫曾集》作「張芬」，《全唐詩話》作「張汾」。按作「張芬」是，李端、司空曙集中，俱有與張芬贈答詩。據改。

〔一〇〕「短」，《二皇甫集》及《皇甫曾集》作「晚」。

〔一一〕「日」，《二皇甫集》及《皇甫曾集》作「去」。

〔一二〕「算」，《二皇甫集》及《皇甫曾集》作「計」。

〔一三〕詩題《中興間氣集》作《送雲門寺邕上人》(何焯校本)，《二皇甫集》及《皇甫曾集》作《題贈吴門邕上人》，《文苑英華》卷二三五作《題吴門邕上人院》。

〔一四〕「臨」，《中興間氣集》、《文苑英華》同，《二皇甫集》及《皇甫曾集》作「唯」。

〔一五〕「萋萋」原作「淒淒」，據《中興間氣集》、《皇甫曾集》、《文苑英華》改。

〔一六〕「花開」，《文苑英華》同，《中興間氣集》、《皇甫曾集》作「花閑」。

〔一七〕「松徑」原作「松磬」，據《中興間氣集》、《二皇甫集》及《皇甫曾集》、《文苑英華》改。

〔一八〕詩題原脱「杜」字，據《中興間氣集》、《又玄集》、《文苑英華》卷二七二補。《二皇甫集》及《皇甫曾集》作《奉送杜侍御還京》。

〔一九〕「見」，《中興間氣集》、《又玄集》、《文苑英華》同，《二皇甫集》及《皇甫曾集》作「識」。

〔二〇〕「邵化」二句，《二皇甫集》、《中興間氣集》、《又玄集》、《文苑英華》同，《皇甫曾集》作「郡化多遺愛，官清已畏知」。

〔二一〕「偏」，《又玄集》、《二皇甫集》及《皇甫曾集》、《文苑英華》同，《中興間氣集》作「多」。

〔二二〕「滿」原作「瀟」，據《二皇甫集》及《皇甫曾集》改。

〔二三〕「支公」原作「文公」，據《二皇甫集》及《皇甫曾集》改。

〔二四〕「淨教」原作「靜教」，據《二皇甫集》及《皇甫曾集》改。

〔二五〕「重疊」，《二皇甫集》及《皇甫曾集》作「稠疊」。

〔二六〕「早歲歸」，《二皇甫集》及《皇甫曾集》作「早晚當」。

〔二七〕「德遠」原作「罔」，據《中興間氣集》改。

〔二八〕「上」原作「六」，據《中興間氣集》改。

〔二九〕《新唐書》卷二〇二《蕭穎士傳》附《皇甫冉傳》：「（冉）與弟曾皆善詩，天寶中，踵登進士。……曾字孝常，歷監察御史。其名與冉相上下，當時比張氏景陽、孟陽云。」《新唐書》卷六〇《藝文志》「《皇甫冉詩集》三卷」下注云：「與弟曾齊名。曾字孝常，歷侍御史，坐事貶徙舒州司馬，陽翟令。」按《中興間氣集》評語亦稱「侍御」，當以作「殿中侍御史」爲是。

〔三〇〕詩題「劉」原作「陸」，據《極玄集》、《二皇甫集》及《皇甫曾集》改。下文注亦同。

〔三一〕詩題《極玄集》同，《二皇甫集》及《皇甫曾集》作《傷陸處士》。

〔三二〕此句《二皇甫集》同，《極玄集》作「柴扉帶雪開」，《皇甫曾集》「柴扉」作「柴門」。

〔三三〕「空堂夕」原作「當空久」，據《極玄集》、《二皇甫集》及《皇甫曾集》改。

〔三四〕詩題原脱「歸」字，據《極玄集》補。《二皇甫集》及《皇甫曾集》、《文苑英華》卷二七二作《送李中丞歸本道》。

〔三五〕「還專席」，《極玄集》同，《二皇甫集》及《皇甫曾集》、《文苑英華》作「宜分閫」。

〔三六〕「出秦」，《極玄集》同，《二皇甫集》及《皇甫曾集》、《文苑英華》作「去秦」。

〔三七〕「孤戍」二句，《極玄集》同，《二皇甫集》及《皇甫曾集》作「碣石山通海，滹沱雪度春」。

〔三八〕詩題《二皇甫集》作《過劉員外長卿别墅》，亦附載于《劉隨州詩集》。

〔三九〕「與水通」原作「出去通」，據《劉隨州詩集》改。《二皇甫集》作「積水通」。

〔四〇〕「十年」，《二皇甫集》、《劉隨州詩集》作「千里」。

〔四一〕「泣」，《二皇甫集》、《劉隨州詩集》作「哭」。

〔四二〕《劉隨州詩集》載此詩，題作《碧澗别墅喜皇甫侍御相訪》。

〔四三〕「寒林」，《劉隨州詩集》作「寒山」。

〔四四〕《二皇甫集》及《劉隨州詩集》附載此詩，題作《寄劉員外》。

〔四五〕「見霜」，《二皇甫集》作「耐霜」，《文苑英華》卷二五三作「見蒼」。

〔四六〕「田郎」，《二皇甫集》、《文苑英華》作「回鄉」。

〔四七〕《劉隨州詩集》載此詩，題作《酬皇甫侍御見寄時前相國姑臧公初臨郡》。

〔四八〕「葦」原作「葉」，據《劉隨州詩集》改。

〔四九〕「依」原作「攸」，據《劉隨州詩集》改。

〔五〇〕「看」原作「君」，據《劉隨州詩集》改。

〔五一〕明活字本《盧綸集》載此詩，題作《送兵部李紓侍郎刑部包佶侍郎哭皇甫侍御曾》。詩末注文「侍」字原脱，據補。

李幼卿

近日霜毛一番新，别時芳草兩迴春。不堪花落花開處，況是江南江北人。薄宦龍鍾心懶慢，故山寥落水奫淪。緣君愛我疵瑕少，願竊仁風寄老身〔一〕。

幼卿，字長夫，隴西人。大曆中，以右庶子領滁州。别業在常州義興，曰玉潭莊，在滁州時，以書託獨孤至之。獨孤以詩寄云〔二〕：日日思瓊樹，書書話玉潭。知同百口累，曷日辦抽簪。又至之題玉潭云〔三〕：碧玉徒强名，冰壺難比德。唯當寂照心，可並奫淪色。幼卿所謂故山寥落水奫淪者也。

蕭穎士樂聞人善，以推引後進爲己任，如李陽冰、李幼卿、皇甫冉、陸渭輩，由獎目，皆爲名士〔四〕。

滁州迨今有庶子泉，以幼卿得名也〔五〕。

【校箋】

〔一〕《毘陵集》附載此詩，有序云：「前年春，與獨孤常州兄花時爲别，倏已三年矣。今鶯花又爾，觀物增懷，因之抒情，聊以奉寄。」自注：「時蒙溪幽居在義興，益增懷想。」

〔二〕《毘陵集》載此詩，題作《得李滁州書，以玉潭莊見託，因書春思，以詩代答》。詩爲五律，前四句爲「春物行將老，懷君意詎堪。朱顔因酒强，白髮對花慚。」

〔三〕此詩亦載《毘陵集》，此外尚有《答李滁州兄見寄》、《答李滁州憶玉潭新居見寄》，皆與幼卿酬和之作。

〔四〕《新唐書》卷二〇二《蕭穎士傳》：「穎士樂聞人善，以推引後進爲己任，如李陽、李幼卿、皇甫冉、陸渭等數十人，由獎目，皆爲名士。」此載「李陽」作「李陽冰」，疑《新唐書》脱「冰」字。

〔五〕宋祝穆《方輿勝覽》卷四七《滁州》：「庶子泉：在琅玡山寳應寺。唐李幼卿守滁州，今有庶子泉。」李陽冰有《庶子泉銘》，見《全唐文》卷四三七。

趙驊

送晁補闕歸日本國云：西掖承休澣，東隅返故林。來稱郯子學，歸是越人吟。馬上秋郊遠，舟中曙海陰。知君懷魏闕，萬里獨摇心。

驊，字雲卿。擢開元進士第。嘗陷禄山，貶晉江尉。建中初，爲秘書少監，與顔真卿、蕭穎士等善。其子宗儒〔一〕。

【校箋】

〔一〕《新唐書》卷一五一《趙宗儒傳》：「父驊，字雲卿，少嗜學，履尚清鯁。開元中，擢進士第。……安禄山陷陳留，驊没于賊。……驊以嘗陷賊，貶晉江尉。……建中初，遷秘書少監。

敦交友行義，不以夷險慁操。少與殷寅、顔真卿、柳芳、陸據、蕭穎士、李華、邵軫善，時爲語曰：『殷、顔、柳、陸，李、蕭、邵、趙。』謂能全其交也。」《舊唐書》卷一九〇中《孫逖傳》：「（開元）二十一年入爲考功員外郎、集賢修撰。逖選貢士二年，多得俊才……後年拔李華、蕭穎士、趙驊登上第。逖謂人曰：『此三人便堪掌綸誥。』」《唐語林》載有趙驊與蕭穎士開元中同居興敬里肄業，共有一靴事。

賈邕

蕭夫子赴東府，門人送者十二人，劉太真爲之序云：先師微言既絶者，千有餘載，至夫子而後洵美無度，得夫天和。頃東倭之人，踰海來賓，舉其國俗〔一〕，願師于夫子。非敢私請，表聞于天子〔二〕，夫子辭以疾，而不之從也。退然貧居，述作萬卷，去其浮辭，存乎正言。昔左氏失于煩，穀梁失于短，公羊失于俗，而夫子爲其折衷。王公交辟，拒而不應，從官三年，始參謀于洛京。家兄與先鳴者六七人，奉壺開筵，執弟子之禮于路左。太真以文求進，以無聞見舉，而不忝爲夫子羞。春雲輕陰，草色新碧，皎皎疋馬，出于青門，吾徒喟然，瞻望不及，賦詩仰餞者，自相里造、賈邕已下凡十二人，皆及門之選也。

邕得路字云：子欲適東周，門人盈歧路。高標信難仰，薄宦非始務。綿邈千里途，徘徊四郊暮。征車日云遠，撫己慚深顧。

崑，天寶九年李暐侍郎下登第。

【校箋】

〔一〕「國俗」原作「國裕」，據《全唐文》卷三九五劉太真《送蕭穎士赴東府序》改。

〔二〕「子」字原脱，據《全唐文》劉太真《送蕭穎士赴東府序》補。

劉　舟　一作冉。

得適字云：大名掩諸古，獨斷無不適。德遂天下宗，官爲幕中客。驪山浮雲散，灞岸零雨夕。請業非遠期，圓光再生魄〔一〕。

天寶十二年陽浚舍人下登第〔二〕。

【校箋】

〔一〕「圓光」原作「圓先」，據毛本改。圓光，月也。

〔二〕《唐語林》載神龍元年以來累爲主司者：「陽浚再：天寶十二載，十五載。」李華《三賢論》：「禮部侍郎楊浚掌貢舉，問蕭穎士求人，海内以爲德選。」徐松《登科記考》因訂此年掌貢舉者爲楊浚。岑仲勉據曲石精廬藏《唐故朝散大夫太子左贊善大夫隴西李府君（岫）墓誌銘》，岫「以天寶十三載十二月終于京兆府咸寧縣道政里之私第」。撰人題「禮部侍郎集賢院學士陽浚撰」，以爲當作陽浚（《登科記考訂補》），是也。則《紀事》不誤。又「十二年」原作「十六年」，天寶無十六年，《登科記考》因以劉舟附載于天寶十五年，亦非。陽浚知貢舉乃天寶十二、十三載，《唐語林》「十五載」，應爲「十三載」之誤。此姑繫之十二年。

長孫鑄〔一〕

得離字云：大德詎可擬，高梧有長離。素懷經綸具，昭世猶安卑。落日去關外，悠悠隔山陂。我心如浮雲，千里相追隨。

天寶十二年陽浚舍人下登第。

【校箋】

〔一〕《新唐書》卷七二上《宰相世系表》：「鑄，倉部員外郎。」

房白

得還字云：夫子高世跡，時人不可攀。今予亦云幸〔一〕，謬得承温顔。良策資入幕，遂行從近關。青春灞亭別〔二〕，此去何時還？

天寶十三年陽浚侍郎下登第〔三〕。

【校箋】

〔一〕「予」原作「子」，據毛本改。

〔二〕「别」原作「上」，據毛本改。

〔三〕據曲石精廬藏《李咄墓誌》，陽浚天寶十三載爲禮部侍郎，與此合。毛本改「十三年」爲「十二年」，「侍郎」爲「舍人」，非。今按：房白事跡，唐世文獻無徵。檢《千唐誌齋藏誌》收録「前國子進士房由」撰《大唐故永王府録事參軍盧府君墓志銘》一通，作於天寶十三載閏十一月十一日。其自署「前國子進士」，則初登進士第，尚未及選官入仕也。今人陳尚君、孟二冬皆據此以疑《紀事》「房白」爲「房由」之訛（參孟二冬《登科記考補正》卷九）。按勞格、趙鉞《唐尚書省郎官石柱題名考》卷十二「户部員外郎」載：「房由，又度支、祠外。」考曰：「《新表》河南房氏：兵部郎中德懋元孫申，度支郎中。（鉞案：「申疑誤。」）戴叔倫有《襄州遇房評事由》詩（王荆公《唐百家詩選》卷七）、郎士元有《送彭偃房由赴朝因寄錢大郎中李十七舍人》詩（《文苑英華》卷二百七十二）。」知房由登第後與當名士錢、郎諸人有過從也。

元　晟

得引字云：吾見夫子德，誰云習相近。數仞不可窺，言味終難盡。處喧慮常澹，作吏心亦隱。更有嵩少峰，東南爲勝引。

晟，河南府進士〔一〕。

【校箋】

〔一〕皇甫冉有《送元晟還於潛山所居》詩。

劉太冲

得淺字云：吾師繼微言，贊黜在墳典。寸禄聊自資，平生宦情鮮〔一〕。逶遲東周路，春草深復淺。日遠夫子門，中心曷由展。

天寶十二年陽浚舍人下登第。

【校箋】

〔一〕「宦」原作「官」，據毛本改。

姚發

得草字云：天生良史筆，浪跡擅文藻。中夏授參謀，東夷願聞道。行軒玩春日，餞席藉芳草。幸得師季良，欣留篋笥寶。

天寶十二年陽浚舍人下登第。

鄭愕

得往字云：斤溪數畝田，素心擬長往。緊君曲得引〔一〕，使我纓俗綱。風塵豈不勞，道義成心賞。春郊桃李月，忍此戒征兩。

天寶十二年陽浚舍人下登第。

【校箋】

〔一〕「緊」原作「翳」，據毛本改。

殷少野

得散字云：官閑幕府下，聊以任縱誕。文學魯仲尼，高標嵇中散。出門時雨潤，對酒春風暖。感激知己恩，别離魂欲斷。

天寶十二年陽浚舍人下登第〔一〕。

【校箋】

〔一〕「天寶十二年」原作「天寶十六年」，天寶無十六年，而陽浚知貢舉在天寶十二、十三載，姑繫于十二年。

鄔載 不預此會。

得君字云：策名十二載，獨立先斯文。邇來及門者，半已昇青雲。青雲豈無姿，黄鶴素不群。一辭芸香吏，幾歲滄江濆。散職既不羈，天聰亦昭聞。雖承急賢詔，未謁陶唐君。薄俸還自急，此言那足云。和風媚東郊，具物滋南薫。蕙草正可摘，豫章猶未分。宗師忽千里，使我心氛氲。

天寶十三年陽浚侍郎下登第〔一〕。

潁士留别二三子得韻字云：二紀尚雌伏，徒然忝先進。英英爾衆賢，名實鬱雙振。殘春惜將别，清洛行不近。相與愛後時，無令孤逸韻。

鄔載有文名，與錢起友善，起同載旅寓關中，起有詩云〔二〕：文士皆求遇，今人誰至公？靈臺一寄宿，楊柳再春風。更惜忘形友，頻年失志同。羽毛齊燕雀，心事阻鴛鴻。留滯慚歸養，飛鳴恨觸籠。橘懷鄉夢裏，書去客愁中。殘雪迷歸雁〔三〕，韶光棄斷蓬〔四〕。吞悲問唐舉，何路出屯蒙？又送鄔三落第還鄉云：郢客文章絶世稀，常嗟時命與心違。十年失路誰知己？千里思親獨遠歸。雲帆春水將何適？日愛東南暮山碧。關中新月對離樽，江上殘花待歸客。名宦無媒自古遲〔五〕，窮途此别不堪悲。荷衣垂釣且安命，金馬招賢會有時。

劉長卿過鄔三湖上書齋云：何事東林客〔六〕，忘機一釣竿。酒香開甕老，湖色對門寒。向郭青山送，臨池白鳥看。見君能浪跡，予亦厭微官。

【校箋】

〔一〕據曲石精廬藏《李昢墓誌》，陽浚天寶十三載爲禮部侍郎，與此合。毛本改「十三年」爲「十二年」，「侍郎」爲「舍人」，非。

〔二〕《錢考功集》載此詩，題作《同鄔載關中旅寓》。

〔三〕「迷」原作「送」，據《錢考功集》改。

〔四〕「棄」原作「葉」，據《錢考功集》改。

〔五〕「宦」原作「官」，據《錢考功集》改。

〔六〕「東林客」，《劉隨州詩集》作「東南客」。

唐詩紀事校箋卷第二十八

張　濯

題舜廟云：古都遺廟出山濆〔一〕，萬代千秋仰聖君。蒲坂城邊長逝水〔二〕，蒼梧野外不歸雲〔三〕。寥寥象設魂應老〔四〕，寂寂虞篇德已聞。向晚風吹庭下柏〔五〕，猶疑琴曲韻南薰〔六〕。

濯，登上元進士第。

【校箋】

〔一〕「山瀆」，《文苑英華》卷三二〇作「河汾」。

〔二〕「坂」原作「版」，據《文苑英華》改。

〔三〕「雲」，《文苑英華》作「魂」，誤。

〔四〕「象」，《文苑英華》作「薦」，誤。

〔五〕「晚」，《文苑英華》作「曉」。

〔六〕「韻」，《文苑英華》作「詠」。

孫叔向

題昭應温泉云：一道温泉遶御樓，先皇曾向此中游。雖然水是無情物，也到宫前咽不流〔一〕。

送咸安公主云：鹵簿遲遲出國門，漢家公主嫁烏孫，玉顔使向穹廬去，衛霍空承明主恩。咸安，德宗女，元和時追封燕國襄穆公主〔二〕。

【校箋】

〔一〕《萬首唐人絶句》載長孫翱《宫詞》：「一道甘泉接御溝，上皇行處不曾秋。誰言水是無情物，也到宫前咽不流。」與此殆爲一詩兩傳，未知孰是，俟考。

〔三〕《新唐書》卷八三《諸公主傳》：「燕國襄穆公主，始封咸安，下嫁回紇武義成功可汗，置府。薨。元和時追封及謚。」

朱長文

吴興送梁補闕歸朝賦得荻花云：柳家汀洲孟冬月〔一〕，雲寒水清荻花發。一枝持贈朝天人，願比蓬萊殿前雪〔二〕。

春眺揚州西上崗寄徐員外云〔三〕：蕪城西眺極滄流〔四〕，漠漠春煙間曙樓〔五〕。瓜步早潮吞建業〔六〕，蒜山晴雪照揚州。隋家故事不能問〔七〕，鶴在山池期我游〔八〕。

望中有懷云：龍向洞中銜雨出，鳥從花裏帶香飛。白雲斷處見明月，黄葉落時聞擣衣。

宿新安江深渡館寄鄭州王使君云〔九〕：霜飛十月中，摇落衆山空。孤館閉寒水〔一〇〕，大江生夜風。賦詩情有憶〔一一〕，沈約在關東。

送李司直歸浙東幕兼寄鮑將軍云：翩翩書記早曾聞，二十年來願見君。今日朝廷想白髮，同時幾許在青雲？人從北固山邊去，水到西陵渡口分。會作王門曳裾客，爲余前謝鮑將軍〔一三〕。時節度大夫初封東平郡王。

長文，大曆間江南詩人。

【校箋】

〔一〕「汀洲」原作「汀州」，據《萬首唐人絶句》改。

〔二〕「願比」，《萬首唐人絶句》同，《文苑英華》卷二八五作「應比」。

〔三〕詩題原脱「上」字，「徐」誤作「於」，據《文苑英華》卷二五六改。

〔四〕「滄流」原作「蒼流」，據《文苑英華》改。

〔五〕「曙」，《文苑英華》作「樹」。

〔六〕「潮」原作「湖」，據《文苑英華》改。

〔七〕「問」原作「向」，據《文苑英華》改。

〔八〕「山池」，《文苑英華》作「仙池」。

〔九〕詩題「渡」原作「度」，據《文苑英華》卷二九八改。

〔一〇〕「寒水」原作「寒木」，據《文苑英華》改。

〔一一〕「情有憶」原作「忙有意」，據《文苑英華》改。

〔一三〕「余」原作「餘」，據毛本改。

胡令能

詠綉障云[一]：日暮堂前花蕊嬌，爭拈小筆上床描。綉成安向春園裏，引得黄鶯下柳條。

小兒垂釣云[二]：蓬頭稚子學垂綸，側坐莓苔草映身。路人借問遥招手，恐畏魚驚不應人。

喜圃田韓少府見訪云：忽聞梅福來相訪，笑着荷衣出草堂。兒童不慣見車馬，爭入蘆花深處藏。

令能，圃田隱者，少爲負局鍍釘之業。以所居列子之里，家貧，遇茶果必祭列子，以求聰明。或夢人割其腹，以一卷書内之，遂能吟詠，禪學尤邃，世謂胡釘鉸者也。貞元、元和間人[三]。

【校箋】

〔一〕自此以下三詩俱采自《雲溪友議》卷下《祝墳應》條。此首題作《觀鄭州崔郎中諸妓繡樣》。

〔二〕此首題作《江際小兒垂釣》，「招手」原作「拈手」，據改。

〔三〕此亦節引《雲溪友議》之文，唯《友議》只稱「胡生」，《南部新書》壬亦記此事，云「胡生者失其名」，不知《紀事》言名「令能」何據。

鄭丹

肅宗挽歌云〔一〕：國以重明受，天從諒闇移。諸侯方北面，白日忽西馳〔二〕。龍影當泉落，鴻名向廟垂。永言青史上，還見載無爲〔三〕。

玄宗挽歌云〔四〕：律曆千年會，車書萬里同。固期常戴日，豈意厭觀風〔五〕。地慘新疆理，城摧舊戰功。山河萬古壯，今夕盡歸空。

高仲武云：鄭丹詩剪刻婉密，寶應中，獻二帝、兩后挽歌三十首，詞旨哀楚，得臣子之致。雖不及事，朝廷嘉之，解褐蘄州録事參軍。二章其尤者也〔六〕。

丹，大曆間詩人。

【校箋】

〔一〕詩題《中興間氣集》作《肅宗文明武德大聖大寧孝皇帝挽歌》。

〔二〕「忽」原作「又」，據《中興間氣集》改。

〔三〕「見」，《中興間氣集》作「是」。

〔四〕詩題《中興間氣集》作《玄宗至道大聖大明孝皇帝挽歌》。

〔五〕「豈意」，《中興閒氣集》作「豈謂」。

〔六〕上二句《中興閒氣集》作「解褐任蘄州録事參軍。今選尤者，列于此集」。

李希仲

東皇太一祠云〔一〕：吉日初齋戒，靈巫穆上皇。焚香布瑶席，鳴珮奠椒漿。緩舞花飛滿，清歌水去長。迴波送神曲，雲雨滿瀟湘〔二〕。

薊北行云〔三〕：旄頭有精芒，胡騎獵秋草。羽檄南渡河，邊庭用兵早。漢家愛征戰，宿將今已老。辛苦羽林兒，從戎榆關道。其一 一身救邊速〔四〕，烽火連薊門〔五〕。前軍飛鳥斷〔六〕，格鬭塵沙昏。寒日鼓聲急，單于夜將奔〔七〕。當須徇忠義〔八〕，身死報國恩。其二

高仲武云：李詩輕靡〔九〕，華勝于質，此所謂才力不足，務爲清逸者也〔一〇〕。然前軍飛鳥斷，格鬭塵沙昏，亦出塞實録〔一一〕。亹亹不絶者，可及于中矣〔一二〕。希仲，趙郡人。天寶初宰偃師，范陽兆戎〔一三〕，挈家避亂入江淮。

【校箋】

〔一〕詩題「祠」原作「詞」，據《中興閒氣集》改。

〔二〕「滿」，《中興閒氣集》作「過」。

〔三〕詩題《中興間氣集》、《樂府詩集》同。《文苑英華》卷一九八作《出自薊北門行》。

〔四〕「速」，《中興間氣集》、《樂府詩集》同，《文苑英華》作「庭」。

〔五〕「連」原作「通」，據《中興間氣集》、《樂府詩集》、《文苑英華》改。

〔六〕「飛鳥斷」，《中興間氣集》作「飛鳥落」，《樂府詩集》作「鳥飛斷」，《文苑英華》作「鳥道斷」。

〔七〕「夜將奔」，《中興間氣集》、《文苑英華》同，《樂府詩集》作「夜火奔」。

〔八〕「忠義」，《文苑英華》、《樂府詩集》同，《中興間氣集》作「忠節」。

〔九〕「李詩」原作「希仲」，據《中興間氣集》改。

〔一〇〕「清逸」原作「清淺」，據《中興間氣集》改。

〔一一〕「實」字原脱，據《中興間氣集》補。

〔一二〕二句原作「疊疊不歇，可及中矣」，據《中興間氣集》改。

〔一三〕「兆」原作「趙」，據毛本改。

杜誦

誦哭長孫侍御云〔一〕：道爲謀猷重〔二〕，名因賦頌雄。禮闈曾擢桂〔三〕，憲府既乘驄。流水生涯盡，浮雲世事空。惟應舊臺柏〔四〕，蕭瑟九原中。

高仲武云：誦詩平調不失文流〔五〕，如流水生涯盡，浮雲世事空，得生人始終之理，故編于集。

誦，大曆間詩人也。

【校箋】

〔一〕此詩亦載《杜工部集》。宋彭叔夏《文苑英華辨證》云：「杜誦《哭長孫侍御》詩（載《英華》卷三〇三），今載杜甫集中，按《中興閒氣集》、《又玄集》、《唐宋類詩》皆云杜誦。高仲武當唐中興肅宗時編《閒氣集》，載誦詩止此一首，又云：『杜君詩平調不失，如流水生涯盡，浮雲世事空，得生人始終之理，故編之。』必不誤。」彭説是也。吴曾《能改齋漫録》亦云：「今子美集中亦有此詩，恐是編者之誤。」

〔二〕「謀猷」，《中興閒氣集》、《又玄集》、《文苑英華》俱作「讀書」。

〔三〕「擢桂」，《中興閒氣集》、《文苑英華》同，《又玄集》作「折桂」。

〔四〕「舊」，《中興閒氣集》、《文苑英華》同，《又玄集》作「近」。「臺」原作「松」，據《中興閒氣集》、《又玄集》、《文苑英華》改。

〔五〕「文流」二字今本《中興閒氣集》及彭叔夏所引俱無，當爲衍文。

鄭錫

邯鄲少年行云：霞鞍金口騮，豹袖紫貂裘。家住叢臺下〔一〕，門前漳水流。喚人呈楚舞，借客試吴鉤。見説秦兵至，甘心赴國讎。

李嘉祐與錫游春詩云：東門垂柳長〔二〕，回首獨心傷。日暖臨芳草，天晴憶故鄉。映花鶯上下，過水蝶悠颺。借問同行客，今朝淚幾行。李端、司空曙，皆錫友也〔三〕。錫，登寶應進士第〔四〕，寶曆間爲禮部員外郎〔五〕。事見李翱所撰李長史墓銘。

【校箋】

〔一〕「下」，《又玄集》、《樂府詩集》同，《御覽詩》作「近」。

〔二〕「東門」，明活字本《李嘉祐集》作「青門」。

〔三〕上詩亦見明活字本《李端集》，其集中尚有《卧病别鄭錫》詩。明活字本《司空曙集》中有《送鄭錫》等詩。

〔四〕鄭錫，寶應二年進士，此年試題爲《日中有王字賦》，鄭錫所作載《文苑英華》卷二（見徐松《登科記考》）。

〔五〕李翱《故歙州長史隴西李府君（則）墓誌銘》（《李文公集》卷十五）：「長女壻禮部員外郎鄭錫。」此文寶曆三年六月作。

古之奇

秦人謡云：微生祖龍代，却思堯舜道。何人仕帝庭，拔殺指佞草。姦臣弄民柄，天子恣衷抱。上下一相蒙，馬鹿遂顛倒。中國既版蕩，骨肉安可保。人生貴年壽，吾恨死不早。

李端送之奇赴涇州幕云〔一〕：疇昔十年兄，相逢五校營。今宵舉盃酒，隴月見軍城。從時馬僕射辟。

之奇，登寶應進士第。

【校箋】

〔一〕明活字本《李端集》載此詩，題作《送古之奇赴安西幕》，乃五律一首，此其前四句，下云：「候火經寒絶，邊人接曉行。殷勤送書記，强虜幾時平。」馬僕射，謂馬璘也。

秦系

系呈韋蘇州詩云〔一〕：久卧雲間已息機，青袍忽著狎鷗飛。詩興到來無一事，郡中今有謝玄暉。

系，字公緒，會稽人。隱泉州南安九日山，張建封聞系不可致，就加校書郎。自號東海釣客，與劉長卿善。權德輿曰：長卿自以爲五言長城，系用偏師功之矣〔二〕。韋答系曰〔三〕：知掩山扉三十秋，魚鬚翠碧棄床頭。莫道謝公方在郡，五言今日爲君休。蓋系以五言得名久矣。年八十餘卒，南安人號其峰爲高士峰。

將移耶溪舊居留呈嚴長史維陳校書允初云〔四〕：鷄犬漁舟裏，長謡任興行。那邀落日醉〔五〕，已被遠山迎。書笈將非重，荷衣着甚輕。謝安無箇事，忽起爲蒼生。

山中贈張評事時授右衛佐云〔六〕：終年常避喧，自注五千言。流水閑過院，春風與閉門。山茶邀上客〔七〕，桂實落前軒〔八〕。何事教予起，微官不足論〔九〕。

系家剡山，向盈一紀。大曆五年，人或以其文聞于留守薛公，無何，奏系右衛率府倉曹參軍。意所不欲，以疾辭免，因將命者獻詩云〔一〇〕：由來那敢議輕肥，散髮行歌自採薇。逋客未能忘野興，辟書翻遣脱荷衣〔一一〕。家中匹婦空相笑，池上群鷗盡欲飛。更乞大賢容小隱，益看愚谷有光輝。

系曾與鮑員外同舉場，因其見尋，呈情云〔一二〕：少小爲儒不自强，如今懶復見侯王〔一三〕。覽鏡自知身漸老〔一四〕，買山將作計偏長〔一五〕。荒涼鳥獸同三逕，撩亂琴書共一床。猶有郎官來問病〔一六〕，時人莫道我佯狂。

山中寄錢起苗發云〔一七〕：空山歲計是胡麻，窮海無梁泛一槎。稚子唯能覓梨栗〔一八〕，逸妻相共老煙霞。朗吟麗句驚巢鶴〔一九〕，閑閉春風看落花〔二〇〕。借問省中何水部，今人幾箇屬誰家？

【校箋】

〔一〕此詩附録《韋江州集》中，題爲《即事奉呈郎中使君》，自署：「東海釣客試秘書省校書郎秦系。」明活字本（下同）《秦隱君集》題作《即事奉呈郎中韋使君》。

〔二〕《新唐書》卷一九六《秦系傳》：「秦系字公緒，越州會稽人。……客泉州，南安有九日山，大松百餘章，俗傳東晉時所植，系結廬其上，穴石爲研，注《老子》，彌年不出。……。張建封聞系之不可致，請就加校書郎。與劉長卿善，以詩相贈答。權德輿曰：『長卿自以爲五言長城，系用偏師攻之。』雖老益壯。其後東渡秣陵，年八十餘卒。南安人思之，爲立子亭，號其山爲高士峰云。」

〔三〕《韋江州集》及《秦隱君集》附載此詩，題作《答秦十四校書》。二句「棄」原作「葉」，據改。

〔四〕詩題「維」字原脱，據《秦隱君集》補。

〔五〕「那邀落日醉」原作「即令邀客醉」，據《秦隱君集》改，《文苑英華》卷一六六作「即今邀客醉」。

〔六〕詩題《秦隱君集》作《常山贈張正則評事》。《文苑英華》卷二五五與此同。

〔七〕「上客」原作「士客」，據《文苑英華》、《全唐詩話》改。此句《秦隱君集》作「山葵邀上客」。

〔八〕「前軒」，《秦隱君集》、《文苑英華》作「華軒」。

〔九〕「微官」原作「微言」，據《秦隱君集》、《全唐詩話》改。

〔一〇〕《秦隱君集》載此詩，題作《獻薛僕射》，有序云：「系家于剡山，向盈一紀。大曆五年，人以文聞鄴守薛公，無何，奏系右衛率府倉曹參軍。意所不欲，以疾辭免，因將命者，輒獻斯文。」按此即《新唐書》卷一九六《秦系傳》「天寶末，避亂剡溪，北都留守薛兼訓奏爲右衛率府倉曹參軍，不就」之文所本。《紀事》改「人以文聞鄴守薛公」爲「人或以其文聞于留守薛公」，遂不類系之自序矣。毛本改「向盈」爲「高隱」，尤非。《文苑英華》卷二五五載此詩，題作《上薛僕射固讓辟命》。

〔一二〕「翻」原作「令」，據《秦隱君集》改，《文苑英華》作「今」。

〔一三〕《秦隱君集》此詩題作《鮑方員外見尋，因書情呈贈》。《文苑英華》卷二五五同，題下自注：「曾與系同舉場。」

〔一四〕「懶復」原作「復懶」，據《秦隱君集》改，《文苑英華》作「羞懶」。

〔一五〕「自知」，《文苑英華》同，《秦隱君集》作「已知」。

〔一六〕「將作」，《文苑英華》同，《秦隱君集》作「應作」。

〔一七〕「問病」，《秦隱君集》、《文苑英華》作「問疾」。

〔一八〕詩題《秦隱君集》作《山中奉寄錢起員外兼簡苗發員外》，《文苑英華》卷二五五同。

〔一九〕此句原作「幼子唯能覓黎粟」，據《秦隱君集》、《文苑英華》改。

〔二〇〕「朗吟」原作「高吟」，據《秦隱君集》、《文苑英華》改。

〔二一〕「閑閉」，《秦隱君集》同，《文苑英華》作「閑對」。

令狐峘

儒服學從政，遂爲塵事嬰。銜命東復西，孰堪異鄉情。懷禄且懷恩，策名敢逃名。羡彼農畝人，白首親友并。江山入秋氣，草木彫晚榮。方塘寒露凝，旅館涼飈生。懿交守東吴，夢想聞頌聲。雲水方浩浩，離憂何時平。

右令狐峘寄韋蘇州詩〔一〕。峘，德棻五世孫，天寶末第進士。宰相楊炎，故出杜鴻漸門下，其子封求弘文生，以託峘。峘曰：必得公手書，得書即奏之。炎具奏所以然。德宗曰：姦人也。自禮侍貶衡州别駕。峘介愎，人人以爲怨〔二〕。

韋蘇州答峘詩云〔三〕：一凶乃一吉，一是復一非。孰能逃斯理，亮在識其微。三黜故無愠，高賢當庶幾。但以親交戀，音容邈難希。況惜别離久，但忻藩守歸〔四〕。朝晏方陪廁，山川又乖違。吴門冒海霧，峽路凌連磯。同會在京國，相望涕沾衣。明時重英才，當復列彤闈〔五〕。白玉雖塵垢，拂拭還光輝。

峘再謫三衢，遇田敦爲牧，乃門生也。方相見，敦曰：吾今日方見座主。乃分半俸奉之〔六〕。

【校箋】

〔一〕《韋江州集》附載此詩，題作《硤州旅舍奉懷蘇州韋郎中》，自注：「公頻有尺書，頗積離鄉之思。」

〔二〕《新唐書》卷一〇二《令狐德棻傳》：「峘，德棻五世孫。天寶末，及進士第。……建中初，峘爲禮部侍郎，炎執政，不爲憾。炎故出宰相杜鴻漸門下，其子封求弘文生，以託峘。峘謝使者曰：『得公手署，峘得以識。』炎不疑，署送之。峘即日奏言：『宰相迫臣以私，從之負陛下，不從則害臣。』帝以詰炎，炎具道所以然。帝怒曰：『此姦人，無可奈何！』欲殺之。炎苦救解，乃貶衡州别駕。……性愎且介，人人與爲怨。」「弘文生」此原作「洪文生」，據改。

〔三〕《韋江州集》載此詩，題作《答令狐侍郎》。

〔四〕「藩」原作「蕃」，據《韋江州集》改。

〔五〕「列」原作「别」，據《韋江州集》改。

〔六〕《新唐書》卷一〇二《令狐德棻傳》：「貶衢州别駕。刺史田敦，峘門生也，與峘昧生平，至是迎拜，分俸半以賙給之。」

楊　凌

淮陽爲郡暇，坐惜流芳歇。散懷累榭風，清暑澄潭月。陪燕辭三楚，戒途綿百越。非當遠別離，雅奏何由發。右楊凌詩〔一〕。韋應物刺滁州，凌時以協律客滁州，既別，韋寄詩云〔二〕：吏散門閣掩〔三〕，鳥鳴山郡中。遠念長江別，俯覺坐隅空。舟泊南池雨，簟捲北樓風。併罷芳樽燕，爲愴昨時同。故凌以前詩謝之。

凌明妃怨云〔四〕：漢國明妃去不還，馬馳絃管向陰山。匣中縱有菱花鏡〔五〕，羞對單于照舊顔。

凌，字恭履，最善文章。大曆中，與兄憑、凝踵進士第，時號三楊。凌終侍御史。子敬之〔六〕。

【校箋】

〔一〕《韋江州集》附載此詩，題作《奉酬滁州寄示》。

〔二〕《韋江州集》中，此詩題作《寄楊協律》。

〔三〕「門閣」原作「山閣」，據《韋江州集》改。

〔四〕詩題《又玄集》、《樂府詩集》同，《御覽詩》作《明妃曲》。

〔五〕「縱有」，《御覽詩》作「雖有」。

〔六〕《新唐書》卷一六〇《楊憑傳》：「楊憑字虛受，一字嗣仁，虢州弘農人。……與弟凝、凌皆有名，大曆中，踵擢進士第，時號『三楊』。……凌字恭履，最善文，終侍御史，子敬之。」

劉太真

寵至乃不驚，罪及非無由[一]。奔迸歷畏途，緬邈赴偏陬。牧此彫弊甿，屬當賦斂秋。夙興諒無補，旬暇焉敢休，前日懷友生，獨登城上樓。迢迢西北望，遠思不可收。今日車騎來，曠然銷人憂。晨迎東齋飯，晚度南溪游。以我碧流水，泊君青翰舟[二]。莫將遷客程，不爲勝境留[三]。飛札謝三守，斯篇希見酬。

右劉太真詩[四]。太真刺信州，時顧十二左遷，過上饒，出韋蘇州、房杭州、韋睦州三使君詩，太真繼焉。

太真，宣州人。師蕭穎士。蕭云：太真，吾入室者也。貞元四年，德宗詔群臣宴曲江，自爲詩，群臣皆和，帝自第之，以太真、李紓等爲上，鮑防、于邵等次之，張濛等爲下。與擇者四十一人[五]。

韋蘇州答太真詩云[六]：瓊樹凌霜雪，葱蒨如芳春。英賢雖出守，本自玉階人。宿昔陪郎署，出入仰清塵。孰云俱列郡，比德豈爲隣。其見重如此。

【校箋】

[一]「及」原作「乃」，據《韋江州集》改。

〔二〕「翰」原作「瀚」，據《韋江州集》改。

〔三〕「勝境」原作「勝景」，據《韋江州集》改。

〔四〕《韋江州集》載此詩，有序云：「顧十二左遷，過韋蘇州、房杭州、韋睦州三使君，皆有郡中燕集詩，辭章高麗，鄙夫之所仰慕。顧生既至，留連笑語，因亦成篇，以繼三君子之風焉。」署「信州刺史劉太真」。

〔五〕《新唐書》卷二〇三《劉太真傳》：「劉太真，宣州人。善屬文，師蘭陵蕭穎士。……德宗以天下平，貞元四年九月，詔群臣宴曲江，自爲詩，敕宰相擇文人賡和。李泌等請群臣皆和，帝自第之，以太真、李紓爲上，鮑防、于邵等次之，張濛等爲下。與擇者四十一人。」「張濛」，此原作「張蒙」；「四十一」，原作「四十二」，據改。蕭穎士語，見其《江有歸舟詩序》。

〔六〕《韋江州集》載此詩，題作《酬劉侍郎使君》。全詩十二韻，此節引前四韻。「玉階」原作「王階」，「仰」原作「迎」，據改。

顧況

況，字逋翁，姑蘇人。至德進士。性詼諧，與柳渾、李泌爲方外友。德宗時，渾輔政，以秘書郎召。及泌相，自謂當得達官，久之，遷著作郎。況坐詩語調謔，貶饒州司户〔一〕。居于茅山，以壽終〔二〕。皇甫湜爲況文集序云：偏于逸歌長句，駿發踔厲，往往若穿天心，出月脇，意外驚人語，非尋常所能及，最爲快也。其爲人類其詞章云〔三〕。況志尚疏逸，近于方外，時宰招以好官，況以詩答云：四海如今已太平，相公何用喚狂生。此生還似籠中鶴，東望瀛洲叫一聲〔四〕。上柳相公。

子規詩云〔五〕：棲霞山中子規鳥。口邊血出啼不了〔六〕。山僧後夜初入定〔七〕，聞似不聞山月曉。

露青竹杖歌云：鮮于仲通正當年，章仇兼瓊在蜀川，約束蜀兒採馬鞭，蜀兒採鞭不敢眠。橫截斜度飛鳥邊，繩橋夜上層崖巔，頭插白雲跨飛泉，採得馬鞭長且堅。浮漚丁子珠聯聯，灰煮蠟揩光爛然。章仇兼瓊持上天，上天雨露何其偏。飛龍閑廄馬數千，朝飲吴江夕秣燕，紅塵撲轡汗濕韉，師子麒麟聊比肩。曲江昆明洗刷牽，四蹄踏浪頭枿天〔八〕。蛟龍稽顙河伯虔，拓羯胡雛腳手鮮。陳閎韓幹丹青妍，欲貌未貌眼欲穿。金鞍玉勒錦連乾，騎入桃花楊柳煙。十二樓中奏管絃，樓中美人奪神仙，爭愛大家把此鞭。禄山入關關破年，忽見揚州北邸前，祇有人還千一錢〔九〕。亭亭筆直無皴節，磨將形相一條鐵〔一〇〕，市頭格是無人別〔一一〕。江海賤臣不拘絏，垂鞘挂影西窗缺〔一二〕。稚子覓衣挑仰穴，家僮拾薪幾拗折。玉潤猶霑玉壘雪，碧鮮似染萇弘血。蜀帝祠邊子規咽，相如橋上文君絶。往年策馬降至尊，七盤九折橫劍門。穆王八駿超崑崙，安用冉冉孤生根。聖人不貴難得貨，金玉珊瑚誰買恩？

況攻小筆，嘗求知新亭監。人詰之，曰：余要貌海中山耳。仍闢善畫者王默爲副，任職半年解去，後落筆有奇趣〔一三〕。

山中作云：野人愛向山中宿，況在葛洪丹井西。庭前箇有長松樹，夜半子規來上啼。況又有汀洲渺渺江蘺短，疑是疑非兩斷腸。句。巫峽朝雲暮不歸，洞庭春水晴空滿。句。頹峘化爲陂，陸地堪乘舟。句。大姑山盡小孤出，月照洞庭行客船。句。右張爲取作主客圖〔一四〕。

代佳人贈別云〔一五〕：萬里行人欲渡溪，千行珠淚滴爲泥。已成殘夢隨君去，猶有驚烏半夜啼。

秋題葉道士山房云〔一六〕：水邊垂柳赤欄橋，洞裏仙人碧玉簫〔一七〕。近得麻姑書信否？潯陽向上不通潮〔一八〕。

金鐺玉珮歌云：贈君金鐺太霄之玉珮，金鎖禹步之流珠，五嶽真君之秘籙，九天丈人之寶書〔一九〕。東井沐浴辰已畢，先進洞房上奔日。借問君從何處來，黄姑織女機邊出。

悲歌三首並序云〔二〇〕：情思發動，聖賢所不免也〔二一〕。故師乙陳其宜，延陵審其音。理亂之所經，王化之所興，信無逃于聲〔二二〕，豈徒文彩之麗。遂作歌以悲之云：城邊路〔二三〕，今人犂田昔人墓。岸上沙，昔時江水今人家。今人昔人共長歎，四氣相催節迴換。明月皎皎入華池，白雲離離渡清漢〔二四〕。我欲昇天天隔霄，我欲渡水水無橋，我欲上山山路險，我欲汲井井泉遥〔二五〕。越人翠被今何夕，獨立沙邊江草碧。紫燕西飛欲寄書，白雲何處蓬萊客〔二六〕。其一 新繫青絲百尺繩，心在君家轆轤上。我心皎潔君不知，轆轤一轉一惆悵。何處春風吹曉幕，江南渌水通朱閣。美人二八顔如花，泣向春風畏花落。臨春風〔二七〕，聽春鳥。别時多，見時少。愁人一夜不得眠〔二八〕，瑶井玉繩相對曉。其二 軒轅黄帝初得仙，鼎湖一去三千年，周流三十六洞天，洞中日月星辰聯。騎龍倒景游八極，軒轅弓劍無人識，東海青童寄消息。其三

八月五日歌云：四月八日明星出〔二九〕，摩耶夫人降前佛〔三〇〕。八月五日佳氣新，昭成太后生聖人〔三一〕。開元九年燕公説，奉詔聽置千秋節〔三二〕。丹青廟裏貯姚宋，花蕚樓中宴岐薛。清樂靈香幾處聞，鸞歌鳳吹動祥雲。已于武庫見靈鳥，仍向晉山逢老君。率土溥天無不樂，河清海晏窮寥廓。梨園弟子傳法曲，張果先生進仙藥。玉座凄涼游帝京，悲翁回首望承明。雲韶九奏杳然遠，唯有五陵松柏聲。

洞庭秋日云〔三三〕：青草湖邊日影低，黄茅嶂裏鷓鴣啼。丈夫飄蕩今如此〔三四〕，一曲狂歌楚水西。

【校箋】

〔一〕顧況，《舊唐書》卷一三〇有傳，然《紀事》此文，略同晁公武《郡齋讀書志》：「顧況，字逋翁，蘇州人。至德二年江東進士，善爲歌詩，性詼諧。德宗時，柳渾輔政，以秘書郎召況。況素善李泌，及泌相，自謂當得達官，久，遷著作郎。及泌卒，有調笑語，貶饒州司户。卒，集有皇甫湜序。」「柳惲」原作「柳渾」，據史文改。

〔二〕張彦遠《歷代名畫記》：「顧況……初爲韓晉公（滉）江南判官，入爲著作佐郎，久次不遷，乃嘲誚宰相，爲憲司所劾，貞元五年貶饒州司户，居茅山，以壽終。」

〔三〕《皇甫持正文集》所載《顧況詩集序》與《紀事》引文同，《全唐詩話》改「尋常」爲「常人」，「詞章」爲「章句」，非。

〔四〕李綽《尚書故實》：「顧況志尚疎逸，近于方外，有時宰曾招致，將以好官命之，況以詩答曰：『四海如今已太平，相公何用唤狂生。此身還似籠中鶴，東望滄洲叫一聲。』後吴中皆言況得道解化去。」《文苑英華》卷二四三載此詩，題作《酬柳相公》，謂柳惲也。《南部新書》乙亦記此事，詩末句「滄州」作「瀛洲」，與《紀事》同。《英華》載此詩，「何用」作「何事」，「此生還似」作「箇中恰似」，「一聲」作「數聲」。

〔五〕詩題《唐文粹》作《游棲霞寺》，《文苑英華》卷三二九作《攝山聽子規》，明活字本（下同）《顧況集》作《聽子規》。

〔六〕「口邊」《唐文粹》、《顧況集》同，《文苑英華》作「口中」。

〔七〕「後夜」原作「夜後」，《文苑英華》同，據《唐文粹》、《顧況集》改。

〔八〕「踏浪」原作「蹋浪」，據《唐文粹》、《顧況集》改。

〔九〕「千一」，《唐文粹》、《顧況集》同，毛本作「一千」。

〔一〇〕「將」原作「捋」，據《唐文粹》、《顧況集》改。

〔一一〕「格是」原作「終是」，據《唐文粹》、《顧況集》改。「格是」，已是也。唐人習語。

〔一二〕「垂鞘」原作「垂綃」，據《唐文粹》改。

〔一三〕《尚書故實》：「顧況，字逋翁，文詞之暇，兼攻小筆。嘗求知新亭監。人或詰之，謂曰：『余要寫貌海中山耳。』仍辟善畫者王默爲副知也。」又，《歷代名畫記》：「顧著作知新亭監時，默請爲海中都巡，問其意，云：『要見海中山水耳。』爲職半年解去，爾後落筆有奇趣。」《紀事》乃糅二書所載記之。「善畫者」原作「畫省」，「去」字原脱，據《尚書故實》、《歷代名畫記》改補。

〔一四〕張爲《主客圖》以顧況爲廣大教化主白居易下升堂三人之一。其摘句前三聯爲殘句，無考，末聯爲《小孤山》詩，《萬首唐人絶句》「山盡」作「山遠」，「行客船」作「歸客船」。

〔一五〕詩題《又玄集》同，《御覽詩》無「代」字。首句「萬里」，《御覽詩》同，《又玄集》作「百里」。

〔一六〕詩題《御覽詩》、《又玄集》、《文苑英華》卷二二六所載無「秋」字。

〔一七〕「碧」原作「吹」，據《御覽詩》、《又玄集》、《文苑英華》及《顧況集》改。

〔一八〕「向上」，《文苑英華》同，《御覽詩》、《又玄集》、《顧況集》作「江上」。

〔一九〕「丈人」原作「文人」，據《唐文粹》改。

〔二〇〕詩題《唐文粹》作《悲歌三首并序》，乃《紀事》所本。《顧況集》三首各有分題，曰《短歌行》、《遠思曲》、《飛龍行》，毛本從之。而《樂府詩集》則作《短歌行六首》，自「城邊路」至「渡清漢」爲第一首，「我欲昇天」至「逢來客」爲第二首，「初繫青絲」至「一惆悵」爲第三首，「何處春風」至「畏花落」爲第四首，「臨春風」至「相向曉」爲第五首，「軒轅皇帝」至「寄消息」爲第六首。此係組詩，當以不立分題爲是。今仍依《唐文粹》。

〔二一〕「賢」字原脱，據《唐文粹》、《顧況集》補。

〔二二〕此句原作「信無逃聲」，《唐文粹》同，《顧況集》作「幸無逃于聲」，據補「于」字。毛本作「信無逃于聲教」，此用「聲音之道與政通」意，「教」字臆增。

〔二三〕「城邊」原作「邊城」，《顧況集》同，據《唐文粹》、《樂府詩集》改。

〔二四〕「清漢」原作「青漢」，《唐文粹》、《顧況集》同，據《樂府詩集》改。

〔二五〕「汲井」原作「吸井」，據《唐文粹》、《顧況集》、《樂府詩集》改。

〔二六〕「蓬萊客」，《顧況集》同，《唐文粹》、《樂府詩集》作「逢來客」。

〔二七〕上二句「春風畏花落臨」六字原脱，據《唐文粹》、《顧況集》、《樂府詩集》補。

〔二八〕「一夜」，《唐文粹》、《顧況集》同，《樂府詩集》作「夜永」。

〔二九〕「明星」原作「明皇」，據《唐文粹》、《顧況集》改。

〔三〇〕「前佛」原作「千佛」，據《唐文粹》、《顧況集》改。

〔三一〕「生」原作「出」，據《唐文粹》、《顧況集》改。「聖人」，謂玄宗也。

〔三二〕《通鑑》卷二一三《唐紀》玄宗開元十七年：「八月癸亥，上以生日宴百官于花萼樓下。左丞相（源）乾曜、右丞相（張）説帥百官上表，請以每歲八月五日爲千秋節，布于天下，咸令宴樂。」《舊唐書・玄宗紀》亦載其事于開元十七年，此言「開元九年」，當有誤。

〔三三〕詩題《顧況集》作《湖中》。

〔三四〕「飄蕩」，《顧況集》作「飄泊」。

薛業

洪州客舍寄柳博士芳詩云〔一〕：去年燕巢主人屋，今年花發路傍枝。年年爲客不到舍，舊國存亡那得知。胡塵一起天下亂，何處春風無別離！

晚秋贈張折衝詩云〔二〕：都尉今無事，時清但閉關。夜霜戎馬瘦，秋草射堂閑〔三〕。位以穿楊得，名因折桂還。馮唐真不遇，嘆息鬢毛班。

獨孤常州送薛處士業游廬山序云：薛侯敦于詩，困于學，敏于行，時然後言，言而寡尤，口弗言禄，禄亦不及；識其真者以爲永嘆，而薛侯居之澹如，君子哉若人也。拂纓上之塵，西游廬山，趙補闕驊、王侍御定、張評事有略各以文爲贈。余亦持片言，用代疏麻瑶華之贈〔四〕。

【校箋】

〔一〕《文苑英華》卷二五二、《唐文粹》卷一五載此詩，文字悉同。《萬首唐人絶句》卷六九題作《客舍寄柳博士》，無末二句。

〔二〕《文苑英華》卷三〇〇載此詩，題下注云：「此公事制舉。」

〔三〕「射堂」原作「射雕」，據《文苑英華》改。

〔四〕此節取獨孤及文，見《毘陵集》卷一四，「困於學」作「固於學」，「以文爲贈」作「以文爲貺」。《文苑英華》卷七二三所載與集同。

劉希戩

彈琴詩云〔一〕：碧山本岑寂，素琴何清幽。彈爲風入松，崖谷颯以秋。庭鶴舞白雪，泉魚躍洪流。余欲娱世人，明月難暗投。感歎未終曲，淚下不可收。嗚呼鍾子期，零落歸山丘。死而若有知，魂兮從我游。

【校箋】

〔一〕此詩采自《唐文粹》，希戩詩僅存一首。《全唐詩》作「劉戩」，注云：「一作『劉希戩』，又作劉希夷詩。」

朱絳

春女怨云：獨坐紗窗刺綉遲，紫荆枝上囀黄鸝〔一〕。欲知無限傷春意，併在停針不語時〔二〕。顧陶取此詩爲類選〔三〕。

【校箋】

〔一〕《才調集》「枝上」作「花下」。

〔二〕《才調集》「併」作「盡」。

〔三〕「此詩」原作「此書」，據《全唐詩話》改。

元凛

九日對酒云：嘉辰復遇登高臺，良朋笑語傾金罍。煙攤秋色正堪玩，風惹菊香無限來。未保亂離今日後，且謀歡洽玉山頹。誰知靖節當時事，空學狂歌倒載迴〔一〕。

中秋夜不見月云：蟾輪何事色全微，賺得佳人出綉幃。四野霧凝空寂寞，九霄雲鎖絶光輝。吟詩得句翻停筆，玩處臨樽却掩扉。公子倚欄猶悵望，懶將紅燭草堂歸。

【校箋】

〔一〕「倒載」，原作「倒戴」，據毛本改。用晉山簡事。

楊志堅

顔魯公爲臨川内史，邑有楊志堅者，嗜學而貧，妻厭之，一日告離，志堅以詩送之曰：「平生志業在琴詩，頭上如今有二絲。漁父尚知溪谷暗，山妻不信出身遲。荆釵任意撩新鬢，明鏡從他别畫眉。今日便同行路客，相逢即是下山時。」持詩詣州，請公牒求别醮。顔公案其妻曰：「王歡之廩既虚，豈遵黄卷；朱叟之妻必去，寧見錦衣？污辱鄉閭，敗傷風俗，若無褒貶，僥倖者多。」遂箠之。後無棄其夫者〔一〕。

【校箋】

〔一〕此采《雲溪友議》卷上《魯公明》條之文，略有删節，不具録。「王歡之廩既虚，豈遵黄卷」二句，《雲溪友議》、《全唐詩話》同。毛本「王歡」作「王尊」，「豈遵」作「豈歡」。按《晉書》卷九一《王歡傳》：「王歡字君厚，樂陵人也。安貧樂道，專精耽學，不營産業，常丐食誦詩，雖家無斗儲，意怡如也。其妻患之，或焚毁其書而求改嫁，歡笑而謂之曰：『卿不聞朱買臣妻邪？』時聞者多哂之。」魯公正用此事，作「王歡」是。毛氏殆臆改也。

劉方平

秋夜泛舟云〔一〕：林塘夜泛舟〔二〕，蟲響荻颼颼。萬影皆因月，千聲各爲秋。歲華空復晚，鄉思不堪愁。西北浮雲外，伊川何處流？

皇甫冉寄方平詩云〔三〕：十年不出蹊林中，一朝結束甘從戎。嚴子持竿心寂歷，寥落荒籬遮舊宅。又曰：與君從來同語默，豈是悠悠但相識。天畔三秋空復情，袖中一字無由得。

方平春怨云：紗窗日落漸黄昏〔四〕，金屋無人見淚痕。寂寞空庭春欲晚〔五〕，梨花滿地不開門。

方平泛舟思鄉云〔六〕：西北浮雲外，伊川何處流？蓋洛中人也。皇甫冉之京留别方平詩云〔七〕：遲遲越二陵，迴首但蒼茫。喬木清宿雨，故關愁夕陽。冉嘗爲河南從事，自是遷左拾遺，留别于河南也。方平與元魯山善，不仕〔八〕，蓋邢襄公政會之後也〔九〕。蕭穎士云〔一〇〕：山東茂異，有河南劉方平。

【校箋】

〔一〕詩題《才調集》同，《御覽詩》作《泛舟》。

〔二〕「泛舟」，《才調集》同，《御覽詩》作「發舟」。

〔三〕《四部叢刊》影明本《皇甫冉詩集》載此詩，題作《寄劉方平》，全篇如下：「十年不出蹊林中，一朝結束甘從戎。嚴子持竿心寂歷，寥落荒籬遮舊宅。終日碧湍聲自喧，暮秋黄菊花誰摘。每望南峰如對君，昨來不見多黄雲。石徑幽人何所在，玉泉疏鐘時獨聞。與君從來同語默，豈是悠悠但相識。天畔三秋空復情，袖中一字無由得。世人易合復易離，故交棄置求新知。歎息青青長不改，歲寒霜雪青松枝。」此乃摘引。「天畔」原作「天伴」，據改。

〔四〕「日落」原作「落日」，據《御覽詩》、《才調集》、《萬首唐人絶句》改。

〔五〕「空庭」，《御覽詩》、《萬首唐人絶句》同，《才調集》作《閒庭》。「欲」原作「又」，據《御覽詩》、《才調集》、《萬首唐人絶句》改。

〔六〕此即前《秋夜泛舟》詩收句，非别有《泛舟思鄉》詩也。

〔七〕皇甫冉《之京留别劉方平》詩凡六韻十二句，此摘引四句。

〔八〕《新唐書》卷六〇《藝文志》：「《劉方平詩》一卷。」注云：「河南人，與元魯山善，不仕。」

〔九〕劉政會封邢國公，謚曰襄，《舊唐書》卷五八、《新唐書》卷九〇有傳。據《新唐書》卷七一上《宰相世系表》「河南劉氏」下載：方平爲政會五代孫。

〔一〇〕蕭穎士語，見本書卷四七「沈仲昌」下引蕭穎士《送劉方平沈仲昌秀才同觀所試雜文序》。

李　揆

揆與饒州刺史封漸仲容叔霽聯句，揆筆力遒媚，有免相踐蓬閣，卧痾淮海濱。偶逢鄱陽守，宛是鄱陽人。又云：共仰新侯伯，同瞻舊宰臣。又云：鄉路轅思北，家林巷喜南。出江鄰幾雜志〔一〕。

前定録云：有巫者告揆曰：公當爲拾遺。遺以一書，緘之，云得此官即開。後明皇召試紫絲盛露囊賦，果得拾遺，啟緘，即此賦也〔二〕。

【校箋】

〔一〕《詩話總龜》前集卷一三：「李廷老家有李揆與饒州刺史封漸仲容叔霽聯句，揆筆力遒勁，詩亦大佳，略云：『光踐蓬瀛閣，卧痾淮海濱。偶逢鄱陽守，宛是鄱陽人。』又云：『共仰新侯伯，同瞻舊宰臣。』又云：『鄉路轅思北，客林巷喜南』。」其後注云：「前並《詩史》。」檢今傳《江鄰幾雜志》無此文，疑誤。《紀事》本此。「鄱陽守」原作「潘川守」，「鄱陽人」原作「潘陽親」；「南」原作「雨」，據改。

〔二〕見《太平廣記》卷一五〇「李揆」條引。原文故事曲折，所記甚詳，此述其梗概而已。

戎昱

憲宗朝，北狄頻寇邊，大臣奏議，古者和親有五利，而無千金之費。帝曰：比聞有士子能爲詩〔一〕，而姓名稍僻，是誰？宰相對以包子虛、冷朝陽，皆非也。帝遂吟曰：山上青松陌上塵，雲泥豈合得相親。世路盡嫌良馬瘦〔二〕，唯君不棄卧龍貧〔三〕。千金未必能移性〔四〕，一諾從來許殺身。莫道書生無感激，寸心還是報恩人。侍臣對曰：此是戎昱詩也。京兆尹李鑾，擬以女嫁昱，令其改姓，昱故辭焉。帝悦，曰：朕又記得詠史一篇云：漢家清史内，計拙是和親。社稷依明主〔五〕，安危託婦人。豈能將玉貌，便欲静胡塵。地下千年骨，誰爲輔佐臣？帝笑曰：魏絳之功，何其懦也。大臣遂息和戎之論矣。塞上曲云〔六〕：樓上畫角哀〔七〕，即知兵心苦。試問左右人，無言淚如雨。何意休明時〔八〕，終年事鼙鼓。長安秋夕云〔九〕：八月更漏長，愁人起常早。閉門寂無事，滿地生秋草〔一〇〕。昨宵西窗夢〔一一〕，先入荆門道。遠客歸去來，在家貧亦好。

昱在零陵，于襄陽聞有妓善歌，取之。昱以詩遣行曰：寶鈿香娥翡翠裙，粧成掩泣欲行雲。慇懃好取襄王意，莫向陽臺夢使君。于遂遣還〔一二〕。昱登進士第，衛伯玉鎮荆南，辟爲從事。後爲辰、虔二州刺史〔一三〕。

昱贈別張駙馬云：上元年中長安陌，見君朝下欲歸宅。飛龍騎馬三十疋，玉勒彫鞍照初日。數里衣香遥撲人，長衢雨歇無纖塵。從奴斜抱敕賜錦，雙雙蹙出金麒麟。天子愛壻皇后弟，獨步明時負權勢。一身扈蹕承殊澤，甲第朱門聳高戟。鳳凰樓上伴吹簫，鸚鵡杯中醉留客。泰去否來何足論，宮中晏駕人事翻。一朝負譴辭丹闕，五年待罪湘江源。冠冕淒涼幾遷改，眼看桑田變成海。華堂金屋別賜人，細眼黄頭總何在？清宮相見寸心悲〔一四〕，懶欲今時問昔時。看君風骨殊未歇，不用愁來雙淚垂。肅宗張皇后弟清、潛，尚大寧、延和二郡公主。代宗立，廢后爲庶人，清、潛皆放流〔一五〕。

寶應中過滑州洛陽，後同王季友作苦哉行詩云〔一六〕：妾家清河邊，七葉承貂蟬。身爲最小女，偏得渾家憐。親戚不相識，幽閨十五年。有時最遠出，祇到中門前。前年狂胡來〔一七〕，懼死翻生全。今秋官軍至，豈意遭戈鋋。匈奴爲先鋒，長鼻黄髮拳。彎弓獵生人，百步牛羊羶。脱身落虎口，不及歸黄泉。苦哉難重陳，暗哭蒼蒼天。

採蓮曲云：雖聽採蓮曲，詎識採蓮心。漾楫愛花遠，回船愁浪深。煙生極浦色，日落半江陰〔一八〕。同侣憐波靜，看粧墮玉簪。又云：涔陽女兒花滿頭，毵毵同泛木蘭舟。秋風日暮南湖裏，爭唱菱歌不肯休。

【校箋】

〔一〕此段自「憲宗朝北狄頻寇邊」至「大臣遂息和戎之論矣」，皆采《雲溪友議》卷下《和戎諷》條之文。「比聞」原作「此聞」，據《友議》改。

〔二〕「世路」，《雲溪友議》同，《文苑英華》卷二五六作「舉世」。

〔三〕「不棄」原作「豈合」，涉第二句而誤，據《雲溪友議》改。《文苑英華》作「不厭」。

〔四〕「移性」，《文苑英華》同，《雲溪友議》作「移姓」。按此詩《文苑英華》題作《上湖南崔中丞》，原當以作「移性」爲是，《友議》因記京兆尹李鑾欲以女嫁昱令其改姓事，易「性」爲「姓」，後來《唐才子傳》又因詩乃上崔中丞，又稱欲嫁女與昱者爲崔中丞，皆出附會，胡震亨云：「『千金未必能移性，一諾從來許殺身』，求知激切之辭，與改姓無涉也。」（《唐音癸籤》）良是。

〔五〕「依」原作「因」，據《雲溪友議》改。

〔六〕此詩《樂府詩集》所載，爲《塞下曲六首》之五。《唐文粹》與此同。

〔七〕「樓上」，《唐文粹》同，《樂府詩集》作「城上」。

〔八〕「休」原作「値」，據《唐文粹》、《樂府詩集》改。

〔九〕詩題《唐文粹》同，《才調集》作《中秋感懷》。

〔一〇〕「滿地」，《唐文粹》同，《才調集》作「滿院」。

〔一一〕「西窗」，《唐文粹》同，《才調集》作「北窗」。

〔一二〕此采自《雲溪友議》卷上《襄陽傑》條，于襄陽，謂于頔也。《本事詩》又載爲韓滉事，云：「韓晉公鎮浙西，戎昱爲部内刺史。郡有酒妓，善歌，色亦媚妙，昱情屬殊厚。浙西樂將聞其能，白晉公，召置籍中。昱不敢留，爲歌詞以贈之，且曰：『至彼令歌，必首唱是詞。』既至，韓爲開筵，自持盃，命歌送之。遂唱戎詞。曲既終，韓問曰：『戎使君于汝寄情耶？』悚然起立曰：『然。』言隨淚下。韓命更衣待命，席上爲之憂危。韓召樂將責曰：『戎使君名士，留情郡妓，何故不知而召置之，成余之過！』乃笞之。命與妓百縑，即時歸之。其詞曰：『好去春風湖上亭，柳條藤蔓繫離情。黄鶯久住渾相識，欲别頻啼四五聲。』」蓋一事而兩傳也。

〔一三〕《新唐書》卷六〇《藝文志》：「《戎昱集》五卷。」注：「衛伯玉鎮荆南從事，後爲辰州、虔州二刺史。」

〔一四〕「清宫」，《唐百家詩選》、《唐詩品彙》並同，《全唐詩》作《渚宫》。

〔一五〕《新唐書》卷七七《張皇后傳》：「弟清、潛尚大寧、延和二郡主。……代宗已立，群臣白帝請廢爲庶人，殺之。弟清、潛……皆流放。」

〔一六〕《樂府詩集》載戎昱《苦哉行》五首，此其第四首。王季友作，《樂府詩集》未收。今佚。

〔一七〕「前」字原脱，據《樂府詩集》補。毛本作「去」，誤。

〔一八〕「半江」原作「半汪」，據《樂府詩集》改。

唐詩紀事校箋卷第二十九

常　衮　張衆甫　田　澄　柳　郴　李彦遠
薛　𣋉　元　載　張元宗　陽郇伯　高　拯
梁　鍠　劉長川　姚　倫　孫處玄　劉　復
朱　彬　載叔倫　于　鵠　王季文

常　衮

晚秋集賢院即事寄徐薛二侍郎云〔一〕：穆穆上清居〔二〕，沉沉中秘書。金鋪深内殿，石甃淨寒渠〔三〕。花樹臺斜倚，宫煙閣半虚。縹囊鋪錦綉，翠軸卷瓊琚。墨潤冰文繭，香消蠹字魚。翻黄桐葉老，吐白桂花初。舊德雙游處，聯芳十載餘〔四〕。北朝榮庾薛，西漢盛嚴徐。侍講親華扆，徵詩步綺疏〔五〕。綴簾金翡翠，賜硯玉蟾蜍。移秩東南遠〔六〕，離憂歲月餘〔七〕。承明期重入，江海意何如。

衮，京兆人，爲中書舍人。文采贍蔚，長于應用，譽重一時。相代宗，用人非文詞者擯不用，世謂之黯伯〔八〕。

衰晚秋集賢即事詩，司空曙和云：藹藹鳳凰宮，蘭臺玉署通〔九〕。夜霜凝樹羽，曉日照相風〔一〇〕。官亞三台貴〔一一〕，儒開百氏宗。司言陳禹拜〔一二〕，侍講發堯聰。香卷青編內〔一三〕，鉛分緑字中〔一四〕。綴籤從太史，鏘佩揖群公。池接天泉碧，林交御果紅〔一五〕。寒龜登故葉，秋蝶戀疏叢。顔謝徵文並〔一六〕，鍾裴直事同。離群驚海鶴，屬思怨江楓。地遠姑蘇外〔一七〕，山長越絶東。慚當哲匠後，下曲奏難工〔一八〕。獨孤及和云〔一九〕：漢家金馬署，帝座紫微郎。圖籍凌群玉，歌詩冠柏梁。陰陰萬年樹，肅肅五經堂。揮翰忘朝食，研精待夕陽。晴空露盤迥，秋月鎖窗涼。遠興生斑鬢，高情寄縹囊。葳蕤雙鸑鷟〔二〇〕，夙昔並翺翔。汲冢同刊謬，蓬山共補亡。差池摧羽翮〔二一〕，流落限江湘。禁省一分袂，旻天三雨霜。石渠遺跡滿，水國暮雲長。早晚朝宣室，歸時道路光。錢起和云〔二二〕：文星垂太虛，辭伯綜群書。綵筆下鴛掖，褒衣來石渠。典墳探奧旨，造化覿權輿。述聖魯宣父，通經漢仲舒。窗明宜縹帶，地肅近丹除。清晝刪詩暇，高秋作賦初。露盤侵漢聳，宮柳度鴉疏。靜對連雲閣，晴聞過闕車〔二三〕。舊僚云出矣，晚歲復何如。海嶠瞻歸路，江城夢直廬。含毫思兩鳳，望遠寄雙魚。定笑巴歌拙，還參麗曲餘。

【校箋】

〔一〕《文苑英華》卷一九一載此詩及司空曙、盧綸和詩，盧綸和詩「徐薛二侍郎」上有「贈江南」三字。

〔二〕「居」原作「宫」，據《文苑英華》改。

〔三〕「淨」原作「盡」，據《文苑英華》改。

〔四〕「十載」原作「千載」，據《文苑英華》改。

〔五〕「徵詩」，《文苑英華》作「徵吟」。

〔六〕「移秩」，《文苑英華》作「序秩」。

〔七〕「歲月餘」，《文苑英華》同，毛本作「歲月除」，據獨孤及和詩「禁省一分袂，旻天三雨霜」，謂有餘于歲月也，作「餘」是。

〔八〕《新唐書》卷一五〇《常衮傳》：「常衮，京兆人，天寶末及進士第。性狷潔，不妄交游。由太子正字累爲中書舍人。文采贍蔚，長于應用，譽重一時。……元載死（代宗大曆十二年），拜門下侍郎、同中書門下平章事。……懲元載敗，窒賣官之路，然一切以公議格之，非文詞者皆擯不用，故世謂之『黯伯』，以其黯黯無賢不肖之辨云。」

〔九〕「玉署」原作「玉樹」，《文苑英華》卷一九一作「玉曙」，「曙」乃「署」之誤，據改。

〔一〇〕「相風」原作「和風」，據《文苑英華》改。

〔一一〕「亞」，《文苑英華》作「附」。

〔一二〕「禹拜」，《文苑英華》作「禹命」，誤。

〔一三〕「青編」原作「青蒲」，據《文苑英華》改。

〔一四〕「鉛分」原作「鉛力」，據《文苑英華》改。

〔一五〕「林交」原作「林文」，據《文苑英華》改。

〔一六〕「徵文」原作「微文」，據《文苑英華》改。

〔一七〕「姑蘇」原作「招蘇」，據《文苑英華》改。

〔一八〕「奏」，《文苑英華》作「本」。

〔一九〕詩題《毘陵集》卷三作《奉和中書常舍人晚秋集賢院即事寄贈徐薛二侍郎》。

〔二〇〕「葳蕤」原作「葳蓬」，據《毘陵集》改。

〔二一〕「差池」原作「羌池」，據《毘陵集》改。

〔二二〕詩題《錢考功集》作《奉和中書常舍人晚秋集賢院即事》。

〔二三〕「晴」原作「睛」，據《錢考功集》改。

張衆甫

鶴詩云〔一〕：馴狎經時久，褵褷短翮存〔二〕。不隨淮海變，空愧稻粱恩〔三〕。獨立秋天淨，單棲夕露繁。欲飛還斂翼，詎敢望乘軒〔四〕？

戴叔倫酬衆甫詩云：野人無本意，散木任天材。分向空山老，何言上苑來。超遥千里道〔五〕，依倚九層臺。出處寧知命，輪轅豈自媒。更慚張處士，相與别蒿萊。

衆甫送李觀之宣州謁袁中丞詩云〔六〕：古渡大江濱，西南距要津〔七〕。自當舟楫路，應濟往來人。翻浪驚飛鳥，迴風起緑蘋〔八〕。君看波上客，歲晚獨垂綸〔九〕。

高仲武云：衆甫詩婉媚綺錯〔一〇〕，巧用文字，工于興喻。如不隨淮海變〔一一〕，空愧稻粱恩，盡陳、謝之源。又自當舟楫路，應濟往來人，得諷興之要。形容體裁，率皆如此，文流之佳士也。

衆甫，字子初，清河人。年過耳順，方脱章甫，冠惠文。爲太常寺太祝，尉河南壽安縣。罷秩僑居雲陽，時以緣情比興，疏導心術，志之所之，輒詣絶境。後拜監察御史，爲淮寧軍從事。建中三年卒〔一二〕。權載之誌其墓。

【校箋】

〔一〕詩題《中興閒氣集》、《文苑英華》卷三二八作《寄興園池鶴上劉相公》。

〔二〕「褷褷」原作「攡樅」，據《中興閒氣集》、《文苑英華》改。

〔三〕「稻粱」原作「稻糧」，據《中興閒氣集》、《文苑英華》改。

〔四〕「詎敢」原作「誰敢」，據《中興間氣集》、《文苑英華》改。

〔五〕「超遥」，毛本作「迢遥」，超，亦遠也。不誤。

〔六〕詩題《中興間氣集》「袁中丞」下有「賦得三洲渡」五字，《文苑英華》卷二八五其下有「賦得渡江」四字。

〔七〕「距」原作「拒」，據《中興間氣集》、《文苑英華》改。毛本作「據」，誤。

〔八〕「蘋」，《中興間氣集》同，《文苑英華》作「鱗」。

〔九〕「歲晚」原作「晚歲」，據《中興間氣集》、《文苑英華》改。

〔一〇〕「詩」字原脱，據《中興間氣集》（何焯校本）補。

〔一一〕「如」上原衍一「只」字，據《中興間氣集》（何焯校本）删。

〔一二〕《權載之文集》卷二五《唐故監察御史清河張府君墓誌銘并序》：「君諱衆甫，字子初，清河人。……君早爲諸生。能以學行自力，寬廉而温，樸厚少文，居易向晦，固窮不變，故年過耳順而方脱章甫，冠惠文，示不苟也。初爲轉運使所辟，解巾太常寺太祝，轉河南府壽安縣尉，罷秩歷年，僑居雲陽，時以緣情比興，疏導心術，志之所之，輒詣絶境。……會淮寧軍帥之始至也，慎柬僚佐，求士于朝，朝賢多以君爲才，辟書薦至，俄拜監察御史，且爲從事。……建中三年三月日，至家而終。」

田澄

成都爲客作云[一]：蜀郡將知遠，城南萬里橋。衣緣鄉淚濕，貌以客愁銷。地富魚爲米，山芳桂是樵。旅游唯得酒，今日過明朝。

澄，天寶、上元間人。杜子美贈獻納使起居田舍人詩，即澄也。末句云：揚雄更有河東賦，惟待吹嘘送上天。蓋澄以舍人奉使入蜀。肅宗時人也[二]。

【校箋】

〔一〕袁説友《成都文類》卷十四載此，文字悉同。《蜀中詩話記》卷一引此詩，題作《成都旅次》。

〔二〕《蜀中詩話記》引此文云：「出《紀事》。」「天寶、上元間人」原作「大曆、天寶間人」，蓋《紀事》傳刻之訛也，今據《蜀中詩話記》改。

柳郴

郴與李端、盧綸友善[一]。有賊平後送客還鄉詩云：他鄉生白髮，舊國有青山[二]，最有思致。尤長于短句，如贈别云：江浦程千里，離樽淚數行。無論吴與楚，俱是客他鄉。又云：何處最悲辛，長亭臨古津。往來舟楫路，前後别離人。

【校箋】

〔一〕《郡齋讀書志》載《柳郯詩》一卷。云：「右唐柳郯集，有與李端、盧綸輩相酬贈詩，大曆間進士也。」此與「柳郴」當是一人，唯檢《李端集》中，相與酬贈最多者，爲柳中庸。《盧綸集》中，則有「柳侍郎」、「柳處士」、「柳郎」而無一稱名者，未知孰是也。俟考。

〔三〕「他鄉」二句，乃司空曙《賊平後送人北歸》詩中句，見《司空曙集》。《文苑英華》卷二七五亦載之。「有」並作「見」。

李彦遠

採桑云〔一〕：採桑畏日高，不待春眠足。攀條有餘愁〔二〕，那矜貌如玉。千金豈不贈，五馬空躑躅。何以變貞性〔三〕，幽篁雪中緑。

彦遠，大曆、貞元間詩人。

【校箋】

〔一〕《文苑英華》卷二〇八所載作者與此同，下注云：「一作暐。」《樂府詩集》作「李彦暐」。

〔二〕「餘愁」，《樂府詩集》同。《文苑英華》作「餘態」。

〔三〕「貞性」，《文苑英華》、《樂府詩集》俱作「真性」。

薛昪

勑贈康尚書美人云：天門喜氣曉氛氲，聖主臨軒召冠軍。欲令從此行霖雨，先賜巫山一片雲。康尚書，日知也。德宗時，斬李惟岳，以功擢爲深趙節度，遷奉誠軍。徙晉絳〔一〕。

昪，德宗時河東詩人也。

【校箋】

〔一〕《新唐書》卷一四八《康日知傳》：「日知少事李惟岳，擢累趙州刺史。惟岳叛，日知與别駕李濯及部將百人，啐牲血共盟，固州自歸。惟岳怒，遣先鋒兵馬使王武俊攻之，日知使客謝武俊……武俊悟，引兵還，斬惟岳以獻。德宗美其謀，擢爲深趙觀察使。……興元元年，以深趙益成德，徙日知奉誠軍節度使，又徙晉絳。」「徙」原作「陟」，據改。

元載

王忠嗣鎮北京〔一〕，以女韞秀歸元載，歲久而見輕。韞秀勸之游學，元乃游秦，爲詩别韞秀曰：年來誰不厭龍鍾，雖在侯門似不容。看取海山寒翠樹，苦遭霜霰到秦封。妻請偕行曰：路掃飢寒跡，天哀志氣人。休零別離淚，攜手入西秦。元到京，屢陳時務，深符上旨，肅宗擢拜中書，王寄諸姨妹詩曰：相闔已隨麟閣貴，家風第一右丞詩。笄年解笑鳴機婦，恥見蘇秦富貴時。元，肅、代兩朝宰相，貴盛無比，復爲一篇以喻之曰：楚竹燕歌動畫梁，春闌重換舞衣裳〔二〕。公孫開館招嘉客，知道浮榮不久長〔三〕。元貪恡被誅，上令王氏入宫，歎曰：二十年太原節度使女，十六年宰相妻，誰能爲長信、昭陽之事？死亦幸矣！京兆笞斃。

大曆九年春，載早朝，有獻文章者，公令左右收之。其人苦欲公讀，公云：候入中書當爲看。其人言若不能讀，請自誦一首。畢，因亦不見。詩曰：城東城西舊行處，城裏花飛亂如絮。海燕銜泥欲下來，屋裏無人却飛去。載後破家，妻子被殺〔四〕。其一云〔五〕：城南路長無宿處，荻花紛紛如柳絮。海燕銜泥欲作巢，空室無人却飛去。

【校箋】

〔二〕此采《雲溪友議》卷下《窺衣帷》條之文。惟《友議》云：「元丞相載妻王氏，字韞秀，王縉相公之女，維，右丞之姪，初王相公鎮北京」云云，此則改爲「王忠嗣鎮北京，以女韞秀歸元載」。按《舊唐書》卷一一八《元載傳》：「載妻王氏並賜死。……王氏，開元中河西節度使忠嗣之女也。」知《紀事》所改爲是。然「鎮北京」非王忠嗣，《友議》載韞秀寄諸姨妹詩有「家風第一右丞詩」之句，且自稱「二十年太原節度使女」，皆當屬王縉。小説家言，多本傳聞，固不免鑿空附會也。

〔二〕「春闌」原作「春蘭」，《雲溪友議》同。據《全唐詩話》改。

〔三〕「浮榮」原作「浮雲」，據《雲溪友議》改。

〔四〕此采自牛僧孺《玄怪録》，云：「大曆九年春，中書侍郎、平章事元載早入朝，有獻文章者，令左右收之。此人苦欲載讀，載云：『俟至中書，當爲看。』人言：『若不能讀，請自誦一首。』誦畢不見，方知非人耳。詩曰：『城東城西舊居處，城裏飛花亂如絮。海燕銜泥欲下來，屋裏無人却飛去。』載後竟破家，妻子被殺云。」（《太平廣記》卷三三七引）「大曆九年」此原作「大曆五年」，按元載以大曆十二年賜死，當以作「九年」爲是，據改。「請自誦一首」原脱「請」「一首」三字，據《玄怪録》補。

〔五〕此首今傳《玄怪録》及《太平廣記》引文均不載，當是一詩兩傳，字句小異，實一意也。

張元宗

登景雲寺閣云〔一〕：胡馬飲河洛，我家從此遷。今來獨垂淚，三十六峰前。

望終南山云：紅塵白日長安路，馬足車輪不暫閑。唯有茂陵多病客，每來高處望南山〔二〕。

【校箋】

〔一〕《文苑英華》卷三一四載此詩，作者題「張九宗」，未知孰是。

〔二〕「南山」原作「南川」，省詩題當是「南山」之誤。據毛本改。

陽郇伯〔一〕

妓人出家云〔二〕：盡出花鈿與四鄰，雲鬟剪落厭殘春。暫驚風燭難留世，便是蓮花不染身。貝葉欲翻迷錦字，梵聲初學誤梁塵。從今豔色歸空後，湘浦應無解佩人。

竇常途中立春寄懷郇伯云〔三〕：浪跡終年客，驚心此地春。風前獨去馬，澤畔耦耕人。老大交情重，悲哀物外親。子雲今在宅，應見柳條新。

【校箋】

〔一〕「陽」原作「楊」，按宋吴曾《能改齋漫録》及吴幵《優古堂詩話》引《妓人出家》詩，皆云陽郇伯作。據改。

〔三〕《湘山野録》卷下：「初，中國長公主爲尼，掖庭嬪御隨出家三十餘人，詔兩禁送于寺，賜齋饌。因傳宣各令作詩送，惟陳文僖公彭年詩尚有記者，云：『盡出花鈿散寶津，雲鬟初剪向殘春。暫驚風燭難留世，遂作蓮池不染身。貝葉乍翻疑軸錦，梵聲纔學誤梁塵。從茲艷質歸空後，湘浦應無解佩人。』或云作詩之説恐非。好事者能于《鷓鴣天》曲聲歌之。」張氏刻本再跋引何焯校語云：「此唐陽郇伯《妓人出家》詩也，《能改齋漫録》云唐顧陶大中丙子《唐詩類選》中載之。若公主入道，何敢用解佩事也？」何説是，其改異字句，不過欲泯妓人之跡，而終不可掩也。

〔三〕「途」原作「逢」，據《竇氏聯珠集》改。

高拯

拯及第後贈試官云〔一〕：公子求賢未識真，欲將毛遂比常倫。當時不及三千客，今日何如十九人。

拯，大曆三年進士〔二〕，試官薛邕也。

【校箋】

〔一〕《文苑英華》卷二六五載此詩，文同，作者題「高極」。

〔二〕「三年」原作「十三年」，按《摭言》載薛邕「大曆二年拜禮部侍郎，聯翩四榜，共放八十人。」《唐語林》亦載：「薛邕四，大曆二年、三年、四年、五年。」則此「十三年」當是「三年」之誤。今改。

梁鍠

七夕泛舟云〔一〕：雲端有靈匹，掩映拂粧臺。夜久應摇珮，天高響不來。片歡秋始展〔二〕，殘夢曉翻催。却怨填河鵲，留橋又不迴。

詠木老人云：刻木牽絲作老翁，鷄皮鶴髮與真同。須臾弄罷寂無事，還似人生一夢中。明皇還西内，曾詠此詩。

古意云〔三〕：妾家巫峽陽，羅幌寢銀床〔四〕。曉日臨窗久，春風引夢長〔五〕。落釵仍在鬢，微汗欲消黄〔六〕。縱使朦朧覺〔七〕，魂猶逐楚王〔八〕。

錢起秋夜與鍠文宴云：車到閑林下，杯香蕙草時。好風能自至，明月不須期。秋水翻河影，晴霜脆柳絲。微官是底物，許日廢言詩。

明皇雜録云：李輔國矯制遷明皇西宫，力士竄嶺表。帝戚戚不樂，日一蔬食，吟詩云：刻木牽絲作老翁至一夢中〔九〕。不知明皇作，或詠鍠詩也。

【校箋】

〔二〕此詩見《歲時雜詠》卷二六，其前有盧照鄰同題二首並序，蓋同時之作也。

〔二〕「片歡」，《歲時雜詠》作「片雲」。

〔三〕詩題《文苑英華》卷二〇五同。《國秀集》卷下作《觀美人卧》。《御覽詩》作《美人春怨》，並有注云：「原題《美人春卧》。」

〔四〕「銀床」，《國秀集》、《文苑英華》同，《御覽詩》作「蘭堂」。

〔五〕「春風」，《國秀集》、《御覽詩》同，《文苑英華》作「春情」。

〔六〕「黄」原作「香」，據《國秀集》、《御覽詩》、《文苑英華》改。

〔七〕「朦朧」原作「蒙籠」，據《國秀集》、《御覽詩》、《文苑英華》改。

〔八〕「猶」原作「游」，《文苑英華》同，據《國秀集》、《御覽詩》改。

〔九〕《詩話總龜》前集卷二五引《明皇雜録》：「明皇在南内，耿耿不樂，每自吟太白《傀儡》詩曰：『刻木牽絲作老翁，鷄皮鶴髮與真同。須臾弄罷渾無事，還似人生一世中。』」文字與此略異，據《唐書·玄宗紀》當以作「西内」爲是。明皇所吟詩，吴曾《能改齋漫録》卷八以爲梁鍠《木老人》詩，《文苑英華》卷二一二亦録爲梁鍠詩，題作《窟磊子人》。《萬首唐人絶句》卷六九則以爲明皇詩，題作《傀儡吟》。《全唐詩》兩載之。

劉長川

寶劍篇云：寶劍不可得，相逢幾許難。今朝一度見，赤色照人寒。匣裏星文動，環邊月影殘。自然神鬼伏，無事莫空彈。

將赴東都上李相公云〔一〕：四海兵初偃，平津閣正開。誰知火爐下〔二〕，還有不燃灰。

長川，肅、代時詩人也。

【校箋】

〔一〕《文苑英華》卷二五二載此詩，題《將赴東都上李相國》，作者爲「孫叔向」。《全唐詩》兩載之。

〔二〕「火爐下」《文苑英華》作「大爐火」。

姚倫

感秋林云〔一〕：試向疏林望〔二〕，方知節候殊〔三〕。亂聲千葉下，寒影一巢孤。不蔽秋天雁，驚飛夜月烏。霜風與春日，幾度遣榮枯。

倫過章秀才洛陽客舍云〔四〕：達人心自適，旅舍當閑居。不出來時徑，重看讀了書。晚山嵐色近〔五〕，斜日樹陰疏〔六〕。盡是忘言客，聽君誦子虛。

高仲武云：姚子詩雖未弘深〔七〕，去凡已遠，屬興比事，不失文流。如亂聲千葉下，寒影一巢孤，亦篇什之秀也〔八〕。

倫終揚州大都府倉曹參軍〔九〕。

【校箋】

〔一〕詩題原無「林」字，《又玄集》同，《中興閒氣集》作《感秋林》，與詩意合，據補。

〔二〕「疏林」，《又玄集》同，《中興閒氣集》作「東林」。

〔三〕「方知」，《又玄集》同，《中興閒氣集》作「方悲」。

〔四〕詩題《中興閒氣集》作《過章秀才客舍》。

〔五〕此句《中興閒氣集》作「晚嵐山色近」，似勝。

〔六〕「斜日」，《中興閒氣集》作「秋日」。

〔七〕「弘」原作「洪」，據《中興閒氣集》改。

〔八〕「什」字原脱，據《中興閒氣集》補。

〔九〕《新唐書》卷七四下《宰相世系表》：「倫，揚州大都督府倉曹參軍。」此原脱「倉」字，據補。

孫處玄〔一〕

詠黄鶯云：欲囀聲猶澁，將飛羽未調。高風不借便，何處得遷喬〔二〕？

處玄，江寧人。長安中爲左拾遺。善屬文，嘗恨天下無書，以廣新聞。神龍初，桓彦範等用事，處玄遺書論時事得失，不得用，乃去官還鄉，以病卒〔三〕。

【校箋】

〔一〕「孫處玄」原作「孫處立」，據《舊唐書》卷一九二《孫處玄傳》改。

〔二〕《萬首唐人絶句》載孫處玄《詠黄鶯兒》一首，即此詩，「囀」原作「轉」，「將」原作「輕」，據改。

〔三〕《舊唐書》卷一九二《孫處玄傳》：「孫處玄，長安中徵爲左拾遺。頗善屬文，嘗恨天下無書以廣新文。神龍初，功臣桓彦範等用事，處玄遺彦範書，論時事得失，彦範竟不用其言，乃去官還鄉里，以病卒。」又，《新唐書》卷六〇《藝文志》：「《包融詩》一卷。」下注：「江寧有右拾遺孫處玄。」故《紀事》以爲「江寧人」也。《新志》「右拾遺」當是「左拾遺」之誤。

劉復

寺居清晨云：高枕對曉月，衣巾清且涼〔一〕。露華朝未晞，滴瀝含虛光。隔竹聞汲井，開扉見焚香。幽心感衰病，結念依法王。青冥早雲飛，杳眇空鳥翔。此情皆有釋，悠然知所忘。

經楚城云〔二〕：日没路且長，游子欲涕零。荒城無人路，秋草飛寒螢。東南古丘墟，莽蒼馳郊坰。黄雲晦斷岸，枯井臨崩亭。昔人竟何之，窮泉獨冥冥。蒼苔没碑版，朽骨無精靈。俛仰寄世間，忽如流波萍。金石非汝壽，浮生等朦腥。不如學神仙，服食求丹經〔三〕。

游仙云：稅駕倚扶桑，逍遥望九州。二老佐軒轅，移戈戮蚩尤。功成棄之去，乘龍上天游。天上見玉皇，壽與天地休。俯視崑崙宫，五城十二樓。王母何窈渺，玉質清且柔。揚袂折瓊芳，寄我天東頭。相思千萬歲，大運浩悠悠。安用知吾道，日月不能周。寄音青鳥翼，謝爾碧海流。

送王倫詩云：春江日未曛〔四〕，楚客酣送君。翩翩孤黄鶴，萬里滄洲雲。四方各有志〔五〕，豈得常顧群。山連巴湘遠，水與荆吴分。清光日阻脩，尺素安可論。相思寄夢寐，瑶草空氛氳。

出三城留別幕中三判官詩云〔六〕：翔禽記高柯〔七〕，倦客念主人。恩義有所加〔八〕，四海同一身。況皆曠代姿〔九〕，翰音及良辰〔一〇〕。陳規佐武略，高枕據要津〔一一〕。常願投素誠，今果得所申。金罍列四座，廣廈無炎氛〔一二〕。留連徂暑中，觀望歷數旬。河山險以固，士卒勇且仁。飾裝告來歸〔一三〕，相送越城闉〔一四〕。愧無青玉案〔一五〕，緘佩永不泯。

復，登大曆進士第，嘗爲水部員外郎，爲石洪父平墓銘〔一六〕。

【校箋】

〔一〕「衣巾」原作「衣中」，據《文苑英華》卷二三六改。

〔二〕詩題「楚城」原作「禁城」，據《文苑英華》卷二九三改。

〔三〕「服食」原作「服石」，據《文苑英華》改。

〔四〕「春江」原作「春天」，據《文苑英華》卷二七四改。

〔五〕「有志」原作「有心」，據《文苑英華》改。

〔六〕詩題「留」字原脱，據《文苑英華》卷二八七補。

〔七〕「記」原作「託」，據《文苑英華》改。

〔八〕「加」原作「知」，據《文苑英華》改。

〔九〕「曠代」原作「曠大」，據《文苑英華》改。

〔一〇〕「及」原作「見」，據《文苑英華》改。
〔一一〕「高枕」原作「高統」，據《文苑英華》改。
〔一二〕「炎氛」原作「氛塵」，據《文苑英華》改。
〔一三〕「告來」原作「去未」，據《文苑英華》改。
〔一四〕「相送」原作「相追」，據《文苑英華》改。
〔一五〕「愧」原作「貴」，據《文苑英華》改。
〔一六〕《韓昌黎集》載《集賢院校理石君（洪）墓誌銘》：「金華生君之考諱平，爲太子家令，而尚書水部郎劉復爲之銘。」

朱彬

丹陽作云：暫入新豐市，猶聞舊酒香。抱琴沽一醉，盡日卧垂楊〔一〕。

彬，大曆、貞元間詩人。

【校箋】

〔一〕「垂楊」原作「垂陽」，據《萬首唐人絶句》改。

戴叔倫

字幼公，潤州人。師事蕭穎士，爲門人冠。劉晏管鹽鐵，表主運湖南。至雲安，楊子琳反，馳客劫之曰：歸我金幣，可緩死。叔倫曰：身可殺，財不可得。乃捨之。累遷至容管經略。德宗嘗賦中和節詩，遣使者寵賜。代還，卒〔一〕。

早行寄朱山人放云〔二〕：山曉旅人去，天高秋風悲。明河川上没，芳草露中衰。此别又萬里，少年能幾時。心知剡溪路，聊且寄前期〔三〕。

和汴州李相公勉人日喜春云：年來日日春光好，今日風光好更新。獨獻菜羹憐應節，遍傳金勝喜逢人。煙添柳色看猶淺，鳥踏梅花落已頻。東閣此時聞一曲，翻令和者不勝春。

高仲武云：叔倫爲人温雅，善舉止，無賢不肖，見皆盡心。在租庸幕數年，夕惕靡怠。吏部尚書劉公與祠部員外張繼書云：博訪群材，揖對賓客，無如戴叔倫〔四〕。其見推稱如此。詩體雖不中越格，然廨宇經山火，公田没海潮，亦指事造形之工者。其骨氣稍輕，故詩家少之〔五〕。

吴明府自遠來而留宿云〔六〕：出門逢故友〔七〕，衣服滿塵埃。歲月不可問，山川何處來。綺城容敝宅〔八〕，散職寄靈臺。自此留君醉，相懽得幾迴〔九〕？

除夜宿石頭驛云〔一〇〕：旅館誰相問，寒燈獨可親。一年將盡夜，萬里未歸人。寥落悲前事，支離笑此身。愁顔與衰鬢〔一一〕，明日又逢春〔一二〕。

客夜與故人偶集云〔一三〕：天秋月又滿，城闕夜千重。還作江南會，翻疑夢裏逢〔一四〕。風枝驚暗鵲〔一五〕，露草覆寒蛩。羈旅長堪醉，相留畏曉鐘。

送友人東歸云：萬里楊柳色，出關送故人〔一六〕。輕煙拂流水，落日照行塵。積夢江湖闊，憶家兄弟貧。徘徊灞亭上，不語自傷春。姚合取爲極玄集。

送謝夷甫宰鄮縣云〔一七〕：君去方爲縣〔一八〕，干戈尚未銷〔一九〕。邑中殘老小，亂後少官僚。廨宇經山火〔二〇〕，公田没海潮。到時應變俗〔二一〕，新政滿餘姚。

【校箋】

〔一〕《新唐書》卷一四三《戴叔倫傳》：「戴叔倫字幼公，潤州金壇人。師事蕭穎士，爲門人冠。劉晏管鹽鐵，表主運湖南，至雲安，楊子琳反，馳客劫之曰：『歸我金幣，可緩死。』叔倫曰：『身可殺，財不可奪。』乃捨之。……遷容管經略使，綏徠夷落，威名流聞。其治清明仁恕，多方略，故所至稱最。德宗嘗賦《中和節詩》，遣使者寵賜。代還，卒于道，年五十八。」「主運」原作「主管」，「楊子琳」原作「楊惠琳」，據改。

〔二〕詩題《文苑英華》卷二三二同。《才調集》作《秋日行》，明活字本（下同）《戴叔倫集》作《早行寄朱放》。

〔三〕末二句《才調集》、《戴叔倫集》同，《文苑英華》作「青冥剡溪路，心與謝公期」。

〔四〕《南部新書》庚：「劉晏任吏部，與張繼書云：『博訪群材，揖對賓客，無如戴叔倫。』」此「群材」

原作「選材」，脱「無」字，據改補。

〔五〕「故詩家少之」原作「故詩亦少」，據《中興閒氣集》（何焯校本）改。

〔六〕詩題《中興閒氣集》、《極玄集》、《戴叔倫集》同，原脱「而」字，據補。《文苑英華》卷二一七作《盧新吴航忽遠至留宿敝居》。

〔七〕「逢」，《中興閒氣集》、《極玄集》、《戴叔倫集》同。《文苑英華》作「迎」。

〔八〕「綺城」原作「倚城」，據《中興閒氣集》、《極玄集》、《文苑英華》、《戴叔倫集》改。

〔九〕末二句《中興閒氣集》、《極玄集》、《戴叔倫集》同，《文苑英華》作「願此留君醉，相逢知幾迴」。

〔一〇〕詩題《中興閒氣集》、《極玄集》、《戴叔倫集》同，《文苑英華》卷一五八作《除夜宿石橋館》。

〔一一〕「愁顔與衰鬢」，《中興閒氣集》、《極玄集》、《戴叔倫集》同，《文苑英華》作「衰顔與愁鬢」。

〔一二〕「又」原作「去」，《文苑英華》同，據《中興閒氣集》、《極玄集》，《戴叔倫集》改。

〔一三〕「客夜」原作「客舍」，據《中興閒氣集》、《極玄集》、《戴叔倫集》改，《文苑英華》卷二一五作《江鄉故人偶集客舍》。

〔一四〕「翻疑」原作「翻凝」，據《中興閒氣集》、《極玄集》、《戴叔倫集》、《文苑英華》改。

〔一五〕此句《中興閒氣集》、《極玄集》、《戴叔倫集》同，《文苑英華》作「風枝鳴散鵲」。

〔一六〕「送」原作「逢」，據《中興閒氣集》、《極玄集》、《戴叔倫集》改。

〔一七〕詩題原作《送謝夷甫宰鄖縣》，《又玄集》作《送謝夷甫宰鄮縣》，《文苑英華》卷二七三作《送謝夷甫宰餘姚縣》。張子立本作「宰鄮縣」，按「鄖縣」在湖北，「鄮縣」在河南，皆不近海，當以作「鄮縣」爲是，「餘姚」地近，殆沿古稱也，據改。

〔一八〕「爲縣」，《又玄集》同，《文苑英華》作「爲宰」。

〔一九〕「干戈」，《文苑英華》同，《又玄集》作「兵戈」。

〔二〇〕「山火」，《又玄集》同，《文苑英華》作「兵火」。

〔二一〕「到時」，原作「致時」，據《又玄集》、《文苑英華》改。

于鵠

鵠野田行云：日没出古城，野田何茫茫。寒狐上孤塚〔一〕，獵火燒白楊〔二〕。昔人未爲泉下客，若到此中還斷腸〔三〕。

題鄰居云：僻巷鄰家少，茅簷喜並居。蒸梨常共竈，澆薤亦同渠。傳屐朝尋藥，分燈夜讀書。雖然在城市，還得似樵漁。

寄盧儼員外秋衣詞云：寄遠空以心，心誠亦難知。篋中有秋帛，裁作遠客衣。縫製雖女工，尺度手自持〔四〕。容貌常目中〔五〕，長短不復疑。針綫密且堅〔六〕，游客多塵緇〔七〕。意欲都無言，澣濯耐歲時。殷勤託行人，傳語慎勿遺。別來已年老〔八〕，亦聞鬢成絲。縱然更相逢，握手唯是悲。所寄莫復棄，願見長相思。

買山吟云：買得幽山屬漢陽〔九〕，槿籬疏處種桄榔。唯有獼猴來往熟，弄人抛果滿書堂。

山中寄樊尚書云〔一〇〕：却憶東溪日，同袍事魯儒〔一一〕。僧房閑共宿，酒肆醉相扶。江上雙旌貴〔一二〕，山中病客孤。無媒還有計，春谷種桑榆。

鵠，大曆、貞元間詩人也。爲諸府從事，居江湖間。有卜居漢陽及荆南陪樊尚書賞花詩，其自述曰〔一三〕：三十無名客，空山獨卧秋。豈以詩窮者耶？

襄陽席上作：老大看花猶未足，沿江正遇一枝紅。日斜人散東風急，吹向誰家明月中〔一四〕。

送死多于生，幾人得終老。句。右張爲取爲主客圖〔一五〕。

張籍傷鵠詩云：野性疏時俗，再命乃從軍。氣高終不合，去如鏡上塵〔一六〕。

鵠送客游邊云〔一七〕：若到并州北〔一八〕，誰人不憶家？塞深無去伴〔一九〕，路盡有平沙。磧冷唯逢雁，天春不見花。莫隨邊將意，垂老事輕車。

江南曲云〔二〇〕：偶向江邊採白蘋，還隨女伴賽江神〔二一〕。衆中不敢分明語〔二二〕，暗擲金錢卜遠人。韋莊取爲又玄集。

張籍贈王建云：于君去後交游少〔二三〕，東野亡來篋笥貧〔二四〕。賴有白頭王建在，眼前猶是詠詩人〔二五〕。

【校箋】

〔一〕「上」，《唐文粹》作「嘯」。

〔二〕「獵火」，《唐文粹》作「鬼火」。

〔三〕「若到」，《唐文粹》作「行到」。

〔四〕「持」原作「特」，據《唐百家詩選》改。

〔五〕「常」原作「當」，據《唐百家詩選》改。

〔六〕「針線」，《唐百家詩選》作「斜縫」。

〔七〕「多」原作「作」，據《唐百家詩選》改。

〔八〕「已年老」原作「年已老」，據《唐百家詩選》改。謂已身年老也。

〔九〕「屬」原作「入」，據《文苑英華》卷一六一及《萬首唐人絶句》改。

〔一〇〕詩題《文苑英華》卷二五六作《山中寄襄陽樊司空》。

〔一一〕此句《文苑英華》作「同年並學儒」。

〔一二〕「江上」，《文苑英華》作「天畔」。

〔一三〕《文苑英華》卷一六〇載《山中自述》云：「三十無名客，空山獨卧秋。病多知藥性，年長信人愁。螢影竹窗下，松聲茅屋頭。近來心更靜，不夢世間游。」

〔一四〕《御覽詩》載此詩，題作《寓意》，題下注「原題《襄陽看花時因小蠻作》」。詩云：「自小看花情不足，江邊尋得一株紅。黄昏人散春風起，吹落誰家明月中。」字句與此略異。

〔一五〕此所作《挽歌》中二句，見《樂府詩集》。《主客圖》列于鵠爲「清奇雅正主李益」下「入室十人」之一。《函海》輯本只載其《挽歌》二句。《襄陽席上作》一詩，當亦在所取之列。

〔一六〕《張司業集》所載《傷于鵠》詩，凡十韻，此取其三、四兩韻。其下云：「我初有章句，相合者惟君。」足見二人交契也。

〔一七〕詩題《御覽詩》、《又玄集》、《才調集》同，《御覽詩》題下注「原題《送張司直入單于》」，《文苑英華》卷二九九題作《送張司直往單于》。

〔一八〕「若到」，《御覽詩》、《又玄集》、《才調集》同，《文苑英華》作「若過」。

〔一九〕「塞深無去伴」，《又玄集》、《才調集》同，《御覽詩》作「塞深無伴侣」，《文苑英華》作「塞保無去伴」。

〔二〇〕詩題《又玄集》、《才調集》、《樂府詩集》同，《御覽詩》作《江南意》。

〔二一〕「還隨」，《御覽詩》、《又玄集》、《樂府詩集》同，《才調集》作「閒隨」。

〔二二〕「不敢」，《又玄集》、《才調集》、《樂府詩集》同，《御覽詩》作「不得」。

〔二三〕「于君」，《張司業集》作「白君」。

〔二四〕「亡來」原作「無來」，據《張司業集》改。

〔二五〕「猶是」，《張司業集》作「猶見」。

王季文

季文，字宗素，池陽人。少厭名利，居九華，遇異人授九仙飛化之術曰：子當先決科于詞籍，後策名于真列，冥注使然，不可移也。登咸通中進士第〔一〕，授秘書郎。尋謝病歸九華，日一浴于山之龍潭，寒暑不渝。

季文九華山謡云：九華峥嶸占南陸，蓮花擢本山半腹。翠屏横截萬里天，瀑水落深千丈玉。雲梯石磴入杳冥，俯看四極如中庭。丹崖壓下廬霍勢，白日隱出牛斗星。杉松一歲抽數尺，瓊草夤緣秀層壁。南風拂曉煙霧開，滿山葱蒨鋪鮮碧。雷霆往往從地發，龍卧豹藏安可别。峻極遥看戛昊蒼，挺生豈得無才傑。神仙憚險莫敢登，馭風駕鶴循丘陵。陽烏不見峰頂樹，大火尚結巖中冰。靈光爽氣曛復旭，晴天倒影西江淥。具區彭蠡夾兩傍，正可别作一嶽當少陽。

【校箋】

〔一〕《文苑英華》卷一八九載王季文省試作《青出藍》詩一首，吕温同作。檢百家注本《柳宗元集》卷九《唐故衡州刺史東平吕君誄》「决科聯中」句下孫汝聽注云：「貞元十四年，尚書左丞顧少連知禮部貢舉，温中第。」按《吕衡州集》載是年省試題爲《鑒止水賦》、《青出藍詩》。《文苑英華》卷三二載《鑒止水賦》同作者三人：吕温、張仲素、王季友。而此王季文「登咸通中進士第」，則其非與温同科中第之王季友（非本書卷二六「肅代間詩人」之王季友）可知。故知《英華》卷一八九以《青出藍詩》詩屬之王季文，乃字之訛也。徐松《登科記考》正之矣，《全唐詩》卷六〇〇據以收入王季文詩，誤。

中國文學研究典籍叢刊

唐詩紀事校箋

（增訂本）

第三册

〔宋〕計有功 撰
王仲鏞 校箋
王大厚 補箋

中華書局

唐詩紀事校箋卷第三十

李益 耿湋 盧綸 韓翃 錢起
司空曙 苗發 崔峒 李端 冷朝陽

李益

益，姑臧人，字君虞。大曆四年登第〔一〕。其受降城聞笛詩，教坊樂人取爲聲樂度曲。又有寫征人歌、早行詩爲圖畫者，迴樂烽前沙似雪之詩是也。益有心疾，不見用。及爲幽州劉濟營田副使，獻詩有感恩知有地，不上望京樓之句，左遷右庶子。年且老，門人趙宗儒自宰相罷免，年七十餘。益曰：此吾爲東府所送進士也。聞者憐益之困。後遷禮部尚書，致仕卒〔二〕。

益録其從軍詩贈左補闕盧景亮，自序云：從事十八載，五在兵間，故爲文多軍旅之思。或因軍中酒酣，或時塞上兵寢，投劍秉筆，散懷於斯文，率皆出乎慷慨意氣。武毅獷厲，本其涼國，則世將之後，乃西州之遺民歟？亦其坎軻當世，發憤之所致也〔三〕。其詩皆建中、貞元間作。

夜上受降城聞笛云：迴樂烽前沙似雪〔四〕，受降城外月如霜〔五〕。不知何處吹蘆管，一夜征人盡望鄉。烽，烽火臺也。

征人歌云〔六〕：胡風凍合鸊鵜泉，牧馬千群逐暖川。塞外征行無盡日，年年移帳雪中天。

曉角詩云〔七〕：邊霜一夜落平蕪〔八〕，吹角當城片月孤〔九〕。無數塞鴻飛不度，秋風卷入小單于〔一〇〕。

從軍北征云：天山雪後海風寒，橫笛偏吹行路難。磧裏征人三十萬，一時迴向月明看〔一一〕。

獻劉濟云〔一二〕：草緑古燕州，鶯聲引獨游。雁歸天北畔，春盡海西頭。向日花偏落，馳年水自流。感恩知有地，不上望京樓。

從軍有苦樂行時從司空冀公北征作。〔一三〕云：勞者且莫歌〔一四〕，我欲歌送觴〔一五〕。行軍有苦樂，此曲樂未央。僕居在隴上〔一六〕，隴水斷人腸。東過秦宮路，宮樹入咸陽〔一七〕。時逢漢帝出，諫獵至長楊。詎馳游俠窟，非結少年場。一旦承嘉惠，輕身重恩光〔一八〕。秉筆參帷帟，從軍至朔方。邊地多陰風〔一九〕，草木自淒涼。斷絶海雲去〔二〇〕，出没胡沙長。參差引雁翼，隱轔騰軍裝。劍文夜如水，馬汗凍成霜〔二一〕。使氣五都少〔二二〕，矜功六郡良。山河起目前，睚眦死路傍。北逐驅獯虜〔二三〕，西臨復舊疆。昔還賦餘資，今出乃贏糧〔二四〕。一矢弢夏服〔二五〕，我弓不再張。寄言丈夫雄〔二六〕，苦樂身自當。

來從竇車騎云：自朔方行作。束髮逢世屯，懷恩抱明義。讀書良不武〔二七〕，學劍慚非智。遂别魯諸生，來從竇車騎〔二八〕。追兵赴邊急〔二九〕，絡馬黄金轡。出入燕南陲，由來重意氣。自經皋蘭戰，又破樓煩地〔三〇〕。西北護三邊，東南留一尉。時過如雲雨〔三一〕，參差不自意。將軍失恩澤，萬事從此異。置酒高臺上〔三二〕，薄暮秋風至〔三三〕。長戟與我歸，歸來同棄置。自酌還自飲〔三四〕，非名又非利。歌出易水寒，琴下雍門淚。出逢平樂舊，言在天階侍。問我從軍苦，自陳少年貴。丈夫交四海，徒論身自致。漢將不封侯，蘇卿還遠使。今我終此曲〔三五〕，此曲誠不易〔三六〕。貴人難識心，何由知忌諱。

夜發中軍云：邊馬櫪上驚，雄劍匣中鳴。半夜軍書至，匈奴寇六城。中堅分暗陣，太一起神兵〔三七〕。出没風雲合，蒼皇豺虎爭。今日邊庭戰，緣賞不緣名。

五城道中云：金鐃隨玉節，落日河邊路。沙鳴後騎來，雁起前軍度。五城鳴斥堠，三秦新召募。天寒白登道〔三八〕，塞濁陰山霧〔三九〕。仍聞舊兵老，尚在烏蘭戍。笳簫漢思繁，旌旗邊色故。寢興倦弓甲，勤役傷風露。來遠賞不行，鋒交勳乃茂。未知朔方道，何年罷兵賦？

塞下曲云：蕃門部落能結束〔四〇〕，朝朝馳獵河南曲。一作朝馳暮獵黄河曲〔四一〕。燕歌未斷塞鴻飛〔四二〕，牧馬群嘶邊草緑。秦築長城城已摧，漢武北上單于臺。古來征戰虜不盡，至今還復天兵來〔四三〕。黄河東流流九折，沙場埋恨何時絶？蔡琰没去造胡笳〔四四〕，蘇武歸來持漢節。爲報如今都護雄，匈奴且莫下雲中。請書塞北陰山石，願比燕然車騎功。

大曆十才子，唐書不見人數。盧綸、錢起、郎士元、司空曙、李端、李益、苗發、皇甫曾、耿湋、李嘉祐。又云：吉頊、夏侯審亦是。或云：錢起、盧綸、司空曙、皇甫曾、李嘉祐、吉中孚、苗發、郎士元、李益、耿湋、李端〔四五〕。

二李皆出于姑臧，尚書爲文章李益，庶子爲門户李益。一日赴嘉會，尚書曰：今日兩箇坐頭，皆是李益〔四六〕。

紅樓下聯句云：佛刹接重城，紅樓切太清。紫雲連照耀，丹檻望崢嶸。廣宣。榱棟烟虹入，軒窗日月平。參差五陵晚，分背八川明。李益。絃韻風初過，蓮枝浪欲傾。敬瞻疑涌見，圍繞學無生。杜羔。

蘭陵僻居聯句云：潘岳閑居賦，陶潛獨酌謡，二賢成往事，三徑是今朝。廣宣。生幸逢唐運，昌時奉帝堯。進思諧啟沃，退即混漁樵。李益。蠹簡封延閣，彫欄閟上霄。相從清曠地，秋露挹蘭茗。杜羔。

天津橋南山中各題一句云：野坐分苔石，益。山行遶菊叢，韋執中。雲衣惹不破，諸葛覺。秋色望來空。賈島〔四七〕。

閑庭草色能留馬，當路楊花不避人。句。笳簫漢思繁〔四八〕，旌旗邊色故。句。馬汗凍成霜。句。右張爲取爲主客圖，以益爲清奇雅正主。

【校箋】

〔一〕《郡齋讀書志》卷四「《李益詩》一卷。」下云：「唐李益君虞，姑臧人，大曆四年進士。」與此同。

〔二〕《舊唐書》卷一三七《李益傳》：「李益，肅宗朝宰相揆之族子。登進士第，長爲歌詩。貞元末，與宗人李賀齊名，每作一篇，爲教坊樂人以賂求取，唱爲供奉歌詞。其《征人歌》、《早行篇》，好事者畫爲屏障：『迴樂峰前沙似雪，受降城外月如霜』之句，天下以爲歌詞。然少有癡病，而多猜忌，防閑妻妾，過爲苛酷，而有散灰扃户之譚聞於時，故時謂妒癡爲『李益疾』，以是久之不調，而流輩皆居顯位。益不得意，北游河朔，幽州劉濟辟爲從事，常與濟詩而有『不上望京樓』之句。憲宗雅聞其名，自河北召還，用爲秘書少監、集賢殿學士。自負才地，多所凌忽，爲衆不容，諫官舉其幽州詩句，降居散秩。……太和初，以禮部尚書致仕，卒。」趙宗儒事，見李肇《國史補》：「長慶初，趙相宗儒爲太常卿，贊郊廟之禮。時罷相二十餘年，年七十六，衆論伏其精健。右常侍李益笑曰：『是僕東府試官所送進士也。』」

〔三〕席刻《唐人百家詩》本《李君虞詩集》（據丁丙《善本書室藏書志》，此集出宋本）載《從軍詩序》：「君虞始長八歲，燕戎亂華。出身二十年，三受末秩；從事十八載，五在兵間。故其爲文，咸多軍旅之思。自建中初，故府司空巡行朔野。迨貞元初，又忝今尚書之命，從此出上郡、五原四五年，荏苒從役。其中雖流落南北，亦多在軍戎。凡所作邊塞諸文及書奏餘事，同時幕府選辟，多出詞人。或因軍中酒酣，或時塞上兵寢，相與拔劍秉筆，散懷於斯文。率皆出於慷慨意氣，武毅獷厲。本其涼國，則世將之後，乃西州之遺民歟？亦其坎壈當世，發憤之所致也。時左補闕盧景亮見知于文者，令余輯録，遂成五十首贈之。」「從事十八載五在」原作「吾自」，「或因軍中酒酣或時塞上兵寢」原脱「因」「或時」三字，「獷」原作「果」，據改補。

〔四〕「烽」原作「峰」，據《李益集》改。《文苑英華》卷二一二及《舊唐書·李益傳》引作「峰」，益另有《暮過迴樂烽》：「烽火高飛百尺臺，黄昏遥自磧南來。昔年征戰迴應樂，今日從軍樂未迴。」則作「烽」是，且與注合。

〔五〕「城外」原作「城下」，據《文苑英華》、《萬首唐人絶句》改。明活字本（下同）《李益集》作「城上」。

〔六〕詩題《御覽詩》、《李益集》、《萬首唐人絶句》作《暖川》。

〔七〕詩題《文苑英華》卷二九九、《李益集》、《萬首唐人絶句》俱作「聽曉角」。

〔八〕「邊霜」，《文苑英華》作「繁霜」，此句《李益集》作「繁霜一夜落庭蕪」，《萬首唐人絶句》作「邊霜昨夜墮關榆」。

〔九〕「片月」，《文苑英華》、《萬首唐人絶句》同，《李益集》作「漢月」。

〔一〇〕「卷入」，《文苑英華》、《李益集》同，《萬首唐人絶句》作「吹入」。

〔一一〕「月明」，《李益集》同，《文苑英華》卷二一九九及《萬首唐人絶句》作「月中」。

〔一二〕詩題《李益集》作《又獻劉濟》。

〔一三〕「司空冀公」，謂崔寧也。寧于建中初鎮朔方，更拜尚書右僕射知省事、司空。見兩《唐書》。其封冀國公，不見本傳，然敦煌唐卷子中有岑參《冀國夫人歌詞》七首，詠寧妾任氏，即浣花夫人事。疑寧實有此封，而史文失載也。俟考。

〔一四〕「莫歌」，《文苑英華》卷一九九同，《樂府詩集》作「勿歌」。

〔一五〕「歌送觴」，《文苑英華》同，《樂府詩集》作「送君觴」。

〔一六〕「僕居在隴上」，《文苑英華》同，《樂府詩集》作「僕本居隴上」。

〔一七〕「宫樹」，《文苑英華》、《樂府詩集》作「宫路」。

〔一八〕「輕身」，《文苑英華》同，《樂府詩集》作「輕命」。

〔一九〕「邊地」原作「邊馬」，《文苑英華》同，據《樂府詩集》改。

〔二〇〕「海雲」原作「西海」，《文苑英華》同，據《樂府詩集》改。

〔二一〕「凍」，《樂府詩集》同，《文苑英華》作「凉」。

〔二二〕「使氣」,《文苑英華》同,《樂府詩集》作「俠氣」。

〔二三〕「北逐驅獯虜」原作「北逐馳種虜」,《文苑英華》作「北逐驅種虜」,據《樂府詩集》改。詩末原注有「馳,亦作驅」四字。按「馳」乃「驅」之誤,注文當爲校刻者所加,今删。

〔二四〕「羸糧」原作「嬴糧」,據《文苑英華》改。

〔二五〕「弢」原作「致」,《樂府詩集》同,據《文苑英華》改。

〔二六〕「寄言」,《樂府詩集》同,《文苑英華》作「寄語」。

〔二七〕「不武」,《樂府詩集》同,《李益集》作「有感」。

〔二八〕「來從」原作「求從」,據《樂府詩集》、《李益集》改。

〔二九〕「赴邊」原作「起邊」,據《樂府詩集》、《李益集》改。

〔三〇〕「又破」原作「入破」,據《樂府詩集》、《李益集》改。

〔三一〕此句《樂府詩集》同,《李益集》作「時過欻如雲」。

〔三二〕「高臺」,《李益集》同,《樂府詩集》作「高樓」。

〔三三〕「至」,《李益集》同,《樂府詩集》作「起」。

〔三四〕「還」,《李益集》作「勞」,《樂府詩集》作「來」。

〔三五〕「令」,《樂府詩集》同,《李益集》作「今」。

〔三六〕「誠」,《李益集》同,《樂府詩集》作「成」。

〔三七〕「太一」，《李益集》作「太乙」。

〔三八〕「白」原作「自」，據席刻《唐人百家詩》本《李君虞詩集》改。

〔三九〕「塞」原作「寒」，據《李君虞詩集》改。

〔四〇〕「蕃門」，《文苑英華》卷一九七同，《樂府詩集》作「蕃州」。

〔四一〕此句《文苑英華》作「朝馳暮獵南河曲」，《樂府詩集》作「朝馳暮獵黄河曲」。注「黄河曲」原作「冀河曲」，據《樂府》改。

〔四二〕「未斷」，《樂府詩集》同，《文苑英華》作「一斷」。

〔四三〕「至今」，《文苑英華》、《樂府詩集》作「今日」。

〔四四〕「没去」，《文苑英華》同，《樂府詩集》作「没處」。

〔四五〕《極玄集》「李端」下云：「與盧綸、吉中孚、韓翃、錢起、司空曙、苗發、崔峒、耿湋、夏侯審唱和，號十才子。」《新唐書》卷二〇三《盧綸傳》：「綸與吉中孚、韓翃、錢起、司空曙、苗發、崔峒、耿湋、夏侯審、李端，皆能詩齊名，號大曆十才子。」以上二書所載相同，而與此略異。蓋俱大曆間詩人，以成名有先後而每易其稱也。《紀事》此本「司空曙」誤作「司空曉」，「耿湋」誤作「耿偉」，據改。

〔四六〕《因話録》：「李尚書益，有宗人庶子同名，俱出于姑臧公。時人謂尚書爲文章李益，庶子爲門户李益，而尚書亦兼門地焉。嘗姻族間有禮會，尚書歸，笑謂家人曰：『大堪笑，今日局席兩個坐頭，總是李益。』」「時人謂尚書爲文章李益，庶子爲門户李益」二句，「尚書」原作「庶子」，「庶子」原作「尚書」，據改。

〔四七〕賈島《長江集》載《天津橋南山中各題一句》：「野坐分苔石（李益），山行繞菊叢（韋執中）。雲衣惹不破（諸葛覺），秋色望來空（浪仙）。」末句此原脱作者姓名，據補。

〔四八〕「漢思」原作「漢恩」，據前《五城道中》詩改。

耿湋〔一〕

元日觀早朝云〔二〕：九陌朝臣滿，三朝候鼓賒。遠珂時接韻，攢炬偶成花。紫貝爲高闕，黄龍建大牙。參差萬戟合，左右八貂斜。羽扇紛朱檻，金爐隔翠華。微風傳曙漏，曉日上春霞。環珮聲重疊，蠻夷服等差。樂和天易感，山固壽無涯。渥澤千年聖，車書四海家。盛明多在位，誰得守蓬麻？

贈苗員外云：爲郎日賦詩，小謝少年時。業繼儒門後，心多道者期。曉迴長樂殿〔三〕，新出永明祠〔四〕。行樂西園暮，春風動柳絲。

許州書情寄韓張二舍人云：謫宦軍城老更悲，近來頻夢到丹墀〔五〕。乍燃乍滅心中火，唯鑷唯多鬢上絲〔六〕。繞院緑苔聞雁處〔七〕，滿庭黄葉閉門時。故人高步雲衢上〔八〕，肯念前程杳未期。

贈嚴維云：許詢清論重，寂寞住山陰。野路接寒寺〔九〕，閑門當古林。海田秋熟早，湖水夜漁深。世上窮通理，誰能奈此心？

贈朗公云〔一〇〕：來自西天竺〔一一〕，持經奉紫微。年深梵語變，行苦俗人歸〔一二〕。月上安禪久，苔生出院稀。梁間有馴鴿，不去爲無機〔一三〕。

早朝云：鐘鼓餘聲裏，千官向紫微。冒寒人語少，乘月燭來稀。清漏聞馳道，紅霞映鏁闈〔一四〕。猶看嘶馬處，未啟掖垣扉。

秋日云：返照入閭巷，憂來與誰語〔一五〕？古道無人行〔一六〕，秋風動禾黍。

書情逢故人云〔一七〕：因君知此事〔一八〕，流浪已忘機〔一九〕。客久多人識，年高衆病歸〔二〇〕。連雲湖色遠〔二一〕，度雪雁聲稀。又説家林盡，悽傷淚滿衣。

沙上雁云〔二二〕：衡陽多道里，弱羽復哀音。還塞知何日？驚弦亂此心。夜陰前侶遠，秋冷後湖深。獨立沙汀意〔二三〕，寧知霜霰侵〔二四〕。

贈張將軍云〔二五〕：寥落軍城暮〔二六〕，重門返照間〔二七〕。鼓鼙經雨暗〔二八〕，士馬過秋閑。慣守臨邊郡，曾營近海山〔二九〕。關西舊業在，夜夜夢中還〔三〇〕。

酬暢當云：同游漆沮後，已是十年餘。幾度曾相夢，何時定得書。月高城影盡〔三一〕，霜重柳條疏。且對樽中酒，千般想未如〔三二〕。書情逢故人以下四篇，姚合取爲極玄集。

湋，寶應元年進士，爲左拾遺〔三三〕。詩有家貧僮僕慢，官罷友朋疏〔三四〕。世多傳之。

【校箋】

〔一〕「耿湋」原作「耿偉」，據《極玄集》及《新唐書·盧綸傳》改。

〔二〕詩題「覲」字原脱，《文苑英華》卷一九〇載司空曙《和耿拾遺元日觀早朝》詩，與詩意合，據補。

〔三〕「曉」，《文苑英華》卷二五四作「晚」。

〔四〕「永」，《文苑英華》作「夜」。

〔五〕此句《文苑英華》卷二五四及明活字本（下同）《耿湋集》作「近來頻夜夢丹墀」。

〔六〕此聯《文苑英華》同，唯「鬢上」作「兩鬢」。《耿湋集》「乍燃」、「唯鑷」作「銀杯」、「金鑷」。

〔七〕「繞院」，《文苑英華》作「繞履」，《耿湋集》作「常繞」。

〔八〕「雲衢」，《耿湋集》同，《文苑英華》作「天衢」。

〔九〕此句原作「野客棲寒寺」，《極玄集》「棲」作「投」，《文苑英華》卷二五四作「野客接荒寺」，《耿湋集》作「野路接寒寺」，當以《耿湋集》爲勝，據改。

〔一〇〕詩題《極玄集》同。《文苑英華》卷二二〇作《贈明公》，《耿湋集》作《贈海明上人》，疑當作「明公」。

〔一一〕「西天竺」，《極玄集》、《耿湋集》同，《文苑英華》作「西竺國」。

〔一二〕「俗人」，《極玄集》同，《文苑英華》、《耿湋集》作「俗流」。

〔一三〕「爲」，《極玄集》同，《文苑英華》作「亦」，《耿湋集》此句作「不去復何依」。

〔一四〕「紅霞」，《極玄集》同，《耿湋集》、《唐百家詩選》作「輕霞」。

〔一五〕「憂」，《極玄集》、《才調集》、《耿湋集》、《唐文粹》、《唐百家詩選》同，《又玄集》（作李端詩）、《萬首唐人絶句》作「愁」。

〔一六〕「無」，《極玄集》、《又玄集》、《才調集》、《耿湋集》、《唐文粹》、《萬首唐人絶句》同，《唐百家詩選》作「少」。

〔一七〕詩題《極玄集》作《巴陵逢洛陽鄰舍》，《耿湋集》同。《文苑英華》卷二一八作《巴陵郭逢洛陽故人》。

〔一八〕「此事」，《極玄集》、《耿湋集》同，《文苑英華》作「世事」。

〔一九〕「流浪」原作「流恨」，據《極玄集》、《耿湋集》、《文苑英華》改。

〔二〇〕上二句「客久」「年高」，《極玄集》同，《耿湋集》、《文苑英華》作「久客」「高年」。

〔二一〕「湖色」原作「潮色」，據《極玄集》、《耿湋集》、《文苑英華》改。

〔二二〕詩題《極玄集》、《文苑英華》卷二二八同，《耿湋集》作《賦得沙上雁》。

〔二三〕「沙汀」，《極玄集》作「汀沙」，《耿湋集》、《文苑英華》作「汀洲」。

〔二四〕此句《耿湋集》同，《極玄集》「霜霰」作「雪霰」，《文苑英華》作「唯憂霜霰侵」。

〔二五〕詩題《極玄集》同，《文苑英華》卷三〇〇作《贈張開府》。

〔二六〕「軍城」原作「邊城」，據《極玄集》、《文苑英華》改。

〔二七〕「重門」，《極玄集》同，《文苑英華》作「重城」。

〔二八〕「經」原作「驚」，據《極玄集》、《文苑英華》改。

〔二九〕「近海」，《極玄集》同，《文苑英華》作「近磧」。

〔三〇〕末二句《極玄集》同，《文苑英華》作「誰云張校尉，萬里鑿空還」。

〔三一〕「月高」，《極玄集》、《耿湋集》同，《文苑英華》卷二四三作「日高」。

〔三二〕「想」，《極玄集》、《耿湋集》同，《文苑英華》作「總」。

〔三三〕《郡齋讀書志》：「《耿湋詩》二卷。」注云：「寶應元年進士，爲左拾遺。」與此同。《極玄集》：「耿湋，或作緯，寶應二年進士，官至左拾遺。湋，音爲。」《唐才子傳》：「湋，河東人也。寶應二年洪源榜進士。」徐松《登科記考》從之。此「元年」當是「二年」之誤。《新唐書》卷二〇三《盧綸傳》謂「湋右拾遺」，亦誤。

〔三四〕「家貧」二句，耿湋《春日即事》詩中語。

盧綸

綸，字允言，河中人。大曆進士〔一〕。與吉中孚、韓翃、錢起、司空曙、苗發、崔峒、耿湋、夏侯審、李端皆能詩，號大曆十才子〔二〕。

春日登樓云：花正濃時人正愁，逢花却欲替花羞。年來笑伴皆歸去，今日晴明獨上樓〔三〕。

長安春望云：東風吹雨過青山，却望千門草色閑。家在夢中何日到，春歸江上幾人還〔四〕？川原繚繞浮雲外，宮闕參差落照間。誰念爲儒多失意〔五〕，獨將衰鬢客秦關。

貞元中，吉中孚爲翰林學士，薦綸于朝，會丁家艱，而中孚卒。大曆中，李端、錢起、韓翃輩能爲五言詩，詞情捷麗，綸作尤工。至貞元末，錢、李諸公凋落，綸爲懷舊詩五十韻，叙其事曰：吾與吉侍郎中孚、司空郎中曙、苗員外發、崔補闕峒、耿拾遺湋、李校書端，風塵追游，向三十載。數公皆負當時盛稱，榮耀未幾，俱沉下泉。傷悼之際，暢當博士追感前事，賦詩五十韻見寄，輒有所酬，以申悲舊，兼寄夏侯審侍郎。其歷言諸子云：侍郎文章宗，傑出淮楚靈，掌賦若吹籟，司言如建瓴。郎中善餘慶，雅韻與琴清，鬱鬱松帶雪，蕭蕭鴻入冥。員外真貴儒，弱冠被華纓，月香飄桂實，乳溜瀝瓊英。補闕思冲融，巾拂藝亦精，彩蝶戲芳圃，瑞雲滋翠屏。拾遺興難侔，逸調曠無程，九醞貯彌潔，三花寒轉馨。校書才智雄，舉世一娉婷，賭墅鬼神變，屬辭鸞鳳驚。差肩曳長裾，總轡奉和鈴，共賦瑶臺雪，同觀金谷笙。倚天方比劍，沉水忽如瓶。君持玉盤珠，寫我懷袖盈。讀罷涕交頤，願言躋百齡。綸之才思，皆此類也〔六〕。

綸，德宗時爲户部郎中，舅韋渠牟表其才，召見禁中，帝有所作，輒賡和。異日問渠牟，盧綸、李益何在？答曰：綸從渾瑊在河中。驛召之，會卒。文宗尤愛其詩，問宰相，綸文章幾何？亦有子否？李德裕對：綸四子，皆擢進士第，在臺閣。帝遣中人悉索家笥，得詩五百篇以聞〔七〕。

綸春詞云：北苑羅裙帶，塵衢錦綉鞋。醉眠芳樹下，半被落花埋。

得嶺南故人書云〔八〕：瘴海寄雙魚，中宵達我居。兩行燈下淚，一紙嶺南書。地説炎蒸極，人稱老病餘。慇懃報賈誼〔九〕，莫共酒杯疏。

題興善寺後池云：隔牕棲白鳥〔一〇〕，似與鏡湖鄰。月照何年樹〔一一〕？花逢幾番人〔一二〕？岸莎青有路〔一三〕，苔逕緑無塵。願得容依止〔一四〕，僧中老此身。

山中古木云〔一五〕：高林已蕭索，夜雨復秋風。墜葉鳴荒竹，斜根擁斷蓬。半侵山影裏〔一六〕，長在水聲中。此地何人到，雲門去亦通〔一七〕。

送李端云：故關衰草遍，離别自堪悲。路出寒雲外〔一八〕，人歸暮雪時。少孤爲客早〔一九〕，多難識君遲。掩淚空相向〔二〇〕，風塵何所期〔二一〕。寄嶺南故人以下四篇，姚合取爲極玄集。

臘日觀咸寧王部曲娑勒擒豹歌云〔二二〕：山頭曈曈日將出，山下獵圍照初日。前林有獸未識名，將軍促騎無人聲。潛形踠伏草不動，雙鵰轉旋群鴉鳴〔二三〕。陰方質子纔三十，譯語受詞蕃語揖。捨鞍解甲疾如風，人忽虎蹲獸人立。欻然扼顙批其頤，爪牙委地涎淋漓。既蘇復吼拗於教切。仍怒，果叶英謀生致之。拖自深叢目如電，萬夫失容千馬戰。傳呼拜賀聲相連，殺氣騰陵陰滿川。始知縛虎如縛鼠，敗虜降羌在眼前〔二四〕。祝爾嘉詞身無苦〔二五〕，獻看將隨犀象舞〔二六〕。苑中流水禁中山，期爾攫搏開天顏。非熊之兆慶無極，願紀雄名傳百蠻。

送張郎中還蜀歌云〔二七〕：秦家御史漢家郎，親專兩印征殊方〔二八〕。功成走馬朝天子，伏檻論邊若流水〔二九〕。曉離仙署趨紫微，夜接高儒讀青史。瀘南五將望君還，願以天書示百蠻。曲棧重江初過雨，前旌後騎不同山。迎車拜舞多耆老，舊卒新營遍青草。塞口雲生火燧遲，烟中鶴唳軍行早。黃花川下水交橫，遠映孤霞蜀國晴〔三〇〕。筇竹笴長椒瘴起，荔支花發杜鵑鳴〔三一〕。回首岷峨半天黑〔三二〕，傳觴接膝何由得。空令豪士仰威名，無復貧交恃顏色。垂楊不動雨紛紛，錦帳胡瓶爭送君。須臾醉起簫笳發，空見紅旌入白雲。

【校箋】

〔一〕按《極玄集》：「盧綸，字允言，河東人。天寶末，舉進士不第，大曆初，王縉奏爲集賢學士，終户部郎中。」又，《新唐書》卷二〇三《盧綸傳》：「盧綸，字允言，河中蒲人。避天寶亂，客鄱陽，大曆初，數應進士，不入第。元載取綸文以進，補閿鄉尉。」皆不言盧綸曾中大曆進士第，知《紀事》爲誤。

〔二〕「大曆十才子」見前李益下校箋〔四五〕。此采《新唐書・盧綸傳》之文，原脱「耿湋」二字，據史文補。

〔三〕「晴明獨」，明活字本（下同）《盧綸集》、《唐百家詩選》、《萬首唐人絶句》同。《御覽詩》作「春風欲」。

〔四〕「春歸」，《御覽詩》、《又玄集》、《唐百家詩選》作「春來」，《盧綸集》作「春生」。

〔五〕「多失意」，《又玄集》同。《御覽詩》、《唐百家詩選》、《盧綸集》作「逢世難」。

〔六〕《舊唐書》卷一六三《盧簡辭傳》：「父綸，天寶末舉進士，遇亂不第，奉親避地於鄱陽，與郡人吉中孚爲林泉之友。……貞元中，吉中孚爲翰林學士、户部侍郎，典邦賦，薦綸于朝。會丁家艱，而中孚卒。……初，大曆中，詩人李端、錢起、韓翃輩能爲五言詩，而辭情捷麗，綸作尤工。至貞元末，錢、李諸公凋落，綸嘗爲懷舊詩五十韻，叙其事曰：『吾與吉侍郎中孚云云。』其歷言諸子云：『侍郎文章宗云云。』綸之才思，皆此類也。」《紀事》采此文，「詞情捷麗」句，「捷」原作「健」；「凋落」原作「周落」；「耿拾遺湋」，「湋」原作「偉」；「俱沉下泉」原作「俱沉泉下」；「暢當博士」原作「常暢博士」；「三花寒轉馨」，「馨」原作「聲」；「賭墅鬼神變」，「賭」原作「睹」，據史文改。

〔七〕《新唐書》卷二〇三《盧綸傳》：「累遷檢校户部郎中。嘗朝京師，是時，舅韋渠牟得幸德宗，表其才，召見禁中，帝有所作，輒使賡和。異日問渠牟：『盧綸、李益何在？』答曰：『綸從渾瑊在河中。』驛召之，會卒。……憲宗詔中書舍人張仲素訪集遺文。文宗尤愛其詩，問宰相：『綸文章幾何？亦有子否？』李德裕對：『綸四子：簡能、簡辭、弘止、簡求，皆擢進士第，在臺閣。』帝遣中人悉索家笥，得詩五百篇以聞。」

〔八〕詩題《極玄集》同，《又玄集》作《得嶺外故人書以詩寄》，《盧綸集》、《唐百家詩選》作《夜中得循州趙司馬侍郎書因寄回使》。

〔九〕「報」原作「祝」，據《極玄集》、《又玄集》、《盧綸集》、《唐百家詩選》改。

〔一〇〕「白鳥」原作「白鶴」，據《極玄集》、《文苑英華》卷一六五及《盧綸集》改。

〔一一〕「月照」，《極玄集》、《盧綸集》同，《文苑英華》作「日照」。

〔一二〕「幾番」，《極玄集》作「幾世」，《盧綸集》、《文苑英華》作「幾遍」。《全唐詩話》作「幾度」。「番」，唐人詩中讀平聲。

〔一三〕「岸莎」原作「岸沙」，據《極玄集》、《盧綸集》、《文苑英華》改。

〔一四〕「願得」，《極玄集》同，《盧綸集》、《文苑英華》作「永願」。

〔一五〕詩題原作《山下古木》，《極玄集》同，據《盧綸集》及《文苑英華》卷三二六改。

〔一六〕「山影」，《極玄集》、《盧綸集》同，《文苑英華》作「山色」。

〔一七〕「去亦通」，《盧綸集》同。《極玄集》作「路亦通」，《文苑英華》作「去未通」。
〔一八〕「路出」，《極玄集》、《盧綸集》、《文苑英華》卷二七三同，《又玄集》作「路入」。
〔一九〕「早」原作「慣」，據《極玄集》、《又玄集》、《盧綸集》、《文苑英華》改。
〔二〇〕此句《極玄集》、《盧綸集》同，《又玄集》「向」作「見」，《文苑英華》作「掩泣空相問」。
〔二一〕「何所」，《極玄集》、《文苑英華》同，《又玄集》、《盧綸集》作「何處」。
〔二二〕詩題「臘日」原作「臘月」，據《盧綸集》、《文苑英華》卷三四四及《唐百家詩選》改。
〔二三〕「轉旋」原作「旋轉」，據《盧綸集》、《文苑英華》、《唐百家詩選》改。
〔二四〕「在眼前」，《盧綸集》、《唐百家詩選》同，《文苑英華》作「皆目睹」。
〔二五〕「身無苦」，《盧綸集》、《文苑英華》、《唐百家詩選》作「爾無苦」。
〔二六〕「獻看」，《盧綸集》、《文苑英華》、《唐百家詩選》作「獻爾」。
〔二七〕詩題「張郎中」原作「張侍郎」，據《盧綸集》、《文苑英華》卷三四一及《唐百家詩選》改。
〔二八〕「專」原作「傳」，據《盧綸集》、《文苑英華》、《唐百家詩選》改。
〔二九〕「論邊」原作「談邊」，據《盧綸集》、《文苑英華》、《唐百家詩選》改。
〔三〇〕「遠映」原作「遠應」，《盧綸集》同，《文苑英華》作「遠雁」，據《唐百家詩選》改。
〔三一〕「鳴」原作「紅」，據《盧綸集》、《文苑英華》、《唐百家詩選》改。
〔三二〕「半天」原作「半夜」，據《盧綸集》、《文苑英華》、《唐百家詩選》改。

韓翃

字君平，南陽人。命以駕部郎中知制誥，時有兩韓翃，德宗曰：與詩人韓翃。終中書舍人〔一〕。

翃贈别韋兵曹歸池州云〔二〕：南陵八月天，暮色遠峰前。楚竹青陽路，吴江赤馬船。籯金上客貴〔三〕，佩玉主人賢。終日應相逐，西歸定幾年。

侯希逸鎮淄青，翃爲從事。後罷府閑居十年，李勉鎮夷門，辟爲幕屬。時韓已遲暮，不得意，多家居。一日夜將半，客叩門急，賀曰：員外除駕部郎中知制誥。翃愕然曰：誤矣。客曰：邸報制誥闕人，中書兩進名，不從，又請之，曰：與韓翃。時有同姓名者，爲江淮刺史。又具二人同進，御批曰：春城無處不飛花，寒食東風御柳斜。日暮漢宫傳蠟燭，青煙散入五侯家。又批曰：與此韓翃。客曰：此員外詩耶？翃曰：是也。是不誤矣。時建中初也〔四〕。

奉送王相公縉赴幽州巡邊云：黄閣開帷幄，丹墀侍冕旒。位高湯左相，權總漢諸侯。不改周南化，仍分趙北憂。雙旌過易水，千騎入幽州。塞草連天暮，邊風動地秋。無因隨遠道，結束佩吴鈎。

南部新書云：昇平公主宅即席，李端擅場。送王相之幽鎮，翃擅場。送劉相巡江淮，錢起擅場〔五〕。德宗西幸，有神智驄、如意騮二馬，謂之功臣。一日，有進瑞鞭者，上曰：朕有二駿，今得此可爲三絶。因吟翃觀調馬詩云：鴛鴦赭白齒新齊，晚日花間放碧蹄。玉勒乍迴初噴沫，金鞭欲下不成嘶〔六〕。

高仲武云：韓員外意放經史，興致繁富，一篇一詠，朝野珍之，多士之選也。至如星河秋一雁，砧杵夜千家；又客衣筒布細，山舍荔支繁；又疏簾看雪卷，深户映花關。方之前載，則芙蓉出水，未足多也。其比興深於劉員外，筋節減於皇甫冉也。

少年行云：千點斕斒噴玉驄〔七〕，青絲結尾繡纏鬃〔八〕。鳴鞭曉出章臺路〔九〕，葉葉春衣楊柳風。

羽林騎云〔一〇〕：駿馬牽來御柳中，鳴鞭欲向渭橋東。紅蹄亂踏春城雪〔一一〕，花頜驕嘶上苑風。

題薦福寺衡岳禪師房云〔一二〕：春城乞食還，高論此中閑。僧臘堦前樹，禪心江上山。疏簾看雪捲，深户映花關。晚送門人去，鐘聲杳靄間〔一三〕。

送孫革及第東歸云〔一四〕：過淮芳草歇，千里又東歸。野水吴山出，家林越鳥飛。荷香隨去棹，梅雨點行衣〔一五〕。無數滄洲客〔一六〕，如君達者稀。少年行以下四章，姚合取爲極玄集。

送故人歸魯云：魯客多歸興，居人愴別情〔一七〕。雨餘衫袖冷，風急馬蹄輕。秋草靈光殿，寒雲曲阜城。知君拜親後〔一八〕，少婦下機迎。韋莊又玄集。

世傳翃有寵姬柳氏，翃成名，從辟淄青，置之都下。數歲，寄詩曰：章臺柳，章臺柳，顔色青青今在否？縱使長條似舊垂，也應攀折他人手。柳答曰：楊柳枝，芳菲節，可恨年年贈離別。一葉隨風忽報秋，縱使君來豈堪折。後果爲蕃將沙吒利所劫。翃會入中書，道逢之，謂永訣矣！是日臨淄大校置酒，疑翃不樂，具告之。有虞候將許俊，以義烈自許，即詐取得之，以授韓。希逸聞之曰：似我往日所爲也，俊復能之。翃後爲夷門幕府，後生共目爲惡詩，輕之〔一九〕。

李義山有韓翃舍人即事云：萱草含丹粉，荷花抱緑房。鳥應悲蜀帝，蟬是怨齊王。通内藏珠府，應官解玉坊。橋南荀令過，十里送花香〔二〇〕。

【校箋】

〔一〕《新唐書》卷二〇三《盧綸傳》：「翃字君平，南陽人。侯希逸表佐淄青幕府，府罷，十年不出。李勉在宣武，復辟之。俄以駕部郎中知制誥。時有兩韓翃，其一爲刺史，宰相請孰與，德宗曰：『與詩人韓翃。』終中書舍人。」「駕部郎中」原作「駕部外郎」，據改。

〔二〕詩題「贈」字原脱，據明活字本(下同)《韓君平集》補。

〔三〕「籯金」原作「羸金」，據《韓君平集》改。

〔四〕《本事詩》：「淄青節度使侯希逸辟爲從事。……後事罷，閑居將十年。李相勉鎮夷門，又署爲幕吏。時韓已遲暮，同職皆新進後生，不能知韓，舉目爲惡詩韓翃。翃殊不得意，多辭疾在家。唯末職韋巡官者，亦知名士，與韓獨善。一日夜將半，韋叩門急，韓出見之，賀曰：『員外除駕部郎中，知制誥。』韓大愕然曰：『必無此事，定誤矣。』韋就座曰：『留邸狀報，制誥闕人，中書進兩名，御筆不點出，又請之，且求聖旨所與。德宗批曰與韓翃。時有與翃同名者，爲江淮刺史。又具二人同進，御筆復批曰：春城無處不飛花，寒食東風御柳斜。日暮漢宮傳蠟燭，輕烟散入五侯家。又批曰：與此韓翃。』韋又賀曰：『此非員外詩也？』韓曰：『是也，是知不誤矣。』質明，而李與僚屬皆至，時建中初也。」此用其文。「淄青」原作「青淄」，「後罷府閑居十年」句原脱「後」字，「時韓已遲暮」句原脱「韓」字，「駕部郎中」原作「駕部侍郎」，「春城無處不飛花」句，「飛」原作「開」，據《本事詩》改。

〔五〕見《南部新書》戊。此事李肇《國史補》上先載之。

〔六〕唐蘇鶚《杜陽雜編》：「上（德宗）西幸，有二馬，一號神智驄，一號如意騮。……一日花木方春，上欲幸諸苑，内廄控馬侍者，進瑞鞭，上指二駿語近臣曰：『昔朕西行有二駿，謂之二絶，今獲此鞭，可謂三絶矣。』遂命酒飲之。左右引翼而去。因吟曰：『鴛鴦赭白齒新齊，晚日花間落碧蹄。玉勒乍迴初噴沫，金鞭欲下不成嘶。』中書舍人韓翃詩也」。「赭白」原作「赭日」，「花間」原作「花開」，據改。詩題作《看調馬》，詩第二句「放碧蹄」作「散碧蹄」，第三句「乍迴」作「斗迴」。

〔七〕「斕媥」原作「爛媥」，據《極玄集》、《韓君平集》改。

〔八〕「騌」原作「騌」，即騣俗字，或作「鬃」。《極玄集》、《樂府詩集》、《萬首唐人絶句》作「鬃」。據改。

〔九〕「章臺」原作「銅臺」，《極玄集》同。據《韓君平集》、《文苑英華》卷一九四、《樂府詩集》、《萬首唐人絶句》改。

〔一〇〕詩題原脱「騎」字，據《極玄集》、《韓君平集》及《文苑英華》卷三三〇補。《萬首唐人絶句》作《羽林少年行》。

〔一一〕「春城」原作「青城」，據《極玄集》、《萬首唐人絶句》改。《文苑英華》作「春殘」。

〔一二〕詩題原脱「寺」字，《極玄集》同，據《中興閒氣集》、《又玄集》補。《韓君平集》及《文苑英華》卷二三五作《題薦福寺衡岳暕師房》。司空曙有《題暕上人院》詩，云：「更説本師同學在，幾時攜手見衡陽。」疑「禪師」當作「暕師」。

〔一三〕「杳靄」原作「杳藹」，據《極玄集》、《韓君平集》、《文苑英華》改。《又玄集》作「暝靄」。

〔一四〕詩題《極玄集》作《送孫革及第歸》，《中興閒氣集》作《送孫革及第後歸江南》，《韓君平集》作《送李秀才歸江南》，《文苑英華》卷二七二作《送孫秀才歸江東》。《集》作「李秀才」，誤。

〔一五〕「點行衣」，《極玄集》、《韓君平集》、《文苑英華》同，《中興閒氣集》作「濕征衣」。

〔一六〕「滄洲」，《極玄集》、《中興閒氣集》同，《韓君平集》、《文苑英華》作「滄江」。

〔一七〕此句《又玄集》同，《韓君平集》「愴」作「悵」，《文苑英華》卷二七二作「故人含別情」。

〔一八〕「拜親」，《又玄集》、《文苑英華》同，《韓君平集》作「親覲」。

〔一九〕此出唐許堯佐《柳氏傳》，《本事詩》亦載之。翃寄詩「章臺柳」疊句，原無；柳答詩「一葉隨風忽報秋」句，「忽」原作「息」，據《柳氏傳》補改。

〔二〇〕前人以爲此詩詩意都不可解，張采田《玉溪生年譜會箋》謂爲擬韓之作，當是。

錢起

起，吴興人，天寶進士，與郎士元齊名，時語曰：前有沈、宋，後有錢、郎。終考功郎中〔一〕。

天寶十年，試湘靈鼓瑟詩云：善鼓雲和瑟，常聞帝子靈。馮夷徒自舞，楚客不堪聽。苦調淒金石，清音入杳冥。蒼梧來怨慕，白芷動芳馨。流水傳湘浦，悲風過洞庭。曲終人不見，江上數峰青。起從鄉薦，居江湖客舍，聞吟於庭中曰：曲終人不見，江上數峰青。視之，無所見矣。明年，李暐試湘靈鼓瑟詩，起即用爲末句，人以爲鬼謡〔二〕。

奉送劉相公江淮催轉運云〔三〕：國用資戎事，臣勞爲主憂。將徵任土貢，更發濟川舟。擁傳星還去，過池鳳不留。唯高飲冰節[四]，稍淺別家愁[五]。落葉淮邊雨[六]，孤山海上秋。遥知謝公興，微月在江樓[七]。時以此詩爲擅場[八]。

高仲武云：員外詩體格清奇[九]，理致清澹，粤從登第，挺冠詞林。文宗右丞，許以高格。右丞没後，員外爲雄。芟齊、宋之浮游[一〇]，削梁、陳之靡嫚，迥然獨立，莫之與京。且如鳥道掛疏雨，人家殘夕陽；又牛羊上山小[一一]，煙火隔林深；又長樂鐘聲花外盡，龍池柳色雨中深。皆特出意表，標準古今。又窮達戀明主，耕桑亦近郊，則禮義克全，忠孝兼著，足可以弘長名流[一二]，爲後楷式。

送僧歸日東云[一三]：上國隨緣住[一四]，東途若夢行[一五]。浮雲滄海遠[一六]，去世法舟輕[一七]。水月通禪觀，魚龍聽梵聲。唯憐惠燈影[一八]，萬里眼中明。

送僧自吴游蜀云：隨緣忽西去，何日返東林？世路無期別，空明不住心[一九]。人煙一飯少，山雪獨行深。天外猿聲夜[二〇]，誰聞清梵音？

送張管書記云[二一]：邊事多勞役，儒衣逐鼓鼙。日寒關樹外，峰盡塞雲西。河廣蓬難度，天遥鴈漸低。班超封定遠，之子去思齊。

送征雁云：秋空萬里靜，嘹唳獨南征。風急翻霜冷，雲開見月驚。塞長憐去翼[二二]，影滅有餘聲。悵望遥天外，鄉愁滿目生。

寄郎士元云〔二三〕：龍節知無事，江城不掩扉。詩傳過客遠，書到故人稀〔二四〕。坐嘯看潮起〔二五〕，行春送鴈歸。望舒三五夜，思盡謝玄暉。

宿洞口館云〔二六〕：野竹通溪冷，秋蟬入户鳴〔二七〕。亂來人不到〔二八〕，寒草上堦生〔二九〕。

裴迪書齋望月云〔三〇〕：夜來詩酒興〔三一〕，月上謝公樓〔三二〕。影閉重門静〔三三〕，寒生獨樹秋。鵲驚隨葉散，螢遠入煙流。今夕遥天末，清暉幾處愁〔三四〕。

送彈琴李長史赴洪州云：抱琴爲傲吏〔三五〕，孤棹復南行。幾度秋江水〔三六〕，皆添白雪聲。佳期來客夢，幽興緩王程〔三七〕。佐牧無勞問，心和政自平〔三八〕。寄郎士元以下四章，姚合取爲極玄集。

起還藍田，王維贈别云〔三九〕：草色日向好，桃源人去稀。手持平子賦，目送老萊衣。每候山櫻發，時同海燕歸。今年寒食酒，應得返柴扉。起答詩云〔四〇〕：卑棲却得性，每與白雲歸。徇禄仍懷橘，看山免採薇。一作别山如昨日〔四一〕，春露已霑衣。採蕨頻盈夢，看花空厭歸。暮禽先去馬，新月待開扉。霄漢時迴首，知音青瑣闈。

王維春夜竹亭贈起歸藍田詩云〔四二〕：夜静群動息，時聞隔林犬。却憶山中時，人家澗西遠。羡君明發去，采蕨輕軒冕。起答云〔四三〕：山月隨客來，主人興不淺。今宵竹林下，誰覺花源遠。惆悵曉鶯啼，孤雲還絶巘。

贈闕下裴舍人云〔四四〕：二月黄鶯飛上林〔四五〕，春城紫禁曉陰陰〔四六〕。長樂鐘聲花外盡，龍池柳色雨中深。陽和不散窮途恨，霄漢長懷捧日心〔四七〕。獻賦十年猶未遇，羞將白髮對華簪〔四八〕。

東皋早春寄郎校書云〔四九〕：禄微賴學稼，歲起歸衡茅。窮達戀明主，耕桑亦近郊。夜來霽山雪〔五〇〕，陽氣動林梢。萌蕙暖初吐，春鳩鳴欲巢。蓬萊時入夢〔五一〕，知子憶貧交〔五二〕。

題玉山村叟壁云〔五三〕：谷口好泉石，居人能陸沉。牛羊上山小，煙火隔林深〔五四〕。一徑入溪色，數家連竹陰。藏虹辭晚雨，驚隼落殘禽。涉趣皆流目〔五五〕，將歸羡在林〔五六〕。却思黄綬事，辜負紫芝心。

逃暑太子李舍人别業云〔五七〕：下馬失炎暑，重門深緑篁。宫臣禮嘉客，林表開蘭堂。兹夕興難盡〔五八〕，澄罍照墨場。東陵晚來好〔五九〕，目極趣何長〔六〇〕。鳥道掛疏雨〔六一〕，人家殘夕陽。城隅擁歸騎，留醉戀群芳〔六二〕。

和張僕射塞下曲云〔六三〕：月黑鴈飛高，單于夜遁逃。欲將輕騎逐，大雪滿弓刀。

【校箋】

〔一〕《新唐書》卷二〇三《盧綸傳》：「起，吴興人。天寶中舉進士，與郎士元齊名，時語曰：『前有沈、宋，後錢、郎。』終考功郎中。」

〔二〕《舊唐書》卷一六八《錢徽傳》：「父起，天寶十年登進士第。起能五言詩。初從鄉薦，寄家江湖，嘗于客有舍月夜獨吟，遽聞人吟于庭曰：『曲終人不見，江上數峰青。』起愕然，攝衣視之，無所見矣。以爲鬼怪，而志其一十字。起就試之年，李暐所試《湘靈鼓瑟詩》題中有「青」字，起即以鬼謡十字爲落句，暐深嘉之，稱爲絶唱。」《紀事》出此。「李暐」原作「崔暐」，據史文改。《才鬼記》、《廣卓異記》載此事，皆言「座主李暐」。徐松《登科記考》據《唐語林》、《舊唐書》卷一一二《李麟傳》及《永樂大典》引《蘇州府志》以爲天寶十年知貢舉者爲李麟。詩中「善鼓雲和瑟」句，《才鬼記》、《廣卓異記》同，《文苑英華》卷一八四「鼓」作「撫」；「馮夷徒自舞」句，《文苑英華》、《才鬼記》、《廣卓異記》「徒」俱作「空」；「苦調凄金石」句，《文苑英華》作「逸韻諧金石」，《才鬼記》「凄」作「愴」，《廣卓異記》「苦調」作「雅調」；「清音入杳冥」句，《文苑英華》、《才鬼記》、《廣卓異記》「入」俱作「發」。

〔三〕詩題明活字本（下同）《錢考功集》、《文苑英華》卷二七一作《奉送劉相公江淮催轉運事》，此原脱「江淮」、「轉」三字，據補。

〔四〕「飲冰」原作「飲水」，《錢考功集》同，據《中興間氣集》、《文苑英華》改。

〔五〕「淺」原作「餞」，據《中興間氣集》、《錢考功集》、《文苑英華》改。

〔六〕「淮邊」，《中興間氣集》、《錢考功集》同，《文苑英華》作「籬邊」。

〔七〕「在」原作「上」，據《中興間氣集》、《錢考功集》、《文苑英華》改。

〔八〕《文苑英華》載此詩，題下注「此詩擅場」四字。事見《國史補》及《南部新書》。

〔九〕「員外」「體」三字原脱，據《中興閒氣集》補。

〔一〇〕「芰」原作「投」，據《中興閒氣集》改。

〔一一〕「上山小」原作「山上少」，據《中興閒氣集》改。

〔一二〕「弘長」原作「引長」，據《中興閒氣集》改。

〔一三〕詩題《極玄集》同，《錢考功集》、《文苑英華》卷二二九作《送僧歸日本》。

〔一四〕「隨緣住」原作「緣隨去」，《文苑英華》同，據《極玄集》改，《錢考功集》作「隨緣至」。

〔一五〕「東途」，《極玄集》、《文苑英華》同，《錢考功集》作「來途」。

〔一六〕「浮雲」，《極玄集》同，《錢考功集》、《文苑英華》作「浮天」。

〔一七〕「法舟」，《極玄集》、《文苑英華》同，《錢考功集》作「法船」。

〔一八〕「惠燈」，《極玄集》、《文苑英華》作「塔燈」，《錢考功集》作「一燈」。

〔一九〕上二句「無期別」「不住心」，《極玄集》同，《錢考功集》作「寧嗟別」「久息心」。

〔二〇〕「猿聲夜」，《極玄集》同，《錢考功集》作「猿啼處」。

〔二一〕詩題《極玄集》、《錢考功集》同，《文苑英華》卷二七一作《送張管記從軍》。

〔二二〕「憐」，《文苑英華》卷三二八同，《極玄集》、《錢考功集》作「怯」。

〔二三〕詩題《極玄集》同，《錢考功集》、《文苑英華》卷二五三作《寄郢州郎使君士元》。

〔二四〕「書到」原作「書别」，據《極玄集》、《錢考功集》、《文苑英華》改。

〔二五〕「起」原作「遠」，據《極玄集》、《錢考功集》、《文苑英華》改。

〔二六〕詩題《又玄集》、《錢考功集》、《萬首唐人絶句》同，《極玄集》作《宿洞口觀》，《文苑英華》卷二九八作《宿洞口驛》。

〔二七〕「秋蟬」，《極玄集》同，《又玄集》、《錢考功集》、《萬首唐人絶句》作「秋泉」，《文苑英華》作「泉聲」。

〔二八〕「亂來」，《極玄集》、《又玄集》、《錢考功集》、《萬首唐人絶句》同，《文苑英華》作「往來」。

〔二九〕「寒草」，《極玄集》、《又玄集》、《文苑英華》、《萬首唐人絶句》同，《錢考功集》作「芳草」。

〔三〇〕詩題《極玄集》同，《中興閒氣集》、《又玄集》、《文苑英華》卷一五一作《裴迪書齋翫月》，《錢考功集》作《裴迪南門秋夜對月》。

〔三一〕「興」原作「意」，據《中興閒氣集》、《極玄集》、《又玄集》、《錢考功集》、《文苑英華》改。

〔三二〕「月上」，《中興閒氣集》、《極玄集》、《文苑英華》同，《又玄集》、《錢考功集》作「月滿」。

〔三三〕「重門」原作「重關」，據《中興閒氣集》、《極玄集》、《又玄集》、《錢考功集》、《文苑英華》改。

〔三四〕「清暉」，《中興閒氣集》、《極玄集》、《又玄集》、《文苑英華》同，《錢考功集》作「清光」。

〔三五〕「抱琴」，《極玄集》、《又玄集》、《錢考功集》同，《文苑英華》卷二七一作「攜琴」。

〔三六〕「幾度」，《極玄集》同，《中興閒氣集》作「幾處」，《錢考功集》、《文苑英華》作「幾渡」。

〔三七〕「幽興」，《錢考功集》、《文苑英華》同，《中興閒氣集》、《極玄集》作「秋思」。

〔三八〕「心和」原作「心平」，據《中興閒氣集》、《極玄集》、《錢考功集》、《文苑英華》改。

〔三九〕《王右丞集》載此詩，題作《送錢少府還藍田》。

〔四〇〕《錢考功集》載此詩，題作《晚歸藍田酬王維給事贈别》，亦附載王維詩，題《留别》。《文苑英華》卷二八七作《晚歸藍田酬中書常舍人贈别》，誤。

〔四一〕「如」字原脱，據毛本補。一作四句，未詳所出，趙殿成《王摩詰集箋注》亦載之。

〔四二〕《王右丞集》載此詩，題作《春夜竹亭贈錢少府歸藍田》。

〔四三〕《錢考功集》載此詩，題作《酬王維春夜竹亭贈别》，《王集》附載同。

〔四四〕詩題《中興閒氣集》、《才調集》、《錢考功集》同，《文苑英華》卷二五三及《唐百家詩選》作《闕下贈閻舍人》，疑誤。

〔四五〕「黄鶯」，《錢考功集》、《文苑英華》、《唐百家詩選》同，《中興閒氣集》、《才調集》作「黄鸝」。

〔四六〕「紫禁」，《極玄集》、《錢考功集》、《文苑英華》、《唐百家詩選》同，《才調集》作「紫陌」，其所載首二句位置顛倒。「曉陰陰」，各本並同，唯《文苑英華》作「晚陰陰」。

〔四七〕「長懷」，《中興閒氣集》、《錢考功集》、《文苑英華》、《唐百家詩選》作「常懸」，《才調集》作「長懸」。

〔四八〕「白髮」，《中興閒氣集》、《才調集》、《文苑英華》、《唐百家詩選》同。《錢考功集》作「短髮」。

〔四九〕詩題《中興閒氣集》、《錢考功集》作《東皋早春寄郎四校書》，《文苑英華》卷二五三作《東皋早春寄元校書》。按「郎四校書」謂郎士元也，《文苑英華》「元校書」上疑脱「郎士」二字。

〔五〇〕「霽」原作「靈」，據《中興閒氣集》、《錢考功集》、《文苑英華》改。

〔五一〕「時」，《中興閒氣集》、《錢考功集》同，《文苑英華》作「頻」。

〔五二〕「貧交」原作「平交」，據《中興閒氣集》、《錢考功集》、《文苑英華》改。

〔五三〕詩題《錢考功集》同，《文苑英華》卷三一九作《題玉山村叟屋壁》。

〔五四〕「煙火隔林深」，《中興閒氣集》所舉錢起名句，此原作「煙火隔雲深」，《錢考功集》同，《文苑英華》則作「煙雨隔林深」，今據《中興閒氣集》改。

〔五五〕「流目」，《錢考功集》同，《文苑英華》作「傷目」。

〔五六〕「羨」原作「必」，據《錢考功集》、《文苑英華》改。

〔五七〕詩題《錢考功集》、《文苑英華》作《太子李舍人城東別業與二三文友逃暑》。

〔五八〕「茲夕」，《錢考功集》同，《文苑英華》作「茲日」。

〔五九〕「東陵」，《錢考功集》同，《文苑英華》作「東林」。

〔六〇〕「目極」，《錢考功集》同，《文苑英華》作「極目」。

〔六一〕「鳥道」原作「鳥路」，據《錢考功集》、《文苑英華》改，《中興閒氣集》所舉錢起名句，亦作「鳥道」。

〔六二〕此句《錢考功集》作「留醉戀瓊芳」，《文苑英華》作「留酌戀瓊芳」。

〔六三〕《御覽詩》、《樂府詩集》載盧綸《塞下曲六首》，此其第三首。《萬首唐人絶句》所載同，題作《和張僕射塞下曲六首》。《唐百家詩選》唯選録此首，題同，亦署盧綸作。此以爲錢起詩，誤也。

司空曙

和耿拾遺元日觀早朝云〔一〕：元朔爭朝闕，奔流若會溟。路塵和薄霧，騎火接低星。漏促雙魚鑰〔二〕，車喧百子鈴。冕旒當翠殿，幢戟滿彤庭。表歲方編瑞〔三〕，乘春即省刑〔四〕。諸侯陳禹玉〔五〕，司曆獻堯蓂〔六〕。壽酒三觴退〔七〕，簫韶九奏停。太陽開物象，沛澤及生靈。南陌祥光紫〔八〕，東方曉氣青〔九〕。自憐揚子賤，歸草太玄經。

立秋日云：律變新秋至，蕭條自此初。花酣蓮報謝，葉在柳呈疏。淡日非雲映〔一〇〕，清風似雨餘。捲簾涼暗度〔一一〕，却扇暑先除〔一二〕。草靜多翻燕，波澄乍露魚。今朝散騎省，作賦興何如？

酬張芬有赦後見贈云：紫鳳朝銜五色書，陽春忽布網羅除〔一三〕。已將心變寒灰後，豈料光生腐草餘。建水風煙收客淚，杜陵花竹夢郊居。勞君故有詩相贈〔一四〕，欲報瓊瑶恨不如。

晦日益州北池陪宴云：臨泛從公日，仙舟翠幕張。七橋通碧澗〔一五〕，雙樹接花塘。玉燭收寒氣，金波隱夕光。野聞歌管思，水靜綺羅香。游騎縈林遠，飛橈截岸長。郊原懷灞滻〔一六〕，陂溠寫江潢〔一七〕。常侍傳花詔，偏裨問羽觴〔一八〕。豈令南峴首，千載播餘芳。

曙，字文初，廣平人。登進士第，從韋臯于劍南。貞元中，爲水部郎中，終虞部郎中〔一九〕。

耿湋就宿因傷故人云〔二〇〕：舊時聞笛淚，此夜重霑衣〔二一〕。方恨同懷少，那堪相見稀〔二二〕。竹煙凝澗壑〔二三〕，林雪似芳菲。多謝勞車馬，應憐獨掩扉。

經廢寶慶寺云〔二四〕：黄葉前朝寺，無僧寒殿開。池晴龜山曝，松暝鶴飛迴〔二五〕。古砌碑横草〔二六〕，陰廊畫雜苔。禪宮亦銷歇，塵世轉堪哀〔二七〕。

春日野望寄錢起員外云〔二八〕：草長花落樹，羸病强尋春。無復少年意，空餘華髮新〔二九〕。青原晴見水〔三〇〕，白社靜逢人。寄謝南宮客，軒車不可親〔三一〕。

喜外弟盧綸見宿云〔三二〕：靜夜無四隣，荒居舊業貧。雨中黄葉樹〔三三〕，燈下白頭人〔三四〕。以我獨沉久〔三五〕，愧君相見頻〔三六〕。平生自有分〔三七〕，況是蔡家親〔三八〕。

送王閏云：相送臨寒水，蒼然望故關。江蕪連夢澤，楚雪入商山。話我他年舊，看君此日閑。因將自悲淚，一灑別離顔〔三九〕。

新蟬云：今朝蟬忽鳴，羇客若爲情〔四〇〕。漸覺一年謝〔四一〕，能令萬感生。微風初滿樹〔四二〕，落日稍沉城。爲問同懷者，淒涼聽幾聲？

望水云：高樓晴見水〔四三〕，楚色靄相和〔四四〕。野極空如練〔四五〕，天遥不辨波。永無人跡到，時有鳥行過〔四六〕。況是蒼茫外〔四七〕，殘陽照最多。

哭麴象云〔四八〕：憶昔秋風起〔四九〕，君曾歎逐臣。何言芳草日，自作九泉人。耿湋就宿以下七篇，姚合取爲極玄集。

【校箋】

〔一〕詩題「觀」字原無，據《文苑英華》卷一九〇補。

〔二〕「漏促」，《歲時雜詠》同，《文苑英華》作「門響」。

〔三〕「表歲」，《歲時雜詠》同，《文苑英華》作「積歲」。

〔四〕「省刑」原作「宥刑」，據《歲時雜詠》、《文苑英華》改。

〔五〕「諸侯」，《歲時雜詠》同，《文苑英華》作「太官」。

〔六〕「獻」，《歲時雜詠》同，《文苑英華》作「貢」。

〔七〕「三觴」，《歲時雜詠》同，《文苑英華》作「三聲」。

〔八〕「祥光紫」，《歲時雜詠》同，《文苑英華》作「高山碧」。

〔九〕「曉」原作「晚」，《文苑英華》作「遠」，據《歲時雜詠》改。

〔一〇〕「淡日非雲映」原作「淡月多雲映」，據明活字本(下同)《司空曙集》、《歲時雜詠》、《文苑英華》卷一五八及《唐百家詩選》改。

〔一一〕「捲簾」，《司空曙集》、《歲時雜詠》、《唐百家詩選》同，《文苑英華》作「卷帷」。

〔一二〕「却扇」，《司空曙集》、《歲時雜詠》、《文苑英華》、《唐百家詩選》作「迎扇」。

〔一三〕「忽布」原作「忽報」，據《司空曙集》、《文苑英華》卷二四三、《唐百家詩選》改。

〔一四〕「詩相贈」原作「詩人贈」，《唐百家詩選》同，據《司空曙集》、《文苑英華》改。

〔一五〕「碧澗」，《司空曙集》、《歲時雜詠》作「碧沼」。

〔一六〕「灞滻」原作「灞産」，據《司空曙集》、《歲時雜詠》改。

〔一七〕「陂漾寫江潢」原作「波漾寫江黄」，據《司空曙集》、《歲時雜詠》改。

〔一八〕「問」原作「同」，據《司空曙集》、《歲時雜詠》改。

〔一九〕《極玄集》：「司空曙，字文初，廣平人。舉進士。貞元中，水部郎中，終虞部郎中。」《新唐書》卷二〇三《盧綸傳》：「曙字文初，廣平人。從韋臯于劍南，終虞部郎中。」按《文苑英華》卷七八三符載《劍南西川幕府諸公寫真讚並序》亦稱「水部司空郎中曙字文初」，而同時諸詩人酬唱中，則皆稱其字爲「司空文明」，陳振孫《直齋書録解題》著録《司空文明集》三卷云：「唐虞部郎中京兆司空曙文明撰。」是知其一字「文明」也。「虞部」後原脱「郎中」二字，據史文補。

〔二〇〕詩題《極玄集》、《文苑英華》卷二一七同，《司空曙集》作《冬夜耿拾遺王秀才就宿因傷故人》。

〔二一〕「湋」原作「偉」，據《極玄集》改。

〔二二〕「此夜」，《極玄集》、《司空曙集》同，《文苑英華》作「今夜」。

〔二三〕「方恨」二句，《極玄集》同，《司空曙集》「同懷」作「同人」，「那堪」作「何堪」；《文苑英華》「同懷」作「同袍」，「那堪」亦作「何堪」。

〔二三〕「凝」原作「疑」，據《極玄集》、《司空曙集》、《文苑英華》改。

〔二四〕詩題「慶」原作「光」，據《極玄集》改。《司空曙集》題作《過慶寶寺》；《文苑英華》卷二三五題《廢慶寶寺》，耿湋作。《唐百家詩選》作《過寶慶寺》。題「慶寶寺」者，誤。

〔二五〕「松暝」，《極玄集》、《文苑英華》同，《司空曙集》、《唐百家詩選》作「松暮」。

〔二六〕「古砌」，《極玄集》同，《司空曙集》、《文苑英華》、《唐百家詩選》作「古井」。

〔二七〕「轉」原作「靜」，據《極玄集》、《司空曙集》、《文苑英華》《唐百家詩選》改。

〔二八〕詩題《極玄集》同，《司空曙集》作《暮春野望寄錢起》。此詩《文苑英華》卷二五四屬之耿湋，題作《寄錢起》。

〔二九〕「華髮」，《司空曙集》、《文苑英華》同。《極玄集》作「白髮」，詩末有注云：「《本集》『白社』作『華社』。」

〔三〇〕「晴」，《極玄集》、《司空曙集》、《文苑英華》作「高」。

〔三一〕「不可」原作「不見」，《文苑英華》同，據《極玄集》、《司空曙集》改。

〔三二〕詩題《極玄集》同，《文苑英華》卷二一七作《秋喜盧綸訪宿》。

〔三三〕「雨中」，《極玄集》同，《文苑英華》作「月中」。

〔三四〕「燈下」原作「煙下」，據《極玄集》、《文苑英華》改。

〔三五〕「以我」原作「似我」，據《極玄集》、《文苑英華》改。

〔三六〕「相見」，《極玄集》同，《文苑英華》作「相訪」。

〔三七〕「自有分」，《極玄集》同，《文苑英華》作「有深分」。

〔三八〕「蔡」，《極玄集》、《文苑英華》同，注云：「『蔡』，一作『霍』。」

〔三九〕「顔」，《司空曙集》作「間」。

〔四〇〕「羈客」，《極玄集》、《司空曙集》作「遷客」。

〔四一〕此句《極玄集》同，《司空曙集》作「便覺一年老」。

〔四二〕「初」，《極玄集》同，《司空曙集》作「方」。

〔四三〕「高樓」，《極玄集》同，《文苑英華》卷一六三作「高原」。

〔四四〕「楚色」，《文苑英華》同，《極玄集》作「楚客」。

〔四五〕「練」，《極玄集》同，《文苑英華》作「雪」。

〔四六〕此句《極玄集》同，《文苑英華》作「獨有鳥聲過」。

〔四七〕「況是」，《極玄集》同，《文苑英華》作「況在」。

〔四八〕詩題《極玄集》、《文苑英華》卷三〇三同，《司空曙集》作《哭麴山人》。

〔四九〕「憶昔」原作「憶昨」，《文苑英華》同，據《極玄集》、《司空曙集》改。

苗發

送司空曙之蘇州詩云：盤門吴舊地，蟬盡早秋時〔一〕。歸國人皆久，移家君獨遲。廣陵經水宿，建鄴有僧期。若到栖霞寺〔二〕，應看江總碑。

送孫德諭罷官往黔州云：孫公曾牧此州，因寄家也〔三〕。中歲分符典石城，兩朝趨陛謁承明。闕下昨陳歸老疏，天南今切去鄉情。親知握手三秋别〔四〕，几杖扶身萬里行。伯道暮年無嗣子，欲將家事託門生。

發，晉卿子。終都官員外郎〔五〕。

【校箋】

〔一〕「早秋」原作「草秋」，據《文苑英華》卷二七四改。

〔二〕「栖」原作「西」，《文苑英華》同，據毛本改。

〔三〕《文苑英華》卷二七四載此詩，題下作者自注：「孫公先牧此州，因寄家在彼。」此本之。「孫公」原誤作「孫父」，據改。

〔四〕「三秋」，《文苑英華》作「三回」。

〔五〕《新唐書》卷二〇三《盧綸傳》：「發，晉卿子，終都官員外郎。」

崔峒

寄上禮部李侍郎云：吴楚相逢處，江湖共泛時。任風舟去遠，待月酒行遲。白髮常同歎，青雲本異期〔一〕。貴來君却少，愁至老先悲〔二〕。玉佩明朝盛，蒼苔陋巷滋。追尋恨無路，唯有夢相思。

江上書懷云：骨肉天涯别，江山日落時。淚流襟上血，髮白鏡中絲〔三〕。胡越書難到，存亡夢豈知。登高迴首罷，形影自相隨。

喜逢妻弟鄭損因送入京詩云：亂後自孤征〔四〕，相逢喜復驚。爲經多載别，欲問小時名。對酒悲前事，論文畏後生。遥知盈卷軸，紙貴在江城。

詠門上畫小松上元王杜三相公云：昔聞生澗底，今見起毫端。衆草此時没，何人知歲寒。豈能裨棟宇，且貴出門闌。只在丹青意，凌雲也不難。

題崇福寺禪師院云：僧家竟何事〔五〕，掃地與焚香。清磬度山翠，閑雲來竹房。身心塵外遠，歲月坐中長〔六〕。向晚禪堂閉〔七〕，無人空夕陽。

峒有初入集賢院贈李獻仁詩，峒與李初同官于常山〔八〕。又有拜拾遺酬丘二十二見贈詩云〔九〕：江海久垂綸，朝衣忽掛身。丹墀方謁帝，白髮免羞人。才愧文章士〔一〇〕，名當諫諍臣。空餘薦賢分，不敢負交親。

嚴維送峒使往睦州云〔一一〕：如今相府用英髦〔一二〕，獨往南州肯告勞〔一三〕。冰水近開漁浦出〔一四〕，雪雲初卷定山高。木奴花映桐廬縣〔一五〕，青雀舟隨白鷺濤。使者應須訪廉吏，府中唯有范功曹。

高仲武云：崔拾遺文彩炳然，意思方雅〔一六〕。如清磬度山翠，閑雲來竹房；又流水聲中視公事，寒山影裏見人家。此亦披沙揀金〔一七〕，往往見寶也〔一八〕。

峒登進士第，爲拾遺，入集賢爲學士〔一九〕，後終州刺史，或云終玄武令〔二〇〕。文藝傳云：終右補闕〔二一〕。

峒寄李明府云〔二二〕：訟堂寂寂對煙霞〔二三〕，五柳門前集晚鴉〔二四〕。流水聲中視公事，寒山影裏見人家。觀風共美新爲政，計日還應更觸邪〔二五〕。可惜陶潛無限酒，不逢籬菊正開花〔二六〕。

【校箋】

〔一〕「異期」，《文苑英華》卷二五六作「要期」。

〔二〕「秋至老先悲」原作「愁去我先悲」，據《文苑英華》改。
〔三〕「髮白」，《又玄集》、《才調集》同，《中興閒氣集》作「髮變」。
〔四〕「孤征」原作「江城」，據《全唐詩話》改。
〔五〕「竟何事」，《中興閒氣集》同，《文苑英華》卷二三六作「更無事」。
〔六〕「長」，《文苑英華》同，《中興閒氣集》作「忘」。
〔七〕「閉」，《文苑英華》同，《中興閒氣集》作「掩」。
〔八〕《文苑英華》卷一九一崔峒《初入集賢院贈李獻仁》題下自注：「曾于常山聯官。」詩云：「燕代官初罷，江湖路便分。九遷從命薄，四十幸人聞。跡愧趨丹禁，身曾繫白雲。何由返滄海，昨日謁明君。」「李獻仁」原作「李獻任」，據改。
〔九〕詩題《中興閒氣集》作《初拜命後酬丘二十二見贈》，《文苑英華》卷二四四作《初除拾遺酬丘二十二見寄》。注云：「一作《初拜命酬丘丹見贈》。」
〔一〇〕「才愧」，《文苑英華》同，《中興閒氣集》作「才傑」。
〔一一〕明活字本（下同）《嚴維集》載此詩，題作《送崔峒使往睦州兼寄薛司户》。
〔一二〕「用」原作「共」，據《嚴維集》改。
〔一三〕「告勞」原作「苦勞」，據《嚴維集》改。
〔一四〕「近開」原作「近聞」，據《嚴維集》改。

〔一五〕「木奴」原作「木蘭」，據《嚴維集》改。

〔一六〕「崔拾遺文彩炳然，意思方雅」原作「崔詩文彩炳發，意思雅淡」，據《中興間氣集》改。

〔一七〕「揀金」原作「鍊金」，據《中興間氣集》改。

〔一八〕「往往」原作「時時」，據《中興間氣集》改。

〔一九〕崔峒爲拾遺，見前校箋〔九〕及《中興間氣集》評語，戴叔倫有《送崔拾遺峒江淮訪圖書》詩。入集賢院見前校箋〔八〕。

〔二〇〕唐玄武縣，屬梓州，考峒詩無言入蜀者，疑不可信。

〔二一〕《新唐書》卷二〇三《盧綸集》：「峒終右補闕」。

〔二二〕詩題《中興間氣集》、《又玄集》作《題桐廬李明府官舍》，《文苑英華》卷二五六作《贈同官李明府》。

〔二三〕「訟堂」原作「松堂」，據《中興間氣集》、《又玄集》、《文苑英華》改。

〔二四〕「集晚鴉」，《中興間氣集》作「晚聚鴉」，《又玄集》作「聚晚鴉」，《文苑英華》作「聚曉鴉」。

〔二五〕「觀風」二句，《又玄集》同，《中興間氣集》作「移風共美新爲政，計日還知更觸邪。」《文苑英華》作「觀風競美新爲政，計日還知舊觸邪。」

〔二六〕「可惜」二句，《文苑英華》同，《中興間氣集》作「却憶陶潛無限酒，不逢籬菊便開花」。《又玄集》「無限酒」作「無限興」，餘同。

李端

古别離詩云：水國葉黄時，洞庭霜落夜。行舟聞商賈〔一〕，宿在楓林下。此地送君還，茫茫似夢間。後期知幾日，前路轉多山。巫峽通湘浦，迢迢隔雲雨。天晴見海檣，月落聞津鼓〔二〕。人老自多愁，水深難急流。清宵歌一曲，白首對汀洲。

贈郭駙馬詩云：郭令公子曖，尚昇平公主，此詩席上成。青春都尉最風流，二十功成便拜侯。金距鬬鷄過上苑，玉鞭騎馬出長楸〔三〕。薰香荀令偏憐小，傅粉何郎不解愁。日暮吹簫楊柳陌，路人遥指鳳凰樓。又云：方塘似鏡草芊芊，初月如鉤未上弦。新開金埒看調馬，舊賜銅山許鑄錢。楊柳入樓吹玉笛，芙蓉出水妒花鈿。今朝都尉如相顧〔四〕，願脱長裙學少年。

端，趙州人。始，郭曖尚昇平公主，賢明有才思，尤多招士，端等多從曖游。曖進官，大集客，端賦詩最工。錢起曰：素爲之，請賦起姓。又工于前，客乃服〔五〕。

賦巫山高云：巫山十二峰〔六〕，皆在碧虚中。回合雲藏日〔七〕，霏微雨帶風。猿聲寒過水〔八〕，樹色暮連空。愁向高唐望〔九〕，清秋見楚宫〔一〇〕。

蜀路有飛泉亭，亭中詩板百餘篇，後薛能佐李福于蜀，道過此，題云：賈掾曾空去，題詩豈易哉。悉去諸板，唯留端巫山高一篇而已〔一一〕。

贈苗發員外云〔一二〕：朱户敞高扉，青槐礙落暉〔一三〕。八龍承慶重，三虎遞朝歸〔一四〕。坐竹人聲絶，横琴鳥語稀。花慚潘岳貌，年稱老萊衣。葉暗新櫻熟，絲長粉蝶飛。應憐魯儒賤，空與故山違。茂陵山行陪韋金部云〔一五〕：宿雨朝來歇，空山天氣清。盤雲雙鶴下，隔水一蟬鳴。古道黄花落，平蕪赤燒生。茂陵雖有病，猶得伴君行。

雲際中峰云：自得中峰住，深林亦閉關。經秋無客到，入夜有僧還。暗澗泉聲小，荒崗樹影閑〔一六〕。高亭不可望〔一七〕，星月滿空山。

蕪城懷古云：風吹城上樹，草没城邊路〔一八〕。城裏月明時〔一九〕，精靈自來去。贈苗發以下四篇，姚合取爲極玄集。

【校箋】

〔一〕「聞」原作「間」，據《唐文粹》、《唐百家詩選》、《樂府詩集》改。《樂府詩集》載李端《古别離》二首，此其第一首。

〔二〕「月落」，《唐百家詩選》、《樂府詩集》同，《唐文粹》作「日落」。

〔三〕「騎馬」原作「駙馬」，據明活字本（下同）《李端集》改。

〔四〕「相顧」原作「相願」，據《李端集》改。

〔五〕《新唐書》卷二〇三《盧綸傳》：「端，趙州人。始，郭曖尚昇平公主，主賢明有才思，尤招納士，故端等多從曖游。曖嘗進官，大集客，端賦詩最工，錢起曰：『素爲之，請賦起姓。』端立獻一章，又工于前，客乃服，主賜帛百。後移疾江南，終杭州司馬。」《紀事》出此。《新唐書》又本《國史補》上。

〔六〕「峰」，《御覽詩》、《李端集》、《文苑英華》卷二〇一及《樂府詩集》同，《才調集》作「重」。

〔七〕「日」，《才調集》、《李端集》、《文苑英華》、《樂府詩集》同，《御覽詩》作「月」。

〔八〕「過水」，《樂府詩集》同，《御覽詩》作「過澗」，《才調集》、《李端集》、《文苑英華》作「度水」。

〔九〕「高唐望」，《李端集》、《樂府詩集》同，《御覽詩》、《才調集》作「高唐去」，《文苑英華》作「高堂宿」。

〔一〇〕「清秋」，《御覽詩》、《李端集》、《文苑英華》、《樂府詩集》同，《才調集》作「千秋」。「楚宫」，《御覽詩》、《才調集》、《李端集》、《樂府詩集》同，《文苑英華》作「楚東」。

〔一一〕《摭言》卷一三：「蜀路有飛泉亭，亭中詩板百餘，然非作者所爲。後薛能佐李福于蜀，道過此，題云：『賈掾曾空去，題詩豈易哉！』悉打去諸板，唯留李端《巫山高》一篇而已。」「亭中」句原脱「亭」字，據補。

〔一二〕詩題《極玄集》作《贈苗員外》，《李端集》作《奉贈苗員外》。

〔一三〕「礙」原作「凝」，據《極玄集》、《李端集》改。

〔一四〕「三虎」原作「二虎」，據《極玄集》、《李端集》改。

〔一五〕詩題《極玄集》作《茂陵山行陪韋工部》，《李端集》作《茂陵山行招金部韋員外》。

〔一六〕「荒崗」，《極玄集》同，《李端集》作「荒村」。

〔一七〕「高亭」，《極玄集》同，《李端集》作「高窗」。

〔一八〕「没城」二字原闕，據《極玄集》、《李端集》及《文苑英華》卷三〇八補。

〔一九〕「城裏」，《極玄集》、《李端集》同，《文苑英華》作「城上」。

冷朝陽

登靈善寺塔云〔一〕：飛閣青霞裏，先秋獨早涼。天花映窗近，月桂拂簷香。華岳三峰小，黄河一帶長。空間指歸路〔二〕，煙處有垂楊〔三〕。

中秋與空上人同宿華嚴寺云：掃榻相逢宿，論詩舊梵宫。磬聲迎鼓盡〔四〕，月色過山窮。庭簇安禪草，牕飛帶火蟲。一宵何惜别，迴首隔秋風。

立春詩云：玉律傳佳節，青陽應北辰。土牛呈歲稔，綵燕表年春。臘盡星迴次，寒餘月建寅。風光行處好〔五〕，雲物望中新。流水初銷凍，潛魚欲振鱗。梅花將柳色，偏思越鄉人。

潞州節度薛嵩，有青衣善彈阮咸琴，手紋隱起如紅線，因以名之。一日辭去，朝陽爲詞曰：採菱歌怨木蘭舟，送客魂銷百尺樓。還似洛妃乘霧去，碧天無際水東流〔六〕。

李嘉祐送朝陽登第歸江寧云〔七〕：高第猶佳句，諸生似者稀。長安帶酒別，建業候潮歸。稚子歡迎棹，鄰人爲掃扉。含情過舊浦，鷗鳥亦依依。

朝陽，登大曆進士第，爲薛嵩幕府〔八〕。

錢起送朝陽擢第後歸金陵覲省詩云：萊子晝歸今始好，潘園景色夏偏濃。夕陽流水吟詩去，明月青山出竹逢。兄弟相親初讓果〔九〕，鄉人爭賀舊登龍。佳期少別俄千里，雲樹愁看過幾重〔一〇〕。

【校箋】

〔一〕《文苑英華》卷二三五載此詩，題作《題少室山寺》，作者褚朝陽。

〔二〕「空間」原作「空聞」，據《文苑英華》改。

〔三〕「煙處」，《文苑英華》作「煙際」。

〔四〕「磬聲」原作「鐘聲」，據《文苑英華》卷二一七及《歲時雜詠》改。

〔五〕「行處」原作「何處」，據《文苑英華》卷一八一及《歲時雜詠》改。

〔六〕紅線事見袁郊《甘澤謡》。其載朝陽《送紅線》詩「送客」作「送別」，「東流」作「長流」。《萬首唐人絶句》「東流」作「空流」，餘同。

〔七〕明活字本《李嘉祐集》載此詩，題作《送冷朝陽及第歸江寧》。

〔八〕「幕府」二字原無，據毛本補。

〔九〕「相親」，明活字本(下同)《錢考功集》作「相歡」。

〔一〇〕此句《錢考功集》作「雲樹遥看歷幾重」。

唐詩紀事校箋卷第三十一

竇叔向 五子常、牟、群、庠、鞏。

叔向，字遺直，京兆人。代宗時，常衮爲相，用爲左拾遺、内供奉，及貶，亦出爲溧水令〔一〕。四子登第，群以處士隱毗陵，韋夏卿薦之朝，德宗擢爲左拾遺，代武元衡爲中丞，薦呂温、羊士諤爲御史。李吉甫以二人躁險，持不下。群怨吉甫，伺吉甫陰事，幾爲憲宗所誅。群與兄常、牟，弟庠、鞏，皆爲郎，工詞章，爲聯珠集，行于時，義取昆弟若五星然〔二〕。

常，字中行，登第，隱居二十年，終國子祭酒。牟，字貽周，終國子司業。庠，字胄卿，終婺州刺史。鞏，字友封，元稹節度武昌，辟爲御史中丞，充副使；雅裕有名于時，平居與人言，若不出口，世號囁嚅翁。卒于武昌〔三〕。

叔向寒食賜恩火云：恩光及小臣，華燭忽驚春。電影隨中使，星輝拂路人。幸因榆柳暖，一照草茅貧。端午日恩賜百寮云〔四〕：仙宫長命縷，端午降殊私。事盛蛟龍見，恩深犬馬知。餘生儻可續，終冀荅明時。

酬李袁州嘉祐云：少年輕會復輕離，老大關心總是悲。强説前程聊自慰，未知攜手定何時？公才屈指登黄閣，匪服胡顔上赤墀。想到長安誦佳句，滿朝誰不念瓊枝？蓋嘉祐以詩送叔向并寄其弟紓云〔五〕：自歎未霑黄紙詔，那堪遠送赤墀人。老爲僑客偏相戀，素是詩家倍益親。妻兒共載無羈思，鴛鷺同行不負身。憑爾將書通令弟，惟論華髮愧頭巾。故叔向詩有瓊枝之句。

【校箋】

〔二〕《新唐書》卷六〇《藝文志》：「《竇叔向集》七卷。」注云：「字遺直。與常衮善，衮爲相，用爲左拾遺、内供奉。及貶，亦出溧水令。」「溧」原作「漂」，據改。

〔三〕《新唐書》卷一七五《竇群傳》：「竇群字丹列，京兆金城人。父叔向，以詩自名，代宗時，位左拾遺。群兄弟皆擢進士第，獨群以處士客隱毗陵。……蘇州刺史韋夏卿薦之朝……德宗擢爲左拾遺。……武元衡、李吉甫皆所厚善，故召拜吏部郎中。元衡輔政，薦群代爲中丞。群引吕温、羊士諤爲御史，吉甫以二人躁險，持不下。群忮恨，反怨吉甫。……陳登者，善術，夜過吉甫家，群即捕登掠考，上言吉甫陰事。憲宗面覆登，得其情，大怒，將誅群，吉甫爲救解，乃免。……兄常、牟，弟庠、鞏皆爲郎，工詞章，爲《聯珠集》行于時，義取昆弟若五星然。」按《竇氏聯珠集》，唐褚藏言編，五人每人詩爲一卷，卷首各有傳，即藏言所纂。共詩一百首。藏言釋「聯珠」之義云：「聯珠之義，蓋取一家之言，以偕列郎署，法五星爲聯珠星，星、郎也。」

〔三〕《新唐書·竇群傳》附《常、牟、庠、鞏傳》：「常字中行，大曆中及進士第，不肯調，客廣陵，多所論著，隱居二十年。……杜佑鎮淮南，署爲參謀。歷朗、夔、江、撫四州刺史、國子祭酒致仕，卒。……牟字貽周，……位國子司業。庠字冑卿，終婺州刺史。鞏字友封，……雅裕有名于時。平居與人言，若不出口，世號囁嚅翁。元稹節度武昌，奏鞏自副，卒。」

〔四〕詩題「寮」原作「索」，據《歲時雜詠》改。

〔五〕李詩題作《送竇拾遺赴朝因寄中書十七弟》。按《全唐詩》卷二〇六李嘉祐此詩下有注云：「竇拾遺叔向，其弟竇舒也。」誤。皇甫冉有《送竇十九叔向赴京》，張繼有《送竇十九判官使江南》，其弟之行第不應爲「十七」也。且叔向酬和詩云「想到長安誦佳句，滿朝誰不念瓊枝」，叔向當無自稱其弟爲「瓊枝」之理。考《舊唐書》卷一三七《李紓傳》，李紓是時亦正爲中書舍人，故當以《紀事》所載爲實。「偏」原作「福」，據《李嘉祐集》改。

竇常

常任武陵寒食日次松滋渡先寄劉員外云〔一〕：杏花榆莢曉風前〔二〕，雲際離離上峽船。江轉數程淹驛騎，楚曾三户少人煙。看春又遇清明節〔三〕，算老重經癸巳年。幸得枉山當郡舍〔四〕，在朝常詠卜居篇。

常初登第，桑道茂云：二十年後出官。後五度奏官，敕皆不下，即攝職久之；自大曆十四年及第，即二十年矣〔五〕。

北固晚眺云：水國芒種後〔六〕，梅天風雨涼。露蠶開晚簇，江燕遶危檣。山趾北來固，潮頭西去長〔七〕。年年此登眺，人事幾銷亡。

途中立春寄懷陽郇伯云〔八〕：浪跡終年客，驚心此地春。風前獨去馬〔九〕，澤畔耦耕人。老大交情重，悲涼外物親。子雲今在宅，應見柳條新。

七夕寄懷云：露盤花水望三星，髣髴虚無爲降靈〔一〇〕。斜漢没時人不寐，幾條蛛網下風庭。

【校箋】

〔一〕《竇氏聯珠集》此詩題作《之任武陵寒食日途次松滋渡先寄劉員外禹錫》。

〔二〕「杏花榆莢」原作「店花榆莢」，據《竇氏聯珠集》改。

〔三〕「遇」，《唐百家詩選》同。《竇氏聯珠集》作「過」，毛本同。按，寒食節在清明前一日，作「遇」是也。

〔四〕「枉山」原作「住山」，據《竇氏聯珠集》改，毛本作「佳山」。枉山，在武陵，見《元和郡縣圖志》。毛氏臆改。

〔五〕「自」原作「至」，按褚藏言《竇常傳》：「府君大曆十四年舉進士。……迨拾遺下世，力養繼親，家無舊産，百口漂寓，由是棄高科于盛時，就泉府之少職。……由擢第至釋褐凡二十年。」則「至」乃「自」字之誤，據改。「桑道茂」原作「常道茂」，據兩《唐書·方伎傳》改。

〔六〕「水國」原作「小園」，據《唐百家詩選》改。《竇氏聯珠集》作「水園」，「園」字亦誤。

〔七〕「西去」原作「西北」，據《竇氏聯珠集》、《唐百家詩選》改。

〔八〕此詩已見卷二九陽郇伯下，題作《途中立春寄懷郇伯》，與《竇氏聯珠集》及《歲時雜詠》同，原脱「懷」字，據補。

〔九〕「獨」原作「猶」，據《竇氏聯珠集》及《歲時雜詠》改。

〔一〇〕「爲降靈」原作「降匹靈」，《歲時雜詠》同，據《竇氏聯珠集》及《萬首唐人絶句》改。

竇牟

元日喜聞大禮寄四學士六舍人云〔一〕：有事郊壇畢，無私日月臨。歲華春更早，天瑞雪猶深。玉輦回時令，金門降德音。翰飛鴛列侶〔二〕，叢植桂爲林。粉澤資鴻筆，薰和本素琴。禮成戎器下，恩徹鬼方沉。麟爵來稱紀，官師退絶箴。道風黄閣靜，祥景紫垣陰。壽酒朝時獻，農書夜直尋〔三〕。國香煴翠幄，庭燎艶紅衾。漢魏文章盛，堯湯雨露湛〔四〕。密辭投水石，精義出沙金。宸扆親惟敬，鈞衡近匪侵。長驅千里駿〔五〕，清唳九霄禽。慶賜迎新服，齊莊棄舊簪。忽思班女怨，遥聽越人吟。末路甘貧病，流年苦滯淫。夢中青瑣闥〔六〕，歸處碧山岑。竊抃聞韶濩，觀光想韎任。大哉寰海晏，不筭子牟心。

牟秋夕閑居對雨贈别盧坦云〔七〕：燕燕辭巢蟬蜕枝，窮居積雨壞藩籬。夜長簷霤寒無寢，日晏廚煙濕未炊。悟主一言那可學，從軍五首竟徒爲〔八〕。故人驄馬朝天使〔九〕，洛下秋聲恐要知。

【校箋】

〔一〕《竇氏聯珠集》及《歲時雜詠》載此詩，題作《元日喜聞大禮寄上翰林四學士中書六舍人二十韻》，此「喜」原作「嘉」，據改。

〔二〕「列侶」原作「別侶」，據《歲時雜詠》改。

〔三〕「夜直」原作「直夜」，據《歲時雜詠》改。

〔四〕「湛」原作「霃」，據《竇氏聯珠集》及《歲時雜詠》改。

〔五〕「長驅」，《竇氏聯珠集》及《歲時雜詠》作「疾驅」。

〔六〕「青瑣」原作「清瑣」，據《竇氏聯珠集》及《歲時雜詠》改。

〔七〕《竇氏聯珠集》載此詩，題作《秋夕閑居對雨贈別盧七侍御坦》，《唐百家詩選》同。

〔八〕「五首」原作「五百」，《唐百家詩選》同，據《竇氏聯珠集》改。王粲《從軍行五首》，見《文選》及《樂府詩集》。

〔九〕「驄馬」原作「駿馬」，《唐百家詩選》同，據《竇氏聯珠集》改。

竇群

黔中書懷云〔一〕：萬事非京國，千山擁麗譙。佩刀看日曬，賜馬傍江調。言語多重譯，壺觴每獨謠。沿流如着翅〔二〕，不敢問歸橈。

【校箋】

〔一〕《竇氏聯珠集》載此詩，題作《黔中書事》，《唐百家詩選》同。

〔二〕「沿流如着翅」，《竇氏聯珠集》、《唐百家詩選》並同。《輿地紀勝》卷一七六黔州下引《唐詩紀事》此詩作「沿流知有趣」。

竇庠

陪留守韓僕射巡内至上陽宫感歎云〔一〕：愁煙漠漠草離離，太一鈎陳處處疑〔二〕。薄暮毁垣春雨裏，殘花猶發萬年枝。

【校箋】

〔一〕《竇氏聯珠集》載此詩，凡二首，此其第二首。其第一首云：「翠輦西歸七十春，玉堂珠綴儼埃塵。武皇弓劍埋何處？泣問上陽宫裏人。」《萬首唐人絶句》所載，亦爲二首。《唐百家詩選》只選第二首，與此同。

〔二〕「太一」原作「太液」，據張本改。《太平御覽》卷六引《樂法圖》：「天宫，紫微宫也。鈎陳，後宫也。」紫微宫，即帝宫。《淮南子·天文》：「紫宫者，太一之居也。」故又稱「太一宫」。見《太平御覽》卷一三七引《漢宫闕名》。

竇鞏

代隣叟云：年來七十罷耕桑，就煖支羸强下床。滿眼兒孫身外事，閑梳白髮對斜陽〔一〕。

永寧小園與校書接近因寄云〔二〕：故里心期奈别何，手移芳樹憶庭柯。東皋黍熟君應醉，梨葉初紅白露多。

寄南游弟兄云：書來未報幾時還，知在三湘五嶺間〔三〕。獨立衡門秋水闊，寒鴉飛去日銜山。

自京將赴黔南云〔四〕：風雨荆州二月天，問人初雇峽中船。西南一望雲和水，猶道黔南有四千。

南游感興云：傷心欲問前朝事〔五〕，唯見江流去不迴。日暮東風春草緑，鷓鴣飛上越王臺。

放魚云：金錢贖得免刀痕〔六〕，聞道禽魚亦感恩。好去長江千萬里，不須辛苦上龍門。武昌時也。

宫人斜云：離宫路遠北原斜〔七〕，生死恩深不到家。雲雨今歸何處去？黄鸝飛上野棠花。

新營别墅寄兄云：懶性如今成野人，行藏由興不由身。莫驚此度歸來晚，買得西山正值春〔八〕。

樂天與微之書云：君興有餘力，且與僕悉索還往詩中，取其尤長者，如張十八古樂府，李二十新歌行，紳也。盧、楊二祕書律詩，貞與巨源。竇七、鞏也。元八絶句，博考精掇，編而次之，號元白往還詩集。衆君子得擬議于此者，莫不踊躍歡喜，以爲盛事〔九〕。

【校箋】

〔一〕「對」，《唐百家詩選》、《萬首唐人絶句》作「向」。按此下八首與《唐百家詩選》所選同。其中除《南游感興》、《放魚》二首外，《竇氏聯珠集》皆不載。蓋採自《唐百家詩選》也。

〔二〕詩題原作《永寧小園寄接近校書》，據《唐百家詩選》改。《萬首唐人絶句》失載此詩。

〔三〕「三湘」原作「三湖」，《唐百家詩選》同，據《萬首唐人絶句》改。

〔四〕此詩《輿地紀勝》黔州下亦引之，云出《唐詩紀事》。

〔五〕「前朝」原作「當時」，據《竇氏聯珠集》、《唐百家詩選》、《萬首唐人絶句》改。

〔六〕「金錢」，《竇氏聯珠集》、《唐百家詩選》、《萬首唐人絶句》同。《文苑英華》卷三三〇作「黄金」。

〔七〕「北原」，《唐百家詩選》同。《萬首唐人絶句》作「北風」。

〔八〕「西山」原作「山居」，據《唐百家詩選》、《萬首唐人絶句》改。

〔九〕此白居易《與元九書》文，載《白氏長慶集》卷四五。字句微異。

常建

題破山寺後禪院云〔一〕：清晨入古寺，初日照高林〔二〕。竹徑通幽處，禪房花木深。山光悦鳥性，潭影空人心。萬籟此都寂〔三〕，但餘鐘磬音〔四〕。

江上琴興云：江上調玉琴，一絃清一心。泠泠七絃遍，萬木澄幽陰。能使江月白，又令江水深。始知梧桐枝〔五〕，可以徽黄金。

夢太白西峰云：夢寐昇九崖，杳靄逢元君。遺我太白岑〔六〕，寥寥辭垢氛。結宇在星漢，宴林閉氛氳〔七〕。簷楹覆餘翠，巾舄生片雲。時往溪谷間〔八〕，孤亭晝仍曛。松峰引天影，石瀨清霞文。恬目緩舟趣〔九〕，霽心投鳥群。春風又摇櫂，潭島花紛紛。

宿王昌齡隱居云：青溪深不測〔一〇〕，隱處惟孤雲。松際露微月，清光猶爲君。茅亭宿花影〔一一〕，藥院滋苔紋。余亦謝時去，西山鸞鶴群。

歐陽永叔云：吾嘗愛建竹逕通幽處，禪房花木深，欲效其語作一聯，久不可得，始知造意者爲難工也。來青州，得一山齋，不意平生想見而不能道以言者，乃爲己有。于是益欲希其髣髴，竟爾莫獲一言〔一二〕。

丹陽殷璠撰河岳英靈集，首列建詩，愛其山光悦鳥性，潭影空人心〔一三〕。

殷璠云：高才而無貴位〔一四〕，誠哉是言也。曩劉楨死于文學，左思終于記室，鮑照卒于參軍，今常建亦淪于一尉〔一五〕，悲夫！建詩似初發通莊，却尋野逕，百里之外，方歸大道，所以其旨遠，其興僻，佳句輒來，惟論意表。至如松際露微月，清光猶爲君；又山光悦鳥性，潭影空人心。此例數十句，並可稱爲警策。一篇盡善者，戰餘落日黄，軍敗鼓聲死。今與山鬼隣，殘兵哭遼水。思既邈苦〔一六〕，詞又警絶，潘岳雖云能叙悲怨，未見如此章句也。

昭君墓云：漢宫豈不死，異域傷獨没〔一七〕。萬里馱黄金，蛾眉爲枯骨。迴軍夜出塞，立馬皆不發〔一八〕。共恨丹青人〔一九〕，墳上哭明月。

弔王將軍墓云：嫖姚北伐時，深入强千里〔二〇〕。戰餘落日黄，軍敗鼓聲死。常聞漢飛將〔二一〕，可奪單于壘。今與山鬼隣，殘兵哭遼水。

送李十一尉臨溪云：泠泠花下琴，君唱渡江吟。天際一帆影，預懸離别心。以言神仙尉，因致瑶華音。迴軫撫商調，越溪澄碧林〔二二〕。

【校箋】

〔一〕詩題原顛倒作《題破後禪山寺院》，據《河岳英靈集》、《又玄集》、《唐文粹》、《文苑英華》卷二三四及《唐百家詩選》改。

〔二〕「照」原作「明」，據《河岳英靈集》、《又玄集》改。《唐文粹》亦作「明」，《文苑英華》作「耀」，《唐百家詩選》作「朗」。

〔三〕「都寂」，《河岳英靈集》、《又玄集》、《文苑英華》、《唐百家詩選》同。《唐文粹》作「俱寂」。

〔四〕「但餘」，《河岳英靈集》、《又玄集》、《文苑英華》、《唐百家詩選》同。《唐文粹》作「惟聞」。

〔五〕「枯桐枝」原作「梧桐枝」，據《河岳英靈集》改。《文苑英華》卷一六二亦作「梧桐枝」。

〔六〕「遺」原作「貴」，據《河岳英靈集》改。《唐文粹》作「攜」。

〔七〕「氛氲」原作「氲氛」，據《河岳英靈集》改。《唐文粹》作「氤氲」。

〔八〕「溪谷」，《唐文粹》同，《河岳英靈集》作「清溪」。

〔九〕「恬目」原作「括目」，據《河岳英靈集》、《唐文粹》改。

〔一〇〕「不測」，《唐文粹》、《文苑英華》卷二一七同。《河岳英靈集》作「不極」。

〔一一〕「花影」原作「花鳥」，《唐文粹》同。據《河岳英靈集》、《文苑英華》改。

〔一二〕《歐陽文忠全集》卷七三《題青州山齋》：「吾常喜誦常建詩云：『竹徑通幽處，禪房花木深。』欲效其語作一聯，久不可得，乃知造意者爲難工也。晚來青州，始得山齋宴息，因謂不意平生想見而不能道以言者，乃爲己有。於是益欲希其髣髴，竟爾莫獲一言。夫前人爲開其端，而物景又在其目，然不得自稱其懷，豈人才有限而不可强，將吾老矣，文思之衰耶？兹爲終身之恨爾。熙寧庚戌仲夏月望日題。」

〔一三〕《洪駒父詩話》:「丹陽殷璠,撰《河岳英靈集》,首列常建詩,愛其『山光悦鳥性,潭影空人心』之句,以爲警策。歐公又愛建『竹徑通幽處,禪房花木深』,欲效建作數語,竟不能得,以爲恨。予謂建此詩全篇皆工,不獨此兩聯而已。其詩曰云云。」(《詩人玉屑》引)

〔一四〕「貴位」。《河岳英靈集》作「貴仕」。

〔一五〕「淪」原作「滿」,據《河岳英靈集》改。

〔一六〕「思既邈苦」,《河岳英靈集》作「屬思既苦」。

〔一七〕「傷獨没」,原作「猶傷没」,據《河岳英靈集》、《文苑英華》卷三〇六改。

〔一八〕「皆」原作「起」,據《河岳英靈集》、《文苑英華》改。

〔一九〕「共恨」原作「憤恨」,據《河岳英靈集》、《文苑英華》改。

〔二〇〕「强千里」,《河岳英靈集》、《又玄集》、《唐文粹》、《唐百家詩選》同。《才調集》、《文苑英華》卷三〇三作「幾千里」。

〔二一〕「常聞」,《河岳英靈集》、《又玄集》、《才調集》、《唐文粹》、《唐百家詩選》同。《文苑英華》作「常言」。

〔二二〕「迴軫」二句,《唐文粹》、《文苑英華》卷二六九同。《河岳英靈集》作「軫起宫商調,越聲澄碧林」。

李約

汧公勉之子也。爲兵部外郎，與主客外郎張諗同棄官，每單床静言，達旦不寐。故約贈韋徵君況詩曰：我有心中事，不向韋三説。秋夜洛陽城，明月照張八〔一〕。

歲日感懷云：曙氣變東風，蟾宫夜漏窮〔二〕。新春幾人老，舊曆四時空。身賤悲添歲，家貧喜過冬。稱觴唯有感，歡慶在兒童。

觀祈雨云：桑條無葉土生烟，簫管迎龍水廟前。朱門幾處看歌舞〔三〕，猶恐春陰咽管絃。

過華清宫云：君王游樂萬機輕，一曲霓裳四海兵。玉輦昇天人已盡，故宫猶有樹長生。

從軍行云：看圖閑教陣，畫地静論邊〔四〕。烏壘天西戍，鷹姿塞上川〔五〕。路長唯算月〔六〕，書遠每題年。無復生還望，翻思未别前。又：栅壕三面鬬〔七〕，箭盡舉烽頻。營柳和煙暮，關榆帶雪春。邊城多老將，磧路少歸人。點盡金河卒〔八〕，年年添塞塵。又：候火起鵰城〔九〕，塵沙擁戰聲。游軍藏漢幟〔一〇〕，降騎説蕃情。霜落滮池淺〔一一〕，秋深太白明。嫖姚方虎視，不覺説添兵〔一二〕。

約雅度簡遠，有山林之致。在潤州得古鐵一片，擊之清越；又養一猨，名山公。月夜泛江，登金山鼓琴，猨必嘯和。曾佐庶人李錡幕，至金陵，屢讚招隱寺標致。一日，庶人宴寺中，明日謂曰：子嘗稱招隱之致，昨日游宴，何殊州中？約曰：某所賞者疏野耳。若遠山將翠幕遮，古松用綵物裹，羶腥涴鹿跑泉，音樂亂山鳥聲，此則實不如在叔父大廳也。性又嗜茶，能自煎，曰茶須緩火炙，活火煎。活火，炭火有焰者。曾奉使行陝州硤石縣東，愛渠水清流，旬日忘發〔一三〕。梁武造寺，令蕭子雲飛白大書一蕭字。約自江淮竭産致歸洛中，匾于小亭，號曰蕭齋〔一四〕。

約城南訪裴氏昆季云：相思起中夜，夙駕訪柴荆。早霧桑柘隱，曉光溪澗明。村蹊蒿棘間，往往斷新耕。貧野煙火微，晝無烏鳶聲〔一五〕。田頭逢餉人，道君南山行。南山千萬峰〔一六〕，盡是相思情。野老無拜揖，村童多裸形。相呼看車馬，顔色喜相驚。荒圃鷄豚樂，雨牆禾莠生。欲君知我來，壁上空書名。

【校箋】

〔一〕《南部新書》丁：「李約爲兵部員外郎，勉子也。與主客員外郎張諗同官，二人每單牀静言，達旦不寐，故約《贈韋徵君況》詩曰：『我有心中事，不向韋三説。秋夜洛陽城，明月照張八。』」此《紀事》所出。按：《南部新書》又本李綽《尚書故實》，云：「兵部李員外約，汧公之子也。

識度清曠，迥出塵表，與主客員外郎張諗同棄官，并韋徵君況牆東遯世，不婚娶，不治生業。李尤厚于張，每與匡牀静言，達旦不寢，人莫得知。贈張詩曰：『我有心中事，不向韋三説。秋夜洛陽城，明月照張八。』」則「同官」當作「同棄官」。此文「同棄官」原即作「同官」，「達旦」原作「連旦」，據《尚書故實》補改。《全唐詩話》亦作「達旦」。

〔二〕「蟾宫」原作「蟾壺」，據《歲時雜詠》改。

〔三〕「看歌舞」，《唐百家詩選》、《萬首唐人絶句》同。《全唐詩話》作「耽歌舞」。

〔四〕「畫地」原作「盡地」，據《樂府詩集》、《全唐詩話》改。

〔五〕「鷹姿」，《樂府詩集》同，《全唐詩話》作「鷹窠」。

〔六〕「唯算月」，《全唐詩話》同，《樂府詩集》作「須算日」。

〔七〕「栅濠」，《樂府詩集》作「栅高」。

〔八〕「點盡」原作「殺盡」，據《樂府詩集》改。

〔九〕「候火」，《樂府詩集》同，《全唐詩話》作「堠火」。

〔一〇〕「漢幟」原作「虜幟」，據《樂府詩集》改。

〔一一〕「滮池」，原作「彪池」，據《樂府詩集》、《全唐詩話》改。「霜落」，《樂府詩集》作「霜降」。

〔一二〕「説」，《全唐詩話》同，《樂府詩集》作「請」。

〔一三〕《因話録》卷二：「兵部員外郎約，汧公之子也。以近屬宰相子，而雅度玄機，蕭蕭冲遠，德行既優，又有山林之致。……多蓄古器，在湖州嘗得古鐵一片，擊之清越。又養一猿名山公，嘗以之隨逐。月夜泛江登金山，擊鐵鼓琴，猿必嘯和。……君初至金陵，于府主庶人錡坐，屢讚松隱寺標致。一日，庶人宴于寺中，明日，謂君曰：『十郎嘗誇松隱寺，昨游宴細看何殊州中？』君笑曰：『某所賞者，疎野耳。若遠山將翠幕遮，古松用綵物裹，腥羶涴鹿跑泉，音樂亂山鳥聲，此則實不如在叔父大廳也。』庶人大笑。約天性唯嗜茶，能自煮。謂人曰：『茶須緩火炙，活火煎。』活火，謂炭火之焰者也。……曾奉使行至陝州硤石縣東，愛渠水清流，旬日忘發。」

〔一四〕《國史補》卷中：「梁武帝造寺，令蕭子雲飛白大書『蕭』字，至今一『蕭』字存焉。李約竭産自江南買歸東洛，匾于小亭以翫之，號爲『蕭齋』。」「匾」原作「匣」，據改。《全唐詩話》亦作「匾」，不誤。

〔一五〕「晝」原作「盡」，據《唐百家詩選》改。

〔一六〕「千萬峰」原作「千里峰」，據《唐百家詩選》改。

柳中庸

江行詩云：繁陰乍隱洲，落葉初飛浦。瀟湘楚客帆〔一〕，暮入寒江雨〔二〕。

夜渡江云：夜渚帶浮煙，蒼茫晦遠天。舟輕不覺動，纜急始知牽。聽笛遥尋岸，聞香暗識蓮。唯看去帆影，常恐客心懸。

李端司馬于瓜州寄中庸云〔三〕：懷人同不寐，清夜起論文。月魄正出海，雁行斜上雲。寒潮來灧灧，秋葉下紛紛。便送江東去，徘徊只待君。

又江上別中庸云：秦人江上見，握手便沾衣。近日相知少，往年親故稀。遠游何處去，舊業幾時歸。更向巴陵宿，堪聞雁北飛〔四〕。

中庸，子厚之族，御史并之弟也。與弟中行，皆名有文，咸爲官，早死〔五〕。

段成式酉陽雜俎載：中庸善易，嘗詣普寂公。公曰：筮吾心所在也。柳曰：和尚心在前簷第七題。復問之在某處？寂曰：萬物無逃于數也，吾將逃矣。嘗試測之。柳久之矍然曰：至矣！寂然不動，吾無得而知矣〔六〕。

【校箋】

〔一〕「瀟湘楚客帆」原作「蕭蕭客舟帆」，據《文苑英華》卷二九三改。

〔二〕「寒」，《文苑英華》作「秋」。

〔三〕明活字本（下同）《李端集》此詩題作《宿瓜州寄柳中庸》。

〔四〕此詩「近日相知少，往年親故稀。遠游何處去，舊業幾時歸。更向巴陵宿，堪聞雁北飛」六句原脱，據《李端集》補。

〔五〕《柳河東集》卷一二《先君石表陰先友記》：「柳氏兄弟者，先君族兄弟也。最大并，字伯存，爲文學，至御史，病瞽遂廢。次中庸，次中行，皆名有文，咸爲官，早死。」此本之。「皆名有文」

句，與此同。毛本作「皆有文名」，誤。

〔六〕此采自《酉陽雜俎》續集卷四「貶誤」門，稱：「聞之集賢校理鄭符云。」

郭鄖

寒食寄李補闕云：蘭陵士女滿晴川，郊外紛紛拜古埏〔一〕。萬井閭閻皆禁火〔二〕，九原松柏自生煙。人間後事悲前事〔三〕，鏡裏今年老去年。介子終知禄不及，王孫誰肯一相憐〔四〕？李公垂云〔五〕：常州建元寺在郡東郭，松扉竹院，各在崗阜，每歲寒食，里人洒掃經過之所。大曆中，詩人郭鄖賦寒食詩，當時以爲絶唱。嘗在兒童，即聞此詩，因和云：江城物候傷心地，遠寺經過禁火辰。芳草壠邊迴首客，野花叢裏斷腸人。紫荆繁艷空門晝，紅藥深開古殿春。歎惜光陰催白髮，莫悲風月獨沾巾。

皇甫冉送鄖詩云：纔見吴洲百草春〔六〕，已聞燕鴈一聲新。秋風何處催年急，偏逐山行水宿人。

鄖，大曆、貞元詩人也。

【校箋】

〔一〕「紛紛」，李紳《追昔游集》及《文苑英華》卷一五七同，《歲時雜詠》作「行行」。

〔二〕此句《文苑英華》、《歲時雜詠》同，《追昔游集》作「萬井人家初禁火」。

〔三〕「悲」，《文苑英華》、《歲時雜詠》同，《追昔游集》作「非」。

〔四〕「誰肯」原作「誰豈」，據《文苑英華》、《歲時雜詠》改。《追昔游集》此句作「王孫誰復更相憐。」

〔五〕此李紳和詩序，詩題作《建元寺》，見《追昔游集》，云：「寺在常州東郭，松扉竹院，各在崗阜。地甚踈野，通（此字原脱，據《歲時雜詠》補）接郊外，每歲寒食，里人洒掃經過之所。大曆中，詩人郭鄖贈吏部先兄詩，當時以爲絶唱。嘗在兒童，即聞此詩，非欲繼和，蓋紀事，因和。」云云。

〔六〕「吴洲」原作「吴州」，據明活字本《皇甫冉集》改。詩題《集》作《送陸澧郭鄖》。

韋處厚

盛山十二詩，韓退之序云：韋侯昔以考功副郎守盛山，人謂韋侯美士〔一〕。考功顯曹，盛山僻郡，奪所宜處，納之惡地，以枉其材，韋侯將怨且不釋矣。或曰：不然。夫得利則躍躍以喜，不得利則戚戚以泣，若不可生者，豈韋侯之謂哉。韋侯讀六藝之文，探周公、孔子之意〔二〕，又妙能爲辭章，可謂儒者。夫儒者之于患難，苟非其自取之，其拒而不受于懷也，若築河堤以障屋霤；其容而消之也〔三〕，若水之于海，冰之于夏日；其玩而忘之以文辭也，若奏金石以破蟋蟀之鳴，蟲飛之聲，況一不快于考功盛山一出入息之間哉。未幾，果有以韋侯所爲十二詩遺余者。其意方且以入溪谷，上巖石，追逐雲月，不足日爲事〔四〕。讀而詠歌之，令人欲棄百事往而與之游，不知其出于巴東以屬朐䏰也。于時應而和者凡十人。及此年韋侯爲中書舍人〔五〕，侍講六經禁中，和者通州元司馬稹爲宰相〔六〕，洋州許使君康佐爲京兆，忠州白使君居易爲中書舍人，李使君景儉爲諫議大夫，黔府嚴中丞暮爲祕書少監〔七〕，温司馬造爲起居舍人，皆集闕下。于是盛山之十二詩與其和者，大行于時，聯爲大卷，家有之焉。慕而爲者將日益多，則分爲别卷。韋侯俾予題其首。

隱月岫云：初映鈎如線，終銜鏡似鈎。遠澄秋水色，高倚曉河流。

流杯渠云：激曲縈飛箭，浮溝泛滿巵。將來山太守，早向習家池〔八〕。

竹巖云：不資冬日秀，爲作暑天寒。先植誠非鳳，來翔定是鸞。

繡衣石榻云：爲温侍御置。巖巉雪中嶠，磊落標方峭。勿爲枕蒼山，還當礎清廟。

宿雲亭云：雨合飛危砌，天開卷曉窗。齊平聯郭柳，帶繞抱城江。

梅谿云：夾岸凝輕素，交枝漾淺淪。味調方薦實，臘近又先春。

桃塢云：噴日舒紅景，通蹊茂綠陰。終期王母摘，不羨武陵深。

胡盧沼云：疏鑿徒爲巧，圓窪目可澄。倒花紛錯秀，鑑月靜涵冰。

茶嶺云：顧渚吴商絶，蒙山蜀信稀。千叢因此始，含露紫英肥。

盤石磴云：繚繞緣雲上，璘玢甃玉聯。高高曾幾折，極目瞰秋鳶。

琵琶臺云：褊地難層土〔九〕，因崖遂削成。淺深嵐嶂色，盡向此中呈。

上士缾泉云：爲柳律師置。綆汲豈無井，顛巖貴非浚。願洗塵垢餘，一雨根莖潤。

【校箋】

〔一〕「考功副郎守盛山，人謂韋侯美士」十三字原脱，據《昌黎先生集》卷二一補。

〔二〕「之」字原脱，據《昌黎先生集》補。

〔三〕「消」字原脱，據《昌黎先生集》補。

〔四〕「足」原作「是」，據《昌黎先生集》改。

〔五〕「年」字原脱，據《昌黎先生集》補。

〔六〕「通州」原作「通判」，據《昌黎先生集》改。

〔七〕「黔府」原作「黔州」，據《昌黎先生集》改。

〔八〕「早」原作「草」，據《萬首唐人絶句》改。

〔九〕「土」字原脱，據《萬首唐人絶句》補。

權德輿

三雜詩云〔一〕：婉彼嬴氏女，吹簫偶蕭史。彩鸞駕非煙，綽約兩仙子。神期諒交感，相顧乃如此。豈比成都人，琴心中夜起。又云：陽臺巫山上，風雨忽清曠〔二〕。朝雲與游龍，變化千萬狀。魂交復目斷，縹緲難比況。蘭澤不可親，凝情坐惆悵。又云：淇水春正深〔三〕，上宫蘭葉齊。光風兩摇蕩，鳴珮出中閨〔四〕。一顧授横波，千金呈瓠犀。徒然路傍子，悦悦復悽悽。

侍御從舅初免職歸東山寄以詩云〔五〕：靡靡南軒蕙，迎風轉芬滋〔六〕。落落幽澗松，百尺無附枝。世物自多故，達人心不羈。偶陳幕中畫，永負林間期〔七〕。感恩從慰薦，循性難縶維。野鶴無俗質，孤雲多異姿。清泠松露泫〔八〕，照灼巖花遲。終當税塵駕，來就東山嬉。

江行四首云〔九〕：曉風摇五兩，殘月映石壁。稍稍曙光開，片帆在空碧。曉。孤舟漾暖景〔一〇〕，獨鶴下秋空。安流日正晝，淨緑天無風。晝。古樹夕陽盡，空江暮靄收。寂寞叩船坐，獨生千里愁。晚。猿聲到枕上，愁夢紛難理。寂寂深夜寒，清霜落秋水。夜。

德輿，字載之，元和中爲相。其文雅正贍縟，動止無外飾，其醖藉風流，自然可慕〔一一〕。楊嗣復序其文集曰：貞元中，奉詔考定賢良，草澤之士升名者十七人〔一三〕。及爲禮部侍郎，擢進士第者七十有二。鸞鳳杞梓，舉集其門，登輔相之位者前後十人。

載之送陳秀才應舉序云：陳侯工詩賦，長波清瀾，浩浩不窮。屯田柳郎中爲予誦其佳句曰：地偏雲自起，日暮山更深。及獲其卷〔一三〕，又有過于是者。不知陳氏之名，今載于此。和潘孟陽迴文絶句云〔一四〕：酒杯春醉好，飛雪晚庭閑〔一五〕。久憶同前賞〔一六〕，中林對遠山。

【校箋】

〔一〕《權載之文集》卷九有《雜詩五首》，此録其一、二、三。

〔二〕「清曠」原作「晴曠」，據《權載之文集》改。

〔三〕「深」，《權載之文集》作「緑」。

〔四〕「出」原作「山」，據《權載之文集》改。

〔五〕詩題《權載之文集》卷三作《寄侍御從舅》，注云：「初免職，歸東山」。

〔六〕「芬滋」，《權載之文集》作「芳滋」。

〔七〕「永負」原作「未負」，據《權載之文集》改。

〔八〕「松露」原作「松霞」，據《權載之文集》改。

〔九〕《權載之文集》卷六及《萬首唐人絶句》詩題皆作《曉》、《晝》、《晚》、《夜》，無《江行四首》字。

〔一〇〕「曖景」原作「暖景」，據《權載之文集》、《萬首唐人絶句》改。

〔一一〕《新唐書》卷一六五《權德輿傳》：「權德輿字載之。……憲宗元和初，歷兵部侍郎。……會裴垍病，德輿自太常卿拜禮部尚書、同中書門下平章事。……其文雅正贍縟，當時公卿侯王功德卓異者，皆所銘紀，十常七八。雖動止無外飾，其醞藉風流，自然可慕。貞元、元和間，爲搢紳羽儀云。」

〔一三〕「升名者十七人」原作「昇名七十七人」，據《權載之文集》卷首所載楊嗣復《權載之文集序》改。

〔一三〕「獲」，《權載之文集》卷三九及《全唐文》卷四八三作「後見」。

〔一四〕《權載之文集》卷八附載潘孟陽詩（詳下潘孟陽條），後載張、權和作。

〔一五〕「飛雪」原作「飛雲」，據《權載之文集》改。

〔一六〕「久憶」，《權載之文集》作「久意」。

張　薦

德宗時，薦作祕書監，權載之以離合詩贈之云〔一〕：黄葉從風散，暗嗟時節換〔二〕。忽見鬢邊霜，勿辭林下觴。躬行君子道，身負芳名早〔三〕。帳殿漢官儀，巾車塞垣草。交情劇斷金，文律每招尋。始知蓬山下，如見古人心。薦和云〔四〕：移居既同里，多幸陪君子。弘雅重當朝〔五〕，弓旌早見招。植根瓊林圃，直夜金闈步。勸深子玉銘，力競相如賦。間闊向春闈，日復想光儀。格言信難繼，木石强爲詞。

薦和潘孟陽迴文絶句云〔六〕：遲遲日氣暖，漫漫雪天春。知君欲醉飲，思見此交親。

薦，字孝舉，唐史有傳〔七〕。

【校箋】

〔一〕《權載之文集》卷八載此詩題作《離合詩贈張監閣老》，詩末注「思張公」三字。

〔二〕「暗嗟」，《權載之文集》作「共嗟」。

〔三〕「身負」原作「辜負」，據《權載之文集》改。

〔四〕此詩附載《權載之文集》，題作《奉酬禮部閣老轉韻離合見贈》，下署「祕書監張薦」，詩末注「私權閣」三字。

〔五〕「弘」原作「引」，據《權載之文集》改。

〔六〕此詩亦附載《權載之文集》卷八。

〔七〕《舊唐書》卷一四九、《新唐書》卷一六一有《張薦傳》。《權載之文集》卷二二有《禮部尚書張公墓誌銘》。

崔邠

和權載之離合詩云〔一〕：脈脈羨佳期，月夜吟麗詞。諫垣既隨步〔二〕，東觀方承顧。林雪消黯陽，簡册漏華光。坐更芝蘭室，千載各芬芳。節苦文俱盛，即時仍並命。翩翻紫霄中，羽翮相輝映。

字處仁，時爲中書舍人。唐史有傳〔三〕。

【校箋】

〔一〕《權載之文集》卷八附載此詩，題作《禮部權侍郎閣老史館張秘監閣老有離合酬贈之什，宿直吟翫，聊繼此章》。署「中書舍人崔汾」。詩末注「詠篇」二字。按「汾」乃「邠」之誤。

〔二〕「既」原作「則」，據《權載之文集》改。

〔三〕《舊唐書》卷一五五、《新唐書》卷一六三有《崔邠傳》。《新傳》云：「崔邠字處仁，貝州武陵人。……第進士，復擢賢良方正，授渭南尉，遷補闕。上疏論裴延齡姦，以鯁亮知名。由中書舍人再遷吏部侍郎。」

楊於陵

和權載之離合詩云〔一〕：校德盡珪璋，才臣時所揚。放情寄文律，方茂經邦術〔二〕。王猷偕發揮〔三〕，十載契心期。晝游有嘉話，書法無隱辭。信茲酬和美，言與芝蘭比。昨來恣吟繹〔四〕，日覺祛蒙鄙。時爲中書舍人。唐史有傳〔五〕。

【校箋】

〔一〕此詩附載《權載之文集》卷八，署「中書舍人楊於陵」，詩末注「效三作」三字。

〔二〕「方」原作「芳」，據《權載之文集》改。

〔三〕「偕」原作「符」，據《權載之文集》改。

〔四〕「恣」，《權載之文集》作「念」。

〔五〕《舊唐書》卷一六四、《新唐書》卷一六一有《楊於陵傳》。

許孟容

答權載之離合詩云〔一〕：敏才司祕府〔二〕，文哲今超古。亦有擅風騷，六聯文墨曹。聖賢三代意〔三〕，工藝千金字。化識從臣謠，人推仙閣吏。如登崑閬時，口誦靈真詞。孫簡下威鳳，系霜瓊玉枝。時爲給事中。唐史有傳〔四〕。

【校箋】

〔一〕此詩附載《權載之文集》卷八，署「給事中許孟容」。詩末注一「好」字。

〔二〕「敏才」原作「史才」，據《權載之文集》改。

〔三〕「聖」，《權載之文集》作「左」。

〔四〕《舊唐書》卷一五四、《新唐書》卷一六二有《許孟容傳》。

馮伉

和權載之離合詩云〔一〕：車馬退朝後，聿懷在文友。動詞宗伯雄，重美良史功。亦曾吟鮑謝，二妙尤增價。雨霜鴻唳天，匝樹烏鳴夜〔二〕。覃思各縱横〔三〕，早擅希代名。息心欲焚硯，自靦陪群英。

時爲給事中。唐史有傳〔四〕。

【校箋】

〔一〕此詩附載《權載之文集》卷八，署「給事中馮伉」。詩末注「五非惡」三字。

〔二〕「鳥鳴」，《權載之文集》作「鳥啼」。

〔三〕「覃思各縱横」原作「簟思客縱横」，據《權載之文集》改。

〔四〕《舊唐書》卷一八九、《新唐書》卷一六一有《馮伉傳》。

潘孟陽

和權載之離合詩云〔一〕：詠歌有離合，永夜觀酬答。笥中操綵牋，竹簡何足編？意深俱妙絶，心契交情結。計彼官接聯，言初並清切。翔集本相隨，羽儀良在斯。煙雲競文藻，因喜玩新詩。

春日雪以迴文絶句呈張薦權德輿云〔二〕：春梅雜落雪，發樹幾花開。真須盡興飲，仁里願同來。

時未四十，爲户部侍郎。唐史有傳〔三〕。

【校箋】

〔一〕此詩附載《權載之文集》卷八，署「户部侍郎潘孟陽」。詩末注「詞章美」三字。「潘孟陽」原作「潘孟揚」，據改。

〔二〕此詩亦附載《權載之文集》卷八，題作《春日雪寄上張二十九丈大監請招禮部權曹長迴文絶句》，署「户部侍郎潘孟陽」。

〔三〕《舊唐書》卷一六二、《新唐書》卷一六〇有《潘孟陽傳》。《新傳》云：「元和三年，出爲華州刺史，遷劍南東川節度使。宰相武元衡與孟陽舊，復以户部侍郎召。……初，孟陽爲侍郎，年未四十，其母謂曰：『以爾之才而位丞郎，使吾憂之。』」

武少儀

和權載之離合詩云〔一〕：少年慕時彦，小悟文多變〔二〕。木鐸比群英，八方流德聲。雷陳美交契，雨雪音塵繼〔三〕。恩顧各飛翔，因詩覩瑰麗。傳野絶遺賢〔四〕，人希有盛遷。早斂風與雅，日詠贈酬篇。時爲國子司業〔五〕。

【校箋】

〔一〕此詩附載《權載之文集》卷八，署「國子司業武少儀」，詩末注「才思博」三字。

〔二〕「悟」原作「晤」，據《權載之文集》改。

〔三〕「雪」,《權載之文集》作「雲」,誤。

〔四〕「傳」,《權載之文集》同,毛本作「傅」。疑作「傳」是。

〔五〕韓愈《上巳日燕太學聽彈琴詩序》:「司業武公少儀于是總太學儒官三十有六人,列燕于祭酒之堂。」文中言初置三令節,蓋貞元四、五年間事也。

鄭常

寄邢逸人云:羨君無外事,日與世情違〔一〕。地僻人難到〔二〕,溪深鳥自飛。儒衣荷葉老,野飯藥苗肥。疇昔江湖意,如今憶共歸。

謫居漢陽至白沙阻雨題驛云〔三〕:漢陽知近遠〔四〕,見説過湓城〔五〕。雲雨經春客,江山幾日程。終隨鷗鳥去〔六〕,祇待海潮生。前路逢漁父,多慚問姓名〔七〕。

送頭陀上人自廬山歸東溪云〔八〕:僧家無住着,早晚出東林。行道非真相〔九〕,頭陀是苦心。持齋山果熟,倚錫野雲深。溪寺誰相待?香花與梵音。

高仲武云:常詩省靜婉靡,雖未洪深,已入文流,翻翻然有士風,故録之〔一〇〕。

【校箋】

〔一〕「違」原作「稀」,據《中興閒氣集》(鄭常三詩原闕,此何義門校本據述古堂影宋鈔本補。下同）、《又玄集》、《文苑英華》卷二三二改。

〔二〕「難到」原作「難別」，據《中興閒氣集》、《又玄集》改。《文苑英華》作「稀到」。

〔三〕詩題《中興閒氣集》作《謫居漢陽至白沙阻雨因題驛亭》，《文苑英華》卷三一五作《謫居漢陽白沙口阻水雨因題驛亭》。「漢陽」原作「漁陽」，據改。

〔四〕「漢陽」原作「漁陽」，據《中興閒氣集》、《文苑英華》改。「知」，《中興閒氣集》同，《文苑英華》作「無」。

〔五〕「湓城」，《中興閒氣集》同，《文苑英華》作「汾城」，誤。

〔六〕「鷗鳥」原作「鷺鳥」，據《中興閒氣集》、《文苑英華》改。

〔七〕「慚」，《中興閒氣集》、《文苑英華》作「愁」。

〔八〕詩題《中興閒氣集》作《送頭陀上人自廬山往東溪蘭若》，《文苑英華》卷二二一作《送頭陀赴廬山寺》，誤。

〔九〕此句《中興閒氣集》同，《文苑英華》作「得道無真相」。

〔一〇〕高仲武評語《中興閒氣集》原闕，何義門校本據述古堂影宋鈔本補。云：「常詩婉靡，雖未弘遠，已入文流。如『儒衣荷葉老，野飯藥苗肥』，足見丘園之趣也。」與此略異。「常」下原無「詩」字，據何校補。

鄭轅

清明賜新火詩云〔一〕：改火清明後，優恩賜近臣。漏殘丹禁晚，燧發白榆新。瑞彩來雙闕，神光焕四隣。氣回侯第暖，煙散帝城春。利用調羹鼎，餘輝燭縉紳。皇明如照隱，願及聚螢人。

轅，大曆九年進士。

【校箋】

〔一〕徐松《登科記考》卷一〇大曆九年下載有鄭轅《清明日賜百寮新火詩》，注：「《文苑英華》。」按《英華》卷一八〇此題下只載有韓濬、史延、王濯三首，未載鄭作。而《英華》卷九〇載其《指佞草賦》一首，與梁肅、沈封同作，蓋建中元年策試文詞清麗科之作也。俟考。

韓濬

清明賜新火詩云：玉騎傳紅燭〔一〕，天厨賜近臣。火隨黄道見，煙繞白榆新。榮耀分他室〔二〕，恩光共此辰。更調金鼎膳〔三〕，還暖玉堂人。灼灼千門映〔四〕，煇煇萬井春。應憐聚螢者〔五〕，瞻望獨無隣〔六〕。

李端送濬及第歸江東覲省詩云〔七〕：登龍兼折桂，歸去當高車。舊楚楓猶暗，前隋柳已疏。月中逢海客〔八〕，浪裏得鄉書。見説江邊住，知君不厭魚。

濬，大曆九年進士。

【校箋】

〔一〕「玉騎」，《歲時雜詠》同，《文苑英華》卷一八〇作「朱騎」。

〔二〕「他室」，《歲時雜詠》同，《文苑英華》作「他日」。

〔三〕「膳」，《歲時雜詠》同，《文苑英華》作「味」。

〔四〕「映」，《歲時雜詠》同，《文苑英華》作「曉」。

〔五〕「聚螢者」，《歲時雜詠》同，《文苑英華》作「螢聚夜」。

〔六〕「獨無鄰」，《歲時雜詠》同，《文苑英華》作「及東鄰」。

〔七〕詩題明活字本（下同）《李端集》作《元丞宅送韓濬及第東歸覲省》，「覲」原作「觀」，據改。

〔八〕「海客」原作「漢客」，據《李端集》改。

王濯

清明賜新火詩云：御火傳香殿，華光及侍臣。星流中使馬，燭燿九衢人。轉影連金屋〔一〕，分煇麗錦茵。焰迎紅蘂發，煙染緑條春。助律和風早，添爐暖氣新。誰憐一寒士〔二〕？猶望照東隣。

濯，登大曆九年進士第。

【校箋】

〔一〕「轉影」，《文苑英華》卷一八〇同，毛本作「傳影」。

〔二〕「寒士」，《文苑英華》作「寒玉」。

張莒

元日望含元殿御扇開合詩云〔一〕：萬國來朝歲〔二〕，千秋覲聖君。輦迎仙仗出，扇匝御香焚。俯對朝容近〔三〕，先知曙色分。冕旒開處見，鐘磬合時聞。影動承朝日，花攢似慶雲〔四〕。蒲葵那可比，徒用隔炎氛。

柳子厚先友碑云：莒，常山人，登大曆九年第〔五〕。大中時，官吏部外郎〔六〕。

【校箋】

〔一〕詩題原脱「合」字，據《文苑英華》卷一八〇補。

〔二〕「朝歲」，《文苑英華》作「初歲」。

〔三〕「朝容」，《文苑英華》作「朝元」。

〔四〕「慶雲」原作「塵雲」，據《文苑英華》改。

〔五〕《柳河東集》卷一二《先君石表陰先友記》：「張莒，常山人，大曆九年進士。」

〔六〕「大中時官吏部外郎」句，勞格《郎官石柱題名考》卷四：「今柳文無此句，未詳所據。『大中』疑『建中』之誤。」

張叔良

長至日上公獻壽詩云：鳳闕晴鐘動〔一〕，鷄人曉漏長。九重初啟鑰，三事正稱觴〔二〕。日至龍顔近，天旋聖曆昌。休光連雪淨，瑞氣雜爐香。化被君臣洽〔三〕，恩需士庶康。不因稽舊典，誰得紀朝章〔四〕。

叔良，登廣德二年進士第。

【校箋】

〔一〕「動」，《文苑英華》卷一八〇作「度」。

〔二〕「正」，《文苑英華》作「盡」。

〔三〕「君臣」原作「君恩」，據《文苑英華》改。

〔四〕「紀」，《文苑英華》作「記」。

唐詩紀事校箋卷第三十二

崔　琮

長至日上公獻壽詩云〔一〕：應曆三陽首〔二〕，朝天萬國同。斗邊看子月，臺上候祥風。五夜鐘初動〔三〕，千門日正融。玉墀文物盛，仙仗虎貔雄〔四〕。率舞皆群辟，稱觴即上公。南山爲聖壽，長對未央宫。

琮，登大曆二年進士第。

【校箋】

〔一〕《文苑英華》卷一八〇載此詩，題「李竦」，而其前同題「候曉金門闢」一首佚作者名，其後《恩贈耆老布帛》一首，題「崔琮」作，誤。當從《唐詩紀事》以此首屬崔琮，前首屬李竦爲是。

〔二〕「三陽」，《文苑英華》作「三微」。

〔三〕「鐘初動」原作「鏡初曉」，據《文苑英華》改。

〔四〕「虎」原避唐諱作「武」，今改。

李竦

長至日上公獻壽詩云：候曉金門闢，乘時寶曆長〔一〕。羽儀瞻上宰，雲物麗初陽。漢禮方傳佩，堯年正捧觴。日行臨觀闕，帝錫洽珪璋。盛美超三代，洪休降百祥。自憐朝不坐，空此詠無疆。

竦，登大曆二年進士第，官于京師。朱泚亂，竦與關播、盧杞皆踰垣走，追及帝咸陽〔二〕。

【校箋】

〔一〕「寶曆」，《文苑英華》卷一八〇作「玉曆」。

〔二〕按《舊唐書》卷一二《德宗紀》貞元二年二月甲戌：「京兆少尹李竦爲户部侍郎。」則朱泚亂前，竦官爲京兆少尹。又：《新唐書》卷二二五中《朱泚傳》：「賊薄丹鳳門，詔集六軍，無至者。……帝出苑北門，羽衛纔數十。……夜至咸陽，飯數匕而去。……盧杞、關播、李竦皆踰垣走，與劉從一、趙贊、王翃、陸贄、吴通微等，追及帝咸陽。」即此所本。

裴達

南至日太史登臺書雲物詩云：圜丘才展禮，佳氣近初分。太史新簪筆〔一〕，高臺紀彩雲〔二〕。烟空和縹緲〔三〕，曉色共氛氳。道泰資賢輔，年豐荷聖君。恭惟司國瑞〔四〕，兼用察人文。應念懷鉛客，終朝望碧雲〔五〕。

達，登大曆進士第。

【校箋】

〔一〕「新」，《文苑英華》卷一八二作「方」。

〔二〕「紀」，《文苑英華》作「起」。

〔三〕「煙空」，《文苑英華》作「天容」。

〔四〕「司」，《文苑英華》作「同」。

〔五〕「雲」，《文苑英華》作「雰」。

于尹躬

南至日太史登臺書雲物詩云：至日行時令，登臺約禮文。官稱伯趙氏，色辨五方雲。

晝漏聽初發，陽光望漸分。用天爲歲備〔一〕，持簡出人群。惠愛周微物，生靈荷聖君。常當有嘉瑞〔二〕，郁郁復紛紛。

尹躬，大曆進士，元和間爲中書舍人，坐其弟皋漢以贓獲罪，左授洋州刺史。制云：雖無從坐之法，合當失教之責。

【校箋】

〔一〕「用天」，《文苑英華》卷一八二作「司天」。

〔二〕「常」，《文苑英華》作「長」。

顔粲

吴宫教美人戰云〔一〕：有客陳兵畫〔二〕，功成欲霸吴。玉顔承將略，金鈿指軍符〔三〕。轉佩風雲暗〔四〕，鳴鼙錦綉趨。雪花頻落粉，香汗盡流珠。掩笑誰欺令〔五〕，嚴刑必用誅〔六〕。至今孫子術〔七〕，猶可静邊隅。

粲，登建中進士第。

【校箋】

〔一〕此詩《文苑英華》卷一八九題作《吴宫教戰》，署吴祕作。注云：「《類詩》作顔粲」。

〔二〕「有客」句，《類詩》同，《文苑英華》作「客獻陳兵計」。
〔三〕「金鈿指」，《類詩》同，《文苑英華》作「金殿賜」。
〔四〕「轉佩」，《類詩》同，《文苑英華》作「轉旆」。
〔五〕「欺令」，《文苑英華》作「干令」。
〔六〕「嚴刑」，《類詩》同，《文苑英華》作「嚴師」。
〔七〕「術」，《文苑英華》作「法」。

葉季良

吴宫教美人戰詩云〔一〕：强吴矜霸略，講武在深宫。盡出嬌娥妓〔二〕，先觀上將風。揮戈羅袖卷，擐甲汗粧紅。掩笑分旗下〔三〕，含羞入隊中。鼓停行未正，刑舉令纔崇〔四〕。自可威鄰國，何勞逞戰功。

季良，登貞元進士第。

【校箋】

〔一〕此詩《文苑英華》卷一八九題作《吴宫教戰》，署林藻作，注云：「《類詩》作葉季良」。
〔二〕「妓」，《文苑英華》作「輩」。
〔三〕「掩笑」，《文苑英華》作「輕笑」。

〔四〕「纔崇」，《文苑英華》作「方崇」。

陳通方

通方金谷園懷古云：緩步洛城下，軫懷金谷園。昔人隨水逝，舊樹逐春繁。冉冉揺風弱，菲菲裛露翻。歌臺豈易見？舞袖乍如存。戲蝶香中起，流鶯暗處喧。徒聞施錦帳，此地擁行軒。

通方，登貞元進士第，與王播同年。播年五十六，通方甚少，因期集，撫播背曰：王老奉贈一第。言其日暮途遠，及第同贈官也。播恨之。後通方丁家艱，辛苦萬狀。播捷三科，爲正郎，判鹽鐵。通方窮悴求助，不甚給之。時李虚中爲副使，通方以詩求爲汲引云：應念路傍憔悴翼，昔年喬木幸同遷。播不得已，薦爲江西院官〔一〕。

【校箋】

〔一〕此采自《太平廣記》卷二六五引《閩川名士傳》。「通方窮悴求助」句，「助」原作「即」，據改。

嚴公弼

題漢州西湖云〔一〕：西湖創置自房公，心匠縱横造化同。見説鳳池推獨步，高名何事滯川中。

公弼、公晛，嚴震之子。震，梓州人，建中中爲鳳州刺史，治行爲山南第一，封鄖國公〔二〕。公弼襲封〔三〕。

【校箋】

〔一〕見《萬首唐人絶句》卷六四，文字悉同。

〔二〕《新唐書》卷一五八《嚴震傳》：「嚴震字遐聞，梓川鹽亭人。……山南西道節度府又表爲鳳州刺史。母喪解，起爲興、鳳兩州團練使，好興利除害。建中中，劍南黜陟使韋楨狀震治行爲山南第一，乃賜上下考，封鄖國公。」「鄖國」原作「勛國」，據史文改。

〔三〕《全唐詩》卷四七〇據計氏此説，謂公弼「襲父震爵，封鄖國公」，而計氏之説實非。按《權載之文集》卷二一《唐故山南西道節度營田觀察處置等使開府儀同三司檢校尚書左僕射同中書門下平章事兼興元尹上柱國馮翊郡王贈太保嚴公墓誌銘》云：「嗣子公弼，以文學克家，仕至國子監主簿，以似續疏土，封會稽縣男。」則公弼嗣襲震爵，封會稽縣男，非鄖國公也。

嚴公晛

題漢州西湖云：鳳沼才難盡，餘思鑿西湖。珍木羅脩岸，冰光映坐隅。琴臺今寂寞，竹島尚縈紆。猶藴濟川志，芳名終不渝。

柳子厚序送公貺下第歸興元覲省云：相國馮翊公，極人臣之尊，分天子之憂，殿邦坤隅，柄是文武。而子之伯仲，皆脱略貴美，服勤儒素，故繼登上科，以及于子。是可舉嚴氏之教，誦乎他門，使有矜式也。其何患賈之不售而自薄哉〔一〕！

【校箋】

〔一〕此節引《柳河東集》卷二三《送嚴公貺下第歸興元覲省詩序》，末句原作「子何患賈之不售耶」，據《柳集》改。

王表

大曆十四年，侍郎潘炎試花發上林苑。表詩云：御苑春何早〔一〕，繁花已繡林〔二〕。笑迎明主仗，香拂美人簪。地接樓臺近，天垂雨露深。晴光來戲蝶，夕景動棲禽。欲託凌雲勢，先開捧日心。方知桃李樹，從此别成陰〔三〕。

清明日登城春望寄大夫使君詩云：春城閑望愛晴天，何處風光不眼前。寒食花開千樹雪，清明日出萬家煙。興來促席唯同舍，醉後狂歌盡少年。聞説鶯啼却惆悵，詩成不見謝臨川。

元稹叙詩寄樂天書云〔四〕：有人以陳子昂感遇詩相示，吟玩激烈，即日爲寄思玄子詩二十首。故鄭京兆於僕爲外諸翁，深賜憐獎，因以所賦呈獻京兆翁〔五〕，深相駭異。祕書少監王表在座，顧謂表曰：使此兒五十不死，其志義何如哉！惜吾輩不見其成就。因召諸子訓責泣下。僕亦竊不自得，由是勇于爲文。又久之，得杜甫詩數百首，愛其浩蕩津涯，處處臻到〔六〕，始病沈、宋之不存寄興，而訝子昂之未暇旁備矣。不數年，與詩人楊巨源友善，日課爲詩。性復僻懶，人事常有閑暇，間則有作〔七〕，識足下時，有詩數百篇矣。

表，大曆十四年潘炎下登第。時謂榜有六異：朱遂爲朱滔太子；表爲李納壻，彼軍呼爲駙馬；趙博宣爲易定押衙；袁同直入番爲阿師；竇常二十年稱前進士；其一，奚陟也。或曰六差〔八〕。

【校箋】

〔一〕「御苑」，《文苑英華》卷一八八作「上苑」。

〔二〕「繡林」，《文苑英華》作「滿林」。

〔三〕《文苑英華》「方知」作「當知」，「別」作「必」。

〔四〕原作《叙詩寄樂天詩》，據《元氏長慶集》卷三〇改。

〔五〕此句原脱「所賦呈」三字，據《元氏長慶集》改。

〔六〕「臻到」原作「皆到」，據《元氏長慶集》改。

〔七〕此二句原作「人事常日閑則有作」，據《元氏長慶集》改。

〔八〕温庭筠《乾𦠆子》："侍郎潘炎進士榜有六異：朱遂爲朱滔太子；王表爲李納女壻，彼軍呼爲駙馬；趙博宣爲冀定押衙；袁同直入番爲阿師；竇常二十年稱前進士；奚某亦有事，時謂之六差。"按："冀定"當從《紀事》作"易定"，謂易州、定州也。又，《柳河東集》卷一二《先友記》："奚陟，江都人。"韓醇注："陟字殷卿，大曆十四年進士。"潘炎知貢舉，在大曆十三、十四年，見《唐語林》。

陸　贄

大曆八年試禁中春松云：陰陰清禁裏，蒼翠滿春松。雨露恩偏近，陽和色更濃。高枝分曉日〔一〕，虛吹雜宵鐘〔二〕。香助鑪煙遠〔三〕，形疑蓋影重。願符千載壽，不羡五株封。幸得回天眷〔四〕，全勝老碧峰。

錢起喜贄擢第還蘇州云〔五〕：鄉路歸何早，雲間喜擅名。思親盧橘熟，帶雨客帆輕。夜火臨津驛，晨鐘隔浦城。華亭養仙羽，計日再飛鳴。

【校箋】

〔一〕"曉日"原作"曉月"，據《文苑英華》卷一八七改。

〔二〕"虛吹"，《文苑英華》作"靈韻"。

〔三〕"香"，《文苑英華》作"嵐"。

〔四〕「幸得」，《文苑英華》作「儻得」。

〔五〕詩題《錢考功集》作《送陸贄擢第還蘇州》。晁公武《郡齋讀書志》：「贄，嘉興人，大曆八年進士。」

楊炎

流崖州至鬼門關作云〔一〕：一去一萬里，千知千不還。崖州何處在？生度鬼門關。

元載末年，納薛瑶英爲姬，處以金絲帳、却塵褥，衣以龍綃衣。載以瑶英體輕，不勝重衣，于異國求此服也。唯賈至與炎雅與載善，往往時見其歌舞。至贈詩曰：舞怯銖衣重，笑疑桃臉開。方知漢成帝，空築避風臺。炎亦贈歌云：雪面淡眉天上女，鳳簫鸞翅欲飛去。玉釵翹翠步無塵，楚腰如柳不勝春〔二〕。

炎，字公南。常袞長於除書，炎善德音，自開元後，言制詔者，稱常、楊。元載與炎同郡，炎又元出也，故擢炎吏部侍郎。德宗時位宰相〔三〕。

【校箋】

〔一〕《新唐書》卷一四五《楊炎傳》：「貶崖州司馬同正，未至百里，賜死。」

〔二〕蘇鶚《杜陽雜編》：「載寵姬薛瑶英，攻詩書，善歌舞，仙姿玉質，肌香體輕，雖旋波、瑶光、飛燕、緑珠，不能過也。……及載納爲姬，處金絲之帳，却塵之褥。……衣龍綃之衣，一襲無一二兩，摶之不盈一握，載以瑶英體輕，故於異國求是服也。唯賈至、楊公南與載友善，故往往得見歌舞。至因贈詩曰：『舞袪銖衣重，笑疑桃臉開，方知漢成帝，虚築避風臺。』公南亦作長歌褒美，其略曰：『雪面淡蛾天上女，鳳簫鸞翅欲飛去。玉釵碧翠步無塵，楚腰如柳不勝春。』……」「玉釵」原作「玉山」，按《彦周詩話》引此詩「玉山」亦作「玉釵」，據改。

〔三〕《新唐書》卷一四五《楊炎傳》：「楊炎字公南，鳳翔天興人。……遷中書舍人，與常衮同時知制誥。衮長於除書，而炎善德音，自開元後，言制誥者，稱常、楊云。宰相元載與炎同郡，炎又元出也，故擢炎吏部侍郎。……德宗在東宫，雅知其名，又嘗得炎所爲《李楷洛碑》，寘于壁，日諷玩之。及即位，崔祐甫薦炎可器任，即拜門下侍郎、同中書門下平章事。」此本之。「炎又元出也」句原脱「元」字；「吏部侍郎」原作「禮部侍郎」，據補改。

元季川

泉上雨後作云：風雨蕩繁暑，雷息佳霽初〔一〕。衆峰帶雲雨〔二〕，清氣入我廬〔三〕。颯颯涼飈來〔四〕，臨窺愜所圖。緑蘿長新蔓，裊裊垂坐隅。流水復簷下，丹砂發清渠〔五〕。養葛爲我衣，種芋爲我蔬。誰是畹與畦〔六〕，彌漫連野蕪。

山中曉興云〔七〕：河漢降玄霜，昨來節物殊。愧無神仙姿，豈有陰陽俱〔八〕。靈鳥望不見，慨然悲高梧。華葉隨風揚，珍條雜榛蕪。爲君寒谷吟，歎息知何如！

季川，大曆、貞元間詩人也。一曰季川名融，元次山之弟也。次山作處規云：季川曰：兟復不言，兟有意乎〔九〕？兟，兄之別稱也。

【校箋】

〔一〕首二句《篋中集》、《唐百家詩選》同。《文苑英華》卷一五五作「風動蕩煩暑，雨息佳霽初」。

〔二〕「衆峰」原作「衆風」，據《篋中集》、《文苑英華》、《唐百家詩選》改。「雲雨」，《篋中集》、《唐百家詩選》同。《文苑英華》作「閑雲」。

〔三〕「清氣」原作「清風」，據《篋中集》、《唐百家詩選》改。《文苑英華》作「秋風」。「我」，《篋中集》作「吾」。

〔四〕「涼飈」，《篋中集》、《唐百家詩選》同。《文苑英華》作「鮮飈」。

〔五〕「清渠」原作「清蕖」，《唐百家詩選》同，據《篋中集》、《文苑英華》改。

〔六〕「誰是」，《篋中集》、《唐百家詩選》同。《文苑英華》作「誰能」。

〔七〕詩題「曉興」原作「晚興」，《唐百家詩選》同。據《篋中集》改。

〔八〕「豈有」原作「亦有」，據《篋中集》、《唐百家詩選》改。

〔九〕《唐元次山文集》有《五規》，《出規》、《處規》、《戲規》、《心規》、《時規》也。《處規》有云：「元子謝不及，季川問曰：『兟終不復二論，兟有意乎？』」「兟」下注云：「兟，兄之別稱，義載《爾雅》。」

蔣渙

和徐侍郎中書叢篠韻云〔一〕：中禁夕沉沉，幽篁別作林。色連鷄樹近，影落鳳池深。爲重凌霜節，能虚應物心〔二〕。年年承雨露，長對紫庭陰。

渙，儀鳳宰相高智周之外曾孫，與兄洌皆第進士。渙永泰初歷鴻臚卿，日本使嘗遺金帛，不納，唯取牋一番，爲書以貽其副云。終禮部尚書。洌終尚書左丞〔三〕。

【校箋】

〔一〕詩題「中」字原脱，據《文苑英華》卷三二五及《唐百家詩選》補。又，《英華》無「韻」字，《唐百家詩選》「韻」作「詠」。

〔二〕「應物心」，《唐百家詩選》同。《文苑英華》作「爽物新」。

〔三〕《新唐書》卷一〇六《高智周傳》：「儀鳳初，進同中書門下三品。……智周所善義興蔣子慎，有客嘗視兩人曰：『高公位極人臣，而嗣少弱，蔣侯宦不達，後且興。』子慎終建安尉。其子繪往見智周，智周方貴，以女妻之。……生子挺，歷湖、延二州刺史。生子洌、渙，皆擢進士。洌爲尚書左丞。渙，永泰初歷鴻臚卿，日本使嘗遺金帛，不納，唯取牋一番，爲書以貽其副云。……渙終禮部尚書。」此本之。「高」「外曾」「爲書」五字原脱，據史文補。「禮部尚書」原作「吏部尚書」，據改。

包何

江上田家云：近海川原薄，人家本自稀。黍苗期臘酒，霜葉是寒衣。市井誰相識？漁樵夜始歸。不須騎馬問，恐畏狎鷗飛〔一〕。

同諸公尋李方真不遇云：聞説到揚州，吹簫有舊游〔二〕。人來多不見，莫是上迷樓。

和苗員外寓直中書寄臺中舍弟云〔三〕：朝列稱多士，君家有二難。貞爲臺裏柏，芳作省中蘭。夜直分曹闊〔四〕，晨趨接武歡。每憐雙闕下，鴈序入鴛鸞。

闕下芙蓉云：一人理國致昇平，萬物呈祥助聖明。天上河從闕下過，江南花向殿前生。慶雲垂蔭開難落〔五〕，湛露爲珠滿不傾。更對樂懸張宴處〔六〕，歌工欲奏採蓮聲。

賦得秤送孟孺卿云〔七〕：願以金錘秤，因君贈別離。鈎懸新月吐，衡舉衆星隨。掌握須平執，錙銖必盡知。由來投分定〔八〕，莫被弄權移〔九〕。

何，字幼嗣，融之子也。大曆中爲起居舍人〔一〇〕。

【校箋】

〔一〕「恐畏」原作「恐是」，據《文苑英華》卷三一九及《唐百家詩選》改。

〔二〕「有」，《萬首唐人絶句》同。《全唐詩》作「憶」，非。

〔三〕詩題「中書」二字原脱，據《文苑英華》卷一九一補。

〔四〕「夜直」原作「兵直」，據《文苑英華》改。

〔五〕「開」原作「關」，據《文苑英華》卷三二二改。

〔六〕「張宴處」，《文苑英華》作「張簨簴」，疑是。

〔七〕詩題「孟孺卿」原作「雲孺卿」，據《文苑英華》卷二八五改。

〔八〕「定」，《文苑英華》作「審」。

〔九〕「被」，《文苑英華》作「放」。

〔一〇〕《新唐書》卷六〇《藝文志》：「《包融詩》一卷。」注云：「潤州延陵人，歷大理司直。二子何、佶齊名，世稱『二包』。何字幼嗣，大曆起居舍人。」

劉商

秋夜聽嚴紳巴童唱竹枝歌云：巴人遠從荆江客〔一〕，回首荆山楚雲隔。思歸夜唱竹枝歌，庭槐葉落秋風多。曲中歷歷叙鄉思，鄉思綿綿楚詞古。身騎吴牛不畏虎，手提蓑笠欺風雨。猿啼日暮江岸邊，緑林連山水連天〔二〕。來時十三今十五，一成新衣已再補。鴻鴈南飛報隣伍，在家歡樂辭家苦。天晴露白鐘漏遲，淚痕滿面看竹枝。曲終寒竹風裊裊，西方落日東方曉〔三〕。

移居深山謝别親故云：不食黄精不採薇，葛苗爲帶草爲衣。孤雲更入深山去，人絶音書鴈自飛。商高情放游，戲爲山水木石，自張璪貶後，惆悵賦詩曰：苔石蒼蒼臨澗水，溪風裊裊動松枝。世間唯有張通會，流向衡陽那得知〔四〕。

商，彭城人，居長安。劉禹錫作高陵令劉仁師遺愛碑云：武德名臣刑部尚書德威五代孫，大曆中詩人商之猶子〔五〕。其名重如此。商終于檢校禮部郎中、汴州觀察判官。

胡笳銅雀妓云〔六〕：魏主矜蛾眉，美人美于玉。高臺無晝夜，歌舞竟未足。盛色如轉圜，夕陽落深谷。仍令身殁後，尚縱平生慾〔七〕。紅粉淚縱横〔八〕，調絃向空屋。舉頭君不在，唯見西陵木。玉輦豈再來，嬌鬟爲誰緑？那堪秋風裏，更舞陽春曲。曲罷情不勝〔九〕，闌干向西哭。臺邊生野草，來去罥羅縠。況復陵寢間，雙雙見麋鹿。

古意云：達曙寢衣冷〔一〇〕，開門霜露凝〔一一〕。風吹昨夜淚，一片枕前冰。

滑州送人先歸云：河水冰消旅鴈飛〔一二〕，寒衣未足又春衣。自憐飄蕩經年客，送别千迴獨未歸。

【校箋】

〔一〕「荆江」原作「荆山」，據《才調集》、《唐百家詩選》改。

〔二〕「緑林」原作「緑蕪」，據《才調集》、《唐百家詩選》改。

〔三〕此句兩「方」字原皆作「風」，據《才調集》、《唐百家詩選》改。

〔四〕張彦遠《歷代名畫記》卷一〇：「劉商，官至檢校禮部郎中，汴州觀察判官。少年有篇詠高情。工畫山水樹石，初師於張璪，後自造真爲意。自張貶竄後，嘗惆悵賦詩曰：『苔石蒼蒼臨澗水，溪風裊裊動松枝。世間唯有張通會，流向衡陽那得知。』或云：商後得道。」「裊裊」原作「島島」，據改。張璪字文通，見《歷代名畫記》。

〔五〕《劉夢得文集》卷二八《高陵令劉君遺愛碑》：「君諱仁師，字行輿，彭城人。武德名臣刑部尚書德威之五代孫，大曆中詩人商之猶子。」「五代孫」原作「三代孫」，據《碑》文改。

〔六〕按「胡笳」二字下疑有脱簡，《郡齋讀書志》後志卷二：「《胡笳十八拍》一卷，右唐劉商撰。漢蔡邕女琰，爲胡騎所掠，因胡人吹蘆葉以爲歌，遂翻爲琴曲，其辭古淡，商因擬之，叙琰事，盛行一時。」今劉商《胡笳十八拍》尚存，載《樂府詩集》卷五九。「胡笳」二字下，當即此詩也。《紀事》各本以「胡笳」二字與《銅雀妓》相屬，誤。

〔七〕「縱」，《唐百家詩選》同。《樂府詩集》卷三一作「足」。

〔八〕「淚縱横」，《唐百家詩選》、《樂府詩集》作「横淚痕」。

〔九〕「曲罷」，《唐百家詩選》同。《樂府詩集》作「曲終」。

〔一〇〕「達曙」原作「連曙」，據《萬首唐人絶句》及張本改。

〔一一〕「開門」，《萬首唐人絶句》作「開帷」。

〔三〕「旅雁飛」，《萬首唐人絶句》作「雁北飛」。

陸海

陸餘慶與陳子昂、盧藏用爲方外十友〔一〕，孫海，工于五言，爲賀賓客所賞。自省郎典潮州，但賦詩自適。題奉國寺云：新秋夜何爽，露下風轉淒。一磬竹窗外，千燈花塔西。題龍門寺云：窗燈林靄裏，門磬水聲中。更與龍華會，爐煙滿夕風〔二〕。

孫長源〔三〕，有才思，嘗爲諷刺云：忽然一曲稱君心，破却中人百家産。又云：城外平人驅欲盡，帳中猶打衮花毬。

【校箋】

〔一〕《新唐書》卷一一六《陸元方傳》附《陸餘慶傳》：「雅善趙貞固、盧藏用、陳子昂、杜審言、宋之問、畢構、郭襲微、司馬承禎、釋懷一，時號方外十友。」

〔二〕《大唐新語》卷八：「陸餘慶孫海，長于五言詩，甚爲詩人所重。性峻不附權要，出牧潮州，但以詩酒自適，不以遠謫介意。《題奉國寺》詩曰：『新秋夜何爽，露下風轉淒。一磬竹林裏，千燈花塔西。』《題龍門寺》詩曰：『窗燈林靄裏，聞磬水聲中。更籌半有會，爐煙滿夕風。』人推其警策。」按，張本誤以「孫海」標目，《全唐詩》卷一二四「陸海」下于是注云：「一作孫海。」其下小傳又云：「陸海，餘慶之孫。有才思，與陳子昂，盧藏用爲方外十友。」皆屬誤讀《紀事》之文所致。與陳、盧爲友者，乃其祖也。《大唐新語》載詩，與《紀事》文字小異，並存。「自適」原作「自通」，據改。

〔三〕《新唐書》卷一五一《董晉傳》附《陸長源傳》：「陸長源者，吴人，字泳，祖餘慶。」按，此紀陸餘慶兩孫事，而以「陸海」標目，乃書中體例不一處。故《全唐詩》又生誤會，以諷刺兩聯系于陸海之下，竟没長源之名也。

唐詩紀事校箋卷第三十三

李吉甫　武元衡　鄭絪　獨孤良弼　獨孤綬
李季何　李應　盧拱　李觀　裴度
韋同則　陳蜕

李吉甫

九日小園獨謡贈門下武相公云〔一〕：小園休沐暇，暫與故山期。樹杪懸丹棗，苔陰落紫梨。舞叢新菊徧〔二〕，繞格古藤垂〔三〕。受露紅蘭晚，迎霜白薤肥。上公留鳳沼〔四〕，冠劍侯清祠。應念端居者〔五〕，長慚補衮詩。

【校箋】

〔一〕吉甫以元和元年拜中書侍郎、同中書門下平章事，見《舊唐書》卷一四八本傳及《新唐書》卷一四六《李栖筠傳》附《吉甫傳》。武元衡于同年拜門下侍郎、同中書門下平章事，見《舊唐書》卷一五八及《新唐書》卷一五二本傳。詩蓋是時所作。

〔二〕「舞叢」，《歲時雜詠》作「滿叢」。

〔三〕「繞格」，《歲時雜詠》作「繞樹」。

〔四〕「鳳沼」，《歲時雜詠》「沼」誤作「詔」。

〔五〕「應念」原作「應命」，據《歲時雜詠》改。

武元衡

九日致齋禁省和中書李相公云〔一〕：齋沐限中禁〔二〕，家山傳勝游。露寒潘省夜，木落庾園秋。蘭菊回幽步，壺觴絶舊儔〔三〕。位高天禄閣，詞異畔牢愁〔四〕。孤思琴先覺，馳暉水共流〔五〕。明朝不相見，清祀在圜丘〔六〕。

送唐次云〔七〕：都門去馬嘶，灞水東流淺〔八〕。青槐驛路長，白日離亭晚〔九〕。望望煙景微，草色行人遠〔一〇〕。

早秋西亭宴徐員外詩云〔一一〕：鼎鉉辭台坐，麾幢領益州。曲池連月曉，横笛滿城秋〔一二〕。有美皇華使，曾同白社游。今來重相見〔一三〕，偏覺艷歌愁。

元衡，字伯蒼。元和二年爲相，代高崇文鎮蜀〔一四〕。八年召還，途經百牢關，題石門洞詩云〔一五〕：昔佩兵符去，今持相印還。天光臨井絡，春物度巴山。鳥道青冥外，風泉洞壑間。何慚班定遠，辛苦玉門關。

送柳侍御裴起居云〔一六〕：沱江水緑波，喧鳥去喬柯。南浦別離處，東風蘭杜多〔一七〕。長亭春婉娩，層漢路蹉跎。會有歸朝日，班超奈老何！又云：望鄉臺上秦人在〔一八〕，學射山中杜魄哀。落日河橋千騎別，春風寂寞旆旌迴。

酬嚴司空荆南見寄云〔一九〕：金貂再入三公府〔二〇〕，玉帳連封萬户侯。簾捲青山巫峽曉，雲凝碧岫渚宮秋〔二一〕。劉琨坐嘯風清塞〔二二〕，謝朓裁詩月滿樓〔二三〕。白雪調高歌不得，美人南國翠蛾愁〔二四〕。

送張諫議赴闕云〔二五〕：詔書前日下丹霄，頭戴儒冠脱皂貂〔二六〕。笛怨柳營煙漠漠〔二七〕，雲愁江館雨蕭蕭。鵷鴻得路爭先翥，松桂凌霜貴後凋〔二八〕。歸去朝端如有問，玉關門外老班超。三詩韋莊又玄集。

元衡善爲五言，好事者傳之，被之管絃。嘗夏夜作詩云：夜久喧暫息，池臺惟月明。無因駐清景，日出事還生。明日遇害〔二九〕。初，八年，元衡自蜀再輔政，時太白犯上相，歷執法，占者言：今之三相皆不利，始輕末重。月餘，李絳以足疾免。明年十月，李吉甫以暴疾卒。至是，元衡爲盜所害。年五十八。始元衡與吉甫齊年，又同日爲宰相，及出鎮，分領揚、益。及吉甫再入，元衡亦還。吉甫先一年以元衡生月卒，元衡後一年以吉甫生月卒，吉凶之數，若符會焉。先是長安謡曰：打麥、麥打、三三三。既而旋其袖曰：舞了也。解者謂：打麥者，打麥時也。麥打者，謂暗中突擊也。三三三，謂六月三日也。舞了也，謂元衡之卒也[三〇]。

元衡卒，劉禹錫作佳人怨二章云[三一]：寳馬鳴珂踏曉塵，魚文匕首犯車茵[三二]。適來行哭里門外，昨夜華堂歌舞人。又云：秉燭朝天遂不回，路人彈指望高臺。牆東便是傷心地，夜夜秋螢飛去來。

【校箋】

〔一〕詩題明活字本（下同）《武元衡集》作《聞相公三兄小園置宴，以元衡寓直，因寄上，兼呈相公三兄》。此即酬和吉甫前詩之作。

〔二〕「齋沐」，《歲時雜詠》同，《武元衡集》作「休沐」。

〔三〕「絶」，《歲時雜詠》同，《武元衡集》作「洽」。

〔四〕「畔」原作「半」，據《武元衡集》及《歲時雜詠》改。

〔五〕「共流」，《歲時雜詠》同，《武元衡集》作「競流」。

〔六〕「圜丘」原作「圓丘」，據《武元衡集》及《歲時雜詠》改。

〔七〕詩題《送唐次》原脱「送」字，「次」作「欠」，據《武元衡集》、《唐文粹》補改。《唐百家詩選》作《送唐君次》。

〔八〕「東流」，《武元衡集》、《唐百家詩選》作「春流」。

〔九〕「離亭」，《唐百家詩選》同。《武元衡集》作「離尊」。

〔一〇〕「草色」原作「草木」，據《武元衡集》、《唐百家詩選》改。

〔一一〕詩題《唐百家詩選》同。《武元衡集》作《西亭早秋送徐員外》。

〔一二〕「横笛」，《唐百家詩選》同。《武元衡集》作「横角」。

〔一三〕「今來」，《唐百家詩選》同。《武元衡集》作「今年」。

〔一四〕《新唐書》卷一五二《武元衡傳》：「（元和二年）是時，蜀新定，高崇文爲節度，不知吏治，帝難其代。詔元衡檢校吏部尚書，兼門下侍郎、同平章事，爲劍南西川節度使。……八年，召還秉政。」

〔一五〕詩題《武元衡集》作《元和癸巳，余領蜀之七年，奉詔徵還。二月二十八清明，途經百牢關，因題石門洞》。「石門洞」原脱「門」字，據補。

〔一六〕詩題《又玄集》作《同諸公送柳侍御裴起居》，《武元衡集》作《送柳郎中裴起居》。

〔一七〕「蘭杜」原作「蘭麝」，據《又玄集》、《武元衡集》改。

〔一八〕「在」原作「去」，據《武元衡集》改。「望鄉臺」，在利州，即今四川廣元縣，見《元豐九域志》。

〔一九〕詩題《又玄集》作《荆師》，《武元衡集》與此同。《文英苑華》卷二四三作《奉酬荆州嚴司空見寄》。

〔二〇〕「再入」，《又玄集》同。《武元衡集》、《文苑英華》作「再領」。

〔二一〕「雲凝」句，《又玄集》同。《武元衡集》、《文苑英華》作「煙開碧樹渚宫秋」。

〔二二〕「風清塞」，《武元衡集》、《文苑英華》同。《又玄集》作「風生遠」。

〔二三〕「裁詩」，《又玄集》、《文苑英華》同。《武元衡集》作「題詩」。

〔二四〕「南國」，《文苑英華》同。《又玄集》、《武元衡集》作「南望」。按葛立方《韻語陽秋》卷三：「武元衡詩不多，集中有《酬嚴司空荆南見寄詩》兩篇，一云：『金貂再領三公府，玉帳連封萬户侯』。一云：『漢家征鎮委條侯，虎節龍旌居上頭。』皆續以『簾捲青山巫峽曉，煙開碧樹渚宫秋』。第三聯一云：『劉琨坐嘯風清塞，謝朓題詩月滿樓。』一云：『金笳盡掩故人淚，麗句初傳明月樓。』皆續以『白雪調高歌不得，美人相顧翠蛾愁』。人訝其太同。余謂乃元衡删潤之本，集中兩存之爾。當以前首爲正，後篇誠未工也。」則「南國」，宋人所見一作「相顧」也。

〔二五〕詩題《又玄集》同。《武元衡集》作《送張諫議歸朝》。

〔二六〕「頭」，《武元衡集》同，《又玄集》作「頂」。

〔二七〕「柳營」，《武元衡集》同。《又玄集》作「柳宫」。

〔二八〕「貴」，《又玄集》同，《武元衡集》作「獨」。

〔二九〕《舊唐書》卷一五八《武元衡傳》：「元衡工五言詩，好事者傳之，往往被於管弦。」又：晁公武《郡齋讀書志》：「元衡工五言詩，好事者傳之，被于管弦。嘗夏夜作詩曰：『夜久喧暫息，池臺惟月明。無因駐清景，日出事還生。』翌日遇害。」

〔三〇〕此全采《舊唐書》卷一五八《武元衡傳》之文。「太白」原作「太微」，據史文改。「八年」上毛本補「元和」二字，乃《舊傳》所無。此前已有「元和二年爲相，代高崇文鎮蜀，八年召還」之語，則不補可也。

〔三一〕《劉夢得文集》卷十《代靖安佳人怨二首》有序云：「靖安，丞相武公居里名也。元和十一年六月，公將朝，夜漏未盡三刻，騎出里門遇盜，薨于墻下。初，公爲郎，余爲御史，由是有舊，今守于遠服，賤不可以誄，又不得爲歌詩聲於楚挽，故代作《佳人怨》以裨于樂府云。」

〔三二〕「車茵」原作「華茵」，據《劉夢得文集》改。

鄭絪

奉和武相公省中宿齋酬李相公見寄云〔一〕：高閣安仁省，名園廣武廬。沐蘭朝太一，種竹詠華胥。禁靜疏鍾徹，庭開爽韻虚。洪鈞齊萬物，縹帙整群書。寒露滋新菊，秋風落故蕖。同懷不同賞，幽意竟何如？

絪，字文明。善屬文，所交皆天下名士。憲宗初拜相，默默居位，四年，罷爲太子賓客。太和中，以太子太傅致仕，卒。絪守道寡欲，所居不爲烜赫事，以篤實稱〔二〕。

絪九日懷邵二詩云〔三〕：十歲此辰同醉友，登高各處已三年。又懷林十二云〔四〕：情人共惆悵，良友不同游。其重友如此。又有九月十五日東亭望月詩云〔五〕：紫閣道流今不見，紅樓禪客早曾聞。

【校箋】

〔一〕《歲時雜詠》卷三載此詩，除題中無「武」字外，餘文字悉同。

〔二〕《新唐書》卷一六五《鄭絪傳》：「鄭絪字文明，餘慶從父行也。幼有奇志，善屬文，所交皆天下有名士。……憲宗即位，拜中書侍郎、同中書門下平章事。……先是杜黄裳方爲帝夷削節度，彊王室，建議裁可，不關决于絪，絪常默默居位。四年，罷爲太子賓客。……太和中，年老，乞骸骨，以太子太傅致仕，卒。……絪本以儒術進，守道寡欲，所居不爲烜赫事，以篤實稱。」

〔三〕此歐陽詹《九日登高懷邵二先輩》詩中句，見《歐陽行周文集》卷三。《歲時雜詠》卷三五亦作歐陽詹，題同。《萬首唐人絶句》卷四九亦載作歐陽詹詩，題作《廣陵登高懷邵二》；又於卷五四重出，以爲鄭絪詩，題作《九日登高懷友》。

〔四〕此歐陽詹《九日廣陵同陳十五先輩登高懷林十二先輩》詩中句，見《歐陽行周文集》卷三。《歲時雜詠》卷三五載此詩，題作《九日廣陵同陳五先輩登高》，亦題歐陽詹。

〔五〕《歲時雜詠》卷四五載此詩，題作《奉酬宣上人九月十五日夜東亭望月見贈因懷紫閣舊遊》。本書卷七二「僧廣宣」下録此詩，題同《雜詠》。

獨孤良弼

上巳接清明游宴詩云：上巳歡初罷，清明賞又追。閏年侵舊曆，令節併芳時。細雨鶯飛重，春風酒醒遲〔一〕。尋花迷白雪〔二〕，看柳拆青絲〔三〕。淑氣如相待，天和竟爲誰〔四〕？吁嗟名未立〔五〕空詠宴游詩。

良弼，貞元間進士也，爲左司郎中。又有良史者，登進士第。

【校箋】

〔一〕「酒醒」原作「酒醖」，據《文苑英華》卷一八九及《歲時雜詠》改。

〔二〕「尋花」，《歲時雜詠》同，《文苑英華》作「翫花」。

〔三〕「青絲」原作「清絲」，據《文苑英華》及《歲時雜詠》改。

〔四〕「竟」原作「意」，《歲時雜詠》同，據《文苑英華》改。

〔五〕「吁嗟」，《歲時雜詠》同，《文苑英華》作「却嗟」。

獨孤綬

投珠于泉詩云〔一〕：至道歸淳化〔二〕，明珠必棄捐〔三〕。失真來照乘〔四〕，成性却沉泉。不是靈蛇吐，非緣合浦還〔五〕。岸傍隨日落〔六〕，波底共星懸。致遠終無脛，懷貪遂比肩〔七〕。欲知恭儉德，所寶在惟賢。

德宗多召學術之士，躬自考試，又制科宣政殿，如稱旨，即翹足高吟，徧示宰臣曰：此皆朕門生也。獨孤綬所司試放馴象賦，及其本上，上吟其句曰：化之式孚，則必受乎來獻；物或違性，斯用感于至仁。上以綬爲知去就，故特書第三。先是，代宗朝，越人獻象三十有二，上悉放之于荆山之南。而綬不辱其獻受，不傷其放棄，故賞其知去就焉〔八〕。綬，舉博學宏詞，吏部考當乙科，于邵覆之，置甲科，人咨其公〔九〕。

【校箋】

〔一〕詩題《文苑英華》卷一八六作《沈珠于泉》。

〔二〕「淳化」，《文苑英華》作「淳樸」。

〔三〕「必」，《文苑英華》作「被」。

〔四〕「失真」原作「天真」，據《文苑英華》改。

〔五〕此句《文苑英華》作「猶疑台浦旋」。

〔六〕「日落」原作「月落」，據《文苑英華》改。

〔七〕「比肩」原作「息肩」，據《文苑英華》改。

〔八〕《杜陽雜編》：「上每臨朝，多令徵四方丘園才能學術、直言極諫之士，由是題筆貢藝者滿于闕下，上親自考試，用絶請託之門。……上試制策于宣政殿，或有辭理乖謬者，即濃筆抹之至尾。如輒稱旨者，必翹足朗吟，翌日即徧示宰臣學士，曰：『此皆朕門生也。』……宏詞獨孤綬，所司試《放馴象賦》，及進其本，上自覽考之，稱歎者久。因吟其句曰：『化之式孚，則必受于來獻；物或違性，斯用感于至仁。』上以綬爲知去就，故特書第三等。先是，代宗朝，文單國累進馴象三十有二，上即位，悉令放之于荆山之南。而綬不辱其獻受，不傷放棄，故賞其知去就焉。」此節引之。「偏示」原作「偏示」，「放馴象賦」原脱「放」字，「荆山之南」原脱「荆」字，「獻受」原作「受獻」，據改補。

〔九〕《舊唐書》卷一三七《于邵傳》：「獨孤綬舉博學宏詞，吏部考爲乙第，邵在中書，覆升甲科，人稱其當。」

李季何

立春日曉望三素雲詩云：靄靄青春曙，飛仙駕五雲。浮輪初縹緲〔一〕，承蓋下氤氲。薄影隨風度，殊容向日分。羽毛紛共遠，環珮杳猶聞。静合煙霞色，遥將鸞鶴群。年年瞻此御〔二〕，應許從元君。

季何，登貞元十一年進士第〔三〕。

【校箋】

〔一〕「浮輪」原作「浮雲」，據《文苑英華》卷一八二及《歲時雜詠》改。

〔二〕「御」原作「節」，據《文苑英華》及《歲時雜詠》改。

〔三〕《歲時雜詠》此詩下注云：「貞元十一年吕侍郎。」蓋是年爲禮部侍郎吕渭知貢舉也。

李應

立春日曉望三素雲詩云：玄鳥初來日，靈仙望裏分〔一〕。冰容朝上界，玉輦擁朝雲。碧落流輕艷，紅霓間綵文。帶煙時縹緲，向斗更氤氳。髣髴隨風馭，迢遥出曉雲〔二〕。茲辰三見後，希得從元君。

應，登貞元十一年進士第。

【校箋】

〔一〕「望裏」，《歲時雜詠》同，《文苑英華》卷一八二作「望處」。

〔二〕「迢遥」原作「超遥」，《歲時雜詠》同，據《文苑英華》改，「曉雲」原作「曉雰」，據《英華》、《雜詠》改。

盧拱

中元日觀法事云〔一〕：四孟逢秋序，三元得氣中。雲迎碧落步，章奏玉皇宮。壇滴槐花露，香飄柏子風。羽衣凌縹緲，瑶轂輾虚空。久慕飡霞客，常悲習蓼蟲。青囊如可授，從此訪鴻蒙。

姚合送盧拱祕書游魏詩云：官閑身自在，詩儉語分明。車馬應回晚，烟花滿去程〔二〕。楊巨源寄申州盧拱使君云〔三〕：領郡仍聞總虎貔〔四〕，致身還是見男兒。小船隔水催桃葉，大鼓當風舞柘枝。酒坐微酣諸客倒，毬場慢撥幾人隨。從來樂事憎詩苦，莫放窗中遠岫知〔五〕。元稹自唐歸京，拱時爲祕書郎，以詩贈樂天兼以遺稹。稹和云：新識蓬山傑，深交翰苑材。連投珠作貫，獨和玉成堆。劇敵徒相軛，羸師亦自媒〔六〕。

【校箋】

〔一〕《歲時雜詠》卷二八載此，文字悉同。

〔二〕「去程」原作「去塵」，《萬首唐人絶句》同，據《姚少監集》改。

〔三〕詩題《唐百家詩選》作《述美寄申州盧拱使君》。

〔四〕「總」，《唐百家詩選》作「倅」。

〔五〕「放」，《唐百家詩選》作「被」。

〔六〕《元氏長慶集》卷一二《酬盧祕書》有序云：「予自唐歸京之歲，祕書郎盧拱作《喜遇白贊善學士》詩二十韻，兼以見貽。白詩酬和先出，予草蹙未暇，盧頻有致師之挑，故篇末不無憤詞，其次用本韻，習然也。」此摘其中三韻。

李觀

字元賓，以文馳聲，貞元中卒于校書郎〔一〕。陸希聲序其文曰〔二〕：退之窮老不休，終不能爲元賓之辭。使元賓後退之死，亦不能及退之之質。退之大革流弊，落落有老成風。元賓則不古不今，卓然自作一體，激揚發越，若絲竹中有金石聲。每篇得意處如健馬在御〔三〕，蹀蹀不能止，其所長如此。

觀贈馮宿云：寒晨上秦原〔四〕，游子衣飄飄〔五〕。黑雲截萬里，獵火從中燒。陰空蒸長煙，殺氣獨不銷。冰交石可裂，風疾山如摇。時無青松心，顧我獨不凋。

宿裴友書齋云：卧君山窗下，山鳥與我言。清風何颼颼，松柏中夜繁。久游失歸趣，宿此似故園。林煙横近郊〔六〕，谿月落古原。稚子不待曉，花間出柴門。

貞元八年宏詞試中和節詔賜公卿尺詩云〔七〕：淑節韶光媚〔八〕，皇明寵錫崇〔九〕。具寮頒玉尺，成器幸良工。豈止尋常用，將傳度量同。人何不取則〔一〇〕，物亦賴其功。紫翰宣殊造，丹誠厲匪躬。奉之無失墜，恩澤自天中。

【校箋】

〔一〕《新唐書》卷二〇三《李華傳》附《李觀傳》：「觀字元賓，貞元中，舉進士、宏辭，連中，授太子校書郎。卒。」

〔二〕《李元賓文集》卷首載大順元年十月五日給事中陸希聲序，此節引其文。《新唐書》亦取之。

〔三〕「如健馬在御」句，《李元賓文集》同。毛本「御」作「銜」。

〔四〕「寒晨」原作「寒城」，據《李元賓文集》、《唐文粹》改。

〔五〕「衣」原作「意」，據《李元賓文集》、《唐文粹》改。

〔六〕「橫」原作「還」，據《李元賓文集》、《唐文粹》改。

〔七〕此詩《文苑英華》卷一八〇所載，題裴度作。同卷並載陸復禮、李觀詩，李觀一首如下：「陽和行慶賜，尺度爲臣工。寵荷乘佳節，傾心立大中。短長思合製，遠近貴相同。共荷裁成德，將酬分寸功。作程施有用，垂範播無窮。願續延洪壽，千春奉聖躬。」《紀事》則以爲裴度作。《李元賓文集》載有此詩。

〔八〕此句《李元賓文集》同。《文苑英華》作「淑景風光媚」。

〔九〕「錫」，《李元賓文集》同。《文苑英華》作「賜」。

〔一〇〕「則」原作「利」，《李元賓文集》同。據《文苑英華》改。

裴度

至日登樂游園云：陰律隨寒改，陽和應節生。祥雲觀魏闕，瑞氣映秦城。驗炭論時政，書雲受歲盈。影移長日至，霧斂遠霄清。景暖仙梅動，風柔御柳傾。那堪封得意，空對物華情。

公出討淮西，過女几山下，刻石題詩，後果尅期平賊。其詩云：待平賊壘報天子，莫指仙山示武夫。由是淮蔡底平，民安生業。白居易作詩二百言，繼公篇之末〔一〕：何處畫功業？何處題詩篇？麒麟高閣上，女几小山前。爾後多少時，四朝二十年。賊骨化爲土，賊壘犂爲田。一從賊壘平，陳蔡民晏然。騾軍成牛户，鬼火變人煙。生子已嫁娶，種桑亦絲綿。皆云公之德，欲報無由緣。公今在何處，守都鎮三川。舊宅留永樂，新居開集賢〔二〕。今公在何官，被衮珥貂蟬〔三〕，戰袍破猶在，髀肉生欲圓〔四〕。

傍水閑行詩云：閑餘何事覺身輕，暫脱朝衣傍水行。鷗鳥亦知人意靜，故來相近不相驚。

公赴敵淮西，題名華嶽廟之闕門。大順中，户部侍郎司空圖以一絶紀之曰：嶽前大隊赴淮西，從此中原息戰鼙。石闕莫教苔鮮上，分明認取晉公題〔五〕。

公貞元中作鑄劍戟爲農器賦，其首云：皇帝嗣位之十三載，寰海鏡清，方隅底平，驅域中盡歸力穡，示天下不復用兵。其後作相，立殊勳，致太平，已見于文矣〔六〕。

公題南莊云：野人不識中書令，喚作陶家與謝家。樂天有詩云：陶廬僻陋那堪比，謝墅幽微不足攀。何似嵩峰三十六，長隨申甫作家山〔七〕。

樂天求馬，裴贈以馬，因戲云：君若有心求逸足，我還留意在名姝。引妾換馬之事。樂天答云：安石風流無奈何，欲將赤驥換青娥。不辭便送東山去，臨老何人與唱歌〔八〕？

貞元八年，公試宏詞，有司以中和節詔賜公卿尺爲題，公詩曰〔九〕：陽和行慶賜，尺度及群公〔一〇〕。荷寵承佳節〔一一〕，傾心立大中。短長思合制，遠近貴相同〔一二〕。共仰財成德〔一三〕，將酬分寸功。作程施有政〔一四〕，垂範播無窮。願續南山壽〔一五〕，千春奉聖躬。

中書即事云：有意効承平，無功益聖明〔一六〕。灰心緣忍事，霜鬢爲論兵。道直身還在，恩深命轉輕。鹽梅非擬議，葵藿是平生。白日長懸照，蒼蠅謾發聲。嵩陽舊田地〔一七〕，終使謝歸耕。

唐趙璘云：晉公貞元中作鑄劍戟爲農器賦，觀其氣概，已有立殊勳致太平之意。進士李爲作淚及輕、薄、暗、小四賦，李賀作樂府，多屬意花草蜂蝶之間，二子終不遠大。文字之作，可以定相命優劣矣〔一八〕。

【校箋】

〔一〕《白氏長慶集》卷三〇載此詩，題作「裴侍中晉公出討淮西時，過女几山下，刻石題詩，末句云：『待平賊壘報天子，莫指仙山示武夫。』果如所言，尅期平賊，由是淮蔡迄今底寧，殆二十年人安生業。夫嗟歎不足，則詠歌之，故居易作詩二百言，繼題公之篇末。欲使采詩者、修史者、後之往來觀者，知公之功德本末前後也。」「篇末」原作「篇未」，據改。

〔二〕「集賢」原作「進賢」，據《白氏長慶集》改。

〔三〕「珥」原作「弭」，據《白氏長慶集》改。

〔四〕樂天詩此下尚有「襟懷轉蕭灑，氣力轉精堅。登山不拄杖，上馬能掉鞭。利澤侵入地，福降自升天。昔號天下將，今稱地上仙。勿追赤松游，勿拍洪崖肩。商山有遺老，可以奉周旋」十二句，未録。

〔五〕《摭言》：「裴晉公赴敵淮西，題名華嶽之闕門。大順中，户部侍郎司空圖以一絶紀之曰：『嶽前大隊赴淮西，從此中原息戰鼙。石闕莫教苔蘚上，分明認取晉公題。』」「戰鼙」原作「戰鞞」，據改。

〔六〕趙璘《因話録》：「晉公貞元中作《鑄劍戟爲農器賦》，其首云：『皇帝嗣位之三十載，寰海鏡清，方隅底平。驅域中盡歸農穡，示天下不復用兵。』憲宗平蕩宿寇，數致太平，正當元和十三年，而晉公以文儒作相，竟立殊勳，爲章武佐命，觀其辭賦氣概，豈得無異日之事乎？」按《唐語林》載此作「皇帝嗣位之十三載」，是也。今據改。

〔七〕《白氏長慶集》卷三三《和裴令公南莊一絶》，題下自注：「裴云：『野人不識中書令，唤作陶家與謝家。』」

〔八〕《白氏長慶集》卷三四《酬裴令公贈馬相戲》，題下自注：「裴詩云：『君若有心求逸足，我還留意在名姝。』蓋引妾換馬戲，意亦有所屬也。」

〔九〕此詩《文苑英華》卷一八。題李觀作，見前李觀下校箋〔七〕。

〔一〇〕「及群公」，《文苑英華》作「爲臣工」。

〔一一〕「承」，《文苑英華》作「乘」。

〔一二〕「相同」原作「收同」，據《文苑英華》改。毛本作「攸同」。

〔一三〕此句《文苑英華》作「共荷裁成德」。

〔一四〕「有政」，《文苑英華》作「有用」。

〔一五〕「南山壽」，《文苑英華》作「延洪壽」。

〔一六〕「益」，《又玄集》、《才調集》同。《全唐詩話》作「答」。

〔一七〕「田地」，《才調集》同。《又玄集》作「棲地」。

〔一八〕此出《因話録》。其論裴度《賦》一節，已見前校箋〔六〕所引。《鑄劍戟爲農器賦》下原有「云」字，今刪。以下云：「進士李爲作《淚賦》及《輕》、《薄》、《暗》、《小》四賦。李賀作樂府，多屬意花草蜂蝶之間。二子竟不遠大。文字之作，可以定相命之優劣矣。」

韋同則

仲月賞花云：梅花似雪柳含煙，南地風光臘月前。把酒且須判却醉〔一〕，風流何必待歌筵。

同則，建中時詩人也。有韋同正者，登建中四年第。

【校箋】

〔一〕《歲時雜詠》卷四三載此詩，「把酒」作「挹酒」。

陳蛻

蛻，肅、代間人。賦長安十五詠。自序云：蛻生長江淮間，以詩句從戎，僅十餘年矣。今我后撫運，澤及四夷，蛻復得爲太平人〔一〕。其華清宫詩有夢裏换春秋之句。

【校箋】

〔一〕晁公武《郡齋讀書志》：「《陳蛻詩》一卷。右唐陳蛻，未詳其行事。《集》有《長安十五詠》，自序云：『蛻生長江淮間，以詩句從賦，近十餘年矣。今我后撫運，澤及四海，復得爲太平人也云云。』若此，殆肅代間人也。」計氏爲公武同時人，蓋亦得見其《集》也。「從戎」原作「從賦」，《郡齋讀書志》袁本同，衢本作「從賊」。黄丕烈校云：「觀下『我后撫運』句意，則『從賊』賊字是。」然檢《宛委别藏》所收影寫衢本，「從賊」作「從戎」，似更近原意也，今據改。

唐詩紀事校箋卷第三十四

韓愈　張籍　史延　丁澤　樊宗師

李道昌

韓愈

司空圖云〔一〕：金之精麤，考其聲皆可辨也〔二〕，豈清于磬而渾于鐘哉！然則作者爲文、爲詩，才格亦可見，豈當善于彼不善于此耶！愚觀文人之爲詩，詩人之爲文，始皆繫其所尚，所尚既專，則搜研愈至，故能衒其功于不朽，亦猶力巨而鬭者，所持之器各異，而皆能濟勝以爲勁敵也。愚嘗覽韓吏部歌詩累百首，其驅駕氣勢，若掀雷扶電〔三〕，撑抉于天地之垠〔四〕，物狀其變，不得鼓舞而狥其呼吸也。其次皇甫祠部文集外所作，亦爲遒逸，非無意于深密，蓋或未遑耳。今于華下，方得柳詩，味其探搜之致，亦深遠矣；俾其窮而克壽，抗精極意，則固非瑣瑣者輕可擬議其優劣。又嘗覩杜子美祭太尉房公文，李太白佛寺碑贊，宏拔清厲，乃其歌詩也；張曲江五言沈鬱，亦其文筆也，豈相傷哉！噫！後之學者褊淺，片詞隻句，未能自辨，已側目相詆訾矣。痛哉！因題柳集之末，庶俾後之詮評者，罔惑偏説以蓋其全工〔五〕。

洛邑得休告，華山窮絶陘。倚巖睨海眼，引袖拂天星。日駕此迴轄，金神所司刑。泉紳拖修白，石劍攢高青。磴蘚澾拳局〔六〕，梯飈颭伶俜。悔狂已咋指，垂誡仍鐫銘。退之答張徹詩也。李肇載登華事〔七〕，信有之。沈顔作聲書，謂退之託此以悲世人登高而不知止，且示誡焉〔八〕。

皇甫湜作韓先生墓誌云：長慶四年八月，昌黎韓先生既以疾免吏部侍郎，書諭湜曰：死能令我躬所以不隨世磨滅者，惟子以爲囑。其年十二月丙子遂薨。明年正月〔九〕，其孤昶，使奉功緒之録繼訃以至，三月癸酉，葬河陽，乃哭而叙銘其墓〔一〇〕，其詳將揭之于神道碑云。先生諱愈，字退之，後魏安桓王茂六代孫。祖朝散大夫桂州長史，諱叡素。父秘書郎贈尚書左僕射，諱仲卿。先生七歲好學，言出成文。及冠，恣爲書以傳聖人之道。人始未信，既發不掩，聲震業光，衆方驚爆而萃排之。乘危將顛，不懈益張，卒大信于天下。先生之作，無圓無方，至是歸工。抉經之心，執聖之權，尚友作者，跂邪觝異，以扶孔氏，存皇之極，人知人罪非我計。茹古涵今，無有端涯，渾渾灝灝，不可窺校。及其酣放，豪曲快字，凌紙怪發，鯨鏗春麗，驚耀天下。然而栗密窈眇，章妥句適，精能之至，入神出天。嗚呼極矣！後人無以加之矣！姬氏以來，一人而已矣。始先生以進士仕，歷官二十有七。其爲御史、尚書、郎中、中書舍人，前後三貶，皆以疏陳治事，廷議不隨爲罪。常惋佛老法潰聖人之隄，乃唱而築之。及爲刑部侍郎，遂章言憲宗迎佛骨非是。任爲身耻，上怒天子，先生處之安然，就貶八千里海上。嗚呼！古所謂非苟知之，亦允蹈之者耶！吴元濟反，吏兵久屯無功〔一一〕，國涸將疑，衆懼恟恟。先生以右庶子兼御史中丞行軍司馬，宰相軍出潼關，請先乘遽至汴，感説都統，師乘遂和，卒擒元濟，王廷湊反〔一二〕，圍牛元翼于深，救兵十萬，望不敢前。詔擇庭臣往諭，衆慄縮，先生勇行。元稹言于上曰：韓愈可惜。穆宗悔，馳詔無徑入。先生曰：止，君之仁；死，臣之義。遂至賊營，麾其衆責之，賊惶汗伏地〔一三〕，乃出元翼。春秋美臧孫辰告糴于齊，以爲急病。校其難易，孰爲宜褒。嗚呼！先生真古所謂大臣者耶！還拜京兆尹〔一四〕，斂禁軍帖旱糴，黷倖臣之鋩。再爲吏部侍郎，薨。年五十七。贈禮部尚書。先生與人洞朗軒闢，不施戟級。族姻友舊不自立者，必待我然後衣食嫁娶喪葬。平居雖寢食未嘗去書，怠以爲枕，餐以飴口。講評孜孜，以磨諸生。恐不完美〔一五〕，游以詠笑嘯歌，使皆醉義忘歸。嗚呼！可謂樂易君子鉅人者矣！夫人高平郡君范陽盧氏。孤前進士昶。壻左拾遺李漢。壻集賢校理樊宗懿。次女許嫁陳氏。三女未笄。銘曰：維天有道，在我先生。萬頸胥延，坐廟以行。令望絶耶，痌此四方。惟聖有文，乖微歲千。先生起之，焯役于前。彍義滂仁，耿照充天。有如先生，而合亘年〔一六〕。按我章書，經紀大環。唫不時施，昌極後昆。噫嘻永歸，知心之悲。齾，玉戛反。唫，其禁反。

喚起窗前曙，催歸日未西。無心花裏鳥，更與盡情啼。乃二禽名也。喚起，聲如絡緯，圓轉清亮，偏鳴于春曉，江南謂之春喚。催歸，子規也〔一七〕。

謹按〔一八〕：公生于代宗大曆三年戊申。

德宗貞元八年壬申，是歲公登第，年二十五。

十一年乙亥，上宰相三書。時趙璟、賈躭、盧邁爲相。是歲欲相延齡，陽城諫止。五月東歸，作感二鳥賦。其末云：幸年歲之未暮，庶無羨于斯類。時年二十八。

十三年丁丑，從董晉辟爲汴宋潁亳觀察推官。

十五年己卯二月，晉公薨，公隨晉喪歸。既出四日，宣武軍亂，殺行軍司馬陸長源。公作汴州亂二章云：汴州城門朝不開，天狗墮地聲如雷。健兒爭誇殺留後〔一九〕，連屋累棟燒成灰。諸侯咫尺不能救，孤士何者自興哀〔二〇〕。又曰：母從子走者爲誰？大夫夫人留後兒。長源也。昨日乘車騎大馬，坐者爲趨乘者下。廟堂不肯用干戈，嗚呼奈汝母子何！

十六年庚辰，依徐州武寧軍節度張建封。

十九年癸未，拜監察御史，上書論宮市，貶連州陽山令〔二一〕。時有送浮屠文暢、孟東野序。

二十年甲申，移江陵法曹參軍，途中作詩寄三翰林。未幾，以四門博士召。

二十一年乙酉正月，德宗崩，順宗立，改元永貞。韋執誼〔二二〕、王叔文等用事，又謀奪中官兵，制天下之命。是年八月，皇太子即位，帝自稱太上皇，貶執誼、叔文等。公作永貞行云：君不見太皇諒陰未出命，小人乘時偷國柄。北軍百萬虎與貔，天子自將非他師。一朝奪印付私黨，凜凜朝士何能爲！狐鳴梟噪爭署置，睒閃跳踉相娬媚。夜作詔書朝拜官，超資越序曾無難。公然白日受賄賂，火齊磊落堆金盤。元臣故老不敢語，晝卧涕泣何汍瀾！董賢三公誰復惜，侯景九錫行可歎。國家功高德且厚，天位未許庸夫干。嗣皇卓犖信英主，文如太宗武高祖。膺圖受禪登明堂，共流幽州鯀死羽。四門肅穆賢俊登，數君匪親豈其朋〔二三〕。郎官清要爲世稱，荒郡迫野嗟可矜。湖波連天日相騰，蠻俗生梗瘴癘蒸。江氛嶺祲昏若凝，一蛇兩頭見未曾。怪鳥爭鳴令人憎，蠱蟲群飛夜撲燈。雄虺毒螫墮股肱，食中置藥肝心崩。左右使令詐難憑，慎勿浪信當兢兢。吾嘗同僚情可勝，具書目見非妄徵〔二四〕，嗟爾既往宜爲懲。是歲又作五箴。年三十八。

憲宗元和元年丙戌，權知國子博士，作釋言。

二年丁亥，是歲作元和聖德詩。

三年，分司東都。始，宰相鄭公索公文，公獻之，有譖公者，遂作釋言。至是不自安，乃求分司。

四年，是歲真爲國子博士，改分司都官員外郎。

五年，爲河南令，是歲效玉川子月蝕詩〔二五〕。

六年，入拜職方員外郎，時有送窮文寄盧仝詩。坐論華陰令柳澗事，復爲博士。作進學解，執政奇其才，改比部郎中、史館修撰。轉考功郎中，修撰如故。數月，以考功知制誥，論討蔡事與裴度議合。月滿，遷中書舍人，賜緋魚袋。後卒以謗語改太子右庶子。自六年至十一年也。

十二年丁酉，裴度宣慰淮西〔二六〕，奏公行軍司馬，有從軍洎途中諸篇。其間次潼關寄張十二使君詩云：荆山已去華山來，日照潼關四扇開。刺史莫辭迎候遠，相公新破蔡州迴。又次潼關上都統相公云：暫辭堂印執兵權，盡管諸軍破賊年。冠蓋相望催入相，待將功德格皇天。又桃林夜賀晉公云：西來騎火照山紅，夜宿桃林臘月中。手把命珪兼相印〔二七〕，一時重疊賞元功。數篇皆有奥旨。元濟平，遷刑部侍郎。

十四年正月，表乞燒棄佛骨〔二八〕。疏入，貶潮州刺史。有次藍關示姪孫湘詩云〔二九〕：一封朝奏九重天，夕貶潮陽路八千。欲爲聖明除弊事〔三〇〕，豈將衰朽計殘年〔三一〕。雲横秦嶺家何在？雪擁藍關馬不前。知汝遠來應有意〔三二〕，好收吾骨瘴江邊。是歲十月，量移袁州刺史。酬張韶州詩云：明時遠逐事何如，遇赦移官罪未除。北望詎令隨塞鴈，南遷纔免葬江魚。將經貴郡煩留客〔三三〕，先惠高文謝起予。暫欲繫船韶石下，上賓虞舜整冠裾。又韶州留別張使君云〔三四〕：來往再逢梅柳新，別離一醉綺羅春。久欽江總文才妙，自歎虞翻骨相屯。鳴笛急吹催落日，清歌緩送感行人。已知奏課當徵拜，那復淹留詠白蘋。

十五年庚子，至袁州。是歲正月，憲宗崩，穆宗立，召爲國子祭酒。長慶元年辛丑，遷兵部侍郎〔三五〕。七月，成德軍大將王廷湊殺田弘正。

二年，公奉命宣撫鎮州。時裴度爲幽鎮招撫使，公有行次承天營酬裴公詩云：竄逐三年海上歸〔三六〕，逢公復此着征衣。旋吟佳句還鞭馬，恨不身先去鳥飛。是歲四月，廷湊解深州之圍，牛元翼奔歸京師。六月，裴度罷三月相，六月罷。李逢吉爲相。始，公有和裴公感恩言志詩云：文武功成後，居爲百辟師。林園窮勝事，鍾鼓樂清時。擺落遺高論，雕鐫出小詩〔三七〕。自然無不可，范蠡爾其誰？又和裴公回朝見寄云：盡瘁年將久〔三八〕，公今始暫閑。事隨憂共減，詩與酒俱還。放意機衡外，收身矢石間。秋臺風日迥，正好看前山。時牛、李黨熾，裴介其間，累遭謗讟，故公詩有高蹈之語。是歲，拜京兆尹。

三年，罷京兆尹，爲兵部侍郎，尋拜吏部侍郎。

四年甲辰，有南溪始泛詩。是歲公以病罷吏侍，故有餘年諒無幾，休日儈已晚；自是病使然，非由取高謇。又有足弱不能步，自宜收朝蹟之句。十二月二日，卒于靖安里，年五十七。

【校箋】

〔一〕此引《司空表聖文集》卷二《題柳柳州集後》之文。

〔二〕「考」原作「效」，《司空表聖文集》同。據《柳河東集》附載此文改。

〔三〕「扶電」原作「挾電」，據《司空表聖文集》改。

〔四〕「垠」原作「根」，據《柳河東集》附載此文改，《司空表聖文集》作「間」。

〔五〕「全工」，《司空表聖文集》同，謂韓之詩與文俱工也。毛本改爲「全云」，非。

〔六〕「澾」原作「漣」，據《昌黎先生集》卷二《答張徹》詩改。

〔七〕李肇《國史補》：「韓愈好奇，與客登華山絶峰，度不可返，乃作遺書，發狂痛哭，華陰令百計取之，乃下。」

〔八〕魏泰《東軒筆録》卷一五：「唐小説載韓退之嘗登華山，攀援極峻，而不能下，發狂大哭，投書與家人别，華陰令百計取，始得下。沈顔作《聱書》辨之，以爲無此事，豈有賢者而輕命如此。予見退之《答張徹》詩，叙及游華山事句，有『磴蘚澾拳跼，梯飆颭伶俜。悔狂已咋指，垂誡仍鐫銘。』則知小説爲信而沈顔爲妄辨也。」沈顔之説云：「文公憤趣榮貪位者，若陟懸崖，險不能止，俾至身危踣蹶，然後不知税駕之所，焉可及矣。」（《苕溪漁隱叢話後集》引《歷代確論》載沈顔《聱書·登華旨》）計氏殆即本此。「沈顔作聱書」句，原作「沈顔遺肇書」，各本並同。按沈顔乃五代時吴人《新五代史》卷六一有《傳》，李肇爲元和時人，見《摭言》，時代不相及，安得以書相遺乎？今據《東軒筆録》改。

〔九〕「正月」二字原脱，據《皇甫持正文集》補。

〔一〇〕「銘」字原脱，據《皇甫持正文集》補。

〔一一〕「屯」原作「遁」，據《皇甫持正文集》改。

〔一二〕「廷」原作「庭」，據《皇甫持正文集》改。

〔一三〕「惶」原作「恇」，據《皇甫持正文集》改。

〔一四〕「還」原作「選」，據《皇甫持正文集》改。

〔一五〕「完」原作「貌」，據《皇甫持正文集》改。

〔一六〕「亘」原作「且」，據《皇甫持正文集》改。

〔一七〕此昌黎《贈同游》詩。惠洪《冷齋夜話》：「山谷言退之詩：『喚起窗全曙，催歸日未西。無心花裏鳥，更與盡情啼。』吾兒時每吟此詩，而了不解其意。自出峽來，吾年五十八矣。時春曉偶憶此詩，方悟之。喚起、催歸，二禽名也。古人于小詩用意精深如此，况其大者乎？蓋其學問淵博，有『五石』、『六鷁』之旨。催歸，子規也。喚起，聲如人絡絲，圓轉清亮，偏于春曉鳴，江南謂之春喚。」

〔一八〕按以下皆採自吕大防《韓吏部文公集年譜》，其中史事詩文，據《唐書》、《韓集》及洪興祖《韓子年譜》略有補正。

〔一九〕「誇」原作「誘」，據《昌黎先生集》改。

〔二〇〕「哀」原作「衰」，據《昌黎先生集》改。

〔二一〕按本年《吕譜》但云「拜監察御史，坐言事貶連州陽山令」，計氏蓋本《新唐書》卷一七六《韓愈傳》所載「遷監察御史，上疏極論宫市，德宗怒，貶陽山令」之語而云然。方崧卿云：「公陽山之貶，《寄三學士詩》叙述甚詳，而皇甫持正作公《神道碑》亦云『因疏關中旱饑，專政者惡之』，則是非爲論宫市明矣。今公《集》有《御史臺論天旱人饑狀》，與詩正合。況皇甫持正從公游者，不應公嘗疏宫市而不及之也。」方説是也。

〔二二〕「執」原作「叔」，據兩《唐書》改。下同。

〔二三〕「君」原作「召」，據《昌黎先生集》改。

〔二四〕「目」原作「自」，據《昌黎先生集》改。

〔二五〕「川」原作「州」，據《昌黎先生集》改。

〔二六〕「宣」原作「軍」，據《新唐書·韓愈傳》改。

〔二七〕「手」原作「來」，據《昌黎先生集》改。

〔二八〕「棄」字原脱，據《昌黎先生集》卷三九《論佛骨表》補。

〔二九〕詩題《昌黎先生集》作《左遷至藍關示姪孫湘》，《又玄集》作《貶官潮州出關作》。

〔三〇〕「欲爲」，《昌黎先生集》同，《又玄集》作「本爲」。

〔三一〕「計」，《昌黎先生集》同，《又玄集》作「惜」。

〔三二〕「應」，《昌黎先生集》同，《又玄集》作「深」。

〔三三〕「煩」原作「須」，據《昌黎先生集》改。

〔三四〕詩題原脱「韶州」二字，據《昌黎先生集》及《文苑英華》卷二八八補。

〔三五〕「遷兵部侍郎」，《呂譜》原繫于長慶二年，此從洪興祖《韓子年譜》。「遷」字原闕，據《洪譜》補。

〔三六〕「逐」原作「遂」，據《昌黎先生集》改。

〔三七〕「小詩」原作「小綺」，據《昌黎先生集》改。

〔三八〕「盡」原作「蠱」，據《昌黎先生集》改。

張　籍

短歌行云：青天蕩蕩高且虛，上有白日無根株。流光暫出還入地，使我年少不須臾。與君相逢勿寂寞，衰老不復如今樂。玉卮盛酒置君前〔一〕，再拜願君千萬年〔二〕。

節婦吟寄東平李司空云：君知妾有夫，贈妾雙明珠。感君纏綿意，繫在紅羅襦。妾家高樓連苑起〔三〕，良人執戟明光裏〔四〕。知君用心如日月，事夫誓擬同生死。還君明珠雙淚垂，何不相逢未嫁時。

白紵歌云：皎皎白紵白且鮮，將作春衣稱少年。裁縫長短不能定，自持刀尺向姑前。復恐蘭膏污纖指，常遣傍人收墮珥。衣裳着時寒食下，還把玉鞭鞭白馬。

將軍行云：彈箏峽東有胡塵，天子擇日拜將軍。蓬萊殿前賜六纛，還領禁兵爲部曲。當朝受詔不辭家，夜向咸陽原上宿。戰車彭彭旌旗動〔五〕，三十六軍齊上隴〔六〕。隴頭戰勝夜亦行，分兵處處收舊城。胡兒殺盡陰磧暮，擾擾唯有牛羊聲。邊人親戚曾戰歿，今逐官軍收舊骨。磧西行見萬里空，幕府獨奏將軍功〔七〕。

白頭吟云：請君膝上琴，彈我白頭吟。憶昔君前嬌笑語，兩情宛轉如縈素。宮中爲我起高樓，更開花池種芳樹。春天百草秋始衰，棄我不待白頭時。羅襦玉珥色未暗，今朝已道不相宜。揚州青銅作明鏡，暗中持照不見影。人心回互自無窮〔八〕，眼前好惡那能定。君恩已去若再返，菖蒲花開月長滿〔九〕。

籍樂府詞清麗深婉，五言律詩亦平澹可喜，七言詩則質多文少，人才各自有宜，不可强文飾也。文昌有謝裴司空馬詩云：乍離華厩移蹄澁，初到貧家舉眼驚。此馬乃是一遲鈍不能行而多驚者，詩人之微而顯，亦少其比〔一〇〕。

寒食内宴云：朝光瑞氣滿宫樓，彩纛魚龍四面稠。廊下御廚分冷食，殿前香騎逐飛毬。千官盡醉猶教坐〔一一〕，百戲皆呈未放休〔一二〕。共喜拜恩侵夜出，金吾不敢問行由。

籍宿江上館詩云〔一三〕：楚驛南渡口，夜深來客稀。月明見潮上，江靜覺鷗飛。旅宿今已遠〔一四〕，此行殊未歸〔一五〕。離家久無信，又聽搗寒衣。或云劉長卿餘干旅舍云：摇落暮天迥，丹楓霜葉稀。孤城向水閉，獨鳥背人飛。渡口月初上，隣家漁未歸。鄉心正欲絶，何處搗征衣。概相類也〔一六〕。

籍，字文昌，和州人。歷水部外郎，終主客郎中〔一七〕。

籍答鄱陽客云〔一八〕：江皋歲暮相逢地，黄葉霜前半夏枝。子夜吟詩向松桂，心中萬事喜君知。乃知藥名詩自元和間已爲之矣〔一九〕。

蕃漢斷消息，死生長别離〔二〇〕。句。長于送人處，憶得别家時〔二一〕。句。流光暫出還入地，使我年少不須臾〔二二〕。句。採樵莫採松與柏，松柏生枝直且堅〔二三〕，與爾作屋成家宅。句。右張爲取爲主客圖。

退之送東野序云：唐有天下，陳子昂、蘇源明〔二四〕、元結、李白、杜甫、李觀，皆以其所能鳴，其存而在下者，孟郊東野，始以其詩鳴。其高出晉魏，不懈而及于古，其他浸淫乎漢氏矣。從吾游者，李翺、張籍其尤也。三子者之鳴信善矣〔二五〕，抑不知天將和其聲，使鳴國家之盛耶？抑將窮餓其身，思愁其心腸，而使自鳴其不幸耶？三子者之命，則存乎天矣。其在上也，奚以喜；其在下也，奚以悲。

籍詩善叙事，如拜豐陵云：歲朝園寢遣公卿，學省班中亦攝行。身逐陵官齊再拜，手持木鐸叩三聲。寒更報點來山殿〔二六〕，曉炬分行照柏城。却下龍門看漸遠，金峰高處日初晴〔二七〕。

送令狐尚書赴東都留守云〔二八〕：朝廷重寄在關東，共説從前選上公。勳業新成大梁鎮，恩榮更守洛陽宫〔二九〕。行香暫出天橋上〔三〇〕，巡禮常過禁殿中〔三一〕。每領群官拜章慶〔三二〕，半開門仗日曈曈〔三三〕。

田司空入朝云：西來將相望兼雄〔三四〕，不與諸軍覲禮同。早變山東知順命，新收濟上立殊功。朝官叙謁趨門外，恩使宣迎滿路中。閶闔曉開銅漏盡〔三五〕，身當受册大明宫。

送汀州元使君云〔三六〕：曾成趙北歸朝計〔三七〕，因拜王門最好官。爲郡暫辭雙鳳闕，全家遠過九龍灘。山鄉只有輪蕉户，水鎮應多養鴨欄。地僻尋常來客少，刺桐花發共誰看？

送李僕射愬赴鎮鳳翔云：由來勳業屬英雄，兄弟連榮列位同〔三八〕。先入賊城擒首惡〔三九〕，盡封官庫讓元公〔四〇〕。旌幢獨繼家聲外，竹帛新添國史中。天子欲收秦隴地，故教移鎮古扶風〔四一〕。

送裴相公鎮太原云：盛德雄名遠近知，功高先乞守藩維。銜恩暫遣分龍節〔四二〕，署勑還同在鳳池。天子親臨樓上送，朝官齊出道邊辭〔四三〕。明年塞北諸蕃落〔四四〕，應起生祠請立碑〔四五〕。

白樂天讀籍詩集云：張公何爲者？業文三十春。尤攻樂府詞，舉代少其人〔四六〕。姚合讀籍詩，有詩云：妙絕江南曲，淒涼怨女詩。古風無敵手，新語是人知〔四七〕。

【校箋】

〔一〕「玉巵」，《唐粹文》同。《張司業集》作「金巵」。

〔二〕「願君」，《唐文粹》同。《張司業集》作「勸君」。

〔三〕「苑」原作「花」，據《張司業集》、《唐文粹》改。

〔四〕「明光」原作「光明」，據《張司業集》、《唐文粹》改。

〔五〕「旌旗」原作「旌陽」，據《張司業集》、《唐文粹》改。

〔六〕「齊」原作「聲」，據《張司業集》、《唐文粹》改。

〔七〕「幕府」原作「樂府」，《唐文粹》同。據《張司業集》改。

〔八〕「回互」原作「迴玄」，據《張司業集》、《唐文粹》改。

〔九〕「花開」原作「花青」，據《張司業集》、《唐文粹》改。

〔一〇〕劉攽《中山詩話》：「張籍樂府詩，清麗深婉，五言律詩亦平澹可愛，至七言詩，則質多文少。材各有宜，不可强飾。文昌有《謝裴司空馬》詩曰：『乍離華厩移蹄澀，初到貧家舉眼驚。』此馬却是一遲鈍多驚者。詩詞微而顯，亦少其比。」「者」字原脱，據補。

〔一一〕「猶教坐」，《張司業集》、《歲時雜詠》同。《文苑英華》卷二一六作「猶高坐」。

〔一二〕「未放休」，《張司業集》同，《文苑英華及《歲時雜詠》作「亦未休」。

〔一三〕詩題原脱「館」字，《文苑英華》卷二九八作《宿江館》，《詩話總龜》卷六引之作《宿江上館》，據補。《張司業集》作《宿臨江驛》。

〔一四〕「旅宿」原作「旅次」，據《張司業集》、《文苑英華》及《詩話總龜》所引改。

〔一五〕「殊」，《詩話總龜》引同。《張司業集》、《文苑英華》作「猶」。

〔一六〕《詩話總龜》卷六：「唐人賡和詩，有次韻，依其次用韻，同在一韻中耳。有用韻，用彼之韻，亦必次之，韓吏部《和皇甫湜陸渾山火》是也。今人多不曉。劉長卿《餘干旅舍》云云。張籍《宿江上館》云云。兩詩偶似次韻，皆奇作也。」此條未注出處，按《苕溪漁隱叢話》後集卷一七云：「閲《古今詩話》，得四詩，皆材格相肖，語意清新，今併録之，以備披閲。」其中二詩即此。知出《古今詩話》也。

〔一七〕《新唐書》卷一七六《韓愈傳》附《張籍傳》：「張籍者，字文昌，和州烏江人，第進士，爲太常寺太祝，久次，遷秘書郎。愈薦爲國子博士。歷水部員外郎、主客郎中。」

〔一八〕詩題《張司業集》作《答鄱陽客藥名詩》。

〔一九〕蔡絛《西清詩話》：「藥名詩世以爲起自陳亞，非也。東漢已有離合體，至唐始著藥名之號。如張籍《答鄱陽客》詩云：『江皋歲暮相逢地，黄葉霜前半夏枝。子夜吟詩向松桂，心中萬事喜君知』是也。」

〔二〇〕此《没蕃故人》詩句。見《張司業集》。

〔二一〕此《薊北故人》詩句。見《張司業集》。

〔二二〕此《短歌行》句。「暫」原作「漸」，據《張司業集》改。

〔二三〕此《樵客吟》句，原有闕文，只存「生且堅」三字，據《張司業集》補。

〔二四〕「蘇源明」原作「蘇元明」據《昌黎先生集》改。

〔二五〕「信善矣」句，「信善」下原衍「嗚」字，據《昌黎先生集》删。

〔二六〕「山殿」原作「三殿」，據《張司業集》改。

〔二七〕「金」字原脱，據《張司業集》補。「初晴」，《集》作「微晴」。豐陵，順宗陵也。

〔二八〕詩題「赴」字原脱，據《張司業集》補。

〔二九〕「更守」原作「便賞」，據《張司業集》改。

〔三〇〕「香」字原脱，據《張司業集》補。

〔三一〕「禁殿」原作「紫殿」，據《張司業集》改。

〔三二〕「章慶」原作「章表」，據《張司業集》改。

〔三三〕「半」字原脱，據《張司業集》補。

〔三四〕「望」，《張司業集》作「位」。

〔三五〕此句《張司業集》作「閶闔曉來銅漏靜」。

〔三六〕詩題「元使君」原作「源使君」，據《張司業集》改。《輿地紀勝》卷一三二汀州下引《唐詩紀事》亦作「元使君」。

〔三七〕「歸朝」原作「歸官」，據《張司業集》改。

〔三八〕「連榮」原作「連雲」，據《張司業集》改。

〔三九〕「首惡」原作「惡首」，據《張司業集》改。

〔四〇〕「官庫」原作「筦管」，據《張司業集》改。

〔四一〕「故教」原作「故交」，據「張司業集」改。「古」，《集》作「在」。

〔四二〕「暫遣」，《張司業集》同，《文苑英華》卷二七七作「乍遣」。

〔四三〕「道邊」，《張司業集》同，《文苑英華》作「道旁」。

〔四四〕「諸蕃落」，《張司業集》作「清蕃落」，《文苑英華》作「諸蕃守」。

〔四五〕「起」原作「赴」，據《文苑英華》改。《張司業集》作「建」。

〔四六〕詩題《白氏長慶集》卷一作《讀張籍古樂府》，此引其首四句。

〔四七〕詩題《姚少監詩集》作《贈張籍太祝》，此引其首四句。

史　延

清明賜新火云〔一〕：上苑連侯第，清明及暮春。九天初改火，萬井屬良辰。頒賜恩踰洽，承時慶亦均〔二〕。翠煙和柳嫩，紅焰出花新。寵命尊三老，祥光燭萬人。太平當此日，空復賀陶鈞〔三〕。

大曆九年，留守蔣涣試進士于東都，延登第〔四〕。

【校箋】

〔一〕詩題《文苑英華》卷一八〇作《清明日賜百寮新火》。同卷所載，賦此詩者，尚有韓濬、王濯，已見前卷三一。

〔二〕「亦」，《文苑英華》作「自」。

〔三〕「復」原作「腹」，據《文苑英華》改。「陶鈞」，《英華》作「陶甄」。

〔四〕《舊唐書》卷一一《代宗本紀》：「（大曆）八年九月甲午，東都留守蔣涣兼知東都貢舉。」《唐語林》載神龍以來，累爲主司者：「蔣涣再：大曆九年、十年。」

丁　澤

龜負圖詩云〔一〕：天意將垂象，神龜出負圖。五方行有配，八卦義寧孤。作瑞旌君德，披文叶帝謨。乘流喜得路，逢聖幸存軀。蓮葉池通泛，桃花水自浮。還尋九江去，安肯曳泥途。

澤，大曆十年試龜負圖詩，爲東都第一〔二〕。

【校箋】

〔一〕《文苑英華》卷一八五卷目有《龜負圖》二首，内文存目缺詩，未題作者。

〔二〕《文苑英華》卷二十九載丁春澤《日觀賦》第一，有注云：「大曆十年東都試，《登科録》作丁澤。」又《唐才子傳》卷四：「王建，字仲初，大曆十年丁澤榜第二人及第。」徐松《登科記考》卷一一因據以定丁澤爲大曆十年省試第一，並録《紀事》所云「大曆十年試《龜負圖》詩，爲東都第一」及詩以證之。

樊宗師

蜀綿州越王樓詩序云：綿之城，帝猲擻〔一〕。掀明威，瀰石硝，馳涪瀨。左陵凌紅稉，簪天地。送行癸壬，且掬跎踼于西北，蟠紅頫青。越王貞故爲樓，重軒疊飛，門窗蒙傘。蹇蹇予始登〔二〕，謂日月昏曉，可窺其背，雷電合，風雲遘〔三〕，霜辛露酸，星辰介行，鬼神變化。草木顯〔四〕，繡髻銜，蓑芰皆可察極。既縈視其江帶，又極視其土崗，斷暴遠近，山嶮嶮若閔之東皇。天原開，見荆山。我其黄河，瞷然爲曲直。淚雨落，不可掩。因口其心曰：無害若其目杲星星〔五〕，過歸尚悲，不能解，重爲詩以釋，益不可。顧謂郡中諸君，能無有意綴以華艷，其念蓄云。詩云：危樓倚天門，如隚星辰宫。榱題薄龍怪，洄洄繞雷風。徂秋試登臨，大靄屯喬空。不見西北路，老懷益雕窮〔六〕。石瀨薄濺濺，土山杳穹穹。昔人愴爲逝〔七〕，所適酡顔紅。今我兹之來，猶校成歲功。輟田植科畝，游圃歌芳叢。地財無叢厚，人室安取豐。既乏富庶能，千萬慙文翁。

宗師，字紹述，襄陽節度使澤之子〔八〕。韓退之誌其墓曰：爲文必出于己〔九〕，不襲蹈前人一言一句，又何其難也〔一〇〕。必出入仁義〔一一〕，其富若生蓄，萬物必具，海涵地負，放恣横縱〔一二〕，無所統紀，然而不煩于繩削而自合也。嗚呼！紹述于斯術，其可謂至于斯極者矣！

【校箋】

〔一〕「擻」原作「獙」，據《蜀中詩話記》引《唐詩紀事》改。《全唐詩》同。

〔二〕「予」原作「子」，據《蜀中詩話記》引改，《全唐詩》同。

〔三〕「邁」原作「遇」，據《蜀中詩話記》引改，避宋諱也。

〔四〕「顯」原作「頭」，據《蜀中詩話記》引改，《全唐詩》同。

〔五〕「杲」原作「果」，據《蜀中詩話記》引改。

〔六〕「老」原作「考」，據《蜀中詩話記》引改。

〔七〕「愴」原作「創」，據《蜀中詩話記》引改。

〔八〕《新唐書》卷一五九《樊澤傳》：「貞元三年，爲荆南節度使。會山南東道嗣曹王皋卒，軍亂，剽居人。以澤威惠著襄漢間，復徙山南東道。……子宗師，字紹述。」按，《舊唐書》卷一二二《樊澤傳》作「襄州刺史、山南東道節度使」，稱「襄陽節度使」，略誤。

〔九〕《昌黎先生集》卷三四《南陽樊紹述墓志銘》「爲文」作「然而」。

〔一〇〕「又」字原脱，據《昌黎先生集》補。

〔一一〕「入」原作「于」，據《昌黎先生集》改。

〔一二〕「横縱」原作「縱横」，據《昌黎先生集》改。

李道昌

道昌，唐大曆十三年爲蘇州觀察使，一日，郡城外虎丘山有鬼題詩二首，隱于石壁之上。云：青松多悲風，蕭蕭聲且哀。南山接幽壠，幽壠空崔嵬。白日徒昭昭，不照長夜臺。雖知生者樂，魂魄安能迴。況復念所親，慟哭心肝摧。慟哭更何言，哀哉復哀哉。又曰：神仙不可學，形化空游魂。白日非我朝，青松爲我門。雖復隔幽顯，猶知念子孫〔一〕。何以遣悲惋，萬物歸其根。寄語世上人，莫厭臨芳樽。莊生問枯骨，王樂成虚言。道昌異其事，遂具奏聞，准勑令致祭。道昌爲其文曰：嗚呼！萬古丘陵，化無再出。君是何人〔二〕，能閑詩筆。何代而亡，誰人子姪？曾作何官，是誰仙室？寂寞夜臺，悲乎白日。不向紙上，石中隱出。桃源三月，深草垂楊〔三〕，黄鶯百囀，猿聲斷腸。不題姓字，寧辨賢良。嗚呼哀哉！嘆昔先賢。空傳經史，終無再還。青松嶺上，嵯峨碧山。大唐正業〔四〕，已記詩言。痛復痛兮何處賓，悲復悲兮萬古墳。能作詩兮動天地，聲悲怨兮淚霑巾。感我皇兮列清酌，願當生兮事明君。是時祭後經數日，再有詩一絶于石云：幽冥雖異路，平昔忝攻文。欲知潛昧處，山北兩孤墳。後于寺山之北〔五〕，果有二墳，極高大，荊榛叢茂，詢諸耆艾，竟不知何姓氏。至今猶存。皮日休和云：念爾風雅魂，幽咽猶能文。空令傷魂鳥，啼破山邊墳。陸龜蒙和云：靈氣獨不死，尚能成綺文。如何孤窆裏，猶自讀三墳〔六〕。

【校箋】

〔一〕「知」原作「如」，據《郡閣雅言》改。

〔二〕「是」原作「若」，據《郡閣雅言》改，《全唐文》同。

〔三〕「深草」，《郡閣雅言》作「緑草」，《全唐文》同，《全唐詩話》亦作「深草」。

〔四〕「正業」，《郡閣雅言》作「政業」，毛本作「王業」。

〔五〕「北」原作「地」，據《郡閣雅言》改。

〔六〕按此條採自宋潘若同《郡閣雅言》，《全唐文》卷四五八載李道昌《祭幽獨君文》，即出此，但缺「大唐正業」以下八句。其稱「幽獨君」，又出皮日休《追和虎丘寺清遠道士詩序》：「又幽獨君詩二首，亦甚奇愴，予嗜古者，觀而樂之，因繼而爲和答。幽獨君一篇，不知孰氏之作，其詞古而悲，亦存于篇末。」蓋杜撰之名也。皮、陸和詩，即題《追和幽獨君詩次韻》，並載二人集中。陸詩「靈氣獨不死」句，「獨」原作「猶」，據《甫里先生文集》改。

唐詩紀事校箋卷第三十五

陸　暢　崔元翰　張建封　皇甫湜　李　翺
麴信陵　孟　郊　盧　仝　劉　叉　楊巨源
陳　羽　王履貞　彭　伉　辛弘智　歐陽詹
焦　郁　袁　高

陸　暢

暢，字達夫，吴郡人。韋皋雅所厚禮。天寶時，李白爲蜀道難以斥嚴武，暢更爲蜀道易以美皋〔一〕。鄭注亂，以前少尹與注計事，斬注首〔二〕。

嘗吟對雪，落句云：天人寧底巧，翦水作花飛。又山齋玩月云：野性平生唯好月，新晴半夜覩嬋娟。起來自擘書窻破，恰漏清光落枕前。又經崔諫議林亭云：蟬噪入雲樹，風開無主花。初爲江西王仲舒從事，拂衣去。後遇雲陽公主下降，百僚舉暢爲儐相，詩皆頃刻而成。詠簾曰：勞將素手捲蝦鬚，瓊室流光更綴珠。玉漏報來過夜半，可憐潘岳立踟躕。詠行障曰：碧玉爲竿丁字成，鴛鴦繡帶短長馨。强遮天上花顔色，不隔雲中笑語聲。詔作催粧五言曰：雲安公主貴，出嫁五侯家。天母親調粉，日兄憐賜花。催鋪柏子帳，待障七香車。借問粧成未，東方欲曉霞。内人以其吴音捷才，以詩嘲之云：十二層樓倚翠空，鳳鸞相對立梧桐。雙成走報監門衛，莫使吴歈入漢宫。或曰宋若蘭姊妹作。陸酬曰：粉面仙郎選聖朝，偶逢秦女學吹簫。須教翡翠聞王母，不奈烏鳶噪鵲橋。六宫大咍，别賜宫錦、楞伽瓶唾盂各一〔三〕。

暢謁韋皋，作蜀道易詩云：蜀道易，易于履平地。皋大喜。皋薨，朝廷欲繩其既往之事，復閲先進兵器，上皆刻定秦二字，不相與者因造成罪名。暢上疏理之曰：臣在蜀日，見所造進兵器，定秦者，匠名也。由此得釋〔四〕。

段成式云：暢，江東人。語多差誤，人以爲劇語。初娶董溪女，每旦婢進澡豆，暢輒沃水服之。或曰：君爲貴門女婿，幾多樂事？陸曰：貴門苦禮法，俾予食辣麨，殆不可過〔五〕。

張籍贈暢云：共踏長安街裏塵，吴州獨作未歸身。胥門舊宅今誰住〔六〕？君過西塘與問人。

趙麟儀質瑣陋，成名後，以薛能爲儐相。能詩曰：第一莫教嬌太過，緣人衣帶上人頭。又火爐床上平身立，便與夫人作鏡臺〔七〕。或曰：暢羨而能罵。

【校箋】

〔一〕《新唐書》卷一五八《韋臯傳》：「暢字達夫，臯雅所厚禮。始天寶時，李白爲《蜀道難》篇以斥嚴武，暢更爲《蜀道易》以美臯焉。」

〔二〕《新唐書》卷一七九《鄭注傳》：「注率五百騎至扶風，……前少尹陸暢用其將李叔和策，訪注計事，斬其首，兵皆潰去。」

〔三〕《雲溪友議》卷中《吴門秀》條：「陸郎中暢早耀才名，輦轂不改于鄉音。……貢舉之年，和群公《對雪》，落句云：『天人寧底巧，剪水作冰花。』又《山齋玩月》詩曰：『野性平生唯好月，新晴半夜覩嬋娟。起來自擘書窗破，恰漏清光落枕前。』又《經崔諫議玄亮林亭》曰：『蟬噪入雲樹，風開無主花。』在越每經游蘭亭，高步禹跡、石帆之絶境，如不繫之舟焉。初爲西江王大夫仲舒從事，終日長吟，不親公牘，府公微言，拂衣而去。……及登蘭省，遇雲陽公主下降劉都尉，百僚舉爲儐相，詩題之者，頃刻而成，其詩亦麗也。《詠簾》詩曰：『勞將素手卷蝦鬚，瓊室流光更綴珠。玉漏報來過夜半，可憐潘岳立踟躕。』《詠行障》詩曰：『碧玉爲竿丁字成，鴛鴦繡帶短長馨。强遮天上花顔色，不隔雲間笑語聲。』詔作催粧五言詩一首，曰：『雲安公主貴，出嫁五侯家。天母看調粉，日兄憐賜花。催鋪柏子帳，待障七香車。借問粧成未，東方欲曉霞。』内人以陸君吴音，才思敏捷，凡所調戲，應對如流，復以詩嘲之，陸亦酬和，六宫大咍。几十餘篇，嬪娥皆諷誦之。例物之外，别賜宫錦五十段、楞伽瓶及唾盂各一枚，以賞吻翰之端也。内人詩云：『十二層樓倚翠空，鳳鸞相對立梧桐。雙成走報監門衛，莫使吴歈入漢宫。』此篇或爲内學宋若蘭、若昭姊妹作也。宋考功之孫也。陸君酬曰：『粉面仙郎選聖朝，偶逢秦女學吹簫。須教翡翠聞王母，不奈烏鳶噪鵲橋。』」此采之。《山齋玩月》「野性」原作「野情」，「自擘」原作「白擘」，「恰漏」原作「教漏」；《詠簾》「夜半」，原作「半夜」，「踟躕」原作「蜘蟵」；《詠行障》「馨」原作「聲」；内人嘲詩「入漢宫」原作「人漢宫」；陸酬詩「聖朝」原作「世朝」，「秦女」原作「神女」，據改。

〔四〕李綽《尚書故實》：「陸暢字達夫，嘗爲韋南康作《蜀道易》，首句曰：『蜀道易，易于履平地。』南康大喜，贈羅八百疋，南康薨，朝廷欲繩其既往之事，復閲先所進兵器，刻『定秦』二字，不相與者，因欲搆成罪名。暢上疏理之，云：『臣在蜀日，見所造進兵器，定秦者，匠名也。』由是得釋。《蜀道難》，李白罪嚴武作。陸暢感韋之遇，遂反其詞焉。」「見所造進兵器」原作「見造所進兵器」，據改。

〔五〕見《酉陽雜俎》續集卷四。「俾予」，張本作「婢子」，羅本從之，誤。

〔六〕《張司業集》載《送陸暢》詩，「胥門」作「昔年」。

〔七〕《太平廣記》卷二五七引《抒情詩》：「唐趙麟儀質瑣陋，成名後，爲婿，薛能爲儐相，乃爲詩嘲誚，其略云：『巡關每傍摴蒲局，望月還登乞巧樓。第一莫教嬌太過，緣人衣帶上人頭。』又曰：『不知原在鞍轎裏，將爲空馱席帽歸。』又曰：『火爐牀上平身立，便與夫人作鏡臺。』」「嬌太過」原作「蛛大過」，據改。

崔元翰

名鵬，以字行〔一〕。舉進士年五十矣。禮侍于邵以其文擢異等，曰：後當司詔令〔二〕。竇參秉政，引知制誥，其訓詞温厚，有典誥風。以剛褊罷爲比部郎中，卒〔三〕。晚年方取應，咸爲首捷：京兆解頭、禮部狀頭、宏詞勑頭、制科三等勑頭〔四〕。權德輿謂其文如黄鐘玉磬，琮璧琬琰，奏于懸間，列在西序。其章章者，雖漢廷諸公，無以加也。然清剛而不能容物，介特寡徒，晚達中廢，斯亦命之所賦也〔五〕。

清明卧病不得游開化寺詩云〔六〕：山色入層城，鐘聲臨複岫。乘間息邊事，探異憐春候。曲閣下重堦，迴廊遥對霤。石間花遍落，草上雲時覆。鑽火見樵人，飲泉逢野獸。道情親法侣，時望登朝右。執憲糺姦邪，刊書正訛謬。茂才當時選，公子生人秀。贈答繼篇章，歡娛重門舊〔七〕。垂簾獨衰疾，擊缶酬金奏。

奉和聖製重陽日百寮曲江宴示懷詩云：偶聖覩昌期，受恩慚弱質。幸逢良宴會，況是清秋日。遠岫對壺觴，澄瀾映簪紱〔八〕。負羔備豐膳，集鳳調鳴律〔九〕。薄劣廁英髦〔一〇〕，歡娱忘衰疾。平皋行鴈下，曲渚雙鳧出。沙岸菊開花，霜枝果垂實。天文見成象，帝念資勤恤。探道得玄珠，齋心居特室。豈如横汾唱，其事徒驕逸〔一一〕。

【校箋】

〔一〕《新唐書》卷二〇三《崔元翰傳》：「崔元翰，名鵬，以字行。」

〔二〕《新唐書》卷二〇三《于邵傳》：「俄以諫議大夫知制誥，進禮部侍郎。……崔元翰舉進士，年五十矣，邵以其文擢異等，曰：『後當司詔令。』」

〔三〕《新唐書》卷二〇三《崔元翰傳》：「竇參輔政，引知制誥。其訓辭温厚，有典誥風。然性剛褊，不能取容于時，孤特自恃。掌誥凡再期，不遷，罷爲比部郎中。時已七十餘，卒。」

〔四〕《廣卓異記》：「按《登科記》：崔元翰，建中二年進士狀元及第，貞元四年賢良方正、直言極諫科頭登科。」又，《南部新書》丙：「崔元翰晚年取應，咸爲首捷：京兆解頭，禮部狀頭，宏詞敕頭，制科三等敕頭。」「宏詞敕頭」原脱「頭」字，據補。

〔五〕《唐文粹》及《權載之文集》載權德輿《唐比部郎中博陵崔元翰文集序》：「其文若干篇，……合爲三十卷。如黄鐘玉磬，琮璧琬琰，奏于懸間，列在西序。其章章者，雖漢廷諸公不能加也。無溢言曼辭以爲夸大，無諂笑柔色以資猛晉，勁直而不能屈己，清剛而不能容物，介特寡徒，晚達中廢，斯亦命之所賦也。」「其章章者」句，原脱一「章」字，據補。

〔六〕《歲時雜詠》載此詩，題作《清明節郭侍御偶與李侍御孔校書王秀才游開化寺，卧病不得同游，賦詩十韻兼呈馬十八郎丞公，得岫字》。「開化寺」原作「開元寺」，據改。

〔七〕「門舊」原作「用舊」，據《歲時雜詠》改。

〔八〕「澄瀾」原作「沉瀾」，據《文苑英華》卷一七三改。

〔九〕「集鳳」原作「象鳳」，據《文苑英華》改。

〔一〇〕「英髦」，《文苑英華》作「英豪」。

〔一一〕「驕逸」原作「嬌逸」，據《文苑英華》改。

張建封

字本立，南陽人。少喜文章，尚氣節。貞元四年，拜御史大夫，徐、泗、濠節度使。十三年來朝，帝不待日，召見延英殿，朝會赴大夫班，以示殊寵。建封賦朝天行以獻。還鎮，帝賦詩餞之，又賜所持鞭曰：卿節誼歲寒弗渝，故用此爲況。建封又賦詩自警勵。十六年卒。許孟容、韓愈皆奏置幕府〔一〕。

權載之叙其文曰〔二〕：公贊勳伐，表丘隴，銘器叙事，放言詣理，皆與作者方駕。而歌詩特優，有仲宣之氣質，越石之清拔，如雲濤溟漲〔三〕，浩漾無際，而天琛夜光〔四〕，往往在焉。其入覲也，獻朝天行一篇，因喜氣以攄肝膈，覽其詞者，見公之心焉。其還鎮也，德宗皇帝紆天文以送别，湛恩異倫，耀動中朝〔五〕。至于内庭錫宴，君唱臣和，皆酌六義之英，而爲一時之盛。夫文之病也，或牽拘而不能騁，或犇放而不自還。公則財成心匠，揮斥細故〔六〕。英華感概，卓爾其閎大；析理研幾，泊然其精微。全才逸氣，與勳力相宣〔七〕，盡在是矣〔八〕。

【校箋】

〔一〕《新唐書》卷一五八《張建封傳》：「張建封字本立，鄧州南陽人。……少喜文章、能辯論，慷慨尚氣，自許以功名顯。……貞元四年，拜御史大夫，徐、泗、濠節度使。……十三年來朝，帝不待日召見延英殿，詔會朝赴大夫班，以示殊寵。建封賦《朝天行》以獻。……還鎮，帝賦詩以餞。于時，雖馬燧、渾瑊、劉玄佐、李抱真等勳寵卓越，未有以詩餞者。帝又使左右以所持鞭賜之，曰：『卿節誼歲寒弗渝，故用此爲況。』建封又賦詩以自警勵。十六年，以病求代，詔韋夏卿代之，未至而建封卒。年六十六。册贈司徒。治徐凡十年，躬于所事，一軍大治。……性樂士，賢不肖游其門者禮必均，故其往如歸。許孟容、韓愈皆奏署幕府。」「卿節誼歲寒弗渝」句「弗渝」二字原脱，據史文補。

〔二〕此文見《權載之文集》卷三四，《唐文粹》亦載之，題爲《唐徐泗濠節度使觀察處置等使通議大夫檢校尚書左僕射贈司徒張建封文集序》。

〔三〕「雲濤」原作「雪濤」，據《權載之文集》及《唐文粹》改。

〔四〕「天琛」原作「天球」，據《權載之文集》及《唐文粹》改。

〔五〕「耀」原作「輝」，據《權載之文集》、《唐文粹》改。

〔六〕「揮斥」《唐文粹》同，《權載之文集》作「揮斤」，誤。

〔七〕「相宣」原作「相直」，據《權載之文集》、《唐文粹》改。

〔八〕《唐國史補》上：「張建封自徐州入覲，爲《朝天行》，末句云：『賴有雙旌在手中，鏌鋣昨夜新磨了。』德宗不悦。」可見當日藩鎮跋扈，德宗特加恩寵，乃所以安撫之也。

皇甫湜

湜爲出世行云：生當爲大丈夫，斷羈羅，出泥塗。四散號呶，擾俶無隅。埋之深淵，飄然上浮，騎龍披青雲，汎覽游八區。經泰山，絶大海，一長吁。西摩月鏡，東弄日珠。上括天之門，直指帝所居。群仙來迎塞天衢，鳳凰鸞鳥粲金輿，音聲嘈嘈滿太虛。旨飲食兮照庖廚，食之不飫飲不盡〔一〕，使人不陋復不愚。旦旦狎玉皇，夜夜御天姝。當御者幾人，百千爲翻，宛宛舒舒。忽不自如，支消體化膏露明，湛然無色茵席濡。俄而散漫，斐然虛無〔二〕。翕然復摶，摶久而蘇。精神如太陽，霍然照清都。四支爲琅玗，五藏爲璠璵。顔如芙蓉，頂爲醍醐。與天地相終始，浩漫爲歡娱。下顧人間，溷糞蠅蛆。

湜不善詩，退之和公安、陸渾二篇，可以想見其怪奇〔三〕。退之詩曰：皇甫作詩止睡昏，辭誇出真遂上焚。要余和增怪又煩，雖欲悔舌不可捫〔四〕。言其語怪而好譏駡也。

湜，字持正，睦州新安人。擢第，爲陸渾尉，仕至工部郎中。卞急使酒，數忤同省。求分司東都，留守裴度辟爲判官〔五〕。

樂天哭皇甫七郎中云：志業過玄晏，詞華似禰衡。多才非福禄，薄命是聰明。不得人間壽，還留身後名。涉江文一首，便可敵公卿。持正文甚多，涉江一篇尤奇〔六〕。

【校箋】

〔一〕「飲不盡」原作「飫不盡」，據《皇甫持正文集》改。

〔二〕「斐然」原作「裴然」，據《皇甫持正文集》改。

〔三〕《昌黎先生文集》有《讀皇甫湜公安園池詩書其後》及《和皇甫湜陸渾山火用其韻》二首，皇甫原作俱不傳，前首譏其「窮年枉智思，掎摭糞壤間」，殆非和作也。

〔四〕此《和皇甫湜陸渾山火用其韻》詩末四句，「要余和增怪又煩」句，《昌黎先生集》同，言己所和詩，視皇甫原作，益增其「怪又煩」也，毛本改「增」爲「贈」，非。

〔五〕《新唐書》卷一七六《韓愈傳》附《皇甫湜傳》：「皇甫湜字持正，睦州新安人。擢進士第，爲陸渾尉，仕至工部郎中。辨急使酒，數忤同省，求分司東都，留守裴度，辟爲判官。」「辨急」《紀事》原作「下急」，乃「卞」之訛，「辨」「卞」同，今改作「卞急」。

〔六〕見《白氏長慶集》卷二八，詩末自注：「持正奇文甚多，《涉江》一章尤出。」文字與此小異。《涉江賦》今已不傳,《集》中有《東還賦》,言:「朝吾既去夫帝鄉,越嵩華而並河。經淮水兮淩大江,抵揚州之寄家。」不知是指此賦否。「涉江」下原衍「歌」字,據删。

李翺

翺刺史朗州,贈藥山高僧惟儼詩云:練得身形似鶴形,千株松下兩函經。我來問道無餘説,雲在青霄水在瓶。再贈詩曰:選得幽居愜野情,終年無送亦無迎。有時直上孤峰頂,月下披雲嘯一聲〔一〕。

唐時文人李習之,不能爲詩,韓吏部集有習之兩句云:前之詎灼灼,此去信悠悠。殊無可取。鄭州嘗掘地,得刺史李翺戲贈詩云:縣君愛磚渠,遶水恣行游。鄙性樂山野,掘地便成溝。兩岸植芳草,中間漾清流。所尚既不同,磚鑿各自修。從他後人見,景趣誰爲幽。此自一李翺,非習之也。唐書習之傳,亦不記爲鄭州。王深甫編次習之集,乃收入此詩〔二〕。

翺在潭州,席上有舞柘枝者,顏色憂悴。殷堯藩侍御當筵贈詩曰:姑蘇太守青娥女,流落長沙舞柘枝。滿坐繡衣皆不識,可憐紅臉淚雙垂。翺詰其事,乃故蘇臺韋中丞愛姬所生之女也。夏卿之裔,正卿之姪。曰:妾以昆弟夭折,委身樂部,耻辱先人。言訖涕咽,情不能堪。亞相爲之吁嘆，且曰：吾韋族姻舊。速命更其舞服，飾以袿襦，延與韓夫人相見。夫人，吏部之子。顧其言語清楚，宛有冠蓋風儀，遂于賓榻中選士而嫁之。舒元輿侍郎聞之，自京馳詩曰：湘江舞罷忽成悲，便脱蠻靴出絳幃。誰是蔡邕琴酒客？魏公懷舊嫁文姬〔三〕。

習之爲朗州刺史，入爲禮部郎中，出刺廬州，入爲中書舍人，歷遷桂管湖南觀察、山南東道節度〔四〕。其與僧惟儼詩及其女識盧儲登第事〔五〕，皆習之也。然習之學韓愈者，其與藥山僧詩，是非未可知也。歸妹于楊嗣復，歸女于盧求、鄭亞、杜審權，故攜、畋、讓能皆習之之甥〔六〕，皆爲宰相云。其在鄭州者，非習之也。

【校箋】

〔一〕《傳燈録》：「朗州刺史李翱謁藥山，問：『如何是道？』師以手指上下，問：『會麽？』翱曰：『不會』。師曰：『雲在天，水在瓶。』翱遂贈以詩曰：『練得身形似鶴形，千株松下兩函經。我來問道無餘説，雲在青霄水在瓶。』又一夜，藥山登山徑行，忽雲開見月，大嘯一聲，應澧陽東九十里許，居民盡謂東家，明晨迭相推問，直至藥山。徒衆曰：『昨夜和尚山頂大嘯。』翱再贈詩曰：『選得幽居愜野情，終年無送亦無迎。有時直上孤峰頂，月下披雲嘯一聲。』」

〔二〕劉攽《中山詩話》：「《韓吏部集》有李習之兩句云：『前之詎灼灼，此去信悠悠。』（按，見《遠游聯句》）著無可取。鄭州掘一石，刻刺史李翱詩曰：『縣君愛磚渠，繞水恣行游，鄙性樂山野，掘地便成溝。兩岸植芳草，中間漾清流，所向既不同，磚鑿名自修，從他後人見，景趣誰爲幽？』王深父編次入習之集，此别一李翺爾，而習之不能詩也。」「詎」原作「巨」、「恣」原作「姿」，據改。「所尚」二句，當以此爲是，今本《中山詩話》「向」「名」二字誤。

〔三〕《雲溪友議》卷上《舞娥異》條云：「李八座翺潭州席上有舞《柘枝》者，匪疾而顔色憂悴。殷堯藩侍御當筵而贈詩曰：『姑蘇太守青蛾女，流落長沙舞《柘枝》。滿座繡衣皆不識，可憐紅臉淚雙垂。』明府詰其事，乃故蘇臺韋中丞愛姬所生之女也。夏卿之胤，正卿之姪。曰：『妾以昆弟夭喪，無以從人，委身于樂部，恥辱先人。』言訖涕咽，情不能堪，亞相爲之吁歎，且曰：『吾與韋族其姻舊矣。』速命更其舞服，飾以袿襦，延與韓夫人相見。夫人吏部之子。顧其言語清楚，宛有冠蓋風儀，撫念如其所媵。遂于賓榻中選士而嫁之也。舒元輿侍郎聞之，自京馳詩贈李公曰：『湘江舞罷忽成悲，便脱蠻靴出絳幃。誰是蔡邕琴酒客，魏公懷舊嫁文姬。』」「故蘇臺韋中丞」「故」原誤作「姑」，據改。

〔四〕《新唐書》卷一七七《李翺傳》：「李翺字習之。……元和初，爲國子博士、史館修撰。……再遷考功員外郎。初，諫議大夫李景儉表翺自代，景儉斥，翺下除朗州刺史。久之，召爲禮部郎中。……移病滿百日，有司白免官，（李）逢吉更表爲廬州刺史。……入爲諫議大夫，知制誥，改中書舍人。……後歷遷桂管湖南觀察使、山南東道節度使，卒。翺始從昌黎韓愈爲文章，辭致渾厚，見推當時。故有司亦謚曰文。」

〔五〕翱「女識盧儲登第」事，見本書卷五二「盧儲」條及其後校箋。

〔六〕「歸妹于楊嗣復，歸女于盧求、鄭亞、杜審權」及「攜、畋、讓能皆習之之甥」事，見本書卷五三「盧求」條及其後校箋。

麴信陵

信陵，貞元元年進士，爲舒州望江令，卒〔一〕。有吴門送客詩云：亂山吴苑外，臨水讓王祠。素是傷情處，春非送客時。不須愁落日，且願駐青絲。千里會應到，一樽誰共持？信陵移居洞庭詩云：重林將疊嶂，此處可逃秦。水隔人間世，花開洞裏春。荷鋤分地利，縱酒樂天真。萬事更何有，吾今已外身。白樂天感遇詩云：我聞望江縣，麴令撫惸嫠。在官有仁政，名不聞京師。身殁欲歸葬，百姓遮路岐。攀轅不得去，留葬此江湄。至今道其名，男女涕皆垂。無人立碑碣，唯有邑人知〔二〕。

【校箋】

〔一〕洪邁《容齋五筆》卷七《書麴信陵事》：「憶少年寓無錫時，從錢伸仲大夫借書，正得信陵遺集，財有詩三十三首，祈雨文三首。信陵以貞元元年鮑防下及第爲四人，以六年作望江令。讀其

《投石祝江文》云：『必也私欲之求，行于邑里；慘黷之政，施于黎元，令長之罪也，神得而誅之，豈可移于人以害其歲？』詳味此言，其爲政無愧于神天可見矣。」其遺集今亡，只存此載二詩。

〔二〕此樂天《立碑》詩，乃《秦中吟》十首之六。其前尚有「勳德既下衰，文章亦陵夷。但見山中石，立作路旁碑。銘勳悉太白，叙德皆仲尼。復以多爲貴，千言直萬貲。爲文彼何人，想見下筆時。但欲愚者悦，不思賢者嗤。豈獨賢者嗤，仍傳後代疑。古石蒼苔字，安知是愧詞」等十六句。《才調集》載此詩，題作《古碑》，此題《感遇》，不知何據。「至今道其名」句，「其」原作「有」，據《白氏長慶集》卷二及《才調集》改。

孟郊

李翺薦郊于張建封云：兹有平昌孟郊，貞士也。伏聞執事舊知之。郊爲五言詩，自前漢李都尉、蘇屬國，及建安諸子，南朝二謝，郊能兼其體而有之。李觀薦郊于梁肅補闕書曰：郊之五言詩，其有高處，在古無上；其有平處，下顧兩謝。韓愈送郊詩曰：作詩三百首，杳默咸池音。彼二子皆知言也，豈欺天下之人哉！郊窮餓不得安養其親，周天下無所遇，作詩曰：食薺腸亦苦，强歌聲無歡。出門即有礙，誰謂天地寬。其窮也甚矣。凡賢人奇士，自以所負，不苟合于世，是以雖見之，難得而知也。見而不能知其賢，如勿見而已矣。知其賢而不能用，如勿知其賢而已矣。用而不能盡其才，如勿用而已矣。盡其才而容讒人之所間者，如勿盡其才而已矣。故見賢而能知，知而能用，用而能盡其才而不容讒人之所間者，天下一人而已矣〔一〕。

郊下第詩曰：棄置復棄置，情如刀劍傷。又再下第詩曰：兩度長安陌，空將淚見花。而後及第有詩曰：昔日齷齪不足嗟，今朝曠蕩思無涯。青春得意馬蹄疾，一日看盡長安花。一日之間，花即看盡，何其速也。果不達〔二〕。

韋莊奏請追贈十餘人，其一孟郊，字東野，尚古風詩，與李觀、韓退之爲友。貞元十二年及第，佐徐州張建封幕。卒，私謚曰貞曜先生。賈島詩曰：身歿聲名在，多應萬古傳。寡妻無子息，破宅帶林泉。塚近登山道，詩隨過海船。故人相弔處，斜日下寒天〔三〕。

郊，字東野，湖州人。年五十，擢調溧陽尉。鄭餘慶爲東都留守，表爲水陸運判官；鎮興元，表爲參謀。卒〔四〕。

退之答郊詩云：規模背時利，文字覷天巧。人皆餘酒肉，子獨不得飽。纔春思已亂，始秋悲又攪。朝餐動及午，夜諷常至卯。名聲暫膻腥，腸肚鎮煎炒〔五〕。古心雖自鞭，世路終難拗。弱拒喜張臂，猛挐閑縮爪。見倒誰肯扶，從嗔我須齩。

張爲取郊青山輾爲塵，白日無閑人〔六〕。食薺腸亦苦，强歌聲無歡〔七〕。欲知萬里情，曉卧半床月等句〔八〕，以爲清奇僻苦主。

游子吟云：慈母手中綫，游子身上衣。臨行密密縫，意恐遲遲歸。誰言寸草心〔九〕，報得三春輝。

烈女操云：梧桐相待老，鴛鴦會雙死。貞女貴徇夫，捨生亦如此。波瀾誓不起，妾心井中水。

天寒色青蒼，北風叫枯桑。厚冰無裂文，短日有冷光。敲石不得火，壯陰奪正陽。苦調更何言〔一〇〕，久吟成此章〔一一〕。此郊苦寒吟也。或曰：郊、島善言貧，此詩與島詩云：卧聞西牀琴，凍折兩三絃。鬢邊雖有絲，不堪織寒衣。正相侔矣〔一二〕。

楚怨云：秋入楚江水，獨照汨羅魂。手把芰荷泣〔一三〕，意愁珠淚翻。九門不可入，一犬吠千門。

塘下行云：塘邊日欲斜，年少早還家。徒將白羽扇，調妾木蘭花。不是城頭樹，那棲來去鴉！

臨池曲云：池中春蒲葉如帶〔一四〕，紫菱成角蓮子大。羅裙蟬鬢倚迎風，雙雙伯勞飛向東。

偷詩云〔一五〕：餓犬齰枯骨，自喫饞饑涎。今文與古文，各各稱可憐。亦如嬰兒食，餳桃口旋旋。惟有一點味，豈見逃景延。繩床獨坐翁，默覽有所傳。終當罷文字，别著逍遥篇。從來文字淨，君子不以賢。

贈别崔純亮云〔一六〕：食薺腸亦苦，强歌聲無歡。出門即有礙，誰謂天地寬。有礙非遐方，長安大道傍。小人智慮險，平地生太行。鏡破不改光，蘭死不改香。始知君子心，交久道益彰。君心與我懷，離别俱迴遑。譬如浸蘗泉，流苦日已長。忍泣目易衰，忍憂形易傷〔一七〕。項籍豈不壯，賈生豈不良〔一八〕？當其失意時，涕泗各滿裳〔一九〕。古人勸加餐，此餐難自强〔二〇〕。一飯九祝噎，一嗟十斷腸。況是兒女怨，怨氣淩彼蒼。彼蒼若有知，白日下清霜。今朝始驚呼〔二一〕，碧落空茫茫〔二二〕。

落第云：曉月難爲光，愁人難爲腸。誰言春物榮，獨見花上霜。鷓鴞失勢病，鷦鷯假翼翔。棄置復棄置，情如刀劍傷。

再下第云：一夕九起嗟，夢短不到家。兩度長安陌，空將淚見花。

【校箋】

〔一〕此節引《李文公集》卷八《薦所知于徐州張僕射書》。「彼二子皆知言者」句，「知言者」原作「言知也」，據改。文中「勿見」、「勿知」、「勿用」、「勿盡其才」四「勿」字，《李集》同，《全唐詩話》作「弗」。

〔二〕周紫芝《竹坡詩話》：「余嘗讀孟郊《下第》詩云：『棄置復棄置，情如刀劍傷。』及登第，則自謂『春風得意馬蹄疾，一日看盡長安花。』一第之得失，喜憂至于如此，宜其雖得之而不能享也。」又，葛立方《韻語陽秋》：「孟郊《落第》詩曰：『棄置復棄置，情如刀劍傷。』《再下第》詩曰：『一日九起嗟，夢短不到家。兩度長安陌，空將淚見花。』……至《登第後》詩，則云：『昔日齷齪不足誇，今朝放蕩思無涯。春風得意馬蹄疾，一日看盡長安花。』議者以此驗郊非遠器。」則宋人有此一説，計氏取之。「昔日」原作「昔人」，「思」原作「恩」，據改。《孟東野詩集》及《全唐詩話》與《韻語陽秋》引同。

〔三〕《摭言》卷一〇：「韋莊奏請追贈不及第人近代者：孟郊，字東野，工古風詩，名播天下，與李觀、韓退之爲友。貞元十二年及第，佐徐州張建封幕，卒。使下廷評，韓文公作《東野誌》，謚曰貞曜先生。賈島詩曰：『身没聲名在，多應萬古傳。寡妻無子息，破宅帶林泉。冢近登山道，詩隨過海船。故人相弔處，斜日下寒天。』」其下注云：「莊云不及第，誤也。」「李觀」原作「李光」，「貞曜」原作「貞耀」，據改。賈島詩，題作《哭孟郊》，見《長江集》。

〔四〕《新唐書》卷一七六《韓愈傳》附《孟郊傳》：「孟郊者，字東野，湖州武康人。少隱嵩山，性介，少諧合。愈一見爲忘形交。年五十，得進士第，調溧陽尉。……鄭餘慶爲東都留守，署水陸轉運判官。餘慶鎮興元，奏爲參謀，卒，年六十四。」

〔五〕「鎮」，《昌黎先生集》載《答孟郊》詩同。毛本作「銷」，誤。

〔六〕「青山」二句，見《孟東野詩集》載《大梁送柳淳先入關》。

〔七〕「食薺」二句，見《孟東野詩集》載《贈崔純亮》。

〔八〕「欲知」二句，見《孟東野詩集》載《獨愁》。

〔九〕「誰言」原作「誰將」，據《孟東野詩集》、《文苑英華》卷二〇七、《樂府詩集》改。毛本作「誰知」。

〔一〇〕「苦調」，《孟東野詩集》作「調苦」。

〔一一〕「久吟」，《孟東野詩集》作「凍吟」。

〔一二〕歐陽修《六一詩話》：「東野賈島皆以詩窮至死，而平生尤自喜爲窮苦之句。孟有《移居》詩云：『借車載家具，家具少于車。』乃是都無一物耳。又《謝人惠炭》云：『暖得曲身成直身。』人謂非其身備嘗之不能道此句也。賈云：『鬢邊雖有絲，不堪織寒衣。』就令織得，能得幾何？又其《朝饑》詩曰：『坐聞西牀琴，凍折兩三弦。』人謂其不止忍饑而已，其寒亦何可忍也。」計氏殆取此。

〔一三〕「芰荷」，《孟東野詩集》作「緑荷」。

〔一四〕「春蒲」原作「春荷」，據《孟東野詩集》改。

〔一五〕「云」原作「之作」，據毛本改。

〔一六〕詩題《孟東野詩集》、《唐文粹》作《崔純亮》，《文苑英華》卷二七六作《贈崔純亮别》。

〔一七〕「忍憂」句,《孟東野詩集》、《唐文粹》同,《文苑英華》作「忍悲形自傷」。
〔一八〕「項籍豈不壯」二句,「豈不」,《孟東野詩集》、《唐文粹》作「豈非」,《文苑英華》作「非不」。
〔一九〕「滿裳」,《唐文粹》、《文苑英華》同,《孟東野詩集》作「沾裳」。
〔二〇〕「古人勸加餐」二句,兩「餐」字《孟東野詩集》、《文苑英華》同,《唐文粹》俱作「食」。
〔二一〕「驚呼」,《唐文粹》、《文苑英華》同,《孟東野詩集》作「驚歎」。
〔二二〕「碧落」原作「白日」,據《孟東野詩集》、《唐文粹》、《文苑英華》改。

盧仝

有所思云:當時我醉美人家,美人顏色嬌如花。今日美人棄我去,青樓珠箔天之涯。娟娟常娥月,三五二八盈又缺。翠眉蟬鬢生别離,一望不見心斷絶。心斷絶,幾千里。夢中醉卧巫山雲,覺來淚滴湘江水。兩岸花木深,美人不見愁人心。含愁更奏緑綺琴,調高絃絶無知音。美人兮美人,不知爲暮雨兮爲朝雲?相思一夜梅花發,忽到窗前疑是君。

樓上女兒曲云〔一〕:誰家女兒樓上頭,指揮婢子掛簾鈎。林花撩亂心之愁,卷却羅袖彈箜篌,箜篌歷亂五六絃,羅袖掩面啼向天。相思絃斷情不斷,落花紛紛心欲穿。心欲穿,憑欄杆。相憶柳條緑〔二〕,相思錦帳寒。直緣感君恩愛一迴顧,使我雙淚長珊珊。我有嬌靨待君笑,我有嬌蛾待君掃。鶯花爛熳君不來,及至君來花已老。心腸寸斷誰得知,玉階冪歷生青草。

秋夢行云：客行一夜秋風起，客夢南游渡湘水。湘水泠泠徹底清，二妃怨處無限情。娥皇不語啟嬌靨，女英目成轉心愜。長眉入鬢何連娟，肌膚白玉秀且鮮。徘徊共詠東方日，沉吟再理南風絃。聲斷續，思綿綿，中含幽意兩不宣。慇懃纖手驚破夢〔三〕，中宵寂寞心悽然。心悽然，腸亦絶，寐不寐兮玉枕寒，夜深夜兮霜似雪。鏡中不見雙翠眉，臺前空掛纖纖月，纖纖月。盈復缺，娟娟似眉意難訣。願此眉兮如此月，千里萬里光不滅〔四〕。

仝居東都，退之爲河南令，愛其詩，厚禮之。自號玉川子，嘗爲月蝕詩，譏切元和朋黨〔五〕。

月蝕詩云：新天子即位五年，歲次庚寅，斗柄插子，律調黃鍾。森森萬木夜殭立，寒氣贔屭頑無風。爛銀盤從海底出，出來照我草屋東〔六〕。天色紺滑凝不流，冰光交貫寒曨朧。初疑白蓮花，浮出龍王宮。八月十五夜，比並不可雙〔七〕。此時怪事發，有物吞食來。輪如壯士斧斫壞，桂似雪山風拉摧。百鍊鏡，照見膽，平地埋寒灰。火龍珠，飛出腦，却入蚌蛤胎。摧環破璧眼看盡〔八〕，當天一搭如煤炲〔九〕。磨蹤滅跡須臾間〔一〇〕，便似萬古不可開。不料至神物，有此大狼狽。星如撒沙出〔一一〕，爭頭事光大。奴婢炷暗燈，揜烏感切。淡如玳瑁，今夜吐燄長如虹〔一二〕，孔隙千道射户外〔一三〕。玉川子，涕泗下〔一四〕，中庭獨自行。念此日月者，太陰太陽精。皇天要識物，日月乃化生。走天汲汲勞四體，與天作眼行光明〔一五〕。此眼不自保，天公行道何由行？吾見陰陽家有説，望日蝕月月光滅，朔月掩日日虧缺。兩眼不相攻，此説吾不容。又孔子師老子云：五色令人目盲。吾恐天似人，好色即喪明。幸且非春時〔一六〕，萬物不嬌榮。青山破瓦色，緑水冰崢嶸。花枯無女艷，鳥死沉歌聲。頑冬何所好？偏使一目盲。傳聞古老説〔一七〕，月蝕蝦蟆精。徑圍千里入汝腹，汝此癡骸阿誰生？可從海窟來〔一八〕。便解緣青冥。恐是眶睫間〔一九〕，揜塞所化成。黄帝有二目〔二〇〕，帝舜重瞳明。二帝懸四目，四海生光輝。吾不遇二帝，滉漭不可知。何故瞳子上〔二一〕，坐受蟲豸欺。長嗟白兔擣靈藥，恰似有意防姦非。藥成滿臼不中度，委任白兔夫何爲！憶昔堯爲天，十日燒九州。金鑠水銀流，玉煼炒丹砂焦。六合烘爲窰，堯心增百憂。帝見堯心憂，勃然發怒決洪流。立擬沃殺九日妖，天高日走沃不及，但見萬國赤子䱜䱜生魚頭〔二二〕。此時九御導九日，爭持節幡麾幢旒〔二三〕。駕車六九五十四頭蛟螭虬，掣電九火輈。汝若蝕開齱齬輪，御轡執索相爬鉤〔二四〕，推蕩轟訇入汝喉〔二五〕。紅鱗焰鳥燒口快，翎鬣倒側聲醆鄒。撑腸拄肚，傀礧如山丘〔二六〕，自可飽死更不偷。不獨填飢坑，亦解堯心憂。恨汝時當食〔二七〕，藏頭擫腦不肯食〔二八〕，不當食，張唇哆嘴食不休。食天之眼養逆命，安得天帝請汝劉！嗚呼！人養虎，被虎齧。天媚蟆，被蟆瞎〔二九〕。乃知恩非類，一一自作孽。吾見患眼人，必索良工訣。想天不異人，愛眼固應一。安得嫦娥氏，來習扁鵲術？手操舂喉戈〔三〇〕，去此睛上物。其初猶朦朧〔三一〕，既久如抹漆。但恐功業成，便此不吐出。玉川子又涕泗下，心禱再拜額搨沙土中。地上蟣虱臣仝告訴帝天皇，臣心有鐵一寸，可刳妖蟆癡腸。上天不爲臣立梯磴，臣血肉身無由飛上天揚天光。封辭付與小心風颾〔三二〕，排閶闔入紫宫。密邇玉几前，擘坼奏上臣仝頑愚胸。敢死横干天，代天謀其長。東方蒼龍，角插戟，尾捭風〔三三〕。當心開明堂，統領三百六十鱗蟲，坐理東方宫。月蝕不救援，安用東方龍？南方火鳥赤潑血，項長尾短飛跋蹇，頭戴井冠高達枅〔三四〕。月蝕鳥宫十三度〔三五〕，鳥爲居停主人不覺察。貪向何人家，行赤口毒舌。毒蟲頭上喫却月，不啄殺，虚眨鬼眼明突窩，上音抉。下音血。鳥罪不可雪。西方攫虎立踦踦，音几。斧爲牙，鑿爲齒，偷犧牲，食封豕。大蟆一臠，固當軟美。見似不見〔三六〕，是何道理？爪牙根天不念天，天若准擬錯准擬〔三七〕。北方寒龜被蛇縛，藏頭入殼如入獄，蛇筋束緊束破殼〔三八〕。寒龜夏鼈一種味〔三九〕，且當以其肉充臛。死殼没信處，唯堪支床腳〔四〇〕，不堪鑽灼與天卜。歲星主福德，官爵奉董秦，忍使黔婁生，覆尸無衣巾。天失眼不弔〔四一〕，歲星胡其仁？熒惑矍鑠翁，執法大不中。月明無罪過，不糺蝕月蟲〔四二〕。年年十月朝太微，支盧謫罰何災凶？土星與土性相背，反養福德生禍害。到人頭上死破敗，今夜月蝕安可會？太白真將軍，怒激鋒鋩生。恒州陣斬酈定進〔四三〕，項骨脆甚春蔓菁。天唯兩眼失一眼，將軍何處行天兵？辰星任廷尉，天律自主持。人命在盆底，固應樂見天盲時。天若不肯信，試喚皋陶鬼一問。一如今日〔四四〕，三台文昌宫，作天上紀綱。環天二十八宿，磊磊尚書郎，整頓排班行。劍握他人將，一四太陽側，一四天市旁〔四五〕。操斧代大匠，兩手不怕傷。弧矢引滿反射人，天狼呀啄明煌煌。癡牛與騃女，不肯勤農桑。徒勞含淫思，旦夕遥相望。蚩尤簸旗弄旬朔〔四六〕，始搥天鼓鳴瑲琅。枉矢能蛇行〔四七〕，眊目森森張〔四八〕。天狗下舐地，血流何滂滂。譎險萬萬黨，搆架何可當。眯目釁成就〔四九〕，害我光明王。請留北斗一星相北極〔五〇〕，指揮萬國懸中央，此外盡掃除，堆積如山崗，贖我父母光。當時常星没〔五一〕，星雨如坼漿〔五二〕。似天會事發，叱喝誅姦强。何故中道廢，自遺今日殃？善善又惡惡〔五三〕，郭公所以亡。願天神聖心，無信他人忠。玉川子辭訖，風色緊格格。近月黑暗邊，有似動劍戟〔五四〕。須臾癡蟆精，兩吻自決坼〔五五〕。初露半個璧，漸吐滿輪魄。衆星盡原赦，一蟆獨誅磔。腹肚忽脱落，依舊掛穹碧。光彩未蘇來，慘淡一片白，奈何萬里光，受此吞吐厄？再得見天眼，感荷天地力。或問玉川子：孔子修春秋，二百四十年，月蝕盡不收。今子咄咄辭，固合孔意不〔五六〕？玉川子笑答：或請聽逗遛。孔子父母魯，諱魯不諱周。書外書大惡，故月蝕不見收。余命唐天，口食唐土。唐禮過三，唐樂過五。小猶不説，大不可數。災沴無有大小瘉，安得引衰周，研覈其可否〔五七〕？日分晝，月分夜，辨寒暑。一主刑，二主德〔五八〕，政乃舉。孰謂人面上〔五九〕，一目偏可去？願天完兩目，照下萬方土〔六〇〕。更不瞽，萬萬古〔六一〕。

與馬異結交詩：天地日月如等閑，盧仝四十無往還。唯有一片心脾骨，巉巖崔崒〔六二〕，硉兀鬱律，刀劍爲峰崿，平地放着高如崑崙山。天不容，地不受，日月不敢偷照耀。神農畫八卦，鑿破天心胸。女媧本是伏羲婦〔六三〕，恐天怒，擣鍊五色石，引日月之針〔六四〕，五星之縷把天補。補了三日不肯歸壻家〔六五〕，走向日中放老鴉。月裏栽桂養蝦蟆，天公發怒罰龍蛇〔六六〕，此龍此蛇得死病，神農合藥救死命〔六七〕。天怪神農黨龍蛇，罰神農爲牛頭，令載元氣車。不知藥中有毒藥，藥殺元氣天不覺。爾來天地不神聖，日月之光無正定。不知元氣本不死，忽聞空中喚馬異。馬異若不是祥瑞，空中敢道不容易。昨日仝不同，異自異，是謂大同而小異。今日仝自同，異不異，是謂仝不往兮異不至。直當中兮動天地，白玉璞裏斲出相思心〔六八〕，黄金礦裏鑄出相思淚。忽聞空中崩崖倒谷聲，絶勝明珠千萬斛，買得西施南威一雙婢〔六九〕。此婢嬌嬈惱殺人〔七〇〕，凝脂爲膚翡翠裙〔七一〕，唯解畫眉朱點唇。自從獲得君，敲金摐玉凌浮雲。却返顧〔七二〕，一雙婢子何足云。平生結交苦少人〔七三〕，憶君眼前如見君。青雲欲開白日没，天眼不見此奇骨。此骨縱横奇又奇，千歲萬歲枯松枝。半折半殘壓山谷〔七四〕，盤根蹙節成蛟螭。忽雷霹靂卒風暴雨撼不動，欲動不動千變萬化總是鱗皴皮，此奇怪物不可欺。盧仝一見馬異文章〔七五〕，酌得馬異胸中事，風姿骨本恰如此〔七六〕。是不是，寄一字〔七七〕。

【校箋】

〔一〕詩題「兒」字原脱，據《玉川子詩集》及《唐百家詩選》補。

〔二〕「緑」原作「綠」，據《玉川子詩集》及《唐百家詩選》改。

〔三〕「驚」原作「警」，據《玉川子詩集》改。

〔四〕「千里萬里」原作「萬里萬里」，據《玉川子詩集》改。

〔五〕《新唐書》卷一七六《韓愈傳》附《盧仝傳》：「盧仝居東都，愈爲河南令，愛其詩，厚禮之。仝自號玉川子，嘗爲《月蝕詩》以譏切元和逆黨，愈稱其工。」

〔六〕「出」字原脱，據《玉川子詩集》及《唐百家詩選》補。

〔七〕「比」原作「此」，據《玉川子詩集》及《唐百家詩選》改。

〔八〕「摧環」原作「摧輪」，據《玉川子詩集》及《唐百家詩選》改。

〔九〕「煤炲」原作「炲煤」，據《玉川子詩集》及《唐百家詩選》改。

〔一〇〕「蹤」原作「縱」，據《玉川子詩集》及《唐百家詩選》改。

〔一一〕「撒沙」原作「撥沙」，據《玉川子詩集》及《唐百家詩選》改。

〔一二〕「吐焰」原作「吐啗」，據《玉川子詩集》及《唐百家詩選》改。

〔一三〕「射户外」原作「窮户列」，據《玉川子詩集》及《唐百家詩選》改。

〔一四〕「子」字原脱，據《玉川子詩集》及《唐百家詩選》補。

〔一五〕「天」原作「夫」，據《玉川子詩集》及《唐百家詩選》改。

〔一六〕「春時」原作「春晴」，據《玉川子詩集》及《唐百家詩選》改。

〔一七〕「傳聞」原作「傳説」，據《玉川子詩集》及《唐百家詩選》改。

〔一八〕「可」原作「何」，據《玉川子詩集》及《唐百家詩選》改。

〔一九〕「眶」原作「睚」，據《玉川子詩集》及《唐百家詩選》改。

〔二〇〕「二目」原作「四目」，據《玉川子詩集》及《唐百家詩選》改。

〔二一〕「瞳」原作「童」，據《玉川子詩集》及《唐百家詩選》改。

〔二二〕「䚢䚢」原作「䱙䱙」，據《玉川子詩集》及《唐百家詩選》改。

〔二三〕「幢」原作「幡」，據《玉川子詩集》及《唐百家詩選》改。

〔二四〕「爬」原作「𤬪」，據《玉川子詩集》及《唐百家詩選》改。

〔二五〕「訇」原作「轕」，據《玉川子詩集》及《唐百家詩選》改。

〔二六〕「傀」字原脱，據《玉川子詩集》及《唐百家詩選》補。

〔二七〕「時」字原脱，據《玉川子詩集》及《唐百家詩選》補。

〔二八〕「撅」原作「壓」，據《玉川子詩集》及《唐百家詩選》改。

〔二九〕「天媚螟，被螟瞎」原作「天昏暮，得瞽疾，蝦螟敢將天眼瞎」，據《玉川子詩集》及《唐百家詩選》改。

〔三〇〕「春」原作「春」，據《玉川子詩集》及《唐百家詩選》改。

〔三一〕「其初」原作「初見」，據《玉川子詩集》及《唐百家詩選》改。

〔三二〕「封」上原有「先」字，「小心風颸」原作「赤心風越」，據《玉川子詩集》及《唐百家詩選》删改。

〔三三〕「尾捭風」原作「虎拽風」，據《玉川子詩集》及《唐百家詩選》改。

〔三四〕「井冠」原作「丹冠」，據《玉川子詩集》及《唐百家詩選》改。

〔三五〕「十三」原作「十二」，據《玉川子詩集》及《唐百家詩選》改。

〔三六〕「見似」原作「似見」，據《玉川子詩集》及《唐百家詩選》改。

〔三七〕「錯准擬」三字原脱，據《玉川子詩集》及《唐百家詩選》補。

〔三八〕「殼」原作「慤」，據《玉川子詩集》及《唐百家詩選》改。

〔三九〕「夏鼈」原作「夏黿」，據《玉川子詩集》及《唐百家詩選》改。

〔四〇〕「且當」以下三句，《玉川子詩集》及《唐百家詩選》作「且當臛其肉。一底板，没信處，唯堪支牀腳」。

〔四一〕「弔」字原脱，據《玉川子詩集》及《唐百家詩選》補。

〔四二〕「蝕」原作「食」，據《玉川子詩集》及《唐百家詩選》改。

〔四三〕「恒」原作「常」，原有注云：「州與太宗御名同。」按此避宋諱，「太宗」當是「真宗」之誤。中華本改「太宗」二字爲「穆宗」，唐穆宗名恒，然此詩作于憲宗元和五年，不當預避穆宗之諱也。今據《玉川子詩集》及《唐百家詩選》改，並删其注。

〔四四〕「今日」原作「今宜」，據《玉川子詩集》及《唐百家詩選》改。

〔四五〕「天市」原作「天帝」，據《玉川子詩集》及《唐百家詩選》改。

〔四六〕「旗」原作「箕」，據《玉川子詩集》及《唐百家詩選》改。

〔四七〕「枉矢」原作「枉天」，據《玉川子詩集》及《唐百家詩選》改。

〔四八〕「旺目」原作「眉目」，據《玉川子詩集》及《唐百家詩選》改。

〔四九〕「眯目」原作「昧目」，據《玉川子詩集》及《唐百家詩選》改。

〔五〇〕「一星」二字原脱，據《玉川子詩集》及《唐百家詩選》補。

〔五一〕「常星」原作「帝星」，據《玉川子詩集》及《唐百家詩選》改。恒星也。

〔五二〕「星雨」句，《玉川子詩集》及《唐百家詩選》作「隕雨如迸漿」。

〔五三〕「又」字原脱，據《玉川子詩集》及《唐百家詩選》補。

〔五四〕「有似」原作「似有」，據《玉川子詩集》及《唐百家詩選》改。

〔五五〕「拆」原作「抑」，據《玉川子詩集》及《唐百家詩選》改。

〔五六〕「固合」，《玉川子詩集》及《唐百家詩選》作「頗合」。

〔五七〕「安得引衰周，研覈其可否」二句，《玉川子詩集》及《唐百家詩選》無「得」「其」二字。

〔五八〕「二」原作「一」，《唐百家詩選》同，據《玉川子詩集》改。

〔五九〕「孰謂」原作「孰爲」，據《玉川子詩集》及《唐百家詩選》改。

〔六〇〕「照下」原作「照見」，據《玉川子詩集》及《唐百家詩選》改。

〔六一〕末二句，《玉川子詩集》及《唐百家詩選》作「萬古更不瞽，萬萬古更不瞽，照萬古」。

〔六二〕「崔」字原脱，據《唐文粹》補。《玉川子詩集》無「崔」字。

〔六三〕此句《玉川子詩集》同，《唐文粹》作「女媧伏羲妹」。

〔六四〕「針」原作「斜」，據《玉川子詩集》及《唐文粹》改。

〔六五〕「三日」二字原脱，據《玉川子詩集》及《唐文粹》補。

〔六六〕「罰龍蛇」，《唐文粹》同。《玉川子詩集》作「化龍蛇」。

〔六七〕「命」原作「病」，據《玉川子詩集》及《唐文粹》改。

〔六八〕「白」原作「自」，「斲」原作「斷」，據《玉川子詩集》及《唐文粹》改。

〔六九〕「南威」原作「南越」，據《玉川子詩集》及《唐文粹》改。

〔七〇〕「此婢」二字原脱，「嬌嬈」誤作「嬌饒」，據《玉川子詩集》及《唐文粹》補、改。

〔七一〕「膚」原作「腰」，據《玉川子詩集》及《唐文粹》改。

〔七二〕「返」原作「退」，據《玉川子詩集》及《唐文粹》改。

〔七三〕「苦」，《唐文粹》同。《玉川子詩集》作「若」。

〔七四〕「折」字原脱，「殘」誤作「殆」，據《玉川子詩集》及《唐文粹》補、改。

〔七五〕《玉川子詩集》及《唐文粹》俱無「一」字。

〔七六〕「本」原作「木」，據《玉川子詩集》、《唐文粹》改。

〔七七〕「寄」字原脱，據《玉川子詩集》及《唐文粹》補。

劉叉

塞上逢盧仝云：直到桑乾北，逢君夜不眠。上樓腰脚健，懷土眼睛穿〔一〕。斗柄寒垂地，河源凍徹天〔二〕。羈魂泣相向，何事有詩篇？

自問云：自問彭城子，何人接汝顛？酒腸寬似海，詩膽大于天。斷劍徒勞匣，枯琴無復絃。相逢不得合，賴是向林泉〔三〕。

叉，節士也。少放肆爲俠行，因酒殺人，亡命。會赦，出，更折節讀書，能爲歌詩。然恃故時所負，不能俛仰貴人。聞韓愈接天下士，步謁之。作冰柱、雪車二詩，出盧、孟右。樊宗師見，爲獨拜。後以爭語不能下賓客，因持愈金數斤去，曰：此諛墓中人得耳，不若與劉君爲壽。愈不能止。歸齊魯，不知所終〔四〕。

【校箋】

〔一〕「眼睛」原作「眼精」，據毛本改。

〔二〕「涷」原作「涼」，據毛本改。

〔三〕「林泉」原作「秋泉」，據朱承爵《存餘堂詩話》引其家藏舊本所載此詩文改。

〔四〕《新唐書》卷一七六《韓愈傳》附《劉叉傳》：「劉叉者，亦一節士。少放肆爲俠行，因酒殺人，亡命。會赦，出，更折節讀書，能爲歌詩。然恃故時所負，不能俛仰貴人。常穿屐、破衣，聞愈接天下士，步歸之。作《冰柱》、《雪車》二詩，出盧仝、孟郊右。樊宗師見，爲獨拜。能面道人短長，其服義，則又彌縫若親屬然。復以爭語不能下賓客，因持愈金數斤去，曰：『此諛墓中人得耳，不若與劉君爲壽。』愈不能止。歸齊魯，不知所終。」《新傳》蓋亦用李商隱所記《齊魯二生》之文。見《李義山文集》卷四。葛立方《韻語陽秋》卷三：「劉叉詩酷似玉川子，而傳于世者二十七篇而已。《冰柱》《雪車》二詩，雖作語奇怪，然議論亦皆出于正也。《冰柱》詩云：『不爲四時雨，徒于道路成泥柤。不爲九江浪，徒能汩没天之涯。』《雪車》詩謂『官家不知民餒寒，盡驅牛車盈道載屑玉。載載欲何之？秘藏深宫，以禦炎酷。』如此等句，亦有補于時，與玉川《月蝕詩》稍相類。」

楊巨源

春日奉獻聖壽無疆詞云〔一〕：代是文明晝，春當宴喜時。爐烟添柳重，宫漏出花遲。

漢典方寬律，周官正採詩。碧霄傳鳳吹〔二〕，紅旭在龍旗〔三〕。造化膺神契，陽和沃聖慈〔四〕。無因隨百獸〔五〕，率舞奉丹墀〔六〕。梁貞明三年，薛廷珪以宫漏出花遲爲詩題。

張弘靖三世掌書命，在台坐。巨源詩曰：伊陟無聞祖，韋賢不到孫。時稱其能與張氏説家門。巨源在元和時，詩韻不爲新語，體律務實，功夫頗深，旦暮吟詠不輟。年老頭摇，人言吟詩所致〔七〕。

早春即事呈劉員外云：明朝晴暖即相隨，肯信春光被雨欺。且任文書堆案上，免令杯酒負花時。馬蹄經歷須應遍，鶯語丁寧已怪遲。更待雜芳成艷錦，鄴中爭唱仲宣詩。

送章孝標校書歸杭州因寄白舍人云：曾過靈隱江邊寺，獨宿東樓看海門。潮色銀河鋪碧落，日光金柱出紅盆。不妨公事資高卧，無限詩情要細論。若訪郡人徐孺子，應須騎馬到沙村〔八〕。

巨源以三刀夢益州，一箭取遼城得名，故樂天詩云：早聞一箭取遼城，相識雖新有故情。清句三朝誰是敵？白鬚四海半爲兄。貧家薙草時時入，瘦馬尋花處處行。不用更教詩過好，折君官職是聲名〔九〕。巨源後拜省郎，樂天復以詩賀云：文昌新入有光輝，紫界宫牆白粉闈。曉日雞人傳漏箭，春風侍女護朝衣。雪飄歌句高難和，鶴拂煙霄老慣飛。官職聲名俱入手，近來詩客似君稀〔一〇〕。

巨源，字景山。大和時，爲河中少尹〔一一〕。

何事慰朝夕，不踰詩酒情。山河空道路，蕃漢共刀兵。禮樂新朝市，園林舊弟兄。向風一點淚，寒晚暮江平。張爲取此作爲主客圖〔一二〕。

送裴中丞出使云：一清淮甸假朝綱，金印初迎細柳黄。辭闕天威和雨露，出關春色避風霜。龍韜何必陳三略，虎旅由來肅萬方。宣諭生靈真重任，回軒應問石渠郎。

送絳州盧使君云：應將清靜結心期，又共陽和到郡時。絳老問年須算字，庾公逢月要題詩。朱欄迢遞因高勝，粉蝶清明欲下遲〔一三〕。他日徵還作霖雨，不須求賽敬亭祠。

送司徒童子云：衛多君子魯多儒，七歲聞天笑舞雩。光彩春風初轉蕙，性靈秋水不藏珠。兩經在口知名小，百拜垂髫稟氣殊。況復元侯旌爾善，桂林枝上得鵷鶵。

送人過衛州云：憶昔征南府内游，君家東閣最淹留。縱横聯句長侵曉，次第看花直到秋。論舊舉盃先下淚，傷離臨水更登樓。相思前路幾回首，滿眼青山過衛州〔一四〕。

寄昭應王丞云：武皇金輅輾香塵，每歲朝元及此辰。光動泉心初浴日，氣蒸山腹總成春。謳歌已入雲韶曲，詞賦方歸侍從臣。瑞靄朝朝猶望幸，天教赤縣有詩人。

寄江州白司馬云：江州司馬平安否？惠遠東林住得無？湓浦曾聞似衣帶，廬峰見説勝香爐。題詩歲晏離鴻斷，望闕天遥病鶴孤。莫謾勾牽雨花社，青雲依舊是前途。

古意贈王常侍云：繡户紗窗北里深，香風暗動鳳凰簪。組紃長在佳人手，刀尺空摇寒女心。欲學齊謳逐雲管，還思楚練拂霜砧。東家少婦當機織，應念無衣雪滿林。

贈張將軍云：關西諸將揖容光，獨立營門劍有霜。知愛魯連歸海上，肯令王翦在頻陽〔一五〕。天晴紅幟當山滿，日暮清笳入塞長。年少高功人最美，漢壇煙樹日蒼蒼。

贈李傅云〔一六〕：知因公望掩能文，誓激明誠在致君。曾罷雙旌瞻白日，猶將一劍許黄雲，摇窗竹色留僧語，入院松聲共鶴聞。莫被此心生晚計，鎮南人憶杜將軍。

述舊紀勳寄太原李光顔侍中云：玉塞含悽見鴈行〔一七〕，北垣新詔拜龍驤。弟兄間世真飛將，貔虎歸時似故鄉。鼓角因風飄朔氣，旌旗映水發秋光〔一八〕。河源收地心猶壯，笑向天西萬里霜。又云：倚天長劍截雲孤〔一九〕，報國縱横見丈夫。五載登壇真宰相，六重分閫正司徒。曾聞轉戰平堅寇，共説題詩壓腐儒。料敵知機在方寸，不勞心力講陰符。

上裴中丞云：六年西掖弘湯誥，三捷東堂總漢科。政引風霜成物色，語回天地到陽和。清威更助朝端重，聖澤曾隨筆下多。應笑白鬚揚執戟，可憐春日老如何！

和人與人分惠賜冰云：天水藏來玉墮空，先頒密署幾人同。映盤皎潔非關露，當扇清涼不在風。瑩質方從綸閣内，凝輝更借錦帷中〔二〇〕。麗詞珍貺難雙有，迢遞金鑾殿角東〔二一〕。

觀打毬有作云：親掃毬場如砥平，龍驤驟馬曉光晴。入門百拜瞻雄勢，動地三軍唱好聲。玉勒回時霑赤汗，花騣分處拂紅纓。欲令四海氛煙靜，杖底纖塵不敢生。

贈隣家老將云：白首羽林郎，丁年戍朔方。陰天瞻磧路〔二二〕，秋日渡遼陽。大漠寒山黑，孤城夜月黄。十年依蓐食，萬里帶金瘡。拂雪陳師祭，衝風立教場。箭飛瓊羽合，旗動火雲張〔二三〕。虎翼分營勢，魚鱗擁陣行。誓心清塞色，鬭血雜沙光。戰地晴輝薄，軍門曉氣長。寇深爭暗襲，關迥勒春防。身賤竟何訴，天高徒自傷。功成封寵將，力盡到貧鄉。雀老方悲海，鷹衰却念霜。空餘孤劍在，開匣一霑裳。

酬崔博士云：自知頑叟更何能，唯學雕蟲謬見稱。長被有情邀唱和，近來無力更祇承。青松樹杪千年鶴〔二四〕，白玉壺中一片冰。今日爲君書壁右，孤貞莫怕世人憎〔二五〕。

酬盧員外云〔二六〕：謝傅旌旗控上游，盧郎樽俎借前籌。舜城風土臨清廟，魏國山川在白樓〔二七〕。雲寺當時接高步，水亭今日又同游。滿筵舊府笙歌在〔二八〕，獨有羊曇最淚流。

酬于駙馬云：綺陌塵香曙色分，碧山如畫又逢君。蛟藏秋月一片水，驥鎖晴空千尺雲〔二九〕。戚里舊知何駙馬，詩家今得鮑參軍。陽和本是煙霄曲，願向花間次第聞〔三〇〕。又云：芳時碧落心應斷，今日清詞事不同。瑶草秋殘仙圃在，綵雲天遠鳳樓空。晴花曾送金羈影，涼葉還生玉簟風。長得聞詩懽自足，會看春露濕蘭叢。

酬裴舍人見寄云：誰道重遷是舊班，自將霄漢比鄉關。二妃樓下宜臨水，五老祠西好看山。再葺吾廬心已足，每來公府路常閑〔三一〕。詩陪亞相逾三紀，石筍煙霞不共攀。

酬崔駙馬惠牋百張兼貽四韻云：百張雲樣亂花開，七字文頭艷錦回。浮碧空從天上得，殷紅應自日邊來。捧持價重凌雲葉〔三二〕，封裹香深笑海苔。滿篋清光應照眼，欲題凡韻輒徘徊〔三三〕。

元微之憶楊十二詩云：楊子愛言詩，春天好詠時。戀花從馬滯，聯句放盃遲。日映含煙竹，風牽卧柳絲。南山更多興，須作白雲期。

巨源善叙事，胡二十以户部判度支，乃賀以詩曰：雄拜知承聖主恩〔三四〕。于是有雄拜之目〔三五〕。

【校箋】

〔一〕《文苑英華》卷一六七載楊巨源《春日奉獻皇壽無疆詞十首》，此其第六首。《唐百家詩選》即選此首，詩題「皇壽」作「聖壽」與此同。此原脱「奉」字，據補。

〔二〕「傳」原作「吹」，據《文苑英華》、《唐百家詩選》改。

〔三〕「紅旭」原作「紅日」，據《文苑英華》、《唐百家詩選》改。

〔四〕「聖慈」，《唐百家詩選》同，《文苑英華》作「聖恩」。

〔五〕「無」原作「每」，據《文苑英華》、《唐百家詩選》改。

〔六〕「奉」，《文苑英華》同，《唐百家詩選》作「奏」。

〔七〕《因話録》：「張弘靖三世掌書命，在台座，前代未有，楊巨源贈公詩云：『伊陟無聞祖，韋賢不到孫。』時稱其能與張家説家門。巨源在元和中，詩韻不爲新語，體律務實，功夫頗深。自旦至暮，吟詠不輟。巨源年老，頭數摇，人言吟詩多致得。」

〔八〕「沙村」原作「沙林」，據《唐百家詩選》改。

〔九〕《白氏長慶集》卷一五《贈楊秘書巨源》，題下自注：「楊嘗有《贈盧洺州》詩云：『三刀夢益州，一箭取聊城。』由是知名。」「三刀」原作「三刃」，「新」原作「深」，「聲名」原作「虚名」，據《白集》改。

〔一〇〕《白氏長慶集》卷一七《聞楊十二新拜省郎，遥以詩賀》。詩末自注：「頃曾有贈楊詩，落句云：『不用更教詩過好，折君官職是聲名』，今故云『俱入手』」。此處「老」原誤作「光」，脱「慣」字，據《白集》改、補。

〔一一〕《新唐書》卷六〇《藝文志》：「《楊巨源詩》一卷。」注云：「字景山，大和河中少尹。」此處原脱「山大」二字，「和」誤作「中」，據補、改。

〔一二〕此詩失題，《主客圖》列楊巨源爲「李益下入室」。

〔一三〕「粉蝶」，《唐百家詩選》同，毛本作「粉堞」。作「粉蝶」是。

〔一四〕「滿眼」原作「舊眼」，據《唐百家詩選》改。

〔一五〕此句原作「肯令王剪在平陽」，按《史記・王翦列傳》：「王翦者，頻陽東鄉人也。」據改。

〔一六〕詩題「李傅」原作「李傳」，據《唐百家詩選》改。

〔一七〕「玉塞」原作「玉舍」，據《唐百家詩選》改。

〔一八〕「旗」原作「旌」，據《唐百家詩選》改。

〔一九〕「長劍」原作「孤劍」，據《唐百家詩選》改。

〔二〇〕「更借」原作「更備」，據《唐百家詩選》改。

〔二一〕「金鑾」原作「金輿」，據《唐百家詩選》改。

〔二二〕「磧路」，《唐百家詩選》同，《文苑英華》卷三〇〇作「磧落」。

〔二三〕「旗」原作「旌」，據《文苑英華》、《唐百家詩選》改。

〔二四〕「千年鶴」原作「三千鶴」，據《唐百家詩選》改。

〔二五〕「孤貞」原作「孤城」，據《唐百家詩選》改。

〔二六〕《唐百家詩選》載此詩，題下自注：「話舊，感往年相國河東張公弘靖常臨北府，忝寮屬之末，君有鄉里之親，有作。」

〔二七〕「白」字原闕，據《唐百家詩選》補。

〔二八〕「舊府」原作「舊有」，據《唐百家詩選》改。

〔二九〕「鎖」原作「驝」，據《唐百家詩選》改。

〔三〇〕「願」，《唐百家詩選》作「須」。

〔三一〕「路」，《唐百家詩選》作「跡」。

〔三二〕「淩」，《唐百家詩選》作「欺」。「雲」字原闕，據《唐百家詩選》改補。

〔三三〕「題」原作「隨」，據《唐百家詩選》改。

〔三四〕此巨源《胡二十拜户部兼判度支》詩句。《新唐書》卷一六四《胡証傳》：「寶曆初，以户部尚書判度支。」「判」字原闕，據補。

〔三五〕「目」原作「日」，當爲形近之訛，今改。毛本作「句」，非。

陳羽

羽湘妃怨云〔一〕：二妃怨處雲沉沉〔二〕，二妃哭處湘江深〔三〕。商人酒滴廟前草，蕭颯風生斑竹林〔四〕。

長安喜雪詩云〔五〕：千門萬户雪花浮，點點無聲落瓦溝〔六〕。全似玉塵消更積，半成冰片結還流〔七〕。光含曙色清天苑〔八〕，輕逐微風繞御樓〔九〕。平地已霑盈尺潤，年豐須賀富民侯〔一〇〕。

宴楊駙馬山亭云〔一一〕：垂楊拂岸草茸茸〔一二〕，綉户牕前花影重。鱠下玉盤紅縷細，酒開金甕緑醅醲。中朝駙馬何平叔，南國詞人陸士龍。落日泛舟同醉處，回潭百丈映千峰。

贈人云〔一三〕：或棹孤舟或杖藜，尋常適意釣長溪。草堂竹徑在何處，落日紅煙寒渚西〔一四〕。

題夫差廟云〔一五〕：姑蘇臺上千年木〔一六〕，刻作夫差廟裏神。冠蓋寂寥塵滿坐〔一七〕，不知簫鼓樂何人？

韓退之有落葉送羽云：誰云少年別，流淚各霑衣。羽與退之同年登第〔一八〕。

羽夜別温商梓州云〔一九〕：鳳凰城裏花時別，玄武江邊月下逢。客舍莫辭先買酒，相門曾忝舊登龍〔二〇〕。迎風騷屑千家竹，隔水悠揚五夜鐘〔二一〕。明日又行西蜀去〔二二〕，不堪天際遠山重。

春園即事云：水隔群物外，夜深風起頻〔二三〕。霜中千樹橘，月下五湖人。聽鶴忽忘寢，見山如得隣。明年還到此，共看洞庭春。

送戴端公赴容州云：分命諸侯重，葳蕤繡服香。八蠻治險阻〔二四〕，千騎踏繁霜。山斷旌旗出，天清劍佩光〔二五〕。還將小戴禮，遠去化南方〔二六〕。

送友人及第歸江東云：五陵春色泛花枝，心醉花前遠別離。落第恥爲關右客〔二七〕，成名空羨里中兒。都門雨歇愁分處，山店燈殘夢到時〔二八〕。家住洞庭多釣伴，因來相賀話相思〔二九〕。

小江驛送陸侍御歸湖上山云：鶴唳天邊秋水空，荻花蘆葉起西風。今夜渡江何處宿〔三〇〕？會稽山在月明中。

【校箋】

〔一〕詩題原脱「怨」字，據《文苑英華》卷二〇四及《樂府詩集》補。《萬首唐人絶句》作《湘君祠》。

〔二〕「怨處」，《樂府詩集》同。《文苑英華》、《萬首唐人絶句》作「愁處」。

〔三〕「哭處」原作「怨處」，據《文苑英華》、《樂府詩集》及《萬首唐絶人句》改。「湘江」，《文苑英華》、《萬首唐人絶句》同，《樂府詩集》作「湘水」。

〔四〕「蕭颯」，《樂府詩集》作「湘水」。

〔五〕詩題《又玄集》作《長安喜雪》，《文苑英華》卷一五四作《喜雪上竇相公》。按此詩及下一首《宴楊駙馬山亭》俱采自《又玄集》，次于朱灣二詩之後，計氏于陳羽下選録此詩是也。而于本書卷四五朱灣下復重出此詩，並于篇末注云：「右三詩韋莊取爲《又玄集》。」《又玄集》所選朱、陳實各僅二詩，重出，誤矣。當删。詩題此原作《雪》詩，據《又玄集》補「長安喜」三字。

〔六〕「瓦溝」原作「硯溝」，據《又玄集》及《文苑英華》改。

〔七〕「結」原作「約」，據《又玄集》及《文苑英華》改。

〔八〕「光含」句，《又玄集》同，《文苑英華》作「光添曙色連天遠」。

〔九〕「微風」，《又玄集》同，《文苑英華》作「春風」。

〔一〇〕「賀」原作「荷」，據《又玄集》、《文苑英華》改。

〔一一〕題下《又玄集》注有「得峰字」三字。

〔一二〕「茸茸」原作「葺葺」，據《又玄集》改。

〔一三〕詩題原作《贈子》，據《萬首唐人絶句》改。

〔一四〕「紅煙」原作「孤煙」，據《萬首唐人絶句》改。

〔一五〕詩題《文苑英華》卷三二〇作《經夫差廟》，《萬首唐人絶句》作《吴王廟》。《鑒誡録》「卓絶篇」條引與此同。

〔一六〕「姑蘇臺上」，《鑒誡録》所引同，《文苑英華》作「姑蘇城畔」，《萬首唐人絶句》作「姑蘇城上」。

〔一七〕此句《鑒誡録》引作「幢蓋寂寥塵土滿」，《文苑英華》作「冠蓋寂寥塵滿室」，《萬首唐人絶句》作「幡蓋寂寥塵滿坐」。

〔一八〕《落葉一首送陳羽》，載《昌黎先生集》卷二，全首八句，此其末二句。韓、陳登第在貞元八年。

〔一九〕詩題《文苑英華》卷二七六作《梓州與温商夜别》。

〔二〇〕「舊」，《文苑英華》作「共」。

〔二一〕「五夜」原作「午夜」，據《文苑英華》改。

〔二二〕「去」，《文苑英華》作「路」。

〔二三〕「夜」，《文苑英華》卷三一七作「花」。

〔二四〕「險阻」原作「險路」，據《文苑英華》卷二七六改。

〔二五〕「天清」原作「天晴」，據《文苑英華》改。

〔二六〕「去」，《文苑英華》作「出」。

〔二七〕「落第」，《唐百家詩選》同，《文苑英華》卷二七六作「落羽」。「關右」原作「關上」，據《文苑英華》、《唐百家詩選》改。

〔二八〕「燈殘」原作「殘燈」，據《文苑英華》、《唐百家詩選》改。

〔二九〕「因來」原作「同來」，據《文苑英華》、《唐百家詩選》改。

〔三〇〕「渡江」原作「渡頭」，據《文苑英華》卷二九八及《萬首唐人絶句》改。

王履貞〔一〕

青雲干呂：異方占瑞氣〔二〕，干呂見青雲。表聖興中國，來王謁大君〔三〕。迎祥殊大樂，叶慶類横汾〔四〕。自是明時起〔五〕，非將觸石分〔六〕。映霄難辨色，從吹乍成文〔七〕。須使流千載〔八〕，垂芳在典墳。

履貞，貞元七年青雲干呂詩登第。

【校箋】

〔一〕「貞」字原闕，據《文苑英華》卷一八二補。

〔二〕「占」原作「霑」，據《文苑英華》改。

〔三〕「謁大君」，《文苑英華》作「見六君」，注云：「《類詩》作『謁大君』。」

〔四〕「類」原作「賴」，據《文苑英華》改。

〔五〕「自是」，《文苑英華》作「自感」。

〔六〕「非將」，《文苑英華》作「非因」。

〔七〕「乍」原作「作」，據《文苑英華》改。

〔八〕「流」，《文苑英華》作「留」。

彭伉

聖布中區化，祥符異域雲。含春初應吕，暈碧已成文。東起隨風煖，西流共日曛。升時嘉異月，爲慶等凝汾。輕與晴煙比，高將曉霧分。飄飄如可致，願此翊明君。右伉貞元七年杜黄裳下試青雲干吕詩登第〔一〕。

伉，宜春人。既登第。伉妻族有湛賁者，猶爲郡吏。伉妻即湛姨也。妻族賀伉，坐皆名士，伉居客右，一坐盡傾。而賁飯于後閤，其妻責之曰：男子不能自勵，窘辱如此，復何顔！湛感其言，力學，一舉擢第。貞元十二年第。伉方郊游，聞之失聲墜驢。袁人詭曰：「湛郎及第，彭伉落驢〔二〕。」至今袁州之西有落驢橋。

【校箋】

〔一〕《文苑英華》卷一八二載彭伉《青雲干呂》詩云：「祥輝上干呂，郁郁又紛紛。遠示無爲化，將明至道君。勢凝千里靜，色向九霄分。已見從龍意，寧知觸石文。狀煙殊散漫，捧日更氛氲。自使來賓國，西瞻仰瑞雲。」與此異。同題尚有令狐楚、林藻各一首，而此詩《文苑英華》不載，疑有誤。「祥符」原作「符祥」，據毛本改。

〔二〕《摭言》卷八：「彭伉、湛賁俱袁州宜春人，伉妻即湛姨也。伉舉進士擢第，湛猶爲縣吏，妻族爲置賀宴，皆官人名士，伉居客之右，一座盡傾。湛至，命飯于後閣，湛無難色。其妻忿然責之曰：『男子不能自勵，窘辱如此，復何爲容！』湛感其言，孜孜學業，未數載，一舉登第。伉常侮之，時伉方跨長耳，縱游于郊郭，忽有傳馳報湛郎及第，伉失聲而墜。故袁人詭曰：『湛郎及第，彭伉落驢。』」

辛弘智

弘智，國子監進士，賦詩曰：「君爲河邊草，逢春心剩生。妾如臺上鏡，得照始分明。」同房常定宗改始字爲轉字，遂爭之，皆云我作。乃下牒見博士羅道琮，判云：「昔五言定表，以理切稱奇；今一言競詩，取詞多爲主。詩歸弘智，轉還定宗，以狀牒知，任爲公驗〔一〕。

【校箋】

〔一〕張鷟《朝野僉載》：「國子祭酒辛弘智詩云：『君爲河邊草，逢春心剩生。妾如臺上鏡，得照始分明。』同房學士常定宗改『始』字爲『轉』字，遂爭此詩，皆云我作。乃下牒見博士羅道琮，判云：『昔五字定表，以理切稱奇；今一言競詩，取詞多爲主。詩歸弘智，「轉」還定宗。以狀牒知，任爲公之驗。』」按《舊唐書》卷四四《職官志》：「祭酒一員，從三品……國子博士二人，正五品上。」據此，則必無祭酒與學士爭詩，就判于博士之理，今本《朝野僉載》疑誤，當以《紀事》所載爲是。

歐陽詹

字行周，泉州人〔一〕。初見拔于常袞，後見知于退之、元賓，終于四門助教。李貽孫序其文曰：君之文精于理，故言多周詳；切于情，故叙事重複，宜其司當代文柄，以變風雅。一命而卒，天其絶乎！子價，早死。孫澥〔二〕。

銅雀妓云：蕭條登古臺，迴首黄金屋。落葉不歸林，高陵永爲谷。粧容徒自麗，舞態閲誰目？惆悵繐帷前〔三〕，歌聲苦于哭。

晨裝行云：村店月西入〔四〕，山枝鶻鳩聲〔五〕。求燈徹夜席〔六〕，束囊事晨征。寂寂人尚眠，悠悠天未明。豈無偃息心，所務前有程。

蜀中將歸留辭韓相公云〔七〕：寧體則雲構〔八〕，方前恒玉食。貧居豈及此，要自懷歸憶〔九〕。在夢關山遠，如流歲華逼。明晨首鄉路，迢遞孤飛翼。

玩月詩序云：月可玩，玩月古也。謝賦鮑詩，朓之庭前，亮之樓中，皆玩也〔一〇〕。貞元十二年，甌閩君子陳可封，游在秦，寓于永崇里華陽觀。予與鄉人安陽邵楚萇、濟南林蘊、潁川陳詡，亦旅長安。秋八月十五夜，詣陳之居，修厥玩事。月之爲玩，冬則繁霜太寒，夏則蒸雲太熱〔一一〕。雲蔽月，霜侵人，蔽與侵俱害乎玩。秋之于時，後夏先冬。八月于秋，季始孟終。十五于夜，又月之中。稽于天道則寒暑均，取于月數則蟾兔圓。況埃壒不流，太空悠悠，嬋娟徘徊〔一二〕，桂華上浮〔一三〕。昇東林，入西樓〔一四〕，肌骨與之疏涼，神氣與之清泠。四君子悦而相謂曰：斯古人所以爲玩也。既得古人所玩之意，宜襲古人所玩之事〔一五〕，作玩月詩〔一六〕。詩云：八月三五夕〔一七〕，舊嘉蟾兔光。斯從古人好，共下今宵堂。素魄皎孤凝〔一八〕，芳輝紛四揚。徘徊林上頭，泛灔天中央。皓露助流華，輕飈佐浮涼〔一九〕。清泠到肌骨，潔白盈衣裳。惜此苦宜玩，攬之非可將。含情顧廣庭，願勿沉西方〔二〇〕。

途中寄太原所思詩云：驅馬漸覺遠，迴頭長路塵。高城已不見，況復城中人。去意自未甘，居情諒猶辛。五原東北晉，千里西南秦。一履不出門，一車無停輪。流萍與匏繫，早晚期相親。或曰：詹游太原，悦一妓，將别，約至都相迎，故有早晚期相親之句。妓思之不已，得疾且甚，乃刃其髻藏之，謂女弟曰：歐陽生至，可以爲信。又作詩曰：自從别後減容光，半是思郎半恨郎。欲識舊來雲髻様，爲奴開取縷金箱。絶筆而逝。及詹至，如其言示之。詹啟函，一慟而卒。孟簡賦詩哭之，序云：穆玄道訪予，常嘆其事，玄道頗惜之〔三〕。

【校箋】

〔一〕《新唐書》卷二〇三《歐陽詹傳》：「歐陽詹字行周，泉州晉江人。」

〔二〕《歐陽行周文集》及《唐文粹》載李貽孫《唐故四門助教歐陽詹文集序》：「建中、貞元時，文詞崛興，遂大振耀甌閩之鄉，不聞有他人也。故相常衮來爲福之觀察使，有文章高名，又性頗嗜誘進後生，推拔于寒素中，唯恐不及。至之日，比君爲芝英，每有一作，必加賞進，游娱燕饗，必召同席。……常與君同道而相上下者，有韓侍郎愈、李校書觀，洎君並數百載傑出，人則于今伏之。君之文新無所襲，才未嘗困。精于理，故言多周詳；切于情，故叙事重複。宜其司當代文柄，以變風雅。一命而卒，天其絶乎！……其子價，……微有文，又早死。大中六年，予又爲觀察使，令訪其裔，因獲其孫曰澥云云。」此引《李序》文有脱誤：「周詳」上原脱「精于理故言多」六字，「叙事」原作「事叙」，「司當代」原作「掌代」，據《歐陽行周文集》及《唐文粹》補、改。

〔三〕「惆悵繐帷前」句，《樂府詩集》同，《文苑英華》卷二〇四「前」作「空」。《歐陽行周文集》作「嗚咽繐帷前」。

〔四〕「入」，《歐陽行周文集》同，《文苑英華》卷二九三作「出」。

〔五〕「山枝」原作「山林」，「鵯」原作「鳥」，據《歐陽行周文集》、《文苑英華》改。

〔六〕「求燈」原作「旅裝」，據《歐陽行周文集》及《文苑英華》改。

〔七〕詩題「韓相公」原作「韋相公」，據《歐陽行周文集》及《文苑英華》卷二八八改。

〔八〕「則」原作「即」，據《歐陽行周文集》及《文苑英華》改。

〔九〕「自」原作「欲」，據《歐陽行周文集》及《文苑英華》改。

〔一〇〕「皆玩」下原衍「月」字，據《歐陽行周文集》及《唐文粹》删。

〔一一〕上二句「太寒」「太熱」原作「大寒」「大熱」，據《歐陽行周文集》及《唐文粹》改。

〔一二〕「嬋娟」，《唐文粹》同，《歐陽行周文集》作「芳菲」。

〔一三〕「桂華」，《唐文粹》同，《歐陽行周文集》作「摶華」。

〔一四〕「西樓」原作「西林」，據《歐陽行周文集》及《唐文粹》改。

〔一五〕「事」字原脱，據《歐陽行周文集》補。

〔一六〕「玩」字原脱，據《歐陽行周文集》及《唐文粹》補。

〔一七〕「三五夕」原作「十五夕」，據《歐陽行周文集》及《唐文粹》改。

〔一八〕「皎」原作「皓」，據《歐陽行周文集》及《唐文粹》改。

〔一九〕「輕飈」原作「輕風」，據《歐陽行周文集》及《唐文粹》改。

〔二〇〕「勿」原作「至」，據《歐陽行周文集》及《唐文粹》改。

〔二一〕《太平廣記》卷二七四引《閩川名士傳》：「歐陽詹……薄游太原，于樂籍中因有所悦，情甚相得，及歸，乃與之盟曰：『至都，當相迎耳。』即灑淚而別。仍贈之詩曰：『驅馬漸覺遠，迴頭長路塵。高城已不見，況復城中人。去意既未甘，居情諒多辛。五原東北晉，千里西南秦。一屨不出門，一車無停輪。流萍與繫瓠，早晚期相親。』尋除國子四門助教，住京。籍中者思之不已，經年，得疾且甚，乃危粧引髻，刃而匣之，顧謂女弟曰：『吾其死矣。苟歐陽生使至，可以是爲信。』又遺之詩曰：『自從別後減容光，半是思郎半恨郎。欲識舊時雲髻樣，爲奴開取縷金箱。』絶筆而逝。及詹使至，女弟如言，徑持歸京，具白其事。詹啟函閱之，又見其詩，一慟而卒。故孟簡賦詩哭之，序曰：『……河南穆玄道訪予，常歎息其事』云云。」此本之。歐陽詩「驅馬」原作「鷗鳥」，「五原」原作「萬里」，據改。《歐陽行周文集》載此詩，題作《初發太原途中寄太原所思》，前句作「驅馬覺漸遠」，餘與《太平廣記》所引同。

焦郁

白雲向空盡云〔一〕：白雲生遠岫〔二〕，摇曳入晴空。乘化隨舒卷，無心任始終。欲銷仍帶日〔三〕，將斷更因風〔四〕。勢薄飛難定，天高色易窮。影收元氣表，光滅太虛中。儻若從龍去〔五〕，還施濟物功〔六〕。

春雲詩云〔七〕：漫漫天涯色〔八〕，乘春四望平〔九〕。不分殘照影，何處斷鴻聲〔一〇〕。繚繞先經塞〔一一〕，霏微近過城〔一二〕。因風低未斂，帶雨重還輕。干呂知時泰，如膏候歲成。小儒叨盛世〔一三〕，無以答皇明。

【校箋】

〔一〕此詩《文苑英華》卷一八二所載爲周存作，注云：「《類詩》作『焦郁』。」此本之。詩題「盡」原作「垂」，據《英華》改。

〔二〕「生」原作「昇」，據《文苑英華》改。

〔三〕「帶日」，《文苑英華》作「向日」。

〔四〕「更因」，《文苑英華》作「或因」。

〔五〕「儻若」，《文苑英華》作「況若」。

〔六〕「濟物」，《文苑英華》作「潤物」。

〔七〕詩題原作《春雪》，據《文苑英華》卷一八二改。

〔八〕「漫漫」原作「散漫」，據《文苑英華》改。

〔九〕「乘春」原作「承春」，據《文苑英華》改。

〔一〇〕「斷鴻」原作「斷腸」，據《文苑英華》改。

〔一一〕「先經塞」原作「光經塞」，據《文苑英華》改。

〔一二〕「近過城」原作「勢逐城」，據《文苑英華》改。

〔一三〕「叨盛世」，《文苑英華》作「同品物」。

袁　高

字公頤，滄洲人，恕己之孫，慷慨有節尚。爲給事中，德宗將起盧杞刺饒州，詔出，高執不下。帝慰曰：朕唯卿言切至，已如奏。憲宗時卒，贈禮部尚書〔一〕。

禹貢通遠俗，所圖在安人。后王失其本，職吏不敢陳。亦有姦佞者，因兹欲求伸。動生千金費，日使萬姓貧。我來顧渚源，得與茶事親。甿輟耕農耒，采采實苦辛。一夫旦當役，盡室皆同臻。捫葛上欹壁，蓬頭入荒榛。終朝不盈掬，手足皆鱗皴。悲嗟遍空山，草木爲不春。陰嶺芽未吐，使者牒已頻。心爭造化力，先走銀臺均〔二〕。選納無晝夜，搗聲昏繼晨。衆工何枯槁，俯視彌傷神。皇帝尚巡狩，東郊路多堙。周迴遶天涯，所獻愈艱勤。況值兵革困〔三〕，重兹固疲民〔四〕。未知供御餘，誰合分此珍。顧省忝邦守，又慚復因循。茫茫滄海間，丹憤何由申！右高所賦茶山詩也。案唐制，湖州造貢茶最多，謂之顧渚貢焙，歲造一萬八千四百斤，大曆後，始有進奉。建中二年，高刺郡，進三千六百串，并詩此一章，刻石在貢焙。故陸鴻漸與楊祭酒書云：顧渚山中紫笋茶兩片，此物但恨帝未得嘗，實所嘆息。一片上太夫人，一片充昆弟同啜。開成三年，以貢不如法，停刺史裴充官〔五〕。

【校箋】

〔一〕《新唐書》卷一二〇《袁恕己傳》：「袁恕己，滄州東光人。……孫高。高字公頤，少慷慨有節尚，擢進士第。代宗時，累遷給事中。……德宗將起盧杞爲饒州刺史，……命舍人作詔。詔出，高執不下，……諫官亦力爭帝前，帝曰：『與上佐可乎？』群臣奉詔。翌日，遣使慰高曰：『朕惟卿言切至，已如奏。』……卒，年六十。……憲宗時，李吉甫言其忠謇，特贈禮部尚書。」此「公頤」原作「公碩」，「禮部尚書」原作「禮書」，據改、補。又按史言憲宗時追贈禮部尚書，非是時始卒，此節引有誤。

〔二〕「先走銀臺均」句，《全唐詩話》作「先從銀臺鈞」，疑誤，均，賦也。銀臺，長安宫門，指朝廷，謂以貢賦于朝廷爲先務也。《全唐詩》此句作「赴挺麋鹿均」，未知何據。

〔三〕「值」原作「減」，據《全唐詩話》改。

〔四〕「固」原作「困」，據《全唐詩話》改。

〔五〕《南部新書》戊：「唐制，湖州造茶最多，謂之顧渚貢焙，歲進一萬八千四百八斤。焙在長城縣西北，大曆五年以後，始有進奉。建中二年，袁高爲郡，進三千六百串，並詩，刻石在貢焙。故陸鴻漸與楊祭酒書云：『顧渚山中紫笋茶兩片，此物但恨帝未得嘗。實所歎息。一片上太夫人，一片充昆弟同啜。』後開成三年，以貢不如法，停刺史裴充。」此本之。「湖州」原作「潮州」，「陸鴻漸」，原作「杜鴻漸」，「顧渚山中」原作「顧渚中山」，據《南部新書》改。按錢大昕《十駕齋養新録》卷一九「袁高題名」條云：「頃得高題名于長興（今浙江長興縣）之小石山，即顧渚支峰，其文云：『大唐州刺史臣袁高，奉詔修茶貢訖，至西顧山最高堂，賦《茶山詩》。興元甲子三月十日。』則是賦詩在興元元年，非建中二年也。其詩云：『皇帝尚巡狩，東郊路多堙。周迴繞天涯，所獻愈殷勤。』蓋興元春朱泚竊號長安，德宗西幸奉天，故有此語。若在建中二年，則不得云『皇帝尚巡狩』矣。」蓋刺郡在建中二年，賦詩則興元元年也。

唐詩紀事校箋卷第三十六

黎逢　閻濟美　裴交泰　劉皂

黎逢

小苑春望宮池柳色詩云〔一〕：上宮新柳變〔二〕，小苑暮天晴。始望和煙密，遥憐拂水輕。色乘陽氣暖〔三〕，陰帶御溝清〔四〕。不厭隨風嫋〔五〕，仍宜向日明。垂絲遍閣樹，飛絮觸簾旌〔六〕。漸到依依處，思聞出谷鶯。

韋蘇州任京兆功曹日，有答貢士黎逢詩云〔七〕：彌月曠不接，公門但驅馳。蘭章忽有贈〔八〕，持用慰所思。不見心尚密〔九〕，況當相見時。

逢，氣貌山野，及第年，初場後至，便于簾前設席。主司異之，誚其生疏，必謂文詞稱是，專令人伺之，句句來報。初聞云：行人徘徊。曰：亦是常言。既而將及數聯，莫不驚嘆，遂擢第〔一〇〕。

逢，登大曆十二年進士第。

【校箋】

〔一〕詩題原作《小菀東望官池柳色》，據《文苑英華》卷一八八改。

〔二〕「上宫」原作「上林」，據《文苑英華》改。

〔三〕「乘」原作「承」，據《文苑英華》改。

〔四〕此句《文苑英華》作「陰助御樓清」。

〔五〕「嫋」原作「弱」，據《文苑英華》改。

〔六〕「垂絲」二句，《文苑英華》作「客中愁美景，池上仰光榮」。

〔七〕《韋江州集》卷五《答貢士黎逢》，題下注云：「時任京兆功曹。」詩凡十四句，前八句云：「茂才方上達，諸生安可希。棲神澹物表，涣汗布令詞。如彼崑山玉，本自有光輝。鄙人徒區區，稱歎亦何爲。」此節録後六句。

〔八〕「蘭章」原作「蘭草」，據《韋江州集》改。

〔九〕「尚密」原作「微密」，據《韋江州集》改。

〔一〇〕《摭言》卷五：「黎逢氣貌山野，及第年，初場後至，便于簾前設席。主司異之，誚其生疏，必謂文詞稱是，專令人伺之，句句來報。初聞云：『何人徘徊。』曰：『亦是常言。』既而將及數聯，莫不驚嘆，遂擢爲狀元。」《紀事》出此。「初聞云」原作「初問云」，據改。又「行人徘徊」原誤作「何人徘徊」，《摭言》同，按《文苑英華》卷五〇載黎逢《通天臺賦》，起句云：「行人徘徊，登秦原而游目，見漢右之荒臺。」今據改。

閻濟美

濟美，大曆九年春下第，將出關，獻座主張謂詩六韻曰：謇諤王臣直，文明雅量全。望鑪金自躍，應物鏡何偏。南國幽沉盡，東堂禮樂宣。轉令游藝士，更惜至公年。芳樹歡新景，青雲泣暮天。唯愁鳳池拜，孤賤更誰憐！謂覽之，問失第之因，具以實告，謂深有遺才之嘆。乃曰：所投六韻，必展後效。明年，濟美自江東繼薦，就試東都，謂復主文。雜文已過，繼欲帖經，濟美辭以不能。謂曰：禮闈故事，亦許作詩贖帖。遂命天津橋望洛城殘雪題。濟美曰：新霽洛城端，千家積雪寒。未收清禁色，偏向上陽殘。既而日勢已晚，詩未就。謂云：只據見在將來。一覽稱賞，遂唱過。盧景莊謂曰：前足下試蜡日祈天宗賦，以魯丘對衞賜，則子貢也，乃作駟字，誤矣。方悔之。明日，謂曰：天寒急景，諸君文卷不成，未可以呈宰相，請重録送納。既而索舊卷，則駟字上朱點在焉，易卷之意，蓋有在也。到闕，謂揖濟美曰：前日春聞遺才，所投六韻，不敢暫忘，幸副素懷矣。濟美紀其事曰：前朝公相，許與定分，一面不忘，美哉〔一〕！

濟美，貞元末歷福建觀察，爲治簡易，以工部尚書卒〔二〕。

濟美元和初刺華州，劾華陰令柳澗贓罪。韓愈使過華，上疏理澗，留中不下。詔御史按得澗贓狀，以愈妄論，復爲國子博士〔三〕。

【校箋】

〔一〕温庭筠《乾𦠆子》載「閻濟美紀事」云：「是春，某既下第，又將出關。因獻座主六韻律詩云云。座主覽焉，問某今年何者退落。具以實告，先榜落第。座主赧然變色，深有遺才之歎，乃曰：『所投六韻，必展後效。足下南去，幸無疑將來之事。』某遂出關。秋月江東求薦，名到省後，兩都置舉，座主已在洛下。比其到洛，更無相知，投跡興化里店。……有舉公盧景莊，已爲東府首薦，亦同處焉，僕馬甚豪。……十一月下旬，遂試雜文。十二月三日，天津橋放雜文榜，景莊與某俱過。其日苦寒。是月四日，天津橋作鋪帖經，景莊尋被黜落。某具前白主司曰：『某早留心章句，不工帖書，必恐不及格。』主司曰：『可不知禮闈故事，亦許詩贖？』某致詞後，紛紛去留。某又遽前白主司曰：『侍郎開奬勸之路，許作詩贖帖，未見題出。』主司曰：『賦《天津橋望洛城殘雪》詩。』某只作得二十字，某詩曰：『新霽洛城端，千家積雪寒。未收清禁色，偏向上陽殘。』已聞主司催納詩甚急，日勢又晚，某告主司：『天寒水凍，書不成字。』便聞主司處分：『得句見在將來。』主司一覽所納，稱賞再三，遂唱過。其夕，景莊相賀，云：『前與足下並鋪試《蜡日祈天宗賦》，竊見足下用「魯丘」對「衛賜」，據義衛賜則子貢也，足下書衛「賜」作「駟」馬字，唯以此奉憂耳。』某聞是説，反思之，實作『駟』馬字，意甚惶駭。比榜出，某濫忝第，與狀頭同參座主。座主曰：『諸公試日，天寒急景，寫札雜文，或有不如法。今恐文書到西京，須呈宰相，請先輩等各買好紙，從來請印，如法寫淨送納，抽其退本。』諸公大喜。及某撰本却請出，『駟』字上朱點極大。座主還闕之日，獨揖前曰：『春間遺才，所投六韻不敢暫忘，聊副奉約耳。』……前朝公相，許與定分，一面不忘，美哉！」此節引之。濟美詩「偏向上陽殘」句，「偏」原作「徧」，據改。

〔二〕《新唐書》卷一五九《盧坦傳》：「閻濟美者，第進士，有長者名。貞元末，繇婺州刺史爲福建觀察使，徙浙西。爲治簡易，居鎮未嘗增常賦。……以工部尚書致仕，卒。」

〔三〕《舊唐書》卷一六〇《韓愈傳》：「元和初，召爲國子博士，遷都官員外郎。時華州刺史閻濟美以公事停華陰令柳澗縣務，俾攝掾曹。居數月，濟美罷郡，出居公館，澗遂諷百姓遮道索前年軍頓役直。後刺史趙昌按得澗罪以聞，貶房州司馬。愈因使過華，知其事，以爲刺史相黨，上疏理澗，留中不下。詔監察御史李宗奭按驗，得澗贓狀，再貶澗封溪尉。以愈妄論，復爲國子博士。」

裴交泰

長門怨云：自閉長門經幾秋，羅衣濕盡淚還流。一種蛾眉明月夜〔一〕，南宮歌吹北宮愁〔二〕。范攄曰：近日舉場詩尤新，章孝標對月云：長安一夜千家月，幾處笙歌幾處愁？

有類乎裴交泰〔三〕。

交泰，貞元間詩人。

【校箋】

〔一〕「蛾眉」原作「峨嵋」，據《文苑英華》卷二〇四及《樂府詩集》卷四二改。

〔二〕「歌吹」，《文苑英華》同，《樂府詩集》作「歌管」。

〔三〕范攄《雲溪友議》卷下「巢燕辭」條：「近日舉場爲詩清切，而鄙元和風格，用高往式乎，然由工用之不同矣。章正字孝標《對月》落句云：『長安一夜千家月，幾處笙歌幾處愁。』有類乎秦交（按，當作交泰）云：『一種蛾眉明月夜，南宮歌吹北宮愁。』」

劉　皂

長門怨云：宫殿沉沉月色分〔一〕，昭陽宫漏不堪聞〔二〕。珊瑚枕上千行淚，不是思君是恨君〔三〕。

皂，貞元間人也。

韋莊載皂長門怨云：淚滴長門秋夜長，愁心和雨到昭陽。淚痕不學君恩斷，拭却千行更萬行〔四〕。

【校箋】

〔一〕「月色分」，《文苑英華》卷二〇四及《樂府詩集》卷四二作「月欲分」。

〔二〕「宮漏」，《文苑英華》及《樂府詩集》作「更漏」。

〔三〕「不是思君是恨君」句，《文苑英華》、《樂府詩集》同。《英華》注云：「一作『半是思君半恨君』。」

〔四〕此據韋莊《又玄集》卷上。其卷下又載女郎劉媛《長門怨》云：「雨滴梧桐秋夜長，愁心和雨到昭陽。淚痕不學君恩斷，拭却千行更萬行。」實爲一詩兩載。本書卷七九女郎劉媛下亦重載此詩。蓋始誤于令狐楚《御覽詩》，其載劉皂《長門怨二首》，第一首云：「蟬鬢慵梳倚帳門，蛾眉不掃慣承恩。傍人未必知心事，一面殘粧空淚痕。」其第二首應即「宮殿沉沉」一首，而誤以劉媛之作當之，《又玄集》卷上一首，乃承其誤。《才調集》及《文苑英華》卷二〇四所載，亦皆屬劉媛作，此當删。

唐詩紀事校箋卷第三十七

元稹

稹爲御史，奉使東川，于褒城題黄明府詩。其序云：昔年曾于解縣飲酒〔一〕，余爲觥録事。嘗于竇少府廳〔二〕，有一人後至〔三〕，頻犯語令，連飛十數觥，不勝其困，逃席而去〔四〕。醒後問人，前虞鄉黄丞也〔五〕。此後絶不復知。元和四年三月，奉使東川，十六日，至褒城驛東數里，遥望驛亭前有大池，樓榭甚盛〔六〕。逡巡，有黄明府見迎。瞻其形容，髣髴似識，問其前銜，即曩日逃席黄丞也。説向前事，黄生惘然而悟，因饋酒一樽，艤舟請余同載。余不免其意，與之盡歡。徧問褒陽山水〔七〕，則褒姒所奔之城在其左，諸葛所征之路次其右。感今懷古，作贈黄明府詩曰：昔年曾痛飲〔八〕，黄令困飛觥。席上當時走，馬前今日迎。依稀迷姓字，積漸識平生〔九〕。故友身皆遠，他鄉眼暫明。便邀連榻坐〔一〇〕，兼共刺船行〔一一〕。酒思臨風亂，霜稜拂地平。不看深淺酌，貪愴古今情〔一二〕。迤邐七盤路，坡陀數丈城〔一三〕。花疑褒女笑，棧想武侯征〔一四〕。一種埋幽石，老閑千載名〔一五〕。出本事詩。

稹聞西蜀薛濤有辭辯，及爲監察使蜀，以御史推鞫，難得見焉〔一六〕。嚴司空潛知其意，每遣薛往。洎登翰林，以詩寄曰：錦江滑膩峨眉秀，化出文君與薛濤〔一七〕。言語巧偷鸚鵡舌，文章分得鳳凰毛。紛紛辭客多停筆，箇箇君侯欲夢刀〔一八〕。别後相思隔煙水，菖蒲花發五雲高〔一九〕。後廉問浙東，乃有劉採春自淮甸而來，容華莫比。元贈詩曰：新粧巧樣畫雙蛾，慢裹恒州透額羅〔二〇〕。正面偷輪光滑笏〔二一〕，緩行輕踏皺紋靴〔二二〕。言辭雅措風流足，舉止低迴秀媚多。更有惱人腸斷處，選詞能唱望夫歌。望夫歌者，即羅嗊之曲也。元公在浙河七年，因醉題東武〔二三〕。其詩曰：役役行人事，紛紛碎簿書。功夫兩衙盡，留滯七年餘。病痛梅天發，親情海岸疏。因循未歸得，不是戀鱸魚〔二四〕。盧侍御簡求戲曰〔二五〕：丞相雖不爲鱸魚，爲好鏡湖春色耳〔二六〕。謂採春也。公先娶京兆韋氏，字蕙叢。韋逝，爲詩悼之曰：曾經滄海難爲水，除却巫山不是雲〔二七〕。出雲溪友議。

稹元和四年爲御史，鞫獄梓潼，樂天昆仲送至城西而别。後旬日，昆仲與李侍郎建閑游曲江及慈恩寺，飲酣作詩曰：花時同醉破春愁，醉折花枝作酒籌。忽憶故人天際去，計程今日到梁州。後旬日，得元書，果以是日至褒，仍寄詩曰：夢君兄弟曲江頭，也到慈恩院院游。驛吏喚人排馬去，忽驚身在古梁州。千里魂交，合若符契。白有感夢記備叙其事〔二八〕。

稹以明經制策入仕，其一篇自述曰：延英引對碧衣郎，江硯宣毫各別床。天子下簾親考試，宫人手裏過茶湯。是時貴族並應制科，用爲男子榮進〔二九〕。

連昌宫詞云：連昌宫中滿宫竹，歲久無人森似束〔三〇〕。又有牆頭千葉桃，風動落花紅蔌蔌。宫邊老人爲余泣，小年選進因曾入。上皇正在望仙樓，太真同憑欄竿立。樓上樓前盡珠翠，炫轉熒煌照天地。歸來如夢復如癡，何暇備言宫裏事。初過寒食一百六，店舍無煙宫樹緑〔三一〕。夜半月高絃索鳴〔三二〕，賀老琵琶定場屋。力士傳呼覓念奴，念奴潛伴諸郎宿。須臾覓得又連催，特勑街中許燃燭。春嬌滿眼睡紅綃，掠削雲鬟旋粧束。飛上九天歌一聲，二十五郎吹管逐。逡巡大遍梁州徹，色色龜茲轟録續〔三三〕。李謩擫笛傍宫牆，偷得新翻數般曲。平明大駕發行宫，萬人鼓舞途路中〔三四〕。百官隊仗避岐薛，楊氏諸姨車鬬風。明年十月東都破，御路猶存禄山過。驅令供頓不敢藏，萬姓無聲淚潛墮。兩京定後六七年，却尋家舍行宫前。莊園燒盡有枯井，行宫門闥樹宛然〔三五〕。爾後相傳六皇帝，不到離宫門久閉。往來年少説長安，玄武樓成華萼廢〔三六〕。去年勑使因斫竹〔三七〕，偶值門開暫相逐，荆榛櫛比塞池塘，狐鬼驕癡緣樹术。舞榭欹傾基尚存，文窗窈窕紗猶緑。塵埋粉壁舊花鈿，鳥啄風箏碎珠玉。上皇偏愛臨砌花。依然御榻臨階斜〔三八〕。蛇出燕巢盤斗栱，菌生香案正當衙。寢殿相連端正樓，太真梳洗樓上頭。晨光未出簾影黑，至今反掛珊瑚鈎。指向傍人因慟哭，却出宫門淚相續。自從此後還閉門，夜夜狐狸上門屋。我聞此語心骨悲，太平誰致亂者誰？翁言野父何分别，耳聞眼見爲君説。姚崇宋璟作相公，勸諫上皇言語切。燮理陰陽禾黍豐，調和中外無兵戎。長官清平太守好，揀選皆言由相公。開元欲末姚宋死，朝庭漸漸由妃子。禄山宫裏養作兒，虢國門前鬧如市。弄權宰相不記名〔三九〕，依稀憶得楊與李。廟謀顛倒四海摇〔四〇〕，五十年來作瘡痏。今皇神聖丞相明，詔書纔下吴蜀平。官軍又取淮西賊，此賊亦除天下寧。年年耕種宫前道，今年不遣子孫耕。老翁此意深望幸，努力廟謀休用兵。穆宗時，嬪御多誦積歌，宫中號爲元才子。後荆南監軍崔潭峻歸朝，出積連昌宫詞等百餘篇奏御，穆宗大悦，即日拜祠部郎中、知制誥〔四一〕。

積上令狐文公書云〔四二〕：某始自御史府謫官于外〔四三〕，十餘年矣。閑誕無事，遂用力于詩章〔四四〕，日益月滋，有詩千餘首。其間感物寓意，可備矇瞽之風達者有之〔四五〕。詞直氣麤，罪戾是懼〔四六〕，固不敢陳露于人，惟盃酒光景間，屢爲小碎篇章，以自吟暢。然以爲律體卑下〔四七〕，格力不揚，苟無姿態，則陷流俗。常欲得思深語近〔四八〕，韻律調新，屬對無差，而風情自遠，然而病未能也〔四九〕。江湖間多有新進小生，不知天下文有宗主，妄相倣傚，而又從而失之，遂至于支離褊淺之調〔五〇〕，皆目爲元和詩體。某又與同門生白居易友善，居易雅能爲詩，就中愛驅駕文字，窮極聲韻，或爲千言，或爲五百言律詩，以相投寄。小生自審不能有以過之，往往戲排舊韻，别創新詞，名爲次韻相酬〔五一〕，蓋欲以難相挑耳。江湖間爲詩者〔五二〕，或相倣傚〔五三〕，力或不足〔五四〕，則至于顛倒語言，重複首尾，韻同意等，不異前篇〔五五〕，亦目爲元和詩體。而司文者考變雅之由〔五六〕，往往歸咎于某。嘗以爲雕蟲小事，不足自明也。

樂天在洛，大和中，稹拜左丞，自越過洛，以二詩别樂天云：君應怪我留連久，我欲與君辭别難。白頭徒侣漸稀少，明日恐君無此歡。又云：自識君來三度别，這回白盡老髭鬚。戀君不去君須會，知得後迴相見無？未幾，死于鄂。樂天哭之曰：始以詩交，終以詩訣，絃筆相絶，其今日乎〔五七〕！

屈指貞元舊朝士，幾人同見大和春。感興句〔五八〕。兒歌楊柳葉，妾拂石榴花〔五九〕。句。遠路事無限，相逢惟一言。月色照榮辱，長安千萬門。逢白公句。右張爲取作主客圖。

稹序詩寄樂天云〔六〇〕：僕九歲學賦詩〔六一〕，長者往往驚其可教〔六二〕。年十五六，粗識聲病。時貞元十年已後，德宗皇帝春秋高〔六三〕，理務因人〔六四〕，最不欲文法吏生天下罪過。外閫節將，動十餘年不許朝覲〔六五〕，死于其地不易者十八九。而又將豪卒愎之處，因喪負衆，横相賊殺，告變駱驛，使者迭窺，旋以狀聞天子曰：某色將某能遏亂，亂衆寧附，願爲其帥〔六六〕。名爲衆情，其實逼詐，因而可之者又十八九。前置介倅，因緣交授者亦十四五。由是諸侯敢自爲旨意〔六七〕，有羅列兒孫以自固者〔六八〕，有開導蠻夷以自重者。省寺符篆，因于几閤〔六九〕，甚者擬詔旨視一境如一室〔七〇〕，刑殺其下，不啻僕畜〔七一〕，厚加剥奪，名爲進奉，其實貢入之數百一焉。京城之中，亭第邸店以曲巷斷〔七二〕；侯甸之内，水陸腴沃以鄉里計；其餘奴婢資財，生生之備，稱是〔七三〕。朝廷大臣，以謹慎不言爲樸雅。以時進見者，不過一二親信。直臣議士〔七四〕，往往抑塞。禁省之間，時或繕完隤墜〔七五〕，豪家大帥，乘聲相扇，延及老佛〔七六〕，土木妖熾，習俗不怪。上不欲令有司備宫闥中小碎須求，往往持幣帛以易餅餌，吏緣其端，剽奪百貨，勢不可禁。僕時孩騃，不慣聞見，獨于書傳中初習理亂萌漸，心體悸震，若不可活，思欲發之久矣。適有人以陳子昂感遇詩相示，吟玩激烈，即日爲寄思玄子詩二十首。故鄭京兆于僕爲外諸父〔七七〕，深賜憐奬，因以所賦呈獻，京兆翁深相駭異。秘書少監王表在坐，顧謂表曰：「使此兒五十不死，其志義何如哉！惜吾輩不見其成就。」因召諸子，訓責泣下。僕亦竊不自怠〔七八〕，由是勇于爲文。又久之，得杜甫詩數百首，愛其浩蕩津涯，處處臻到，始病沈、宋之不存寄興，而訝子昂之未暇旁備矣。不數年，與詩人楊巨源友善，日課爲詩。性復僻懶，人事常有閑暇，間則有作〔七九〕，識足下時，有詩數百篇矣。習慣性靈，遂成病蔽。每公私感憤，道義激揚，朋友切磨，古今成敗，日月遷逝，光景慘舒〔八〇〕，山川勝勢，風雲景色，當花對酒，樂罷哀餘，通滯屈伸，悲歡合散，至于疾恙躬身〔八一〕，悼懷昔游〔八二〕，凡所對遇異于常者〔八三〕，則欲賦詩。又不幸年三十二時，有罪譴棄，今三十七矣。五六年間〔八四〕，是丈夫心力壯時，常在閑處，無所役用，性不近道，未能淡然忘懷，又復懶于他欲。全盛之氣，注射語言，雜揉精粗，遂成多文〔八五〕，然亦未嘗繕寫。適值河東李明府景儉在江陵時，僻好僕詩章，謂爲能解〔八六〕，欲得盡取觀覽，僕因撰成卷軸。其中有旨意可觀而詞近古往者〔八七〕，爲古諷；意亦可觀而流在樂府者，爲樂諷；詞雖近古而止于吟寫性情者〔八八〕，爲古體；詞實樂流而止于模象物色者，爲新題樂府；聲勢沿順屬對穩切者，爲律詩，仍以七言五言爲兩體，其中有稍存寄興與諷爲流者，爲律諷。不幸少有伉儷之悲，撫存感往，成數十詩，取潘子悼亡爲題。又有以干教化者。近世婦人〔八九〕，暈淡眉目，綰約頭鬢〔九〇〕，衣服修廣之度，及匹配色澤，尤劇怪豔〔九一〕，因爲豔詩百餘首，詞有今古，又兩體。自十六時至是，元和七年矣，有詩八百首，色類相從，共成十體，凡二十卷。自笑冗亂〔九二〕，亦不復置之于行李〔九三〕。昨來京師，偶在筐篋〔九四〕。及通行，盡置足下。僅亦有說：僕聞上士立德，其次立事，不遇立言。凡人急位，其次急利，下急食。僕天與不厚，既乏全然之德；命與不遇，未遭可爲之事；性與不惠，復無垂範之言。兀兀狂癡，行近四十，徼名取位，不過于第八品，而冒憲已六七年，授通之初，有習通之熟者曰：通之地濕墊卑褊〔九五〕，人士稀少，近歲荒札，死亡過半，邑無吏，市無貨，百姓茹草木，刺史以下，計粒而食。大有虎豹蛇虺之患〔九六〕，小有蟆蚋浮塵蜘蛛蛒蜂之類〔九七〕，皆能鑽囓肌膚，使人瘡痏。夏多陰霪，秋爲痢瘧，地無醫巫藥石，萬里病者，有百死一生之慮。夫何以僕之命不厚也如此！智不足也又如此！其所詣之憂險也又復如此！則安能保持萬全，與足下必復京輦，以須他日立言立事之驗耶！但恐一旦與急食者相扶而終〔九八〕，使足下受天下友不如己之誚〔九九〕。是用悉所爲文，留穢箱笥，比夫格弈樗塞之戲〔一〇〇〕，猶曰愈于飽食。僕所爲不又愈于格弈樗塞之戲乎〔一〇一〕？昨行巴南道中，又有詩五十一首，文書中得七年已後所爲，向二百篇，繁亂冗雜，不復置之執事前。所爲寄思玄子者〔一〇二〕，小歲云爲〔一〇三〕，文不能自足其意，貴其起予之始，且志京兆翁見遇之由〔一〇四〕。今亦寫爲古諷之一，移諸左右。僕少時授吹噓之術于鄭先生，病懶不就，今在閑處，思欲怡神保和，以求其内〔一〇五〕，異日亦不復費詞于無用之文矣。省視之煩，庶亦已于是乎？

琵琶歌〔一〇六〕：寄管兒兼誨鐵山。琵琶宫調八十一，旋宫三調彈不出。玄宗偏許賀懷智，段師此藝還相匹。自後流傳指撥衰，崑崙善才徒爾爲！澒聲少得似雷吼〔一〇七〕，纏去聲。絃不敢彈羊皮〔一〇八〕。人間奇事會相續，但有卞和無有玉。段師弟子數十人，李家管兒稱上足。管兒不作供奉兒，抛在東都雙鬢絲。逢人便請送盃盞，著盡工夫人不知〔一〇九〕。李家兄弟皆愛酒，我是酒徒爲密友。著作曾邀連夜宿，中輾清溪華新緑。平明船載管兒行〔一一〇〕，盡日聽彈無限曲。曲名無限知者鮮，霓裳羽衣偏宛轉。涼州大遍最豪嘈，緑腰散序多籠撚。我聞此曲深賞奇，賞著奇處驚管兒。管兒爲我雙淚垂，自彈此曲長長悲〔一一一〕。淚垂捍撥朱絃濕，冰泉嗚咽流鶯澁。因兹彈作雨霖鈴，風雨蕭條鬼神泣。一彈既罷又一彈，珠幢夜靜風珊珊。低徊慢弄關山思，坐對燕然秋月寒。月寒一聲深殿磬，驟彈曲破音繁併。百萬金鈴旋去聲。玉盤，醉客滿船皆暫醒。自兹聽後六七年，管兒在洛我朝天。游想慈恩杏園裏，夢寐仁風花樹前。去年御史留東臺，公私蹙促顔不開。今春制獄正撩亂，晝夜推囚心似灰。暫輟歸時尋著作，著作南園花拆萼。胭脂耀眼桃正紅〔一一二〕，雪片滿溪梅已落。是夕青春值三五，花枝向月雲含吐。著作施樽命管兒，管兒久别今方覩。管兒還爲彈緑腰，緑腰依舊聲迢迢。猿鳴雪岫來三峽，鶴唳晴空聞九霄。逡巡彈得緑腰徹，霜刀破竹無殘節。幽關鵶軋胡鴈悲，斷絃砉騞層冰裂。我爲含淒歎奇絶，許作長歌始終説〔一一三〕。藝奇思寡塵事多，許來寒暑又經過。如今左降在閑處，始爲管兒歌此歌。歌此歌，寄管兒，管兒管兒憂爾衰〔一一四〕。爾衰之後繼者誰？繼之無乃在鐵山。鐵山已近曹穆間，二善才。性靈甚好功猶淺，急處未得臻幽閑。努力鐵山勤學取，莫遺後來無所祖〔一一五〕！

何滿子歌〔一一六〕：張湖南座爲唐有態作。何滿能歌能宛轉，天寶年中世稱罕。嬰刑繫在囹圄間，下調哀音歌憤懣。梨園弟子奏玄宗，一唱承恩羈網緩。便將何滿爲曲名，御譜親題樂府纂。魚家入内本領絶，葉氏有年聲氣短。自外徒煩記得詞〔二一七〕，點拍纔成已夸誕。我來湖外拜君侯〔二一八〕，正值灰飛仲春琯。廣宴江亭爲我開，紅粧逼坐花枝暖〔二一九〕。此時有態踏華筵，未吐芳詞貌夷坦。翠蛾轉盼摇雀釵，碧袖歌垂翻鶴卵。定面凝眸一聲發，雲停塵下何勞算。迢迢擊磬遠玲玲，一一貫珠勻款款。犯羽含商移調態，留情度意抛絃管。湘妃寶瑟水上來〔二二〇〕，秦女玉簫空外滿。纏綿疊破最慇勤，整頓衣裳事閑散〔二二一〕。冰含遠溜咽還通〔二二二〕，鶯泥晚花啼漸嬾。斂黛吞聲若自冤，鄭袖見捐西子浣。陰山鳴鴈曉斷行，巫峽哀猿夜呼伴。古者諸侯饗外賓，鹿鳴三奏陳圭瓚。何如有態一曲終，牙籌記令紅螺盞〔二二三〕。

五絃彈云：趙璧五絃彈徵調，徵聲巉絶何清峭！辭雄皓鶴警露啼，失子哀猿繞林嘯。風入春松正凌亂，鶯含曉舌憐嬌妙〔二二四〕。嗚嗚暗溜咽冰泉，殺殺霜刀澁寒鞘。促節頻催漸繁撥，珠幢斗絶金鈴掉。千靫鳴鏑發胡弓，萬片清球擊虞廟。衆樂雖同第一部，德宗皇帝常偏召。旬休節假暫歸來，一聲狂殺長安少。主第侯家最難見，挼蘇雷反。歌按曲皆承詔。水晶簾外教貴嬪〔二二五〕。瑇瑁筵心伴中要。臣有五賢非此絃，或在拘因或屠釣。一賢得進勝累百，兩賢得進同周召；三賢仕漢滅暴强，四賢鎮岳寧邊徼；五賢並用調五常，五常既序三光曜。趙璧五絃非此賢，九九何勞設庭燎。

放言五首云：近來逢酒便高歌，醉舞詩狂漸欲魔〔一二六〕。五斗解酲猶恨少，十分飛盞未嫌多。眼前讎敵都休問，身外功名一任他。死是等閑生也得，擬將何事奈吾何。其一 莫將心事厭長沙，雲到何方不是家。酒熟餔糟學漁父，飯來開口似神鴉。竹枝待鳳千莖直，柳樹迎風一向斜。總被天公霑雨露，等頭成長盡生涯。其二 霆轟電焱數聲頻，不奈狂夫不藉身。縱使被雷燒作燼，寧殊埋骨颺爲塵。得成蝴蝶尋花樹，儻化江魚掉錦鱗〔一二七〕。必若乖龍在諸處，何須警動自來人。其三 安得心源處處安，何勞終日望林巒。玉英惟向火中冷，蓮葉元來水上乾。甯戚飯牛圖底事？陸通歌鳳也無端。孫登不語啟期樂〔一二八〕，各自當情各自歡。其四 三十年來世上行，也曾狂走趁浮名。兩迴左降須知命，數度登朝何處榮。乞我杯中松葉滿，遮渠肘上柳枝生。他時定葬燒缸地，賣與人家得酒盛〔一二九〕。其五

和樂天過秘閣書省舊廳云：聞君西省重徘徊，秘閣書房次第開。壁記欲題三漏合〔一三〇〕，吏人驚問十年來。經排蠹簡憐初校〔一三一〕，芸長陳根識舊栽。司馬見詩心最苦，滿身蚊蚋笑煙埃〔一三二〕。

和樂天贈楊秘書云：昔與楊郎在帝城〔一三三〕，搜天斡地覓詩情。曾因並句甘稱小，不

爲論年便喚兄。刮骨直穿由苦鬭，蓼腸翻出暫閑行。因君投贈還相和，老去那能競底名〔一三四〕。

琵琶云：學語胡兒撼玉鈴，甘州破裏最星星。使君自恨常多事，不得功夫夜夜聽。

内狀詩寄楊白二員外時知制誥。云：天門暗闢玉錚鍧，晝送中樞曉禁清。彤管内人書細膩，金奩御印篆分明。衝街不避將軍令，跋勑兼題宰相名。南省郎官誰待詔〔一三五〕，與君將向世間行。

酬樂天餘思不盡加爲六韻之作云〔一三六〕：律呂同聲我爾身〔一三七〕，文章君是一伶倫。衆推賈誼爲才子，帝喜相如作侍臣。樂天先有秦中吟及百節判，皆爲書肆市賈題其卷云〔一三八〕：白才子文章。又樂天知制誥詞云：覽其詞賦，喜與相如並處一時〔一三九〕。次韻千言曾報答，樂天曾寄予千字律詩數首，予皆次用本韻酬和〔一四〇〕。後來遂以成風耳。直詞三道共經綸。樂天與予同應制科，並求前輩切直詞策〔一四一〕，以盡經邦之術。其事已具之字詩注中爾〔一四二〕。元詩駁雜真難辨，後輩好僞作，予詩傳流諸處，自到會稽〔一四三〕，已有人寫宮詞百篇及雜詩兩卷，皆云是余所撰。及手勘驗〔一四四〕，無一篇是者。白樸流傳用轉新。樂天于翰林中書，取書詔批答詞等〔一四五〕，撰爲程式〔一四六〕，禁中號曰白樸。每有新入學士求訪，寶重過于六典也〔一四七〕。蔡女圖書雖在口，蔡琰口誦家書四百餘篇。于公門户豈生塵。樂天嘗贈予詩云：詩心如肺石，動必達窮民。東川八十家，寃憤一言申〔一四八〕。因感無兒之嘆，故余自有此句。商瞿末老猶希冀，莫把籯金便付人。

寄浙西李大夫四首云〔一四九〕：柳眼梅心漸欲春，白頭西望憶何人。金陵太守曾相伴，共踏銀臺一路塵。又云：蕊珠深處少人知，網索西臨太液池。浴殿曉聞天語後〔一五〇〕，步廊騎馬笑相隨。網索在太液上，學士候對歇于此。又云：禁林同直話交情，無夜無曾不到明。最憶西樓人靜後，玉晨鐘磬兩三聲。玉晨觀在紫宸殿後面也。又云：由來鵬化便圖南，浙右雖雄我未甘。早渡西江好歸去，莫抛舟楫滯春潭。

微之善紀事，如臺中鞫獄贈周兄詩云〔一五一〕：鬭裝轡頭觿，靜拭腰帶斑。鷂子繡線韝，狗兒金油去聲。鐶。又：坐卧摩錦褥，捧擁綵絲鬟。罰俸西歸詩云〔一五二〕：邀我上華筵，横頭坐賓位。那知我年少，深解酒中事。能唱犯聲歌，偏精變籌義。含詞待殘拍，促舞遞繁吹。叫噪擲投盤，生獰攝觥使。寄吴士矩云〔一五三〕：予時最年少，專務酒中職。未解愧生獰，偏矜任狂直。曲庇挑根盞，横講捎雲式。亂布鬭分明，惟新間讒慝。恥作最先吐，羞言未朝食。酬東川李相公云〔一五四〕：昔附赤霄羽，葳蕤游紫垣。鬭班香案上，奏語玉晨尊。酬白學士云〔一五五〕：並入紅蘭署，偏親白玉規。又：鬭班雲洶湧，開扇雉參差。又：麴梨通蔕朽，無味。火米帶芒炊。不精。葦笋針筒束，鯾魚箭羽鬐。又：病賽烏稱鬼，巫占瓦代龜。南人賽烏鬼。紀懷贈李六云〔一五六〕：昔冠諸生首，初因三道徵。公卿碧墀會，名姓白麻稱。答胡靈芝云〔一五七〕：矮馬駹鬉䩞，犛茆。牛獸面纓。又：一船席外語，三榼拍心精。傳盞加分數，橫波擲目成。華奴歌淅淅，鹽。媚子侮卿卿。又：環坐唯便草，投盤暫廢觥。又：柳愛凌寒軟，梅憐上番驚。又：雨催魚火焰，風引去。竹枝聲。痁卧戲呈諸公〔一五八〕：籌箭隨宜放，投盤止罰啀。紅娘留醉打，舞引紅娘拋打曲名。觥使及醒差。酒中觥使席上右職。又：槍旗如在手，籌箭色目。那復敢崴裹。酬樂天東南行云〔一五九〕：科試銓衡局，衙參典校廚。書判同年，校正同省。月中分桂樹，天上識菖蒲。又：白麻雲色膩，墨詔電光粗。又：祖竹叢新筍，孫枝壓舊梧。又酬樂天待漏入閣云〔一六〇〕：未勘銀臺契，先排浴殿關。沃心因特召，承旨絶常班。承旨在學士上。颭閃才人袖，宮官傳詔。嘔鵶軟輿鐶。宮花低作帳，雲從積成山。密視樞機草，偷瞻咫尺顔。恩垂天語近，對久漏聲閑。丹陛曾同立，金鑾恨獨攀。樂天舍人，微之翰林。筆無鴻業潤，袍愧紫文殷。河水通天上，瀛洲接世間。謫仙名籍在，何不重來還。神麴酒云〔一六一〕：七月調神麴，三月釀緑醽。雕鐫荆玉盞，烘透内丘瓶。戴光弓詩云〔一六二〕：潞府筋角勁，戴光因合成。閑云〔一六三〕：晻淡洲煙白，籬篩日腳紅。江喧過雲雨，船泊打頭風。艇子收魚市，鵶兒噪荻叢。不堪堤上立，滿眼是蚊蟲。狂醉云〔一六四〕：峴亭今日顛狂醉，舞引紅娘亂打人。亞枝紅云〔一六五〕：平陽池上亞枝紅，桃花平在池上。悵望山郵是事同。還向萬莖深竹裏，一枝渾卧碧流中。

稹在鄂州，周復爲從事，常命酬唱。復簪笏見稹曰：某偶以大人往還，獲一第，其實不能詩賦。積曰：質實如是，賢于能詩遠矣[一六六]。

一云微之守浙東，樂天守蘇臺，遞筒唱和[一六七]，內一聯云：有月多同賞，無杯不共持[一六八]。兩地暗合。

【校箋】

[一]「昔年」，《本事詩》同，《元氏長慶集》卷一〇《黃明府詩並序》作「小年」。本條即采自《本事詩·事感第二》。

[二]「少府」原作「明府」，據《本事詩》、《元氏長慶集》改。

[三]「後」字原脱，據《本事詩》、《元氏長慶集》補。

[四]「不勝其困，逃席而去」原作「不勝因逃去」，據《本事詩》、《元氏長慶集》補、改。

[五]「虞鄉」原作「虞卿」，據《本事詩》、《元氏長慶集》改。

[六]「至褒城東數里，遥望驛亭前有大池，樓榭甚盛」三句，原作「至褒城驛」，據《元氏長慶集》補、改。《本事詩》作「至褒城，望驛，有大池，樓榭甚盛」。

[七]「褒陽」，《本事詩》及《元氏長慶集》作「座隅」。

[八]「昔年」，《本事詩》同，《元氏長慶集》作「少年」。

[九]「積漸」，《元氏長慶集》同，《本事詩》作「即漸」。

[一〇]「連榻」，《元氏長慶集》同，《本事詩》作「同榻」。

〔一一〕「刺」原作「剔」，據《本事詩》改，《元氏長慶集》作「榜」。

〔一二〕「貪」，《元氏長慶集》同，《本事詩》作「還」。

〔一三〕「坡陀數丈城」原作「坡拖數大城」，據《元氏長慶集》改。《本事詩》「丈」亦誤作「大」。

〔一四〕「想」原作「息」，據《本事詩》、《元氏長慶集》改。

〔一五〕「老閑」原作「空開」，據《本事詩》、《元氏長慶集》改。老閑，唐人習語，空自，徒然之意。白居易《自詠》詩：「且向安處去，其餘皆老閑」是也。

〔一六〕按本條出《雲溪友議》卷下《艷陽詞》條。文末原有注云：「出《本事詩》。」誤，今改。《友議》于此句下，尚有「及就除拾遺」一句，説明元稹與薛濤相見在「使蜀」之後。然據《新唐書》卷一七四《元稹傳》，稹拜左拾遺在元和元年，其使蜀乃在元和四年；且《舊唐書》卷一四六《嚴綬傳》載，鎮河東九年「(元和)四年，入拜尚書右僕射」，稹至蜀時，嚴綬不在成都，亦無由遣薛濤往侍也。小説家言，殆未可盡信。

〔一七〕「化出」原作「生出」，據《雲溪友議》改。

〔一八〕「君侯」，《雲溪友議》同，毛本作「公侯」。

〔一九〕稹爲翰林承旨學士在長慶元年，見兩《唐書》本傳及白居易《河南元公墓志銘》，去使蜀又歷十二年，其爲浙東觀察使更在長慶三年，是時薛濤已垂垂老矣。《友議》于「廉問浙東」下又云：「方擬馳使往蜀取濤」，按之情理，必無是事。元詩云：「别後相思隔煙水」，既未相見，何以言別？恐亦贋作耳。

〔二〇〕「慢裏恒州」原作「裏慢常州」，據《雲溪友議》改。

〔二一〕「偷輪」原作「偷倫」，據《雲溪友議》改。毛本作「偷匀」。

〔二二〕「緩」原作「暖」，「靴」原作「波」，據《雲溪友議》改。

〔二三〕「東武」，《雲溪友議》作「東武亭」。《友議》此下有注云：「此亭宋武帝所製，壯麗天下莫比也。」

〔二四〕「戀」原作「憶」，據《雲溪友議》改。

〔二五〕「侍御」原作「侍郎」，據《雲溪友議》改。簡求時在元稹幕府，（見《新唐書》一七七《盧簡辭傳》）亦未嘗官侍郎也。

〔二六〕盧簡求語，《雲溪友議》作「丞相雖不戀鱸魚，乃戀誰耶？」此語乃用曾慥《類説》引楊湜《古今詩話》。

〔二七〕《雲溪友議》：「初娶京兆韋氏，字蕙叢。……蕙叢逝，不勝其悲。（原注：韓侍郎作墓銘）爲詩悼之曰……又云：『曾經滄海難爲水，除却巫山不是雲。』」

〔二八〕《説郛》卷四載白行簡《三夢記》其二云：「元和四年，河南元微之爲監察御史，奉使劍外。逾旬，予與仲兄樂天、隴西李杓直（建）同游曲江。詣慈恩佛舍，遍歷僧院，淹留移時，日已晚。同詣杓直修行里第，命酒對酬，甚歡暢。兄停杯久之，曰：『微之當達梁矣。』命題一篇于壁，其詞曰云云，實二月二十一日也。十許日，會梁州使適至，獲微之書一函，後寄《紀夢詩》一篇，其詞曰云云，日月與游寺題詩日月率同。蓋所謂此有所爲而彼夢之者矣。」孟棨《本事詩·徵異第五》：「元相公稹爲御史，鞫獄梓潼。時白尚書在京，與名輩游慈恩，小酌花下，爲詩寄元曰：『花時同醉破春愁，醉折花枝當酒籌。忽憶故人天際去，計程今日到梁州。』時元果及褒城，亦寄夢游詩曰：『夢君兄弟曲江頭，也向慈恩院裏游。驛吏喚人排馬去，忽驚身在古梁州。』千里神交，合若符契，友朋之道，不期至歟！」計氏蓋合二者記之。末云「白有《感夢記》備叙其事」，謂白行簡之文也。此句「白」原作「自」，據張本、毛本改。白詩見《白氏長慶集》卷一四，題作《同李十一（建）醉憶元九》，元詩見《元氏長慶集》卷一七，爲《使東川》七言絶句二十二首之五，詩題《梁州夢》，自注云：「是夜宿漢川驛，夢與杓直、樂天同游曲江，兼入慈恩諸院。倏然而寤，則遞乘及階，郵使已傳呼報曉矣。」其詩首句「兄弟」作「同繞」，三句作「亭吏呼人排去馬」，文字小異。或云：《三夢記》爲唐末人據元、白二詩僞撰，故《太平廣記》不收，説當可信。

〔二九〕《雲溪友議》卷下《瑯琊忤》：「元公以諱秀，明經制策入仕，其一篇《自述》云：『延英引對碧衣郎，紅硯宣毫各別牀。天子下簾親自問，宮人手裏過茶湯。』是時貴族競應制科，用爲男子榮進，莫若兹乎，乃自河南之喻也。」按此首亦載本書卷四四王建《宮詞百首》及《王建詩集》中，建爲大歷十年進士，見《郡齋讀書志》及《唐才子傳》。明經及第，唐人所輕。此篇疑非元稹自述之作也。「江硯」，《萬首唐人絶句》同，作「紅硯」，非。

〔三〇〕「似」原作「自」，據《又玄集》、《唐文粹》、《文苑英華》卷三四三及《元氏長慶集》改。

〔三一〕「舍」原作「食」，據《又玄集》、《唐文粹》、《文苑英華》及《元氏長慶集》改。

〔三二〕「月高」原作「高樓」，據《又玄集》、《唐文粹》、《文苑英華》及《元氏長慶集》改。

〔三三〕「録」原作「緑」，《文苑英華》同。據《又玄集》、《唐文粹》、《元氏長慶集》改。

〔三四〕「鼓舞」，《又玄集》、《唐文粹》、《文苑英華》、《元氏長慶集》同。《全唐詩》作「歌舞」，誤。

〔三五〕「門闥」，《又玄集》、《唐文粹》同。《文苑英華》、《元氏長慶集》作「門閉」。

〔三六〕「成」原作「前」，據《又玄集》、《唐文粹》、《文苑英華》及《元氏長慶集》改。

〔三七〕「敕使因」原作「因敕使」，據《又玄集》、《唐文粹》、《文苑英華》及《元氏長慶集》改。

〔三八〕「臨階」原作「臨街」，據《又玄集》、《唐文粹》、《文苑英華》及《元氏長慶集》改。

〔三九〕「不記」原作「不説」，據《又玄集》、《唐文粹》、《文苑英華》及《元氏長慶集》改。

〔四〇〕「謀」，《又玄集》、《文苑英華》同。《元氏長慶集》、《唐文粹》作「謨」。

〔四一〕《舊唐書》卷一六六《元稹傳》：「穆宗皇帝在東宫，有妃嬪左右嘗誦稹歌詩以爲樂曲者，知稹所爲，宫中呼爲元才子。荆南監軍崔潭峻甚禮接稹，不以掾吏遇之，常徵其詩什諷誦之。長慶初，潭峻歸朝，出稹《連昌宫辭》等百餘篇奏御，穆宗大悦，問稹安在，對曰：『今爲南宫散郎。』即日轉祠部郎中、知制誥。」「潭」字原脱，據補。

〔四二〕《舊唐書·元稹傳》云：「（元和）十四年，自虢州長史徵還，爲膳部員外郎。宰相令狐楚一代文宗，雅知稹之辭學，謂稹曰：『嘗覽足下製作，所恨不多，遲之久矣，請出其所有，以豁予懷。』稹因獻其文，自叙曰云云。」《文苑英華》卷六五七、《唐文粹》載之，題作《上令狐相公詩啟》。計氏節引其文。

〔四三〕「于外」，《文苑英華》、《唐文粹》同，《舊唐書》作「于今」。

〔四四〕「用力」，《文苑英華》、《唐文粹》同，《舊唐書》作「專力」。

〔四五〕此句原缺「瞀」字，據《舊唐書》、《唐文粹》補。

〔四六〕「罪戾」，《文苑英華》、《唐文粹》同，《舊唐書》作「罪尤」。

〔四七〕「卑下」，《唐文粹》同，《舊唐書》、《文苑英華》作「卑庳」。

〔四八〕「常」下原衍「然」字，據《文苑英華》、《唐文粹》及《舊唐書》删。

〔四九〕「而風情自遠，然而病未能也」二句，《文苑英華》、《唐文粹》同，《舊唐書》作「而風情宛然，而病未能也」。

〔五〇〕「遂至于支離褊淺之調」原作「遽至有褊淺之調」，據《舊唐書》、《文苑英華》及《唐文粹》改。

〔五一〕「次韻」下「相酬」二字原脱，據《舊唐書》、《文苑英華》及《唐文粹》補。

〔五二〕「江湖」上《舊唐書》有「自爾」二字，《文苑英華》、《唐文粹》與此同。

〔五三〕「或」，《唐文粹》同，《舊唐書》、《文苑英華》作「復」。

〔五四〕「力或」原作「或力」，《文苑英華》同，據《舊唐書》及《唐文粹》改。

〔五五〕「前」原作「于」，據《舊唐書》、《文苑英華》及《唐文粹》改。

〔五六〕「變雅」原作「變異」，據《舊唐書》、《文苑英華》及《唐文粹》改。

〔五七〕《白氏長慶集》卷六九《祭元微之文》：「公拜左丞，自越過洛，（按《新唐書·元稹傳》：「徙浙東觀察使，……大和三年，召爲尚書左丞。」時白居易以太子賓客分司東都。）醉別悲吒，投我二詩，云：『君應怪我留連久，我欲與君辭別難。白頭徒侶漸稀少，明日恐君無此歡。』又曰：『自識君來三度別，這回白盡老髭鬚。戀君不去君須會，知得後迴相見無？』吟罷涕零，執手而去。私揣其故，中心惕然。及公捐館于鄂，悲訃忽至，一慟之後，萬感交懷。……嗚呼微之！始以詩交，終以詩訣。絃筆兩絶，其今日乎！」「左丞」下原衍「相」字，據删。

〔五八〕詩題《元氏長慶集》作《酬白樂天杏花園》，「舊朝士」原作「舊朝事」，據改。

〔五九〕此殘句，缺題。

〔六〇〕《元氏長慶集》卷二九及《唐文粹》俱題《叙詩寄樂天書》。「詩」原作「言」，據改。

〔六一〕「僕」字原脱，據《唐文粹》補。《元氏長慶集》此字作「稹」。

〔六二〕「可教」原作「可怪」，據《元氏長慶集》及《唐文粹》改。

〔六三〕「宗」字原脱，據《元氏長慶集》及《唐文粹》補。

〔六四〕「因人」，《唐文粹》同，《元氏長慶集》作「用人」，毛本同。據下文，當以作「因人」爲是。

〔六五〕「朝覲」原作「相朝」，據《元氏長慶集》及《唐文粹》改。

〔六六〕「帥」原作「師」，據《元氏長慶集》及《唐文粹》改。

〔六七〕「自爲旨意」原作「爲自意」，據《元氏長慶集》及《唐文粹》改。

〔六八〕「兒孫」原作「兒孩」，《元氏長慶集》同，據《唐文粹》改。

〔六九〕「省寺符篆，因于几閣」二句原脱，據《元氏長慶集》及《唐文粹》補。

〔七〇〕「擬詔旨」三字原脱，據《元氏長慶集》及《唐文粹》補。

〔七一〕「僕畜」原作「六畜」，據《元氏長慶集》、《唐文粹》改。

〔七二〕「亭」原作「停」，據《元氏長慶集》、《唐文粹》改。

〔七三〕「稱是」，《唐文粹》同，《元氏長慶集》作「稱之」。

〔七四〕「議士」，《唐文粹》同，《元氏長慶集》作「義士」。

〔七五〕「時」字原脱，據《元氏長慶集》、《唐文粹》補。

〔七六〕「老佛」原作「老幼」，據《唐文粹》改，《元氏長慶集》作「佛老」。

〔七七〕「父」，《元氏長慶集》、《唐文粹》作「翁」。

〔七八〕「自怠」，《元氏長慶集》、《唐文粹》作「自得」。

〔七九〕「間」原作「閑」，據《元氏長慶集》改。《唐文粹》此句作「人事常有閒則有作」。

〔八〇〕「慘舒」原作「舒慘」，據《元氏長慶集》、《唐文粹》改。

〔八一〕「躬」原作「其」，據《元氏長慶集》改。《唐文粹》作「窮」。

〔八二〕「昔游」，《唐文粹》同，《元氏長慶集》作「惜逝」。

〔八三〕「異于常者」原作「有常者」，據《元氏長慶集》、《唐文粹》改。

〔八四〕「五六年間」原作「三十六年間」，據《元氏長慶集》、《唐文粹》改。

〔八五〕「文」《元氏長慶集》作「大」，誤。《唐文粹》此字缺。

〔八六〕「爲能」原作「能爲」，據《元氏長慶集》、《唐文粹》改。

〔八七〕「古往」，《元氏長慶集》同，《唐文粹》作「往古」。

〔八八〕「性情」原作「情性」，據《元氏長慶集》、《唐文粹》改。

〔八九〕「近世」原作「近昵」，據《元氏長慶集》、《唐文粹》改。

〔九〇〕「鬢」原作「鬚」，據《元氏長慶集》、《唐文粹》改。

〔九一〕「劇」原作「極」，據《元氏長慶集》、《唐文粹》改。

〔九二〕「冗亂」原作「冗辭」，據《元氏長慶集》、《唐文粹》改。

〔九三〕「置」原作「致」，據《元氏長慶集》、《唐文粹》改。

〔九四〕「筐篋」原作「箱篋」，據《元氏長慶集》、《唐文粹》改。

〔九五〕「通之」二字原脱，據《元氏長慶集》、《唐文粹》補。

〔九六〕「虎豹」，《唐文粹》同，《元氏長慶集》作「虎貘」。

〔九七〕「蛒蜂」二字原脱，據《元氏長慶集》、《唐文粹》補。

〔九八〕「者」字原脱，據《元氏長慶集》、《唐文粹》補。

〔九九〕「友」原作「有」，據《元氏長慶集》、《唐文粹》改。

〔一〇〇〕「樗塞」原作「樗里」，據《元氏長慶集》、《唐文粹》改。下同。

〔一〇一〕「不又」原作「又不」，據《元氏長慶集》、《唐文粹》改。

〔一〇二〕「爲」字原脱，據《元氏長慶集》、《唐文粹》補。

〔一〇三〕「云」字原脱，據《元氏長慶集》、《唐文粹》補。

〔一〇四〕「翁」原作「公」，據《元氏長慶集》、《唐文粹》改。

〔一〇五〕「内」，《唐文粹》同，《元氏長慶集》作「病」，誤。

〔一〇六〕《元氏長慶集》卷二六《琵琶歌》題下注云：「寄管兒兼誨鐵山。此後並新題樂府。」此原全取之，下句與本書無關，今删。「誨」原作「管」，據改。

〔一〇七〕「湏」原作「鴻」，據《元氏長慶集》改。

〔一〇八〕「纏」字原脱，據《元氏長慶集》補，毛本補「鵾」字于「去聲」下，誤。

〔一〇九〕「著」原作「看」，據《元氏長慶集》改。

〔一一〇〕「載」原作「在」，據《元氏長慶集》改。

〔一一一〕「長長」，《元氏長慶集》作「長自」。

〔一二〕「胭脂」原作「煙支」，據《元氏長慶集》改。

〔一三〕「長歌」原作「是歌」，據《元氏長慶集》改。

〔一四〕「歌此歌，寄管兒，管兒管兒憂爾衰」三句，原作「此歌寄管兒管兒憂爾衰」十字，文意不足，據《元氏長慶集》補。

〔一五〕按《元氏長慶集》卷一七有《仁風李著作園醉後寄李十》詩云：「朧明春月照花枝，花下音聲是管兒。却笑西京李員外，五更騎馬趁朝時。」岑仲勉《唐人行第録》以爲「李十」乃「李十一」之奪文，因詩云「却笑西京李員外」，而集中隔一篇詩題固稱「杓直以員外郎判鹽鐵」是也。杓直，李建字，元白密友，本詩中亦有「游想慈恩杏園裏，夢寐仁風花樹前」之句，可知「著作」即是李建。

〔一六〕詩題下注文「張湖南」原作「張胡南」，據《元氏長慶集》改。按元稹《盧頭陀詩》序云：「元和九年，張中丞領潭州之歲，予拜張公于潭。」又，《舊唐書》卷一五《憲宗紀》：「(元和八年，冬十月，己巳)以蘇州刺史張正甫爲潭州觀察使。」則知此詩乃九年仲春張初到潭州不久之作。《集》中尚有《陪張湖南宴望岳樓》。稹爲監察御史，張中丞知雜事》詩，亦同時所作，且以知元稹與張有故也。

〔一七〕「外」字原脱，據《元氏長慶集》補。

〔一八〕「來」原作「居」，據《元氏長慶集》改。

〔一九〕「逼坐」原作「遲日」，據《元氏長慶集》改。

〔二〇〕「水上」原作「上水」，據《元氏長慶集》改。

〔二一〕「事」，《元氏長慶集》作「頗」。

〔二二〕「冰」原作「水」，據《元氏長慶集》改。

〔二三〕「盞」，《元氏長慶集》作「盌」。

〔二四〕「嬌妙」原作「驕妙」，據《元氏長慶集》改。

〔二五〕「教」原作「散」，據《元氏長慶集》改。

〔二六〕「魔」原作「磨」，據《元氏長慶集》改。

〔二七〕「掉」原作「棹」，據《元氏長慶集》改。

〔二八〕「啟期」，《元氏長慶集》同，謂榮啟期也，榮啟期三樂，見《列子·天瑞篇》。毛本「啟」作「豈」，非。

〔二九〕按《白氏長慶集》卷一五《放言五首》，有序云：「元九在江陵時，有《放言》長句詩五首，韻高而體律，意古而詞新。予每詠之，甚覺有味，雖前輩深于詩者，未有此作。唯李頎有云：『濟水自清河自濁，周公大聖接輿狂。』斯句近之矣。予出佐潯陽，未屆所任，舟中多暇，江上獨吟，因綴五篇，以續其意耳。」則知此詩爲貶江陵時所作。

〔三〇〕「三漏」原作「三編」，據《元氏長慶集》改。

〔三一〕「校」原作「撥」，據《元氏長慶集》改。

〔三二〕「笑」，《元氏長慶集》作「哭」。

〔三三〕「昔」，《元氏長慶集》作「舊」。

〔三四〕「競」原作「竟」，據《元氏長慶集》改。

〔三五〕「南省郎官誰待詔」原作「南省郎中誰得詔」，據《元氏長慶集》改。

〔三六〕詩題「韻」原作「諳」，據《元氏長慶集》改。

〔三七〕「爾」原作「愛」，據《元氏長慶集》改。

〔三八〕「市賈」原作「書賈」，據《元氏長慶集》改。

〔三九〕「並處一時」原作「並一處時」，據《元氏長慶集》改。

〔四〇〕「次」字原脱，據《元氏長慶集》補。

〔四一〕「並求前輩切直詞策」原作「其求千輩切直詞策」，據《元氏長慶集》改。

〔四二〕「注」原作「謹」，據《元氏長慶集》改。

〔四三〕「自」原作「身」，據《元氏長慶集》改。

〔四四〕「手」字原脱，據《元氏長慶集》補。

〔四五〕「書」字原脱，「詞」原作「同」，據《元氏長慶集》補、改。

〔四六〕「程」字原脱，據《元氏長慶集》補。

〔四七〕「寶」原作「實」，據《元氏長慶集》改。

〔四八〕「申」原作「中」，據《元氏長慶集》改。

〔四九〕詩題「浙西」原作「湖西」，據《元氏長慶集》改。

〔五〇〕「浴」字原脱，據《元氏長慶集》補。謂浴堂殿也。毛本作「洛殿」，非。

〔五一〕此節引《元氏長慶集》卷五《臺中鞫獄憶開元舊事呈損之兼贈周兄四十韻》詩。其中「觿」原作「繘」，「鬟」原作「鬢」，據改。「油」後注「去聲」原脱，據補。

〔五二〕此節引《元氏長慶集》卷五《元和五年予官不了罰俸西歸三月六日至陝府與吴十一兄端公崔二十二院長思愴曩游因投五十韻》詩。詩中「待」原作「徙」，據改。

〔五三〕此節引《元氏長慶集》卷六《寄吴士矩端公五十韻》詩。

〔五四〕此節引《元氏長慶集》卷八《酬東川李相公十六韻》詩，詩題「李」原作「季」，據改。

〔五五〕此節引《元氏長慶集》卷一〇《酬翰林白學士代書一百韻》詩，詩中「葦」原作「芽」，「針」原作「錢」，據改。

〔五六〕此節引《元氏長慶集》卷一一《紀懷贈李六户曹崔二十功曹五十韻》詩。

〔五七〕此節引《元氏長慶集》卷一一《答姨兄胡靈芝見寄五十韻》詩。詩題「芝」原作「之」，據改。詩「一船」句前原無「又」字，此乃另引，不與上文相接，據前例增。又，「擲」原作「鄭」，「華奴」原作「葉奴」，「環坐唯便草」原作「還坐唯更草」，「投」原作「枝」，「暫」原作「漸」，據改。

〔一五八〕此節引《元氏長慶集》卷一一《痁卧聞幕中諸公徵樂會飲因有戲呈三十韻》詩。詩題「痁」原作「店」，據改。

〔一五九〕此節引《元氏長慶集》卷一二《酬樂天東南行詩一百韻》詩。「粗」原作「徂」，「叢」原作「聚」，據改。

〔一六〇〕此節引《元氏長慶集》卷一三《酬樂天待漏入閤見贈》詩。「排」原作「挑」，「袍」原作「視」，據改。

〔一六一〕此節引《元氏長慶集》卷一三《飲致用神麴酒三十韻》詩。

〔一六二〕此引《元氏長慶集》卷一四《戴光弓》詩首二句。

〔一六三〕此引《元氏長慶集》卷一四《閑二首》之第一首，詩題「閑」下原衍「吟」字，據删。又「洲」原作「州」，「艇」原作「底」，據改。

〔一六四〕此引《元氏長慶集》卷一六《狂醉》絶句之末二句。「峴」原作「崐」，據改。

〔一六五〕此引《元氏長慶集》卷一七《使東川》絶句二十首之第四首。題下注云：「往歲，與樂天曾于郭家亭子竹林中，見亞枝紅桃花半在池水。自後數年，不復記得。忽于褒城驛池岸竹間見之，宛如舊物，深所愴然。」故此云「是事同」，毛本作「事事同」，非也。

〔一六六〕張固《幽閑鼓吹》：「元相在鄂州，周復爲從事，常賦詩命院中屬和。周正郎乃簪笏見相公，曰：『某偶以大人往還高門，謬獲一第，其實詩賦皆不能也。』相國嘉之，曰：『遽以實告，賢于能詩者矣。』」

〔一六七〕按《白氏長慶集》卷二四《秋寄微之十二韻》詩有云：「忙多對酒榼，興少閲詩筒。」自注：「比在杭州，兩浙唱和詩贈答，于筒中遞來往。」此樂天于寶曆三年移蘇州刺史任後追憶在杭時事，蓋長慶三、四年間，元稹爲浙東觀察使，杭、越鄰州，故得以「遞筒唱和」，及守蘇臺，則不能如此，故曰「興少閲詩筒」也。樂天在杭，即有《醉對詩筒寄微之》、《與微之唱和來去常以竹筒貯詩陳協律美而成篇因以此答》諸作。計氏于此所記實誤。「遞筒」原作「遞簡」，據改。

〔一六八〕按此乃樂天《代書詩一百韻寄微之》内一聯，上舉元稹《酬翰林白學士代書一百韻》，即其和作，所謂「次韻和酬」之「千言律詩」也。時在元和五年，元稹貶江陵府士曹參軍，白方爲翰林學士，與「遞筒唱和」，迥非一事。故汪立名于樂天《代書詩》後注云：「按杭、越唱和，在長慶中。此元和五年寄江陵詩，有功不知何有據而云然也。」

唐詩紀事校箋卷第三十八

白居易

張爲以居易爲廣大教化主，取其讀史詩云：含沙射人影，雖病人不知。巧言誣人罪，至死人不疑。掇蜂殺愛子，掩鼻戮寵姬。弘恭陷蕭望，趙高謀李斯。陰德既必報，陽禍豈虚施。人事雖可罔，天道終難欺。明即有刑辟，幽即有神祇。苟免勿私喜，鬼得而誅之〔一〕。又取秦中吟云：厚地植桑麻，所用濟生民。生民理布帛，所求活一身。身外充征賦，上以奉君親。國家定兩税，本意在憂人。厥初防其淫，明勑内外臣。税外加一物，皆以枉法論。奈何歲月久，貪吏得因循。浚我以求寵，斂索無冬春。織絹未成疋，繰絲未盈斤。里胥迫我納，不許暫逡巡。歲暮天地閉，陰風生破村。夜深煙火盡，霰雪白紛紛。幼者形不蔽，老者體無温。悲喘與寒氣，併入鼻頭辛。昨日輸殘税，因窺官庫門。繒帛如山積，絲絮如雲屯。號爲羡餘物，隨月獻至尊。奪我身上暖，買爾眼前恩。進入瓊林庫，歲久化爲塵〔二〕。又取寓意云：豫章生深山，七年而後知。挺高二百尺，本末皆十圍。天子建明堂，此材獨中規。匠人執斤墨，採度將有期。孟冬草木枯，烈火燎于陂。疾風吹猛焰，從根燒到枝。養材二十年，方成棟梁姿。一朝爲灰燼，柯葉無孑遺。地雖生爾材，天不與爾時。不如糞上英，猶有人掇之。已矣勿重陳，重陳令人悲。勿悲焚燒苦，但悲採用遲〔三〕。又取赫赫京内史，奕奕中書郎。昨傳徵拜日，恩私顧殊常。貂冠水蒼玉，紫綬黄金章。佩服身未暖，已聞竄炎荒。親戚不得别，吞聲泣路旁。賓客亦已散，門前雀羅張。富貴來未久，倏如瓦溝霜。權勢去尤速，瞥若石火光。不如守貧賤，貧賤可久長。傳語宦游子，且來歸故鄉〔四〕。又取得意減别恨，半酣輕遠程之句〔五〕。又：人吏留不得，直入故山雲之句。又：長生不似無生理，休向青山學鍊丹之句。又：白髮鑷不盡，根在愁腸中之句〔六〕。又：與薛濤云：峨眉山勢接雲霓，欲逐劉郎此路迷。若似剡中容易到，春風猶隔武陵溪〔七〕。已上皆主客圖。

序洛詩序云：序洛詩，樂天自叙在洛之樂也。予歷覽古今歌詩，自風騷之後，蘇、李以還，李陵、蘇武爲五言詩。次及鮑謝徒，迄于李杜輩，其間詞人聞知者累百，詩章流傳者鉅萬。觀其所自，多因讒冤譴逐，征戍行旅，凍餒病老，存殁别離，情發于中，文形于外，故憤憂怨傷之作，通計今古〔八〕，十八九焉。世所謂文士多數奇，詩人尤命薄，于斯見矣。又有以知理安之世少〔九〕，離亂之時多，亦明矣。予不佞，喜文嗜詩，自幼及老，著詩數千首，以其多矣[一〇]，故章句在人口，姓字落詩流。雖才不逮古人，然所作不啻數千首，以其多矣[一一]，作一數奇命薄之士，亦有餘矣。今壽過耳順，幸無病苦，官至三品，免罹飢寒，此一樂也。大和二年，詔受刑部侍郎。明年，病免歸洛，旋授太子賓客，分司東都。居二年[一二]，就領河南尹事。又三年，病免，歸履道里第，再受賓客、分司。自三年春至八年夏，在洛凡五周歲[一三]，作詩四百三十二首，除喪朋哭子十數篇外[一四]，其他皆寄懷于酒，或取意于琴，閑適有餘，酣樂不暇，苦詞無一字，憂歎無一聲，豈牽强所能致耶，蓋亦發中而形外耳。斯樂也，實本之于省分知足，濟之以家給身閑，文之以觴詠絃歌，飾之以山水風月，此而不適，何往而適哉！兹又以重吾樂也。予嘗云：治世之音安以樂，閑居之詩泰以適。苟非理世，安得閑居。故集洛詩，别爲序引，不獨記東都履道里有閑居泰適之叟，亦欲知皇唐大和歲有理世安樂之音。集而序之，以俟夫採詩者[一五]，甲寅歲七月十日云爾[一六]。

元微之白氏長慶集序云[一七]：憲宗皇帝册召天下士，樂天對詔稱旨，又登甲科，未幾，入翰林，掌制誥，比上書言得失，因爲賀雨詩、秦中吟等數十章，指言天下事，時人比之風騷焉，予始與樂天同校秘書，前後多以詩章相贈答[一八]，會予譴掾江陵，樂天猶在翰林，寄予百韻律詩及雜體，前後數十章。是後各佐江通，復相酬寄。巴蜀江楚間洎長安中少年遞相倣效，競作新詞，自謂爲元和詩；而樂天秦中吟、賀雨諷諭等篇，時人罕能知者。然而二十年間，禁省觀寺郵候牆壁之上無不書，王公妾婦牛童馬走之口無不道；至于繕寫模勒，衒賣于市井，或持之以交酒茗者，處處皆是，揚越間多作書模，勒樂天及予雜詩，賣于市肆之中也〔一九〕。其甚者，有至于盜竊名姓，苟求自售，雜亂間廁，無可奈何。予嘗于平水市中，鏡湖傍草市名。見村校諸童，競習歌詠〔二〇〕，召而問之，皆對曰：先生教我樂天、微之詩。固亦不知予之爲微之也。又云雞林賈人求市頗切，自云：本國宰相，每以百金換一篇，其甚僞者，宰相輒能辨别之。自篇章以來，未有如是流傳之廣者。長慶四年，樂天自杭州刺史以右庶子詔還。予時刺會稽，因得盡徵其文，手自排纘，成五十卷，凡二千一百九十一首。前輩多以前集中集爲名，予以爲陛下明年當改元〔二一〕，長慶訖于是〔二二〕，因號曰白氏長慶集。大凡人之文，各有所長，樂天之長，可以爲多矣。夫以諷諭之詩長于激，閒適之詩長于遣，感傷之詩長于切，五字律詩百言而上長于贍，五字七言百言而下長于情，賦贊箴戒之類長于當，碑記叙事制誥長于實，啟奏表狀長于直，書檄詞策剖判長于盡。總而言之，不亦多乎哉！至于樂天之官族景行與予之交分淺深，非叙文之要也，故不書。

與元九書云：夫文尚矣，三才各有文。天之文，三光首之；地之文，五材首之；人之文，六經首之。就六經言，詩又首之。何者？聖人感人心而天下和平。感人心者，莫先乎情，莫始乎言，莫切乎聲，莫深乎義。詩者，根情，苗言，華聲，實義。上自賢聖，下至愚騃，微及豚魚，幽及鬼神，群分而氣同，形異而情一，未有聲入而不應，情交而不感者。聖人知其然，因其言，經之以六義[二三]；緣其聲，緯之以五音。音有韻[二四]，義有類。韻協則言順，言順則聲易入；類舉則情見，情見則感易交。于是乎孕大含深，貫微洞密，上下通而一氣泰，憂樂合而百志熙。五帝三皇，所以直道而行，垂拱而理者，揭此以爲大柄，决此以爲大寶也。故聞元首明，股肱良之歌，則知虞道昌矣。聞五子洛汭之歌，則知夏政荒矣。言者無罪，聞者足戒[二五]，言者聞者，莫不兩盡其心焉。洎周衰秦興，採詩官廢，上不以詩補察時政，下不以歌洩導人情。乃至于諂成之風動，救失之道缺。于時六義始刓矣。國風變爲騷辭，五言始于蘇李。蘇李騷人，皆不遇者，各繫其志，發而爲文。故河梁之句，止于傷别，澤畔之吟，歸于怨思，彷徨抑鬱，不暇及他耳。然去詩未遠，梗概尚存。故興離别則引雙鳧一雁爲喻，諷君子小人則引香草惡鳥爲比。雖義類不具，猶得風人之什二三焉。于時六義始缺矣。晉宋以還，得者蓋寡。以康樂之奧博，多溺于山水；以淵明之高古，偏放于田園。江鮑之流，又狹于此。如梁鴻五噫之例者，百無一二焉。于時六義寖微矣，陵夷矣。至于梁陳間，率不過嘲風雪，弄花草而已。噫！風雪花草之物，三百篇中豈捨之乎？顧所用何如耳。設如北風其涼，假風以刺威虐也；雨雪霏霏，因雪以愍征役也[二六]；棠棣之華，感華以諷兄弟也；采采芣苢，美草以樂有子也。皆興發于此而義歸于彼。反是者，可乎哉！然則餘霞散成綺，澄江淨如練，離花先委露，别葉乍辭風之什，麗則麗矣，吾不知其所諷焉。故僕所謂嘲風雪弄花草而已。于時六義盡去矣。唐興二百年，其間詩人不可勝數。所可舉者，陳子昂有感遇詩二十首，鮑防有感興詩十五首〔二七〕。又詩之豪者，世稱李杜。李之作〔二八〕，才矣奇矣，人不逮矣，索其風雅比興，十無一焉。杜詩最多，可傳者千餘篇，至于貫穿今古，覼縷格律，盡工盡善，又過于李。然撮其新安吏、石壕吏、潼關吏、塞蘆子、留花門之章，朱門酒肉臭，路有凍死骨之句，亦不過三四十首。杜尚如此，況不逮杜者乎？僕嘗痛詩道崩壞，忽忽憤發，或食輟哺，夜輟寢，不量材力，欲扶起之。嗟乎！事有大謬者，又不可一二而言，然亦不能不矗陳于左右：僕始生六七月時，乳母抱弄于書屏下，有指無字之字示僕者，僕雖口未能言，心已默識。後有問此二字者，雖百十其試，而指之不差，則僕宿昔之緣，已在文字中矣。及五六歲，便學爲詩，九歲諳識聲韻，十五六始知有進士，苦節讀書。二十已來，晝課賦，夜課書，間又課詩，不遑寢息矣。以至于口舌成瘡，手肘成胝，既壯而膚革不豐盈，未老而齒髮早衰白，瞥瞥然如飛蠅垂珠在眸子中也，動以萬數。蓋以苦學力文所致，又自悲矣。家貧多故，二十七方從鄉試。既第之後，雖專于科試，亦不廢詩。及授校書郎時，已盈三四百首，或出示交友如足下輩，見皆謂之工，其實未窺作者之域耳。自登朝來，年齒漸長，閲事漸多，每與人言，多詢時務，每讀書史，多求理道，始知文章合爲時而著，歌詩合爲事而作。是時皇帝初即位，宰府有正人，屢降璽書，訪人急病。僕當此日，擢在翰林，身是諫官，手請諫紙，啟奏之外，有可以救濟人病、裨補時闕，而難于指言者，輒詠歌之，欲稍稍遞進聞于上。上以廣宸聽，副憂勤；次以酬恩獎，塞言責；下以復吾平生之志。豈圖志未就而悔已生，言未聞而謗已成矣。又請爲左右終言之：凡聞僕賀雨詩，而衆口籍籍，已謂非宜矣。聞僕哭孔戡詩，衆面脈脈，盡不悦矣。聞秦中吟，則權豪貴近者相目而變色矣。聞樂游園寄足下詩，則執政柄者扼腕矣。聞宿紫閣村詩，則握軍要者切齒矣。大率如此，不可徧舉。不相與者號爲沽名，號爲詆訐，號爲訕謗。苟相與者，則如牛僧孺之戒焉。乃至骨肉妻孥皆以我爲非也。其不我非者，舉不過三兩人。有鄧魴者，見僕詩而喜。無何而魴死。有唐衢者，見僕詩而泣。未幾而衢死。其餘則足下，足下又十年來困躓若此〔二九〕。嗚呼！豈六義四始之風，天將破壞不可支持耶？抑又不知天之意不欲使下人之病苦聞于上耶？不然，何有志于詩者不利若此之甚也？然僕又自思：關東一男子耳，除讀書屬文外，其他懵然無知，乃至書畫棋博可以接群居之歡者，一無通曉，即其愚拙可知矣。初應進士時，中朝無緦麻之親，達官無半面之舊，策蹇步于利足之途，張空拳于戰文之場。十年之間，三登科第，名入衆耳，跡升清貴，出交賢俊，入侍冕旒。始得名于文章，終得罪于文章，亦其宜也。日者，又聞親友間説：禮吏部舉選人，多以僕私試賦判，傳爲準的。其餘詩句，亦往往在人口中。僕恧然自愧，不之信也。及再來長安，又聞有軍使高霞寓者，欲聘娼妓，妓大誇曰：我誦得白學士長恨歌，豈同他妓哉？由是增價。又足下書云：到通州日，見江館柱間有題僕詩者，復何人哉？又昨過漢南日，適遇主人集衆樂，娱他賓，諸妓見僕來，指而相顧曰：此是秦中吟、長恨歌主耳。自長安抵江西，三四千里，凡鄉校、佛寺、逆旅、行舟之中，往往有題僕詩者，士庶、僧徒、孀婦、處女之口，每每有詠僕詩者。此誠雕蟲之戲，不足爲多，然今時俗所重〔三〇〕，正在此耳。雖前賢如淵、雲者，前輩如李、杜者，亦未能忘情于其間。古人云：名者，公器，不可以多取。僕是何者？竊時之名已多。既竊時名，又欲竊時之富貴，使己爲造物者，肯兼與之乎？今之迍窮，理固然也。況詩人多蹇，如陳子昂、杜甫各授一拾遺，而迍剥至死。李白、孟浩然輩不及一命，窮悴終身。近日孟郊六十，終試協律；張籍五十，未離一太祝。彼何人哉！彼何人哉！況僕之才又不逮彼。今雖謫在遠郡，而官品至第五，月俸四五萬，寒有衣，飢有食，給身之外，施及家人，亦可謂不負白氏之子矣。微之，微之！勿念我哉！僕數月來，檢討囊篋中，得新舊詩，各以類分，分爲卷首。自拾遺來，凡所適所感，關于美刺興比者，又自武德訖元和，因事立題，題爲新樂府者，共一百五十首，謂之諷諭詩。又或退公獨處，或移病閒居，知足保和，吟玩情性者一百首，謂之閒適詩。又有事物牽于外，情理動于内，隨感遇而形于歎詠者一百首，謂之感傷詩。又有五言七言長句絶句，自一百韻至兩韻者四百餘首，謂之雜律詩。凡爲十五卷，約八百首。異時相見，當盡致于執事。微之！古人云：窮則獨善其身，達則兼濟天下。僕雖不肖，常師此語。大丈夫所守者道，所待者時。時之來也，爲雲龍，爲風鵬，勃然突然，陳力以出。時之不來也，爲霧豹，爲冥鴻，寂兮寥兮，奉身而退。進退出處，何往而不自得哉？故僕志在兼濟，行在獨善，奉而始終之則爲道，言而發明之則爲詩。謂之諷諭詩，兼濟之志也；謂之閒適詩，獨善之義也。故覽僕詩，知僕之道焉。其餘雜律詩，或誘于一時一物，發于一笑一吟，率然成章，非平生所尚者，但以親朋合散之際，取其釋恨佐懽。今銓次之間，未能删去，他時有爲我編集斯文者，略之可也。微之！夫貴耳賤目，榮古陋今，人之大情也。僕不能遠徵古舊，如近歲韋蘇州歌行，才麗之外〔三一〕，頗近興諷。其五言詩又高雅閒澹，自成一家之體。今之秉筆者誰能及之〔三二〕？然當蘇州在時，人亦未甚愛重，必待身後，然後人貴之。今僕之詩，人所愛者，悉不過雜律詩與長恨歌已下耳。時之所重，僕之所輕。至于諷諭者，意激而言質，閒適者，思澹而詞迂，以質合迂，宜人之不愛也。今所愛者，並世而生，獨足下耳。然千百年後，安知復無如足下者出而知愛我詩哉？故自八九年來，與足下小通則以詩相戒，小窮則以詩相勉，索居則以詩相慰，同處則以詩相娱。知吾最要，率以詩也。如今年春游城南時，與足下馬上相戲，因各誦新豔小律，不雜他篇，自皇子陂歸昭國里，迭吟遞唱，不絶聲者二十里餘。樊李在傍，無所措口。知我者以爲詩仙，不知我者以爲詩魔。何則？勞心靈，役聲氣，連朝接夕，不自知其苦，非魔而何？偶同人當美景，或花時宴罷，或月夜酒酣，一詠一吟，不知老之將至，雖駿鸞鶴、游蓬瀛者之適，無以加于此焉，又非仙而何？微之，微之！此吾所以與足下外形骸、脱蹤蹟、傲軒鼎、輕人寰者，又以此也。當此之時，足下興有餘力，且與僕悉索還往中詩，取其尤長者，如張十八古樂府，李二十新歌行，盧、楊二秘書律詩〔三三〕，竇七、元八絶句，博搜精掇〔三四〕，編而次之，號元白往還詩集。衆君子得擬議于此者，莫不踴躍欣喜，以爲盛事。嗟乎！言未終而足下左轉，不數月而僕又繼行，心期索然，何日成就，又可爲之歎息。又僕嘗語足下：凡人爲文，私于自是，不忍于割截，或失于繁多，其間妍媸，益又自惑，必待交友有公鑒無姑息者，討論而削奪之，然後繁簡當否得其中矣。況僕與足下，爲文尤患其多。己尚病之，況他人乎？今且各纂詩筆，粗爲卷第，待與足下相見日，各出所有，終前志焉。又不知相遇是何年，相見在何地，溘然而至，則如之何！微之，微之！知我心哉！潯陽臘月，江風苦寒，歲暮鮮懽，夜長無睡。引筆鋪紙，悄然燈前，有念則書，言無次第，勿以繁雜爲倦，且以代一夕之話也。微之，微之！知我心哉！

【校箋】

〔一〕此《白氏長慶集》卷二《讀史五首》之四。「誣人罪」，《白集》作「構人罪」。

〔二〕此《白氏長慶集》卷二《秦中吟十首》之《重賦》一首。「枉法」原作「枉發」，「浚」原作「役」，「斂索」原作「斂桑」，「未成疋」原作「未盈疋」，「隨月」原作「隨日」，據《白集》改。

〔三〕此《白氏長慶集》卷二《寓意五首》之一。「疾」字原闕，據補。「養材」原作「養培」；「英」原作「芝」，據《白集》改。

〔四〕此《寓意五首》之二。「奕奕」，《白集》作「炎炎」，誤。「顧」作「頗」，「炎荒」作「遐荒」，俱可通。「去」原作「言」，據改。

〔五〕此《白氏長慶集》卷五《及第後歸覲留別諸同年》詩中二句，「輕」原作「還」，據改。

〔六〕此上三聯皆殘句，原詩不存，失題。

〔七〕此詩僅見《主客圖》，《白氏長慶集》不載。「此路」原作「北路」，據《全唐詩話》改。

〔八〕「古」字原脱，據《白氏長慶集》卷七〇及《文苑英華》卷七一七補。

〔九〕「有以」二字原脱，據《白氏長慶集》、《文苑英華》補。

〔一〇〕毛本「以其」作「已甚」，非。

〔一一〕「以其多矣」句原脱，據《白氏長慶集》、《文苑英華》補。

〔一二〕「病免歸洛，旋授太子賓客，分司東都。居二年」十七字原脱，據《白氏長慶集》、《文苑英華》補。

〔一三〕「在洛」原作「至洛」，「歲」原作「年」，據《白氏長慶集》、《文苑英華》改。

〔一四〕「喪朋」原作「喪明」，據《白氏長慶集》、《文苑英華》改。

〔一五〕「俟」原作「侯」，據《白氏長慶集》、《文苑英華》改。

〔一六〕「甲寅」，唐文宗大和八年。

〔一七〕宋紹興本《白氏長慶集》卷首載元稹《白氏長慶集序》，篇末記「長慶四年冬十二月十日微之序」，署「浙東觀察使元稹字微之述」。「白氏」二字原脱，據補。又《元氏長慶集》、《文苑英華》卷七〇五、《唐文粹》卷九二亦載此文，《文粹》題作《唐刑部尚書致仕白居易文集序》。

〔一八〕自此句「相贈答」以下至此篇末，接下「《與元九書》云：夫文尚矣」至「且與僕悉索還往中詩取其尤長者」句，「尤」字以上洪楩本俱缺，張子立本亦同，蓋所據王禧本如此。毛氏汲古閣本取元、白二集補足其文，《四部叢刊》影印洪本從之，今即以影印本爲據。

〔一九〕「揚越間」以下二十一字自注原脱，據《白氏長慶集》補。「揚」，《文苑英華》作「杭」。

〔二〇〕「歌詠」原作「詩」，據《白氏長慶集》及《文苑英華》改。《唐文粹》作「歌詩」。

〔二一〕「明年」下原有「秋」字，元、白兩《集》同，《文苑英華》無。按彭叔夏《文苑英華辨證》云：「長慶四年穆宗崩，敬宗即位，明年改元，即正月也。按詔制内寶曆赦書：長慶五年正月七日改寶曆元年。安得謂之秋乎？」其説是也。「秋」字衍，今删。

〔二二〕「訖」字原脱，據《白氏長慶集》、《唐文粹》、《文苑英華》補。

〔二三〕「六義」原作「六藝」，據《白氏長慶集》卷四五及《文苑英華》卷六八一改。

〔二四〕「音有韻」原作「五音韻」，據《白氏長慶集》、《文苑英華》改。

〔二五〕「足戒」原作「作戒」，《文苑英華》同，據《白氏長慶集》改。

〔二六〕「因雪」二字原脱，《白氏長慶集》同，據《文苑英華》補。

〔二七〕「鮑防」原作「鮑魴」，《白氏長慶集》同，據《文苑英華》改。

〔二八〕「李」字原脱，《白氏長慶集》同，據《文苑英華》補。

〔二九〕「足下」二字原脱，據《白氏長慶集》、《文苑英華》補。

〔三〇〕「然」字原脱，據《白氏長慶集》、《文苑英華》補。

〔三一〕「才麗」原作「清麗」，據《白氏長慶集》、《文苑英華》改。

〔三二〕「者」字原脱，據《白氏長慶集》、《文苑英華》補。

〔三三〕「二秘書」原作「一裕書」，據《白氏長慶集》、《文苑英華》改。

〔三四〕「搜」原作「取」，據《白氏長慶集》、《文苑英華》改。

按：《全唐詩話》卷二「白居易」下，不録《序洛詩》、元微之《白氏長慶集序》及《與元九書》三文，于張爲《主客圖》之後，載有以下四條，爲今本《唐詩紀事》所無，爲全書特例。蓋其書俱采自《紀事》，未嘗别有所增也。疑是此書脱簡，今迻録于後：

樂天不爲贊皇公所喜，每寄文章，李緘之一篋，未嘗開。劉夢得或請之，曰：「見詞則迴我心矣。」

按：此出《北夢瑣言》卷一，云：「白少傅居易，文章蓋世，不躋大位。先是，劉禹錫大和中爲賓客時，李太尉德裕同分司東都，禹錫謁于德裕曰：『近曾得白居易文集否？』德裕曰：『有相示，別令收貯，然未一披，今日爲吾子覽之。』及取看，盈其箱笥，没于塵坌，既啟之而復卷之，謂禹錫曰：『吾于此人，不足久矣，其文章精絶，何必覽焉！但恐迴吾之心，所以不欲觀覽。』其見抑也如此。」而《南部新書》乙云：「白傅與贊皇不協，白每有所寄文章，李緘之一篋，未嘗開。劉三復或請之，曰：『見詞翰則迴吾心矣。』」計氏蓋不取劉三復之説，而文字則略本《新書》。

樂天未冠，以文謁顧況，況睹姓名，熟視曰：「長安米貴，居大不易。」及披卷讀其《芳草》詩，至「野火燒不盡，春風吹又生。」歎曰：「我謂斯文遂絶，今復得子矣。前言戲之耳！」

按：此出張固《幽閑鼓吹》，云：「白尚書應舉，初至京，以詩謁著作顧況，顧睹姓名，熟視白公曰：『米價方貴，居亦弗易。』乃披卷，首篇曰：『離離原上草，一歲一枯榮。野火燒不盡，春風吹又生。』即嗟賞曰：『道得個語，居即易矣。』因爲之延譽，聲名大振。」

樂天賦性曠達，其詩曰：「無事日月長，不羈天地闊。」此曠達者之詞也。孟郊賦性褊狹，其詩曰：「出門即有礙，誰謂天地寬。」此褊狹者之詞也。然則天地又何嘗礙郊，郊自礙耳。

按：此采自宋吴處厚《青箱雜記》，文字悉同。「曠達者」「褊狹者」二「者」字原脱，據補。

樊素善歌，小蠻善舞，樂天賦詩有曰：「櫻桃樊素口，楊柳小蠻腰。」至于高年，又賦詩曰：「失盡白頭伴，長成紅粉娃。」因爲《楊柳詞》以託意云：「一樹春風萬萬枝，嫩于金色軟于絲。永豐東角荒園裏，盡日無人屬阿誰？」及宣宗朝，國樂唱是詞，帝問永豐在何處？左右具以對，遂因命取永豐柳兩枝，植于禁中。白感上知，又爲詩曰：「一樹衰殘委泥土，雙枝移種植天庭。定知此後天文裏，柳宿光中添兩星。」洛下文士無不繼作。韓常侍琮時爲留守，亦有詩和云：「折柳歌中得翠條，遠移金殿種青霄。上陽宮女吞聲送，不分先歸舞細腰。」盧貞和云：「一樹依依在永豐，兩枝飛去杳無踪。玉皇曾采人間曲，應逐歌聲入九重。」示意也。

按：此出孟棨《本事詩·事感第二》，云：「白尚書姬人樊素，善歌；妓人小蠻，善舞。嘗爲詩曰：『櫻桃樊素口，楊柳小蠻腰。』年既高邁，而小蠻方豐艷，因爲《楊柳枝詞》以託意，曰：『一樹春風萬萬枝，嫩于金色軟于絲。永豐坊裏東南角，盡日無人屬阿誰？』及宣宗朝，國樂唱是詞，上問誰詞？永豐在何處？左右具以對之。遂因東使，命取永豐柳兩枝，植于禁中。白感上知其名，且好尚風雅，又爲詩一章，其末句云：『定知此後天文裏，柳宿光中添兩枝（星）。』」陳振孫《白文公年譜》開成五年下云：「按《不能忘情吟》序云：『妓有樊素者，年二十餘，綽綽有歌舞態，善唱《楊柳曲》（《白集》作「《楊枝》」）人多以曲名名之。』其辭曰：『素事主十年，凡三千有六百日。』公年五十八，自刑部侍郎分司歸洛，至六十八而得疾，于是十年矣。當是初歸洛時得之。……如《本事集（詩）》之説，則樊素、小蠻爲二人，以《集》考之，不見此二句詩，亦無所謂『小蠻』者，而柳枝即樊素也。」又：李商隱《樊南文集》載《唐刑部尚書致仕贈尚書右僕射太原白公墓誌銘》云：「公以致仕刑部尚書，年七十五，會昌六年八月，薨東都，贈右僕射。」則樂天生時，不及宣宗朝。今《白氏長慶集》卷三七載樂天詩「一樹春風千萬枝」一首之後，載「河南尹盧貞和」一首，有序云：「永豐坊西南角園中，有垂柳一株，柔條極茂。白尚書曾賦詩，傳入樂府，遍流京都。近有詔旨，取兩枝植于禁中。乃知一顧增十倍之價，非虚言也。因此偶成絶句，非敢繼和前篇。」其後復載「刑部尚書致仕白居易和」一首，即「一樹衰殘委泥土」云云。是知盧作在前，白和在後。盧貞以會昌四年七月拜河南尹，其事與詩，殆在會昌五年春也。至于「東都留守韓琮」所和「折柳歌中得翠條」一首，宋紹興本《白氏長慶集》不載，當屬後人附益。蓋琮于大中十二年爲湖南觀察使，見《新唐書》卷八《宣宗紀》，不得在此時已爲東都留守也。《萬首唐人絶句》載有韓琮《楊柳枝詞》三首，此其第一首，詩意亦與移柳禁苑無涉。汪立名本《白香山詩集》《後集》卷一七連載數詩，顛倒盧、白先後次序，又以韓琮詩載于盧詩之前，所箋復誤以《本事詩》爲《雲溪友議》，而不加辨正，非也。

唐詩紀事校箋卷第三十九

白居易　韋　式　崔玄亮　牛僧孺　李　紳

沈傳師　盧　群　劉禹錫　封孟紳　陳　潤

白居易

按樂天生于代宗大曆七年壬子〔一〕。正月二十日。大和七年，樂天尹河南，元日對酒詩云：今朝吴與洛，相憶一欣然。夢得君知否？俱過本命年。又詩云：何事同生壬子歲，老于崔相及劉郎。序云：余注云：余與蘇州劉郎中同生壬子歲，今年六十三。退之生于大曆三年戊申。微之生于德宗建中元年庚申，卒于大和五年，時年五十三，少樂天八歲。

德宗貞元十六年庚辰〔二〕，中書舍人高郢下及第第四人。省試性習相近遠賦，玉水記方流詩。時年二十八〔三〕。樂天送侯權秀才序云：貞元十五年，予與侯生俱爲宣城守所貢。明年春，予中春官第。傳云：年二十七。李商隱銘云：年二十六。

十七年辛巳〔四〕，試中書判拔萃，補校書郎〔五〕。樂天泛渭賦序云：右丞相高公之掌貢舉也，予以鄉貢進士舉及第。左丞相鄭公珣瑜之領選部也，予以書判拔萃選登科。十九年，天子並命二公對掌鈞軸。是年齊抗罷，崔損薨，二公入相。

憲宗元和元年丙戌四月，以賢良方正對策乙等。冬十二月，尉盩厔，爲集賢校理，賦長恨歌于盩厔。是月召入翰林爲學士，遷左拾遺〔六〕。元和二年，爲拾遺。樂天曲江感秋詩云：元和二年秋，我年三十七。長慶二年秋，我年五十一。序云：元和二年、三年、四年，予每歲有曲江感秋詩，是時予爲左拾遺、翰林學士。

賀雨詩，元和三年冬作〔七〕。

諷諭樂府詞，元和四年作。凡九千二百五十言，分爲五十首。秦中吟等詩皆拾遺時。拾遺歲滿當遷，憲宗聽自擇官，樂天請如姜公輔以學士兼京兆户曹參軍〔八〕，以便親養。詔可。

五年，以母喪解還〔九〕，有渭上等詩洎效陶淵明詩十六首。

七年，拜左贊善大夫〔一〇〕，居昭國里。酬張十八訪宿云：昔我爲近臣，君常稀到門。今我官職冷，唯君來往頻。又寄元八云：進入閤前拜，退就廊下飡。歸來昭國里，人卧馬歇鞍。却坐至日午，起坐心浩然。又十年贈杓直云：已年四十四，又爲五品官。蓋爲贊善大夫首尾四年。

十年，秋，或言居易母墮井死，賦新井詩，出爲刺史。王涯言其不可，乃貶江州司馬。論盜殺武元衡事，宰相嫌其出位故也。樂天東南行一百韻，其間云：博望移門籍，潯陽佐郡符。注云：十年春，微之移佐通州，其年秋，予出佐潯陽。

十一年，秋，賦琵琶行，時年四十五矣。詩云：行年四十五，兩鬢半蒼蒼。清瘦詩成癖，巃豪酒放狂。老來尤委命，安處即爲鄉。或擬廬山下，來春結草堂。

十二年，裴度平淮西。

十三年，冬，移刺忠州。三游洞庭序云：平淮西之明年，冬，予自江州司馬授忠州刺史，微之自通州司馬授虢州長史。又明年春，各祗命之郡，與知退偕行。三月十一日，參會于夷陵。又賦詩云：澧水店頭春盡日，十年。送君馬上謫通川。夷陵峽口明月夜，此處逢君是偶然。一别五年方見面，相攜三宿未回舡是也。

十五年，正月，憲宗崩〔二〕，穆宗立，召爲司門員外郎〔三〕。是年寒食夜詩云：四十九年身老日，一百五夜月明天。抱膝思量何事在，癡男騃女唤鞦韆。又初除尚書郎脱刺史緋詩云：頭白喜抛黄草峽，眼明驚拆紫泥書。便留朱紱還銓閣，却着青袍侍玉除。是歲下峽，自商山路還朝。有商山路詩云：萬里路長在，六年身始歸。所經多舊館，太半主人非。自十年至是，六年矣。

明年，除主客郎中、知制誥。長慶元年。以詩贈王十一李七元九王舍人云：紫垣曹局聯華地，白鬢郎官老醜時。莫怪不如君氣味，此中來校十年遲。時元微之亦以中人之薦入爲舍人。是年除中書舍人，有絲綸閣下文章靜等詩。

長慶二年，七月，自舍人匄外出守杭州。時河北復亂，謀趙國急，樂天論事不合，乃匄外遷。次藍溪詩云：既居可言地，願助朝廷理。伏閤三上章，戇愚不稱旨。聖人存大體，優貸容不死。鳳詔停舍人，魚書除刺史。

長慶三年，二月五日杭州花下作云：二月五日花如雪，五十二人頭似霜。聞有酒時須笑樂，不關身事莫思量。

長慶四年，以太子左庶子、分司東都。是歲正月，穆宗崩，敬宗立。三年爲刺史，無政在人口。唯向郡城中，題詩十餘首〔一三〕。慚爲甘棠詠，豈有思人不？又：三年爲刺史，飲冰復食蘖。唯向天竺山，取得兩片石。此衹有千金，無乃傷清白。三月作錢塘湖石記時，猶在杭州，則分司當在秋時。洛中詩云：五年職翰林，四年蒞潯陽，一年巴郡守，半年南宮郎，二年直綸閣，三年刺史堂。凡此十五載，有詩千餘章〔一四〕。

寶曆元年，三月，除守蘇州。是年七月，有吳郡詩石記。

明年，病免。華嚴經社石記云：寶曆二年九月二十五日，前蘇州刺史白居易記。是歲十二月。敬宗崩，文宗立。樂天欲去郡，有自詠五章。其一云：官舍非我廬，官園非我樹。洛中有小宅，渭上有別墅。既無婚嫁累，幸有歸休處。歸去誠已遲，猶勝不歸去。又宿滎陽詩云：生長在滎陽，少小辭鄉曲。迢迢四十載，復到滎陽宿。去時年十二，今年五十六。時文宗大和元年也。

文宗大和元年，以秘書監召。十月上旬，誕聖之日，樂天以秘書監與沙門義林道士楊洪元發問酬難。是歲，遷刑部侍郎〔一五〕。微之于浙東就拜尚書，樂天詩云：我爲憲部入南宫，君作尚書鎮浙東。老去一時成白首，别來七度换春風是也。

二年，歲暮詠懷云：窮冬月末兩三日，半百年過六七時。龍尾趁朝無氣力，牛頭參道有心期。榮華外物終須悟，老病傍人豈得知。猶被妻兒教漸退，莫求致仕且分司。時二李黨事興，樂天畏禍求退，故詠懷云：人間禍福愚難料，世上風波老不禁。萬一差池似前事，又應追悔不抽簪。

三年，春，移病還東都。是年夏，得請爲太子賓客、分司。見池上篇序。自是不出東都矣。將至東都先寄令狐留守云：東都添箇狂賓客，先報壺觴風月知。歸履道宅詩云：往時多暫住，今日是長歸。自是劉、白、令狐、裴相唱和甚多。

四年，作自嘲詩云：五十八翁方有後，靜思堪喜亦堪嗟。自後何處難忘酒、不如來飲酒詩篇，皆東都作也。

五年，拜河南尹〔一六〕。樂天詩云：六十河南尹，前途足可知。老應無處避，病不與人期。是年六十矣。

七年，復以賓客分司〔一七〕。序洛詩云：大和二年，詔授刑部侍郎。明年，病免，歸洛，旋以賓客分司。居二年，就領河南尹事。又三年，病免，歸履道里第。再授賓客分司。

開成元年，起爲同州刺史，不拜，改太子少傅〔一八〕。

二年，三月，河南尹李待價禊于洛濱，啟留守裴令公。公召居易、劉禹錫等一十五人宴舟中，樂天賦三月草萋萋，黄鶯歇又啼之作〔一九〕。

四年，賦病中詩，序云：開成己未歲，余蒲柳之年六十有八。冬十月甲寅，始得風痺之疾，因成十五首，題爲病中詩。且貽所知，兼用自廣。

五年，春盡獨吟云：病共樂天相伴住，春隨樊子一時歸。是年文宗崩，武宗立。樂天妓樊素也，善歌楊柳枝，人多以曲名名之。樂天病，去之。夢得詩云：春盡絮飛留不得，隨風好去落誰家〔二〇〕。

會昌元年辛酉，年七十，以刑部尚書致仕。達哉樂天行云：分司東都十三年，七旬纔滿冠已掛。又香山寫真贊序云：會昌二年，罷太子少傅爲白衣居士，寫真香山寺藏經臺。

又初致仕贈留守牛丞相，時年七十一，則樂天七十致仕矣。致仕詩云：南北東西無所羈，掛冠自在勝分司。探花嘗酒多先到，拜表行香盡不知。炮笋烹魚飽飡後，擁袍枕臂醉眠時。報君一語君應笑，兼亦無心羨保釐。又醉中吟：一生躭酒客，五度棄官人。注云：蘇州、刑侍、河南尹、同州刺史、太子少傅，皆以病免。

五年，爲東都九老會〔二〕，時年七十四。

六年，八月，薨東都。贈右僕射，時年七十五。樂天寄王起、李紳詩云：予與山南王僕射、淮南李僕射，仕歷五朝，年踰三紀，海内年輩，今唯三人。故詩云：故交海内只三人，二坐巖廊一卧雲。時會昌六年也。微之卒于大和五年〔三〕。明年，崔玄亮卒。會昌二年，劉夢得卒。樂天之卒最後。

【校箋】

〔一〕以下白居易年譜。按《唐詩紀事》中載有年譜者，唯杜甫、韓愈、白居易三人。杜、韓二家，本之呂大防《杜少陵詩譜》及《韓吏部文公集年譜》，則知白氏亦當出于舊譜。據陳振孫《白文公年譜》識語稱：「吴門所刊《白氏長慶集》，首載李璜德劭所爲譜，參政樓公（鑰）稱之，以屬諫議李公訪求而刻焉。」疑即此譜之所本。蓋《陳譜》及《直齋書録解題》著録之忠州何友諒《白集年譜》，計氏皆不及見也。陳振孫言：《李譜》「疏略抵捂，有不可枚舉者」，今觀《陳譜》，翔實誠已遠過。清人汪立名更爲《白香山年譜》；近代以來，治白譜者，又有數家；前修未密，後出轉精，欲考知樂天生平行實、詩文歲月者，自當于彼求之，此譜疏陋，固不足據也。今但略加刊正，不復詳論。

〔二〕「庚辰」原作「己卯」，據李兆洛《歷代紀元編》改。

〔三〕按陳振孫、汪立名以下諸家年譜，今年俱定爲二十九歲，蓋樂天詩文中，最喜自道其年歲，而有時以虚歲計，有時以實歲計，憑以推算，每有出入，此譜則定爲二十八歲，並注云：「《傳》云：『年二十七』；李商隱《銘》云：『年二十六』。」皆由憑以推算之數據不同故也。

〔四〕「辛巳」原作「庚辰」，據《歷代紀元編》改。

〔五〕按《養竹記》云：「貞元十九年春，居易以拔萃選及第，授校書郎。」唐制：制科以前一年十一月入試，次年三月畢。故授官在春。其事實分跨十八、十九兩年。此譜推算，提前一年。《陳譜》則系于貞元十九年，亦是。

〔六〕按爲集賢校理在元和二年，其年十一月授翰林學士。見《舊唐書·白居易傳》。三年四月二十八日，遷左拾遺，依前充翰林學士。見《初授拾遺獻書》。（注云：「元和三年進。」）

〔七〕按《賀雨詩》云：「皇帝嗣寶曆，元和三年冬。自冬及春暮，不雨旱爞爞。……詔下才七日，和氣生冲融。……晝夜三日雨，凄凄復濛濛」云云，則詩爲四年春作。

〔八〕按改京兆户曹參軍在元和五年，見《謝官狀》，署「新授京兆府户曹參軍，翰林學士臣白居易」。（注云：「元和五年五月六日進。」）

〔九〕按《舊唐書·白居易傳》：「六年四月，丁母陳夫人之喪，退居下邽。」則「五年」當作「六年」。

〔一〇〕按《舊唐書·白居易傳》：「九年冬，入朝，授左贊善大夫。」此言「七年，拜左贊善大夫」，亦誤。

〔一一〕「憲宗」原作「德宗」，據兩《唐書·憲宗紀》改。

〔一二〕「司門員外郎」原作「司馬員外郎」，據兩《唐書·白居易傳》改。

〔一三〕「十」原作「千」，據《白氏長慶集》卷八《三年爲刺史》詩改。

〔一四〕「千」原作「十」，據《白氏長慶集》卷八《洛中偶作》詩改。

〔一五〕按《舊唐書·白居易傳》：「大和二年正月，轉刑部侍郎。」非「是歲」（元年）也。此譜下引《序洛詩》亦云：「太和二年，詔授刑部侍郎。」

〔一六〕按《舊唐書》卷一七《文宗紀》：「大和四年十二月戊辰，以太子賓客分司白居易爲河南尹。」而同書《白居易傳》云：「五年，除河南尹。」殆除書傳布經時使然。

〔一七〕《舊唐書·白居易傳》：「七年，復授太子賓客分司。」

〔一八〕《舊唐書·白居易傳》：「開成元年，除同州刺史，辭疾不拜。尋授太子少傅。」《新唐書》同。《汪譜》亦從之。然《舊唐書·文宗紀》載：「大和九年九月辛亥，以太子賓客分司東都白居易爲同州刺史，代楊汝士。」李商隱《白公墓誌銘》亦云：「九年，除同州，不上，改太子少傅。」可知作「開成元年」者皆誤。

〔一九〕《白氏長慶集》卷三三「開成二年，河南尹李待價（珏）以人和歲稔，將禊于洛濱，前一日，啟留守裴令公(度),明日,召太子少傅白居易、太子賓客蕭籍、李仍叔、劉禹錫……等一十五人,合宴于舟中。……居易舉酒抽毫,奉十二韻以獻。詩云:『二月草萋萋,黄鶯歇又啼』」云云。即此所本。

〔三〇〕此《白氏長慶集》卷三五《春盡日宴罷感事獨吟》(七律)中頷聯。題下自注:「開成五年三月三十日作。」同卷又載《别柳枝》:「兩枝楊柳小樓中,嫋娜多年伴醉翁。明日放歸歸去後,此間應不要春風。」又,《前有〈别柳枝〉絶句,夢得繼和》云:「春盡絮飛留不得,隨風好去落誰家?」《又復戲答》:「柳老春深日又斜,任他飛向别人家。誰能更學孩童戲,尋逐春風捉柳花。」數詩可與前卷末附載《全唐詩話》「樊素善歌」條參看。

〔三一〕按《白氏長慶集》卷三七《胡、吉、鄭、劉、盧、張六賢,皆多年壽,予亦次焉。偶于弊居,合成尚老之會,七老相顧,既醉且歡。靜而思之,此會稀有,因成七言六韻以紀之,傳好事者》詩云:「七人五百七十歲,拖紫紆朱垂白鬚」云云。則會者爲「七老」。參閲本書卷四九「胡杲」以下各條。

〔三二〕「微之卒于大和五年」句,「五」原作「六」,按《白氏長慶集》卷七〇《河南元公墓誌銘》:「大和五年,七月二十二日,遇暴疾,一日薨于位,春秋五十三。」本譜「代宗大曆七年壬子」下亦載「微之生于德宗建中元年庚申,卒于大和五年,時年五十三。」據改。

韋式

樂天分司東洛，朝賢悉會興化亭送別。酒酣，各請一字至七字詩，以題爲韻〔一〕。王起賦花詩云：花，點綴，分葩。露初裛，月未斜。一枝曲水，千樹山家。戲蝶未成夢，嬌鶯語更誇。既見東園成徑，何殊西子同車。漸覺風飄輕似雪，能令醉者亂如麻。李紳賦月詩云：月，光輝，皎潔。耀乾坤，靜空闊。圓滿中秋，玩爭詩哲。玉兔鏑難穿，桂枝人共折。萬象照乃無私，瓊臺豈遮君謁。抱琴對彈別鶴聲，不得知音聲不切。令狐楚賦山詩云：山，聳峻，回環。滄海上，白雲間。商老深尋，謝公遠攀。古巖泉滴滴，幽谷鳥關關。樹島西連隴塞，猿聲南徹荆蠻。世人只向簪裾老，芳草空餘麋鹿閑。元稹賦茶詩云：茶，香葉，嫩芽。慕詩客，愛僧家。碾雕白玉，羅織紅紗。銚煎黄蕊色，椀轉麴塵花。夜後邀陪明月，晨前命對朝霞。洗盡古今人不倦，將知醉亂豈堪誇。魏扶賦愁詩云：愁，迥野，深秋。生枕上，起眉頭。閨閤危坐，風塵遠游。巴猿啼不住，谷水咽還流。送客泊舡入浦，思鄉望月登樓。煙波早晚長羈旅，絃管終年樂五侯。韋式郎中賦竹詩云：竹，臨池，似玉。裛露靜，和煙緑。抱節寧改，貞心自束。渭曲偏種多，王家看不足。仙仗正驚龍化，美實當隨鳳熟。唯愁吹作別離聲，回首駕驂舞陣速。張籍司業賦花詩云：花，落早，開賒。對酒客，興詩家。能迴游騎，每駐行車。宛宛清風起，茸茸麗日斜。且願相留懽洽，惟愁虚棄光華。明年攀折知不遠，對此誰能更嘆嗟。范堯佐道士賦書字詩云：書，憑鴈，寄魚。出王屋，入匡廬。文生益智，道著清虚。葛洪一萬卷，惠子五車餘。銀鈎屈曲索靖，題橋司馬相如。别後莫睽千里信，數封緘送到閑居。居易賦詩字詩云：詩，綺美，瓌奇。明月夜，落花時。能助懽笑，亦傷别離。調清金石怨，吟苦鬼神悲。天下只應我愛，世間惟有君知。自從都尉别蘇句，便到司空送白辭。

【校箋】

〔一〕按韋式事兩《唐書》無考，李紳、元稹、張籍、白居易諸詩俱不載于本集，據《舊唐書·文宗紀》：大和二年正月，以兵部侍郎王起爲陝虢觀察使。三年三月，以户部尚書令狐楚爲東都留守。而元稹亦方爲浙東觀察使，樂天《想東游五十韻》序云：「大和三年春，予病免官後，憶游浙右數郡，兼思到越一訪微之。」可知諸人皆在外任，不居長安。且興化爲裴度池亭，樂天與之常相過從，何以此會裴獨不與？《白氏長慶集》卷三一有《侍中晉公欲到東洛，先蒙書問，宿龍門，思往感今，輒獻長句》詩，首句「昔蒙興化池頭送」下自注：「大和三年春，居易授賓客分司東來，特蒙侍中于興化里池上宴送。」而《張司業集》、《劉夢得文集》中並載有《宴興化池亭送白二十二舍人東歸聯句》，裴與樂天之外，與宴者尚有張籍、劉禹錫。今觀九詩所詠，悉與送别無關；《劉夢得文集》卷四中，復有《同留守王僕射各賦春中一物從一韻至七》（鶯）詩，與此似爲同時作。恐俱屬僞撰也。

崔玄亮

玄亮爲散騎常侍，後以太子賓客分司東都歸洛，和樂天詩云〔一〕：病餘歸到洛陽頭，拭目開眉見白侯。鳳詔恐君今歲去，龍門欠我舊時游。自到未游龍門。幾人樽下猶歌詠〔二〕，數盞燈前共獻酬。相對憶劉劉在遠，寒宵耿耿夢長洲。夢得詩云：幾年侍從作朝臣，却向青雲索得身。朝士忽爲方外士，主人仍是眼中人〔三〕。

玄亮在洛，與白樂天相從醉吟之樂，曾有詩云：共相呼喚醉歸來。樂天答云：居士忘筌默默坐，先生枕麴昏昏睡。早晚相從入醉鄉，醉鄉此去無多地〔四〕。

玄亮，字晦叔，磁州人。大和中爲諫議大夫，鄭注誣宋申錫，捕逮倉卒，内外震駭。玄亮率諫官叩延英苦諫，帝感悟，由是名重朝廷。頃之，移疾歸東都。召爲虢州刺史，卒〔五〕。

玄亮與元微之、白樂天，皆貞元初同年生也。玄亮名最後，自詠云：人間不會雲間事，應笑蓬萊最後仙。後白刺杭州，元爲浙東廉使刺越，而崔刺湖州，白以詩戲之曰：越國封疆吞碧海，杭城樓閣入青天。吳興卑小君應屈，爲是蓬萊最後仙〔六〕。三郡有唱和詩，謂之三州唱和集。

樂天誌玄亮墓云：公晚年師六祖，以無相爲心地。易簀之夕，大怖將至，如入三昧，恬然自安，于遺疏之末，手筆題云：暫榮暫悴石敲火，即空即色眼生花。許時爲客今歸去，大曆元年是我家。諸子中翁言、罕言登進士第〔七〕。

元微之酬歌舒少府寄同年科第云：前年科第偏年少，未解知羞最愛狂。九陌爭馳好鞍馬，八人同看綵衣裳。注云：同年科第，宏詞呂二炅、王十一起，拔萃白二十二居易，平判李十一復禮、呂四潁、哥舒大垣、崔十八玄亮逮不肖八人，皆奉榮養〔八〕。

玄亮在湖州，寄三癖詩劉夢得，言癖在詩與琴、酒。夢得和之，并序云：柳吳興亭皋隴首之句，王融書之白團扇。故夢得詩曰：視事畫屏中，自稱三癖翁。管絃汎春渚，旌旆拂晴虹。酒對青山月，琴韻白蘋風。會書團扇上，知君文字工〔九〕。

【校箋】

〔一〕《白氏長慶集》卷二八《贈晦叔憶夢得》詩：「自別崔公四五秋，因何臨老轉風流。歸來不説秦中事，歇定唯謀洛下游。酒面浮花應是喜，歌眉斂黛不關愁。得君更有無厭意，猶恨樽前欠老劉。」此樂天原作。

〔二〕「猶」原作「酒」，據毛本改。《全唐詩》作「同」。

〔三〕此《劉夢得文集》外集卷二《河南白尹有喜崔賓客歸洛見懷長句，因而繼和》詩前半首，後四句云：「雙鸞游處天京好，五馬行時海嶠春。遥羡光陰不虛擲，肯令絲竹暫生塵。」首句「朝臣」，《劉集》作「名臣」。

〔四〕《白氏長慶集》卷二一《答崔賓客晦叔十二月四日見寄》，自注：「來篇云：共相呼唤醉歸來。」詩云：「今歲日餘三十六，來歲年登六十二。尚不能憂眼下身，因何更算人間事。」其下即此四句。

〔五〕《新唐書》卷一六四《崔玄亮傳》：「崔玄亮，字晦叔，磁州昭義人。貞元初，擢進士。……大和四年，由太常少卿改諫議大夫，朝廷推爲宿望。拜右散騎常侍。……鄭注構宋申錫，捕逮倉卒，内外震駭，玄亮率諫官叩延英苦諍，……帝感悟，衆亦服其不撓，由是名重朝廷。頃之，移疾歸東都，召爲虢州刺史，卒。」

〔六〕《白氏長慶集》卷二三《得湖州崔十八使君書，喜與杭、越鄰郡，因成長句代賀，兼寄微之》云：「三郡何因此結緣，貞元科第忝同年。故情歡喜開書後，舊事思量在眼前。越國封疆吞碧海，杭城樓閣入青煙。吴興卑小君應屈，爲是蓬萊最後仙。」自注：「貞元初同登科，崔君名最在後。當時崔自詠云：『人間不會雲間事，應笑蓬萊最後仙。』」

〔七〕樂天《唐故虢州刺史、贈禮部尚書崔公墓誌銘》見《白氏長慶集》卷七。此節引其語。

〔八〕此《元氏長慶集》卷一六《酬哥舒大少府寄同年科第》詩前四句及元稹自注。「吕四頻」原作「吕四頻」，據《白氏長慶集》卷五《常樂里閑居偶題十六韻兼寄劉十五公輿、王十一起、吕二炅、吕四熲、崔十八玄亮、元九稹、劉三十二敦質、張十三仲方》詩題改。「崔十八玄亮」原作「崔十一八玄亮」，按：崔玄亮行第爲「十八」，元、白集中屢見，「一」字衍，今删。

〔九〕《劉夢得文集》卷五載《湖州崔郎中曹長寄〈三癖詩〉，自言癖在詩與琴、酒，其辭逸而高，吟詠不足。昔柳吴興「亭皋」「隴首」之句，王融書之白團扇，故爲四韻以謝之》。此采其詩題及詩。

牛僧孺

樂天、夢得有除夜詩，僧孺和云：惜歲歲今盡，少年應不知。淒涼數流輩，歡喜見孫兒。暗減一身力，潛添滿鬢絲。莫愁花笑老，花自幾多時〔一〕。

元和三年，宣政殿試賢良方正能直言極諫科，一十人登科，其後僧孺、李宗閔、王起、賈餗四人，皆相次拜相。先是白居易在翰林爲考校官，後僧孺罷相，出鎮揚州，居易在洛中有詩送云：北闕至東京，風光十六程。坐移丞相閣，春入廣陵城。紅旆擁雙節，白髮無一莖。萬人開路看，百吏立班迎。閫外君彌重，樽前我亦榮。何須身自得，將相是門生〔二〕。

公始至京，致琴書灞滻間，先以所業謁韓文公、皇甫員外。二公披卷，卷首有説樂一章，未閲其詞，遽曰：且以拍板爲什麽？對曰：樂句。二公相顧大喜，曰：斯高文必矣。

公因謀所居，二公良久曰：可于客户坊税一廟院。公如所教。二公復誨之曰：某日可游青龍寺，薄暮而歸。二公其日聯鑣至彼，因大書其門曰：韓愈、皇甫湜同謁幾官先輩，不遇。翌日，輦轂名士，咸往觀焉，奇章之名，由是赫然矣〔三〕。或云：僧孺登第，與同輩登政事堂，宰相曰：掃廳奉候。僧孺獨出曰：不敢。衆聳異之〔四〕。

樂天在香山，時僧孺在廣陵，有詩曰：唯羨東都白居士，年年香積問禪師。樂天答云：支許徒思游白日，夔龍未放下青天。應須且爲蒼生住，猶去懸車十四年〔五〕。時僧孺年五十七。

樂天求箏于維揚，僧孺先有詩曰：但愁封寄去，魔物或驚禪。樂天云：會教魔女弄，不動是禪心〔六〕。樂天云：思黯自誇前後服鍾乳三千兩，而歌舞之妓甚多，乃詑予衰老，故答思黯詩云：鍾乳三千兩，金釵十二行。妬他心似火，欺我鬢如霜。慰老資歌笑，銷愁仰酒漿。眼看狂不得，狂得且須狂。奇章又有詩云：不是道公狂不得，恨公逢我不教狂〔七〕。

公赴舉之秋，嘗投贄于劉補闕禹錫，對客展卷，飛筆塗竄其文。歷二十餘歲，劉轉汝州，公鎮海南，枉道駐旌，信宿酒酣賦詩。劉方悟往年改公文卷。僧孺詩曰：粉署爲郎四十春，今來名輩更無人。休論世上昇沉事，且鬬樽前見在身。珠玉會應成咳唾，山川猶覺露精神。莫嫌侍酒輕言語，曾把文章謁後塵。禹錫和云：昔年曾忝漢朝臣，晚歲空餘老病身。初見相如成賦日，後爲丞相掃門人。追思往事咨嗟久，幸喜清光笑語頻。猶有當時舊冠劍，待公三日拂埃塵。牛公吟和詩，前意稍解，曰：三日之事，何敢當焉！宰相三朝後主印，可以昇降百司也。于是移宴竟夕，方整前驅也。劉乃戒其子咸允、承雍曰：吾成人之志，豈料爲非；汝輩進修，守中爲上〔八〕。

僧孺周秦行紀云：余貞元中舉進士落第，歸宛葉間。至伊闕南道鳴皋山下，將宿大安民舍。會暮，不至。更十餘里，一道甚易〔九〕。夜月始出，忽聞有異香，因而進行，不知厭遠。見火明，意爲莊家。更前驅〔一〇〕，至一宅，門庭若富家。有黄衣人曰：郎君何氏？何至？余曰：僧孺，姓牛，應進士落第，往大安民舍，誤道來此。黄衣入告，少時出曰：請郎君入。拜殿下，簾中語曰〔一一〕：妾漢文帝母薄太后，此是妾廟。太后遣軸簾，便上殿〔一二〕，召坐。食頃，太后命高祖戚夫人，元帝王嬙出見〔一三〕，余皆拜。乃亦就坐。太后迎唐朝太真楊妃、齊潘妃來〔一四〕，余拜。既命饌，太后問曰：今天子誰？余對曰：今皇帝名适，代宗長子〔一五〕。太真曰〔一六〕：沈婆兒作天子也，大奇。命進酒〔一七〕，各賦詩，余應命作詩曰〔一八〕，香風引到大羅天〔一九〕，月地雲階拜洞仙〔二〇〕。共道人間惆悵事〔二一〕，不知今夕是何年？太后曰：秀才遠來，今日誰伴？戚夫人先起辭曰：如意成長。潘妃曰：東昏侯誓不負他。綠珠曰：石衛尉嚴忌。太后曰：太真今朝先帝貴妃，重言其他。太后目王昭君，昭君不對，低眉羞恨。俄各歸休〔二二〕。余爲左右送入昭君院。旦，侍人告起。見太后〔二三〕、戚夫人、昭君等，皆泣別，使朱衣人送至大安民里。余衣上香經十餘日不歇云云〔二四〕。

【校箋】

〔一〕白居易《歲除夜對酒》：「衰翁歲除夜，對酒思悠然。草白經霜地，雲黄欲雨天。醉依香枕坐，慵傍暖爐眠。洛下閒來久，明朝是十年。」劉禹錫《歲夜詠懷》：「彌年不得意，新歲又如何？念昔同游者，而今有幾多？以閒爲自在，將壽補蹉跎。春色無情故，幽居亦見過。」此其和作。以樂天歸洛計之，當作于開成二年。

〔二〕《廣卓異記》：「按《唐書》：元和三年，宣政殿試賢良方正能直言極諫科，一十人登科，其後牛僧孺、李宗閔、王起、賈餗等四人，相次拜相。先是白居易在翰林爲考校官，後僧孺罷相，出鎮揚州，居易在洛中有詩送云：『北闕至東京，風光十六程。坐移丞相閣，春入廣陵城。紅旆擁雙節，白髭無一莖。萬人開路看，百吏立班迎。閫外君彌重，樽前我亦榮。何須身自得，將相是門生。』」「廣陵」原作「武陵」，據改。「白髮」，《白氏長慶集》同，與《廣卓異記》作「白髭」異。詩題《白集》卷三一作《洛下送牛相公出鎮淮南》，篇末自注云：「元和初，牛相公應制策，登第三等，予爲翰林考覈官。」

〔三〕《摭言》卷七：「奇章始舉進士，致琴書于灞滻間，先以所業謁韓文公、皇甫員外。……二公披卷，卷首有《説樂》一章，未閱其詞，遽曰：『斯高文，且以拍板爲什麽？』對曰：『謂之樂句。』二公相顧大喜曰：『斯高文必矣。』公因謀所居，二公沈默良久，曰：『可以客户坊税一廟院。』公如所教，造門致謝。二公復誨之曰：『某日可游青龍寺，薄暮而歸。』二公其日聯鑣至彼，因署其門曰：『韓愈、皇甫湜同謁幾官前輩，不遇。』翌日，輦轂名士，咸往觀焉，奇章之名，由是赫然矣。」「斯」原作「期」，「青龍寺」原作「青就寺」，據改。

〔四〕《北夢瑣言》卷一：「相國牛僧孺……擢進士第，時與同輩過政事堂，宰相謂曰：『掃廳奉候。』僧孺獨出曰：『不敢。』衆聳異之。」「僧孺獨出」以下原脱，據補。

〔五〕《白氏長慶集》卷三三《宿香山寺，酬廣陵牛相公見寄》，自注：「來詩云：『唯羨東都白居士，月明香積問禪師。』時牛相三表乞退，有詔不許。」詩云：「手扎八行詩一篇，無由相見但依然。君臣聖主方行道，我事空王正坐禪。支許徒思游白月，夔龍未放下青天。應須且爲蒼生住，猶去懸車十四年。」自注：「牛相公今年五十七。」

〔六〕《白氏長慶集》卷三三《偶于維揚牛相公處覓得箏，箏未到，先寄詩來。走筆戲答》，自注：「來詩云：『但愁封寄去，魔物或驚禪。』」詩云：「楚匠饒巧思，奏箏多好音。如能惠一面，何啻直雙金。玉柱調須品，朱弦染要深。會教魔女弄，不動是禪心。」

〔七〕《白氏長慶集》卷三四《酬思黯戲贈》：「鍾乳三千兩，金釵十二行。妬他心似火，欺我鬢如霜。慰老資歡笑，銷愁仰酒漿。眼看狂不得，狂得且須狂。」「期我」句下自注：「思黯自誇前後服鍾乳三千兩，甚得力。而歌舞之妓頗多，來詩謔余羸老，故戲答之。」同卷《又戲答絶句》自注：「來句云：『不是道公狂不得，恨公逢我不教狂。』」

〔八〕《雲溪友議》《中山誨》條：「襄陽牛相公赴舉之秋……嘗投贄于劉補闕禹錫，對客展卷，飛筆塗竄其文。……歷廿餘載，隴西公鎮漢南，枉道駐旌旄，信宿酒酣，直筆以詩喻之。劉公承詩意，方悟往年改張牛公文卷，因戒子弟咸允、承雍等曰：『吾立成人之志，豈料爲非，況漢上尚書高識遠量，罕有其比。昔主父偃家爲孫弘所夷，嵇叔夜身死鍾會之口，是以魏武戒其子云：吾大忿怒，小過失，慎勿學焉。汝輩進修，守中爲上也。』《席上贈汝州劉中丞》，襄陽節度牛僧孺詩云云。《奉和牛尚書》，汝州刺史劉禹錫云云。牛公吟和詩，前意稍解，曰：『三日之事，何敢當焉。』宰相三日後主印，可以昇降百司也。于是移宴竟夕，方整前驅也。」按《劉夢得文集》外集卷六載《酬淮南牛相公述舊見貽》詩，即此《奉和牛尚書》之作。考《舊唐書》卷一七下《文宗紀》：「大和六年十二月乙丑，以中書侍郎、同平章事牛僧孺檢授右僕射、同平章事、揚州大都督府長史，充淮南節度使。」而劉由蘇州刺史轉汝州，亦正在此時，故《友議》所稱「鎮漢南」與《紀事》原作「鎮海南」，均當是「鎮淮南」之誤。《友議》又稱僧孺爲「襄州節度」，則以訛爲「鎮漢南」致誤。牛自赴舉迄今，逾三十年，「四十」，舉成數以言其久。蓋詩與事皆實，而傳聞有所出入。近人或疑其杜撰，未必然也。劉詩收句「猶有當時舊冠劍，待公三日拂埃塵」，《集》本「冠劍」作「冠冕」，「三日」作「三入」，牛嘗再入爲相，故復以三入期之。似當以作「三入」爲長。「咸允」原作「咸久」，《友議》作「咸元」，據《劉夢得文集》卷二五《名子説》「今余名示長子曰咸允，字信臣」改。

〔九〕「甚易」原作「甚異」，據《太平廣記》卷四八九及《顧氏文房小説》本《周秦行紀》改。

〔一〇〕「前」字原脱，據《太平廣記》及《顧氏文房小説》本補。

〔一一〕「中」原作「下」，據《太平廣記》及《顧氏文房小説》本改。

〔一二〕「便」原作「使」，據《太平廣記》及《顧氏文房小説》本改。

〔一三〕「出見」二字原脱，據《太平廣記》及《顧氏文房小説》本補。

〔一四〕「來」字原脱，據《太平廣記》及《顧氏文房小説》本補。

〔一五〕「今皇帝适，代宗長子」，《太平廣記》及《顧氏文房小説》本作「今皇帝，先帝長子」。

〔一六〕「太真」原作「太后」，據《太平廣記》及《顧氏文房小説》本改。

〔一七〕「進」字原脱，據《太平廣記》及《顧氏文房小説》本補。

〔一八〕「命」原作「教」，據《太平廣記》及《顧氏文房小説》本改。

〔一九〕「引到」原作「引上」，據《太平廣記》及《顧氏文房小説》本改。

〔二〇〕「雲階」原作「花宮」，據《太平廣記》及《顧氏文房小説》本改。

〔二一〕「共」原作「具」，據《顧氏文房小説》本改。

〔二二〕「各」字原脱，據《顧氏文房小説》本補。

〔三〕「見」字原脱，據《顧氏文房小説》本補。

〔四〕「日」原作「年」，據《顧氏文房小説》本改。《郡齋讀書志》：「《周秦行紀》一卷：右唐牛僧孺自叙所遇異事。賈黄中以爲韋瓘所撰。瓘，李德裕門人，以此誣僧孺。」賈説見宋張洎《賈氏談録》，云：「牛奇章初與李衛公善。嘗因飲會，僧孺戲曰：『綺紈子何與斯坐。』衛公銜之。後衛公再居相位，僧孺卒遭譴逐。世傳《周秦行紀》，非僧孺所作，是德裕門人韋瓘所撰。開成中，曾爲憲司所覈，文宗覽之，笑曰：『此必假名，僧孺是貞元中進士，豈敢呼德宗爲沈婆兒也。』事遂寢。」李德裕有《周秦行紀論》攻之甚力。此屬牛李黨爭中造作，已成定論。《李衛公外集》卷四並附載《周秦行紀》于所著《周秦行紀論》之後。

李紳

紳初以古風求知于呂温，温見齊煦，誦其憫農詩曰：春種一粒粟，秋收萬顆子。四海無閑田，農夫猶餓死。鋤禾日當午，汗滴禾下土。誰知盤中飧，粒粒皆辛苦。又曰：此人必爲卿相。果如其言〔一〕。

奉酬樂天立秋夕有懷見寄云〔二〕：深夜星漢靜，秋風初報涼。篁堦淅瀝響，露葉參差光。冰兔半升魄，銅壺微滴長。薄帷乍飄捲，襟帶輕摇揚。北除魂夢清，斜月滿軒房。屣履步前楹，劍戟森在行。重城宵正分，號鼓互相望。獨坐有所思，夫君鸞鳳章。天津落星河，一葦安可航？龍泉白玉首，魚服黄金裝。報國未知效，維鵜徒在梁。徘徊顧戎旃，顥氣生東方。衰葉滿欄草，斑毛盈鏡霜。羸牛未脱轅，老馬强騰驤。吟君白雪唱，慚愧巴人腸。

樂天贈紳詩云：一篇長恨有風情，十首秦吟近正聲。剛被老元偷格律，苦教短李伏歌行。注云：元九往江陵，余以詩一軸贈行，自是格變。李二十嘗自負歌行，近見余樂府五十首，默然心伏〔三〕。樂天藏書東都聖善寺，號白氏文集，紳有詩以美之云：寄玉蓮花藏，緘珠貝葉扃。院閑容客讀，講倦許僧聽。部列雕金牓，題名刻石銘。永添鴻寶集，莫雜小乘經〔四〕。

紳，字公垂，中書令敬玄曾孫，號短李。穆宗召爲翰林學士，與李德裕、元稹同時，號三俊。武宗時爲相，居位四年，出鎮淮南，卒〔五〕。

紳江南暮雪寄家云〔六〕：洛陽城見迎梅雪，魚口橋逢送雪梅。劍水寺前芳草合〔七〕，鏡湖亭上野花開。江鴻斷續翻雲去，海燕差池拂水迴。料得心知近寒食，潛聽喜鵲望歸來。

開成間，紳集其詩爲追昔游，蓋嘆逝感時，發于悽恨而作也。或長句、或五言、或雜言、或歌、或吟、或樂府齊梁，不一其辭，乃由牽思所屬爾。起梁漢〔八〕，歸諫垣，升翰苑，感恩遇，歌帝京風物；遭讒邪播越，歷荆楚，涉湘沅，逾嶺嶠，抵荒陬，止高安；移九江，泛五湖，過鍾陵，泝荆江，守滁陽，轉壽春；改賓客，留洛陽，歷會稽，過梅里；遭讒者再爲賓客分務〔九〕，歸東周；擢川守，鎮大梁。詞有所懷，興生于怨。故或隱或顯，不常其言，冀知音于異時而已〔一〇〕。

南梁行云：江城鬱鬱春草長，悠悠漢水浮清光。雜英飛盡空晝景，緑楊重陰官舍靜。此時醉客縱橫書，公言可薦承明廬。元和十四年，蒙故山南節度僕射崔公奏觀察判官，蒙以書奏見委〔一一〕，常戲拙速。青天詔下寵光至，頒籍金閨徵石渠。是歲五月，蒙恩除右拾遺〔一二〕。秭歸山路煙嵐隔，山木幽深晚花拆。澗底紅光奪火燃，摇風扇毒愁行客。駱谷中多毒木，名山琵琶，其花明艷，而與杜鵑花相雜，樵者識之，言内草木殺人。杜鵑啼咽花亦殷，聲悲絶豔連空山。斜陽瞥映淺深木〔一三〕，雲雨黲迷巖谷閟。山雞錦質矜毛羽，透竹穿蘿命儔侶〔一四〕。喬木幽谿上下同，雄雌不惑飛棲處。望秦峰迴過商顔，浪疊雲堆萬簇山〔一五〕。行盡杳冥青嶂外，九重鐘漏紫霄間。元和列侍明光殿，諫草初焚市朝變。北闕趨臣半隙塵，南梁嘯客皆飛霰〔一六〕。追思感歎却昏迷，霜鬢愁吟到曉雞。故篋歲深開斷簡，秋堂月曉掩遺題〔一七〕。嗚嗚曉角霞輝粲，撫劍當楹一長歎〔一八〕。蜀狗無由學聖賢，空持感激終昏旦。

憶春日太液池東亭候對云：宮鶯曉報瑞煙開，三島靈禽拂水迴。橋轉綵虹當綺殿，檻浮花鷁近蓬萊。草承步輦王孫長，桃豔仙顔阿母栽。簪筆此時方侍從，却思金馬笑鄒枚。

憶夜直金鑾奉詔承旨詩云：月當銀漢玉繩低，深聽簫韶碧落齊。門壓紫垣高綺樹，閣連青瑣近丹梯。墨宣外渥催飛詔，草定新恩促換題。明日獨歸花路遠〔一九〕，可憐人世隔雲泥。

過荆門詩云：荆江水闊煙波轉，荆門路繞山葱倩〔二〇〕。帆勢侵雲滅又明，山程背日昏還見。青青麥壠啼飛鴉，寂寞野徑棠梨花。行行驅馬萬里遠，漸入煙嵐危棧賖。林中有鳥飛幽谷，月上千巖一聲哭。腸斷思歸不可聞，人言恨魄來巴蜀。我聽此鳥祝我魂，死勿學此聲銜冤〔二一〕。縱爲羽族莫棲息〔二二〕，直上青雲呼帝閽。此時山月如銜鏡，巖樹參差互輝映。皎潔深看入澗泉，分明細見樵人逕。陰森鬼廟當郵亭，雞豚日宰聞膻腥。愚夫禍福自迷惑，魍魎憑何通百靈！月低山曉問行客〔二三〕，已酹椒漿拜荒陌。惆悵忠貞徒自持〔二四〕，誰祭山頭望夫石〔二五〕。

涉沅湘詩云：屈原死處瀟湘陰，滄浪淼淼雲沉沉。蛟龍長怒虎長嘯，山木翛翛波浪深〔二六〕。煙横日落驚鴻起，山映餘霞杳千里〔二七〕。鴻叫離離入暮天，霞消漠漠深雲水。水虚江暗揚波濤，鼋鼉動盪風騷騷。行人愁望待明月，星漢沉浮魍鬼號〔二八〕。屈原爾爲懷忠没，水府通天化靈物。何不驅雷擊電除姦邪？可憐空作沈泉抱冤骨〔二九〕！舉盃瀝酒召爾魂，月影滉漾開乾坤。波白水黑山隱見，汨羅之上遥昏昏。風帆候曉看五兩〔三〇〕，戍鼓鼙鼙遠山響。潮滿江津猿鳥啼，荆夫楚語飛蠻槳。瀟湘島浦無人居〔三一〕，風驚水暗惟鮫魚。行來擊棹獨長歎，問爾精魂何所如？

悲善才詩：余守郡日，有客游者，善彈琵琶，問其所傳〔三二〕，乃善才所授。頃在内庭日，别承恩顧，賜宴曲江，敕善才等二十人備樂。自余經播遷，善才已没，因追感前事，爲悲善才：穆王夜幸蓬池曲，金鑾殿開高秉燭〔三三〕。東頭弟子曹善才，琵琶請奏新飜曲。翠娥列坐層城女，笙笛參差齊笑語〔三四〕。天顔静聽朱絃彈，衆樂寂然無敢舉。銜花金鳳當承撥，轉腕攏絃促揮抹。花飜鳳嘯天上來〔三五〕，徘徊滿殿飛春雪。抽絃度曲新聲發，金鈴玉珮相磋切。流鶯子母飛上林，仙鶴雌雄唳明月。此時奉詔侍金鑾，别殿承恩許召彈〔三六〕。三月曲江春草緑，九霄天樂下雲端。紫髯供奉前屈膝，盡彈妙曲當春日。寒泉注射隴水開，胡鴈飜飛朔天没。日曛塵暗車馬散，爲惜新聲有餘歎。明年冠劍閉橋山，萬里孤臣投海畔。籠禽鎩翮尚迴飛，白首生從五嶺歸。聞道善才成朽骨，空餘弟子奉宣徽。南譙寂寞三春晚，有客彈絃獨悽怨。静聽深奏楚月光，憶昔初聞曲江宴〔三七〕。心悲不覺淚闌干，更爲調絃反覆彈。秋吹動摇神女佩，月珠敲擊水精盤。自憐淮海同泥滓，恨魄凝心未能死。惆悵追懷萬事空，雍門感慨徒爲爾〔三八〕！

憶過潤州詩：元和二年，余以前進士爲鎮海軍書奏從事〔三九〕。秋七月兵亂，余以不從書奏飛檄之詐，遭庶人李錡暴怒〔四〇〕，腰領不殊者再三。後軍平，尚書李公欲具事以聞，余以本乃誓節，非欲求榮，請罷所奏〔四一〕。詩云：昔年從宦干戈地，黄綬青春一魯儒。弓犯控絃招武旅，劍當抽匣問狂夫。帛書投筆封魚腹，玄髪衝冠捋虎鬚。談笑謝金何所貴，不爲偷買用兵符〔四二〕。

元微之和樂天東南行云：李多嘲蝘蜓，竇數集蜘蛛。注云：李二十雅善歌詩，固多詠物之作，竇七頻改官銜，屢有蜘蛛之喜〔四三〕。

樂天詩曰：悶勸迂辛酒，閑吟短李詩。迂辛，辛丘度也。丘度之子一日自云辛氏子，來見紳曰：小子每憶白二十二丈詩：悶勸疇昔酒，閑吟廿丈詩。紳笑曰：辛大有此狂兒，吾敢不存舊〔四四〕。

【校箋】

〔一〕《雲溪友議》卷上《江都事》條：「初，李公赴薦，嘗以《古風》求知呂化光，温謂齊員外煦及弟恭曰：『吾觀李二十秀才之文，斯人必爲卿相。』果如其言。詩曰：『春種一粒粟，秋收萬顆子。四海無閒田，農夫猶餓死。』『鋤禾日當午，汗滴禾下土，誰知盤中飧，粒粒皆辛苦。』」

〔二〕《白氏長慶集》卷三六《立秋夕，涼風忽至，炎暑稍消，即事詠懷，寄汴州節度使李二十尚書》「嫋嫋簷樹動，好風西南來」一首，即此詩原唱。「夕」原作「日」，據改。

〔三〕《白氏長慶集》卷一六《編集拙詩，成一十五卷，因題卷末，戲贈元九、李二十》，此其前半首及自注。後四句云：「世間富貴應無分，身後文章合有名。莫怪氣粗言語大，新排十五卷詩成。」「伏歌行」原作「復歌行」，據改。

〔四〕按《白氏長慶集》卷七〇《聖善寺白氏文集記》云：「其集七帙，六十五卷，凡三千二百五十五首。元相公先作序，并目録一卷在外。題爲《白氏文集》，納于律疏庫樓。仍請不出院門，不借官客。有好事者，任就觀之。開成元年閏五月十二日樂天記。」李紳時爲河南尹。「題名」，即號《白氏文集》」意，毛本「名」作「存」，非。

〔五〕《新唐書》卷一八一《李紳傳》：「李紳，字公垂，中書令敬玄曾孫。……爲人短小精悍，于詩最有名，時號『短李』。……穆宗召爲右拾遺、翰林學士，與李德裕、元稹同時，號『三俊』。……武宗即位……召拜中書侍郎、同中書門下平章事，進尚書右僕射、門下侍郎，封趙國公。居位四年，足緩不任朝謁，辭位，以檢校右僕射平章事，復節度淮南，卒。」「淮」字原脱，據補。

〔六〕詩題「暮雪」原作「暮春」，據《又玄集》改。

〔七〕「劍水」原作「劍外」，據《又玄集》改。

〔八〕「起」原作「赴」，據《文苑英華》卷七一四改。

〔九〕「者」原作「邪」，據《文苑英華》改。

〔一〇〕「時」字原脱，據《文苑英華》補。此句下《英華》尚有「開成戊午歲秋八月」八字。當補。按《郡齋讀書志》：「《追昔游》者，蓋賦詩紀其平生所游歷，謂起梁漢，歸諫署，升翰苑，及播越荆楚，逾嶺嶠，止高安，移九江，過鍾陵，守滁陽，轉壽春，留洛陽，廉會稽，分務東周，守蜀，鎮梁也。開成戊午八月自爲之序。」而《四庫提要》云：「此集皆其未相時所作，晁公武《讀書志》載前有開成戊午八月紳自序，此本無之，詩凡一百一首。」其實《晁志》所載，乃其節録，非原序也。

〔一一〕「奏」字原脱，據《追昔游集》補。

〔一二〕「右拾遺」原作「左拾遺」，據《新唐書·李紳傳》改。

〔一三〕「映」原作「影」，據《追昔游集》改。

〔一四〕「竹」原作「出」，據《追昔游集》改。

〔一五〕「雲堆」原作「波堆」，「簇」原作「族」，據《追昔游集》改。

〔一六〕「嘯客」原作「吟嘯」，據《追昔游集》改。

〔一七〕「題」原作「袿」，據毛本改。

〔一八〕「當楹」原作「長楹」，據《追昔游集》改。

〔一九〕「遠」原作「近」，據《追昔游集》及《文苑英華》卷一九一改。

〔二〇〕「繞」原作「遠」，據《追昔游集》及《文苑英華》卷三四三改。

〔二一〕「死勿學此」原作「之死莫學」，據《追昔游集》及《文苑英華》改。

〔二二〕「爲」原作「馬」，據《追昔游集》及《文苑英華》改。

〔二三〕「月低山曉」原作「日低山曉」，據《追昔游集》及《文苑英華》改。

〔二四〕「貞」原作「直」，據《追昔游集》及《文苑英華》改。

〔二五〕「祭」原作「登」，據《追昔游集》及《文苑英華》改。

〔二六〕「山木」原作「山水」，據《追昔游集》改。

〔二七〕「餘霞杳千里」原作「雲霞淼千里」，據《追昔游集》改。

〔二八〕「魈」原作「魅」，據《追昔游集》改。

〔二九〕「可憐」二字原脱，據《追昔游集》補。

〔三〇〕「曉」原作「晚」，據《追昔游集》改。

〔三一〕「島」原作「弔」，據《追昔游集》改。

〔三二〕「問」原作「聞」，據《追昔游集》改。

〔三三〕「開」原作「門」，據《追昔游集》改。

〔三四〕「笛」原作「歌」，據《追昔游集》改。

〔三五〕上二句「促揮抹花飜鳳嘯」七字原作「促揮霍抹花飜鳳」，據《追昔游集》改。

〔三六〕「召彈」原作「占看」，據《追昔游集》改。

〔三七〕「昔」原作「惜」，據《追昔游集》改。

〔三八〕「雍門」原作「誰聞」，據《追昔游集》改。

〔三九〕「前」字原脱，據《追昔游集》補。

〔四〇〕「錡」字原脱，據《追昔游集》補。

〔四一〕「請」字原脱，據《追昔游集》補。

〔四二〕按《新唐書·李紳傳》：「元和初……客金陵，李錡愛其才，辟長書記，錡浸不法，賓客莫敢言，紳數諫不入，欲去不許。會使者召，錡稱疾，留後王澹爲具行。錡怒，陰教士臠食之，即脅使者爲衆奏天子，幸得留錡。召紳作疏，坐錡前，陽怖栗至不能爲字，下筆輒塗去，盡數紙。錡怒罵曰：『何敢爾！不憚死耶？』對曰：『生未嘗見金革，今得死爲幸。』即注以刃，令易紙，復然。或言許縱能軍中書，紳不足用。召縱至，操書如所欲，即囚紳獄中。錡誅，乃免。或欲以聞，謝曰：『本激于義，非市名也。』乃止。」此詩即憶其事。「武旅」原作「武族」，「玄髮衝冠捋虎鬚」句，「玄」原作「立」、「捋」原作「採」，據《追昔游集》改。

〔四三〕《元氏長慶集》卷一二《酬樂天東南行一百韻》此二句下自注：「李二十雅善歌詩，固多詠物之作。竇七頻改官銜，屢有蜘蛛之喜。」此原脱「雅善歌詩固」五字，「頻」原誤作「頗」，據改。

〔四四〕《雲溪友議》卷上《江都事》條：「又忽有少年，勢似疏簡，自云辛氏郎君來謁丞相，于晤對之間，未甚周至，懸車白尚書先寄元相公詩曰：『閑勸迂辛酒，閒吟短李詩。』且曰：『辛大丘度性迂嗜酒，李二十紳短而能詩。』辛氏郎君，即丘度之子也，謂李公曰：『小子每憶白二十二丈詩曰：「閑勸疇昔酒，閒吟廿丈詩。」』李公笑曰：『辛大有此狂兒，吾敢不存舊矣。』」「廿丈」原作「二十丈」，據改。

沈傳師

傳師次潭州酬唐侍御姚員外游道林岳麓寺題示云〔一〕：承明年老輒自論〔二〕，乞得湘守東南奔〔三〕。爲聞楚國富山水，青嶂邐迤僧家園。含香珥筆皆眷舊，謙抑自忘臺省尊。不令執簡候亭館，直許攜手游山樊。忽驚列岫晚來逼〔四〕，朔雪洗盡煙嵐昏。碧波迴嶼三山轉，丹檻繚郭千艘屯。華鑣躞蹀絢沙步，大旆綵錯輝松門。樛枝競騖龍蛇勢，折幹不滅風霆痕〔五〕。相重古殿倚巖腹，别引新徑縈雲根。目傷平楚虞帝魂，情多思遠聊開樽。危絃細管逐歌颸〔六〕，畫鼓繡靴隨節翻。鏘金七言凌老杜，入木八法蟠高軒。嗟余潦倒久不利〔七〕，忍復感激論元元〔八〕。

傳師，字子言，既濟之子。材行有餘，權德輿門生七十人，推爲顔子。終吏侍〔九〕。子詢，字誠之，亦能文。咸通中爲昭義節度使〔一〇〕。詢清粹端美，神仙中人也。制除山北節旄，京城咸誦曹唐游仙詩云：玉詔新除沈侍郎，便分茅土領東方。不知今夜游何處，侍從皆騎白鳳凰。即風姿可知也〔一二〕。

李德裕觀察浙西，有招隱山觀玉蕊花詩云〔一三〕：玉蕊天中樹，金閨昔共窺。落英閑舞雪，密葉乍低帷〔一三〕。內署沈大夫所居閣前有此樹〔一四〕，花落空中，回旋久之，方集庭砌。大夫草詔之暇，常邀余同玩。舊賞煙霄遠，前歡歲月移。今來想顏色，還似憶瓊枝。傳師和云〔一五〕：曾對金鑾直，同依玉樹陰。雪英飛舞近，煙葉動摇深。素萼年年密，衰容日日侵。勞君想華髮，僅欲不勝簪。

【校箋】

〔一〕宋趙德麟《侯鯖録》：「長沙道林岳麓寺，老杜所賦詩者。沈傳師有詩碑見于世，其序云：『奉酬唐侍御、姚員外道林寺題示。』姚員外詩不復見之，今傳唐侍御詩，題云：『儒林郎監察御史唐扶。』」二詩均附載《杜工部集》，唐詩題云：《使南海道長沙》，署「侍御史唐扶。」沈和作署「湖南觀察使沈傳師。」按《新唐書》卷一三二《沈既濟傳》附《沈傳師傳》：「（穆宗時），召入翰林爲學士，改中書舍人。翰林闕承旨，次當傳師，穆宗欲面命，辭曰：『學士院長參天子密議，次爲宰相，臣自知必不能，願治人一方，爲陛下長養之。』因稱疾出。……俄出爲湖南觀察使。」故起句云然。

〔二〕「論」原作「輪」，據《杜工部集》附載及《文苑英華》卷三四二改。

〔三〕「乞」原作「訖」，據《杜工部集》及《文苑英華》改。

〔四〕「晚」原作「曉」，據《杜工部集》及《文苑英華》改。「逼」，《英華》同，《杜集》作「碧」。

〔五〕「滅」，《文苑英華》同，《杜工部集》作「没」。

〔六〕「颺」原作「飄」，據《杜工部集》及《文苑英華》改。

〔七〕「利」原作「知」，據《文苑英華》改。《杜工部集》作「和」。

〔八〕「論」原作「諭」，據《杜工部集》及《文苑英華》改。

〔九〕《新唐書·沈傳師傳》：「傳師字子言。材行有餘，能治《春秋》，工書，有楷法。……權德輿門生七十人，推爲顔子。……寶曆二年，（自湖南觀察使）入拜尚書右丞，復出爲江西觀察使，……入爲吏部侍郎，卒。」

〔一〇〕《新唐書·沈傳師傳》：「子詢，字誠之，亦能文辭。……咸通四年，爲昭義節度使。」

〔一一〕《北夢瑣言》卷五：「沈詢侍郎，清粹端美，神仙中人也。制除山北節旄，京城誦曹唐《游仙詩》云：『玉詔新除沈侍郎，便分茅土領東方。不知今夜游何處，侍從皆騎白鳳凰。』即風姿可知也。」《游仙詩》下原衍「贈之」二字，「即風姿可知也」句原無，據刪、補。

〔一二〕《李文饒文集》別集卷三載此詩，題作《招隱山觀玉蕊樹戲書即事奉寄江西沈大夫閣老》，題下自注：「此樹吴人不識，因予嘗玩，乃得此名。」署「潤州刺史李德裕」。

〔一三〕「乍」原作「作」，據《李文饒文集》改。

〔一四〕「樹」字原脱，據《李文饒文集》自注補。

〔一五〕《李集》前詩後附載沈傳師和作，題爲《奉酬浙西尚書九丈招隱山觀玉蕊樹戲書見懷之作》，署「江南西道團練觀察使沈傳師」。

盧　群

唐淮西節度使吴少誠不奉詔令，群使蔡州詰之。群諭以君臣之分，忠順之義，少誠乃從命。群又與唱和賦詩，自言以反側，常蒙隔在恩外。群于筵中醉而歌曰：祥瑞不在鳳凰麒麟，太平須得邊將忠臣。衛霍真誠奉主，貔虎十萬一身。江河潛注息浪，蠻貊款塞無塵。但得百寮師長肝膽，不用三軍羅綺金銀。少誠大悦。群以奉使稱旨，遷秘書監。群，字載初，范陽人。終于義成軍節度使〔一〕。

【校箋】

〔一〕《舊唐書》卷一四〇《盧群傳》：「盧群字載初，范陽人。……淮西節度使吴少誠擅開决司、洧等水漕輓溉田，遣中使止之，少誠不奉詔。令群使蔡州詰之，少誠曰：『開大渠，大利于人。』群曰：『爲臣之道，不合于專，雖便于人，須俟君命。……』凡數千百言，諭以君臣之分，忠順之義，少誠乃從命，即停工役。群博涉，有口辯，好談論，與少誠言古今成敗之事，無不聳聽。又與唱和賦詩，自言以反側，常蒙隔在恩外，群于筵中醉而歌曰：『詳瑞不在鳳凰麒麟，太平須得邊將忠臣。衛霍真誠奉主，貔虎十萬一身。江河潛注息浪，蠻貊款塞無塵。但得百僚師長肝膽，不用三軍羅綺金銀。』少誠大感悦。群以奉使稱旨，俄遷檢校秘書監。……貞元十六年四月，節度使姚南仲歸朝，拜群義成軍節度使、鄭滑觀察等使……尋遇疾，卒。」「貔虎」，毛本作「貔貅」，非。

劉禹錫

三鄉驛伏覩明皇望女几山詩斐然有感云：開元天子萬事足，惟惜當時光景促。三鄉陌上望仙山，歸作霓裳羽衣曲。仙心從此在瑶池，三清八景相追隨。天上忽乘白雲去，世間空有秋風辭〔一〕。

長慶中，元微之、夢得、韋楚客同會樂天舍，論南朝興廢，各賦金陵懷古詩。劉滿引一盃，飲已即成，曰：王濬樓船下益州，金陵王氣黯然收。千尋鐵鏁沉江底，一片降幡出石頭。人世幾回傷往事，山形依舊枕江流。而今四海爲家日，故壘蕭蕭蘆荻秋。白公覽詩曰：四人探驪龍，子先獲珠，所餘鱗爪何用耶！于是罷唱〔二〕。

詩弔張曲江曰：聖言貴忠恕，至道重觀身。法在何所恨，色傷斯爲仁。良時難久恃，陰謫豈無因。寂寞韶陽廟，魂歸不見人〔三〕。

元和十年自朗州承召至京戲贈看花君子云〔四〕：紫陌紅塵拂面來，無人不道看花回。玄都觀裏桃千樹，盡是劉郎去後栽。

再游玄都觀絶句并序云：余貞元二十一年爲屯田員外郎，時此觀未有花。是歲出牧連州，尋貶朗州司馬〔五〕。居十年，召至京師，人人皆言有道士手植仙桃，滿觀如爍晨霞〔六〕，遂有前篇，以志一時之事。旋又出牧，于今十有四年〔七〕，得爲主客郎中〔八〕，重游兹觀〔九〕，蕩然無復一樹，唯兔葵燕麥，動摇于春風耳〔一〇〕。因再題二十八字，以俟後游。時大和二年三月也。詩云：百畝中庭半是苔〔一一〕，桃花淨盡菜花開〔一二〕。種桃道士歸何處？前度劉郎今獨來。

禹錫嘗對賓友每吟張博士籍詩云：新酒欲開期好客，朝衣暫脱見閒身。對花木則吟王右丞詩云：興闌啼鳥换，坐久落花多。白二十二好余秋水詠云：東屯滄海闊，南壤洞庭寬。余自知不及韋蘇州春潮帶雨晚來急，野渡無人舟自横。嘗過洞庭，雖爲一篇，思杜員外落句云：春去春來洞庭上，白蘋愁殺白頭翁。鄙夫之言，有愧于杜公也。楊茂卿校書過華山詩曰：河勢崑崙遠，山形菡萏秋。此實爲佳句〔一三〕。

贈歌人米嘉榮詩云：唱得梁州意外聲，舊人唯有米嘉榮。近來年少輕前輩，好染髭鬚事後生〔一四〕。

禹錫赴吴臺，揚州大司馬杜公鴻漸，開宴命妓侍酒，禹錫詩曰：高髻雲鬟宫樣粧，春風一曲杜韋娘。司空見慣渾閑事，斷盡蘇州刺史腸〔一五〕。白樂天任杭州刺史，攜數妓還洛陽，後却還錢塘，故禹錫戲答云：其那錢塘蘇小小，憶君淚點石榴裙〔一六〕。

沈存中曰：霓裳羽衣曲，劉禹錫詩云〔一七〕：三鄉陌上望仙山，歸作霓裳羽衣曲。又王建詩云：聽風聽雨作霓裳。樂天詩注云：開元中西涼府節度使楊敬述造。鄭嵎津陽門詩注云〔一八〕：葉法善嘗引上入月宫聞仙樂，及上歸，但記其半，遂于笛中寫之。會西涼府都督楊敬述進婆羅門曲，與其聲調相符，遂以月中所聞爲散序〔一九〕，用敬述所進爲其腔，而名霓裳羽衣曲。諸説各不同〔二〇〕。今蒲中逍遥樓楣上有唐人横書〔二一〕，類梵字，相傳是霓裳譜，字訓不通，莫知是非。或謂今燕部有獻仙音曲，乃其遺聲。然霓裳本謂之道調法曲，今獻仙音乃小石調耳，未知孰是？

山圍故國周遭在，潮打空城寂寞迴。淮水東邊舊時月，夜深還過女牆來。樂天掉頭苦吟，嘆賞良久曰：石頭詩云潮打空城寂寞回，吾知後之詩人，不復措辭矣〔二二〕。禹錫金陵五題自叙云。

禹錫與樂天唱和，號劉白唱和集〔二三〕。與裴度唱和，號汝洛集〔二四〕。與令狐楚唱和，號彭陽唱和集〔二五〕。與李德裕唱和，號吴蜀集〔二六〕。

禹錫，字夢得。附叔文，擢度支員外郎。人不敢斥其名，號二王劉柳。憲宗立，禹錫貶連州。未至，斥朗州司馬，作竹枝詞。武元衡初不爲宗元所喜，自中丞下除右庶子。及是執政，禹錫久落魄，乃作問大鈞、謫九年等賦，又叙張九齡事爲詩，欲感諷權要。久之，召還，宰相欲任南省郎，乃作玄都觀看花君子詩。當路不喜，出爲播州，易連州，徙夔州。由和州刺史入爲主客郎中，復作游玄都觀詩，有兔葵燕麥之語，聞者益薄其行。俄分司東都，裴度薦爲集賢學士。度罷，出刺蘇州，徙汝、同二州。會昌時，檢校禮部尚書，卒〔二七〕。

禹錫晚年與白傅友善，詩筆文章時無在其右者。常與禹錫唱和往來，因集其詩而序之曰〔二八〕：彭城劉夢得，詩豪者也。其鋒森然，少敢當者。予不量力，往往犯之。夫合應者聲同，交爭者力敵，一往一復，欲罷不能。由是每製一篇，先相視草〔二九〕，視竟則興作，興作則文成。一二年來，日尋筆研，同和贈答，不覺滋多。至大和三年春已前〔三〇〕，紙墨所存者，凡一百三十八首，其餘乘興扶醉〔三一〕、率然口號者，不在此數。因而命小姪龜兒，編勒成兩軸，仍寫二本，一付龜兒，一授夢得小男崙郎〔三二〕，各令收藏，附兩家文集。予頃與元微之唱和頗多，或在人口。嘗戲微之云：僕與足下，二十年來爲文友詩敵，幸也，亦不幸也。吟詠情性，播揚名聲，其適遺形，其樂忘老，幸也。然江南士女語才子者，多云元、白；以子之故，使僕不得獨步于吳越間〔三三〕，此亦不幸也。今垂老復遇夢得，得非重不幸耶〔三四〕！夢得！夢得〔三五〕！文之神妙，莫先于詩。若妙與神，則吾豈敢。如夢得雪裏高山頭白早，海中仙果子生遲。沉舟側畔千帆過，病樹前頭萬木春之句類，真謂神妙矣。在在處處，應有靈物護持，豈兩家子弟祕藏而已。其爲名流許與如此。

故國思如此，若爲天外心。寄白公句。湖上收宿雨。句。故人日已遠，窗下塵滿琴。坐對一樽酒，恨多無力斟。幕疏螢色迥，露重月華深。萬境與群籟，此時情豈任。無題。禪思何妨在玉琴，真僧不見聽時心。秋堂境寂夜方半，雲去蒼梧湘水深。聽琴。右張爲取作主客圖。

夢得曰：柳八駁韓十八平淮西碑云：左飡右粥，何如我平淮西雅云：仰父俯子。韓碑兼有帽子，使我爲之，便說用兵伐叛矣。夢得曰：韓碑柳雅，余爲詩云：城中晨雞喔喔鳴，城中鼓角聲和平。美愬之入蔡城也。須臾之間，賊無覺者。又落句云：始于元和十二載，四海重見昇平時。以見平淮之年云〔三六〕。

禹錫敘董侹文集云：詩其文章之蘊耶！義得而言喪，故微而難能；境生于象外，故精而寡和。千里之謬，不容秋毫。非有的然之姿，可使户曉。必俟知者，然後鼓行于時。自建安距永明以還，詞人比肩唱和相發，有以朔風零雨，高視天下；蟬噪鳥鳴，蔚在史策。國朝因之，粲然復興，由篇章以躋貴仕者，相踵而起。

【校箋】

〔一〕《劉夢得文集》卷四及《文苑英華》卷二九八載此詩，題作《三鄉驛伏睹玄宗望女几山詩小臣斐然有感》，「仙心」原作「仙花」，「空有」原作「惟有」，據改。

〔二〕《鑒誡録》卷七「四公會」條：「長慶中，元微之、劉夢得、韋楚客同會白樂天之居，論南朝興廢之事。樂天曰：『古者言之不足，故嗟歎之；嗟歎之不足，故詠歌之。今群公畢集，不可徒然，請各賦《金陵懷古》一篇，韻則任意擇用。』時夢得方在郎署，元公已在翰林。劉騁其俊才，略無遜讓，滿斟一大杯，請爲首唱。飲訖，不勞思忖，一筆而成。白公覽詩曰：『四人探驪，吾子先獲其珠，所餘鱗甲何用！』于是三公罷唱。但取劉詩，吟味竟日，沈醉而散。劉詩曰：云云。」按此詩《劉夢得文集》卷四題作《西塞山懷古》，《文苑英華》卷三〇八所載同。據《元和郡縣圖志》卷二七「江南道鄂州武昌縣：西塞山，在縣東八十五里，竦峭臨江。」則其地不在金陵。山在上游，故以王濬伐蜀興感，非詠金陵也。《劉集》及《文苑英華》同卷另有《金陵懷古》云：「潮滿臺城渚，日斜征虜亭。芳（蔡）洲新草緑，幕府舊煙青。興廢由人事，山川寄地形。《後庭花》一曲，幽怨不堪聽。」乃句句與南朝故事切合。小説附會，蓋不足信。《鑒誡録》此文下注云：「此篇元在詩本事中，叙説甚詳。今何光遠重取論次，更加改易，非也。」前人固已疑之矣。所稱「詩本事」者，指《金陵五題》序，亦誤。《劉夢得文集》、《文苑英華》「王濬」作「西晉」；「黯然」作「漠然」；「而今」作「今逢」。

〔三〕《劉夢得文集》卷二《弔張曲江》有序云：「世稱張曲江爲相，建言放臣不宜與善地，多徙五谿不毛之鄉。及今讀其文，張自内職牧始安，有瘴癘之歎；自退相守荆州，有拘囚之思。託諷禽鳥，寄詞草樹，鬱然與騷人同風。嗟夫，身世出于遐陬，一失意而不能堪，矧華人士族，而必致醜地，然後快意哉！議者以曲江爲良臣，識胡雛有反相，羞與凡器同列，密啟廷爭，雖古哲人不及，而燕翼無似，終爲餒魂。豈忮心失恕，陰謫最大，雖二美莫贖耶？不然，何袁公一言明楚獄，而鍾祉四葉，以是相較，神可誣乎？予讀其文，因爲詩以弔。」《舊唐書》卷一六〇《劉禹錫傳》云：「禹錫積歲在湘、澧間，鬱悒不怡，因讀《張九齡文集》，乃叙其意曰云云。」即全載詩序。此但録其詩，當補。「仁」原作「仇」，據《劉集》改。

〔四〕詩題「承」字原脱，據《劉夢得文集》補。

〔五〕「尋」字原脱，據《劉夢得文集》補。

〔六〕「如爍晨霞」原作「如紅霞」，《本事詩》作「盛如紅霞」，據《劉夢得文集》改。

〔七〕「于」字原脱，據《劉夢得文集》、《本事詩》補。

〔八〕「得」原作「復」，據《劉夢得文集》改，《本事詩》作「始」。

〔九〕「玆觀」原作「玄都」，《本事詩》同，據《劉夢得文集》改。

〔一〇〕「于」字原脱，據《劉夢得文集》、《本事詩》補。

〔一一〕「中庭」原作「庭中」，《本事詩》同，據《劉夢得文集》改。

〔一二〕「淨」原作「落」，據《劉夢得文集》、《本事詩》改。

〔一三〕《雲溪友議》卷中《中山誨》條：「中山公謂諸賓友曰：予……或有淡薄相于，緘翰莽鹵者，每吟張博士籍詩曰：『新酒欲開期好客，朝衣暫脱見閒身。』對花木則吟王右丞詩云：『興闌啼鳥換，坐久落花多。』則幽居之趣少安乎！余友稀舊人，名爲異代，近日爲文，都不愜，洛中白二十二居易苦好余《秋水詠》曰：『東屯滄溟闊，南壤洞庭寬。』又《石頭城下作》云：『山連故國周遭在，潮打空城寂寞迴。』余自知不及蘇州韋十九郎中應物詩曰：『春潮帶雨晚來急，野渡無人舟自横。』嘗過洞庭，雖爲一篇，靜思杜員外甫落句云：『年去年來洞庭上，白蘋愁殺白頭人。』鄙夫之言，有愧于杜公也。楊危卿校書《過華山》詩曰：『河勢崑崙遠，山形菡萏秋。』此句實爲佳對。」張詩「朝衣」原作「衣冠」，劉詩「南壤」原作「南瀼」，據改。「楊茂卿」，《唐語林》卷二《文學》引此詩同，《友議》作「楊危卿」，誤。又杜甫《清明二首》落句作「春去春來洞庭闊，白蘋愁殺白頭翁」，《友議》所引亦誤，據《杜集》改。

〔一四〕按此及下詩亦采自《雲溪友議》「中山誨」條：「余亦昔時直氣，難以爲制，因作一口號贈歌人米嘉榮曰：『唱得梁州意外聲，舊人唯有米嘉榮。近來年少輕前輩，好染髭鬚事後生。』」《劉集》「唯有」作「唯數」，「年少」作「時世」，當據改。

〔一五〕《雲溪友議》《中山誨》條：「夫游貴人之門，常須慎酒。昔赴吴臺，揚州大司馬杜公鴻漸爲余開宴，沈醉歸驛亭，似醒，見二女子在旁，驚非我有也，乃曰：『郎中席上與司空詩，特令二樂妓侍寢。』且醉中之作，都不記憶。明旦，修狀啟陳謝，杜公亦優容之，何施面目也。……詩曰：『高髻雲鬟宮樣粧，春風一曲《杜韋娘》。司空見慣尋常事，斷盡蘇州刺史腸。』」此事《本事詩·情感第一》所載異，云：「劉尚書禹錫罷和州，爲主客郎中、集賢學士。李司空罷鎮在京，慕劉名，嘗邀至第中，厚設飲饌。酒酣，命妙妓歌以送之。劉于席上賦詩曰：『鬖髻梳頭宮樣妝，春風一曲《杜韋娘》。司空見慣渾閑事，斷盡江南刺史腸。』李因以妓贈之。」劉與杜鴻漸不同時，「李司空」，《太平廣記》卷一七七引《本事詩》作「李紳」。當劉罷和州時，紳方貶降居外，無由相見，近人岑仲勉《唐史餘瀋》卷三「司空見慣」條已辨之，詩亦不載《劉集》，殆屬僞撰，然流傳甚廣，「司空見慣」已爲成語矣。

〔一六〕此《劉夢得文集》外集卷二《樂天寄憶舊游因作報白君以答》詩落句，其下自注云：「白君有妓，近自洛歸錢塘。」「淚黦」原作「淚黯」，據改。毛本作「淚點」，非。

〔一七〕「《霓裳羽衣曲》，劉禹錫詩云」原作「禹錫《霓裳羽衣曲》云」，據《夢溪筆談》卷五《樂律》改。

〔一八〕「鄭嵎」原作「鄭愚」，據本書卷六二「鄭嵎」條改。

〔一九〕「所」原作「新」，據《夢溪筆談》改。

〔二〇〕「諸」字原脱，據《夢溪筆談》補。

〔二一〕「中」原作「州」，據《夢溪筆談》改。

〔二二〕《劉夢得文集》卷四《金陵五題》序云：「余少爲江南客而未游秣陵，嘗有遺恨，後爲歷陽守，跂而望之。適有客以《金陵五題》相示，逌爾生思，欻然有得。他日，友人白樂天掉頭苦吟，歎賞良久，且曰：『《石頭》詩云：潮打空城寂寞迴。吾知後之詩人，不復措詞矣。』餘四詠雖不及此，亦不孤樂天之言爾。」

〔二三〕《新唐書》卷六〇《藝文志》：「《劉白唱和集》三卷：劉禹錫、白居易。」

〔二四〕《新唐書·藝文志》：「《汝洛集》卷一：裴度、劉禹錫唱和。」

〔二五〕《新唐書·藝文志》：「《彭陽唱和集》三卷：令狐楚、劉禹錫。」

〔二六〕《新唐書·藝文志》：「《吴蜀集》一卷：劉禹錫、李德裕唱和。」

〔二七〕《新唐書》卷一六八《劉禹錫傳》：「劉禹錫字夢得，自言系出中山。世爲儒。擢進士第，登博學宏辭科。工文章。……時王叔文得幸太子，禹錫以名重一時與之交，叔文每稱有宰相器。太子即位，朝廷大議秘策多出叔文，引禹錫及柳宗元與議禁中，所言必從。擢屯田員外郎，判度支、鹽鐵案。……武元衡不爲宗元所喜，自御史中丞下除太子右庶子。……凡所進退，視愛怒重輕，人不敢斥其名，號二王、劉、柳。憲宗立，叔文等敗，禹錫貶連州刺史，未至，斥朗州司馬。……作《竹枝辭》十餘篇，于是武陵夷俚悉歌之。……元衡方執政……禹錫久落魄，鬱鬱不自聊，其吐辭多諷託幽遠，作《問大鈞》、《謫九年》等賦數篇。又叙張九齡爲宰相，建言放臣不宜與善地……（參閲前校箋〔二二〕），欲感諷權近，而憾不釋。久之，召還。宰相欲任南省郎，而禹錫作《玄都觀看花君子》（按《劉集》詩題爲《元和十年自朗州承召至京戲贈看花諸君子》，此省文），詩語譏忿，當路者不喜，出爲播州刺史。……易連州、又徙夔州刺史。……由和州刺史入爲主客郎中，復作《游玄都》詩，且言：始謫十年還京師，道士植桃，其盛若霞。又十四年過之，無復一存，唯兔葵燕麥，動摇春風耳！以詆權近。聞者益薄其行。俄分司東都。宰相裴度兼集賢殿大學士，雅知禹錫，薦爲禮部郎中、集賢直學士。度罷，出爲蘇州刺史。以政最，賜金紫服。徙汝、同二州。遷太子賓客，復分司。……會昌時，加檢校禮部尚書，卒。」本條「權要」原脱「要」字，據毛本補。

〔二八〕此《白氏長慶集》卷六九《劉白唱和集解》，文末署「己酉歲三月五日，樂天解」。蓋文宗大和三年也。

〔二九〕「相」原作「于」，據《白氏長慶集》改。

〔三〇〕「至」字原脱，據《白氏長慶集》補。

〔三一〕「扶」原作「仗」，據《白氏長慶集》改。

〔三二〕「崙」原作「崑」，據《白氏長慶集》改。

〔三三〕「使」字原脱，據《白氏長慶集》補。

〔三四〕「得」字原脱，據《白氏長慶集》補。

〔三五〕原脱「夢得」二字，據《白氏長慶集》補。

〔三六〕《唐語林》卷二《文學》：「柳八駁韓十八《平淮西碑》云：『「左飡右粥」，何如我《平淮西雅》「仰父俯子」。』禹錫曰：『美憲宗俯下之道盡矣。』柳曰：『韓《碑》兼有帽子，使我爲之，便説用兵討叛矣。』」又劉禹錫曰：「韓《碑》柳《雅》，予詩云：『城中晨鷄喔喔鳴，城頭鼓角聲和平。』美李尚書愬之入蔡城也。須臾之間，賊都不覺。又詩落句言：『始知元和十二載，四海重見昇平時。』所以言十二載者，因以記淮西平之年。」按《劉夢得文集》卷五《平蔡州》詩，起句「城中」作「汝南」，落句作「忽驚元和十二載，重見天寶承平時」，文字與此略異，又「柳八駁韓十八《平淮西碑》云」句，「云」原作「文」，據《唐語林》改。

封孟紳

行不由徑詩云〔一〕：欲速竟何成〔二〕，康莊亦砥平〔三〕。天衢皆利往，吾道泰方行〔四〕。不復由蓬徑〔五〕，無因見蔣生〔六〕。三條遵廣道〔七〕，九軌尚安貞。紫陌悠悠去，芳塵步步清。澹臺千載後，公道有遺名〔八〕。

孟紳，貞元十五年高郢下進士第一人〔九〕，終于太常卿。

【校箋】

〔一〕此詩《文苑英華》卷一八九作者題「孟封」，注云：「《類詩》作『蕭昕』。」按《唐才子傳》云：「張籍，字文昌，和州烏江人也。貞元五年封孟紳榜及第，授秘書郎。」與《唐詩紀事》合，《英華》誤。

〔二〕「竟」原作「意」，據《文苑英華》改。

〔三〕「亦」原作「欲」，據《文苑英華》改。

〔四〕「泰」，《文苑英華》作「本」。

〔五〕「蓬」原作「莖」，據《文苑英華》改。

〔六〕「因」原作「由」，據《文苑英華》改。

〔七〕「道」原作「達」，據《文苑英華》改。

〔八〕「道」原作「正」，據《文苑英華》改。

〔九〕「下」原作「士」，據《唐才子傳》改。毛本同。

陳潤

賦得浦外虹云：日影化爲虹，彎彎出浦東。一條微雨後，五色片雲中。輪勢隨天度，橋形跨海通。還將飲水處，持送使車雄。

送駱徵君云：野人膺辟命，溪上掩柴扉。黄卷猶將去，青山豈更歸〔一〕，馬留苔蘚跡，人脱薜蘿衣。他日相思處，天邊望少微。

東都所居寒食下作云：江南寒食早，二月杜鵑鳴。日暖山初緑，春寒雨欲晴。浴蠶看社日，改火待清明。更喜瓜田好，令人憶邵平。

賦得秋河曙耿耿云：曉鏡秋高夜〔二〕，微明欲曙河。橋成鵲已去，機罷女應過。月上殊開練，雲行類動波。尋源不可到，耿耿復如何！

潤，大曆間人，終坊州鄜城縣令，樂天之外祖也〔三〕。

丈夫不感恩〔四〕，感恩寧有淚？心頭感恩血，一滴染天地。右張爲取作主客圖。

【校箋】

〔一〕「豈」，《文苑英華》卷二三〇作「肯」。

〔二〕「曉鏡」原作「曉望」，據《文苑英華》改。毛本作「晚望」，非。

〔三〕《白氏長慶集》卷四六《襄州别駕府君事狀》：「夫人潁川陳氏……考諱潤，坊州鄜城縣令。」

〔四〕「丈夫」原作「大夫」，據《全唐詩話》改，毛本同。

唐詩紀事校箋卷第四十

范傳正　薛存誠　賈　島　馬　異　張　登
包　佶　長孫佐輔　李正封　崔　護　張又新
陸復禮　柳公權　陸鴻漸　王季則　王公亮
徐　牧　陳　存

范傳正

謝真人還舊山云〔一〕：麾蓋從仙府，笙歌入舊山。水流丹竈缺，雲起草堂關〔二〕。白鹿行爲衛，青鸞舞自閑。種松鱗未老〔三〕，移石蘚仍斑。望路煙霄外〔四〕，迴輿巖岫間〔五〕。豈唯遼海鶴〔六〕，空歎令威還。

鮑溶人日陪宣州范中丞傳正與范侍御宴云：人日春風綻早梅，謝家兄弟看花來。吴姬對酒歌千曲，秦女留人酒百杯〔七〕。絲柳向空初宛轉，玉山看日漸徘徊。流光易去歡難得，莫厭頻頻上此臺。

傳正元和十二年廉問宣池，遷李白墳于青山之陽〔八〕，爲銘曰：嵩岳降神，是生輔臣。蓬萊謫真，斯爲逸人。晉有七賢，唐稱八仙。應彼星象，唯公一焉。晦以麴糵，暢于文編。萬象奔走乎筆端〔九〕，萬慮泯滅乎樽前。卧必酒甕，行唯酒船。吟風詠月，席地幕天。但貴適其所適〔一〇〕，不知夫所以然而然。至今尚疑其醉在千日，寧審乎壽終百年！謝家山兮李公墓，異代詩流同此路。舊墳卑庳風雨侵，新宅爽塏松柏林。故鄉萬里且無嗣，二女從民永于此。猗歟琢石爲二碑，一藏幽隧一臨歧。岸深谷高變化時，一存一毁名不虧。

傳正爲宣歙觀察，頗事華侈。憲宗知之，代還，拜光禄卿。好古，性精悍。初自整飭，官益達，用度益奢。傾貲貨市權貴驩，私公府如家帑，亦幸素有名，得不敗云〔一一〕。

【校箋】

〔一〕詩題《文苑英華》卷一八七作《謝真人仙駕過舊山》，另載夏方慶同作一首，蓋省試詩也。謝自然白日升天，在貞元十年十一月二十日，韓愈有《謝自然》詩。果州刺史李堅有《東極真人傳》，見《新唐書·藝文志》。事雖怪誕，當時盛傳。同時劉商亦有《謝自然却還舊居》詩，云：「仙侣招邀自有期，九天升降五雲隨。不知辭罷虚皇日，更向人間住幾時。」言其去而復返，殆屬想像之詞。「還」原作「過」，據改。

〔二〕「雲」，《文苑英華》作「風」。

〔三〕「老」原作「立」，據《文苑英華》改。

〔四〕「霄」原作「霞」，據《文苑英華》改。

〔五〕「巉岫」，《文苑英華》作「嶺岫」。

〔六〕「海」原作「西」，據《文苑英華》改。

〔七〕「女」原作「語」，據毛本改。

〔八〕影宋蜀本《李太白文集》卷一范傳正《唐左拾遺翰林學士李公新墓碑》：「傳正……叨蒙恩獎，廉問宣、池……卜新宅于青山之陽，以元和十二年正月二十三日遷神于此。遂公之志也。」此文《文苑英華》卷九四五所載，題作《贈左拾遺翰林供奉李白墓誌》。

〔九〕「走」字原脱，據《李太白文集》及《文苑英華》補。

〔一〇〕此句《文苑英華》作「但貴其適所以適」，意亦通。

〔一一〕《新唐書》卷一七二《范傳正傳》：「范傳正字西老，鄧州順陽人。……舉進士、宏辭，皆高第，授集賢殿校書郎。歷歙、湖、蘇三州刺史，有殊政，進拜宣歙觀察使。代還，坐治第過制，憲宗薄不用，改光禄卿。以風痺卒，贈左散騎常侍。傳正好古，性精悍，初自整飭，宦益達，用度益奢侈，傾貲貨市權貴驩，私公府如家帑，亦幸素有名，得不敗云。」「得」字原脱，據史文補。

薛存誠

暮春自南臺承再除給事中仍是本廳几榻杖屨宛然如舊云〔一〕：再入青瑣闈，忝官誠自非。拂塵驚物在，開户似僧歸。積草漸無逕，殘花猶灑衣。禁垣偏日近，行坐是恩輝〔二〕。

盧綸同存誠登棲巖寺云〔三〕：衰蹇步難前，上山如上天。塵泥來自晚，猿鳥到何先。萬壑應孤磬，百花通一泉。蒼蒼此明月，下界正沉眠。

存誠，字資明，河中人。登貞元進士第。和易容物，而當官毅然不可奪。元和末，爲御史中丞，卒〔四〕。

【校箋】

〔一〕詩題「承」原作「丞」，據《文苑英華》卷一九一改。「仍是本廳」以下十二字，《英華》爲題下自注。

〔二〕「是」，《文苑英華》作「在」。

〔三〕詩題《盧綸集》作《同薛存誠登栖巖寺》。

〔四〕《新唐書》卷一六二《薛存誠傳》：「薛存誠字資明，河中寶鼎人。中進士第。擢累監察御史。元和初……累遷給事中……拜御史中丞。……未幾，復爲給事中。會御史中丞闕，帝謂宰相曰：『持憲無易存誠者。』乃復命之。會暴卒，帝悼惜，贈刑部侍郎。存誠性和易，于人無所不容，及當官，毅然不可奪。」

賈島

字浪仙，范陽人。初爲浮屠，名無本。能詩，獨變格入僻，以矯浮豔于元、白。來洛陽，韓愈教爲文。去浮屠，舉進士，終普州司户〔一〕。島久不第，吟病蟬之句，以刺公卿。或奏島與平曾等爲十惡，逐之。詩曰：病蟬飛不得，向我掌中行。折翼猶能薄，酸吟尚極清。露華凝在腹，塵點誤侵睛。黄雀并鳶鳥，俱懷害爾情。大中末，授遂州長江簿。初之任，届東川，守者厚禮之，島獻感恩詩曰：匏革奏冬非獨樂，軍城未曉啓重門。何時却入三台貴，此日空知八座尊。羅綺舞間收雨點，貔貅門外卷雲根。逐遷屬吏隨賓列，撥棹扁舟不忘恩。自長江遷普州司倉，方干自鏡湖寄詩曰：亂山重復疊，何路訪先生？豈料多才者，空垂不第名。閑曹猶得醉，薄俸亦勝耕。莫問吟詩苦，年年芳草平。島至老無子，因啖牛肉得疾，終于傳舍〔二〕。

延康吟云：寄居延壽里，爲與延康鄰。不愛延康里，愛此里中人。人非十年故，人非九族親。人有不朽語，得之煙山春。

望山詩云：南山三十里，不見踰一旬。冒雨時立望，望之如朋親。虬龍一掬波，洗蕩千萬春。日日雨不斷，愁殺望山人〔三〕。天事不可長，勁風來如奔。陰淫一已掃，浩翠寫國門。長安百萬家，家家張屏新。誰家最好山，我願爲其鄰。

朝飢云：市中有樵山，此舍無朝煙。井底有甘泉，釜中乃空然。我要見白日，雪來塞青天。坐聞西牀琴〔四〕，凍折兩三絃。飢莫詣他門，古人有拙言。

再投李益常侍云：何處初投刺，當時赴尹京。淹留花柳變〔五〕，然諾肺腸傾。避暑蟬移樹，高眠鴈過城〔六〕。人家嵩岳色，公府洛河聲。聯句逢秋盡，嘗茶見月生。新衣裁白紵，思從曲江行。

王建寄島詩云：盡日吟詩坐忍飢，萬人中覓似君稀。僮眠冷榻朝猶卧，驢放秋田夜不歸。傍暖旋收紅落葉，覺寒重着舊生衣。曲江池畔時時到，爲愛鸕鷀雨裏飛。

島詩有警句，韓退之喜之。其渡桑乾詩曰：客舍并州已十霜，歸心日夜憶咸陽。無端更渡桑乾水，却望并州是故鄉〔七〕。赴長江道中詩曰：策杖馳山驛，逢人問梓州。長江那日到？行客替生愁〔八〕。晉公度初立第于街西興化里，鑿池種竹，起臺榭。島方下第，或以爲執政惡之，故不在選，怨憤題詩曰：破却千家作一池，不栽桃李種薔薇。薔薇花落秋風起，荆棘滿庭君始知。皆惡其不遜〔九〕。

島爲僧時，洛陽令不許僧午後出寺。賈有詩云：不如牛與羊，猶得日暮歸。韓愈惜其才，俾反俗應舉，貽其詩云：孟郊死葬北邙山，日月星辰頓覺閑。天恐文章中斷絕，再生賈島在人間。由是振名。或曰：非退之詩〔一〇〕。

送安南惟鑒法師云〔一一〕：講經春殿裏〔一二〕，花繞御床飛。南海幾回渡，舊山臨老歸。觸風香損印，霑雨磬生衣〔一三〕。雲水路迢遞〔一四〕，往來消息稀。

題杜司户亭子云〔一五〕：牀頭枕是溪中石，井底泉通竹下池。宿客未眠過夜半，獨聞山雨到來時。

題李款幽居云〔一六〕：閑居少鄰並，草徑入荒村。鳥宿池中樹，僧敲月下門。過橋分野色，移石動雲根。暫去還來此，幽期不負言。

哭栢巖和尚云：苔覆石牀新，吾師占幾春〔一七〕。寫留行道影，焚却坐禪身。塔院關松雪〔一八〕，經房鏁隙塵〔一九〕。自嫌雙淚下，不是解空人。永叔云：焚却坐禪身，乃是燒殺活和尚也〔二〇〕。

哭孟郊云：身死聲名在，多應萬古傳。寡妻無子息，破宅帶林泉。塚近登山道，詩隨過海船。故人相弔後〔二一〕，斜日下寒天。

普州有岳陽山，島葬于此。唐安程錡從事倅岳陽，有詩曰：倚恃才難繼，昂藏貌不恭。騎驢衝大尹，奪卷忤宣宗。馳譽超前輩，居官下我儂。司倉舊曹署，一見一心忡。唐末舉子李允恭有詩曰：一一玄微縹緲成，盡吟方更爽神情。宣宗謫去爲閑事，韓愈知來已振名。海底也應搜得淨，月輪常被玩教傾。如何未隔四十載，不遇論量向此生〔二二〕。

夜半長安雨，燈前越客吟。贈吴處士句〔二三〕。島嶼夏雲起，汀洲芳草深。句。秋風吹渭水，落葉滿長安〔二四〕。句。山鐘夜度空江水，汀月寒生古石樓〔二五〕。句。舊國別多日，故人無少年〔二六〕。句。右張爲取作主客圖。

李洞過浪仙舊地云：鶴外唐來有謫星〔二七〕，長江東注冷滄溟。境搜松雪仙人島，吟歇林泉主簿廳。片月已能臨榜黑，遥天何益抱墳青。年年誰不登高第，未勝騎驢入畫屏。

姚合寄島云：寂寞荒原下，南山只隔籬。家貧惟我並，詩好復誰知。草色無窮處，蟲聲少盡時。朝昏鼓不到，閑卧益相宜〔二八〕。

浪仙戲贈友人云〔二九〕：一日不作詩，心源如廢井。筆硯爲轆轤，吟詠作縻綆〔三〇〕。朝來重汲引，依舊得清冷。書贈同懷人，詞中作苦辛。

島赴舉至京，騎驢賦詩，得僧推月下門之句，欲改推作敲，引手作推敲之勢，未決，不覺衝大尹韓愈，乃具言。愈曰：敲字佳矣。遂並轡論詩久之〔三一〕。或云吟落葉滿長安之句，唐突大尹劉栖楚，被繫一夕，放之〔三二〕。

【校箋】

〔一〕《新唐書》卷一七六《韓愈傳》附《賈島傳》：「島字浪仙，范陽人，初爲浮屠，名無本。來東都，時洛陽令禁僧午後不得出，島爲詩自傷。愈憐之，因教其爲文，遂去浮屠，舉進士。……會昌初，以普州司倉參軍遷司户，未受命，卒。」又《摭言》卷一一：「元和中，元白尚輕淺，島獨變格入僻，以矯浮艷。」「以」原作「似」，「浮」字原脱，據改、補。

〔二〕《鑒誡録》卷八「賈忤旨」條：「賈又吟《病蟬》之句，以刺公卿。公卿惡之，與禮闈議之，奏島與平曾等風狂撓擾貢院，是時逐出關外，號爲『十惡』。……詩曰：『病蟬飛不得，向我掌中行。折翼猶能薄，酸吟尚極清。露華凝在腹，塵點誤侵睛。黄雀並烏鳥，俱懷害爾情。』……御札墨制除島爲遂州長江主簿，……大中八年九月七日制下，島因授此官。初之任，届東川，守者憑八座三十里出倚儀以迎之。既至館舍，見待甚厚，大具肴饌宴設，故島獻感恩詩曰：『匏革奏終非獨樂，軍城未曉啟重門。何時却入三台貴，此日空知八座尊。羅綺舞間收雨點，貔貅門外卷雲根。逐遷屬吏隨賓列，撥棹扁舟不忘恩。』……島自長江遷普州司倉，方干自鏡湖寄詩曰：『亂山重復叠』云云。島至老無子，因啖牛肉得疾，終于傳署。」按，感恩詩載《長江集》，題作《觀冬設上東川楊尚書》，「奏冬」原作「奏終」，「門外」原作「鬭外」，據改。又，據《舊唐書》卷一七六《楊汝士傳》：「汝士于開成元年十二月檢校禮部尚書，充梓州刺史，劍南東川節度使。」則尚書，謂汝士也。

〔三〕「愁」原作「怨」，據《長江集》改。

〔四〕「坐」原作「立」，據《長江集》改。

〔五〕「柳」，《長江集》同，《文苑英華》卷二五九作「木」。

〔六〕「高眠」，《文苑英華》作「登高」。

〔七〕按《御覽詩》載此詩爲劉皂作，題爲《旅次朔方》，是也。島，范陽人，與詩意地理不合。「已十霜」原作「三十霜」，《御覽詩》作「數十霜」，據《長江集》及《萬首唐人絶句》改。「無端更渡」原作「如今便渡」，《御覽詩》作「無端又隔」，據《長江集》、《萬首唐人絶句》改。

〔八〕此詩題《長江集》作《寄令狐相公》。「那日」，《輿地紀勝》卷一五四潼川府下引《唐詩紀事》同，《長江集》作「那可」。

〔九〕《本事時·怨憤第四》：「賈島于興化鑿池種竹，起臺榭。時方下第，或謂執政惡之，故不在選。怨憤尤極，遂于庭内題詩曰：『破却千家作一池，不栽桃李種薔薇。薔薇花落秋風後，荆棘滿庭君始知。』由是人皆惡其侮慢不遜，故卒不得第，抱憾而終。」按明刻《津逮祕書》本《本事詩》此文無「賈島于興」四字，「化」下有「里」字，實當以《紀事》所引爲是，四字乃後人妄補也。《長江集》詩題作《題興化園亭》，亦誤。島本寒士，何由在興化里構園亭乎？且與怨憤之意，亦不合矣。

〔一〇〕祝充《音注韓文公文集》卷五《送無本師歸范陽》注云：「《又玄集》及《鑒誡録》載韓退之贈島詩云，『孟郊死葬北邙山，日月星辰頓覺閑。天恐文章渾斷絶，再生賈島在人間。』東坡云：『世俗無知者所託，非退之之語也。』」《紀事》本此。

〔一一〕詩題「安南」原作「長安」，據《長江集》及《又玄集》改。

〔一二〕「春殿」原作「春色」，《又玄集》同，據《長江集》改。

〔一三〕「觸風」二句，《又玄集》同，《長江集》作「潮搖蠻草落，月濕島松微」。

〔一四〕「雲水」句，《又玄集》同，《長江集》作「空水既如彼」。

〔一五〕詩題《又玄集》同，《長江集》作《題村家亭子》，「村家」當是「杜家」之誤。

〔一六〕詩題「李款」，《又玄集》作「李凝」，按《新唐書》卷一一八《李中敏傳》附《李款傳》：「李款字言源，長慶初，第進士，爲侍御史。」疑即其人，「凝」、「款」形近致誤。

〔一七〕「吾師占幾春」，《又玄集》同，《長江集》及《文苑英華》卷三〇五作「師曾占幾春」。「占」原誤作「古」，據改。

〔一八〕「松雪」，《長江集》、《又玄集》同，《文苑英華》作「松路」。

〔一九〕「經房」原作「房門」，《又玄集》同，據《長江集》及《文苑英華》改。

〔二〇〕歐陽修《六一詩話》：「詩人貪求好句，而理有不通，亦語病也。……如賈島《哭僧》云：『寫留行道影，焚却坐禪身。』時謂燒殺活和尚，此尤可笑也。」

〔二一〕「弔」原作「予」，據《長江集》、《又玄集》及《文苑英華》卷三〇四改。「後」，以上三書同，《摭言》卷一一引作「處」。

〔二二〕《鑒誡録》「賈忤旨」條：「後崔錡評事倅岳陽日，爲詩悼之。岳陽，普州地名，今因創墓在岳陽山上，山下有岳陽池。詩曰：『倚恃才難繼，昂藏貌不恭，騎驢衝大尹，奪卷忤宣宗。馳譽超先輩，居官下我儂。司倉舊曹署，一見一心忡。』又，舉子李允恭有詩曰：『一一玄微縹緲成，盡吟方更爽神情。宣宗謫去爲閑事，韓愈知來已振名。海底也應搜得淨，月輪常被玩教傾。如何未隔四十載，不遇論量向此生。』」此用《鑒誡録》而改『崔錡評事』爲「唐安程錡從事」，疑別有所據。《全唐詩》作「安錡」，疑誤。「忤」原作「誤」，「李允恭」原作「李克恭」，據改。

〔二三〕詩題《長江集》作《憶吴處士》，此其一、二句。此下二句爲其五、六句。

〔二四〕詩題《長江集》作《憶江上吴處士》，此其三、四句。

〔二五〕詩題《長江集》作《早秋寄題天竺靈隱寺》，此其五、六句。

〔二六〕詩題《長江集》作《旅游》，此其三、四句。

〔二七〕「謫」原作「句」，據《全唐詩》改。

〔二八〕「相宜」原作「相思」，據《姚少監詩集》改。

〔二九〕詩題「戲贈」原作「寄」字，據《長江集》及《文苑英華》卷二五九補。

〔三〇〕「縈緶」，《長江集》、《文苑英華》作「縻緶」。

〔三一〕《鑒誡録》「賈忤旨」條：「島初赴名場日……忽一日于驢上吟得『鳥宿池中樹，僧敲月下門』。初欲著『推』字，或欲著『敲』字，煉之未定，遂于驢上作『推』字手勢，又作『敲』字手勢……俄爲宦者推下驢，擁至尹前，島方覺悟，顧問，欲責之。島具對……韓立馬良久思之，謂島曰：『作「敲」字佳矣。』遂與島並轡語笑，同入府署，共論詩道，數日不厭。」按《韻語陽秋》卷三引此，誤作《摭言》。並云：「是時島識韓已久矣，使未相識，愈豈肯教其作『敲』字耶？」

〔三〕《摭言》卷一一：「嘗登驢張蓋，橫截天衢，時秋風正厲，黄葉可掃，島忽吟曰：『落葉滿長安。』志重其衝口直致，求足一聯，杳不可得，不知身之所從也。因之唐突大京兆劉栖楚，被繫一夕而釋之。」

馬　異

送皇甫湜赴舉云：馬蹄聲特特〔一〕，去入天子國。借問去是誰？秀才皇甫湜。含吐一腹文〔二〕，八音兼五色。主文有崔李，郁郁爲朝德。青銅鏡必明，朱絲繩必直。稱意太平年，願子長相憶。

貞元旱歲云：赤地炎都寸草無，百川水沸煮蟲魚。定應燋爛無人救，淚落三篇古尚書。

暮春醉中寄李干云〔三〕：歡喜見至親〔四〕，生開一甕春〔五〕。不須愁犯卯，且乞醉過申。折草爲籌筯，鋪花作錦裀。嬌鶯解言語，留客也慇懃。

異，河南人，與盧仝結交〔六〕。答仝結交詩云：有鳥南翔口銜一書札〔七〕，達我山之維。開緘金玉焕陸離，乃是盧仝結交詩。此詩峭絶天邊格，力與文星色相射。長河拔作數條絲，太華磨成一拳石。莫嗟獨秀無往還〔八〕，月中芳桂難追攀，況值亂邦不平年，迴陵倒谷如等閑。與君俛首大艱阻，喙長三尺不得語，因君今日形章句。羨獼猴兮着衣裳，悲蚯蚓兮安翅羽〔九〕。上天不識察〔一〇〕，仰我爲遼天失所〔一一〕。將吾劍兮切淤泥〔一二〕，使良驥兮捕老鼠。昨日脱身卑賤籠，茅屋借與老人峰〔一三〕。抱鋤斸地芸芝朮〔一四〕，偃蓋參天舊有松。我與松兮保身世，卧居居兮起于于，漱潺潺兮聆嘒嘒。道在其中可終歲，不教辜負堯爲帝。燒我荷衣摧我身，回看天地如砥平。鋼刀剉骨不辭去，卑躬君子今明明〔一五〕。俛首辭山心慘惻，白雲雖好戀不得〔一六〕。看雲且擬直須臾，疾風又卷西飛翼。爲報覃懷新結交，死生富貴存後凋。我心不畏朱公叔〔一七〕，君意須防劉孝標。以膠投漆苦不早，就中相去萬里道。河水悠悠山之間，無由把袂攄懷抱。憶盧仝，吟仝文〔一八〕，能治惡臭成蘭薰〔一九〕。不知何處清風夕，擬使張華見陸雲。

【校箋】

〔一〕「馬蹄」原作「馬啼」，據《唐文粹》、《文苑英華》卷二六七改。

〔二〕「含吐一腹文」原作「吞吐一腸文」，據《唐文粹》、《文苑英華》改。

〔三〕詩題《文苑英華》卷二五五作《暮春酒中贈李干秀才》。

〔四〕「歡喜見至親」原作「歡異且交親」，據《文苑英華》改。

〔五〕「生開一甕春」原作「酒生開甕春」，據《文苑英華》改。

〔六〕馬異事，兩《唐書》無考，《唐才子傳》云：「異，睦州人也。興元元年，禮部侍郎鮑防下進士第二人。少與皇甫湜同硯席，賦性高疎，詞調怪澀，雖風骨稜稜，不免枯瘠。盧仝聞之，頗合己志，願與結交，遂立同異之論，以相贈答。」按皇甫湜乃睦州新安人，則與同里，而此言「異，河南人」，必有一誤，俟考。

〔七〕「有鳥」下原闕一字，《玉川子詩集》作「有鳥南翔」。疑本不闕，連下爲一句。毛本補「自」字。

〔八〕「獨秀」原作「獨笑」，據《玉川子詩集》附載此詩改。

〔九〕上二句「兮」原俱作「子」，據《玉川子詩集》改。

〔一〇〕「識」原作「失」，據《玉川子詩集》改。

〔一一〕「仰」字原脱，據《玉川子詩集》補。

〔一二〕「淤」原作「游」，據《玉川子詩集》改。

〔一三〕「茅屋」原作「卯星」，據《玉川子詩集》改。

〔一四〕「斸地」原作「築地」，據《玉川子詩集》改。

〔一五〕「躬」原作「窮」，據《玉川子詩集》改。

〔一六〕「好」原作「收」，據《玉川子詩集》改。

〔一七〕「叔」原作「散」，據《玉川子詩集》改。

〔一八〕「憶盧仝，吟仝文」原作「仝吟文」，據《玉川子詩集》補、改。

〔一九〕「惡」字原缺，「臭」原作「奥」，據《玉川子詩集》補、改。

張登

招客游寺云：江城吏散倦春陰〔一〕，山寺鳴鐘隔雨深。招取遺民赴僧社，竹堂分坐静看心。

小雪日戲題絶句云：甲子徒推小雪天，刺梧猶緑槿花然。陽和長養無時歇〔二〕，却是炎洲雨露偏。

送王主簿游南海云：平生推久要，留滯共三年。明日東南路，窮荒霧露天。曠懷常寄酒，素業不言錢。道在貧非病，時來醜亦妍。過山乘蟜屐，涉海附樓船。行矣無爲恨〔三〕，宗門有大賢。

上巳泛舟詩云：令節推元巳，天涯喜有期。初筵臨泛地，舊俗祓禳時。枉渚潮新上，殘春日正遲。竹枝游女曲，桃葉渡江詞。風鷁今方退，沙鷗亦未疑。且同山簡醉，倒載莫褰帷〔四〕。

劉夢得有揚州春夜與李端公益張侍御登段侍御平仲同會水館對酒聯句詩。登始以巾褐就辟，歷衛佐廷評。登貞元中爲河南士曹，遷殿院，爲漳州刺史。坐公累受劾，感疾卒。權載之序其文曰：清河張登，剛潔介特，不趨和從俗。循性屬詞，發爲英華。自河南士曹掾滿歲，計相表爲殿中侍御史，董賦江南。無何，授漳州刺史。居七年，坐公事受劾，吏議侵誣，胸臆約結，感疾不起。君疾卑諂細人，白黑太明，矯枉憤厲，往往過正。故其賦有云：鶡必鬬而知斃，龍雖屠而不馴。又云：賤而榮兮跌而喪，痛一世之紛綸。皆所以感概頓挫，放言叙心，兆憂賈禍，恒必由之。二十年間，數免希遷，志力相盭，斯亦從古才士之所患也〔五〕。道雖由己，感於知己；名不加人，成必因人〔六〕。此登之語也。

【校箋】

〔一〕「倦春陰」，《萬首唐人絶句》同，毛本作「捲春陰」，非。

〔二〕「陽和」原作「融和」，據《唐百家詩選》改。

〔三〕「恨」原作「限」，據《唐百家詩選》改。

〔四〕「載」原作「戴」，據《歲時雜詠》改。

〔五〕《權載之文集》卷三三《唐故漳州刺史張公集序》：「清河張登，剛潔介特，不趨和從俗，循性屬詞，發爲英華。……始以巾褐辟，歷衛佐、廷尉平、監察御史。罷去家居，以薦延改河南士曹掾。滿歲，計相表爲殿中侍御史，董賦于江南。無何，授漳州刺史。居七年，坐公事受劾，吏議侵誣，胸臆約結，感疾不起。悲夫！君……疾卑諂細人，黑白太明，矯枉憤厲，往往過正。故其賦有云：『鶡必鬬而知斃，龍就屠而不馴。』又云：『賤而榮兮跌而喪，痛一世之紛綸。』皆所以感概頓挫，放言而兆憂賈禍，恒必由之。二十年間，數免希遷，志力相盭，斯亦從古才士之所患也。「河南士曹掾」原作「江南士掾」，「紛綸」原作「紛淪」，「感概」原作「感憤」，據《權集》改。

〔六〕按，此數言不見序中，當別有所據。

包佶〔一〕

字幼正，潤州人。登進士第，爲諫議大夫。坐善元載，貶嶺南。劉晏奏起爲汴東兩稅使〔二〕。貞元中，爲詩寄劉長卿云：波瀾喧衆口，藜藿靜吾廬。喪馬思開卦，占鶚懶發書。叙其遷謫之狀也〔三〕。

父融，與賀知章、張若虛、張旭，號吴中四士。

酬于侍郎湖南見寄云：桂嶺千崖斷，湘流一派通〔四〕。長沙今賈傅，東海舊于公〔五〕。章甫經殊俗，離騷繼雅風。金閨文作字，玉匣氣成虹。翰墨時無侣，丹青夙在公〔六〕。主恩留左掖，人望積南宮。巧拙循名異，浮沉顧位同。九遷歸上略，三已契愚衷。責謝庭中吏〔七〕，悲寬塞上翁。楚材欣有適，燕石愧無功〔八〕。山曉重嵐外，林春苦霧中。雪花翻海鶴，波影倒江楓。去札頻逢信〔九〕，回帆早掛空。避賢方有日，非敢愛微躬。

贈廬山白鶴觀劉尊師云：蒼蒼五老霧中壇，杳杳三山洞裏官。手護崑崙象牙簡，心推霹靂棗枝盤。春飛雪粉加毫潤〔一〇〕，曉漱瓊膏冰去聲。齒寒〔一一〕。漸恨流年筋力少，唯思露冕事星冠。

嶺下卧病寄劉長卿云：唯有貧兼病，能令親愛疎。歲時供放逐〔一二〕，身世付空虛。脛弱秋添絮，頭風曉廢梳。波瀾喧衆口，藜藿靜吾廬。喪馬思開卦，占鴞懶發書。十年江海隔，離恨子知予。

【校箋】

〔一〕「包佶」原作「包吉」，據《新唐書》卷一四九《劉晏傳》附《包佶傳》改。

〔二〕《新唐書·劉晏傳》附《包佶傳》：「佶字幼正，潤州延陵人。父融，集賢院學士，與賀知章、張旭、張若虛有名，當時號吴中四士。佶擢進士第，累官諫議大夫。坐善元載，貶嶺南。晏奏起爲汴東兩税使。」

〔三〕自「貞元中」以下毛本删，並以「叙其遷謫之狀也」句移併篇末。按，先紀事，後録詩，書中多有此例，非重出也。仍之。

〔四〕「湘流」，《唐百家詩選》同，《文苑英華》卷二四三作「湘水」。

〔五〕「于公」原作「丁公」，據《包佶集》、《唐百家詩選》、《文苑英華》改。

〔六〕「公」，《包佶集》、《唐百家詩選》同，《文苑英華》作「工」。

〔七〕「吏」原作「禮」，《唐百家詩選》同，據《包佶集》、《文苑英華》改。

〔八〕「功」原作「工」，《包佶集》同，據《唐百家詩選》、《文苑英華》改。

〔九〕「札」原作「禮」，據《包佶集》、《唐百家詩選》、《文苑英華》改。

〔一〇〕「加」，《唐百家詩選》同，《包佶集》、《文苑英華》卷二一八作「如」。

〔一一〕「瓊膏」原作「膏瓊」，據《包佶集》、《唐百家詩選》、《文苑英華》改。

〔一二〕「供」原作「空」，據《唐百家詩選》、《包佶集》改。

長孫佐輔

擬古詠河邊枯樹云：野人燒枝水洗根，數圍孤樹半心存。應是無機承雨露，却將春色寄苔痕。

別友人云：愁多不忍醒時別，想極還尋靜處行。誰遣同衾又分手，不如行路本無情。

德宗時人，弟公輔爲吉州刺史，佐輔往依焉〔一〕。

佐輔有傷故人歌妓云：愁臉無紅衣滿塵，萬家門户不容身。曾將一笑君前去，悮殺幾多回顧人。右張爲取此詩作主客圖。

南中客舍對雨送故人歸北云：猿聲啾啾鴈聲苦，卷簾相對愁不語。幾年客吴君在楚，況送君歸我猶阻。家書作得不忍封，北風吹斷堦前雨。

杭州秋日别故友云：相見又相別，大江秋水深。悲歡一世事，去住兩鄉心。淅瀝籬下葉，淒清階上琴。獨隨孤棹去，何處更同衾？

代別後夢別云：別中還夢別，悲後更生悲。覺夢俱千里，追尋難再期〔二〕。翻思夢裏苦，却恨覺來遲。縱是非真事，何妨夢會時。

答邊信云：征人去年戍遼水，夜得邊書字盈紙。揮刀就燭裁紅綺，結作同心答千里。君寄邊書書莫絶，妾答同心心自結。同心再解心不離，書字頻看字愁滅。結成一夜和淚封，貯書只在懷袖中。莫如書字固難久，願學同心長可同。

對鏡吟云：憶昔逢君新納聘，青銅鑄出千年鏡。意憐光彩固無瑕，義比恩情永相映。每將鑒面兼鑒心，鑒來不輟情逾深。君非結心空結帶，結處尚新恩已背。開簾覽鏡悲難語，對面相看孟門阻。掩匣徒慚雙鳳飛，懸臺欲效孤鸞舞。妝成持照尚當時，只爲愁多遽變衰〔三〕。昔日照來人共許，今朝照罷自生疑。鏡上有塵猶可拂，君恩詎肯無迴時。

山行書事云：日落風颼颼，驅車行遠郊。中心有所悲，古墓穿黄茅〔四〕。茅中狐兔窠，四面烏鳶巢。鬼火時獨出，人煙不相交。行行近破村，一徑欹還坳。迎霜聽蟋蟀，向月看蠨蛸。翁喜客來坐，客來羞廚庖。濁醪誇撥蛆，時果仍新苞。相勸對寒爐〔五〕，呼兒爇枯梢。性朴頗近古，其言無斗筲。憂歡世上并，歲月途中拋。誰知問津客，空作揚雄嘲。

古宫怨云：窗前好樹名玫瑰，去年花落今年開。無情春色尚識返，君心忽斷何時來？憶昔粧成候仙仗，宫璅玲瓏日新上。拊心却笑西子嚬，掩鼻誰憂鄭姬謗。草染文章衣下履，花粘甲乙牀前帳。三千玉貌休自誇，十二金釵獨相向。盛衰傾奪欲何如，嬌愛翻悲逐佞諛。重遠豈能慙沼鵠，棄前方見泣船魚。看籠不記薰龍腦，詠扇空曾秃鼠鬚。始喜類蘿新託柏，終傷如薺却甘荼。院深獨開還獨閉，鸚鵡驚飛苔覆地。滿箱舊賜前日衣，漬枕新垂夜來淚〔六〕。恨多開鏡照還悲，緑鬢青蛾尚未衰〔七〕。莫道新縑長絶比，猶逢故劍會相追。

【校箋】

〔一〕《唐百家詩選》卷一一長孫佐輔：「德宗時人，弟公輔爲吉州刺史，佐輔往依焉。」

〔二〕「追尋」原作「追期」，據《唐百家詩選》改。

〔三〕「孤鸞」下原脱「舞妝成持照尚當時只爲愁多遽變」十四字，據《唐百家詩選》補。

〔四〕「古墓」原作「苦去」，據《唐百家詩選》改。

〔五〕「勸」原作「歡」，據《唐百家詩選》改。

〔六〕「清枕」原作「滴枕」，據《唐百家詩選》改。

〔七〕「青蛾」原作「青娥」，據《唐百家詩選》改。

李正封

洛陽清明日雨霽云：曉日清明天，夜來嵩少雨。千門尚煙火〔一〕，九陌無塵土。酒緑河橋春〔二〕，漏閑宫殿午。游人戀芳草，半犯嚴城鼓。

詠露云：霏霏靈液重，雲表無聲落。雩樹急玄蟬，灑池淒皓鶴。流塵清遠陌，飛月澄高閣。宵潤玉堂簾，曙寒金井索〔三〕。佳人比珠淚，坐感紅綃薄〔四〕。

唐文皇好詩，大和中，賞牡丹，上謂程脩己曰：今京邑人傳牡丹詩，誰爲首出？對曰：中書舍人李正封詩：天香夜染衣，國色朝酣酒。時楊妃侍，上曰：粧臺前宜飲以一紫金盞酒，則正封之詩見矣〔五〕。

夏游招隱寺暴雨晚晴云：竹柏風雨過〔六〕，蕭疎臺殿涼。石渠瀉奔溜，金刹照頹陽。鶴飛巖煙碧，鹿鳴澗草香。山僧引清梵，幡蓋繞迴廊。

禪門寺暮鐘云：簨簴高懸于闐鐘，黄昏發地殷龍宫。游人憶到嵩山夜，疊閣連樓倚太空〔七〕。

退之、正封從軍，有晚秋郾城聯句詩。正封云：從軍古云樂，談笑青油幕。燈明夜觀棊，月暗秋城柝〔八〕。遂爲警策。

正封，字中護，終監察御史〔九〕。

【校箋】

〔一〕「尚」，《唐文粹》同，《文苑英華》卷一五七及《歲時雜詠》作「止」。

〔二〕「河橋」，《唐文粹》同，《文苑英華》及《歲時雜詠》作「市橋」。

〔三〕「曙寒」，《唐文粹》同，《文苑英華》卷一五六作「曙貫」。

〔四〕「紅」原作「空」，據《唐文粹》、《文苑英華》改。

〔五〕《南部新書》甲：「太和中，程修己以書（據《松窗雜録》當作「畫」。）進見，嘗舉孝廉，故文皇待之彌厚。會春暮，内殿賞牡丹花，上頗好詩，因問修己曰：『今京邑人傳牡丹詩，誰爲首出？』對曰：『中書舍人李正封詩：天香夜染衣，國色朝酣酒。』時楊妃侍，上曰：『粧臺前宜飲以一紫金盞酒，則正封之詩見矣。』」此本之。文皇，謂文宗也。其事始載於李濬《松窗雜録》。《唐代叢書》題杜荀鶴著《松窗雜記》中因楊妃而附會爲唐明皇事，非。錢大昕《十駕齋養新録》辨之。

〔六〕「風雨」，《文苑英華》卷二三六作「清風」。

〔七〕「倚」，《文苑英華》卷二三六作「滿」。

〔八〕此詩《昌黎先生集》題作《晚秋郾城夜會李正封聯句上王中丞盧院長》，正封首唱四句即此。

〔九〕《新唐書》卷七二上《宰相世系表》：「正封字中護，監察御史。」

崔護

曉雞云〔一〕：黯黯嚴城罷鼓鼙，數聲相續出寒棲。不嫌驚破紗窗夢，却恐爲奴半夜啼。

山雞舞石鏡云：廬峰開石鏡，人説舞山鷄。物象纖無隱，禽情目自迷。景當煙霧歇，心喜錦翎齊。宛轉烏呈彩，婆娑鳳欲栖。何言資羽族，在地得天倪。應笑翰音者〔二〕，終朝飲敗醯。

沈存中云：詩人以詩主人物〔三〕，故雖小詩，莫不埏蹂極工而後已〔四〕，所謂旬鍛月鍊者，信非虚言。小説護題城南詩，其始曰：去年今日此門中，人面桃花相映紅。人面不知何處去，桃花依舊笑春風。後以其意未全，語未工，改第三句曰人面祇今何處在〔五〕。至今所傳有此兩本，惟本事詩作祇今何處在。唐人作詩，大率如此，雖有兩今字不恤也，取語意爲主耳。後人以其有兩今字，故多行前篇。筆談。

護舉進士不第，清明獨游都城南，得村居，花木叢萃。叩門久，有女子自門隙問之。對曰：尋春獨行，酒渴求飲。女入，啟關，以盂水至。獨倚小桃柯佇立，而意屬殊厚。崔辭起，送至門，如不勝情而入。後絶不復至。及來歲清明，徑往尋之，門庭如故，而户扃鎖矣。因題去年今日此門中之詩于其左扉〔六〕。

護字殷功。貞元十二年登第，終嶺南節度使〔七〕。

【校箋】

〔一〕詩題「曉」原作「晚」，據毛本改。

〔二〕「音」原作「名」，據毛本改。

〔三〕「詩人」原作「唐人」，據《夢溪筆談》卷一四改。

〔四〕「埏蹂」原作「埏揉」，據《夢溪筆談》改。

〔五〕「在」原作「去」，據《夢溪筆談》改。

〔六〕此采自《本事詩·情感第一》。

〔七〕《新唐書》卷七二下《宰相世系表》：「護字殷功，嶺南節度使。」

張又新

郡齋三月下旬作云：春事日已歇，池塘曠幽尋。殘紅披獨墜，初緑間淺深。偃仰倦芳褥〔一〕，顧步愛新陰。謀春未及竟，夏物遽見侵〔二〕。

三月五日陪裴大夫泛長沙東湖詩云：上巳餘風景，芳辰集遠坰。綵舟浮泛蕩，綉轂下娉婷。樓樹迴葱蒨〔三〕，笙歌轉杳冥。湖光迷翡翠，草色醉蜻蜓。鳥弄桐花日，魚翻穀雨萍。從今留勝會，誰看畫蘭亭。

五月水邊柳詩云：結根挺涯涘，垂影覆清淺。睡臉寒未開，嫩腰晴更軟。摇空條已重，拂水帶方展。似醉煙景凝，如愁月露泫。絲長魚悮恐，枝弱禽驚踐。悵別幾多情，含春任攀搴。

時號又新張三頭，謂進士狀頭、宏詞勑頭、京兆解頭〔四〕。

又新嘗作廣陵從事，有酒妓，每致情焉。後二十年罷江南郡，舟道廣陵，適李紳鎮淮南，又新方懼其讎己，而又遇風，漂没二子。紳憫然，復書曰：端溪不讓之辭，愚罔懷怨；荆浦沉淪之禍，鄙實憫然。宴遇殊厚。前所謂酒妓者猶在席，又新以指染酒，題盤上爲詞曰：雲雨分飛二十年，當時求夢不曾眠。今來頭白重相見，還上襄王玳瑁筵。李即命妓歌以送酒。又新與楊虔州善，楊妻李，有德無容。又新求婚于楊曰：得美室足矣。楊曰：但與我同好，定諧君心。又新既成婚，殊失望，乃爲詩曰：牡丹一朵直千金，將謂從來色最深。今日滿欄開似雪，一生辜負看花心〔五〕。看，一作惜。

又新，字孔昭，薦之子。附逢吉，罷貶汀州刺史。又附李訓，訓死，復坐貶，終左司郎中〔六〕。

【校箋】

〔一〕「倦」原作「捲」，據《歲時雜詠》改。

〔二〕「夏物」原作「夏初」，據《歲時雜詠》改。

〔三〕「樓樹」原作「棲樹」，據《歲時雜詠》改。

〔四〕《摭言》卷二：「張又新時號『張三頭』，進士狀頭，宏詞敕頭，京兆解頭。」

〔五〕《本事詩·情感第一》：「李相紳鎮淮南。張郎中又新罷江南郡，素與交搆隙，事在别録。時于荆溪遇風，漂没二子，悲躄之中，復懼李之讎己，投長牋自首謝。李深憫之，復書曰：『端溪不讓之詞，愚罔懷怨，荆浦沉淪之禍，鄙實憫然。』既厚遇，殊不屑意。張感銘致謝，釋然如舊交。與張宴飲，必極歡盡醉。張嘗爲廣陵從事，有酒妓，嘗好致情，而終不果納。至是二十年。猶在席，目張悒然，如將涕下。李起更衣，張以指染酒，題詞盤上，妓深曉之。李既至，張持杯不樂，李覺之，即命妓歌以送酒。遂唱是詞曰：『雲雨分飛二十年，當時求夢不曾眠。今來頭白重相見，還上襄王玳瑁筵。』張醉歸，李命妓夕就張郎中。張與楊虔州齊名友善，楊妻李氏，即鄘相之女，有德無容，楊未嘗意，敬待特甚。張嘗謂楊曰：『我少年成美名，不憂仕矣，唯得美室，平生之望斯足。』楊曰：『必求是，但與我同好，必諧君心。』張深信之，既婚，殊不愜心，楊以笏觸之曰：『君何太癡！』言之數四，張不勝其忿，迴應之曰：『與君無間，以情相告，君誤我如是，何謂癡？』楊歷數求名從宦之由曰：『豈不與君皆同耶？』曰：『然。』『然則我得醜婦，君詎不聞我耶？』張色解，問：『君室何如？』曰：『特甚。』張大笑，遂如初。張既成家，乃詩曰：『牡丹一朵直千金，將謂從來色最深。今日滿闌開似雪，一生辜負看花心。』」李紳書「荆浦沉淪之禍」句，「禍」原作「事」，張題盤詩「今來」原脱「來」字，「襄王」原作「襄陽」，據補、改。楊虔州，楊虞卿也。

〔六〕《新唐書》卷一七五《張又新傳》：「張又新字孔昭，工部侍郎薦之子。……性傾邪。李逢吉用事，惡李紳，冀得其罪，求中朝凶果敢言者厚之，以危中紳。……逢吉罷……貶汀州刺史。李訓有寵，又新復見用。……訓死，復坐貶。終左司郎中。」

陸復禮

貞元八年，宏詞試中和節詔賜公卿尺詩云〔一〕：春仲令初吉，歡娱樂大中。皇恩貞百度，寶尺賜群公。欲使方隅法，還令規矩同。捧觀珍質麗，拜受聖恩崇。如荷丘山重，思酬分寸功。從兹度天地，與國慶無窮。是歲復禮第一人，李觀、裴度次之。

【校箋】

〔一〕詩載《文苑英華》卷一八〇，並載李觀、裴度同作。

柳公權

公權武宗朝在内庭，上嘗怒一宫嬪久之，既而復召，謂公權曰：朕怪此人，若得學士一篇，當釋然矣。目御前蜀牋數十幅授之。公權略不佇思而成一絶曰：不分前時忤主恩，已甘寂寞守長門。今朝却得君王顧，重入椒房拭淚痕。上大悦，令宫人上前拜謝之〔一〕。

文宗時，充翰林學士，從幸未央宫，苑中駐蹕，謂公權曰：我有一喜事，邊上賜衣久不及時，今年二月給春衣訖。公權前奉賀。上曰：可賀我以詩。宫人迫其口進，公權應聲曰：去歲雖無戰，今年未得歸。皇恩何以報，春日得春衣。上悦，激賞之〔二〕。

文宗夏日與諸學士聯句曰：人皆苦炎熱，我愛夏日長。公權續曰：薰風自南來，殿閣生微涼。五學士屬和，帝獨諷公權兩句，曰：辭清意足，不可多得。乃令公權題于壁上，字方圓五寸。帝視之，嘆曰：鍾王復生，無以加矣〔三〕。

公權，字誠懸，卒于太子太保〔四〕。

【校箋】

〔一〕《摭言》卷一三：「柳公權武宗朝在内庭，上嘗怒一宫嬪，既而復召，謂公權曰：『朕怪此人，若得學士一篇，當釋然矣。』目御前，有蜀牋數十幅，因令授之。公權略不佇思而成一絶，曰：『不分前時忤主恩，已甘寂寞守長門。今朝却得君王顧，重入椒房拭淚痕。』上大悦，賜錦綵二十疋，令宫人拜謝之。」

〔二〕《詩話總龜》前集卷一七：「柳公權從幸未央宫，文宗謂曰：『邊上賜衣久不及時，今年二月已給。公可賀我以詩。』公權進詩曰：『去歲雖無戰，今年未得歸。皇恩何以報，春日得春衣。』」「賜衣」原作「衣賜」，「春日」原作「今日」，據改。

〔三〕《舊唐書》卷一六五《柳公權傳》：「文宗夏日與學士聯句，帝曰：『人皆苦炎熱，我愛夏日長。』公權續曰：『薰風自南來，殿閣生微凉。』時丁、袁五學士皆屬繼，帝獨諷公權兩句，曰：『辭清意足，不可多得。』乃令公權題于殿壁，字方圓五寸，帝視之歎曰：『鍾王復生，無以加焉。』」「辭清意足」句上「曰」字原脱，據補。

〔四〕《新唐書》卷一六三《柳公綽傳》附《柳公權傳》：「公權字誠懸。……以太子太保致仕，卒。」

陸鴻漸

太子文學陸鴻漸，名羽，其先不知何許人。竟陵龍蓋寺僧姓陸，于堤上得初生兒，收育之，遂以陸爲氏。及長，聰俊多聞，學贍辭逸，恢諧辨捷。性嗜茶，始創煎茶法，至今鬻茶之家，陶爲其像，置于煬器之間，云宜茶足利。至大和中，復州有一老僧，云是陸僧弟子，常諷其歌云：不羡黄金罍，不羡白玉杯，不羡朝入省，不羡暮入臺。唯羡西江水，長向竟陵城下來。鴻漸又撰茶經三卷，行于代。今爲鴻漸形，因目爲茶神，有售則祭之，無則以釜湯沃之〔一〕。

皇甫曾送鴻漸採茶相過詩云〔二〕：千峰待逋客，香茗復叢生。採摘知深處，煙霞羡獨行。幽期山寺遠，野飯石泉清。寂寂然燈夜，相思一磬聲。

吴門有辟疆園，地多怪石。鴻漸玩月詩云：辟疆舊林間，怪石紛相向〔三〕。

權載之送陸太祝赴湖南幕詩云〔四〕：不憚征路遥，定緣賓禮重。新知折柳贈，舊侶乘籃送。此去嘉句多，楓江接雲夢。按鴻漸自太子文學徙太常寺太祝，不就職〔五〕。

【校箋】

〔一〕《太平廣記》卷二〇一引《大唐傳載》：「太子文學陸鴻漸，名羽，其先不知何許人。竟陵龍蓋寺僧姓陸，于堤上得一初生兒，收育之，遂以陸爲氏。及長，聰俊多聞，學贍辭逸，恢諧談辯，若東方曼倩之儔。鴻漸性嗜茶，始創煎茶法。至今鬻茶之家，陶爲其像，置于錫器之間，云『宜茶足利』。至大和中，復州有一老僧，云是陸僧弟子，常諷歌云：『不羡黄金壘，不羡白玉杯，不羡朝入省，不羡暮入臺。唯羡西江水，曾向竟陵城下來。』鴻漸又撰《茶經》二卷，行于代。今爲鴻漸形者，因目爲茶神，有交易則茶祭之，無則釜湯沃之。」《紀事》出此。按，《廣記》引《大唐傳載》又本于《因話録》，其中「竟陵龍蓋寺僧」句「竟陵」此原作「景陵」；歌辭「竟陵城」原作

「金陵」，《傳載》本又作「晉陵城」，均誤。今據改。又「煬器」，《傳載》作「錫器」，此與《因話録》同，不誤。歌辭「黄金罍」，原與《傳載》均誤作「黄金壘」，據《因話録》改。

〔二〕詩題《皇甫曾集》作《送陸鴻漸山人採茶迴》。

〔三〕「紛」原作「終」，據毛本改。

〔四〕《權載之文集》載此詩，題作《送陸太祝赴湖南幕同用送字三韻》。

〔五〕《新唐書》卷一九六《陸羽傳》：「詔拜羽太子文學，徙太常寺太祝，不就職。貞元末，卒。」

王季則

魚上冰云〔一〕：北陸收寒盡，東風解凍初。冰消通淺溜，氣變躍潛魚。應節似知化，揚鬐任所如。浮沉非樂藻，沿泝異傳書。結網時空久〔二〕，臨川意有餘。爲龍將可望，今日愧才虚。

季則，登元和進士第。

【校箋】

〔一〕詩題原作「魚上水」，據《文苑英華》卷一八五改，下王公亮詩同。

〔二〕「結」原作「綴」，據《文苑英華》改。

王公亮

魚上冰詩云〔一〕：春生寒氣減〔二〕，稍動久潛魚〔三〕。乍喜東風至，來看曲岸初〔四〕。出冰朱鬣見〔五〕，望日錦鱗舒。漸覺流澌近〔六〕，還欣掉尾餘。噞喁情自樂，沿泝意寧疎〔七〕。儻得隨鯤化〔八〕，終能上太虛〔九〕。

公亮，登貞元進士第〔一〇〕。長慶初，上兵書十八卷，自司門郎中爲商州刺史〔一一〕。制云：茂于學，精于文，文學之外，有折毫剸鍾之用。自佐戎律，領郡符，持憲爲郎，皆稱厥職。命以爲商州，以爾精敏，當自得中。

【校箋】

〔一〕此詩《文苑英華》卷一八五作者題「紀元皋」，注云：「《類詩》作何儒亮。」

〔二〕「減」，《苑文英華》作「滅」。

〔三〕「久潛」，《文苑英華》作「伏泉」。

〔四〕此句《文苑英華》作「來觀曲浦初」。

〔五〕「出」，《文苑英華》作「近」。

〔六〕「近」，《文苑英華》，作「退」。

〔七〕「泝」，《文苑英華》作「泳」。

〔八〕「鯤」原作「鱗」，據《文苑英華》改。

〔九〕「終能上」，《文苑英華》作「終聽戾」。

〔一〇〕曲石精廬藏《唐故滑州匡城縣令王虔暢墓誌》：「二子，長曰宗……少曰公亮，貞元六年進士。」

〔一一〕《新唐書》卷五九《藝文志》：「王公亮《兵書》十八卷。」注云：「長慶元年上，商州刺史。」

徐　牧

臨淵羡魚詩云〔一〕：清泚濯纓處，今來喜一臨。蹔無下鈎處，空有羡魚心。退省時頻改，謀身歲屢沉。鬣成川上媚，網就水寧深。赬尾臨波裏，朱鬐破浪潯。此時儻不漏，江上免行吟。

【校箋】

〔一〕《文苑英華》卷一八五載有張正元、薛少殷《臨川羡魚》省試詩二首，無徐牧此詩。詩題當作《臨川羡魚》，避唐諱也。

陳　存

穆陵路詩云：西游匣長劍，日暮湘楚間。歇馬上秋草，逢人問故關。孤村緑塘水，曠野白雲山。方念此中去，何時此路還？

寓居武丁館云：暑雨颯已過〔一〕，涼飈觸幽衿。虚館無喧塵〔二〕，綠槐多晝陰。俯視古苔積，仰聆早蟬吟。放卷一長想，閉門千里心〔三〕。

送劉秀才南歸詩云：鳥啼楊柳垂〔四〕，此別千萬里。古路入商山，春風生灞水。停車落日在，罷酒離人起。蓬户寄龍沙，送歸情詎已。

存，大曆、貞元間詩人。

【校箋】

〔一〕「颯」原作「飄」，據《文苑英華》卷二一九八改。

〔二〕「虚」，《文苑英華》作「寓」。

〔三〕「閉門」原作「閑門」，據《文苑英華》改。

〔四〕「鳥啼」，《文苑英華》卷二一七四作「爲別」。

唐詩紀事校箋卷第四十一

白行簡　章孝標　施肩吾　鮑溶　孟簡
李程　張蕭遠　許康佐　許堯佐　張南史
朱晝　徐喜　蔣防

白行簡

春從何處來詩云：欲識春生處，先從木德來。入門潛報柳，度嶺暗驚梅。透雪銀光散〔一〕，銷冰水鑑開〔二〕。曉迎郊祀發〔三〕，夜逐斗杓回〔四〕。淑氣空中變〔五〕，新聲雨後催〔六〕，偏宜調律吕〔七〕，應是候陽臺。

在巴南望郡南山云〔八〕：臨江一嶂白雲間，紅緑層層錦繡斑。不作巴南天外意，何殊昭應望驪山。樂天和云：返照前山雲樹明，從君苦道似華清。試聽腸斷巴猿叫，早晚驪山有此聲？時樂天在忠州。

九日作云〔九〕：降虜意何如〔一〇〕，窮荒九月初〔一一〕。三秋異鄉節〔一二〕，一紙故人書。對酒情無限〔一三〕，開緘思有餘。感時空寂寞，懷舊幾躊躇。雁盡平沙迥，烟銷大漠虚。登臺南望處〔一四〕，掩淚對雙魚。

行簡以濾水羅賦得名，其警句云：焦螟之生必全，有以小爲貴者；江漢之流雖大，盡可以一貫之。又曰：夕掛于壁，如滿月之在天；曉用于人，狀圓荷之映水。

行簡，字知退，敏而有詞。元和二年登第，爲度支郎中。寶曆二年卒〔一五〕。

行簡小字阿憐，樂天同宿湖亭詩云〔一六〕：潯陽少有風情客，招宿湖亭盡却迴。水檻虚涼風月好，夜深惟有阿憐來。

行簡恩賜章服，樂天以詩寄之云〔一七〕：吾年五十加朝散，爾亦今年賜服章〔一八〕。齒髪恰同知命歲，官銜俱是客曹郎。予兄弟年五十，賜緋，俱是主客郎官〔一九〕。榮傳錦帳花聯萼，彩動綾袍雁趁行〔二〇〕。大抵着緋宜老大，莫嫌秋鬢數莖霜。

【校箋】

〔一〕「銀花」原作「寒光」，據《文苑英華》卷一八一改。

〔二〕「鑑」原作「鏡」，據《文苑英華》改。

〔三〕「郊祀」原作「郊倚」，據《文苑英華》改。

〔四〕「斗杓」原作「斗光」，據《文苑英華》改。

〔五〕「空中」原作「寅中」，據《文苑英華》改。

〔六〕「雨後」，《文苑英華》作「曲裏」，注云：「《類詩》作『雨後』。」

〔七〕「調」原作「資」，據《文苑英華》改。

〔八〕詩題行簡作《望郡南山寄樂天》，樂天作《和行簡望郡南山》，見《萬首唐人絶句》及《白氏長慶集》。

〔九〕詩題《文苑英華》卷一八九作《李太尉重陽日得蘇屬國書》，當爲省試之作，「李太尉」乃「李都尉」之誤，謂李陵也，審詩意可知。

〔一〇〕「降虜」原作「隆慮」，據《文苑英華》改。

〔一一〕「月」原作「日」，據《文苑英華》改。

〔一二〕「節」原作「客」，據《文苑英華》改。

〔一三〕「無限」，《文苑英華》作「無極」。

〔一四〕「登臺」句，《文苑英華》作「回頭向南望」。

〔一五〕《新唐書》卷一一九《白居易傳》附《白行簡傳》：「行簡字知退，擢進士……與居易自忠州入朝，授左拾遺。累遷主客員外郎，代韋詞判度支案，進郎中。……行簡敏而有辭，後學所慕尚。寶曆二年卒。」按《舊唐書》卷一六六《白居易傳》附《行簡傳》但云行簡「累遷司門員外郎、主客郎中」，不言爲「度支郎中」，勞格《郎官石柱題名考》以爲計氏「當沿判度支案，因而致誤」，是也。

〔一六〕此《湖亭與行簡宿》詩，見《白氏長慶集》卷一七。

〔一七〕詩題《白氏長慶集》卷二四作《聞行簡恩賜章服，喜成長句寄之》。

〔一八〕「服章」原作「章服」，據《白氏長慶集》改。

〔一九〕《白集》此注作「予與行簡俱年五十始著緋，皆是主客郎官。」「郎官」此原作「都官」，據改。

〔二〇〕「雁趁行」下《白集》有自注云：「緋多以雁銜瑞莎爲之也。」

章孝標

孝標元和十三年下第，時輩多爲詩以刺主司，獨孝標爲歸燕詩留獻，侍郎庾承宣得詩展轉吟諷；庾果重典禮曹，孝標來年登第。詩云：舊壘危巢泥已落，今年故向社前歸。連雲大廈無棲處，更望誰家門户飛？孝標及第除正字，東歸題杭州樟亭驛云：樟亭驛上題詩客，一半尋爲山下塵。世事日隨流水去，紅花還似白頭人。初成落句云：紅花真笑白頭人，改爲還似。且曰：我將老成名，似花芳艷，詎能久乎！及還鄉而逝。或曰：前有八元，後有孝標，皆桐廬人，復同姓而皆不達矣〔一〕。

李紳鎮揚州，請孝標賦春雪詩，命題于臺盤上。孝標唯然，索筆一揮云：六出花飛處處飄，粘窗拂砌上寒條。朱門到晚難盈尺，盡是三軍喜氣消〔二〕。

孝標及第後寄紳曰：及第全勝十改官，金鞍鍍了出長安。馬頭漸入揚州郭，爲報時人洗眼看。紳以一絶箴之曰：假金方用真金鍍，若是真金不鍍金。十載長安得一第，何須空腹用高心〔三〕！

孝標，大和中，山南東道從事，試大理評事〔四〕。

明日鑾輿欲向東，守宫金翠帶愁紅。九門佳氣已西去，千里花開一夜風。無題。右張爲取爲主客圖。

歸海上舊居云：鄉路遶蒹葭，縈紆出海涯。人衣被蜃氣，馬跡印鹽花〔五〕。草没題詩石，潮推坐釣槎。還歸舊窗裏，凝思賞烟霞。

長安秋日云〔六〕：田家無五行，水旱卜蛙聲。牛犢乘春放，兒孫候暖耕。池塘烟未起，桑柘雨初晴。歲晚香醪熟，村村自送迎。右二詩韋莊取爲又玄集〔七〕。

【校箋】

〔一〕《雲溪友議》卷下「巢燕辭」條：「元和十三年下第，時輩多爲詩以刺主司，獨章君爲《歸燕詩》留獻庾侍郎承宣。小宗伯得詩，展轉吟諷，誠恨遺才，仍候秋期，必當薦引。庾果重秉禮曹，孝標來年擢第。……詩曰：『舊壘危巢泥已落，今年故向社前歸。連雲大廈無棲處，更望誰家門户飛。』孝標及第，正字東歸，題《杭州樟亭驛》云：『樟亭驛上題詩客，一半尋爲山下塵。世事日隨流水去，紅花還似白頭人。』初成，落句云：『紅花真笑白頭人』，改爲『還似白頭人』。言：

『我將老成名，似花芳艶，詎能久乎？』及還鄉而逝。前有章八元，後有章孝標，皆桐廬人，名雖遠而還不達矣。」此取之，「似花芳艶」句，「花」原作「我」；詩中「舊壘」原作「舊累」，據改。

〔二〕《摭言》卷一三：「短李鎮揚州，請章孝標賦《春雪》詩，命題于臺盤上，孝標唯然，索筆一揮云：『六出飛花處處飄，黏窗拂砌上寒條。朱門到晚難盈尺，盡是三軍喜氣消。』」

〔三〕《摭言》卷一三：「章孝標及第後，寄淮南李相曰：『得第全勝十改官，金鞍鍍了出長安。馬頭漸入揚州郭，爲報時人洗眼看。』紳亟以一絶箴之，曰：『假金方用真金鍍，若是真金不鍍金。十載長安得一第，何須空腹用高心。』」「一第」此原作「第一」，據改。

〔四〕《唐百家詩選》章孝標下注云：「太和中，爲山南東道從事，試大理評事。」

〔五〕「馬跡」原作「鳥跡」，據《又玄集》改。

〔六〕詩題《又玄集》及《唐百家詩選》作《長安秋夜》，當以此作《長安秋日》爲是。

〔七〕「取爲」二字原脱，據本書通例補。

施肩吾

肩吾，洪州人。元和十年登第，以洪州西山羽化之地，慕其真風，高蹈于此〔一〕。爲詩奇麗，著百韻山居詩，才情富贍。如荷翻紫蓋摇波面，蒲瑩青刀插水湄。又煙黏薜荔龍鬚軟，雨壓芭蕉鳳翅垂。贈邊將詩曰：輕生奉國不爲難，戰苦身多舊箭瘢。玉匣鎖龍鱗甲冷，金鈴襯鶻羽毛寒。皂貂擁出花當背，白馬騎來月在鞍。猶恐犬戎臨虜塞，柳營時把陣圖看。上禮部侍郎陳情云：九重城裏無親識，八百人中獨姓施。弱羽飛時攢箭險，蹇驢行處薄冰危。晴天欲照盆難反，貧女如花鏡不知。却向從來受恩地，再求青律變寒枝。贈友人下第閑居云：花眼綻紅斟酒看，藥心抽緑帶煙鋤。皆輕巧之極〔二〕。

惜花云：落盡萬株紅，無人解繫風。今朝芳徑裏，惆悵錦機空。

隋曲有疎勒鹽，唐曲有突厥鹽、阿鵲鹽。或云關中人謂好爲鹽，故肩吾詩云：顛狂楚客歌成雪，嫵媚吴娘笑是鹽。蓋當時語也。今杖鼓譜中尚有炎杖聲〔三〕。

效古興云：金雀無舊釵，緗綺無舊裾。唯有一寸心，長貯萬里夫。南軒夜蟲織已促，北牖飛蛾遶殘燭。祇言衆口鑠千金，誰信獨愁銷片玉。不知歲晚歸不歸，又將啼眼縫征衣。

夜宴曲云：蘭缸如晝買不眠〔四〕，玉堂夜起沉香煙〔五〕。青娥一行十二仙，欲笑不笑桃花燃。碧窗弄嬌梳洗晚，户外不知銀漢轉〔六〕。被郎嗔罰屠酥盞〔七〕，酒入四肢紅玉軟。

肩吾有年來如抛梭，不老應不得之句。又及第後過揚子江詩云：憶昔將貢年，抱愁此江邊。魚龍互閃鑠，白浪高于天。今日步青草，還來經此道。江神也世情，爲我風色好。右張爲取作主客圖。

張籍贈詩云〔八〕：世間漸覺無多事，雖得空名未着身〔九〕。合取藥成相待喫，不須先作上天人。又送肩吾東歸云〔一〇〕：知君本是煙霞客，被薦因來城闕間。世業偏臨七里瀨，仙游多在四明山。早聞詩句傳人偏，新得科名到處閑。惆悵灞亭相送去，雲中琪樹不同攀。

【校箋】

〔一〕《摭言》卷八：「肩吾，元和十年及第，以洪州之西山乃十二真君羽化之地，靈跡具存，慕其真風，高蹈于此。嘗賦《閑居遣興》詩一百韻，大行于世。」

〔二〕《鑒誡録》卷八，「走山魈」條：「施肩吾先輩爲詩奇麗，冠于當時，著百韻《山居》，才情富贍，如『荷翻紫蓋摇波面，蒲瑩青刀插水湄』。又『煙黏薜荔龍鬚軟，雨壓芭蕉鳳翅垂』。又《贈邊將》詩曰：『輕生奉國不爲難，戰苦身多舊箭瘢。玉匣鎖龍鱗甲冷，金鈴襯鶻羽毛寒。皂貂擁出花當背，白馬騎來月在鞍。猶恐犬戎臨虜塞，柳營時把陣圖看。』又《上禮部侍郎陳情》云：『九重城裹無親識，八百人中獨姓施。弱羽飛時攢箭險，蹇驢行處薄冰危。晴天欲照盆難反，貧女如花鏡不知。却向從來受恩地，再求青律變寒枝。』又《贈友人下第閑居》云：『花眼綻紅斟酒看，藥心抽緑帶煙鋤。』如是之類，皆輕巧之極。」此取之。「煙黏薜荔」句，「煙」原作「經」，據改。

〔三〕《夢溪筆談》卷五《樂律》一：「唐曲有《突厥鹽》、《阿鵲鹽》，施肩吾詩云：『顛狂楚客歌成雪，嫵媚吴娘笑是鹽。』蓋當時之時語也。今《杖鼓譜》中有炎杖聲。」「嫵媚」原作「媚賴」，毛本同，據影宋刊本《筆談》改。

〔四〕「蘭」原作「闌」，據《又玄集》、《才調集》改。「買」，《又玄集》、《才調集》同，毛本作「曉」，非。

〔五〕「玉堂」原作「玉爐」，據《又玄集》、《才調集》改。

〔六〕「銀漢」原作「雲漢」，據《又玄集》、《才調集》改。

〔七〕「屠蘇」，《又玄集》同，《才調集》作「琉璃」。

〔八〕詩題《張司業集》作《贈施肩吾》。

〔九〕「雖得」原作「難得」，據《張司業集》改。

〔一〇〕詩題《張司業集》作《送施肩吾東歸》。

鮑溶

岐路詩云：北風送微寒，徒侶勤遠程。憂人席不暖，殘月馬上明。飄飄岐路間，長見日初生。重嶂曉色淺，踈猿寒啼清。人間多岐路，常恐終身行。迴見四方人，車輪無留聲〔一〕。空谷亦堪隱，下田非懶耕。古人有遺訓，飽食非親榮〔二〕。我生禮義鄉，少小見太平。聖賢猶羈旅，況復非其名。

長城作云：蒙恬虜生人〔三〕，北築秦氏冤。禍興蕭牆内，萬里防禍根〔四〕。城成六國亡，宮闕啟千門〔五〕。生人半爲土，何用空中原。奈何家天下，骨肉尚無恩〔六〕。投沙擁海水，安得不久翻〔七〕。乘高慘人魂〔八〕，寒日易黄昏。枯骨貫朽鐵〔九〕，沙中如有言。萬古驪山葬，誰知野火燔〔一〇〕！

秋暮山中寄李益端公云：舊事與日遠，酒花仍舊香。前年繡衣客，此節過此堂。侍臣不自高，笑解繡衣裳。眠雲有餘態，入鳥不亂行。我恐雲嵐色，損君鞍馬光。君言此何言？且共覆前觴。古人重一笑，買日輕金裝。日盡秉燭游，千年不能忘。君言此何言？明日皆異鄉。明日非今日，山下道路長。一從山下去，天地再炎涼。此期果難得〔一一〕，夢君馬玄黄。

許渾過鮑溶宅有感云：寥落故人宅，重來身已亡。古苔殘墨沼，深竹舊書堂。秋色館池靜，雨聲雲木涼。無因展交道，日暮倍心傷。

溶，登元和進士第，與韓愈、李正封、孟郊友善。

溶有途中句云：躍馬非壯歲，報恩無高功。斯言化爲火，日夜焚深衷。又上太原王尚書云：天王委管籥，開閉秦北門。頂戴日月光，口宣雨露言。又秋懷句云：萬里岐路多，一身天地窄。右張爲主客圖取溶爲工用博解宏拔主。

【校箋】

〔一〕「留聲」，《唐文粹》作「停聲」。

〔二〕「榮」原作「縈」，據《唐文粹》改。

〔三〕「蒙恬」原作「蒙公」，《唐文粹》同，據《文苑英華》卷三〇九改。

〔四〕「萬里」原作「萬重」，據《唐文粹》、《文苑英華》改。

〔五〕「宮闕」句，《唐文粹》同，《文苑英華》作「宮觀豈千年」。

〔六〕「奈何」二句，《文苑英華》同，《唐文粹》作「奈何天下人，骨肉尚酬恩」。

〔七〕「不久翻」，《唐文粹》同，《文苑英華》作「久不翻」。

〔八〕「魂」，《唐文粹》同，《文苑英華》作「神」。

〔九〕「朽鐵」，《唐文粹》作「折鐵」，《文苑英華》作「折矢」。

〔一〇〕末二句，《唐文粹》同，《文苑英華》作「萬歲驪山下，徒悲野火燔」。

〔一一〕「此期」，《唐文粹》作「此中」。

孟簡

惜分陰詩云：業廣因功苦，拳拳志士心。九流難酌挹，四海易消沉。對景嗟移晷，窺園詎改陰。三冬勞聚學，駟景重兼金。刺股情方勵，偷光思益深。再中如可冀，終嗣絶編音。

元和中，簡將試，詣日者卜之，曰：近東門坐，即得之矣。既入，即坐西廊。迫晚，忽得疾，隣坐請與終篇，見其姓，即東門也，乃擢上第〔一〕。

簡，字幾道，德州人。元和中，爲户部侍郎，以贓貶。後以太子賓客分司卒。尤工詩，尚節義〔二〕。

簡擬古云：劍客不誇貌〔三〕，主人知取心〔四〕。但營纖毫義，肯計千萬金〔五〕。勇發看鷙擊〔六〕，憤來聽虎吟。平生貴酬德，刃敵無幽深。

【校箋】

〔一〕按《文苑英華》卷一八六孟簡《亞父碎玉斗》省試詩，同作有裴次元，次元以貞元四年賢良方正、能直言極諫科中第（見《登科記考》），元和六年，官至福建觀察使（見《舊唐書·憲宗紀》），而孟簡元和四年，亦官諫議大夫（見《舊唐書》本傳），年輩相當，不應于「元和中」方進士擢第也。「元和」殆爲「貞元」之誤。

〔二〕《新唐書》卷一六〇《孟簡傳》：「孟簡字幾道，德州平昌人。……元和中，拜諫議大夫……以悻切出爲常州刺史。……代李遜爲浙東觀察使……以工部侍郎召還。……進户部、加御史中丞。……簡意且柄任，及出山南東道節度使，内不樂，以親吏陸翰主奏邸，關通閹寺，翰持之，數傲狠，簡怒，追還，以土囊斃之。家上變，發簡姦贓……左授太子賓客，分司東都，再貶吉州司馬。以赦令進睦州刺史，復徙常州，仍太子賓客分司，卒。簡尤工詩，聞江淮間。尚節義，與之交者，雖没，視卹其孤不少衰。」

〔三〕「貌」原作「怨」，據《文苑英華》卷二〇五改。

〔四〕「取心」，《文苑英華》同，《全唐詩》作「此心」，非。

〔五〕「計」原作「許」，據《文苑英華》改。

〔六〕「發」原作「則」，據《文苑英華》改。

李程

程貞元中試日五色賦，破題云：德動天鑒，祥開日華。其卷已黜，楊於陵質之主文呂渭，于是已落重收〔一〕。

詠冰壺云〔二〕：琰玉性惟堅〔三〕，成壺體更圓。虚心含景象〔四〕，應物受寒泉。温潤資天質。清真稟自然〔五〕。日融光乍散〔六〕，雪映色逾鮮。至鑒功寧宰，無私照豈偏。明將冰鏡對〔七〕，白與粉花連〔八〕。拂拭終爲美，提攜佇見傳。勿令毫髪累〔九〕，遺恨鮑公篇〔一〇〕。

程，字表臣。爲翰林學士，日過八磚乃至，時號八磚學士。寶曆二年爲相，最爲帝所重，曰：高飛之翮，長者在前。卿，朝廷羽翮也〔一一〕。

【校箋】

〔一〕《摭言》卷八：「李程貞元中試《日五色賦》，先榜落矣。先是出試，楊員外於陵省宿歸第，遇程于省門，詢之所試。程探靴鞫中，得賦稿示之。其破題曰：『德動天鑒，祥開日華。』於陵覽之，謂程曰：『公今須作狀元。』翌日雜文無名，於陵深不平。乃于故册子末繕寫而斥其名氏，攜之以詣主文，從容紿之曰：『侍郎今者所試賦，柰何用舊題？』主文辭以非也。於陵曰：『不止題目向有人賦此，韻腳亦同。』主文大驚，於陵乃出程賦示之，主文歎賞不已。於陵曰：『當今場中，若有此賦，侍郎何以待之？』主文曰：『無則已，有即非狀元不可也。』於陵曰：『苟如此，侍郎已遺賢矣。此乃李程所作。』亟命取程所納面對，不差一字。主文因而致謝，謀之於陵，于是擢爲狀元，前榜不復收矣。或曰出榜重收。」《紀事》本此。按《唐語林》：吕渭貞元十一年、十二年、十三年知貢舉。本條「渭」原作「謂」，據改。

〔二〕此詩《文苑英華》卷一八七題爲《玉壺冰》，潘炎作。疑有誤。

〔三〕「琰玉」原作「琢玉」，據《文苑英華》改。

〔四〕「景象」原作「衆象」，據《文苑英華》改。

〔五〕「清真」，《文苑英華》作「清貞」。

〔六〕「乍」原作「自」，據《文苑英華》改。

〔七〕「冰鏡」原作「水鏡」，據《文苑英華》改。

〔八〕「白與粉花連」原作「日與粉闈連」，據《文苑英華》改。

〔九〕「累」原作「黑」，據《文苑英華》改。

〔一〇〕「鮑公篇」原作「綴成篇」，此用鮑照《行路難》「直如朱絲繩，清如玉壺冰」語，據《文苑英華》改。

〔二〕《新唐書》卷一三一《李程傳》：「李程字表臣……召爲翰林學士。……學士入署，嘗視日影爲候，程性懶，日過八磚乃至，時號八磚學士。……寶曆二年，檢校吏部尚書、同平章事。……最爲帝所遇，嘗曰：『高飛之翮，長者在前。卿，朝廷羽翮也。』」按李肇《翰林志》：「北廳前階有花磚，冬中，日及五磚乃入直之候，李程性懶，好晚入，恒過八磚乃至。衆以爲八磚學士。」所釋「八磚」較詳。

張蕭遠

履春冰詩云：一步一愁新，輕輕恐陷人。薄光全透日，殘色半銷春〔一〕。蟬想行時翼，魚驚躍處鱗。底虚難動足〔二〕，岸闊怯迴身。豈暇踟躕久，寧容顧盼頻〔三〕。願將兢慎意，從此越通津〔四〕。

觀燈云：十萬人家火燭光，門門開處見紅粧。歌鐘喧夜更漏暗，羅綺滿街塵土香。星宿别從天畔出，蓮花不向水中芳。寶釵驟馬多遺落，依舊明朝在路傍。

蕭遠元和進士登第，與舒元輿聲價俱美。出廣摭言〔五〕。

秦雲寂寂僧還定，盡日無人鹿遶牀。句。日暮風吹官渡柳，白鴉飛出石頭牆。廢城句。雙雙白燕入祠堂。乳石洞玉女祠句。右張爲取作主客圖。

張籍有弟蕭遠雪夜同宿詩云〔六〕：數卷新游蜀客詩，長安僻巷得相隨。草堂雪夜攜琴宿〔七〕，説似青城館裏時。

【校箋】

〔一〕「殘色」原作「殘影」，據《文苑英華》卷一八二改。

〔二〕「底虛難動足」原作「風虛難駐足」，據《文苑英華》改。

〔三〕「容」原作「辭」，據《文苑英華》改。

〔四〕「越」原作「赴」，據《文苑英華》改。

〔五〕按《舊唐書》卷一六九《舒元輿傳》：「舒元輿者，江州人，元和八年進士登第。」《履春冰》詩即此年試題。元輿亦有此作，《文苑英華》同卷載之，蓋蕭遠亦是年進士登第，或當時以爲聲價俱美也。注文「出《廣摭言》」原作「出廣糠言」，按《直齋書録解題》卷二著録《廣摭言》十五卷，五代時南唐鄉貢進士何晦撰。今佚。據改。

〔六〕詩題《張司業集》作《張蕭遠雪夜同宿》，《集》中又有《送蕭遠弟》詩云：「街北黄花傍馬垂，病身相送出門遲。與君别後秋風夜，作得新詩説向誰。」

〔七〕「雪夜」原作「深夜」，據《張司業集》改。

許康佐

白雲起封中詩云〔一〕：英英白雲起，呈瑞出封中。表聖寧依地〔二〕，逢時豈待風。浮輝迷皎潔，流影忽冲融〔三〕。自叶堯天美〔四〕，誰言漢日同〔五〕。泥金光乍掩，檢玉氣俄通〔六〕。猶願非煙瑞〔七〕，亭亭不散空。

元稹酬許五康佐詩云〔八〕：猿啼三峽雨，蟬報兩京秋。珠玉慚新贈，芝蘭忝舊游。他年問狂客，須向老農求。

康佐以中書舍人爲翰林侍講學士，與王起皆爲文宗寵禮。帝讀春秋，至閽殺吴子餘祭，問閽何人耶？康佐以中官方彊，不敢對。帝嘻笑。後問李訓，訓曰：國君不近刑人，以爲輕死之道。帝曰：朕近刑人多矣，得不慮哉！訓曰：列聖知而不能遠，惡而不能去，陛下念之，宗廟福也。于是内謀翦除矣。康佐終于禮部尚書〔九〕。

【校箋】

〔一〕《文苑英華》卷一八二載此詩，題張嗣初作。張，元和十年進士，見《登科記考》。

〔二〕「依」，《文苑英華》原作「因」。

〔三〕二句《文苑英華》作「浮光彌皎潔，流影更冲融」。

〔四〕「堯天」，《文苑英華》作「堯年」。

〔五〕「誰言」，《文苑英華》作「誰云」。

〔六〕二句《文苑英華》作「金泥光乍掩，玉檢氣潛通」。

〔七〕此句《文苑英華》作「欲與非煙並」。

〔八〕《元氏長慶集》卷一一載此詩，凡十韻，注云：「次用本韻。」其前七韻爲「奮迅君何晚，羈離我詎儔。鶴籠閑警露，鷹縛悶牽韝。蓬閣深沉省，荆門遠漫州。課書同吏職，旅宦各鄉愁。白日傷心過，滄江滿眼流。嘶風悲代馬，喘月伴吴牛。枯涸方窮轍，生涯不繫舟。」此録其末三韻。

〔九〕《新唐書》卷二〇〇《許康佐傳》：「許康佐，貞元中舉進士、宏辭，連中之。……遷侍御史。以中書舍人爲翰林侍講學士，與王起皆爲文宗寵禮。帝讀《春秋》至「閽殺吴子餘祭」，問：『閽何人耶？』康佐以中官方彊，不敢對。帝嘻笑罷。後觀書蓬萊殿，召李訓問之，對曰：『古閽寺，今宦人也。君不近刑臣，以爲輕死之道，孔子書之以爲戒。』帝曰：『朕邇刑臣多矣，得不慮哉！』訓曰：『列聖知而不能遠，惡而不能去，陛下念之，宗廟福也。』于是内謀翦除矣。康佐知帝指，因辭疾，罷爲兵部侍郎。遷禮部尚書，卒。」

許堯佐

堯佐金谷懷古云〔一〕：石氏遺文在，淒涼見故園。清風思奏樂〔二〕，衰草念行軒。舞榭蒼苔掩〔三〕，歌臺落葉繁〔四〕。斷雲歸舊壑，流水咽新源〔五〕。曲沼殘煙斂〔六〕，叢篁宿鳥喧。唯餘池上月〔七〕，猶似對金樽〔八〕。

康佐諸弟，皆第進士，而堯佐最先進；又舉宏詞，爲太子校書郎。八年，康佐繼之〔九〕。

堯佐，貞元十六年與燉煌張宗本、滎陽鄭權皆佐征西府。後位諫議大夫，卒。

【校箋】

〔一〕詩題《文苑英華》卷一八九作《石季倫金谷園》。

〔二〕「清風」，《文苑英華》作「輕風」。

〔三〕「蒼苔」，《文苑英華》作「荒苔」。

〔四〕「落葉」，《文苑英華》作「墜葉」。

〔五〕「新源」，《文苑英華》作「清源」。

〔六〕「殘煙」，《文苑英華》作「殘虹」。

〔七〕「唯餘」，《文苑英華》作「空餘」。

〔八〕「猶似」，《文苑英華》作「長似」。

〔九〕《新唐書》卷二〇〇《許康佐傳》：「諸弟皆擢進士第，而堯佐最先進，又舉宏辭，爲太子校書郎。八年，康佐繼之。堯佐位諫議大夫。」「校」，此原作「授」，據改。

張南史

陸勝宅秋雨中探韻同作云〔一〕：同人永日自相將，深竹閑園偶辟彊。已被秋風教憶鱠〔二〕，更聞寒雨勸飛觴。歸心莫問三江水，旅服從霑九月霜〔三〕。醉里欲尋騎馬路，蕭條幾處有垂楊。

送朱大北游云：歲暮一爲別，江湖聊自寬。且無人事戀〔四〕，誰謂客行難〔五〕？郢曲憐公子，吴州憶伯鸞〔六〕。蒼蒼遠山際，松樹獨宜寒。

南史好弈棋，其後折節讀書，遂入詩境。李端哭之云：諫草文猶在，圍棋智不如〔七〕。高仲武云：張君弈棋者，中年感激，苦節學文，數年間稍入詩境。如已被秋風教憶鱠，更聞寒雨勸飛觴，可謂物理俱美，情致兼深也〔八〕。

南史，字季直，幽州人。以試參軍避亂居揚州揚子。再召，未赴而卒。

錢起贈南史云：紫泥何日到滄洲，笑向東陽沈隱侯。黛色晴峰雲外出，縠紋江水縣前流。使臣自欲論公道，才子非關厭薄游。溪畔秋蘭雖可佩，知君不得少停舟。

【校箋】

〔一〕詩題「陸勝」原作「陸滕」，據《中興閒氣集》、《文苑英華》卷一五三改。「同作」二字原脱，據《中興閒氣集》補。

〔二〕「教憶鱠」原作「交憶膾」，據《中興閒氣集》、《文苑英華》改。

〔三〕「從霑」原作「徒霑」，據《中興閒氣集》、《文苑英華》改。

〔四〕「戀」原作「變」，據《中興閒氣集》改。

〔五〕「誰謂」原作「誰爲」，據《中興閒氣集》改。

〔六〕「吳州」原作「皇州」，據《中興閒氣集》、《文苑英華》改。

〔七〕《李端集》載《哭張南史因寄南史姪叔宗》詩，凡八韻十六句，此其五、六句。「文猶在」，作「文難似」。

〔八〕《中興閒氣集》：「張君弈棋者，中歲感激，苦節學文，數年間稍入詩境。如『已被秋風教憶鱠，更聞寒雨勸飛觴』，可謂物理俱美，情致兼深也。」末二句原作「事與物力俱矣」，據改。

〔九〕《新唐書》卷六〇《藝文志》：「《張南史詩》一卷。」注云：「字季直，幽州人。以試參軍避亂居揚州揚子，再召之，未赴，卒。」唐揚州有揚子縣，見《元和郡縣圖志》，毛本删「揚子」二字，非也。

朱晝〔一〕

贈友人古鏡云：我有古時鏡，初自壞陵得。蛟龍猶泥蟠，魑魅幸月蝕。磨久見菱蕊〔二〕，青于藍水色。贈君將照心，無使心受惑。

喜陳懿老示新製云〔三〕：一别一千日，一日十二憶。苦心無閑時，今夕見玉色。玉色復何異，紅明含群德。有文如星宿，飛入我胸臆。憂愁方破懷〔四〕，懽喜重補塞。使我心貌全，且非黃金力。將攀下風手，願假仙鸞翼。予欲見詩人孟郊，故寄誠于此〔五〕。

賦得花藤藥合寄潁陰故人云：藤生南海濱，引蔓青且長。翦削爲花枝，何人無文章。非才亦有心，割骨聞餘芳，繁葉落何處，孤貞在中央。願盛黄金膏，寄與青眼郎。路遠莫知意，水深天蒼蒼。

晝，元和間進士。

【校箋】

〔一〕此本于張南史後與朱晝前原列徐凝，而于卷五二皇甫松後與張祜之前又重出徐凝，毛本以此移併于卷五二中，是也。今亦從之。

〔二〕「磨久」原作「摩久」，據《唐文粹》改。

〔三〕詩題《唐文粹》作《喜陳懿老自宛陵至示予新製三十餘篇》。

〔四〕「破懷」原作「破壞」，據《唐文粹》改。

〔五〕篇末自注《唐文粹》作「予欲訪詩人孟郊，故寄誠于章句」。

侯　喜

韓退之石鼎聯句詩序云〔一〕：元和七年十二月四日，衡山道士軒轅彌明，舊與進士劉師服衡湘中相識，師服在京，夜抵其居宿。有校書郎侯喜，新有能詩聲，夜與劉説詩。彌明指爐中石鼎曰：子能爲我賦此乎？喜即援筆賦之，彌明繼焉。詩曰：妙匠斵山骨，刳中事烹煎。師服。直柄未當權，塞口且吞聲。喜。龍頭縮菌蠢，豕腹脹膨脝。彌明。外苞乾蘚文，中有暗浪驚。師服。在冷足自安〔二〕，遭焚意彌貞〔三〕。喜。謬當鼎鼐間，妄使水火爭。彌明。大若烈士膽，圓如戰馬纓。師服。上比香爐尖，下與鏡面平。喜。秋瓜未落蒂〔四〕，凍芋彊抽萌。彌明。一塊元氣閉〔五〕，細泉幽竇傾〔六〕。師服。不值輸寫處，焉知懷抱清。喜。方當洪爐然，益見小器盈。彌明。睆睆無刃跡〔七〕，團團類天成。師服〔八〕。遥疑龜負圖，出曝曉正晴。喜。旁有雙耳穿，上爲孤髻撑。彌明。或訝短尾銚，又似無足鐺〔九〕。師服。可惜寒食毬，擲在傍路坑〔一〇〕。喜。何當出灰灺，無計離瓶罌。師服。陋質荷斟酌，狹中愧提擎〔一一〕。師服。豈能煮仙藥，但未污羊羹。喜。形模婦女笑，量度兒童輕。彌明。徒爾堅重性，不過升合盛。師服〔一二〕。仍似廢轂仰，側見折軸橫。喜。時于蚯蚓竅，微作蒼蠅鳴。彌明。以兹翻溢愆，實負任使誠。師服。常居顧盼地，敢有漏泄情。喜〔一三〕。寧依暖熱弊，不與寒涼並。彌明。區區徒自效，瑣瑣不足呈。師服。迴旋但兀兀，開合唯鏗鏗。喜。全勝瑚璉貴，空有口傳名。豈比俎豆古，不爲手所撜。磨礲去圭角，浸潤著光精〔一四〕。顧君莫嘲誚，此物方施行。四韻並是彌明作也。始，師服援筆題首句，授喜，喜綴其下云云。道士笑曰：子詩如是而已乎！即袖手竦肩，傍北牆坐，謂劉曰：吾不解世俗書，子爲我書吾句〔一五〕。因高吟龍頭豕腹一聯。初不似經意，詩旨有似譏喜。二子相顧慚駭，欲以多窮之。道士不用意而功益奇〔一六〕，不可附説，語皆侵劉、侯〔一七〕。二子思竭，不能續。道士曰：章不可不成。命劉把筆，唱出四十字爲八句。讀畢，謂二子曰：此皆不足與語，此寧爲文耶！吾所能〔一八〕，子皆不足聞也。二子驚惋自失。

【校箋】

〔一〕《石鼎聯句詩序》及詩見《昌黎先生集》卷二一，此節引序文，録其全詩。蓋昌黎游戲之作，或云，軒轅彌明即韓愈自謂也。《本事詩·徵異第五》亦載之。

〔二〕「足自安」原作「安自足」，據《昌黎先生集》改。

〔三〕「貞」原作「亨」，據《昌黎先生集》改。

〔四〕「瓜」原作「苽」，據《昌黎先生集》改。

〔五〕「閉」原作「間」，據《昌黎先生集》改。

〔六〕「傾」原作「碩」，據《昌黎先生集》改。

〔七〕「睆睆」原作「睨睨」，據《昌黎先生集》改。

〔八〕注文「師服」二字原脱，據《昌黎先生集》補。

〔九〕「又」原作「大」，據《昌黎先生集》改。

〔一〇〕「傍路坑」原作「路傍坑」，據《昌黎先生集》改。

〔一一〕「愧」原作「貴」，據《昌黎先生集》改。

〔二〕注文「師服」二字原脱，據《昌黎先生集》補。

〔三〕注文「喜」字原脱，據《昌黎先生集》補。

〔四〕「光精」原作「光明」，據《昌黎先生集》改。

〔五〕「子」上原衍一「弟」字，據《昌黎先生集》删。

〔六〕「道士不用意而功益奇」原作「道士不用意益切奇出」，據《昌黎先生集》改。

〔七〕「語」字原脱，據《昌黎先生集》補。

〔八〕「吾所能」原作「吾所聞」，據《昌黎先生集》改。

蔣防

春風扇微和詩云〔一〕：麗日催遲景，和風扇早春。暖浮丹鳳闕，韶媚黑龍津。澹蕩迎仙仗，霏微送畫輪。緑摇宫柳散，紅待禁花新。舞席潛迴雪〔二〕，歌筵暗起塵〔三〕。幸當陽候律〔四〕，一願及佳辰〔五〕。

望禁苑祥光詩云〔六〕：嘉氣生天苑〔七〕，葱蘢幾效祥。樹摇三殿側〔八〕，日映九城傍。山霧寧同色〔九〕，卿雲未可章〔一〇〕。横汾疑鼎氣〔一一〕，臨渭想榮光〔一二〕，當並春陵發〔一三〕，應開聖曆長〔一四〕。微臣時一望，短羽欲翺翔〔一五〕。

冬至日祥風應候詩云：節逢清景空，占氣二儀中〔一六〕。獨喜登臺日〔一七〕，先和應候風。

呈祥光舜化〔一八〕，表慶盛堯聰〔一九〕。況與承時叶〔二〇〕，還將入律同。微微萬井遍〔二一〕，習習九門通。遶殿爐煙起〔二二〕，殷勤報歲功。

杜賓客永豐里新居云〔二三〕：退跡依三逕〔二四〕，辭榮繼二疎。聖情容解印，帝里許懸車。已去龍樓籍，猶分御廩儲。風泉輪耳目，松竹助玄虛。調護心常在，山林意有餘〔二五〕。應嗤紫芝客，遠就白雲居。

元和中，李紳及防薦龐嚴爲翰林學士，李逢吉誣紳罪，逐之，出嚴刺信州，防刺汀州。于敖封還詔書，揩紳意伸其枉，曰：于給事犯宰執之怒，申龐、蔣之屈，不亦善乎？奏下，乃論貶嚴太輕，衆嗤譟〔二六〕。防作連州廖先生碑銘云：長慶末，余自尚書司封郎中、知制誥翰林學士，出守臨汀，尋改此郡。

【校箋】

〔一〕《文苑英華》卷一八三載此詩，題公乘億作，注云：「咸通宏詞。」按本書卷六八記公乘億爲咸通末進士及第，時代較晚。而《文苑英華》同卷中尚載有范傳正、陳通方、陳九流、張㮚、柳道倫、崔立之、郭遵、豆盧榮、邵偃等九人，同賦此題，皆貞元、元和間人，疑作公乘億爲誤。

〔二〕「潛」原作「皆」，據《文苑英華》改。

〔三〕「起塵」原作「送塵」，據《文苑英華》改。

〔四〕「陽候律」原作「陽律候」，據《文苑英華》改。

〔五〕「一願」原作「惟願」，據《文苑英華》改。

〔六〕《文苑英華》卷一八〇載此詩，題張聿作。俟考。

〔七〕「嘉氣生天苑」原作「嘉瑞生天色」，據《文苑英華》改。

〔八〕此句《文苑英華》作「樹遥三殿際」。

〔九〕此句原作「仙霧今同色」，據《文苑英華》改。

〔一〇〕「章」，《文苑英華》作「彰」。

〔一一〕「横汾」原作「拱汾」，據張本改，《文苑英華》作「眺汾」。

〔一二〕「想榮光」原作「比熒光」，據《文苑英華》改。

〔一三〕「當並春陵發」原作「豈並春風舊」，據《文苑英華》改。

〔一四〕「應開聖曆長」原作「俄同聖壽長」，據《文苑英華》改。

〔一五〕「翱翔」，《文苑英華》作「飛翔」。

〔一六〕「占氣」原作「氣古」，據《文苑英華》卷一八三改。

〔一七〕「登臺」原作「登高」，據《文苑英華》改。

〔一八〕「呈祥」原作「端呈」，據《文苑英華》改。

〔一九〕「盛」，《文苑英華》作「感」。

〔一〇〕「況」，《文苑英華》作「既」。

〔一一〕「遍」原作「逼」，據《文苑英華》改。

〔一二〕「遶殿」，《文苑英華》作「更遶」。

〔一三〕詩題《文苑英華》卷一八九作《題杜賓客新豐里幽居》。

〔一四〕「依」原作「居」，據《文苑英華》改。

〔一五〕「意」原作「思」，據《文苑英華》改。

〔一六〕按《重修承旨學士壁記》載「龐嚴以長慶二年三月二日自左拾遺遺充。」則知李紳及防薦龐嚴爲翰林學士乃長慶間事，此言「元和中」爲誤。下引蔣防《連州廖先生碑銘》亦言出守汀州在長慶末，可證。《新唐書》卷一〇四《于志寧傳》附《于敖傳》：「元和初，拜監察御史，五遷至右司郎中。進給事中、左拾遺。（按：此叙敖歷官，計氏或因其拜御史在元和初，而誤以爲與龐嚴同薦入翰林，亦在元和中也。）龐嚴爲元稹、李紳所厚，與蔣防俱薦爲翰林學士。（按：此言龐嚴與蔣防同爲李紳所薦，《紀事》言「李紳及防薦龐嚴爲翰林學士」，亦誤。）李逢吉誣紳罪逐之，而出嚴爲信州刺史，防汀州刺史。敖封還詔書，縉紳意伸其枉，及駁奏下，乃論貶嚴太輕，群皆嗤譟。」又，《舊唐書》卷一四九《于休烈傳》附《于敖傳》記敖封還詔書時，時人有「于給事犯宰執之怒，伸龐蔣之屈，不亦仁乎」語，此並取之。

唐詩紀事校箋卷第四十二

王涯　令狐楚　張仲素

王　涯〔一〕

獻壽詞云：宮觀參差列九重〔二〕，祥雲瑞氣捧堦濃〔三〕。微臣欲獻唐堯壽〔四〕，遥指南山對衮龍。

遊春詞云：曲江絲柳變煙條〔五〕，寒谷冰隨暖氣消。纔見春光生綺陌，已聞清樂動雲韶。又云：經過柳陌與桃蹊，尋逐風光著處迷〔六〕。鳥度時時衝絮起，花繁衮衮壓枝低。

秋思云〔七〕：網軒涼吹動輕衣〔八〕，夜聽更長玉漏稀。月渡天河光轉濕，鵲驚秋樹葉頻飛。又云：宫連太液見滄波，暑氣微消秋意多。一夜輕風蘋末起，露珠翻盡滿池荷。

從軍詞云：旄頭夜落捷書飛，來奏金門着賜衣〔九〕。白馬將軍頻破敵〔一〇〕，黄龍戍卒幾時歸？

塞下曲云：辛勤幾出黄花戍，迢遞初隨細柳營。塞晚每愁殘月苦，邊秋更逐斷蓬驚〔一一〕。又云：年少辭家從冠軍，金裝寶劍去邀勳。不知馬骨傷寒水，唯見龍城起暮雲。平戎辭云〔一二〕：太白秋高助發兵〔一三〕，長風夜卷虜塵清。男兒解却腰間劍，喜見從王道化平〔一四〕。

塞虜常爲敵，邊風已報秋〔一五〕，平生多志氣，箭底覓封侯〔一六〕。從軍辭云〔一七〕：戈甲從軍久〔一八〕，風雲識陣難。今朝拜韓信，計日斬成安〔一九〕。又云：燕頷多奇相，狼頭敢犯邊。寄言班定遠，正是立功年。

隴上行云：負羽到邊州〔二〇〕，嗚笳度隴頭。雲黄知塞近，草白見邊秋。閨人贈遠云〔二一〕：花明綺陌春，柳拂御溝新。爲報遼陽客，流芳不待人〔二二〕。又云：遠戍功名薄，幽閨年貌傷。妝成對春樹，不語淚千行。又云：形影一朝别，煙波千里分。君看望君處，祇是起行雲。又云：戴勝飛晴野，凌澌下濁河。春風樓上望，誰見淚痕多。春江曲云〔二三〕：摇漾越江春，相將看白蘋〔二四〕。歸時不覺夜，出浦月隨人。又云：家寄征江岸〔二五〕，征人幾歲游。不如潮水信，每月到沙頭〔二六〕。又云：乘曉南湖去，參差疊浪横。前洲在何處〔二七〕，霧裏雁嚶嚶〔二八〕。塞下曲云〔二九〕：三戍漁陽再渡遼，騂弓在臂劍横腰。匈奴欲似知名姓〔三〇〕，休傍陰山更射鵰。又云：獵馬千群雁幾雙，燕然山下碧油幢。傳聲漠北單于破，火照旃旗夜受降。

又云：朔雪飄飄開雁門，平沙歷亂卷蓬根〔三一〕。功名恥計擒生數，直斬樓蘭報國恩。又云：隴水潺湲隴樹秋，征人到此淚雙流。鄉關萬里無因見〔三二〕，西戍河源早晚休〔三三〕？又云：陰磧茫茫塞草腓〔三四〕，桔槔烽上暮煙飛〔三五〕。交河北望天連海〔三六〕，蘇武曾將漢節歸。

漢苑行云〔三七〕：二月風光變柳條〔三八〕，九天清樂奏雲韶〔三九〕。蓬萊殿後花如錦，紫閣階前雪未銷〔四〇〕。又云：迴雁高翻太液池〔四一〕，新花低發上林枝。年光到處皆堪賞，春色人間總未知〔四二〕。又云：春風澹蕩影悠悠〔四三〕，鶯囀高枝燕入樓。千步回廊聞鳳吹，珠簾處處上銀鈎。

閨思云〔四四〕：洞房今夜月，如練復如霜。爲照離人恨，亭亭到曉光〔四五〕。

涯，字廣津，博學，工屬文，梁肅、陸贄異其才。元和中爲相，又相穆宗。至文宗時，李訓敗，遂及禍〔四六〕。

【校箋】

〔一〕按宋蜀本《王摩詰文集》卷一後附「翰林學士知制誥王涯」詩三十首，皆三舍人唱和之作，可資參校。《樂府詩集》據之采録，皆誤署王維作，本卷王涯詩引校《樂府詩集》，不再注明其誤題。

〔二〕「宮觀」，《元和三舍人集》、《王摩詰文集》、《萬首唐人絶句》皆作「宮殿」。

〔三〕「捧揩」，《王摩詰文集》同，《元和三舍人集》、《萬首唐人絶句》作「捧皆」。

〔四〕「唐堯」原作「南山」，據《元和三舍人集》、《王摩詰文集》、《萬首唐人絶句》改。
〔五〕「絲柳」，《王摩詰文集》、《樂府詩集》同，《元和三舍人集》、《萬首唐人絶句》作「緑柳」。
〔六〕「風光」原作「春光」，《元和三舍人集》、《王摩詰文集》、《萬首唐人絶句》同，據《樂府詩集》改。
〔七〕詩題，《王摩詰文集》、《萬首唐人絶句》作《愁思二首》。
〔八〕「綱軒」原作「緑軒」，據《元和三舍人集》、《王摩詰文集》、《樂府詩集》、《萬首唐人絶句》改。
〔九〕「着賜衣」，《元和三舍人集》、《樂府詩集》同，《王摩詰文集》作「看賜衣」，《萬首唐人絶句》作「首賜衣」。
〔一〇〕「破敵」原作「破鏑」，《樂府詩集》同，據《元和三舍人集》、《王摩詰文集》、《萬首唐人絶句》改。
〔一一〕「邊秋」，《元和三舍人集》、《樂府詩集》同，《王摩詰文集》、《萬首唐人絶句》作「邊愁」。「驚」原作「聲」，據《元和三舍人集》、《王摩詰文集》、《樂府詩集》、《萬首唐人絶句》改。
〔一二〕詩題，《元和三舍人集》、《王摩詰文集》、《樂府詩集》同，《萬首唐人絶句》作《平戎調》。
〔一三〕「發兵」，《元和三舍人集》同，《王摩詰文集》作「後兵」，《樂府詩集》作「漢兵」，《萬首唐人絶句》作「後兵」。
〔一四〕「從王」，《樂府詩集》作「君王」。
〔一五〕「邊風」原作「邊聲」，《元和三舍人集》同，據《樂府詩集》、《萬首唐人絶句》改。
〔一六〕此詩與張仲素下《塞上曲》「天驕遠塞行」一首，《元和三舍人集》、《王摩詰文集》、《樂府詩集》、《萬首唐人絶句》並以爲王涯《塞上曲二首》。按此詩前原有「又云」二字，爲上《平戎辭》之二，然内容非平戎之辭，當以作《塞上曲》爲是。今删「又云」二字。

〔一七〕《從軍辭》二首，《王摩詰文集》、《萬首唐人絶句》同。《元和三舍人集》、《樂府詩集》並前《從軍詞》「旄頭夜落捷書飛」合爲三首。

〔一八〕「戈甲」，《元和三舍人集》同，《王摩詰文集》、《樂府詩集》、《萬首唐人絶句》作「旌甲」。

〔一九〕「計日」原作「封日」，據《元和三舍人集》、《王摩詰文集》、《萬首唐人絶句》改。《樂府詩集》後二句作「今朝韓信計，日下斬成安」。

〔二〇〕「負羽」，《王摩詰文集》同，《元和三舍人集》作「白羽」，《萬首唐人絶句》作「負箭」。

〔二一〕《元和三舍人集》、《王摩詰文集》、《萬首唐人絶句》録王涯《閨人贈遠》皆五首，此録其中三首。另有「洞房今夜月」一首，見後，題作王涯《閨思》；「啼鶯緑樹深，語燕雕梁晚。不省出門行，沙場知近遠」一首，本書未録。此録「戴勝飛晴野」一首，《元和三舍人集》以爲令狐楚《春閨思》，《萬首唐人絶句》以爲張仲素《春閨思三首》之三。

〔二二〕「流芳」，《元和三舍人集》作「流光」。

〔二三〕《春江曲》三首，《萬首唐人絶句》、《樂府詩集》皆歸張仲素。《元和三舍人集》以後二首屬之張仲素。

〔二四〕「看」，《萬首唐人絶句》同，《元和三舍人集》、《樂府詩集》作「採」。

〔二五〕「江」，《元和三舍人集》、《樂府詩集》同，《萬首唐人絶句》作「河」。

〔二六〕上二句，《元和三舍人集》、《萬首唐人絶句》同，《樂府詩集》作「不知潮水信，每日到沙頭」。

〔二七〕「前洲」，《樂府詩集》、《萬首唐人絶句》同，《元和三舍人集》作「前月」。

〔二八〕「霧裹」原作「露裹」，據《樂府詩集》改。《元和三舍人集》、《萬首唐人絶句》作「霜裹」。

〔二九〕《塞下曲》五首，《元和三舍人集》、《樂府詩集》、《萬首唐人絶句》皆題張仲素作。

〔三〇〕「欲似」，《元和三舍人集》、《樂府詩集》同，《萬首唐人絶句》作「似若」。

〔三一〕「平沙」原作「平莎」，《元和三舍人集》同，據《樂府詩集》、《萬首唐人絶句》改。「卷」，《萬首唐人絶句》作「瘞」。

〔三二〕「因」，《元和三舍人集》、《樂府詩集》同，《萬首唐人絶句》作「人」。

〔三三〕「休」，《元和三舍人集》、《樂府詩集》同，《萬首唐人絶句》作「收」。

〔三四〕「腓」，《元和三舍人集》、《樂府詩集》同，《萬首唐人絶句》作「肥」。

〔三五〕「煙」，《元和三舍人集》、《樂府詩集》同，《萬首唐人絶句》作「雲」。

〔三六〕「交河」原作「關河」，據《元和三舍人集》、《樂府詩集》、《萬首唐人絶句》改。

〔三七〕此題三首，《樂府詩集》、《萬首唐人絶句》均題張仲素作，《元和三舍人集》以第一首屬之王涯。詩題原作《漢宛行》，據三書改。

〔三八〕「風光」原作「春風」，《元和三舍人集》同，據《樂府詩集》、《萬首唐人絶句》改。「變」，《元和三舍人集》作「遍」。

〔三九〕「清樂」，《樂府詩集》同，《元和三舍人集》作「仙樂」，《萬首唐人絶句》作「鈞樂」。

〔四〇〕「階前」原作「街前」，據《元和三舍人集》、《樂府詩集》、《萬首唐人絶句》改。

〔四一〕「高翻」，《樂府詩集》同，《萬首唐人絶句》作「高飛」，《元和三舍人集》作「風高」。

〔四二〕「未知」，《元和三舍人集》、《萬首唐人絶句》同，《樂府詩集》作「不知」。

〔四三〕「澹蕩影」，《元和三舍人集》、《萬首唐人絶句》同，《樂府詩集》作「澹澹影」。

〔四四〕此詩《元和三舍人集》、《王摩詰文集》、《萬首唐人絶句》爲王涯《閨人贈遠五首》之一。

〔四五〕「亭亭」，《元和三舍人集》、《王摩詰文集》同，《萬首唐人絶句》作「亭臺」。

〔四六〕《新唐書》卷一七九《王涯傳》：「王涯字廣津……博學工屬文。往見梁肅，肅異其才，薦于陸贄。擢進士，又舉宏辭。……永貞、元和間，訓誥温麗，多所稿定。……俄拜中書侍郎、同中書門下平章事。……穆宗立，出爲劍南東川節度使。……長慶三年，入爲御史大夫，遷吏部尚書、鹽鐵轉運使。……文宗嗣位……進尚書右僕射、代郡公。……自李師道平，三道十二州皆有銅鐵官，歲取冶賦百萬，觀察使擅有之，不入公上。涯始建白：『如建中元年九月戊辰詔書，收隸天子鹽鐵。』詔可。久之，以本官同中書門下平章事，合度支、鹽鐵爲一使，兼領之。……李訓敗，乃及禍。」

令狐楚

宮中樂云：楚塞金陵靖〔一〕，巴山玉壘空。萬方無一事，端拱大明宮〔二〕。又云：雪霽長楊苑〔三〕，冰開太液池。宮中行樂日，天下盛明時。又云：柳色煙相似，梨花雪不如〔四〕。春風真有意〔五〕，一一麗皇居。又云：月上宮花靜，煙含苑樹深〔六〕。銀臺門已閉，仙漏夜沉沉。又云：九重青鎖闥，百尺碧雲樓。明月秋風起，珠簾上玉鈎。

遠別離云：楊柳黄金穗，梧桐碧玉枝。春來消息斷，早晚是歸時〔七〕。又云：玳織鴛鴦履〔八〕，金裝翡翠簪〔九〕。畏人相借問〔一〇〕，不擬到城南。

游春辭云〔一一〕：曉游臨碧殿〔一二〕，晚日上春亭〔一三〕。芳樹羅仙仗〔一四〕，晴山展翠屏〔一五〕。又云：一夜好風吹，新花一萬枝。風前調玉管，花下簇金羈〔一六〕。

長相思云〔一七〕：君行登隴上，妾夢在閨中。玉箸千行落，銀牀一半空。又云：綺席春眠覺〔一八〕，紗窗曉望迷。朦朧殘夢裏，猶自在遼西〔一九〕。

少年行云〔二〇〕：少小邊城慣放狂〔二一〕，驛騎蕃馬射黄羊。如今年老無筋力〔二二〕，猶倚營門數雁行〔二三〕。又云：家本清河住五城，須憑弓箭得功名〔二四〕。等閑飛鞚秋原上，獨向寒雲試射聲〔二五〕。又云：弓背霞明劍照霜，秋風走馬出咸陽。未收天子河湟地〔二六〕，不擬回頭望故鄉。又云：霜滿中庭月滿樓〔二七〕，金樽玉柱對清秋。當年稱意須爲樂〔二八〕，不到天明未肯休。

從軍行云〔二九〕：荒鷄隔水啼，汗馬逐風嘶〔三〇〕。終日隨旌旆，何時罷鼓鼙？又云：孤心眠夜雪，滿眼是秋沙。萬里猶防塞，三年不見家。又云：却望冰河闊，前登雪嶺高。征人幾多在，又擬戰臨洮？又云：胡風千里驚，漢月五更明。縱有還家夢，猶聞出塞聲〔三一〕。又云：暮雪連青海〔三二〕，陰雲覆白山〔三三〕。可憐班定遠，生入玉門關〔三四〕。

塞下曲云：雪滿衣裳冰滿鬚，曉隨飛將伐單于〔三五〕。平生志氣今何在〔三六〕，把得家書淚似珠。又云：邊草蕭條塞雁飛，征人南望盡霑衣。黄塵滿面長須戰，白髮生頭未得歸。

思君恩云〔三七〕：小苑鶯歌歇，長門蝶舞多。眼看春又去，翠輦不經過〔三八〕。又云：紫禁香如霧，青天月似霜。雲韶何處奏？祇是在昭陽。又云：鷄鳴天漢曙〔三九〕，鶯語禁林春。誰入巫山夢，唯應洛水神。

王昭君云〔四〇〕：錦車天外去，毳幕雪中開〔四一〕。魏闕蒼龍遠，蕭關赤雁來〔四二〕。又云：仙娥今下嫁，驕子自同和〔四三〕。劍戟歸田盡，牛羊繞塞多。

望春辭云〔四四〕：高樓曉見一花開〔四五〕，便覺春光四面來。暖日晴雲知次第〔四六〕，東風不用更相催。又云：雲霞五采浮天闕，梅柳千般夾御溝。不上黄山南北望〔四七〕，豈知春色滿神州〔四八〕。

楚久爲太常博士，詩云：何日居三署？終年尾百寮。世傳之〔四九〕。

立春後言懷招汴州李庭衙推云〔五〇〕：閑齋夜擊唾壺歌，試望夷門奈遠何！每聽塞笳離夢斷，時窺清鑑旅愁多。稍驚宵漏丁丁促〔五一〕，已覺春風習習和。海内故人君最老，花間鞭馬更相過。

節度宣武酬樂天夢得云：蓬萊仙監樂天。客曹郎，劉爲主客。曾枉高車客大梁。見擁旌旃治軍旅〔五二〕，知親筆硯事文章。愁看柳色懸離恨，憶遞花枝助酒狂。洛下相逢肯相寄，南金璀錯玉凄涼。劉詩云〔五三〕：曾經謝病各游梁〔五四〕，今日相逢憶孝王〔五五〕。少有一身兼將相，更能四面占文章。白詩云〔五六〕：馬頭拂柳時回轡，豹尾穿花暫亞槍。誰引相公開口笑，不逢白監與劉郎〔五七〕。

楚自翰林學士拜相，子綯自湖州召入翰林爲學士，間歲拜相。渭南尉趙嘏獻詩曰〔五八〕：鶚在卿雲冰在壺〔五九〕，代天才業奉訏謨〔六〇〕。榮同伊陟傳朱户，秀比王商入畫圖。昨夜星辰迴劍履〔六一〕，前年風月滿江湖。不知機務時多暇，猶許詩家屬和無？

貞元七年，杜黄裳知舉，微服訪名士于尹樞。樞言子弟有崔元略，孤進有林藻、令狐楚。其年樞冠榜，試珠還合浦賦。藻賦成，夢人謂曰：何不叙珠來去之意。既寤，改之。

黄裳謂藻曰：叙珠來去，如有神助〔六二〕。是年楚第五，藻第十一。

楚，字殻士，德棻之裔。與李逢吉善。元和末爲相，敬宗逐李紳，楚自宣武節度徙天平，入爲左僕射。開成間卒〔六三〕。

楚游義興寺寄上李逢吉相公云：柳宫無事詣蓮宫，相公久住此寺。步步猶疑是夢中。勞役徒爲萬夫長，閑游曾與二人同。鸞凰飛去仙巢在〔六四〕，龍象潛來講席空。松下花飛頻佇立，一心千里憶梁公。

游晉祠上李逢吉相公云：不歷〔六五〕晉祠三十年，白頭重到一淒然。泉聲自昔鏘寒玉，草色雖秋耀翠鈿。少壯同游寧有數，尊榮再會便無緣。相思臨水下雙淚，寄入并汾向洛川。

【校箋】

〔一〕「靖」，《萬首唐人絶句》同，《元和三舍人集》、《樂府詩集》作「静」。

〔二〕「端拱」原作「端坐」，據《樂府詩集》、《萬首唐人絶句》改。《元和三舍人集》作「端共」。

〔三〕「雪」，《元和三舍人集》、《萬首唐人絶句》同，《樂府詩集》作「霜」。

〔四〕「梨花」，《樂府詩集》、《萬首唐人絶句》同，《元和三舍人集》作「愁草」。

〔五〕「真」原作「空」，《元和三舍人集》同，據《樂府詩集》、《萬首唐人絶句》改。

〔六〕「苑」原作「遠」，《元和三舍人集》同，據《樂府詩集》、《萬首唐人絶句》改。

〔七〕「時」，《樂府詩集》同，《元和三舍人集》、《萬首唐人絶句》作「期」。

〔八〕「鴛鴦履」，《元和三舍人集》、《樂府詩集》同，《萬首唐人絶句》作「黄金履」。

〔九〕「簪」原作「簾」，《元和三舍人集》、《樂府詩集》、《萬首唐人絶句》並作「篸」，即「簪」字，據改。

〔一〇〕「借問」，《元和三舍人集》、《萬首唐人絶句》同，《樂府詩集》作「問著」。

〔一一〕詩題，《樂府詩集》同，《元和三舍人集》、《萬首唐人絶句》作《遊春曲》。諸書皆三首，此脱一首。

〔一二〕「曉」，《元和三舍人集》、《萬首唐人絶句》同，《樂府詩集》作「晚」，誤。

〔一三〕此句《元和三舍人集》、《樂府詩集》、《萬首唐人絶句》作「日上望春亭」。

〔一四〕「仙仗」原作「仙苑」，《元和三舍人集》同，據《樂府詩集》、《萬首唐人絶句》改。

〔一五〕「晴山」，《樂府詩集》同，《元和三舍人集》、《萬首唐人絶句》作「青山」。

〔一六〕「金羈」，《樂府詩集》、《萬首唐人絶句》同，《元和三舍人集》作「金雞」。

〔一七〕詩題，《樂府詩集》、《萬首唐人絶句》同，《元和三舍人集》作《閨人贈遠》。

〔一八〕「綺席」，《元和三舍人集》、《樂府詩集》同，《萬首唐人絶句》作「幾度」。

〔一九〕「猶自」，《元和三舍人集》、《樂府詩集》同，《萬首唐人絶句》作「獨自」。

〔二〇〕詩題原作《年少行》，據《元和三舍人集》、《樂府詩集》、《萬首唐人絶句》改。

〔二一〕「邊城」，《元和三舍人集》同，《樂府詩集》、《萬首唐人絶句》作「邊州」。

〔二二〕「年老」，《元和三舍人集》、《萬首唐人絶句》同，《樂府詩集》作「年事」。

〔二三〕「猶倚」，《樂府詩集》同，《元和三舍人集》、《萬首唐人絶句》作「獨倚」。

〔二四〕「得」原作「覓」，據《元和三舍人集》同，《樂府詩集》、《萬首唐人絶句》改。

〔二五〕「獨」原作「猶」，據《元和三舍人集》、《樂府詩集》、《萬首唐人絶句》改。

〔二六〕「河湟」原作「河源」，據《元和三舍人集》、《樂府詩集》、《萬首唐人絶句》改。

〔二七〕「中庭」原作「庭中」，《元和三舍人集》同，據《樂府詩集》、《萬首唐人絶句》改。「滿」，《元和三舍人集》同，《樂府詩集》、《萬首唐人絶句》作「過」。

〔二八〕「爲樂」，《樂府詩集》同，《元和三舍人集》、《萬首唐人絶句》作「行樂」。

〔二九〕詩題，《樂府詩集》、《萬首唐人絶句》同，《元和三舍人集》作《從軍辭》。

〔三〇〕「逐」原作「向」，《元和三舍人集》同，據《樂府詩集》、《萬首唐人絶句》改。

〔三一〕「聲」，《元和三舍人集》、《萬首唐人絶句》同，《樂府詩集》作「身」。

〔三二〕「連」原作「迷」，《元和三舍人集》同，據《樂府詩集》、《萬首唐人絶句》改。

〔三三〕「雲」原作「霞」，《元和三舍人集》、《萬首唐人絶句》同，據《樂府詩集》改。

〔三四〕「生入」，《元和三舍人集》、《萬首唐人絶句》同，《樂府詩集》作「出入」。

〔三五〕「伐」原作「發」，據《元和三舍人集》、《樂府詩集》、《萬首唐人絶句》改。

〔三六〕「志氣」，《樂府詩集》、《萬首唐人絶句》同，《元和三舍人集》作「意氣」。

〔三七〕此題下三首，《元和三舍人集》所載，「紫禁香如霧」一首屬張仲素，「雞鳴天漢曉」一首屬王涯。

〔三八〕「經」，《樂府詩集》同，《元和三舍人集》、《萬首唐人絶句》作「曾」。

〔三九〕「曙」，《樂府詩集》同，《元和三舍人集》、《萬首唐人絶句》作「曉」。

〔四〇〕此題下二首，《元和三舍人集》以第二首屬之張仲素。

〔四一〕「雪」，《元和三舍人集》同，《樂府詩集》、《萬首唐人絶句》作「雲」。

〔四二〕「來」，《樂府詩集》同，《萬首唐人絶句》作「哀」。

〔四三〕「驕子」，《萬首唐人絶句》同，《樂府詩集》作「嫡子」。

〔四四〕此題下二首，《樂府詩集》題同，《萬首唐人絶句》作《望春詞》。《元和三舍人集》題作《遊春辭》，只「高樓曉見一花開」一首，另一首「雲霞五采浮天闕」，别署令狐楚《漢苑行》。

〔四五〕「曉見」原作「望見」，據《樂府詩集》、《萬首唐人絶句》改。《元和三舍人集》作「喜見」。

〔四六〕「暖日」原作「曉日」，據《元和三舍人集》、《萬首唐人絶句》改。《樂府詩集》作「晚日」。

〔四七〕「黄山南北」，《樂府詩集》同，《萬首唐人絶句》作「黄花南北」，《元和三舍人集》作「樂遊原上」。

〔四八〕「神州」，《樂府詩集》、《萬首唐人絶句》同，《元和三舍人集》作「皇州」。

〔四九〕《南部新書》乙：「令狐楚久爲太常博士，有詩云：『何日肩三署，終年尾百僚。』」則此「居」當作「肩」。

〔五〇〕詩題原缺「汴州」二字，據張子立本及《歲時雜詠》卷三、《全唐詩》卷三三四補。《全唐詩》「李庭」作「李匡」。又，《全唐詩》卷二七一復載此詩於竇常名下，題同。

〔五一〕「宵漏」原作「霄漏」，據《歲時雜詠》、《全唐詩》改。

〔五二〕「旌旆」《全唐詩》同，《歲時雜詠》作「旌旎」。

〔五三〕《劉夢得文集》外集卷一載此詩題作《洛中逢白監同話游梁之樂，因寄宣武令狐相公》，此引前半首，其後半首爲：「開顔坐内催飛盞，回首庭中看舞槍。借問風前兼月下，不知何客對胡牀。」

〔五四〕「各遊」原作「客遊」，據《劉夢得文集》改。

〔五五〕「孝王」原作「李王」，據《劉夢得文集》改。

〔五六〕《白氏長慶集》卷二五載此詩題作《早春同劉郎中寄宣武令狐相公》，此引後半首，其前半首爲：「梁園不到一年强，遥想清吟對緑觴。更有何人能飲酌，新添幾卷好篇章。」

〔五七〕此「白監」原作「白傅」，時樂天新授秘書監，據《白氏長慶集》改。

〔五八〕《廣卓異記》卷六：「令狐楚自翰林學士、中書舍人拜相，子綯自湖州召入，充翰林學士，間歲拜相。渭南尉趙嘏獻詩曰云云。」《劇談録》卷下、《詩話總龜》卷五並載此詩事。《詩話總龜》卷二六復載此事，以所獻者爲令狐綯。《文苑英華》卷二六三亦載此詩，則以爲項斯作，題作《獻令狐相公時相公郊壇行事迴》。

〔五九〕「卿雲」，《廣卓異記》作「青雲」。

〔六〇〕「代天」，《廣卓異記》作「天將」。

〔六一〕「迴」原作「爲」，據諸書改。

〔六二〕《太平廣記》卷一八〇引《閩川名士傳》：「貞元七年，杜黄裳知舉，聞尹極時名籍籍，乃微服訪之。問場中名士……樞聳然謝曰：『既辱下問敢有所隱。』即言子弟有崔元略，孤進有林藻、令狐楚數人。黄裳大喜。其年極狀頭及第。試《珠還合浦賦》，藻賦成，忽假寐，夢人告曰：『何不叙珠來去之意？』既寤，乃改數句。及謝恩，黄裳謂藻曰：『叙珠來去，如有神助。』」《玉泉子》亦載此事，而以事屬之尹樞，與此同，作賦者爲尹樞，則與此異。按史書所載尹樞、尹極兄弟爲狀元，皆據此一事，顯有一誤。今尹樞所賦《珠還合浦賦》見《文苑英華》卷一一七，則事當屬尹樞爲是。

〔六三〕《新唐書》卷一六六《令狐楚傳》：「令狐楚字殼士，德棻之裔也。……宰相李逢吉與楚善。……(裴)度出太原，(皇甫)鎛薦楚爲中書侍郎、同中書門下平章事。穆宗即位，進門下侍郎。……敬宗立，逐出(李)紳，即拜楚爲河南尹，遷宣武節度使。……俄拜東都留守，徙天平節度使。……久之，徙節河東。召爲吏部尚書，檢校尚書右僕射。……俄兼太常卿，進拜左僕射，彭陽郡公。……開成元年……數上疏辭位，拜山南西道節度使，卒。」

〔六四〕「鸞凰」，《全唐詩》作「鳳鸞」。

〔六五〕「不歷」，《全唐詩》誤作「不立」。

張仲素

獻壽詞云〔一〕：玉帛殊方至，歌鐘比屋聞。華夷今一貫〔二〕，同賀聖明君〔三〕。

聖明樂云〔四〕：海浪恬丹徼〔五〕，邊塵靜黑山〔六〕。從今萬里外，不復鎖蕭關〔七〕。又云：九陌祥煙合，千春瑞月明。宫花同苑柳〔八〕，先發鳳凰城。

宫中樂云：網户交如綺，紗窗薄似煙。樂吹天上曲，人是月中仙。又云：翠匣開寒鏡，珠釵掛步摇。粧成祇畏曉〔九〕，更漏促春宵〔一〇〕。又云：紅果瑶池實〔一一〕，金盤露井冰。甘泉將避暑，臺殿曉光凝〔一二〕。又云：月彩浮鸞殿，砧聲隔鳳樓〔一三〕。笙歌臨水檻，紅燭乍迎秋。又云：奇樹留寒翠，神池結夕波〔一四〕。黄山一夜雪，渭水雁聲多〔一五〕。

春游曲云〔一六〕：煙柳飛輕絮，風榆落小錢。濛濛百花裏，羅綺競鞦韆。又云：騁望登香閣，爭高下砌臺。林間踏青去，席上意錢來〔一七〕。又云：行樂三春節，林花百和香。當年重意氣，先占鬬鷄場。

春閨怨云〔一八〕：雪盡萱抽葉，風輕水變苔。玉關書信絶〔一九〕，又見發庭梅〔二〇〕。又云：裊裊邊城柳〔二一〕，青青陌上桑。提籠忘採葉〔二二〕，昨夜夢漁陽。桂魄初生秋露微，輕羅已薄未更衣。銀箏夜久殷勤弄，心怯空房不忍歸〔二三〕。

太平詞云〔二四〕：風俗今和厚，君王在穆清。行看採花曲，盡是太階平。又云：聖德超千古，皇威靜四方〔二五〕。蒼生今息戰，無事覺時長。

游春曲云〔二六〕：萬樹江邊杏，新開一夜風。滿園深淺色，照在緑波中。又云：上苑何窮樹，花開次第新。香車與絲綺〔二七〕，風靜亦生塵。

送春辭云〔二八〕：日日人空老，年年春更歸。相歡在樽酒，不用惜花飛。

塞上曲云〔二九〕：天驕遠塞行，出鞘寶刀鳴〔三〇〕。定是酬恩日，今朝覺命輕。卷旆生風喜氣新，早持龍節靜邊塵。漢家天子圖麟閣，身是當今第一人〔三一〕。

贈遠云〔三二〕：當年只自守空帷〔三三〕，夢裏關山覺别離〔三四〕。不見鄉書傳雁足，唯看新月吐蛾眉。又云：厭攀楊柳臨青閣〔三五〕，閑採芙蓉傍碧潭〔三六〕。走馬臺邊人不見，拂雲堆畔戰方酣。

閨人春思云〔三七〕：愁見游空百丈絲〔三八〕，春風挽斷更傷離〔三九〕。閑花落偏蒼苔地〔四〇〕，盡日無人誰得知？

秋夜曲云〔四一〕：丁丁漏水夜何長，漫漫輕雲露月光。秋逼暗蟲通夕響，寒衣未寄莫飛霜〔四二〕。碧窗斜月藹深輝〔四三〕，愁聽寒螿淚濕衣。夢裏分明見關塞，不知何路向金微？

秋天一夜靜無雲，斷續鴻聲到曉聞。欲寄征衣問消息〔四四〕，居延城外又移軍。博山沉燎絶餘香，蘭燼金檠怨夜長。爲問青青河畔草，幾回經雨復經霜〔四五〕？天馬辭云：天馬初從渥水來，郊歌曾唱得龍媒〔四六〕。不知玉塞沙中路，苜蓿殘花幾處開？又云：躞蹀宛駒齒未齊，摐金噴玉向風嘶。來時行盡金河道〔四七〕，獵獵輕風在碧蹄。緱山鶴云：羽客驂仙鶴，將飛駐碧山。映松殘雪在，度嶺片雲還。清唳因風遠，高姿對水閑。笙歌憶天上〔四八〕，城郭歎人間。幾變霜毛潔〔四九〕，方殊藻質斑〔五〇〕。迢迢煙路逸，奮翮詎能攀〔五一〕。

砌臺，即今擦擦臺也。仲素詩云：寫望臨香閣，登高下砌臺。林間踏青去，席上意錢來〔五二〕。

仲素，字繪之，建封之子〔五三〕。憲宗以仲素、段文昌爲翰林學士，韋貫之曰：學士所以備顧問，不宜專取辭藝。罷之〔五四〕。後終中書舍人。

右王涯、令狐楚、張仲素五言七言絶句共作一集，號三舍人集，今盡録于此〔五五〕。

【校箋】

〔一〕此詩原爲《聖神樂》三首之一，此蓋獻壽之詞也，今據《元和三舍人集》、《全唐詩》卷三六七析出，改題。《樂府詩集》作《聖明樂》三首之一，《萬首唐人絶句》作《聖明朝》三首之一。

〔二〕「今」，《樂府詩集》、《萬首唐人絶句》同，《元和三舍人集》作「同」。

〔三〕「同」，《樂府詩集》、《萬首唐人絶句》同，《元和三舍人集》作「共」。

〔四〕此下二詩原與前首並作《聖神樂》三首，今據《元和三舍人集》改題《聖明樂》。《元和三舍人集》所載二詩，以前者屬令狐楚，後者屬張仲素。

〔五〕「丹」，《樂府詩集》、《萬首唐人絶句》同，《元和三舍人集》作「月」。

〔六〕「黑」，《樂府詩集》、《萬首唐人絶句》同，《元和三舍人集》作「異」。

〔七〕「鎖」，《元和三舍人集》、《萬首唐人絶句》同，《樂府詩集》作「鎮」。

〔八〕「同」，《元和三舍人集》同，《樂府詩集》、《萬首唐人絶句》作「將」。

〔九〕「畏」原作「是」，據《元和三舍人集》、《樂府詩集》、《萬首唐人絶句》改。

〔一〇〕「春宵」原作「清宵」，據《元和三舍人集》、《樂府詩集》、《萬首唐人絶句》改。

〔一一〕「紅果」，《樂府詩集》誤作「江果」。「瑶」原作「摇」，據《元和三舍人集》、《樂府詩集》、《萬首唐人絶句》改。

〔一二〕「曉光」原作「水光」，據《元和三舍人集》、《樂府詩集》、《萬首唐人絶句》改。「凝」，《元和三舍人集》作「迎」。

〔一三〕「隔」原作「繞」，據《元和三舍人集》、《樂府詩集》、《萬首唐人絶句》改。

〔一四〕「神池」，《樂府詩集》、《萬首唐人絶句》同，《元和三舍人集》作「神光」。

〔一五〕「雁聲」，《樂府詩集》同，《元和三舍人集》、《萬首唐人絶句》作「瀉聲」。

〔一六〕詩題原脱「曲」字，據《元和三舍人集》、《樂府詩集》、《萬首唐人絶句》補。

〔一七〕「意錢」，《萬首唐人絶句》作「寄牋」。

〔一八〕詩題，《元和三舍人集》、《萬首唐人絶句》皆作《春閨思》。《元和三舍人集》以「雪盡萱抽葉」歸王涯，「裊裊城邊柳」歸張仲素，另有「戴勝飛晴野」一首屬之令狐楚（本書以爲王涯《閨人贈遠》之一）。《萬首唐人絶句》三首皆以爲張仲素作。

〔一九〕「絶」，《元和三舍人集》作「斷」。

〔二〇〕「庭梅」，《萬首唐人絶句》作「焦梅」。

〔二一〕「邊城」，《元和三舍人集》、《萬首唐人絶句》作「城邊」。

〔二二〕「忘」原作「行」，據《元和三舍人集》、《萬首唐人絶句》改。

〔二三〕此詩《元和三舍人集》作王涯詩，題作《秋夜曲》。《王摩詰文集》、《樂府詩集》、《萬首唐人絶句》以此詩與張仲素《秋夜曲》「丁丁漏水夜何長」一首合載爲王涯《秋夜曲二首》。

〔二四〕此二詩，《元和三舍人集》以前詩屬王涯，後詩屬張仲素。《王摩詰文集》、《樂府詩集》、《萬首唐人絶句》俱歸王涯，題《太平詞二首》。

〔二五〕「皇威」原作「皇風」，據《元和三舍人集》、《王摩詰文集》、《樂府詩集》、《萬首唐人絶句》改。

〔二六〕此二詩，《元和三舍人集》、《王摩詰文集》、《樂府詩集》、《萬首唐人絶句》皆題王涯作。《元和三舍人集》題作《春遊曲》。

〔二七〕「絲綺」，《元和三舍人集》同，《王摩詰文集》、《樂府詩集》、《萬首唐人絶句》作「絲騎」。

〔二八〕此詩《元和三舍人集》、《王摩詰文集》、《萬首唐人絶句》俱題王涯作。

〔二九〕此詩與前王涯下「塞虜常爲敵」一首，《元和三舍人集》、《王摩詰文集》、《萬首唐人絶句》、《樂府詩集》皆合題《塞上曲二首》，署王涯。

〔三〇〕「出鞘」，《樂府詩集》作「鞘裏」。

〔三一〕《元和三舍人集》於《平戎辭》題下載詩二首，一爲王涯「太白秋高助發兵」，一爲此詩，以爲張仲素作。《王摩詰文集》、《樂府詩集》、《萬首唐人絶句》皆與「太白秋高助發兵」一首合題《平戎辭二首》，作王涯詩。

〔三二〕此《贈遠》二首，《王摩詰文集》、《萬首唐人絶句》皆屬王涯。《元和三舍人集》亦歸王涯，題作《秋思贈遠》。

〔三三〕「只自」原作「只是」，《元和三舍人集》同，據《王摩詰文集》、《萬首唐人絶句》改。「帷」，《元和三舍人集》作「闈」。

〔三四〕「夢裏關山」原作「夢見江山」，據《萬首唐人絶句》改。《元和三舍人集》、《王摩詰文集》作「夢見關山」。

〔三五〕「青閣」，《王摩詰文集》同，《元和三舍人集》、《萬首唐人絶句》作「清閣」。

〔三六〕「芙蓉」，《元和三舍人集》、《王摩詰文集》、《萬首唐人絶句》作「芙蕖」。

〔三七〕詩題，《王摩詰文集》、《萬首唐人絶句》作《閨人春思》，歸王涯，此原脱「春」字，據補。《元和三舍人集》題作《春閨思》，亦屬王涯。

〔三八〕「百丈」，《元和三舍人集》、《王摩詰文集》同，《萬首唐人絶句》作「百尺」。

〔三九〕「挽斷」原作「惹斷」，《元和三舍人集》同，據《王摩詰文集》、《萬首唐人絶句》改。

〔四〇〕「落徧蒼苔地」，《元和三舍人集》同，《王摩詰文集》、《萬首唐人絶句》作「落盡青苔地」。

〔四一〕此詩《王摩詰文集》、《樂府詩集》、《萬首唐人絶句》皆載爲王涯《秋夜曲二首》之第一首。《元和三舍人集》以爲令狐楚作。

〔四二〕「寒衣」原作「征衣」，《元和三舍人集》同，據《王摩詰文集》、《樂府詩集》、《萬首唐人絶句》改。

〔四三〕此首與下一首，《元和三舍人集》題作《秋思》，《萬首唐人絶句》題爲《秋閨思二首》。「深輝」原作「清輝」，《元和三舍人集》同，據《萬首唐人絶句》改。

〔四四〕「征衣」，《元和三舍人集》同，《萬首唐人絶句》作「征人」。

〔四五〕此詩題，《元和三舍人集》作《秋思贈遠》。

〔四六〕「郊」原作「效」，據《萬首唐人絶句》改。謂《郊祀歌》也。《樂府詩集》此句作「歌曾唱得濯龍媒」。

〔四七〕「行」，《萬首唐人絶句》作「欲」。

〔四八〕「憶」，《文苑英華》卷一八五作「應」。

〔四九〕「變」原作「覺」，據《文苑英華》改。

〔五〇〕「方殊」原作「殊知」，據《文苑英華》改。

〔五一〕末二句，《文苑英華》作「蓬瀛如可到，逸翮詎能攀」。

〔五二〕《楊文公談苑》：「砌臺，即今擦擦臺也。王侯家多作砌臺，以爲臨玩之景。唐張仲素云：『寫望臨香閣，登高下砌臺。林間踏青去，席上意錢來。』即知唐末有之。」「擦擦」即「擦擦」，義通。此引詩已見前，題作《春游曲》，「去」原誤作「云」，據改。

〔五三〕《新唐書》卷五九《藝文志》：「張仲素《詞圃》十卷。」注云：「字繪之，元和翰林學士、中書舍人。」按《新唐書》卷七二下《宰相世系表》「河間張氏」：「應，安南都護。」子「仲素，中書舍人」。此云仲素爲「建封之子」，誤。

〔五四〕《新唐書》卷一六九《韋貫之傳》：「帝以段文昌、張仲素爲翰林學士。貫之謂學士所以備顧問，不宜專取辭藝，奏罷之。」此「貫之」原誤作「賢之」，據改。

〔五五〕《三舍人集》世無傳本，計氏云「盡録於此」，後人多信其説，以爲得見梗概。然其所載詩之所屬，多與《樂府詩集》、《萬首唐人絶句》、《全唐詩》不合，亦常致讀者之疑。幸中華書局《唐人選唐詩新編》（增訂本）刊印陳尚君先生校點鈔本《元和三舍人集》，使世人得見原書真貌。今取校此書，知計氏當時，或乃撮斷爛叢殘而録之，其所遺舛亂訛誤之疑，至此或可釋然。

唐詩紀事校箋卷第四十三

竇　參

遷謫江表久未歸詩云〔一〕：一自經放逐，徘徊無所從。便爲寒山雲，不得隨飛龍〔二〕。名豈不欲保，歸豈不欲早。苦無三月資〔三〕，難適千里道。離心與羈思，終日常草草。人生年幾齊，憂苦即先老〔四〕。誰能假羽翼，使我暢懷抱！

湖上閑居云：避影將息陰，自然知音稀。向來深林中，偶亦有所窺。飛鳥口銜食，引雛上高枝。但各子其子〔五〕，安知宜不宜。止止復何云〔六〕，物情方自知〔七〕！

高仲武云：參詩祖述沈千運〔八〕，比于孟雲卿〔九〕，尚在廊廡之間。然萬丈水聲落，四時松色寒；又人生年幾齊，憂苦即先老。羽翮未齊，而筋骨已具〔一〇〕。

參，字時中。爲人矜嚴悻直，果于斷。初爲萬年尉，失囚，貶尉江夏。代同舍人罪，人義之。相德宗，與陸贄不平，以姦賄貶死于邕州〔一一〕。

【校箋】

〔一〕詩題原脱「遷」字，據《中興閒氣集》、《唐文粹》補。題下原衍「有」字，删。

〔二〕二句原作「便爲出山雲，不隨飛去龍」，據《中興閒氣集》、《唐文粹》改。

〔三〕「苦」原作「苟」，據《中興閒氣集》、《唐文粹》改。

〔四〕「即」原作「則」，據《中興閒氣集》、《唐文粹》改。

〔五〕此句原作「高枝但各有」，據《中興閒氣集》改。

〔六〕「何云」，《中興閒氣集》作「何言」。

〔七〕「方自知」原作「何自私」，據《中興閒氣集》改。

〔八〕「述」字原脱，據《中興閒氣集》補。

〔九〕「孟雲卿」原作「孟郊」，據《中興閒氣集》改。

〔一〇〕「筋骨」原作「力」，據《中興閒氣集》改。

〔一一〕《新唐書》卷一四五《竇參傳》：「竇參字時中……爲人矜嚴悻直，果于斷。以蔭累爲萬年尉。

同舍當夕直者，聞親疾惶遽，參代爲之。會失囚，京兆按直簿劾其人，參曰：『彼以不及謁而往，參當坐。』乃貶江夏尉，人皆義之。……德宗數召見語天下事，或決大議，帝器之。……俄以中書侍郎同中書門下平章事。……初，陸贄與參不平。……宣武劉士寧餉參絹五千，湖南觀察使李巽故與參隙，以狀聞，又中人爲之驗左，帝大怒，以爲外交戎臣，欲殺參。贄雖怨，然亦以殺之太重，乃貶驩州司馬……時宦侍謗沮不已，參竟賜死于邕州。」

郎士元〔一〕

題劉相公三湘圖云：昔歲別衡霍〔二〕，邇來憶南州〔三〕。今朝平津邸〔四〕，兼得瀟湘游。稍辨荆門樹，依然芳杜洲。微明三巴峽，咫尺萬里流。去鳥不知倦，遠帆生暮愁。涔陽指天末，北渚空悠悠。枕上見漁父，坐中常狎鷗〔五〕。誰言魏闕下，自有東山幽。

塞下曲云：寶刀塞上兒，身經百戰曾百勝，壯心竟未嫖姚知〔六〕。白草山頭日初没，黄沙戍下悲歌發〔七〕。蕭條夜静邊風吹，獨倚營門望秋月。

贈韋司直云〔八〕：聞君感歎二毛初，舊友相依萬里餘。烽火有時驚暫定〔九〕，甲兵無處可安居。客來吴越星霜久，家在平陵音信疏。昨日風光還入户〔一〇〕，登山臨水意何如〔一一〕！

送張南史云〔一二〕：雨餘深巷靜，獨酌送殘春〔一三〕。車馬雖嫌僻，鶯花不棄貧〔一四〕。蟲聲粘戸網，鼠跡印床塵。借問山陽會〔一五〕，如今有幾人？

高仲武云：士元員外，河岳英奇，人倫秀異。自家邢國〔一六〕，遂擁大名。右丞已往〔一七〕，與錢更長〔一八〕。自丞相已下出使作牧〔一九〕，二公無詩祖餞，時論鄙之。兩公體調〔二〇〕，大抵欲同〔二一〕。就中郎公稍更閑雅，近于康樂。如荒城背流水，遠鴈入寒雲；又去鳥不知倦，遠帆生暮愁；又蕭條夜靜邊風吹，獨倚營門望秋月。可齊衡古人，掩映時輩。又暮蟬不可聽，落葉豈堪聞。古人謂謝朓工于發端，比之于今，有慚沮矣！

士元，字君胄，中山人。寶應元年，選畿縣官，詔試中書，補渭南尉，歷拾遺、郢州刺史〔二二〕。

送彭將軍云〔二三〕：雙旌漢飛將，萬里授横戈。春色臨關盡〔二四〕，黄雲出塞多。鼓鼙悲絶漠，烽戍隔長河〔二五〕。莫斷陰山路〔二六〕，天驕已請和。

送孫頠云〔二七〕：悠然富春客，憶與暮潮歸。擢第人多羡，如君獨步稀。亂流江渡淺，遠色海山微。若訪新安路，嚴陵有釣磯。

宿杜氏江樓云〔二八〕：適楚豈吾願，思歸秋向深。故人江樓月，永夜千里心〔二九〕。落葉覺鄉夢〔三〇〕，鳥啼驚越吟〔三一〕。寥寥更何有，斷續空城碪〔三二〕。送彭將軍以下二章并送張南史詩〔三三〕，姚合取爲極玄集。

【校箋】

〔一〕「郎士元」原作「郭士元」，據《中興閒氣集》改。

〔二〕「昔歲别」原作「昔别醉」，據《中興閒氣集》改。《唐文粹》作「昔别辭」，《唐百家詩選》作「昔日醉」。

〔三〕「邇來」原作「爾來」，據《中興閒氣集》、《唐百家詩選》改。

〔四〕「邸」原作「却」，據《中興閒氣集》、《唐百家詩選》改。

〔五〕「常」，《中興閒氣集》同，《唐百家詩選》作「當」。

〔六〕二句「曾」下原衍「有」字，「心」上原脱「壯」字，據《中興閒氣集》、《文苑英華》卷一九七、《唐百家詩選》及《樂府詩集》卷九三删補。《唐百家詩選》「身經」作「輕身」，餘與此同。

〔七〕此句原作「黄沙城下歌聲發」，據《中興閒氣集》、《文苑英華》、《唐百家詩選》、《樂府詩集》改。

〔八〕此詩《文苑英華》卷二五三所載，題皇甫冉作。《唐百家詩選》與此同。

〔九〕「烽火」，《唐百家詩選》同，《文苑英華》作「烽戍」。

〔一〇〕「昨日風光」，《唐百家詩選》同，《文苑英華》作「昨夜春風」。

〔一一〕「意」，《唐百家詩選》同，《文苑英華》作「復」。

〔一二〕詩題《極玄集》及《唐百家詩選》同，《文苑英華》卷二五三作《寄李紓》。

〔一三〕「送」原作「定」，據《極玄集》、《文苑英華》及《唐百家詩選》改。

〔一四〕「棄」，《極玄集》、《唐百家詩選》同，《文苑英華》作「厭」。

〔一五〕此句《極玄集》、《唐百家詩選》同，《文苑英華》作「聞道山陰會」。

〔一六〕「邢國」原作「形國」，據《中興間氣集》孫毓修校本改。

〔一七〕「以往」原作「以後」，據《中興間氣集》改。

〔一八〕「錢」下原衍「郎」字，據《中興間氣集》删。

〔一九〕「作牧」原作「作收」，據《中興間氣集》改。

〔二〇〕「體調」原作「詞體」，據《中興間氣集》改。

〔二一〕「大抵」原作「大約」，據《中興間氣集》改。

〔二二〕《新唐書》卷六〇《藝文志》「《郎士元詩》一卷」注云：「字君胄，中山人。寶應元年，選畿縣官，詔試中書，補渭南尉，歷拾遺、郢州刺史。」此取之，「寶應元年」原作「寶應中」，據改。

〔二三〕詩題《極玄集》同，《又玄集》作《送王將軍》，《文苑英華》卷三〇〇及《唐百家詩選》作《送李將軍赴定州》。

〔二四〕「臨關」，《極玄集》、《又玄集》、《文苑英華》同，《唐百家詩選》作「臨邊」。

〔二五〕「烽戍」，《極玄集》、《文苑英華》、《唐百家詩選》同，《又玄集》作「烽火」。

〔二六〕「陰山」原作「山陽」，據《極玄集》、《又玄集》、《文苑英華》、《唐百家詩選》改。「莫斷」，《唐百家詩選》作「想到」，餘與此同。

〔二七〕詩題《極玄集》同。《文苑英華》卷二七二作《送孫顧》，誤。

〔二八〕詩題《極玄集》、《文苑英華》卷三一二及《唐百家詩選》俱作《宿杜判官江樓》。

〔二九〕「永夜」原作「夜夜」，據《極玄集》、《文苑英華》、《唐百家詩選》改。

〔三〇〕「落葉」，《極玄集》、《文苑英華》同，《唐百家詩選》作「葉落」。

〔三一〕「鳥啼」，《極玄集》同，《文苑英華》、《唐百家詩選》作「啼鳥」。

〔三二〕「城」原作「成」，據《極玄集》、《文苑英華》、《唐百家詩選》改。

〔三三〕「送」原作「贈」，據前載本詩題改。

于良史

良史爲張徐州建封從事，每自吟曰：出身三十年，髮白衣猶碧。日暮倚朱門，從未污袍赤。公因爲奏章服焉〔一〕。

春山夜月云〔二〕：春山多勝事〔三〕，賞玩夜忘歸。掬水月在手，弄花香滿衣。興來無遠近，欲去惜芳菲。南望鐘鳴處〔四〕，樓臺深翠微。

冬日野望寄李贊府云〔五〕：地際朝陽滿〔六〕，天邊宿霧收。風兼殘雪起，河帶斷冰流。北闕馳心極，南圖尚旅游。登臨思不已〔七〕，何處得銷憂〔八〕？

閑居寄薛據云〔九〕：隱几讀黄老，閑齋耳目清〔一〇〕。僻居人事少，多病道心生。雨洗山林濕，鴉鳴池館晴。晚來因廢卷，行藥至西城〔一一〕。

高仲武云：良史詩清雅〔一二〕，工于形似。如風兼殘雪起，河帶斷冰流，吟之未終〔一三〕，皎然在目〔一四〕。

【校箋】

〔一〕《唐語林·企羡》：「于良史爲張徐州從事，每自吟曰：『出身三十年，白髮衣猶碧。日暮倚朱門，從未污袍赤。』公聞之，爲奏章服焉。」「未」原作「朱」，據改。《唐語林》采自《大唐傳載》，「未污」作「未染」。

〔二〕詩題《文苑英華》卷一六一同，《又玄集》作《春山月夜》。

〔三〕「春山」原作「春來」，據《又玄集》、《文苑英華》改。

〔四〕「鐘鳴」，《又玄集》同，《文苑英華》作「鳴鐘」。

〔五〕詩題原無「野望」二字，據《文苑英華》卷二五六補。《又玄集》作《冬日野望寄長安李贊府》，《中興閒氣集》唯作《冬日野望》。

〔六〕「地際」原作「地險」，《又玄集》同，據《中興閒氣集》改。

〔七〕「思」原作「恩」，據《中興閒氣集》、《又玄集》、《文苑英華》改。

〔八〕「得銷憂」，《又玄集》同，《中興閒氣集》作「可消憂」，《文苑英華》作「得銷愁」。

〔九〕詩題《文苑英華》卷二五六作《閑居寄薛華》，誤。此作《寄薛據》，疑亦誤。《中興閒氣集》唯作《閑居》。

〔一〇〕「閑齋」，《中興閒氣集》同，《文苑英華》作「閑居」。

〔一一〕「行藥」原作「行樂」，據《文苑英華》改。《中興閒氣集》收句作「褰簾暮雲起，殘日上高城」。

〔一二〕「詩清雅」原作「工于清雅」，據《中興閒氣集》改。「良史」，《中興閒氣集》作「侍御」，《唐才子傳》卷三亦稱其「至德中仕侍御史」。然《紀事》未記于良史仕履，故止稱其名，不用官稱也。

〔一三〕「之」原作「文」，據《中興閒氣集》改。

〔一四〕「皎」原作「較」，據《中興閒氣集》改。

舒元輿

大和九年，誅王涯等，仇士良愈專恣，文宗惡之，雖登臨游幸，未嘗爲樂，或瞠目獨語，左右莫敢進問。因題詩曰：輦路生春草，上林花滿枝。憑高何限意，無復侍臣知。一日看牡丹，忽吟曰：拆者如語，含者如咽，俯者如愁，仰者如悦。吟罷，方省元輿詞，不覺嘆息，泣下霑衣〔一〕。

李翺在長沙嫁韋中丞愛姬所生女之流落者，元輿自京馳詩贈翺曰：湘江舞罷忽成悲，便脱鸞靴出絳帷。誰是蔡邕琴酒客？魏公懷舊嫁文姬〔二〕。

元輿，婺州人。與李訓善，同相文宗，專附鄭注，詭謀謬算，日與訓比，敗天下事，二人爲之也〔三〕。元輿授監察御史，時坊州刺史汪洌黷貨，御史大夫温造署元輿往訊之，于坊州按獄。有詩云：中部接戎塞，頑山四周遭。風冷木長瘦，石磽人亦勞。牧守苟懷仁，癢之時爲搔。其愛如赤子，始得無啼號。奈何貪狼心，潤屋沉脂膏。攫搏如猛虎，吞噬若狂獒。山禿逾高採，水窮益深撈。龜魚既絶跡，鹿兔無遺毛。氓苦税外緡，吏憂笑中刀。大君明四目，燭之洞秋毫〔四〕。眷兹一州命，慮齊墜波濤。臨軒詔小臣，汝往窮貪饕。分明舉公法，爲我緩窮騷。小臣誠小心，奉命如煎熬。飲水不待夕，驅馬凌晨皋。及此督簿書，游詞出狴牢。門牆見狼狽，案牘聞腥臊〔五〕。探情與之言，變態如姦猱。真非既巧飾〔六〕，僞意乃深韜。去惡猶農夫，稂莠須耘耨。恢恢布疏網，罪者何由逃。自顧孱鈍姿，利器非能操。六旬始歸奏，霜落秋原蒿。寄謝守土臣，努力清郡曹。須知聽甚卑，勿謂天之高。

橋山懷古云：軒轅厭代千萬秋，淥波浩蕩東南流。今來古往無不死，獨有天地長悠悠。我乘驛騎到中部，古聞此地爲渠搜。橋山突兀在其左，荒榛交鎖寒風愁。神仙天下亦如此，況我蹙促同蜉蝣。誰言衣冠葬其下，不見弓劍何人收。哀喧叫笑牧童戲，陰天月落狐貍游。却思皇墳立人極〔七〕，車輪馬跡無不周。洞庭張樂降玄鶴〔八〕，涿鹿大戰摧蚩尤。智勇神天不自大，風后力牧輸長籌。襄城迷路問童子，帝鄉歸去無人留。崆峒求道失遺跡，荆山鑄鼎餘荒丘。君不見黄龍飛去山下路，斷髯成草風颼颼。

八月五日中部官舍讀唐曆天寶已來追愴故事云：將尋國朝事，靜讀柳芳曆。八月日之五，開卷忽感激。正當天寶末，撫事坐追惜。仰思聖明帝，貽禍在肘腋。楊李盜吏權，貪殘日狼籍。燕戎伺其便，百萬奮長戟。兩河連煙塵，二京成瓦礫。生人死欲盡，揳業猶不息。肅宗傳寶圖，寇難連年擊。天地方開泰，鑄鼎成繼述。萬國哭龍哀，悲思動蠻貊。自此千秋節，不復動金石。悲風揚霜天，繐帷冷塵席。零落太平老，東西亂離客。往往爲余言，嗚咽淚雙滴。況當近塞地，哀吹起邊笛。撫几觀陳文，使我心不懌。花萼笑繁華，温泉樹容碧。霓裳煙雲盡，梨園風雨隔。露囊與金鏡，東游驚波溺。昔聞歡娱事，今日成慘感。神仙不可求，劍璽苔文積。萬古長恨端，蕭蕭泰陵陌。

坊州按獄蘇氏莊記室二賢自鄜州走馬相訪留連數日發後獨坐寂寞因成詩寄之云：十年一相見，世路信多歧。雲雨易分散，山川長間之。我銜鳳闕恩，按獄橋山陲。君在龍驤府，掌奏羽檄詞。相去百餘里，魂夢自相馳。形容在胸臆，書札通相思。煩君愛我深，輕車忽載脂。塞門秋色老，霜氣方凝姿。此地少平川，崗阜相參差。誰知路非遠，行者多云疲。君能犯勁風，信宿凌欹危。情親不自倦，下馬開雙眉。相對坐沉吟，屈指驚歲時。萬事且莫問，一盃欣共持。陽烏忽西傾，明蟾掛高枝。卷簾引瑶玉，滅燭臨霜墀。中庭有疏蘆，淅淅聞風吹。長河卷雲色，凝碧無瑕疵。一言開我懷，曠然澹希夷。悠悠夜方永，冷思偏相宜。眉睫無他人，與君閑解題。陶然叩寂寞，更請吟清詩。得意且忘言，何況竹與絲。頃刻過三夕，起坐輕四支。明朝告行去，慘然還別離。出門送君去，君馬揚金羈。迴來坐空堂，寂寞無人知。重重碧雲合，何處尋佳期。

【校箋】

〔一〕蘇鶚《杜陽雜編》：「大和九年，誅王涯、鄭注後，仇士良專權恣意，上頗惡之，或登臨游幸，雖百戲駢羅，未嘗爲樂。往往瞠目獨語，左右莫敢進問。因題詩曰：『輦路生春草，上林花滿枝。憑高何限意，無復侍臣知。』上于内殿前看牡丹，翹足憑欄，忽吟舒元輿《牡丹賦》云：『俯者如愁，仰者如語，含者如咽。』吟罷，方省元輿詞，不覺歎息良久，泣下沾臆。」按，《雜編》所載元輿《牡丹賦》字句有誤，此是也。「忽吟」原作「或吟」，據改。

〔二〕此出《雲溪友議》卷上《舞娥異》條，參閲本書卷三五校箋〔三〕。

〔三〕《新唐書》卷一七九《舒元輿傳》：「舒元輿，婺州東陽人。……李訓居喪，尤與元輿善。……專附鄭注……以本官（刑部侍郎）同中書門下平章事。詭謀謬算，日與訓比，敗天下事，二人爲之也。」

〔四〕「洞」原作「動」，據毛本改。

〔五〕「聞」原作「問」，據毛本改。

〔六〕「真」原作「直」，據毛本改。

〔七〕「却」原作「郄」，據毛本改。

〔八〕「玄」字原缺，據毛本補。

李諒

蘇州元日郡齋感懷寄越州元相公杭州白舍人云：稱慶還鄉郡吏歸，端憂明發儼朝衣。首開三百六旬曆，新知四十九年非。當官補拙猶勤慮，游宦量才已息機。舉族共資隨月俸，一身惟憶故山薇。舊交邂逅封彊近，老牧蕭條宴賞稀。書札每來同笑語，篇章時到借光輝。絲綸暫厭分符竹，舟檝初登擁羽旗。未知今日情何似，應與幽人事有違。時長慶四年也〔一〕。

樂天和李中丞元日寄詩兼呈微之云〔二〕：領郡慚當潦倒年，鄰州喜得平生友。又云：憑鶯傳語報李六〔三〕，倩雁將書與元九〔四〕。莫嗟一日日催人，且貴一年年入手。

樂天草諒泗州刺史制云〔五〕：諒自澄城長訖尚書郎，中間再爲州牧，三宰劇縣，苦心卹隱，仁恕及物〔六〕，操刃決滯，耆驍有聲。諒後爲京兆尹。

諒，字復言。微之有酬復言元日郡齋感懷詩云〔七〕：臘盡殘銷春又歸〔八〕，逢新別故欲沾衣。自驚身上添年幾，休繫心中小是非。貴富祝來何所遂，聰明鞭得轉無機。羞看稚子先拈酒，悵望平生舊採薇。去日漸加餘日少，賀人雖鬧故人稀〔九〕。椒花麗句閒重檢〔一〇〕，艾髪衰容惜寸輝。苦思正旦酬白雪〔一一〕，閑觀風色動青旂〔一二〕。千官伏下爐煙裏，東海西頭意獨違。祝富貴，鞭聰明，皆正旦童稚俗法〔一三〕。

【校箋】

〔一〕「長慶」原作「長安」，按元稹以長慶三年爲浙東觀察使、越州刺史，白居易時在杭州刺史任，詩即四年元日作，據改。

〔二〕《白氏長慶集》卷二三載此詩，題作《蘇州李中丞以元日郡齋感懷詩寄微之及予，輒依來篇七言八韻走筆奉答，兼寄微之》。此摘引之。按，既録元詩，亦當全載白作，今補録于此：「白首餘杭白太守，落魄抛名來已久。一辭渭北故園春，再把江南新歲酒。杯前笑歌徒勉强，鏡裏形容漸衰朽。領郡慚當潦倒年，鄰州喜得平生友。長洲草接松江岸，曲水花連鏡湖口。老去還能痛飲無？春來曾作閑游否？憑鶯傳語報李六，倩雁將書與元九。莫嗟一日日催人，且貴一年年入手。」

〔三〕「報」原作「與」，據《白氏長慶集》改。

〔四〕「與」原作「寄」，據《白氏長慶集》改。

〔五〕《白氏長慶集》卷五〇、《文苑英華》卷四一〇俱載此制，題爲《李諒除泗州刺史兼團練使、當道兵馬留後兼侍御史賜紫金魚袋，張愉可岳州刺史同制》。

〔六〕「仁恕」，《白氏長慶集》、《文苑英華》作「煦嫗」。

〔七〕《元氏長慶集》卷二二載此詩，題作《酬復言長慶四年元日郡齋感懷見寄》。

〔八〕「殘銷」，疑當作「殘宵」。

〔九〕「雖」原作「閑」，據《元氏長慶集》改。

〔一〇〕「開」，《元氏長慶集》作「閑」。

〔一一〕「正旦」原作「正直」，據《元氏長慶集》改。

〔一二〕「動」原作「助」，據《元氏長慶集》改。

〔一三〕「俗法」原作「俗云」，據《元氏長慶集》改。

李賀

高軒過云：華裾織翠青如葱，金環壓轡摇玲瓏。馬蹄隱耳聲隆隆，入門下馬氣如虹。云是東京才子、文章鉅公。二十八宿羅心胸，元精耿耿貫當中〔一〕。殿前作賦聲摩空，筆補造化天無功。龐眉書客感秋蓬，誰知死草生華風〔二〕。我今垂翅附冥鴻，他日不羞蛇作龍。退之、皇甫湜聯騎造門，賀總角荷衣而出，面試此詩，操觚立成〔三〕。

賀以詩謁退之，時爲國子博士，已送客解帶，門人呈卷，旋讀之。首篇雁門太守行云：黑雲壓城城欲摧，甲光向日金鱗開。却援帶，命邀之〔四〕。其詩云：黑雲壓城城欲摧，甲光向日金鱗開。角聲滿天秋色裏，塞上燕脂凝夜紫。半卷紅旗臨易水，霜重鼓聲寒不起〔五〕。報君黄金臺上意，提攜玉龍爲君死〔六〕。

李商隱作賀小傳云：京兆杜牧爲李長吉序，狀長吉之奇甚盡，世傳之。長吉姊嫁王氏者，語長吉之事尤備。長吉細瘦，通眉，長指爪，能苦吟疾書。最先爲昌黎韓愈所知，所與游者王參元、楊敬之、權璩、崔植輩爲密〔七〕。每旦日出與諸公游，未嘗得題然後爲詩，如他人思量牽合以及程限爲意。常從小奚奴，騎距驢，背一古破錦囊，遇有所得，即書投囊中。及暮歸，太夫人使婢受囊出之〔八〕，見所書多，輒曰：是兒要當嘔出心乃已耳〔九〕。上燈與食，長吉從婢取書，研墨疊紙，足成之，投他囊中，非大醉及弔喪日，率如此。過亦不復省，王、楊輩時復來探取寫去。長吉往往獨騎往還京洛〔一〇〕，所至或時有著〔一一〕，隨棄之，故沈子明家所餘四卷而已。長吉將死時，忽晝見一緋衣人〔一二〕，駕赤虬，持一版書，若太古篆，或霹靂石文者，云當召長吉。長吉了不能讀，欻下榻叩頭言：阿㜷長吉學語時，呼太夫人云。老且病，賀不願去。緋衣人笑曰：帝成白玉樓，立召君爲記，天上差樂，不苦也。長吉獨泣，邊人盡見之。少之，長吉氣絶。常所居窗中，㶿㶿有煙氣〔一三〕，聞行車嘒管之聲。太夫人急止人哭，待之如炊五斗黍許時，長吉竟死。王氏姊非能造作謂長吉者，實所見如此。嗚乎！天蒼蒼而高也，上果有帝也耶！帝果有苑囿宮室觀閣之玩耶！苟信然，則天之高邈，帝之尊嚴，亦宜有人物文彩愈此世者，何獨眷眷于長吉〔一四〕，而使其不壽耶！噫！又豈世所謂才而奇者，不獨地上少，即天上亦不多邪！長吉生二十七年〔一五〕，位不過奉禮太常，當時人亦多排擯毀斥之，又豈才而奇者，帝獨重之，而人反不重耶！又豈人見會勝帝耶！

飛香芝紅滿天春。上雲樂句。酒酣喝月使倒行。秦王飲酒句〔一六〕。踏天磨刀割紫雲。青花紫石硯歌句〔一七〕。右張爲取作主客圖。

杜牧之序其文集云：賀字長吉，元和中，韓吏部亦頗道其歌詩。雲煙綿聯，不足爲其態也。水之迢迢，不足爲其情也。春之盎盎，不足爲其和也。秋之明潔，不足爲其格也。風檣陣馬，不足爲其勇也。瓦棺篆鼎，不足爲其古也。時花美女，不足爲其色也。荒國陊殿，梗莽丘壠，不足爲其恨怨悲愁也。鯨呿鼇擲，牛鬼蛇神，不足爲其虛荒誕幻也〔一八〕。蓋騷之苗裔〔一九〕，理雖不及，辭或過之。騷有感怨刺懟，言及君臣理亂，時有以激發人意。乃賀所爲，無得有是。賀能探尋前事〔二〇〕，所以深嘆恨今古未嘗經道者。如金銅仙人辭漢歌、補梁庾肩吾宮體謠，求取情狀，離絶遠去筆墨畦逕間，亦殊不能知之。賀生二十七年死矣，世皆曰：使賀且未死，少加以理，奴僕命騷可也。

【校箋】

〔一〕「耿耿」原作「昭昭」，據《李長吉歌詩》改。

〔二〕「誰知」原作「誰是」，據《李長吉歌詩》改。

〔三〕《摭言》卷一〇：「賀年七歲，以長短之製，名動京師。時韓文公與皇甫湜覽賀所業奇之……因聯騎造門……既而總角荷衣而出，二公不之信，因面試一篇。承命欣然，操觚染翰，旁若無人，仍目曰《高軒過》，曰：『華裙織翠青如葱』云云。」「面試」二字原缺，據補。

〔四〕張固《幽閒鼓吹》：「李賀以歌詩謁韓吏部，吏部時爲國子博士、分司，送客歸，極困，門人呈卷，解帶旋讀之。首篇《雁門太守行》，曰：『黑雲壓城城欲摧，甲光向日金鱗開。』却援帶，命邀之。」「向日」原作「向月」，據改。《李長吉歌詩》、《又玄集》、《文苑英華》卷一九六亦作「向日」。下同。「援帶」，毛本作「束帶」，非。

〔五〕此句《李長吉歌詩》、《又玄集》、《唐文粹》、《文苑英華》俱作「霜重鼓寒聲不起」。

〔六〕「玉龍」，《李長吉歌詩》、《又玄集》、《唐文粹》同，《文苑英華》作「玉環」。

〔七〕「輩」字原脱，據《李義山文集》補。

〔八〕「受」原作「探」，據《李義山文集》改。

〔九〕「乃」原作「始」，據《李義山文集》改。

〔一〇〕「還」字原脱，據《李義山文集》補。

〔一一〕「著」字原脱，據《李義山文集》補。

〔一二〕「忽」原作「或」，據《李義山文集》改。

〔一三〕「焞焞」原作「勃勃」，據《李義山文集》改。

〔一四〕「眷眷」原作「番番」，據《李義山文集》改。

〔一五〕「七」原作「六」，據《李義山文集》改。

〔一六〕詩題原缺，據《李長吉歌詩》補。

〔一七〕「青花紫石硯歌」原作「此硯」，據《李長吉歌詩》改。

〔一八〕「誕幻」原作「幻誕」，據《樊川文集》改。

〔一九〕「苗」字原脱，據《樊川文集》補。

〔二〇〕「探」原作「採」，據《樊川文集》改。

吕温

字和叔，一字化光，禮部侍郎渭之子。貞元中，連中兩科，德宗召爲集賢校書。後爲治書侍御史，坐王叔文，貶道州，改衡州。年四十而殁，有子安衡〔一〕。

温和張舍人聞琴云〔二〕：迢遞天上直〔三〕，寂寞丘中琴，憶爾山水韻，起予仁智心。凝情在正始，超想疏煩襟。涼生子夜後，月照禁垣深。遠風藹蘭氣，微露清桐陰。方襲緇衣慶，永奉南薰吟。

贈友人云：南山雙喬松，擢本皆千尋。夕流膏露津，朝被青雲陰。負雪出深澗，摇風倚高岑。明堂久不構〔四〕，雲幹何森森！匠意方雕巧，時情正誇淫。生材會有用，天地豈無心。

道州觀野火詩云：南風吹烈火，焰焰燒楚澤。陽景當晝連，陰天半夜赤。過處若彗掃，來時如電激。豈復辨蕭蘭〔五〕，焉得分玉石。蟲蛇盡爍爛，虎兕亦奔迫〔六〕。積穢一蕩除，和氣始融液。堯時既敬授，禹稼斯肇跡。遍生合穎禾，大秀兩歧麥。家有京坻詠〔七〕，人無溝壑慼〔八〕。若悟焚如功，來歲終受益。

衡州早春云：碧水何逶迤，東風吹沙草〔九〕。煙波千里曲，不辨嵩陽道。又云：病肺不飲酒，傷心不看花。唯驚望鄉處，猶自隔長沙。

劉夢得序其文曰：蚤聞詩禮于先侍郎，從梁肅學文章，勇于藝能，咸有所祖。年益壯，志益大，遂撥去文字〔一〇〕，與雋賢交。重氣概，覈名實，歆然以致君及物爲大欲。每與其徒講疑考要，皇王霸强之際，臣子忠孝之道〔一一〕，出入上下百千年間〔一二〕，詆訶角逐，疊發連袵〔一三〕，得一善輒盱衡擊節，揚袂頓足，信容得色，舞于眉端。以爲按是言，循是理〔一四〕，合乎心而氣將之，昭昭然若揭日月而行，孰能閼其勢而爭天光者乎〔一五〕！嗚呼！言可信而時異，道甚長而命窄，精氣爲物，其有所歸乎？又曰：和叔年少遇君〔一六〕，而卒以謫，似賈生；能明王道，似荀卿。始學左氏書，故其文微爲富艷。夫羿之關弓，唯巴蛇九日，乃能盡其彀〔一七〕；而迴注鷃爵，亦要中于尋常之間，非羿之手弓有能有不能，所遇然也。後之達解者，推而廣之，知余之素交，不相索于文字之内而已。其序如此。是以夢得、元微之、柳子厚悼吕衡州詩并誄，皆以温功業未濟爲辭。

夢得詩曰〔一八〕：一夜霜風凋玉芝〔一九〕，蒼生望絶士林悲〔二〇〕。空懷濟世安人略，不見男婚女嫁時。遺草一函歸太史，旅墳三尺近要離。朔方徙歲行當滿〔二一〕，欲爲君刊第二碑。

微之詩云〔二二〕：氣敵三人傑，交深一紙書。我投冰瑩眼，君報水憐魚。髀股唯夸瘦〔二三〕，膏肓豈暇除。傷心死諸葛，憂道不憂餘〔二四〕。又云：望有經綸釣，虔收宰相刀。江文駕風遠〔二五〕，雲貌接天高。國待球琳器，家藏虎豹韜。盡將千載寶，埋入五原蒿。又云：白馬雙旌隊，青山八陣圖。請纓期繫虜，枕草誓捐軀。勢激三千壯，年應四十無。遥聞不瞑目，非是不憐吴。又云：鵬鶚生難敵，沉檀死更香。兒童喧巷市〔二六〕，嬴老哭碑堂。鴈起沙汀暗，雲連海氣黄。祝融峰上月，幾照北人喪〔二七〕。

子厚作誄云〔二八〕：元和六年八月日，衡州刺史東平吕君卒。君由道州以陟爲衡州，君之卒，二州之人哭者逾月。湖南人重社飲酒，是月上戊，不酒去樂，會哭于神所而歸。君之志與能，不施于生人，知之者又不過十人；世徒讀君之文章，歌君之理行，不知二者之于君其末也。萬不試而一出焉，猶爲當世甚重；若使幸得出其什一二三〔二九〕，巍然爲偉人，則與世無窮〔三〇〕，其可涯也。

温孟冬蒲津關河亭作云〔三一〕：息駕非窮途，未濟豈迷津。獨立大河上，北風來吹人。霜雪自兹始〔三二〕，草木當更新。嚴冬不肅殺，何以見陽春〔三三〕。

温有偶然作云：悽悽復汲汲，忽覺年四十。今朝滿衣淚〔三四〕，不是傷春泣。又曰：中夜兀然坐，無言空涕洟。丈夫志氣事，兒女安得知。可以見其志也。

【校箋】

〔一〕《劉夢得文集》卷二三《唐故衡州刺史吕君集紀》：「貞元中……兩科連中，鋩刃愈出，德宗聞其名，自集賢校書郎擢爲左拾遺。……遷刑部郎中兼侍御史，副治書之職。會中執法（王叔文）左遷，緣坐道州刺史，以政聞，改衡州。年四十而没。……其子安衡……。和叔名温，别字化光，……蚤聞詩禮于先侍郎（吕渭）云云。」「治書侍御史」原脱「侍」字，據補。

〔二〕詩題《吕衡州集》及《唐文粹》作《奉和張舍人閣中直夜思聞雅琴因書事通簡僚友》。

〔三〕「直」原作「真」，據《吕衡州集》、《唐文粹》改。

〔四〕「構」原作「創」，據《吕衡州集》、《唐文粹》改。

〔五〕「蕭蘭」原作「蕭艾」，據《吕衡州集》、《唐文粹》改。

〔六〕「亦」原作「出」，據《吕衡州集》、《唐文粹》改。

〔七〕「京柢」原作「京抵」，據《吕衡州集》、《唐文粹》改。

〔八〕「溝壑」原作「溝洫」，據《吕衡州集》、《唐文粹》改。

〔九〕「沙草」原作「春草」，據《吕衡州集》、《唐文粹》改。

〔一〇〕「文字」原作「文學」，據《劉夢得文集》卷二三《唐故衡州刺史吕君集紀》改。

〔一一〕「忠孝」原作「忠賢」，據《劉夢得文集》改。

〔一二〕「百千」原作「千百」，據《劉夢得文集》改。

〔一三〕「連衽」原作「連柱」，據《劉夢得文集》改。

〔一四〕「循」原作「修」，據《劉夢得文集》改。

〔一五〕「乎」字原脱，據《劉夢得文集》補。

〔一六〕「年少」原作「生少」，據《劉夢得文集》改。

〔一七〕「彀」原作「力」，據《劉夢得文集》改。

〔一八〕詩題《劉夢得文集》卷一〇及《文苑英華》三〇三作《哭吕衡州時余方謫居》。

〔一九〕「凋」原作「雕」，據《文苑英華》改。

〔二〇〕「望絶」，《文苑英華》作「絶望」。

〔二一〕「徒歲行當滿」原作「徒歲行將滿」，據《劉夢得文集》及《文苑英華》改。

〔二二〕《元氏長慶集》卷八載此詩，題作《哭吕衡州六首》，此録其前四首。

〔二三〕「髀股」原作「脞股」，據《元氏長慶集》改。
〔二四〕「憂道不」三字原缺，據《元氏長慶集》補。
〔二五〕「江文」，《元氏長慶集》同，《文苑英華》卷三〇四作「鵬心」。
〔二六〕「巷市」原作「市井」，據《元氏長慶集》及《文苑英華》改。
〔二七〕「照」原作「點」，據《元氏長慶集》、《文苑英華》改。
〔二八〕《柳河東集》卷九載此文，題作《唐故衡州刺史東平吕君誄》，此節引之。
〔二九〕「若使」原作「使君」，據《柳河東集》改。
〔三〇〕「則」字原脱，據《柳河東集》補。
〔三一〕詩題「闢」原作「開」，據《吕衡州集》改。
〔三二〕「霜雪」原作「雪霜」，據《吕衡州集》改。
〔三三〕「何以」原作「何似」，據《吕衡州集》改。
〔三四〕「滿衣淚」原作「淚滿衣」，據《吕衡州集》、《唐文粹》改。

吕　恭

吕温春日與李六景儉及弟恭聯句，景儉云：始見花滿枝，又看花滿地〔一〕。温云：且持增氣酒，莫滴傷心淚。恭云：深誠長鬱結，芳辰自妍媚。景儉云：嘯歌聊永日〔二〕，誰知此時意。温又有同恭歲暮寄晉州李協律詩〔三〕，其略曰：伊我抱微尚，仲氏即心期。討論自少小，形影相差池。比來胸中氣〔四〕，欲耀天下奇。雲雨霈蕭艾〔五〕，煙閣雙萎蕤。幾年困方枘，一旦迷多歧〔六〕。道因窮理悟，命以盡性知。皆失志之狀也。吕渭四子：温、恭、儉、讓。柳宗元誌恭墓云，以爲賢豪絶人。又云，恭之妻，裴延齡女也〔七〕。

【校箋】

〔一〕「又看」原作「又見」，據《吕衡州集》改。

〔二〕「嘯歌」原作「笑歌」，據《吕衡州集》改。

〔三〕詩題《吕衡州集》作《同舍弟恭歲暮寄晉州李六協律三十韻》，此節録其中六韻。

〔四〕「比來」原作「此來」，據《吕衡州集》改。

〔五〕此句原作「雲衢兩沛艾」，據《吕衡州集》改。

〔六〕「迷」原作「失」，據《吕衡州集》改。

〔七〕《柳河東集》卷一〇《吕侍御恭墓誌》：「渭爲中書舍人、尚書禮部侍郎，刺湖南十州。生四子，温、恭、儉、讓。……恭尚氣節，有勇略，不事小謹，讀從横書，理《陰符》、《握機》孫子之術，曰：『我師尚父胄也。』……妻裴氏，户部尚書延齡女云云。」本條「讓」原作「遜」，據改。

段宏古〔一〕

宏古，澧州人。吕温守道州時，宏古客焉。宏古奉陪郎中使君樓上夜把火看花詩云〔二〕：城上芳園花滿枝，城頭太守夜看時。爲報林中高舉燭，感人情思欲題詩。温答段秀才云：盡日看花君不來，江城半夜爲君開。樓中共指南園火，紅燼隨花落碧苔。温送段秀才歸澧州云〔三〕：湘南孤白芷，幽託在清潯。豈在馨香發〔四〕，空勞知處深。推賢路已隔，振乏力不任〔五〕。慚我一言分，負君千里心。寸義薄聯組，片誠敵兼金〔六〕。方期踐冰雪，無使弱思侵。

【校箋】

〔一〕「段宏古」原作「段洪古」，據《吕衡州集》改。「宏古」一作「弘古」，《柳河東集》有《祭段弘古文》、《處士段弘古墓誌》。

〔二〕《吕衡州集》附載此詩，作者署「鄉貢進士段宏古」。《萬首唐人絶句》載此詩，作者署「段弘古」。

〔三〕《吕衡州集》載此詩，題作《送段九秀州歸澧州》。

〔四〕「豈在」原作「豈有」，據《吕衡州集》改。

〔五〕「振乏」原作「賑乏」，據《吕衡州集》改。

〔六〕「敵兼金」原作「兼敵金」，據《吕衡州集》改。

何元之〔一〕

吕温知道州時，元之居此州，謂之何處士。元之有所居寺院涼夜書情呈温云〔二〕：庾公念病宜清暑，遣向僧家占上方。月光似水衣裳濕，松氣如秋枕簟涼。幸以薄才當客次〔三〕，無因弱羽逐鸞翔。何由一示雲霄路，腸斷星星兩鬢霜。

温答云〔四〕：意氣曾傾四國豪，偶來幽寺息塵勞。嚴陵釣處江初滿，梁甫吟時月正高〔五〕。新識幾人知杞梓，故園何歲長蓬蒿。期君自致青雲上，不用傷心歎二毛。

温又有送何山人之容州詩云〔六〕：匣有青萍笥有書，何門不可曳長裾。應須定取真知者，遣對明君説子虚。

【校箋】

〔一〕「何元之」原作「何元上」，據《吕衡州集》改。

〔二〕此詩附載《吕衡州集》，題作《所居寺院涼夜書情呈上郎中》，作者署「峨眉山人何元之」。

〔三〕「幸以」原作「幸似」，據《吕衡州集》改。

〔四〕此詩《吕衡州集》所載，題作《道州敬酬何處士書情見贈》。

〔五〕「吟時」原作「吟詩」，據《吕衡州集》改。

〔六〕此詩《吕衡州集》所載，題作《道州酬送何山人之容州》。

羊士諤

小園春至偶書呈竇郎中孟員外云〔一〕：松篠雖苦節，冰霜慘其間。欣欣發佳色，如喜東風還。幽抱想前躅，冥鴻度南山。春臺一以眺，達士亦解顔〔二〕。偃息非老圃，沉吟閟玄關。馳暉忽復失，壯歲不得閑。君子當濟物，丹梯難共攀。心期自有約，去掃蒼苔斑。

酬西川獨孤侍御見寄云〔三〕：百雉層城上將壇，列營西照雪峰寒。文章立事須銘鼎，談笑論功恥據鞍。草檄青油推健筆，曳裾黄閣聳危冠。雙金未比三年字，負弩空慚知者難。

亂後曲江云：憶昔曾游曲水濱，春來長有探春人〔四〕。游春人静空池在〔五〕，直至春深不似春。

順宗實録云：元年六月，貶宣州巡官羊士諤爲汀州寧化縣尉。士諤性傾險，時以公事至京，遇叔文用事，朋黨相煽，頗不能平，公言其非。叔文聞之怒，欲下詔斬之，執誼不可；則令杖殺之，又不可，遂貶焉。由是叔文始大惡執誼〔六〕。士諤受知李吉甫，又最善呂温。薦爲御史，嘗爲資州刺史〔七〕。

張爲主客圖，以樂天爲廣大教化主，士諤爲入室。取其句云：風泉留古韻，笙磬想遺音。歷山句。桂朽有遺馥，鸞飛安可待。句。塵沙藹如霧，長波驚飈度。鴈起汀洲寒，馬嘶高城暮。銀缸倦秋館，綺瑟瞻永路。重有攜手期，清光倚玉樹〔八〕。

士諤過三鄉望女几山早歲有卜築之志云〔九〕：女几山頭春雪消〔一〇〕，路傍仙杏發柔條。心期欲去知何日〔一一〕，惆悵迴車上野橋。

酬蕭使君出妓夜讌見送云〔一二〕：玉顔紅燭忽驚春，微步凌波拂暗塵。自是當歌斂眉黛，不應惆悵爲行人。

郡樓晴望云〔一三〕：霽色朝雲盡，亭皋露亦晞〔一四〕。褰開臨曲檻〔一五〕，蕭瑟换輕衣。地遠秦人望，天晴社燕飛。無功慚歲晚，唯念故山歸。

息舟荆溪入陽羨南山游善權寺呈李功曹巨云〔一六〕：結纜蘭渚曉，柴車上連崗〔一七〕。晏温值初霽，去遶山河長。獻歲冰雪盡，細泉生路傍〔一八〕。行披煙杉入，激澗横石梁〔一九〕。層閣表精廬〔二〇〕。飛甍切雲翔。冲襟得高步，清眺極遠方。潭嶂積佳氣，荑英多早芳。具觀澤國秀，重使春心傷。念遵煩促途，榮利驚隙光。勉君脱冠意，共匿無何鄉。

尋山家云〔二一〕：獨訪山家歇還涉，茅屋斜連隔松葉。主人聞語未開門，繞籬野菜飛黄蝶。

【校箋】

〔一〕詩題《羊士諤集》（明活字《唐五十家詩集》本，下同）、《唐百家詩選》作《小園春至偶書呈吏部竇郎中孟員外》。

〔二〕「亦」原作「未」，據《羊士諤集》、《唐百家詩選》改。

〔三〕詩題《羊士諤集》、《唐百家詩選》作《西川獨孤侍御見寄七言四韻，一來爲郡，翰墨都捐，逮此酬答，誠乖拙速》。

〔四〕「春來」原作「來春」，據《萬首唐人絶句》改。

〔五〕「人静」，疑爲「人盡」之誤。

〔六〕以上《順宗實録》文。「宣州」，中華本改作「宣、歙」，非。

〔七〕《舊唐書》卷一四八《李吉甫傳》：「早歲知獎羊士諤。擢爲監察御史。」又，《新唐書》卷一六〇《吕渭傳》附《吕温傳》：「與竇群、羊士諤相昵。群爲御史中丞，薦温知雜事，士諤爲御史。宰相李吉甫持之，久不報，温等怨……奏吉甫陰事。憲宗駭異，既詰辨，皆妄言，將悉誅群等。吉甫苦救乃免，于是貶温均州刺史，士諤資州。」事在元和三年，見《舊唐書》卷一三七《吕渭傳》附《吕温傳》。「嘗爲」，中華本言據《順宗實録》改作「終」，誤。按元和乃憲宗年號，《實録》並無此文。

〔八〕以上皆僅留殘句。「韻」原作「顔」，「想」原作「相」，形近之誤，今改。

〔九〕詩題原無「過三鄉」三字，據《羊士諤集》、《唐百家詩選》補。

〔一〇〕「女几山頭」原作「望女山頭」，據《羊士諤集》、《唐百家詩選》改。

〔一一〕「期」原作「思」，據《羊士諤集》、《唐百家詩選》改。

〔一二〕詩題《唐百家詩選》同，《羊士諤集》作《彭州蕭使君出妓夜讌見送》，《萬首唐人絶句》作《蕭彭州出妓夜讌見送》。

〔一三〕詩題「晴望」原作「晴雪」，據《羊士諤集》、《唐百家詩選》改。

〔一四〕「亭皋」原作「亭高」，據《羊士諤集》、《唐百家詩選》改。

〔一五〕「褰開」原作「褰闞」，據《羊士諤集》、《唐百家詩選》改。

〔一六〕詩題原脱「巨」字，據《羊士諤集》、《唐百家詩選》補。

〔一七〕「柴車」原作「紫嵩」，據《羊士諤集》、《唐百家詩選》改。

〔一八〕「生」原作「在」，據《羊士諤集》、《唐百家詩選》改。

〔一九〕「激潤」原作「激瀾」，《唐百家詩選》同，據《羊士諤集》改。

〔二〇〕「層閣」原脱「閣」字，據《羊士諤集》、《唐百家詩選》補。

〔二一〕此詩《羊士諤集》不載，《才調集》、《唐百家詩選》及《萬首唐人絶句》皆題「長孫佐輔」作。《唐百家詩選》此詩緊接羊士諤詩之後，疑計氏偶誤録爲士諤作。

馮宿

宿，字拱之，婺州人。爲裴度彰義判官，徐州張建封掌書記，歷工、刑二侍郎〔一〕。遥宿尹河南，樂天、夢得以詩送之，宿酬云〔二〕：共稱洛邑難其選，何幸天書用不才。遥約和風新草木，且令新雪静塵埃。臨岐有愧傾三省，别酌無辭醉百盃。明歲杏園花下集，須知春色自東來。每春嘗接諸公杏園宴會。

【校箋】

〔一〕《新唐書》卷一七七《馮宿傳》：「馮宿字拱之，婺州東陽人。……貞元中，與弟定、從弟審、寬並擢進士第，徐州張建封表掌書記。……再遷都官員外郎。裴度節度彰義軍，表爲判官。淮西平，除比部郎中。長慶時，進知制誥。……拜河南尹。……歷工部、刑部二侍郎。……擢東川節度使……卒。」

〔二〕《文苑英華》卷二七七、二七八及《白氏長慶集》卷二九、《劉夢得文集》外集卷二載有《送河南尹馮學士赴任》詩，此其和作。

柳宗元

宗元種柳戲題云：柳州柳刺史，種柳柳江邊。談笑爲故事，推移成昔年。垂陰當覆地，聳幹會參天。好作思人樹，漸無惠化傳。

南澗中題云：秋氣集南澗，獨游亭午時。迴風一蕭瑟，林影久參差。始至若有得，稍深遂忘疲。羈禽響幽谷，寒藻舞淪漪。去國魂已游〔一〕，懷人淚空垂。孤生易爲感，失路少所宜。寂寞竟何事〔二〕，徘徊祇自知。誰爲後來者，當與此心期。

漁翁云：漁翁夜傍西巖宿，曉汲清湘燃楚竹。煙銷日出不見人，欸乃一聲山水緑。迴看天際下中流，巖上無心雲相逐。

子厚與楊誨之書云〔三〕：吾年十七，求進士，四年乃得舉。二十四，求博學宏詞科〔四〕，二年乃得仕。及爲藍田尉，走謁于大官堂下〔五〕，與卒伍無别〔六〕。益學老子和其光，同其塵〔七〕，雖自以爲得，然已得號爲輕薄人矣。及爲御史郎官，自以登朝廷，利害益大，雖戒礪加切〔八〕，然卒不免爲連累廢逐〔九〕。子厚陷王叔文之黨遷謫，卒死于柳州，柳人立廟羅池〔一〇〕。

雪詩云：千山鳥飛絶，萬徑人蹤滅。孤舟蓑笠翁，獨釣寒江雪。視鄭谷亂飄僧舍之句不侔矣，東坡居士云〔一一〕。

子厚死三年，愚溪無復曩時矣。劉夢得聞之，賦三絶云〔一二〕：溪水悠悠春自來，草堂無主燕飛迴。隔簾惟見中庭草，一樹山榴依舊開。其一　草聖數行留壞壁，木奴千樹屬鄰

家。唯見里門通德榜，殘陽寂寞出樵車。其二　柳門竹巷依依在，野草青苔日日多。縱有鄰人解吹笛，山陽舊侣更誰過？其三

【校箋】

〔一〕「游」，《柳河東集》作「遠」。

〔二〕「寂寞」，《柳河東集》作「索寞」。

〔三〕此節録《與楊誨之第二書》，載《柳河東集》卷三三。

〔四〕「科」字原脱，據《柳河東集》補。

〔五〕「于大官」原作「六官」，據《柳河東集》改。

〔六〕「無别」原作「爲列」，據《柳河東集》改。

〔七〕二句「其」字原脱，據《柳河東集》補。

〔八〕「加切」原作「益切」，據《柳河東集》改。

〔九〕「然」字原脱，據《柳河東集》補。

〔一〇〕「柳人」原作「物人」，據韓愈《柳州羅池廟碑》改。

〔一一〕《洪駒父詩話》：「東坡言鄭谷詩『江上晚來堪畫處，漁人披得一簑歸』，此村學中詩也。子厚云：『千山鳥飛絶，萬徑人蹤滅。孤舟簑笠翁，獨釣寒江雪。』信有格也哉！殆天所賦，不可及也。」按：此指鄭谷《雪中偶題》。七絶，其前二句爲「亂飄僧舍茶煙濕，密灑歌樓酒力微」。此

本之，注文「鄭谷」原作「鄭荅」，據改。

〔三〕《劉夢得文集》卷一〇《傷愚溪三首》，有序云：「故人柳子厚之謫柳州，得勝地，結茅樹蔬，爲沼沚，爲臺榭，目曰愚溪。柳子殁三年，有僧游零陵，告余曰：『愚溪無復曩時矣。』一聞僧言，悲不能自勝，遂以所言，爲七言以寄恨。」

吴武陵

貢院樓北新栽小松詩云：拂檻愛貞容〔一〕，移根自遠峰。已曾經草没〔二〕，終不任苔封。葉少初淩雪〔三〕，鱗生欲狀龍〔四〕。承春濯雨露，得地近垣墉。逐吹香微動〔五〕，含煙色漸濃。時迴日月照，爲謝小山松。

武陵有文而强悍，嘗爲韶州刺史，贓罪狼籍，勑令廣州幕吏鞫之。科第少年，殊不假貸，持之頗急。武陵不勝其忿，題詩路左佛廟曰：雀兒來逐颺風高，下視鷹鸇意氣豪。自謂能生千里翼，黄昏依舊委蓬蒿。尋貶潘州司户，卒，時大和八年也。或云：李渤爲桂管觀察，吴爲副，因宴大醉，渤命衙校水蘭梟之。明日，乃悟其太過，釋之。故武陵詩云〔六〕。

武陵，信州人，爲太學博士。大和初，薦杜牧于崔郾，牧第五人登第。初，李愬節度唐鄧，武陵薦李景儉、王湘健智沈敏，可表以自副，時號知人〔七〕。

【校箋】

〔一〕「容」原作「客」，據《文苑英華》卷一八七改。

〔二〕「已曾經」原作「已從芳」，《文苑英華》作「曾經芳」，注云：「一作已曾經。」據注改。

〔三〕「葉少初凌雪」原作「葉小初臨雪」，據《文苑英華》改。

〔四〕「狀龍」，《文苑英華》作「化龍」。

〔五〕「香」原作「風」，據《文苑英華》改。

〔六〕《本事詩·怨憤第四》：「吴武陵雖有才華，而强悍激訐，爲人所畏。嘗爲容州部内史，贓罪狼籍，敕令廣州幕吏鞫之。吏少年科第，殊不假貸，持之甚急。武陵不勝其憤，題詩路左佛堂曰：『雀兒來逐颶風高，下視鷹鸇意氣豪。自謂能生千里翼，黄昏依舊入蓬蒿。』」按《太平廣記》卷四九四引《本事詩》，于此文之前，尚載有李渤欲梟吴武陵一事，爲今本所無。節録于後：「長慶中，李渤除桂管觀察使，表名儒吴武陵爲副使。……于球場致宴。酒酣，吴乃聞婦女于看棚聚觀，意甚恥之。……乃上臺盤坐，褰衣裸露以溺，渤既被酒，大怒，命衛士送衙司梟首，時衙校水蘭知其不可，遂以禮而救止。……渤遲明，早至衙院，卑詞引過，賓主上下，俱自剋責，益相敬云云。」此《紀事》注「或云」所本，不言題詩在是時也。「强悍」原作「强扞」，「水蘭」原作「米蘭」，據《太平廣記》引《本事詩》改。詩中「颶風」字似以此作「颺風」爲勝。

〔七〕《新唐書》卷二〇三《吴武陵傳》：「吴武陵，信州人。元和初，擢進士第。……長慶初，竇易直以户部侍郎判度支，表武陵主監北邊。……久之，入爲太學博士。大和初，禮部侍郎崔郾試進士東都，公卿咸祖道長樂，武陵最後至，謂郾曰：『君方爲天子求奇材，敢獻所益。』因出袖中書搢笏，郾讀之，乃杜牧所賦《阿房宫》，辭既警拔，而武陵音吐鴻暢，座客大驚。武陵請曰：『牧方試有司，請以第一人處之。』郾謝已得其人。至第五，郾未對，武陵勃然曰：『不爾，宜以《賦》見還。』郾曰：『如教。』牧果異等。後出爲韶州刺史，以臟貶潘州司户參軍，卒。……始，李愬節度唐、鄧，武陵薦李景儉、王湘健智沈敏，可表以自副，時號知人。」《紀事》以贓罪被鞫爲任韶州刺史時，與《本事詩》所載「容州部内史」異，殆亦想當然而改也。

邵　真

尋人偶題云：日昃不復午，落花難歸樹。人生能幾何，莫厭相逢遇〔一〕。

真爲李寶臣成德軍掌書記，後從李惟岳，惟岳之叛，與田悦、李正己拒命。真諫之，惟岳痦，使真作奏，復爲將吏所沮。德宗詔張孝忠、朱滔合兵討惟岳，大敗之。悦嬰城，惟岳召真議歸順，悦遣扈岌來責惟岳，且欲斬真。惟岳懼，斬真以謝焉。其後王武俊表其忠，贈户部尚書〔二〕。

【校箋】

〔一〕「莫厭」，《唐文粹》同，《萬首唐人絶句》作「莫饜」。

〔二〕此文節録《新唐書》卷二一一《李寶臣傳》附《李惟岳傳》，因其過于簡略，意不甚明，故《全唐詩話》有所改定，爲：「真爲李寶臣成德軍掌書記，寶臣死，其子惟岳與田悦、李正己拒命。真諫之，惟岳寤，使真作奏，復爲將吏所沮。德宗詔張孝忠、朱滔合兵討惟岳，大敗其衆。惟岳召真議歸順，悦遣扈岌來責惟岳，且欲斬真。惟岳懼，斬真以謝焉。其後，王武俊表其忠，贈户部尚書。」此文「之叛」上原當脱「惟岳」二字，毛氏不審文意，于「之叛」下妄補「岳」字，是爲邵真從惟岳叛矣。今改正。「將吏」原作「將之」，「合兵討」下原無「惟岳」二字，據史文改補。爲明瞭邵真事實，兹更節録《新唐書·李惟岳傳》于後：「寶臣死，軍中推（惟岳）爲留後，求襲父位，帝不許。……遂與（田）悦、李正己謀拒命。……府屬邵真泣曰：『先公位將相，恩甚厚，而大夫違命縗絰中，愚固惑焉。……』惟岳寤，使真作奏，（府小史胡）震與將吏議不可，惟岳又從之。……天子詔朱滔與（張）孝忠合兵討惟岳……田悦亦遣孟祐來助。……（惟岳）大敗。……于是深州日急，悦亦嬰城矣。惟岳懼，召真議遣使詣河東馬燧，令其弟惟簡見帝，斬大將謝罪，以兵屬鄭詵，身朝京師。孟祐知其謀，走告悦，悦使扈岌來讓……惟岳見深圍未解，畏祐還，乃斬真以謝悦。……真始事寶臣，掌文記，（王）武俊表其忠，贈户部尚書。」

崔膺

感興云：富貴難義合，困窮易感恩。古來忠烈士，多出貧賤門。世上桃李樹，但結繁華子。白屋抱關人，青雲壯心死。本以勢利交，勢盡交情已。如何失情後，始歎門易軌。

膺，博陵人，性狂。少長于外家，不齒。及長能文，作道傍孤兒歌以諷外家。張建封愛其才，以爲客。夜中大叫驚軍，衆欲食其肉。建封藏之。明日置宴，監軍曰：某有請，請崔膺。建封曰：如約。逡巡，建封又曰：某亦有請，却請崔膺。坐中皆笑，乃獲免〔一〕。賦別佳人云：壠上流泉壠下分，斷腸嗚咽不堪聞。常娥一入月中去，巫峽千秋空白雲。或云崔涯詩〔二〕。

李涉醉中贈膺詩云：與君兄弟匡嶺故，與君相逢揚子渡。白浪南分吴塞雲，緑楊西入隋宫路。隋家文物今雖改，舞館歌臺基尚在〔三〕。煬帝陵邊草木深，汴河流水空歸海。今古悠悠人自別，此地繁華終未歇〔四〕。大道青樓夾翠煙，瓊墀綉帳開明月。與君一言兩相許，外捨形骸中爾汝。楊州歌酒不可追，洛神映箔湘妃語。白馬黄金爲身置，誰能獨羨他人醉〔五〕。暫到香爐一夕間，能展愁眉百年事。君看白日光如箭，一度別來顏色變。早謀侯印佩腰間，莫遣看花鬢如霰。

【校箋】

〔一〕《國史補》：「崔膺性狂率，張建封美其才，引以爲客。隨建封行營，夜中大呼驚軍，軍士皆怒，欲食其肉，建封藏之。明日置宴，其監軍使曰：『某與尚書約，彼此不得相違。』建封曰：

『諾。』監軍曰：『某有請，請崔膺。』建封曰：『如約。』建封復曰：『某有請。』監軍曰：『唯。』『却請崔膺。』合座皆笑，然後得免。」

〔二〕此詩《萬首唐人絶句》即云崔涯作，題爲《别妻》。

〔三〕「基尚在」原作「尚基在」，據《唐百家詩選》改。

〔四〕「終」原作「人」，據《唐百家詩選》改。

〔五〕「羨」原作「美」，據《唐百家詩選》改。

衛象

古詞云：鵲血調弓濕未乾〔一〕，鸊鵜新淬劍光寒〔二〕。遼東老將鬢成雪，猶向旄頭夜夜看。

傷李端云：才子浮生促，泉臺此路賒。官卑揚執戟，年少賈長沙。人去門棲鵩〔三〕，災成酒誤蛇。唯餘封禪草，留在茂陵家。

段成式云〔四〕：大曆末，禪師玄覽住荆州陟屺寺〔五〕，道高有風韻，人不可得而親。張璪嘗畫松于齋壁，符載贊之，衛象詠之，時號三絶，悉加堊焉。人問之，曰：無事疥吾壁也。其徒有殺物命者，弗之責，有高行者，亦不稱。或怪之，乃題詩于竹曰〔六〕：大海從魚躍，長空任鳥飛。乃知象大曆間江陵詩人也。

【校箋】

〔一〕「調弓」原作「琱弓」，據《文苑英華》卷二〇八改。

〔二〕「新淬劍光寒」原作「新染劍花寒」，據《文苑英華》改。

〔三〕「棲鵰」，《文苑英華》卷三〇三作「棲鳥」，誤。

〔四〕此節引《酉陽雜俎》卷一二《語資》文。

〔五〕「玄覽」原作「元鑒」，「陟屺寺」原作「陟岵寺」，據《酉陽雜俎》改。

〔六〕所題爲五絶，後兩句：「欲知吾道廓，不與物情違。」

李宣遠

并州路作云〔一〕：秋日并州路，黄榆落故關〔二〕。孤城吹角罷，數騎射鵰還。帳幕遥臨水〔三〕，牛羊自下山〔四〕。征人正垂淚〔五〕，烽火起雲間。

近無西耗云：遠戍兵壓境，遷客淚横襟。烽候驚秦塞，囚居困越吟。自憐牛馬走，未識犬羊心。一月無消息，西看日又沉。

宣遠，貞元進士登第。

【校箋】

〔一〕詩題《御覽詩》、《又玄集》、《才調集》爲《塞下作》。《文苑英華》卷二一九三與此同。

〔二〕「落故關」原作「落照間」，據《御覽詩》、《又玄集》、《才調集》及《文苑英華》改。
〔三〕「臨水」，《又玄集》、《才調集》、《文苑英華》同，《御覽詩》作「連水」。
〔四〕「下山」，《御覽詩》、《又玄集》、《才調集》同，《文苑英華》作「旁山」。
〔五〕「征人」，《才調集》同，《御覽詩》、《又玄集》、《文苑英華》作「行人」。

熊孺登

至日荷李常侍過郊居云〔一〕：賤子守柴荆，誰人記姓名。風雲千騎降，草木一陽生。禮異江河動，歡殊里巷驚。稱觴容侍坐，看竹許同行。遇覺滄溟淺，恩疑太嶽輕。盡搜天地物，無踰此時情〔二〕。和竇中丞歲酒喜見小男兩歲云：更添十歲應爲相，歲酒從今把未休。聞得一毛添五色〔三〕，眼看相逐鳳池頭。

劉夢得送湘陽熊判官孺登府罷歸鍾陵因寄江西裴中丞詩云〔四〕：射策志未就，從事府云除。篋留馬卿賦，袖有劉弘書〔五〕。忽見夏木深〔六〕，悵然憶吾廬〔七〕。復持州民刺，歸謁專城居。

樂天洪州逢孺登詩云：靖安院裏辛夷下〔八〕，醉笑狂吟氣最麄。莫問別來多少苦，低頭看取白髭鬚。

孺登，鍾陵人。登進士第，終于藩鎮從事。

【校箋】

〔一〕詩題《歲時雜詠》作《郊居冬至日荷李常侍見過》。

〔二〕「踰」原作「諭」，據《歲時雜詠》改。

〔三〕「添」，《萬首唐人絶句》作「還」。

〔四〕《劉夢得文集》此詩題作《送湘陽熊判官孺登府罷歸鍾陵因寄呈江西裴中丞二十三兄》，凡三首，此録其第一首前八句，後四句爲「君家誠易知，勝絶傾里閭。人言北郭生，門有卿相輿」。餘二首涉裴，不録。

〔五〕「劉弘」原作「劉引」，據《劉夢得文集》改。

〔六〕「深」原作「陰」，據《劉夢得文集》改。

〔七〕「悵然」原作「恨然」，據《劉夢得文集》改。

〔八〕「辛夷」原作「新荑」，據《白氏長慶集》及《萬首唐人絶句》改。

崔立之

南至日隔仗望含元殿爐香詩云〔一〕：千官賀長至〔二〕，萬國拜含元。隔仗爐光出，浮霜煙氣翻。飄飄縈内殿，漠漠澹前軒。聖日開如捧，卿雲近欲渾。輪囷洒宫闕，蕭索散乾坤。願倚天風便〔三〕，披香奉至尊。

退之贈崔立之評事詩云：崔侯文章苦捷敏〔四〕，高浪駕天輸不盡。曾從關外來上都，隨身卷軸車連軫。朝爲百賦猶鬱怒，暮作千詩轉遒緊。詩意殊惜其窮〔五〕。立之，登貞元進士第。

【校箋】

〔一〕詩題「爐香」原作「香爐」，《歲時雜詠》同，據《文苑英華》卷一八〇改。「日」字原脱，據《歲時雜詠》、《文苑英華》補。《文苑英華》「仗」上有「霜」字。《歲時雜詠》題下注云：「貞元六年。」

〔二〕「賀」原作「望」，據《文苑英華》改。《歲時雜詠》作「荷」。

〔三〕「倚」，《文苑英華》作「惹」，《歲時雜詠》作「假」。

〔四〕「捷敏」原作「敏捷」，據《昌黎先生集》改。

〔五〕詩頗長，此其前六句，其下有云：「時命雖乖心轉壯，伎能虚富家逾窘。」故此言「詩意殊憫其窮」也。立之兩《唐書》無傳，而韓愈推許備至，《集》中尚有《寄崔二十六立之》、《雪後寄崔二十六丞公》、《酬藍田崔丞立之詠雪見寄》、《答崔立之書》、《贈崔立之》諸作，《藍田縣丞廳壁記》亦專記其事。

郭　遵

南至日隔仗望含元殿爐香詩云〔一〕：冕旒親負扆〔二〕，卉服盡朝天。暘谷移初日，金爐出御煙〔三〕。芬馨流遠近〔四〕，散漫入貂蟬。霜仗凝逾白〔五〕，朱欄映轉鮮。始看浮闕在〔六〕，稍覺逐風遷〔七〕。爲沐皇家慶，來瞻羽衛前。

遵，登貞元進士第。

【校箋】

〔一〕《文苑英華》卷一八〇載此詩，署「裴次元」作。《歲時雜詠》載此詩，失作者姓名。詩題「爐香」原作「香爐」，《歲時雜詠》同，據《英華》改。《英華》「仗」上有「霜」字。

〔二〕「親」，《文苑英華》作「初」。

〔三〕上二句「移初日」、「出御煙」，《文苑英華》作「初移日」、「漸起煙」。

〔四〕「芬馨」，《文苑英華》作「芬香」；《歲時雜詠》作「分馨」。

〔五〕「逾」原作「余」，據《文苑英華》改。《歲時雜詠》作「餘」。

〔六〕「始看」原作「如看」，《歲時雜詠》同，據《文苑英華》改。

〔七〕「稍覺」，《文苑英華》作「稍見」。

韋紓

南至日隔仗望含元殿爐香云〔一〕：抗殿疏龍首〔二〕，高樓接上玄〔三〕。節當南至日，星是北辰天。寶戟羅仙仗〔四〕，金爐引瑞煙〔五〕。霏微雙闕近〔六〕，溶洩九門連〔七〕。拂樹祥光滿〔八〕，分晴曉色鮮〔九〕。一陽今在曆，生植願陶甄。

紓，貞元進士也〔一〇〕。

【校箋】

〔一〕《文苑英華》卷一八〇載此詩，署「王士良」作。《歲時雜詠》載此詩，署「車紑」作。詩題「爐香」原作「香爐」，《歲時雜詠》同，據《英華》改。《英華》「仗」上有「霜」字。

〔二〕「龍首」原作「元首」，《歲時雜詠》同，據《文苑英華》改。

〔三〕「高樓」原作「高高」，《歲時雜詠》同，據《文苑英華》改。

〔四〕「寶戟」，《文苑英華》作「霜戟」。

〔五〕「瑞煙」，《文苑英華》作「御煙」。

〔六〕「雙闕近」原作「霜闕麗」，《歲時雜詠》同，據《文苑英華》改。

〔七〕「九門」原作「九州」，《歲時雜詠》同，據《文苑英華》改。

〔八〕「拂樹」原作「拂曙」，《歲時雜詠》同，據《文苑英華》改。

〔九〕「曉」，《文苑英華》作「曙」。

〔一〇〕按《摭言》卷八：「貞元十八年，權德輿主文，陸傪員外通榜帖。韓文公薦十人于傪，其上四人曰：侯喜、侯雲長、劉述古、韋紓。」而韓愈《與祠部陸員外書》則所薦爲「韋群玉」，未知是一人否，俟考。

唐詩紀事校箋卷第四十四

王　建

宫詞一百首

蓬萊正殿壓金鼇〔一〕，紅日初生碧海濤。開着五門遥北望，柘黄新帕御床高〔二〕。

殿前傳點各依班，召對西來八詔蠻。上得青花龍尾道，側身偷覷正南山。

龍煙日氣紫曈曈〔三〕，宣政門當玉殿風。五刻閤前卿相出，下簾聲在半天中〔四〕。

白玉窗中起草臣，櫻桃初赤賜嘗新〔五〕。殿頭傳語金階遠，因進詞來謝聖人〔六〕。

内人對御疊花牋，繡坐移來玉案邊。紅蠟燭前呈草本，平明昇出閤門宣。

千牛仗下放朝初，玉案傍邊立起居。每日請來金鳳紙，殿頭無事不教書。

延英引對碧衣郎，江硯宣毫各别床。天子下簾親考試，宫人手裏過茶湯。此詩亦云元稹作〔七〕。

未明開着九重關〔八〕，金畫黄龍五色幡。直到銀床排仗合〔九〕，聖人三殿册西番〔一〇〕。

少年天子愛邊功，親到凌煙畫閣中。教覓勳臣寫圖本，長將殿裏作屏風〔一一〕。

丹鳳樓門把火開，先排法駕出蓬萊〔一二〕。棚前走馬人傳語〔一三〕，天子南郊一宿迴〔一四〕。

樓前立仗看宣赦，萬歲聲長拜舞齊〔一五〕。日照綵盤高百尺，飛仙爭上取金雞。

集賢殿裏圖書滿，點勘頭邊御印同。真跡進來依字數〔一六〕，别收鎖在玉函中。

秘殿清齋刻漏長〔一七〕，紫微宮女夜焚香。拜陵日到公卿發，鹵簿分頭出太常〔一八〕。

新調白馬怕鞭聲，供奉騎來遶殿行。爲報諸王侵早起，隔門催進打毬名。

對御難爭第一籌，殿前不打背身毬。内人唱好龜兹急，天子龍輿過玉樓。

新衫一樣殿頭黄，銀帶排方獺尾長。總把金鞭騎御馬，緑騣紅額麝煙香。

羅衫葉葉繡重重，金鳳銀鵝各一叢。每遍舞頭分兩向，太平萬歲字當中。

魚藻宮中鎖翠娥，先皇行處不曾過。如今池底休鋪錦，菱角鷄頭積漸多〔一九〕。

殿前明日中和節，連夜瓊林散舞衣。傳報所司供蠟燭，監開金鎖放人歸〔二〇〕。

五更三點索金車〔二一〕，盡放宮人出看花。仗下一時催立馬，殿頭先報内園家。

城東北面望雲樓〔二二〕，半下珠簾半上鈎。騎馬行人長遠過〔二三〕，恐防天子在樓頭〔二四〕。

射生宮女宿紅粧，請得新弓各自張。臨上馬時齊賜酒，男兒跪拜謝君王。

新秋白兔大于拳，紅耳霜毛趁草眠。天子不教人射殺〔二五〕，玉鞭遮到馬蹄前。

内鷹籠脱解紅縚〔二六〕，戴勝爭飛出手高。直到碧雲還却下，一雙金爪菊花毛〔二七〕。

競渡船頭掉綵旗，兩邊濺水濕羅衣〔二八〕。池東爭向池西岸，先到先書上字歸。

燈前飛入玉堦蟲，未卧常聞半夜鐘。看着中元齋日到，自盤金線繡真容〔二九〕。

步行送出長門遠，不許來辭舊院花。只恐他時身到此，乞來自在得還家。

一時起立吹簫管，得寵人來滿殿迎。整頓衣裳皆着節，舞頭當拍第三聲。

琵琶先抹六么頭，小管丁寧側調愁。半夜美人雙起唱，一聲聲出鳳凰樓。

春池日暖少風波，花裏牽船水上歌。遥索劍南新樣錦，東宮先釣得魚多。

十三初學擘箜篌，弟子名中被點留。昨日教坊新進入，並房宮女與梳頭。

紅蠻捍撥帖胸前，移坐當頭近御筵。用力獨彈金殿響，鳳凰飛出四條絃。

春風吹展曲旗竿〔三〇〕，得出深宮不怕寒〔三一〕。誇道自家先上馬，團中横過覓人看。

粟金腰帶象牙錐，散插紅翎玉突支〔三二〕。旋獵一邊還引馬，歸來花鴨繞鞍垂。

雲駮花驄各試行〔三三〕，一般毛色一般纓。殿前來往重騎過，欲得天恩别賜名。

每夜停燈熨御衣，銀熏籠底火霏霏〔三四〕。遥聽帳裏君王覺，上直聲鐘始得歸。

因喫櫻桃病放歸〔三五〕，三年着破舊羅衣。内中侍從來還去，結得金花上貴妃。

欲迎天子看花去，下得金堦却悔行。恐見失恩人舊院，迴來憶着五絃聲。

住來舊院不堪修，近敕宣徽别起樓。聞有美人新入内，宮中未識大家愁〔三六〕。

自誇歌舞勝諸人，邀勒君王出内頻〔三七〕。連夜宮中修理院，地衣簾額一時新。

悶來無處可思量，旋下金堦旋下床。收得山丹紅蘂粉，牕中洗却麝香黄。

嫌羅不着愛輕容〔三八〕，對面教人染褪紅〔三九〕。衫子成來一遍出，今朝看處滿園中。

合暗報來門鎖了〔四〇〕，夜深應别唤笙歌。房中下着珠簾睡，月過金堦白露多。

御廚不食索時新〔四一〕，每見花開即苦春。白日卧多嬌似病，隔簾教唤女醫人。

叢叢洗手繞金盆，旋拭紅巾入殿門。衆裏遥抛金橘子，在前收得便承恩。

御波水色春來好，處處分流白玉渠。密奏君王知入月，唤人相伴洗裙裾。

移來女樂部頭邊，新賜花檀木五絃〔四二〕。緶得紅羅手帕子〔四三〕，當心更畫一雙蟬〔四四〕。

新晴草色暖温暾〔四五〕，山雪初消瀍水渾〔四六〕。今日踏青歸校晚，傳聲留著望春門〔四七〕。

兩樓新換珠簾額〔四八〕，中尉明朝設内家。一樣金盤五十箇〔四九〕，紅酥點出牡丹花〔五〇〕。

舞送香毬出内家〔五一〕，記巡傳把一枝花。散時各自燒紅燭，相逐行歸不上車。

家常愛着舊衣裳，空戴紅梳不作粧。忽地下堦裙帶解〔五二〕，非時應得見君王。

别勑教歌不出房〔五三〕，一聲一遍報君王。再三博士留殘拍，索向宣徽作徹章。

行中第一頭先舞〔五四〕，博士傍邊亦被欺。忽覺管絃偷破拍〔五五〕，急翻羅袖不教知〔五六〕。

私縫黄帔捨釵梳〔五七〕，欲得金仙觀内居。近被天恩知識字，收來案上檢文書。

日冷天晴近臘時〔五八〕，玉堦金瓦雪澌澌。浴堂門外鈔名入，公主家人謝面脂。

未承恩澤一家愁，乍到宮中憶外頭。求守管絃聲款逐〔五九〕，側商調裏唱伊州。

東風潑潑雨新休，舁盡春泥蕩雪溝〔六〇〕。走馬犢車當御路，漢陽公主進雞毬。

風簾水閣壓芙蓉，四面鈎欄在水中〔六一〕。避熱不歸金殿宿，秋河織女夜妝紅〔六二〕。

聖人生日明朝是，私地先須屬内監〔六三〕。自寫金花紅榜子，前頭先進鳳凰衫。

避暑昭陽不擲盧〔六四〕，井邊含水噴鵶雛。内中數日無呼唤，寫得滕王蛺蝶圖。

内宴初休入二更〔六五〕，殿前燈火一時明〔六六〕。宮官分半音聲住〔六七〕，諸院門開觸處行。

玉蟬金雀三層插〔六八〕，翠髻高叢緑鬢虛。舞處春風吹落地，歸來別賜一頭梳。

樹葉初成鳥出窠，石榴花裏笑聲多。衆中遺却金釵子〔六九〕，拾得從他要贖羅〔七〇〕。

小殿新裝粉欲乾，貴妃姊妹盡來看。爲逢好日先移入，續向街西索牡丹。

内人相續報花開，准擬君王便看來。縫着五絃紅繡袋〔七一〕，宜春院裏按歌迴。

巡吹慢遍不相和〔七二〕，暗看誰人曲校多。明日梨花園裏見〔七三〕，先須逐得内家歌。

黄金合裏盛紅雪，重結香羅四出花。一一傍邊書勑字，分明送與大臣家。

未明東上閤門開，排仗聲從後殿來〔七四〕。阿監兩邊相對立，遥聞索馬一時迴。

宮人早起笑相呼〔七五〕，不識堦前掃地夫。乞與金錢爭借問，外頭還似此間無？

小隨阿姊學吹笙，好見君王乞與名。夜掃玉床朝把鏡，黄金堦下不教行〔七六〕。

日高殿裏有香煙，萬歲聲來動九天〔七七〕。妃子院中初降誕，內人爭乞洗兒錢。

宮花不共外邊同，正月長生一朵紅。供御櫻桃看守別，直無鵶鳥在園中〔七八〕。

殿前鋪設兩邊樓，寒食宮人步打毬。一半走來齊跪拜〔七九〕，上棚先謝得頭籌〔八〇〕。

大儀前日暖房來，囑向昭陽乞藥栽〔八一〕。勑賜一窠紅躑躅，謝恩未了奏花開。

床前謝賜紫羅襦〔八二〕，不下金堦上軟輿。官局總來爲喜樂，院中新拜內尚書。

鸚鵡誰教轉舌關，內人手裏養來姦。語多近更承恩澤，數對君王憶隴山。

分朋閑坐賭櫻桃，休却投壺玉腕勞。各把沉香雙陸子，局中鬭得壘高高〔八三〕。

禁寺紅樓內裏通，笙歌引駕夾城中。裹頭蕃女簾前立〔八四〕，手把牙鞘竹彈弓。

春風院院落花堆，金鎖生衣掣不開〔八五〕。更築歌臺起粧殿，明朝先進畫圖來。

舞來汗濕羅衣徹，樓上人扶下玉梯。歸到院中重洗面，金盆水裏撥紅泥。

宿粧殘粉未明天，總立昭陽花樹邊〔八六〕。寒食內人長白打〔八七〕，庫中先散與金錢。

衆中愛得君王喚〔八八〕，偷把金箱筆硯開。書破紅蠻隔子上，旋推當直美人來〔八九〕。

後宮宮女無多少，起得園中笑一團。舞蝶落花相看着，春風共語亦應難〔九〇〕。

黛眉小婦砑裙長，總被鈔名入教坊。春設殿前多隊舞，棚頭各別請衣裳〔九一〕。

水中芹葉土中花，拾得還將避衆家〔九二〕。總待別人般數盡，袖中捻得鬱金芽〔九三〕。

玉簫改調箏移柱〔九四〕，催赴紅羅繡舞筵。未着柘枝花帽子，兩行宮監在簾前。

牕牕户户院相當，總有珠簾玳瑁床。雖道君王不來宿，帳中長是炷衙香。

銀燭秋光冷畫屏，輕羅小扇撲飛螢。天階夜色涼如水，卧看牽牛織女星〔九五〕。

雨入珠簾滿殿涼，避風新出石盆湯。內人恐要秋衣着，不住熏籠換好香。

金吾除夜進儺名，畫袴朱衣四隊行。院院燒燈如白日，沉香火底坐吹笙。

樹頭樹底覓殘紅，一片西飛一片東。自是桃花貪結子，錯教人恨五更風。

金殿當頭紫閣重，仙人掌上玉芙蓉。太平天子朝迎日，五色雲車駕六龍。

日晚長秋簾外報，望陵歌舞在明朝。添爐欲爇熏衣麝，憶得分時不忍燒〔九六〕。

日映西陵松柏枝，下臺相顧一相悲。朝來樂部歌新曲，唱着君王自作詞〔九七〕。

淚盡羅巾夢不成，夜深前殿按歌聲。紅顏未老恩先斷，斜倚熏籠坐到明〔九八〕。

新鷹初放兔方肥，白日君王在內稀。薄暮千門臨欲鎖，紅粧飛騎向前歸〔九九〕。

黃金捍撥紫檀槽，絃索初張調更高。盡理昨來新上曲，內官簾外送櫻桃〔一〇〇〕。

鴛鴦瓦上忽然聲，晝寢宮娥夢裏驚。元是吾皇金彈子，海棠窠下打流鶯〔一〇一〕。

寶仗平明金殿開，暫將紈扇共徘徊。玉顏不及寒鴉色，猶帶昭陽日影來〔一〇二〕。

閑吹玉殿昭華管，醉折梨園縹蒂花。十年一夢歸人世，絳縷猶封繫臂紗〔一〇三〕。

建初爲渭南尉，值内官王樞密者，盡宗人之分，然彼我不均，復懷輕謗之色。忽過飲，語及漢桓、靈信任中官起黨錮興廢之事，樞密深憾其譏。乃曰：吾弟所有宫詞，天下皆誦于口，禁掖深邃，何以知之？建不能對。後爲詩以贈之，乃脱其禍〔一〇四〕。建詩曰：先朝行坐鎮相隨〔一〇五〕，今上春宫見長時。脱下御衣偏得着，進來龍馬每教騎。常承密旨還家少〔一〇六〕，獨奏邊情出殿遲〔一〇七〕。不是當家頻向説，九重爭遣外人知？

上李庶子云：紫煙樓閣碧沙亭，上界詩仙獨自行。奇險驅回還寂寞，雲山經用始鮮明。藕綃紋縷裁來滑，鏡水波濤濾得清。昏思願因秋露洗，幸容階底禮先生。

建赴陝州司馬，樂天、夢得以詩送之。夢得詩云〔一〇八〕：暫輟清齋出太常〔一〇九〕，空攜詩卷赴甘棠。府公既有朝中舊，司馬應容酒後狂。案牘來時唯署字，風煙入興便成章。兩京大道多游客，每遇詞人戰一場。樂天詩云〔一一〇〕：陝州司馬去何如，養静資貧兩有餘。公事閑忙同少尹，俸錢多少敵尚書〔一一一〕。只攜美酒閑爲伴，惟作新詩趁下車。自有鐵牛無詠者，計君投刃必應虚〔一一二〕。

張籍贈建詩云〔一一三〕：早在山東聲價遠，曾將奇策佐嫖姚〔一一四〕。賦來詩句無閑語〔一一五〕，老去官班未在朝。身屈只聞詞客説，家貧多見野僧招〔一一六〕。獨從書閣歸來晚〔一一七〕，春水渠邊看柳條〔一一八〕。

建，大曆進士，爲昭應丞、太府寺丞，終于司馬〔一一九〕。建在昭陽，楊巨源寄詩曰〔一二〇〕：武皇金輅輾香塵，每歲朝元及此辰。光動泉心初浴日，氣蒸山腹總成春。謳歌已入雲韶曲〔一二一〕，詞賦方歸侍從臣。瑞靄朝朝猶望幸，天教赤縣有詩人。

【校箋】

〔一〕「壓金鼇」原作「體金鼇」，據《王建詩集》改。《萬首唐人絶句》作「壓雲鼇」。

〔二〕「新帕」，《王建詩集》同，《萬首唐人絶句》作「新箢」。

〔三〕此句《王建詩集》同。《萬首唐人絶句》作「籠煙紫氣日曈曈」。

〔四〕「聲」原作「身」，據《王建詩集》、《萬首唐人絶句》改。

〔五〕「初赤」原作「初出」，《萬首唐人絶句》同，據《王建詩集》改。

〔六〕「因」，《王建詩集》同，《萬首唐人絶句》作「只」。

〔七〕云元稹作者出《雲溪友議》，蓋不足信，見本書卷三七元稹下校箋〔一一九〕。「江硯」，《雲溪友議》作「紅硯」。

〔八〕「未明」原作「朱明」，據《王建詩集》改。《萬首唐人絶句》作「平明」。

〔九〕「直到」，《王建詩集》同，《萬首唐人絶句》作「宣至」。

〔一〇〕「册」原作「對」，《王建詩集》同，據《萬首唐人絶句》改。

〔一一〕「長將」原作「長教」，據《王建詩集》改。《萬首唐人絶句》此句作「長生殿裏作屏風」。

〔一二〕此句《萬首唐人絶句》同，《王建詩集》作「五雲金輅下天來」。

〔一三〕「傳語」，《王建詩集》同，《萬首唐人絶句》作「宣慰」。

〔一四〕此句《王建詩集》同，《萬首唐人絶句》作「只拜南郊當日回」。

〔一五〕「拜舞齊」原作「再拜齊」，《王建詩集》同，據《萬首唐人絶句》改。

〔一六〕「依」，《王建詩集》同，《萬首唐人絶句》作「知」。

〔一七〕「秘殿」原作「秋殿」，《王建詩集》同，據《萬首唐人絶句》改。

〔一八〕「出」原作「入」，據毛晉《三家宫詞》本改。

〔一九〕「鶏頭」原作「鴉頭」，據《王建詩集》、《萬首唐人絶句》改。

〔二〇〕「監開」原作「監門」，據《王建詩集》改。《萬首唐人絶句》此句作「監宫開鎖放人歸」。

〔二一〕「三點」原作「五點」，據《王建詩集》、《萬首唐人絶句》改。

〔二二〕「北面」原作「南北」，據《王建詩集》、《萬首唐人絶句》改。

〔二三〕「速過」原作「遠過」，《王建詩集》同，據《萬首唐人絶句》改。

〔二四〕「恐防」原作「忽防」，《萬首唐人絶句》同，據《王建詩集》改。

〔二五〕「射殺」原作「射煞」，據《王建詩集》、《萬首唐人絶句》改。

〔二六〕「内鷹」原作「内人」，據《王建詩集》、《萬首唐人絶句》改。

〔二七〕「菊」，《萬首唐人絶句》同，《王建詩集》作「掬」。

〔二八〕「濺水」原作「泥水」，據《王建詩集》、《萬首唐人絶句》改。

〔二九〕「自」原作「白」，據《王建詩集》、《萬首唐人絶句》改。

〔三〇〕此句原作「春風吹曲信旗竿」，據《萬首唐人絶句》改。《王建詩集》作「春風吹雨灑旗竿」。

〔三一〕「得出」原作「自得」，據《王建詩集》、《萬首唐人絶句》改。

〔三二〕「散插」原作「插散」，據《王建詩集》、《萬首唐人絶句》改。

〔三三〕「花驄」原作「月驄」，據《王建詩集》改，《萬首唐人絶句》作「花駿」。

〔三四〕「霏霏」，《萬首唐人絶句》作「微微」。

〔三五〕「放」原作「故」，據《萬首唐人絶句》改。

〔三六〕此句《萬首唐人絶句》同，《王建詩集》作「六宫未見一時愁」。

〔三七〕「邀勒君王」原作「恨未承恩」，《王建詩集》同，據《萬首唐人絶句》改。

〔三八〕此句原作「嫌羅不着索輕纁」，據周密《齊東野語》卷一〇「輕容方空」條引文改。

〔三九〕「教」原作「交」，據《萬首唐人絶句》改。

〔四〇〕「了」原作「子」，據《王建詩集》、《萬首唐人絶句》改。

〔四一〕「不食」原作「下食」，據《王建詩集》、《萬首唐人絶句》改。

〔四二〕「木五絃」原作「大五絃」，據《萬首唐人絶句》改。

〔四三〕「緶」原作「縱」，據《王建詩集》、《萬首唐人絶句》改。

〔四四〕「更晝」原作「香晝」，據《萬首唐人絶句》改。

〔四五〕「暖」，《萬首唐人絶句》同，《王建詩集》作「緑」。

〔四六〕「滻水」原作「漸出」，據《王建詩集》、《萬首唐人絶句》改。

〔四七〕「留着望春門」原作「問着苑東門」，據《王建詩集》、《萬首唐人絶句》改。

〔四八〕「兩樓」原作「兩簾」，據《王建詩集》、《萬首唐人絶句》改。

〔四九〕「十」原作「千」，《王建詩集》同，據《萬首唐人絶句》改。

〔五〇〕「酥」原作「蘇」，據《萬首唐人絶句》改。

〔五一〕「香毬」原作「香迷」，據《萬首唐人絶句》改。

〔五二〕此句原作「忽把下堦衣帶解」，據《萬首唐人絶句》改。

〔五三〕「别勑」原作「宣勑」，據《萬首唐人絶句》改。

〔五四〕「頭先」，《王建詩集》、《萬首唐人絶句》作「爭先」。

〔五五〕「破拍」原作「急遍」，據《王建詩集》、《萬首唐人絶句》改。

〔五六〕「急翻」原作「翩翩」，據《王建詩集》、《萬首唐人絶句》改。

〔五七〕「私縫黄帔」原作「同黄縫校」，據《王建詩集》、《萬首唐人絶句》改。

〔五八〕「日冷天晴」原作「月冷江清」，《王建詩集》同，據《萬首唐人絶句》改。

〔五九〕「守」原作「首」，據《萬首唐人絶句》改。

〔六〇〕「昇盡春泥」原脱「昇」字，「泥」作「風」，據《萬首唐人絶句》補改。
〔六一〕「鈎」原作「拘」，據《王建詩集》、《萬首唐人絶句》改。
〔六二〕「妝」原作「燈」，據《王建詩集》、《萬首唐人絶句》改。
〔六三〕「先須」，《王建詩集》同，《萬首唐人絶句》作「教人」。
〔六四〕「避暑昭陽」原作「避脱昭儀」，據《王建詩集》、《萬首唐人絶句》改。
〔六五〕「休」原作「秋」，據《萬首唐人絶句》改。
〔六六〕「一時」原作「一天」，據《萬首唐人絶句》改。
〔六七〕此句《王建詩集》、《萬首唐人絶句》作「中宫傳旨音聲散」。
〔六八〕「金雀」原作「金掌」，據《王建詩集》、《萬首唐人絶句》改。
〔六九〕「衆中」原作「舞中」，據《萬首唐人絶句》改。
〔七〇〕「贖」原作「賞」，據《萬首唐人絶句》改。
〔七一〕「紅」原作「琴」，據《萬首唐人絶句》改。
〔七二〕「慢」字原脱，據《王建詩集》、《萬首唐人絶句》補。
〔七三〕「梨花園裏見」，《王建詩集》同，《萬首唐人絶句》作「梨園花裏設」。
〔七四〕「後殿」，《萬首唐人絶句》作「殿裏」。
〔七五〕「早起」，《萬首唐人絶句》作「拍手」。

〔七六〕「堦下」，《萬首唐人絶句》作「殿外」。

〔七七〕「聲來」，《萬首唐人絶句》作「聲長」。

〔七八〕此句《萬首唐人絶句》作「直無鴉雀到園中」。

〔七九〕「齊」原作「爭」，據《萬首唐人絶句》改。

〔八〇〕「棚」原作「朋」，據《王建詩集》、《萬首唐人絶句》改。

〔八一〕「向」原作「和」，據《王建詩集》、《萬首唐人絶句》改。

〔八二〕「床前謝賜」，《萬首唐人絶句》作「御前新賜」。

〔八三〕「鬬得壘高高」，《萬首唐人絶句》作「鬬累阿誰高」，吴曾《能改齋漫録》引作「鬬叠阿誰高」。

〔八四〕「蕃女簾前立」原作「宫監堦前立」，據《萬首唐人絶句》改。

〔八五〕「生衣」原作「衣生」，據《王建詩集》、《萬首唐人絶句》改。

〔八六〕「總立昭陽」原作「總在朝陽」，據《王建詩集》、《萬首唐人絶句》改。

〔八七〕「白打」原作「自打」，據《王建詩集》、《萬首唐人絶句》改。

〔八八〕「唤」原作「笑」，據《萬首唐人絶句》改。

〔八九〕「旋推當直」原作「旋催當内」，據《萬首唐人絶句》改。

〔九〇〕此宋徽宗《宫詞》，見毛晉《三家宫詞》。

〔九一〕「棚」原作「明」，據《王建詩集》、《萬首唐人絶句》改。

〔九二〕首二句《王建詩集》同。《萬首唐人絶句》作「艾心芹葉初生小，只鬭時新不鬭花」。

〔九三〕「袖」原作「抽」，「芽」原作「牙」，據《王建詩集》、《萬首唐人絶句》改。

〔九四〕「箏移柱」原作「移纖指」，據《王建詩集》、《萬首唐人絶句》改。

〔九五〕此杜牧《秋夕詩》，見《樊川外集》。

〔九六〕此劉禹錫《魏宫詞二首》之一，見《劉夢得文集》。

〔九七〕此劉禹錫《魏宫詞二首》之二，見《劉夢得文集》。

〔九八〕此白居易《後宫詞》，見《白氏長慶集》。

〔九九〕此張籍《宫詞二首》之一，見《張司業集》。

〔一〇〇〕此張籍《宫詞二首》之二，見《張司業集》。

〔一〇一〕此花蕊夫人《宫詞》。

〔一〇二〕此王昌齡《長信秋詞》。

〔一〇三〕此杜牧《出宫人二首》之一，見《樊川詩集》。「折」原作「打」，據改。

〔一〇四〕《雲溪友議》卷下《瑯琊忤》條：「王建校書爲渭南尉……先值内官王樞密，盡宗人之分，然彼我不均，復懷輕謗之色。忽因過飲，語及桓、靈信任中官，多遭黨錮之罪，而起興廢之事。樞密深憾其譏，詰曰：『吾弟所有《宫詞》，天下皆誦于口，禁掖深邃，何以知之？』建不能對。……爲詩以讓之，乃脱其禍也。建詩曰云云。」

〔一〇五〕「鎮」原作「錯」，據《雲溪友議》改。
〔一〇六〕「常」原作「當」，據《雲溪友議》改。
〔一〇七〕「奏」原作「對」，據《雲溪友議》改。
〔一〇八〕《劉夢得文集》卷六載此詩，題作《送王司馬之陝州》，題下自注：「自太常丞授，工爲詩。」
〔一〇九〕「清齋」原作「清嚴」，據《劉夢得文集》改。
〔一一〇〕《白氏長慶集》卷二九載此詩，題作《送陝州王司馬建赴任》，題下自注：「建善爲詩。」
〔一一一〕「俸錢」，《白氏長慶集》作「料錢」。
〔一一二〕「計君」，《白氏長慶集》作「料君」。
〔一一三〕《張司業集》載此詩，題作《贈王秘書》。
〔一一四〕「奇策」原作「順策」，據《張司業集》改。
〔一一五〕「賦來」原作「識來」，據《張司業集》改。
〔一一六〕「家貧」原作「居貧」，據《張司業集》改。
〔一一七〕「書閣」原作「詩閣」，據《張司業集》改。
〔一一八〕「渠邊」原作「橋邊」，據《張司業集》改。
〔一一九〕晁公武《郡齋讀書志》：「《王建詩》十卷：右唐王建也，大曆十年進士。爲昭應丞、太府寺丞，大和中，陝州司馬。尤長《宮詞》。」

〔二〇〕《唐百家詩選》載此詩，題作《寄昭應王丞》。

〔二一〕「已入」原作「日入」，據《唐百家詩選》改。

按：王建《宫詞百首》在南宋初，流行于世者即有缺佚，于是雜入他人之作，以足其數。計氏采録之本是也。趙與時《賓退録》（卷一）云：「王建以《宫詞》著名，然好事者多以他人之詩雜之，今世所傳百篇，不皆建作也。余觀詩不多，所知者如：『新鷹初放兔初肥』云云、『黄金桿撥紫檀槽』云云，張籍《宫詞二首》也；『淚盡羅巾夢不成』云云，白樂天《後宫詞》也；『閑吹玉殿昭華管』云云，杜牧之《出宫人》詩也；『紅燭秋光冷畫屏』云云，王昌齡《長信秋詞》也；『日晚長秋簾外報』云云、『日映西林松柏枝』云云，劉夢得《魏宫詞》也。或全録，或改一、二字而已。」其後，（卷八）又云：「余首卷辨王建《宫詞》多雜以他人所作，今乃知所知不廣。蓋建自有《宫詞》百篇，傳其集者，但得九十篇，蜀本《建集序》可考。後來刻梓者，以他人十詩足之，故爾混淆。余既辨其八矣，尚有二首，『殿前傳點各依班』云云、『鴛鴦瓦上忽然聲』云云者，未詳誰作也。所逸十篇，今見于洪文敏（邁）所録《唐人絶句》中，然不知其所自得。其詞云云。」同時胡仔《苕溪漁隱叢話》後集卷一四云：「予閲王建《宫詞》……其間雜以他人之詞，如『閑吹玉殿昭華管』云云……又如『銀燭秋光冷畫屏』云云，此並杜牧之作也。『淚滿羅巾夢不成』云云，此白樂天詩也。『寶仗平明金殿開』云云，此王昌齡詩也。建詩凡百有四篇，及逸詞九篇。或云，元微之亦有詞雜于其間。予以《元氏長慶集》檢尋，却無之，或者之言誤也。」二人所見皆與計氏采録之本同。而洪邁《萬首唐人絶句》所據則是另一傳本，乃爲全璧，故佚篇十首具存也。王安石《唐百家詩選》録王建《宫詞》五首，其中有「蜂鬚蟬翅薄鬆鬆」一首，見《萬首唐人絶句》所載佚篇中。又吴曾《能改齋漫録》屢引王建《宫詞》，其卷六「教坊内人」條引「忽地金輿向月陂」一首，亦見《萬首唐人絶句》所載佚篇中，可證。至其所舉雜入他人之作，除已有主名之八首外，「殿前傳點各依班」一首，載在《萬首唐人絶句》中，不當列入佚篇之内。「鴛鴦瓦上忽然驚」一首，不載《萬首唐人絶句》，乃花蕊夫人《宫詞》。胡仔所云或言「元微之亦有詞雜于其間」，即「延英引對碧衣郎」一首，《紀事》于詩下注云：「此詩亦云元稹作」即是，實亦王建之作，乃因《雲溪友議》而誤（見校箋〔七〕）。除此以外，《紀事》所載王建《宫詞》百首中尚有「後宫宫女無多少」一首，亦爲《萬首唐人絶句》所無，據毛晉所刻《三家宫詞》，知乃宋徽宗趙佶《宫詞》。故知所謂雜入他人之作，亦共十篇。加上《萬首唐人絶句》中所載佚篇十首，即足百數。至胡仔云「詩凡百有四篇」，乃合他人之作計之，原作實只百篇也。今將佚篇補録于後：

忽地金輿向月陂，内人接着便相隨。却回龍武軍前過，當處教開卧鴨池。

畫作天河刻作牛，玉梭金鑷采橋頭。每年宫女穿針夜，敕賜諸親乞巧樓。

春來睡困不梳頭，懶逐君王苑北游。暫向玉花階上坐，簸錢贏得兩三籌。

紅燈睡裏看春雲，雲上三更值宿分。金砌雨來行步滑，兩人抬起隱金裙。

蜂鬚蟬翅薄鬆鬆，浮動搔頭似有風。一度出時抛一遍，金條零落滿函中。

教遍宫娥唱盡詞，暗中頭白没人知。樓中日日歌聲好，不問從初學阿誰。

彈棋玉指兩參差，背局臨虚鬬着危。先打角頭紅子落，上三金字半邊垂。

宛轉黄金白柄長，青荷葉子畫鴛鴦。把來不是呈新樣，欲進微風到御牀。

供御香方加減頻，水沉山麝每回新。内中不許相傳出，已被醫家寫與人。

藥童食後送雲漿，高殿無風扇少涼。每到日中重掠鬢，衩衣騎馬繞宫廊。

唐詩紀事校箋卷第四十五

朱　灣

壁畫古松詩云〔一〕：石上盤古根，謂言天生有〔二〕。安知草木性，變在畫師手。陰深方丈間，真趣幽且閑。木文離披勢槎枿〔三〕，中裂空心火燒出。掃成三寸五寸枝，便作千年萬年物。莓苔濃淡色不同〔四〕，一面死皮生蠹蟲〔五〕。風霜未必來到此，氣色杳在寒山中〔六〕。孤標可玩不可取，能使支公道場古。

平陵寓居再逢寒食云：幾迴江上泣途窮，每遇良辰歎轉蓬。火燧知從新節變，灰心還與故人同。莫聽黄鳥啼愁處，自有花開向客中。貧病固應無撓事，但將懷抱醉春風。

逼寒節寄崔七云：閑庭只是長莓苔，三徑曾無車馬來。旅館尚愁寒食火，羈心懶向不燃灰。門前下客雖彈鋏，溪畔窮魚且曝鰓。他日趨庭因問禮，須言陋巷有顔回。

九日登青山云：昔人惆悵地〔七〕，繫馬又登臨。舊處煙霞在〔八〕，多時草木深。水將空合色〔九〕，雲共我無心。緬想龍山會〔一〇〕，良辰亦似今。

灣别湖州崔使君侃書云：灣聞蓬萊之山，藏杳冥之中，行可到〔一一〕；貴人之門，無媒而通，不可到〔一二〕。驪龍之珠，潛于灝涀之中，或可識〔一三〕；貴人之顔，無因而前，不可識。灣自假道路，問津主人，一身孤雲，兩度圓月。凡再請職事，三趨戟門，門人謂灣曰：子私來耶，公來耶？若言公，僕實非公，若言私，公庭無私，不得入〔一四〕。以兹交戰，彷徨于今。信知庭之與堂，不啻千里，況寄食漂母，夜眠漁舟。門如龍而難登，食如玉而難得。得如玉之粟，登如龍之門〔一五〕，如龍之門轉深，如玉之粟轉貴。實無機心，翻成機事，漢陰丈人聞之，豈不大笑。屬溪上風便，囊中金貧，望甘棠而歎，自引分而退也。

高仲武云：朱灣率履貞素〔一六〕，放情江湖，郡國交辟，潛耀不起，有唐高人也。詩體幽遠，興用洪深，因詞寫意，窮理盡性，于詠物尤工。如受氣何曾異，開花獨自遲。所謂哀而不傷，國風之深者也。

灣爲李勉永平從事〔一七〕。

灣秋夜燕王郎中宅賦得露中菊云：衆芳春競發，寒菊露偏滋。受氣何曾異，開花獨自遲。晚成猶有分〔一八〕，欲採未過時。忍棄東籬下，看隨秋草衰〔一九〕。

賦得白鶴翔翠微送陳偃下第云：不知鷗與鶴，天畔弄晴暉。背日分明見，臨川相映微。淨中雲一點，迴處雪孤飛〔二〇〕。正好南枝住，翩翩何所依？

長安喜雪云〔二一〕：千門萬户雪花浮，點點無聲落瓦溝。全似玉塵消更積，半成冰片結還流。光含曉色清天苑，輕逐微風繞御樓。平地已霑盈尺潤，年豐須賀富民侯〔二二〕。右三詩韋莊取爲又玄集。

【校箋】

〔一〕《中興閒氣集》、《唐文粹》載此詩，題作《題遐上人院壁畫古松歌》。

〔二〕「天生有」原作「天生朽」，《唐文粹》同，據《中興閒氣集》改。

〔三〕「槎枿」原作「搓捽」，《唐文粹》同，據《中興閒氣集》改。

〔四〕「色」原作「意」，《唐文粹》同，據《中興閒氣集》改。

〔五〕此句原作「一半死皮藏蠹蟲」，《唐文粹》同，據《中興閒氣集》改。

〔六〕「杳在」原作「杳似」，《唐文粹》同，據《中興閒氣集》改。

〔七〕「地」，《文苑英華》卷一五八作「處」。

〔八〕「舊處」，《文苑英華》作「舊地」。

〔九〕「合」，《文苑英華》作「含」。

〔一〇〕「緬想」原作「想見」，據《文苑英華》改。

〔一一〕「藏杳冥之中，行可到」原作「藏杳冥而可到」，據《摭言》卷一一載此書改。

〔一二〕「貴人之門無媒而通不可到」十一字原脱，據《摭言》補。

〔一三〕「潛于瀇滉之中，或可識」原作「潛瀇滉而可識」，據《摭言》改。

〔一四〕「不得入」三字原脱，據《摭言》補。

〔一五〕「得如玉之粟登如龍之門」十字原脱，據《摭言》補。

〔一六〕「朱灣」，《中興閒氣集》作「從事」。《全唐詩話》作「李灣」，誤。

〔一七〕《新唐書》卷六〇《藝文志》：「《朱灣詩集》四卷。」注云：「李勉永平從事。」

〔一八〕「有分」，《又玄集》同，《中興閒氣集》作「待賞」。

〔一九〕收句《又玄集》同，《中興閒氣集》作「看他迭盛衰」。

〔二〇〕「迴處」原作「迴去」，《又玄集》同，據《中興閒氣集》改。

〔二一〕此陳羽詩，《又玄集》只取朱灣詩二首，其後陳羽下，即載此詩。本書卷三五陳羽下，亦録此詩，此又重出，蓋其誤也，當删。

〔二二〕「賀」原作「荷」，據《又玄集》改。

王良會

武元衡鎮西蜀，有中秋夜錦樓望月詩云〔一〕：玉輪初滿空，迴出錦城東。相向秦樓鏡〔二〕，分飛碣石鴻。桂香隨窈窕，珠綴隔玲瓏。不及前秋見，團圓鳳沼中〔三〕。良會和云〔四〕：德星摇此夜，珥月滿重城。杳靄煙氛色〔五〕，飄飖砧杵聲。令行秋氣爽，樂感素風輕。共賞千年聖，長歌四海清。得清字。

良會，以内侍省爲監軍使。

【校箋】

〔一〕《歲時雜詠》載此詩，題作《中秋夜與諸公錦樓望月》。

〔二〕「鏡」原作「境」，據《武元衡集》、《文苑英華》卷一五一及《歲時雜詠》改。

〔三〕「團圓」，《武元衡集》作「圓輝」，《文苑英華》作「圓光」。《歲時雜詠》作「圓明」。

〔四〕良會和作，《歲時雜詠》題作《奉和相公錦樓望月》。

〔五〕「氛」原作「氣」，據毛本改。《歲時雜詠》作「雲」。

柳公綽

和錦樓玩月詩云：此夜年年月，偏宜此地逢。近看江水淺，遥辨雪山重。萬井金風肅〔一〕，千林玉露濃。不唯樓上思，飛蓋亦陪從。得濃字。

公綽、裴度同爲西蜀武元衡判官，綽先入爲吏部郎中，度有詩曰：兩人同日事征西，今日君先捧紫泥〔二〕。

公綽，字寬，京兆人〔三〕。時爲西川營田副使兼少尹〔四〕，後終于刑部尚書。取士如許康佐、崔璵、李拭、韋長，皆知名貴顯云〔五〕。

【校箋】

〔一〕「金風」原作「金花」，據《歲時雜詠》改。

〔二〕《舊唐書》卷一六五《柳公綽傳》：「武元衡罷相鎮西蜀，（公綽）與裴度俱爲元衡判官，尤相善。先度入爲吏部郎中，度以詩餞别，有『兩人同日事征西，今日君先捧紫泥』之句。」「捧」原作「奉」，字同。

〔三〕《新唐書》卷一六三《柳公綽傳》：「柳公綽字寬，京兆華原人。」

〔四〕成都武侯祠裴度撰《蜀丞相諸葛武侯祠堂碑》，署「營田副使、尚書吏部郎中、兼成都少尹、侍御史賜紫金魚袋柳公綽書」。（元和四年立碑）

〔五〕《新唐書·柳公綽傳》：「以病乞代，授兵部尚書，不任朝請。忽顧左右召故吏韋長，衆謂屬諉以家事。及長至，乃曰：『爲我白宰相：徐州專殺，李聽親吏，非用高瑀不能安。』因瞑目不復語，後二日卒。……取士如許康佐、鄭朗、盧簡辭、崔璵、夏侯孜、李拭、韋長，皆知名顯貴云。」

按《舊唐書·柳公綽傳》亦言其終于兵部尚書，此言「終于刑部尚書」，誤。「崔璵」原作「崔與」，據史文改。

張正壹

和錦樓玩月詩云：高秋今夜月，皓色正蒼蒼。遠水澄如練，孤鴻迴帶霜。旅人方積思，繁宿稍沉光。朱檻叨陪賞，尤宜清漏長。得蒼字。

正壹時爲西川觀察判官〔一〕。

正壹，德宗末年爲左補闕，以上書召見。王叔文之黨疑正壹言己陰事，令韋執誼反譖于上，乃與所善王仲舒、劉伯芻皆坐遠貶〔二〕。

【校箋】

〔一〕成都武侯祠《蜀丞相諸葛武侯祠堂碑》碑陰列「觀察判官、朝散大夫、尚書户部郎中兼侍御史、驍騎尉張正壹」。

〔二〕《新唐書》卷一六八《韋執誼傳》：「補闕張正一以上書召見，所善王仲舒、韋成季、劉伯芻、裴茝、常仲孺、吕洞往賀之，或謂執誼曰：『彼將論君與叔文鈎黨事。』執誼即白：『成季等朋比，有所窺望。』帝詔金吾伺，得相過食飲狀，悉逐出之。」《舊唐書》卷一三五《韋執誼傳》亦記此事。二書「正壹」皆作「正一」。

徐放

和錦樓玩月詩云：玉露中秋夜，金波碧落開。鵲驚初泛灔，鴻思共徘徊。遠目清光偏，高空爽氣來。此時陪永望〔一〕，更得上燕臺。

放，字達夫，元衡西川從事。元和九年，爲衢州刺史。見退之徐偃王廟碑〔二〕。

【校箋】

〔一〕「永望」，《歲時雜詠》作「遠望」。

〔二〕《昌黎先生集》卷二七《衢州徐偃王廟碑》：「開元初，徐姓二人相屬爲刺史……後九十年當元和九年，而徐氏放復爲刺史，放字達夫」云云。

崔備

和錦樓玩月詩云：清景同千里，寒光盡一年。竟天多雁過，通夕少人眠。照別江樓上，添愁野帳前。隨侯恩未報，猶有夜珠圓〔一〕。又云：四時皆有月，一夜獨當秋。照曜初含露，徘徊正滿樓。遥連雪山淨，迥入錦江流。願以清光末，年年許從游。得前字秋字二篇。

備時爲西川度支判官。

備使院憶山中道侶兼懷李約云〔二〕：松竹去名嶽，衡茅思靜居〔三〕。山君水上印，天女月中書。舊秩芸香在，空奩藥氣餘。褐衣寬易攬，白髮少難梳。病柳傷摧折，殘花惜掃除。憶巢同倦鳥，避網甚跳魚。阮巷慚交絶〔四〕，商巖愧跡疏〔五〕。與君非宦侶，何日共樵漁？

清溪路中寄諸公云〔六〕：偏郡隔雲岑，溪迴路更深〔七〕。少留攀桂樹，長渴望梅林。野筍資公膳，山花慰客心。別來無信息〔八〕，可謂井瓶沉。

備，登建中進士第，終工部郎中。備、偘兄弟〔九〕。

元衡中秋夜聽歌聯句：此夕來奔月，何時去上天。備。雲鬟方自照，玉腕更呈鮮。度。嬿婉人間意，飄颻物外緣。公綽上相公。詩裁明月扇，歌索想夫憐。元衡奉盧侍御。暗染荀香久〔一〇〕，長隨楚夢偏。放。會當來彩鳳，髣髴逐神仙。士玫〔一一〕。

元衡在蜀，淡于接物，而開府極一時選〔一二〕：公綽爲少尹，正壹觀察判官，備度支判官，裴度掌書記，盧士玫觀察推官，楊嗣復節度推官〔一三〕。

【校箋】

〔一〕「猶有」，《歲時雜詠》作「猶感」。

〔二〕詩題《文苑英華》卷二二八作《使院憶山中道侶兼李七副使約》。

〔三〕「靜居」原作「舊居」，據《文苑英華》改。

〔四〕「阮巷」，《文苑英華》作「嵇阮」。

〔五〕「商巖」，《文苑英華》作「求羊」。

〔六〕詩題《文苑英華》卷一六六作《清溪路中寄韋于二侍御》。

〔七〕「溪迴」原作「迴溪」，據《文苑英華》改。

〔八〕「息」，《文苑英華》作「至」。

〔九〕《新唐書》卷七二下《宰相世系表》：「備，工部郎中。」按《表》，備屬「許州鄢陵房」，「佖，朔州刺史」屬「南祖崔氏」，並非兄弟。

〔一〇〕「荀香」原作「筒香」，據《成都文類》改。

〔一一〕「士玫」原作「士政」，據《成都文類》改。

〔一二〕《新唐書》卷一五二《武元衡傳》：「元衡至〔蜀〕，綏靖約束，儉己寬民，比三年，上下完實，蠻夷懷歸。雅性莊重，雖淡于接物，而開府極一時選。」

〔一三〕諸人官銜俱見崔備所撰《蜀丞相諸葛武侯祠堂碑陰記》。

蘇　郁

鸚鵡詞云：莫把金籠閉鸚鵡，箇箇分明解人語。忽然更向君前語，三十六宮愁幾許？

和戎詩云：關月夜懸青塚鏡，塞雲秋薄漢宮羅〔一〕。君王莫信和親策，生得胡雛轉更多〔二〕。

郁，貞元、元和間詩人。

十二樓藏玉堞中。鳳凰雙宿碧芙蓉。流霞淺酌誰同醉，今夜笙歌第幾重。步虛詞。吟倚雨殘樹，月收山下村。句。右張爲取作主客圖。

【校箋】

〔一〕「塞雲」原作「寒雲」，據《萬首唐人絶句》改。

〔二〕「轉」，《萬首唐人絶句》作「虜」。

胡幽貞

題西施浣紗石云：一朝入紫宫，萬古遺芳塵。至今溪邊花〔一〕，不敢嬌青春。歸四明詩云：海色連四明，仙舟去容易。天籍豈輒問，不是卑朝士。張爲取二詩作主客圖。

【校箋】

〔一〕「今」原作「金」，據《唐文粹》、《萬首唐人絶句》改。

張儼

貞元八年十二月謁先主廟絶句三首，其一云：仗順繼皇業，并吞勢由己。天命屈雄圖，誰歌大風起。其二云：得股肱賢明，能以奇用兵。何事傷客情，何人歸帝京。其三云：雄名垂竹帛，荒陵壓阡陌。終古更何聞，悲風入松柏〔一〕。

【校箋】

〔一〕《萬首唐人絶句》只載第三首。陸游乾道九年在成都有《先主廟次唐貞元中張儼詩韻》三首，自注：「廟在惠陵側。」

杜頠〔一〕

故絳行云：君不見銅鞮觀，數里城池已蕪漫。君不見虒祁宫〔二〕，幾重臺榭亦微濛〔三〕。介馬兵車全盛時，歌童舞女妖豔姿。一代繁華皆共絶，九原唯望塚纍纍。

【校箋】

〔一〕按《登科記考》：「杜頠，開元十五年同王昌齡登第。」與王昌齡同作《灞橋賦》，開元二十一年作有《兵部尚書壁記》。《劉賓客文集》卷八《鄭州刺史東廳壁記》言其爲「天寶詞人」，則其時代不當繫此。

〔二〕「虒祁宮」原作「析褫宮」，據《文苑英華》卷三〇九改。《左傳》昭公八年：「于是晉侯方築虒祁之宮。」注云：「虒祁，地名。在絳西四十里，臨汾水。」

〔三〕「微濛」原作「微蒙」，據《文苑英華》改。

韋丹

江西韋大夫丹與東林靈澈上人爲忘形之契，丹嘗爲思歸絶句以寄澈公云：王事紛紛無暇日，浮生冉冉只如雲。已爲平子歸休計，五老巖前必共君。澈奉酬詩曰：年老身閑無外事，麻衣草坐亦容身。相逢盡道休官去，林下何曾見一人〔一〕！

丹，字文明，京兆人。幼孤，從外祖顔真卿學。元和中，守江西，功第一〔二〕。

【校箋】

〔一〕《雲溪友議》卷中《思歸隱》條：「江西韋大夫丹與東林靈轍上人隲忘形之契，篇詩唱和，月惟四、五焉。……偶爲《思歸絶句》詩一首以寄上人。……『王事紛紛無暇日，浮生冉冉只如雲。已爲平子歸休計，五老巖前必共君。』轍奉酬詩曰：『年老身閒無外事，麻衣草座亦容身。相逢盡道休官去，林下何曾見一人。』」「共君」原作「共聞」，據改。「靈澈」，《友議》作「靈轍」，誤。

〔二〕《新唐書》卷一九七《韋丹傳》：「韋丹字文明，京兆萬年人。……早孤，從外祖顔真卿學。……爲江南道觀察使，……卒。……大和中，裴誼觀察江西，上言爲丹立祠堂，刻石紀功，不報。宣宗讀《元和實録》，見丹政事卓然，它日與宰相語：『元和時治民孰第一？』周墀對：『臣嘗守江西，韋丹有大功，德被八州，殁四十年，老幼思之不忘。』乃詔觀察使紇干臮上丹功狀，命刻功于碑。〔二〕「文明」原作「分明」，「學」字原脱，據改補。

鄭　俞

玉水記方流詩云：積水棋文動〔一〕，因知玉産幽〔二〕。如天含素色，倂地引方流。潛潤滋雲起，英華射浪浮〔三〕。魚龍泉不夜〔四〕，草木岸無秋。璧沼寧堪比，瑶池詎可儔。若非懸可測〔五〕，誰復寄冥搜〔六〕。

俞，登貞元十六年進士第，杜元穎、吴丹、白樂天皆同年登科〔七〕。樂天爲河南尹，俞始授長水縣令，樂天四雖吟云：命雖薄，猶勝于鄭長水〔八〕。

【校箋】

〔一〕「棋文」原作「棋風」，據《文苑英華》卷一八六改。

〔二〕「玉産」原作「玉德」，據《文苑英華》改。

〔三〕「英華」原作「熒華」，據《文苑英華》改。

〔四〕「泉」原作「水」，據《文苑英華》改。

〔五〕「可測」原作「坐側」，據《文苑英華》改。

〔六〕「誰復寄」原作「猶得冀」，據《文苑英華》改。

〔七〕《玉水記方流》即貞元十六年省試詩題，同作者杜元穎、吴丹、白居易、王鑑、陳昌言等詩，俱見《文苑英華》卷一八六。

〔八〕《白氏長慶集》卷二三《吟四雖》：「年雖老，猶少于韋長史。命雖薄，猶勝于鄭長水。眼雖病，猶明于徐郎中。家雖貧，猶富于郭庶子。」自注：「……余爲河南尹時，同年鄭俞始授長水縣令。……」「授」原作「受」，據改。

杜元穎

玉水記方流詩云：重泉生美玉，積水異常流。始玩清堪賞〔一〕，因知寶可求〔二〕。斗回虹氣見〔三〕，磬折紫光浮〔四〕。中矩諧明德〔五〕，同方叶至柔。月華偏共映〔六〕，風韻喚將游〔七〕。異寶雖無脛〔八〕，逢時願見收〔九〕。

元穎，淹之六世孫也〔一〇〕。貞元末登第，敏文辭，憲宗特所賞嘆。穆宗立，拜中書舍人，不閲歲至宰相，再期鎮蜀，敬宗驕僻，元穎裒斂上供，削軍食，遂啟南詔之寇，斥爲循州司馬，死貶所。在蜀時官屬崔璜、紇干泉、盧并奪秩分逐之〔一一〕。

【校箋】

〔一〕「始玩」，《文苑英華》卷一八六作「如見」。

〔二〕「求」，《文苑英華》作「幽」。

〔三〕「虹氣」原作「清氣」，據《文苑英華》改。

〔四〕「紫光」原作「紫花」，據《文苑英華》改。

〔五〕「諧」原作「皆」，據《文苑英華》改。

〔六〕「月華」，《文苑英華》作「月生」。

〔七〕「風韻喚」，《文苑英華》作「風暖佇」。

〔八〕此句原作「遇鑒終無暗」，據《文苑英華》改。

〔九〕「見收」，《文苑英華》作「俯收」。

〔一〇〕「淹之六世孫也」原作「淹之孫也」，按《新唐書》卷七二上《宰相世系表》所載，元穎爲如晦叔父淹之六世孫，此作「淹之孫」，誤，今據補「六世」二字。又《新唐書》卷九六《杜如晦傳》附《杜元穎傳》以元穎爲「如晦五世孫」，亦誤。

〔一一〕《新唐書·杜如晦傳》附《杜元穎傳》：「元穎，貞元末及進士第，又擢宏辭。……敏文辭，憲宗特所賞歎。……穆宗以元穎多識朝章，尤被寵，拜中書舍人、户部侍郎，爲學士承旨，以本官同中書門下平章事，建安縣男。自帝即位，不閱歲至宰相，縉紳駭異。甫再期，出爲劍南西川節度使、同平章事，帝爲御安福門臨餞。敬宗驕僻不君，元潁每欲中帝意以固幸，乃巧索珍異獻之……至削軍食以助哀畜。……大和三年，南詔乘虛襲戎、巂等州……遂入成都。已傅城，元潁尚不知。……由是貶邵州刺史。議者不厭，斥爲循州司馬。官屬崔璜、紇干皋、盧并，悉奪秩分逐之。元潁死于貶所。」「特所賞嘆」原誤「特」作「時」，「紇干皋」原誤作「訖于臯」，據改。

吴　丹

玉水記方流詩云：玉泉何處比〔一〕？四折水文浮〔二〕。潤下寧逾矩〔三〕，居方在上流。映空虚漾漾〔四〕，涵日静悠悠〔五〕。影碎疑衝斗，光清耐觸舟〔六〕。珪璋分辨狀，砂礫共懷柔〔七〕。願赴朝宗日〔八〕，縈迴入御溝。

樂天花前嘆云〔九〕：前歲花前五十二，今歲花前五十五。歲課年功頭髮知，從霜成雪君看取。幾人得老莫自嫌，樊李吴韋盡成土。注云：樊絳州宗師、李諫議景儉、吴饒州丹、韋侍郎顗，皆舊往還，相次喪逝。

丹，字真存。登第，歷職至鎮州宣慰副使、匭函使、尚書郎。卒于饒州，葬于常州。樂天爲誌〔一〇〕。

【校箋】

〔一〕「比」原作「記」，據《文苑英華》卷一八六改。

〔二〕「水文」原作「水紋」，據《文苑英華》改。

〔三〕此句原作「淵下不逾矩」，據《文苑英華》改。

〔四〕「漾漾」，《文苑英華》作「碌碌」。

〔五〕「静」，《文苑英華》作「淨」。

〔六〕「觸舟」，《文苑英華》作「掩舟」。

〔七〕「懷柔」原作「懷愁」，據《文苑英華》改。

〔八〕此句原作「願獻朝賓海」，據《文苑英華》改。

〔九〕見《白氏長慶集》卷二一，詩凡十二句，此係其前六句及自注。

〔一〇〕見《白氏長慶集》卷六九《故饒州刺史吴府君神道碑銘》。「匭函使」原脱「函」字，據補。韓愈《昌黎先生集》卷一〇有《奉使常山早次太原呈副使吴郎中》詩，方崧卿《韓集舉正》注云：「吴丹也。公使鎮州，丹以駕部郎中副行。」

鄭餘慶

和黄門相公過石門洞云〔一〕：紫氛隨馬處，黄閣駐車情。嵌壑驚山勢，洲灘戀水清〔二〕。地分三蜀險〔三〕，關志百牢名。琬琰攀酬郢，微言鼎飪情〔四〕。黄門，武元衡也。

餘慶，字居業，滎陽人。善屬文。嚴震帥山南西道，奏置幕府。貞元末爲相。憲宗立，再相，出鎮山南西道。穆宗立，加檢校司徒，卒〔五〕。

【校箋】

〔一〕《武元衡集》有《元和癸巳，余領蜀之七年，奉詔徵還，二月二十八日清明，途經百牢關，因題石門洞》詩，此其和作。「和」原作「知」，據改。

〔二〕「清」原作「深」，據張本、毛本改。

〔三〕「險」原作「限」，據張本、毛本改。

〔四〕「情」當是「精」字之誤。

〔五〕《新唐書》卷一六五《鄭餘慶傳》：「鄭餘慶字居業，鄭州滎陽人，三世皆顯宦。餘慶少善屬文，擢進士第。嚴震帥山南西道，奏置幕府。……貞元十四年拜中書侍郎、同中書門下平章事。……憲宗立，即其官復拜同中書門下平章事。……出爲山南西道節度使。……穆宗立，加檢校司徒，卒。」

趙宗儒

宗儒，字秉文，鄧州人。父驊，有文名。宗儒爲翰林學士，驊改祕書少監，父子並命。

驊少與殷寅、顏真卿、柳芳、陸據、蕭穎士、李華、邵軫善，時語曰：殷、顏、柳、陸，李、蕭、邵、趙，謂皆全交也。宗儒貞元十二年爲相，以文學歷將相，位任崇劇，然無儀矩，以治生瑣碎失名〔一〕。

和黃門相公詔還題石門洞云：益部恩輝降，同榮漢相還。詔芳滿歸路，軒騎出重關。望日朝天闕，披雲過蜀山。更題風雅韻，永絕翠巖間。黃門，武元衡也。

【校箋】

〔一〕《新唐書》卷一五一《趙宗儒傳》：「趙宗儒字秉文，鄧州穰人。……父驊……少嗜學，履尚清鯁。……少與殷寅、顏真卿、柳芳、陸據、蕭穎士、李華、邵軫善，時爲語曰：『殷、顏、柳、陸，李、蕭、邵、趙。』謂能全其交也。……宗儒第進士，授校書郎，判入等，補陸渾主簿。數月，拜右拾遺、翰林學士。時，父驊遷秘書少監，德宗欲寵其門，使一日並命。……(貞元)十二年，以本官同中書門下平章事。……(大和)六年，授司空，致仕，卒。……宗儒以文學歷將相，位任崇劇，然無儀矩，以治生瑣碎失名。」

周弘亮

除夜書情詩云：何處風塵歲，雲陽古驛前。三冬不再夜〔一〕，曉日又明年。春入江南柳，寒歸塞北天。還傷知候客，花景對韋編。

故鄉除夜詩云：三百六十日云終，故鄉還與異鄉同。非唯律變情堪恨，抑亦才疏命未通。何處夜歌銷臘酒，誰家高燭候春風。詩成始欲吟將看，早是去年牽課中。

弘亮，登貞元進士第〔二〕。

【校箋】

〔一〕「夜」原作「稔」，據《歲時雜詠》改。

〔二〕《文苑英華》卷一八八載有周弘亮《曲江亭望慈恩寺杏園花發》詩，按《摭言》卷三：「貞元中，劉太真侍郎試《慈恩寺望杏園花發》詩。」又，五百家《韓集注》引孫汝聽曰：「貞元四年，侍郎劉太真知舉，放進士三十六人，崔立之中第。」則弘亮亦貞元四年進士也。

王播

王播少孤貧，嘗客揚州惠照寺木蘭院，隨僧齋飧，僧厭怠，乃齋罷而後擊鐘。後二紀，播自重位出鎮是邦，因訪舊游，向之題名，皆以碧紗罩其詩。播繼以二絶句曰：三十年前此院游，木蘭花發院新修。如今再到經行處，樹老無花僧白頭。上堂已了各西東，慚愧闍黎飯後鐘。三十年來塵撲面，而今始得碧紗籠〔一〕。出摭言也。

播，字明敭。父恕，家揚州。播貞元中與弟炎、起皆有名。穆宗立，爲相。居位無所裨益，復失河北，衆望不饜，乃出爲淮南節度。大和初，復輔政，時韋處厚以獻替自任，而播專以錢穀進，不甚與事。居位四年，卒〔二〕。

播爲淮南節度使游故居感舊詩云：昔年獻賦去江湄，今日行春到却悲。三徑僅存新竹樹，四鄰惟見舊孫兒。壁間潛認偷光處，川上寧忘結網時。更見橋邊記名姓，始知題柱免人嗤。李德裕和云：千騎風生大旆舒，春江重訪武侯廬。共提龜印銜新授，同憶鱣庭是故居。取履橋邊啼鳥换，釣璜溪畔野花疏。今來却笑臨邛客，入蜀空馳使者車。

【校箋】

〔一〕此據《太平廣記》卷一九九引《摭言》，文字與傳本《摭言》小異，「三十年」傳本作「二十年」。「幕」，《太平廣記》作「罩」，是也。據改。又，《北夢瑣言》卷三記此爲段文昌事。並注云：「或云：『王播相公未遇，題揚州佛寺詩。』及荆南人云：『是段相。』亦兩存之。」後來又有宋人「吕蒙正趕齋」事，見於戲曲小説，皆所以嘲諷俗情，不必實指其人也。

〔二〕《新唐書》卷一六七《王播傳》：「王播字明歇，其先太原人，父恕爲揚州倉曹參軍，遂家焉。播貞元中與弟炎、起皆有名。……穆宗立……召爲刑部尚書，復領鹽鐵，進中書侍郎、同中書門下平章事。……專務將迎，居位無所裨益，復失河北，衆望不厭，乃以檢校尚書右僕射出爲淮南節度使。……大和元年，入朝，拜左僕射，復輔政，累封太原郡公。時韋處厚當國，以獻替自任，天下嚮之。播專以錢穀進，不甚與事。居位四年，卒。」「明歇」原作「明敏」，據改。

周匡物

匡物，字幾本，漳州人。元和十一年李逢吉下進士及第，時以歌詩著名。家貧，徒步應舉，至錢塘，乏僦船之資，久不得濟，乃題詩公館云：萬里茫茫天塹遥，秦皇底事不安橋。錢塘江口無錢過，又阻西陵兩信潮。郡牧見之，乃罪津吏〔一〕。及第後謝座主云：一從東越入西秦，十度聞鶯不見春。試向崑山投瓦礫，便容靈沼洗埃塵。悲歡暗負風雲力，感激潛生木植身〔二〕。中夜自將形影語，古來呑炭是何人？

【校箋】

〔一〕《太平廣記》卷一九九引《閩川名士傳》：「周匡物，字幾本，漳州人。唐元和十一年王播榜下進士及第，時以歌詩著名。初周以家貧，徒步應舉，落魄風塵，懷刺不遇，路經錢塘江，乏僦船之資，久不得濟。乃于公館題詩云：『萬里茫茫天塹遥，秦皇底事不安橋。錢塘江口無錢過，又阻西陵兩信潮。』郡牧出見之，乃罪津吏。至今天下津渡，尚傳此詩諷誦。舟子不敢取舉選人錢者，自此始也。」「漳州」此原作「潭州」，據改。按《摭言》卷一四云：「元和十一年，中書舍人、權知貢舉李逢吉下及第三十三人，試策後拜相，令禮部尚書王播署榜。其日午後放榜。」計氏殆據此改「王播」爲「李逢吉」也。

〔二〕「木植」，毛本作「土木」。

許玫

題雁塔云：寶輪金地壓人寰，獨上蒼冥啟玉關〔一〕。北嶺風煙開魏闕，南軒氣象鎖商山。灞陵車馬垂楊裏，京國城池落照間。暫放塵心游物外，六街鐘鼓又催還。

玫，大和元年登第，其兄弟瑄、瓘皆高科。

【校箋】

〔一〕「獨上蒼冥」原作「獨坐蒼萛」，據毛本改。

張碧

秋日登岳陽樓晴望云〔一〕：三秋倚練飛金盞，洞庭波定平如刬。天高雲卷緑羅低，一點君山礙人眼。漫漫萬頃鋪琉璃，煙波闊遠無鳥飛。西南東北竟無際〔二〕，直疑浸斷青天涯。屈原回日牽愁吟，龍宫感激致應沉。賈生憔悴説不得，茫茫煙靄堆湖心。又云：范蠡帆張一掌風，無人來往繼其中。

鴻溝云：毒龍銜日天地昏，八紘霧𩃬生愁雲。秦原走鹿無藏處，紛紛爭處蜂成群。四溟波立鯨相吞，蕩摇五岳崩山根。魚蝦舞浪狂鰍鯤，龍蛇膽戰登鴻門。星旗羽鏃强者尊，黑風白雨東西屯。山河欲拆人煙分〔三〕，壯士鼓勇君王存。項莊憤氣吐不得，亞父㪷聲天上聞。玉光墮地驚崑崙，留侯氣魄吞太華〔四〕。舌頭一寸生陽春，神農女媧愁不言。蛇枯老媼啼淚痕，星曹定秤秤王孫。項籍骨輕迷精魂，沛公仰面爭乾坤。須臾垓下賊星起，歌聲繚繞凄人耳。吴娃捧酒横秋波，霜天月照空城壘。力拔山兮忽到此〔五〕，騅嘶懶渡烏江水。新豐瑞色生樓臺，西楚寒蒿哭愁鬼。三尺霜鳴金匣裏，神光一掉八千里〔六〕。漢皇驟馬意氣生，西南掃地迎天子。

美人梳頭云：玉堂花院小枝紅，緑窗一片春光曉。玉容驚覺濃睡醒，圓蟾挂出妝臺表。金盤解下叢鬟碎，三尺巫雲綰朝翠。皓指高低寸黛愁，水精梳滑參差墜。須臾攏掠蟬鬢生，玉釵冷透冬冰明。芙蓉拆向新開臉，秋泉慢轉眸波横。鸚鵡偷來話心曲，屏風半倚遥山緑。

題祖山人池上怪石云：寒姿數片奇突兀，曾作秋江秋水骨。先生應是厭風雷〔七〕，著向池邊塞龍窟〔八〕。我來池上傾酒樽，半酣書破青煙痕。參差翠縷擺不落，筆頭驚怪粘秋雲。我聞吴中項容水墨有高價〔九〕，邀得將來倚松下。鋪却雙繒直道難，掉首空歸不成畫。

孟東野讀張碧集詩云：天寶太白没，六義已消歇。大哉國風本，喪而王澤竭。先生今復生，斯文信難缺。下筆證興亡，陳辭備風骨。高秋數奏琴，澄潭一輪月。誰作採詩官，忍之不揮發。

碧，字太碧，貞元中人〔一〇〕。自序其詩云：碧嘗讀李長吉集，謂春拆紅翠，霹開蟄户，其奇峭者不可及也〔一一〕。及覽李太白詞，天與俱高，青且無際，鵬觸巨海，瀾濤怒翻，則觀長吉之篇，若陟嵩之巔視諸阜者耶。余嘗鋭志，狂勇心魄，恨不得攤文陣以交鋒，覩拔戟挾輈而已矣〔一二〕。

【校箋】

〔一〕詩題「晴望」，張本作「曠望」。

〔二〕「竟」原作「競」，據張本改。

〔三〕「拆」原作「折」，據張本、毛本改。

〔四〕「魄」原作「魂」，據張本、毛本改。

〔五〕「忽」原作「呼」，據毛本改。

〔六〕「掉」字原缺，據毛本補。

〔七〕「風雷」原作「風雲」，據《唐百家詩選》改。《韻語陽秋》引此詩，亦作「風雷」。

〔八〕「池邊」原作「江邊」，據《唐百家詩選》及《韻語陽秋》改。

〔九〕「項容」原作「顧容」，據《唐百家詩選》及《韻語陽秋》改。

〔一〇〕《新唐書》卷六〇《藝文志》：「《張碧歌行集》二卷。」注云：「貞元人。」

〔一二〕「及」原作「攻」，據毛本改。

〔一三〕「已」原作「比」，據毛本改。按：李賀卒於元和十二年，其《歌詩》歷十五年，至大和五年方得杜牧序而行之。此云張碧爲『貞元中人』，而孟郊元和九年先於李賀數年而卒，乃得及讀《張碧集》。是知張碧年輩更早於孟郊也，其何由得見《李長吉集》？疑計氏此處記載有誤，俟考。

中國文學研究典籍叢刊

唐詩紀事校箋（增訂本）

第四册

〔宋〕計有功 撰
王仲鏞 校箋
王大厚 補箋

中華書局

唐詩紀事校箋卷第四十六

劉言史　劉　猛　李　餘　李　涉　劉昭禹
孫昌胤　嚴休復　朱慶餘　劉　軻　獨孤鉉
張　燦　楊虞卿　楊汝士　張志和

劉言史

竹裏梅云：竹裏梅花相並枝。梅花正發竹枝垂。風吹總向竹枝上，直似王家雪下時。

春過趙墟有作云：下馬邯鄲陌頭歇，寂寥崩隧臨車轍。古栢重生枝亦乾，餘漆見風幽燄滅〔一〕。白蒿微微紫槿新〔二〕，行人感此復悲春。

初下東周贈孟郊云〔三〕：鶴老耳更工，龜死殼亦靈。正性非外沿〔四〕，終始全本情。童子不戲塵，積書就巖扃。身着木葉衣，養鹿兼牸耕。偶隨下山雲，荏苒失故程。漸入機險中，危思難太行。十髪九縷絲，悠然東周城。言詞野麋態，出口多累形〔五〕。因依漢元寮，未似羈緤輕〔六〕。冷竈助新熱，静砧與寒聲。斷蓬在闌欄〔七〕，豈當桃李榮。寄食若蠹蟲，侵損利微生。固非拙爲强，懦劣舛療并〔八〕。素堅冰蘗心，潔立保賢貞。修文返正風，刊字齊古經。慚將衰末分，高棲喧世名〔九〕。

過春秋峽云：峭壁蒼蒼苔色新，無風晴景自勝春。不知何樹幽崖裏，臘月開花似北人。

長門怨云：獨坐爐邊結夜愁，暫時恩去亦難留〔一〇〕。手持金筯垂紅淚，亂撥寒灰不舉頭。

樂府新詞云：花頷紅鬃一向偏〔一一〕，緑槐香陌欲朝天。仍嫌衆裏嬌行疾，傍鐙深藏白玉鞭。又云：噴沫團香小桂條，玉鞭兼賜霍嫖姚。弄影便從天禁出，碧蹄聲碎五門橋。

廣州王園寺伏日即事寄北中親友云：南越逢初伏，東林度一朝。曲池煎畏景，高閣絶微飈。竹簟移先灑，蒲葵破復摇。地偏毛瘴近，山毒火威饒。裛汗絺如濯，親床枕並燒。墮枝傷翠羽，萎葉惜紅蕉。且困流金爍，難成獨酌謡。望霖窺潤礎，思吹候鳴條〔一二〕。旅恨生烏滸，鄉心繫洛橋。誰憐在炎客，一夕壯容銷。

言史與孟東野友善，詩中有貝州召郊之作。又有金陵、瀟湘之游，廣州贈北中親友詩，蓋言史平生所經歷處。東野哭言史詩云：精異劉言史，詩腸傾珠珂。取次爲抛擲，飛過東溟波。可惜大國謡，颺爲四夷歌。常于衆中會，顔色兩切磋。今日果成死，葬襄之洛河〔一三〕。

言史送婆羅門歸本國詩云：刹利王孫字迦攝，竹錐横寫叱蘿葉。遥知漢地未有經，手牽白馬繞天行。龜兹磧西胡雪黑，大師凍死來不得。地盡年深始到船，海裏更行三十國。行多耳斷金環落，冉冉悠悠不停脚。馬死經留却去時，往來應盡一生期。出漢獨行人絶處〔一四〕，磧西天漏雨絲絲。

瀟湘游云：夷女采山蕉，緝紗浸江水。野花滿髻妝色新〔一五〕，閑歌欸乃深峽裏〔一六〕。欸乃知從何處生，當時泣舜腸斷聲。翠華寂寞嬋娟没，野篠空餘紅淚情。青煙冥冥覆杉桂，崖壁凌天風雨細〔一七〕。昔人幽恨此地遺，緑芳紅豔含怨姿。清猿未盡鼯鼠切，淚水流到湘妃祠〔一八〕。北人莫作瀟湘游，九疑雲入蒼梧愁。

放螢怨云：放螢去，不須留，聚時年少今白頭。架中科斗萬餘卷，一字千回重照見〔一九〕。青雲杳渺不可親，開囊欲放增餘怨。且逍遥，還酩酊。仲舒漫不窺園井，那將寂寞老病身，更就微蟲借光影。欲放時，淚沾裳，衝籬落，千點光。

觀繩伎云：泰陵遺樂何最珍，綵繩冉冉天仙人。廣場寒食風日好，百夫伐鼓錦臂新。銀畫青綃抹雲髮〔二〇〕，高處綺羅香更切。重肩接立三四層，著屐背行仍應節。兩邊丸劍漸相迎〔二二〕，側身交步何輕盈！閃然欲落却收得，萬人肉上寒毛生。危機險勢無不有，倒掛纖腰學垂柳。下來一一芙蓉姿，粉薄鈿稀態轉奇。坐中還有沾巾者，曾見先皇初教時〔二三〕。潞府李相公席上作。

買花謡云：杜陵村人不田穡，入谷經谿復緣壁。每至南山草木春，即向侯家取金碧。幽豔凝花春景曙，採夫移得將何處。蝶惜芳容送下山〔二三〕，尋斷孤香始回去。豪少居連鳷鵲東，千金使買一株紅。院多花少栽未得，零落緑蛾纖指中〔二四〕。咸陽貴戚長安里〔二五〕，無限將金買花子。澆紅濕緑千萬家，青絲玉轤聲啞啞。

王中丞宅夜觀舞胡騰云：石國胡兒人見少，蹲舞樽前急如鳥〔二六〕。織成蕃帽虚頂尖，細氎胡衫雙袖小。手中抛下蒲萄盞，西顧忽思鄉路遠。跳身轉轂寶帶鳴，弄脚繽紛錦靴軟。四座無言皆瞪目，横笛琵琶遍頭促。亂騰新毯雪朱毛，傍拂輕花下紅燭。酒闌舞罷絲管絶，木槿花西見殘月〔二七〕。王中丞，武俊也。

皮日休劉棗强碑文云：歌詩之風，蕩來久矣。大抵喪于南朝，壞于陳叔寶。然今之業是者，苟不能求古于建安，即江左矣；苟不能求麗于江左，即南朝矣。或過爲豔傷麗病者，即南朝之罪人也。吾唐來有是業者，言出天地外，思出鬼神表；讀之則神馳八極，測之則心懷四溟，磊磊落落，真非世間語者，有李太白。百歲有是業者，彫金篆玉，牢奇籠怪，百鍛爲字，千練成句，雖不追躡太白〔二八〕，亦後來之佳作也。有與李賀同時者劉棗强焉〔二九〕。先生姓劉氏，名言史，不詳其鄉里。所有歌詩千首，其美麗恢贍，自賀外，世莫得比〔三〇〕。王武俊之節制鎮冀也，先生造之。武俊性雄健〔三一〕，頗好詞藝，一見先生，遂加異敬。將署之賓位，先生辭免。武俊善騎射，載先生以貳乘，逞其藝于野〔三二〕。武俊先騎，驚雙鴨起于蒲稗間，武俊控弦〔三三〕，弦不再發，雙鴨聯斃于地。武俊歡甚，命先生曰：某之伎如是，先生之詞如是，可謂文武之會矣。何不出一言以讚耶〔三四〕！先生由是馬上草射鴨歌以示武俊，議者以爲禰正平鸚鵡賦之類也。武俊益重先生，由是奏請官先生，詔授棗强令。先生辭疾不就，世重之曰劉棗强，亦如范萊蕪之類焉。故相國隴西公夷簡之節度漢南也，少與先生游，且思相見，命列將以襄之鬃器千事賂武俊，以請先生。武俊許之。先生由是爲漢南相府賓冠〔三五〕。隴西公日與之爲筆宴，其獻酬之歌詩，大播于當時。隴西公從事或曰：以某下走之才，誠不足污辱重地，劉棗强至，衆必以公賓劉于幕吏之上，何抑之如是！公曰：愚非惜幕間一足地，不容劉也，然視其狀有不足稱者，諸公視某與劉，分豈有間然哉，反爲之惜其壽爾！後不得已，問先生所欲爲？先生曰：司功掾甚閑，或可承闕。相國由是掾之。雖居官曹，宴見與從事儀等。後從事又曰：劉棗强縱不容在賓署，承乏于掾曹，詘矣。奚不疏整其秩？相國不得已而表奏焉。詔下之日，先生不恙而卒。

相國哀之慟曰：果然止掾曹，殺吾愛客〔三六〕。葬之有加等。墳去襄陽郭五里，曰柳子關。後先生數十歲，日休始以鄙文稱于襄陽。襄陽邑人劉永〔三七〕，高士也。嘗述先生之道業，嘗咏先生之歌詩，且歎曰：襄之人，只知有孟浩然墓〔三八〕，不知有先生墓，恐百歲之後，埋滅而不聞，與荆棘凡骨溷，吾子之文，吾當刊焉。日休曰：存既摭實，録之何愧。嗚呼！先生之官卑，不稱其德，宜加私謚，然東强之號世已美矣，故不加焉。是爲劉東强碑。

【校箋】

〔一〕「餘漆」，《唐百家詩選》同，謂漆燈也。《述異記》：「闔閭夫人墓中，周圍八里，漆燈照爛如日月焉。」李賀詩屢用之。毛本改作「潦」，或改作「燎」，俱非是。

〔二〕「微微」，下「微」字原缺，據《唐百家詩選》補。

〔三〕《唐百家詩選》載此詩，題下自注「時依鄭相」四字，謂鄭餘慶也。

〔四〕「正性」原作「正信」，據《唐百家詩選》改。

〔五〕「累形」原作「累刑」，據《唐百家詩選》改。

〔六〕「未」字原脱；「絏」原作「細」，據《唐百家詩選》補改。

〔七〕「斷」前原衍「清」字，「闉」原作「門」，據《唐百家詩選》删改。

〔八〕「舛」原作「寂」，據《唐百家詩選》改。

〔九〕「高棲」原作「高樓」，據《唐百家詩選》改。

〔一〇〕「恩去亦難留」原作「思去亦難收」，據《文苑英華》卷二〇四及《樂府詩集》、《萬首唐人絶句》改。

〔一一〕此句原作「花顔鬢髮一何偏」，據《樂府詩集》、《萬首唐人絶句》改。

〔一二〕「嗚條」原作「生條」，據毛本改。

〔一三〕《孟東野詩集》載《哭劉言史》詩，全文如下：「詩人業孤峭，餓死良已多。相悲與相笑，累累其奈何。精異劉言史，詩腸傾珠珂。取次爲拋擲，飛過東溟波。可惜大國謡，飄爲四夷歌。常于衆中會，顔色兩切磋。今日果成死，葬襄之洛河，洛岸遠相弔，灑淚雙滂沱。」此節録。「取次」原作「取此」，「葬襄」原作「葬喪」，據改。

〔一四〕「出漠」，《唐百家詩選》同，毛本作「出漢」，非。

〔一五〕「妝色」原作「妝花」，據《唐百家詩選》改。

〔一六〕「欸」原作「曖」，據毛本改。

〔一七〕「凌天」原作「麥天」，據毛本改。「麥」乃「凌」字之訛。

〔一八〕「淚水」原作「汨水」，據《唐百家詩選》改。

〔一九〕「千回」原作「重回」，據《唐百家詩選》改。

〔二〇〕「抹」原作「扶」，據《唐百家詩選》改。

〔二一〕「丸」原作「圓」，據《唐百家詩選》改。

〔二二〕「先皇」原作「先王」，據《唐百家詩選》改。
〔二三〕「芳容」原作「芳叢」，據《唐百家詩選》改。
〔二四〕「緑蛾」原作「緑娥」，據《唐百家詩選》改。
〔二五〕「貴戚」原作「親戚」，據《唐百家詩選》改。
〔二六〕「躑舞」原作「蹲舞」，據《唐百家詩選》改。
〔二七〕「木槿」原作「木錦」，據《唐百家詩選》改。
〔二八〕「追躅」原作「在躅」，據《皮子文藪》改。
〔二九〕「者」原作「有」，據《皮子文藪》改。
〔三〇〕「比」原作「此」，據《皮子文藪》改。
〔三一〕「性」字原脱，據《皮子文藪》補。
〔三二〕「于野」原作「如野」，據《皮子文藪》改。
〔三三〕「弦」字原脱，據《皮子文藪》補。
〔三四〕「出」字原脱，據《皮子文藪》補。
〔三五〕「漢南」原作「漢朝」，據《皮子文藪》改。
〔三六〕「殺」原作「然」，據《皮子文藪》改。
〔三七〕「劉永」原作「劉求」，據《皮子文藪》改。

〔三八〕「孟」字原脱，據《皮子文藪》補。

劉猛

元微之樂府古題序云：詩訖于周，離騷訖于楚，是後詩之流爲二十四名。賦、頌、銘、贊、文、誄、箴、詩、行、咏、吟、題、怨、歎、章、篇、操、引、謡、謳、歌、曲、詞、調，皆詩人六義之餘。而作者之旨，由操而下八名，皆起于郊祭、軍賓、吉凶、苦樂之際。在音聲者〔一〕，因審聲以度詞〔二〕，審調以節唱；句度短長之數，聲律平上之差，莫不由之准度。而又區别其在琴瑟者爲操引；採民甿者爲謳謡；備曲度者總得謂之歌曲詞調。斯皆由樂以定詞，非選調以配樂也〔三〕。由詩而下九名，皆屬事而作，雖題號不同，而悉謂之爲詩可也。後之審樂者，往往採取其詞，度爲歌曲，蓋選詞以配樂，非由樂以定詞也。而纂撰者由詩而下十七名，盡編爲樂府等題。除鐃吹、横吹、郊祀、清商等詞在樂志者，其餘木蘭、仲卿、四愁、七哀之輩，亦未必盡播于管弦明矣。後之文人達樂者少，不復如是配别〔四〕；但遇興紀題，往往兼以句讀短長爲歌詩之異〔五〕。劉補闕云〔六〕：樂府肇于漢魏。按仲尼學文王操〔七〕，伯牙作水仙操，齊犢沐作雉朝飛，衛女作思歸引，則不于漢魏而後始，亦以明矣。况自風雅至于樂流，莫非諷興當時之事，以貽後世之人。沿襲古題，唱和重複，于文或有短長，于義咸爲贅賸；尚不如寓意古題，刺美見事，猶有詩人引古以諷之義者焉。曹、劉、沈、鮑之徒，時得如此，亦復稀少。近代惟詩人杜甫悲陳陶、哀江頭、兵車〔八〕、麗人等，凡所歌行，率皆即事名篇，無有倚傍。余少時與友人白樂天、李公垂輩，謂是爲當，遂不復擬賦古題。昨梁州見進士劉猛、李餘各賦古樂府詩數十首〔九〕，其中一二十章〔一〇〕，咸有新意，予因選而和之。其有雖用古題，全無古義者，若出門行不言離別，將進酒特書列女之類是也。其或頗同古義，全創新詞，則田家止述軍輸〔一一〕，捉捕請先螻蟻之類是也。劉、李二子方將極意于斯文，因爲粗明古今歌詩同異之旨焉。

月生十五前，日望光彩圓。月滿十五後〔一二〕，日畏光彩瘦。不見夜光色，一樽成暗酒。匣中龍背銅〔一三〕，光短不照空。不惜補明月，慚無此良工〔一四〕。月生句。自念數年間，兩手中藏鉤。于心且無恨，他日爲我羞。古老傳童歌，連淫亦兵象。夜夢戈甲鳴，苦不願年長。苦雨句。朝梳一把白，夜淚千滴雨。可恥垂拱時，老作在家女。曉句。張爲作主客圖，取猛月生十五前等句，以孟雲卿爲高古奥逸主，而以猛爲入室。

元微之酬劉猛見送云：種花有顏色，異色即爲妖。養鳥惡羽翮，翦翮不待高。非無剪傷者，物性難自逃。百足雖捷捷〔一五〕，商羊亦翹翹。伊予狷然質，謬入多士朝。任氣有愎戇，容身寡朋曹。愚狂偶似直〔一六〕，靜僻非敢驕。一爲毫髮忤，十載山川遥。爍鐵不在火，割肌不在刀。險心露山岳，詖語翻波濤〔一七〕。六尺安敢主，方寸由自調。神劍土不蝕，異布火不燒。雖無二物姿，庶欲效一毫。未能深蹙蹙，多謝相勞勞。去去我移馬，遲遲君過橋。雲勢正橫壑，江流初滿槽。持此慰遠道，比之爲舊交。

【校箋】

〔一〕「音聲者」三字原脱，據《元氏長慶集》卷二三補。

〔二〕「因」原作「審」，據《元氏長慶集》改。

〔三〕「調」原作「詞」，據《元氏長慶集》改。

〔四〕「別」原作「列」，據《元氏長慶集》改。

〔五〕「爲」原作「于」，據《元氏長慶集》改。

〔六〕「云」，《唐文粹》同，《元氏長慶集》作「之」。

〔七〕「按」原作「操」，據《元氏長慶集》改。

〔八〕「兵車」原作「兵馬」，據《元氏長慶集》改。

〔九〕「古題昨梁州見進士劉猛李餘各賦」十四字原脱，據《元氏長慶集》補。

〔一〇〕「其中一二十章」原作「中一二章」，據《元氏長慶集》補改。

〔一一〕「田家」原作「因家」，據《元氏長慶集》改。

〔一二〕「月滿」原作「明滿」，據毛本及《全唐詩話》改。

〔一三〕「龍背」原作「苔背」，據《全唐詩話》改。

〔一四〕此句原作「暫無此良玉」，據《全唐詩話》改。

〔一五〕「捷捷」原作「健健」，據《元氏長慶集》卷八改。

〔一六〕「似」原作「以」，據《元氏長慶集》改。

〔一七〕「詖語」，《元氏長慶集》作「流語」。

李餘

張爲作主客圖，以孟雲卿爲高古奥逸主，以餘爲入室。取其句云：長安東門别，立馬生白髮。句。霽後軒蓋繁，南山瑞煙發。句。嘗憂車馬繁，土薄聞水聲。句。

餘，登長慶三年進士第，蜀人也。張籍送餘歸蜀詩云〔一〕：十年人好誦詩章〔二〕，今日成名出舉場。歸去唯將新誥牒，後來爭取舊衣裳。山橋曉上蕉花暗，水店晴看芋葉光〔三〕。鄉里親情相見日，一時攜酒上高堂。賈島送餘及第歸蜀云〔四〕：知音伸久屈，覲省去光輝。津濟逢清夜，途程盡翠微。雲當綿竹疊，鳥離錦江飛。肯寄書來否，原居出甚稀。又送餘往湖南云〔五〕：昔去候温凉，秋生滿楚鄉〔六〕。今來從辟命，春物遍涔陽。岳石挂海雪〔七〕，野楓堆渚檣〔八〕。若尋吾祖宅，寂寞在瀟湘。

【校箋】

〔一〕詩題《張司業集》作《送李餘及第後歸蜀》。

〔二〕「人好誦詩章」原作「人詠好詩章」，據《張司業集》改。

〔三〕「芋葉光」，《張司業集》作「芋草黄」。

〔四〕詩題《長江集》作《送李餘及第歸蜀》。

〔五〕詩題《長江集》作《送李餘往湖南》。

〔六〕「楚鄉」原作「蜀鄉」，據《長江集》改。

〔七〕「挂海雪」原作「桂陽雪」，據《長江集》改。

〔八〕「野楓」原作「野帆」，據《長江集》改。

李涉

石本作李涉鎮江鶴林寺，有坡詩同刻，有玉蕊花在。

題鶴林寺僧室云〔一〕：終日昏昏醉夢間，忽聞春盡强登山。因過竹院逢僧話，又得浮生半日閑〔二〕。

春晚游鶴林寺寄使府諸公云：野寺尋春花已遲〔三〕，背巖唯有兩三枝。平明攜酒猶堪醉〔四〕，爲報春風且莫吹。

岳陽别張祜云：十年蹭蹬爲逐臣，鬢毛白盡巴江春。鹿鳴猿嘯雖寂寞，水蛟山魅多精神。山瘧困中聞有赦，死灰不望光陰借。半夜州符唤牧童，虚教衰病生驚怕。巫峽洞庭千里餘，蠻陬水國何親疎〔五〕。由來真宰不宰我，徒勞歎者懷吹噓。灞橋昔與張生别，萬變桑田何處説。龍蛇縱在没泥塗，長衢却爲駑駘設。愛君氣堅風骨峭，文章真把江淹笑。洛下諸生懼刺先，烏鳶不得齊鷹鷂〔六〕。岳陽西南湖上寺，水閣松房遍文字。新釘張生一首詩，自餘吟着皆無味。策馬前途須努力，莫學龍鍾虚嘆息。

晚泊潤州聞角云〔七〕：孤城吹角水茫茫，風引胡笳怨思長〔八〕。驚起暮天沙上雁，海門斜去兩三行。

涉嘗過九江，至皖口遇盜，問何人，從者曰：李博士也。其豪首曰：若是李涉博士，不用剽奪，久聞詩名，願題一篇足矣。涉贈一絶云：春雨蕭蕭江上村，緑林豪客夜知聞。他時不用相迴避，世上如今半是君。

涉至揚州，一女子拜且泣，問之，曰：宋態也，故吴興劉員外之愛姬。劉全白也。劉李有昔年之分，涉因贈詩曰：長憶雲仙至小時，芙蓉頭上綰青絲。當時驚覺高唐夢，唯有而今宋玉知。又云：陵陽夜醺使君筵，解語花枝在眼前。自從明月西沉海，不見嫦娥二十年〔九〕。

涉，渤之兄，纖人也。早從陳許辟，憲宗時，爲太子通事舍人，投匭言吐突承璀冤狀。孔戣知匭事，表其姦，逐爲峽州司倉參軍。始戣見其副章，詰責不受。涉乃行賂，詣光順門通之，故戣極言涉姦險欺天，請加顯戮。大和中，爲太學博士，自號清谿子〔一〇〕。

張爲作主客圖，以孟雲卿爲高古奥逸主，而以涉入室。取其句云：但將鐘鼓悦私愛，肯以犬羊爲國羞。句。尼父未適魯，屢屢倦迷津〔一一〕。徒懷教化心，紆鬱不能伸。一遇知己言，萬方始喧喧。至今百王則，孰不挹其源。句。

六歎云〔一二〕：漢臣一没丁零塞，牧羊西過陰沙外。朝憑南雁信難回，夜望北辰心獨在。漢家茅土横九州，高門長戟分王侯。但將鐘鼓悦私愛，肯以犬羊爲國羞。夜宿寒雲卧冰雪〔一三〕，嚴風獨刃垂旌節。丁年奉使白頭歸，泣盡李陵衣上血。

春山三朅來云：釣魚朅來春日暖，沿溪不厭舟行緩〔一四〕。野竹初栽碧玉長，澄潭欲下青絲短。昔人避世兼避仇，暮棲雲外朝悠悠〔一五〕。我今無事亦如此，赤鯉忽到長竿頭。汎汎隨波凡幾里，碧莎如煙沙似砥。瘦壁横空怪石危，山花鬭日禽爭水。有時帶月歸扣舷，身閑自是漁家仙。山上朅來採新茗，新花亂發前山頂。瓊英動摇鍾乳碧，叢叢高下隨崖嶺。未必蓬萊有仙藥，能向鼎中雲漠漠。越甌遥見裂鼻香，欲覺身輕騎白鶴。採藥朅來藥苗盛，藥生只傍行人徑。世人重耳不重目，指似藥苗心不足。野客住山三十載，妻兒共寄浮雲外。小男學語便分别，已辨君臣知匹配。都市廣場開大鋪〔一六〕，疾來求者多相悮。見説韓康舊姓名，識之不識先相怒。

【校箋】

〔一〕此前原載有《醉中贈崔膺》詩，已見本書卷四三崔膺下，蓋重出也。毛本删，今從之。詩題《唐百家詩選》同，《又玄集》作《題鶴林寺僧房》，《文苑英華》卷二三六作《題鶴林寺上方》。

〔二〕「又得」，《又玄集》、《文苑英華》同，《萬首唐人絶句》作「偷得」。

〔三〕「尋春花已遲」，《唐百家詩選》同，《萬首唐人絶句》作「尋花春已遲」。

〔四〕「平明」原作「平生」，據《唐百家詩選》改。《萬首唐人絶句》作「明朝」。

〔五〕詩題《唐百家詩選》作《岳陽别張祜秀才》。「蠻陬」原作「巒陬」，據改。

〔六〕「鷹鵠」原作「鷹鶡」，據《唐百家詩選》改。

〔七〕詩題《又玄集》同，《萬首唐人絶句》作《潤州聽暮角》。

〔八〕首二句《又玄集》同，《才調集》、《萬首唐人絶句》作「江城吹角水茫茫，曲引邊聲怨思長」。

〔九〕《雲溪友議》卷下《江客仁》條：「李博士涉……嘗過九江……至皖口之西，忽逢大風鼓其征帆，數十人皆馳兵仗而問：『是何人？』從者曰：『李博士船也。』其間豪首曰：『若是李涉博士，吾輩不須剽他金帛，自聞詩名日久，但希一篇，金帛非貴也。』李乃贈一絶句。（即「春雨蕭蕭」一首，載于後）……李君及至揚州，遍歷諸寺，遇一女子拜泣，自謂宋態也。宋態者，故吴興劉員外愛姬也。（原注：劉全白也。）劉、李有昔年之分，因有詩贈曰：『長憶雲仙至小時』云云。又曰：『陵陽夜醼使君筵』云云。」涉贈豪首詩，《唐百家詩選》、《萬首唐人絶句》作《井欄砂宿遇夜客》；贈宋態詩，《萬首唐人絶句》作《遇湖州妓宋態宜二首》。

〔一〇〕按計氏此文有誤，唐代名李涉者頗多，「憲宗時爲太子通事舍人」者與「大和中爲太學博士」者非一人。《新唐書》卷二〇七《吐突承璀傳》云：「會劉希先納羽林大將軍孫璹錢二十萬緡，求方鎮，有詔賜死，跡絓承璀。……纖人太子通事舍人李涉投匭言承璀等寃狀，于是孔戣知匭事，閲其副，不受，即表其姦，逐爲峽州司倉參軍。」《舊唐書》卷一八四《吐突承璀傳》亦云：「時弓箭庫使劉希先取羽林大將軍孫璹錢二十萬以求方鎮，事發賜死，辭相告訐，事連承璀，乃出爲淮南節度監軍使。太子通事舍人李涉，性狂險，投匭上書，論希先、承璀無罪，不宜貶戮。諫議大夫、知匭事孔戣，見涉疏之副本，不受其章。涉持疏于光順門欲進之，戣上疏論其纖邪，貶涉峽州司倉。」即計氏所本，事在憲宗元和六年（八一一，見《通鑑·唐紀》）。乃爲太子通事舍人之李涉也。又：《舊唐書》卷一六七《李逢吉傳》：「（逢吉之黨張權輿）令衛尉卿劉遵古從人安再榮告武昭謀害逢吉。武昭者，有才力，裴度破淮、蔡時奬用之，累奏爲刺史。及度被斥，昭以門吏久不見用，客于京師，途窮頗有怨言。……逢吉又與同列李程不協。太學博士李涉、金吾兵曹茅彙者，于京師貴游間以氣俠相許，二人出入程及逢吉之門。……再榮既告。李仲言誡彙曰：『言武昭與李程同謀則活，否則爾死。』彙曰：『寃死甘心，誣人以自免，予不爲也。』及昭下獄，逢吉之醜跡皆彰。昭死，仲言流象州，茅彙流雋州，李涉流康州。」《新唐書》卷一七四《李逢吉傳》所載同。事在敬宗寶曆元年（八二五），明年，改元大和。此爲太學博士之李涉也。相隔十五年矣。史言涉「以氣俠相許」，實與其詩風骨爲近，殆非纖邪人也。計氏以二人混而爲一，晁公武《郡齋讀書志》亦復有誤，云：「《李涉歌詩》一卷：右唐李涉，渤之弟也。早從陳許辟，一再謫官夷陵。大和中，爲太學博士。自號清溪子。渤三詩附。」涉非李渤弟，乃其兄，見所作《與李渤新羅劍歌》，中有「我有愛弟都九江，一條直氣今無雙。青光好去莫惆悵，必斬長鯨須少壯」語。渤，兩《唐書》有傳，不言爲涉弟，其詩附載，必當有據。其「從陳許辟」，「號清溪子」，亦必同見《集》中，故計、晁所記相同。至云：「一再謫官夷陵」，則據憲宗時李涉貶峽州司倉言之（夷陵，峽州治）；涉詩中有言及謫岳州事者，不云謫夷陵也。李涉爲中晚唐名家，王荆公《唐百家詩選》采其詩三十七首，並云：「渤之兄也，太和中，爲太學博士。」或者裴度還朝秉政以後，涉得伸其冤枉，自康州召還，復爲太學博士歟？

〔二〕「屢屢」原作「婁」，據毛本補改。

〔三〕《六歎》凡六首，有序云：「《五噫》、《四愁》、《九歌》、《七啟》，皆創文者立意之終，紀其數而名之也。清江、白雲、孤山、遠嶼，皆得時之人吟詠性情耳。余無暇于是焉。窮居歲陰，偶懷無悰，因追感見見，成文六篇，目曰《六歎》。懼質文之不備，復何全于比興乎？係之私齋，以示同道，格韻枯缺，多慚聞知。」此録其第五首。

〔一三〕「夜宿」原作「夜霜」，據《唐百家詩選》改。

〔一四〕「沿溪」原作「松溪」，據《唐百家詩選》改。

〔一五〕「朝」原作「兼」，據《唐百家詩選》改。

〔一六〕「廣場」原作「廣長」，據《唐百家詩選》改。

劉昭禹

經費冠卿舊隱云：節高終不起，死戀九華山。聖主情何切，孤雲性本閑。名傳中國外，墳在亂松間。依約曾棲處，斜陽鳥自還。

昭禹，字休明，婺州人也。少師林寬，爲詩刻苦，不憚風雪。詩云：句向夜深得，心從天外歸。集首懷華山隱者云：先生入太華，杳杳絶良音。秋夢有時見，孤雲無處尋。神清峰頂立，衣冷瀑邊吟。應笑干名者，六街塵土深。嘗與人論詩曰：五言如四十箇賢人，著一字如屠沽不得。覓句者若掘得玉合子，底必有蓋，但精心求之，必獲其寶。在湖南累爲宰字，後署天策府學士，嚴州刺史，卒于桂州幕中。有詩三百首〔一〕。

【校箋】

〔一〕《詩話總龜》前集卷一〇引《郡閣雅談》：「劉昭禹，字休明，婺州人。少師林寬，爲詩刻苦，不憚風雪。詩云：『句向夜深得，心從天外歸。』言不虛耳。《懷蕭山隱者》云：『先生入太華，杳杳絶良音。秋夢有時見，孤雲無處尋。神清峰頂立，衣冷瀑邊吟。應笑干名者，六街塵土深。』嘗與人論詩曰：『五言如四十箇賢人，亂著一字，屠沽輩也。覓句者若掘得玉匣，有底有蓋，但精求，必得其寶。』在湖南，累爲宰，卒于桂府幕，有詩行于世。」按《直齋書録解題》：「《劉昭禹集》一卷，湖南天策府學士桂陽劉昭禹撰。」疑當以作桂陽人爲是。「不憚風雪」句原脱「不憚」二字，「瀑邊」原作「瀑泉」，「天策府」原作「天榮府」，據補改。詩題此作「華山」，是。

孫昌胤

清明詩曰：清明暮春裏，悵望北山陲。燧火開新焰，桐花發故枝。沉冥慙歲物，歡宴阻朋知。不及林間鳥，遷喬並羽儀。

和司空曙劉昚虛九日送人云：京邑歎離群，江樓喜遇君。開筵當九日，泛菊外浮雲。朗詠山川霽，酣歌物色曛。君看酒中意，未肯喪斯文。

柳子厚與韋中立書云〔一〕：古者重冠禮，將以責成人之道，是聖人所尤用心者也。數百年來，人不復行。近有孫昌胤者，獨發憤行之。既成禮，明日造朝至外廷〔二〕，薦笏言于卿士曰〔三〕：某子冠畢〔四〕。應之者咸憮然。京兆尹鄭叔則怫然曳笏却立曰：何預我耶！廷中皆大笑。天下不以非鄭尹而快孫子何哉？獨爲所不爲也〔五〕。

昌胤，登天寶進士第。

【校箋】

〔一〕此摘引柳宗元《答韋中立論師道書》，見《柳河東集》卷三四。

〔二〕「至」原作「到」，據《柳河東集》改。

〔三〕「曰」字原脱，據《柳河東集》補。

〔四〕「某」原作「其」，據《柳河東集》改。

〔五〕「也」原作「已」，據《柳河東集》改。

嚴休復

揚州唐昌觀玉蕊花折有仙人游悵然成二絶云〔一〕：終日齋心禱玉宸，魂銷目斷未逢真〔二〕。不如滿樹瓊瑶蕊，笑對藏花洞裏人。又云：羽車潛下玉龜山，塵世何由覩蕣顔〔三〕。唯有無情枝上雪，好風吹綴緑雲鬟。

元和中，見一女子，從以二女冠，三小僕，直造花所。佇立良久，命小童折花數枝，謂黄衫者曰〔四〕：曩有玉峰之期，自此可以行矣。行百許步，遂不復見。休復有詩，元微之和云〔五〕：弄玉潛過玉樹時，不教青鳥出花枝。的應未有諸人覺，只是嚴郎自得知〔六〕。

樂天詩云〔七〕：嬴女偷乘鳳下時，洞中潛歇弄花枝。不緣啼鳥春饒舌，青瑣仙郎可得知？

【校箋】

〔一〕《太平廣記》卷六九引《劇談録》：「長安安業唐昌觀，舊有玉蕊花，其花每發，若瓊林瑶樹。唐元和中，春物方盛，車馬尋玩者相繼。忽一日，有女子年可十七八……從以二女冠，三小僕……直造花所。……佇立良久，令女僕取花數枝而出。將乘馬，顧謂黄衫者曰：『曩有玉峰之期，自此行矣。』……舉轡百餘步，有輕風擁塵，隨之而去。……時嚴休復、元稹、劉禹錫、白居易俱作《玉蕊院真人降詩》。嚴沐復詩曰云云，又曰云云。元稹詩云云，劉禹錫詩云云，白居易詩云云。」此本之。唐昌觀在長安安業坊，不在揚州，《劇談録》言之甚明。蓋北宋以來，晏殊、宋祁、劉攽、王禹偁、宋次道、黄山谷諸人，多以揚州后土祠中瓊花，一名玉蕊（見宋次道《春明退朝録》），計氏遂混爲一談，題「揚州唐昌觀玉蕊花」，大誤。《萬首唐人絶句》卷八及宋趙孟奎《分門纂類唐歌詩》殘本「草木蟲魚類」卷四載此二詩，題作《聞玉蕊院花下仙人降》，是也。胡應麟《少室山房筆叢》卷一一「瓊花」條辨之甚詳。

〔二〕「目斷」，《劇談録》作「眼冷」。

〔三〕「蕣顏」原作「愛顏」，據《劇談録》改。

〔四〕「黄衫」原作「黄冠」，據《劇談録》改。

〔五〕詩題《元氏長慶集》作《玉蕊院真人降》。

〔六〕「自」原作「卜」，據《劇談録》改。

〔七〕詩題《白氏長慶集》作《酬嚴給事玉蕊花》。

朱慶餘

慶餘遇水部郎中張籍知音，索慶餘新舊篇什，留二十六章，置之懷袖而推贊之。時人以籍重名，皆繕録諷詠，遂登科。慶餘作閨意一篇以獻曰：洞房昨夜停紅燭，待曉堂前拜舅姑。粧罷低聲問夫壻，畫眉深淺入時無？籍酬之曰：越女新粧出鏡心，自知明豔更沉吟。齊紈未足人間貴，一曲菱歌敵萬金。由是朱之詩名流于海内矣〔一〕。

中秋月云：自古分功定，唯應缺又盈。一宵當皎潔，四海盡澄清。静覺風微起，寒過雪乍傾，孤高稀此遇〔二〕，吟賞倍牽情。

題薔薇花云：四面垂條密〔三〕，浮陰入夏清〔四〕。緑攢傷手刺，紅墮斷腸英。粉着蜂鬚膩，光凝蝶翅明，雨中看亦好〔五〕，況復值初晴。

送韋校書赴浙東幕云〔六〕：丞相辟書新，秋關獨去人。官離芸閣早，名占甲科頻。水驛迎船火〔七〕，山城候吏塵。湖邊寄家久〔八〕，到日倍榮親〔九〕。

慶餘，名可久，以字行。登寶應進士第〔一〇〕。

送陳標〔一二〕：滿酌勸僮僕，好隨郎馬蹄。花時慎行李〔一三〕，莫上白銅鞮〔一三〕。又題王侯廢宅云〔一四〕：古巷戟門誰舊宅〔一五〕？早曾聞説屬官家。更無新燕來巢屋，唯有閑人去看花。空厩欲摧塵滿櫪〔一六〕，小池初涸草侵沙。繁華事歇皆如此〔一七〕，立馬踟躕到日斜〔一八〕。右張爲取此作主客圖。

姚合送慶餘越州歸覲云：鄉書落姓名，太守拜親榮。訪我波濤郡，還家霧雨城〔一九〕。海山窗外近〔二〇〕，鏡水世間清。何計隨君去，鄰牆過此生〔二一〕。

張籍送慶餘歸越云〔二二〕：東南歸路遠〔二三〕，幾日到鄉中。有寺山皆遍，無家水不通。湖聲蓮葉雨〔二四〕，野氣稻花風〔二五〕。州縣知名久，爭邀與客同。

【校箋】

〔一〕《雲溪友議》卷下《閨婦歌》條：「朱慶餘校書既遇水部郎中張籍知音，逼索慶餘新製篇什數通，吟改後，只留二十六章，置于懷抱而推贊歟。清列以張公重名，無不繕録而諷詠之，遂登科第。朱君尚爲謙退，作《閨意》一篇以獻張公，張公明其進退，尋亦和焉。詩曰：『洞房昨夜停紅燭，待曉堂前拜舅姑，妝罷低聲問夫壻，畫眉深淺入時無？』張籍郎中酬曰：『越女新裝出鏡心，自知明艷更沉吟。齊紈未足人間貴，一曲菱歌敵萬金。』朱公才學，因張公一詩，名流于海内矣。」張詩「人間貴」原誤作「門人貴」，據改。按今傳《張司業集》中，不見此詩，《萬首唐人絶句》載之，題作《酬朱慶餘》。

〔二〕「稀」原作「希」，據《朱慶餘詩集》改。

〔三〕「四面」，《朱慶餘詩集》、《唐百家詩選》同，《文苑英華》卷三二二作「繞架」。

〔四〕「浮陰」原作「浮雲」，據《朱慶餘詩集》、《文苑英華》、《唐百家詩選》改。

〔五〕「雨中」，《朱慶餘詩集》、《唐百家詩選》同，《文苑英華》作「雨來」。

〔六〕詩題《朱慶餘詩集》、《文苑英華》卷二七八作《送韋繇校書赴浙東幕》。

〔七〕「船火」原作「舷火」，據《朱慶餘詩集》、《文苑英華》改。

〔八〕此句原作「湘邊寄家處」，據《朱慶餘詩集》改，《文苑英華》作「湖邊寄家去」。

〔九〕「倍」，《文苑英華》同，《朱慶餘詩集》作「喜」。

〔一〇〕《新唐書》卷六〇《藝文志》：「《朱慶餘詩》一卷。」注云：「名可久，以字行。寶曆進士第。」

〔一一〕詩題原缺，據《朱慶餘詩集》補。并删詩後「句」字。

〔一二〕「花時」，《朱慶餘詩集》作「春風」。

〔一三〕「鞮」原作「堤」，據《朱慶餘詩集》改。

〔一四〕詩題《文苑英華》卷三〇七作《廢宅》，《朱慶餘詩集》作「過舊宅」。

〔一五〕「戟門」，《朱慶餘詩集》同，《文苑英華》作「棘門」。

〔一六〕「空厩」，《朱慶餘詩集》同，《文苑英華》作「荒厩」。

〔一七〕「繁華」，《朱慶餘詩集》、《文苑英華》作「榮華」。「皆」，《朱慶餘詩集》同，《文苑英華》作

「多」。

〔一八〕「到」，《朱慶餘詩集》同，《文苑英華》作「對」。

〔一九〕「霧雨城」原作「霧露城」，據《姚少監詩集》改。

〔二〇〕「窗外近」原作「空外遠」，據《姚少監詩集》改。

〔二一〕「過」原作「閑」，據《姚少監詩集》改。

〔二二〕詩題《張司業集》作《送朱慶餘及第歸越》。

〔二三〕「東南」原作「東鄰」，據《張司業集》改。

〔二四〕「湖聲」原作「潮聲」，據《張司業集》改。

〔二五〕「稻花」原作「稻苗」，據《張司業集》改。

劉軻

軻爲僧時，葬遺骸，夢一書生來謝，持三雞子，勸食之，嚼一而吞二，後精儒術，任史官。退之欲爲文贊之，會貶不就〔一〕。

玉聲如樂詩云：玉叩能旋止〔二〕，人言與樂并。繁音忽已闋，雅韻詘然清。珮想停仙步，泉疑咽夜聲。曲終無異聽〔三〕，響極有餘情〔四〕。特達知難擬，玲瓏豈易名。崑山如可得，一片佇爲榮。

摭言云：軻慕孟軻爲文，故以名焉。少爲僧，止于豫章高安縣南果園。復求黄老之術，隱于廬山。既而進士登第，文章與韓、柳齊名〔五〕。

軻上座主書曰：軻本沛上耕人，代業儒，爲農人家。天寳末，流離于邊，徙貫南。鄙邊之人，嗜習玩味，異乎沛。然亦未嘗輟耕捨學，與邊俗齒。且曰：言忠信，行必果，雖夷貊行矣。故處邊如沛然。貞元中，軻僅能執經從師。元和初，方結廬于廬山之陽，日有芟夷畚築之役，雖震風凌雨，亦不廢力。大耨或農圃餘隙，積書牕下，日與古人磨礱前心，歲月悠久，寖成書癖。

樂天云〔六〕：廬山自陶、謝後，貞元初有符載、楊衡輩隱焉。今讀書屬文，結茅巖谷者，猶一二十人。其中秀出者有彭城劉軻，開卷慕孟軻爲人，秉筆慕揚雄、司馬遷爲文。軻志不息，異日必能跨符、楊而攀陶、謝矣。

軻，字希仁。元和末，登進士第，卒于洺州刺史〔七〕。與吴武陵並以史才直史館〔八〕。

不知爲僧者是彭城劉軻否〔九〕。

【校箋】

〔一〕《南部新書》己：「劉軻爲僧時，因葬遺骸，乃夢一書生來謝，持三鷄子，勸食之。軻嚼一而吞二者。後乃精儒學，策名，任史官。韓愈欲爲文贊焉，而會愈貶，文乃不就。」此《紀事》所本。

《雲溪友議》卷中有《葬書生》條，記此甚詳。

〔二〕「叩」原作「振」，據《文苑英華》卷一八六改。

〔三〕「異聽」原作「巽韻」，據《文苑英華》改。

〔四〕「響極」原作「聽罷」，據《文苑英華》改。

〔五〕此見《摭言》卷一一。「縣」原作「之」，據改。

〔六〕此節引白居易《代書》，見《白氏長慶集》卷二六。時樂天方任江州司馬，乃劉軻將赴長安求仕，白爲薦于京師故人而作。

〔七〕《新唐書》卷五八《藝文志》：「劉軻《帝王歷數歌》一卷。」注云：「字希仁，元和末進士第。洺州刺史。」

〔八〕《舊唐書》卷一七三《李紳傳》附《吴汝納傳》：「吴汝納者，澧州人，故韶州刺史武陵兄之子。武陵進士登第，有史學，與劉軻并以史才直史館。」

〔九〕據《摭言》所載，應是一人。此注當爲校刻者所加。

獨孤鉉

日南長至云〔一〕：玉曆頒新律〔二〕，凝陰發一陽。輪暉猶惜短〔三〕，圭影此偏長〔四〕。晷度經南斗，流晶盡北堂〔五〕。乍疑周户耀〔六〕，可愛逗林光。積雪消微煦〔七〕，初萌動早芒[八]。更昇臺上望。雲物已昭彰。

鉉，登元和進士第[九]。

【校箋】

〔一〕詩題原脱「長」字，據《文苑英華》卷一八一補。

〔二〕「頒新律」原作「班窮律」，據《文苑英華》改。

〔三〕「輪暉」原作「輕暉」，據《文苑英華》改。

〔四〕「圭影此」原作「桂影叱」，據《文苑英華》改。

〔五〕「晶」，《文苑英華》作「星」。

〔六〕「周」，《文苑英華》作「同」。

〔七〕「微煦」原作「微照」，據《文苑英華》改。

〔八〕「早芒」原作「渺茫」，據《文苑英華》改。

〔九〕按獨孤鉉，兩《唐書》事跡無考。《文苑英華》作者下注云：「元和年吏部。」又，《文苑英華》卷二九載有獨孤鉉《聚米爲山賦》，與蔣防同作，乃省試試題。蔣防見本書卷四一，而二人徐松《登科記考》皆不載。

張燦

寒食遺懷云：繁華泣清露，悄悄落衣巾。明日逢寒食，春風見故人。病來羞滯楚〔一〕，西去欲迷秦。憔悴此時夜〔二〕，青山歸四隣。

璨，貞元、元和間進士也。

【校箋】

〔一〕「滯」原作「帶」，據毛本改。

〔二〕「夜」毛本作「久」。按「夜」字不誤。

楊虞卿

過小妓英英墓云：蕭晨騎馬出皇都，聞説埋魂近路隅〔一〕。别我已成泉下土〔二〕，思君猶似掌中珠。四弦品柱聲初絶，三尺孤墳草已枯。蘭質蕙心何所在？焉知過者是狂夫。樂天、夢得皆有和章。樂天云〔三〕：人間有夢何曾入，泉下無家豈是歸。墳上少啼留取淚，明年寒食更霑衣。夢得云〔四〕：但是好花皆易落〔五〕，從來尤物不長生。鸞臺夜直衣衾冷，雲雨無因入禁城。

虞卿醉後善歌掃市詞，又有小妓攻琵琶，虞卿死，遂辭去。樂天哭虞卿詩云：何日重聞掃市歌，誰家收得琵琶妓〔六〕？

虞卿，字師臯，虢州人。佞柔善諧麗。宗閔、僧孺相穆宗，引爲右司郎中。宗閔倚之，時號黨魁。爲京兆尹，以罪貶虔州司户參軍，死〔七〕。

【校箋】

〔一〕「埋魂近」原作「埋冤在」，據《又玄集》改。

〔二〕「成」原作「爲」，據《又玄集》改。

〔三〕《白氏長慶集》卷三一此詩題作《和揚師皋傷小姬英英》。其前四句爲「自從驕騃一相依，共見楊花七度飛。玳瑁牀空收枕席，琵琶弦斷倚屏幃。」

〔四〕《劉夢得文集》外集卷二此詩題作《和楊師皋給事傷小姬英英》前四句爲「見學胡琴見藝成，今朝追想幾傷情。撚絃花下呈新曲，放撥燈前謝改名。」

〔五〕「但是」原作「但見」，據《劉集》改。

〔六〕《白氏長慶集》卷三〇《哭師皋》自注：「師皋醉後善歌《掃市詞》，又有小妓攻琵琶，不知今落在何處。」詩凡十八句，此摘引之。

〔七〕《新唐書》卷一七五《楊虞卿傳》：「楊虞卿字師皋，虢州弘農人。……李宗閔、牛僧孺輔政，引爲右司郎中、弘文館學士。……虞卿佞柔善諧麗，權幸倚爲姦利。……宗閔待之尤厚，就黨中爲最能唱和者，以口語軒輊事機，故時號黨魁。……遷京兆尹……貶虔州司户參軍，死。」

楊汝士

唐名族重京官而輕外任，汝士建節後詩云：抛却弓刀上砌臺，上方樓殿窣雲開。山僧見我衣裳窄，知道新從戰地來。又云：而今老大騎官馬，羞向關西道姓楊〔一〕。

寶曆中，楊於陵僕射入覲，其子嗣復率兩榜門生迎于潼關，宴新昌里第，僕射與所執坐正寢，嗣復領諸生翼兩序。元、白俱在，賦詩席上。汝士詩後成，元、白覽之失色。詩曰：隔坐應須賜御屏，盡將仙翰入高冥。文章舊價留鸞掖，桃李新陰在鯉庭。再歲生徒陳賀宴，一時良史盡傳馨。當時疏傅雖云盛，詎有兹筵醉醁醽。其日大醉歸，謂其子弟曰：吾今日壓倒元、白〔二〕。時爲刑侍。

開成中，汝士以户侍檢校尚書鎮東川，時樂天以太子少傅分洛，戲代内子賀兄嫂曰：劉綱與婦共登仙。弄玉隨夫亦上天。何似沙哥領崔嫂，碧油幢引向東川。又云：金花銀椀饒兄用，罨畫羅裙任嫂裁。嫁得黔婁爲妹壻，可能空寄蜀茶來〔三〕。

裴令公居守東洛，夜宴半酣，公索句，元、白有得色。時公爲破題，次至汝士曰：昔日蘭亭無豔質，此時金谷有高人。白知不能加，遽裂之曰：笙歌鼎沸，勿作冷澹生活。元顧曰：樂天所謂能全其名者也〔四〕。

汝士鎮東川，其子知温及第，命妓張宴，人與紅綾一疋。詩曰：郎君得意及青春，蜀國將軍又不貧。一曲高歌綾一疋，兩頭娘子謝夫人〔五〕。

汝士，字慕巢。牛、李待之善。開成初，鎮東川。時嗣復鎮西川，乃族昆弟，對擁節旄，世榮其門。終刑部侍郎〔六〕。

【校箋】

〔一〕《南部新書》乙：「諸名族重京官而輕外任。故楊汝士建節後詩云：『抛却弓刀上砌臺，上方樓殿窣雲開。山僧見我衣裳窄，知道新從戰地來。』又云：『如今老大騎官馬，羞向關西道姓楊。』」「窣」原作「翠」，據改。

〔二〕《摭言》卷三：「寶曆年中，楊嗣復相公具慶下繼放兩榜。先僕射自東洛入覲，嗣復率生徒迎于潼關，既而大宴于新昌里第。僕射與所執坐于正寢，公領諸生翼坐于兩序。時元、白俱在，皆賦詩于席上，唯刑部楊汝士侍郎詩後成，元、白覽之失色。詩曰：『隔坐應須賜御屏，盡將仙翰入高冥。文章舊價留鸞掖，桃李新陰在鯉庭。再歲生徒陳賀宴，一時良史盡傳馨。當年疏傅雖云盛，詎有兹筵醉醁醽。』汝士其日大醉，歸謂子弟曰：『我今日壓倒元、白。』」汝士詩「御屏」原作「柳屏」，「良史」原作「良吏」，「疏傅」原作「疏廣」，「醁醽」原作「緑醽」，據改。按《白氏長慶集》卷三三有《和楊郎中賀楊僕射致仕後楊侍郎門生合宴席上作》詩，即和汝士之作。汝士時爲職方郎中，至大和三年以後，方爲工部侍郎，後轉户部、兵部，未嘗爲刑部侍郎（見《舊唐書》卷一七六《楊虞卿傳》附《汝士傳》）。而據《舊唐書》卷一七上《文宗紀》：「大和元年……四月……癸巳，以太子少傅楊於陵守右僕射致仕。」時楊嗣復爲户部侍郎。于寶曆元年二月再知貢舉（見《唐語林》）。所謂「繼放兩榜」、「門生合宴」是也。則其事當在大和元年四月以後。而非「寶曆中」矣。《新唐書》卷一七四《楊嗣復傳》亦記其事。至元稹則任浙東觀察使，「凡在越八年」，直至「（大和）三年九月，入爲尚書右丞。」（見《新唐書》卷一六六《元稹傳》）是時固無由入京，得與此宴也。或以當時元、白齊名，汝士自炫其詩，遂有「壓倒元、白」之語乎？《摭言》所述，大半亦出于附會也。

〔三〕《摭言》卷一五：「開成中，户部楊侍郎（汝士）檢校尚書，鎮東川。白樂天即尚書妹婿，時樂天以太子少傅分洛，代内子賀兄嫂曰：『劉綱與婦共升仙，弄玉隨夫亦上天。何似沙哥（原注：沙哥，汝士小字。）領崔嫂，碧油幢引向東川。』又曰：『金花銀椀饒兄用，罨畫羅裙盡嫂裁。覓得黔婁爲妹壻，可能空寄蜀茶來。』」「沙哥」，毛本改作「楊哥」，誤。

〔四〕《摭言》卷一三：「裴令公居守東洛，夜宴半酣，公索聯句，元、白有得色。時公爲破題，次至楊侍郎（原注：汝士。或曰非也。）曰：『昔日蘭亭無艶質，此時金谷有高人。』白知不能加，遽裂之曰：『笙歌鼎沸，勿作此冷淡生活。』元顧曰：『白樂天所謂能全其名者也。』」按王士禛《香祖筆記》卷一〇亦論「壓倒元、白」事。其駁《摭言》此記云：「（大和）八年甲寅，裴爲東都留守……大和五年，元已薨于武昌，安得與樂天、汝士同在洛中夜宴賦詩耶？小説之不考而妄語如此。」其説是也。

〔五〕《摭言》卷三：「楊汝士尚書鎮東川，其子知温及第，汝士開家宴相賀，營妓咸集。汝士命人與紅綾一匹。詩曰：『郎君得意及青春，蜀國將軍又不貧。一曲高歌綾一匹，兩頭娘子謝夫人。』」「及青春」原作「又青春」，「綾」原作「紅」，據改。

〔六〕《新唐書》卷一七五《楊虞卿傳》附《汝士傳》：「汝士字慕巢。中進士第，又擢宏辭。牛、李待之善，引爲中書舍人。開成初，繇兵部侍郎爲東川節度使。時嗣復鎮西川，乃族昆第，對擁旄節，世榮其門。終刑部尚書。」

張志和

漁父歌云〔一〕：西塞山前白鷺飛〔二〕，桃花流水鱖魚肥。青篛笠，綠蓑衣，斜風細雨不須歸〔三〕。又云：釣臺漁父褐爲裘，兩兩三三舴艋舟。能縱棹，慣乘流，長江白浪不曾憂〔四〕。又云：霅溪灣裏釣魚翁，舴艋爲家西復東。江上雪，浦邊風，笑着荷衣不歎窮。又云：松江蟹舍主人歡，菰飯蓴羹亦共飡。楓葉落，荻花乾。醉宿漁舟不覺寒。又云：青草湖中月正圓，巴陵漁父棹歌連。釣車子，掘頭船〔五〕，樂在風波不用仙。

憲宗時，畫玄真子像，訪之江湖間，不可得，因令集其詩上之。玄真之兄張松齡，懼其放浪而不返也，和答其漁父云：樂是風波釣是閑，草堂松桂已勝攀。太湖水，洞庭山，狂風浪起且須還〔六〕。

志和，字子同，婺州人。母夢楓生腹上而産志和。十六擢明經。肅宗時，以事貶南浦尉。不復仕，居江湖，自稱煙波釣徒。著玄真子。兄鶴齡，恐其遁世，爲築室越州東郭，與陸羽往還，憲宗圖真求其歌不能致。李德裕稱志和隱而有名，顯而無事，不窮不達，嚴光之比云〔七〕。

【校箋】

〔一〕《李文饒文集》卷七《玄真子漁歌記》：「德裕頃在内庭，伏覩憲宗皇帝寫真求訪玄真子《漁歌》，歎不能致。余世與玄真子有舊，早聞其名，又感明主賞異愛才，見思如此，每夢想遺跡，今乃獲之，如遇良寶。於戲！漁父賢而名隱，鴟夷智而功高，未若玄真隱而名彰，顯而無事，不窮不達，其嚴光之比歟？處二子之間，誠有裕矣。長慶三年甲寅歲夏四月辛未日潤州刺史兼御史大夫李德裕記。《漁歌》如左云云。」下署「煙波釣徒玄真子張志和」。蓋此詩爲德裕所傳也。

〔二〕「山前」，《李文饒文集》、《樂府詩集》作「山邊」。

〔三〕「斜風」，《李文饒文集》同，《樂府詩集》作「春江」。

〔四〕「不曾憂」，《李文饒文集》、《樂府詩集》同，《花庵詞選》作「不須憂」。

〔五〕「掘頭船」，《李文饒文集》、《樂府詩集》同，毛本作「撅頭船」。

〔六〕釋曉瑩《羅湖野録》：「張松齡以《漁歌子》招其弟志和云：『樂是風波釣是閑，草堂松桂已勝攀。太湖水，洞庭山，狂風浪起且須還。』」「樂是」原作「樂在」，「松桂」原作「松逕」，據改。

〔七〕《新唐書》卷一九六《張志和傳》：「張志和字子同，婺州金華人。始名龜齡。……母夢楓生腹上而産志和。十六擢明經，以策干肅宗，特見賞重，命待詔翰林，授左金吾衛録事參軍，因賜名。後坐事貶南浦尉，會赦還，以親既喪，不復仕，居江湖，自稱煙波釣徒。著《玄真子》亦以自號。……兄鶴齡恐其遁世不返，爲築室越州東郭。……陸羽嘗問：『孰爲往來者？』對曰：『太虚爲室，明月爲燭，與四海諸公共處，未嘗少别也，何有往來？』……嘗撰《漁歌》，憲宗圖真求其歌，不能致。李德裕稱志和『隱而有名，顯而無事，不窮不達，嚴光之比』云。」「子同」原作「子周」，據改。

唐詩紀事校箋卷第四十七

謝良輔　鮑　防　杜　弈　丘　丹　嚴　維
鄭　槩　陳允初　吕　渭　范　燈　樊　珣
劉　蕃　賈　弇　沈仲昌　李　祐　李　播
蕭　靜　崔子向　李逢吉　楊　乘

謝良輔

自良輔至沈仲昌，有相會作憶長安十二詠，因載他詩于其後。

憶長安十二詠云：憶長安，正月時，和風喜氣相隨。獻壽彤庭萬國，燒燈青玉五枝。終南往往殘雪，渭水處處流澌。又云：憶長安，臘月時，温泉彩仗新移。瑞氣遥迎鳳輦，日光先暖龍池。取酒蝦蟆陵下〔一〕，家家守歲傳巵。

狀江南十二詠云：江南仲春天，細雨色如煙。絲爲武昌柳〔二〕，布作石門泉。又云：江南孟冬天，荻穗軟如綿。緑絹芭蕉裂，黄金橘柚懸。

太白與良輔游涇川陵巖寺詩云：乘君素舸泛涇西，宛似雲門對若溪。且從康樂尋山水，何必東游入會稽。

良輔，登天寶十一年進士第。德宗時，刺商州，爲團練所殺〔三〕。

【校箋】

〔一〕「陵」原作「林」，據毛本及《歲時雜詠》改。長安有蝦蟆陵。

〔二〕「絲」，《歲時雜詠》同，《萬首唐人絶句》作「疏」。

〔三〕《新唐書》卷七《德宗紀》：「是月（建中四年十月），商州軍亂，殺其刺史謝良輔。」

鮑　防

憶長安十二詠云：憶長安，二月時，玄鳥初至禖祠。百囀宫鶯繡羽，千條御柳黄絲。更有曲江勝地，此來寒食佳期。

狀江南十二詠云：江南孟春天，荇葉大如錢。白雪裝梅樹，青袍似葑田。

防雜感詩云：漢家海内承平久，萬國戎王皆稽首。天馬常銜苜蓿花，胡人歲獻蒲萄酒。五月荔枝初破顔，朝離象郡夕函關。鴈飛不度桂陽嶺〔一〕，馬走先過林邑山〔二〕。甘泉御果垂仙閣，日暮無風香自落〔三〕。遠物皆重近皆輕，雞雖有德不如鶴。

防，字子慎，襄陽人。貞元初，爲禮侍，策賢良方正，得穆質、裴復、柳公綽、歸登、崔邠、韋純、魏弘簡、熊執易，世美防知人。防于詩尤所感發，以譏切當世，與中書舍人謝良弼友善，號鮑、謝〔四〕。

送薛補闕入朝云：平原門下十餘人，獨受恩多未殺身。每嘆陸家兄弟少〔五〕，更憐楊氏子孫貧。柴門豈斷施行馬，魯酒那堪醉近臣。賴有軍中遺令在，猶將談笑靜風塵〔六〕。

【校箋】

〔一〕「不度」原作「不到」，據《唐百家詩選》改。

〔二〕「先過」原作「皆從」，據《唐百家詩選》改。

〔三〕「無風」原作「無人」，據《唐百家詩選》改。

〔四〕《新唐書》卷一五九《鮑防傳》：「鮑防，字子慎，襄州襄陽人。……從德宗奉天，進禮部侍郎，封東海郡公。貞元元年，策賢良方正，得穆質、裴復、柳公綽、歸登、崔邠、韋純、魏弘簡、熊執易等，世美防知人。……防于詩尤工，有所感發，以譏切世弊，當時稱之。與中書舍人謝良弼友善，時號鮑、謝云。」

〔五〕「陸家」原作「漢家」，據《文苑英華》卷二七一及《唐百家詩選》改。

〔六〕「靜」原作「對」，《唐百家詩選》同，據《文苑英華》改。

杜弈

憶長安十二詠云：憶長安，三月時，上苑遍是花枝。青門幾場送客？曲水竟日題詩。

駿馬金鞭無數，良辰美景追隨。

丘丹

憶長安十二詠云：憶長安，四月時，南郊萬乘旌旗。嘗酎玉巵更獻，含桃絲籠交馳。芳草落花無限，金張許史相隨。

狀江南十二詠云：江南季冬天〔一〕，紅蠏大如甌〔二〕。湖水龍爲鏡，爐峰氣作煙〔三〕。

韋蘇州秋夜寄丹云〔四〕：懷君屬秋夜，散步詠涼天。山空松子落，幽人應未眠〔五〕。丹和云：露滴梧葉鳴，風秋桂花發〔六〕。中有學仙侶，吹簫弄山月〔七〕。

蘇州又贈丹云：跡與孤雲遠，心將野鶴俱。那同石氏子，每到府門趨〔八〕。丹和云：久作煙霞侶，暫將簪組親。還同褚伯玉，入館忝州人。

蘇州聽江笛送陳侍御云：遠聽江上笛，臨觴一送君〔九〕。還愁獨宿夜〔一〇〕，更向郡齋聞。丹和云：離樽聞夜笛，寥亮入寒城〔一一〕。月落車馬散，悽惻主人情。

蘇州送丘員外還山詩云：長棲白雲表，暫訪高齋宿。還辭郡邑喧，歸泛松江渌。結茅隱蒼嶺，伐薪響深谷。同是山中人，不知往來躅。靈芝非庭草，遼鶴匪池鶩〔一二〕。終當署里門〔一三〕，一表高陽族。丹酬云：側聞郡守至，偶乘黃犢出。不別桃源人，一見經累日。

蟬鳴念秋稼，蘭酌動離瑟。臨水降麾幢，野艇纔容膝。參差碧山路，目送江帆疾。涉海得驪珠，棲梧慚鳳質。愧非鄭公里，歸掃蒙籠室〔一四〕。

蘇州重送丘二十二還臨平山居云：歲中始再覯〔一五〕，方來又解攜。纔留野艇語，已憶故山棲。幽澗人夜汲，深林鳥長啼。還持郡齋酒，慰此霜露凄〔一六〕。丹和云：賣藥有時至，自知往來疏。遽辭池上酌，新得山中書〔一七〕。步出芙蓉府，歸乘觳觫車。猥蒙招隱作，豈愧班生廬。此丹述懷之作。丹隱臨平山，與韋蘇州往還。韋有詩贈丹云：高詞棄浮靡，貞行表鄉閭。未真南宫拜，聊偃東山居〔一八〕。

中元日鮑端公宅遇吴天師聯句云：道流爲柱史，教戒下真仙。嚴維。共契中元會，初修内景篇。鮑防。游方依地僻，卜室喜牆連。謝良輔。寶笥開金籙，華池漱玉泉。杜弈。怪龍隨羽翼，青節降雲煙。李清。昔去遺丹竈，今來變海田。劉蕃。養形奔二景，練骨度千年。謝良輔。騎竹投陂裏，攜壺挂牖邊〔一九〕。鄭槩。洞中嘗入靜，河上舊談玄。陳允初。伊洛笙歌遠，蓬壺日月偏。樊珣。清騾薊訓引〔二〇〕，白犬伯陽牽。丘丹。法受相君後，心存象帝先。吕渭。道成能縮地，功滿欲昇天。范淹。何意迷孤性，含情戀數賢。吴筠。

鮑防代宗時以御史大夫歷福建、江西觀察使，吕渭大曆間爲浙西支使，大曆末，貶歙州司馬，觀十二月詩與中元聯句，皆在江南時事也。詠江南而憶長安，其意可見矣。

【校箋】

〔一〕「天」原作「月」，據《歲時雜詠》、《萬首唐人絶句》改。

〔二〕「觚」原作「觵」，據《歲時雜詠》、《萬首唐人絶句》改。

〔三〕「爐峰」原作「鑪風」，據《歲時雜詠》、《萬首唐人絶句》改。

〔四〕詩題《韋江州集》作《秋夜寄丘二十二員外》。

〔五〕「應」原作「亦」，據《韋江州集》改。

〔六〕「風秋」原作「秋風」，據《韋江州集》附録丘丹《奉酬寄示》改。

〔七〕「山月」原作「明月」，據《韋江州集》改。

〔八〕「趨」原作「庭」，據《韋江州集》載《贈丘員外》二首之二改。

〔九〕此句原作「江上笛若君」，據《韋江州集》改。

〔一〇〕「夜」原作「客」，據《韋江州集》改。

〔一一〕「寒城」原作「塞城」，據《韋江州集》附録丘丹同賦改。

〔一二〕「匪」原作「委」，據《韋江州集》改。

〔一三〕「署」原作「書」，據《韋江州集》改。

〔一四〕「掃」原作「掾」，據《韋江州集》附録丘丹《奉酬使君送歸山之作》改。

〔一五〕「覯」原作「見」，據《韋江州集》改。

〔一六〕「此」原作「子」，據《韋江州集》改。

〔一七〕「山中」原作「口中」，據《韋江州集》附録丘丹《奉酬重送歸山》改。

〔一八〕此韋應物《贈丘員外》二首之一，凡十韻二十句，此録首四句。見《韋江州集》。

〔一九〕「挂」原作「拄」，據毛本改。

〔二〇〕「薊」原作「蒯」，薊子訓乘騾事，見《太平廣記》卷一二引《神仙傳》。據改。

嚴維

憶長安十二詠云：憶長安，五月時，君王避暑華池。進膳甘瓜朱李，續命芳蘭綵絲。競處高明臺榭，槐陰柳色通逵。

狀江南十二詠云：江南季春天〔一〕，蓴絲細如絃〔二〕。池邊草作逕，湖上葉如船。

維，字正文，越州人〔三〕。與劉長卿善。長卿對酒寄維云：陋巷喜陽和，衰顏對酒歌。懶從華髮亂，閑任白雲多〔四〕。郡簡容垂釣，家貧學弄梭。門前七里瀨，早晚子陵過。維答云：蘇躭佐郡時，近出白雲司。藥補清羸疾，窗吟絶妙詞。柳塘春水漫〔五〕，花塢夕陽遲。欲識懷君意，朝朝訪楫師。時劉爲睦州司馬。

維作越之諸暨尉，劉隨州以詩送云〔六〕：愛爾文章逸，還家印綬榮。退公兼色養，臨下帶鄉情。喬木映官舍，春山宜縣城〔七〕。應憐釣臺石，閑却爲浮名。維留别云〔八〕：中年從一尉，自笑此身非〔九〕。道薄甘微禄，時艱恥息機〔一〇〕。晨趨本郡府〔一一〕，晝偃故山扉。待見干戈畢〔一二〕，何妨更採薇。

題靈一上人院新泉云〔一三〕：山下新泉出，泠泠比法源〔一四〕。落池纔有響〔一五〕，濺石未成痕〔一六〕。獨映孤松色，殊分衆鳥喧〔一七〕。唯當清夜月〔一八〕，觀此啟禪門〔一九〕。

送薛尚書入朝云：卑情不敢論，拜手立轅門〔二〇〕。列郡諸侯長，登朝八座尊。凝笳臨水發，行旆向風翻。幾許遺民泣〔二一〕，同懷父母恩。

哭靈一上人云：一公何不住，空有遠公名。共説岑山路，今時莫可行〔二二〕。舊房松更老，新塔草初生。經論傳緇侶，文章遍墨卿。禪林枝榦折〔二三〕，法宇棟梁傾。誰復修僧史，應知傳已成。

長卿送維赴河南充嚴中丞幕府云：久别耶溪客，來乘使者軒。用才榮入幕，扶病喜同樽。山屐留何處，江帆去獨翻。暮情辭鏡水，秋夢識雲門〔二四〕。蓮府開花萼，桃源寄子孫。何當舉嚴助，偏沐漢朝恩〔二五〕。維贈别云：早見登郎署，同時跡下僚。幾年江路永，今日國門遥。文變騷人體，官移漢帝朝。望山吟度日，接枕話通宵。萬里趨公府，孤帆恨信潮。匡時知已老〔二六〕，聖代恥逃堯。

長卿蛇浦橋下重送云〔二七〕：秋風颯颯鳴條，風月相和寂寥。黄葉一離一別，青山暮暮朝朝。寒江漸出高岸，老樹猶依斷橋〔二八〕。明日行人已遠，空餘淚逐歸潮〔二九〕。維重別云：月色今宵最明，庭閑夜久天清。愁盡當年左宦〔三〇〕，殷勤遠別深情。溪臨修竹煙色〔三一〕，風落高梧雨聲。耿耿相看不寐，遥聞曉柝山城〔三二〕。

長卿七里瀨重送云：秋江渺渺水空波，越客孤舟欲榜歌。手折衰楊悲老大〔三三〕，故人零落已無多。維重別云：新安非欲枉帆過〔三四〕，海内如君有幾何？醉裏別時秋水色，老人南望一狂歌。

錢起送維尉河南云：蕙葉青青花亂開，少年趨府下蓬萊〔三五〕。甘泉未厭揚雄賦，吏道何勞賈誼才。征陌獨愁雲蓋遠，離筵只惜暝鐘催。欲知別後相思處，願植瓊林向栢臺。

維終祕書郎〔三六〕。

【校箋】

〔一〕「季春」原作「春季」，據《歲時雜詠》、《萬首唐人絶句》改。

〔二〕「絲」原作「葉」，據《歲時雜詠》改。

〔三〕《新唐書》卷六〇《藝文志》「《嚴維詩》一卷。」注云：「字正文，越州人，秘書郎。」

〔四〕「閑任」原作「閑住」，據《劉隨州詩集》及《文苑英華》卷二五二改。

〔五〕「漫」原作「慢」，《劉隨州詩集》附録嚴維《酬劉員外見寄》同，據《文苑英華》改。

〔六〕詩題《劉隨州詩集》作《送嚴維尉諸暨》，自注：「嚴即越州人。」

〔七〕「宜」，《劉隨州詩集》同，毛本作「直」。

〔八〕詩題《文苑英華》卷二八七作《留別鄒紹、劉長卿》，《劉隨州詩集》附録作《留別劉八》。

〔九〕「自笑」，《劉隨州詩集》同，《文苑英華》作「自歎」。

〔一〇〕二句《劉隨州詩集》同，《文苑英華》「道薄」作「道在」，「時艱」作「時難」。

〔一一〕「本郡」原作「本鄉」，《劉隨州詩集》同，據《文苑英華》改。

〔一二〕「待見」，《文苑英華》作「待得」。《劉隨州詩集》作「但見」。

〔一三〕詩題《極玄集》作《題一公院新泉》，《文苑英華》卷一六三作《一公新泉》。

〔一四〕此句《極玄集》同，《文苑英華》作「泠泠此發源」。

〔一五〕「落池」原作「落花」，據《極玄集》、《文苑英華》改。

〔一六〕「濺石」，《極玄集》同，《文苑英華》作「漬水」。

〔一七〕「殊分」原作「難分」，據《極玄集》、《文苑英華》改。

〔一八〕「清夜月」原作「清月夜」，據《極玄集》、《文苑英華》改。

〔一九〕此句原作「觀定此禪門」，據《極玄集》改，《文苑英華》作「觀此起禪關」。

〔二〇〕「拜手立」原作「拜首入」，據《極玄集》、《文苑英華》卷二七三改。

〔二一〕「泣」原作「泫」，據《極玄集》、《文苑英華》改。

〔二二〕「莫」，《極玄集》同，《文苑英華》卷三〇五作「不」。

〔二三〕「禪林」原作「禪床」，據《文苑英華》改。《極玄集》無末四句。

〔二四〕「秋夢」原作「愁夢」，據《劉隨州詩集》改。

〔二五〕「徧」原作「偏」，據《劉隨州詩集》改。

〔二六〕「匡時」原作「康時」，據《劉隨州詩集》附録嚴維《贈別》改。

〔二七〕「橋下」原作「月下」，據《劉隨州詩集》改。

〔二八〕「老樹」，《劉隨州詩集》作「古木」。

〔二九〕「淚逐歸朝」，《劉隨州詩集》作「淚滴迴潮」。

〔三〇〕「愁盡當年」原作「愁靜多年」，據《劉隨州詩集》附録嚴維《重別》改。

〔三一〕「修竹」，《劉隨州詩集》作「踈竹」。

〔三二〕「曉柝」原作「擊拆」，據《劉隨州詩集》改。

〔三三〕「老大」原作「老別」，據《劉隨州詩集》、《萬首唐人絶句》改。

〔三四〕「非欲」原作「非故」，據《劉隨州詩集》、《萬首唐人絶句》改。

〔三五〕「少年」原作「少時」，據《錢考功集》改。

〔三六〕「祕」原作「校」，據《新唐書·藝文志》改。

鄭　槩

憶長安十二詠云：憶長安，六月時，風臺水榭逶迤。朱果雕籠香透，分明紫禁寒隨。塵驚九衢客散，赭汗滴瀝青驪〔一〕。

狀江南十二詠云：江南孟秋天，稻花如白氈〔二〕。素腕惭新藕，殘粧妬晚蓮。

司空曙寄槩詩云〔三〕：倦枕欲徐行，開簾秋日明〔四〕。手便筇杖冷，頭喜葛巾輕。緑草前侵水，黄花半上城。虚銷此風景，不見十年兄。

【校箋】

〔一〕「赭汗」原作「赭河」，據《歲時雜詠》改。毛本作「赭珂」，義不可通。

〔二〕「如白氈」原作「白如氈」，據《歲時雜詠》改。

〔三〕詩題《司空曙集》作《病中寄鄭十六兄》。

〔四〕「秋日」，《司空曙集》作「秋月」。

陳允初〔一〕

憶長安十二詠云：憶長安，七月時，槐花散點罘罳〔二〕。七夕針樓競出，中元香供初移。繡轂金鞍無限，游人處處歸遲〔三〕。

僧靈一有送允初卜居麻源詩云：欲向麻源隱，能尋謝客蹤。空山幾十里〔四〕，幽谷第三重。巖宇寧須葺，荷衣不待縫。因君見往事，爲我謝喬松。

秦系移耶溪舊居呈陳允初校書云〔五〕：雞犬漁舟裏，長謠任興行。即令邀客醉，已被遠山迎。書笈將非重，荷衣着甚輕。謝安無箇事，忽起爲蒼生。

【校箋】

〔一〕「陳允初」原誤作「陳元初」，據本卷丘丹下《中元聯句》及本書卷三八秦系《將移耶溪舊居留呈嚴長史維、陳校書允初》與卷七二僧靈一《送陳允初卜居麻源》詩改。《歲時雜詠》卷四五載其《憶長安十二詠》，題「允初」不誤。允初，殿中侍御史，見《元和姓纂》。此重收秦系、僧靈一二人詩，以「允初」爲「元初」，又以「秦系」爲「陳孫」，實爲大誤。今悉改正。

〔二〕「散點」，原作「點散」，據《歲時雜詠》改。

〔三〕「歸遲」，原作「歸隨」，據《歲時雜詠》改。

〔四〕「幾十里」原作「幾千里」，據《文苑英華》二七四改。《英華》詩題「陳允初」亦誤作「陳元初」。

〔五〕此詩《全唐詩》亦誤爲兩人作，並云：「陳孫，明皇時人。」

吕渭

憶長安十二詠云：憶長安，八月時，闕下天高舊儀。衣冠共頒金鏡，犀象對舞丹墀。更愛終南灞上，可憐秋草碧滋。

狀江南十二詠云：江南仲冬天，紫蔗節如鞭。海將鹽作雪，山用火耕田。

渭，貞元十一年知貢舉，撓悶不能定去留，寄詩前主司曰：獨坐貢闈裏，愁多芳草生。仙翁昨日事，應見此時情〔一〕。

中書省柳久枯死，興元元年，車駕還，柳再榮，謂之瑞柳。明年，渭以爲禮部賦題，德宗甚惡之〔二〕。渭，字君載，河中人。德宗時，爲禮部侍郎，與裴延齡姻家，擢其子上第，出爲潭州刺史，卒〔三〕。

【校箋】

〔一〕《摭言》卷八：「貞元十一年，吕渭第一榜，撓悶不能定去留，因以詩寄前主司曰，『獨坐貢闈裏，愁多芳草生。仙翁昨日事，應見此時情。』」

〔二〕《舊唐書》卷一三七《吕渭傳》：「授太子右庶子、禮部侍郎。中書省有柳樹，建中末枯死，興元元年車駕還京後，其樹再榮，人謂之瑞柳。渭試進士，取瑞柳爲賦題，上聞而嘉之。」按《太平御覽》卷九五七引此文作「上聞而惡之」，與《紀事》同。《新唐書》卷一六〇《呂渭傳》記此事，作「帝聞不以爲善」，則此作「德宗甚惡之」是也。「興元元年」原作「興元二年」，據史文改。

〔三〕《新唐書》卷一六〇《呂渭傳》：「又與裴延齡爲姻家，擢其子操上第。會入閣，遺私謁之書于廷。出爲潭州刺史，卒。」

范燈〔一〕

憶長安十二詠云：憶長安，九月時，登高望見昆池〔二〕。上苑初開露菊，芳林正獻霜梨。更想千門萬户，月明砧杵參差。

狀江南十二詠云：江南季夏天，身熱汗如泉。蚊蚋成雷澤，袈裟作水田。

【校箋】

〔一〕岑仲勉《讀全唐詩札記》：「燈，余謂憕之訛，見《姓纂》。《全詩》本《紀事》四七，《紀事》多訛文也。」范憕，錢塘人，父安親，官房州別駕。見《元和姓纂》卷七。

〔二〕「昆池」原作「崑池」，據《歲時雜詠》改。「望見」，《歲時雜詠》作「遥望」。

樊珣

憶長安十二詠云：憶長安，十月時，華清士馬相馳。萬國來朝漢闕，五陵共臘秦祠〔一〕。晝夜歌鐘不歇，山河四塞京師。

狀江南十二詠云：江南仲夏天，時雨下如川〔二〕。盧橘垂金彈〔三〕，甘蕉吐白蓮。

【校箋】

〔一〕「臘」，《歲時雜詠》同。謂臘祭也，《禮記·月令》：「孟冬十月，臘先祖五祀。」毛本改「臘」作「獵」，非。

〔二〕「下」原作「不」，據《歲時雜詠》、《萬首唐人絶句》改。

〔三〕「盧橘」原作「蘆橘」，據《歲時雜詠》、《萬首唐人絶句》改。

劉　蕃

憶長安十二詠云：憶長安，子月時，千官賀至丹墀。御苑雪開瓊樹，龍堂冰作瑶池。獸炭氊盧正好〔一〕，貂裘狐白相宜。

狀江南十二詠云：江南季秋天，栗實大如拳〔二〕。楓葉紅霞舉〔三〕，蘆花白浪穿〔四〕。

蕃，登天寶六年進士第。

【校箋】

〔一〕「氊盧」原作「氊爐」，據《歲時雜詠》改。

〔二〕「栗實」原作「栗熟」，據《萬首唐人絶句》改，《歲時雜詠》作「果熟」。

〔三〕「舉」原作「翠」，據《歲時雜詠》、《萬首唐人絶句》改。

〔四〕「穿」原作「川」，據《歲時雜詠》同，據《萬首唐人絶句》改。

賈弇

狀江南十二詠云：江南孟夏天，慈竹笋如編。蜃氣爲樓閣，蛙聲作管絃。

弇，登大曆進士第。柳子厚先友誌云：弇，長樂人，善士也。爲校書郎，卒〔一〕。

李益送校書賈弇東歸寄振上人詩云：北風吹鴈數聲悲，況指前林是别時。秋草不堪頻送遠〔二〕，白雲何處更相期。山隨匹馬行看暮，路入寒城獨去遲。爲向東州故人道，江淹已擬惠休詩。

【校箋】

〔一〕見《柳河東集》卷一二《先君石表陰先友記》。韓醇注：「弇，大曆二年中進士第。」

〔二〕「秋」原作「愁」，據《李益集》改。

沈仲昌

狀江南十二詠云：江南仲秋天，鱏鼻大如船。雷似樟亭浪〔一〕，苔爲界石錢。

仲昌，登天寶九年進士第。蕭穎士送劉方平沈仲昌秀才同觀所試雜文云〔二〕：山東茂異，有河南劉方平、臨汝沈仲昌，以郡府計偕之尤，當禮闈能賦之試，餘勇待賈，未始踰辰。吾徒相與登群玉，咀遺芳，目臨雲外，思入神境，佳哉樂乎！意數子之出幽谷而漸于陸矣。

【校箋】

〔一〕「似」原作「是」，據《歲時雜詠》改。

〔二〕按此文《全唐文》失收。

李祐

袁江口懷王司勳王吏部云〔一〕：京華不啻三千里，客淚如今一萬雙。若箇最爲相憶處，青楓黄竹入袁江。唐宗室也。大曆、元和間江南録事參軍纂之子〔二〕。

【校箋】

〔一〕按，此李嘉祐詩，《李嘉祐集》題作《袁江口憶王司勳王吏部二郎中，起居十七弟》，《萬首唐人絶句》題作《袁江口憶王郎中》。

〔二〕《新唐書》卷七〇上《宗室世系表》：「江南録事參軍纂」，子「祐」。此因「李嘉祐」詩誤脱「嘉」字而漫指爲一人，亦許氏之疏也。

李播

見志云：去歲買琴不與價，今年沽酒未還錢。門前債主雁行立，屋裏醉人魚貫眠。

播，登元和進士第。

播以郎中典蘄州，有李生攜詩謁之，播曰：此吾未第時行卷也。李曰：頃于京師書肆百錢得此，游江淮間二十餘年矣。欲幸見惠。播遂與之，因問何往，曰：江陵謁表丈盧尚書。播曰：公又錯也，盧是某親表丈。李慚悚失次，進曰：誠若郎中之言，與荆南表丈，一時乞取。再拜而出〔一〕。

【校箋】

〔一〕《太平廣記》卷二六一引《大唐新語》：「唐郎中李播典蘄州日，有李生稱舉子來謁。會播有疾病，子弟見之，覽所投詩卷，咸播之詩也。既退，呈于播，驚曰：『此昔應舉時所行卷也，唯易其名矣。』明日，遣其子邀李生，從容詰之曰：『奉大人咨問，此卷莫非秀才有製乎？』李生聞語，色已變，曰：『是吾平生苦心所著，非謬也。』子又曰：『此是大人文戰時卷也，兼牋翰未更，却請秀才不妄言。』遽曰：『某向來誠爲誑耳。二十年前，實于京輦書肆中以百錢贖得，殊不知是賢尊郎中佳製，下情不勝恐悚。』子復聞于播，笑曰：『此蓋無能之輩耳，亦何怪乎！饑窮若是，實可哀也。』遂沾以生餼，令子延食于書齋。數日後，辭他適，遺之縑繒。是日播方引見。李生拜謝前事畢，又云：『某執郎中盛卷，游于江淮間已二十載矣，今欲希見惠，可乎？所貴光揚旅寓。』播曰：『此乃某昔歲未成事所懷之者。今日老爲郡牧，無用處，便奉獻可矣。』亦無愧色，旋置袖中。播又曰：『秀才今擬何之？』生云：『將往江陵，謁表丈盧尚書耳。』播曰：『賢表丈任何官？』曰：『見爲荆南節度使。』播曰：『名何也？』對曰：『名弘宣。』播拍手大笑曰：『秀才又錯也！荆門盧尚書，是某親表丈。』生慚悸失次，乃復進曰：『誠若郎中之言，則並荆南表丈一時曲取。』于是再拜而走出。播歎曰：『世上有如此人耶！』蘄間悉話爲笑端。」此文今傳《大唐新語》諸刻本失收。「江陵謁表丈盧尚書」句，原脱「表丈」二字，「是某親表丈」句，原脱「丈」字，據《太平廣記》補。

蕭　靜

三湘有懷云〔一〕：柳絮飛時别洛陽〔二〕，梅花落後到三湘。世情已逐浮雲散，離恨空隨江水長。

【校箋】

〔一〕此詩《萬首唐人絶句》載爲賈至作，題爲《巴陵夜别王八員外》。

〔二〕「飛時」原作「飛來」，據《萬首唐人絶句》改。

崔子向

上鮑大夫云：行盡江南塞北時，無人不誦鮑家詩。東堂桂樹何年折，直到如今少一枝。鮑防，貞元時人。

送惟詳律師自越之義興云〔一〕：陽羨諸峰頂，何曾異剡山。雨晴秋到寺〔二〕，木落夜開關。縫衲紗燈亮〔三〕，看經錫杖閑〔四〕。西方知社散〔五〕，未得與師還。

子向，貞元以前爲監察御史，終南海從事。裴鉶傳奇云：子向之子煒，貞元中人，居南海〔六〕。

【校箋】

〔一〕詩題《文苑英華》卷二二一作《送惟祥律師自越歸義興》。

〔二〕「秋」原作「人」，據《文苑英華》改。

〔三〕「亮」原作「晃」，據《文苑英華》改。

〔四〕「看經」原作「看心」，據《文苑英華》改。

〔五〕「社散」原作「有社」，據《文苑英華》改。

〔六〕裴鉶《傳奇》「崔煒」條：「貞元中，有崔煒者，故監察向之子也。向有詩名于人間，終于南海從事，煒居南海云云。」此本之。然作「崔向」不作「崔子向」。按「崔子向」，屢見于《皎然集》，與諸人聯句，《集》中皆署官銜，而崔但稱名，或稱爲「崔秀才」、「崔十二」，知時尚未出仕也。自《紀事》以「崔向」即「崔子向」，《全唐詩》遂據《傳奇》所載崔向爲監察御史之語，于清晝等《建安寺西院喜王郎中遷恩命初至聯句》下，列王遘諸人官銜時，于「崔子向」下，增入「官御史」三字，乃《皎然集》所無，殆不足信。《萬首唐人絶句》則有「崔向」無「崔子向」，收《上鮑大夫》與《題越王臺》詩二首。《題越王臺》亦載《傳奇》「崔煒」條，當别有據也。

李逢吉

送令狐秀才赴舉云：子有雄文藻思繁，齠年射策向金門。前隨鸞鶴登霄漢，却望風沙走塞垣〔一〕。獨憶忘機陪出處，自憐何力繼飛翻。那堪兩地生離緒，蓬户長扃行旅喧。

和嚴揆省中宿齋遇令狐員外當直之作云：致齋分直宿南宫，越石盧諶此夜同。位極班行猶念舊，名題章奏亦從公。曾驅爪士三邊静，新贈髯參六義窮。竟夕文昌如有月，可憐如在庾樓中。

望京臺上寄令狐華州云：祇役滯南服〔二〕，頹思屬暮年。閑上望京臺，萬山蔽其前。落日歸飛翼，連翩東北天。涪江適在下，爲我久潺湲。中葉成文教，德威清遠邊。頒條信徒爾，華髮生蒼然。寄懷三峰守，岐路隔雲煙。

奉酬忠武李相公見寄云：直繼先朝衛與英，能移孝友作忠貞。劍門失險曾縛虎，淮水安流緣斬鯨。黄閣碧幢惟是儉，三公二伯未爲榮。惠連忽贈池塘句，又遣羸師破膽驚。酬致政楊祭酒見寄云[三]：初還相印罷戎旃，獲守皇居在紫煙。安比鄭侯功蔑爾，每懷疏傅意悠然。應將半俸霑閭里，料入中條訪洞天。十載别離那可道，倍令驚喜見來篇。逢吉與令狐楚有唱和詩，曰斷金集[四]。裴夷直爲之序云：二相未遇時，每有所作，必驚流輩。不數年，遂壓秉筆之士。及入官登朝[五]，益復隆高，我不求異，他人自遠。逢吉卒，楚有題斷金集詩云[六]：一覽斷金集，載悲埋玉人。牙絃千古絶，珠淚萬行新。

【校箋】

〔一〕「走」原作「是」，據張本、毛本改。

〔二〕「役」原作「没」，據張本、毛本改。

〔三〕詩題「致政」，《文苑英華》卷二四五作「致仕」。

〔四〕按《斷金集》爲李逢吉與令狐楚唱和詩，裴夷直此序言之甚明，蓋取《易·繫辭》「二人同心，其利斷金」之義也。自《崇文總目》、《新唐書·藝文志》、《郡齋讀書志》、《直齋書録解題》、《通志·藝文略》著録并同，唯《文獻通考·經籍考》總集類載：「《斷金集》一卷。晁氏曰：唐令狐楚、韓琪與李逢吉自爲進士以至宦達所與酬唱詩什，開成初，裴夷直序之。」學者遂謂令狐楚、李逢吉之外，唱和者尚有韓琪。檢《四部叢刊》三編影印宋淳祐袁州刻本及衢州本《郡齋讀書志》，「韓琪」皆作「輯其」，而《通考》别集類載：「《斷金集》一卷。晁氏曰：唐李逢吉、令狐楚自未第至貴顯所唱和詩也。後逢吉卒，楚編次之，得六十餘篇，裴夷直名之曰《斷金集》，爲之序。」亦不言唱和者尚有韓琪。是知其誤並不在馬氏所引之《晁志》本書，而乃出于《通考》刻本之譌也。王先謙合校《郡齋讀書志》謂「輯其」二字，袁刻本與《通考》同作「韓琪」；盧文弨《群書拾補》則以爲「晁氏當作陳氏」，皆非。其實《書録解題》，亦無「韓琪」也。《斷金集》明以前亡，見胡應麟《詩藪》外編。裴序僅存此數語，《全唐文》未收。

〔五〕「登朝」原作「登高」，據毛本改。

〔六〕此詩爲令狐楚所作，故有「牙絃千古絶，珠淚萬行新」情至之語，《萬首唐人絶句》題爲裴夷直作，《全唐詩》從之，誤。

楊乘

甲子歲書事時上黨用兵討賊云：豎子未鼎烹，大君尚旰食。風雷隨出師，雲霞有戰色。犒功椎萬牛，募勇懸千帛。武士日曳柴，飛將競執馘。喜氣迎捷書，懽聲送羽檄。天兵日雄强，桀犬稍離析。賊臂既已斷，賊喉既已搤。樂禍但鯨鯢，同惡惟肘腋。小大勢難侔，逆順初不敵。違命固天亡，恃險乖長策。蠆毒久萌芽，狼顧非日夕。禮貌忽驕狂，疏奏遂指斥。動衆豈佳兵，含忍恐無益。鴻恩既已孤，小效不足惜。腐儒一鉛刀，投筆時感激。帝閽不敢干，愐愐坐長晝。南徐春日懷古云：六代驕奢地，三春物象繁。靈湖通漲海，天塹隔中原。曉渡高帆駛，陰風巨艦翻。旌旗西日落，戈甲夏雲屯。豹變資陳武，龍飛擁晉元。風流前事盡，文物舊儀存。邪侮嘗移潤，忠貞幾度冤。興亡山兀兀，今古水渾渾。露暖蜂偷蘂，鶯啼日到軒。酒腸堆麴蘗，詩思遶乾坤。愁夢全無蝶，離憂每愧萱。形骸勞大塊，玉石任炎崑。出處寧由己，升沉未足言。且應中聖樂，坐起任昏昏。建鄴懷古云：故城故壘滿江濆，盡是干戈舊苦辛。見此即須知帝力〔一〕，生來便作太平人。吴中書事云：十萬人家天塹東，管絃臺榭滿春風。名歸范蠡五湖上，國破西施一笑中。香逕自生蘭葉小，響廊深映月華空。樽前多暇但懷古，盡日愁吟誰與同？牓句云：自憐乖拙兩何如，晝泥琴聲夜泥書。數拍胡笳彈未熟，故人新命畫胡車。乘甲子年書事，乃會昌四年討劉稹也。張爲作主客圖，以白樂天爲廣大教化主，而以乘爲入室之上。乘，宣宗大中初登第，官終殿中侍御史。楊維直四子，發、假、收、嚴。發以春爲義，其子以柷以乘爲名。假以夏爲義，其子以㫚爲名。收以秋爲義，其子以鉅、鏻、鑑爲名。嚴以冬爲義，其子以注、涉、洞爲名。皆以文學登第，時號修行楊家，與靖恭諸楊，比于華盛〔二〕。

【校箋】

〔一〕「見此」，《文苑英華》卷三〇八作「君見」。

〔二〕此采自《北夢瑣言》卷一二，「煛」原作「照」，「泂」原作「洞」，據改。按《新唐書》卷七一下《宰相世系表》載：遺直四子：發、假、收、嚴。發生桀；假下未載其子；收生鑑、鉅、鏻；嚴生涉、注、泂。與此異。而《舊唐書》卷一七七《楊收傳》附《楊發傳》云：「子乘，亦登進士第，有儁才，尤能爲歌詩，歷顯職。」是史文有闕也。其父《北夢瑣言》作「直」，兩《唐書》作「遺直」，亦與此異。

唐詩紀事校箋卷第四十八

李　祕　韋　臯　李德裕　鄭還古　裴　航
裴　休　吕　群　徐　商　韋渠牟　陸長源
盧宗回　劉　闢　薛宜僚　陸希聲　崔季卿
皇甫徹

李　祕〔一〕

禁中送任山人云〔二〕：子去非長往，君恩取大還。補天留彩石，縮地入青山。獻壽千年外〔三〕，來朝數月閑。莫抛殘藥物，竊欲駐童顔〔四〕。

唐宗室也，元和時人。

【校箋】

〔一〕「李祕」原作「李秘」，據《新唐書》卷七〇上《宗室世系表》改。祕，大理評事李瑜之子。《文苑英華》卷二三二亦作「李祕」。

〔二〕詩題「任山人」原作「任山中」，據《文苑英華》改。《英華》詩題下注云：「此人自青城獻伏火諸石，恩命令于本山更取大還。」

〔三〕「千年」，《文苑英華》作「千春」。

〔四〕「竊欲」原作「切欲」，據《文苑英華》改。

韋皋

皋少游江夏，止于姜使君之館，有小青衣曰玉簫，纔十許歲，常侍皋。皋後告別，與約後會，因留玉指環一枚，并詩寄情云：黄雀銜來已數春，別時留解贈佳人。長江不見魚書至，爲遣相思夢入秦〔一〕。

【校箋】

〔一〕《雲溪友議》卷中《玉簫化》條記此事甚詳，云：「西川韋相公皋昔游江夏，止于姜使君之館，姜氏孺子曰荊寶……有小青衣曰玉簫，年纔十歲，常令祗候侍于韋兄。……玉簫年漸長，因而有情。時廉使陳常侍得韋君季父書……發遣歸覲……乃書以別荊寶。寶頃刻與玉簫俱來……遂與言約：少則五載，多則七年取玉簫，因留玉指環一枚，并詩一首。……詩云：『黄雀銜來已數春，別時難解贈佳人。長吟不見魚書至，爲遣相思夢入秦。』云云。」《萬首唐人絶句》録此詩，題作《贈玉簫玉指環》，「難解」作「留解」，「長吟」作「長江」，與此同。

李德裕

元和十一年歲在丙申，李逢吉下三十三人皆取寒素，時有語曰：元和天子丙申年，三十三人皆得仙。袍似爛銀文似錦，相將白日上青天。德裕頗爲寒素開路，及謫官南去，或有詩曰：八百孤寒齊下淚，一時回首望崖州〔一〕。出摭言。

上巳憶江南禊事云：黄河西繞郡城流，上巳應無祓禊游。爲憶淥江春水色，更隨宵夢向吴州。

德裕營平泉莊，遠方以異物奉之，或題曰：隴右諸侯供語鳥，日南太守送名花〔二〕。及譴責，或作詩云：肉視具寮忘匕箸，氣吞同列削寒温。當時誰是承恩者，肯有餘波達鬼村之句。又云：畫閣不開梁燕去，朱門罷掃乳鴉還。千巖萬壑應惆悵，流水斜陽出武關〔三〕。蓋恨之也。

公離東都平泉有詩云〔四〕：十年紫殿掌洪鈞，出入三朝一品身。文帝寵深陪雉尾，武皇恩重燕龍津。黑山永破和親虜，烏嶺全坑跋扈臣。自是功高臨盡處，禍來名滅不由人。

公漢州月夕游房公西湖云〔五〕：丞相鳴琴地，何年翳玉徽〔六〕。房公好琴，聲聞海内。偶因微月夕，重敞故樓扉。桃李蹊空在，芙蓉客暫依〔七〕。唯憐濟川楫，長與夜舟歸。重題云：晚日臨寒渚，微風發櫂謳。鳳城波自闊，魚水運難留。亭古思宏棟，川長憶濟舟。想公高世志，祇似化城游〔八〕。

房公舊竹亭聞琴緬慕風流神期如對有作云〔九〕：流水音長在，青霞意不傳。獨悲形解後，誰聽廣陵絃？

德裕論文曰〔一〇〕：沈休文獨以音韻爲切〔一一〕，重輕爲難，語雖甚工，旨則未遠，未可以言文章外意也〔一二〕。古之辭高者，蓋以言妙而工，適情不取于音韻；曹植七哀詩，有徊泥諧依四韻，王粲有攀原安三韻。班固多用協韻，猗歟元勳，佐漢舉信是也〔一三〕。意盡而止，成篇不拘于隻耦。文選有五韻、七韻、十一韻者。故篇無足尤〔一四〕，詞寡累句。古辭如金石琴瑟，尚于至音，今則如絲竹鞞鼓，迫于促節，即知聲律之爲其弊也。世有非文章者曰：詞不出于風雅，思不越于離騷，模寫古人〔一五〕，何足貴也。余曰：譬諸日月，雖終古常見，而光景常新，此所以爲靈物者也。余嘗爲文箴曰〔一六〕：文之爲物，自然靈氣。恍惚而來，不思而至。杼軸得之，澹而無味。琢刻藻繪，彌不足貴。如彼璞玉，磨礱成器。奢者爲之，錯以金翠。美質既彫，良寶斯棄。此爲文之大旨也〔一七〕。

劉三復謂德裕曰：漁歌樵唱，皆傳公述作〔一八〕。北夢。

述夢詩云〔一九〕：賦命誠非薄，良時幸已遭，君當堯舜日，官接鳳凰曹。目睇煙霄闊，心鶯羽翼高。此六句夢中作。椅梧連鶴禁，埤堄接龍韜。內署北連春宮，西接羽林軍。我后憐詞客，先朝曾宣諭〔二〇〕：卿等是我門客。吾僚並雋髦。著書同陸賈，待詔比王褒。重價連玄璧〔二一〕，英辭淬寶刀。泉流初落澗，文賦稱：言泉流于脣齒〔二二〕。露滴更濡毫。赤豹忻來獻，彤弓喜暫櫜。時西戎乞盟，幽、鎮二帥束身赴闕，海內無事者累月。詩稱赤豹黃羆，蓋蠻貊之貢物〔二三〕。非煙含瑞氣，馴雉潔霜毛。靜室便幽獨，虛樓散鬱陶。學士院各有一室〔二四〕，西南有小樓，時燕語于此。花光晨豔豔，松韻晚騷騷。畫壁看飛鶴，仙圖見巨鼇〔二五〕。內署垣牆，皆畫松鶴。先是西壁畫海中曲龍山，憲宗欲臨幸，中使懼而塗焉〔二六〕。傍簷陰藥樹，落格蔓蒲萄。此八句悉是內署中物〔二七〕，唯曾游者，依然可想也。荷靜蓬池鱠〔二八〕，冰寒郢水醪。每學士初上賜食，皆蓬萊池魚鱠。夏至後，頒賜冰及燒香酒，以酒味稍濃，常和冰而飲。禁中有郢酒坊也〔二九〕。荔枝來自遠，盧橘賜常叨。先朝初臨御，南方曾獻荔枝，亦蒙頒賜。自後以道遠罷獻。麝氣隨蘭澤，霜華入杏膏。恩光唯覺重，攜挈未爲勞。此八句述恩賜。每有賜與，常攜挈而歸〔三〇〕。夕閱梨園騎，宵聞禁仗獒。每梨園獵回，或抵暮夜，院門常見歸騎〔三一〕。扇迴交綵翟，鵰起颺銀絛。鑾待袁絲攬〔三二〕，書期蜀客操。盡規徒謇謇，退食尚忉忉〔三三〕。此八句述內庭所覩。龜顧垂金鈕，鸞飛曳錦袍。曾蒙賜錦袍。曳者，蓋取詩人不曳不婁之義也〔三四〕。御溝楊柳弱，天廄驌驦豪。學士皆蒙借飛龍馬〔三五〕。屢換青春直，閑隨上苑遨。普濟寺與芙蓉苑相連，常所游眺。芙蓉亦謂之南苑也〔三六〕。煙低行殿竹，風拆繞垣桃。此八句述休澣日游戲〔三七〕。聚散俄成昔，悲愁益自熬。每懷仙駕遠，更望茂陵號。地接三茅嶺，川迎伍子濤。代稱海濤是伍子胥憤氣所作。花迷瓜步暗，石固蒜山牢。此兩句又是夢中所作〔三八〕。蘭野凝香管〔三九〕，梅洲動翠篙。泉魚驚綵妓，溪鳥避干旄。感舊心猶絶，思歸首更搔。無聊燃蜜炬，誰復勸金舠。余自到此，絶無夜宴。酒器中大者呼爲舠，賓僚乃常顧形跡，未嘗以此而相勸也。嵐氣朝生棟，城陰暝入濠〔四〇〕。望煙歸海嶠，送雁度江皋。宛馬嘶寒櫪，吴鈎在錦弢。未能追狡兔，空覺長黄蒿〔四一〕。水國逾千里，風帆過萬艘。閱川終古恨，唯見暮滔滔。德裕述夢詩，記爲夢中賦詩耳。元微之和云：聞有池塘什，還因夢寐遭。攀禾工類蔡〔四二〕，詠豆敏過曹〔四三〕。莊蝶玄言祕，羅禽藻思高。注云：本篇稱六句皆夢中作，故此三聯，多證夢意。已下皆言同在翰林及翰苑故事。若學士初入，例借飛龍馬〔四四〕，故有借騎銀杏葉之句。書詔用麥紋紙〔四五〕，故有麥紙侵紅點之句。麻制例皆通宵勘寫〔四六〕，故有蘭燈焰碧高之句。學士院密邇銀臺〔四七〕，每日嘗聞門使勘契開鎖，又院門有急命，即鈴索自摇〔四八〕，習以爲異，故有吏傳開鎖契，神撼引鈴條之句。學士無過從聚會之例，時與李閑行寺觀而已，故有分阻盃盤會，閑期寺觀遨之句。乃皆唐之故事也。

【校箋】

〔一〕見《摭言》卷七，「時有語曰」作「時有詩曰」；「皆得仙」作「同得仙」；「寒素」作「寒畯」；「回首望崖州」作「南望李崖州」，當據改。

〔二〕《太平廣記》卷四〇五引《劇談録》：「初，德裕之營平泉也，遠方之人，多以土産異物奉之。故數年之間，無所不有。時文人有題平泉詩者：『隴右諸侯供語鳥，日南太守送名花。』威勢之使人也。」

〔三〕《太平廣記》卷二五六引《盧氏雜説》：「唐衛公李德裕，武皇朝爲相，勢傾朝野，及罪譴，人爲作詩曰：『蒿棘深春衛國門，九年于此盗乾坤。兩行密疏傾天下，一夜陰謀達至尊。肉視具寮忘匕箸，氣吞同列削寒温。當時誰是承恩者，肯有餘波達鬼村。』又云：『氣勢凌人威觸天，權傾諸夏力排山。三年驥尾有人附，一日龍髯無路攀。畫閣不開粱燕去，朱門罷掃乳鴉還。千巖萬壑應惆悵，流水斜陽出武關。』」《南部新書》癸亦記此事，言詩爲温庭筠作，殆不可信。又詩「乳鴉還」原作「乳烏歸」，「斜陽」原作「斜傾」，「武關」原作「武闈」，據改。

〔四〕詩題《李文饒文集》作《離平泉馬上作》。

〔五〕詩題《李文饒文集》作《漢州月夕游房太尉西湖》。「月夕」原作「日夕」，據改。

〔六〕「黯」，《李文饒文集》作「閉」。

〔七〕此句有自注云：「《南史》：安陸侯與王仲寶長史庾杲之書稱『泛渌水，依芙蓉，何其麗也。』」

〔八〕「化城」，《李文饒文集》作「治城」。

〔九〕詩題《李文饒文集》作《房公舊竹亭聞琴，緬慕風流，神期如在，因重題此作》。

〔一〇〕此節引李德裕《文章論》。

〔一一〕「獨」字原脱，據《李文饒文集》、《唐文粹》及《文苑英華》卷七四二補。

〔一二〕「章」字原脱，據《李文饒文集》、《唐文粹》、《文苑英華》補。

〔一三〕自注中「徊」原作「四」，「攀」原作「舉」。「猗歟」原作「倚歟」，據《李文饒文集》、《唐文粹》、《文苑英華》改。

〔一四〕「足尤」，《李文饒文集》作「定曲」，《唐文粹》、《文苑英華》作「足曲」。

〔一五〕「寫」原作「鴈」，據《李文饒文集》、《唐文粹》、《文苑英華》改。

〔一六〕「余」字原脱，據《李文饒文集》、《唐文粹》、《文苑英華》補。

〔一七〕「爲」字原脱，據《李文饒文集》、《唐文粹》、《文苑英華》補。

〔一八〕見《北夢瑣言》卷一，云：「三復曰：『文理貴中，不貴其速。』德裕以爲當言。三復又請曰：『漁歌樵唱，皆傳公述作，願以文集見示。』德裕出數軸與之。」此原脱「公」字，據補。

〔一九〕《李文饒文集》載《述夢詩四十韻》有序云：「去年七月，溽暑之後，驪降。其夕五鼓未盡，涼風淒然，始覺枕簟微冷，俄而假寐斯熟，忽夢賦詩懷禁苑舊游，凡四十餘韻，初覺尚憶其半，經時悉以遺忘。今屬歲杪無事，羈懷多感，因綴其所遺，爲《述夢詩》以寄一、二僚友。」

〔二〇〕自注「先」下原衍「后」字，據《李文饒文集》删。

〔二一〕「連」原作「鄰」，據《李文饒文集》改。毛本作「憐」。

〔二二〕自注「唇齒」原作「齒吻」，據《文選》改。

〔二三〕自注「帥」原作「師」;「蠻貊之貢物」原作「真也」,據《李文饒文集》改。

〔二四〕自注「各」字原脱,據《李文饒文集》補。

〔二五〕「仙圖」原作「山圖」,據《李文饒文集》改。

〔二六〕自注「皆」下原衍「有」字,「海中」原作「海内」,「塗」原作「圖」,據《李文饒文集》删改。

〔二七〕自注「中物」原作「物色」,據《李文饒文集》改。

〔二八〕「鱠」原作「膾」,據《李文饒文集》改。

〔二九〕自注「賜」原作「腸」,「鱠」原作「膾」,「冰」原作「水」,「郢酒坊也」原作「酒方」,據《李文饒文集》改。

〔三〇〕自注「此八句述恩賜。每有賜與,常攜挈而歸。」十五字原脱,據《李文饒文集》補。

〔三一〕「夕閱梨園騎,宵聞禁仗獒」二句及自注「每梨園圍獵回,或抵暮夜,院門常見歸騎」十六字原脱,據《李文饒文集》補。

〔三二〕「袁絲」原作「奚絲」,據《李文饒文集》改。

〔三三〕「退食」原作「退舍」,據《李文饒文集》改。

〔三四〕自注「曾蒙賜錦袍,曳者,蓋取詩人『不曳不婁』之義也」十八字原脱,據《李文饒文集》補。

〔三五〕自注「學士皆蒙借飛龍馬」八字原脱,據《李文饒文集》補。

〔三六〕自注「普濟寺與芙蓉苑相連,常所游眺,芙蓉亦謂之南苑也」二十一字原脱,據《李文饒文集》補。

〔三七〕自注「休」字原脱，據《李文饒文集》補。

〔三八〕自注「此兩句又是夢中所作」九字原脱，據《李文饒文集》補。

〔三九〕「香管」原作「青管」，據《李文饒文集》改。

〔四〇〕「暝」，《李文饒文集》作「夜」。

〔四一〕「黄蒿」原作「江蒿」，據《李文饒文集》改。

〔四二〕「工」原作「占」，據《元氏長慶集》改。《李文饒文集》作「上」，誤。

〔四三〕「敏」原作「放」，據《李文饒文集》及《元氏長慶集》改。

〔四四〕「例借飛龍馬」原作「賜龍飛馬」，據《李文饒文集》及《元氏長慶集》自注改。

〔四五〕「書」原作「青」，據《李文饒文集》及《元氏長慶集》自注改。

〔四六〕「皆」原作「别」，據《李文饒文集》及《元氏長慶集》自注改。

〔四七〕「院」字原脱，據《李文饒文集》及《元氏長慶集》自注補。

〔四八〕「鈴索自摇」句，「自」上原衍「門」字，據《李文饒文集》及《元氏長慶集》自注删。

鄭還古

還古閑居東都，將入京赴選，柳當將軍者餞之。酒酣，以一詩贈柳氏之妓曰：冶艷出神仙，歌聲勝管弦。眼看白紵曲，欲上碧雲天。未擬生裴秀，如何乞鄭玄？不堪金谷水，横過墜樓前。柳喜甚，曰：專伺榮命，以此爲賀。未幾，還古除國子博士，柳見除目，即遣入京；及嘉祥驛而還古物故，乃放妓他適〔一〕。逸史載：還古初娶劉氏女，嘉會之初，夢娶房氏。後劉卒，再娶東都李氏，屬房直温爲東洛少尹，李之舅也，禮宴皆房主之，始知舊夢之前定也〔二〕。

還古，登元和進士第。

【校箋】

〔一〕《太平廣記》卷一六八引《盧氏雜説》：「鄭還古，東都閑居，與柳當將軍者甚熟。柳宅在履信東街，有樓臺水土之盛。家甚富，妓樂極多，鄭往來宴飲，與諸妓笑語既熟，因調謔之。妓以告柳，憐鄭文學，又貧，亦不之怪。鄭將入京求官，柳開筵餞之，酒酣，與妓一章曰：『艷冶出神仙，歌聲勝管弦。眼看《白紵曲》，欲上碧雲天。未擬生裴秀，如何乞鄭玄。莫教金谷水，横過墜樓前。』柳見詩甚喜，曰：『某不惜此妓，然吾子方求官，事力空困，將去固不易支持，專待見榮命，便發遣入京，充賀禮。』及鄭入京，不半年，除國子博士。柳見除目，乃津置入京，妓行及嘉祥驛，鄭已亡殁。柳聞之，悲歎不已，遂放妓他適。」鄭詩「眼看《白紵曲》，欲上碧雲天」二句，「眼看」原作「詞輕」，「欲上」原作「歌遏」，據改。

〔二〕《太平廣記》卷一五九引《逸史》：「太學博士鄭還古，婚刑部尚書劉公之女，納吉禮後，與道士寇璋宿昭應縣，夜夢乘車過小三橋，至一寺後人家，就與婚姻，主人姓房。驚覺，與寇君細言，以紙筆記其事。寇君曰：『新婚偶爲此夢，不足怪也。』劉氏尋卒。後數年，向東洛，再娶李氏，于昭城寺後假宅，拜席日，正三橋，宅主姓韓。時房直温爲東洛少尹，是妻家舊，筵饌之類，皆房公所主。還古乃悟昔年之夢，話于賓客，無不歎焉。」此但引其事而略其文。「初娶劉氏」、「後劉卒」二「劉」字，原俱作「柳」，據改。

裴航

長慶中，裴航下第游鄂渚，傭舟還都。有樊氏女同載，航賂其侍兒，以詩求達曰：同爲胡越猶懷想，況遇天仙隔錦屏。儻若玉京朝會去，願隨鸞鶴入青雲。樊答詩曰：一飲瓊漿百感生，玄霜搗盡見雲英。藍橋便是神仙窟，何必崎嶇上玉清〔一〕？世傳藍橋雲英之事未必信，姑載于此。

【校箋】

〔一〕裴航事見于《太平廣記》卷五〇引裴鉶《傳奇》。文繁不録。此引裴航詩「懷想」原作「懷思」，「天仙」原作「天花」，「青雲」原作「青冥」；樊詩「神仙窟」原作「神仙宅」，據《太平廣記》改。

裴休

贈黄蘗山僧希運詩曰：自從大士傳心印，額上圓珠七尺身。挂錫十年棲蜀水，浮盃今日渡漳濱。一千龍象隨高步，萬里香華結勝因。擬欲事師爲弟子，不知將法付何人。休，會昌中官于鍾陵，請運至郡，以所解一篇示之。師不顧曰：若形于紙墨，何有吾宗？休問其故，曰：上乘之印，唯是一心，更無别法。心體一空，萬縁俱寂，如大日輪升于虚空，其中照耀，静無纖埃。證之者無新舊、無淺深，説之者不立義解、不開户牖，直下便是，動念即乖。其後休録之，爲傳心法要云〔一〕。

休，字公美，孟州人。大中六年爲相，能文章，爲人醖藉，進止雍閑。宣宗曰：休真儒者〔二〕。

【校箋】

〔一〕《五燈會元》卷四「黄蘗希運禪師」條云：「裴相國鎮宛陵，建大禪苑，請師説法。以師酷愛舊山，還以黄蘗名之。……一日，請師至郡，以所解一篇示師，師接置于座，略不披閲。良久曰：『會麽？』裴曰：『未測。』師曰：『若便恁麽會得，猶較些子。若也形于紙墨，何有吾宗？』裴乃贈詩一章曰：『自從大士傳心印，額有圓珠七尺身。挂錫十年棲蜀水，浮盃今日渡漳濱。一千龍象隨高步，萬里香花結勝因。擬欲事師爲弟子，不知將法付何人？』師亦無喜色。」「漳濱」《全唐詩話》誤作「江濱」。《新唐書》卷五九《藝文志》著録裴休集《希運傳心法要》一卷。

〔三〕《新唐書》卷一八二《裴休傳》：「裴休，字公美，孟州濟源人。……大中六年，進同中書門下平章事。……休能文章，書楷遒媚有體法，爲人醖藉，進止雍閑。宣宗曰：『休真儒者。』然嗜浮屠法，居常不御酒肉，講求其説，演繹附著數萬言，習歌唄以爲樂云云。」

吕　群

群元和十一年下第游蜀，性不容下，僕馭怨之。至眉州，題詩所寓寺之東壁。其一云：路行三蜀盡，身及一陽生。賴有殘燈火，相依坐到明。其二曰：社後辭巢燕，霜前别蒂蓬。願爲胡蝶夢，飛去覓關中。吟訖淚下，意緒不堪。未幾爲其奴所殺〔一〕。

【校箋】

〔一〕此節録《太平廣記》卷一四四引《河東記》。文繁不具録。

徐　商

商鎮襄陽，有副使節判同加章綬，商以詩賀之云：朱紫花前賀故人，兼榮此會頗關身。同年坐上聯賓榻，宗姓亭中布錦裀。晴日照旗紅灼爍，韶光入隊影玢璘。芳菲解助今朝喜，嫩蕊青條滿眼新。觀察判官將仕郎監察御史王傳和云：朱紫聯輝照日新，芳菲全屬斷金人。華筵重處宗盟地，白雪飛時郢曲春。仙府色饒攀桂侶，蓮花光讓握蘭身。自憐亦是膺門客，吟想恩榮氣益振。朝儀郎江州刺史段成式和云：雲雨軒懸鶯語新，一篇佳句占陽春。銀黄年少偏欺酒，金紫風流不讓人。連璧坐中斜日滿，貫珠歌裏落花頻。莫辭倒載吟歸去，看欲東山又吐茵〔一〕。

商，宣宗時爲山南東道節度使，咸通四年爲宰相，封東莞縣子〔二〕。商與曹確、楊收、路巖同秉政，有嘲之者曰：確確無論事，錢財總被收。商人都不管，貨賂幾時休〔三〕？初貧窶，于中條山萬固寺入院讀書。家廟碑云：隨僧洗鉢〔四〕。

傳登大中三年進士第。

【校箋】

〔一〕《唐百名家全集》本《段成式詩》此詩題作《和徐商賀盧員外賜緋》，然徐詩中有「宗姓亭中布錦茵」，王和詩中有「華筵重處宗盟地」之句，疑「加章綬」者當姓徐。俟考。

〔二〕《新唐書》卷一一三《徐有功傳》附《徐商傳》：「商字義聲。……宣宗詔爲巡邊使，使有指，拜河中節度使……徙節山南東道。……咸通初，以刑部尚書爲諸道鹽鐵轉運使，封東莞縣子。四年，進同中書門下平章事。」

〔三〕《唐語林》:「咸通末,曹相確、楊相收、徐相商、路相巖同爲宰相,楊、路以弄權賣官,曹、徐但備員而已。長安謡曰:『確確無論事,錢財總被收。商人都不管,貨賂幾時休。』」「論」原作「餘」,據改。

〔四〕《摭言》卷七:「徐商相公常于中條山萬固寺入院讀書,家廟碑云:隨僧洗鉢。」按徐松《登科記考》卷二二大中三年進士王傳下引《唐詩紀事》云:「傳登大中三年進士第,初貧窶,于中條山萬固寺入院讀書。」以徐商事混入王傳事。蓋因「傳登大中三年第」句,《紀事》原在「初貧窶云云」之前,遂滋誤會。今改乙于其後。

韋渠牟

貞元元年,渠牟爲大府卿,與金吾李齊運、度支裴延齡、京兆尹嗣道,皆承恩寵,薦人多得名位。時劉師老、穆寂皆應科目,渠牟主穆寂,齊運主師老。會齊運朝對,上嗟其羸弱,許以致仕,而師老失據。無名子嘲之云:太尉朝天升穆老,尚書倒地落劉師。劉禹錫曰:名場嶮巇如此〔一〕。出古今詩話。渠牟南山四皓贊云〔二〕:焕焕煌煌,爲珪爲璋,孰光乎不耀之光?幽幽深深,爲山爲林,孰繫乎不繫之心?足知乎虚室生白,玄門不關,流水去住,清風往還。豈比乎稷契在世,巢由在山,一物有累,兩心不閑者哉!閑之謂何?簪居薜蘿,本不干我,豈云其他。熙熙忻忻,與時爲春,匡漢避秦,惟兹四人。于德之鄰,不孤其身。于澗之濱〔三〕，不迷其津。繪事後素，孰知其故。想像儀形，念兹丹青。曄曄紫芝，深谷逶迤。俛仰今古，空林住時〔四〕。鳳豈無德，鸞皆有群。出處默語，商山白雲。

渠牟，述之從子也。少警悟，工爲詩，李白異之，授以古樂府。去爲道士不終，更爲浮屠，已而復冠。韓滉表試校書郎。德宗誕日，詔徐岱、趙需、許孟容與渠牟及佛老二師并對麟德殿，質問大趣。渠牟有口辯，雖三家未究解，然答問鋒生，帝聽之意動，遷秘書郎。後倚延齡爲姦利，勢焰可炙。擢太常卿，卒〔五〕。權載之叙其文曰〔六〕：初，君年十一，嘗賦銅雀臺絶句，右拾遺李白見而大駭，因授以古樂府之學，且以瓌琦軼拔爲己任〔七〕。至弱冠，乃喟然曰：四始五際，今既遠矣。會情性者，因于物象，窮比興者，在于聲律。蓋辨以麗，麗以則〔八〕，得于無間，合于天倪者，其在是乎？彼惠休稱謝永嘉如芙蓉出水〔九〕，鍾嶸謂范尚書如流風迴雪，吾知之矣。遂苦心藻慮，儷詞比事，纖密清巧，度越群倫。嘗著天竺寺十六韻，魯郡文忠公序引而和之，使畫工圖于仁祠，摘句配境，偕爲勝絶。又于江南著卧疾三十韻，晉國忠肅公手翰以美之曰：卓爾獨立〔一〇〕，其在我韋生乎？其爲名臣宗公所稱賞如此。又與竟陵陸鴻漸、杼山僧皎然爲方外之侶，沉冥博約，爲日最久，而不名一行，不滯一方。故其曳羽衣也，則曰遺名；攝方袍也，則曰塵外；披儒服也，則今之名字著焉。周流三教，出入無際，寄詞詣理，必于斯文。

【校箋】

〔一〕見《詩話總龜》前集卷三八引《古今詩話》。「劉師老」原作「劉老師」（以下二句「師老」原俱作「老師」），「皆應科目」原脱「應」字，無名子嘲「尚書倒地落劉師」原作「尚書倒地落劉郎」，並據補改。

〔二〕此文《唐文粹》題作《商山四皓畫圖贊》，并有序云：「故人清河房茂長刺商山，成簡靜之化，曰：『隱居之類也。』晝茲圖以貺予。緬乎沉吟想似之不足，故爲文以懿之。詞曰云云。」

〔三〕以上三句中「之鄰，不孤其身，于澗」八字原脱，據《唐文粹》補。

〔四〕「住時」原作「往時」，據《唐文粹》改。

〔五〕《新唐書》卷一六七《韋渠牟傳》：「韋渠牟，京兆萬年人，工部侍郎述從子也，少警悟，工爲詩，李白異之，授以古樂府。出爲道士，不終，更爲浮屠，已而復冠。浙西韓滉表試校書郎，進至四門博士。貞元十二年德宗誕日，詔給事中徐岱、兵部郎中趙需、禮部郎中許孟容與渠牟及佛、老二師並對麟德殿，質問大趣。渠牟有口辯，雖于三家未究解，然答問鋒生。帝聽之意動，遷秘書郎。……歲中至諫議大夫。……自陸贄免，帝躬攬庶政……所倚而信者，裴延齡、李齊運、王紹、李實、韋執誼與渠牟等，其權侔人主……勢焰可炙。再擢太常卿，卒。」「工爲詩」句「工」原作「攻」，據改。

〔六〕此節録《權載之文集》卷三五《左諫議大夫韋公詩集序》。

〔七〕「瓌琦」，《權載之文集》同。毛本作「瓌奇」。

〔八〕「麗」字原脱，據《權載之文集》補。

〔九〕「惠」原作「思」，據《權載之文集》改。

〔一〇〕「卓爾」原作「草木」，據《權載之文集》改。

陸長源

孟東野以樂府戲贈云〔一〕：蓮子不可得，荷花生水中。猶勝道傍柳，無事蕩春風。長源答云：芙蓉初出水，菡萏露中花。風吹著枯木，無奈值空槎。

東野有夷門雪贈主人云：夷門貧士空吟雪，夷門豪士皆飲酒。酒聲歡閙入雲霄〔二〕，雪聲激切悲枯朽。悲歡不同歸去來，萬里春風動江柳。長源答云：好丹與素道不同〔三〕，失意得途事皆别。東隣年少樂未央，南客思歸腸欲絶，千里長河水復冰〔四〕，雲鴻冥冥楚山雪。

酬東野新居見寄云〔五〕：大道本夷曠，高情亦冲虚。因隨白雲意，偶逐青蘿居。青蘿分蒙密，四序無慘舒。餘清濯子衿〔六〕，散彩還吾廬。去歲登美第，榮名在公車。將必繼管蕭，豈惟躡應徐。首夏尚清和，殘芳徧丘墟。褰幃蔭窗柳，汲井滋園蔬。達者貴知心，古人不願餘。愛君蔣生徑，且著茂陵書。

長源，吴人，贍于學。德宗以宣武節度使董晉懦愞，詔長源爲司馬佐之，持法峭刻。晉卒，長源總留後事，軍亂殺之〔七〕。

【校箋】

〔一〕《孟東野詩集》有《樂府戲贈陸大夫十二丈》三首，附載陸長源《戲答》一首，此録孟第一首及陸答詩。

〔二〕此句《孟東野詩集》作「酒聲歡閑入雪銷」，當以此本爲是。

〔三〕「道」，《孟東野詩集》作「通」，當以此本爲是。

〔四〕「水復冰」，《孟東野詩集》作「冰復冰」，當以此本爲是。

〔五〕《孟東野詩集》有《新卜青蘿幽居奉獻陸大夫》詩，附載陸長源《酬孟十二新居見寄》即此。

〔六〕「餘清」原作「餘情」，據《孟東野詩集》改。

〔七〕《新唐書》卷一五一《董晉傳》：「詔晉檢校尚書左僕射、同中書門下平章事爲宣武節度副大使，知節度事。……帝恐晉懦愞，詔拜汝州刺史陸長源爲司馬以佐晉。……長源持法峭刻，數欲更張，晉初許之，已而悉罷不用。」又《新唐書·董晉傳》附《陸長源傳》：「陸長源者，吴人……有清譽，贍于學。……晉卒，長源總留後事，大言曰：『將士久慢，吾且以法治之。』……長源性剛，不適變，又不爲備。纔八日，軍亂，殺長源。」

盧宗回

長安慈恩寺塔詩云〔一〕：東來曉日上翔鸞〔二〕，西轉蒼龍拂露盤。渭水冷光搖藻井，玉峰晴色墮欄干〔三〕。九重宮闕參差見，百二山河表裏觀。暫輟去蓬悲不定，一憑金界望長安。

宗回，登元和進士第。

【校箋】

〔一〕《夢溪筆談》卷一四：「長安慈恩寺塔有唐人盧宗回一詩，頗佳，唐人諸集中不載，今記于此云云。」《詩話總龜》前集卷一五引《古今詩話》亦載之。

〔二〕「東來」原作「東方」，據《夢溪筆談》、《古今詩話》改。

〔三〕「玉峰晴色墮欄干」句，《夢溪筆談》同，《古今詩話》作「玉峰晴氣壓欄干」。

劉闢

登樓望月云：圓月當新霽，高樓見最明，素波流粉壁，丹桂拂飛甍。下瞰千門靜，旁觀萬象生。梧桐窗下影，烏鵲檻前聲。嘯逸劉琨興，吟資庾亮情。游人莫登眺，迢遞故鄉程。又云：皓潔三秋月，巍峩百丈樓。下分征客路，上有美人愁。帳卷芙蓉帶，簾褰玳瑁鈎。倚窗情渺渺，憑檻思悠悠。未得金波轉，俄成玉筯流，不堪三五夕，夫婿在邊州。

闢，字太初。擢進士宏詞科，佐韋皋府。後爲西川節度，以叛誅〔一〕。

【校箋】

〔一〕《新唐書》卷一五八《韋皋傳》附《劉闢傳》：「劉闢者，字太初，擢進士、宏辭科，佐韋皋府，遷累御史中丞、度支副使。皋卒，闢主後務。……時帝新即位，欲靜鎮四方，即拜檢校工部尚書、劍南西川節度使。闢意帝可動，益驁蹇，吐不臣語……即以兵取梓州。……帝乃下詔奪其官，進破鹿頭關，遂下成都。闢從數十騎走，至羊灌田，自投水不能死，騎將酈定進擒之……帝御興安樓受俘……徇于市，斬于獨柳下。」

薛宜僚

宜僚以左庶子充新羅册贈使，至青州，悦一妓段東美，賦詩曰：阿母桃花方似錦，王孫草色正如煙。不須更向滄溟望，惆悵歡娛恰一年。到外國，謂判官苗田曰：東美何故頻見夢中。數日而卒。櫬至青，段奠之，一慟而卒〔一〕。

【校箋】

〔一〕《南部新書》庚：「薛宜僚，會昌中爲左庶子，充新羅册贈使。由青州泛海，船頻阻惡風雨，至登州，却漂回青州，郵傳一年。節度烏漢貞尤加待遇，有籍中飲妓段東美者，薛頗屬情，連帥置于驛中。是春薛發日，祖筵嗚咽流涕，東美亦然，乃于席上留詩曰：『阿母桃花方似錦，王孫草色正如煙。不須更向東溟望，惆悵歡娱恰一年。』薛到外國，未行册禮，旌節曉夕有聲，旋染疾，謂判官苗田曰：『東美何故頻見夢中乎？』數日而卒。苗攝大使行禮，薛旋櫬還及青州，東美乃請告至驛，素服奠，哀號撫柩，一慟而卒。」《詩話總龜》卷二三引《唐賢抒情集》所載，文字略同，惟薛所留詩爲二首。其二云：「經年郵驛許安棲，未會他鄉别恨迷。今日海帆飄萬里，不堪腸斷對含啼。」「惆悵歡娱恰一年」原作「惆悵歡情又一年」，據《新書》改，《詩話總龜》作「惆悵歡娱却一年」。「苗田」原作「苗甲」，據《新書》改，《詩話總龜》作「苗用」。

陸希聲

古之善書鮮有得筆法者，希聲得之，凡五字：擫、押、鈎、格、抵。用筆雙鈎，則點畫遒勁，而盡妙矣，謂之撥鐙法。希聲自言昔二王皆傳此法，至陽冰亦得之。希聲以授沙門䛒光。䛒光入長安，爲翰林供奉，希聲猶未達，以詩寄䛒光云：筆下龍蛇似有神，天池雷雨變逡巡。寄言昔日不龜手，應念江頭洴澼人。䛒光感其言，引薦希聲于貴倖，後至相〔一〕。希聲博學善屬文，相昭宗，在位無所輕重，以太子少師罷。李茂貞犯京師，輿疾避難，卒〔二〕。

【校箋】

〔一〕《宣和書譜》卷四：「錢若水嘗言：古之善書者鮮有得筆法者，唐陸希聲得之，凡五字：擫、押、鈎、格、抵。自言出自二王，斯與陽冰得之。希聲後授之䛒光，䛒光入長安，爲翰林供奉，而希聲尚未達，以詩寄之云：『筆下龍蛇似有神，天池雷雨變逡巡。寄言昔日不龜手，應念江頭洴澼人。』」

〔三〕《新唐書》卷一一六《陸元方傳》附《陸希聲傳》：「希聲博學，善屬文，通《易》、《春秋》、《老子》，論著甚多。……昭宗聞其名，召爲給事中，拜户部侍郎同中書門下平章事。在位，無所輕重，以太子少師罷。李茂貞等兵犯京師，輿疾避難，卒。」「太子少師」原作「太子太師」，據改。

崔季卿

晴江秋望云：八月長江萬里晴，千帆一道帶風輕。盡日不分天水色，洞庭南是岳陽城〔一〕。

季卿，峒之從孫也。

【校箋】

〔一〕「洞庭」二字原脱，據張本、毛本補。

皇甫徹〔一〕

貞元十四年，徹刺蜀州，賦四相詩，序云：蜀州刺史廳壁記，居相位者前後四公，謨明弼諧，遷轉歷此。顧己無取，忝跡于斯，景行遺烈，嗟嘆之不足也。謹述其行事，詠其休美，庶將來君子，知聖朝之德云爾。中書令漢陽王張柬之：周曆革元命，天步值艱阻。烈烈張漢陽，左袒清諸武。休明神器正，文物舊儀覩。南向翊大君，西宮朝聖母。借韻用作補文。茂勳鏤鐘鼎，鴻勞食茅土。至今稱五王，卓立邁萬古。中書令鍾紹京：景龍仙駕遠，中禁奸釁結。謀猷叶聖朝，披鱗奮英節。清宮閶闔啟，滌穢氛沴滅。紫極重昭回，皇天新日月。從容廟堂上，肅穆人神悅。唐元佐命功，煇焕何烈烈！禮部尚書門下侍郎平章事李峴：時來偶明聖，道濟寧邦國。猗歟瑚璉器，竭我股肱力。進賢黜不肖，錯枉舉諸直，宦官既却坐，權豎亦移職。載踐每若驚，三已無愠色。昭昭垂憲章，來世實作則。門下侍郎平章事王縉：舟楫濟巨川，山河資秀氣。服膺究儒業〔二〕，屈指取高位。北征戮驕悍，東守輯攜貳。論道致巍巍，持衡無事事。知己不易遇，宰相固有器。瞻事華壁中，來者誰其嗣？

【校箋】

〔一〕「皇甫徹」，原作「皇甫澈」，《全唐詩話》同。按《元和姓纂》卷五「皇甫」下云：「……政，浙東觀察使，生教、敏、徹。教工部員外郎，徹蜀州刺史。」據改。

〔二〕「服膺」原作「昭膺」，據張本、毛本改。

唐詩紀事校箋卷第四十九

胡杲

前懷州司馬安定胡杲，年八十九。

九老會賦詩云〔一〕：閑居同會在三春，大抵愚年最出群。霜鬢不嫌盃酒興，白頭仍愛玉爐薰。徘徊玩柳心猶健，老大看花意却勤。鑿落滿斟判酩酊，香囊高挂任氤氳〔二〕。搜神得句題紅紙，望景長吟對白雲。今日交情何不替〔三〕，齊年同事聖明君〔四〕。

【校箋】

〔一〕《四庫全書》著録《香山九老詩》一卷，附于《高氏三宴詩集》之後，《提要》稱，「蓋從北宋鮑慎由家刻本録出。」其所載諸老年歲，與《唐詩紀事》同，而與《白氏長慶集》卷三七所載有異。今迻録《白集》所載者如下：

胡、吉、鄭、劉、盧、張等六賢，皆多年壽，予亦次焉。偶于弊居，合成尚齒之會。七老相顧，既醉甚歡。静而思之，此會稀有，因成七言六韻以紀之，傳好事者。

七人五百七十歲，拖紫紆朱垂白鬚。手裏無金莫嗟歎，樽中有酒且歡娱。詩吟兩句神還王，酒飲三杯氣尚粗。嵬峨狂歌教婢拍，婆娑醉舞遣孫扶。天年高過二疏傳，人數多于四皓圖。除却三山五天竺，人間此會更應無。（原注：三仙山、五天竺國多老壽者。）

前懷州司馬、安定胡杲，年八十九。

衛尉卿致仕、馮翊吉皎，年八十六。

前右龍武軍長史、滎陽鄭據，年八十四。

前慈州刺史、廣平劉真，年八十二。

前侍御史、内供奉官，范陽盧貞，年八十二。

前永州刺史，清河張渾，年七十四。

刑部尚書致仕、太原白居易，年七十四。

以上七人，合五百七十歲。會昌五年三月二十一日于白家履道宅同宴。宴罷賦詩。時秘書監狄兼謨、河南尹盧貞，以年未七十，雖與會而不及列。

按《白集》所載七人年歲，合計爲五百七十一歲，白詩首句云「七人五百七十歲」是也。如依《香山九老詩》計之，則爲五百八十三歲，其所載白詩首句作「七人五百八十四」，蓋「三」字平聲，故改爲「四」，與總計爲不合矣。且白序明言「七老」，而《香山九老詩》附載狄兼謨、盧貞詩各一首，合稱爲「九老詩」，狄詩云：「得老加年誠可喜，當春對酒亦宜歡。心中别有歡喜事，開得龍門八節灘。」盧詩云：「眼暗頭旋耳重聽，唯餘心口尚醒醒。今朝歡喜緣何事，禮徹佛名百部經。」二詩實爲白作《歡喜二偈》，載于《白氏長慶集》卷三七，緊接七老詩後，非狄、盧之作也。《白集》同卷有《開龍門八節灘詩二首》，序云：「東都龍門潭之南，有八節灘、九峭石，船筏過此，例反破傷。舟人楫師，推挽束縛，大寒之月，裸跣水中，饑凍有聲，聞于終夜。予嘗有願，力及則救之。會昌四年，有悲智僧道遇，適同發心，經營開鑿，貧者出力，仁者施財。嗚呼！從古有礙之險，未來無窮之苦，忽乎一旦盡除去之。兹吾所用適願快心、拔苦施樂者耳；豈獨以功德福報爲意哉？因作二詩，刻題石上云。」詩有「七十三翁旦暮身，誓開險路作通津」之句，則知其事在前一年，與七老之會無關。北宋鮑慎由本蓋亦不足據也。然南宋洪邁《唐人萬首絶句》（卷二七）已録「眼暗頭旋耳重聽」一首爲盧貞作，無怪計氏亦同其誤。汪立名本《白香山詩集》改詩題爲《七老會詩》，是矣。而七老年歲，復從鮑本，殆以爲北宋所傳而不敢致疑乎？

〔二〕「任」，《香山九老詩》作「甚」。

〔三〕「交情」原作「友情」，據《香山九老詩》改。
〔四〕「事」，《香山九老詩》作「侍」。

吉　皎

衛尉卿致仕馮翊吉皎，年八十八〔一〕。

九老會云：休官罷任已閑居，林苑園亭興有餘。對酒最宜花藻發，邀歡不厭柳條初。低腰醉舞垂緋袖，擊筯謳歌任褐裾〔二〕。寧用管絃來合雜，自親松竹且清虚。飛觥酒到須先酌，賦詠成詩不住書。借問商山賢四皓，不知此後更何如。

【校箋】

〔一〕「年八十八」，《香山九老詩》同，《白氏長慶集》作「年八十六」。
〔二〕「擊筯」，《香山九老詩》同，毛本作「擊筑」，疑非。

劉　真

前慈州刺史廣平劉真〔一〕，年八十七〔二〕。

九老會云：垂絲今日幸同筵，朱紫居身是大年。賞景尚知心未退，吟詩猶覺力完全。閑庭飲酒當三月〔三〕，在席揮毫象七賢〔四〕。山茗煮時秋露碧〔五〕，玉盃斟處彩霞鮮。臨堦花笑如歌妓，傍竹松聲當管絃。雖未學窮生死訣，人間豈不是神仙。

【校箋】

〔一〕「慈州」原作「磁州」，《香山九老詩》同，據《白氏長慶集》改。

〔二〕「年八十七」，原脱「年」字，據《香山九老詩》補。《白氏長慶集》作「年八十二」。

〔三〕「當」原作「連」，據《香山九老詩》改。

〔四〕「揮毫」原作「權豪」，據《香山九老詩》改。

〔五〕「秋露」原作「秋霧」，據《香山九老詩》改。

鄭據

前右龍武軍長史滎陽鄭據〔一〕，年八十五〔二〕。

九老會云：東洛幽閑日暮春，邀歡皆是白頭賓〔三〕。官班朱紫多相似，年紀高低次第勻〔四〕。聯句每言松竹意，停盃多説古今人。更無外事來心肺，空有清虚入思神。醉舞兩迴迎勸酒，狂歌一曲會娱身〔五〕。今朝何事偏情重，同作明時列任臣。

【校箋】

〔一〕「右」字原脱，據《白氏長慶集》補。《香山九老詩》作「右龍武衛」。

〔二〕「年八十五」，原脱「年」字，據《香山九老詩》補。《白氏長慶集》作「年八十四」。

〔三〕「皆是」原作「多是」，據《香山九老詩》改。

〔四〕「年紀」原作「年幾」，據《香山九老詩》改。

〔五〕「娱」原作「余」，據《香山九老詩》改。

盧　貞　前侍御史内供奉官范陽盧貞，年八十三〔一〕。

九老會云：三春已盡洛陽宫，天氣初晴景象中。千朵嫩桃迎曉日，萬株垂柳逐和風。非論官位皆相似，及至年高亦共同。對酒歌聲猶覺妙，玩花詩思豈能窮。先時共作三朝貴，今日相逢七老翁〔二〕。但願醁醽常滿酌〔三〕，煙霞萬里會應通。

【校箋】

〔一〕「年八十三」，原脱「年」字，據《香山九老詩》補。《白氏長慶集》作「年八十二」。

〔二〕「相逢」原作「猶逢」，據《香山九老詩》改。

〔三〕「常」，《香山九老詩》作「長」。

張　渾　前永州刺史清河張渾，年七十七〔一〕。

九老會云：幽亭春盡共爲歡，印綬居身是大官。遁跡豈勞登遠岫，垂絲何必坐溪磻。詩聯六韻應猶易〔二〕，酒飲三盃未覺難。每況襟懷同宴會〔三〕，共將心事比波瀾。風吹野柳懸羅帶〔四〕，日照庭花落綺紈。此席不煩鋪錦帳，斯筵堪作畫圖看。

【校箋】

〔一〕「年七十七」，原脱「年」字，據《香山九老詩》補。《白氏長慶集》作「年七十四」。

〔二〕「應猶」原作「猶應」，據《香山九老詩》改。

〔三〕「宴會」原作「要會」，據《香山九老詩》改。

〔四〕「懸」，《香山九老詩》作「垂」。

白居易

刑部尚書致仕〔一〕，年七十四。

九老會云：七人五百八十四〔二〕，拖紫紆朱垂白鬚。囊裏無金莫嗟嘆，樽中有酒且歡娱。吟成六韻神還王〔三〕，飲到三杯氣尚麄。嵬峩狂歌教婢拍，婆娑醉舞遣孫扶。天年高邁二疏傳，人數多于四皓圖。除却三山五天竺，人間此會且應無。

樂天退居洛中，作尚齒九老之會，其序曰：胡、吉、鄭、劉、盧、張等六賢〔四〕，皆多年壽〔五〕，余亦次焉〔六〕。于東都敝居履道坊，合尚齒之會，七老相顧，既醉且歡。靜而思之，此會希有，因各成七言六韻詩一章以記之〔七〕，或傳諸好事者。時會昌五年三月二十一日〔八〕。樂天云：其年夏，又有二老年貌絶倫，同歸故鄉，亦來斯會，續命書姓名年齒，寫其形貌，附于圖右，與前七老，題爲九老圖，仍以一絶贈之云：雪作鬚眉雲作衣，遼東華表暮雙歸。當時一鶴猶希有，何況今逢兩令威。二老謂洛中遺老李元爽〔九〕，年一百三十六，禪僧如滿歸洛，年九十五歲。又云：時祕書監狄兼謨〔一〇〕、河南尹盧貞，以年未七十，雖與會而不及列。

【校箋】

〔一〕「刑部尚書致仕」前《香山九老詩》有「太原人」三字，《白氏長慶集》同。

〔二〕首句《香山九老詩》同，《白氏長慶集》作「七人五百七十歲」。

〔三〕「王」原作「玉」，據《白氏長慶集》及《香山九老詩》改，毛本作「壯」，非。

〔四〕「鄭、劉」原作「劉、鄭」，據《白氏長慶集》及《香山九老詩》改。

〔五〕「年」字原脱，據《白氏長慶集》及《香山九老詩》補。

〔六〕「余」原作「餘」，據《白氏長慶集》及《香山九老詩》改。

〔七〕「成」原作「賦」，「六」字原脱，據《白氏長慶集》及《香山九老詩》改補。

〔八〕「三月二十一日」原作「二月二十四日」，據《白氏長慶集》及《香山九老詩》改。

〔九〕「二老謂」三字原脱，據《白氏長慶集》補。

〔一〇〕「監」字原脱，據《白氏長慶集》及《香山九老詩》補。

項斯

斯，字子遷，江東人。始未爲聞人，因以卷謁楊敬之，楊苦愛之，贈詩云：幾度見詩詩盡好，及觀標格過于詩。平生不解藏人善，到處逢人説項斯。未幾詩達長安，明年擢上第〔一〕。

蒼梧雲氣詩云：何年化作愁〔二〕，漠漠便難收。數點山能遠，平鋪水不流。濕連湘竹暮，濃蓋舜墳秋。亦有思鄉客，看來盡白頭。

贈金州姚合使君云：爲郎名更重，領郡是蹉跎。官壁題詩盡，衙庭看鶴多。城池連竹塹，籬落帶椒坡。未覺旌旛貴〔三〕，閑行觸處過〔四〕。

始張水部籍爲格律詩，惟朱慶餘親授其旨，沿流而下，有任蕃、陳標、章孝標、司空圖，咸及門焉。寶曆、開成之際，斯尤爲水部所知，故其詩格與之相類。鄭少師薰云：項斯逢水部，誰道不關情〔五〕。斯留别水部詩云〔六〕：省中重拜别，兼領寄人書〔七〕。已念此行遠〔八〕，不應相問疎〔九〕。子城西並宅〔一〇〕，御水北同渠。要取春前到，乘閑候起居。

佳人背江坐。眉際列煙樹。庾樓燕句。馬蹄没青莎，船跡成空波。句〔一一〕。春風吹雨意，何處更相值。古意。燭殘催卷席，坐冷怕梳頭。曉發昭應句〔一二〕。寒入雁聲長。遠水詩句〔一三〕。

右張爲取作主客圖。

張籍贈詩云：端坐吟詩忘忍飢〔一四〕，萬人中亦見君稀〔一五〕。門連野水風長到，驢放秋原夜不歸。日暖剩收新落葉〔一六〕，天寒更着舊生衣。曲江亭上頻頻見〔一七〕，爲愛鸕鷀雨裏飛。

【校箋】

〔一〕《南部新書》甲：「項斯始未爲聞人，因以卷謁江西楊敬之，楊甚愛之。贈詩云：『幾度見詩詩盡好，及觀標格過于詩。平生不解藏人善，到處逢人説項斯。』未幾，詩達長安，斯明年登上第。」

〔二〕「化」原作「畫」，據《唐百家詩選》改。

〔三〕「旌旛」原作「旌藩」，據《文苑英華》卷二六三改。

〔四〕「閑行」，《文苑英華》作「閑游」。

〔五〕張洎《項斯集序》：「項斯，字子遷，江東人也。會昌四年左僕射王起下進士及第，始命潤州丹徒縣尉，卒于任所。吴中張水部爲格律詩，尤工于匠物，字清意遠，不涉舊體，天下莫能窺其奥。唯朱慶餘一人親授其旨。沿流而下，則有任蕃、陳標、章孝標、倪勝、司空圖等，咸及門焉。寶曆、開成之際，君聲價籍甚，時特爲水部之所知賞。故其詩格頗與水部相類，詞清妙而句美麗奇絶，蓋得于意表，殆非常情所及。故鄭少師薰云：『項斯逢水部，誰道不關情。』又楊祭酒敬之云：『幾度見詩詩盡好，及觀標格過于詩。平生不解藏人善，到處逢人説項斯。』自僖、昭以還，雅道陵缺，君之遺句，絶無知者。慮年事浸久，没而不傳。故聊叙所云，著于卷首。」「格律詩」原作「律格詩」，據改。

〔六〕詩題《文苑英華》卷二八八作《省中留别》。《唐百家詩選》作《留别張籍郎中》。

〔七〕「寄」原作「故」，據《文苑英華》、《唐百家詩選》改。

〔八〕「此行」，《唐百家詩選》同，《文苑英華》作「此程」。

〔九〕「不應」，《唐百家詩選》同，《文苑英華》作「不憂」。

〔一〇〕「子城」，《唐百家詩選》同，《文苑英華》作「禁城」。

〔一一〕二句題無考，補一「句」字。

〔一二〕詩題原脱，今補。

〔一三〕詩題原脱，今補。

〔一四〕「忘」，《張司業集》作「妄」，毛本作「志」，疑俱誤。

〔一五〕此句《張司業集》作「萬人中覓似君稀」。

〔一六〕「新」，《張司業集》作「桑」，誤。

〔一七〕「亭上」，《張司業集》作「庭上」，誤。

龐蘊

蘊有詩云：未識龍宫莫説珠，識珠言説與君殊。空拳只是嬰兒信，豈得將來誑老夫。

又曰：萬法從心起，心生萬法生。法生同日了〔一〕，來去枉虚行。寄語修道人，空生慎勿生。如能達此理，不動出深坑。又曰：極目觀前境，寂寥無一人。迴頭看後底，影亦不隨身。又曰：神識苟能無罣礙，廓周法界等虛空。不假坐禪持戒律，超然解脱豈勞功。

藴，字道玄，衡陽人。嗜浮屠法，厭離貪俗，挈所有沉之洞庭，鬻竹器以爲生。後居襄陽，臨終，召刺史于頔謂曰：但願空諸所有，慎勿實諸所無。善住世間，皆如影響。言訖奄然而化，時貞元間也。世號龐居士〔二〕。

居士初參石頭和尚，問師：不與萬法爲侣，是什麽人？石頭以手掩居士口，居士豁然大悟。石頭一日問居士云：子自見老僧已來，日用事作麽生？居士云：若問某甲日用事，直下無開口處。石頭云：知子什麽方始問子。居士遂呈一頌曰：日用事無别，惟吾自偶諧。頭頭非取捨，處處勿張乖。朱紫誰爲號，青山絶點埃。神通并妙用，運水及搬柴。石頭然之，曰：子將緇耶，素耶？居士曰：願從所慕。遂不染剃〔三〕。

居士後之江南，參見馬祖，問不與萬法爲侣，是什麽人？祖云：待你一口吸盡西江水，即向汝道。居士言下頓悟宗要，乃作頌曰：十方同聚會，箇箇學無爲。此是選佛場，心空及第歸〔四〕。

居士一日訪谷隱道者，問云：誰？居士立起杖子。隱云：莫是上上機麽。居士拋下杖子。隱無語。居士云：只知上上機，不覺上上事。隱云：作麽生是上上事？居士拈起杖子。隱云：不得草草。居士云：可憐强作主宰。隱云：有一機人不要拈搥豎拂，亦不明對答言辭，居士若逢，如何則是？居士云：何處逢？隱把住居士，居士驀面便唾，隱無語。居士與一頌曰：焰水無魚下底鈎，覓魚無處笑君愁。可憐谷隱孜禪伯，被唾如何見亦羞。

【校箋】

〔一〕「同日了」原作「何日子」，據毛本改。

〔二〕《五燈會元》卷三《龐蘊居士傳》：「襄州居士龐蘊者，衡州衡陽人也。字道玄，世本儒業，少悟塵勞，志求真諦。……常鬻竹漉籬以供朝夕。……士將入滅……州牧于公頔問疾次，士謂之曰：『但願空諸所有，慎勿實諸所無。好住世間，皆如影響。』言訖，枕于公膝而化。遺命焚棄江湖，緇白傷悼，謂禪門龐居士。」「皆如影響」原作「皆知影響」，據改。《南部新書》己記此事亦作「皆如影響」。

〔三〕又，同書同傳：「唐貞元初謁石頭，乃問：『不與萬法爲侶者是甚麽人？』頭以手掩其口，豁然有省。一日，石頭問曰：『子見老僧以來，日用事作麽生？』士曰：『若問日用事，即無開口處。』乃呈偈曰：『日用事無別，唯吾自偶諧。頭頭非取捨，處處没張乖。朱紫誰爲號，北山絶點埃。神通并妙用，運水及搬柴。』頭然之。曰：『子以緇耶，素耶？』士曰：『願從所慕。』遂不剃染。」

〔四〕又，同書同傳：「後參馬祖，問曰：『不與萬法爲侶者是甚麼人？』祖曰：『待汝一口吸盡西江水，即向汝道。』士于言下頓領法旨。」

蔡京

邕州蔡大夫京者，故令狐文公楚鎮滑臺日，于僧中見，曰：此童眉目疎秀，進退不懾，惜其單幼，可以勸學乎？師從之，乃得陪學于相國子弟。後以進士舉上第，尋又學究登科，作尉畿服。既爲御史，覆獄淮南，李相紳憂悸而卒，頗得繡衣之稱。謫居澧州，爲厲員外玄所辱。稍遷撫州刺史，以辭氣自負。郡有汝水爲放生池，不許漁罟之事。忽一人乘小舟釣于此，蔡遣吏捕，釣者乃爲詩曰：抛却長竿卷却絲，手攜蓑笠獻新詩。臨川太守清如鏡，不是漁人下釣時。京覽詩召之，已去，卒不言其姓字。或曰野人張頂也。京益自驕矜，作詩責商山四皓曰：秦末家家思逐鹿，商山四皓獨忘機。如何鬢髮霜相似，更出深山定是非。及假節邕交，道由浯溪，徬徨賦詩久之。詩曰：停橈積水中，舉目孤煙外。借問浯溪人，誰家有山賣。既而殂于邕南，藁殯此地，亦有其兆矣〔一〕。

詠子規云：千年冤魄化爲禽，永逐悲風叫遠林。愁血滴花春豔死，月明飄浪冷光沉。凝成紫塞風前淚，驚破紅樓夢裏心。腸斷楚詞歸不得，劍門迢遞蜀江深。

劉夢得有送前進士蔡京赴學究科詩云：已是世間能賦客，更攻窗下絶編書。又云：幸遇天官舊丞相，知君無翼上空虚。蓋欲薦之時相也[二]。京以進士舉登學究科，時爲好及第惡科名，有錦上披簑之誚焉[三]。

令狐文公在天平後堂宴樂，京時在坐，故義山詩云：白足禪僧思敗道，青袍御史擬休官。謂京曾爲僧也[四]。或云：咸通中爲廣西節度，褊忮貪克，峻條令，爲炮熏剞斮法，御下慘毒，爲軍中所逐，後貶死[五]。

【校箋】

〔一〕《雲溪友議》卷中《買山讖》條：「邕州蔡大夫京者，故令狐相公楚鎮滑臺之日，因道場，見僧中令京挈于瓶鉢，彭陽公曰：『此童眉目疎秀，進退不懾，惜其單幼，可以勸學乎？』師從之。乃得陪相國子弟，（原注：青州尚書緒及丞相綯綸也。）後以進士舉上第，乃彭陽令狐公之舉也。尋又作尉畿服。既爲御史，覆獄淮南，李相公紳憂悸而已，頗得繡衣之稱乎？（原注：吴汝南〔當作納〕詣闕申冤，蔡君先謗之曰：是主上憂國之時，乃臣下無私之日。）謫居澧州。爲厲員外玄所辱。稍遷撫州刺史，常稱宇内無人。……郡有汝水爲放生池，不與漁罟之事。忽一人乘小舟釣于此，蔡君隨遣吏捕之，釣者乃爲詩曰：或有識者曰：『野人張頂也。』（原「抛却長竿卷却絲，手攜簑笠獻新詩。臨川太守清如鏡，不是漁人下釣時。」京覽詩，已去，竟不言其姓字。注：頂字不惑，本姓王氏，隱而不言。）蔡牧益自驕矜，作詩以責商山四老曰：『秦末家家思逐鹿，商山四皓獨忘機。如何鬚髮霜相似，更出深山定是非。』及假節邕、交……行泊《中興頌》所，僶勉不前，（原注：地名，在浯溪也。）題篇久之，似有悵悵之意。纔到邕南，制禦失律，伏法湘川，權厝于此。二子延、近，號訴蒼天，未終喪而俱逝。論者以爲妄責四皓而欲買山，則浯溪之間，不徒言矣。詩曰：『停橈積水中，舉目孤煙外。借問浯溪人，誰家有山賣？』」此本之。蔡詩「舉目」原作「覺目」，兩「浯溪」字，原俱誤作「吴溪」，據改。顔真卿書元結《大唐中興頌》，刻在浯溪也。按淮南按獄事，《舊唐書》卷一八下《宣宗紀》、《新唐書》卷一七三《李紳傳》及附《吴汝納傳》所載甚詳，其按獄淮南者乃御史崔元翰，事在會昌四年。而蔡京以殿中侍御史貶澧州司馬，則在大中二年。且與黨附李紳之李田、鄭亞、元壽、魏鉶同案被貶，則非按淮南獄不實得罪明矣。或與吴汝納詣闕申冤，先造謗詞有關，而誤合爲一事乎？時李紳已前卒，史亦不言其因按獄「憂悸而卒」。唯《南部新書》丁誤據《友議》言其「終以吴湘獄仰藥而死」，實不可信。

〔二〕《四部叢刊》影印董氏景宋本《劉夢得文集》卷七詩題下有自注云：「時崔相公楊尚書掌選」，而明刊本《劉賓客集》此注則作「時舊相楊尚書掌選」，按明刊本是也。兩《唐書·楊嗣復傳》皆言嗣復罷相後爲吏部尚書，即詩所謂「天官舊丞相」也。此言「蓋欲薦之時相」，實誤。「空虚」原作「虚空」，據《劉夢得文集》改。與前二句本一詩也，「空」字失韻。

〔三〕《摭言》卷九：「許孟容進士及第，學究登科，號『錦襖子上着簑衣』。蔡京與孟容同。」此條《摭言》標目爲「好及第，惡登科」。

〔四〕《李義山詩集》有《天平公座中呈令狐令公，時蔡京在座，京曾爲僧徒，故有第五句》，詩云：「罷執霓旌上醮壇，慢粧嬌樹水晶盤。更深欲訴蛾眉斂，衣薄臨醒玉艷寒。白足禪僧思敗道，青袍御史擬休官。雖然同是將軍客，不敢公然子細看。」

〔五〕《新唐書》卷九《懿宗紀》：「咸通三年，九月，嶺南西道軍亂，逐其節度使蔡京。」又《通鑑》卷二五〇《唐紀》懿宗咸通三年：「嶺南西道節度使蔡京爲政苛慘，設炮烙之刑，闔境怨之，遂爲邕州軍士所逐……敕貶崖州司户，不肯之官，還，至零陵，敕賜自盡。」

滕邁

湖州崔芻言郎中，初爲越副戎，宴席中有周德華者，劉採春女，善歌楊柳枝詞，所唱七八篇，皆名流之詠。滕邁郎中一首云：三條陌上拂金羈，萬里橋邊映酒旗。此日令人腸欲斷，不堪將入笛中吹。賀知章祕監一首云：碧玉裝成一樹高，萬條垂下緑絲絛。不知細葉誰裁出？二月春風似剪刀。楊巨源員外一首云：江邊楊柳麴塵絲，立馬憑君折一枝。唯有春風最應惜，殷勤更向手中吹。劉禹錫尚書一首云：春江一曲柳千條，二十年前舊板橋。曾與美人橋上别，恨無消息到今朝。韓琮舍人二首云：枝裊芳腰葉鬭眉，春來無處不如絲。灞陵原上多離别，少有長條拂地垂。又曰：梁苑隋堤事已空，萬條猶舞舊春風。那堪更想千年後，誰見楊花入漢宫？雲溪子曰：杜牧舍人云：巫娥廟裏低含雨，宋玉堂前斜帶風。滕郎中又云：陶令門前罥接羅，亞夫營裏拂朱旗。但不言楊柳二字，最爲妙也。是以姚合郎中吟道傍亭子詩云：南陌游人迴首去，東林道者杖藜歸。不稱亭而意見矣〔一〕。

邁，登元和進士第。

【校箋】

〔一〕此采自《雲溪友議》卷下《温裴黜》條。按其中劉禹錫尚書一首云云，乃檃括白居易《板橋》「梁苑城西三十里，一渠春水柳千條。若爲此路重經過，二十年前舊板橋；曾與美人橋上别，更無消息到今朝」一詩而成。蓋唐人樂府所歌，多截取四句爲一曲，如李嶠「山川滿目淚沾衣」、白居易「秦川一半夕陽開」皆是也。此改易六句爲四句，亦當是歌者所爲。至以白詩爲劉作，或屬口耳傳訛，因劉白皆以《楊柳枝》詞擅名于時也。景宋本《劉夢得文集》不載此詩，《全唐詩》則沿《友議》之誤，收入劉禹錫卷中。

郭周藩

譚宜者，陵州民叔皮子也。開元末，生而有異，年二十餘，忽失所在，大曆初年還家，即霞冠羽衣，真仙之流也。言訖而去，其家靈泉湧出，禱必有應，因名譚子池，亦曰天池。

進士郭周藩爲詩記其事曰：澄水一百步，世名譚子池。余詰陵陽叟，此池當因誰？父老謂余說：本郡譚叔皮，開元末年中，生子字阿宜，墜地便能語，九歲多髭眉，不飲亦不食，未嘗言渴飢。十五鋭行走，快馬不能追。二十入山林，一去無還期。父母憶念深，鄉閭爲立祠。大曆元年春，此兒忽來歸，頭冠簪鳳凰，身著霓裳衣，普遍拯疲俗，丁寧告親知：余爲神仙官，下界不可祈，恐爲妖魅假，不如早平夷。此有黄金藏，鎮在兹廟基，發掘散生聚，可以救貧羸。金出繼靈泉，湛若清琉璃，泓澄表符瑞，水旱無竭時。言訖辭冲虚，杳靄上玄微，凡情留不得，攀望衆號悲。尋禀神仙誡，徹廟劚開窺，果獲無窮寶，均融沾困危。巨源出嶺頂，噴湧世間稀，異境流千古，終年福四維〔一〕。

周藩，河東人，登元和六年第。

【校箋】

〔一〕此采自《太平廣記》卷二〇引《仙傳拾遺》。文繁不備録，唯「忽失所在」下，有「遠近異之，以爲神人也。至是父母思念，鄉里追立廟以祀之」一段，及「真仙之流也」下，有「白父母曰：『兒爲仙官，不當久在人世，雖父母憶念，又不宜作此祠廟，恐物所憑，妄作威福，以害于人。請爲毁之。廟基之下，昔藏黄金甚多，撤廟之後，鑿地取金，可以分濟平民，散遺鄉里矣。』」一段當補，否則下言「言訖而去」義不可通。其下云：「如其言，毁廟掘地，皆得金焉，所掘之處，靈泉湧出。」亦當據以改補，蓋靈泉非湧自「其家」也。又郭周藩詩「撤廟斸開窺」句，「斸」原作「僅」，「巨源出嶺頂」句，「嶺」原作「巔」，今據《太平廣記》改。

殷潛之

野人殷潛之題籌筆驛云〔一〕：江東矜割據，鄴下奪孤嫠。霸略非匡漢，宏圖欲佐誰？奏書辭後主，仗劍出全師。重襲褒斜路，懸開反正旗。欲將苞有截，必使舉無遺〔二〕。沉慮經謀際，揮毫決勝時。圜觚當分晝，前箸此操持。山秀扶英氣，川流入妙思。算成功在彀〔三〕，運去事終虧。命屈天方厭，人亡國自隨。艱難推舊姓，開創極初基。總歎曾過地，寧探作教資。若歸新曆數，誰復顧衰危？報德兼明道，長留識者知。杜牧之和云：三吴裂婺女，九錫獄孤兒。霸王業未半，本朝心是誰？永安宫受詔，籌筆驛沉思。畫地乾坤在〔四〕，濡毫勝負知。艱難同草創〔五〕，得失計毫釐。寂默經千慮，分明渾一期。川流縈智思，山聳助扶持。慷慨匡時略，從容問罪師。褒中秋鼓角，渭曲晚旌旗〔六〕。仗義懸無敵，鳴攻固有辭。若非天奪去，豈復慮能支〔七〕，子夜星纔落，鴻都鼎便移。郵亭世自换，白日事長垂。何處躬耕者，猶題殄瘁詩。

【校箋】

〔一〕杜牧《樊川文集》卷四載此詩，未署作者，題作《題籌筆驛》，其後載《和野人殷潛之題籌筆驛十四韻》，知前詩即殷作也。

〔二〕「舉」原作「覺」，據《樊川文集》改。

〔三〕「轂」原作「穀」，據《樊川文集》改。

〔四〕「畫」原作「晝」，據《樊川文集》改。

〔五〕「同」原作「司」，據《樊川文集》改。

〔六〕「旌」原作「旄」，據《樊川文集》改。

〔七〕「慮」，《樊川文集》同，毛本作「虜」。

裴思謙

思謙狀元及第後，作紅牋名紙十數，詣平康里，因宿于里中。詰旦賦詩曰：銀缸斜背解鳴璫，小語偷聲賀玉郎。從此不知蘭麝貴，夜來新染桂枝香〔一〕。

思謙，開成三年登上第〔二〕。

【校箋】

〔一〕此采《摭言》卷三，「狀元」二字原脱，據補。「新染」，《摭言》作「新惹」，餘同。

〔二〕《摭言》卷九載裴思謙以宦官仇士良關節取狀元事甚詳，云：「高鍇侍郎第一榜，裴思謙以仇中尉關節取狀頭，鍇庭譴之。思謙迴顧厲聲曰：『明年打春取狀頭』。明年，鍇戒門下，不得受書題，思謙自懷士良一緘入貢院，既而易以紫衣，趨至階下，白鍇曰：『軍容有狀薦裴思謙秀才』。鍇不得已，遂接之。書中與思謙求巍峨。鍇曰：『狀元已有人，此外可副軍容意旨。』思謙曰：『卑吏面奉軍容處分；裴秀才非狀元。請侍郎不放。』鍇俯首良久曰：『然則略要見裴學士。』思謙曰：『卑吏便是。』思謙詞貌堂堂，鍇見之改容，不得已遂禮之矣。」蓋醜惡之狀可掬。與其作紅牋名紙，賣弄平康里中，行相一貫矣。

何扶

扶，大和九年及第，明年捷三篇，因以一絶寄舊同年曰：金榜題名墨尚新，今年依舊去年春。花間每被紅粧問，何事重來只一人〔一〕？

【校箋】

〔一〕此采自《摭言》卷三，文字悉同。

鄭澣

和李德裕游漢州房公湖云〔一〕：太尉留琴地〔二〕，時移重可尋。徽絃一掩抑，風月助登臨。榮駐青油騎，高張白雪音。祇言酬唱美，良史記王箴。又云：靜對烟波夕，猶思棟宇精。卧龍空有處，馴鳥獨忘情。顧步襟期遠，參差物象横。自宜雕樂石，爽氣際青城。

舊竹亭聞琴云：石室寒飇警〔三〕，孫枝雅器裁。坐來山水操，絃斷弔遺埃〔四〕。

澣，餘慶之子，文宗時爲翰林學士，進左丞。出爲山南西道節度使，以户部尚書召，卒。憲宗嘗謂餘慶曰：涵，卿令子，而朕直臣也，可更相賀。涵，澣舊名，以文宗故，名改焉〔五〕。

【校箋】

〔一〕鄭澣三詩俱附載《李文饒文集》卷四，署「兵部侍郎鄭澣」。德裕原唱見本書卷四八李德裕下。

〔二〕「地」原作「聽」，據《李文饒文集》改。

〔三〕「警」原作「鷩」，據《李文饒文集》改。

〔四〕「遺埃」，《李文饒文集》作「餘哀」。

〔五〕《新唐書》卷一六五《鄭餘慶傳》附子《澣傳》：「澣本名涵，避文宗故，名改焉。第進士，累遷右補闕，敢言無所諱，憲宗謂餘慶曰：『涵，卿令子，而朕直臣也，可更相賀。』……文宗立，入翰林爲侍講學士。……累進尚書左丞，出爲山南西道節度使。……以户部尚書召，未拜，卒。」「憲宗嘗謂餘慶」原作「文宗嘗爲餘慶」，據改。

廖有方

有方元和十年失意游蜀，至寶雞西界，窆旅逝者，書板記之曰：余元和乙未歲，落第西征，適此，聞呻吟之聲，潛聽而微惙也。問其疾苦住止，對曰：辛勤數舉，未偶知音。眄睞叩頭，久而復語，唯以殘骸相託，餘不能言。俄而逝，余乃鬻所乘馬于村豪，備棺瘞之，恨不知其姓字。臨歧悽斷，復爲銘曰：嗟名没世委空囊，幾度勞心翰墨場。半面爲君申一慟，不知何處是家鄉？明年，李逢吉擢有方及第，改名游卿，唐之義士也〔一〕。

有方，交州人，柳子厚以序送之〔二〕。

【校箋】

〔一〕《雲溪友議》卷下《名義士》條：「廖有方校書，元和十年，失意後游蜀，至寶雞西界館，窆于旅逝之人，天下譽爲君子之道也。書板爲其記耳：『余元和乙未歲，落第西征，適此公署，聞呻吟之聲，潛聽而微惙也。乃于暗室之内，見一貧病兒郎，問其疾苦行止，强而對曰。辛勤數舉，未偶知音。眄睞叩頭，久而復語。唯以殘骸相託，餘不能言。擬求救療，是人俄忽而逝。余遂賤鬻所乘鞍馬于村豪，備棺瘞之禮。恨不知其姓字，苟爲金門同人，臨岐悽斷。復爲銘曰：嗟名没世委空囊，幾度勞心翰墨場。半面爲君申一慟，不知何處是家鄉。』……明年，李侍郎逢吉放有方及第，改名游卿，聲動華夷，皇唐之義士也。」「名」原作「君」，據改。

〔二〕《送詩人廖有方序》，見《河東先生集》卷二五。此外，子厚在永州時，尚有《答貢士廖有方論文書》，見《河東先生集》卷三四。

薛書記

元相公賓府有薛書記〔一〕，飲酒醉後，因爭令，擲注子擊傷相公猶子，遂出幕。醒來乃作十離詩，上獻府主。犬離主云：馴擾朱門四五年，毛香足淨主人憐。無端咬着親情客，不得紅絲毯上眠。筆離手云：越管宣毫始稱情，紅牋紙上撒花瓊。都緣用久鋒頭盡，不得羲之手裏擎。馬離廄云：雪耳紅毛淺碧蹄，追風曾到日東西。爲驚玉貌郎君墜，不得華軒更一嘶。鸚鵡離籠云：隴西獨自一孤身，飛去飛來上錦裀。都緣出去無方便，不得籠中再喚人。燕離巢云：出入朱門未忍抛，主人嘗愛語交交。銜泥穢污珊瑚簟，不得梁間更壘巢。珠離掌云：皎潔圓明内外通，清光似照水精宫。都緣一點瑕相穢，不得終宵在掌中。魚離池云：戲躍蓮池四五秋，常摇朱尾弄輪鉤。無端擺斷芙蓉朵，不得清波更一游。鷹離主云：爪利如鋒眼似鈴，平原捉兔稱高情。無端竄向青雲外，不得君王手上擎。竹離亭云：蓊鬱新栽四五行，常將貞節負秋霜。爲緣春筍鑽牆破，不得垂陰覆玉堂。鏡離臺云：鑄瀉黃金鏡始開，初生三五月徘徊。爲遭無限塵蒙蔽，不得華堂上玉臺。

元公詩云：馬上同攜今日盃，湖邊還折去年梅。年年祇是人空老，處處何曾花不開。歌詠每添詩酒興，醉酣還命管絃來。罇前百事皆依舊，點檢唯無薛秀才〔二〕。

【校箋】

〔一〕此條全采自《摭言》卷一二。《十離詩》中，《犬離主》「馴擾」原作「馴撓」，《燕離巢》「交交」原作「咬咬」，據改。

〔二〕此乃白居易《與諸客攜酒尋去年梅花有感》詩，並非元稹之作，見《白氏長慶集》卷二〇。《摭言》誤。《白集》詩末有自注云：「去年與薛景文同賞，今年長逝。」則「薛秀才」乃樂天之客也。其詩「還折」作「共覓」，五六句作「詩思又牽吟詠發，酒酣聞喚管絃來」，與此略異。按《又玄集》載薛陶《犬離主》一首，云：「出入朱門四五年，爲知人意得人憐。近緣咬着親知客，不得紅絲毯上眠。」另選《罰赴邊有懷上韋相公》一首，見《洪度集》，乃薛濤作也。而何光遠《鑒誡録》卷一〇「蜀才婦」條載薛濤爲韋皋所怒，「于是不許從官，濤乃呈《十離詩》，情意感人，遂復寵召云云。」並載《犬離主》、《魚離池》、《鸚鵡離籠》、《竹離叢》、《珠離掌》等五詩。其《犬離主》云：「出入朱門四五年，熟知人性足人憐。近緣咬著親情客，不得紅絲毯上眠。」與《又玄集》爲近，其餘四首，與《摭言》亦略異，當别有所據也。《全唐詩》不列薛書記，而以《十離詩》屬薛濤作，殆是。然又注云：「元微之使蜀，嚴司空遣濤往事，因事獲怒，遠之。濤作《十離詩》以獻，遂復善焉。」則又附會《雲溪友議》之説（辨見本書卷三七元稹下校箋）。不知所獻者當爲韋皋也。

賈　耽

耽賦虞書歌云〔一〕：衆書之中虞書巧，體法自然歸大道。不同懷素只攻顛，豈類張芝惟創草〔二〕。形勢素，筋骨老，父子君臣相揖抱。孤青似竹更颼飀，闊白如波長浩渺。能方正，不隳倒，功夫未至難尋奥。須知孔子廟堂碑，便是青箱中至寶。

耽，字敦詩，貞元中爲宰相。

【校箋】

〔二〕「創」原作「剏」，據毛本改。

盧　貞

字子蒙。會昌五年，爲河南尹，樂天九老會，貞年未七十，亦與焉。時又有内供奉盧貞〔一〕。

貞和劉夢得歲夜詠懷云〔二〕：文翰走天下，琴樽卧洛陽。貞元朝士盡，新歲一悲凉。名早緣才大，官遲爲壽長。時來知病已，莫歎步趨妨。

楊柳枝詞云〔三〕：一樹依依在永豐，兩枝飛去杳無蹤。玉皇曾採人間曲，應逐歌聲入九重。

【校箋】

〔一〕以上據白居易《七老會》詩序，見本卷胡杲下校箋〔一〕引。「時又有内供奉盧貞」八字，當作注文。

〔二〕《劉夢得文集》有《歲夜詠懷》詩云：「彌年不得意，新歲又如何。念昔同游者，而今有幾多？以閑爲自在，將壽補蹉跎。春色無情故，幽居亦見過。」此其和作。載《古今歲時雜詠》，詩題作《奉和劉賓客二十八丈歲夜詠懷》。此詩題原脱「詠」字，據補。《全唐詩》作《歲夜懷友》非。

〔三〕此詩有序及樂天和作，參閲本書卷三八白居易下卷末附載文。

姚合

合，宰相崇曾孫，登元和進士第，調武功主簿，世號姚武功。又爲富平萬年尉。寶應中，歷監察御史、户部外郎，出金、杭二州刺史，後爲給事中、陝虢觀察使。開成末，終祕書監〔一〕。與馬戴、費冠卿、殷堯藩、張籍游，李頻師之〔二〕。合有極玄集，取王維等念一人詩百篇，曰此詩中射雕手也〔三〕。

移花兼蝶至，買石得雲饒。武功縣中作句〔四〕。　掉劍龍纏臂〔五〕，開旗火滿身。劍器詞句。家中去城遠，日月在船多。送顧非熊下第句。　身慚山友棄，膽賴酒盃扶。從軍樂句。　右張爲主客圖，取李益爲清奇雅正主，以合爲入室。

西陽雜俎言，僧清教句云：雷電下嵩陰，故姚監常吟之不輟。又僧雲容句云：木末上明星。清教又有句云：香連隣舍像。荆州僧云：犬熟護隣房。

張籍寄合詩云〔六〕：病來辭赤縣，案上有丹經。爲客燒茶竈，教兒掃竹亭〔七〕。詩成添舊卷。酒盡卧空瓶。闕下今遺逸，誰占隱士星〔八〕？又寒食夜寄合云〔九〕：貧官多寂寞，不異野人居。作酒和山藥，教兒寫道書。五湖歸去遠，百事病來疎。況憶同懷客〔一〇〕，寒庭月上初〔一一〕。

合酬張司業見寄云：日日在心中，青山青桂叢。高人多愛靜，歸路亦應同。罷吏無由病，因僧得解空〔一二〕。新詩勞見問，吟對竹林風〔一三〕。

一日看除目，終年損道心〔一四〕。合之詩也。

合爲魏州從事，寄耿拾遺云〔一五〕：少在兵馬間〔一六〕，長還繫戎職。鶏飛不得遠，豈要生羽翼。三年城中游，與君最相識。應知我衷腸，不苟念衣食。主人樹勳名〔一七〕，欲滅天下賊。愚雖乏智謀，願陳一夫力。人生須氣健，飢凍縛不得。睡當一席寛，覺乃千里窄。古人不懼死，所懼死無益〔一八〕。至交不可合，一合難離拆〔一九〕。君嘗相勸勉，苦語毒胸臆。百年心知聞〔二〇〕，誰限河南北？

送張宗原詩云：東門送客道，春色如死灰。一客失意行，十客顔色低〔二一〕。住者既無家，去者又非歸。窮愁一成疾〔二二〕，百藥不可治。子賢我且愚，命分不合齊。誰開蹇蹟門，日日同游棲。子行何所之〔二三〕，切切食與衣〔二四〕。誰能買仁義，令子無寒飢。野田不生草〔二五〕，四向生路岐。士人甚商賈，終日須東西。鴻雁春北去，秋風復南飛。勉君向前路，無失相見期。

武功縣閑居云〔二六〕：縣去京城遠〔二七〕，爲官與隱齊。馬隨山鹿放，鷄雜野禽棲。連舍惟藤架〔二八〕，侵堦是藥畦。更師嵇叔夜，不擬作書題。又云：簿書多不會，薄俸亦難銷。醉卧慵開眼，閑行懶繫腰。移花兼蝶至，買石得雲饒。且自心中樂，從他笑寂寥。又云：日出方能起，庭前看種莎。吏來山鳥散，酒熟野人過。岐路荒城少，烟霞遠岫多〔二九〕。同官更相引〔三〇〕，下馬上西坡。

劍器云〔三一〕：聖朝能用將，破敵速如神。掉劍龍纏臂〔三二〕，開旗火滿身。積屍川有岸〔三三〕，流血野無塵。今日當場舞，須知是戰人〔三四〕。

方干哭姚監云〔三五〕：入室幾人成弟子，爲儒是處哭先生。又上姚杭州云〔三六〕：身貴久離行藥伴，才高獨作後人師。

【校箋】

〔一〕按姚合事跡，兩《唐書》均附載《姚崇傳》後。而略有不同，《舊傳》云爲崇玄孫，終給事中；《新傳》則云曾孫，終秘書監。且文甚簡略。唯《郡齋讀書志》卷四中《姚合集十卷》下云：「右唐姚合也。崇曾孫，以詩聞。元和十一年，李逢吉知舉進士。歷武功主簿，富平、萬年尉。寶應中，監察殿中御史、户部員外郎，出金、杭二州刺史，爲刑、户二部郎中、諫議大夫、給事中、陝虢觀察使。開成末，終秘書監。世號姚武功云。」與《紀事》合，其「寶應」乃肅宗年號，當是「寶曆」之訛，而此亦同誤，或即采用《晁志》，亦猶王象之《輿地紀勝》之有取于計書也。「金、杭二州」原作「荆、杭二州」，據《晁志》改。

〔二〕此據《姚少監詩集》所載與諸人酬唱詩記之，合交游亦不只此。《新唐書》卷二〇三《李頻傳》：「給事中姚合名爲詩，頻走千里丐其品，合大加奬挹，以女妻之。」

〔三〕姚合《極玄集》今存，自序云：「此皆詩家射雕手也。合于衆集中更選其極玄者，庶免後來之非。凡念一人，共百首。」「極玄」原作「涵元」，「念(廿)一」原作「二十六」，據改。集中作者實爲二十一人。

〔四〕各詩句題原脱，據《姚少監詩集》補。

〔五〕「掉」原作「插」，據《姚少監詩集》、《文苑英華》改。

〔六〕詩題《張司業集》及《文苑英華》卷二五九俱作《贈姚合少府》。

〔七〕「竹亭」，《張司業集》同，《文英英華》作「竹庭」。

〔八〕「占」，《文苑英華》同，《張司業集》作「瞻」。

〔九〕詩題《張司業集》作《寒食夜寄姚侍御》。
〔一〇〕「況憶」原作「況是」，據《張司業集》改。
〔一一〕「寒庭」原作「寒應」，據《張司業集》改。
〔一二〕二句《姚少監詩集》作「罷吏方無病，因僧欲解空」。
〔一三〕「竹林風」，《姚少監詩集》作「竹間風」。
〔一四〕此《武功縣中作三十首》之第八首起句。
〔一五〕詩題《姚少監詩集》及《文苑英華》卷二六〇作《寄狄拾遺，時魏州從事》。《唐文粹》作《魏州從事寄耿拾遺》，與此同。
〔一六〕「少」原作「小」，據《姚少監詩集》、《唐文粹》、《文苑英華》改。
〔一七〕「勳名」原作「功名」，據《姚少監詩集》、《唐文粹》、《文苑英華》改。
〔一八〕「所懼死無益」原作「徒死亦無益」，據《姚少監詩集》、《唐文粹》、《文苑英華》改。
〔一九〕「拆」，《姚少監詩集》、《唐文粹》、《文苑英華》同。毛本作「柝」。
〔二〇〕「心知聞」，《姚少監詩集》、《唐文粹》、《文苑英華》同，毛本作「心知同」。
〔二一〕「低」，《姚少監詩集》、《唐文粹》同，《文苑英華》卷二七八作「迴」。
〔二二〕「窮愁」原作「愁窮」，《唐文粹》同，據《姚少監詩集》、《文苑英華》改。
〔二三〕「之」，《姚少監詩集》、《唐文粹》同，《文苑英華》作「切」。

〔二四〕「切切」《姚少監詩集》、《唐文粹》同,《文苑英華》作「所切」。

〔二五〕「不生草」原作「不草草」,據《姚少監詩集》、《唐文粹》、《文苑英華》改。

〔二六〕詩題《又玄集》同。《姚少監詩集》作《武功縣閑居三十首》,此選録其一、其四、其十三。

〔二七〕「京城」,《姚少監詩集》作「帝城」。

〔二八〕「藤架」原作「滕架」,據《姚少監詩集》改。

〔二九〕「遠岫」,《姚少監詩集》作「遠縣」。

〔三〇〕「更」,《姚少監詩集》作「數」。

〔三一〕《姚少監詩集》、《文苑英華》卷三〇〇俱載三首,此録其一。《英華》題作《劍氣詞》。

〔三二〕「掉劍」原作「插劍」,據《姚少監詩集》、《文苑英華》改。

〔三三〕「川有岸」原作「川没岸」,據《姚少監詩集》、《文苑英華》改。

〔三四〕「是」原作「盡」,據《姚少監詩集》、《文苑英華》改。

〔三五〕方干《哭秘書姚少監》:「寒空此夜落文星,星落文留萬古名。入室幾人成弟子,爲儒是處哭先生。家無諫草逢明代,國有遺篇續正聲。曉向平原陳葬禮,悲風吹雨濕銘旌。」

〔三六〕方干《上杭州姚郎中》:「能除疾瘼是良醫,一郡鄉風當日移。身貴久離行藥伴,才高獨作後人師。春日下馬皆成醼,吏散看山即有詩。借問公方與文道,而今中夏更屬誰。」「藥」原作「樂」,據明鈔本《姚少監詩集》改。

唐詩紀事校箋卷第五十

封　敖

敖爲池州刺史，題西隱寺云：三年未到九華山，終日披圖一室間。秋寺喜因晴後賞，靈峰看待足時還。猿從有性留僧住〔一〕，雲藹無心伴客閑。勝事儻能銷歲月，已捹名利不相關。

敖，字碩夫，冀州人。雅爲李德裕所器。武宗時，詔慰邊將傷夷者曰：傷居爾體，痛在朕躬。劉稹平，德裕進太尉，制曰：謀皆予同，言不他惑。皆敖爲之。終尚書右僕射。

才高而少行檢，故不至宰相〔二〕。

【校箋】

〔一〕「住」原作「坐」，據張本、毛本改。

〔二〕《新唐書》卷一七七《封敖傳》：「封敖，字碩夫，其先蓋冀州蓨人……雅爲宰相李德裕所器。……敖屬辭贍敏，不爲奇澀，語切而理勝，武宗使作詔書慰邊將傷夷者曰：『傷居爾體，痛在朕躬。』帝善其如意出，賜以宫錦。劉稹平，德裕以定策功進太尉，敖草其制曰：『謀皆予同，言不他惑。』德裕謂能明專任己以成功，謂敖曰：『陸生恨文不迨意，如君此等語，豈易得耶？』解所賜玉帶贈之。……拜太常，進尚書右僕射。然少行檢，但高其才，故不至宰相，卒。」制文「謀皆予同，言不他惑」原作「言皆予同，謀不他惑」，據改。

鄭　薰

贈鞏疇詩序云：九華處士鞏疇，擅玄言之要，通易老，其于淨名、僧肇尤精達。余在句溪時，重其能，車幣而致之。及到官舍，再説易，一説老氏，將兒姪輩執卷列坐而傳之。老氏畢業，而寇難作，與鞏各散去，不知其何之？存耶亡耶？余既休居洛師，鏁扉獨靜。己卯冬十一月半，雪中有客扣柴門，樵童視之，走復曰：鞏處士。遽下榻開關，執手話艱苦。鞏背簦笈，草履，杖靈壽，下笠且咍笑曰：聞公恬養淡逸，不屑于榮悴，故以玄來助成之。升榻解笈，散四書〔一〕，即易老淨肇也。明日，講肇論，階前多偃松高桂，冰凍墮落，有琴瑟金石聲。理致明妙，神骨超爽，自謂一時之遇。日與故人爲徒，又意兹樂之難諧也。遂成二十韻贈之。詩云：密雪松桂寒，書窗導餘清。風撼冰玉碎，階前琴磬聲。榻靜几硯潔，帙散縑緗明。高論展僧肇，精言資鞏生。立意加玄虛，析理分縱横。萬化悉在我，一物安能驚。江海何所動，丘山常自平。遲速不相闋，後先徒起爭。鏡照各妍醜，秤稱分重輕。顏容寧入鑑，銖兩豈關衡。藴微道超忽，剖證音泠泠。紙上掣牢鍵，舌端摇利兵。圓澈保真性，客塵排妄情。有住即非住，無行方是行。疎越捨朱絃，哇淫鄙秦箏〔二〕。淡薄貴無味，羊斟慚大羹。洪遠包乾坤，幽窅潛沉冥。罔煩跬步舉，頓達萬里程。廬遠尚莫曉，隱留曾誤聽。直須持妙説，共詣毗耶城。

薰，字子溥。爲宣歙觀察使，前人不治，薰以清力自將，牙將素驕，共謀逐出之。奔揚之後，分司東都。懿宗時，爲左丞。薰端勁，再知禮部，引寒俊，士類多之。老號所居爲隱巖，自號七松處士云〔三〕。

大中八年，掌文，誤以顏標爲魯公之後，以第一人處之。士子嘲曰：主司頭腦太冬烘，錯認顏標作魯公〔四〕。

鄭谷有故少師從翁隱巖别業亂後榛蕪感舊愴懷之作〔五〕，即薰也。詩云：風騷爲主人〔六〕，風俗作清塵。密行稱閨闥，明誠動縉紳。周旋居顯重，内外掌絲綸。妙主蓬壺籍，忠爲社稷臣。大儀牆仞峻，東轄紀綱新。聞善嘗開口，推公豈爲身〔七〕！立朝鳴珮貴，歸宅典衣貧。半醉看花晚，中飡煮菜春。晴臺隨鹿上，幽墅約僧隣〔八〕。理論知清越，清越，江左詩僧，公甚稱之〔九〕。生徒得李頻。藥香沾筆硯，竹色染衣巾。寄鶴眠雲叟，騎驢入室賓。咸通中，舉子乘馬，唯張喬跨驢，延于門下〔一〇〕。近將姚監比，自姚秘監合主張風雅後，孤卿一人而已。僻與段卿親。段少常成式奧學〔一一〕，辛勤章句，及徵，孤卿爲前序。葉積池邊路，茶遲雪後薪。所難留著述，誰不秉陶鈞。喪亂時多變，追思事已陳。浮華重發作，雅正甚湮淪。宗從今何在，依棲素有因。七松無影響，孤卿植松七本，自號七松處士〔一二〕。雙淚益悲辛。猶喜于門秀，年來屈併伸。班即孤卿姪孫，登進士科級也。

【校箋】

〔一〕二句「笈散」二字原脱，據毛本補。

〔二〕二句原作「疎越捨吴典，朱絃鄙秦箏」，據毛本改。

〔三〕《新唐書》卷一七七《封敖傳》：「鄭薰，字子溥，亡鄉里世系，擢進士第，歷考功郎中、翰林學士，出爲宣歙觀察使，前人不治，薰頗以清力自將，牙將素驕，共謀逐出之。薰奔揚州，貶棣王府長史，分司東都。懿宗立，召爲太常少卿，擢累吏部侍郎……久之，進左丞。……後以太子少師致仕。薰端勁，再知禮部，舉引寒俊，士類多之。既老，號所居爲隱巖，蒔松于庭，號七松居士云。」「前人不治」句原脱「人」字，「清力」原作「才力」，「之」原作「遺」，據史文改補。

〔四〕《摭言》卷八：「鄭侍郎薰主文，誤謂顔標乃魯公之後。時徐方未寧，志在激勸忠烈，即以標爲狀元。謝恩日，從容問及廟院，顔標曰：『寒畯進也，未嘗有廟院。』薰始大悟，塞默而已。尋爲無名子所嘲曰：『主司頭腦太冬烘，錯認顔標作魯公。』」

〔五〕《鄭守愚文集》載此詩，題作《故少師從翁隱巖别墅亂後蕪榛，感舊愴懷，遂有追紀》。

〔六〕「主人」原作「士人」，據《鄭守愚文集》改。

〔七〕「豈」原作「直」，據《鄭守愚文集》改。

〔八〕「幽墅」原作「幽野」，據《鄭守愚文集》改。

〔九〕自注「公甚稱之」，《鄭守愚文集》作「孤卿待之甚厚」。

〔一〇〕自注「延于門下」，《鄭守愚文集》作「喬詩善道貞，孤卿延于門下。」

〔一一〕自注「段少常成式奥學」句，「段」原作「故」，據《鄭守愚文集》改。

〔一二〕自注「孤卿植松七本」句，「本」原作「枝」，據《鄭守愚文集》改。「自號七松處士」下，《集》尚有「異代對五柳先生」一句。

王　軒

軒少爲詩，頗聞淇澳之篇。游西小江，泊舟苧蘿山下，題西施石曰：「嶺上千峰秀，江邊細草春。今逢浣紗石，不見浣紗人〔一〕。

軒，登大和進士第。

【校箋】

〔一〕《雲溪友議》卷上《苧蘿遇》條：「王軒少爲詩，寓物皆屬詠，頗聞《淇澳》之篇。游西小江，泊舟苧蘿山際，題《西施石》曰：『嶺上千峰秀，江邊細草春。今逢浣紗石，不見浣紗人。』題詩畢，俄而見一女郎云云。」「小」字原脱，據補。

宋雍

范攄云：宋雍初無令譽，及嬰瞽疾，其詩名始彰。盧員外綸作擬僧之詩，僧清江作七夕之詠，劉隨州有眼作無眼之句，宋雍無眼作有眼之詩，詩流以爲四背，或云四倒，然辭意悉爲佳致。盧公詩云：願得遠公知姓字，焚香洗鉢過餘生。清江詩曰：唯愁更漏促，離别在明朝。劉隨州曰：細雨濕衣看不見，閑花落地聽無聲。雍詩曰：黄鳥不堪愁裏聽，緑楊宜向雨中看〔一〕。

【校箋】

〔一〕《雲溪友議》卷上「四背篇」條：「宋雍初無令譽，及嬰瞽疾，其詩名始彰。盧員外綸作擬僧之詩，僧清江作七夕之詠，劉隨州有眼作無眼之句，宋雍無眼作有眼之詩，詩流以爲四背，或云四倒，然辭意悉爲佳致乎！盧公詩曰：『願得遠公知姓字，焚香洗鉢過餘生。』清江上人詩曰：『唯愁更漏促，離别在明朝。』劉隨州詩曰：『細雨濕衣看不見，閑花落地聽無聲。』宋君詩曰：『黄鳥不堪愁裏聽，緑楊宜向雨中看。』」按《才調集》載宋邕《春日》詩即此，邕、雍字通。計氏于本書六一卷重出宋邕詩並節録范攄語，誤。

李摯

貞元十二年，摯以宏詞振名，與李行敏同姓，同甲子，同年登第，俱二十五歲，又同門。摯嘗有詩曰：因緣三紀異，契分四般同〔一〕。

【校箋】

〔一〕《摭言》卷四：「貞元十三年，李摯以大宏詞振名，與李行敏同姓，同年同登第，又同甲子；及第時俱二十五歲，又同門。摯嘗答行敏詩曰：『因緣三紀異，契分四般同。』」徐松《登科記考》引《摭言》作「貞元十二年」，與此同。《詩話總龜》前集卷一七引《古今詩話》載此事，作「貞元中」。「十三」或「十二」之誤。

韋澳

字子斐，以宏詞登科。懿宗時，爲邠寧節度使，坐事罷鎮，以祕書監分司東都。嘗戲吟云：莫將韋監同殷鑒，錯認容身是保身。此句聞于京師，權倖尤怒之〔一〕。

【校箋】

〔一〕《舊唐書》卷一五八《韋貫之傳》附子《澳傳》：「澳字子斐，大和六年擢進士第，又以宏詞登科。……懿宗即位，遷檢校户部尚書，兼青州刺史，平盧節度觀察處置等使。入爲户部侍郎，轉吏部，銓綜平允，不受請託。爲執政所惡，出爲邠州刺史，邠寧節度使。宰相杜審權素不悦于澳，會吏部發澳時簿籍，吏緣爲奸，坐罷鎮，以秘書監分司東都。嘗戲吟云：『莫將韋鑒同殷鑒，錯認容身作保身。』此句聞于京師，權幸尤怒之。」史文「韋鑒」，《紀事》作「韋監」，是也。毛本改「殷鑒」作「殷監」，亦非。此取叶音，所以爲戲也。

段文昌

古柏文云：是草木有異，于草木則靈。武侯祠前，柏壽千齡。盤根擁門，勢如龍形。含碧太空，散霧虚庭。合抱在于旁枝，駢梢葉之青青；百尋及于半身，蓄風雷之冥冥。攢柯垂陰，分翠間明。忽如虬螭，向空爭行。上承翔雲，孤鸞時鳴。下蔭芳苔，凡草不生。古色天風，蒼蒼泠泠〔一〕。曾到靈山，老柏縱横。亦有大者，莫之與京。于惟武侯，佐蜀有程。神其不昏，表此爲禎。斯廟斯柏，實播芳馨。長慶二年六月題。

文昌，字墨卿，有别業在廣都縣之南龍華山，嘗杜門力學于此，俗謂之段公讀書臺〔二〕。

長慶初，朝議文昌少在西蜀，諳詳利病，詔授劍南節度使〔三〕。有邑人贈詩曰：昔日騎驢學忍飢，今朝忽着錦衣歸。等閑畫虎驅紅旆，可畏登龍入紫微。富貴不由翁祖致，文章生得羽毛飛。廣都再去應惆悵，猶有江邊舊釣磯〔四〕。

文昌還別業，有尋龍華山寺廣宣上人詩云：十里惟聞松桂風，江山忽轉見龍宫。正與休師方話舊，風煙幾度入樓中。郭震亦有題龍華山詩曰：昔年曾到此山回，百鳥聲中酒一盃。最好寺邊開眼處，段文昌有讀書臺。出古今詩話〔五〕。

文昌父鍔，爲江陵令，文昌長自渚宫，客游成都，韋南康與奏，釋褐爲賓從。後劉闢逐佐外邑，高崇文收蜀，召復舊職，指其椅曰：此猶不足與君坐。文昌遽請歸闕，至興元西鵠鳴驛，有僧倚巴山之隈，有前識，謂文昌曰：去日既逢梅蘂綻，來時應見杏花開。至京屢升擢，自相位拜劍南節度，西至鵠鳴，僧已物故，杏花方盛〔六〕。

文昌客荆州，從事劍南帥幕，其後相穆宗，罷相鎮蜀，再相文宗，罷相帥荆南，復鎮蜀。大和九年卒〔七〕。

文昌鎮蜀，有題武擔寺西臺詩云〔八〕：秋天如鏡空，樓閣盡玲瓏。水暗餘霞外，山明落照中。鳥行看漸遠，松韻聽難窮。今日登臨意，多歡語笑同。

文昌晚夏登張儀樓呈院中諸公詩云：重樓窗户開，四望斂煙埃。遠岫林端出，清波城下迴。乍疑蟬韻促，稍覺雪風來。併起鄉關思，銷憂在酒盃。楊汝士時掌管記〔九〕，和西臺詩云：清淨此道宮，層臺復倚空。偶時三伏外，列席九霄中。平視雲端路，高臨樹杪風。自憐榮末座，前日別池籠。又和張儀樓詩云：從公城上來，秋近絶纖埃。樓古秦規在，江分蜀望開。遠山標宿雪，末席本寒灰。陪賞今爲忝，臨歡敢訴杯。

【校箋】

〔一〕「泠泠」原作「玲玲」，據毛本改。

〔二〕祝穆《方輿勝覽》：「文昌讀書臺，在廣都縣順聖寺南。」今四川雙流區境。

〔三〕《舊唐書》卷一六七《段文昌傳》：「段文昌，字墨卿……穆宗即位，正拜中書舍人，尋拜中書侍郎，平章事。……長慶元年，拜章請退。朝廷以文昌少在西蜀，詔授西川節度使、同中書門下平章事。」

〔四〕《鑒誡録》卷八：「段相國文昌，本廣都縣人。父以油柞爲業……嘗跨驢行，鄉里笑之。歷三十年間，衣錦還蜀，蜀人有詩贈曰：『昔日騎驢學忍飢，今朝忽著錦衣歸。等閒畫虎驅紅旆，可畏登龍入紫微。富貴不由翁祖解，文章生得羽毛飛。廣都再去應惆悵，猶有江邊舊釣磯。』」「翁祖解」此作「翁祖致」，疑作「致」爲勝。

〔五〕按《類説》、《詩話總龜》諸書引《古今詩話》中不見此二詩，郭紹虞《宋詩話輯佚》亦未收。

俟考。

〔六〕《太平廣記》卷一五五引《前定録》：「故西川節帥段文昌，字景初。父鍔，爲支江宰，後任江陵令。文昌少好蜀文，長自渚宫，困于塵土。客游成都，謁韋南康皋，皋與奏釋褐。……金吾將軍裴邠之鎮梁川，辟爲從事，轉假廷評。裴公府罷，因抵興元之西四十里，有驛曰鵠鳴，濱漢江，前倚巴山，有清僧倚甚隈，不知何許人也。常嘿其詞，忽復一言，未嘗不中。公自府游，聞清僧之異，徑詣清公求宿，願知前去之事。自夕達旦，曾無詞，忽問：『蜀中聞極盛旌旆而至者誰？』公曰：『豈非高崇文乎！』對曰：『非也。更言之！』公曰：『代崇文者，武黄門也。』清曰：『十九郎不日即爲此人，更盛更盛。』……長慶初，段公自相位節制西川，果符清師之言。」又，《中朝故事》：「段文昌，貞元中在西川爲南康王韋皋賓從，皋薨後，遭劉闢，逐爲外邑佐官。高崇文收復劍南，召居舊職，文昌再三謝之。崇文曰：『君非久在卑位也。』指其座下椅子，謂之曰：『此椅子猶不足與君坐。』遽請歸闕，行至興元一山寺中，有老僧指庭前梅樹曰：『君去日既逢梅臉綻，來時應見杏花開。』及抵京華，屢遷爵秩，數年後，拜益州節度使。經興元，至往日僧院，覩庭中杏花方盛，訪其僧，已卒。」《紀事》蓋糅合二書所載記之。文昌父據《舊唐書》本傳及《新唐書·宰相世系表》俱名諤。此據《前定録》作「鍔」，疑誤。《舊傳》言其父爲循州刺史，《新表》則言爲榮州刺史。文昌早年不在蜀中，當以作「循州」爲是。爲江陵令，或在其前也。「江陵令」原作「江陵糾」，毛改作「江陵尉」，非是，《全唐詩話》即作「江陵令」，不誤。「渚宫」原作「諸宫」，「逐佐外邑」原作「逐作外邑」，「屢升擢」原作「屢外擢」，據《前定録》及《中朝故事》改。

〔七〕《新唐書》卷八九《段志玄傳》附《段文昌傳》：「世客荆州……後依劍南節度韋臯，臯表爲校書郎。……穆宗即位，屢召入思政殿，顧問率至夕乃出。俄拜中書侍郎、同中書門下平章事。未踰年，自表還政，授劍南西川節度使。……文宗立，拜御史大夫，進封鄒平郡公，俄檢校尚書右僕射平章事。……太和四年，檢校左僕射，徙帥荆南。……復節度西川，九年，卒。」

〔八〕薛濤《洪度集》有《段相國游武擔寺病不能從題寄》詩云：「消瘦翻堪見令公，落花無那恨東風。儂心猶道青春在，羞看飛蓬石鏡中。」

〔九〕楊汝士已見本書卷四六，其所和二詩原載温會詩後，未别標目。今從毛本移附段文昌原詩之後。

姚向

和登武擔寺西臺詩云：開閣錦城中，餘閑訪梵宫。九層連晝景，萬象寫秋空。天半將身到，江長與海通。提攜出塵土，曾是穆清風。

向奉陪段相公晚夏登張儀樓詩云：秦相架群材，登臨契上台。查從銀漢落，江自雪山來。儷曲親流火，淩風洽小杯。帝鄉如在目，欲下盡徘徊。

向爲節度判官，時長慶二年也〔一〕。

【校箋】

〔一〕《白氏長慶集》卷四八有《韋審規西川節度副使、御史中丞。李虞仲、崔戎、姚向、温會等，並西川判官，皆賜緋，各檢校省官兼御史制》。又，《舊唐書》卷一六《穆宗紀》：「（長慶元年二月）壬申，以中書侍郎平章事段文昌檢校刑部尚書、同平章事、成都尹，充劍南西川節度等使。」

温會

和登武擔寺西臺詩云〔一〕：桑臺煙樹中，臺榭造雲空。眺聽逢秋興，篇辭變國風。坐愁高鳥起，笑指遠人同。始媿才情薄，躋攀繼韻窮。

和晚夏登張儀樓詩云〔二〕：危軒重疊開，訪古上徘徊。有舌嗟秦策，飛梁駕楚材。雲霄隨鳳到，物象爲詩來。欲和關山意，巴歌調更哀。

會以殿中侍御史爲安撫判官。

【校箋】

〔一〕詩題原無「和」字，準前楊汝士和詩例增。

〔二〕詩題原無「和」字，準前例增。

李敬伯

和登武擔寺西臺詩云〔一〕：臺上起涼風，乘閑覽歲功。自隨台席貴，盡許羽觴同。樓殿斜暉照，江山極望通。賦詩思共樂，俱得詠時豐。和晚夏登張儀樓詩云〔二〕：層屋架城隈，賓筵此日開。文鋒摧八陣，星分應三台。望雪煩襟釋，當歡遠思來。披雲霄漢近，暫覺出塵埃。敬伯試大理評事，爲觀察巡官。

【校箋】

〔一〕詩題原無「和」字，準前例增。

〔二〕詩題原無「和」字，準前例增。

姚康

和晚夏登張儀樓詩云〔一〕：登覽值晴開，詩從野思來。蜀川新草木，秦日舊樓臺。池景摇中座，山光接上台。近秋宜晚景，極目斷浮埃。和登武擔寺西臺詩云〔二〕：松逕引清風，登臺古寺中。江平沙岸白，日下錦川紅。疎樹山根淨，深雲鳥跡窮。自慚陪末席，便與九霄通。

康試左武衛倉曹參軍，爲觀察推官。

康禮部試早春殘雪云：微暖春潛至，輕明雪尚殘。銀鋪光漸濕，珪破色仍寒。無柳花常在，非秋露正團。素光浮轉薄，皓質駐應難。幸得依陰處，偏宜帶月看。玉塵銷欲盡，窮巷起袁安。

賦得巨魚縱大壑云〔三〕：水府乘閑望，圓波息躍魚。從來暴泥久，今日脱泉初。得志寧相忌，無心任宛如。龍門應可度，鮫室豈常居。掉尾方窮樂，游鱗每自舒。乘流千里去，風力藉吹噓。

康，字汝諧，南仲孫也。登元和十五年進士第。大中時，爲太子詹事〔四〕。開成時，曾以贓敗〔五〕。

【校箋】

〔二〕詩題原無「和」字，準前例增。

〔二〕詩題原無「和」字，準前例增。

〔三〕詩題原作「魚縱」，據毛本補。

〔四〕《新唐書》卷五八《藝文志》：「姚康《科第録》十卷。」注云：「字汝諧，南仲孫也。兵部郎中，金吾將軍。」又：「姚康復《統史》三百卷。」注云：「大中太子詹事。」據此，則姚康復別是一人，此當有誤。

〔五〕《舊唐書》卷一四九《歸崇敬傳》附孫《歸融傳》：「金部員外郎韓益判度支案，子弟受人賂三千餘貫，半是擬贓。上問融曰：『韓益所犯與盧元中、姚康孰甚？』對曰：『元中與康枉破官錢三萬餘貫，益所取受人事，比之殊輕。』乃貶梧州司户。」

張正元

冬日可愛詩云〔一〕：寒日臨清晝，遼天一望時。未消埋徑雪，先暖讀書帷。屬思光難駐，舒情影若遺。晉臣曾比德，謝客昔言詩。散彩寧偏照，流陰信不追。餘輝如可就，迴燭幸無私。

東野聞夜啼贈張正元云〔二〕：寄泣須寄黄河泉，此中怨聲流徹天。愁人獨有夜燈見，一紙鄉書淚滴穿。

正元，登貞元五年進士第。

【校箋】

〔一〕《文苑英華》卷一八一載此詩，爲陳諷作。注云：「貞元十年及第。」按《廣卓異記》卷一九引《登科記》：「陳諷，貞元十年進士狀元及第，當年宏詞頭登科。」洪興祖《韓子年譜》引《科第録》：「十一年，試《朱絲繩賦》、《冬日可愛詩》、《學生代齋郎議》。」按《昌黎先生集》卷一四《省試學生代齋郎議》題下注云：「諸本此下有『貞元十年應博學宏詞』九字。」與《英華》合。則《科第録》「十一年」乃「十年」之誤，詩則應爲陳諷之作。

〔二〕《孟東野詩集》作《聞夜啼贈劉正元》，不作張正元，疑此爲誤。

楊嗣復

丁巳歲八月祠祭畢因題臨淮公舊碑詩云〔一〕：齊莊修祀事，旌旆出郊闉。薙草軒墀狹，塗牆赭堊新。謀猷期作聖，風俗奉爲神。酹酒成坳澤，持兵列偶人。非才膺寵任，異代揖芳塵。況是平津客，碑前淚滿巾。楊汝士和云：古柏森然地，修嚴蜀相祠。一過榮異代，三顧盛當時。功德流何遠，馨香薦未差。敬名採國志，飾像慰甿思。昔謁從征蓋，今聞擁信旗。固宜光寵下，有淚刻前碑。

臨淮公，武元衡也。元和初，元衡鎮蜀，嗣復爲節度推官。後二十七年，嗣復鎮蜀，時大和九年也。汝士爲東川節度使，故相唱和。汝士曾爲蜀帥段文昌掌管也〔二〕。

【校箋】

〔一〕《舊唐書》卷一七下《文宗紀》：「（大和九年二月）庚申，以劍南東川節度使楊嗣復檢校户部尚書，兼成都尹、西川節度使。」九年，歲次乙卯，「丁巳」，則開成二年也。同卷：「開成二年，冬十月，戊申，以門下侍郎、同平章事李固言爲劍南西川節度使。……己未，以前西川節度使楊嗣復爲户部尚書，充諸道鹽鐵轉運使。」「祠祭」，謂祀武侯祠堂也。臨淮公舊碑指武元衡所立裴度撰、柳公綽書《蜀丞相諸葛武侯祠堂碑》，今存成都武侯祠中。

〔三〕楊汝士爲西川節度使段文昌掌管記，在長慶初，見本卷段文昌下。

炙轂子

牡丹詩云〔一〕：牡丹妖艷亂人心，一國如狂不惜金。曷若東園桃與李，果成無語自成陰。

松詩云：寒松聳拔倚蒼岑，緑葉扶踈自結陰。丁固夢時還有意，秦皇封日豈無心。常將正節栖孤鶴，不遣高枝宿衆禽。好是特凋群木後，護霜凌雪翠踰深。

竹詩云：庭竹森踈玉質寒，色包葱碧盡琅玕。翠筠不染湘娥淚，斑籜堪裁漢主冠。成韻含風已蕭瑟，媚漣凝渌更檀欒。此君引鳳爲龍日，聳節稍雲直上看。

炙轂子，王叡也。元和後詩人〔二〕。

【校箋】

〔一〕此詩《萬首唐人絶句》題王轂作。王轂見本書卷七〇。

〔二〕《新唐書》卷五九《藝文志》有《炙轂子雜録注解》五卷，題「王叡」作。佚文有輯本，收《説郛》中。同書卷六〇有《炙轂子詩格》一卷。今存。《樂府詩集》載有王叡《公無渡河》及《祠神歌二首》。《祠神歌》亦收入《萬首唐人絶句》，題作《祠漁山神女歌二首》，「王叡」作「王睿」。

楊厚

厚，貞元間詩人。

早起云：星漢轉寒更，伊余索寞情。鐘催歸夢斷，鴈引遠愁生。危壁蘭光暗，疎簾露氣清。閑庭聊一望，海日未分明。

劉郇伯

早行云：鎮靜人猶寢〔一〕，天高月自涼。一星深戍火，殘月半橋霜。客老愁塵下，蟬寒怨路傍。青山依舊色，宛是馬卿鄉。

郇伯與范酇郎中爲詩友，范曾得一句云：歲盡天涯雨。久而莫屬。郇伯曰：何不曰人生分外愁。范甚賞之。出北夢瑣言〔二〕。

【校箋】

〔一〕「鎮」，謂村鎮。《全唐詩》作「鐘」，疑非。

〔二〕按《北夢瑣言》今傳本不見此文。

王觀

早行云：鷄唱催人起，又生前去愁。路明殘月在，山露宿雲收。村店煙火動，漁家燈燭幽。趨名與趨利，行役幾時休。

觀，大曆、貞元間人。

陳上美

咸陽懷古云〔一〕：山連河水碧氛氲，瑞氣東移擁聖君。秦苑有花空笑日，漢陵無主自侵雲。古槐堤上鶯千囀，遠渚沙中鷺一群。賴與淵明同把菊，煙郊四望夕陽曛〔二〕。

上美，登開成進士第〔三〕。

【校箋】

〔一〕詩題《又玄集》同，《才調集》作《咸陽有懷》。

〔二〕「四望」，《又玄集》同。《才調集》作「西望」，《全唐詩》從之。

〔三〕《唐才子傳》：「上美，開成元年，禮部侍郎高鍇放榜第二人登科。」

侯冽

冽金谷園花發懷古云〔一〕：金谷千年後，春花發滿園。紅芳徒笑日，穠艷尚迎軒。雨濕輕光軟，風摇碎影翻。猶疑施錦帳，堪歎罷朱紈。愁態鶯吟澀〔二〕，啼容露綴繁。慇懃問前事，桃李竟無言。

冽，登元和六年進士第。

【校箋】

〔一〕《文苑英華》卷一八八有王質、張公乂等《金谷園花發懷古》三首，乃省試詩也。按《舊唐書》卷一六三《王質傳》：「元和六年，登進士甲科。」侯冽亦以元和六年登進士第，則此詩當爲同時所作，詩題據補「花發」二字。

〔二〕「態」原作「罷」，據毛本改。

崔樞

賜耆老布帛云〔一〕：殊私及耆老，聖德軫黎元〔二〕。布帛忻天錫〔三〕，生成在主恩〔四〕。情均皆挾纊，禮異賁丘園。慶洽時方泰，仁瞻月告存〔五〕。寧知酬雨露，空識荷乾坤。擊壤將何幸，徘徊望九門〔六〕。

裴垍舉宏詞，崔樞考之落第，及垍爲宰相，擢樞爲禮部，笑謂樞曰：聊以報德也〔七〕。終于秘書監〔八〕。

順宗時，有詔曰：古之所以教太子，必茂選師傅，以翼輔之，法于訓詞，而行其典禮，左右前後，罔非正人，是以教諭而成德也。給事中陸質，中書舍人崔樞，積學懿文，守經據古，夙夜講習，庶協于中，並充皇太子侍讀〔九〕。

【校箋】

〔一〕《文苑英華》卷一八〇載《恩賜耆老布帛》二首，一爲張復元，一爲崔宗作。此詩即題張復元作。徐松《登科記考》列張爲貞元九年進士，同年博學宏詞登科。

〔二〕「軫」原作「賑」，據《文苑英華》改。

〔三〕「天錫」原作「天賜」，據《文苑英華》改。

〔四〕此句原作「生涯作主恩」，據《文苑英華》改。

〔五〕「贍」原作「沾」，據《文苑英華》改。

〔六〕「望」，《文苑英華》作「對」。

〔七〕此采自《摭言》卷一一，文字悉同。

〔八〕《新唐書》卷七二下《宰相世系表》：「樞，秘書監。」

〔九〕此詔見韓愈《順宗實録》卷第三，永貞元年四月戊申所下詔也。「翼輔」原作「輔翼」，「成德」原作「德成」，據《韓集》改。「陸質」，見《舊唐書・儒學傳》，《順宗實録》同，毛本改作「陸贄」，非。

陳彦博

恩賜魏文貞公諸孫舊第以導直臣云：阿衡隨逝水，池館主他人。天意能酬德〔一〕，雲孫喜庇身。生前由直道，殁後振芳塵。雨露新恩日，芝蘭舊里春〔二〕。勳庸留千代〔三〕，光彩映諸隣。共賀昇平日〔四〕，從兹得諫臣。

前定録云〔五〕：彦博元和中與謝楚同爲廣文生，夢一官司，列几案上，有尺牘如金字者，問之，曰：明年進士之名。見其名在三十二，從上二人，皆李姓，而無楚名。明年，果如夢，二李即李顧行、李仍叔也。時元和五年。明年，楚于于尹躬下擢第。

白居易爲翰林學士，奏云：今日奉宣，令撰與李師道詔：所請收贖魏徵宅，還其子孫，甚合朕心，允依來奏者。臣伏以魏徵太宗宰相，盡忠輔佐，以致太平，在其子孫，合加優卹。事關激勸，合出朝廷；師道何人，輒掠此美。伏願明勑有司，特以官錢收贖，使還後嗣，以勸忠臣，則事出皇恩，美歸聖德。憲宗深然之。其後有司以爲詩題試進士〔六〕。

【校箋】

〔一〕「酬」原作「疇」，據《文苑英華》卷一八〇改。

〔二〕「舊」原作「故」，據《文苑英華》改。

〔三〕「留千代」原作「流千代」，據《文苑英華》改。

〔四〕此句原作「共喜升平代」，據《文苑英華》改。

〔五〕《太平廣記》卷一五四引《前定録》載此事甚詳，此約舉其文。

〔六〕《白氏長慶集》卷五八載《論魏徵舊宅狀李師道奏請出私財收贖魏徵舊宅事宜》云：「右，今日守謙宣，令撰與師道詔：所請收贖魏徵宅，還其子孫，甚合朕心，允依來奏者。臣伏以魏徵是太宗朝宰相，盡忠輔佐，以致太平，在于子孫，合加優卹。今緣子孫窮賤，舊宅典賣與人。師道請出私財收贖，却還其後嗣。事關激勸，合出朝廷；師道何人，敢掠此美。依宣便許，臣恐非宜。……伏望明勑有司，特以官錢收贖，便還後嗣，以勸忠臣。則事出皇恩，美歸聖德云云。」此節引之。「令撰與李師道詔：所請收贖魏徵宅」二句，「與」、「詔」、「所」三字原脱，據《白集》補。《通鑑》卷二三七《唐紀》憲宗元和四年三月：「魏徵玄孫稠貧甚，以故第質錢于人，平盧節度使李師道請以私財贖出之。上命白居易草詔，居易奏言：『事關激勸，宜出朝廷。師道何人，敢掠斯美！望敕有司以官錢贖還後嗣。』上從之，出内庫錢二千緡贖賜魏稠，仍禁質賣」是也。同作此題者，《文苑英華》同卷尚載有裴大章詩一首。

郭良驥

自蘇州至望亭驛有作云〔一〕：南浦菰蒲覆白蘋〔二〕，東吴黎庶逐黄巾。野棠自發空流水〔三〕，江燕初歸不見人。遠岫依依如送客〔四〕，平田渺渺獨傷春。那堪迴首長洲苑〔五〕，烽火年年報虜塵〔六〕。

觀詩所載，疑李錡叛時事也。

【校箋】

〔一〕此詩載《李嘉祐集》，詩題作《自蘇臺至望亭驛，人家盡空，春物增思，悵然有作，因寄從弟紓》，《文苑英華》卷二九八及《唐百家詩選》所載同。俱屬李嘉祐作。計氏以爲郭良驥詩，未知何據，疑誤。

〔二〕「菰蒲」，《李嘉祐集》、《文苑英華》同，《唐百家詩選》作「菰蔣」。「覆」原作「繞」，據以上三書改。

〔三〕「流水」，《李嘉祐集》、《唐百家詩選》同，《文苑英華》作「臨水」。

〔四〕「遠岫」，《文苑英華》同，《李嘉祐集》、《唐百家詩選》作「遠樹」。

〔五〕「那堪」原作「淮中」，據《李嘉祐集》、《唐百家詩選》改。《文苑英華》作「誰堪」。

〔六〕「年年」，《李嘉祐集》、《唐百家詩選》同，《文苑英華》作「連年」。

崔　蝦

蝦，字乾錫，邢州刺史。會劉稹反，歸朝授考功郎中、中書舍人。李德裕之謫，蝦草制不盡書其過，貶端州刺史〔一〕。

施肩吾與之同年，不睦。蝦舊失一目，以珠代之。施嘲之曰：二十九人及第，五十七眼看花。元和十五年也〔二〕。

【校箋】

〔一〕《新唐書》卷一八〇《李德裕傳》：「德裕之斥，中書舍人崔蝦字乾錫，誼士也，坐書制不深切，貶端州刺史。蝦舉進士，復以制策，歷邢州刺史。劉稹叛，使其黨裴問戍于州，蝦説使聽命，改考功郎中。時皆謂遴賞至是，作詔不肯巧傅以罪。」

〔二〕《唐語林》：「元和十五年，太常少卿李建知舉，放進士二十九人。時崔蝦舍人與施肩吾同榜；肩吾寒進，爲蝦瞽一目，曲江宴賦詩，肩吾云：『去古成段，著蟲爲蝦。二十九人及第，五十七眼看花。』」

李景讓

景讓，字後己，贈太尉憕孫也。大中中，進御史大夫，威肅當朝。爲大夫三月，蔣伸輔政，宣宗盡書群臣名内器中，禱憲宗神前射取之，而景讓名不得。乃見宰相，自陳考深當代，即拜西川節度使。景讓好奬寒士，如李蔚、楊知退，所善蘇滌、裴夷直〔一〕。

寄華州周侍郎立秋日奉詔祭嶽詩云：關河豁静曉雲開，承詔秋祠太守來。山霽蓮花添翠黛，路陰桐葉少塵埃。朱幡入廟威儀肅，玉珮昇壇步武回。往歲今朝幾時事，謝君非重我非才。

自大中至咸通，相白敏中，次畢諴、曹確，羅相劭，權使相也。崔相慎猷戲曰：可以歸矣！近日中書皆蕃人。謂畢、白、曹、羅，皆蕃姓也。始自蔣伸相登庸，景讓在蜀聞報，曰：不能伏事斯人也。遽託疾離鎮，有詩曰：成都十萬户，抛若一鴻毛〔二〕。出北夢瑣言。

【校箋】

〔一〕《新唐書》卷一七七《李景讓傳》：「李景讓，字後己，贈太尉憕孫也。性方毅有守……大中中，進御史大夫，甫視事，劾免侍御史孫玉汝、監察御史盧栯，威肅當朝。爲大夫三月，蔣伸輔政，景讓名素出伸右，宣宗擇宰相，盡書群臣當選者以名納器中，禱憲宗神御前射取之，而景讓名不得。世謂除大夫百日，有他官相者，謂之辱臺，景讓愧艴不能平，見宰相自陳：考深當代。即拜西川節度使。……性奬士類，拔孤仄，如李蔚、楊知退，皆所推引。……所善蘇滌、裴夷直。」「景讓」原作「景遜」，據史文改。

〔二〕見《北夢瑣言》卷五。「畢諴」原作「畢誠」，「曹確」原作「曹礭」，「羅相劭，權使相也」原作「使相羅劭權」，「蕃人」原作「藩臣」，「蕃姓」原作「藩姓」，「相登庸」三字原脱，據改補。

唐球

球有詩名，如臨池洗硯云：恰似有龍深處卧，被人驚起黑雲生。又有漸寒沙上路〔一〕，欲暖水邊村〔二〕，亦佳句也。

球居蜀之味江山，方外之士也。爲詩撚藁爲圓，納之大瓢中。後卧病，投瓢于江曰：斯文苟不沉没，得者方知吾苦心爾。至新渠，有識者曰：唐山人瓢也。接得之，十纔二三。其題鄭處士隱居云：不信最清曠，及來愁已空。數點石水雨，一溪霜葉風。業在有山處，道成無事中。酌盡一樽酒，老夫顔亦紅。贈行如上人云：不知名利苦，念佛老岷峨。衲補雲千片，香焚篆一窠。戀山人事少，憐客道心多。日日齋鐘罷，高懸濾水羅。題青城范賢觀云：數里緣山不厭難，爲尋真訣問黄冠。苔鋪翠點仙橋滑，松織香梢古道寒。晝傍緑畦薅嫩玉，夜開紅竈撚新丹。孤鐘已斷泉聲在，風動瑶花月滿壇。贈僧云：曾聞半偈雪山中，貝葉翻時理盡通。般若常添持戒力，蘂叉誰算念經功。雲間曉月應難染，海上虚舟自信風。長説滿庭花色好，一枝紅是一枝空〔三〕。已上詩見茅亭客話。

球生于唐末，至性純慤，篤好雅道，放曠疎遠，邦人謂之唐隱居〔四〕。或云：王建帥蜀，召爲參謀，不就。今以其故居爲隱居寺。

北夢瑣言曰：球詩思游歷不出二百里〔五〕。

李洞贈唐山人云：長鬚長我髮，七十色如霾。醉眼青天小，吟情太華低。千年松遶屋，半夜雨連溪。邛蜀路無限，往來琴自攜。不知是球否也。

【校箋】

〔一〕「路」原作「鷺」，據《全唐詩話》改。

〔二〕「暖」，《全唐詩話》引作「暝」，似勝。

〔三〕此見黄休復《茅亭客話》卷三，《詩話總龜》前集卷四六引《古今詩話》同，蓋亦本于《茅亭客話》也。「卧病」原作「臨病」；《題鄭處士隱居》，「鄭」原作「有」、「石水」原作「水泉」、「濾水羅」原作「瀘水羅」；《題青城范賢觀》詩，「仙橋」原作「山橋」、「薅」原作「鋤」，據《茅亭客話》及《古今詩話》改。《贈僧》詩「藥叉」原作「落叉」，據《茅亭客話》改，《古今詩話》不載此詩。

〔四〕《茅亭客話》卷三：「唐末蜀州青城縣味江山人唐求，至性純慤，篤好雅道，放曠疏遠，幾乎方外之士也」數語，即此所本。

〔五〕此語不見今本《北夢瑣言》，然《韻語陽秋》卷二云：「鄭綮詩在灞橋風雪中驢子上，唐求詩所游歷不出二百里，則所謂思者，豈尋常咫尺之間所能發哉！」鄭綮事見《北夢瑣言》卷七，唐求事或當爲《瑣言》佚文也。

唐詩紀事校箋卷第五十一

白敏中　魏扶　馬植　崔鉉　殷堯藩
沈亞之　裴夷直　楊敬之　房千里　厲玄
喻凫　楊衡　符載　王彦威　繁知一
楊洵美

白敏中

敏中，字用晦。武宗欲召用居易，德裕即薦敏中文類其兄，而有器識，即日知制誥。宣宗立，德裕貶，乃力詆之。五年十三遷，至門下侍郎。咸通二年，以太傅致仕，卒[一]。

至日上公獻壽酒云[二]：候曉天門闢，朝天萬國同。瑞雲昇觀闕，香氣映華宫。日色臨仙籞，龍顔對昊宫。羽儀瞻百姓，獻壽侍三公。化被君王洽，恩沾草木豐。自欣朝玉座，宴此詠皇風。

敏中方爲郎，唯李德裕時以國器重之。大中初，邊鄙不寧，吐蕃倔强，宣宗决于致討，延英先問宰臣，敏中首奏興師，遂爲統帥。宣宗初覽捷書云：我知敏中必殄兇醜。敏中凱旋，與同列宰輔進詩。敏中詩云：一詔皇城四海頒，醜戎無數束身還。戍樓吹笛人休戰，牧野嘶風馬自閑。河水九盤收數曲，隴山千里鎖諸關。西邊北塞今無事，爲報東南夷與蠻。魏扶詩云：蕭關新復舊山川，古戍秦原景象鮮。戎虜乞降歸惠化，皇威漸被懾腥膻。穹廬遠戍煙塵滅，神武光揚竹帛傳。左衽盡知歌帝澤，從兹不更備三邊。崔鉉詩云：邊陲萬里注恩波，宇宙群方洽凱歌。右地名王爭解辮，遠方戎壘盡投戈。煙塵永息三秋戍，瑞氣遥清九折河。共遇聖明千載運，更觀俗阜與時和〔三〕。

王起長慶中再主文柄，意欲以第一人處敏中，恨其與賀拔惎爲友，惎有文而落魄；因密令親知述意，俾與惎絶。敏中欣然曰：如所教。既而惎造門，左右紿以敏中他適；惎遲留不言而去。俄頃，敏中躍出見惎，于是悉以實告。乃曰：一第何門不致，奈輕負至交！相與歡醉。或語于起。起曰：我比只得敏中，今當更取惎矣。遂以第一人處惎，而敏中居三焉〔四〕。

杜牧云：今皇帝一詔會兵，不日功集，河湟關郡，次第歸降，因獻詩云〔五〕：捷書皆應睿謀期〔六〕，十萬曾無一鏃遺。漢武慚誇朔方地，宣王休道太原師。威加塞外寒來早，恩入河源凍合遲。聽取滿城歌舞曲，涼州聲韻喜參差。牧又和敏中詩呈上三相云：行看臘破好年光，萬壽南山對未央。黠戛可汗修職貢，文思天子復河湟。應須日御西巡狩，不假星弧北射狼。吉甫裁詩歌盛業，一篇江漢美宣王。牧又作河湟詩云：元載相公曾借箸，憲宗皇帝亦留神。旋見衣冠就東市，忽遺弓劍不西巡。牧羊驅馬雖戎服，白髮丹心盡漢臣。唯有涼州歌舞曲，流傳天下樂閑人〔七〕。

【校箋】

〔一〕《新唐書》卷一一九《白敏中傳》：「敏中，字用晦。少孤，承學諸兄。……武宗雅聞居易名，欲召用之，是時居易足病廢，宰相李德裕言其衰苶不任事，即薦敏中文詞類其兄，而有器識，即日知制誥。召入翰林爲學士，進承旨。宣宗立，以兵部侍郎同中書門下平章事，遷中書侍郎，兼刑部尚書。德裕貶，敏中詆之甚力，議者訾惡。……自員外凡五年十三遷。……懿宗立，召拜司徒、門下侍郎，還平章事。……未幾，加敏中中書令。……咸通二年，……許以太傅致仕，詔書未至，卒。」

〔二〕《文苑英華》卷一八〇有張叔良、李竦、崔琮《長至日上公獻壽》詩各一首，皆爲省試之作。其詩已録入本書卷三一、三二。李詩首句「候曉金門闢」，崔詩次句「朝天萬國同」，與此詩語意亦多同也。

〔三〕康駢《劇談録》：「中令白敏中，方居郎署，未有知者。唯朱崖相李德裕特以國器重之。……以庫部郎中，入爲翰林學士。未踰三載，便秉鈞衡。……大中初，邊鄙不寧，吐蕃尤恣屈强，宣宗皇帝決于致討，廷英先問宰臣，公首奏興師，遂爲統帥。……乘勝追奔，幾及黑山之下，所獲駝馬輜重，不可勝計，束手而降三、四萬人。先是河湟郡界在匈奴者，自此悉爲唐土。宣宗初覽捷書云：『我知敏中必殄兇醜。』白公凱旋，與同列宰相進詩曰云云。馬相植詩云云。魏相扶詩云云。崔相鉉詩云云。」此悉本之，而馬植一首，見後。按《劇談録》所載，與史實頗有不合，《舊唐書》卷一八下《宣宗紀》：「（大中）三年春正月丙寅，涇原節度使康季榮奏：吐蕃宰相論恐熱以秦、原、安樂三州及石門等七關之兵民歸國。詔太僕卿陸耽往喻旨，仍令靈武節度使朱叔明、邠寧節度使張君緒各出本道兵馬應接其來。」所謂「一詔皇城四海頒，醜戎無數束身還」是也。馬植詩「四帥有征無汗馬，七關雖戍已弢弓」，則言之更明。「四帥」，即涇原、靈武、鳳翔、邠寧諸鎮節度使，康季榮、朱叔明、張君緒、李玭也。「蓋三州、七關，以吐蕃國亂，自來降唐，朝廷遣諸道應接撫納之。」（《通鑑》卷二四八《唐紀》宣宗大中三年正月下胡三省注）初無征戰于其間，新、舊《唐書》于「大中初」亦不載白敏中統軍征討吐蕃，克捷凱旋之事也。小説附會，或别有故。杜牧《樊川詩集》有《奉和白相公聖德和平，致兹休運，歲終功就，合詠盛明，呈三相公長句四韻》一首（詩見後），即和白敏中之作。「奉和」下當即白詩原題。《全唐詩》作《賀收復秦原諸州》，亦可通。《舊唐書·宣宗紀》：「（大中三年）四月，以正議大夫、守中書侍郎、同平章事、賜紫金魚袋馬植爲太子賓客，分司東都，以正議大夫、守御史大夫、上柱國、博陵縣開國子、食邑五百户、賜紫金魚袋崔鉉可中書侍郎、平章事；正議大夫、行兵部侍郎、判户部事、上柱國、鉅鹿縣開國男、食邑五百户、賜紫金魚袋魏扶可本官、平章事。」所謂「三相公」也。則諸詩當作于是年四月以後矣。白詩「隴山」原作「天山」，崔詩「瑞氣」原「瑞歲」，據《劇談録》改。

〔四〕《摭言》卷八：「王相起長慶中再主文柄，志欲以白敏中爲狀元，病其人與賀拔惎爲交友。惎有文而落拓；因密令親知申意，俾敏中與惎絶。前人復約敏中爲具以待之。敏中欣然曰：『皆如所教。』既而惎果造門，左右紿以敏中他適；惎遲留不言而去。俄頃，敏中躍出，連呼左右召惎，于是悉以實告。乃曰：『一第何門不致，奈輕負至友！』相與歡醉，負陽而寢。前人覩之，大怒而去，懇告于起，且云：『不可，必矣。』起曰：『我比只得白敏中，今當更取賀拔惎矣。』」「比」原作「此」，據改。

〔五〕《樊川詩集》卷二此詩題作《今皇帝陛下一詔徵兵，不日功集，河湟諸郡，次第歸降，臣獲聖功，輒獻歌詠》，亦賀大中三年收復秦原諸州事也。

〔六〕「睿謀」原作「運謀」，據《樊川詩集》改。

〔七〕此詩原題見前校箋〔三〕，乃河湟未復以前之作。「唯有涼州歌舞曲，流傳天下樂閑人」，與前詩「聽取滿城歌舞曲，涼州聲韻喜參差」，所詠雖一，而憂樂有所不同矣。

魏扶

扶，登大和四年進士第。大中初，知禮闈，入貢院題詩云：梧桐葉落滿庭陰，鎖閉朱門試院深。曾是當年辛苦地，不將今日負前心。」榜出，無名子削爲五言詩以譏之〔一〕。李羲叟，義山弟也，是歲登第。義山因上魏公詩曰〔二〕：「國以斯文重，公仍内署來〔三〕。風標森太華，星象逼中台。朝滿遷鶯侶，門多吐鳳才〔四〕。寧同魯司寇，只鑄一顔回。」

【校箋】

〔一〕《南部新書》戊：「大中元年，魏扶知禮闈，入貢院題詩曰：『梧桐葉落滿庭陰，鎖閉朱門試院深。曾是昔年辛苦地，不將今日負前心。』及榜出，無名子削爲五言以譏之。」

〔二〕詩題《李義山詩集》作《喜舍弟羲叟及第上禮部魏公》。

〔三〕「來」原作「才」，據《李義山詩集》改。

〔四〕「才」原作「來」，據《李義山詩集》改。

馬植

敏中之捷，植時爲相，和敏中詩云〔一〕：「舜德堯仁化犬戎，許提河隴欵皇風。指揮貔武皆神算〔二〕，恢拓乾坤是聖功。四帥有征無汗馬，七關雖戍已弢弓。天留此事還英主，不在他年在大中。」

同華解最推利市。元和中，令狐楚鎮三峰。時及秋賦，榜云特加置五場，莫有至者，唯盧弘正請試。已試兩場，而馬植下解。植將家子，從事竊笑，公曰：此未可知。既而試登山採珠賦。略曰：文豹且異于驪龍，採斯疎矣；白石又殊于老蚌，剖莫得之。公大伏其精當，遂奪解元。後弘正自丞郎將判鹺，俄爲植所據，復以手札戲植曰：昔日華元，已遭毒手；今來鹺務，又中老拳〔三〕。

植罷安南都護，又除黔南，殊不得意。維舟峽中古寺，寺前有長堤，夜月明甚，見人白衣緩步堤上吟曰：截竹爲筒作笛吹，鳳凰池上鳳凰飛。勞君更向黔南去，即是陶鎔萬類時。邀問，則失之矣。後自黔南召入爲大理卿，遷刑部侍郎，判鹽鐵，拜相〔四〕。

植，字存之。爲李德裕所抑，頗怨望。宣宗立，白敏中當國，凡德裕所不善，悉不次用之，故植遂相〔五〕。

【校箋】

〔一〕此白敏中呈三相詩和作之一，説已見前白敏中下校箋〔三〕。按敏中統軍平黨項，事在大中五年，見新、舊《唐書》。此猶沿《劇談録》而誤。五年，則馬植久已罷相矣。

〔二〕「貙武」，《劇談録》作「文武」。

〔三〕此采《摭言》卷二「爭解元」條之文，同書卷五亦載此事。首句「同華解最推利市」原作「同華解最利」，「加置」原作「加試」，「盧弘正」原作「盧洪正」，「而馬植下解」原作「而植不解」，「公曰」原脱「公」字，「既而」原作「已而」，「採珠賦」原作「採玉賦」，「老蚌」原作「武蚌」，「精當」原脱「當」字，據改補。「武蚌」，《摭言》卷五亦作「老蚌」，毛本作「珷蚌」，非。

〔四〕《本事詩》：「馬相植罷安南都護，與時宰不通，又除黔南，殊不得意。維舟峽中古寺，寺前長堤，堤畔林木，夜月甚明，見人白衣緩步堤上，吟曰：『截竹爲筒作笛吹，鳳凰池上鳳凰飛。勞君更向黔南去，即是陶鈞萬類時。』歷歷可聽，吟者數四。遣人邀問，即已失之。後自黔南入爲大理卿，遷刑部侍郎，判鹽鐵，遂作相。」「見人白衣」原脱「人」字，「大理卿」原脱「卿」字，「遷刑部侍郎」原脱「部侍郎」三字，據補。

〔五〕《新唐書》卷一八四《馬植傳》：「馬植字存之。……開成初，爲安南都護……徙黔南觀察使。會昌中，召拜光禄卿，遷大理。植自以譽望在當時諸公右，久補外，還朝不得要官，爲宰相李德裕所抑，内怨望。宣宗嗣位，白敏中當國，凡德裕所不善，悉不次用之，故植以刑部侍郎領諸道鹽鐵轉運使，遷户部，俄同中書門下平章事，進中書侍郎。」

崔　鉉

魏公鉉，元略之子也。爲兒時隨父訪韓晉公滉，滉指架上鷹令詠焉。吟曰：天邊心膽架頭身，欲擬飛騰未有因。萬里碧霄終一去，不知誰是解絛人？滉曰：此兒可謂前程萬里也。寶曆三年登第，久居廊廟，三擁節旄。宣宗嘗謂侍臣曰：崔鉉真貴人，裴休真措大。初，李石鎮江陵，辟爲戎倅。一旦告去。既入京華，俄昇翰苑。造朝凡三歲，石未離荆渚。崔既秉鈞衡，石馳牋賀之曰：某早拜光塵，叨承眷與，深蒙異分，屢接清言，幸曾顧于厚恩，俯見循于末契。去載分麾南楚，拜節西秦，思賢方詠于嘉魚，棲止實慙于威鳳。賓筵初啟，曾陪罇俎之歡；將幕未移，已在陶鎔之下。光生隣部，喜溢轅門，豈唯九土獲安，斯亦一方多幸。乃掌記李騭之詞也〔一〕。

鉉，字台碩。相武宗，與李德裕不叶，罷〔二〕。復相宣宗，除揚州大都督府長史，封魏國公。宣宗于太液亭賦詩宴餞，有七載秉鈞調四序之句，識者榮之〔三〕。

【校箋】

〔一〕此采《太平廣記》卷一七五引尉遲樞《南楚新聞》之文。「寶曆三年登第」，《南楚新聞》作「大曆三年，侍郎崔郾下及第」。《舊唐書》卷一七上《敬宗紀》：「寶曆二年十月壬戌，以中書舍人崔郾爲禮部侍郎。」「大曆」當爲「寶曆」之誤。唐制：鄉貢進士例于十月集户部，次年正月乃就禮部試，二月放榜。是年以二月乙巳（十三日）改元大和，其放榜時猶未改元，故稱「寶曆三年」也。「崔鉉真貴人」句，「人」原作「也」；「光生隣部」句，「部」原作「蔀」，據《南楚新聞》改。

〔二〕《新唐書》卷一六〇《崔鉉傳》：「鉉字台碩……武宗好蹴踘、角觝，鉉切諫，帝褒納之。會昌三年，拜中書侍郎、同中書門下平章事。……與李德裕不叶，罷爲陝虢觀察使。」

〔三〕《舊唐書》卷一六三《崔鉉傳》：「宣宗即位，遷檢校兵部尚書、河中尹、博陵縣開國子，食邑五百户。大中三年，召拜御史大夫，尋加正議大夫、中書侍郎、同平章事。……九年，檢校司徒、揚州大都督府長史。進封魏國公、淮南節度使。宣宗于太液亭賦詩宴餞，有『七載秉鈞調四序』之句，儒者榮之。」

殷堯藩

元和九年，韋貫之掌文衡，堯藩雜文黜矣。尚書楊漢公，乃貫之前榜門生，盛言堯藩屈，貫之爲之重收，是年登第〔一〕。摭言謂之既落復收。

上巳贈都上人云〔二〕：三月初三日，千家與萬家。蝶飛秦地草，鶯入漢宫花。鞍馬皆爭麗，笙歌盡鬬奢。吾師無所願，唯願老煙霞。又云：曲水公卿宴，香塵盡滿街。無心修禊事，獨步到禪齋。細草縈愁目，繁花逆旅懷。綺羅人走馬，遺落鳳凰釵。

堯藩登第，許渾贈詩云〔三〕：幾載聞名翰墨林，爲從知己信浮沉。青山有雪諳松性，碧落無雲稱鶴心。帶月獨歸蕭寺遠，玩花頻醉庾樓深。尋思一見如瓊樹，空把新詩盡日吟〔四〕。

堯藩從李翺長沙幕府，後以侍御官江南，姚合有送堯藩歸同州詩〔五〕。堯藩爲永樂令，雍陶寄詩云〔六〕：古縣蕭條秋景晚，昔時陶令亦如君。堯藩有憶江南詩三十章，皆蘇杭事。樂天詩曰〔七〕：江南名郡數蘇杭，寫在殷家三十章。君是旅人猶苦憶，我爲刺史更難忘。

堯藩有吴宫詞云〔八〕：吴王愛歌舞〔九〕，夜夜醉嬋娟。見日吹紅燭，和塵掃翠鈿。徒令句踐霸，不信子胥賢。莫問長洲草〔一〇〕，荒涼無限年。又有館娃宫詩云：宫女三千去不回，真珠翠羽是塵埃。夫差舊國久破碎，紅燕自歸花自開。又有暮烟葵葉屋，秋月竹枝歌。送沈亞之尉南康句〔一一〕。欲射狼星把弓箭，休將螢火讀詩書。下第東歸作句〔一二〕。右張爲取作主客圖。

堯藩未第時，許渾寄詩云〔一三〕：直道知誰用，經年向水濱。宅從栽竹貴，家爲買書貧。就學多新客，登朝盡故人。蓬萊自有路，莫羡武陵春。又酬堯藩云〔一四〕：相知愧許詢，寥落向溪濱。竹馬兒猶小，荆釵婦慣貧。獨愁憂過日，多病不如人。莫怪青袍選，長安隱舊春。

【校箋】

〔一〕見《摭言》卷八。

〔二〕詩題原置二詩篇末，「上巳」作「巳上」；毛本移置篇首，作《三日贈都上人二首》。此據詩首句改。

〔三〕詩題《丁卯集》作《寄殷堯藩秀才》。

〔四〕「盡日」原作「舊日」，據《丁卯集》改。

〔五〕詩題《姚少監詩集》作《送殷堯藩侍御赴同州》，五言律詩一首。

〔六〕詩題作《寄永樂殷堯藩明府》，七言律詩，此録其起句。

〔七〕《白居易集》卷二六《見殷堯藩侍御憶江南詩三十首，詩中多叙蘇、杭勝事。余嘗典二郡，因繼和之》。七言律詩，此其前四句。

〔八〕詩題原脱「吴」字，據《文苑英華》卷三一一補。

〔九〕「吴王」原作「吴宫」，據《文苑英華》改。

〔一〇〕「莫問」原作「若問」，據《文苑英華》改。

〔一一〕詩題原脱，據《全唐詩》補。

〔一二〕詩題原脱，據《全唐詩》補。

〔一三〕詩題《丁卯集》作《再寄殷堯藩秀才》。「知誰用」作「知難用」。

〔一四〕詩題《丁卯集》作《酬殷堯藩》。

沈亞之

字下賢，登進士第〔一〕。大和初，李同捷反，詔兩河諸鎮出兵，久無功，乃授柏耆德州行營諸軍計會使，亞之以殿中侍御史爲判官諭旨。會李祐平德州，同捷窮，請降，耆乃馳入滄，誅同捷。諸將嫉其功，比奏攢詆，文宗不獲已，貶耆循州司户參軍、亞之南康尉〔二〕。張祜以詩送云〔三〕：秋風江上草，先是客心摧。萬里故人去，一行新鴈來。山高雲緒斷，浦迥日波頽。莫怪南康遠，相思不可裁。

亞之，吴人，元和七年下第，李賀以詩送云：吴興才人怨春風，桃花滿陌千里紅。紫絲竹斷驄馬小，家住錢塘東復東是也〔四〕。

杜牧之贈詩云：斯人清唱何人和，草逕苔蕪不可尋。一夕小敷山下夢，水如環珮月如襟〔五〕。

亞之村居詩云：無樹巢宿鳥，無酒共客醉。月上蟬韻殘，梧桐陰繞地。獨出村舍門，吟劇微風起。蕭蕭蘆荻叢，叫嘯如山鬼。應緣我憔悴，爲我發愁思〔六〕。

五月發石頭城步望前船示弟詩云〔七〕：客子去淮陽，蹉跎客夢長〔八〕。水關開夜鎖，霧棹起晨涼。烟月期同賞，風波忽異行。隱帆曾撼櫓〔九〕，轉瀨指遥檣。蒲葉錢刀緑〔一〇〕，筠筒楚粽香。因書報惠遠〔二〕，爲我憶檀郎。

李商隱擬沈下賢詩云：千二百輕鸞，春衫瘦着寬。倚風行稍急，含雪語應寒。帶火遺金斗，兼珠碎玉盤。河陽看花過，曾不問潘安。

【校箋】

〔一〕元祐丙寅刊本《沈下賢文集》序：「公諱亞之，字下賢，吴興人。元和十年登進士第。」

〔二〕《新唐書》卷一七五《柏耆傳》：「太和初，李同捷反，詔兩河諸鎮出兵，久無功。乃授耆德州行營諸軍計會使，與判官沈亞之諭旨。會横海軍節度使李祐平德州，同捷窮，請降，祐使大將萬洪代守滄州，同捷未出也。耆以三百騎馳入滄，以事誅洪，與同捷朝京師。既行，諜言王廷湊欲以奇兵劫同捷，耆遂斬其首以獻。諸將嫉耆功，比奏攢詆，文宗不獲已，貶耆循州司户、參軍亞之南康尉。」「久無功」原作「反無功」，「德州行營」原作「德利行營」，據改。「殿中侍御史」，《郡齋讀書志》卷四《沈亞之集》下作「累進殿中丞，御史内供奉。」

〔三〕詩題《張承吉文集》作《送沈下賢謫尉南康》。

〔四〕《李長吉歌詩》載《送沈亞之歌》，有序云：「文人沈亞之，元和七年，以書不中第，返歸于吴江。吾悲其行，無錢酒以勞，又感沈之勤請，乃歌一解以送之。」「下第」原作「不第」；「驄馬」原作「駿馬」，據改。此録其歌起四句。

〔五〕《樊川詩集》卷二載詩題作《沈下賢》。「苔蕪」原作「苔荒」，據改。

〔六〕「發愁思」，《唐文粹》作「哭秋思」。

〔七〕詩題《沈下賢文集》作《五月六日發石頭城步望前船示舍弟兼寄侯郎》。

〔八〕「蹉跎」，《沈下賢文集》作「逶迤」。

〔九〕「曾」字原脱，「櫓」原作「艪」，據《沈下賢文集》補改。

〔一〇〕「錢刀」，《沈下賢文集》作「剪刀」。

〔一一〕「惠遠」，《沈下賢文集》作「司遠」。

裴夷直

王質傳云：李德裕擢爲河南尹、宣歙觀察使，幕府若河東裴夷直、天水趙晳、隴西李行方、梁國劉蕡，皆一時選云〔一〕。

獻蕡書情云：白髮添雙鬢，空宮又一年。音書鴻不到，夢寐兔空懸。地遠星辰側，天高雨露偏。聖期知有感，雲海慢相連〔二〕。

同樂天中秋夜洛河玩月二首詩云：清洛半秋懸璧月，綀船當夕泛銀河。蒼龍頷底珠皆没，白帝心邊鏡乍磨。海上幾時霜雪積，人間此夜管絃多。須知天地爲罏意，盡取黄金鑄作波。又云：不熱不寒三五夕，晴川朗月正相臨。千珠競没蒼龍頷，一鏡高懸白帝心。幾處淒涼緣地遠，有時惆悵值雲陰。如何清洛如清晝，共見初升又見沉。

李景讓傳云：所善蘇滌、裴夷直，皆爲宗閔、嗣復所擢，故景讓在會昌時，抑厭不遷〔三〕。

夷直，字禮卿。文宗時，爲右拾遺。張克勤以五品官推與其甥，夷直時爲吏部員外郎，劾曰：是開後日賣爵之端。詔聽，遂著于令。爲中書舍人，武宗立，視册牒不肯署，出刺杭州，斥驩州司户參軍。宣宗初，復拜江華等州刺史，終散騎常侍〔四〕。

夷直戲唐仁烈詩云〔五〕：自知年幾偏應少，先把屠蘇不讓春。儻更數年逢此日，還應惆悵羨他人〔六〕。

【校箋】

〔一〕《新唐書》卷一六四《王質傳》：「李德裕素器之，擢給事中、河南尹，徙宣歙觀察使。……奏署幕府者，若河東裴夷直、天水趙晳、隴西李行方、梁國劉蕡，皆一時選云。」

〔二〕「慢」，同漫，一作謾，空也。詩詞中通用。

〔三〕《新唐書》卷一七七《李景讓傳》：「所善蘇滌、裴夷直，皆爲李宗閔、楊嗣復所擢，故景讓在會昌時，抑厭不遷。」「讓」原作「遜」，據史文改。

〔四〕《新唐書》卷一四八《張茂昭傳》：「少子克勤開成中歷左武衛大將軍，有詔賜一子五品官，克勤以息幼，推與其甥，吏部員外郎裴夷直劾曰：『克勤骫有司法，引庇他族，開後日賣爵之端，不可許。』詔聽，遂著于令。夷直，字禮卿，亦婞亮。第進士，歷右拾遺，累進中書舍人。武宗立，夷直示册牒不肯署，乃出爲杭州刺史，斥驩州司户參軍。宣宗初，内徙，復拜江、華等州刺史，終散騎常侍。」「吏部員外郎」原作「禮部外郎」，「不肯署」原作「不肯書」，據史文改。

〔五〕詩題《萬首唐人絶句》作《歲日先把屠蘇酒》。

〔六〕「還應」原作「遂應」，據《萬首唐人絶句》改。

楊敬之

敬之客思吟云：禾黍正離離，南國蒴白芝〔一〕。細腰沉趙女，高髻唱蠻姬。路愧前崗月〔二〕，梳慚一領絲。鄉心不可語〔三〕，獨念畏人知。

姚合寄楊祭酒云〔四〕：日日新詩出，城中寫不禁。清高宜對竹〔五〕，閑雅勝聞琴。門户饒秋景，兒童解泠吟〔六〕。雲山持管盡，莫惜别人尋〔七〕。

敬之，字茂孝。文宗命爲祭酒兼太常少卿，是日二子戎、戴登科，時號楊家三喜。敬之華山賦最爲韓愈、李德裕所稱，士林一時傳布〔八〕。

霜樹烏棲夜〔九〕，空街雀報明。句。碧山相倚暮，歸鴈一行斜。句。右張爲取作主客圖。

【校箋】

〔一〕「南國」原作「南園」，據《唐文粹》改。

〔二〕「愧」原作「醜」，據《唐文粹》改。

〔三〕「鄉心」原作「鄉人」，據《唐文粹》改。

〔四〕《姚少監詩集》卷三載此詩，題作《寄國子楊巨源祭酒》。按，巨源爲元、白詩友，元、白集中稱之爲「楊秘書」、「楊員外」、「楊博士」、「楊司業」，無稱其爲「祭酒」者，唯《唐才子傳》中言其「拜虞部員外郎，後遷太常博士、國子祭酒」，殆因《姚集》詩題而誤也。合年輩稍晚，此詩自屬寄敬之之作，「巨源」二字，當爲衍文。

〔五〕「清高」原作「清光」，據《姚少監詩集》改。

〔六〕「冷」原作「令」，據《姚少監詩集》改。

〔七〕收二句《姚少監詩集》作「雲山今作主，還借外人尋」。

〔八〕《新唐書》卷一六〇《楊憑傳》附《敬之傳》：「敬之，字茂孝。……文宗向儒術，以宰相鄭覃兼國子祭酒，俄以敬之代。未幾，兼太常少卿；是日二子戎、戴登科，時號楊家三喜。……敬之嘗爲《華山賦》示韓愈，愈稱之，士林一時傳布。李德裕尤咨賞。」「戎戴」原作「戎載」，據改。德裕賞《華山賦》事，《北夢瑣言》記載甚詳。

〔九〕「烏」原作「鳥」，據《全唐詩話》改。

房千里

房千里博士初上第，游嶺徼詩序云：有進士韋滂者，自南海邀趙氏而來，爲余妾。西上京都，調于天官，乃與趙別，約中秋爲會期。趙極悵戀，余乃抒詩寄情曰：鸞鳳分飛海樹秋，忍聽鐘鼓越王樓。只應霜月明君意，緩撫瑶琴送我愁。山遠莫教雙淚盡，鴈來空寄八行幽。相如若返臨邛市，畫舸朱軒萬里游。萬里橋在蜀川。房至襄州，逢許渾侍御赴弘農番陽之命，乃以情意相託。許到府邸，遣人訪之，則趙氏却從韋矣。渾寄房詩曰：春風白馬紫絲韁，正值蠶眠未採桑。五夜有心隨暮雨，百年無節待秋霜。重尋綉帶朱藤合，却認羅裙碧草長。爲報西游減離恨，阮郎纔去嫁劉郎〔一〕。

千里以罪居廬陵，作所居竹室記云〔二〕：予方窮，不能奮，其處于是，亦宜矣。

千里，字鵠舉，大和進士也，終于高州刺史〔三〕。

馬使君與千里俱貶端州，李群玉留别詩云〔四〕：俱來海上嘆煙波，君佩銀魚我觸羅。經國才微甘放蕩，專城年少豈蹉跎。應憐旅夢千重思，共愴離心一曲歌。唯有管絃知客意，分明吹出感恩多。

【校箋】

〔一〕此采自《雲溪友議》卷上「南海非」條。注文「蜀川」原作「蜀州」，「逢許渾侍御赴弘農番陽之命」原作「逢渾侍御赴引農蕃陽之命」，「朱藤」原作「朱滕」，據《雲溪友議》補改。

〔二〕房千里《廬陵所居竹室記》見《文苑英華》卷八二七。

〔三〕《新唐書》卷五八《藝文志》：「房千里《投荒雜録》一卷。」注云：「字鵠舉，大和初進士第，高州刺史。」

〔四〕詩題《李群玉詩集》作《留别馬使君》。房與馬俱貶端州事，無考。

厲　玄

玄，大和二年進士，終于侍御史。有子自南，登中和進士第〔一〕。

元日觀朝云：玉座臨新歲，朝盈萬國人。火連雙闕曉，仗列五門春。瑞雪銷鴛瓦，祥光在日輪。天顔不敢視，稱慶拜空頻。

玄有從軍行云：邊草早不春〔二〕，劍花增濘塵〔三〕。廣埸收驥尾〔四〕，清瀚怯龍鱗〔五〕。帆色已歸越〔六〕，松聲厭避秦。幾時逢范蠡，處處是通津。右張爲取作主客圖。

姚合題厲侍御所居云：幽棲一畝宫，清峭似山峰。隣里不通徑，俸錢惟買松。野人時寄宿，谷鳥自相逢。朝路牀前是〔七〕，誰知曉起慵？

【校箋】

〔一〕徐松《登科記考》：「按《通志·氏族略》以自南光啟登科。」

〔二〕「早」，《樂府詩集》作「早」。

〔三〕「濘塵」原作「野塵」，據《樂府詩集》改。
〔四〕「廣場」原作「戰場」，據《樂府詩集》改。
〔五〕「清瀚」原作「清澣」，據《樂府詩集》改。
〔六〕「已」原作「起」，據《樂府詩集》改。
〔七〕「牀前」原作「宋前」，據《姚少監詩集》改。毛本作「門前」，非。

喻鳧

元日即事云：斂板賀交親，稱觴詎有巡。年光悲擲舊，景色喜呈新。水柳煙中重，山梅雪後真。不知將白髮，何以度青春？

贈李商隱云：羽翼恣摶扶，山河使筆驅。月疎吟夜桂，龍失詠春珠。草細盤金勒，花繁倒玉壺。徒嗟好章句，無力致前途。

浴馬云：解控復收鞍〔一〕，長津動細漣。空蹄沉緑玉，闊臆没連錢〔二〕。沫漩橋聲下，嘶盤柳影邊〔三〕。常聞稟龍性，固與白波便。

姚合有送喻鳧歸毗陵詩云：闕下科名出〔四〕，鄉中賦籍除。又曰：吾亦家吴者，無因到弊廬〔五〕。杜荀鶴叙雪寄鳧詩曰：此時行逕無人跡，唯望音徽問寂寥。

鳧，毗陵人，開成進士也。卒于烏程令〔六〕。

顔凋明鏡覺，思苦白雲知。句。滄洲迷釣隱，紫閣負僧期。句。酬難塵鬢皓，坐久壁燈青。句。滄洲未歸跡，華髮受恩心。句。右張爲取作主客圖。

北夢瑣言云〔七〕：鳧體閬仙爲詩，嘗謁杜紫微不遇，乃曰：我詩無羅綺鉛粉，宜其不售也。

鳧與方干友善，干嘗贈詩云：知心似古人，歲久分彌親。離別波濤闊，留連槐柳新。蓋陵寒貰酒，漁浦夜垂綸。自此星居後，音書豈厭頻。又哭鳧詩云：日夜役神多損壽，先生下世未中年〔八〕。撰碑縱託登龍伴，營奠應支賣鶴錢〔九〕。孤壟陰風吹細草，空窗濕氣漬殘篇。人間別更無冤事，到此誰能與問天？

【校箋】

〔一〕此句《文苑英華》卷三三〇作「解控復收鞭」。毛本「控」作「鞚」，字同。

〔二〕「没」，《文苑英華》作「浸」。

〔三〕「嘶」，《文苑英華》作「纏」。

〔四〕「科名」原作「詩名」，據《姚少監詩集》卷一《送喻鳧校書歸毗陵》改。

〔五〕「到」原作「見」，據《姚少監詩集》改。

〔六〕《新唐書》卷六〇《藝文志》：「《喻鳧詩》一卷。」注云：「開成進士第，烏程令。」

〔七〕按此條不見今本《北夢瑣言》，當是佚文。

〔八〕「中年」原作「終年」，據《文苑英華》卷三〇四方干《哭喻鳧》詩改。

〔九〕「賣鶴」原作「賣馬」，據《文苑英華》改。

楊衡

初隱廬山，有盜其文登第者，衡因詣闕，亦登第。見其人，盛怒曰：一一鶴聲飛上天在否？答曰：此句知兄最惜，不敢偷。衡笑曰：猶可恕也〔一〕。

宿青牛谷云〔二〕：隨雲步入青牛谷，青牛道士留我宿。可憐夜久月明中，唯有壇邊一枝竹。

題花樹云：都無看花意，偶到樹邊來。可憐枝上色，一一爲愁開。

竹亭送姪偁云〔三〕：落葉寒擁壁，清霜夜霑石。正是憶山時，復送歸山客。殷勤一樽酒，曉月當窗白。

寄廬山隱者云〔四〕：風鳴雲外鐘，鶴宿千年松。相思杳不見，月出山重重。

哭李象云〔五〕：白鷄黄犬不將去，寂寞空餘葬時路。草死花開年復年〔六〕，後人知是何人墓。憶君思君獨不眠，夜寒月照青楓樹。

邊思云：蘇武節旄盡，李陵音信稀。梅當隴上發〔七〕，人向隴頭歸。

仙女辭云：玉笄初侍紫皇君〔八〕，金縷鴛鴦滿絳裙。仙宫一閉無消息，遥結芳心向碧雲。

孟東野有悼吴興楊衡詩云〔九〕：君生霅水清，君死霅水渾。空有骨肉親，哭得日月昏。永夜不復曉，古松長閉門。琴絃緑水絶，詩句青山存。昔爲芳春顔，今爲芳草根。獨恨冥漠理，先儒未嘗言。衡與符載、崔群隱廬山，號山中四友〔一〇〕。

衡寄徹公云〔一一〕：北風吹霜霜月明，荷葉枯盡越水清。别來幾度龍宫宿，雪山童子應相逐。

題山寺云：千峰白露後〔一二〕，雲壁掛殘燈〔一三〕。曙色海邊日〔一四〕，經聲松下僧。意閑門不閉，年去水空澄。稽首如何問，森羅盡一乘。

送孔周之南海謁王尚書云：泛棹若流萍〔一五〕，桂寒山更青〔一六〕。望雲生碧落，看日下滄溟。潮盡收珠母，沙閑拾翠翎。自趨龍戟下，再爲頌芳馨。

【校箋】

〔一〕《摭言》卷二：「合淝李郎中群始與楊衡、符載等同隱廬山，號山中四友。……楊衡後因中表盜衡文章及第，詣闕尋其人，遂舉，亦及第。……初遇其人，頗憤怒，既而問曰：『且「一一鶴聲飛上天」在否？』前人曰：『此句知兄最惜，不敢輒偷。』衡笑曰：『猶可恕矣。』」其全詩已佚。

〔二〕詩題《唐文粹》及《文苑英華》卷二二六作《宿青牛谷梁鍊師仙居》。

〔三〕詩題《唐文粹》及《文苑英華》卷三一六作《盧十五竹亭送姪偁歸山》。

〔四〕詩題《唐文粹》及《文苑英華》卷二三七作《宿吉祥寺寄廬山隱者》。

〔五〕「李象」疑作「李元象」，説見下校箋〔一〇〕。

〔六〕「年復年」原作「更幾年」，據《文苑英華》卷三〇三改。

〔七〕「梅」原作「花」，據《文苑英華》卷二九九改。

〔八〕「玉笄」，《萬首唐人絶句》同，《文苑英華》卷二一五作「玉京」。

〔九〕詩題《孟東野詩集》卷一〇作《悼吴興湯衡評事》。按《孟集》各本「湯衡」俱無作「楊衡」者。據《文苑英華》卷九五九符載《犀浦縣令楊府君墓誌銘》云：「子衡，進士擢第，官曰左金吾衛倉曹參軍，爲桂陽部從事。以貞元十五年十月某日啟護于成都，以十六年春二月某日歸葬于鳳翔之陳倉某鄉某原，從先塋也。」則衡爲鳳翔人，少長于蜀，非吴興人也。而《皎然集》有《苕溪草堂自大曆三年夏新營，洎秋及春，彌覺境勝，因紀其事簡潘丞述、湯評事衡四十三韻》、《湯評事衡水亭會覺禪師》及《秋日潘述自長城至霅上，與晝公、湯評事游集累日，時司直李公瑕往蘇州，有阻良會，與二公聯句以寄之》等詩多首，皆述吴興與湯往來游處之事，與孟詩「君生霅水清，君死霅水渾」語合，東野亦皎然詩友也。《紀事》殆誤。

〔一〇〕此據《摭言》卷二，見前校箋〔一〕。然所記「事意年代，前後不相接，差互尤甚」，前人已疑之（見《學津討原》本《摭言》張海鵬校語）。且所記爲「合肥李郎中群」，非「崔群」也。本卷符載下録崔群《送載歸蜀覲省序》有云：「頃予奉命江西三年，往復彭蠡，未嘗不詠湖月，潄天倪，造符君雲扃，宿五老君峰下，動更晦朔，不理還棹。」「奉命江西」，當指其爲宣州刺史、歙池等州都團練觀察等使時（見《舊唐書・崔群傳》），時相往來，不得云「同隱廬山、號山中四友也」。尋《文苑英華》卷七二七有符載《荆州與楊衡説舊因送游南越序》一文，云：「載弱年與北海王簡言、隴西李元象，洎中師高明會合于蜀，四人相依然約爲友，遂同詣青城山，斬刈榛葦，手樹屋宇，俱務王霸之學。……無幾何，共欲張聞見之路，方乘扁舟，沿三峽，造潯陽廬山，復爲蓬居，遂我遁棲」云云。四人同詣青城，共造廬山，「山中四友」之號，爲不虚矣。中師，楊衡字。《序》又云：「王、李二生，相次殞零，草堂無主，雲林索寞，鄉風長想，不知涕之横墜也。噫，青城匡廬，岑嶔際天，下有烟霞，上有神仙，緬懷曩昔，逍遥其下」云云，則知「四人同隱」而王、李早逝，楊衡《哭李象》一詩，其即悼元象之作歟？

〔一一〕詩題《文苑英華》卷二二一作《送徹公》。

〔一二〕「白露」原作「白路」，據《文苑英華》卷二三七改。

〔一三〕「雲壁」原作「雪壁」，據《文苑英華》改。

〔一四〕「日」原作「月」，據《文苑英華》改。
〔一五〕「若」原作「送」，據《文苑英華》卷二七六改。
〔一六〕「青」，《文苑英華》作「清」。

符載

載，字厚之，蜀人，有奇才。始與楊衡、宋濟習業青城山，衡擢第，濟先死無成，唯載以王霸自許，恥于常調。韋臯鎮蜀，辟爲支使，雖曰受知，尚多偃蹇。臯嘗于二十四化設醮，請撰齋詞。于時陪飲于摩訶池，載離席盥漱，命小吏十二人捧硯，人分兩題，緩步池間，各授口占。其敏速如此。劉闢時爲金吾倉曹參軍，始依臯焉，載與撰真贊云：「矯矯化初，氣傑文雄。靈螭出水，秋鶚乘風。行義則固，輔仁乃通。他年良覿，麟閣之中。」及臯卒，闢總留務，載亦在幕中。及闢敗，載遂免禍〔一〕。載居廬山，遣三尺童子持數幅書，乞買山錢百萬于于頔，于即與之〔二〕。

柳子厚賀趙江陵宗儒啟云：「伏聞以武都符載爲記室，天下立志之士，雜然相顧，繼以歎息，知爲善者得其歸嚮，流言者有所間執，直道之所行，義風之所揚，堂堂焉，實在荆山之南矣。夫以符君之藝術志氣，爲時聞人，才位未會，盤旋固久，中間因緣，陷在危邦，與時偃仰，不廢其道，而爲見忌嫉者横致脣吻。房給事以高節特立，明之于朝；王吏部以清議自任，辨之于外。然猶小人浮議，困在交戟。凡諸侯之欲得符君者，城聯壤接，而惑于騰沸，環視相讓，莫敢先舉。及受署之日，則皆開口垂臂，悵望悼悔。譬之採珠于海，而徑寸先得，則衆皆快然罷去，知奇寶之有所歸也。嗚呼！巧言難明，下流多謗，自非大君子出世之氣，則何望焉！瞻望清風，若在天外，無任感激欣躍之至〔三〕。房式傳云：劉闢發兵書，牒首曰闢，副曰式，參謀曰符載，似謗也〔四〕。

崔群送載歸蜀覲省序云：旄頭光明，垂三十載，不習俎豆，化爲侯王者，十有八九焉。由是隱逸憔悴，羔雁不行，蒼山沈沈，側陋不顯。建中初，有峨嵋客符君，發六籍，棹三湘，深入匡廬，絶跡半紀，學窺顏子之門閾，文紹陳君之骨鯁，逸慕嚴光之垂釣，志學管寧之不欺，結廬熙熙，人不知其然也。頃予奉命江西，三年往復彭蠡，未嘗不詠湖月，潄天倪，造符君雲扃，宿五老峰下，動更晦朔，不理還櫂。偶丹霄至人，白鶴羽客，搴靈芝〔五〕，跪天壇，相顧永息乎蓬瀛，豈復又縈于塵網〔六〕。賴君超濇，愴興舊游，雖笑語飲食如常，終忽忽若居大夢。君家在岷蜀，展愛高堂，將聖賢典籍，充人子幣帛，期所以激衰俗，扇清風，方伯地君不以厚禮遲吾子，予未之信。秋九月，楚人歌採蘭以送之。或云：載始隱廬山，不爲章句學。貞元中，李巽爲江西觀察，薦其材，授奉禮郎，爲南昌軍副使，繼辟西川韋皋掌記，澤潞郄士美參謀，歷協律郎、監察御史，卒〔七〕。嘗以𡸣叩襄陽樊澤曰：故處士孟浩然丘壠頽没，公欲更築大墓，久之未遑，誠令好事者乘而有之，負公夙志矣。澤乃更爲刻碑鳳林山南，封寵其墓〔八〕。

【校箋】

〔一〕此采《太平廣記》卷一九八「符載」條引《北夢瑣言》之文，《瑣言》卷五記叙稍詳。「濟先死無成」句，「先」原作「老」，據改。

〔二〕《雲溪友議》卷上「襄陽傑」條：「又有匡廬符載山人，遣三尺童子，齎數幅之書，乞買山錢百萬。公（于頔）遂與之。」按《北夢瑣言》卷五，亦記此事。

〔三〕此文見《柳河東集》卷三五。「若在天外」句，「若」下原衍「不」字，據删。

〔四〕《新唐書》卷一三九《房琯傳》附《房式傳》：「卒，贈左散騎常侍，謚曰傾。吏部郎中韋乾度曰：『……後闢發兵，署牒首曰闢，副曰式，參謀曰符載。大節已虧，不宜得謚。』博士李虞仲曰：『始闢反，爲其用者，皆救死其頸，可盡被惡名乎？……大節已虧，近于溢言。』謚乃定。」此謂「溢言」似謗也。

〔五〕「搴」原作「奉」，據《唐文粹》所載崔群《送廬岳處士符載歸蜀覲省序》改。

〔六〕「又」，《唐文粹》同，毛本作「久」。

〔七〕《郡齋讀書志》卷一八：「《符載集》十四卷。右唐符載，字厚之，岐襄人。幼有宏遠之志，隱居廬山，聚書萬卷，不爲章句學。貞元中，李巽江西觀察，薦其材，授奉禮郎，爲南昌軍副使，繼辟西川韋皋掌書記、澤潞郄士美參謀，歷協律郎、監察御史。元和中，卒。段文昌爲墓誌附于後。」據此，則知或説乃本于段文昌所撰符載墓誌，其所述仕履，當爲可信。「授奉禮郎」，「禮」下原衍「部」字，據删。

〔八〕《新唐書》卷二〇三《孟浩然傳》：「後樊澤爲（襄陽）節度使，時浩然墓庫壞，符載以牋叩澤曰：『故處士孟浩然，文傑質美，殞落歲久，門裔陵遲，丘隴頽没，永懷若人，行路慨然。前公欲更築大墓，闔州搢紳，聞風竦動。而今外迫軍旅，内勞賓客，牽耗歲時，或有未遑。誠令好事者乘而有之，負公夙志矣。』澤乃更爲刻碑鳳林山南，封寵其墓。」「誠令好事者乘而有之」句，「之」原作「人」，「封寵其墓」句，「封」原作「村」，據改。

王彦威

長安舊俗，以不歷臺省出領廉車節鎮者，率呼爲麤官，大率重内而輕外。今東京皇城乾元門，舊宣武軍鼓角樓也。節度使王彦威有詩刻石在其上曰：天兵十萬勇如貔，正是酬恩報國時。汴水波瀾喧鼓角，隋堤楊柳拂旌旗。前驅紅旆關西將，列坐青娥趙國姬。寄語長安舊冠蓋，麤官到底是男兒。彦威自太常博士出辟使府，至兹鎮，故有是句。後梁氏建國，其石不知所在〔一〕。薛能亦有謝寄茶詩云：麤官寄與真拋却，賴有詩情合得嘗〔二〕。弘文館舊不置學士，文宗特置一員，以待彥威〔三〕。爲户部侍郎，邊兵訴所賜不時，緌皆敝惡，貶衛尉卿。俄爲忠武節度使，徙宣武，卒〔四〕。

【校箋】

〔一〕曾慥《類説》卷一五引《先公（李昉）談録》：「唐士大夫重内輕外，任方面者，目爲麤材。張燕公『愧無通材，供國驅使』；薛許昌謝人惠茶詩云：『麤官乞與真拋却，賴有詩名合得嘗。』王彥威仕元和間，爲太常博士，累官至大僚，其詩云：『貔貅十萬擁雄師，正是酬恩報國時，汴水波濤喧鼓角，隋堤楊柳拂旌旗。前驅紅旆關西將，列坐青娥趙國姬。爲報長安冠蓋道，麤官到底是男兒。』時爲宣武節度使。」「宣武軍」原作「章武軍」，「列坐」原作「坐間」，據改。

〔二〕《北夢瑣言》卷四：「唐薛尚書能，以文章自負，累出戎鎮，常鬱鬱歎息。因有詩謝淮南寄天柱茶，其落句云：『麤官乞與真拋却，賴有詩情合得嘗。』意以節將爲麤官也。」「拋」字原脱，據補。

〔三〕《舊唐書》卷一五七《王彥威傳》：「弘文館舊不置學士，文宗特設一員，以待彥威。」「弘」原作「洪」，據改。

〔四〕《新唐書》卷一六四《王彥威傳》：「開成初，召爲户部侍郎、判度支。……會邊兵訴所賜不時，緌皆敝惡。……貶衛尉卿。俄檢校禮部尚書、忠武節度使……徙節宣武……卒。」「忠武節度使」，「使」字原脱，據補。

繁知一

樂天除蘇州刺史，自峽沿流赴郡。時秭歸縣繁知一，聞居易將過巫山，先于神女祠粉壁大書之曰：「忠州刺史今才子，行到巫山必有詩。爲報高唐神女道，速排雲雨候清詞。」居易覩題處悵然，邀知一至，曰：「歷陽劉郎中禹錫，三年理白帝，欲作一詩于此，怯而不爲，罷郡經過，悉去千餘詩，但留四章而已。此四章者，乃古今之絶唱也。沈佺期詩曰：『巫山高不極，合沓奇狀新。闇谷疑風雨，幽崕若鬼神。月明三峽曙，潮滿九江春。爲問陽臺客，應知入夢人。』王無競詩曰：『神女向高唐，巫山下夕陽。徘徊作行雨，婉孌逐荆王。電影江前落，雷聲峽外長。朝雲無處所，臺館曉蒼蒼。』皇甫冉詩曰：『巫峽見巴東，迢迢出半空。雲藏神女館，雨到楚王宫。朝暮泉聲落，寒暄樹色同。清猿不可聽，偏在九秋中。』李端詩曰：『巫山十二重，皆在碧虚中。迴合雲藏日，霏微雨帶風。猿聲寒度水，樹色暮連空。愁向高唐去，千秋見楚宫。』」居易吟四篇，與繁生同濟，卒不賦詩〔一〕。

【校箋】

〔一〕《雲溪友議》卷上「巫詠難」條：「秭歸縣繁知一，聞白樂天將過巫山，先于神女祠粉壁大署之曰：『蘇州刺史今才子，行到巫山必有詩。爲報高唐神女道，速排雲雨候清詞。』白公覩題處悵然，邀知一至，曰：『歷陽劉郎中禹錫三年理白帝，欲作一詩于此，怯而不爲。罷郡經過，悉去千餘首詩，但留四章而已。此四章者，乃古今之絶唱也，而人造次不合爲之。沈佺期詩曰云云。王無競詩曰云云。李端詩曰云云。皇甫冉詩曰云云。』白公但吟四篇，與繁生同濟，竟而不爲。」按樂天于元和十五年自忠州刺史召還，拜尚書司門員外郎，遷主客郎中、知制誥，長慶二年出任杭州刺史三年，至敬宗寶曆元年，方轉蘇州，此言「自峽沿流赴郡」，乃計氏因《友議》而誤。《詩話總龜》前集卷一六引《古今詩話》，繁詩首句作「忠州太守今才子」與此合，是也。「覩題處悵然」原作「覩處悵然」；「欲作一詩于此，怯而不爲」原作「欲作一詩而不能」；「此四章者，乃古今之絶唱也」十一字原脱，據補改。本書卷一一沈佺期下已録沈詩，「應知」原作「應如」，據改。本書卷八王無競下已録王詩。「江前落」原作「江前路」，據改。本書卷二七皇甫冉下已録皇甫詩。本書卷三〇李端下已録李詩。「碧虚」原作「碧空」，「愁」原作「悲」，據改。

楊洵美

答李昌期詩云〔一〕：三山載群仙〔二〕。峨峨鹹浪中。霞衣蒴不得〔三〕，此路安可從。我生亦何事，出門如飛蓬。白日又黄昏，所悲瑶草空〔四〕。蟲聲故鄉夢，枕上禾黍風。吾道如未喪，天運何時通〔五〕？

洵美，登寶曆元年進士第，終監察御史。

洵美有暮鴉不噪禁城樹，衙鼓未殘兵衛秋之句，洎答昌期詩，張爲取作主客圖。

【校箋】

〔一〕《文苑英華》卷二四四載此詩，作者題楊詢，《唐文粹》與此同。

〔二〕「群仙」，《唐文粹》同，《文苑英華》作「群物」，非。

〔三〕「霞衣」原作「雲衣」，據《唐文粹》、《文苑英華》改。

〔四〕「瑶草」原作「遥草」，據《唐文粹》、《文苑英華》改。

〔五〕「何時通」，《唐文粹》同，《文苑英華》作「何處通」，非。

唐詩紀事校箋卷第五十二

雍裕之　裴　潾　皇甫曙　李　肱　皇甫松
徐　凝　張　祜　崔　涯　盧　儲　趙　璜
柴　夔　王繼勳　夏　鴻　曹　汾　楊　鴻
易　重

雍裕之

剪綵花云：敢競桃李色，自呈刀尺功。蝶猶迷剪翠，人豈辨裁紅〔一〕。

春晦送客云〔二〕：野酌亂無巡，送君兼送春。明年春色至，莫作未歸人？

裕之，貞元後詩人也。

五雜組云：五雜組，刺繡窠。往復還，織錦梭。不得已，戍交河。

自君之出矣，寶鏡爲誰明。思君如隴水，長聞嗚咽聲。

【校箋】

〔一〕「裁紅」原作「栽紅」，據《萬首唐人絶句》改。

〔二〕詩題《萬首唐人絶句》作《三月晦日送客》。

裴潾

長安豪貴惜春殘，爭賞先開紫牡丹。别有玉杯承露冷，無人起就月中看。長安三月十五日，兩街看牡丹甚盛。慈恩寺元果院花最先開，太平院開最後。潾作白牡丹詩題壁間。大和中，駕幸此寺，吟玩久之，因令宫嬪諷念。及暮歸，則此詩滿六宫矣〔一〕。

潾，河東人。柳泌爲憲宗治丹劑，潾上疏極諫，帝卒以藥棄天下，世以爲知言。潾以兵部侍郎卒。嘗裒古今辭章，續文選，號大和通選，上之。當時之士，非與游者不取，世恨其隘〔二〕。

開成元年，李衛公分司東都，居平泉别墅，潾述其素尚，賦四言詩十四章，兼述山泉之美。明年，衛公觀察浙西，潾自兵侍尹河南，乃刻于石〔三〕。首章云：動静有源〔四〕，進退有期。用在得正，明以知微。夫惟哲人，會且有歸。静固致動〔五〕，安每慮危。將憩于盤，止亦先機。

【校箋】

〔一〕《南部新書》丁：「長安三月十五日，兩街看牡丹，奔走車馬。慈恩寺元果院牡丹，先于諸牡丹半月開，太真院牡丹，後諸牡丹半月開。故裴兵部潾《白牡丹詩》，自題于佛殿東頰唇壁之上。太和中，車駕自夾城出芙蓉園，路幸此寺，見所題詩，吟玩久之。因令宮嬪諷念，及暮歸大內，即此詩滿六宮矣。其詩曰：『長安豪貴惜春殘，爭賞先開紫牡丹。別有玉杯承露冷，無人起就月中看。』兵部時任給事。」按《酉陽雜俎》卷一九載此詩作「長安年少惜春殘，爭認慈恩紫牡丹。別有玉盤承露冷，無人起就月中看。」其紀事亦異，未云爲裴潾作。

〔二〕《新唐書》卷一一八《裴潾傳》：「裴潾，本河東聞喜人。……擢起居舍人。帝喜方士，而柳泌爲帝治丹劑，求長年。帝御劑，中躁病渴。潾諫曰云云。帝怒，貶江陵令。穆宗立……召拜兵部侍郎，出爲河南尹，復還舊官，卒。……嘗裒古今辭章，續梁昭明太子《文選》，自號《大和通選》，上之。當時文士，非與游者皆不取，世恨其隘。憲宗竟以藥棄天下，世益謂潾知言。」「《大和通選》」原作「《大和通典》」，據改。《新唐書》卷六〇《藝文志》著録「裴潾《大和通選》三十卷」。

〔三〕《李文饒別集》卷一〇附載裴潾《前相國贊皇公早葺平泉山居，暫還憩，旋起赴詔命，作鎮浙右，輒抒懷賦四言詩一十四首寄》。其詩末跋云：「開成元年九月，相公以太子賓客分司東都，九月十九日達洛下，安居于平泉別墅，潾輒述公素尚，賦四言詩，兼述山泉之美。未及刻石，其年十一月二十一日，除浙西觀察使，寵兼八座亞相之重。十二月四日發，赴任。開成二年，有潾自兵部侍郎除河南尹，乃于河南廨中，自書于石，立于平泉之山居。開成二年九月二十五日河南尹裴潾題。」

〔四〕「動靜」，《李文鐃别集》作「動復」。

〔五〕「致動」，《李文鐃别集》作「勝熱」。

皇甫曙

立春日有感呈宫傅侍郎云〔一〕：朝旦微風吹曉霞，散爲和氣滿家家。不知容貌潛消落，且喜春光動物華。出問池冰猶塞岸，歸尋園柳未生芽。摩娑酒甕重封閉，待入新年共賞花。

曙，元和十一年中書舍人李逢吉下登第。逢吉所擢多寒素，時有詩曰：元和天子丙申年，三十三人同得仙。袍似爛銀文似錦，相將白日上青天〔二〕。是歲，鄭澥第一人〔三〕，劉端夫、李行方、周匡物、廖有方輩皆預選。

寶曆間，崔從鎮淮南，曙爲行軍司馬〔四〕。

【校箋】

〔一〕詩題「宫傅」，原作「宫傳」，「有感」二字原脱，據《歲時雜詠》改補。

〔二〕《摭言》卷七：「元和十一年，歲在丙申，李涼公（逢吉）下三十三人，皆取寒素。時有詩曰：

『元和天子丙申年，三十三同人得仙。袍似爛銀文似錦，相將白日上青天。』」

〔三〕「鄭澥」原作「高澥」，據《御史臺精舍題名碑》改。《唐才子傳》載姚合「元和十一年，李逢吉知貢舉。……鄭解榜及第。」「解」又「澥」之誤。

〔四〕「曙」原作「署」，據毛本改。

李肱

開元太平日，萬國賀豐歲。梨園厭舊曲，玉座流新製。鳳管遞參差，霞衣競摇曳。宴罷水殿空，輦餘春草細〔一〕。蓬壺事已久，仙樂功無替。詎肯聽遺音〔二〕，聖明知善繼。肱開成二年試霓裳羽衣曲詩也〔三〕。是年秋〔四〕，帝命高鍇復司貢籍，詔曰：夫宗子維城，本枝百代，封爵所宜，無令廢絶。常年宗正寺解送人，恐有浮薄，以忝科名，在卿精揀藝能，勿妨賢路。所試賦則准常規，詩則依齊梁體格。乃試琴瑟合奏賦，霓裳羽衣曲詩。主司先進五人詩，其最佳者李肱，次則王收，乃以榜元及第。帝覽之曰：近屬如肱者，其不忝乎〔五〕？高鍇奏曰〔六〕：臣鍇昨日奉宣進旨，令將進士所試詩賦進來者。伏以陛下聰明文思，天縱聖德，今年詩賦題目，出自宸衷，體格雅麗，意思遐遠。諸生捧讀相賀，自古未有，倍用研精覃思，磨礪緝諧。其今年試詩賦，比于去年，又勝數等。臣日夜考較，敢不推公。

就中進士李肱霓裳羽衣曲詩一首，最爲迥出，更無其比。詞韻既好，去就又全，臣前後吟詠近三五十遍，雖使何遜復生，亦不能過，兼是宗枝，臣與狀頭第一人，以奬其能。次張棠詩一首〔七〕，亦絶好，亞次李肱，臣與第二人。其次沈黄中琴瑟合奏賦，又似文選中雪月賦體格，臣與第三人。其次王收賦，自立意緒，言語不凡，臣與第四人。其次柳棠詩、賦，興思敏速，日中便成，臣與第五人。凡此五卷詩賦，擢其中科，實所不愧。其餘三十五人，或奬舊文，别録人材，非止一途，四面搜擇，臣並與及第。李肱舊文亦好，人物絶奇，每事且他日必爲卿相〔八〕；宗枝之俊，實謂難得，況屬籍之中，讀書爲文者甚少。伏望聖恩，俯留宸覽，李肱等五人詩賦，若有不堪，敢受欺天之罪。如或可採，伺候聖心，其李肱詩賦，伏望陛下聖慈，特賜降奬飭，宣示百寮，以勸皇族修飭之道。臣謬忝主司，不勝慺慺之誠。其詩賦總爲一卷，謹隨狀奉進以聞。

范攄云：肱止于岳、齊二牧〔九〕。

【校箋】

〔一〕「春草」原作「香草」，據《雲溪友議》、《唐文粹》及《文苑英華》卷一八四改。

〔二〕「詎肯」原作「誰肯」，《文苑英華》同，據《雲溪友議》及《唐文粹》改。

〔三〕高彦休《唐闕史》：「開成初，文宗皇帝耽玩經典，好古博雅。嘗欲黜鄭衛之樂，復正始之音。

有太常寺樂官尉遲璋者，善習古樂，爲法曲，簫磬琴瑟，戛擊鏗拊，咸得其妙，遂成《霓裳羽衣曲》以獻。詔中書門下及諸司三品以上具常朝服班坐以聽，合奏，相顧曰：『不知天上也，瀛州也。』因以曲名宣賜貢院，充試進士賦題。」

〔四〕「是年秋」，謂文宗開成元年秋也。高鍇以太和九年權知貢舉，次年即開成元年，詔其「復司貢籍」也。唐制：主試皆于上年秋冬簡任，次年正月入闈。鄉貢進士則于正月就禮部試，通于二月放榜也。

〔五〕《雲溪友議》卷上《古製興》條：「文宗元年，秋，詔禮部侍郎高鍇復司貢籍曰：『夫宗子維城，本枝百代，封爵便宜，無令廢絶。常年宗正寺解送人，恐有浮薄，以忝科名，在卿精揀藝能，勿妨賢路。其所試賦則准常規，詩則依齊梁體格。』乃試《琴瑟合奏賦》，《霓裳羽衣曲》詩。主司先進五人詩，其最佳者，其李肱乎。次則王收《日斜見賦》，則《文選》中《雪賦》、《月賦》也。況肱宗室，德行素明，人才俱美，敢不公心，以辜聖教，乃以榜元及第。《霓裳羽衣曲》詩云云。上披文曰：『近屬如肱者，其不忝乎？』……」「王收」原作「王牧」，按，收乃王行古之子，進士登第，見《舊唐書》卷一七八《王徽傳》。今改。下同。

〔六〕按高鍇所奏《雲溪友議》不載，止隱括大意，而以鍇評沈黄中賦語，屬之王收，誤。

〔七〕「張棠」原作「張堂」，據毛本改，《全唐文》亦從之。

〔八〕「事且」下原有闕文，毛本改爲「視其」二字，《全唐文》從之。

〔九〕《雲溪友議》：「李君文章精鍊，行義昭詳，策名于睿哲之朝，得路于韋蕭之室。然止于岳、齊二牧，未登大任，其有命焉。」

皇甫松

古松感興云：皇天后地力，使我向此生。貴賤不我均，若爲天地情？我家世道德，旨意匡文明。家集四百卷，獨立天地經。寄言青松姿，豈羨朱槿榮！昭昭大化光，共此遺芳馨。

怨回紇歌云：白首南朝女，愁聽異域歌。收兵頡利國，飲馬胡蘆河。毳布腥膻久，穹廬歲月多。鵰巢城上宿，吹笛淚滂沱。又云：祖席駐征棹，開帆候信潮。隔筵桃葉泣，吹管杏花飄。船去鷗飛閣，人歸塵上橋。別離惆悵淚，江路濕紅蕉。

松著醉鄉日月三卷，自叙之也。或曰：松，丞相奇章公表甥，公不薦舉，怨望，因襄陽大水，極言誹謗，有夜入真珠室，朝游玳瑁宫之句。真珠，公愛姬名也〔一〕。

抛毬樂詩云：紅撥一聲飄，輕毬墜越綃。帶翻金孔雀，香滿綉蜂腰。少少抛分數，花枝正索饒。又云：金蹙花毬小，真珠綉帶垂。幾回衝蠟燭，千度入春懷。上客終須醉，觥盃自亂排。

松有登郭隗臺詩云：燕相謀在兹，積金黄巍巍。上者欲何須，使我千載悲。又有勸僧酒詩云：勸僧一盃酒，共看青青山。酣然萬象滅，不動心即閑〔三〕。右張爲取作主客圖。松，韓門弟子湜之子也。

【校箋】

〔一〕《摭言》卷一〇：「皇甫松著《醉鄉日月》三卷，自叙之矣。或曰：松，丞相奇章公（牛僧孺）表甥，然公不薦，因襄陽大水，遂爲《大水辨》，極言誹謗。有『夜入真珠室，朝游玳瑁宫』之句，公有愛姬名真珠。」按「自叙之矣」，謂自序其書。書中皆言飲酒事，非其「自叙」也，此語誤。

「之」字原脱，據補。

〔三〕「即」原作「印」，據《萬首唐人絶句》改。

徐凝〔一〕

范攄言：樂天爲杭州刺史，令訪牡丹，獨開元寺僧惠澄近于京師得之，植于庭。時春景方深，惠澄設油幕覆其上。會凝自富春來，未識白，先題詩曰：此花南地知難種，慚愧僧閑用意栽。海燕解憐頻睥睨，胡蜂未識更徘徊。虚生芍藥徒勞妬，羞殺玫瑰不敢開。

唯有數苞紅萼在，含芳只待舍人來。白尋到寺看花，乃命徐同醉而歸。時張祜榜舟而至，二生各希首薦。白曰：二君論文，若廉白之鬬鼠穴，勝負在于一戰也。遂試長劍倚天外賦、餘霞散成綺詩。試訖解送，凝爲元，祜次耳。祜曰：祜詩有地勢遥尊岳，河流側讓關；又題金山寺詩曰：樹影中流見，鐘聲兩岸聞。雖綦毋潛云：塔影挂青漢，鐘聲和白雲，此句未爲佳也。凝曰：美則美矣，爭如老夫今古長如白練飛，一條界破青山色？凝遂擅場。祜歎曰：榮辱糾紛，亦何常也！遂行歌而邁，凝亦鼓枻而歸，自是二生不隨鄉賦矣。白又以祜宫詞四句皆數對，未足奇也。後杜牧守秋浦，與祜爲詩酒友，酷吟祜宫詞，以白有非祜之論，常不平之，乃爲詩以高之曰：誰人得似張公子，千首詩輕萬户侯。又云：如何故國三千里，虛唱歌詞滿六宫〔二〕。杜盛言其美者，欲以苟異于白，而曲成于張也。故牧又著論，言近有元、白者，喜爲淫言媟語，鼓扇浮囂，吾恨方在下位，未能以法治之。斯亦敷佐于祜耳〔三〕。

潘若冲郡閣雅談云：凝官至侍郎，多吟絶句，曾吟廬山瀑布，膾炙人口。又題處州縉雲山黄帝上昇之所鼎湖，蓋黄帝鑄鼎處也，有池在山頂。詩云〔四〕：黄帝旌旗去不迴，空餘片石碧崔嵬。有時風卷鼎湖浪，散作晴天雨點來。自後無敢題者。

凝送馬向游蜀云：游子出咸京〔五〕，巴山萬里程。白雲連鳥道，青壁遮猿聲。雨雪經泥坂〔六〕，烟花望錦城。工文人共許，應紀蜀中行〔七〕。

送李補闕歸朝云〔八〕：驅牡歸城闕〔九〕，雙鳧去海門〔一〇〕。還從清切禁〔一一〕，再沐聖明恩。禮樂中朝貴〔一二〕，文章大雅存。江湖多放逸〔一三〕，獻替欲誰論。

問漁叟云：生事同漂梗，機心在野船。如何臨逝水，白髮未忘筌。

樂天薦徐凝，屈張祜，論者至今鬱鬱，或歸白之妬才也。余讀皮日休論祜云〔一四〕：祜初得名，乃作樂府豔發之詞，其不羈之狀，往往間見。凝之操履不見于史，然方干學詩于凝，贈之詩曰：吟得新詩草裏論。戲反其辭，謂村裏老也。方干，世所謂簡古者，且能譏凝，則凝之朴略椎魯〔一五〕，從可知矣。樂天方以實行求才，薦凝而抑祜，其在當時，理其然也。令狐楚以祜詩三百篇上之，元稹曰：雕蟲小技，或奬激之，恐害風教。祜在元、白時，其譽不甚持重。杜牧之刺池州，祜且老矣，詩益高，名益重。然牧之少年所爲，亦近于祜，爲祜恨白，理亦有之。余嘗謂文章之難，在發源之難也。元、白之心本乎立教，乃寓意于樂府雍容宛轉之詞，謂之諷諭，謂之閑適。既持是取大名，時士翕然從之，師其詞，失其旨，凡言之浮靡豔麗者，謂之元、白體。二子規規攘臂解辯，而習俗既深，牢不可破，非二子之心也，所以發源者非也。可不戒哉！

青山舊路在，白首醉還鄉。別白公句。試到第三橋，便入千頃花。句。高景爭來草木頭，一生心事酒前休。山公自是山人侶，攜手醉登城上樓。答白公句。右張爲取作主客圖。宿冽上人房云〔一六〕：浮生不定若蓬飄，林下真僧偶見招。覺後始知身是夢，更聞寒雨滴芭蕉。

凝，睦州人。樂天詩中有李郎中訪徐凝山人云〔一八〕：郡守輕詩客，鄉人薄釣翁。解憐徐處士，惟有李郎中。

【校箋】

〔一〕按本書卷四一原有徐凝條，一人分載兩處，當爲錯簡，今依時代先後移併于此。

〔二〕以上采自《雲溪友議》卷中《錢塘論》條。「時張祜榜舟而至」句，「榜舟」原作「傍舟」，據改。「白又以祜《宫詞》四句皆數對」，指張祜《宫詞》：「故國三千里，深宫二十年。一聲《何滿子》，雙淚落君前。」名作也。

〔三〕《樊川文集》卷九《唐故平盧節度巡官隴西李府君（戡）墓誌銘》：「嘗曰：詩者，可以歌，可以流于竹，鼓于詩，婦人小兒，皆欲諷誦。國俗厚薄，扇之于詩，如風之疾速。嘗痛自元和以來，有元白詩者，纖艷不逞，非莊士雅人，多爲其所破壞。流于民間，疏于牆壁，子父女母，交口教授，淫言媟語，冬寒夏熱，入人肌骨，不可除去，吾無位，不得用法以治之。欲使後代知有發憤者，因集國朝以來類于古詩，得若干首，編爲三卷，目爲《唐詩》，爲序以導其志。」此乃杜牧述李戡之言，自《友議》誤爲杜牧「著論」，而《新唐書·白居易傳》，亦遂以此爲牧之之語矣。「言近有元白者」，原脱「白」字，據補。

〔四〕詩題《萬首唐人絶句》作《題縉雲山鼎池》。

〔五〕「出」原作「去」，據《文苑英華》卷二七一改。

〔六〕「雨雪」原作「雨露」，據《文苑英華》改。

〔七〕「紀」原作「記」，據《文苑英華》改。

〔八〕《文苑英華》卷二七四載此詩，署「徐凝」作，疑非一人。

〔九〕首句《文苑英華》作「駟馬歸咸秦」。

〔一〇〕「去」，《文苑英華》作「出」。

〔一一〕「禁」原作「楚」，據《文苑英華》改。

〔一二〕「貴」，《文苑英華》作「盛」。

〔一三〕「放逸」原作「旅逸」，據《文苑英華》改。

〔一四〕此下原有「祜元和中作宫體詩，辭曲艷發，當時輕薄之流重其才，合譟得譽。及老大，稍窺建安風骨，誦樂府録，知作者本意。講諷怨譎，時與六義相左右，此爲才之最也」六十字，乃陸龜蒙《過張祜處士丹陽故居》詩序語，誤置于此，今删。説詳張祜下校箋〔四五〕。毛本據張祜下引文校改此文二十餘字，而不辨其非皮日休語，非。《全唐文》亦從之。

〔一五〕「椎魯」原作「榷魯」，據張本、毛本改。

〔一六〕《文苑英華》卷二三六載此詩，作者亦署「徐嶷」。

〔一七〕「招」原作「超」，據《文苑英華》改。《全唐詩話》作「招」。

〔一八〕詩題《白氏長慶集》卷三四作《憑李睦州訪徐凝山人》，自注：「凝，即睦州之民也。」

張祜

題金山寺云〔一〕：一宿金山頂〔二〕，微茫水國分〔三〕。僧歸夜船月，龍出曉堂雲〔四〕。樹影中流見〔五〕，鐘聲兩岸聞。因悲在朝市〔六〕，終日醉醺醺。

寓懷寄蘇州劉郎中云〔七〕：一聞周召佐明時，西望都門强策羸。天子好文才自薄，諸侯力薦命猶奇。賀知章口徒勞説，孟浩然身更不疑。唯是勝游行未遍，欲離京國尚遲遲。

入潼關云：都城三百里〔八〕，雄險此迴環。地勢遥尊嶽，河流側讓關。秦皇曾虎視，漢祖昔龍顔〔九〕。何處梟兇輩，干戈自不閑。

故國三千里，深宫二十年。一聲何滿子，雙淚落君前。自倚能歌日〔一〇〕，先皇掌上憐。新聲何處唱，腸斷李延年。二章祜所作宫詞也。傳入宫禁，武宗疾篤，目孟才人曰：吾即不諱，爾何爲哉！指笙囊泣曰：請以此就縊。上憫然。復曰：妾嘗藝歌，請對上歌一曲，以泄其憤。上許。乃歌一聲何滿子，氣亟立殞。上令醫候之，曰：脈尚温而腸已絶。帝崩，柩重不可舉。或曰：非俟才人乎？爰命其櫬，櫬至乃舉。祜爲孟才人嘆，序曰：才人以誠死，上以誠明，雖古之義激，無以過也。歌曰：偶因歌態詠嬌嚬，傳唱宫中十二春。却爲一聲何滿子，下泉須弔舊才人〔一一〕。

杜牧之守秋浦，與祜游，酷吟其宫詞。亦知樂天有非之之論，乃爲詩曰：睫在眼前人不見，道超身外更何求？誰人得似張公子，千首詩輕萬户侯〔一二〕。

寧哥來云：日映宫城霧半開，太真簾下畏人猜。黄翻綽指向西樹，不信寧哥迴馬來。

退宫人云：開元皇帝掌中憐，流落人間二十年。長説承天門上宴，百官樓下拾金錢。又云：歌喉漸退出宫闈，泣訴伶官上許歸。猶説入時歡聖壽，内人初着五方衣。

玉環琵琶云：宫樓一曲琵琶聲，滿眼雲山是去程。迴顧段師非汝意，玉環休把恨分明。

春鶯囀云：興慶池南柳未開，太真先把一枝梅。内人已唱春鶯囀，花下傞傞軟舞來。

容兒鉢頭云：爭走金車叱鞅牛，笑聲唯是説千秋〔一三〕。兩邊角子羊門裏，猶學容兒弄鉢頭。

邠娘羯鼓云：新教邠娘羯鼓成，大酺初日最先呈。冬兒指向真真説：一曲乾鳴杖子輕〔一四〕。

蛾眉。要娘歌云〔一五〕：宜春花夜雪千枝，妃子偷行上密隨。便唱要娘歌一曲，六宫生老是蛾眉。

悖拏兒舞云：春風南内百花時，道調涼州急遍吹。揭手便拈金椀舞，上皇驚笑悖拏兒。

集靈臺云〔一六〕：日光斜照集靈臺，紅樹花迎曉露開。昨夜上皇新授籙〔一七〕，太真含笑入簾來。

阿鵶湯云：月照宫城紅樹芳，緑窗燈影在雕梁〔一八〕。金輿未到長生殿，妃子偷尋阿鵶湯。

和杜牧之齊山登高云〔一九〕：秋溪南岸菊霏霏，急管繁絃對落暉。紅葉樹深山逕斷，碧雲江淨浦帆稀。不堪孫盛嘲時笑，願送王弘醉夜歸〔二〇〕。流落正憐芳意在，砧聲徒促授寒衣。

感王將軍柘枝妓殁云：寂寞春風舊柘枝，舞人休唱曲休吹〔二一〕。鴛鴦鈿帶拋何處？孔雀羅衫付阿誰？畫鼓不聞招節拍，錦靴空想挫腰支〔二二〕。今來坐上偏惆悵〔二三〕，曾見堂前教徹時〔二四〕。

題干越亭云：扁舟亭下駐烟波，十五年游重此過。洲嘴露沙人渡淺，樹梢藏竹鳥啼多。山銜落照欹紅蓋，水蹙斜紋卷緑羅。腸斷中秋正圓月，夜來誰唱異鄉歌？

世傳韋鮑二生以妾换馬之事云〔二五〕：韋生下第東歸，同憩水閣。鮑有美妾，韋有良馬。鮑以夢蘭、小倩佐歡〔二六〕，飲酣停盃，閲馬軒檻。韋曰：能以人换，任選殊尤。鮑欲馬之意頗切，密遣四絃更衣盛裝，頃之而至。乃命勸韋酒，歌云：白露濕庭砌，皓月臨前軒。此時頗留恨〔二七〕，含思獨無言。又歌送鮑生酒云：風颭荷珠難暫圓〔二八〕，多生幸有短姻緣〔二九〕。西樓今夜三更月〔三〇〕，還照離人泣斷絃。韋乃命牽紫叱撥以酬之。俄有紫衣冠二人，自閣西升階而來，二生恐悚，闔户窺之。一人長鬚云：足下賦云：斜漢左界，北陸南躔，白露曖空，素月流天。可謂光絶。對曰：何不見賞氣霽地表〔三一〕，雲斂天末，洞庭始波，木葉微脱。今佳月如晝，可以爲賦。長鬚曰：向聞妾换馬之事，可以爲題；以舍彼傾城〔三二〕，求其駿足爲韻。長鬚曰：彼佳人兮如瓊之英，此良馬兮負駿之名。將有求于逐日〔三三〕，亦何惜于傾城〔三四〕。香暖深閨，永厭夭桃之色〔三五〕；風清廣陌，曾憐噴玉之聲。希逸曰〔三六〕：原夫人以矜其容，馬乃稱其德。既各從其所好，諒何求而不克。長跪而別，姿容休耀其金鈿；右牽而來，光彩頓生于玉勒。文通曰〔三七〕：步及庭砌，効當軒墀。望新恩懼非吾偶也，戀舊主疑借人乘之。香散緑騣，意已忘于鬟髮；汗流紅頷，愛無異于凝脂。希逸曰：是知事有廢興，用有取捨。彼以絶代之容爲鮮矣，此以軼群之足爲貴哉〔三八〕。買笑之恩既盡，有類夢焉〔三九〕；據鞍之力尚存，猶希進也。賦訖，行十餘步而失。故祜有愛妾换馬之詩云〔四〇〕：綺閣香銷華廄空〔四一〕，忍將行雨换追風。休憐柳葉雙眉緑，却愛桃花兩耳紅。侍宴永辭春色裏，趁朝休立漏聲中。恩勞未盡情先盡，暗泣嘶風兩意同〔四二〕。祜長慶中深爲令狐楚所知，楚鎮天平，自草薦表，令以詩三百篇隨狀表進。祜至京，屬元稹在内庭，上問之，稹曰：祜雕蟲小巧，壯夫不爲，或獎激之，恐變陛下風教。上頷之。由是失意東歸，有孟浩然身更不疑之句〔四三〕。

驪宫小禽名阿濫堆，明皇御玉笛，採其聲，翻爲曲，且名焉，遠近以笛爭效之。祜有華清宫詩曰：紅樹蕭蕭閣半開，玉皇猶幸此宫來。至今風俗驪山下，村笛猶吹阿濫堆〔四四〕。

陸龜蒙云〔四五〕：祜，字長吉，元和中，作宫體小詩，辭曲豔發，當時輕薄之流，能其才，合譟得譽。老大稍窺建安風格，誦樂府録，知作者本意，短章大篇，往往間出，講諷怨譎，時與六義相左右。善題目佳境，言不可刊置别處，此爲才子之最也。或薦之天子，書奏不下。亦受辟諸侯府，性狷介不容物，輒自劾去。以曲阿地古澹有南朝遺風，遂築室種植而家焉。性嗜木石，悉力致之，從南海間罷職事，載羅浮石笋還。不蓄美田利産爲身後計，死未二十年，而故姬遺孕，凍餒不暇，豈其怨刺于神明耶！天果不愛才，没而猶譴耶！又進士顔萱過祜丹陽遺居，見其愛姬崔氏，貧居荆榛下，有一子杞兒，求食汝墳矣。憫然作詩弔之。萱詩曰：憶昔爲兒逐我兄，曾抛竹馬拜先生。書齋已換當時主，詩壁空題故友名。豈是爭權留怨敵，可憐當路盡公卿。柴扉草屋無人問，猶向荒田責地征〔四六〕。

龜蒙詩云〔四七〕：勝華通子共悲辛，荒逕今爲舊宅鄰。一代交游非不貴，五湖風月合教貧。魂應絶地爲才鬼，名與遺編在史臣。聞道平生偏愛石，至今猶泣洞庭人。

皮日休詩云〔四八〕：先生清骨葬烟霞，業破孤存孰爲嗟？幾篋詩編分貴位，一林石笋散豪家。兒過舊宅啼楓影，姬繞荒田泣稗花。唯我共君堪便戒，莫將文譽作生涯〔四九〕。杞兒後名虎望，嘉興監裴弘慶以爲冬瓜堰官〔五〇〕。

張爲作主客圖，以白樂天爲廣大教化主，而以祜爲入室。取其句云：萬國見清道，一身成白頭。上令狐相公句。此地榮辱盛，豈宜山中人。秋晚句。葛溪謾淬張家劍，却是猿聲斷客腸。葛溪句。書空疑未决，卓地計初成。拄杖句。春申還有三千客，寂寞無人報李園。感春申君句〔五一〕。

杜牧之酬祜詩云〔五二〕：七子論詩誰似公，曹劉須在指揮中。薦衡昔日知文舉，令狐公曾表薦。乞火無人作蒯通。北極樓臺長掛夢，西江波浪遠吞空。可憐故國三千里，虛唱歌辭滿六宮。

或言祜清河人，嘗賦淮南詩，有人生只合揚州死，禪智山光好墓田。大中中，果卒于丹陽隱舍〔五三〕。

【校箋】

〔一〕詩題《張承吉文集》作《題潤州金山寺》。《文苑英華》卷二三八作《金山寺》，《唐百家詩選》與此同。

〔二〕「頂」，《文苑英華》、《唐百家詩選》同，《張集》作「寺」。

〔三〕此句《張集》作「超然離世群」，《文苑英華》、《唐百家詩選》與此同。

〔四〕「曉」原作「晚」，據《張集》及《文苑英華》、《唐百家詩選》改。

〔五〕「樹影」，《文苑英華》、《唐百家詩選》同，《張集》作「樹色」。

〔六〕「因悲」，《文苑英華》、《唐百家詩選》同，《張集》作「翻思」。

〔七〕「蘇州劉郎中」，謂劉禹錫也，時以禮部郎中出爲蘇州刺史。

〔八〕「三百里」，《張集》同，《樂府詩集》作「連百二」。

〔九〕「昔」，《張集》同，《樂府詩集》作「亦」。

〔一〇〕「日」原作「曲」，據《張集》改。

〔一一〕《張承吉文集》載《孟才人歎一首并序》云：「武宗皇帝疾篤，遷便殿，孟才人以歌笙獲寵者，密侍其右，上目之曰：『吾當不諱，爾何爲哉？』指笙囊泣曰：『請以此就縊。』上憫然。復曰：『妾嘗藝歌，願對上歌一曲，以泄其憤。』上以懇，許之。乃歌『一聲《何滿子》』，氣亟立殞。上令醫候之，曰：『脈尚温而腸已絶。』及上崩，將徙其柩，舉之愈重。識者曰：『非俟才人乎？』爰命其櫬，櫬及至，乃舉。嗟夫！才人以誠死，上以誠明，雖古之義激，無以過也。」云云。此取之，並録其詩。「何滿子」原作「河滿子」，人名也，元稹有《何滿子歌》詠其事。「上以誠明」句，「明」原作「命」，據改。

〔一二〕此亦采自《雲溪友議》卷中《錢塘論》條，見前徐凝下引「范攄言」云云。詩爲杜牧《登池州九峰樓寄張祜》後四句。「人不見」，《樊川文集》作「長不見」，「道超」，作「道非」。

〔一三〕「唯」原作「誰」，據《張集》及《萬首唐人絶句》改。

〔一四〕「杖子」，《張集》、《萬首唐人絶句》作「兩杖」。

〔一五〕「耍娘」原作「要娘」，據《張集》及《萬首唐人絶句》改。下同。

〔一六〕詩題「靈」原作「虛」，據《張集》及《萬首唐人絶句》改。下同。

〔一七〕「上皇」原作「小皇」，據《張集》及《萬首唐人絶句》改。

〔一八〕「燈影」原作「燈永」，據《張集》及《萬首唐人絶句》改。

〔一九〕詩題《張集》作《奉和池州杜員外重陽日齊山登高》。

〔二〇〕「王弘」原作「王洪」，據《張集》改。

〔二一〕此句《張集》同，《才調集》、《文苑英華》卷三〇五作「美人休舞曲停吹」。

〔二二〕「空想」，《張集》同，《才調集》、《文苑英華》作「虛想」。

〔二三〕「徧惆悵」，《張集》同，《才調集》、《文苑英華》作「翻如醉」。

〔二四〕此句原作「曾是堂前教徹詩」，據《張集》改。《才調集》、《文苑英華》「堂前」作「梨園」。餘同。

〔二五〕此采鄭蕡《才鬼記》「酒徒鮑生」條之文，唯中言「紫衣冠二人」爲希逸（謝莊）、文通（江淹），且舉謝莊《月賦》「斜漢左界」、「氣霽地表」等八句，不見于《唐人説薈》本《才鬼記》，當別有據。

〔二六〕「小倩」原作「小情」，據《才鬼記》改。

〔二七〕「頗」原作「去」，據《才鬼記》改。

〔二八〕「難」原作「雖」，據《才鬼記》改。

〔二九〕「幸有」原作「信有」，據《才鬼記》改。

〔三〇〕「西樓」原作「西橋」，據《才鬼記》改。

〔三一〕「氣霽」原作「風霽」，此謝莊《月賦》語，據《文選》改。

〔三二〕「舍」字原脱，據《才鬼記》補。

〔三三〕「逐日」原作「駿足」，據《才鬼記》改。

〔三四〕「亦」，《才鬼記》作「故」。

〔三五〕「永厭」原作「未厭」，據《才鬼記》改。

〔三六〕「希逸」，《才鬼記》作「紫衣」，下同。此謝莊字也。

〔三七〕「文通」《才鬼記》作「長鬚」，此江淹字也。

〔三八〕「哉」原作「也」，據《才鬼記》改。

〔三九〕「夢焉」原作「求之」，據《才鬼記》改。

〔四〇〕《張承吉文集》有《愛妾换馬》詩二首，分載七、八兩卷。《文苑英華》卷二〇九所載爲另一首，云：「一面夭桃千里蹄，嬌姿駿骨價應齊。試牽玉勒趨金埒，初整花鈿出繡閨。去日豈無沾袖泣，別時猶解頓銜嘶。嬋娟躞蹀春風暮，揮手垂鞭楊柳堤。」不載此首。《全唐詩》張祜卷並載兩首，而于此首下注云：「一作陳標詩。」不知何據。

〔四一〕「銷」原作「綃」，據《張集》改。

〔四二〕「嘶風」原作「西風」，據《張集》改。

〔四三〕《摭言》卷一一：「張祜元和、長慶中深爲令狐文公所知，公鎮天平日，自草薦表，令以新舊格詩三百篇隨表進獻，辭略曰云云。祜至京師，方屬元江夏偃仰内庭，上因召問祜之辭藻，稹對曰：『張祜雕蟲小巧，壯夫耻而不爲者，或奬激之，恐變陛下風教。』上頷之。由是寂寞而歸。祜以詩自悼，略曰：『賀知章口徒勞説，孟浩然身更不疑。』」此張祜《寓懷寄蘇州劉郎中》詩句，謂禹錫也，見前。按《劉夢得文集》卷一二《蘇州舉韋中丞自代狀》：「伏奉去年十月十二日敕，授使持節蘇州諸軍、守蘇州刺史。」此《狀》大和六年進，則知其除蘇州刺史乃大和五年十月，而元稹以大和五年七月卒于武昌，見白居易《河南元公墓誌》。時間錯迕，知所言諸事，未必可信也。

〔四四〕唐尉遲偓《中朝故事》：「華清宫湯泉内，天寶中刻石爲座及芙蓉，聞説到今猶在。屋木亦有全者。驪山多飛禽，名阿濫堆。明皇帝御玉笛，採其聲，翻爲曲子名焉。左右皆傳唱之，播于遠近，人競以笛效吹。故詞人張祜詩曰：『紅樹蕭蕭閣半開，玉皇曾幸此宫來。至今風俗驪山下，村笛猶吹《阿濫堆》。』」

〔四五〕「陸龜蒙」原作「皮日休」，按此乃節引陸龜蒙《和張祜處士丹陽故居詩序》之文，見陸龜蒙《甫里先生文集》卷一〇及皮陸唱和《松陵集》。據改。

〔四六〕陸龜蒙詩即和顔萱之作，其詩《序》文云：「友人顔弘至江南道中訪其廬，作詩弔而序之，屬余應和，余汩没者，不足哀承吉之道，邀襲美同作，庶乎承吉之孤倚其傳而有憐者。」弘至，顔萱字，顔蕘弟也。其《過張祜故居詩序》云：「萱與故張處士祜世家通舊，尚憶孩稚之歲，與伯氏常承處士撫抱之仁，目管輅爲神童，期孔融于偉器。光陰徂謝，二紀于兹。適經其故居，已易他主，訪遺孤之所止，則距故居之右二十餘步，荆棘之下，蓽門敞焉。處士有四男一女，男曰椿兒、桂兒、椅兒、杞兒。問之，三已物故。惟杞爲遺孕，與其女尚存。欲揖杞與言，則又求食汝墳矣。但有霜鬢而黄冠者杖策迎門，乃昔時愛姬崔氏。與之話舊，歷然可聽。嗟乎！葛帔練裙，兼非所有，琴書圖籍，盡屬他人。又云：横塘之西有故田數百畝，力既貧窶，十年不耕，惟歲賦萬錢，求免無所。」詩附載《松陵集》。

〔四七〕「龜蒙」原作「日休」，按此乃陸龜蒙和顔萱之作，見《甫里先生文集》及《松陵集》，據改。

〔四八〕「皮日休」原作「陸龜蒙」，按此乃皮日休和陸龜蒙之作，有《序》云：「魯望憫承吉之孤，爲詩序，邀予屬和，欲用予道振其孤而利之。噫！承吉之困身後乎？魯望視予與承吉生前孰若哉？未有己困而能振人者。抑爲之辭，用塞良友之意。」詩載《松陵集》。據改。

〔四九〕「文譽」原作「交譽」，據《松陵集》改。

〔五〇〕《南部新書》丁：「張祜字承吉，有三男一女，桂子、椿兒、椅兒。桂子、椿兒皆物故，唯女與椅在。椅兒名虎望，亦有詩，後求濟于嘉興監裴弘慶，署之冬瓜堰官，望不甘，慶曰：『祜子之守冬瓜，所謂過分。』」按：《南部新書》記「三男」有誤，其存者乃「杞兒」非「椅兒」。此作「杞兒」不誤，其名「虎望」原作「望虔」，據改。又《桂苑叢談》載：「張以書上牢盆使（指牛僧孺），出其子授漕渠小職。……人有戲之曰：『賢郎不宜作此等職。』張曰：『冬瓜合出祜子。』戲者相與大咍。」與此異，當以《南部新書》所載爲實。

〔五一〕詩題原脫，據《張集》補。杜牧亦有《春申君》詩，與此同意。

〔五二〕詩題《樊川文集》卷四作《酬張處士見寄長句四韻》，和張祜《江上旅泊呈池州杜員外》詩也。張詩云：「牛渚南來沙岸長，遠吟佳句望池陽。野人未必非毛遂，太守還須是孟嘗。江郡風流今絶世，杜陵才子舊爲郎。不妨酒夜因閑話，別指東山是醉鄉。」見《張承吉文集》卷八，《全唐詩》只載前四句。《樊川詩集》第三句下自注「令狐相公（楚）曾表薦處士。」第八句下自注：「處士詩曰：『故國三千里』云云。」

〔五三〕《郡齋讀書志》卷四中：「《張祜詩》一卷。右唐張祜承吉，清河人，樂高尚，客淮南，杜牧爲度支使，善其詩，嘗贈之詩曰：『何人得似張公子，千首詩輕萬户侯。』嘗作《淮南》詩，有『人生只合揚州死，禪智山光好墓田』之句，大中中，果終丹陽隱舍，人以爲讖。」

崔涯

崔涯，吴楚人，與張祜齊名。其妻雍氏，乃總校之女。夫婦相歡，而涯不禮其妻父，妻父不平之，奪其女爲尼。涯不得已，爲詩留别曰：隴上泉流隴下分，腸斷嗚咽不堪聞。嫦娥一入月中去，巫峽千秋空白雲〔一〕。或謂崔膺之作。詠春風云：動地經天物不傷，高情逸韻住何方？扶持燕雀連天去，斷送楊花盡日狂。孤雲雖是無心物，借便吹教到帝鄉。遶桂月明過萬户，弄帆晴晚渡三湘。涯俠士詩太行嶺上三尺雪，崔涯袖中三尺鐵。一朝若遇有心人，出門便與妻兒别。也。涯與張祜失意游俠江淮，此詩往往傳于人口〔二〕。

【校箋】

〔一〕《雲溪友議》卷中《辭雍氏》條：「崔涯者，吴楚之狂生也，與張祜齊名。……崔生之妻雍氏者，乃揚州總校之女也，儀質閑雅，夫婦甚睦。雍族以崔郎甚有詩名，資贍每厚，崔生常于飲食之處，略無裨敬之顔，但呼妻父雍老而已。雍久之而不能容，勃然杖劍呼女而出崔秀才，曰：『某河朔之人，唯襲弓馬，養女合嫁軍門，徒慕士流之德。小女違公，不可别醮，便令出家，汝若不從，吾當揮劍。』立令涯妻剃髮爲尼。涯方悲泣悔過，雍亦不聽分疏。親戚揮慟，别易會難，涯不得已，裁詩留贈。至今江浦離愁，莫不吟諷是詩而惜别也。詩曰：『隴上流泉隴下分，斷腸嗚咽不堪聞。嫦娥一日宫中去，巫峽千秋空白雲。』」

〔二〕《桂苑叢談》：「進士崔涯、張祜下第後，多游江淮，常嗜酒，侮謔時輩，或乘飲興，即自稱豪俠。二子好尚既同，相與甚洽，崔因醉作《俠士》詩云：『太行嶺上三尺雪，崔涯袖中三尺鐵。一朝若遇有心人，出門便與妻兒别。』由是往往播在人口。」

盧儲

李翺江淮典郡，儲以進士投卷，翺禮待之，置文卷几案間。因出視事，長女及笄，閑步鈴閣前，見文卷，尋繹數四，謂小青衣曰：此人必爲狀頭。迨公退，李聞之，深異其語，乃令賓佐至郵舍，具語于儲，選以爲婿。儲謙辭久之，終不却其意，越月隨計。來年果狀頭及第，纔過關試，徑赴嘉禮。催粧詩曰：昔年將去玉京游，第一仙人許狀頭。今日幸爲秦晉會，早教鸞鳳下粧樓。後盧止官舍，迎内子，有庭花開，乃題曰：芍藥斬新栽，當庭數朵開。東風與拘束，留待細君來。人生前定，固非偶然耳〔一〕。

【校箋】

〔一〕此采《太平廣記》卷一八一引《抒情詩》載「李翺女」條之文。「長女及笄」句，「女」原作「安」；「尋繹數四」句，「四」原作「回」；「越月隨計」句，「隨計」原作「遂許」，據改。

趙　璜

正月云：正月今朝半，陽臺信未迴。水芹寒不食，山杏雨應開。世綱留三宿，真源寄一杯。因聲謝猿鳥，歲宴會歸來。

題七夕圖云：帝子吹簫上翠微，秋風一曲鳳凰歸。明年七月重相見，依舊高懸織女機。

七夕詩曰：烏鵲橋頭雙扇開，年年一度過河來。莫嫌天上稀相見，猶勝人間去不迴。欲減烟花饒俗世，暫煩明月掩樓臺〔一〕。别時舊路長清淺，豈肯離心似死灰〔二〕。

璜，開成三年登第。

【校箋】

〔一〕「明月」原作「烟月」，據《歲時雜詠》改。「樓臺」，《歲時雜詠》作「妝臺」。

〔二〕末二句原脱，據《歲時雜詠》補。

柴　夔

望九華山詩云：九華如劍插雲霓，青靄連空望欲迷。北截吴門疑地盡，南連楚界覺天低。龍池水蘸中秋月，石路人攀上漢梯。惆悵舊游無復到，會須登此出塵泥。

夔，登大和中進士第。

王繼勳

贈和龍妙空禪師詩云：白面山南靈慶院，茅齋道者雪峰禪。只棲雲樹兩三畝，不下烟蘿四五年。猿鳥認聲呼唤易，龍神降伏住持堅。誰知今日秋江畔，獨步醫王闡法筵。

夏　鴻

和贈和龍妙空禪師詩云：翰林遺跡鏡潭前，孤峭高僧此處禪。出爲信門興化日，坐當吾國太平年。身同瑩澈尼珠淨，語並鋒鋩慧劍堅。道果已圓名已遂，即看千匝遶香筵。

鴻，登開成進士第。

曹汾

早發靈芝望九華寄杜使君詩云[一]：戴月早辭三秀館[二]，平明初辨九華峰[三]。嵯峨玉劍寒鋩利[四]，裊裊青蓮翠葉重。怪狀却疑人畫出[五]，嵐光似爲客添濃[六]。行春若到五溪上[七]，此處褰幃正面逢。

汾以尚書鎮許下，其子希幹及第，用錢二十萬，榜至鎮，張宴置榜于側。時進士胡錡有啟賀，略曰：桂枝折處，著萊子之綵衣；楊葉穿時，用魯連之舊箭。汾先登第故也。又曰：一千里外，觀上國之風光；十萬軍前，展長安之春色[八]。

汾，字道謙，開成四年登第。希幹，咸通十四年登第。汾終户部侍郎[九]。汾，懿宗宰相確之弟。確罷相，爲鎮海節度使，以扞龐勛功，就加太子太師。汾爲忠武節度，入爲户部，判度支。弟兄並列將相之任，時人榮之[一〇]。

【校箋】

〔一〕詩題《文苑英華》卷二六一作《望九華寄衡陽杜員外》。

〔二〕「早辭」原作「早歸」，據《文苑英華》改。

〔三〕「平明初辨」，《文苑英華》作「遲明初識」。

〔四〕「寒鋩」原作「寒芒」，據《文苑英華》改。

〔五〕「怪狀」，《文苑英華》作「奇狀」。

〔六〕「似」，《文苑英華》作「如」。

〔七〕「行春」原作「行香」，據《文苑英華》改。

〔八〕《摭言》卷三：「曹汾尚書鎮許下，其子希幹及第，用錢二十萬，榜至鎮，開賀宴日張之于側。時進士胡錡有啟賀，略曰：『桂枝折處，著萊子之綵衣；楊葉穿時，用魯連之舊箭。』注云：『汾之名第同故也。』又曰：『一千里外，觀上國之風光；十萬軍前，展長安之春色。』」

〔九〕《新唐書》卷七五下《宰相世系表》：「汾字道謙，户部侍郎。」按此據《郎官石柱題名》，汾仕履實不止此。

〔一〇〕《舊唐書》卷一七七《曹確傳》：「（咸通）九年罷相，檢校司徒、平章事、潤州刺史、鎮海軍節度觀察等使。以出師扞龐勛功，就加太子太師。弟汾，亦進士登第，累官尚書郎、知制誥，正拜中書舍人。出爲河南尹，遷檢校工部尚書、許州刺史、忠武軍節度觀察等使。入爲户部侍郎，判度支。兄弟並列將相之任，人士榮之。」元陶宗儀《古刻叢鈔》記曹汾《去東林》詩：「峰頭不住起孤煙，池上相留有白蓮。塵網分明知束縛，要須騎馬別雲泉。」署「會昌三年七月十三日秘書省正字曹汾題」。並云：「此詩在曇玭碑陰，塵土昏塞，無知之者。至和三年春二月，陳國袁陟來游山，偏扶奇跡，始發其晦。東林詩多矣，未有如此篇之意完而美者，因題以永之。汾，開成四年崔蠡下進士，後爲中書舍人，户部侍郎，忠武軍節度使。實丞相確之弟也。」此可補《全唐詩》之闕。

楊鴻

晴望九華山詩云：九華閑屋簇清虚〔一〕，氣象群峰盡不如。惆悵都南掛冠吏〔二〕，無人解向此山居。

鴻，登開成二年進士第〔三〕。

【校箋】

〔一〕《萬首唐人絶句》「屋」作「望」。

〔二〕《萬首唐人絶句》「都南」作「南朝」。

〔三〕《登科記考》引《永樂大典》：「《宜春志》：『開成二年，楊鴻登進士第。』」

易重

會昌五年陳商下進士，張瀆第一，重次之。後詔白敏中重考，覆落瀆等七人〔一〕，而重居榜首〔二〕。有詩寄宜陽兄弟云：六年鴈序恨分離，詔下今朝遇已知。上國皇風初喜日，御堦恩渥屬身時。内庭再考稱文異，聖主宣名奬藝奇。故里仙才若相問，一春攀得兩重枝。

【校箋】

〔一〕《舊唐書》卷一八上《武宗紀》：「五年二月，諫議大夫、權知禮部貢舉陳商選士三十七人中第，物論以爲請託，令翰林學士白敏中覆試，落張瀆、李玗、薛忱、張覿、崔凜、王諶、劉伯芻等七人。」而《摭言》卷一一云：「張瀆會昌五年陳商下狀元及第，翰林覆落瀆等八人。」《紀事》殆本此，「張瀆」原作「張瀆」，「七人」原作「八人」，當以《舊紀》爲是。據改。

〔二〕《登科記考》卷二二引《永樂大典》載《宜春志》引《登科記》：「會昌五年，張瀆作狀元，易重第二。其年，翰林重考，張瀆黜落，以重爲狀元。」

唐詩紀事校箋卷第五十三

喬琳

綿州越王樓即事云〔一〕：三蜀澄清郡政閑，登樓攜酌日躋攀。頓覺胸懷無俗事，迴看掌握是人寰。灘聲曲折涪州水，雲影低銜富樂山。行雁南飛似鄉信，忽然西笑向秦關。

琳爲郭子儀朔方掌書記，與聯舍畢曜相掉訐，貶巴州司户參軍，歷果、綿、遂、懷四州刺史。建中初，朱泚叛，爲僞吏部尚書。後伏誅。臨刑歎曰：我以七月七日生，以此日死，非命耶〔二〕！

【校箋】

〔一〕祝穆《方輿勝覽》：「越王樓在城西北，唐顯慶中，太宗子越王貞爲刺史建。杜甫詩（《越王樓歌》）：『綿州州府何磊落，顯慶年中越王作。孤城西北起高樓，碧瓦朱甍照城郭。樓下長江百丈清，山頭落日半輪明。君王舊跡今人賞，轉見千秋萬古情。』刺史喬琳詩：『三蜀澄清郡政閑』云云。」越王貞，見本書卷三，新、舊《唐書》有《傳》，不言爲綿州刺史事，殆史之闕文也。樊紹述亦有《越王樓詩》，見本書卷三四。

〔二〕《新唐書》卷二二四下《喬琳傳》：「喬琳，并州太原人，少孤苦志學，擢進士第。性誕蕩，無禮檢。郭子儀表爲朔方府掌書記，與聯舍畢曜相掉訐，貶巴州司户參軍。歷果、綿、遂、懷四州刺史。……拜御史大夫、同中書門下平章事。……在位閲八旬，以工部尚書罷。……琳從幸奉天……詭言馬殆不進……祝髯髮，舍仙游佛廬。（朱）泚聞，遣數十騎取之，署吏部尚書。……及收京師，李晟憫其老，表貰死。帝曰：『琳，故宰相，失節背義，不可赦。』臨刑歎曰：『我以七月七日生，以此日死，非命耶？』」「建中初」下原衍「爲」字，今刪。

王　鋋〔一〕

登越王樓見喬公詩偶題云：雲架重樓出郡城，虹梁雅韻仲宣情。越王空置千年跡，丞相兼揚萬古名。過鳥時時銜客會，閑風往往弄江聲。謬將蹇步尋高躅，魚目驪珠豈繼明〔二〕。鋋，大曆中代喬琳爲綿州刺史〔三〕。

【校箋】

〔一〕「鋋」，毛本作「鋌」，下同。

〔二〕「魚目」原作「魚日」，據毛本改。

〔三〕按喬琳于建中初相德宗，而詩言「丞相兼揚萬古名」，則詩爲建中時所作，此言大曆中代琳爲綿州刺史，疑不足信。《全唐詩》亦從之。

于興宗

夏杪登越王樓臨涪江望雪山寄朝中知友詩云：巴西西北樓，堪望亦堪愁。山亂江迴遠，川清樹欲秋。晴明中雪嶺，煙靄下漁舟〔一〕。寫寄朝天客，知予悵獨游。

大中時，以御史中丞守綿州，後爲洋州節度〔二〕。初在左綿作此詩，和者李朋、楊牢輩，皆朝中知友也。

許渾酬綿州于中丞見寄云：故人書信越褒斜，新意雖多舊約賒。皆就一麾先去國，共謀三逕未還家。荆巫夜隔巴西月〔三〕，鄢郢春連漢上花〔四〕，半月離居猶悵望，可堪垂白各天涯。

【校箋】

〔一〕「漁舟」原作「魚舟」，據毛本改。

〔二〕《新唐書》卷七二下《宰相世系表》：「興宗，河南少尹。」憲宗朝宰相于頔之姪也。其以御史中丞守綿州，唐史無徵。「洋州」原作「洋川」，據下劉璐條改。洋州屬山南西道，當時無「洋州節度」之稱，疑有誤。

〔三〕「巴西」原作「巴江」，據《丁卯集》改。

〔四〕「鄜郢」原作「鄜郢」，據《丁卯集》改。

李朋

綿州中丞以江山小圖遠垂賜及兼寄詩云：巴江與雪山，井邑共迴環。圖寫丹青内，分明烟靄間。移君名郡興，助我小齋閑。日想登臨處，高蹤不可攀。朋爲尚書郎〔一〕，和于興宗詩。

朋除刑部員外郎，制云：將仕郎、御史李朋，能積行實，發其辭華，方正端慎。官業克舉。杜牧之詞〔二〕。

【校箋】

〔一〕《郎官石柱題名》「吏部員外郎」有李朋。

〔二〕《樊川文集》卷一七《李朋除刑部員外郎、李從誨除都官員外郎等制》：「將仕郎、侍御史、内供奉李朋能積行實，發其辭華，勁正端慎，官業克舉。……朋可守尚書刑部員外郎，散官如故。」「詞」原作「句」，誤，今改。

楊牢

牢，弘農人，少孤。年六歲，母俾入雜學，誤入人家，乃父友也。方彈棋戲，以局爲題，俾牢賦之。應聲曰：魁形下方天頂凸，二十四寸膍中月。年十八中第〔一〕。奉酬于中丞見寄之什詩云：劍外書來日，驚忙自拆封。丹青得山水，强健慰心胸。事少勝諸郡，江迴見幾重。寧悲久作別，且似一相逢。詩合焚香詠，愁應賴酒濃。庾樓寒更憶，腸斷雪千峰。

牢，登大中二年進士第，最有詩名。大中時，顧陶作唐詩類選，去取甚嚴。其序云：删定之初，如楊牢等十數公，時猶在世；及稍稍淪謝，一篇一詠，未稱所録，若續有所得，當别爲卷軸，庶無遺恨〔二〕。

【校箋】

〔一〕《唐語林》：「華陰楊牢，幼孤，六歲，入雜學歸，誤入人家，乃父友也。二丈人彈棋次，見楊氏子，戲曰：『爾能爲丈人詠此局否？』楊登時叉手詠曰：『魁形下方天頂凸，二十四寸窗中月。』父友驚撫其首，遺以梨栗，曰：『爾後必有文。』年十八，一上中進士第。有詩集六十卷。」「天頂凸」原作「天須亞」，據改。

〔二〕顧陶《唐詩類選後序》：「删定之初，如相國令狐楚、李涼公逢吉、李淮南紳、劉賓客禹錫、楊茂卿、盧仝、沈亞之、劉猛、李涉、李璆、陸暢、章孝標、陳罕等十數公，詩（當作「時」）猶在世，及稍淪謝，即文集未行，一篇一詠，得于人者，亦未稱所録。……近則杜舍人牧、許鄂州渾、洎張祜、趙嘏、顧非熊數公，並有詩句，播在人口，身没纔二三年，亦正集未得絶筆之文，若有所得，别爲卷軸，附于二十卷之外，冀無遺恨」云云。所舉「十數公」中有「楊茂卿」，無「楊牢」。按楊牢乃楊茂卿之子。《千唐誌齋藏誌》存大中五年楊牢爲其弟楊宇所撰《唐故文林郎國子助教楊君（宇）墓誌》云：「皇考諱茂卿，字士蕤，元和六年進士。」《新唐書》卷一一八《李甘傳》：「始，河南人楊牢字松年，有至行。甘方未顯，以書薦于尹曰：『執事之部孝童楊牢，父茂卿從田氏府。趙軍反，殺田氏，茂卿死。……牢自洛陽走常山二千里，號伏叛壘，委髮羸骸，有可憐狀，讎意感解，以尸還之云云。』」其事在長慶元年，時牢年二十。據李輈所撰楊牢墓誌（見《千唐誌齋藏誌》李輈《故唐河南府河南縣令賜緋魚弘農楊公墓誌》），其殁于大中十二年。而顧陶

《唐詩類選序》作於大中十年，其時牢尚在人世，則計氏改茂卿爲楊牢，實誤。「別爲卷軸」句，「別」原作「列」，據《類選後序》改。

李汶儒

和綿州于中丞詩云：珍重巴西守，殷勤寄遠情。劍峰當户碧，詩韻滿樓清。日照涪川闊，烟籠雪嶠明。徵黄看即及，莫歎滯江城。

汶儒，登大和五年進士第，官至翰林學士。汶儒守禮部員外郎，充翰林學士。制云：才行冠時，名聲華衆。揚歷臺閣，宣昭職業。無入而不得其道，守正而莫混其源。並爲儒者之英，咸蘊賢人之操。久游安在，相見何晚〔一〕。杜牧之詞。

【校箋】

〔一〕《樊川文集》卷一七《庾道蔚守起居舍人、李汶儒守禮部員外郎充翰林學士制》：「朝議郎行尚書禮部員外郎賜緋魚袋李汶儒才行冠時，名聲華衆，揚歷臺閣，宣昭職業，無入而不得其道，守正而莫混其源。並爲儒者之英，咸蘊賢人之操。久游安在？相見何晚！禮曰：『君子稱人之美，則必爵之，我既言矣，亦能縶維。』宜盡忠讜，以酬寵遇，並可守本官，充翰林學士。餘各如故。」「華衆」原作「暈然」，「咸」原作「獨」，據改。

薛蒙

和綿州于中丞詩云：左綿江上樓，五馬此銷愁。暑退千山雪，風來萬水流。邅迴猶刺郡，繫滯似維舟。即有徵黄日，名川莫厭游。

蒙時爲考功郎〔一〕。

【校箋】

〔一〕《新唐書》卷五八《藝文志》：「薛蒙妻韋氏《續曹大家女訓》十二章。」注云：「韋温女，蒙字中明，開成中進士第。」

李鄴

和綿州于中丞詩云：長聽巴西事，看圖勝所聞。江樓明返照，雪嶺亂晴雲。景象詩情在，幽奇筆跡分。使君徒説好，不抵怨離群。

鄴時爲户部郎官〔一〕。

【校箋】

〔一〕《新唐書》卷八二《通王滋傳》：「（宣宗）初詔……以諫議大夫鄭漳、兵部郎中李鄴爲侍讀，五日一謁乾符門爲王授經。鄆王立爲懿宗，乃罷。」則鄴曾官兵部郎中，爲懿宗即位前侍讀也。

于瓌

和綿州于中丞詩云：樓因藩邸號，川勢似依樓。顯敞含清暑，風光入素秋，山宜姑射貌，江泛李膺舟。郢曲思朋執，輕紗畫勝游。又云：極目郡城樓，浮雲拂檻愁。政成多暇日，詩思覺先秋。遠靄千巖雪，隨波一葉舟。昔曾窺粉繪，今願許陪游。

瓌，字匡德〔一〕，敖之子也。大中七年進士第一人〔二〕。時爲校書郎。

【校箋】

〔一〕《新唐書》卷七二下《宰相世系表》：「瓌，字匡德。」原避宋諱改作「正德」，今改。

〔二〕《廣卓異記》卷一九「兄弟二人狀元及第」條引《登科記》：「于珪，大中三年狀元及第。珪之弟瑍，大中七年狀元及第。」徐松《登科記考》從之。按兩《唐書》俱無于瑍，《東觀奏記》記「楊仁瞻女嫁前進士于瓌」，知作「瓌」爲是。

王嚴

和于中丞詩云：雉堞臨朱檻，登兹便散愁。蟬聲怨炎夏，山色報新秋。江轉穿雲樹，心閑隨葉舟。仲宣徒有歎，謝守幾追游。

嚴，大中時布衣。

劉　睽

題越王樓寄獻中丞使君詩云：朱軒迥壓碧烟州，昔歲賢王是勝游。山簇劍峰朝闕遠，水如巴字遶城流。人間物象分千里，天上笙歌醉五侯。今日登臨無限意，同霑惠化自銷愁。

睽，時爲鄉貢進士。

李　渥

秋日登臨越王樓詩曰〔一〕：越王曾牧劍南州，因向城隅建此樓。横玉遠開千嶠雪，暗雷下聽一江流。畫簷先弄朝陽色，朱檻低臨衆木秋。徒學仲宣聊四望，且將詞賦好依劉。

渥，時爲鄉貢進士，後登第〔二〕。

【校箋】

〔一〕《方輿勝覽》引此詩前四句，作「李偓詩」，誤。

〔二〕《舊唐書》卷一七八《李蔚傳》：「蔚三子：渥、洵、澤。渥，咸通末進士及第，釋褐太原從事，累拜中書舍人、禮部侍郎。光化三年，選貢士。」《摭言序》王定保自述其所記蓋聞之「恩門右相李常侍渥」等云云。

劉璐

洋州于中丞頊牧左綿題詩越王樓上朝賢繼和輒課四韻詩云：隔政代君侯，多慙跡令猷。山光來户牖，江鳥滿汀洲。雅韻徵朝客，清詞寫郡樓。至今謡未已，注意在洋州。璐爲綿州刺史，隔政代興宗。璐曾刺蜀州。

盧栯

和于中丞見寄詩云：圖畫越王樓，開緘慰別愁。山光涵雪冷，水色帶江秋。雲鳥孤征雁，煙帆一葉舟。繒風舒霽景，如伴謝公游。栯，時爲弘文館學士。

李續

和于中丞見寄詩云〔一〕：早年登此樓，退想不勝愁。地遠二千里，時將四十秋。續相從東川奏舉，過綿州，刺史韋洪皋尚書攜登此樓，于今三十七年矣。邅迍多失路，華皓任虚舟。詩酒雖堪使，何因得共游。續，時爲同州刺史〔二〕。

【校箋】

〔一〕「于」字原脱，據毛本補。

〔二〕《新唐書》卷一七四《李逢吉傳》：「以檢校司空平章事爲山南東道節度使，表李續自副。」《舊唐書》卷一七上《文宗紀》：「太和元年四月己巳，貶山南東道節度使李續爲涪州刺史。」

盧求

和于中丞見寄詩云：高情推謝守，善政屬綿州。未落紫泥詔，閑登白雪樓。晴江如送日，寒嶺鎮迎秋。滿壁朝天士，唯予不繫舟。

求，登寶曆二年進士第，李翺之婿也。翺典合肥，有道人號先知。始，翺妹婿楊嗣復知舉，求落第，至是嗣復再知舉，道人以小卷遺嗣復曰：放榜日開之。洎放榜開卷，乃曰：裴頭黄尾，三求六李。時第一人裴求，榜末黄駕，次則盧求，又李方玄、從毅、道裕、景初、李助、李求共六人。道人又謂翺曰：公之子不如外孫。後求子攜，鄭亞子畋，杜審權子讓能爲相，皆翱外孫也〔二〕。

【校箋】

〔二〕《摭言》卷八：「楊嗣復第二榜盧求者，李翱之婿。先是翱典合淝郡，有一道人詣翱……翱任楚州，其人復至，其年，楊嗣復知舉，求落第。嗣復翱之親表，由是頗以求爲慊，因訪于道人……即整衣冠，北望而拜，遽對案手疏二緘，遲明，授翱曰：『今秋有主司，且開小卷，明年見榜，開大卷。』翱如所教。尋遞中報至，嗣復依前主文，即開小卷，辭云：『裴頭黃尾，三求六李。』翱奇之，遂寄嗣復。嗣復已有所貯，頗疑漏泄，及放榜，開大卷，一榜煥然，不差一字。其年裴求爲狀元，黃駕居榜末，次則盧求耳。餘皆契合。後翱鎮襄陽，其人復至。……因命出諸子，熟視，皆曰：『不繼。』翱無所得，遂遣諸女出拜之，乃曰：『尚書他日，外孫三人皆位至宰輔。』後求子攜，鄭亞子畋，杜審權子讓能，皆爲將相。」「次則盧求」句，原作「次則李俅，盧求」，據删「李俅」二字。「又，李方玄」以下十七字，乃計氏據《登科記》所加。「杜審權子讓能」原作「李審權子遜能」，據《摭言》改。

田章

和于中丞云：志乖多感物，臨眺更增愁。暑候雖云夏，江聲已似秋。雪遥難辨木，村近好維舟。莫恨歸朝晚，朝簪擬勝游。

章，登開成四年進士第。

高璩

白敏中自劍南節度移荆南，經忠州，追尋樂天遺跡，有詩云：南浦花臨水，東樓月映風。璩時爲書記，有詩云：公齋一到人非舊，詩板重尋墨尚新。璩自梓州刺史入朝，經綿州，與刺史薛逢登越王樓，逢以詩贈别云：乘遞初登劍外州，傾心喜事富民侯。方當游藝依仁日，便到攀轅卧轍秋。客聽巴歌消子夜，許陪仙躅上危樓。欲知恨戀情深處，聽取長江旦暮流。璩和云：劍外緜州第一州，樽前偏喜接君侯〔一〕。歌聲婉轉添長恨，管色凄涼似到秋。但務歡娱思曉角，獨耽雲水上高樓。莫言此去難相見，怨别徵黄是順流。

璩，字瑩之，第進士，翰林學士，擢諫議大夫。學士超省郎進官者，惟鄭顥以尚主，而璩以寵升。懿宗時爲宰相，卒。曹鄴言：璩，宰相，交游醜雜，進取多蹊徑。謚法，不思妄愛曰剌，請謚爲剌〔二〕。

【校箋】

〔一〕「君侯」原作「君流」，據毛本改。

〔二〕《新唐書》卷一七七《高元裕傳》：「元裕子璩，字瑩之，第進士，累佐使府，以左拾遺爲翰林學士，擢諫議大夫。近世學士超省郎進官者，惟鄭顥以尚主，而璩以寵升云。懿宗時，拜劍南東川節度使，召拜中書侍郎、同中書門下平章事。閱月，卒。贈司空。太常博士曹鄴建言：『璩，宰相，交游醜雜，進取多蹊徑，謚法，不思妄愛曰剌，請謚曰剌。』從之。」「第進士」句下原衍「第」字，據删。

牛　徵

登越王樓即事詩云：危樓送遠目，信美奈鄉情。轉岸孤舟疾，銜山落照明。蕭條看草色，惆悵認江聲，誰會登臨恨？從軍白髮生。

徵，登咸通二年進士第，叢之子也。

蕭　祐

游石堂觀詩云：西山高高何所如〔一〕，上有古昔真人居。嵚崖巨石自成室，其下磅礴含清虚。我來斯邑訪遺跡，乃遇沈生躭載籍。沈生爲政哀惸嫠，又能索隱探靈奇。欣然向我話佳境，與我崎嶇到山頂。甘瓜割緑出寒泉，碧甌浮花酌春茗。嚼瓜啜茗身清涼，汗消絺綌如迎霜。胡爲空山百草花，倏爾籩豆肆我旁。始驚知周無小大，力寡多方驗斯在。

妙用騰聲冠蓋間，勝游恣意烟霞外。故碑石像凡幾年，雲鬱雨霏生緑烟。我知游此多靈仙，縹緲月中飛下天。天風微微夕露委，松梢颼颼曉聲起。鳳去空遺簫管音，星翻寥落銀河水。勸君學道此時來，結茅獨宿何遼哉！齋心玄默感靈衛，必見鸞鶴相徘徊。我愛崇山雙劍北，峰如人首拄天黑。俗呼爲人頭山。群仙傴僂勢奔走，狀若歸尊趨有德。半巖有洞頂有池，出入靈怪潛蛟螭。我去不得晝夜思，夢游曾信南風吹。南風吹我到林嶺，故國不見秦天迥。山花名藥撲地香，月色泉聲洞心冷。蔭松散髮逢異人，寂寞曠然口不言。道陵公遠莫能識，髮短耳長誰獨存？司農驚覺忽惆悵，可惜所游俱是妄。蘊懷耿耿誰與言，直至今來意不忘〔二〕。倐然遠通形神開〔三〕，擁傳又恨斜陽催。一丘人境尚堪戀，何況海上金銀臺。

祐爲祠部郎中〔四〕。

【校箋】

〔一〕「如」原作「知」，據毛本改。

〔二〕「不忘」二字原脱，據毛本補。

〔三〕「倐然遠」三字原脱，據毛本補。

〔四〕《舊唐書》卷一六八《韋温傳》附《蕭祐傳》：「蕭祐者，蘭陵人，少孤貧，耿介苦學，事親以孝聞。

自處士徵拜左拾遺，累遷至考功郎中。祐博雅好古，尤喜圖畫。前代鍾、王書法，蕭、張筆勢，編序真僞，爲二十卷，元和末進御，優詔嘉之，授兵部郎中。出爲虢州刺史，入爲太常少卿，轉諫議大夫。踰月爲桂州刺史、御史中丞、桂管防禦觀察使。大和二年八月，卒于官。贈右散騎常侍。祐閑澹貞退，善鼓琴賦詩，書畫盡妙，游心林壑，嘯詠終日，而名人高士，多與之游。給事中韋温尤重之，結爲林泉之友。」《新唐書》卷一六九附《蕭祐傳》叙其仕履略同，無「爲祠部郎中」事。或以其嘗爲太常少卿而云然也。「祐」下原有「于唐」二字，衍文，張本無，今删。

魏謩

宣宗重陽賜宴群臣，有御製詩，其略曰：欵塞旋征騎，和戎委廟賢。傾心方倚注，叶力共安邊。宰臣以下，應制皆和。上曰：宰相魏謩詩最佳。其兩聯云：四方無事去，宸豫杪秋來。八水寒光起，千山霽色開。上嘉賞久之。魏蹈舞拜謝，群寮聳視，魏有得色，極歡而罷〔一〕。

謩，字申之。文宗時，以直言拜右補闕。大中時鎮蜀。宣宗曰：謩名臣孫，有祖風，朕心憚之。然卒以剛正爲令狐綯所忌，讒罷之〔二〕。

【校箋】

〔一〕《唐語林》：「宣宗因重陽，便殿大合樂，錫宴群臣。有御製詩，其略曰：『欵塞旋征騎，和戎委廟賢。傾心方倚注，叶力共安邊。』宰臣以下應制皆和。上曰：『宰相魏謩詩最佳。』其兩聯云：『四方無事去，宸豫杪秋來。八水寒光動，千山霽色開。』上嘉賞久之。魏舞蹈謝。」「宸豫」原作「神像」，據改。

〔三〕《新唐書》卷九七《魏徵傳》附《魏謩傳》：「謩字申之，進士擢第，同州刺史楊汝士辟爲長春宫巡官。文宗讀《貞觀政要》，思徵賢，詔訪其後，汝士薦爲右拾遺。……詔曰：『乃祖在貞觀時，指事直言無所避。每覽國史，朕與嘉之。謩爲拾遺，屢有獻納。……其以謩爲右補闕。』……累遷門下侍郎、兼户部尚書。大中十年，以平章事領劍南西川節度使。……宣宗嘗曰：『謩名臣孫，有祖風，朕心憚之。』卒以剛正爲令狐綯所忌，讒罷之。」

陸肱

松詩云：霜雪知勁質，今古占嘉名〔一〕。斷砌盤根遠，疏陰偃蓋清〔二〕。鶴栖何代色？僧老四時聲。鬱鬱心彌久，烟高萬井生。

肱，大中九年登進士第。咸通六年，自前振武從事試平判入等。後牧南康郡，辟許棠爲郡從事，鄭谷寄詩云：江山多勝境，賓主是貧交〔三〕。肱以春賦得名。

【校箋】

〔一〕「占」原作「乞」，據《文苑英華》卷三二四改。

〔二〕「疏陰」原作「疏林」，據《文苑英華》改。

〔三〕鄭谷《雲臺編》有《南昌郡牧陸肱郎中，招許棠先輩爲郡從事，因有寄贈》一首，即此所本，詩云：「振鷺思前侣，難爲戀故巢。江山多勝境，賓主是貧交。飲舫閑依葦，琴堂雅結茅。夜清僧伴宿，水月在松梢。」

李商隱

商隱，字義山，懷州人，英國公世勣裔孫。令狐楚帥河陽，奇其文，使與諸子游。楚歷鎮，表爲巡官，卒于工部郎中〔一〕。商隱累佐王茂元、鄭亞、柳仲郢，故樊南甲乙之集作焉〔二〕。温庭筠、段成式俱以儷偶相誇，號三十六體〔三〕。

楊大年出義山詩示陳恕，酷愛一絶云：珠箔輕明覆玉墀，披香新殿鬬腰支。不須看盡魚龍戲，終遣君王怒偃師。嘆曰：古人措辭寓意，如此深妙，令人感慨不已〔四〕。大年又曰：鄧帥錢若水舉賈誼兩句云：可憐半夜虚前席，不問蒼生問鬼神。錢云：措意如此，後人何以企及〔五〕？鹿門先生唐彦謙，爲詩慕玉溪，得其清峭感愴，蓋其一體也，然警絶之句亦多有〔六〕。

商隱賦云：豈如河畔牛星，隔歲只聞一過，不比苑中人柳，終朝剩得三眠。注：漢苑中有人形柳，一日三起三倒〔七〕。義山少游長安，投宿逆旅，主人會客，召與坐，不知其爲義山也。酒酣，席客賦木蘭花詩，義山後就，曰：洞庭波冷曉侵雲，日日征帆送遠人。幾度木蘭舟上望，不知船是此花身。坐客覽之大驚，詢之，乃義山也〔八〕。

商隱爲彭陽公從事，彭陽之子綯，繼有韋平之拜，惡商隱從鄭亞之辟，以爲忘家恩，疏之。重陽日，商隱留詩于其廳事曰：曾共山翁把酒巵，霜天白菊遶堦墀。十年泉下無消息，九日樽前有所思。不學漢臣栽苜蓿，空教楚客詠江蘺。郎君官貴施行馬，東閣無因再得窺〔九〕。綯乃補太學博士。尋爲東川柳仲郢判官，府罷，客滎陽，卒。

錦瑟詩云：錦瑟無端五十絃，一絃一柱思華年。莊生曉夢迷蝴蝶，望帝春心託杜鵑。滄海月明珠有淚，藍田日暖玉生烟。此情可待成追憶，只自當時已惘然。或云：錦瑟，令狐楚之妾〔一〇〕。

【校箋】

〔一〕《新唐書》卷二〇三《李商隱傳》：「李商隱字義山，懷州河内人。或言英國公世勣之裔孫。令狐楚帥河陽，奇其文，使與諸子游。楚徙天平、宣武，皆表署巡官，歲具資裝使隨計。開成二年，高鍇知貢舉，令狐綯雅善鍇，獎譽甚力，故擢進士第。調弘農尉，以活獄忤觀察使孫簡，將罷去，會姚合代簡，諭使還官。又試拔萃，中選。王茂元鎮河陽，愛其才，表管書記，以子妻之，得侍御史。茂元善李德裕，而牛、李黨人蚩謫商隱，以爲詭薄無行，共排笮之。茂元死，來游京師，久不調，更依桂管觀察使鄭亞府爲判官。亞謫循州，商隱從之，凡三年乃歸。亞亦德裕所善，綯以爲忘家恩，放利偷合，謝不通。京兆尹盧弘止表爲府參軍，典箋奏。綯當國，商隱歸窮自解，綯憾不置。弘止鎮徐州，表爲掌書記。久之，還朝，復干綯，乃補太學博士。柳仲郢節度劍南東川，辟判官，檢校工部員外郎。府罷，客滎陽，卒。」按「檢校工部員外郎」，《舊唐書》卷一九〇下《李商隱傳》作「檢校工部郎中」，據《舊唐書·職官志》：「（工部）郎中一員，正五品上。員外郎一員，從六品上。」商隱「補太學博士」爲「正六品上」，不應辟請外任，反降官階，當以作「工部郎中」爲是。「卒于工部郎中」原作「卒于工部侍郎」，據改。

〔二〕《樊南甲集》二十卷，大中元年十月，在桂管編。《樊南乙集》二十卷，大中七年十一月，在東川編。見《樊南文集》卷七所載兩《集》自序。

〔三〕《新唐書》卷二〇三《李商隱傳》：「商隱初爲文，瑰邁奇古。及在令狐楚府，楚本工章奏，因授其學。商隱儷偶長短，而繁縟過之。時温庭筠、段成式俱用是相夸，號『三十六體』。」

〔四〕《苕溪漁隱叢話》引《談苑》云：「予知制誥日，與余恕同考試……因出義山詩共讀，酷愛一絶云：『珠箔輕明拂玉墀，披香新殿鬬腰支。不須看盡魚龍戲，終遣君王怒偃師。』擊節稱歎曰：『古人措辭寓意，如此之深妙，令人感慨不已。』」《竹莊詩話》引同。而《詩話總龜》前集卷四引

《古今詩話》云：「楊大年同陳恕讀李義山詩，酷愛一絶云云。歎曰：『古人措意如此深妙。』各歎服。」則「余恕」作「陳恕」，與《紀事》同。按此當作「陳恕」爲是，《紀事》所取，當出《楊文公談苑》本書，「陳恕」與楊億同時，《宋史》卷二六七有《傳》，余恕則史無其人也。

〔五〕此亦采自《楊文公談苑》，《詩話總龜》前集卷一二引《談苑》「鄧帥錢若水」誤作「錢鄧帥」，幾不可曉。

〔六〕此亦采自《楊文公談苑》，「爲詩」下原有「綦」字，乃涉下形近而衍，今删。「蓋」原作「盡」，據毛本改。

〔七〕《詩話總龜》前集卷二二：「嘗見曲中使柳三眠事，不知所出。後讀玉溪生《江之嫣賦》云：『豈如河畔牛星，隔歲止聞一過。不比苑中人柳，終朝剩得三眠。』注云：『漢苑中有柳，狀如人形，號曰人柳，一日三起三倒。』」按《江之嫣賦》今佚，《紀事》當出此。「隔歲只聞一過」原作「隔年只開一過」，「不比」原作「不及」，「漢苑中」原脱「苑」字，「三倒」原作「三側」，據補改。

〔八〕《詩話總龜》前集卷二〇引《古今詩話》：「李義山游長安，投宿旅店，適會客，因召與坐，不知爲義山也。酒酣，客賦《木蘭花詩》，衆皆誇示。義山後成，詩曰：『洞庭波冷曉侵雲，日日征帆送遠人。幾度木蘭舟上望，不知船是此花身。』坐客大驚，詢之，方知是義山。」其下有注云：「《零陵總記》載《木蘭花詩》是陸龜蒙所作。」按此詩不載《李義山詩集》而陸龜蒙《甫里文集》

有之，殆非義山之作。《陸集》題作《木蘭堂》，詩云：「洞庭波浪渺無津，日日征帆送遠人。幾度木蘭舟上望，不知元是此花身。」文字略異。《萬首唐人絶句》即收入後一首，題陸龜蒙作。「少游長安」句，原脱「長安」二字，據《詩話總龜》補。

〔九〕《北夢瑣言》卷七：「李商隱員外依彭陽令狐公楚，以牋奏受知。……彭陽之子綯，繼有韋、平之拜，似疏隴西，未嘗展分。重陽日，義山詣宅，于廳事上留題，其略云：『十年泉下無消息，九日樽前有所思。……郎君官貴施行馬，東閣無因再得窺。』相國覩之，慚悵而已。乃扃閉此廳，終身不處也。」

〔一〇〕劉攽《中山詩話》：「李商隱有《錦瑟》詩，人莫曉其意，或謂是令狐楚家青衣名也。」

劉得仁

聽松聲詩曰〔一〕：庭際微風動〔二〕，高松韻自生。聽時無物亂，盡日覺神清。强與幽泉並〔三〕，翻嫌細雨并。拂空增鶴唳，過牖合琴聲。況復當秋杪〔四〕，偏宜在月明。不知幽澗底〔五〕，蕭瑟有誰聽〔六〕。

樂游原春望云：樂游原上望，望盡帝城春。始覺繁華地，應無不醉人，雲開雙闕麗，柳映九衢新。愛此偏高野，閑來竟日頻。

題邵公禪院云〔七〕：無事門多掩〔八〕，陰階竹掃苔〔九〕。勁風吹雪聚，渴鳥啄冰開。樹向寒山得，人從瀑布來。終期天目老，擎錫逐雲回。

悲老宫人云：白髮宫娃不解悲，滿頭猶自插花枝。曾緣玉貌君王愛〔一〇〕，准擬人看似舊時。

得仁，貴主之子。自開成至大中三朝，昆弟皆歷貴仕，而得仁苦于詩，出入舉場三十年，卒無成。嘗自述曰：外家雖是帝，當路且無親。又云：外族帝王是，中朝親故稀。翻令浮議者，不許九霄飛。既終，詩人競爲詩弔之。僧栖白詩曰：忍苦爲詩身到此，冰魂雪魄已難招。若教桂子落墳上，生得一枝冤始銷〔一一〕。

吟苦曉燈暗，露深秋草疏。舊山多夢到，流水送愁餘。雲門寺句〔一二〕。風定一池星。宿宣義里池亭句〔一三〕。右張爲取作主客圖。

宿宣義里池亭云〔一四〕：暮色遶柯亭〔一五〕，南山出竹青〔一六〕。夜深斜舫月，風定一池星。島嶼無人跡〔一七〕，菰蒲有鶴翎。此中休便得〔一八〕，何必泛滄溟！

聽歌云〔一九〕：朱檻滿明月，美人歌落梅。忽驚塵起處，疑有鳳飛來。一曲聽初徹，幾年愁暫開。東南正雲雨，不得見陽臺。

長信宫云：簟涼秋氣初，長信恨何如？拂黛月生指，解鬟雲滿梳〔二〇〕。一從悲畫扇，幾度泣前魚。坐聽南宫樂，清風摇翠裾。

【校箋】

〔一〕詩題《文苑英華》卷三二四作《賦得聽松聲》。

〔二〕「動」原作「暖」，據《文苑英華》改。

〔三〕「與」原作「以」，據《文苑英華》改。

〔四〕「秋杪」，《文苑英華》作「秋暮」。

〔五〕「幽澗」，《文苑英華》作「深澗」。

〔六〕「聽」，《文苑英華》作「驚」。

〔七〕詩題《文苑英華》卷二三七作《冬日題邵公院》。

〔八〕「門」，《唐百家詩選》同，《文苑英華》作「關」。

〔九〕「掃苔」，《唐百家詩選》同，《文苑英華》作「拂苔」。

〔一〇〕「愛」，《又玄集》同，《才調集》、《唐百家詩選》、《萬首唐人絶句》作「寵」。

〔一一〕《摭言》卷一〇：「劉得仁，貴主之子。自開成至大中三朝，昆弟皆歷貴仕，而得仁苦于詩，出入舉場三十年，竟無所成。嘗自述曰：『外家雖是帝，當略且無親。』既終，詩人爭爲詩以弔之，唯供奉僧栖白擅名。詩曰：『忍苦爲詩身到此，冰魂雪魄已難招。直教桂子落墳上，生得一枝冤始銷。』」文字與此略同，唯無「又云」以下四句。《郡齋讀書志》卷四下《劉得仁詩集》所載略同，云：「右唐劉得仁，公主之子，長慶中以詩名。五言清瑩，獨步文場。自開成後，昆弟皆居顯仕，獨自苦于詩，舉進士二十年，竟無所成。嘗有寄所知詩云：『外族帝王是，中朝親故稀。翻令浮議者，不許九霄飛。』及卒，詩僧栖白以絶句弔之曰云云。」「外族帝王是」原作「帝族外王是」，據改。

〔一二〕詩題《雲門寺》原闕，今補。

〔一三〕詩題《宿宣義里池亭》原闕，今補。

〔一四〕詩題《又玄集》與此同，《文苑英華》卷三一六作《宣義亭子》。

〔一五〕「柯亭」原作「桐亭」，據《又玄集》改。《文苑英華》作「高亭」。

〔一六〕「出」原作「幽」，據《又玄集》、《文苑英華》改。

〔一七〕「跡」原作「傍」，據《又玄集》、《文苑英華》改。

〔一八〕「休便得」原作「休使得」，據《又玄集》改，《文苑英華》作「休便可」。

〔一九〕此詩《又玄集》、《文苑英華》卷二一三皆以爲于武陵作。《文苑英華》詩題作《王將軍宅夜聽琴》，是也。《又玄集》于武陵此詩緊接前劉得仁詩，計氏或偶然疏忽，誤鈔爲劉詩也。

〔二〇〕「鬟」原作「環」，據張本改。

唐詩紀事校箋卷第五十四

韋表微　羅弘信　高崇文　王智興　劉綺莊
馬　戴　孟　遲　南　卓　鄭　顥　李群玉
温庭筠　周　繇

韋表微

表微，字子明。韋皋鎮西川，王緯、司空曙、獨孤良弼、裴説居幕府，厚相推挹，説以表微比衛玠，自以不能及也。遷中書舍人，敬宗嘗語左右，欲相二韋，會崩。處厚以諸父事表微〔一〕。

池州夫子廟麟臺碑銘曰〔二〕：二儀既闢〔三〕，三象乃乖。聖道堙鬱〔四〕，人心不開。上無文武，下有定哀。吁嗟麟兮！孰爲來哉？周雖不綱，孔實嗣聖。詩書既删，禮樂大定。勸善懲惡，姦邪乃正。吁嗟麟兮！克昭符命。聖與時合〔五〕，化行位尊。苟或乖戾，身窮道存。於昭魯邑，栖遑孔門。吁嗟麟兮！孰知其仁？運極數殘，德至時否。楚國寖廣，秦封益侈。牆仞迫阨，崎嶇闕里。吁嗟麟兮！靡有攸止。世治則麟，世亂則麕。出非其時，麇鹿同群。孔不自聖，麟不自神〔六〕。吁嗟麟兮！夫何所云〔七〕！

【校箋】

〔一〕《新唐書》卷一七七《韋表微傳》：「韋表微，字子明。……韋皋鎮西川，王緯、司空曙、獨孤良弼、裴涚居幕府，皆厚相推挹。涚嘗謂表微似衛玠，自以不能及也。……處厚以諸父事表微。……久之，遷中書舍人。敬宗嘗語左右，欲相二韋，會崩，文宗立，獨相處厚，以表微爲户部侍郎。」「裴涚」原作「裴説」，「涚以表微比衛玠」句原脱「涚」字，「敬宗嘗語左右」句原脱「宗」字，「處厚以諸父事表微」句原脱「諸」字，據改補。

〔二〕《唐文粹》及《文苑英華》卷八四七俱載韋表微《麟臺碑銘》并《序》。其《序》末云：「元和五年冬十一月，表微以滑之從事使乎鄆陽，停驂訪古，經獲麟之舊壤，且曰：後之人築臺于此，以旌厥德，感先聖之不遇，俾麟出而非時，徘徊道周，乃作銘曰云云。」

〔三〕「闕」原作「閉」，據《唐文粹》、《文苑英華》改。

〔四〕「堙」原作「埋」，據《唐文粹》、《文苑英華》改。

〔五〕「聖與時合」原作「聖道時君」，據《唐文粹》、《文苑英華》改。

〔六〕「神」原作「祥」，據《唐文粹》、《文苑英華》改。

〔七〕「夫何所云」原作「天何所亡」，據《文苑英華》改，《唐文粹》作「夫復何云」。

羅弘信

柳詩云：粧點青春更有誰，青春常許占先知。亞夫營畔風輕處，元亮門前日暖時[一]。花密宛如飄六出[二]，葉繁何惜借雙眉。交情別緒論多少，好向仁人贈一枝。

詠白菊云：雖被風霜競欲催，皎然顔色不低摧。已疑素手能粧出，又似金錢未染來。香散自宜飄渌酒，葉交仍得蔭蒼苔。尋思閉户中宵見，應認寒窗雪一堆。

弘信，字德孚，魏州人[三]，爲魏博節度使[四]。

【校箋】

〔一〕「時」原作「遲」，據毛本改。

〔二〕「宛」原作「苑」，據毛本改。

〔三〕《新唐書》卷二一〇《羅弘信傳》：「羅弘信，字德孚，魏州貴鄉人。」

〔四〕《通鑑》卷二五七《唐紀》僖宗文德元年：「四月癸巳，詔以羅弘信權知魏博留後。……秋，七月，以權知魏博留後羅弘信爲節度使。」按：《全唐詩》無羅弘信詩，卷七三五以二詩爲羅紹威作，兩《唐書》本傳皆言弘信勇武而紹威好文，當可信。《詠白菊》一首，又作羅隱詩，見《羅昭諫集》卷三。

高崇文

崇文本薊門將校，討劉闢有功，爲西川節度使。渤海鄙言，呼人爲髆兒。一日雪下，崇文謂賓客曰：某雖武夫，亦有一詩。乃吟曰：崇文崇武不崇文，提戈出塞號將軍。那個髆兒射落雁，白毛空裏落紛紛。或謂北齊敖曹之比也。出北夢瑣言〔一〕。

【校箋】

〔一〕此出《北夢瑣言》卷七，「薊門」原作「蒯門」，「落雁」原作「雁落」，「落紛紛」原作「雪紛紛」，「北夢瑣言」原作「此夢瑣云」，據改。

王智興

智興爲徐州節度，一日，從事于使院會飲賦詩，智興召護軍俱至，從事屏去翰墨。智興曰：適聞作詩，何獨見某而罷？復以牋陳席上，小吏亦置牋于智興前。于是引毫立成曰：三十年前老健兒，剛被郎官遣作詩。江南花柳從君詠，塞北煙塵獨我知。四座驚嘆。監軍謂張祜曰：觀兹盛事，豈得無言。祜乃獻詩曰：十年受命鎮方隅，孝節忠規兩有餘。誰信將壇嘉政外，李陵章句右軍書。左右曰：書生謟辭耳。智興叱曰：有人道我惡，汝輩又肯否？張生海内名士，篇什豈易得。天下人聞，且以爲王智興樂善矣〔一〕。

【校箋】

〔一〕康駢《劇談録》：「侍中王智興，初爲徐州節度使……一旦，從事于使院會飲，與賓朋賦詩，頃之達于王。王乃召護軍俱至，從事因屏去翰墨，但以杯盤迎接。良久問曰：『適聞判官與諸賢作詩，何得見某而罷？』遽令却取筆硯，以彩牋數幅陳席上……時小吏亦以牋翰置于王公之前。……于是引紙援毫，頃刻而就云：『三十年前老健兒，剛被郎君遣作詩。江南花柳從君詠，塞北煙塵我自知。』四座覽之，驚歎無已。時文人張祜亦與此筵，監軍謂之曰：『觀兹盛事，豈得無言。』祜即席以詩爲獻云：『十年受命鎮方隅，孝節忠規兩有餘。誰信將軍嘉政外，李陵章句右軍書。』智興覽之笑曰：『褒飾之詞，可謂過當矣。』左右或言曰：『書生之徒，務爲諂佞。』智興叱之曰：『有人道我惡，汝輩又肯否？張秀才海内名士，豈云易得？天下人聞且以爲王智興樂善矣。』」

劉綺莊

揚州送人詩云：桂楫木蘭舟，楓江竹箭流。故人從此去，望遠不勝愁。落日低帆影，歸風引棹謳。思君折楊柳，淚盡武昌樓。

置酒云：酒熟人須飲，春還鬢已秋。願逢千日醉，得逭百年愁。卒卒周姬旦，棲棲魯孔丘。平生能幾日，不及且遨游。

綺莊尤善樂府。嘗守藩服，與白敏中、崔元式、韋琮相知，宣宗時人也〔一〕。

【校箋】

〔一〕《郡齋讀書志》卷一八：「《劉綺莊歌詩》四卷。右劉綺莊，未詳其人。唐《四庫書目》有《綺莊集》十卷，今所餘止四卷：詩三十二、啟狀四十四而已。……其詩如《置酒》、《揚州送人》皆不凡，而樂府格調尤高。然史逸其行事，詩中亦不可考，獨啟事內有白、韋、崔三公狀，白乃敏中，崔乃元式，韋乃琮也。三人同相于宣宗初載，其末云：『限守藩服。』則知綺莊時已任刺史矣。」宋龔明之《中吴紀聞》載其爲崑山尉，著《崑山編》事。「綺莊」二字原無，據毛本補。

馬　戴

易水懷古詩云：荆卿西去不復返，易水東流無盡期。落日蕭條薊城北，黄沙白草任風吹〔一〕。

送客南游云：擬卜何山隱？高秋指岳陽。葦乾雲夢色，橘熟洞庭香。疎雨殘虹影，回雲背鳥行。靈均如可問，一爲哭清湘。

河梁別云：河梁送別者，行哭半非親。此地足征戰，胡天多殺人。金壘照離席，寶瑟凝殘春〔二〕。

中秋夜對月云：陰魄出海上，望之增苦吟。冷搜驪頷重，寒徹蚌胎深。浩氣籠諸夏〔三〕，清光射萬岑。悠然天地內，皎潔一般心。

校獵曲云：楚子畋郊野，布罟籠天涯。浮雲張作羅，萬草結成罝。意在絶飛鳥，臂弓腰鏌鋣。遠將射勾踐，次欲誅夫差。壯志一朝盡，他□□繁華。當時能獵賢，保國兼保家〔四〕。

露氣寒光集〔五〕，微陽下楚丘。猿啼洞庭樹，人在木蘭舟。楚江懷古句。夜久游子息，月明岐路閑。夕次淮口句〔六〕。却憶軒羲日，無人尚戰功。塞下曲句〔七〕。右張爲取作主客圖。

許棠久困名場〔八〕，咸通末，戴佐大同軍幕，棠往謁之，一見如舊相識。留連數月，但詩酒而已，未嘗問所欲。一旦，大會賓友，命使者以棠家書授之。棠驚愕，莫知其來。啟緘，即知戴潛遣一介䘏其家矣〔九〕。

戴與姚合善，合有詩云〔一〇〕：天府鹿鳴客，幽山秋未歸。我知方甚善，衆説以爲非。隔石聞泉細〔一一〕，和風見鶴飛〔一二〕。新詩此處得，清峭比應稀。合又有送戴下第客游詩云〔一三〕：昨來送君處〔一四〕，亦是九衢中。此日慇懃別，前時寂寞同。鳥啼寒食雨，花落暮春風。向晚離人起〔一五〕，筵收樽未空。戴酬姚合中字韻詩云〔一六〕：路歧人不見，尚得記心中〔一七〕。日憶瀟湘渚，春生蘭桂叢。鳥啼花半落，客散爵方空。所贈誠難答，泠然一榻風〔一八〕。

蠻家云：領得賣珠錢，還歸銅柱邊。看兒調小象，打鼓放新船〔一九〕。醉後眠神樹，耕時語瘴煙。又逢衰蹇老〔二〇〕，相問莫知年。

夕次淮口云：天涯孤光盡〔二一〕，木末群鳥還。夜久游子息，月明岐路閑。風生淮水上，帆落楚雲間。此意竟誰見，行行非故關〔二二〕。

夕發邠中路却寄舒從事云：飲酣走馬别〔二三〕，别後鎖邊城〔二四〕。日落月未上，鳥棲人獨行。方馳故國戀，復愴長年情。入夜不能息〔二五〕，何當閑此生。

楚江懷古云〔二六〕：露氣寒光集，微陽下楚丘。猿啼洞庭樹，人在木蘭舟。廣澤生明月，蒼山夾亂流〔二七〕。雲中君不降〔二八〕，竟夕自悲秋。

金華子云：戴大中初掌書記于太原李司空幕，以正言被斥，貶龍陽尉。行道興詠以自傷。其方城懷古云：申胥枉向秦庭哭，靳尚終貽楚國羞。新春聞赦云：道在猜讒息，仁深疾苦除。堯聰能下聽，湯網本來疎〔二九〕。

【校箋】

〔一〕「任」原作「狂」，據《唐百家詩選》改。

〔二〕「殘春」原作「青春」，據《唐文粹》改。又此詩六句，《唐文粹》及張本、毛本並同。《全唐詩》其下有「早晚期相見，垂楊凋復新」二句，未知所據。

〔三〕「浩氣」原作「皓氣」，據《文苑英華》卷一五一及《歲時雜詠》改。

〔四〕「盡，他□□繁華。當時能獵賢，保國兼保家」十六字，原誤置于孟遲下「遲與杜牧之友善」條「勢若夸父」之後，今據張本移歸于此。此處原有「攄，湯網本來疎」六字，乃下引《金華子》之文，誤置于此，今删。併入後文。見校箋〔二九〕。

〔五〕「集」原作「盡」，據此後所載《楚江懷古》詩改。

〔六〕此《夕次淮口》詩句，題原闕，今補。

〔七〕此《塞下曲》詩句，題原闕，今補。

〔八〕自「許棠久困名場」條，連下「戴與姚合善」、「《蠻家》」、「《夕次淮口》」、「《夕發邠中路却寄舒從事》」、「《楚江懷古》」諸條，至「《金華子》云……堯聰能下」以上，原俱誤置于孟遲下「遲與杜牧之友善」條之後。今據張本移歸于此。

〔九〕此采自《摭言》卷四，文字悉同。「許棠」二字原闕，據補。

〔一〇〕「有」原作「其」，據毛本改。又此詩題《姚少監詩集》作《寄馬戴》。

〔一一〕「隔石」，《姚少監詩集》作「隔屋」。

〔一二〕此句《姚少監詩集》作「和雲見鶴微」。

〔一三〕詩題《姚少監詩集》作《送馬戴下第客游》。

〔一四〕「昨來」原作「昨夜」，據《姚少監詩集》改。

〔一五〕「起」原作「别」，據《姚少監詩集》改。

〔一六〕「中」原作「歸」，據《全唐詩話》改。

〔一七〕二句原作「岐路人非見，尚得起心中」，據毛本改。

〔一八〕「榻」原作「雅」，據《全唐詩話》改。

〔一九〕「放」字原闕，據毛本補。

〔二〇〕此句原作「不逢寒便老」，據毛本改。

〔二一〕「孤光」原作「秋光」，據《又玄集》、《文苑英華》卷二九四改。

〔二二〕「非」，《又玄集》同，《文苑英華》作「悲」。

〔二三〕「飲酣」，《又玄集》同，《文苑英華》卷二六三作「半酣」。

〔二四〕「别後」原作「馬後」，據《又玄集》、《文苑英華》改。

〔二五〕「入夜」原作「久夜」，據《又玄集》、《文苑英華》改。

〔二六〕《文苑英華》卷三〇八載馬戴《楚江懷古》三首，此其第一首，《又玄集》亦選此首。

〔二七〕「蒼山」，《又玄集》同，《文苑英華》作「蒼葭」。

〔二八〕「降」原作「見」，據《又玄集》、《文苑英華》改。

〔二九〕劉崇遠《金華子雜編》：「以恩地爲恩府，始于唐馬戴。戴大中初，爲掌書記于太原李司空幕，以正言被斥，貶朗州龍陽尉。戴著書自痛『不得盡忠于恩府，而動天下之浮議』。」按此乃輯本，不全。《唐語林》：「馬博士戴，大中初，爲太原李司空掌記，以正直被斥，貶朗州龍陽尉。戴著書自痛『不得盡忠于恩府，而動天下之浮議』，行道興詠，寄情哀楚，凡數十篇。其《方城懷古》云：『申胥枉向秦庭哭，靳尚終貽楚國羞。』《新春聞赦》云：『道在猜讒息，仁深疾苦除。堯聰能下聽，湯網本來疎。』」與《紀事》合，蓋《金華子》原本如此。「枉向」原作「任向」，「聽」原作「攄」，據改。

孟遲

懷鄭泊云：風蘭舞幽香，雨葉墮寒滴。美人來不來，前山看向夕。

發蕙風館遇陰不見九華山有作云：我來淮海城〔一〕，千江萬山無不經。山青水碧千萬丈，奇峰急派何縱横。又聞九華山，山頂連青冥。太白有逸韻，使我西南行。一步一攀策，前行正鷄鳴。陰雲冉冉忽飛起，千里萬里危峥嶸。譬如天之有日蝕，使我昏沉猶不明。人家敲鏡救不得，光影却屬貪狼星。恨亦不能通，言亦不足聽。長鞭揮馬出門去，是以九華爲不平。

遲，字遲之，登會昌五年進士第〔二〕。

廣陵城云：紅映樓臺緑遶城〔三〕，城邊春草傍牆生。隋家不向此中盡，汴水應無東去聲。又有過垓下之句云：天地有時饒一擲，江山無主任平分。過驪山云：冷月微煙渭水愁〔四〕，華清宮樹不勝秋。霓裳一曲千門鎖，白盡梨園弟子頭。已上數篇，張爲取作主客圖。

遲與杜牧之友善，牧之嘗有池州送遲詩，其間云〔五〕：烟濕樹姿嬌，雨餘山態活。仲秋往歷陽，同上牛磯歇。大江吞天去，一練横坤抹〔六〕。千帆美滿風，曉日殷鮮血〔七〕。歷陽裴太守，襟韻苦超越。鞔鼓畫騏驎，看君擊狂節。離袖颭應勞，恨粉啼還咽。明年忝諫官，緑樹秦川闊。子提健筆來〔八〕，勢若夸父渴。九衢林馬撾，千門織車轍〔九〕。秦臺破心膽〔一〇〕，黥陣驚毛髮。子既屈一鳴〔一一〕，余固宜三刖。又曰：丹鵲東飛來，喃喃送君札。呼兒旋去聲。供衫，走門空踏襪〔一二〕。手把一枝物，桂花香帶雪。喜極至無言，笑餘翻不悦。又送遲詩云〔一三〕：手撚金僕姑，腰懸玉轆轤。爬頭峰北正好去，係取可汗鉗作奴。六宫雖念相如賦，其那防邊重武夫〔一四〕。

金華子云〔一五〕：遲，陳商門生，爲浙西掌書記，以讒罷。至淮南，崔相國奏掌書記。後以詩寄浙右幕中曰：由來惡舌駟難追，自古無媒謗所歸。勾踐豈能容范蠡，李斯何暇救韓非。巨拳豈爲鷄揮肋，强弩那因鼠發機。慚愧故人同鮑叔，此心江柳尚依依。

【校箋】

〔一〕「海」字原闕，據張本補，毛本作「陰」。

〔二〕《新唐書》卷六〇《藝文志》：「《孟遲詩》一卷。」注云：「字遲之，會昌進士第。」又，《郡齋讀書志》卷四中：「《孟遲詩》一卷。右唐孟遲，字叔之，平昌人。會昌五年，陳商下及第。」按，《晁志》作「叔之」，誤。

〔三〕「樓臺」，《萬首唐人絶句》作「高臺」。

〔四〕「渭水」原作「渭上」，據《萬首唐人絶句》改。

〔五〕此節録《樊川文集》卷一《池州送孟遲先輩》詩。「勢若夸父」與「渴」字之間原攙入馬戴下之文，已移前。

〔六〕「坤」原作「紳」，據《樊川文集》改。

〔七〕「千帆」二句原無，據《樊川文集》補。

〔八〕「來」原作「交」，據《樊川文集》改。

〔九〕「織」原作「識」，據《樊川文集》改。

〔一〇〕「秦」原作「奏」，據《樊川文集》改。

〔一一〕「既」原作「固」，據《樊川文集》改。

〔一二〕「走門」原作「走馬」，據《樊川文集》改。

〔一三〕詩題《樊川文集》卷一作《重送》，次于前篇之後。

〔一四〕此下原有注云：「堯聰能下渴必有脱字。」乃校刻者所加，今删。

〔一五〕此文輯本《金華子雜編》失收，僅見于《唐詩紀事》。

南卓

子厚在柳州，吕温嘲之曰：柳州柳刺史，種柳柳江邊。柳館依然在，千株柳拂天。後卓爲黔南經略使，故人嘲曰：黔南南太守，南郡在雲南。閑向南亭醉，南風變俗談。初爲拾遺，與崔黯因諫出宰，崔爲支江，卓爲松滋。卓贈副戎等詩曰：翺翔曾在玉京天，墮落江南路幾千。從事不須輕縣宰，滿身猶帶御爐烟〔一〕。

卓，字昭嗣，大中時爲黔南觀察使〔二〕。

【校箋】

〔一〕《雲溪友議》卷中《南黔南》條：「南中丞卓……轉黔南經略使。……先柳子厚在柳州，吕衡州温嘲謔之曰：『柳州柳刺史，種柳柳江邊。柳館依然在，千株柳拂天。』至南公至黔南，又以故人嘲曰：『黔南南太守，南郡在雲南。閑向南亭醉，南風變俗談。』……初爲拾遺，與崔詹事黯因諫諍出宰，崔爲支江令，南爲松滋令。……南公猶贈副戎等詩曰：『翺翔曾在玉京天，墮落江南路幾千。從事不須輕縣宰，滿身猶帶御爐煙。』」「柳館」原作「柳管」，「崔爲支江」原作

「陸爲支江」，據改。

〔二〕《新唐書》卷五八《藝文志》：「南卓《唐朝綱領圖》一卷。」注云：「字昭嗣，大中黔南觀察使。」

鄭顥

顥，宰相絪之孫。登甲科，以起居郎尚主，有器識，宣宗時恩寵無比〔一〕。嘗夢中得句云：石門霧露白，玉殿莓苔青。續成長韻。此一聯，杜甫集中詩也〔二〕。大中十年，顥放榜後，謁假覲省于洛，生徒餞長樂驛，俄有紀于屋壁云：三十驊騮一哄塵，來時不鎖杏園春。楊花滿地如飛雪，應有偷游曲水人〔三〕。舊史云〔四〕：顥，絪之孫〔五〕，尚宣宗女萬壽公主。因壽昌節上壽回，夢一宮殿，與十數人納涼聯句。既寤，省石門之句十字，怪其不祥。不數日，宣宗宮車上僊〔六〕，方悟其事。乃續爲十韻云：間歲流虹節，歸軒出禁扃。奔波陶畏景〔七〕，蕭洒夢殊庭。境象非曾到，崇嚴昔未經。日斜烏斂翼，風動鶴飄翎〔八〕。異苑人爭集，涼臺筆不停〔九〕。石門霧露白，玉殿莓苔青。若匪災先兆，何當思入冥〔一〇〕。御爐虛仗馬，華蓋負雲亭。白日成千古，金縢閟九齡。小臣哀絶筆，湖上泣青萍。御爐或作丹墀。未幾，顥亦卒。

【校箋】

〔一〕《新唐書》卷一六五《鄭絪傳》：「孫顥，舉進士，以起居郎尚萬壽公主，拜駙馬都尉，有器識，宣宗時恩寵無比。終檢校禮部尚書、河南尹。」

〔二〕《南部新書》己：「鄭顥嘗夢中得句云：『石門霧露白，玉殿莓苔青。』續成長韻。此一聯杜甫集中詩。」按：此杜甫《橋陵詩三十韻因呈縣内諸官》詩句。

〔三〕《摭言》卷三：「大中十年，鄭顥都尉放榜，請假往東洛覲省，生徒餞于長樂驛，俄有紀于屋壁曰：『三十驊騮一哄塵，來時不鎖杏園春，楊花滿地如飛雪，應有偷游曲水人。』」「哄」原作「烘」，據改。《全唐詩話》亦作「哄」。

〔四〕「舊史」，謂《舊唐書》卷一五九《鄭絪傳》附《鄭顥傳》，以下皆節引其文。

〔五〕「顥，絪之孫」原作「顥，絪之子」，《鄭絪傳》云：「子祗德，祗德子顥。」是絪之孫也。《新唐書》即作「孫顥」，見前。今據改。

〔六〕「宫車」原作「弓劍」，據《舊唐書》改。

〔七〕「陶」原作「逃」，據《舊唐書》改。

〔八〕「飄」原作「疎」，據《舊唐書》改。

〔九〕「涼」字原闕，據《舊唐書》補。

〔一〇〕「何當」原作「何緣」，據《舊唐書》改。

李群玉

群玉好吹笙，善急就章，喜食鵝，及授校書郎東歸，盧肇送詩云：妙吹應諧鳳，工書定得鵝〔一〕。

杜丞相悰筵中贈美人云〔二〕：裙拖八幅湘江水〔三〕，鬢聳巫山一片雲〔四〕。風格祗應天上有〔五〕，歌聲豈合世間聞。胸前瑞雪燈斜照，眼底桃花酒半醺。不是相如憐賦客，肯教容易見文君。

群玉解天禄之任而歸涔陽，經二妃廟，題云：小孤洲北浦雲邊，二女明粧共儼然。野廟向江春寂寂，古碑無字草芊芊。風迴日暮吹芳芷，月落山深哭杜鵑。猶似含嚬望巡狩，九疑凝黛隔湘川。又曰：黄陵廟前春已空，子規啼血滴松風。不知精爽歸何處，疑是行雲秋色中。群玉疑春空遂至秋色，欲易之。恍若有物，告以二年之兆。時潯陽太守段成式志其事。二年後，果死于洪井。段以詩哭之曰：曾話黄陵事，今爲白日催。老無兒女累，誰哭到泉臺〔六〕？

群玉，字文山，澧州人。裴休觀察湖南，厚延致之，及爲相，以詩論薦，授校書郎〔七〕。

杜牧送群玉赴舉詩曰：故人别來面如雪〔八〕，一榻拂雲秋影中。玉白花紅三百首〔九〕，五陵誰唱與春風〔一〇〕？或曰：群玉受相府之知，進詩三百篇，授麟臺讎校〔一一〕。黄陵廟前莎草春，黄陵女兒茜裙新。輕舟小楫唱歌去〔一二〕，水遠天長愁殺人〔一三〕。群玉賦黄陵廟詩也。或曰李遠之作〔一四〕。

方干經群玉故居云：訐直上書難遇主，銜冤下世未成翁。琴樽劍鶴誰將去，惟鎖山齋一樹風。

【校箋】

〔一〕《南部新書》丙：「李群玉好吹笙，常使家僮奏之。又喜『急就章』，性善養白鵝。及授校書郎東歸，故盧肇送詩云：『妙吹應諧鳳，工書定得鵝。』」

〔二〕《才調集》載此詩，題作《同鄭相并歌姬小飲因以贈獻》，與此異。

〔三〕「八幅湘江水」原作「六幅瀟湘水」，據《才調集》改。

〔四〕「一片」原作「十朵」，據《才調集》改。

〔五〕「風格」原作「貌態」，據《才調集》改。

〔六〕《雲溪友議》卷中《雲中命》條：「後李校書群玉既解天禄之任而歸涔陽，經湘中乘舟，題二妃廟詩二首曰：『小孤洲北浦雲邊，二女明妝共儼然。野廟向江空寂寂，古碑無字草芊芊。東風近暮吹芳芷，落日深山哭杜鵑。猶似含嚬望巡狩，九疑如黛隔湘川。』又，『黄陵廟前莎草春，黄陵女兒茜裙新。輕舟小楫唱歌去，水遠山長愁殺人。』後又題曰：『黄陵廟前春已空，子規滴血啼松風。不知精爽歸何處，疑是行雲秋色中。』李君自以第三篇『春空』便到『秋色』，踟躕欲改之，乃有二女郎見曰：『兒是娥皇、女英也。二年後當與郎君爲雲雨之游。』李君乃悉具所陳，俄而影滅，遂掌其神塑而去。重涉湖嶺，至于潯陽，潯陽太守段成式郎中，素爲詩酒之交，具述此事。段公因戲之曰：『不知足下是虞舜之辟陽侯也。』後二年，乃逝于洪井。段乃爲詩哭李四校書也。『酒裏詩中三十年，縱横唐突世喧喧。明時不作禰衡死，傲盡公卿歸九泉。』又曰：『曾話黄陵事，今爲白日催。老無男女累，誰哭到泉臺。』」此節取之。「小孤」原作「小哀」，「共儼然」原作「玉儼然」，據《雲溪友議》及《文苑英華》卷三二〇《黄陵廟》詩改。

〔七〕《新唐書》卷六〇《藝文志》：「《李群玉詩》三卷，《後集》五卷。」注云：「字文山，澧州人。裴休觀察湖南，厚延致之，及爲相，以詩論薦，授校書郎。」

〔八〕「雪」原作「玉」，據《樊川文集》載《送李群玉赴舉》詩改。

〔九〕「玉白」原作「玉貌」，據《樊川文集》改。

〔一〇〕「與」原作「兩」，據《樊川文集》改。

〔一一〕《摭言》卷一〇：「李群玉，不知何許人。詩篇妍麗，才力遒健。咸通中，丞相脩行楊公爲奥主，進詩三百篇，授麟臺讎校。」或説本此。

〔一二〕「唱歌」，《雲溪友議》、《唐百家詩選》、《萬首唐人絶句》同，《文苑英華》卷三二〇作「隨歌」。

〔一三〕「水遠」，《雲溪友議》、《唐百家詩選》、《萬首唐人絶句》同，《文苑英華》作「水闊」。

〔一四〕《唐百家詩選》録此詩，題李遠作。

温庭筠

彦博裔孫，與李商隱俱有名，號温李。與貴胄裴誠、令狐滈等蒱飲狎昵。爲襄陽巡官〔一〕。

郭處士擊甌歌云：佶栗金虬石潭古〔二〕，勺陂瀲灧幽脩語〔三〕。湘君寶馬上神雲，碎珮叢鈴滿煙雨。吾聞三十六宫花離離〔四〕，軟風吹春星斗稀。玉宸泠磬破昏夢，天露未乾香著衣〔五〕。蘭釵委墜垂雲髮，小響丁當逐回雪。晴碧煙滋重疊山，羅屏半掩桃花月。太平天子駐雲車，龍鑪勃鬱雙蟠拏。宫中近臣抱扇立，侍女低鬟落翠花。亂珠觸續正跳蕩，傾頭不覺金烏斜。我亦爲君長嘆息，緘情遠寄愁無色。莫霑香夢緑楊絲，千里春風正無力〔六〕。

陽春曲云：雲母空窗曉煙薄，香昏龍氣凝暉閣〔七〕。霏霏霧雨杏花天，簾外春寒著羅幕〔八〕。曲欄伏檻金麒麟，沙苑芳郊連翠茵。廐馬何能嚙芳草，路人不敢隨流塵。

庭筠才思豔麗〔九〕，工于小賦，每入試，押官韻作賦，凡八叉手而八韻成，時號温八叉〔一〇〕。多爲隣鋪假手，號曰救數人也〔一一〕。而士行玷缺，縉紳薄之。李義山謂曰：近得一聯句云：遠比召公〔一二〕，三十六年宰輔。未得偶句。温曰：何不云近同郭令，二十四考中書。宣宗嘗賦詩，上句有金步摇，未能對，遣未第進士對之〔一三〕。庭筠乃以玉條脱續也，宣宗賞焉。又藥名有白頭翁，温以蒼耳子爲對。他皆類此。宣宗愛唱菩薩蠻詞，丞相令狐綯假其新撰密進之〔一四〕，戒令勿洩。而遽言于人，由是疎之。温亦有言云：中書堂内坐將軍〔一五〕。譏相國無學也。宣宗好微行，遇于逆旅，温不識龍顔，傲然而詰之曰：公非長史、司馬之流？帝曰：非也。又曰：得非大參〔一六〕、簿尉之類？帝曰：非也〔一七〕。謫爲方城尉，其制詞曰：孔門以德行爲先，文章爲末。爾既德行無取，文章何以補焉。徒負不羈之才，罕有適時之用。竟流落而死。杜悰自西川除淮海，庭筠詣韋曲杜氏林亭，留詩云：卓氏壚前金線柳，隋家堤畔錦帆風。貪爲兩地行霖雨，不見池蓮照水紅。豳公聞之，遺絹千疋。曾于江淮爲親表辱之，由是改名。庭筠又每歲舉場〔一八〕，多爲舉人假手。沈詢知舉，别施鋪席授庭筠〔一九〕，不與諸公隣比，困于場屋，卒無成而終。

令狐綯曾以故事訪于庭筠，對曰：事出南華，非僻書也，或冀相公燮理之暇，時宜覽古。綯益怒，奏庭筠有才無行，卒不登第。庭筠有詩曰：因知此恨人多積，悔讀南華第二篇〔二〇〕。

庭筠過五丈原詩云〔二一〕：鐵馬雲雕共絶塵〔二二〕，柳陰高壓漢營春〔二三〕。天晴煞氣屯關右〔二四〕，夜半妖星照渭濱〔二五〕。下國卧龍空寤主〔二六〕，中原得鹿不因人〔二七〕。象床錦帳無言語〔二八〕，從此譙周是老臣。

過新豐云：一劍乘時帝業成，沛中鄉里到咸京。寰區已作皇居貴〔二九〕，風月猶含白社情〔三〇〕。泗水舊亭春草遍〔三一〕，千門遺瓦古苔生。至今留得離家恨，鷄犬相聞落照明。

蘇武廟云：蘇武魂銷漢使前，古祠高樹兩茫然〔三二〕。雲邊雁斷胡天月，隴上羊歸塞草煙。回日樓臺非甲帳，去時冠劍是丁年。茂陵不見封侯印，空向秋波哭逝川。

【校箋】

〔一〕《新唐書》卷九一《温大雅傳》：「（弟）彦博裔孫廷筠，少敏悟，工爲辭章，與李商隱皆有名，號温、李。然薄于行，無檢幅。又多作側辭艶曲，與貴胄裴諴、令狐滈等蒲飲狎昵。數舉進士不中第。思神速，多爲人作文。大中末，試有司，廉視尤謹，廷筠不樂，上書千餘言，然私占授者已八人。執政鄙其爲，授方城尉。徐商鎮襄陽，署巡官，不得志，去，歸江東。令狐綯方鎮淮南，廷筠怨居中時不爲助力，過府不肯謁。丐錢揚子院，夜醉，爲邏卒擊折其齒，訴于綯。綯爲劾吏，吏具道其汙行，綯兩置之。事聞京師，廷筠偏見公卿，言爲吏誣染。俄而徐商執政，頗右之，欲白用。會商罷，楊收疾之，遂廢，卒。本名岐，字飛卿。」「裔孫」原作「裔孤」，「裴諴」原作「裴誠」，「令狐滈」原作「令狐高」，據史文改。

〔二〕「佶栗」原作「吉栗」，據《温庭筠詩集》及《才調集》改。

〔三〕「瀲灧」原作「澹灧」，據《温庭筠詩集》及《才調集》改。

〔四〕「三」原作「二」，據《温庭筠詩集》、《才調集》改。

〔五〕「天露」原作「木露」，據《温庭筠詩集》及《才調集》改。

〔六〕「正」原作「玉」，據《温庭筠詩集》及《才調集》改。

〔七〕「凝暉閣」原作「疑輝閣」，據《温庭筠詩集》改。

〔八〕「春寒」，《温庭筠詩集》作「春威」。

〔九〕以下至「卒無成而終」采自《北夢瑣言》卷四。「庭筠」，《瑣言》作「庭雲」，並云：「或云作『筠』字」。

〔一〇〕「時號温八叉」原作「時號温八吟」，《北夢瑣言》無此一句，據《全唐詩話》改。《摭言》卷一三：「温庭筠燭下未嘗起草，但籠袖憑几，每賦一韻，一吟而已，故場中號爲温八吟。」則作「八吟」亦是。

〔一一〕此原作「號曰救數人也」，《北夢瑣言》同，《全唐詩話》作「日救數人」，是，據改。

〔一二〕「召公」原作「趙公」，據《北夢瑣言》改。

〔一三〕「遺未第進士」原作「遺求進士」，據《北夢瑣言》改。

〔一四〕「新撰」原作「修撰」，據《北夢瑣言》改。

〔一五〕「堂」字原脱，據《北夢瑣言》補。

〔一六〕「大參」原作「六參」，據《北夢瑣言》改。

〔一七〕「也」原作「六」，據《北夢瑣言》改。

〔一八〕「每歲」原作「改名」，據《北夢瑣言》改。

〔一九〕「別」字原脱，據《北夢瑣言》補。

〔二〇〕《北夢瑣言》卷二：「宣宗時，相國令狐綯最受恩遇而怙權，尤忌勝己。……或云曾以故事訪于温岐，對以其事出《南華》。且曰：『非僻書也。或冀相公燮理之暇，時宜覽古。』綯益怒之，乃奏岐有才無行，不宜與第，會宣宗私行，爲温岐所忤，乃授方城尉。所以岐詩云：『因知此恨人多積，悔讀《南華》第二篇。』」「故事」原作「舊事」，據改。

〔二一〕詩題原無「過」字，據《温庭筠詩集》補，《文苑英華》卷二九四作《經五丈原》。

〔二二〕「共」，《文苑英華》同，《温庭筠詩集》作「久」。

〔二三〕「漢營」，《温庭筠詩集》同，《文苑英華》作「漢宫」。

〔二四〕「天晴」，《温庭筠詩集》同，《文苑英華》作「天清」。

〔二五〕「妖星」原作「長星」，據《温庭筠詩集》、《文苑英華》改。

〔二六〕「寤主」原作「誤主」，據《温庭筠詩集》、《文苑英華》改。

〔二七〕「得鹿不因人」，《温庭筠詩集》作「逐鹿不因人」，《文苑英華》作「得鹿不由人」。

〔二八〕「錦」，《文苑英華》、《温庭筠詩集》同，注云：「一作寶」。

〔二九〕「皇居」原作「皇都」，據《温庭筠詩集》及《文苑英華》卷三〇九改。

〔三〇〕「風月」，《温庭筠詩集》同，《文苑英華》作「風日」。

〔三一〕「春草遍」，《温庭筠詩集》同，《文苑英華》作「秋草變」。

〔三二〕「兩」原作「雨」，據《温庭筠詩集》及《文苑英華》卷三二〇改。

周　繇

繇，字爲憲，池州人。及咸通進士第，以明皇夢鍾馗賦知名。弟繁，亦工爲詩。調池之建德令，李昭象以詩送曰：投文得仕而今少，佩印還家古所榮。後以御史中丞與段成式、韋蟾、温庭皓同游襄陽徐商幕府。繇有看牡丹贈段成式詩云：金蘂霞英疊彩香，初疑少女出蘭房。逡巡又是一年别，寄語集仙呼索郎〔一〕。成式前有恡酒絶句贈繇曰〔二〕：太白東西飛正狂，新蒭石凍雜梅香。詩中反語常迴避，尤怪花前呼索郎。繇又以人參遺成式，有詩云：人形上品傳方志，我得真英自紫團。慚非叔子空持藥，更請伯言審細看。成式求人參詩曰：少賦令才猶强作，衆醫多失不能呼。九莖仙草真難得，五葉靈根許惠無？

襄陽中堂賞花，爲與妓人戲語，成式嘲之曰：鶯裏花前選孟光，東山逋客酒初狂。素娥畢竟難防備，燒得河車莫遣嘗。爲和云：迴雪轉黛喜猜防，粉署裁詩助酒狂。若遇仙丹偕羽化，便隨蕭史亦何傷！成式不赴光風亭夜宴贈爲云：屏開屈膝見吴娃，蠻臘同心四照花〔三〕。姹女不愁難管領，斬新鉛裏得黄牙。爲和云：玉樹瓊筵映彩霞，澄虚樓閣似仙家。只緣存想歸蘭室，不向春風看夜花。

廣陽公宴，成式速罷馳騁，坐觀花豔，或有眼飽之嘲，爲賦詩云：蹙鞠且徒爲，寧如目送時。報讎慙選耎，存想恨逶遲。促坐疑辟咡，銜盃强朵頤。恣情窺窈窕，曾恃好風姿。色授應難奪，神交願莫辭。請君看曲譜，不負少年期。段成式和并序云：近者，初開金埒，大敞紅筵，騎歷塊而風生，鼓摻撾而雷發。成式未曾盤馬，徒效執鞭。喜過君子之營，徒接將軍之第〔四〕。以款段辭退，因得坐觀。是時滿目鉛黄，逆鼻蘭麝。晚薪餘論，有屬恨織素而不憐，斜柯新知，歎因針而難假。化符端公，妾換名馬，賦闢長門，莫逆賞心，形于善謔。爲憲老舅，吟飄白雪，思效碧雲。六韻傳觀，不得落地，鏗如珮玉，粲若列星，僦眼詎貴于千金，貸心只勞于一句。輒鳴瓦釜〔五〕，方應金鐃，拗輔宜哈，足代諧笑。詩云：才甘魚目並，藝怯馬蹄間。王謝初飛蓋，姬姜盡下山。縛雞難角逐，射雉豈開顏。亂翠移林色，狂紅照座殷。防梭齒雖在，乞帽鬢慙斑。儻恕相如瘦，應容累騎還。庭筠和云：齊馬馳千駟，盧姬逞十三。玳筵方盼眄，金勒自趁𧼮。墮珥情初洽，鳴鞭戰未酣。神交花苒苒，眉語柳毿毿。柳吳興云：窗疎眉語度。却略青鸞鏡，翹翻翠鳳篸。專城有佳對，寧肯顧春蠶。

【校箋】

〔一〕「集仙」原作「集山」，據《全唐詩》改。

〔二〕「有」原作「看」，據張本改。

〔三〕「鑾臘」，毛本作「絳臘」。

〔四〕「第」原作「地」，據毛本改。

〔五〕「輒」原作「轍」，據毛本改。

唐詩紀事校箋卷第五十五

周　墀

武宗會昌三年，王起僕射再主文柄，起自長慶至此，凡三領貢籍。墀時刺華州，以詩寄賀云〔一〕：文場三化魯儒生，二十餘年振重名〔二〕。曾忝木鷄誇羽翼，又陪金馬入蓬瀛。墀初年木鷄賦及第，常陪僕射守職内庭。雖欣月桂居先折，更羡春蘭最後榮。欲到龍門看風水〔三〕，關防不許暫離營。和者列姓名于後。

酬李常侍立秋日奉詔祭嶽見寄云：秋祠靈嶽奉樽罍，風過深林古陌開〔四〕。蓮掌月高珪幣列，金天羽衛鬼神陪〔五〕。質明三獻雖終禮，祈壽千年别上杯。豈是瑣才能祀事，弘農太守主張來。常侍，李景讓也，亦曾知華州。

墀，字德升，汝南人。長史學，屬辭高古。武宗時，刺華州，召爲兵部侍郎，遂爲宰相。以議河湟事不合旨，罷。鄭顥言于帝曰：世謂墀以直言相，亦以直言免。帝悟，加拜右僕射〔六〕。

【校箋】

〔一〕《摭言》卷三：「周墀任華州刺史，武宗會昌三年，王起僕射再主文柄，墀以詩寄賀，并序曰：『僕射十一叔以文學德行，當代推高，在長慶之間，春闈主貢，采摭孤進，至今稱之。近者，朝廷以文柄重難，將抑浮華，詳明典實，繇是復委前務，三領貢籍，迄今二十二年于兹，亦縉紳儒林罕有如此之盛況。新榜既至，衆口稱公。墀忝沐深恩，喜陪諸彦，因成七言四韻詩一首，輒敢寄獻，用導下情，兼呈新及第進士』云云。」

〔二〕「二」原作「三」，據《摭言》改。

〔三〕「風水」原作「風雨」，據《摭言》改。

〔四〕「陌」原作「柏」，據《歲時雜詠》改。

〔五〕「羽衛」原作「雨露」，據《歲時雜詠》改。

〔六〕《新唐書》卷一八二《周墀傳》：「周墀字德升，本汝南人。……長史學，屬辭高古，文宗雅重之。……俄知制誥，入翰林爲學士。武宗即位，以疾改工部侍郎，出爲華州刺史。……以兵部侍郎召，判度支，進同中書門下平章事。……帝召宰相議河湟事，墀對不合旨，罷爲劍南東川節度使。駙馬都尉鄭顥言于帝曰：『世謂墀以直言相，亦以直言免。』帝悟，加拜檢校尚書右僕射。」

王起

和周侍郎見寄云：貢院離來二十霜，誰知更忝主文場。楊葉縱能穿舊的，桂枝何必愛新香〔一〕。九重每憶同仙禁，六義初吟得夜光。莫道相知不相見，蓮峰之下欲徵黄。

張籍喜起放榜詩云〔二〕：東風節氣近清明〔三〕，車馬爭來滿禁城。二十八人初上榜〔四〕，百千萬里盡傳名。誰家不借花園看〔五〕，在處多將酒器行。共賀春司能鑒識，今年定合有公卿〔六〕。勑下後，人置被袋，例以圖障、酒器、錢絹實之，逢花即飲〔七〕。

大和中，文宗重之，曾爲詩寫于太子之笏〔八〕。武宗嘗以玐穷二字問之。起曰：群書未之見也。周穆王傳有誓畓二字，百儒但言古馬名，于今未詳。臣所不識者，惟此八駿圖中三五字而已。帝曰：知卿夙學，偶相試爾〔九〕。

起，字舉之。元和末，爲中書舍人。穆宗時，錢徽坐貢舉失實貶，詔起覆核。起建言以所試送宰相閲可否，然後付有司。議者謂起失職。李訓爲相，起門生也。引與共政。

文宗上文好古學，時鄭覃以經術進，起以該博顯。武宗時，自東都召爲尚書，判太常卿。帝患選士不得才，特命起典貢舉，凡四舉，士皆知名者，人伏其鑒〔一〇〕。

慈恩寺題名云：進士題名，自神龍之後，過關宴後，率皆期集于慈恩塔下題名。故貞元中，劉太真侍郎試慈恩寺望杏園花發詩。會昌三年，贊皇公爲上相，其年十一月十九日，勑諫議大夫陳商守本官權知貢舉。後因奏對不稱旨，十二月十七日，宰臣遂奏依前命左僕射兼太常卿王起主文。二十二日，中書覆奏，奉宣旨，不欲令及第進士呼有司爲座主，趨附其門，兼題名局席等條疏進來者。伏以國家設文學之科，求貞正之士，所宜行崇風俗，義本君親，然後申于朝廷，必爲國器。豈可懷賞拔之私惠，忘教化之根源，自謂門生，遂成膠固。所以時風寖薄，臣節何施，樹黨背公，靡不由此。臣等商量，今日已後，進士及第，任一度參見有司，向後不得聚集參謁，及于有司宅置宴。其曲江大會，朝官及題名局席，並望勒停。緣初獲美名，實皆少雋，既遇春節，難阻良游，三五人自爲宴樂，並無所禁，唯不得聚集同年進士，廣爲宴會。仍委御史臺察訪，聞奏謹具如前，奉勑宣依。于是向之題名，各盡削去。蓋贊皇公不由科第，故設法以排之。洎公失意，悉復舊態〔一一〕。

李德裕爲祕省校書，有雨中自祕省歸訪王御史時起爲監察御史、集賢直學士。知早入朝便入集賢不遇詩，起和之，序云：起頃任集賢校書，及升柏臺，又與祕閣相對。今直書殿有張學士，嘗忝同幕，而與祕書稍遠，故瞻望之詞多〔一二〕。詩云：台庭才子來款扉，典校初從天祿歸。已慚陋巷迴玉趾，仍聞細雨占綵衣。詰朝始趨鳳闕去，此日遂歎鷄黍違。憶昨謬官在烏府，喜君對門討魚魯。直廬相望夜每闌，高閣遥臨月時吐。昔聞三入承明廬，今來重入中祕書。校文復忝丞相屬，博物更與張侯居。新冠峨峨不變鐵，舊泉脈脈猶在渠。忽枉情人吐芳訊〔一三〕，臨風不羨潘錦舒。憶見青天霞未卷〔一四〕，吟玩瑶華不知晚。自憐豈是風引舟〔一五〕，如何漸與蓬山遠？

樂天惜玉蘂花懷集賢王校書云〔一六〕：芳意將闌風又吹，白雲離葉雪辭枝。集賢讎校無閑日，落盡瑶花君不知。

【校箋】

〔一〕「何必」，《摭言》同，《全唐詩話》作「猶自」。

〔二〕《張司業集》載此詩，題作《喜王起侍郎放牒》。

〔三〕「節氣」原作「時節」，據《張司業集》改。

〔四〕「上榜」，《張司業集》作「上牒」。

〔五〕「不借」原作「不惜」，據《張司業集》改。

〔六〕「定合有公卿」原作「應合有分卿」，據《張司業集》改。

〔七〕《摭言》卷三：「勑下後，人置被袋，例以圖障、酒器、錢絹實其中，逢花即飲。故張籍詩云：

『無人不借花園宿，到處皆擕酒器行。』」「被袋」原作「皮袋」，「圖障」原作「圖章」，據改。

〔八〕《南部新書》丁：「王起，大和中，文皇頗重之，曾爲詩寫于太子之笏。」

〔九〕《雲溪友議》卷上《名儒對》條：「王僕射起再主禮闈，遠邇稱揚，皆以文德巍巍聿興之也。武宗皇帝召至殿曰：『朕近見二字，一夃一宂，莫能詳也，特詢于卿。』王公對曰：『……群書未之見也。未審天顔何文而得？《周穆王傳》有吝畣二字，經百儒宗，但言古馬名，不敢分于飛兔騕褭，于今靡有詳之者也。』上笑曰：『知卿夙儒，學綜朝野，偶爲此二字相試，非于經籍而得之。』」又《南部新書》丙：「王起鴻博，文皇嘗撰字試之，起曰：『臣中國書中所不識者，惟八駿圖中三五字而已。』」許氏蓋綜記于此。惟《南部新書》以爲文宗事，略異。「夃宂」原作「乃方」，「周穆王」下「傳」字原缺，據《雲溪友議》改補。「爾」原作「示」，據毛本改。

〔一〇〕《新唐書》卷一六七《王起傳》：「起字舉之。釋褐校書郎……元和末，累遷中書舍人。數上書諫穆宗畋游事。歲中考第一。錢徽坐貢舉失實貶，詔起覆核。起建言以所試送宰相閲可否，然後付有司，詔可。議者謂起爲失職。……李訓爲相，起門生也，欲引與共政。即加銀青光禄大夫，復以兵部尚書召，判户部。訓敗，起素長厚，人不以訓諉之，止罷其判。俄加皇太子侍讀。文宗上文好古學，是時鄭覃以經術進，起以敦博顯。……武宗立，爲章陵鹵簿使、東部留守，召爲吏部尚書，判太常卿。帝患選士不得才，特命起典貢舉，進尚書左僕射，封魏郡公。凡四舉，士皆知名者，人伏其鑑。」

〔一一〕以上采自《摭言》卷三「慈恩寺題名」條，文字悉同。「左僕射」原作「右僕射」；「申于朝廷」原作「升于朝廷」；「豈可懷賞拔之私惠」句，「拔」原作「枝」；「寢薄」原作「寢壞」，據改。

〔一二〕李德裕詩見《李文饒文集》卷三，題云：「七言九韻：雨中自秘書省訪王三侍御，知早入朝，便入集賢。侍御任集賢校書，及升柏臺，又與秘閣相對，同院張學士亦余特厚，故以詩贈之。」署「秘書省校書郎李德裕」。王起和詩，附載于後，題云：「奉酬李校書雨中自秘書省歸見訪，時早入朝，便入集賢不遇。頃任集賢校書，及升柏臺，又與秘閣相對。今直書張學士嘗忝同序，而與秘書相遠，故瞻望之詞多」云云。「柏臺」原作「柏堂」，據改。

〔一三〕「枉」原作「在」，據毛本改。此句《李文饒文集》作「忽見校書有情人」。

〔一四〕「霞」，《李文饒文集》作「霧」。

〔一五〕「豈是」原作「超足」，據《李文饒文集》改。

〔一六〕《白氏長慶集》卷一三載此詩，題作《惜玉蕊花有懷集賢王校書起》。

盧肇

嵩高降德爲時生，洪筆三題造化名。鳳詔佇歸專北極，驪珠搜得盡東瀛。褒衣已換金章貴，禁掖曾隨玉樹榮。明日定知同相印，青衿新列柳間營〔一〕。自肇至王甚夷，各和主司王起一章，多用起韻〔二〕。

開成初，就江西解試，爲試官末送，肇謝曰：巨鼇屓贔，首冠蓬山。試官曰：某限人數擠排，深慚名第奉浼，何云首冠？肇曰：頑石處上，巨鼇戴之，豈非冠耶〔三〕？張祜于甘露寺觀肇詩曰：不謂三吴經此詩人也。祜曰：日月光先到，山川勢盡來。肇曰：地從京口斷，山到海門迴。因而仰伏〔四〕。

肇初計偕至襄陽，奇章公方有真珠之惑，肇賦詩曰：神女初離碧玉堦，彤雲猶擁牡丹鞋。知道相公憐玉腕，强將纖手整金釵〔五〕。

肇，字子發，袁州人也。初登第，或問所由來？曰：肇袁民也。或曰：袁州出舉人耶？肇曰：袁州出舉人，亦猶沅江出龜甲，九肋者蓋稀矣〔六〕。肇筮仕之初，爲鄂岳盧商從事，其後江陵節度裴休，太原節度盧簡求，奏爲門吏。後除著作郎，遷倉部員外郎，充集賢院直學士。咸通中，出知歙州〔七〕。肇競渡詩云：石溪久住思端午，館驛樓前看發機。鞞鼓動時雷隱隱，獸頭凌處雪微微。衝波突出人齊噉，躍浪爭先鳥退飛。向道是龍剛不信，果然銜得錦標歸〔八〕。

咸通初，恩除歙州，途中寄座主王侍郎詩云：忽忝專城奉六條，自憐出谷屢遷喬。驅車雖覺還家近，捧日惟愁去國遥。朱户昨經新棨戟，風帆常覺戀簞瓢。江天夜夜知消息，長見台星在碧霄。

【校箋】

〔一〕「青」原作「書」，據《摭言》卷三改。

〔二〕自此以下二十二人和王起詩，均采自《摭言》卷三。諸人詩多用周墀韻，此言「多用起韻」，非是，《摭言》則逕云「和周墀詩也」。

〔三〕《摭言》卷二：「盧吉州肇開成中就江西解試，爲試官末送，肇有啟謝曰：『巨鼇屓贔，首冠蓬山。』試官謂之曰：『昨某限以人數擠排，雖獲申展，深慚名第奉浼，焉得翻有「首冠蓬山」之謂？』肇曰：『必知明公垂問，大凡頑石處上，巨鼇戴之，豈非首冠耶？』一座聞之大笑。」「某限人數擠排」句，「限」原作「恨」，據改。

〔四〕《雲溪友議》卷中《錢塘論》條：「祜復游甘甘露寺，觀前盧肇先輩題處曰：『不謂三吴經此詩人也。』祜曰：『日月光先到，山川勢盡來。』盧曰：『地從京口斷，山到海門迴。』因而仰伏，願交于此士矣。」「不謂三吴經此詩人也」句，原脱「人」字，「山川」原作「山河」，「山到海門迴」原作「人自海門迴」，據補改。

〔五〕楊慎《絶句衍義》載蜀人何兆《章仇公席上詠真珠姬》云：「神女初離碧玉階，彤雲猶擁牡丹鞋。應知子建憐羅襪，顧步徘徊拾翠釵。」《全唐詩》收之，則題蜀人范元凱作，蓋以章仇兼瓊嘗鎮蜀也。此詩實爲盧肇之作，「章仇公」乃「奇章公」之訛，謂牛僧孺也；真珠，即牛姬人名，唐人筆記、小説中屢言之。其三、四句略異，則後人因原詩纂改也。

〔六〕《摭言》卷一二：「盧肇初舉，先達或問所來，肇曰：『某袁民也。』或曰：『袁州出舉人耶？』肇曰：『袁州出舉人，亦猶沅江出龜甲，九肋者蓋稀矣。』」

〔七〕《唐文粹》卷五盧肇《進海潮賦狀》：「臣于會昌三應進士舉，故山南節度使、同中書門下平章事王起擢臣爲進士狀頭。筮仕之初，故鄂岳節度使盧商自中書出鎮，辟臣爲從事。自後故江陵節度使裴休、故太原節度使贈左僕射盧簡求，皆將相重臣，知臣苦心，謂臣有立，全無親黨，不能吹嘘，悉賞微才，奏署門吏。臣前年二月，蒙恩自潼關防禦判官，除秘書省著作郎，其年八月，又蒙恩除倉部員外郎，充集賢院直學士。去年五月，又蒙恩除歙州刺史。」此所記仕履蓋本其自述也。

〔八〕「銜得」原作「奪得」，據《摭言》卷三改。

丁　稜

公心獨立副天心，三轄春闈冠古今。蘭署門生皆入室，蓮峰太守别知音。同升翰苑時名重，遍歷朝端主意深。新有受恩江海客，坐聽朝夕繼爲霖。

李德裕嘗左宦宜春，盧肇以文見知。既拜相，舊例，放榜先呈宰相。王起問德裕所欲，答曰：何問爲！如盧肇、丁稜、姚鵠，豈可以不與及第。起遂依次放之〔一〕。

唐放榜訖，謁宰相，即榜元致詞。肇以故不至，稜口吃而形陋，俛曰：稜等登。鞠躬赬汗，卒不能致後語。左右皆笑。或曰：君善箏耶！稜猶不悟也〔二〕。

稜，字子威〔三〕。

【校箋】

〔一〕《玉泉子》：「李德裕抑退浮薄，奬拔孤寒。于時朝貴朋黨，德裕破之，由是結怨，而絶于附會，門無賓客。惟進士盧肇，宜春人，有奇才，德裕嘗左宦宜陽，肇投以文卷，由是見知。後隨計京師，每謁見，待以優禮。舊例：禮部放榜，先呈宰相。會昌三年，王起知舉，問德裕所欲，答曰：『安用問爲？如盧肇、丁稜、姚鵠，豈可不與及第耶？』起于是依其次而放。」

〔二〕《玉泉子》：「唐世進士及第放榜訖，則須謁宰相，其導啟詞語，一出榜元，俯仰急徐，尤宜精審。時盧肇首冠，有故不至，次乃丁稜也。稜口吃，又形體小陋，迨引見，即俯而致詞，意本言『稜等登科』，而稜赬然汗發，鞠躬移時，乃曰：『稜等登，稜等登。』竟不能發見後語而罷，左右皆笑。異日，友人戲之曰：『聞君善箏，可得聞乎？』稜曰：『無之。』友人曰：『昨日聞稜等登，稜等登，豈非箏聲耶？』」

〔三〕見《摭言》卷三。

姚鵠

三年竭力向春闈，塞斷浮華衆路岐〔一〕。盛選棟梁稱昔日，平均雨露及明時。登龍舊美無斜徑，折桂新榮盡直枝。莫道只陪金馬貴，相期更在鳳凰池。

鵠尋趙尊師不遇詩云〔二〕：羽客朝元晝掩扉，林中一逕雪中微〔三〕。松陰遶院鶴相對，山色滿樓人未歸。盡日獨思風馭返，寥天幾望野雲飛。憑高目斷無消息，自醉自吟愁落暉〔四〕。

鵠，字居雲〔五〕。

【校箋】

〔一〕「浮華」原作「浮花」，據《摭言》卷三改。

〔二〕詩題《又玄集》作《玉真觀尋趙尊師不遇》。

〔三〕「雪中」原作「霧中」，據《又玄集》改。

〔四〕「暉」原作「輝」，據《又玄集》改。

〔五〕見《摭言》卷三。

高退之

昔年桃李已滋榮，今日蘭蓀又發生。葑菲采時皆有道，權衡分處且無情。叨陪鴛鷺朝天客，共作門闌出谷鶯。何事感恩偏覺重，忽聞金榜扣柴荆。退之自顧微劣，始不敢有叨竊之望，策試之後，遂歸盩厔山居。不期一旦進士團遣人齎榜扣關相報〔一〕，方知忝幸矣〔二〕。

退之，字遵聖〔三〕。

【校箋】

〔一〕「團」原作「則」，據《摭言》卷三詩下自注改。

〔二〕「幸」字原脱，據《摭言》補。

〔三〕見《摭言》卷三。

孟球

當年門下化龍成，今日餘波進後生。仙籍共知推麗則，禁垣同得薦嘉名。桃蹊早茂誇新萼，菊圃初開耀晚英。誰料羽毛方出谷，許教齊和九皋鳴。

球，字庭玉〔一〕。

【校箋】

〔一〕見《摭言》卷三。

劉耕

孔門頻建鑄顔功，紫綬青衿感激同。一簣勤勞成太華，三年恩德重維嵩〔一〕。楊隨前輩穿皆中，桂許平人折欲空。慚和周郎應見顧，感知大造意無窮〔二〕。

耕，字遵益〔三〕。

【校箋】

〔一〕「重」原作「華」，據《摭言》卷三改。

〔二〕「意」原作「竟」，據《摭言》改。

〔三〕「耕，字遵益」四字原脱，據《摭言》補。

裴翻

常將公道選群生，猶被春闈屈重名。文柄久持殊歲紀，恩門三啟動寰瀛。雲霄幸接鴛鸞盛，變化欣同草木榮。乍得陽和如細柳，參差長近亞夫營。

翻，字雲章〔一〕。

【校箋】

〔一〕見《摭言》卷三。

樊驤

滿朝簪紱半門生〔一〕，又見新書甲乙名。孤進自今開道路，至公依舊振寰瀛。雲飛太華清詞著，花發長安白屋榮。忝受恩光同上客，惟將報德是經營。

驤，字彥龍〔三〕。

【校箋】

〔二〕「簪紱」原作「簪髮」，據《摭言》卷三改。

〔三〕「彥龍」原作「元龍」，據《摭言》卷三改。

崔　軒

滿朝朱紫半門生，新榜勞人又得名。國器舊知收片玉，朝宗轉覺集登瀛。同升翰苑三年美，繼入花源九族榮。共仰蓮峰聽雪唱，欲賡僊曲意怔營。

軒，字嗚岡〔一〕。

【校箋】

〔一〕「嗚岡」原作「嗚嵐」，據《摭言》卷三改。

蒯希逸

一振聲華入紫薇，三開秦鏡照春闈。龍門舊列金章貴，鶯谷新遷碧落飛。恩感風雷皆變化，詩裁錦繡借光輝。誰知散質多榮忝，鴛鷺清塵接布衣。

芳草復芳草，斷腸還斷腸。自然堪下淚，何必更斜陽〔一〕。楚岸千萬里〔二〕，燕鴻三兩行。有家歸不得，況舉別君觴。杜牧之池州送希逸詩也〔三〕。

武幹者，事蒯希逸十餘歲，希逸擢第，幹辭以親在求去。希逸以詩送之，略曰：山險不曾離馬後，酒醒長見在牀前。士人皆有繼和〔四〕。

希逸，字大隱〔五〕。

希逸詩：蟾蜍醉裏破，蛺蝶夢中殘。牛相在揚州嘗稱之〔六〕。

【校箋】

〔一〕「斜陽」，《樊川文集》作「殘陽」。

〔二〕「楚岸」原作「楚峰」，據《樊川文集》改。

〔三〕《樊川文集》載此詩，題作《池州春送前進士蒯希逸》。

〔四〕《摭言》卷一五：「武公幹常事蒯希逸十餘歲，異常勤幹，洎希逸擢第，辭以親在，乞歸就養。公堅留不住，既嘉其忠孝，以詩送之，略曰：『山險不曾離馬後，酒醒長見在牀前。』同人醵絹贈行，皆有繼和。」

〔五〕見《摭言》卷三。

〔六〕此采自段成式《酉陽雜俎》，見本書卷五七段成式下引，今本《酉陽雜俎》無此條。

林　滋

龍門一變荷生成，況是三傳不朽名。美譽早聞喧北闕，頹波今見走東瀛。鴛行既接參差影[一]，鷄樹仍同次第榮。從此青衿與朱紫，升堂侍宴更何營。

望九華山詩云：兹山突出何怪奇，上有萬狀無凡姿。大者嶙峋若奔兕，小者巋嵬如嬰兒。玉柱金莖相拄枝，干空揄碧勢參差。稀中始訝巨靈擘，陡處乍驚愚叟移。蘿煙石月相蔽虧，天風梟梟猿呷呷。龍潭萬古噴飛溜，虎穴幾人能得窺。吁予比少愛靈境[二]，到此始覺魂神馳。如何獨得百丈索，直上高峰抛俗羈。

滋，字後象[三]。

【校箋】

〔一〕「鴛行」，《摭言》作「鵷行」。

〔二〕「比少」，毛本作「比年」。

〔三〕見《摭言》卷三。《淳熙三山志》卷二六：「林滋，字後象，閩縣人。歷金部郎中，後王鐸辟爲判官。」

李宣古

恩光忽逐曉春生〔一〕，金榜前頭忝姓名。三感至公裨造化，重揚文德振寰瀛。佇爲霖雨曾相賀，半在雲霄覺更榮。何處新詩添照灼，碧蓮峰下柳間營。

宣古嘗賦寒食日亥時云：人定朱門尚半開〔二〕，初星粲粲點昭回〔三〕。此時寒食無燈燭，花柳蒼蒼月欲來。

杜司空悰自忠武軍節度使出鎮澧陽，宣古數陪游宴，乘醉慢侮。悰欲辱之，長林公主曰：豈有飲而舉人細過耶！謂宣古請爲詩，冀彌縫也。宣古得韻立成，詩曰：紅燈初上月輪高，照見堂前萬朵桃。觱栗調清銀字管，琵琶聲亮紫檀槽。能歌姹女顏如玉，解飲蕭郎眼似刀。爭奈夜深拋耍令，舞來挼去使人勞〔四〕。

宣古，字垂後〔五〕。

冉冉池上煙，盈盈池上柳。生貴非道傍，不斷行人手〔六〕。句。翠蓋不西來，池上天池歇。句。右張爲取作主客圖。

【校箋】

〔一〕「逐」原作「遂」，據《摭言》卷三改。

〔二〕「半開」原作「未開」，據《歲時雜詠》改。

〔三〕「點昭回」原作「照人回」，據《歲時雜詠》改。

〔四〕《雲溪友議》卷中《澧陽讌》條：「故荆州杜司空悰自忠武軍節度使出澧陽，宏詞李宣古者，（原注：李生會昌三年王起侍郎下上第。）數陪游宴，每譃戲于其座……侮慢既深，杜公不能容忍，使卧宣古于泥中，欲辱之檟楚也。長林公主聞之，不待穿履，奔出而救之，曰：『尚書不念諸子學，又擬陪李秀才硯席，豈有飲筵而舉人細過！待士如此，異日那得平陽之譽乎？』遂遣人扶起李秀才，于東院以香水沐浴，更以新衣，却赴中座。貴主傳旨：京兆公請爲詩。冀彌縫也。李生得韻書之，不勞思忖也。詩曰：『紅燈初上月輪高』云云。」「解飲蕭郎眼似刀」句，「飲」原作「引」，據《友議》改。又，按《新唐書》卷八三《諸公主傳》「代宗女長林公主下嫁衛尉少卿沈明貞。」「憲宗女岐陽莊淑公主下嫁杜悰。……悰爲澧州刺史，主與偕。」疑此有誤。

〔五〕見《摭言》卷三。

〔六〕「手」原作「首」，據張本改。

黄頗

二十二年文教主〔一〕，三千上士滿皇州。獨陪宣父蓬瀛奏，方接顔生魯衛游。多羨龍門齊變化，屢看鷄樹第名流。升堂何處最榮美，朱紫環樽幾獻酬〔二〕。

頽爲失第後久方第。摭言曰：黄頽以洪奥文章蹉跎者一十三載，劉纂以平漫子弟汩没者二十一年，温岐濫竄於白衣，羅隱負冤於丹桂。由斯言之，可謂命通性能，豈曰性能命通者歟〔三〕！

韓愈自潮州量移宜春郡，頽學愈爲文，亦振大名。頽嘗觀盧肇爲碑版，則唾之而去〔四〕。頽，宜春人，與肇同鄉，頽富而肇貧，同日遵路赴舉，郡牧餞頽離亭，肇駐蹇十里以俟。明年，肇以第一名還袁，因競渡即席賦詩云：向道是龍剛不信，果然銜得錦標歸〔五〕。

頽，字無頽〔六〕。

【校箋】

〔一〕「主」原作「至」，據《摭言》卷三改。

〔二〕「獻酬」原作「處酬」，據《摭言》改。

〔三〕「汩没者二十一年温岐濫竄於白衣羅隱負冤於」十九字原作「而折」二字，據《摭言》卷二改補。

〔四〕《摭言》卷四：「後愈自潮州量移宜春郡，郡人黄頽師愈爲文，亦振大名。頽嘗覩盧肇爲碑版，則唾之而去。」

〔五〕《摭言》卷三：「盧肇，袁州宜春人，與同郡黄頽齊名，頽富于産，肇幼貧乏。與頽赴舉，同日遵路，郡牧于離亭，餞頽而已。時樂作酒酣，肇策蹇郵亭側而過，出郭十餘里，駐程俟頽爲侣。明年，肇狀元及第而歸，刺史以下接之，大慚恚。會延肇看競渡，於席上賦詩曰：『向道是龍剛不信，果然銜得錦標歸。』」注「錦標，船頭所得。」「銜得」原作「奪得」，據改。

〔六〕見《摭言》卷三。

張道符

三開文鏡繼芳聲，暗指雲霄接去程〔一〕。曾壓洪波先得路〔二〕，早陞清禁共垂名。蓮峰對處朱輪貴，金榜傳時玉韻成。更許下才聽白雪，一枝今過郄詵榮〔三〕。

道符，字夢錫〔四〕。

【校箋】

〔一〕「暗指」原作「暗暗」，據《摭言》卷三改。

〔二〕「曾壓」原作「會厭」，據《摭言》改。

〔三〕「郄詵」原作「却詵」，據《摭言》改。

〔四〕見《摭言》卷三。

丘上卿

常將公道選諸生，不是鴛鴻不得名。天上宴回聯步武，禁中麻出滿寰瀛。簪裾盡過前賢貴，門館仍叨舊學榮。看著鳳池相繼入，都堂那肯滯關營。

上卿，字陪之〔一〕。

【校箋】

〔一〕見《摭言》卷三。

石貫

重德由來爲國生，五朝清顯冠公卿。風波久佇濟川檝，羽翼三遷出谷鶯。絳帳青衿同日貴，春蘭秋菊異時榮。孔門弟子皆賢哲，誰料窮儒忝一名。

貫，字總之〔一〕。

【校箋】

〔一〕見《摭言》卷三。

李潛

文學宗師心秤平，無私三用佐貞明。恩波舊是仙舟客，德宇新添月桂名〔一〕。蘭署崇資金印重〔二〕，蓮峰高唱玉音清〔三〕。羽毛方荷生成力，難繼鸞凰上漢聲。

潛，字德隱，宜春人〔四〕。

【校箋】

〔一〕「德宇」原作「德字」，據《摭言》卷三改。

〔二〕「印」字原脱，據《摭言》補。毛本作「金色」，非。

〔三〕「峰」字原脱，據《摭言》補。

〔四〕見《摭言》卷三。按《新唐書》卷七二上《宰相世系表》：「潛字德隱。」屬「江夏李氏：漢酒泉太守護次子昭，昭少子就，後漢會稽太守。高陽侯，徙居江夏平春」。則「宜春」當是「平春」之誤。

孟宁

科文又主守初時，光顯門生濟會期。美擅東堂登甲乙，榮同内署待恩私。群鶯共喜新遷木，雙鳳皆當即入池。别有倍深知感士〔一〕，曾經兩度得芳枝。

宁，字處中〔二〕。長慶三年，王起放及第，爲時相所退；是年太和公主和戎。至會昌三年，起以左揆再知貢舉，宁龍鍾就試成名；是歲石雄入塞，公主自蕃還京〔三〕。

【校箋】

〔一〕「倍」原作「陪」，據《摭言》卷三改。

〔二〕見《摭言》卷三。「孟宁」原作「孟守」，據改。

〔三〕《南部新書》己：「孟宁，長慶三年王起放及第，至中書，爲時相所逐；其年太和公主和戎，至會昌三年，起自左揆再知貢，寧以龍鍾就試而成名；是歲石雄入塞，公主自西蕃還京。」

唐思言

儒雅皆傳德教行，幾敦浮俗贊文明〔一〕。龍門昔上波濤遠，禁署同登渥澤榮。虚散謬當陪杞梓，後先寧異感生成。時方側席徵賢急，况説歌謡近帝京。

思言，字子文〔二〕。

【校箋】

〔一〕「敦浮俗」原作「崇浮俗」，據《摭言》卷三改。

〔二〕見《摭言》卷三。

左牢〔一〕

聖朝文德最推賢〔二〕，自古儒生少比肩。再啟龍門將二紀，兩司鶯谷已三年。蓬山皆美齊榮貴〔三〕，金榜誰知忝後先。正是感恩流涕日，但思旌旆碧峰前。

牢，字德膠〔四〕。

【校箋】

〔一〕「左牢」，《摭言》卷三同。《文苑英華》卷一八三有左牢《鳳不鳴條》詩。毛本及《全唐詩》作「戈牢」，非，《登科記考》作「尤牢」亦誤。

〔二〕此句原作「聖乾文德最稱賢」，據《摭言》改。

〔三〕「齊」原作「成」，據《摭言》改。

〔四〕見《摭言》卷三。

金厚載

長慶曾收間世英，早居臺閣冠公卿〔一〕。天書再受恩波遠，金榜三開日月明。已見差肩趨翰苑，更期連步掌台衡。小儒謬跡雲霄路，心仰蓮峰望太清。

厚載，字化光〔二〕。

【校箋】

〔一〕「早居」原作「果居」，據《摭言》卷三改。

〔二〕見《摭言》卷三。

王甚夷

春闈帝念主生成，長慶公聞兩歲名。有詔赤心分雨露，無私和氣浹寰瀛。龍門乍出難勝幸，鴛侶先行是最榮。遥仰高峰看白雪，多慚屬和意屏營。

甚夷，字無黨〔一〕。

【校箋】

〔一〕見《摭言》卷三。

唐詩紀事校箋卷第五十六

鄭　畋

馬嵬太真縊所，題詩者多悽感，鄭畋爲鳳翔從事日，題云：肅宗回馬楊妃死，雲雨雖亡日月新。終是聖明天子事，景陽宫井又何人？觀者以爲有宰輔之器〔一〕。

中秋月直禁苑云：禁署方懷添，綸闈已再加。暫來西掖路，還整上清槎。恍惚歸丹地〔二〕，深嚴宿絳霞。幽襟聊自適，閑弄紫薇花。

懿宗朝，韋保衡、路巖忌宰相劉瞻，誣以罪，黜爲荆南節度。畋爲制詞云：早以文學，疊中殊科。風稜甚高，恭謹無玷。又云：安數畝之居，仍非己有；却四方之賄，唯恐人知。韋、路大怒，貶畋爲梧州刺史，責劉驩州司户，命舍人李庾爲詞，深文痛詆，必欲加害。屬懿宗厭代，僖宗立，蕭倣輔政，舉瞻自代，召歸朝廷。至湖南，庾典是郡，出迎江次，牌亭致酒。瞻唱竹枝詞送庾酒云：躡屐過溝竹枝恨君深女兒。瞻命庾酬和，庾曰：不閑音律。瞻曰：君應只解爲制詞也。是夕，庾飲酖而卒〔三〕。

畋，字台文。相僖宗、昭宗。爲人仁恕，姿采如峙玉〔四〕。

畋爲渭南尉日，嘗有題緱山王子晉廟詩曰〔五〕：在昔靈王子〔六〕，吹笙遡泬寥。六宫攀不住，三島互相招〔七〕。亡國原陵古，賓天歲月遥。無蹊窺海曲，有廟訪山椒。石帳龍蛇拱，雲樓彩翠銷〔八〕。露壇裝琬琰，真像寫松喬。珠館青童宴，琳宫阿母朝。氣輿仙女侍，天馬吏兵調。湘妓紅絲瑟，秦郎白管簫。西城邀綽約〔九〕，南嶽命嬌嬈。句曲觴金洞，天台嘯石橋。晚花珠弄蘂，春茹玉生苗。二景神光祕，三元寶籙饒。露垂鴉翅髮，冰束虎章腰。鶴馭爭銜箭，龍妃各獻綃〔一〇〕。衣從星渚浣，丹就日宫燒。物外花常滿，人間葉自凋。望臺悲漢戾，閱水笑梁昭。古殿香殘灺〔一一〕，荒堦柳長條。幾曾期七日，無復降重霄。嵩嶺連天漢，伊瀾入海潮。何由得真訣，使我佩環飄〔一二〕。

【校箋】

〔一〕高彦休《唐闕史》：「馬嵬佛寺，楊貴妃縊所，邇後才士文人，經過賦詠以導幽怨者，不可勝紀。……獨丞相滎陽公畋爲鳳翔從事日，題詩曰：『肅宗迴馬楊妃死，雲雨雖亡日月新。終是聖明天子事，景陽宫井又何人？』後人觀者以爲真輔相之句。」「肅宗」原作「玄宗」，「聖明」原作「聖朝」，據改。按「回馬」乃肅宗事，所謂「日月新」也。《萬首唐人絶句》亦作「肅宗」，王士禛《萬首唐人絶句選》改作「玄宗迴馬楊妃死，雲雨難忘日月新」，亦非。

〔二〕「丹地」原作「舟地」，據毛本改。

〔三〕尉遲偓《中朝故事》：「咸通中，中書侍郎平章事劉瞻，以清儉自守，忠正佐時。懿皇以同昌公主薨謝，怒其醫官韓忠紹等，縶于霜臺，并親屬二三百人，散縶大理。内外憂懼，瞻上書切諫，時路巖、韋保衡恃寵忌之，出瞻爲荆南節度使。中外咸不平之。翰林承旨鄭畋爲制詞，略曰：『早以文學，疊中殊科，風稜甚高，恭慎無玷。而又僻于廉潔，不尚浮華，安數畝之居，乃非己有；却四方之賄，唯畏人知』云云。韋、路大怒，貶畋爲梧州刺史。取《十道圖》檢，見驩州去京萬里，乃謫瞻爲驩州司户參軍，舍人李庾行誥詞，駁責深焉。將欲加害，時遇懿皇厭代，僖皇初立，用元臣蕭倣佐佑大政，倣舉瞻自代。……瞻至湖南，庾方典是郡，出迎于江次竹牌亭，置酒。瞻唱《竹枝詞》送李庾：『躡履過溝竹枝恨渠深女兒。』庾懾怒，乃上酒于瞻，瞻命庾酬唱，庾云：『不曉詞間音律。』瞻投杯曰：『君應只解爲制詞也。』是夕，庾飲酖而卒。」「李庾」原作

「李庚」,《新唐書》卷一七四《劉瞻傳》亦作「李庾」;「酖」原作「䚬」,據改。

〔四〕《新唐書》卷一八五《鄭畋傳》:「鄭畋字台文。……僖宗立……以兵部侍郎進同中書門下平章事。……畋爲人仁恕,姿采如峙玉。凡與布衣交,至貴無少易。」按鄭畋于僖宗將自鳳翔還京前罷相,旋卒。《舊唐書》卷十九下《僖宗紀》:「文德元年春正月己亥朔,車駕在鳳翔,制故鳳翔隴右節度觀察處置等使、檢校司徒、同平章事,兼鳳翔尹、上柱國、滎陽郡開國公、食邑三千户鄭畋贈司徒,謚曰文昭。」則此言「相昭宗」爲誤。

〔五〕詩題《唐百家詩選》作《謁昇仙太子廟》。

〔六〕「在昔」原作「有昔」,據《唐百家詩選》改。

〔七〕「互」原作「玄」,據《唐百家詩選》改。

〔八〕「雲樓」原作「雲龍」,據《唐百家詩選》改。

〔九〕「邀綽約」原作「要婥約」,據《唐百家詩選》改。

〔一〇〕「龍妃各」原作「龍奴合」,據《唐百家詩選》改。

〔一一〕「炧」原作「地」,《唐百家詩選》同,據毛本改。

〔一二〕「飄」字原闕,據《唐百家詩選》補。

李彙征

彙征客游閩越〔一〕,至循州,冒雨求宿。或詣韋氏莊居,韋氏杖屨迎賓,年八十餘,自稱曰野人韋思明。每與李生談論，或詩或史，淹留累夕，彙征善談而不能屈也。論數十家之作，次第至李涉詩，主人酷稱善。彙征遂吟曰：遠别秦城萬里游，亂山高下出商州。關門不鎖寒溪水，一夜潺湲送客愁〔二〕。又曰：華表千年一鶴歸，丹砂爲頂雪爲衣。泠泠仙語人聽盡，却向五雲翻翅飛〔三〕。思明復吟二篇曰：因韓爲趙兩游秦，十月冰霜渡孟津。縱使鷄鳴見關吏，不知余也是何人〔四〕？又曰：滕王閣上唱伊州，二十年前向此游。半是半非君莫問，西山長在水長流〔五〕。李生重詠贈豪客詩〔六〕，韋叟愀然變色曰：老身弱齡不肖，游浪江湖，交結姦徒，爲不平事。後遇李涉博士，蒙簡此詩，因而踁跡〔七〕。李公待愚，擬陸士衡之薦戴若思共主晉室〔八〕，中心藏焉。遂隱羅浮，經于一紀。李既云亡，不復再游秦楚，追惋今昔，或潸然持觴而酹。反袂而歌云：暮雨蕭蕭江上村，緑林豪客夜知聞，他時不用逃名姓，世上如今半是君〔九〕。乾符己丑歲〔一〇〕，范攄客于霅川〔一一〕，值彙征，細述其事，云于韋叟之居，觀李博士之手翰云。

彙征後登進士第〔一二〕。

【校箋】

〔一〕此采自《雲溪友議》卷下《江客仁》條，李與韋所吟絶句五首皆李涉之作，當與本書卷四六李涉條合併爲是。

〔二〕此李涉《宿武關》詩。

〔三〕此詩失題。亦李涉作。

〔四〕此李涉《曉過函谷關》詩。

〔五〕此李涉《再登滕王閣》詩。

〔六〕「李生重詠《贈豪客》詩」八字原脱，據《雲溪友議》補。

〔七〕「踁跡」原作「跧跡」，據《雲溪友議》改。

〔八〕「共主晉室」四字原脱，據《雲溪友議》補。

〔九〕詩題《唐百家詩選》、《萬首唐人絶句》作《井欄砂宿遇夜客》。「暮雨」原作「春雨」，「緑林」原作「五林」，「逃名姓」原作「相迴避」，據二書改。

〔一〇〕「己丑」原作「辛丑」，據《雲溪友議》改，然「己丑」爲咸通十年，而乾符亦無「辛丑」也。

〔一一〕「霅川」原作「雲川」，據《雲溪友議》改。毛本作「雷川」，誤。

〔一二〕《雲溪友議》稱彙征爲「番禺舉子」，其科第無考。

劉威

游東湖黄處士園林詩云〔一〕：偶向東湖更向東，數聲鷄犬翠微中。遥知楊柳是門處，似隔芙蓉無路通。樵客出來山帶雨，漁舟過去水生風。物情多與閑相稱，所恨求安計不同。

七夕云：烏鵲橋成上界通，千年靈會此宵同。雲收喜氣星樓曉，香拂輕塵玉殿空。翠輦不行青草路，金鑾徒候白榆風〔二〕。綵盤花閣無窮意，只在浮生一縷中。

威，會昌時詩人也〔三〕。

【校箋】

〔一〕詩題，《唐百家詩選》作《游東湖黄處士園林》、《古今事文類聚》續集卷九題作《黄處士園林》，此原脱「黄」字，據補。

〔二〕「金鑾」原作「金鸞」，據《歲時雜詠》改。

〔三〕《新唐書》卷六〇有《劉威詩》一卷，《直齋書録解題》著録，以爲唐人而「莫詳出處」。

崔郊

郊寓居漢上〔一〕，與姑婢通〔二〕。其婢端麗〔三〕，善音律。姑貧〔四〕，鬻婢于連帥，給錢四十萬〔五〕，寵眄彌深。郊思慕無已，其婢因寒食來從事家，值郊立于柳陰，馬上漣泣，誓若山河。崔生贈之以詩曰：公子王孫逐後塵，緑珠垂淚滴羅巾。侯門一入深如海，從此蕭郎是路人。或有嫉郊者，寫詩于座，公覩詩〔六〕，令召崔生，左右莫之測也。及見郊，握手曰：侯門一入深如海，從此蕭郎是路人。便是公作耶？遂命婢同歸。至于幃幌奩匣，悉爲增飾之。

【校箋】

〔一〕此采自《雲溪友議》卷上《襄陽傑》條。

〔二〕「與姑婢通」四字原脱，據《雲溪友議》補。

〔三〕「其」原作「有」，據《雲溪友議》改。

〔四〕「姑」字原脱，據《雲溪友議》補。

〔五〕「萬」字上原衍「一」字，據《雲溪友議》删。

〔六〕「公」及上言「連帥」，謂于頔。頔貞元間爲山南東道節度使，鎮襄陽。

譚銖

題九華山詩云：憶聞九華山〔一〕，尚在童稚年。浮沉任名路，窺仰會無緣。罷職池陽時，復遭迎送牽。因茲契誠願，矚望枕席前。況值春正濃，氣色無不全。或如碧玉靜，或似青靄鮮，或接白雲堆，或映紅霞天。呈姿既不一，變態何啻千。巍峨本無動，崇峻性豈偏。外景自隱映〔二〕，潛虚固幽玄。我來暗凝情，務道志更堅。色與山異性，性併山亦然。境變山不動，性存形自遷。自遷不阻俗，自定不失賢。浮華與朱紫，安可迷心田。

真娘者，葬吴宫之側，行客賦詩多矣。銖書一絶，題者遂止。詩曰：虎丘山下冢纍纍，松柏蕭條盡可悲。何事世人偏重色，真娘墓上獨題詩〔三〕。

咸通末，鄭渾之爲蘇州督郵，銖爲鹾院官，鍾福爲院巡，皆廣文生；時湖州牧李超、趙蒙相次，皆狀元，時語曰：湖接兩頭，蘇聯三尾〔四〕。

銖，吴人。登會昌進士第。

【校箋】

〔二〕「聞」原作「瞷」，據毛本改。

〔二〕「隱映」原作「隱隱」，據毛本改。

〔三〕此采自《雲溪友議》卷中《譚生刺》條。

〔四〕《南部新書》己：「咸通末，鄭渾之爲蘇州督郵，譚銖爲鹾院官，鍾福爲院巡，俱廣文。時湖州牧李超、趙蒙相次，俱狀元。二郡境土相接，時爲語曰：『湖接兩頭，蘇聯三尾。』」「鄭渾之爲蘇州督郵」原作「鄭渾爲蘇州都郵」，「鍾福」原作「鍾輻」，「相次」原作「爲代」，「三尾」原作「兩尾」，據補改。

郭夔

九華山詩云：巖翠凌空出逈然，岧嶤萬丈倚秋天。暮風飄送當軒色，曉霧斜飛入檻煙。簾捲綺屏雙影聚〔一〕，鏡開朱户九條懸。畫圖何必家家有，自有畫圖來目前。

夔，大中時江南進士也。

【校箋】

〔一〕「綺屏」原作「倚屏」，據張本、毛本改。

來鵬〔一〕

清明日與友人游玉粒塘莊詩曰：幾宿春山逐陸郎，清明時節好煙光〔二〕。歸穿細荇船頭滑〔三〕，醉踏殘花屐齒香。風急嶺雲翻迥野〔四〕，雨餘田水落方塘。不堪吟罷東回首，滿耳蛙聲正夕陽。

鄂渚清明日與鄉友登頭陀山云〔五〕：冷酒一盃相勸頻，異鄉相遇轉相親。落花風裏數聲笛，芳草煙中無限人。都大此時深悵望，豈堪高境更逡巡。思量費子真仙子，不作頭陀山下塵。

寒食山館書情云：獨把一盃山館中，每經時節恨飄蓬。侵堦草色連朝雨，滿地梨花昨夜風〔六〕。蜀魄啼來春寂寞〔七〕，楚囚吟後月朦朧〔八〕。分明記得還家夢〔九〕，徐孺宅前湘水東〔一〇〕。

鄂渚除夜書懷云：「鸚鵡洲頭夜泊船，此時形影共悽然。難歸故國干戈後，欲告何人雨雪天。節撥冷灰書悶字，枕陪寒席帶愁眠。自嗟落拓無成事，明日春風又一年。」鵬詩思清麗，福建韋尚書岫愛其才，欲以子妻之，而不果。後游蜀，夏課卷中有詩云：「一夜緑荷風剪破，賺他秋雨不成珠。」識者以爲不祥。是歲不隨秋試而卒〔二〕。岫者，丹之子也。

【校箋】

〔一〕按《文苑英華》、《全唐詩》、《全唐文》皆有「來鵠」無「來鵬」，《全唐詩》卷六四二來鵠下注云：「一作鵬」。然《北夢瑣言》卷七云：「唐進士來鵬，詩思清麗，福建韋尚書岫愛其才，曾欲以子妻之，而後不果。爾後游蜀，夏課卷中有詩云：『一夜緑荷風剪破，賺他秋雨不成珠。』識者以爲不祥，是歲不隨秋試，而卒于通議郎。」而《摭言》卷十云：「來鵠，豫章人也。師韓柳爲文。大中末、咸通中，聲價益籍甚。廣明庚子之亂，鵠避地游荆襄，南返，中和客死于維揚。」又，《詩話總龜》前集卷三五引《詩史》云：「來鵠，洪州人，咸平（當作「通」）中，名振都下，然喜以詩譏訕當路，爲人所惡，卒不第。《金錢花》云云，《夏雲》云云，《偶題》云云。」是二來出處，各有不同。《新唐書》卷六〇著録《來鵬詩》一卷。《才調集》亦選入來鵬《宛陵送李明府罷任歸江州》及《清明日與友人游玉塘莊》詩二首。宋人《歲時雜詠》、《分門纂類唐歌詩》亦選入來鵬詩，與《瑣言》所謂「詩思清麗」合。至《文苑英華》選入來鵠文四首，《全唐文》載其文九首，皆師韓柳之作，與《摭言》所記合。二人固判然可分也。自陳振孫《直齋書録解題》卷一九著録《來鵬集》一卷，云：「唐豫章來鵬撰。咸通中，舉進士，不第。」始誤合二來爲一人，不審《瑣言》稱來鵬爲「唐進士」也。其後《唐才子傳》遂糅合諸書所記爲《來鵬傳》，而二來爲不可分矣。《全唐詩》併二來之詩爲來鵠卷，亦非。

〔二〕「煙光」，《歲時雜詠》同，《才調集》作「風光」。

〔三〕「細荇」，《歲時雜詠》同，《才調集》作「緑荇」。

〔四〕「翻」，《歲時雜詠》同，《才調集》作「飄」。

〔五〕詩題《歲時雜詠》「頭陀山」下有「寺」字。

〔六〕「梨花」，《歲時雜詠》作「愁花」。

〔七〕「啼」原作「笑」，據《歲時雜詠》改。

〔八〕「楚囚」，《歲時雜詠》同，毛本作「楚魂」。

〔九〕「記」原作「寄」，據《歲時雜詠》改。

〔一〇〕「湘水」原作「湖水」，據《歲時雜詠》改。

〔一一〕此出《北夢瑣言》卷七，見校箋〔一〕。「不隨秋試」原作「隨秋賦」，據改。

來鵠

聖政紀頌序曰：穆宗皇帝臨朝，與群臣言及政事，宰臣請史官執筆，當群臣奏事，隨日撰録，號爲聖政紀。至上之即位三年，有鄉校小臣來鵠，因窺穆宗實録，追而爲之頌曰〔一〕：三皇不書，五帝不紀。有聖有神，風銷日已。何教何師，生來死止。無典無法〔二〕。頑肩髳比。三皇實作，五帝實治。成天造地，不昏不圮。言得非排，文得聖齒。表表如見者，莫若乎史。是知樸繩休結，正簡斯若。君誥臣箴，觚編毫絡。前書後經，規善鑒惡〔三〕，國之大章，如何寢略。嗚呼！貞觀多吁，永徽多俞，廷日發論，殿日發謨。牙孽不作，鳥鼠不除，論出不蓋，謀行不紓。榲然史臣，蛇然史裾。瞠瞠而視〔四〕，逶逶而婁。翹筆當面，决防納污。不梏爾智，不席我愚。執言直注，史文直敷。故得粲粲朝典，落落廷謇〔五〕。聖牘既多，堯風不淺。頒編坦軸，君出臣顯。若儼見旒，若俯見冕。無閑殿曠廷，無尸安素晏。三皇不亡〔六〕，五帝不翦。太宗得之，史焉斯展。暨乎後相圖身，天子專問。我獨以言，史不得近。丘明見嫌，倚相在擯。秉筆如今，隨班不進。班退史歸，憫然疇依。奏問莫覩，嘉謨固稀〔七〕。取彼誥命，禄爲國肥。炯然時皇，言必成章。德宣五帝，道奧三皇。如何翊臣，嚵肉嗜盂〔八〕。觜距磨抉，楅衡物長〔九〕。控截僚位，占護陽光。垣私藩己，遠史庋唐。俾德音嘉訪，默縮暗亡。咽典噤法，蓋聖籠昌。曷以至此，史文不張。後必非笑，將來否臧。謂乎殿空扆逸，朝懵廷荒。不知姦蔽，文失汪洋。有貞觀業，有永徽綱。亦匿匪見，亦寢匪彰。賴有後臣，斯言不佞。伊尹直心，太甲須聖。事既可書，史何不命。乃具前欺，大陳不敬。曰逐史之喻，請以物並。且十夫樹楊，一夫欲競。栽既未牢，搦豈能盛。帝業似栽，逐史似搦。穆宗憮然，若疢若瞽〔一〇〕。昔何臣斯，隱我祖正。不傳親問，不寫密諍。孰示來朝，以光神政。由是天呼震吸，徽奔召急。史提筆來，叱廷而入〔一一〕。端耳抗目，不撝不挹。獬豸側頭，螭蚪擺溼。握管絶怡，當殿而立。君也盡問，臣也倒誠。磊磊其事，鏜鏜其聲。大何不顯，細何不明。語未絶緒，史已録成。謂之何書，以政紀名。伊紀清芬，可昭典墳。古師官鳥，昔聖官雲。方之我后，録厘書分〔一二〕。録有君法，書有君文。君法君文，在聖政紀云。殿無閑時，廷無曠日。雲諏波訪，倦編刓筆。君劬臣勞，上討下述。惟勤惟明，在聖政紀出。至德何比，至教焉如？孰窺孰測，外夷内儲。謂君有道乎，臣有謨歟？有道有謨，在聖政紀書。一體例秩，同力翼戴。祈福去邪，絶防無礙。國章可披，唐文可愛。善咨不偷，嘉論不蓋。不偷不蓋，在聖政紀載。諒夫總斯不朽，可懸魏闕。愚得是言，非訕非伐。實謂鑿臣渾沌〔一三〕，開君日月。妖物雰死，天文光發。惟我之有頌兮〔一四〕，奚斯躍而董狐蹷。

鵠，豫章人。師韓柳爲文，大中、咸通間，聲價籍甚〔一五〕。

【校箋】

〔一一〕篇首序文甚長，此乃節引之，全文載《全唐文》卷八一一。

〔二〕「典」原作「曲」，據毛本及《全唐文》改。

〔三〕「規」原作「窺」，據毛本及《全唐文》改。

〔四〕「而」原作「即」，據毛本及《全唐文》改。

〔五〕「謇」原作「譽」，據毛本及《全唐文》改。

〔六〕「亡」原作「忘」，據毛本及《全唐文》改。

〔七〕「謨」原作「謀」，據毛本及《全唐文》改。

〔八〕「⿱亡皿」後原衍一「垣」字，據毛本刪。

〔九〕「楅衡物長」原作「福衡拘長」，據《全唐文》改。

〔一〇〕「疚」原作「疾」，據毛本及《全唐文》改。

〔一一〕「叱」原作「吐」，據毛本及《全唐文》改。

〔一二〕「厘」原作「里」，乃字之訛，今改。

〔一三〕「渾沌」原作「沌渾」，據毛本及《全唐文》改。

〔一四〕「頌」原作「頒」，據毛本及《全唐文》改。

〔一五〕此據《摭言》卷一〇，參見來鵬下校箋〔一〕。

鄭洪業

詔放雲南子弟還國詩云：德被陪臣子，仁垂聖主恩。雕題辭鳳闕，卉服出金門〔一〕。

有澤沾殊俗，無征及獷獋。銅梁分漢土，玉壘駕鸞軒。瘴嶺蠶叢盛，巴江越嶲垠。萬方同感化，豈獨自南蕃。

洪業，咸通八年鄭愚下第一人擢第。

【校箋】

〔一〕「卉服」原作「丹服」，據張本改。《禹貢》「島夷卉服」，言編草爲衣也。

杜牧

牧爲御史，分務洛陽，時李司徒愿罷鎮閑居，聲妓豪侈，洛中名士咸謁之。李高會朝客，以杜持憲，不敢邀致。杜遣座客達意，願預斯會，李不得已邀之。杜獨坐南行，瞪目注視，引滿三巵，問李云：聞有紫雲者，孰是？李指示之。杜凝睇良久曰：名不虛得，宜以見惠。李俯而笑，諸妓亦回首破顔。杜又自飲三爵，朗吟而起曰：華堂今日綺筵開，誰喚分司御史來？忽發狂言驚滿座，兩行紅粉一時迴。氣意閑逸，傍若無人〔一〕。牧不拘細行，故詩有十年一覺揚州夢，贏得青樓薄倖名〔二〕。吴武陵以阿房宫賦薦於崔郾，遂登第〔三〕。郾東都放榜，西都過堂，牧詩曰：東都放榜未花開，三十三人走馬迴。秦地少年多釀酒，却將春色入關來〔四〕。

牧佐宣城幕，游湖州，刺史崔君，張水戲，使州人畢觀，令牧間行，閱奇麗，得垂髫者十餘歲。後十四年，牧刺湖州，其人已嫁生子矣。乃悵而爲詩曰：自是尋春去校遲，不須惆悵怨芳時。狂風落盡深紅色，緑葉成陰子滿枝〔五一〕。

杜秋娘詩序曰：杜秋，金陵女也，年十五爲李錡之妾。後錡叛滅，籍之入宮，有寵於景陵。穆宗即位，秋爲皇子傅姆。皇子壯，封漳王。鄭注用事，誣丞相欲去異己者，指王爲根。王被罪廢削，秋因賜歸故鄉。予過金陵，感其窮且老，爲之賦詩曰：京江水清滑，生女白如脂。其間杜秋者，不勞朱粉施。老濞即山鑄，後庭千蛾眉。秋持玉斝飲，與唱金縷衣。勸君莫惜金縷衣，勸君須惜少年時。花開堪折直須折，莫待無花空折枝。李錡長唱此詞。濞既白首叛，秋亦紅淚滋。吴江落日渡，灞岸緑楊垂。聯裾見天子，盼眄獨依依。椒壁懸錦幕，鏡奩蟠蛟螭。低鬟認新寵，窈窕復融怡。月上白璧門，桂影涼參差。金階露新重，閑捻紫簫吹。晉書：盗開涼州張駿塚，得紫玉簫。莓苔夾城路，南苑雁初飛。紅粉羽林仗，獨賜辟邪旗。歸來煮豹胎，饜飫不能飴。咸池昇日慶，銅雀分香悲。雷音後車遠，事往落花時。燕禖得皇子，壯髮緑緌緌。畫堂授傅姆，天人親捧持。虎睛珠絡褓，金盤犀鎮帷。長楊射熊羆，武帳弄啞咿，漸抛竹馬劇，稍出舞雞奇。嶄嶄整冠珮，侍宴坐瑶池。眉宇儼圖畫，神秀射朝輝。一尺桐偶人，江充知自欺。王幽茅土削，秋放故鄉歸。觚稜拂斗極，迴首尚遲遲。四朝三十載，似夢復疑非。潼關識舊吏，毛髮已如絲。却喚吴江渡，舟人那得知。歸來四鄰改，茂苑草菲菲。清血灑不盡，仰天知問誰？寒衣一疋素，夜借鄰人機。我昨金陵過，聞之爲歔欷。自古皆一貫，變化安能推。夏姬滅兩國，逃作巫臣姬。西子下姑蘇，一舸逐鴟夷。織室魏豹俘，作漢太平基。愰置代籍中，兩朝尊母儀。光武紹高祖，本係生唐兒。珊瑚破高齊，作婢春黄糜。蕭后去揚州，突厥爲閼氏。女子固不定，士林亦難期。射鉤後呼父，釣翁王者師。無國要孟子，有人毁仲尼。秦因逐客令，柄歸丞相斯。安知魏齊首，見斷簀中屍。給喪蹶張輩，廊廟冠峨危。珥貂七葉貴，何妨戎虜支。蘇武却生返，鄧通終死饑。主張既難測，翻覆亦其宜〔六〕。地盡有何物，天外復何之？指何爲而捉，足何爲而馳？耳何爲而聽，目何爲而窺？己身不自曉，此外何思惟。因傾一樽酒，題作杜秋詩。愁來獨長詠，聊可以自怡。

牧初自宣城幕除官入京，有詩留别云：同來不得同歸去，故國逢春一寂寥。後二十餘年，連典四郡，自湖州拜中書舍人，題汴河云：自憐流落西歸疾，不見春風二月時。至京果卒〔七〕。或曰：舍人未爲流落，而遽及之，魄已喪矣。

煙着樹姿嬌，雨餘山態活。池州送孟遲句。四海一家無一事，將軍攜劍泣霜毛。長安雜題句。山密夕陽多，人稀芳草遠。長安送人游湖南句。仙掌月明孤影過，長門燈暗幾聲來，早雁句〔八〕。右張爲取爲主客圖。

清時有味是無能，閑愛孤雲静愛僧。欲把一麾江海去，樂游原上望昭陵。牧將赴吴興登樂游原之作〔九〕。

贈李秀才云：骨清年少眼如冰，鳳羽參差五色層。天上麒麟時一下，人間不獨有徐陵〔一〇〕。

寄揚州韓綽判官云：青山隱隱水迢迢〔一一〕，秋盡江南草木凋。二十四橋明月夜，玉人何處學吹簫〔一二〕。

江上云：楚鄉寒食橘花時，野渡臨風駐綵旗。草色連雲人去住，水紋如縠燕差池〔一三〕。

題魏文貞云〔一四〕：蟪蛄寧與雪霜期，賢哲難教俗士知。可憐貞觀太平後，天且不留封德彝。

登樂游原云：長空澹澹孤鳥没，萬古消沉向此中，看取漢家何似業，五陵無樹起秋風。

登池州九峰樓寄張祜云：百感衷來不自由，角聲孤起夕陽樓。碧山終日思無盡，芳草何年恨即休。睫在目前長不見〔一五〕，道非身外更何求。誰人得似張公子，千首詩輕萬户侯。

過華清宫云〔一六〕：長安迴望綉成堆，山頂千門次第開。一騎紅塵妃子笑，無人知是荔枝來〔一七〕。又云：新豐緑樹起黄埃〔一八〕，數騎漁陽探使迴。霓裳一曲千峰上，舞破中原始下來。

李義山作杜司勳詩云：高樓風雨感斯文〔一九〕，短翼差池不及群。刻意傷春復傷别，人間唯有杜司勳。又云〔二〇〕：杜牧司勳字牧之，清秋一首杜秋詩。前身應是梁江總，名總還曾字總持。心鐵已從干鏌利，鬢絲休嘆雪霜垂。漢江遠弔西江水，羊祜韋丹盡有碑。時杜奉詔撰韋碑〔二一〕。

【校箋】

〔一〕《本事詩》：「杜爲御史，分務洛陽，時李司徒罷政閑居，聲伎豪侈，爲當時第一，洛中名士，咸謁見之。李乃大開筵席，當時朝客高流，無不臻赴。以杜持憲，不敢邀置。杜遣座客達意，願與斯會，李不得已，馳書。方對花獨酌，亦已酣暢，聞命遽來。時會中已飲酒，女奴百餘人，皆絶藝殊色。杜獨坐南行，瞪目注視，引滿三巵，問李云：『聞有紫雲者，孰是？』李指示之。杜凝睇良久，曰：『名不虚得，宜以見惠。』李俛而笑，諸妓亦皆迴首破顔。杜又自飲三爵，朗吟而起曰：『華堂今日綺筵開，誰唤分司御史來？忽發狂言驚滿座，兩行紅粉一時迴。』意氣閑逸，傍若無人。」「以杜持憲」句原脱「以」字；「李指示之」句，原脱「示」字；「三爵」原作「二爵」；

「狂言」原作「强言」，「兩行」原作「三行」，據補改。

〔二〕《太平廣記》卷二七三引《唐闕史》：「牧少雋，性疏野放蕩，雖爲檢刻，而不能自禁。會丞相牛僧孺出鎮揚州，辟節度掌書記。牧供職之外，唯以宴游爲事。……有卒三十人，易服隨後，潛護之，僧孺之密教也。……及徵拜侍御史，僧孺于中堂餞，……命侍兒取一小書簏，對牧發之，乃街卒之密報也。凡數十百，悉曰：『某夕，杜書記過某家，無恙。』『某夕宴某家』，亦如之。杜對之大慚，因泣拜致謝，而終身感焉。故僧孺之薨，牧爲之誌，而極言其美。……牧又自以年漸遲暮，常追賦《感舊》詩曰：『落魄江湖載酒行，楚腰纖細掌中輕。十年一覺揚州夢，贏得青樓薄倖名。』」「贏得」原作「唯有」，據改。

〔三〕《摭言》卷六：「崔郾侍郎既拜命于東都……時吴武陵任太學博士，策蹇而至，郾聞其來，微訝之，乃離席與言。武陵曰：『……向者偶見太學生十數輩，揚眉抵掌，讀一卷文書，就而觀之，乃進士杜牧《阿房宫賦》。若其人真王佐才也。』……于是搢笏朗宣一遍。郾大奇之。武陵曰：『請侍郎與狀頭。』郾曰：『已有人。』曰：『不得已，即第五人。』郾未遑對，武陵曰：『不爾，即請退此賦。』郾應聲曰：『敬依所教。』既即席白諸公曰：『適吴太學以第五人見惠。』或曰：『爲誰？』曰：『杜牧。』衆中有以牧不拘細行間之者，郾曰：『已許吴君矣。牧雖屠沽，不能易也。』」

〔四〕《摭言》卷三：「太和二年，崔郾侍郎東都放榜，西都過堂。杜牧有詩曰：『東都放榜未花開，三十三人走馬迴。秦地少年多釀酒，却將春色入關來。』」「未花開」原作「未開花」，「却將」原作「即將」，據改。

〔五〕《麗情集》：「太和末，牧自侍御史出佐沈傳師宣城幕，雅聞湖州爲浙西名郡，往游之。……時刺史崔君，亦牧素所厚者。……候其意，牧曰：『願得張水嬉，使州人畢觀。俟其雲合，吾當閒行寓目，冀此際忽有閲焉。』崔君大喜，如其言。至日，兩岸觀者如堵，迨暮，竟無所得。將罷，忽有里姥引髽髻女，年十餘歲，牧熟視之，曰：『此真國色也。』因使語其姥……『吾十年必爲此郡，若不來，乃從所適。』因以重幣結之。……大中三年，移授湖州刺史，比至郡，則十四年，所約之姝，已從人三載，而生二子焉。……牧詰其母曰：『曩既許我矣，何爲適人？』母拜曰：『向約十年不來而後嫁，嫁已三年矣。』牧俛首曰：『詞也直，强而不祥。』乃禮而遣之。因爲《恨别》詩曰：『自恨尋芳到已遲，往年曾見未開時。如今風擺花狼藉，緑葉成陰子滿枝。』」按此事始見于《唐闕史》，稱「刺史某乙」，不言「崔君」，其詩云：「自是尋春去較遲，不須惆悵怨芳時。狂風落盡深紅色，緑葉成陰子滿枝。」與此略異。《萬首唐人絶句》即采前首，題爲《歎花》。

〔六〕「其」原作「相」，據《樊川文集》改。

〔七〕《太平廣記》卷一四四引《感定録》：「唐杜牧自宣城幕除官入京，有詩留别云：『同來不得同歸去，故國逢春一寂寥。』其後二十餘年，連典四郡，後自湖州刺史拜中書舍人，題汴河云：『自憐流落西歸疾，不見春風二月時。』自郡守入爲舍人，未爲流落。至京果卒。」「一寂寥」原脱「一」字，據補。前首詩題爲《宣州送裴坦判官往舒州，時牧欲赴官歸京》，七律。後首題爲《隋堤柳》，七絶。

〔八〕以上各摘句，詩題原均闕，據《樊川文集》補。

〔九〕「將」字原脱，據《樊川詩集》補。

〔一〇〕「徐陵」原作「餘陵」，據《樊川文集》改。以下五首，詩題原爲小字注于篇末，今按本書通例，改大字置于篇首。

〔一一〕「迢迢」原作「摇摇」，據《樊川文集》改。

〔一二〕「學」，《樊川文集》作「教」。

〔一三〕「差池」原作「參差」，《樊川文集》同，據《萬首唐人絶句》改。

〔一四〕詩題「文貞」原作「交正」，據《樊川文集》改，《文苑英華》卷三〇七作《過魏文貞公宅》。

〔一五〕「長」，原作「人」，據《又玄集》、《樊川文集》改。

〔一六〕《樊川文集》、《萬首唐人絶句》所載《過華清宫》三首，此録其一、二首。

〔一七〕「是」原作「道」，據《樊川文集》、《萬首唐人絶句》改。

〔一八〕「黄」原作「紅」，據《樊川文集》、《萬首唐人絶句》改。

〔一九〕「慼」原作「歎」，據《李義山詩集》及《萬首唐人絶句》改。

〔二〇〕詩題《李義山詩集》作《贈司勳杜十三員外》。

〔二一〕篇末自注原作「時杜春撲韋碑」，據《李義山詩集》改。《通鑑》卷二四八，宣宗大中三年，「春正月，上與宰相論元和循吏孰爲第一，周墀曰：『臣嘗守上江西，聞觀察使韋丹功德被于八州，没四十年，老稚歌思，如丹尚存。』乙亥，詔史館修撰杜牧撰《丹遺愛碑》以紀之。」末句指此事。

許渾

祇命南海至廬陵逢表兄軍倅奉使淮海别後却寄云〔一〕：盧橘花香拂釣磯〔二〕，佳人猶舞越羅衣。三洲水淺魚來少〔三〕，五嶺山高雁到稀。客路晚依紅樹宿，鄉關暗望白雲歸。交親不念征南吏，昨夜風帆去似飛。

金陵懷古云：玉樹歌殘王氣終，景陽兵合戍樓空。松楸遠近千官塚〔四〕，禾黍高低六代宮。石燕拂雲晴亦雨，江豚吹浪夜還風。英雄一去豪華盡，惟有青山似洛中。

登故洛陽城云：禾黍離離半野蒿，昔人城此豈知勞！水聲東去市朝變，山勢北來宮殿高。鵶噪暮雲歸古堞，雁迷寒雨下空壕。可憐緱嶺登仙子，猶自吹笙醉碧桃。

咸陽西樓晚望云〔五〕：一上高城萬里愁，蒹葭楊柳似汀洲。溪雲初起日沉閣，山雨欲來風滿樓。鳥下緑蕪秦苑夕，蟬鳴黄葉漢宮秋。行人莫問前朝事，渭水寒聲晝夜流〔六〕。

杜牧之有許七侍御棄官東歸瀟灑江南高秋企望寄贈之詩云〔七〕：天子綉衣史，東吴美退居。有園同庾信，避事學相如。蘭畹晴香嫩，筠溪翠影疎。江山九秋後，風月六朝餘。錦肆開詩軸〔八〕，青囊結道書。霜巖紅薜荔〔九〕，露沼白芙蕖。睡雨高梧密〔一〇〕，棋燈小閣虚。凍醪元亮秫，寒鱠季鷹魚。塵意迷今古，雲情識卷舒。他年雪中棹，陽羨訪吾廬。于義興縣近有水榭〔一一〕。

又初春雨中舟次和州横江裴使君見迎李趙二秀才同來因書四韻兼寄江南許渾云〔一二〕：芳草渡頭微雨時，萬株楊柳拂波垂。蒲根水暖雁初浴〔一三〕，梅逕香寒蜂未知。詞客倚風吟暗淡，使君迴馬濕旌旗。江南仲蔚多情調，悵望春陰幾首詩〔一四〕。

渾記夢詩序云：余嘗夢登山，有宫室凌雲。人云：此崑崙也。既入，見數人方飲。招之，至暮而罷。詩云：曉入瑶臺露氣清，坐中唯有許飛瓊。塵心未盡俗緣在，十里下山空月明。或云，改第二句爲天風吹下步虚聲〔一五〕。

韋莊讀渾詩云：江南才子許渾詩，字字清新句句奇。十斛真珠量不盡，惠休虚作碧雲詞。

渾，字用晦，潤州人，圉師之後。大中三年，任監察御史，以疾乞東歸，終郢、睦二州刺史〔一六〕。水聲東注市朝變，山勢北來宫殿高。登故洛陽城句。草生宫闕國無主，玉樹後庭花爲誰。陳宮怨句。何郎翠鳳雙飛去，三十六宮聞玉簫。秦樓曲句。經年未葬家人散，昨日因齋故吏來。傷故湖州李郎中句。垂釣有深意，望山多遠情。贈高處士句〔一七〕。右張爲取爲主客圖。

【校箋】

〔一〕詩題《丁卯集》作《別表兄軍倅》並序，此其序語。

〔二〕「盧」原作「蘆」，據《丁卯集》改。

〔三〕「魚」原作「漁」，據《丁卯集》改。

〔四〕此句原作「松林遠近千家塚」，據《丁卯集》改。

〔五〕詩題《文苑英華》卷三一二作《咸陽城西樓遠眺》，《丁卯集》作《咸陽城東樓》。

〔六〕末二句《文苑英華》同，《丁卯集》作「行人莫問當年事，故國東來渭水流」。

〔七〕詩題《樊川文集》作《許七侍御棄官東歸，瀟灑江南，頗聞自適，高秋企望，題詩寄贈十韻》。「侍御」原作「侍郎」，據改。

〔八〕「肆」字原闕，據《樊川文集》補。

〔九〕「霜巖」原作「霜嚴」，據《樊川文集》改。

〔一〇〕「雨」字原闕，據《樊川文集》補。

〔一一〕篇末自注原作「榮于興義縣近有水榭」，據《樊川文集》改。

〔一二〕「州」字原脱，據《樊川文集》補。

〔一三〕「浴」原作「落」，據《樊川文集》改。

〔一四〕「春陰」原作「青陰」，據《樊川文集》改，毛本作「青雲」。

〔一五〕按此詩不載《丁卯集》。《本事詩》：「詩人許渾，嘗夢登山，有宫室淩雲，人云此崑崙也。既入，見數人方飲酒，招之，至暮而罷。賦詩云：『曉入瑶臺露氣清，坐中唯有許飛瓊。塵心未斷俗緣在，十里下山空月明。』他日復夢至其處，飛瓊曰：『子何故顯余姓名于人間？』座上即改爲『天風吹下步虚聲』。曰：『善。』」此取之。「方飲」原作「方欲」，「天風吹下」原作「天風飛下」，據改。

〔一六〕《新唐書》卷六〇《藝文志》：「許渾《丁卯集》二卷。」注云：「字用晦，圉師之後，大中睦州、郢州二刺史。」又，《郡齋讀書志》卷一八：「許渾《丁卯集》二卷。右唐許渾，字用晦，圉師之後。大和六年進士，爲當塗、太平二令，以病免。起潤州司馬，大中三年，爲監察御史，歷虞部員外郎，睦、郢二州刺史。嘗分司于朱方，丁卯間，自編所著，因以爲名。」晁氏蓋本許渾《烏絲欄詩自序》：「大中三年，守監察御史，抱疾不任朝謁，堅乞東歸。」按唐制：凡九品以上職事，皆帶散位，曰守(見《舊唐書·職官志》)。則監察御史乃其散位，非實任也。「潤州人」原作「睦州人」，據《全唐詩話》改。又：《唐百家詩選》卷一六許渾：「大中末爲郢州刺史。」與諸書合。「郢、睦」二字，當屬誤倒。

〔一七〕以上摘句，詩題原闕，據《丁卯集》補。

童翰卿

省試昆明池織女石詩云：一片昆明石，千秋織女名。向風長脈脈〔一〕，臨水更盈盈〔二〕。有臉蓮同笑，無心鳥不驚。岸雲連鬢濕，沙月對眉生。苔作輕裙色〔三〕，波爲促杼聲。還如明鏡裏〔四〕，形影自分明〔五〕。翰卿又有句云：大朴逐物盡，哀我天地功。爭得榮辱心，洒然歸西風。張爲取作主客圖。

【校箋】

〔一〕《文苑英華》卷一六二此句作「見人虚脈脈」，卷一八三重出，作「象星何皎皎」。

〔二〕「臨水」，《文苑英華》作「依水」。

〔三〕「輕裙」，《文苑英華》作「輕衣」。

〔四〕「明鏡」，《文苑英華》作「朝鏡」。

〔五〕「自」，《文苑英華》作「兩」。

雍陶

詠雙白鷺云〔一〕：雙鷺應憐水滿池，風飄不動頂絲垂。立當青草人先見，行傍白蓮魚未知。一足獨拳寒雨裏，數聲相叫早秋時。林塘得爾須增價〔二〕，況是詩家物色宜〔三〕。

杜元穎爲西川節度使，治無狀。文宗大和三年，南詔蠻嵯巔乃悉衆掩邛、戎、嶲三州，陷之。入成都，止西郛十日，掠子女工技數萬而南。至大渡河，謂華人曰：此吾南境，爾去國當哭。衆號慟，赴水死者十三〔四〕。故陶賦哀蜀人爲南蠻俘虜五章〔五〕。其初出成都聞哭聲詩云〔六〕：但見城池還漢將，豈知佳麗屬蠻兵。錦江南渡聞遥哭〔七〕，盡是離家别國聲。又賦過大渡泣望鄉國詩云〔八〕：大渡河邊蠻亦愁，漢人將渡盡回頭。此中郵寄思鄉淚〔九〕，南去應無水北流。又出青溪關有遲留之意云：欲出鄉關行步遲，此生無復却回時。千冤萬恨何人見，唯有空山鳥獸知〔一〇〕。又别嶲州一時慟哭雲日爲之變色詩云〔一一〕：越嶲城南無漢地〔一二〕，傷心從此便爲蠻。冤聲一慟悲風起，雲暗青天日下山。又入蠻界不許有悲泣之聲詩云〔一三〕：雲南路出陷河西，毒草長青瘴色低。漸近蠻城誰敢哭，一時收淚羨猿啼。蜀中戰後感事云：蜀道英靈地，山重水又回。文章四子盛，道路五丁開。詞客題橋去，忠臣叱馭來。卧龍同駭浪，躍馬比浮埃。已謂無妖土，那知有禍胎。蕃兵依漢柳，蠻斾指江梅。戰後悲逢血，燒餘恨見灰。空留犀厭怪，無復酒除災。歲積萇弘怨〔一四〕，春深杜宇哀。家貧移未得，愁上望鄉臺。答蜀中經蠻後友人馬乂見寄云〔一五〕：茜馬渡瀘水，北來如鳥輕。幾年朝鳳闕，一日破龜城。此地有征戰，誰家無死生。人悲還舊里，鳥喜下空營。弟姪意初定，交朋心尚驚。自從經難後，吟苦似猿聲。

陶，蜀川人也〔一六〕。上第後，稍薄親黨。其舅雲安劉敬之〔一七〕，罷舉歸三峽，素事篇章〔一八〕，責陶不寄書曰：山近衡陽雖少雁，水連巴蜀豈無魚〔一九〕。陶得詩悸赧，乃有狐首之思。後爲簡州牧，自比謝宣城、柳吴興，賓至則折挫之〔二〇〕；閽者亦怠，投贄者稀得見。有馮道明下第請謁云：與員外故舊。閽者以道明言啟之。及引進，陶訶曰〔二一〕：與公昧平生，何云相識？道明云：誦員外之言〔二二〕，仰員外之德，詩集中日得相見，何隔平生也！遂吟曰：立當青草人先見，行傍白蓮魚未知。又曰：江聲秋入寺，雨氣夜侵樓。又曰：閉門客到常疑病，滿院花開不似貧。陶聞吟欣狎，待道明如曩昔之友。君子以雍君矜誇而好媚，馮子匪藝而求知。

酬李紺歲除送酒云：歲盡貧心事事須，就中深恨酒錢無。故人充壽能分送，遠客消愁免自沽。一夜四乘輕鑿落，五更三點把屠蘇。已供時節深珍處，況許今朝更挈壺。

陶典陽安，送客至情盡橋，問其故，左右曰：送迎之地止此，故橋名情盡。陶命筆題其柱曰折柳橋。自後送別，必吟其詩曰：從來只有情難盡，何事名爲情盡橋？自此改名爲折柳，任他離恨一條條〔二三〕。

劉夢得洞庭詩云：湖光秋月兩相和〔二四〕，潭面無風鏡未磨。遥望洞庭山翠小，白銀盤裏一青螺〔二五〕。陶亦吟云：煙波不動影沉沉，碧色全無翠色深。疑是水仙梳洗處，一螺青黛鏡中心。

陶，字國鈞。大中八年，自國子毛詩博士出刺簡州〔二六〕。

姚合送陶及第歸覲云：獻親冬集書，比橘復何如。此去關河遠，相思笑語疎。路尋丹壑斷〔二七〕，人近白雲居。幽石題名處，憑君亦紀予〔二八〕。

陶河陰新城詩云：高城新築壓長川，虎踞龍盤氣色全。五里似雲根不動，一重如月暈初圓〔二九〕。河流暗與溝池合，山色遥將睥睨連。自有此來當汴口，武牢何用鎖風煙。

天津橋春望云：津橋春水浸紅霞，煙柳風絲拂岸斜。翠輦不來金殿閉〔三〇〕，宫鶯銜出上陽花。

送徐山人歸睦州舊隱云：君在桐廬何處住？草堂應與戴家鄰。初歸山犬翻驚主，久别江鷗却避人〔三一〕。終日欲爲相逐計，臨時空羡獨行身〔三二〕。秋風釣艇遥相憶〔三三〕，七里灘西片月新。

賈島送陶入蜀云：江山事若諳，那肯滯雲南〔三四〕。草色分危磴，杉陰近古潭。日斜褒谷鳥，夏淺嶲州蠶〔三五〕。吾自疑雙鬢，相逢更不堪。

陶題杜子美故居云：浣花溪裏花多處，爲憶先生在蜀時。萬古只應留舊宅，千金無復換新詩。沙崩水檻鷗飛盡，樹壓村橋馬過遲。山月不知人事變，夜來江上與誰期〔三六〕？唐詩人最重行卷，陶首篇上裴度，或云耿湋行卷首篇上第五琦，遂指爲二子邪正。雖然，方琦未有釁時，上詩亦何足多怪。

【校箋】

〔一〕詩題《又玄集》、《才調集》俱作《鷺鷥》。《唐百家詩選》作《崔少卿池塘詠雙白鷺》。

〔二〕「爾」，《唐百家詩選》同，《又玄集》、《才調集》作「汝」。

〔三〕「詩家」，《又玄集》、《唐百家詩選》同，《才調集》作「詩人」。

〔四〕《新唐書》卷二二二中《南詔傳》：「于是西川節度使杜元穎治無狀，障候弛沓相蒙，時大和三年也。嵯巔乃悉衆掩邛、戎、嶲三州，陷之。入成都，止西郛十日，慰賚居人，市不擾肆。將還，乃掠子女、工技數萬，引而南。人懼，自殺者不勝計。救兵逐，嵯巔身自殿，至大渡河，謂華人曰：『此吾南境，爾去國當哭。』衆號慟，赴水死者十三。南詔自是工文織，與中國埒。」「嵯巔」原作「嗟巔」，「邛」原作「攻」，「子女工技」原作「女子五伎」，據史文改。

〔五〕《唐百家詩選》載雍陶《哀蜀人爲南蠻俘虜五章》，據補「哀」、「五章」三字。

〔六〕此第一章，詩題原闕，據《唐百家詩選》補。

〔七〕「錦江南渡」，《唐百家詩選》同，《雲溪友議》卷中《玉簫化》條引作「錦城南面」。

〔八〕此第二章，詩題《唐百家詩選》作《過大渡河蠻使許之泣望鄉國》。

〔九〕「郵寄」，《唐百家詩選》同，毛本作「剩寄」，非。

〔一〇〕第三章原闕，據《唐百家詩選》補。

〔一一〕此第四章，詩題《唐百家詩選》同。

〔一二〕「漢地」原作「艱地」，據《唐百家詩選》改。

〔一三〕此第五章，詩題「入」字原脱，據《唐百家詩選》補。

〔一四〕「弘」原作「洪」，據《唐百家詩選》改。

〔一五〕詩題「馬乂」原作「馬艾」，據《唐百家詩選》改。

〔一六〕此采《雲溪友議》卷上《馮生佞》條之文。「人也」二字原脱，據補。

〔一七〕「舅」原作「舊」，據《雲溪友議》改。

〔一八〕「素事篇章」四字原脱，據《雲溪友議》補。

〔一九〕「巴蜀」原作「巴字」，據《雲溪友議》改。

〔二〇〕「挫」字原脱，據《雲溪友議》補。

〔二一〕「訶」原作「詞」，據《雲溪友議》改。

〔二二〕「言」原作「詩」，據《雲溪友議》改。

〔二三〕《鑒誡録》卷八「改橋名」條：「雍使君陶典陽安（簡州地名）日，送客至橋，離情未已。揖讓既久，欲更前車，客將曰：『此處呼爲情盡橋，送迎至此禮畢。』陶下馬，命筆題其橋楹，改爲『折柳』，自兹送别，咸吟是詩，簡郡風情，不革義路矣。詩曰云云。」「任他」，《鑒誡録》作「從他」。

〔二四〕「湖光」原作「湘江」，據《劉夢得文集》改。此詩與下雍陶詩并舉，出《鑒誡録》卷八《作者同條，謂作者之才，往往暗合。首句《鑒誡録》亦作「湖光」。

〔二五〕「白銀盤」原作「白雲盤」，據《劉夢得文集》改。

〔二六〕《新唐書》卷六〇《藝文志》：「《雍陶詩集》十卷。」注云：「字國鈞，大中八年自國子《毛詩》博士出爲簡州刺史。」「大中八年」下原衍「再」字，今删。

〔二七〕「丹壑」原作「清壑」，據《姚少監詩集》改。

〔二八〕「紀」原作「記」，據《姚少監詩集》改。毛本作「寄」，非。

〔二九〕「初圓」原作「長圓」，據《唐百家詩選》改。

〔三〇〕「閉」原作「閣」，據《唐百家詩選》改。

〔三一〕「江鷗」，《唐百家詩選》同，《文苑英華》卷二三三作「沙鷗」。

〔三二〕「臨時」，《唐百家詩選》同，《文苑英華》作「臨岐」。

〔三三〕「相憶」，《唐百家詩選》同，《文苑英華》作「堪憶」。

〔三四〕「那肯」原作「那滯」，據《長江集》改。

〔三五〕「鼉」字原闕，據《長江集》補。

〔三六〕此詩原僅載五、六兩句，餘闕，據《文苑英華》卷三〇七補。《英華》此詩誤題殷陶作。

周元範

誰云嵩上煙〔一〕，隨雲依碧落。投白公句。莫怪西陵風景别，鏡湖花草爲先春。賀朱慶餘及第句。右張爲取作主客圖。

元範，句曲人。

【校箋】

〔一〕「嵩」原作「蒿」，據毛本改。

李遠

失鶴詩云：秋風吹却九皋禽〔一〕，一片閑雲萬里心。碧落有情應悵望，青天無路可追尋〔二〕。來時白雪翎猶短，去日丹砂頂漸深〔三〕。華表柱頭留語後，不知消息到如今〔四〕。聽話叢臺云：有客新從趙地迴，自言曾上古叢臺〔五〕。雲遮襄國天邊盡，樹遶漳河掌上來〔六〕。絃管變成山鳥哢〔七〕，綺羅留作野花開。金輿玉輦無行跡，風雨誰知長碧苔。贈寫御容李長史云：玉座塵消硯水清，龍髯不動彩毫輕。初分隆準山河秀，乍點重瞳日月明〔八〕。宮女捲簾皆暗認，侍臣開殿盡遥驚。三朝供奉無人敵〔九〕，始覺僧繇浪得名。

張固幽閑鼓吹云：宣宗朝，令狐綯薦遠爲杭州。宣宗曰：我聞遠有詩云：長日唯銷一局棋，豈可以臨郡哉！對曰：詩人之言，不足有實也。仍薦遠廉察可任，乃俞之。宣宗視遠到郡謝上表，左右曰：不足煩聖慮也。上曰：遠到郡無非時奏章，只有此謝上表，安知不有情懇乎？吾不敢忽也〔一〇〕。

遠，字求古。大中時，爲建州刺史〔一一〕。

【校箋】

〔一〕「吹却」，《又玄集》、《唐百家詩選》同，《才調集》、《文苑英華》卷三二八作「吹起」。

〔二〕「青天」，《唐百家詩選》同，《又玄集》、《才調集》、《文苑英華》作「瑶臺」。

〔三〕「來時」、「去日」，《又玄集》、《才調集》、《文苑英華》同，《唐百家詩選》作「初來」、「欲去」。

〔四〕「不知」，《又玄集》、《才調集》、《文苑英華》同，《唐百家詩選》作「更無」。

〔五〕「曾上」原作「曾工」，據《又玄集》、《唐百家詩選》改。

〔六〕「掌上」，《又玄集》同，《唐百家詩選》作「掌裹」。

〔七〕「啅」原作「弄」，據《又玄集》、《唐百家詩選》改。

〔八〕「初分」、「乍點」，《又玄集》同，《才調集》作「初分」、「再點」，《唐百家詩選》作「乍分」、「初點」。

〔九〕「無人敵」，《又玄集》同，《才調集》、《唐百家詩選》作「應無敵」。

〔一〇〕二事皆見張固《幽閑鼓吹》。「張固」原作「張同」，「宣宗曰」原作「宣皇曰」，「不足」原作「非」，據改。

〔一一〕《新唐書》卷六〇《藝文志》：「《李遠詩集》一卷。」注云：「字求古，大中建州刺史。」

朱可名

應舉日寄兄弟云：廢斲鏡湖田，上書紫閣前。愁人久委地，詩道未聞天。不是燒金手，徒抛釣月船。多慚兄弟意，不敢問林泉。右張爲取作主客圖。

可名，越州人，進士及第，終長安令〔一〕。

【校箋】

〔一〕「令」字原闕，據毛本補。

趙　嘏

長安秋望云：雲物凄涼拂曙流〔一〕，漢家宮闕動高秋。殘星幾點雁横塞，長笛一聲人倚樓。紫豔半開籬菊静，紅衣落盡渚蓮愁。鱸魚正美不歸去，空戴南冠學楚囚。

獻淮南李僕射云：早年曾謁富民侯，今日難甘失鵠羞。新諾似山無力負，舊恩如水滿身流〔二〕。馬嘶紅葉蕭蕭晚，日照長江灔灔秋。功德萬重知不惜，一言抛得百年愁〔三〕。

開成五年，樂和侍郎下三十一人及第，時上在諒闇，率皆雅飲〔四〕。嘏以詩賀曰〔五〕：天上高高月桂叢，分明三十一枝風。滿懷春色向人動，遮路亂花迎馬紅。鶴馭尚飄雲雨外〔六〕，蘭亭不在管絃中〔七〕。居然自是前賢事，何必青樓倚翠空。

宣宗索嘏詩，首卷題秦皇云：徒知六國隨斤斧，莫有群儒定是非。上不悦〔八〕。

張濆會昌五年陳商下第一人，翰林覆考黜之。嘏貽濆詩曰：莫向春風送酒盃，謫仙真個是仙才。猶堪與世爲祥瑞，曾到蓬萊頂上來〔九〕。

杜紫微覽嘏早秋詩云：殘星幾點雁横塞，長笛一聲人倚樓。吟味不已，因目嘏爲趙倚樓。復有贈嘏詩曰：今代風騷將，誰登李杜壇。灞陵鯨海動，翰苑鶴天寒。今日訪君還有意，三條冰雪獨來看〔一〇〕。

嘏曾有詩曰：早晚粗酬身事了，水邊歸去一閑人。果卒于渭南尉。嘏嘗家于浙西，有美姬，嘏甚惑溺，洎計偕，以其母所阻，遂不攜去。會中元爲鶴林之游，浙帥窺其姬，遂奄有。明年，嘏及第，因以一絶箴之曰：寂寞堂前日又曛，陽臺去作不歸雲。當時聞説沙吒利，今日青娥屬使君。浙帥不自安，遣一介歸之。嘏方出關，逢于横水驛，姬抱嘏慟哭而卒，遂葬于横水之陽〔一一〕。

嘏，字承祐。大中終于渭南尉〔一二〕。

一千里色中秋月，十萬軍聲半夜潮。錢塘句〔一三〕。梁王舊館已秋色，珠履少年輕綉衣。句。滿樓春色傍人醉，半夜雨聲前計非。寒食新豐别友句〔一四〕。三千宫女自塗地，十萬人家如洞天。送人尉江都句。右張爲取作主客圖。

【校箋】

〔一〕「凄涼」，《唐百家詩選》同，《又玄集》、《才調集》作「凄清」。

〔二〕「舊恩」原作「舊思」，據《唐百家詩選》改。

〔三〕「百年愁」原作「百生愁」，據《唐百家詩選》改。

〔四〕《摭言》卷三：「開成五年，樂和李公榜，于時上在諒闇，故新人游賞，率常雅飲。詩人趙嘏寄贈曰云云。」「時上在諒闇」句，「上」字原脱，據補。

〔五〕詩題《文苑英華》卷二一六作《今年新先輩以遏密之際，每有宴集，必資清談》。

〔六〕「尚飄」，《摭言》作「回飃」，《文苑英華》卷二一六作「尚飃」。

〔七〕「蘭亭」原作「蘭堂」，據《摭言》及《文苑英華》改。

〔八〕《北夢瑣言》卷七：「宣宗索趙嘏詩，其卷首有《題秦皇》詩，其略云：『徒知六國隨斤斧，莫有群儒定是非。』上不悦。」

〔九〕《摭言》卷一一：「張濆，會昌五年陳商下狀元及第，翰林覆落濆等八人，趙渭南貽濆詩曰：『莫向春風訴酒杯，謫仙真箇是仙才。猶堪與世爲祥瑞，曾到蓬山頂上來。』」按張濆當作張濆，參閲本書卷五二易重下校箋〔一〕、〔二〕。此「張濆」原亦誤作「張濆」，據改。

〔一〇〕《摭言》卷七：「杜紫微覽趙渭南卷《早秋》詩云：『殘星幾點雁横塞，長笛一聲人倚樓。』吟味不已，因目嘏爲『趙倚樓』。復有贈嘏詩曰云云。」詩末句「獨來看」，《摭言》作「借予看」。

〔一一〕此采自《摭言》卷一五，文繁不録。「嘏甚惑溺」原作「惑之」；「以其母所阻，遂不攜去」九字原脱；「會中元爲鶴林之游」句，原脱「爲」字，據補改。

〔一二〕《新唐書》卷六〇《藝文志》：「趙嘏《渭南集》三卷，又《編年詩》二卷。」注云：「字承祐，大中渭南尉。」

〔一三〕此聯《又玄集》爲李廓《憶錢塘》詩句。

〔一四〕此《寒食新豐别友》詩句，題原闕，今補。

祝元膺

送高遂赴舉云：句曲舊宅真〔一〕，自産日月英。既涵嶽瀆氣，安無神仙名。松桂邐迤色，與君相送情。又寄道友云：兩頷凝清霜，玉鑪焚天香。爲我延歲華，得入不死鄉。又夢仙辭〔二〕云：蟾蜍夜作青冥燭〔三〕，螮蝀晴爲碧落梯。好箇分明上天路〔四〕，誰教深入武陵溪〔五〕。又有霧紋斑似豹，水力健如龍之句，張爲取作主客圖。成式紀之〔六〕。

元膺，句曲人。與段成式同時，每愛誦孟不疑句云：白日故鄉遠，青山佳句中。

【校箋】

〔一〕「宅真」，毛本作「真宅」。

〔二〕詩題《文苑英華》卷三三二作《夢仙謡》。

〔三〕「燭」原作「鏡」，據《文苑英華》改。

〔四〕「上天路」，《文苑英華》同，毛本作「天上路」，非。

〔五〕「深入」原作「移入」，據《文苑英華》改。

〔六〕《酉陽雜俎》前集卷一五：「舉人祝元膺嘗言親見孟不疑説，每每戒夜食必須發祭也。祝又言孟素不信釋氏，頗能詩，其句云：『白日故鄉遠，青山佳句中。』後嘗持念游覽，不復應舉。」

韋承貽

承貽，咸通中策試夜潛紀長句于都堂西南隅云：褒衣博帶滿塵埃，獨向都堂納試回。蓬巷幾時聞吉語，棘籬何日免重來？三條燭盡鐘初動，九轉丹成鼎未開。殘月漸低人擾擾，不知誰是謫仙才？又曰：白蓮千朵照廊明，一片昇平雅頌聲。纔唱第三條燭盡，南宫風月畫難成〔一〕。

承貽，字貽之。咸通八年登第。

【校箋】

〔一〕此采自《摭言》卷一五，文字悉同。詩前首「獨向」原作「獨自」，「蓬巷」原作「蓮巷」；後首「白蓮」原作「白雲」，據改。

鄭史

史，開成元年登第，經過池陽廉使崔君，悦一妓行雲，有詩云：最愛鉛華薄薄粧，更兼衣着又鵝黄。從來南國名佳麗，何事今朝在北行？臨歧，博陵公輟贈之。

史，終國子博士。

賈島送史詩曰〔一〕：雲林頗重疊〔二〕，岑渚復幽奇。汩水斜陽岸，騷人正則祠〔三〕。蒼梧多蟋蟀，白露濕江蘺〔四〕。擢第榮南去〔五〕，晨昏近九疑。

【校箋】

〔一〕《長江集》載此詩，題作《送鄭史之嶺南》。

〔二〕「雲林」原作「葛林」，據《長江集》改。

〔三〕「騷人」原作「羈人」，據《長江集》改。

〔四〕「江蘺」原作「紅籬」，據《長江集》改。

〔五〕「南去」原作「回去」，據《長江集》改。

韋楚老

祖龍行云：黑雲兵氣射天裂〔一〕，壯士朝眠夢冤結。祖龍一夜死沙丘，胡亥空隨鮑魚轍。腐肉偷生三千里〔二〕，僞書先賜扶蘇死。墓接驪山土未乾，瑞光已向芒碭起〔三〕。陳勝城中鼓三下，秦家天地如崩瓦。龍蛇撩亂入咸陽，少帝空隨漢家馬。

江上蚊子云：飄摇狹翅亞紅腹〔四〕，江邊夜起如雷哭。請問貪婪一點心，臭腐填腹幾多足？越女如花住江曲，寒蛾夜夜凝雙緑〔五〕。任君撩亂錦幒中〔六〕，十幅輕綃圍夜玉〔七〕。

杜牧之送韋楚老拾遺自洛中歸朝云〔八〕：洛橋風暖細翻衣，春引仙官去玉墀。獨鶴初冲太虚日，九牛新落一毛時。行開教化期君是，卧病神祇禱我知。十載丈夫堪恥處，朱雲猶掉直言旗。

楚老，長慶進士，終于拾遺〔九〕。開成時，李德裕代牛僧孺爲淮南節度，奏僧孺錢帛事。補闕王績、魏謨、崔黨、韋有翼，拾遺令狐綯及楚老、樊宗仁，連章奏德裕妄奏錢帛，以傾僧孺。上不問〔一〇〕。

一從黃帝葬橋山，碧落千門鎖元氣。天上行句。張爲取作主客圖〔一一〕。

【校箋】

〔一〕「裂」原作「烈」，《唐才子傳》載韋楚老此詩作「黑雲兵氣射天裂」，據改。《唐文粹》作「黑雲障天天欲裂」。

〔二〕「三千里」，《唐文粹》作「五千里」。《唐才子傳》作「二千里」。

〔三〕「瑞光」，《唐才子傳》同。《唐文粹》作「赤光」。

〔四〕「狹」原作「挾」，據《唐文粹》改。《文粹》爲兩三字句，無「飄」字。

〔五〕「寒」字原闕，「蛾」原作「娥」，「凝」原作「疑」，據《唐文粹》補改。

〔六〕「任」字原闕，據《唐文粹》補。

〔七〕「十幅」原作「十軸」，據《唐文粹》改。

〔八〕詩題《樊川文集》作《洛中監察病假滿，送韋楚老拾遺歸朝》。「楚」字原闕，據補。

〔九〕《金華子雜編》：「韋楚老少有詩名，相國李宗閔之門生也。自左拾遺辭官東歸，寄居金陵。」《唐才子傳》：「楚老，長慶四年，中書舍人李宗閔下進士，仕終國子祭酒。」與此異。

〔一〇〕《舊唐書》卷一七四《李德裕傳》：「開成二年五月，授揚州大都督府長史、淮南節度副大使、知節度使事，代牛僧孺。初僧孺聞德裕代己，乃以軍府事交付副使張鷺，即時入朝。時揚州府藏錢帛八十萬貫匹，及德裕至鎮，奏領得止四十萬，半爲張鷺支用訖。僧孺上章訟其事，詔德裕重檢括，果如僧孺之數。德裕稱初到鎮疾病，爲吏隱欺，請罰，詔釋之。補闕王績、魏謨、崔黨、韋有翼、拾遺令狐綯、韋楚老、樊宗仁等，連章論德裕妄奏錢帛以傾僧孺，上竟不問。」「王績」原作「王續」，據改。

〔二〕原脱，據《主客圖》補。

唐詩紀事校箋卷第五十七

段成式

成式記云〔一〕：武宗癸亥三年夏，予與張君希復善繼同官祕書，鄭君符夢復連職仙署〔二〕。會暇日游大興善寺，因問兩京新記及游目記〔三〕，多所遺略。乃約一旬尋兩街寺〔四〕，以街東興善爲首，二記所不具〔五〕，則别録之。游及慈恩，初知官將併寺，僧衆草草，乃泛問一二上人及記塔下畫跡，游於此遂絶。後三年，予職于京洛，及刺安成，至大中七年歸京，在外六甲子，所留書籍，揃壞居半，於故簡中覩與二亡友游寺，瀝血淚交。當時造適樂事，邈不可追。復方刊整，纔足續穿蠹，然十亡五六矣。

靖善坊大興善寺〔六〕 寺取大興兩字、坊名一字爲名。新記云：優填像，總章初爲火所燒。據梁時西域優填在荆州，言隋自臺城移來此寺，非也。今又有旃檀像，開目，其工頗拙，尤差謬矣。不空三藏塔前多老松，歲旱，則官伐其枝爲龍骨以祈雨。蓋三藏役龍，意其樹必有靈也〔七〕。東廊之南素和尚院，庭有青桐四株〔八〕，素之手植。元和中，卿相多游此院〔九〕。桐至夏有汗，污人衣如輮脂，不可浣。昭國東門鄭相〔一〇〕，嘗與丞郎數人避暑〔一一〕，惡其汗，謂素曰：弟子爲和尚伐此樹，各植一松也。及暮，素戲祝樹曰：我種汝二十餘年，汝以汗爲人所惡，來歲若復有汗，我必薪之〔一二〕。自是無汗。寶曆末，予見説已十五餘年無汗矣。素公不出院，轉法華經三萬七千部。夜嘗有貉子聽經，齋時鳥鵲就掌取食〔一三〕。長慶初，庭前牡丹一朵合歡，有僧玄幽題此院詩，警句：三萬蓮經三十春，半生不踏院門塵。左顧蛤像，舊傳云：隋帝嗜蛤，所食必兼蛤味，數逾數千萬矣〔一四〕。忽有一蛤，椎擊如舊〔一五〕，帝異之，置諸几上。一夜有光，及明，肉自脱，中有一佛二菩薩像。帝悲悔，誓不食蛤。非陳宣帝。

辭　二十字連絶句：乘晴入精舍，語默想東林。盡是忘機侶，誰驚息影禽？善繼。有松堪繫馬，遇鉢更投針。記得湯師句，高禪助朗吟〔一六〕。柯古。一雨微塵盡，支郎許數過。方同嗅薝蔔，不用算多羅。夢復。蛤像連二十字絶句：雖因雀變化，不逐月虧盈。縱有天中匠，神工詎可成。柯古。相好全如梵，端倪祇爲隋。寧同蚌頑惡，但與鷸相持。善繼。聖柱連句：上有鐵索跡。天心助興善〔一七〕，聖跡此開陽。柯古。載恐雷輪重，縋疑電索長〔一八〕。善繼。上衝扶蝃蝀〔一九〕，不動束鋃鐺。柯古。飢鳥未曾啄，乖龍寧敢藏。善繼〔二〇〕。

長樂坊安國寺　紅樓，睿宗在藩時舞榭。東禪院，亦曰木塔院，院門西北廊五壁，吴道子弟子釋思道畫釋梵八部，不施彩色，尚有典刑。禪師法空影堂〔二一〕，世號吉州空者，久養一騾，將終，鳴走而死。有弟子允一曰元嵩患風，常于空室埋一柱鎖之，僧難輒愈。佛殿，開元初，玄宗拆寢室施之。當陽彌勒像〔二二〕，法空自光明寺移來。未建都時〔二三〕，此像在村蘭若中，往往放光，因號光明寺。寺在懷遠坊〔二四〕，後爲延火所燒，唯像獨存。法空初移像時，索大如虎口，數十牛曳之，索斷不動。法空執爐，依法作禮九拜，泣涕發誓。像身忽曝曝作聲，身迸分竟地爲數十段〔二五〕，不終日，移至寺焉。利涉塑堂，元和中，取其處爲聖容院〔二六〕，遷像廡下。上忽夢一僧，形容奇偉，訴曰：暴露數日，豈聖君意耶！及明，駕幸〔二七〕，驗問如夢，即令移就堂中，側施帷帳安之〔二八〕。光明寺中鬼子母及文惠太子塑像，舉止態度如生。工名李岫。山庭院，古木崇阜，幽若山谷，當時輦土營之。上座璘公院，有穗柏一株〔二九〕，衢柯偃覆〔三〇〕，下坐十餘人。

辭　紅樓連句：隱侯體。重疊碎晴空，餘霞更助紅。蟾蹤近鳷鵲〔三一〕，鳥道接相風。善繼。苔靜金輪路，雲輕白日宮。元和中，帝幸此處〔三二〕。壁詩傳謝客，詞人陳至題此院詩云：藻井尚寒龍跡在，紅樓初啟日光通〔三三〕。門榜占休公。廣宣上人住此院，有詩名，時號爲紅樓集。柯古〔三四〕。一院暑難侵，莓苔可影深。標枝爭息鳥〔三五〕，餘吹正開襟。柯古。宿雨香添色，殘陽石在陰。乘閑動詩思〔三六〕，助靜入禪心。善繼。題璘公院：一言至七言，每人占兩題〔三七〕。靜，虛。熱際，安居。夢復。龕燈斂，印香除。東林賓客，西澗圖書。簷外垂青豆，經中發白蕖〔三八〕。縱辯宗因袞袞，忘言事理如如。柯古竟。泉臺定將入流否，鄰笛足疑清梵餘。柯古新續〔三九〕。

常樂坊趙景公寺　隋開皇三年置，本曰弘善寺，十八年改焉。南中三門裏東壁上，吴道玄白畫地獄變，筆力勁怒，變狀陰怪，覩之不覺毛戴，吴畫中得意處。三階院西廊下，范長壽畫西方變及十六對事〔四〇〕，寶池尤妙絶〔四一〕，諦視之，覺水入深壁〔四二〕。院門上白畫樹石，頗似閻立德。予攜立德行天祠粉本驗之〔四三〕，無異〔四四〕。西中三門裏門南，吴生畫龍及刷天王鬚，筆蹟如鐵。有執爐天女，竊眸欲語。

辭　吴畫連句：慘淡十堵内，吴生縱狂跡。風雲將逼人，神鬼如脱壁。柯古。其中龍最怪，張甲方汗栗。黑夜竅窣時，安知不霹靂〔四五〕。善繼。此際忽仙子，獵獵衣舄奕。妙瞬乍疑生，參差奪人魄。夢復。往往乘猛虎，衝梁聳奇石。蒼峭束高泉，角膝驚欹側〔四六〕。柯古。冥獄不可視，毛戴腋流液。苟能水成剎，那更沉火宅〔四七〕。善繼〔四八〕。

題約公院四言：印火熒熒，燈續焰青。善繼。七俱胝呪，四阿含經。柯古。各録佳語，聊事素屏。夢復。丈室安居〔四九〕，延賓不扃。昇上人。

大同坊雲華寺〔五〇〕　大曆初，僧儼講經，天雨花，至地咫尺而滅，夜有光燭室，敕改爲雲華。儼，即康藏之師也。康本住靖恭里氈曲〔五一〕，忽覩光如輪，衆人皆見。遂尋光至儼講經所，滅。佛殿西廊立高僧一十六身，天寶初，自南内移來，畫蹟拙俗。觀音堂在寺西北隅。建中末，百姓屈儼患瘡且死〔五二〕。夢一菩薩摩其瘡曰：我住雲華寺〔五三〕。儼驚覺汗流，數日而愈。因詣寺尋檢，至聖畫堂〔五四〕，見菩薩，一如其覩也。

辭　偶連句：共入夕陽寺，因窺甘露門。昇上人。清香惹苔蘚，忍草雜蘭蓀。夢復。捷偈飛箝答，新詩倚杖論。柯古。壞幡標古刹，聖畫焕崇垣。善繼。豈慕穿籠鳥，難防在牖猿。柯古。一音唯一性，三語更三幡。善繼。

道政坊寶應寺　韓幹，藍田人。少時常爲貰酒家送酒〔五五〕。王右丞兄弟未遇，每一貰酒漫游〔五六〕，幹常徵債于王家，戲畫地爲人馬。右丞精思丹青，奇其意趣，乃歲與錢二萬，令學畫十餘年。今寺中釋梵天女，悉齊公妓小小等寫真也。寺有韓幹畫下生彌勒〔五七〕，衣紫袈裟。右邊仰面菩薩及二獅子尤入神。有王家舊鐵石及齊公所喪一歲子〔五八〕，漆之如羅睺羅，每盆供日出之。寺中彌勒殿，齊公寢堂也。東廊北面，楊岫之畫鬼神，齊公嫌其筆蹟不工〔五九〕，故止一堵〔六〇〕。

辭　僧房連句：古畫思匡崖〔六一〕，上方疑傅巖。蝶閑移忍草，蟬曉揭高杉。柯古。香字消芝印，金經發茝函。井通松底脈，書拆洞中緘。善繼。哭小小寫真連句〔六二〕：如生小小真，猶自未棲塵。夢復。揄袂將離座，斜柯欲近人。柯古。昔時知出衆，情寵占横陳〔六三〕。善繼。不遺游張巷，豈教窺宋鄰。夢復。庾樓吹笛裂，弘閣賞歌新。柯古〔六四〕。蟬怯折腰步〔六五〕，蛾驚半額嚬〔六六〕。善繼。圖形誰有術，買笑詎辭貧。柯古。複隴迷村徑，重泉隔漢津。夢復。同心知作羽，比目定爲鱗。善繼。殘月巫山夕，餘霞洛浦晨。柯古〔六七〕。

平康坊菩薩寺　佛殿東西障日及諸柱上圖畫，是東廊跡，舊鄭法士畫。開元中，因屋壞，移入大佛殿内槽北壁〔六八〕。食堂前東壁上，吴道子畫智度論色偈變，偈是吴自題，筆跡遒勁，如磔鬼神毛髮。次堵畫禮骨仙人，天衣飛揚，滿壁風動。佛殿内槽後壁面〔六九〕，吴道子畫消災經事，樹石古嶮。元和中，上欲令移之，慮其摧壞，乃下詔擇畫手寫進。佛殿内槽東壁維摩變〔七〇〕，舍利佛角而轉膝〔七一〕。元和末，俗講僧文溆裝之〔七二〕，筆蹟盡矣。故興元鄭公尚書題北壁僧院詩曰〔七三〕：但慮彩色污，無虞臂胛肥〔七四〕。置寺碑陰，彫飾奇巧，相傳鄭法士所起樣也。初，會覺上人以施利起宅十餘畝〔七五〕，工畢，釀酒百石，列缾甕于兩廡下〔七六〕，引吴道玄觀之。因謂曰：檀越爲我畫，以是賞之。吴生嗜酒，且利其多〔七七〕，欣然而許。予以蹤跡似不及景公寺畫。中三門内東門塑神〔七八〕，善繼云：是吴生弟子王耐兒之工也。

辭　書事連句：悉爲無事者，任被俗流憎。夢復。客異干時客，僧非出院僧。柯古。遠聞疎牖磬，曉辨密龕燈〔七九〕。善繼。步觸珠幡響，吟窺鉢水澄〔八〇〕。夢復。句饒方外趣，游愜社中朋。柯古。靜裏已馴鴿，齋中亦好鷹。善繼。金塗筆是褩，彩溜紙非繒〔八一〕。昇上人。錫杖已尅鍛，田衣從壞塍。柯古。占牀慚一脅〔八二〕，卷箔賴長肱。善繼。佛日初開照，魔天破幾層。柯古。呪中陳祕計〔八三〕，論處正先登〔八四〕。善繼。勇帶綻針石，危防丘井藤。昇上人〔八五〕。

宣陽坊奉慈寺　開元中虢國夫人宅，安祿山僞置百官〔八六〕，以田乾真爲京兆尹，取此宅爲府。後爲郭曖駙馬宅。今上即位之初，太皇太后爲昇平公主追福，奏置奉慈寺，賜錢二十萬，綉幀三車，抽左街十寺僧四十人居之。今有僧惟則，以七寶末摹阿育王舍利塔〔八七〕，自明州負來。寺成後二年，司農少卿楊敬之小女，年十三，以六韻成詩題此寺，自稱關西孔子二十七代孫，字德麟。警句云：日月金輪動，旃檀碧樹秋。塔分鴻雁翅，鐘掛鳳凰樓。事因見，勑賜衣。

光宅坊光宅寺　本官蒲萄園。中禪師影堂，師號惠中，肅宗上元二年，徵至京師，初居此寺。徵詔云〔八八〕：杖錫而來，京師非遠。齋心已久，副朕虛懷。

辭　中禪師影堂連句：名下固無虛，敖曹貌嚴毅。洞達見空王，圓融入佛地。善繼。一言當要害，忽忽醒諸醉。不動須彌山，一云不動如須彌。多言辯無匱。夢復。坦率對萬乘，偈答無所避。爾如毗沙門，外形如脱履。柯古。但以理爲量，不語怪力事。木石摧貢高，慈悲引貪恚。昇上人。當時乏支許〔八九〕，何人契深致。隨宜詎説三，直下開不二。柯古。

翊善坊保壽寺　本高力士宅，天寶九載，捨爲寺。初鑄鐘成，力士設齋慶之。舉朝畢至，一擊百千。有規其意，連擊二十杵。經藏閣規創危巧，二塔火珠，受十餘斛。河陽從事李涿，性好奇古，與僧智增善，嘗俱至此寺，觀庫中舊物。忽於破甕中得物如被，幅裂污坌，觸而塵起。涿徐視之，乃畫也。因以州縣圖三及縑三十獲之〔九〇〕，令家人裝治之，大十餘幅。訪于常侍柳公權，方知張萱所畫石橋圖也。玄宗賜高，因留寺中。後爲鬻畫人宗牧言於左軍〔九一〕，尋有小使領軍卒數十人至宅，宣勑取之，即日進入。先帝好古，見之大悅，命張於盧韶院〔九二〕。寺有先天菩薩幀，本起成都妙積寺。開元初，有尼魏八師者，常念大悲呪。雙流縣百姓劉乙名意兒〔九三〕，年十一，自欲事魏尼，尼遣之不去，常於奧室立禪〔九四〕。嘗白魏云：先天菩薩見身此地。遂篩灰於庭〔九五〕。一夕，有巨跡數尺，輪理成就。因謁畫工，隨意設色，悉不如意。有僧楊法成自言能畫，意兒常合掌仰祝〔九六〕，然後指授之。以近十稔〔九七〕，工方畢〔九八〕。後塑先天菩薩〔九九〕，凡二百四十二首〔一〇〇〕。首如塔勢，分臂如意蔓。其榜子，有一百四十日鳥樹，一鳳四翅，水肚樹。所題深怪，不可詳悉，畫樣凡十五卷。柳七師者，崔寧之甥，分三卷往上都流行。時魏奉古爲長史，進之。後因四月八日賜高力士。今成都者，是其次本。

辭　先天幀讚連句：觀音化身，厥形孔怪。䐔膃淫厲〔一〇一〕，衆魔膜拜。善繼。指蔓鴻紛〔一〇二〕，牓列區界〔一〇三〕。其事明張，何不可解。柯古。閻河德川，〔一〇四〕，大士先天。衆象參羅，瞰瞰田田〔一〇五〕。夢復。百億花發，百千燈燃。膠如絡繹〔一〇六〕，浩汗連綿。善繼。焰摩界戚，洛迦苦霽。正念皈依〔一〇七〕，衆青如篲〔一〇八〕。柯古。戾滓可汰，癡膜可蜕。稽首如空，睟容若睇。善繼。闡提墨師，覩而面之。寸念不生，未遇乎而。柯古。

宣陽坊靜域寺　本太穆皇后宅。寺僧云：三階院門外是神堯皇帝射孔雀處。禪院門内外〔一〇九〕，游目記云：王昭隱畫。門西裏面，和修吉龍王有靈。門内之西，火目藥叉及北方天王〔一一〇〕，甚奇猛。門東裏面，賢門也，野叉部落。鬼首上蟠蛇，汗烟可懼。東廊樹石嶮怪，高僧亦怪。西廊萬壽菩薩院，門裏南壁〔一一一〕，皇甫軫畫鬼神及鵰，形勢若脱〔一一二〕。軫與吴道玄同時，吴以其藝逼己，募人殺之。萬壽菩薩堂内有寶塔，以小金銅塔數百飾之。大曆中，將作劉監有子合手出胎，七歲念法華經，及卒，焚之，得舍利數十粒，分藏于金銅塔中。善繼云：合是劉銛。佛殿東廊有古佛堂，其地本雍村，堂中像設，悉是石作。相傳云：隋恭帝終此堂。

辭　三階院連句：密密助堂堂，隋人歌檿桑〔一一三〕。雙弧摧孔雀〔一一四〕，一矢隕貪狼。柯古。百步望雲立，九規看月張。獲蛟徒破浪，中一漫如牆。善繼。還似貫金鼓，更疑穿石梁。因添挽河力，爲滅射天狂。柯古〔一一五〕。絶藝却南牧，英聲來鬼方。麗龜何足敵〔一一六〕，殪豕未爲長〔一一七〕。善繼〔一一八〕。龍臂勝猿臂，星芒超箭芒。虚誇絶高鳥，垂拱議明堂。柯古。

崇義坊招福寺〔一一九〕　本曰正覺，國初毁之，以其地立第，賜諸王，睿宗在藩居之。乾封二年，移長寧公主佛堂于此〔一二〇〕，重建此寺。

辭　贈諸上人連句：翻了西天偈，燒餘梵宇香。撚眉愁俗客，支頰背殘陽〔一二一〕。柯古。洲號唯思沃〔一二二〕，山名祗記匡。辯中摧世智，定裹破魔强。善繼。許叡禪心徹，湯休詩思長。朗吟疎磬斷〔一二三〕，久語貫珠妨。柯古。乘興書芭葉，閑來入豆房。漫題存古壁，怪畫匝長廊。善繼。

招國坊崇濟寺　寺内有天后織成蛟龍披襖子及綉衣六事〔一二四〕。東廊從南第二院，有宣律師製袈裟堂。曼殊堂有松數株，甚奇。

辭　宣律和尚袈裟絶句：共覆三衣中夜寒，披時不鎮尼師壇。無因蓋得龍宫地，畦裹塵飛業相殘。善繼。和前云：南山披時寒夜中，一角不動毗嵐風。何人見此生慚愧，斷續猶應護得龍。柯古〔一二五〕。

奇松二十字：杉松何相疎，榆柳方迥肩。無人擅談柄，一枝不敢折。柯古。中庭苔蘚深，吹餘鳴佛禽。至于摧折枝，凡草猶避陰。善繼。僻徑根從露，閑房枝任侵。一株風正好，來助碧雲吟。夢復。時時掃牕聲，重露滴寒砌。風颭一枝遒〔一二六〕，閑窺別生勢。昇上人。

偃蓋入樓妨，盤根侵井窄。高僧獨惆悵，爲與澄嵐隔〔一二七〕。柯古。

永安坊永壽寺　三門東吴道子畫，似不得意。佛殿名會仙，本是内中梳洗殿。貞元中，有證智禪師，往往著靈驗〔一二八〕，或時在張檟蘭若中治田〔一二九〕，及夜歸寺，若在金山界，相去七百里。

辭　閑中好：閑中好，盡日松爲侶。此趣人不知，輕風度僧語。夢復。閑中好，塵務不縈心。坐對當牕木，看移三面陰。柯古。閑中好，幽磬度聲遲。卷上論題肇〔一三〇〕，畫中僧姓支。善繼。

崇仁坊資聖寺　净土院門外，相傳吴生一夕秉燭醉畫，就中戟手，視之惡駭。院門裏，盧稜伽畫〔一三一〕。盧常學吴勢〔一三二〕，吴亦授以手訣，乃畫總持三門寺，方半，吴大賞之。謂人曰：稜伽不得心訣，用思太苦，其能久乎？畫畢而卒。中門牕間，吴道子畫高僧〔一三三〕，韋述贊，李嚴書。中三門外兩面上層，不知何人畫，人物頗類閻令。寺西廊北隅〔一三四〕，楊坦畫近塔天女〔一三五〕，明睇將瞬。團塔院北堂，有鐵觀音，高三丈餘〔一三六〕。觀音院兩廊四十二賢聖，韓幹畫，元中書載贊〔一三七〕。東廊北頭散馬，不意見者，如將嘶蹀。聖僧中龍樹、商那和修絶妙。團塔上菩薩，李真畫。四面花鳥，邊鸞畫〔一三八〕。當藥上菩薩頂〔一三九〕，茙葵尤佳。塔中藏千部法華經。

辭　諸畫連句：柏梁體。吳生畫勇矛戟攢〔一四〇〕。柯古。出奇變勢千萬端〔一四一〕。善繼。蒼蒼鬼怪層壁寬。夢復。覩之忽忽毛髮寒。柯古。稜伽之力所疹瘢〔一四二〕。柯古。李真周昉優劣難。夢復。活禽生卉推邊鸞。柯古。花房嫩彩猶未乾。善繼。韓幹變態如激湍。夢復。惜者壁畫勢未殫。柯古。後人新畫何汗漫。善繼。

成式，字柯古，文昌之子。博學强記，多奇篇祕籍〔一四三〕。嘗于私第鑿池，得片鐵，命尺周量之，笑而不言。寘之密室，時窺之，則有金書二字，報十二時也。成式博物類此〔一四四〕。終太常少卿。成式與温庭筠雲藍紙詩序曰：予在九江，多意造之，分送五十〔一四五〕。詩云：三十六鱗充使時，數番猶得裏相思。待將袍襖重鈔了，盡寫襄陽播掿詞。

成式酉陽雜俎云：古樂府木蘭篇：明駝千里腳〔一四六〕，送兒還故鄉。明字多誤作鳴。駝卧，腹不帖地，屈足，漏明，則行千里。又云：波斯國謂象牙爲白暗，犀角爲黑暗，故老杜有黑暗通蠻貨之句。又載鬼詩二篇云：長安女兒踏春陽〔一四七〕，無處春陽不斷腸〔一四八〕。舞袖弓彎渾忘却，蛾眉空帶九秋霜。又云：流水涓涓芹努牙〔一四九〕，織烏雙飛客還家。荒村無人作寒食，殯宫空對棠梨花。

酉陽雜俎云〔一五〇〕：一夕，予坐客以互送連句爲煩〔一五一〕，乃命工取細斑竹，以白金鎖首，如茶挾，以遞聯名之。予在城時，常與客連句，初無虚日。小酌求押，或窮韻相角，或押惡韻，或煎茗一椀，爲八韻詩，謂之雜連。若志于不朽，則汰揀穩韻，無所得輒已，謂之苦連。連時共押平聲好韻不僻者，出于竹簡，謂之韻牒。出城悉攜行〔一五二〕，坐客句挾韻牒之語〔一五三〕，必爲好事者所傳矣。因説故相牛公揚州賞秀才蒯希逸詩：蟾蜍醉裏破，蛺蝶夢中殘。每坐吟之。予因請坐客各吟近日爲詩者佳句，有吟賈島舊國别多日，故人無少年。馬戴猿啼洞庭樹，人在木蘭舟；又骨銷金鏃在。有吟僧無可河來當塞斷，一曰盡。山一曰岸。遠與沙平；又開門落葉深。有吟張祜河流側讓關；一曰山。又泉聲到池盡。有吟僧靈準晴看漢水廣，秋覺峴山高。有吟朱景玄塞鴻先秋去，邊草入夏生。予吟上都僧元礎寺隔殘潮去〔一五四〕；又採藥過泉聲；又林塘秋半宿，風雨夜深來。予識蜀中客龐季子〔一五五〕，每云：寒雲生易滿，秋草長難高。

成式有漢上題襟十卷〔一五六〕。

光風亭夜宴，妓有醉毆者，温飛卿曰：若狀此，便可以疻面對捽胡。成式乃曰：捽胡雲彩落，疻面月痕消。又曰：擲履仙鳧起，撦衣蝴蝶飄。羞中含薄怒，嚬裏帶餘嬌。醒後猶攘腕，歸時更折腰。狂夫自纓絶，眉勢倩誰描。韋蟾云：爭揮鈎弋手，競聳踏摇身。傷頰詛關舞，捧心非効嚬。飛卿云：吴國初成陣，王家欲解圍。拂巾雙雉叫，飄瓦兩鴛飛〔一五七〕。

【校箋】

〔一〕此段成式《寺塔記》序文，序末尚有「次成兩卷，傳諸釋子。東牟人段成式，字柯古」數語。《記》載《酉陽雜俎》續集卷五、卷六。以下節采其文，大抵諸寺以詩辭爲主，無辭者不録。

〔二〕「仙署」原作「仙局」，據《酉陽雜俎》改。

〔三〕「新記」原作「雜記」，據《酉陽雜俎》改。

〔四〕「街」字原脱，據《酉陽雜俎》補。

〔五〕「不具」下原衍「到」字，據《酉陽雜俎》删。

〔六〕「靖善坊」原作「靖恭坊」，據《酉陽雜俎》改。宋敏求《長安志》卷七「靖善坊大興善寺」下即引《酉陽雜俎》此文。徐松《唐兩京城坊考》卷二：「次南靖善坊：大興善寺，盡一坊之地。」

〔七〕「樹」原作「木」，據《酉陽雜俎》改。下條兩「樹」字同。

〔八〕「青桐」原作「紫桐」，據《酉陽雜俎》改。

〔九〕「多」字原脱，據《酉陽雜俎》補。

〔一〇〕「昭國」原作「相國」，據《酉陽雜俎》改。

〔一一〕「丞郎」原作「丞相」，據《酉陽雜俎》改。

〔一二〕「薪之」原作「薪汝」，據《酉陽雜俎》改。

〔一三〕「烏鵲」原作「烏鵲」，據《酉陽雜俎》改。

〔一四〕下「數」字原脱，據《酉陽雜俎》補。

〔一五〕「椎擊」原作「椎繫」，據《酉陽雜俎》改。

〔一六〕「朗吟」原作「郎吟」，據《酉陽雜俎》改。

〔一七〕「助興善」原作「惟助善」，據《酉陽雜俎》改。

〔一八〕「疑」原作「凝」，據《酉陽雜俎》改。

〔一九〕「上衝」原作「上行」，據《酉陽雜俎》改。

〔二〇〕「善繼」二字原脱，據毛本補。

〔二一〕「法空」原作「法堂」，據《酉陽雜俎》改。

〔二二〕「像」字原脱，據《酉陽雜俎》補。

〔二三〕「未」字原脱，據《酉陽雜俎》補。

〔二四〕「寺」字原脱，據《酉陽雜俎》補。

〔二五〕「竟地」二字原脱，據《酉陽雜俎》補。

〔二六〕「爲」字原脱，據《酉陽雜俎》補。

〔二七〕「駕幸」原作「爲幸」，據《酉陽雜俎》改。

〔二八〕「之」字原脱，據《酉陽雜俎》補。

〔二九〕「一株」原作「一林」，據《酉陽雜俎》改。

〔三〇〕「偃」字原脱，據《酉陽雜俎》補。

〔三一〕「蟾」原作「蟬」，據《酉陽雜俎》改。

〔三二〕「此處」原作「此宮」，據《酉陽雜俎》改。

〔三三〕「初啟」原作「初施」，據《酉陽雜俎》改。

〔三四〕「柯古」二字原脱，據《酉陽雜俎》補。

〔三五〕「標枝」原作「枝標」，據《酉陽雜俎》改。

〔三六〕「詩思」原作「詩意」，據《酉陽雜俎》改。

〔三七〕「一言至七言，每人占兩題」原作「一言至七言每人古而題」，據《酉陽雜俎》改。

〔三八〕「白蕖」原作「白渠」，據《酉陽雜俎》改。

〔三九〕「新續」原作「新度」，據《酉陽雜俎》改。

〔四〇〕「十」字原脱，據《酉陽雜俎》補。

〔四一〕「寶池」原作「實池」，據《酉陽雜俎》改。

〔四二〕「深壁」原作「浮壁」，據《酉陽雜俎》改。

〔四三〕「天祠」原作「天詞」，據《酉陽雜俎》改。

〔四四〕「無異」二字原脱，據《酉陽雜俎》補。

〔四五〕二句原作「黑雲夜窸窣，焉知不霹靂」，據《酉陽雜俎》改。

〔四六〕「欹側」原作「欺側」，據《酉陽雜俎》改。
〔四七〕二句原作「苟能水成□，刹那沈火宅」，據《酉陽雜俎》改。
〔四八〕「善繼」二字原脱，據《酉陽雜俎》補。
〔四九〕「丈室」原作「文室」，據《酉陽雜俎》改。
〔五〇〕「雲華寺」原作「雲化寺」，據《酉陽雜俎》改。
〔五一〕「靖恭里」原作「恭靖里」，據《酉陽雜俎》改。
〔五二〕「屈儼」原作「屈嚴」，據《酉陽雜俎》改。
〔五三〕「我住雲華寺」原作「我在雲花寺」，據《酉陽雜俎》改。
〔五四〕「聖畫堂」原作「至畫堂」，據《酉陽雜俎》改。
〔五五〕「貰」字原脱，據《酉陽雜俎》補。
〔五六〕「一」字原脱，據《酉陽雜俎》補。
〔五七〕《酉陽雜俎》「生」下有「幀」字。
〔五八〕「尤入神有王家舊鐵石及齊公所喪一歲子」十七字原脱，據《酉陽雜俎》補。
〔五九〕「不工」二字原脱，據《酉陽雜俎》補。
〔六〇〕「一堵」原作「一宿」，據《酉陽雜俎》改。
〔六一〕「匡崖」原作「匡嶺」，據《酉陽雜俎》改。

〔六二〕「哭」字原脱，據《酉陽雜俎》補。

〔六三〕「占」原作「古」，據《酉陽雜俎》改。

〔六四〕「柯古」二字原脱，據《酉陽雜俎》補。

〔六五〕「折腰」原作「纖腰」，據《酉陽雜俎》改。

〔六六〕「嚬」原作「頻」，據《酉陽雜俎》改。

〔六七〕「柯古」二字原脱，據《酉陽雜俎》補。

〔六八〕「槽」字原脱，據《酉陽雜俎》補。

〔六九〕「佛殿内槽後壁面」句，「槽」、「面」二字原脱，據《酉陽雜俎》補。

〔七〇〕「東」字原脱，據《酉陽雜俎》補。

〔七一〕「角而轉膝」原作「角膝而轉」，據《酉陽雜俎》改。

〔七二〕「裝之」原作「裝文」，據《酉陽雜俎》改。

〔七三〕「北壁」原作「此壁」，據《酉陽雜俎》改。

〔七四〕「髀」字原脱，據《酉陽雜俎》補。

〔七五〕「施利」原作「利施」，據《酉陽雜俎》改。

〔七六〕「廡下」原作「廊下」，據《酉陽雜俎》改。

〔七七〕「多」原作「命」，據《酉陽雜俎》改。

〔七八〕「塑」字原脱，據《酉陽雜俎》補。

〔七九〕「密龕」原作「密籠」，據《酉陽雜俎》改。

〔八〇〕「水澄」原作「水燈」，據《酉陽雜俎》改。

〔八一〕「非繒」原作「非曾」，據《酉陽雜俎》改。

〔八二〕「慚」原作「暫」，據《酉陽雜俎》改。

〔八三〕「呪中」原作「況中」，據《酉陽雜俎》改。

〔八四〕「先登」原作「燒燈」，據《酉陽雜俎》改。

〔八五〕「昇上人」三字原脱，據《酉陽雜俎》補。

〔八六〕「置」，《酉陽雜俎》作「署」。

〔八七〕「七寶末」原作「七寶木」，據《酉陽雜俎》改。

〔八八〕「徵」字原脱，據《酉陽雜俎》補。

〔八九〕「支許」原作「友許」，據《酉陽雜俎》改。

〔九〇〕「州」字原脱，據《酉陽雜俎》補。

〔九一〕「宗牧」原作「宗收」，據《酉陽雜俎》改。

〔九二〕「盧」原作「盧」，據《酉陽雜俎》改。

〔九三〕「名」字原脱，據《酉陽雜俎》補。

〔九四〕「常於」原作「嘗」，據《酉陽雜俎》改。

〔九五〕「遂」字原脱，據《酉陽雜俎》補。

〔九六〕「意兒」原作「童兒」，「祝」字原脱，據《酉陽雜俎》改補。

〔九七〕「以近」原作「以匠」，據《酉陽雜俎》改。

〔九八〕「工方畢」原作「五方」，據《酉陽雜俎》改。

〔九九〕「塑」原作「素」，據《酉陽雜俎》改。

〔一〇〇〕「二」字原脱，據《酉陽雜俎》補。

〔一〇一〕「腦」原作「腦」，據《酉陽雜俎》改。

〔一〇二〕「指蔓」原作「指夢」，據《酉陽雜俎》改。

〔一〇三〕「膀列」原作「膀列」，據《酉陽雜俎》改。

〔一〇四〕「閻河」原作「閻阿」，據《酉陽雜俎》改。

〔一〇五〕「瞰瞰」原作「瞰瞰」，據《酉陽雜俎》改。

〔一〇六〕「絡繹」原作「終澤」，據《酉陽雜俎》改。

〔一〇七〕「皈依」原作「販依」，據《酉陽雜俎》改。

〔一〇八〕「衆青如篲」原作「衆如青篲」，據《酉陽雜俎》改。

〔一〇九〕「院」字原脱，據《酉陽雜俎》補。

〔二一〇〕「火目藥叉」原作「大目藥叉」，其下重一「叉」字，衍文，據《酉陽雜俎》改、删。

〔二一一〕「壽」字原脱，據《酉陽雜俎》補。

〔二一二〕「形勢」原作「鷴勢」，據《酉陽雜俎》改。

〔二一三〕「檿桑」原作「壓桑」，據《酉陽雜俎》改。

〔二一四〕「雙弧」原作「雙鶻」，據《酉陽雜俎》改。

〔二一五〕「柯古」原作「何」，據《酉陽雜俎》改。

〔二一六〕「麗黿」原作「麗電」，據《酉陽雜俎》改。

〔二一七〕「殪豕」原作「殪死」，據《酉陽雜俎》改。

〔二一八〕「善繼」原作「懲」，據《酉陽雜俎》改。

〔二一九〕「寺」原作「院」，據《酉陽雜俎》改。

〔二二〇〕「佛堂」原作「佛殿」，據《酉陽雜俎》改。

〔二二一〕「支頰」原作「反頰」，據《酉陽雜俎》改。

〔二二二〕「洲」原作「州」，據《酉陽雜俎》改。

〔二二三〕「朗吟」原作「助吟」，據《酉陽雜俎》改。

〔二二四〕「蛟」原作「綾」，據《酉陽雜俎》改。

〔二二五〕「柯古」二字原脱，據《酉陽雜俎》補。

〔二六〕「遒」字原脱，據《酉陽雜俎》補。

〔二七〕「澄嵐」原作「燈嵐」，據《酉陽雜俎》改。

〔二八〕「著」字原脱，據《酉陽雜俎》補。

〔二九〕「張櫝蘭若中」原作「張擅蘭中若」，據《酉陽雜俎》改。

〔三〇〕「題筆」原作「題筆」，據《酉陽雜俎》改。

〔三一〕「畫」字原脱，據《酉陽雜俎》補。

〔三二〕「盧」字原脱，據《酉陽雜俎》補。

〔三三〕「道子」二字原脱，據《酉陽雜俎》補。

〔三四〕「隅」原作「偶」，據《酉陽雜俎》改。

〔三五〕「楊坦」原作「楊怚」，據《酉陽雜俎》改。

〔三六〕「高三丈」原作「長三丈」，據《酉陽雜俎》改。

〔三七〕「載」字原脱，據《酉陽雜俎》補。

〔三八〕「畫」字原脱，據《酉陽雜俎》補。

〔三九〕「上」字原倒置「頂」字之下，據《酉陽雜俎》乙改。按：藥上菩薩即電光長者，弟藥師，稱琉璃佛，不稱菩薩也。毛本作「藥師」，非。

〔四〇〕「矛」原作「正」，據《酉陽雜俎》補。

〔四一〕「奇變」原作「變奇」，據《酉陽雜俎》改。

〔四二〕「瘆瘢」原作「疲殫」，據《酉陽雜俎》改。

〔四三〕《新唐書》卷八九《段志玄傳》附《段文昌傳》：「子成式，字柯古，推蔭爲校書郎。博學强記，多奇篇秘籍也。……擢累尚書郎，爲吉州刺史，終太常少卿。」

〔四四〕尉遲樞《南楚舊聞》：「段成式詞學博聞，精通三教，復强記，每披閲文字，雖千萬言，一覽略無遺漏。嘗于私第鑿一池，工人于土下獲鐵一片，怪其異質，遂持來獻。成式命尺周而量之，笑而不言。乃静一室，懸鐵其室中之北壁，已而泥户，但開一牖，方纔數寸，亦緘鐍之。時與親近閲牖窺之，則有金書兩字，以報十二時也。其博識如此。」「尺周量之」原作「周尺量之」，據改。

〔四五〕詩題爲《寄温飛卿牋紙》，自序云：「予在九江，造雲藍紙，既乏左伯之法，全無張永之功，輒送五十板。」「藍」原作「籃」，據改。《舊唐書》卷一六七《段文昌傳》附《段成式傳》：「咸通初，出爲江州刺史。」詩殆此時所作。

〔四六〕「明駝千里脚」原作「願駝千里明」，據《酉陽雜俎》改。

〔四七〕「春陽」原作「春忙」，據《酉陽雜俎》改。

〔四八〕「無處春陽」原作「何處春歸」，據《酉陽雜俎》改。

〔四九〕此句原作「流水娟娟芹發牙」，據《酉陽雜俎》改。

〔五〇〕按此條爲今本《酉陽雜俎》所無，當是佚文。

〔五一〕「以」字原脱，據《全唐詩話》補。

〔五二〕「悉」原作「忘」，據《全唐詩話》改。

〔五三〕「挾韻」原作「枝韻」，據《全唐詩話》改。

〔五四〕「寺」原作「守」，據《全唐詩話》改。

〔五五〕「龐季子」原作「龐李予」，據《全唐詩話》改。

〔五六〕《新唐書》卷六〇《藝文志》：「《漢上題襟集》十卷：段成式、温庭筠、余知古。」

〔五七〕按本書卷五四周繇條云：「後以御史中丞與段成式、韋蟾、温庭筠同游襄陽徐商幕府。」其下載有成式《不赴光風亭夜宴贈周繇》詩，知諸人詩乃在襄陽幕府時作也。諸人全詩當載《漢上題襟集》，其書今已佚。

唐詩紀事校箋卷第五十八

温庭皓　韋蟾　李敬方　李溟　李郢
韓琮　劉滄　柳棠　賀蘭朋吉　崔珏
李洞　長孫翺　崔櫓　曹唐　于武陵
霍總　劉魯風　盧尚卿

温庭皓

尚書東苑公鎮襄陽，成式、庭皓、蟾皆其從事，上元唱和詩各三篇。成式詩云〔一〕：風杪影凌亂，露輕光陸離。如霞散仙掌，似燒上峨嵋。道樹千花發，扶桑九日移。因山成衆像〔二〕，不復藉蟠螭。又云：湧出多寶塔，往來飛錫僧。分明三五月，傳照百千燈。馴狖移高柱，慶雲遮半層。夜深寒焰白，猶自綴金繩。又云：磊落風初定，輕明雲乍妨。疎中摇日彩〔三〕，繁處雜星芒〔四〕。火樹枝柯密，燭龍鱗甲張〔五〕。窮愁讀書者，應得假餘光。庭皓詩云：一峰當勝地，萬點照嚴城。勢異崑岡發，光疑玄圃生。焚書翻見字，舉燧不招兵。况遇新春夜，何勞秉燭行。又云：九枝應並耀，午夜思潸然〔六〕。景集青山外，螢分碧草前。輝華侵月影，歷亂寫星躔。望極高樓上，摇光滿綺筵。又云：春山收暝色，熠火集餘輝。麗景饒紅焰，祥光出翠微。白榆行自比，青桂影相依。唯有偷光客，追游欲忘歸。庭皓，咸通中，爲徐州崔彦曾幕府。龐勛反，以刃脅庭皓，使爲表求節度使。倨答曰：我豈以筆硯事汝耶！其速殺我。遂遇害〔七〕。

庭皓梅詩云：一樹寒林外，何人此地栽。春光先自煖，陽豔暗相催。曉覺霜添白，寒迷月借開。餘香低惹袖，墮蕊逐流杯。零落移新院〔八〕，飄颻上故臺。雪繁鶯不識，風裊蝶空迴。羌吹應愁起，征徒異渴來。莫貪題詠興，商鼎待鹽梅。

【校箋】

〔一〕詩題《歲時雜詠》卷七作《觀山燈獻徐尚書》，段成式作有序云：「尚書東苑公鎮襄之三年，四維具舉，而仍歲穀熟，及上元日，百姓請事山燈，以報禳祈祉也。時從事及上客從公登城南樓觀之，初爍空焮谷，漫若朝炬，忽驚狂燒卷風，撲緣一峰，如壥烘旆色，如波殘鯨鬣，如霞駁，如珊瑚露，如丹蛇蚑離，如朱草叢叢，如芝之曲，如蓮之擎，布字而疾抵電書，寫塔而爭同蜃構，亦天下一絶也。成式辭多嗤累，學未該悉，策山燈事，唯記陳後主宴光壁殿，遥詠山燈詩云：『雜桂還如月，依柳更疑星。』輒成三首，以紀壯觀」云云。庭皓及後韋蟾詩皆和段之作。尚書，謂徐商也。

〔二〕「衆像」原作「聚象」，據《歲時雜詠》改。

〔三〕「日彩」原作「月彩」，據《歲時雜詠》改。

〔四〕「星芒」原作「星芳」，據《歲時雜詠》改。

〔五〕「燭龍鱗甲張」原作「燭籠鱗角張」，據《歲時雜詠》改。

〔六〕「潸」原作「潛」，據《歲時雜詠》改。

〔七〕《新唐書》卷九一《温大雅傳》附《温彦博傳》：「彦博裔孫庭筠……弟庭皓，咸通中，署徐州觀察使崔彦曾幕府。龐勛反，以刃脅廷皓，使爲表求節度使。庭皓紿曰：『表聞天子，當爲公信宿思之。』勛喜。歸與妻子決，明日復見，勛索表，倨答曰：『我豈以筆硯事汝耶？其速殺我！』勛熟視，笑曰：『儒生有膽耶！吾動衆百萬，無一人操檄乎？』囚之，更使周重草表。彦曾遇害，庭皓亦死。」

〔八〕「新院」原作「新暖」，據張本改。

韋蟾

上元唱和詩云：新正圓月夜，尤重看燈時〔一〕。累塔嫌沙細，成文訝筆遲。歸牛疑燧落，過雁悞書遺。生惜蘭膏燼〔二〕，還爲隔歲期。又云：舉燭光纔起，揮毫勢竟分〔三〕。點時驚墜石，挑處接崩雲。辭異秦丞相，銘非竇冠軍。唯愁殘焰落，逢玉亦俱焚。又云：多竇神光動，生金瑞色浮。照人低入郭，伴月更當樓〔四〕。熏穴應無取，焚林固有求。夜闌陪玉帳，不見九枝留。

蟾廉問鄂州罷，賓僚祖餞，蟾曾書文選句云：悲莫悲兮生别離，登山臨水送將歸。以牋毫授賓從，請續其句。逡巡，有妓泫然起曰：某不才，不敢染翰，欲口占兩句。韋大驚異，令隨念。云：武昌無限新栽柳，不見楊花撲面飛。座客無不嘉歎。韋令唱作楊柳枝詞〔五〕。

蟾爲左丞，至長樂驛，見李湯給事題名，題其側曰：渭水秦山照眼明，希仁何事寡詩情？只應學得虞姬婿，書字才能記姓名〔六〕。

蟾，字隱珪，下杜人。大中七年進士登第，初爲徐商掌書記，終尚書左丞〔七〕。

梅詩云：高樹臨溪豔，低枝隔竹繁。何須是桃李，然後欲忘言。擬折魂先斷，須看眼更昏。誰知南陌草，却解望王孫。

題僧壁云：一竹横簷挂淨巾，竈無烟火地無塵。剃頭未必知心法，要且閑于名利人。

段成式和云：有僧支頰撚眉毫，起就夕陽磨剃刀。到此既知閑處樂，俗心何啻九牛毛。

送盧潘尚書之靈武云〔八〕：賀蘭山下果園成，塞北江南舊有名。水木萬家朱户暗，弓刀千隊鐵衣鳴。心源落落堪爲將，膽氣堂堂合用兵。却使六番諸子弟，馬前不信是書生。

贈商山僧云〔九〕：商嶺東西路欲分，兩間茅屋一溪雲。師言耳重知師意，人是人非不欲聞。

【校箋】

〔一〕「尤重」，《歲時雜詠》作「猶重」。

〔二〕「燼」，《歲時雜詠》作「盡」。

〔三〕「竟」原作「競」，據《歲時雜詠》改。

〔四〕「更」原作「夜」，據《歲時雜詠》改。

〔五〕《太平廣記》卷二七三引《抒情詩》：「韋蟾廉問鄂州，及罷任，賓僚盛陳祖席。蟾遂書《文選》句云：『悲莫悲兮生別離，登山臨水送將歸。』以牋毫授賓從，請續其句。座中悵望，皆思不屬。逡巡，女妓泫然起曰：『某不才，不敢染翰，欲口占兩句。』韋大驚異，令隨口寫之：『武昌無限新栽柳，不見楊花撲面飛。』座客無不嘉歎。韋令唱作《楊柳枝》詞，極歡而散。」「廉」原作「簾」，「泫」原作「泣」，據改。

〔六〕《摭言》卷一三：「韋蟾左丞至長樂驛亭，見李湯給事題名，索筆紀之曰：『渭水秦山豁眼明，希仁何事寡詩情。祇應學得虞姬壻，書字纔能記姓名。』」「秦山」原作「春山」，據改。按《摭言》卷三重載此事，謂題名在昭應縣樓，詩「照眼明」作「拂眼明」。

〔七〕《舊唐書》卷一八九下《韋表微傳》：「子蟾，進士登第，咸通末，爲尚書左丞。」

〔八〕《又玄集》載此詩，題闕「靈」字。

〔九〕詩題《又玄集》作《贈商山東于嶺僧》。

李敬方

天台閑望云：天台十二旬，一片雨中春。林果垂秋盡〔一〕，山苗半夏新。陽烏曉展翅〔二〕，陰魄夜飛輪〔三〕。坐冀無雲物，分明見北辰。

勸酒云：不向花前醉，花應解笑人。只憂連夜雨，又過一年春。日日無窮事，區區有限身。若非杯酒裏，何以寄天真〔四〕。

聞高侍御卒貶所云〔五〕：西京高院長〔六〕，直氣似吾徒。走馬論邊備，飛聲感廟謨。官移人未察，身没事多符。寂寞他年後，名編野史無？

遣興云：果窺丹竈鶴，莫羨白頭翁。日月仙壺外，筋骸藥臼中。雲歸無定所，鳥跡不留空。何必勞方寸，崎嶇問遠公。

汴河直進船云：汴水通淮利最多，生人爲害亦相和。東南四十三州地，取盡脂膏是此河。

字中虔，登長慶進士第。大中中，爲歙州刺史〔七〕。大中時，顧陶集唐詩類選云：李歙州敬方，才力周備，興比之間，獨與前輩相近。家集三百首，簡擇律韻八篇而已。雖前後復絶，或畏多言，而典刑具存，非敢避棄〔八〕。

【校箋】

〔一〕「垂秋」原作「垂楊」，據《全唐詩話》改。

〔二〕「曉」原作「暗」，據《全唐詩話》改。

〔三〕「陰魄」原作「陰魄」，據《全唐詩話》改。

〔四〕「日日無窮事」以下四句原脱，據《文苑英華》卷一九五補。

〔五〕詩題《文苑英華》卷三〇三作《聞陳高侍御卒貶所》。「侍御」原作「侍郎」，據改。《英華》「陳」字疑衍。

〔六〕「西京」原作「京西」，據《文苑英華》改。

〔七〕「大中」原作「大和」，所據乃《新唐書》卷六〇《藝文志》：「《李敬方詩》一卷。」注云：「字中虔，太和歙州刺史。」今按：羅願《新安志》卷九「敘守牧」云：「李敬方，字中虔，大中四年至六年。」注曰：「《唐藝文志》云『太和中歙州刺史』，以敬方所題黄山詩考之，和字誤也。」檢《全唐文》卷七三九載敬方《温泉銘》及《全唐詩》卷五〇八載其《題黄山湯院》詩，皆言敬方以大中五年入浴，則「大和」顯爲「大中」之誤，今據改。

〔八〕見《文苑英華》卷七一四顧陶《唐詩類選後序》，此略有删削，今録原文如下：「唯歙州敬方，才力周備，興比之間，獨與前輩相近。亡歿雖近，家集已成三百首，中間録律韻八篇而已。雖前後復接，或畏多言；而典刑具存，非敢遐棄。」

李　溟

喬木掛斗色，水驛壞門開。向月片帆去，背雲行雁來。晚年名利跡，寧免路岐哀。前計不能息，若爲玄鬢迴。無題。溟以是詩得名，張爲取作主客圖。

賈島送溟謁宥州李權使君云：英雄典宥州，迢遞苦吟游。風宿驪山下，月斜灞水流。去時初落葉，迴日定無秋〔一〕。太守攜才子，看鵰百尺樓。

【校箋】

〔一〕「無秋」，《長江集》作「非秋」。

李　郢

重陽日寄浙東諸從事云：野人多病門長掩，荒圃重陽菊自開。愁裏又聞清笛怨，望中難見白衣來。元瑜正及從軍樂，甯戚誰憐叩角哀。紅旆紛紛碧江暮，知君醉下望鄉臺。

奉陪裴相公重陽日游安樂池亭云：絳霄輕靄翊三台，嵇阮情懷管樂才。蓮沼昔爲王儉府，菊籬今作孟嘉盃。寧知北闕元勳在，漢賜蕭何等北闕大第。却引東山舊客來。自笑吐茵還酩酊，日斜空從絳衣迴。

和湖州杜員外冬至日白蘋洲見憶云：白蘋亭上一陽生，謝朓新裁錦繡成。千嶂雪銷溪影緑，幾家梅綻海波清。已知鷗鳥長來狎，可許汀洲獨有名。多愧龍門重招引，即拋田舍棹舟行。

贈羽林將軍云〔一〕：虬髯鬚頷羽林郎，曾入甘泉侍玉皇〔二〕。鵰没夜雲知御苑，馬隨仙仗識天香。五湖歸去孤舟月〔三〕，六國平來兩鬢霜。唯有桓伊江上笛，卧吹三弄送殘陽。

上裴晉公詩云：四朝憂國鬢成絲〔四〕，龍馬精神海鶴姿。天上玉書傳詔夜，陣前金甲受降時。曾經庾亮三秋月，下盡羊曇兩路棊。惆悵舊堂扃緑野，夕陽無限鳥飛遲。

江亭春霽云：江蘺漠漠荇田田〔五〕，江上雲亭霽景鮮。蜀客帆檣背歸燕，楚山花木怨啼鵑。春風掩映千門柳，晚色凄寒萬井烟。金磬泠泠水南寺，上方僧室翠微連。

寒食野望云〔六〕：舊墳新隴哭多時，流世都堪幾度悲。烏鵲亂啼人未遠〔七〕，野風吹散白棠梨。

七夕寄張氏兄弟云：新秋牛女會佳期，紅粉筵開玉饌時。好與檀郎記花朵，莫教清曉羨蛛絲〔八〕。

七夕云〔九〕：烏鵲橋頭雙扇開，年年一度過河來。莫嫌天上稀相見，猶勝人間去不回。欲滅烟花饒俗世，暫煩烟月掩粧臺。別時舊路長清淺，豈肯離心似死灰〔一〇〕。

中元夜詩云：江南水寺中元夜，金粟欄邊見月娥。紅燭影迴仙態近，翠環光動看人多〔一一〕。香飄彩殿凝蘭麝〔一二〕，霧遶輕衣雜綺羅。湘水夜空巫峽遠，不知歸路欲如何。

字楚望，大中進士，終于侍御史〔一三〕。郢有詩云：江風徹曙不成睡，二十五聲秋點長。最爲警絕。劉崇遠載于金華子〔一四〕。

李義山汴上送郢之蘇州云〔一五〕：人高詩苦滯夷門，萬里梁王有舊園。烟幌自應憐白紵，月樓誰伴詠黄昏？露桃塗頰依苔井，風柳誇腰住水村。蘇小小墳今在否？紫蘭香逕與招魂。

杜牧之湖南正初招郢云〔一六〕：行樂及時時已晚，對酒當歌歌不成。千里暮山重疊翠，一溪寒水淺深清。高人以飲爲忙事，浮世除詩盡强名。看着白蘋芽欲吐，雪舟相訪勝閑行。

方干贈李郢端公〔一七〕：非唯孤峭與世絶，吟處斯須能變通。物外搜羅歸大雅，毫端剪削有餘功。山川正氣侵靈府，雪月清輝引惠風。別得人間上昇術，丹霄路在五言中。

郢子璵，字魯珍，生于南海，尤能詩，每一篇成，必膾炙人口。後登甲科。

【校箋】

〔一〕詩題《又玄集》同，《才調集》、《唐百家詩選》作《江上逢王將軍》。

〔二〕「玉皇」，《又玄集》同，《才調集》、《唐百家詩選》作「武皇」。

〔三〕「歸去」原作「劫去」，據《又玄集》、《才調集》、《唐百家詩選》改。

〔四〕「成絲」原作「如絲」，據《又玄集》改。

〔五〕「江蘺」原作「江籬」，據《唐百家詩選》改。

〔六〕詩題「寒食野望」原作「寒食遠望」，據《歲時雜詠》改。

〔七〕「烏鵲」，《歲時雜詠》作「烏鳥」。

〔八〕「蛛絲」原作「珠絲」，據《歲時雜詠》改。

〔九〕《歲時雜詠》此詩題趙璜作。本書卷五二另收此詩于趙璜詩中。

〔一〇〕「心」字原脱，據《歲時雜詠》補。

〔一一〕「看人」原作「見人」，據《歲時雜詠》改。

〔一二〕「凝」原作「疑」，據《歲時雜詠》改。

〔一三〕《新唐書》卷六〇《藝文志》：「《李郢詩》一卷。」注云：「字楚望，大中進士第，侍御史。」《唐百家詩選》李郢詩下注：「字楚望，大中中進士及第，爲藩鎮從事兼侍御史。」此原脱「侍」字，據補。

〔一四〕劉崇遠《金華子雜編》記李郢事頗詳，略云：「李郢詩調美麗，亦有子弟標格，鄭尚書顥門生也。居于杭州，疏于馳競，終于員外郎。……兄子咸通初來牧餘杭，郢時入訪猶子，《留宿虚白堂》云：『缺月斜明虚白堂，寒蛩唧唧樹蒼蒼。江風徹曙不成睡，二十五聲秋點長。』」「劉崇遠」原作「劉光遠」，今改。

〔一五〕《汴上送李郢之蘇州》，見《李義山詩集》卷一一。

〔一六〕《湖南正初招李郢秀才》，見《樊川文集》卷三。前郢《和湖州杜員外冬至日白蘋洲見憶》詩，即酬和此作。

〔一七〕方干《贈李郢端公》詩，見《玄英先生集》。

〔一八〕「璵」原作「興」，據張本改。

韓琮

春愁篇云：金烏長飛玉兔走，青鬢長青古無有。秦娥十六語如弦〔一〕，未解貪花惜楊柳。吴魚嶺雁無消息，水誓蘭情別來久〔二〕。勸君年少莫游春，暖風遲日濃如酒〔三〕。詠馬云：曾經伯樂識長鳴，不似龍行不敢行。金埒未登嘶若是，鹽車猶駕瘦何驚。難逢王濟知音癖，欲就燕昭買駿名。早晚飛黄引同皁，碧雲天上作鸞鳴。

暮春送客云：緑暗紅稀出鳳城，暮雲樓閣古今情〔四〕。行人莫聽宮前水，流盡年光是此聲。

駱谷晚望云：秦川如畫渭如絲，去國還鄉一望時〔五〕。公子王孫莫來好，嶺花多是斷腸枝。

二月二日游洛源云：舊苑新晴草似苔，人還香在踏青迴〔六〕。今朝此地成惆悵，已後逢春更莫來。

公子行云：紫袖長衫色，銀蟬半臂花。帶粧盤水玉，鞍綉坐雲霞。別殿承恩澤，飛龍賜渥洼。控羅青褭轡，鏤象碧重葩〔七〕。意氣催歌舞〔八〕，闌珊走鈿車。袖彰雲縹緲，釵轉鳳欹斜。珠卷迎歸箔，紅籠晃醉紗。唯無難夜日，不得似仙家。

字成封。大中中，爲湖南觀察使〔九〕。待將士不以禮，宣宗時，爲都將石載順等所逐〔一〇〕。

【校箋】

〔一〕「弦」原作「絲」，據《又玄集》、《才調集》改。

〔二〕「水誓」原作「冰盼」，據《又玄集》、《才調集》改。

〔三〕「如酒」，《又玄集》同，《才調集》作「于酒」。

〔四〕「樓閣」，《又玄集》、《才調集》同，《萬首唐人絶句》作「宫闕」。

〔五〕「還鄉」，《又玄集》同，《才調集》及《萬首唐人絶句》作「還家」。

〔六〕「迴」原作「開」，據《才調集》及《萬首唐人絶句》改。

〔七〕「重葩」原作「熏葩」，據《又玄集》、《才調集》及《樂府詩集》改。

〔八〕「催」，《又玄集》、《樂府詩集》同，《才調集》作「傾」。

〔九〕《新唐書》卷六〇《藝文志》：「《韓琮詩》一卷。」注云：「字成封，大中湖南觀察使。」「成封」原作「代封」，據改。

〔一〇〕《通鑑》卷二四九宣宗大中十二年，「五月，辛巳……是日，湖南軍亂，都將石載順等逐觀察使韓琮，殺都押牙王桂直。琮待將士不以禮，故及于難。」

劉　滄

中秋夜玩月詩云：中秋朗月静天河，烏鵲南飛客恨多。寒色滿牕明枕簟，清光凝露拂烟蘿。桂枝斜漢流靈魄，蘋葉微風動細波。此夜空亭聞木葉〔一〕，蒹葭霜積雁初過〔二〕。與僧話舊云：巾舃同時下翠微，舊游因話事多違。南朝古寺幾僧在？北嶺空林唯鳥歸。莎徑晚烟凝竹塢，石池春色染苔衣〔三〕。此來相見又相别，即是關河朔雁飛。經煬帝行宫云：此地曾經翠輦過，浮雲流水竟如何？香消南國美人盡，怨入東風芳草多。殘柳宫前空露葉，夕陽川上浩烟波。行人遥起廣陵思，古渡月明聞棹歌。

咸陽懷古云：經過此地無窮事，一望凄然感廢興。渭水故都秦二世，咸陽秋草漢諸陵。天空絶塞聞邊雁，葉盡孤村見夜燈。風景蒼蒼多少恨，寒山半出白雲層。

長洲懷古云：野燒空原盡荻灰〔四〕，吴王此地有樓臺。千年事往人何在，半夜月明潮自來。白鳥影從江樹没，清猿聲入楚雲哀。停車日晚薦蘋藻，風静寒塘花正開。

滄，字藴靈，大中進士也〔五〕。

【校箋】

〔一〕「空亭」原作「空庭」，據《歲時雜詠》改。

〔二〕「霜積」，《歲時雜詠》作「霜磧」。

〔三〕「春色」原作「香色」，據《唐百家詩選》改。

〔四〕「荻」原作「狄」，據《唐百家詩選》改。

〔五〕《新唐書》卷六〇《藝文志》：「《劉滄詩》一卷。」注云：「字藴靈。」又，《唐百家詩選》：「劉滄四首」注云：「字藴靈，大中八年進士及第。」

柳棠

東川柳棠，應進士舉，才思優贍。楊尚書汝士作鎮日，以一巨魚杯飲之。棠不即飲，楊公以詩戲之曰：「文章謾道能吞鳳，盃酒何曾解喫魚。今日梓州張社會，應須遭這老尚書。」棠曰：「未向燕臺逢厚禮，幸因社會接餘歡。一魚喫了終無愧，鶤化爲鵬也不難。」初，棠與馮戡善，棠及第後，戡與詩曰：「桃花浪裏成龍去，竹葉山頭退鷁飛。」棠每于東川席上，狂縱日甚，詩忤楊公，云：「莫言名位未相儔，風月何曾阻獻酬。前輩不須輕後輩，靖安今日在衡州。」靖安，李宗閔尚書，與楊公中外昆弟。東川益怒，爲書讓其座主高鍇侍郎曰：「柳棠者，兇悖囂傲，識者惡之。狡過仲容，才非犬子。且膺門之貴，豈宜有此生乎！」二公以書往返詰難，棠不任憂惕。其後參越嶲軍事而卒〔一〕。

【校箋】

〔一〕《雲溪友議》卷中《弘農忿》條：「東川處士柳全節……有子棠，應進士舉，才思優贍，見者奇之。……開成二年，上第後，歸東川歷旬，但于狹斜舊游之處，不謁府主楊尚書汝士。楊公謂諸賓曰：『每見報前柳棠秀才多于妓家飲酒，或三更至暮，竟未相訪，社日必相召焉。』及召棠至，已在醉鄉矣。斟三器酒，内一巨魚杯，棠不即飲。楊公乃誚曰：『文章謾道能吞鳳，杯酒何曾解喫魚。今日梓州張社會，應須遭這老尚書。』棠答曰：『未向燕臺逢厚禮，幸因社會接餘歡。一魚喫了終無恨，鯤化成鵬也不難。』初，棠與馮戡爭先，棠所頡頏，及第後，戡與詩曰：『桃花浪裏成龍去，竹葉山頭退鷁飛。』棠、戡爲友甚善焉。柳每于東川席上，狂縱日甚，干忤楊公詩曰：『莫言名位未相儔，風月何曾阻獻酬。前輩不須輕後輩，靖安今日在衡州。』靖安，李宗閔尚書，與楊公中外昆弟，況有朗陵之分。東川益怒，爲書讓其座主高鍇侍郎曰：『柳棠者，兇悖囂豎，識者惡之。狡過仲容，才非犬子，且膺門之貴，豈宜有此生乎？』小宗伯曰云云。東川又書曰云云。高公又復書曰云云。棠聞二公交讓，不任憂惕。……柳生雖登科第，始參越雋軍事而夭喪。」「以一巨魚杯飲之」句「杯」字原脱；「座主高鍇侍郎」原誤「鍇」作「諧」，據補改。

賀蘭朋吉

客舍喜友人相訪云：荒居無四隣，誰肯訪來頻。古樹秋中葉，他鄉病裏身。雁聲風送急，螢影月流新。獨爲成名晚，多慚見友人。

賈島寄朋吉云[一]：往往東林下，花香似火焚。故園從小別，夜雨近秋聞。野菜連寒水，枯株簇古墳。泛舟同遠客，尋寺入幽雲。斜日扉多掩，荒田徑細分。相思蟬幾處，偶坐蝶成群。會宿曾論道，登高省議文。苦吟遥可想，邊葉向紛紛。

島又有夜喜賀蘭三見訪詩云[二]：漏鐘仍夜淺，時節欲秋分。泉聒棲松鶴，風除翳月雲。踏苔行引興，枕石卧論文。即此尋常靜，來多祇是君。

【校箋】

〔一〕賈島《寄賀蘭朋吉》詩，見《長江集》卷三。《文苑英華》卷二五九載此詩，「夜雨」作「夜杵」。

〔二〕此詩見《長江集》卷四。

崔珏

岳陽樓晚望云：乾坤千里水雲間，釣艇如萍去復還。樓上北風斜卷席，湖中西日倒銜山。懷沙有恨騷人往〔一〕，鼓瑟無聲帝子閑〔二〕。何事黄昏尚凝睇？數行烟樹接荆蠻。哭李商隱云〔三〕：成紀星郎字義山，適歸黄壤抱長歎〔四〕。詞林枝葉三春盡，學海波瀾一夜乾。風雨已吹燈燭滅，姓名長在齒牙寒。應游物外攀琪樹〔五〕，便着霓裳上玉壇〔六〕。水精枕云：千年積雪萬年冰，掌上初擎力不勝。南國舊知何處得？北方寒氣此中凝。黄昏轉燭螢飛沼，白日褰簾水在簪。蘄簟蜀琴相對好，裁詩乞與滌煩襟。鴛鴦云〔七〕：翠鬣紅毛舞落暉，水禽情似此禽稀。暫分烟島猶迴首，祇過寒塘亦並飛〔八〕。映霧乍迷金殿瓦〔九〕，逐梭齊上玉人機。採蓮無限蘭橈女〔一〇〕，笑指中流羨爾歸〔一一〕。

珏佐大魏公幕，與副車袁充常侍不叶，公俱薦之于朝。珏拜芸閣讐校。會有客以絲桐詣公，公善之，欲振其名，命以所乘馬迎珏賞之。公爲客請一篇，珏方懷怫鬱，因以發其憤。詩云：七條絃上五音寒，此藝知音自古難。唯有河南房次律，始終憐得董庭蘭。公大恚〔一二〕。

珏，字夢之。登大中進士第〔一三〕。

李義山送珏往西川云〔一四〕：年少因何有旅愁？欲爲東下更西游。一條雪浪吼巫峽，千里火雲燒益州。卜肆至今多寂寞，酒爐從古擅風流。浣花牋紙桃紅色，好好題詩詠玉鈎。

【校箋】

〔一〕「懷沙」原作「懷莎」，據《又玄集》改。

〔二〕「無聲」，《又玄集》作「無師」。

〔三〕《又玄集》、《文苑英華》卷三〇五並載崔珏《哭李商隱二首》，此其第一首。

〔四〕「黄壤」，《又玄集》同，《文苑英華》作「高壤」。

〔五〕「應游」，《又玄集》同，《文苑英華》作「只應」。

〔六〕「霓裳上玉壇」，《又玄集》作「霓衣上玉壇」，《文苑英華》作「霓裳上絳壇」。

〔七〕《才調集》及《文苑英華》卷三二九俱載崔珏《和友人鴛鴦之什》三首，此其第一首。

〔八〕「並飛」，《文苑英華》同，《才調集》作「共飛」。

〔九〕「瓦」原作「冷」，據《才調集》、《文苑英華》改。

〔一〇〕「採蓮」原作「採蘭」，據《才調集》、《文苑英華》改。「無限」原作「無恨」，《才調集》、《文苑英華》同，據毛本改。

〔一一〕「羨」原作「候」，據《才調集》、《文苑英華》改。

〔一二〕《摭言》卷一一：「崔珏佐大魏公幕，與副車袁充常侍不叶，公俱薦之于朝。崔拜芸閣讎校，縱舟江滸。會有客以絲桐詣公，公善之，而欲振其名，命以乘馬迎珏，共賞絶藝。珏應召而至，公從容爲客請一篇。珏方懷怫鬱，因以發泄所蓄。詩曰：『七條弦上五音寒，此藝知音自古難。唯有河南房次律，始終憐得董庭蘭。』公大慚恚。」「珏佐」原作「珏作」，「公善之」原作「心善之」，「方懷怫鬱」四字原脱，據改、補。

〔一三〕《新唐書》卷六〇《藝文志》：「《崔珏詩》一卷。」注云：「字夢之，大中進士第。」

〔一四〕李商隱《送崔珏往西川》詩，見《李義山詩集》卷九。

李洞

上崇賢曹郎中云：閑坊宅枕穿宮水，聽水分食盡蜀僧〔一〕。藥杵聲中搗殘夢，茶鐺影裏煮孤燈。刑曹樹蔭千年井，華岳樓開萬里冰。詩句變風官漸緊，夜濤春盡海邊藤〔二〕。

子規詩云：萬古瀟湘波上雲，化爲流血杜鵑身〔三〕。長疑啄破青山色，只恐啼穿白月輪。花落玄宗歸蜀道，雨飛工部宿江津。聲聲猶恐聒君耳，不見千愁一甑塵。

洞，唐諸王孫也〔四〕。嘗游西川〔五〕，慕賈浪仙爲詩，鑄銅像其儀，事之如神。洞爲終南山詩二十韻，句有殘陽高照蜀，敗葉遠浮涇。復曰：斸竹烟嵐凍，偷湫雨雹腥。遠平丹鳳闕，冷射五侯廳。贈司空侍郎云：馬飢飡落葉，鶴病曬殘陽。又曰：卷箔清谿月，敲松紫閣書。又送僧云：越講迎騎象，蕃齋懺射鵰。上高僕射曰〔六〕：征南破虜漢功臣。提劍歸來萬里身。閑倚凌雲金柱看，形容消瘦老于真〔七〕。復曰：藥杵聲中擣殘夢，茶鐺影裏煮孤燈。送人歸日南云〔八〕：島嶼分諸國，星河共一天。時人但誚其僻澁，而不能貴其奇峭，唯吴子華深知之。子華才力浩大，八面受敵，以八韻著稱〔九〕，游刃頗攻騷雅。嘗以百篇示洞。洞曰：大兄所示百篇中，有一聯絶唱，西昌新亭曰：暖漾魚遺子，晴游鹿引麛。子華不怨所鄙，而喜所許。洞三榜裴公，第二榜策夜，簾前獻詩：公道此時如不得，昭陵慟哭一生休。尋卒蜀中。裴公無子，人謂屈洞所致。裴公，贄也。

洞慕賈島，鑄其像頂戴，常念賈島佛。而其詩體，又僻于賈〔一〇〕。北夢。

洞終南山詩云：關内平田窄，東西截杳冥。雨侵諸縣黑，雲破九門青。暫看猶無暇，長栖信有靈。古苔秋漬斗〔一一〕，積霧夜昏螢。怒恐撞天漏，深疑隱地形。盤根連北岳，轉影落南溟〔一二〕。窮穴何山出？遮鑾上國寧。殘陽高照蜀，敗葉遠浮涇〔一三〕。斸竹烟嵐凍，偷湫雨雹腥。閑房僧灌頂，浴澗鶴遺翎〔一四〕。梯滑危緣索，雲深靜唱經。放泉驚鹿睡〔一五〕，聞磬得人醒。踏著神仙宅〔一六〕，敲開洞府扃。棊殘秦士局，字缺晉公銘。一谷勢開午〔一七〕，孤峰聳起丁。遠平丹鳳闕〔一八〕，冷射五侯廳。萬丈冰聲折，千尋樹影亭。望中仙島動，行處月輪馨。疊石移臨砌，研膠潑上屏。明時獻君壽，不假老人星。

送僧游南海云〔一九〕：春往海南邊，秋聞半路蟬〔二〇〕。鯨吞洗鉢水，犀觸點燈船。島嶼分諸國，星河共一天。長安却歸日〔二一〕，松偃舊房前。

賦得送賈島謫長江云：敲驢吟雪月〔二二〕，謫出國西門。行傍長江影，愁深汨水魂。印攜過燒寺〔二三〕，琴典在花村〔二四〕。飢食山松子，誰知賈傅孫？

題維摩暢林居云〔二五〕：諸方游幾臘，五夏五峰銷。越講迎騎象，蕃齋懺射鵰。冷筇書雪倚，枯櫟畫雲燒〔二六〕。從此棲林老〔二七〕，瞥然三萬朝。

鄭谷哭洞詩云〔二八〕：自聞東蜀病，唯我最關情。若近長江死，想君勝再生。李生酷愛浪仙詩。瘴蒸丹旐濕〔二九〕，燈隔素帷清。塚樹僧栽後，新蟬一兩聲。

【校箋】

〔一〕「聽水分食」原作「聽水分衾」，據《又玄集》改。

〔二〕「春盡」原作「春盡」，據《又玄集》改。

〔三〕「身」原作「聲」，據張本改。

〔四〕自此至「人謂屈洞所致」采自《摭言》卷一〇。

〔五〕「嘗游西川」原作「常游西川」，據《摭言》改。

〔六〕此詩《文苑英華》卷二六二題作《上高僕射自安西赴闕》。

〔七〕「消瘦」，《摭言》同，《文苑英華》作「惆悵」。

〔八〕詩題原作《送人歸東南》，據《摭言》改。《又玄集》作《送僧歸南海》，《文苑英華》卷二三三作《送僧游安南》。當以《英華》爲是。

〔九〕「八」字原脱，據《摭言》補。

〔一〇〕《北夢瑣言》卷七：「進士李洞慕賈島，欲鑄而頂戴，嘗念『賈島佛』。而其詩體，又僻于賈。」末二句原脱，據補。

〔一一〕「秋」原作「先」，據《又玄集》、《才調集》改。

〔一二〕「轉影落南溟」下，《又玄集》與《才調集》兩本不同。《又玄集》接「斸竹煙嵐凍」四句，再接「窮穴何山出」四句，再接「踏著神仙宅」八句，再接「梯滑危緣索」四句，收八句兩本同。此本次第與《才調集》同。細審疑當以《才調集》爲是。

〔一三〕「敗葉」，《才調集》同，《又玄集》作「墮葉」。

〔一四〕「遺翎」原作「爲翎」，據《又玄集》、《才調集》改。

〔一五〕「驚」原作「經」，據《又玄集》、《才調集》改。

〔一六〕「踏著」原作「踏逐」，據《又玄集》、《才調集》改。

〔一七〕「㔙」，《又玄集》、《才調集》同。毛本作「勢」，非。

〔一八〕「闕」，《又玄集》同，《才調集》作「案」。

〔一九〕詩題《又玄集》同，《文苑英華》卷二三三作《送僧游安南》。

〔二〇〕「秋聞」原作「秋間」，據《又玄集》、《文苑英華》改。

〔二一〕「長安」原作「長空」，據《又玄集》、《才調集》改。《才調集》此句作「長安却回日」。

〔二二〕「驢」原作「爐」，據毛本改。

〔二三〕「印攜過燒寺」，毛本作「笻攜過竹寺」。

〔二四〕「典」原作「曲」，字訛，據《全唐詩》改。

〔二五〕詩題《文苑英華》卷二三八作《題維摩暢上人房》。

〔二六〕「枯櫟畫」，《文苑英華》作「朽柟話」。

〔二七〕「棲林」原作「西林」，據《文苑英華》改。

〔二八〕《鄭守愚文集》卷三載《哭進士李洞二首》，此其第二首，題下自注：「酷愛賈浪仙詩，長江在東蜀，浪仙塚在此處。」

〔二九〕「丹旐」原作「丹旄」，據《鄭守愚文集》改。

長孫翱

長孫翱、朱慶餘各有宮詞。翱詞曰：一道甘泉接御溝，上皇行處不曾秋。誰言水是無情物，也到宮前咽不流。朱詞曰：寂寂花時閉院門，美人相並立瓊軒。含情欲説宮中事，鸚鵡前頭不敢言〔一〕。

【校箋】

〔一〕此采自《雲溪友議》卷下《瑯琊忤》條，云：「王建校書爲渭南尉，作《宮詞》。元丞相亦有此句。河南、渭南合成二首矣。時謂長孫翱、朱慶餘各有一篇，苟爲當矣。長孫詞曰：『一道甘泉接御溝，上皇行處不曾秋。誰言水是無情物，也到宮前咽不流。』朱君詞曰：『寂寂花時閉院門，美人相對泣瓊軒。含情欲説宮中事，鸚鵡前頭不敢言。』」「閉院門」原作「閒院間」，據《雲溪友議》及《朱慶餘詩集》改。「美人相並立瓊軒」原作「美人相對泣瓊軒」，《雲溪友議》同，據《朱慶餘詩集》改。

崔櫓〔一〕

春晚岳陽城言懷云〔二〕：煙花零落過清明，異國光陰老客情。雲夢夕陽愁裏色，洞庭春浪坐來聲。天邊一與舊山别，江上幾看芳草生〔三〕。獨憑欄杆意難寫，暮笳嗚軋調孤城〔四〕。

華清宫云：銀河漾漾月輝輝，樓礙星邊織女機。横玉叫雲清似水，滿空霜逐一聲飛。又云：障掩金鷄蓄禍機，翠華西拂蜀雲飛〔五〕。珠簾一閉朝元閣，不見人歸見燕歸。又云：草遮回蹬絶鳴鑾，雲樹深深碧殿寒。明月自來還自去，更無人倚玉欄杆。又云：門横金鎖悄無人，落日秋聲渭水濱。紅葉下山寒寂寂〔六〕，濕雲如夢雨如塵。

櫓慕杜紫微爲詩。櫓才情麗而近蕩，有無譏集三百篇。尤能詠物，如梅花詩曰：强半瘦因前夜雪，數枝愁向晚來天。復曰：初開已入雕梁畫，未落先愁玉笛吹。山寺詩曰：雲生柱礎降龍地，露洗林巒放鶴天。蓮花詩云：無人解把無塵袖，盛取殘香盡日憐〔七〕。

櫓有酒失于虔州陸郎中肱以詩謝之曰：醉時顛蹶醒時羞，麴蘖催人不自由。叵耐一雙窮相眼，不堪花卉在前頭〔八〕。出摭言。

櫓，大中時進士也〔九〕。

山路見花詩曰：曉紅初拆露香新，獨立空山冷笑春〔一〇〕。春意自知無主惜，恣風吹逐馬蹄塵。

岸梅云：含情含態一枝枝〔一一〕，斜壓漁家短短籬。惹袖尚餘香半日，向人如訴雨多時。初開偏稱雕梁畫，未落先愁玉笛吹。行客見來無去意，解帆烟浦爲題詩。

【校箋】

〔一〕「崔櫓」，一作「崔魯」，《新唐書》卷六〇《藝文志》有崔櫓《無譏集》四卷，《摭言》所載及《萬首唐人絶句》載其詩，亦作「崔櫓」。而《才調集》、《唐百家詩選》載其詩，則皆作「崔魯」。《全唐詩話》及《唐才子傳》亦作「崔魯」，今並存之。

〔二〕《唐百家詩選》載崔魯《春晚岳陽城言懷二首》，此其第二首。

〔三〕「生」原作「深」，據《唐百家詩選》改。

〔四〕「嗚軋」原作「鳴軋」，據《唐百家詩選》改。

〔五〕「翠華」，《唐百家詩選》、《萬首唐人絶句》作「翠環」。

〔六〕「寒」字原闕，據《唐百家詩選》、《萬首唐人絶句》補。

〔七〕此采自《摭言》卷一〇，文字悉同。「《無譏集》」原作「《無機集》」，《摭言》同，據《新唐書·藝文志》改。「晚來天」原作「晚天來」，「山寺」原作「山鵲」，據《摭言》改。

〔八〕《摭言》卷一二：「崔櫓酒後失虔州陸郎中肱，以詩謝之曰：『醉時顛蹶醒時羞，麴蘗催人不自由。叵耐一雙窮相眼，不堪花卉在前頭。』」「催人」原作「推人」，據改。

〔九〕按《直齋書録解題》卷一九：「《無譏集》四卷，唐崔櫓撰，僖宗時人。」而《唐才子傳》言「魯，廣明間舉進士」。其時代當遠在宣宗大中朝之後，疑此有誤。

〔一〇〕「笑春」，《唐百家詩選》同，《萬首唐人絶句》作「笑人」。

〔一一〕「含態」原作「含怨」，據《唐百家詩選》改。

曹唐

暮春戲贈吴端公云〔一〕：年少英雄好丈夫，大家望拜漢金吾。閑眠曉日聽鶗鴂，笑倚春風杖轆轤。深院吹笙從漢婢，靜街調馬任奚奴。牡丹花外簾鈎下，獨凭紅肌捋虎鬚。病馬云〔二〕：緑耳何年別渥洼〔三〕，病來顔色半泥沙〔四〕。四蹄不鑿銀砧裂〔五〕，雙眼慵開玉燭斜。墮月兔毛輕斛蔌〔六〕，失雲龍骨瘦槎牙〔七〕。平原好放無人放，嘶向東風苜蓿花〔八〕。

嘗寓江陵佛寺，寺有亭沼，唐得句曰：水底有天春漠漠，人間無路月茫茫。明日，還坐沼上，有二婦人，素裳徐步，詠所作之詩。唐迫而訊之，不應，未十步而没。數日，唐亦殂，竟不成名〔九〕。

簫聲欲盡月色苦，依舊漢家宫樹秋。游仙句。看却龍髯攀不得，九霞零落鼎湖空〔一〇〕。仙都即景句。一曲哀歌茂陵道，漢家天子葬秋風。句。誰知漢武無仙骨，滿竈黄金成白烟。句。右張爲取作主客圖。

唐，字堯賓，桂州人。初爲道士，後爲使府從事。咸通中卒。作游仙詩百餘篇。其友人曰：堯賓曾作鬼詩。唐曰：何也？曰：井底有天春寂寂，人間無路月茫茫，非鬼詩而何？唐大哂〔二〕。游仙詩今見一絶云〔三〕：靖節先生幾代孫，青娥曾接玉郎魂〔三〕。春風流水還無賴，偷放桃花出洞門。唐詩屬對清切，如鷓鴣思起歌聲動，鴝鵒身翻舞袖齊。斬蛟青海上，射虎黑山頭。此類頗多。

【校箋】

〔一〕詩題「吴端公」，《唐百家詩選》同，毛本作「吴公」，非。

〔二〕《又玄集》選曹唐《病馬》二首，《才調集》及《文苑英華》卷三三〇所載此題凡五首，此自《又玄集》録其第一首。

〔三〕「緑耳」，《又玄集》同，《才調集》、《文苑英華》作「騄駬」。

〔四〕「泥沙」，《又玄集》同，《才調集》、《文苑英華》作「塵沙」。

〔五〕「銀砧」，《又玄集》同，《才調集》、《文苑英華》作「金砧」。

〔六〕「輕斛蔌」，《又玄集》同，《才調集》、《文苑英華》作「乾斛觫」。

〔七〕「槎牙」原作「牙槎」，據《又玄集》、《才調集》、《文苑英華》改。

〔八〕「東風」，《又玄集》同，《才調集》、《文苑英華》作「秋風」。

〔九〕《太平廣記》卷三四九引《靈怪録》：「（曹唐）久舉不第，嘗寓居江陵佛寺中，亭沼境甚幽勝，每日臨翫賦詩，得兩句曰：『水底有天春漠漠，人間無路月茫茫。』吟之未久，自以爲常製皆不及此作。一日，還坐亭沼上，方用怡詠，忽見二婦人，衣素衣，貌甚閑冶，徐步而吟，則唐前所作之二句也。唐自以製未翌日，人固未有知者，何遽而得之，因迫而訊之，不應而去，未十餘步間，不見矣。……數日後，唐卒于佛舍中。」「詠所作之詩」句原闕「作之」二字，據補。

〔一〇〕《函海》本《詩人主客圖》注云：「此《仙都即景》句，『宮』本集作『空』。」據補改。

〔一一〕《新唐書》卷六〇《藝文志》：「《曹唐詩》三卷。」注云：「字堯賓。」又《郡齋讀書志》卷四中：「《曹唐詩》一卷。右唐曹唐，字堯賓，桂州人。初爲進士，咸通中，爲府從事，卒。作《游仙詩》百餘篇。或靳之曰：『堯賓嘗作鬼詩。』唐曰：『何也？』『井底有天春寂寂，人間無路月茫茫。非鬼而何？』唐乃大哂。今集中不見，然他詩及神仙者尚多。」按今存《萬首唐人絕句》中曹唐《游仙詩》九十八首，當時或爲別行，故鼂公武及計氏皆未得見。

〔一二〕此詩不載《萬首唐人絕句》九十八首《游仙詩》中。

〔一三〕「接」字原脫，據毛本補。

于武陵

孤雲云：南北各萬里，有雲心更閑。因風離海上，伴月到人間。洛浦少高一作佳。樹〔一〕，長安無舊山。徘徊不可住〔二〕，漠漠又東還。

客中云：楚人歌竹枝，游子淚沾衣。異國久爲客，寒宵頻夢歸。一封書未返，千樹葉皆飛。南過洞庭水〔三〕，更應消息稀。長信宫云〔四〕：簟凉秋氣初〔五〕，長信恨何如。拂黛月生指，理鬟雲滿梳〔六〕。一從悲畫扇，幾度泣前魚〔七〕。坐聽南宫樂，清風摇翠裾。

武陵，會昌時詩人也〔八〕。

白日不西落，紅塵應亦深。東門路句。青山如有利，白石亦成塵。尋山句。四海少年路，千川無定波。送客東歸句〔九〕。右張爲取作主客圖。

【校箋】

〔一〕「高樹」，《文苑英華》卷一五六同，《唐百家詩選》作「佳樹」。

〔二〕「住」，《唐百家詩選》同，《文苑英華》作「駐」。

〔三〕「南過」原作「南度」，據《唐百家詩選》及《文苑英華》卷二九四改。

〔四〕詩題《又玄集》、《唐百家詩選》同，《才調集》作《長信愁》。

〔五〕「秋氣」，《又玄集》、《唐百家詩選》同，《才調集》作「秋夜」。

〔六〕「理鬟」原作「理髮」，據《才調集》改。《又玄集》、《唐百家詩選》作「解鬟」。

〔七〕「前魚」，《才調集》、《唐百家詩選》同，《又玄集》作「鰥魚」。

〔八〕《郡齋讀書志》卷四中：「《于武陵詩》一卷。右于武陵，大中進士。」

〔九〕摘句原均無詩題，據《全唐詩》補。

霍總

郡樓望九華歌云：樓上坐見九子峰，翠雲赤日光溶溶。有時朝昏變疎密，八峰和烟一峰出。有時風卷天雨晴，聚立連連如弟兄。陽烏生子偶成數，丹鳳養雛同此名。日日遥看機已静，未離塵躅思真境。子明龍駕騰九垓，陵陽相對空崔嵬。玉漿瑶草不可見，自有神仙風馬來。

武元衡嘗有送總詩云〔一〕：琵絲簫管怨津樓〔二〕，三奏行人醉不留。别後相思江一岸〔三〕，落花飛處杜鵑愁。

總，咸通時爲池州刺史〔四〕。

【校箋】

〔一〕詩題《萬首唐人絶句》作《送霍總之池州》。

〔二〕「琵絲簫管」，《萬首唐人絶句》作「春風絲管」。

〔三〕「江一岸」，《萬首唐人絶句》作「江上岸」。

〔四〕按：《文苑英華》卷七一七載穆員《蝗旱詩序》，有云：「甲子歲大旱，螽蝗生。……僚友霍總賦《蝗旱詩》一章七十有二句。其指兵生蝗，蝗生和，和生瑞。猶夫空谷之響，立表之影，以其類至必然。」其詩已佚，所云「甲子歲」，當爲德宗興元元年。據《舊唐書·穆寧傳》，穆員爲杜亞東都留守從事。杜亞「貞元五年，以淮南節度改檢校吏部尚書、判東都尚書省事，充東都留守、都防禦使」。則知霍總德宗、憲宗時人，不當及于咸通也。武元衡被盜殺于元和十年（八一五），下距咸通（八六〇—八七三）尚有四十五年。此言霍總咸通時爲池州刺史，當有誤。

劉魯風

魯風江西投謁所知，頗爲典客所阻，因賦一絶曰：萬卷書生劉魯風，烟波千里謁文翁。無錢乞與韓知客，名紙毛生不肯通〔一〕。

魯風，張又新客也〔二〕。又新水記曰：予刺九江，有客李滂，門士劉魯風。自貞元後，唐文甚振，以文學科第爲一時之榮。及其弊也，士子豪氣駡吻，游諸侯門，諸侯望而畏之。如劉魯風、姚巖傑、柳棠、平曾之徒〔三〕，其文皆不足取。余故載之者，以見當時諸侯爭取譽于文士，此蓋外重内輕之牙蘖。如李益者，一時文宗，猶曰：感恩知有地，不上望京樓。其後如李山甫輩，以一名第之失，至挾方鎮，劫宰輔，則又有甚焉者矣。一篇一韻，初若虚文，而治亂之萌係焉。余以是知其不可忽也。

【校箋】

〔二〕《摭言》卷一〇：「劉魯風江西投謁所知，頗爲典謁所阻，因賦一絶曰：『萬卷書生劉魯風，煙波千里謁文翁。無錢乞與韓知客，名紙毛生不爲通。』」「千里」原作「萬里」，據改。

〔三〕《全唐文》卷七二二張又新《煎茶水記》：「又新刺九江，有客李滂、門生劉魯封言嘗見説云云」，「魯風」作「魯封」，未知是一人否？

〔三〕「如劉魯風、姚巖傑、柳棠、平曾之徒」句，「傑」原作「保」，據《全唐詩話》改。「平曾」，《全唐詩話》作「胡曾」，誤。此計氏論晚唐文士豪氣罵吻之弊，故自李益以後，劉魯風、姚巖傑（見卷六六）、柳棠、平曾（見卷六五），下至李山甫（見卷七〇）皆録其忿戾之作，胡曾則無此等詩也。

盧尚卿

咸通十一年，以龐勛盜據徐州，久屯戍卒，連年飛輓，物力方虚，因詔權停貢舉一年。是歲尚卿自遠至闕，聞詔而迴。乃賦東歸詩曰：九重丹詔下塵埃，深鎖文闈罷選才。桂樹放教遮月長，杏園終待隔年開。自從玉帳論兵後，不許金門諫獵來。今日灞陵橋上過，關人應笑臘前迴〔一〕。

尚卿，至僖宗中和二年始登第于蜀。

【校箋】

〔一〕《太平廣記》卷一八三引《年號記》：「咸通十一年，以寵勛盜據徐州，久屯戍卒，連年飛輓，物力方虚，因詔權停貢舉一年。是歲，進士盧尚卿自遠至關，聞詔而迴。乃賦《東歸》詩曰：『九重丹詔下塵埃，深鎖文闈罷選才。桂樹放教遮月長，杏園終待隔年開。自從玉帳論兵後，不許金門諫獵來。今日灞陵橋上過，關人應笑臘前迴。』」「自遠至關」原作「自至闕」，詩中「關人」原作「門人」，據改。

唐詩紀事校箋卷第五十九

【校箋】

〔一〕自韓察以下至張賈七人，洪本原皆附名於「張弘靖」之下，毛本依例每人分列，羅本、丁本皆從之。今從毛本單列之。又各本原皆未列「李德裕」條，今依毛本正文補。

薛　瑩〔一〕

中秋月云：三十六旬盈復缺，百年堪喜又堪傷。勸君莫惜登樓望，雲放嬋娟不久長。

【校箋】

〔一〕《新唐書》卷六〇《藝文志》有薛瑩《洞庭詩集》一卷；卷七三下《宰相世系表》：「瑩，杭州刺史。」《直齋書録解題》卷一九：「《薛瑩集》一卷，薛瑩撰，號《洞庭集》，文宗時人，《集》中多蜀詩。」

褚載

雲詩云：盡日看雲首不迴，無心都大似無才。可憐光彩一片玉，萬里青天何處來。

賀趙觀文重試及第云：一枝仙桂兩回春，始覺文章可致身。已把色絲要上第，又將彩筆冠群倫。龍泉再淬方知利，火浣重燒轉更新。今日街頭看御榜，大能榮耀苦心人。

案觀文乾寧二年崔凝下第八人登第，是年命陸扆重試，而觀文爲榜首〔一〕。

陸威爲郎官，載以文投獻，數字犯其家諱，威因矍然。載尋以牋致謝曰：曹興之圖畫雖精，終慚誤筆，殷浩之矜持太過，翻達空函〔二〕。

載，字厚之，登乾寧進士第〔三〕。

【校箋】

〔一〕《摭言》卷七：「昭宗皇帝頗爲寒畯開路，崔合州（凝）榜放，但是子弟，無問文章厚薄，鄰之金瓦。其間屈人不少。孤寒中唯程晏、黄滔擅場之外，其餘以程試考之，濫得亦不少矣。然如王貞白、張蠙詩，趙觀文古風之作，皆臻前輩之閫閾者也。」是年重試，以此。

〔二〕《摭言》卷一一：「文德中，劉子長出鎮浙西，行次江西，時陸威侍郎猶爲郎吏，亦寓于此。進士褚載緘二軸投謁，誤以子長之卷面贄于威，威覽之，連有數字犯威家諱，威因拱而矍然。載錯愕白以大誤，尋以長牋致謝，略曰：『曹興之圖畫雖精，終慚誤筆；殷浩之矜持太過，翻達空函。』」

〔三〕《新唐書》卷六〇《藝文志》：「《褚載詩》三卷。」注云：「字厚之，乾寧進士第。」

汪遵

五湖詩曰〔一〕：已立平吴霸越功，片帆高颺五湖風。不知戰國縱横者，誰似陶朱得始終？

澠池云：西秦北趙各稱高，池上張筵列我曹。何事君王親擊缶？相如有劍可吹毛。

函谷關云：脱禍東奔壯氣摧〔二〕，馬如飛電轂如雷〔三〕。當時若不聽彈鋏〔四〕，那得關門夜半開。

遵幼爲吏，許棠應二十餘舉，遵猶在胥徒。善爲絶句詩而深晦密。一旦辭役就貢，會棠送客至灞滻間，遇遵于途，訊曰：何事至京？遵曰：就貢。棠怒曰：小吏無禮。後遵成名五年，棠始登第〔五〕。

秦築長城比鐵牢，蕃戎不敢過臨洮。雖然萬里連雲際，爭及堯階三尺高！遵長城詩也，得名于時〔六〕。

遵，宣城人，登咸通七年進士第〔七〕。許棠，其鄉人也。

平泉花木好高眠〔八〕，嵩少縱橫滿目前。惆悵人間不平事，今朝身在海南邊〔九〕。遵題李太尉平泉莊詩也。

【校箋】

〔一〕汪遵《詠史詩》今存五十餘首，載《萬首唐人絶句》中，以下選其中三首。

〔二〕「摧」原作「催」，據《萬首唐人絶句》改。

〔三〕「轂如雷」原作「勢如雷」，據《萬首唐人絶句》改。

〔四〕「聽」原作「輕」，據《萬首唐人絶句》改。

〔五〕《摭言》卷八：「許棠，宣州涇縣人，早脩舉業。鄉人汪遵者，幼爲小吏，洎棠應二十餘舉，遵猶在胥徒。然善爲歌詩而深自晦密。一旦辭役就貢，會棠送客至灞滻間，忽遇遵于途中。棠訊之曰：『汪都何事至京？』（都者，吏之呼也。）遵對曰：『此來就貢。』棠怒曰：『小吏無禮。』而與棠同硯席，棠甚侮之。後遵成名五年，棠始及第。」

〔六〕《鑒誡録》卷九「卓絶篇」條：「汪先輩《詠史詩》曰：『秦築長城比鐵牢，蕃戎不敢過臨洮。雖然萬里連雲際，不及堯階三尺高。』」《紀事》取此。然此詩不見今傳汪遵《詠史詩》中，而《萬首唐人絶句》載褚載《長城》絶句，即爲此作。其詩第三句作「焉知萬里連雲色」，餘與此及《鑒誡録》同。

〔七〕《唐才子傳》：「遵……咸通七年，韓衮榜進士。」蓋據《登科記》。

〔八〕「平泉」原作「水泉」，《萬首唐人絶句》同，《全唐詩話》及《唐才子傳》引此詩俱作「平泉」，據改。「高眠」原作「高樹」，據《萬首唐人絶句》及《唐才子傳》改。

〔九〕詩後三句《萬首唐人絶句》同，《唐才子傳》引作「水色嵐光滿目前。剛欲平他不平事，至今惆悵海南邊」。

蕭遘〔一〕

春詩云：南國韶光早，春風送臘來。水堤烟報柳，山寺雪驚梅。練色鋪江晚，潮聲逐渚迴。青旗問沽酒，何處撥寒醅。

蕭與韋保衡同年登第，保衡以幸進，而蕭自標致，衡銜之。既相，摘蕭之失，貶播州司馬。途經三峽，月夜賦詩自悼，懼其見害。若有人告曰：公其勿憂，余當爲禁禦。蕭後爲相〔二〕。

【校箋】

〔一〕「蕭遘」原作「蕭遇」，避宋諱也，今改。

〔三〕《舊唐書》卷一七九《蕭遘傳》：「蕭遘，蘭陵人。……以咸通五年登進士第，釋褐秘書省校書郎、太原從事。入朝爲右拾遺，再遷起居舍人。與韋保衡同年登進士第，保衡以幸進，無藝，同年門生皆薄之。遘形神秀偉，志操不群，自比李德裕，同年皆戲呼『太尉』，保衡心銜之。及保衡作相，掎遘之失，貶爲播州司馬。途經三峽，維舟月夜，賦詩自悼，慮保衡見害，遽有神人謂之曰：『相公勿憂，予當禦侮奉衛。』遘心異之。過峽州，徑白帝祠，即所覩之神人也。……中和元年三月，（僖宗）自褒中幸成都，次綿州，以本官同平章事，加中書侍郎。」

盧渥

渥，字子章〔一〕，軒冕之盛，近代無比，伯仲四人，咸居顯列。乾符初，母憂服闋，渥自前中書舍人拜陝府觀察使；弟紹，前長安令除給事中；弟沆，自前集賢校理除左拾遺；弟沼，自畿尉遷監察御史，詔書疊至，士族榮之。及赴任陝郊，洛城自居守分司朝臣已下，互設祖筵，洛城爲之一空，都人聳觀，亘數十里。渥題嘉祥驛詩曰：交親榮餞洛城空，秉鉞戎裝上將同。星使自天丹詔下，雕鞍照地數程中。馬嘶靜谷聲偏響，旆映晴山色更紅。到後定知人易化，滿街棠樹有遺風〔二〕。

渥在舉場，甚有時稱。曾于灞水逆旅，遇宣宗微行，意其貴人，斂身避之。帝呼與相見，乃自稱進士盧渥。帝請詩卷袖之而去。他日對宰臣語及盧渥，令主司擢第。宰臣問渥與主上有何階緣？渥具陳其由。時亦不以爲忝〔三〕。

渥應舉之歲，偶臨御溝，見一紅葉，葉上有絶句，置于巾箱，或呈于同志。及宣宗放宫人，初下詔，許從百官司吏，獨不許貢舉人。後一任。范陽獲其退宫，覩紅葉而吁怨久之。曰：當時偶題隨流，不謂郎君收藏巾篋。驗其書，無不驚訝。詩曰：水流何太急，深宫盡日閑。殷懃謝紅葉，好去到人間。出本事詩〔四〕。

唐末，渥自陝府廉察入朝知舉，遇巢寇犯闕，不及終場。趙崇戲之曰：出腹不生養主司也。蓋盧氏未嘗知舉，盧相攜恥之，拔爲主文，卒不果〔五〕。渥終檢校司徒〔六〕。

【校箋】

〔一〕《新唐書》卷七三上《宰相世系表》：「渥字子章，檢校司徒。」

〔二〕《唐闕史》：「盧左丞渥，冠裳之盛，近代無出其右者，伯仲四人，咸居清顯。乾符初，服喪紀于洛下，先終制，渥自前中書舍人拜陝郊觀察使；又旬日，其弟紹自前長安縣令除給事中；又旬日，弟沆自前集賢校理授左拾遺；又旬日，弟沼自前畿尉遷監察御史。鳴珂珮玉，紆朱拖紫，照耀街巷，士族榮之。及赴任陝郊，洛城自保釐尹正以下，更設祖筵，以鮮華相尚。分秩故相，及朝容惡日，兩邑縣官，卑秩麻衣，傾都出郭，洛城爲之一空。……驛前後十五里，車馬不絕。……有白鬚驛吏聲指曰：『某自擁篲清郵，五十載未嘗覩祖送之盛有如此者。』左轄有詩題在嘉祥驛云云。」「沆」原作「沅」，據改。按渥弟「紹字子美」、「沼字明源」、「沆字德遠」，見《新唐書》卷七三下《宰相世系表》，《唐闕史》不誤。毛本改「紹」爲「沼」，改「沼」爲「治」，非。

〔三〕《北夢瑣言》卷八：「唐陝州廉使盧沆，在舉場甚有時稱。曾于滻水逆旅遇宣宗皇帝微行，意其貴人，斂身迴避。帝揖與相見，沆乃自稱進士盧沆。帝請詩卷袖之，乘驢而去。他日，對大臣語及盧沆，令主司擢第。沆不自安，恐僭昌之辱。宰臣問沆：與主上有何階緣？沆乃具陳因由，時亦不訝，以其文章非叨忝也。」按：此乃盧渥事，《瑣言》此記爲「盧沆」，誤。其卷九重出此事，即作「盧渥」。沆乃渥弟，未嘗爲「陝州廉使」（即陝州觀察使），計氏取之，改作「盧渥」，是也。「令主司擢第」句，「令」原作「今」，據改。

〔四〕《雲溪友議》卷下《題紅怨》條：「盧渥舍人應舉之歲，偶臨御溝，見一紅葉，命僕搴來。葉上乃有一絕句，置于巾箱，或呈于同志。及宣宗既省宫人，初下詔：許從百官司吏，獨不許貢舉人。後亦一任。范陽獲其退宫，覩紅葉而吁怨久之。曰：『當時偶題隨流，不謂郎君收藏巾篋。』驗其書，無不訝焉。詩曰：『水流何太急，深宫盡日閒。慇懃謝紅葉，好去到人間。』」此取之，注云：「出《本事詩》」，誤，《本事詩》所載乃顧況題葉事也。其注殆校刻者所加。「後一任」句上原衍「盧」字，「吁」下「怨久之曰當時偶題隨流不謂郎君收」十五字原脱，據《友議》删、補。

「范陽」，以郡望稱盧渥也。毛本作「盧後一任范陽，獲其退宫人，覩紅葉尚藏巾篋」，非。

〔五〕《北夢瑣言》卷八又云：「沆後自廉察入朝知舉，遇黄寇犯闕，不及終場。趙崇大夫戲之曰：『出腹不生養主司也。』初，盧家未嘗知舉，盧相攜耻之，拔爲主文，竟不果也。」《瑣言》記爲「沆」事，誤。見前校箋〔三〕。「出腹」原作「出腸」，據改。

〔六〕見校箋〔一〕引《宰相世系表》。

李訥

李尚書訥爲浙東廉使，夜登越城樓，聞歌曰：雁門山上雁初飛。其聲激切。召至，曰：去籍之妓盛小叢也。時察院崔侍御元範，自府幕赴闕庭，李餞之，命小叢歌餞，在座各爲一絶贈送之。崔下句云：獨向柏臺爲老吏。或曰：侍御鳳閣中書，即其程也，何老于柏臺？請改之。崔不可。是年秋，崔鞫獄譙中，乃終于柏臺之任。訥詩云：繡衣奔命去情多，南國佳人斂翠蛾。曾向教坊聽國樂，爲君重唱盛叢歌〔一〕。

訥，故侍郎建字杓直之子，字敦止。大中時爲浙東觀察使，卒于兵部尚書〔二〕。

【校箋】

〔一〕《雲溪友議》卷上《餞歌序》條：「李尚書訥夜登越城樓，聞歌曰：『雁門山上雁初飛』，其聲激切。召至，曰：『去籍之妓盛小叢也。』曰：『汝歌何善乎？』曰：『小叢是梨園供奉南不嫌女甥也，所唱之音，乃不嫌之授也，今色將衰，歌當廢矣。』時察院崔侍御元範自府幕而拜，即赴闕庭，李公連夕餞崔君于鏡湖光候亭，屢命小叢歌餞，在座各爲一絶句贈送之，亞相爲首唱矣。崔下句云：『獨向柏臺爲老吏。』皆曰：『侍御鳳閣中書，即其程也，何以老于柏臺？』衆請改之。崔讓曰：『某但止于此任，寧望九遷乎？』是年秋，崔君鞫獄于譙中，乃終于柏臺之任矣。楊（知至）、封（彦卿）、盧（鄴、溵）、高（湘）數篇，（並見後）亦其次也。《聽盛小叢歌送崔侍御》（浙東廉使李訥）：『繡衣奔命去情多，南國佳人斂翠蛾。曾向教坊聽國樂，爲君重唱盛叢歌。』」

〔二〕《新唐書》卷一六二《李遜傳》：「遜弟建，字杓直……召拜刑部侍郎，卒。……建子訥，字敦止，及進士第，遷累中書舍人，爲浙東觀察使。……歷兵部尚書，以太子太傅卒。」「敦止」原作「敦正」，據改。

崔元範

元範詩云：羊公留宴峴山亭，洛浦高歌五夜情。獨向柏臺爲老吏，可憐林木響餘聲〔一〕。

元範，以監察御史爲浙東幕府〔二〕。

【校箋】

〔一〕出《雲溪友議》，詩題作《奉和亞台》，署「御史崔元範」。

〔二〕計氏此説稍誤。據《雲溪友議》所云「時察院崔侍御元範自府幕而拜，即赴闕庭。李公連夕餞崔君於鏡湖光候亭」云云，知崔「以府幕而拜監察御史」，非以「監察御史爲浙東幕府」也。

楊知至

知至詩云：燕趙能歌有幾人，落花回雪似含顰。聲隨御史西歸去，誰伴文翁怨九春〔一〕？

知至時爲浙東團練判官。

會昌四年，王起奏五人：楊知至、刑部尚書汝士之子。源重、故相牛僧孺之甥〔二〕。鄭朴、河東節度使崔元式女婿〔三〕。楊嚴、監察御史發之弟。竇緘。故相易直之子。有旨令送所試雜文，付翰林重考覆。續奉進止〔四〕，楊嚴一人，宜與及第，源重等四人落下。知至因以長句呈同年曰：由來梁雁與冥鴻，不合翩翾向碧空〔五〕。寒谷謾勞鄒氏律，長天獨遇宋都風。此時泣玉情雖異，他日銜環事亦同。二月春光正摇蕩〔六〕，無因得醉杏園中。

知至，字幾之。登進士第，爲宰相劉瞻所善，累擢户部侍郎〔七〕。

【校箋】

〔一〕出《雲溪友議》，署「團練判官楊知至」。「燕趙」原作「趙燕」，「落花迴雪似含顰」原作「爲花回雪似含聲」，「聲隨」原作「頻隨」，據改。

〔二〕此條采自《摭言》卷八。「甥」原作「孫」，據改。

〔三〕「崔元式」原作「崔永式」，據《摭言》改。

〔四〕「進止」原作「進旨」，據《摭言》改。

〔五〕「翩翾」原作「翩翩」，據《摭言》改。

〔六〕「二月」，《摭言》卷八作「三月」，同書卷一一重載此詩作「二月」，唐試進士，通于二月放榜，作「二月」是。

〔七〕《新唐書》卷七一下《宰相世系表》：「知至字幾之，户部侍郎。」又卷一六五《楊虞卿傳》附《楊汝士傳》：「子知温、知至，悉以進士第入官。……知至爲宰相劉瞻所善，以比部郎中知制誥。瞻得罪，亦貶瓊州司馬。擢累户部侍郎。」

封彦卿

彦卿詩云〔一〕：蓮府纔爲緑水濱，庾杲之在王儉幕府，似芙蓉泛緑水，故有此句。忽乘驄馬入咸秦。爲君唱作西河調〔二〕，日暮偏傷去住人。

彥卿，大中進士第，爲浙東觀察判官，户部尚書敖之子。

【校箋】

〔一〕出《雲溪友議》，署「觀察判官封彥沖」，按《新唐書》卷一七七《封敖傳》：「子彥卿、望卿，從子特卿，皆第進士。」又卷七一下《宰相世系表》「敖字碩夫，户部尚書，渤海縣男」，子「彥卿，字峙元」，其餘子姪，亦皆以「卿」爲名。是《友議》作「彥沖」爲誤。

〔二〕「西河調」原作「西歌調」，據《雲溪友議》改。

盧鄴

鄴詩云〔一〕：何郎載豸別賢侯〔二〕，更吐歌珠宴庾樓。莫道江南不同醉，即陪舟楫上京游〔三〕。

鄴，大中四年登第，爲浙東觀察支使〔四〕。

【校箋】

〔一〕出《雲溪友議》，署「觀察支使盧鄴」。

〔二〕「載豸」原作「載酒」，據《雲溪友議》改。獬豸，觸邪佞獸，秦漢以御史之冠象之，見應劭《漢官儀》，此用其事。

〔三〕「游」原作「溝」，據《雲溪友議》改。

〔四〕「支」字原脱，據《雲溪友議》補。

高湘

湘詩云〔一〕：謝安春渚餞袁宏，千里仁風一扇清。歌黛慘時方酩酊，不知公子重飛觥〔二〕。唐父子之學三家：高鍇子湘〔三〕，于邵子尹躬〔四〕，崔郾子瑶。唯崔氏相去只二十年。咸通末，路巖作相，除不附己者十司户，崔沆循州，李瀆繡州，蕭連播州，崔彦融雷州，張顔潘州，李貺勤州，杜裔休端州，杜彦林義州，李藻費州，湘高州。湘與兄湜不睦，湜爲中書舍人，與巖善。湘到任，憤湜不佑己，嘗賦詩曰：唯有高州是當家〔五〕。

湘，字濬之，鍇之子，爲右諫議大夫〔六〕。

【校箋】

〔一〕出《雲溪友議》，署「前進士高湘」。

〔二〕「公子」原作「父子」，據《雲溪友議》改。

〔三〕「子湘」下原有「湜」字。按《新唐書》卷一七七《高釴傳》云「子湜」，其弟《鍇傳》云「子湘」，是湜非鍇子，其附路巖，亦與湘非倫，此「湜」字當爲涉下而衍，今删。「高鍇」原作「高諧」，據改。

〔四〕《新唐書》卷七二下《宰相世系表》載于邵子「尹躬，中書舍人」，此「尹」原作「允」，據改。

〔五〕《玉泉子》：「咸通中，韋保衡、路巖作相，除不附己者十司户：崔沆循州，李瀆繡州，蕭連播州，崔彦融雷州，高湘高州，張顔潘州，李既勤州，杜裔休端州，杜彦林義州，李藻費州。……初，高湜與弟湘，少不相睦。咸通末，既出高州，湜雅與路巖相善，見巖陽救湘，巖曰：『某與舍人皆是京兆府荷枷者。』先是劉瞻志于除巖，温璋希旨，別製新枷數十待之，瞻以人情附己，其計泄焉。故居巖之後。……湘到任，憤湜不佑己，嘗賦詩云：『唯有高州是富家』之句焉。」「循州」原作「湑州」，「蕭連播州，崔彦融雷州，張顔潘州，李既勤州，杜裔休端州，杜彦林義州」二十七字原脱，「不佑己」原脱「佑」字，據補改。「當家」，本家之意，此不誤，《玉泉子》作「富家」，非。

〔六〕《新唐書》卷一七七《高釴傳》：弟鍇「子湘，字濬之，擢進士第，歷長安令、右諫議大夫。」

盧溵

溵詩云〔一〕：烏臺上客紫髯公〔二〕，共捧天書靜鏡中〔三〕。桃葉不須歌白苧〔四〕，耶溪暮雨起樵風。

溵，浙東處士也。

【校箋】

〔一〕出《雲溪友議》，署「處士盧溵」。

〔二〕「紫髯」原作「繡衣」，據《雲溪友議》改。

〔三〕「靜鏡」原作「靜境」，據《雲溪友議》改。
〔四〕「桃葉」原作「桃朵」，據《雲溪友議》改。

滕倪

滕倪苦心爲新詩〔一〕，嘉聲早播。遠之吉州，謁宗人太守郎中邁。邁每吟其句云：白髮不知容相國〔二〕，也同閑客滿頭生。又題鷺鷥障子云：映水有深意，見人無懼心。邁曰：魏文酷陳思之學〔三〕，潘岳褒正叔之文〔四〕，貴集一家之盛如此。倪逼秋試，捧笈告游，留詩爲别。滕君得之〔五〕，悵然曰：是必不祥。倪至秋，逝于商於之館舍〔六〕，聞者莫不傷悼焉〔七〕。倪詩曰：秋初江上别旌旗，故國無家淚欲垂。千里未知投足處，前程便是聽猿時。誤攻文字身空老，却返漁樵計已遲。羽翼彫零飛不得，丹霄無路接差池。

【校箋】

〔一〕此下全采《雲溪友議》卷上《宗兄悼》條之文。
〔二〕「白髮不知」原作「自髮不能」，據《雲溪友議》改。
〔三〕「酷」原作「惜」，據《雲溪友議》改。
〔四〕「潘岳」原作「潘安」，據《雲溪友議》改。
〔五〕「滕君得之」四字原脱，據《雲溪友議》補。

〔六〕「之」字原脱，據《雲溪友議》補。

〔七〕「悼」字原脱，據《雲溪友議》補。

林傑

林傑〔一〕，字智周，幼而秀異，言則成文。年六歲，請舉童子。時父肅爲閩府大將，性樂善，尤好聚書，又妙于手譚，當時名公，多與之交，及有是子，益大其門。廉使崔侍郎干亟與遷職〔二〕，鄉人榮之。傑五歲，父攜行至王仙君霸壇，戲問童子能詩乎？傑口占云：羽客已歸雲路去〔三〕，丹爐草木盡彫殘。不知千載歸何日，空使時人掃舊壇。父初不謂眇歲之作，遽臻于此，群親益驚異，遞相傳諷。自此日課所爲，未幾盈軸。明年，遂獻唐中丞扶〔四〕。唐既伸幅窺吟，聳耳駭嘆〔五〕，命子弟延入學院。時會七夕，賦乞巧詩，傑援筆曰：七夕今朝看碧霄〔六〕，牛郎織女渡河橋。家家乞巧望秋月，穿盡紅絲幾萬條〔七〕！唐嘆曰：真神童耳！傑又精于琴棋草隸，俱自天然，不煩師授。唐因與賓從棋，或全局輸者，令罩之勿觸，取童子來，繼終其事。傑必指縱出奇，往往返勝，曲盡其妙，時謂神助。後復業詞賦，頗振聲問。有仙客入壺中賦云：仙客以變化隨形，逍遥放情。處于外則一壺斯在，入其中則萬象俱呈。飛閣重樓，不是人間之狀；奇花異木，無非物外之名。至九歲，謁盧大夫貞、黎常侍殖〔八〕，無不嘉獎。尋就賓廡，日在宴筵。李侍御遠、趙支使榕〔九〕，深所知仰，不捨斯須。和趙支使詠荔枝詩云：金盤摘下排朱顆，紅殼開時飲玉漿。鄭副使立作奇童傳，劉制置重爲序以貽之〔一〇〕。至年十七，方結束琴書，將西邁而殂。

【校箋】

〔一〕此下全采《太平廣記》卷一七五引《閩川名士傳》之文。

〔二〕此句「千」原作「于」，「亟」原作「函」，據《太平廣記》改。

〔三〕「歸雲路」原作「登仙路」，據《太平廣記》改。

〔四〕「扶」字原脱，據《太平廣記》補。

〔五〕「聳耳」原作「聳爾」，據《太平廣記》改。

〔六〕「今朝」原作「今霄」，據《太平廣記》改。

〔七〕「萬」原作「百」，據《太平廣記》改。

〔八〕「殖」原作「植」，據《太平廣記》改。

〔九〕「榕」原作「格」，據《太平廣記》改。

〔一〇〕「重」原作「潼」，據《太平廣記》改。

李明遠

宣宗時，太僕卿韋觀，以禱醮之故，爲女巫誣告。帝知其冤，詔誅巫，謫觀潘州司馬。李明遠時爲監察御史，有詩曰：北鳥飛不到，南人誰去游？天涯浮瘴水，嶺外向潘州。草木春秋暮，猿猱日夜愁。定知遷客淚，應只對君流〔一〕。

【校箋】

〔一〕《雲溪友議》卷中《狂巫訕》條：「太僕卿韋觀欲求夏州節度使，有巫者知其所希，忽詣韋門曰：『某善禱祝星神，凡求官職者，必能應之。』韋卿不知其誑詐，令擇日夜深于中庭，備酒菓香燈等。巫者乘醉而至，請韋卿自書官階一道，虔啟于醮席。既得手書官銜，仰天大叫曰：『韋觀有異志，令我祭天。』韋公合族拜乞曰：『山人無以此言，百口之幸也。』凡所翫用財物，悉與之。時湖上崔大夫侶充京尹，有府囚叛獄，謂巫者是其一輩。里胥詰其衣裝忽異，巫情窘，乃云：『太僕韋觀曾令我祭天，我欲陳告而以家財求我，非竊盜也。』既當申奏。宣宗皇帝召觀至其殿前，獲明冤狀，復召宰臣，詔曰：『韋觀城南上族，軒蓋承家，昨爲求官，遂招誣謗，無令酷吏加之罪愆。其師誣誑，便付京兆處死訖。申韋則量事受責。』門下議貶潘州司馬。……觀察使李明遠詩云云。」

李章武

太和末，勅僧尼試經，不通者勒還俗。章武爲成都少尹，有山僧云：禪觀有年，未嘗念經。今被追試，前業棄矣。章武贈詩曰：南宗尚許通方便，何處心中更念經。好去苾蒭雲水畔，何山松柏不青青？諭主者特免試〔一〕。

【校箋】

〔一〕《本事詩》：「李章武學識好古，有名于時。太和末，勅僧尼試經若干紙，不通者勒還俗。章武時爲成都少尹，有山僧來謁云：『禪觀有年，未嘗念經。今被追試，前業棄矣。願長者宥之。』章武贈詩曰：『南宗尚許通方便，何處心中更有經。好去苾蒭雲水伴，何山松柏不青青？』主者免之而去。」

郭圓

世傳張延賞、韋皋持節劍南相代之事，頗爲延賞之耻。郭泗濱圓詩曰：宣父從周又適秦，昔賢多少出風塵。當時甚訝張延賞，不識韋皋是貴人〔一〕。南部新書云：韋皋見辱于張延賞，崔圓受薄于李彦允，皆丈人子婿，爲西川交代〔二〕。

圓，會昌中，檢校司門外郎〔三〕，爲劍南李固言從事〔四〕。

【校箋】

〔一〕《雲溪友議》卷中《苗夫人》條：「張延賞相公累代台鉉，每宴賓客，選子壻，莫有入意者……夫人有才鑒，甚别英鋭，特選韋皋秀才。……既以女妻之。不二三歲，以韋郎性度高廓，不拘小節，張公稍悔之，至不齒禮。……韋乃遂辭東游。……後權隴右軍事，會德宗行幸奉天，在西面之功，韋獨居其上。聖駕旋復之日，自金吾持節西川，替妻父清河公。……張公笑曰：『天下同姓名者何限，彼韋生應已委棄溝壑，豈能乘吾位乎？』……來早入州，方知不誤。張公憂惕，莫敢瞻視，曰：『吾不識人。』從西門而出。……所以郭泗濱圓詩曰：『宣父從周又適秦，昔賢多少出風塵。當時甚訝張延賞，不識韋皋是貴人。』」「多少」原作「雖少」，據改。曾慥《類説》卷四一亦載此事，所録郭圓詩前二句作「宣父辭周儀入秦，昔賢誰不困風塵」。

〔二〕《南部新書》乙：「韋皋見辱于張延賞，崔圓受薄于李彦允，皆丈人子壻。後韋爲張西川交代，崔救李殊死。」按兩《唐書》，崔、李實無西川相代事。此乃計氏引書有誤所致，當據《新書》改補（按此引《南部新書》「崔救李」原作「崔殺李」，據《白帖》卷二〇所引《新書》改）。崔李事，《太平廣記》卷一四八《崔圓》條記之甚詳。

〔三〕郭若虚《圖畫見聞誌》卷五「會昌廢壁」條：「又于福聖寺得展子虔天樂部二十五身，悉陷于屋壁，號寶墨亭。司門外郎郭圓作記。」

〔四〕《雲溪友議》卷中《白馬吟》條：「（平）曾後游蜀川，謁少師李固言相公。在成都賓館，則李玨郎中、郭圓員外、陳會端公、袁不約侍郎、來擇書記、薛重評事，皆遠從公，可謂蓮幕之盛矣。」

薛逢

逢，字陶臣，蒲州人。會昌進士。初與劉瑑交，會瑑當國，有薦逢知制誥者。瑑猥曰：先朝以兩省官給事、舍人先治州縣，乃得除。逢未試州，執不可。乃出刺巴州。而楊收、王鐸同牒署。收輔政，逢有詩，微辭譏訕。收銜之，復斥蓬、綿二州刺史。鐸爲相，又以詩訾鐸云：昨日鴻毛萬鈞重，今朝山嶽一毫輕。遂不見齒。終祕書監〔一〕。

題黄花驛云〔二〕：孤戍迢迢蜀路長，鳥鳴山館客思鄉。更看絶頂烟霞外，數樹巖花照夕陽。

元日田家云：南村晴雪北村梅，樹裏茅簷曉盡開。蠻榼出門兒婦去，鳥飛迎路女郎來。相逢但祝新正壽，對舉那愁暮景催。長笑士林因宦别〔三〕，一官輕是十年迴。

賀楊收作相云〔四〕：闕下憧憧車馬塵，沉浮相次宦游身。須知金印朝天客，同是沙堤避路人。威鳳偶時因瑞聖，應龍無水謾通神。丘門不是趨時客，始向窮途學問津。

逢命一道士貌真，自爲贊曰：壯哉薛逢，長七尺五寸。于是絶筆，終未能續。一旦，忽一羽衣詣門，見真讚，命筆續之云：手把金錐，鑿開混沌。長揖而去，不知所之。逢鑿混沌賦得名也〔五〕。

漢武帝詞云：武帝清齋夜築壇，自斟明水醮仙官〔六〕。殿前童女移香案，雲際金人捧露盤。絳節有時還入夢，碧桃何處更驂鸞？茂陵烟雨埋弓劍，石馬無聲蔓草寒〔七〕。

【校箋】

〔一〕《新唐書》卷二〇三《薛逢傳》：「薛逢字陶臣，蒲州河東人，會昌初，擢進士第。……初，與彭城劉瑑交，瑑文辭出逢數人下，常易之。瑑稍親近，逢不得意，遂相怨恨。會瑑當國，有薦逢知制誥者，瑑猥言『先朝以兩省官給事、舍人先治州縣，乃得除』。逢未試州，執不可。乃出爲巴州刺史。而楊收、王鐸同牒署第，收輔政，逢有詩微辭譏訕，收銜之，復斥蓬、綿二州刺史。收罷，以太常少卿召還，歷給事中。鐸爲宰相，逢又以詩訾鐸，鐸怒，中外亦鄙逢褊激，故不見齒。遷秘書監，卒。」《舊唐書》卷一九〇下《薛逢傳》兼記譏楊收、王鐸詩句，此録入訾鐸詩句，譏收一首見下（即《賀楊收作相詩》）。「微辭譏訕」句「譏」原作「幾」，「終秘書監」句，「終」原作「於」，據改。標目「薛逢」下原有「子庭珪」三字，按，兩《唐書》《薛逢傳》下皆附子《庭珪傳》，當因史文而衍，毛本删，是，今從之。

〔二〕《唐百家詩選》此詩題作《偶題黄花驛》並注云：「薛逢，咸通初爲嘉州刺史，將作監。」足補史闕。詩蓋官蜀時作也。

〔三〕「宦」原作「管」，據《歲時雜詠》改。

〔四〕《舊唐書》卷一九〇下《薛逢傳》載此詩二、三兩聯，即讖收作也。

〔五〕《南部新書》丙：「薛逢命一道士貌真，自爲贊曰：『壯哉薛逢，長七尺五寸。』放筆終未能續。一日忽有羽衣詣門，延之與語，忽于東壁見真贊，讀之，乃命筆續之曰：『手把金錐，鑿開混沌。』長揖而去，不知所之。逢作《鑿混沌賦》馳名。」「壯哉」原作「裝造」，「七尺五寸」原作「一尺五寸」，「錐」原作「鎚」，據改。《鑿混沌賦》載《文苑英華》卷一二五，原「鑿」下衍「開」字，據删。

〔六〕「醮仙官」，《才調集》同，《又玄集》作「蘸山官」，誤。

〔七〕「蔓草」原作「謾草」，據《又玄集》、《才調集》改。

張弘靖

弘靖爲太原節度使，有山亭懷古詩云〔一〕：叢石依古城，懸泉灑清池。高低袤丈内，衡霍相蔽虧。歸田竟何因，爲郡豈所宜。誰能辨人野〔二〕，寄適聊在斯。

弘靖，字元理。元和中，自宰相出爲河東節度使〔三〕。

【校箋】

〔一〕《李文饒别集》卷三載張弘靖《山亭書懷》詩，並載德裕以下七人《奉和山亭書懷》之作。此弘靖原唱，署「太原節度使、檢校吏部尚書、平章事張弘靖」。以下諸人和詩及其事紀，洪本皆附于「張弘靖」條下，殊失本書每人單列之例，顯有孱亂。毛本以各人分列爲一條，是也。然其只分列其詩，而將諸人事紀，悉歸「李德裕」一條之下，且中有錯簡，未加校正。羅、丁以下各本亦從之。今並析諸人事分列于每人條下，以清眉目也。

〔二〕「人野」原作「大野」，據《李文饒別集》改。

〔三〕《新唐書》卷一二七《張嘉貞傳》附孫《弘靖傳》：「弘靖，字元理。……元和中……以檢校吏部尚書、同平章事爲河東節度使。」《舊唐書》卷一五《憲宗紀》：「（元和）十一年春正月，己巳，以中書侍郎、平章事張弘靖檢校吏部尚書，兼太原尹、北都留守、河東節度使。」本條「弘靖」原作「洪靖」，據史文改。

韓察

節度判官、侍御史韓察和云〔一〕：疊石狀崖巘〔二〕，翠含城上樓。前移廬霍峰〔三〕，遠帶沅湘流。瀟洒主人靜，僉緣芳徑幽。清輝在昏旦，豈異東山游。

【校箋】

〔一〕作者原題「觀察判官兼殿中侍御史崔公信」，據《李文饒別集》卷三改。

〔二〕「疊石」，《李文饒別集》作「構石」。

〔三〕「廬」原作「盧」，據《李文饒别集》改。

崔　恭

節度副使、檢校右散騎常侍崔恭和云〔一〕：高情樂閑放，寄跡山水中。朝霞鋪座右，虚白貯清風。潛竇激飛泉，石路險且崇〔二〕。步武有勝概，不與俗情同。恭能文，嘗叙梁肅文集〔三〕。

恭，終汾州刺史〔四〕。

【校箋】

〔一〕此詩附載《李文饒别集》卷三，署「節度副使檢校右散騎常侍崔恭。」

〔二〕「險」原作「躋」，據《李文饒别集》改。

〔三〕崔恭《唐右補闕梁肅文集序》見《唐文粹》卷九二。

〔四〕《新唐書》卷七二下《宰相世系表》：「恭，汾州刺史。」

崔公信

觀察判官兼殿中侍御史崔公信和云〔一〕：公府政多暇，思與仁智全。爲山想巖穴，引水聽潺湲。軒冕跡自逸，塵俗無由牽。蒼生方矚望，詎得賦歸田？

公信，登元和元年進士第。弘靖帥太原，辟爲掌記。後以德裕代之，以公信爲觀察判官。

【校箋】

〔一〕按此詩不載《李文饒别集》卷三諸人和作之中，當爲觀察判官兼殿中侍御史崔公信之作。而節度判官、侍御史韓察一首，則誤爲崔公信詩（見前）。蓋此時公信已遷觀察判官兼殿中侍御史，以李德裕代崔公信掌書記。崔既非幕府寮佐，故不與諸同寮之作一併附載《别集》中也。《别集》卷七載德裕《河東掌書記廳壁記》云：「丙申歲（元和十一年），丞相高平公（張弘靖）始自樞衡，以膺謀帥，以右拾遺杜君爲主記。明主惜其忠規，復拜舊職，尋參内庭視草之列。次用殿中侍御史崔君，德裕獲接崔君之後。」篇末題「元和十四年四月十一日」，斯時公信實已不在幕府矣。此詩作者原題「節度判官、侍御史韓察」，今改正。

陸灃

給事中陸灃和云〔一〕：激水瀉飛瀑，寄懷良在兹。如何謝安石，要結東山期。入座蘭蕙馥，當軒松桂滋。于焉悟幽道，境寂心自怡。

灃，登貞元元年進士第。

【校箋】

〔一〕此詩附載《李文饒别集》卷三，署「給事中陸纏」。按《新唐書》卷七三下《宰相世系表》：「灑，主客郎中。」則作「灑」是。《李集》誤。

胡証

左金吾衛大將軍胡証和云〔一〕：飛泉天台狀，峭石蓬萊姿。潺湲與青翠，咫尺當幽奇。居然盡精到〔二〕，得以書妍詞。豈無他山勝，懿此清軒墀。

証，河東人，舉進士第。元和十三年，自振武節度使召任金吾大將軍〔三〕。趙宗儒鎮河中，証時建節赴振武，備桑梓禮入謁，持刺稱百姓。獻趙公詩云：詩書入京國，旌旆過鄉關。州里榮之〔四〕。出因話録。退之奉酬振武胡十二丈大夫詩云：傾朝共羡寵光頻，半歲遷騰作虎臣。弩矢前驅煩縣令，一云戎旆暫停辭社樹〔五〕。里門先下敬鄉人。横飛玉醆家山曉，遠蹀金珂塞草春。自笑平生誇膽氣，不離文字鬢毛新。

【校箋】

〔一〕此詩附載《李文饒别集》卷三，署「右金吾衛大將軍胡証」。按當作「左」。

〔二〕「精到」原作「精道」，據《李文饒别集》改。

〔三〕《舊唐書》卷一六三《胡証傳》：「胡証字啟中，河東人。父瑱，伯父玫，登進士第。証，貞元中繼登科。……（元和）九年，以党項寇邊，以証有安邊才略，乃授單于都護、御史大夫、振武軍節度使。……十三年，徵爲金吾大將軍。」

〔四〕《因話録》：「胡尚書証，河東人，太傅天水昭公（趙宗儒）鎮河中，尚書建節，赴振武，備桑梓禮入謁，持刺稱百姓。獻昭公詩云：『詩書入京國，旌旆過鄉關。』州里榮之。」「桑梓禮」原作「桑梓里」，據改。

〔五〕韓愈《昌黎先生集》卷九載此詩，第三句注云：「一作戎旆暫停辭社樹」。此「旆」原作「笳」，「暫」原作「斬」，據改。

高銖

節度判官、監察御史高銖和云〔一〕：鬪石類巖巘，飛流瀉潺湲。遠壑簷宇際，孤巒雉堞間〔二〕。何必到海岳，境幽機自閑。茲焉得奇趣〔三〕，高步謝東山。

銖，字權仲。既擢第，爲弘靖幕府。後爲太常卿〔四〕。

【校箋】

〔一〕此詩附載《李文饒別集》卷三，署「節度推官、監察御史高銖」。

〔二〕「孤巒」原作「孤鸞」，據《李文饒別集》改。

〔三〕「奇趣」原作「高趣」，據《李文饒別集》改。

〔四〕《新唐書》卷一七七《高釴傳》附弟《高銖傳》：「銖字權仲，既擢第，署太原張弘靖幕府。……大中初，遷禮部尚書、判度支，徙太常卿。」

張賈

尚書左丞張賈和云〔一〕：中庭起崖谷，漱玉下漣漪。丹丘誰云遠，寓象得心期。豈不貴鐘鼎，至懷在希夷。唯當蓬萊閣，靈鳳復來儀。賈，弘靖從姪也。

賈爲韋夏卿所知，後至達官〔二〕。初以侍御史爲華州上佐，以詩贈劉夢得云：夫子生知者，相期妙理中。夢得以忘言之句別之曰〔三〕：東簡下延閣〔四〕，假符驅短轅〔五〕。故人惜分袂，結念醉芳樽。切切別絃急〔六〕，蕭蕭征騎煩。臨歸無限意，相視却忘言。

【校箋】

〔一〕此詩附載《李文饒別集》卷三，署「從姪尚書右丞賈」。篇末題「元和十三年六月十二日題」。蓋諸詩皆是時所作。

〔二〕呂温《韋府君（夏卿）神道碑銘》：「開府辟士，則有……禮部員外郎清河張賈。」見《呂衡州集》卷六。又《舊唐書》卷一七下《文宗紀》：「太和四年四月，兵部尚書致仕張賈卒。」

〔三〕《劉夢得文集》卷六《發華州留別張侍御賈》詩，篇末自注云：「張詩云：『夫子生知者，相期性理中。』遂有『忘言』之句。」「佐以詩贈劉夢得云：『夫子生知者，相期性理中。』夢得」二十字原闕，據毛本補。

〔四〕「延閣」原作「高閣」，據《劉夢得文集》改。

〔五〕「假符」原作「買符」，據《劉夢得文集》改。

〔六〕「別絃急」原作「別思纏」，據《劉夢得文集》改。

李德裕

節度掌書記、監察御史李德裕和云〔一〕：巖石在朱户，風泉當翠樓。始知峴亭賞，難與清暉留〔二〕。餘景澹將夕，凝嵐輕欲收。東山有歸志，方接赤松游〔三〕。

【校箋】

〔一〕此詩載《李文饒别集》卷三，署「節度掌書記、監察御史李德裕」。

〔二〕「清暉」原作「清輝」，據《李文饒别集》改。

〔三〕「方接」原作「亦接」，據《李文饒别集》改。

唐詩紀事校箋卷第六十

李　節

送潭州道林疏言禪師太原取經詩序云〔一〕：會昌季年，武宗大翦釋氏，巾其徒且數萬之民〔二〕，隸具其居〔三〕，容貌于土木者沉諸水，言詞于紙素者烈諸火。分命御史乘驛走天下，察敢隱匿者罪之。由是天下名祠珍宇，毁撤如掃。天子建號之初，雪釋氏之不可廢也，詔徐復之。而自湖已南，遠人畏法，不能酌朝廷之體，前時焚撤書像，殆無遺者。故雖明命復許制立〔四〕，莫能得其書。道林寺，湘川之勝游也。有釋疏言，警辯有謀。獨曰：太原府國家舊都，多釋祠。我聞其帥司空范陽公，天下仁人，我第往求購釋氏遺文〔五〕，以惠湘川之人，宜其聽我而助成之矣。即杖而北游，既上謁軍門，范陽公果諾之。因四求散逸不成藴帙者，至釋祠而不見焚而副剩者，又命講丐以補繕缺漏者，月未幾，凡得釋經五千四十八卷。以大中九年秋八月，輦自河東而歸于湘焉。噫〔六〕！釋氏之助，世既言之矣。向非我君洞鑒理源〔七〕，其何能復立之耶？既立之，且亡其書，非有疏言識遠而誠堅，孰克弘之耶？吾喜疏言奉君之令，演釋之宗，不憚寒暑之勤，德及遠人，爲叙其事，且贈以詩：湘川狺狺兮俗獷且狠〔八〕，利殺業偷兮吏莫之馴〔九〕，繄釋氏兮易暴使仁，釋何在兮釋在斯文。湘水滔滔兮四望何已〔一〇〕，猿狖騰挐兮雲樹靡靡〔一一〕。月沉浦兮烟暝山，檣席卷兮櫓牀閑。偃仰兮嘯詠，鼓長波兮何時還〔一二〕？湘川超忽兮落日晼晼，松覆秋亭兮蘭披春畹〔一三〕。上人去兮幾千里，何日同游兮湘川水？

節，登大中進士第。

【校箋】

〔一〕按此節録李節《送潭州道林疏言禪師太原取經詩序》，全文載《唐文粹》卷九六。《全唐詩》編者不考原作，妄定文題爲《贈釋疏言還道林寺詩序》，非也。《全唐文》卷七八八所載即同《文粹》，今據補。中華新校本據《全唐詩》補題，亦非。詩末言「上人去兮幾千里，何日同游兮湘川水」，非贈其還湘也。

〔二〕「之」原作「人」，據《唐文粹》改。

〔三〕「具」字原脱，據《唐文粹》補。

〔四〕「制立」原作「創立」，據《唐文粹》改。

〔五〕「購」字原脱，據《唐文粹》補。

〔六〕「噫」原作「喜」，據《唐文粹》改。

〔七〕「鑒」原作「察」，據《唐文粹》改。

〔八〕「狺狺」原作「信信」，據《唐文粹》改。

〔九〕「馴」原作「訓」，據《唐文粹》改。

〔一〇〕「何已」原作「何以」，據《唐文粹》改。

〔一一〕「靡靡」原作「飛飛」，據《唐文粹》改。

〔一二〕「長波」原作「長江」，據《唐文粹》改。

〔一三〕「蘭披春畹」原作「蘭被春苑」，據《唐文粹》改。

費冠卿

閑居即事云：生計唯將三尺僮，學他賢者隱牆東。照眠夜後多因月，掃地春來祇藉風。幾處旌旗驅戰士，一園青草伴衰翁。子房仙去孔明死，更有何人解指蹤？

酬范中丞見惠云：花宫柳陌正從行，紫袂金鞍問姓名。戰國方須禮干木，康時何必重侯嬴。捧將束帛山僮喜，傳示銀鈎邑客驚。直爲雲泥相去遠，一言知己殺身輕。秋日與泠然上人寺莊觀稼云：世人從擾擾，獨自愛身閑。美景當新霽，隨僧過遠山。村橋出秋稼，空翠落澄灣。唯有中林犬，猶應望我還。題中峰云：中峰高柱沉寥天，上有茅庵與石泉。晴景獵人曾望見，青藍色裏一僧禪。蒙召拜拾遺書情二首云：拾遺帝側知難得，官緊才微恐不勝。好是中朝絶親友，九華山下詔來徵。又云：三千里外一微臣，二十年來任運身。今日忽蒙天子召，自慚驚動國中人。

桂樹藤云：本爲獨立難，寄彼高樹枝。蔓衍數條遠，溟濛千朵垂。向日助成陰，當風藉持危。誰言柔可屈，坐見蟠蛟螭。

枕流石云：不爲幽岸隱，古色涵空出。願以清泚流，鑒此堅貞質。傍臨玉光潤，時瀉苔花密。往往驚游鱗，尚疑垂釣日。

冠卿，字子軍，池州人。久居京師感懷詩云：煢獨不爲苦〔一〕，求名始辛酸。上國無交親，請謁多少難！九月風割面〔二〕，羞汗成冰片。求名俟公道，名與公道遠。力盡得一名，他喜我且輕。家書十年絶，歸去知誰榮？馬嘶渭橋柳，特地起愁聲。登元和二年第，母卒，既葬而歸，嘆曰：干禄養親耳，得禄而親喪，何以禄爲！遂隱池州九華山。長慶中，殿院李行修舉其孝節，拜右拾遺。制曰：前進士費冠卿，常預計偕，以文中第，禄不及于榮養，恨每積于永懷。遂乃屏跡丘園，絶蹤仕進，守其至性，十有五年，峻節無雙，清飆自遠。夫旌孝行，舉逸人，所以厚風俗而敦名教也。宜承高奬，以儆薄夫。擢參近侍之榮，載佇移忠之効〔三〕。冠卿竟不應命。

杜荀鶴有詩弔其墓曰〔四〕：凡弔先生者，多傷荆棘間。不知三尺墓，高却九華山。天地有何外，子孫無亦閒。當時若徵起，未必得身還。

冠卿以拾遺召不起，賦詩云〔五〕：君親同是先王道，何如骨肉一處老。也知臣下合佐時〔六〕，自古榮華誰可保。

姚合嘗寄詩云〔七〕：逍遥罾繳外〔八〕，高鳥與潛魚。闕下無朝籍，林間有詔書。夜眠青玉洞〔九〕，曉飯白雲蔬。四海人空老，九華君獨居。此心誰復識，日與世相疎。

李群玉經費拾遺故居云〔一〇〕：雲卧竟不起，少微空隕光〔一一〕。惟應孔北海，爲立鄭公鄉。舊館苔蘚合，幽齋松菊荒。空餘書帶草，日日上階長。

【校箋】

〔一〕「煢獨」原作「螢燭」，《唐文粹》同，據張本、毛本改。

〔二〕「割面」原作「到面」，據《唐文粹》改。

〔三〕《摭言》卷八：「費冠卿元和二年及第，以禄不及親，永懷罔極之念，遂隱于九華。長慶中，殿中侍御史李行脩舉冠卿孝節，徵拜右拾遺，不起。制曰：『前進士費冠卿，嘗預計偕，以文中第，禄不及于榮養，恨每積于永懷。遂乃屏跡邱園，絶蹤仕進，守其至性，十有五年，峻節無雙，清飈自遠。夫旌孝行、舉逸人，所以厚風俗而敦名教也。宜承高獎，以儆薄夫。擢參近侍之榮，載佇移忠之効。可右拾遺。』」「遂乃」原作「遂來」，「屏跡」原作「屏身」，「絶蹤」原作「絶跡」，「至性」原作「志性」，「無雙」原作「無用」，據改。

〔四〕詩題《才調集》作《經九華費徵君墓》。

〔五〕詩題《萬首唐人絶句》作《以拾遺召不起賦詩》。

〔六〕「臣下」原作「臣不」，《萬首唐人絶句》同，據張本、毛本改。

〔七〕詩題《姚少監詩集》作《寄九華費拾遺》。

〔八〕「罾繳」原作「繒徼」，據《姚少監詩集》改。

〔九〕「青玉洞」原作「幽洞石」，據《姚少監詩集》改。

〔一〇〕詩題《李群玉詩集》作《經費拾遺所居呈封員外》。

〔一一〕「隕光」原作「猖光」，據《李群玉詩集》改。

劉虚白

竟陵人。劉虚白擢進士第，嗜酒，有詩云：知道醉鄉無户税，任他荒却下丹田〔一〕。出北夢瑣言。

虚白與裴坦交友，坦主文，虚白于簾前獻一絶云：二十年前此夜中，一般燈燭一般風。不知歲月能多少？猶着麻衣待至公〔二〕。

【校箋】

〔一〕見《北夢瑣言》卷六。

〔二〕《摭言》卷四：「劉虚白與太平裴公早同硯席，及公主文，虚白猶是舉子。試雜文日，簾前獻一絶句云云。」《唐語林》亦記此事，作「劉虚白與太平裴坦相知云云」。「裴坦」原作「盧坦」，「簾前」原作「廉前」，據改。

蕭建

建與費冠卿同時，建寄冠卿云：見説九華峰上寺，日宫猶在下方開。其中幽境客難到，請爲詩中圖畫來。冠卿答詩云：自地上青峰，懸崖一萬重。踐危頻側足，登塹半齊胸。飛狖啼攀桂，游人喘倚松。入林寒瘁瘁〔一〕，近瀑雨濛濛。徑滑石稜上，寺開山掌中。幡花撲淨地，臺殿印晴空。勝境層層别，高僧院院逢。泉魚候洗鉢，老玃戲撞鐘。外户憑雲掩，中廚課水舂。搜泥時和麵，拾橡半添穜。渡壑緣槎際，持燈入洞窮。夾天開壁峭，透石蹙波雄。澗藹清無土，潭深碧有龍。畬田一片淨，谷樹萬株濃。野客登臨慣，山房幽寂同。寒爐樹根火，夏牖竹梢風。邊鄙疇賢相，黔黎託聖躬。君能棄名利，歲晏一相逢。

建，登進士第，終禮部侍郎。

【校箋】

〔一〕「瘁瘁」原作「瘁瘁」，楊慎《升庵詩話》卷二（嘉靖四卷本）《詩用瘁字》條：「瘁，《説文解字》云：『寒也。所臻切。』《集韻》：『寒病也。所錦切。』……費冠卿詩：『入林寒瘁瘁。……』」蓋所見舊本作「瘁瘁」，據改。

袁不約

不約有深秋之句云：愁聲秋遶杵，寒色碧歸山〔一〕。又有客去之句云：送將歡笑去，收得寂寥迴。張爲取二聯于主客圖。

范攄云：李固言在成都，則李珪郎中、郭圓員外、陳會端公、袁不約侍郎、來擇書記、薛重評事皆遠從公〔二〕。可謂蓮幕之盛。

不約，登長慶三年第。

【校箋】

〔一〕此原作「碧山歸」，《全唐詩》作「碧歸山」，當是，本律句也。據改。

〔二〕「評事」原作「詩事」，據《雲溪友議》改。見本書卷五九郭圓下校箋〔四〕。

孫緯

中秋夜思鄭延美有作云：中秋中夜月，世説慴妖精。顧兔雲初蔽，長蛇誰與勍。未追良友玩，安用玉輪盈。此意人誰喻〔一〕，裁詩寄禁城。

緯，咸通八年宏詞登科。

【校箋】

〔一〕「喻」原作「諭」，據《歲時雜詠》改。

周祚

莫道春花獨照人，秋花未必怯青春〔一〕。四時風雨没時節，共保松筠根底塵。祚以此詩得名，張爲取作主客圖。

【校箋】

〔一〕此原作「愁花」，《全唐詩》作「秋花」，當是。據改。

崔澹

澹贈美人云：「怪得輕風送異香，娉婷仙子曳霓裳。惟憂錯認偷桃客，曼倩曾爲漢侍郎。」大中末，崔鉉自平章事鎮淮海，楊收爲支使。收入拜侍御史，遷吏部員外，歷翰林學士，二歲拜兵部侍郎平章事，鉉未拜。鉉賀收狀云〔一〕：「前時里巷，初迎避馬之威；今日藩垣，便仰問牛之代。」澹之詞也。

澹終于吏部侍郎〔二〕。

【校箋】

〔一〕宋樂史《廣卓異記》卷七：「大中末，崔鉉自左僕射平章事鎮淮南，楊收以太常博士從鉉爲支使。收入拜侍御史，遷吏部員外，歷翰林學士，二歲拜兵部侍郎平章事，鉉未移。鉉賀收狀云：『前時里巷，初迎避馬之威；今日藩垣，已仰問牛之化。』蓋崔澹之詞也。」宋陳鵠《耆舊續聞》亦載此事。計氏節取此文，只作「收狀云」三字，删略過當，以致誤以崔鉉之狀屬之楊收。

今據二書補「收入拜侍御史，遷吏部員外，歷翰林學士，二歲拜兵部侍郎平章事，鉉未移。鉉賀」三十一字。

〔二〕《新唐書》卷一八二《崔珙傳》附弟《璵傳》：「子澹，舉止秀峙，時謂玉而冠者。擢進士第，累進禮部員外郎。……終吏部侍郎。」《説郛》卷七八引孫棨《北里志》「王團兒」條：「福娘字宜之，甚明白，豐約合度，談論風雅，且有體裁。故天官崔知之侍郎嘗于筵上與詩曰：『怪得清風送異香，娉婷僊子曳霓裳。惟應錯認偷桃客，曼倩曾爲漢侍郎。』」有夾注云：「名澹。贈詩方在内庭。時爲内庭户部侍郎。」

盧頻

蛺蝶行云：東園宫草緑，上下飛相逐。君恩不禁春，昨夜花中宿。

東西行云：種荷玉盆裏，不及溝中水。養雉黄金籠，見草心先喜。

頻又有春淚爛羅綺，泣聲抽恨多。莫滴芙蓉池，愁傷連蒂荷。句。一朵花葉飛，一枝無光彩〔一〕。美人惜花心，但願春長在。句。右張爲取作主客圖。

【校箋】

〔一〕「無」原作「花」，據張本改。

李廓

夏日途中云〔一〕：樹夾炎風路，行人正午稀。初蟬數聲起，戲蝶一團飛。日色欺清鏡，槐膏點白衣。無成歸故里，自覺少光輝。

廓，李程之子也。登元和進士第。大中中，拜武寧節度使，不能治軍。補闕鄭魯言：新麥未登，徐必亂。既而軍亂，果逐廓〔二〕。按舊史：廓有詩名，大中末，累官至潁州刺史，再爲觀察使。子晝，亦登進士第〔三〕。

廓長安少年行云：金紫少年郎，繞街鞍馬光〔四〕。身從左中尉，官屬右春坊。剗戴揚州帽，重薰異國香。垂鞭踏青草，來去杏園芳。又云：追逐輕薄伴，閑游不着緋。長攏出獵馬，數換打毬衣。曉日尋花去，春風帶酒歸。青樓無晝夜，歌舞歇時稀。又云：日高春睡足，帖馬賞年華。倒插銀魚袋，行隨金犢車。還攜新市酒，遠醉曲江花。幾度歸侵黑〔五〕，金吾送到家。又云：好勝躭長夜，天明燭滿樓。留人看獨腳，賭馬換偏頭。樂奏曾無歇，盃巡不暫休。時時遥冷笑〔六〕，怪客有春愁〔七〕。又云：遨游攜豔妓，裝束似男兒〔八〕。盃酒逢花住，笙歌簇馬吹。鶯聲催曲急，春色訝歸遲〔九〕。不以聞街鼓〔一〇〕，華筵待月移。又云：賞春唯逐勝，大宅可曾歸。不樂還逃席，多狂慣衩衣。歌人踏日起，語燕卷簾飛。好婦唯相妬〔一一〕，倡樓不醉稀。又云：戟門連日閉，苦飲惜殘春。開鎖通新客，教姬屈醉人。請歌牽白馬〔一二〕，自舞踏紅茵。時輩皆相許，平生不負身。又云：新年高殿上，始見有光輝。玉雁排方帶，金鵝立仗衣。酒深和椀賜，馬疾打珂飛。朝下人爭看，香街意氣歸。又云：游市慵騎馬，隨姬入座車。樓邊聽歌吹，簾外中釵花〔一三〕。樂眼從人鬧，歸心畏日斜。蒼頭來去報，飲伴到倡家。又云：小婦教鸚鵡，頭邊喚醉醒。犬嬌眠玉簟，鷹掣撼金鈴。碧地攢花障，紅泥待客亭。雖然長按曲，不飲不曾聽。

鷄鳴曲云：星稀月没入五更，膠膠角角鷄初鳴。征人牽馬出門立，辭妾欲向安西行〔一四〕。再鳴引頸簷頭下，月中角聲催上馬〔一五〕。纔分地色第二鳴〔一六〕，旌旆紅塵已出城。婦人上城亂招手，夫婿不聞遥哭聲。長恨鷄鳴别時苦，不遣鷄棲近窗户。

鏡聽詞云：匣中取鏡祠竈王〔一七〕，羅衣掩盡明月光。昔時長着照容色，今夜潛將聽消息。門前地黑人來稀〔一八〕，無人錯道朝夕歸。更深弱體冷如鐵，綉帶菱花懷裏熱。銅片銅片如有靈，願得照見行人千里形。

猛士行云：戰鼓驚沙惡天色，猛士虬鬚眼前黑。單于衣錦日行兵，陣頭走馬生擒得。幽并少年不敢輕，虎狼窟裏空手行。

送振武將軍云：葉葉歸邊騎，風頭萬里乾。金裝腰帶重，錦縫耳衣寒。蘆酒燒蓬暖，霜鴻撚箭看。黄河古城道，秋雪白漫漫〔一九〕。

小説載〔二〇〕：廓從其父程過三亭渡，爲小石隱，足痛，以呼父。程曰：太華峰頭，見有仙人手跡；黄河灘裏，爭得隱人腳跟？

廓落第詩云：榜前潛制淚〔二一〕，衆裏自嫌身。氣味如中酒，情懷似别人。暖風張樂席，晴日看花塵。盡是添愁處，深居乞過春。

姚合有送李廓侍御赴夏州詩云〔二二〕：酬恩不顧名，走馬覺身輕。迢遞河邊路，蒼茫塞上城。沙寒無宿雁，虜近少閑兵。飲罷揮鞭去，傍人意氣生。

【校箋】

〔一〕《又玄集》載此詩，題作《夏日途》，首句第二字闕。

〔二〕《新唐書》卷一三一《李程傳》：「子廓，第進士，累遷刑部侍郎。大中中，拜武甯節度使，不能治軍。補闕鄭魯奏言：新麥未登，徐必亂。既而果逐廓。乃擢魯起居舍人。」

〔三〕《舊唐書》卷一六七《李程傳》：「子廓。廓進士登第，以詩名聞于時。大中末，累官至潁州刺史，再爲觀察使。廓子晝，亦登進士第。」

〔四〕「光」原作「狂」，據《才調集》及《文苑英華》卷一九四改。

〔五〕「侵黑」原作「伊黑」，據《才調集》改。

〔六〕「冷笑」原作「令笑」，據《才調集》改。

〔七〕「春愁」原作「春秋」，據《才調集》改。

〔八〕「裝束」原作「衺束」，據《才調集》、《文苑英華》改。

〔九〕「訝」原作「送」，據《才調集》、《文苑英華》改。

〔一〇〕「不以」，《才調集》同，《文苑英華》作「不似」。作「不以」是。

〔一一〕「好婦」原作「婦好」，據《才調集》改。

〔一二〕「請歌」原作「清歌」，據《才調集》改。《文苑英華》作「倩歌」。

〔一三〕「中」，《才調集》同，毛本作「插」。按作「中」是，謂爲被釵花打中也。極言風狂之態。

〔一四〕「安西」，《才調集》同，《文苑英華》卷二〇六作「長安」，非。

〔一五〕「月中」，《才調集》同，《文苑英華》作「樓中」。

〔一六〕「二」，《才調集》同，《文苑英華》作「三」。

〔一七〕「祠」，《才調集》作「辭」。

〔一八〕「來」，《才調集》作「未」，非。

〔一九〕「秋雪」，《才調集》同，《文苑英華》卷三〇〇作「秋雨」。

〔二〇〕李程善謔，見《劉賓客嘉話録》。此事俟考。

〔二一〕「制淚」，《才調集》同，《又玄集》作「刷淚」，非。

〔二二〕詩題《姚少監詩集》作《送李侍御過夏州》。「侍御」原作「侍郎」，據改。《集》中另有《送李廓侍御赴西川行營》詩。

李頻

頻，字德新，睦州人。與里人方干善。給事中姚合名爲詩，士多歸重。頻走千里，丐其品藻。合大加奬挹，以女妻之。乾符中，以工部外郎爲建州刺史，卒〔一〕。

吴門月夜與曹太尉話別詩云〔二〕：早晚更看吴苑月，西齋長憶月當窗。不知明夜誰家見，應照離人隔楚江。

送劉山人歸洞庭云〔三〕：却共孤雲去，高眠最上峰〔四〕。半湖乘早月〔五〕，中路入疎鐘。秋盡蟲聲急〔六〕，夜深山雨重。當時同隱者〔七〕，分得幾株松？

湖口送友人云〔八〕：中流欲暮見湘煙，葦岸無窮接楚田〔九〕。去雁遠銜雲夢雪〔一〇〕，離人獨上洞庭船。風波盡日依山轉〔一一〕，星漢通宵向水連。零落梅花過殘臘，故園歸去及新年〔一二〕。

過四皓廟云〔一三〕：東西南北人，高跡自相親。天下已歸漢，山中猶避秦。龍樓曾作客，鶴氅不爲臣。獨有千年後〔一四〕，青青廟木春。

陝下懷歸云〔一五〕：故園何處在〔一六〕？零落五湖東。日暮無來客，天寒有去鴻。大河冰徹塞，高岳雪連空。獨夜懸歸思，迢迢永漏中。

鄭谷哭建州李員外詩云〔一七〕：令終歸故里〔一八〕，末歲道如初。舊友誰爲誌，清風豈易書。雨墳生野蕨，鄉奠釣江魚〔一九〕。獨夜吟還泣，前年伴直廬。

羅隱題方干詩云〔二〇〕：中間李建州，夏汭偶同游。顧我論佳句，推君最上流。九霄無鶴馭〔二一〕，雙鬢老漁舟。世難方如此，何當浣旅愁！

姚合答頻詩云〔二二〕：一年離九陌，壁上掛朝袍。物外詩情遠，人間酒味高。思歸知病長，失寢覺神勞〔二三〕。衰老無多思，因君把筆毫。

【校箋】

〔一〕《新唐書》卷二〇三《李頻傳》：「李頻字德新，睦州壽昌人。少秀悟，逮長，廬西山，多所記覽。其屬辭，于詩尤長。與里人方干善。給事中姚合名爲詩，士多歸重，頻走千里丐其品，合大加奬挹，以女妻之。大中八年，擢進士第，……遷累都官員外郎，表丐建州刺史。……卒官下。」「建州」原作「劍州」，按《唐百家詩選》李頻下注云：「睦州遂安人，乾符初，自尚書工部員外郎爲建州刺史。」《紀事》殆本此，然所載乃爲建州刺史，與《新唐書》本傳合。當時詩人贈答，亦稱頻爲「李建州」，知此「劍州」乃「建州」之訛，今改。然《輿地紀勝》卷一八六利州路隆慶府下已云：「唐李頻于乾符中爲劍州刺史，事見《唐詩紀事》。」則知其誤更在刻書之前矣。

〔二〕詩題「吴門」原作「吴州」，據《唐百家詩選》改。

〔三〕詩題「劉山人」原作「茶山人」，據《文苑英華》卷二三二及《唐百家詩選》改。

〔四〕起二句《唐百家詩選》同，《文苑英華》作「去意無人會，唯應道是從」。

〔五〕「乘」原作「垂」，據《文苑英華》、《唐百家詩選》改。

〔六〕「蟲聲」，《唐百家詩選》同，《文苑英華》作「户蟲」。

〔七〕「同」，《唐百家詩選》同，《文苑英華》作「將」。

〔八〕詩題《又玄集》、《才調集》同，《唐百家詩選》作《湘口送人》。

〔九〕「楚田」，《又玄集》、《唐百家詩選》同，《才調集》作「楚天」。

〔一〇〕「雪」原作「澤」，據《又玄集》、《才調集》及《唐百家詩選》改。

〔一一〕「依山」，《又玄集》、《才調集》同，《唐百家詩選》作「緣原」。

〔一二〕「歸去及新年」，《唐百家詩選》作「歸醉又新年」，注云：「一本云：『歸去及新年』。」《又玄集》、《才調集》作「歸去醉新年」。

〔一三〕《葆光録》：「李建州頻與方處士爲吟友，頻有《題四皓廟》詩，自言奇絶云云。示于干。笑而言：『善則善矣，然内有二字未穩。「作」字太麄而難换，「爲」字甚不當。干聞「率土之濱，莫非王臣」，請改作「稱」字。』頻降伏而且慚，悔前言之失。乃曰：『聖人以一字褒貶，此其明矣。』遂拜爲一字之師。」然則此「爲」字當改作「稱」。

〔一四〕「獨有」，《又玄集》作「猶有」。

〔一五〕詩題原脱「歸」字，據《又玄集》補。

〔一六〕「故園」原作「故國」，據《又玄集》改。

〔一七〕詩題《鄭守愚文集》作《哭建州李員外頻》。

〔一八〕「令終歸」原作「今歸終」，據《鄭守愚文集》改。

〔一九〕「江魚」原作「金魚」，據《鄭守愚文集》改。

〔二〇〕見羅隱《甲乙集》卷五。

〔二一〕「鶴馭」原作「鶴板」，《甲乙集》同。《葆光録》載此詩作「鶴馭」，是。據改。

〔二二〕詩題《姚少監詩集》作《答李頻秀才》。

〔二三〕「神勞」原作「勤勞」，據《姚少監詩集》改。

賈　馳

秋入關詩云：河上微風來，關頭樹初濕。今朝關城吏，又見孤客入。上國誰與期，西來徒自急。

馳，唐末人。會昌間，陸貞洞、王滌輩題三鄉詩，馳後留贈云：壁古字未滅，聲長響不絶。蕙質本如雲，松心應耐雪。耿耿離幽谷，悠悠望甌越。杞婦哭夫時，城崩無此説〔一〕。

馳有秋入關詩及東風吹曉霜，雪鳥雙雙來之句，張爲取作主客圖。

【校箋】

〔一〕《雲溪友議》卷中《三鄉略》條：「五言，《復覩三鄉題處留贈》，賈馳：『壁古字未滅，聲長響不絕。蕙質本如雲，松心應耐雪。耿耿離幽谷，悠悠望甌越。杞婦哭夫時，城崩無此説。』」

薛能

能，字大拙，汾州人。會昌六年進士。大中八年，書判入等，補盩厔尉，辟太原陝虢河陽從事。李福鎮滑州，表觀察判官，歷侍御史、都官、刑部員外郎。福徙西川，取爲節度副使。咸通中，攝嘉州刺史。歸朝遷主客、度支、刑部郎中。俄刺同州。京兆尹温璋貶，命權知尹事。出領感化節度，入授工部尚書。復節度徐州，徙忠武。廣明元年，徐兵赴溵水，經許，能以前帥徐軍吏懷恩，館之州内。許軍懼徐人見襲，大將周岌因衆怒逐能，自稱留後。能全家遇害〔一〕。

能申湖詩云：昔年依峽寺，每日見申湖。下淚重來此，知心一已無。雨淋舟色暗〔二〕，岸拔木形枯。舊境深相惱，新春宛不殊。方來尋熟侶，起去恨鶩鳧。忍事花何笑，喧吟瀑正麄。堪憂從宦到，倍遺橐懷孤。上馬終回首，傍人怪感吁。

謝劉相寄天柱茶云〔三〕：兩串春團敵夜光，名題天柱印維揚。偷嫌曼倩桃無味，搗覺嫦娥藥不香。惜恐被分緣利市，盡應難覓爲供堂〔四〕。麄官寄與真抛却，賴有詩情合得嘗〔五〕。

獻僕射相公云：清如冰玉重如山，百辟嚴趨禮絶攀。强虜外聞應破膽〔六〕，平人長見盡開顔〔七〕。朝廷有道青春好，門館無私白日閑〔八〕。致却垂衣更何事，幾多詩合詠關關〔九〕。

從事蜀川日，每短諸葛功業，其詩曰：流運有功終是撓，陰符多術得非姦。又云：陣圖誰許可，廟貌我揶揄。又云：焚却蜀書宜不讀，武侯無可律吾身。能後鎮徐州，上元夜偶作云：誰見將軍心似海，四更親領萬人游。自負如此。果軍亂被害〔一〇〕。

上元詩〔一一〕：偃王燈塔古徐州，二十年來樂事休。此日將軍心似海，四更身領萬人游。又云：十萬軍城百萬燈，酥油香暖夜如蒸。紅粧滿地烟光好，祇恐笙歌引上昇。其後死于徐州。

能鎮徐，時溥、劉巨容、周岌俱在麾下，未數年，溥鎮徐，巨容鎮襄，岌鎮許，俱假端揆。故能詩曰：舊將已爲三僕射，病身猶是六尚書〔一二〕。

能題集後曰〔一三〕：詩源何代失澄清，處處狂波汙後生。常感道孤吟有淚，却緣風壞語無情。難甘惡少欺韓信，枉被諸侯殺禰衡。縱到緱山也無益，四方聯絡盡蛙聲。

青春背我堂堂去，白髮催人故故生。此能詩也。然無子美大雅之度〔一四〕。

鄭谷讀許昌詩集有作云：篇篇高且真，真爲國風陳。澹佇雖師古，縱横得意新。剪裁成幾帙，近世詩人述作，公篇什最多。唱和是誰人？華岳題無敵，黄河句絶倫。華岳〔一五〕、黄河詩序云：皆二京之内巨題目也。吟殘荔枝雨，詠徹海棠春。公有海棠、荔枝二首，序云：杜子美老于西蜀，而無此詠。李白欺前輩，公有寄符郎中云：我生若在開元日，爭遣名爲李翰林。陶潛仰後塵。公有論詩一章云：李白終無取，陶潛固不刊。難忘嵩室下，公有嵩山巨篇。不負蜀江濱。公常從事蜀中，著江干集〔一六〕。屬思看山眼，冥搜倚樹身。楷模勞夢想，諷誦爽精神。筆落空追愴，曾蒙借斧斤。

秋夜旅舍寓懷云：庭鎖荒蕪獨夜吟〔一七〕，西風吹動故山心〔一八〕。三秋木落半年客，滿地月明何處砧？漁唱亂沿汀鷺合〔一九〕，雁聲寒咽隴雲深。平生只有松堪對，露浥霜欺不受侵。

許州題德星亭云：瀵水南流東有堤〔二〇〕，堤邊亭是武陵溪。槎松配石堪僧坐，蕊杏含春欲鳥啼〔二一〕。高處月生滄海外，遠郊山在夕陽西。頻來不似軍從事，只戴紗巾只杖藜〔二二〕。

褒斜道中云：十驛褒斜到處慵，眼前常似接靈蹤。江遥旋入旁來水〔二三〕，山闊猶藏向後峰〔二四〕。鳥徑惡時應立虎，畬田開日自燒松〔二五〕。行吟却笑公車役〔二六〕，夜發星馳半不逢。

【校箋】

〔一〕《郡齋讀書志》卷四中：「《薛能集》十卷。右唐薛能，字大拙，汾州人。會昌六年，登進士第。大中末，書判中選，補盩厔尉，辟太原、陜虢、河陽從事。李福鎮滑，表置觀察判官，歷侍御史、都官、刑部員外郎。福徙西蜀，奏以自副。咸通中，攝嘉州刺史。造朝，遷主客、度支、刑部郎中。俄刺同州。京兆尹温璋貶，命權知尹事。出帥感化，入授工部尚書。復節度徐州，徙忠武。廣明元年，徐軍戍溵水，經許，能以軍懷舊惠，館之城中。許軍懼見襲，大將周岌乘衆疑怒，逐能據城，自稱留後。因屠其家。」「書判」原作「平判」，「權知尹事」原作「權知尹州」，「工部尚書」原脱「部尚」二字，據改補。

〔二〕「淋」原作「霖」，據毛本改。

〔三〕詩題《又玄集》作《謝淮南劉相公寄天柱茶》。

〔四〕「難覓」，《又玄集》作「留得」。

〔五〕《北夢瑣言》卷四：「唐薛尚書能，以文章自負，累出戎鎮，常鬱鬱歎息。因有寄淮南謝天柱茶，其落句云：『麄官乞與真抛却，賴有詩名合得嘗。』意以節將爲麄官也。」「寄與」作「乞與」，「詩情」作「詩名」，與此小異。

〔六〕「應」，《唐百家詩選》同，《文苑英華》卷二六四作「須」。

〔七〕「長見」，《唐百家詩選》同，《文苑英華》作「長説」。

〔八〕「白日」原作「白晝」，據《文苑英華》、《唐百家詩選》改。

〔九〕「合」，《唐百家詩選》作「句」，此句《文苑英華》作「幾多詩句定關關」。

〔一〇〕《太平廣記》卷二六五：「薛能，會昌間進士，自負過高。從事西川日，每短諸葛功業，爲詩曰：『陣圖誰許可，廟貌我揶揄。』又云：『焚却《蜀書》宜不讀，武侯無可律吾身。』……放誕如此，後軍亂被害。」

〔一一〕詩題《萬首唐人絶句》作《影燈夜二首》。

〔一二〕《摭言》卷一五：「薛能尚書鎮彭門，時溥、劉巨容、周岌俱在麾下，未數歲，溥鎮徐，巨容鎮襄，岌鎮許，俱假端揆。故能詩曰：『舊將已爲三僕射，病身猶是六尚書。』」「時溥」原作「慕容溥」，據改。

〔一三〕《摭言》卷一二：「薛能尚書題集後曰云云。」「集後」原作「後集」，據改。

〔一四〕曾季貍《艇齋詩話》：「唐人薛能詩云：『青春背我堂堂去，白髮催人故故生。』有人舉此詩，稱其語意之美。吕東萊聞之笑曰：『此只如市井歎世之詞，有何好處？』」「大雅」原作「大體」，據毛本改。

〔一五〕「華」原作「韋」，能有《華岳》、《黄河》二詩，據改。

〔一六〕「著《江干集》」原作「者一千集」，據《全唐詩》改。

〔一七〕「庭」原作「夜」，據《唐百家詩選》改。

〔一八〕「故山」原作「故人」，據《唐百家詩選》改。

〔一九〕「亂沿」原作「亂松」，據《唐百家詩選》改。

〔二〇〕「瀵水」，《唐百家詩選》同，《文苑英華》卷三一六作「漢水」。

〔二一〕「含春」，《唐百家詩選》同，《文苑英華》作「含香」。

〔二二〕「只杖藜」原作「曳杖藜」，據《唐百家詩選》、《文苑英華》改。

〔二三〕「旋入」，《唐百家詩選》同，《文苑英華》卷二九四作「放入」。

〔二四〕「山闊」，《唐百家詩選》同，《文苑英華》作「山豁」。

〔二五〕「開日」，《唐百家詩選》同，《文苑英華》作「閑日」。

〔二六〕「役」，《唐百家詩選》同，《文苑英華》作「使」。

曹鄴

鄴能文，有特操。咸通初，爲太常博士，白敏中卒，議謚，鄴責其病不堅退，且逐諫臣，懿宗立，敏中病足求避位，不許。補闕王譜奏，願聽其請無，使有持寵曠責之譏。帝怒斥譜。舉怙威肆行，謚曰醜〔一〕。高元裕子璩，懿宗時爲相，卒。鄴建言，璩爲宰相〔二〕，交游醜雜，進取多蹊徑〔三〕。謚法：不思妄愛曰刺〔四〕，請謚爲刺。

讀李斯傳云：欺暗常不然，欺明當自戮。難將一人手，掩得天下目。

杏園即席上同年云：岐路不在天，十年行不至。一旦公道開，青雲在平地。枕上數聲鼓，衡門已如市。白日探得珠，不待驪龍睡。忽忽出九衢，僮僕顏色異。故衣未及换，尚有去年淚。晴陽照花影，落絮浮野翠。對酒時忽驚，猶疑夢中事。自憐孤飛鳥，得接鸞鳳翅。永懷共濟心，莫起胡越意。

鄴，字鄴之，大中進士也。唐末，以祠部郎中知洋州〔五〕。

隣女面上花，空床常對影。況妾不嫁容，甘爲瓶墜井。句。右張爲取此句洎讀李斯傳、杏園上同年詩，作主客圖。

老圃堂詩云：邵平瓜地接吾廬，穀雨乾時手自鋤〔六〕。昨日春風欺不在，就床吹落讀殘書。

送人歸南海云：數片紅霞映夕陽，攬君衣袂更移觴。行人莫歎碧雲晚，上國每年春草芳。雪過藍關寒氣薄，雁迴湘浦怨聲長。應無惆悵滄波遠〔七〕，十二玉樓非我鄉〔八〕。右二章，韋莊取爲又玄集〔九〕。

【校箋】

〔一〕《新唐書》卷一一九《白居易傳》附《白敏中傳》：「懿宗立，召拜司徒、門下侍郎，還平章事。數月，足病不任謁，固求避位，不許，中使者勞問，俾對別殿，毋拜。右補闕王譜奏言：敏中病四月，陛下坐朝，與他宰相語，不三刻安暇，論天下事，願聽其請，無使有持寵曠責之譏。書聞，帝怒，斥譜陽翟令。……卒。册贈太尉。博士曹鄴責其病不堅退，且逐諫臣，舉『怙威肆行』，謚曰醜。」「諫臣」原作「諫目」，注「持寵」原作「特寵」，據改。

〔二〕「璩」原作「噱」，據《新唐書》卷一七七《高元裕傳》改（見本書卷五三高璩條校箋〔二〕引）。

〔三〕「徑」字原脱，據《新唐書·高元裕傳》補。

〔四〕「妄」字原脱，據《新唐書·高元裕傳》補。

〔五〕《新唐書》卷六〇《藝文志》：「《曹鄴詩》三卷。」注云：「字鄴之，大中進士第，洋州刺史。」「鄴之」原作「業之」，據改。

〔六〕「手」，《又玄集》作「偶」。

〔七〕「滄波」原作「滄海」，據《又玄集》改。

〔八〕「玉樓」原作「重樓」，據《又玄集》改。

〔九〕前《杏園即席上同年》一首，亦見《又玄集》。按：《老圃堂》一首，《才調集》、《文苑英華》、《唐百家詩選》、《萬首唐人絶句》皆作薛能詩，《鶴林玉露》亦引作薛能詩，是也。《又玄集》以薛能詩三首、曹鄴詩二首相次，致今本薛能此詩孱入曹鄴詩中。計氏於此注「右二首」云云，知其所據之本即已如此矣。

裴虔餘

咸通末，虔餘佐北門李公淮南幕，李蔚。嘗游江，舟子刺船，竹篙濺水，濕近坐之衣，公色變。虔餘紀一絶云：滿額鵝黃金縷衣，翠翹浮動玉釵垂。從教水濺羅衣濕，知道巫山行雨歸。公極歡，命謳者傳之〔一〕。

【校箋】

〔一〕《摭言》卷一三：「裴虔餘咸通末佐北門李公淮南幕，嘗游江，舟子刺船，誤爲竹篙濺水，濕近座之衣，公爲之色變。虔餘遽請彩牋，紀一絶曰：『滿額鵝黃金縷衣，翠翹浮動玉釵垂。從教水濺羅衣濕，知道巫山行雨歸。』公覽之極歡，命謳者傳之矣。」「舟子刺船」原作「舟子刿舟」，詩「鵝黃」原作「娥黃」，據改。按《詩話總龜》前集卷四載此詩，注云：「唐賢《抒情集》謂李蔚守淮南日布衣孫處士作。」《總龜》前集卷二二載之，云：「李相國蔚鎮淮南，布素孫處士來謁，李敦舊分，待之殊禮。將行祖送，游河橋下，舟人回篙，水濺近坐飲妓，李公大怒。孫獻《楊柳枝》詞曰：『半額鵝黃金縷衣，玉搔頭裊鳳雙飛。從教水濺羅裙濕，知道巫山行雨歸。』舟子獲免罪。」蓋一事兩傳也。

陳陶

朝元引四闋云：帝燭熒煌下九天，蓬萊宮曉玉爐烟。無窮鸞鳳隨金母〔一〕，來賀薰風一萬年。又云：玉殿雲開露冕旒〔二〕，上方珠翠壓鰲頭〔三〕。天鷄唱罷南山曙，春色先歸十二樓〔四〕。又云：萬寓靈祥擁帝居〔五〕，東華元老薦屠蘇。龍池遥望非烟拜〔六〕，五色曈曨在玉壺〔七〕。又云：寶祚河宫一向清，龜魚天篆益分明〔八〕。近臣誰獻登封草，五岳齊呼萬歲聲。

閑居雜興云：一顧成周力有餘，白雲閑釣五溪魚。中原莫道無麟鳳，自是皇家結網疏。又云：長壽真人王子喬，五松山月伴吹簫。從他浮世悲生死，獨駕蒼龍入九霄。

池塘生春草云：謝公遺詠處，池水夾通津。古往人何在？年來草自春。色宜波際緑，香異雨中新。今日青青意，空悲行路人。

北夢瑣言云〔九〕：大中年，陳陶歌詩，似負神仙之術，或露王霸之説，其詩云：江湖水清淺，不足掉鯨尾〔一〇〕。又云：飲冰狼子瘦〔一一〕，思日鵰鳩寒。又云：中原不是無麟鳳，自是皇家結網疎。又云：一鼎雄雌金液火，十年寒暑鹿麑衣〔一二〕。又云：寄與東流任斑鬢〔一三〕，向隅終守鐵梭飛。諸如此例，不可殫紀。

貫休書西山陳陶處士隱居云〔一四〕：有叟傲堯日，髮白肌膚紅。妻子亦讀書，種蘭青溪東〔一五〕。白雲有奇色，紫桂含天風。即應迎鶴書，肯羨于洞洪。又云：高步前山前，高歌北山北。數載賣柑橙，山資近云足〔一六〕。陶種柑橙，令山童賣之。新詩不將出，往往僧乞得。唯云李太白，亦是偷桃賊。吟狂神鬼走，酒釅天地黑。青蓊生階墀，擷之束成束〔一七〕。

陶，劍浦人，居南昌之西山。宋齊丘守南昌，因有蒲安之覲。乃自詠云：中原莫道無麟鳳，自是皇家結網疏。與水曹任畹郎中友善，寄畹詩云：好向明時薦遺逸，莫教千古弔靈均。江南後主即位，知其運祚衰替，以修養爲事。故詩曰：乾坤見了文章懶，龍虎成來印綬疏〔一八〕。嚴尚書宇鎮豫章，遣小妓號蓮花者，往西山侍陶，陶殊不顧。妓爲詩曰：蓮花爲號玉爲腮，珍重尚書遣妾來。處士不生巫峽夢，虚勞神女下陽臺。陶答之曰：近來詩思清于水，老大心情薄似雲。已向昇天得門户，錦衾深媿卓文君〔一九〕。

陶，唐末自稱布衣〔二〇〕。開寶中人或見之，或云已得仙矣〔二一〕。

蟬聲將月短，草色與秋長。句。比屋歌黄竹〔二二〕，何人撼白榆。句。右張爲取作主客圖。

陶題徐穉湖亭云：伏龍山横洲渚地，人如白蘋自生死。洪崖成道二千年，唯有徐君播青史。

方干哭陶詩云〔一三〕：雖云掛劍來墳上，亦恐藏書在壁中。

【校箋】

〔一〕「無窮」原作「無央」，據《文苑英華》卷一六七改。《歲時雜詠》作「未央」。

〔二〕「玉殿」，《歲時雜詠》同，《文苑英華》作「正殿」。

〔三〕「上方」原作「下方」，《文苑英華》同，據《歲時雜詠》改。

〔四〕「先歸」原作「先輝」，據《文苑英華》、《歲時雜詠》改。

〔五〕「萬寓」原作「萬寓」，據《文苑英華》改，《歲時雜詠》作「萬宇」。

〔六〕「龍池」，《歲時雜詠》同，《文苑英華》作「龍蛇」。

〔七〕「曈曨」原作「瞳曨」，據《歲時雜詠》改，《文苑英華》作「朣朧」。

〔八〕「益」，《歲時雜詠》同，《文苑英華》作「又」。

〔九〕見《北夢瑣言》卷五。

〔一〇〕「掉」原作「悼」，據《北夢瑣言》改。

〔一一〕「冰」原作「水」，據《北夢瑣言》改。

〔一二〕「十年」原作「一年」，據《北夢瑣言》改。

〔一三〕「寄與」原作「寄語」，據《北夢瑣言》改。

〔一四〕詩題「西山」原作「西人」，陳陶隱居南昌西山，諸書多言之，據改。貫休《禪月集》作《書陳處士屋壁》。

〔一五〕此句下《禪月集》有注云：「處士有《種蘭篇》。」

〔一六〕「云足」原作「又足」，據《禪月集》改。

〔一七〕以上八句原脱，據《禪月集》補。

〔一八〕宋龍袞《江南野史》卷八《陳陶傳》略云：「陳陶者，世爲嶺表劍浦人……既至南昌，謀往建康，聞宋齊丘秉政，自計與齊丘鑿枘，乃皤然築室居西山，以吟詠自資。會齊丘出鎮南昌，有蒲安之覲，乃自詠曰：『中原莫道無麟鳳，自是皇家結網疎。』陶與水曹任畹相善，又寓之詩曰：『好向明時薦遺逸，莫教千古弔靈均。』……後主即位，知其運祚衰替，遂絶搢紳之望，以修養燒煉還丹爲事。有詩云『乾坤見了文章懶，龍虎成來印綬疎。』……」「莫教千古」原作「莫交千里」，據改。

〔一九〕《類説》引《麗情集》：「嚴子（宇）牧豫章，陳陶隱西山，守（宇）欲撓之，遣小妓蓮花往侍焉。陶殊不採，妓乃獻詩求去，云：『蓮花爲號玉爲腮，珍重尚書遣妾來。處士不生巫峽夢，虚勞神女下陽臺。』陶答曰：『近來詩思清于水，老去風情薄似雲。已向昇天得門户，錦衾深愧卓文君。』」蓮花一首《萬首唐人絶句》題作《獻陳陶處士》，陶詩題作《答蓮花妓》。「清于水」原作「清于月」，據《麗情集》、《萬首唐人絶句》改。

〔二〇〕《唐百家詩選》陳陶下注：「武、宣時人，自稱『三教布衣』。」

〔二一〕《江南野史》又云：「開寶中，嘗見一叟，角髮被褐，與一老嫗舁藥入城鬻之，獲資則市鮓就爐，二人對飲且啖，旁若無人，……時人見其縱逸，姿貌非常，每飲酒食鮓，疑爲陶之夫婦焉。竟不知其所終，或云得仙矣。」

〔二二〕「比屋」原作「此屋」，據毛本改。

〔二三〕按方干以外，杜荀鶴、曹松皆有哭陳陶詩，則其得仙之説爲妄。晁公武《郡齋讀書志》卷四中《陳陶集》下言其「大中時，隱洪州西山」，與《唐百家詩選》合，證以諸人悼詩，疑南唐時始隱西山之説，亦不足信也，宋《范寬夫詩話》已略言之。

中國文學研究典籍叢刊

唐詩紀事校箋（增訂本）

第五册

〔宋〕計有功 撰
王仲鏞 校箋
王大厚 補箋

中華書局

唐詩紀事校箋卷第六十一

聶夷中　劉　象　紀唐夫　羅紹威　鄭仁表
張　林　李　搏　裴廷裕　高　蟾　宋　邕一作雍
崔　塗　孫　郃　鄭　準　章　碣　于　濆

聶夷中

夷中有公子家云：種花滿西園，花發青樓道。花下一禾生，去之爲惡草。又詠田家詩云：父耕原上田，子斸山下荒。六月禾未秀，官家已修倉。又云：二月賣新絲，五月糶新穀。醫得眼前瘡，剜却心頭肉。我願君王心，化作光明燭。不照綺羅筵，只照逃亡屋。所謂言近意遠，合三百篇之旨也。咸通十二年，高湜知舉，榜内孤貧者夷中、公乘億、許棠。夷中尤貧苦，精古詩〔一〕。

夷中，字坦之。咸通中爲華陰尉〔二〕。

【校箋】

〔一〕《北夢瑣言》卷二：「咸通中，禮部侍郎高湜知舉。榜内孤貧者公乘億，賦詩三百首，人多書于屋壁。許棠有《洞庭》詩，尤工，詩人謂之『許洞庭』。最奇者有聶夷中，河南中都人，少貧苦，精于古體，有《公子家》詩云：『種花于西園，花發青樓道。花下一禾生，去之爲惡草。』又《詠田家》詩云：『父耕原上田，子斸山下荒。六月禾未秀，官家已修倉。』又云：『鋤禾日當午，汗滴禾下土。誰念盤中餐，粒粒皆辛苦。』又云：『二月賣新絲，五月糶新穀。醫得眼前瘡，剜却心頭肉。我願君王心，化爲光明燭。不照綺羅筵，只照逃亡屋。』所謂言近意遠，合三百篇之旨也。」《摭言》所載同。「《公子家》」原作「《公子行》」，「糶新穀」原作「糴新穀」；「合三百篇之旨也」句，「旨」原作「正」；「榜内孤貧者」句，「貧」原作「平」，據改。「禾鋤日當午」一首，爲李紳作，見本書卷三九，乃孫光憲誤記，計氏不録此首，是也。

〔二〕《新唐書》卷六〇《藝文志》：「《聶夷中詩》二卷。」注云：「字坦之，咸通華陰尉。」

劉　象

鷺鷥詩云：潔白孤高生不同，頂絲清軟冷摇風。窺魚翹立荷香裏，慕侶低翻柳影中。幾日下巢辭紫閣，多時凝目向晴空。摩霄志在潛修羽，會接鸞凰别葦叢。

象，京兆人。天復元年，與曹松輩同登第，號五老榜〔一〕。

象詠仙掌詩，時號劉仙掌。詩云：萬古亭亭倚碧霄，不成奇刻不成招。何如掬取天池水，灑向人間救旱苗。

【校箋】

〔一〕《摭言》卷八：「天復元年，杜德祥榜放曹松、王希羽、劉象、柯崇、鄭希顔等及第。……松、希羽甲子皆七十餘。象，京兆人，崇、希顔，閩中人，皆以詩卷及第，亦皆年逾耳順矣。時謂『五老榜』。」「五老」原作「五花」，據改。

紀唐夫

開成中，執政惡温庭筠擾場屋，黜隨州縣尉〔一〕。唐夫送以詩曰〔二〕：何事明時泣玉頻，長安不見杏園春。鳳凰詔下雖霑命，鸚鵡才高却累身。且飲緑醽消積恨〔三〕，莫辭黄綬拂行塵〔四〕。方城若比長沙路〔五〕，猶隔千山與萬津〔六〕。

唐夫驄馬云〔七〕：連錢出塞踏沙蓬〔八〕，豈比當時御史驄。逐北自諳深磧路，連嘶誰念靜邊功。登山每與青雲合，弄影應知碧草同〔九〕。今日虜平將换妾，不如羅袖舞春風。

【校箋】

〔一〕《摭言》卷一一：「開成中，温庭筠才名藉甚，然罕拘細行，以文爲貨，識者鄙之。無何，執政間復有惡，奏庭筠攪擾場屋，黜隨州縣尉。……庭筠之任，文士詩人爭爲辭送，唯紀唐夫得其尤。詩曰云云。」

〔二〕詩題《又玄集》作《贈温庭筠》，《文苑英華》卷二七九作《送温庭筠尉方城》。

〔三〕「且飲緑醽」，《摭言》同，《又玄集》作「且盡緑醽」，《文苑英華》作「但飲緑醽」，《雲溪友議》卷中《白馬吟》條引作「且飲緑酺」。

〔四〕「莫辭」，《摭言》、《又玄集》、《文苑英華》同，《雲溪友議》作「莫言」。

〔五〕「路」，《又玄集》同，《摭言》、《雲溪友議》、《文苑英華》作「遠」。

〔六〕「猶隔」，《摭言》、《雲溪友議》、《文苑英華》同，《又玄集》作「猶有」。

〔七〕詩題《文苑英華》卷二〇九同，《樂府詩集》作《驄馬曲》。

〔八〕「連錢」原作「連年」，據《文苑英華》、《樂府詩集》改。

〔九〕「應知」，《文苑英華》同，《樂府詩集》作「因知」。

羅紹威

唐末，襲父弘信爲魏博節度使〔一〕。喜爲詩，江東羅隱有詩名，紹威厚禮之，與通屬籍。目己所爲詩號偷江東集〔二〕。如樓前淡淡雲頭日，簾外蕭蕭雨腳風，無愧隱矣。

紹威形貌魁偉，有英傑氣，好招延文學士，開館，聚書萬卷，每歌酒宴會，與賓佐賦詩，頗有情致〔三〕。

羅隱贈紹威詩云〔四〕：寒門雖得在諸宗，棲北巢南恨不同。馬上固慚銷髀肉，幄中猶羨愈頭風〔五〕。蹉跎歲月心仍切，迢遞江山夢未通。深荷吾人有知己，好將刀筆爲英雄〔六〕。

【校箋】

〔二〕《舊唐書》卷一八一《羅弘信傳》：「文德元年四月，詔加工部尚書，權知節度留後。七月，復加金紫光禄大夫、檢校尚書右僕射，充魏博節度觀察處置等使。……子威……弘信卒，襲父位爲留後，朝廷從而命之。」

〔三〕《新唐書》卷二一〇《羅弘信傳》附子《紹威傳》：「紹威字端己，少有英氣，性精悍。……江東羅隱工爲詩，紹威厚幣結之，通譜系昭穆，因目己所爲詩爲《偷江東集》云。」本條「紹威」原作「昭威」，據史文改。

〔三〕《舊唐書》卷一八一《羅弘信傳》：「威性明敏，達于吏道。伏膺儒術，招納文人，聚書至萬卷。每花朝月夕，與賓佐賦詠，甚有情致。」

〔四〕詩題羅隱《甲乙集》作《魏博羅令公附卷有迴》。

〔五〕「猶羨」原作「猶美」，據《甲乙集》改。

〔六〕「刀筆」原作「筆刀」，「爲」原作「當」，據《甲乙集》改。

鄭仁表

贈美人云：嚴吹如何下太清，玉肌無疹六銖輕。自知不是流霞酌，願聽雲和瑟一聲。嘗有詩曰：文章世上爭開路，閥閲山東拄破天〔一〕。

仁表經過滄浪峽，憩于長亭，驛吏堅進一板，仁表走筆云：分陝東西路正長，行人名利火燃湯。路傍著箇滄浪峽，真是將閑攪撩忙〔二〕。

仁表豪爽有文，嘗以門閥文章自高，曰：天瑞有五色雲，人瑞有鄭仁表。傲縱多所陵藉，人畏薄之。仕爲起居郎，爲劉鄴所惡，貶死嶺外。鄴少時，投文于仁表父洎。仁表嗤鄙之。鄴爲相，仁表貶死〔三〕。

【校箋】

〔一〕《摭言》卷一二：「鄭起居仁表詩曰：『文章世上爭開路，閥閲山東拄破天。』」「拄」原作「柱」，據改。

〔二〕《摭言》卷一三：「鄭仁表起居經過滄浪峽，憩于長亭，郵吏堅進一板，仁表走筆曰：『分陝東西路正長，行人名利火燃湯。路旁著箇滄浪峽，真是將閑攪撩忙。』」「著箇」原作「著榜」，據改。

〔三〕《新唐書》卷一八二《鄭肅傳》：「子洎，仕至州刺史。洎子仁規、仁表，皆豪爽有文。仁規位中書舍人。仁表累擢起居郎。嘗以門閥文章自高，曰：『天瑞有五色雲，人瑞有鄭仁表。』傲縱多所陵藉，人畏薄之。劉鄴未仕，往謁洎，而仁表等鄙訾其文。鄴爲相，因罪貶仁表，死嶺外。」「人瑞有鄭仁表」句，「有」字原脱；「多所陵藉」句，「藉」原作「籍」；「父洎」原作「父泊」，據改。

張林

林，擢進士第，官至御史。爲詩小巧，多採景于園林亭沼。云菱葉乍翻人採後，芰荷初没舸行時，亦佳句也〔一〕。

林言毁佛寺時，御史有蘇監察者，檢天下廢寺，見銀佛一尺以下者，多袖而歸，時號蘇扛佛。温庭筠遽曰：好對蜜陀僧〔二〕。

【校箋】

〔一〕《北夢瑣言》卷一二：「唐張林，本士子，擢進士第，官至臺侍御。爲詩小巧，多采景于園林亭沼間，至如『菱葉乍翻人採後，荇花初没舸行時』。他皆此類。」

〔二〕李綽《尚書故實》：「士張林説：毁寺時，分遣御史檢天下所齊寺及收録金銀佛像。有蘇監察者（不記名），巡覆兩街諸寺，見銀佛一尺以下者，多袖之而歸，謂之蘇杠（烏講反）佛。或問温庭筠：『將何對好？』遽曰：『無以過蜜陀僧也。』」

李搏

僖宗在成都，廷裕登第，搏以詩賀曰：銅梁千里曙雲開，仙籙新從紫府來。天上也張新羽翼，世間無復舊塵埃。嘉禎果中君平卜，賀喜須斟卓氏盃。應笑戎藩刀筆吏，至今泥滓曝魚鰓。既而復謔之曰：曾隨風水化凡鱗，安上門前一字新。聞道蜀江風景好，不知何似杏園春？裴有六韻答曰：何勞問我成都事，亦報君知便納降。蜀柳籠堤煙矗矗，海棠當户燕雙雙。富春不並窮師子，濯錦全勝旱曲江。高捲絳紗楊氏宅，時主文寓楊子巷，故有此句。半垂紅袖薛濤牕。浣花泛鷁詩千首，淨衆尋梅酒百缸。若説絃歌與風景，主人兼是碧油幢〔一〕。

搏，登乾符進士第。

【校箋】

〔一〕《摭言》卷三：「小歸尚書榜，裴起部與邠之李搏先輩舊友，搏以詩賀廷裕曰云云。既而復以二十八字謔之曰云云，裴有六韻答曰云云。」「李搏」原作「李摶」；「天上也張」原作「天上已張」；「碧油幢」原作「碧油憧」，據改。按「小歸尚書」，謂尚書禮部侍郎歸仁澤也。其父融，武宗時檢校禮部尚書，故稱「小歸尚書」，見《舊唐書》卷一四九《歸崇敬傳》附孫《融傳》。黄休復《益州名畫録》「常重胤」下載：「僖宗皇帝幸蜀，回鑾之日，蜀民奏請留寫御容于大聖慈寺。……宣令中和院上壁及寫隨駕文武臣僚真。」重胤筆也。諸臣中列有：「尚書禮部侍郎、知貢舉歸仁澤。」又，淨衆寺在成都西門外，唐開元十六年新羅國僧無相造。見《高僧傳》。此原作「靜衆」，據改。

裴廷裕

廷裕，字膺餘，昭宗翰林學士、左散騎常侍〔一〕。乾寧中，在内庭，文書敏捷，號下水船。後貶湖南，卒。梁時，姚洎爲學士，人號急灘頭上水船〔二〕。廷裕偶題云：微雨微風寒食節，半開半合木蘭花。看花倚柱終朝立，却似凄凄不在家〔三〕。

【校箋】

〔一〕《新唐書》卷五八《藝文志》：「裴廷裕《東觀奏記》三卷。」注云：「大順中，詔脩宣、懿、僖實録，以日曆注記亡缺，因摭宣宗政事奏記于監脩國史杜讓能。廷裕，字膺餘，昭宗時翰林學士、左散騎常侍，貶湖南，卒。」

〔二〕《摭言》卷一三：「裴廷裕乾寧中在内庭，文書敏捷，號爲『下水船』。梁太祖受禪，姚洎爲學士，嘗從容。上問及廷裕行止，洎對曰：『頃歲左遷，今聞旅寄衡水。』上曰：『頗知其人構思敏捷。』對曰：『向在翰林，號爲下水船。』太祖應聲謂洎曰：『卿便是上水船也。』洎微笑，深有慚色。議者以洎爲『急灘頭上水船』也。」

〔三〕《才調集》卷三載此詩，文字悉同。

高　蟾

詠春詩曰：明月斷魂清藹藹〔一〕，平蕪歸思緑迢迢。人生莫遣頭如雪，縱得春風亦不消。

金陵晚眺云〔二〕：曾伴浮雲悲晚翠〔三〕，猶陪落日泛秋聲〔四〕。世間無限丹青手，一片傷心畫不成。

鄭谷贈詩云〔五〕：張生故國三千里，知者惟應杜紫微〔六〕。君有君恩秋後葉〔七〕，可能更羨謝玄暉！蓋蟾有後宫詞云：君恩秋後葉，日日向人疎〔八〕。

蟾初落第詩云：天上碧桃和露種，日邊紅杏倚雲栽。芙蓉生在秋江上，不向春風怨未開。胡曾亦有下第詩云：翰苑何時休嫁女，文章早晚罷生兒。上林新桂年年發，不許平人折一枝。時謂蟾無躁競心〔九〕。後登第〔一〇〕，乾寧中爲御史中丞〔一一〕。

【校箋】

〔一〕「藹藹」原作「靄靄」，據《唐百家詩選》改。

〔二〕詩題「眺」原作「望」，據《又玄集》、《才調集》改。

〔三〕「悲」，《又玄集》同，《才調集》作「歸」。

〔四〕「猶陪」，《又玄集》同、《才調集》作「旅陪」。

〔五〕詩題《鄭守愚文集》作《高蟾前輩以詩相示，抒成寄酬》。

〔六〕「杜紫微」原作「杜子微」，據《鄭守愚文集》改。

〔七〕「秋後葉」原作「秋葉後」，據《鄭守愚文集》改。

〔八〕《鄭守愚文集》此詩末有自注云：「蟾有《後宮詞》云：『君恩秋後葉，日日向人疎。』」「《後宮詞》」原脱「後」字，據補。

〔九〕《北夢瑣言》卷七：「進士高蟾，詩思雖清，務爲奇險，意疏理寡，實風雅之罪人。薛許州謂人曰：『倘見此公，欲贈其掌。』然而落第詩曰：『天上碧桃和露種，日邊紅杏倚雲栽。芙蓉生在秋江上，不向春風怨未開。』蓋守寒素之分，無躁競之心，公卿間許之。先是胡曾有詩曰：『翰苑何時休嫁女，文章早晚罷生兒。上林新桂年年發，不許平人折一枝。』」按高蟾詩題《又玄集》作《下第後獻高侍郎》，《才調集》作《下第後獻永崇高侍郎》，謂高湜也。湜以咸通末爲禮部侍郎，知貢舉，見《新唐書》卷一七七《高釴傳》。蟾詩「不向」原作「莫向」，據《又玄集》、《才調集》、《北夢瑣言》改。「春風」，《北夢瑣言》同，《又玄集》、《才調集》作「東風」。胡曾詩「文章」原作「文昌」，「躁競」原作「躁兢」，據《北夢瑣言》改。

〔一〇〕《詩話總龜》前集卷四四引《詩史》：高蟾「下第，上王司馬（當作主司高）侍郎詩云云。人頗憐其意。明年，李昭知舉，遂擢第。」按《直齋書録解題》及《唐才子傳》謂高蟾爲乾符三年進士，而是年知舉，徐松《登科記考》定爲崔沆，俟考。

〔一一〕《新唐書》卷六〇《藝文志》：「《高蟾詩》一卷。」注云：「乾寧御史中丞。」此原作「乾符中爲中丞」，誤，據《新志》改。

宋邕 一作雍

春日云：輕花細葉滿林端，昨夜春風曉色寒。黄鳥不堪愁裏聽，緑楊宜向雨中看。

僞蜀韋縠取此詩爲才調集〔一〕。

唐末五雲溪人范攄云：宋雍初無令譽，及嬰瞽疾，而詩名始彰。或戲其詩云：緑楊宜向雨中看。所謂無眼作有眼之詩〔二〕。

【校箋】

〔一〕見《才調集》卷四，題宋邕作。

〔二〕《雲溪友議》卷上「四背篇」條：「宋雍初無令譽，及嬰瞽疾，其詩名始彰。……劉隨州有眼作無眼之句，宋雍無眼作有眼之詩，詩流以爲四背，或云四倒，然辭意悉爲佳致乎。……劉隨州詩曰：『細雨濕衣看不見，閒花落地聽無聲。』宋君詩曰：『黄鳥不堪愁裏聽，緑楊宜向雨中看。』」按「雍」、「邕」字通，宋雍已見本書卷五〇，此爲重出，當删。

崔塗

春夕旅懷云〔一〕：水流花謝兩無情，送盡東風過楚城。蝴蝶夢中家萬里，杜鵑枝上月三更〔二〕。故園書動經年絶〔三〕，華髪春唯滿鬢生〔四〕。自是不歸歸便得，五湖烟景有誰爭〔五〕？

蜀城春望云〔六〕：天涯憔悴身，一望一霑巾。在處有芳草，滿城無故人。懷才皆得路，失計自傷春〔七〕。清鏡不堪照〔八〕，鬢毛愁更新〔九〕。

塗，字禮山，光啟進士也〔一〇〕。

感花詩云：繡軛香韉夜不歸，少年爭認最紅枝。東風一陣黄昏雨，又到繁華夢覺時〔一一〕。

【校箋】

〔一〕詩題《唐百家詩選》同，《又玄集》作《春夕旅夢》，《才調集》作《春夕旅游》。《輿地紀勝》卷一六二渠州下云：「冲相寺距州城四十里，乃定光佛道場。此詩故老相傳是唐崔塗僖宗時避亂至蜀所題，今無墨跡存，唯定光巖間有題云：『前進士崔塗由此閑眺，翌日北歸。』」並載其詩。

〔二〕「杜鵑」，《又玄集》、《唐百家詩選》同，《才調集》及《輿地紀勝》作「子規」。

〔三〕「經年」原作「多年」，據《又玄集》、《才調集》、《唐百家詩選》及《輿地紀勝》改。

〔四〕「滿鬢」原作「兩鬢」，《唐百家詩選》同，據《又玄集》、《才調集》及《輿地紀勝》改。

〔五〕「烟景」，《又玄集》、《才調集》、《唐百家詩選》同，《輿地紀勝》作「烟浪」。

〔六〕詩題原脱「望」字，據《又玄集》、《唐百家詩選》、《成都文類》補。

〔七〕「自」，《又玄集》、《成都文類》同，《唐百家詩選》作「獨」。

〔八〕「堪」，《又玄集》作「能」，《唐百家詩選》、《成都文類》作「忍」。

〔九〕「愁」，《又玄集》、《唐百家詩選》及《成都文類》作「應」。

〔一〇〕《新唐書》卷六〇《藝文志》：「《崔塗詩》一卷。」注云：「字禮山，光啓進士第。」

〔一一〕「繁華」原作「繁花」，據《唐百家詩選》改。

孫　郃

郃古意云〔一〕：屈子生楚國，七雄知其材。介潔世不容，跡合藏蒿萊〔二〕。道廢固命也，瓢飲亦賢哉。何事葬江魚〔三〕，空使後人哀。又云：魏禮段干木，秦王乃止戈。小國有其人，大國奈之何。賢哲信爲美，兵甲豈云多。君子戰必勝，斯言聞孟軻。

郃，字希韓，四明人。與方干友善。乾寧中，登進士第。好荀、揚、孟子之書，學退之爲文。爲校書郎中，河南府文學〔四〕。其文爲錢珝所序，詩有仕宦類商賈，終日常東西之句〔五〕。

【校箋】

〔一〕《唐文粹》載此詩，題下有作者自注云：「擬梓州陳拾遺。」

〔二〕「蒿萊」原作「高萊」，據《唐文粹》改。

〔三〕「江魚」原作「江南」，據《唐文粹》改。毛本作「江水」，非。

〔四〕《新唐書》卷六〇《藝文志》：「《孫氏文纂》四十卷，又《孫氏小集》三卷。」注云：「孫郃，字希韓，乾寧進士第。」《郡齋讀書志》：「《孫郃文纂》一卷。右唐孫郃，字希韓，四明人。乾寧四年進士。好荀卿、揚雄、孟氏之書，學退之爲文。爲校書郎、河南府文學。舊四十卷。」

〔五〕錢珝序已佚，此詩亦只殘留二句。

鄭準

江南清明云〔一〕：吴山楚驛四年中，一見清明一改容。旅恨共風連夜起〔二〕，韶光隨酒着人濃。延興門外攀花別，采石江頭帶雨逢〔三〕。無限歸心何計是，路邊戈甲正重重。

準以文依荆州成中令汭，常欲比肩陳、阮。自集其所作爲三卷，號劉表軍書。其應舉日，詩卷有題水牛云：護犢横身立，逢人揭尾跳。朝士大笑〔四〕。字不欺，登乾寧進士第。有渚宫集一卷〔五〕。

【校箋】

〔一〕詩題《歲時雜詠》作《清明日江南作》。

〔二〕「起」，《歲時雜詠》作「越」。

〔三〕「帶雨」原作「帶酒」，據《歲時雜詠》改。

〔四〕《北夢瑣言》卷七：「唐滎陽鄭準，以文筆依荆州成中令。常欲比肩陳、阮，自集其所作爲三卷，號《劉表軍書》。雖有胸襟，而辭體不雅。……應舉日，詩卷《題水牛》曰：『護犢横身立，逢人揭尾跳。』朝士以爲大笑。」「自集其所作爲三卷」原作「自作所業爲三卷」，據改。

〔五〕《新唐書》卷六〇《藝文志》：「鄭準《渚宫集》一卷。」注云：「字不欺，乾寧進士第。」

章碣

癸卯歲毗陵登高云：流落常嗟勝會稀，故人相遇菊花時。鳳笙龍笛數巡酒，紅樹碧山無限詩。塵土十分歸舉子，乾坤大半屬偷兒。長楊羽獵須留本，開濟重爲闕下期。

焚書坑詩曰：竹帛煙銷帝業虚，關河空鎖祖龍居〔一〕。坑灰未冷山東亂〔二〕，劉項元來不讀書〔三〕。

上元夜建元寺觀燈呈智通上人云〔四〕：建元看别上元燈，處處迴廊鬬火層。珠玉亂拋高殿佛，綺羅深拜遠山僧。臨風走筆思呈慧〔五〕，到曉行禪合伴能。無限喧闐留不得，月華西下露華凝。

邵安石，連州人，高湘侍郎南遷歸闕，途次連江，安石以所業投獻，遂挈至輦下。湘主文，安石擢第，碣賦東都望幸刺之曰：懶修珠翠上高臺，眉月連娟恨不開。縱使東巡也無益，君王自領美人來〔六〕。

碣，孝標之子。登乾符進士第〔七〕。碣未第時，方干贈詩〔八〕：織錦雖云用舊機，抽梭起樣更新奇。何如且破望中葉，未可便攀低處枝。藉地落花春半後，打牕斜雪夜深時。此時才子吟應苦，吟苦鬼神知不知？

【校箋】

〔一〕「關河空鎖」，《才調集》、《唐百家詩選》同，《摭言》卷一〇載此詩作「昔年曾是」。

〔二〕「山東」，《又玄集》、《唐百家詩選》同，《摭言》作「關東」。

〔三〕「元來」，《又玄集》、《唐百家詩選》同，《摭言》作「從來」。

〔四〕詩題「智通上人」原作「通智上人」，據《歲時雜詠》改。

〔五〕「慧」原作「惠」，據《歲時雜詠》改。謂慧遠也。

〔六〕《摭言》卷九：「邵安石，連州人也。高湘侍郎南遷歸闕，途次連江，安石以所業投獻遇知，遂挈至輦下。湘主文，安石擢第。章碣賦《東都望幸》詩刺之：『懶修珠翠上高臺，眉月連娟恨不開。縱使東巡也無益，君王自領美人來。』」

〔七〕《摭言》卷一〇：「章碣，不知何許人，或曰孝標之子。咸通末，以篇什著名。乾符中，高侍郎湘自長沙攜邵安石至京及第，碣賦《東都望幸》以刺之。」按《摭言》兩載此事，皆不言登第，而《唐百家詩選》唯稱其「唐末人」；《直齋書録解題》稱其「僖宗時人」；《唐才子傳》則言「後竟流落，不知所終」，諸人皆及見《唐登科記》，疑此言乾符登第爲不足信也。

〔八〕方干《玄英集》載此詩，文同。

于濆

辛苦吟云〔一〕：隴上扶犂兒，手種腹長飢。窗下擲梭女，手織身無衣。我願燕趙姝，化爲嫫母姿〔二〕。一笑不直錢〔三〕，自然家國肥。

古宴曲云：雉扇合蓬萊，朝車迴紫陌。重門集嘶馬，言宴金張宅。燕娥奉卮酒，低鬟若無力。十户手胼胝，鳳凰釵一隻。高樓齊下視，日照綺羅色〔四〕。笑指負薪人〔五〕，不信生中國。

思歸引云：不耕南畝田，誤愛東堂桂〔六〕。身同樹上花，一落又經歲。交親日相薄，知己恩潛替。日開十二門，自是無歸計。

濆，字子漪。咸通進士，終泗州判官〔七〕。

【校箋】

〔一〕詩題《又玄集》同，《才調集》作《苦辛吟》。

〔二〕「嫫母」原作「嫫女」，據《又玄集》、《才調集》改。

〔三〕「錢」原作「金」，據《又玄集》、《才調集》改。

〔四〕「綺羅」，《又玄集》同，《才調集》作「羅衣」，誤。

〔五〕「負薪」原作「負心」，據《又玄集》、《才調集》改。

〔六〕「誤愛」，《又玄集》同，《才調集》作「爲愛」。

〔七〕《直齋書録解題》卷一九：「《于濆集》一卷。唐于濆子漪撰，咸通二年進士。」又，《新唐書》卷七二下《宰相世系表》：「濆字子漪，泗州判官。」

唐詩紀事校箋卷第六十二

鄭嵎

津陽門詩序云〔一〕：津陽門者〔二〕，華清宫之外闕，南局禁闈〔三〕，北走京道。開成中〔四〕，嵎常得群書，下帷于石甕僧觀，而甚聞宫中陳跡焉。今年冬，自號而來，暮及山下，因解鞍謀飡，求客旅邸。而主翁年且艾〔五〕，自言世事明皇。夜闌酒餘，復爲嵎道承平故實。翌日，于馬上輒裁列俚叟之語〔六〕，爲長句七言詩，凡一千四百字，成一百韻，止以門題爲之目云耳。

津陽門北臨通逵，雪風獵獵飄酒旗。泥寒款段蹶不進，疲童退問前何爲？酒家顧客催解裝，案前羅列樽與巵。青錢瑣屑安足數，白醪軟美甘如飴。開爐引滿相獻酬，枯腸渴肺忘朝飢。愁憂似見出門去，漸覺春色入四肢。主翁移客挑華燈，雙肩隱膝烏帽攲。笑云鮐老不爲禮，飄蕭雪鬢雙垂頤〔七〕。問余何往凌寒曦〔八〕，顧翁枯朽郎豈知。翁曾豪盛客不見，我自爲君陳昔時。時平親衛號羽林，我纔十五爲孤兒。射熊搏虎衆莫敵，彎弧出入隨佽飛。開元中未有東西神策軍，但以六軍爲親衛。此時初創觀風樓，簷高百尺堆華榱。樓南更起鬬鷄殿，晨光山影相參差。觀風樓在宮之外東北隅〔九〕，屬夾城而連上内，前臨馳道〔一〇〕，周視山川。寶應中，魚朝恩毁之以修章敬。今遺址尚存，唯鬬鷄殿與球場迤邐而在。其年十月移禁仗，山下櫛比羅百司。朝元閣成老君見，會昌縣以新豐移。時有詔改新豐爲會昌縣，移自陰盤故城，置于山下。至明年十月，老君見于朝元閣南，而于其處置降聖觀〔一一〕，復改新豐爲昭應縣。廨宇始成，令大將軍高力士率禁樂以落之〔一二〕。幽州曉進供奉馬，玉珂寶勒黄金羈。安禄山每進馬必殊特而極銜勒之飾〔一三〕。五王扈駕夾城路〔一四〕。傳聲校獵渭水湄。羽林六軍各出射〔一五〕，籠山絡野張罝維〔一六〕。雕弓繡韔不知數〔一七〕，翻身滅没皆蛾眉。赤鷹黄鶻雲中來，妖狐狡兔無所依。人煩馬殆禽獸盡，百里腥膻禾黍稀。中王有高麗赤鷹，岐王有北山黄鶻〔一八〕，逸翮奇姿〔一九〕，特異他等。上愛之，每弋獵，必置于駕前，目爲決勝兒〔二〇〕。驪山按樂東風暖〔二一〕，宮娃賜浴長湯池。刻成玉蓮噴香液，漱迴烟浪深逶迤。宮内除供奉兩湯池外〔二二〕，更有長湯十六所〔二三〕。長湯每賜諸嬪御〔二四〕，其修廣與諸湯不侔。甃以文瑶密石〔二五〕，中央有玉蓮捧湯泉，噴以成池。又縫綴錦繡爲凫雁于水中〔二六〕，上時于其間泛鈒鏤小舟以嬉游焉〔二七〕。犀屏象薦雜羅列，錦凫繡雁相追隨。破簪碎鈿不足拾，金溝殘溜和纓緌〔二八〕。上皇寬容易承事，十家三國爭光輝。繞床呼盧恣樗博，張燈達晝相謾欺。相君侈擬縱驕橫，日從秦虢多游嬉。朱衫馬前未滿足，更驅武卒羅旌旗。楊國忠爲宰相，帶劍南節度使，常與秦虢聯轡而出，更于馬前以兩川旌節爲導也。畫輪寶軸從天來，雲中笑語聲融怡。鳴騶後騎何躞蹀〔二九〕，宮粧襟袖皆仙姿〔三〇〕。青門紫陌多春風，風中數日殘香遺〔三一〕。驪駒吐沫一奮迅，路人擁篲爭珠璣〔三二〕。事盡載在國史中，此下更重叙其事。八姨新起合歡堂，翔鵾賀燕無由窺。萬金酬工不肯去〔三三〕，矜能恃巧猶嗟咨〔三四〕。虢國創一堂，價費萬金〔三五〕。堂成，工人償價之外，更邀賞伎之直。復受絳羅五千段，工者嗤而不顧。虢國訝之〔三六〕，問其由。工曰：某生平之能，殫于此矣。苟不知信，願得螻蟻、蜥蜴、蜂蠆之類，去其目而投于堂中〔三七〕，使有閑隙，得亡一物〔三八〕，即不論工直也。于是又以繒綵珍貝與之〔三九〕。天下人至今話故事者〔四〇〕，尚以第行呼諸姨焉。四方節制傾附媚，窮奢極侈沽恩私。堂中特設夜明枕，銀燭不施光鑒帷〔四一〕。虢國夜明枕，置于堂中，光燭一室〔四二〕，西川節度使所進。事載國史，略書之。瑤光樓南皆紫禁，梨園仙宴臨花枝。迎娘歌喉玉窅窱，蠻兒舞帶金葳蕤。瑤光樓即飛霜殿之北門，迎娘、蠻兒，乃梨園弟子之名聞者。三郎紫笛弄烟月，怨如別鶴呼羈雌。玉奴琵琶龍香撥，倚歌促酒聲嬌悲。上皇善吹笛，常寶一紫玉管。貴妃妙彈琵琶，其樂器聞于人間者，有邏沙檀爲槽〔四三〕，龍香柏爲撥者。上每執酒卮，必令迎娘歌水調曲遍，而太真輒彈弦倚歌，爲上送酒。內中皆以上爲三郎。玉奴，乃太真小字也。飲鹿泉邊春露晞，粉梅檀杏飄朱墀。金沙洞口長生殿，玉蕊峰頭王母祠。山城內多馴鹿，流澗號爲飲鹿。有長生殿，乃齋殿也，有事于朝元閣，即御長生殿以沐浴也。禁庭術士多幻化，上前較勝紛相持。羅公如意奪顏色，三藏袈裟成散絲〔四四〕。上頗崇羅公遠，楊妃尤信金剛三藏。上嘗幸功德院，將謁七聖殿，忽然背痒，公遠折竹枝，化作七寶如意以進。上大喜，顧謂金剛曰：上人能致此乎？三藏曰：此幻化耳〔四五〕。僧爲陛下取真物。乃于袖中出七寶如意〔四六〕，炳耀而光，遠所進即時復爲竹枝耳。後一日，楊妃爲二人定優劣〔四七〕。時禁中將創小殿，三藏乃舉一鴻梁于空中，將中公遠之首，公遠不爲動容，上連命止之。公遠飛符于他處，竊三藏金襴袈裟于篋中，守者不之見。三藏怒，又呪取之，須臾而至。公遠復噀水龍符于袈裟上，散爲絲縷以盡也。蓬萊池上望秋月，無雲萬里懸清輝。上皇夜半月中去，三十六宮愁不歸。月中祕樂天半間，玎璫玉石和塤篪。宸聽聽覽未終曲，却到人間迷是非。葉法善常引上入月宮〔四八〕，時秋已深，上苦凄冷，不能久留〔四九〕。歸，于天半間尚聞仙樂〔五〇〕。及上歸，且記憶其半，遂于笛中寫之。會西涼都督楊敬述進婆羅門曲，與其聲調相符，遂以月中所聞爲之散序，用敬述所進曲作其腔，而名霓裳羽衣法曲〔五一〕。千秋御節在八月，會同萬國朝華夷。花萼樓南大合樂，八音九奏鸞來儀。都盧尋撞誠齷齪，公孫劍伎方神奇。馬知舞徹下珠榻，人惜曲終更羽衣。上始以誕聖日爲千秋節〔五二〕，每大酺會，必于勤政樓下使華夷縱觀〔五三〕。有公孫大娘舞劍，當時號爲雄妙〔五四〕。又設連榻，令馬舞其上。馬衣紈綺而被鈴鐸，驤首奮鬣，舉趾翹尾，變態動容，皆中音律。又令宮妓梳九騎仙髻，衣孔雀翠衣，佩七寶瓔珞，爲霓裳羽衣之類。曲終，珠翠可掃。其舞馬，禄山亦將數匹以歸，而私習之。其後田承嗣代安，有存者，一旦于廄上聞鼓聲，頓挫其舞，廄人惡之，舉箠以擊之，其馬尚謂怒未妍妙，因更奮擊宛轉，曲盡其態。廝恐，以告承嗣，以爲妖，遂戮之。而舞馬自此絶矣〔五五〕。禄山此時侍御側，金鷄畫障當罘罳〔五六〕。繡綳衣褓日屓贔，甘言狡計愈嬌癡。上每座及宴會，必令禄山坐于御座側，而以金鷄障隔之〔五七〕，賜其箕踞。太真又以爲子，時襁褓戲而加之。上亦呼之禄兒〔五八〕。每入宮，必先拜貴妃，然後拜上。上笑而問其故，輒對曰：臣本蕃中人，禮先拜母，後拜父，是以然也〔五九〕。詔令上路建甲第，樓通走馬如飛翬。大開内府恣供給，玉缶金筐銀簸箕。時于親仁里南陌爲禄山建甲第，令中貴人督其事，仍謂之曰：卿善爲部署，禄山眼孔大，勿令笑我。至于筹筐簸箕釜缶之具，咸金銀爲之〔六〇〕。今回元觀，即其故第耳〔六一〕。異謀潛熾促歸去，臨軒賜帶盈十圍。祿山肥博過人，腹垂而緩，帶十五圍方周體〔六二〕。忠臣張公識逆狀，日日切諫上弗疑。張曲江先識其必反逆狀，數數言于上。上曰：卿勿以王夷甫識石勒而誤疑祿山耳〔六三〕。湯成召浴果不至，潼關已溢漁陽師。御街一夕無禁鼓，玉輅順動西南馳。其年賜柑子使回，泣訴祿山反狀，云：臣幾不至生返。上猶疑其言，復遣使喻云：我爲卿造一湯，待卿至。使回，答言反狀。上然後憂疑，即寇軍已至潼關矣〔六四〕。九門回望塵坌多，六龍夜馭兵衛疲。縣官無人具軍頓，行宮徹屋屠雲螭。時郊畿草擾，無御頓之備。上命徹行宮木，宰御馬，以饗士卒〔六五〕。馬嵬驛前駕不發，宰相射殺冤者誰〔六六〕。長眉鬢髮作凝血，空有君王潸涕洟〔六七〕。青泥坂上到三蜀，金堤城邊頓九旂〔六八〕。移文泣祭昔臣墓，度曲悲歌秋雁辭。駕至蜀，詔中貴人馳祭張曲江墓，悔不納其諫〔六九〕。又過劍閣下望山川，忽憶水調辭云：山川滿目淚沾衣，富貴榮華能幾時。不見只今汾水上，唯有年年秋雁飛。上泫然流涕，顧問左右曰：此誰人詩？從臣對曰：此李嶠詩。復掩泣曰：李嶠真可謂才子也〔七〇〕。明年尚父捷書至〔七一〕，洗清觀闕收封畿。兩君相見望賢頓，君臣鼓舞皆歔欷。望賢宮在咸陽之東數里。時車駕自蜀回，肅宗迎駕至，上皇自致傳國璽于上，上歔欷拜受。左右皆泣曰：不圖今日復觀兩君相見之禮〔七二〕。駕將入開遠門，上皇疑焉。上先後入門不決，顧問從臣，不能對。高力士前曰：上皇雖尊，人臣也；皇帝雖子，主也。上皇偏門而入〔七三〕，先行；皇帝正門而入〔七四〕，後行。耆老皆呼萬歲〔七五〕，當時皆是之。宮中親呼高驃騎，潛令改葬楊真妃。花膚雪豔不復見，空有香囊和淚滋〔七六〕。時肅宗詔令改葬太真，高力士知其所瘞，在嵬坡驛西北十餘步。當時乘輿匆遽〔七七〕，無復備周身之具，且以紫褥而窆之〔七八〕。及改葬之時，皆已朽壞，惟有胸前紫綉香囊中，尚得冰麝香。時以進上皇，上皇泣而佩之。

鑾輿却入華清宮，滿山紅實垂相思。飛霜殿前月悄悄，迎春亭下風颸颸。飛霜殿即寢殿，而白傳長恨歌以長生殿爲寢殿，即殊誤矣。上皇至明年，復舊臣以幸華清宮，信宿乃回。自此遂移處西内中矣〔七九〕。雪衣女失玉籠在〔八〇〕，長生鹿瘦銅牌垂〔八一〕。象牀塵凝罨颯被，畫檐蟲網頗梨碑。太真養白鸚鵡，西國所貢，辨惠多辭，上尤愛之，字爲雪衣女。上嘗于芙蓉園中獲白鹿〔八二〕，惟山人王旻識之，曰：此晉時鹿也。上異之。令左右周視之，乃于角際雪毛中得銅牌子〔八三〕，刻之曰宜春苑中白鹿。上由是愈愛之，移于北山，字之曰仙客〔八四〕。上止華清，罨颯公主嘗爲上晨召，聽按新水調。主愛起晚，遽自真珠被而出。及寇至，蒼惶隨駕出宮，後不知省。及上歸南内，一旦再入此宮，而當時罨颯之被宛然〔八五〕，而塵積矣。上尤感焉。温泉堂碑，其石瑩徹，見人形影，宮中號爲頗梨碑。碧菱花覆雲母陵，風篁雨菊低離披。真人影帳偏生草，果老藥堂空掩扉〔八六〕。真人李順興，後周時修道北山，神堯皇帝授禪〔八七〕，真人潛告符契。至今山下有祠宇〔八八〕，宮中有七聖殿〔八九〕，自神堯至睿宗〔九〇〕。逮竇后皆立〔九一〕，衣袞衣。繞殿石榴樹，皆太真所植，俱擁腫矣。南有功德院〔九二〕，其間瑶壇羽帳皆在焉。順興影堂，果老藥室，亦在禁中也。鼎湖一日失弓劍，橋山烟草俄霏霏。空聞玉椀入金市，但見銅臺飄繐帷〔九三〕。開元到今踰十紀，當初事跡皆殘隳。竹花唯養棲梧鳳，水藻周游巢葉龜。會昌御宇斥内典，去留二教分黄緇。慶山汙瀦石甕毁，紅樓緑閣皆支離。奇松怪柏爲樵蘇，童山智谷亡嶮巇。煙中壁碎摩詰畫，雲間字失玄宗詩。持國寺，本名慶山寺，德宗始改其額。寺有緑額，複道而上。天后朝，以禁匠取宮中制度結構之〔九四〕。石甕寺，開元中以創造華清宮餘材修繕，佛殿中玉石像皆幽州進來，與朝元閣道像同日而至〔九五〕，精妙無比，叩之如磬。餘像並楊惠之手塑。肢空像皆元伽兒之制，能妙纖麗，曠古無儔。紅樓，在佛殿之西巖，下臨絶壁。樓中有玄宗題詩，草八分，每一篇一體。王右丞山水兩壁，寺毁之後，皆失之矣。摩詰，乃王維之字也。石魚巖底百尋井，銀床下卷絲綆遲〔九六〕。當時清影蔭紅葉，一旦飛埃埋素規。石魚巖下有天絲石，其形如甕，以佇飛泉，故上以石甕爲之寺名，寺僧于上層飛樓中懸轆轤，叙引修綍長二百餘尺〔九七〕，以汲甕泉，出于紅樓喬樹之杪。寺既毁拆，石甕今已埋没也。韓家燭臺倚林杪，千枝燦若山霞摛〔九八〕。昔年光彩奪天月，今日銷鎔當路岐〔九九〕。韓國爲千枝燈臺，高八十尺，置于山上。每至上元夜則燃之，千光奪月，凡百里之内，皆可望焉。龍宫御榜高可惜，火焚牛挽臨崎峗。孔雀松殘赤琥珀，鴛鴦瓦碎青琉璃。寺額，睿宗在藩邸中所題也，標于危樓之上。世傳孔雀松下有赤茯苓，入土千年則成琥珀。寺之前峰，古松老柏，洎乎嘉草，今皆樵蘇蕩除矣。今我前程能幾許，徒有餘息筋力羸。逢君話此空灑涕，却憶歡娱無見期。主翁莫泣聽我話，寧勞感舊休吁嘻〔一〇〇〕。河清海晏不難覩，我皇已立昇平基〔一〇一〕。湟中土地昔湮没〔一〇二〕，昨者收復無瘡痍〔一〇三〕。戎王北走棄青塚，虜馬西奔空月支。兩逢堯年豈易偶，顛翁頤養豐膚肌。平明酒醒各分首〔一〇四〕，今夕一樽翁莫違。

【校箋】

〔一〕《郡齋讀書志》卷四中：「鄭嵎《津陽門詩》一卷。右唐鄭嵎，字賓光，大中五年進士。津陽即華清宫之外闕，嵎開成中過之，聞逆旅之人道承平故實。明日，馬上成長句一千四百言，自爲之序云。」「序」字原脱，據補。

〔二〕「津陽門者」四字原脱，據《郡齋讀書志》補。

〔三〕「扃」原作「局」，據張本改。

〔四〕「開成」原作「開放」，據《郡齋讀書志》改。

〔五〕「主翁」原作「主公」，據本詩改。

〔六〕「裁列」原作「載刻」，據張本改。

〔七〕「雙」原作「霜」，據《竹莊詩話》改。此書只載其詩，而無詩序及注，蓋當時全卷尚傳也。

〔八〕「問」原作「閑」，據《竹莊詩話》改。

〔九〕「隅」原作「偶」，據毛本改。

〔一〇〕「馳道」原作「池道」，據毛本改。

〔一一〕「置降聖觀」原作「直降重觀」，據毛本改。

〔一二〕「高力士率禁樂以落之」原作「高力率禁樂以樂口」，據毛本改。

〔一三〕「殊特」原作「珠特」，據毛本改。

〔一四〕「夾城」原作「夾成」，據《竹莊詩話》改。

〔一五〕「羽林」二字原脱，據《竹莊詩話》補。

〔一六〕「籠山」二字原脱，據《竹莊詩話》補。

〔一七〕「繡韔」原作「繡緯」，據《竹莊詩話》改。

〔一八〕「鶻」原作「鴶」，據毛本改。

〔一九〕「逸翮」原作「逸期」，據毛本改。

〔二〇〕《開元天寶遺事》：「申王有高麗赤鷹，岐王有北山黄鶻，上甚愛之，每弋獵必置之于駕前，帝目之爲決雲兒。」疑當以此作「决勝兒」爲是。

〔二一〕此句原作「曖山度臘東風微」，據《竹莊詩話》改。

〔二二〕《開元天寶遺事》：「華清宫中，除供奉兩湯外，而別更有長湯十六所，嬪御之類浴焉。奉御湯中甃以文瑶密石，中央有玉蓮，捧湯泉湧以成池。又縫錦繡爲鳧雁于水中，帝與貴妃施鈒鏤小舟，戲玩于其間。」此書五代時王仁裕著，其中有采自鄭嵎《津陽門詩》自注者，此類是也。

「外」上原衍「内」字，據《開元天寶遺事》删。

〔二三〕「長」字原脱，據《開元天寶遺事》補。

〔二四〕「嬪御」下原重出「嬪御」二字，衍文，據《開元天寶遺事》删。

〔二五〕此句原作「甃以文瑶客石」，據《開元天寶遺事》改。

〔二六〕「錦繡」原作「蓋繡」，據《開元天寶遺事》改。

〔二七〕「鈒鏤」原作「鈫縷」，據《開元天寶遺事》改。

〔二八〕《開元天寶遺事》：「宫中退水，出于金溝，其中珠纓寶絡流出街渠，貧民日有所得焉。」

〔二九〕「鳴騶」原作「鳴鞭」，據《竹莊詩話》改。

〔三〇〕「襟袖」原作「禁袖」，據《竹莊詩話》改。

〔三一〕「殘香」原作「殘春」，據《竹莊詩話》改。

〔三二〕樂史《楊太真外傳》：「扈從之時，每家爲一隊，隊著一色衣，五家合隊相映，如百花之焕發。遺鈿、墜舄，琴瑟、珠翠，燦于路岐，可掬。會有人俯身一窺其車，香氣數日不絶。駝馬千餘頭匹，以劍南旌節器仗前驅。……每人朝謁，國忠于韓、虢聯轡，揮鞭驟馬，以爲諧謔，從官嫗媪百餘騎，秉燭如晝，鮮裝袨服而行，亦無蒙蔽。衢路觀者如堵，無不駭歎。」所述即此時事。

〔三三〕「不肯」原作「不看」，據《竹莊詩話》改。

〔三四〕《楊太真外傳》：「封大姨爲韓國夫人，三姨爲虢國夫人，八姨爲秦國夫人。」按鄭處誨《明皇雜録》云：「虢國中堂既成，召匠圬墁，授二百萬償其值，而復以金盞瑟瑟三斗爲賞。……曾有暴風拔樹，委其堂上，已而視之，略無所傷。既撤瓦以觀之，皆乘以木瓦，其制作精緻，皆此類也。」是創堂實虢國事，或「八」字爲誤。

〔三五〕「費」原作「廢」，據毛本改。

〔三六〕「訏之」原作「汙之」，據毛本改。

〔三七〕「去」字原脱，據毛本補。

〔三八〕「亡」原作「立」，據毛本改。

〔三九〕「珍貝」原作「珍其」，據毛本改。

〔四〇〕「天下人」原作「山下佳人」，據毛本改。

〔四一〕「不施」原作「不張」，據《竹莊詩話》改。

〔四二〕《開元天寶遺事》：「虢國夫人有夜明枕，設于堂中，光照一室，不假燈燭。」

〔四三〕「爲槽」二字原脱，據毛本補。《明皇雜録》載：「有中官白季貞自蜀使回，得琵琶以獻，其槽以邏沙檀爲之」是也。

〔四四〕按《太平廣記》卷二二「羅公遠」條引《神仙感遇傳》、《仙傳拾遺》及《逸史》等書記羅公遠與金剛三藏較勝乃武惠妃時事，蓋小説家言，多出傳聞附會，賓光取此，不盡徵實，亦猶樂天《長恨歌》之言「臨邛道士鴻都客」也。

〔四五〕「幻化」原作「幼誰」，據《太平廣記》改。

〔四六〕「七寶如意」原作「如寶七意」，據《太平廣記》改。

〔四七〕「爲二人」原作「與以三人」，據毛本改。

〔四八〕此事《太平廣記》「羅公遠」條亦記爲公遠事，《楊太真外傳》引《逸史》同。而《明皇雜録》則言：「正月望夜，上與葉法善游西涼州，燭燈十數里，俄頃還，而樓下之歌舞未終。」不言游月宫也。

〔四九〕「不能」原作「不爲」，據毛本改。

〔五〇〕「尚聞」原作「尚問」，據毛本改。

〔五一〕白居易《霓裳羽衣舞歌》：「楊氏創聲君造譜」句下自注：「開元中，西凉府節度楊敬述造。」「西凉」原作「西梁」，據改。《唐會要》卷三三「諸樂」條：「天寶十三載七月十日……《婆羅門》改爲《霓裳羽衣》。」

〔五二〕《舊唐書》卷八《玄宗紀》：開元一七年「八月癸亥，上以降誕日，讌百僚于花萼樓下。百僚表請以每年八月五日爲千秋節，王公以下獻鏡及承露囊，天下諸州咸合讌樂，休暇三日，仍編爲令。從之」。

〔五三〕《明皇雜録》：「每賜宴設酺會，則上御勤政樓。金吾及四軍兵士未明陳仗，盛列旗幟，皆帔黄金甲，衣短後綉袍。太常陳樂，衛尉張幕後，諸蕃酋長就食。府縣、教坊大陳山車旱船、尋橦走索、丸劍角抵、戲馬鬭鷄。又令宫女數百，飾以珠翠，衣以錦繡，自帷中出，擊雷鼓爲《破陣樂》、《太平樂》、《上元樂》。又引大象、犀牛入場，或拜舞，動中音律。」

〔五四〕杜甫《觀公孫大娘弟子舞劍器行序》云：「開元三載，余尚童稚，記于郾城觀公孫氏舞劍器、渾脱。」錢謙益《箋注》引《明皇雜録》：「上素曉音律，時有公孫大娘者，善舞劍，能爲《鄰里曲》及《裴將軍滿堂勢》、《西河劍器》、《渾脱遺》，妍妙皆冠絶于時也。」

〔五五〕《明皇雜録》：「玄宗嘗命教舞馬四百蹄，各爲左右，分爲部，目爲某家寵，某家驕。時塞外亦有善馬來貢者，上俾之教習，無不曲盡其妙。因命衣以文繡，絡以金銀，飾其鬃鬣，間雜珠玉。其曲謂之《傾杯樂》者數十回，奮首鼓尾，縱横應節。又施三重板牀，乘馬而上，旋轉如飛。或命壯士舉一榻，馬舞于榻上，樂工數人立左右前後，皆衣淡黄衫，文玉帶，必求少年而姿貌美秀者。每千秋節，命舞于勤政樓下。其後上既幸蜀，舞馬亦散在人間。禄山常覩其舞而心愛之，自是因以數匹置于范陽。其後轉爲田承嗣所得，不之知也，雜之戰馬，置之外棧。忽一日，軍中享士，樂作，馬舞不已。厮養皆謂其爲妖，擁篲以擊之。馬謂其舞不中節，抑揚頓挫，猶存故態。厩吏遽以馬怪白承嗣，命箠之甚酷，馬舞甚整，而鞭撻愈加，竟斃于櫪下。時人亦有知其舞馬者，懼暴而終不敢言。」「擁篲以擊之」及「奮擊宛轉」二句，「擊」原俱作「繫」；「其馬尚謂怒未妍妙」句，「謂」原作「爲」，據改。

〔五六〕「罘罳」原作「梁罳」，據《竹莊詩話》改。

〔五七〕唐姚汝能《安禄山事跡》：「玄宗嘗御勤政樓，于御座東間爲設一大帳，前置一榻坐之，卷去其簾，以示榮寵。百僚在座，禄山或撥去御簾而出。」《開元天寶遺事》亦云：「明皇每宴，使禄山坐于御側，以金鷄障隔之。」

〔五八〕《安禄山事跡》：「（天寶）十載正月一日，（當從《通鑑考異》引《安禄山事跡》作「正月二十日」）是禄山生日，……後三日，召禄山入内，貴妃以繡綳子綳禄山，令内人以綵輿舁之，歡呼動地。玄宗使人問之，報云：『貴妃與禄山作三日洗兒，洗了又綳禄山，是以歡笑。』玄宗就觀之，大悦，因加賞賜貴妃金銀洗兒錢物，極樂而罷。自是，宮中皆呼禄山爲禄兒。」詩中「繡綳」原作「繡裲」，據改。

〔五九〕《楊太真外傳》：「嘗于便殿與貴妃同宴樂，禄山每坐，不拜上而拜貴妃。上顧而問之：『胡不拜我而拜妃子，意者何也？』禄山奏云：『胡家不知其父，只知其母。』上笑而赦之。」「上笑而問其故」句，「上」字原脱，據補。

〔六〇〕《安禄山事跡》：「禄山舊宅在道政坊，玄宗以其陋隘，更于親仁坊選寬爽之地，出御庫錢更造宅焉。敕所司窮極華麗，不限財物……至于厨厩之内，亦以金銀飾其器，雖宫中服御，殆不及也。」又：《譚賓録》：「禄山入朝，敕于親仁坊南街造宅……什物充牣，以金銀織篣筐笊籬等。每欲賞賜之，明皇常謂左右曰：『禄山眼孔大，勿令笑人。』」「釜缶之具」原脱「釜」字，據毛本補。

〔六一〕徐松《唐兩京城坊考》卷三「次南親仁坊」下云：「回元觀，即安禄山舊宅。」「回」原作「四」，據改。

〔六二〕《安禄山事跡》：「晚年益肥，腹垂過膝，自秤得三百五十斤。每朝見，玄宗戲之曰：『朕適見卿腹幾垂至地。』」

〔六三〕《安禄山事跡》：「（開元）二十四年，禄山爲平盧將軍，討契丹失利，（張）守珪奏請斬之。（張）九齡批曰：『穰苴出軍，必誅莊賈；孫武行令，亦斬宫嬪。守珪軍令若行，禄山不宜免死。』玄宗惜其勇鋭，但令免官，白衣展效。九齡又執奏，請誅之。玄宗曰：『卿豈以王夷甫識石勒，便臆斷禄山難制耶？』竟不誅之。」

〔六四〕《安禄山事跡》：「（天寶）十四載五月，上潛遣中使輔璆琳送甘子于范陽，私候其狀。璆琳受賂而還，固稱無他……七月，禄山又請獻馬三千匹，鞍轡百副，每匹牽馬夫二人，令蕃將二十二人部送，載物長行車三百乘，每乘夫三人。……玄宗稍悟，乃遣中使馮承威齎璽書召禄山曰：『與卿修得一湯，故令召卿至，十月朕御于華清宮。』……承威復命，奏泣曰：『臣幾不得生還，禄山聞臣宣先奏旨，踞牀上不起，但云聖人安穩。遽令左右送臣于別館，居數日，然後得免難。』」此傳聞稍異，而以《安禄山事跡》爲近實。「待卿至」句，「待」原作「時」，據改。

〔六五〕《安禄山事跡》：「（天寶十五載）六月癸卯，玄宗幸蜀。……上止望賢宮，從官告饑，乃命殺馬，拆行宮木煮肉遺之。」

〔六六〕《安禄山事跡》：「十八日，至馬嵬……一時帶甲圍驛，國忠曰：『禄山已爲梟獍，逼迫君父，汝等更相倣效耶？』衆軍曰：『爾是逆賊，更道何人？』騎士張小敬先射國忠落馬，便即梟首，屠割其屍。」

〔六七〕《楊太真外傳》：「上迴入驛……京兆司録韋鍔奏曰：『乞陛下割恩忍斷，以寧國家。』逡巡，上入行宮，撫妃子出于廳門，至馬道北墻口而別之，使力士賜死。妃泣涕嗚咽，語不勝情，乃曰：『願大家好住，妾誠負國恩，死無恨矣。乞容禮佛。』帝曰：『願妃子善地受生。』力士遂縊于佛堂前之梨樹下。纔絶，而南方進荔枝至。上覩之，長號數息，使力士曰：『與我祭之。』祭後，六軍尚未解圍。以繡衾覆牀，置驛庭中，勑玄禮等入驛視之。玄禮擡其首，知其死，曰：『是矣。』而圍解。瘞于西郭之外一里許道北坎下。妃時年三十八。上持荔枝于馬上謂張野狐曰：『此去劍門，鳥啼花落，水緑山青，無非助朕悲悼妃子之由也。』」

〔六八〕「頓」原作「止」，據《竹莊詩話》改。

〔六九〕《安禄山事跡》：「玄宗至蜀，追恨不從九齡之言，遣中使至曲江祭酹，其誥辭刻于白石山崖壁中。」

〔七〇〕《本事詩》：「天寶末，玄宗嘗乘月登勤政樓，命梨園弟子歌數闋。有唱李嶠詩者云：『山川滿目淚沾衣，富貴榮華能幾時。不見只今汾水上，唯有年年秋雁飛。』時上春秋已高，問是誰詩，或對曰李嶠，因淒然泣下，不終曲而起，曰：『李嶠真才子也。』又明年，幸蜀，登白衛嶺，覽眺久之，又歌是詞，復言『李嶠真才子』，不勝感歎。時高力士在側，亦揮涕久之。」《次柳氏見聞》及《明皇雜録》皆載登樓歌李嶠詩事，幸蜀道中歌此詞，唯《本事詩》載之。

〔七一〕「捷書至」原作「上捷書」，據《竹莊詩話》改。

〔七二〕《舊唐書》卷一〇《肅宗紀》：「（至德）二載十二月丙午，上皇至自蜀，上至望賢宮奉迎。……上乘馬前導，自開遠門至丹鳳門，旗幟燭天，綵棚夾道。士庶舞忭路側，皆曰：『不圖今日再見二聖。』」「曰」字原脱，據補。

〔七三〕「入」字原脱，據毛本補。

〔七四〕「皇帝」下原衍「而」字，據前句文意删。

〔七五〕「老」字原脱，據毛本補。

〔七六〕《楊太真外傳》：「上皇密令中官潛移葬之于他所。妃之初瘞，以紫褥裹之，及移葬，肌膚已消釋矣，胸前猶有錦香囊在焉。中官葬畢以獻，上皇置之懷袖。」

〔七七〕「匆遽」原作「志據」，據毛本改。

〔七八〕「窆」原作「定」，據毛本改。

〔七九〕《舊唐書》卷一〇《肅宗紀》：至德三載十月，「甲寅，上皇幸華清宫，上送于灞上」。又，卷九《玄宗紀》：「乾元三年七月丁未，移幸西内之甘露殿。時閹宦李輔國離間肅宗，故移居西内。」詩中「華清宫」原作「清華宫」，據史文改。

〔八〇〕《明皇雜録》：「天寶中，嶺南獻白鸚鵡，養之宫中，歲久頗聰慧，洞曉言詞，上及貴妃皆呼爲雪衣女。」

〔八一〕《明皇雜録》：「玄宗狩于咸陽，獲一大鹿，稍異常者。庖人方饌，(張)果見之曰：『此仙鹿也，已滿千歲。昔漢武元狩五年，臣曾侍從畋于上林，時上獲此鹿，既而放之。』遂命驗之，果獲銅牌二寸許，但文字凋暗耳。」此言爲山人王昊識晉時鹿，又一事兩傳者也。

〔八二〕「園」原作「圍」，據毛本改。

〔八三〕「雪毛」原作「毛雪」，據毛本改。

〔八四〕「字之」原作「自知」，據毛本改。

〔八五〕「時」字原脱，「宛然」原作「苑然」，據毛本補改。

〔八六〕《北史》卷八九《李順興傳》：「大統十三年，順興謂周文曰：『可于沙苑北作一老君象，面向北，作笑狀。』周文曰：『何爲？』答曰：『含笑破蠕蠕。』時甚惑，未解其意。及蠕蠕國滅，周文憶語，遂作順興象于老君側。」老君爲李氏初祖，面北而笑，當時以爲唐興之兆，故注云潛告符契，因設祠宇以影堂祀之也。「果老」，即張果，事見《明皇雜録》。

〔八七〕「神堯」原作「神農」，據毛本改。

〔八八〕「有」字原脱，據毛本補。

〔八九〕「七聖殿」原作「七姜殿」，據毛本改。

〔九〇〕「神堯」原作「神農」，據毛本改。「睿宗」下原有「所植俱擁腫矣南有功院其」十一字，乃涉下文而衍，今删。

〔九一〕「逮」原作「建」，據毛本改。

〔九二〕「德」字原脱，據毛本補。

〔九三〕「銅臺飄繐帷」原作「銅壺飄翠帷」，《竹莊詩話》同，據毛本改。蓋用謝朓《詠銅雀臺》詩：「繐帷飄井幹，尊酒若平生。」

〔九四〕「禁匠」原作「禁臣」，據毛本改。

〔九五〕「閤」原作「問」，據毛本改。

〔九六〕「絲綆」原作「紅綆」，據《竹莊詩話》改。

〔九七〕「修綷」原作「修祚」，據毛本改。

〔九八〕《開元天寶遺事》：「韓國夫人置百枝燈樹，高八十尺，竪之高山上，元夜點之，百里皆見，光明奪月色也。」

〔九九〕「今日」原作「昨日」，據《竹莊詩話》改。

〔一〇〇〕「吁嘻」原作「呼嘻」，據毛本改。

〔一〇一〕「已立」原作「已上」，據《竹莊詩話》改。

〔一〇二〕「湮没」原作「烟没」，據毛本改。

〔一〇三〕「昨者」原作「昨日」，據《竹莊詩話》改。

〔一〇四〕「各」原作「便」，據《竹莊詩話》改。

唐詩紀事校箋卷第六十三

方干

早春云：運行元化不參差，四極中華共一時。正氣纔隨灰律變，殘寒便被柳條欺〔一〕。冰融大澤朝陽覺〔二〕，草緑陳根夜雨知〔三〕。不信風光疾于箭〔四〕，年來年去變霜髭。

越州使院竹云：莫見凌風飄粉籜〔五〕，須知礙石作盤根。細看枝上蟬吟處〔六〕，猶是笋時蟲蝕痕〔七〕。月送緑陰斜上砌，露凝寒色濕遮門〔八〕。列仙終日逍遥地，鳥雀潛來不敢喧。

除夜云：玉漏斯須即達晨〔九〕，四時吹轉任風輪。寒燈短燼方燒臘，畫角殘聲已報春〔一〇〕。明日便爲經歲客，昨朝猶是少年人。新正定數隨年減，浮世惟應百遍新。

干爲人質野，每見人設三拜，曰：禮數有三。識者呼爲方三拜。爲人脣缺，連應十餘舉，遂歸鏡湖；後十數年，遇醫補脣，年已老矣。鏡湖人號曰補脣先生。鏡湖西島閑居詩曰：寒山壓鏡心，此處是家林。梁燕欺春醉，巖猿學夜吟。雲連平地起，月向白波沉。猶自聞鐘角，棲身可在深。又云：世人如不容，吾自縱天慵。落葉憑風掃，秋粳任水舂。花朝連郭霧，雪夜隔湖鐘。身在能無事，頭宜白此峰。又感懷云：至學不得力，至今猶苦吟。吟成五字句，用破一生心。世路屈聲滿，雲溪冤氣深。前賢多晚達，莫怕鬢霜侵。干爲詩如鶴盤遠勢投孤嶼，蟬曳殘聲過別枝，齊梁已來，未之有也〔一一〕。

孫郃哭玄英方先生云：斗牛文星落〔一二〕，知是先生死。湖上聞哭聲，門前見彈指。官無一寸禄，名傳千萬里。死着紙衣裳，生誰念朱紫。我心痛其語，淚落不能已。猶喜韋補闕〔一三〕，揚名獻天子。干師徐凝，干嘗刺凝曰：把得新詩草裏論。反語曰村裏老〔一四〕。餘杭守謂干苦吟，未能應卒，因夜燕，以飛字韻命賦之。干詩立成曰：間世星郎夜燕時，丁丁寒漏滴聲微。琵琶絃促千般調，鸚鵡盃深四散飛。遍請玉容歌白雪，高燒紅燭照朱衣。人間有此榮華事，爭遣漁翁戀釣磯〔一五〕。

唐末，宰臣張文蔚、中書舍人封舜卿奏名儒不遇者十有五人，請賜一官，以慰冥魂。干其一也〔一六〕。

干寄李頻云：衆木又摇落，望君還不還〔一七〕。軒車在何處〔一八〕，雨雪滿前山。思苦文星動〔一九〕，鄉遥釣渚閑。明年見名姓〔二〇〕，唯我獨何顔！又有題桃花塢周處士别業云：細泉出石飛難盡，孤燭和雲濕不明。何事懶于嵇叔夜，更無書札答公卿〔二一〕。又貽天目中峰客，有枯井夜聞隣果落，廢巢寒見别禽來之句。張爲取作主客圖。

吴融贈干詩曰〔二二〕：把筆盡爲詩，何人敵夫子？句滿天下口，名聒天下耳。不識朝，不識市。曠逍遥，閑徙倚。一杯酒，無萬事。一葉舟，無千里。衣裳白雲，坐卧流水。霜落風高忽相憶，惠然見訪留一夕〔二三〕。一夕聽吟十數篇，水榭林蘿爲岑寂。拂旦捨我亦不辭，攜筇徑去隨所適。隨所適〔二四〕，無處覓。雲半片，鶴一隻。

僧可朋贈干詩云：盛名傳出自皇州，一舉參差便縮頭。月裏豈無攀桂分，湖中剛愛釣魚休。童偷詩藁呈隣叟，客乞書題謁郡侯。獨泛短舟何限景，波濤西接洞庭秋。

僧貫休贈詩云〔二五〕：盛名與高隱，合近謝敷村。弟子已得桂，先生猶灌園。投綸侵海分，得句覓雲根。白日昇天路，知君别有門。弟子，謂李頻也。

僧虚中悼干云：先生在世日，祇向鏡湖居。明主未巡狩，白頭閑釣魚。烟莎一徑小，洲島四隣疎。獨有爲儒者，時來弔舊廬。

孫郃玄英先生傳曰：先生新定人〔二六〕，字雄飛。章八元即先生外王父也。咸通、乾符、廣明、中和間〔二七〕，爲律詩，江之南，未有及者。始謁錢塘守姚公合，公視其貌陋，初甚卑之〔二八〕。坐定覽卷及先生詩〔二九〕，駭目變容而歎之。先生一舉不得志，遂遯于會稽，漁于鑑湖。與鄭仁規、李頻、陶詳爲三益友。弟子弘農楊弇、釋子居遠。先生卒，弇編其詩，請舍人王贊爲之序。贊序云：張祜升杜甫之堂，方干入錢起之室云〔三〇〕。

【校箋】

〔一〕「便」，《歲時雜詠》作「更」。

〔二〕此句原作「水融太澤陽春覺」，據《歲時雜詠》改。

〔三〕「陳根」原作「根塵」，《歲時雜詠》作「塵根」，據毛本改。

〔四〕「不信」，《歲時雜詠》作「不覺」。

〔五〕「凌風」原作「凌雲」，據《文苑英華》卷三二五改。

〔六〕「枝上」，《文苑英華》作「節上」。

〔七〕「蝕」原作「食」，據《文苑英華》改。

〔八〕「凝」，《玄英先生詩集》同，《文苑英華》作「含」。

〔九〕「即達」，《歲時雜詠》作「欲報」。

〔一〇〕「殘聲」，《歲時雜詠》作「新聲」。

〔一一〕《鑒誡録》卷八「屈名儒」條：「方干秀才……每見人設三拜而已，謂禮數有三，識者呼爲『方三拜』。亦曰方十四郎。爲人脣缺，連應十餘舉，有司議干：才則才矣，不可與缺脣人科名，四夷所聞，爲中原鮮士矣。干潛知所論，遂歸鏡湖。後十數年遇醫補得，年已老矣。遂舉不出鏡湖，時人號曰：『補脣先生』。弟子李頻等皆中殊科。干可謂屈人矣。故有《鏡湖西島閑居》詩曰云云。又詩云云。又《感懷》云云。李頻上第後，干寄詩曰：『弟子已攀桂，先生猶卧雲。』此恨之深矣。干爲詩鍊句，字字無失，如寄友人云：『鶴盤遠勢投孤嶼，蟬曳殘聲過别枝。』齊梁以來，未有此句。」《鏡湖西島閒居》詩題《玄英先生詩集》作《鏡湖别業二首》。「寒山」原作「寒居」，「世人」原作「無人」，據改。「欺春醉」，《集》作「窺春醉」。《感懷》詩題，《集》作《贈錢塘路明府》。「至學」原作「至葉」，「至今」原作「到今」，據改。「屈聲滿」，《集》作「屈聲遠」，「雲溪冤氣深」，《集》作「寒溪怨氣深」。「鶴盤」二句，詩題爲《旅次揚州寓居郝氏林亭》。

〔一二〕「斗牛」原作「斗失」，據毛本改。

〔一三〕「韋補闕」原作「爲補闕」，據毛本改。韋莊奏請追贈不及第人近代者，方干爲其中最後一人。見《摭言》卷一〇。

〔一四〕《摭言》卷四：「方干師徐凝。干嘗刺凝曰：『把得新詩草裏論。』反語曰『村裏老』。」

〔一五〕《鑒誡録》卷八「屈名儒」條又云：「干與杭州于郎中爲硯席之知，因求舉糧，遠游郡所。杭牧疑干爲詩無卒才，因夜讌，與『飛』字韻，請賦一章。干半酣書成，合筵驚駭，于贈二百千充潤五十六字，于可謂獎士矣。詩曰云云。」「苦吟」原作「苦冷」，據毛本改。「紅燭」，《鑒誡録》作「紅蠟」。

〔一六〕《鑒誡録》卷八「屈名儒」條又云：「唐末，宰臣張文蔚、中書舍人封舜卿等奏前有名儒屈者十有五人，請賜孤魂及第。方干秀才，是其數矣。」「慰」原作「蔚」，據毛本改。

〔一七〕「衆木」原作「山木」，據《玄英先生詩集》、《又玄集》及《文苑英華》卷二六二改。此二句《玄英先生詩集》作「衆木已摇落，望君猶未還」。

〔一八〕「在何處」原作「何處去」，據《玄英先生詩集》、《又玄集》、《文苑英華》改。

〔一九〕「文星」原作「寒星」，據《玄英先生詩集》、《又玄集》、《文苑英華》改。

〔二〇〕「名姓」原作「名字」，據《玄英先生詩集》、《又玄集》、《文苑英華》改。

〔二一〕詩題《玄英先生詩集》及《文苑英華》卷二三二作《書桃花塢周處士壁》，此七律後四句，其前四句爲「醉吟雪月思彌苦，思苦神勞白髮生。自學古賢修靜節，唯應野鶴識高情。」

〔二二〕詩題吴融《唐英歌詩》作《贈方干處士歌》。「吴」原作「只」，據改。

〔二三〕「見訪」，《唐英歌詩》作「見過」。

〔二四〕「隨所適」三字句原脱，據《唐英歌詩》補。

〔二五〕《摭言》卷四：「李頻師方干，後頻及第。詩僧清越贈干詩曰：『弟子已得桂，先生猶灌園。』」按此詩題爲《贈方干》，見《禪月集》，當以作貫休詩爲是。其五、六句，《禪月集》作「垂綸侵海分，拾句歷雲根」，餘同。

〔二六〕方干，新定人。《玄英先生詩集》附載孫郃《玄英先生傳》同，《唐百家詩選》亦同。《摭言》載韋莊奏請追贈不及第近代者云：「方干，桐廬人也。」《郡齋讀書志》卷四中《方干詩集》下云：「方干，字雄飛，歙人。」《全唐文》卷八二〇所載孫郃《方玄英先生傳》則作「新安人」。按《舊唐書·地理志》：睦州，「天寶元年改爲新定郡，乾元元年復爲睦州。」領縣六：建德、清溪、壽昌、桐廬、分水、遂安。「建德：富春縣地，屬會稽郡，吴分置建德縣，隋廢。永淳二年，復分桐廬、雉山置。萬歲通天二年，移州治建德縣。」「清溪：漢歙縣地，屬丹陽郡，後分置新安縣。隋改爲雉山。文明元年復爲新安。開元二十年改爲還淳。永貞元年十二月，避憲宗名，改爲清溪。」「遂安：後漢分歙縣南鄉安定里置新定縣，晉改新定爲遂安。」據上上所引，知稱方干「新定人」，即若稱其「睦州人」，以郡稱也。稱其「歙人」，則以清溪、遂安皆歙縣舊地，似無不可。又清溪舊稱新安，故《全唐文》作「新安人」，亦爲不誤。至稱其「桐廬人」，或以建德舊屬桐廬，而建德爲州治，方干嘗居於此歟？其鄉貫遽難考定，要之三縣之地皆不出睦州之域，孫郃以爲「新定人」，最無可議。

〔二七〕「咸通、乾符」原缺，據《玄英先生詩集》補。

〔二八〕「卑之」原作「侮之」，據《玄英先生詩集》及《全唐文》改。

〔二九〕計氏節録《玄英先生傳》文，略有改寫，此補其删改未當者「及先生詩」四字，餘不一一出校。

〔三〇〕王贊《玄英集序》：「丹陽有南陽張祜，差前於生。其詩放言横肆，皆吴越之遺逸。予嘗較之，張祜升杜甫之堂，方干入錢起之室矣。」

劉　駕

吴中懷古云〔一〕：勾踐飲膽日，吴王酒滿盃〔二〕。笙歌入海雲，聲自姑蘇來。西施舞初罷，侍兒整金釵〔三〕。衆女不敢妬，自比泉下泥。越鼓聲騰騰，吴王隔塵埃〔四〕。難將甬東地〔五〕，更學會稽栖。霸跡一朝盡，草中棠梨開〔六〕。

上巳云：上巳曲江濱，喧於市朝路〔七〕，相尋不見者，此地皆相遇。日光去此遠，翠幕張如霧〔八〕。何事歡娱中，易覺春城暮。物情重此節，不是愛芳樹。明日花更多，何人肯回顧。

駕與曹鄴友善，工古風。鄴大中時擢第，不出京，候駕登科同去〔九〕。

馬上續殘夢，馬嘶時復驚〔一〇〕。心孤多所虞〔一一〕，僮僕近我行。早行句。坐恐塞上山〔一二〕，低于沙上骨〔一三〕。古出塞句。蒲帆出浦去，但見浦邊樹。不如馬行郎，馬跡猶在路。

大舟不相載，買宅令妾住。莫道留金多，本非愛郎富。古意句〔一四〕。右張爲取作主客圖。

【校箋】

〔一〕詩題《唐文粹》同，《文苑英華》卷三一三作《姑蘇臺》。

〔二〕此句《唐文粹》同，《文苑英華》作「吴酒香滿杯」。

〔三〕「金釵」原作「金篦」，據《唐文粹》、《文苑英華》改。

〔四〕「塵埃」原作「黄溪」，據《唐文粹》、《文苑英華》改。

〔五〕「甬東」原作「角東」，據《唐文粹》、《文苑英華》改。

〔六〕末二句原脱，據《唐文粹》、《文苑英華》補。

〔七〕「市朝」原作「市井」，據《文苑英華》卷一五七改。

〔八〕「如」原作「和」，據《文苑英華》改。

〔九〕《摭言》卷四：「劉駕與曹鄴爲友，俱工古風詩。鄴既擢第，而不即出京，俟駕成名同去。」

〔一〇〕「時」原作「而」，據《文苑英華》卷二九五改。

〔一一〕「虞」原作「慮」，據《文苑英華》改，并補注詩題《早行》。

〔一二〕「坐恐」原作「只恐」，據《文苑英華》卷一九七改。

〔一三〕「沙上」原作「沙中」，據《文苑英華》改，并補注詩題《古出塞》。

〔一四〕詩題原脱，據《全唐詩》補注。

王　駕

司空圖喜王駕小儀重陽相訪云：白菊初開卧内明，聞君相訪病身輕。樽前且撥傷心事，谿上還隨覓句行。幽鶴傍人疑舊識，殘蟬向日噪新晴〔一〕。擬將寂寞同留住，且勸康時立大名。

僖宗幸蜀，駕下第，還蒲中，鄭谷以詩送云〔二〕：孤單取仕休言命，早晚逢人苦愛詩。後有次韻王駕校書結綬見寄之什云：直應歸諫苑〔三〕，方肯别山村。勤苦常同業，孤單共感恩。

駕夏雨詩云：非惟消旱暑，且喜救生民。天地如蒸濕〔四〕，園林似却春。洗風清枕簟，换夜失埃塵。又作豐年望，田夫笑向人。

駕，字大用，河中人。登大順進士第，仕至禮部員外郎。自稱守素先生，與圖、谷相爲詩友〔五〕。

【校箋】

〔一〕「向日」原作「向月」，據《司空表聖詩集》改。

〔二〕詩題《鄭守愚文集》作《送進士王駕下第歸蒲中》，題下自注：「時行朝在西蜀。」此録其第二聯。

〔三〕「諫苑」，《鄭守愚文集》作「諫署」。

〔四〕「蒸濕」二字原闕，據毛本補。

〔五〕《詩話總龜》前集卷一〇引《詩史》：「王駕，大順中擢第，爲禮部員外郎，棄官，號守素先生。與司空圖、鄭谷爲詩友。所爲詩少，傳者《晴景》一篇最佳，云：『雨前不見花間葉，雨後全無葉底花。蜂蝶飛來過墻去，應疑春色在鄰家。』」

衛準 亦作單

莫言閑話是閑話，往往事從閑話來。句。何必剃頭爲弟子，無家便是出家人。句。右張爲取前句作主客圖。準，大曆五年登進士第。

詹雄

塵飛遺恨盡，花落古宮平。洛陽古城句。紅粉笙歌人代遠，月明陵樹水東流。銅雀臺句。右張爲取作主客圖。

顧非熊

寄費冠卿云：先生九華隱，鳥道隔塵埃。石室和雲住，山田引燒開。久閑仙客降，高卧詔書來。一入深林去，人間更不回。

長安清明言懷云：明時帝里遇清明，還逐游人出禁城。九陌芳菲鶯自囀〔一〕，萬家車馬雨初晴。客中下第逢今日，愁裏看花厭此生。春色來年誰是主，不堪悲悴更無成。

非熊滑稽好凌轢，在舉場垂三十年。長慶中，陳商放榜，上怪無非熊，詔有司追榜放登第〔二〕，劉得仁賀以詩云：愚爲童稚時，已解念君詩。及得高科晚，須逢聖主知。成名歸茅山，項斯送以詩曰：吟詩三十載，成此一名難。自有恩門入，全無帝里歡。湖光愁裏碧，巖影夢中寒。別後杉松月，何人共曉看？非熊，大中時自盱眙簿棄官，隱茅山。

非熊，況之子〔三〕。段成式云：況始喪一子，年十七。況哭之曰：老人喪愛子，日暮哭成血。聲逐斷猿悲，跡隨飛鳥滅。老夫已七十，不作多時別。後再生子。七歲，其兄戲批之，忽曰：我爾之兄，何故批我？乃叙前生事，歷歷不誤，即非熊也〔四〕。

姚合送非熊下第歸越詩云：失意尋歸路，親知不復過。家山去城遠〔五〕，日月在船多。楚塞數逢雁，浙江長有波。秋風別鄉老，還聽鹿鳴歌。

賈島寄非熊詩云：知君歸有處，山水亦難齊。猶去瀟湘遠，不聞猿狖啼。穴通茅嶺下，潮滿石城西〔六〕。獨立生遥思，秋原日漸低。

【校箋】

〔一〕「鶯自囀」原作「寫心轉」，據毛本改。

〔二〕《摭言》卷八：「顧非熊，況之子。滑稽好辯，陵轢氣焰子弟，爲衆所怒。非熊既爲所排，在舉場三十年，屈聲聒人耳。長慶中，陳商放榜，上怪無非熊名，詔有司追榜放及第。時天下寒畯，皆知勸矣。詩人劉得仁賀詩曰：『愚爲童稚時，已解念君詩。及得高科晚，須逢聖主知。』」按《唐才子傳》記此事略同，云：「會昌五年，諫議大夫陳商放榜。初，上洽聞非熊詩價，至是怪其不第，敕有司進所試文章，追榜放令及第。」按：本書卷五二易重、卷五六趙嘏下均載有陳商會昌五年知貢舉事，亦出《摭言》，則此「長慶」乃「會昌」之誤。計氏引而不辨，非也。「陳商放榜上怪無非熊詔有司追榜放」十五字原脱，據《摭言》補，所謂「聖主知」也。

〔三〕《新唐書》卷六〇《藝文志》：「《顧非熊詩》一卷。」注云：「況之子，大中盱眙尉，棄官隱茅山。」

〔四〕見段成式《酉陽雜俎》前集卷一三「冥跡」。「況始喪一子年十七」原作「況始喪子年七十」，據改。「旦暮哭成血」，《雜俎》作「日暮泣成血」，「老夫已七十」作「老人年七十」，並可通。

〔五〕「去城」原作「向城」，據《姚少監詩集》改。

〔六〕「石城」，《長江集》作「石頭」。

司空圖

圖與李生論詩云：文之難而詩之尤難〔一〕，古今之喻多矣。而愚以爲辨于味〔二〕，而後可以言詩也。江嶺之南，凡足資于適口者〔三〕，若醯非不酸也，止于酸而已。若醝非不鹹也，止于鹹而已。中華之人〔四〕，所以充飢而遽輟者，知其鹹酸之外，醇美者有所乏耳。彼江嶺之人，習之而不辨也〔五〕，宜哉！詩貫六義，則諷諭、抑揚、渟蓄、淵雅，皆在其間矣。然直致所得，以格自奇，前輩諸集，亦不專工于此，矧其下者耶！王右丞、韋蘇州澄澹精緻，格在其中，豈妨于遒舉哉〔六〕！賈閬仙誠有警句，然視其全篇〔七〕，意思殊餒，大抵附于蹇澀〔八〕，方可置才〔九〕，亦爲體之不備也，矧其下者哉！噫！近而不浮，遠而不盡〔一〇〕，然後可以言韻外之致耳。愚幼嘗自負，既久而愈覺缺然。然得于早春〔一一〕，則有草嫩侵沙長〔一二〕，冰輕著雨消；又人家寒食月，花影午時天〔一三〕；又雨微吟足思，花落夢無憀。得于山中，則有坡暖冬生笋，松涼夏健人；又川明虹照雨，樹密鳥衝人〔一四〕。得于江南，則有戍鼓和潮暗〔一五〕，船燈照島幽；又曲塘春盡雨，方響夜深船；又夜短猿悲減〔一六〕，風和鵲喜靈。得于塞下，則有馬色經寒慘，鵰聲帶晚飢。得于喪亂，則有驊騮思故第，鸚鵡失佳人；又鯨鯢人海涸，魑魅棘林高〔一七〕。得于道宮，則有棋聲花院閉〔一八〕，幡影石壇高〔一九〕。得于夏景，則有地涼清鶴夢，林靜肅僧儀。得于佛寺，則有松日明金像，苔龕響木魚；又解吟僧亦俗，愛舞鶴終卑。得于郊園，則有遠陂春旱滲〔二〇〕，猶有水禽飛〔二一〕。得于樂府，則有晚粧留拜月，春睡更生香。得于寂寥，則有孤螢出荒池，落葉穿破屋。得于愜適，則有客來當意愜，花發遇歌成。雖庶幾不濱于淺涸，亦未廢作者之譏訶也。又七言云〔二二〕：逃難人多分隙地，放生鹿大出寒林。又得劍乍如添健僕，亡書久似憶良朋。又孤嶼池痕春漲滿，小欄花韻午晴初。又故國春歸未有涯，小欄高檻別人家〔二三〕。五更惆悵迴孤枕，猶自殘燈照落花。又甲子今重數，生涯只自憐〔二四〕。殷勤元日日〔二五〕，欹午又明年。皆不拘于一概也〔二六〕。蓋絶句之作，本于詣極，此外千變萬狀〔二七〕，不知所以神而自神也，豈容易哉！今足下之詩，時輩固有難色〔二八〕，儻復以全美爲工〔二九〕，即知味外之旨矣〔三〇〕。

與王駕評詩云：末伎之工，雖蒙譽于賢哲，未足自信，必俟推于其類，而後神躍而色揚。今之贄藝者反是，若即醫而靳其病也，唯恐彼之善察，藥之我攻耳。以是率人以謾〔三一〕，莫能自振，痛哉！且工之尤者，莫若伎于文章〔三二〕，其能不死于詩者，比他伎尤寡，豈可容易較量哉！國初主上好文雅〔三三〕，風流特盛。沈、宋始興之後，傑出于江寧，宏肆于李、杜，極矣！右丞、蘇州，趣味澄敻，若清沇之貫達，大曆十數公，抑又其次焉。元、白力劬而氣孱〔三四〕，乃都市豪沽耳。劉公夢得、楊公巨源〔三五〕，亦各有勝會。閬仙、無可、劉得仁輩，時得佳致〔三六〕，亦足滌煩。厥後所聞，愈褊淺矣。然河汾蟠鬱之氣，宜繼有人。今王生者，寓居其間，沈漬益久〔三七〕，五言所得，長于思與境偕〔三八〕，乃詩家之所尚者。則前所謂必推于其類，豈止神躍色揚哉！經亂索居，得其所録，尚累百篇，其勤亦至矣。吾適又自編一鳴集，且云撑霆裂月，劼作者之肝脾，亦當吾言之無怍也。

王禹偁五代史闕文云：圖，字表聖，自言蒲州人〔三九〕，有俊才。咸通中，登進士第。雅好爲文，躁于進取，頗自矜伐，端士鄙之。從事使府，洎登朝，驟歷清顯。巢賊之亂，車駕播遷。圖有先人舊業在中條山，極林泉之美，圖自禮部員外郎避地焉，日以詩酒自娱。屬天下板蕩，士人多往依之，互相推獎，由是聲名籍甚。昭宗反正，以户部侍郎召至京師。圖既負才慢世，謂己當爲宰輔，時人惡之，稍抑其鋭。圖憤憤，謝病復歸中條。與人書疏，不名官位，但稱知非子，又稱耐辱居士〔四〇〕。其所居在禎貽谿之上〔四一〕，結茅屋，命曰休休亭。嘗自爲亭記云云。已上梁史舊文。謹案：圖，河中虞鄉人〔四二〕，少有文采，未爲鄉里所稱。會王凝自尚書郎出爲絳州刺史，圖以文謁之，大爲凝知。入知制誥，遷中書舍人，知貢舉，擢圖上第。頃之，凝出爲宣州觀察使，辟圖爲從事。既渡江，御史府奏圖監察，下詔追之。圖感凝知己之恩，不忍輕離幕府，滿百日不赴闕，爲臺司所劾，遂以本官分司。久之，召拜禮部員外郎，俄知制誥。故集中有文曰：戀恩稽命，黜繫洛師，于今十年，方忝綸閣。此豈躁于進取者邪！舊史不詳，一至于是。圖見唐政多僻，中官用事，知天下必亂，即棄官歸中條山。尋以中書舍人，召拜禮部、户部侍郎，皆不起。及昭宗播遷華下，圖以密邇乘輿，即時奔問，復歸還山。故其詩曰：多病形容五十三，誰憐借笏趁朝參。此豈有意于相位耶！河中節度使王重榮請圖撰碑〔四三〕，得絹數千疋，圖致于虞鄉市中，恣鄉人所取，一日而盡。是時盜賊充斥，獨不入王官谷，河中士人，依圖避難，獲免者甚衆。昭宗東遷，又以兵部侍郎召至洛下，爲柳璨所沮〔四四〕，一謝而退。梁祖授禪，以禮部尚書召，辭以老病。卒時年八十餘。又案梁室大臣，如敬翔、李振、杜曉、湯涉等，皆唐朝舊族，本以忠義立身，重侯累將，三百餘年，一旦委質朱梁，其甚者贊成殺逆。唯圖以清直避世，終身不仕梁祖。故梁史拾圖小瑕以泯大節者，良有以也。裴晉公赴敵淮西，題名華岳之闕門，大順中，圖以一絶紀之云：岳前大隊赴淮西，從此中原息鼓鼙。石闕莫教苔蘚上，分明認取晉公題〔四五〕。題休休亭之楹曰：咄，諾！休休休，莫莫莫〔四六〕！伎倆雖多性靈惡，賴是長教閑處著。休休休，莫莫莫！一局棋，一爐藥，天意時情可料度〔四七〕。白日偏催快活人〔四八〕，黄金難買堪騎鶴。若曰爾何能？答言耐辱莫〔四九〕。柳璨爲相〔五〇〕，臣僚多被放逐，圖爲監察御史，尤加畏慎。昭宗郊禮畢，上章懇乞致仕曰：察臣本意，非爲官榮，可驗衰羸，庶全名節。上特賜歸山，其詔略曰：既養高以傲世，類移山以釣名。心惟樂于漱流〔五一〕，仕非顯于食禄。匪夷匪惠，特忘反正之朝〔五二〕；載省載思，當徇遯棲之志。宜放歸中條山。詔辭，乃璨之文也〔五三〕。時多以四皓、二疏譽之。惟僧虚中云：道裝汀鶴識，春醉野人扶。言其操履檢身，非傲世者也。又云：有時看御札，特地挂朝衣。言其尊戴存誠，非邀君也。

退棲云：宦游蕭索爲無能〔五四〕，移住中條最上層。得劍乍如添健僕，亡書久似憶良朋。燕昭不是空憐馬，支遁何妨亦愛鷹。自致此身繩檢外，肯教世路日兢兢。

華下云：日炙旱雲裂，迸爲千道血。天地沸一鑊，竟自烹妖孽。堯湯遇災數，災數還中輟。何事姦與邪，古來難撲滅？

僧舍貽友人云：笑破人間事，吾徒莫自欺。解吟僧亦俗，愛舞鶴終卑。竹上題幽夢，溪邊約敵棋。舊山歸有阻，不是故遲遲。

長安贈王法云〔五五〕：正下搜賢詔，多君獨避名。客來當意愜〔五六〕，花發遇歌成，樂地留高趣，權門讓後生。東風閑小駟〔五七〕，園外好同行。

下方云〔五八〕：昏旦松軒下，怡然對一瓢。雨微吟足思〔五九〕，花落夢無憀。細事當碁遣，衰容喜鏡饒。溪僧有深趣，書至又相邀。

黄巢陷長安，孫樵赴岐隴，授職方員外，詔書曰：行在三絶。以常侍李潼有曾閔之行，圖有巢由之風，樵有揚馬之文故也〔六〇〕。

【校箋】

〔一〕此句原作「文之難，詩尤難」，據《司空表聖文集》改。《唐文粹》作「文之難而詩之難，尤難」。

〔二〕「爲」字原脱，據《司空表聖文集》、《唐文粹》補。

〔三〕「足」原作「是」，《司空表聖文集》同，據《唐文粹》改。

〔四〕「中」字原脱，《司空表聖文集》同，據《唐文粹》補。

〔五〕「也」原作「者」，據《司空表聖文集》及《唐文粹》改。

〔六〕「遒」原作「道」，《唐文粹》同，據《司空表聖文集》改。

〔七〕「然」字原脱，《司空表聖文集》同，據《唐文粹》補。

〔八〕此句原作「大詆附寒澀」，據《司空表聖文集》改。《唐文粹》作「大抵務于寒澀」。

〔九〕「置才」，《唐文粹》同，《司空表聖文集》作「致才」。

〔一〇〕上二句中「不浮遠而」四字原脱，據《司空表聖文集》及《唐文粹》補。

〔一一〕此句原作「得于春早」，據《司空表聖文集》及《唐文粹》補改。

〔一二〕「長」，《唐文粹》同，《司空表聖文集》作「短」。

〔一三〕此下《司空表聖文集》及《唐文粹》均有自注：「上句云：『隔谷見鷄犬，山苗接楚田。』」當補。

〔一四〕「衡人」原作「衡天」，據《司空表聖文集》及《唐文粹》改。

〔一五〕「有」字原脱，據《司空表聖文集》及《唐文粹》補。

〔一六〕「猿悲」原作「猿聲」，據《司空表聖文集》、《唐文粹》改。

〔一七〕「高」，《司空表聖文集》同，《唐文粹》作「幽」。

〔一八〕「閉」原作「靜」，據《司空表聖文集》及《唐文粹》改。

〔一九〕「高」原作「幽」，《司空表聖文集》同，據《唐文粹》改。

〔二〇〕此句原作「遠坡春早慘」，《唐文粹》作「遠坡春早滲」，據《司空表聖文集》改。

〔二一〕此下《司空表聖文集》、《唐文粹》均有自注：「上句『緑樹連村暗，黄花入麥稀』。」

〔二二〕「又」字本無，《唐文粹》同，據《司空表聖文集》補。

〔二三〕此二句《司空表聖文集》及《唐文粹》皆爲自注「上句云云」。

〔二四〕此二句《司空表聖文集》及《唐文粹》皆爲自注「上句云云」。

〔二五〕「元日日」，《司空表聖文集》、《唐文粹》同，《全唐詩》作「元昨日」，《全唐文》作「元旦日」，「元日日」即「元旦日」也。

〔二六〕「于」字原脱，據《司空表聖文集》及《唐文粹》補。

〔二七〕「此」字原脱，據《司空表聖文集》及《唐文粹》補。

〔二八〕「難色」原作「難及」，據《司空表聖文集》、《唐文粹》改。

〔二九〕「工」原作「上」，據《司空表聖文集》及《唐文粹》改。

〔三〇〕「之」字原脱，據《司空表聖文集》、《唐文粹》補。

〔三一〕「以是」原作「以爲」，《唐文粹》同，據《司空表聖文集》改。

〔三二〕「伎」原作「彼」，據《司空表聖文集》及《唐文粹》改。

〔三三〕此句原作「圖幼生好文雅」，據《唐文粹》改。《司空表聖文集》作「國初主上好文章」。

〔三四〕「元白」二字原脱，《唐文粹》同，據《司空表聖文集》補。

〔三五〕「公」字原脱，據《司空表聖文集》、《唐文粹》補。

〔三六〕「佳」字原脱，據《司空表聖文集》、《唐文粹》補。

〔三七〕「沈漬」原作「沈清」，據《司空表聖文集》、《唐文粹》改。

〔三八〕此句原作「長于思興皆」，據《司空表聖文集》、《唐文粹》補改。

〔三九〕「蒲州」原作「泗州」，據《五代史闕文》及《全唐詩話》改。

〔四〇〕「耐」原作「奈」，據《五代史闕文》、《全唐詩話》改。

〔四一〕「禎」原作「身」，據《五代史闕文》、《全唐詩話》改。

〔四二〕「虞鄉」原作「虞卿」，據《五代史闕文》、《全唐詩話》改。下同。

〔四三〕「請」原作「誑」，據《五代史闕文》、《全唐詩話》改。

〔四四〕「柳璨」原作「柳琮」，據《五代史闕文》、《全唐詩話》改。

〔四五〕自「裴晉公赴敵淮西」至此乃采自《摭言》卷三之文，誤植于此，當移後。《五代史闕文》及《全唐詩話》「題休休亭」云云俱直接上文，不載此。

〔四六〕「莫莫莫」原作「莫」字，不叠，據《五代史闕文》、《全唐詩話》及《司空表聖詩集》補。

〔四七〕「可」原作「且」，據《五代史闕文》、《全唐詩話》及《司空表聖詩集》改。

〔四八〕「快活人」原作「人快活」，據《五代史闕文》、《全唐詩話》及《司空表聖詩集》改。

〔四九〕此句原作「答曰耐苦莫」，據《五代史闕文》、《全唐詩話》及《司空表聖詩集》改。

〔五〇〕「柳璨」原作「柳傑」，據《五代史闕文》及《全唐詩話》改。

〔五一〕「心」字下原衍「也」字，據《五代史闕文》及《全唐詩話》删。

〔五二〕「反正」原作「艾正」，據《五代史闕文》及《全唐詩話》改。

〔五三〕「璨」原作「傑」，據《五代史闕文》及《全唐詩話》改。

〔五四〕「宦游」原作「官游」，據《司空表聖詩集》改。

〔五五〕詩題《司空表聖詩集》同，《文苑英華》卷二六四作《長安贈王注》。

〔五六〕「客」原作「安」，據《司空表聖詩集》及《文苑英華》改。

〔五七〕此句《司空表聖詩集》同，《文苑英華》作「東方御閑騆」。

〔五八〕《司空表聖詩集》有《下方二首》，此録第二首。

〔五九〕「吟足思」，《司空表聖詩集》同，《全唐詩》及毛本作「吟思足」，非。

〔六〇〕《孫樵集自序》：「廣明元年，狂寇犯闕，駕避岐隴，詔赴行在，遷職方郎中。朝廷以省方蜀國，文物攸興，品藻朝倫，旌其才行。詔曰：『行在三絶，右常侍李潼有曾、閔之行，職方郎中孫樵有揚、馬之文，前進士司空圖有巢、由之風，可載青史，以彰唐中興之盛。』……是歲中和四年也。」「李潼」原作「李隲」，據改。《全唐文》卷七八六亦作「李潼」。

秦韜玉

對花云：長與韶光暗有期，可憐蜂蝶却先知〔一〕。誰家促席臨低樹，何處横釵戴小枝〔二〕。麗日多晴疑曲照〔三〕，和風得路合偏吹。向人雖道渾無語〔四〕，幾勸王孫到醉時。

貧女云：蓬門未識綺羅香，擬托良媒益自傷。誰愛風流高格調〔五〕，共憐時世儉梳粧。敢將十指誇纖巧〔六〕，不把雙眉鬬畫長〔七〕。每恨年年壓金線〔八〕，爲他人作嫁衣裳。

貴公子行云〔九〕：堦前莎毯緑不捲〔一〇〕，銀龜噴香挽不斷。亂花織錦柳撚線，粧點池臺畫屏展。主人公業傳國初，六親聯絡馳朝車〔一一〕。鬬鷄走狗家世事，抱來皆佩黄金魚。却笑書生把書卷〔一二〕，學得顔回忍飢面。

韜玉，字中明，京兆人。父爲左軍軍將。韜玉出入田令孜之門〔一三〕，又與劉曄、李巖士、姜垍、蔡鋋之徒，交游中貴，各將兩軍書尺，僥求巍科，時謂對軍解頭〔一四〕。僖宗幸蜀，韜玉以工部侍郎爲令孜神策判官。及小歸公主文〔一五〕，韜玉准勑放及第〔一六〕，仍編入其年榜中〔一七〕。韜玉以書謝新人，呼同年，略曰〔一八〕：三條燭下，雖阻文闈〔一九〕；數仞牆邊，幸同恩地。

【校箋】

〔一〕「却」，《才調集》、《唐百家詩選》同，《文苑英華》卷三一三作「即」。

〔二〕「戴」原作「帶」，《文苑英華》同，據《才調集》、《唐百家詩選》改。

〔三〕「疑」，《才調集》、《唐百家詩選》同，《文苑英華》作「宜」。

〔四〕「雖道」原作「强道」，據《才調集》、《文苑英華》及《唐百家詩選》改。

〔五〕「誰愛」原作「誰念」，據《才調集》、《唐百家詩選》改。

〔六〕「纖巧」，《唐百家詩選》同，《才調集》作「偏巧」。

〔七〕「晝長」，《才調集》、《唐百家詩選》同，《全唐詩話》作「短長」。

〔八〕「每恨」，《唐百家詩選》同，《才調集》作「最恨」。

〔九〕《摭言》卷九：「秦韜玉，京兆人，父爲左軍軍將。韜玉有詞藻，亦工長短歌，有《貴公子行》曰云云。然慕柏耆爲人，至于躁進。駕幸西蜀，爲田令孜擢用，未期歲，官至丞郎，判鹽鐵，特賜及第。」

〔一〇〕「莎毯」原作「莎毬」，據《摭言》卷九及《唐才子傳》秦韜玉下引改。

〔一一〕「聯絡」原作「聯亂」，據《摭言》及《唐才子傳》改。

〔一二〕「書生」原作「儒生」，據《摭言》及《唐才子傳》改。

〔一三〕《摭言》卷九：「秦韜玉出入大閹田令孜之門，車駕幸蜀，已拜丞郎，判鹺，及小歸公主文，韜玉准敕放及第，仍編入其年榜中。韜玉致書謝新人，呼同年，略曰：『三條燭下，雖阻文闈；數仞牆邊，幸同恩地。』」「小歸公」，謂歸仁澤也，此中和二年事，參閱本書卷六一李溥下校箋〔一〕。「玉」字原脱，據《摭言》補。《新唐書》卷六〇《藝文志》：「秦韜玉《投知小録》三卷。」注云：「字中明，田令孜神策判官，工部侍郎。」「中明」原作「仲明」，據改。《郡齋讀書志》亦作「中明」。

〔一四〕「頭」原作「頸」，據毛本改。

〔一五〕「及」字原脱，據《摭言》補。

〔一六〕「放」字原脱，據《摭言》補。

〔一七〕「其年」二字原脱，據《摭言》補。

〔一八〕「略」字原脱，據《摭言》補。

〔一九〕「文闈」原作「門闌」，據《摭言》改。《全唐詩話》亦作「門闌」，意亦可通。

潘咸〔一〕

棧踏猿聲暮，江看劍影秋。送人游蜀句。僧老白雲上，磬寒高鳥邊。句。心已同猿狖，不聞人是非。句。三更獨立看花月，只欠子規啼一聲。長安春暮句〔二〕。行人渡流水，白馬入前山。句。秋深雪滿黄金塞。夜夜鴻聲入漢陽。句。右張爲取作主客圖。

【校箋】

〔一〕「潘咸」原作「潘誠」，《全唐詩》作「潘咸」，注云：「一作成，又作誠。」按《直齋書録解題》卷一九：「《潘咸集》一卷，唐潘咸撰，不知何人，與喻鳧同時。《藝文志》不載。」其書已佚，喻鳧有《送潘咸》詩一首。而《萬首唐人絶句》録潘咸七絶三首，《主客圖》所取「三月獨立看花月，只欠子規啼一聲」二句，即在其《長安春暮》一首之中，則作「潘咸」，當爲可信。今據改。

〔二〕詩題「春暮」二字原脱，據《萬首唐人絶句》補。

胡　騈

經費拾遺舊隱詩云：林下茅齋已半傾，九華幽徑少人行。不將冠劍爲榮事，只向烟蘿寄此生〔一〕。松竹漸荒池上色，琴書徒立世間名。白楊風起秋山暮，時復哀猿啼一聲。

騈，唐末進士也。

【校箋】

〔一〕「生」原作「身」，據毛本改。

高駢

駢鎮蜀日，以南詔侵暴，築羅城四十里，朝廷雖加恩賞，亦疑其固護。或一日，聞奏樂聲響，知有改移。乃題風箏寄意曰：夜静絃聲響碧空，宫商信任往來風。依稀似曲才堪聽，又被移將别調中。旬日報到，移鎮渚宫〔一〕。

駢好爲詩，雅有奇藻〔二〕。其言懷詩曰：恨乏平戎策，慚登拜將壇。手持金鉞冷〔三〕，身掛鐵衣寒。主聖扶持易，恩深報効難。三邊猶未静，何敢便休官。二妃廟云〔四〕：帝舜南巡去不還，二妃幽怨水雲間。當時珠淚垂多少，直到如今竹尚斑。雪詩云〔五〕：六出花飄入户時〔六〕，立看修竹變瓊枝〔七〕。逡巡好上高樓看〔八〕，蓋盡人間惡路岐。聽歌詩云〔九〕：公子邀歡月滿樓，佳人揭調唱伊州〔一〇〕。便將席上秋風起，直到蕭關水盡頭〔一一〕。寄僧筇竹杖詩云〔一二〕：堅輕筇竹杖，一枝有九節。寄與沃州僧〔一三〕，閑步秋山月。

光啟三年，駢鎮淮海，三月看花，駢與諸從事詩，其末云：人間無限傷心事，不得樽前折一枝。蓋亡滅之讖也。及被幽辱，計口給食，自五月至八月，外圍益急，遂及于難〔一四〕。

駢，字千里，崇文孫也。生于長慶之首，卒于光啟之間。家世禁衛，頗修飾，折節爲文學〔一五〕，與諸儒交，硜硜談治道，兩軍中人，更稱譽之，號落雕侍御〔一六〕。

赴安南却寄台司云：曾驅萬馬靜江山，風去雲迴頃刻間。今日海門南面事，莫教還似鳳林關。

步虚詞云：青溪道士人不識，上天下天鶴一隻〔一七〕。洞門深鎖碧牕寒，滴露研朱點周易。

題羅浮別業云：不將真性染埃塵，爲有烟霞伴此身。帶月長江好歸去，博羅山下碧桃春。

聞河中王鐸加都統云：煉汞燒鉛四十年〔一八〕，至今猶在藥爐前。不知子晉緣何事，只學吹簫便得仙。其驕傲不平如此。

【校箋】

〔一〕《北夢瑣言》卷七：「太尉駢……鎮蜀日，以南詔侵暴，乃築羅城，城四十里，朝廷雖加恩賞，亦疑其固護。或一日聞奏樂聲，知有改移，乃題《風箏》寄意曰：『夜靜絃聲響碧空，宫商信任往來風。依稀似曲纔堪聽，又被移將別調中。』旬日報到，移鎮渚宫。」

〔二〕《太平廣記》卷二〇〇引《謝蟠雜説》：「唐高駢幼好爲詩，雅有奇藻，屬情賦詠，横絶常流，時秉筆者多不及之。故李氏之季，言勳臣有又者，駢其首焉。《集》遇亂多亡，今其存者盛傳于時。其自賦《言懷》詩曰云云。《二女廟》詩云云。又《詠雪》云云。又《聽歌》詩云云。又《寄僧筇竹杖》詩云云。」

〔三〕「金鉞」原作「金越」，據《太平廣記》引《謝蟠雜説》改。

〔四〕詩題《太平廣記》作《二女廟》，《萬首唐人絶句》作《湘妃廟》。

〔五〕詩題《太平廣記》作《詠雪》，《萬首唐人絶句》作《對雪》。

〔六〕「花飄」，《太平廣記》同，《萬首唐人絶句》作「飛花」。

〔七〕「立看」，《太平廣記》、《萬首唐人絶句》作「坐看」。

〔八〕此句《太平廣記》同，《萬首唐人絶句》作「如今好向高樓望」。

〔九〕詩題《太平廣記》同，《萬首唐人絶句》載《聽歌者二首》，此其第二首。

〔一〇〕「佳人」，《太平廣記》同，《萬首唐人絶句》作「雙成」。

〔一一〕此二句《太平廣記》同，《萬首唐人絶句》作「便從席上風沙起，直待陽關水盡頭」。

〔一二〕詩題《太平廣記》同，《萬首唐人絶句》作《筇竹杖寄僧》。

〔一三〕「僧」，《太平廣記》同，《萬首唐人絶句》作「人」。

〔一四〕《太平廣記》卷一四五引《廣陵妖亂志》：「唐光啟三年，中書令高駢鎮淮海。……（明年）三月，使院致看花宴，駢有《與諸從事》詩，其末句云：『人間無限傷心事，不得樽前折一枝。』蓋亡滅之讖也。及爲秦彦幽辱，計口給食，自五月至八月，外圍益急，遂及于難。」

〔一五〕「節」字原脱，據毛本補。

〔一六〕《新唐書》卷二二四下《高駢傳》：「高駢字千里，南平郡王崇文孫也。家世禁衛，幼頗脩飭，折節爲文學，與諸儒交，硜硜談治道，兩軍中人更稱譽之。事朱叔明，爲司馬。有二雕並飛，駢曰：『我且貴，當中之。』一發貫二雕焉。衆大驚，號『落雕侍御』。」

〔一七〕「上天下天」，《萬首唐人絶句》同，《才調集》作「上天下地」。

〔一八〕「汞」原作「水」，據《全唐詩話》改。

潘緯

中秋月云：古今逢此夜，共冀泬寥明〔一〕。豈是月華别，祇應秋氣清。影當中土正，輪對八荒平。謝客徒留望〔二〕，璿璣自有程。

琴云：客來鳴素琴，惆悵對遺音。一曲起于古，幾人聽到今。盡含風靄遠，自泛月烟深〔三〕。風續水仙操〔四〕，坐生方外心。

湘南何涓瀟湘賦，緯古鏡詩，天下傳之。或曰：潘緯十年吟古鏡，何涓一夜賦瀟湘〔五〕。

登咸通進士第。

【校箋】

〔一〕「共冀」，《歲時雜詠》作「共異」。

〔二〕「謝客」原作「尋客」，《歲時雜詠》同，據毛本改。

〔三〕「自」原作「日」，據毛本改。

〔四〕「水仙操」原作「水山操」，琴曲有《水仙操》，據毛本改。

〔五〕《摭言》卷一〇：「何涓，湘南人也，業辭。嘗爲《瀟湘賦》，天下傳寫。少游國學，同時潘緯者，以《古鏡詩》著名，或曰：『潘緯十年吟古鏡，何涓一夜賦瀟湘。』」

武瓘

九日衛使君筵上作云：佳晨登賞喜還鄉，謝宇開筵晚興長。滿眼黄花初泛酒，隔烟紅樹欲迎霜。千家門户笙歌發，十里江山白鳥翔。共賀安人豐樂歲，幸陪珠履侍銀章。

瓘，登咸通進士第，唐末宰益陽。

勸酒云〔一〕：勸君金屈巵，滿酌不須辭〔二〕。花發多風雨，人生足别離。

感事云：花開蝶滿枝，花謝蝶還稀。唯有舊巢燕，主人貧亦歸。瓘初投卷于知舉蕭倣，見是詩，賞其有存故之志，遂放及第。

【校箋】

〔一〕此詩《才調集》以爲于武陵詩，《萬首唐人絶句》以爲于鄴作。

〔二〕「不須」，《才調集》、《萬首唐人絶句》同，《又玄集》作「莫須」。

于鄴

孤雲詩云〔一〕：南北各萬里，有雲心更閑。因風離海上，伴月到人間。洛浦少高樹，長安無舊山。徘徊不可駐，漠漠又東還〔二〕。

蟬詩云：江頭一聲起，芳歲已難留〔三〕。聽此高枝上〔四〕，遥知故國秋。應催風落葉，似勸客回舟。不是吟蟬苦〔五〕，年年自有愁。

鄴，唐末進士也。

【校箋】

〔一〕《唐百家詩選》録于武陵八首，其中《感懷》、《長信宫》二首，亦載《又玄集》、《才調集》。《才調集》復有《洛陽道》、《夜與故人别》二首，皆屬于武陵作。此録《孤雲》一首，亦在所録八首之中，且本書卷五八于武陵下已録此詩，其下《客中》、《長信宫》二首，亦見《唐百家詩選》，而彼處云：「武陵，會昌時詩人也。」此則云：「鄴，唐末進士也。」《南部新書》癸：「于鄴除工部郎中，時尚書盧文紀諱業，甚不平，陶鑄欲請换曹，其夕鄴雉經。」即唐末事也，計氏豈因此而誤爲一人乎？

〔二〕「漠漠」原作「漢漢」，據毛本改。

〔三〕「芳歲」原作「芳樹」，據毛本改。

〔四〕「高枝」原作「高樹」，據毛本改。

〔五〕「吟」原作「新」，據毛本改。

路德延

德延，儋州巖相之猶子。數歲，嘗賦芭蕉詩曰：「一種靈苗異，天然體性虚。葉如斜界紙，心似倒抽書。」詩成，翌日傳于都下。會儋州坐事誅，故德延久不能振。光化初，方就舉擢第。又爲感舊詩曰：「初騎竹馬詠芭蕉，嘗忝名卿誦滿朝。五字便容趨絳帳，一枝尋許折丹霄。豈知流落萍蓬遠，不覺推遷歲月遥。國境未安身未立，至今顔巷守簞瓢。」天祐中，授拾遺，會河中節度使朱友謙領鎮，辟掌書記。友謙甚禮之，然德延浮薄，動多忤物，友謙懈禮，德延乃作孩兒詩五十韻以刺友謙。友謙聞而大怒，乃因醉沉之黄河〔一〕。詩曰：「情態任天然，桃紅兩頰鮮。乍行人共看，初語客多憐。臂膊肥如瓠，肌膚軟勝綿。長頭纔覆額，分角漸垂肩。散誕無塵慮，逍遥占地仙。排衙朱榻上〔二〕，喝道畫堂前。合調歌楊柳，齊聲踏採蓮。走堤衝細雨〔三〕，奔巷趁輕烟。嫩竹乘爲馬，新蒲掉作鞭〔四〕。鶯雛金鏇繫〔五〕，貓子綵絲牽。擁鶴歸晴島，驅鵝入暖泉。楊花爭弄雪，榆葉共收錢。錫鏡當胸挂，銀珠對耳懸。頭依蒼鶻裹，袖學柘枝揎。酒殢丹砂暖，茶催小玉煎。頻邀籌箸插〔六〕，時乞繡針穿。寶篋拏紅豆，粧奩拾翠鈿。戲袍披案褥〔七〕，尖帽戴靴氈。展畫趨三聖，開屏笑七賢。貯懷青杏小，垂頟緑荷圓。驚滴沾羅淚，嬌流污錦涎。倦書饒婭姹，憎藥巧遷延。弄帳鸞綃映〔八〕，藏衾鳳綺纏。指敲迎使鼓〔九〕，筋撥賽神絃。簾拂魚鈎動，箏推鴈柱偏。棋圖添路畫，笛管欠聲鐫〔一〇〕。惱客初酣睡，驚僧半入禪。尋蛛窮屋瓦，探雀遍樓椽〔一一〕。抛果忙開口，藏鈎亂出拳。夜分圍榾柮，朝聚打鞦韆。折竹裝泥燕，添絲放紙鳶。互誇輪水碓〔一二〕，相效放風旋〔一三〕。旗小裁紅絹，書幽截碧牋〔一四〕。遠鋪張鴿網，低控射蠅弦。詀語時時道，謡歌處處傳。匿窻眉乍曲，遮路臂相連。鬭草當春逕，爭毬出晚田。柳傍慵獨坐，花底困横眠。等鵲潛籬畔〔一五〕，聽蛩伏砌邊。傍枝拈舞蝶〔一六〕，隈樹捉鳴蟬。平島誇趫上，層崖逞捷緣。嫩苔車跡小，深雪履痕全。競指雲生岫〔一七〕，齊呼月上天。蟻窠尋逕斸，蜂穴遶堦填。樵唱迴深嶺，牛歌下遠川。壘柴爲屋木，和土作盤筵。險砌高臺石，危挑峻塔塼〔一八〕。忽陞隣舍樹，偷上後池船。項橐稱師日，甘羅作相年。明時方在德〔一九〕，勸爾減狂顛。

【校箋】

〔一〕《太平廣記》卷一七五：「路德延，儋州巖相之猶子也。數歲能爲詩，居學舍中，嘗賦《芭蕉》詩曰：『一種靈苗異，天然體性虚。葉如斜界紙，心似倒抽書。』詩成，翌日傳于都。會儋州坐事誅，故德延久不能振。光化初，方就舉擢第，大有詩價。又爲《感舊》詩曰：『初騎竹馬詠芭蕉，嘗忝名卿誦滿朝。五字便容過絳帳，一枝尋許摘丹霄。豈知流落萍蓬遠，不覺推遷歲月遥。國境未寧身未立，至今顔巷守簞瓢。』天祐中，授左拾遺。會河中節度使朱友謙領鎮，辟掌書記。友謙初頗禮待之，然德延性浮薄驕慢，動多忤物，友謙稍解體，德延乃作《孩兒詩五十韻》以刺友謙，友謙聞而大怒，有以掇禍，乃因醉沉之黄河，詩實佳作也。爾後雖繼有和者，皆去德延遠矣。詩曰云云。」「懈禮」原作「解禮」，「解」乃「懈」之訛，《太平廣記》作「解體」，誤。「孩兒詩」原作「小兒詩」，據改。

〔二〕「朱榻」原作「朱閣」，據《太平廣記》改。

〔三〕「銜」原作「行」，據《太平廣記》改。

〔四〕「掉」原作「折」，據《太平廣記》改。

〔五〕「金鏇」原作「金鏃」，據《太平廣記》改。

〔六〕「籌箸插」原作「籌箸掙」，《太平廣記》作「壽花插」。《全唐詩》作「籌箸插」，當是。據改。

〔七〕「案褥」原作「按褥」，據《太平廣記》改。

〔八〕「鸞綃」原作「燕綃」，據《太平廣記》改。

〔九〕「迎」原作「銀」，據《太平廣記》改。

〔一〇〕「聲」原作「吹」，據《太平廣記》改。

〔一二〕「探雀」原作「採雀」，據《太平廣記》改。

〔一三〕「水磑」原作「水碓」，據《太平廣記》改。

〔一三〕「相效」原作「相教」，據《太平廣記》改。

〔一四〕「截」原作「戴」，據《太平廣記》改。

〔一五〕「潛籬」原作「前離」，據《太平廣記》改。

〔一六〕「傍枝拈」原作「旁枝粘」，據《太平廣記》改。

〔一七〕「競」原作「兢」，據《太平廣記》改。

〔一八〕「挑」原作「跳」，據《太平廣記》改。

〔一九〕「在德」原作「任德」，據《太平廣記》改。

翁承贊

蕭蕭風雨建陽溪，溪畔維舟見亞齊。一軸新詩劍潭北，十年舊識華山西。吟魂昔向江村老，空性元知世路迷。應笑乘軺青瑣客，此時無暇聽猿啼。右承贊詩。承贊，字文堯，閩人。唐末爲諫議大夫，使福州，至劍浦，見舊識僧亞齊，贈此章〔一〕。

承贊，乾寧進士也〔二〕。

唐語曰：槐花黃，舉子忙。承贊有詩曰：雨中粧點望中黄，勾引蟬聲送夕陽。憶得當年隨計吏，馬蹄終日爲君忙〔三〕。

【校箋】

〔一〕《詩話總龜》前集卷二六：「翁承贊唐末爲諫議大夫，使福州，至劍浦縣，見舊識僧亞齊，贈詩云：『蕭蕭風雨建陽溪，溪畔維舟見亞齊，一軸新詩劍潭北，十年舊識華山西。吟魂昔向江村老，空性元知世路迷。應笑乘軺青瑣客，此時無暇聽猿啼。』」此條下未注出處，其前數條有注云：「《鑒誡録》。」其後一條注云：「並同前。」檢今本《鑒誡録》，未見此文。「溪畔」原作「溪伴」，「昔向」原作「惜向」，「劍浦」原作「劍薄」，據改。《唐才子傳》載此詩亦作「昔向」。

〔二〕《新唐書》卷六〇《藝文志》：「《翁承贊詩》一卷。」注云：「字文堯。」《唐才子傳》：「承贊，字文堯，乾寧三年，禮部侍郎獨孤損下第四人進士。」

〔三〕《南部新書》乙：「長安舉子，自六月以後，落第者不出京，謂之過夏。多借靜坊廟院及閑宅居住，作新文章，謂之夏課。亦有十人五人醵率酒饌，請題目于知己朝達，謂之私試。七月後，投獻新課，並于諸州府拔解，人爲語曰：『槐花黃，舉子忙。』」又，《詩語總龜》前集卷二九引《遯齋閒覽》：「俗云：『槐花黃，舉子忙。』謂槐之方花，乃進士赴舉之時。而唐詩人翁承贊詩云：『雨中粧點望中黃，勾引蟬聲送夕陽。憶得當年隨計吏，馬蹄終日爲君忙。』乃知俗語亦有所自也。」

韓垂

垂，唐之詩人也。題金山云：靈山一峰秀，岌然殊衆山。盤根大江底，撑影浮雲間。雷霆常間作，風雨時往還。象外懸清景，千載長躋攀〔一〕。其詩偶爲庸僧所毁。江南時，李鍾山留一絶云：不嗟白髮曾游此，不嘆征帆無了期。盡日凴欄誰會我，只悲不見韓垂詩。鍾山公，建勳也。

【校箋】

〔一〕「撑影」原作「影掙」，「清景」原作「清影」，據《方輿勝覽》卷三改。楊慎《升庵詩話》卷九引此詩，評云：「此唐人韓垂《題金山寺》詩也，當爲第一。張祜詩雖佳，而結句『終日醉醺醺』，已入『張打油』、『胡釘鉸』矣。」所引「撑影」作「插影」，王士禎《五代詩話》卷三引同。

唐詩紀事校箋卷第六十四

顔萱　李穀　司馬都　鄭璧　崔璞
魏朴　張賁　陸龜蒙　皮日休　崔璐
任蕃　盧休　劉畋

顔萱

送羊振文歸覲桂陽云：高掛吴帆喜動容，問安歸去指湘峰。懸魚庭内芝蘭秀，馭鶴門前薜荔封。蘇耽舊宅在桂州〔一〕。紅旆正憐棠影茂，綵衣偏帶桂香濃。臨歧獨有霑襟戀，南巷當年共化龍。先輩與拾遺叔父同年〔二〕。

送圓載上人歸日本國云〔三〕：師來一世恣經行，却泛滄波問去程。心靜已能防渴鹿，鼙喧時爲駭長鯨。師云：舟人遇鯨，則鳴鼓以恐之〔四〕。禪林幾結金桃重，日本金桃，實重一斤。梵室重修鐵瓦輕。以鐵爲瓦，輕于陶者〔五〕。料得還鄉無別利，只應先見日華生〔六〕。

萱，字弘至，江南進士也。中書舍人蕘之弟。嘗受知于張祜，故弔祜詩序曰〔七〕：尚憶孩稚之歲，與伯氏嘗承處士撫抱之仁，目管輅爲神童，期孔融于偉器。萱，唐末與皮、陸二生酬唱，有詩載松陵集。

【校箋】

〔一〕「蘇耽」原作「蘇晚」，按此用蘇耽化鶴事。蘇耽，桂陽人也。（見《太平廣記》卷一三引《神仙傳》）據《松陵集》改。

〔二〕「與」字原脱，據《松陵集》補。此詩附載《松陵集》，皮、陸亦有和作。

〔三〕詩題原脱「歸日本國」四字，據《松陵集》補。

〔四〕「以恐之」三字原脱，據《松陵集》補。

〔五〕「輕于陶者」原作「輕爲桃者」，據《松陵集》改。

〔六〕此詩皮、陸亦有和作。

〔七〕顔萱《過張祜故居詩序》，附載《松陵集》，參閲本書卷五二張祜下校箋〔四六〕。

李　縠

和皮日休悼鶴云〔一〕：才子襟期本上清，陸雲家鶴伴閑情。猶憐反顧五六里，何意忽歸十二城。露滴誰聞高葉墜，月沈休藉半階明。人間華表堪留語，剩向秋風寄一聲。又云：道林曾放雪翎飛，應悔庭除閉羽衣。料得王恭披鶴氅，倚吟猶待月中歸。

浙東罷府西歸酬別張廣文皮先輩陸秀才詩云〔二〕：豈有頭風筆下痊，浪成蠻語向初筵。蘭亭舊址雖曾見，柯笛遺音更不傳。照曜文星吴分野，留連花月晉名賢。相逢只恨相知晚，一曲驪歌又幾年。

穀，字德師，咸通進士也〔三〕。唐末爲浙東觀察推官兼殿中侍御史。日休松陵集序云：南陽廣文潤卿，隴西侍御德師，咸旅泊之際〔四〕，善其所爲，皆以詞致。師詞之不多，去之速也。

穀西歸，日休詩云：建安才子太微仙，暫上金臺許二年。形影欲歸温室樹，夢魂猶傍越溪蓮。空將海月爲京信，尚使樵風送酒船。從此受恩知有處，免爲傖鬼恨吴天〔五〕。

【校箋】

〔一〕二詩附載《松陵集》，署「浙東御史李穀」。皮、陸所作皆七言絶句。

〔二〕此詩亦附載《松陵集》，張賁及皮、陸皆有《送浙東德師侍御罷府西歸》詩。

〔三〕李穀，咸通進士，《登科記考》失載。

〔四〕「咸」，《松陵集》作「或」。

〔五〕以上四句中「京信尚使樵風送酒船從此受恩知有處免爲」十八字原脱，據《松陵集》補。詩末原有「詩脱下段」四字，乃校刻者所加，今删。

司馬都〔一〕

和陸龜蒙白菊詩云〔二〕：恥共金英一例開，素芳須待早霜催。繞籬看見成瑶圃，泛酒初迷傍玉杯。映水好將蘋作伴，犯寒疑與雪爲媒。夫君每尚風流事，應爲徐妃致此栽。

【校箋】

〔一〕此處原僅題「司馬都」三字，無詩，毛本據《松陵集》補《和陸龜蒙白菊》詩一首，是也。今從之。

〔二〕陸龜蒙《幽居有白菊一叢，因而成詠，呈一二知己》詩，皮日休、司馬都、鄭璧、張賁皆有和作，並載《松陵集》。張本以鄭璧和詩屬司馬都，非。

鄭　璧

和陸龜蒙白菊詩云：白豔輕明帶露痕，始知佳色重難群。終朝疑笑梁王雪，盡日慵飛蜀帝魂〔一〕。燕雨似翻瑶渚浪，雁風疑卷玉綃紋。瓊妃若會寬裁剪〔二〕，堪作蟾宫夜舞裙。

璧，唐末江南進士也。與皮、陸二生酬唱。又有寒夜文讌張潤卿有期不至詩云〔三〕：已知羽駕朝金闕〔四〕，不用燒蘭望玉京。應是登仙明月好，玉皇留看舞雙成。

【校箋】

〔一〕此句原作「盡日慵看蜀帝雲」，據《松陵集》改。

〔二〕「瓊妃」原作「瓊飛」，據《松陵集》改。

〔三〕陸龜蒙有《文讌招潤卿博士，辭以道侶將至，一絶寄之》詩，皮日休有《寒夜文讌，潤卿有期不至》和詩，此亦和陸之作。并載《松陵集》。詩題「文讌」原作「文譙」，據改。

〔四〕「金闕」原作「今闕」，據《松陵集》改。

崔　璞

奉酬皮先輩霜菊見贈詩云〔一〕：菊花開晚過秋風，聞道芳香正滿叢。爭奈病夫難强飲，應須速自召車公。

蒙恩除替將還京洛偶敘所懷云〔二〕：兩載求人瘼，三春受代歸。務繁多簿籍，才短乏恩威〔三〕。共理乖天獎，分憂值歲饑。遽蒙交郡印〔四〕，到郡十二個月〔五〕，除替未及三年。安敢整朝衣。作牧慚爲政，思鄉念式微。儻容還故里，高卧掩柴扉。

璞，唐末以大司諫刺蘇州，其詩見皮、陸二生松陵唱和集。

【校箋】

〔一〕題詩「皮先輩」三字原脱，據《松陵集》補。其下署「蘇州刺史崔璞」。皮日休《軍事院霜菊盛開，因書一絶，上諫議》及陸龜蒙《和諫議酬先輩霜菊》詩，並載《松陵集》中。

〔二〕崔璞《蒙恩除替，將還京洛，偶叙所懷，因成六韻，呈軍事院諸公、郡守、一二秀才》詩及皮日休《諫議以罷郡將歸，以六韻賜示，因佇酬獻》、陸龜蒙《謹和諫議罷郡叙懷六韻》詩，並載《松陵集》。

〔三〕「乏」原作「泛」，據《松陵集》改。

〔四〕「交」原作「文」，據《松陵集》改。

〔五〕「到郡」原作「到任」，據《松陵集》所載作者自注改。

魏　朴

和皮日休悼鶴云〔一〕：直欲裁詩問杳冥，豈教靈化亦浮生。風林月動疑留魄，沙島香愁似蘊情。雪骨夜封蒼蘚冷，練衣寒在碧塘輕。人間飛去猶堪恨，況是泉臺遠玉京。又云：經秋宋玉已悲傷，況報胎禽昨夜亡。霜曉起來無問處，伴僧彈指遶荷塘。

朴，唐末吴中名士也。皮日休松陵詩序云：潤卿、德師，旅泊之際，皆以詞致〔二〕。大司諫清河公有作，崔璞。或命之和，亦著焉。其餘則吴中名士。謂司馬都、鄭璧、朴與顔萱。

【校箋】

〔一〕此與李縠同時和皮之作，亦載《松陵集》。

〔二〕按《松陵集序》云：「旅泊之際，善其所爲，皆以詞致。師詞之不多，去之速也。」「師」謂「德師」，李縠字也，以其罷府西歸，故《集》中載所作詩不多。此原作「以詞致師」，誤，今據《松陵集》改。

張賁

旅泊吴門云〔一〕：一舸吴江晚，堪憂病廣文。鱸魚誰與伴？鷗鳥自成群。反照縱横水，斜空斷續雲。異鄉無限思，盡付酒醺醺。

酬襲美先輩見寄云〔二〕：尋疑天意喪斯文，故遣茅峰寄白雲〔三〕。酒後只留滄海客，香前唯見紫陽君。近年已絶詩書癖，今日兼將筆硯焚。爲有此身猶苦患，不知何者是玄纁？

和陸龜蒙白菊詩云：雪綵冰姿號女華，寄身多是地仙家〔四〕。有時南國和霜立，幾處東籬伴月斜。謝客瓊枝空貯恨，袁郎金鈿不成誇。自知終古清香在，更出梅粧弄晚霞。

賁，字潤卿，南陽人。登大中進士第，唐末爲廣文博士。寓吴中，與皮陸二生游。其詩多羈旅感激，若異鄉無限思，盡付酒醺醺。

又送李穀西歸云：孤雲獨鳥本無依〔五〕，江海重逢故舊稀。楊柳漸疎蘆葦白，可堪斜日送君歸！

【校箋】

〔一〕此及以下諸詩皆《松陵》唱和之作。陸龜蒙有《和旅泊吴門韻》及《次張廣文見酬和詩韻》。此即張原唱也。皮日休有《魯望示廣文〈吴門〉二章，情格高散，可醒俗態，因追想山中風度，次韻屬和，存于詩編，魯望之命也》四首，蓋張、陸先有唱和，而皮繼和也。

〔二〕皮日休《寄潤卿博士》、陸龜蒙《和襲美寄廣文》皆用文、雲、君、焚、纁字爲韻。與此並載《松陵集》。詩題「襲美」原作「龔美」，據改。

〔三〕「遣」原作「選」，據《松陵集》改。

〔四〕「寄身」原作「寄聲」，據《松陵集》改。

〔五〕「獨鳥」原作「獨步」，據《松陵集》改。

陸龜蒙

字魯望。父賓虞，浙東從事，居蘇臺。龜蒙攻文，與顏蕘、皮日休、羅隱、吴融友善。家貧，與張摶爲廬江、吴興二郡丞，李蔚、盧攜景重之。羅隱寄詩曰：龍樓李丞相，昔歲仰高文。黄閣今無主，青山竟不焚。夜船乘海月，秋寺伴江雲。只恐塵埃裏，浮名點污君。

唐末，以左拾遺授之，詔下日，以疾終于家〔一〕。

皮日休松陵唱和集序云：咸通十年，日休爲吴郡郡從事，有進士陸龜蒙，以其業見造，凡數編，其才之變，真天地之氣也。近代稱温飛卿、李義山爲之最，俾生參之，未知其孰爲後先也〔二〕？

龜蒙，三吴人也。幼而聰悟，文學之外，尤善談笑，嘗體江、謝賦事，名振江左。居于姑蘇，藏書萬餘卷，詩篇清麗，與皮日休爲唱和之友。有集十卷，號曰松陵集。中和初，遇疾而終，顔蕘給事爲文誌其墓，吴子華奠文千餘言，略曰：大風吹海，海波淪漣，涵爲子文，無隅無邊。長松倚雪，枯枝半折，挺爲子文，直上巔絶。風下霜晴，寒鐘自聲，發爲子文，鏗鏘杳清。武陵深闃，川長晝白，間爲子文，渺茫岑寂。豕突鯨狂，其來莫當。雲沉鳥没，其去倏忽。膩若凝脂，軟于無骨。霏漠漠，澹涓涓。春融冶，秋鮮妍。觸即碎，潭下月。拭不滅，玉上烟〔三〕。

江湖散人歌云〔四〕：江湖散人天骨奇，短髪搔來蓬半垂。手提孤篁曳寒繭〔五〕，口誦太古滄浪詞。詞云太古萬萬古，民性甚野無風期〔六〕。夜棲止與禽獸雜〔七〕，獨自構架縱横枝〔八〕。因而稱曰有巢氏，民共敬貴如君師。當時只效烏鵲輩，豈是有意陳尊卑。無端後聖穿鑿破，一派前導千流隨。多方惱亂元氣死，日使文字生姦欺〔九〕。聖人事業轉消耗，尚有漁者存熙熙。風波不獨困一士〔一〇〕，凡百器具皆能施。罟疏籊腐鱸鱖脱〔一一〕，止失檢馭無讒疵〔一二〕。人間所謂好男子，我見婦女留鬚眉。奴顔婢膝真乞丐，反以正直爲狂癡。所以頭欲散，不散弁峩巍。所以腰欲散，不散珮陸離。行散任之適，坐散從傾攲。語散空谷應，笑散春雲披〔一三〕。衣散單複便，食散酸鹹宜。書散混真草，酒散甘醇醨。屋散勢斜直，樹散行參差。客散忘簪履〔一四〕，禽散虚籠池。外物一以散，中心散何疑。不共諸侯分邑里，不與天子專隍陴。靜則守桑柘，亂則逃妻兒。金鑣紳帶未嘗識，白刃殺我窮生爲〔一五〕。或聞藩將負恩澤，號令鐵馬如風馳。大君年小丞相少，當軸自請都旌旗。神鋒悉出羽林仗，繪畫日月蟠龍螭。太宗基業甚牢固，小醜背叛當殲夷。禁軍近自肅宗置〔一六〕，抑遏輔國爭雄雌。必然大段剪兇逆，須召勁勇持軍麾〔一七〕。四方賊壘猶占地，死者暴骨生寒飢。歸來輒擬荷鋤笠〔一八〕，詬吏已責租錢遲。興師十萬一日費，不啻千金何以支？秖今利口且箕斂，何暇俛首哀惸嫠。均荒補敗豈無術，布在方策撑頽巇。冰霜襦袴易反掌，白面諸郎殊不知。江湖散人悲古道，悠悠幸寄羲皇傲。官家未議活蒼生，拜賜江湖散人號。

甫里先生傳云〔一九〕：少攻歌詩，欲與造物者爭柄〔二〇〕，遇事輒變化不一其體裁，始則凌轢波濤，穿穴險固，囚鎖怪異，破碎陣敵，卒造平澹而後已。

龜蒙居震澤之南，巨積莊産，有鬬鴨一欄，頗極馴養。一旦，有驛使過，挾彈斃其尤者。龜蒙詣而駭之曰：此鴨能人語。少頃，手一表本云：待附蘇州上進，使者斃之，奈何！使人恐，酬以橐中金。龜蒙始焚其章，接以酒食。使者俟其稍悦，方請人語之由。曰：能自呼其名。使人憤且笑，拂袖上馬。復召之，還其金，曰：吾戲耳〔二〕。

龜蒙少高放，從張摶游，歷湖蘇二州，辟以自佐。嘗至饒州，三日無所詣，刺史蔡京率官屬就見之，龜蒙不樂，拂衣去。不喜交流俗。不乘馬，升舟設篷席，齎束書、茶竈、筆牀、釣具往來，時謂江湖散人，或號天隨子、甫里先生，自比涪翁、漁父、江上丈人〔三〕。

【校箋】

〔一〕《北夢瑣言》卷六：「唐吴郡陸龜蒙，字魯望，舊名族也。其父賓虞，進士甲科，浙東從事、侍御史，家于蘇臺。龜蒙幼精六籍，弱冠攻文，與顔蕘、皮日休、羅隱、吴融爲益友。性高潔，家貧，思養親之禄，與張博爲吴興、廬江二郡倅。著《吴興實録》四十卷，《松陵集》十卷，《笠澤叢書》五卷。丞相李公蔚、盧公攜景重之。羅給事寄陸龜蒙詩云：『龍樓李丞相，昔歲仰高文。黄閣今無主，青山竟不焚。』蓋嘗有徵聘之意。唐末以左拾遺授之，詔下之日，疾終。」「賓虞」原作「虞賓」，「顔蕘」原作「顔堯」，據改。「張摶」原作「張搏」，據《新唐書》卷一九六《陸龜蒙傳》改。《瑣言》作「張博」，亦誤。羅隱詩後四句，《瑣言》無，蓋計氏所補。

〔二〕此節録皮日休《松陵集序》之文。「以」原作「云」，「凡數編」三字原脱，「未知其孰爲後先也」

句，原脱「其」、「也」二字，據補改。

〔三〕此采《摭言》卷一〇載「韋莊奏請追贈不及第人近代者」之文。其中「幼而聰悟文學之外」八字、「江左居于姑蘇藏」七字，「唱和之友有集十」七字，「終顔蕘給事」五字原闕，據補。張、羅、丁諸本「三吴人也」下補「博雅多文」四字；「名振」下補「吴下藏」三字；「與皮日休」下補「友唱和若干」五字；「遇疾而」下補「卒陳給事」四字，非。又，「中和初」原作「中和功初」，「爲文誌其墓」下原有「矣」字，吴子華奠文「無隅」原作「無偶」，「挺爲子文」原作「捉爲子文」，「直上」原作「真上」，「鏗鏘」原作「鏗將」，「深閴」原作「深間」，「間爲子文」原作「問爲子文」，「其去」原作「去其」，「春融冶」原作「春哆冶」，據删改。

〔四〕詩題《甫里先生文集》及《唐文粹》、《文苑英華》卷三四九均作《散人歌》。陸龜蒙自號「江湖散人」，有《江湖散人傳》，云：「遂爲《散歌》、《散傳》，以誌其散。」

〔五〕「提」原作「捉」，《甫里先生文集》同，據《唐文粹》、《文苑英華》改。

〔六〕「民性甚野」原作「民怪其野」，據《甫里先生文集》、《唐文粹》及《文苑英華》改。

〔七〕「止」原作「正」，據《甫里先生文集》、《唐文粹》及《文苑英華》改。

〔八〕「構架」原作「架結」，據《甫里先生文集》、《唐文粹》及《文苑英華》改。

〔九〕「文字」原作「父子」，據《甫里先生文集》、《唐文粹》及《文苑英華》改。

〔一〇〕「困」原作「因」，據《甫里先生文集》、《唐文粹》及《文苑英華》改。

〔一二〕「簄」原作「扈」，「脱」原作「肥」，據《甫里先生文集》、《唐文粹》及《文苑英華》改。

〔一三〕「止」原作「上」，據《甫里先生文集》、《唐文粹》及《文苑英華》改。

〔一三〕「春雲」原作「春容」，據《甫里先生文集》、《唐文粹》及《文苑英華》改。

〔一四〕此上五句中「混真草酒散甘醇醨屋散勢斜直樹散行參差客散」二十字原脱，據《甫里先生文集》、《唐文粹》及《文苑英華》補。

〔一五〕「殺」原作「投」，據《甫里先生文集》、《唐文粹》及《文苑英華》改。

〔一六〕「置」原作「署」，據《甫里先生文集》、《唐文粹》及《文苑英華》改。

〔一七〕「持」，《唐文粹》同，《甫里先生文集》、《文苑英華》作「扶」。

〔一八〕「笠」原作「立」，據《甫里先生文集》、《唐文粹》及《文苑英華》改。

〔一九〕此節録陸龜蒙《甫里先生傳》之文，見《甫里先生文集》。自注：「甫里，松江上村墟名。」

〔二〇〕「欲」字原脱，據《甫里先生文集》及《文苑英華》卷七九六補。

〔二一〕《南部新書》丁：「陸龜蒙居震澤之南，巨積莊産，有鬭鴨一欄，頗極馴養。一旦，有驛使過，挾彈斃其尤者。龜蒙詣而駭之曰：『此鴨能人語。』復歸家，少頃，手一表本云：『見待附蘇州上進，使者斃之，何也？』使人恐，盡與橐中金，以糊其口。龜蒙始焚其章，接以酒食。使者俟其稍悦，方請其人語之由。曰：『能自呼其名。』使者憤且笑，拂袖上馬。復召之，盡還其金，曰：『吾戲之耳。』」「巨積莊産」句「莊」原作「注」，「産」字原脱；「頗極馴養一旦」六字原脱；「龜蒙」原作「蒙蒙」；「詣而駭之曰此鴨能人語少頃」十二字原脱；「手」原作「乎」；「龜蒙始焚其章接以酒食使者」十二字原脱；「稍」原作「箱」；「能自呼其名」句「自」字原脱，據補改。

〔三〕《新唐書》卷一九六《陸龜蒙傳》：「龜蒙少高放，通六經大義，尤明《春秋》。舉進士，一不中，往從湖州刺史張摶游，摶歷湖、蘇二州，辟以自佐。嘗至饒州，三日無所詣。刺史蔡京率官屬就見之，龜蒙不樂，拂衣去。……不喜與流俗交，雖造門不肯見。不乘馬，升舟設篷席，齎束書、茶竈、筆牀、釣具往來。時謂『江湖散人』，或號『天隨子』、『甫里先生』，自比涪翁、漁父、江上丈人。」「張摶」原作「張搏」，據改。

皮日休

日休，字襲美，襄陽人。咸通中，爲太常博士〔一〕。遭亂，歸吴中。黄巢寇江浙，劫以從軍。至京師，以爲翰林學士，令日休作讖，云：欲識聖人姓，田八二十一。欲知聖人名，果頭三屈律。巢大怒。蓋巢頭醜，掠鬌不盡，疑譏之也。遂及禍〔二〕。

日休寒日書齋即事三章云〔三〕：參佐三間似草堂，恬然無事可成忙。移時寂歷燒松子，盡日殷勤拂乳牀〔四〕。將近道齋先衣褐，欲清詩思更焚香。空庭好待中宵月，獨禮星辰學步罡〔五〕。又云：不知何事有生涯，皮褐親裁學道家〔六〕。深夜數甌唯柏葉〔七〕，清晨一器是雲華〔八〕。雲母别名〔九〕。盆池有鷺窺蘋沫，石板無人掃桂花〔一〇〕。江漢欲歸應未得，夜來頻夢赤城霞〔一一〕。又云：方朔家貧未有車，肯從榮利捨樵漁。從公未怪多侵酒〔一二〕，見客唯求轉借書。暫聽松風生意足，偶看溪月世情疏〔一三〕。如鈎得貴非吾事，合向烟波爲玉魚〔一四〕。松江有玉魚〔一五〕。

日休賦龜詩嘲歸仁紹曰：硬骨殘形知幾秋，屍骸終不是風流。頑皮死後鑽須遍，都爲平生不出頭。歸氏子以姓嘲日休云：八片尖斜砌作毬，火中燖了水中揉。一包閑氣如常在，惹踢招拳卒未休〔一六〕。

北夢瑣言云：日休傲誕，自號閒氣布衣〔一七〕。日休之子光業，辭文宏贍，唐末爲越州副使〔一八〕。

松陵集序曰：詩有六義，其一曰比。比者，定物之情狀也。則必謂之才，才之備者，于聖爲六藝，于賢爲聲詩〔一九〕。噫！春秋之後，頌聲亡寢，降及漢氏，詩道荐作。然二雅之風，委而不興矣。在詩有三言、四言、五言、六言、七言、九言之作〔二〇〕。三言者，曰振振鷺，鷺于飛是也。五言者，曰誰謂雀無角，何以穿我屋是也。六言者，曰我姑酌彼金罍是也〔二一〕。七言者，曰交交黃鳥止于桑是也〔二二〕。九言者，曰洞酌彼行潦挹彼注兹是也。蓋古詩率以四言爲本，而漢氏方以五言、七言爲之也。其句亦出于周詩。五言者，李陵曰攜手上河梁是也。七言者〔二三〕，漢武曰日月星辰和四時是也。爾後盛于建安。建安以降〔二四〕，江左君臣，得其浮豔〔二五〕，然詩之六義微矣。逮及吾唐開元之世，易其體爲律焉，始切于儷偶，拘于聲勢。然詩云：遇憫既多，受侮不少。其對也工矣〔二六〕。堯典曰：聲依永，律和聲。其爲律也甚矣。由漢及唐，詩之道盡矣。吾又不知千祀之後〔二七〕，詩之道止于斯而已耶！後有變而作者，予不得以知之〔二八〕。夫才之備者，猶天地之氣乎。氣者，止乎一也，分而爲四時。其爲春，則煦枯發枿，如育如護〔二九〕，百物融洽，酣人肌骨。其爲夏，則赫曦朝升，天地如窑，草焦木暍〔三〇〕，若燎毛髮。其爲秋，則涼颸高瞥，若露天骨，景爽夕清，神不蔽形。其爲冬，則霜陣一淒〔三一〕，萬物皆瘁，雲沮日慘，若憚天責。夫如是，豈拘于一哉，亦變之而已。人之有才者，不變則已，苟變之，豈異于是乎？故才之用也，廣之爲滄溟，細之爲溝竇〔三二〕；高之爲山岳，碎之爲瓦礫；美之爲西子，惡之爲敦洽〔三三〕；壯之爲武賁，弱之爲處女；大則八荒之外不可窮，小則一毫之末不可見。苟其才如是，復能善用之，則庖丁之牛，扁之輪〔三四〕，郢之斤，不足謂其神解也。噫！古之士窮達必形于歌詠，苟欲見乎志，非文不能宣也，于是爲其詞。詞之作，固不能獨善，必須人以成之。昔周公爲詩以遺成王〔三五〕，吉甫作頌以贈申伯〔三六〕，詩之酬贈，其來尚矣。後每爲詩，必多以斯爲事〔三七〕。咸通七年，今兵部令狐員外在淮南〔三八〕，今中書舍人弘農公守毗陵〔三九〕，日休皆以詞獲幸，悉蒙以所製命之和，各盈編軸〔四〇〕，亦有名其首者〔四一〕。十年，大司諫清河公出牧于吴〔四二〕，日休爲郡從事〔四三〕。居一月，有進士陸龜蒙字魯望者，以其業見造〔四四〕，凡數編，其才之變，真天地之氣也。近代稱温飛卿、李義山爲之最，俾生參之，未知其孰爲之後先。雜體詩序云：案舜典，帝曰：夔〔四五〕，命汝典樂，教胄子。詩言志，歌永言在焉。周禮太師之職，掌教六詩，諷賦既興〔四六〕，風雅互作，雜體遂生。然後係之于樂府，蓋典樂之職也。在漢代，李延年爲協律，造新聲，雅道雖缺〔四七〕，樂府乃盛。鐃歌、鼓吹、拂舞、予俞〔四八〕，因斯而興，詞之體，不得不因時而易也。古樂書論之甚詳，今不能備載。載其他見者，漢武元封三年作柏梁臺，詔群臣二千石有能爲七言詩者，乃得上座。帝曰：日月星辰和四時〔四九〕，梁王曰：驂駕駟馬從梁來，由是聯句興焉。孔融詩曰：漁父屈節，水潛匿方，作郡姓名字離合也〔五〇〕，由是離合興焉。晉傅咸有迴文反覆詩二首，云反覆其文者，以示憂心展轉也，悠悠遠邁獨煢煢是也，由是反覆興焉。晉温嶠有迴文虛言詩云：寧神靜泊，損有崇亡，由是迴文興焉〔五一〕。梁武帝云：後牖有朽柳，沈約云：偏眠船舷邊，由是疊韻興焉。詩云：螮蝀在東〔五二〕，又曰：鴛鴦在梁，由是雙聲興焉。詩云：惟南有箕，不可以簸揚〔五三〕。惟北有斗，不可以挹酒漿。近乎戲也。古詩或爲之，蓋風俗之言也。古有採詩官，命之曰風人。圍棊燒敗襖，看子故依然，由是風人之作興焉。梁書云：昭明善賦短韻，吴均善壓强韻。今亦効而爲之，存于編中。陸生與予，各有是爲，凡八十六首。至如四聲詩〔五四〕、三字離合、全篇雙聲疊韻之作，悉陸生所爲，又足見其多能也。案齊竟陵王郡縣詩曰：追芳承荔浦〔五五〕，揖道信雲丘〔五六〕，縣名由是興焉。案梁元藥名詩曰：戍客恒山下〔五七〕，當思衣錦歸，藥名由是興焉。陸與予亦有是作。至如鮑昭之建除，沈炯之六甲十二屬，梁簡文之卦名，陸惠曉之百姓，梁元帝之鳥名龜兆，蔡黄門之口字，古詩兩頭纖纖、藁砧、五雜組已降，非不能也，皆鄙而不爲。噫！由古至律，由律至雜〔五八〕，詩之道，盡乎此也。近代作雜體，唯劉賓客集中，有迴文、離合、雙聲、疊韻。如聯句，則莫若孟東野與韓文公之多，他集罕見，足知爲之之難也。

日休疊韻山中吟云：穿烟泉潺湲，觸竹犢觳觫。荒篁香牆匡，熟鹿伏屈曲。

雙聲溪上思云：疎杉低通灘，冷鷺立亂浪。草彩欲夷猶，雲容空澹蕩〔五九〕。

晚秋吟：以題十五字離合〔六〇〕。東皋烟雨歸耕日，免去黄冠首刈禾。火滿酒爐詩在口，今人無計奈儂何。

藥名離合夏日即事云：季春人病抛芳杜，仲夏溪波遶壞垣。衣典濁醪身倚桂，心中無事到雲昏。

懷鹿門縣名離合云〔六一〕：山瘦更培秋後桂，溪澄閑數晚來魚。臺前過雁盈千百，泉石無情不寄書。

寒日古人名云：北顧懽游悲沈宋，梁武改爲北顧。南徐陵寢嘆齊梁。水邊韶景無窮柳，寒被江淹一半黄。

風人詩云：江上秋聲起，從來浪得名。逆風猶掛蓆，苦不會帆情。

陸龜蒙詩云：十萬全師出〔六二〕，遥知正憶君〔六三〕。一心如瑞麥〔六四〕，唯作兩岐分。

【校箋】

〔一〕《新唐書》卷五九《藝文志》：「《皮氏鹿門家鈔》九〇卷。」注云：「皮日休，字襲美，咸通太常博士。」

〔二〕《南部新書》丁：「黄巢令皮日休作讖詞云：『欲知聖人姓，田八二十一。欲知聖人名，果頭三屈律。』巢大怒，蓋巢頭醜，掠鬢不盡，疑『三屈律』之言是其譏也。遂及禍。」

〔三〕詩題「書齋」原作「畫齋」，據《松陵集》改。陸龜蒙有《和寒日書齋即事三首每篇各用一韻》，同載《松陵集》中。

〔四〕「燒」原作「澆」，「拂乳」二字原闕，據《松陵集》補改。

〔五〕上三句中「更」原作「量」，「焚香空庭好待中宵月獨」十字原闕，「罡」原作「四」，據《松陵集》改補。

〔六〕「皮褐親裁」原作「皮揭裁衣」，據《松陵集》改。

〔七〕「深夜數甌」四字原闕，「惟柏葉」原作「爲相葉」，據《松陵集》補改。

〔八〕「器」原作「氣」，據《松陵集》改。

〔九〕「雲母別名」四小字原闕，據《松陵集》補。

〔一〇〕上二句「盆池有鷺窺蘋沫石」八字原闕，據《松陵集》補。

〔一一〕上二句「應未得夜來頻夢赤城霞」十字原闕，據《松陵集》補。

〔一二〕上三句「車肯從榮利捨樵漁從公未」十一字原闕，據《松陵集》補。

〔一三〕上三句「借書暫聽松風生意足偶」十字原闕，據《松陵集》補。

〔一四〕上二句「非吾事合向烟波爲玉魚」十字原闕，據《松陵集》補。

〔一五〕「松江有玉魚」五字原闕，據《松陵集》補。

〔一六〕《太平廣記》卷二五七引《皮日休文集》（當爲附録雜記）：「唐皮日休嘗謁歸仁紹，數往而不得見，皮既心有所慊，而動形于言，因作《詠龜》詩：『硬骨殘形知幾秋，屍骸終不是風流。頑皮死後鑽須遍，都爲平生不出頭。』時仁紹亦有諸子佾、係與日休同在場中，隨即聞之，因伺其復至，乃于刺字皮姓之下，題詩授之曰：『八片尖裁浪作毬，火中爆了水中揉。一包閒氣如長在，惹踢招拳卒未休。』」「歸仁紹曰硬骨殘形知幾」十字原闕，「終不是」原作「終是不」，「鑽」原作「錢」，「遍都爲」三字原闕，據補改。歸氏子詩首二句《全唐詩話》作「八片尖斜砌作毬，火中燖了水中揉」，與劉攽《中山詩話》所引同。此「毬」原作「裘」，「燖了」原作「燖子」，「遭拳」原作「遭奉」，據諸書改。按《北夢瑣言》卷七：「皮日休曾謁歸融尚書，不見，因撰《夾蛇龜賦》，譏其不出頭也。而歸氏子亦撰《皮靸鞋賦》，遞相謗誚。」殆爲一事而兩傳。歸融以開成四年爲禮部尚書兼山南西道節度使（見《舊唐書》卷一七下《文宗紀》），時日休尚幼，所見當爲其子仁紹（召）也。

〔一七〕《北夢瑣言》卷七：「皮生後爲湖南軍倅，亦甚傲誕，號『閒氣布衣』。」

〔一八〕按《北夢瑣言》無日休子光業爲越州副使事，《南部新書》癸：「皮日休，歷太常博士。子光業，爲吴越丞相。」宋尹洙《河南集》有《大理寺丞皮子良墓志》，亦言「祖光業，乃吴越相。」《新五代史》卷六七《吴越世家》則只記其仕于錢鏐而已。

〔一九〕「于」原作「在」，據《松陵集》改。

〔二〇〕「九言」二字原脱，據《松陵集》補。

〔二一〕「曰」字原脱，據《松陵集》補。

〔二二〕「曰」字原脱，據《松陵集》補。

〔二三〕「者」字原脱，據《松陵集》補。

〔二四〕「建安」二字原脱，據《松陵集》補。

〔二五〕「其」原作「以」，據《松陵集》改。

〔二六〕「工」原作「二」，據《松陵集》改。

〔二七〕「又」原作「文」，據《松陵集》改。

〔二八〕「予」字原脱，據《松陵集》補。

〔二九〕「如育如護」原作「如棄如濩」，據《松陵集》改。

〔三〇〕「焦」原作「蕉」，據《松陵集》改。

〔三一〕「淒」原作「棲」，據《松陵集》改。

〔三二〕「溝竇」原作「四竇」，據《松陵集》改。

〔三三〕「敦洽」原作「四洽」，據《松陵集》改。

〔三四〕「扁」原作「慶」，據《松陵集》改。

〔三五〕「遺」原作「貽」，據《松陵集》改。

〔三六〕「吉甫作」三字原闕，「頌」原作「煩」，據《松陵集》補改。

〔三七〕「以斯」、「事」三字原闕，據《松陵集》補。

〔三八〕「令狐」原作「令孤」，據《松陵集》改。

〔三九〕「弘農」二字原闕，據《松陵集》補。

〔四〇〕「盈編」二字原闕，據《松陵集》補。

〔四一〕「首」原作「守」，據《松陵集》改。

〔四二〕「出牧」原作「世收」，據《松陵集》改。

〔四三〕「郡」原作「部」，據《松陵集》改。

〔四四〕「字魯望者以其」六字原闕，據《松陵集》補。
〔四五〕「夔」字原闕，據《松陵集》補。
〔四六〕「既」原作「比」，據《松陵集》改。
〔四七〕「雖」字原脱，據《松陵集》補。
〔四八〕「予」原作「干」，據《松陵集》改。
〔四九〕「和」原作「相」，據《松陵集》改。
〔五〇〕「字」字原脱，據《松陵集》補。
〔五一〕「晋温嶠有迴文虚言詩云寧神静泊損有崇亡由是迴文興焉」二十四字原脱，據《松陵集》補。
〔五二〕「蝏」原作「蝶」，據《松陵集》改。
〔五三〕「揚」原作「場」，據《松陵集》改。
〔五四〕「至」字原脱，據《松陵集》補。
〔五五〕「芳」原作「共」，據《松陵集》改。
〔五六〕「揖」原作「一」，據《松陵集》改。
〔五七〕「恒山」原作「柏山」，據《松陵集》改。
〔五八〕「雜」下原衍「詩」字，據《松陵集》删。
〔五九〕「容空」原作「空容」，據《松陵集》改。

〔六〇〕「離合」原作「韻合」，據《松陵集》改。

〔六一〕詩題「鹿門」原作「鹿名」，據《松陵集》改。

〔六二〕「全師」原作「合師」，據《甫里先生文集》及《松陵集》改。

〔六三〕「正」原作「至」，據《甫里先生文集》及《松陵集》改。

〔六四〕「瑞麥」原作「瑞表」，據《甫里先生文集》及《松陵集》改。

崔璐

璐有覽皮先輩盛製詩贈日休云〔一〕：河嶽挺靈異，星辰精氣殊。在人爲英傑，與國作禎符。襄陽得奇士，俊邁真龍駒。勇果魯仲由，文賦蜀相如。渾浩江海廣，葩華桃李敷。小言入無間〔二〕，大言塞空虚。幾人游赤水，夫子得玄珠。鬼神爭奥祕，天地惜洪鑪。既比曾參行，仍兼君子儒。吾知上帝意，將使居黄樞。好保千金體，須爲萬姓謨。日休和云：伊余幼且賤，所禀自以殊。弱歲謬知道，有心匡皇符〔三〕。意超海上鷹〔四〕，運跼軒下駒。縱性作古文，所爲皆自如。但恐才格劣，敢誇詞彩敷。句句考事實，篇篇窮玄虚。誰能變羊質，竟不獲驪珠。粵有造化手〔五〕，曾開天地鑪〔六〕。文章鄴下秀，氣貌淹中儒。展我此志業，期君持中樞。蒼生眼穿望，勿作磻溪謨〔七〕。

璐，登咸通七年進士第。

【校箋】

〔一〕詩題《松陵集》作《覽皮先輩盛製，因作十韻以寄，用伸款仰》。日休和作題爲《奉酬崔璐進士見寄次韻》。陸龜蒙亦有和作，題爲《奉和襲美酬前進士崔璐盛製見寄因贈至一百四十言》。

〔二〕「入」原作「人」，據《松陵集》改。

〔三〕「匡」原作「臣」，據《松陵集》改。

〔四〕「意超」原作「豈意」，據《松陵集》改。

〔五〕「粤」原作「奥」，據《松陵集》改。

〔六〕「開」原作「聞」，據《松陵集》改。

〔七〕「磻溪」原作「番溪」，據《松陵集》改。

任　蕃

宫怨云：淚乾紅落臉，心盡白垂頭。自此方知怨，從來豈信愁。

蕃又有無語與春别，細看枝上紅之句，張爲取作主客圖。

盧休

春寒酒力遲，冉冉生微紅。寒月聯句。自然草木性，誰祝元化功。句。溢浦風生破膽愁。句。血染劍花明帳幕，三千車馬出漁陽。句。右張爲取作主客圖。休不第〔一〕。

【校箋】

〔一〕《摭言》卷五：「吴融廣明、中和之際，久負屈聲，雖未擢科第，同人多贄謁之，如先達。有王圖，工詞賦，投卷凡旬月。融既見之，殊不言圖之臧否，但問圖曰：『更曾得盧休信否？何堅卧不起，惜哉！融所得不如也。』休，圖之中表，長于八韻，向與子華同硯席，晚年拋廢，歸鏡中別墅。」

劉畋

畋有晚泊漢江渡詩云：末秋雲木輕，蓮折晚香清。雨下侵苔色，雲涼出浪聲。疊帆依岸盡，微照夾堤明。渡吏已頭白，遥知客姓名。又有雨後句云：殘陽來霽岫，獨興起滄洲。張爲取作主客圖。舉進士。

唐詩紀事校箋卷第六十五

袁郊　裴説　張爲　韓偓

曹松　杜荀鶴　孫棨　王鐸　鄭綮

胡玢　楊收　平曾　繆島雲

袁郊

月詩云：嫦娥竊藥出人間，藏在蟾宫不放還。后羿遍尋無覓處，誰知天上却容奸。霜詩云：古今何事不思量，盡信鄒生感彼蒼。但想燕山吹暖律，炎天豈不解飛霜。露詩云：湛湛騰空下碧霄，地卑濕處更偏饒。菅茅豐草皆霑潤，不道良田有旱苗。雲詩云：楚甸嘗聞旱魃侵，從龍應合解爲霖。荒淫却入陽臺夢，惑亂懷襄父子心。

郊，咸通時爲祠部郎中，有甘澤謡九章〔一〕。與温庭筠酬唱，庭筠有開成五年抱疾不得預計偕詩寄郊云：逸足皆先路，窮郊獨向隅是也〔二〕。

郊，字子儀，滋之子也。昭宗時爲翰林學士〔三〕。

【校箋】

〔一〕《直齋書録解題》卷一九：「《甘澤謡》一卷。唐刑部郎中袁郊撰。所記凡九條，咸通戊子自序，以其春雨澤應，故有『甘澤成謡』之語，遂以名其書。」所載爲「刑部郎中」，與此異。然郊習于禮制，或以「祠部」爲是。

〔二〕《温庭筠詩集》有《開成五年秋，以抱疾郊野，不得與鄉計偕至王府。將議遐適，隆冬自傷，因書懷奉寄殿院徐侍御、察院陳李二侍御、回中蘇端公、鄠縣韋少府，兼呈袁郊、苗紳、李逸三友人一百韻》詩，此其首二句，「窮郊」原作「窮蛟」，據改。毛本作「窮交」，非。

〔三〕《新唐書》卷五八《藝文志》：「袁郊《二儀實録衣服名義圖》一卷，又《服飾變古元録》一卷。」注云：「字之儀，滋之子也。昭宗翰林學士。」又：卷七四下《宰相世系表》下云：「袁滋字德深，相憲宗。」其少子「郊字之乾，虢州刺史」，與此異。

盧延讓

延讓吟詩〔一〕，多著尋常容易語，如送周太保赴浙西云：臂鷹健卒懸氊帽，騎馬佳人卷畫衫。又寄友人云：每過私第邀看鶴，長着公裳送上驢。然于數篇見境尤妙，有松門寺云〔二〕：山寺取涼當夏夜，共僧蹲坐石堦前。兩三條電欲爲雨，七八個星猶在天。衣汗稍停牀上扇，茶香時潑澗中泉〔三〕。通宵聽論蓮華義，不藉松牕半覺眠〔四〕。又苦吟云：

莫話詩中事，詩中難更無。吟安一個字，撚斷數莖鬚。險覓天應悶，狂搜海亦枯。不同文賦易，爲著者之乎。又贈僧云：浮世浮華一段空〔五〕，偶抛煩惱到蓮宫。高僧解語牙無水，老鶴能飛骨有風。野色吟餘生竹外，山陰坐久入池中。禪師莫問求名苦，滋味過于食蓼蟲。曾獻王建詩，有栗爆燒氊破，貓跳觸鼎翻。後建冬夜與潘峭平章邊事，旋令宫人燒栗，俄有數栗爆出，燒繡褥。時建多疑，嘗于爐中燒金鼎，命二徐妃親侍茶湯而已〔六〕。是夜宫貓相戲，誤觸鼎翻，建良久曰：栗爆燒氊破，貓跳觸鼎翻，憶得盧延讓卷有此一聯。乃知先輩裁詩，信無虚境。來日，遂有六行之拜。自給事中拜工部。

翰林學士吴融獨重其作，盛稱于時，且云：此子語不尋常，後必垂名。楊大年云：延讓詩至今存，人亦有絶好之者。其播人口，有旅舍言懷云：名紙毛生五門下，家僮骨立六街中。蜀路云：雲間鬧鐸騾馱至，雪裏殘骸虎拽來。懷江上云：餓貓臨鼠穴，饞犬舐魚砧。八月十六日夜云：只訛些子緣，應耗没多光。寄人云：吟安一個字，撚斷數莖鬚。冬夜云：樹上諮諏批頰鳥，牕間壁駮叩頭蟲。哭人云：漸窮頑僕慵看馬，著慘佳人暗理箏〔七〕。

狐衝官道過，犬觸店門開，租庸張相每稱之。餓貓臨鼠穴，饞犬舐魚砧，成中令汭每稱之。栗爆、貓跳之句，王建愛之。盧曰：平生投謁公卿，不意得貓狗力〔八〕。

延讓始投贄吴子華，子華讀至不同文賦易，爲下者之乎，笑曰：上門惡罵來〔九〕。

本朝楊億在翰苑，嘗召對，上言及延讓詩曰：臂鷹健卒懸氈帽，騎馬佳人卷畫衫。似此淺近，亦自成一體〔一〇〕。

延讓，字子善，范陽人。光化初登第，從事朗陵，雷滿敗，歸。王建僭位，授水部員外郎，卒于刑部侍郎。師薛能爲文〔一一〕。

【校箋】

〔一〕《鑒誡録》卷五「容易格」條：「王蜀盧侍郎延讓吟詩，多著尋常容易言語，時輩稱之爲高格。至如《送周太保赴浙西》云云。又《寄友人》云云。此容易之甚矣。然于數篇見境尤妙，有《松門寺》云云。又《苦吟》云云。又《贈僧》云云。盧曾獻太祖，卷中有『栗爆燒氈破，貓跳觸鼎翻。』後太祖冬夜與潘樞密峭在内殿平章邊事，旋令宫人于火爐中煨栗子，俄有數栗爆出，燒損繡褥子。時太祖多疑，常于爐中燒金鼎子，命徐妃二姊妹親侍茶湯而已。是夜，宫貓相戲，誤觸鼎翻。太祖良久曰：『栗爆燒氈破，貓跳觸鼎翻。』憶得盧延讓卷有此一聯，乃知先輩裁詩，信無虛境。』來日，遂有六行之拜。自給事中拜工部。」此全采其文。

〔二〕詩題「門」字原脱，據《鑒誡録》補。

〔三〕「潑」原作「撥」，據《鑒誡録》改。

〔四〕「半」原作「一」，據《鑒誡録》改。

〔五〕「一段」原作「一斷」，據《鑒誡録》改。

〔六〕「徐」字原脱，據《鑒誡録》補。「茶湯」原作「湯茶」，據《鑒誡録》改。

〔七〕《詩話總龜》前集卷八引《（楊文公）談苑》：「盧延讓詩淺近，人多笑之，惟吴融獨重其作，盛稱于時，且云：『此公不尋常，後必垂名。』延讓詩至今傳之，亦有絶好者。《宿東林》云：『兩三條電欲爲雨，七八個星猶在天。』（此聯已見前，故計氏不録）《旅舍言懷》云云。《贈元上人》云：『高僧解語牙無水，老鶴能飛骨有風。』（即前《贈僧》詩句，故不録）《蜀路》云云。《懷江上》云云（《八月十六日夜》一聯《總龜》無）。《寄人》云云。又云：『樹上諮諏批頰鳥，窗間壁剥叩頭蟲。』（即《冬夜》一聯。《哭人》一聯《總龜》亦無）」

〔八〕《北夢瑣言》卷七：「唐盧延讓業詩，二十五舉，方登一第。卷中有句云：『狐衝官道過，狗觸店門開。』租庸張相親見此事，每稱賞之。又有『餓貓臨鼠穴，饞犬舐魚砧』之句，爲成中令汭見賞。又有『栗爆燒氈破，貓跳觸鼎翻』句，爲王先主建所賞。嘗謂人曰：『平生投謁公卿，不意得力于貓兒狗子也。』人聞而笑之。」「犬觸」原作「犬刺」，「租庸張相」原脱「庸」字，「成中令汭」原脱「汭」字，據改補。

〔九〕《摭言》卷一二：「延讓始投贄，卷中有《説詩》一篇，斷句云：『因知文賦易，爲下者之乎。』子華（吴融字）笑曰：『上門惡駡來。』」《北夢瑣言》卷七引此詩作「不同文賦易」，與此同。

〔一〇〕《詩話總龜》前集卷八引《談苑》：「余在翰林，嘗召對，上舉延讓詩云：『臂鷹健卒懸氈帽，騎馬佳人卷畫衫。』雖淺近，亦自成一體。」

〔一二〕《郡齋讀書志》卷四中：「《盧延讓詩》一卷。右僞蜀盧延讓子善，范陽人。唐光化元年進士，朗陵雷滿辟，滿敗，歸王建。及僭號，授水部員外郎，累遷給事中，卒官，終刑部侍郎。延讓師薛能詩，不尚奇巧，人多誚其淺俗，獨吴融以其不蹈襲，大奇之。」按《摭言》卷六云：「盧延讓光化三年登第，先是延讓師薛許下爲詩，詞意入僻，時人多笑之。吴翰林融爲侍御史……偶得延讓百篇，融覽，大奇之」云云，即《晁志》所本，其「光化元年」當是「三年」之誤，《唐才子傳》亦載延讓爲「光化三年，裴格榜進士也」。「授水部員外郎」原脱「員」字，據補。

裴説〔一〕

唐舉子先投所業于公卿之門，謂之行卷。説只行五言詩一卷，至來年秋賦，復行舊卷。人有譏之者，説曰：只此十九首苦吟，尚未有人見知，何暇别行卷哉！識者以爲知言〔二〕。説天祐三年登甲科〔三〕，其詩以苦吟難得爲工，且拘格律。嘗有詩曰：苦吟僧入定，得句將成功。又贈僧貫休云：總無方是法，難得始爲詩。又云：是事精皆易，唯詩會却難。遭亂，故宦不達，多游江湖間。有石首縣詩云：因攜一家住，贏得半年吟。

深閨乍冷開香篋〔四〕，玉筯微微濕紅頰。一陣霜風殺柳條，濃烟半夜成黄葉。重重白練明如雪〔五〕，獨下閒堦轉淒切。祗知抱杵擣秋砧，不覺高樓已無月〔六〕。時聞塞雁聲相喚〔七〕，紗牕只有燈相伴。幾展齊紈又懶裁〔八〕，離腸恐逐金刀斷。細想儀形執牙尺，回刀剪破澄江色。愁捻銀針信手縫，惆悵無人試寬窄。時時舉袖匀殘淚〔九〕，紅牋謾有千行字〔一〇〕。書中不盡心中事，一半慇懃託邊使〔一一〕。此説聞砧詩也。

説終禮部員外郎。説與諧俱有詩名。諧唐天祐三年登第，終于桂嶺，假官宰字而已。經杜同在湘江，説詩云：吟餘潮入浦，坐久燒移山。諧詩云：風回山火斷，潮落岸冰高。經杜甫墳，説云：擬掘孤墳破，重教大雅生。諧云：名終埋不得，骨且朽何妨。景同而語意俱別，寔爲雙美〔一二〕。

説旅行聞寇云：寸步邊多事，將行問四隣〔一三〕。深山不畏虎，當路却防人。無事助明代，何門銷此身。空慚兩行淚，飄洒向紅塵。

洛中作云：莫怪苦吟遲，詩成鬢亦絲。鬢絲猶可染，詩病却難醫。山暝雲横處，星沉月側時。冥搜不堪得〔一四〕，一句至公知。

中秋月云：一歲幾盈虧，當盈重此期〔一五〕。幸無偏照處，剛有不明時。色淨雲歸早〔一六〕，光寒鶴睡遲〔一七〕。相看吟未足〔一八〕，皎皎下疎籬。

棊云：十九條平路，言平又嶮巇。人心無算處，國手有輸時。勢迥流星遠，聲乾下雹遲。臨軒纔一局，寒日又西垂。

喜友人再面云：一别幾寒暄，迢迢隔塞垣。相思長有事，及見却無言。静坐將茶試，閑書把葉翻。依依又留宿，圓月上東軒。

【校箋】

〔一〕原有小字注「裴諧」，删。

〔二〕《南部新書》庚：「裴説應舉，只行五言詩一卷，至來年秋，復行舊卷。人有譏者，裴曰：『只此十九首苦吟，尚未有人見知，何暇别行卷哉！』咸謂知言。」「詩一卷」原作「十九首」，「何暇」原作「何假」，據改。

〔三〕按《郡齋讀書志》及《直齋書録解題》皆言裴説爲「天祐三年進士」，《唐才子傳》亦載「説，工詩，得盛名。天祐三年，禮部侍郎薛廷珪下狀元及第。」則此「天復六年」乃「天祐三年」之誤，今改。

〔四〕《直齋書録解題》卷一九：「《裴説集》一卷，唐裴説撰。天祐三年進士狀頭，唐蓋將亡矣。説後爲禮部員外郎。世傳其《寄邊衣》古詩甚麗，此集無之，僅有短律而已，非全集也。其詩有『避亂一身多』之句。」按此詩即《寄邊衣》之作，宋何溪汶《竹莊詩話》卷一三載之，并引黄庭堅《跋裴説寄邊衣詩》云：「説詩句甚麗，喜作卓爾奇怪」云云。《苕溪漁隱叢話》後集卷一七亦載此詩及山谷跋語，陳氏所未見者也。「開香篋」原作「鑑開篋」，據《苕溪漁隱叢話》及《竹莊詩話》改。

〔五〕「重重」原作「垂垂」，據《苕溪漁隱叢話》及《竹莊詩話》改。

〔六〕「樓」字原闕，據《苕溪漁隱叢話》、《竹莊詩話》改。

〔七〕「塞雁」原作「寒雁」，據《苕溪漁隱叢話》、《竹莊詩話》改。

〔八〕「展」原作「度」，「齊紈又懶」四字原闕，據《苕溪漁隱叢話》、《竹莊詩話》改補。

〔九〕「殘淚」原作「紅淚」，據《苕溪漁隱叢話》、《竹莊詩話》改。

〔一〇〕「千行字」原作「千千字」，據《苕溪漁隱叢話》、《竹莊詩話》改。

〔一一〕「託」原作「寄」，據《苕溪漁隱叢話》、《竹莊詩話》改。

〔一二〕《詩話總龜》前集卷一三引《郡閣雅談》：「裴説、裴諧俱有詩名，説官至補闕，諧終于桂嶺，假官宰。同作《湘江吟》，説詩云：『吟餘潮入浦，坐久燒移山。』諧詩云：『風回山火斷，潮落岸冰高。』《經杜甫墳》，説云：『擬掘孤墳破，重教大雅生。』諧云：『名終埋不得，骨且朽何妨。』景同而語意俱别。」「諧」原作「諧」，下同，據改。又「潮入浦坐久燒移山諧詩云風回山火斷」十六字原脱，「岸冰」原作「岸水」，「骨且朽何妨」句「且」字原闕，據補改。

〔一三〕「問」原作「間」，據毛本改。

〔一四〕「冥搜」原作「冥收」，據《全唐詩話》及毛本改。

〔一五〕「當盈」原作「當軒」，據《文苑英華》卷一五一及《歲時雜詠》改。

〔一六〕「色淨」原作「色靜」，據《文苑英華》及《歲時雜詠》改。

〔一七〕「光寒鶴睡遲」原作「光凝故宿遲」，據《文苑英華》及《歲時雜詠》改。

〔一八〕「相看」原作「望吟」，據《文苑英華》及《歲時雜詠》改。

張　爲

秋醉歌云：金風颯已起，還是招漁翁。攜酒天姥岑，自彈嶧陽桐。脱却登山履，赤腳翹青筇。泉聲掃殘暑，猿臂攀長松。翠微泛樽緑，苔蘚分煙紅。造化處術内，相對數壺空。醉眠嶺上草，不覺夜露濃。一夢到天曉，始覺一醉中。皎然夢中路，直到瀛州東。初平把我臂，相與騎白龍。三留對上帝，玉樓十二重。上帝賜我酒，送我敲金鐘。寶閣香斂苒，琪樹寒玲瓏。動葉如笙篁，音律相怡融。珍重此一醉，百骸出天地。長如此夢魂，永謝名與利。

爲，唐末江南詩人，與周朴齊名。如到處即閉户，逢君方展眉，最有詩稱〔一〕。

爲作詩人主客圖序曰：若主人門下處其客者，以法度一則也。以白居易爲廣大教化主，上入室，楊乘；入室，張祜、羊士諤、元稹；升堂，盧仝、顧況、沈亞之；及門，費冠卿、皇甫松、殷堯藩、施肩吾、周元範、祝元膺〔二〕、徐凝、朱可名、陳標、童翰卿。以孟雲卿爲高古奥逸主，上入室，韋應物；入室，李賀、杜牧、李餘、劉猛、李涉、胡幽貞；升堂，李觀、賈馳、李宣古、曹鄴〔三〕、劉駕、孟遲；及門，陳潤、韋楚老。以李益爲清奇雅正主〔四〕，上入室，蘇郁；入室，劉畋、僧清塞、盧休、于鵠、楊洵美、張籍、楊巨源、楊敬之、僧無可、姚合；升堂，方干、馬戴、任蕃、賈島、厲玄、項斯、薛壽〔五〕；及門，僧良乂、潘咸〔六〕、于武陵、詹雄、衛準、僧志定、喻凫〔七〕、朱慶餘。以孟郊爲清奇僻苦主，上入室，陳陶、周朴；及門，劉得仁、李溟。以鮑溶爲博解宏拔主〔八〕，上入室，李群玉；入室，司馬退之、張爲。以武元衡爲瓌奇美麗主，上入室，劉禹錫；入室，趙嘏、長孫佐輔、曹唐〔九〕；升堂，盧頻、陳羽、許渾、張蕭遠；及門，張陵、章孝標、雍陶、周祚、袁不約〔一〇〕。

杜光庭載毛仙翁事云〔一一〕：仙翁名于，字鴻漸。元和間，劉禹錫、李紳、白樂天輩皆贈詩。至大中戊寅，五十餘年矣。是歲，張爲薄游長沙，不汲汲隨計，獲女奴于岳麓下，惑之，歲餘成羸疾。仙翁一見曰：子妖氣邪光，浹遍肌骨，苟不相值，殞于旦夕也。以丹一粒授爲〔一二〕，于香爐焚之，郁烈之氣，聞數百步〔一三〕，魅妾一號而斃，乃木偶人也。又吞以丹砂如黍者三，疾遂瘳。爲作詩別之曰：羸形感神藥，削骨生豐肌。蘭炷飄靈烟，妖怪立誅夷。重覩日月光，何報父母慈。黄河濁滾滾，別淚流澌澌。黄河清有時，別淚無收期。爲後入釣臺山，訪道而去。

【校箋】

〔一〕貫休《禪月集》有《懷張爲周朴》、《懷周朴張爲》及《懷方干張爲》諸詩，其《懷張爲周朴》云：

「張周二夫子，詩好人太癖。更不過嶺來，如今頭盡白。人傳『禹力不到處，河聲流向西。』（原注：周。）又『到處人閉户，逢君方展眉。』（原注：張。）不知是不是？若是即大奇」云云。按《文苑英華》卷七一四林嵩《周朴詩集序》：「詩人張爲嘗貽先生詩曰：『到處人閉户，逢君便展眉。』」知此二句即其贈周朴之作。《唐才子傳》載張爲「閩中人」（見張鼎傳），故云嶺外也。

〔二〕「祝元膺」原作「況元膺」，據本書卷五六祝元膺條改。

〔三〕「曹鄴」原作「曾鄴」，據本書卷六〇曹鄴條改。

〔四〕「雅正」原作「推正」，據本書卷三〇李益條改。

〔五〕「薛壽」，《函海》本《詩人主客圖》此下李調元云：「按唐無薛壽，疑是薛濤之訛。」詩闕，已無可考。

〔六〕「潘咸」原作「潘誠」，據本書卷六三潘咸條及其下校箋〔一〕改。

〔七〕「喻鳧」原作「喻島」，據本書卷五一喻鳧條改。

〔八〕「博解」原作「博容」，據本書卷四一鮑溶條改。

〔九〕「曹唐」原作「曹庚」，據本書卷五八曹唐條改。

〔一〇〕「袁不約」原作「袁不鈞」，據本書卷六〇袁不約條改。

〔一一〕全文見本書卷八一毛仙翁條，此節取張爲遇妖事。

〔一二〕「丹」字原脱，據《全唐詩話》補。本書卷八一作「鮑南海丸」。

〔一三〕「數」字原脫，《全唐詩話》同，據本書卷八一補。

韓偓

偓父瞻，開成六年李義山同年也〔一〕。義山有餞韓同年西迎家室戲贈云〔二〕：籍籍征西萬户侯，新緣貴婿起朱樓〔三〕。一名我漫居先甲，千騎君翻在上頭。雲路招邀回綵鳳，天河迢遞笑牽牛。南朝禁臠無人近〔四〕，瘦盡瓊枝爲四愁。

偓小字冬郎。義山云：嘗即席爲詩相送，一座盡驚，句有老成之風。因有詩云：十歲裁詩走馬成，冷灰殘燭動離情。桐花萬里丹山路，雛鳳清于老鳳聲〔五〕。

偓，字致堯，今曰致光，誤矣〔六〕。自號玉山樵人。

苑中云：上苑離宮處處迷，相風高與露盤齊。金階鑄出狻猊立，玉柱雕成狒秝啼〔七〕。外使調鷹初得案〔八〕，五坊外案使，以鷹隼初調習，始能禽獲，謂之得案〔九〕。中官過馬不教嘶。上每乘馬，必中官馭以進，謂之過馬。既乘之，而後蹀躞嘶鳴也〔一〇〕。笙歌錦綉雲霄裏，獨許詞臣醉似泥。

六月十七日召對詩云〔一一〕：清暑簾開散異香，恩深咫尺對龍章。花應洞裏尋常發〔一二〕，日向壺中特地長。坐久忽疑槎犯斗〔一三〕，歸來兼恐海生桑。如今冷笑東方朔，唯用詼諧侍漢皇。

與吴子華侍郎同年玉堂伴直懷昔敘懇因成長句兼呈諸同年云〔一四〕：往年鶯谷接清塵，今日鼇山作侍臣。二紀計偕勞筆硯〔一五〕，予與子華，俱久困名場。一朝宣入掌絲綸。聲名烜赫文章士，金紫雍容富貴身。絳帳恩深無路報，語餘相顧却酸辛〔一六〕。

錫宴日詩云〔一七〕：玉銜花馬踏天街〔一八〕，詔遣追歡綺席開。中使押從天上去，外人知自日邊來。是日，在外四學士排門齊入，同進狀辭赴宴所，奉宣差學士院使二人押去〔一九〕。臣心淨比漪漣水，聖澤深于瀲灩杯。纔有異恩頒稷契，已將優禮及鄒枚。清商適向梨園降〔二〇〕，妙妓新行峽雨迴〔二一〕。不敢通宵離禁直〔二二〕，晚乘殘醉入銀臺〔二三〕。

醉着云：萬里清江萬里天，一村桑柘一村煙。漁翁醉着無人唤，過午醒來雪滿船。

即目云〔二四〕：書牆暗記移花日，洗甕先知醖酒期。須信閑人有忙事，早來衝雨覓漁師。

春恨云：殘夢依依酒力餘，城頭批頰伴啼烏〔二五〕。平明乍捲西樓幕，院静初聞放轆轤。

并州云：戍旗青草接榆關〔二六〕，雨裹并州四月寒。誰會憑欄潛忍淚，不勝天際似江干。

偓天復初入翰林〔二七〕，其年冬，駕幸鳳翔〔二八〕，偓有扈從之功。返正初，上面許偓爲相。

奏云：陛下運契中興，當復用重德，鎮風俗。臣座主右僕射趙崇，可充是選，乞迴臣之命授崇，天下幸甚。上嘉歎〔二九〕。翌日，制用崇暨兵部侍郎王贊爲相。時梁太祖在京，素聞崇之輕佻，贊復有嫌釁〔三〇〕，馳入請見，于上前具言二公長短〔三一〕。上曰：趙崇是偓薦。時偓在側，梁王叱之。偓奏曰：臣不敢與大臣爭。上曰：韓偓出。尋謫官入閩。故偓有詩曰：手風慵展八行書，眼暗休看九局圖〔三二〕。窗裏日光飛野馬〔三三〕，案前筠管長蒲盧〔三四〕。謀身拙爲安蛇足，報國危曾捋虎鬚。滿世可能無默識〔三五〕，未知誰擬試齊竽？

沈存中云〔三六〕：香奩集，和魯公之詞也。惟其豔麗，故貴後嫁其名于偓。凝平生著述，分爲演綸〔三七〕、游藝、孝悌、疑獄、香奩、籯金六集。自爲游藝集序云：予有香奩、籯金二集〔三八〕，不行于世。凝在政府，避議論，諱其名，又欲後人知，故于游藝集序實之〔三九〕，此凝之意也〔四〇〕。

【校箋】

〔一〕《南部新書》乙：「韓偓，即瞻之子也。兄儀。瞻與李義山同年，《集》中謂之『韓冬郎』是也。故題偓云：『七（當作「十」）歲裁詩走馬成。』冬郎，偓小名。偓字致光。」

〔二〕詩題《李義山詩集》作《韓同年新居餞韓西迎家室戲贈》。新居蓋王茂元爲韓所築，義山與韓皆茂元之婿也。

〔三〕「朱樓」原作「珠樓」，據《李義山詩集》改。

〔四〕「近」原作「寄」，據《李義山詩集》改。「卿莫近禁臠」，用《晉書》王珣語。

〔五〕《李義山詩集》有《韓冬郎即席爲詩相送，一座盡驚。他日余方追吟，連宵侍坐，徘徊久之。句有老成之風，因成二絶寄酬，兼呈畏之員外》此其第二首。

〔六〕按韓偓字致光，自《南部新書》乙（見前校箋〔一〕引）、《新唐書》卷一八三《韓偓傳》以及《郡齋讀書志》卷四中、《直齋書録解題》卷一九《韓偓詩》下并同，吴融有《和韓致光侍郎無題三首十四韻》詩，亦可爲證。然此計氏謂「致光」爲誤，以爲當作「致堯」，自必有據，《唐才子傳》亦云：「偓字致堯，龍紀元年，禮部侍郎趙崇下擢第。」辛文房多引《唐登科記》，名字或當不誤。且《列仙傳》載偓佺以松子遺堯，堯因而問道事，其名字殆出于此，疑原字「致堯」，後來復改字「致光」。王荆公《唐百家詩選》云：「韓偓，字致光，一云字致堯。昭宗時翰林學士承旨，尚書兵部侍郎。」並存不辨，得之。

〔七〕「狒秝」原作「翡翠」，據《玉山樵人集》及《唐百家詩選》改。

〔八〕「得案」原作「得按」，據《唐百家詩選》及此下注文改。

〔九〕此詩二處作者自注，《四部叢刊》影印舊鈔本《玉山樵人集》不載，《唐百家詩選》有之，《温公續詩話》引「過馬」注文同。「五坊外案使」，《唐百家詩選》同，毛本作「五方外按使」，五坊，唐史屢見，主養禽獸之司，作「五方」非。《全唐詩》亦從之。「鷹隼」原作「鷹集」，「謂」字原脱，據

《唐百家詩選》改補。

〔一〇〕「每」字原脱，「馭」原作「駿」，「既乘之而後蹀躞嘶鳴也」十字原脱，據《唐百家詩選》改補。

〔一一〕詩題《玉山樵人集》及《唐百家詩選》作《六月十七日召對，自辰至申，方歸本院》。

〔一二〕「尋常」，《玉山樵人集》、《唐百家詩選》作「常時」。

〔一三〕「坐久忽疑」原作「生長忽凝」，據《玉山樵人集》、《唐百家詩選》改。

〔一四〕詩題「伴直懷昔」，《玉山樵人集》作「同直懷恩」。「諸」字原脱，據《集》補。

〔一五〕「計偕」原作「許諧」，據《玉山樵人集》改。

〔一六〕「相顧」原作「相聚」，據《玉山樵人集》改。

〔一七〕《唐百家詩選》所載《錫宴日作》下有自注云：「是歲大稔，内出金帛，錫百官充觀稼宴，學十院別賜越綾百疋，委京尹勾當。後宰相一日宴于興化亭。」《四部叢刊》影鈔本《玉山樵人集》無之。

〔一八〕「天街」，《唐百家詩選》同，《玉山樵人集》作「金街」。

〔一九〕此注《唐百家詩選》在第三句下。「四學士排門齊入」原作「四考排門齊人」，「同」原作「司」，「宴所奉宣差學士院」八字原脱，「使」上原衍「中」字，「押去」原作「押出」，據補并删改。

〔二〇〕「適向」原作「迴向」，據《玉山樵人集》及《唐百家詩選》改。

〔二一〕「妙妓」原作「妖妓」，據《玉山樵人集》及《唐百家詩選》改。

〔二二〕「不敢」原作「不散」，據《玉山樵人集》及《唐百家詩選》改。

〔二三〕「乘」原作「來」，「銀臺」原作「銀盃」，據《玉山樵人集》及《唐百家詩選》改。

〔二四〕詩題《即目》原作「即日」，據《玉山樵人集》改。

〔二五〕「批頰」，《玉山樵人集》作「鵯鵊」。批頰，即鵯鵊，催明之鳥。見楊慎《升庵詩話》。盧延讓詩：「樹上諮諏批頰鳥，窗間壁駁叩頭蟲。」見前。

〔二六〕「接」原作「杜」，據《玉山樵人集》改。

〔二七〕此條全采《摭言》卷六之文，不具録。

〔二八〕《舊唐書》卷二〇上《昭宗紀》：天復元年「十一月己酉朔。壬子，中尉韓全誨與鳳翔護駕都將李繼誨奉車駕出幸鳳翔。」

〔二九〕「嘉」原作「喜」，據《摭言》改。

〔三〇〕「嫌」字原脱，據《摭言》補。

〔三一〕「具言」原作「且言」，據《摭言》改。

〔三二〕「偓有詩曰手風慵展八行書眼暗休看九局圖」十八字原脱，據《摭言》補。此詩題爲《安貧》，《玉山樵人集》、《唐百家詩選》「休看」俱作「休尋」。

〔三三〕「窗裏」原作「窗外」，據《摭言》、《玉山樵人集》及《唐百家詩選》改。

〔三四〕「案前」，《摭言》同，《玉山樵人集》、《唐百家詩選》作「案頭」。

〔三五〕「滿世」，《摭言》、《唐百家詩選》同，《玉山樵人集》作「舉世」。

〔三六〕見沈括《夢溪筆談》卷一六。

〔三七〕「演綸」原作「繽論」，據《夢溪筆談》改。

〔三八〕「二」字原脱，據《夢溪筆談》補。

〔三九〕「于」字原脱，據《夢溪筆談》補。

〔四〇〕按葛立方《韻語陽秋》卷五據《香奩集》所載《無題詩序》以辨沈説之非，大體近是。明清以下，論者亦多，皆以和凝僞託之説爲不足信。其《無題》詩三章，吴融亦有和作，載在所著《唐英歌詩》中，尤可證其非僞也。

曹松

天復初，杜德祥主文，放松及王希羽、劉象、柯崇、鄭希顔等及第，年皆七十餘，時號五老榜。時内難新平，首求孤貧人，德祥以松等塞詔，各授校書郎。制曰：念爾登科之際，當予反正之年，宜降異恩，各膺寵命〔一〕。

松，字夢徵，舒州人也。學賈司倉爲詩，此外無他能。時號松啟事爲送羊腳狀。

松別湖上主人云〔二〕：門繫釣舟雲滿岸，借君幽致坐移旬。湖村夜叫白蕪鴈，菱市曉喧深浦人〔三〕。遠水日邊重作雪，寒林燒後別生春。不辭更住醒還醉〔四〕，太一東峰歸夢頻。

摭言曰：案李肇國史補云曲江大會，此爲下第舉人〔五〕。邇來漸侈靡，皆爲上列所占，向之下第舉人，不復預矣。所以逼大會，則先牒教坊請奏，上御紫雲樓垂簾觀焉〔六〕。時或擬作樂，則爲之移日。故曹松詩云：追游若遇三清樂，行從應妨一日春。勑下後，人置被袋〔七〕，例以圖障〔八〕、酒器、錢絹實其中，逢花即飲。故張籍詩云：無人不借花園宿，到處皆攜酒器行。其被袋，狀元、録事同點檢，闕一則罰金。曲江之宴，行市羅列，長安幾爲之半空〔九〕。公卿家率以是日揀選東牀，車馬闐塞，莫可殫述。

松及第勑下宴中獻座主杜侍郎詩云：得召丘牆淚却頻，若無公道也無因。門前送勑朱衣吏，席上銜盃碧落人。半夜笙歌教泥月〔一〇〕，平明桃杏放燒春。南山雖有歸溪路，爭那酬恩未殺身。

春日長安書事云：浩浩看花晨，六街揚遠塵。塵中一丈日，誰是晏眠人？御柳舞着水，野鶯啼破春。徒云還楚客〔一一〕，猶自惜離秦〔一二〕。

晨起云：曉色教不睡，卷簾清氣中。林殘數枝月，髮冷一梳風。並鳥聞鐘語〔一三〕，欹荷隔霧空。莫疑營白日〔一四〕，道路本無窮。

弔北邙云：山下望山上，夕陽明又曛。無人醫白髮，少地着新墳。歲代殊相遠，賢愚旋不分。東歸聊一弔，亂木倚寒雲。

松有詩云：憑君莫話封侯事，一將功成萬骨枯〔一五〕。可謂諳世故矣。

【校箋】

〔一〕《摭言》卷八：「天復元年杜德祥榜，放曹松、王希羽、劉象、柯崇、鄭希顏等及第。時上（昭宗）新平内難，聞放新進士，喜甚。詔選中有孤貧屈人，宜令以名聞，特敕授官。故德祥以松等塞詔，各受正制。略曰：『念爾登科之際，當予反正之年，宜降異恩，各膺寵命。』松，舒州人也，學賈司倉（島）爲詩，此外無他能。時號松啟事爲『送羊脚狀』。希羽，歙州人也，辭藝優博。松、希羽甲子皆七十餘。象，京兆人。崇、希顏，閩中人，皆以詩卷及第，亦皆年逾耳順矣。時謂『五老榜』。」又，《新唐書》卷六〇《藝文志》：「《曹松詩集》三卷。」注云：「字夢徵，天復進士第，校書郎。」

〔二〕詩題「湖上」原作「湖州上」，據《唐百家詩選》删「州」字。

〔三〕「喧」原作「暄」，據《唐百家詩選》改。

〔四〕「更住」原作「更後」，據《唐百家詩選》改。

〔五〕此采《摭言》卷三叙曲江大會之文。首句「案李肇《國史補》云『曲江大會』，此爲下第舉人云云」。蓋指《國史補》卷下「叙進士科第」一節中「大讌于曲江亭子，謂之曲江會」之語，「此爲下第舉人」以下，皆王定保叙大中、咸通以後風氣，非復李肇所云元和、長慶時矣。計氏節引去

「案」字，文意因而不明，似以下亦李肇之語矣。今據《摭言》補「摭言曰案」四字。「此」，今本《摭言》作「比」，誤。

〔六〕「垂」字原脱，據《摭言》補。

〔七〕「被袋」原作「皮袋」，據《摭言》改。下同。

〔八〕「圖障」原作「圖章」，據《摭言》改。

〔九〕「長安幾」原作「安僅」，據《摭言》改。

〔一〇〕「泥月」毛本作「洗月」，泥，滯也，去聲。不誤。

〔一一〕「還楚客」，《才調集》作「還楚計」，《唐百家詩選》作「多失意」。

〔一二〕「離秦」原作「離情」，據《才調集》、《唐百家詩選》改。

〔一三〕「聞」，《唐百家詩選》作「含」。

〔一四〕「莫疑」原作「莫徒」，據《唐百家詩選》改。

〔一五〕此曹松《己亥歲二首》（七絶）第一首之三、四句。其一、二句爲「澤國河山入戰圖，生民何計樂樵蘇」。

杜荀鶴

荀鶴有詩名，號九華山人。大順初擢第，尋授翰林學士，主客員外郎，知制誥。顧雲序其文爲唐風集。或曰荀鶴，牧之微子也。牧之會昌末自齊安移守秋浦時，年四十四，所謂使君四十四，兩佩左銅魚者也。時妾有妊，出嫁長林鄉正杜筠，而生荀鶴。擢第年四十六矣〔一〕。

溪興云：山雨溪風卷釣絲，瓦甌篷底獨斟時。醉來睡着無人喚，流下前溪也不知〔二〕。

春宮怨云：早被嬋娟誤，欲粧臨鏡慵。承恩不在貌，教妾若爲容？風暖鳥聲碎，日高花影重。年年越溪女，相憶採芙蓉。

荀鶴曾得詩一聯云：舊衣灰絮絮，新酒竹篘篘。韋說曰：我道印將金鎖鎖，簾用玉鉤鉤，即京兆大拜之祥也〔三〕。

贈僧云：利門名路兩何憑，百歲風前短焰燈。只恐爲僧心不了，爲僧心了總輸僧。

時世行云〔四〕：夫因兵死守蓬茅，麻紵裙衫鬢髮焦。桑柘廢來猶納税，田園荒盡尚徵苗。時挑野菜和根煮，旋斫生柴帶葉燒。任是深山更深處，也應無計避征徭。又云：八十老翁住破村，村中牢落不堪論！因供寨木無桑柘，爲點鄉兵絶子孫。還似平寧徵賦税，未曾州縣略安存。至今鷄犬皆星散，日落西山哭倚門。

荀鶴擢第，時危勢晏，復還舊山。田頵在宣州，甚重之。頵起兵，陰令以牋問至梁太祖許，頗厚遇。及顒遇禍，梁祖表授翰林學士、主客員外郎，知制誥。恃勢侮易搢紳，衆怒欲殺之而未及。天祐初，卒〔五〕。

顧雲序其詩曰：大順初，皇帝命小宗伯河東裴公掌邦貢。次二年，遠者來，隱者出，異人雋士，大集都下。于群進士中，得九華山人杜荀鶴，拔居上第。諸生謝恩日，列座既定，公揖生，謂曰：聖上嫌文教未張，思得如高宗朝射洪拾遺陳公，名犯文宗廟諱〔六〕。作詩出没二雅，馳驟建安，削苦澀僻碎，略淫靡淺切，破豔冶之堅陣，擒雕巧之酋帥，皆摧撞折角〔七〕，崩潰解散，掃蕩詞場，豁清文祲；然後有戴容州、劉隨州、王江寧率其徒揚鞭按轡，相與呵樂，來朝于正道矣。以生詩有陳體，可以潤國風，廣王澤，故擢以塞詔。意生勉爲中興詩宗〔八〕。生謝而退。明年，寧親江表，以僕故山偕隱者，出詩三百篇見簡〔九〕。其雅麗清苦激越之句〔一〇〕，能使貪吏廉，邪臣正，父慈子孝，兄友弟悌，人倫之紀綱備矣〔一一〕。其壯語大言，則決起逸發，可以左攬工部袂，右拍翰林肩，吞賈、喻八九于胸中，曾不蔕介。或情動于中〔一二〕，則極思冥搜，神游希夷，形兀枯木〔一三〕，五聲勞于呼吸，萬象貧于抉剔，信詩家之雄傑者也〔一四〕。美哉！裴公之知人爲不誣矣〔一五〕。於戲！旌别淑慝，史臣之職也〔一六〕。僕幸得爲之叙録，視其人齒尚壯，才力未盡，謳吟之興方酣，俟其繼作，得如周頌魯頌者〔一七〕，廣之爲唐風集〔一八〕。

荀鶴初謁梁王朱全忠，雨作而天無行雲。梁曰：此謂天泣，不知何祥？請先作無雲雨詩。乃賦曰：同是乾坤事不同，雨絲飛灑日輪中。若教陰顯都相似，爭表梁王造化功！梁悦之〔一九〕。

【校箋】

〔一〕《苕溪漁隱叢話》後集卷一五引嚴有翼《藝苑雌黄》：「荀鶴，牧之之微子也。牧之會昌末，自齊安移守秋浦時，年四十四，所謂『使君四十四，兩佩左銅魚』是也。時妾有娠，出嫁長林鄉士杜筠，生荀鶴，有能詩名，自號『九華山人』。大順初擢第，尋授翰林學士、主客員外郎，知制誥。顧雲序其集爲《唐風集》。」蔡正孫《詩林廣記》前集卷九引同。「尋」、「員」、「顧雲」四字原脱，據補。「長林鄉正」《叢話》作「長林鄉士」，作「鄉正」是。「使君四十四」二句，乃杜牧《春末題池州弄水亭》詩，秋浦在池州，蓋嚴有翼引之以見其移守秋浦之年歲也。

〔二〕「前溪」，《唐百家詩選》同，《詩林廣記》作「前灘」。

〔三〕《北夢瑣言》卷七：「杜荀鶴曾得一聯詩云：『舊衣灰絮絮，新酒竹蒭蒭。』時韋相國説右司員外郎，寄寓荆州，或語于韋公。曰：『我道「印將金鎖鎖，簾用玉鈎鈎。」』即京兆大拜氣概，詩中已見之矣。」「韋説」原作「韋莊」，説昭宗時爲右司員外郎，見《舊唐書》卷二〇上《昭宗紀》，其「初在江陵」，後相唐莊宗，亦見《舊五代史》卷六七《韋説傳》。今據改。

〔四〕《鑒誡録》卷九「削古風」條：「杜在梁朝，獻朱太祖（温）《時世行》十首，欲令太祖省徭役，薄賦斂。是時方當征伐，不洽上意，遂不見遇」云云。《鑒誡録》録此二首，今傳，餘八首已佚。《全唐詩》卷六九二杜荀鶴下收入二詩，分載兩處，前首題《山中寡婦》，後首題《亂後逢村叟》，蓋不考《鑒誡録》也。

〔五〕《舊五代史》卷二四《梁書·杜荀鶴傳》：「杜荀鶴，池州人。善爲詩，辭句切理，爲時所許。既擢第，復還舊山。時田頵在宣州，甚重之。頵將起兵，乃陰令以牋問至，太祖遇之頗厚。及頵遇禍，太祖以其才表之，尋授翰林學士、主客員外郎。既而恃太祖之勢，凡搢紳間已所不悦者，日屈指怒數，將謀盡殺之。苞蓄未及泄，丁重疾，旬日而卒。」「主客員外郎」下原衍「中」字，據删。按此言「衆怒欲殺而未及」，與史文異，疑誤。

〔六〕此作者自注，謂子昂也。唐文宗名李昂。

〔七〕「摧撞」原作「摧橦」，據《文苑英華》卷七一四改。

〔八〕「意生」原作「竟」字，據《文苑英華》卷改。

〔九〕「詩」，《文苑英華》作「平生所著五七言」。

〔一〇〕「清苦激」三字原作「疑」，據《文苑英華》改。

〔一一〕「綱」字原脱，據《文苑英華》補。

〔一二〕「或」字原脱，據《文苑英華》補。

〔一三〕「形兀枯木」原作「形瓦枯木」，據《文苑英華》改。

〔一四〕「家」字原脱，據《文苑英華》補。

〔一五〕「裴公之知人爲不誣矣」句，「之」原在「人」字下，據《文苑英華》乙改。

〔一六〕「也」字原脱，據《文苑英華》補。

〔一七〕「魯頌」二字原脱，據《文苑英華》補。

〔一八〕「廣」原作「目」，據《文苑英華》改。《文苑英華》篇末尚有「别爲之次序，景福元年壬子夏述」十七字，當補。

〔一九〕《詩話總龜》前集卷三引《洞微志》：「杜荀鶴謁梁高祖，與之坐，忽無雲而雨。祖曰：『無雲而雨，謂之天泣，不知何祥？請作詩。』荀鶴曰：『同是乾坤事不同，雨絲飛灑日輪中。若教陰顯都相似，爭表梁王造化功！』高祖喜之。」「不知何祥」句，原脱「不」字，「顯」字原闕，據補。毛本作「陰翳」。此事亦見張齊賢《洛陽搢紳舊聞記》卷一「梁太祖優待文士」條，其詩第三句作「若教陰朗都相似」。

孫棨

題妓王福娘牆詩云：移壁迴牕費幾朝，指鐶偷解薄蘭椒。無端鬬草輸隣女，更被捻將玉步摇。又云：寒繡衣裳餉阿嬌，新圖香獸不禁燒。東隣起様裙腰闊，剩蹙黄金線幾條〔一〕。

棨贈妓王福娘詩云〔二〕：綵翠仙衣紅玉膚，輕盈年在破瓜初。霞盃醉喚劉郎飲〔三〕，雲髻慵邀阿母梳。不怕寒侵緣帶寶，每憂風舉倩持裾。謾圖西子晨粧樣〔四〕，西子元來未得如。

鄭谷寄臺院孫端公棨詩云：才拙道仍孤，無何捨釣徒。班雖沾玉筍，香不近金爐。雨露瞻雙闕，煙波隔五湖。唯君應是念，曾共伏青蒲。曾同諫垣。

【校箋】

〔一〕此載孫棨三詩，皆采自其所著之《北里志》「王團兒」條，略云：「王團兒，前曲自西第一家也。己爲假母，有女數人……次曰福娘，字宜之，甚明白，豐約合度，談論風雅，且有體裁。……予在京師，與群從少年習業，或倦悶時，同詣此處。……予嘗贈宜之詩曰：『彩翠仙衣紅玉膚，輕盈年在破瓜初。霞杯醉勸劉郎飲，雲髻慵邀阿母梳。不怕寒侵緣帶寶，每憂風舉倩持裾。謾圖西子晨粧樣，西子原來未得如。』得詩甚多，頗以此詩爲稱愜，持詩于窗左紅墻，請予題之。及題畢，以未滿壁，請更作一兩篇，且見戒無豔。予因題三絶句，如其自述。其一曰：『移壁迴窗費幾朝，指環偷解薄蘭椒。無端鬬草輸鄰女，更被捻將玉步摇。』其二曰：『寒繡紅衣餉阿嬌，新團香獸不禁燒。東鄰起樣裙腰濶，刺蹙黄金線幾條。』其三曰：『試共卿卿戲語麤，畫堂連遣侍兒呼。寒肌不奈金如意，百獺爲膏郎有無。』云云。」此録其題墻詩一、二首而略其第三首。其第二首原題作《題北里妓人壁》，列于最末，今移前爲第二首，改《題》爲「又云」二字。

原第二首爲鄭谷《寄臺院孫端公棨》詩，今移置最後，以其不出于《北里志》也。「費」原作「廢」，「薄蘭」原作「博蘭」，「紅衣」原作「衣裳」，「線幾條」原作「一兩條」，據《北里志》改。

〔二〕詩題原作《贈妓人》，據《北里志》改。

〔三〕「飲」原作「賭」，據《北里志》改。

〔四〕「晨粧様」原作「爲粧様」，據《北里志》改。

王鐸

鐸，字昭範，重德名家，位望崇顯，率由文雅，非定亂才。鎮渚宫爲都統，以禦巢寇。洎荆州失守，復把潼關。黄巢差人傳語云：令公儒生，非我敵，請自退避，無污鋒刃。于是棄關。隨僖宗播遷于蜀，再授都統。收復京師，大勳不成，竟罷非命。落都統後有詩，其要云：黜詔已聞來闕下，檄書猶未遍軍前。亦志在其中也〔一〕。

罷都統守鎮滑州作云：用軍何事敢遷延，恩重才輕分使然。黜詔已聞來闕下〔二〕，檄書猶未遍軍前。腰間盡解蘇秦印，波上虚迎范蠡船。正會星辰扶北極，却驅戈甲鎮南燕。三塵上相逢明主，九合諸侯媿昔賢〔三〕。看却中興扶大業，殺身無路好歸田。

鐸爲侍御史，于興宗守綿州，登越王樓，以詩寄朝士〔四〕。鐸和云：謝朓題詩處，危樓壓郡城。雨餘江水碧，雲斷雪山明。錦綉來仙境，風光入帝京。恨無青玉案，何以報高情。

鐸謁梓潼張惡子廟詩曰：盛唐聖主解青萍，欲振新封濟順名。夜雨龍抛三尺匣，青雲鳳入九重城。時僖宗幸蜀，人情術士皆云春内必還京。劍門喜氣隨雷動〔五〕，玉壘韶光待賊平。惟報關東諸將相，柱天功業賴陰兵。判度支蕭遘和云：青骨祀吴誰讓德，紫華居越亦知名。未聞一劍傳唐主，長擁千山護蜀城。斬馬威稜應掃蕩，截蛟鋒刃俟昇平。酇侯爲國親簫鼓，堂上神籌更布兵。時僖宗解劍贈神，故二公賦詩。

【校箋】

〔一〕《北夢瑣言》卷三：「唐王中令鐸，重德名家，位望崇顯，率由文雅，非定亂之才。鎮渚宫爲都統，以禦黄巢。……洎荆州失守，復把潼關。黄巢差人傳語云：『令公儒生，非是我敵，請自退避，無辱鋒刃。』于是棄關。隨僖皇播遷于蜀。再授都統，收復京都，大勳不成，竟罹非命。……落都統後有詩，其要云：『黜詔已聞來闕下，檄書猶未遍軍前。』亦志在其中也。」「鐸字昭範」，見《新唐書》卷一八五《王鐸傳》。「于是棄關」下原衍「于」字，「罹非命」三字原脱，「亦志」下「在」字原脱，據删補。王鐸落都統後，爲樂彦禎父子所殺事，見《北夢瑣言》卷十二，故云「竟罹非命」也。

〔二〕「已聞」，《又玄集》作「已開」，誤。

〔三〕「九合」，《又玄集》作「九命」，誤。

〔四〕于興宗大中中守綿州，登越王樓，以詩寄朝士事，見本書卷五三。

〔五〕「劍門」原作「劍明」，據毛本改。

鄭綮

古今詩話曰：相國綮善詩，有題老僧詩云：日照西山雪，老僧門未開。凍瓶粘柱礎，宿火燼爐灰。童子病歸去，鹿麑寒入來。常云：此詩屬對，可以衡秤。言輕重不偏也。或曰：相國近爲新詩否？對曰：詩思在灞橋風雪中驢子上，此處何以得之？蓋言平生苦心也〔一〕。

綮，字蘊武，大順後，王政微，綮每以詩謠託諷，中人有誦之天子前者。昭宗意其所蘊未盡，因有司上班簿，遂書其側曰：可禮部侍郎、同中書門下平章事。綮本善詩，其語多俳諧，故使落調，世號鄭五歇後體。至是省吏走其家上謁，綮笑曰：諸君誤矣。人皆不識字，宰相亦不及我。俄聞制下，歎曰：歇後鄭五作宰相，事可知矣！立朝無復故態，纔三月，去位〔二〕。

綮刺廬江，將去，别郡人云：唯有兩行公廨淚，一時灑向渡頭風。其滑稽類此。

【校箋】

〔一〕此采自《北夢瑣言》卷七，云：「唐相國鄭綮雖有詩名，本無廊廟之望。……《題老僧》詩云：『日照西山雪，老僧門未開。凍瓶粘柱礎，宿火焰寒灰。童子病歸去，鹿麑寒入來。』常云：『此詩屬對，可以稱衡，重輕不偏也。』或曰：『相國近有新詩否？』對曰：『詩思在灞橋風雪中驢子上，此處何以得之？』蓋言平生苦心也。」《古今詩話》雖出《瑣言》，而文字有所省略，云：「唐相鄭棨《贈老僧》詩曰：『日照西山雪，老僧門未開，凍瓶粘柱礎，宿火隱爐灰。童子病歸去，鹿麑寒入來。』自云此詩可以衡稱，輕重不偏也。嘗有人問：『相國近有新詩否？』曰：『詩在灞橋風雪中驢子上，此中安可得之？』」（《詩話總龜》前集卷二六引）細審自別。本書多采《瑣言》，不當于此獨取後出之《古今詩話》也。本書所注出處偶有爲校刻者所加之文，此其一例。「西山」原作「四山」，據改。「燼爐灰」，《北夢瑣言》作「焰寒灰」。

〔二〕《新唐書》卷一八三《鄭綮傳》：「鄭綮字蘊武。……大順後，王政微，綮每以詩謡託諷，中人有誦之天子前者，昭宗意其有所藴未盡，因有司上班簿，遂署其側曰：『可禮部侍郎、同中書門下平章事。』綮本善詩，其語多俳諧，故使落調，世共號『鄭五歇後體』。至是，省史走其家上謁，綮笑曰：『諸君誤矣。人皆不識字，宰相亦不及我。』史言：『不妄。』俄聞制詔下，歎曰：『萬一，然笑殺天下人！』既視事，宗戚詣慶，搔首曰：『歇後鄭五作宰相，事可知矣！』固讓，不聽。立朝侃然，無復故態。自以不爲人所瞻望，纔三月，以疾乞骸。拜太子少保致仕，卒。」

胡玢

玢，不知何許人？嘗隱廬山，苦心于五、七言。桑落洲一篇云：莫問桑田事，但看桑落洲。數家新住處，昔日大江流。古岸崩欲盡，平沙長未休。想應百年後，人世更悠悠。又月詩云：輪中別有物，後改云：桂根寧有土。光外更無空。玢與李騭舊交，騭廉問江西，弓旌不至〔一〕。

【校箋】

〔一〕《摭言》卷一〇：「胡玢，不知何許人。嘗隱廬山，苦心于五、七言。《桑落洲》一篇曰：『莫問桑田事，但看桑落洲。數家新住處，昔日大江流。古岸崩欲盡，平沙長未休。想應百年後，人世更悠悠。』又《月》詩云：『輪中別有物，（後改云：「桂根寧有土。」）光外更無空。』玢與李騭舊交，騭廉問江西，弓旌不至。」此采之。注文「後」字原脱；「李騭舊交」原作「李騰」；「騭廉問江西」句「騭」字原脱，「廉」原作「簾」，據改補。又，「胡玢」疑爲「胡汾」之訛。貫休《禪月集》有《寄西湖胡汾》、《寄西山胡汾吴樵》詩，曹唐亦有《與胡汾坐月期貫休上人不至》詩，殆即其人。《全唐詩》卷七六八收胡玢詩三首，注云「一作汾」。其《石楠樹》一首，所據《文苑英華》卷三二六，作者即題「胡汾」。

楊收

字藏之。吴人呼爲神童。兄發戲令詠蛙，即曰：兔邊分玉樹，龍底耀銅儀。會當同鼓吹，不復問官私。又令詠筆，仍賦鑽字，即曰：雖匪囊中物，何堅不可鑽。一朝操政事，定使冠三端。吴人造門請詩，觀者壓敗其牆。收嘲曰：爾幸無羸角，何用觸吾藩。若是升堂者，還應自得門〔一〕。

【校箋】

〔一〕《舊唐書》卷一七七《楊收傳》：「楊收，字藏之。……十三，略通諸經義，善于文詠，吴人呼爲『神童』。兄發戲令詠蛙，即曰云云。又令詠筆，仍賦鑽字，即曰云云。每良辰美景，吴人造門觀神童，請爲詩什，觀者壓敗其藩。收嘲曰云云。」詠蛙詩「銅儀」原作「同儀」；「收嘲曰」句「收」原作「牧」，據改。前詩人名同改。

平曾

曾謁華州李固言，不遇，因吟一絶而去，曰：老夫三日門前立，珠箔銀屏晝不開。詩卷却抛書袋裏，正如閑看華山來〔一〕。

曾恃才傲物，竟殁于縣曹。薛平僕射出鎮浙西，主禮稍薄，曾留詩以諷之曰：梯山航海幾崎嶇，來謁金陵薛大夫。毛髮豎時趨劍戟，衣冠儼處拜冰壺。誠知兩軸非珠玉，深愧三縑卹旅途。明日過江風景好，不堪回首望句吴。薛聞曾出境，遣使追還，縻留數日，又獻縶白馬詩曰：白馬披鬃練一團，今朝被絆欲行難。雪中放去空留跡，月下牽來只見鞍。向北長鳴天外遠，臨風斜控耳邊寒。自知毛骨還應異，更請孫陽仔細看。河東公曰：若不留絆行軒，那得觀其毛骨。遂以殊禮相待〔二〕。

唐以府元被絀者九人，曾其一也〔三〕。曾長慶二年同賈閬仙輩貶，謂之舉場十惡〔四〕。曾後謁李固言于蜀，幕中皆名士。曾輕忽無所畏，遂獻雪山賦。李覽，命推出。不旬日，再獻鯸鮧魚賦曰：此魚觸物而怒，翻身上波，爲鵄鳶所獲，奈魴鱮之何。李覽之，遂不至深罪〔五〕。

【校箋】

〔一〕《摭言》卷一〇：「平曾謁華州李相固言，不遇，因吟一絶而去，曰：『老夫三日門前立，珠箔銀屏晝不開。詩卷却拋書袋裏，譬如閒看華山來。』」

〔二〕《雲溪友議》卷中《白馬吟》條：「平曾以憑人傲物，多犯諱忌，竟没于縣曹，知己歎其運蹇也。薛平僕射出鎮浙西，投城主，禮稍薄，曾留詩以諷之曰云云。薛聞之，曾將出境，遣吏追還，縻留數日，又獻《縶白馬詩》曰云云。河東公覩詩曰：『若不留絆行軒，那得觀其毛骨？』遂以殊禮相待，厚送篚賂餞行。」「孫陽」原作「孫楊」，「那得」原作「即得」，據改。

〔三〕《摭言》卷二「府元落」下列郭求等九人，第五人爲平曾，注云：「長慶二年貶。」

〔四〕《鑒誡録》卷八「賈忤旨」條：「賈又吟《病蟬》之句以刺公卿，公卿惡之，與禮闈議之，奏島與平曾等風狂，撓擾貢院，是時逐出關外，號爲『十惡』。」

〔五〕《雲溪友議》卷中《白馬吟》條：「曾後游蜀川，謁少師李固言相公。在成都賓館，則李珪郎中、郭圓員外、陳會端公、袁不約侍郎、來擇書記、薛重評事皆遠從公，可謂蓮幕之盛矣。曾每與諸公評論，則言笑彌日，侍于相公，則輕佻無所畏怵。遂獻《雪山賦》一首，言雪山雖兹潔白之狀，叠嶂攢峰，夏日清寒，而無草木華茂，爲人採掇。以李公罕作文章，廢其庠序也。相公讀《賦》，命推出曾。曾不踰旬，又獻《鯸鮧魚賦》，言此魚觸物而怒，翻身上波，爲鵄鳶所獲，奈魴鱮之何。相公覽《賦》而笑曰：『昔趙元淑之狂簡，袁彦伯之機捷，無以過焉。』然愛其文彩，投贄者無以過于曾，曾有過忤，不至深罪之矣。」「李固言」三字中「李」、「言」二字原脱，「鯸鮧魚賦」中「鮧」字原脱，「鵄鳶」原作「烏鳶」，「魴鱮」原作「魴鯉」，據補改。

繆島雲

島雲少從浮圖，其詩尤尚奇險，至如四五片霞生絶壁，兩三行雁過疏松。又抛芥子降顛狒狒，折楊枝灑醉猩猩。廬山瀑布曰：白鳥遠行樹，玉虹孤飲潭。皆敻出前輩。開成中，常游豫章。武宗朝，准勅反初，名甚喧然〔一〕。

【校箋】

〔一〕《摭言》卷一〇：「繆島雲少從浮圖，才力浩大，有李杜之風。其詩尤重奇險，至如『四五片霞生絶壁，兩三行雁過疏松。』復曰：『抛芥子降顛狒狒，折楊枝灑醉猩猩。』《廬山瀑布》曰：『白鳥遠行樹，玉虹孤飲潭。』皆敻出前輩。開成中，常游豫章。武宗朝，准勅反初，名甚喧然。」「狒狒」原作「拂拂」，「猩猩」原作「惺惺」，「准」原作「淮」，據改。

唐詩紀事校箋卷第六十六

馮　涓　盧嗣立　李　質　姚巖傑　王　璘
嚴　郭　陳　標　崔安潛　盧　發　錢　珝
盧　駢　嚴　惲　王　渙　張　曙　翁　綬
戴司顏　孫　定　趙　牧　盧　汪　鄭　愚
王　鐐　陳　琡

馮涓

涓初除京兆府參軍，恩地杜相審權有江西之拜，制未出，召涓密語延辟之命，戒勿泄。涓漏其言于友人鄭賓，賓尋捧刺詣賀，杜遂鄙涓淺薄，不預初選。及廉車發日，涓候别于灞橋，杜長揖曰：勉旃〔一〕。後分符眉州，不得之任，在西川重圍中，跼蹐于陳、田之間，羈愁六年，徒步糊口。著懷秦賦，有南冠、龍吟等集，皆傷蹭蹬也。集有蜀馱引，其要云：昂藏大步蠶叢國，曲頸微伸高九尺。卓女窺窗莫我知，嚴仙據案何曾識？又題支機石云：不隨俗物皆成土，只待良時却補天。惜知己之不遇也〔二〕。

涓，字信之，信都人。大中初舉進士，登宏詞科。時危，隱商山十年。昭宗以爲眉州刺史，陳、田拒命，涓棄郡，于成都墨池灌園自給〔三〕。王建以爲翰林學士，雖詼諧傲物，而多有補益〔四〕。卒于蜀。

【校箋】

〔一〕《北夢瑣言》卷三：「大中四年，進士馮涓登第，榜中文譽最高。……初除京兆府參軍，恩地即杜相審權也。杜有江西之拜，制書未行，先召長樂公密話，垂延辟之命，欲以南昌牋奏任之，戒令勿泄。長樂公拜謝，辭出宅，速鞭而歸。于通衢遇友人鄭賓，見其喜形于色，駐馬懇詰。長樂遽以恩地之辟告之。滎陽尋捧刺詣京兆門謁賀，具言得于馮先輩也。京兆嗟憤，而鄙其淺露。洎制下開幕，馮不預焉。心緒憂疑，莫知所以。廉車發日，自灞橋乘肩輿，門生咸在，長樂拜別，京兆公長揖馮曰：『勉旃！』由是囂浮之譽，徧于搢紳，竟不通顯。」「戒勿泄」原脱「泄」字，「鄭賓」原作「鄭寬」，「涓候别于長樂」句，與原意不合，「長樂」，馮氏郡望，謂涓也。今改作「灞橋」。

〔二〕「知己」原作「已知」，據毛本改。

〔三〕《太平廣記》卷二五七「馮涓」條引《王氏見聞録》：「唐帝幸梁洋，涓扈蹕焉。至漢中，詔除眉州刺史，赴任至蜀，阻兵，王氏强縻于幕中。」陳、田，謂陳敬瑄、田令孜也。

〔四〕《鑒誡録》卷四「輕薄鑑」條：「前蜀馮大夫涓恃其學富，所爲輕薄，然于清苦直諫，比諷箴規，章奏悉于教化，所著文章，迥超群品，諸儒稱之爲大手筆矣。……太祖爲蜀王時，方構大業，莫不賦輿增益，轉運煩苛，百姓困窮，無敢言者。因太祖生辰，大夫獨獻一歌，先紀王功，後陳生聚。太祖曰：『如卿忠讜，寡人王業何憂。』遂賜黄金十斤，以旌禮諫。于是徭役稍減矣。……《生日歌》略云：『百姓富，軍食足；百姓足，軍民歡。爭奈生靈飢且寒，吾王有術應不難。但令一斛徵一㪷，自然百姓富于官。』」

盧嗣立

望九華山云：九華深翠落軒楹，迥眺澄江氣象明。不遇陰霾孤岫隱，正當寒日衆峰呈。坐觀風雪銷煩思，惜别烟嵐駐曉行。得路歸山期早訣，夜來潛已告精誠。

嗣立，登會昌進士第〔一〕。

【校箋】

〔一〕徐松《登科記考》卷二二會昌五年進士盧嗣立下云：「《永樂大典》引《池州府志》：『孟遲字須仲，青陽人；盧嗣立字敏紹，秋浦人。杜牧守池州，同舉于朝，同登進士第。』又引《秋浦新志》云：『會昌五年，高元裕以詩簡知舉陳商云：中丞爲國拔英才，寒畯欣逢藻鑑開。九朵蓮花秋浦隔，兩枝丹桂一時開。爲江東佳話。』」

李質

質，字公幹，襄陽人。應舉無成，有親在衡湘，往謁焉。泝流至湓城，豫章逐帥，捨舟由武寧而反。會草寇殺其宰，倉惶前去得日觀。宿東房，有酒數缸甚美，遂攜一壺上樓酌之，因吟曰：曾入桃溪路〔一〕，仙原信少雙〔二〕。洞霞飄素練，蘚壁畫陰窗〔三〕。古木愁撐月〔四〕，危峰欲墮江。自吟空向寂，誰共倒秋缸。吟畢，如有人言曰：土主尚書寓宿在此。質登第後二十年，廉察豫章。時大中十二年也〔五〕。出科名分定録。

【校箋】

〔一〕「桃溪」，《三體唐詩》卷五載此詩，作「桃源」。

〔二〕「仙原」，《三體唐詩》作「桃源」。

〔三〕「蘚壁」，《三體唐詩》作「壁蘚」。

〔四〕「愁撐」，《三體唐詩》作「疑撐」。

〔五〕《資治通鑑》卷二四九：大中十二年，「六月丙申，江西軍亂，都將毛鶴逐觀察使鄭憲。」與計氏所云「豫章逐帥」事合，則此所謂「時大中十二年」，乃指質應舉無成，避寇衡湘時，非謂其登第之年也。

姚巖傑

巖傑，梁國公元崇裔孫。嘗以詩酒放游江左。乾符中，顔標典鄱陽，鞠場亭宇初創，命巖傑紀其事，文成，粲然千餘言，標欲刊去一二字，巖傑大怒，標遂仆其碑。巖傑以一篇紀之曰：爲報顔公識我麽，我心唯只與天和。眼前俗物關情少，醉後青山入意多。田子莫嫌彈鋏恨，甯生休唱飯牛歌。聖朝若爲蒼生計，也合公車到薜蘿〔一〕。

盧肇牧歙州，巖傑在婺源，先以著述寄肇，肇已知其人，辭以兵火之後，郡中凋弊，無以迎逢大賢。巖傑復以長牋激之，肇不得已，輟所乘馬迎至郡齋，館穀如公卿禮。既而日肆傲睨。肇嘗以篇詠詫于巖傑曰：明月照巴山。巖傑笑曰：明月照天下，奈何獨照巴山耶！子發慚不得意。無何，會于江亭，時蒯希逸在席，肇改令曰：目前取一聯，象令主，曰：遠望漁舟，不闊尺八。巖傑遽飲酒一器，憑欄嘔噦，須臾即席還令曰：憑欄一吐，已覺空喉。有集二十卷，目曰象溪子。中和末，豫章大亂，巖傑病死〔二〕。

【校箋】

〔一〕此采自《摭言》卷一〇。「鄱陽」原作「藩」，「千餘言」三字原脱，據補改。

〔二〕此亦采自《摭言》卷一〇。「牧歙州」原作「收歙州」，「詫」原作「吒」，「照」字原脱，「慚」原作

「漸」，據補改。「盧肇」，《摭言》作「盧子發」，蓋肇字子發也。末句「巖傑病死」，《摭言》作「巖傑苦河魚之疾，寓于逆旅，竟不知其所終」。

王璘

長沙日試萬言王璘，詞學富贍，崔詹事廉問，表薦于朝。先試之使解，璘請十書吏，皆給筆札，璘口授，十吏筆不停綴。首題黄河賦三千字，復爲鳥散餘花落詩二十首，援筆而就。時忽風雨暴至，數幅爲回飆所卷，泥滓沾漬。璘曰：勿取，但將紙來。復縱筆一揮，斯須復十餘篇矣。時未亭午，已構七千餘言。時路巖方當鈞軸，遣一介召之。璘曰：請俟見帝。巖大怒，亟命奏廢萬言科。璘杖策而歸，放曠盃酒間，雖屠沽無間然矣〔一〕。璘與李群玉相遇嶽麓寺，群玉曰：公何許人？璘曰：日試萬言王璘。群玉待之甚淺，曰：請與公聯句可乎？璘曰：唯子之命。群玉破題而授之，不記其詞。璘略不佇思，繼之曰：芍藥花開菩薩面，椶櫚葉散野叉頭。群玉遂屈〔二〕。崔詹事遺璘夾纈數匹，璘翌日以作中單襜褕衣之〔三〕。

【校箋】

〔一〕此條載王璘三事俱采自《摭言》。此事出《摭言》卷一一，「已構七千餘言」句，原脱「構」字，據補。

〔二〕此事出《摭言》卷一三，「野叉頭」原作「野人頭」，據改。

〔三〕此事出《摭言》卷一二。

嚴郭

賦百舌鳥云〔一〕：此禽輕巧少同倫，我聽長疑舌滿身。星未没河先報曉，柳猶粘雪便迎春。頻嫌海燕巢難定，却訝林鶯語不真。莫倚春風便多事〔二〕，玉樓還有晏眠人。

【校箋】

〔一〕此詩《全唐詩》卷七七〇載作嚴郭詩，復于卷七二七載作嚴郾詩。《新唐書》、《宋史》及《通志》、《崇文總目》等並著録有《嚴郾集》二卷，或當作郾詩爲是。

〔二〕「春風」原作「青風」，形近之訛，《全唐詩》卷七二七所録不誤，據改。毛本作「莫倚清風更多事」，與《全唐詩》卷七七〇所載同，並非。

陳標

標贈元和十三年登第進士曰〔一〕：春官南院院牆東〔二〕，曉色初分月色紅〔三〕。文字一千重馬擁，喜歡三十二人同。眼看魚變辭凡水，心逐鶯飛出瑞風。莫怪雲泥從此別，總曾惆悵去年中。

標詠蜀葵花云：能共牡丹爭幾許，得人嫌處是花多。韋絢曰：鶴與鸕鷀皆胎化，而人以鶴爲仙禽。蓋鶴難見，鸕鷀易見，貴耳而賤目也。遂誦標蜀葵花詩以況之〔四〕。啄木謡云〔五〕：丁丁向晚急還稀，啄徧庭槐未肯歸。終日與君除蠹害，莫嫌無事不平飛。寄友人云：杜甫在時貪入蜀，孟郊生處却歸秦。如今始會麻姑意，借問山川與後人。

右張爲取二詩作主客圖。

標終侍御史，長慶二年進士也。

【校箋】

〔一〕此采自《摭言》卷一五。其云「元和十三年進士陳標獻諸先輩詩曰云云」，似謂標亦同年登第者。許氏嘗見《唐登科記》，以陳標爲長慶二年進士，故改易其辭，是也。

〔二〕「院牆」原作「粉牆」，據《摭言》改。

〔三〕「曉色」原作「地色」，據《摭言》改。

〔四〕《劉賓客嘉話録》載韋絢語，略云：「世只知鶴胎生，不知鸕鷀亦是胎生。……鶴，難見也；鸕鷀，易見也，世貴耳而賤目之故也。……所以進士陳標詠蜀葵詩云：『能共牡丹爭幾許，得人憎處只緣多。』鸕鷀之謂也。」《文苑英華》卷三二二載此詩，末句作「得人輕處衹緣多」。

〔五〕《古今合璧事類備要》别集卷七二、《古今事文類聚》後集卷四五並載此詩，題同，「還稀」作「還啼」、「庭槐」作「庭前」。《文苑英華》卷三載此，作者題「朱餘慶」（當是朱慶餘之訛），題作《啄木兒》，「遍」字下注「《類詩》作盡」、「與」字下注「《類詩》作為」、「嫌」字下注「集作嗔」，「平飛」作「頻飛」。《萬首唐人絶句》卷六九亦以此詩爲朱慶餘作，題《啄木鳥》。檢《四部叢刊》影宋本《朱慶餘詩集》不載此詩，當從《紀事》作陳標詩爲是。

崔安潛

何澤，韶陽曲江人也。父鼎，容管經略，有文稱。澤乾寧中隨計至三峰行在，永樂崔公安潛，即澤之同年丈人也。聞澤來，乃以一絶振之曰：四十九年前及第，同年唯有老夫存。今日殷勤訪我子，穩將鬐鬣上龍門。時主文與奪未分，又會相庭有所阻，時崔相公胤恃權，即永樂猶子也。因之敗于垂成。後漂泊關外，梁太祖受禪，澤假廣南幕職入貢，敕賜及第〔一〕。

世謂崔魏公鉉好食新餕頭，杜豳公悰每早食饋飯乾脯，崔侍中安潛看鬭牛。李衛公曰：吾喜見未聞言、新書策〔二〕。

安潛，字進之，累爲西川、平盧等節度，拜侍中〔三〕。

【校箋】

〔一〕此采自《摭言》卷九。「同年丈人」原作「同年文人」，「振之」原作「報之」，「我子」原作「吾子」，據改。

〔二〕《北夢瑣言》卷四：「唐朱崖李太尉與同列款曲，或有徵其所好者，掌武曰：『喜見未聞言、新書策。』崔魏公鉉好食新餤頭，以爲珍美。……杜豳公每早食饋飯乾脯，崔侍中安潛好看鬬牛。」「未聞言」原脱「言」字，據補。

〔三〕「拜侍中」下原有「自中令鎮荆南」六字，按《新唐書》卷一一四《崔融傳》附《安潛傳》：「安潛字進之。進士擢第，咸通中，歷江西觀察、忠武節度使。……僖代高駢領西川節度。……王鐸任都統，表以自副。……青州王敬武卒，詔拜平盧節度使，檢校太師兼侍中。會敬武子師範專地，不得入而還。後遷太子太傅，卒。」《舊唐書》略同。是安潛生平并無「自中令鎮荆南」之事，細審此句實下條錯簡，今删。説詳「盧發」條校箋〔一〕。

盧　發

白中令鎮荆南，杜蘊廉問長沙，發爲從事，往致聘焉。發酒酣，傲睨公，公因改著詞令曰：十姓胡中第六胡，也曾金闕掌洪爐。少年從事誇門第，莫向樽前喜氣粗。盧答曰：十姓胡中第六胡，文章官職勝崔盧。暫來關外分憂寄，不稱賓筵語氣粗。公極歡而罷〔一〕。

【校箋】

〔一〕《摭言》卷一三：「白中令鎮荆南，杜蘊常侍廉問長沙，時從事盧發致聘焉。發酒酣傲睨，公少不懌。因改著詞令曰：『十姓胡中第六胡，也曾金闕掌洪爐。少年從事誇門地，莫向樽前喜氣粗。』盧答曰：『十姓胡中第六胡，文章官職勝崔盧。暫來關外分憂寄，不稱賓筵語氣粗。』公極歡而罷。」「白中令鎮荆南」六字原無。按此文「公」，謂白敏中也。《舊唐書》卷一八下《宣宗紀》：「大中十一年，正月，以西川節度、檢校司徒、同中書門下平章事白敏中以本官兼江陵尹，充荆南節度等使。」即此時事。乃杜蘊自長沙遣從事盧發往荆南致聘于敏中也。白氏爲胡姓，《北夢瑣言》卷五：「自大中至咸通，白中令入拜相，次畢相諴、曹相確、羅相劭，權使相也，繼升巖廊，崔相慎猷曰：『可以歸矣，近日中書盡是蕃人。』蓋以畢、白、曹、羅爲蕃姓也。」是時人已以胡姓嘲敏中。唐代崔、盧爲士族大姓，故敏中戲以此入詠，而盧發亦以此作答。若無此句，則二詩皆不知所云矣。尋上文崔安潛條之末，原有「自中令鎮荆南」六字，其「自」字，乃「白」字之訛，蓋爲錯簡，今據《摭言》移冠于篇首。又「不稱賓筵語氣粗」句「語氣」原作「喜氣」，據改。

錢珝

字瑞文，吏部尚書徽之孫。善文辭，宰相王摶薦知制誥，進中書舍人。摶得罪，珝貶撫州司馬[一]。

翃客舍寓懷云[二]：灑灑灘聲晚霽時，客亭風袖半披垂。野雲行止誰相待，明月襟懷祇自知。無伴偶吟溪上路，有花偷笑臘前枝。牽情景物潛惆悵，忽似傷春遠别離。春恨三首云：負罪將軍在北朝，秦淮芳草緑迢迢。高臺愛妾魂銷盡，始得丘遲爲一招。又云：久戍臨洮報未歸，篋香銷盡别時衣。身輕願比蘭堦葉，萬里還尋塞草飛。又云：永巷頻聞小苑游，舊恩如淚亦難收。君前願報新顔色，團扇須防白露秋。蜀國偶題云：忽憶明皇西幸時，暗傷潛恨竟誰知。佩蘭應語宫臣道，莫向金盤進荔枝。

送王郎中云：惜别遠相送，却成惆悵多。獨歸迴首處，爭那暮山何？

未展芭蕉云：冷燭無烟緑臘乾，芳心猶卷怯春寒。一緘書劄藏何事？會被東風暗拆看。

【校箋】

〔一〕《新唐書》卷一七七《錢徽傳》：「錢徽字蔚章。父起，附見《盧綸傳》。……子可復、方義。可復死鄭注時。方義終太子賓客，子翃，字瑞文，善文辭，宰相王摶薦知制誥，進中書舍人。摶得罪，翃貶撫州司馬。」是徽爲起子，翃爲徽孫。此原作「吏部尚書徽之子」，誤。據史文改。《唐才子傳》錢珝條云：「珝吴興人，起之孫也。」亦誤。「瑞文」原作「端文」，據改。

〔二〕《才調集》録錢珝詩七首，此盡采之。

盧駢

盧駢員外一日休于青龍僧舍，詞氣悽慘，暮歸促，命筆題南楣曰：壽夭雖云命，榮枯亦太偏。不知雷氏劍，何處更衝天？題畢，草草而去。涉旬卒〔一〕。

駢，咸通進士也。

【校箋】

〔一〕《唐闕史》：「盧駢員外，才俊之士。忽一日晏抵青龍精舍，休于僧院，忽淒慘如蓄甚憂者，吁嗟往復于軒楹間，僧問不對。逮夜，將整歸騎，徘徊四顧，促命筆硯，題于南楣曰：『壽夭雖云命，榮枯亦太偏。不知雷氏劍，何處更衝天。』題畢，草草而去。涉旬出官，未逾月卒。其詩至今在院，僧逢人輒話其異。」

嚴惲

皮日休傷嚴子重序云〔一〕：余爲童在鄉校時，簡上鈔杜舍人牧之集，見有與進士嚴惲詩。後至吴，一日，有客曰嚴某，余志其名久矣，遽懷文見造，于是樂得禮而觀之〔二〕。其所爲文，工于七字，往往有清便柔媚，時可軼駭于常軌〔三〕。其佳者曰：春光冉冉歸何處？更向花前把一杯。盡日問花花不語，爲誰零落爲誰開？余美之，諷而未嘗怠。生舉進士，亦十餘計偕，余方冤之，謂乎竟有得于時也〔四〕。未幾歸吴興。後兩月，咸通十一年也。生霅人至云：生以疾亡于所居矣。噫！生徒以詞聞于士大夫，竟不名而逝，豈止此而堙没耶！江湖間多美材，士君子苟樂退而有文者，死無不爲時惜，可勝言耶！于是哭而爲詩。魯望，生之友也，當爲我同作〔五〕。詩云：十哭都門榜上塵，蓋棺終是五湖人。生前有敵唯丹桂，没後無家祇白蘋。箬下斬新醒處月，江南依舊詠來春。知君精爽應無盡，必在酆都頌帝晨。項梁城酆都宫頌曰：紂絶標帝晨〔六〕。

陸魯望云：嚴子重以詩游于名勝間舊矣，余晚于江南相遇，甚樂。不幸且没。襲美作詩序而弔之，其名真不朽矣，又何戚其死哉！余因息悲而爲之和云：每值江南日落春，十年詩酒愛逢君。芙蓉湖上吟船倚，翡翠巖前醉馬分。祇有汀洲連舊業〔七〕，豈無章疏動遺文。猶憐未卜佳城處，更斸要離冢畔雲。

【校箋】

〔一〕見《松陵集》卷八。《南部新書》丁：「嚴憚（當作「惲」），字子重，善爲詩，與杜牧友善。皮、陸常愛其篇什，有詩云：『春光冉冉歸何處？更向花前把一杯。盡日問花花不語，爲誰零落爲誰開？』七（當作「十」，見下皮、陸詩）上不第，卒于吴中。」杜牧《樊川外集》有《和嚴惲秀才落花》詩云：「昔惜流年留不得，且環流水醉流杯。無情紅艷年年盛，不恨凋零却恨開！」

〔二〕「于是樂得禮而觀之」八字原作「于是樂甚觀」，據《松陵集》改。

〔三〕「軼駭」原作「軼駿」，據《松陵集》改。

〔四〕「乎竟」二字原作「終」，據《松陵集》改。

〔五〕「當爲我同作」原作「嘗爲我作」，據《松陵集》改。

〔六〕「項梁城」原作「項梁成」，「標」原作「慓」，按《酉陽雜俎》前集卷二《玉格》：「項梁城《酆都宫頌》：『紂絶標帝晨，諒事構重阿』云云」。據改。

〔七〕「祇有汀洲連舊業」原作「祇自汀洲連舊葉」，據《松陵集》及《甫里先生文集》改。

王渙〔一〕

大順中，王渙自左史拜考工員外，同年李德隣自右史拜小戎，趙光胤自補衮拜小儀，王拯自小版拜少勳。渙首唱長句，感恩上裴公曰：青衿七十榜三年，建禮含香次第遷。珠彩乍連星錯落，桂花曾對月嬋娟。玉經磨琢多成器，劍拔沉埋便倚天。應念銜恩最深者，春來爲壽拜樽前。裴公答曰：謬持文柄得時賢，粉署清華次第遷。昔歲策名皆健筆，今朝稱職並同年。各懷器業寧推讓，俱上青霄豈後先。何事老夫猶賦詠，欲將酬和永留傳〔二〕。

渙，字群吉〔三〕，大順二年侍郎裴贄下登第，德隣、拯、光胤皆同年也。

渙惆悵詩云：冰蠶薄絮鴛鴦綺〔四〕，半夜佳期並枕眠。鐘動紅娘唤歸去，對人匀淚拾金鈿。又云：李夫人病已經秋，漢武看來不舉頭。得所濃華銷歇盡，楚魂湘血一生休。又云：謝家池館花籠月，蕭寺房廊竹颭風〔五〕。夜半酒醒憑檻立，所思多在别離中。又云：隋師戰艦欲亡陳，國破應難保此身。訣别徐郎淚如雨，鑑鸞分後屬何人？又云：七夕瓊筵隨事陳〔六〕，蓼花蓮蒂共傷神。蜀王殿裏三更月，不見驪山私語人。又云：夜寒春病不勝懷，玉瘦花啼萬事乖。薄倖檀郎斷芳信，驚嗟猶夢合歡鞋。又云：嗚咽離聲管吹秋，妾身今日爲君休。齊奴不説平生事，忍看花枝謝玉樓。又云：青絲一綹墮雲鬟，金剪刀鳴不忍看。持謝君王寄幽怨，可能從此住人間。又云：陳宫興廢事難期，三閣空餘緑草基。狎客淪亡麗華死，他年江令獨來時。又云：晨肇重來路已迷，碧桃花謝武陵溪。仙山目斷無尋處，流水潺湲日漸西。又云：少卿降北子卿還，朔野離觴慘别顔。却到茂陵唯一慟，節毛零落鬢毛斑。又云：夢裏分明入漢宫，覺來燈背錦屏空。紫臺月落關山曉〔七〕，腸斷君恩信畫工。

【校箋】

〔一〕原有小字注「裴贄」，删。

〔二〕此采自《摭言》卷三。「少勳」原作「小勳」，「乍連」原作「下連」，「便倚天」原作「更倚天」，「豈後先」原作「更後先」，據改。

〔三〕《新唐書》卷七二中《宰相世系表》：「涣字群吉。」按：一九五四年廣州出土《唐故清海軍節度掌書記太原王府君墓誌銘》，記王涣仕履甚詳。《誌》云：「府君諱涣，字文吉」。岑仲勉考之云：「《新唐書表》作『群吉』（《紀事》六六同），是傳聞之訛，《後漢書》延篤注：『涣爛，文章貌也。』『涣』和『文』恰相切合。」（見《岑仲勉文集》）

〔四〕「冰蠶」，《才調集》作「八蠶」。

〔五〕「颸風」原作「颯風」，據《才調集》改。

〔六〕「隨事」原作「往事」，據《才調集》改。

〔七〕「曉」原作「晚」，據《才調集》改。

張　曙

張曙、崔昭緯中和初同舉，相與詣日者問命。曙時自負才名籍甚，以爲將來狀元，崔亦分居其下。日者殊不顧曙，第目崔曰：將來萬全高第。曙有愠色。日者曰：郎君亦及第，然須待崔拜相，當此時過堂。既而曙果不終場，昭緯首冠。曙以篇什刺之云：千里江山陪驥尾，五更風水失龍鱗。昨夜浣花溪上雨，緑楊芳草爲何人？後七年，昭緯爲相，曙方登第，果于昭緯下過堂〔一〕。杜荀鶴，同年生也〔二〕，酬曙詩云：天上詩名天下傳〔三〕，引來齊到玉皇前。大仙録後頭無雪，至藥成來竈絶烟。笑躡紫雲金作闕，夢抛塵世鐵爲船。九華山叟驚凡骨，同到蓬萊豈偶然。

【校箋】

〔一〕《摭言》卷一一：「張曙、崔昭緯中和初西川同舉，相與詣日者問命。時曙自恃才名籍甚，人皆呼爲『將來狀元』，崔亦分居其下。無何，日者殊不顧曙，第目崔曰：『將來萬全高第。』曙有慍色。日者曰：『郎君亦及第，然須待崔家郎君拜相，當于此時過堂。』既而曙果以慘恤不終場，昭緯其年首冠。曙以篇什刺之曰云云。……後七年，崔自内廷大拜，張後于三榜裴公下及第，果于崔公下過堂。」張曙詩《萬首唐人絶句》作《下第戲狀元崔昭緯》。「爲何人」，《萬首唐人絶句》同，《摭言》作「屬何人」。

〔二〕《北夢瑣言》卷四：「唐右補闕張曙……文章秀麗，精神敏俊，甚有時稱。……後于裴贄侍郎下擢進士第，官至右補闕。曾戲同年杜荀鶴曰：『杜十四仁賢大榮幸，得與張五十郎同年。』荀鶴答曰：『張五十郎大榮幸，得與荀鶴同年。天下只聞杜荀鶴名字，豈知張五十郎耶？』彼此大哈。」

〔三〕詩題《唐風集》作《依韻酬同年張曙先輩見寄之什》，張原唱已佚。「詩名」原作「書名」，據改。

翁綬

詠酒云：逃暑迎春復送秋〔一〕，無非緑蟻滿盃浮。百年莫惜千回醉，一盞能消萬古愁。幾爲芳菲眠細草，曾因雨雪上高樓。平生名利關身者，不識狂歌到白頭。

綬，登咸通進士第〔二〕。

【校箋】

〔一〕《古今事文類聚》續集卷十四載此詩，「逃暑」作「陶暑」。

〔二〕《唐才子傳》：「綬，咸通六年中書舍人李蔚下進士。」《舊唐書》卷十九上《懿宗紀》：咸通五年「十月丙辰，以中書舍人李蔚權知禮部貢舉。」

戴司顔

景福中，江西節度使鍾傳，遣僧從約進法華經一千部，上待之甚厚，恩渥有加。宣從約入内賜齋，面錫紫衣一副。將行，太常博士戴司顔以詩贈行，略曰：遠來朝鳳闕，歸去戀元侯。時吴子華任中諫，司顔仰公之名，志在屬和，以爲從約之資。融覽之，拊掌大笑曰：這阿師更不要見，便把拽出得。其承奉如此〔二〕。司顔，登大順進士第〔三〕。

【校箋】

〔一〕《摭言》卷五：「景福中，江西節度使鍾傳，遣僧從約進《法華經》一千部，上待之恩渥有加。宣從約入内賜齋，面錫紫衣一副。將行，太常博士戴司顔以詩贈行，略曰：『遠來朝鳳闕，歸去戀元侯。』時吴子華任中諫，司顔仰公之名，志在屬和，以爲從約之資。融覽之，拊掌大笑曰：『這阿師更不要見，便把拽出得。』其承奉如此矣。」「拊掌」原作「附掌」，「把」字原脱，據改補。

〔二〕《唐才子傳》：「思顔，大順元年楊贊禹榜進士及第。」徐松《登科記考》從之，然《才調集》載有戴司顔《江上雨》、《塞上》詩二首，疑仍當以作「司顔」爲是也。

孫　定

定，字志元，涪州大戎之族子，長于儲。定數舉矣，儲方欲就貢，訪于定，定謔曰：子儀表堂堂，好箇軍將，何必以科第爲資。儲銜之。後儲貴達，未嘗言定之長。晚年喪志，放意杯酒。景福二年，下第游京西，出開遠門，醉中走筆寄儲詩曰：行行血淚灑塵襟，事逐東流渭水深。愁跨蹇驢風尚緊，静投孤店日初沉。一枝猶挂東堂夢，千里空馳北巷心。明日悲歌又前去，滿城烟樹噪春禽。定詩歌千餘首，多委于兵火，竟無成而卒〔一〕。

【校箋】

〔一〕《摭言》卷一〇：「孫定，字志元，涪州大戎之族子，長于儲。定數舉矣，而儲方欲就貢，或訪于定，定謔曰：『十三郎儀表堂堂，好箇軍將，何須以科第爲資。』儲頗銜之。後儲貴達，未嘗言定之長。晚年喪志，放意杯酒。景福二年，下第游京西，出開遠門，醉中走筆寄儲詩曰：『行行血淚灑塵襟，事逐東流渭水深。愁跨蹇驢風尚緊，静投孤店日初沉。一枝猶挂東堂夢，千里空馳北巷心。明日悲歌又前去，滿城煙樹噪春禽。』定詩歌千餘首，多委于兵火，竟無成而卒。」「好箇軍將」原作「好將軍材」，「出開遠門」句，「出」字原脱，「愁跨蹇驢」原作「秋跨蹇驢」，「明日悲歌」原作「明月悲歌」，據改。

趙　牧

牧，不知何許人也。大中、咸通中，效李長吉爲短歌，可謂蹙金結繡而無痕跡。對酒曰：雲翁耕扶桑，種黍養日烏。手挼六十花甲子，循環落落如弄珠。長繩繫日未是愚，有翁臨鏡捋白鬚。飢魂弔骨吟古書，馮唐八十無高車。人生如雲在須臾，何乃自苦八尺軀。裂衣换酒且爲娱，勸君朝飲一瓢，夜飲一壺。杞天崩，雷騰騰，紂非舜是何足憑。桐君桂父豈欺我？醉裏騎龍多上昇。菖蒲花開魚尾定，金丹始可延君命。其餘尤尚輕巧。詞多不載〔一〕。

唐詩自咸通而下，不足觀矣。亂世之音怨以怒，亡國之音哀以思，氣喪而語偷，聲煩而調急，甚者忿目褊吻，如戟手交罵。大抵王化習俗，上下俱喪，而心聲隨之，不獨士子之罪也，其來有源矣。司空圖輩，傷時思古，退己避禍，清音泠然，如世外道人，所謂變而不失正者也。余故盡取晚唐之作，庶知律詩末伎，初若虚文，可以知治之盛衰〔二〕。

【校箋】

〔一〕《摭言》卷一〇：「趙牧，不知何許人。大中、咸通中，效李長吉爲短歌，可謂蹙金結繡而無痕跡。《對酒》詩曰：『雲翁耕扶桑，種黍養日烏。手挼六十花甲子，循環落落如弄珠。長繩繫日未是愚，有翁臨鏡捋白鬚。飢魂弔骨吟古書，馮唐八十無高車。人生如雲在須臾，何乃自苦八尺軀。裂衣换酒且爲娱，勸君朝飲一瓢，夜飲一壺。杞天崩，雷騰騰，紂非舜是何足憑。桐君桂父豈欺我，醉裏騎龍多上昇。菖蒲花開魚尾定，金丹始可延君命。』其餘尤尚輕巧，辭多不載。」「可謂蹙金結繡而無痕跡」十字原脱，「桐君桂父豈欺我」句「欺」原作「勝」，「醉裏騎龍」原作「醉裹白龍」，據改。

〔二〕此計氏論晚唐詩之語。

盧　汪〔一〕

汪門族甲天下，因官家于荆南，舉進士，二十上不第，嘗賦詩曰：惆悵興亡繫綺羅，世人猶自選青娥。越王解破夫差國，一箇西施已太多。晚年失意，賦酒胡子一篇云：同心相遇思同歡，擎出酒胡當玉盤。盤中甎甋不自定，四座親賓注意看。可亦不在心，否亦不在面，徇俗隨時自圓轉。酒胡五藏屬他人，十分亦是無情勸。爾不耕，亦不飢。爾不蠶，亦有衣。有眼不曾分黼黻，有口不能明是非。鼻何尖，眼何碧，儀形本非天地力。彫鐫匠意苦多端，翠帽朱衫巧粧飾。長安斗酒十千酤，劉伶平生爲酒徒。劉伶虚向酒中死，不得酒池中拍浮。酒胡一滴不入腸，空令酒胡名酒胡〔二〕。

【校箋】

〔一〕「盧汪」，毛本作「盧注」，按《新唐書》卷七三上《宰相世系表》有「盧汪」，屬范陽「四房盧氏」，與此言「門族甲天下」合，作「盧注」，非。《摭言》亦作「盧汪」。

〔二〕《摭言》卷一〇：「盧汪門族甲于天下，因官家于荆南之塔橋，舉進士，二十餘上不第，滿朝稱屈。嘗賦一絶，頗爲前達所推，曰：『惆悵興亡繫綺羅，世人猶自選青娥。越王解破夫差國，一箇西施已太多。』晚年失意，因賦《酒胡子》長歌一篇甚著，叙曰：『二三子逆旅相遇，貰酒于旁舍，且無絲竹以用娱賓友，蘭陵掾淮南生探囊中得酒胡子，置于座上。拱而立，令曰：「巡觴之！胡人心俛仰旋轉所向者舉杯。」胡貌類人，亦有意趣，然而傾側不定，緩急由人，不在酒胡也。作《酒胡歌》以誚之。』曰：『同心相遇思同歡，擎出酒胡當玉盤。盤中甎甋不自定，四座親賓注意看。可亦不在心，否亦不在面，徇俗隨時自圓轉。酒胡五藏屬他人，十分亦是無情勸。爾不耕，亦不飢；爾不蠶，亦有衣。有眼不曾分黼黻，有口不能明是非。鼻何尖，眼何碧，儀形本非天地力。雕鐫匠意苦多端，翠帽朱衫巧裝飾。長安斗酒十千酤，劉伶平生爲酒徒。劉伶虚向酒中死，不得酒池中拍浮。酒胡一滴不入腸，空令酒胡名酒胡。』」「因宦」，「一箇西施已太多」句「已」原作「也」，「親賓」原作「清賓」，「徇俗隨時」原作「徇客隨時」，「有眼不曾」原作「有眼不能」，「苦多端」原作「若多端」，「不入腸」原作「不入眼」，據改。

鄭　愚

咸通中，愚自禮部侍郎除鎮南海，時崔魏公在荆南，愚着錦褉子半臂，袖卷謁之，公大奇之。會夜飲，更衣。賓從間竊謂公曰：此應是慚其不稱。既而復易紅錦，尤加焕麗，衆莫能測〔一〕。愚爲進士時，未嘗以文章及魏公門，至是乃贄所業。崔歎賞曰：真銷得錦半臂矣〔二〕。

愚作大溈靈祐師銘云〔三〕：湖之南，湘之西。山大溈，深無蹊。虎已嘯，猿又啼。雨滅滅，風淒淒〔四〕。高入雲，不可梯。雖欲去，誰與攜〔五〕？彼上人，忘其身。一宴坐，千餘旬。去無疏，來無親。夷積阻，構嶙峋〔六〕。棟宇成，供養陳。我不知，徒自勤。物之生，孰無情？識好惡，知寵驚。真物藏，百慮呈。隨婉轉，任峥嶸。雲糊天，月不明。金在鑛，火收熒〔七〕。我不知，天地先。無首尾，功用全。六度備，萬行圓。常自隨，在畔邊。要即用，長目前。非艱難，不幽玄。哀世徒〔八〕，苦馳驅。覓作佛，何其愚！算海沙，登迷廬。眼喘喘〔九〕，心區區。見得失，繫榮枯。棄知覺，求形模。近似遠，易復難。但無事，心即安。少思慮，簡悲歡。淨蕩蕩，圓團團。更無物，不勞看。聽他語，被人謾。生必死，理之常。榮必悴，非改張。造衆罪，欺心王。作少福，須天堂。善惡報，正身當。自結裹〔一〇〕，無人將。心作惡，口説空〔一一〕。欺木石，嚇盲聾。牛阿旁〔一二〕，鬼五通。專覷捕，見西東。禁定住，陽朦朧。與作爲，事不同。最上乘，有想基。無結淨，本無爲。人不見，自心知。動便是，莫狐疑。直下説，没文詞。識此意，見吾師。

愚，廣州人。唐末爲相。

【校箋】

〔一〕《摭言》卷一二：「咸通中，鄭愚自禮部侍郎鎮南海，時崔魏公在荆南，愚著錦褾子半臂，袖卷謁之。公大奇之。會夜飲，更衣，賓從間竊謂公曰：『此應是有慚不稱耳。』既而復易之紅錦，尤加煥麗，衆莫測矣。」「荆南」原作「京南」，據改。

〔二〕《北夢瑣言》卷三：「唐鄭愚尚書，廣州人，雄才奥學。擢進士第，敭歷清顯，聲稱赫然。然性本好華，以錦爲半臂。崔魏公鉉鎮荆南，滎陽除廣南節制，經過渚宮，魏公以常禮延遇。滎陽舉進士時，未嘗以文章及魏公門，此日于客次換麻衣，先贄所業，魏公覽其卷首，尋已，賞歎至三四，不覺曰：『真銷得錦半臂也。』」

〔三〕《唐文粹》卷六三載此文，題爲《潭州大潙山同慶寺大圓禪師碑銘》，有序，略云：「今長沙郡西北有山名大潙……師始僧號靈祐，福州人，笠首屩足，背閩來游，庵于翳薈。……以大中七年正月九日終于同慶精廬，年八十三，僧臘五十五，即窆于大潙之南阜」云云。「大圓」，蓋其封號也。此録其銘辭。「靈祐」原作「虛祐」，據改。

〔四〕「淒淒」原作「棲棲」，據《唐文粹》改。

〔五〕「攜」原作「摧」，據《唐文粹》改。

〔六〕「構」原作「架」，據《唐文粹》改。

〔七〕「熒」原作「罃」，據《唐文粹》改。

〔八〕「世徒」，《唐文粹》同，謂世人也。毛本作「世途」，非。

〔九〕「眼」原作「眠」，據《唐文粹》改。

〔一〇〕「結裹」，《唐文粹》同，猶收拾也。毛本作「結果」，非。

〔一一〕「説空」原作「脱空」，據《唐文粹》改。

〔一二〕「牛阿旁」原作「牛阿房」，據《唐文粹》改。謂牛頭阿旁也。見南齊蕭子良《淨住子·沉冥地獄篇》。

王鐐

王鐐富有詞學，數舉未捷，門生盧肇等公薦于春官云：同盟不嗣，賢者受譏。今日朱門者，曾恨朱門深。相子負薪，優臣致誚。乃旌鐐嘉句曰：擊石易得火，扣人難動心。聲聞藹然，果擢上第〔一〕。

鐐，登咸通進士第。宰相王播之弟炎，生二子，鐸、鐐。鐸相僖宗，鐐累官至汝州刺史。王仙芝陷郡城，鐐貶韶州司馬，終太子賓客〔二〕。

【校箋】

〔一〕《太平廣記》卷二〇二引《抒情詩》：「王鐐富有才情，數舉未捷，門生盧肇等公薦于春官云：『同盟不嗣，賢者受譏。相子負薪，優臣致誚。』乃旌鐐嘉句曰：『擊石易得火，扣人難動心。今日朱門者，曾恨朱門深。』聲聞藹然，果擢上第。」「不嗣」原作「不詞」，「難動心」原作「難得心」，「聞」字原脱，據改補。

〔二〕《舊唐書》卷一六四《王播傳》：「王播字明敭……（長慶元年）十月，兼中書侍郎、平章事。……弟炎，……子鐸、鐐。……鐸字昭範……（咸通）七年，以户部侍郎、判度支，遷禮部尚書。十二年，以本官同平章事。……鐸弟鐐，累官至汝州刺史。王仙芝陷郡城，被害。」又《新唐書》卷一八五《王鐸傳》：「弟鐐，累官汝州刺史。乾符中，王仙芝來攻，鐐拒之，自督勇士與別將董漢勳守南北門，城陷，漢勳力戰死，鐐貶韶州司馬。終太子賓客。」案《新唐書》所載較爲詳實。計氏于鐐事不取《舊唐書》之説，是也。

陳琡

鴻之子也。咸通中，佐廉使郭常侍銓于徐。性耿介，有所不合，挈家居茅山。平居焚香習禪，妻子罕面。寄居蘭若，自述檀經三卷。臨行，留一章與其僧云：行若獨輪車，常畏大道覆。止若圓底器，常恐他物觸。行止既如此，安得不離俗。乾符中，弟璉佐薛能幕于徐，琡自丹陽棹小舟與相見。能重其人，延入城，不可。曰：某已有誓，不入公門矣。薛移舟赴之，話道永日，不宿而去〔一〕。

【校箋】

〔一〕《太平廣記》卷二〇二引范資《玉堂閒話》：「陳琡，鴻之子也。鴻與白傅傳《長恨詞》，文格極高。蓋良史也。咸通中，佐廉使郭常侍銓之幕于徐，性尤耿介，非其人不與之交。同院有小計姓武，亦元衡相國之後，蓋汾陽之坦牀也，乃心不平之，遂挈家居于茅山。與妻子隔山而居，短褐束絛，焚香習禪而已。或一年半載，與妻子略相面焉。在職之時，唯流溝寺長老與之款接，亦具短褐相見。自述《檀經》三卷，今在藏中。臨行，留一章與其僧云：『行若獨輪車，常畏大道覆。止若圓底器，常恐他物觸。行止既如此，安得不離俗。』乾符中，弟璉復佐薛能幕于徐，自丹陽棹小舟至于彭門，與弟相見。薛公重其爲人，延請入城。遂堅拒之曰：『某已有誓，不踐公門矣。』薛乃攜舟造之，話道永日，不宿而去。其志尚之介僻也如此。」「弟璉」原作「第璉」，據改。

唐詩紀事校箋卷第六十七

李　嶸

李蔚鎮江淮，有李嶸者，獻詩云：鷄樹烟含瑞氣凝，鳳池波待玉山澄。國人久倚東關望，擬築沙堤到廣陵。後果入相〔一〕。

【校箋】

〔一〕《太平廣記》卷二〇〇引《抒情詩》：「唐丞相李蔚鎮淮南日……有李嶸獻詩云：『鷄樹含煙瑞氣凝，鳳池波待玉山澄。國人久倚東關望，擬築沙堤到廣陵。』後果入相。」「沙堤」原作「沙湜」，據改。

袁皓

皓書師曠廟文云：吟篁怨桐，天其聲乎。鏘石鏗金，天其文乎。擊革鳴絲，天其暢乎。匏土之韻，天其和乎。天有至音，寄斯八物。先生不生，斯音鬱鬱。先生既生，斯音在律。嗚呼！先生之耳，時可求也。先生之心，不可得也。天全樂乎〔一〕！先生之無神乎，愚固狂而不可據。先生之有神乎，愚堅誠而乞其圖。先生之耳有神乎，化爲天下之耳。先生之心有神乎，化爲天下之心。古者可以舒于今〔二〕，然後家家知舜琴。

羅隱贈袁侍御詩云：風塵慚上品，才業愧明時。千里芙蓉幕，何由話所思〔三〕？

皓，宜春人。咸通進士，龍紀集賢殿圖書使，自稱碧池處士〔四〕。

僖宗狩蜀，皓時爲倉部員外，采李晟功烈爲興元聖功録，徧賜諸將，表勵之〔五〕。

皓初登第，過岳陽，悦妓蕊珠，以詩寄嚴使君曰：得意東歸過岳陽，桂枝香惹蕊珠香。也知暮雨生巫峽，爭奈朝雲屬楚王。萬恨只憑期剋手，寸心唯繫別離腸。南亭宴罷笙歌散，回首煙波路渺茫。嚴君以妓贈之。

皓及第後作云：金榜高懸姓字真，分明折得一枝春。蓬瀛乍接神仙侶，江海迴思耕釣人。九萬摶扶排羽翼，十年辛苦涉風塵。昇平時節逢公道，不覺龍門是險津。

【校箋】

〔一〕「天全樂乎」原作「大哉樂乎」，據《唐文粹》改。

〔二〕《唐文粹》無「古者」二字。

〔三〕羅隱《甲乙集》載《寄袁皓侍御》，此其後四句。前四句爲：「東堂失路岐，榮辱事堪悲。我寢牛衣弊，君居象角危。」

〔四〕《新唐書》卷六〇《藝文志》：「袁皓《碧池書》三十卷。」注云：「袁州宜春人。龍紀集賢殿圖書使，自稱碧池處士。」同卷載：「袁皓集《道林寺詩》二卷。」

〔五〕《新唐書》卷一五四《李晟傳》：「僖宗狩蜀，倉部員外郎袁皓采晟功烈爲《興元聖功録》，徧賜諸將，表勵之。」又同書卷五八《藝文志》：「袁皓《興元聖功録》三卷。」

歐陽澥

閩川歐陽澥者，四門詹之孫也。澥娶婦，經旬而辭赴舉，久不還家。詩云：黄菊離家十四年。又云：離家已是夢松年。又云：落日望鄉處，何人知客情。自憐十八年之帝鄉，未遇知己也。亦爲燕詩，以獻主司鄭愚，曰：翩翩雙燕畫堂開，送古迎今幾萬回。長向春秋社前後，爲誰歸去爲誰來〔一〕？澥出入場中僅二十年。善和韋中令在閣下，澥即行卷及門，凡十餘載，未嘗一面，而澥慶弔不虧。韋公雖不言，而心念其人。中和初，公隨駕至蜀命相，時澥寓居漢南，公以書令襄帥劉巨容俾澥計偕，巨容得書大喜，待以厚禮，首薦之。撰日遵路。無何，一夕心痛而卒。巨容因籍澥答書呈于公。公覽之憮然，因曰：十年不見，灼然不錯〔二〕。

【校箋】

〔一〕《雲溪友議》卷下《巢燕辭》條：「有閩川歐陽澥者，四門詹之孫也。澥娶婦經旬而辭赴舉，抗節不還。詩云：『黄菊離家十四年。』又云：『離家已是夢松年。』又云：『落日望鄉處，何人知客情。』自憐十八年之帝鄉，未遇知己也。亦爲《燕》詩以獻主司鄭愚侍郎。其辭雖爲朝賢稱歎，尚未第焉。澥詩曰：『翩翩雙燕畫堂開，送古迎今幾萬回。長向春秋社前後，爲誰歸去爲誰來？』」

〔二〕《摭言》卷一〇：「歐陽澥者，四門之孫也。薄有辭賦，出入場中，僅二十年。善和韋中令在閣中，澥即行卷及門，凡十餘載，未嘗一面，而澥慶弔不虧。韋公雖不言，而心念其人。中和初，公隨駕至西川命相，時澥寓居漢南，公訪知行止，以私書令襄帥劉巨容俾澥計偕。巨容得書大喜，待以厚禮，首薦之外，資以千餘緡，復大宴于府幕。既而撰日遵路，無何，一夕心痛而卒。巨容因籍澥答書，既呈于公。公覽之憮然，因曰：『十年不見，灼然不錯。』」

徐振

雷塘云：九重城闕悲凉盡，一聚園陵怨恨長〔一〕。花憶所爲猶自笑，草知無道更應荒。詩名占得風流在，酒興催教運祚亡〔二〕。若問皇天惆悵事〔三〕，只應斜日照雷塘。古意云：擾擾都城曉又昏，六街車馬五侯門。箕山渭水空明月，可是巢由絶子孫。右二詩韋莊取爲又玄集〔四〕。

【校箋】

〔一〕「園陵」原作「園林」，據《又玄集》改。雷塘，在揚州，隋煬帝葬此。

〔二〕「催教」，《又玄集》作「榷教」。

〔三〕「皇天」，《又玄集》作「黄天」。

〔四〕今本《又玄集》卷首列目，張喬、徐振相次，而於文中失徐振之名。張喬名下列詩四首，此二詩爲四首之後二首，殆即徐振詩孱入張喬名下者。蓋計氏所見之《又玄》之本尚不誤也。

李濤

李濤，長沙人也，篇詠甚著。如水聲長在耳，山色不離門。又掃地樹留影，拂牀琴有聲。又落日長安道，秋槐滿地花。皆膾炙人口。温飛卿任太學博士，主秋試，濤與衛丹、張郃等詩賦，皆榜于都堂〔一〕。

【校箋】

〔一〕《摭言》卷一〇：「李濤，長沙人也，篇詠甚著。如『水聲長在耳，山色不離門』。又『掃地樹留影，拂牀琴有聲』。又『落日長安道，秋槐滿地花』。皆膾炙人口。温飛卿任太學博士，主秋試，濤與衛丹、張郃等詩賦，皆榜于都堂。」

王貞白

貞白，唐末大播詩名。御溝爲卷首云：一派御溝水，緑槐相蔭清。此波涵帝澤，無處濯塵纓。鳥道來雖險，龍池到自平。朝宗心本切，願向急流傾。自謂冠絕無瑕。呈僧貫休，休曰：甚好，只是剩一字。貞白揚袂而去。休曰：此公思敏。書一字于掌中。逡巡，貞白迴，忻然曰：已得一字，云此中涵帝澤。休將掌中字示之，一同〔一〕。天祐年中内試〔二〕，貞白札翰狼籍，帝覽，拂下玉案。有黄門奏此舉人有詩名。御批曰：粗通，放。

貞白寄鄭谷曰：五百首新詩，緘封寄去時。祇憑夫子鑒，不要俗人知。火鼠重燒布，冰蠶乍吐絲。直須天上手，裁作領巾披〔三〕。

僧貫休送貞白重試及第東歸云：心苦酬心了，東歸謝所知。可憐經試者，如折兩三枝。雨毒逢花少，山多愛馬遲。此行三可羨，正值倒戈時。江西解圍。

昭宗皇帝頗爲寒畯開路。崔合州凝典貢舉，但是子弟，無問文章厚薄，其間屈人不少。孤寒中唯程晏、黄滔擅場之外，其餘以呈試考之，濫得亦不少矣。然如貞白、張蠙詩，趙觀文古風之作，皆臻前輩之閫閾者也〔四〕。

貞白，字有道〔五〕。

【校箋】

〔一〕《詩話總龜》前集卷一一引《青瑣後集》：「王貞白唐末大播詩名，嘗作《御溝詩》云：『一派御溝水，緑槐相蔭清。此波涵帝澤，無處濯塵纓。鳥道來雖險，龍池到自平。朝宗心本切，願向急流傾。』示貫休，休曰：『剩一字。』貞白揚袂而去。休曰：『此公思敏。』書一『中』字于掌。逡巡，貞白回，曰：『此中涵帝澤。』休以掌中示之，不易所改。」

〔二〕按《直齋書録解題》卷一九：「《靈溪集》七卷。唐校書郎上饒王貞白有道撰。乾寧二年進士。其集有自序，永豐人有藏之者，洪景盧（邁）得而刻之。詩雖多，在一時儕輩，未爲工也。」計氏當曾見其集，故以《御溝》詩爲卷首也。《唐才子傳》「王貞白」條亦云：「乾寧二年登第。」洪邁《容齋四筆》卷六有「乾寧覆試進士」條云：「唐昭宗乾寧二年試進士，刑部尚書崔凝下二十五人，放榜後，宣詔翰林學士陸扆、秘書監馮渥入内，各贈衣一副及氈被，于武德殿前覆試，但放十五人。自狀頭張貽範以下重落，其六人許再入舉場，四人所試最下，不許再入。……信州永豐人王貞白時再試，中選郡守」云云。即此所謂「内試」也。「天祐」當是「乾寧」之誤。下録僧貫休《送貞白重試及第東歸》詩，即此時所作。

〔三〕《摭言》卷一二：「王貞白《寄鄭谷郎中》曰：『五百首新詩，緘封寄去時。祇憑夫子鑒，不要俗人知。火鼠重燒布，冰蠶乍吐絲。直須天上手，裁作領巾披。』」「寄去時」原作「寄與誰」，「燒布」原作「收布」，據改。

〔四〕《摭言》卷七：「昭宗皇帝頗爲寒畯開路，崔合州榜放，但是子弟，無問文章厚薄，鄰之金瓦，其間屈人不少。孤寒中，唯程晏、黄滔擅場之外，其餘以呈試考之，濫得亦不少矣。然如王貞白、張蠙詩，趙觀文古風之作，皆臻前輩之閫閾者也。」「寒畯」原作「寒進」，「厚薄」及「其餘以呈試考之濫得亦不少矣然」十四字原脱，「趙觀文古風之作」原作「題觀文古風」，據《摭言》補改。

〔五〕《新唐書》卷六〇《藝文志》：「《王貞白詩》一卷。」注云：「字有道。」

王棍〔一〕

會昌時，有題三鄉者曰〔二〕：余本若耶溪東，與同志者二三，紉蘭佩蕙，每貪幽閑之境，玩花光于松月之亭，竟晝綿宵〔三〕，往往忘倦〔四〕，洎乎初笄，至于五换星霜矣。自後不得已，從良人西入函關，寓居晉昌里第。其居迥絶囂塵〔五〕，花木叢翠，東西隣二佛宫，皆上國勝游之最，伺其閑寂，因游覽焉，亦不幸一時之風月也。不意良人已矣，邈然無依。帝里芳春，弔影東邁〔六〕，涉滻水，歷渭川，背終南，陟太華，經虢略，抵陜郊，挹嘉祥之清流〔七〕，面女几之蒼翠。凡經過之所，皆曩昔譏笑之地，綢繆之所〔八〕，銜冤加歎，舉目魂銷。雖殘骸尚存，而精爽都失，假使潘岳復生，無以悼其幽思也。遂命筆聊題，終不能滌其懷抱。絶筆慟哭而東〔九〕，以翰墨非婦人女子之事，名字是故隱而不書〔一〇〕。時會昌壬戌歲仲春十九日也。又賦詩曰〔一一〕：昔逐良人西入關，良人身殁妾空還。謝娘衛女不相待，爲雨爲雲過此山〔一二〕。和者十人。梲和三鄉詩云：女几山前嵐氣低，佳人留恨此中題。不知雲雨歸何處，空使王孫見即迷。

梲，字不耀，名家子。唐末爲給事中。巢寇前，典常州；既亂，寄江湖，甚有時望。及詔召，經陜，時王珙爲帥凶暴，以厚禮降接，願居子姪之末，梲堅不許。珙怒罷宴，命將吏速請離館，害于途，悉投其家于黄河。時朝廷多故，捨而不問。梲一子，行至襄州，亦無故投井而卒〔一三〕。

【校箋】

〔一〕「王梲」，毛本及《全唐詩》作「王祝」。按《新唐書》卷七二中《宰相世系表》：「梲字不耀，給事中。」又《太平廣記》卷二〇四「王珙」條引《北夢瑣言》亦作「唐王梲給事」（繆刻《北夢瑣言》本作「王祝」，疑據《全唐詩》改），與本書合，二字形近易誤，當以作「王梲」爲是。

〔二〕此無名氏《題三鄉詩》并序及王梲以下十人《和三鄉詩》，俱采自《雲溪友議》卷中《三鄉略》條。

〔三〕「綿宵」原作「錦霄」，據《雲溪友議》改。

〔四〕「忘倦」原作「志倦」，據《雲溪友議》改。

〔五〕「其居迥絶囂塵」，《雲溪友議》作「其居也門絶囂塵」。

〔六〕「弔影」原作「光景」，據《雲溪友議》改。

〔七〕「挹」原作「揖」，《雲溪友議》同，據《全唐詩話》改。

〔八〕「綢繆之所」四字原脱，據《雲溪友議》補。

〔九〕「東」，《雲溪友議》作「去」。

〔一〇〕「以翰墨非婦人女子之事名字是故隱而不書」十八字原脱，據《雲溪友議》補。

〔一一〕「又賦詩曰」原作「詩曰」，據《雲溪友議》增「又賦」二字。

〔一二〕「過此山」原作「歸舊山」，據《雲溪友議》改。

〔一三〕《北夢瑣言》卷九：「唐王柷給事（原作「王祝」，據《太平廣記》引此文改），名家子，以剛鯁自任，仍以所尚垂訓子孫，嫌人柔弱。又素有物力，殖利極豐。黄寇前嘗典常州，京國亂離，盤于江湖，甚有時望。急詔徵回，歸裝極厚，水陸分載。行至甘棠，王拱帥于是邦，不式王命，兇暴衆聞。以夕拜將來必居廊廟，延奉勤至。夕拜鄙其武人，殊不降接。拱乃于内廳盛張宴席，備列珍玩，簾下妓樂齊列，其内子亦映簾共拱立。乃斂容向夕拜曰：『某雖武夫，叨忝旄鉞，今日多幸，忽遇軒蓋經過，苟不棄末宗，願居子姪之列，即榮幸也。』夕拜不允，堅抗再三，拱勃然作色曰：『給事王程有限，不敢淹留。』俄而罷宴，處分兩轄，速請王給事離館，暗授意旨，並令害之。一家上下，悉投黄河，獲其囊三四百籠，以舟行没溺聞奏。朝廷多故，舍而不問。夕拜有一子，此際行至襄州，亦無故投井而卒。」「王珙」原作「王拱」，《太平廣記》引《瑣言》作「王珙」，又《新唐書》卷一八七《王重榮傳》記此事亦作「王珙」，今據改。

劉谷

三鄉詩云：蘭蕙芬芳見玉姿，路傍花笑景遲遲。苧蘿山下無窮意，併在三鄉惜別時。李郢送谷詩云〔一〕：村樓西路雪初晴，雲暖沙乾馬足輕。寒澗渡頭芳草色，新梅嶺外鷓鴣聲。郵亭已送征車發〔二〕，山館誰將候火迎。落日千峰轉迢遞，知君回首望高城。又和谷除夜見寄云〔三〕：灞上家殊遠，爐前酒易醺〔四〕。劉郎亦多恨，詩憶故山雲。

【校箋】

〔一〕「李郢」原作「李逞」，此李郢《送劉谷》詩，見《唐百家詩選》，據改。

〔二〕「征車」原作「輕車」，據《唐百家詩選》改。

〔三〕此李郢《和劉谷除夜見寄》詩，其前四句爲：「坐恐三更至，流年此夜分。客心無限事，愁雨不堪聞。」

〔四〕「醺」原作「曛」，據毛本改。

李昌鄴

三鄉詩云：紅粉蕭娘手自題，分明幽怨發雲閨。不應更學文君去，泣向殘花歸剡溪。

王滌〔一〕

三鄉詩云：浣紗游女出關東，舊跡新詞一夢中。槐陌柳亭何限事〔二〕，年年迴首向春風。

滌，字用霖，及景福進士第。

【校箋】

〔一〕「王滌」，《雲溪友議》作「王條」，按《新唐書》卷七二中《宰相世系表》：「滌字用霖。」與《紀事》合。作「王滌」是。

〔二〕「何限」原作「何恨」，據《雲溪友議》改。

王碩〔一〕

三鄉詩云：無姓無名越水濱，芳詞空怨路傍人。莫教才子偏惆悵，宋玉東家是舊鄰。

【校箋】

〔一〕按本書卷首標目及本卷目録，王滌之後，洪本、張本及毛本皆列「王碩、陸貞洞、李縞」三人姓名，而于內文俱闕王、陸二詩及「李縞」詩作者名目。王士禎《五代詩話》引《唐詩紀事》于「和者十人」下，亦注「其二不傳」四字，今據《雲溪友議》補王碩、陸貞洞詩及「李縞」詩作者名目。按：《四庫全書》本此處不缺，然三人次序作王、李、陸，與卷首標目順序不同，顯係其底本原缺而據他書補入者。

陸貞洞

三鄉詩云：惆悵殘花怨暮春，孤鸞舞鏡倍傷神。清詞好箇干人事，疑是文姬第二身。

貞洞，唐末吴郡進士。

李　縞

三鄉詩云：會稽王謝兩風流〔一〕，王子沉淪謝女愁〔二〕。歸思若隨文字在，路傍空爲感千秋。

【校箋】

〔一〕「會稽」原作「李□」，據《雲溪友議》改補。毛本作「當時」，當是臆爲補改之詞。《四庫》本作「會稽」不誤。

〔二〕「謝女」原作，據《雲溪友議》改。

高衢

三鄉詩云：南北千山與萬山，軒車誰不思鄉關。獨留芳翰悲前跡，陌上恐傷桃李顏。

張綺

三鄉詩云：洛川依舊好風光，蓮帳無因見女郎。雲雨散來音信斷，此生遺恨寄三鄉。

韋冰

三鄉詩云：來時歡笑去時哀〔一〕，家國迢迢向越臺。待寫百年幽思盡，故宮流水莫相催。

冰，唐末爲鄠令〔二〕。

【校箋】

〔一〕「歡笑」原作「歡喜」，據《雲溪友議》改。

〔二〕《新唐書》卷七四上《宰相世系表》：「冰，鄠令。」此計氏之所據。然考《世系表》所記，韋冰前有韋蘭，後有韋芝。檢《舊唐書》卷一〇五《韋堅傳》：天寶五載正月，堅爲李林甫所構，貶晉雲太守，六月再貶江夏員外别駕。「七月，堅又長流嶺南臨封郡。堅弟將作少監蘭、鄠縣令冰、兵部員外郎芝，堅男河南府户曹諒，並遠貶。至十月，使監察御史羅希奭逐而殺之，諸弟及男諒並死。」據此，知《世系表》所記之韋蘭、韋冰、韋芝，當即韋堅之諸兄弟，且並歿於天寶五載。而「三鄉詩」之作在「會昌壬戌歲」，前後相距幾近百年。則此作「三鄉詩」之韋冰，非作鄠縣令之韋冰，明矣。

薛昭緯

華州榜，昭緯寄諸門生詩曰：時君過聽委平衡，粉署華燈到曉明。開卷固難窺浩汗，執心空欲慕公平。機雲筆舌臨文健，沈宋篇章發韻清。自笑觀光渾昨日，披心爭不愧群生〔一〕。

昭緯以侍郎掌貢舉，試未明求衣賦，楊贊圖爲榜首〔二〕。

薛保遜，大中朝尤肆輕佻，侵侮諸叔，自起居舍人貶洗馬而卒。昭緯，其子也，頗有父風。嘗任祠部外郎，時李系任小儀，王蕘任小賓，正旦立仗班退，昭緯吟曰：左金烏而右玉兔，天子旌旂。蕘遽請下句，昭緯應聲曰：上李系而下王蕘，小人行綴。天復中，自臺丞累貶澄州司馬，中書舍人顔蕘當制，略曰：陵轢諸父，代嗣其凶〔三〕。

薛存誠之子廷老，廷老之子保遜，保遜之子昭緯，爲乾寧禮部侍郎，性輕率，坐事貶磎州刺史〔四〕。

【校箋】

〔一〕《摭言》卷三：「華州榜，薛侍郎寄諸門生詩曰：『時君過聽委平衡，粉署華燈到曉明。開卷固難窺浩汗，執心空欲慕公平。機雲筆舌臨文健，沈宋文章發韻清。自笑觀光渾昨日，披心爭不愧群生。』」「執心」原作「執公」，「發韻」原作「發詠」，「渾」原作「輝」，「昨日披心爭不愧群生」九字原闕，據改補。

〔二〕「楊贊圖」原作「王贊圖」，按《廣卓異記》卷一九「兄弟二人狀元及第」條云：「右按《登科記》：楊贊禹，大順元年狀元及第；弟贊圖，乾寧四年狀元及第。」又《舊唐書》卷二〇上《昭宗記》：「乾寧三年，十月戊申朔，以中書舍人、權知貢舉薛昭緯爲禮部侍郎。」據改。

〔三〕《摭言》卷一二：「薛保遜，大中朝尤肆輕佻，因之輕侮諸叔，故自起居舍人貶洗馬而卒。其子昭緯，頗有父風，嘗任祠部員外，時李系任小儀，王蕘任小賓，正旦立仗班退，昭緯朗吟曰：『左金烏而右玉兔，天子旌旄。』蕘遽請下句，昭緯應聲答曰：『上李系而下王蕘，小人行綴。』聞者靡不大哂。天復中，自臺丞貶澄州司馬，中書舍人顏蕘當制，略曰：『陵轢諸父，代嗣其兇。』」「澄州司馬」原作「磎州司馬」，按《北夢瑣言》卷四記昭緯弄笏而行及好唱《浣溪紗》詞事，稱「唐薛澄州昭緯」云云，是其卒官于澄州也。當以涉下文而誤。今據《摭言》改。

〔四〕《新唐書》卷一六三《薛存誠傳》：「薛存誠（憲宗時御史中丞）……子廷老（文宗時給事中）……（廷老）子保遜，第進士，擢累給事中。保遜子昭緯，乾寧中至禮部侍郎，性輕率，坐事貶磎州刺史。」

鄭合敬

合敬及第後宿平康里詩曰：春來無處不閑行，楚闰相看別有情。好是五更殘酒醒，時時聞唤狀頭聲。楚闰，妓也〔一〕。

合敬，乾符三年登上第，終諫議大夫〔二〕。

【校箋】

〔一〕《摭言》卷三：「鄭合敬先輩《及第後宿平康里》詩曰：『春來無處不閒行，楚闰相看別有情。好是五更殘酒醒，時時聞唤狀頭聲。』」（原注：楚娘、闰娘，妓之尤者。）毛本同此。按《摭言》所據爲孫棨《北里志》，文字悉同，唯「狀頭」作「狀元」。注作「楚娘，字潤卿，妓之尤者」。則「楚闰」乃一人，非二人。當以《北里志》爲是。此作「楚闰，妓也」。亦不誤。

〔二〕《新唐書》卷七五上《宰相世系表》：「合敬，諫議大夫。」

許　晝

許晝者，睢陽人。天復四年，大駕東幸，駐蹕甘棠，晝于此際及第。梁太祖長子大卿者，常與晝屬和。晝以卿爲奥主。隨駕至洛，攜同年數人，醉于梁祖私第，因折其牡丹十許朵。主吏馳報梁祖，大卿竊知之，先遣使至，晝遂亡命河北〔一〕。閩人黄遘，嘗宰滑州衛南，與晝聲跡不疎。光化三年，求選京師，遘謗晝，嘗笞背矣。晝卞急，時内翰吴融侍郎、西銓獨孤損侍郎，皆晝知己。一旦，晝造二君子自辨，因袒而視之，二公掩袂而入。晝、遘其年俱落〔二〕。

晝中秋月云：應是蟾宫别有情，每逢秋半倍澄清。清光不向此中見，白髮爭教何處生。閑地占將真可惜，幽窗分得始爲明。殷勤好長來年桂，莫遣平人道不平。

【校箋】

〔一〕《摭言》卷三：「許晝者，睢陽人也，薄攻五字詩。天復四年，大駕東幸，駐蹕甘棠，晝于此際及第。梁太祖長子號大卿郎君者，常與晝屬和。晝以卿爲奥主。隨駕至洛下，攜同年數人，醉于梁祖私第，因折牡丹十許朵。主吏前白云：『凡此花開落，皆籍其數申令公，秀才奈何恣意攀折？』晝慢駡久之。主吏銜之，潛遣一介馳報梁祖。梁祖聞之，頗睚眦，獨命械晝而獻。于時大卿竊知，間道先遣使至。晝遂亡命河北，莫知所止。」「晝于此際及第」句，原脱「際」字；「攜同年數人，醉于梁主私第」二句原脱「數人」「于」三字；「牡丹十許朵」句原脱「十許朵」三字；「先遣使至」原作「先遺行」；「晝遂亡命河北」句，「晝」下原衍「行」字，據補并删改。

〔二〕《摭言》卷一一：「宋人許晝，閩人黄遘，遘嘗宰滑州衛南，與晝聲跡不疎。光化三年，二人俱求選京師，遘謗書，嘗笞背矣。晝性卞急，時内翰吴融侍郎、西銓獨孤損侍郎，皆晝知己。一旦晝造二君子自辯，因祖而示之，二公皆掩袂而入。晝、遘其年俱落。」本段「遘」原作「遇」，據改。

程賀

賀有君山詩，時號程君山。詩云：曾游方外見麻姑，説道君山此本無。云是崑崙山頂石，海風飄落洞庭湖〔一〕。崔亞典眉州，賀爲廳僕，崔見其風味不常，問曰：爾讀書乎？曰：薄涉藝文。崔指一物令詠之，雅有意旨。因令歸，選日裝寫所業執贄，稱奬于諸公間，凡二十五舉及第。時中和二年也。入京，則館博陵之第。亞卒，賀服縗三年〔二〕。

【校箋】

〔一〕《鑒誡録》卷九「卓絶篇」條：「程賀員外因詠《君山》得名，時人呼爲『程君山』。……程員外《詠君山》曰：『曾于方外見麻姑，説到君山此本無。云是崑崙山頂石，海風飄落洞庭湖。』」「此本無」原作「自古無」，據改。

〔二〕《北夢瑣言》卷一一：「唐崔亞郎中典眉州，程賀以鄉役差充廳子，其弟在州，曾爲書小吏。崔公見賀風味有似儒生，因詰之曰：『爾讀書乎？』賀降階對曰：『薄涉藝文。』崔公指一物，俾其賦詠，雅有意思，處分令歸。選日裝寫所業執贄，甚稱獎之，俾稱進士。依崔之門，更無他岐，凡二十五舉及第。每入京，館于博陵之第，常感提拔之恩。亞卒之日，賀爲崔公縗服三年，人皆美之。」「日裝寫所業執贄」七字原脱，據補。

裴釧

乾符五年，釧以御史大夫爲成都節度副使。題石室詩曰：文翁石室有儀形，庠序千秋播德馨。古柏尚留今日翠，高岷猶藹舊時青。人心未肯抛羶蟻，弟子依前學聚螢。更歎沱江無限水，爭流祇願到滄溟〔一〕。

時高駢爲使，時亂矣，故釧詩有願到滄溟之句，有微旨也。釧作傳奇，行于世〔二〕。

【校箋】

〔一〕《成都文類》卷四載此詩，文字悉同。

〔二〕《新唐書》卷五九《藝文志》：「裴釧《傳奇》三卷。」注云：「高駢從事。」

張孜

懿、僖之代，有京兆張孜者，躭酒如狂，與李山甫善，有遇雪詩云：長安大雪天，鳥雀難相覓〔一〕。其中豪貴家，搗椒泥四壁。到處生紅爐，周迴下羅幕。暖手調金絲，蘸甲斟瓊液。醉唱玉塵飛，困融香汗滴。豈知飢寒人，腳手生皴劈。僖宗在蜀，孜有傷時之作，其間云：著牙賣朱紫，斷錢賒舉選。帝還京，相府遣人捕之，孜易姓，越淮而遁。世傳孜夢李白歌，有華山秀作英雄骨，黃河瀉出縱橫才。又云：夢破青霄春，烟霞無去塵。若誇郭璞五色筆，江淹却是尋常人〔二〕。

【校箋】

〔一〕「鳥雀」原作「馬雀」，據毛本改。

〔二〕《鑒誡録》卷九「夢太白」條：「懿宗之代，有處士張孜，本京兆人，躭酒如狂，好詩成癖，然于吟詠，終昧風騷，爾來二十餘年，不成卷軸。孜與李山甫友善，常爲山甫鄙之。張乃圖寫李白真儀，日夕虔禱。忽夢一人，自天降下，颯曳長裾。是夕，星月晃然，當庭而坐，與孜對酌。論及歌詩，孜問姓名，自云『李白』。孜因備得其要，白亦超然上昇。孜後所吐篇章，悉干教化，當時詩者，稍稍善之。有《遇雪》云：『長安大雪天，鳥雀難相覓。其中豪貴家，搗椒泥四壁。到處生紅爐，周迴下羅幕。暖手調金絲，蘸甲斟瓊液。醉唱玉塵飛，困融香汗滴。豈知饑寒人，腳手生皴劈。』……又，駕在蜀日，孜著《雜言》數篇，傷時頗切。其一首兩聯云：『只愛輕與肥，不憂貧與賤。』『著牙賣朱紫，斷錢賒舉選。』返駕還京之後，相府遣人捕之。孜乃易姓，越淮而去。故李山甫昔代孜歌，歌其幻夢曰云云。」此取之。詩題《遇雪》原脫「遇」字，「生紅爐」原作

「爇紅爐」，據補改。《夢李白歌》，《鑒誡録》以爲李山甫代張孜作，與此異。此摘引所載歌辭中數句。

顧雲

雲，字垂象〔一〕，池州鹾賈之子也，風韻詳整〔二〕。與杜荀鶴、殷文圭友善，同隸業九華。咸通中登第，爲高駢淮南從事。師鐸之亂〔三〕，退居霅川，杜門著書。宰相杜某，奏雲與盧知猷、陸希聲、錢翊、馮渥、司空圖等，分修宣、懿、德三朝實録，皆一時之選也。書成，加虞部外郎。乾寧初卒。有文號鳳策聯華編藁、昭亭雜筆。

雲在淮南，李昭象以學仙詞寄之云：記得初傳九轉方，碧雲峰下祝虛皇。丹砂未熟心徒切，白日難留鬢欲蒼。無路洞天尋穆滿，有時人世羨劉郎。仙人恩重何由報，焚盡星壇午夜香。蓋招隱之義也。

雲大順中制同羊昭業等十人修史。雲至江淮，遇高逢休諫議。時劉子長爲僕射，其弟崇望，復在中書。雲叩逢休，希致先容，逢休許之久矣。雲臨岐請書，授之一函甚草創，雲微有惑，潛啟閲之，凡一幅，并不言雲。但曰：羊昭業等擬將一尺三寸汗腳，踏他燒殘龍尾道，懿宗皇帝雖薄德，不任被前件人羅織，執大政者，亦太悠悠。雲歎而已〔四〕。

雲詠柳云：閑花野草總爭新，眉皺絲乾獨不匀〔五〕。乞與東風殘氣力〔六〕，莫教虚度一年春。

雲爲虞部郎中、高駢淮南從事，駢章疏不恭，皆雲之辭也〔七〕。雲著述目爲鳳策聯華〔八〕。雲初下第，鄭谷有詩勉之云〔九〕：鳳策聯華是國華，春來偶未上仙槎〔一〇〕。鄉連南渡思菰米，淚滴東風避杏花〔一一〕。吟聒暮鶯歸廟院，睡消遲日寄僧家。一般情緒應相信，門静莎深樹影斜。

【校箋】

〔一〕《新唐書》卷六〇《藝文志》：「《顧氏編遺》十卷，《苕川總載》十卷，《纂新文苑》十卷，《啟事》一卷，《賦》二卷，《集遺具録》十卷。」注云：「顧雲，字垂象，池州人。虞部郎中，高駢淮南從事。」

〔二〕《北夢瑣言》卷六：「顧雖鹺商之子，而風韻詳整。」

〔三〕「師鐸」原作「師度」，按《舊唐書》卷一八二《高駢傳》：「光啟三年，三月，蔡賊過淮口，駢令畢師鐸出軍禦之。師鐸與高郵鎮將張神劍、鄭漢章等，率行營兵反攻揚州。四月城陷，師鐸囚駢于道院，召宣州觀察使秦彦爲廣陵帥。」「師鐸之亂」，即指此事，據改。

〔四〕《摭言》卷一二：「顧雲，大順中制同羊昭業等十人修史。雲在江淮，遇高逢休諫議。時劉子長僕射清名雅譽，充塞縉紳，其弟崇望，復在中書。雲以逢休與子長舊交，將造門，希致先容，逢休許之久矣。雲臨岐請書，逢休授之一函，甚草創，雲微有惑，因潛啟閲之，凡一幅，并不言雲。但曰：『羊昭業等擬將一尺三寸汗脚，踏他燒殘龍尾道；懿宗皇帝雖薄德，不任被前件人羅織，執大政者，亦太悠悠。』雲吁歎而已。」

〔五〕「絲乾」原作「紘乾」，據《文苑英華》三二三及《萬首唐人絶句》改。

〔六〕「乞與」，《萬首唐人絶句》同，《文苑英華》作「乞取」。

〔七〕《南部新書》丙：「高駢章疏不恭，皆顧雲之辭也。駢後謂左右曰：『異日朝廷以不臣見罪，此輩寧無赤族之患耶！』」

〔八〕《直齋書録解題》卷一六：「《鳳策聯華》三卷。唐虞部郎中淮南從事秋浦顧雲垂象撰。多以擬古爲題，蓋行卷之文也。雲，咸通十五年進士。」

〔九〕詩題《鄭守愚文集》作《同志顧雲下第往京偶有寄勉》。

〔一〇〕「偶未」原作「偶爲」，據《鄭守愚文集》改。

〔一一〕「杏花」原作「店花」，據《鄭守愚文集》改。

李昭象

字化文，池州刺史方玄之子，父卒，因家焉。懿宗末年，以文干相國路公巖，問其年，曰：十有七矣。巖年尚少，尤器重之。薦于朝，將召試，會巖貶，遂還秋浦，移居九華，與張喬、顧雲輩爲方外友。龍紀中，楊行密奔宣州，以書招之，不從。

題顧正字谿居云：高敞吟軒近釣灣，塵中來似出人間。若教明月休生桂，應得危時共掩關。春酒夜棊難放客，短籬疏竹不遮山。莫誇恬淡勝榮禄，雁引行高未許閑。

寄獻山中顧公員外云：抽却朝簪著釣簑，近來聲跡轉巍峨。祥麟避網雖山野，丹鳳銜書即薜蘿。乍隱文章情更逸，久閑經濟術翻多。深慙未副吹噓力，竟困風埃爭奈何。

山中寄崔諫議云：半生猿鳥共山居，吟月吟風兩鬢疏。新句未嘗忘教化，上才爭忍不吹噓。全家欲去干戈後，大國中興禮樂初。從此升騰休説命，祇希公道數封書。

喜杜荀鶴及第云：深巖貧復病，牓到見君名。貧病渾如失，山川頓覺清。一春新酒興，四海舊詩聲。日使能吟者，西來步步輕。

赴舉出山留寄山居鄭參軍云：還如費冠卿，向此振高名。肯羨魚鬚美，長誇鶴氅輕。理琴寒指倦，試藥黑髭生。時泰難雲卧，隨看急詔行。

唐詩紀事校箋卷第六十八

殷文圭　唐彥謙　裴　澈　盧　攜　韋　莊
吴　融　公乘億　羅　鄴　羅　衮

殷文圭〔一〕

文圭，池州人，居九華，小字桂郎。苦學，所用墨池，底爲之穴。舉進士，中途遇一叟曰：眉緑，拳文入口，神仙狀也。如學道，當冲虚；爲儒，當大有名于天下。唐末，詞場請託公行，文圭與游恭獨步場屋。乾寧中，帝幸三峰，文圭攜梁王表薦及第，仍列榜中。尋爲裴樞宣諭判官，至大梁，朱全忠表薦之。既而由汴宋馳歸，全忠大怒，遣吏捕之，不及矣。自是屢言措大率皆負心，每以文圭爲證。白馬之禍，蓋自此也〔二〕。文圭事楊行密，終左千牛衛將軍。子崇義，自江南歸朝，改姓湯，名悦〔三〕。

九華賀雨吟云：陶公焦思念生靈，變旱爲豐合杳冥。雷劈老松疑虎怒，雨衝陰洞覺龍腥。萬畦香稻蓬葱緑，九朵奇峰撲亞青。吟賀西成饒旅興，散絲飛灑滿長亭。

贈池州張太守云：神珠無纇玉無瑕，七葉簪貂漢相家。陣面奔星破犀象，筆頭飛電躍龍蛇。絳幃夜坐窮三史，紅旆春行到九華。只怕他人留不住，别遷征鎮擁高牙。

和友人送衡尚書赴池陽副車云：淮王上將例分憂，玉帳參承半列侯。次第選材如創廈，别離排宴向藏舟。鵾鵬變化知難測，龍蠖昇沉各有由。躞蹀行牽金鋄重，鋄，亡犯切，馬首飾〔四〕。嬋娟立唱翠娥愁。築頭勳業諧三陣，滿腹詩書究九流。金海珠韜乘月讀，肉芝牙茗撥雲收。赤鱗旆卷鷗汀晚，青雀船横雁陣秋。十字細波澄鏡面，九華殘雪露峰頭。醉沉北海千樽酒，吟上南荆百尺樓。況是昭明食魚郡，不妨閑擲釣璜鈎。文圭賀池陽太守正命云：衆口聲光詩漢將，築頭勳業佐淮王。

中秋自宛陵寄池陽太守云：出山三見月如眉，蝶夢終宵遶戟枝。旅客思歸鴻去日，賢侯行化子來時。郡樓遐想劉琨嘯，相閣方窺謝傅棊。按部況聞秋稼熟，馬前迎拜羨并兒。

次韻九華杜先輩重陽寄投宛陵丞相云：日下飛聲徹不毛，酒醒時得廣離騷。先生鬢爲吟詩白，上相心因治國勞。千乘信迴魚榼重，九華秋迴鳳巢高。强酬小謝重陽句，沙恨無金盡日淘。

寄賀杜荀鶴及第云：一戰平疇五字勞，晝歸鄉去錦爲袍。大鵬出海翎猶濕，駿馬辭天氣正豪。九子舊山增秀絶，二南新格變風騷。由來稽古符公道，平地丹梯甲乙高。

文圭、杜荀鶴、楊夔、康軿、夏侯淑、王希羽等，皆爲淮南將田頵上客。文圭有美名，不應朱全忠、錢鏐之辟，頵置田宅，迎其母，以甥事之，故文圭爲盡力。夔知頵不足抗楊行密，著溺賦以戒，頵不用，果敗〔五〕。文圭受薦于全忠，復擬飾非，投啟于公卿，略曰：於菟獮食，非求尺璧之珍；鶢鶋避風，不望洪鐘之樂。既登第，即南歸。俄爲多言者所發，全忠捕之，則不及矣〔六〕。

或云：文圭應舉，嘗經大澤中，驟雨震電，衆駭躓，獨安詳如不聞。雨定，傍人見其兩耳中鬼神以泥封之〔七〕。後爲内翰，曾草司空李德誠麻，潤毫久不至，爲詩督之云：紫殿西頭月欲斜，曾草臨川上相麻。潤筆已曾經奏謝，更將章句問張華。時論少之〔八〕。

【校箋】

〔一〕「殷」原作「湯」，避宋諱，據下文改。

〔二〕《摭言》卷九：「乾寧中，駕幸三峰，殷文圭者，攜梁王表薦及第，仍列于榜内。時楊令公行密鎮維揚，奄有宣、浙、揚、汴，榛梗久矣。文圭家池州之青陽，辭親間道至行在。無何，隨榜爲吏部侍郎裴樞宣諭判官，至大梁，以身事叩梁王，王乃上表薦之。文圭復擬飾非，徧投啟事于公卿間，略曰：『於菟獮食，非求尺璧之珍；鶢鶋避風，不望洪鐘之樂。』既擢第，由宋汴馳過，俄爲多言者所發，梁王大怒，亟遣追捕，已不及矣。自是屢言措大率皆負心，常以文圭爲證。白馬之誅，靡不由此也。」《紀事》采此，而摘引過略，稍失文意，一若全忠表薦在及第之後者。「白馬之禍」，指昭宗天祐二年六月，「全忠聚（裴）樞等及朝士貶官者三十餘人于白馬驛，一夕盡殺之，投尸于河」事（見《通鑑》卷二六五）。

〔三〕《宋朝事實類苑》卷四〇引《楊文公談苑》：「湯悦父殷舉，唐末有才名。悦本名崇義，仕江南爲宰相。建隆初，宣祖諱，改姓湯。」

〔四〕注文「鋄，亡犯切，馬首飾」原在《寄賀杜荀鶴及第》詩末，作「文圭詩中鋄字，主犯切，馬首飾。」當爲校刻者所加。據毛本改，並移置于此。「鋄」字音義見《玉篇》。

〔五〕《新唐書》卷一八九《田頵傳》：「（頵）善遇士，若楊夔、康軿、夏侯淑、殷文圭、王希羽等，皆爲上客。文圭有美名，全忠、錢鏐交辟不應，頵置田宅，迎其母，以甥事之，故文圭爲盡力。夔知頵不足抗行密，著《溺賦》以戒，頵不用。行密使王茂章穴地取潤州，安仁義以家屬保城樓，兵不敢登。召李德誠曰：『汝可以委命。』乃抵弓矢就縛，父子斬揚州市。」

〔六〕此朱全忠表薦時事，已見前，采自《摭言》卷九同篇。

〔七〕《江南餘載》：「殷文圭爲舉子時，嘗經大澤中，遇大雨震電，僕乘皆踣，文圭安詳如不聞。及至逆旅，從者怪之，試視文圭兩耳，皆有泥封塞云。後爲翰林學士。」

〔八〕《詩話總龜》前集卷一八引《南唐近事》：「李德誠加司空，守臨川。殷文圭草麻。德誠濡毫之略，久而未至，以詩督之曰：『紫殿西頭月欲斜，曾草臨川上相麻。潤筆已曾關奏謝，更飛章句問張華。』時皆少之。」「臨川」原作「臨淮」，據改，德誠爲撫州節度使，治臨川也。

唐彦謙

唐儉裔孫次，憲宗時終中書舍人，次子持，持子彦謙，字茂業，歷晉、絳、閬、壁四州刺史〔一〕。自號鹿門先生〔二〕，陶穀之祖也。穀避晉祖諱，改姓陶，後遂不易，識者非之〔三〕。

中秋玩月云〔四〕：一夜高樓萬景奇〔五〕，碧天無際水無涯。只留皎月當層漢〔六〕，並送浮雲出四維。霧盡不容玄豹隱〔七〕，冰生唯恐夏蟲疑〔八〕。坐來離思憂將曉〔九〕，爭得嫦娥仔細知。

上巳寄韓八云〔一〇〕：上巳接寒食，鶯花寥落晨。微微潑火雨，草草踏青人。涼似三秋景，清無九陌塵。與余同病者〔一一〕，對此合傷神。

七夕云〔一二〕：露白風清夜向晨，小星垂佩月埋輪〔一三〕。絳河浪淺休相隔，滄海波深尚作塵。天外鳳凰何寂寞，世間烏鵲漫辛勤〔一四〕。猗蘭殿北斜樓上〔一五〕，多少通宵不寐人〔一六〕。

八月十六日夜月云〔一七〕：斷腸佳賞固難期，昨夜銷魂更不疑。丹桂影空蟬有露，緑槐陰在鵲無枝。懶將吟詠撩惆悵〔一八〕，早是疏頑耐別離。堪恨賈生曾慟哭，不緣清景爲憂時。

過長陵詩云：耳聞明主提三尺，眼見愚民盜一抔。千古腐儒騎瘦馬，灞陵斜日重回頭。

又題蒲津河亭云：煙横博望乘槎水，月上文王避雨陵。最善用事〔一九〕。

詠柳云：惹絆風光別有情，世間誰敢鬬輕盈。楚王江畔無端種，餓損宫腰學不成。

彦謙學義山爲詩〔二〇〕。

【校箋】

〔一〕《新唐書》卷八九《唐儉傳》：「裔孫次……憲宗立，召還，授禮部郎中，知制誥。終中書舍人。……子扶。……扶弟持……子彦謙字茂業，多通技藝，尤工爲詩，負才無所屈。乾符末，避亂漢南。王重榮鎮河中，辟幕府，累表爲副，歷晉、絳二州刺史。重榮軍亂，彦謙貶興元參軍事。節度使楊守亮表爲判官，遷副使，終閬、壁二州刺史。」卷七四下《宰相世系表》及《舊唐書》卷一九〇下《唐次傳》附《唐彦謙傳》同。「裔孫」下「次」字原脱，「晉、絳、閬、壁四州刺史」原作「慈、絳、澧三州刺史」，據補改。

〔二〕「鹿門」原作「鹿同」，據毛本改。

〔三〕《南部新書》癸：「陶穀，小名鐵牛。李濤嘗有書與之曰：『每至河源，即思令德。』唐彦謙之孫也，以石晉諱，改姓焉。」

〔四〕詩題《歲時雜詠》同，《文苑英華》卷一五一作《月》。

〔五〕「一夜」，《歲時雜詠》同，《文苑英華》作「一上」。

〔六〕「只留」，《歲時雜詠》同，《文苑英華》作「空留」。

〔七〕「霧盡」原作「霧靜」，《歲時雜詠》同，據《文苑英華》改。

〔八〕「冰生唯恐」原作「水生唯恐」，據《歲時雜詠》改，《文苑英華》作「冰生只恐」。

〔九〕「將曉」，《歲時雜詠》同，《文苑英華》作「生晚」。

〔一〇〕詩題《歲時雜詠》同，《才調集》作《寄難八》，《文苑英華》作《上巳日》，「難八」殆誤。

〔一一〕「與余」，《才調集》、《文苑英華》卷一五七作「伯輿」，《歲時雜詠》作「伯與」，當亦是「伯輿」之訛。

〔一二〕詩題原脱，作「又云」二字，據《文苑英華》卷一五八及《歲時雜詠》補。

〔一三〕此句原作「小星乘佩且埋輪」，據《文苑英華》及《歲時雜詠》改。

〔一四〕「漫」原作「謾」，據《文苑英華》、《歲時雜詠》改。

〔一五〕「猗蘭」原作「倚欄」，據《文苑英華》、《歲時雜詠》改。

〔一六〕「不寐」，《歲時雜詠》同，《文苑英華》作「不睡」。

〔一七〕詩題《歲時雜詠》作《八月十六日夜月色轉佳》。

〔一八〕「撩」原作「聊」，據《歲時雜詠》改。

〔一九〕《苕溪漁隱叢話》前集卷二二引《洪駒父詩話》：「山谷言：唐彦謙詩最善用事，其《過長陵》詩云：『耳聞明主提三尺，眼見愚民盜一抔。千古腐儒騎瘦馬，灞陵斜日重回頭。』又《題蒲津河亭》云：『煙横博望乘槎水，月上文王避雨陵。』皆佳句。」《又玄集》載二詩，「腐儒」作「豎儒」，「灞陵」作「渭城」，「月上」作「日上」，較勝。

〔二〇〕《楊文公談苑》：「鹿門先生唐彦謙，爲詩慕玉溪，得其清峭感愴，蓋其一體也。」參閲本書卷五三李商隱下。

裴　澈

澈，登咸通進士第，後爲相。初，左拾遺孟昭圖在蜀，上疏極諫僖宗，田令孜惡之，沉諸蟇頤江。澈以詩弔曰：一章何罪死何名？投水惟君與屈平。從此蜀江煙月夜，杜鵑應作兩般聲〔一〕。

【校箋】

〔一〕《南部新書》己：「僖宗朝，左拾遺孟昭圖在蜀上書極諫，爲田令孜所矯詔，沈蜀江。裴相徹有詩弔之曰：『一章何罪死何名？投水唯君與屈平。從此蜀江煙月夜，杜鵑應作兩般聲。』」按《新唐書》卷七一上《宰相世系表》：「澈，字深源，僖宗相。」此作「裴澈」是，《南部新書》作

「徹」，誤。「孟昭圖」原作「孟昌圖」，據改。

盧攜

嘗題司空圖壁云：姓氏司空貴，官班御史卑。老夫如且在，不用歎屯奇〔一〕。攜，字子升，乾符中爲相。巢寇表求天平節度，不與，欲倚高駢立功，巢遂入關。攜仰藥死〔二〕。

【校箋】

〔一〕《南部新書》甲：「盧攜嘗題司空圖壁云：『姓氏司空貴，官班御史卑。老夫如且在，不用歎屯奇。』」

〔二〕《新唐書》卷一八四《盧攜傳》：「盧攜字子升。……乾符五年，進同中書門下平章事。……是時黄巢已破廣州，勢張甚，表求天平節度使，詔宰相百官議。攜素厚高駢，屬令立功，乃固不可巢請。……及巢破淮南，（駢將張）璘戰死，忠武兵亂，天下危懼，人皆咎攜，始下詔以巢爲天平節度使。詔下，賊已破潼關。明日，以太子賓客罷，分司東都。是夜，仰藥死。」

韋莊

立春云：青帝東來日馭遲，暖煙輕逐曉風吹。罽袍公子樽前覺，錦帳佳人夢裏知。

雪圃乍開紅菜甲〔一〕，綵幡新剪緑楊絲〔二〕。殷勤欲獻宜春曲，題向花牋帖繡楣。

長安清明云：早是傷春夢雨天，可堪芳草更芊芊〔三〕。内官初賜清明火，上相閑分白打錢。紫陌亂嘶紅叱撥，緑楊高映畫鞦韆〔四〕。游人記得承平事，暗喜風光似昔年。

感懷詩云：長年方悟少年非，人道新詩勝舊詩。十畝野塘留客釣，一軒春雨對僧棊。花間醉任黄鶯語，亭上吟從白鷺窺。大道不將爐冶去，有心重築太平基。或謂此詩包括生成，果爲台輔〔五〕。

莊應舉時，遇巢寇犯闕，著秦婦吟一篇，内一聯云：内庫燒爲錦繡灰，天街踏盡公卿骨。公卿多垂訝，莊乃諱之。時號秦婦吟秀才〔六〕。又有帝子夢魂煙水闊，謝公詩思碧雲低。最爲警策。至若閑卧詩云：誰知閑卧意，非病亦非眠。又手從彫扇落，頭任漉巾偏。識者知其不祥。後誦子美詩：白沙翠竹江村暮，相送柴門月色新。吟諷不輟。是歲卒于花林坊，葬于白沙〔七〕。

莊，字端己，杜陵人，見素之後〔八〕。曾祖少微，宣宗中書舍人。莊疏曠不拘小節，李洵爲兩川宣諭和協使，辟爲判官，以中原多故，潛欲依王建，建辟爲掌書記。尋召爲起居舍人，建表留之。後相建爲僞平章事〔九〕。

莊爲王建管記時，一縣宰乘時擾民，莊爲建草牒云：正當凋瘵之秋，好安凋瘵；勿使瘡痍之後，復作瘡痍。時以爲口實。

莊集詩人一百五十人，得詩三百章，爲又玄集〔一〇〕。序云：此蓋詩中鼓吹，名下笙簧〔一一〕。擊鼉氏之鐘〔一二〕，霜清日觀；淬雷公之劍，影動星津。雲間分合璧之光，海上運摩天之翅。奪造化而雲雷噴湧，役鬼神而風雨奔馳。但思其食馬留肝〔一三〕，徒云染指；豈慮其烹魚去乙，或致傷鱗。

【校箋】

〔一〕「雪圃」原作「雪浦」，據《浣花集》、《才調集》及《歲時雜詠》改。

〔二〕「絲」原作「枝」，《歲時雜詠》同，據《浣花集》、《才調集》改。

〔三〕「可堪」，《才調集》同，《文苑英華》卷一五七作「可憐」。

〔四〕「高映」，《才調集》同，《文苑英華》作「高影」。

〔五〕詩題《浣花集》作《長年》，《鑒誡録》卷九「分命録」條：「韋莊補闕有《長安感懷》云：『大道不將爐冶去，有心重築太平基。』此則包括生成，果爲台輔。」此取之。「黄鶯語」，《鑒誡録》同，《浣花集》作「黄鶯説」。「大道」，《鑒誡録》同，《浣花集》作「大盗」。

〔六〕《北夢瑣言》卷六：「蜀相韋莊應舉時，遇黄寇犯闕，著《秦婦吟》一篇，内一聯云：『内庫燒爲錦繡灰，天街踏盡公卿骨。』爾後公卿亦多垂訝，莊乃諱之。時人號『《秦婦吟》秀才』。他日撰家戒，内不許垂《秦婦吟》障子，以此止謗，亦無及也。」「一篇内一聯」五字原闕，據補。

〔七〕《十國春秋》卷四〇《韋莊傳》：「武成三年，卒于花林坊，葬白沙之陽。是歲，莊日誦杜甫『白沙翠竹江村暮，相送柴門月色新』之詩，吟諷不輟，人以爲詩讖焉。」

〔八〕張唐英《蜀檮杌》卷上：「韋莊，字端己，杜陵人，見素之後。」此本之。按《新唐書》卷七四上《宰相世系表》，莊乃武后相韋待價之後，爲韋應物四世孫。與此異，唐英當别有所據。《唐才子傳》亦從之。

〔九〕《新五代史》卷六三《前蜀世家》：「光啟二年（陳）敬瑄發兵七萬益（山）行章，與（王）建相持濛陽、新都百餘日，昭宗遣左諫議大夫李珣爲兩川宣諭和協使，詔（顧）彦朗等罷兵。」又，「乾寧四年，五月，建自將攻東川，昭宗遣諫議大夫李洵、判官韋莊宣諭兩川，詔建罷兵。」又，「天復七年，九月，建乃即皇帝位，以王宗佶爲中書令，韋莊爲左散騎常侍，判中書門下事。」按《新五代史》兩載昭宗宣諭兩川罷兵，一作「李珣」，一作「李洵」，而光啟乃僖宗年號，與「乾寧」事相距十年，顯有訛誤。故《通鑑》不載光啟二年李珣宣諭兩川事，而只于乾寧四年載：「夏，四月，以左諫議大夫李洵爲兩川宣諭使，和解王建及顧彦暉。」是也。韋莊即于是年與李洵同使西川。「李洵」原作「李詢」，據史文改。

〔一〇〕《文苑英華》卷七一四《又玄集序》：「自國朝大手名人，以至今之作者，或百篇之内，時紀一章；或全集之中，微徵數首。但掇其清詞麗句，録在西齋；莫窮其巨派洪瀾，任歸東海。總其記得者，才子一百五十人；誦得者，名詩三百首。……昔姚合所選《極玄集》一卷，傳于當代，已盡精微，今更采其玄者，勒成《又玄集》三卷。……光化三年七月二日前左補闕韋莊述。」影印日本江户官板本《又玄集》「左補闕」上無「前」字。

〔二〕「笙簧」原作「笙篁」，據《又玄集》及《文苑英華》改。

〔三〕「擊」原作「繫」，據《又玄集》及《文苑英華》改。

〔三〕「但思」原作「但忍」，據《又玄集》、《文苑英華》改。

吴　融

壬戌歲閿鄉卜居云〔一〕：六載抽毫侍禁闈，不堪多病决然歸〔二〕。五陵年少如相問，阿對泉頭一布衣。阿對，是楊伯起家僮，嘗引泉灌蔬，其泉至今尚在〔三〕。

華清宫云〔四〕：中原無鹿海無波，鳳輦鑾旂出幸多。今日故宫歸寂寞〔五〕，太平功業在山河。又云：四郊飛雪暗雲端，唯此宫中落旋乾。緑樹碧簷相掩映，無人知道外邊寒。又云：漁陽烽火照函關，玉輦忽忽下此山。一曲羽衣聽不盡，至今遺恨水潺潺。

關東獻劉員外云：昨夜星辰動，仙郎近漢關。玳筵吟雪罷，錦帳押春還。已到青雲上，應棲絳圃間。臨邛有辭賦，一爲奏天顔。

融，字子華，越州人。昭宗時爲翰林學士，卒官〔六〕。

李巨川爲華帥韓建掌書記，昭宗至華清宮，賜建御容一軸，時巨川草謝表以示融，其中有彤雲似蓋以長隨，紫氣臨關而不度。融吟味不已。因草篇與巨川對壘，略曰：霧開五里，克諧披覩之心；掌拔一峰，兼助捧持之力〔七〕。

松江晚泊云：樹遠天疑盡，江奔地欲隨。孤帆落何處，殘日更新離。客是淒涼本，情爲繫滯枝。寸腸無計免，應只楚猿知。

紅樹云：一聲南雁已先紅，槭槭淒淒葉葉同〔八〕。自是孤根非暖地〔九〕，莫驚他木耐秋風。曉煙散去陰全薄〔一〇〕，明月臨來影半空。長憶洞庭千萬樹，照山橫浦夕陽中〔一一〕。

【校箋】

〔一〕《唐英歌詩》有吴融《閿鄉寓居十首》，此據《唐百家詩選》録其一首。

〔二〕「不堪」，《唐百家詩選》同，《唐英歌詩》作「可堪」。

〔三〕注文「楊」、「僮」二字原闕，據《唐英歌詩》及《唐百家詩選》補。

〔四〕《唐英歌詩》所載吴融《華清宮》詩凡四首，此據《唐百家詩選》録其三首。

〔五〕「故宮」原作「故鄉」，據《唐英歌詩》及《唐百家詩選》改。

〔六〕《新唐書》卷二〇三《吴融傳》：「吴融字子華，越州山陰人。……融學自力，富辭調。龍紀初，及進士第。韋昭度討蜀，表掌書記，遷累侍御史。坐累去官，流浪荆南，依成汭。久之，召爲左補闕，以禮部郎中爲翰林學士，拜中書舍人。昭宗反正……進户部侍郎。鳳翔刼還，融不克從，去客閩鄉。俄召還翰林，遷承旨，卒官。」

〔七〕《摭言》卷一〇：「李巨川，字下己，姑臧人也，士族之鼎甲，工爲燕許體文。……（韓）建重其才，奏令掌書奏……上至華清宮，遣使賜建御容一軸，時巨川草謝表，以示吴子華，其中有『彤雲似蓋以長隨，紫氣臨關而不度。』子華吟味不已。因草篇與巨川對壘，略曰：『霧開萬里，克諧披覩之心；掌拔一峰，兼助捧持之力。』」

〔八〕「槭槭淒淒」，《唐百家詩選》同，《唐英歌詩》作「神女霜飛」。

〔九〕「自是」原作「此是」，據《唐英歌詩》、《唐百家詩選》改。

〔一〇〕「曉煙」原作「燒煙」，據《唐英歌詩》、《唐百家詩選》改。

〔一一〕「照山」原作「昭山」，據《唐英歌詩》、《唐百家詩選》改。

公乘億

高湜咸通末爲禮部侍郎，士多繇權要干請，湜曰：「吾決以至公取之，得譴固吾分。」乃取億、許棠、聶夷中，皆有文名〔一〕。

億，字壽仙〔二〕，魏人，與李山甫皆爲魏博樂彦禎幕府〔三〕。

羅隱寄詩于易定公乘億云〔四〕：謝舞仍宫柳，高奇世少雙。侍中生不到，園令死須降〔五〕。班秩通烏府，樽罍奉碧幢。昭王有餘烈，試爲禱迷邦。

億郎官上應列宿詩云：北極佇文昌，南宫曉拜郎。紫泥乘帝澤，銀印佩天光。緯結三台側，鈎連四輔傍。佐商依傅説，仕漢笑馮唐。委佩摇秋色，峩冠帶晚霜。自然符列象，千古耀巖廊。

秋菊有佳色云：陶令籬邊菊，秋來色轉佳。翠攢千片葉，金剪一枝花。蕊逐蜂鬚亂，英隨蝶翅斜。帶香飄緑綺，和酒上烏紗。散漫摇霜彩，嬌妍漏日華。芳菲彭澤見，更稱在誰家〔六〕。

臨江遲來客云：江上晚沉沉，煙波一望深。向來殊未至，何處擬相尋。柳結重重眼，萍翻寸寸心。暮山期共眺，寒渚待同臨。北去魚無信，南飛雁絶音。思君不可見，使我獨愁吟。

億以詞賦著名。咸通十三年，别家十餘年矣。嘗大病，鄉人誤傳已死，其妻自河北來迎喪。會億送客，馬上見一婦人，麄縗跨驢，類其妻也。睇睨不已，妻亦如是。詰之，則是也。相持而哭，路人異之。後旬日登第〔七〕。億嘗有詩云：十上十年皆落第，一家一半已成塵。可知其屈矣。

【校箋】

〔一〕《新唐書》卷一七七《高釴傳》：「子湜，字澄之，第進士，累官諫議大夫。咸通末，爲禮部侍郎。

時士多懸權要干請，湜不能裁，既而抵帽于地曰：『吾決以至公取之，得譴固吾分！』乃取公乘億、許棠、聶夷中。……億字壽仙，棠字文化，夷中字坦之，皆有名當時。」

〔二〕《新唐書》卷六〇《藝文志》：「《公乘億詩》一卷。」注云：「字壽山，咸通進士第。」按此與《高鈫傳》作「壽仙」異，《唐才子傳》亦作「壽山」，疑作「山」是。

〔三〕公乘億，魏人，見下校箋〔七〕引《摭言》卷八。李山甫爲魏博樂彦禎幕府，見本書卷七〇李山甫下。

〔四〕詩題原脱「公乘億」三字，據羅隱《甲乙集》卷五《寄易定公乘億》補。

〔五〕「令」原作「今」，據《甲乙集》改。

〔六〕「更稱」原作「稱更」，據毛本改。

〔七〕《摭言》卷八：「公乘億，魏人也，以辭賦著名。咸通十三年，垂三十舉矣，嘗大病，鄉人誤傳已死，其妻自河北來迎喪。會億送客，至坡下，遇其妻。始夫妻闊别，積十餘歲，億時在馬上，見一婦人，粗縗跨驢，依稀與妻類，因睨之不已。妻亦如是。乃令人詰之，果億也。億與之相持而泣，路人皆異之。後旬日，登第矣。」「誤傳已死」原作「傳以死」，「自河北來迎喪」原脱「來」字，「見一婦人」原脱「一」字，「粗縗跨驢」原脱「跨驢」二字，「妻亦如是」原作「妻亦如之」，據補改。

羅鄴

費拾遺書堂云：滿袖歸來天桂香，紫泥重降舊書堂。自憐韋帶同巢許〔一〕，不駕蒲輪佐禹湯。怪石盡涵千古秀，奇花多吐四時芳。何人更肯追高躅，唯有樵童戲薜牀。

雲詩云：紛紛靄靄遍江湖，得路爲霖豈合無。莫使悠颺祇如此，帝鄉還更暖蒼梧。

歲仗云：玉帛朝元萬國來〔二〕，鷄人唱曉五門開。春排北極迎仙馭〔三〕，日捧南山入壽杯。歌舜薰風鏘玉佩〔四〕，祝堯嘉氣靄樓臺〔五〕。可憐四海車書混〔六〕，重見蕭曹佐漢才。

牡丹云：落盡春紅始見花〔七〕，花時比屋事豪奢。買栽池館恐無地，看到子孫能幾家。門倚長衢攢繡轂〔八〕，幄籠輕日護香霞。歌鐘對此爭權賞〔九〕，肯信流年鬢有華〔一〇〕。

賞春云：芳草和煙暖更青，閑門要路一時生。年年點檢人間事，唯有春風不世情。

公子行云：彫鞍玉勒照花明，過後香風特地生〔一一〕。半醉五侯門裏出，月高猶在禁街行。

鄴，餘杭人。父則，爲鹽鐵小吏，有二子，俱以文學干進。鄴尤長七言詩，時宗人隱，亦以律韻著稱，然隱才雄而粗疏，鄴才清而綿緻。咸通中，崔安潛侍郎廉問江西，志在弓旌，竟爲幕吏所沮。既而俯就督郵，因茲舉事闌珊，無成而卒〔一二〕。

【校箋】

〔一〕「韋帶」原作「葦帶」，據毛本改。

〔二〕「朝元」原作「朝天」，據《文苑英華》卷一六七及《歲時雜詠》改。

〔三〕「仙馭」原作「仙仗」，據《文苑英華》及《歲時雜詠》改。

〔四〕「鏘玉佩」，《文苑英華》作「鏘劍佩」，《歲時雜詠》作「鏗劍佩」。

〔五〕「嘉氣」，《歲時雜詠》同，《文苑英華》作「嘉象」。

〔六〕「混」，《文苑英華》及《歲時雜詠》作「共」。

〔七〕「見花」，《又玄集》、《才調集》及《文苑英華》卷三二一同，《唐百家詩選》作「著花」。

〔八〕「繡轂」原作「繡輒」，《唐百家詩選》同，據《又玄集》、《才調集》及《文苑英華》改。

〔九〕「對此」原作「到此」，據《又玄集》、《才調集》改。《文苑英華》、《唐百家詩選》作「滿座」。

〔一〇〕「肯信」原作「豈信」，據《又玄集》、《文苑英華》及《唐百家詩選》改。《才調集》作「誰信」。

〔一一〕「香風」原作「鄉風」，據《萬首唐人絶句》改。

〔一二〕《摭言》卷一〇：「韋莊奏請追贈不及第人近代者：羅鄴，餘杭人也，家富于財。父則，爲鹽鐵小吏，有子二人，俱以文學干進。鄴尤長七言詩，時宗人隱亦以律韻著稱，然隱才雄而粗疏，鄴才清而綿緻。咸通中，崔安潛侍郎廉問江西，志在弓旌，竟爲幕吏所沮。既而俯就督郵，因茲舉事闌珊，無成而卒。」「干進」原作「上進」，「粗疏」原脱「疏」字，「綿緻」原脱「綿」字，「闌珊」二字原脱，據改補。

羅　衮

清明登奉先城樓云：年來年去只艱危，春半堯山草尚衰。四海清平耆舊見，五陵寒食小臣悲。煙銷井邑隈樓檻，雪滿川原泥酒巵。拭盡賈生無限淚，一行歸雁遠參差。

清明赤水寺居云：榆火輕煙處處新，旋從閑望到諸隣。浮生浮世祗多事，野水野花娱病身。濁酒不禁雲外景，碧峰猶冷寺前春。蓑衣毳衲誠吾黨，自結村園一社貧〔一〕。

羅隱，梁開平中召拜夕郎，不起。衮以小天倅大秋姚公使兩浙，以詩贈隱曰：平日時風好涕流，讒書雖盛一名休。寰區歎屈瞻天問，夷貊聞詩過海求。向夕便思青瑣拜，近年尋伴赤松游。何當世祖從人望，早以公台命卓侯。隱答曰：崑崙水色九般流，飲即神仙憩即休。敢恨守株曾失意，始知緣木更難求。鴒原謾欲均餘力，鶴髮那堪問舊游。遥望北辰當上國，羡君歸棹五諸侯〔二〕。

昭宗誅韓全誨等，衮時爲左拾遺，上言劉蕡當大和時，宦官始熾，因直言策請奪爵土，復掃除之役，遂罹譴逐，死異土。六十餘年，正人端士，切齒飲泣。使蕡策蚤用，則杜漸防萌，逆節可消。帝感悟，贈蕡左諫議大夫〔三〕。

【校箋】

〔一〕「村園」原作「村薗」，據毛本改。

〔二〕《摭言》卷一〇：「羅隱，梁開平中累徵夕郎，不起。衮以小天倅大秋姚公使兩浙，衮以詩贈隱曰：『平日時風好涕流，《讒書》雖盛一名休。寰區歎屈瞻天問，夷貊聞詩過海求。向夕便思青瑣拜，近年尋伴赤松游。何當世祖從人望，早以公台命卓侯。』隱答曰：『崑崙水色九般流，飲即神仙憩即休。敢恨守株曾失意，始知緣木更難求。鴒原謾欲均餘力，鶴髮那堪問舊游。遥望北辰當上國，羨君歸棹五諸侯。』」

〔三〕《新唐書》卷一七八《劉蕡傳》：「及昭宗誅韓全誨等，左拾遺羅衮上言：『蕡當太和時，宦官始熾，因直言策請奪爵土，復掃除之役，遂罹譴逐，身死異土，六十餘年，正人義夫，切齒飲泣。比陛下幽東内，幸西州，王室幾喪，使蕡策早用，則杜漸防萌，逆節可消，寧殷憂多難，遠及聖世耶！今天地反正，枉魄憤齒，有望于陛下。』帝感悟，贈蕡左諫議大夫，訪子孫授以官云。」「掃除」原作「歸除」，「遂罹遺逐」原作「遂羅譴逐」，據改。羅衮，成都臨邛人，見《北夢瑣言》卷五。其《請褒贈劉蕡疏》載《文苑英華》卷六九八。

唐詩紀事校箋卷第六十九

羅虬　羅隱　陸扆

羅虬

比紅兒詩并序云：比紅者，爲雕陰官妓杜紅兒作也。美貌年少，機智慧悟，不與群輩妓女等。余知紅者，乃擇古之美色灼然于史傳三數十輩，優劣于章句間。遂題比紅詩。

姓氏看侵尺五天，芳菲占斷百花鮮。馬嵬好笑當時事，虚賺明皇幸蜀川。

金谷園中花正繁，墜樓從道感深恩。齊奴恰是來東市，不爲紅兒死更寃〔一〕。石崇生青州，故小名齊奴〔二〕。

陷却平陽爲小憐，周師百萬戰長川。更教乞與紅兒貌，舉國山川不值錢。小憐，北齊後主馮淑妃名。

一曲都緣張麗華，六宫齊唱後庭花。若教比並紅兒貌，枉破當時國與家。

樂營門外柳如陰，中有佳人畫閣深。若是五陵公子見，買時應不啻千金。

青絲高綰石榴裙，腸斷當筵酒半醺。置向漢宮圖畫裏，入胡應不數昭君〔三〕。

斜憑欄杆醉態新，斂眸微眄不勝春。當時若遇東昏主，金葉蓮花是此人。

匼匝千山與萬山，碧桃花下景長閑。神仙得似紅兒貌，應免劉郎憶世間。

越山重疊越溪斜，西子休憐解浣紗。得似紅兒今日貌，肯教將去與夫差。

詔下人間覓好花，月眉雲髻選人家。紅兒若向當時見，繫臂先封第一紗。

鋒鏑縱横不敢看，淚垂玉筯正汍瀾。應緣近似紅兒貌，始得深宫奉五官。

金縷濃薰百和香，臉紅眉黛入時粧。當時若向喬家見〔四〕，未敢將心在窈娘。喬知之故事。

通宵甲帳散香塵，漢帝精神禮百神。若見紅兒醉中態，也應休憶李夫人。

拔得芙蓉出水新，魏家公子信才人。若教瞥見紅兒貌，不肯留情賦洛神。

芳姿不合並常人，雲在遥天玉在塵。因事愛思荀奉倩，一生閑坐枉傷神。

筆底如風思湧泉，賦中休謾説嬋娟。紅兒若在東家住，不得登牆爾許年〔五〕。

一抹濃紅傍臉斜，粧成不語獨攀花。當時若是逢韓壽，未必埋蹤在賈家。

樹裊西風日半沉，地無人跡轉傷心。阿嬌得似紅兒貌，不費長門買賦金。

五雲高捧紫金堂，花下投壺侍玉皇。從道世人都不識，也應知有杜蘭香〔六〕。

戲水源頭指舊蹤，當時一笑也難逢。紅兒若爲迴桃臉，豈比連催舉五烽。

虢國夫人照夜璣，若爲求得與紅兒。醉和香態濃春裏〔七〕，一樹繁花偃繡幃。

知有持盈玉葉冠，剪雲裁月照人寒。若使紅兒風貌戴，直似瑤池會上看。

明媚何曾讓玉環，破瓜年幾百花顏。若教貌向南朝見，定却梅粧似等閑。

世事悠悠未足稱，肯將閑事更爭能。自從命向紅兒斷，不欲留心在裂繒。

自隱新從夢裏來，嶺雲微步下陽臺。含情一向春風笑，羞殺凡花盡不開。

捨却青娥換玉鞍，古來公子苦無端。莫言一匹追風馬，天驥牽來也不看。

檻外花低瑞露濃，夢魂驚覺暈春容。憑君細看紅兒貌，最稱嚴粧待曉鐘。

薄羅輕剪越溪紋，鴉翅低從兩鬢分。料得相如偷見面，不應琴裏挑文君。

南國東鄰各一時，後來唯有杜紅兒。若教楚國宮人見，羞把腰身並柳枝。

照耀金釵簇膩鬟，見時直向畫屏間。黃姑阿母能判剖，十斛明珠也是閑。

輕小休誇似燕身，生來占斷紫宮春。漢皇若遇紅兒貌，掌上無因着別人。

鸚鵡娥如裛露紅，鏡前眉樣自深宮。稍教得似紅兒貌，不嫁南朝沈侍中。

擬將心地學安禪，爭奈紅兒笑靨圓。何物把來堪比並，野塘初綻一枝蓮。

浸草漂花遶檻香，最憐穿度樂營牆。慇懃留滯緣何事，曾照紅兒一面粧。

鵾陰舊俗騁嬋娟，有箇紅兒賽洛川。常笑世人多誑誕〔八〕，今朝自見火中蓮。

渡口諸儂樂未休，竟陵西望路悠悠〔九〕。石城有箇紅兒貌，兩槳無因迎莫愁。

誰向深山識大仙，勸人山上引春泉。定知不及紅兒貌，枉却工夫溉玉田。搜神記楊伯雍故事〔一〇〕。

傾國傾城總絶倫，紅兒花下認真身。十年東北看燕趙，眼冷何曾見一人？

今時自是不諳知〔一一〕，前代由來事見爲〔一二〕。一笑陽城人便惑，何堪教見杜紅兒。

京口喧喧百萬人，競傳河鼓謝星津。柰花似雪簪雲髻，今日妖容是後身〔一三〕。

青史書時未是真，可能纖手却狂秦〔一四〕。再三爲謝齊王后〔一五〕，要解連環別與人。

繡帳鴛鴦對刺紋，博山微暖麝微曛。詩成若有紅兒貌，悔道當時月墮雲〔一六〕。

薄粉輕朱取次施，大都端正亦相宜。只如花下紅兒態，不藉城中半額眉〔一七〕。

粧成渾欲認前朝，金鳳雙釵逐步摇〔一八〕。未必慕容宫裏伴，舞風歌月勝纖腰。

琥珀釵成恩正深，玉兒妖惑蕩君心。莫教回首勻粧面〔一九〕，始覺曾虚擲萬金。

自有閑花一面春，臉檀眉黛一時新。慇懃爲報梁家婦，休把啼粧賺後人。梁冀故事。

輕梳小髻號慵來，巧中君心不用媒。可得紅兒抛醉眼，漢皇恩澤一時迴。

千里長江旦暮潮，吴都風俗尚纖腰。周郎若見紅兒貌，料得無心念小喬。

月落潛奔暗解攜，本心誰道欲單棲〔二〇〕。還緣交甫非良偶，不肯終身作羿妻。

漢皇曾識許飛瓊，寫向人間作畫屏。昨日紅兒花下見，大都相似更娉婷。

魏帝休誇薛夜來，霧綃雲縠稱身裁。紅兒秀發君知否〔二一〕，倚檻繁花帶露開。

曉日雕梁燕語頻〔二二〕，見花難可比他人。年年媚景歸何處，長作紅兒面上春。

逗玉濺盆浴殿開〔二三〕，邀恩先賜夜明苔〔二四〕。紅兒若是三千數，多少芳心似死灰。

畫簾垂地紫金床，暗引羊車駐七香。若見紅兒此中住，不勞鹽篠灑宮廊〔二五〕。

蘇小輕勻一面粧〔二六〕，便留名字在錢塘〔二七〕。藏鴉門外諸年少〔二八〕，不識紅兒未是狂。

一首長歌萬恨來，惹愁漂泊水難迴。崔徽有底多頭面，費得微之爾許才？

昔年黃閣識奇章，愛説真珠似窈娘。若見紅兒深夜態〔二九〕，便應休説繡衣裳。

鳳拆鶯離恨轉深，此生難負百年心。紅兒若向隋朝見，破鏡無因更重尋。

行綰穠雲立暗軒，我來猶愛不成冤。當時若見紅兒貌，未必形相有此言。

總似紅兒媚態新，莫論千度笑爭春。任伊孫武心如鐵，不便軍前殺此人〔三〇〕。

暖塘爭赴盪舟期，行唱菱歌著豔詞。爲問東山謝丞相，可能諸妓勝紅兒？

吳興皇后欲辭家，澤國重臺展絳霞〔三一〕。今日紅兒貌傾國，恐須真宰別開花。

陌上行人歌黍離，三千門客欲何之。若教粗及紅兒貌，爭敢樓前斬愛姬。

休話如皋一笑時，金髀中臆錦離披〔三二〕。陋容枉把彫弓射，射盡春禽未展眉。

長恨西風送早秋，低眉深恨嫁牽牛。若同人世長相對，爭作夫妻得到頭。

謝娘休謾逞風姿，未必娉婷勝柳枝。聞道只應嘲落絮，何曾得似杜紅兒。

總傳桃葉渡江時，只爲王家一首詩。今日紅兒自堪賦〔三三〕，不須重唱舊來詞〔三四〕。

巫山洛浦本無情，總爲佳人便得名。今日雕陰有神豔，後來公子莫相輕。

幾抛雲髻恨金墉，淚洗花顏百戰中。應有紅兒些子貌，却言皇后長深宮。

倚檻還應有所思，半開東閣見嬌姿。可中得似紅兒貌，若遇韓朋好殺伊。

曉向紗窗與畫眉〔三五〕，鏡中長欲助嬌姿。若教得似紅兒貌，走馬章臺任道遲。

鍊得霜華助翠鈿，相期朝謁玉皇前。依稀有似紅兒貌，方得吹簫引上天。

重門深掩幾枝花，未勝紅兒莫大誇。王相不能探物理，可能虚上短轅車。

前代休憐事可奇，後來還出有光輝。爭知晝卧紗窗裏〔三六〕，不有神人覆玉衣。

羽化嘗聞赴九天〔三七〕，只疑塵世是虚傳。自從一見紅兒貌，始信人間有謫仙。

從道長陵小市東〔三八〕，巧將花貌占春風。紅兒若是同時見，未必伊先入紫宮〔三九〕。

人間難免是深情，命斷紅兒向此生。不似前時李丞相〔四〇〕，枉抛才力爲鶯鶯。

鳳舞香飄繡幕風，暖穿馳道百花中。還緣有似紅兒貌，始得迎將入漢宮〔四一〕。

休道將軍出世才，盡驅諸妓下歌臺。都緣没箇紅兒貌，致使輕教後閤開。

馮媛須知住漢宮，將身只是解當熊。不聞有貌傾人國，爭得今朝更比紅〔四二〕。

能將一笑使人迷，花豔何須上大堤。疏屬便同巫峽路，洛川真是武陵溪。

辭輦當時意可知，寵深還恐寵先衰。若教得似紅兒貌，占却君恩自不疑。

三吳時俗重風光，未見紅兒一面粧。好寫妖嬈與教看〔四三〕，便應休更話真娘。

波平楚澤浸星辰，臺上君王宴早春。畢竟章華會中客，冠纓虚絶爲何人？

紅兒不向漢宮生，便使雙成謾得名。疑是麻姑惱塵世，暫教微步下層城。

天碧輕紗只六銖，宛風含露透肌膚〔四四〕。便教漢曲爭明媚，應没心情更弄珠。

共嗟含恨向衡陽，方寸花牋寄沈郎。不似紅兒些子貌，當時爭得少年狂。

淺色桃花亞短牆，不因風送也聞香。凝情盡日君知否，還似紅兒淡薄粧。

火色櫻桃摘得初，仙宮只有世間無。凝情盡日君知否，真似紅兒口上朱。

宿雨初晴春日長，入簾花氣靜難忘。凝情盡日君知否，真似紅兒舞袖香。

初月纖纖映碧池，池波不動獨看時。凝情盡日君知否，直似紅兒罷舞眉。

濃豔濃香雪壓枝〔四五〕，裊煙和露曉風吹。紅兒被掩粧成後，含笑無人獨立時。

樓上嬌歌裊夜霜，近來休數踏歌娘。紅兒謾唱伊州遍，認取輕敲玉韻長。

金粟粧成扼臂環，舞腰輕轉瑞雲間〔四六〕。紅兒生在開元末，羞殺新豐謝阿蠻。

君看紅兒學醉粧，袴裁宮纈砑裙長〔四七〕。誰能更把閑心力，比並當時武媚娘。

梔子同心裛露垂，折來深恐没人知。花前醉客頻相問〔四八〕，不贈紅兒贈阿誰？

雲間翡翠一雙飛，水上鴛鴦不暫離。寫向人間百般態，與君題作比紅詩。

舊恨長懷不語中，幾回偷泣向春風〔四九〕。還緣不及紅兒貌，却得生教入楚宫。

一舸春深指鄂君，好風從度水成紋。越人若見紅兒面，繡被應羞徹夜薰。

花落塵中玉墮泥，香魂應上窈娘堤。欲知此恨無窮處，長倩城烏夜夜啼。

虬詞藻富贍，與宗人隱、鄴齊名，咸通、乾符中，時號三羅。廣明庚子亂後，去從鄜州李孝恭。籍中有杜紅兒者，善歌，常爲副戎屬意。副戎聘鄰道，虬請紅兒歌而贈之繒綵。孝恭以副戎所盼，不令受所貺。虬怒，拂衣而起。詰旦，手刃紅兒。既而思之，乃作絶句百篇，以追其冤，號比紅詩，盛行于時〔五〇〕。

【校箋】

〔一〕「死更冤」原作「更死冤」，據《萬首唐人絶句》改。

〔二〕此注及以下馮小憐、喬知之、楊伯雍、梁冀事等五條，俱是校刻者所加。

〔三〕「入胡應不數」原作「入朝應不啻」，據《萬首唐人絶句》改。

〔四〕「若向」原作「便向」，據《萬首唐人絶句》改。
〔五〕「登牆」原作「登墉」，據《萬首唐人絶句》改。
〔六〕「杜」原作「社」，據《萬首唐人絶句》改。
〔七〕「裹」原作「睡」，據《萬首唐人絶句》改。
〔八〕「多誑誕」原作「語虚誕」，據《萬首唐人絶句》改。
〔九〕「竟陵」原作「堯陵」，據《萬首唐人絶句》改。
〔一〇〕「楊伯雍」原作「楊雍伯」，據《搜神記》卷一一改。
〔一一〕「自是」，《萬首唐人絶句》作「自謂」。
〔一二〕「事見爲」原作「豈見遺」，據《萬首唐人絶句》改。
〔一三〕「妖容」原作「夭容」，據《萬首唐人絶句》改。
〔一四〕「可能纖手」，《萬首唐人絶句》作「可知纖智」。
〔一五〕「王后」原作「皇后」，據《萬首唐人絶句》改。
〔一六〕「墮雲」原作「墜雲」，據《萬首唐人絶句》改。
〔一七〕此首原脱，據《萬首唐人絶句》補。
〔一八〕「雙釵」原作「叉雙」，據《萬首唐人絶句》改。
〔一九〕「匀」原作「看」，據《萬首唐人絶句》改。

〔二〇〕「欲」原作「獨」，據《萬首唐人絶句》改。

〔二一〕「秀發」原作「笑發」，據《萬首唐人絶句》改。

〔二二〕「曉日」原作「曉月」，據《萬首唐人絶句》改。

〔二三〕「浴殿」原作「冬殿」，據《萬首唐人絶句》改。

〔二四〕「先賜」原作「光賜」，據《萬首唐人絶句》改。

〔二五〕「鹽篠」原作「煙篠」，據《萬首唐人絶句》改。

〔二六〕「輕勻」原作「空勻」，據《萬首唐人絶句》改。

〔二七〕「在」，《萬首唐人絶句》作「著」。

〔二八〕「藏鴉」原作「藏鷗」，據《萬首唐人絶句》改。

〔二九〕「深夜」，《萬首唐人絶句》作「夜深」，《全唐詩》從之，誤。

〔三〇〕「不便」原作「不辨」，據《萬首唐人絶句》改。

〔三一〕「絳霞」原作「曙霞」，據《萬首唐人絶句》改。

〔三二〕「金髀」原作「金髐」，據《萬首唐人絶句》改。

〔三三〕「賦」原作「唱」，據《萬首唐人絶句》改。

〔三四〕「重唱」原作「枉唱」，據《萬首唐人絶句》改。

〔三五〕「紗窗」原作「粧窗」，毛本作「粧臺」，據《萬首唐人絶句》改。

〔三六〕「爭知」原作「爭如」，據《萬首唐人絶句》改。

〔三七〕「羽化」原作「化羽」，據《萬首唐人絶句》改。

〔三八〕「長陵」原作「長安」，據《萬首唐人絶句》改。

〔三九〕「伊先」原作「伊仙」，據《萬首唐人絶句》改。

〔四〇〕「不似」，《萬首唐人絶句》作「何以」。

〔四一〕「始得」原作「始道」，據《萬首唐人絶句》改。

〔四二〕「比紅」原作「似紅」，據《萬首唐人絶句》改。

〔四三〕「妖嬈」原作「妖饒」，據《萬首唐人絶句》改。

〔四四〕「宛風」原作「宛如」，據《萬首唐人絶句》改。

〔四五〕「雪」原作「雲」，據《萬首唐人絶句》改。

〔四六〕「輕轉」原作「輕薄」，據《萬首唐人絶句》改。

〔四七〕「袴裁」原作「誇裁」，據《萬首唐人絶句》改。

〔四八〕「相問」原作「相間」，據《萬首唐人絶句》改。

〔四九〕「偷泣」，《萬首唐人絶句》作「偷淚」。

〔五〇〕《摭言》卷一〇：「羅虬辭藻富贍，與宗人隱、鄴齊名。咸通、乾符中，時號『三羅』。廣明庚子亂後，去從鄜州李孝恭。籍中有紅兒者，善肉聲，常爲貳車屬意。會貳車聘鄰道，虬請紅兒歌而贈之繒綵。孝恭以副戎所貯，不令受所貺。虬怒，拂衣而起。詰旦，手刃。絶句百篇，號《比紅詩》，大行于時。」「善歌」原脱「善」字，「贈之繒綵」原作「贈綵」二字，「受所貺」原作「受之」，「《比紅詩》」原脱「詩」字，據改補。孫光憲云：「虬有俊才，嘗見雕陰官妓《比紅兒詩》，他無聞也。」（見《北夢瑣言》卷一三）蓋羅虬之作，傳世者只此。《唐才子傳》言其「體固凡庸，無大可采……初以白刃相加，今曰『余知紅』者，虬實一狂夫也。」其論是也。

羅　隱〔一〕

隱字昭諫，餘杭人。隱池之梅根浦，自號江東生〔二〕，爲唐相鄭畋、李蔚所知。畋女覽隱詩，諷誦不已。畋疑有慕才意。隱貌寢陋，女一日垂簾窺之，自此絶不詠其詩。廣明中，池守竇潏，營墅居之。光啟中，錢鏐辟爲從事、節度判官副使，梁祖以諫議召，不行。開平中，魏博羅紹威推爲叔父，表授給事中。年八十餘，終餘杭〔三〕。有子塞翁〔四〕。

隱、虬、鄴共場屋，謂之三羅〔五〕。

隱與桐廬章魯封齊名，錢鏐初起，以魯封爲表奏孔目官，不就，執之。後以隱爲錢塘令，懼而受命，因宴獻口號曰：一箇禰衡容不得，思量黄祖謾英雄。鏐自是厚禮之〔六〕。

僧貫休懷二子詩云〔七〕：二子依公子，鷄鳴狗盜徒。青雲十上苦，白髮一莖無。風澀潮聲惡〔八〕，天寒角韻孤〔九〕。别離千萬里，何以慰榮枯。

隱謝裴廷韓詩卷云：澤國佳人，唯粧半面；營丘辯士，何用空籠〔一〇〕。其浮薄如此。

隱受知于令狐綯，卒無成，有詩哭綯云：深恩無以報，底事是柴荆〔一一〕。

鄴王羅紹威學隱爲詩，自號其文爲偷江東集〔一二〕。青州王師範遣使齎禮幣，求一篇，隱以詩寄之曰〔一三〕：盛業傳家有寶刀〔一四〕，況聞餘力更揮毫。腰間印綬黄金貴〔一五〕，卷内文章白雪高。宴罷佳賓吟鳳藻，獵回諸將問龍韜。登壇甲子纔三十〔一六〕，猶擬回頭奪錦標〔一七〕。王得詩大喜。昭宗欲以甲科處之，有大臣奏曰：隱雖有才，然多輕易，明皇聖德，猶横遭譏謗〔一八〕，將相臣僚，豈能免乎凌轢。帝問譏謗之詞，對曰：隱有華清宮詩曰〔一九〕：樓殿層層佳氣多，開元時節好笙歌。也知道德勝堯舜，爭奈楊妃解笑何！其事遂寢。

令狐滈，趙公綯之子，登進士，隱以詩賀之，趙公謂滈曰：吾不喜汝及第，喜汝得羅公一篇耳。

隱在浙幕，沈山松得新榜示隱，隱題其末曰：黄土原邊狡兔肥，矢如流電馬如飛。灞陵老將無功業，猶憶當時夜獵歸〔二〇〕。

鍾陵妓雲英，隱舊見之。一日，譏隱猶未第，隱嘲之曰：鍾陵醉别十餘春，重見雲英掌上身。我未成名君未嫁，可能俱是不如人〔二一〕。

顧雲依淮南高駢，隱譏之。夏飲于海風亭，雲曰：青蠅被扇扇離坐，隱遽曰：白澤遭釘釘在門〔二二〕。

隱老不遇，有歸五湖詩云：江頭日暖花又開，江東行客思悠哉。高陽酒徒半凋落，終南山色空崔嵬。聖代也知無棄物，侯門未必用非才。滿船明月一竿竹，家住五湖歸去來〔二三〕。

進士劉贊贈隱詩曰：人皆言子屈，獨我謂君非〔二四〕。明主既難謁，青山何不歸。年虛侵雪鬢，塵枉污麻衣。自古逃名者，至今名豈微〔二五〕！

牡丹云：似共東風別有因〔二六〕，絳羅高卷不勝春。若教解語應傾國，任是無情也動人。芍藥與君爲近侍，芙蓉何處避芳塵。可鄰韓令功成後，辜負穠華過此身〔二七〕。

籌筆驛云：抛擲南陽爲主憂，北征東討盡良籌。時來天地皆同力〔二八〕，運去英雄不自由。千里山河輕孺子，兩朝冠劍恨譙周。惟餘巖下多情水，猶解年年傍驛流。

魏城逢故人云〔二九〕：一年兩度錦江游，前值東風後值秋。芳草有情皆礙馬，好雲無處不遮樓。山將別恨和心斷，水帶離聲入夢流。今日因君試迴首，澹煙喬木隔綿州〔三〇〕。

中秋夜不見月云：陰雲薄暮上空虛，此夕清光已破除〔三一〕。只恐異時開霽後，玉輪依舊養蟾蜍。

蜂云：不論平地與山尖，無限風光盡被占〔三二〕。採得百花成蜜後，不知辛苦爲誰甜？

杜荀鶴錢塘别隱詩云：故國看看遠，前程計在誰〔三三〕。五更吹角候，一葉渡江時。吾道天寧喪，人情日可疑。西陵向西望，雙淚爲君垂。

鼉江常有二氣亘于江，終夜不滅。隱及杜建徽生，氣不復見，議者以爲文武秀氣〔三四〕。

江南李氏，嘗遣使聘越，越人問見羅給事否？使人曰：不識，亦不聞名。越人云：四海聞有羅江東，何拙之甚？使人曰：爲金榜上無名，所以不知。

【校箋】

〔一〕原有小字注「劉贊」，删。

〔二〕《郡齋讀書志》卷四中：「羅隱《甲乙集》十卷，《讒書》五卷。右杭越羅隱，字昭諫，餘杭人。……隱少聰敏，作詩著文以譏刺爲主，自號『江東生』，其集皆自爲序。」「隱」字原脱，據毛本補。又《羅江東外紀》引《南畿志》：「羅隱，本餘杭人，父爲貴池尉，阻黄巢兵，同鄂、鄴寓梅根之浦。」羅隱有《别池陽所居》詩云：「黄塵初起此留連，火耨刀耕六七年。」又有《下山過梅根》詩云：「家從澤國誰能問，路在侯門自不知。」皆隱梅根時作也。

〔三〕《舊五代史》卷二四《羅隱傳》：「羅隱，餘杭人。詩名于天下，尤長于詠史，然多所譏諷，以故不中第，大爲唐宰相鄭畋、李蔚所知。隱雖負文稱，然貌古而陋。畋女幼有文性，嘗覽隱詩卷，諷誦不已，畋疑其女有慕才之意。一日，隱至第，鄭女垂簾而窺之，自是絶不詠其詩。唐廣明中，因亂歸鄉里，節度使錢鏐辟爲從事。開平初，太祖以諫議大夫徵，不至。魏博節度使羅紹威密表推薦，乃授給事中。年八十餘，終于錢塘。」「隱貌寢陋」原脱「隱」字，「垂簾窺之」原脱「垂」字，據補。「羅紹威推隱爲叔父」事，宋陶岳《五代史補》卷一記載頗詳。

〔四〕「塞翁」，毛本作「蹇翁」，按宋郭若虚《圖畫見聞志》卷二：「羅塞翁，錢尚父時爲吳從事錢塘令隱之子，善畫羊。」《宣和書譜》卷一四所載同，作「蹇翁」，非。

〔五〕《南部新書》己：「羅隱、鄴、虬，共在場屋，謂之『三羅』。」

〔六〕《詩話總龜》前集卷三七引《古今詩話》：「羅隱與桐廬章魯風齊名（《北夢瑣言》卷五記此事作「章魯封」）。錢武肅崛起，以魯風善筆札，召爲表奏孔目官。魯風不就，執之。後以羅鄴爲錢塘令，懼而受命。因宴獻詩云：『一個禰衡容不得，思量黄祖謾英雄。』自是始厚之。」按宋錢儼《吳越備史》云：「初從事湖南，歷淮、潤，皆不得意，乃歸新登。及來謁王（錢鏐），懼不見納，遂以所爲《夏口》詩標于卷末云：『一個禰衡容不得，思量黄祖謾英雄。』王覽之大笑，因加殊遇。」與此異。

〔七〕詩題《禪月集》作《懷錢塘羅隱章魯封》。

〔八〕「風澀」原作「風濇」，據《禪月集》改。

〔九〕「天寒」原作「天空」，據《禪月集》改。

〔一〇〕《摭言》卷一二：「羅隱謝裴廷翰詩卷云：『澤國佳人，唯粧半面；營丘辯士，或獻空籠。』」

〔一二〕詩題《甲乙集》作《感舊》，此摘其收二句，《集》作「此恩何以報，歸處是柴荆。」

〔一三〕《北夢瑣言》卷一七：「鄴王羅紹威喜文學……隱以所著文章詩賦酬寄，紹威大傾慕之，乃目其所爲詩集曰《偷江東》。」「鄴王羅紹威」原作「鄴都王紹威」，據改。

〔一四〕此詩《甲乙集》題作《秋日有酬》，《文苑英華》卷二六五載羅隱《感德叙懷寄上羅鄴王三首》，此其第一首。

〔一五〕此句《文苑英華》同，《甲乙集》作「舊業傳家有佩刀」，用《三國志》注呂虔佩刀事，似勝。

〔一六〕「黄金貴」，《文苑英華》作「黄金重」，《甲乙集》作「黄樞貴」。

〔一七〕「登壇甲子」，《甲乙集》同，《文苑英華》作「分茅列土」。

〔一八〕「奪錦標」，《甲乙集》、《文苑英華》作「賭錦袍」。

〔一九〕「謗」字原脱，據毛本補。

〔二〇〕詩題原脱「宫」字，據《甲乙集》及《萬首唐人絶句》補。

〔二一〕《摭言》卷一〇：「羅隱，光化中猶佐兩浙幕。同院沈崧得新榜，封示隱，隱批一絶于紙尾曰：『黄土原邊狡兔肥，矢如流電馬如飛。灞陵老將無功業，猶憶當時夜獵歸。』」「隱題其末」原脱「隱」字，「矢」原作「大」，「灞陵」原作「霸陵」，據補改。「沈山松」當即「沈崧」。《舊五代史考異》引《澗泉日記》：「梁開平二年，授給事中。三年，遷發運使，是年卒，葬于定山鄉。金部郎中沈崧銘其墓。」當即此人，所作《羅給事（隱）墓誌》，今存。

〔二一〕《鑒誡録》卷八「錢塘秀」條：「羅秀才隱，傲睨于人，體物諷刺。初，赴舉之日，于鍾陵筵上與娼妓雲英同席，一紀後，下第，又經鍾陵，復與雲英相見。雲英撫掌曰：『羅秀才猶未脱白矣。』隱雖内耻，尋亦嘲之：『鍾陵醉别十餘春，重見雲英掌上身。我未成名君未嫁，可能俱是不如人。』」

〔二二〕《鑒誡録》卷八同條：「隱又與顧雲先輩謁淮南高相公駢，顧爲人風雅，時渤海公辟留，隱遂辭歸錢塘。高與賓幕小酌賫隱于海風亭。是時盛暑，有青蠅入座，渤海公命扇驅之，顧謔隱曰：『青蠅被扇扇平離座。』隱立酬之曰：『白澤遭釘釘去在門。』議者以才調相譏，兩俱全美。」

〔二三〕此詩乃長安所作，《甲乙集》題作《曲江春感》。「江頭日暖」原作「江東日暖」，誤，謂曲江頭也；「滿船」原作「一船」，並據《甲乙集》改。《才調集》亦作「江頭日暖」。

〔二四〕「獨我」，《鑒誡録》作「我獨」。

〔二五〕《鑒誡録》卷八同條又云：「隱以諷刺頗深，連年不第，舉子劉贊贈之詩曰云云。隱覩之，因起式微之思，遂有《歸五湖》詩曰云云。」以上二詩，計氏采自《鑒誡録》，文字悉同。

〔二六〕「東風」原作「東君」，據《甲乙集》、《又玄集》及《文苑英華》卷三二一改。

〔二七〕「此身」，《甲乙集》、《文苑英華》同，《又玄集》作「一身」。按姚寬《西溪叢語》：「羅隱《牡丹》詩云：『可憐韓令功成後，辜負穠華過此身。』按白廷翰《唐蒙求》『韓令牡丹』注云：『元和中，京師貴游尚牡丹，一本值數萬。韓滉私第有之，遽命斸去，曰：豈效兒女耶？』」

〔二八〕「皆」，《甲乙集》同，《文苑英華》卷二九八作「雖」。

〔二九〕詩題《甲乙集》同，《才調集》作《綿谷迴寄蔡氏昆仲》。

〔三〇〕「淡煙喬木」，《甲乙集》同，《才調集》作「古煙高木」。

〔三一〕「已」，《萬首唐人絶句》同，《甲乙集》作「共」。

〔三二〕「占」原作「沾」，據《甲乙集》改。

〔三三〕「計」，《唐風集》同，毛本作「寄」，非。

〔三四〕《吳越備史》：「初，新登龜江常有二氣亘于江上，晝夜不滅。及隱洎丞相杜建徽生，而二氣不復見，識者以爲文武秀氣焉。」

陸扆

扆詩有今秋已約天台月之句〔一〕。或云：扆僖宗末舉進士及第，六月榜出，盛暑，同舍戲曰：造榜天也。觀扆此詩，豈幸倉猝苟科第者〔二〕。

【校箋】

〔一〕此詩只存殘句。

〔二〕《北夢瑣言》卷四：「唐陸相扆舉進士，屬僖宗再幸梁、洋，隨駕至行在。于時奔避勞止，又時當六月而相國策名，爾後在翰林，暑月苦于蒸溽。同列戲之曰：『今日好造榜天。』以其進取非時也。」按《新唐書》卷一八三《陸扆傳》：「陸扆字祥文。……光啟二年，從僖宗幸山南，擢進士第，累進翰林學士、中書舍人。……昭宗優遇之。……始，其舉進士時，方還幸，而六月榜出。至是每盛暑，他學士輒戲曰：『造榜天也。』以譏扆進非其時。累爲尚書左丞，封嘉興縣男。徙户部侍郎、同中書門下平章事。」蓋其擢進士第在僖宗時，昭宗時爲相矣。此原作「扆昭宗末舉進士及第」，誤。今據史文改。

唐詩紀事校箋卷第七十

許　棠　張　喬　劇　燕　任　濤　張　蠙
鄭　谷　温　憲　李昌符　王　轂　李山甫
伊　璠　鍾離權

許　棠

分與仙山背，多年負翠微。無因隨鹿去，只是送人歸。頂木晴摩日，根嵐曉潤衣。會于猿鳥外，相對掩高扉〔一〕。棠旅中送人歸九華詩也。大抵棠詩多隱括，如曉嶂猿窺户，寒湫鹿舐冰〔二〕。當空吟待月，到晚坐看山。類恬淡絶物者，然非真好也。

棠，字文化〔三〕，宣州涇縣人〔四〕。登咸通十二年進士第。有洞庭詩爲工，時號許洞庭〔五〕。初爲涇縣尉，鄭谷以詩送云〔六〕：白頭新作尉，縣在故山中。高第能卑宦，前賢尚此風。蕪湖春蕩漾，梅雨晝溟濛。佐理人安後〔七〕，篇章莫廢功。

棠洞庭詩，有四顧疑無地，中流忽有山之句。人以題扇。過洞庭云：驚波常不定，半日鬢堪斑。四顧疑無地，中流忽有山。鳥飛應畏墮，帆遠却如閑。漁父時相引，行歌浩渺間。

【校箋】

〔一〕「高扉」原作「高飛」，據毛本改。

〔二〕「寒湫」原作「寒秋」，據毛本改。

〔三〕《新唐書》卷六〇《藝文志》：「《許棠詩》一卷。」注云：「字文化。」

〔四〕《摭言》卷八：「許棠，宣州涇縣人。」

〔五〕《北夢瑣言》卷二：「咸通中，禮部侍郎高湜知舉，榜内孤貧者……許棠，有《洞庭》詩，尤工，時人謂之『許洞庭』。」

〔六〕詩題《鄭守愚文集》作《送許棠先輩之官涇縣》。

〔七〕「佐理」，《鄭守愚文集》作「化理」。

張喬

喬，池州人，有詩名。咸通中，與許棠、俞坦之、劇燕、任濤、吴罕、張蠙、周繇、鄭谷、李栖遠、温憲、李昌符謂之十哲〔一〕。十哲而十二人。

咸通中，京兆府解，試月中桂詩，喬擅場。云：與月轉洪濛，扶疏萬古同。根非生下土，葉不墜秋風。每以圓時足，還隨缺處空。影高群木外，香滿一輪中。未種丹霄日，應虚白兔宫。如何當羽化，細得問神功。其年李建州頻主試，時爲京兆府參軍。以許棠老于場屋，以爲首薦〔二〕。未幾，巢寇爲亂，遂與伍喬之徒隱九華〔三〕。

喬送許棠云〔四〕：離鄉積歲年，歸路遠依然。夜火山頭市，春江樹杪船。干戈愁鬢改，瘴癘喜家全。何處營甘旨，潮濤浸薄田。

喬與俞坦之受知許下薛尚書能，許棠首薦，能以詩唁二子曰：何事盡參差，惜哉吾子詩。日令銷此道，天亦負明時。有路當重振，無門即不知。何當見堯日，相與啜澆漓〔五〕。

喬游終南白鶴觀詩云：上徹鍊丹峰，求玄意未窮。古壇青草合，往事白雲空。仙境日月外，帝鄉煙霧中〔六〕。人間足煩暑，欲去戀清風〔七〕。

送友人歸宜春云：落花兼柳絮，無處不紛紛。遠道空歸去，流鶯獨自聞。野橋喧磑水，山郭入樓雲。故里南陔曲，秋期更送君。

鄭谷題喬延興門外新居云〔八〕：平生苦節同，旦夕會原東。掩卷斜陽裏，看山落木中〔九〕。星霜人欲老〔一〇〕，江海業全空〔一一〕。近日文場裏，因君起古風。

【校箋】

〔一〕《摭言》卷一〇：「張喬，池州九華人也，詩句清雅，夐無與倫。咸通末，京兆府解，李建州時爲京兆參軍，主試。同時有許棠與喬，及喻坦之、劇燕、任濤、吴罕、張蠙、周繇、鄭谷、李栖遠、温憲、李昌符，謂之『十哲』。」「吴罕」原作「吴宰」，據改。

〔二〕《摭言》卷一〇同條：「其年，府試《月中桂》詩，喬擅場。詩曰：『與月長洪濛，扶疏萬古同。根非生下土，葉不墜秋風。每以圓時足，還隨缺處空。影高群木外，香滿一輪中。未種青霄日，應虚白兔宫。何當因羽化，細得問神功。』其年，頻以許棠在場席多年，以爲首薦。」按《文苑英華》卷一八七載此詩，「洪濛」作「鴻濛」，「神功」作「玄功」。

〔三〕馬令《南唐書》卷一四《伍喬傳》，言其少隱廬山讀書，仕南唐爲考功員外郎，不言隱九華。俟考。

〔四〕詩題《文苑英華》卷二八三及《唐百家詩選》作《送進士許棠》。

〔五〕《摭言》卷一〇同條又云：「喬與喻坦之復受許下薛能尚書深知，因以詩唁二子曰：『何事盡參差，惜哉吾子詩。日令銷此道，天亦負明時。有路當重振，無門即不知。何曾見堯日，相與啜澆漓。』」

〔六〕「帝鄉」，《又玄集》同，《文苑英華》卷二二七作「帝城」。

〔七〕「清風」，《又玄集》同，《文苑英華》作「松風」。

〔八〕詩題《鄭守愚文集》作《訪題進士張喬延興門外新居》，「延」原作「廷」，「新居」原作「所居」，據改。

〔九〕「落木」，《鄭守愚文集》作「萬木」。
〔一〇〕「人」，《鄭守愚文集》作「吟」。
〔一一〕「全空」，《鄭守愚文集》作「成空」。

劇燕

劇燕，蒲坂人也。工爲雅正詩。王重榮鎮河中，燕投贈王曰：祗向國門安四海，不離鄉井拜三公。重榮甚禮重。爲人多縱，凌轢諸從事，竟爲正平之禍〔一〕。

【校箋】

〔一〕《摭言》卷一〇：「劇燕，蒲坂人也，工爲雅正詩。王重榮鎮河中，燕投贈王曰：『祗向國門安四海，不離鄉井拜三公。』重榮甚禮重。爲人多縱，陵轢諸從事，竟爲正平之禍。」「蒲坂」原作「蒲版」，「正平」原作「平正」，據改。

任濤

任濤，豫章筠川人也。詩名早著，有露團沙鶴起，人卧釣船流。他皆倣此。數舉，敗于垂成。李常侍騭廉察江西，特與放鄉里之役，盲俗互有論列。騭判曰：江西境内，凡爲詩得及濤者，即與放色役，不止一任濤耳〔一〕。

李建州頻主京兆解試，時濤與許棠、張喬、俞坦之、劇燕、吴罕、張蠙、周繇、鄭谷、李栖遠、温憲、李昌符，謂之十哲，是年試，俱以次得之。是歲，咸通末也。月中桂詩，張喬擅場。頻以許棠場屋多年，爲首薦〔二〕。

【校箋】

〔一〕《摭言》卷一〇：「任濤，豫章筠川人也，詩名早著。有『露團沙鶴起，人卧釣船流。』他皆仿此。數舉，敗于垂成。李常侍騭廉察江西，特與放鄉里之役，盲俗互有論列。騭判曰：『江西境内，凡爲詩得及濤者，即與放色役，不止一任濤耳。』」

〔二〕此重出前張喬下之文，疑爲錯簡，當删。

張蠙

詠葦詩云〔一〕：葦叢寒水邊，曾折掃漁船〔二〕。忽與亭臺近〔三〕，翻嫌島嶼偏。花明無月夜，聲急正秋天。遥憶巴陵渡，殘陽一望煙。

送友人赴涇州幕云：杏園沉飲散，榮別就嘉招〔四〕。日月相期盡，山川獨去遥。府樓明蜀雪，關磧轉胡鵰。縱有煙塵動，應隨上策銷。

蠙，字象文，唐末登第，尉櫟陽。避亂入蜀，王蜀時，爲金堂令。王衍與徐后游大慈寺，見壁間題云：牆頭細雨垂纖草，水面回風聚落花。問寺僧，僧以蠙對。乃賜霞光牋，令寫詩以進。蠙進二百首，衍善之，將召爲知制誥。宋光嗣以蠙輕忽傲物，遂止。卒于官。蠙生穎秀，幼有單于臺詩曰：白日地中出，黄河天外來。爲世所稱〔五〕。

【校箋】

〔一〕詩題《文苑英華》卷三二七作《叢葦》。

〔二〕「掃」原作「釣」，據《文苑英華》改。

〔三〕「忽與」原作「咸喜」，據《文苑英華》改。

〔四〕「嘉招」原作「佳招」，據《文苑英華》卷二八三及《唐百家詩選》改。

〔五〕《郡齋讀書志》卷四中：「《張蠙詩》一卷。右僞蜀張蠙，字象文，清河人。唐乾寧中進士。爲校書郎、櫟陽尉、犀浦令。建開國，爲膳部員外郎。後爲金堂令。王衍與徐后游大慈寺，見壁間書：『墻頭細雨垂纖草，水面回風聚落花。』愛之。問知蠙作，給札令以詩進。蠙以二百首獻，衍頗重之，將召爲知制誥。宋光嗣以其輕傲，止賜白金而已。蠙生而穎秀，幼能詩，作《登單于臺》，有『白日地中出，黄河天外來』之句。爲世所稱。」「王衍與徐后游大慈寺」原脱「王衍與」三字，「將召爲知制誥」原脱「將」字，據補。

鄭谷

殘月如新月云：榮落何相似，初終却一般。猶疑和夕照，誰信墮朝寒〔一〕。水國光華別〔二〕，詩家比象難〔三〕。佳人應誤拜，棲鳥返求安。屈指期輪滿，何心謂影殘〔四〕。庾樓清賞處，吟徹曙鐘看。谷自序云：幼受知于李公朋、馬博士戴。求試春闈，故薛許昌能、李建州頻不以晚輩見待。游舉場十六年，著述千餘首。乾寧初，上幸三峰，朝謁多暇，寓止雲臺道舍，遂拾墜補遺，成三百首，目爲雲臺編〔五〕。

谷，字守愚，袁州人，故永州刺史史之子〔六〕。幼年，司空圖與刺史同院，見而奇之曰：曾吟得丈丈詩否？曰：吟得。莫有病否？曰：丈丈曲江晚望斷篇云：村南斜日閑迴首，一對鴛鴦落渡頭，即深意矣。司空嘆惜撫背曰：當爲一代風騷主〔七〕。乾寧中，爲都官郎中，卒于家。谷自叙云〔八〕：故許昌薛尚書能，嘗爲都官郎中〔九〕。後數年，故建州李員外頻〔一〇〕，自憲府内彈，拜都官員外。八座外郎〔一一〕，皆一時騷雅宗師，都官之曹，振盛于此。余早年請益，實受深知〔一二〕；今忝此官，復是正秩，豈唯俯慰孤宦〔一三〕，何以祖繼前賢耶〔一四〕？

谷詠雪詩云〔一五〕：亂飄僧舍茶煙濕，密灑歌樓酒力微〔一六〕。江上晚來堪畫處，漁人披得一蓑歸〔一七〕。有段贊善者，善畫，因采其詩意，寫之成圖，曲盡瀟灑之意。持以贈谷，谷爲詩寄謝云：贊善賢相後，家藏名畫多。留心于繪素，得意在煙波。屬興同吟詠，功成更琢磨。愛余風雪句，幽絕寫漁蓑〔一八〕。濃澹芳春滿蜀鄉〔一九〕，半隨風雨斷鶯腸〔二〇〕。浣花溪上堪惆悵，子美無情爲發揚。谷蜀中賞海棠詩也〔二二〕。相看臨遠水，獨自上孤舟。句。潮來無別浦，木落見他山。句。情多最恨花無語，愁破方知酒有權。句。關東多事日，天末未歸心。句。掩卷斜陽裏〔二三〕，看山落木中。句。兩浙尋山徧，孤舟帶鶴歸。句。長安一夜殘春雨，右省三年老拾遺。句。班趨黄道急，殿揖紫宸深。句。已上皆谷詩警策。

題杭州樟亭云〔二三〕：故國江天外〔二四〕，登臨返照間。潮來無別浦〔二五〕，木落見他山。沙鳥晴飛遠，漁人夜唱閑。歲窮歸未得，心逐片帆還。

感興云：禾黍不陽豔，競栽桃李春。翻令力耕者，半作賣花人〔二六〕。

曲江春草云：花落江堤簇暖煙〔二七〕，雨餘江色遠相連。香輪莫輾青青破，留與愁人一醉眠。

十日菊云：節去蜂愁蝶不知〔二八〕，曉庭還繞折殘枝〔二九〕。自緣今日人心別，未必秋香一夜衰。

石城云：石城昔爲莫愁鄉，莫愁魂散石城荒。江人依舊棹舴艋，江岸還飛雙鴛鴦。帆去帆來風浩渺，花開花謝春悲涼〔三〇〕。煙濃草遠望不盡，千古漢陽閑夕陽。

卷末偶題云〔三一〕：一卷疏蕪一百篇，名成未敢便忘筌。何如海日生殘夜，一句能令萬古傳。

谷不喜高仲武閒氣集，而喜殷璠河岳英靈集，嘗有詩云：殷璠鑒裁英靈集，頗覺同才得旨深。何事後來高仲武，品題閒氣未公心〔三二〕。仲武、璠二集，皆品題唐人詩。

【校箋】

〔一〕「墮」原作「墜」，據《鄭守愚文集》及《文苑英華》卷一八一改。

〔二〕此句《鄭守愚文集》作「水木輝華別」，《文苑英華》作「水國輝華別」。

〔三〕「詩家」原作「詩情」，據《鄭守愚文集》及《文苑英華》改。

〔四〕「謂」原作「誚」，據《鄭守愚文集》及《文苑英華》改。

〔五〕原序載《鄭守愚文集》卷首，署「都官郎中鄭谷」。此節録之。

〔六〕《新唐書》卷六〇《藝文志》：「鄭谷《雲臺編》三卷，又《宜陽集》三卷。」注云：「字守愚，袁州人，爲右拾遺。乾寧中，以都官郎中卒于家。」又，宋童宗説《雲臺編後序》云：「谷字守愚，宜春人，永州刺史史之子。」「守」字及「永州刺史」下「史」字原脱，據補。

〔七〕《詩話總龜》前集卷六引《郡閣雅談》：「鄭谷幼負名譽，司空圖見而奇之。問之，答曰：『大夫《曲江晚望》斷篇云：村南斜日閑回首，一對鴛鴦落渡頭。意深矣。』司空撫背曰：『當爲一代風騷主。』」

〔八〕此下至「何以祖繼前賢」乃鄭谷初爲都官郎中時所賦詩題，見《鄭守愚文集》卷三。其詩云：「都官雖未是名郎，踐歷曾聞薛許昌。復有李公陪雅躅，豈宜鄭子忝餘光。榮爲後進趨蘭署，喜拂前題在粉牆。（原注，八座外郎，禁省中題記多在。）他日節旄如可繼，不嫌曹冷在同行。」

〔九〕「嘗」字原脱，據《鄭守愚文集》補。

〔一〇〕「故」字原脱，據《鄭守愚文集》補。

〔一一〕「八座外郎」四字原脱，據《鄭守愚文集》補。

〔一二〕「余早年請益實受深知」原作「余早受知」，據《鄭守愚文集》改。

〔一三〕「豈惟俯慰孤宦」六字原脱，據《鄭守愚文集》補。

〔一四〕「祖繼」原作「相繼」，據《鄭守愚文集》改。又《鄭守愚文集》無「耶」字，末二句作「榮惕在衷，遂賦自賀」。

〔一五〕詩題《鄭守愚文集》、《文苑英華》卷一五五及《萬首唐人絶句》作《雪中偶題》。

〔一六〕「歌樓」原作「高樓」，《鄭守愚文集》同，據《文苑英華》、《萬首唐人絶句》改。

〔一七〕「漁人」原作「漁翁」，據《鄭守愚文集》、《文苑英華》及《萬首唐人絶句》改。

〔一八〕《詩話總龜》前集卷二六引《古今詩話》：「鄭谷《雪》詩云：『亂飄僧舍茶煙濕，密灑歌樓酒力微。江上晚來堪畫處，漁人披得一簑歸。』有段贊善善畫，因采其詩爲圖，曲盡瀟灑之意。持以贈谷，谷爲詩以謝之，云：『贊善賢相後，家藏名畫多。留心于繪素，得意在煙波。屬興同吟詠，功成更琢磨。愛余風雪句，幽絶寫漁簑。』」此本之。按《鄭守愚文集》有《余曾有〈雪景〉一絶，爲人所諷，今陳贊善小筆精微，忽爲圖畫，以詩謝之》一首，即言其事。《集》作「陳贊善」，與此異。疑作「段」是。宋郭若虛《圖畫見聞誌》以爲當即《歷代名畫記》中之段去惑。「繪素」原作「素繪」，據《鄭守愚文集》及《詩話總龜》改。

〔一九〕「芳春」原作「方春」，據《鄭守愚文集》、《文苑英華》及《萬首唐人絶句》改。

〔二〇〕「鶯腸」，《鄭守愚文集》、《文苑英華》及《萬首唐人絶句》同，《英華》有注云：「一作『人腸』。」毛本從之。不云「斷人腸」而云「斷鶯腸」，此晚唐人琢字法也。作「鶯腸」是。

〔二一〕詩題原脱「賞」字，據《鄭守愚文集》、《文苑英華》卷三二二及《萬首唐人絶句》補。又《鄭守愚文集》詩末有注云：「杜工部老于西蜀，詩集中無海棠之題。」

〔二二〕「掩卷」原作「捲卷」，此鄭谷《題張喬延興門外新居》詩句，見本卷張喬下，據改。

〔二三〕詩題《鄭守愚文集》作《登杭州城》，《又玄集》作《題杭州樟亭驛閣》。

〔二四〕「故國」，《又玄集》同，《鄭守愚文集》作「漠漠」。

〔二五〕「潮來」原作「潮平」，《又玄集》同，據《鄭守愚文集》改。

〔二六〕「半作」，《鄭守愚文集》同，《萬首唐人絶句》作「多作」。

〔二七〕「暖煙」原作「晚煙」，據《鄭守愚文集》、《文苑英華》卷三二七改。《萬首唐人絶句》作「曉煙」。

〔二八〕「蜂愁」原作「風愁」，據《鄭守愚文集》、《文苑英華》卷三二二及《萬首唐人絶句》改。

〔二九〕「曉庭」句，《鄭守愚文集》、《萬首唐人絶句》同，《文苑英華》作「曉來還繞折花枝」。

〔三〇〕「花謝」，《鄭守愚文集》作「花落」。

〔二一〕《鄭守愚文集》卷二有《卷末偶題三首》，此録其第一首。其二云：「七歲侍行湖外去，岳陽樓上敢題詩。如今寒晚無功業，何以勝任國士知。」其三云：「一第由來是出身，垂名俱爲國風陳。此生若不知《騷》《雅》，孤宦如何作近臣。」此關鄭谷身世，故備録之。又，谷有《鷓鴣》詩最著名，稱「鄭鷓鴣」，載《古今詩話》（《詩話總龜》前集卷三六引）。乃詩家故事，亦當補入。「便忘筌」，《集》作「暫忘筌」。

〔二二〕《鄭守愚文集》卷三有《讀前集二首》，此録其第一首。其二云：「風騷如綫不勝悲，國步多難即此時。愛日滿階看古集，祇應《陶集》是吾師。」「得旨」，《集》作「得契」。

温憲

温憲員外，庭筠子也。僖、昭之間，就試于有司，值鄭相延昌掌邦貢也，以其父文多刺時，復傲毁朝士，抑而不録。既不第，遂題一絶于崇慶寺壁。後滎陽公登大用，因國忌行香，見之憫然動容。暮歸宅，已除趙崇知舉，即召之，謂曰：某頃主文衡，以温憲庭筠之子，深怒嫉之。今日見一絶，令人惻然，幸勿遺也。于是成名。詩曰：十口溝隍待一身，半年千里絶音塵。鬢毛如雪心如死，猶作長安下第人。

杏花詩云：團雪上晴梢〔一〕，紅明映碧寥〔二〕。店香風起夜，村白雨休朝。静落猶粘蒂〔三〕，繁開正蔽條。澹然閑賞久〔四〕，無以破妖嬈〔五〕。

憲，光啟中爲山南從事，李巨川草薦表，盛述先人之屈曰：蛾眉先妬，明妃爲去國之人；猿臂自傷，李廣乃不侯之將〔六〕。温終于山南從事。

【校箋】

〔一〕「上」原作「止」，據《才調集》改。

〔二〕「紅明」原作「江明」，據《才調集》改。

〔三〕「猶粘」原作「頻沾」，據《才調集》改。

〔四〕「賞久」原作「賞玩」，據《才調集》改。

〔五〕「妖嬈」原作「妖韶」，據《才調集》改。

〔六〕《摭言》卷一〇：「温憲先輩，庭筠之子，光啟中及第，尋爲山南從事。辭人李巨川草薦表，盛述憲先人之屈。略曰：『蛾眉先妬，明妃爲去國之人；猿臂自傷，李廣乃不侯之將。』」

李昌符

送琴客詩云：楚客抱離思，蜀琴留恨聲。坐來看月落，聽久覺秋生。夜靜騷人語，天高別鶴鳴。因君興一歎，竟夕亦難平。

秋晚歸故居云：馬省曾行處，連嘶渡晚河。忽驚鄉樹出，漸識路人多。細徑穿禾黍，頹垣壓薜蘿。乍歸猶似客，隣叟亦相過。

傷春云：酒醒鄉關遠，迢迢聽漏終。曙分林影外，春盡雨聲中。鳥思江村路，花殘野岸風。十年成底事？羸馬倦西東。

鄭谷寄膳部李郎中昌符詩云：鄠郊陪野步，早歲偶因詩。自後吟新句，長愁減舊知。靜燈微落燼，寒硯旋生澌。夜夜冥搜苦，那能鬢不衰。

昌符，字巖夢，登咸通四年進士第，歷尚書郎〔一〕。

塞上行云〔二〕：漭滄蘆關北，孤城帳幕多。客軍甘入陣，老將望迴戈。樹盡禽棲草，冰堅路在河。汾陽尋下世，羌虜肯先和。

北夢瑣言云〔三〕：咸通中，前進士李昌符有詩名，久不登第，常歲卷軸，怠于裝修。因出一奇，乃作婢僕詩五十首，于公卿間行之。其間有詩云：春娘愛上酒家樓，不怕歸遲總不憂〔四〕。推道那家娘子卧，且留教住待梳頭。又云：不論秋菊與春花，箇箇能噇空肚茶。無事莫教頻入庫，一名閑物要些些。諸篇皆中婢僕之諱。浹旬京城盛傳〔五〕，爲孏嫗輩怪罵騰沸，盡要摑其面〔六〕。是年登第。與夫桃杖、虎靴〔七〕，事雖不同，用奇即無異也。

【校箋】

〔一〕《直齋書録解題》卷一九：「《李昌符集》一卷。唐膳部員外郎李昌符撰。咸通四年進士。」《唐才子傳》同。按《舊唐書》卷四三《職官志》：「膳部郎中一員，從五品上。膳部員外郎一員，從六品上。」據鄭谷詩，當以作「膳部郎中」爲是。膳部爲禮部尚書所屬。

〔二〕《文苑英華》卷二九九載此詩，題作《邊行書事》。其前四句云：「朝野煙塵起，天軍又舉戈。陰風向晚急，殺氣入秋多。」後四句與此同，惟「汾陽尋下世」作「汾陽無繼者」。蓋別稿也。

〔三〕見《北夢瑣言》卷一〇。

〔四〕「不憂」，《北夢瑣言》作「不留」。

〔五〕「京城」原作「京域」，據《北夢瑣言》改。

〔六〕「爲孎嫗輩怪罵騰沸盡要摑其面」十三字原脱，據《北夢瑣言》補。

〔七〕「虎靴」原作「虛靴」，據《北夢瑣言》改。

王轂

暑日題道傍樹云：火輪迸焰燒長空〔一〕，浮埃撲面愁濛濛。羸童走馬喘不進，忽逢碧樹含清風〔二〕。清風留我移時住，滿地濃陰懶前去。却歎人無及物功，不似團團道傍樹。

鴻門譏云：寰海沸兮爭戰苦，風雲愁兮會龍虎。四百年漢欲開基，項莊一劍何虛舞。殊不知人心去暴秦，天意歸真主〔三〕。項王足底踏漢土，席上相看渾未悟。

轂，字虛中，宜春人。登乾寧進士第〔四〕。有玉樹曲云：陳宮内宴明朝日，玉樹新粧逞嬌逸。三閣霞明天上開，靈鼉振擂神仙出。天花數朵風吹綻，對舞輕盈瑞香散。金管紅絃旖旎隨，霓旌玉佩參差轉。璧月夜滿樓風輕，蓮舌泠泠詞調新。當行狎客盡居禄，直諫犯顔無一人。歌舞未終樂未闋，晉王劍上粘腥血。君臣猶在醉鄉中，一面已無陳日月。聖唐御宇三百祀，濮上桑間宜禁止。請停此曲歸正聲，願將雅樂調元氣。轂未及第時，輕忽，被人毆擊，揚聲曰：莫無禮！吾便是君臣猶在醉鄉中，一面已無陳日月。毆者斂衽慚謝而退〔五〕。

轂，唐末爲尚書郎中，致仕。

轂始與崔胤同在庠序，相善。將赴舉，胤餞之，有日者在坐曰：待此郎爲相，乃登第。二十年，胤爲相，轂遂登第。

【校箋】

〔一〕「迸焰」原作「逆焰」，據《唐文粹》改。

〔二〕「含」原作「舍」，據《唐文粹》改。

〔三〕「真主」原作「明主」，據《唐文粹》改。

〔四〕《新唐書》卷六〇《藝文志》：「《王轂詩集》三卷。」注云：「字虚中，乾寧進士第，郎官致仕。」

〔五〕宋黄徹《䂬溪詩話》卷二：「《漁樵閒話》載：唐末有宜春人王轂以歌詩擅名，嘗作《玉樹曲》，略云：『璧月夜，瓊樓春，蓮舌泠泠詞調新。當時狎客盡豐禄，直諫犯顔無一人。歌未闋，晉王劍上粘腥血。君臣猶在醉鄉中，一面已無陳日月。』此調大播人口。轂未第時，嘗于市廛中見有同人被無賴輩毆擊，轂前救之，揚聲曰：莫無禮！便是解道『君臣猶在醉鄉中，一面已無陳日月。』無賴者聞之，慚謝而退」云云。《詩話總龜》前集卷二七所載與《苕溪詩話》同，稱出《百斛明珠》。其末數句作「轂前救之，揚聲曰：莫無禮！識吾否？吾便是解道『君臣猶在醉鄉中，一面已無陳日月』者。無賴輩聞之，斂衽慚謝而退。」皆言爲轂救人時語，非已「輕忽，被人毆擊」也。

李山甫

咸通中，數舉進士，被黜，依魏博樂彦禎幕府。因樂禍，且怨中朝大臣，導彦禎子從訓伏兵殺王鐸，劫其家〔一〕。嘗有詩云：勸君莫用誇頭角，夢裏輸贏總未真。譏執政也〔二〕。巢寇之亂，翰林待詔王遨者，北游在鄴，山甫遇于道觀，謂曰：幽蘭緑水，可得聞乎？遨應命奏之。曲終潸然曰：憶在咸通，玉亭秋夜，供奉至尊，不意流離至此也。山甫賦詩曰：幽蘭緑水耿清音，歎惜先生枉用心。世上幾時曾好古？人前何必獨霑襟。句未成，山甫亦自黯然，悲其不遇也〔三〕。

貧女云：平生不識綺羅裳，閑把荆釵益自傷。鏡裏衹應諳素貌，人間多是重紅粧。

當年未嫁還憂老，終日求媒即道狂。兩意定知無處説，暗垂珠淚滴蠶筐。贈處士琴云〔四〕：情知此事少知音，自是先生枉用心。世上幾時曾好古，人間何必更沾襟。致身不似笙篁巧〔五〕，悦耳寧如鄭衛淫〔六〕。三尺枯桐七條線〔七〕，子期師曠兩沉沉。

國初高英秀者，與贊寧爲詩友，辯捷滑稽，嘗譏古人詩病云：山甫覽漢史：王莽弄來曾半破，曹公將去便平沉，是破船詩。李群玉詠鷓鴣：方穿詰曲崎嶇路，又聽鈎輈格磔聲，是梵語詩。羅隱曰：雲中鷄犬劉安過，月裏笙歌煬帝歸，是見鬼詩。杜荀鶴：今日偶題題似着，不知題後更誰題，此衛子詩也，不然安有四蹄〔八〕。

【校箋】

〔一〕《北夢瑣言》卷一三：「王中令鐸落都統……過魏，樂彦禎禮之甚至。鐸之行李甚侈，從客侍姬，有輦下昇平之故態。彦禎有子曰從訓，素無賴，愛其車馬姬妾，以問其父之幕客李山甫。山甫以咸通中數舉不第，尤私憤于中朝貴達，因勸從訓圖之。俟鐸至甘陵，以輕騎數百，盡掠其橐裝姬僕而還，鐸與賓客皆遇害。」「魏博」原作「魏府」，「因樂禍」原作「内樂禍」，據改。彦禎時爲魏博節度使也。事在僖宗中和四年，見《通鑑》卷二五六。

〔二〕《南部新書》丁：「李山甫，咸通中不第，後流落河朔，爲樂彦禎從事，多怨朝廷之執政。嘗有詩云：『勸君不用誇頭角，夢裏輸贏總未真。』」

〔三〕王士禛《五代詩話》引此，云出《全唐詩録》，文字悉同，唯「翰林待詔王遨」作「王敬遨」，未知所據。「幽蘭緑水」，謂琴曲「猗蘭操」、「緑水辭」也。

〔四〕此詩即前「幽蘭緑水」一首别稿，《全唐詩話》以之接于前條之下，稱「一本云云」，是也。

〔五〕「不似」原作「不以」，據《全唐詩話》改。

〔六〕「寧如」原作「寧知」，據《全唐詩話》改。

〔七〕「枯桐」原作「絲桐」，據《全唐詩話》改。

〔八〕《詩話總龜》後集卷三八引《苕溪漁隱叢話》：「《西清詩話》：高英秀者，吴越國人，與贊寧爲詩友，口給好駡，滑稽。每見眉目有異者，必噂短于其後，人號『惡喙薄徒』。嘗譏名人詩病云：李山甫《覽漢史》云：『王莽弄來曾半破，曹公將去便平沉』，定是破船詩。李群玉《詠鷓鴣》云：『方穿詰曲崎嶇路，又聽鈎輈格磔聲』，定是梵語詩。羅隱云：『雲中鷄犬劉安過，月裏笙歌煬帝歸』，定是見鬼詩。杜荀鶴云：『今日偶題題似着，不知題後更誰題』，此衛子詩也。不然安有四蹄？贊寧笑謝而已。」衛子，俗稱驢也。

伊　璠

璠及第後寄梁燭處士云：繡轂尋芳許史家，獨將羈思繞江沙〔一〕。十年辛苦一枝桂，二月豔陽千樹花。鵬化四溟歸碧落，鶴棲三島接青霞。同袍不得同游玩，吟對春風日又斜〔二〕。

伊璠，登咸通四年進士第，曾爲涇陽令，至黄巢亂，璠陷寇，屢脱命于刃下。其後逃避，與其家相失，夜至藍關，猛獸搏而食之〔三〕。

【校箋】

〔一〕「繞」原作「達」，據毛本改。

〔二〕「吟」原作「今」，據毛本改。

〔三〕《唐闕史》卷下「虎食伊璠」條：「巢踞宫闕……前涇陽令伊璠，爲戎所得，屢脱命于刃下。其後血屬相失，村服晦行，及藍關，爲猛獸搏而食之。」

鍾離權

邢州開元寺有唐鍾離權處士二詩，其一云：得道高僧不易逢，幾時歸去願相從。自言住處連滄海，别是蓬萊第一峰。其二云：莫厭追歡笑語頻，尋思離亂好傷神。閑來屈指從頭數，得見清平有幾人〔一〕？

【校箋】

〔一〕曾慥《類説》引《倦游雜録》：「邢州開元寺壁，有五代時隱士鍾離權二詩，曰：『得道高僧不易逢，幾時歸去願相從。自知住處連滄海，别是蓬萊第一峰。』『莫厭追歡笑語頻，尋思離亂可傷神。閒來屈指從頭數，得見清平有幾人？』」《萬首唐人絶句》載此二詩，題作《題僧院壁二首》，其「滄海」作「峰島」；「追歡」作「追陪」；「好」亦作「可」。按《宣和書譜》卷一九：「神仙鍾離先生，名權，不知何時人。而間出接物，自謂生于漢。吕洞賓于先生執弟子禮。有問答語及詩成集。狀其貌者，作偉岸丈夫，或峨冠紺衣，或虬髯蓬鬢，不冠巾，而頂雙髻。文身跣足，頎然而立，睥睨物表，真是眼高四海而游方之外者。自稱『天下都散漢』，又稱『散人』。嘗草其爲詩云：『得道高僧不易逢，幾時歸去得相從。』其字畫飄然，有凌雲之氣，非凡筆也。」所傳殆非一本也。

唐詩紀事校箋卷第七十一

張道古　許　鼎　李　京　胡　曾　伍唐珪
韓定辭　蔣貽恭　狄歸昌　李　拯　高　越
許　郴　孫　蜀　牛　嶠　崔　庸　同谷子
陳　詠　李　旭　沈　彬　周　朴　孫　魴
王易簡　范攄之子　鄭雲叟　謝太虛　李　嶼
江　爲

張道古

昭宗時，拾遺張道古貢五危二亂表，黜居于蜀。後聞駕走西岐，又遷東洛，皆契五危之事，悉歸二亂之源。因吟一章上蜀王，詩曰：封章才達冕旒前，黜詔俄離玉座端。二亂豈由明主用，五危終被佞臣彈。西巡鳳府非爲固，東播鑾輿卒未安。諫疏至今如可在，誰能更與讀來看〔一〕。

道古，臨淄人。景福中進士〔二〕，釋褐爲著作郎，遷右拾遺。播遷之後，方鎮阻兵，道古上危亂疏云：只今劉備、孫權，已生于世矣。責授施州司户參軍。後入蜀，王氏聞而憾之。乃變姓名，賣卜導江青城市中。建開國，召爲武部郎中，至玉壘關，謂所親曰：吾唐室諫臣，終不能拳跽與鷄犬同食，雖召必再貶，于死之日，葬我于關東不毛之地，題曰唐左補闕張道古墓。後遇害，妻亦繼亡，蜀主憫之，俾祔葬焉〔三〕。鄭雲叟在華聞之，有詩哭之曰：曾陳章疏忤昭皇，撲落西南事可傷。豈使諫臣終屈辱，直疑天道惡忠良。生前賣卜居三蜀，死後馳名遍大唐。誰是後來修史者，言君力死正頹綱〔四〕。

乾符中，道古在王鎔幕府，一日，久旱得雨，衆賓賦詩，道古最後，曰：亢陽今已久，嘉雨自雲傾。一點不斜去，極多時下成。

禪月以詩悼之曰：清河逝水太忽忽，東觀無人失至公。天上君恩三載隔，鑑中鸞影一時空。墳生苦霧蒼茫外，門掩寒雲寂寞中。惆悵斯人又如此，一聲蠻笛滿江風〔五〕。

【校箋】

〔一〕《鑒誡録》卷一「走車駕」條：「初，拾遺張道古貢《五危二亂表》，黜居于蜀。後聞駕走西岐，又還東洛，皆契『五危』之事，悉歸『二亂』之源。因吟一章上蜀王八丈（建），詩曰：『封章才達冕旒前，黜詔俄離玉座端。二亂豈由明主用，五危終被佞臣彈。西巡鳳府非爲固，東播鑾輿卒未安。諫疏至今如可在，誰能更與讀來看。』」

〔二〕《新唐書》卷五九：《藝文志》：「張道古《兵論》一卷。」注云：「字子美，景福進士第。」

〔三〕《北夢瑣言》卷五：「唐天復中，張道古，滄州蒲臺縣人，擢進士第，拜左補闕，文學甚富，介僻不群。因上《五危二亂表》，左授施掾，爾後入蜀。先是，所陳《二亂疏》云：『只今劉備、孫權，已生于世矣。』懼爲蜀主所憾，無路棲託。洎逢開創，誠思徵召，爲幕寮排擯，卒不齒録，竟罹非命也。嘗自筮，遇凶卦，預造一穴，題表云：『唐左補闕張道古墓。』後果遇害而瘞之。」「責授施州司户參軍」句「授」字原脱，「于死之日」原作「于此之日」，「唐左補闕」原作「唐佐輔補闕」，據《北夢瑣言》及張唐英《蜀檮杌》補改。

〔四〕《鑒誡録》卷四「危亂黜」條：「昭宗之代，張拾遺道古因貢《五危二亂表》叙興廢之事，遂黜于蜀。時王太祖辟爲安撫判官。張所爲古僻，不徇時情，逐在導江（縣名），賣卜遺日。及太祖登極，每思其賢，遣使召之，屢徵不起，復上章疏，詞旨是非，帝遂誅之，瘞于五墓之地。鄭雲叟在華山聞之，吟詩哭曰：『曾陳章疏忤昭皇，撲落西南事可傷。豈使諫臣終屈辱，直疑天道惡忠良。生前賣卜居三蜀，死後馳名偏大唐。誰是亂來修史者，説君須到筆頭忙。』」「撲落」原作「樸落」，據改。末句文異，並存。

〔五〕《鑒誡録》同條又云：「又西岳僧貫休哭之曰：『清河逝水太忽忽，東觀無人失至公。天上君恩三載隔，鏡中鸞影一時空。（原注：妻亦尋卒。）塵生苦霧蒼茫外，門掩諸孤寂寞中。惆悵斯人又如此，一聲羌笛滿江風。』」篇末有注云：「據《禪月詩集》中此詩自《哭涪州張侍郎》，非張拾遺，何光遠錯舉證也。」按今傳《鑒誡録》十卷，出于宋本（見《四庫提要》卷一四〇），則此注爲宋人所加，檢《四部叢刊》影宋本《禪月集》，不載此詩，而有《送張拾遺赴施州司户》五言古詩一首，起句云：「道之大道古太古，二字爲名爭莽鹵。社稷安危在直臣，須歷堯階撾諫鼓。」則猶是昭宗時作也。

許　鼎

登嶺望詩云〔一〕：淼淼三江水，悠悠五嶺關〔二〕。雁飛猶不度〔三〕，人去若爲還。

鼎，唐末詩人，至梁貞明六年始登第。

【校箋】

〔一〕《唐文粹》卷一六載此詩，文字悉同。

〔二〕「關」，《萬首唐人絶句》作「間」。

〔三〕「雁飛」，《萬首唐人絶句》作「雁來」。

李　京

除夜長安作云〔一〕：長安朔風起，窮巷掩雙扉。新歲明朝是，故鄉何路歸。鬢絲饒鏡色，隙雪奪燈輝。却羨秦州雁，逢春盡北飛。

京，唐末詩人，至梁貞明六年登第。

【校箋】

〔一〕《歲時雜詠》卷四一載此詩，文字悉同。

胡曾

寒食都門詩云：二年寒食住京華，寓目春風萬萬家。金絡馬銜原上草，玉釵人折路傍花〔一〕。軒車競出紅塵合〔二〕，冠蓋爭迴白日斜。誰念都門兩行淚，故園寥落在長沙。

高駢鎮蜀，南蠻時飛一木夾，有借錦江飲馬之語。曾時爲書記，以檄破之，兼有詩云：辭天出塞陣雲空，霧卷霞開萬里通。親受虎符安宇宙，誓將龍劍定英雄。殘霜敢冒高懸日，秋葉爭禁大段風。爲報南蠻須屏跡，不同蜀將武侯公〔三〕。或曰：路巖鎮蜀日，曾爲之〔四〕。

王衍五年，宴飲無度，衍自唱韓琮柳枝詞曰：梁苑隋堤事已空，萬條猶舞舊春風。何須思想千年事，惟見楊花入漢宮。内侍宋光溥詠曾詩曰：吴王恃霸棄雄才，貪向姑蘇醉緑醅。不覺錢塘江上月，一宵西送越兵來。衍怒罷宴〔五〕。曾有詠史詩百篇，行于世。

【校箋】

〔一〕「玉釵」，《才調集》作「玉顔」。

〔二〕「紅塵合」，《才調集》作「紅塵外」。

〔三〕《鑒誡録》卷二「判木夾」條：「高相公駢統臨益部，兼號征南，蠻陬聞名，預自屏跡矣。然時飛一木夾，其中惟詩兵革犀象，欲借綿、錦之江，飲馬濯足而已。高相公于是經營版築，置防城勇士八千，命胡記室曾以檄破之。……判木夾云：『辭天出塞陣雲空，霧卷霞開萬里通。親受虎符安宇宙，誓將龍劍定英雄。殘霜敢冒高懸日，秋葉爭禁大段風。爲報南蠻須屏跡，不同蜀將武侯公。』」「武侯公」，毛本作「武侯功」。

〔四〕《鑒誡録》于此條末有注云：「此答木夾書元是胡曾與路巖相公鎮蜀日修之，非爲高駢相公也。何光遠誤述。」或説據此。可知計氏亦曾見此注，然《胡曾集》不存，今無可考，《全唐文》、《全唐詩》俱據《鑒誡録》收入，題作爲高駢所修者矣。

〔五〕《蜀檮杌》卷上：「乾德五年，重陽，宴群臣于宣華苑，夜分未罷，衍自唱韓琮《柳枝詞》曰：『梁苑隋堤事已空，萬條猶舞舊春風。何須思想千年事，惟見楊花入漢宫。』内侍宋光溥詠胡曾詩曰：『吴宫恃霸棄雄才，貪向姑蘇醉緑醅。不覺錢塘江上月，一宵西送越兵來。』衍聞之不樂，于是罷宴。」按所詠乃胡曾《詠史詩》中《姑蘇臺》一首。「何須」原作「何如」，「惟見」原作「誰見」，據改。

伍唐珪

寒食日獻郡守云〔一〕：入門堪笑復堪憐，三逕苔荒一釣船〔二〕。慚愧四隣教斷火，不知廚裏久無煙。

唐珪，唐末進士也。

【校箋】

〔一〕詩題《萬首唐人絶句》同，《歲時雜詠》「郡守」下有「衛使君」三字。

〔二〕「苔荒」，《萬首唐人絶句》同，《歲時雜詠》作「苔封」。

韓定辭

定辭爲鎮州王鎔書記，聘燕帥劉仁恭，舍于賓館，命幕客馬彧延接。馬有詩贈韓云：燧林芳草綿綿思，盡日相攜陟麗譙。别後巏嵍山上望，羨君時復見王喬。彧詩清秀，然意在試其學問。韓于座酬之曰：崇霞臺上神仙客，學辨癡龍藝最多。盛德好將銀筆述，麗詞堪與雪兒歌。座賓靡不欽訝，然亦疑銀筆之僻也。他日，彧持燕帥之命，答聘常山，亦命定辭接于公館。彧從容問韓以雪兒、銀筆之事，韓曰：昔梁元帝爲湘東王時，好學著書，常紀忠臣義士及文章之美者。筆有三品，或以金銀雕飾，或用斑竹爲管。忠孝全者用金管書之，德行清粹者用銀筆書之，文章贍麗者以斑竹書之，故湘東之譽，振于江表。雪兒者，李密之愛姬，能歌舞，每見賓寮文章有奇麗入意者，即付雪兒叶音律以歌之。又問癡龍出自何處？定辭曰：洛下有洞穴，曾有人誤墮于穴中，因行數里，漸見明曠，見有宫殿人物，凡九處，又見有大羊，羊髯有珠，人取而食之，不知何所。後出以問張華，華曰：此地仙九館也。大羊者，名曰癡龍耳。定辭復問彧巏嵍山當在何處，彧曰：此隋郡之故事，何謙光而下問。由是兩相悦服，結交而去〔一〕。

【校箋】

〔一〕《太平廣記》卷二〇〇引《北夢瑣言》：「唐韓定辭爲鎮州王鎔書記，聘燕帥劉仁恭，舍于賓館，命試幕客馬彧延接。馬有詩贈韓曰：『燧林芳草綿綿思，盡日相攜陟麗譙。别後巏嵍山上望，羨君時復見王喬。』彧詩雖清秀，然意在徵其學問。韓亦于座上酬之曰：『崇霞臺上神仙客，學辨癡龍藝最多。盛德好將銀筆述，麗詞堪與雪兒歌。』座内諸賓，靡不欽訝稱妙句，然亦疑其『銀筆』之僻也。他日，彧復持燕帥之命，答聘常山，亦命定辭接于公館。……彧從容問韓以『雪兒』、『銀筆』之事，韓曰：『昔梁元帝爲湘東王時，好學著書，常記録忠臣義士及文章之美者。筆有三品，或以金銀雕飾，或用斑竹爲管。忠孝全者用金管書之，德行清粹者用銀筆書之，文章贍麗者以斑竹書之。故湘東之譽，振于江表。雪兒者，李密之愛姬，能歌舞，每見賓僚文章有奇麗入意者，即付雪兒叶音律以歌之。』又問『癡龍』出自何處，定辭曰：『洛下有洞穴，曾有人誤墮于穴中，因行數里，漸見明曠，見有宮殿人物，凡九處，又見有大羊，羊髯有珠，人取而食之。不知何所。後出以問張華，曰：此地仙九館也。大羊者，名曰癡龍耳。』定辭復問彧：『巏嵍之山，當在何處？』彧曰：『此隋郡之故事，何謙光而下問？』由是兩相悦服，結交而去。」按《顔氏家訓·書證》：「柏人城東北有一孤山，古書無載者。唯闞駰《十三州志》以爲舜『納于大麓』，即謂此山。……余嘗爲趙州佐，共太原王劭讀柏人城西門内碑。碑是漢桓帝時柏人縣民爲縣令徐整所立。銘曰：『山有巏嵍，王喬所仙。』方知此巏嵍山也。」或詩用此。柏人故城在唐河東道邢州堯山縣西北十二里，隋屬趙郡。見《元和郡縣圖志》。《瑣言》記爲「隋郡之故事」，當有誤。

蔣貽恭

貽恭詠蠶詩云：辛勤得繭不盈筐，燈下繅絲恨更長。着處不知來處苦，但貪衣上繡鴛鴦。

貽恭，江淮人。唐末入蜀，巧于刺譏，蜀人畏之〔一〕。孟氏時卒，官止令佐而已〔二〕。

【校箋】

〔一〕《鑒誡録》卷四「蜀門諷」條：「蔣貽恭，本江淮人。無媚世之諂，有詠人之才，全蜀士流，莫不畏憚。……《詠蠶》詩曰：『辛勤得繭不盈筐，燈下繅絲怨恨長。着處不知來處苦，但貪衣上繡鴛鴦。』云云」（以下録《詠金剛》、《詠傴背子》、《詠安仁宰搗蒜》、《五門街望有題》、《謝郎中惠茶》、《詠蝦蟆》、《陳情上府主高太保知柔》諸詩，皆諷世之作）。

〔二〕《北夢瑣言》卷一〇：「有蔣貽恭者，好嘲詠，頻以痛遭檟楚，竟不能改。」又云：「蔣生雖嗜嘲詠，然談笑儒雅，凡遭譏刺，皆輕薄之徒，以此縉紳中少惡之。近聞官至令佐而卒。」蓋孫光憲同時人也。

狄歸昌

僖宗幸蜀，或題馬嵬驛云：馬嵬煙柳正依依，重見鑾輿幸蜀歸。泉下阿蠻應有語，這回休更泥楊妃。或云歸昌詩也。時爲侍郎〔一〕。或謂羅隱詩。

【校箋】

〔一〕《詩話總龜》前集卷一引盧環《抒情録》：「僖宗幸蜀，詞人題于馬嵬驛云：『馬嵬煙柳正依依，重見鑾輿幸蜀歸。泉下阿蠻應有語，這回休更泥楊妃。』或云：狄侍郎歸昌詩。」篇末有注云：「《鑒誡録》云是羅隱詩。」按《鑒誡録》卷八「錢塘秀」條：羅隱「《駕還京》詩曰：『馬嵬楊柳尚依依，又見鑾輿幸蜀歸。泉下阿蠻應有語，這回休更説楊妃。』」蓋當時兩傳也。《萬首唐人絶句》亦題狄歸昌作。詩末句作「泥楊妃」，與此同。按《舊唐書》卷二〇上《昭宗紀》：「乾寧四年，九月癸酉朔，以御史中丞狄歸昌爲尚書右丞。」《北夢瑣言》卷一〇載：「唐狄歸昌右丞，愛與僧游云云」，與《舊紀》合。恐僖宗時不得爲侍郎也。

李拯〔一〕

襄王僭位，朱玫秉政，百揆失序，逼李拯爲内署。拯嘗吟曰：紫宸朝罷綴鴛鸞，丹鳳樓前駐馬看。惟有終南山色在，晴明依舊滿長安。拯終爲亂兵所殺〔二〕。

拯，字昌時，隴西人。登咸通十二年進士第。僖宗幸寶鷄，拯在鳳翔，襄王逼爲翰林學士。及王行瑜殺玫，襄王奔，京城亂，拯及妻盧皆被害〔三〕。

【校箋】

〔一〕「李拯」原作「李極」，誤，今改。見下。

〔二〕《南部新書》甲：「襄王僭位，朱玫秉政，百揆失序，逼李拯爲内署。拯嘗吟曰：『紫宸朝罷綴鵷鸞，丹鳳樓前駐馬看。唯有終南山色在，晴明依舊滿長安。』拯終爲亂兵所殺。」「僭位」原作「僭僞」，「拯」原俱作「極」，據改。

〔三〕《舊唐書》卷一九〇下《李拯傳》：「李拯字昌時，隴西人。咸通十二年登進士第。……僖宗再幸寶鷄，拯扈從不及，在鳳翔。襄王僭號，逼爲翰林學士。拯既汙僞署，心不自安。後朱玫秉政，百揆失叙，典章濁亂，拯嘗朝退，駐馬國門，望南山而吟曰：『紫宸朝罷綴鵷鸞，丹鳳樓前駐馬看。唯有終南山色在，晴明依舊滿長安。』吟已涕下。及王行瑜殺朱玫，襄王出奔，京城亂，拯爲亂兵所殺。妻盧氏，知書能文，有姿色。拯既死，伏其屍慟哭，賊逼之，堅哭不動，又臨之以兵，至于斷一臂，終不顧，爲賊所害，人皆傷之。」「拯」原作「極」，「昌時」原作「昌詩」，據改。「京城亂」句，原脱「亂」字，據補。

高越

越，燕人。舉進士，文價藹然。鄂帥李簡賢之，待以殊禮，將妻以女。越竊諭其意，賦詩一絶書于壁，不告而去。詩云：雪爪星眸衆鳥歸，摩天專待振毛衣。虞人莫謾張羅網，未肯平原淺草飛〔一〕。

【校箋】

〔一〕鄭文寶《南唐近事》云：「高越，燕人也。將舉進士，文價藹然，器宇森挺，時人無出其右者。鄂帥李公賢之，待以殊禮，將妻以愛女。越竊喻其意，因題《鷹》一絶書于屋壁曰：『雪爪星眸衆鳥歸，摩天專待振毛衣。虞人莫謾張羅網，未肯平原淺草飛。』遂不告而去。」即此所出。馬令《南唐書》卷一三《高越傳》：「高越，燕人也。少舉進士，文價藹于北土。時威武軍節度使盧文進有女美而慧，善屬文，時稱『女學士』。越聞而慕焉，往謁文進，文進以妻之。晉高祖即位，文進南奔，越與之俱來，初投鄂帥張宣，久不見知，越詠《鷹》誚之曰：『晴空不礙摩天翅，未肯平原淺草飛。』」陸游《南唐書》卷九《高越傳》亦載就婚盧文進女事。與此異。此篇末原有注云：「出《唐餘録》。」未是，當爲校刻者所加。今删。「衆鳥歸」原作「衆所歸」，據改。

許郴

中秋夜有懷云：趨馳早晚休，一歲又殘秋。若只如今日，何難致白頭。滄波歸處遠，旅食向邊愁。賴見前賢説，窮通不自由。

郴，睦州人。鄭谷送郴罷舉歸睦州詩云〔一〕：桐廬歸舊廬，垂老復樵漁。吾子雖言命，鄉人懶讀書。

【校箋】

〔一〕《鄭守愚文集》詩題作《聞進士許郴罷舉歸睦州悵然懷寄》。後四句爲「煙舟撐晚瀨，雨屐剪春蔬。異代名方振，哀吟莫廢初。」似當録其全篇。「彬」，毛本作「郴」。《歲時雜詠》載《中秋夜有懷》一首，題許郴作，與《鄭守愚文集》合，作「許郴」是。

孫蜀

中秋夜戲酬顧道流云〔一〕：不那此身偏愛月，等閑看月即更深。仙翁每被嫦娥使，一度逢圓一夜吟〔二〕。

蜀與方干同時，干有別蜀之作云〔三〕：吴越思君意易傷，別君添我鬢邊霜。由來浙水偏堪恨，截斷千山作兩鄉。

【校箋】

〔一〕詩題《萬首唐人絶句》作《中秋夜戲酬顧道士》，《歲時雜詠》作《中秋夜月酬顧道士》。

〔二〕「一夜吟」，《萬首唐人絶句》同，《歲時雜詠》作「一度吟」。

〔三〕詩題《玄英先生集》及《萬首唐人絶句》作《別孫蜀》。

牛嶠

紅薔薇云：曉啼珠露渾無力，繡簇羅襦不着行。若綴壽陽公主額，六宫爭肯學梅粧。

嶠，字松卿，一字延峰，隴西人，自云僧孺之後。乾符五年進士，歷拾遺、補闕、尚書郎。王建鎮蜀，辟判官。及僭位，爲給事中〔一〕。

【校箋】

〔一〕《郡齋讀書志》卷四中：「《牛嶠歌詩》三卷。右僞蜀牛嶠，字延峰，隴西人。唐相僧孺之後，博學有文，以歌詩著名。乾符五年進士，歷拾遺、補闕、尚書郎。王建鎮西川，辟判官。及開國，拜給事中，卒」。「拾」、「闕」二字原脱，據補。

崔庸

蘇州崑山惠嚴寺殿基，或曰鬼工。有僧繇畫龍，每風雨，如騰躍狀，僧繇畫鎖以釘固之。乾寧初，吴郡進士崔庸有詩云：人莫嫌山小，僧還愛寺靈。殿高神氣力，龍活客丹青〔一〕。

庸，登天祐二年進士第。

【校箋】

〔一〕《吟窗雜録》卷四九：「蘇州崑山惠聚寺僧繇畫龍，每因風雨，龍或騰趠波塘，有傷禾苗，鄉人患之。僧繇乃畫鍊鏁之，仍畫一釘釘鏁。崔庸留題云：『殿高神氣力，龍活客丹青。』」《詩話總龜》卷一六亦載云：「蘇州崑山縣惠聚寺殿基，乃鬼神一夕砌成。殿中有僧繇畫龍，每因風雨夜騰趠波濤，傷田害稼，鄉人患之。僧繇再畫一鏁鏁之，仍畫一釘其鏁。至今人捫其釘頭尚隱隱。唐乾寧初，吴都崔融善五言，《題惠聚》云云。」二書「惠嚴寺」皆作「惠聚寺」；作者一作「崔庸」，一作「崔融」，或乃音同之異。《全唐詩》卷七〇九及卷八八七分别録作二人。

同谷子

昭宗播岐，何后用事，有同谷子者，詠五子之歌，何后潛令秦王誅之，事未行而奔去。

詩曰：邦惟固本自安寧，臨下常須馭朽驚。何事十旬游不返，禍胎從此召殷兵。又云：酒色聲禽號四荒，那堪峻宇又彫牆。静思今古爲君者，未或因兹不滅亡。又云：唯彼陶唐有冀方，少年都不解思量。如今算得當時事，首爲盤游亂紀綱。又云：明明我祖萬邦君，典則貽將示子孫。惆悵太康荒墜後，覆宗絶祀滅其門。又云：仇讎萬姓遂無依，顔厚何曾解忸怩。五子既歌邦已失，一場前事悔難追〔一〕。

【校箋】

〔一〕《鑒誡録》卷二「逸士諫」條：「昭宗播岐……何皇后恃其深寵，不顧阽危，酷好畋游，放弄于兩舍之外，（《傳》：三十里爲一舍。）踐踏苗稼，百里飛埃。有成州同谷山逸人戴一巨笠，跨一青牛，琴袋酒壺，俱在牛上，因稱『同谷子』，不顯姓名，直詣行朝，上書兩卷，論十代興亡之事，叙四方理亂之源……吟太康失政之詩，又説褒姒惑君之事。何皇后慮失恩旨，潛令秦王誅之。其事未行，預已奔去。……同谷子詠《五子之歌》詩曰云云。」詩五首，文字悉同。《四庫提要》辨何后事云：「考《新唐書·后妃列傳》：昭宗奔播岐梁間，后侍膳無須臾去。《舊唐書》亦云：后于蒙塵薄狩之中，常侍膳御，不離左右。安得有畋游之事？且昭宗寄命强藩，不能自保，又安能縱后畋游，恒至六十里外？殊爲荒誕。」録以備考。

陳　詠

陳詠，眉州青神人。有詩名，善弈棋。昭宗劫遷，駐蹕陜郊，是歲策名，歸蜀，韋莊以詩賀之。鄉中有嫉善者，屬和韋詩曰：讓德已令多士伏，沽名還得世人聞。譏其比滌器當壚也。陳嘗以詩自負，其詩卷首有一聯云：隔岸水牛浮鼻渡，傍溪沙鳥點頭行。杜光庭謂曰：先輩佳句甚多，何必以此爲卷首。詠曰：曾爲朝廷見賞，所以列爲卷首。時人笑之〔一〕。

【校箋】

〔一〕《北夢瑣言》卷七：「唐前朝進士陳詠，眉州青神人，有詩名，善弈棋。昭宗劫遷，駐蹕陝郊，是歲策名，歸蜀，韋書記莊以詩賀之。又有鄉人妒善者，屬和韋詩，其略云：『讓德已聞多士伏，沽名還得世人聞。』譏其比滌器當壚也。謬稱馮副使涓詩，以涓多諧戲故也。……潁川嘗以詩道自負，……其詩卷首有一對語云：『隔岸水牛浮鼻渡，傍溪沙鳥點頭行。』京兆杜光庭先生謂曰：『先輩佳句甚多，何必以此爲卷首？』潁川曰：『曾爲朝貴見賞，所以刻于首章。』都是假譽求售使然也。」「其詩卷首有一聯」句，原脱「首」字，據補。

李　旭

旭及第後呈朝中知己云：凌晨曉鼓奏嘉音，雷擁龍迎出陸沉。金榜高懸當玉闕，錦衣即着到家林。真珠每被塵泥陷，病鶴多遭螻蟻侵。今日始知天有意，還教雪得一生心。

旭，天祐元年進士登第。

沈彬

彬，字子文，高安人也。天才狂逸，好神仙之事。少孤，西游以三舉爲約。嘗夢着錦衣，貼月而飛，識者言雖有虚名，不入月矣。洪州解至長安，初舉，納省卷，夢仙謡云：玉殿大開從客入，金桃爛熟没人偷。鳳驚寶扇頻翻翅，龍誤金鞭忽轉頭。第二舉，憶仙謡云：白榆風颭九天秋，王母朝迴宴玉樓。日月漸長雙鳳睡，桑田欲變六鼇愁。雲翻簫管相隨去，星觸旌幢各自流。詩酒近來狂不得，騎龍却憶上清游。第三舉納省卷，贈劉象爲首云：曾應大中天子舉，四朝風月鬢蕭疏。不隨世祖重攜劍，却爲文皇再讀書。十載戰塵銷舊業，滿城春雨壞貧居。一枝何事于君惜，仙桂年年幸有餘。劉象孤寒，三十舉無成，主司覽彬詩，其年特放象及第。彬，乾符中值駕走三峰，四方多事，南游嶺表二十餘年。回吴中，江南僞命吏部郎中，致仕〔一〕。

彬，唐末游湖湘，隱雲陽山十年餘，與虚中、齊己、貫休以詩名相吹嘘〔二〕。又與韋莊、杜光庭唱和，皆蜀人也。疑其曾入蜀〔三〕。

彬詩有九衢冠蓋暗爭路，四海干戈多異心之句。

【校箋】

〔一〕《詩話總龜》前集卷三三引《雅言雜載》：「沈彬，字子美，高安人。爲詩天才狂逸，下筆成章，好神仙之事。少孤，西游以三舉爲約。嘗夢着錦彩衣，貼月而飛，識者言雖名播天下，身不入月，終不及第。洪州解至長安，初舉，行納省卷，作《夢仙謠》云：『玉殿大開從客入，金桃爛熟没人偷。鳳驚寶扇頻翻翅，龍誤金鞭忽轉頭。』第二舉，《憶仙謠》云：『白榆風颭九天秋，王母朝回宴玉樓。日月漸長雙鳳睡，桑田欲變六鰲愁。雲翻簫管相隨去，星觸旌幢各自流。詩酒近來狂不得，騎龍却憶上清游。』第三舉，《贈劉象》一首云：『曾應大中天子舉，四朝風月鬢蕭疏。不隨世祖重攜劍，知爲文皇再讀書。十載戰塵消舊業，滿城風雨壞貧居。一枝何事于君惜，仙桂年年幸有餘。』劉象三舉無成，孤寒，主司覽彬詩，其年放象及第。『五老榜』，即其數也。彬，乾符中值四方多事，遂南游湖湘及嶺表二十餘年，却回吴中。過江南，受僞命，官至吏部侍郎，致仕，退居高安。」沈彬字，各書俱不載，疑作「子文」爲是，「文質彬彬，然後君子」，古人名字相應，當用《論語》。「白榆風颭」原作「白榆風颯」，據改。「却爲文皇」，《總龜》作「知爲文皇」，「知」當是「却」字之訛。「駕走三峰」原作「駕起三峰」，謂僖宗奔鳳翔也，「起」是「走」字之訛，今改。「吏部郎中致仕」，《總龜》作「官至吏部侍郎致仕」，按陸游《南唐書》卷七《沈彬傳》亦言其「以吏部郎中致仕」，馬令《南唐書》卷一五《沈彬傳》則言「以尚書郎致仕」，且列彬于《隱者傳》。陶岳《五代史補》言「遂授金部郎中致仕」，稍異，亦屬郎署之職，不得官至「侍郎」也。《總龜》「侍郎」當是「郎中」之訛。

〔二〕馬令《南唐書》卷一五《沈彬傳》：「沈彬，筠陽高安人，讀書能詩。屬唐末亂離，南游湘湖，隱于雲陽山十年餘，與僧虚中、齊己爲詩侣。……彬尤工詩，而未嘗喜名。如《再過金陵》詩云：『玉樹歌終王氣收，雁行高送石城秋。江山不管興亡事，一任斜陽伴客愁。』又《都門送客》詩云：『岸柳蕭疏野荻秋，都門行客莫回頭。一條灞水清如劍，不爲行人割斷愁。』皆盛稱于士大夫。」

〔三〕《郡齋讀書志》卷四中：「《沈彬集》一卷。右唐沈彬，保大中，以尚書郎致仕，居高安。《集》中有與韋莊、杜光庭、貫休詩，唐末三人皆在蜀，疑其同時避亂，嘗入蜀云。上李昇《山水圖》詩在焉。」

周朴

朴，唐末詩人，寓于閩中，于僧寺假丈室以居，不飲酒茹葷，塊然獨處。諸僧晨粥卯食，朴亦攜巾盂。廁諸僧下，畢食而退，率以爲常。郡中豪貴設供，率施僧錢，朴即巡行拱手，各丐一錢，有以三數錢與者，朴止受其一。得千錢，以備茶藥之費，將盡復然，僧徒亦未嘗厭也。性喜吟詩，尤尚苦澀，每遇景物，搜奇抉思，日旰忘返，苟得一聯一句，則忻然自快。嘗野逢一負薪者，忽持之，且厲聲曰：我得之矣！我得之矣！樵夫矍然驚駭，掣臂棄薪而走。遇游徼卒，疑樵者爲偷兒，執而訊之。朴徐往告卒曰：適見負薪，因得句耳。卒乃釋之。其句云：子孫何處閑爲客，松柏被人伐作薪。彼有一士人，以朴僻于詩句，欲戲之。一日，跨驢于路，遇朴在傍，士人乃欹帽掩頭吟朴詩云：禹力不到處，河聲流向東。朴聞之忿，遽隨其後，且行。士但促驢而去，略不回首。行數里追及，朴告之曰：僕詩河聲流向西，何得言流向東？士人頷之而已。閩中傳以爲笑。或曰：曉來山鳥鬧，雨過杏花稀，亦朴詩也〔一〕。

古陵寒雨絶，高鳥夕陽明。句。高情千里外，長嘯一聲初。句。右張爲取作主客圖。

黄巢至福州，求得朴，問曰：能從我乎？答曰：我尚不仕天子，安能從賊！巢怒，斬之〔二〕。

【校箋】

〔一〕《六一詩話》：「唐之晚年，詩人無復李杜豪放之格，然亦務以精意相高。如周朴者，構思尤艱，每有所得，必極其雕琢。故時人稱朴詩『月煅季鍊，未及成篇，已播人口』。其名重當時如此，而今不復傳矣。余少時猶見其《集》。其句有云：『風暖鳥聲碎，日高花影重。』又云：『曉來山鳥鬧，雨過杏花稀。』誠佳句也。」「風暖」二句，乃杜荀鶴《春宮怨》詩句，見前卷六五。魏泰《臨漢隱居詩話》已辨之。故此只舉「曉來」二句，蓋斷句，僅見于此。

〔二〕《文苑英華》卷七一四林嵩《周朴詩集序》：「乾符七年，閩城殞賊，悲夫！先生名朴，字見素，生于釣臺而長于甌閩，與李建州頻、方處士干爲詩友，一篇一詠，膾炙人口。……惟山僧釣叟，相與往還，蓬門蘆户，不庇風雨，稔不抗，歉不變，晏如也。詩人張爲嘗貽先生詩曰：『到處只閉户，逢君便展眉。』……先生爲詩思遲，盈月方得一聯一句，得必驚人，未暇全篇，已布人口。有僧棲浩，高人也，與先生善，招拾先生遺文，得詩一百首。中和二年冬十月，攜來訪，余且驚且喜。余欲先生之文，與方干齊集，畢，遂爲之序。」《新唐書》卷二二五下《黄巢傳》：「巢入閩，俘民紿稱儒者，皆釋，此六年三月也。……又得處士周朴，得之，謂曰：『能從我乎？』答曰：『我尚不仕天子，安能從賊！』巢怒，斬朴。」

孫　魴

潤州金山寺，張祜、孫魴留詩，爲第一篇。山居大江中，迥然孤秀，詩意難盡。羅隱云：老僧齋罷關門睡，不管波濤四面生。孫生句云：結宇孤峰上，安禪巨浪間。又曰：萬古波心寺，金山名日新。天多剩得月，地少不生塵。過櫓妨僧定，驚濤濺佛身。誰言張處士，題後更無人。魴夜坐句云：劃多灰漸冷，坐久席成痕。沈彬曰：此田舍翁火爐頭之作爾〔一〕！

魴，南昌人。唐末，鄭谷避亂歸宜春，魴往依之，頗爲誘掖。後有能詩聲，終于南唐。

舫父，畫工也。王徹爲中書舍人，草舫誥詞云：「李陵橋上，不吟取次之詩；顧凱筆頭，豈畫尋常之物。」舫終身恨之。

【校箋】

〔一〕馬令《南唐書》卷一三《孫舫傳》：「孫舫，字伯魚，性聰敏，好學。唐末，都官員外郎鄭谷避亂歸江淮，舫從之游，故其所爲詩，頗有鄭體。及吴武王據有江淮，文雅之士駢集，遂與沈彬、李建勳爲詩社。彬好評詩，建勳嘗與彬議，時舫不在席，以舫詩詰之。彬曰：『此非有風雅製度，但得人間煙火氣多爾。』舫遽出讓彬曰：『非有風雅固然，而謂得人間煙火氣，何耶？』彬笑曰：『子《夜坐》句云：「劃多灰雜蒼虯跡，坐久煙消寶鴨香。」非爐上作而何？』闔坐大笑。金山寺題詠，衆因稱道唐張祜有『僧歸夜船月，龍出曉堂雲』之句，欲和。衆皆閣筆，舫復吟云：『山載江心寺，魚龍是四鄰。樓臺懸倒影，鐘磬隔囂塵。過櫓妨僧定，驚濤濺佛身。誰言題詠處，流響更無人。』時人號爲絶唱。有詩百篇行于世。烈祖召見，授宗正郎，卒。」此事《詩話總龜》前集卷三七引《江南野録》所記稍異，云：「孫舫、沈彬、李建勳好爲詩什。舫有《夜坐》詩爲時所稱，建勳因匿于齋中，待彬至，乃問彬云：『舫之詩何如？』彬曰：『田舍翁火爐頭之語，何足道也！』舫聞而出，誚彬曰：『何誹謗之甚而比田舍翁，無乃過乎？』彬曰：『子《夜坐》句「劃多灰漸冷，坐久席成痕」，此非田舍翁火爐上作而何？』闔坐大笑。乃題《金山寺》云：『萬古波心寺，金山名日新。天多剩得月，土少不生塵。過櫓妨僧定，歸濤濺佛身。誰言張處士，題後更無人。』莫不服其騷雅。」《苕溪漁隱叢話》後集卷一八亦載二事，稱出《南唐書》，而文字略與《江南野録》同。云：「《南唐書》云：金山寺號爲勝景，先張祜吟詩，有『僧歸夜船月，龍出曉堂雲』之句，自後詩人閣筆。孫魴復詠云：『山載江山寺，魚龍是四鄰。天多剩得月，地少不生塵。過櫓妨僧定，驚濤濺佛身。誰言張處士，詩後更無人。』時號絶唱。」又云：「魴與沈彬、李建勳爲詩社，彬好評詩，建勳匿魴于齋中，伺彬至，以魴詩訪之，彬曰：『此非有風雅，但得田舍翁火爐頭之作爾。』魴遽出，讓彬曰：『非有風雅，固聞命矣。擬田舍翁，無乃太過乎？』彬笑曰：『子《夜坐》句云：「劃多灰漸冷，坐久席成痕。」此非田舍翁火爐上作而何？』闔坐大笑。」所載詩句，皆小有異同，《孫魴集》不存，未易定其孰是，姑備録之。又《詩話總龜》前集卷一六引《青瑣集》：「羅隱題《金山》云：『老僧齋罷關門睡，不管波濤四面生。』孫山云：『結宇峰孤上，安禪巨浪間。』亦可亞張祜詩。」計氏取羅、孫之句，綴録于此。

王易簡

易簡，唐末進士。梁乾化中及第，名居榜尾，不看榜，却歸華山。尋就山釋褐，授華州幕職。後召入拜左拾遺，又辭官歸隱，留詩一絶曰：汨没朝班愧不才，誰能低折向塵埃。青山得去且歸去，官職有來還自來。及再召，爲郎，遷諫垣臺閣三十年，歸華山，十年而終〔一〕。

【校箋】

〔一〕《詩話總龜》前集卷四四引《郡閣雅談》：「王易簡、蕭希甫下及第，名居榜尾，不看榜，歸華山。尋就山釋褐，授華州幕官，後拜左拾遺，又辭官歸隱，留詩曰：『汩没朝綱愧不才，誰能低折向塵埃。青山得去且歸去，官職有來還自來。』再入，升朝官，位諫垣臺閣三十年，官至八座，乞致仕歸華山，十年而終。」「還諫垣臺閣」句，「閣」字原脱，據補。易簡，新、舊《五代史》無傳，然載其三十年間，歷官頗悉。再召後，爲尚書水部郎中，俄知制誥，拜中書舍人。後爲史館修撰，領館事。擢御史中丞、歷尚書左、右丞，至吏部侍郎而終。爲御史中丞時，率朝官劾張彦澤，亦有聲名也。

范摅之子

吴人范摅處士之子，七歲能詩。贈隱者云：掃葉隨風便，澆花趁日陰。方干曰：此子他年必成名。又吟夏日云：閑雲生不雨，病葉落非秋。干曰：惜哉！必不享壽。果十歲卒〔一〕。

【校箋】

〔一〕《詩話總龜》卷三二引《郡閣雅談》：「范摅處士有子七歲，作《隱者》詩曰：『掃葉隨風便，澆花趁日陰。』方干聞之曰：『此可入室。』又作《夏景》詩曰：『閒雲生不雨，病葉落非秋。』干曰『必不壽。』果卒。後有歐陽彬之子，稚齒作《田父》詩曰：『桑柘殘陽裏，兒孫落葉中。』廖凝見之曰：『可惜天才，同范氏之子。』尋亦卒。」

鄭雲叟

鄭徵君爲詩，皆祛淫靡，迥絶囂塵。如富貴曲云：美人梳洗時，滿頭間珠翠。豈知兩片雲，戴却數鄉稅。又詠西施云：素面已云妖，更着花鈿飾。臉横一寸波，浸破吴王國。又七言傷時：帆力劈開滄海浪，馬蹄踏破亂山青。浮名浮利過于酒，醉得人心死不醒。又題霍山秦尊師：老鶴玄猿伴採芝，有時長歎獨移時。翠娥紅粉嬋娟劍，殺盡世人人不知。又偶題：似鶴如雲一箇身，不憂家國不憂貧。擬將枕上日高睡，賣與世間榮貴人。又思山詠：因賣丹砂下白雲，鹿裘惟惹九衢塵。不如將耳入山去，萬是千非愁殺人。又景福中作云：悶見戈鋋匝四溟，恨無奇策救生靈。如何飲酒得長醉，直到太平時節醒。又招友人游春云：難把長繩繫日烏，芳時偷取醉工夫。任堆金璧磨星斗，買得花枝不老無？又山居云：閑見有人尋，移庵更入深。落花流澗水，明月照松林。醉勸頭陀酒，閑教孺子吟。身同雲外鶴，斷得世塵侵。又詩云：冥心栖太室，散髮浸流泉。採柏時逢麝，看雲忽見仙。夏狂衝雨戲，春醉戴花眠。絶頂登雲望，東都一點煙。又詩：不求朝野知，卧看歲華移。採藥歸侵夜，聽松飯過時。荷竿尋水釣，背局上巖棋。祭廟人來説，中原正亂離〔一〕。

雲叟，僖宗時應百篇舉不利，遂隱華山〔二〕。月到君山酒半醒，朗吟疑有水仙聽。無人識我真閑事，赢得高秋看洞庭。雲叟宿洞庭詩也。

【校箋】

〔一〕此全采《鑒誡録》卷五「高尚士」條之文，字句悉同。「鄭徵君」原作「鄭徵君」，「卧看歲華移」原作「卧見歲華移」，據改。《萬首唐人絶句》僅録《傷時》(題作《偶題》)、《題霍山秦尊師》、《偶題》、《思山詠》、《宿洞庭》及另一首《題病僧寮》。《景福中作》、《招友人游春》及五言絶句二首失載。其「帆力劈開」作「帆力冲開」，「嬋娟劍」作「渾如劍」，「一箇身」作「不繫身」，與此異。

〔二〕計氏于鄭雲叟事只據《古今詩話》(《詩話總龜》卷一引)言其隱于華山，餘多未及。按《舊五代史》卷九三有《鄭雲叟傳》，略云：「鄭雲叟，本名遨，本南燕人也。少好學，耿介不屈。唐昭宗朝，嘗應進士舉，不第，尋入少室山，著《擬峰詩》三十六章，以導其趣，人多傳之。俄聞西岳有五鬣松，淪脂千年，能去三尸。因居于華陰。與李道殷、羅隱之友善，時人目爲『三高士』。唐天成中，召拜左拾遺，不起。與羅隱之朝夕游處，嘗酒酣聯句，鄭曰：『一壺天上有名物，兩個世間無事人。』羅曰：『醉却隱之雲叟外，不知何處是天真。』高祖即位，聞其名，徵爲右諫議大夫，稱疾不起。尋賜號『逍遥先生』，以諫議大夫致仕。雲叟好酒，嘗爲《詠酒詩》千二百言，海内好名者書于縑緗，以爲贈貺。天福末，以壽終，時年七十四。有《文集》二十卷行于世。」《新五代史》卷三四亦有《傳》。

謝太虚

杪秋洞庭懷王道士云〔一〕：漂泊日復日，洞庭今更秋。青楓亦何意〔二〕，此夜催人愁。惆悵客中月，徘徊江上樓。心知楚天遠，目送滄波流〔三〕。謝客久已滅，微言無處求。空餘白雲在，容與隨孤舟。千里杳難盡，一身常獨游。故園復何許，江漢徒遲留。

【校箋】

〔一〕《劉隨州集》卷五有《杪秋洞庭中懷亡道士謝太虚》，即此詩。《文苑英華》卷三〇五亦載作劉長卿詩。長卿此詩計氏摘取題中「謝太虚」以爲作者，復改「亡道士」爲「王道士」，甚誤。此條當删，《全唐詩》卷七七二據此列「謝太虚」一目，從其所誤，謬矣。

〔二〕「青楓」原作「青桃」，據《劉隨州集》、《文苑英華》改。

〔三〕「滄波」原作「蒼波」，據《劉隨州集》、《文苑英華》改。

李嶼

過洞庭云：浩渺注横流，千潭合萬湫。半洪侵楚翼，一汉屬吴頭。動軸當新霽，漫空正仲秋。勢翻荆口迮，聲擁岳陽浮。遠脈滋衡岳，微涼散橘洲。星辰連影動，嵐翠逐隅收。漸落分行雁，旋添趁伴舟。昇騰人莫測，安穩路何憂。氣與塵中别，言堪象外搜。此身如粗了，來把一竿休。

江爲〔一〕

岳陽樓云：倚樓高望極，展轉念前途。晚葉紅殘楚，秋江碧入吴。雲中來雁急，天末去帆孤。明月誰同我，悠悠上帝都。

【校箋】

〔一〕馬令《南唐書》卷一四《江爲傳》：「江爲，其先宋州人，避亂建陽，遂爲建陽人。游廬山白鹿洞，師事處士陳貺，居二十年，有風人之體。時金陵初復唐制，以進士取人。爲有《題白鹿洞》詩云：『吟登蕭寺旃檀閣，醉倚王家玳瑁筵。』元宗南遷，駐于寺，見其詩，稱善久之。爲由是傲肆，自謂俯拾青紫。乃詣金陵求舉。屢黜于有司，爲快快不能自已，欲束書亡越，而會同謀者上變，按得其狀，伏罪。爲嘗吟《隋堤柳》詩云：『錦纜龍舟萬里來，醉鄉繁盛忽塵埃。空餘兩岸千株柳，雨葉風花作恨媒。』盛傳于時。」爲詩當時有名，陶岳《五代史補》及陸游《南唐書》皆有傳，不當遺其事也。

唐詩紀事校箋卷第七十二

僧法宣　僧中寤　僧子蘭　僧靈澈　僧靈一
僧清江　僧廣宣

僧法宣

和趙郡王觀妓應教詩云〔一〕：桂山留上客，蘭室命妖嬈〔二〕。城中畫廣黛〔三〕，宫内束纖腰。舞袖風前舉，歌聲扇後嬌。周郎不須顧〔四〕，今日管絃調。

法宣，貞觀間人。

【校箋】

〔一〕《初學記》卷一五載弘執恭《和平涼公觀趙郡王妓》，疑此詩亦同時所作。參閱本書卷五弘執恭下校箋〔一〕。

〔二〕「妖嬈」原作「淫妖」，《初學記》同，據《弘秀集》改。

〔三〕「廣黛」原作「眉黛」，《初學記》同，據《弘秀集》改。

〔四〕「須顧」原作「相顧」，《初學記》同，據《弘秀集》改。

僧中寤

儀鳳中，青城翠圍山下，有王僊柯得道，蜀州僧中寤以詩贈之云：瞻思不及望仙兄，早晚昇霞入太清。手種一株松未老，爐燒九轉藥新成。心中已得黄庭術，頭上應無白髮生。異日却歸華表柱，得教凡俗並聞名。自是復隱後山，更不復遇〔一〕。

【校箋】

〔一〕《詩話總龜》卷四七録孫光憲《北夢瑣言》云：「唐儀鳳中，清城縣横源翠圍山下有民王仙柯，服道士所遺靈丹，拔宅上升。已具《仙傳拾遺》。蜀中僧中寤釋學道播於方州，偶於龍池山逢人，精神爽朗，異於常叟，即王仙柯也。寤公曰：『聞仙名已久，何幸相逢。飛昇之後，胡爲來此？』仙柯曰：『吾等有靈藥，止能飛步。今全家隱於後山，更脩道法。遐舉之事，吾何望焉，但長壽而已。』寤公以詩贈之曰云云。自後不復遇。」今本《北夢瑣言》無此文。所載詩，「霞昇」作「遐飛」，「華表柱」作「華表語」，末句作「待教凡俗普聞名」。

僧子蘭

飲馬長城窟詩云：游客長城下，飲馬長城窟。馬嘶聞水腥，爲浸征人骨。豈不是流泉，終不成潺湲。洗盡骨上土，不洗骨中冤。骨若不流水〔一〕，四海有還魂。空留嗚咽聲，聲中疑是言〔二〕。

秋日思舊山云：六言。咸言上國繁華，豈謂帝城羈旅。十點五點殘螢，千聲萬聲秋雨。白雲江上故鄉，月下風前吟處。欲去不去遲遲，未展平生所佇。

襄陽曲云：爲憶南游人〔三〕，移家大堤住。千帆萬帆來，過盡門前去。

太平里尋兵部裴郎中故宅云：不語淒涼無限情，荒堦行盡又重行。昔年住此人何在？空見槐花秋草生〔四〕。

贈行腳僧云：世界曾行遍，全無行可修。炎涼三衲共，生死一身休。片斷雲隨體，稀疏雪滿頭。此門無所着，不肯暫淹留。

貪誡云〔五〕：多求待心足，未足旋傾覆。明知貪者心，求榮不求辱。

觀棋云：拂局盡消時，能因長路遲〔六〕。點頭初得計，格手待無疑。寂默親遺景，凝神入過思。共藏多少意，不語兩相知。

【校箋】

〔一〕「不流水」，《樂府詩集》同，《文苑英華》卷二〇九作「逐流水」，《弘秀集》作「比流水」。

〔二〕「疑是言」，《樂府詩集》同，《文苑英華》、《弘秀集》作「疑骨言」。

〔三〕「南游人」原作「南移人」，《萬首唐人絶句》同，據《弘秀集》改。

〔四〕詩題原脱「故宅」二字，據《萬首唐人絶句》補。「空見」，《萬首唐人絶句》作「滿地」。

〔五〕詩題《唐文粹》作《誡貪》。

〔六〕「遲」原誤置「格手」二字下，據毛本乙改。

僧靈澈

生于會稽，本湯氏，字源澄。與吴興詩僧皎然游。皎然薦之包佶、李紓，以是上人之名，由二公而颺。貞元中，游京師，緇流嫉之，造飛語激動中貴人，浸誣得罪，徙汀州，後歸會稽。元和十一年，終于宣州。劉夢得曰：詩僧多出江左，靈一導其源，護國襲之，清江揚其波，法振沿之，如么絃孤韻，瞥入人耳，非大樂之音。獨吴興晝公，能備衆體，澈公承之。至如芙蓉園新寺詩曰：經來白馬寺，僧到赤烏年。謫汀州云：青蠅爲弔客，黄犬寄家書。可謂入作者閫域，豈獨雄于詩僧間耶〔一〕！初到汀州云：初放到滄洲，前心詎解愁。舊交容不拜，臨老學梳頭。禪室白雲去，故山明月秋。幾年猶在此，北户水南流。元日觀郭將軍早朝云：欲曙九衢人更多，千條香燭照星河〔二〕。今朝始見金吾貴，車馬縱横避玉珂〔三〕。九日和于使君思上京親故云：清晨有高會，賓從出東方。楚俗風烟古，汀州草木凉。

山情來遠思〔四〕，菊意在重陽。心憶華池上，從容鴛鷺行。皎然亦賦云：霽景滿水國，我公望江城。碧山與黃花，爛漫多秋情。摇落見松柏，歲寒比忠貞。歡娱在鴻都，是日思朝英。

柳宗元韓漳州書報澈上人亡因寄二絶云：早歲京華聽越吟，聞君江海分逾深。他時若寫蘭亭會，莫畫高僧支道林。又云：頻把瓊書出袖中，獨吟遺句立秋風。桂江日夜流千里，揮淚何時到甬東〔五〕？又聞澈上人亡寄侍郎楊丈云〔六〕：東越高僧還姓湯〔七〕，幾時瓊珮觸鳴璫。空花一散不知處，誰採金英與侍郎！

權載之送上人廬山回歸沃州序云：吴興長老晝公，掇六義之清英〔八〕，首冠方外。入其室者，有沃州澈上人。心冥空無，而跡寄文字〔九〕，故語甚夷易〔一〇〕，如不出常境，而諸生思慮，終不可至。其變也，如風松相韻〔一一〕，水玉相扣，層峰千仞，下有金碧。聳鄙夫之目，初不敢視〔一二〕；三復則淡然天和，晦于其中。故睹其容，覽其詞者，知其心不待境靜而靜。況會稽山水，自古絶勝，東晉逸民，多遺身世于此。夏五月，上人自鑪峰言旋，復于是邦。予知夫拂方袍，坐輕舟，泝沿鏡中，靜得佳句；然後深入空寂，萬慮洒然，則嚮之境物，又其稊稗也。鄙人方景行企尚之不暇，惡敢以離群爲嘆。

澈與劉夢得友善，夢得送僧仲端東游末句呈澈云：一旦揚眉望沃州，自言王謝許同游。憑將雜擬三十首〔一三〕，寄與江南湯惠休。

權載之酬以詩代書見寄云〔一四〕：蓮花出水地無塵，中有南宗了義人。已取貝多翻半字，還將陽燄諭三身。碧雲飛處詩偏麗，白月圓時性本真。更喜開緘銷熱惱，西方社裏舊相親。

載之月夜宿澈上人房云〔一五〕：此身會逐白雲去，未洗塵纓還自傷。今夜幸逢清淨境，滿庭秋月對支郎。

劉長卿送師云：蒼蒼竹林寺，杳杳鐘聲晚。荷笠帶殘陽〔一六〕，青山獨歸遠。

長卿酬師相招云：石澗泉聲久不聞，獨臨長路雪紛紛。如今漸欲生黄髮，願脱頭冠與白雲。

澈于東林寺寄陳丘二侍郎云〔一七〕：年老心閑無外事，麻衣草座亦容身〔一八〕。相逢盡道休官好〔一九〕，林下何曾見一人！

張祜題澈上人舊房云：寂寞空門支道林，滿堂詩板舊知音〔二〇〕。秋風吹葉古廊下，一半繩床燈影深。祜又寄師詩云：老僧何處寺，秋夢遶江濱。獨樹月中鶴，孤舟雲外人。榮華長指幻，衰病久觀身。應笑無成者，滄洲垂一綸〔二一〕。

吕温在道州戲贈云：僧家亦有芳春興，自是心源無滯境〔二二〕。君看池水湛然時，何曾不受花枝影。

【校箋】

〔一〕《劉夢得文集》卷二三《澈上人文集紀》：「上人生于會稽，本湯氏子……出家號靈澈，字源澄。雖受經論，一心好篇章，從越客嚴維學爲詩，遂籍籍有聞。維卒，乃抵吴興，與長老詩僧皎然游。講藝益至。皎以書薦于詞人包侍郎佶。包得之大喜，又以書致于李侍郎紓。是時，以文章風韻主盟于世者，曰包、李，以是上人之名，由二公而飂。……貞元中，西游京師，名振輦下，緇流嫉之，造飛語激動中貴人，因浸誣得罪，徙汀州，會赦歸東越。時吴越間諸侯多賓禮招延之。元和十一年，終于宣州。……上人没後十七年，予爲吴都，其門人秀峰捧先師之文來，乞詞以志。……因爲評曰：世之言詩僧，多出江左，靈一導其源，護國襲之。清江揚其波，法振沿之。如幺絃孤韻，瞥入人耳，非大樂之音。獨吴興晝公，能備衆體。晝公後，澈公承之。至如《芙蓉園新寺》詩云：『經來白馬寺，僧到赤烏年。』《謫汀州》云：『青蠅爲弔客，黄犬寄家書。』可謂入作者閫域，豈獨雄于詩僧間耶！」「字源澄」原作「字澄源」，「詩僧多出江左」句，「江左」原作「江右」，「非大樂之音」原作「非大音之樂」，據改。《新唐書》卷六〇《藝文志》亦作「字源澄」。僧贊寧《宋高僧傳集》載有《會稽雲門寺靈澈傳》。

〔二〕「星河」原作「銀河」，據《文苑英華》卷一九〇及《弘秀集》改。

〔三〕「車馬」原作「連馬」，據《文苑英華》及《弘秀集》改。

〔四〕「山情」原作「山清」，據《弘秀集》改。

〔五〕此句原作「揮泊何時到浙東」，據《柳河東集》改。

〔六〕詩題「楊丈」原作「楊文」，據《柳河東集》改。

〔七〕「高僧」原作「廣僧」，據《柳河東集》改。

〔八〕「掇」原作「綴」，據《權載之文集》改。

〔九〕此二句原作「心冥空而無跡寄文字」，據《權載之文集》改。

〔一〇〕「甚」原作「其」，據《權載之文集》改。

〔一一〕「相韻」原作「柏韻」，據《權載之文集》改。

〔一二〕「初」原作「如」，據《權載之文集》改。

〔一三〕「雜擬三十首」原作「雜意三千首」，據《劉夢得文集》改。

〔一四〕《權載之文集》載《酬靈澈上人以詩代書見寄》有注云：「時在薦福寺坐夏。」

〔一五〕詩題《權載之文集》作《月夜過靈澈上人房因贈》。

〔一六〕「殘陽」，《劉隨州詩集》作「夕陽」。

〔一七〕詩題《弘秀集》作《東林寺酬韋丹刺史》，本書卷四五韋丹下載寄靈澈詩及澈公酬和，其酬詩即此。

〔一八〕「草座」原作「坐草」，據《弘秀集》及本書卷四五改。

〔一九〕「好」，《弘秀集》同，本書卷四五作「去」。

〔二〇〕「詩板」原作「新板」，據《張承吉文集》改。

〔二一〕「應笑無成者，滄州垂一綸」二句原闕，據《張承吉文集》補。

〔二二〕「心源」原作「禪心」，據《呂衡州集》改。

僧靈一

新泉詩云〔一〕：泉源新湧出，洞澈映纖雲。稍落芙蓉沼，初淹苔蘚文。了將空色淨〔二〕，素與衆流分〔三〕。每對清宵月〔四〕，泠然夢裏聞。劉長卿和云〔五〕：東林一泉出，復與遠公期。石淺寒流處，山空夜落時〔六〕。夢閑聞細響〔七〕，慮澹對清漪〔八〕。動靜皆無意，唯應道者知〔九〕。

與元居士青山潭飲茶云〔一〇〕：野泉烟火白雲間，坐飲香茶愛此山。巖下維舟不忍去，清溪流水暮潺潺〔一一〕。送陳元初卜居麻源云〔一二〕：欲向麻源隱，能尋謝客蹤〔一三〕。空山幾千里〔一四〕，幽谷第三重。茅宇寧須葺〔一五〕，荷衣不待縫。因君見往事，爲我謝喬松。

送人得蕩子歸倡婦云：垂涕憑回信，爲語柳園人。情知獨難守，又是一陽春。

高仲武云：自齊梁以來，道人工文者多矣〔一六〕，少有入其流者〔一七〕。一公乃能尅意精妙，與士大夫更唱迭和〔一八〕，不其偉歟！如泉湧堦前地〔一九〕，雲生户外峰。則道猷、寶月，曾何及此。

靈一，大曆、貞元間僧也〔二〇〕。

酬皇甫冉西陵見寄云：西陵潮信滿，島嶼没中流〔二一〕。越客依風水，相思南渡頭。寒光生極浦，落日映滄洲〔二二〕。何事揚帆去，空驚海上鷗。

溪行即事云：近夜山更碧，入林溪轉清。不知伏牛地〔二三〕，潭洞何縱横。曲岸烟初合〔二四〕，平湖月未生。孤舟屢失道，但聽秋泉聲。

重還宜豐寺云〔二五〕：再過招隱寺〔二六〕，重會息心期〔二七〕。樵客問歸日，山僧記别時〔二八〕。野雲陰遠甸，秋水漲前陂〔二九〕。勿謂頻來此〔三〇〕，吾今不好奇。酬皇甫冉以下三章。姚合取爲極玄集。

酬皇甫冉將赴無錫于雲門寺贈别云〔三一〕：湖南通古寺，來往意無涯。欲識雲門路〔三二〕，千峰到若耶〔三三〕。春山子猷宅〔三四〕，古木謝敷家。自可長偕隱〔三五〕，那云相去賒〔三六〕。

静林精舍梁武隱所有鐘磬古物云〔三七〕：静林溪路遠，蕭帝有遺蹤。水擊羅浮磬，山鳴于闐鐘。燈傳三世火〔三八〕，樹老萬株松。無復烟霞色〔三九〕，空聞昔卧龍。

雨後欲尋天目山問元駱二公溪路云〔四〇〕：昨夜雲生天井東〔四一〕，春山一雨幾回風〔四二〕。

林花併逐溪流下，欲上龍池通不通〔四三〕？無錫下三章，高仲武取爲中興間氣集。

自大林與韓明府歸郭中精舍云：野客同舟楫〔四四〕，相攜復一歸。孤烟生暮景〔四五〕，遠岫帶春暉。不道還山是，誰云向郭非。禪門有通隱，喧寂共忘機。

陳羽送靈一上人云：十年勞遠別，一笑喜相逢。又上青山去，青山千萬重。

嚴維哭靈一上人云〔四六〕：一公何不住？空有遠公名。共説岑山路，今時不可行〔四七〕。舊房松更老，新塔草初生。經論傳緇侶，文章遍墨卿。禪林枝幹折，法宇棟梁傾。誰復修僧史，應知傳已成〔四八〕。

靈一宿天柱觀詩云〔四九〕：石室初投宿〔五〇〕，仙翁喜暫容〔五一〕。花源隔水見〔五二〕，洞府過山逢。泉湧階前地，雲生户外峰。中宵自入定，非是欲降龍〔五三〕。

皇甫冉小江懷靈一上人云：江上年年春早〔五四〕，津頭日日人行。借問山陰遠近，猶聞薄暮鐘聲。

靈一自青山詣於潛道中作呈元八居士云〔五五〕：苕水灘行淺，潛州路漸深。參差遠岫色〔五六〕，迢遞野人心。凍澗冰難釋，秋山日易陰。不知天目下，何處訪雲林〔五七〕？

錢起寄靈一上人初歸雲門寺云〔五八〕：寒山白雲裏，法侶自招攜。竹逕通城下，松門隔水西。方同沃州去〔五九〕，不作武陵迷。彷彿遥看處〔六〇〕，高峰是會稽。

【校箋】

〔一〕詩題《文苑英華》卷一六三及《弘秀集》作《宜豐新泉》。《文苑英華》卷八六四獨孤及《唐故揚州慶雲寺律師一公塔銘序》云：「宜豐寺地臨高隅，初無井泉，公之莅止，有靈泉呀然而涌。」故云新泉也。

〔二〕「空色」原作「空性」，據《文苑英華》及《全唐詩話》改。

〔三〕上二句《弘秀集》作「素將空意合，淨與衆流分」，似勝。

〔四〕此句原作「若對青霄月」，據《文苑英華》及《弘秀集》改。

〔五〕詩題《劉隨州詩集》作《和靈一上人新泉》，《文苑英華》卷一六三作《一公新泉》。

〔六〕上二句，《劉隨州詩集》、《弘秀集》同，《文苑英華》作「淺石春流處，空山暮落時」。

〔七〕「聞」，《劉隨州詩集》、《弘秀集》同，《文苑英華》作「歸」。

〔八〕「對」原作「向」，據《劉隨州詩集》、《文苑英華》及《弘秀集》改。

〔九〕「道者」，《文苑英華》、《弘秀集》同，《劉隨州詩集》作「達者」。

〔一〇〕詩題「元居士」原作「亢居士」，《萬首唐人絶句》同，據《弘秀集》改。

〔一一〕「清溪」原作「青溪」，據《弘秀集》及《萬首唐人絶句》改。

〔一二〕詩題「陳元初」原作「陳允初」，「卜」字原脱，據《文苑英華》卷二七四及《弘秀集》改補。

〔一三〕「蹤」原作「縱」，據《文苑英華》及《弘秀集》改。

〔一四〕「千」，《弘秀集》同，《文苑英華》作「十」。

〔一五〕「茅宇」原作「峕宇」，《文苑英華》同，據《弘秀集》改。

〔一六〕「工文」原作「爲文」，據《中興閒氣集》改。

〔一七〕「者」字原脱，據《中興閒氣集》補。

〔一八〕「迭和」原作「遞和」，據《中興閒氣集》改。

〔一九〕「如」字原脱，據《中興閒氣集》補。

〔二〇〕「僧」原作「生」，據《全唐詩話》改。獨孤及《唐故揚州慶雲寺律師一公塔銘序》云：「靈一俗姓吴，廣陵人。……寶應元年冬十月十六日，終于杭州龍興寺，春秋三十有六。」則其生時不及大歷、貞元間也。僧贊寧《宋高僧傳》附載有《唐餘杭宜豐寺靈一傳》。

〔二一〕「没」，《極玄集》、《弘秀集》同，《文苑英華》卷二四四作「入」。

〔二二〕「落日」，《極玄集》、《弘秀集》同，《文苑英華》作「暮雪」。

〔二三〕「地」，《極玄集》同，《文苑英華》卷一六六及《弘秀集》作「路」。

〔二四〕「曲岸」，《極玄集》、《全唐詩話》同，《文苑英華》及《弘秀集》作「野岸」。

〔二五〕詩題《極玄集》、《文苑英華》卷二三六同，《弘秀集》作《再過宜豐寺》。

〔二六〕「再過招隱寺」原作「載過招隱寺」，據《極玄集》改。《文苑英華》及《弘秀集》作「再尋招隱地」。

〔二七〕「息心」，《極玄集》、《弘秀集》同，《文苑英華》及《全唐詩話》作「宿心」。

〔二八〕「記別時」原作「寄別詩」，據《極玄集》、《文苑英華》、《弘秀集》及《全唐詩話》改。

〔二九〕「前陂」，《極玄集》、《弘秀集》同，《文苑英華》及《全唐詩話》作「前池」。

〔三〇〕「頻來此」，《極玄集》同，《文苑英華》、《弘秀集》、《全唐詩話》作「探形勝」。

〔三一〕詩題「于雲門寺贈別」原作「雲門寄別」，據《中興閒氣集》、《文苑英華》卷二三六及《弘秀集》改。

〔三二〕「識」，《中興閒氣集》、《弘秀集》同，《文苑英華》作「適」。

〔三三〕「到」原作「向」，據《中興閒氣集》、《文苑英華》、《弘秀集》改。

〔三四〕「子猷」，《中興閒氣集》同，《文苑英華》、《弘秀集》作「子敬」。作「子猷」是，謂王子猷也。

〔三五〕此句原作「自是長俱隱」，據《中興閒氣集》、《文苑英華》、《弘秀集》及《全唐詩話》改。

〔三六〕「那云」，《中興閒氣集》同，《文苑英華》、《弘秀集》作「那言」。

〔三七〕詩題《中興閒氣集》作《靜林寺即武帝隱所有鍾磬皆古物，時時有聲》。《文苑英華》卷一六六及《弘秀集》作《靜林溪舍，即梁武隱所，有鍾磬並古物》。

〔三八〕「燈」原作「煙」，據《中興閒氣集》、《文苑英華》及《弘秀集》改。「三世火」，《中興閒氣集》、《弘秀集》同，《文苑英華》作「三際大」。

〔三九〕「無復煙霞色」，《弘秀集》同，《中興閒氣集》作「無數煙霞色」，《文苑英華》作「無復雲霞色」。

〔四〇〕詩題「欲」字原脱，據《中興閒氣集》、《弘秀集》補。《文苑英華》卷一六六作「欲往」。

〔四一〕「天井」原作「天目」，據《中興閒氣集》、《文苑英華》及《弘秀集》改。

〔四二〕「幾回」，《中興閒氣集》、《文苑英華》同，《弘秀集》作「一回」。

〔四三〕「龍池」原作「龍門」，據《中興閒氣集》、《文苑英華》及《弘秀集》改。

〔四四〕「同」原作「中」，據《文苑英華》卷二三六及《弘秀集》改。

〔四五〕「孤烟」，《弘秀集》同，《文苑英華》作「孤雲」。

〔四六〕「巖維」原作「岩維」，據《極玄集》及《文苑英華》卷三〇五改。

〔四七〕「不可行」，《文苑英華》同，《極玄集》作「莫可行」。

〔四八〕後四句《極玄集》不載，《文苑英華》與此同。

〔四九〕詩題《文苑英華》卷二二六及《弘秀集》同，《中興閒氣集》題作《宿靈洞觀》，而《又玄集》、《才調集》以爲僧太易詩，當以屬靈一作爲是。

〔五〇〕「初」，《又玄集》、《才調集》、《文苑英華》及《弘秀集》同，《中興閒氣集》作「因」。

〔五一〕「喜暫容」原作「幸見容」，《中興閒氣集》同，據《又玄集》、《才調集》、《文苑英華》及《弘秀集》改。

〔五二〕「隔水見」原作「隨水遠」，據《中興閒氣集》、《又玄集》、《才調集》、《文苑英華》及《弘秀集》改。

〔五三〕「非是」，《中興閒氣集》、《弘秀集》同，《又玄集》、《才調集》、《文苑英華》作「不是」。

〔五四〕「春早」原作「春草」，據《皇甫冉集》及《萬首唐人絶句》改。
〔五五〕詩題「作」字原脱，據《弘秀集》補。
〔五六〕「遠岫」原作「遠邊」，據《弘秀集》改。
〔五七〕「訪」，《弘秀集》作「是」。
〔五八〕此詩不載《錢考功集》而見于《張司業集》卷八〇，按張籍生貞元、元和間，不及見靈一，當以屬錢起作爲是。俟考。
〔五九〕此句原作「同期沃州去」，據《張司業集》改。
〔六〇〕「遥看」原作「心知」，據《張司業集》改。

僧清江

夕次襄邑云：何處成吾道，經年遠路中。客心猶向北，河水自歸東。古戍鳴寒角，疏林振夕風。輕舟唯載月〔一〕，那與故人同。

長安卧疾云〔二〕：身世足堪悲，空房卧病時〔三〕。卷簾花雨滴〔四〕，掃石竹陰移〔五〕。已覺生如夢，堪嗟壽不知〔六〕。未能通法性，詎可見支離。

宿嚴維宅簡章八元詩云〔七〕：佳期曾不遠，甲第即南鄰。惠愛偏相及〔八〕，經過豈厭頻。秋光林葉動〔九〕，夕霽月華新。莫話羈棲事，平原是主人。

贈淮西賈兵馬使云：破虜功成百戰場，天書新拜漢中郎〔一〇〕。映門旌旆春風起〔一一〕，對客絃歌白日長。堦下鬬鷄花乍發〔一二〕，營南試馬柳初黄〔一三〕。由來吴楚多同調〔一四〕，感激逢君共異鄉。

九月菊花詠應制云〔一五〕：可訝東籬菊，能知節候芳。細枝青玉潤，繁蕊碎金香〔一六〕。爽氣浮朝露〔一七〕，濃姿帶夜霜〔一八〕。泛杯傳壽酒，應共樂時康。

【校箋】

〔一〕「載月」原作「有月」，據《文苑英華》卷二一九三及《弘秀集》改。

〔二〕詩題原作《病起》，據《極玄集》、《又玄集》及《弘秀集》改。

〔三〕「卧病」，《極玄集》、《又玄集》同，《弘秀集》作「卧疾」。

〔四〕「花雨」原作「槐雨」，據《極玄集》、《又玄集》及《弘秀集》改。

〔五〕「掃石」原作「掃室」，據《極玄集》、《又玄集》及《弘秀集》改。

〔六〕「堪嗟」原作「那堪」，據《極玄集》、《又玄集》及《弘秀集》改。

〔七〕詩題《極玄集》同，《弘秀集》作《嚴秘書宅簡章八元》。

〔八〕「偏」原作「徧」，據《極玄集》及《弘秀集》改。

〔九〕「秋光」，《極玄集》同，《弘秀集》作「秋寒」。

〔一〇〕「新拜」原作「親拜」，《又玄集》同，據《文苑英華》卷二五七及《弘秀集》改。

〔一二〕「映門」原作「應門」，據《又玄集》、《文苑英華》及《弘秀集》改。

〔一三〕「發」原作「拆」，據《又玄集》、《文苑英華》及《弘秀集》改。

〔一三〕「黄」原作「長」，據《又玄集》、《文苑英華》及《弘秀集》改。

〔一四〕「吴楚」原作「楚蜀」，《又玄集》同，據《文苑英華》、《弘秀集》改。

〔一五〕此詩《弘秀集》及《歲時雜詠》以爲廣宣作，疑是。「詠」原作「韻」，據《弘秀集》改。

〔一六〕「繁蕊」，《弘秀集》同，《歲時雜詠》作「繁葉」，誤。

〔一七〕「爽」字原缺，據《弘秀集》及《歲時雜詠》補。

〔一八〕「濃姿」原作「濃滋」，據《弘秀集》、《歲時雜詠》改。

僧廣宣

李益重陽夜集蘭陵居與宣供奉聯句，益云：蟋蟀催寒服，茱萸滴露房〔一〕。酒巡明刻燭，籬菊暗尋芳。宣云：新月知秋露，繁星混夜霜。登高今夕事，九九是天長。

九月十五日夜宿鄭尚書絪東亭望月寄杜給事云：霜天晴夜宿東齋，松竹交陰愜素懷。迥出風塵心得地，可憐三五月當堦。清光滿院思情見，寒色臨門笑語諧。霄漢路殊從道合〔二〕，往來人事不相乖。鄭絪奉酬宣上人九月十五日東亭望月見贈因懷紫閣舊游云：中年偶逐鴛鸞侶，弱歲多從麋鹿群。紫閣道流今不見，紅樓禪客早曾聞。松齋月朗雲初散〔三〕，苔砌霜繁夜欲分。一覽綵牋佳句滿，何人更詠惠休文。

中秋夜獨游安國寺山亭院步月李益遲明至寺中乘興聯句〔四〕，宣云：九重城接千花界〔五〕，三五秋分一夜風。行聽漏聲雲散後，遥聞天雨月明中〔六〕。益云：含涼閣近通仙掖，承露盤高出上宫。誰問獨愁園萬里〔七〕，清談不與此宵同〔八〕。

李益與師攜瘿樽歸杏園聯句云：千畦抱甕園，一酌瘿樽酒。唯有沃州僧，時過杏溪叟。李益。追歡君適性，獨飲我空口。儒釋事雖殊，文章意多偶。廣宣。

王起于會昌中放第二榜，宣以詩寄賀曰：從辭鳳閣掌絲綸，便向青雲領貢賓。再闢文場無枉路，兩開金榜絶冤人。眼看龍化門前水，手放鶯飛谷口春。明日定歸台席去，鶺鴒原上共陶鈞。起和云：延英面奉入青闈，亦選功夫亦選奇，在治只求金不耗，用心空學秤無私。龍門變化人皆望，鶯谷飛鳴自有時。獨喜向公誰是證，彌天上士與新詩〔九〕。劉夢得和云〔一〇〕：禮闈新榜動長安，九陌人人走馬看。一日聲名徧天下〔一一〕，滿城桃李屬春官。自吟白雪銓辭賦，指示青雲借羽翰。借問至公誰印可，支郎天眼定中觀。元微之和王侍郎酬宣上人詩云〔一二〕：渥洼徒自有權奇，伯樂書名世始知。競走牆前希得儁，高懸日下表無私。都中紙貴流傳後，海外金填姓字時。珍重劉繇因首薦，進士李景述以同判解頭及第。爲君送和碧雲詩。

宣，會昌間有詩名，與劉夢得最善。宣寄在蜀與韋令公唱和詩〔一三〕，劉答云：碧雲佳句久傳芳，曾向成都住草堂〔一四〕。振錫常過長者宅〔一五〕，披文猶帶令公香。一時風景添詩思，八部人天入道場。若許相期同結社〔一六〕，吾家本自近柴桑〔一七〕。

退之有廣宣上人頻見過詩云：三百六旬長擾擾，不衝風雨即塵埃。久慚朝士無裨補〔一八〕，空愧高僧數往來。學道窮年何所得〔一九〕，吟詩竟日未能回。天寒古寺游人少，紅葉窗前有幾堆。

樂天贈别宣上人云〔二〇〕：上人處世界，清淨何所似。似彼白蓮花，在水不着水。性真悟泡幻，行潔離塵滓。修道來幾時〔二一〕，身心俱到此。嗟予牽世網，不得長休止〔二二〕。離念與碧雲，秋來朝夕起。宣以應制詩示樂天，時詔許上人居安國寺紅樓，以詩供奉，樂天有詩云〔二三〕：道林談論惠休詩，一到人天便作師。香積筵承紫泥詔，昭陽歌唱碧雲詞。紅樓許住請平聲。銀鑰，翠輦陪行蹋玉墀。惆悵甘泉曾侍從，與君前後不同時。

李益贈宣大師云：一國沙彌獨解詩，人人道勝惠休師。先皇詔下徵還日，今上龍飛入内時。看月憶來松寺宿，尋花思作杏溪期〔二四〕。因論佛地求心地〔二五〕，祇説常吟是住持。

【校箋】

〔一〕「露房」原作「霧芳」，據《歲時雜詠》改。

〔二〕「路殊」，《歲時雜詠》作「路馳」。

〔三〕「雲初散」原作「星初散」，據《歲時雜詠》改。

〔四〕「李益」，《歲時雜詠》作「李十兄」。「乘興」原作「求與」，據《歲時雜詠》改。

〔五〕「千花」原作「天花」，據《歲時雜詠》改。

〔六〕「天雨」，《歲時雜詠》同，毛本作「天語」，上言「千花界」，此當用天雨花意。

〔七〕「園萬里」原作「闉外理」，據《歲時雜詠》改。

〔八〕「此宵」原作「比霄」，據《歲時雜詠》改。

〔九〕《摭言》卷三：「王起于會昌中放第二榜，内道場詩僧廣宣以詩寄賀曰：『從辭鳳閣掌絲綸，便向青雲領貢賓。再闢文場無枉路，兩開金榜絶冤人。眼看龍化門前水，手放鶯飛谷口春。明日定歸台席去，鶺鴒原上共陶鈞。』起答曰：『延英面奉入青闈，亦選功夫亦選奇。在治只求金不耗，用心空學秤無私。龍門變化人皆望，鶯谷飛鳴自有時。獨喜向公誰是證，彌天上士與新詩。』」「以詩寄賀」原作「以侍寄賀」，「再闢文場」原作「再闢文章」，「明日」原作「明白」，王起答詩「青闈」原作「春闈」，據改。

〔一〇〕詩題《劉夢得文集》作《宣上人遠寄賀禮部王侍郎放榜後詩，因而繼和》。

〔一一〕「偏」原作「徧」，據《劉夢得文集》改。

〔一二〕詩題《元氏長慶集》卷二一作《和王侍郎酬廣宣上人觀放榜後相賀》。

〔一三〕劉詩題《劉夢得文集》作《廣宣上人寄在蜀與韋令公唱和卷，因以令公手札答詩相示》。「寄」字下毛本補「居」字，非。

〔一四〕「成都」原作「都城」，據《劉夢得文集》改。

〔一五〕「常過」原作「長過」，據《劉夢得文集》改。

〔一六〕「結社」原作「結舍」，據《劉夢得文集》改。

〔一七〕「近柴桑」，《劉夢得文集》作「有柴桑」，並存。

〔一八〕「久慚」，《昌黎先生文集》作「久爲」。

〔一九〕「窮年」原作「同年」，據《昌黎先生文集》改。

〔二〇〕詩題「贈」字原脱，據《白氏長慶集》卷一四補。

〔二一〕「來」原作「未」，據《白氏長慶集》改。

〔二二〕「休止」，《白氏長慶集》作「依止」。

〔二三〕詩題《白氏長慶集》卷一五作《廣宣上人以應制詩見示，因以贈之。詔許上人居安國寺紅樓院，以詩供奉》。

〔二四〕「杏溪」毛本作「虎溪」，按李益有《與宣供奉攜瘿尊歸杏溪園聯句》，蓋其長安居址也。

〔二五〕「因論」原作「論因」，據《李君虞詩集》改。

唐詩紀事校箋卷第七十三

僧法振　僧常雅　蔡隱丘　僧法照　僧泠然
金地藏　僧皎然　僧護國　僧含曦

僧法振〔一〕

月夜泛舟云：西塞長雲盡，南湖片月斜。漾舟人不見，卧入武陵花〔二〕。

趙使君生子晬日詩云〔三〕：毛骨貴天生〔四〕，肌膚片玉明。見人空解笑，弄物不知名。國器嗟猶小，門風望益清〔五〕。抱來芳樹下，時引鳳雛聲〔六〕。

送人游閩越云：不須行借問，爲爾話閩中。海島春冬雨〔七〕，江帆來去風。道游玄度宅〔八〕，身寄朗陵公。此別何傷遠〔九〕，如今關塞通。

疾愈寄友人云〔一〇〕：哀樂暗成疾，卧中芳月移。西山有清士，孤嘯不可追。擣藥曙林淨〔一一〕，汲泉陰澗遲。微蹤與麋鹿〔一二〕，遠謝求羊知。送人游閩以下二章，姚合取爲極玄集。

題天長阮少府湖上客歸云：孤棹移官舍，新農寄楚田。晴林渡海日，春草長湖烟。

臥對閑鷗戲，談經稚子賢。佳期更何許，應向嘯臺前。

陳九溪中草堂云：溪草落濺濺，魚飛入稻田。早寒臨洞月，輕素卷簾烟。頩幘題新句，簑衣象古賢。曙花閑秀色，三十六峰前。

送韓侍御自使幕巡海北云：微雨空山夜洗兵〔一三〕，綉衣朝拂海雲清〔一四〕。幕中運策心應苦〔一五〕，馬上題詩卷已成〔一六〕。離亭不惜花源醉〔一七〕，古道猶看蔓草生〔一八〕。因説元戎能破敵〔一九〕，高歌一曲隴關情。

李益與振同賦應門照緑苔〔二〇〕，益詩云：宫闕何年月，應門何歲苔。清光一以照〔二一〕，白露共徘徊。珠履久行絶，玉房重未開。妾心正如此，昭陽歌吹來〔二二〕。

李益送賈弇祕校東歸寄振上人云：北風吹雁數聲悲〔二三〕，況指前林是别時。秋草不堪頻送遠，白雲何處更相期。山隨匹馬行看暮，路入寒城獨去遲。爲向東州故人道，江淹已擬惠休詩。

【校箋】

〔一〕「法振」，《極玄集》、《又玄集》及《才調集》同，《文苑英華》作「法震」。

〔二〕「卧入」，《文苑英華》卷一五二同，注云：「《高僧傳》作『悮』。」《萬首唐人絶句》亦作「卧入」。

〔三〕此詩《又玄集》、《才調集》及《弘秀集》爲護國作。《又玄集》、《才調集》題爲《許州趙使君孩子晬日》，《弘秀集》「趙」作「鄭」，《全唐詩》從之。

〔四〕「毛骨」原作「老骨」，據《又玄集》、《才調集》及《弘秀集》改。

〔五〕「門風」原作「風神」，據《又玄集》、《才調集》及《弘秀集》改。

〔六〕「引鳳雛」原作「聽鳳凰」，據《又玄集》、《才調集》及《弘秀集》改。

〔七〕「春冬雨」原作「春寒雨」，《極玄集》同，據《文苑英華》卷二七四改，《弘秀集》作「陰晴日」。

〔八〕「道游」，《極玄集》、《弘秀集》同，《文苑英華》作「道由」。

〔九〕「此別」，《極玄集》、《弘秀集》同，《文苑英華》作「縱別」。

〔一〇〕詩題《極玄集》同，《弘秀集》作《病愈寄友》。

〔一一〕「曙林」，《極玄集》同，《弘秀集》作「晝林」。

〔一二〕「微蹤」原作「微縱」，據《極玄集》、《弘秀集》改。

〔一三〕「空山夜洗兵」原作「空山洗夜兵」，據《又玄集》改。《文苑英華》卷二七四及《弘秀集》作「過山夜洗兵」。

〔一四〕「朝拂海雲清」，《又玄集》、《文苑英華》、《弘秀集》作「遥拂海風清」。

〔一五〕「運策」原作「揮策」，據《又玄集》、《文苑英華》及《弘秀集》改。「心應苦」，《又玄集》、《弘秀集》同，《文苑英華》作「心猶苦」。

〔一六〕「題詩卷已成」，《弘秀集》同，《又玄集》作「題詩卷欲成」，《文苑英華》作「吟詩卷已成」。

〔一七〕此句原作「離筵莫惜花園醉」，據《又玄集》、《文苑英華》及《弘秀集》改。

〔一八〕「蔓草」原作「夢草」，據《又玄集》、《文苑英華》及《弘秀集》改。

〔一九〕「破敵」原作「破虜」，據《又玄集》、《文苑英華》及《弘秀集》改。

〔二〇〕詩題「照」字原脱，據明活字本（下同）《李益集》補。

〔二一〕「以」原作「似」，據《李益集》改。

〔二二〕「歌吹」原作「歌唱」，據《李益集》改。

〔二三〕「吹雁」原作「南雁」，據《李益集》改。

僧常雅

題伍相廟云：蒼蒼古廟映林巒，羃羃烟霞覆石壇〔一〕。精魄不知何處在，威風猶入浙江寒。

【校箋】

〔一〕此句原作「漠漠烟霞覆古壇」，據《文苑英華》三二〇及《萬首唐人絶句》改。

蔡隱丘

石橋琪樹云：山上天將近，人間路漸遥。誰當雲裏見？知欲渡仙橋〔一〕。

【校箋】

〔一〕此詩作者原題「僧隱丘」，《文苑英華》卷三二六題蔡隱石作，《萬首唐人絶句》作「隱丘」，厠于諸僧詩中，與此同。胡震亨《唐音癸籤》卷三一論《唐詩紀事》云：「僧隱丘《琪樹》詩之爲《丹陽集》中蔡隱丘詩，誤去『蔡』字作僧；晉釋帛道猷詩誤作曇翼（見卷七六），列僧中，皆當是正。亦其編録浩繁，故偶爾失檢，不足爲疵也。」按胡氏之言是也。宋林表民《天台前集別編》所載，亦題蔡隱丘作。今改。《文苑英華》「隱石」乃「隱丘」之誤。

僧法照

送無著禪師歸新羅國云〔一〕：萬里歸鄉路，隨緣不算程。尋山百衲敝〔二〕，過海一杯輕。夜宿依雲色，晨齋就水聲。何年持貝葉，却到漢家城。

寄錢郎中云：閉門深樹裏，閑足鳥來過〔三〕。驅馬不爲貴〔四〕，一僧誰奈何。藥苗家自有〔五〕，香飯乞時多。寄語嬋娟客，將心向薜蘿。

【校箋】

〔一〕詩題「無著」及「國」三字原脱，據《文苑英華》卷二二〇及《弘秀集》補。

〔二〕「尋山」原作「登山」，據《文苑英華》及《弘秀集》改。

〔三〕「鳥來過」原作「爲經過」，《弘秀集》同，據《又玄集》及《文苑英華》卷二五七改。

〔四〕此句《又玄集》、《弘秀集》同，《文苑英華》作「五馬不復貴」。

〔五〕「藥苗」原作「稻苗」，據《又玄集》、《文苑英華》及《弘秀集》改。

僧泠然

宿九華化成寺莊詩云：佛寺孤莊千嶂間，我來詩境强相關。巖邊樹動猿下磵，雲裏錫鳴僧上山〔一〕。松月影寒生碧落，石泉聲亂噴潺湲。明朝更躡層霄去，誓共烟霞到老閑。

泠然，唐末僧也。

【校箋】

〔一〕「上山」原作「上林」，據毛本改。

金地藏

新羅國王子也。至德初，落髮航海，隱于池之九華山〔一〕。

送童子下山詩云：空門寂寞汝思家，禮别雲房下九華。愛向竹欄騎竹馬，懶于金地聚金沙。添瓶澗底休招月，烹茗甌中罷弄花。好去不須頻下淚，老僧相伴有烟霞。

【校箋】

〔一〕「池」原作「地」，九華山舊名九子山，在池州，見《元豐九域志》卷六，據改。《宋高僧傳》卷二十有《唐池州九華山化城寺地藏傳》。

僧皎然

姓謝，字清晝，吴興人，靈運十世孫，居杼山。顏真卿爲刺史，集文士撰韻海鏡源，皎然預其論著。貞元中，集賢院取其集藏之，于頔爲序〔一〕。嘗于舟中抒思，作古體十數篇，求合韋蘇州，韋大不喜。明日，獻其舊製，乃極稱賞云：師幾失聲名。何不但以所工見投，而猥希老夫之意？人各有所得，非卒能至。晝大服其鑒裁之精〔二〕。

訪陸羽云〔三〕：太湖東西路，吴王古山前。所思不可見，歸鴈自翩翩〔四〕。何山賞春茗，何處弄清泉〔五〕？莫是滄浪子，悠悠一釣船。

舟行懷閻士和云：二月湖南春草遍，横山渡口花如霰〔六〕。相思一日在孤舟，空見歸雲兩三片。

山雪云：夕陽在西峰，疊翠縈殘雪。狂風卷絮迴，驚猿攀玉折。何意山中人，誤報山花發。

詠史云：田氏門下客，馮公衆中賤。一朝市義還，百代名獨擅。始知下客不可輕，能使主人功業成。借問高車與珠履，何如卑賤一書生？又云：獨負高世姿，冥冥寄浮俗。卞子去不歸，何人識荆玉？鬻春意不淺，污跡身豈辱。鸞鎩樂迍邅，虬蟠甘窘束。五噫謡且正，可以見心曲。

思歸示説公云〔七〕：桐江秋信早，憶在故山時。靜夜風鳴磬，無人竹掃墀。猿來觸淨水，鳥下啄寒梨。何物關吾事〔八〕，歸心自有期。

題沈道士新亭云〔九〕：何處好攀躋？新亭俯舊溪。坐中千里近，簷下四山低。小浦依林曲，迴塘遶郭西。桃花春滿地，歸路莫相迷〔一〇〕。

懷舊云〔一一〕：一坐西林寺，從來未下山。不因尋長者，無事到人間。宿雨愁爲客，看花笑未還。空懷舊山月，童子念經閑。

陪盧中丞閑游山寺云：野寺出人境，捨舟登遠峰。林間明見月，萬壑靜聞鐘。擁燭明山翠，交麾動水容。如何股肱守，塵外得相逢。

同裴録事樓上望月云：退食高樓上，湖山向晚晴。桐花落萬井，月影出重城。水竹涼風起，簾幃暑氣清。蕭蕭獨無事，因見莅人情。

仙女臺云：寂寂舊桑田〔一二〕，何時女得仙〔一三〕。應無鷄犬在，空有子孫傳。古木花猶發，荒臺路未遷〔一四〕。暮來雲一片〔一五〕，疑是欲歸年。

陪盧使君登樓送方巨之還京云：萬里汀洲上，東樓欲别難。春風潮水漫，正月柳條寒。旅逸逢魚浦，清高愛烏冠。雲山寧不起，今日向長安。

尋陸鴻漸不遇云：移家雖帶郭〔一六〕，野逕入桑麻。近種籬邊菊，秋來未着花。扣門無犬吠，欲去問西家。報道山中去，歸來日每斜。

酬崔侍御見贈云〔一七〕：買得東山後，逢君小隱時。五湖游不厭，柏署跡如遺。儒服何妨道，禪心不廢詩。一從居士説〔一八〕，長破小乘疑〔一九〕。

若溪春興云：春生若溪水，雨後漫流通。芳草行無盡，春源去不窮〔二〇〕。野烟迷急浦，斜日起微風。數處乘流望〔二一〕，依稀似剡中。

湖南草堂讀書招李少府云：削去僧家事〔二二〕，南池便隱居。爲憐松子壽，還卜道家書。藥院常無客，茶樽獨對余〔二三〕。有時招逸吏，來飯野中蔬。

宿吴匡山破寺云〔二四〕：雙峰百戰後，真界滿塵埃。蔓草沿空壁，悲風起故臺。野花寒更發，山月暝還來。何事池中水，東流獨不回？

宿法華寺云〔二五〕：心與空林共杳冥〔二六〕，孤燈寒竹自青熒〔二七〕。不知何處小乘客，一夜風來聞誦經〔二八〕。

答李季蘭云：天女來相試，將花欲染衣。禪心竟不起，還捧舊花歸。

酬鄭判官湖上見贈云〔二九〕：歲歲湖南隱已成，如何星使忽知名。沙鷗慣識無心客〔三〇〕，今日逢君不解驚。

贈韓武康云〔三一〕：山僧雖不飲〔三二〕，沽酒引陶潛〔三三〕。此意無人別〔三四〕，多爲俗士嫌。

韋蘇州寄皎然云〔三五〕：吴興老釋子，野雪蓋精廬。詩名徒自振，道心常晏如。想兹棲禪夜，見月東峰初。鳴鐘驚巖壑〔三六〕，焚香滿空虛。叨慕端成舊〔三七〕，未識豈爲疏。願以碧雲思，方君怨別餘。茂苑文華地，流水古僧居。何當一游詠，倚閣吟躊躇。

皎然詩式著偷語詩例云：如陳後主入隋侍宴應詔詩〔三八〕：日月光天德，取傅長虞贈何劭王濟詩〔三九〕：日月光太清，上三字語同，下二字義同。偷意詩例云：如沈佺期酬蘇味道詩〔四〇〕：小池殘暑退，高樹早涼歸，取柳惲從武帝登景陽樓詩〔四一〕：太液滄波起，長楊高樹秋。偷勢詩例云：如王昌齡獨游詩〔四二〕：手攜雙鯉魚，目送千里雁，悟彼飛有適，嗟此羅憂患。取嵇康送秀才入軍詩〔四三〕：目送歸鴻，手揮五絃，俯仰自得，游心太玄。詩式云：詩有跌宕格二品，一曰越俗。其道如黄鶴臨風，貌逸神王，杳不可羈。郭景純游仙詩：左挹浮丘袂〔四四〕，右拍洪崖肩。鮑明遠擬行路難詩〔四五〕：舉頭四顧望，但見松柏園〔四六〕。荆棘鬱蹲蹲〔四七〕，中有一鳥名杜鵑，言是古時蜀帝魂。聲音哀苦鳴不息，羽毛憔悴似人髡。飛走樹間啄蟲蟻，豈憶往日天子尊〔四八〕。念兹死生變化非常理〔四九〕，中心惻愴不能言〔五〇〕。二曰駭俗。其道如楚有接輿，魯有原壤，外示驚俗之貌，内藏達人之度。郭景純游仙詩〔五一〕：嫦娥揚妙音，洪崖頷其頤。王梵志道情詩：我昔未生時〔五二〕，冥冥無所知。天公彊生我，生我復何爲？無衣使我寒，無食使我飢。還你天公我，還我未生時。賀知章放達詩云：落花真好些〔五三〕，一醉一回顛。盧照鄰勞作云〔五四〕：城狐尾獨速〔五五〕，山鬼面參覃〔五六〕。淈没格一品，曰淡俗。此道如夏姬當壚，似蕩而貞。采吴楚之風，然俗而正〔五七〕。古歌曰：華陰山頭百尺井，下有流泉徹骨冷。可憐女子來照影，不照其餘照斜領。調笑格一品，曰戲俗。漢書云：匡鼎來，解人頤。蓋説詩也。此一品非雅作，足以爲談笑之資矣。李白上雲樂〔五八〕：女媧弄黄土，摶作愚下人。散在六合間，濛濛若沙塵〔五九〕。

微雨云：片雨拂簷楹，煩襟四座清。霏微過麥隴，蕭散傍莎城〔六〇〕。静愛和花落〔六一〕，幽聞入竹聲〔六二〕。朝觀趣無限，高詠寄閑情。

題廢寺云〔六三〕：武陵罹亂後〔六四〕，真界積塵埃。殘月照秋水〔六五〕，悲風起古臺〔六六〕。居人今已盡，棲鴿暝還來。不到無生理，應堪賦七哀。

賦得啼猿送客三峽云〔六七〕：萬里巴江外〔六八〕，三聲月峽深。何年有此路，幾客共霑襟。

斷壁分重影〔六九〕，流泉入苦吟。淒淒別離後〔七〇〕，聞此更傷心。微雨以下三章，姚合取爲極玄集。

【校箋】

〔一〕《新唐書》卷六〇《藝文志》：「《皎然詩集》十卷。」注云：「字清晝，姓謝，湖州人，靈運十世孫，居杼山。顔真卿爲刺史，集文士撰《韻海鏡源》，預其論著。貞元中，集賢御書院取其集以藏之，刺史于頔爲序。」「《韻海鏡源》」原脱「鏡源」二字，「預其論著」句，原脱「論」字，據補。此外于頔序載《皎然集》卷首，題作《吴興晝上人集序》，署「朝議郎大夫守湖州刺史于頔撰」。此外有唐僧福琳撰《唐湖州杼山皎然傳》，收入宋僧贊寧編《宋高僧傳》、《全唐文》卷九一九亦載之。

〔二〕《因話録》卷四角部：「吴興僧晝，字皎然，工律詩。嘗謁韋蘇州，恐詩體不合，乃于舟中抒思，作古體十數篇爲贄。韋公全不稱賞，晝極失望。明日寫其舊製獻之，韋公吟詠，大加歎詠。因語晝云：『師幾失聲名，何不但以所工見投，而猥希老夫之意。人各有所得，非卒能致。』晝大伏其鑒別之精。」「師幾失聲名」五字原脱，「非卒能至」原作「非卒得至」，據改。

〔三〕詩題《皎然集》、《唐文粹》作《訪陸處士羽》，《弘秀集》作《訪陸羽處士不遇》。

〔四〕「自」原作「字」，據《皎然集》、《唐文粹》、《弘秀集》改。

〔五〕「清泉」原作「春泉」，據《唐文粹》改。

〔六〕「横山」原作「熿山」，據《皎然集》、《弘秀集》及《萬首唐人絶句》改。

〔七〕詩題《極玄集》作《思歸示故人》，《皎然集》、《文苑英華》卷二二〇及《弘秀集》作《早秋桐廬思歸示道該上人》。

〔八〕「何物」，《極玄集》作「何必」，《文苑英華》作「何暇」，《皎然集》、《弘秀集》作「可即」。

〔九〕詩題「沈道士」原作「審道士」，據《文苑英華》卷三一五改。

〔一〇〕「歸路」原作「滯路」，據《文苑英華》改。

〔一一〕此詩《又玄集》、《才調集》俱爲僧滄浩作，題爲《留别嘉興知己》，唯《弘秀集》作皎然《懷舊山》詩，與此同，今按《皎然集》亦不載此詩，當以屬滄浩作爲是，此當删。「西林」，《弘秀集》同，《又玄集》、《才調集》作「東林」，「看花笑未還」，《弘秀集》「看」作「寒」，《又玄集》、《才調集》作「寒禽散未還」，「念經」，《弘秀集》同，《又玄集》、《才調集》作「誦經」，姑記異文于此。

〔一二〕「寂寂」，《皎然集》、《文苑英華》卷二二六作「寂寞」。

〔一三〕「何時」，《皎然集》、《文苑英華》作「誰家」。

〔一四〕「路未還」，《皎然集》、《文苑英華》作「月尚懸」。

〔一五〕此句《皎然集》、《文苑英華》作「片雲低不散」。

〔一六〕「雖」原作「唯」，據《弘秀集》改。

〔一七〕詩題「崔侍御」原作「崔侍郎」，據《又玄集》及《文苑英華》卷二七四改。

〔一八〕此句《又玄集》、《文苑英華》同，《皎然集》作「與君如此説」。

〔一九〕「疑」原作「凝」，據《又玄集》、《文苑英華》改。

〔二〇〕「春源」原作「清源」，據《文苑英華》卷一六六改。

〔二一〕「乘」原作「承」，據《文苑英華》改。

〔二二〕「僧家」，《文苑英華》卷三二四作「僧中」。

〔二三〕「余」原作「餘」，據《文苑英華》改。

〔二四〕此詩《文苑英華》卷二三六及《弘秀集》所載同，詩後俱有注云：與《題廢寺》詩略同。實然。其詩見後。

〔二五〕詩題《皎然集》、《弘秀集》俱作《宿法華寺簡靈澈上人》。

〔二六〕此句《皎然集》、《弘秀集》俱作「至道無機但杳冥」。

〔二七〕「青熒」原作「熒熒」，據《皎然集》、《弘秀集》改。

〔二八〕「風來」，《皎然集》同，《弘秀集》作「風前」。

〔二九〕詩題「鄭判官」，《文苑英華》卷二四四作「祁判官」。

〔三〇〕「慣識」，《文苑英華》作「慣逐」。

〔三一〕詩題《文苑英華》卷二五七同，《皎然集》作《招韓武康章》。

〔三二〕「雖」原作「唯」，據《皎然集》及《文苑英華》改。

〔三三〕「引」原作「飲」，據《皎然集》、《文苑英華》改。

〔三四〕此句原作「此興雖無別」，據《皎然集》改。《文苑英華》作「此興少人別」。

〔三五〕詩題《韋江州集》及《皎然集》附載此詩，俱作《寄皎然上人》。

〔三六〕「鐘驚」原作「磬警」，據《韋江州集》及《皎然集》改。

〔三七〕「叨慕」原作「夙慕」，據《韋江州集》及《皎然集》改。

〔三八〕「《入隋侍宴應詔》」六字原脱，據《詩式》（《歷代詩話》本，下同）補。

〔三九〕「《贈何劭王濟》詩」六字原脱，據《詩式》補。

〔四〇〕「《酬蘇味道》」四字原脱，據《詩式》補。

〔四一〕「柳惲」原作「柳渾」，「《從武帝登景陽樓》詩」八字原脱，據《詩式》改、補。

〔四二〕「《獨游》」二字原脱，據《詩式》補。

〔四三〕「《送秀才入軍》詩」六字原脱，據《詩式》補。

〔四四〕「袂」原作「袖」，據《詩式》改。

〔四五〕「《擬行路難》」四字原脱，據《詩式》補。

〔四六〕「園」原作「繁」，據《詩式》改。

〔四七〕「蹲蹲」原作「叢叢」，據《詩式》改。

〔四八〕「豈憶」原作「豈知」，據《詩式》改。

〔四九〕「死生」二字原脱，據《詩式》補。

〔五〇〕「中心惻愴」原作「中間惻隱」，據《詩式》改。
〔五一〕「《游仙詩》」原作「《游山詩》」，據《詩式》改。
〔五二〕「昔」原作「惜」，據《詩式》改。
〔五三〕「些」原作「夢」，據《詩式》改。
〔五四〕「《勞作》」原作「《漫作》」，據《詩式》改。
〔五五〕「獨速」原作「獨傲」，據《詩式》改。
〔五六〕「參覃」原作「參譚」，據《詩式》改。
〔五七〕「然」原作「雖」，據《詩式》改。
〔五八〕「上雲樂」原作「狂詠」，據《詩式》改。
〔五九〕「沙塵」原作「塵埃」，據《詩式》改。
〔六〇〕「蕭散」原作「蕭瑟」，據《極玄集》及《文苑英華》卷一五三改。
〔六一〕「花落」原作「梅落」，據《極玄集》及《文苑英華》改。
〔六二〕「幽聞」原作「幽間」，據《極玄集》及《文苑英華》改。
〔六三〕詩題《極玄集》同，《皎然集》作《題餘不溪廢寺》。
〔六四〕此句《極玄集》同，《皎然集》及《文苑英華》卷二三六附載作「武原遺跡在」。
〔六五〕「照」，《極玄集》同，《皎然集》、《文苑英華》作「生」。

〔六六〕「起古臺」，《極玄集》同，《皎然集》、《文苑英華》作「吹故臺」。

〔六七〕詩題《極玄集》無「三峽」二字，《文苑英華》卷二八五作《賦得巴峽啼猿送客》。

〔六八〕「巴江外」，《極玄集》作「巴山外」，《文苑英華》作「巴江夜」。

〔六九〕「重影」，《極玄集》同，《文苑英華》作「連影」。

〔七〇〕「後」，《極玄集》同，《文苑英華》作「處」。

僧護國

贈張駙馬斑竹拄杖詩云：此君與我在雲溪，勁節奇文勝杖藜。爲有歲寒堪贈遠，玉堦行處願提攜。

護國，江南人，攻詞翰。題醴陵玉仙觀歌云〔一〕：王喬一去空仙觀〔二〕，白雲至今凝不散。星垣松殿幾千秋〔三〕，往往笙歌下天半。瀑布西行過石橋，黄精採根還採苗。路逢一人擎藥椀〔四〕，松花夜雨風吹滿〔五〕。又言家住在東坡〔六〕，白犬相隨邀我過。南山石上有棊局〔七〕，曾使樵夫爛斧柯〔八〕。

張謂哭護國上人云：昔喜三身淨，今悲萬劫長。不應歸北斗，多是向西方。舍利衆生得，袈裟弟子將。鼠行殘藥椀，蟲網舊繩床。別起千花塔，空留一草堂。支公何處在？

神理竟茫茫。

【校箋】

〔一〕《詩話總龜》前集卷三二引《楊文公談苑》：「僧護國，江南人也。攻詞翰，《題醴陵玉仙觀》云：『白雲至今凝不散，星壇松殿幾千秋，往往笙歌生夜半。瀑布西行過石橋，黄精採根還採苗。路逢一人擎一碗，茶花夜來風吹滿。又言家住在東坡，白大相逢邀我過。南山石上有棋局，曾使樵人爛斧柯。』此篇絶佳，詩僧中不可得也。」按《總龜》載詩脱首句，文字亦有異同，今以《弘秀集》校《紀事》，列其異文如下。

〔二〕「一去」，《弘秀集》作「已去」。

〔三〕此句《弘秀集》作「壇場月露幾千年」。

〔四〕此句《弘秀集》作「忽見一人擎茶碗」。

〔五〕「松花夜雨」，《弘秀集》作「蓼花昨夜」。

〔六〕「又言家住」，《弘秀集》作「自言住處」。

〔七〕「南山」，《弘秀集》作「松間」。

〔八〕「曾使」，《弘秀集》作「能使」。

僧含曦

盧仝訪含曦上人云〔一〕：三入寺，曦未來。轆轤無繩井百尺，渴心歸去生塵埃。曦酬云：長壽寺石壁〔二〕，盧公一首詩。渴讀即不渴，飢讀即不飢〔三〕。鯨飲海水盡〔四〕，露出珊瑚枝。海神知貴不知價，留向人間光照夜。

【校箋】

〔一〕《玉川子詩集》載此詩，並附載含曦酬詩。此外尚有《寄贈含曦上人》五言古詩一首。

〔二〕「石壁」下原衍「院」字，據《玉川子詩集》删。

〔三〕上二句中「渴讀」「飢讀」原作「渴飲」「飢食」，據《玉川子詩集》改。

〔四〕「鯨飲」原作「鯨吞」，據《玉川子詩集》改。

唐詩紀事校箋卷第七十四

僧文秀

端午詩云：節分端午自誰言〔一〕？萬古傳聞爲屈原〔二〕。堪笑楚江空渺渺〔三〕，不能洗得直臣冤。

秀，唐末詩僧也。鄭谷喜秀上人相訪詩〔四〕，有他夜松堂宿，論詩更入微之句。又次韻秀上人長安寺居言懷云〔五〕：舊齋松老别多年，香社人稀喪亂間。出寺只知趨内殿，閉門長似在深山。又重訪秀上人云〔六〕：展晝長懷吴寺殿〔七〕，宜茶偏賞霅溪泉。又寄題詩僧秀公云：靈一心傳清塞心，可公吟後楚公吟。近來雅道相親少，唯仰吾師所得深。好句未停無暇日，舊山歸老有東林。吟曹孤宦甘寥落，多謝攜笻數訪尋。秀，南僧也，而居長安，以文章應制，故谷送游五臺詩云：内殿評詩切，身回心未回。

【校箋】

〔一〕「自」，《弘秀集》、《萬首唐人絶句》同，《歲時雜詠》作「本」。

〔二〕「傳聞」，《弘秀集》、《萬首唐人絶句》同，《歲時雜詠》作「相傳」。

〔三〕「渺渺」原作「浩浩」，據《歲時雜詠》、《萬首唐人絶句》及《弘秀集》改。

〔四〕詩題《鄭守愚文集》作《喜秀上人見訪》。此録五律末二句。

〔五〕詩題《鄭守愚文集》作《次韻和秀上人長安寺居言懷寄渚宫禪者》。此七律前四句。

〔六〕詩題《鄭守愚文集》作《重陽日訪元秀上人》。按司空圖有《寄懷元秀上人》、《次韻和秀上人游南五臺》等詩，當是一人，「文秀」或乃「元秀」之訛，俟考。

〔七〕此句《鄭守愚文集》作「別畫長懷吴寺壁」。

僧尚能

中秋旅懷云：所蓄惟騷雅，兼之得固窮〔一〕。望鄉連北斗，聽雨帶西風。稼穡村坊遠，烟波路逕通。冥搜清絶句，恰似有神功。

【校箋】

〔一〕「兼之」，《歲時雜詠》作「兼能」。

僧棲白

中秋夜月云〔一〕：尋常三五夜〔二〕，不是不嬋娟〔三〕。及到中秋半〔四〕，還勝別夜圓。清光凝有露，皓色爽無烟〔五〕。自古人皆玩〔六〕，年來更一年〔七〕。

哭劉得仁云：爲愛詩名吟至死〔八〕，風魂雪魄去難招。直教桂子落墳上〔九〕，生得一枝冤始銷。

送造微上人游五臺及禮本師云：寒空金錫響，欲過渭陽津。極目多來雁，孤城少故人。與師雖別久，於法本相親。又對清涼月，中宵語宿因。

送僧歸舊山云：談空與破邪，獻壽復榮家〔一〇〕。白日得何偈，青天落幾花？傳燈皆有分，化宿獨無涯。却入中峰寺，還知有聚沙。

曹松薦福贈白上人云：才子紫檀衣，明君寵顧時。講昇高座懶，書答重臣遲。瓶勢傾圓頂，刀聲落碎髭。還聞穿内禁，隨駕進新詩。

李洞贈白上人云：險倚石屏風，秋濤夢越中。前朝吟侶散，故國講流終。北地聞巴狖，南山見磧鴻。樓高驚雨闊，木落覺城空。兔滿期姚監，蟬稀別楚公。淨瓶光照客，拄杖朽生蟲。平地塔千尺，半空燈一籠。祝堯談幾句，旋鶴海潮東〔一一〕。

洞又哭白上人云：聞説孤窗卧化時，首摩羅雨滴空池。吟詩堂裏秋開影，禮佛燈前夜照碑。賀雪已成金殿夢，看濤終負石橋期。逢山對月還惆悵，爭得無情似祖師？

【校箋】

〔一〕詩題《文苑英華》卷一五一、《歲時雜詠》同，《又玄集》、《才調集》作《八月十五夜月》，《弘秀集》作《八月十五夜玩月》。

〔二〕「夜」原作「夕」，據《又玄集》、《才調集》、《文苑英華》、《歲時雜詠》及《弘秀集》改。

〔三〕「不是」，《歲時雜詠》同，《又玄集》、《才調集》、《文苑英華》、《弘秀集》作「豈是」。

〔四〕此句《又玄集》、《才調集》、《文苑英華》同，《歲時雜詠》、《弘秀集》作「及至中秋滿」。

〔五〕此二句《又玄集》、《才調集》、《文苑英華》、《弘秀集》同，《歲時雜詠》作「清光應有露，皓色更無煙」，注云「一作『光凝唯有露，爽徹更無煙。』」。

〔六〕「人皆玩」，《歲時雜詠》同，《又玄集》、《才調集》作「人皆望」，《文苑英華》作「長如此」，《弘秀集》作「皆如此」。

〔七〕「更一年」，《歲時雜詠》同，《又玄集》、《才調集》、《文苑英華》作「復一年」，《弘秀集》作「又一年」。

〔八〕「吟至死」原作「剛到此」，據《弘秀集》改。《又玄集》、《才調集》作「吟到此」。

〔九〕「直教」，《又玄集》、《才調集》同，《弘秀集》作「直須」。

〔一〇〕「榮家」原作「塋家」，據毛本改。
〔一一〕「旋鶴」原作「旋雁」，據毛本改。

僧無可

中秋玩月云：蟾宜天地静〔一〕，三五對堦蓂〔二〕。照耀超諸夜，光芒掩衆星。影寒池更澈，露冷樹銷青〔三〕。枉值中秋夜〔四〕，長乖宿洞庭。

金州夏晚陪姚合員外游金州南池云〔五〕：柳暗清波漲〔六〕，衝萍復漱苔〔七〕。張筵白鳥下〔八〕，掃岸使君來。洲島秋應没，荷花曉盡開〔九〕。高城吹角絶〔一〇〕，驧馭尚徘徊。

冬日寄僧友云〔一一〕：斂履入寒竹，安禪過漏聲。高杉殘子落〔一二〕，深井凍痕生。罷磬風枝動，懸燈雪屋明。何當招我宿〔一三〕，乘月上方行。

白閣未歸日，青門又值春。新年句。半天傾瀑溜，數郡見廬峰。寄題廬山二林寺句〔一四〕。右張爲取作主客圖。

秋夜宿西林寄賈島云〔一五〕：暗蟲喧暮色，默坐思西林〔一六〕。聽雨寒更盡，開門落葉深。昔因京邑病，併起洞庭心。亦是吾兄事〔一七〕，遲回直至今〔一八〕。

秋日寄厲玄云〔一九〕：楊柳起秋色，故人猶未還。別離俱自老〔二〇〕？少壯豈能閑。夜雨吟殘燭，秋城憶遠山〔二一〕。何當一相見〔二二〕，語默此林間。

游山寺云〔二三〕：千峰盤磴盡〔二四〕，林寺昔何名〔二五〕。步步入山影，房房聞水聲。多年人跡絶〔二六〕，殘日石陰清〔二七〕。自可求居止〔二八〕，安閑過此生。

題青龍寺僧房云〔二九〕：從誰得法印〔三〇〕，不離上方傳。夕磬城霜下，寒房竹月圓。烟殘衰木畔〔三一〕，客住積雲邊。未隱滄洲去，時來于此禪。

新年作云：燃燈朝復夕，漸作長年身。紫閣未歸日，青門又值春。掩關寒過盡，出定草生新。自有林中趣，誰驚歲月頻。

贈圭峰禪師云：絶壑禪床底，泉分落石層。露澆高頂草〔三二〕，雲隱下方燈〔三三〕。朝滿傾心客，溪連學道僧〔三四〕。半旬持一食，此事有誰能〔三五〕？

金州别姚合云：日日西亭上〔三六〕，春留到夏殘〔三七〕。言之離别易，勉以道途難〔三八〕。山出一千里，溪行三百灘。松間樓裏月〔三九〕，秋入五陵看〔四〇〕。

姚合送無可往越州云〔四一〕：清晨相訪門前立，麻履方袍一少年。懶讀經文求作佛，願攻詩句覓成仙〔四二〕。芳春山影花連寺，觸夜潮聲月滿船〔四三〕。今日送行偏惜别，共師文字有因緣。

李洞贈可上人云：寺門和鶴倚香杉，月吐秋光到思巉。將法傳來穿泱漭，把詩吟去入嵌巖〔四四〕。模糊書卷烟嵐滴〔四五〕，狼藉衣裳瀑布緘。不斷清風牙底嚼，無因内殿得名銜。

【校箋】

〔一〕「蟾宜」，《文苑英華》卷一五一同，《歲時雜詠》作「蟾蜍」。

〔二〕「堦蓂」原作「堦明」，據《文苑英華》及《歲時雜詠》改。

〔三〕此句原作「雲冷樹梢青」，據《歲時雜詠》改。《文苑英華》作「露冷樹稍青」。

〔四〕「夜」，《文苑英華》、《歲時雜詠》作「半」。

〔五〕詩題《又玄集》作《金州夏晚陪姚員外游》，《才調集》作《金州陪姚員外游南池》，《文苑英華》卷一六五作《金州晚夏陪姚員外南池》。

〔六〕「清波」原作「青波」，《又玄集》同，據《才調集》、《文苑英華》改。

〔七〕「漱苔」原作「嫩苔」，據《又玄集》、《才調集》、《文苑英華》改。

〔八〕此句《又玄集》、《才調集》同，《文苑英華》作「張帆白鳥起」。

〔九〕「曉」原作「晚」，《又玄集》、《才調集》同，據《文苑英華》改。

〔一〇〕「絶」，《又玄集》、《才調集》同，《文苑英華》作「罷」。

〔一一〕詩題《文苑英華》卷二二二及《弘秀集》作《冬日寄青龍寺源上人》。

〔一二〕「殘子」原作「殘葉」，據《文苑英華》及《弘秀集》改。

〔一三〕「宿」原作「友」，據《文苑英華》及《弘秀集》改。

〔一四〕上録二聯詩詩題原無，據《函海》本《主客圖》補。
〔一五〕詩題《弘秀集》作《秋夜寄從兄賈島》。
〔一六〕「默坐思」原作「默思坐」，據《弘秀集》改。
〔一七〕「事」原作「弟」，據《弘秀集》改。
〔一八〕「直」原作「共」，據《弘秀集》改。
〔一九〕詩題《弘秀集》作《秋日寄厲玄先輩》。
〔二〇〕「俱自老」原作「何日苦」，據《弘秀集》改。
〔二一〕「秋城」原作「秋成」，據《弘秀集》改。
〔二二〕「一相見」原作「同一見」，據《弘秀集》改。
〔二三〕詩題「游山」原作「廬山」，據《文苑英華》卷二三七及《弘秀集》改。
〔二四〕「盤磴」，《弘秀集》作「盤路」，《文苑英華》作「盤落」。
〔二五〕「何名」原作「年名」，據《文苑英華》、《弘秀集》改。
〔二六〕「絶」，《弘秀集》同，《文苑英華》作「斷」。
〔二七〕「殘日」原作「殘月」，據《文苑英華》及《弘秀集》改。
〔二八〕「自可」原作「便可」，據《文苑英華》及《弘秀集》改。
〔二九〕詩題《文苑英華》卷二三七作《青龍寺縱公僧房》。

〔三〇〕「得」原作「傳」，據《文苑英華》改。

〔三一〕此句《文苑英華》作「燈殘衰木落」。

〔三二〕「澆」，《弘秀集》作「交」。

〔三三〕「雲」原作「雪」，據《弘秀集》改。

〔三四〕「連」，《弘秀集》作「通」。

〔三五〕「此事」，《弘秀集》作「此行」。

〔三六〕「西亭」，《弘秀集》同，《文苑英華》卷二八八作「西臺」。

〔三七〕「春留」，《弘秀集》同，《文苑英華》作「春流」。

〔三八〕「勉」原作「免」，據《文苑英華》及《弘秀集》改。

〔三九〕「樓裏月」原作「樓月裏」，據《文苑英華》及《弘秀集》改。

〔四〇〕「看」原作「寒」，據《文苑英華》及《弘秀集》改。

〔四一〕詩題《姚少監詩集》作《送無可上人游越》。「往」原作「住」，據改。

〔四二〕「成仙」，《姚少監詩集》作「昇仙」。

〔四三〕「潮聲」原作「湖聲」，據《姚少監詩集》改。

〔四四〕「入」原作「尖」，據毛本改。

〔四五〕「書卷」原作「疏卷」，據毛本改。

僧神穎

和王季文題九華山云：衆岳雄分野，九華鎮南朝。彩筆凝空遠，崔嵬寄青霄。龍潭古仙府，靈藥今不凋。瑩爲滄海鏡，烟霞作荒標。造化心數奇，性狀精氣饒。玉樹鬱玲瓏，天籟韻蕭寥。寂寂尋乳竇，兢兢行石橋。通泉漱雲母，藉草縈香茗。我住幽且深，君賞昏復朝。稀逢發清唱，片片霜凌飈。

宿嚴陵釣臺云：寒谷荒臺七里洲，賢人永逐水東流。獨猿叫斷青天月，千古冥冥潭樹秋。

僧懷濬

秭歸郡僧懷濬，不知何所人，乾寧初，知來藏往，皆有神驗。刺史于公以其惑衆，繫而詰之。乃以詩代通狀云：家在閩山西復西，其中歲歲有鶯啼。如今不在鶯啼處，鶯在舊時啼處啼。又詰之，復有詩云：家在閩山東復東，其中歲歲有花紅。而今不在花紅處，花在舊時紅處紅。守異而釋之。詳其詩意，似在海中，得非杯渡之流乎〔一〕？出北夢瑣言。

【校箋】

〔一〕此《北夢瑣言》逸文，見《太平廣記》卷九八引。「繫而詰之」原作「繫而誥之」，據改。

僧應物

龍潭云：石激懸流雪滿灣，五龍潛處野雲閒。暫收雷電九峰下，且飲溪潭一水間。浪引浮槎依北岸，波分曉日浸東山。回瞻四面如看畫，須信游人不欲還。題化城寺云：平高選處創蓮宮，一水縈流處處通。畫閣書開遲日畔，禪房夜掩碧雲中。平川不見龍行雨，幽谷遥聞虎嘯風。偶與游人論法要，真元浩浩理無窮。應物，大中時江南詩僧也。與羅鄴唱酬，作九華山記〔一〕。

【校箋】

〔一〕《宋史·藝文志》著録有僧應物《九華山記》二卷，《九華山舊録》一卷。

僧可朋

可朋，丹稜人。少與盧延讓爲風雅之友〔一〕，有詩千餘篇，號玉壘集。曾題洞庭詩云：水涵天影闊，山拔地形高。贈友人曰：來多不似客，坐久却垂簾。歐陽烱以此比孟郊、賈島。言其好飲酒，貧無以償酒債，以詩賙之〔二〕。可朋自號醉髡。贈方干詩云：月裏豈無攀桂分，湖中空賞釣魚休。杜甫舊居云：傷心盡日有啼鳥，獨步殘春空落花。寄齊己云：雖陪北楚三千客〔三〕，多話東林十八賢〔四〕。

劉公詩話云：有詩僧讀洪州滕王閣詩，謂郡守曰：詩總不佳，何不除却！守云：僧能佳乎？即吟曰：洪州太白方，積翠滿穹蒼。萬古遮新月，半江無夕陽。守異之。然南方浮屠，能詩者多矣。予嘗見可朋詩云：虹收千嶂雨，潮展半江天。又云：詩因試客分題僻，棋爲饒人下着低。不減唐人〔五〕。出詩話。

孟昶廣政十九年，賜詩僧可朋錢十萬，帛五十疋。孟蜀歐陽烱與可朋爲友，是歲酷暑中〔六〕，歐陽命同僚納涼于淨衆寺，依林亭列樽俎，衆方懽適。寺之外皆耕者，曝背烈日中耘田〔七〕，擊腰鼓以適倦。可朋遂作耘田鼓詩以贄歐陽，衆賓閲已〔八〕，遽命撤飲。詩曰：農舍田頭鼓，王孫筵上鼓。擊鼓兮皆爲鼓，一何樂兮一何苦！上有烈日，下有焦土。願我天翁，降之以雨，令桑麻熟，倉箱富。不飢不寒，上下一般。言雖淺近，而極于理。君子謂可朋善諫而歐陽善聽焉〔九〕。

朋賦洞庭云：周極八百里，凝眸望則勞。水涵天影闊，山拔地形高。賈客停非久，漁翁轉幾遭。颯然風起處，又是鼓波濤〔一〇〕。

【校箋】

〔一〕「盧」字原脱，據《全唐詩話》補。

〔二〕「以詩賙之」，《全唐詩話》作「故時賙之」。疑當作「以詩酬之」，謂償酒債也。《十國春秋》卷五七《可朋傳》：「好飲酒，貧無以償酒債，或以詩酬之，遂自號曰醉髡。」即用此文。

〔三〕「雖陪」原作「唯陪」，據《全唐詩話》改。

〔四〕「東林」原作「東郊」，據《全唐詩話》改。

〔五〕劉攽《中山詩話》：「洪州西山與滕王閣相對，一僧盡覽詩板，告郡守曰：『盡不佳。』因朗吟曰：『洪州太白方，積翠滿穹蒼。萬古遮新月，半江無夕陽。』守異之，遣出。閩僧可朋多詩，如『虹收千嶂雨，潮展半江天。』又曰：『詩因試客分題僻，棋爲饒人下著低。』亦巧思也。」文字略異。「謂郡守曰」原作「守者」，「半江無夕陽」原作「半天無夕陽」，「千嶂」原作「千丈」，「潮展」原作「潮弄」，據改。

〔六〕「酷暑」原作「酷暴」，據毛本改。

〔七〕「中」原作「種」，據毛本改。

〔八〕「閲已」原作「悶已」，據文意改。毛本删此二字。

〔九〕「善諫」原脱「善」字，據文意補。

〔一〇〕「波濤」原作「濤濤」，據毛本改。

僧雲表

寒食詩云〔一〕：寒食悲看郭外春，野田無處不傷神。平原壘壘添新塚〔二〕，半是去年來哭人〔三〕。

【校箋】

〔一〕詩題《萬首唐人絶句》作《寒食至郊外》，《歲時雜詠》作《寒食日郊外》。

〔二〕「添」原作「傷」，據《萬首唐人絶句》及《歲時雜詠》改。

〔三〕此句《萬首唐人絶句》同，《歲時雜詠》作「總是年年吾哭人」。

唐詩紀事校箋卷第七十五

僧虛中　僧貫休　僧齊己　殷七七　許　碏
許宣平　裴翛然

僧虛中

寄中條司空圖侍郎詩曰〔一〕：門徑放莎垂，往來投刺稀。有時開御札〔二〕，特地掛朝衣。嶽信僧傳去，天香鶴帶歸〔三〕。他年二南旨〔四〕，無復更衰微〔五〕。又云：逍遥短褐成，一劍動精靈。白晝夢仙島，清晨禮道經。黍苗侵野逕，桑椹汚閑庭。肯要爲鄰者，西南太華清。圖贈虛中云：十年華嶽峰前住，只得虛中兩首詩。言得其意趣也〔六〕。

虛中，宜春人也。游瀟湘山水，與齊己、尚顔〔七〕、棲蟾爲詩友，住湘西粟城寺〔八〕。潭州馬氏子希振侍中好事〔九〕，每出，迎納于書閣〔一〇〕。虛中好燒火，烟昏彩翠，去後，又復粉飾。又題馬侍郎池亭云：嘉魚在深處，幽鳥立多時。

聽軒轅先生琴云：訣妙與功精，通宵膝上横。一堂風冷淡，千古意分明。坐客神魂凝，巢禽耳目傾。酷哉傷紂世〔一一〕，曾不遇先生。芳草云：綿綿芳草緑，何處動深思？金谷人亡後，沙場日暖時。龍鱗藏有瑞，風雨灑無私。欲採蘭兼蕙，清香可贈誰？善卷壇云：耕荒鑿原時，高趣在希夷。大舜欲遜國，先生空斂眉。五溪清不足，千古美無虧。縱遺亡淳者，何人投所思〔一二〕。經賀監舊居云：不戀明皇寵，歸來鏡水隅。道裝汀鶴識，春醉釣人扶〔一三〕。逐朵雲如吐，成行鴈似驅。蘭亭名景在，蹤跡未爲孤。贈屏風巖棲蟾上人云〔一四〕：巖房高且靜，住此幾寒暄。鹿嗅安禪石，猿啼乞食村。朝陽生樹鏬，古道透雲根〔一五〕。獨我閑相覓，淒涼碧洞門。泊洞庭云：槐柳未知秋，依依館驛頭。客心俱念遠，時雨自相留。浪没貨魚市，帆高賣酒樓。夜來思展轉，故里在南州。

【校箋】

〔一〕詩題《弘秀集》作《寄華山司空圖二首》。

〔二〕「開御札」原作「聞御禮」，據《弘秀集》改。

〔三〕「天香」，《弘秀集》作「仙香」。

〔四〕「旨」，《弘秀集》作「化」。

〔五〕篇末原有注云：「『聞』一作『開』。」校刻者所加，今删。

〔六〕《詩話總龜》卷一〇引《郡閣雅談》：「僧虚中，宜春人。游瀟湘山，與齊己、（尚）顔、棲蟾爲詩友，住湘江西宗成寺，潭州馬氏子希振侍中好事，每出，即延納于書閣。中好燒柴火，煙昏彩翠，去後復節（飾）。《題馬侍中池亭》云：『嘉魚在深處，幽鳥立多時。』《集》首《寄華山司空圖侍郎》云：『門徑放莎垂，往來投刺稀。有時開御札，特地挂朝衣。岳信僧傳去，天香鶴帶歸。他時周召作，無復更衰微。』司空侍郎有詩言懷云：『十年華岳峰前住，只得虚中一首詩。』」此及下段采之。司空圖詩，只存殘句。《唐音統籤》卷七〇八司空圖卷引王禹偁云：「人多以四皓、二疏目圖，惟僧虚中贈圖詩云：『道裝汀鶴識，春醉野人扶。』言其操履檢身，非傲世也。又云：『有時看御札，特地挂朝衣。』言其尊戴存誠，非邀君也。故圖詩云：『十年太華無知己，只得虚中兩首詩。』言得其意趣。」則此作「兩首詩」爲是。

〔七〕「尚顔」，《詩話總龜》脱「尚」字，當從《紀事》補。《唐才子傳》卷八《僧虚中傳》訛「顔」爲「顧」，連下云：「與齊己、顧棲蟾爲詩友。」且云：「顧棲蟾者，亦洞庭人，以聲律聞，今不見其作也。」大誤。齊己、尚顔、棲蟾，皆詩僧也。

〔八〕「粟城寺」，《詩話總龜》作「宗成寺」，疑是。

〔九〕「馬氏子」原作「烏氏子」，據《詩話總龜》改。

〔一〇〕「書閣」原作「詩閣」，據《詩話總龜》改。

〔一一〕「傷」，毛本作「商」，按：作「傷」是，韓愈《琴操》十首中有《拘幽操》，擬文王拘羑里傷紂世而作。

〔一二〕篇末原有注云：「亡淳字傳疑」，此校刻者所加。按：淳，樸也。善卷之世，人皆淳樸，亡淳者，謂後世之人，競尚機巧，失其淳樸也。今删。

〔一三〕二句王禹偁引作「道裝汀鶴識，春醉野人扶」。見前校箋〔六〕。「汀鶴」原作「鶴汀」，據改。元之以此爲贈司空圖詩，殆誤記。

〔一四〕詩題《弘秀集》作《贈棲蟾上人》。

〔一五〕「古道」，《弘秀集》作「古路」。

僧貫休

姓姜氏，字德隱，婺州蘭溪人〔一〕。錢鏐自稱吴越國王，休以詩投之曰：貴逼身來不自由，幾年勤苦蹈林丘。滿堂花醉三千客，一劍霜寒十四州。萊子衣裳宫錦窄，謝公篇詠綺霞羞。他年名上凌烟閣，豈羨當時萬户侯！鏐諭改爲四十州，乃可相見。曰：州亦難添，詩亦難改。然閑雲孤鶴，何天而不可飛。遂入蜀，以詩投王建曰：河北江東處處災，惟聞全蜀少塵埃。一瓶一鉢垂垂老，萬水千山得得來。秦苑幽棲多勝景，巴歈陳貢愧非才。自慚林藪龍鍾者，亦得親登郭隗臺。建遇之甚厚〔二〕。建二年，召令誦近詩。時貴戚皆坐，休欲諷之，乃稱公子行云：錦衣鮮華手擎鶻，閑行氣貌多輕忽。稼穡艱難總不知，五帝三皇是何物？建稱善，貴倖皆怨之。休與齊己齊名，有西岳集十卷，吴融爲之序〔三〕。卒死于蜀〔四〕。

休每得句云：只堪供養佛，故懷贈武昌棲一云：風清江上月，霜灑月中砧。得句先呈佛，無人知此心〔五〕。

休工篆隸，初在荆州，成中令問其筆法，曰：此事須登壇而授，詎可草草言之。成怒，遞放黔中。因爲病鶴詩曰：見説氣清邪不入，不知爾病自何來〔六〕？

赤旃檀塔六七級，白菡萏花三四枝。禪客相逢只彈指，此心能有幾人知？石霜問云：如何是此心？休不能答。石霜云：汝問我答。休即問之，霜云：能有幾人知〔七〕。

唐末寇亂，休避地渚宫，荆帥高氏優待之，館于龍興寺〔八〕。會有謁宿，話時政不治。乃作酷吏詞以刺之云：霰雨灂灂，風吼如斸。有叟有叟，暮投我宿。吁歎自語，云太苛酷〔九〕。如何如何，掠脂斡肉。吴姬唱一曲，等閑破紅束。韓娥唱一曲，錦段鮮照屋。寧知一曲兩曲歌，曾使千人萬人哭；不惟哭，亦白其頭飢其族。所以祥風不來，和氣不復〔一〇〕，蝗乎蠜乎〔一一〕，東西南北。遂離荆門，立趨井絡，上蜀主陳情之詩。

春山行云：重疊太古色，濛濛花雨時。好山行恐盡，流水語相隨。黑壤生紅朮〔一二〕，黄猿領白兒。因思石橋月〔一三〕，曾與道人期。

晚泊湘江懷古云〔一四〕：烟浪漾秋色〔一五〕，高吟似得隣〔一六〕。一輪湘渚月，萬古獨醒人〔一七〕。岸濕穿花遠，風香禱廟頻〔一八〕。只應諛佞者，到此不傷神。

天台老僧云：獨住無人處，松龕嶽雪侵〔一九〕。僧中九十臘，雲外一生心。白髮垂不剃，青眸笑更深〔二〇〕。猶能指孤月，爲我暫開襟。

寒夜思廬山賈生云〔二一〕：山兄詩僻甚，寒夜更何爲？覓句唯頑坐〔二二〕，嚴霜打不知。石膏粘木屐〔二三〕，崖栗落冰池〔二四〕。近見禪僧説，生涯勝往時。

雪夜寄友人云〔二五〕：皓彩中宵合，開門失所蹤〔二六〕。何年今夜意，共子在孤峰〔二七〕。氣射燈花落，光侵壁罅濃。唯君心似我，吟到五更鐘。

苦熱云：松桂晝不動，陽烏飛半天。稻麻須結實〔二八〕，沙石欲生煙。毒氣仍干扇，高枝不立蟬。舊山多積雪〔二九〕，歸去是何年？

途中逢周朴云：東西南北路，相遇共興哀〔三〇〕。世獨無知己，子從何處來？菊衰芳草在，程遠宿烟開。儻遇中興主，還應不用媒。

題擇詞律師院云〔三一〕：律中麟角者，高淡出塵埃。芳草不曾觸，幾生如此來。鑿風吹磬斷，杉露滴花開。如結林中社，伊余願一陪〔三二〕。

言詩云〔三三〕：經天緯地物，動必計天才〔三四〕。幾處覓不得〔三五〕，有時還自來。真風含素髮，秋色入靈臺。吟向霜蟾下，終須神鬼哀。

休糧僧云：不食更何求〔三六〕？自由中自由〔三七〕。身輕嫌衲重，天旱爲民愁。供器誰將去〔三八〕，生臺蟻不游。會須傳此術，相共老林丘〔三九〕。

觀地獄圖云〔四〇〕：峨峨非劍閣〔四一〕，有樹不堪攀。佛手遮不得，人心似等閑。周王應未雪，白起作何顔？盡日空彈指，忙忙塵世間。

山居五首云〔四二〕：休話喧譁事事難，山翁只合住深山。數聲清磬是非外，一箇閑人天地間。緑圃空堦雲冉冉，異禽靈草水潺潺〔四三〕。無人爲向群儒説〔四四〕，巖桂枝高亦好攀〔四五〕。又云：詎是言休即便休〔四六〕，清吟孤坐碧山頭〔四七〕。三間茅屋無人到，十里松關獨自游〔四八〕。明月清風宗炳社，夕陽秋色庾公樓。修心未到無心地，萬種千般逐水流。又云：心心心不住希夷，石室巉巖白髮垂。惜竹不除當路笋〔四九〕，愛松留得礙人枝。焚香開卷霞生砌〔五〇〕，卷箔冥心月在池。無限故人頭盡白〔五一〕，不知今日又何之〔五二〕？又云：自古浮華能幾幾〔五三〕，逝波終日去滔滔。漢王廢苑生秋草，吴主荒宮入夜濤。滿屋黄金機不息，一頭白髮氣猶高。豈知物外金仙子〔五四〕，甘露天香滴毳袍〔五五〕。又云：翠竇烟巖畫不成〔五六〕，桂香瀑沫雜芳馨〔五七〕。撥霞掃雪和雲母，掘石移松得茯苓。好鳥傍花窺玉磬，嫩苔和水没金瓶〔五八〕。從他人笑從他笑，地覆天翻也只寧。

經東林寺云〔五九〕：白薝蔔花露滴滴，碧苾蒻草香濛濛〔六〇〕。田地更無塵一點，是何人合住其中？

夜夜曲云〔六一〕：蟪蛄切切風騷騷，芙蓉噴香蟾蜍高。孤燈耿耿征婦勞，更深撲落金錯刀。

古意云〔六二〕：乾坤有清氣，散入詩人脾。聖賢遺清風，不在惡木枝。千人萬人中，一人兩人知。憶在東溪日，花開葉落時。幾擬以黄金，鑄作鍾子期。

【校箋】

〔一〕貫休《禪月集》載其弟子曇域《後序》：「先師名貫休，字德隱，婺州蘭溪縣登高里人也，俗姓姜氏。」宋僧贊寧《宋高僧傳》載有《梁成都府東禪院貫休傳》。

〔二〕宋僧文瑩《續湘山野録》：「唐昭宗以錢武肅鏐平董昌于越，拜鏐爲鎮海鎮東節度使、中書令。……迨莊宗入洛……鏐即以節鉞授其子元瓘，自稱吴越國王。……禪月貫休嘗以詩投之，曰：『貴極身來不自由，幾年勤苦踏山丘。滿堂花醉三千客，一劍光寒十四州。萊子衣裳宮錦窄，謝公篇詠綺霞羞。他年名上凌煙閣，豈羡當時萬户侯。』鏐愛其詩，遣客吏諭之曰：『教和尚改十四爲四十州，方與見。』休性褊介，謂吏曰：『州亦難添，詩亦不改，然閑雲孤鶴，何天而不可飛耶？』遂飄然入蜀，以詩投孟知祥。有『一瓶一鉢垂垂老，萬水千山得得來』之句，知祥厚遇之。」投錢鏐詩《古今詩話》（《詩話總龜》前集卷三二引）首句「貴極」作「貴逼」，四句「一劍光寒」作「一劍霜寒」，與此同。「以詩投王建」亦作「以詩投孟知祥」，誤。計氏改爲「以詩投王建」，是也。影宋寫本《禪月集》不載投錢鏐詩，《弘秀集》所載詩題作《獻錢尚父》，云：「貴逼人來不自由，龍驤鳳翥勢難收。滿堂花醉三千客，一劍霜寒十四州。鼓角揭天嘉氣冷，風濤動地海山秋。東南永作金天柱，誰羨當時萬户侯。」當別有所據。投王建詩，《禪月集》題作《陳情獻蜀皇帝》，《弘秀集》同。「江東」原作「河南」，據《禪月集》及《弘秀集》改。「萬水千山」，《禪月集》同，《弘秀集》作「千水千山」。又《禪月集》曇域《後序》：「遂達大國，進上先皇帝（王建）詩，其略曰：『一瓶一鉢垂垂老，萬水千山得得來。』高祖禮待，膝之前席，過秦主待道安之禮，踰趙王迎圖澄之儀，特修禪宇，懇請住持，尋賜師號，曰『禪月大師』，曲加存恤，優異殊常。」

〔三〕《蜀檮杌》卷上：「永平二年，二月朔，游龍華禪院，召僧貫休坐，賜藥茶綵緞。仍令口誦近詩。時諸王貴戚皆賜坐，貫休欲諷，因作《公子行》曰：『錦衣鮮華手擎鶻，閑行氣貌多輕忽。艱難稼穡總不知，五帝三王是何物？』建稱善。貴倖皆怨之。貫休，蘭陵人，善詩，與齊己齊名，有《西岳集》十卷。」《禪月集》載《少年行三首》，此所詠爲第一首。吴融《西岳集序》載影宋寫本《禪月集》卷首，署「翰林學士中書舍人上柱國賜紫金魚袋吴融述」。篇末記「時己未歲嘉平月之三日」。「己未」，昭宗光化二年也。

〔四〕曇域《禪月集後序》：「壬申歲十二月，召門人謂曰云云，言訖，掩然而絶息。遂具表以聞，先帝戚然久之。」「壬申」，前蜀永平二年也。

〔五〕《禪月集》載《懷武昌棲一》二首，此第二首前四句，其下有注云：「師得句，衹云：『供養佛。』」

〔六〕《北夢瑣言》卷二〇：「沙門貫休，鍾離人也。風騷之外，精於筆札。……荆州成中令問其筆法非耶，休公曰：『此事須登壇而授，非草草而言。』成中令銜之，乃遞于黔中，因以《病鶴》詩寄意曰：『見説氣清邪不入，不知爾病自何來？』以詩見意也。」

〔七〕此詩《禪月集》題作《書石壁禪居屋壁》。《五燈會元》卷六：「禪月貫休禪師有詩曰：『禪客相逢只彈指，此心能有幾人知？』大隨和尚舉問曰：『如何是此心？』師無對。歸宗柔代答云：『能有幾人知？』」與此略異。

〔八〕《十國春秋》卷四七《僧貫休傳》：「久之，再至荆南，高季昌館之龍興寺，感時政，作《酷吏辭》，復被疏遠。鬱悒中題硯子曰：『入匣始身安。』或以爲匣者，蜀也。相勸來蜀，遂至成都，上《陳情頌》云云。」據《通鑑》卷二六五，高季昌鎮荆南在天祐三年十月，朱温命也。《宋高僧傳·成都府東禪院貫休傳》亦載此事。

〔九〕「云太苛酷」，《禪月集》同，《弘秀集》作「云太守酷」。

〔一〇〕「和氣」原作「和風」，《弘秀集》同，據《禪月集》改。

〔一一〕兩「乎」字，原俱作「兮」，據《禪月集》及《弘秀集》改。

〔一二〕「紅朮」原作「紅葉」，據《禪月集》及《弘秀集》改。毛本作「紅黍」。

〔一三〕「月」原作「日」，據《禪月集》及《弘秀集》改。

〔一四〕詩題《弘秀集》同，《禪月集》作《晚泊湘江作》。

〔一五〕「漾」原作「濛」，據《禪月集》及《弘秀集》改。

〔一六〕「似得」，《禪月集》作「似有」，《弘秀集》作「孰得」。

〔一七〕「萬古」原作「千古」，據《禪月集》及《弘秀集》改。

〔一八〕「風香」，《禪月集》同，《弘秀集》作「雲香」。

〔一九〕「嶽雪」，《禪月集》同，《弘秀集》作「嶽色」。

〔二〇〕「更深」，《禪月集》同，《弘秀集》作「轉深」。

〔二一〕詩題《禪月集》作《思匡山賈匡》，《弘秀集》作《思廬山賈生》。

〔二二〕「唯」原作「如」，據《禪月集》及《弘秀集》改。

〔二三〕「木屐」原作「木履」，據《禪月集》及《弘秀集》改。

〔二四〕「崖栗」，《禪月集》同，《弘秀集》作「崖蜜」，非。

〔二五〕詩題《禪月集》、《弘秀集》作《夜對雪作寄友生》。

〔二六〕「蹤」原作「從」，據《禪月集》及《弘秀集》改。

〔二七〕「在」原作「老」，據《禪月集》及《弘秀集》改。

〔二八〕「須」原作「傾」，據《禪月集》及《弘秀集》改。

〔二九〕「積雪」，《禪月集》同，《弘秀集》作「貯雪」。

〔三〇〕「興哀」原作「興衰」，據《禪月集》及《弘秀集》改。

〔三一〕詩題「擇詞」原作「嶧桐」，據《禪月集》及《弘秀集》改。

〔三二〕「願一陪」，《弘秀集》同，《禪月集》作「亦願陪」。

〔三三〕詩題《禪月集》作《詩》，《弘秀集》作《詠吟》。

〔三四〕「計天才」原作「是仙才」，據《禪月集》及《弘秀集》改。

〔三五〕「幾處」，《禪月集》同，《弘秀集》作「盡日」。

〔三六〕「何求」，《禪月集》同，《弘秀集》作「何憂」。

〔三七〕「中」原作「終」，據《禪月集》及《弘秀集》改。

〔三八〕「供器」，《禪月集》作「忌器」，《弘秀集》作「應器」。

〔三九〕「相共」原作「歸去」，據《禪月集》及《弘秀集》改。

〔四〇〕此詩影宋寫本《禪月集》不載。見《四庫全書》本《禪月集》補遺。

〔四一〕「非」原作「水」，據《禪月集》補遺改。

〔四二〕《禪月集》載《山居詩》，凡二十四首，有《序》云：「愚咸通四、五年中在鍾陵作。……乾符辛丑歲，避寇于山寺…… 一日抽毫改之，或留之、除之、修之、補之，却成二十四首，亦斐然也云云。」此録第一、二、八、十二及二十二五首。

〔四三〕「靈草」，《禪月集》同，《弘秀集》作「佳草」。

〔四四〕「群儒説」原作「君王道」，據《禪月集》及《弘秀集》改。

〔四五〕「亦好」原作「正好」，據《禪月集》改，《弘秀集》作「更好」。

〔四六〕「詎是」，《禪月集》作「難是」，《弘秀集》作「誰是」。

〔四七〕此句原作「清冷孤坐碧溪頭」，據《禪月集》改，《弘秀集》作「清吟靜坐碧山頭」。

〔四八〕「松關」，《弘秀集》同，《禪月集》作「松門」。

〔四九〕「惜竹」，《弘秀集》同，《禪月集》作「養竹」。

〔五〇〕「霞」原作「雲」，據《禪月集》及《弘秀集》改。

〔五一〕「無限」，《弘秀集》同，《禪月集》作「多少」。

〔五二〕「今日」原作「頭白」，據《禪月集》、《弘秀集》改。

〔五三〕「幾幾」原作「幾朝」，據《禪月集》、《弘秀集》改。

〔五四〕「物外」，《弘秀集》同，《禪月集》作「知足」。

〔五五〕此句《弘秀集》同，《禪月集》作「霞外天香滿毳袍」。《全唐詩話》以此詩入齊己下，誤。

〔五六〕「翠竇烟巖」原作「翠竇烟霞」，據《禪月集》及《弘秀集》改。

〔五七〕「桂香」，《禪月集》同，《弘秀集》作「桂華」。

〔五八〕上二句「傍花」「和水」，《禪月集》、《弘秀集》作「似花」「如水」。「没」原作「汲」，據《禪月集》、《弘秀集》改。

〔五九〕《禪月集》載《再過東林寺作五首》，此録第五首。

〔六〇〕「香」原作「雨」，據《禪月集》改。

〔六一〕詩題《夜夜曲》，《弘秀集》作《秋夜曲》。

〔六二〕《禪月集》載《古意九首》，此録第四首。

僧齊己

僧齊己，有詩名。往袁州謁鄭谷，獻詩云：高名喧省闥，雅頌出吾唐。疊巘供秋望，無雲到夕陽。自封修藥院，别下着僧牀。幾夢中朝事，久離鴛鷺行。谷覽之云：請改一字，方可相見。經數日再謁，稱已改得，詩云：别掃着僧床。谷嘉賞，結爲詩友〔一〕。

還人詩卷云〔二〕：李白李賀遺機杼〔三〕，散在人間不知處。聞君收在芙蓉江，日鬭鮫人織秋浦〔四〕。金梭軋軋文離離〔五〕，吴娃越女羞上機〔六〕。鴛鴦浴烟鸞鳳飛，澄江曉映餘霞輝。仙人手持玉刀尺，寸寸酬君珠與璧〔七〕。裁作霞裳何處披，紫皇殿裏深難覓〔八〕。

後唐明宗太子從榮，好作歌詩，高輦輩多依附之。觀棋詩云：看他終一局，白却少年頭。齊己中秋詩云：東林莫礙漸高勢，四海正看當路時。從榮果謀不軌，唱和者言涉嫌疑，皆就誅，惟齊己得荆帥高令公匿而獲免〔九〕。

中秋月云：空碧無雲露濕衣，衆星光外湧清規〔一〇〕。東樓莫礙漸高勢，四海待看當路時〔一一〕。還許分明吟皓魄，肯教幽暗取丹枝。可憐半夜嬋娟影，正對五侯殘酒卮〔一二〕。

早行云〔一三〕：舟子相呼起，長沙未五更〔一四〕。幾看星月在，猶載夢魂行〔一五〕。鳥亂村林迥〔一六〕，人喧水栅横。蒼茫平野外〔一七〕，漸認遠峰明〔一八〕。

詠雁云：瀟湘水暖全迷鶴〔一九〕，邏沙川寒只有鵰。誰向孤舟憶兄弟，坐看連雁渡河橋〔二〇〕。

早鶯云〔二一〕：何事經年閟好音，暖風催出囀喬林〔二二〕。羽毛新刷陶潛菊，喉舌初調叔夜琴。藏雨並棲紅杏密〔二三〕，避人雙入緑楊深。曉來枝上千般語，似共桃花訴舊心〔二四〕。

夏日草堂作云〔二五〕：沙泉帶草堂，紙帳卷空床。靜是真消息，吟非俗肺腸。園林坐清影，梅杏嚼紅香。誰住原西寺，鐘聲送夕陽。

寄方干處士鑑湖舊居云〔二六〕：賀監舊山川，空來近百年。聞君與琴鶴，終日在漁船。島露深秋石〔二七〕，湖澄半夜天。雲門幾回去，題徧好林泉。

寄錢塘羅給事云〔二八〕：憒憒嘔讒書〔二九〕，無人誦子虛。傷心天祐末，搔首懿宗初。海樹青叢短，湖山翠點疎。秋濤看足否，羅刹石邊居。

戊辰歲湘中寄鄭谷郎中云〔三〇〕：白髮久慵簪，常聞病亦吟。瘦應成鶴骨，閑想似禪心。上國楊花亂，滄洲荻笋深。不堪思翠蓋，西望獨沾襟。

劍客云：拔劍遶殘樽，歌終便出門。西風滿天雪，何處報人恩？勇死尋常事，輕讎不足論。翻嫌易水上〔三一〕，細碎動離魂。

歸雁云：塞門春已暖〔三二〕，連影起蘋風。雲夢千行去，瀟湘一夜空〔三三〕。江人休舉網〔三四〕，虜將又虚弓。莫失南來伴，衡陽樹即紅。

東林作寄金陵知己云：十八賢真在，時來拂蘚看〔三五〕。已知前事遠，更結後人難。泉滴勝清磬，松香掩白檀〔三六〕。憑君聽朝貴，誰欲厭簪冠。

山寺喜道者至云〔三七〕：閏年春過後，山寺始花開。還有無心者，閑尋此境來〔三八〕。鳥幽聲忽斷，茶好味重迴。知住南巖久，冥心坐緑苔。

老將云：破虜與平戎，曾居第一功。明時不用武，白首向秋風。馬病霜飛草，弓閑雁過空。兒孫已成立，膽氣亦英雄。

聞貫休下世云：吾師詩匠者，真箇碧雲流。爭得梁太子，重爲文選樓〔三九〕。錦江新塚樹，婺女舊山秋。欲去焚香禮，啼猿峽阻修〔四〇〕。

登祝融峰云：猿鳥共不到〔四一〕，我來身欲浮。四邊空碧落，絶頂正清秋。宇宙知何極，華夷見細流。壇西獨立久，白日轉神州。

贈孫生云：傳家詩自別，君是繼詩人〔四二〕。道出千途外，功爭一字新。寂寥中影跡，霜雪裏精神。待折東堂桂，歸來更苦辛。

邊上云：漢地從休馬，胡家自牧羊。都來消帝道，渾不用兵防。草上孤城白，沙翻大漠黄。秋風起邊雁，一一向瀟湘。

行路難云：下浸與高盤，不爲行路難。是非真險惡，翻覆作峰巒〔四三〕。漆媿同時黑，朱慚巧處丹。令人畏相識，欲畫白雲看。

觀水云〔四四〕：范蠡東浮闊，靈均北泛長。誰知遠烟浪，别有好思量。故國門前急，天涯棹裏忙〔四五〕。難收上樓興〔四六〕，渺漫正斜陽。

聽李先生琴云〔四七〕：仙子弄瑶琴，仙山松月深〔四八〕。此聲含太古，誰聽到無心？灑石霜千片，噴空瀑萬尋〔四九〕。何人傳指法，攜向海中岑。

寄陸龜蒙云〔五〇〕：萬卷功何用？徒稱處士休〔五一〕。閑欹太湖石〔五二〕，醉聽洞庭秋。道在誰開口，詩成自點頭。中間欲相訪，尋便阻戈矛。

自題云：禪外求詩妙，年來鬢已秋。未曾將一字，容易謁諸侯。掛夢山皆遠，題詩石盡幽〔五三〕。敢言梁太子，傍採碧雲流。

聽泉云：落石幾萬仞，遠聲飄冷空〔五四〕。高秋初雨後，半夜亂山中。祇有照壁月，更無吹葉風。昔曾廬岳聽〔五五〕，到曉與僧同。

宿簡寂觀云：萬壑雲霞影，千峰松桂聲〔五六〕。如何教下士，容易信長生。月共虛無白，香和沆瀣清。閑尋古廊畫，記得列仙名。

觀燒云〔五七〕：獵獵寒蕪引，承風勢不還。放來應有主，焚去到何山？焰入空濛裏，烟飛蒼莽間。石中有良玉，惆悵但傷顏。

齊己本姓胡，名得生。詩名多湖湘間，與鄭谷爲詩友〔五八〕。

【校箋】

〔一〕《詩話總龜》卷一一引《郡閣雅談》：「僧齊己往袁州謁鄭谷，獻詩曰：『高名喧省闥，雅頌出吾唐。疊巘供秋望，飛雲到夕陽。自封修藥院，別下着僧牀。幾話中朝事，久離鴛鷺行。』谷覽之云：『請改一字，方得相見。』經數日再謁，稱『已改得』，詩云：『別掃着僧牀。』谷嘉賞，結爲詩友。」「往袁州」原作「住襄州」，據改。獻詩齊己《白蓮集》題作《寄鄭谷郎中》。「無雲到夕陽」，與此同；末二句作「幾夢中朝事，依依鴛鷺行」。

〔二〕詩題《白蓮集》作《還人卷》。

〔三〕「李白李賀」，原作「李賀李白」，據《白蓮集》改。

〔四〕「日闕」原作「日聞」，據《白蓮集》改。

〔五〕「軋軋」原作「劄劄」，據《白蓮集》改。

〔六〕「吴娃」原作「吴姬」，據《白蓮集》改。

〔七〕「珠與璧」原作「與珠璧」，據《白蓮集》改。

〔八〕「難覓」通作「相覓」，據《白蓮集》改。

〔九〕《五代史補》：「秦王從榮，明宗之愛子，好爲詩。判河南府，辟高輦爲推官。輦尤能爲詩，賓主相遇甚歡。」又，《十國春秋》卷一〇三《僧齊己傳》：「齊己既託跡江陵，惟事筆墨自娱。……唐秦王從榮召入侍，中秋大宴，齊己窺從榮藏異志，有『東林莫礙漸高勢，四海正看當路時』之句，幾以諷刺得罪。已而脱歸荆南，賴武信王（高季昌）匿之獲免。」

〔一〇〕「衆星」，《白蓮集》作「群星」。

〔一一〕二句《白蓮集》作「東樓莫礙漸高影，四海待看當午時」。

〔一二〕「酒巵」，《白蓮集》作「酒池」。

〔一三〕詩題《白蓮集》作《江行早發》。

〔一四〕「長沙」，《白蓮集》作「長江」。

〔一五〕「載」原作「帶」，據《白蓮集》改。

〔一六〕「迴」，《白蓮集》作「遇」。

〔一七〕「外」原作「水」，據《白蓮集》改。

〔一八〕「漸認」原作「慚愧」，「明」原作「名」，據《白蓮集》改。

〔一九〕「水暖」，《白蓮集》作「浦暖」。

〔二〇〕「河」字原闕，據《白蓮集》補。

〔二一〕詩題原作《詠鶯》，據《白蓮集》、《弘秀集》改。

〔二二〕「催出」，《弘秀集》同，《白蓮集》作「吹出」。

〔二三〕「藏雨」原作「怕雨」，據《白蓮集》、《弘秀集》改。

〔二四〕此句《白蓮集》、《弘秀集》作「應共桃花説舊心」。

〔二五〕宋洪覺範取此詩八句賦詩八首，爲齊己名作。

〔二六〕詩題《白蓮集》、《弘秀集》作《寄鏡湖方干處士》。

〔二七〕「島露」原作「島路」，據《白蓮集》、《弘秀集》改。

〔二八〕詩題「錢塘」原作「錢唐」，據《白蓮集》改。

〔二九〕「憒憒」原作「嘖嘖」，據《白蓮集》改。

〔三〇〕詩題「湘中」原作「湖中」，據《白蓮集》改。

〔三一〕「翻嫌」，《白蓮集》作「翻言」。

〔三二〕「已暖」原作「亦暖」，據《白蓮集》改。

〔三三〕「瀟湘」，《白蓮集》作「湘川」。

〔三四〕「休」原作「空」，據《白蓮集》改。

〔三五〕「拂蘚」原作「拂榻」，據《白蓮集》改。

〔三六〕「白檀」原作「白壇」，據《白蓮集》改。

〔三七〕詩題「道者」原作「道士」，據《白蓮集》改。

〔三八〕「此境」，《白蓮集》同，《弘秀集》作「此日」。

〔三九〕「重爲」，《白蓮集》作「更爲」。

〔四〇〕「峽」原作「哭」，據《白蓮集》改。

〔四一〕「共不到」，《白蓮集》作「不共到」。

〔四二〕二句原作「傳家詩自君，别是繼詩人」，據《白蓮集》乙改。

〔四三〕「翻覆」原作「反覆」，據《白蓮集》改。

〔四四〕詩題《白蓮集》作《看水》。

〔四五〕「天涯棹」原作「天崖照」，據《白蓮集》改。

〔四六〕「上樓」原作「樓上」，據《白蓮集》改。

〔四七〕詩題《白蓮集》作《聽李尊師彈琴》。

〔四八〕「松月」原作「杉月」，據《白蓮集》改。

〔四九〕「噴空瀑」，《白蓮集》作「噴崖泉」。

〔五〇〕詩題《白蓮集》作《寄松江陸龜蒙處士》。

〔五一〕「徒稱」，《白蓮集》作「狂稱」。

〔五二〕此句原作「閑歌太古石」，據《白蓮集》改。

〔五三〕「題詩」原作「題名」，據《白蓮集》改。

〔五四〕此句原作「冷聲飄遠空」，據《白蓮集》改。

〔五五〕「昔曾」，《白蓮集》作「幾曾」。

〔五六〕「千峰」，《白蓮集》作「千年」。

〔五七〕詩題《白蓮集》作《燒》。

〔五八〕孫光憲《白蓮集序》：「禪師齊己，本胡氏子，實長沙人。……師趣尚孤潔，詞韻清潤，平淡而意遠，冷峭而（闕十三字），鄭谷郎中與師（闕六字）敲門誰訪（闕二字）客即（闕二字）師，應是逢新雪，高吟得好詩。格清無俗字，思若有蒼髭。諷味都忘倦，拋琴復捨棋。其爲詩家者流之稱許也如此。」篇末記「天福三年戊戌三月一日序」。《宋高僧傳》有贊寧《梁江陵府龍興寺齊己傳》。

殷七七

殷七七，名天祥，周寶舊于長安識之，及寶移鎮浙西，七七忽至，寶禮貌益勤。每醉吟曰：琴彈碧玉調，爐養白硃砂。解醖逡巡酒，能栽頃刻花。鶴林寺杜鵑花，云貞元中外國僧自天台鉢盂中以藥養其根，來植于此寺，僧飾花院，或見女子游花下，或謂花神也。一日，寶謂七七曰：鶴林寺花，天下奇絶，嘗聞能開頃刻花，可開于重九乎？曰：可。乃前二日往鶴林寺宿。中夜，女子謂七七曰：妾爲上玄所命，下司此花，非久即歸閬苑，今與道者開之。來日晨起，寺僧訝花漸拆，至九日，爛漫如春。後經兵火，其花遂亡〔一〕。

【校箋】

〔一〕《太平廣記》卷五二引《續仙傳》：「殷七七，名天祥，又名道筌。嘗自稱七七，俗多呼之，不知何所人也。……周寶舊于長安識之。……及寶移鎮浙西，數年後，七七忽到……師敬益甚。每日醉歌曰：『琴彈碧玉調，藥煉白朱砂。解醖頃刻酒，能開非時花。』……鶴林寺杜鵑，高丈餘，每春末花爛漫。寺僧相傳，言貞元中，有外國僧自天台來，盂中以藥養其根來種之。自後構飾，花院鎖閉，時或窺見三女子，紅裳艷麗，共游樹下。人有輒採花折枝者，必爲所祟。俗傳女子花神也。……寶一日謂七七曰：『鶴林之花，天下奇絶，嘗聞能開非時花，此花可開否？』七七曰：『可也。』寶曰：『今重九將近，能副此日乎？』七七乃前二日往鶴林宿焉。中夜，女子來……曰：『妾爲上玄所命，下司此花，然此花在人間已逾百年，非久即歸閬苑去，今與道者共開之。』……來日晨起，寺僧忽訝花漸拆蕊，及九日，爛漫如春。……其後……鶴林犯兵火焚寺，樹失根株，信歸閬苑矣。」「天祥」原作「文祥」，「解醖」原作「稱造」，「上玄所命」原脱「所」

字，「爛漫如春」原作「爛爛熳」，據《太平廣記》補改。按此及以下「許碏」、「許宣平」、「裴翛然」三條，皆屬仙道，當置詩僧卷後，疑爲錯簡。

許碏

碏，自稱高陽人，少爲進士，累舉不第。後得道于峨嵋山〔一〕。

碏游蘆江間，常醉吟曰：閬苑花前是醉鄉，踏翻王母九霞觴。群仙拍手嫌輕薄，謫向人間作酒狂。

【校箋】

〔一〕《太平廣記》卷四〇引《續仙傳》：「許碏，自稱高陽人也。少爲進士，累舉不第。晚學道于王屋山，周游五岳名山洞府……到處皆于石崖峭壁，人不及處，題云：『許碏自峨嵋山尋偃月子到此。』……後多游蘆江間，常醉吟曰：『閬苑花前是醉鄉，踏翻王母九霞觴。群仙拍手嫌輕薄，謫向人間作酒狂。』」「蘆江」原作「江淮」，「踏翻」原作「拈翻」，「輕薄」原作「輕脱」，據改。

許宣平

新安人也。常掛一花瓠及曲竹杖，醉則歌曰：負薪朝出賣，沽酒日西歸。路人莫問歸何地，穿入白雲行翠微。好事者題于壁。李白自翰林出，東游，覽詩嘆曰：仙人也〔一〕！

【校箋】

〔一〕《太平廣記》卷二四引《續仙傳》：「許宣平，新安歙人也。唐睿宗景雲中，隱于城陽山南塢……時或負薪以賣，擔常挂一花瓠及曲竹杖，每醉，騰騰拄之以歸。獨吟曰：『負薪朝出賣，沽酒日西歸。路人莫問歸何處，穿入白雲行翠微。』……好事者多詠其詩，有時行長安，于驛路洛陽同華間傳舍，是處題之。天寶中，李白自翰林出，東游，經傳舍，覽詩吟之，嗟歎曰：『此仙詩也。』乃詰之于人，得宣平之實。白于是游及新安，涉溪登山，累訪之不得，乃題其菴壁曰：『我吟傳舍詩，來訪真人居。烟嶺迷高跡，雲林隔太虛。窺庭但蕭索，倚柱空躊躇。應化遼天鶴，歸當千歲餘。』」「曲竹杖」原作「曲竹枝」，「穿入白雲行翠微」原作「穿白雲行入翠微」，據改。

裴翛然〔一〕

唐道士裴翛然，楚州刺史思訓之子。爲人詼諧，强學不成一名。好詩酒，善丹青，解絲竹。開元中，嘗夜醉卧街，犯禁，乃爲詩曰：遮莫鼕鼕鼓，須傾滿滿盃。金吾如借問，但道玉山頽。官不罪之也〔二〕。出張彦遠名畫記。

【校箋】

〔一〕「翛然」原作「修然」，據毛本改，下同。

〔二〕張彦遠《歷代名畫記》卷九：「釋翛然，俗姓裴氏，楚州刺史思訓之子。爲人恢誕，强學不成一名，好朋從詩酒，善丹青，工山水，曉解絲竹，卒年三十九。開元中，嘗夜醉，卧街犯禁，乃爲詩曰：『遮莫鼕鼕鼓，須傾滿滿杯，金吾如借問，但道玉山頽。』官不罪之。或云道士。」「鼕鼕鼓」原作「鼕鼕動」，據改。

唐詩紀事校箋卷第七十六

僧太易　僧惟審　僧滄浩　僧良乂　僧志定
僧棲蟾　僧曇翼　僧清塞　僧無悶　僧文益
僧修睦　僧景雲

僧太易

贈司空拾遺云〔一〕：侍臣何事辭雲陛，江上微吟見雪花〔二〕。望闕未承丹鳳詔〔三〕，閉門空對楚人家〔四〕。陳琳草奏才還在，王粲登樓興不賒〔五〕。高館更容塵外客〔六〕，仍令歸路待瑶華〔七〕。

【校箋】

〔一〕此詩《文苑英華》卷二五五所載，題戴叔倫作。《又玄集》、《才調集》及《弘秀集》俱題太易，《英華》殆誤。司空曙有《送太易赴東洛》詩，蓋貞元時人也。

〔二〕「微吟」，《又玄集》、《才調集》、《弘秀集》同，《文苑英華》作「彈冠」。

〔三〕「未承」原作「來承」，據《又玄集》、《才調集》、《文苑英華》及《弘秀集》改。

〔四〕「閉門」原作「開門」，《文苑英華》同，據《又玄集》、《弘秀集》改。《才調集》作「掩門」。「楚人家」原作「野人家」，據以上諸書改。

〔五〕「不賒」，《又玄集》、《文苑英華》同，《才調集》、《弘秀集》作「尚賒」。

〔六〕「更容」原作「更吟」，據《又玄集》、《才調集》、《文苑英華》及《弘秀集》改。

〔七〕「待」，《又玄集》、《文苑英華》同，《才調集》、《弘秀集》作「奉」。

僧惟審

賦得聞曉鶯啼云〔一〕：卷簾清夢後，芳樹引流鶯。隔葉傳春意，穿花送曉聲。未調雲路翼，空負桂林情。莫盡關關興〔二〕，羈愁正厭生。

別友人云〔三〕：一身無定處，萬里獨銷魂。芳草迷歸路，春衣滴淚痕。幾時休旅食，向夜宿江村。欲識異鄉苦〔四〕，空山啼暮猿。

春日旅懷呈知己云：生涯萬事有蒼蒼，應任流萍便越鄉。春水獨行人漸遠，故園歸路夜空長。一聲隔浦猿啼處〔五〕，數滴驚心淚滿裳。不爲知音皆鮑叔，信誰江上去茫茫〔六〕。

【校箋】

〔一〕詩題《又玄集》同，《才調集》作《賦得聞黄鶯啼》。

〔二〕「闢闢」原作「闢西」，據《又玄集》、《才調集》改。

〔三〕此詩《文苑英華》卷二八八爲靈一《留别忠州故人》之作，俟考。

〔四〕「異鄉」，《文苑英華》作「相思」。

〔五〕「處」原作「夜」，據《弘秀集》改。

〔六〕「信誰」原作「信憑」，據《弘秀集》改。

僧滄浩

留别嘉興知己云：一坐東林寺〔一〕，從來未下山。不因尋長者，無事到人間。宿雨愁爲客，寒禽散未還。空懷舊山月，童子誦經閑〔二〕。

【校箋】

〔一〕「一坐」原作「一座」，據《又玄集》、《才調集》改。

〔二〕此詩實爲滄浩之作，説見本書卷七三皎然下校箋〔一一〕。篇末原有注云：「此詩已載僧皎然下。」當爲校刻者所加，今删。毛本以爲此詩當屬皎然而削去之，非也。

僧良乂〔一〕

秋山答盧鄴云〔二〕：風泉只向夢中聞，身外無餘可寄君。當户一輪唯曉月，挂簷數片是秋雲。右張爲取此詩于主客圖。

【校箋】

〔一〕「良乂」原作「良義」，據《萬首唐人絶句》及《弘秀集》改。

〔二〕詩題《萬首唐人絶句》作《答盧鄴》，《弘秀集》作《答盧善》，疑誤。

僧志定

唯有樽前今夜月，當時曾照墮樓人〔一〕。句。梧桐葉老蟬聲死，一夜洞庭波上風。句。

右張爲取作主客圖。

【校箋】

〔一〕「墮樓」原作「墮機」，據毛本改。

僧棲蟾

再宿京口禪院詩云〔一〕：灘聲依舊水溶溶，岸影參差對梵宫。楚樹七回凋舊葉，江人兩至宿秋風。蟾蜍竹老摇疎白，菡萏池乾落謝紅。多病支郎念行止，晚來生計轉如蓬〔二〕。

牧童云：牛得自由騎，春風細雨飛。青山青草裏，一笛一蓑衣。日出唱歌去，月明撫掌歸。何人得似爾，無是亦無非。

短歌行云：蟾光堪自笑〔三〕，浮世懶思量。身得幾時活？眼開終日忙。千門無壽藥，一鏡有愁霜。早向塵埃外〔四〕，光陰任短長。

宿巴江云：江聲五千里，瀉碧急於弦。不覺日又夜，爭教人少年。一汀巫峽月，兩岸子規天。山影似相伴，濃遮到曉船。

游邊云：邊雲四顧濃，飢馬咬枯叢。萬里八九月，一身西北風。戍營天正黑〔五〕，戰地雪多紅〔六〕。昨夜東歸夢，桃開晚色中〔七〕。

寄南嶽玄泰布衲云〔八〕：曹溪入室人，終老甚難群〔九〕。四十餘年內，青山與白雲。松和巢鶴看，果共野猿分。海内僧來説，高名自小聞。

【校箋】

〔一〕詩題「禪」字原闕，據《全唐詩》補。

〔二〕「晚來」原作「曉來」，據《全唐詩》改。

〔三〕此句《弘秀集》作「蟾聲催菊笑」。

〔四〕此句《弘秀集》作「早晚雲泥外」。

〔五〕「戍營」，《弘秀集》作「偷營」。

〔六〕「戰地」原作「戰馬」，據《弘秀集》改。

〔七〕此句《弘秀集》作「桃花暖色中」。

〔八〕詩題《弘秀集》作《贈南岳玄泰禪師》。

〔九〕「難群」原作「孤群」，據《弘秀集》改。

僧曇翼

招隱詩云：連峰數千里，修林帶平津。雲起遠山翳，風至梗荒榛。茅茨隱不見，鷄鳴知有人。躡蹬踐其跡，處處見遺薪。乃知百代下，固有上皇民〔一〕。

【校箋】

〔一〕梁釋慧皎《高僧傳》卷五《竺道壹傳》：「時若耶山有帛道猷者……與道壹經有講筵之遇，復與一書云：『始得優游山林之中，縱心孔釋之書，觸興爲詩，凌峰采藥，樂有餘也，但不得與足下同，日以爲恨耳。』因有詩曰：『連峰數千里，修林帶平津。雲過遠山翳，風至梗荒榛。茅茨隱不見，鷄鳴知有人。故步踐其跡，處處見遺薪。始知百代下，固有上皇民。』」蓋晉、宋間詩也。胡震亨《唐音癸籤》卷三二論《唐詩紀事》云：「晉釋帛道猷詩，誤作曇翼，列僧中。」固早已言之矣。「風至梗荒榛」句，「梗」誤作「莄」，據改。餘仍之，詩實當刪。

僧清塞

贈王道士云〔一〕：藥力資蒼鬢，應非舊日身。一爲嵩嶽客，幾葬洛陽人。石縫瓢探水〔二〕，雲根斧斷薪。關西往來路〔三〕，誰得水銀銀？

山舍秋思云〔四〕：一從雲水住，曾不下西岑。落木孤猿在，秋庭積葉深〔五〕。泉流通井脈，蟲響出牆陰。靜夜溪聲徹〔六〕，寒燈獨自吟〔七〕。

早秋別盧玄休云〔八〕：此別經歲近〔九〕，唯約半年回〔一〇〕。野渡人初過，前山雲未開〔一一〕。雁群逢燒斷〔一二〕，林色映川來〔一三〕。清夜蘆中客〔一四〕，嚴家有釣臺。

贈幻群法師云〔一五〕：北京從別後〔一六〕，南越幾聽砧〔一七〕？住久白髭出〔一八〕，講長黄葉深〔一九〕。香連隣舍像，磬徹遠巢禽。寂寞應關道〔二〇〕，何人見此心。

送耿逸人南歸云〔二一〕：南行隨越僧，舊業一池菱〔二二〕。兩鬢已如雪〔二三〕，五湖歸挂罾。夜濤鳴栅鎖，寒葦露船燈。此去應無事〔二四〕，却來期未能〔二五〕。

辭姚合云〔二六〕：波濤千里隔，抱疾亦相尋。會宿逢高燒，辭歸值積霖〔二七〕。叢桑山店迥，孤燭海船深。尚有重來約〔二八〕，知無省閤心。

早秋過郭涯書堂云〔二九〕：暑消崗舍清，閑話有餘情〔三〇〕。石水生茶味，松風减扇聲〔三一〕。遠雲收海雨，靜角捔山城〔三二〕。此地秋吟苦，時來遶菊行。

送晏上人云：絶頂無禪侶，長懷落髮師。齋歸門掩雪，講徹樹生枝。沙井泉澄疾，秋鐘韻盡遲。將行誰請住，又爽赤城期〔三三〕。

送康紹歸建業云〔三四〕：南朝秋色滿，歸去意如何〔三五〕？帝業空城在，民田壞塚多〔三六〕。月圓臺獨上〔三七〕，粟綻寺頻過。籬下西江闊〔三八〕，相思見白波。

贈柏巖禪師云〔三九〕：野寺絶依念，靈山曾徧行〔四〇〕。老來披衲重，病起讀經生。乞食嫌村遠，尋溪愛路平。多年柏巖住，不記柏巖名〔四一〕。

贈胡僧云：瘦形無血色〔四二〕，草履着從穿〔四三〕。閑話似持呪〔四四〕，不眠同坐禪。背經來漢地，袒膊過冬天。情性人難會，游方應信緣。

贈絶粒僧云〔四五〕：一齋難過日，況是更休糧〔四六〕。養力時行道，聞鐘不上堂。唯留煨藥火〔四七〕，不寫化金方〔四八〕。舊有山廚在，從僧請作房。

晚秋江館云〔四九〕：病寄西州居帶城〔五〇〕，傍門孤柳一蟬鳴〔五一〕。澄江月上見魚擲，荒徑葉乾聞犬行〔五二〕。越島夜無侵閣色〔五三〕，寺鐘涼有隔原聲〔五四〕。故園賣盡休歸去〔五五〕，湖水秋來空自平。

贈李道士云〔五六〕：布褐高眠石竇春，迸泉多濺黑紗巾。昂頭説易當閑客〔五七〕，落手圍棋對俗人。自算天年窮甲子，誰同雨夜守庚申？擬歸太華何時去？他日相尋乞藥銀〔五八〕。

秋日同朱慶餘懷少室舊隱云〔五九〕：曾居少室黄河畔，秋夢長懸未得回〔六〇〕。扶病半年離水石〔六一〕，思歸一夜隔風雷。荒齋幾度僧眠起〔六二〕，晚菊頻經鹿踏來〔六三〕。燈下此心誰共説〔六四〕？傍松幽逕幾多苔〔六五〕。

宿隱静寺云〔六六〕：一宿五峰盃渡寺，虚廊中夜磬聲分。疎林未落上方月，幽澗忽生平地雲〔六七〕。高鳥背泉棲静境〔六八〕，遠人當燭想遺文。暫來此地歇勞足，望斷故山滄海濆〔六九〕。

湘漢懷傑公云〔七〇〕：一宿空山聽急流，仍同賈客坐歸舟〔七一〕。遠書來隔巴陵雨，衰鬢去經彭蠡秋〔七二〕。不擬爲身謀舊業，終求斷穀隱嵩丘〔七三〕。吾宗尚作無憀者〔七四〕，中夜廢吟生旅愁〔七五〕。

重陽詩云：雲木疎黄秋滿川，茱萸風裏一樽前。幾回爲客逢佳節，曾見何人再少年？霜報征衣冷針指，雁驚幽隱泣雲泉。古來醉樂皆難得，留取窮通委上天。

師東洛人，姓周氏。少從浮圖，法名清塞，遇姚合而返初，易名賀。初與賈長江、無可齊名。賀哭柏巖師云：林逕西風急，松枝講杪餘。凍髭亡夜剃，遺偈疾時書。地燥焚身後，堂空卧影初。此時頻淚下，曾省到吾廬。時島亦有詩云：苔覆石床新，師曾過幾春。

寫留行道影，焚却坐禪身。塔院關松雪，房廊鎖露塵。自嫌雙淚下，不是解空人。時謂相併云〔七六〕。

兩鬢已垂白，五湖歸挂罾。夜濤驚栅鎖，寒葦露船燈。送耿逸人南歸句〔七七〕。谷水生茶味，林風減扇聲。早秋過郭涯書堂句〔七八〕。磬徹遠巢禽。贈幻群法師句〔七九〕。伊流背行客，岳響答清猿。出關寄賈島句〔八〇〕。右張爲取作主客圖。

唐有周賀詩，即清塞也〔八一〕。

秋宿洞庭云〔八二〕：洞庭初葉下，旅客不勝愁。明月天涯夜，青山江上秋。一官成白首，萬里寄滄洲。只被浮名繫，寧無愧海鷗。

巴陵秋思云〔八三〕：楊柳已秋色〔八四〕，楚田方刈禾。歸心病起切〔八五〕，敗葉夜來多。細雨城蟬噪〔八六〕，殘陽嶠客過〔八七〕。故鄉餘業在〔八八〕，杳隔洞庭波。

岳陽樓云：平楚起寒色，杪秋猶未還。世情何處淡，湘水向人閒。空翠隱高鳥，夕陽歸遠山。孤舟萬餘里，惆悵洞庭間。三詩作周賀。

方干滁上懷賀云〔八九〕：就枕忽不寐，孤懷興嘆初。南譙收舊曆，上苑絶來書。暝雪細聲積，晨鐘寒韻疎。侯門昔彈鋏，曾共食無魚。

【校箋】

〔一〕《文苑英華》卷二二九載此詩，題周賀作。《弘秀集》、《衆妙集》作《贈道士》，題清塞作。

〔二〕「石縫」原作「冰縫」，據《文苑英華》及《弘秀集》、《衆妙集》改。

〔三〕「路」原作「熟」，據《文苑英華》、《弘秀集》及《衆妙集》改。

〔四〕詩題《弘秀集》同，《周賀詩集》作《山居秋思》。

〔五〕二句原作「故水故園在，秋庭秋葉深」，據《周賀詩集》改。《弘秀集》作「洛水故園在，秋庭積葉深」。

〔六〕「溪聲」原作「更聲」，《弘秀集》同，據《周賀詩集》改。

〔七〕「獨自吟」，《周賀詩集》作「尚獨吟」，《弘秀集》作「獨向吟」。

〔八〕詩題《弘秀集》同，《周賀詩集》作《早春越中留故人》。

〔九〕「近」原作「久」，《弘秀集》同，據《周賀詩集》改。

〔一〇〕「半年」原作「半夜」，據《周賀詩集》及《弘秀集》改。

〔一一〕「雲」原作「雪」，《弘秀集》同，據《周賀詩集》改。

〔一二〕「逢燒」原作「逢曉」，《弘秀集》同，據《周賀詩集》改。

〔一三〕此句原作「秋色映春來」，《弘秀集》同，據《周賀詩集》改。

〔一四〕此句原作「是夜蘆花宿」，《弘秀集》同，據《周賀詩集》改。

〔一五〕詩題《弘秀集》作《送幻群》與此同，《全唐詩話》訛作《贈幼群法師》。《周賀詩集》作《送幻法師》，《文苑英華》卷二二二作《贈幻法師》，《衆妙集》作《贈幻師》，省稱也。

〔一六〕「從」，《弘秀集》、《衆妙集》同，《周賀詩集》、《文苑英華》作「一」。

〔一七〕「南越」，《周賀詩集》、《文苑英華》、《弘秀集》同，《衆妙集》作「吴越」。

〔一八〕「白髭」，《弘秀集》、《衆妙集》同，《周賀詩集》、《文苑英華》作「白髮」。

〔一九〕「黄葉」，《弘秀集》、《衆妙集》同，《周賀詩集》、《文苑英華》作「枯葉」。

〔二〇〕《文苑英華》此句作「寂默聞高道」。

〔二一〕詩題《周賀詩集》作《送耿山人歸湖南》，《弘秀集》作《送耿上人歸湖南》。「上人」當是「山人」之誤。

〔二二〕此句《弘秀集》同，《周賀詩集》作「别業幾池菱」。

〔二三〕「如雪」，《周賀詩集》作「垂白」，《弘秀集》作「垂雪」。

〔二四〕「應」，《弘秀集》同，《周賀詩集》作「已」。

〔二五〕「期未能」，《弘秀集》同，《周賀詩集》作「知不能」。

〔二六〕詩題《周賀詩集》作《留辭杭州姚合郎中》，《弘秀集》作《留别杭州姚合郎中》。

〔二七〕「積霖」原作「雨淋」，據《周賀詩集》、《弘秀集》改。

〔二八〕「約」原作「計」，據《周賀詩集》、《弘秀集》改。

〔二九〕詩題原作《早秋至郭勁書齊》，據《周賀詩集》及《弘秀集》改。

〔三〇〕「閑話」原作「閑坐」，據《弘秀集》改。《周賀詩集》作「閑語」。

〔三一〕「松風」原作「秋風」，據《周賀詩集》及《弘秀集》改。

〔三二〕「遠雲」二句，《弘秀集》同，《周賀詩集》作「遠分臨海雨，靜覺掩山城」。

〔三三〕此詩《周賀詩集》、《弘秀集》題作《書實上人房》。起句二書作「絶頂言無伴」。次句同，唯「落髪」《周賀詩集》作「剃髪」。中兩聯同，此「泉澄」原作「泉燈」，據改。收句《周賀詩集》作「里閭還受請，空有向南期」，《弘秀集》作「里中還受請，又爽赤城期」。「赤城」此原作「禁城」，據改。

〔三四〕詩題「康紹」原作「康沼」，據《周賀詩集》、《弘秀集》改。《文苑英華》卷二七九「康紹」誤作「唐紹」。

〔三五〕此句原作「歸去思何如」，據《周賀詩集》、《文苑英華》、《弘秀集》改。

〔三六〕「民田」原作「民耕」，據《周賀詩集》、《文苑英華》、《弘秀集》改。

〔三七〕「月圓」原作「月明」，據《周賀詩集》、《文苑英華》及《弘秀集》改。

〔三八〕「闊」，《文苑英華》同，《周賀詩集》、《弘秀集》作「水」。

〔三九〕詩題《衆妙集》同，《周賀詩集》、《弘秀集》無「贈」字。

〔四〇〕「靈山」原作「空山」，《弘秀集》同，據《周賀詩集》改。

〔四一〕「不記」，《周賀詩集》同，《弘秀集》作「不識」，《衆妙集》作「空識」。
〔四二〕「瘦形」原作「瘦影」，據《周賀詩集》改。
〔四三〕此句《周賀詩集》及《文苑英華》卷二六一作「草履著行穿」。
〔四四〕「閑話」原作「閑語」，據《周賀詩集》及《文苑英華》改。
〔四五〕詩題《周賀詩集》、《弘秀集》作《休糧僧》。
〔四六〕「況是」原作「況復」，據《周賀詩集》、《弘秀集》改。
〔四七〕「煨藥」，《弘秀集》同，《周賀詩集》作「温藥」。
〔四八〕「不寫」，《周賀詩集》作「未寫」，《弘秀集》作「豈寫」。
〔四九〕詩題《周賀詩集》作《晚題江館》，《文苑英華》卷二六一作《晚秋江館書事寄姚郎中》，《弘秀集》作《晚秋江館寄姚郎中》。
〔五〇〕「西州」，《文苑英華》、《弘秀集》同，《周賀詩集》作「曲江」。
〔五一〕「孤柳」原作「高柳」，據《周賀詩集》、《文苑英華》及《弘秀集》改。
〔五二〕「荒徑葉乾」，《文苑英華》、《弘秀集》同，《周賀詩集》作「晚徑葉多」。
〔五三〕「越島」原作「越嶠」，據《周賀詩集》、《文苑英華》及《弘秀集》改。
〔五四〕「涼有隔原聲」，《周賀詩集》同，《文苑英華》、《弘秀集》作「寒有隔源聲」。
〔五五〕「賣盡」，《弘秀集》同，《周賀詩集》作「盡賣」，《文苑英華》作「賣卜」，非。

〔五六〕詩題《周賀詩集》、《文苑英華》卷二六一及《弘秀集》俱作《贈道人》。

〔五七〕此句《周賀詩集》作「搖頭説易當朝客」，《文苑英華》、《弘秀集》作「搖頭説易當朝秀」，「當」原作「常」，據改。

〔五八〕「相尋」原作「相逢」，據《周賀詩集》、《文苑英華》及《弘秀集》改。

〔五九〕詩題原作《秋日同朱度餘懷少室舊隱》，《周賀詩集》作《同徐處士秋懷少室舊居》，《弘秀集》作《同徐處士秋懷少室故居》。今按《周賀詩集》（《四部叢刊》影宋刊本）中，尚有《同朱慶餘宿翊西上人房》、《送朱慶餘》、《贈朱慶餘校書》三首，則此「度餘」當是「慶餘」之誤。今據改。

〔六〇〕「未得回」原作「未到迴」，據《周賀詩集》、《弘秀集》改。

〔六一〕「半年」原作「十年」，據《周賀詩集》、《弘秀集》改。

〔六二〕「僧」原作「曾」，據毛本改。《周賀詩集》、《弘秀集》此句作「荒齋幾遇僧眠後」。

〔六三〕「鹿踏」原作「塵路」，據《周賀詩集》、《弘秀集》改。

〔六四〕「誰」，《周賀詩集》同，《弘秀集》作「君」。

〔六五〕「幾多苔」，《弘秀集》同，《周賀詩集》作「已多栽」。

〔六六〕詩題《周賀詩集》、《文苑英華》卷二三七及《弘秀集》作《宿隱靜寺上方》。

〔六七〕「幽澗」，《周賀詩集》、《文苑英華》及《弘秀集》作「深澗」。

〔六八〕「高鳥」，《文苑英華》同，《周賀詩集》、《弘秀集》作「幽鳥」；「棲靜境」原作「生靜景」，據上三書改。

〔六九〕「故山」原作「故園」，據《周賀詩集》、《文苑英華》及《弘秀集》改。

〔七〇〕詩題《周賀詩集》、《弘秀集》作《湘漢旅懷翁傑》。

〔七一〕「歸舟」原作「孤舟」，據《周賀詩集》、《弘秀集》改。

〔七二〕「衰鬢去經」原作「雙鬢去驚」，據《周賀詩集》、《弘秀集》改。

〔七三〕此句《周賀詩集》作「終期斷穀隱高丘」，《弘秀集》作「終期斷穀隱嵩丘」。

〔七四〕「無憀者」，《弘秀集》同，《周賀詩集》作「無爲者」。

〔七五〕「廢吟」，《弘秀集》同，《周賀詩集》作「閑吟」。

〔七六〕《摭言》卷一〇：「周賀少從浮圖，法名清塞，遇姚合而反初。詩格清雅，與賈長江、無可上人齊名。島《哭柏巖禪師》詩，籍甚。及賀賦一篇，與島不相上下。島曰：『苔覆石牀新，師曾占幾春？寫留行道影，焚却坐亡身。塔院關松雪，房廊露隙塵。自嫌雙淚下，不是解空人。』賀曰：『林逕西風急，松枝講法餘。凍鬚亡夜剃，遺偈病時書。地燥焚身後，堂空着影初。此時頻下淚，曾省到吾廬。』」「名清塞」三字原脱，據補。賀《哭柏巖師》詩，《周賀詩集》題作《哭閑宵上人》，其「林逕」作「林遠」，「疾」作「病」，「卧影」作「着影」，「淚下」作「落淚」，「曾省」作「曾憶」，當據改。賈島詩，《長江集》所載「過」作「占」，「房廊」句作「經房鎖隙塵」，餘同。

〔七七〕此四句皆《送耿逸人南歸》詩句，見前。「釣魚」原作「挂罾」，其下原衍一「句」字，據删改，並補詩題。

〔七八〕此《早秋過郭涯書堂》詩句，見前，「谷水」「林風」作「石水」「松風」，今並存，據補詩題。

〔七九〕此《贈幻群法師》詩句，見前，據補詩題。

〔八〇〕此《出關寄賈島》詩句，「行客」「清猿」，《周賀詩集》作「遠客」「啼猿」，並存，據補詩題。

〔八一〕《郡齋讀書志》卷四中：「《清塞詩》一卷。右唐僧清塞，字南卿，詩格清雅，與賈島、無可齊名。寶曆中，姚合爲杭，因攜書投謁，合聞其《哭僧》詩云：『凍鬚亡夜剃，遺偈病時書。』大愛之。因加以冠巾爲周賀云。」

〔八二〕此劉長卿《松江獨宿》詩，見《劉隨州詩集》卷三及《文苑英華》卷二九二，而《周賀詩集》不載，當删。

〔八三〕詩題《周賀詩集》及《文苑英華》卷一五八作《秋思》。

〔八四〕此句原作「揚州已寒色」，據《周賀詩集》及《文苑英華》改。

〔八五〕「病起切」，《周賀詩集》同，《文苑英華》作「疾所切」。

〔八六〕「城蟬」，《周賀詩集》同，《文苑英華》作「城鴉」。

〔八七〕「殘陽」原作「夕陽」，據《文苑英華》及《周賀詩集》改。

〔八八〕「故鄉」，《周賀詩集》作「舊山」，《文苑英華》作「古都」。「餘業」原作「余業」，據《周集》、《英華》改。

〔八九〕詩題「滁上」原作「滌上」，據《玄英先生集》改。

僧無悶

暮春送人云：折柳亭邊手重攜，江烟淡淡草萋萋。杜鵑不顧離人意〔一〕，更向落花枝上啼。寒林石屏云：草堂無物伴身閑，唯有屏風枕簟間。本向他山求得石，却于石上看他山。

【校箋】

〔一〕「不顧」，《弘秀集》同，《萬首唐人絶句》作「不解」。

僧文益

看牡丹云：擁毳對芳叢，由來趣不同。髮從今日白，花是去年紅。豔色隨朝露〔一〕，馨香逐晚風。何須待零落，然後始知空。覩木平和尚云：木平山裏人，貌古言復少。相看陌路同，論心秋月皎。懷衲線非蠶，助歌聲有鳥。城闕今日來，一漚曾已曉〔二〕。

【校箋】

〔一〕「艷色」，《弘秀集》作「艷曳」。

〔三〕「一漚」原作「一謳」，據《弘秀集》改。

僧修睦

秋日閑居云：是事不相關，誰人似此閑。卷簾當白晝，移榻對青山。野鶴眠松上，秋苔長雨間。嶽僧頻有信，昨日得書還。

宿岳陽開元寺云：竟夕憑虛檻，何當興歎頻。往來人自老，今古月長新。風逆沉漁唱〔一〕，松疎露鶴身。無眠鐘又動，幾客在迷津？

雪中送人北游云：然知心去速〔二〕，其奈雪飛頻。莫喜無危道〔三〕，雖平更陷人。遠郊光接漢，曠野色通秦。此去迢遥極，却回應過春。

送邊將云：人盡有離別，而君獨無嗟〔四〕。言將身報國，敢望禄榮家。戰思風吹野，鄉心月滿沙〔五〕。歸期定何日，塞北樹無花。

睡起作云：長空秋雨歇，睡起覺精神。看水看山坐，無名無利身。偈吟諸祖意，茶碾去年春。此外誰相識，孤雲到砌頻。

賣松者云：求利有何限，將松入市來。直饒人買去，也向柳邊栽。細葉猶黏雪，孤根尚惹苔。知君用心錯，舉世重花開。

落葉云：雨過閑田地，重重落盡紅。翻思向春日，肯信有秋風！幾處隨流水，何邊亂暮空〔六〕？祇應松自立，而不與君同。

落花云：一片又一片，等閑苔面紅。不能延數日，開亦是春風。公子歌聲歇，詩人眼界空。遥思故山下，經雨兩三叢。

題田道者院云：入門空寂寂，真個出家兒。有行鬼不見，無心人謂痴。古巖寒柏對，流水落花隨。欲别一何懶，相從所恨遲〔七〕。

題東林云〔八〕：欲去不忍去，徘徊吟遶廊。水光秋淡蕩，僧好語尋常。碑古苔文疊，山晴鐘韻長。翻思南嶽上，欠此白蓮香。

思齊己上人云：同人與流俗，相謂好襟靈。有口不他説，長年自誦經。水聲秋後室，山色晚來庭。客問修何法？指松千歲青。

送玄泰禪師云：去去去何住？一盂兼一瓶。水邊寒草白，鳥外晚峰青。宿處林聞虎，行時天有星。回期誰可定，浮世重看經。

三生石云：聖跡誰會得，每到亦徘徊。一尚不可得，三從何處來？清宵寒露滴，白晝野雲隈。應是表靈異，凡情安可猜。

【校箋】

〔一〕「風逆」原作「風送」，據《弘秀集》改。

〔二〕「然知」，猶雖知也。《弘秀集》同，毛本改作「雖知」，非。

〔三〕「莫喜」原作「莫笑」，據《弘秀集》改。

〔四〕「無嗟」，《弘秀集》作「可嗟」。

〔五〕「滿沙」，《弘秀集》作「照沙」。

〔六〕「何邊」，《弘秀集》作「河邊」，毛本從之。按，「何邊」，猶何方也，作「河」誤。

〔七〕「相從」原作「相於」，據《弘秀集》改。

〔八〕詩題《弘秀集》作《東林寺》。

僧景雲

老僧云：日照西山雪，老僧門始開。凍瓶黏柱礎，宿火陷爐灰。童子病歸去，鹿麋寒入來。齋鐘知漸近，飯鳥下生臺〔一〕。

溪叟云：溪翁居處靜，溪鳥入門飛。早起釣魚去，夜深乘月歸。露香菰米熟，烟暖荇絲肥。瀟灑塵埃外，扁舟一草衣。

畫松云：畫松一似真松樹，且待尋思記得無？曾在天台山上見，石橋南畔第三株。

岑參有偃師東與韓樽同詣景雲暉上人即事云〔二〕：山陰老僧解楞伽，潁陽歸客遠相過。烟深草濕昨夜雨，雨後秋風渡漕河。空山終日塵事少，平郊遠見行人小。尚書磧上黄昏鐘，别駕渡頭一歸鳥。

【校箋】

〔一〕《弘秀集》載此詩，屬景雲作。篇末有注云：「施食臺，謂之生臺。」按此詩已見本書卷六五鄭綮下，只前六句，蓋采自《北夢瑣言》也。詩實八句。胡震亨《唐音統籤》以爲當是鄭綮作，「或以爲釋景雲詩者非」。是也。「鹿麋」原作「鹿糜」，「飯鳥」原作「枝鳥」，據《弘秀集》改。

〔二〕詩題《岑嘉州詩》各本俱作《偃師東與韓樽同詣景雲暉上人即事》，此脱一「暉」字，據補。蓋所詣乃「暉上人」，「景雲」，則所居寺名也。于僧景雲下引之，實誤。當删。《全唐詩》卷八〇八「景雲」下云：「景雲，善草書，與岑參同時。」詩三首。所録即此《老僧》、《溪叟》、《畫松》三詩，是兩承《紀事》之誤矣。

唐詩紀事校箋卷第七十七

僧棲一

垓下懷古云：緬想咸陽事可嗟，楚歌哀怨思無涯。八千子弟歸何處？萬里鴻溝屬漢家。弓指陣前爭日月，血流垓下定龍蛇。拔山力盡烏江水，今古悠悠空浪花。

武昌懷古云：戰國城池盡悄然，昔人遺跡遍山川。笙歌罷吹幾多日？臺榭荒凉七百年。蟬響夕陽風滿樹，雁横秋島雨漫天〔一〕。堪嗟世事如流水〔二〕，空見蘆花一釣船。

【校箋】

〔一〕「漫」原作「來」，據《弘秀集》改。

〔二〕「堪嗟」原作「傷嗟」，據《弘秀集》改。

僧可止

贈楚川長老云：瘦顏顴骨見，滿面雪毫垂。坐石鳥疑死，出門人謂癡。照身潭入楚，浸影檜生隋。太白曾經夏，清風涼四肢。

哭賈島云：燕生松雪地，蜀死葬山根。詩僻降今古，官卑誤子孫。塚欄寒月色，人哭苦吟魂。暮雨滴碑字，年年添蘚痕。

送僧云：四海無拘繫，行心興自濃。百年三事衲，萬里一枝笻。夜減當晴影，春消過雪蹤〔一〕。白雲深處去，知宿在何峰？

寄麥積山會如長老云：默然知大道〔二〕，塵世不相關。青檜行時靜，白雲禪處閑。貧高一生行，病長十年顏。夏滿期游寺，尋山又下山〔三〕。

雪十二韻云：落處咸過尺，脩然物像淒。端嚴金殿上，寒甚玉關西。潤比江河普，明將日月齊。凌雲花頂膩，鎖徑竹梢低。出谷樵人怯，歸林野鳥迷。煮茶融破練，磨墨染成衣。陷兔埋平澤〔四〕，和魚凍合溪。入樓消酒力，當檻寫詩題。道路依憑馬，朝昏委託鷄。洞深猿作族，松亞鶴移棲。及夏清巖穴，經春溜石梯。豐年兼泰國，天道育黔黎〔五〕。

山居云：雪消春力展，花幔洞門垂〔六〕。果長纖枝曲，巖崩直道移。重猿圍淺井，鬬鼠下疎籬。寒食煙微有，高風勢徹陂。

【校箋】

〔一〕「蹤」原作「縱」，據《弘秀集》改。

〔二〕「知」原作「如」，據《弘秀集》改。

〔三〕「下山」原作「訪山」，據《弘秀集》改。

〔四〕此句原作「焰兔埋平驛」，據毛本改。

〔五〕「黔黎」原作「黥黎」，據毛本改。

〔六〕「花幔」原作「花漫」，據毛本改。

僧卿雲

秋日江居閑詠云：寄居江島邊，閑詠見秋殘〔一〕。草白牛羊瘦，風高猿鳥寒。檢方醫故疾，挑薺備中飡。時復停書卷，鋤莎種木蘭〔二〕。

送人游塞云：去去玉關路，省君曾未行。塞深多伏寇，時靜亦屯兵〔三〕。雪每先秋降，花常近夏生。閑陪射雕將，應到受降城。

長安言懷寄沈彬侍郎云：故園黎嶺下，歸路接天涯。生作長安草，勝爲邊地花。雁南飛不到，書北寄來賒。堪羨神仙客，青雲早致家。

舊國里云：舊居黎嶺下，風景近炎方。地暖生青草，家貧覺歲長。石房雲過濕，松逕雨餘香。日夕竟無事〔四〕，詩書聊自强。

【校箋】

〔一〕「見」，《弘秀集》作「幾」。

〔二〕「鋤莎」原作「鋤沙」，據《弘秀集》改。

〔三〕「亦」原作「欲」，據《弘秀集》改。

〔四〕「日夕竟」原作「日久覺」，據《弘秀集》改。

僧處默

題聖果寺云：路自中峰上，盤迴出薜蘿。到江吴地盡，隔岸越山多。古木叢青靄，遥天浸白波。下方城郭近，鐘磬雜笙歌〔一〕。

山中作云：席簾高卷枕高欹〔二〕，門掩垂蘿蘸碧溪。閑把史書眠一覺，起來山月過松西。

螢云：熠熠與娟娟，池塘竹樹邊。亂飛如拽火，成聚却無烟。微雨灑不滅，輕風吹欲燃。昔時書案上，頻把作囊懸。

遠烟云：靄靄前山上，凝光滿薜蘿。高風吹不盡，遠樹得偏多。翠與晴雲合，輕將淑氣和。正堪流野目，朱閣意如何？

送僧游西域云：一盂兼一錫，衹此度流沙。野性雖爲客〔三〕，禪心即是家。寺披雲嶠雪〔四〕，路入曉天霞。自説游諸國，回應歲月賒。

憶廬山舊居云：粗衣糲食老烟霞，勉把衰顔惜歲華〔五〕。獨鶴衹爲山客伴，閑雲長在野僧家〔六〕。叢生嫩蕨沾松粉，自落乾薪帶蘚花。明月清風舊相得〔七〕，十年歸恨可能賒？

題棲霞僧房云：名山不取買山錢，任構花宫近碧巔〔八〕。松檜老依雲裏寺〔九〕，樓臺深鎖洞中天。風經險嶂迴疎雨，石倚危屏掛落泉。欲結茅庵共師坐〔一〇〕，肯饒多少薜蘿煙？

織婦云：蓬鬢蓬門積恨多，夜闌燈下不停梭。成縑猶自陪錢納，未值青樓一曲歌。

【校箋】

〔一〕「雜」原作「接」，據《弘秀集》、《全唐詩話》改。

〔二〕此句原作「蓆簾高挂枕高歌」，據《弘秀集》改。

〔三〕「雖」原作「難」，據《弘秀集》改。

〔四〕「披」原作「投」，《弘秀集》同，據毛本改。

〔五〕「把」原作「抱」，《弘秀集》同，據毛本改。

〔六〕「長」原作「常」，據《弘秀集》改。

〔七〕「相得」原作「相識」，據《弘秀集》改。

〔八〕「構」原作「創」，據《弘秀集》改。

〔九〕「松檜」原作「松桂」，據《弘秀集》改。

〔一〇〕「共師坐」，《弘秀集》作「體師住」。

僧澹交〔一〕

病後作云：未得亡身法〔二〕，此身終未安。病腸猶可洗，瘦骨不禁寒〔三〕。藥少心情餌〔四〕，經無氣力看。悠悠片雲質，獨對夕陽殘〔五〕。

寫真云：圖形期自見，自見却傷神。已是夢中夢，更逢身外身。水花凝幻質，墨彩聚空塵〔六〕。堪笑余兼爾，俱爲未了人。

效古云：榮辱又榮辱，一何翻與覆！人生百歲中，孰肯死前足。玄鬢忽如絲，青叢不再緑。自古爭名徒，黄金是誰禄？

【校箋】

〔一〕「澹」原作「淡」，據毛本改。

〔二〕「亡身」原作「身亡」，據《弘秀集》改。

〔三〕「不禁」，《弘秀集》作「不勝」。

〔四〕「心情」原作「心神」，據《弘秀集》改。

〔五〕「獨對」原作「獨坐」，據《弘秀集》改。

〔六〕「聚」原作「染」，據《弘秀集》改。

僧若虛

欒真觀云：欒氏騎龍上碧天，東吴遺宅尚依然。悟來大道無多事，真後丹丸不值錢〔一〕。老樹夜風蟲咬葉，古垣春雨蘚生氈〔二〕。松傾鶴死桑田變〔三〕，華表歸鄉未有年。

懷廬山舊隱云：九疊嵯峨倚着天，悔隨寒瀑下巖烟〔四〕。深秋猿鳥來心上，夜靜杉松到眼前。書架想遭苔蘚裹，石窗應被薜蘿纏。一枝筇竹游江北〔五〕，不見爐峰二十年。

古鏡云：軒后洪爐獨鑄成，蘚痕磨落月輪呈。萬般物象皆能鑒，一箇人心不可明。匣内乍開鸞鳳活，臺前高掛鬼神驚。百年肝膽堪將比，只怕頻看素髮生。

【校箋】

〔一〕「丹丸」原作「丹元」，據《弘秀集》改。

〔二〕「氊」原作「輒」，據《弘秀集》改。

〔三〕「鶴」原作「烏」，據《弘秀集》改。

〔四〕「悔」原作「每」，據《弘秀集》改。

〔五〕「筇竹」原作「筇杖」，據《弘秀集》改。

僧隱巒〔一〕

蜀中送人游廬山云：君游正值芳春月，蜀道千山皆秀發。溪邊十里五里花，雲外三峰兩峰雪〔二〕。君上匡山我舊居，松蘿抛擲十年餘。君行試到山前問，山鳥只今相憶無？

牧童云：牧童見人俱不識〔三〕，盡着芒鞋戴箬笠〔四〕。朝陽未出衆山晴〔五〕，露滴簑衣猶半濕。二月三月時，平原草初緑。三箇五箇騎羸牛，前村後村來放牧〔六〕。笛聲纔一舉，衆稚齊歌舞。看看白日向西斜〔七〕，各自騎牛又歸去。

逢老人云：路逢一老翁，兩鬢白如雪。一里二里行，四回五回歇。

【校箋】

〔一〕「隱巒」原作「僧巒」，據毛本改。《萬首唐人絶句》、《弘秀集》皆作「隱巒」。

〔二〕此句原作「雲上三峰五峰雪」，據《弘秀集》改。
〔三〕「識」原作「會」，據毛本改。
〔四〕此句原作「盡着芒難戴簑笠」，據《弘秀集》改。
〔五〕「晴」原作「時」，據《弘秀集》改。
〔六〕「來」原作「未」，據《弘秀集》改。
〔七〕「向」原作「又」，據《弘秀集》改。

僧曇域

宿鄭諫議山居云：堂開星斗邊，大諫採薇還。禽隱石中樹，月生池上山。涼風吹詠思，幽語隔禪關。莫擬歸城計，終妨此地閑。

懷齊己云：鬢髯秋景兩蒼蒼，靜對茅齋一炷香。病後身心俱澹泊〔一〕，老來朋友半凋傷。峨眉山色侵雲直，巫峽灘聲入夜長。猶喜深交有支遁，時時音信到松房。

贈島雲禪師云：遠庵枯葉滿，群鹿亦相隨。頂骨生新髮，庭松長舊枝。禪高太白月，行出祖師碑。亂後潛來此，南人總不知。

【校箋】

〔一〕「澹泊」原作「澹薄」，據《弘秀集》改。

僧懷楚

謝友人見訪留詩云：軒車誰肯到？泉石自相親。暮雨凋殘寺，秋風悵望人。庭新一片葉，衣故十年塵。賴有瑶華贈，清吟愈病身。

送新平故人云：遠聽鷓鴣思舊友〔一〕，又因蝴蝶夢生涯。一千餘里河連郭，三十六峰寒到家。陰島宜分東虢雁〔二〕，晴樓高入上陽鴉。姜嫄廟北與君别〔三〕，應笑薄寒悲落花。

【校箋】

〔一〕「遠聽」，《弘秀集》作「常得」。

〔二〕「東虢」原作「東曉」，據《弘秀集》改。

〔三〕「姜嫄」原作「姜原」，據《弘秀集》改。

僧懷浦

贈智舟三藏云〔一〕：壯歲心難伏，師心伏豈難。尋常獨在院，行坐不離壇。嶽雪當禪暝，松聲入呪寒。更因文字外，多把史書看。

初冬旅舍早懷云：枕上角聲微，離情未息機。夢回三楚寺，寒入五更衣。月没棲禽動〔二〕，霜晴凍葉飛。自慚行役早，深與道相違。

【校箋】

〔一〕詩題「智舟」原作「智丹」，據《弘秀集》改。

〔二〕「棲禽」原作「棲鳥」，據《弘秀集》改。

僧慕幽

冬日淮上别文上人云：家國各萬里，同吟六七年。可堪隨北雁，迢遞向南天。水共行人遠，山將落日連。春淮有雙鯉，莫忘尺書傳。

酬和友人見寄云：勞歌好自看，終久偶齊桓。五字若教易，一名爭得難。侵窗紅樹老，蔭砌雪花殘〔一〕。莫效齊僚屬，東歸剪釣竿。

劍客云：去住知何處〔二〕？空將一劍行。殺人雖取次，爲事愛公平。戟立嗔髭鬢，星流忿眼睛。曉來湘市説〔三〕，拂曙别遼城。

柳云：今古憑君一贈行，幾回折盡復重生。五株斜傍淵明宅，千樹低垂太尉營。臨水帶烟藏翡翠，倚風兼雨宿流鶯。隋皇堤上依依在，曾惹當時歌吹聲。

燈云：鐘斷危樓鳥不飛，熒熒何處最相宜。香燃水寺僧開卷，筆寫春闈客著詩〔四〕。

忽爾思多穿壁處，偶然心盡斷纓時。孫康勤苦誰能念？少減餘光借與伊。

三峽聞猿云：誰向兹來不恨生，聲聲都是斷腸聲[五]。七千里外一家住，十二峰前獨自行。瘴雨晚藏神女廟[六]，蠻煙寒鎖夜郎城。憑君且莫哀吟好，會待青雲道路平。

【校箋】

[一]「蔭」原作「陰」，據《弘秀集》改。

[二]「知」原作「如」，據毛本改。

[三]「湘市」，毛本作「相共」，非。此言其千里神行也。

[四]「春闈」原作「春幃」，據《全唐詩話》改。

[五]「都是」原作「聲是」，據《弘秀集》改。

[六]「瘴雨」原作「嶂雨」，據《弘秀集》改。

僧尚顏

言興云：矻矻被吟牽，因師賈閬仙。江山風月處，一十二三年。雅頌在于此，浮華致那邊。猶慚功未至，謾道近千篇。

懷陸龜蒙處士云：布褐東南隱，相傳繼謝敷。高譚夫子道，靜看海山圖。事免傷心否[一]，棋逢敵手無？闕中花數内，獨不見菖蒲。

寄方干處士云：格外綴清詩，詩名獨得知。閑居公道日，醉卧牡丹時。海鳥和濤望，山僧帶雪期。仍聞稱處士，聖主肯相違。

送陸肱入關云：舟行復陸行，始得到咸京。准擬何人口，吹嘘六義名。亂山遥減翠〔二〕，叢菊早含英。衣錦還鄉日，他時有此榮。

早春送人歸岳陽云：久食主人魚，春來復舊居。遠無千里浪，輕有半船書。過片晴雲淡，消殘暮雪虚。岳陽多異境，搜思勿令疎。

寄劉逸士云：無愁無累者，偶向市朝游。此後乘孤艇，依前入亂流。高眠歌聖日，下釣坐清秋。道不離方寸，而能混俗求。

寄陳陶處士云：鍾陵城外住，喻似玉沉泥。道直貧嫌殺，神清語亦低。雪深加酒債，春盡減詩題。記得曾邀宿〔三〕，山茶又更攜〔四〕。

【校箋】

〔一〕「事免」原作「事厄」，據毛本改。

〔二〕「遥」原作「逢」，據毛本改。

〔三〕「記得」，《弘秀集》作「憶昔」。

〔四〕「又更」，《弘秀集》作「獨自」。

僧善生

送玉禪師云：飄然無定跡，迴與律乘違。入郭隨緣住，思山破夏歸。盂擎數家飯，衲乞幾人衣。洞了曹溪旨，寧輸俗者機〔一〕。

送智光之南值雨云：結束衣囊了，炎州定去游。草堂方惜别，山雨爲相留。又得一宵話，免生千里愁。莫辭重卜日，後會必經秋〔二〕。

旅中答喻軍事問客情云：一自游他國，相逢少故人。縱然爲客樂，爭似在家貧！蓄恨霜侵鬢，搜詩病入神。若非憐片善，誰肯問風塵？

贈盧逸人云：高眠巖野間，至藝敵應難。詩苦無多首，藥靈惟一丸。引泉魚落釜，攀果露沾冠。已得嵇康趣，逢迎事每闌。

劉夢得送鴻舉師序云〔三〕：近古而降，釋子以詩聞于世者相踵焉。因定而得境，故翛然以清；由慧而遣辭〔四〕，故粹然以麗。信禪林之蘤萼，而戒河之珠璣也。柳儀曹謂〔五〕：文郁師背笈篋，懷筆牘，挾海泝江，獨行山林間，翛翛然模狀物態，搜伺隱隙，登高遠望，悽愴超忽，游其心以求勝語，若有程督之者。此二節論浮屠能詩者〔六〕，故載于卷末。

【校箋】

〔一〕《弘秀集》詩末有注云：「過夏不終，謂之『破夏』。」

〔二〕「經秋」原作「驚秋」，據《弘秀集》改。

〔三〕此見《劉夢得文集》卷七《秋日過鴻舉法師院便送歸江陵詩序》，原脱「鴻」字，據補。

〔四〕「慧」原作「惠」，據《劉夢得文集》改。

〔五〕此《柳河東集》卷二五《送文郁詩序》。

〔六〕注文「此二節」原作「此一節」，今改。殆亦校刻者所加。

唐詩紀事校箋卷第七十八

開元宫人

開元中，賜邊軍纊衣，製于宫中。有兵士于短袍中得詩曰：沙場征戍客，寒苦若爲眠！戰袍經手作，知落阿誰邊？蓄意多添線，含情更着綿。今生已過也，重結後生緣。兵士以詩白帥，帥進呈。玄宗以詩遍示宫中，曰：作者勿隱，不汝罪也。有一宫人自言萬死。上深憫之，遂以嫁得詩者，謂曰：吾與汝結今生緣。邊人感泣〔一〕。

【校箋】

〔一〕《本事詩》：「開元中，頒賜邊軍纊衣，製于宫中。有兵士于短袍中得詩曰：『沙場征戍客，寒苦若爲眠！戰袍經手作，知落阿誰邊？蓄意多添線，含情更著綿。今生已過也，重結後身緣。』

兵士以詩白于帥，帥進之。玄宗命以詩遍示六宮，曰：『有作者勿隱，吾不罪汝。』有一宮人自言萬死。玄宗深憫之，遂以嫁得詩人。仍謂之曰：『我與汝結今身緣。』邊人皆感泣。」此采之。「製于宮中」原作「製于軍中」，據改。

楊氏女

盈川姪女曰容華，有新粧詩云：宿鳥驚眠罷，房櫳乘曉開。鳳釵金作鏤，鸞鏡玉爲臺。粧似臨池出，人疑月下來。自憐終不見，欲去復徘徊〔一〕。

【校箋】

〔一〕《朝野僉載》：「楊盈川姪女曰容華，幼善屬文，嘗爲《新粧》詩，好事者多傳之。詩曰：『宿鳥驚眠罷，房櫳乘曉開。鳳釵金作鏤，鸞鏡玉爲臺。粧似臨池出，人疑月下來。自憐終不見，欲去復徘徊。』」「欲去」原作「故去」，據改。

薛彦輔母林氏〔一〕

送男左貶詩云：他日初投杼，勤王在隱兵。有辭期不罰，積意許相仍。謫宦今何在？銜冤猶未勝。天涯分越徼，驟騎速毗陵。腸斷腹非苦，書傳寫豈能。淚添江水遠，心劇海雲蒸。明月珠難識，甘泉賦可稱。但將忠報主，何懼點青蠅。

彦輔，開元時登進士第。

右按：薛播伯父元暧，終于隰城丞。其妻濟南林氏，丹陽太守洋之妹，善屬文。有子彦輔、彦國、彦偉、彦雲。及播兄據、揔，並早孤，悉爲林氏訓導，立名開元、天寶間。彦輔、據等七人，並舉進士，連中科名，衣冠榮之〔二〕。

【校箋】

〔一〕「薛」原作「韓」，據史文改，見後。

〔二〕《舊唐書》卷一四六《薛播傳》：「初，播伯父元暧終于隰城丞，其妻濟南林氏，丹陽太守洋之妹，有母儀令德，博涉五經，善屬文，所爲篇章，時人多諷詠之。元暧卒後，其子彦輔、彦國、彦偉、彦雲及播兄據、揔並早孤幼，悉爲林氏所訓導，以至成立，咸致文學之名。開元、天寶中二十年間，彦輔、據等七人並舉進士，連中科名，衣冠榮之。」「彦輔、據等七人」句，「據」原作「劇」，據改。

崔氏

盧校書年暮，娶崔氏，結褵之後，爲詩曰：不怨盧郎年紀大，不怨盧郎官職卑。自恨妾身生較晚，不及盧郎年少時〔一〕。

【校箋】

〔一〕《南部新書》丁：「盧家有子弟，年已暮而猶爲校書郎。晚娶崔氏子，崔有詞翰，結褵之後，微有慊色，盧因請詩以述懷爲戲。崔立成詩曰：『不怨盧郎年紀大，不怨盧郎官職卑。自恨妾身生較晚，不及盧郎年少時。』」

劉　氏

杜羔不第，將至家，其妻劉氏先寄詩云：良人的的有奇才，何事年年被放回？如今妾面羞君面，君到來時近夜來。羔即迴。尋登第，又寄詩云：長安此去無多地，鬱鬱葱葱佳氣浮。良人得意正年少，今夜醉眠何處樓〔二〕？

雜言寄杜羔云〔三〕：君從淮海游，再過蘭杜秋〔三〕。歸來不須臾，又欲向梁州。梁州秦嶺西，棧道與雲齊。羌虜萬餘落，戟矛自高低。已念寡儔侶，復慮勞攀躋。丈夫重志氣，兒女空悲啼〔四〕。臨邛滯游地，肯顧濁水泥。人生賦命有厚薄，君自遨游我寂寞。

羔登貞元年進士第，終工部尚書，贈右僕射，制云：生于士族，藴爲公器。敦厚孝友，本乎天性；文學政事，出于餘力。自立朝右，藹然素風。司諫平刑，駮議廉問，凡所踐歷，不懈于位。以年致政，以疾就第，出處進退，皆叶時中。白樂天之詞也。羔有詩，附李益門。羔有至性，父死河北，母不知所之，羔憂號終日，後竟得其母。又不知其父墓處，復得其墓于佛相柱上。後歷振武節度使〔五〕。

【校箋】

〔一〕《玉泉子》：「杜羔妻劉氏，善爲詩，羔累舉不中第，乃歸。將至家，妻即先寄詩與之，曰：『良人的的有奇才，何事年年被放回？如今妾已羞君面，君到來時近夜來。』羔見詩，即時而去，竟登第而返。」又，《南部新書》丁：「杜羔妻劉氏，善爲詩。羔累舉不第，將至家，妻先寄詩與之曰：『良人的的有奇才，何事年年被放回？如今妾面羞君面，君若來時近夜來。』羔見詩，即時回去。尋登第，妻又寄詩云：『長安此去無多地，鬱鬱葱葱佳氣浮。良人得意正年少，今夜醉眠何處樓？』」「妾面」原作「妻面」，「年少」原作「少年」，據《南部新書》改。杜妻《萬首唐人絶句》作「劉氏」，與此同，而《才調集》所載詩，與《雜言寄杜羔》皆題「趙氏」作，當别有所據。此條標目「劉氏」下注「或云趙氏」四字，校刻者所加。明陸時雍《唐詩鏡》卷四八録杜羔妻劉氏《杜羔不第將至家寄以二絶》，其第二首「傳聞天子訪沉淪」，本書卷八〇收入「無名氏」。陸氏録以爲劉氏作，不知何據。《御定全唐詩録》卷九九亦録作劉氏詩。

〔二〕此詩《又玄集》載之，與《才調集》同題「趙氏」作。

〔三〕「蘭杜」原作「杜蘭」，《又玄集》同，據《才調集》改，謂瀟湘間也。

〔四〕「兒女」原作「女兒」，據《又玄集》、《才調集》改。

〔五〕《新唐書》卷一七二《杜兼傳》：「從弟羔，貞元初及進士第。有至性，父死河北，母更兵亂，不知所之，羔憂號終日。及兼爲澤潞判官，鞫獄，有媪辯對不凡，乃羔母，因得奉養。而不知父墓區處，晝夜哀慟。他日，舍佛祠，觀柱間有文字，乃其父臨死記墓所在。羔奔往，亦有耆老識其壠，因是乃得葬。元和中，爲萬年令……未幾，授户部郎中，後歷振武節度使，以工部尚書致仕，卒。」白居易《故工部尚書致仕杜羔贈右僕射制》見《白氏長慶集》卷五二。

慎氏

毗陵慎氏，三史嚴灌夫之妻，以無子被出，有詩曰：當時心事已相關，雨散雲收一餉間。便是孤帆從此去，不堪重過望夫山。遂爲夫婦如初〔一〕。雲溪友議。

【校箋】

〔一〕《雲溪友議》卷上《毗陵出》條：「慎氏者，毗陵慶亭儒家之女，三史嚴灌夫因游彼，遂結姻好。同載歸蘄春，經十餘秋，無胤嗣，灌夫乃拾其過而出妻，令歸二浙。慎氏慨然登舟，親戚臨流相送，妻乃爲詩以訣灌夫，灌夫覽詩悽感，遂爲夫婦如初。……慎氏詩曰：『當時心事已相關，雨散雲飛一餉間。便是孤帆從此去，不堪重過望夫山。』」末句「爲夫婦」三字原脱，據補。

薛媛

濠梁南楚材，旅游陳潁，受潁牧之眷，無返舊意。其妻薛媛，自圖其形并詩四韻寄之，曰：欲下丹青筆，先拈寶鏡端。已驚顔索寞，漸覺鬢凋殘。淚眼描將易，愁腸寫出難。恐君渾忘却，時展畫圖看。夫婦遂偕老焉。時人嘲之曰：當時婦棄夫，今日夫離婦。若不逞丹青，空房應獨自〔一〕。雲溪友議。

【校箋】

〔一〕《雲溪友議》卷上《真詩解》條：「濠梁人南楚材者，旅游陳潁，歲久，潁守慕其儀範，將欲以子妻之。楚材家有妻，以受潁牧之眷深，忽不思義，而輒已諾之，遂遣家僕歸取琴書等，似無返舊之心也。……其妻薛媛，善書畫，妙屬文，知楚材不念糟糠之情，别倚絲蘿之勢，對鏡自圖其形，并詩四韻以寄之。楚材得妻真及詩範，遽有雋不疑之讓，夫婦遂偕老焉。里語曰：『當時婦棄夫，今日夫離婦。若不逞丹青，空房應獨自。』薛媛寫真寄夫詩曰云云。」《才調集》亦載此詩，題作《寫真寄夫南楚材》，文字並同。「自圖其形并詩四韻」原作「寫真」二字，「夫離婦」原作「夫棄婦」，「獨自」原作「獨守」，據《雲溪友議》改。

李季蘭

三峽流泉歌云〔一〕：妾家本住巫山雲〔二〕，巫山流水常自聞。玉琴奏出轉寥敻，直似當時夢中聽。三峽迢迢幾千里，一時流入幽閨裏〔三〕。巨石崩崖指下生，飛波走浪絃中起〔四〕。初疑噴怒含雷風，復似嗚咽流不通。迴湍曲瀨勢將盡〔五〕，時復滴瀝平沙中。憶昔阮公爲此曲〔六〕，能使仲容聽不足。一彈既罷還一彈〔七〕，願似流泉鎮相續〔八〕。

寄韓校書云〔九〕：無事烏程縣，蹉跎歲月餘。不知芸閣吏〔一〇〕，寂寞意何如〔一一〕？遠水浮仙棹，寒星伴使車。因過大雷岸，莫忘八行書〔一二〕。

結素魚貽友人云：尺素如殘雪，結爲雙鯉魚。欲知心裏事，看取腹中書。

得閻伯鈞書云：情來對鏡懶梳頭，暮雨蕭蕭庭樹秋。莫怪闌干垂玉筯〔一三〕，只緣惆悵對銀鈎。

送韓揆之江西云〔一四〕：相看指楊柳〔一五〕，別恨轉依依。萬里西江水〔一六〕，孤舟何處歸？湓城潮不到，夏口信應稀。唯有衡陽雁〔一七〕，年年來去飛。

季蘭五六歲，其父抱于庭，作詩詠薔薇云：經時未架却，心緒亂縱横。父恚曰：此必爲失行婦也。後竟如其言〔一八〕。

高仲武云：士有百行〔一九〕，女唯四德〔二〇〕。季蘭則不然。形器既雄〔二一〕，詩意亦蕩，自鮑昭已下，罕有其倫。如遠水浮仙棹，寒星伴使車。此五言之嘉境也。上方班婕妤則不足，下比韓英則有餘〔二二〕。不以遲暮，亦一俊嫗。

劉長卿謂季蘭爲女中詩豪。

【校箋】

〔一〕詩題《樂府詩集》同，《李冶詩集》及《中興閒氣集》作《賦得三峽流泉歌》；《唐文粹》、《才調集》作《從蕭叔子聽彈琴賦得三峽流泉歌》；《文苑英華》卷三三四作《聽從叔琴彈三峽流泉歌》。

〔二〕「妾」原作「妻」，據《李冶詩集》、《中興閒氣集》、《才調集》、《唐文粹》、《文苑英華》及《樂府詩集》改。

〔三〕「幽閨」原作「幽闈」，據《李冶詩集》、《中興閒氣集》、《才調集》、《唐文粹》、《文苑英華》改。《樂府詩集》作「深閨」。

〔四〕「飛波走浪」原作「飛浪遠波」，據《李冶詩集》、《唐文粹》、《文苑英華》改，《中興閒氣集》、《才調集》、《樂府詩集》作「飛泉走浪」。

〔五〕「勢」原作「意」，《唐文粹》同，據《李冶詩集》、《中興閒氣集》、《才調集》、《文苑英華》、《樂府詩集》改。

〔六〕「阮公」原作「元公」，據《李冶詩集》、《中興閒氣集》、《才調集》、《唐文粹》、《文苑英華》、《樂府詩集》改。《樂府詩集》引《琴集》云：「《三峽流泉》，晉阮咸所作也。」

〔七〕「罷」原作「畢」，《唐文粹》同，據《李冶詩集》、《中興閒氣集》、《唐文粹》、《文苑英華》、《樂府詩集》改。

〔八〕「似」原作「北」，據《李冶詩集》、《中興閒氣集》、《文苑英華》、《樂府詩集》改。《才調集》、《唐文粹》作「作」。

〔九〕詩題《李冶詩集》、《中興閒氣集》作《寄校書七兄》，《又玄集》作《寄校書十九兄》，《文苑英華》卷二五六作《寄韓校書十七兄》。

〔一〇〕「芸閣」原作「蘭閣」，據《李冶詩集》、《中興閒氣集》、《又玄集》、《文苑英華》改。

〔一一〕「意」，《文苑英華》同，《李冶詩集》、《中興閒氣集》、《又玄集》作「竟」。

〔一二〕「八行」，《文苑英華》同，《李冶詩集》、《中興閒氣集》、《又玄集》作「幾行」。

〔一三〕「闌干」原作「欄杆」，據《李冶詩集》、《才調集》及《文苑英華》卷二五六改。

〔一四〕詩題《李冶詩集》、《中興閒氣集》作《送韓揆之江西》，《文苑英華》卷二七四作《送韓葵之江西》，《又玄集》作《送韓三往江州》。《才調集》作《送閻伯均往江州》，《全唐詩》從之，疑誤。「韓揆」原作「韓撥」，當以作「韓揆」爲是，《新唐書》卷七三上《宰相世系表》：「揆，河南丞。」或即此人。據改。

〔一五〕「指」，《中興閒氣集》、《又玄集》、《文苑英華》同，《李冶詩集》作「折」。《才調集》此句作「相招折楊柳」。

〔一六〕「西江」原作「江西」，《李冶詩集》、《中興閒氣集》同，據《又玄集》、《才調集》、《文苑英華》改。

〔一七〕「衡陽」，《李冶詩集》、《中興閒氣集》、《又玄集》同，《才調集》作「隨陽」，《文苑英華》作「漁陽」。

〔一八〕《太平廣記》卷二七三引《玉堂閒話》：「李季蘭以女子有才名，初，五六歲時，其父抱于庭，作詩《詠薔薇》，其末句云：『經時未架却，心緒亂縱横。』父恚曰：『此女子將來富有文章，然必爲失行婦人矣。』竟如其言。」

〔一九〕「百行」原作「百年」，據《中興閒氣集》改。

〔二〇〕「唯」原作「有」，據《中興閒氣集》改。

〔二一〕「雄」今本《中興閒氣集》作「雌」，《四部叢刊》本《中興閒氣集》孫毓修校文引何焯校述古堂影宋鈔本作「雄」，是也。

〔二二〕《太平廣記》卷二七三引《中興閒氣集》：「又季蘭嘗與諸賢會烏程縣開元寺，知河間劉長卿有陰疾，謂之曰：『山氣日夕佳。』長卿對曰：『衆鳥欣有託。』舉坐大笑，論者兩美之。季蘭有詩曰：『遠水浮仙棹，寒星伴使車。』蓋五言之佳境也。上方班姬即不足，下比韓英則有餘。亦女中之詩豪也。嘗賦得《三峽流泉歌》曰云云。」據《直齋書録解題》卷一九《李季蘭集》下云：「唐女冠，與劉長卿同時，相謔調之語，見《中興閒氣集》。」即指此事。孫毓修校文引何焯校本亦載之。當補。

侯氏

會昌中，邊將張睽防戍十年餘，其妻侯氏綉迴文作龜形詩，詣闕進之。詩云：睽離已是十秋强，對鏡那堪重理粧。聞雁幾回修尺素，見霜先爲製衣裳。開箱疊練先垂淚，拂杵調砧更斷腸。綉作龜形獻天子，願教征客早還鄉。侯氏敕賜絹三百疋，以彰才美〔一〕。出抒情詩。

【校箋】

〔一〕《太平廣記》卷二七一引《抒情詩》：「會昌中，邊將張睽防戍十有餘年，其妻侯氏，繡迴文作龜形詩，詣闕進上。詩曰：『睽離已是十秋强，對鏡那堪重理粧。聞雁幾回修尺素，見霜先爲製衣裳。開箱疊練先垂淚，拂杵調砧更斷腸。繡作龜形獻天子，願教征客早還鄉。』敕賜絹三百疋，以彰才美。」「張睽」原作「張暌」，「防戍」原作「防戎」，「敕」字原脱，據改補。詩後《全唐詩》臆補「武宗覽詩，敕睽還鄉」八字，非。

如意中女子

如意中女子，年七歲能吟詩〔一〕，則天試之，皆應聲而就。其兄辭去，則天令作詩送兄，遂賦云：別路雲初起〔二〕，離亭葉正飛〔三〕。所嗟人異雁，不作一行歸〔四〕。出唐宋遺史。

【校箋】

〔一〕曾慥《類説》卷二七引《唐宋遺史》：「如意中，有女子，七歲能詩，則天召見，令賦《送別兄弟》，云：『別路雲初起，離亭葉正飛，所嗟人異雁，不作一行歸。』」「七歲」原作「九歲」，據改。《萬首唐人絶句》載此詩，作者亦題「七歲女」。

〔二〕「初起」原作「愁起」，據《萬首唐人絶句》及《類説》改。

〔三〕「飛」原作「稀」，《萬首唐人絶句》同，據《類説》改。

〔四〕「歸」原作「飛」，《萬首唐人絶句》同，據《類説》改。

裴柔之

元微之自會稽拜尚書右丞，到京未踰月，出鎮武昌。裴夫人柔之難之，曰：歲杪到家鄉，先春又赴任。稹即贈詩曰：窮冬到鄉國，正歲別京華。自恨風塵眼，嘗看遠地華。碧幢還照曜，紅粉莫咨嗟。嫁得浮雲婿，相隨即是家。柔之答曰：侯門初擁節，御苑柳絲新。不是悲殊命，唯愁別近親。黃鸝遷古木，珠履徙清塵。想到千山外，滄江正暮春〔一〕。

【校箋】

〔一〕《雲溪友議》卷下《艷陽詞》條：「（元微之）復自會稽拜尚書右丞，到京未逾月，出鎮武昌。是時，中門外構緹幕候天使送節次，忽聞宅内慟哭。侍者曰：『夫人也。』乃傳問：『旌鉞將至，何長慟焉？』裴氏曰：『歲杪到家鄉，先春又赴任，親情半未相見，所以如此。』立贈柔之詩曰：『窮冬到鄉國，正歲別京華。自恨風塵眼，常看遠地花。碧幢還照曜，紅粉莫咨嗟。嫁得浮雲婿，相隨即是家。』裴柔之答曰：『侯門初擁節，御苑柳絲新。不是悲殊命，唯愁別是親。

黄鶯遷古木，珠履徙清塵。想到千山外，滄江正暮春。』元公與柔之，琴瑟相合，亦房帷之美也。」「稹即贈詩」句，「稹」原作「鎮」，據改。裴答詩「别近親」原作「别是親」，《雲溪友議》同，據《詩話總龜》前集卷一七引《古今詩話》改。「徙清塵」原作「從清塵」，據《雲溪友議》改。

魚玄機

臨江樹云〔一〕：草色連荒岸，烟姿入遠樓〔二〕。葉鋪秋水面〔三〕，花落釣人頭。根老藏魚窟〔四〕，枝低拂客舟〔五〕。拂一作傍。蕭蕭風雨夜，驚夢復添愁。

玄機，咸通中西京咸宜觀女道士也，字幼微。善屬文，其詩有綺陌春望遠，瑶徽春興多；又殷勤不得語，紅淚一雙流；又焚香登玉壇，端簡禮金闕；又雲情自鬱爭同夢，仙貌長芳又勝花。後以笞殺女童緑翹事下獄，獄中有詩云：易求無價寶，難得有情郎。又云：明月照幽隙，清風開短襟〔六〕。

【校箋】

〔一〕詩題《又玄集》、《文苑英華》卷三二六同，《才調集》作《賦得江邊樹》。

〔二〕「煙姿」，《又玄集》、《才調集》同，《文苑英華》作「煙波」。

〔三〕「秋水」，《又玄集》、《才調集》同，《文苑英華》作「江水」。

〔四〕「魚窟」，《又玄集》、《才調集》同，《文苑英華》作「龍窟」。

〔五〕「拂」，《又玄集》同，《才調集》、《文苑英華》作「繫」。

〔六〕此采自皇甫枚《三水小牘》，略云：「西京咸宜觀女道士魚玄機，字幼微，長安倡家女也。色既傾國，思乃入神，喜讀書屬文，尤致意于一吟一詠。其詩有『綺陌春望遠，瑤徽秋興多。』又『殷勤不得語，紅淚一雙流。』又『焚香登玉壇，端簡禮金闕。』又云：『多情自鬱爭同夢，仙貌長芳又勝花。』此數聯爲絶矣。一女僮曰緑翹，亦特明慧有色，忽一日機爲鄰院所邀，迨暮方歸院。緑翹迎門曰：『適某客來，知錬師不在，不舍轡而去矣。』客乃機素相暱者，意翹與之狎，及夜，張燈扃户，乃命緑翹入内，訊之，裸而笞百數，絶于地。機恐，乃坎後庭瘞之。客有宴于機室者，因溲于後庭，當瘞上，見青蠅數十集于地，驅去復來，詳視之，如有血痕，且腥，竊語其僕，僕歸，復語其兄，其兄爲府衙卒，聞此，復呼數卒，攜鍤共突入玄機院發之，而緑翹貌如生。卒遂録玄機京兆府，吏詰之，辭伏。至秋，竟戮之。在獄中亦有詩曰：『易求無價寶，難得有情郎。』『明月照幽隙，清風開短襟。』此其美者也。」「多情自鬱爭同夢」句，當以此作「雲情」爲勝。「有情郎」原作「有情夫」，據改。《北夢瑣言》卷九記魚玄機事，與此略異。

僖宗宫人〔一〕

唐僖宗自内出袍千領，賜塞外吏士。神策軍馬真，于袍中得金鎖一枚，詩一首云：玉燭製袍夜，金刀呵手裁。鎖寄千里客，鎖心終不開。真就市貨鎖，爲人所告，主將得其詩，奏聞。僖宗令赴闕，以宮人妻真。後僖宗幸蜀，真晝夜不解衣，前後捍禦。

【校箋】

〔一〕《分門古今類事》卷十四《僖宗宮人》條：「僖宗嘗自内製袍千領賜塞士，神策馬真於袍中得金鎖一枚，詩一首云：『玉燭製袍夜，金刀呵手裁。鎖寄千里客，鎖心終不開。』真鬻鎖，人告之。主將得其詩，奏聞。僖宗召馬赴闕，遂以宮人妻之。後僖宗幸蜀，真晝夜不解衣，前後捍禦。」

張建封妓〔一〕

樂天有和燕子樓詩，其序云：徐州故張尚書有愛妓盼盼〔二〕，善歌舞，雅多風態。予爲校書郎時〔三〕，游徐泗間〔四〕，張尚書宴予，酒酣，出盼盼佐歡，予因贈詩，落句云：醉嬌勝不得，風嫋牡丹花。一歡而去，爾後絶不復知，兹一紀矣。昨日司勳員外郎張仲素繪之訪余，因吟新詩，有燕子樓詩三首，辭甚婉麗，詰其由，乃盼盼所作也〔五〕。繪之從事武寧軍累年〔六〕，頗知盼盼始末，云：張尚書既殁，歸葬東洛，而彭城有張氏舊第〔七〕，中有小樓名燕子，盼盼念舊愛而不嫁，居是樓十餘年，于今尚在。盼盼詩云：樓上殘燈伴曉霜，獨眠人起合歡床。相思一夜情多少，地角天涯不是長。又云：北邙松柏鎖愁烟，燕子樓中思悄然〔八〕。自埋劍履歌塵散，紅袖香銷一十年。又云：適看鴻雁岳陽迴，又覩玄禽逼社來。瑶瑟玉簫無意緒，任從蛛網任從灰。余嘗愛其新作，乃和之云：滿窗明月滿簾霜，被冷燈殘拂卧床。燕子樓中霜月夜〔九〕，秋來祇爲一人長〔一〇〕。又云：鈿暈羅衫色似烟〔一一〕，幾回欲著即潸然〔一二〕。自從不舞霓裳曲，疊在空箱十一年〔一三〕。又云：今春有客洛陽回，曾到尚書墓上來。見説白楊堪作柱，爭教紅粉不成灰〔一四〕。又贈之絶句〔一五〕：黄金不惜買蛾眉〔一六〕，揀得如花四五枝〔一七〕。歌舞教成心力盡，一朝身去不相隨。後仲素以余詩示盼盼〔一八〕，乃反覆讀之，泣曰：自公薨背，妾非不能死，恐百載之後，人以我公重色，有從死之妾，是玷我公清範也，所以偷生爾。乃和白公詩云：自守空樓斂恨眉，形同春後牡丹枝。舍人不會人深意，訝道泉臺不去隨。盼盼得詩後，怏怏旬日不食而卒〔一九〕，但吟詩云：兒童不識冲天物，謾把青泥污雪毫〔二〇〕。

【校箋】

〔一〕按，以盼盼（一作「眄眄」「昐昐」，現以「盼盼」爲是）爲「張建封妓」，始于宋張君房《麗情集》，其書今佚，曾慥《類説》卷二八引其所載燕子樓事，略云：「張建封僕射節制武寧，舞妓盼盼，公納之燕子樓，白樂天便經徐，與詩曰：『醉嬌勝不得，風嫋牡丹花。』公薨，盼盼誓不他適，多以詩代問答，有詩三百首，名《燕子樓集》。嘗作三詩云：『樓上殘燈伴曉霜，獨眠人起合歡牀。相思一夜情多少，地角天涯不是長。』『北邙松柏鎖愁煙，燕子樓中思悄然。自埋劍履歌塵散，紅袖香銷一十年。』『適看鴻雁岳陽迴，又覩玄禽過社來。瑶瑟玉簫無意緒，任從蟲網任從灰。』樂天和曰：『滿窗明月滿簾霜，被冷香銷拂卧牀。燕子樓前清月夜，秋來只爲一人長。』『屢熨羅衫色似煙，一回看着一潸然。自從不舞霓裳曲，疊在空箱得幾年。』『今年有客洛陽回，曾到尚書墓上來。見説白楊堪作柱，爭教紅粉不成灰？』又一絶云：『黄金不惜買蛾眉，揀得如花四五枝。歌舞教成心力盡，一朝身去不相隨。』盼盼泣曰：『妾非不能死，恐百載之後，人以我（公）重于色。』乃和白公詩云：『自守空樓斂恨眉，形同春後牡丹枝。舍人不會人深意，剛到泉臺不去隨。』」計氏采此。檢《白氏長慶集》卷一五載《燕子樓三首》，有序云：「徐州故張尚書有愛妓曰盼盼，善歌舞，雅多風態。予爲校書郎時，游徐、泗間，張尚書宴予，酒酣，出盼盼以佐歡，歡甚。予因贈詩云：『醉嬌勝不得，風嫋牡丹花。』一歡而去，邇後絶不相聞，迨兹僅一紀矣。昨日，司勳員外郎張仲素繢之訪予，因吟新詩，有《燕子樓》三首，詞甚婉麗。詰其由，爲盼盼作也。繢之從事武寧軍累年，頗知盼盼始末，云：『尚書既没，歸葬東洛。而彭城有張氏舊第，第中有小樓，名燕子。盼盼念舊愛而不嫁，居是樓十餘年，幽獨塊然，于今尚在。』予愛繢之新詠，感彭城舊游，因同其題，作三絶句。」《序》言：始游徐州，于「故張尚書」筵前見盼盼，在其「爲校書郎時」，據汪立名《白香山年譜》，樂天以貞元十九年釋褐爲校書郎，而張建封之卒，在貞元十六年五月（見《舊唐書》卷一三《德宗紀》下），則其爲校書郎時，不及見建封。而建封卒後，軍士劫建封子愔領本州留後，自貞元十六年至元和元年，六七年間，節制徐州軍者，皆爲張愔，則宴樂天者，乃愔也。且改徐州軍名武寧軍，在永貞元年三月（見韓愈《順宗實録》及《通鑑》卷二三六），建封前卒，亦不得云「節制武寧」（《麗情集》、《新唐書》卷一七六《韓愈傳》亦誤），明矣。張愔卒「贈尚書右僕射」（見《新唐書》卷一五八《張建封傳》附《愔傳》），故亦得稱「故張尚書」及「故張僕射」也。《白氏長慶集》卷一三有《感故張僕射諸妓》一首，即《麗情集》中所謂與盼盼之「又一絶」，本在《燕子樓三首》之前，「諸妓」中當有盼盼，却非爲盼盼一人而作。又，樂天《序》文中，一則言張仲素所吟新詩《燕子樓》三首，乃其「爲盼盼作」，再則言「予愛繢之新詠，感彭城舊游，因同其題，作三絶句」，則「樓上殘燈伴曉霜」以下三詩，皆爲張仲素所作無疑。計氏既采《麗情集》，其引樂天《詩序》，遂改「爲盼盼作」爲「乃盼盼作」，其下又改「余愛繢之新詠云云」爲「余嘗愛其新作，乃和之云云」，是乃有意改竄，證成其事，非復傳本異同之故矣。推原其致誤之始，據今所見，殆由五代時韋縠編《才調集》載入張仲素「樓上殘燈伴曉霜」一詩，誤題爲「盼盼」作，于是北宋張君房因而附會《白詩》，撰成故事，以入《麗情集》。其後計氏不辨，載之《唐詩紀事》，洪邁又據《麗情集》以張仲素《燕子樓》三詩及其中所載盼盼和樂天一詩，録入《萬首唐人絶句》，明清以下，蔣一葵既襲張君房之文以載于《堯山堂外紀》，郎瑛《七修類稿》又舉《燕子樓集》仿佛親見其書，實則所引不踰《麗情集》中諸詩範圍，其盼盼和樂天一首及臨没前「兒童不識冲天物」二句，語涉淺俗，實出杜撰。汪立名編《白香山詩集》，號稱精善，亦復采此故事，以注白詩，又移原載《長慶集》卷一三《感故張僕射諸妓》一首，置于卷一五《燕子樓三首》之後，而不知其非一時之作。皆由不肯細審白詩而又忽于考察史實之故。此條當删，聊復存之，並辨之如此。抑本書亦每雜采小説，不盡徵實也。

〔二〕「故」字原脱，據《白氏長慶集》卷一五《燕子樓三首》詩序補。

〔三〕「予」字原脱，據《白氏長慶集》補。

〔四〕「徐泗」原作「淮泗」，據《白氏長慶集》改。

〔五〕「乃」，《白氏長慶集》作「爲」，説已見前，姑存其舊，不改。

〔六〕「軍」字原脱，據《白氏長慶集》補。此言「從事武寧軍」，則張仲素爲張愔從事可知。説見前。

〔七〕「歸葬東洛而」五字原脱，據《白氏長慶集》補。

〔八〕「樓中」原作「樓人」，據《萬首唐人絶句》及《類説》引《麗情集》改。

〔九〕「霜月」原作「寒月」，據《白氏長慶集》改。

〔一〇〕「秋來」原作「愁來」，據《白氏長慶集》改。

〔一一〕「鈿暈」原作「細帶」，據《白氏長慶集》改。

〔一二〕「欲著」原作「欲起」，據《白氏長慶集》改。

〔一三〕「曲」原作「袖」，「十一年」原作「二十年」，據《白氏長慶集》改。

〔一四〕「争教」原作「忍教」，據《白氏長慶集》改。

〔一五〕《白氏長慶集》卷一三題作《感故張僕射諸妓》，説已見前，姑仍不改。

〔一六〕「不惜買」原作「不借賣」，據《白氏長慶集》改。

〔一七〕「四五枝」，《類説》引《麗情集》同，《白氏長慶集》作「三四枝」。

〔一八〕「仲素」原作「仲袁」，據《類説》改。

〔一九〕「怏怏」原作「往往」，據《全唐詩話》改。

〔二〇〕篇末原有注云：「出《長慶集》。」按此出《麗情集》，説已見前，當爲校刻者所加，今删。

宫女

天寶末，以楊妃、虢國寵盛，宫娥衰悴，不願備宫掖。有落葉題詩隨御水而流，云：舊寵悲秋扇，新恩寄早春。聊題一片葉，將寄接流人。顧況聞而和之云：愁見鶯啼柳絮飛，上陽宫女斷腸時。君恩不禁東流水，葉上題詩寄與誰？既達宸聰，由是遣出禁中者不少，或有五使之號焉〔一〕。宣宗朝，又有題紅葉隨流者，爲盧渥得之。詩曰：水流何太急，深宫盡日閒。殷勤謝紅葉，好去到人間〔二〕。

【校箋】

〔一〕《雲溪友議》卷下《題紅怨》條：「明皇代，以楊妃、虢國寵盛，宫娥皆顧衰悴，不備掖庭。嘗書落葉，隨御水而流，云：『舊寵悲秋扇，新恩寄早春。聊題一片葉，將寄接流人。』顧況著作聞而和之。既達宸聰，遣出禁内者不少，或有五使之號焉。和曰：『愁見鶯啼柳絮飛，上陽宮女斷腸時。君恩不禁東流水，葉上題詩寄與誰？』〔二〕「以楊妃號國寵盛」七字原脱，「一片葉」原作「一紅葉」，「不少」及「或」字原脱，據改補。

〔二〕此出《雲溪友議》同條，其事已見本書卷五九盧渥下。

女道士元淳

寄洛中諸娣云〔一〕：舊國經年别，關河萬里思。題書憑雁翼〔二〕，望月想蛾眉。白髮愁偏覺，歸心夢獨知。誰堪離亂處〔三〕，掩泣向南枝〔四〕。

【校箋】

〔一〕詩題「諸娣」原作「諸姊」，據《又玄集》改，《才調集》作「諸妹」。

〔二〕「題書」原作「題詩」，據《又玄集》、《才調集》改。

〔三〕「誰堪」原作「誰憑」，據《又玄集》、《才調集》改。

〔四〕「掩泣」，《又玄集》同，《才調集》作「掩淚」。

唐詩紀事校箋卷第七十九

張夫人 吉中孚侍郎妻〔一〕

拜新月云：拜新月，拜月出堂前。暗魄深籠桂，虚弓未引絃。拜新月，拜月粧樓上。鸞鏡未安臺，蛾眉已相向。拜新月，拜月不勝情，庭前風露清〔二〕。月臨人自老，人望月長生〔三〕。東家阿母亦拜月，一拜一悲聲斷絶。昔年拜月逞容儀，如今拜月雙淚垂。回看衆女拜新月，却憶紅閨年少時〔四〕。

【校箋】

〔一〕《又玄集》載張夫人詩二首，注云：「吉中孚侍郎妾。」《才調集》載詩同，注云「户部侍郎吉中孚妻。」所選即《拜新月》及《拾得韋氏鈿子因以詩寄》五律一首。

〔二〕「庭前」，《又玄集》作「庭步」，《才調集》作「庭花」。

〔三〕此句原作「望月更長生」，《又玄集》同，據《才調集》改。

〔四〕「年少時」，《才調集》同，《又玄集》作「少年時」。

崔仲容

贈所思云：所居幸接隣，相見不相親。一似雲間月，何殊鏡裏人。目成空有恨〔一〕，腸斷不禁春〔二〕。願作梁間燕，無由變此身。

戲贈云〔三〕：暫到崑崙未得歸〔四〕，阮郎何事教人非。如今身佩上清籙，莫遣落花沾羽衣。

贈歌妓云〔五〕：水翦雙眸霧翦衣，當筵一曲媚春輝。瀟湘夜色怨猶在，巫峽曉雲愁不晞〔六〕。皓齒乍分寒玉細，黛眉輕蹙遠山微。渭陽朝雨休重唱，滿眼陽關客未歸。

【校箋】

〔一〕「目成」原作「丹誠」，《又玄集》作「目誠」，《才調集》作「丹成」，當並是「目成」之誤，今改。

〔二〕「不禁春」原作「不經春」，據《又玄集》、《才調集》改。

〔三〕詩題《又玄集》同，《萬首唐人絶句》作《戲贈所思》。

〔四〕「暫到」，《又玄集》同，《萬首唐人絶句》作「暫别」。

〔五〕詩題《才調集》作《贈歌姬》。

〔六〕「晞」原作「稀」，據《才調集》改。《説文》：「晞，乾也。」

女郎張琰

春詞云〔一〕：垂柳鳴黄鸝，間關若求友。春情不可耐〔二〕，愁殺閨中婦。日暮登高樓，誰憐小垂手。昨日桃花飛，今日梨花吐。春色能幾時，那堪此愁緒〔三〕。蕩子游不歸，春來淚如雨。

【校箋】

〔一〕此詩《又玄集》作一首，與此同，《才調集》題《春詞二首》，各六句。

〔二〕「情」原作「晴」，據《又玄集》、《才調集》、毛本改。

〔三〕「此」原作「正」，據《又玄集》、《才調集》、毛本改。

女郎崔公達〔一〕

獨夜詞云：晴天霜落寒風急，錦帳羅幃羞更入。秦箏不復續斷絃，回身掩淚挑燈立。

達」是。

【校箋】

〔一〕「崔公達」，《又玄集》同，《才調集》作「崔公逺」，《萬首唐人絶句》作「崔公遠」，疑作「崔公達」是。

女郎宋若昭

和御製麟德殿宴百僚云〔一〕：垂衣臨八極，肅穆四門通〔二〕。自是無爲化，非關輔弼功。修文招隱伏，尚武殄妖兇。德立韶光熾〔三〕，恩沾雨露濃。衣冠陪御宴，禮樂盛朝宗。萬壽稱觴擧〔四〕，千年信一同〔五〕。

若昭，貝州人。父廷芬，生五女，皆警慧，善屬文，長若莘，次若昭、若倫、若憲、若荀。莘、昭文尤高。皆性素潔，鄙薰澤靚粧，不願歸人，欲以學名家，家亦不欲與寒鄉凡裔爲姻對。貞元中，昭義節度使李抱真表其才，德宗召入禁中，試文章并問經史大義，帝咨美，悉留宫中。帝能詩，每與侍臣賡和，五人者皆預。又高其風操，不以妾侍命之，呼學士。自貞元七年，祕禁圖籍，詔若莘總領。元和末卒。後穆宗拜若昭尚宫，嗣其秩。歷憲、穆、敬三朝，皆呼先生。若憲文宗時以讒死。倫、荀早卒。廷芬男獨愚，不可教，爲民終身〔六〕。

【校箋】

〔一〕詩題《又玄集》同，《文苑英華》卷一六八作《奉和麟德殿宴百僚應制》。

〔二〕此句《又玄集》同，《文苑英華》作「肅睦四門雍」。

〔三〕「德立」原作「德炳」，據《又玄集》、《文苑英華》改。「熾」，《又玄集》同，《文苑英華》作「被」。

〔四〕「萬壽」，《又玄集》同，《文苑英華》作「萬代」。

〔五〕「千年」原作「千官」，據《又玄集》、《才調集》改。

〔六〕《新唐書》卷七七《后妃傳》：「尚宫宋若昭，貝州清陽人，世以儒聞。父廷芬，能辭章，生五女，皆警慧，善屬文，長若莘，次若昭、若倫、若憲、若荀。莘、昭文尤高。皆性素潔，鄙薰澤靚粧，不願歸人，欲以學名家，家亦不欲與寒鄉凡裔爲姻對，聽其學。……貞元中，昭義節度使李抱真表其才，德宗召入禁中，試文章并問經史大誼，帝咨美，悉留宫中。帝能詩，每與侍臣賡和，五人者皆預，凡進御未嘗不蒙賞。又高其風操，不以妾侍命之，呼學士。……元和末，若莘卒，贈河内郡君。自貞元七年，秘禁圖籍，詔若莘總領，穆宗以若昭尤通練，拜尚宫，嗣若莘所職。歷憲、穆、敬三朝，皆呼先生。……太和中，李訓、鄭注用事，惡宰相李宗閔，譖言因駙馬都尉沈𥡴厚賂若憲求執政。帝怒，幽若憲外第，賜死。……若倫、若荀早卒。廷芬男獨愚，不可教，爲民終身。」「若莘」原作「若華」；「莘昭文尤高」句，「莘」原作「若」，「昭義」原作「若義」，「尚宫」原作「尚官」，「憲、穆、敬三朝」原作「穆、恭、文三朝」，據改。

女郎宋若荀〔一〕

和御製麟德殿宴百僚云：端拱承休命，時清荷聖皇。四聰聞受諫，五服遠朝王。景媚鶯初囀，春殘日更長。御筵多濟濟〔二〕，盛樂復鏘鏘。鄷鎬誰將敵，横汾未可方〔三〕。願齊山嶽壽，福祉永無疆。

【校箋】

〔一〕「若荀」，《又玄集》作「若茵」，誤。

〔二〕「御筵」原作「命筵」，據《又玄集》改。

〔三〕「横汾」原作「潢汾」，據《又玄集》改。

女郎田娥

寄遠云：憶昨會詩酒，終日相逢迎。今來成故事，歲月令人驚。淚流紅粉薄，風度羅衣輕。難爲子猷志〔一〕，虚負文君名。

【校箋】

〔一〕「志」原作「忘」，據《又玄集》改。

女郎劉雲

有所思云：朝亦有所思，暮亦有所思。登樓望君處，靄靄蕭關道。掩淚向浮雲，誰知妾懷抱。玉井蒼苔春院深〔一〕，桐花落盡無人掃。

【校箋】

〔一〕「玉井」，《又玄集》、《才調集》同，毛本作「玉甃」。

薛濤

罰赴邊有懷上韋相公云〔一〕：聞道邊城苦，而今到始知〔二〕。却將門下曲，唱與隴頭兒。元微之贈濤詩，因寄舊詩與之云：詩篇調態人皆有，細膩風光我獨知。月夜詠花憐暗淡，雨朝題柳爲欹垂。長教碧玉藏深處，總向紅牋寫自隨。老大不能收拾得，與君開似教男兒〔三〕。

濤好製小詩，惜其幅大，狹小之，蜀中號薛濤牋〔四〕。大凡營妓無校書之號，韋南康欲奏之而罷，後遂呼之。胡曾詩曰：萬里橋邊女校書，琵琶花下閉門居。掃眉才子知多少，管領春風總不如〔五〕。進士楊蘊中下成都獄，夢一婦人曰：吾薛也。贈詩云：玉漏深長燈耿耿，東牆西牆時見影。月明窗外子規啼，忍使孤魂愁夜永〔六〕。

【校箋】

〔一〕薛濤《洪度集》載此詩爲二首，《又玄集》載其第一首，作者題「薛陶」。

〔二〕「而今」，《又玄集》作「今來」。

〔三〕此詩《才調集》卷五載爲元稹作，題爲《寄舊詩與薛濤因成長句》，題下注云：「序在別卷。」未知是否原注，舊本《洪度集》不載此詩，楊慎《全蜀藝文志》以爲薛濤作，《全唐詩》從之。

〔四〕唐李匡乂《資暇録》：「元和初，薛濤好製小詩，惜其幅大，不欲長賸，乃狹小之。蜀中才子，後減詩箋亦如是，名曰『薛濤牋』。」

〔五〕《鑒誡録》卷一〇《蜀才婦》條：「蜀出才婦，薛濤者……才調尤佳，言謔之間，立有酬對。大凡營妓，比無校書之稱，韋公南康鎮成都日，欲奏之而罷，至今呼之。故進士胡曾有贈濤詩云：『萬里橋邊女校書，琵琶花下閉門居。掃眉才子知多少，管領春風總不如。』」「大凡」原作「或兒」，「橋邊」原作「樓臺」，據改。按《王建詩集》載此詩，題作《寄蜀中薛濤校書》，是也。胡曾咸通中舉進士不第，僖宗時始從高駢幕入蜀，安得見薛濤？自《紀事》誤采《鑒誡録》之説，《唐才子傳》亦從之，且因薛濤有《賊平後上高相公》詩，附會薛濤與高駢行酒令事，不知所謂「高相公」，乃高崇文，平劉闢之亂者也。至高駢鎮蜀時，濤死久矣。

〔六〕《太平廣記》卷三五四：「進士楊蘊中得罪下成都府獄，夜夢一婦人，雖形不揚，而言詞甚秀，曰：『吾即薛濤也，頃幽死此室。』乃贈蘊中詩曰：『玉漏深長燈耿耿，東墻西墻時見影。月明窗外子規啼，忍使孤魂愁夜永。』」此後人僞託，不當采入。

女郎葛鴉兒

懷良人云：蓬鬢荆釵世所稀，布裙猶是嫁時衣。胡麻好種無人種，正是歸時不見歸〔一〕。河北士人間亦有之，未知孰是〔二〕。

【校箋】

〔一〕「不見歸」，《又玄集》作「君不歸」，《才調集》作「底不歸」。《本事詩》所載，無葛鴉兒之名，此句作「合是歸時底不歸」。

〔二〕此注當亦校刻者所加，「河北士人」條見本書卷八〇。

女郎張文姬

溪口雲云〔一〕：一片溪口雲，纔向溪中吐。不復歸溪中，還作溪中雨。

沙上鷺云：沙頭一水禽，鼓翼揚清音。只待高風便〔二〕，非無雲漢心。

【校箋】

〔一〕此二詩《又玄集》、《才調集》載之，「張文姬」下俱注「鮑參軍妻」四字。

〔二〕「便」原作「使」，據《又玄集》、《才調集》及《萬首唐人絶句》改。

鮑君徽

閑宵對月茶宴云〔一〕：閑朝向晚出簾櫳，茗宴高亭四望通〔二〕。遠眺城池山色裏，俯聆絃管水聲中。幽篁映沼新抽翠，芳桂低簷欲吐紅〔三〕。坐久此中無限興，更憐團扇起清風。

【校箋】

〔一〕詩題《又玄集》同，《文苑英華》卷三一六作《東亭茶宴》。

〔二〕「高亭」，《又玄集》同，《文苑英華》作「東亭」。

〔三〕「欲吐」原作「砍吹」，據《又玄集》、《文苑英華》改。

女郎張窈窕

寄故人云：淡淡春風花落時，不堪愁望更相思〔一〕。無金可買長門賦，有恨空吟團扇詩〔二〕。

窈窕居于蜀，當時詩人，雅相推重。有上成都在事詩曰：昨日賣衣裳，今日賣衣裳，衣裳渾賣盡，羞見嫁時箱。有賣愁仍緩，無時心轉傷。故園胡虜隔，何處事蠶桑〔三〕？

【校箋】

〔一〕「愁望」，《又玄集》同，《才調集》作「愁坐」。

〔二〕「詩」原作「時」，據《又玄集》、《才調集》改。

〔三〕《鑒誡録》卷一〇「蜀中婦」條：「女郎張窈窕少年居蜀，下筆成章，當時詩人，雅相推重。有《上成都在事》詩曰：『昨日賣衣裳，今朝賣衣裳。衣裳渾賣盡，羞見嫁時箱。有賣愁仍緩，無時心轉傷。故園胡虜隔，何處是蠶桑？』」「成都」原作「城都」，「胡虜」原作「有虜」，據改。

倡妓常浩

贈盧夫人云：佳人惜顔色〔一〕，恐逐芳菲歇。日暮出畫堂〔二〕，下堦見新月。拜月仍有詞〔三〕，傍人那得知？歸來玉臺下〔四〕，始覺淚痕垂。

【校箋】

〔一〕「惜」原作「借」，據《又玄集》、《才調集》改。

〔二〕「出」原作「作」，據《又玄集》、《才調集》改。

〔三〕「仍」，《又玄集》同，《才調集》作「如」。

〔四〕「歸來」原作「歸取」，據《又玄集》、《才調集》改，「玉臺下」《又玄集》同，《才調集》作「投玉枕」。

女郎薛蘊 一作醞，彥輔之孫〔一〕

古意云：昨夜巫山中，失却陽臺女。朝來香閣裏，獨伴楚王語。

贈鄭女郎云：豔陽的的河洛神〔二〕，珠簾綉户青樓春〔三〕。能彈箜篌弄纖指，愁殺門外少年子。笑開一面紅粉粧，東園幾樹桃花死〔四〕。朝理曲，暮理曲，獨坐窗前一片玉。行也嬌，坐也嬌，見之令人魂魄銷。堂前錦褥紅地鑪，緑沉香榼傾屠蘇。解佩時時歇歌管，芙蓉帳裏蘭麝滿。挽起羅衣香不斷〔五〕，滅燭每嫌秋夜短。

【校箋】

〔一〕《又玄集》載此爲一詩，作者「女郎蔣蘊」下，注「彥輔之孫」四字，詩題作《贈鄭女郎古意》。《才調集》作「蔣蘊二首」，無注，所載分「艷陽的的河洛神」以下十八句爲前一首，題作《贈鄭氏妹》；「昨夜巫山中」以下四句爲後一首，題作《古意》。此原與《又玄集》同，按前四句與下文意不相屬，《才調集》分爲二首，是也，今從之。「彥輔」，指薛彥輔，見本書卷七八「薛彥輔母林氏」條，「蔣蘊」乃「薛蘊」之誤，此原作「女郎蔣蘊」，據《又玄集》注改。

〔二〕「的的」原作「灼灼」，據《又玄集》、《才調集》改。

〔三〕「青樓」原作「清樓」，據《才調集》改。

〔四〕「幾樹」原作「幾處」，據《才調集》改。

〔五〕「挽起」原作「晚起」，據《才調集》改。

女郎劉媛

長門怨云〔一〕：雨滴梧桐秋夜長〔二〕，愁心和雨到昭陽〔三〕。淚痕不學君恩斷〔四〕，拭却千行更萬行。又云：學畫蛾眉獨出群，當時人道便承恩。經年不見君王面，花落黄昏空掩門。

【校箋】

〔一〕此前一詩《又玄集》、《才調集》及《文苑英華》卷二〇四俱載爲「女郎劉媛」作，而《御覽詩》誤作劉皂《長門怨》第二首。陸游校記言：「劉皂原有二首，逸去其一，反入女郎劉媛作。今姑仍舊本，附載原詩辨誤。」又于所載此詩下注云：「此首劉媛作。」並載：「皂原詩云：『宮殿沉沉月欲分，昭陽宮漏不堪聞。珊瑚枕上千行淚，不是思君是恨君。』」參閱本書卷三六劉皂條。皂原詩亦載《文苑英華》卷二〇四及《樂府詩集》。

〔二〕「滴」字原脱，據《又玄集》、《才調集》及《文苑英華》補。「梧桐」，三書同，《御覽詩》所載作「長門」。

〔三〕「愁心和雨」，《又玄集》、《才調集》同，《文苑英華》作「愁心和淚」，《御覽詩》作「新愁和雨」。

〔四〕「淚痕」，《又玄集》、《才調集》、《御覽詩》同，《文苑英華》作「啼痕」。

女郎廉氏

峽中即事云：清秋三峽此中去〔一〕，鳴鳥孤猿不可聞〔二〕。一道水聲多亂石，四時天色少晴雲。日暮泛舟溪溆口，那堪夜永思氛氲〔三〕。

【校箋】

〔一〕「清秋」，《又玄集》作「青林」。

〔二〕「鳴鳥」，《又玄集》作「啼鳥」。

〔三〕「夜永」，《又玄集》作「夜客」。

彭伉妻

彭伉評事，宜陽徵君之孫，及第後，浙西廉使于公辟入幕〔一〕，歲久未回，妻張氏寄二絶。其一云：久無音信到羅幃，路遠迢迢遣問誰？聞君折得東堂桂〔二〕，折罷那能不暫歸？其二云：驛使今朝過五湖，殷勤爲我報狂夫。從來誇有龍泉劍，試割相思得斷無？

彭伉始以詩寄之曰：莫訝相如獻賦遲，錦書誰道淚沾衣。不須化作山頭石，待我東堂折桂枝。

【校箋】

〔一〕「浙」字原闕，據毛本補。

〔二〕「聞」原作「問」，據毛本改。

程長文

書情上使君云〔一〕：妾家本住鄱陽曲〔二〕，一片貞心比孤竹〔三〕。當年二八盛容儀〔四〕，紅牋草隸恰如飛。盡日閑窗刺繡坐〔五〕，有時極浦採蓮歸。誰道居貧守都邑，幽閨寂寞無人入〔六〕。海燕朝歸枕席寒〔七〕，山花夜落堦墀濕。强暴之男何所爲，手持白刃向簾幃。一命任從刀下死，千金豈受闇中欺〔八〕。我心匪石情難轉〔九〕，志奪秋霜意不移。血濺羅衣終不恨，瘡黏錦袖亦何辭〔一〇〕。縣僚曾未知情緒，即便教人縶囹圄。朱脣滴瀝獨銜冤，玉筯闌干歎非所。十月寒更堪思人，一聞擊柝一傷神。高髻不梳雲已散，蛾眉罷掃月仍新。三尺嚴章難可越，百年心事向誰説！但看洗雪出圜扉，始信白圭無點缺〔一一〕。

【校箋】

〔一〕此詩《又玄集》、《才調集》俱載之，《又玄集》題「女郎程長文」。

〔二〕「本住」原作「今住」，據《又玄集》、《才調集》改。

〔三〕「貞心」原作「堅心」，據《又玄集》、《才調集》改。

〔四〕「容儀」，《又玄集》同，《才調集》作「容輝」。

〔五〕「坐」，《又玄集》同，《才調集》作「罷」。

〔六〕「幽閨」原作「幽居」，據《又玄集》、《才調集》改。

〔七〕「枕席」，《又玄集》同，《才調集》作「衾枕」。

〔八〕「豈受」，《又玄集》同，《才調集》作「不受」。

〔九〕「我心」，《又玄集》、《才調集》作「我今」。

〔一〇〕「錦袖」原作「錦綉」，據《又玄集》、《才調集》改。

〔一一〕「白圭」原作「白玉」，據《又玄集》、《才調集》改。

尼海印

蜀悲光寺尼海印，唐末人，才思清峻，有舟夜一章云：水色連天色，風聲益浪聲。旅人歸思苦，漁叟夢魂驚。舉棹雲先到，移舟月逐行。旋吟詩句罷，猶見遠山横〔一〕。

【校箋】

〔一〕《鑒誡録》卷一〇「蜀才婦」條：「□□兜寺近有尼海印，才思清峻，不讓名流，有《舟夜》一章頗佳。詩曰：『水色連天色，風聲益浪聲。旅人歸思苦，漁叟夢魂驚。舉棹雲先到，移舟月逐行。

旋吟詩句罷，猶見遠山横。』」（《知不足齋叢書》本）闕文第一字當作「蜀」，寺名上尚闕一字。《學海類編》本《鑒誡録》作「悲光寺」，蓋據《紀事》。

孫氏

進士孟昌期之妻也。代夫作白蠟燭詩贈人云：景勝銀釭香比蘭，一條白玉逼人寒。他時紫禁春風夜，醉草天書仔細看。又聞琴詩云：玉指朱絃軋復清，湘妃愁怨最難聽。初疑颯颯涼風勁，又似瀟瀟暮雨零。近若流泉來碧嶂，遠如玄鶴下青冥。夜深彈罷堪惆悵，霧濕叢蘭月滿庭。謝人送酒云：謝將清酒寄愁人，澄澈甘香氣味真。好是緑窗風月夜，一盃摇蕩滿懷春。三詩皆代夫之作。一旦曰：才思非婦人之事也。併焚其集〔一〕。

【校箋】

〔一〕《北夢瑣言》卷六：「唐樂安孫氏，進士孟昌期之内子，善爲詩。一日併焚其集，以爲才思非婦人之事，自是專以婦道内治。孫有代夫《贈人白蠟燭詩》曰：『景勝銀釭香比蘭，一條白玉逼人寒。他時紫禁春風夜，醉草天書仔細看。』又《聞琴詩》曰：『玉指朱絃軋復清，湘妃愁怨最難聽。初疑颯颯涼風動，又似瀟瀟暮雨零。近若流泉來碧嶂，遠如玄鶴下青冥。夜深彈罷堪惆悵，霧濕叢蘭月滿庭。』」《聞琴》詩題原脱「聞」字，據補。又代《謝崔家郎君酒詩》曰：「謝將清酒寄愁人，澄澈甘香氣味真。好是緑窗明月夜，一杯摇蕩滿懷春。」

鶯鶯

鶯鶯姓崔氏，有張生者，託其婢紅娘以春詞二篇誘之。崔答曰：待月西廂下，迎風户半開。拂牆花影動，疑是故人來。張喜其意。既遇而别，崔命琴，鼓霓裳羽衣之曲。張文戰不利，崔貽書以廣其意；又有竹茶碾、亂絲之贈曰：淚痕在竹，愁緒縈絲，因物達情，永以爲好。楊巨源、元稹善張生，見其書，歎賞之。巨源賦崔娘一篇云：清潤潘郎玉不如，中庭蕙草雪銷初。風流才子多春思，腸斷蕭娘一紙書。元稹亦續生會真詩三十韻。張後以爲妖于身也，絶之。既而經其所居，崔潛寄一詩云：自從消瘦減容光，萬轉千回懶下床。不爲傍人羞不起，爲郎憔悴却羞郎。張將行，賦一章以絶之云：棄置今何道，當時且自親。還將舊來意，憐取眼前人。自是遂絶〔一〕。

【校箋】

〔一〕《太平廣記》卷四八八引元稹《鶯鶯傳》略云：「唐貞元中，有張生者……游于蒲。蒲之東十餘里，有僧舍曰普救寺，張生寓焉。適有崔氏孀婦，將歸長安，路出于蒲，亦止兹寺。……（女）顔色艷異，光輝動人……張自是惑之，願致其情。……崔之婢曰紅娘，生私爲之禮者數四……綴《春詞》二首以授之。是夕，紅娘復至，持綵牋以授張，曰：『崔所命也。』題其篇曰《明月三五夜》。其詞曰：『待月西廂下，迎風户半開。拂墻花影動，疑是玉人來。』……張生賦《會真詩三十韻》。自是……朝隱而出，暮隱而入，同安于曩所謂西廂者，幾一月矣。……張生俄以文調及期……當去之夕……愁歎于崔氏之側。崔已陰知將訣矣。……因命拂琴，鼓《霓裳羽衣序》，不數聲，哀音怨亂，不復知其是曲也。……明旦而張行。明年，文戰不勝，張遂止于京。因貽書于崔，以廣其意。崔氏緘報之詞，粗載于此，曰：『……玉環一枚……兼亂絲一絇，文竹茶碾子一枚。此數物不足見珍，意者欲君子如玉之真，弊志如環不解，淚痕在竹，愁緒縈絲。因物達情，永以爲好耳。……』張生發其書于所知，由是時人多聞之。所善楊巨源好屬詞，因爲賦《崔娘詩》一絶云：『清潤潘郎玉不如，中庭蕙草雪銷初。風流才子多春思，腸斷蕭娘一紙書。』河南元稹亦續生《會真詩三十韻》云云。稹特與張厚，因徵其詞，張曰：『大凡天之所命尤物也，不妖其身，必妖于人。……予之德，不足以勝妖孽，是用忍情。』後歲餘，崔已委身于人，張亦有所娶，適經所居……崔知之，潛賦一章曰：『自從消瘦減容光，萬轉千迴懶下牀。不爲旁人羞不起，爲郎憔悴却羞郎。』竟不之見。後數日，張生將行，又賦一章以謝絶云：『棄置今何道，當時且自親。還將舊時意，憐取眼前人。』自是，絶不復知矣。……崔氏小名鶯鶯云云。」計氏采此。張生，實即元稹，此文乃自述其少年薄倖之事，前人論之已審。「崔命琴鼓《霓裳羽衣》之曲」句，「琴」原作「瑟」；楊巨源詩「清潤」原作「清閏」，「雪銷」原作「雪鋪」，「一紙」原作「一劄」；「經其所居」原作「淫其所居」；崔詩「爲郎憔悴」原作「因郎憔悴」，「遂絶」原作「逐絶」，據改。

非烟

臨淮武公業，任河南參軍。有愛妾非烟，姓步氏，善文章，工擊甌。比隣有趙子，以詩誘之曰：一覩傾城貌，塵心只自猜。不隨蕭史去，擬學阿蘭來。非烟答曰：緑慘雙蛾不自持，只緣幽恨在新詩。郎心應似琴心怨，脈脈春情更泥誰？趙又曰：珍重佳人惠好音，綵牋芳翰兩情深。薄于蟬翼難供恨，密似蠅頭未寫心。疑是落花迷碧洞，只思輕雨滿幽襟。百回消息千回夢，裁作長謡寄緑琴。非烟偶病旬日，方答之云：無力嚴粧倚綉櫳，暗題蟬錦思無窮。以連蟬錦香囊贈趙。近來贏得傷春病，柳弱花欹怯曉風。後乃踰垣相從。趙有十洞三清雖路阻，有心還得傍瑶臺之句。非烟答曰：相思只怕不相識，相見還愁却別君。公業後知，箠殺之。趙竄于江淮。公業粗悍，故非烟有媒妁所欺，匹合瑣類之語〔一〕。

【校箋】

〔一〕《太平廣記》卷四九一引《三水小牘》記非烟事，略云：「臨淮武公業，咸通中，任河南府功曹參軍。愛妾曰非烟，姓步氏，容止纖麗，若不勝綺羅。善秦聲，好文墨，尤工擊甌。……其比鄰趙氏……子曰象……忽一日，于南垣隙中窺見非煙，神氣俱喪，廢寢忘寐。……題絶句曰：『一覩傾城貌，塵心只自猜。不隨蕭史去，擬學阿蘭來。』……祈門媼達非煙。煙讀畢，吁嗟良久。……乃復酬一篇……曰：『綠慘雙蛾不自持，只緣幽恨在新詩。郎心應似琴心怨，脈脈春情更泥誰。』象……又賦詩以謝曰：『珍重佳人贈好音，綵箋芳翰兩情深。薄于蟬翼難供恨，密似蠅頭未寫心。疑是落花迷碧洞，只思輕雨灑幽襟。百回消息千回夢，裁作長謠寄綠琴。』詩去旬日……門媼來，傳非煙語曰：『勿訝旬日無信，蓋以微有不安。』因授象以連蟬錦香囊并碧苔箋，詩曰：『無力嚴粧倚綉櫳，暗題蟬錦思難窮。近來羸得傷春病，柳弱花欹怯曉風。』……一日，將夕，門媼促步而至，……傳煙語曰：『今夜功曹值府，可謂良時。妾家後庭，郎君之前垣也，若不渝惠好，專望來儀……』象乃躋梯而登……明日，託門媼贈非煙詩曰：『十洞三清雖路阻，有心還得傍瑶臺。瑞香風引思深夜，知是蕊宫仙馭來。』煙覽詩微笑，因復贈象詩曰：『相思只怕不相識，相見還愁却別君。願得化爲松下鶴，一雙飛去入行雲。』……如是者周歲。無何……（女奴）乘間盡以告公業……呼煙詰之，煙色動聲戰，而不以實告，公業愈怒，縛之大柱，鞭楚血流……而絶。……象因變服易名，遠竄江浙間。」計氏采此。煙與趙象書，有「下妾不幸，垂髫而孤，中間爲媒妁所欺，遂匹合于瑣類」之語，計氏著之篇末，亦所以深致慨于非煙之不幸也。「臨淮武公業」原作「臨淮武公叢」，「比鄰」原作「北鄰」，「雙蛾」原作「嬌娥」，「幽恨」原作「憂恨」，「泥誰」原作「付誰」，「難供恨」原作「誰供眼」，「迷碧洞」原作「還碧洞」，「只思」原作「又思」，「暗題」原作「聊題」，「曉風」原作「晚風」，「雖路阻」原作「難阻路」，「只怕」

原作「何似」，「還愁」原作「還將」，據改。篇末注「媒妁所欺，匹合瑣類」原作「媒盼所欺，匹合纘類」，據《三水小牘》改。原作小字，今改爲正文。

徐月英

月英，江淮間娼也。送人詩云：惆悵人間萬事違，兩人同去一人歸。生憎平望亭前水，忍照鴛鴦相背飛。又云：枕前淚與階前雨，隔箇閑窗滴到明。亦有詩集行于世〔一〕。

【校箋】

〔一〕《北夢瑣言》卷九：「江淮間有徐月英，名娼也。其《送人詩》云：『惆悵人間事久違，（《太平廣記》卷二七三引作「萬事違」。）兩人同去一人歸。生憎平望亭前水，忍照鴛鴦相背飛。』又有云：『枕前淚與階前雨，隔箇閑窗滴到明。』亦有詩集。」「階前雨」原作「階前水」，據改。

唐詩紀事校箋卷第八十

河北士人　不知名　僕　新羅王　楊奇鯤

不知名　權龍褒

河北士人

朱滔以士族應募，問一士人所業，曰：學爲詩。問有妻乎？曰：有之。令作寄内詩，即曰：握筆題詩易，荷戈征戍難。慣從鴛被暖，怯去雁門寒。瘦盡寬衣帶，啼多漬枕檀。試留青黛着，回日畫眉看。又令代妻答，曰：蓬鬢荆釵世所稀，布裙猶是嫁時衣。胡麻好種無人種，正是歸時不見歸〔一〕。出本事詩。

【校箋】

〔一〕見《本事詩》「情感第一」。「問有妻乎」句，原脱「問」字；「回日畫眉看」句，「回」原作「盡」；「啼多漬枕檀」句，「啼」原作「題」；「布裙猶是嫁時衣」句，「猶」原作「還」，據改。末句《本事詩》作「合是歸時底不歸」。

不知名

江陵有士子，游交廣五年未還，愛姬爲太守所取，納于高麗坡底。及歸，寄詩曰：陰雲漠漠下陽臺，惹着襄王更不迴。五度看花空有淚，一心如結不曾開，纖蘿自合依芳樹，覆水寧思返舊杯。惆悵高麗坡底宅，春光無復下山來。守遂遣還〔一〕。

有爲御史分務洛京者，其愛姬爲李逢吉一閱，遂不復出。明日以詩投之云：三山不見海沉沉，豈有仙蹤尚可尋。青鳥去時雲路斷，嫦娥歸處月宫深。紗窗暗想春相憶，書幌誰憐夜獨吟。料得此時天上月，只應偏照兩人心。李得詩含笑曰：大好詩。遂絶〔二〕。

唐人及第後，或遇舊題名處，即加前字，故詩〔三〕曰：曾題名處加前字，送出城人乞舊詩。姚合及第後詩曰：新銜添一字，舊友讓前途〔四〕。

長安木塔院，有進士房魯題名處，有人題詩曰：姚家新壻是房郎，未解芳顔意欲狂。見説正調穿羽箭，莫交射破寺家牆〔五〕。

丹陽焦山瘞鶴銘傍小碣刻詩云：江外水不凍，今年寒苦遲。三山在何許？欲到引風歸。後題云：丹陽掾王瓚作。後復得小石云：縱步不知遠，夕陽猶未回。好花隨處發，流水趁人來。不知誰爲之〔六〕。

傳聞天子訪沉淪，萬里懷書西入秦。早知不用無媒客，恨別江南楊柳春〔七〕。顧陶類詩云：不知名氏〔八〕。

【校箋】

〔一〕《太平廣記》卷一六八引《盧氏雜説》：「江陵寓居士子，忘其姓名。有美姬，家貧，求尺題于交廣間……五年未歸。姬遂爲前刺史所納，在高麗坡底。及明年，其夫歸，已失姬之所在。尋訪知處，遂爲詩，求媒標寄之。詩云：『陰雲漠漠下陽臺，惹着襄王更不迴。五度看花空有淚，一心如結不曾開。纖蘿自合依芳樹，覆水寧思返舊杯。惆悵高麗坡底宅，春光無復下山來。』刺史見詩，遂給一百千及資裝，便遣還士子。」「高麗坡」原作「高麗坊」，「守遂遣還」原作「守逐遣還」，據改。

〔二〕《本事詩》：「太和初，有爲御史分務洛京者……有妓善歌，時稱尤物。時太尉李逢吉留守，聞之，請一見。……既入，不復出。……怨歎不能已，爲詩兩篇投獻。明日見李，但含笑曰：『大好詩。』遂絶。詩曰：『三山不見海沉沉，豈有仙蹤尚可尋。青鳥去時雲路斷，嫦娥歸處月宮深。紗窗遥想春相憶，書幌誰憐夜獨吟，料得此時天上月，祗應偏照兩人心。』」此事《太平廣記》卷二七三《李逢吉》條引《本事詩》所載與此略同，而以爲劉禹錫事。且云劉「憤懣而作四章，以擬《四怨》」。宋人輯《劉夢得外集》卷七收之，題作《懷妓四首》，「三山不見海沉沉」乃其第四首。按夢得太和元年，以主客郎中分司東都（見《劉夢得文集》卷二一《舉姜倫自代狀》

自注)」,故《廣記》但稱「分務朝官」,不言「御史」。然是時李逢吉方在襄陽,《劉集》有《分司東都蒙襄陽李司徒相公書問因以奉寄》詩,即逢吉也。《集》中又有《將赴蘇州,途出洛陽留守李相公累申宴餞,寵行話舊,形于篇章,謹抒下情,以申仰謝》詩,乃太和五年作,是時逢吉方爲東都留守,則奪妓殆此時事,以爲太和初夢得分司東都時,則傳聞之誤也。史言「禹錫甚怒武元衡、李逢吉」(見《舊唐書》卷一六〇《劉禹錫傳》),其怒元衡,人所共知,其于逢吉,太和五年以前,累有往來,形于篇詠,而自五年以後,《集》中更無酬唱之作,豈非别有憤懣,存于其間乎?其《懷妓》前三首,與第四首意亦相貫,胡仔已嘗言之(見《苕溪漁隱叢話》前集卷六〇《憶妓詩條》)。至五代人所撰《燈下閑談》以之爲商人劉損爲吕用之奪其妻裴氏,憤惋而作。則屬小説附會矣。

〔三〕《摭言》卷三:「神龍已來,杏園宴後皆于慈恩寺塔下題名。同年中推一善書者紀之,他時有將相,則朱書之,及第後知聞,或遇未及第時題名處,則爲添前字。或詩曰:『曾題名處添前字,送出城人乞舊詩。』」「李逢吉」原脱「李」字,「遂絶」原作「逐絶」,據補改。

〔四〕《姚少監詩集》卷六《及第後夜中書事》,「讓」作「遜」。

〔五〕《太平廣記》卷二一二引《盧氏雜説》:「聖善木塔院多鄭廣文畫并書。敬愛山亭院有雉尾若真砂,于上有進士房魯題名處。後有人題詩曰:『姚家新壻是房郎,未解芳顔意欲狂。見説正調穿羽箭,莫教射破寺家牆。』」「房魯」原作「房曾」,據改。又,據知房魯所題,在敬愛山亭院,而非木塔院也，當據改。

〔六〕此引王瓚詩四句，非全詩。宋張邦基《墨莊漫録》卷六云：「《瘞鶴銘》，潤州揚子江焦山之足石巖下，惟冬序水退始可模打。世傳以爲王逸少書，然其語不類晉人，是可疑也。歐陽永叔以爲華陽真逸，乃顧況之道號，或是況所作，然亦未敢以爲然也。予嘗以窮冬至山中，觀銘之側近，復有唐王瓚刻詩一篇，字畫差小于《鶴銘》，而筆勢八法，乃與《瘞鶴》極相類，意其是瓚所書也。因摸一本以歸，以示知書者，亦以爲然。其題云《冬日與群公泛舟此山》：『江水初不凍，今年寒復遲。衆芳且未歇，近臘仍祅衣。載酒適我情，興來趣漸微。方舟大川上，環酌對落暉。兩片青石稜，波際無因依。三山安可到，欲到風引歸。滄溟壯觀多，心目豁暫時。況得窮日夕，乘槎何所之。謫丹陽功曹掾王瓚。』今此刻亦漸漫漶，尚可讀也。有好事者當試求之，以驗予言之或是也。」所録與此引文字小異。清李光暎《金石文考略》引明顧元慶《瘞鶴銘考》云：「宋尤文簡公云，《瘞鶴銘》側一小碣云：『徒步不知遠，夕陽猶未回。好花隨意發，流水逐人來。』無名氏與刻石之歲月，碣傍復一小石，刻詩云：『江外水不凍，今年寒苦遲。三山在何處，欲到引風歸。』題云『丹楊掾王瓚作』。」《全唐詩》卷七二二以二詩並屬之王瓚。

〔七〕此詩或作杜羔妻劉氏詩，見本書卷七八「劉氏」條。

〔八〕此注爲編刻者所加。《類詩》，指唐顧陶《唐詩類選》，是書今已不存。

僕

咸陽郭氏之僕捧劍者，有詩曰：青鳥銜蒲萄，飛上金井欄。美人恐驚去，不敢捲簾看。又題牡丹云：一種芳菲出後庭，却輸桃李得佳名。誰能爲向天人説，從此移根近太清。後恥爲奴隸，逃走。有詩曰：珍重郭四郎，臨行不得别。曉漏動離心，輕車冒殘雪。欲出主人門，零涕暗嗚咽。萬里隔關山，一心思漢月。京兆司録全曙述此事，以語李磎〔一〕。雲溪友議。

孫愿，唐貞元已後三代爲池陽刺史，有戟門門子朱元，迎道左獻詩曰：昔日郎君今刺史，朱元依舊守朱門。今朝行馬諸童子，盡是當時竹馬孫〔二〕。

【校箋】

〔一〕見《雲溪友議》卷下《郭僕奇》條。「全曙」原作「全曉」，「李磎」原作「李蹊」，據改。

〔二〕《詩話總龜》卷五云：「孫愿，唐貞元之後三代爲池陽刺史。有戟門子朱元，迎於道左獻詩曰：『昔日郎君今刺史，朱元依舊守朱門。今朝竹馬兒童子，盡是當時竹馬孫。』」注出《郡閣野談》。

新羅王

太宗立新羅主善德妹真德爲王。永徽元年，真德大破百濟之衆，遣其弟法敏以聞。真德乃織錦作五言太平頌以獻之，其詞曰：大唐開洪業，巍巍皇猷昌。止戈戎衣定，修文繼百王。統天崇雨施，理物體含章。深仁諧日月，撫運邁陶唐。幡旗既赫赫！鉦鼓何鍠鍠。外夷違命者，翦覆被天殃。淳風凝幽顯，遐邇競呈祥。四時和玉燭，七曜巡萬方。維岳降宰輔，維帝任忠良。五三成一德，昭我唐家光。帝嘉之〔一〕。

【校箋】

〔一〕《舊唐書》卷一九九上《新羅國傳》：貞觀五年，「真平卒，無子，立其女善德爲王。……二十一年，善德卒，贈光禄大夫，餘官封並如故。因立其妹真德爲王。……（高宗）永徽元年，真德大破百濟之衆，遣其弟法敏以聞，真德乃織錦作五言《太平頌》以獻之，其詞曰：『大唐開洪業，巍巍皇猷昌。止戈戎衣定，修文繼百王。統天崇雨施，理物體含章。深仁偕日月，撫運邁陶唐。幡旗既赫赫，鉦鼓何鍠鍠。外夷違命者，翦覆被天殃。淳風凝幽顯，遐邇競呈祥。四時和玉燭，七曜巡萬方。維岳降宰輔，維帝任忠良。五三成一德，昭我唐家光。』帝嘉之。」「理物體」原作「理物休」，「既赫赫」原作「何赫赫」，「何鍠鍠」原作「有鍠鍠」，「凝幽顯」原作「疑幽顯」，「四時」原作「回時」，「七曜」原作「七耀」，「唐家光」原作「皇家唐」，據改。

楊奇鯤

奇鯤，南詔大酋之心膂也。僖宗時來朝，高駢自淮海飛章曰：蠻酋用事，唯奇鯤等數人，請止而鴆之。帝用其策。奇鯤有詞藻，途中詩云：風裹浪花吹又白，雨中嵐影洗還青。沙鷗聚處窗前見〔一〕，林狖啼時枕上聽。此際自然無限趣，王程不敢暫留停〔二〕。出北夢瑣言。

【校箋】

〔一〕「聚處」原作「住處」，據《北夢瑣言》卷一一改。

〔二〕「二句」原脱，據《北夢瑣言》補。

不知名

雜調云：勸君莫惜金縷衣，勸君須惜少年時。有花堪折直須折，莫待無花空折枝〔一〕。

青天無雲月如燭，露泣梨花白如玉。子規一夜啼到明，美人獨在空房宿〔二〕。

石沉遼海闊，劍別楚山長。會合知無日，離心滿夕陽〔三〕。

空賜羅衣不賜恩，一燻香後一銷魂。雖然舞袖何曾舞〔四〕，長對春風裛淚痕。

不洗殘粧憑綉床，却嫌鸚鵡綉衣裳〔五〕。迴針刺到雙飛處，憶着征夫淚數行〔六〕。

眼想心思夢裏驚，無人知我此時情。不如池上鴛鴦鳥，雙宿雙飛過一生。

一去遼陽繫夢魂，忽傳征騎到中門。紗窗不肯施紅粉，圖遣蕭郎問淚痕〔七〕。

鶯啼露冷酒初醒，罨畫樓西曉角鳴〔八〕。翠羽帳中人夢覺，寶釵斜墜枕函聲。

行人南北分征路，流水東西接御溝。日日坡前怨離別〔九〕，謾名長樂是長愁。

偏倚綉床愁不起，雙垂玉筯翠環低。卷簾相待無消息，夜合花開日又西〔一〇〕。

悔將淚眼向東開，特地愁從望裏來。三十六峰猶不見，況伊如燕這身裁〔一一〕。

滿目笙歌一段空，萬般離恨總隨風。多情爲謝殘陽意，與展晴霞片片紅。

兩心不語暗知情，燈下裁縫月下行。行到堦前知未睡，夜深聞放剪刀聲。

六言詩云〔一二〕：把酒留君聽琴，那堪歲暮離心〔一三〕。霜葉無風自落，秋天不雨多陰〔一四〕。人愁荒村路遠〔一五〕，馬怯寒溪水深。望盡青山猶在〔一六〕，不知何處相尋〔一七〕？

美人騎馬云：駿馬嬌仍穩，春風灞岸晴。促來金蹬短，扶上玉人輕。帽束雲鬟亂，鞭籠翠袖明。不知從此去，何處更傾城。

乾符末，有客訪僧，僧却之，題門而去，云：龕龍去東海，時日隱西斜。敬文今不在，碎石入流沙。忽一僧曰：大罵我曹。乃合寺苟卒四字〔一八〕。

雁塔詩云〔一九〕：漢國山河在〔二〇〕，秦陵草樹深〔二一〕。暮雲千里色，何處不傷心〔二二〕。傍書云荆叔偶題，不知何人也。

盧常侍牧瀘江，一曹生令爲從事，曹悦營妓丹霞，盧不許。會餞朝客，曹有詩曰：拜玉亭前閑送客，此時孤恨感離鄉。尋思往歲絶纓事，肯向朱門泣夜長。盧演爲長句云：桑扈交飛百舌忙，祖亭聞樂倍思鄉。樽前有恨慚卑宦，席上無聊愛艷粧。莫爲狂花迷眼界，須求真理定心王。游蜂採掇何時已，却恐多言議短長〔二三〕。令丹霞改令罰曹，丹霞乃號之爲怨胡夫，以曹狀類胡。滿座大笑。盧因目丹霞爲怨胡婦。盧氏子失第，徒步及都城門東，寒甚，有一人續至附火，吟曰：學織繚綾功未多，亂投機杼錯抛梭。莫教宫錦行家見，把此文章笑殺他。又云：如今不重文章士，莫把文章誇向人。盧愕然，以爲樂天詩。問姓名，曰：姓李，世織綾錦，前屬東都宫錦坊，織宫錦，巧兒以薄技投本行，皆云：如今花樣與前不同。不謂伎倆兒以文彩求售者，不重于世，且東歸去〔二四〕。

【校箋】

〔一〕此下全録《才調集》卷一所載無名氏《雜詞》十三首。《古今事文類聚》後集卷一六「唱金縷」條載此詩云：「杜秋娘，金陵女也。年十五，爲李錡妾，嘗爲錡唱詞云云。」《樂府詩集》卷八二題作《金縷衣》，署李錡作。《萬首唐人絶句》卷五五題《勸少年》，亦署李錡作。各書所録，文字各有異同，兹不詳校。

〔二〕此詩宋陳起《江湖小集》卷二〇録李龏《梅花衲》摘句詩，摘此詩首句，注爲盧綸作。

〔三〕《太平廣記》卷三四〇「李章武」條，以此詩爲李助作。該條「出李景亮爲作傳」，或當近實。《説郛》卷一一六張君《才鬼記》載章武事，亦以爲李助作。

〔四〕「何曾」，《萬首唐人絶句》卷五八作「何時」。

〔五〕「却嫌鸚鵡」，《全唐詩》卷七八五作「也同女伴」。「衣裳」，《才調集》作「鴛鴦」。

〔六〕「憶着」原作「憶昔」，據《萬首唐人絶句》改。

〔七〕「圖遺」，《才調集》作「徒遺」。

〔八〕「樓西」，《才調集》作「樓臺」。

〔九〕「坡」原作「波」，據《才調集》改。程大昌《雍録》：「（長安）光泰門東七里有長樂坡。」

〔一〇〕「花開」，《才調集》作「花前」。

〔一一〕「身裁」，《才調集》作「身材」。

〔一二〕《文苑英華》卷二七三載此詩作盧綸詩，題作《送巨萬》。《唐詩品彙》卷四五同。

〔一三〕「那堪」，《文苑英華》作「難堪」。

〔一四〕「多陰」，《文苑英華》作「空陰」。

〔一五〕「荒村路遠」，《文苑英華》作「荒落路遠」。「遠」下注「集作細」。

〔一六〕「望盡青山猶在」，《文苑英華》作「望斷青山獨立」。

〔一七〕「不知」，《文苑英華》作「更知」。

〔一八〕《玉泉子》：「乾符末，有客寓止廣陵開元寺，因文會，話云：頃在京師寄青龍寺日，有客嘗訪知寺僧，屬其匆遽不暇留連，翌日至，又遇要地朝客，後至復來復阻，他日，頗有怒色，題其門而去：『龕龍去東海，時日隱西斜。敬文今不在，碎石入流沙。』僧皆不能詳，有沙彌頗解，曰：『此不遜之言，辱我曹矣。』客云：『合寺苟卒』。」

〔一九〕《容齋五筆》卷七「盛衰不可常」條：「慈恩寺塔有荆叔所題一絶句，字極小而端勁，最爲感人。其詞曰云云，旨意高遠，不知爲何人，必唐世詩流所作也。」《萬首唐人絶句》卷二一録此詩，則逕題「荆叔」作。

〔二〇〕「山河」，《容齋五筆》作「河山」。《萬首唐人絶句》同。

〔二一〕「草樹」，《容齋五筆》作「草木」。

〔二二〕「何處」，《容齋五筆》作「無處」。《萬首唐人絶句》同。

〔二三〕《太平廣記》卷二七三引盧環《抒情集》：「盧常侍鉟牧瀘江日，相座囑一曹生，令署郡職，不免奉之。曹悦營妓名丹霞，盧沮而不許。會餞朝客于短亭，曹獻詩曰：『拜玉亭間送客忙，此時孤恨感離鄉。尋思往歲絶纓事，肯向朱門泣夜長。』盧演爲長句，和而勉之曰：『桑扈交飛百舌忙，祖亭聞樂倍思鄉。樽前有恨慚卑宦，席上無聊愛艷粧。莫爲狂花迷眼界，須求真理定心王。游蜂採掇何時已，祇恐多言議短長。』」「瀘江」原作「章江」，「交飛」原作「交暉」，「聞樂倍思鄉」原作「同樂陪思鄉」，「慚卑宦」原作「同卑宦」，「愛艷粧」原作「發靚粧」，「莫爲」原作「莫與」，據改。

〔二四〕《太平廣記》卷二五七引《盧氏雜説》：「唐盧氏子不中第，徒步及都城門東，其日風寒甚，且投逆旅，俄有一人續至，附火良久，忽吟詩曰：『學織繚綾功未多，亂投機杼錯拋梭。莫教宮錦行家見，把此文章笑殺他。』又云：『如今不重文章事，莫把文章誇向人。』盧愕然，憶是白居易詩。因問姓名，曰：『姓李，世織綾錦，離亂前，屬東都官錦坊，織宮錦。巧兒以薄藝投本行，皆云如今花樣，與前不同。不謂伎倆兒以文采求售者，不重于世，且東歸去。』」「都城門東」原作「都城門來」，「亂投」原作「亂拈」，「又云」原作「遂云」，「織宮錦」原脱「織」字，「薄技」原作「薄妓」，據改。

權龍褒

景龍中，爲左武衛將軍，好賦詩而不知聲律，中宗與學士賦詩，輒自預焉。帝戲呼爲權學士。初以親累遠貶，洎歸，獻詩云：龍褒有何罪？天恩放嶺南。勑知無罪過，追來與將軍。上大笑。常吟夏日詩：嚴霜白皓皓，明月赤團團。或曰：豈是夏景？答曰：趁韻而已。通天中刺滄州，初到呈同官曰：遥看滄州城，楊柳鬱青青。中央一群漢，聚坐打杯觥。諸公謝曰：公有逸才。曰：不敢。趁韻而已。常作秋日述懷詩曰：簷前飛七百，雪白後園彊。飽食房裏側，家糞集野蜋。參軍不曉，問之，權曰：鷂子簷前飛，直七百；洗衫掛後園白如雪；飽食房中側卧，家裏便轉，集得野澤蜣蜋。聞者嗤之。始賦夏日嚴霜明月之句，乃皇太子宴賦詩。太子援筆譏之曰：龍褒才子，秦州人士。明月晝耀，嚴霜夏起。如此詩章，趁韻而已。龍褒爲瀛州刺史，歲暮，京中人附書云：改年多感。乃將書呈判司以下云：有詔改年號爲多感元年。一日，謂府吏，何名私忌？對曰：父母亡日，請假。偶房中静坐，有青狗突入，大怒曰：衝破我忌，更牒改到明日，好作忌日。談者笑之〔一〕。

【校箋】

〔一〕「權龍褒」，《太平廣記》卷二五八引《朝野僉載》作「權龍襄」，云：「唐左武衛將軍權龍襄，性褊急，常自矜能詩。通天年中，爲滄州刺史，初到，乃爲詩呈州官曰：『遥看滄海城，楊柳鬱青青。中央一群漢，聚坐打杯觥。』諸公謝曰：『公有逸才。』襄曰：『不敢，趁韻而已。』又《秋日述懷》曰：『簷前飛七百，雪白後園彊。飽食房裏側，家糞集野蜋。』參軍不曉，請釋，襄曰：『鷂子簷前飛，值七百文。洗衫挂後園，乾白如雪。飽食房中側卧，家裏便轉，集得野澤蜣蜋。』

談者嗤之。皇太子宴，夏日賦詩：『嚴霜白浩浩，明月赤團團。』太子援筆爲讚曰：『龍襄才子，秦州人士。明月晝耀，嚴霜夏起。如此詩章，趁韻而已。』……爲瀛州刺史日，新過歲，京中數人附書曰：『改年多感，敬想同之。』新正喚官人集，云：『有詔改年號爲多感元年。』將書呈判司以下，衆人大笑。龍襄復側聽，怪赦書來遲。……龍襄不知忌日，謂府吏曰：『何名私忌？』對曰：『父母亡日，請假，獨坐房中不出。』襄至日，于房中靜坐，有青狗突入，龍襄大怒曰：『冲破我忌，更陳牒，改作明朝，好作忌日。』談者笑之。」「左武衛將軍」原脱「衛」字，《夏日》詩「嚴霜」原作「嚴雪」，「滄州」原作「滄洲」，「杯觥」原作「杯角」，「秋日述懷」原作「秋日休懷」，「後園彊」原作「後園疆」，「野蜋」原作「野狼」，「嚴霜夏起」原作「嚴雪夏起」，「京中人」原作「京州人」，「有詔改年號」原作「有司改年」，「父母亡日」原作「父母忌日」，據補改。

唐詩紀事校箋卷第八十一

毛仙翁贈行詩〔一〕

裴度云，爰自荆州鼎成，黄金道息，封固真粹，教不流傳，代歷秦漢，言者恠闊，先儒以爲繫風捕影，誰抵其實，琅琊論衡詳之矣。予嘗以爲斯言之未盡其臧否也。及見仙翁，勃違前聞。且嗇神胎元，抱和含真，穆然道風〔二〕，煦然如春。追駐穉色〔三〕，將數百歲，光陰自駛〔四〕，寒暑不易，鑪鎚之間，物無不化，養之在我，得之自然。加以熊經鳥伸，玄藏城府，閉合默識，孰窺崇墉。當今勢位壓山河，器業横覆載，皆面嚮傾就，誠屈乎辭。度不知先儒誰談其無乎？得食馬肝者，豈爲知味耶！圖鬼神者，易爲工耶！不復知總總化胎而已〔五〕。仙翁將去，追遺雲蹤〔六〕，苟非造物者，不能以識。裴度述。

僧孺云：僧孺見仙翁兄，深仰其爲真人也。僧孺讀史傳，嘗病仙者能上升，鄙見也斯不然。僧孺聞胡國西胡法，至其將殁之日，必大會族黨州里衆，其人齋其食，人則飄飄而發地焉，數百里外而墜窮谷中，國中人咸謂曰化。予焉知非胡國之幻乎？今兄不離世間而出世間，浩蕩乎嗜慾之境，蹂躪乎人情之圃。三事五侯，躬擁篲于門，獲禮仙翁者爲榮，不獲禮爲羞。況雙眸炅然，紅膚若花，迅駛無羈〔七〕，竦步飄飄然〔八〕。予安謂其非至人乎？昔昌黎韓公侍郎，掌國子〔九〕，裴、李二相府，皆命世之大賢，與兄文字，不曰師，則曰丈。予又焉測兄之壽耶？嵇君著養生一篇，以中才用心養其性命，斯爲勝矣。腥者吾食諸，稔者吾食諸，儦于我者食諸。又不測兄之玄妙也〔一〇〕。至于煮鍊金石，妙至先覺，若指手掌〔一一〕，不爲能事，賄利軒冕，固仙兄不萌于心〔一二〕。劉郎之骨，非凡目所測。太和三年秋九月，偶邂逅于夏口〔一三〕，眷予塵俗，授之玄記，又約僧孺爲道弟。所訝真步超遥，白雲無繫〔一四〕，要他日爲拜會之資。僧孺抽毫以叙離恨，題文曰別志，且用契異時之語焉。

李翺云：紫霄仙客下三山，因救生靈到世間。龜鶴計年承甲子，冰霜爲質駐童顏。韜藏休咎傳真籙，變化榮枯試小還。從此便教塵骨貴〔一五〕，九霄雲路願追攀。

令狐楚云：宣州渾是上清宫，客有真人貌似童。紺髮垂纓光髧髧〔一六〕，細髯緣頷緑茸茸〔一七〕。壺中藥物梯霞訣，肘後方書縮地功。既許焚香爲弟子，願教年紀共椿同。

李程云：茫茫塵累愧腥膻，强把蜉蝣望列仙。閑指紫霄峰下路，却歸白鹿洞中天。吹簫鳳去經何代〔一八〕，茹玉方傳得幾年〔一九〕。他日更來人世看，又應東海變桑田。

李宗閔云〔二〇〕：不知仙客占青春，肌骨纔教稱兩旬。俗眼暫驚相見日，疑心未測幾時人。閑推甲子經何代，笑説浮生老此身。殘藥儻能沾朽質，願將霄漢永爲鄰〔二一〕。

韓愈云：仙翁姓毛氏，名于，姬與韓爲族，愈末年爲弟也。相識于潮陽逆旅〔二二〕，叙宗焉。察其言，不由乎孔聖道，不由乎老莊教，而以慧性知人爵禄厚薄〔二三〕，壽命長短。發言如騁駟，囁嚅持疑于脣吻間，即信乎異人也。若古之許負輩，不足言哉。然兄言果有徵〔二四〕，期愈自典袁州〔二五〕，從袁州除國子祭酒〔二六〕，後主兵部事，續拜京兆尹，又改吏部侍郎〔二七〕。若果如兄言〔二八〕，即掃廳屋，候兄一日歡笑資〔二九〕，亦足馳不朽之名也〔三〇〕。酒酣留詞，走筆而成，不能采其文章之要也。時元和十四年己亥四月十六日，族弟門人韓愈序。

崔鄾云：存亡去住一壺中，兄事安期弟葛洪。甲子已過千歲鶴，儀容方稱十年童。心靈暗合行人數，藥力潛均造化功。終待此身無繫累，武陵山下等黄公。

王起云：冰霜肌骨稱童年，羽駕何由到俗間？丹竈化金留秘訣，仙宫嗽玉叩玄關。壺中世界青天近，洞裏烟霞白日閑。若許隨師去塵網，願陪鸞鶴向三山。

李益云：玉潤溶溶仙氣深，含光混俗似無心。長愁忽作鶴飛去，一片孤雲何處尋？

鄭澣云：至道無名，至人長生。爰觀繪事，似挹真形。方口渥丹，濃眉刷青。松姿本秀，鶴質自輕。道德神仙，内藴心靈。紅肌緑髮，外彰華精〔三一〕。色如含芳，貌若和光。胚渾造化，吐納陰陽。吾聞安期，隱見不常。或在世間，或游上蒼。猗歟真人，得非後身！

寫此仙骨，久而不磷。皎皎明眸，瞭然如新。藹藹童顔，的然如春。金石可並，丹青不泯。通天臺上，有見常人。俗士觀瞻，方悟出塵。君子圖之，敬兮如神。

楊於陵云：先生赤松侶，混俗游人間。崑閬無窮路，何時下故山。千年猶孺質，秘術救塵寰。莫便沖天去，雲雷不可攀。

楊嗣復云：天上玉郎騎白鶴〔三二〕，肘後金壺盛妙藥〔三三〕。暫游下界傲五侯，重看當時舊城郭。羽衣茸茸輕似雪〔三四〕，雲上雙童持絳節。王母親縫紫錦囊，令向懷中藏秘訣。令威子晉皆儔侶，東嶽同尋太真女。搜奇綴韻和陽春，文章不是人間語。藥成自固黄金骨〔三五〕，天地齊兮身不殁。日月宫中便是家，下視崑崙何突兀。童姿玉貌誰方比，玄髮緑鬢光彌彌〔三六〕。滿朝將相門弟子，隨師盡願拋塵滓。九轉琅玕必有餘，願乞刀圭救生死。

元稹云：余廉問浙東歲，毛仙翁惠然來顧，越之人士識之者，相與言曰：仙翁嘗與葉法善、吴筠游于稽山，迨兹多歷年所，而風貌愈少，蓋神仙者也。余因得執弟子之禮，師其道焉。余嘗見圓冠方領之士，讀道書，疑其絶智棄仁〔三七〕，謂其書不足以經世理國〔三八〕。殊不知至仁無兼愛〔三九〕，大智無非災〔四〇〕；大樂同天地之和〔四一〕，大禮同天地之節。其可臻乎上德，冥乎大道之致〔四二〕，華胥終北之化，熙熙然也。又以徐市、文成之事，謂方士之流，誕妄于世，不足以爲教也。殊不知峒山高卧，汾水凝神，縱心傲世〔四三〕，邈然外物〔四四〕，王侯不可得師友也〔四五〕。若然，則徐市之莠，不足以害嘉穀；文成之誕，不足以傷大教〔四六〕。今我仙翁，真風遺骨，玄格高情，冥鴻孤鶴，不可方喻，蓋峒山汾水之儔也。一言道合，止于山亭三日，而南棲天台。謂余曰：入相之年，相俟于安仁里。余拜而言曰：果如仙約，燃香拂榻，以俟雲駕焉。抒詩一章，以爲他日之志也：仙駕初從蓬海來〔四七〕，相逢又説向天台。一言親授希微訣，三夕同傾沆瀣杯。此日臨風飄羽衛，他年嘉約指鹽梅〔四八〕。花前揮手迢遥去，目斷霓旌不可陪。

沈傳師云：安期何事出雲烟，爲把仙方與世傳。只向人間稱百歲，誰知洞裏過千年。青牛到日迎方朔，丹竈開時共稚川。更説桃源更深處，異花長占四時天。

崔元略云：莫將凡聖比雲泥，椿菌之年本不齊。度世無勞大稻米，昇天只用半刀圭。人間嗟對黄昏槿，海上閑聽碧落鷄。旌節行中令引道，便從塵外踏丹梯〔四九〕。

柳公綽云：桃源千里遠，花洞四時春。中有含真客，長爲不死人。松高枝葉茂，鶴老羽毛新。莫遣同籬槿，朝榮暮化塵。

白居易云：仙翁已得道，混跡尋巖泉。肌膚冰雪瑩〔五〇〕，衣服雲霞鮮。紺髮絲並緻〔五一〕，韶容花共妍。方瞳點玄漆，高步凌非烟。幾見桑海變〔五二〕，莫知龜鶴年。所憩九霄外，所游五嶽巔。軒昊舊爲侶，松喬難比肩。每嗟人世人，役役如狂顛。孰能脱羈鞅，盡遭名利牽。貌隨歲律換〔五三〕，神逐光陰遷。唯余負憂譴，憔悴溢江壖。衰鬢忽霜白，愁腸如火煎。羇旅坐多感，徘徊私自憐。晴眺五老峰，玉洞多神仙。何當憫湮厄，授道安虛孱。我師惠然來，論道窮重玄。浩蕩八溟闊，志泰心超然。形骸既無束〔五四〕，得喪亦都捐。豈識椿菌異，那知鵬鷃懸〔五五〕。丹華既相付，促景定當延。玄功曷可報，感極唯勤拳〔五六〕。霓旌不肯駐〔五七〕，又歸武夷川〔五八〕。語罷倏然別，孤鶴昇遥天〔五九〕。賦詩敘明德，永續步虛篇。

李紳云：憶昔我祖神仙主，玄元皇帝周柱史。曾師軒黃友堯湯，混跡和光佐周武。周之天子無仙氣，武成康昭都瞥爾〔六〇〕。穆王粗識神仙事，八極輪蹄方逞志。鶴髮韜真世不知，日月星辰幾回死。金鼎作丹丹化碧，三萬六千神入宅。仙兄受術幾千年，已是當時駕鴻客。海光悠容天路遠，春風玉女開宮苑。紫筆親教書姓名，玉皇詔刻青金簡。桂窗一別三千春，秦妃鏡裏蛾眉新。忽控香虬天上去，海隅劫石霄花塵。一從仙駕辭中土，頑日昏風老無主。九州爭奪無時休〔六一〕，八駿垂頭避豺虎。我亦玄元千世孫，眼穿望斷蒼烟根。花麟白鳳竟冥寞〔六二〕，飛春走月勞神昏。百年命促奔馬疾，愁腸盤結心摧崪。今朝稽首拜仙兄，願贈丹砂化秋骨。

劉禹錫：唐長慶二年壬寅秋九月〔六三〕，止鄂州官舍。時風勁秋寒，掩關無事。月晦前三日，有異客毛仙翁至，禹錫攝袵見之，豐容秀目〔六四〕，精貌輝然，初莫之測。坐久，語及裴相國晉公、韓侍郎文公〔六五〕，皆爲方外之交，嘗有述序，余因請焉〔六六〕。齋心拭目，盡得披諷，知仙翁之道，非人間人也。拜請延留，奉以師禮，欣然見許，止余所凡七晝夜。師之異者，故不可窮。其大権裴、韓二公具述矣，不能復書。其察人吉凶、貴賤、壽夭，或假寐自生死，雖百年之變，窮通修短，皆俊發利詞，指陳毫釐無所疑忌〔六七〕，語堅意真，聞者失色〔六八〕。則果然符契于意，其神授乎，其智知乎！至于金火飛伏之道，鍊魂御氣之訣，吾又莫得而窮之矣。嗟乎！禹錫之生蹇厄，以至羈沉，遇師之日〔六九〕，謂其有人爵之望，可至人臣，則鄙誠豈敢企望。但師之道多隱晦，人不能盡知，況仁義惻憫，特又甚焉〔七〇〕，真乎出世者也。今將適桃花溪，訪秦人，追羽客，臨風再拜，謹志大略，以備他日之約。其年九月二十九日，門人劉禹錫述。

禹錫時赴和州，于武昌縣喜再遇十八兄仙翁，因成絶句：武昌山下蜀江東，重向仙舟見葛洪。又得案前親禮拜，大羅天訣玉函封〔七一〕。

張仲方云：毛仙翁，毛仙翁，容貌常如二八童〔七二〕。幾歲頭梳雲鬢緑，無時面帶桃花紅。眼前人世閲滄海，肘後藥成辭月宫。方口綉眉編貝齒，瞭然炅炅雙瞳子。芝椿稟氣本堅强，龜鶴計年應不死。四海五山長獨游，矜貧傲富欺王侯。靈通指下瓻甓化，瑞氣爐中金玉流。定是烟霞列仙侶，暫來塵俗救危苦。紫霞妖女瓊華飛，祕法虔心傳付與〔七三〕。陰功足，陰功成，羽駕何年歸上清。待我休官了婚嫁〔七四〕，桃源洞裏覓仙兄。

杜光庭云：毛仙翁者，名于〔七五〕，字鴻漸。得久視之道，不知其甲子，常如三十許人。其齠容穉姿，雪肌玄髮，若處子焉。周游湖嶺間，常以丹石攻疾，陰功救物，受其賜者，不可勝紀。大中戊寅歲，進士張爲薄游長沙，落魄數載，以詩酒自得，不汲汲于隨計。一旦值女奴于岳麓山下，若豪家之青衣焉，奔而歸之，張遽惑焉〔七六〕。歲餘，寖成羸疾，尫瘠骨立，待時而已。毛翁自海陵來，泊于逆旅〔七七〕，即張所止也。請謁之者，逡巡盈門，皆曰：尊師十年二十年一届于市，人仰其惠，猶夏日之陰〔七八〕，冬日之陽也，蒙其澤者多矣。顧見張，愍之曰：子妖氣邪光，浹遍肌骨，苟不相值，殞于旦夕也。吾有鮑南海丸。以一粒授爲，于香爐焚之，郁烈之氣〔七九〕，聞數百步〔八〇〕，張之魅妾，長號一聲，蹶然而斃。因共視之，即木偶人也。心下至足，肌肉如人，心上至頂，猶木偶之狀。衆共異之，棄于江中。師曰：此魅逝矣，子之性命可全，形骸可保也。又以丹砂三粒，其狀如黍米〔八一〕，命張吞之。旬月之間，肌豐力倍，僽疾都瘳。師忽告去，不言所之，張遂爲詩別焉。其略云：羸形感神藥，削骨生豐肌。蘭炷飄靈烟，妖怪立誅夷。重覩日月光，何報父母慈。黄河濁滚滚，別淚流澌澌。黄河清有時，別淚無收期。自是別去，莫知所適，江湘間至今以爲口實。張後亦南入釣臺山〔八二〕，訪道而去。今覩朝彦贈仙翁文集，果符長沙之事。裴晉公度、牛公僧孺、令狐公楚、李公程、李公宗閔、李公紳、楊公嗣復、楊公於陵、王公起、元公積，當代之賢相也。白公居易、崔公鄲、鄭都尉澣、李公益、張公仲方、沈公傳師、崔公元略、劉公禹錫、柳公公綽、韓公愈、李公翺，當代之名士也。望震寰區〔八三〕，名動海島。或師以敬之〔八四〕，或兄以事之，皆以師爲上清品人也。或美其登仙出世，或紀其孺質嬰姿，或異其藏往知來〔八五〕，或叙其液金水玉，霞綺交爛，組綉相宣，蓋玄史之盛事也。自元和洎大中戊寅〔八六〕，五十餘年，容色不改，信非常人矣。奇章公獨以上昇爲疑者，乃拘教守常，未達神仙之深旨矣。夫仙之上者，骨肉昇飛，與天無極。又九天之上，無何之鄉，爲極陽之都，神仙之府也。世之得道者，煉陰而全陽，陰滓都盡，陽華獨存，故能上賓于天，與道冥合。則黄帝駕龍而騰躍，子喬控鶴而飛翔，赤松乘雨而飄飖〔八七〕，列寇馭風而上下，史簡昭著，又何疑焉。所云胡國胡法將終之事，是設幻化之誣詞，謗神仙之輕舉者，有是焉耳。嘗試論之，真一既判，元精肇分，清氣爲人，謂之三才，皆禀于妙無，成于妙有。人之生也，參天而兩地，與氣爲一。天地所以長存者，無爲也，人所以生化者，有爲也。情以動之，智以役之，是非以感之，喜怒以戰之，取捨以弊之，馳騖以勞之，氣耗于内，神疲于外，氣竭而形衰，形凋而神逝〔八八〕，以至于死矣。故曰委和而生，乘順而死〔八九〕，率以爲常也。修道之士，黜嗜慾，隳聰明，凝然無心，澹然無欲〔九〇〕，收視反聽，萬慮都冥。然後虚室生白〔九一〕，吻合自然，觀化之初，窮物之始，浩然動息，與道爲一矣。與道爲一，則恣心所之，從心所欲，是非不能亂，勢利不能誘，寒暑不能變，生死不能干，指顧乎八極之外，逍遥乎六虚之表，無所不察，無所不知。目能洞視，耳能洞聽，亦能視聽不由乎耳目。何者？神鑒于未然，智通于無極也。如此則世人之休咎、壽夭、富貴、貧賤，皎然在目，豈俟乎陰陽之數，蓍龜之兆，而後知之乎！毛仙翁則其人也。衆君子歌詩志之，序述讚之，曷足盡仙翁之道暨仙翁之美哉！因以神仙之事，亦紀仙翁之功〔九二〕，因書于卷末云。通正元年丙子三月七日辛酉，杜光庭序。

【校箋】

〔一〕本卷全采杜光庭編《毛仙翁贈行詩》，猶卷四二之全采令狐楚、王涯、張仲素所編之《三舍人集》也。光庭，道士，僖宗賜號廣成先生，王建據蜀，尊爲天師。平生弘揚道教，著述甚多，亦間爲小説家言，《虬髯客傳》即其所著者也。于後蜀廣正元年撰成《毛仙翁傳》，又纂裴度以下達官名士二十一人所贈毛仙翁詩文，置于《傳》前，以成此卷。今觀諸人詩文，多不載本集，後人增輯《集》外詩文，亦往往爲識者指爲僞作，棄而不取。如韓愈《送毛仙翁十八兄序》，朱熹云：「最末見，决非公文」，删之。而劉禹錫贈行序，不載于《劉夢得外集》，《全唐文》亦棄而不收，是也。白居易《送毛仙翁》詩，題下注「江州司馬時作」，而江州自編詩集中不收。汪立名云：「此詩舊編《後集》，當是從後追憶録入者，毛仙翁能預决人休咎，或晚年思其言有驗，遂存此詩耳。」不悟《白集》宋時曾有散佚、竄亂，此詩乃宋人收入《後集》，非《長慶集》原編之舊矣。其尤可致疑者，爲元稹《贈毛仙翁詩并序》，云：「余廉問浙東歲，毛仙翁惠然來顧。……止于山亭三日，而南棲天台，謂余曰：『入相之年，相候于安仁里。』余拜而言曰：『果如仙約，燃香拂榻，以俟雲駕焉。』」其詩亦有「此日臨風飄羽衛，他日嘉約指鹽梅。」之句，意謂毛仙翁預言稹當入相，而後來其言果驗也。不悟元之「廉問浙東」，實在入相之後，兩《唐書·元稹傳》言之甚明。且《序》言「仙翁嘗與葉法善、吴筠游于稽山」，葉、吴乃開元、天寶間人，至元和、長慶歷七八十年，其間詩人文士輩出，何以所贈詩文，無一流傳，而獨盡出于元和、長慶以後？又諸作辭意率多雷同，如出一手。以此推之，殆皆道流僞撰，或屬光庭造作，亦未可知。至其《毛仙翁傳》，所謂「丹石攻疾，陰功救物」，亦只載除張爲魅妄一事，純屬小説家言。餘則著其與達官名士往來，其舉牛僧孺之説，以相辯難，因而闡明長生可致，神仙可成，猶莊子所謂「寓言十九，藉外論之」，亦所以宣傳道法也。今于諸作，唯正其文字訛脱，不復一一究其出處，并略疏所見如此。

〔二〕「穆然」原作「默然」，據《全唐文》改。

〔三〕「追駐」原作「追柱」，據《全唐文改》。

〔四〕「自駃」原作「自駚」，據《全唐文》改。

〔五〕「化胎」原作「化昭」，據《全唐文》改。

〔六〕「雲蹤」原作「雲縱」，據《全唐文》改。

〔七〕「迅駛」原作「迅駭」，《全唐文》同，據祝充音注《韓文公文集》外集卷三《贈毛仙翁十八兄序》注洪興祖引文改，以下簡稱「《韓集》注引」。

〔八〕「竦步」原作「疎步」，據《全唐文》及《韓集》注引改。

〔九〕「子」字原脱，據《全唐文》補。

〔一〇〕「玄妙」原作「立妙」，據《全唐文》改。

〔一一〕「手掌」原作「平掌」，據《全唐文》改。

〔一二〕「固仙兄不萌于心」原作「故無不明于心」，《全唐文》同，據《韓集》注引改。

〔一三〕「邂逅」原作「拜遇兄」，《全唐文》同，據《韓集》注引改。

〔一四〕「無繫」原作「無繁」，據《全唐文》改。

〔一五〕「便教」原作「更教」，據《全唐詩》改。

〔一六〕「髣髴」原作「髡髡」，據《全唐詩》改。

〔一七〕「茸茸」原作「葺葺」，據《全唐詩》改。

〔一八〕「去」字原闕，據《全唐詩》補。

〔一九〕「方傳」二字原闕，據《全唐詩》補。

〔二〇〕「宗」原作「玄」，據《全唐詩》改。

〔二一〕「鄰」原作「憐」，據《全唐詩》改。

〔二二〕「潮陽」原作「湖陽」，據祝充音注本《韓文公文集》外集卷三改。

〔二三〕「慧」原作「惠」，據《韓文公文集》改。

〔二四〕「徵」原作「證」，據《韓文公文集》改。

〔二五〕「典」原作「與」，據《韓文公文集》改。

〔二六〕「袁州」原作「表州」，據《韓文公文集》改。

〔二七〕「吏部侍郎」原作「吏部郎中」，據《韓文公文集》改。

〔二八〕「若果如兄言」原作「若如言」，據《韓文公文集》改。

〔二九〕「歡笑資」原作「勸笑質」，據《韓文公文集》改。

〔三〇〕「足馳」二字原脱，據《韓文公文集》補。

〔三一〕「華精」原作「華清」，據《全唐詩》改。

〔三二〕「玉郎」原作「王郎」，據《全唐詩》改。

〔三三〕「盛」原作「成」，據《全唐詩》改。

〔三四〕「茸茸」原作「葺葺」，據《全唐詩》改。

〔三五〕「自固」原作「目固」，據《全唐詩》改。

〔三六〕「光」原作「先」，據《全唐詩》改。

〔三七〕「絶智棄仁」原作「絶聖智，棄仁人」，據《全唐詩》删改。

〔三八〕「謂其書」原作「謂斯書」，據《全唐詩》改。

〔三九〕「至仁無兼愛」原作「至人無兼受」，據《全唐詩》改。

〔四〇〕「大智無非災」原作「智人又無災」，據《全唐詩》改。

〔四一〕「大樂」上原衍「非」字，據《全唐詩》删。

〔四二〕「冥」原作「宜」，據《全唐詩》改。

〔四三〕「縱心」原作「怡心」，據《全唐詩》改。

〔四四〕「邈然外物」原作「藐然物外」，據《全唐詩》改。

〔四五〕「王侯」原作「至五侯」，據《全唐詩》改。

〔四六〕「傷」原作「停」，據《全唐詩》改。

〔四七〕「蓬海」原作「蓬島」，據《全唐詩》改。

〔四八〕「指」原作「落」，據《全唐詩》改。

〔四九〕「踏」原作「蹈」，據《全唐詩》改。

〔五〇〕「瑩」原作「淨」，據《白氏長慶集》卷三六改。

〔五一〕「絲」原作「緑」，據《白氏長慶集》改。

〔五二〕「桑海」原作「桑田」，據《白氏長慶集》改。

〔五三〕「歲律」原作「歲華」，據《白氏長慶集》改。

〔五四〕「既」原作「得」，據《白氏長慶集》改。

〔五五〕「那知鵬鷃懸」原作「鄉知鵬鷃玄」，據《白氏長慶集》改。

〔五六〕「勤拳」原作「擎拳」，據《白氏長慶集》改。

〔五七〕「不肯」原作「不可」，據《白氏長慶集》改。

〔五八〕「武夷川」三字原脱，據《白氏長慶集》補。

〔五九〕「昇」字原脱，據《白氏長慶集》補。

〔六〇〕「武成」原作「成武」，據《全唐詩》改。

〔六一〕「爭奪」原作「事奪」，據《全唐詩》改。

〔六二〕「麟」字原脱，據毛本及《全唐詩》補。

〔六三〕「二年」原作「元祀」，據《韓集》注引改。

〔六四〕「豐容」原作「晬容」，據《韓集》注引改。

〔六五〕「侍郎」原作「祭酒」，據《韓集》注引改。

〔六六〕「余」原作「今」，據毛本改。

〔六七〕「所」字原脱，據《韓集》注引補。

〔六八〕「聞」下原衍「人」字，據《韓集》注引删。

〔六九〕「日」原作「目」，據毛本改。

〔七〇〕「特」原作「時」，據毛本改。

〔七一〕「天訣」原作「仙訣」，據《全唐詩》改。

〔七二〕「容」原作「客」，據《全唐詩》改。

〔七三〕「虔」原作「處」，據《全唐詩》改。

〔七四〕「休官」原作「休宫」，據《全唐詩》改。

〔七五〕「于」原作「干」，據《全唐文》及《韓集》注引改。

〔七六〕「惑」原作「感」，據《全唐文》及本書卷六五張爲下引此文改。

〔七七〕「逆旅」原作「道族」，據《全唐文》改。

〔七八〕「夏日之陰」原作「夏乏陰」，據《全唐文》改。

〔七九〕「以一粒授爲於香爐焚之郁烈之氣」十四字原脱，據《全唐文》及本書卷六五補。

〔八〇〕「聞」原作「可」，據《全唐文》及本書卷六五改。

〔八一〕「如」字原脱，據《全唐文》及本書卷六五補。

〔八二〕「張後亦南入釣臺山」原作「張進士亦南入臺山」，據《全唐文》及本書卷六五改。

〔八三〕「震」原作「藹」，據《全唐文》改。

〔八四〕「敬」原作「奉」，《全唐文》同，據《韓集》注引改。

〔八五〕「知來」下原衍「者」字，據《全唐文》及《韓集》注引删。

〔八六〕「戊寅」原作「戊子」，《全唐文》同，據《韓集》注引改。

〔八七〕「飄颻」原作「飄飄」，據《全唐文》及《韓集》注引改。

〔八八〕「神逝」原作「神遊」，據《全唐文》改。

〔八九〕「乘順」原作「委順」，據《全唐文》改。

〔九〇〕「澹然無欲」原作「沈然無味」，據《韓集》注引改，《全唐文》作「淡然無味」。

〔九一〕《全唐文》作「虚空生胎」，誤。

〔九二〕「亦」原作「跡」，據《全唐文》及《韓集》注引改。

附録

一、宋嘉定懷安初刻本王禧識語

慶元辛酉，禧從大諫傅公游于凌雲，邂逅灌園季子次陽總幹，蓋禧戊午類試坐主也。因得是書，立命數十吏傳録，其間不能無魯魚亥豕之誤。繙閲累年，手自讎校，十是正其七八，餘則傳疑，不敢妄加損也。夫文章與時高下，而詩發于情，帝王盛時，採之以觀民風，在治忽。春秋之時，趙孟請賦詩以觀鄭七子之志，季札請觀樂以知列國之風。世之君子，欲觀唐三百年文章、人物、風俗之汚隆邪正，則是書不爲無助。乃鋟之懷安郡齋，與世共之。嘉定甲申，懷安假守王禧慶長書。

二、明嘉靖錢塘洪氏本孔天胤序

唐詩紀事若干卷，舊叙是臨邛灌園居士計敏夫字有功所集，而爲懷安假守王禧字慶長鋟置郡齋，時記嘉定甲申。年代既遠，印板磨滅，或無再刻之者，故其書罕存，既有傳者，但鈔本爾。嗜文之士，意恒闕如也。嘉靖乙巳，錢塘洪子美氏，釋宫宷玉絳之班，理家園竹素之業，得笥藏懷安初本，遂爲雕繕，久之成書。余覽而嘉之，且善其紀事之意，敘曰：夫詩以道情，疇弗恒言之哉；然而必有事焉，則情之所繇起也，辭之所爲綜也。故觀于其詩者，得事則可以識情，得情則可以達辭。譬諸水木，事其源委本末乎，辭其津涉林叢乎，情其爲流爲鬯者乎，是故可以觀已。故君子曰：在事爲詩。又曰：國史明乎得失之跡。夫謂詩爲事，以史爲詩，其義憮哉。然自性情之説拘，而狂簡或遂略于事，則猶不窮水木，而徒迷騖乎津涉，蔽虧乎林叢，其于流鬯，益已疎矣。故孔父言知，在于格物；孟子誦詩，必論其世。且如虞有卿雲之歌，弗稽大傳，曷知其爲禪夏；漢盛五篇之詩，非考兩都，又焉得其鴻典也。故善學者大通而無閡，不善學者小見而多離。詩從删後，豈展無之，顧大雅雖闕，然歌詠之事，可考而繹焉。唐俗尚詩，號專盛，至其摛藻命章，逐境紆翰，皆情感事而發抒，辭緣情而綺麗，即情事之合一，詎觀覽之可偏。宋興理學，儒者偏鄙薄詞華，覆又推杜甫等，而以格調聲律爲品裁，然但言理而不及事，豈與古人説詩之旨同哉。今高材切慕其成説，競依憑其籬下，掇拾其緒餘，及博討唐篇，如窮水木，或不喻其時代與人物，是既不曉事，又安識所謂道情者，與夫所謂聲調者，亦窾言也已。然則紀事一書，其藝流之源委，文苑之本末，利涉之方航，發蒙之朗若者矣。嘗觀集唐詩者奚啻什數，集紀事如有功者少；刻唐詩者奚啻百數，刻紀事如子美者少；予故嘉善，作此叙詞。詩三百篇，毛傳蓋其紀事，今爲考亭所絀，然欲究遺經，當必考之。子美名梗，歷詹事府主簿。

中憲大夫浙江提刑按察副使敕理學政汾陽孔天胤汝錫甫譔。

三、明嘉靖東黄張氏本張子立序

宋計有功唐詩紀事八十一卷，嘉定間王慶長氏校刻時，已稱傳疑。版刻堙没，士夫家傳鈔屬之胥史，運毫睆視，後先襲謬，舛字斷句，歲積寢遠，益不可讀。矧簡帙繁重，憚于校理，即校鮮能卒業，以故疑者猶昔。且復有與今傳本異者，竟爲選録，或加摘飾。各仍其舊，爰備讎訂，不欲易之。有功自謂周索遺墨，流閲金石，垂老而始成書，載者千一百人，可謂窮搜，良極苦心。唐人詩以集傳者二百餘家爾，他僅見諸選本。洪忠宣萬首選，自負博洽，世亦謂然，惟兩韻短章，以雜取小説以足；高廷禮品彙最號博收，近代罕儷，亦祇六百餘家，皆未如有功所載。唐興三百年，四聲裁士，執簡而賦者何限，兹詎足以盡？然終唐之世，藉是概見前人不及選、選而逸者，于是流于代，亦奇書矣。有傳不傳，則幸不幸存焉。幸不幸不必論，傳者其詩具在，人之賢不肖，可據而議也。稽人採事，即事覈言，則可喜可怒，可慕可駭，可憤切而無可奈何，輒撫卷而悲，流芳遺臭，斯垂永鑒。夫修詞洵美，嗣振微響，言之文，行而自遠，不然，文人無行，覽誦增倦，蔑聞爲愈也。言本由衷，樂因知德，不能無慨于兹編。嘉靖乙巳春正月既望，東黄張子立序。

四、張氏本張子立再識

余校唐詩紀事已，嘆曰：嗟乎兹其爲唐風也哉，論人者考其世；觀風者尚其聲，貫調以擅節，標格而著變，雅道之選也。是故初唐之音洪，肇削六代之體，渾而不率，武德貞觀，斯有開之基乎。盛唐之音淳逸而永，清越而淵廓，屬興比象，或臻名理，有六義之遺焉。風治嚮隆，恢翊化權，其開元天寶之間乎？中唐之音，麗綺而則，婉而成章。元和而後，猶有所憾，邇則逼，遠則寡會，固唐風之衰乎？晚唐之音靡，淆而誕，遷而宕，時彦競爽，轉相凌架，襞飾而傷真美，鮮雋上之韻，罕體貳之才也。理道弗興，國其不競乎！在昔王者有作，立采風之官，爰以聞四方之故，孔子删詩，雅頌得所，國風載列，而知三代之因也。唐世韻律主人物，實維言揚，人士先資，國典繫之矣。且珍行卷，兹不亦重乎？援述以達志，因志而審音，諧音而參時政，所謂考世而尚聲者也，寧惟藝焉已哉！于是厪興衰之感。張子立再識。

五、明崇禎汲古閣本毛晉識語

唐詩之流傳者，不啻連車充棟，而正本絶少，凡分類分體，尤爲可恨。余因據初盛中晚世次，每一人全録一册，卷首著紀略，或載本傳，卷尾拾遺文遺事若干則，可稱有唐大觀。第卷帙浩繁，未能旦晚卒業耳。既讀計敏夫唐詩紀事八十一卷，雖詩與事未甚詳，而姓氏已備于他集，且率意散書，無評注眩目，頗令人有匡鼎之思。第嘉定有王慶長本子，已不可得，迄國朝，一刻于嘉靖乙巳，再刻于萬曆甲午，其有遺逸淆訛，讀者不能意逆，或一人重見，如十三卷十九卷王熊之類是也；或一詩重見，如第四卷第九卷凌朝浮江旅思之類是也；或脱去本詩，如賀知章「江臯聞曙鐘」、趙冬曦「上月今朝減」之類是也；或誤入他詩，如虞世南「豫游欣勝地」、韋承慶「萬里人南去」之類是也。甚至有幾人溷作一人，幾題溷作一題，或一人一詩反分析幾首者。余參之本集及御覽、英華、文粹、弘秀諸書二百餘種，一一釐正，庶幾無遺恨矣。若乃白樂天因九老而再見，非重例也。僧滄浩因晝公而削去，非逸例也。至于綦毋潛「鐘聲扣白雲」，向誤「和白雲」；王摩詰「興闌啼鳥換」，向誤「啼鳥緩」，「種松皆老作龍鱗」，向誤「皆作老龍鱗」云云。更定已多，未能悉舉，尚容拈出。另編作詩林一段佳話爾。時崇禎歲在玄黓涒灘陽月下浣，海虞毛晉識。

六、汲古閣本王思任題辭

一代之言，皆一代之精神所出，其精神不專，則言不傳。漢之策、晉之玄、唐之詩、宋之學、元之曲、明之小題，皆必傳之言也。唐詩更爲功令之首，上以此取士，下以此立名，故其精神獨注，祖孫、父子、兄弟、朋友自相模範切磋，宜其言之獨工矣。然詩非他也，即三百篇之薪火也，善作詩者，必起于知詩；善知詩者，必起于知人。嶧山夫子曰：「誦其詩，讀其書，不知其人可乎？」故其讀小弁、雲漢等詩，俱因人以知其事，而意志逆之言外。而孟子之文，疎爽而條暢，善于形容比事，即言不聲偶，未嘗不詩也。宋臨邛計有功，宦車生耳，勝游已遍，自謂老矣無所用心，取唐詩姓氏一千一百五十餘家，臚列其人，悉傳其事，使後之讀詩者，恍然如見三百年中之鬚眉美惡，此亦唐詩之軒鏡禹圖矣。海虞毛子晉博雅君子，無古不探者，復以有功所紀，較其訛似而精整，付之雕，幾夫前人精神所寄，後賢皆肯繼其志而續章之，則今人不見古人，焉得此恨與哉。山陰王思任題。

七、汲古閣本李穀重刻唐詩紀事叙

詩莫盛于唐，而學詩者亦莫不取法于唐，顧紀一事，詠一物，風雲草木之興，魚蟲鳥獸之流，推而廣之，不可勝載，要非無爲而作。是故時世推遷，體格互異，而可興可觀，人心風俗繫之，自三百篇以來，未之改也。有唐二百八十九年間，作者不知幾何人，其篇章之流傳于人間者，不知幾千萬，求之君臣朋友，時序庶物，徽邪得失之故，犁然具在，無若紀事一書。美哉，誦其詩，知其人，庶幾其可矣。但有宋以來，向無善本，豕魚爭混，烏鳥並驅，一篇而甲乙互見，一事而首尾不蒙，種種錯誤，礙人展讀。子晉起而脩明之，本之唐書以覈其事，考之本集以證其詩，廣之别刻以求其確，詩歸于人，人還其事，如周索戎索，靡疆不舉。于是秉獨是以聽其知罪，存衆疑以俟之後來，蓋既富韻美之藏，復兼士安之嗜，所以人必有據，字必有考，條刺覼縷，精核迥絶也。然歷以三年之朝昏，更五千墳索之翻閱，而八十一卷始燦然而觀，亟亟乎用心良苦已。余惟唐人之詩，汗漫不勝紀，而唐之詩人，亦散逸無從稽，玆于詩未盡十之二，而于人則已得十之九，然則因詩以知事，因事以知人，所謂情性隱微之間，言行樞機之始，不于此大備哉。嗟呼！風雅之道，爭馳于篇章之圃，僉以雕縟緯麗，峥嶸浩蕩爲能事，于古人郊祭軍賓，吉凶苦樂之意，概乎未窺，鋪鴻信景者，當如是乎！不取法于唐則已，取法于唐而欲盡一代風物之致，則舍此奚適焉？此固宋人計敏夫之意也。踵其事而增華，變其本而加厲，子晉之功，詎可少耶？屬于首簡，偶述其事如此。崇禎壬申七月既望，拂水李毅書。

八、一九一三年存古書局本羅元黼識語

吾蜀計敏夫譔唐詩紀事八十一卷，汲古閣主人毛晉稱：嘉定有王慶長本，不可得，至明，一刻于嘉靖，按楊升庵墐户録稱：余于滇南見故家收唐詩紀事鈔本甚多，近見杭州刻本則十分去其九矣。升庵所稱杭州刻或即嘉靖本，但十分去九，則如今所行全唐詩話之類耳。再刻于萬曆，篇中遺逸淆訛頗夥，因收群書二百餘種，一一釐正云云。余積念是書，惜板久燬，曩曾徧求都下琉璃廠肆，迄弗覯，繼得之邑人雲卿黄君家，蓋其先德彝封公治軍秦隴時所得韓城王氏遺籍也。卷首鈐章三：曰「澹園圖書」，曰「起元顧氏今藏此書」，澹園，焦竑别號。起元，江寧人，與焦同時。其作升庵外集序嘗稱之。此書必先藏竑家，流轉入顧。曰「疊山謝印」。確否入疊山先生覽弗審，第持校汲古本，則所稱既經釐正者，尚有出入。且慶長本未脱誤處，并可取勘他書，如唐文粹皇甫湜韓昌黎墓誌銘「知人罪，非我計」，「固淵將疑」，「恐不貌美」，宋本作「人知人罪非我計」，「國淵將疑」，「恐不完美」，又全唐詩蕭祐游石堂觀詩「直至今來意通形神開」，宋本作「直至今來意不忘，翛然遠通形神開」之類。知確爲宋刻。篇中避宋諱甚多，如「貞」改「正」避真宗，「匡」作「斥」避太祖，「殷」改「商」避宣祖，「讓」改「遜」避濮王，「樹」改「植」避英宗嫌名之類，皆毛本所無，宋諱字均見馮登府石經補考。誠當日毛氏所未見者也。民國二年督理存古書局事，校刻蜀賢遺書，因假志澄高君所藏汲古本，互相是正，更鉤考唐宋已來遺書數十

種爲證誤若干條，原文附當卷後，以存其朔。凡毛勝則據毛本，毛誤則取全唐詩及他書易之，文意均通則并存，無可考據則存疑。板式行數規仿前模，冀留宋舊，爲當世珍。案毛本遺逸處，如李嶠汾陰行注有「利州昭化縣之南，境與劍門相接，有鋪曰白衛鋪，今其名見于此」四句，祖詠條王維喜祖三至詩下注有「詠與維最善」五字，裴廷裕條注有「梁時姚洎爲學士，人號急灘頭下水船」二句，又賈島題李款幽居詩一首，此皆毛逸而宋本獨存者也。其淆訛者，若王慶長序稱灌園季子爲類試座主，毛「季」作「李」，「類」作「歲」，按灌園，敏夫號，季子，度指其子，而「歲」當作「類」，見于朝野類要，趙向辰朝野類要：四川州軍解試，只就安撫制置司類省試畢，徑赴殿試，謂之類試。宋固無歲試也。又吕温上官昭容書樓歌「昭容題處猶分明」，毛「題」作「顯」，本書言崔元亮買得研研，新唐書作妍。神記，有昭容列名書縫處。知作「題」確也。又蘇渙高仲武條末數語，毛作「夫天善惡必書，孟子格言，渙者但不可棄其善，亦以深戒君子之意」。其訛衍幾不可讀，則宋本爲長。又孫佺爲奚所敗，毛「奚」作「契丹」，按新書奚爲東胡，與契丹別，佺敗於奚，非契丹也。又李適條「蓬萊宮宴吐蕃使」，毛「宮」作「公」；魏元忠侍宴銀潢宮應制，毛「潢」作「漢」；王維條「聲猷益茂」，毛「益」作「蓋」；杜甫八哀詩注「或傳眉目有異」，毛「或」作「後」；柳識弔夷齊文「終臣心而惻殷」，毛「殷」作「隱」；鄭虔條「言廣文博士」，毛「言」只作「口」，元傑開東嶺洞閣銘

「與名長存」，毛「名」作「君」；劉長卿條「玉徽之類」，毛「類」作「類」；「盧侍郎簡求」，毛「求」作「永」；白樂天寄白行簡詩注「俱是主客郎官」，毛「郎」作「都」；皮日休劉棗强碑「何抑之如是」，毛「抑」作「散」；陸希聲「入長安爲翰林供奉」，毛「入長安」作「光入後」；白居易：元微之長慶集序「予始與樂天同校祕書」，毛「祕書」下衍「之名」二字；「洎長安中少年」，毛「洎」作「泊」；趙嘏「姬爲浙帥掩有」，毛「掩」作「延」；「遺一介歸之」，毛「介」作「人」；陳陶詩朝元引四闋，毛「闋」作「闕」；鄭準「依荆州成中令汭」，毛「成」作「城」；胡駢經費拾遺舊隱，毛「拾」作「捨」；胡玢條「李騰（當作『隲』）廉問江西」，毛「李騰」上衍「玢與」二字；毛仙翁條牛僧孺別志「不萌于心」，毛作「無不明于心」，凡此，又皆毛訛而宋本未訛者也。其二本互異，則第三二卷標目「劉商」下有「胡笳十八拍」五字，毛銅雀妓詩上有「胡笳」二字，豈宋本原有商胡笳詩，因脱逸而毛遂誤合之耶？又元稹何滿子歌注「張湖南座爲唐有態作」，宋本作「長胡南坐」，毛作「胡南坐」，是又因字形殘闕而致訛者也。至毛與宋本同脱者，則有皮日休送浙東侍御罷府西歸各條；同誤者則有獨孤綬「子邵覆之置甲科」各條；同注「傳疑、未詳」所出者，則有「闕名徒十月」「范雎夸人」各條，補闕訂訛，具詳證誤。其他詩字之異，勘毛本復得數十條，別緝綴後，以備參稽。不知毛之所謂欲拈出作詩林佳話者，其同異又何如也？嗟夫！讎校之難，昔人喻諸掃葉。慶長初稾，由十數吏倉卒傳録，誠滋魚豕。然既云繙閱累年，十是正其七八矣，而誤乃如是。毛自詡釐正無遺恨，且云更正多弗悉舉，而誤又如是。則余之謭陋，不更有待于糾摘乎？敏夫此書，于唐一代詩人，網羅博綜，姓氏備于他集，固已。不合薛書記與薛濤爲一人，尤精審，全唐詩已誤合爲一。第亦有可議處，如王熊詩見十二卷，而二十卷複出，已爲毛本所删。王建宫詞雜入王昌齡、杜牧、劉禹錫、白居易、張籍、花蕊夫人諸作，毛猶未及更正。徐凝、張祜既同列五十二卷，則四十一卷凝即不應歧出。李涉贈豪首詩事，略具四十六卷，乃誤目涉「遠別秦城」「華表千年」二絶爲李彙征詩，俾孱列五十六卷，殊疏略。唐闕史載京兆韋氏子使任處士夜招亡姬，事既奇艷，詩尤悽惋，亦付闕如，固未能無遺憾也。按敏夫爲計用章裔，蜀臨邛人。用章，天禧三年進士，官都官員外郎，見東都事略范雍傳。舊通志謂敏夫用章孫，父良輔，慶曆三年進士，敏夫夙好學，有至行。説稍未審。以良輔固紹興元年陳紹元榜進士也。清四庫全書唐詩紀事提要稱「敏夫始末未詳」，引建炎以來繫年要録謂曾「知簡州，提舉兩浙西路常平鹽茶事，安仁人」。考安仁在宋屬饒州鄱陽郡，與臨邛風馬牛不相及，何能牽合？且要録明作「許有功」，意當日必因「計」「許」形近而漫指爲一人。于敏夫自序，瞢弗加察。提要既已乖舛，省志又復沿訛，通志經籍門即襲提要語。矧蜀藝文志所載有敏夫禹祠記，雖自稱郡士，或曾僑寓石泉，然作記在石泉升軍後，則尚有蹤跡可考，何得全謂其始末未詳耶？原書序次，詩事列前，友朋贈和及論詩繼之，結以本人歷官科第，卷中略有參錯，均更正不贅舉。崇慶羅元黼識。

畫繼載：宋成都僧祖鑑于邛州凰鳳山畫觀音，一日忽現方圓像，直閣計敏功爲作瑞像記。邛計姓他無聞人，豈畫繼誤合名、字而致誤耶？若然則敏夫亦非未仕者。存以俟考。黼又識。

九、存古書局本周翔跋

余友羅君雲裳校訂唐詩紀事八十一卷，閱月凡廿有八乃畢。觀其證誤諸篇，精密處如「堯聰」、「湯網」之歧出二首，「銅雀」、「胡笳」之併作一題，以及「梁成」脱「項」、「阿旁」非「房」，湯文圭之姓殷，李審權之爲杜等類，皆能斟酌群籍，指瘢索隱，至于「闞名上月」、「眭夸故人」、「屈草芳菲」、「魏宫烏韭」各條，尤王、毛二本所不詳，可謂開卷獨得者。余嘗怪紀河間之淹博，其四庫全書提要乃以計敏夫爲計有功，四川通志人物類知計爲臨邛人，而經籍類則又承提要之謬，廋疏前載，寧非大難？今之士夫，稗販新學，上者躭飲博，下者攫金于市，求如羅君之蕭然人外，捃逸殘竹，俾政和以來，風流不墜，豈可得哉。手此一編，自成馨逸，質諸當世，是真詩林之佳話爾。中華民國四年六月廿有六日，彭山周翔跋。

十、一九一六年文明書局本丁福保序

宋計有功唐詩紀事，宋刻本不可見，余所有者，嘉靖本二種及汲古閣本而已。此三種今亦流傳甚少，價亦奇昂，非五十金不能購，所以寒士往往有終身不得一寓目者。余印歷代詩話凡百餘種，今復以此書付諸手民，諒亦談藝者所樂觀也。是書共八十一卷凡一千一百五十家，採摭繁富，多資考證。唐人詩集之不傳于世者及唐代詩人之軼事，頗賴是書以傳，其纂輯之功有足多者。然芮挺章之國秀集、李康成之玉臺後集，集中皆附己作；又殷璠之英靈集、高武之間氣集，品藻之語，盛見援引，而四子名氏，開卷邈如。朝士如王棨，釋子如寒山，羽客如吕岩，今皆有集行世，亦皆遺漏，可謂失之耳目之前矣。考有功，蜀臨邛人。祖用章，見東都事略范雍傳。父良輔，慶曆進士。見眉州志。有功，宣和三年進士，自號灌園居士。見五百家播芳大全。清四庫全書唐詩紀事提要稱：敏夫始末未詳。引建炎以來繫年要録謂曾知簡州、提舉兩浙西路常平茶鹽公事。有功，安仁人云云。此大誤也。安仁在宋屬饒州鄱陽郡，與臨邛相去遼絶。今檢要録作許有功，不可以許、計字形相似而訛爲一人也。校刊既竣，因誌其大略，並正提要之舛謬于此，以告世之愛讀是書者。

十一、一九六五年中華書局上海編輯所出版説明

唐詩紀事八十一卷，南宋計有功編撰。有功字敏夫，自號灌園居士，蜀邛州臨邛郡（今四川邛崍）人（注）。徽宗宣和三年進士（見五百家播芳大全）。他是南宋抗金名將張浚的從舅，曾長期參與張浚幕府。紹興五年七月，以右承議郎知簡州提舉兩浙西路常平茶鹽公事（見朱熹朱文公文集卷九十五下張浚行狀及李心傳建炎以來繫年要録卷九十一）。七年五月，張浚遣他赴臨安奏對，他向高宗獻所著晉鑒，陞直徽猷閣，提舉潼川府路刑獄公事。張浚以親戚關係避嫌，乞就祕閣，所以僅任直祕閣都督府書寫機宜文字（見要録卷一百十一及張浚行狀）。二十八年二月，知眉州。三十年六月，任利州路轉運判官。三十一年十月，移知嘉州（見要録卷一百七十九、一百八十五、一百九十三）。他的朋友郭印所著雲溪集中有送計敏夫赴闕一詩，説他：「奥學滄溟深，高談風雨駛。胸中富經綸，憂國心屢痗。」又説：「丞相（指張浚）君之甥，風流酷相似，彤陛看摩肩，笑談銷敵壘。」從上述一些零星的資料中，可見他立身行事生平經歷之一斑。他不但是一位很有學問的人，而且曾運籌帷幄，參贊過抗金軍事活動。

唐代在我國歷史上是詩歌創作的黄金時代，作家和作品之多，遠非其他時代可及，但

到了宋代，已經有很多湮滅失傳。計有功編撰本書的目的，主要是爲了保存唐代的詩歌文獻。本書共收詩人一千一百五十家，内容相當繁富。他以一人之力取得這樣的成果，所花的勞動和時間是很可觀的。據自序説，他閑居尋訪，凡唐代「三百年文集、雜説、傳記、遺史、碑誌、石刻，下至一聯一句，悉搜採繕録；間捧宦牒，周游四方，名山勝地，殘篇遺墨，未嘗棄去」。他的編纂方法，只要是唐代詩人，都有名必録；對每個詩人的作品，或録名篇，或存全璧，或記本事，兼採品評；凡其人可考的，則撮述其世系爵里和生平經歷，使「讀其詩，知其人」。總之，大都是採掇前人著作，很少有自己的評論。

在唐詩紀事以前，紀録唐代詩人軼事遺聞、以詩繫事的著作，如孟棨的本事詩和范攄的雲谿友議等，雖已有出現，但有系統、有目的地把唐代詩人的生平行實、作品及評論等資料滙集在一起，編纂成書，則自計氏始。儘管他述而不作，畢竟開創了一個良好的範例。後來的宋詩紀事、明詩紀事等，都是受本書的影響而編纂的。

本書的主要價值和作用有兩個方面：第一，由于計氏的廣泛採輯，很多不傳于世的唐代作家和作品都賴本書保存了下來，爲後世編纂滙輯唐代詩歌提供了條件。唐音統籤的編者明胡震亨在這方面曾給本書以較高的評價，指出「此書雖詩與事跡評論並載，似乎詩話之流，然所重在録詩，故是編輯家一巨撰。收採之博，考據之詳，有功唐詩非細」（見唐音癸籤卷三十一)。第二,計氏比較全面而集中地從數百種前人著作中蒐集了大量的有關唐代詩人的資料,其中還保存着許多現已遺佚的文獻,對研究唐代詩人的生平及其作品都很有參考作用。

但是必須指出,計氏是一個封建士大夫,他只能用當時的思想觀點來編纂這部書,因此不僅在思想内容方面局限性很大,在輯録和編次等方面,也都存在着不少缺點。本書選録的作品,很多是歌頌帝王功德和陪侍帝王游宴之類的「奉和」「應制」詩,對達官貴族的投獻贈答詩,以及情調低沉的遷謫傷離之作,而對反映社會現實思想性較强的作品,却收得很少,甚至對杜甫不録三吏、三别,對白居易不録新樂府、秦中吟等等,都是明顯的例子,這就成爲本書一個非常嚴重的缺點。在輯録的紀事資料中,還有不少涉及鬼神迷信、夢兆讖應和宣揚宿命論的東西,如牛僧孺條引周秦行紀,劉軻條述葬遺骸得報,王轂、張曙條述日者推命事,張爲條述爲妖所魅事,都極其荒誕無稽。編者對此類資料漫無抉擇,兼收并蓄,甚至還把毛仙翁特别列爲一卷,可見他對這些方面是很欣賞的。從今天來看,其中還有一些紀載,對友鄰國家表現出大國主義態度,對國内兄弟民族作了不正確的叙述,并把唐代農民起義軍領袖黄巢污衊爲「賊」爲「寇」。在編次方面,以皇帝后妃、宗室藩王等列首,而以婦女殿後。這些都是封建統治階級思想意識的反映,必須加以批判的。

至于因疏于考訂，誤收前代作家，把一人誤作二人和引書誤注等亦復不少。胡震亨在唐音癸籤中就已指出他把晉釋帛道猷詩誤作僧曇翼詩；李元操爲隋李孝貞字，漫附開元中；僧隱丘詩爲丹陽集中蔡隱丘詩，誤去蔡字作僧；王績和王勣原是一人，誤作二人。此外我們還發現他把隋弘執恭誤作唐人；把來鵠和來鵬誤作一人；盧渥條中的紀事原出雲谿友議，誤注出本事詩等等。

唐詩紀事最早的刊本是南宋嘉定甲申（一二二四）王禧刊本，明嘉靖乙巳（一五四五）洪楩和張子立又據王禧本分别翻刻。洪楩本即今流傳的清平山堂本（有四部叢刊影印本）。張子立本今不多見（鄭振鐸曾藏有第十五卷至七十五卷，見西諦書目），但毛晉在明崇禎壬申（一六三二）的翻刻本可能是據張本（毛刊卷首有張序可證），即今流傳的汲古閣本。據王禧序中説，他是在客中邂逅計有功之子，「因得是書，立命數十吏傳録，其間不能無魯魚亥豕之誤」。所以從王禧本翻刻的洪楩本，脱誤舛錯的情況是非常嚴重的。汲古閣本雖説在翻刻時曾經毛晉校訂，情況稍好，但訛誤仍舊不少，尤其是紀事部分，很多地方甚至不可卒讀；詩的部分也有缺漏没有校出，如薛昭緯詩缺九字，毛氏并未據唐摭言予以補齊（此詩全唐詩亦缺）；同時還有臆改的地方。

這次整理，考慮到洪楩本年代較早，所以用它作底本，而以汲古閣本及全唐詩、全唐文和有關唐人詩文别集、筆記、小説等參校；特别對紀事部分，我們儘可能從兩唐書和各種唐宋筆記、雜著中找出所引原文，據以校正。我們的校勘原則是：凡是避宋諱字如「貞」作「正」、「玄」作「元」、「讓」作「遜」、「殷」作「商」等，以及明顯的刻誤，則徑予改正，不再説明；凡補正脱誤或有參考價值的異文，則均作校記説明；凡引文係從原書節録的，祇校訂錯字，要求大致可以讀通，其文字不再按原書一一補齊，但如有脱字脱句等訛誤以致無法卒讀或有失原意的，則酌予校補，作出校記；凡引文係全録原文的，則對個别脱字脱句亦予補齊，并在校記中説明。校記附于每卷之末。書後附有四角號碼人名索引和筆劃姓氏索引，以便檢閲。

在整理過程中，承王仲犖先生惠借他以永樂大典中所收的全堂（唐）詩話和津逮祕書本全唐詩話校唐詩紀事的校記，對我們很有幫助，特此致謝。

由于本書引文極大部分不注明出處，有的所引原書已佚，有的古今版本不同，因此在校勘中難免有不少問題。同時我們水平有限，在整理標點工作中也一定存在着不少缺點和錯誤，均希望讀者予以指正。

（注）一九一六年上海文明書局出版的唐詩紀事丁福保序中，説四庫提要引建炎以來繫年要録稱計有功安仁人，曾知簡州，提舉兩浙西路常平茶鹽公事一節是錯誤的。他認爲「安仁在宋屬饒州鄱陽郡，與臨邛相去遼

絶」」；計有功「今檢要録作『許有功』，不可以『許』『計』字形相似而訛爲一人也」。按：提要所引見要録卷九十一，在「有功安仁人」下，尚有「張浚從舅也」一句。要録涉及計有功者，除卷九十一外，尚有卷一百十一、一百十四、一百七十九、一百八十五、一百九十二、一百九十三等六處。卷一百十四載紹興七年九月乙丑御史中丞周祕彈劾張浚二十罪，有云：「監司郡守，責任至重，而浚以舅計有功爲成都提刑，罪十七也。」朱熹張浚行狀（見朱文公文集卷九十五）亦云：「舅氏計有功久在幕府，得直徽猷閣，公止，乞就祕閣，人服其公。」凡此皆可證明要録卷九十一中的「許有功」是「計有功」之誤。至于丁氏認爲要録所説的安仁是在江西，不知南宋有三安仁，一屬成都府路邛州臨邛郡，一屬江東路饒州鄱陽郡，一屬荆湖南路衡州衡陽郡。邛州的安仁，在臨邛東北四十里，要録所指，正是這一安仁，與計氏自序言蜀臨邛人相符。由此可證丁氏所説不確。

十二、胡震亨論唐詩紀事

唐詩紀事，臨邛計敏夫編，八十一卷。序云：「唐人以詩名家，滅没失傳，不可勝數。尋訪三百年間文集、雜説、傳記、遺史、碑記、石刻，宦游四方，殘篇遺墨，一聯一句，悉收採繕録，凡一千一百五十家。篇什之外，其人可考，即略紀大節，庶讀其詩，知其人云。」按，計氏此書，雖詩與事跡評論并載，似乎詩話之流，然所重在録詩，故當是編輯家一巨撰，收採之博，考據之詳，有功于唐詩不細。外如王棨、莊南傑、季善夷、李咸用諸人，并有詩集；李康成、殷璠、芮挺章、高仲武之工品藻，而李、芮亦自有詩，并皆遺漏。又如李元操之爲隋李孝貞字，漫附開元中；僧隱丘琪樹詩之爲丹陽集中蔡隱丘詩，誤去蔡字作僧；晉釋帛道猷詩誤作曇翼，列僧中，皆當是正。亦其編録浩繁，故偶爾失檢，不足爲疵也。（唐音癸籤卷三二）

十三、四庫全書唐詩紀事提要

唐詩紀事八十一卷，宋計有功撰。有功字敏夫，其始末未詳。李心傳建炎以來繫年要録載：「紹興五年秋七月戊子，右承議郎、新知簡州計有功提舉兩浙西路常平茶鹽公事。有功，安仁人，張浚從舅也。」又考郭印雲溪集，有和計敏夫留題雲溪詩曰：「知君絶學謝芸編，語默行藏不礙禪。親到雲溪重説偈，天開地闢見純全。」則敏夫爲南渡時人。詳印詩意，蓋耽味禪悦之士，而是集乃留心風雅，採摭繁富，于唐一代詩人，或録名篇，或紀本事，兼詳其世系爵里，凡一千一百五十家，唐人詩集不傳于世者，多賴是書以存。其某篇爲某集所取者，如極玄集、主客圖之類，亦一一詳注。今姚合之書猶存，張爲之書，獨藉此編以見梗概。猶可考其孰爲主，孰爲客，孰爲及門，孰爲升堂，孰爲入室，則其輯録之功，亦不可没也。惟其中多委巷之談，如謂李白微時曾爲縣吏，併載其牽牛之謔，溺女之篇，俳諧猥瑣，依託顯然，則是榛楛之勿翦耳。（四庫全書總目卷一九五）

十四、陸心源唐詩紀事跋

計有功唐詩紀事二百卷，明刊本。提要：「有功字敏夫，其始末未詳。李心傳繫年要録：紹興五年秋七月戊子，右承議郎知簡州計有功，提舉兩浙常平茶鹽公事，有功，安仁人，張浚從舅也」。愚案，有功臨邛人，祖用章，東都事略附范雍傳。父良輔，慶曆進士。見眉州志。有功，宣和三年進士，自號灌園居士，見宋刊二百家播芳大全目録。紹興六年累官左承議郎，充行都督府書寫機宜文字，十一月，張浚遣來奏事，後二日，加直秘閣，遣還。七年，獻所著晉鑒。高宗曰：「朕乙夜觀之，且爲艱難之戒。」又問春秋防微之漸，對曰：「婦笑于齊，六卿分晉，此書之所爲作也。」上首肯。隨以母老求去。升值徽猷閣，提點潼川府刑獄公事，張浚引親嫌力辭，疏累上，詔仍舊職。二十八年，知眉州。逾年，移利州路轉運判官。明年，移嘉州。見繫年要録。（儀顧堂題跋卷一三）

十五、余嘉錫四庫全書唐詩紀事提要辨證

「唐詩紀事八十一卷，宋計有功撰。有功字敏夫，其始末未詳。李心傳建炎以來繫年要録載：『紹興五年秋七月戊子，右承議郎，新知簡州計有功提舉兩浙西路常平茶鹽公

事。有功，安仁人，張浚從舅也。』又考郭印雲溪集，有和計敏夫留題雲溪詩曰：『知君絶學謝芸編，語默行藏不礙禪。親到雲溪重説偈，天開地闢見純全。』則敏夫爲南渡時人。詳印詩意，蓋耽味禪悦之士，而是集乃留心風雅，採摭繁富，于唐一代詩人，或録名篇，或紀本事，兼詳其世系爵里，凡一千一百五十家，唐人詩集不傳于世者，多賴是書以存。」嘉錫案：提要所引繫年要録，見卷九十一。考要録卷一百十一云：「紹興七年五月壬申，直秘閣都督府書寫機宜文字計有功陞直徽猷閣，提舉潼川府路刑獄公事。時張浚在廬州，遣有功赴行在。有功嘗獻所著晉鑒，上曰：『朕乙夜觀之，且爲艱難之戒。』又面問著春秋防微之旨，對曰：『婦笑于齊，六卿分晉，此書之所以作也。』上首肯之。有功以母老求去，乃有是命。浚引親嫌力辭，疏累上，詔仍舊職。」又卷一百十四載：「紹興七年九月乙丑，御史中丞周祕入對，論宰相張浚二十罪，有云：『監司郡守，責任至重，而浚以舅計有功爲成都提刑，罪十七也。』」又卷一百七十九：「紹興二十八年二月癸丑，直祕閣計有功知眉州。」又卷一百八十五：「紹興三十年六月戊辰，直祕閣、知眉州計有功爲利州路轉運判官。」又卷一百九十二：「紹興三十一年九月，總領四川財賦王之望以軍興移運，當置隨軍漕臣，時直祕閣、利州路轉運判官計有功足疾不能行。」又卷一百九十三：「同年冬十月，計有功移知嘉州。」要録所載有功事如此，提要舉其一而遺其六，固宜以爲始末未詳。有功博通經史，其于此書，蓋以餘力爲之，然學有本源，故能賅洽淹貫。提要以爲耽玩禪悦之士，亦復留心風雅，失之遠矣。宋末度正性善堂稿卷一有詩題云：「臨邛計次魏自言六世祖破荒先生，晚居景陵，因葬焉。後世子孫歲時不能拜掃，日負樵牧不禁之憂」云云，其詩第三章多用張紫巖浚及南軒栻事，疑破荒先生爲有功之父，張浚之外祖，故詩中及之。又卷十五跋計次魏所藏先世帖云：「破荒先生計公者，蜀之篤行古君子也。公于龜山爲前輩，而因其姪質所疑于龜山，至于再三，若不能自已者，非其力學好問，老而不倦，安能如是之勤勤也。其一書云，楊中立久安所習，乍見乖異，不能無聽瑩，原注云：謂雖乖異，不無聽明也。久當自悟。若左氏學，子房、蕭、陳、陸賈、劉敬、叔孫通之造漢即由之，雖董仲舒、賈誼不能也。中立獨非所論爲，復並左氏非之，計料莘老亦未能遽達也。案謂孫莘老覺著春秋集解。請問晉滅虞、虢，同姓不名，何説？因信試及之，要知其解，何也？必曰虞、虢有罪，未若邢之罪也，而衛燬名云云。」計用章，東都事略附范雍傳，王得臣麈史卷中云：「尤專于左氏春秋。」疑破荒先生即計用章，其人以左氏名家，與有功所論春秋防微之旨合。龜山當紹興之初，年已八十餘，有功不得爲其前輩，然則破荒必是有功之父無疑。亦可以窺見其家學矣。（四庫提要辨證卷二四）

人名索引

一、本索引收録《唐詩紀事校箋》目録所列入人名，原書人名凡經校正有誤者，一律改下。

二、人名之後用兩組數字，分别表示該作者在《唐詩紀事校箋》中的册數、頁數，例如：

董思恭　一/68

即表示董思恭在本書的第一册、第六十八頁。

三、本索引以人名首字筆畫爲序，首字相同者按其第二字、第三字的筆畫順序排列。

二畫

三畫

四畫

五畫

六畫

七畫

八畫

九畫

十一畫

十二畫

十三畫

十四畫

十五畫

十六畫

十七畫

十八畫

十九畫

二十畫

二十一畫